卡拉马佐夫兄弟

上

Братъя Карамазовы

[俄] 陀思妥耶夫斯基 著
张伯埙 译

北京理工大学出版社
BEIJING INSTITUTE OF TECHNOLOGY PRESS

版权专有 侵权必究

图书在版编目（CIP）数据

卡拉马佐夫兄弟. 上 /（俄罗斯）陀思妥耶夫斯基著；张伯埙译. -- 北京：北京理工大学出版社，2023.3
（一俄尺的理想地：陀思妥耶夫斯基罪与罚三部曲）
ISBN 978-7-5763-1996-5

Ⅰ. ①卡… Ⅱ. ①陀… ②张… Ⅲ. ①长篇小说—俄罗斯—近代 Ⅳ. ①I512.44

中国国家版本馆CIP数据核字（2023）第003925号

出版发行 /	北京理工大学出版社有限责任公司
社　　址 /	北京市海淀区中关村南大街5号
邮　　编 /	100081
电　　话 /	（010）68914775（总编室）
	（010）82562903（教材售后服务热线）
	（010）68944723（其他图书服务热线）
网　　址 /	http://www.bitpress.com.cn
经　　销 /	全国各地新华书店
印　　刷 /	三河市金元印装有限公司
开　　本 /	880毫米×1230毫米　1/32
印　　张 /	15.5
字　　数 /	372千字
版　　次 /	2023年3月第1版　2023年3月第1次印刷
定　　价 /	399.00元（全4册）

责任编辑 / 申玉琴
文案编辑 / 申玉琴
责任校对 / 周瑞红
责任印制 / 施胜娟

图书出现印装质量问题，请拨打售后服务热线，本社负责调换

译者序

泥淖中的恻隐与大爱

毫无疑问,费奥多尔·米哈伊洛维奇·陀思妥耶夫斯基(1821年11月11日—1881年2月9日)是19世纪黄金时代俄国文坛璀璨星空中的一颗闪耀之星,而其所著的《卡拉马佐夫兄弟》一书可谓是作家本人的"天鹅之歌"。此作品于1881年出版,出版后不久,作者就因病去世了。作为陀氏的最后一部长篇小说,其中自然倾注了陀氏一生所有的思考、痛楚、迷惘和拷问。也正因如此,这部小说和陀氏本人一样成了一道难解的谜题。针对这本书的各种讨论自其问世开始,一直持续到今日,以后恐怕也不会停止。

小说主要写了沙俄外省地主卡拉马佐夫一家人因金钱和情欲引起的一连串冲突,最终酿成了弑杀父亲和兄弟阋墙的悲剧。作者从政治、哲学、宗教、伦理等方面,对小说中人物的内心世界进行了紧张又痛苦的探索,从多方面描写了社会的丑恶,反映了19世纪60年代到80年代俄国社会在意识形态领域的动荡和病态。

19世纪60年代被俄国人称为"困难的60年代"。彼时的俄国正处于"改革的阵痛期"。狂风暴雨般的农奴制改革只是在名义上给了农民自由,在实际上并没有让压在农民身上的重担减轻一丝一毫。随之而来的资本主义生产方式和自由主义意识形态又似飓风般不断敲打着俄罗斯人保守的神经。由此而起的一连串事件,诸如连续不断的农民起义和学生运动、1862年圣彼得堡的神秘大火、1863年在波兰爆发的叛乱和1866年德米特里·卡拉科佐夫刺杀沙皇案等,更是成为保守主义分子反对一切变革的理由。

国家的君主、"人民的解放者"亚历山大二世和他的助手们虽然已经意识到了,也体会到了因为改革而造成的国家困难,但他们仍然决定将改革进行下去。这就导致了整个国家政策的未来方针在之后的二十年开始不断左右摇摆。例如政府在面对激进且进步的年轻学生时重拳出击,却不断任用信奉自由主义之人承担教育大臣;在社会文化方面,政府一方面企图以更严格的人身控制和古典教育来约束未来的俄国精英知识分子,另一方面却不断放松对出版业的控制。

可以说,当时的俄国历史是一段极右翼和极左翼之间的斗争史,至于处于中间的温和派和自由派基本无力影响任何事态的发展。

市民社会越来越繁荣,普通大众之间的意识形态斗争越来越强烈。这就迫使全俄知识分子,无论是改革派,还是保守派,都去思考一个不可回避的问题——这场改革究竟要达到什么程度为止。

正是基于这种思考,俄国文化历史上最活跃的时期开始了。屠格涅夫、托尔斯泰和陀思妥耶夫斯基等大批杰出作家开始在那个时代闪耀,由普希金等人创造的俄国文学的"黄金时代"得以通过散文、小说等形式延续下去。文学成了俄国文化最炫目的光辉,也成了俄国文化对世界产生影响的最重要源头。俄国三大文学巨匠——屠格涅夫、列夫·托尔斯泰和陀思妥耶夫斯基更是把这种光辉推到了遥不可及的高度。

陀思妥耶夫斯基在1845年因一本名为《穷人》的小说年少成名。后来,他因加入一个主要以激进右翼作家为主的彼德拉舍夫斯基小组而被判处死刑,却在刑场上被改判发配西伯利亚。在西伯利亚服完苦役之后，又在俄军中服役两年。

这段人生经历可以被视为他创作的转折点。在经历这一切之前，陀思妥耶夫斯基致力于斯拉夫学派的复兴。他的意识形态介于泛斯拉夫主义和大国沙文主义之间。尽管他当时的作品也反映了当时社会的动荡和人们对社会的不满，但他真正的不朽声望反而是来自他结束苦役之后的晚期作品。这些作品分别是：1866年出版的《罪与罚》、1868年出版的《白痴》、1870—1872年出版的《群魔》以及他的封笔之作——《卡拉马佐夫兄弟》。

作为俄国作家中最有俄罗斯民族特色的作家之一，作者在《卡拉马佐夫兄弟》中极其深刻地体现了俄罗斯人的救世主意识和诸多俄罗斯灵魂的难解之谜。但如果细细品味这本书，我们就会发现，这种所谓的"俄罗斯特性"充其量只能占据次要地位，而作品中蕴含的人性才是占据首位的，这也使作者成为世界上最具人性化的作家之一。要知道，当时精神分析学还未被人们所熟悉，而我们这本书的作者就已经成了这方面的专家了。

这本书中的每个主要角色都突显出了作家的人性观。书中的人物不单单是作者笔下的虚构，更是作者思想和价值观的体现。而这些角色正如处于那个动荡时代的作者一样，他们在自由和压迫、从容和紧张、信仰和绝望以及正义和邪恶的激烈矛盾中不能自拔。陀思妥耶夫斯基要的不是无聊和冗长的说教，他要的是站在心理学角度上去反思一个人的存在。也因此，后代哲学史学家会把他同尼采以及克尔凯郭尔两位放在一起，并称为20世纪的三大预言家，将作者视为19世纪最伟大的反理性主义者之一；并认为他同尼采、克尔凯郭尔一同推进了存在主义哲学的发展和现代神学的复兴。

这就意味着，若想真正读懂陀思妥耶夫斯基，对他精神世界的探索是必不可少的。

陀思妥耶夫斯基对人类精神世界的热切关注，很有可能同他的精神疾病有密切关系。根据史料的推测，他的精神疾病或始于幼年时期，在九岁时第一次发作，之后便一直潜伏。直到日后因长时间遭受身体和精神上的双重折磨，他的精神疾病才变得不可收拾，在他的余生一直如影随形，像一颗不定时的炸弹一般随时会爆发。他和他书中的那些疯子一样神经过敏，幻听、谵妄、沮丧和抑郁从未离开过他。他本人从不避讳自己的癫痫病，而且对这种病症有一种非常复杂的情感。一方面，每次发病之后他都会有很深的负罪感；另一方面，他又对自己的癫痫有种难以名状的、特殊的激动心情，甚至可以说是期待。

对于疾病的分裂态度就像是两个天才的个体在他一个人的脑海中论辩。久而久之，这种论辩便扩大到他全部的生命之中，最终形成一种特殊的艺术。他的艺术中充满了思想，他的思想中也渗透着他的艺术。这就把思想变成一种有命运的、活生生的生命。作为生命的思想就不可能是静态的、停滞的、僵化的。他那充满了生命活力的思想同他笔下的人物一样，在火一般的炽热氛围中不断流淌，就像是得到了赫拉克利特的真传，一切都是燃烧的、白热化的、躁动的、斗争的、运动的。可他思想的矛头又直指人与人的命运、人与世界的命运和人与上帝的命运。所以，一方面，陀思妥耶夫斯基的思想又是本体论的、存在论的，这两种思想在他的精神世界中不断交锋和碰撞，其间隐隐聚积了充满破坏性的力量，可在另一方面又隐藏了复活和新生的能量。

在陀思妥耶夫斯基这里，毁灭和新生并不矛盾。他的思想折射出了辩证关系——正与反的相辅相成。所以，我们可以说他的世界观不是抽象的思想体系，而是一种对人类和世界命运的直觉。这种直觉当然是艺术的，但又不仅仅是艺术的。它还是思想的、认识的、哲学的。

他的世界观是极富动态的，他的创作是充满了精神和知识的。

关于陀思妥耶夫斯基译者已经着墨太多。现在，就让我们回到小说之中吧。

苏联文艺理论家格罗斯曾评论说："如果站在艺术家本人立场上，按照他自己制定的结构去评价《卡拉马佐夫兄弟》，那么展现在人们面前的最后一部作品，乃是对他艺术道路的真正总结，对他的艺术创作经验的完整概括，是把长篇叙事小说扩展为长篇史诗的尝试。陀思妥耶夫斯基在垂暮之年，以其旺盛的精力和坚强的意志力创作了一部类似悲剧大合唱的纪念碑式的小说，这部小说成了他整个朝气蓬勃的创作活动集大成的多声部的尾声。"

西格蒙德·弗洛伊德、阿尔伯特·爱因斯坦、教皇本笃十六世等各色在不同领域的大家都曾是这部陀氏尾声的忠实读者。

其原因可能是，陀思妥耶夫斯基独特的写作手法和小说中丰满的人物形象。

陀思妥耶夫斯基的世界观和其因疾病带来的特殊体验，让他笔下的人物都像是话剧舞台上的演员。他们朦朦胧胧地出场，叽里呱啦地说完自己的台词，然后毕恭毕敬地鞠躬下台。他们朦胧得让你看不清他们的衣服，记不得他们的面容。但是，你会清楚地记得他们的声音、他们的口癖。这是因为，陀思妥耶夫斯基习惯通过人物的精神世界来确定人物在他小说中的存在方式。他通过描写人物的内心世界来向读者介绍他的小说人物。至于人物的长相、年龄、衣着，甚至职业，那些在平凡书籍中极重要的东西，在他这里却往往一笔带过。因为在他的作品里，人物的出场只是为了一件事情——发出内心的声音。

陀思妥耶夫斯基总是能从语言的细枝末节中直抵笔下人物的内心，字里行间充满了疯狂、紧张和病态。

他在故事一开篇就告诉我们,这本小说的主角叫作阿廖莎。他是上帝的信徒,他听从佐西马长老的劝导,他热爱一切,甚至爱那些堕落在深渊之中的罪人。而这个角色本身正是陀思妥耶夫斯基伦理观的反映。在阿廖莎(或者说陀思妥耶夫斯基)心中,善恶的界限是不重要的,唯有"爱"才能替代一切,唯有"爱"才能让人达到"灵魂的净化"。一方面,陀思妥耶夫斯基把自己的另一部分善恶观投射到了阿廖莎的二哥伊万身上。与阿廖莎相比,伊万是完全不同的另一种人,他在少年时代就展现出了令常人可望而不可即的学习能力和观察能力,在青年时代就已经觉察到了集中在社会中的罪恶,了解了人民因此而承受的痛苦。因此,他反对一切以"小女孩的眼泪""婴儿的鲜血""小农奴被猎狗撕碎的身体"为代价的和谐。可在另一方面,伊万又没办法在尘世中找到那个能承担一切罪责的邪恶之人。他深知自己的反抗徒劳无功,最终只能陷入郁郁寡欢、无尽的虚无。

书中还有一个重要的角色名叫德米特里·卡拉马佐夫。他是上述两位人物的长兄,也是译者最喜欢的角色。他满嘴脏话,狂放不羁,酗酒纵欲,挥霍无度,被数千元卢布折磨了大半本书,与父亲为一个女人多次发生争斗,不止一次扬言要把自己的老父亲杀死,甚至不惜铤而走险,却在最后关头幡然悔悟。通读全书,相比那些整日思考人间至善以至于陷入虚无的知识分子,他却更像是整本书中活得最通透、最玩世不恭的人。在陀思妥耶夫斯基为德米特里定制的语言中,你能感到一种强烈的律动,就像是旋风一样,越来越高昂,直到失去控制到达一种慷当以慷的强烈程度,随之而来的便是虚脱和崩溃。可是,在故事的最终,在经历了一系列直击灵魂的磨难之后,他还是那个德米特里。

当然了,书中自然少不了那些迷人的女性角色,有爱过德米特里但"总共就爱了一个小时,满打满算一个小时"的格露莘卡,有"纤纤玉足微抱恙"的霍赫拉科娃太太,有情窦初开、浪漫又胆小的丽莎,还有在一瞬间把谎言变成真实的卡佳。至于她们复杂的内心世界,还烦请诸位读者自行体会。

张伯埙

2022年9月29日

主要出场人物

费尧多尔·巴甫洛维奇·卡拉马佐夫——文中三兄弟的父亲。

德米特里·费尧多罗维奇·卡拉马佐夫（又称：米佳、米建卡）——费尧多尔·巴甫洛维奇的长子。

伊万·费尧多罗维奇·卡拉马佐夫（又称：万卡）——费尧多尔·巴甫洛维奇的次子。

阿列克谢·费尧多罗维奇·卡拉马佐夫（又称：阿廖莎、阿廖什卡）——本小说主角，费尧多尔·巴甫洛维奇的幼子。

阿杰莱达·伊万诺芙娜·米乌索娃——德米特里·费尧多罗维奇的生母。

索菲娅·伊万诺芙娜——伊万·费尧多罗维奇和阿列克谢·费尧多罗维奇的生母。

彼得·亚历山大洛维奇·米乌索夫——阿杰莱达·伊万诺芙娜的亲戚，文中多称"米乌索夫"。

彼得·福米奇·卡尔甘诺夫——彼得·亚历山大洛维奇·米乌索夫的亲戚，文中多称"卡尔甘诺夫"。

卡捷琳娜·伊万诺芙娜·维尔霍夫策娃——德米特里·费尧多罗维奇的未婚妻，伊万·费尧多罗维奇的心上人，文中多称"卡佳"。

阿格拉菲娜·亚历山大洛芙娜·斯维特洛娃（又称：格露莘卡、格露莎）——德米特里·费尧多罗维奇和费尧多尔·巴甫洛维奇的心上人。

叶卡捷琳娜·奥西波夫娜·霍赫拉科娃——卡捷琳娜·伊万诺芙娜和伊万·费尧多罗维奇的朋友,一位有钱的地主太太,也是一个寡妇。

丽莎——叶卡捷琳娜·奥西波夫娜·霍赫拉科娃的女儿。

帕维尔·费尧多罗维奇·斯乜尔加科夫——疑似费尧多尔·巴甫洛维奇的私生子,卡拉马佐夫家的厨师。

格里高利·瓦西里耶维奇·库图佐夫——卡拉马佐夫三兄弟和斯乜尔加科夫年幼时的主要扶养人,卡拉马佐夫家的仆人和管家。

玛尔法·伊格纳季耶夫娜(又称:玛尔法)——格里高利·瓦西里耶维奇的妻子。

佐西马——修道院的长老。

库兹马·库兹米奇·萨姆索诺夫——本城的豪商之一,曾包养过格露莘卡。

马克西莫夫——一位喜欢出丑的落魄小丑。

米哈伊尔·奥西波维奇·拉基津(又称:米沙)——一位野心勃勃的神学院学生。

尼古拉·伊里奇·斯涅基列夫——一位被德米特里·费尧多罗维奇打伤的退伍上尉。

伊柳沙——斯涅基列夫的小儿子。

郭立亚·克拉索特金——一位丧父的学生，是伊柳沙的学长。

玛丽亚·孔德拉季耶夫娜——卡拉马佐夫家的邻居。

彼得·伊里奇·别尔霍津——一位将在故事结束后官运亨通的青年公务员。

特里方·波里赛琪——一位见钱眼开的旅店店主。

目录 CONTENTS

- 001　引言
- 003　作者的话

第一卷

第一章　一个家族的历史

- 008　第一节　费尧多尔·巴甫洛维奇·卡拉马佐夫
- 012　第二节　摆脱第一个儿子
- 016　第三节　续弦与续弦之子
- 024　第四节　老三阿廖莎
- 033　第五节　长老

第二章　一场不该举行的聚会

- 044　第一节　到达修道院
- 050　第二节　老小丑
- 062　第三节　一群信教的妇女
- 072　第四节　一位信仰不坚定的女士
- 081　第五节　阿门！阿门！

092	第六节	这种人活着干什么
105	第七节	野心勃勃的神学院毕业生
117	第八节	一桩荒唐事

第三章　贪财好色之徒

128	第一节	在仆人们的房间里
135	第二节	利扎维塔·斯乜尔佳夏娅
140	第三节	一颗炽热之心的坦率倾诉（诗体）
152	第四节	一颗炽热之心的坦率倾诉（故事体）
163	第五节	一颗炽热之心的坦率倾诉（"四脚朝天体"）
174	第六节	斯乜尔加科夫
181	第七节	争论
188	第八节	喝白兰地时
199	第九节	老色胚
206	第十节	她俩都在这儿
220	第十一节	又一个人名誉扫地

目录 CONTENTS

第二卷

第四章　反常

- 232　第一节　修道院那里已经乱套了
- 245　第二节　在父亲身边
- 251　第三节　遇上一群小学生
- 257　第四节　在霍赫拉科娃太太家
- 265　第五节　客厅里的反常
- 280　第六节　木屋里的反常
- 291　第七节　清爽空气下的反常

第五章　赞成和反对

- 305　第一节　婚约
- 319　第二节　怀里抱着吉他的斯乜尔加科夫
- 328　第三节　兄弟之间的互相了解
- 340　第四节　造反
- 355　第五节　宗教大审判官
- 382　第六节　到目前为止尚不清楚

396 第七节 跟有才华的人说话就是
          有意思

第六章 俄罗斯修士
407 第一节 佐西马长老和他的客人们
412 第二节 已故苦修者长老佐西马的生平，由阿列克谢·费尧多罗维奇·卡拉马佐夫根据长老的自述整理（传记资料）
458 第三节 佐西马长老的训话和教导（摘要）

献 给

安娜·格利高里耶芙娜·陀思妥耶夫斯卡娅[①]

我实实在在地告诉你们,一粒麦子落在地里倘若不死,依旧是一粒;若是死了,就会结出许多子粒。

《约翰福音》第十二章·第二十四节

---

① 原是陀思妥耶夫斯基的速记员,与陀思妥耶夫斯基于1867年结婚。此人曾在工作和生活上为陀思妥耶夫斯基提供了诸多帮助。1867年,正是在她的帮助下,六部陀思妥耶夫斯基全集得以出版。1881年陀思妥耶夫斯基去世后,她负责保存和整理他遗留下来的手稿、书籍、照片和其他遗物。目前这些遗物保存在莫斯科历史博物馆里的陀思妥耶夫斯基分馆。

作者的话

在开篇我为本书主人公阿列克谢·费尧多罗维奇立传时有些困惑,原因是:虽然我称阿列克谢·费尧多罗维奇为本书的主人公,但我自己也清楚,他绝对不是什么伟大人物,故而我能想象得到诸位读者势必会提出一些问题。比如:您笔下这位阿列克谢·费尧多罗维奇究竟有什么了不起的,他凭什么能成为这本书的主人公呢?他究竟干了什么不得了的事情?他做的事情又有何人知晓?我作为读者凭什么花费时间去研究他的生平事迹?

最后一个问题是最要命的,因为我只能回答说:"您得看,看完了说不定就明白了。"

但是如果读完了还不明白这位阿列克谢·费尧多罗维奇究竟有什么非凡之处,那又该怎么办呢?我之所以这样说,是因为我伤心地预感到结果势必如此这般。

在我看来,他是与众不同的。但是,我能不能向诸位读者证明他的不同,我对此深表怀疑。问题在于,他确实是一个人物,只不过是一个有待澄清的人物。不过,在我们这样的时代,去要求一个人完全明确未免过于奇怪了。倒是有一点可以明确:这是一个奇人,甚至可以说是一个怪人。但,你我都知道,奇人、怪人在吸引读者眼球这方面并不能帮上什么大忙,尤其是,所有人都在努力地去除个体化,从千奇百怪的现象中寻找哪怕一点点的共同之处的时候。而且,在大多数情况下，奇人和怪人都是特殊的、孤立的，不是吗？

如果诸位读者不同意我的上述观点，说"并非如此"或者"并非总是如此"，那么笔者对主人公阿列克谢·费尧多罗维奇的看法倒可被视为一种大胆的狂言了。因为，奇人、怪人不仅"并非总是"个别或者特殊的现象。恰恰相反，在某些情况下，他身上还具有一种整体性的内核，倒是和他同时代的其他人就像是被一阵狂风袭击了一般，糊里糊涂地脱离了他……

其实，我本不想写出这一段极其乏味又模棱两可的解释，还不如直接开场。如果诸位读者喜欢，自会把这本书读完。但糟糕的是，我虽然要给一个人立传，可要写的小说却有两部。问题恰恰出在第二部，那是本书主人公在我们这个时代，即此时此刻的所作所为。第一部小说主要讲的是十三年前的事情，甚至可以说，它连小说都算不上。因为它记述的不过是主人公青春时代的一个瞬间罢了。但笔者又不可能把第一部小说略去，因为那样的话，第二部小说中的很多地方就会令人感到莫名其妙。

但是这样一来，我便发现本来就已经难以回答的问题现在变得更加复杂了：如果为主人公立传的人都觉得用整整一部小说去写如此一个不足道、不明确的主人公会显得多余，那在此狂妄地说要写上两部，又该怎么解释呢？

由于实在想不出解决这些问题的办法，我决定不去想解决的办法了，绕开便是。想必敏锐的读者早已猜到了我一开始便有如此这般的倾向，只是生气我一直在说一些废话，白白浪费宝贵的时间。对此，我倒是可以确切地回答：我一直在说些废话，浪费宝贵的时间，一是出于礼貌，二是出于狡猾——这样就不能说我事先什么都没交代了。尽管如此，我还是很欣慰，本书"以保持整体上的统一为目的"的同时，自然地分成上下两篇。因为读者在了解了上半部分故事之后，自己就能判断值不值得读它的第二部分。

当然了，所有人都不受约束，这不过是一本书，您大可看上两页，不喜欢直接把它丢了不再翻开即可。但要知道，也有这样一些颇具涵养的读者（比如我们俄国所有的批评家），他们肯定会把书看完，以免自己带有偏见地评价书籍，出现失误。不管他们多么尽职尽责、准确无误，我还是要向他们提供一些"正当的借口"，好让他们开卷不久就把书丢下。这样，我在这些人面前还能减少一些愧疚。好了，开场白到此为止。我也承认，这些都是废话，不过既然都已经写好了，那就让它留着吧。

现在，言归正传。

第 一 卷

第一章 一个家族的历史

第一节 费尧多尔·巴甫洛维奇·卡拉马佐夫

阿列克谢·费尧多罗维奇·卡拉马佐夫是我们县的地主费尧多尔·巴甫洛维奇·卡拉马佐夫的第三个儿子。十三年前,老费尧多尔在一桩离奇的案件中惨死,众人对此议论纷纷,使得死去的费尧多尔一时间"名声大噪"(时至今日,我们这里依旧有人对他印象深刻)。涉及这桩案件的具体内容,我以后再详细地告诉诸位读者。现在,我想先向读者介绍这位地主(我们这里都这样称呼他,尽管他从未在自己的庄园中住过)。他是个古怪的人,不过像他这号人在生活中并不少见。他品行恶劣、行为荒唐,食古不化,可偏偏他这类食古不化的人非常擅长经营产业和敛财,除此之外,一无所长。费尧多尔·巴甫洛维奇年轻时是一个除了地主身份外一无所有的人,他常跑到别人家蹭吃蹭喝,如果遇到主人家不愿意,他就死皮赖脸地趋承逢迎,然而到他死的时候,他手中的现钱竟有十万卢布。即便如此,他仍然可以说是我们这里最食古不化的那一位。我想再说一遍:他并不愚蠢,像他这样的人大多狡猾机灵着呢——他只是食古不化,是那种特别的、充满本国土著味儿的顽固。

他结了两次婚,有三个儿子:大儿子德米特里·费尧多罗维奇是他的第一位太太生的,其余两个——伊万与阿列克谢是他的第二位太太生的。费尧多尔·巴甫洛维奇的第一位太太出身于有钱有势的米乌索夫家族——也是我们县的地主。您可能会问,一个嫁妆丰厚、聪明美丽、活泼可爱的姑娘怎么会嫁给这样一个"窝囊废"?对此我不想多作解释,毕竟这种事在我们这一代人中并不少见,在旧时代也时有发生。我就认识这么一个姑娘,她是个罗曼蒂克主义者①,此人同一位绅士经历了一段长达多年的纠结的恋爱,本可顺顺当当地修成正果,但她臆想出了许多无法克服的障碍,最终在一个风狂雨骤的夜晚,从悬崖似的高岸纵身跳入水流湍急的河中。害死她的就是她脑袋中那些奇奇怪怪的浪漫臆想,她只是想模仿莎士比亚文中的奥菲莉亚②。甚至可以说,假如她中意的那处悬崖并没有什么了不起的好景致,假如那一带只是随处可见的平坦河岸,也许她压根不会自杀。这是真人真事。不得不承认,类似这样的事情在过去两到三代的俄国人的生活中绝非少见。同样,阿杰莱达·伊万诺芙娜·米乌索娃的举动无疑也是属于这类,是受到别人的影响、思想被俘导致的。也许,她是想展现一下女性的独立,以此冲破门当户对的固有观念和宗族生活对她的无情专制,这种自我迎合的幻想让她相信(哪怕只是一瞬间的相信),尽管人们把费尧多尔·巴甫洛维奇叫作"吃白食的",但卑微的他仍是这个快速发展的时代中最勇敢、最具讽刺精神的人。可事实上,他不过是一个居心叵测的跳梁小丑,除此之外啥都不是。更有意思的是,这件事情居然发展到了通过私奔来解决的地步,阿杰莱达·伊万诺芙娜还以此为荣。另外,就费尧多尔·巴甫洛维奇的社会地位而言,私奔这种

---

① 即浪漫主义者。
② 莎士比亚悲剧作品《哈姆雷特》中的女主角。

事正是他求之不得的。他渴望着建立起自己的事业，为此甚至可以不择手段，攀一门好亲，又能够获得丰厚的嫁妆，对他来说实在是太诱人了。尽管阿杰莱达·伊万诺芙娜有几分姿色，但至于他们的爱情，不论对男方还是女方而言都不存在。这也算得上费尧多尔·巴甫洛维奇一生中唯一的一个特例了。他这一辈子都是个十足的色鬼，只要是个女人向他招招手，他就会立刻拜倒在人家的石榴裙下。可在情欲这方面，他却偏偏只对自己的原配夫人没有什么欲望。

阿杰莱达·伊万诺芙娜在私奔后立刻意识到，她对她的丈夫除了蔑视之外并无任何感情。故而，这桩婚事的恶果很快就表现了出来。虽说女方家那边很快就默许了这桩婚事，给了私奔的姑娘一笔嫁妆，但这对年轻的夫妇之间却开始了最糟糕的生活和无尽的争吵。

据说，年轻妻子表现出的落落大方和高贵气质是费尧多尔·巴甫洛维奇无法相比的。现在，我要告诉诸位读者一个在此地人尽皆知的事情，阿杰莱达·伊万诺芙娜刚刚收到那两万五千卢布，就被自己的丈夫拿走了，几万卢布的财产对她来说，就等于扔进了海里。在她的嫁妆里，还有一座乡下的小庄园和城里一幢相当不错的房子，费尧多尔·巴甫洛维奇在很长的一段时间里都在寻找某种合法的手段，妄图把这些房产、地产转到他的名下。他无时无刻不厚着脸皮对着自己的妻子胡搅蛮缠、软磨硬泡，以求她对自己憎恶至极且心力交瘁，产生一走了之的念头，这样他就能如愿以偿。本来这项计划进行得平稳而顺利，恰在即将得逞之际，阿杰莱达·伊万诺芙娜的娘家人出面干涉了，他才收敛了自己的无耻行径。人尽皆知，这对夫妻之间时常动手相向，但据说，实际情况并非是费尧多尔·巴甫洛维奇对自己的老婆重拳出击，而是脾气火暴、身强体壮且皮肤黝黑的阿杰莱达·伊万诺芙娜揍了她的老公。最终，她选择抛下了这个家，和一个穷得叮当响的神学院老师私奔了,并把三岁的孩子米佳丢给了费尧多尔·巴甫洛维奇。此后不久,费尧多尔·巴甫洛维奇就在家里养了一帮女人,终日声色犬马、酗酒放纵。偶尔放纵累了,他还会跑遍全省,一把鼻涕一把泪地诉说自己的遭遇——阿杰莱达·伊万诺芙娜如何将他抛弃,甚至令人羞于启齿的床笫之事都娓娓道来。他乐于在众人面前扮演受气丈夫这么一个可笑的角色,添油加醋地描述自己所受屈辱的各种细节,甚至以此为荣。那些喜欢嘲弄他的人会当面挖苦他:"费尧多尔·巴甫洛维奇,虽说遭遇这样的事的确不幸,但您看起来得意扬扬,不知晓的人还以为您升官了呢!"许多人甚至表示,他是很乐意以这样一个小丑的姿态出现的,并且是故意做出一副不在意自己处境的滑稽样子。但是谁知道呢,也许就是他过于天真。后来,他可算发现了自己老婆私奔的踪迹。原来,这个可怜的女人和那位神学院的教师最终辗转到了圣彼得堡,在那儿她算是真的得到了彻底的解放,过上了无拘无束的自由生活。于是,费尧多尔·巴甫洛维奇立即忙碌起来,准备动身前往圣彼得堡,至于为什么要去,连他自己也不知道。他本来是打算即刻出发的,但当他做出这样的决定时,他立刻意识到自己有权在这场旅行前豪饮一番,给自己壮个胆儿。就在这时,他妻子的娘家人得到了她在圣彼得堡去世的消息。关于她的死,众说纷纭,有人说她是死于伤寒,也有人说她是饿死的,总之她是在某个地方的阁楼上突然暴毙的。据说酒酣之际的费尧多尔·巴甫洛维奇得到了这个消息后立马跑到街上,兴奋地高举双手,仰天大喊:"现在放开了!^①"还有人说他似孩童般号啕大哭,就连瞧不起他的人,看到他那副样子,都对他心生怜悯。很可能这两种说法都是对的,他既为自己的解脱而

---

① 原文引用的是基督教葬礼上常用的悼词,译为"放开了"。

高兴，又为那个女人的死去而痛哭。在大多数情况下，普通人，甚至是恶人，要比我们想象中天真和幼稚得多。其实我们自己也是如此。

第二节　摆脱第一个儿子

想象一下吧，这号人是怎么当父亲的，怎么教育儿子的。他会如何履行自己作为父亲的职责，是意料之中的，他完全弃自己和阿杰莱达·伊万诺芙娜所生的第一个儿子于不顾。倒不因为他恨自己的儿子，也不是因为他被之前的夫妻生活所伤，仅仅是因为他忘记了。当他对着陌生人喋喋不休地哭诉之时，当他把自己的家变成酒池肉林之时，他那三岁的儿子米佳一直靠忠厚老实的家仆格里高利照顾。倘若没有格里高利，可能连给米佳换衬衣的人都没有。

偏偏这个时候，孩子母亲的娘家那儿似乎也把他给忘了。孩子的外公——米乌索夫先生，也就是阿杰莱达·伊万诺芙娜的爸爸——早已过世；孩子那移居莫斯科的外婆，多种疾病缠身；孩子的姨姨们，也早都出嫁了。因此，差不多整整一年，小米佳的记忆里只有老实的格里高利，以及下人们住的木屋。即便哪天当老子的突然想到了儿子（他怎么可能不知道自己还有个儿子），他还是会把儿子打发回小木屋，毕竟孩子会妨碍他花天酒地。但是，孩子的亡母有位堂兄——彼得·亚历山大洛维奇·米乌索夫从巴黎回来了，这个人后来在国外居住了很多年。当时的他还很年轻，思想开明，见过不少世面，在家族中也算得上是一个突出的人物，甚至可以说，他就是字面意义上有着欧洲精神的人。只不过他在晚年的时候，还是转而认同了四五十年代的自由主义思想。他认识了不少那个年代的自由主义旗手，有俄国的，也有外国的,甚至他还同蒲鲁东①和巴枯宁②谈笑风生过。不但如此,在每次游历旅途结束之际,他都喜欢回忆和讲述1848年巴黎二月革命的那三天,他总会在言语中暗示别人,自己当时差一点就到街垒上参加革命了。这是他青年时代的过往,也是他最为愉快的回忆。他那份独立的田产要是按照老法估算差不多有一千农奴。只要一出我们的小城,就能看到他那块在修道院旁边的佼佼田产了。他继承这份遗产的时候,年龄并不大,但立马就同旁边的修道院打起了没完没了的官司,双方争的是一条河的捕鱼权和附近几处树林的采伐权。至于再具体的情况,我不甚了解,但他将同"教权派"打官司看作一个公民和文明人的权利义务。

关于他的堂妹阿杰莱达·伊万诺芙娜所遭遇的事情,他自然听说过,并且还放在了心上。所以,尽管彼时年轻的他心中满是对费尧多尔·巴甫洛维奇的愤恨和蔑视,但一想到那可怜的小米佳,他还是克制住了自己的恼怒和憎恶,插手管起了这件事情。那是他同费尧多尔·巴甫洛维奇的第一次见面,他开门见山地对他表示,自己愿意抚养米佳。后来,即便这次会面已然过去很久之后,彼得·亚历山大洛维奇还是经常会特意向别人说起那天会面的情况:在他与费尧多尔·巴甫洛维奇谈起可怜的小米佳的时候,那位父亲竟表现出一副莫名其妙的样子,根本不知道彼得·亚历山大洛维奇说的是哪个孩子,甚至对家中某个角落里住着个幼童感到惊讶。如果说彼得·亚历山大洛维奇口中的情况有所夸大,那也总有一些是真实的情况。

---

① 即皮埃尔-约瑟夫·蒲鲁东(1809—1865),法国经济学家、社会学家,资产阶级社会主义者,无政府主义奠基人之一。
② 即米哈伊尔·亚历山大罗维奇·巴枯宁(1814—1876),俄国早期无产阶级革命者,著名无政府主义者。

费尧多尔·巴甫洛维奇一辈子都喜欢演戏，总是喜欢在别人面前扮演一些出乎意料的角色，尽管这样毫无必要，甚至有时候还会给他带来麻烦，譬如当下这件事就是这样。我们不得不承认有这样性格特点的人很多，甚至有些是非常聪明的人，绝非费尧多尔·巴甫洛维奇之流。彼得·亚历山大洛维奇快速地将事情处理妥当，并且顺利地取得了米佳的监护权（当然费尧多尔·巴甫洛维奇也是监护人之一），因为孩子的母亲还遗留下了些许财产，包括一栋房屋和田产，需要处理。

小米佳确实被他的堂舅领走了，但这位堂舅并无家室，在事情办理妥当，确保了自己的田产收入有了保障之后，他便急匆匆地回到了巴黎久居。至于小米佳，他转手将他托付给了自己的表姑，一位莫斯科的地主太太。在巴黎久居的彼得·亚历山大洛维奇又偏偏遇到了二月革命，这场革命给他留下的印象太深刻了，令他终生难忘，他竟也忘记了这个孩子。后来，那位莫斯科的地主太太死了，米佳被她转交给自己一个已经出嫁的女儿照顾，好像之后小米佳还挪了第四次窝，但我还是觉得关于费尧多尔·巴甫洛维奇长子米佳那颠沛流离的童年生活就先说到这儿吧，反正他的事儿要讲的还有很多，眼下就先介绍这么多吧，毕竟它们也称得上不可忽略的信息，要是不说明这点，我这本小说怕是开不了头喽。

德米特里·费尧多罗维奇[①]是费尧多尔·巴甫洛维奇的三个儿子中唯一一个自小就坚信自己坐拥一大笔财富，只需待到成年，就能经济独立的。他的青年时代过得十分混乱：中学肄业，之后上了一所军校，毕业后在高加索服兵役，因为和人决斗被降级，后来职级被提升，他终日饮酒作乐，糟蹋钱财。成年之后他才从费尧多尔·巴甫洛维奇

---

① 指的是米佳。

那儿拿到钱，当然那时候的他已经债台高筑了。当时德米特里·费尧多罗维奇专程跑到我们这个小城来找他父亲谈他的财产情况，那也是他们父子多年后的第一次见面。看来，那个时候他就对他的父亲没有好感；他在父亲家住了几天就走了，他拿到了钱，并和父亲就日后的田产收益分配达成了某种协议，至于那处田产究竟能值多少钱、赚多少钱他并没从费尧多尔·巴甫洛维奇那里得到个准信（这一点值得注意）。但费尧多尔·巴甫洛维奇在一开始就注意到（这一点必须牢记），米佳对自己母亲究竟留下了多少遗产并不是十分清楚，与现实出入很大。费尧多尔·巴甫洛维奇对此非常满意，毕竟他心中有别的盘算。他早就认定了，这个年轻人心浮气躁、贪得无厌、拈轻怕重，没有定性，他只需在必要的时候施舍一些小恩小惠，就能马上息事宁人，只不过消停的时间不会太长罢了。所以，费尧多尔·巴甫洛维奇抓住这一点开始搞事，说白了就是时不时地给孩子邮过去一些小钱。如此，四年之后，当米佳再次回到我们这里，打算和自己的父亲分家产之时才万分错愕地发觉，他已经一无所有了，甚至连账都没法算了。反正，他父亲已经从他这里通过小额现金分期付款的方式付完了他的全部财产，弄不好，他还得倒贴他父亲呢。所以，根据某年某月某日签订的某份协议中的某条款，他已再无提出任何要求的权利，如此等等。这个年轻人彻底蒙了，他无法相信这是事实，自觉其中必定有诈，他再也无法控制自己的情绪，几乎丧失理智。这就是我所要讲述的那桩惨案的导火索，而我这本小说的第一卷（也是作为楔子的这一卷），它的主体（或者说框架）就是这桩惨案。不过在我转入叙述主体故事之前，请先准许我介绍一下费尧多尔·巴甫洛维奇的另外两个儿子，也就是米佳的弟弟们，好让诸位读者清楚他们的来历。

第三节　续弦与续弦之子

费尧多尔·巴甫洛维奇在摆脱了四岁的米佳之后，很快续了弦。那是段存续了八年的婚姻。他的第二任妻子也非常年轻，名叫索菲娅·伊万诺芙娜，来自另一个省。当时，费尧多尔·巴甫洛维奇为了一桩小生意和一个犹太人一起去了那边。虽说费尧多尔·巴甫洛维奇这个人沉湎酗酒、极为好色，但在敛财投资这件事上他丝毫不含糊，当然在这个过程中，他总会动点手脚。索菲娅·伊万诺芙娜是一个品行可疑的教堂执事之女，自小便失去了父母，是个孤儿，一位名叫伏洛霍夫娃的老贵族将军的遗孀收留了她，让她得以生活在一个富裕的家庭，不过这位老妇人在成为索菲娅·伊万诺芙娜的监护人和老师的同时，也成了她的冤家。详细的事情我就不知道了，我只知道这个姑娘十分温顺，逆来顺受。有一次，这个姑娘在阁楼的一个钉子上套了个绳索，试图自尽，幸好被人救了下来。原因是她实在无法忍受老太太的古怪脾气和无休无止的指责，其实老太太的心肠并不坏，她不过是终日无所事事又养尊处优，才形成了这般常人难以忍受的专横性格。

费尧多尔·巴甫洛维奇去求过亲，但她的娘家知道他的为人，毫不留情地把他赶走了。于是费尧多尔·巴甫洛维奇故技重施，直接向姑娘提出私奔。如果这个姑娘那时能多打听下费尧多尔·巴甫洛维奇的为人，极有可能就不会嫁给他了。但费尧多尔·巴甫洛维奇的种种劣迹发生在另一个省，况且，一个十六岁的姑娘又能懂些什么呢，她只觉得自己与其住在老太太那儿还不如去投河自尽。所以，这个可怜的姑娘丢下了女恩人换了个男恩人。这次费尧多尔·巴甫洛维奇没有拿到半个子儿，因为老太太盛怒之下，不光什么嫁妆都没给，还狠狠地诅咒了他们。不过，这一次费尧多尔·巴甫洛维奇压根也没打算要嫁妆,他就是眼馋索菲娅·伊万诺芙娜姑娘的美貌,尤其是她一颦一笑中散发出的天真纯洁,简直让这个色鬼惊呆了。毕竟在遇到她之前,他只知用淫邪的有色眼光去欣赏那些堕落女子的粗俗之美。

"那纯洁的眼神就像一把剃刀划过我的心房",后来他时常这么说起,只是每次的言语中都带着他特有的那种令人恶心的贱笑。其实,这哪儿是什么爱情,不过是一个好色鬼一时的色欲冲动。既然一分钱嫁妆都没捞到,费尧多尔·巴甫洛维奇也就不打算对自己的老婆客客气气了。于是,他时不时利用姑娘嫁过来时一个子儿的嫁妆都没带来的"负罪心理",动不动以"把姑娘从套索中解脱出来的人"的身份自居,利用她的温柔顺从和逆来顺受,将基本的夫妇之道践踏在他的臭靴子底下。在家里,当着老婆的面,他能和好几个不知道从哪里来的荡妇整夜狂欢。我觉得还有件事很能说明问题。男仆格里高利是个生性忧郁、又蠢又笨,还偏偏喜欢给人讲大道理的人,以前,他很讨厌前女主人阿杰莱达·伊万诺芙娜,现在,他却站在了新女主人这边。为了护卫她,他不惜用一种完全逾越自己用人身份的方式和费尧多尔·巴甫洛维奇对骂,有一次甚至还大闹费尧多尔的"酒肉林",把那些个不三不四的女人统统赶走。后来,这个从童年开始就受尽苦难的女人得了一种类似精神方面的疾病,这种病常常在没什么文化的乡下女人身上见过,因此人们把患了这种病的女子称作"鬼叫婆娘"。得了这种病的女人发起病来往往歇斯底里,十分可怕,就像是失了智一样。不管怎么说,索菲娅·伊万诺芙娜还是给费尧多尔·巴甫洛维奇生了两个孩子——伊万和阿列克谢,伊万出生在他们结婚的第一年,阿列克谢出生在三年之后。所以,她死的时候,阿列克谢还不到四岁。有件事情说来奇怪,但我对这点确信无疑,那就是阿列克谢这一辈子都记得自己的妈妈——当然了,他口中的记忆不过就像是梦中留下的印象一样。索菲娅·伊万诺芙娜去世之后,这两个男孩也完全重蹈了米佳的覆辙——他们也被费尧多尔·巴甫洛维奇抛诸脑后,照顾他俩的还是仆人格里高利,他俩住的地方也还是那间木屋。那个不讲理的老太太,没错,就是那位将军的遗孀,孩子母亲的监护人和老师,就是在那间木屋里找到这对小哥俩的。她当时还活着,但八年来就是咽不下自己一家人所受的那口恶气。索菲娅私奔后的这八年间,将军夫人一直准确掌握着关于索菲娅生活的详细情报。在她听说自己的养女生了病,以及知晓养女那不成体统的生活环境后,将军遗孀曾对她身边的仆人不止一次地说道:"她就是活该,这就是上帝对她忘恩负义的惩罚!"

索菲娅·伊万诺芙娜去世三个月之后,将军遗孀突然亲自到访我们这个小城,她只在城里待了半个钟头,但这期间做了很多事情。那会儿正是傍晚,她径直走进了费尧多尔·巴甫洛维奇的公寓,喝得醉醺醺的费尧多尔·巴甫洛维奇被迫来见他八年不得见的丈母娘。坊间传说,将军遗孀一看到他,二话没说,走上前去就扇了他两个清脆响亮的耳光,又抓住他的一缕头发往下捋了三下。打完之后,她依旧一言未发,而是三步并两步走向小木屋,找两个孩子去了。她一进门就看到两个孩子蓬头垢面、衣衫褴褛,一副可怜兮兮的样子,随即对着格里高利抬手就是一耳光,然后直接宣布要把两个孩子带走,接着扒光了孩子们的衣服,用毛毯把孩子一裹,抱上马车,回她的城市去了。格里高利毕竟是个道义为先的忠仆,虽然挨了个耳光,但他一句抱怨的话都没说,当他看到老太太已经登上回家的马车时,还冲着老太太鞠了一躬,态度庄敬地说了句:"上帝会为这两个失去母亲的孩子感谢您的!"

马车起步时,将军遗孀冲他喊道:"但你是个傻货!"

费尧多尔·巴甫洛维奇把整件事情反复捋了好几遍，觉得这是件好事，所以等到后来在正式同意由将军遗孀来抚养和教育两个孩子的议程上，他没有任何异议。至于他挨的那两个耳光，他奔走全城，逢人就说。

这之后没多久，将军遗孀也去世了。但她还是留给两个孩子每人一千卢布的遗产，她的遗嘱是这样写的："这笔钱用于孩子们的教育，务必确保钱的每一个子儿都花他们身上，但必须细水长流，用到他们成年。对于这种孩子来说，这笔钱已经够多了。如果有谁愿意资助，那就随他们的便。"等等。我是没有看到过那份遗嘱的，只是听说里面类似这样的奇怪条文和独特措辞很多。好在老太太的继承人倒是位正人君子，他是那个省的首席贵族，名叫叶菲姆·彼德罗维奇·波列诺夫。他和费尧多尔·巴甫洛维奇通过几次信，并且立马看明白了，想从后者手里抠出几个子儿来养活后者的两个儿子，几乎不可能，虽然后者从不直接拒绝，但是擅长利用自己的一字诀——拖，甚至有时为了拖延会声泪俱下。因此，叶菲姆·彼德罗维奇便自己担起照顾两个孩子的责任，对了，他特别喜欢那个小的家伙——阿列克谢，他把那个小家伙视如己出。我烦请诸位读者在一开头就注意这一点。如果说，两个小家伙非要一辈子都记得自己年少时候所受的教育和养育之恩，他们首先要感谢的人就是叶菲姆·彼德罗维奇，这种极为高尚的、人道的人还很少见。他把将军遗孀给每个孩子留下的一千卢布认真保管好，等到这俩孩子长大的时候，仅靠利滚利，这笔钱就已经翻一番了。换句话说，他一直在花自己的钱来养育这两个小家伙，当然，他在每个孩子身上的花销远远超过了一千卢布。我不想对两个小家伙的童年和青年时代进行长篇论述，在此仅介绍一些最重要的信息。首先是大的那个孩子——伊万，我只想告诉大家，这个伊万最终成了一个阴郁乖僻、性格内向的少年,但并不怯懦畏缩,似乎他在十岁左右,便明白自己和弟弟是寄住在别人家,接受别人的恩惠,他们的父亲则是一个让他们羞于启齿的人,等等。这个孩子很早——几乎是在幼儿时代(据说如此)——就展现出了惊人的学习天赋。至于更确切的情况,我就不知道了,但我知道他好像在十三岁时从叶菲姆·彼德罗维奇的家离开了,独自前往莫斯科的一所中学求学,他的食宿都由一个既有名气又有经验的老师负责,那位老师是叶菲姆·彼德罗维奇的好友。按照伊万后来的说法,叶菲姆·彼德罗维奇这个人有一颗"热衷行善的心",他觉得如此天赋异禀的孩子应该交由一个天才一般的老师培养。然而,伊万·费尧多罗维奇中学毕业考上大学的时候,叶菲姆·彼德罗维奇和那位老师都已经离开人世了。将军遗孀的遗嘱中的一千卢布在那时连本带利已经有两千多了,可是由于叶菲姆·彼德罗维奇没有安排妥当,加之在我国难以避免的爱拖延的手续,伊万迟迟没有拿到那笔遗赠。这使这个年轻人在大学生活的头两年过得非常拮据,他被迫勤工俭学。有一点不得不提,他从未和自己的亲生父亲通过一回信,甚至连尝试都没有过。也许是出于自尊和骄傲,或是出于对亲生父亲的蔑视,又或是经过一番思考得到了理智的结论——他不可能从他父亲那儿得到一丁点儿实质性的帮助。但无论如何,这个年轻人没有气馁,他设法找到了工作:一开始他给一个大户人家的孩子补课,每回能收个二十戈比[①];后来他向报社投稿,写一些关于街头事件的豆腐块文章,署名"见证者"。坊间人说,他的那些短篇文章写得是那么文采飞扬和引人入胜,往往很快就能被报社采用。单凭此点,伊万·费尧多罗维奇就展现出了他所具有的那种实干和智慧。相比我

---

① 原文为两分的卢布,因1卢布=100戈比,所以译为二十戈比。

国那些穷困潦倒、生活拮据的大学生们来说,他要强多了,毕竟那些人只能在两大都会①没日没夜地疲于奔命,除了给各大报社、杂志社干些个抄写和法文翻译俄文的活外,再无别的好办法了。在和编辑们混熟之后,伊万·费尧多罗维奇一直和他们保持着联系。在大学的最后几年,他发表了一些极富才气的书评,针对不同主题进行评述,正是因此,他在写作圈子里积累了些名气。只不过最近他才在偶然间得以在范围更广的读者中受到关注,这种突如其来的情况,导致他的大名当时被很多人知晓并牢记了。这件事说起来也很有趣,伊万·费尧多罗维奇大学毕业后,准备带着他的两千卢布出国,就在这时,他在某份大报上刊登了一篇奇文,其内容引起了很多人的注意,甚至包括非专家人群,特别是这篇文章涉及的领域他完全不熟悉,他的大学专业是自然科学,而文章的主要内容和当时议论纷纷的教会法庭问题有关。他分析了之前许多人就这一问题所发表的观点,同时也表达了自己的看法。那篇文章如此出名的原因在于它的基调和卓尔不群的结论。这让很多教会人士都毫无保留地把这位作者当成了自己人。接着,很多普通公民,甚至无神论者都为此拍手叫好。最后,终于有明白人发现,这整篇文章纯粹是一场恶作剧。我之所以特意提到这个故事,就是因为过了一段时间,这篇文章也传到了我们小城的那个有名的修道院,那儿的人本来就对闹得沸沸扬扬的教会法庭一事非常感兴趣,然而当文章传过来时,却让他们困惑不已。他们打听到了作者的名字,突然发现这个人还真的出生在我们这个小城,"就是那个费尧多尔·巴甫洛维奇的儿子"。正当他们对此人和此文章兴趣正浓的时候,文章的作者突然来到了我们这个小城。

---

① 即圣彼得堡和莫斯科。

伊万·费尧多罗维奇为什么来我们这儿呢？我记得当时自己有些不安地在心里问过这个问题。那次鬼使神差的归家之旅引发了诸多事端，自那之后很长一段时间，才学疏浅的我都无法厘清这些事情的来龙去脉，依旧迷迷糊糊的。按正常逻辑推想，对于像他这么一个学富五车、心高气傲还谨小慎微的人来说，不应该会突然出现在不堪入目的原生家庭中，出现在他爹这种人面前，出现在这种一辈子都没把他当回事儿、完全不了解他，甚至都不曾记得他的人面前；出现在这种就算亲生儿子张嘴问他要钱也一个子儿都不会给的人面前；出现在这种一辈子都害怕他的亲生儿子——伊万和阿列克谢来找他要钱的人面前。然而，这个年轻人就这么出现了，竟还在老家住了将近两个月，更令人惊讶的是父子俩相处得还挺愉快。尤其是上述的最后一点，不光我非常惊讶，很多人同样如此。前文提到过的彼得·亚历山大洛维奇·米乌索夫，就是费尧多尔·巴甫洛维奇前妻的远房堂哥，碰巧那时从定居已久的巴黎回来，住在自己在小城近郊的庄园。我记得，当他认识了这个如此优秀的年轻人之后，他比谁都诧异，比谁都对伊万更感兴趣，两人的交谈有时是学识上的小型较量，结果有时难免会令彼得·亚历山大洛维奇的内心隐隐作痛。

"他的自尊心很强，"在谈起伊万的时候，他如是说道，"他总是能赚到钱，现在已经有足够出国的钱了——那他还来这里干什么呢？每个人都能看得出来，他到他父亲这儿绝对不是为了钱，他父亲一个子儿都不会给他的。他既不酗酒又不好色，可老头子现在竟然离不开他了。他们竟然相处得如此融洽！"

这的确是事实，这个年轻人对老头子的影响肉眼可见，老头子时不时地还会听他的。虽然老头子本性乖张、不讲道理，可最近一段时间他竟然也开始收敛起来了……

后来我们才知道，伊万·费尧多罗维奇回来，一部分是应自己的哥哥——德米特里·费尧多罗维奇的请求。他第一次知道自己还有一个哥哥，差不多就是在他这次回老家的时候，两人见了第一面。不过，在伊万来到这里之前，就已经和德米特里·费尧多罗维奇就一件与后者关系重大的事情通了信。至于究竟是什么事，诸位读者，你们届时会知道的。不管怎么说，即便我已经知晓这些特别的情况，伊万·费尧多罗维奇对我而言也依旧是一个神秘且猜不透的人，迄今为止，我还是不能确定他回老家的真正原因。

还有一件事我得说一下，伊万·费尧多罗维奇似乎在父兄之间扮演着调停人和和事佬的角色，因为那会儿德米特里·费尧多罗维奇正打算起诉他父亲呢。

我再强调一下，这可是这一家人头一次聚在一起，从某种意义上来说，这次是整个家庭成员的第一次互相照面。这户人家中只有最小的儿子——阿列克谢·费尧多罗维奇之前在我们这个小城里住了一年，所以他比哥哥们来得更早一些。说到这个阿列克谢·费尧多罗维奇，我很想在他正式登台亮相之前，在我的楔子里好好介绍一下他，可细想想还是挺难的。即便如此，我还是会给他专门写一段楔子，至少还是预先交代一下本书中一个奇怪的点——我不得不让这本拙作的主人公在第一次同诸位读者见面时身着一袭教士的黑袍。没错，上文提及他在我们这个小城的修道院里度过了一年，似乎那时候他就准备在修道院里隐居一辈子了。

第四节　老三阿廖莎

　　那时候的阿廖莎[①]才二十二岁（他的二哥伊万彼时二十四岁，德米特里比他俩年长，二十八岁）。首先我得申明一件事，阿廖莎绝对不是什么狂热的宗教信徒，至少依我愚见，他连个神秘主义者都算不上。此处烦请诸位让我先说说我对他的整体看法：他不过是一个过早地有仁爱之心的普通人罢了，他之所以走上了进入修道院的大路，仅仅是因为这条路给他带来某种虚幻的印象，他的灵魂是多么想在这条理想的大路上一路狂奔，好从世间仇恨的黑暗中逃离，奔向爱的光明。而这条路能赋予他此种印象，不过是因为他在这条路上遇到了一个他认为与众不同的大人物——本地的修道院里有名的佐西马长老。自此，阿廖莎的心里满是对佐西马如初恋般炽热的仰慕。我不想争辩什么，他这人奇怪得很，甚至可以说他的奇怪从婴儿时代就展现出来了。顺道再说一句，我之前已经提过，他母亲去世时，他还不到四岁。可即便如此，他还能用一辈子去记着自己的母亲，他记住了她的面庞、她的爱抚，"就像她鲜活地站在我面前一样"。当然，年龄更小、甚至是两岁的孩子也能保存这么多记忆（此乃世人皆知之理），但这段记忆于他而言就像是茫茫黑暗之中的点点光芒，就像是从一幅巨画撕下来的一个小角，也许整幅画面本身已经埋没、消失，但这个小小的一角仍在。他以前的情况恰恰如此，他记得有那么一个寂静的夏日傍晚，窗子开着，斜阳的一缕余晖射进屋来（他对余晖记得最真切），屋子的角落里供奉着一尊神像，神像的前面是一盏昏暗的油灯，已经双膝下跪、掩面痛哭的母亲，歇斯底里地疯狂叫嚷着；她用双手将他抓住，硬生

[①] 即阿列克谢·费尧多罗维奇·卡拉马佐夫。

生地搂在怀中,抱得那么紧、那么疼;她祈求圣母,她用双手把他举起,仿佛这样可以让他得到圣母的庇护……突然,保姆冲了进来,惊恐万分地将孩子从母亲手中抢走。就是这么一幅画!阿廖莎就是在那一刻记住了母亲的面容。他说,尽管那是一张歇斯底里的脸,但就他的印象而言,那张脸无比美丽。只是……他并不喜欢同别人谈起这段记忆。孩提和青年时代的他不是一个开朗外向的人,也不怎么说话,但这并不是因为他不愿意信任别人,亦非因性格怯懦、孤僻而导致的社交障碍。而是因为其他原因,似乎是因为他内心中的某种专注,一种纯粹的个人的专注。他所关注的对别人来说往往无关紧要,但对他来说十分重要,因此他把别人都忘记了。但他对他人满心友爱、善良,似乎他一辈子都生活在对别人的信任中,同样,也从没有人把他当成头脑简单或幼稚天真的人看待。他身上的气质让人觉得他毕生如此,他从不愿裁断别人,从不愿享受批判别人的权利,也绝对不会批判任何人。似乎他对一切人、一切事都可以宽容相待,没有一点点埋怨,尽管这种宽容时常会带来痛苦。不仅如此,在这方面他已然达到了某种境界,任何人、任何事都不会使他惊讶或者害怕,尽管那时候他还是个毛头小子。在不到二十岁的时候,他回到了父亲家,身陷那个淫秽的垃圾窝中。那时候,每当看到不堪入目之景时,他这个纯洁的男孩只是默默走远,但绝无鄙夷之表情,亦无谴责之态。他的父亲曾经长期惯于看人脸色吃饭,所以心思敏感,动不动就觉得别人侮辱了他。一开始,他既不信任也不欢迎自己的小儿子(他对阿廖莎的评论是"话少心眼多"),但没过两周,情况发生了变化,父子俩开始亲吻相拥了,甚至次数多得可怕。尽管老父亲那温柔的泪光闪烁在迷离的醉眼里,但显然他已经打心底爱上了自己的小儿子。毕竟,像他这么一号人可从来没有如此爱过一个人……

当然，像阿廖莎这样的孩子，不管到哪儿都会得到大家的喜爱，自他很小的时候起就是这样。他当初到自己的恩人兼抚养者叶菲姆·彼德罗维奇·波列诺夫的家中之时，人人都疼爱他，将他视如己出。要知道，那时候的他还是个小奶娃呢，没人会相信这么小的孩子会狡猾到掌握一整套讨宠、奉承，甚至是设法招人喜欢的本领。因此，这不过是他的天性，可以这么说，这绝对是天性使然，绝对不是矫揉造作。他上学时也是如此，从表面上看，他应该是那种不被同学信赖、会被嘲笑甚至被憎恶的孩子。比如说，他不合群，总是一个人郁郁寡欢地思索着什么（他从小就喜欢自己一个人跑到小角落里去读书）。可即便如此，他仍然得到了同学们的青睐，他甚至是整个学校的宠儿。他的喜怒不形于色，只需看他一眼便可明白，但这绝非因为性格孤僻等原因造成的，相反，他沉稳安静、性格开朗。在同龄人中，他是那种不爱显摆的人。也许正是因此，他似乎什么人都不怕，其他男孩也能意识到他并不为自己的勇敢无畏而骄傲，似乎他压根就没意识到这点。我从没听说过他记恨过谁。甚至还发生过这样的事情：一个小时前他被某人欺负了，一个小时后他还是会态度和蔼、充满信任地主动跟欺负他的人说话，就像这件事从没发生过一样。他这么做的时候，并不会表现出一种已经遗忘或者假装宽恕了对方的态度，而是坦荡到压根不当回事儿，这一点确实让其他孩子心悦诚服。倒是他有个特点给自己招来了不少麻烦，上中学时，不论是最低还是最高年级的同学，都借此逗他取乐，但并不是出于恶意的嘲笑，他们只是觉得有趣。这个特点就是他羞涩得要命、单纯得厉害，他尤其听不得那些与女性相关的言语措辞。然而，这些与女性相关的措辞在中学里是不可能根除的。内心单纯的男学生（尽管还是孩子）经常会在教室私语，甚至高谈阔论那些连当兵的都未必能说出口的事、场景和形象。更有甚者，有些连当兵的都不知道、不了解的事情,在我国的知识分子阶层和上流社会的学生中早已流传开了。这当然谈不上道德败坏,同样也不能被认作纨绔子弟、腐化阶层的玩世不恭,只能说是一种表面上的征兆。孩子们对这种征兆的态度非常微妙和暧昧,他们只是觉得这些事刺激并值得效仿。他们一讨论起这些事情,阿廖什卡(同学们给阿廖莎起的爱称)·卡拉马佐夫便用手堵住耳朵。有时,同学们会故意围住他,硬把他的双手从耳朵上扳下来,冲着他的耳朵大吼脏话。阿廖什卡则努力挣扎,甚至会坐在地上、趴在地上,竭尽全力地躲开。可即便如此,他也不会对同学们说什么,更不会责骂他们,只是默默忍受。最后,大家还是会放了他,不再用"小姑娘"这个绰号取笑他,大家甚至觉得他挺可怜的。顺道说一句,阿廖莎的学习成绩在班里名列前茅,但并没有得过第一名。

叶菲姆·彼德罗维奇去世之后,阿廖莎又在省立中学就读了两年。悲痛之余,叶菲姆·彼德罗维奇的太太带着家人(全都是女眷)一起去意大利住了很长时间。在这段时间,阿廖莎搬进了一户人家,那是他之前并不认识的两位女士的家,她们是叶菲姆的远房亲戚。他并不知道他的费用由谁承担。他从不关心自己的生活由谁供给,这是他的特点,而且是非常有代表性的特点。在这一点上,他和自己的胞兄伊万·费尧多罗维奇完全相反,后者在大学里度过了前面两年的贫苦日子,不得不自食其力,而且他自小对身处于他人的屋檐下、靠吃恩人家的面包活着倍感痛苦。但对阿列克谢这个奇怪的特点,人们也不好苛责什么。因为只要对他稍稍有些了解的人碰上这种问题时都可以肯定阿列克谢是那种傻啦吧唧的年轻人,要是他突然被一笔横财砸到了脸上,他一定会毫不犹豫地响应第一个向他请求的人,把钱拿去做些善事,或是被狡猾的坏蛋骗了去,只要有一个坏蛋向他索要。他完全不知道钱的价值,当然这话并不是字面上的意思,而是说当他收到零花钱的时候(他从没有问人要过零花钱),他要么在兜里一装就装几个星期,完全不知道怎么花;要么就一口气花得一个子儿都不剩。

彼得·亚历山大洛维奇·米乌索夫是一位非常重视钱和资产阶级信用问题的人,他在仔细观察了阿列克谢之后,对他的评论如下:"这可能是世界上独一无二的人,如果您突然把身无分文的他扔到一个有百万人口的陌生城市的广场,他绝对不会活不下去,也绝不会冻死或饿死。因为,有的是人来接济他、照顾他,给他饱腹的食物,为他安顿住处;即使没人主动帮助他,他也能不费吹灰之力地找到安置自己的地方,而且在自己不会感到屈辱的同时,也不会让接济他的人感到有负担,相反对方会为此感到荣幸。"

他没有读完中学,在还差一年就能毕业时,他突然想到一件事,要去找他的父亲,于是他向两位女士道了别。两位女士自然替他觉得惋惜,不忍放他离去。好在这次旅行花不了多少钱,她们没允许他典当掉恩人一家去国外之前送给他的手表,而是给了他绰绰有余的盘缠,为他买了里里外外的新衣服。可他还是把一半的盘缠还给了她们,表示坐火车三等座就好。他到了父亲所在的城市,刚见到他的父亲,后者便追问道:"你还没毕业跑回来干什么?"针对这个问题,他没有直接回答,据说他只是像往常一样若有所思。很快人们就明白了,他来的目的是寻访他母亲的坟地。他也承认自己就是为此而来,但这并非促成此行的全部原因。至于其他原因究竟是什么,说不定他自己也不知道,就更谈不上解释了。总之,就是有一个不可名状的念头突然从他心中升起,迫使他踏上这条不可避免、凶吉未卜的全新之路。费尧多尔·巴甫洛维奇无法告诉他第二任妻子的坟墓究竟在何处,因为棺材入土后他就再也没去过坟地,时隔这么多年,他早已忘记当时埋葬她的地点……

现在,我们来谈谈费尧多尔·巴甫洛维奇。在这以前,他已经很久没有住在我们的小城了。第二任妻子去世三四年后,他去了南俄,辗转到了敖德萨,并在那里连着住了好几年。他自己说,他在那里认识了"很多犹太人,老犹太、大犹太、小犹太,还有犹太崽子",甚至到了最后,都不光是普通的犹太人了,"连犹太财主"都出来接待他。我猜测,他就是在他人生的这一段时间练就了一套敛财本事的。大概是阿廖莎回来前三年,他才回到我们这座小城。虽说他的年龄不算太大,但老相识们都发现他老了很多。相较过去,他的所作所为并没有体面一些,而是更无耻了。比如说,这位过去的小丑现在多了个一心想把别人弄成小丑的爱好。他不但依旧喜欢和女人胡来,甚至比以前更加令人作呕了。回来后不久,他在我们的城里开了很多酒馆。看得出来,现在此人估计有十万卢布,即便没那么多,也少不到哪里去。城里和县里有很多人都问他借钱,当然得有可靠的抵押财物才行。最近他发福到肿胀,整个人都失衡了,甚至对自己的言行举止心中无数,整个人变得迷迷糊糊、浑浑噩噩的,有时候一件事还没做完就开始做下一件了,终日烂醉,如同个酒蒙子。那时候,幸好有那个男仆格里高利,虽说他年纪也很大了,但很多时候他就像个家庭教师一样照顾着他,要是没有他,费尧多尔·巴甫洛维奇得遭遇多少麻烦事啊。突然归家的阿廖莎也在精神上对自己的父亲产生了一些影响,似乎这位父亲那早就死亡的情感开始重生萌发。

"你知道吗?"他总是看着阿廖莎说,"你长得真像她,就是那个鬼叫婆娘,你知道吗?"他就是这样称呼自己那位已经死去的续弦之妻、阿廖莎之母的。最后还是格里高利把"鬼叫婆娘"的墓指给了阿廖莎。格里高利带着他去了城里的公墓,在一个犄角旮旯里,阿廖莎看到一块价格不贵但做工还看得过去的铸铁墓碑,那就是母亲的墓碑,上面刻着死者的姓名、社会地位和生卒年份,在底下还有四行小诗,就是那种中等人家都会用的普通小诗。出人意料的是,这块墓碑还是格里高利立的。他不止一次跟费尧多尔·巴甫洛维奇提过修坟的事,可费尧多尔·巴甫洛维奇一甩手,直接跑到敖德萨去了,不仅把修坟的事抛到脑后,连亡人也忘得一干二净,还是格里高利自费为可怜的"鬼叫婆娘"立了墓碑。阿廖莎一言不发地听着格里高利郑重其事、井井有条地述说墓碑的故事,低下了头站了一会儿,不喜不悲地走了。从那时起整整一年,他再也没有去过墓地。然而这段小小的插曲对费尧多尔·巴甫洛维奇产生了影响,而且是非常奇特的影响。他突然掏出了一千卢布,送到修道院,用以祭奠自己死去的妻子,只不过被祭奠的人不是那个被称为"鬼叫婆娘"的阿廖莎之母,而是那个生前动不动就揍他的第一任妻子阿杰莱达·伊万诺芙娜。那天晚上,他喝多了,对着阿廖莎破口大骂那些教堂的修士们。他不是个信教的人,可能这样的人连五戈比一支的蜡烛都没在神像面前点过。他应该是因为突然的心血来潮,才做出了如此奇怪的举动。

我已经在前文中说过,费尧多尔·巴甫洛维奇整个人肿得厉害。他那张肿起来的脸,能清晰地佐证他所有过去生活的特征和本质。他那双充满了怀疑和嘲弄且不知羞耻的眼睛下,长出了肥肿的脂肪袋,又肥又小的脸上满是沟壑一般的皱纹,尖尖的下巴下面还悬着肉鼓鼓的喉结,连着皮肉,又长又圆,像个钱袋子——这些特征让他看上去完全一副丑陋的邪淫模样,当然,还得加上那张贪婪的肥厚的大嘴和一嘴黑色的牙齿残冠。他一讲话就满口吐沫。他经常拿自己的脸开玩笑,但似乎还挺满意这副面孔。他特别喜欢指着自己那又细又长的鹰钩鼻子说:"这才是真正的罗马式鼻子,这鼻子配上我的喉结,正是罗马末期正宗贵族的长相。"看样子，他挺满意。

在去了母亲的坟地后不久，阿廖莎突然对父亲宣布，他要进本地的修道院，那里的教士已经准备让他去当见习修士。同时他对父亲解释，这个决定源自他内心的召唤，他企求父亲给予他正式的许可。老头子其实早就知道，那个在修道院内隐修的佐西马对这个"斯文的男孩"产生了极大的影响。

"这个老头儿可是本地最诚实的教士了，"他默默地听着阿廖莎的话，若有所思，对儿子的请求可以说并不惊讶，"嗯，我斯文的孩子，原来你是想去那儿啊！"他正在半醉之中，突然笑了笑，但他醉醺醺的笑容中仍透露着几丝狡黠。

"嗯，其实我早就猜到你要去那儿，你相信我早就猜到了吗？你一定要去那儿吗？啊，我知道你手里有两千卢布，你还是留下结婚用吧，我永远都不会丢下你不管，我的天使，我现在就可以给你缴那边所需的费用，当然我的意思是如果他们要的话。如果他们不要，你说咱们干啥要倒贴呢？毕竟你花钱就像金丝雀吃食一样，一个星期才吃两粒谷子⋯⋯对了，告诉你吧，有一座修道院在城外建了个小村子，那里的每个人都知道，里面住的都是'修士的老婆'，反正那里的人就是那么叫的，里头约莫有三十个女人。我去过那儿，怎么说呢，挺有意思的，而且别有风情。唯一不好的就是，那里的俄国本土味儿太浓烈，没有法国女人。我估计他们应该会弄几个法国女人来吧，毕竟他们有的是钱。总是会去的。啊？这儿啊！这儿可没有修士的老婆，这儿什么都没有，只有两百来个修道士。他们挺正经、挺守清规的。这点我承认，嗯⋯⋯你是想在这儿当修士？阿廖莎，你要知道，我真的舍不得你，你信吗？我已经爱上你了。哎，不过也好，总得有个人为了我们这些罪孽深重的人祈祷，不是吗？我在这儿造的孽太多啦！我总是想,这世上会有人为我这种人祈祷吗?我的儿子啊,也许你不信,我在这方面太蠢啦!不过,你瞧,我还是会不停地寻思这些事,我的意思是偶尔寻思这些事,当然不能整天都寻思这些。我寻思着,我死之后,魔鬼总不可能忘了把我用铁钩拖走吧?于是,我便疑惑啊,你说魔鬼的钩子是从哪里来的?什么材质的?是铁的吧?那铁从哪儿来的?谁把它打成铁钩的?难道它们还有个作坊?要知道,那个修道院的修士认为地狱是有顶的。但我还是愿意相信地狱没有顶的,没有房顶不是更大气敞亮、更雅致文明嘛,也就是比较接近于新教路德宗的那种。可是有没有顶有关系吗?但该死的,问题就在这里!要是没有顶,就不应该有铁钩不是吗?要是没有钩子,该怎样把人拖到地狱呢?又有谁会拿钩子把我拖走呢?可如果不把我拖走,那怎么能像话?这世界不就没有天理了吗?倘若不存在上帝,那也必须把它们造出来①,哪怕就是为了我也得把这钩子造出来。因为,阿廖莎,你不知道我是个什么样的浑蛋!"

"那里没有钩子……"阿廖莎注视着父亲,声音轻轻地认真说道。

"是啊!是啊!那里只有钩子的影子!我知道,我知道!曾经有个法国人是这样描述地狱的:'我见到一个车夫的影子用一把刷子的影子,刷出来了一辆马车的影子。②'亲爱的,你怎么就能确定没有钩子呢?你和那群修士待在一起,时间长了你就会唱他们的调子了。不过,你去吧,去那里接近真相、找到真理。然后你回来告诉我,我要是知道了这些,在离开人世前往那个世界的时候,心里好歹有点底。确实,你和那些修士待在一起,总比和我这个醉醺醺的老头子以及一群女人

---

① 原文为法语,来自法国启蒙思想家伏尔泰的《致一本关于三个老师误人子的书的作者》。

② 原文为法语。

在一起体面得多,即便你是个小天使,没人能诱惑你。我想,在那儿也不会有什么能搅乱你纯净的内心,这就是为什么我会允许你去。魔鬼不会吞噬你的智慧,你就像是一团熊熊燃烧的火,烧上一阵子就会熄灭的,等治好了病就会回来的。而我会在这儿等着你,毕竟,你是这个世界上唯一没有骂过我的人。我亲爱的孩子呀,这一点我感受得到!我不可能感受不到的……"

他甚至啜泣起来。其实他容易感伤,虽然他为人邪恶,但内心脆弱。

第五节 长老

有些读者可能会认为,阿廖莎是一个病态、狂热、发育不良的人,或许还是个面色苍白的空想家、得了肺痨的酗酒狂。实则不然,阿廖莎是一个举止得体、身材匀称、面色红润、双目有神、体型健硕的十九岁小伙子。我们甚至可以说,那时候的他长得十分英俊,中等身材,体态优雅,棕色的头发下是一张有点长的椭圆形脸蛋,一双眼距较宽的深灰色眼睛炯炯有神;他总是在沉思着什么,故而给人一种很沉稳的感觉。也许会有人说,面色红润的人也会陷入宗教的迷狂或者神秘主义的旋涡之中。可我认为,阿廖莎比任何人都有现实主义精神。啊!当然了,阿廖莎对自己在修道院里看到的种种神迹深信不疑,但我不觉得神迹会让一个现实主义者陷入困惑。也就是说,让一个现实主义者笃信宗教的一定不是神迹。一个现实主义者不相信上帝的话,那一定是因为他有自己的勇气和力量去否定神迹;即便神迹以一种无可辩驳的方式出现在他的面前,他宁可不相信自己的感官,也不愿意承认事实。即便他承认了这是事实,也只会承认这只是他以前不知道的一种自然现象。在现实主义者眼中，从来不是神迹生发出了信仰，而是信仰生发出了神迹。如果一个现实主义者接受了信仰，那么根据他的现实主义立场来看，他一定也会接受神迹。使徒多马①曾经宣称，只有亲眼所见才能相信，待他亲眼看到之后，他便开始说："我的主！我的上帝！"这是神迹驱使他产生信仰的吗？很可能并不是，只是因为他愿意相信，说不定，当他说出"若非亲眼所见……我不会相信"之际，内心深处就已经完全相信了。

也许会有人说，阿廖莎愚钝不堪，知识水平不高，连中学都没有毕业，等等。他确实没有读完中学，但若说他愚蠢或者迟钝那就太不公平了。我在此要把之前说过的话重复一遍，他之所以走上这么一条路，纯粹是因为只有这条路对他影响深远，只有这条路能让他挣脱黑暗的束缚，奔向理想的光明终点。补充一点，他作为一个年轻人，很大程度上有着属于这个时代的气质——天生诚实，渴求真理、寻觅真理并信仰真理。而且，凡事只要他相信了、认定了，他定会全力以赴地参与其中，只为尽早成就一番伟业，哪怕牺牲一切，甚至是生命，也在所不惜。不幸的是，这些年轻人不知道舍弃生命是所有牺牲中最容易的。而从自己青春正好的岁月里抽出五六年的光景去发现和克服困难、苦学钻研，哪怕只是为了使得自己变强十倍，好服务于自己所探求的真理——对于绝大多数年轻人来说，是无法做到的。这样的例子在现实生活中比比皆是。

虽说阿廖莎选择了一条与众人截然相反的道路，但他同样渴望早日做出成就。他是经过认真思考的，刚一得出灵魂不灭和上帝存在的

---

① 耶稣十二门徒之一，《新约·约翰福音》第二十章里多马曾拒绝相信耶稣会死而复生。

结论后，他便告诉自己："我要为灵魂不灭而活，绝不半信半疑。"同样，要是他认定了灵魂无法不灭和上帝并不存在，那么他一定会与无神论者和社会主义者①为伍。因为社会主义才不是什么工人阶级或是第四等级②的问题，很大程度上是一个无神论的问题，是无神论在当代的表现，说穿了就是要在没有上帝的情况下建造出巴别塔；人们建塔的目的不是通天，而是为了让天堂降临人间。对于现在的阿廖莎来说，以前的生活是莫名其妙且不可思议的。《圣经》中说："你若愿成完人，就当舍弃所有……跟从我。"③阿廖莎对自己说："既然要'舍弃所有'，我就不能只舍弃两个卢布，既然要跟从主，我就不能只做晨祷。"也许，他还依稀记得孩提时期妈妈带他做晨祷的城郊修道院；也许，他还会想起那个夕阳西下的傍晚，落日余晖中，他那被称为"鬼叫婆娘"的母亲将他举在神像前，这一切对他产生了影响。阿廖莎带着满脑子思绪来到这里，只是想看看自己究竟是应该"舍弃所有"，还是只需舍弃两个卢布。之后，他便在修道院遇到了那位长老……

　　这位长老，就是我前文所说的佐西马长老。我原本打算费一些笔墨为诸位读者阐释我国的"长老"制度，但遗憾的是本人才学疏浅，不堪胜任。不过，我还是用短小的篇幅同大家简单谈一谈吧。

　　首先，据我国一些权威的学者所说，长老和长老制度出现的时间并不长，甚至有学者认为它们存在还不到一百年。而在整个信奉正教

---

① 本书中所有的"社会主义"并非中国现代所说的科学社会主义或者马克思主义，而是科学社会主义思想的前身——空想社会主义或者民粹社会主义。
② 法国在中世纪时候曾有三级会议，这三级的代表分别为教士、贵族和城市小资产阶级。所以，当时的第四等级指的是以工人为代表的无产阶级。
③ 出自《新约·马太福音》第十九章，原文为"你若愿意作完全人，可以去变卖你所有的，分给穷人，就必有财宝在天上，你还要来跟从我。"

的东方,特别是在西奈半岛和阿索斯山①,长老制度却已存在了千年有余。有人认为,在古代,这项制度在俄国至少是存在的。但俄国多灾殃,先是鞑靼入侵,接着连年内乱,之后土耳其人攻陷了君士坦丁堡②,使俄国同东方的文化联系中断了。这一制度在我国被遗忘了,从此长老渐渐消失。上世纪末③,作为我国"伟大的苦行者"之一的帕西尼·威利契克夫斯基和其门徒们又让长老制度在我国复兴。但即便到了现在,差不多一百年已经过去了,真正实行长老制度的修道院并不多,有时还会被俄国人视为从未见过的怪事而将他们当成异端进行打压。不过这项制度倒是在我国著名的隐修院——科泽尔斯克的奥普塔修道院运营得格外成功,至于这项制度是谁引进的,我尚不知晓,我仅仅知道这个修道院已先后有过三任长老,现今这任是佐西马长老。但是他现在体弱多病,时不久矣,没人知道他的位置由谁来接替。这个问题之于我们这个修道院尤为重要,因为在此之前,这个修道院可谓是籍籍无名:既没有圣人的遗骸,也没有显灵的圣像,更没有任何和我国相关的可歌可泣的历史传说,没有任何对祖国的贡献和功绩。但正是因为长老,这个修道院才能在国内闻名遐迩,香火不断——朝圣者结队成群,不远千里而来,只为了聆听长老的布道,见一见长老。

现在问题来了,那么到底什么是长老呢?所谓长老就是能将你的意志和灵魂纳入他的灵魂和意志的人。一旦选定了长老,你就得放弃自己的意志,自行舍弃一切并完全服从于他。这是一种修炼,一种非常可怕的试炼,修行者自愿加入这种长期的考验中,战胜自我、控制

---

① 位于希腊北部马其顿的一座半岛上,被东正教徒奉为圣山。
② 君士坦丁堡是俄罗斯正教的圣城之一,998年,基辅罗斯大公弗拉基米尔遣使从君士坦丁堡迎来了圣像,皈依了基督。
③ 指十八世纪。

自我，然后通过终生修炼达到完全的自由，以此不再受生命的困惑、生活的制约，并摆脱那种穷其一生也无法找到真正自我的悲苦命运。至于长老制度中其身份的设置，并没有什么理论作基础，完全是基于东方的千年实践而形成的。对长老的义务可不是我们俄国人平时所说的"修炼"那般简单。在长老面前，修行者须一生向长老忏悔，而且必须完全遵从自己和长老缔结的这种坚不可摧的师徒契约。

举个例子，据说在基督教刚刚兴起的古代，有个见习修士没有完成长老布置的修行任务便离开了长老和修道院，独自从叙利亚前往埃及。他在异国他乡饱受了艰苦的磨炼，即便酷刑和折磨也未能改变他笃信上帝的内心。最终，他以身殉道。教会将他追封为圣徒，可就在他的葬礼上，执事突然喊道："异教徒！滚出去！"接着棺材连带着里面的尸体立马被抛了出去，来来回回三次。后来人们才知道，这位圣徒打破了自己同长老的契约，离开了自己的长老。而若无长老的许可，即便他居功至伟、圣洁虔诚，也无法得到宽恕。直到那位长老结束了同他的契约，这位圣徒才得以安葬。当然，我描述的不过是一个年代久远的传言，但是在前不久也发生过类似的事情。那年，我国有一位修士来到阿索斯山隐居，他发自内心钟爱这处神圣、安静的灵魂避风港；可突然，他的长老命令他离开这里，先去耶路撒冷朝圣，然后再回到俄国的北方，最后前往西伯利亚。"您应当到那里去，而非待在此处。"这位修士在震惊和痛苦之余，前往君士坦丁堡拜见普世牧首，恳求他解除自己的契约；可是普世牧首却对他说，自己无权解除他身上的契约，不但如此，整个世界都没有人、也不可能有人能有权解除他的契约，除了那位同他签约的长老。由此可见，长老拥有的权力从某种意义上说是不受限制、不可思议的。这也就解释了，为何在我国的绝大部分修道院，大家都将长老制度视为一种异端，孤立排斥。然而，这并不能削弱长老制度在民间的强大影响力，无法改变它已经得到了民众的高度拥护这一事实。譬如，从普通平民到达官显贵，都有人跑到我们的修道院拜见长老，对他顶礼膜拜，向他倾吐自己的疑虑和痛苦，忏悔自己的罪恶，寻求人生的指导和建议。看到这样的景象，长老的反对者们在以种种借口反对的同时，还会叫嚷忏悔的圣礼被随意地庸俗化了。其实，见习修士或其家人经常向长老忏悔，根本就不能视为圣礼的一部分。但不管怎样，长老制度还是站稳了脚跟，开始向俄国各地的修道院推广。也许这就是事实，这是一种经过千年实践的工具，一种能把人从精神的奴役中解放出来，通向自由和道德完美升华的工具；诚然，这种制度本身也有可能成为一种双刃利剑，它亦可以不把人引向温顺、谦卑乃至自我克制，相反，会将人引向撒旦式的傲慢，换句话说，不是引向自由，而是引向枷锁。

佐西马长老年约六十五岁，地主阶级出身，年轻时做过军人，曾在高加索地区当过军官。毫无疑问，他以一种特有的人格魅力吸引了阿廖莎。出于长老对他的喜欢，他得以住进长老的卧室，成为长老的入室门徒。必须指出的是，那时候的阿廖莎虽然住在修道院，但他没有签订任何契约，他可以随时离开修道院去任何地方，哪怕离开一整天都行；再者，现在的阿廖莎身穿教袍，纯属是他自愿，只是为了不在修道院显得过于与众不同。当然，他也喜欢这样。也许长老身上不断释放出的力量和荣耀的光芒强烈地影响了年轻的阿廖莎。关于佐西马长老，很多人说，这么多年来，他对那些来自己这里忏悔、寻求人生建议、渴求心灵良药的人均敞开大门，他的心中早已填满了别人的辛酸、委屈和自白，故而练出了一副洞察人心的本事。他只需看上一眼就知道陌生的来者究竟是带着什么目的而来，知晓他们想要什么，甚至知道究竟是什么样的事情在折磨着他们的内心。有时，甚至不等来者开口,长老就已知晓一切,通常会使来者惊讶、尴尬甚至恐惧。

阿廖莎注意到,那些第一次前来谒见长老的人往往在进门时愁眉苦脸、惶恐不安,待到他们出去的时候却往往春风满面,即便是最为苦大仇深的人也能以豁然开朗之态离开。让阿廖莎颇感惊讶的是,长老并非一个严厉的人,相反,他对人友好亲善。修士们常常谈起长老,他们说,长老牵挂的是那些罪孽深重的人,谁的罪孽越深重,长老对谁的偏爱就越多。长老到了风烛残年之时,修士中那些嫉妒他、憎恶他的人越来越少了,这些人通常保持沉默,尽管他们中的个别几位在修道院里的地位十分显要,譬如院里最年长的那位以惜字如金、斋戒严格出名的老修士。毕竟修道院里的绝大部分人还是坚定地站在佐西马长老这边的,其中许多人可谓是真心真意地崇拜长老,有些人对他的好感甚至已经到了狂热的地步。甚至有人说(当然不是公开宣称)他是圣人。他们坚信这一点,并且从不置疑,甚至预测在长老死去的时候一定会出现神迹,修道院也会在不久的将来因为拥有他的遗骸而享受无尽的光荣。阿廖莎也十分笃信长老的神力,就如同他相信那棺材从教堂飞出去的故事一样。他看到很多人带着他们患病的孩子或成年亲属跑到长老这里,看到他们恳求长老把手放在他们的头上祈福,在长老为其祈福后不久——有些人甚至是第二天——又来到长老面前,热泪盈眶地感谢长老给他们的孩子或亲人治好了病。

究竟是长老把他们的病治好了还是他们的病情好转了——这对阿廖莎来说基本算不上问题,因为他深信长老的精神力量,并把恩师的成功视作自己的荣耀。那些平民百姓从俄国的各个地方不远千里专门前来,守在修道院的门口,以期瞻仰长老,获得长老的赐福。每当长老出来接见朝圣者,阿廖莎便内心颤动,容光焕发。那些老百姓见到长老时五体投地,热泪纵横,亲吻他的脚,站起来轻吻他的脸,喊叫着,痛哭着。妇人们把自己的孩子递给长老,也有人把那些患了病的"鬼叫婆娘"带给长老。长老同他们交谈,在他们面前朗读简短的祷文,为他们赐福,然后让他们离去。

最近,长老的身体很是虚弱,甚至连迈出卧室的力气都没有,于是,这些可怜的朝圣者往往不得不在修道院等上好几天,才能见到他。这些人究竟为何如此敬爱长老,又为何得一见面就激动得在他膝下感激涕零——哦,阿廖莎是知道其中原因的!他深知那些平民百姓因为生活劳累和贫苦而拥有谦卑的魂灵;尤其是一生都因世道不公和莫须有之错陷入痛苦的泥淖的人们,除了亲眼看见圣像或圣人并顶礼膜拜外,还有什么能安慰他们的内心呢?

"如果说,我们有罪,我们身边满是不义、不诚和诱惑,那么在这世上必有一位大圣、大贤之人。他上知公平正义之道,下知弃伪从真之理。这就意味着,真理永远不会从这个世界消失,他必如寓言应允,在某一日降临世界、统治世界。"

阿廖莎知道,这就是民众内心的感受,他甚至能推理出人们为何这样思考。这点他完全理解,长老正是民众所呼唤的圣人,在众人眼中,长老就是饱含上帝真理的人间圣体——对此阿廖莎毫不怀疑,和那些哭天喊地的乡下苦汉一样,和那些患了病的"鬼叫婆娘"一样,和那些把孩子递给长老企求赐福的父母一样,有一种信仰占据了他的灵魂,使得他比修道院里的其他任何人都相信,长老的去世会给修道院带来更多的荣耀。总的来说,就在最近几日,一种不知名的欢喜如火一般在阿廖莎心中越燃越烈。而长老在他面前是独一无二的这点,阿廖莎却忽略不见。

"这没关系。他是如此的圣洁,他的内心深处埋藏着能够让所有人获得新生的秘密,蕴含着一种能让真理之风涤荡海内的力量。那时,人人都是圣徒，所有人彼此相爱，不再有高低贵贱，众生都是主的孩子，真正的天国也就此来临了。"

这就是阿廖莎毕生所愿。

两位兄长的到来给阿廖莎留下了深刻的印象。在这之前，他根本不认识他们。相较于同胞的二哥伊万·费尧多罗维奇，他现在和异母同父的长兄德米特里·费尧多罗维奇更加熟悉，彼此关系也更好些，尽管伊万比德米特里先回到老家。阿廖莎也很想和二哥伊万处好关系，虽说伊万已经在家里住了两个月，但他们见面的次数屈指可数，最终也没能深交。阿廖莎本来话就不多，他看起来总是在等着什么，又似乎对什么不好意思。阿廖莎曾经注意到二哥伊万用充满好奇的目光对着自己注视良久，但似乎没过多久他就对自己失去了兴趣。阿廖莎注意到了这一点，觉得有些尴尬。他把哥哥对自己冷漠归咎于两点：一是两人年龄的差距；二是两人在教育水平上的差距，这一点尤其重要。但是阿廖莎也有另一种想法，哥哥对他如此冷淡，极有可能是自己所不知的什么理由导致的。依他来看，二哥伊万可能正致力于某件深藏内心但不愿为人所知的事情，并竭力达成某种很难实现的目标，所以他无暇顾及自己，这也是唯一可以解释他对阿廖莎漫不经心的理由。不仅如此，阿廖莎还思虑到这一点：说不定这位无神论的高才生哥哥，看不起自己这个没有什么文化的见习修士（他早就知道，自己这位哥哥是一个无神论者）。如果确实如此，他也不能有什么怨气，但他总是怀着一颗连自己也无法理解且无比焦虑的心，满怀期待地等待自己的哥哥接近自己。

他的大哥德米特里谈到伊万的时候，总会带着非常钦佩的语气和感情。最近阿廖莎观察到他的两位哥哥走得很近，二人建立了一种亲密的关系，而这些细节他是从大哥那里知晓的。依阿廖莎所见，大哥对于二哥的称赞和评论值得仔细琢磨，相较伊万，德米特里简直是个没什么文化的糙汉，这两个人不论是在人品还是性格上，都大相径庭，或许这世界上再也不可能有如此相左的两个人了。

就是在这个时候，不和谐的一家人在佐西马长老的卧室里举行了一场会晤，或者可以说是一场家庭聚会。之所以在长老这里举行，是因为他对阿廖莎产生了重大影响。至于这次碰面的由头，完全可以说是一个谎言。那时候，德米特里·费尧多罗维奇和父亲费尧多尔·巴甫洛维奇之间关于遗产继承和家庭账目的矛盾已不可调和。两人的矛盾逐渐升级，已到了非常糟糕的地步。似乎是费尧多尔·巴甫洛维奇起的头，他以一种开玩笑式的语气提出了这么一个建议：大家在长老的卧室坐下来，心平气和地好好谈谈，即使长老不参与，鉴于其神职人员的身份和面子，说不定也会起到一些劝解和调停的作用。德米特里·费尧多罗维奇从未去过长老的住处，也没见过长老，自然而然，他觉得父亲是在借长老威吓自己。但他最近一直暗自责怪自己，近期，他在和父亲的争端中有些行为确实很过激，故而接受了父亲的提议。顺便说一下，德米特里·费尧多罗维奇没有像伊万·费尧多罗维奇一样住在父亲的家里，而是一个人住在我们小城的另一端。偏偏这个时候彼得·亚历山大洛维奇·米乌索夫从国外回来了，一听到费尧多尔·巴甫洛维奇的建议便抓住不放。这位四五十年代的自由主义者，坚决拥护思想解放和无神论，不知是出于单纯的无聊，还是出于要给枯燥的人生找点乐子，他竟兴致勃勃地掺和了进来。他突然想看看那座修道院和院里那位"圣人"。因为他和修道院关于几处争议地区的伐木权、捕鱼权等之类的问题有一大堆没有打完的官司，他正好利用这个借口，说自己想会一会长老，看能不能以一种相对友好的方式解决这些问题。当然，如果以这种带着善意去解决问题的身份拜访修道院，受到的招待肯定要比以一个好奇的游客身份要好得多。由于身体每况愈下,长老早已大门不出,也谢绝了几乎所有的访客。但因为米乌索夫放出的话,也可能是修道院内部对长老施加了某些压力,总之,长老同意了。他笑着对阿廖莎说:"有谁指定过我去当这个仲裁人吗?"

得知会面的事情后,阿廖莎开始不安起来。如果说这一群人里有谁是因卷入纷争或是为了解决问题,认真看待这场聚会,怕是只有大哥德米特里了。其他人皆居心不良,这对长老可谓大不敬——阿廖莎深知这一点。二哥伊万和米乌索夫应该是纯粹为了满足好奇心,这种好奇心当然是不良的。至于父亲,他父亲应该是过来演小丑、捣乱的。啊!可别小瞧这个沉默寡言的孩子,他可是把自己的父亲看得透透的。我再强调一遍,他可不是大家固有印象中那种头脑简单的傻孩子。他内心煎熬地等待着约定见面的日子。毫无疑问,在他的内心深处,他也想通过长老把家里这一摊子烂事彻底解决。然而,他更关心的是长老,他为了长老的荣誉如履薄冰、颤抖不已,担心长老受辱,尤其害怕米乌索夫那种表面上恭敬、骨子里对宗教人士的冷嘲热讽的言辞,也害怕博学的伊万那种高高在上、语气傲慢的态度——这些都是他想象的。他甚至想要豁出去,提醒长老出席这次会面的人都是些什么样的人,但他细想后,还是算了。就在距离会面还有一天的时候,阿廖莎托人给大哥德米特里带了一句话,内容是他非常爱自己的这位长兄,并期望他能兑现承诺。这让德米特里犯了难,他并不记得许下过什么承诺,因此他在给弟弟的回信里说,自己会尽量克制,避免干出什么"丢人现眼"的事情。尽管他对长老和弟弟伊万充满了敬意,但他还是坚信第二天的会面要么是个圈套,要么就是一出鸡飞狗跳的闹剧。"不管怎样,我就算咬断舌头吞下去,也不会冒犯你如此尊重的那位圣贤。"在回信里,德米特里如是说道。但这封信并没有给阿廖莎带来些许安慰。

第二章　一场不该举行的聚会

第一节　到达修道院

那是八月下旬一个温暖和煦的好日子。按照事先的约定，会面安排在晨祷结束后，十一点半左右开始。但我们上文所述的那几位并未参加修道院的晨祷，他们刚好卡在仪式结束的时候到达。他们分别乘坐两辆马车前来，第一辆马车由两匹价格不菲的高头大马拉着，车厢极尽奢华，上面坐着彼得·亚历山大洛维奇·米乌索夫和他的一个远房亲戚，二十来岁的彼得·福米奇·卡尔甘诺夫。这位年轻人正准备去读大学，但不知何故同米乌索夫住在一起，后者最近这段时间一直在怂恿他跟自己出国，去瑞士的苏黎世或者德国的耶拿，完成大学学业。只是目前这位年轻人尚未拿定主意。他总是漫不经心的，似乎在思索什么。卡尔甘诺夫长得讨巧，又高又壮，只是他的眼神有一种奇怪的呆滞感，就像那种注意力无法集中的人一样，有时他会盯着您，一盯就是好半天，可实际上他根本就没有把焦点放在您身上。他平时沉默寡言，看起来有些木讷，但要单独和某个人在一起的时候，他往往又会话多到滔滔不绝，热情到毫不拘谨，时不时还会放声大笑，鬼知道哪里好笑。不过，他的这种亢奋状态属于典型的来得快、去得也快。他衣着华贵，甚至有些过于讲究。现在，他手头上已有一笔数目不小的财产,当然他还期望着得到更多。对了,他是阿廖莎的朋友。

费尧多尔·巴甫洛维奇和儿子伊万·费尧多罗维奇的马车距离米乌索夫的宝马香车有些距离,那是一辆租来的马车,虽然又宽又大,但破破烂烂、吱嘎作响,拉车的是两匹皮色青灰略带浅红的老马。聚会的前一天,就通知了德米特里·费尧多罗维奇聚会的时间和地点,可他现在还没到场。客人们在修道院外客栈的大门口下了车,然后从修道院大门步行进入。除了费尧多尔·巴甫洛维奇,其余三位估计从来就没有进过修道院。至于米乌索夫,他上一次来修道院应该是三十多年前的事了。他眼神中带着一点好奇,故作随意地环顾四周。此人的观察力很强,不过除了这些普通的教堂建筑和生活房舍,整所修道院里没有什么能引起他的兴趣。来修道院做祷告的人快走完了,剩下的最后几个人摘了帽子、画着十字,也准备离开教堂。来这里的人大多数是平民,但也有少数人来自上流社会——有两三位女士和一位年迈的将军,他们都住在招待所里。门前的乞丐们立即包围了我们的客人,但一开始没有人打算施舍他们,最后只有彼得·卡尔甘诺夫从钱包里摸索出一枚十戈比的硬币,但他莫名其妙地尴尬起来,赶紧把硬币推到一个女乞丐面前,说:"拿去平分吧。"跟他来的人没有把这当成一回事,所以他压根犯不着尴尬。可他察觉到这一点时,反而更加尴尬了。

不过说来也怪,应该是有人来迎接他们的,甚至应该是隆重迎接。要知道,来的这几位可都非常重要,其中一位在几天前给修道院捐了一千卢布,另一位则是本地数一数二的大地主和"学富五车之人",他的态度将影响到捕鱼权诉讼问题的未来走向,这在一定程度上关系到修道院的全体人员。可是,修道院竟然连个同他们见面的代表都没派。米乌索夫漫不经心地看着教堂旁边的一块块墓碑。他想指出的是,这些陵墓肯定让死者亲属付出了不少钱,否则,谁能有权利被埋葬在这么一个"神圣"的地方——但他没有说出来,因为一个自由主义者身上常见的愤世嫉俗正在他体内经历着质变,他即将点燃一腔怒火。

"见鬼了,这里到底是谁管?不可理喻,必须赶紧出面解决,时间可不多了。"他好像在自言自语。

突然,一个秃了顶的小老头向他们走来。那人穿着一件宽松的夏衫,一双小眼睛里满是巴结的意味。他举着帽子向大家行礼,用甜甜的咬舌音向大家介绍自己是图拉省的地主马克西莫夫。他马上就知晓了我们这几位客人想要打听什么。

"佐西马长老住在隐修所里,那儿是真的僻静,离修道院约莫四百步远,要穿过一片树林,一片树林……"

"我知道要穿过一片树林,"费尧多尔·巴甫洛维奇接过话茬,"但我不记得怎么去那里了,好久都没来了。"

"只要你们走过这道门,穿过树林,穿过树林就行了。请跟我来。如果你们不嫌弃的话……我也许……我也想,请这边走,这边走……"

他们穿过大门,穿过树林。虽然地主马克西莫夫有六十岁左右了,但他健步如飞,可以说是在小跑,同时他在细细打量着他们,眼神中的那种好奇已经有些神经质和不礼貌了,瞪得眼珠子都要飞出来了。

"是这样的,我们有事要见长老,"米乌索夫严肃地说,"我们是得到这位'尊者'特许召见的。因此,尽管我们感谢您带路,但还是请您不要同我们一起进去。"

"我去过了,去过了,我已经见过……一位真正的骑士①啦!"说

---

① 原文为法语。

着,这位地主举起一只手,打了个响指。

"骑士①指的是谁?"米乌索夫问道。

"长老,伟大的长老,修道院的骄傲与荣耀——我们的佐西马长老。就是这么一位长老……"

然而,他这颠三倒四的话被后面追来的一个小修士打断了。费尧多尔·巴甫洛维奇和米乌索夫立刻停步。这个小修士头戴高帽,身材矮小,面如土色,非常有礼貌且平易近人地深鞠了一躬,说道:"先生们,院长请诸位参观完隐修所之后和他一起用餐。但请不要晚于一点钟。"他转身对马克西莫夫接着说,"您也请一起来!"

"悉听遵命!"费尧多尔·巴甫洛维奇听到消息之后非常高兴,立刻大声回答道,"不瞒您说,我们之前都约好啦,所有人都会在这里规规矩矩的……您觉得怎么样?彼得·亚历山大洛维奇?您愿意加入吗?"

"为什么不呢?我来这里就是想好好看看他们的习俗规定!但我只为一件事感到尴尬——我现在和您在一起,费尧多尔·巴甫洛维奇……"

"对了,德米特里·费尧多罗维奇还没有到。"

"他要是爽约才好呢!我愿意听你们之间那些陈芝麻烂谷子的破事?更不用说您了!"然后他转头对修士说,"我们在午餐时间会准时到。请替我们多谢院长。"

"不,我还得带你们去见长老。"小修士回答。

"那我就直接去见院长了,直接去找他。"地主马克西莫夫嘟嘟囔囔地说。

---

① 原文为法语。

"院长现在还在忙,不过,您还是按自己的意愿……"小修士犹豫地说道。

"这个老头儿真是烦人!"米乌索夫这话说得挺大声的,好在这个时候地主马克西莫夫已经向修道院跑去了。

"就和冯·佐恩①似的。"费尧多尔·巴甫洛维奇突然说出这么一句。

"您也就知道这些了……他怎么会像冯·佐恩?难道您亲眼见过冯·佐恩?"

"我见过他的照片!倒不是说这人和他长得多像,就是那种说不清楚的神似。这人简直就是冯·佐恩的翻版。真的,我一看面相就看出来了!"

"行吧!这种事儿还是您在行,但话可说好,费尧多尔·巴甫洛维奇,刚刚您可是红口白牙地说要规规矩矩的,您可别忘了。现在,我必须对您说,如果到时候您跟个跳梁小丑似的,我可不想别人把我和您当成一路人!"米乌索夫转头对小修士说,"您瞧,这个人一直都这样,我是实在害怕和他一起去见长老那种正派人士!"

小修士那苍白到没有血色的嘴唇微微一笑,不经意地露出一丝狡黠,但他没有搭话。可见,他之所以沉默纯粹是因为自尊,这一点很明显。于是米乌索夫的眉头皱得更紧了。

"哦,都见鬼去吧!在这里看到的只是几千年来沿袭不变的表面现象,这一切在本质上不过是骗子的把戏和滥造的谎言!"此种想法在他的脑海里闪过。

"那儿就是隐修所!我们到了!"巴甫洛维奇惊呼道,"四周都是围

---

① 一个在1869年死于妓院的官员。

墙,大门还锁上了。"

然后,他面向大门上方和两侧的圣徒十字架不停地画十字,动作幅度很大。

"到别人的地盘能不入乡随俗吗?"他说,"有二十五个圣徒隐居在这个地方,他们整天你看着我,我看着你,一块儿嚼卷心菜。对了,我突然想到一件重要的事,据说女人是不能进入这个地方的,那么请问,长老是如何接待那些女信徒的呢?"他贸然向小修士提问。

"如果是寻常人家的女人,就躺在走廊的另一边等着。如果是有身份的女客人,可以去那两间专门为她们搭建的小房间,那里跟走廊相连,但在墙的外面,你们看,就是那几扇窗户那里。长老精神好的时候,就会从里面的通道过去接见她们。现在有一位从哈尔科夫来的地主夫人——霍赫拉科娃太太,正带着她生病的女儿等着长老的接见。我想长老已经答应接见了,但他最近身体相当虚弱,露面都很困难。"

"所以,从修道院到女士们那儿还有一条秘密通道喽!修士,您可不要往心里去。我就是说说。您听说过吗,在阿索斯那儿可是谢绝一切女客的,不仅如此,甚至连雌性牲畜都不能有,什么母鸡、母火鸡和小母牛都不允许……"

"费尧多尔·巴甫洛维奇,我回去了,您自己一个人在这儿吧!我先提醒您,我走了以后,您绝对会被人轰出来。"

"我怎么招惹到你了,彼得·亚历山大洛维奇?哎呀!"他突然叫了一声,几乎同时,跨进了隐修所的围墙里面,"看,原来他们住在一个玫瑰山谷里呢!"

的确,尽管当下并无玫瑰,但凡是能种植的地方随处可见初秋时节的奇花异草。打理这些花花草草的人显然是个老手了。教堂四周和坟墓之间都布置了花坛。长老所在的修道室是一间平房小木屋,门前有一个回廊，四周亦种满了鲜花。

"前任长老瓦尔索诺菲在的时候，这儿也是这个样子的吗？我听说他可不是一个风雅之人，有时候他会跳起来用拐杖打人，甚至连女人都不放过。"巴甫洛维奇一边说话，一边上台阶。

"确实，前任长老瓦尔索诺菲有时看起来有些疯狂，但不少传闻根本就是无稽之谈。他从来没有用棍子打过任何人。"小修士答道，"先生们，请稍等片刻。我去通报一声。"

"费尧多尔·巴甫洛维奇，我最后一次提醒您，别忘了我们事先的约定，您听到了吗？人要自重，别逼我和您算账。"米乌索夫赶紧再次低声警告。

"我是真想不通，您怎么就这么激动呢，"费尧多尔·巴甫洛维奇满是嘲讽地说，"难道您是害怕您的罪行暴露吗？我可听说，他老人家单看一眼就能看出拜访者的心事哟！不过，您也太把长老的意见当回事儿了吧！我可没想到，像您这种巴黎人，像您这种走在时代前列的绅士，怎么能如此当真，我可太惊讶了呀！以上就是我要说的！"

米乌索夫还没来得及好好回应他的讥讽，里面就请他们进去了，他就这样怀着一股怨气走了进去。

"现在我能预料到自己的表现了：我心里有火，肯定会跟人争论……然后发脾气，这既降低了我的身份，又贬低了我的原则。"米乌索夫的脑中闪过这样的念头。

第二节 老小丑

他们几乎与长老同时走进一个房间。几位客人一进屋，长老就立刻从卧室里出来了。在他们之前，有两个司祭已经在房间内等候长老了：一个是管理修道院藏书的神父；另一个是佩西神父，他是个病人，年纪不算老，坊间说他是个很有学识的人。除此之外，还有个年轻人站在角落里等着（之后他也一直站着），约莫二十二岁，穿着一身便服。他是一所宗教学校的毕业生，准备去神学院继续深造，不知为何，他住在修道院里，并受到修道院里的其他修士照顾。他个子很高，颧骨宽阔，脸颊有光泽，细长的栗色眼睛看起来聪明而专注。他的脸上表现出毕恭毕敬的神情，大方得体，看不出半点谄媚。他甚至没有向进门而来的客人鞠躬致意，虽然他的身份与客人并不平等，且处于从属和依附的地位。

佐西马长老带着阿廖莎和另一名见习修士走了出来。那两位司祭起身，手指触地接受长老的祝福，然后向长老深深鞠了一躬，并亲吻了他的手。长老为他们祈福后，向他们每个人深深鞠躬还礼，并且请求在场的人也都为他祝福。整个仪式过程极其认真，完全不像每日例行的形式，可以说这是饱含真情实意的。可米乌索夫却认为这一切似乎都是故意做给他人看的。米乌索夫站在和他同行而来的人的最前面。"不管内心抱有怎样的观念，"他昨晚就在思考这个问题，"既然来了就要遵守此处的规矩，哪怕只是为了礼貌，也应该向长老祈福。可以不行吻手礼，但起码应接受祝福。"然而，在看到两位司祭鞠躬并行了吻手礼后，他立刻改变了主意，只是庄重严肃地深鞠了一躬，然后走向了身旁的椅子。费尧多尔·巴甫洛维奇紧随其后，像个猴子一样有样学样，完全照搬了米乌索夫的做法。伊万·费尧多罗维奇毕恭毕敬地鞠了一躬，他的双手同样紧贴着裤缝；卡尔甘诺夫却惊慌失措，连鞠躬都忘了。长老索性放下为赐福而举起的手，再次向他们鞠躬，并请大家落座。阿廖莎顿时红了脸，羞愧不安。果真，他那不祥的预感成了现实。

长老坐在一张老式的红木单人沙发上,请除两位司祭以外的客人们并排坐在对面靠墙的、四把包革磨损得厉害的红木椅子上。两位司祭分别坐在两边,一个靠门,另一个靠窗。阿廖莎则和那个从宗教学校毕业的见习修士一起站着。这个修道室并不宽敞,甚至有些沉闷。屋内的家具粗糙简陋,只有最必需的物件。窗台上只有两盆花,墙角有很多神像——其中有一尊尺寸很大的圣母画像,可能是早在正教会分裂运动①之前就画好了的。圣母像前还点着一盏小油灯。在画像旁边,另外两个神像的圣徒穿着耀眼的法衣,再旁边就是天使的雕像、瓷蛋、一个天主教的雕有圣母抱尸哀悼②的象牙十字架,还有几幅外国的人像雕版画,所作的蓝本基本是过去若干世纪里几位意大利大画家的作品。这些精美的版画珍品旁边是一些俄国本土的庸俗石版画——圣人和殉道者之类的画像。这些画像在随便一个市场上只要几戈比就能买到。也有一些俄国当代和过去的主教、大主教的石印画像,但它们在另外的几面墙上。

米乌索夫扫了一眼眼前的一切后,便把目光聚焦在长老身上。他这个人对自己的眼光深信不疑,鉴于他已经年过半百了,这个弱点倒是似乎可以被理解,因为到了这个年纪,一个生活富裕、交际广泛、精明能干的人,会更加尊重自己,甚至很多时候完全是不自觉的。他对长老的第一印象并不好。说实话,不只是米乌索夫,很多人都不喜欢长老的长相。长老身材矮小,佝偻着腰,两腿无力得厉害。他今年才六十五岁,但因病看起来老了很多,乍看之下怎么也有七十五岁的样子。他瘦削的脸上布满了细小的皱纹,眼周围尤其得多;那双浅色的小眼睛灵活明亮,像两个闪闪发光的符号;鬓角只剩下一点点灰白

---

① 17世纪中叶出现的俄国宗教社会运动,导致了俄国正教会的分裂和旧礼仪派的形成。
② 原文为拉丁文,意为悲伤的圣母,此处所指圣母抱尸体(耶稣)哀悼像。

的头发,一小撮稀疏的胡须就像是根楔子,时不时轻笑的嘴唇薄如两条带子;鼻子不算太长,但是很尖,很像鸟喙。

"就目前我所看到的所有迹象,均表明这人必是一个恶毒、卑鄙又傲慢的小人。"一个奇怪的想法就这么在米乌索夫的脑海闪现。这让他对自己很不满意。

廉价小时钟的指针指向了十二点,传来叮叮当当的几声响,谈话开始了。

"我们很准时,"费尧多尔·巴甫洛维奇喊道,"但我儿子德米特里·费尧多罗维奇还没来。我要为了他向您道歉,我神圣的长老!"阿廖莎听到"神圣的长老"这种叫法,不禁打了个寒战。费尧多尔还在说:"我这个人总是很准时的,一分钟也不会迟到,因为我一直牢记守时是'帝王的礼貌'……"

"您和帝王可八竿子都打不到。"米乌索夫沉不住气了,悄声咕哝了一句。

"是的,我确实不是什么帝王。说实话,彼得·亚历山大洛维奇,您要知道,我也知道自己是个什么样的人,真的!我这个人讲话总是不合时宜!我尊敬的大师。"费尧多尔突然慷慨激昂起来了,满怀激情地说,"没错,您现在看到的是一个真正的小丑!我就是这样自我介绍的。这是个老习惯,哎!您要知道,有时候我这个人总是说些不着边际的话,其实我都是故意的!人应该幽默,应该取悦别人嘛。一个人总应该招人喜欢,不是吗?七年前,我去一个小镇做生意,和几个商人交了朋友。我们一起去见警察局长,因为我们想从他那儿获得些便利,所以请他一起吃晚饭。警察局长见了我们,他是个大高个儿,胖乎乎的,浅黄色头发,总是阴沉着个脸。这号人在当时那种场合绝对是最危险的,特别是他的肝①,他的肝火旺盛!你们可能不知道,我这个人在社交场合总是摆出一副非常洒脱的样子,我直接对他说:'局长先生,请您做我们的纳普拉夫尼克!②'他问:'纳普拉夫尼克是什么?',此话一出不到半秒,我就立马知道我的玩笑行不通了,因为他笔直地站在那里,一脸严肃。我赶忙补充:'我只是想开个玩笑让大家放松一下,因为纳普拉夫尼克先生是俄国著名的指挥家,我们正需要一个像指挥家的人来协调我们的业务……'你们看,我不是很轻易地就把我的比喻解释得非常通透吗?但他说:'对不起,我是伊斯普拉夫尼克(警官)③。我可不愿意别人用我的头衔编俏皮话。'说罢,他扭头便走。我只得跟着他大叫:'对!对!您是警官,警官!不是纳普拉夫尼克。'他说:'不,既然您都这么叫我了,我现在就是纳普拉夫尼克。'大家请想象一下吧,我们的生意就是这么黄了的!我这个人总是这样,总是这样。我越是想去结交某人、取悦某人,结果一定是给自己惹出来一大堆麻烦!曾经啊,还有件事,那是很多年前的事了。我对一个有权势的人说:'您的夫人是个怕痒④的女人。'我原本是想表达她的老婆是一个品行端正、道德上完美无瑕的女人。可他猝不及防地问我,'你胳肢她了?'我当时实在是没忍住,我就想取悦他,所以我说:'嗯!我胳肢她了!'。然后我就被他'胳肢'了一顿……好在这件

---

① 俄国人认为气质阴郁的一个原因是肝有问题,并认为肝脏有问题的人都或多或少有些精神疾病。
② 即爱德华·纳普拉夫尼克,19世纪马林斯基乐团的首席指挥,整个乐团在他的领导下走向辉煌,在之后长达五十多年的时间里,纳普拉夫尼克都是乐团的精神支柱。
③ 译为伊斯普拉夫尼克,即沙俄时代的警官叫法,发音类似纳普拉尼克。
④ 在旧俄语中"怕痒的"这个形容词同时有好面子的、看重别人评价的和斤斤计较的意思。

事已是很久以前的事了,对于现在的我来说,再提及也没什么不好意思的。我这个人啊,总爱自找麻烦!"

"您现在不还是这样吗?"米乌索夫厌恶地嘟囔了这么一句。

长老默不作声,看看这位,又瞅瞅那位。

"太对了!彼得·亚历山大洛维奇,随您信不信,我早就知道了,甚至这么说吧,我从谈话一开始就预感到了,这种事一定会发生,同时您也会是第一个数落我的人。就在这一刻,我可以看出我的笑话是多么的不成功。我尊敬的大师,我的脸颊开始粘在下牙槽的牙龈上了,快要痉挛了。我年轻时就这样,那时候我蹲在大户人家家里混吃等死。我活脱脱变成了个小丑,甚至可以说,我这个人生来如此。我尊敬的大师啊!这种日子过得跟疯子没什么两样,如果要是有人说,我被魔鬼附了身,我也不想同他们争辩,但我知道寄宿在我身体里的那个魔鬼一定不是什么大魔头,他但凡要长点心眼一定会选择附身在其他人身上,当然他一定不会选择您,彼得·亚历山大洛维奇——您的肉身对于魔鬼来说太过小气了,当不了寓所。不过,我这个人可是有信仰的呢,我相信上帝。我只是最近有点困惑,但我此刻仍然坐在这里等待着您传授给我大智慧。我尊敬的大师,我就像哲学家狄德罗①。您可知道,我的圣父,在叶卡捷琳娜大帝的时代,哲学家狄德罗去见普拉东都的主教,他一进门就对人家讲:'上帝并不存在。'听到这话后,圣城的大主教举起一根手指说:'疯子只会在自己心里说:上帝不存在!'狄德罗听罢当即跪下了,大声说:'我相信!我要接受洗礼!'于是他

---

① 即德尼·狄德罗,法国启蒙思想家、哲学家、戏剧家、作家,倡导无神论,曾拜访过叶卡捷琳娜大帝,促成了叶卡捷琳娜大帝的社会改革。

当场受洗入教，公爵夫人达什科娃①成了他的教母，波特金②成了他的教父……"

"费尧多尔·巴甫洛维奇！我受不了了！您明知自己是在胡编乱造，这个驴唇不对马嘴的故事根本就是胡说八道！您为什么非要出洋相呢？"米乌索夫再也克制不了自己的怒火了，说话的声音都开始颤抖了。

"我早就知道这是胡说八道了！"费尧多尔·巴甫洛维奇越发激动地吼道，"但是，先生们，我必须承认一个事实：长老可太了不起啦！对不起大家，上面关于狄德罗受洗的故事是我自己编的，就是刚才说话时候现编的。这个故事我以前可从来没想到过。我只不过是想给大家加些调味料。至于我为什么在这里出丑，彼得·亚历山大洛维奇，我是想让人们觉得我可爱。不过，有时我自己也不知道为什么要这样。至于狄德罗的故事，我年少时不是在本地的几个大户人家里混吃等死嘛，这个故事我至少听那些食客们说起不下二十遍了。顺便得说一句，这个故事我的姑妈玛芙拉·福米尼什娜也说起过。到目前为止，他们都相信，那个目无上帝的狄德罗曾经找过普拉东都主教去辩论上帝存在与否……"

米乌索夫直接站了起来，他不仅失去了耐心，还有些失态。他心里清楚，无能狂怒只会让别人觉得他可笑。的确，修道室内现在发生的事情确实令人难以置信。在前几任长老履职期间，这间修道室就一直承担着接待访客的任务。这四五十年来，来访者无不是充满崇敬和

---

① 全名叶卡捷琳娜·罗曼诺夫娜·达什科娃，是叶卡捷琳娜大帝的朋友，也是18世纪俄国文学艺术的庇护人。
② 即格里戈里·亚历山大洛维奇·波特金，是叶卡捷琳娜大帝最著名的情人之一，官至俄帝国公爵、克里米亚总督。

虔诚,并没有其他念头。对于那些被允许来到这里的人来说,当他们进入修道室时,就已认定能够进入这里是一种莫大的荣幸。很多人一直跪在地上,在整个拜见过程中都不曾站起来。这些人中也不乏所谓的"大人物"和饱学多才之人,当然不用说,这其中还包含一些主张思想解放的人,他们或是仅仅出于好奇,或是另有原因来到此地——但无论如何,当他们一个人或是和其他人一起进入修道室内拜见长老时,无不给自己定下了必须首先遵守的规矩,换句话说,在整个拜见过程中,他们都应当保持绝对的尊重和恭敬,言谈举止也必须足够体面。特别是在此处谈论的事情往往都与金钱无关。一方只有仁爱与怜悯;另一方只有忏悔和渴望——那种想解答棘手的灵魂问题和解决内心世界某种危机的渴望。正是这个原因,费尧多尔·巴甫洛维奇对自己所在之地的不尊重让在场的——至少在场的一些人,感到惊讶。两位司祭沉默着,专注地等着长老接下来的发言,但看起来他们也似乎正时刻准备着像米乌索夫一样站起来。阿廖莎低着头站在旁边,他好想哭。他对此甚是奇怪:他把唯一的希望寄托在他的哥哥伊万·费尧多罗维奇身上,因为他是唯一能阻止他父亲胡闹的人,其他人都不可能有这样的影响力,但他的哥哥坐在椅子上一动不动,眼睛注视着地面,很明显,伊万正以一种充满好奇心的态度在等着看这么一桩闹剧究竟会向什么方向发展,仿佛他完全是个局外人。阿廖莎现在连正眼瞧一下拉基津(那个宗教学校的毕业生)的勇气都没有了,其实他还挺了解拉基津的,甚至可以说两个人关系还不错,此刻阿廖莎猜到拉基津在心里想什么了,虽说目前整个修道院内只有阿廖莎知道。

"请原谅我……"米乌索夫对长老说,"您可能认为我也卷入了这个可耻的恶作剧。我错在竟然相信费尧多尔·巴甫洛维奇在拜访您这样一位受人尊敬的长者时,会知道自己应该遵守起码的规矩,我是真没想到,我竟然和他一起来,我不得不为此请求您的原谅……"

彼得·亚历山大洛维奇话还没说完,就羞愧到不知道接下来该怎么办了,欲走出房间。

"请您不要激动,我请求您,"长老突然从座位上站起来,用他瘦弱的腿支撑着自己的身躯。然后,他握住彼得·亚历山大洛维奇的手,让他坐回椅子上,"您冷静点,我请求您,我恳请您做我的客人。"说罢,他鞠了一躬,转身坐回自己的单人沙发上。

"我伟大的长老,我刚才的滑稽表演是否冒犯了您?"费尧多尔·巴甫洛维奇一边嚷嚷,一边用双手抓住椅子的扶手,马上要跳起来似的。当然,他接下来具体要做什么还需要依别人的回答而定。

"我诚恳地请求您不用激动,也不用拘束,"长老一字一顿地对他说,"您不用拘束,就像在自己家里一样。最重要的是您不必为自己感到难为情,毕竟现在发生的一切都是因此而起。"

"就像在自己家里一样?换言之,您让我做真正的自我?哦,那样的话就有点过分了,太过分啦!但,我心领了!您要知道,我尊敬的圣父,请不要劝我露出我的真实面目,不要冒这样的险……我自己都不敢做到那一步。为了保护您,我得事先把这一点说清楚了。总是有些人想要给我刷上点颜色,让我活在别人未曾知晓的阴暗处。我说的这种人就是您,彼得·亚历山大洛维奇。至于您,我大德大贤的大师啊!我只想表达我对您的敬佩!"他忽地站起来,高举双手感叹道,"怀了您的子宫和喂过您的两个奶子真有福气啊!特别是那两个奶子,真有福气!①刚才您对我说:'不必为自己感到羞耻,毕竟现在发

---

① 此为用典,原典出自《新约·路加福音》的第十一章第十段第二十七节比马利亚更有福,原文:"有一个女人在众人中间向耶稣欢呼,说:'怀你胎的和乳养你的有福了!'"

生的一切都是因此而起。'您的这句话真是像把利剑把我从前心到后背刺了个对穿啊！我的底细被您看得一清二楚。在人前，我确实有这么一种感觉，好像我是所有人中最卑鄙下流的那个，只要是个人就会把我当成小丑。于是我心想：'那我就演真的小丑好了。至于你们怎么想我，我不在乎，因为你们每个人都比我更无耻、更卑鄙！'所以我成了小丑，因羞耻而变成了小丑。伟大的长老啊！我生于羞耻，生来如此！我完全是太过敏感才喜欢耍赖的。如果我来到人们面前，如果每个人都能把我当作最可爱、最聪明的人来接待——哦，我的上帝！我相信，那样的话我肯定能是一个好人！大师！"他突然跪了下来，"我要怎么做才能永生呢？"

现在，很难判断他到底是在开玩笑，还是真情流露。

长者抬起头看着他，微笑着说："您自己早就知道该怎么做了，您有足够的智慧。不要酗酒，不要胡言，不要纵欲，尤其是不要贪财；关掉您的酒馆，但如若不能关闭全部，那么至少也关上两三家。最重要，最最重要的是——不要说谎。"

"您指的是狄德罗的故事？"

"不，和狄德罗的故事无关。最重要的是不要对自己撒谎。对自己撒谎、听自己谎言的人，无论是对自己还是对他身边的人来说，都会沦落到分不清真理的地步。结果会既不自尊，也不尊重他人。如果一个人不尊重任何人，就没有了爱可言。在没有爱的情况下，想要获得乐趣，就只能放纵自己的欲望，沉迷于暴食和情欲之中，最终在罪恶泥潭中彻底沦为野兽。这一切都是从他对他人和对自己撒谎开始的。这种自欺欺人的人最容易觉得自己被冒犯了。有时候人能在被冒犯中找到趣味，对吧？一个人明明清楚没有人冒犯他，但他非要臆想自己被冒犯了，甚至故意夸大细节，不依不饶地抓住豌豆大小的事大惊小怪——这一切他全然清楚，只是他停不下来，越被冒犯越享受，越被冒犯越津津有味，直到真正埋下仇恨……您站起身来……还是坐下吧。我恳求您，要知道，您的所作所为都是虚伪的……"

"被上帝赐福的人啊！让我吻一吻您的手吧！"费尧多尔·巴甫洛维奇弹起身来，立马轻吻了老人瘦骨嶙峋的手，"您说得对，被冒犯的时候，我真的觉得很高兴。您这一番话真是让我茅塞顿开。的确如此，被冒犯的感觉真是让我感觉良好。我这么做是美学上的需要，因为有时候扮演被侮辱和被伤害的角色不仅是快乐的，更是充满了美感的——您忘了这一点，我伟大的长老，那就是：美感！我要把它记在笔记本上！我一辈子都在撒谎，每天、每小时都在撒谎。没错，我即是谎言，谎言之父！不对，我似乎不是谎言之父，我总是记错原文，我应该是谎言之子，谎言之子，那也够了。不过……您，我的天使啊……有时候谈谈狄德罗也无妨嘛！毕竟说狄德罗没有什么坏处，要知道，有时候一句话就能够坏事。伟大的长老，我差点儿忘了，其实从前年开始，我就一直想来这里打听一件事，也就是我想来这儿好好地向您认真请教。只要别让彼得·亚历山大洛维奇打断我就成。伟大的长老，您听说过这么一个故事吗？我不知道这个故事出自《圣徒列传》的哪一卷了，总之是一个圣人显灵的故事。这位圣人因坚守他的信仰而饱受折磨，在被斩首之后，他竟然站起来，捧起自己的头颅'做亲吻状'。他就这么一路捧着自己的脑袋，一路'亲'着。尊敬的各位修士，这是真的吗？"

"不，这不真实。"长老说。

"所有的《圣徒列传》里都没有类似的记载。您刚刚提到的故事是哪一位圣人？"管理图书的那位司祭问。

"我不知道是哪一位。我不知道，也不清楚。我，我上当了呀，这件事我是听别人说的。知道这件事是谁说的吗？就是这位彼得·亚历山大洛维奇·米乌索夫，就在刚刚，他还在为狄德罗的事发火来着，这件事就是他告诉我的。"

"我可从没跟您说过这种话，我和您连天儿都没有聊过。"

"对！您没有对我说过，但您是当着一群人说的，当时我就在这群人中，那是大前年的事。我之所以旧事重提，就是因为您说的这个诙谐的故事动摇了我的信仰，彼得·亚历山大洛维奇。您不知道，也不了解，我回到家后便对自己的信仰动摇了。是啊，彼得·亚历山大洛维奇，就是因为您，我彻底堕落到了！这可和狄德罗的事不一样！"

费尧多尔·巴甫洛维奇心中的悲伤瞬间爆发了出来，其实在场的众人无不知晓他不过是又开始演戏了。但不管怎么样，米乌索夫还是被他这一番话刺得很痛。

"胡扯！全都是胡扯！"米乌索夫嘟囔道，"可能，我在某个时候提过这件事……但绝对没对你说过。这个故事，我也是听别人说的，是我在巴黎的时候，从一个博学多才的法国人那儿听到的，他告诉我，那是教堂晨祷时从《圣徒列传》中向教徒宣读的，那人那时正在研究着关于俄国的什么数据……还在俄国住过很长时间呢……我自己并没读过《圣徒列传》……当然我也不会去读……您难道不知道什么叫饭桌上的胡言乱语吗？当时，我们正好在吃晚饭……"

"哎呀呀！就在您品尝美味的时候，可怜的我却失去了信仰！"费尧多尔·巴甫洛维奇取笑道。

"您的信仰关我什么事！"米乌索夫大吼了一句，但他在眨眼之间抑制住了怒火，轻蔑地回应，"您真是碰到什么就把什么弄脏。"

长老突然从座位上站起来了。

"对不起，诸位，请原谅我，我暂时需要离开几分钟，"他向所有的客人说,"在你们来之前就已经有人来了,现在还在那里等我呢。而您,以后还是不要撒谎了。"长老对着费尧多尔·巴甫洛维奇面带微笑地叮嘱了一句。

长老走出修室,阿廖莎和拉基津急忙跟上去,搀扶着他下台阶。紧张到喘不过气来的阿廖莎庆幸自己能离开了,同时也因长老没有觉得被冒犯而暗自舒了一口气——长老看起来很高兴。长老走向回廊,准备去祝福在那里等他的人。但是费尧多尔·巴甫洛维奇在门口拦住了他。

"备受上帝眷顾的人啊!"他激动地喊道,"请允许我再一次吻您的手!不,要是可以,我好想和您再多说一会儿话,我们可以相处的!您觉得我总是在撒谎或是在扮小丑吗?您要知道,我刚才演戏是故意试探您的。我一直在想,自己能不能和您相处?以您的地位是否容得下我?现在,我真想给您颁发一张证书:我能和您相处!从现在起,我将保持沉默,不再说话。我会回到椅子上,把嘴闭上。彼得·亚历山大洛维奇,现在轮到您说话了,在接下来的十分钟,您是我们这伙儿人里的主角。"

第三节　一群信教的妇女

台阶下,贴着围墙搭建的回廊旁,约有二十名信徒,她们都是些从乡下来的穷苦妇女。有人告诉她们长老终于要来了,于是她们便聚集在走廊边等待。女地主霍赫拉科娃和她的女儿走到回廊上,她们也是来拜见长老的,不过是在专门为尊贵女客准备的房间里等候长老。母亲霍赫拉科娃太太是位富裕的女士。她衣品高雅,皮肤保养得不错,长得很漂亮,只是现在很憔悴——那双本来炯炯有神的眼睛如今黯淡了不少。还不超过三十三岁的她已经丧偶五年了,十四岁的女儿下肢瘫痪,可怜的女孩已经半年没能下地了,如今坐在一副轮椅上靠他人推行。她长得灵动极了,虽说因病略显消瘦,不过精神很好,长长的睫毛下的那双黑眼睛里闪着调皮的光。

本来她的母亲打算开春带她出国,但因处理庄园田产的事务一直耽搁到了夏天。二位在我们的小城里住了将近一个星期,并不是来朝圣的,主要还是为了生意上的事情,不过三天前她们还是去拜见了长老。不知怎么的,母女俩今天又来了,虽说她们早就知道长老已经病得见不了人了,但她们还是希望自己能再次见到长老。

母亲坐在女儿轮椅旁的椅子上等待长老,离她两步远,站着一位来自外地修道院的老修士,据说是从遥远北方的一个鲜为人知的修道院过来的。他也想得到长老的祝福。

但长老刚露面,便直接走向了平民。人们开始涌向连接回廊和平地的那三个低矮的台阶。长老站在最上面一级的台阶上,手拿圣带,开始为挤过来的妇女们赐福。有人把一个"鬼叫婆娘"拖到长老面前,女人一见到长老便突然开始干呕,接着就是痛苦地哀号,全身剧烈地抖动,就像是生产时歇斯底里的产妇一样。长老把圣带按在她头上,为她念了一段简短的祷文。病人立刻停止号叫,平静了下来。我不知道现在是什么情况,但我年幼时总是能在农村和修道院看到这种鬼哭狼嚎的女人。尤其是在做礼拜的日子,她们边被家人们拖着往修道院走,边疯狂大喊,与其说是大喊,倒不如说是像狗一般的狂吠,声音响彻整个修道院。但当人们把圣餐端上来,拉着她们去接受圣餐时,这种"魔鬼附体"就会立即停止,病人也能像个正常人似的平静一段时间。我小时候对这种现象感到非常震惊和不解。据那时的个别地主,以及城里的老师说,她们都是装的,就是为了不用干活儿,还说只要采取必要的严厉措施肯定能治好这种怪病。不仅如此，他们还把不知从何处听来的奇闻逸事当成这一观点的证据。但后来，我从一些医学专家那里得到了惊讶的结果，这根本不存在假装的问题，而是一种只有女人会患的、非常可怕的病，并且这种病在俄国似乎十分常见，这证明我国农村妇女的命运是多么的悲惨。造成这种病的原因在于：在缺医少药的情况下，女人们只能用土办法熬过生产，而产后没多久就又得从事繁重的工作。面对这种无处发泄的痛苦和丈夫的殴打等悲惨遭遇，总有些女人无法做到逆来顺受。至于为什么当圣餐端上，那些鬼哭狼嚎的女人突然恢复平静的这个问题，有人对我说，那不过都是装的，甚至还有人说，这一切都是那些个"神棍们"的把戏。其实，这种现象发生的原因是很自然的。不管是那些拖着她们去的人，还是患者本人（尤其是患者本人），他们都相信一个牢不可破的真理：生病是因为体内邪魔作祟，而任何邪魔都无法抵挡圣餐本身的神圣力量。所以，就在那些女人凑近圣餐的那一刻，对于这些在精神上已经极度病态的女人们来说，圣餐的神圣力量会直接撼动她们的全身，带给她们一种彻头彻尾的震撼，进一步让她们觉得上帝会显灵、会奇迹地治愈疾病，而且她们深信这种奇迹一定会发生。然后这种奇迹便出现了，虽说持续的时间可能不到一分钟。就如同此时此刻，长老把圣带按在那个女人头上出现的奇迹一样。

在这种瞬间效应的影响下，挤在他面前的妇女们，有的因激动和喜悦号啕大哭；有的冲上前去，只为能亲吻他的衣角；还有的哭得像唱诗似的。

长老一个接一个地祝福她们，还和其中的一些人聊了几句。他认识那个"鬼叫婆娘"，那个女人以前来过，这次是被人从不远处、距离此地只有六里①的一个村庄拖来的。

"这位是远道而来的?"他指了指另一个女人,她看起来不老,但皮肤黝黑,瘦成了皮包骨头。她脸很黑,但不是被晒出来的,是由内而外的黑。她在地上跪着,凝视着长老,眼中流露出一种疯狂、混乱的神色。

"是大老远来的,神父老爷,我是大老远来的,离这儿三百里呢。老远了,神父,老远了!"那女人唱长调似的说道,不紧不慢地左右晃动自己的脑袋,同时,一只手还托在腮帮子上,就像是在为至亲之人号丧。

这就是老百姓的悲痛,一种早已积淀在心中,却只能默默忍受的悲痛,深沉、内敛又沉默。但有时这种悲痛也会被释放出来,通常以眼泪的形式爆发,从那一刻起,它将变成号哭式的悲痛。这种悲痛在女性身上尤其常见。相对于无声的悲痛,这种号哭式的悲痛只能痛快一时,其代价则是进一步地刺激和撕裂心灵的创伤。沉浸在这种悲痛时,无须别人的安慰,因为众人皆知晓安慰无法起到任何作用,便索性以毒攻毒。哀号不过是不断刺激创伤的需要。

"您在城里讨生活,对吗?"长老充满好奇地看着女人,继续问道。

"我们是在城里生活,神父,是城里,不过是农民出身,住在城里。我是专程来看您的,神父。我们听说您在这里,神父,我总听人家说起您。我儿子还没长大就死了,我埋了他就离家来寻找上帝的安慰了。我去过三个修道院,他们都告诉我:'娜斯塔秀什卡,您去那儿吧,亲爱的。'也就是说,让我来找您。我就来了。昨天我还在站立祈

---

① 这里为俄里,1俄里=500沙绳≈1.0668公里。

祷①。今天我就来这儿找您了。"

"你为什么哭泣?"

"我舍不得我的儿子啊,长老啊,他快三岁了,还有三个月就满三岁了。我的儿子让我太难过了,神父,我的儿子啊。我跟尼基图什卡生过四个孩子,可我们家就是留不住孩子!就是留不住!敬爱的神父。我已经埋过三个孩子了,从没有如此心疼过,可是,这最后一个儿子,我把他埋了以后怎么都忘不掉。他好像总是站在我前面似的,走不了啊!我的心都快被他熬干了。他的那些小睡衣、小衬衫、小靴子,我一看到就难受,我只能大声地哭啊!他走了以后,那些留下来的小东西,我有事没事就摆出来看,看到后就又哭了起来。我对我的丈夫尼基图什卡说:'当家的,让我外出一段时间,去求求上帝吧。'他是个马车夫,我们日子过得不穷,神父,我们过得不穷。我们靠赶车为生,车是自己的,马也是自己的。可如今要这些财产又有什么用呢?我一不在家,我的尼基图什卡就开始酗酒,现在应该还是醉醺醺的吧,他以前就是这样:只要我一转身,他就管不住自己。现在我也不去想他了。反正我已经离开家两个多月了。我忘了他,啥都忘了,我啥都不想记起来。我和他在一起的日子还有什么盼头吗?我跟他算是完了,完了,跟所有的亲戚朋友也都完了。房子和家产,如今我看都不想看了,反正我是什么都看不见的人了!"

"听着,这位母亲,"长老说,"古时候有一位伟大的圣人,一天他在庙里看见一个……像你一样的母亲在哭,因为她唯一的孩子也被上帝召走了。圣人对她说:'难道你不知道这些孩子在上帝的宝座前有多胆儿大吗?整个天国里没有人比他们胆儿更大了。他们对上帝说:"主

---

① 站立祈祷是东正教的一种仪式,在念完祷文之后,长久站立以使自己心神宁静。

啊,您赐予我们生命,可我们一睁开眼睛,您就又把它夺了回去。"这些小家伙直接大胆地向上帝请求赐予他们天使的称号,上帝也应允了。所以,'伟大的圣人说,'你这个当妈妈的应当高兴才是。别哭了,你的孩子现在也是上帝身旁的天使了。'古时候的圣人经常这样对那些为失去孩子而哭泣的母亲这么说。要知道,这是一位伟大的圣人,永远不会说假话。所以你也要明白,你的孩子此时此刻也一定在上帝的宝座前,幸福且快乐着,并为了你在向上帝祈祷。所以我也建议你这样做:哭的时候也要感到高兴一些。"

那女人用手捂住面颊,低下头来听长老说完后,长叹了口气道:"尼基图什卡安慰我的时候和你说的话是一样的。他说:'你这个糊涂娘们儿,你哭什么呀?我们的儿子现在一定和天使们在一起,在上帝身边唱赞歌呢!'他就是这么对我说的。但我能看到,他也在哭,就像我一样。我说:'我知道,尼基图什卡,如果不是和上帝在一起,他现在还能在哪里呢?只是这里没有他,尼基图什卡,他不在我们身边呀。他再也不能像以前一样坐在我们旁边了!'我只希望能再见到他。哪怕就让我看他一眼,哪怕就让我远远地看他一眼,哪怕让我一句话都不和他说,哪怕就让我躲在角落里,只消让我再看他一会儿,听听他的动静——他总是在院子里玩儿,有时会一个人走到门口,用他那稚嫩的声音喊着:'妈妈,你在哪里呀?'我好想能再听到他走进我们的屋子,再听到他的脚步声,噔噔噔的。我记得他经常跑到我身边,又喊又笑,好多好多次,多到我都记不清了!我只要一听到他的脚步声就知道是他!但他走了,神父,他走了,没了。我再也听不见他的声音了!这是他的小腰带,可他却已经走了呀,我再也看不见他了,也再听不见他说话了……"

她从怀里抽出了儿子的金银线的小腰带,只瞅了一眼,便哆嗦着哭了起来，她用双手遮住眼睛，可眼泪却止不住地从她的指缝中往外翻涌。

"这就像……"长老说，"就像《圣经》上记载的，古时候的'拉结哭她的儿女，不肯接受安慰，因为他们都不在了'①。你们这些为人母的，在世上就要受这般的命，不接受安慰，也不需要安慰，我们也不用安慰，哭吧！只是当你哭的时候，一定要记着，你的儿子是上帝身旁天使中的一个，他正从天上往下看着你呢，他能看到你的眼泪，为你流泪而高兴，还让上帝同他一起看你流泪。像你这种伟大的母亲还会哭很久很久，但最终痛苦将化为平和的喜悦，你的热泪将变成充满力量和情感的圣水，它能拯救心灵，亦能洗清罪孽。不但如此，我会为你儿子的灵魂祈祷，能告知我他的名字吗？"

"他名叫阿列克谢，老神父。"

"很可爱的名字。这是依圣徒阿列克谢取的吧？"

"是的，老神父，是的，正是依圣徒阿列克谢取的名字！"

"好多的圣徒啊！"长老说，"我会为你的孩子祈祷，这位母亲。我会记得在祷告中提及你的悲伤，并祝愿你的丈夫身体健康。但你离开了他是罪过，请回到你丈夫身边吧，好好照顾他。如果你的儿子从天上看到你抛弃了他的父亲，他会为你而哭的；你为什么要破坏他的幸福呢？你应该知道他还活着，活着，因为灵魂是不朽的，虽然他不在家，但他总在你身边，只是你看不见而已。如果你说你讨厌你的家，他又怎么能回得了家呢？如果他看不到你们两个——他的父亲和母亲——在一起，他又能回去找谁呢？现在你总是梦见他，觉得很痛

---

① 原文参见《新约·马太福音》第二章第十七、十八节："在拉玛听见号啕大哭的声音，是拉结哭她儿女，不肯受安慰，因为他们都不在了。"

苦,但将来他会送你一些安静的梦。请回到你丈夫身边吧,这位母亲,今天就回家吧。"

"我会回家的,亲爱的神父。我会听您的,回家去。您解开了我的心结。尼基图什卡,你一定在等我吧,我的尼基图什卡,亲爱的,你一定在等我吧!"

那女人又唱起了哀号的长调,但老人已经转向了一位老妇人。从那位老妇人的衣着来看,她应该是城里人,不像是那些专程过来朝圣的人;只需要从她的眼神就可以看出她心里有事,是来此倾诉的。她自称是一名寡妇,去世的丈夫是一名军人,她住在离我们不远的城里;她的儿子瓦先卡在军需部工作,后来去了西伯利亚的伊尔库茨克。儿子到了那里之后,一共只给她写过两封信,现在已有一年没有他的消息了。她想打听儿子的情况,但连上哪里去打听都不知道。

"几天前,斯杰潘尼达·伊利尼什娜·别德里亚金娜太太——她的丈夫是个富有的商人——对我说:'普罗霍罗夫娜,你赶快把你儿子的名字写在安魂册上,放到教堂,为他灵魂的安息而祈祷。他的灵魂听到后会感到不安,就会给你写信。'斯杰潘尼达·伊利尼什娜说这种方法别人已经尝试了很多次,百试百灵。但我不知道这样做好不好。我尊敬的长老,您告诉我,这种办法是可行的吗?这样做好吗?"

"这种事情想都不要想,甚至连这么问都是可耻的。一个活人怎么能去搅扰一个辞世的灵魂呢?再者说,你还是他的生母!这是大罪,和使用巫术差不多。要不是看在你无知的分上,是不可能宽恕你的。快向圣母玛利亚祈祷吧,她很快就会保护和帮助你,祈求她保佑你儿子的安全和健康,祈求她原谅你的错误邪念。我还有几句话要对你说,普罗霍罗夫娜。你儿子很快就会回来看你的,至少也会写信给你的。你要记得我说的话,走吧。从现在起你放心等待吧,我告诉你,你儿子还活着。"

"您可真是太好啦！愿上帝赐福于您，您是我们的恩人。您在上帝面前为我们所有人祈祷，还替我们承担了罪过……"

长老注意到，人群中有一双眼正用炙热的目光盯着他，这双眼睛属于一个劳累过度的农妇，她似乎生了痨病，尽管她还很年轻。她只是沉默地瞅着，眼神中满是祈求，但不知何故，她不敢靠近。

"你有什么事，我亲爱的孩子？"

"救救我的灵魂吧，神父大人，"她慢慢地、毕恭毕敬地磕了个头，低声道，"我犯了罪，我亲爱的神父，我的罪连我自己都怕。"

长者坐在最下面的台阶上。那女人跪在地上，一点点朝他面前挪，始终没有站起来。

"我守寡两年多了，"她开始说话，声音小得就像是耳语一般，似乎她的身体在颤抖，"我结婚后，日子过得很不好，我的丈夫年纪很大，总是往死里揍我。后来，他病倒了，终日躺在床上。我看着他，心想：如果他病好了，能下来走动了，他还会打我，到那时我又能怎么办呢？那时候，我的脑子里有了这么个想法……"

"请稍等。"长老一边说着，一边把耳朵凑到她的嘴附近。至于接下来她又说了什么，因为声音太小，周遭几乎没人能听清。好在，她很快就讲完了。

"两年多了？"长老问。

"两年多了。起初我都快把这件事忘记了，但最近我总是生病，便越来越害怕。"

"你是从很远的地方来的？"

"离这儿有五百里地。"

"忏悔时提起过这件事没有？"

"提过,我都忏悔两回了。"

"圣餐礼让你参加了没有?"

"参加了,但……但是我害怕,我怕死。"

"什么都不用怕,永远都不要怕,亦不必哀伤忧郁。只要心中的悔恨尚在,上帝会赦免一切罪过。对那些真心悔改的人来说,世上没有上帝不能饶恕的罪。更何况,一个人怎么可能会犯下把上帝那博大之爱耗光的罪行呢?这世上哪有上帝都无法宽恕的大罪、大过?你只需要不断地真诚忏悔,把恐惧从心里赶走。要相信,上帝对你的爱超乎你的想象。即使你有罪,即使你深陷在罪孽里,上帝仍然爱你。《圣经》里有句老话说得好,上帝对一个悔改的罪人的爱,要胜过对十个规矩人的爱。不要害怕,往前走吧!日后你不要因为别人而动气,受了委屈也不要生气。你那已经死去的丈夫固然有对不起你的地方,但宽恕他吧,同过去和好吧。既然你心中有悔,那便证明你还有爱。只要你有爱,你就是上帝的孩子,爱可以救赎一切,可以拯救一切。连我这么一个同你一般有罪的凡人都能被你那深刻的忏悔而感动,自不必说上帝了。爱是无价的,它可以给予整个世界以救赎,别说你自己的罪过了,连别人的罪都是可以的。不要再害怕了,往前走吧!"

他为她画了三遍十字,取下自己脖子上的圣像,让她戴在自己胸前,然后,妇人向他叩首。长老从台阶上站起来,慈眉善目地看着一个抱着婴儿的壮实妇女。

"我是从维舍果里耶来的,亲爱的神父。"

"离这儿六里远呢!你一个人抱着个孩子过来的吗?来这儿做什么呢?"

"来看您啊!我以前就来过的,您忘了吗?瞧您这记性,您都把我忘了。我们那儿的街坊说您病了,我心想:我得亲自来看看您,现在不是看着您了嘛，您这身子骨哪里有病了？我估摸着您还能再活上二十年呢！真的，上帝保佑您！有那么多人为您祈祷，您怎么会生病呢？"

"谢谢你为我做的一切，亲爱的。"

"对了，我还有个小小的请求：这是六十戈比，亲爱的神父，您帮我把这些钱施舍给日子比我过得还苦的女人吧。在来的路上，我一路都在想：'这笔钱还是给他好，他知道应当把它施舍给什么人。'"

"谢谢你，亲爱的，谢谢，好心人。我会按你的想法办的。你怀里抱着的是个女孩儿吗？"

"是个女孩，神父，她叫利扎维塔。"

"愿主保佑你们——你和你的孩子利扎维塔。这位母亲，你让我的心充满喜悦。再见，亲爱的人们；再见，我的孩子们；再见，善良的人们。"

他给所有人祝福，并面向所有人深深鞠了一躬。

第四节　一位信仰不坚定的女士

从外地赶来的那位女地主，看到了长老与百姓交谈、祝福的情景，忍不住悄悄地流下眼泪，再用手帕擦去。她是一位容易共情的上流社会女士，具有真诚善良的品质。当长老来到她身边时，她立刻迎上去，兴奋地说道："看到如此感人的一幕，我收获了很多……很多……"她激动得说不出话来了，"哦，我理解了人们对你的爱。我自己也爱这些人，我愿意爱他们，我们怎么能不爱劳苦大众，怎能不爱我们杰出、伟大且朴素的俄国人民呢？"

"您女儿的身体最近怎么样？您又想和我谈谈了吗？"

"哦,我一次又一次地恳求。我甚至都打算在您的窗前跪上个三天三夜,一直跪到您愿意见我了为止。伟大的神医啊,我们是专程过来向您,向您表达一下我们对您的敬佩之意。是您治好了我的丽莎,完全治好了。全是因为您在星期四的时候为她举行的仪式,您把手往她头上摸了一下。我们迫不及待地要到这里来,就是想好好地吻下您的手,以表达我们对您的感激和尊重。"

"怎么能说治好了呢?她不是还坐在轮椅上吗?"

"但是自打上周四开始到现在的两个昼夜,她一直都没有发烧。"女士急忙补充说,"不仅如此,她的腿也比以前强壮多了。她今天早上起床时精神很好,晚上睡得也很香。您看看她红润的脸蛋和明亮的眼睛。她以前总是哭,但现在的她总是咧嘴乐呵,您瞅她多开心。今天早上,她非要自己试着站起来,结果她竟然在什么都没有扶的情况下,站了整整一分钟。她还和我打赌,说自己用不了两个星期就能去学跳舞了呢。我把我们当地的赫尔岑什图贝大夫请来,他耸耸肩说:'太神奇了,简直难以置信。'您说,我们怎么能不来打扰您呢?恨不能立马飞过来,好好谢谢您。丽莎,别愣着啊!快谢谢啊!"

丽莎本来笑盈盈的脸突然变得严肃起来,生性害羞的她尽可能地在轮椅上撑着身子,看着长老在她面前双手合十的时候,她忍不住笑出声来。

"我笑的是他,是他!"她指着阿廖莎,语气中满是孩子气的气恼,恼火自己怎么就没能忍住笑出声呢。这时,如果有人看一眼站在长老身后不过一步之遥的阿廖莎,一定会发现阿廖莎的面庞"刷"地一下就红了。他目光闪烁了一下,随即低下头,看向地面。

"阿列克谢·费尧多罗维奇,她有事要找您……您最近怎么样?"孩子的母亲突然说道,她优雅地伸出自己戴着手套的手。

长老转过头来，打量了一下阿廖莎。阿廖莎缓缓地走向丽莎，带着奇怪而尴尬的微笑和她的母亲握手。丽莎则是一本正经地看着他。

"卡捷琳娜·伊万诺芙娜让我把这个给您捎来，"她递给阿廖莎一个小小的信封，"她特意嘱咐我说，让您赶快去她那儿一趟，不要敷衍，越快越好，一定要去。"

"她让我过去？马上过去？……为什么呢？"阿廖莎充满了诧异地喃喃自语，同时表情也开始变得凝重和疑惑起来。

"啊，是因为德米特里·费尧多罗维奇的事情，还有，最近发生的一些事情，"女孩子的妈妈接过了话茬，"卡捷琳娜·伊万诺芙娜做了一些决定，但是为此……为此她需要见你，至于具体是什么事，我不知道……但她很急，您得去，必须要去，可以说，您就算是为了您的基督徒身份也要去。"

"可我只见过她一次。"阿廖莎仍是满腹疑团。

"啊，她非常高尚，可以说是一个无与伦比的人。仅凭她所承受过的那些苦难……您想想，她曾经忍受过什么，现在又正在遭受着什么？想想她马上要面对的是什么吧……太可怕了，实在太可怕了。"

"好，我会去的。"阿廖莎一边说着，一边打开那封简短的信。可信里面除了真挚的恳求之外，并没有任何其他的说明。

"啊，您可真是太好、太大方了！"丽莎突然兴奋地欢呼道，"我之前还和妈妈说呢，'他应该是不会去的吧，毕竟他在修道'。嘿嘿！您真是个好人。我之前就是这么觉得的呢！我真的是好开心能把自己的想法告诉您！"

"丽莎！"母亲急忙提醒了一下她，但旋即抱以微笑面对众人。

"您，阿列克谢·费尧多罗维奇，您把我们忘了。您是不是不愿意来我们家找我们呢？可丽莎不止一次跟我说过，她只有和您在一起时，才觉得开心。"

阿廖莎抬起眼睛，脸上又泛起了潮红，他突然憨笑了起来，自己也不知道在笑什么。不过，此时长老的注意力已经不在他身上了。前文提到过，有个远方修道院来的修士要拜见长老，此刻那位修士正在丽莎的轮椅旁，长老已经开始同他谈起话来。显然，他是一名微不足道的修士，换句话说，他职级低微，目光短浅，但他的世界观坚不可摧，可以说他虔诚，也可以说他固执。他自称来自鄂毕多尔斯克的圣西尔维斯特里的一座地处极北、拢共只有九名修士的残破修道院。长老除了为他赐福之外，还表示只要那位修士高兴，随时可以来自己的修室看一看、聊一聊。

"您是怎么做到的呢？"那位修士指了指轮椅上的丽莎，他想问的是，长老究竟是如何让这个女孩儿"痊愈"的。

"现在谈'做到'还为时过早，她只是病情好转，离痊愈还早。当然，这种好转也可能是出于其他因素，不过，有好转一定是上帝的旨意。一切不过是上帝的安排。多来看看我吧，神父，"长老突然话锋一转说，"我不是什么时候都能接见客人了。我病了，我知道自己的日子快要到头了。"

"啊，不会的，不会的！上帝才不会把您从我们身边夺走！您还会活很久很久，"女地主一边哭一边说，"再说，您哪里病了？您看起来那么健康、精神、幸福！"

"相对于前几天来说，今天，我能感觉到一种轻松。我知道，这不过是回光返照。我对我自己的病情非常清楚。您对我说，说我的精神状态很好。您的这种话，不管在什么时候都让我开心。因为，人生来就是为了幸福。只有那些真正幸福的人才有资格对自己说：'我完成了上帝赐我于大地之上的使命'，所有的信徒、圣徒、殉道者们，他们都是幸福的。"

"啊！您竟然能说出如此高尚又有见识的话！"女地主喊道，"您的话一下戳中了我的心。可是，幸福，幸福又在哪里呢？又有谁能拍着胸脯说自己很幸福呢？既然您今天都允许我们见您了，就让我向您好好倾诉一下我内心中的痛苦吧，那些我所经历的痛苦，忍了很久的痛苦，请原谅我，我真的很痛苦……"那种强烈的情感促使她面对长老，双手合十。

"是什么样的痛苦呢？"长老问。

"我的痛苦是……没有信仰。"

"您不信上帝？"

"啊！不是，不是！这种事我想都不敢想，只是未来的生活是什么样的——这实在是个谜！没有人能回答这个问题。请听我说，您会治病，您也对人的灵魂了如指掌；当然，我不敢期望您完全相信我所说的话，但我在此郑重地向您保证，我接下来的所说的话，绝非是轻浮的泛泛之谈。死后的世界究竟是什么样的？这个问题一直困扰着我，纠缠着我，让我痛苦，让我绝望；我不知道该向谁求助，我这一辈子也不敢同别人讲……如今，我鼓足了勇气向您求教……天哪，我现在都不知道您把我当成了什么样的女人。"她情不自禁地两手一拍。

"您不必在乎我的想法，"长老答道，"我完全相信您的困苦是真实的。"

"啊，我太感谢您了！您知道吗，每当我闭上眼睛的时候，总会思考：既然人人皆有信仰，那么信仰又是从何而来的呢？有人说，这是最初人类对于未知自然力量的恐惧产生的，恐惧迫使人们去想象，可想象出来的东西是不存在的。我在想，如果按照这种理论，虽然我一生都有信仰，但当我死之后，除了'坟头上几尺高野草'什么都不剩了,对了,这话还是一个作家说的。这太可怕了!我该怎样才能找回我已经丢失的信仰呢?事实上,我只是在很小的时候相信过,人家说什么,我就信什么,根本不动脑子思考——我该怎么证明这套东西是否存在呢?现在,我身处此地,向您跪拜,就是为了向您求得答案。倘若我错失了今天的机会,怕是此生再无人可以解答我的疑惑了。到底,我该如何证明呢?我该如何确使自己相信呢?天哪,我真是不幸啊!我一个人站在人群中,举目四顾,却发现这种问题根本就没人在乎,几乎没人在乎。只有我一个人无法忍受。这几乎快要了我的命。"

"毋庸置疑,确实是这样。不过,这种事情要证明是不可能的,但是要确信则是很有可能的。"

"如何确信?通过什么?"

"通过积极乐观的爱。您要尝试去爱芸芸众生,坚持不懈地去爱他们。当您真的去践行爱的真理之时,您自会相信上帝的存在和灵魂的永生。如果您对世人的爱已经达到忘我境界,那么任何疑惑都不能扎根于您的心灵,您必将坚信不疑。我所说的这些,都是经过验证的,确实是这样。"

"积极乐观地去爱?这就是另一个问题了,一个同样伤脑筋的问题。您知道吗,我是真的爱着世人啊,有时候,我甚至想抛家弃女,直接去当个护士。我闭上眼,思考着,幻想着,总是能感觉到自己被一股强大的力量所包围,那些溃烂的伤口、渗出的黄脓,根本就吓不到我。我可以做到用双手去清洗那些伤口,也可以做到用心去照顾那些病患,甚至,让我去亲吻那些黄脓都行……"

"您能幻想这些,而不去想别的,已经很好了。说不定什么时候,您真会做出些好事来。"

"对,但是,这样的日子,我又能熬多久呢?"这位女士热切到近乎疯狂地问道,"这才是最主要的问题!这是一直最折磨我的问题。我闭着眼睛,扪心自问:我又能在这条道路上坚持多久呢?如果你在给那些患者清洗创口的时候,他们不但不感激你,还想着法子地来折磨你,根本不在乎你对他们的仁慈,对你大吼大叫,无礼地要这要那,甚至还给你的上司打小报告——这种事情经常发生在重创的伤病员身上——你又该怎么办呢?你对世人的爱又能持续多久呢?我光是想到这些,就已经控制不住地打冷战了。如果说,真的有什么事情能削减我对世人那'积极乐观'的爱,唯一的可能就是被我爱的那些人毫无感恩之心。一言蔽之,我是个施恩图报之人,我施舍了,就会寻求立马得到回报,我需要人们的称赞和对我的爱做出回应。否则,任谁我也无法爱上!"

她突然发自内心地鞭挞着自己,说完这番话后,她用坚定但饱含挑衅的眼神看着长老。

"很久以前,有一位医生也这么对我说过,"长老说,"他年纪挺大了,但他确确实实是一个有文化的聪明人。他同您一样说话坦率,尽管他是以一种开玩笑的态度说的,但那是让人感到辛酸的玩笑。他说:'我越是爱整个人类,就越无法爱上某个具体的人。我总是梦想着自己可以为整个人类献身,哪怕要我走上十字架,也在所不惜;可我竟然做不到和另一个人在一起住上两天。只要有人在我附近,我就能感觉到这个人的个性正在压迫我的自尊,妨碍我的自由。哪怕跟我关系最好的人也不能同我过上一夜:我会憎恨一个人吃饭的时间太长,会憎恨一个人得了感冒而不停地擤鼻涕。只要有人碰我一下,我就会把他视为仇敌。但奇怪的是,我越是讨厌某个具体的人,我就会越热爱整个人类。'"

"这究竟该怎么办呢?这种情况我究竟该怎么办呢?难道只能陷于

绝望？"

"不，您对此深感苦恼，有这颗苦恼的心就够了。只要您尽力而为，信仰便会来的。您已经做过很多了，否则您不可能对自己有如此深刻的了解！然而，如果您现在对我坦诚的唯一目的是让我赞美您的坦诚，那您对世人的爱且不说达不到积极乐观这个境界，一切也都会停滞在您的梦想中，您的整个人生都将生活在这种转瞬即逝的幻觉之中。在这种情况下，您自然会忘记那些关于死后世界、灵魂不朽的问题，最终您只会苟安于浑浑噩噩之中。"

"您的话彻底击垮了我！此时此刻，就在您说话的时候，我突然明白了，刚才我告诉您，我受不了没有回馈的爱之类的话，我真的只是想让您表扬我的坦率。您真的使我彻底看清了自己，您找到了重点，抓住了要害，把我剖析得一清二楚。"

"您是真心的吗？我听到了您的这番坦白后，现在，我相信您是真诚且善良的。即使您还达不到幸福的境界，也请永远记住，您走的这条路是正途，尽量不要偏离它。最主要的是不要说假话，任何时候都不要说假话，特别是不要自欺欺人。您得时刻告诫自己。另外，不要轻视和嫌弃别人，对自己也同样如此。如果您觉得心里有什么不对劲的想法，那么从某种意义上说，您认识到它就已经是在净化它了。您也应该要提防恐惧，尽管恐惧只不过是自欺欺人导致的。在爱的旅途中，永远不要害怕自己会懦弱，甚至是害怕会产生不良的行为。对不起，我不能对您说些什么动听的话，因为躬体力行的爱和梦想中的爱相比，前者是一件残酷且令人畏惧的事情，后者总是追求立竿见影的回报、让大家眼前一亮的壮举。怀有这种梦想的人甚至愿意为此不顾性命，只要不持续很久，像舞台上的戏剧一样快速结束，只要可以赢得满堂喝彩。而躬体力行的爱需要工作和毅力。对某些人来说，这可能是一门学问了。但我可以预言,就在您惊恐地发现自己付出了全力却并没有靠近预想中的目标,甚至离目标越来越远的时候——就在那一刻,我预言您会突然实现自己的目标,清楚地看到上帝的神力,感受到他对你那永恒的爱和对你的未来孜孜不倦的指引。对不起,我不能继续陪您了。有人还在等我。再见。"

这位女士哭了。

"丽莎,丽莎,"她突然想到了什么,惊慌失措地说着,"请赐福于她!您一定要给她赐福啊!"

"她不值得被爱,我看这小姑娘太调皮啦。"长老用滑稽的语气说道,"小姐,你为什么总是取笑阿列克谢?"

丽莎也确实总在嘲笑阿列克谢。她早就注意到(自从上次访问以来)阿廖莎在她们母女面前总是羞赧得低着头,眼神躲闪,尽量不看她,这对她来说太好笑了。于是,她全神贯注地等着捕捉阿廖莎的视线。阿廖莎受不了别人盯着自己,在一股不可抗力的驱使下,他忍不住瞥了她一眼,而丽莎则会立刻对视,心满意足地对他微笑,这让阿廖莎感到更加尴尬和难堪了。最后,阿廖莎索性转身离开了她,躲在长老的身后。可几分钟后,他还是会被那股不可抗力所驱使,转过身去看是否有人在看他,不料这个时候丽莎正在轮椅上努力探着整个身子,等待一旁的阿廖莎看她呢。她一捕捉到阿廖莎的眼神就开始大笑。甚至连长老都忍不住问:"调皮的小姐,你为什么要这样捉弄他?"

丽莎的脸突然因羞愧而变红,虽然她的眼睛里还闪着光,但表情已经变得很严肃了。她突然满是愤怒,语速飞快,甚至有点神经质地抱怨了起来:"他凭什么就把过去的事全忘了?我小的时候他抱过我,经常和我一起玩儿。他还来我家教我读书,您知道吗?两年前他来告别时,说他此生不忘我们是永远的朋友,永远的,永远的朋友!现在可好,他倒是突然害怕起我来了。我能吃了他吗?他为什么不愿靠近我?他为什么不和我说话?他为什么不来我们家?是您不允许吗?可我们清楚着呢,这人就是除了我家之外哪里都去。行!我索性也不请他来了。如果他没有忘记的话,他是不是一下子就能想起我?偏偏这人就是不打算想起我,如今他跑到修道院来修道了呢!您为什么要他穿这件修士的长袍,他跑起来的话,这袍子会绊倒他的……"

突然,她忍不住笑了,双手捂着脸,笑得前仰后合,无法控制,根本停不下来。那是一种紧张而无声的长笑。长老一脸慈祥地听她说完,然后亲切地赐福于她。丽莎吻了吻长老的手,突然将他的一只手紧紧摁在自己的眼睛上,哭着说:"您别生我的气。我就是个傻子,一无是处的笨蛋……阿廖莎不想来见我这样可笑的女孩。也许他做得对,他做得很对。"

老人当即说:"我会让他去的。"

第五节　阿门!阿门!

长老离开修道室大概有二十五分钟。现在已过十二点半,而这次会面的发起者德米特里·费尧多罗维奇却还没有来。不过大家似乎早把这个人忘到九霄云外了,长老返回修道室的时候发现,他的客人们此时正聊得热火朝天。说话的人主要是伊万·费尧多罗维奇和那两位司祭。米乌索夫看起来跃跃欲试,时时刻刻都打算插上一嘴,但是他不走运,插不上几句话,即便插上了嘴别人也很少搭理他。这种居于次要角色的情况让本就窝着火儿的他更加愤愤不平了。米乌索夫和伊万·费尧多罗维奇之间发生过一些事情,他们曾经在学识方面进行过几次较量,伊万对他不重视的态度让他无法忍受。

"至少到目前为止,我仍旧是当今欧洲一切先进思潮的弄潮儿,可这些新的一代却根本不把我看在眼里。"他自言自语道。

费尧多尔·巴甫洛维奇之前承诺自己要安安静静地坐在椅子上,为了履行自己的承诺,他确实有一段时间一声没吭,但是一脸嘲讽地对着邻座的米乌索夫微笑,似乎在为米乌索夫的憋屈感到开心。他早就对这人不满了,现在有机会以牙还牙,他自然不会放过。最终,他还是忍不住了,弯过腰凑到米乌索夫的肩旁,压低了嗓门揶揄道:"您刚才为什么不在'吻手'后一走了之呢?您瞅瞅现在您在的地方,除了您之外有体面人吗?您之所以留下来,是因为他们之前让您觉得自己受了侮辱,您想通过展现您的聪明才智回击一下!现在,您得赶紧展示您的才华,要不,您是不会离开的!"

"您又来了?相反,我现在就走!"

"您肯定会最后一个走,比所有人走得都晚。"费尧多尔·巴甫洛维奇又嘲讽了一句,长老正好这时回来了。

就此,二人的唇枪舌剑无疾而终。长老回到之前坐的位置上,用热切的眼神环顾四周,示意众人不要停止对话。

阿廖莎对长老的表情非常了解,他看得出来现在的长老已是疲惫至极,不过是在强撑。最近,他的病恶化得厉害,严重的时候,整个人会突然晕过去,现在那种他晕厥之前特有的惨白正在他的脸上扩散。但即便如此,长老还是不想请来客散去;而且,长老似乎对这次会谈有自己的目的。究竟是什么目的呢?阿廖莎一边观察着长老,一边思忖。

"我们正在讨论一篇极有趣的文章,"管理图书的约西甫神父指着伊万·费尧多罗维奇对长老说,"就是这位先生所写的。他提出了许多新的见解,不过他的见解模棱两可。一个神职人员就教会法庭及其公共权利这一课题写了整整一本书，而这位先生针对该书在杂志上发表了一篇文章……"

"可惜的是，您的这篇文章我没有读过，不过我听说过。"长老一边说着，一边用犀利的目光凝视着伊万·费尧多罗维奇。

"这位先生的论点很有趣，"管理图书的那位神父继续说，"很显然，这位先生对世俗法庭和教会的政教分离持否定态度。"

"这引起了我的好奇心，请问是如何否定的？"长老向伊万·费尧多罗维奇问道。

后者不假思索地回应了长老。好在，他没有像阿廖莎担心的那般以一种趾高气扬、居高临下的态度同长老讲话。相反，他语气谦虚，显得很有礼貌。

"本人的论点是这样的：从事实上来说，国家的世俗权力同教会的宗教权力是无法分开的。尽管在常理上我们认为二者的混合状态是不可思议的，不但永远不可能转变成正常状态，甚至在一定程度上无法协调，因为其是建立在虚幻之上的。本人认为，在司法类的问题上，国家和教会就其纯粹的本质而言，彼此是互不妥协的。那位与我意见相左的教士声称，教会应当在世俗国家里有明确的位置或者说地位。本人对此是持反对意见的，我认为，恰恰相反，教会应当把整个国家包含在自身之内，而不是仅仅在世俗国家之中偏安一隅。即便现在由于某种原因还做不到这一点，但从本质上说，这一点无疑会作为整个基督教社会今后发展的直接目标和首要目标。"

"完全在理！"一向以沉默寡言、学识渊博著称的佩西神父不免激动地赞同道。

"不折不扣的越山主义理论①！"米乌索夫一边说，一边不耐烦地交替了一下自己的二郎腿。

"哎……我们这儿可没有'山'！"管理图书的约西甫神父冒了这么一句话后，转身面向长老道，"需要注意的是，他在文章中着重批判了那个神职人员的一些所谓'根本性和实质性'的论点。首先，他提出：'任何社会集团都不可窃取社会的公共权力为己谋私，以求支配其他公民个人的政治权利。'其次，他认为：'案件不论刑事还是民事，其裁判权都不应当归属教会。因为不论是将教会看作一个单独的神职机构，抑或是视作人们为了宗教目的组成的团体，都是同它最初的性质相悖的。'最后，也就是他的第三个论点：'教会不是人间天国的组成部分②……'"

"一个神职人员，怎么能玩这样荒谬的文字游戏呢，简直不成体统！"佩西神父受不了这番言语了，直接打断道，"您批判的那本书我读过，"他向伊万·费尧多罗维奇说，"一个神职人员能说出'教会不是人间天国的组成部分'，我实在是惊讶到无法理解。既然不属于人世间，那它根本就不可能存在于世上。《福音书》中的'不属于人世间'这句话，不是这样用的。似懂非懂地引经据典可真是不应该。教会，是吾主耶稣从天而降建立的。当然，天国不在人间，而是在天上；但进入天国必须通过人世间的教会，没有其他途径。用这种俗世的双关

---

① 此处原文为俄语，常译为越山主义、教皇集权主义、教皇至上主义，该主义强调教皇的绝对权威和教会的权力集中，在19世纪中期被罗马教皇所推崇。"越山"一词出自拉丁语"住在山后的人（山指的是阿尔卑斯山）"。
② 基督教要建立人间天国，就必须通过教会组织手段来建立神在世间的世界。但人们在不知不觉中把教会这种组织形式当作了目的本身，所以结果是没有保留好宗教的纯粹性，存在一种用手段代替目的的危险。

语,玩这种文字游戏是毫无价值、没有必要的。教会才是真正的王国,受命于天,也必将在最终的审判之前成为大地之上唯一的天国,这一点是上帝许……"

像是猛地克制住自己了一般,他忽然不说话了。伊万·费尧多罗维奇面色诚恳且认真地听他说完,然后和颜悦色、沉着坦荡地转向长老说道:"我那篇文章的整体大意是这样的:在基督教刚刚诞生的三个世纪,基督教只以教会的形式存在,仅仅是教会。可是后来,本是异教徒的罗马人有意皈依了基督,建立了基督教国家,这就不可避免地出现了一个现象,罗马国内虽包含了基督教会,但它实际上还是继承了诸多异教国家时的行事习惯。实际上,这种情况是必然会发生的。在罗马这样一个国家里,有太多异教徒所留下的智慧和文明,包括罗马这个国家的基石和它的国家目标。但在基督教会进入这个国家后,基督教本身必须立足于它的基石之上,不是立足在自己的基础上,只会有所妥协,同时基督教只能追求自己的目标,当然这个目标是上帝指定的,坚定且不言自明的,其中一项就是将教会带入到当时其他的古代异教国家。因此(放眼未来的话),教会不应当只是所谓的'社会机构'或者说'人们为了宗教目的组成的团体'在国家内偏安一隅,恰恰相反,教会应当促使世界上的一切世俗国家向其转化,并且只能是成为教会,而非其他,凡是与此项目标不一致的,都应当被剔除。这么做并不会在任何程度上羞辱一个国家,不会剥夺任何一个国家的光荣和荣誉,更谈不上驳了统治阶级的面子,只会让这些国家远离异教徒的歧路、走向通向永恒目标的唯一正道。因此,《论教会社会法庭之基础》一书的作者究竟是怎么样看待这些最基础概念的,是否将自己所说的理论看成对这个有罪且毫无成就的时代的权宜之计?倘若他是这么认为的,那么他的话还是可取的。但是,那本书的作者却说,他所说的理论——包括刚才佩西神父已经列举的那些基础——是这个世界上原有的、先验的、不可动摇的永恒真理,那就是彻底背叛了教会、背叛了教会和圣人的神圣使命。这就是我那篇文章的中心思想了,我刚刚说的这番话也可以说是我那篇文章的大纲。"

"简单地说,"佩西神父一字一顿地说,"按照我们这个时代,也就是19世纪推崇的一些理论来说,教会应当会演化成国家,就像是从某种低级形态进化到高级形态,然后自行消失,把位置腾出来给科学精神、时代进步和文明思想。如果教会顺应这个历史潮流,不抵抗,国家就必须给他一块角落作为补偿。在如今的欧洲大地之上,这样的现象无处不在。根据我们俄国人的理解和意愿,让教会进化为国家,让教会从低级形态往高级形态爬升,是不必要的。恰恰相反,应当将国家变成教会,只成为教会,而非其他。这是一定的!一定会的!"

"哦,听到您这么说,我倒是感觉好些了呢,"米乌索夫一边交替他的二郎腿,一边笑着插话道,"按照我的理解,这样的理想估计得在无限遥远的未来才能实现。到那个时候,估计什么战争、外交家,银行全都会消失,多么美好的乌托邦啊!都有点社会主义的味道了。我本以为这一切都会动真格的呢,以为教会现在就要开始审理刑事案件、鞭挞犯人、送犯人去服苦役,说不定还有死刑。"

"就算现在只有教会一个社会法庭,教会也不会把犯人送去服苦役或者死刑。犯罪行为和对于犯罪行为的看法在不久的将来肯定会改变,当然是一点一点地改变的,绝不是一蹴而就的,但是这个改变的过程应该是相当快的⋯⋯"伊万·费尧多罗维奇说这话的时候眼睛一下都没眨,语气中满是平静。

"您当真这么想?"米乌索夫紧紧地注视着他。

"如果教会统治了一切,那么教会只需将那些怙恶不悛、作奸犯科之人驱除出教会即可,至于砍头之类的事情,大可不必。"伊万·费尧多罗维奇继续道,"试问,对于那些被驱除出教的人来说,哪里还有他们的容身之所呢?要知道,就是因为他所犯的罪,他不但成了人民的敌人,更成了教会的敌人。当然,从严格意义上来说,当今的社会也是如此,只是没有明文规定罢了。所以,经常会出现罪犯蒙蔽自己的良心,为自己开脱的情况。如今的某些罪犯总是这样对自己说:'我不过是偷了别人家的东西,可是我根本没有反对教会,我不是基督的敌人。'倘若要是教会取代了国家,他还怎么能说出这样的话呢,除非他把人世间的一切,包括教会通通否定:'教会是假的,人民是错的,人民被教会蒙蔽,只有我,这个杀人犯兼小偷才真正代表公正的基督教会。'对自己说出这种话应该是很难的吧,起码需要很多复杂且重大的条件,那是概率非常小的特殊情况。现在,让我们换个角度探讨一下教会对于犯罪行为的看法。如今的教会在面对犯罪的时候,难道不应该改变下这种近乎异教的态度吗?为了所谓的保护社会,教会只会采取一种非常机械的办法驱除作奸犯科之人,就像是直接把受了感染的肢体截了一样。真正的办法,难道不应该是让其深刻且彻底地意识到自己的罪过,然后洗心革面、脱胎换骨重新做人吗?"

"这又是怎么回事?我又不理解了。"米乌索夫未等他说完便插嘴道,"您说的这些,也是梦吧。纯粹无形的东西,我理解不了。所谓的驱除是什么?驱除应该怎么操作?我怀疑您在拿大家开心呢,伊万·费尧多罗维奇。"

"现在的情况就是这样,"长老突然开口了,众人的眼光齐刷刷地落在长老的身上,"要是没有基督教会,那些作奸犯科、为非作歹的人根本受不到什么制约或者惩罚。当然,我所说的惩罚是指……真正的惩罚,而不是您刚刚提到的那种机械式的惩罚。在大多数的情况下,那种机械的惩罚,其实只能带来愤恨和怒火。而真正的惩罚才是唯一行之有效的,是能驯化灵魂、让人畏惧的,它藏在每个人的灵魂深处。"

"此话又从何讲起呢?"米乌索夫饶有兴致地问了这么一句。

"是这样的,"长老开始说话了,"我们刚刚所说的鞭挞、流放、苦役实际上改造不了任何罪犯,最重要的是,这些东西吓不到任何罪犯。因此,犯罪行为没有减少,反而有愈演愈烈之势。这是不得不承认的事实。由此证明,社会根本不可能通过这种机械的惩罚来得到保护。某个人犯了罪,我们把他发配到遥远的地方,眼不见为净。可用不了多久,就有另一个罪犯填补他的位置,甚至有时还会有两个罪犯来填补。如果这个世道上,真的有某种东西保护着我们的社会,并能让那些违法犯罪之人洗心革面、重新做人,那一定是基督的力量——这种力量的外在表现,就是人的良知。一个人只有意识到自己是宗教社会的一员,自己在教会中犯了罪,他才会有强大的负罪感。由此可见,现代罪犯只有在面对教会,而不是国家机器时,才能认识到自己的罪过。如果教会有审判权,那么它就能决定该把什么样的人驱除出去,又该重新接纳什么样的人。但是现在的教会没有实实在在的审判权,只有从道德上谴责的权力,在惩罚犯罪、保护社会这一重要任务上,教会丧失了主动权。其实教会并不会把罪人驱除出去,而是对他们进行慈父般的教导。不仅如此,教会还想方设法地同那些犯罪之人维持宗教上的联系,让他们来教堂祈祷,让他们参加圣餐礼,给他们施舍,似乎自己面对的不是作奸犯科的罪犯而是可怜无辜的战俘。啊,上帝啊!倘若教会也像世俗权力机关一样,以法律那种机械的方式把罪犯驱除出去,这对罪犯来说,会是一种什么样的感受啊!如果一个人被国法制裁后,紧接着被教会驱除,那这个人会如何呢?我想,对于俄国的罪犯来说,没有比这更令人绝望的事情了,因为俄国的罪犯起码是有信仰的。顺便得说一句,到那个时候,也许会导致十分可怕的结果,要是罪犯失去了信仰该怎么办?而教会毕竟是他慈爱的母亲,哪怕不用驱除这等残忍的手段,罪犯本人在世俗法律的制裁下也已十分痛苦,总得有人怜悯他吧。尽管教会放弃了惩罚权,但仍需知晓的一点是,教会的法庭才是唯一坐拥真理的法庭。即便是在同世俗权力妥协的情况之下,教会法庭也不能在实质和道义上同任何其他法庭相合并。这一点是容不得做任何交易的。有人说,外国的罪犯很少真心悔改,甚至现代的一些新潮学说使他们相信,自己所犯下的不是罪,而是面对不公正的社会压迫的一种反抗、一种起义。社会用一种压倒性的机械力量将这些罪犯从自己身上剔除,在剔除他们之时还往往伴以憎恶(至少那些欧洲人是这么说自身遭遇的)——憎恶和遗忘,丝毫不在乎自己兄弟未来的命运。因此,在欧洲教会没有一丝的怜悯下,这一切发生了,多种复杂情况导致那儿根本不存在什么教会,只有一些素餐的教士和富丽堂皇的教堂。而教会早已开始从低级形态往高级形态'进化'了,迟早会消失在国家之中,至少在那些信奉路德教的国家里,这种事情正在发生。在罗马,国家取代教会的历史已然存在一千年了。也正是因此,罪犯们往往不再把自己视作教会的一员,若是被驱除,便会自暴自弃。这种人一旦重返社会,往往心里会充满仇恨,以至于认为是自己抛弃了社会而非社会抛弃了自己。结果会如何,你们可以自己设想。在很多情况下,我国与其几乎一样。但区别在于,我们这儿除了世俗法院的判决之外,还有教会,我国的教会永远不会同任何罪犯失去联系,就像在永远思念着自己那可爱的宝贝儿子。而且,我国的教会法庭还存在着,尽管是在观念中存在,但它为未来而存在,哪怕仅仅是存在在理想中,就连罪犯靠着自己仅存的良知也是承认的。正如我们之前所说的那样，倘若教会法庭开始起作用，开始完全地发挥自己的力量，换句话说，如果整个社会由国家转变成教会，那么教会的审判将会以一种前所未见的影响力来矫正每一个罪犯，说不定，犯罪人数会下降到一个不可思议的数字。毫无疑问，到了那个时候，教会对于未来的罪行和罪犯的理解会和如今大不相同，他们可以使那些被驱除的人重新返回社会，使心怀恶念之人迷途知返，使深陷罪恶之中的人重获新生。"

说到此处，长老笑了一下继续说道："没错，现在的基督教会还没有做好准备，整个基督社会完全靠七位圣贤苦苦支撑着，但这七位圣贤的影响力不会减少。他们让教会的根基不可动摇。终有一天，这个世界会从一个异教徒的社会联合体完全转变成一个全球一统、主宰一切的教会。这是我所希望的，阿门，阿门！哪怕等到海枯石烂也没有关系，因为这是注定要实现的。没有必要在日复一日年复一年的等待中焦急难耐，因为时间和期限的秘密，都在上帝的智慧之中，在上帝的预见和仁爱之中。也许，根据我们人类的历法来算，这件事还很遥远。可按照上帝的计划，现在也许已经到了基督第二次降临的前夜，已经到门口了。最后一定会如我所愿，阿门！阿门！"

"阿门！阿门！"佩西神父在一旁附和道。

"奇怪！太奇怪了！"米乌索夫说这话时虽然并无暴躁冲动之举，但语气中隐隐压着一股不可名状的愤怒。

"您为什么觉得很奇怪？"约西甫神父小心翼翼地问了一句。

"到底在说些什么啊？"米乌索夫爆发了，"把国家毁灭了，把教会提到国家的位置。这已经不是越山主义了，这简直是巅峰主义了吧！

就连教皇格里高利七世都不敢这么想①。"

"还请您理解一下!"佩西神父严厉地说,"不是把教会变成国家,请您必须明白这一点。把教会变成国家,那是罗马人要干的事,那是罗马的梦想,是魔鬼的第三次诱惑。我们说的是把国家变成教会,是让国家上升到教会的高度,然后成为整个世界的教会。这同您所说的越山主义和罗马的事是大相径庭的,与您的解释也恰恰相反。这是东正教在世间的伟大使命。这颗明星必将在东方闪耀。"

米乌索夫沉默了,沉默得意味深长。他用他那高大魁梧的身材展现出优越的自尊感,嘴上挂着一抹充满宽容、自信和高傲的微笑。阿廖莎看着他,心跳得很厉害。刚刚的整个谈话让阿廖莎心潮澎湃。一个偶然的机会,他瞥了一眼拉基津,只见拉基津依然站在门口,低垂着双眼,专心地听着,认真地看着。但从他那一阵阵泛红的脸颊上,阿廖莎猜到拉基津也同样心潮澎湃,而且这个程度同他相比有过之而无不及,不过他知道拉基津为何如此。

"请允许我给大家讲一个小故事。"米乌索夫突然跟换了个人似的严肃起来,"这件事发生在巴黎,是几年前的事了。那是十二月政变②后不久,我去拜访一位当时很有权势的大人物,在他的家里遇到一位非常有趣的绅士。此人不是一般的密探,更像是一个大的政治组织的密探头目。不过可以确定一点——这人身居要职。出于强烈的好奇心,我借此机会和他攀谈起来,而他是作为下属来向上级汇报工作的,

---

① 格里高利七世是反对皇权最为激烈的教皇之一,他为了让天主教摆脱神圣罗马帝国的控制毕生都在斗争。
② 十二月政变即十二月党人起义。这是一场发生在1825年12月(俄历)、反对俄国沙皇专制制度的起义。起义者是一批具有民主主义思想的贵族军官,他们成立了革命组织,谋划了起义,主张建立共和国或君主立宪政体。

所以主人家并没有依照对待拜访客人的态度接待他。他看到我在他上司家受到的礼遇,多少坦诚说了几句。当然,是那种有一定的限度的坦诚,更准确地说,他对我更多出于礼貌,法国人本身就很擅长礼仪,尤其是当他发现我是外国人之后。但我能明白他的意思。我们的话题是关于社会革命党的,顺便说一句,当时社会革命党正被四处逮捕。我们谈话的主要内容这里就直接略过了,我只想引用一下从那位先生嘴里突然冒出来的精彩语句。他说:'事实上,对那些社会主义者、无政府主义者、无神论者和革命者,我们都不是很担心;我们有人在观察他们,我们知道他们在做什么。但他们中有一小部分特殊的人——就是那些同时信仰上帝和社会主义的基督徒。我们最担心他们,这些人太可怕了!基督徒兼社会主义者比无神论社会主义者更可怕。'他的话使我很吃惊。听了您刚才说的话,我突然想起了他说的这番话……"

"您是把他的话用在我们身上,把我们当作社会主义者吗?"佩西神父直接问道。

就在彼得·亚历山大洛维奇思考如何回答之时,门突然开了,迟到的德米特里·费尧多罗维奇走了进来。说实话,大家似乎早就不再等他了,所以他一出现,反倒让大家在一定程度上感到惊讶。

第六节 这种人活着干什么

德米特里·费尧多罗维奇今年二十八岁,中等身材,外表迷人,但他看上去比实际年龄大得多。此人四肢发达,不难想象他的体力强大,但他的脸上带着几分病容。他面容消瘦,双颊凹陷,泛着一种不健康的蜡黄色;他有一双凸出来的黑色眼睛,虽然眼神刚毅、固执,但总透露出一点让人难以揣测的神色。哪怕他一腔怒火嚷嚷的时候,他的眼睛似乎也不配合他的情绪,有时甚至可以说和他所表达的东西大相径庭。与他交谈过的人可能会有这般印象,即"很难了解他到底在想什么"。有人明明看到他眼睛里流露出若有所思和郁郁寡欢的神色,不料却被他突然放声的大笑吓一跳。这说明,此人此时虽是满脸忧愁,但他的心里是轻松愉快的。不过,他现在这种病病恹恹的样子倒是可以理解的:城里的人都知道或者听说过,他最近沉迷于不安分的"酗酒狂欢"之中,每个人都知道他最近非常气恼,他和父亲因为财产纠纷闹得不可开交。卡拉马佐夫的家事,早已是满城风雨、人尽皆知了。这人简直和我们的地方法官谢苗·伊万诺维奇·卡恰尔尼科夫在一次聚会时对他的描述一样,"想法狂热而且诡异得令人费解"。他现在走进了院子,穿着一套扣子扣得齐整的礼服,戴着黑色手套,拿着一顶礼帽,一身打扮可谓得体讲究、无可挑剔。作为刚退伍不久的军人,他还留着上唇须髭,其他地方的胡茬都刮得干干净净,深棕色的头发理得很短,鬓角是向前梳的。众人老远就看见他铿锵有力地大步前来,一副军人做派。他走到门口立定片刻,扫视了下屋内的所有人,料到本次会面的主角是那位病病恹恹的长老,于是径直走到长老面前,先是深深地向长老鞠了一躬,接着请求他赐福。待长老赐福完毕后,德米特里·费尧多罗维奇毕恭毕敬地行了吻手礼,然后异常激动几乎带着怨气地说:"让大家久等了,请恕罪。不过,我之前一直在询问父亲派来的家仆斯乜尔加科夫,那人斩钉截铁地回答我时间定在一点钟,还很肯定地重复了一遍。现在我才突然明白……"

"没事的,请放轻松,"长老打断他说道,"您只迟到了一小会儿,问题不大……"

"万分感谢,我知道您向来仁慈宽宥。"说罢,德米特里·费尧多罗维奇又向长老鞠了一躬,然后突然转向他的父亲,同样恭敬地向他也鞠了一躬。可见,他是事先经过深思熟虑,才决定这么做的,想借此在人前表现出对父亲的礼貌和尊重。此举使得费尧多尔·巴甫洛维奇有些猝不及防,但他随即有自己的一套回应办法:一看到德米特里·费尧多罗维奇对自己行礼,他便迅速从椅子上站起来,同样向儿子深鞠了一躬,同时他的整张脸突然变得庄重而严肃,甚至看起来狞厉异常。而德米特里·费尧多罗维奇只是默默地向屋里所有的人鞠了一躬,之后迈着坚定的大步走到窗前,在佩西神父身旁仅剩的一张空椅子上坐下,上身前倾,摆出一副姿势,准备倾听被他打断的谈话。

自德米特里·费尧多罗维奇出场到现在不过两分钟,被打断的谈话立即恢复了。但这一次,彼得·亚历山大洛维奇不打算回复佩西神父那个固执又有点令人恼火的问题,他觉得没有必要。

"先把这个问题放在一边吧!"他带着一种社交老手的口吻说道,"我们这个话题让人相当头疼。看,伊万·费尧多罗维奇满脸堆笑,他对此一定有一些想法。您还是问问他吧。"

"本人没有什么特别的见解,倒是有一个很小的想法,"伊万·费尧多罗维奇立马接过话茬说,"一般来说,欧洲的自由主义者,乃至咱们俄国的只学到一点皮毛的自由主义者,在很久以前就常常把社会主义的最终结果和基督教的永恒目标混为一谈。这个荒谬的结论当然很有代表性。然而,将社会主义与基督教混为一谈的不光是自由主义者和那些略知皮毛的人,在许多情况下,连宪兵也像他们一样,当然,是外国宪兵。彼得·亚历山大洛维奇,从某种意义上讲,您口中的那个巴黎趣事,很有代表性。"

"我再次请求,我们就不要再谈论这个话题了,"彼得·亚历山大洛维奇补充道,"先生们,让我给你们讲一个发生在伊万·费尧多罗维奇身上的故事吧,这个故事非常有趣,也很特别。大概在五天前,有一个聚会,来者大多是女士。在那里他郑重地说,这世界上压根没有任何力量能迫使人爱自己的同类,'人爱人'的自然的法则是不存在的。如果说,到目前为止有谁还愿去爱或者相信自己被爱,那么这和自然法则没有半点关系,只不过是因为人们相信自己可以永生罢了。伊万·费尧多罗维奇在说完后还如是补充道:所有的自然法则都存在于此,因此,如果人类可以永生的信念被摧毁,不仅人的爱会枯竭,人类赖以维持尘世生活的全部力量也会枯竭。至于道德,那就更不用多说了,到那时,就不会有什么不道德的东西,因为万事皆可,甚至连吃人都行。这还不算什么,最后,他断言,对于一个既不相信上帝也不相信自己能永生的人来说,譬如说现在的我们,那就得让道德的自然法则相悖于之前的宗教法则的方向,甚至发展到诉诸人类的利己主义,这使得犯罪行为不仅应该被允许,甚至应该被承认,在这种境地之下,犯罪乃是不可避免的,且是一种最合理的、最简单的、最高尚的解决方案。先生们,我们完全可以轻易地从这个奇怪的言论中推断出,我们这位亲爱的'奇思妙想又自相矛盾'主义者——伊万·费尧多罗维奇接下来要宣扬什么了。"

"对不起,"德米特里·费尧多罗维奇突然大声说,"我不知道我是不是听错了,说什么'犯罪行为不仅应该被允许,甚至应该被承认',还有对于那些不相信上帝的人来说'犯罪乃是不可避免的,且是一种最合理的、最简单的、最高尚的解决方案!'是这样吗?"

"没错。"佩西神父说。

"我记住了。"

说罢,德米特里·费尧多罗维奇突然沉默了,就像他刚才插嘴说话时一样出人意料。在场众人无不好奇地望向他。

"您是否真的认为,人失去了永生的信念便会导致如此后果?"长老突然问伊万·费尧多罗维奇。

"是的,我坚信,没有灵魂永生,世间就没有美德。"

"您这般坚信,既是幸运的,又是不幸的!"

"不幸二字又从何谈起?"伊万·费尧多罗维奇笑着问道。

"很大程度上您不相信自己的灵魂能永生,您很可能也并不相信您在那篇关于教会和教会法庭的文章中说的话。"

"也许,您是对的!但是我还真不是在开玩笑。"伊万·费尧多罗维奇顿时涨红了脸,突然奇怪地承认道。

"您的确不是在开玩笑,确实如此。这些想法在您心中悬而未决,折磨着您的心。只是,有时候那些被折磨的人也会拿自己的绝望开玩笑,这似乎也是缘于绝望。现在,您也因绝望而自嘲,不管是在杂志上发表文章,还是在名利场同人辩论,其实您并不相信自己口中的辩词,但还要痛苦地对着一颗备受折磨的心放声大笑。这个问题在您心中解决不了,变成了您不幸的根源,您迫切地等待着一个解决……"

"可这种问题有可能解决吗?有可能得到肯定的解答吗?"伊万·费尧多罗维奇带着莫名其妙的微笑看着老人,奇怪地追问道。

"若无可能得到肯定的解答,那定无可能得到否定的解答。您自己知道的,您的心性就是如此,这正是您心中痛苦的根源。但您要感谢造物主赋予您这么一颗能承受痛苦的超凡脱俗的心,'向天上思考并探索,因为我们是天国的臣民。'[①]愿上帝保佑,让您的心能在大地之上找到答案,愿上帝一路保佑!"

长老举起一只手来,想在原地为伊万·费尧多罗维奇画一个十

---

① 此处原文是一句旧俄罗斯语的谚语诗,出处不详,大意是:"从上方进行哲学思考,从上方寻找,我们便住在天堂。"

字。未承想,伊万·费尧多罗维奇突然从椅子上站起身来,径直走到长老跟前,接受了他的赐福并行了吻手礼。礼毕,他安静地回到原来的座位上,态度坚定,神情严肃。很难想象,刚才发生的一切出自伊万·费尧多罗维奇,这让现场突然多了几分神秘而庄重的色彩,让众人感到很意外,以至于大伙儿沉默了好一会儿。阿廖莎看起来似乎吓坏了,米乌索夫则是毫无征兆地耸了下肩膀。而此时,费尧多尔·巴甫洛维奇突然从椅子上跳了起来。

"我尊贵无比的长老啊!"他指着伊万·费尧多罗维奇喊道,"这是我的亲儿子啊,是我的骨肉啊,血浓于水的骨肉啊!可以说,他就是我最孝顺的卡尔·摩尔!这个刚刚进来的小子叫个德米特里·费尧多罗维奇,就是最不孝的那个弗兰兹·摩尔。今天,我就来求您好好帮我管管这个不孝子!哦,我刚说的那两人都出自席勒的《强盗》[①],至于我,我就是那个领主冯·摩尔[②]。您可一定要给我评评理啊!快救救我们吧!我们需要的不仅是您的赐福,还需要您的预言。"

"不要故作愚蠢,有话直说,不要一开口就侮辱自己的家人。"长老声音疲惫,有气无力地回应道。看得出,他已劳累到精力不支了。

"在来这儿的路上我就预感到了,今天的会面不过是一场闹剧!"德米特里·费尧多罗维奇一边从座位上跳下来,一边愤怒地喊道,"对不起,我尊敬的神父,"他转向长老,"我是个没有学问的粗鲁之人。我都不知道该如何称呼您,但您被骗了,您过于善良,其实,您不该允许我们在这里见面的。我的这位父亲不过是想制造麻烦罢了,但究竟为什么,怕是只有他自己知道。他这人一辈子都在算计别人。不过,

---

[①] 《强盗》是德国剧作家约翰·克里斯托弗·弗里德里希·冯·席勒创作于1780年的同名五幕十五场剧本,亦是他的处女作剧本。

[②] 原文为德语,译为"领主冯·摩尔",全名为卡尔·冯·摩尔。

现在我大概明白了他到底是为什么而来……"

"大家，他们所有人都责怪我！"费尧多尔·巴甫洛维奇也高声喊道，"甚至连彼得·亚历山大洛维奇都责怪我了，您责怪了，彼得·亚历山大洛维奇，您责怪了啊！"他突然转向米乌索夫，但米乌索夫压根不想打断他。"是个人就说我把孩子的钱藏在靴子筒里吞了，说我欺负家里人。可我倒是想问问了：这世上没有法庭了吗？你，德米特里·费尧多罗维奇，你敢不敢把你的那些收据还有我们之间的信件和协议拿出来，让法庭好好帮你算算：你原来有多少钱？你花了多少钱？你还剩下多少？彼得·亚历山大洛维奇为啥不说话？德米特里·费尧多罗维奇对他来说可不陌生。所以，这些人是合起伙儿来欺负我。讲实话，德米特里·费尧多罗维奇现在还倒欠我钱呢，可不是小数目，而是几千卢布呢！我手里有证据！那小子天天放浪形骸，他在哪儿，哪儿就鸡犬不宁。在他服役的地方，他为了勾引良家女子，花费的不止一两千卢布吧；他这些破事的细枝末节，又有什么是我们不知道的？德米特里·费尧多罗维奇，我是有证据的。我尊贵无比的长老，你相不相信，他勾引了一个大家闺秀，她是富贵人家的大小姐，家产丰厚，她父亲是那小子过去的上司——那可是一位作战英勇、战功卓著，还拿过安娜勋章的中校！德米特里·费尧多罗维奇曾许诺要娶人家，现在把人家姑娘的名声都玷污了。现在，这位姑娘成了孤女，来到了这里，算是他的未婚妻，可他在人家姑娘的面前，去向别的姑娘献殷勤！他献殷勤的那个姑娘倒是个美人，虽然那个美人同一个体面可敬的人有了婚约，但她人格独立，是任何人都无法攻破的堡垒。她和合法结婚的已婚妇女没有什么不同，因为她爱自己，尊重自己。是的！诸位尊敬的神父，她的确品质坚贞！但是我们的德米特里·费尧多罗维奇想用金钥匙打开这座堡垒，所以才跑到我这儿来耍赖，不就是想从我这里弄到钱嘛！眼下，他已经花了好几千卢布在这个女人身上了，而且无休无止地借钱。顺便问一下，你知道他在向谁借钱吗？要不要说出来啊，米佳？"

"住口！"德米特里·费尧多罗维奇说道，"等一下，您要说什么等我出去了再说，不许当着我的面侮辱那么一位高尚的女士，您只要提到她，就是对她的侮辱！我绝不允许！"他气得上气不接下气。

"米佳啊！米佳啊！"费尧多尔·巴甫洛维奇费了老鼻子劲挤出几滴眼泪，叫唤道，"父亲的祝福都不重要了是吧？那好，我现在咒你，你要怎样应对？"

"装腔作势的无耻小人！"德米特里·费尧多罗维奇厉声吼道。

"他在骂他的父亲啊！父亲啊！他对自己的父亲都这样，那对其他人呢？先生们，大家试想一下吧，咱们这儿有个受人敬重的穷苦可怜人，是一个退役上尉。他不幸犯了点小事，被革职了，但此事没有公开，军事法庭就没有审判他，他的荣誉也就没有被剥夺。但他负担沉重，要养活一大家子人。三周前，就是这位德米特里·费尧多罗维奇，拽着人家的胡子，把人家从酒馆里活生生地拖到大街上暴打了一顿。理由竟然是，我这个老头子委托人家处理我的一点小事。"

"胡说八道！表面上像是真的，其实在说谎！"德米特里·费尧多罗维奇气得发抖，"父亲！我不打算为了我之前的行为辩解什么。好的，我现在就在大家面前承认我的错误：当时的我确实像头野兽一样对待那个上尉，现在我十分后悔，并为当时的举动鄙视自己。然而，您的那位上尉，您的那位临时委托人，当时受了您的命令去了您口中的那位美人家，代表您去建议她接受您手中的那些和我有关的收据和欠条，要是我仍坚持向您索要属于自己的财产，就让那位女士凭这些借据同我对簿公堂。您动不动就说，是我爱上了那位女士，可实际上，她明明是您派来勾引我的！这些话都是她亲口告诉我的，她一边说，一边还嘲笑您呢！我知道您为什么要起诉我，不就是因为吃我的醋吗？您向那位女士求爱的事，我偏偏知道了，而且她也在嘲笑您——听着，就在她笑话您的时候，她把这些事全都说出来了。看哪，圣徒们，在你们眼前的这个人，就是那个指着鼻子骂自己儿子放浪的父亲！各位都看到了，请原谅我的愤怒。但我有一种预感，这个狡猾的老头子让我们都来这里，纯粹就是来火上浇油的。而我到这里本想表示一下我的宽恕，如果他能表个态，在表示宽恕的同时，我还会请求宽恕。但他刚才不但侮辱了我，还侮辱了那么一位高尚的女士（出于尊重，我甚至不敢说出她的名字）。我决定公开揭露他耍的所有花招，尽管他是我父亲……"

他无法再继续说下去了。他的双眼迸发出火一样的光，连平稳的呼吸都做不到了。整个修道室里的人都很激动，除了长老，大家都不安地从座位上站了起来。那两位司祭板着脸，似乎在等待着长老的最终决断。佐西马长老仍然坐在原位，面色煞白，倒不是因为刚才的这么一出闹剧，而是因为他的身子实在是太虚弱了。他嘴角露出一丝恳求的微笑，几次把一只手举到一半就又匆匆放下，好像是为了阻止这对气得发疯的父子俩。当然，只要他给出一个手势，这场闹剧就会立马停止，但长老似乎在等待什么事情发生，并且一直在观察事态的发展，好像他还想知道一些事情，或者说还要了解一些情况。最后，彼得·亚历山大洛维奇·米乌索夫打破了这令人不安的沉默，现在他觉得自己一文不值，受到了侮辱。

"对于刚刚发生的事情，在座的大家都有责任，"他愤怒地说，"虽然我知道同自己打交道的是个什么样的人，但是我也不可能料到今天的见面会是这样的情况……不如赶紧结束吧！我亲爱的长老，请相信我。刚才他们所说的那些细节，我真的不知道，也不愿意相信这些。这是我第一次听说……为了一个婊子，当爹的能妒忌他的儿子，不但如此，还要和那个婊子合谋起诉自己的亲儿子。我被迫来到这里，竟是与这样的人为伍……我被骗了，我想告诉大家的是，我们受到的欺骗绝不亚于其他人……"

"德米特里·费尧多罗维奇！"费尧多尔·巴甫洛维奇突然疯了一样地一边跺着脚，一边嚷道，"你要不是我儿子，我现在就要和你决斗！……用手枪决斗！……隔上三步远，就三步远……拼个你死我活！"

那些一辈子都在演戏的老骗子们，确实会在某一刻突然彻头彻尾地进入角色，导致自己又是痛哭流涕，又是捶胸顿足。但实际上，就在他们进入角色的那一刻（抑或是几秒之后），他们会悄悄地对自己说："快算了，老东西，虽然你又老又无耻，但是现在的你可是个演员呢，要把握好'神圣的怒火'的发作时刻，也要把握好这'神圣的怒火'发作的度。"

德米特里·费尧多罗维奇紧皱着眉头，双眼之中满是对父亲的不屑。

"我以为，我本以为……"他的语气中带着几分克制，小声地说，"我把我的未婚妻——我心上的天使，带回我的老家，好让他也感受一下天伦之乐，却未曾想到，我的父亲竟然是这么一个下三滥的怪物。"

"决斗！"老东西气急败坏、唾沫四溅地叫喊道，"至于您，彼得·亚历山大洛维奇·米乌索夫先生，您要知道，被您刚刚一口一个婊子称呼的女人，要比您全家所有人，不论是过去的、还是现在的都要更诚实、更光荣。听懂了吗？至于你，德米特里·费尧多罗维奇，你把你的未婚妻抛下,去找那么一个'婊子',不就证明了你的未婚妻连那个'婊子'的一个脚后跟都比不上吗?这就是你们口中所说的婊子!"

"可耻!"约西甫神父忍不住说。

"可耻,丢脸!"突然,一直保持沉默的卡尔甘诺夫吼了一声,他脸涨得通红,青春期男孩儿特有的嗓音也激动得发抖。

"这种人活着究竟是为了什么!"德米特里·费尧多罗维奇低声咆哮。他气得几乎要发疯了,就连肩膀都被怒气顶了起来,乍看之下还以为他驼背了,"不,请大家告诉我,能不能允许他继续玷污这个世界?"他一边一字一顿地如是说道,一边指着自己的父亲,环顾在场的所有人。

"听见了吗,你们听见了吗?神父们?他要杀了自己的父亲!"费尧多尔·巴甫洛维奇向约西甫神父逼问道,"这就是对您刚才那句'可耻'的回应!有什么可耻的?那个'婊子'、那个'品行不端正的女人'弄不好比你们这些人更神圣!可能她在少女时代因为环境的腐蚀而堕落过,但她有着'广博的爱',对于那些有着'广博的爱'的女人,基督是愿意宽恕的……"

"基督宽恕的爱可不是这种爱……"生性温和的约西甫神父脱口而出,此刻连他都听不下去了。

"不,基督宽恕的就是这种,就是这种大爱,我说得没错!你们这些天天啃卷心菜的修道之人,还觉得自己多么虔诚!你们以为一天吃一条鲍鱼[①]就能用鲍鱼收买上帝了?"

"太放肆了!太放肆了!"修道室里的众人都很愤慨。

---

① 一种生活在淡水的小型鱼类,少肉多刺,在俄罗斯常用作鱼饵。

然而，这一幕愈演愈烈的丑剧却因一场意外戛然而止。长老突然从座位上站了起来。正在为局势失控和长老身体而发愁的阿廖莎顿时不知所措，只好赶紧扶住长老的胳膊。长老转向德米特里·费尧多罗维奇，一路走到他面前，双膝跪地。阿廖莎本以为长老是因体力不支而摔倒了，但其实不然。长老跪在德米特里·费尧多罗维奇脚下，神志清醒、毕恭毕敬地给他行了一个脑门碰到地面上的大礼。阿廖莎被眼前之景惊呆了，甚至没有来得及去扶正在起身的长老。长老的嘴角掠过一抹淡淡的微笑。

"请原谅！请各位原谅！"长老一边说着，一边站起向来访的客人一一鞠躬。

德米特里·费尧多罗维奇目瞪口呆地在原地愣了好几秒钟。怎么就突然向他行了个大礼呢？最后，他突然大喊一声："哦，上帝啊！"然后双手捂着脸跑出了房子。其他客人也随着他一起出去了，匆忙之中，他们甚至没有和主人道别。只有那两位司祭来到长老身边，求他赐福。

"他为什么要突然跪下？这是在象征着什么吗？"费尧多尔·巴甫洛维奇想说点什么，但他没有胆量同别人开口。不知怎么的，他平静下来了。现在屋内的众人都已走出了隐修所的围墙。

"我无法对疯人院和里面的疯子负责，"米乌索夫带着一肚子火儿狠狠说道，"但费尧多尔·巴甫洛维奇，我再也不会相信您了，相信我，再也不会了。刚才那个修士跑哪儿去了？"

米乌索夫口中的"那个修士"就是之前邀请他们同院长共进午餐的那位。他没有让客人们等待，相反，客人们一走下修道院的台阶，他就走上前来，好像一直在等他们。

"我尊敬的神父，烦劳您替我转达我对院长神父深切的敬意，并代表我——米乌索夫请求他的宽恕。由于一些无法预见的意外,我很难接受他的邀请,出席他的宴会。尽管我真心希望自己能享受这一荣誉。"彼得·亚历山大洛维奇努力克制着自己的怒火对修士说。

"这人口中说的无法预见的意外指的就是我!"费尧多尔·巴甫洛维奇立马抢过话茬,"您看,神父,彼得·亚历山大洛维奇只是不愿意和我待在一起罢了,我要是不在他立马就会去的。您去吧,彼得·亚历山大洛维奇,还是请您赶紧去院长那里吧,我——我谨在此祝您有个好胃口!听我说,谢绝宴会的是我,不是您。我回家了,我要回家吃饭,我在这里吃饭可太不合适了,彼得·亚历山大洛维奇,我亲爱的好亲戚。"

"我可不是您的亲戚,从来都不是,卑鄙小人!"

"我说这话就是故意惹您生气的,因为您不会承认是我的亲戚。然而,不管您怎么否认,我们还是亲戚,教历上的记录可以证明这一点。伊万·费尧多罗维奇,你要是想留下,就留下吧,我晚点派马车来接你。至于您,彼得·亚历山大洛维奇,哪怕是出于礼节您也得去见见院长,就当是为了咱们今天搞的那些乱七八糟的恶心事道歉了……"

"您真的走吗?不是撒谎?"

"彼得·亚历山大洛维奇,刚才都发生那种事了,我哪还敢参加院长的宴会呢?我刚才冲动了,对不起,先生们,我刚才冲动了。何况,我受到了很大的震撼,还没有缓过神。而且,实在是太难为情了。先生们,这世上有的人心大得和马其顿的亚历山大大帝一般,当然也有的人心小得和小狗菲尔德卡一样。不巧,我的心就和那条狗差不多大。今天我出了这么大的洋相,实在没办法再厚着脸去那么庄重的场合,狼吞虎咽地吃那些斋饭了。我太难为情了,抱歉,先生们!"

"他到底在想什么?是不是又在搞什么鬼把戏?"米乌索夫一脸疑

惑地望着他逐渐离去的背影，脑子里乱哄哄的。那个老家伙回过头，看见彼得·亚历山大洛维奇正在看着他，随即送了他一个飞吻。

"您还去院长那里吗？"米乌索夫生硬地问伊万·费尧多罗维奇道。

"为什么不去呢？况且，我昨天就收到了院长的特别邀请了。"

"真倒霉！看样子，我还真是必须要参加这场宴会了，"米乌索夫怒气冲天地埋怨着，甚至忘记了身旁还有一个小修士，"至少，我们得为了刚刚在这儿发生的一切道歉，还得解释这些事和咱们没关系……您，您意下如何？"

"对，我们确实得解释下这些事不是我们干的。再说，我父亲也不会参加。"伊万·费尧多罗维奇回答道。

"说得就像有人愿意同你父亲一块儿去似的。这该死的宴会！"

不过，大伙儿还是都去了。一路上，小修士只是侧耳倾听，一言未发，只是在穿越小树林的时候，他才好心提醒了一句客人，院长已经等他们很长时间了，距离约定的时间也已经过去半个钟头了。只是，没人回答他。

米乌索夫满怀怨气地瞪了伊万·费尧多罗维奇一眼，心里嘀咕着："他居然可以像什么都没发生过一样去参加宴会？果真是卡拉马佐夫家的人，祖传的没心没肺。"

第七节　野心勃勃的神学院毕业生

阿廖莎把长老搀扶回房，伺候他坐在床上。这是一间除了必要的家具之外，再无多余东西的小屋子。一张不大的铁床上铺着一层毛毡当作床垫，屋子一隅的一尊圣像下面是一张诵经台，上面放着一枚铁质的十字架和一本《福音书》。长老坐在床上的时候已经精疲力竭，目光涣散，呼吸困难。坐了好一会儿后，他专心致志地盯着阿廖莎，似乎在想些什么。

"去吧，亲爱的，你快去吧！我这儿有波尔菲里就可以了，那边需要你，你得去给院长他们帮帮忙。"

"让我留在这儿吧！"阿廖莎央求道。

"那边更需要你。那儿不太平。去那边帮帮忙，他们用得上你的！邪魔在人间作祟之时，你就诵经祈祷。要知道，我的儿子（长老很喜欢这样称呼阿廖莎），未来，你不属于这里。要记住这一点。在我有幸去陪伴上帝之后，你要离开这里。永远不要回来。"

阿廖莎不禁打了个冷战。

"你怎么了？这儿并不是你应该久待的地方。我祝福你，愿你在尘世刻苦修炼。你的人生之路还很长。将来，你得结婚，必须结婚。你必须克服这世间的所有苦难，才能回来。你还有很多事情要做。但我相信你，所以我才要派你去。基督与你同在，要相信基督，基督也会保佑你。你将会遇到极度的痛苦，并在其中领悟幸福的真谛。临别前我赠你一句：要在痛苦中寻找幸福。去努力吧，要不断努力。请你从现在起就记着这些话。尽管，我还会同你交谈，但我知道，我现在时日无多了，就算是按小时算也屈指可数了。"

阿廖莎的表情再次显露出了他激烈的内心活动，他的嘴唇在颤抖着。

"你怎么又这样了呢？"长老和蔼地笑着，"就让世俗的人用眼泪去和他们的家人道别吧！但此刻，在这里的我们要用笑容为前往天国的神父祈祷。我们要替他感到高兴，要为他祈祷。所以，请别打扰我了。我该祷告了。快去吧，去待在你的兄长身边。不过，不是待在一个兄长身边，而是待在两个兄长身边。"

长老举起手，为他赐福。尽管阿廖莎满心想留下，但不得不走了。他有一个问题想问："刚才，长老给德米特里·费尧多罗维奇叩首是什么意思？"可话到嘴边了，他却没敢问。他知道，如果确有必要，长老会主动向他解释，但长老没有这么做，可见长老无意解释。但事实上，刚才长老那个叩首的举动太让阿廖莎震惊了，他深刻地相信那一叩首绝对有一些不可明说的意义，不仅神秘，或许还有点可怕。

就在他穿过隐修所的围墙，打算在宴会正式开始前赶到院长那里（当然是去服侍）时，突然感到一阵揪心的疼痛，于是停了下来。长老刚才预言自己将不久于人世的话仿佛在他耳边响起。毫无疑问，长老说出的预言是必然会发生的，阿廖莎虔诚地相信这一点。但是，倘若长老去世了，他又该怎么活下去呢？倘若此生再也看不到长老的面容，听不到长老的教诲，他又该去哪里呢？长老嘱咐他离开修道院，并且不要哭。上帝啊！阿廖莎已经很久没感受到这样的悲伤了。想到这里，他快速地穿越隐修所和修道院之间的稀松树林，脑子里乱哄哄的想法压迫着他，他只好把注意力转移到路旁的参天古树上。这条路并不长，不过五百来步。按道理说，现在这个时间，这条路上不会有什么人，但阿廖莎在小路的拐弯处看到了拉基津，他好像在等什么人。

"你难道是在等我？"阿廖莎上前一步问道。

"就是在等你，"拉基津似笑非笑地说，"你是赶着去院长那儿吧？我知道，那儿有一场宴会。你还记得吗，上次这样规模的宴会还是院长招待主教和帕哈托夫将军呢。我不打算过去，但是你得去吧，过去端茶送水。阿列克谢，我想问你一件事，请你告诉我，刚才长老那一招是什么意思？"

"哪一招？"

"就是向你的兄弟磕头,脑袋都撞到地上了。"

"你指的是佐西马长老?"

"正是佐西马长老。"

"脑袋撞地?"

"啊呀!我这么说,确实有点不太尊敬,算了,不尊敬就不尊敬吧!那一招到底是啥意思?"

"不知道,米沙①,我也不知道意味着什么。"

"我就知道他不会向你解释。当然,这并没有什么高深的奥秘,有可能只是故作高深罢了。不过玩这个把戏是故意的。看着吧,用不了多久,全省的修道院都会议论,议论什么'那次叩首到底是什么意思'。但依我看,我们的长老可真是直觉敏锐,他嗅到了血腥味,你家里的血腥味。"

"哪种血腥味儿?"

拉基津显然想要说些什么。

"有事会在你家发生……那是一桩凶杀案。会在你的哥哥和你那位有钱的父亲间发生。所以佐西马长老行了个大礼,以防万一吧。要是以后发生了什么事,人们会说:'要知道这些事情那位神圣的长老早就未卜先知了,他都留下预言了。'——问题是,一次叩首怎么就成了预言了呢?那些迷信的人一定会说:'不!长老的那次叩首就是一个预言,一个暗示。'鬼知道他们还会说些什么!于是他声名远扬,人们会牢记:'长老不但预言了犯罪,还把罪犯指了出来。'疯教徒都是这样的,他们对着酒馆画十字,冲着圣殿扔石子儿。你的那位长老也是如此,用拐杖撑好人,对着罪犯磕响头。"

---

① 拉基津的小名。

"什么罪犯?哪个罪犯?你说什么呢?"阿廖莎呆住了,身旁的拉基津也跟着停了下来。

"哪个?你是真没听懂吗?我敢同你打赌,阿廖莎,这件事情你绝对想到了。顺便提一下,我对你这个人还挺好奇的。阿廖莎呀,你这个人一向说实话,而且两头都不得罪。说真的,你有没有考虑过这件事?回答我。"

"我有想过。"阿廖莎小声回答道。如此干净利落的回答反倒使拉基津有些疑惑了。

"你在说什么?你也想到了?"他不禁失声问道。

"我……我谈不上想到了吧,"阿廖莎答道,"说来也怪,就在你同我说起这些事情的那一刻,我就感觉,我似乎也想到这一层了。"

"可不(你表达得多清楚),可不就是这样吗?今天,你看着你父亲和你哥哥米建卡①的时候,是否有想过可能会发生凶杀案?如果答案确是如此,我应当是没有猜错吧?"

"等等,等等,"焦急的阿廖莎直接打断了他,"这一切你又是从哪里看出来的?呃……我首先想知道的是,你为什么对这件事这么感兴趣?"

"你刚刚问了我两个不同的问题,不过都在情理之中。我一个一个地回答你。我是怎么看出来的?如果不是我今天突然明白了你大哥德米特里·费尧多罗维奇是个什么样的人,那么我什么都看不出来。从某一个特点我一下就了解了他的本质。在和这种既诚实又性欲极强的人交往的时候,千万注意不可越过底线;否则,就算越线的人是他们的父亲,也会被他们捅上一刀。可不幸的是,你的那位父亲偏偏又是

---

① 即德米特里·费尧多罗维奇·卡拉马佐夫。

个酒色之徒，做什么事都没有度。要是任由这种情况继续下去，怕是两个人要斗个你死我活，两败俱伤……"

"不，米沙，不，如果只是你说的那样，反倒让我放心了。事情不会发展到那一步的。"

"你在哆嗦什么呢？你明白一个道理吗？即便他是一个实诚的人，我说的是米建卡（他虽蠢笨，但为人实诚），但他也是一个好色之徒。这是他的特点、他的本质。这些下流的特点是他的父亲遗传给他的。倒是你，我也想问问你，阿廖莎，你怎么到现在还是个处男呢？你不也是卡拉马佐夫家的人吗？毕竟，你们家族中的男人，几乎都是好色成性、成瘾的。现在，这三个好色之徒正互相盯着彼此……怀里藏着刀子。他们已经成冤家了……说不定，你会成为第四个。"

"关于那个女人，你还真说错了。德米特里……他瞧不上她。"阿廖莎在说这话的时候忍不住打了个寒战。

"格露莘卡？不，兄弟，他可不是瞧不上格露莘卡。一个人要是可以公开地为了一个女人抛弃未婚妻，就不是瞧不上人家。有些事……兄弟，有些事可能你现在还理解不了。男人有时候会沉溺于女人的美色，爱上女人的肉体，或是女人肉体的某个部分（这一点对于那些老色鬼来说更好理解），他们会为此抛弃孩子、父母，甚至是背叛祖国。诚实的人会去偷盗，温顺的人会去杀戮，忠实的人会去叛变。普希金不过是在诗歌中歌颂女人的双脚，而有的男人虽不会为之写诗，但在看到女人的美脚之时，却无法不为之颤抖，当然并不仅仅是女人的小脚。兄弟，哪怕他真的瞧不上格露莘卡，也没什么用——即便他在精神上瞧不起她，可在肉体上却离不开她。"

"这我还是懂的。"阿廖莎突然说了这么一句。

"是吗？既然你脱口而出就是'我懂'，那么可见你是真懂了。"拉基津坏笑着说,"你是在不经意间说出来的,这就更加可贵。如此说来,你对性爱这件事已经思考过了,这个话题对你来说也不算陌生了。啊,你还是个处男呢。你呀,阿廖什卡呀,你爱默不作声,你是圣洁的,我同意,可阿廖什卡,你这么一个不声不响的人,究竟想过什么,知道了什么,怕是只有鬼知道吧。一个处男,竟然连这么深奥的学问也能明白——我可是观察你很久了。你不愧是姓卡拉马佐夫,身上流着卡拉马佐夫家的血。由此可见,血统和遗传并不是没有作用的。你爸爸是个色鬼,你妈妈是个疯子。你在抖什么啊?怎么,让我说中了?告诉你,那个格露莘卡还曾求过我,'你把他带过来(她指的是你),看我不把他身上的黑袍子扒了。'她不止一次说'把他带来,把他带来'。我心里一直在想,她为什么对你如此感兴趣?要知道,她绝非一般的女人。"

"你替我婉拒了吧,"阿廖莎一脸苦笑着说,"米哈伊尔①,你先把要说的话说完,我之后会把我的想法告诉你。"

"哪里还有什么好说的了,这一切都很清楚了。兄弟,这一切不过是陈词滥调了。如果连你的衣冠之下都隐藏着一个好色的本性,那你的胞兄伊万呢?他不也姓卡拉马佐夫吗?这就是你们卡拉马佐夫家问题的所在:好色、贪财,还有疯癫。话说回来,你的那位胞兄伊万,鬼知道他眼下发表那些神学文章有什么动机。其实,他是个无神论者,而且他本人也承认这样做是卑鄙的,毕竟你的胞兄伊万就是这么一种人。不仅如此,他还想把自己长兄米建卡的未婚妻据为己有,这个目标,他大概也是能够实现的。而且,他还得到了米建卡的同意,因为米建卡也想把自己的未婚妻踹了,好和格露莘卡长相厮守。还有一点

---

① 拉基津的全名是米哈伊尔·奥西波维奇·拉基津。

值得注意的是：发生的这一切都是打着高尚和无私的名号进行的。简直是无可救药！一方面承认自己卑鄙无耻，为此心痛；另一方面又停不下来干无耻勾当。更进一步说，现在挡住米建卡路的人正是你们的父亲。因为老爷子为格露莘卡丧失了理智，他只要一看到那个女人，口水就会止不住地流。刚才他大闹修道室就是为了那个女人，只因米乌索夫说她是个贱货。发情的老头儿可比发情的公猫叫得凶多了。很久之前，她不过是受雇于老头子，做些和酒馆相关见不得人的生意。不料，她竟将那老头子迷得晕头转向，弄得老头子躁动起来，隔三岔五就嚷嚷着向她求婚。当然，老头子也没啥诚意，不过就是图个床笫之欢。现在，父子狭路相逢了。至于格露莘卡，她既不厚此也不薄彼，两边观望，盘算着哪边更有利可图。她虽然能从老头子那里捞到不少钱，但和老头子结婚是不可能的，说不定后者还会像犹太佬一样吝啬，把钱包扎紧了。两者一比，米建卡的价值就凸显出来了。他虽不如老头子那般有钱，但他可以娶她。是的，他能娶她！甚至，米建卡可以为了这个女人抛弃那个美丽高贵的未婚妻——卡捷琳娜·伊万诺芙娜，尽管这个小姐出身大户人家，父亲曾是中校。至于格露莘卡，不过是一个粗俗好色的老商人兼县议会议长——库兹马·库兹米奇·萨姆索诺夫曾经包养的情妇罢了。这一切完全可以引发一桩刑事案件。而你的另一位哥哥伊万·费尧多罗维奇，现在正期待着这一切的发生，这对他来说，简直太好了：他既能得到自己朝思暮想的卡捷琳娜·伊万诺芙娜，又可以将卡捷琳娜那价值六万卢布的嫁妆据为己有。对于像他这样穷得叮当响的小人物来说，这样的起点可真的是太高了。还有一点值得注意，米建卡可不会因此记恨他，相反，他就算是死了也会感激伊万的。我确实听说过，前段时间米建卡在酒吧里和几个吉卜赛女人喝得酩酊大醉，他烂醉如泥地说自己配不上卡捷琳娜，这世界上只有他弟弟伊万能配得上她。至于卡捷琳娜·伊万诺芙娜，她肯定没法拒绝伊万·费尧多罗维奇这种有魅力的男人。其实，她现在已经在两兄弟之间摇摆不定了。总之，我是真想不通，这个伊万究竟何德何能把你们一个个耍得团团转？他究竟是给你们施了什么法让你们这么尊敬他？殊不知，这个人现在正躲在角落里嘲笑你们呢：'我吃香的喝辣的，你们都是为我买账的。'"

"你是怎么知道这一切的？你凭什么这么肯定？"阿廖莎皱起了眉头，厉声诘问。

"你明明害怕听到我的回答，为什么非要提出这个问题？难道说，你承认我所说的一切都是事实？"

"因为你不喜欢伊万，所以才会这样说。伊万不是贪财的人。"

"是吗？那卡捷琳娜·伊万诺芙娜的美貌呢？这不只是金钱的问题，虽然六万卢布对他来说非常有诱惑力！"

"伊万追求的是更高尚的东西。他不会因为几万卢布失去体面。他追求的不是金钱，也不是安逸的生活，他追求的或许是苦难。"

"这又是什么奇怪的话？啊……你们这些……贵族啊。"

"哎，米沙，他的灵魂在风雨中飘摇，头脑在一直苦苦思索，他有个大问题没有解开。有一种人并不需要百万家产，只需寻求一把钥匙，解开思想的牢笼。伊万，就是这种人中的一个。"

"你这是剽窃！阿廖什卡，你居然剽用长老的话。啊，伊万对你们来说，是个谜吧？"拉基津面露凶相，他的脸都变了，嘴角扭曲地嘲笑道，"不过这是个愚蠢的谜，没必要去揣测。但凡动点儿脑子就能明白。此人的文章都是无稽之谈。刚刚我听他在那儿念叨他的那些歪理，什么'没有灵魂永生，世间就没有美德''万事皆可'。（顺便提一句，就在他说这话的时候，你的大哥大声应了一句'我记住了！'）对于这种无耻浑蛋来说,这套理论可太有说服力了——我说脏字了,这点不好。对,我说的不是那些无耻浑蛋,我说的是那些'思想深不可测的'学棍。别看他话说得一套一套的,但细看来不过是什么'一方面我们不得不承认,另一方面我们不得不坦言'之类的车轱辘话罢了。即便一个人不相信灵魂的永生,他也能从自身获得力量,并因发现和实现美德而存在!这种力量来自自由、平等和博爱……"

拉基津越说越激动,几乎无法自已。但突然之间,他似乎想到了什么,就此打住。

"好吧,到此为止,"拉基津笑得更加勉强了,说道,"你笑什么?你视我为俗人吗?"

"不,我没把你当俗人,我觉得你很聪明。但……请你别记怀,我刚刚只是在傻笑。我知道,你只是越说越兴奋而已。米沙。从你刚才的激动中,我猜你也喜欢卡捷琳娜·伊万诺芙娜吧。兄弟,我大胆猜测一下,你是因为这个才不喜欢伊万的吧。你在妒忌他?"

"你还觉得,我觊觎那个女人的钱财是吗?别藏掖这半句,全说出来,岂不更好?"

"不不不,我没有想说钱的问题,我还是尊重你的。"

"我相信,因为是你说的。但你的二哥伊万实在让人烦透了,你们都去死吧!你们没人能明白,就算没有卡捷琳娜·伊万诺芙娜,我也还是讨厌他。我凭什么要喜欢那么一个人?真是见鬼!凭什么他可以数落我,我就没有权利数落他?"

"我压根没听他说过你什么,好话坏话都没有。他根本就没提过你。"

"可我前天才听说,他在卡捷琳娜·伊万诺芙娜那里把我数落得一文不值呢。他对我这个小角色真是颇有兴趣呢。兄弟,是谁妒忌谁还不好说呢。依他所说，未来我要么是剃度出家，去竞争一个修道院的大司祭的职位，要么就是跑到圣彼得堡，在一家大杂志社里负责批评专栏，写十几年的批判文章，再把杂志接过来自己办下去，走自由主义或无神论的路子，宣扬一些带有社会主义色彩的陈词滥调，甚至披上社会主义的外皮。但他说我终究会左右逢源、八面玲珑、弄虚作假、愚弄大众。根据令兄的观点，我事业的终点一定是这样的：社会主义这层皮并不会影响我赚得盆满钵满，我会把这杂志预订款存入自己的账户，还会找个犹太佬帮我投资，接着盖个大楼什么的，把杂志社搬进去，再把剩下的房间出租给其他人。他连大楼地址都帮我选好了呢，就在涅瓦河①的新石桥附近，听说那座桥现在正在规划呢，建成之后将连通李捷依内大街和维堡区。"

"啊！米沙，我倒是觉得他这些话挺有道理的，听起来每一句都挺有可行性。"阿廖莎忍俊不禁地笑道。

"您也来讽刺我啊！阿列克谢·费尧多罗维奇。"

"没，没有，我开玩笑呢，对不起。我不是这么想的。但是，有个问题，请你回答我：这些话的细节是谁同你说的？你又是在哪儿听到的？总不会伊万在和卡捷琳娜·伊万诺芙娜说起你的时候，你就躲在她家里吧？"

"我可不在，但德米特里·费尧多罗维奇在。这些话是德米特里亲口说的。如果你真的想知道实情，我便告诉你，他不是故意说的，而我是不经意间听到的。因为当时我躲在格露莘卡的卧室里，德米特里和她就在旁边的房间里。我当时满脑子都在想我该怎么样才能逃出去……"

---

① 圣彼得堡市区内的一条河，把圣彼得堡分成两大块。

"啊！我想起来了，她是你亲戚……"

"亲戚？格露莘卡是我亲戚？"拉基津愤怒地叫了出来，"你是疯了还是脑子不好使了？"

"怎么？难不成她不是你亲戚？我听别人这么说……"

"你从哪里听到的？哼！卡拉马佐夫家的先生们啊，一个一个还真是把自己当成家世百年的名门贵族呢！你难道不记得，当初你爹在别人家厨房里低三下四、混吃混喝的乞丐日子了？虽说我只是一个微不足道的神父之子，在你们这些贵族面前渺小得像个虫子，但你们也犯不上如此侮辱我吧！阿列克谢·费尧多罗维奇，我也是有名节的。我可不是格露莘卡那个妓女的亲戚，请你记住这一点！"

看得出来，拉基津非常激动。

"看在上帝的分儿上，原谅我吧！我万万没有想到你会这么愤怒。再说，她怎么会是妓女？难道她……真的是？"阿廖莎突然羞得满脸通红，"我再说一遍，你和她是亲戚这件事是我听说的。你经常去找她，还对我说，你们没有男女关系……不过，我是真没想到，你竟如此强烈地鄙视她。她真的这么不堪吗？"

"我去找她肯定是有事的，没有必要让你知晓。至于亲戚，我看，她可能会因为你的那位父亲或者你的那位哥哥成为你的亲戚。哟！我们到了！你赶紧去厨房吧！哎？你瞧，这是怎么了，我们来晚了吗？他们应该不会结束得这么快啊。难道卡拉马佐夫家又惹出什么事了？应该是这样！你瞧，那不是你父亲吗？他身后还跟着伊万。他们从院长那儿跑出来了呢。哎哟，伊西多尔神父在门廊那里冲他们吼呢。你看你父亲，正在手舞足蹈地嚷嚷呢，应该是在骂着谁呢。啊呀，您看，米乌索夫要乘马车离开了，看见了吗？那是他的马车。那个马克西莫夫地主也走了——一定是上演了一场闹剧！这样看来，宴会应该是取消了。他们不会打了院长吧？还是在那儿被打了？要是被打了的话，可真是活该……"

拉基津可不是在瞎起哄。确实是上演了一场闹剧，而且是一场出乎意料、闻所未闻的闹剧。而这一切，不过缘于一个简单的"灵机一动"。

第八节　一桩荒唐事

米乌索夫和伊万·费尧多罗维奇到了院长那里。作为一个体面又有修养的人，米乌索夫不禁反省起刚刚发生的一切，开始为自己刚刚的失态懊恼和惭愧。他觉得，既然自己对费尧多尔·巴甫洛维奇这个小人极为鄙视，就不应当生这种人的气，更何况，因为这种人自己还在长老面前失态了。"至少，那些修士们是无辜的，"他在院长住所门口的台阶上思索着，"此处的人都足够体面，院长神父尼古拉据说还是出身贵族，我为什么不对他们以礼相待，态度和气、亲切呢……不要同他们争辩，点头称'是'即可。我要以友好的姿态赢得他们的喜爱。并且……并且，我还要向他们证明，我和那个无耻的下流坏子完全不是一路货色。我是身不由己，被他卷进这件事情里的，和其他人一样……"

至于有争议的伐木权和捕鱼权，他当即决定让给修道院了，并且说到做到，今天就先表明态度，然后再撤销诉讼。其实，事情涉及的树林和水域在哪里，他并不知道，他只知道，这些东西值不了几个钱。

在进入院长邀请就餐的餐厅后，米乌索夫更加坚定了自己的念头。不过，院长的住所并没有什么餐厅，院长所住的地方不过只有两间房屋，只是相对于长老的那间陋室来说，这两间房子要大得多、舒服得多。屋内的摆设十分简单——家具都是些二十年代的旧货了,红木材质,上面包了层皮子;地板也没有上漆。整间屋子收拾得一尘不染,再配上窗台上的名贵花草,可谓赏心悦目。全屋唯一显得奢华的就是那张餐桌,不过,也只能说相对而言:桌布干干净净,餐具闪闪发亮;桌上有三种烤得很香的面包,两瓶葡萄酒、两瓶修道院自酿的优质蜂蜜和一大玻璃缸的自酿格瓦斯①,这在周边地区可是有名的,不过没有伏特加。根据拉基津后来的说法,本次宴会共准备了五道大菜:第一道是鲟鱼汤配鱼肉馅饺子;第二道是秘制香料炖鱼;第三道是鲑鱼肉丸;第四道是冰激凌与水果拼盘;餐后甜点是杏仁冻糕。这些都是拉基津在修道院的厨房转了一圈,从熟人那里探听出来的。其实,拉基津在哪儿都有熟人,在哪儿他都能打听到消息。这并不奇怪,毕竟他有一颗不安分又善妒的心。拉基津对自己这与众不同的能力极其看重,并且总是神经质地自我吹嘘。他十分确信,自己一定会成为某个方面的大人物。这一点使得一心想同他交好的阿廖莎非常尴尬,他觉得拉基津做人不实诚还不自知。相反,拉基津觉得,只要不偷拿别人桌上的钱,他就是一个诚实至上的人了。在这种认知的问题上,别说是阿廖莎,任何人都是无能为力的。

  拉基津是个小角色,并没有得到宴会的邀请。不过,约西甫神父和佩西神父两人和另一位司祭都被邀请了,故而当彼得·亚历山大洛维奇、卡尔甘诺夫以及伊万·费尧多罗维奇三人到达时,他们已经在里面等候了。此外,地主马克西莫夫也在等候着。院长走到房间正中迎接客人。他是一个个子高挑、身形精瘦,但身体硬朗的老人,一头黑发中夹杂着几缕银丝,一张瘦长又清心寡欲的脸。他一言不发地向

---

① 一种盛行于俄罗斯、乌克兰和其他东欧国家的发酵饮料。

客人鞠躬行礼，客人们纷纷走到他面前，接受他的祝福。米乌索夫拉住院长的手，正欲毕恭毕敬行吻手礼，但院长嗖地一下抽回了手，吻手礼就此作罢。不过伊万·费尧多罗维奇和卡尔甘诺夫二人却像寻常信徒一般，完成了吻手礼。

"我等必须向阁下致以最深刻的歉意，"米乌索夫满脸堆笑，语气恭敬地说道，"请您原谅，因为一些原因，同我们一起来的费尧多尔·巴甫洛维奇实在是无法应邀出席您的宴会了。刚才在佐西马长老的修道室，费尧多尔·巴甫洛维奇和他的儿子因为家庭纠纷，发生了一些争吵，在争吵中他说了几句不得体……呃……就是些极不得体的话。这件事，（米乌索夫瞥了一眼那几位司祭）诸位神父们应该已经知道了。因此，他在自知做了错事之后，羞愧难当，便让我们，也就是我和他的儿子伊万·费尧多罗维奇代他向您表达他由衷的歉意、悔恨和遗憾……除此之外，他还希望自己能将功补过，得到您的谅解，获得您的祝福……"

在滔滔不绝地说完这一段长篇大论后，米乌索夫对自己甚是满意，满意到刚刚在心头升起的怒火一扫而空。此时此刻的他又重新真挚地爱上了人类。

院长认真地听完他的讲述，微微颔首道："他不能出席的确是一件憾事。也许，他跟我们一起用餐的时候，就能像我们爱他一样爱我们。先生们，请入座用餐吧。"

言毕，他站在圣像前，双手合十，大声朗诵着祷词。众人无不恭敬地跟着祷告。地主马克西莫夫双手做船状，为了凸显出自己的虔诚，他站得非常靠前。

就在此时，费尧多尔·巴甫洛维奇又闹了一次笑话，本来他前脚已经上了马车，的确要走。原因很简单，毕竟在长老的修道室做出如此荒唐的举动之后,再像个没事人一样去赴宴,确实不妥。他倒不是深感内疚,也许完全相反,但他总是觉得前去赴宴有点不体面。然而,当他那辆吱嘎作响的马车停到客栈的台阶旁时,他却突然停了下来,脑海中浮现起他方才对长老说的话:"那我就演真的小丑好了。至于你们怎么想我,我不在乎,因为你们每个人都比我更无耻、更卑鄙!"他突然想为自己方才的出丑向所有人报复。此刻,他又突然想起以前有人问他:"您为何如此讨厌某人?"当时他带着他特有的那种令人作呕的得意腔调回答道:"他倒没什么对不住我的。只是,我给他干过一件事,要多脏有多脏的那种。一干完这件事,我就立刻因为这件事开始恨他了。"

现在想起这件事,他的面色顿时变得阴沉,眼神变得恶毒,一抹邪笑浮现在嘴角边,嘴唇甚至都发抖起来:"一不做二不休,干脆做到底。"他就这么下了决心。此刻,他的内心想法可以用如下几句话来表达:"既然我的名声已经无法挽救,不如回去对着他们的脸啐上几口,让他们知道,我就是这么没羞没臊。对,就这么干!"

他让马车夫稍等一会儿,转身往修道院走去,直奔院长的住所。但到了之后要做些什么,他自己心里也没数,不过他唯一清楚的是,他已经无法控制自己了,只需一个小小的火星,立刻就能让他做出某种令人恶心的丑恶行径。但那种行径也仅仅是恶心而已,绝不是违法乱纪的行为。在最后的节骨眼上,他总是能很好地控制自己,有时候他会对自己的这份能耐惊叹不已。

此时,院长的餐厅内,祷告刚刚结束,主宾几人入座的那一刻,费尧多尔·巴甫洛维奇出现在了门口,审视着在场的每一个人,接着肆无忌惮地面对大家,发出一长串鬼笑声。

"都以为我走了,没想到吧,我又回来啦!"他对着整个房间叫嚷道。

霎时间,大家都直勾勾地盯着他,没人吭声。大家突然有一种预感,这里马上会发生一场荒唐、可憎的闹剧。彼得·亚历山大洛维奇刚刚的平静和惬意霎时间一扫而空,本已平复的怒火又被点燃了。

"我受不了!"他怒吼道,"无论如何,我实在受不了!"

他感到血液嗖地往头上涌,气得连话都说不清了,更顾不上任何礼节了,抓起自己的帽子就要走。

"他受不了什么了?"费尧多尔·巴甫洛维奇又追问道,"什么叫无论如何,实在受不了了?院长阁下,我可以进来吗?我能参加您的宴会吗?"

"我们当然是竭诚欢迎,"院长回答完费尧多尔·巴甫洛维奇的话之后又补充道,"诸位,恕我冒昧,我诚心诚意地请求大家放下过往的分歧,在享受我们准备的简陋餐食时,恢复爱与亲属之间的和睦,并一起向上帝祈祷……"

"别,别,别,我做不到!"米乌索夫立刻斩钉截铁地打断了院长的话。

"如果彼得·亚历山大洛维奇不能留下,我也不能留下。这样的话,我就走了。总之,以后彼得·亚历山大洛维奇在哪里,我就在哪里。您,彼得·亚历山大洛维奇,您走我就走,您留我就留。尊敬的院长,您刚刚提到的'亲属之间的和睦'这句话刺激到他了。他可不愿意认我这个亲戚。我说得对吧,冯·佐恩[①]?那边站的是冯·佐恩吗?您好啊!冯·佐恩。"

"您……您说的是我吗?"地主马克西莫夫一脸狐疑地指着自己

---

① 见本卷第二章第一节。

问道。

"当然说的是你啦!"费尧多尔·巴甫洛维奇吼着说,"不然我说的是谁?难道院长大人会是冯·佐恩?"

"可我并不是什么冯·佐恩啊,我是马克西莫夫。"

"不!你就是冯·佐恩!院长大人,您可听说过冯·佐恩的故事?整个故事大致就是一桩凶杀案:冯·佐恩死在你们口中的那种'有伤风化的'场所里,他不但被杀了,身上的钱财也被一扫而空。可怜的老头子,死了还被人钉到一个大木箱里,之后带上了行李车厢,从圣彼得堡一路运到莫斯科去了。哦,还有个细节,人家封箱子的时候,那些个浪荡娘们正弹着琴,唱着歌,享受生命的欢愉呢。冯·佐恩的故事大体上就是这样了。怎么着,冯·佐恩,你是爬出来重生了吗?"

"这都是什么事啊?怎么能这样啊?"几位司祭小声议论道。

"我们走!"彼得·亚历山大洛维奇对着卡尔甘诺夫吼了一句。

"别啊!真对不起,"费尧多尔·巴甫洛维奇一边刺耳地尖叫着,一边迈进屋门,"对不起,先让我把话说完嘛!就在刚才,他们几个因为我在长老的修道室里说修士们吃鲍鱼,就抱怨我这个人不体面、没礼貌。我的这位亲戚,彼得·亚历山大洛维奇·米乌索夫说话看重高雅,轻视坦率①,我这个人则恰恰相反,我说话是粗俗却实在②,我可不在乎什么高雅③,是不是这样呀,冯·佐恩?请您原谅,尊敬的院长,虽然我是一个小丑,这会儿也正在扮演小丑,但我的内心住着一位满怀荣誉感的骑士,总是坦诚直言。没错,我实际上是一位满怀荣誉感的骑士,而彼得·亚历山大洛维奇不过是在斤斤计较,觉得自己的自

---

① 原文为法语。
② 原文为法语。
③ 原文为法语。

尊被人践踏了，别的并不关心。我来这里，就是想看看，想谈谈。我的小儿子阿列克谢在这里修行，我作为一位父亲，关心他的命运，也有责任关心他。从始至终，我都偷偷地听、慢慢地瞧。现在，我想请大家看我最后一个表演。你们认为我会怎么做？摔一跤，结束？在这里，一旦摔倒，就真的躺倒了。我可不会，无论如何，我都要站起来。圣父在上，我要倾诉我心中的愤慨。忏悔是庄严的圣礼，对此，我诚惶诚恐，恨不能五体投地。可是，在那边的隐修所里，人们都是直接跪在地上大声忏悔。难道出声忏悔是被允许的吗？古代圣贤不是对忏悔做了规定吗，只有秘密地忏悔才符合圣礼，要知道，自古以来皆是如此。试问，我难道应该在众目睽睽之下，掏心挖肺地说我干过这、干过那……我说的话，你们明白吗？有些事不太好说出来，要是那么做，就真出乱子了。不行，神父们，要是这样下去，迟早会被你们拉近邪门歪道里。我会立马给正教事务管理局写信，不但如此，我还要把我儿子阿列克谢领回家去。"

在这里，我不得不插一句：费尧多尔·巴甫洛维奇找碴的能力确实一流。这些流言蜚语不止一次传到我们这里（不只是我们这里，也包括邻近的几所修道院），说是人们只知长老却不知院长神父，还有长老滥用忏悔圣礼，等等。只是这些荒唐的谣言都在时间的检验下不攻自破。但是愚蠢的魔鬼抓住了费尧多尔·巴甫洛维奇的脑子，让他向可耻的深渊中不断滑落。正是这个魔鬼，怂恿着费尧多尔·巴甫洛维奇开始翻出这些陈年旧账，尽管他自己对这些理论一窍不通，甚至都做不到流利地表达。尤其这一次并没有任何人跪在长老面前大声忏悔自己的罪过，所以费尧多尔·巴甫洛维奇更谈不上见过这种情景。他所能做的，不过是将脑海中听到的那些只言片语拼合起来，胡说八道。但是，当他把这些蠢话说出去之后，他自己都意识到这未免有些太过离谱。于是又突然想要向诸位听众，尤其是他自己，证明自己所言的东西绝非胡诌。即便他心里清楚自己再说下去，只会说出更多更荒诞的蠢话——但他像是坐在狂奔向断崖的马车上一般，已无法回头。

"真是卑鄙无耻！"米乌索夫直接骂道。

"请不要介意，"院长突然发话了，"古人说：'许多人对我有意见，甚至说我的坏话。我听后便告诫自己，这是耶稣的灵丹妙药，是他命人来医治我虚荣的灵魂。'因此，我们恭敬地向您表示感谢，我尊贵的客人。"说罢，他向费尧多尔·巴甫洛维奇深鞠一躬。

"啧啧啧！假惺惺，老一套！假仁假义的老姿态！老一套的虚情假意，老一套的磕头鞠躬！这些我都懂。就像席勒在《强盗》一书中写的那样'嘴上亲吻，心上插刀'。神父，我这人最讨厌弄虚作假，只求真理。但正如我一直宣称的那样，真理可没藏在鲍鱼肉里！修士们！你们斋戒是为了什么呢？何必指望自己能得到天国的封赏呢？老实说，要是真能得到封赏的话，我也愿意斋戒！不！神圣的修士们，真正在人世间行善积德、造福社会，可比每天蹲在修道院里一边吃干饭一边等上天的施舍难多啦！院长，光说不练我也会。来，让我瞧瞧，这儿有什么好吃的。"老卡拉马佐夫一边说着，一边走向饭桌，"哟！名牌葡萄酒，叶里谢耶夫兄弟牌的蜂蜜酒。哟！神父大人们哪！这可不是小鲍鱼呢。哇！摆了好多名酒呢！这一切都是谁带来的？是我们俄国的劳苦大众，他们用双手和汗水，拼尽全力，殚精竭虑地填补完国家需之后，给你们带来了这些！而你们呢，你们这些神圣的人，就趴在他们身上吸血！"

"您这样说话实在太不像话了！"约西甫说。

佩西神父自始至终一言未发。米乌索夫一气之下冲出房间，卡尔甘诺夫紧随其后。

"喏！神父们，我也跟着彼得·亚历山大洛维奇走了。你们这里，我再也不来了，你们磕头求我，我也不来了。我还给你们捐了一千卢布呢，谁承想你们一个个见钱眼开。呵呵呵！我再也不捐了。我要为我逝去的青春、我过去所受的一切屈辱报仇！"说着，他开始捶起桌子，看样子是演到兴头上了，"这所修道院啊！它可在我的生命中留下了浓墨重彩的一笔啊！我可为了它流了不少辛酸的眼泪哪！而你们呢，你们挑拨我和我老婆的关系；你们无数次诅咒我，散播谣言中伤我！够了，神父们。现在是自由的时代，是轮船和铁路的时代。别说一千卢布了，一百卢布、一百戈比，就算是一个子儿，你们也别想从我这儿拿到。"

这里，我又得说明一下了。我们的这所修道院，从来就没有对他的人生产生任何影响，他也从来没在这里流下过一滴辛酸的眼泪。但是，他本人却彻底入了戏，有那么一瞬间，他差点儿连自己都信以为真了，简直感动得要哭了。好在这时，他知道自己该鸣金收兵了。

听罢这么一通恶毒的指控，院长微微颔首，毕恭毕敬道："我要说的还是一句古话：'对于那些无端施加在你身上的侮辱要谨慎而愉快地忍受，不要惊慌失措，也不要憎恨侮辱你的人。'我们也是这样做的。"

"啧啧啧，陈词滥调又来啦！各位神父，你们继续反省吧，我可要走了！从现在开始，我要行使我作为阿列克谢他爹的权利。伊万·费尧多罗维奇，我最孝顺的儿子，现在我命令你和我走！冯·佐恩，你还在这儿待着干什么？现在和我回城里啊！我那儿才叫快活呢！离这儿才一里多地，我不给你吃什么假黄油，我那儿有乳猪配燕麦粥。走，我们好好吃一顿去，先喝白兰地，再喝利口酒，还有莓子酒……嘿！冯·佐恩，这机会可千万别错过！"

老卡拉马佐夫就是这么一边比画，一边嚷嚷着走出房门。恰逢此时，看热闹不嫌事大的拉基津瞧见了他，还指给阿廖莎看。

阿廖莎就像一颗钉子一般站住了，一言不发地看着面前发生的一切。这时，费尧多尔·巴甫洛维奇正欲上车，伊万·费尧多罗维奇紧紧跟在父亲的身后。他垂头丧气，一言不发，甚至都没有回过头同阿廖莎道别。但是随后又出现了另一幕荒唐到有些可笑的场景，给这出大戏画上了一个圆满的句号——地主马克西莫夫不知从何处突然出现在马车旁。阿廖莎和拉基津看见他生怕跟不上，气喘吁吁地跑到马车旁。伊万·费尧多罗维奇才刚把一只脚踏上马车，地主马克西莫夫就已经抓住车帮子，准备登车了。

"还有我，还有我，你们带上我啊！"他一边喊着，一边跳着，笑得像朵花，满脸一副下定决心要及时行乐的表情，"你们快把我也带上呀！"

"你瞅瞅，我说的没错吧？这人就是冯·佐恩！"费尧多尔·巴甫洛维奇满心欢喜地大吼道，"瞧哪！真正的冯·佐恩复活啦！你是怎么从那儿逃出来的？你在那里干了啥？你又是怎么从宴席上逃出来的？啊呀！看起来你这个人脸皮也是挺厚啊！我的脸皮就够厚了，不过你的更让我吃惊，兄弟！兄弟！快跳一下，跳上来，跳上来。伊万，你让他上来，多开心呀。就让他在我们脚边躺一会儿。冯·佐恩，能将就一下吗？算了算了，还是坐到车夫旁边吧？冯·佐恩！你去车夫旁边，跳到车夫旁边……"

但伊万·费尧多罗维奇并没打算听他老爹的话，他鼓足了劲儿，照着地主马克西莫夫的胸膛就是全力一推，老头儿往后退了好几步。不得不承认，马克西莫夫的运气还不错——没有摔个狗啃泥。

"走！"伊万·费尧多罗维奇生气地冲着车夫吼道。

"嗯？你咋了？你又咋了？你干吗这样对他？"费尧多尔·巴甫洛

维奇在已然开动的马车上跳着脚诘问道。但伊万·费尧多罗维奇并不打算回答。

"你这个人啊！"父子俩足足沉默了两分钟，费尧多尔·巴甫洛维奇憋不住了，瞥了一眼儿子道，"修道院是不是你要来的？是不是你怂恿、你赞成的？你现在又生什么气呢？"

"您的废话说得太多了，请您消停会儿吧！"伊万·费尧多罗维奇厉声回复道。

费尧多尔·巴甫洛维奇又沉默了两分钟。

"现在能来点儿白兰地该有多好！"他用这么一句话概括了自己的心情，但伊万·费尧多罗维奇还是没有理他。

"到家后，你也喝上几杯。"

伊万·费尧多罗维奇还是没有理他。

费尧多尔·巴甫洛维奇又沉默了两分钟。

"我还是要把阿廖莎从这修道院带回家，虽然这会让你不开心！我最亲爱的卡尔·冯·摩尔[①]。"

伊万·费尧多罗维奇默不作声地耸了耸肩，索性直接转过头面向回家的路。一路上，两人再没有说过一句话。

[①] 见本卷第二章第六节。

第三章　贪财好色之徒

第一节　在仆人们的房间里

费尧多尔·巴甫洛维奇的家不在市中心,但地段也绝对称不上偏。房子挺旧的,好在外表收拾得不错:外墙刷了灰漆,中间阁楼有着红色的铁皮屋顶。看起来,这套既宽敞又舒服的宅子还能再支撑上一段时间。屋子里面有各式各样的储藏柜、隐秘的暗间和各种意想不到的楼梯通道。宅子里有不少大老鼠。然而,费尧多尔·巴甫洛维奇并不厌恶它们,他说:"一个人过夜的时候,有了它们就没那么冷清了。"确实,他喜欢把仆人们都赶到偏房,然后把自己一个人锁在宅子里过夜。那栋偏房在院子里,看起来既宽敞又牢靠,费尧多尔·巴甫洛维奇还在那儿立了一个厨房。虽说小楼里也有厨房。但是,费尧多尔不喜欢厨房特有的那股味道,因此不论冬夏,仆人们都得端着刀叉碗碟穿过院子把饭送来。这套宅子目前所居住的人,算上主仆在内,也只占用了宅子容量的五分之一。看得出来,这套宅子当初是为大户人家设计的。但在我陈述此事之时,住在楼里的只有费尧多尔·巴甫洛维奇和伊万·费尧多罗维奇父子二人,偏房内也只有三个仆人:老男仆格里高利和他老婆玛尔法,以及一个名叫斯乜尔加科夫的年轻人。关于这三位,还是需要再好好介绍一下。首先说,老男仆格里高利·瓦西里耶维奇·库图佐夫我们前文已经提过很多次了,他是一个坚定不移、百折不挠的人,只要他认准了的,他认为正确的事情,哪怕事情的缘由多么荒谬或者不合逻辑,他也一定会固执地坚持下去。也就是说,这个人正直且不可收买。他的妻子玛尔法·伊格纳季耶夫娜是个一辈子都唯丈夫马首是瞻的普通女人,但在农奴刚解放的时候,她也曾建议自己的男人离开这里,去莫斯科做点小本生意(他们确实攒了些钱)。但格里高利一直觉得自己的老婆在胡言乱语,"因为这世界上就没有安分的娘们儿",他觉得他们应当同旧主在一起,不论这个主人是个什么货色,"因为这是他们的职责所在"。

"你知道'职责'两个字是什么意思吗?"他问他老婆。

"'职责'是什么意思我自然知道,但是,为什么留在这里就是我们的职责?"玛尔法·伊格纳季耶夫娜不卑不亢地坚定回答道。

"不懂就别问!从现在起把嘴闭上!"

结果就是:他们没有离开,费尧多尔·巴甫洛维奇给他们开了工资,虽说没多少钱,但也能按时发放。此外,格里高利觉得自己在费尧多尔·巴甫洛维奇心中的分量还是很重的。他意识到这一点,倒也算符合事实。费尧多尔·巴甫洛维奇这个狡猾阴险的老小丑,正如他本人口中那般,在"生活中的某些方面"非常有主见,可在生活中的"其他方面",他这人又着实窝囊得要命,其中的缘故,他本人也想不通。他非常清楚"其他方面"到底是什么,所以害怕很多事情,在生活方面他时刻保持着高度警觉,他清楚没有一个信得过的人可不行,而格里高利就是一个靠谱又忠诚的人。费尧多尔·巴甫洛维奇一生中有好几次差点儿被狠打,每次都是格里高利出手相救,尽管每次事后都要数落他一顿。不过,被打这种程度的威胁根本吓不到费尧多尔·巴甫洛维奇,而在一些非常微妙又复杂的情况下,费尧多尔·巴甫洛维奇特别需要一个亲近、值得信赖的人在他身旁,恐怕他自己也说不清这是为什么。费尧多尔·巴甫洛维奇是个在酒色之中沉迷过深的人,在这方面他就像毒虫一样邪恶,可他也会在酒酣之际感受到精神上的恐惧和道德上的震惊。可以这么说,这种感觉让他的身体为之一振,像是把他的灵魂抽离肉体,"我的心就要跳出嗓子眼儿了",他不止一次如是描述自己的感受。每逢这时,费尧多尔·巴甫洛维奇就特别希望有一个人在他身边,即使不能在他身边,在附近的一间小屋也好。而这个人,必须不能像他这般荒唐,不是酒色之徒,虽然将这种堕落于肉欲的生活看在眼里,知道他所有的秘密,但能够容忍和接受这一切,并且依旧忠心、不抱怨,尤其不会用什么此生或者来生必遭恶报之类的话来批判他,在必要时,还能保护他——威胁来自谁?来自一个未知,但绝对危险和可怕的人。关键是他需要这么一个人,一个可以充分信任的老熟人,在痛苦的时候可以叫到身边来,只是为了看看他的脸或是聊一些闲话。如果来者一点都不在乎,不生气,他说不定能好受一些;可要是来者生了气,他就只能更难过了。有时候(尽管这种情况很少有),费尧多尔·巴甫洛维奇会走到偏房把正在熟睡的格里高利唤醒,让他陪自己回到小楼。等到了屋里,费尧多尔·巴甫洛维奇便开始同他说起各种毫不相干的鸡毛蒜皮之事,不过往往聊一会儿,便让他走了;偶尔,他也会面带苦笑,对着格里高利开一些乱七八糟的玩笑,然后啐上几口吐沫,再上床睡觉。说来也怪,这样做,他就会睡得安稳。自从阿廖莎来到这里后,费尧多尔·巴甫洛维奇也经常会发生类似的情况——阿廖莎"刺穿了我的心",只因他"亲眼看见了一切,却没有半点批判与抱怨"。此外,也从来没有人像阿廖莎一样对待他,阿廖莎对老爷子不仅没有半点轻蔑,反而发自内心地对他亲切、真诚和依恋。可费尧多尔·巴甫洛维奇这样的人又有什么值得依恋的呢？总之，这一切完全出乎了这个沉湎酒色、毫无家庭观念的浪荡子的意料，对于他这种满脑子都是"肉体之欢"的人来说，是意想不到的。在阿廖莎走后，他终于明白了过去不愿意弄明白的道理。

我在故事的开始就谈起过，格里高利非常不喜欢老卡拉马佐夫的第一任妻子阿杰莱达·伊万诺芙娜以及他的长子德米特里·费尧多罗维奇，他总是处处袒护费奕多尔·巴甫洛维奇的第二任妻子，也就是那个"鬼叫婆娘"的索菲娅·伊万诺芙娜，甚至为了她敢得罪他的主人。不但如此，格里高利还不许任何人说她的坏话。他对这个可怜女人的怜悯之心已然上升到了某种神圣的高度，就算是二十多年后，他仍旧容不得别人提到她时言语怠慢，只要出言稍有不逊，他就会立马斥责。从表面上看，格里高利是个冷酷坚毅、惜字如金、绝不阿谀奉承的人，但此人说话极有分量，不会信口开河。同理，我们无法从表面上看出格里高利这人是否真的爱他那位百依百顺的妻子，但事实上，他是真的爱她，这一点玛尔法心知肚明。玛尔法·伊格纳季耶夫娜这个女人绝不是个蠢人，在生活琐事的处理方面，她要比自己的丈夫机敏上不少。只是，从他们结婚开始，玛尔法就对自己的男人表现出绝对的尊重与服从，毫无怨言，承认他精神上的优势。还有一点值得注意，这两人平时极少谈心，除非在生活中遇到了必要的问题。因为自尊心强又老持稳重的格里高利在面对大大小小的各种问题时总是习惯于自己一个人思考并解决；因为玛尔法早已习以为常，知道她的丈夫不需要自己的建议和谋划。她知道，自己的丈夫欣赏她的沉默，并因此称赞她有智慧。在漫长的婚姻生活中，他只打过她一次，而且下手很轻。那是阿杰莱达·伊万诺芙娜和费尧多尔·巴甫洛维奇结婚的第一年，有一天两人在乡下，恰逢一些农奴妇女们聚在村庄里唱歌。当她们唱起一首经典的俄罗斯民谣时，当时还是个小少妇的玛尔法兴奋不已,冲到合唱的人群前面,跳起了舞。玛尔法跳的可不是那种乡下妇女的"牧区舞蹈",她是模仿莫斯科的舞蹈团的舞步跳的——几年前,她在米乌索夫家当丫鬟时,富裕的地主专门从莫斯科请了专业的舞蹈大师教的舞蹈。格里高利一言不发地看着老婆跳完舞,过了一个钟头后,两人回到家里,他教训了她一顿——实际上不过是扯了她头发几下。自此之后,两人便再未发生过肢体冲突,况且玛尔法自此之后再也不跳舞了。

上帝没有赐予他们儿女,虽然他们有过一个孩子,但早夭了。格里高利很喜爱孩子,他并不掩饰这一点,也不羞于表达出这一点。当年,阿杰莱达·伊万诺芙娜逃走的时候,小德米特里·费尧多罗维奇不过三岁,是他照顾了小家伙整整一年,给孩子梳头、洗澡。后来,他也照顾过伊万·费尧多罗维奇和阿廖莎,为此还挨过不止一巴掌。这些往昔,我已在前文提过了。玛尔法·伊格纳季耶夫娜怀孕的时候,他也曾在期望中欣喜过好一阵子。可当孩子生下来后,欣喜却转化成了悲伤和恐惧,让他心如刀绞。孩子生有六指。格里高利对此伤心极了,受洗前三天,他一言不发,终日藏在菜地里,生怕见到人。那时,恰逢春天,他在菜地里刨了三天土。到了第三天的时候,必须要给孩子受洗了。格里高利终于想出了解决之法。他走进家门,见家里满是教士、客人,看见老卡拉马佐夫兴冲冲地要给孩子当教父,他突然一字一顿地说:"这孩子不用受洗了。"然后就没有任何多余的话了,只是眼睛直勾勾地盯着神父,仿佛他刚才所说的话是从牙缝里挤出来的一样。

"为什么呢?"一位神父用轻松的语气惊讶地问。

"因为,他……是个怪物。"

"怎么就是怪物了?什么样的怪物?"

格里高利沉默良久。

"阴差阳错吧……"他小声咕哝,虽然声音不大,但语气着实坚决。显然,他不想再同任何人谈及此事。

在场众人一笑了之,当然,还是为那个可怜的孩子完成了洗礼。格里高利在洗礼用的圣水盘前做了祈祷,可他内心对新生儿的看法并未动摇。不过,他并不阻止别人的做法,只是接下来的整整两个星期,他连看一眼这个病恹恹的孩子的想法都没有,大部分时间他都不待在家里。后来,鹅口疮无情地剥夺了小家伙的生命。格里高利亲手把孩子放进了棺材,并刨了一处浅浅的坟坑,哀伤地看着这条早夭的生命下葬,往坟坑填土的时候,他双膝跪地,磕了一记响头。从那之后的很多年,他都不曾提起自己的孩子,一次都没有。玛尔法·伊格纳季耶夫娜也从不在他面前缅怀自己的孩子。有时,她有时会同人们谈起那个"宝贝孩子",说起时,她总是把声音压得很低,就算格里高利不在场也如此。玛尔法·伊格纳季耶夫娜发现,她的丈夫自从把孩子埋葬之后,便一头扎进了"神学研究"中,他经常自己一个人废寝忘食地阅读《圣徒言行录》,每次都戴着那副大大的圆框眼镜,除了大斋期外,他很少诵读出声。他很喜欢《约伯记》①,除此之外,他也不知道从哪里搞来了一套"一位心怀上帝的伟大叙利亚神父——以撒克·西林修士"的言行传道录,孜孜不倦地阅读。至于里面讲的东西,他一窍不通,根本没有弄懂。但也许正是因此,他才最喜欢、最佩服这套书。最近,有一些信奉赫里斯托维斯主义②的信众在附近集会,他也跑去

---

① 圣经故事中,上帝曾经"收回"约伯十个孩子的生命,但约伯仍旧虔诚,并不憎恨,终得好报。

② 赫里斯托维斯主义又称鞭挞派,是东正教的一个教派,主张通过鞭挞自己来赎罪,并认为通过迷狂地唱歌、舞蹈能接近上帝。

听了他们的教义，虽说的确让他为之一振，但是他并没有改信的动力。当然了，长年的"神学研究"也使得现在的他看起来颇具威仪。

说不定，他有神秘主义倾向。不过人的一生中总是会遇到一些奇怪的事，就像是命中注定一般。这件事恰好发生在他亲手埋葬了自己可怜的六指孩子那天，后来他提起过这件事，说这件事在他心中"烙下了印子"。整个事情大概是这个样子的：就在那天半夜，玛尔法·伊格纳季耶夫娜突然被一阵婴儿的哭声吓醒，她怕极了，赶紧摇醒身旁的丈夫。格里高利定了定神，仔细去听，认为更像是一个人在哼哼，他表示"应该是个女人"。他起床穿上衣服。那是五月的晚上，没那么冷。出了门便是门廊，女人的声音就听得更清楚了，循声而去，声音应当是从花园里传来的。但晚上的时候花园门是上锁的，四周皆是高墙，除了这儿之外再无入口。格里高利转身回了屋，没有理会已经吓得魂飞魄散的玛尔法（玛尔法坚持说，她听到的是孩子的哭声，一定是她死去的儿子在呼唤着自己），而是点亮一盏灯笼，揣上花园的钥匙，一言未发，独自进了花园。

这时，他清楚地听到，哼哼声来自花园小门旁的澡堂，而且一定是个女人在呻吟。但一拉开门，眼前的一幕让他大吃一惊：本城人尽皆知的流浪街头的傻女人，绰号为"利扎维塔·斯乜尔佳夏娅[①]"的爬进了他们的澡堂，还在里面生了个孩子。小婴儿就在她的身边，而她已经快要断气了。她什么话都没说，因为她根本不会说话。不过这件事需单独再细说。

[①] 斯乜尔佳夏娅在俄语里的意思是"臭烘烘的"。

第二节 利扎维塔·斯乜尔佳夏娅

有一个特别的说法让格里高利深感惊恐，眼前的一幕更是坐实了他之前听说到的那个令人作呕的猜测。臭烘烘的利扎维塔是一个小个子女孩，在她去世后，我们城里那些信奉上帝的虔诚老妇们无不怜悯地感慨她还是个"两尺出头"的少女。二十多岁的她健健康康，脸盘宽大红润，只是多了几分痴呆相；双眼目光温顺，但满含呆滞，看起来让人不快。不论寒暑，她总是赤着脚，全身上下只有一件合身的麻布衫。她有一头纯黑色的卷发，就像羊毛一样密集，堆在脑袋上像顶巨大的帽子。她的发丝之间总是夹着尘土、泥浆、叶子、小树棍和刨花等脏东西。她的父亲名叫伊利亚，是个因破产无家可归的小市民，体弱多病、酗酒成性。多年以来，他一直在我们城里一个做生意的大户人家（也就是所谓的布尔乔亚①）家里做长工。利扎维塔的母亲在很久之前就去世了。伊利亚病恹恹的，脾气也坏透了，利扎维塔每次去找他总免不了受他一顿毒打。好在她不常去，她是个傻子，四处为家，人们也都看在上帝的分儿上施舍她。伊利亚的雇主、伊利亚本人，还有城里一些信奉上帝的好心人（主要是商人）不止一次尝试着想给她穿上些衣服，总比她只穿一件贴身罩衣体面些。到了冬天，他们总是给她穿上羊皮袄和靴子。她像往常一样，老老实实地让别人给她换衣服，只是走了之后，她还是同往常一样，跑到教堂门口，把人们施舍给她的衣物，大到裙子靴子，小到围巾、手帕一一脱去，光着脚，只穿着自己以前的贴身罩衣离开。那天，恰逢新上任的省长来这儿视察，看到利扎维塔，省长表示他那高贵的眼睛承受不了如此伤害，尽管他

---

① 即资产阶级。

的下属报告说她是个傻子，但他还是下了训令，绝不允许自己的地界内有这样只穿着罩衣在城里晃荡的女子，今后不得再见此状。但省长走后，一切照旧。后来，她父亲死了，她彻底成了孤儿，城里那些虔诚的信徒就对她更好了。确实，我们这里的每个人都很疼爱她，就连那些平时在学校里调皮捣蛋的男孩子们也从不捉弄她、欺负她。有时，她走进陌生人的房子里，人们也不会驱赶她，偶尔还会施舍她一两个铜板。她一般都会收下，可转身就会把别人的施舍投入教堂的救济箱中。当她路过集市上的甜品摊时，人们也会给她面包、甜甜圈之类的甜品，她倒是会收下来，但转头就会送给她遇到的第一个孩子，甚至会傻乎乎地拦住某些富太太，把别人给的食物送给她们，太太们也会欣然收下。她平日就靠黑面包和清水活着。有时候她会在一些卖高档商品的店里坐着，店主并不会因她来了就把值钱的玩意儿藏起来，因为人们知道，她对这些东西没有概念，也不感兴趣，哪怕在她面前放上几千卢布，她也一个戈比都不会拿。她极少在教堂里过夜，即便到了教堂，也只是睡在门廊上，或者翻过人家的篱笆（直到今天，我们这儿还有很多人家没有搭围墙，只是围了一圈篱笆），跑到别人家菜园里睡觉。平时她每周都会回家一趟（所谓回家，不过是回到之前他父亲工作的地方），要是到了冬天，她就会天天在那里过夜，或在走廊，或在牛棚。让人们诧异的是，她竟然能忍受这样的生活，不过她倒是已经习惯了。虽说她身材矮小，但体格强壮。本地的一些老爷们还煞有介事地分析说，她这么做纯粹是因出于自视清高。可这话用在她身上实在是没什么道理，因为她一句话都不会说，只会用舌头咕噜咕噜地发出一些声音，没人听得懂她在咕噜什么，又怎么谈得上清高呢？

有一次（很久之前了），那是九月份的一个温暖的满月夜晚，那时按照我们本地人的习惯来说已经很晚了，五六个游手好闲的醉汉，从俱乐部里疯玩后出来，走在回家的路上。他们走的是一条小路，路的两旁全是篱笆，围着别人家的菜园子，沿着小路一直往前走，没几步就是一处横在臭水沟上的小桥，我们这里的人有时候也把这条臭水沟称为河。在篱笆附近的荨麻和牛蒡草堆里，醉汉们看到了正在熟睡的利扎维塔，他们走到她身边，有说有笑地对着她说出一些下流不堪的污秽之语。一名年轻的男子突然提了一个荒诞至极的问题："你们说，会不会有人把这么一头野兽当女人用，并且现在就这样对她……"在场的人无不摆出一副傲慢又憎恶的表情，回复"不可能"。然而，醉汉中的一员——费尧多尔·巴甫洛维奇当即跳了出来，直截了当地表明她完全可以当个女人用，不但如此，在"使用"她的时候说不定还会有别样的风味。说实话，当时费尧多尔·巴甫洛维奇热衷扮演小丑，而且他实在是太入戏了，他积极地去取悦那些有钱人，表面上，他同这些有钱的老爷们平起平坐，可实际上，他不过是谄媚他们的奴才。那时恰逢他刚得知自己的第一任老婆阿杰莱达·伊万诺芙娜死在了圣彼得堡，虽说他的帽子上套着黑纱①，但并不影响他饮酒狂欢，其行为之放荡、恶劣，就连本地最不正经的人都接受不了。

那几个醉汉被费尧多尔·巴甫洛维奇与众不同的见解逗得放声大笑，其中一人当即怂恿起费尧多尔来，剩下的人则是道貌岸然地摆出一副嫌恶的表情，但嘴里依旧说着下流的玩笑话。最终，他们各回各家。事后，费尧多尔·巴甫洛维奇曾信誓旦旦地发誓说自己在同诸位分别之后也打道回府了。也许事实的确如此，没人能确定，也没人知道事实究竟是什么样的。总之，就在这事儿发生后的五六个月，人们忽然发现利扎维塔怀孕了，城里的人都感到异常愤怒。大家互相打

---

① 帽子上套黑纱意味着守丧。

听，到处猜测是谁造的孽、是谁做出如此伤天害理的事。就在这个时候，一个可怕的谣言传开了，人们说玷污了她的人正是赫赫有名的费尧多尔·巴甫洛维奇。那这样的谣言又是如何传出来的呢？除了费尧多尔·巴甫洛维奇之外，那几个醉汉中只有一位还留在我们城里，是一个年纪大、威望高的高等文官，他有家室，而且儿女早已成年，即便是从他这里传出来的，他也不可能到处声张。至于剩下的五位，早都不知道去哪里了。总之，谣言就直挺挺地冲着费尧多尔·巴甫洛维奇来了，丝毫不见衰减之势。当然，他不可能承认是自己干的，而且他对那些议论纷纷的商人和小布尔乔亚们并不在意。当时的他正忙着摆谱呢，他只与官僚和贵族所属的圈子（就是他竭力奉承、讨好的那群人）里的人说话，除此之外，他谁都不理。

就在这时，格里高利竭尽全力地站出来，为他的主人辩护。他不仅极力反驳，还同传谣者唇枪舌剑，甚至对骂，竟也成功地使费尧多尔远离谣言。

"这是那个贱货自找的！"他斩钉截铁地说，"犯罪的人一定是'螺钉卡尔伯'！"这是当时全省出了名的可怕罪犯，此人前段时间从省立监狱越狱出逃，有传言说此人匿藏在本地。这个猜想乍听之下还挺有道理：就在那年秋天，'卡尔伯'突然在本地现身，四处流窜作案，犯下不少于三起抢劫案。这件事虽然带来了不少的议论和猜疑，但并没有冲淡人们对这个可怜女人的怜悯，大家反而开始更加怜悯和疼爱她了。有一位名叫康德拉迦耶娃的有钱寡妇在四月底的时候，直接派人把身怀六甲的利扎维塔接到了自己家里，并打算照顾到她分娩之后再放她离开。那段时间一直有人看守她，不过有一天，利扎维塔还是躲过看守，溜出了康德拉迦耶娃的家，神不知鬼不觉地出现在了费尧多尔·巴甫洛维奇的花园里。这不禁使人们思考，大着肚子的利扎维塔又是如何翻过了他家的篱笆墙？有人说，她是在同伴的帮助下翻过去的，还有人说她是在上帝的帮助下被精灵托过去的。还有一种解释倒是不灵异，我觉得是最有可能的，那便是：习惯了在别人家花园里过夜的利扎维塔早就有了一套专门用来翻篱笆墙的办法，只是她因怀孕而行动不便，这导致她在翻墙时候受了伤，但还是来到了费尧多尔·巴甫洛维奇家的花园里。格里高利看到眼前的一幕先是一惊，接着急忙跑到家里叫玛尔法·伊格纳季耶夫娜去照顾她，自己则跑去找了个老到的接生婆。破晓之时，孩子总算生出来了，只是利扎维塔再也醒不来了。格里高利一路把婴儿抱回了家，他让妻子坐好，再把婴儿放在她的怀里。他说："孤儿是上帝的孩子，人人都应该爱他，我们就更不用说了。这孩子应当是咱们死去的儿子派来的。虽说这孩子的生父是个魔鬼，但孩子的母亲是个纯善的好人。你就抚养他吧，以后也不用哭哭啼啼的了！"

就这样，玛尔法·伊格纳季耶夫娜开始抚养这个可怜的孩子。孩子受洗时，被取名为帕维尔，至于父名，大家居然心照不宣、不约而同地给这孩子冠以费尧多罗维奇①。虽说费尧多尔·巴甫洛维奇本人一直在竭力辩解，说自己和这档子事儿并无瓜葛，但他对这个名字并不生气，反倒觉得整件事挺逗。我们当地的人由此觉得他做得不错，毕竟他收留了遗孤。费尧多尔·巴甫洛维奇给这孩子编出来一个姓——斯乜尔加科夫，这来自他母亲的绰号②。由此，这孩子长大后成为费尧多尔·巴甫洛维奇的另一个仆人。我们故事开始的时候，他和格里高利、玛尔法老两口一起住在宅子的偏房之中，主要负责做饭。

---

① 俄罗斯人人名有三个组成部分，从前到后依次分别是名、父名和姓，本文所言的费尧多罗维奇意为费尧多尔之子。

② 见本章第一节结尾。

关于斯乜尔加科夫，也应当单独好好介绍一番，但我已经浪费太多笔墨在这些仆人身上了，不应该因此分散读者的注意力。在这里，我先向各位道歉，下文将会回到故事主线，在接下来的讲述中，还会顺带向大家介绍他的情况。

第三节 一颗炽热之心的坦率倾诉（诗体）

阿廖莎听到父亲离开修道院时在马车上命令自己赶紧回家，他站了一会儿，不知道如何是好，但并不是呆若木鸡或蒙了，而是内心焦虑不安。于是，他走进了院长的餐厅，想去弄明白他的爸爸究竟在那儿做了什么坏事。并且，他准备动身去城里，阿廖莎的心中还怀着希望：说不定一切疑惑在路上就自然而然地解开了。在此，我需要再打断一下，阿廖莎并不是为了父亲口中的那句"赶紧收拾好铺盖枕头跟我回家"而感到害怕。阿廖莎内心清楚，父亲这样嚷嚷，不过是出于一时冲动，甚至可以说是为了挽回面子而耍耍威风。举个例子来说，我们这儿一个小商贩有天在酒馆喝酒，只因酒保没给他上伏特加便动了肝火，当着客人的面把桌上的餐具砸了，把身上老婆亲手做的衣服撕了，把桌子掀了，然后把屋里所有的东西都砸了，甚至连玻璃窗都没放过。这一切，不过为了耍耍威风。等到第二天，我们这位先生酒醒了以后，自然对自己砸烂的东西深感惋惜。阿廖莎深知，老爷子跟那位先生是一样的，他第二天清醒过来就会让自己回修道院，说不好今天就会。阿廖莎还对另一件事抱有绝对的信心，他确信自己的父亲可能会伤害任何人，但绝对不会伤害他。不仅父亲，在任何时候的任何地方都不会有人愿意伤害他，不仅是不愿意，而且是不可能。这是阿廖莎的信念，他坚信且绝不动摇，他会心怀这种信念一往无前。

但在这一刻,一种他从未感受过的恐惧正在占据他的内心,他自己也说不清为什么,所以让他觉得更加痛苦不堪。他因面对一个女人而恐惧,就是那位卡捷琳娜·伊万诺芙娜,刚才女地主霍赫拉科娃转交给他的那封信就是她写的。在那封信里,她再三恳求阿廖莎去她那里谈论一件事。她的恳求是如此的真挚和坚定,但对阿廖莎来说,却让他感到十分痛苦。虽说那天上午确实发生了很多事情,从长老的隐修所到院长这里,事情一桩接一桩,这种痛苦的感觉随着时间的推移让他越发难受。他不知道卡捷琳娜·伊万诺芙娜到底要问什么,更不知道自己该如何回答。他倒不是害怕女人,诚然,他这一辈子对女人了解得很少,但他从婴儿时代开始,到进修道院之前,一直都在被女人照顾。他只是害怕这个名叫卡捷琳娜·伊万诺芙娜的女人。从他们初识那天,他就怕她。他总共只见过她两次,也许是三次,只有一回和她聊了几句。至于对她的印象,阿廖莎觉得她是一个美丽、傲慢又有些颐指气使的女子。但折磨阿廖莎的绝对不是她的美丽,而是什么其他的东西,正是因为他说不清自己究竟在怕什么,所以他更难受了、更害怕了。但有一点阿廖莎心里明白,虽然自己的哥哥德米特里·费尧多罗维奇对不住她,但她仍尽力地去拯救德米特里,只因她为人宽容大度。在认识到这一点之后,阿廖莎也不得不站在公正的立场上,正视这种美好又慷慨的情感。但是,随着他一步一步地走近卡捷琳娜·伊万诺芙娜的家,他感觉到自己的后脊梁越来越凉。

他考虑了一会儿,觉得自己应该不会在她的家里遇到伊万·费尧多罗维奇,伊万现在应该在父亲身边;至于德米特里,他更不会在她家,至于原因,阿廖莎已经预料到了。所以,不出意外的话,今天他和卡捷琳娜·伊万诺芙娜见面时候应该不会有第三人。此刻,害怕得要命的阿廖莎非常想在赴约前能同德米特里说上几句话,不用给他看那封信，只聊几句就好。可德米特里的家很远，而且此时他很有可能并不在家。阿廖莎在某处站了片刻，下意识地在胸口画了个十字，挤出一抹微笑，然后迈着坚定的步伐，往那位让他害怕的小姐家走去了。

阿廖莎知道她的家在哪里，但是如果走穿城大街，再穿过城市广场，就太远了。我们的小城布局得极为松散，各居住区之间的距离往往很长。而且，他的父亲不久前向他下了归家的命令，此刻应该在家里等他呢。所以，他得赶紧，两边都不能到得太晚。经过一番思量，阿廖莎最终决定走小路，他对城中各条小路了如指掌。其实这条小路根本称不上是路，走这条路不但要在冷清的小巷里四处穿行，时不时还得翻别人家的院子，钻别人家的篱笆墙。好在这一路经过的人家他都认识，时不时还会有人向他打招呼。他这么走的确能省下一半的路程。可若是这么走，他就得路过一处距离父亲住所很近的地方，那是一个小花园，园内有一栋只有四个窗户、歪歪斜斜的小房子。据阿廖莎所知，这个花园的主人是一个瘫痪的老太太，属于小市民阶层。她的女儿原在首都①一户达官显贵人家里做女仆，她回来照顾瘫痪的老母亲已经有一年了，却仍旧经常穿着一身漂亮的衣服招摇过市。这对母女已经穷得叮当响了，甚至每天都去临近的费尧多尔·巴甫洛维奇家里蹭点饭食。好在玛尔法·伊格纳季耶夫娜乐于伸出援手。但话说回来，即便是穷到吃饭都得靠人施舍，她还是舍不得典当自己华丽的衣裙，其中甚至还有一条裙摆很长的曳地长裙。当然，这些情况是阿廖莎偶然间从拉基津口中得知的，拉基津对本地的情况可谓是无所不知。阿廖莎是个左耳进右耳出的人，听罢即忘。可当他走到那处花园的时候，突然就想起了那条拖着长长裙摆的裙子，于是他抬起了原先在沉

---

① 即圣彼得堡。

思中垂下的头……不料竟和一个人不期而遇。

他的长兄德米特里·费尧多罗维奇此刻正站在不远处的篱笆墙后,天晓得他踩在什么东西上面,拼了老命似的对阿廖莎招手,示意阿廖莎过去,显然,他不敢叫喊,甚至一点动静都不敢发出来,生怕别人听到。阿廖莎立刻跑到篱笆旁。

"还好,亏得你抬头张望了一下,要不然我就得喊你了,"德米特里凑到他的耳边,兴高采烈地说,"你来这边,来这边!快过来!你来了,这可太好了!正想你来着……"

阿廖莎也挺高兴,只是不知道该如何翻过篱笆。好在米佳那双有力的大手抓住了阿廖莎的胳膊肘,拉了他一把。阿廖莎撩起黑袍,活脱脱像个街头上赤脚的孩子,使了一把劲儿跳过了篱笆。

"好了!走!跟我来!"米佳兴奋地在他耳边低语。

"我们去哪儿呀?"阿廖莎悄声问道。他一边问一边环顾四方,发现空荡荡的花园里除了他俩之外,一个人都没有。这个花园虽说不大,但主人的小房子毕竟在五十步之外,"这儿又没有什么人,你说话怎么这么小声?"

"我说话小声?啊!真见鬼!"德米特里·费尧多罗维奇突然大声叫了出来,"是啊!我为啥说话这么小声?啊呀,有时人不得不压制自己的本性。我可是秘密潜到这儿的,为了窥探一个秘密。至于这秘密,以后有空我再给你解释。我一直告诉自己是秘密潜入的,所以说话都不敢放开声了,跟个大傻子似的。你说得对,没必要压低嗓子。跟我走,跟我去那儿!在这之前先别说话,啊,我可真想亲你一口啊!

　　荣耀归于此世上的至高者;
　　荣耀归于我心上的至高者!……

你来这儿之前,我一直在心里念叨着这两句。"

花园占地约一公顷,可能还要大一点。整个花园沿着篱笆墙四周种了一圈树,有苹果树、槭树、椴树和桦树,花园中间是一片空荡荡的草地。每逢夏季,这里还能收上几普特①干草。所以春天的时候,屋主人就会把这片草地以几卢布的价钱租出去。花园里还有几小块地种着一些树莓、醋栗和刺李,也都在篱笆附近。屋前有一小片蔬菜地,是最近才开垦的。

德米特里·费尧多罗维奇带着阿廖莎走到花园里离房子最远的一个角落。在一大片种植多年的灌木丛(包括黑醋栗、丁香花、接骨木和佛头花)和几棵椴树的阴影下,忽地出现了一座绿色的亭子,亭子年久失修,褪色发黑,歪歪斜斜,像一片废墟。亭子的顶尚在,栅栏做的支撑围蔽还没塌,偶尔能避避雨。天知道这老亭子建了有多久,据说是这栋房子五十年前的主人,一位退伍中校——亚历山大·卡洛维奇·冯·施密特所建。亭子里的一切几乎都朽烂了,木头地板也塌了,散发着木头潮湿的霉味。亭子里有一张四角插入泥土中的绿桌子,旁边是一条长凳,也是绿的,看起来还能坐人。阿廖莎立马注意到自己的胞兄现在处于亢奋的状态,走进亭子一看,原来桌子上放着半瓶白兰地和一只杯子。

"这可是好酒!"米佳笑着说,"你的表情仿佛在说'这人又喝疯了',但你不要相信幻觉。

虚情假意的芸芸众生,不值得相信;

---

① 沙俄时代的重量单位,1普特=40俄磅≈16.38千克。

忘却自己的犹豫疑虑……①

我可不是酗酒,我是在'品酒',就和那只猪拉基津说的一样,就算他未来当了五品文官,还是免不了会说'品酒'。请坐。阿廖什卡呀,我好想把你紧紧抱在我的怀里,把你的骨头都挤碎。要知道,在这个世界上,只有我,只——有——我,才是那个,真……真——心——诚——意……爱你的人!你听好了,你听好了,只有我爱你。"

米佳的最后那句表白,几乎是以一种近乎癫狂的口吻说的。

"我只爱你一个,哦,还有那个'小荡妇',我迷恋上她了。但是,迷恋和真爱还是有差别的!可以一边迷恋,一边咬牙切齿!我现在还是能笑着说出来的。你现在坐下来,我就坐你旁边,看着你,把一切都说给你听。你别插话,你好好听我说,因为现在是时候了。但是,我觉着,我还是得小声说话,说不定,隔……墙有耳。我要把一切都向你解释清楚,我刚才为什么那么着急和激动呢?为什么我这些天就跟魔怔了一样想见你呢?我已经在这儿待五天了。因为,我要把一切都告诉你,我需要你,因为明天,我将从云端堕落,因为明天,一切旧日子就要结束,新生活即将开始。你有没有体验过,那种在梦中坠入无底深渊的感觉?此时此刻的我不在梦中,却在坠落。但我不怕,你也别怕。话说回来,我其实挺怕的,可我还是觉得心里舒坦。也不能说舒坦,其实就是兴奋……见鬼,咋说都行。顽强的精神啊!虚弱的精神啊!女人的精神啊!都见鬼去吧!让我们看看这美妙的大自然吧!看,阳光是如此明亮,天空是如此湛蓝,树叶是如此青翠,夏日

---

① 引自俄国诗人涅克拉索夫的诗《从谬见的迷雾中走出来》。

是如此舒爽！美妙的午后三四点，是如此宁静！你刚才要上哪儿去？"

"我要去父亲那儿，不过我得先去见一下卡捷琳娜·伊万诺芙娜。"

"去她那儿，然后去父亲那儿？巧了！你可知道我为什么喊你，为什么在这儿等你，为什么我的肠肚肝肺甚至连肋骨都在渴求着见你？我就是想派你代替我去瞧一下父亲，去瞧一瞧我的卡捷琳娜。我要和她、和父亲了结一切恩怨。我要派个天使去。其实我随便找个人去都行，但是我就要找个天使去。巧了！你刚好要去找她，又要去见父亲。"

"这么说，你是想要我去？"阿廖莎脱口而出，脸上露出了苦恼的神情。

"我看得出来，你心里明白。但是，你先别说话，就一会儿。你不用怜悯我，也不用哭泣。"

德米特里·费尧多罗维奇站起身来，一根手指抵住脑门，似乎在沉思，说道："是她叫你的吗，她给你写了信，还是别的什么方法？总之，要是她不叫你，你是不会去的吧？"

"嗯，就是这封信。"阿廖莎一边说着，一边从怀里抽出字条递给了米佳。米佳接过并迅速浏览了一遍。

"所以你才抄小路？啊，上帝啊，谢谢您！感谢您把他送到这条小路上！现在的我活像童话故事里的老渔夫，啥都没干，鱼儿就自己跳到网里了。听着，阿廖莎，听我说，我的弟弟。我要把这一切都一五一十地告诉你，因为至少得有人知道其中原委。我已把这一切告诉了天国的天使，但我还需把这些告诉人间的天使。你就是人间的天使。你会听我说完，你会做出判断，你会原谅一切……这就是我的诉求，我多希望有一个高尚的人来宽恕我。你听我说，倘若有两个人突然要脱离尘世的一切羁绊恩怨，飞向一片空虚中，或者说是二者中的一个人在飞走或者湮灭之前，来到另一个人跟前，恳求'请你替我完成一件事'，这种事情，是任何时候都不会请求别人去做的，只有将死之时才会提出这样的请求——假如被恳求的那个人是对方的好友或者兄弟，他会忍心拒绝吗？"

"我愿意去做，但你得告诉我，到底是什么事，赶紧和我说。"阿廖莎道。

"赶紧……嗯。别急，阿廖莎，你现在满脸写着急躁二字，你怎么这么心神不宁？现在没有什么可急的了。现在已然豁然开朗啦！嗯……阿廖莎，太可惜了，你不懂得这种喜悦。哎，我在说些什么呢？你怎么可能不懂呢！行吧，我，一个蠢人，我要说：

人啊，你要高贵且正直！[①]

这又是谁的诗文？"

阿廖莎决定等待，他觉得也许这里就是他最应该来的地方。米佳把手肘支在桌面上，用手掌托着脑袋，一副若有所思的样子。两人默不作声。

"阿廖莎，"米佳说，"恐怕只有你不会嘲笑我。我想以……席勒那首《欢乐颂》作为……我忏悔的开头。欢乐颂[②]，我不会说德国话，我就知道题目这么念。你不要以为我在说醉话，我一点都没醉，白兰地确实是白兰地，但是想要我喝醉至少也得两瓶。

[①] 引自德国思想家、作家歌德的诗《神物》。
[②] 原文为德语，译为欢乐颂，即德国戏剧家和诗人约翰·克里斯托弗·弗里德里希·冯·席勒的戏剧《欢乐颂》。

>满面红光的西勒诺斯；
>骑着一头瘸了腿的驴。①

我才喝了不到四分之一,所以我不是西勒诺斯。我不是西勒诺斯,但我意志坚强②。我已经拿定了主意,覆水难收了。原谅我,今天你要原谅我很多次,原谅我这个谐音的玩笑。请你别嫌烦,我不会再东扯西扯了,我马上就要开始说正事了。我不再让你焦急等待了。等等,你先听听这首诗怎么样……

>胆小、裸体、雄风日上的野蛮人,③
>藏在深山的洞穴里；
>游牧民族的马蹄奔腾在富饶的天地,
>马蹄所踏,尽是一片荒芜；
>左手持弓,右手握矛的猎人,
>肆无忌惮,横行密林……
>可怜的是那些漂泊异乡的人,
>被海浪抛掷到岸边,无法归家。

>从奥林匹斯巅峰之上坠落的巨星,

---

① 引自俄国诗人迈克夫的诗《浅浮雕》。
② 西勒诺斯是古希腊神话中的山林之神,酒神狄俄尼索斯的养父。原文一语双关,因为"西勒诺斯"在俄语中的发音接近"坚强"一词。
③ 引自席勒的诗《厄琉西斯节》。厄琉西斯节是古希腊祭祀农业和丰收女神德墨忒尔的节日。

是为人母的克瑞斯[①]；

只为了找到被绑架的普洛塞庇娜[②]；

她所到之处尽是荒蛮，

没有一个角落，

供她落脚；

没有一座神庙，

证明对神敬仰。

不见稻谷瓜果，

置于宴席之上；

唯有冒着腾腾热气的尸体，

横卧血腥祭坛之上；

克瑞斯那悲伤的目光，

不论看向何方，

唯有堕落人间的屈辱与绝望。"

突然一阵恸哭从米佳的胸中迸发而出。他紧紧抓住阿廖莎的手。

"亲爱的朋友，亲爱的朋友。我着实委屈！我现在好委屈啊！在这个世上，受委屈的人可太多了，简直多得离谱。你别把我当成一个挂着军衔、只知道喝白兰地的浑蛋。我的弟弟，除了这件事，我现在什么都不想了。我的脑子里只有这个受尽委屈的人！如果我没有说胡话。

[①] 克瑞斯是罗马人的称法，即希腊神话里的农业和丰收女神德墨忒尔。
[②] 即珀耳塞福涅，希腊神话里农业和丰收女神德墨忒尔的女儿、冥王哈迪斯的王后，冥王哈迪斯把她掠到荒凉的冥府，做自己的妻子。德墨忒尔为了寻找自己的女儿从奥林匹斯山下来，致使无神掌管农业，耕地荒芜。

上帝保佑,请别让我满嘴胡话,更别让我吹捧自己。因为,我脑子里想的这种人,就是我这样的人。

> 即便灵魂卑鄙如斯,
> 人亦有幸奔向崇高;
> 奔向古老的大地之母,
> 永远依偎在她的怀里。

可问题在于,我该怎么投入大地之母的怀里呢?我不曾亲吻过大地,也未曾劈开过她的胸膛,难道非要我去当个农民或牧民不可?我走啊,走啊,根本不知道自己掉进了粪坑和屈辱里,还是纵身跃进了光明和欢乐中。这就是问题所在,这世界的一切都是谜。有时候,我会深陷淫乱的耻辱中不能自拔——我经常如此,我会读起这首关于克瑞斯和人的诗。但它让我洗心革面了吗?完全没有!因为我姓卡拉马佐夫。因为我反正都会堕入深渊,倒不如眼睛一闭,头朝下,脚朝天,不以为耻、反以为乐好了!说不定是一种荣耀呢?就在这深深的耻辱中,我反倒唱起了赞歌。可就算我是个下流、卑贱的垃圾,也总得让我去亲吻一下上帝外衣的下摆啊!哪怕我在同一时刻还紧随着魔鬼的步伐,可上帝啊,我总归是你的儿子啊!上帝啊!我爱你,并因此快乐!不能没有快乐,快乐维系着世界的存在!

> 上帝创造的魂灵[1],
> 永恒欢乐的女神,

---

[1] 下文引自席勒的《欢乐颂》。

潜藏发酵的秘密,
点燃生命的高脚杯;
她把小草引向光明,
她使世界走出混沌,
在那占星术士不曾预料的太空,
她的身影遍布。

所有能呼吸的一切,
无不在大自然的怀中汲取欢乐;
凡是欢乐女神飞过之处,
飞禽走兽皆被吸引。
她于不幸中赐予人们良友,
她给我们带来葡萄美酒和花环,
给虫豸带来情欲,
她给天使们托梦以见上帝之仪。

好了,诗已经念得太多了。我双眼含泪,你就让我痛快地哭吧。蠢就蠢吧,我知道是个人就会嘲笑我,但是你不会。看,你的眼睛里燃起了光。诗念够了。现在,我们来谈谈'虫豸'吧,毕竟是上帝赐予了它们情欲。

给虫豸带来情欲!

我的弟弟,你不觉得这'虫豸'两个字就是说我的吗?我们卡拉马佐夫家人都是一样的啊!虽然你是个天使,可在你的身体里,也有这样的虫子,它会在你体内兴风作浪。它掀起的是狂风巨浪,色欲甚至比怒号的狂风还要猛烈!美,是可怖的,是能吓死人的,因为它神秘莫测。之所以神秘莫测,是因为上帝喜欢出些谜题,让人捉摸不透。谜题的界限模糊,矛盾共存且复杂交织。弟弟,我是个没什么文化的人,但是我有脑子,我能思考!这其中的奥秘太多了。世人啊,被这谜一样的世界耍得团团转,压得喘不过来气。你得尽力思考,努力去解答这些谜题,看是否能完美脱身。美啊!但是,那些心地高尚、耳聪目明的人,他们眼中的美是从圣母玛丽亚的理想开始,以索多玛的结局告终①的,这是我无法接受的。更可怕的一点在于,他们的灵魂中充满了对索多玛的追求,可内心还藏着玛丽亚的理想。这种理想在他心中燃烧,就像他在青葱无罪的岁月里那样,单纯地燃烧。不,这种人想要的太宽了,简直太宽了,我多么想让他缩窄一些。真的,鬼知道这是怎么一回事!理性说这是丑恶,感性却称之为美丽。美丽就藏在索多玛里吗?相信我,对于绝大部分人来讲,美丽就恰恰在索多玛中——你知道其中的奥秘吗?可怕的是,美丽这种东西它不只要命,而且神秘。上帝和魔鬼就为此一直争斗,而争斗的战场就在人们的心中。然而,人一有心病,偏偏就爱说是这病。听着,我要说正事了。"

第四节　一颗炽热之心的坦率倾诉(故事体)

"我在那里整日花天酒地。刚才,父亲说我为了讨女人芳心已经花掉几千卢布了。这完全是构陷,这种事从来就没有发生过,即便发

---

① 索多玛是《圣经·旧约》里的淫乱和罪恶之城,因为罪孽深重而被天火焚城。在这里,玛丽亚代表理想之美,索多玛代表肉欲之美。

生了我也不用为了'它'①而花钱。于我而言,钱是工具,是为我释放灵魂的身外之物。今天给我带来欢愉的是我的恋人,而明天随便一个街头妓女就能替代她。我会让她们都感受到快乐,大把花钱,听音乐,再叫几个吉卜赛女郎。有时候我也会把钱甩给这些妞儿,只要我给她们就会收下,而且是充满渴望和感激地收下。那些妞儿各个爱我,她们可不是人人都爱的,但是她们爱我。我一直喜欢广场后面的那条小巷,小巷那些幽暗的犄角旮旯——那里有奇遇,那里处处有惊喜,那里藏着落入泥淖里的美玉。弟弟,我刚才是在打比方。在我们这个小城里并没有这样的小巷,但在精神上是有的。如果你是我这种人,你就会明白我说的是什么意思。我爱放荡,也享受放荡带来的耻辱,甚至反以为乐。我很残忍,难道我不是一只臭虫,不是一条邪恶的淫虫?谁让我姓卡拉马佐夫呢!有一回,我们去郊外野餐,我们乘了七架雪橇,每架雪橇都有三匹大马。那是个漆黑的冬夜,我猛一下抓住了邻座姑娘的手,按着她,强迫她和我亲吻。那姑娘出身于贫穷的公务员家庭,为人温顺、可爱,任我摆布,任凭我在黑暗中占她便宜,一声都不吭。我猜这傻丫头第二天还会以为我要向她求婚呢(毕竟想选我当丈夫的大有人在),但接下来的五个月我一句话都没和她说过。后来恰巧在一次舞会上(我们那儿经常有舞会),我瞅见这姑娘在舞场的角落里时不时地看我,哦,她的眼睛里满是怒火——温和的怒火。这种游戏就是能激发我心里那条被我一点点豢养长大的虫子的情欲。五个月以后,她嫁人了,丈夫是个外地的公务员,说不定在她远嫁的时候,心里还在暗暗地爱着我……现在,他们两个过着幸福的生活。要注意的是,我这话可没和任何人说过,我从来没有败坏过姑娘

---

① 指做爱。

的名声。尽管我这个人好色又卑鄙，但是吧，我还是有良心的。你的脸红了，眼睛都亮了。我说的这些腌臜事对你来说是不是太多了？总而言之，一切不过如此。那些颇具保罗·德科克风格①的花儿早已被我藏于灵魂之中，那条淫虫却越来越粗壮、肥硕。弟弟，这些姑娘早都在我心里的回忆录上登名造册了。愿上帝保佑这些美人们。和她们分手的时候，我不喜欢大吵大闹。不但如此，我从不显摆我们的关系，也绝不会败坏她们的名声。行了，到此为止吧。你不会以为我把你拦下来就是给你说这些乱七八糟的话吧？并非如此，我想跟你说的事可比这劲爆多了。但是，我跟你说这些并不觉得羞耻，相反，我还挺享受的。"

"你是看到我脸红才这么说的吧？"阿廖莎突然打断道，"我倒不是听了你的话或者因为你做的事而脸红，我脸红，是因为，我和你是一样的。"

"你？嘻！好吧，扯得有点远了。"

"不，不远！"阿廖莎激动地说（看得出来，这些想法已经在阿廖莎脑袋里存在很久了），"我和你爬的是一样的梯子。只是，我在最底层，而你在上面，爬得比我高，大概在第十三层吧。我就是这么觉得的，结局都是一样的。只要踏上了第一层，迟早都会爬到最高处。"

"照你这么说，压根就不该踩上去？"

"如果可以，是不应该踩上去。"

"那你，可以做到吗？"

"好像做不到。"

"先别说了，阿廖莎。别说了，亲爱的。我好想吻一下你的手。我

---

① 指法国色情作家夏尔·保罗·德科克的情色小说的那种风格。

被你感动了。那个女流氓格露莘卡看人很准。她说,总有一天她会吃了你。我不说了,不说了。这些腌臜事就到此打住吧。让我们一起离开这满是苍蝇的垃圾场,话题转到我的悲剧上吧。虽说,那儿也是片苍蝇拉屎的地方,换句话说,也全都是些恶心的事。重点是,老爷子虽然血口喷人,总诬蔑我勾引良家妇女,但实际上,在我的悲剧中,还真有过那么一次,虽然我没干成。老爷子总是用那些没有发生的事中伤我,但这件事他并不知道,我没和任何人说过,我是第一次说出去,也就是告诉你,哦对,伊万除外。伊万全知道,在你之前他就全都知道了。当然,伊万这个人,嘴巴严。"

"伊万嘴巴严?"

"对的。"

阿廖莎聚精会神地听着。

"要知道,虽说我在军营里混了个准尉,但我还是处处被人监管的,就和流放地里的犯人一样。可在我们营驻扎的那个小镇,我受到的接待好到不得了。在那儿我花钱如流水,别人都以为我很有钱,连我自己都相信这一点。但不管怎么样,我一定还有别的什么地方博得了这帮人的喜欢。尽管他们对我的行为不认可,但还是很喜欢我。我的上峰,是个中校,是一个老头。不知道怎么了,那老头就是看我不顺眼,动不动就找我的碴。好在我背后有人撑腰,退一步说,整座小城的人都站我这边,所以,他也不好对我做太过分的事。不过话说回来,应该怪我,我没给他应得的尊重。是我的骄傲在作祟。那个老顽固其实人还不错,心肠挺好的,待人也算热情。他结过两次婚,两任老婆都去世了。先说他第一任妻子,那是个来自寻常人家的朴实女子,给他生了个女儿。当年我在那儿的时候,她已经是二十四岁的大姑娘了,当时和她爸爸还有她的姨母——她已故的母亲的姐姐——

住在一起。她的姨母,是那种不喜言语、温顺、质朴的女人,而她的外甥女,也就是中校的女儿,则是那种活泼可爱的纯朴女人。我喜欢用动听的语句回忆往昔。我亲爱的弟弟啊,我可从未见过性格比她更有魅力的女人了,她叫阿咖菲娅,全名是阿咖菲娅·伊万诺芙娜,多么雅致的名字。她的外表可人,有着典型俄罗斯人的外形:大高个儿、结实、丰满,眼睛非常好看,她那张脸的线条确实粗了点儿。她尚未出阁,虽说曾有两户人家来提亲,但她都拒绝了,也并没因此烦恼,依旧每天乐乐呵呵的。我和她交往过一段时间,啊呀,不,不是那种……而是纯洁、干净的朋友关系。毕竟,很多时候,我和女人交往都是毫无歹意、干净而友好的。我们经常天南海北地聊天,有什么说什么,哪怕一些露骨的话。她听后就是笑。虽说很多女人喜欢听露骨的话,但是别忘了她还是个姑娘家,这一点让我觉得挺有意思,怎么都没法把她当一个大家闺秀对待。她和她的姨母、父亲在一起住,但是她似乎自愿降低自己的身份,不与其他人攀比。那个小城里的所有人都喜欢她、需要她,因为她是一个以好手艺出名的裁缝,很有天赋。出于交情,她给别人做衣服一般不收钱,但如果别人非要给她,出于礼貌,她也不会强拒。至于中校,他可不一样!他是我们营里最早到那个小城的人,可谓是当地有头有脸的人。他社交广泛,生活富裕,常在家中举行晚宴和舞会。我刚到那里服役的时候,全城都在传,中校的次女,一个百里挑一的美女,很快就要从首都回来了。她就是卡捷琳娜·伊万诺芙娜,当时她刚刚从首都一个贵族学校毕业。她的母亲是中校的第二任妻子,已经去世,她出身于一个较有名望的将军之家,可据我所知,她一分钱都没有给中校带来,这意味着,他的这门婚事只是从名义上攀了一门高亲,虽然在前途上或许能够带来一些好处,可嫁妆是一点都没有。不过,当那个女学生来到我们小城的时候（她只是暂居，不是定居），整座城市都可谓是焕然一新。小城里的名流女性们——先是两个将军的夫人，然后是一个上校的夫人，接着是城里其他有头有脸人家的女人们，竞相邀请她出席各种活动，让她当舞会女皇、野餐会女皇，甚至还请她参加一种静默画式的造型剧义演——为本地的贫困女教师筹款。而我，装作没看见，只顾自己吃喝玩乐。但就在那个时候，我干了一件让全城为之哗然的事情。有一次，在一个连长家的晚会上，我看见她上下打量了我，当时我没有走上前去，反倒摆出一副不屑于和她相识的样子。后来又过了几天，还是在一个晚会上，我走过去与她谈话。当时她甚至都没正眼看我，满脸轻蔑和不屑。但是，我想，不着急，我迟早会报复的。那个时候，我不过是大家眼中鲁莽、下流的兵痞子，这点我自己也知道。问题在于，我觉得这位被人叫作'卡佳'①的二小姐可不是什么单纯无知的女学生，而是一位个性十足的姑娘，性格高傲但为人正派，而且她受过良好的教育，可谓聪慧过人。当然，这些美好的品行，我可没有。你以为我想求婚吗？可不是那么回事！我只是想报复，凭什么她在一表人才的我面前，一点儿感觉都没有。与此同时，我继续我放浪形骸的生活。最后，中校把我抓起来了，关了三天禁闭。也就是在这个时候，我收到了父亲寄来的六千卢布。在这之前，我给他寄过一封正式的文件，表示我愿意放弃所有的一切，换句话说，自此我和他'两清'，我不会再对他提任何要求。那时候的我真的是什么都不懂。甚至可以说，直到最近几天，哪怕是到了今天，我对我和父亲之间的财产纠纷，还是一窍不通。这件事先搁一边吧！以后再说。就在我收到这六千卢布后，我突然从一位朋友的信中得知了一件我很感兴趣的事情。我了解

---

① 卡捷琳娜·伊万诺芙娜的昵称。

到上峰对我们的中校很不满,怀疑他有不法行为,总之,他的敌人打算好好整整他。果真,没过多久师长来了,劈头盖脸地斥责了他一顿。过了一段时间,上面下了命令,勒令他退役。至于这其中钩心斗角的细节,我就不打算和你细说了,他确实树敌不少。只是突然间,本来恨不得把他们一家人捧在手心的本地人,对他全家就像退潮似的冷淡了下来。也正因此,我实施了计划中的第一步,我去见了和我一直关系不错的阿咖菲娅·伊万诺芙娜,我对她说:

"'您知道您爸爸贪污了四千五百卢布的公款吗?'

"'您在说什么?前段时间将军来调查的时候,钱不是还在吗?'

"'那时候是有,可是现在没有了啊。'

"她吓得大惊失色,说:'您别吓唬我,这些话您是从哪儿听来的?'

"'您放心,我不会跟任何人说。您是知道的,我这人一向守口如瓶。但现在,我有一言相告,只是为了以防万一。倘若他们追款的时候,令尊大人拿不出四千五百卢布,与其接受审判,这么一大把年纪被罚去当兵,不如把你那个贵族学校毕业的妹妹偷偷送到我这里来,前段时间,我刚好收到一笔款。我会给她四千五百卢布,而且我还会一直守着这个秘密。'

"'啊!你这个浑蛋!'她当时就是这么说的,'你这个卑鄙下流无耻的烂货!你怎么敢这样?'

"然后,她连话都没说完,就直接愤慨地摔门而去。在她走的时候,我还朝她的背影喊道:'我一定会保证这个神圣的秘密无人知晓。'我要强调一点,那两个婆娘,也就是阿咖菲娅和她的姨母真的是圣洁的天使。她这个当姐姐的,对她那个骄横的异母妹妹卡捷琳娜,真是极其尊重,简直像女仆一样地照顾她。当然,我非常希望我和她之间的对话,她会毫无保留地告诉卡捷琳娜。后来,这一切我全打听清楚了。阿咖菲娅没有隐瞒,全告诉了妹妹,对我来说,正合我意。

"突然,上面新派了一个少校来当我们的营长。交接的时候,老中校突然一病不起,无法动弹,在家里躺了两天,根本交不出公款。我们营的军医克拉夫琴科说他是真的病了。其实,我早就在私下里知道了这件事的缘由,每次上峰查过账目之后,公款就会莫名其妙地消失一段时间,已经连续四年这样了。中校把这笔钱借给了一个信得过的人——那个叫特里方诺夫的商人,此人是一个戴着金边眼镜、留着大胡子的老鳏夫。他会揣着这笔钱去市里,做一些靠谱的买卖,然后再把钱如数还给中校,当然他还回来的时候,除了付利息,还会给中校一家人捎带些礼物。这些是我从特里方诺夫的儿子,也就是他的继承人,那个道德败坏到世上少见的人渣嘴里偶然听到的,而这一次,特里方诺夫回城时,什么都没带回来。中校冲进他家找他理论,他却说'什么钱?我从你那儿收了什么钱?我什么都没收啊'——喏,就是如此。于是,我们的中校躺在家里,用一条毛巾裹着脑袋,家里的三个女人轮流用冰块给他降温。却不承想,一个传令兵带着签收簿突然杀到他家,命令道:'限两小时内,马上上缴公款亏空!'他签完了名(我后来在签收簿上看到了他的签名),站了起来,说是要把制服穿上。然后他跑到卧室,摸到把双管猎枪,压上一发军用子弹,把右脚上的靴子脱掉,并用猎枪顶住胸口——他想用大脚趾扣动扳机。阿咖菲娅当时起了疑心,她记得我跟她说的话,于是悄悄走过去,她感觉到不对劲后,直接冲进了父亲的卧室,从身后紧紧抱住了他。一发子弹打中了天花板,幸好没人受伤。其他人也跟着冲了进来,一个摁住老中校,一个缴了他双手紧握的猎枪……这些细节都是我后来知道的。那天是周六,我正好在家。当时天色渐晚,我打算出去逛逛,已经穿好了衣服、梳好了头发,也给手绢上喷上了香水,正要拿军帽的时候,我公寓的门突然开了。在我面前的正是卡捷琳娜·伊万诺芙娜。她来到了我住的地方。

"整件事说来也怪,街上竟然没有任何人注意到她进了我的房子。所以,这件事也就无人知晓了。我是从两个老太太那里租的房子,她俩是官员家属,当我的房东兼物管。她俩为人非常恭顺,什么事都听我的。所以,按照我的指示,这两个人从此之后再未提起过此事,沉默得跟两个短铁柱①似的。当然,当卡捷琳娜·伊万诺芙娜一进门,我就知道她为什么要来了。她走进来,双眼直勾勾地盯着我,那双黑眼睛投射出坚定的目光,甚至带着些挑衅的神情。但从她的嘴角上,我看到几分犹豫。

"'姐姐告诉我,您会给我四千五百卢布,只要我亲自来取……现在,我来了,请您给钱吧。'话一出口,她就没法再继续强装镇定了,我眼瞅着她呼吸急促,惶恐不安,声音断断续续,嘴唇边止不住地颤抖……阿廖莎,阿廖莎你在听吗?还是睡着了?"

"米佳!我就知道你一定会把一切真相和盘托出的!"阿廖莎激动地答道。

"我这不正在跟你说嘛。既然我说了要把一切和盘托出,那我也就不打算在乎颜面了。当时,我的第一个反应就是卡拉马佐夫式的。有一次,弟弟,我被一只蜈蚣咬了一口,高烧不退,躺了整整两个星期。那天也是如此,我感觉我的心似乎被什么邪虫咬了,你能明白吗?那天,我从头到脚细细打量着卡捷琳娜。你见过她吗?她可真是个十足的美女,不过她的美可不止于外表,她的美在于她的高贵,而我不过

---

① 指俄国当时路边的短柱桩,用于拴马。

是个流氓。她甘于为父牺牲,是那么的慷慨和伟大,而我卑贱得不过是只臭虫。可现在她得把她的肉身交给我,交给臭虫一样的我。她无处可逃。我可以坦率地告诉你,我脑子里的这个想法,蜈蚣的想法,它差点儿就迷住了我的心,差点儿毒入骨髓。看起来,她根本不会反抗,我只需要像一只臭虫或者是邪恶的狼蛛一样,做我爱做的事情就行了,无须怜悯……当时,我的呼吸都要停止了。听着,我当然会在第二天去她家提亲,以一种最得体且完全可禁得起别人议论的方式把整件事情办妥,而这其中的秘密绝对不会有人知晓。我这个人确实有着下流的欲望,但我也是非常实诚的。可突然之间,我的耳畔突然响起了一个声音:'明天,你去提亲的时候,这姑娘不但不会出现在你面前,而且会让车夫直接把你赶出院子。她会说,'随你在城里去传那些疯言疯语吧!我不怕你!'我瞅着那个姑娘,突然明白我脑子里的声音没有撒谎,定会如此。我一定会被狠狠地臭骂一顿,然后被撵出院子。这一切,你看着她脸上的神情就能猜出来。可我还是恶从心生,我想对她耍一个这世上最卑鄙、最无情的买卖人才会用的花招,我皮笑肉不笑地看着她,走到她的面前,用那种小商贩的语气对她说:'四千多卢布哪!这可不是什么小数目!我当时是在和你们开玩笑呢,你们怎么这么容易就信了?小姐,你们要的也太多了。要是一两百卢布,我就直接给了,并且还会很乐意。但一次性要我给四千多卢布,可不是什么随随便便的事。您得空手而归了。'"

"我要是这么干了,这一切当然也就完了,她一定会大叫着逃跑。但倘若这样就能达到我报复的目的,也没什么不值得的,不是吗?哪怕一辈子都要为了这件事痛哭哀号,我也在所不惜。反正我当下就要这么干!信不信由你,我从未对一个女人有过这样的感觉,我居然满怀憎恨地盯着她。我发誓,当时我满怀憎恨地盯着她有好几秒,而从那直杵心底的憎恨到这世上最炽热的爱,只有一根头发丝的距离。我走到了窗边,脑门紧贴着结了冰花的玻璃,我记得,那结了冰的玻璃就像火一样灼烧着我的额头。我没把她扔在一边太久,你别着急(示意阿廖莎),我转过身走到桌子旁,拉开抽屉,从我的法语词典里抽出一张面额为五千卢布的五厘利的不记名票据。我先是给她看了看,然后把它折好,递给了她。接着,我打开了我的房门,后撤了一步,毕恭毕敬地鞠了一躬,对她摆了一个请的姿势。不管你信不信,事情真的就是这样!她浑身发抖,注视了我片刻,面色煞白,白得吓人。她一句感谢的话都没说,也没有表现出什么剧烈的感情波动,只是安静且温柔地弯下上半身,深深地俯下身体,双膝跪地,给我磕了个头——那可不是什么贵族学院里教的礼数,而是一个彻头彻尾的俄罗斯式的叩首大礼!礼毕,她跳将起来,跑了。当她跑出门时,我身上正好挂着佩剑。我拔出剑来,恨不能马上刺穿自己的胸膛。原因是什么,我不知道。这种想法固然是愚蠢的,但也许是出于狂喜吧。你明白吗,人要是太高兴了也会自杀的。但是这一剑最终没有刺到自己身上,我吻了吻剑柄,然后把剑收入鞘中。其实,这一段没必要告诉你的。我把我内心的斗争都告诉你了,甚至有点自卖自夸的感觉了。算了,随它去吧!让那些刺探人性秘密的间谍都见鬼去吧!现在,关于我和卡捷琳娜·伊万诺芙娜的过去的破事全部讲完了。这件事现在除了你之外,只有伊万知道。"

德米特里·费尧多罗维奇站起身来,激动地走了一步,又走了一步。他掏出手绢,拭了拭额头上的汗,然后找了个位置,坐了下来,不过并没有坐回到原来的位置,而是坐到了亭子另一面围蔽边的长凳上。因此,阿廖莎不得不扭过身子,重新面对他。

第五节　一颗炽热之心的坦率倾诉（"四脚朝天体"）

"现在，"阿廖莎说，"我已经知道事情的前半段了。"

"好，前半段你都明白了。前半段是正剧，在那边演完了；而后半段是悲剧，就要在这边上演了。"

"到目前为止，关于下半部分的故事，我还什么都不知道呢……"阿廖莎说道。

"那我呢，你以为我知道吗？"

"等等，德米特里，有个很重要的问题，告诉我，你订婚了吗？你现在有婚约吗？"

"我和她当时没有立刻订婚，而是在那件事整整过去三个月后，我们才订的婚。那件事发生之后的第二天，我对自己说：'现在事情已经彻底结束了，不可能有什么后续了。'如果我真跑到人家家里去求亲的话，又未免显得太过卑鄙。而她在此事发生之后，在城里住了六个星期，但没有再流出一点儿消息。其实，那件事之后第二天，她倒是派了个女仆偷偷溜进我家里，未发一言，只是递给了我一个信封。信封上写着某某亲启。我打开信封，里面是一张五百卢布的票据，不出意外的话应该是那五千卢布的找零，因为总共需要四千五百卢布，后来，我去贴现，还损失了二百多卢布。不过，她倒是派人给我送过钱，好像是二百六十卢布，具体是多少我记不清了。总之，每次送来的都只有钱，没有字，也没有什么解释。我把整个信封里里外外都查过，上面连个铅笔的划痕都没有的，什么都没有。但无所谓了，我还是拿着剩下的银子继续我的酒肉生活，最后，那个新来的少校看不下去了，给了我一个警告处分。"

"说回中校，他如数交还了公款，这让旁人大吃一惊，因为没有人相信他能够如数凑齐那笔钱。之后他就生了病,卧床了三个礼拜,随后出现了大面积脑子软化的疾病,不过五天就死了。他的葬礼还是按照军官规置办的,毕竟那个时候他被革职的程序还没走完。安葬了中校后,过了十天,卡捷琳娜·伊万诺芙娜和她姐姐、姨母,三人一起搬去莫斯科了。在她们出发前,准确地说就是她们出发当天(我事前并不清楚,也没去送行),我收到了一个蓝色的信封,里面的花边信纸上用铅笔写着小小的一行字:'请您等待,我会写信给您的。'署名是'K'。没了。"

"她们到了莫斯科之后的事情,我就长话短说好了。总之,在莫斯科,这一家的人的命运突然就否极泰来了,变化速度堪比闪电,离奇的程度不亚于那些阿拉伯的童话。卡捷琳娜有一位近亲,是位将军夫人,她原有两个继承人——都是她的亲侄女。不料,她这两个侄女在同一周内先后死于天花。备受打击的老太婆,突然看到了卡捷琳娜,就像看到自己的亲女儿和救星似的,高兴极了。她立马起草了一份新遗嘱,指定卡捷琳娜为继承人。不过这些是以后才能得到的,眼下,老太太先给了她八万卢布,说是给她当嫁妆了,至于怎么花,卡捷琳娜自己说了算。这个老婆婆,我在莫斯科的时候还专程去看过她,怎么说呢,她有点儿歇斯底里的症状。就在那个时候,我突然收到了一张四千五百卢布的支票。当时的我完全摸不着头脑,整个人惊呆了。三天后,我收到了她之前承诺给我的信,这封信我现在就揣在身上,我会一直带着它,就算是有朝一日我死了,也得带着它入葬。你要不要看一看?你还真得看一看。她在信中直截了当地表示要以身相许,不但如此,还倾诉了对我的情感,她说:'我爱您,爱您爱到疯狂。哪怕您根本不爱我,我也恳求您能做我的丈夫。请您别怕,我不会妨碍和拖累您。您就把我当成一件家具,当成您脚下踩踏的地毯……我只想永远爱您，我要拯救您，让您重新获得自我……'阿廖莎，我这么个连说话都一股子卑鄙味道的无耻小人，完全不配陈述她笔下的这些句子。直到今天，那封信还在刺痛着我的心！你以为现在的我就轻松了吗，现在的我就好受了吗？当时我马上给她写了回信（那时候我实在无法直接去莫斯科找她）。我是饱含泪水写的回信，我在信中写道：'你现在发达了，也有了嫁妆……可我就是个天天泡在威士忌里的穷鬼、兵痞子。'该死，我提什么不好，偏偏提钱！我本来就该老实忍着，可是我没忍住，全写了出来。然后，我又赶紧给伊万写了一封信，把该说和不该说的都告诉他了，一共写了六页纸。我还叮嘱伊万，让他赶紧去见见她。你干吗这样看着我？你瞪我干什么？是的，伊万就这样爱上了她，现在还爱着。这些我都知道。在别人眼里，我很愚蠢。不过，现在也只有我的愚蠢才能拯救我们所有人！哎！你是没看见，她有多么尊敬伊万。你瞅瞅伊万，再瞅瞅我——她怎么可能会爱上我呢？更何况这里又出了这么多破事！"

"可我确信，她爱的是你，而不是伊万那样的人。"

"她爱的是她自己那高尚的品德，不是我！"德米特里不由得冲着自己怒喝了一声，接着是一阵放声的狂笑，可随即下一秒，他的眼中便腾起了熊熊烈火，满脸通红，猛地扬起手朝着桌子就是一捶。

"阿廖莎，我向你发誓！"他对自己怒喝一声，听得出来，他对自己非常懊恼，"不管你是否相信，我以神圣的上帝和耶稣基督的名义起誓，虽然我刚才对她的高尚品行表现得嗤之以鼻，但是我清楚，她的灵魂要比我的高尚太多，远不止高尚一百万倍！我也清楚，她对我的高尚感情是美好和真挚的，就像天使一样！可悲剧往往就在于此。有的人说话时，习惯于装腔作势，那又如何呢？我说话的时候不就装腔作势吗？可我是真诚的，我是真挚的啊！至于伊万，我现在理解他对人的本性为什么这样憎恶了,更何况,他这人头脑如此聪明。卡捷琳娜到底会选谁呢?结果她选了我这个浑蛋,这个浑蛋明明已经有未婚妻了,就算所有人都在盯着这个浑蛋,他依旧不收敛,四处胡闹,甚至当着未婚妻的面肆意妄为!她偏偏选中了我这个浑蛋,舍弃了伊万。这到底是为什么?只因这姑娘为了报答自己的感激之情,就硬生生地把自己的生活和命运都交给我这个浑蛋!荒唐!这些想法,我从未对伊万提起。当然,伊万对我也是只字不提,连一丁点儿暗示都没有。但是,所谓命中注定就是命中注定。优秀的人注定会走到属于他的荣耀之座,卑鄙的人注定会躲进他的肮脏胡同,那里才是他心爱并且属于他的地方,在那肮脏的胡同里自我毁灭。我说得词穷了,听起来就像是在胡诌。但我知道,结果一定是这样——我会在胡同里自我毁灭,而她会嫁给伊万。"

"大哥,你等一下!"阿廖莎异常焦虑地打断了德米特里,"有一件事你还是没有和我解释清楚,你们订婚了,你不就是她的未婚夫吗?如果你的未婚妻不愿意,你又怎么能自己解除婚约呢?"

"我是她的未婚夫,是她正儿八经的未婚夫。我们还举行了仪式,就在莫斯科,在我到了莫斯科之后。当时仪式很隆重,现场还有圣像,我们接受了将军夫人的祝福。你能想象到吗,将军夫人祝福了我们,甚至还对卡捷琳娜说:'你挑选的人很好,我看得清清楚楚。'还有(你可能无法想象),她竟然不喜欢伊万,连打招呼都没有。在莫斯科的时候,我在卡佳面前,毫无保留、坦率赤诚地把我到底是个什么样的人,给她好好地描述了很多遍,她很认真地听了。

> 有过爱的娇羞,
> 也有温柔的劝慰……

喏，倒是也有高傲的斥责。她强迫我发誓，要洗心革面、重新做人。我是应了下来。所以……"

"所以什么？"

"所以，我今天叫住了你，把你带到这里（今天的这个日子你可要记住了），就是为了要你去卡捷琳娜·伊万诺芙娜那里，去……"

"去做什么？"

"去告诉她，我让你代我向她致敬，还有，我再也不会去见她了，永远。"

"这怎么说得出口呢？"

"就是因为这样，我才要你代我去啊。这种话，我怎么能当着她的面说出口呢？"

"那你要去哪儿？"

"我去胡同里啊！"

"原来你是要去找格露莘卡啊，"阿廖莎两手一拍，痛苦地感叹道，"难不成拉基津说的是真的？我以为你只是去她那里走走就没什么了。"

"一个订了婚的人去她那儿走走？而且他还有那么一位未婚妻，在众目睽睽之下去那儿走走？这怎么可能！我还是有良心的。我一旦去找格露莘卡，我就不再是她的未婚夫，不再是正直的人了。这个道理，我还是懂的。你为什么这样看着我？有件事你得先知道，我第一次去找她的时候，其实是想着揍她一顿的。当时我听说，当然现在我已经确定了，父亲找了一个上尉做委托人，把我之前立下的一个借条转给了格露莘卡，以她的名义逼我还钱，这样就能迫使我安分一些（不去索要资产），甚至就此住手。他们就是想吓住我。所以我冲到格露莘卡家是想揍她一顿。这女人我之前倒是见过，她并没有那种一下就能摄人心魄的魅力。我知道她和一个老商人有染，那老头子现在病了，瘫在床上，八成还会给她留上一笔数目不小的财产。我也知道，她很贪财，她拼命捞钱，放高利贷，是个无所不用其极的女无赖。我当时明明是去打她的，却没想到在她那里留了下来。突然晴天霹雳——瘟疫盛行，我被传染上了，而且至今未能痊愈。我知道，一切都完了，再也回不去了！这可能就是报应吧，至少我的态度是这样的。偏偏在那个时候，我这个穷鬼兜里面有三千卢布。我和她一起跑到距离我们城市差不多二十五俄里远的一个地方，那里有个镇子叫莫克罗耶。我们招呼来了好多吉卜赛人，还安排了香槟，和当地的乡下人一起喝得酩酊大醉，不论是老少爷们儿还是姑娘媳妇儿。过了三天狂欢的日子，我囊中空空，但整个人神气得像一只老鹰。你大概觉得，这翱翔天际的快活日子里，我这只老鹰多少达成了什么目的吧？可格露莘卡连一个可远观的机会都没给我。她的身上有一条曼妙的曲线，从身子一路延伸到小腿上，甚至到左脚脚趾上。我也就吻了吻那条曲线，就到此为止了。我可以对天发誓的。她说：'别看你是个小穷鬼，但我还是可以嫁给你的呢。只要你说，你永远不会打我，而且我想干什么就干什么就行。只要这样，我就会嫁给你。'然后她放声大笑，而且现在还在笑我！"

德米特里·费尧多罗维奇几乎是带着一腔怨气和怒火，腾地一下站了起来，好像喝醉了，他的双眼布满血丝。

"你真的打算娶她？"

"只要她愿意嫁，我立刻就娶。她要是不愿意，那我就留在她家，给她当看门人好了。你……你，阿廖莎……"他突然走到阿廖莎面前，双手紧紧抓住他的肩膀，疯了似的摇着阿廖莎的身子，"你知道吗？你这个处男！这一切就像是做梦一样，就连说出来的话也跟梦话似的。这一切都是悲剧！阿列克谢，你要知道，我可能真是一个卑贱小人，一个只为了下半身活着的卑贱小人,但若让我成为一个小偷、一个扒手,我德米特里·卡拉马佐夫做不到,永远都做不到。可是现在呢,我不正是一个把爪子伸到人家钱包里夹钱的贼吗?就在我要去揍格露莘卡的那天上午,卡捷琳娜派人把我叫到她那儿去,恳求我去趟省城,并特意叮嘱我这件事要严格保密,不可让任何人知道(至于其中原因,我不知道,但卡捷琳娜必定有她的理由)。她让我到省城的邮局给阿咖菲娅汇三千卢布,之所以要舍近求远取道省城就是为了不让此地的人知道这件事。那天,我就是揣着这笔钱走进了格露莘卡的家门,然后又揣着这笔钱去了莫克罗耶。再然后,我就假装去过省城了,当然,我拿不出邮局汇款到那边的凭据,我只告诉她钱已经汇了,有空会把单据带过来,但直到现在,我也没有给她收据。我假装忘了。现在,你看怎么样,你今天去她那儿,就说:'我大哥让我代他向你问个好。'她要是问你:'收据呢?'你可以直接对她说:'我大哥是个卑鄙的酒色之徒、下流坏子。那笔钱,他根本就没有帮你汇出,而是拿去挥霍掉了。'不过你还可以再补上几句话,你就告诉她:'但我大哥并不是个贼,他说这三千卢布他会还给您的,然后您自己拿去汇给阿咖菲娅。与此同时,他还要我替他给你鞠躬致敬。'但是,她会突然开口问:'那钱在哪儿呢?'"

"米佳,你也太不幸了。太不幸了!但实际情况其实比你想的要好一些的。你别想不开,真的,千万别想不开!"

"怎么,你觉得我能因为区区三千卢布就自杀了?事实是,我并没有打算自杀。现在我没有勇气,但将来可说不好。我现在要去格露莘卡那儿了……去他妈的吧。"

"去她那儿做什么?"

"去当她的丈夫!只要她愿意的话。要是她的那些野男人来了,我就躲到另外的房间里好了,给人家擦擦鞋,烧茶水,跑跑腿……"

"卡捷琳娜·伊万诺芙娜是能理解这一切的,"阿廖莎的语气突然严肃起来,接着说道,"她能理解这种悲哀的深处所藏着的那些东西,她会原谅你的。她这个人很聪明。没有谁比你更加不幸了,这点她能看出来的。"

"她不可能什么都能原谅的,"米佳苦笑道,"弟弟,有些事情是一个女人无法理解和原谅的,我的这件事就是如此。你知道最好的解决办法是什么吗?"

"是什么?"

"把她那三千卢布还给她。"

"你从哪儿去弄这笔钱呢?听着,我现在手头上有两千卢布,伊万再凑上一千,这样就有三千卢布了。你先拿过去,把钱给人家还了。"

"你口中的三千卢布在什么时候才能凑齐啊?再者说了,你还未成年呢。但话说回来,你今天必须去卡捷琳娜那里去,去代我道别,真挚地道别。还钱也好,不还也罢。总之是必须要去的。毕竟,事情已经闹到这个地步了,我不能再拖下去了。甚至明天去就迟了。而且我还需要你替我到父亲那儿一趟。"

"去找父亲?"

"没错,去找父亲。你先问他要三千卢布,之后再去找卡捷琳娜。"

"米佳,他一分钱都不会给的。"

"他会给才怪了呢。我知道他不会给。但,阿列克谢,你知道什么叫绝望吗?"

"我知道。"

"那也得听我说,要是从法律上说,他确实不亏欠我什么了。我问他要的他都给了,这我都知道。可要是从道德上讲,他真就什么都不亏欠我了吗？当年，他从我母亲那里搞了两万八千卢布做本钱，然后才滚雪球似的挣到十万家产。现在，他只要从当年的两万八千卢布里抽出来三千卢布，就能把我的灵魂从地狱里拖拉出来。这么做是不是也能抵消他这辈子做过的恶？要是他能给我三千卢布，我可以向你保证，我不会再向他提任何要求。这可是我给他的最后一次当父亲的机会。你可以告诉他，这是上帝给他的机会。"

"米佳，说什么他都不会给的。"

"我知道他不会给，我清楚他这个人。可以说现在更加清楚了。除此之外，我还知道一件事，就在前几天，说不定就在昨天，他才第一次打听到可靠的消息（注意，是可靠消息）：格露莘卡要和我结婚这件事，绝不是什么笑谈。他知道格露莘卡的性格，也知道她猫一样的脾气。现在格露莘卡弄得他神魂颠倒，他怎么可能出钱帮我，来促成这件事？也许我刚刚说得还不够，我再跟你说件事。就前些日子，我知道他兑了一张三千卢布的存单，兑成了几沓百卢布面额的大钞，他把这些钱通通塞进一个大信封，盖了整整五个密封印，还用红色的丝带扎好。想不到吧，这些细节我都知道。那信封上还写着：'给我的天使格露莘卡，只要她愿意大驾光临。'他是偷偷摸摸写的，除了斯乜尔加科夫之外没人知道。他相信斯乜尔加科夫的诚实，就像相信他自己似的。他就这么连续等了格露莘卡三四天，盼着她来把那信封取走。他已经给那女人捎过信儿了，格露莘卡也表示她'也许会来'。我问你，假如说她跑到老头子那里去了，你说，她还有可能嫁给我吗？所以，我为什么偷偷藏在这儿，你懂了吧？你知道我在守着什么了吧？"

"她？"

"是啊，就是她。我们营里有个士兵叫福马，他从两个臭婆娘——那两个女房东——那儿，租了间房子。他是从我们驻地那边过来的，现在给那两个女房东当帮工，夜晚看大门，白天去林子里打猎，以此讨生活。我就在他这儿落脚，但他和他房东都不知道我在这儿守什么，他们不知道这个秘密。"

"只有斯乜尔加科夫一个人知道吗？"

"嗯，就他一个人知道。要是格露莘卡去老头子那里的话，他会给我通风报信的。"

"信封的事情是他告诉你的吗？"

"是的。这可是机密情报，连伊万都不知道这钱的事，一点都不知道。老头子正准备支派伊万去一趟切尔马什尼亚，让他在那儿待上三两天。那边有个小地主，打算花八千卢布买下一小块儿林子的采伐权。老头子给伊万说：'帮个忙，你就跑一趟吧！'估计需要两三天吧。老头子想正好趁他不在的时候把格露莘卡叫过来。"

"照这么说，他今天也在等格露莘卡了？"

"不，有证据表明，格露莘卡今天不大可能会来。"德米特里大喊道，"斯乜尔加科夫也是这么想的。父亲现在应该在酒缸里泡着呢，说不好桌边还有伊万呢。你去吧，去把那三千卢布要过来。"

"米佳！亲爱的哥哥，你在想些什么啊！"阿廖莎如此惊叹道。

他跳起身来，直勾勾地看着疯疯癫癫的德米特里·费尧多罗维奇。某个瞬间，他甚至觉得哥哥已经疯了。

"你想什么呢？我脑子可没病，"德米特里·费尧多罗维奇目光专注，表情严肃地说，"我知道我在说什么，我把你派到父亲那儿，是因为我相信奇迹会发生。"

"奇迹？"

"上帝安排的奇迹。上帝知道我的心，上帝已经看到了我所有的绝望。他是全知的，绝不会任由悲剧变成惨剧的，不是吗？阿廖莎，我相信奇迹的,你去吧。"

"我会去的,那你告诉我,你待会儿还在这儿等着吗?"

"我肯定等着。我知道,不可能你前脚进门,后脚就把钱拿出来。老头子现在喝多了。我可以等,三个小时、四个小时……七个小时。但是你得记住一件事,必须是在今天,哪怕是深更半夜,你也得去找卡捷琳娜·伊万诺芙娜。带钱得去,不带钱也得去,并且告诉她:'我大哥嘱咐我让我给你带个好。'我希望你这么说:'我大哥嘱咐我让我给你带个好。'"

"米佳,要是今天格露莘卡去了,或者,明天、后天,她要是去了……那儿,你该怎么办?"

"格露莘卡?那我就在这儿候着,要是等到了,我就拦住她。"

"万一……"

"如果万一的话,我就杀人。我咽不下这口气。"

"你要杀谁?"

"老头子。我不会杀她。"

"大哥!你在说什么呢!"

"我不知道,不知道……说不定不会,也说不定会。恐怕,到时候我受不了他那张贱兮兮的脸,我恨他,恨他的喉结、他的鼻子、他的嘴脸,还有他那恬不知耻的笑。我有种生理上的反感。我怕这个。我怕我到时候控制不住……"

"米佳,我去!我相信上帝会做出最妥当的安排,一定不会让惨剧发生。"

"我会在这儿等着,等着奇迹发生。要是奇迹没有发生,那……"

阿廖莎心事重重地去父亲那里了。

第六节 斯乜尔加科夫

阿廖莎回去时，父亲果真还坐在餐桌旁。整栋房内虽然有正式的餐厅，但餐桌还是同往常一样摆在客厅。这间客厅很大，是房子里最大的一间屋子，里面专门布置了古色古香的摆设。老派的白色家具上面罩着一层陈旧的、深红色的半丝质织物。窗与窗之间的墙壁上挂着一面大镜子，镜框也是老派白色镀金的，雕工精巧。墙壁上的白色棉质墙布已有多处开裂，上面挂着两幅肖像画：一幅是一位公爵，此人三十年前曾在我省担任省长；另一幅则是一位主教，不过他去世已久。门口处还有几尊神像，入夜时会在神像前点着长明灯，说是敬神，不如说是夜晚照明用的。费尧多尔·巴甫洛维奇每天上床的时间都很晚，基本上都在凌晨三四点左右，他在上床前喜欢在自己的老房子里来回踱步，或者坐在那张摇椅上思考。他早已养成了这种习惯。在很多个漫漫长夜，他会把仆人们通通打发走，只留自己一人过夜。只是在大多数情况下，他会叫上斯乜尔加科夫陪他，斯乜尔加科夫就睡在走廊上的木质长凳上。

阿廖莎进去的时候，午饭已经吃完了，但桌上还摆着一些果酱和咖啡。费尧多尔·巴甫洛维奇喜欢在正餐结束之后就着白兰地吃几口甜食。此时，伊万·费尧多罗维奇坐在餐桌旁喝咖啡。他的身旁立着两名仆人——格里高利和斯乜尔加科夫，主仆四人一幅其乐融融的场景。费尧多尔·巴甫洛维奇时不时地放声大笑，他这尖厉笑声太具有辨识度了，阿廖莎未进门就闻其声，通过声音便知父亲目前只是处于"开心上头"的阶段，离真正的喝醉还远着呢。

"看，他来了！他来了！"费尧多尔·巴甫洛维奇看到阿廖莎，兴奋地放声叫了起来，"快过来，一起喝咖啡啊！喝咖啡不犯戒，热腾腾的，正香着呢！我就不叫你喝酒了，你是吃斋的。你想尝尝吗？算了，还不如给你来点儿甜酒，上好的！斯乜尔加科夫，你去，那边柜子搁右边第二层，钥匙给你，去！快去！"

阿廖莎谢绝了父亲的甜酒。

"把它们全都端上来吧！你不喝的话，我们喝，"费尧多尔·巴甫洛维奇接着回头笑着问道，"等等，你吃过饭了吗？"

"吃过了，"阿廖莎答道，实际上他不过是在教堂的厨房吃了几片儿列巴[①]，喝了一杯格瓦斯，"我倒是挺想喝杯热咖啡的。"

"亲爱的！好样的！那就喝咖啡！要不要热一下？啊，不用了，这咖啡还烫手呢。这咖啡煮得真是棒极了，是斯乜尔加科夫的手艺。煮咖啡、烙馅饼，还有熬鱼汤，斯乜尔加科夫都是一把好手。要是你哪天想尝尝他的鱼汤，提前一天给我说就行……对了，我今天早些时候不是跟你说，让你把铺盖枕头都收拾收拾回来住吗？你的行李呢？嘿嘿嘿……"

"没，没带过来。"阿廖莎微笑着回答。

"啊，你吓着了，今天上午的事把你吓着了，是吗？哎，我亲爱的宝贝呀，我能让你受委屈吗？伊万，你瞅瞅他那一眨不眨的眼睛和他的笑，多么可爱啊！真让我喜欢，我可太爱他了！来，阿廖什卡，爸爸给你祝福。"

阿廖莎急忙起身，但费尧多尔·巴甫洛维奇似乎又改变了想法。

"算了算了，先让我给你画个十字吧！嗯，好了，就这样了。你坐着。现在说件让你开心的事情，我们正好谈到了你感兴趣的话题。保

[①] 俄罗斯当地的一种面包，音译为列巴。

证把你逗乐。咱家这头巴兰驴[①]突然开口了，而且说得可有条理了。"

原来，老头子口中的巴兰驴指的是斯乜尔加科夫。他彼时年纪尚轻，不过二十四岁，不善交际，性格孤僻而且沉默寡言。倒不是因为他胆小自卑，相反，更可能是因为他实在是傲慢自大，似乎谁都瞧不起。好吧，在这里我不得不从主线故事里跳出，简单地介绍一下他。

前文提到过的，他是由玛尔法·伊格纳季耶夫娜和格里高利·瓦西里耶维奇夫妇二人抚养长大的。但正如格里高利说他"忘恩负义"一样，这孩子生性奇怪，喜欢躲在阴暗的角落冷眼观察这个世界。小时候，他动不动就把抓来的猫活活吊死，之后煞有介事地为它们举行送葬仪式。他会披上一张床单当作法袍，还会在死猫的头顶上用什么东西当作香炉舞动着，为它们超度。这一切都是在人后，以一种非常诡异和秘密的方式进行的。有一次，他被格里高利抓住了，被藤条狠狠地抽了一顿。之后，他就躲到角落里，整整一个星期都没用正眼看过人。

"他不喜欢咱俩，这就是个怪物，"格里高利对玛尔法说道，"他谁都不喜欢。"接着，他把话锋转向斯乜尔加科夫，"你还是个人吗？从破烂澡堂子里冒出来的怪物，说的就是你！"

后来的种种情况表明，斯乜尔加科夫一辈子都无法原谅格里高利的这句话。格里高利教会了他读书认字，在这个孩子十二岁的时候，又开始教他诵读《圣经》。只是这件事最后不了了之。有一天，应该是在上第二节课或第三节课的时候，这孩子开始止不住地冷笑。

"你笑什么呢？"格里高利低下头，目光穿过镜框下沿狠狠地盯着

[①] 即巴兰之驴，出自《旧约·民数记》第二十二章，巴兰奉命骑驴去诅咒以色列，路遇耶和华的使者，驴停下来不走了，巴兰便用棍子打驴，驴一动不动，但开口说话了。这里指平常沉默温顺的人，突然开口说话或者抗议。

他问道。

"没什么。我在想,上帝第一天创造了光,可在第四天才创造了日月星辰,这么说的话,那第一天的光从哪儿来的?"

格里高利被他问得目瞪口呆,只能任凭他以一种高傲的眼神盯着好为人师的自己。格里高利实在是压不住心中的怒火了,照着孩子的脸上就是一记狠狠的耳光,大吼道:"就是从这儿来的!"

男孩结结实实地挨了这一巴掌,一句话都没说,只是又默默在角落里蹲了几个星期。这件事发生一周后,这孩子突然犯了癫痫,此后这病伴随了他一生。在听说这件事之后,费尧多尔·巴甫洛维奇似乎突然改变了对这个孩子的态度。他以前对这孩子总是非常冷漠,虽说不打不骂,遇到时还会赏给这孩子一个戈比,要是偶尔他心情不错,还会吩咐送给这孩子一些小甜点什么的。在他得知这孩子的病之后,突然开始好生关心起了这个孩子,甚至还花钱请了大夫来给孩子看病。当然了,这种病是治不好的。孩子的癫痫差不多每个月都会犯一次,发作时间的长短要看具体情况,每次病发的程度也不同,有时候很轻,有时候重得要命。自那时起,费尧多尔·巴甫洛维奇就禁止格里高利对孩子动手,甚至还给了孩子上楼到他屋里的特权。不但如此,他让格里高利暂时停止给孩子上课。可突然有一天,就在孩子大概十五岁的时候,到处闲逛的费尧多尔·巴甫洛维奇发现,这孩子正隔着书橱的玻璃小声地读着书名。费尧多尔·巴甫洛维奇倒是有很多书,差不多不少于一百本吧,但从未有人看到过他读书。他当即就把书橱的钥匙给了斯乜尔加科夫。

"看吧。从今天开始,你就不要在院子里到处闲逛了,你就当我的图书管理员吧,"他一边说,一边抽出一本书给斯乜尔加科夫,并说道,"从今天开始,你就先读这本书。"那本书是《狄康卡近乡夜话》[①]。

男孩读完了那本书,可读完之后不但没笑,反倒皱着眉头。

"怎么?这本书不好笑吗?"费尧多尔·巴甫洛维奇问。

斯乜尔加科夫没有说话。

"你回我话呀,傻瓜。"

"书里说的事都是骗人的。"斯乜尔加科夫阴阳怪气地嘟囔道。

"见鬼去吧,你是真傻还是假傻?来,你去读这本,这是斯马拉格多夫的《通史》,这书里的都是真事!你读吧!"

斯乜尔加科夫翻了翻那本《通史》,连十页都没读下去,觉得太无聊。所以,书橱的大门就不再对他开放了。

不久后,玛尔法和格里高利发现这孩子有着令人反感的洁癖,并报告给费尧多尔·巴甫洛维奇:这孩子在喝汤的时候,总是先拿着汤匙在汤里到处寻找,舀来舀去,恨不得把脑袋埋进汤里,他甚至会把盛满了汤的汤匙举得高高的,在光下面仔细端详。

"里面有蟑螂?"格里高利曾经如是问道。

"说不定是苍蝇。"玛尔法答道。

这个爱干净的年轻人从没有回答,但他对一切食物同样如此,不论是面包、肉还是蔬菜。在吃之前,他得用小叉子叉起一块,找个光线亮的地方,就像用显微镜仔细观察一样,再三考虑之后,才下定决心把食物放入嘴里。

"哟,竟然出了个少爷!"格里高利注意到他时,难免嘀咕一句。

费尧多尔·巴甫洛维奇在听说这孩子多了这个新的怪癖之后,立

[①]《狄康卡近乡夜话》是果戈理的第一部小说集,这本小说集直接奠定了他在俄国文学史上的地位,里面收集的几篇小说大部分都取材自俄罗斯的民间传说,充满着离奇志怪的民间色彩。

马决定要他做自己的厨子，还把孩子送到莫斯科去学习厨艺。他在那里学习了几年，回来时完全像是换了一张脸。他好像老了很多，相貌与他的实际年龄完全不相称，满脸皱纹、皮肤蜡黄，活脱脱一个自宫了的修士。至于性格，完全没变，去莫斯科前如何孤僻，回来后还是如何。他仍旧不喜与人交谈，甚至觉得丝毫没有必要。就和后来我们听起别人说的那样，他在莫斯科也是一如既往的沉默寡言。在莫斯科，能让他感兴趣的事情可谓是少之又少，因此，他对莫斯科的了解少之又少。除了他遇到的一些事情，其他的一切他都不关心。他去过一次剧院，散场后他没有说话，也没有开心。不过，他从莫斯科回来之后，在穿着方面倒是开始讲究了起来。他总是穿着板板正正的外套和干干净净的白衬衣。他每天都要用刷子刷两次衣服，还十分会打理自己那双做工考究的牛皮靴子，就连给靴子上的蜡都是英国进口的，靴子被他擦得锃光瓦亮。他成了一名出色的厨子。费尧多尔·巴甫洛维奇给他定了薪资标准。而他把所得的工钱几乎全部花在了礼服、雪花膏、香水之类的东西上。但是他对女人的态度似乎和对男人的别无二致，一样的瞧不起，谨慎地和她们保持距离，女人几乎无法接近他。这让费尧多尔·巴甫洛维奇对他另眼相看，赞赏有加。不过，斯乜尔加科夫癫痫病发作的时候，只能由玛尔法做饭。但玛尔法的手艺和斯乜尔加科夫的完全没法比，怎么都无法合费尧多尔的胃口。

"你发病的频率怎么还变高了呢？"有一次费尧多尔·巴甫洛维奇突然关心自己的厨子，"有个老婆照顾着你是不是能好点？要不给你找个老婆吧？"

但斯乜尔加科夫一听到这些话，往往会气得脸色惨白，沉默不语。费尧多尔·巴甫洛维奇只得大手一挥，悻悻地走开了。但有一点十分重要，费尧多尔·巴甫洛维奇坚信斯乜尔加科夫的人品，他绝不会动任何非分之想，更不会小偷小摸。在这一点上，费尧多尔可从未动摇过。有一次发生了这样一件事：那天费尧多尔·巴甫洛维奇喝多了，一不留神把三张一百卢布面额的大钞丢在了自家泥塘里；他第二天酒醒了才反应过来，正慌忙翻口袋寻找时才发现，那三百卢布就放在他的桌上，一张不少。这是怎么回事？原来是斯乜尔加科夫捡到后，直接放在了费尧多尔的桌上。

"啊呀！孩子，你这样的人，我可是从来没见过呢。"费尧多尔·巴甫洛维奇痛快地赏了他十个卢布。

我还要补充几句，费尧多尔·巴甫洛维奇其实不单单欣赏他的诚实，不知是什么缘故，他还挺喜欢他。虽说那小子对待费尧多尔·巴甫洛维奇和别人一样，总是侧目而视，一声不吭。确实，他很少说话。倘若有好事者非要问，这小子究竟对什么感兴趣？他的脑袋里到底在想些什么？那么，说实话，任何人都回答不出来。偶尔在家里或在院子里、大街上，他会突然停下脚步，思索着些什么，一停就是十几分钟甚至几十分钟。有些会相外貌的行家看到他这番举动后会指出，他不是在思考，也不是在疑虑，而是单纯地在冥想。

有一个画家，叫克拉姆斯科伊，他曾画过一幅画，名字叫《冥想者》。画中有一片冬季的森林，林中小路上站着一位农夫；他身披破布烂衫，脚踩树皮草鞋，在无与伦比的孤寂和沉默中徘徊；他站在那儿，似乎是陷入了沉思，然而事实上，他脑中空空，不过是在冥想罢了。要是这时有人推他，他一定会如梦初醒般地看着你，但是什么都不明白。是的，他在刹那间就会恢复意识，可倘若你去问他："你刚刚在想什么呢？"他却什么都不记得了。但是，他一定会偷偷地把刚才冥想时所产生的印象藏起来。这些印象对他来说弥足珍贵，珍贵到他总会无意识地把它们积累起来。可原因何在，目的何在，他自己也不清楚。

也许某一日，这些印象积累到一定程度，他便会抛下一切，前往遥远的耶路撒冷，去修行；说不定他会一把火烧了自己的家园，烧死自己的家人；说不定，这两件事会同时发生。

总而言之，这样的冥想者在劳苦大众中多了去了。我们的斯乜尔加科夫不过是其中之一。我想，他也在贪婪地积累着自己的印象吧，但他自己并不知道自己这样做的缘由。

第七节　争论

但是，巴兰驴突然开口说话了。话题很奇怪：早上格里高利在卢基扬诺夫家的铺子里买东西时，听说了一个俄国士兵的故事。一个俄国士兵在亚细亚边界被亚细亚人俘虏了，他们以死亡和酷刑逼迫他放弃基督信仰，皈依伊斯兰。他拒绝改变信仰，于是遭受了非人的虐待，最终被剥皮而死，死前还在赞颂基督的神圣和上帝的伟大。他这壮烈的牺牲故事正好上了那日的报纸。格里高利在伺候主人用早餐时，同他说起这些。前文已经提过，费尧多尔·巴甫洛维奇喜欢在正餐之后吃些甜点，在餐桌旁说说笑笑，哪怕同格里高利聊几句都行。今天他心情不错，一边喝着上好的白兰地，一边听完故事，他表示，应把那位士兵尊为圣徒，把他被敌人剥下的皮当成圣徒遗物，供奉在教堂里，并补充一句："我敢保证，那儿必定会香火鼎盛，财源广进。"

格里高利皱起了眉头，因为他发现一件如此令人感动和热血沸腾的故事丝毫没有撼动费尧多尔·巴甫洛维奇，他还是同往常一样，亵渎神圣。就在这时，站在门口的斯乜尔加科夫突然笑了。他经常被要求站在餐桌旁，一般是在用餐快要结束的时候会被招呼过来。自从伊万·费尧多罗维奇来到我们的小城之后，斯乜尔加科夫基本上每次都会被召唤来服侍主人用餐。

"你在笑什么呢?"费尧多尔·巴甫洛维奇注意到了他的窃笑,瞬间明白了他嘲笑的人正是格里高利,于是便问了一句。

"我在笑这个……"出乎人的意料,斯乜尔加科夫竟开始表达自己的看法了,"这名士兵的行为固然是可歌可泣、壮烈英勇的,可他要是能暂时违背基督之名和所受的洗礼,保住自己的性命,并用漫长的余生去赎当年的自己因为怯懦和不坚定所犯下的罪。这么做的话,也算不上什么罪过吧。"

"这怎么能不算罪过呢?你在那儿胡说什么呢?就因为你刚刚说的话,你死后就会被打入地狱,跟小羊羔似的被吊起来烤。"费尧多尔·巴甫洛维奇接过话茬。

就在这个时候,阿廖莎来了。正如前文所提,费尧多尔·巴甫洛维奇看到他进来后,分外高兴。

"我们说的这个话题,你一定会感兴趣的,会感兴趣的。"他一边咯咯地笑着,一边赶忙招呼阿廖莎坐下。

"您刚刚说的,我会成烤羊羔这种事,不会发生的。于情于理都不会发生的……"斯乜尔加科夫一本正经地申明。

"还于情于理?"费尧多尔·巴甫洛维奇一边兴奋地尖声道,一边用膝盖私下撞了撞阿廖莎。

"他就是个浑蛋,名副其实的浑蛋!"格里高利怒目圆睁,狠狠瞪着斯乜尔加科夫说道。

"您先别忙着骂我是浑蛋,格里高利·瓦西里耶维奇,"斯乜尔加科夫不卑不亢地回复道,"您还是再深入地思考一下,假使我被基督教的敌人俘虏了,是他们逼迫我辱骂上帝,背弃洗礼,那个时候只有我的理智能让我全权做出决定!这又谈得上什么罪过呢?"

"这点你已经说过了，不用再三说明，你说说其中的道理吧。"费尧多尔·巴甫洛维奇说道。

"你这个臭煲汤的！"格里高利轻蔑地小声道。

"您先别忙着骂我是臭煲汤的，格里高利·瓦西里耶维奇，还是想一想吧。要我是那名士兵，我一定会对着那些要折磨我的人高喊：'我不是基督徒，去他妈的上帝。'根据上帝的最高旨意，只要我一张口喊出这句话，我就得被当成个邪恶的叛教者被一脚踹出教门？甚至不用我张口，只要我动了这样的念头，用不了四分之一秒，我就已经被教会驱除了。是不是这样，格里高利·瓦西里耶维奇？"

显然，他对自己成功地把话锋转向格里高利而开心。其实他心里清楚，自己刚刚回答的问题明明都是费尧多尔·巴甫洛维奇提的，但自己硬是把它假装成回答格里高利。

"伊万？"费尧多尔·巴甫洛维奇突然大叫道："把耳朵凑过来！这一切都是他特地说给你听的，说白了就是要你夸夸他。你就夸夸他吧。"

伊万·费尧多罗维奇一声不吭地听完了父亲热情洋溢的耳语。

"别说话，斯乜尔加科夫，你先不要说话，"费尧多尔·巴甫洛维奇又喊道，"伊万，你再把耳朵凑过来！"

伊万·费尧多罗维奇恭敬严肃地把耳朵贴在老头子嘴边，听到老头子说："我爱你！我就像爱阿廖莎一样爱你，别以为我不爱你。要不要来点白兰地？"

"那就来点吧。"说这话的时候伊万·费尧多罗维奇看着父亲，心想："老头子，你倒是已经喝了不少了啊！"同时，他一直怀着好奇心，暗自观察着斯乜尔加科夫。

"你这浑蛋！你现在就该被教会驱除！"格里高利勃然大怒道，"你还有脸在这儿夸夸其谈，我恨不得……"

"你骂人了呀！格里高利！你别骂人！"费尧多尔·巴甫洛维奇立刻打断了格里高利的话。

"请您稍等，格里高利·瓦西里耶维奇。请再给我点时间，让我把话说完。试想一下，就在我被上帝惩罚的时刻，我是不是就已经成了一个万恶的邪教徒了，我的誓言和我的受洗礼是不是都失效了？先生们，我说得对不对？"

"说结论，小伙子，快说你的结论。"费尧多尔·巴甫洛维奇饶有兴致地催着，咂摸了一口白兰地。

"既然我已经不再是基督徒，那么，当那些准备虐待我、施加酷刑于我的人问起：'你是不是基督徒'的时候，我并没有撒谎。因为，当时的我已经被上帝驱逐、革除教籍了——因为我在面对那些残暴的人的时候，脑子里已经有了这样的想法了。试问，我当时就已经不是基督徒了，还有什么理由要在地狱因我背弃基督而治我的罪？要知道，在我说话之前，我就已经不是基督徒的身份了。什么誓言，什么洗礼在那一刻都通通无效了。如果说我连基督徒都不是，还怎么能说我背叛了基督呢，我又有什么好背叛的呢？格里高利·瓦西里耶维奇，就算是在另一个世界，上帝也不会因为一个鞑靼出生就是个异教徒而惩罚他吧？毕竟一头牛身上剥不出两头牛的皮。即便是全知全能的上帝要惩罚那些死后的鞑靼，我想惩罚也不过是最轻的那种（因为完全不惩罚确实也说不过去）。上帝会考虑到，这个异教徒鞑靼的父母就是异教徒，他的异教徒父母把他生下来时他就是异教徒，这种事怪不得他。上帝总不能随便抓住一个鞑靼，张口就说他原本是一个基督徒吧，这样的话不就是扯谎吗？主宰天地的上帝怎么能说谎呢？天地之主的上帝可是连一句谎话都不会说的，难道不是吗？"

格里高利被演讲者这一通滔滔不绝的话惊呆了，足足盯了他好一会儿。尽管他不能完全理解斯乜尔加科夫口中的奥妙,但是从这通篇的胡诌中似乎悟出了什么,因此他整个人就像是一头撞在门上一样,蒙了。与此同时,费尧多尔·巴甫洛维奇把杯中酒一饮而尽,发出阵阵讥笑。

"阿廖什卡,阿廖什卡,你看啊!多么厉害的诡辩家!伊万,你说他之前是不是和耶稣会①的人鬼混过?你这些话都是那些耶稣会的人教你的吧?瞧瞧他们教给你的那些胡话。你刚刚就是在胡说八道,胡说八道,胡说八道。格里高利,你别哭丧个脸。我们马上就能把他反驳得体无完肤。驴子,你告诉我,就算你在残忍的敌人面前抛弃了信仰是事出有因,但你还是抛弃了信仰。并且,你自己也说了,在那一刻,你就已经被上帝驱除并被诅咒了。一个被诅咒的人,到了地狱指定是没有好果子吃的。你觉得我这点说得怎么样?我可爱的耶稣会士?"

"对您说的话,我没有否认。我没有否认我背叛了信仰。但这并不算等同于我犯下了什么弥天大罪。如果非要说犯下了罪,那不过也是普普通通的小错。"

"啊,居然认为这是普普通通的小错!"

"完全是在胡说八道!你这个浑蛋!"格里高利气得嗓子都哑了。

"设想一下吧,格里高利·瓦西里耶维奇,"斯乜尔加科夫的语气不紧不慢,似乎已然对这场辩论胜券在握,带着某种对手下败将的慷慨,他说,"格里高利·瓦西里耶维奇,请您自己判断:《圣经》上说了,只要您心中有信仰,哪怕是芥菜籽那么一点大的信仰,您都可以

---

① 天主教的一个教派,该教派为维护教皇封建统治和反对宗教改革,比较激进。

让山自己移动到海中①，只需对山说一句，山就会义无反顾、毫不迟疑。如此说来，格里高利·瓦西里耶维奇，您看，我是个不信上帝的人，而您是上帝虔诚的信徒，甚至您为此之前还一直在骂我。不妨这样，您也对面前的大山下一道命令，不用非要它移到海里，您试试能不能让那山移到咱们花园后面那条臭水沟里？然后，您就会看到，不论您怎么给它下命令，它就是不会动；不论您怎么喊，一切依旧会保持原样。格里高利·瓦西里耶维奇，这只能表明，您也不是那么虔诚。您不过是张着大嘴肆意辱骂别人不够虔诚罢了。再考虑一下，在我们这个时代，不光是您，上至我们国家的沙皇，下至勉强度日的农夫，谁又能打包票说自己一下就能让山移到海里？说不定这世界上倒是有那么一个人，最多两个人能完成如此壮举，但估计他们在隐姓埋名地藏在漫天黄沙的埃及，隐居修行呢！我等凡人找都找不到他们。也就是说，放眼整个世界的芸芸众生，除了那么一两个可能存在的人之外，大众都没有什么信仰，难道大众都要被上帝谴责？难道如此善良慈悲的上帝对除了个别人之外的全世界所有居民，一个都不宽恕？因此，我认为就算我动摇了，只要我掉下几滴真诚的忏悔之泪，上帝就一定会宽恕我的。"

"停一下！"费尧多尔·巴甫洛维奇笑得都快喘不上来气了，尖叫着说，"你不会也觉得，这世界上有那么一个或两个能排山倒海的人吧？伊万，你把这小鬼的话记下来。俄国人的性格特点在这里充分地表现了出来。"

"您说得完全正确，他的话里尽显了俄国民众信仰上的特点。"伊

---

① 源自《马太福音》第十七章第二十节，耶稣说："……你们若有信心，那就像一粒芥菜籽，就是对这座山说'你从这边挪到那边'，它也必定挪去。并且你们没有一件不能做的事。"

万·费尧多罗维奇微笑地认同道。

"你认同了！如果连你都认同的话，阿廖什卡，这岂不就是俄罗斯式的宗教信仰？"

"不，斯乜尔加科夫的信仰完全不是俄罗斯式的。"阿廖莎斩钉截铁地答道。

"我不是说他的信仰，我说的是特点，说他刚刚说的那两个沙漠中的隐修士，仅从这一点来说，难道不正是俄罗斯式的，完全俄罗斯式的吗？"

"这确实是，那两个人确实是俄罗斯式的。"

"你今天的话就能值一个金币，我待会儿就赏你，但是在其他方面你就是在胡说八道，胡说八道，胡说八道。我告诉你，傻瓜，我们大家信仰缺失，其根本原因是太过轻率，没有时间思考。首先，我们都太忙了；其次，上帝给的时间太少，一天只给了二十四个小时，这点时间连好好睡一觉都不够，更别说什么忏悔了。而且，当时的你都已经落在迫害者的手里了，除了信仰之外还有什么是可想的呢，可偏偏在你该展示自己信仰的时候，你却摒弃了信仰！小伙子，难道不是这样的吗？我说的没错吧？"

"确实是这样的。但格里高利·瓦西里耶维奇，也请您想想，正因为是这个道理，反倒更该被从轻发落。假如我当时是个真正虔诚的基督徒，全心全意地侍奉上帝，那么，我选择抛弃上帝去信伊斯兰教确实是犯了大罪。但真是那样的话，我也不用害怕受折磨了，那时候，我只需要对附近随便一座山下个命令：'移动过来啊！给我压死这群异教徒！'是不是顷刻之间就会地崩山摧，敌人就会像蟑螂一样被压个粉碎。倘若如此，我大可像个没事人一样高唱着对上帝的赞歌，扬长而去。可如果，我要是什么招都试过了，拼了老命似的对那座山大喊：

'来啊！压死这帮异教徒！'但山却没有移动，那么在这种关乎生死的危急时刻，又凭什么要求我不能对信仰产生怀疑？哪怕我不去怀疑，但我已经知道了，在我死后，我的灵魂根本不会飞升极乐天国（因为那座山没有照我说的移动，这只能证明天国那边还不太相信我的虔诚，或者换句话说，那个世界根本就没给我准备什么太大的奖赏）。那我为什么要在这种完全得不到好处的情况下，让敌人扒了我的皮？因为，哪怕我背上的皮已经被扒了一半，山也不会听到我的召唤，助我逃脱险境。是的，人若是到了这种绝境，别说怀疑和动摇了，甚至是在恐惧和痛苦下都无法保持理智了，还怎么可能去思考什么呢？既然我在这个世界和那个世界都捞不到什么好处和奖赏，那么我倒不如选择给这个世界的自己留上一张完整的皮，这样做能是什么大罪呢？因此，我相信仁慈的上帝，相信我会得到他的宽恕……"

第八节　喝白兰地时

争论结束了。但说来也奇怪，费尧多尔·巴甫洛维奇突然跟变了个人似的皱起了眉头，阴沉着脸，他把杯中的白兰地一饮而尽。实际上，就算那杯酒不下肚，他也已经喝高了。

"都给我滚！你们这帮耶稣会教士，滚啊！"他冲着自己的仆人们大吼道，"给我滚啊！斯乜尔加科夫，刚才我答应给你的金币我会给你的，但现在你赶紧给我滚出去！你，格里高利，别哭丧个脸了，赶紧去找玛尔法吧，让她好好安慰安慰你，她会照顾你睡觉的。两个找事的浑蛋，就不能让人酒足饭饱后安静一会儿吗？"然而，当仆人们按照他的要求离开之后，他忽然又恼怒地说，"现如今，斯乜尔加科夫这个家伙也开始在吃饭时候往这儿跑了，让他感兴趣的人是你，"说着他转过头朝向伊万,"你说说,伊万,你究竟给他施了什么法,让他对你这么有兴趣?"

"什么也没有,"伊万答道,"也许只是他比较尊重我吧。不过是个仆人。顺带说一句:必要的时候,用这种人来当炮灰,也不错。"

"炮灰?"

"也会有比他强的人,但也得有这样的。他们这样的先上阵,跟在后面的才是更好的。"

"那什么时候才是必要的时候呢?"

"信号弹会亮的,也可能刚一亮就灭了。这种熬汤伙夫说的话,目前没人爱听。"

"确是如此啊!孩子,这头巴兰驴天天就在那儿闷头想啊,想啊,鬼知道他肚子里在想什么鬼主意。"

"他会想出点东西来的。"伊万咧嘴一笑。

"听着,我知道他也讨厌我,就像平日里讨厌其他人一样。他对你也同样,只是你以为'他比较尊重'你。阿廖什卡,他也一样瞧不上你。好在,这个人不偷不盗、不传闲话,还烙得一手好鱼肉馅饼。至于其他的,都他妈的见鬼去吧!退一万步说,他值得我们几个如此大费周章地讨论吗?"

"肯定不值。"

"至于他会想出来什么,依我看,俄国的农民必须用鞭子抽打。我的主张一向如此。咱们国家的农民全是骗子,根本不值得怜悯。幸好现在还时不时有人抽他们一顿。俄国大地的坚实依赖着白桦树枝,要是把它们伐光了,俄国的土地不就遭殃了吗?我赞同那些聪明人的看法,已经停止虐打农民,可是他们倒是自己抽打自己。打也好。反正常言道'以什么样的尺子丈量别人,其实就是在用什么样的尺子丈量自己'①或者……什么其他类似的话。总而言之,就是因果报应。俄国,如此恶心。我的朋友们,你们实在是不知道自己有多讨厌俄国,哎,实际上我讨厌的不是俄国,而是民族的劣根性……说不定,我也是讨厌俄国的。全都是垃圾②。你知道我喜欢什么吗?我就喜欢奇思妙想。"

"您又喝了一杯了,您已经喝多了。"

"等等,我要再喝上一杯,完了再续上一杯,喝完就不喝了。不,等一下,你刚刚打断了我的话。在路过莫克罗耶时,我问过一个老头,他回答说:'我们最喜欢用鞭子抽被判了鞭刑的姑娘们,这种差事一般都交给小伙子。今天他抽了谁家的闺女,明天就得上门去娶人家。跟你说实话好了,这种事情姑娘们也乐意呢。'这不是典型的德·萨德侯爵③的作风吗?可不管怎样,这主意绝妙。抽空我们也去观摩观摩,阿廖什卡,你脸怎么红了?别害臊,宝贝。遗憾的是,我今天没有和院长他们吃饭,要是能和他们一起吃饭,我多多少少会给他们分享一下莫克罗耶那些被鞭打的姑娘们的奇闻逸事。阿廖什卡,不要再为了我今天冒犯你那个院长的事情生气了。我那不过是一时被气晕了头,我的孩子。如果有上帝,或者说上帝当真存在,那么我种下的苦果,我自然要咽下去。可要是上帝根本不存在,要那些修士又有什么用?要

---

① 源自《路加福音》第六章第三十七、第三十八节:耶稣说:"你们不要论断人,就不被论断;你们不要定人的罪,就不被定罪;你们要饶恕人,就必蒙饶恕。你们要给人,就必有给你们的;并且用十足的升斗……倒在你们怀里;因为你们用什么量器量给人,也必用什么量器量给你们。"
② 原文为法语。
③ 即多拿尚·阿勒冯瑟·冯索瓦·德·萨德,法国色情小说家,因喜欢虐打自己的女仆,被判处二十七年有期徒刑。由于他的作品中有大量性虐待情节,被认为是变态文学的创始者。

知道,这样的话,砍了他们的脑袋也赎不了他们的罪,因为这帮人拖了发展的后腿。伊万,你相信吗,这种感觉一直折磨着我。不,你不相信,我从你的眼神中就看得出来。你不过觉得我是一个小丑罢了。阿廖莎,你觉得我只是一个小丑吗?"

"我不相信您只是一个小丑。"

"我相信你的话,相信你的话是真心的。你待人真诚,看得出来,你眼神里只有真诚两个字。但伊万的眼神里没有,伊万啊,傲慢自大……不过,话说回来,我还是想把你那座破修道院彻底清除,我真想立刻把俄国境内所有那些装神弄鬼的地方通通取缔,让那些被蒙蔽了双眼的傻瓜彻底醒悟。那时,得有多少真金白银送进铸币厂啊。"

"为什么要取缔?"伊万问道。

"只为让真理之光普照大地,不为别的。"

"倘若真理之光真普照大地了,第一个遭殃的可就是您,您会彻底破产……然后才是……"

"啊呀!对啊,你说的有道理。嘻,我这头蠢驴!"费尧多尔·巴甫洛维奇拍了拍脑门,腾地一下跳起来说道,"行吧,那就让你的破修道院留着吧。而我们这些聪明人,还是老老实实地躺在安乐窝里享用白兰地吧!伊万,你知道吗,说不定这就是上帝专门安排的呢。伊万,你告诉我:到底有没有上帝?等等,你得严肃认真且确切地告诉我!你又在那儿笑什么呢?"

"我在笑刚才您的机智发言呢。就在刚才,斯乜尔加科夫提到那两个可以移山的圣人时,您的回答可真是太机智了。"

"这么说,我现在像他一样?"

"很像。"

"照这么说,我也是个典型的俄罗斯人,我身上也有俄罗斯人的特质。而我也能在你这个大哲学家身上抓出同样的特质来。我敢跟你打赌，明天我就能给你抓出来。但是现在，你得告诉我，严肃认真且确切地告诉我，这世界上真的有上帝吗？"

"不，没有上帝。"

"阿廖什卡，你说有上帝吗？"

"有上帝。"

"伊万，永生的灵魂是存在的吗？随便什么形式都行，哪怕是小点的都行，有吗？"

"没有永生的东西。"

"当真没有？"

"当真没有。"

"你说的是和零一样完完全全的没有，还是说有那么一丁点儿？毕竟，总不能完全没有吧？"

"完完全全没有。"

"阿廖什卡，永生的灵魂是存在的吗？"

"存在。"

"上帝和永生的灵魂都存在？"

"有上帝，也有永生的灵魂。永生的灵魂就存在于上帝之中。"

"嗯，看起来伊万更有可能是对的。上帝啊，简直难以想象，人类为了这些虚无缥缈的幻想浪费了多少精力、物力？而几千年来皆是如此。是谁在如此折磨人类呀？伊万，我最后再问你一次，你认真地回答我：上帝，究竟有没有？"

"问多少次都是没有。"

"可又是谁在捉弄世人呢，伊万？"

"应该是魔鬼吧。"伊万淡然一笑。

"那有魔鬼吗?"

"没有,同样,魔鬼也不存在。"

"可惜了!真是见鬼了,在得知了这样的结论之后,我又该怎么处置那个最初想象出上帝的人呢?把他吊死在白杨树上都便宜他了!"

"要是没人想象出上帝,人类就没有文明可言。"

"没有文明?没有上帝就没有这个?"

"没错,不但如此,没有文明就没有白兰地。不过话说回来了,我得把您这瓶白兰地拿走了。"

"别啊,别啊,别啊。亲爱的,再让我来上一杯,就一小杯。我刚才伤害了阿廖什卡的感情,阿列克谢,你不生气吧?我亲爱的阿列克谢,我的小阿列克谢!"

"不,我不生气。我知晓您的思路,您的心肠要比脑子更好。"

"我的心肠比脑子更好?上帝啊,这话是谁说的呀?伊万,你爱阿廖什卡吗?"

"爱。"

"那就爱吧,"这时候,费尧多尔·巴甫洛维奇已经醉得厉害了,"听我说,阿廖什卡,我今天在你的长老面前说了些不体面的话。我当时情绪太激动了。不过,你的那位长老,确实是个有大智慧的人。你觉得呢,伊万?"

"可能吧。"

"有的,有的,有皮龙的感觉[①]。他是耶稣会教士,我说的当然是俄罗斯式的。作为一个看起来高尚的体面人,其实他何尝不是肚子里窝

[①] 原文为法语。亚历克西斯·皮龙(1689—1773),法国著名的戏剧家、讽刺诗作家,以其滑稽的名言和喜剧而闻名。

着一团火呢？因此，他必须隐藏自己的本性……给自己披上一件圣贤的外袍。"

"可他相信上帝啊。"

"他哪里相信？你看不出来吗？他对所有人——准确地说是对那些去朝拜他的聪明人——都说他相信上帝。可在咱们的省长舒尔茨面前，他曾直截了当地说：我相信①，但我不知道信什么。"

"这是真的吗？"

"当然不假。不过我尊敬他，他有点梅菲斯特②的感觉。更确切地说，他更像是《当代英雄》那本书里的角色……阿尔贝宁③，或者那个叫什么名字的来着……总而言之，他是个好色之徒，好色到了无以复加的地步。倘若是我的妻女去他那里忏悔，我会担心她们的安危。你们知道吗，这个人是会讲故事的。前年，我们曾被邀请去他那里喝茶，正喝着茶时，有人把利口酒端了上来（经常有女信徒给他送酒），然后他开始给我们讲故事了，有声有色的，简直让我们几个人快把肚皮笑烂了……尤其是他讲起自己通过特殊的疗法治好了一个虚弱无力的女病人时候，他说了句：'要不是我腿脚不好使，怎么也得给大家跳上一曲。'你们对此有何感想？他还说了：'我这人当年什么把戏没玩过。'还有，他曾从一个叫捷米多夫的商人手中坑走了六万卢布。"

"坑？偷的吗？"

"那个商人觉得长老是个好人，他带着钱过来，对长老说：'请您

---

① 原文为拉丁语。
② 这是墨菲斯托费勒斯的简称，是歌德的诗剧《浮士德》中的魔鬼。
③ 阿尔贝宁是俄国诗人、剧作家米哈伊尔·尤里耶维奇·莱蒙托夫的诗剧《假面舞会》里的人物，费尧多尔·巴甫洛维奇把阿尔贝宁说成《当代英雄》里的人物毕巧林。

帮我保存一下吧，我明天就要被抄家了。'长老当即收下，说：'这是您给教堂的捐款。'我对他说：'你可真是个浑蛋。'他却说他才不是什么浑蛋呢，他这是有肚量……啊，顺便得插一句，我似乎说混了，我说的这个人不是他，是另一个人，我给整糊涂了……行吧，再喝一杯我就不喝了。伊万，你别把瓶子撤了啊。我刚才在胡说八道，伊万，你刚才怎么不叫我停下来……伊万，怎么没告诉我，我又在说胡话？"

"我知道，我就是打断您，您也不会停下来的。"

"放屁！你就是没安好心。你就是鄙视我。你还专门跑到我这儿，专门跑到我家里鄙视我。"

"好，那我走。白兰地把您灌迷糊了。"

"你说，我把耶稣基督都搬出来求你了，求你去一趟切尔马什尼亚，就待上一两天，你怎么就不去呢？"

"您要是如此坚持的话，我明天就动身。"

"你才不会去呢。你不就是想留在这儿监视我吗，这才是你想干的，你这个坏心眼的家伙！你不去，不就是这个原因吗？"

老头子摆出一副不依不饶的架势。他已经醉到这种程度，就算是平时沉静稳重的人，醉到这种程度时也会想大闹一场。

"你干吗这样瞪我？你那是什么眼神？你那双眼睛里明明就是在对我说：'你这个不要脸的老酒鬼。'你的眼神里全是怀疑和傲慢……你来到这里是别有用心的！阿廖莎看我的时候和你一点都不一样，他眼睛里的光，是多么纯洁啊！阿廖莎从来不鄙视我。阿列克谢，你以后不要爱伊万了。"

"您别对哥哥发火！请您别再错怪他了！"阿廖莎突然坚定地说道。

"好吧，我……啊呀，我头好痛啊。把酒瓶子给我拿过来，伊万，我已经说三遍了。"他沉默了一会儿，脸上突然出现了一抹狡猾的笑容,"伊万啊,你别跟我这糟老头子生气啊!我知道,你不喜欢我,但也别生气啊。毕竟我没有让你喜欢的地方。你去切尔马什尼亚一趟,我之后也动身前去,到时候我们在那儿见面。我会给你带礼物的。我要带你瞅瞅那儿的一个小妞儿,她可是我老早之前就盯上了的。虽说,她现在还是个光脚丫头呢,但你可别害怕光脚丫头。不要看不起她们,她们可是珍珠……"

说罢,他吻了吻自己的手。

"在我看来,"一说到自己最擅长的话题,费尧多尔就好像突然醒酒了,整个人充满了活力,"在我看来,你们还是些毛头小子!你们这些小崽子还嫩着呢!我这个人,可以说,这一辈子从没觉得哪个女人丑。这就是我的看法!你们懂吗?哎,你们肯定是懂不了的,你俩现在血管里流着的还是奶,不是血,就跟还没破壳的小鸡仔似的。按照我的看法,每个女人身上都有她特有的一种不可言说的东西——只要善于发现,这是重点。这是一种天赋!在我眼里,没有什么女人是丑的。只要她是个女的,这事就已经成了一半……你俩又从哪儿能弄明白!哪怕对方是个老处女,在她身上也能找到那种不可言说的魅力,足以让你百思不解:其他男人都是傻子吗,怎么能让如此佳丽年华空老?不论是对光脚丫头,还是丑女人,一开始必须把她镇住,让她惊讶。你们不知道吧?必须让她惊讶到满心欢喜,喜欢到忸怩不安,要让她们不敢相信,竟会有一位如此绅士的老爷看上她这样的丑笨姑娘。在这个世界上,永永远远都存在着奴役和压迫,永远都有擦地板的女仆,也永远都有她的主人,这就是人生的快乐源泉!等一下……你听着,阿廖什卡,我总有办法让你那个已经去世的母亲感到惊讶,不过是以另一种方式。要知道,我从来不和她亲热,可是一到关键时刻,我就会拼了老命地去讨好她,我会跪在她面前,亲吻她的小脚。我记得她每一次的反应,我这么做的时候她都会笑,她的笑声,轻微、细碎,断断续续,还带着一点紧张,夹杂着一丝独特。只有她会这么笑。我知道,只要她一这样,第二天就会犯病。我知道,这笑声并不代表真正的欢愉,尽管虚假,可终究还是欢愉的。所以,万物都有其自身的特点,你需要善于发现这些特点。

"当时有个名叫别利亚夫斯基的本地人,长得帅,家中富裕,总是往我们家跑,向她献殷勤。可突然有一天,这人打了我一巴掌,就在她的面前。那天她竟然对我大发雷霆,要知道,她可是个像小羊羔一样温顺的姑娘。她说:'你被打了,你被打了,你被他打了一个耳光……你要把我卖给他……他怎么敢在我面前打你?我再也不许你靠近我了!你去,快去,现在去和他决斗!'为了让她安静下来,我带她去了修道院,去找那些修士为她祷告,替她消灾。但我以上帝之名起誓,阿廖莎,我这一辈子都没欺负过这个'鬼叫婆娘'。只有一次,也许只有那么一次,那是我把她娶回来的第一年,那个时候的她就开始经常祈祷了,尤其是一到纪念圣母的节日,她一定会斋戒,并把我赶到书房睡觉。我想,我必须打破她这些神神叨叨的清规戒律!我说:'你看,这是你的圣像吧?我先把它摘下来,你看着,你觉得它会显灵的是吗?我现在就当着你的面往上面吐一口大黏痰,你看,不也什么反应都没有嘛……'她眼睁睁地看着我这样做了,上帝啊,我想着:她弄不好要掐死我。却不想,她只是猛地弹身而起,先是双手紧握,接着突然捂住自己的脸,整个人开始抽搐,然后重重地摔在地上……缩成一团……阿廖莎,阿廖莎,你怎么了?"

老头子惊恐地跳了起来。其实,从他一开始说阿廖莎母亲的那一刻起,阿廖莎的脸就已经开始逐渐变色了。他满脸通红,双眼迸发出怒光,嘴唇微微颤抖……而喝醉了的老头,正说得唾沫星子四溅,忘乎所以，全然没有注意到阿廖莎的异常。直到阿廖莎身上突然出现了反常的状况，而此种状况正如老头子刚刚描述的那样，甚至可以说完全重现了阿廖莎母亲当时的状况。阿廖莎先是腾地一下站起来，双手握着，接着突然捂住自己的脸，整个人止不住地抽搐，然后重重摔在椅子上，刹那间，一阵泣不成声、令人震撼的歇斯底里，让年轻人无法控制地颤抖起来。老头子被如此类似孩子母亲的举动彻底吓住了。

"伊万！伊万！快拿水来，快拿水来！和她一样，和他母亲当时完全一样。快用水喷他，用水喷他的脸，我当年就是这么干的。他这样是因为他母亲，因为他母亲……"

"可他的母亲，不就是我的母亲吗，不是吗？"此刻伊万那在心头压抑许久的愤怒和蔑视终究还是爆发了出来。在那如火般狂野的眼神下，老头子竟然感到了阵阵寒意。但这时发生了一件非常奇怪的事情，尽管只发生了不到一秒：他似乎真的忘记了阿廖莎的母亲就是伊万的母亲。

"他的母亲怎么就成了你的母亲？"老头子大惑不解地嘀咕道，"你在说什么呢？哪一个母亲？……难道？……啊！见鬼的！啊呀！他母亲就是你母亲！见鬼了！我是真糊涂了，孩子。我怎么就能这么糊涂呢，伊万，我还以为……哈哈哈！"老头子没再往下说了，他的脸扭曲了，脸上浮现出一种醉汉特有的傻笑。

就在这一刻，过道里传来了一阵惊雷般的响动声。大门被踹开了，德米特里·费尧多罗维奇从门外闯进客厅。老头子惊恐地躲到伊万的身后，大吼道："他要杀我！他要杀我！别把我给他！别把我给他！"他尖叫着，紧紧抓着伊万的衣襟。

第九节 老色胚

德米特里·费尧多罗维奇冲了进来,他身后紧紧跟着格里高利和斯乜尔加科夫。紧随其后的两人在走廊处追上了德米特里·费尧多罗维奇,三人就地打成一团,不让他进来(因为几天前老头子曾下达了命令)。德米特里·费尧多罗维奇冲进客厅后,张望了片刻。格里高利借机绕到了桌子后面,关上了从走廊通往房间的两扇门,然后双手交叉在胸前,摆出一副哪怕要战斗到最后一滴血也不会让德米特里·费尧多罗维奇踏入这扇门的架势。见他如此,德米特里·费尧多罗维奇没有大喊,反倒是发出一声尖叫,直接扑向格里高利。

"这么说,她是不是就藏在里头?你们把她藏在里面了!你给我滚开,浑蛋!"他试着拽开格里高利,但后者直接把德米特里·费尧多罗维奇推向一边。此时,怒火已经吞噬了德米特里,他抡起臂膀使出全力朝老仆打去。老仆猝然倒下。德米特里·费尧多罗维奇没有理会,直接跨过他的身体,一把推开了大门。斯乜尔加科夫站在另一边,他面色煞白,一边止不住地颤抖着,一边用一只手抓住费尧多尔·巴甫洛维奇。

"她就在这儿,是吧?"德米特里·费尧多罗维奇怒不可遏道,"我眼瞅着她进来了,只是没追上。她在哪儿?她在哪儿?"

说来也怪,这一声声的"她在哪儿"反倒驱散了老头子刚才的恐惧。

"给我抓住他,抓住他!"老头子吼叫着,没命地冲向德米特里·费尧多罗维奇。迷迷糊糊的格里高利这时从地板上爬起来,但好像还没有缓过神。伊万和阿廖莎哥俩则去追父亲。突然,从第三个房间内传来一声巨响,原来是德米特里·费尧多罗维奇跑过去时不小心撞倒了大理石台子上的一个玻璃大花瓶(这个不值什么钱)。

"给我抓住他!"老头子叫嚷着,"来人哪!"

伊万和阿廖莎可算追上了老头子,一人拽一边,把他往回拖。

"您去追他干什么?他可真的会打死你的!"伊万·费尧多罗维奇对着父亲怒吼道。

"伊万,阿廖莎,她在这儿,格露莘卡在这儿。他刚刚都说了,他亲眼看到格露莘卡来这儿了……"

老头子上气不接下气的,他根本没想到格露莘卡会来,现在突然听说格露莘卡在这儿,他顿时浑身打战,就像发疯了一样,差点儿晕过去。

"但您并没有亲眼看到她进来!"伊万对着他嚷道。

"万一她是从侧门溜进来的呢?"

"侧门不是锁着的吗?钥匙不是在您身上吗?"

德米特里又出现在客厅里,他看到侧门的的确确是锁着的,钥匙也确实在老头子手上,不但如此,屋里所有的窗子也都是锁着的。无论进出,格露莘卡都不可能。

"给我抓住他!"老头子看到德米特里尖叫起来,"他把我卧室里的钱偷走了!"老头子挣脱了伊万的束缚,径直冲向德米特里。德米特里伸出双手,一个闪身就抓住了老头子鬓角两侧仅剩的那两撮毛,用力一拽,把老头子拽倒在地,接着抬起腿来,照着老头子的面门,狠狠地踹了三脚。老头子痛得哭天喊地。伊万虽然没有德米特里力气大,但还是紧紧地抱住哥哥,努力地把他和老头子分开。阿廖莎此时过来帮伊万,使出吃奶的劲,从前面抱住德米特里。

"你疯了吗?哥!再打下去就死人了!"伊万劝道。

"他活该!"德米特里·费尧多罗维奇气喘吁吁地大吼着,"我今天打不死他，明天也要过来揍死他。你们防不住的！"

"德米特里！你立刻从这里出去！"阿廖莎威严地怒喝道。

"阿列克谢，我只相信你，你告诉我，格露莘卡是不是来这儿了？我眼睁睁看着她翻过了篱笆墙，我还冲她叫了一声，但没拦住。"

"我向你发誓，她根本没有来过，这里也没有人在等她！"

"可我亲眼看到了……这么说……好吧，过了一个钟头我就能搞清楚她在哪儿，行吧，阿列克谢，再见了！钱的事情你也别和这个老伊索①提了，你现在赶紧去卡捷琳娜·伊万诺芙娜那里，你要告诉她：'他让我给你带个好，他让我带个好，他说他向你致以最高规格的敬意和道别。'别忘了，把刚才发生的事说给她听。"

这时，伊万和阿廖莎已经把满脸是血的老头子从地上扶了起来，但他意识还算清醒，他一直竖着耳朵听着德米特里的嚷嚷。他认为，说不好格露莘卡还真就在自己宅子的某个角落中藏着。德米特里临走前恶狠狠地瞪了他一眼。

"你的血就是流干了，我都不后悔！"他大声吼道，"小心点！老不死的，你盘算得倒美，我不会让你好过的！我祝你早日入土！从今天开始，咱们一刀两断！"

说完，德米特里跑出了宅子。

"她在这儿，她一定在这儿！斯乜尔加科夫，斯乜尔加科夫！"老头子气息微弱，声音小到几乎不可闻，他费尽力气，伸手指向斯乜尔加科夫。

"她不在这儿！不在这儿！老头子，你疯了！"伊万吼他的语气满

---

① 古希腊哲学家、寓言家伊索，历史流传他外貌极其丑陋。这里指费尧多尔·巴甫洛维奇·卡拉马佐夫。

含恶气和严厉,"啊!他晕过去了!斯乜尔加科夫,快去拿水,还有毛巾,快!"

斯乜尔加科夫跑去打水。大伙儿七手八脚地脱下老头子的衣服,合力将老头子抬到床上,随后把毛巾打湿,敷在老头子的脑门上。白兰地的酒精配上刚才和两兄弟对话时受到的精神刺激,以及德米特里对他的殴打,把他折腾得精疲力竭。他脑袋刚刚挨到枕头,整个人就昏睡了过去。兄弟二人回到了客厅。斯乜尔加科夫此刻正忙着打扫摔碎的花瓶,格里高利则皱着眉头站在餐桌旁边。

"你要不也弄块湿毛巾敷在头上睡一觉吧,"阿廖莎对着格里高利轻声细语地说,"父亲这边我和二哥照顾就行了。刚才,大哥打你那一下也是够重的,我看把你脑门……打得不轻。"

"他竟然这样对我!"格里高利咬牙切齿地说。

"啊呀!他连父亲都敢打,别说你了。"伊万瞥了一下嘴。

"他小时候,我还把他放在木盆里给他洗澡,他竟然这样对我!"格里高利又说了一遍。

"真是见鬼,要不是我拖住他,今天估计要闹出人命了。老头子可禁不起这么折腾。"伊万小声嘟囔道。

"上帝保佑!"阿廖莎长叹一声。

"保佑什么,保佑谁?"伊万的脸顿时扭曲,他带着一脸厌恶说道,"一条毒蛇对另一条毒蛇下口,两个没一个好东西,都死了算了。"

阿廖莎不禁一阵战栗。

"啊呀,你放心了,我肯定不会让他们闹出人命来!我刚才不也拦着了嘛!阿廖莎,你在父亲身边陪一会儿吧,我头疼,我去院子里走走。"

阿廖莎走进父亲的卧室,在他的床边足足坐了一个多小时。突然,阿廖莎觉察到父亲正悄无声息地注视着自己，而且已经盯自己许久了，显然他在想着什么事。突然，老头子的脸上绽放出了一种兴奋的表情。

"阿廖莎，"他提心吊胆地小声道，"伊万呢？"

"伊万在院子里呢，他头疼，给你站岗呢。"

"给我面小镜子，喏，就在那儿，在那儿。"

阿廖莎把支在桌上的一面能折叠的小圆镜递给了老头子。老头子透过镜子，看到自己的鼻子肿得厉害，前额左眉上方有块巨大的青紫色的瘀血。

"伊万说了些什么？我亲爱的儿子，我唯一的儿子。我害怕伊万，伊万比刚才那位更可怕。也只有你不让我害怕……"

"您不用害怕伊万，虽说伊万很生气，但伊万还是会保护您的。"

"阿廖莎，那另一位呢？他去找格露莘卡了！还有，我的天使，你实话告诉我，格露莘卡到底来了没有？"

"没人看到她来。一定是搞错了，她并没来过！"

"要知道，米佳那家伙要娶她，娶她。"

"她不会嫁给他的。"

"不嫁，不嫁，不嫁，绝对不嫁给他！"虚弱的老头因为兴奋摇晃起身体来，仿佛再没有比这更能让他开心的事了。他高兴地抓过阿廖莎的双手，把它放在自己的胸口，眼里甚至满含热泪，"我刚刚说到的那个圣母像，你把它带走吧。你想回修道院的话，就回吧。我不拦着……刚刚，我是在给你开玩笑呢，你别往心里去。啊，头好疼。阿廖莎……廖莎，你当一回我的天使吧，满足一下我的内心吧。你给我说实话……"

"您是不是还要问格露莘卡来没来过？"

"不是，不是，不是。我相信你，我相信你说的是实话。我想你去格露莘卡那里一趟,或者赶紧设法找到格露莘卡,总之要尽快和她见一面。我要你帮我判断一下,她究竟打算嫁给谁。到底是我,还是他?啊,你觉得可以吗?"

"只要我看到她了,我就问。"阿廖莎喃喃道。

"不,她不会直接告诉你的。"老头子打断了阿廖莎的话,"这娘们儿闲不住。她会抓住你,亲你吻你,说什么要嫁给你。她就是个骗子,没羞没臊的骗子。算了,你别去找她了。你不能去。"

"好,本来也不合适,父亲,确实不合适。"

"刚刚他逃跑前,冲你说了什么,要你去哪儿?"

"去卡捷琳娜·伊万诺芙娜那儿。"

"去那里做什么?要钱吗?"

"不,不是为了钱。"

"他没什么钱,兜儿比脸都干净。听着,阿廖莎,我今天得躺着休息一夜,我要好好思考一下。你走吧,也许你会遇到她……不过明天上午你一定要来我这儿,一定要来。明天我要跟你说些重要的话,你到时候会来吗?"

"会来。"

"你来的时候一定要装成来看我的,是你自己要来的,不要告诉任何人是我叫你来的,尤其是对伊万,一个字都不要说。"

"好。"

"再见。我的天使。感谢你今天为我挺身而出。我这辈子都不会忘记的。至于明天我要告诉你的话,明天再说。今天……我需要好好考虑一下。"

"那您现在感觉怎么样?"

"明天,明天我就能下地走路了,和没事儿人一样。健健康康……"

阿廖莎走过院子,见到了二哥伊万。他看到伊万正坐在靠院子大门口的大长椅上,一只手托着记事本,另一只手拿着铅笔写写画画,似乎是在记录什么事情。于是,他告诉伊万父亲已经醒来,恢复了意识,并让他回修道院睡觉。

"阿廖莎,我希望明天早上还能见到你。"伊万起身友好地说。这种友好的态度不免让阿廖莎深感意外。

"明天我要去霍赫拉科娃家,"阿廖莎回答,"要是我今天碰不到卡捷琳娜·伊万诺芙娜,我可能明天还要去找她……"

"你现在还要去找卡捷琳娜·伊万诺芙娜?给她带去老大的'告别'?"伊万突然笑了,这一笑让阿廖莎很尴尬。

"从他刚刚的嚷嚷和以前告诉我的只言片语,我大概已经明白了。他现在派你过去转达,说他,呃……这话怎么说的来着,哦,'最高规格的敬意'?"

"二哥,你说,父亲和大哥之间究竟能闹出什么样的恐怖结果来呢?"阿廖莎感慨道。

"不好说,也许什么结果都不会有,虚惊一场。但无论如何,那个女人是头野兽。老东西现在一步房门都不可以出,同时也绝对不能让德米特里再进来了。"

"二哥,我还有个问题。你说,人是否有权利决定别人有没有资格活下去?"

"这种事跟有没有资格有什么关系?面对这种问题的时候,人们考虑的往往不是资格,而是其他的一些因素和根据。至于权利,一个人当然有他希冀的权利,不是吗?"

"难道希冀别人去死?"

"死又怎么样?你为什么要欺骗自己呢,你分明都看到了,每个人都有自己活着的方式,每个人都不愿意为了别人改了自己的活法。你这话应该是针对我刚才所说的那句'两个没一个好东西,都死了算了',对吧?那么,请允许我先问你一个问题,你是不是认为我和德米特里一样,都希望把老伊索的血放干,杀了他?"

"你怎么能这么说呢?伊万,我从来没有这么想过,我不认为你会这么做,我也不认为德米特里会……"

"那我谢谢你了,"伊万笑着说,"你放心,我会好好保护他的。但是说回希冀这个话题上,我希望发生什么完全是我的自由。好了,明天见。不要批判我,也不要把我看作一个恶棍。"他微笑着如是补充道。

兄弟二人彼此紧紧地握手,这是之前所未有的。阿廖莎感觉到,伊万主动向他迈出了一步,但他这么做,一定是有什么企图的。

第十节 她俩都在这儿

阿廖莎离开了父亲的住所,现在他的心情比来父亲家之前更乱了,整个人更加沮丧、更加郁闷。他的思绪乱成一团,难以厘清,与此同时,他感觉到了一阵恐惧,很害怕自己会从今天这一大堆支离破碎的痛苦经历和矛盾中得出一个总的概念。这种近乎绝望的感觉,是他之前从未体验过的。现在,有一个致命、无法解决且凌驾在其他一切之上的问题,就像一座大山般横亘于阿廖莎心上:父亲、德米特里为了争夺那个可怕的女人,究竟会闹成什么样?现在,他已经见证了一切。他置身其中,目睹了他们是如何相见的。但他也明白,真正不幸的、绝望的、下场惨不忍睹的人只可能是大哥德米特里,毫无疑问,等着他的是彻头彻尾的灾难。眼前的事实证明,整件事卷入的人物可能要比他阿廖莎原以为的多得多。情况甚至变得扑朔迷离了。他的二哥伊万如阿廖莎所期望的主动向他迈出了一步,可阿廖莎却不知道为什么,感到一丝隐隐的恐惧。还有那两个女人!说来也怪:之前打算去见卡捷琳娜·伊万诺芙娜的时候,阿廖莎觉得十分尴尬,可现在,他竟不觉得有什么不适;相反,他想更快见到她,越快越好,似乎期望能在她那儿得到指点。但是,他背负的任务让他感到更加沉重了,因为那三千卢布已经彻底无法挽回了,他的哥哥德米特里已然陷入了深深的自我怀疑之中,怕是已经决定破罐子破摔了。除此之外,他还得把刚刚家里发生的事讲给她听。

阿廖莎来到卡捷琳娜家的时候已经七点了,天快黑了。她的住所坐落在县城大街上,宅子很大,宽敞舒适。阿廖莎知道她现在和两个亲戚住在一起,其中一位是她的异母姐姐阿咖菲娅·伊万诺芙娜的姨妈,当年她从学校回家的时候就是这两个人在家里照顾她的;另一位是她的姨妈,来自莫斯科,虽然家境贫寒,但颇具上流社会的气质和风度。据说,这两位亲戚对她言听计从,因为礼貌陪同在她身边。而卡捷琳娜只听从她的恩人,就是那个莫斯科的将军太太。为此,她每周差不多会写两封信,向老太太详细汇报自己的情况。

阿廖莎踏进前厅,请看门的女仆通报自己来访,却不知屋里的人早已知晓(应该是透过窗子看到了他),未等反应过来,他就听到了一阵嘈杂声,声音中夹杂着女人的脚步声、裙摆摩擦的窸窣声,似乎有两到三个女人正在往他这边跑。阿廖莎感到很奇怪,他的到来怎么会引起这样的骚动。不过,他随即被仆人引进客厅。那是一间很大的屋子,摆设精致,布置典雅,家具名贵,绝非外省的风格。屋内的沙发、软榻和脚凳有很多,茶几大小都有,并摆有各种花瓶和灯具,墙上挂着几幅油画,屋里鲜花不少,窗台上还有一缸金鱼。由于天色渐黑,屋内光线昏暗,但这并不妨碍阿廖莎发现沙发上还没有完全消失的坐痕。沙发上扔着一条丝绸披肩,茶几上还有两杯没有喝完的可可茶、饼干、装着绿色葡萄干和糖果的两只玻璃盏。显然,这里刚才招待过客人。阿廖莎这才明白,自己正好碰上有客,不禁皱了下眉。就在这时,门帘突然被掀开了,卡捷琳娜急忙走了进来,带着热情洋溢的微笑朝着阿廖莎伸出双手。然后,两位女仆带来两支点亮的蜡烛走了过来,把蜡烛立在桌上。

"感谢上帝,您可算是来了!我已经祈祷好几天了,一直在期盼着您的到来。快请坐!"

三周之前,依照卡捷琳娜的热切要求,在德米特里的引荐下,阿廖莎曾和卡捷琳娜有过短暂的会面,那是他们的第一次见面,当时她的美貌就给阿廖莎留下了深刻的印象。不过,那次见面,他们两人并没怎么交谈。因为卡捷琳娜生怕阿廖莎因为害羞而感到尴尬,所以一直在和德米特里·费尧多罗维奇说话。阿廖莎虽沉默不语,但一直仔细观察两人,那时候他也确实对这位小姐身上的傲慢自大和咄咄逼人感到惊讶。这一点确实毋庸置疑,阿廖莎觉得自己并未夸张。在他看来,卡捷琳娜那双闪闪发光的乌黑大眼的确很美,和她那张苍白甚至略带几分蜡黄的鹅蛋脸相得益彰。她的美目和线条优美的双唇有一种奇怪的魅力,让他的长兄德米特里为其倾倒,但这种爱不可能持久。在那次见面后,德米特里不止一次地恳求他,要他说出对未来嫂子的印象,要他不要顾忌,畅所欲言。于是阿廖莎几乎毫无保留地说出了自己的想法。

"你们两个一起生活也许会幸福,但更可能会是……一种不安的幸福。"

"是这样的，兄弟，有些人就是这样，他们不会向命运屈服。所以，你觉得我不会永远爱她是吗？"

"不，说不定你会永远爱她，但也许你和她在一起你不会永远感到幸福……"

阿廖莎说完自己的见解后，顿时红了脸，然后开始埋怨自己，觉得自己不应该因为德米特里的恳求就对他的爱情发表自己的看法。因为，在刚说完自己的观点后，他就立刻觉得自己很愚蠢。他为自己煞有介事地评论个女人而感到羞愧。

现在，他看到正急忙跑来迎接自己的卡捷琳娜·伊万诺芙娜，突然惊诧地感到自己之前对她的评论错到家了。这次，她的脸上洋溢着一种演不出来的天真善良、一股难以压抑的真诚热情。而他之前口口声声所说的那个"傲慢又自大"的姑娘，现在展现出来的完全是勇敢和坚毅、热情和自信。一看到她，从她开口的几句话中，阿廖莎就明白了她深知自己因深爱之人导致的悲剧性处境，她也许已经完全知悉了一切。尽管如此，她的神情中还是满溢出希望的光，对未来充满了信心。阿廖莎突然觉得自己对她犯了严重的大罪，而且是蓄意犯罪。他被折服了，被吸引了。除此之外，阿廖莎还从她一开始的寥寥数语中注意到，她的情绪十分激动，这种情况发生在她身上很不寻常，她激动、亢奋得近乎狂喜。

"我一直盼望着您来，是想从您的口中了解真相——我只想听您说！"

"我……"阿廖莎一时语塞，"我是受了他的嘱托来……"

"啊，是他派您来的，好吧，我预感到了，现在我什么都知道了！"卡捷琳娜·伊万诺芙娜的双眼闪闪发光，"请等一下，阿列克谢·费尧多罗维奇，我要先告诉您我为什么一直盼着您来。要知道，我知道的情况也许比您了解的要多得多，因此，我不需要您再告诉我发生了什么事情。我只想知道，您对他的最新的评价。请您不加修饰，以最直接甚至是最粗俗（嗯，无论多粗俗都行！）的方式告诉我就好。您今天和他见过面之后，此时此刻，您是如何看待他的境况的？也许您把这些事情告诉我，比他本人来亲自找我说更好，其实，他早已不愿意来见我了。您明白我想让您告诉我什么了吗？对了，请您先告诉我，他让您来转告我什么？我太了解这个人了，他一定托您过来转告我一些话的。您如实说吧，说他的原话！"

"他嘱咐我，让我给……您带个好，还告诉我，说他永远不会再来找你了，向您致以最高规格的敬意……"

"敬意？他是这么说的？这是原话吗？"

"是的。"

"会不会他一时没注意，说错了话？"

"不是的，他特意告诉我，要我对您说'最高规格'这个词。他一再叮嘱我，生怕我忘了。"

卡捷琳娜·伊万诺芙娜顿时脸红了。

"现在请您帮帮我，阿列克谢·费尧多罗维奇，我需要您的帮助！我告诉您我是怎么想的，您帮我分析分析，我的这些想法是对的，还是不对的。您听我说，如果他只是告诉您，要您顺便给我带个好，除此之外什么都没有强调，就单纯的一句带个好……仅此而已，那就意味着全完了。但是，如果他特别坚持，一定要您给我转达什么'最高规格的敬意'的话。是不是可以说，他当时很冲动，并丧失了理智？有没有这么样的可能？他已经做出了决定，但自己非常害怕自己的决定！他不是铁了心地要离开我，而是从山顶上失足掉下去的。他强调这几个字，只是意味着他不过在逞强……"

"对！对！"阿廖莎立刻热烈地附和起来,"现在,我也是这样认为。"

"要是这样的话,证明他并没有心死。他只是处于绝望之中,而我应该还能救他。对了,他有没有给您说钱的事,那三千卢布的事情?"

"他说了,不但说了,而且可能正是这件事,最让他感到痛苦。他说他现在已经毫无颜面,什么都不在乎了。"阿廖莎热切地回答,现在一股暖流正在涌入他的内心,让他心中萌生出希望,说不定还能有办法拯救他的大哥。

"难道,您……已经知道这笔钱背后发生的事了?"说完这句话后,他突然沉默了。

"我早就知道了,而且我很清楚。我给莫斯科发了电报,早就知道那笔钱至今并未收到。他根本没把钱汇出去,只是我一直没提。上个星期,我才了解到,他缺钱缺得厉害……而我只有一个目标,我想让他回到该回到的人的身边,想让他知道谁才是他忠诚的朋友。不,他就是不愿意相信我才是他最忠诚的朋友,不愿意了解我,只把我当成女人看待。在过去的一个星期里,我绞尽脑汁地想:我该怎么样做,才能使他不因为花掉了那三千卢布而愧对于我,羞于见我?更准确地说,他可以愧对自己、愧对所有人,但无须愧对于我。要知道,他对上帝能坦白一切,从不因羞愧而不敢面对上帝。为什么他到现在都不能明白,我可以为他承受一切;为什么,为什么他不愿意去了解我、认识我。明明我们已经经历了这么多事情,他怎么还不懂我呢?我希望自己能拯救他。他应该忽略我是他未婚妻的身份!现在,他居然因为颜面问题不敢来见我了!阿列克谢·费尧多罗维奇,他不是把事情都告诉您了吗?为什么直到现在,我还是得不到同样的信任呢?"

在说最后一句话的时候,她的眼泪在眼眶中打转,话一结束,眼泪便夺眶而出。

"我还有件事要告诉您，"阿廖莎说话的时候声音也在颤抖，"刚才，他和父亲之间发生的事情。"于是，阿廖莎开始一五一十地讲述了自己如何受到德米特里的托付前去找父亲要钱，接着德米特里又是如何闯进家门、痛打父亲，之后德米特里又是如何一遍又一遍嘱咐他向卡佳带去"最高规格的敬意"，以及小声补充道，"最后，他去找那个女人了。"

"您以为我忍受不了那个女人吗？还是说，他认为我忍受不了那个女人？但是他肯定不会娶她，"卡捷琳娜·伊万诺芙娜突然开始神经兮兮地大笑起来，"姓卡拉马佐夫的人能保证激情永远燃烧？这是冲动的欲望，不是爱情。他不会娶她的，因为她不会嫁给他的……"卡捷琳娜又一次奇怪地笑出声来。

"他可能会娶她。"阿廖莎低下头，语气忧伤地说。

"我说他不会娶她！那姑娘是个天使，这您不知道吧？这个您得知道！"她突然以一种超乎寻常的热情口吻回应道，"这姑娘是个世间奇人，我知道她很有魅力，但我也了解到，她是多么的善良、坚定、高贵。您怎么用这么奇怪的眼神看我呀？难道说，您不相信我？阿格拉菲娜·亚历山大洛芙娜·斯维特洛娃①，她是我的天使。"

她突然扭过脸对着另一个房间喊道："亲爱的，你快出来呀，这是阿廖莎。我们的事他全都知道了。出来见个面吧！"

"我刚才一直在帘子背后等着您叫我呢。"传来一个清甜温柔的女声。

门帘被挑起，只见格露莘卡满脸笑容，轻盈地走到茶几前。

---

① 格露莘卡是昵称，这是正式名。

此刻，阿廖莎心里就像有个什么东西翻腾了一下。他直直地看着格露莘卡，根本没法移开自己的视线。这就是她，那个可怕的女人——半小时前伊万口中的那头"野兽"。可现实是，在阿廖莎面前站着的，是一个看上去简单而普通的女人——一个可爱、善良的女人，可以说她漂亮，但只是那种普通又平凡的漂亮。没错，她的确漂亮，是那种具有俄罗斯风情的漂亮，一种特别能勾起异性情欲的漂亮。她身材高挑，不过个头稍逊色于卡捷琳娜·伊万诺芙娜（因为卡捷琳娜在女性中算很高了）；她体态饱满，胸膛柔软，婀娜的身姿行动起来娇柔无声，一身糖果般的甜美气质，和她说话的声音一样，甜甜的。她走路时不似卡捷琳娜那般大步流星，完全与之相反，她那双脚在落地时一点声音都没有。她缓缓地在沙发椅上坐下，蓬松的黑色丝质裙蹭到沙发时发出了一阵窸窣声，她娇柔地用华贵的黑羊毛披肩裹住自己那羊脂一样白嫩的脖颈和宽阔的香肩。时年二十二岁的她有一张和这个年龄相称的脸。她的皮肤白皙，两颊有一抹红晕。美中不足的是她面盘稍大，下颌也有点微微前凸。她的上唇很薄，下唇饱满微凸，看起来似乎比上唇厚了一倍，好像有点儿肿。那似雾般浓密的深棕色秀发、紫貂毛般的浓眉、灰蓝色明眸配上忽而眨巴的长睫毛，能让这世界上最没有情趣、最麻木的男人停下脚步，哪怕是在散步，哪怕是在熙熙攘攘的人群中，都会怦然心动，而后朝思暮想。最令阿廖莎诧异的还是她脸上孩童般纯真的表情。她看人时像个孩子，看到喜爱之物时更会像孩子一样心花怒放，甚至就在此时此刻，她也像个孩子一样"兴高采烈"地走到茶几前，以一种急切、好奇又充满信任的眼神等待着什么。阿廖莎觉得，没错，她的目光让人心生喜悦。她的身上还有一些特点，阿廖莎也觉察到了，只是自己说不清，不过这种感觉也确实影响到了他——他感受到她举手投足之间的柔美，像猫一样行动无声；他看到她健美、丰腴的身躯，半盖在披肩下宽阔、圆润的双肩，双峰高耸的年轻胸脯。这，也许就是艺术家们所追求的维纳斯的曲线吧，虽然真人的比例略微大了一些——当然，这点明眼所鉴。然而，那些热衷研究俄罗斯女性美的行家们只消看一眼格露莘卡，就能准确预言，她风华正茂的状态绝对维持不到她的而立之年。到了那时，这种美好的平衡就会被打破，她的身材会臃肿走形，脸上的皮肤也会松弛，尤其是眼眉之间，定会长出皱纹，她的脸会变得粗糙，变红，甚至发紫。总而言之，她的美，不过是一种转瞬即逝、昙花一现的美，一种在俄罗斯女人身上普遍寻常的美。当然了，阿廖莎并没有在想这些，他虽然看得入了迷，可他还是觉得有些地方让人不适，他略带惋惜地心中自问："她为什么不能大方自然地说话，为什么非要把字之间的音节拉长？"她这么做，显然是觉得拉长音节和吐字听起来十分甜美。其实这只是一种品味低俗的坏习惯，除了证明教养太差，还能说明自童年时起，她就对体面高雅的理解出现了偏差。但在阿廖莎眼里，这种发音腔调完全不配她那天真愉悦的表情，以及婴孩那种纯真、美好又安静的目光，它们放在一起简直别扭到家了。卡捷琳娜让她在阿廖莎对面的椅子上坐下，并且欣喜地轻吻了几下她的双唇。卡捷琳娜简直像是爱上这个女人了。

"这是我们两人的第一次见面，阿列克谢·费尧多罗维奇，"卡捷琳娜兴奋地说，"我想认识她，想见见她，可我正这么盘算的时候，她就自己过来了。我知道，我们可以和她一起解决所有问题，一切问题。我心里有这种预感……有人劝我不要这么做，但我的预感是这样做绝对可行。事实证明，我的预感没错。格露莘卡向我解释得很清楚，并且详细地说明了她的全部设想。她就像一位善良的天使，带来了和平和欢乐……"

"我亲爱的大小姐,您不嫌弃我就好。"格露莘卡满脸可爱迷人的笑容,用那甜美的语调唱歌似的说道。

"不许您再对我说这样的话了。我迷人的小仙女,谁会嫌弃您呢?来,再让我亲一下您,您的下唇就跟肿了似的,来吧,看我让它更肿一些,肿一些……阿列克谢·费尧多罗维奇,您看,她笑起来太可爱了,看到这样的天使,我喜不自禁……"

阿廖莎涨红了脸,身体不由得颤抖了一下。

"我的大小姐,谢谢您的抬爱,也许,我根本就不值得您这么爱。"

"不值得?她居然说不值得!"卡捷琳娜·伊万诺芙娜再次热情地大声嚷道,"阿列克谢·费尧多罗维奇,您要知道,她的脑袋里满是奇思妙想,她的内心让人捉摸不透,但她任性、孤傲得很!阿列克谢·费尧多罗维奇,她为人高尚、胸襟宽广,您知道吗?她就是命不好。她就是性子太急,总把那些朝三暮四的男人当成真命天子,愿意为他们做出牺牲。五年前,也是一名军官,格露莘卡爱上了这个人,恨不能把一切都献给他。却没料到,那军官转头就把她忘了,和别人结婚成家了。如今事情已经过去五年了,他写信给格露莘卡,说他的老婆去世了,他要来本城。您知道吗,格露莘卡至今都爱着他,而且只爱他一人,甚至要爱他一辈子!他来了,格露莘卡就能再次感受到真正的幸福,这五年以来所有生活中的不幸都能一扫而空。然而,有谁会责骂她,有谁会夸耀自己曾经得到过她的芳心呢?只有那个瘸了腿的老商人。可事实上,那个老商人更像是她的父亲、朋友,以及靠山。是他发现了在痛苦和绝望的旋涡中挣扎的格露莘卡……那时候的她被最深爱的人残忍抛弃,打算投河自尽。是那位老人出手相救,才保住了她的命!"

"我亲爱的大小姐,您处处为我辩护,您做什么事情都那么心急。"

格露莘卡笑着不紧不慢地插了一句。

"辩护？我哪里有资格呢？哪敢这样呢？格露莘卡，我的天使，请把手给我。您看，阿列克谢·费尧多罗维奇，她这只软乎乎的小手多好看呀，您眼前这只手给我带来了幸福，使我重获新生。现在，我要吻一吻这只手，手心和手背都要吻。像这样，这样，这样！"她说着捧起格露莘卡柔美的手，吻了三次。格露莘卡配合地伸出手，发出了神经兮兮却又银铃般悦耳的笑声，注视着眼前这位"亲爱的小姐"。能看出来，她很乐意别人这样吻她的手。

"她们过于兴奋了吧？"这个想法在阿廖莎脑海中一闪而过。他涨红了脸，心里泛起一丝不安。

"亲爱的小姐，您当着阿列克谢·费尧多罗维奇的面这样吻我的手，我可真是羞愧难当。"

"难道您觉得我想故意让您难堪？"卡捷琳娜·伊万诺芙娜喃喃道，"嗯……亲爱的，您误会我了！"

"亲爱的小姐，您可能不太了解我，我根本没有您想的那么好，要坏得多。我这个人任性，心眼儿也坏。我当时去勾引德米特里，纯粹是为了拿他开心。"

"可刚刚您不是说，您是要救他吗？这可是您亲口保证的。您要让他明白，您会如实告诉他，您爱的人不是他，您现在爱的人正打算向您求婚……"

"哦，没有，我可没有给过您这样的保证。这些话都是您滔滔不绝地说的，我可没有保证。"

"这么说，是我误会了，"卡捷琳娜的声音突然低了下去，转过身去，脸色开始变得苍白，"可您承诺过……"

"哦，天哪，天使小姐，我可没有答应您什么，"格露莘卡心平气和地打断对方的话,一脸愉快、天真又无辜的表情,"所以,我亲爱的小姐,您现在看得出我有多么任性了吧。我只做我爱做的事。我刚刚也许是向您保证了什么,但是现在再一想吧,说不定我又喜欢上他了呢,我说的是米佳。要知道,我之前喜欢过他,挺喜欢的,喜欢了差不多一个小时吧。说不定我待会儿就和他说,让他从今天开始就留在我家……您看,我这个人就是这么善变……"

"啊!可您刚才说的话……完全不是这样的……"卡捷琳娜·伊万诺芙娜几乎说不出话来。

"啊,你说刚才啊!我这个人心肠太软、脑子太蠢。要知道,我一想到他因为我受到的那些委屈,说不定,一回到家我就会可怜起他来,你说,那样的话我又该怎么办呢?"

"我万万没想到……"

"嘻!我的大小姐啊,和我一比,您实在是个高尚的人。可是,现在您恐怕是不会再喜欢我这个坏女人了。请把您可爱的小手给我,我的天使小姐,"她温柔地说,一脸崇敬之情,并握住了卡捷琳娜·伊万诺芙娜的手,"我亲爱的小姐,我会牵着您这只可爱的小手,就像您刚才那样,好好亲亲它。刚才,您给了我三个吻,我得吻您三百次,才能还清。就这么着吧,以后的事情,上帝说了算,说不定我到时会成为您忠心的女奴呢,做个好奴隶全心全意地侍奉您。总之,到时候上帝安排怎么办,咱们就怎么办好了。什么承诺啊、约定啊,统统不用。您的小手真是太可爱了,太可爱了!我亲爱的小姐,您真是这世界上不可多得的大美人!"说罢,她轻轻地托着卡捷琳娜的手,凑到自己的嘴边,她的目的可着实奇怪,似乎真打算通过亲吻来"还清欠债"。

卡捷琳娜·伊万诺芙娜并没有抽回自己的手。她听到格露莘卡最后古怪地承诺她,未来会当她的奴隶,恐惧的同时心中还怀揣着一丝微弱的希望。她的目光紧紧地锁着格露莘卡的眼睛，可从格露莘卡的眼睛里看到的还是坦诚和质朴，格露莘卡表现得还是那么纯真、那么愉快。"也许她只是太幼稚了。"这个想法像是希望之光突然在卡捷琳娜的心中闪现。与此同时，格露莘卡毕恭毕敬地托着那只"可爱的小手"，慢慢贴近自己的嘴边。但在即将触碰到嘴唇时，她突然停了几秒钟，似乎在思考什么事情。

"我只是想告诉您，我的天使小姐，"突然，她用她温柔甜美的声音说，"您知道吗，我突然又不打算亲了。"然后，她咯咯地笑了起来。

"随您的便……您这话是什么意思？"卡捷琳娜·伊万诺芙娜突然止不住地发抖。

"给您留个纪念呗，让您记着，是您吻了我的手，我可没有吻您的。"格露莘卡的眼睛突然一亮。她目不转睛地盯着卡捷琳娜·伊万诺芙娜。

"你简直是厚颜无耻！"卡捷琳娜·伊万诺芙娜霎时间恍然大悟，脸涨得通红，从座位上弹起身来喊道。

格露莘卡不慌不忙地站起身来。

"我待会儿就去找米佳，我要告诉他，您刚刚是怎么亲我的手的，但是我没有亲您的。真不知道他会笑成什么样子呢！"

"浑蛋！滚出去！"

"啊，真是丢人，小姐，啊，真丢人啊！这种话从您这样的大小姐嘴巴里说出来，您不害臊吗？"

"滚吧！出卖肉体的贱货！"卡捷琳娜·伊万诺芙娜怒喝道。她那张娇美的面部线条气到扭曲。

"可不是出卖肉体的贱货吗？谁在天刚刚擦黑的时候跑到色胚的家里要钱，上门兜售美色？别以为我不知道。"

卡捷琳娜·伊万诺芙娜尖叫一声扑了过去，但阿廖莎用尽全身力气将她拉住，说道："别说了，别说了，都别说了！她会走的，她马上就走！"

就在这时，卡捷琳娜的两位亲戚听到她的尖叫声，跑了过来，家里的女仆也闻讯而来。大伙儿匆忙地跑到了她身边。

"那我走啦！"格露莘卡一边说，一边从沙发上拿起披肩，"亲爱的阿廖莎，你不打算送送我吗？"

"请您快走吧！您走吧！"阿廖莎双手合十恳求道。

"亲爱的阿廖什卡，您就送送我嘛！我会在路上向您说件好玩的事。告诉您，阿廖什卡，我可是为了您才来到这儿演这出戏的。阿廖什卡，您就送送我嘛！宝贝，您会喜欢我的！"

阿廖莎背过了身，绞着手。格露莘卡则是大笑着跑出了房子。

盛怒之下，卡捷琳娜·伊万诺芙娜歇斯底里地缩成一团，全身抽搐，号啕大叫。大家围着她，顿时乱作一团。

"我提醒过您，"她那位年长的姨妈劝说道，"我说您这么做不对……您也是太热心肠了……怎么能如此冒失呢！您根本就不了解这种下流胚子，听人说，她还是这种女人中最凶悍的……您太任性了！"

"她就是头母老虎！"卡捷琳娜·伊万诺芙娜大喊道，"您刚刚为什么阻止我？阿列克谢·费尧多罗维奇？就该让我狠狠揍她，痛打她一顿！"

在阿廖莎面前，她再也无法压制自己的想法，也许她根本不想压制。

"我应该用鞭子抽她，把她送上断头台，让刽子手砍下她的脑袋……"

阿廖莎退到了门口。

"可是,老天哪!"卡捷琳娜双手一拍,痛苦地叫出声来,"竟然是他!他怎么能如此道德丧失,如此人品败坏!他竟然把那个要命的秘密、那件受诅咒的事情,告诉了那个贱货!一个小姐'跑到色胚家里要钱,上门兜售美色',她居然知道这件事!阿列克谢·费尧多罗维奇,你的大哥可真是卑鄙无耻!"

阿廖莎想要说些什么,可竟找不出一句合适的话。他的心早就陷入了痛苦的旋涡。

"您请回吧,阿列克谢·费尧多罗维奇!我太丢脸了,我难受极了!明天……求您明天再过来,我跪下求您了!不要怪我,请原谅我,我不知道自己接下来能干出什么事!"

阿廖莎跟跄着走到了街上。他也好想像她一样痛痛快快地哭上一场。正在这时,一个女仆追上了他。

"小姐忘记把这封信给您了,这封信是霍赫拉科娃太太托我们给您的,从中午就放在我们这儿了。"

阿廖莎机械地接过那个粉红色的信封,下意识地把它揣进了口袋。

第十一节　又一个人名誉扫地

从城里到修道院差不多一俄里的路程。阿廖莎一个人匆匆地走在空荡荡的路上。夜幕已经降临,三十步开外什么都看不清。在半道上有一个十字路口,那儿有一棵孤零零的柳树,树下隐约站着一个模糊的人影。阿廖莎正打算穿过那个路口,不料黑影径直朝他冲来,穷凶极恶地吼道:"拿出钱来,不然要了你的命!"

"怎么是你?米佳!"阿廖莎吓了一激灵,惊讶地问道。

"哈哈!没想到是我吧?我刚才还想着在哪儿等你好呢。要是在她家附近吧,她家那儿有三条路,我担心遇不到你。最后,我决定还是在这里等你。因为去修道院,这里是必经之路。来吧,跟我直说吧,你就把我当只蟑螂,踩不死的那种。哎?阿廖莎,你怎么了?"

"没事,大哥……我就是被吓到了。哎,德米特里,刚才父亲的脸上全是血。"阿廖莎终于哭了出来,他已经忍了很久,现在他的痛苦像决堤一般,顿时喷涌而出,"你差点儿杀了他,你还诅咒他……现在,现在……你还在这儿跟我开玩笑,说什么'拿出钱来,不然要了你的命'……"

"哎呀!这怎么了吗?是不体面?还是不合时宜?"

"都不是,我……"

"先别说话!你看看这夜色:月黑风高,乌云密布。我躲在这棵树下等你的时候,突然间想到(上帝可以做证):'何必在尘世中纠结?何必在此等待?这儿有歪脖子树,有长帕,有衬衣,拧一拧不就有了根绳子了嘛,有了这些,我是不是就可以让这个世间少一个累赘,不给这个世界丢人现眼了!'就在这个时候,我听到你走过来了。上帝啊,就像有什么东西从天而降:这不就是我深爱的那个人嘛,这不是我最好的小兄弟嘛!这不就是这个世界上我唯一爱的人嘛!你不知道,在那一刻我是多么爱你!我心里想着:'待会儿就冲上去搂住他的脖子!'可接着,一个愚蠢的想法冒了出来:'不如逗逗他、吓吓他!'我这才傻子一样地冲你叫:'拿出钱来,不然要了你的命!'你还是原谅我这愚蠢的行为吧,我就是在和你开玩笑。嗯……其实我的内心……是很严肃的……啊,见鬼,我在说什么屁话呢!你快告诉我,那儿发生了什么?她是怎么说的?直说吧,别可怜我,她是不是疯了一样?"

"不,不是那样的……根本不是你想的那样的,米佳。她们两个都在那儿……都在那儿。"

"什么她们两个？"

"卡捷琳娜·伊万诺芙娜和格露莘卡。"

德米特里·费尧多罗维奇顿时傻眼了。

"不可能的！"德米特里近乎哭嚷道，"你确定不是你出现幻觉了？格露莘卡怎么会在她家里？"

阿廖莎把从进入卡捷琳娜家的房门开始，刚才发生的所有事情一五一十地说了一遍。他说了差不多十分钟，陈述得并不是很流畅，也不是很有条理，但好在意思都传达清楚了，重要的举动、重要的话都有表述，时不时还通过只言片语把自己的感受鲜明地表达了出来。德米特里一声不吭地听着，吓得瞪大了眼睛盯着阿廖莎，但阿廖莎看得清楚，他的哥哥已经听明白了一切，了然于心。随着描述的逐渐深入，他的表情也开始越发低沉、越发凝重，甚至可以说，变得可怕。他紧锁眉头，咬紧牙关，呆滞的目光似乎变得更加呆滞，更加僵硬和凶恶。更出乎意料的是，眨眼之间，他满是怒气和扭曲狞厉的整张脸突然变了，松弛了，其变化速度之快让人无法理解，德米特里·费尧多罗维奇咬紧的牙分开了，接着整个人开始放声大笑起来，笑得欲罢不能。他笑得无法停下来，笑得前仰后合，笑得说不出话。

"她最后也没亲她的手？最后没亲她的手就跑了？"德米特里笑着放声高喊，整个人处在病态的狂喜中——如果这种狂喜不是发自内心，那只能说这个人的骨子里都透着无耻，"就因为这个，卡捷琳娜大吼她是只母老虎？没错，她还真是只母老虎！她应该被送上断头台吗？是的，是的，应该，应该，说得可太对了。我觉得也应该，早就该了！听我说，小弟，她是应该上断头台的，但得先让我缓一缓。我了解这个傲慢无礼的女魔王，她的傲慢无礼在这个吻手事件上体现得淋漓尽致。真是个女魔王！可以想象得到，她是世界上所有魔女的王！从某方面来说，干得倒也真让人痛快！你说，她跑回家去了？那我马上……就去她那里！阿廖莎，你别骂我，我承认，就算是掐死她，都便宜她了……"

"那卡捷琳娜·伊万诺芙娜呢？"阿廖莎的叫声中充满了悲伤。

"对她，我也看透了，现在，我更是看透她了。这可真是了不起的发现，比得上发现世界四大洲——不，是五大洲！她能做到这一步，确实是卡佳的风格，确实是那种傻乎乎的女大学生能干出来的事，为了救自己的爹，不顾自身，铤而走险，胆敢跑去找这样一个荒唐、粗鄙的军官，哪怕被人凌辱。她就是这样的骄傲自信，就是这样乐于追求危险、挑战命运，而且是无休无止地向命运发起挑战！你刚才说她那个年长一些的姨妈劝过她？你知道吗，她那个姨妈更是自以为是惯了，她是莫斯科的那位将军夫人的妹妹，向来趾高气扬的，比她姐姐更看不起人，可她的丈夫挪用公款被定了罪，因此名誉、财产，啥都没了，骄傲的太太就此抬不起头来，一蹶不振了。这么说，她劝过卡佳呢？卡佳要是会听她的才怪。'我能战胜一切，一切都要由我支配；只要我愿意，我就能降服格露莘卡。'卡佳自信过头了，甚至自命不凡，这能怨谁呢？你难道真认为，她吻格露莘卡的手是有意为之？不，她是真的爱上格露莘卡了，确切说，她不是爱上了格露莘卡，而是爱上了自己的幻想，爱上了自己的白日梦——因为这也是我的幻想，我的白日梦！亲爱的阿廖莎，你是怎么从那些女人的手掌心里逃出来的？是不是撩起你的黑袍子撒腿就跑啊？哈哈！"

"大哥，你好像压根就没有注意到自己对卡捷琳娜·伊万诺芙娜造成了多大的伤害，你把那晚的秘密告诉了格露莘卡，而就在刚才，格露莘卡当着她的面羞辱她说：'跑到色胚的家里要钱，上门兜售美色！'大哥，这世上还有比这更让人恶心的羞辱吗？"阿廖莎痛苦地感到，他的哥哥似乎以羞辱卡捷琳娜为乐,虽然这应该是不可能的。

"糟糕!"德米特里突然眉头紧锁,一脸愁容,他用手掌拍了下脑门儿。尽管刚才阿廖莎把卡捷琳娜受委屈的来龙去脉说得清清楚楚,也说到卡捷琳娜对他的咒骂(就是那句"你的大哥可真是卑鄙无耻!"),可德米特里竟然到现在才注意到。

"是啊,说不定我真的对格露莘卡说过卡佳那个人生中'要命一日'的故事。是的,我记起来了,我是给她说过。那是在莫克罗耶,当时我喝多了,吉卜赛姑娘们在唱着歌……可当时,我在哭,我在痛哭啊。我跪在地上,向心里浮现的卡佳形象请求宽恕!啊,格露莘卡,她就是在这个时候知道的。可我记得,她当时十分理解我,她还在陪我哭啊……啊,真见鬼!难道她还有另一副面孔吗?昨天陪着你哭……今天就对着你的心脏捅上一刀。这就是女人。"

他低下头来,开始沉思。

"是的,我卑鄙无耻,我是个彻头彻尾的卑鄙小人!"他突然用阴沉的声音说,"那时候我哭了还是没哭已经不重要了,哭不哭我都是个卑鄙小人!你去告诉她,如果这样能安慰她的话,我就当个卑鄙小人了。好了,闹够了。分手吧,没必要再说了!从此你走你的阳关道,我过我的独木桥。我不想再见到她了,再也不想了。就这样吧,再见,阿廖莎!"他紧紧握了下阿廖莎的手,目光向下,没有抬头。整个人就像是突然被抽空了一般,然后转身快步走向城里。

阿廖莎看着他的背影,不相信他会就这样突然离去。

"等一下,阿列克谢,还有件事,我打算只跟你一个人说!"德米特里·费尧多罗维奇突然转过身来,"你看着我,认真看看我。你看,这里,就在这里,一件可怕的奇耻之事正在筹划之中。"德米特里一边说"这里"的时候,一边用拳头捶着胸口,表情奇怪,仿佛那件奇耻之事就藏在他的胸膛之中,或许被揣在胸兜里,或许被缝了起来挂在脖子上。"你已经知道,我是流氓,是公认的卑鄙小人。但是要知道,无论以前、现在或者将来,我做过的任何一件事,其卑劣程度都比不上我藏在胸膛中的这件奇耻之事。就在这儿,就在这儿,它正在从想法变成现实。我倒是完全有可能制止它,但是,我能制止它,同样也能促成它,你得记住这一点!我现在就告诉你,我打算促成它,而不是制止它了。刚才我把所有的事情都跟你说了,唯独这件事我没有告诉你,只因我还没有厚颜无耻到把这件事都说出去!我依然有机会停下来;如果停下来,那么明天我就能挽回一半自己已经损失的名誉,但我不会停下来,我要让这卑劣的计划变成现实,到时候,你就是我的见证人,你要告诉大家,在它达成之前,我就清楚地告诉过你,我是有预谋的!走向毁灭,迎接黑暗!我没什么可解释的,到时候你自然会知晓。臭气熏天的胡同和女魔王!别了。你不要为了我祈祷,我配不上,也完全没有这个必要,一点必要都没有……我根本不需要。我走……"

然后他转身离去,这次没有回头。阿廖莎则往修道院的方向再度走去。

"他刚刚说了些什么?我怎么听不懂呢?"阿廖莎觉得太古怪了,"明天我一定要去找他,必须找到他问清楚,他说的这些是什么意思……"

阿廖莎绕过修道院,穿过松树林,径直走向隐修所。尽管这个点已经不准任何人进入了,还是有人给他开了门。他带着一颗颤抖不已的心,走进了长老的修室。

"为什么,他为什么要让我回到尘世呢?这里是祥和之地,这里是神圣之所,而那边……那边是纷乱、是黑暗,陷进去了就会迷失自己,就会误入歧途……"

那个见习修士波尔菲里和佩西神父也在修道室里。他们两个人每隔一小时就会来一趟佐西马长老这里,询问他的病情。阿廖莎惊恐地了解到,长老的情况已经越来越糟,甚至连修士们每日例行的晚间谈话都没法举行了。平时,每天晚上做完礼拜之后,上床之前,修道院的兄弟们会按照惯例来到长老的修道室,向他忏悔当日的罪过,内容包括那些有罪的幻想、杂念、诱惑以及彼此间的争吵,有些人还会跪着忏悔。长老会为他们一一解惑、调停、引导,再送上祝福,然后他们就回去了。长老制度的反对者讨厌这种集会式的"忏悔",说这样做是对神圣仪式的冒犯,甚至是在亵渎神圣,尽管事实根本不是这样的。那些反对者把状告到了教区主管那儿,他们说,这种忏悔根本无法让人向善,甚至有把人引入罪恶和妄想的嫌疑。他们表示许多修士根本不愿意去向长老忏悔,但是不得不去,原因在于大家都会去,倘若不去,很有可能会被其他人看作骄傲自大和离经叛道。据说,有一些修士去做晚间忏悔之前会彼此私下约定:"我会说今天上午我对你发了火,你到时候帮我证明一下。"——这样纯属就是为了应付差事。

阿廖莎清楚这种情况确实存在并时有发生。他也知道,有一部分修士的确颇为气愤:因为按照惯例,即便是修士们的家书也要先送到长老手中,由长老在收信人之前拆看。诚然,按照道理来说,这一切应当是以一种自愿、真诚的方式进行——以使自身自觉反省,并能从长老那里得到指导和救助。但实际上,不真诚且流于形式的做法时有发生,敷衍造作,甚至弄虚作假。然而,那些辈分较高且经验丰富的修士们则坚持自己的观点,他们认为"对于那些怀着赤诚之心进入这堵墙、一心想通过修行获得拯救的人,服从和执行这些修身之道无疑是可以指点迷津甚至大有裨益的;相反,对于那些把规矩惯例视为负担并抱怨不止,根本不配称为修士的人来说,来到修道院是徒劳的,这种人尘缘未尽,尚属于尘世。无论在尘世还是在修道院,无论在哪里,他们都无法避开罪恶和魔鬼。既然这样,对此无须迁就纵容。"

"他非常虚弱,总是在昏睡,"佩西神父给阿廖莎画了个十字,然后压着声音对他说,"叫不醒他,不过也不需要叫醒他。有时他会自己醒过来五分钟左右,我们给修士们捎去长老的祝福吧,并请求他们为长老做夜间祷告吧。他还打算明天早上领次圣餐呢。阿廖莎,他念叨你呢,问你离开了没有。我们告诉他你在城里了。'我让他离开,是因为目前他还属于那里,不属于这里'——这就是他说的所有关于你的话。谈起你的时候,他对你的爱和关切可谓溢于言表,你可知道自己受到了多大的恩惠吗?他在生命的最后阶段,嘱咐你回到尘世中,这是为了什么?想必,他已经预见到你的命运了吧!阿列克谢,你要明白,即使你返回了尘世,也应该把这视作长老派给你的任务,不要虚度了光阴,也不要醉心于世俗的享受……"

佩西神父走了出去。长老即将离开人世这个事实,对于阿廖莎来说,是毫无疑问的,虽然说不定还能再拖一到两天。阿廖莎坚决又热诚地下定了决心,虽说他曾经允诺明天要和父亲、霍赫拉科娃、大哥、卡捷琳娜·伊万诺芙娜等人见面,但他决定明天一步都不踏出修道院,他要守在长老身边,直到他去世。爱的火焰在他的心中燃烧,他开始痛责自己,在城里时居然完全忘记了在病榻上垂死的长老,居然忘记了自己在这世上最崇敬的人。他走进长老的卧室,双膝跪地,向长老叩首。而佐西马长老只是静静地睡着,一动不动。他的呼吸均匀,而且是那么的微弱,小到几乎察觉不出来。他的面容安详。

阿廖莎回到另一个房间,就是早上接待宾客的那间,他褪掉自己的靴子,未脱衣服就躺到了又硬又窄的皮沙发上——他长期睡在这里，只枕一个枕头。至于之前父亲大喊大叫要他带回来的那个铺盖卷，早就在角落里积满了灰尘。他脱下自己的黑袍，把它当被子盖在身上。但在临睡前他双膝下跪，祈祷良久。在那满是热忱的祷告中，他不曾希望上帝为他答疑解惑，只渴求一份过去才有的快乐与温柔。他入睡前的祷告通常是对上帝的赞美和讴歌，每次做完入睡前的祷告，那份快乐与温柔便会拜访他的灵魂，把它带入虽不深沉但平静的梦乡。此刻的他正在祷告，无意间摸到了兜里那个粉红色的小信封，就是卡捷琳娜·伊万诺芙娜的女仆追上来转交给他的那信封。他分了神，但仍旧完成了祷告。一番犹豫后，他还是打开了信封。里面是一封信，署名是丽莎。来信者就是霍赫拉科娃太太那个年幼的女儿，就在今天早上，她还在长老面前嘲笑了他。她在信中写道：

阿列克谢·费尧多罗维奇：

　　我是瞒着所有人写信给您的，当然也瞒着我的母亲。我知道这么做很糟糕。但我若不告诉您我心中所想，我可能就真的活不下去了。除了你我之外，暂时来说不会有任何人知道这件事。但是我该怎么样才能告诉你我心中所想呢？有人说，纸不会脸红的，我向您保证，这话是不对的，因为这张纸和此时此刻的我一样，在脸红。亲爱的阿廖莎，我爱您，我从孩提时就爱上了您，在莫斯科时，您和现在还不一样的时候，我就爱上了您，我此生都会爱着您。我的心选择和您在一起，我愿同您一起白头偕老。当然，前提是您必须离开修道院。关于我们的年龄问题，我们可以等，一直等到法律给予我们许可。想必那时我应该康复了吧，我可以走路，可以跳舞。这一点不用多说。

您看，我什么都考虑了。只是有一点我想不到：当您读到这些话的时候，您会如何看待我？我一直爱笑，人又调皮，动不动就惹您生气。但请您相信，提笔写信之前，我曾在圣母像前祈祷，甚至，我现在也在向她祈祷，我都快要哭了。

现在，我的秘密已经被您攥在手里了，明天您来我家的时候，我该怎么样面对您啊。阿列克谢·费尧多罗维奇，如果我见到您像个傻瓜一样忍不住笑出声来，要怎么办？您一定会把我当成一个只爱捉弄别人的坏姑娘，肯定不会相信我信中说的话了。因此，我恳求您，亲爱的，如果您还对我有一点同情心的话，请您在明天来到我家时，不要直视我的双眼。因为我们视线交汇的时候，我一定会突然大笑的，尤其是看到您身上这一件长袍……一想到这一点，我就感到浑身冰冰凉凉的。因此，当您进屋的时候，请停顿一段时间再看我，请您看着我妈或者窗外……

天哪！我竟然给您写了封情书，我在做什么啊！阿廖莎，求您不要看不起我，如果我做了什么很不好的事情伤了您的心，那就请您原谅我。现在，我已经没有名誉可言了，我的秘密已经掌握在您的手中了。

今天，我肯定又会哭。再见，等待这可怕的再见。

丽莎

又及：请您无论如何一定要来，一定要来，一定！

阿廖莎惊讶地读完了这封信，一共读了两遍。他想了想，突然不由得轻轻地、甜蜜地笑了一下。可他又哆嗦了一下，他觉得自己刚才的笑是有罪的。但仅仅一眨眼的工夫，他又笑了，笑得还是那么轻、那么甜。他把信缓缓地塞回信封,画了个十字,然后躺了下来。他感觉灵魂深处的混乱感顿时烟消云散。

"主啊!求您施以怜悯,请宽恕这些人,保佑这些遭遇不幸、灵魂不安的人吧,请给他们指引正确的道路。请您为他们指点迷津,请您拯救他们的灵魂。您就是爱,愿您把欢乐赐予众人!"阿廖莎画着十字喃喃道,随后渐渐进入了梦乡。

第 二 卷

第四章 反常

第一节 修道院那里已经乱套了

凌晨,天还没亮透,阿廖莎就被唤醒了。此时佐西马长老已经醒了,只是看起来虚弱得厉害,不过他还是希望自己能下床坐在椅子上。看得出来,他神志清醒,只是面容尽显疲态,但他和眉悦目,神色开朗,眼神中满是热忱、和蔼。

"说不定我熬不过这一天了。"他对阿廖莎说,说罢,就表示要立即开始忏悔和行圣餐礼。他向佩西神父忏悔,在上述两个仪式完成以后,长老的临终圣油涂抹[1]开始。司祭们到齐了,前来的修士们把隐修室挤得满满当当。这时天完全亮了。修道院那边陆陆续续有人过来。圣油涂抹仪式结束后,长老和参与仪式的人一一吻别。由于隐修室太小,只有等前面来的人出去了,后面来的人才能挤进去。阿廖莎同往常一般站长老身旁,长老坐在靠背椅上。长老极尽所能地说着话,尽可能多赐予人们以教导。他的声音虽然微弱,但仍然坚定。

"这么多年以来,我一直为大家布道、开示,我在你们面前就这么滔滔不绝了很多年,似乎已经形成了对你们训导的习惯,虽然我现在

---

[1] 东正教的临终仪式。

很虚弱,但让我对你们沉默可要比说话还要难。我亲爱的神父们、修士们。"长老一边深情地环顾四周的人,一边如是打趣道。

后来,阿廖莎曾经回忆起当时长老所说的话——尽管他口齿清楚,语气坚定,可前言不搭后语,话语零碎得厉害。那天,他说了很多,似乎他想在死亡来临之前尽可能地把心中的一切都一股脑儿地倒出来,最后一次在众人面前畅所欲言,并不是单单为了说教,更像是他想和在场的所有人分享他心中的喜悦和热忱,在自己生命的最后一刻再次敞开心扉……

"神父们,你们要彼此相爱,"长老说(据阿廖莎之后的回忆),"你们要爱上帝的子民。我们不能因为来到此处,隐修于这高墙之内,就自以为比那些世人神圣。恰恰相反,正是因为我们来到此处,才对自己有了认识,认识到我们不如凡尘俗世中的任何人……一名修士在这高墙之中隐居得越久,就必须越深刻地意识到这一点。否则,他就白来这里修行了。只有意识到自己处处不如世人,才能明白自己处处愧对世人——应该要为所有的人负责,要为所有的事负责,要为所有世间的罪负责,不管那是世界的罪还是个人的罪。只有这样,我们这群人来到此处的目的才算达到。你们要知道,亲爱的兄弟们,你我之中的每一个人都应对这世界上所有的人和事负有不可推卸的责任。不只是因为万物皆生而负罪,更是因为这世间的每个人都应对这世上的所有人以及每个人负责任。这种觉悟不仅是修行之人的目标,也是世上所有人生活道路的终极目标。修士并不是特殊的一类人,而是这世上的其他人最终该成为的那类人。到了那时,我们的心才会被那无垠的、普遍的、满溢而出的爱所填满。也只有到那时,我们才能在爱中赢得世界,才能用眼泪洗刷尘世的一切的罪过……你们每个人都应审视自己的心,不断地向自己忏悔。不要惧怕自己的罪过,即使知道了自己的罪过也不要害怕,只需要真心悔过,但不要与上帝讨价还价。我要再次告诫你们——不要骄傲。不要在小人物面前趾高气扬,也不要在大人物面前缺失谦虚。不要憎恨和仇视那些羞辱过你、嘲讽过你、中伤过你的人。不要憎恨无神主义者、教唆怂恿者、唯物主义者——甚至不要憎恨他们中的恶者,更不要说他们其中的善人了。他们中其实不乏善人,尤其是在我们的这个时代。你们在祷告时要把他们加入你的祝福之中:'上帝,请拯救一切无人为之祈祷的人吧,上帝,请拯救一切不愿被你拯救的人吧。'不但如此,你们还要再加上一句:'上帝,我如此祈祷并非我无知自大,只因我深知自己比所有人更加低劣……'你们要爱上帝的子民,不要把羊羔送到陌生人手里,因为,只要你懒惰、自命清高,甚至骄傲,就会陷入无止的贪婪,就会有从四面八方而来的外来者掠走你的羊群。你们要孜孜不倦地为民众宣讲福音……不要受贿勒索……不要贪图财宝、不要贪婪聚敛……你们要忠诚于信仰,高高地举起信仰之旗……"

以上是依照之后阿廖莎的书面记录整理的,实际上长老原本的话要比上文表述得凌乱,有时候会中断一会儿,歇一下,像是喘不上了气,但是他情绪依旧高涨。大家十分感动地听着,虽然众人对他的话感到奇怪和费解……直到后来,大家才又回想起长老所说的这些话。当阿廖莎暂时离开隐修室的时候,看到挤在隐修室附近和门口的修士们激动地满怀期待,阿廖莎感到十分惊讶——而这种期待,在他们的脸上要么满是惶恐不安,要么满是肃穆庄重。人们都在等着,等着长老魂归天堂之际能有神迹出现。从某种角度来说,这种期待确实有些轻率,但那些老持稳重的老修士们竟也被感染了。所有人中表情最严肃的可能就是司祭佩西了。

阿廖莎暂时离开隐修室是因为一个小修士悄悄招呼了他,告诉他拉基津刚刚从城里回来,带回来一封霍赫拉科娃太太给阿廖莎的奇怪的信。信中,霍赫拉科娃太太告诉阿廖莎一个奇怪且来得恰是时候的消息——昨天来了很多拜谒长老的女信徒,其中有一位从城里来的老妇人,就是那位士官的遗孀——普罗霍罗芙娜,当时她问长老,自己可否在教堂为她的儿子超度,因为她的儿子瓦先卡因工去了西伯利亚的伊尔库茨克,她已有一年多没有儿子的任何音信了。当时长老的回答十分严厉,他明确禁止了这样的法事,还表明这种行为和邪恶的巫术无异。随后,他宽恕了她的无知,并安慰了她。"他简直就像是看到了预知未来的书一样,"霍赫拉科娃太太在信中说,"他安慰那个女人说她的儿子瓦夏①一定还活着,不久之后就会自己回来看她或者寄信过来。长老让那老妇人回家等着。您猜之后发生了什么?"霍赫拉科娃太太激动地补充道,"那预言竟真的一个接一个实现了,甚至是有过之而无不及。老妇人一到家,立马就收到一封来自西伯利亚的信。事情还不止于此,这封信是瓦先卡在回家的路上写的,寄信的地方是叶卡捷琳娜堡。他在信中告诉自己的母亲,说自己正在回家的路上,还有一位文官与他同行,在收到这封信三个星期后,'他就有希望拥抱自己的母亲了'。"霍赫拉科娃夫人坚持不懈地恳求阿廖莎立刻向院长神父和修道院的所有修士们传达这一刚刚实现的"预言奇迹":"这件事应该让每个人、每个人都知道!"在信的结尾,她激动地感叹道。那封信的字迹非常潦草,字里行间能看出她的兴奋和激动。然而,阿廖莎并不需要告诉修士们,因为大家早已知道了。因为拉基津在嘱咐小修士去找阿廖莎的时候,还指示他一定要"务必恭恭敬敬地向佩西神父禀报,这是非常重要的事情,一分钟都不敢耽误,在此,因自己碌碌无为的

---

① 瓦先卡的小名。

莽撞向佩西神父请罪。"由于小修士先去禀告佩西神父拉基津的请求，之后才去找了阿廖莎，所以在阿廖莎读完信回到了长老的隐修室后，所能做的只是把那封信作为证据递给佩西神父了。佩西神父一向严谨细致、从不轻信，可他蹙着眉读完了那篇记载了所谓奇迹预言的信之后，竟也无法克制住自己内心的激动，他的眼睛闪着光，嘴角浮现出一丝庄重而饱含热诚的微笑。

"我们真的将亲眼见证奇迹？"他不禁脱口而出。

"我们会见证奇迹的，我们会亲眼见证的！"修士们七嘴八舌地附和道。

但佩西神父在此时又蹙了蹙眉，要求大家暂时先不要把这件事传扬出去："还是需要进一步证实。因为世人总是容易轻信，何况这样的巧合也可能是自然而然发生的。"他出于谨慎补充的话看起来不过是在给自己留有余地罢了，但他自己也不相信这是巧合，这是旁边的所有人都看得一清二楚的。几乎在同一时间，"奇迹"的出现传遍了整个修道院，甚至传到了不少来修道院参拜的世人的耳朵里。其中对这一"奇迹"感到震惊的人正是那位途经这儿的外地修士——他来自极北地区鄂毕多尔斯克的一座名为圣西尔维斯特里的修道院。昨天，他在拜见了长老后，站在霍赫拉科娃太太身旁，指着那个被长老"治愈"的小姑娘，关切地问道："您是怎么做到的？"

现在，这个修士极度困惑，他甚至不知道自己该去相信什么了。就在前一天晚上，他走到养蜂场后面一间独立的修道室，拜访了修道院的费拉邦特神父。而这次会面给他留下了刻骨铭心的印象。

费拉邦特神父是一位老成持重的修士，他年纪很大，是个严守清规戒律、绝不愿多说一句话的人。前文有提过他，他反对佐西马长老，主要还是反对整个长老制度。在他眼中，长老制度不过是一种浅显无用且有害的新玩意。虽说这位反对者长期沉默，几乎和任何人都不说话，但他还是非常危险的，原因主要在于，有不少修士同情他，而那些前来朝圣的人中也有不少人把他尊为圣贤和伟大的苦修者，尽管众人把他看作一个疯子，但疯癫恰恰就是他令人着迷之处①。费拉邦特神父从不去拜见长老。虽说他也住在这狭窄的隐修所内，但这里的条条框框根本约束不了他，因为他的行事方式着实疯狂。他约莫七十五岁，独自住在养蜂场后面的墙角旮旯处，那儿有一栋老旧的、几乎要塌了的小木屋，是上个世纪修建给约拿神父居住的，他也是一位严守戒律清规且几乎不与人言语的圣人，此人活了一百零五岁。直到如今，在修道院及其附近，他的无量功德还时常流传，其中不乏一些奇闻逸事。

费拉邦特神父差不多七年前来到此处，设法住进这间与世隔绝的隐修所中。虽说是隐修所，其实不过是一间木屋，但看起来有些像礼拜堂，因为屋子内供奉着不少捐赠的大小神像，神像的面前点着同为捐赠的长明灯。似乎就是为了照管神像和保持灯火，费拉邦特神父才住进了这里。据说（事实也是如此），他三天只需要二俄磅面包。每隔三天，附近蜂房的养蜂人会给他送来面包，即便对给自己送饭的养蜂人，费拉邦特神父也很少开口说话。礼拜日弥撒结束后院长会安排人送来圣饼和四磅面包，这些加起来就是这位疯神父一个星期的口粮。而他水罐里的水，每天都有人给他更换。他很少出席弥撒仪式。来访的信徒常常能看到他跪在地上，目不斜视，一祈祷就是一天。即便偶尔与来访者交谈，他也不过是说些只言片语，话语里给人生涩、怪异甚至粗鲁的感觉。不过，在极少数情况下，他也能和来访者聊起来，

---

① 俄国部分的东正教区有圣愚崇拜的文化，即对外表看起来疯疯癫癫、破落的人（特别是修行者）有一种神秘主义的崇拜，认为越是有圣德的人，其外表越癫狂、潦倒。

但大部分情况下,他只对来访者们重复念叨着一句费解的话,令来访者一头雾水,不论他们如何请求,他从不解释。费拉邦特神父没有任何正式的神职头衔,只是一个普通的修士。然而,一些异常奇怪的流言在那些最无知的人群中传播开来,说费拉邦特神父能直接与天上的神灵交流,因此他只和神灵交流,不与凡人交谈。那位从鄂毕多尔斯克远道而来的修士在养蜂人的引导下前往费拉邦特那里,这位养蜂人也是一个修士,同样的沉默寡言、阴郁孤僻。他事先告知来者:"也许他会同你这样的一个外地人说话,也许他根本不会同你说话。"据那位远道而来的修士的事后回忆,他往那间隐修所走时,整个人害怕极了。当时夜已深了,那会儿费拉邦特神父正一个人坐在隐修室门口的一条矮凳上。微凉的晚风拂过一棵笔直的榆树,树叶沙沙作响。从鄂毕多尔斯克来的修士走到费拉邦特神父身边,跪在地上,请求他赐福。

"怎么,修士,你是打算让我和你一起跪在地面上互相叩首吗?"费拉邦特神父说,"快起来!"

修士站起了身。

"愿上帝赐福于你!你在旁边坐下吧,你是从哪里来的?"

最让那可怜的修士感到惊讶的是,这位年逾古稀的费拉邦特神父,尽管每日恪守清规、艰苦修行,但看上去身体强壮、孔武有力,他的腰杆挺得很直,毫无佝偻的迹象;身形清瘦,硬朗干练,毫无半点恹恹病容。毫无疑问,此人还保持着不错的精力和类似力士的体格。尽管他年事已高,但他的两鬓尚未斑白,原本乌黑的发须依旧十分浓密。他那双灰色大眼炯炯有神,只是凸了出来,有点吓人。他讲话时口音很重。他身披一件赭石色的长外套,是用那种庄稼汉们口中所谓的囚服粗呢料做的,腰间系了一条粗绳,脖子和胸脯袒露出来。他的长外套里是一件极厚的麻布衬衣,看起来好几个月没有洗,脏到乌黑。据说，在他的外套和衬衣下面，有一条近三十俄磅重的铁链。他没穿袜子，光脚穿着的那双鞋破到快散架了。

"我是从鄂毕多尔斯克一座小修道院来的，我的修道院名叫圣西尔维斯特里。"远道而来的修士毕恭毕敬回答着，同时用他那双小小的眼睛伶俐而好奇（还有些惊慌）地上下打量着这位隐士。

"我去过你说的圣西尔维斯特里。在那儿待过一段时间。西尔维斯特身体好吗？"

远方来的修士有些不明所以。

"你们都是稀里糊涂的！你们那里是怎么吃斋的？"

"我们那里是按照古代修道院流传下来的规矩安排斋饭的：在四旬斋①期的时候，每逢周一、周三、周五，伙房不开火；周二、周四修士们会吃些白面包、蜂蜜果干、野桑葚、腌白菜和燕麦片。周六的时候，我们会吃白菜汤、豌豆面条、果酱拌粥，都是放了黄油的。礼拜日，是菜汤、小鱼干和面糊糊。复活节前的一周，从周一到周六，整整六天只能进食面包和清水，当然，因为要抑制食欲，这些食物并不是天天都吃，四旬斋的第一周也是这么吃。到了圣星期五②那天，我们就什么都不吃了。在接下来的周六，到了下午三点之后大家才能吃一点面包，喝一点水，每人一小杯葡萄酒。在圣星期四③，我们会吃水煮菜，不加黄油那种，喝一点酒，或者只吃一些干粮。因为洛奥狄西亚普世宗教会议④关于圣星期四是有明文规定的：'绝不可在四旬斋最后

---

① 即大斋期，是基督教传统节日，从复活节前的第七周开始。
② 因为耶稣是在星期五被钉在十字架上的，这一天也被称为耶稣受难日。
③ 为纪念耶稣建立圣体圣血之圣餐礼的节日，时间为复活节前的星期四，是基督教纪念最后晚餐的节日。
④ 因为该会议最开始在小亚细亚的洛奥狄西亚（公元4世纪，该地属于罗马帝国）举行。

239

一周的周四斋戒不严,此举将玷污斋期全程。'这就是我们那边吃斋的情况。不过和您比起来,伟大的神父,"修士停顿一下,稍微壮了下胆继续说道,"因为您一年到头只吃面包和水,甚至复活节也不开斋,我们两天就能吃完的面包够您吃整整一个星期。您能做到如此严格斋戒,真是让人震惊和佩服。"

"那蘑菇呢?"费拉邦特神父突然问道,他一口乡音而且发音不清。

"蘑菇?"从远方来的修士莫名其妙地问道。

"是啊!他们的面包,我可以完全不需要。林子里有蘑菇和果子,我可以以它们为食。但是他们这里离不开面包,事实证明他们被魔鬼捆绑住了。现在,居然有浑蛋说斋戒不是必须的。完全不把教规放在眼里,简直是歪理邪说。"

"啊,确实。"修士叹了口气。

"你见过他们身边的魔鬼吗?"费拉邦特神父问道。

"谁身边?"修士怯生生地问。

"去年,三一主日[①],我去见院长,从那以后我再没去过。我看见,魔鬼就坐在一个修士的胸前,身子藏在修士袍下面,我看到它露出了头上的犄角;还有一个魔鬼躲在修士的口袋兜里向外看,目光闪烁,它怕我;另一个魔鬼藏在修士的肚子里,最脏的地方就是那里;还有一个魔鬼还挂在修士的脖子上,抓得紧紧的,怎么都甩不掉,可他自己看不见。"

"您……看得见?"修士问。

"我跟你说,我看得见,而且看得清清楚楚。从院长神父那里出

---

① 即圣三主日,基督教传统节日,歌颂圣父、圣子、圣灵三位一体的节日。

来，我看到一个魔鬼为了避开我，躲在门后，它可大了，一俄尺①半高，说不定还不止，大尾巴很粗，灰褐色的，很长，尾巴刚好扣进门缝里。我不傻，我使劲一关门，夹住了它尾巴。它尖叫着，拼命地挣扎。我冲着它画了三次十字，它就像一只被踩扁了的蜘蛛，当场丧命。现在，估计已经在角落里烂掉了，可是他们看不见，也闻不到。我一年没去那里了。只因为你是外人，我才告诉你。"

"您说得简直太可怕了！至高至圣的神父，"修士说话越来越有底气了，"倒是有件事，我得向您请教，您早已声名远扬，他们说您和神灵能直接交流，这是真的吗？"

"神灵会飞来。时常。"

"怎么飞来的？以哪种方式飞来？"

"像鸟一样飞。"

"鸽子形式的显灵？"

"有神灵，也有圣灵。圣灵就与众不同了，它能化作别的鸟儿，可以是燕子，可以是丝金雀，也可以是山雀。"

"那您是怎么知道那是山雀还是圣灵的化身呢？"

"通过说话。"

"怎么，它会说话？说的是什么话？"

"人话。"

"它对您说了什么？"

"它们今天说，有个傻瓜会来见我，并喋喋不休地问个不停。你要问的事情太多了，修士。"

"您说得简直太可怕了，至高至圣的神父。"他摇摇头说道。不过，

---
① 1俄尺=0.71米。

他惊恐的眼神中也流露出几分怀疑。

"你看到面前这棵树了吗?"费拉邦特神父停顿了片刻后道。

"我看到了,我高贵的神父。"

"你看到的是榆树,而我看到的却是另一番景象。"

"什么样的景象?"修士等了片刻,见他没有解释的意思,只得问道。

"夜里才有的景象。看到那两根树枝了吗?晚上,它们就是基督向我伸出的两条胳膊,上帝在伸手找我,我能清楚地看到。我浑身发抖。可怕,真是太可怕了!"

"若是基督显灵,那又有什么可怕的?"

"也许他会抓住我,带我飞走。"

"活着抓走?"

"就像以利亚①的灵魂一样,难道你没听说过吗?他会抓住我飞走……"

谈话结束了。那位远道而来的修士被人带去那间被人提前安排好的修道室里,与另一名修士同住。即使他的心里满是困惑,但他那颗心毫无疑问地站在了费拉邦特神父一边,而不是长老佐西马一边。首先,这位修士是拥护斋戒的,由此说来,一直严守戒律清规的费拉邦特神父能够看到"神迹显现"想必也是在情理之中的,不应该看作怪事。当然了,费拉邦特神父说的话,确实有些荒诞,但上帝知道他话里的意思,比这更荒诞的对话、事件也时常在那些敬畏上帝的疯教徒中发生。至于用门夹住魔鬼尾巴的故事,远道而来的修士倒是乐意相

---

① 以利亚是《圣经》中的重要先知。《路加福音》第一章第十七节:"施洗约翰说:'他必有以利亚的心志能力,行在主面前,叫为父的心转向儿女,叫悖逆的人转从义人的智慧。'"

信,不仅仅把这当成一个寓言,就是当作真实发生的故事,他也心甘情愿地相信。此外,他在来到修道院之前,就已经对长老制度心存芥蒂了,实话实说,他对长老制度的认知也不过是道听途说,无非是跟着别人屁股后面人云亦云地认为长老制度是有害的创新玩意。在修道院里待了一天,他觉察到院内的修士里不乏对长老制度满腹牢骚者。而且,就其本性来说,他就是个爱管闲事的修士。什么消息他都打听,什么事情他都要注意。所以,佐西马长老创造出"新奇迹"这件事,使他心神不定,陷入困惑。

后来,阿廖莎回忆起那天,修士们成群结队地挤在长老的隐修室外,其中也包括这位来自远方的修士。他在阿廖莎面前出现了不止一次,因为他总是在人群中来回穿梭,竖着耳朵听所有人的对话,一有机会就抓住别人问个不停。不过当时,阿廖莎的注意力并不在他身上,这些都是事后才记起来的……他当时无暇留意这些,因为佐西马长老又感到疲乏,需要躺回床上,就在他快闭上眼睛时,忽然想起了阿廖莎,急忙叫人去唤他。阿廖莎匆忙地跑了过来。那个时候,长老身边只有佩西神父、约西甫神父和那个见习修士波尔菲里。长老睁开疲惫的双眼,凝视阿廖莎,突然问道:"家里有人在等你吗,孩子?"

阿廖莎一时回答不上来。

"他们现在需要你吗?你昨天有没有答应别人今天会到场?"

"我答应了……父亲、我哥哥,还有其他人……"

"瞧,你一定得去。不要因为我而伤心,我离开这世间的最后一句话一定是留给你的。只留给你,我亲爱的孩子,因为你爱我。而现在,你去吧,你答应了谁,你就去找谁。"

阿廖莎虽然内心难过,不忍离去,但还是从命,因为长老许诺,一定会把他在人世间的最后的一句话留给自己,那是长老的临终遗言,一阵不可言说的情感在他心中翻江倒海,他既震惊又欢喜。他决定赶紧处理完城里的事情赶回来。正好此时佩西神父也对他说了几句临别叮嘱,而这些话给他留下了不同寻常的深刻印象。这些话发生在两人走出长老的隐修室后。

"请记住,年轻人,请牢记,"佩西神父没有任何铺垫,开门见山地说,"俗世的科学现在已经是一股不可小觑的力量了,特别是这一个世纪以来,在俗世科学家残忍的分析解构下,《圣经》中属于天国的一切、过往那些神圣的一切都被瓦解,已经分崩离析了。但是,他们盲目解构的只局限于那些零散的局部片段中,却把整体忽略了,这真令人吃惊。事实上,整体岿然不动,就在他们眼前,就连通往阴间的大门都不能胜过它[①]。毕竟它不是已经存在了十几个世纪,不是至今仍存在于个别人和普罗大众的心中吗?甚至就在那些嚷嚷着要捣毁一切的无神论者的心中,这个整体也如同以往,岿然不动!因为那些背叛基督、反对基督的人,他们实质上依旧遵循着基督的思想,无论是他们的才智还是他们的激情,都创造不出另一个比基督更伟大的形象来。即便他们做过尝试,也只是拼凑出了一些丑陋的畸形品。这一点,你要特别牢记,年轻人,因为你要遵循即将辞世的长老的指派,走进尘世。将来要是有一天,你能回想起这个伟大的日子,就不会忘记我发自内心的赠言。因为,你还太年轻,这世界上有太多诱惑,你还无力抵抗。去吧,孤零零的孩子。"

说罢,佩西神父给他画了个十字,赐福与他。阿廖莎走出了修道院,一边走,一边品味着刚才那段出人意料的话,忽地恍然大悟,在

[①] 出自《马太福音》第十六章第十八节:耶稣对彼得说:"我要把我的教会建造在这磐石上;阴间的大门不能胜过它。""大门"意为"权柄"。

这位迄今为止对他一直严厉的神父身上，阿廖莎看到了一个新朋友和厚爱自己的良师的影子，仿佛佐西马长老临终之际将他托付给了他。"也许他俩之间早就约定好了。"阿廖莎突然想到。他没有料到佩西神父会跟他说这么深奥、中肯的见解，恰恰是这样一种见解，而非别的什么，足以证明佩西神父的诚挚和热心——他已经迫不及待地开始武装这位年轻人的思想，在年轻人的心中构建起最最坚固的堡垒，以便他在与世俗诱惑的战斗中能好好保护自己。

第二节　在父亲身边

阿廖莎先去了父亲那里。快到的时候，他突然想到，昨天父亲特意叮嘱过他，要他偷偷进来，别让伊万瞧见。阿廖莎的心中不免有些纳闷，"究竟是为了什么呢？就算是父亲有什么话想要悄悄对我说，也没必要让我偷偷溜进去呀？想必是昨天他受的刺激太多了，本打算对我说些什么的，但没来得及。"他如此认为。

给他开门的人是玛尔法·伊格纳季耶夫娜（格里高利病了，正躺在侧屋）。阿廖莎问她伊万在哪儿，从她口里得知伊万已经出去两个小时了。

"那我父亲呢？"

"起床了，喝咖啡呢。"玛尔法干净利落地答道。

阿廖莎走进去，看见老头子正一个人坐在桌子旁边，身披一件旧外套，趿着一只拖鞋，漫不经心地翻着账单打发时间。屋内只有他一个人在（斯乜尔加科夫去采购做午餐的食材了）。看得出来，他心不在焉。虽说他一大早就起了床，强打着让自己精神一点，但他的气色还是显得他有些疲惫和虚弱。他的脑门上一夜之间肿起了一大块紫色的瘀青，上面包了一条红手帕；鼻子同样也肿得厉害，上面满是瘀血的斑点，虽然并不是什么大伤，但让他那张本就可憎的脸平添了几分凶狠和恼怒。这一点想必老头子自己心里也清楚，所以阿廖莎进门的时候，他有些敌对地瞪了自己的小儿子一眼。

"咖啡冷了，"他大声说，"我就不请你喝了。小伙子，我自己今天也只有一道清淡的鱼汤，我没打算请任何人来吃饭。你来这里干啥？"

"我来看看您身体怎么样了。"阿廖莎答道。

"对哦。昨天是我让你今天来的！嘻，没什么大不了的。让你担心了。其实，我就知道，你恨不得马上过来……"

他说话的语气很不愉快。他站起身来，焦虑地瞅向镜子中自己那受伤的鼻子（他今天已经看了不下四十次了），随后开始整理自己脑袋上的红色手帕，为了看起来美观一点。

"还是红的更好，白的看起来就跟医院里的病号似的。"他像念格言似的慨叹道，"你那儿有什么情况？你的那个长老怎么样了？"

"他的情况很不好，说不定今晚就会离世。"阿廖莎说罢就意识到，父亲根本没在听自己的回答，连问的问题都顷刻就忘了。

"伊万走了，"老头子忽然说，"他想尽一切办法就是为了夺走米佳的未婚妻，这就是他住在这里的原因。"他语气凶恶地说了这句话，然后撇了撇嘴，望向阿廖莎。

"难道这是他亲口对您说的？"阿廖莎问。

"是的啊。他早就告诉我了，信不信由你：这种话他都念叨三个星期了。你说，他来到这里是不是也想偷偷把我给杀了？要不，他来这里是为了什么呢？"

"您怎么啦？您怎么能说这种话呢？"阿廖莎感到紧张又不解。

"确实，这孩子不伸手向我要钱，话说回来，就算他要了我也不可能给的。我最亲爱的阿列克谢·费尧多罗维奇，我可打算在这个世界上尽可能活得长些呢，你知道的吧，对我来说，一分一厘都是必要的。我活得越长，我需要的钱就越多。"他说着把手插进宽松的外套衣兜里，那是一件满是油污的黄色亚麻大衣，他从屋子的一个角落踱步到另一个角落。他继续道："我现在正值壮年，我才五十五岁，我还想再折腾上二十年。要知道，我再老一些的话，模样就越来越丑啦，她们就不会自愿来我这儿了，到那时候我就得花钱了。所以，我现在得未雨绸缪，为了自己，钱攒得越多越好。我亲爱的儿子阿列克谢·费尧多罗维奇，您应该知道，我想一直放荡下去，您应该知道，必须知道。这种放荡的生活才是更有滋味的生活。人人都批判放荡，可人人都是登徒浪子，只不过他们偷偷摸摸，而我正大光明。就是因为我是表里如一，所有那些虚伪小人都责骂我、攻击我。我可不打算上你那里的天堂，阿列克谢·费尧多罗维奇。这一点我得让你知道，再说了，一个体面的人也不需要你的天堂，就算真的有天堂。我认为人死了，就等于睡着了，再也不可能醒了，也就啥都没有了。你们愿意的话就给我祈祷，不愿意就拉倒吧。这就是我的哲学。昨天伊万在这里说得好，尽管我们两个都喝得不省人事了。别听伊万吹牛一套又一套的，他其实没啥真才实学呢……也没受过啥特殊的教育。他是个闷葫芦，就会暗中观察别人然后偷笑，除此之外屁都不会。"

阿廖莎一言不发地倾听着。

"为啥那人不怎么和我说话？就算是偶尔和我说话也是端着个臭架子——那个伊万真不是个东西！只要我愿意，我马上就能把格露莘卡娶进家门。因为我有钱，阿列克谢·费尧多罗维奇，有钱能使鬼推磨。伊万就是怕这一点。他老是盯着我，就是怕我结婚！所以他才撺掇米佳，让他去娶格露莘卡。这一招可谓是一石二鸟，一方面他能断了我和格露莘卡的感情(说的好像我不和格露莘卡结婚就会把钱留给他似的),另一方面还能顺手牵走米佳的千金未婚妻。如意算盘打得多好啊!伊万这个卑鄙无耻的东西!"

"您火气太大了。这是昨天事情的后遗症吧,您还是回床上躺会儿吧。"阿廖莎劝道。

"这话是你说的,",老头子突然说道,给人的感觉就像他刚刚才意识到这一点,"是你说的,我不生你的气。要是伊万这么说的话,我不冲他发火才怪呢。只有和你在一起的时候,我才会心平气和,我生性暴躁。"

"您并不是生性如此,只是心情被搅得烦躁……"阿廖莎面带笑容地说。

"听好了,我今天本想着把那个无法无天的强盗米佳扔进监狱里。只是我还没拿定主意。当然了,时代变了,这个新时代就流行把爹妈当成老顽固看待。可是,不论哪国法律,不论什么时代,都不允许谁揪住他亲爹的头发拖来拖去,用皮鞋脚后跟踹他亲爹的脑袋,甚至冲着亲爹大喊'我要揍死你'之类的话,是不?我说的可是事实,目击证人多了去了。只要我愿意,我可以把他整得像一只卷起来的虾米,立刻让他吃官司。"

"您不会是想告他吧?"

"伊万劝我别这么干。他的话我才懒得听呢。问题在于,我知道有这么个情况……"

他凑到阿廖莎耳边,仿佛天机不可泄露似的耳语道:"我要是把那王八羔子扔进大牢,被她知道了,她肯定会着急忙慌地去探监。可是,要是这娘们儿听说那小子差点儿把我这个可怜的老头打死,说不定她会抛弃那小子,投奔到我怀里……这就是那娘们儿的脾气,她就喜欢跟你反着干。我可是把她从头到脚都看透了。怎么样,你要不要喝点白兰地?半热不热的咖啡再配上小半杯白兰地,好喝到家了啊。小兄弟,尝一尝嘛!"

"不,不用了,谢谢。您要是愿意,我就把这小块面包拿走好了。"阿廖莎一边说着,一边把桌上一块不过三个戈比的面包揣进衣兜,抬头望着老头子的脸,担心地嘱咐道,"您也少喝点白兰地吧。"

"你说得对啊!这玩意儿只能刺激人,不能安抚人。但是,我还是得来一杯,就一小杯……我去小柜子那里打上一杯……"

他用钥匙把他说的那个小柜子打开,倒了一小杯酒,一饮而尽,接着锁上柜门,又把钥匙放进衣兜。

"喝一小杯就够啦,死不了。"

"现在您心情好点了?"

"嗯!就算是没有白兰地,我也是爱你的。但和浑蛋打交道,我也只能当个浑蛋。万卡①不去切尔马什尼亚,你知道为什么吗?因为他想当个密探,他想知道:若是格露莘卡来,我会不会给她很多钱。他们都是浑蛋!我才不认伊万这样的人做儿子,他是从哪儿蹦出来的?他完全不像咱们家的人,好像我能给他留下什么似的!这一点你得知道,我连遗嘱都不会留下的!至于米佳,我要像踩蟑螂那样,把他踩死!跟你说,我经常半夜趿拉着拖鞋收拾蟑螂,见到一个踩死一个,声音清脆。你的米佳到时候也一样会被清脆地踩死!我说'你的米佳',是因为你爱他。没错,你爱他,但是我不怕你爱他。要是伊万也爱他,我可就得小心点了。好在伊万这人谁都不爱,他和咱们不是一路人,我的小兄弟啊,伊万跟咱们不一样,他不过是乘风而起的尘土,风过

---

① 伊万的爱称。

了也就消停了。昨天我特意让你今天来，是因为当时我脑子里突然灵光一现，可现在想来这是个愚蠢的想法——当时我想通过你了解米佳的态度，如果，我给这个穷鬼王八蛋施舍个一两千的卢布，他是不是就会立马消失，最好消失三十五年，不让他带走格露莘卡，完全断了和她的念想。你说他会不会同意啊？"

"啊！我……我得去问他，"阿廖莎小声喃喃道，"要是能给他三千卢布，说不定……"

"胡说八道！别问了，啥也别问了现在！我改主意了！当时我就是脑子里突然冒出这个愚蠢的想法而已。我啥都不给，一个子儿都不给，我自己的钱我自己还得用呢。"老头子摆了摆手，"反正我要像踩死蟑螂那样把他踩死。你啥都别和他说，别让他心存幻想。这儿没你什么事了，你走吧。他那个未婚妻的事，他一直在隐瞒我，就是那个叫卡捷琳娜·伊万诺芙娜的未婚妻，她会不会嫁给他呢？你昨天去找她了吧，是吧？"

"无论如何，她都不会抛下米佳不管的。"

"这些娇生惯养的温柔小姐们，就喜欢那种花天酒地的臭浑蛋！我告诉你，这些肤白貌美的小姐们都是贱骨头，如果……哎！如果我现在和他年纪相仿，有我当年那张出名的俊脸（我二十八岁时候可比他帅气多了），我一定也能像他一样手到擒来。王八羔子。反正他别想把格露莘卡弄到手，想都别想……看我不把他踩成一摊烂泥！"

话快说完时，老头子火气又起来了。

"快走吧！我这里没你什么事了。"老头子恶狠狠地说道。

阿廖莎上前同他道别，亲吻了一下他的肩膀。

"你在做什么呢？"老头子有些奇怪，"我们不是还要见面的吗？难道你是觉得我们再也不会见面了吗？"

"完全没有这个意思,我是无意识的。"

"啊……没事,我也没什么意思,"老头看着他说,"那个,听着,"他冲着阿廖莎的背影吼道,"你回家勤点啊,下次来家里喝鱼汤,是那种特别做的,不是今天熬的这种!一定要来,明天就来,听到了吧,明天过来!"

这时候,阿廖莎已经出了门,老头子溜达到小柜子旁边,又喝了小半杯。

"不能再喝了!"他清了清嗓子,一边小声嘟囔,一边锁上了柜子门。然后把钥匙放进口袋,转头走进卧室,疲倦地躺在床上,没一会儿就睡着了。

第三节　遇上一群小学生

"感谢上帝,他没有问起我格露莘卡的事情,"阿廖莎从父亲那里出来,一边往霍赫拉科娃太太家走去,一边想着,"不然,我就得把昨天遇到格露莘卡的事情告诉他了。"阿廖莎痛苦地感觉到,一晚过去,争执不下的双方不但没泄气,反而愈演愈烈了,随着新一天的到来,他们的心肠都变得更硬了。"父亲非常生气,恼羞成怒。他肯定想出了什么办法,要大动干戈。那德米特里呢?一晚上过去了,他应该也同样生气和恼火,当然也可能计划好了下一步……哎,我今天不管怎样都得想办法找到他……"

但阿廖莎没想多久就被突如其来的事情打断了,那是一件看似不重要却让他十分震惊的事情。他刚刚穿过广场,走进一条小巷,打算从那儿走到与城市主街平行且仅隔一条小河的米哈伊洛夫街——我们的小城到处都是河沟——不料看到桥下有一群九岁到十二岁的小学生。他们刚刚放学,走在回家的路上,有的背着书包,有的挎着皮兜,有的穿着短外套,有的穿着长大衣,还有的穿着有花边的小皮靴——这是那些有钱人家的孩子特别喜欢穿着炫耀的一类靴子。这群小孩子们正热烈地讨论着什么,看得出来是在商量什么事情。对待孩子们,阿廖莎从来不会冷漠地从他们身边走过,在莫斯科的时候,他就是这样。虽说他最喜欢的是三岁左右的小孩子,但是十来岁的孩子他也很喜欢。因此,尽管他此刻心事重重,但也想拐过身去,和这些孩子们谈谈。走近之后,他看着这些面色红润的活泼面孔,突然注意到他们一个个手中都紧握着石头,有的孩子甚至拿了两块。小河的对面,差不多三十步开外的地方,有个男孩子站在栅栏的旁边。他也挎着书包,同样是个小学生,从身高来看,这孩子应该不满十岁,他面色苍白,病恹恹的,但一双黑眼睛闪闪发亮。阿廖莎回过头来充满好奇地仔细观察,眼前的这六个小学生,显然都是他的同学,他们应该刚刚从学校出来不久,但是不知为何两方互相敌对。阿廖莎走近他们,打量着一个穿着黑色外套的小男孩,他面色红润,有一头金色的卷发。阿廖莎对他说:"我和你们一样挎这种书包的时候,我会把它放到我身子左边,这样就能方便我用右手去够它,可你把它放在右边,你拿东西的时候就没有那么方便了。"

阿廖莎并没有任何套路,只是直接从提出具体建议开始。话说回来,如果一个成年人想博得孩子们——尤其是一大群孩子——的信任,最好的办法就是这样开始。认真而务实的方式只能基于地位完全对等的交流。阿廖莎懂得这个道理,这是他的本能。

"可他是左撇子。"有一个外表健壮,看起来差不多十一岁的男孩子立刻抢答道。与此同时,其余的五双小眼睛也都盯着阿廖莎。

"他扔石头的时候用的也是左手。"另一个男孩子说道。就在这个时候，一块石头冲着孩子们飞了过来，擦着那个左撇子孩子的身边飞了过去，石头的走线很准，被掷出得很用力。这块石头是河对面那个孩子扔过来的。

"砸死他，对准他，斯穆罗夫！"孩子们七嘴八舌地喊着。可不待孩子们催促，斯穆罗夫（就是那个左撇子孩子）便已经开始还手了，他把石头扔向那个河边的小男孩，只是没有砸中，石头砸在了地上。小河对面的男孩也没有停手，也朝河这边的孩子们扔过来一块石头。这一次石头不偏不倚地砸中了阿廖莎的肩膀，砸得他生疼。河对面的男孩子似乎提前在兜里装满了事先准备好的小石头。哪怕从三十步开外，也能看到他那装满了小石头、鼓鼓囊囊的口袋。

"他在砸您，砸的是您，是您。您不是卡拉马佐夫家的吗？您是姓卡拉马佐夫吧？"孩子们一边笑，一边嚷着，"来啊，我们连成一排砸他！"

说着话，六块小石头齐刷刷地飞向河对面的男孩子，其中一块正好击中了那个孩子的头，他一个趔趄跌倒了。不过他立马翻身站起，拼了命似的用石头回敬这些小学生。双方就这么对战起来。当然，河这边的六人小组里不少人提前在衣兜里备好了石子。

"你们在做什么？你们不害臊吗？六个人打一个，你们会把他砸死的！"阿廖莎一边着急地叫唤，一边迎着飞过来的石子冲上前去，用自己的身体挡住河对面的孩子。因此，三四个小学生先停下了手。

"是他先动手的！"一个穿红衫的孩子恼怒地说道，"他是个大坏蛋！前段时间，他在教室里用削笔刀捅了克拉索特金，都流血了。可克拉索特金不愿意告老师。这个坏蛋该被揍……"

"他为什么这样呢？是你们去惹他了吗？"

"您看啊！他在背后砸您呢！他认识您，"孩子们七嘴八舌地叫嚷道,"他现在是冲您扔石子,不是冲我们。来啊,我们一起扔,瞄准点,别让他躲开了,斯穆罗夫!"

小河两畔战火重燃,这一次双方的对抗异常猛烈。河对面的孩子被石头击中了胸脯,"哇"的一声哭着朝斜坡上的米哈伊洛夫大街跑去。河这边的孩子们发出一阵欢呼:"哈哈!树皮擦①被我们打跑啦!"

"您可能不知道,卡拉马佐夫,他坏透了,把他杀了都算便宜他了。"一个穿皮外套、看起来年龄大一点的男孩解释道,他的两眼冒着火光。

"他干什么坏事了?"阿廖莎问道,"喜欢告状?"

孩子们一边坏笑,一边彼此使了个眼色。

"您也在朝米哈伊洛夫大街那边走吗?"刚才那个男孩子继续说道,"您肯定能赶上他吧……您看,他在那儿看您呢。"

"他看您呢,他看您呢!"其他孩子七嘴八舌地附和道。

"您就问他喜不喜欢用分了叉的搓澡擦。您听到了嘛,您就这么问他。"

孩子们哈哈大笑起来。阿廖莎瞅着他们,他们也瞅着阿廖莎。

"您还是别去,他会打您的。"斯穆罗夫大声告诫道。

"各位,先听我说,我不会问他什么搓澡擦之类的问题,怕是你们想用这话招惹人家吧。但是,我会向他打听,你们为什么这么讨厌他……"

"那您就去吧!去问他吧!"孩子们笑着答道。

阿廖莎走过小桥,顺着栅栏斜坡而上,走向那个被排挤的小男孩。此时,他身后的孩子们警告道:"您可小心!他不怕您的!小心他背后

---

① 俄国民间用椴树皮的纤维做搓澡巾使用。

捅刀子……就像对待克拉索特金那样！"

那个男孩子正站在原地等他。阿廖莎走到他跟前，这才看清，他是一个顶多九岁的孩子，又矮又弱，消瘦的脸上苍白到不见半点血色，一双炯炯有神的黑眼睛里满是愤怒。孩子身上的大衣看起来穿很久了，不太合身，更谈不上好看。两只手腕从袖口里露了出来，裤子右膝盖处打了一块大补丁；右脚靴子上漏了一个大洞，甚至能看到他的大脚趾，看得出他往上面涂了不少墨水。他的两边衣兜里装得鼓鼓的，想必是石头。阿廖莎走到距离他两步来远的地方，充满疑惑地注视着他。孩子也从阿廖莎的表情中看出了他不会动粗，索性放下了战斗的姿态，主动开口说话。

"我一个，他们六个……我能把他们六个全部打退。"他眼睛里闪着光，话说得很突然。

"有一块石头砸中了你，一定很痛吧。"阿廖莎说道。

"可我砸中了斯穆罗夫的脑袋！"孩子大声反驳。

"那边的孩子告诉我，说你认识我，说你故意扔石头，是真的吗？"阿廖莎问道。

孩子冷冷地望着他。

"我不认识你，你认识我吗？"阿廖莎试问。

"别来烦我！"孩子突然发起了火，不过他仍然站在原地，似乎在等待着什么，眼中也泛起了凶光。

"好吧，我走，"阿廖莎说，"我不想认识你，也不想招惹你。他们告诉我别人是怎么取笑你的，但是我不想。再会！"

"穿黑绸裤子的修士！"那孩子这么喊了一句，依旧用充满恶意和挑衅的目光目送阿廖莎的离开，顺便摆好了架势，因为他料定阿廖莎一定会转过头来冲向他，但阿廖莎头都没回，径直往前去了。不过，阿廖莎万万没想到，自己还没走出三步就忽地感到后背一阵剧痛——那孩子将他兜里最大的一块石头扔向了他。

"你竟然从背后下手？他们还真是没有冤枉你，你为什么喜欢偷袭别人？"阿廖莎一边说着一边转身，不料男孩子朝他的面门扔来一块石头。好在阿廖莎手疾眼快，连忙用胳膊一挡，石头击中了他的臂肘。

"你怎么没有羞耻感！我可没对你做什么！"阿廖莎冲着孩子吼道。

男孩继续摆出一副战斗的姿态，一言不发地等着阿廖莎冲过来找他算账。可左等右等，并不见阿廖莎上前揍他，于是他像一头被彻底激怒的小野兽，纵身一跃，扑向了阿廖莎。阿廖莎还没来得及躲闪，这头凶狠的小野兽就已经用两只手紧紧抓住了阿廖莎的左手，掰开他的指头，对准他的中指狠狠地咬了一口。阿廖莎感觉他的牙齿似乎已经嵌入了自己的骨头之中，接下来的整整十秒，阿廖莎疼得一边叫喊，一边拼命地把自己的手指从孩子的嘴巴里往外抽。孩子总算松了口，跳回到原来的地方。阿廖莎感到一阵钻心的疼，在靠近指甲的地方，伤口深可见骨，鲜血也流个不停。他掏出一块手帕，把它紧紧缠在受了伤的指头上，差不多包了一分钟才包好。而这段时间里，男孩始终站在那里等着阿廖莎。阿廖莎包好后，抬起头，用平静的目光注视着那个男孩。

"行了，"阿廖莎说，"你看，你把我咬得多疼。行吧，你告诉我，我到底对你做了什么了，你要这样对我？"

男孩子惊讶地抬起了头。

"我压根不认识你，也是第一次见到你，"阿廖莎心平气和地继续道，"我不可能对你做过什么，但无冤无仇，你也不会这样对待我的，对吧？所以，我究竟干了什么，我有什么对不起你的地方，你能告诉我吗？"

男孩没有回答，反而突然号啕大哭起来，然后一个闪身从阿廖莎面前跑了。阿廖莎跟在他后面大步朝米哈伊洛夫大街走去，很长一段时间，他看着和他保持了一段距离的前行的男孩，男孩没有放慢脚步，也没有回头，应该还在痛哭流涕。阿廖莎在心里说，有空一定要找到这个男孩问个究竟，弄清这个让他十分惊讶的谜题。但眼下，他实在没有时间。

第四节　在霍赫拉科娃太太家

很快，阿廖莎就来到了霍赫拉科娃太太的家门口，她家是一栋很漂亮的二层小砖楼，在本城可以称得上数一数二了。虽说这位地主太太大部分时候都住在她有田产的另一个省里，或者住在莫斯科，她在那儿拥有一栋不错的宅邸，但在我们这座小城里，她也有一栋祖传的小楼。她在本城的田产也是她三处田产中最大的一处，可迄今为止，她很少在本省出现过。听说阿廖莎已经进了门，她急忙跑到过道里迎接。

"那封信您收到了吗？就是那封关于奇迹现世的信？"她语速飞快，甚至有点神经兮兮。

"收到了。"

"那您把这件事告诉所有人了吗？我给您的信您给别人传阅了吗？他让一个儿子回到了母亲的身旁。"

"他今天就要死了。"阿廖莎说。

"我听说了，我也知道了。哎，我好想和您聊聊！跟您或者其他随便什么人说说这一切。不，还是得和您谈，跟您谈！我是没有办法再见他一面了，太遗憾了！现在整座城市的人都紧张得不行，大家都在期待着。不过，现在……你知道吗，卡捷琳娜·伊万诺芙娜也在我们这里呢。"

"啊！这太好了！"阿廖莎高兴地叹道，"我昨天才和她见过面，那时候她还嘱咐我今天一定要去找她。"

"我知道，我全知道。昨天在她家里发生的事情我全知道……那个贱人的事情……我都已经完全知晓了。真是太可怕了①！要是换了我，天知道我会干出什么事情来！但是您那个大哥，德米特里·费尧多罗维奇实在是——哎，天哪！阿列克谢·费尧多罗维奇，我现在是彻底糊涂了，试想一下，现在您的哥哥正在我家和她聊天呢，当然，我说的不是德米特里，而是您的另一个哥哥，伊万·费尧多罗维奇，他们正在聊天呢，他们聊的可不是小事……您绝对想不到这两个人在盘算着什么——这简直太可怕啦，我跟您说实话，这简直是出奇的可怕：这两个人不知为什么，非要往火坑里跳。他们自己也意识到了，但就是要这样做，还乐在其中呢。我盼望您赶紧来，太盼望您来了！我都快看不下去了。我马上就告诉您这究竟是怎么一回事，但我得先告诉您一件要紧的事情，哎，我差点儿把最重要的事情忘记了——告诉我，丽莎怎么会歇斯底里的？刚刚她一听到说您要来，立马就开始歇斯底里了。"

"妈妈！现在歇斯底里的人是您，不是我。"丽莎的声音透过厢房的门缝传进了阿廖莎的耳朵里。门缝很小很小，那声音也很不自然，就像是一个人根本按捺不住自己的笑，又强行忍住的感觉一样。阿廖莎立刻发现了那道门缝，他猜想丽莎正坐在椅子上偷偷看着他，无奈门缝太小，他看不到里面。

---

① 此处原文为法语。

"当然了,丽莎,就因为你这个疯丫头,我才会歇斯底里。不过,阿列克谢·费尧多罗维奇,她是真的生病了,很重。昨天晚上,她一晚上都没睡觉,一直在发烧、说胡话。我好不容易扛到天亮,才把赫尔岑什图贝大夫盼来。只是连大夫都搞不清楚这是什么情况,只是说得继续观察。这个大夫就是这样,每次来都说自己也搞不清楚。在您刚刚来到大门口时,她就开始犯病,疯了一样地叫,非让人赶紧把她推到她原来待的那间屋子里……"

"妈妈!我根本就不知道他要来。我也根本不是为了躲开他才想换到这个房间的。"

"这可不是实话,丽莎。是尤利娅过来通知你的吧?我知道是你吩咐她当你的眼线的。"

"亲爱的妈妈啊!您这话说得太不机灵啦!要是您真的不想冷场,还不如说一些漂亮话。所以啊,亲爱的妈妈,您就告诉我们尊贵的客人阿列克谢·费尧多罗维奇先生:他是有多蠢,能在昨天那种事发生后、满世界都在看他热闹的情况下,还莅临我们家。"

"丽莎!你太放肆了,你等着,你看我不收拾你!谁在看他的热闹?他来了我高兴还来不及呢,我正需要他,绝对需要他!阿列克谢·费尧多罗维奇,我太不幸了!"

"我亲爱的妈妈呀,您又怎么了?"

"哎,你总是这样任性,丽莎,鬼知道你没事胡闹个什么劲儿,还有你的病,昨晚上发烧一宿,吓死人了,还有那个赫尔岑什图贝,翻过来倒过去永远就那么几句话,说来说去,他也不知道具体是什么情况,最可气的就是,他一直这样,一直都这样!再加上现在发生的这些乱七八糟的事情,所有的事情……甚至包括那个奇迹!啊,那个奇迹,真是把我惊到了、震撼到了。我亲爱的阿列克谢·费尧多罗维奇！还有……现在客厅里正演的那出悲剧，我实在受不了了，我先跟您声明，我实在受不了了。客厅里的事情，也许是闹剧，但绝不能是悲剧。您告诉我，佐西马长老还能活到明天吗？我的上帝啊！我作了什么孽了，我现在一闭眼就能看到，所有的一切都是闹剧，所有的一切都是毫无意义的！"

"抱歉，我得打断您一下，"阿廖莎突然插话道，"请随便给我一块干净的布条，让我包一下手指头吧。我把手指头弄破了，现在疼得厉害。"

说着，阿廖莎给她看了看自己被咬伤的手指，那块充当绷带的方帕上面现在已经满是血迹了。

"天哪！怎么伤得这么重，真可怕！"霍赫拉科娃太太惊叫道，然后眯起了眼睛。

丽莎从门缝里看到阿廖莎受伤的手指，急忙打开了门。

"您进来！到我这里来，"她语气坚定地冲着阿廖莎喊道，"别再说那些愚蠢的话了！啊，天哪，这么长时间，您怎么就站在那儿不吭一声呢？妈妈，他会失血过多而死的！妈妈！您是在哪里、是怎么搞成这样的？快拿水啊，拿水来啊！我需要先把伤口冲洗一下，把手放在冷水中可以止痛，把它放进水里，放进水里……快拿水来啊，快点啊，妈妈，把水倒在洗杯子那个盆子里。快点啊！"她着急地说。阿廖莎的伤让她吓得慌乱了起来。

"要不要把赫尔岑什图贝叫过来？"霍赫拉科娃太太喊道。

"妈妈，您还不如杀了我算了！您的那位赫尔岑什图贝就会说他什么也搞不懂！水，快拿水！妈妈，看在上帝的面子上，快去催一下尤利娅吧。不知道她在磨蹭什么呢，慢慢腾腾的！快点，妈妈，我快急死了……"

"没什么大碍的。"阿廖莎被她的惊呼着实吓到了。

尤利娅端着水跑了进来。阿廖莎把手指浸入水中。

"妈妈,看在上帝的分儿上,把棉纱布拿过来,再蘸上那种药水,就是涂伤口的那种药水,叫什么来着?咱们家有,我们有,有的……妈妈,您知道那个药瓶子在哪里,就在您卧室床头柜的右边,那里有药还有棉纱布……"

"好,我现在就去都给你拿过来。丽莎,你别嚷嚷了,别添乱了。你看看人家阿列克谢·费尧多罗维奇,即使遭到这种祸事,也这么镇定。阿列克谢·费尧多罗维奇,您是怎么把自己搞成这样的?伤得这么厉害?"

霍赫拉科娃太太匆匆走出去了,丽莎一直都在等着这个机会。

"首先请您回答我的问题,"丽莎语速飞快地对阿廖莎说,"您是怎么把自己搞成这样的?您先告诉我,之后我还有重要的事情要和您谈。您说啊!"

阿廖莎的本能告诉他,对她来说妈妈回来之前的时间很宝贵。于是他赶紧长话短说,把自己在半路上遇到那群小学生和身上发生的事情告诉了她,尽可能地简洁扼要。

丽莎举起两手一拍,说道:"您是怎么做到穿着长袍,还能和一群疯孩子一起玩儿的?"她气到叫了出来,就好像自己对阿廖莎有某种管理的特权似的,"从这件事可以看出,您自己就是个孩子,一个彻头彻尾的孩子。不过您一定得帮我打听到那个孩子究竟姓甚名谁,得把一切都告诉我,这里头绝对藏着什么秘密。现在,第二个问题请您先回答一下:阿列克谢·费尧多罗维奇,您能不能忍着痛,清清楚楚地和我谈一些无关紧要的事情?"

"完全可以,再者说我现在已经没那么痛了。"

"那是因为你的手指头在冷水里，得马上换水，因为水马上就要热了。尤利娅，你去地窖里再拿块冰来，另外再带一盆水来。好了，现在她也走了，我要说正事了。亲爱的阿列克谢·费尧多罗维奇，请您现在就把我昨天给您写的那封信还给我——要快，我妈妈就要回来了，我可不想……"

"信不在我身上。"

"不可能，信就在你身上。我就知道你会这么搪塞我。就是在这个口袋里。昨天晚上，我为了我这个愚蠢的玩笑后悔了一晚上。现在请您把我的信还给我，还给我！"

"信被我放在修道院了。"

"但是，我写了这封信、开了这种蠢玩笑之后，您可不能再把我当成一个小姑娘，一个很小、很小的姑娘看待了。我为我愚蠢的玩笑给您道歉了。但是，那封信，您必须带过来给我。如果您今天真的没把它带在身边，也请您务必今天把它给我带过来，务必，务必！"

"今天真的没法办到了。因为我要是回到修道院，估计三四天都不能来你家。因为佐西马长老……"

"四天？您在开什么玩笑！听着，您读完后是不是嘲笑我了？"

"我没有一点嘲笑您的意思。"

"为什么？"

"因为我相信这是真的。"

"您在侮辱我？"

"我一点也没有。我读了以后，立刻明白了，事情正是会这样的。因为一旦佐西马长老去世，我就得离开修道院，继续去上学，然后通过考试，等到法律允许的年龄，我们就结婚。我会很爱您。虽说，我根本没有时间仔细想，但是，我认定自己再也找不到比您更好的妻子了,而且长老也嘱咐我,一定要结婚……"

"为什么?可我是个废人,我只能被人用轮椅推着走……"丽莎笑了,她的脸涨红了。

"那我就用轮椅推您,而且我相信到那个时候您一定能站起来。"

"可您是个疯子,"丽莎神经兮兮道,"我不过就是跟您开了个玩笑,您却想了那么多……啊,妈妈来啦,来得正是时候。妈妈,您怎么老是这么慢呀,需要那么长时间吗?现在尤利娅也带着冰来了!"

"啊!丽莎,你能不能不要再嚷嚷了?你一喊,我的脑袋就……肯定是你自己把棉纱布塞到别的地方去了,我努力找啊找,找了这么久。我都怀疑你是故意这么干的。"

"我怎么知道他会带着被人咬烂的手指头来这里?要不然,我肯定会故意这么干的。我的好妈妈,您这话说得可真是太机智啦!"

"就当我机智好了。可是丽莎,这太让人焦急了,我是说阿列克谢·费尧多罗维奇的手指头和其他的事情,都让人焦急!哦,我亲爱的阿列克谢·费尧多罗维奇,现在快要把我逼疯了的倒不是一件两件具体的事情,也不是什么赫尔岑什图贝,而是所有的一切,这一切加起来,简直让我受不了。"

"好啦!妈妈,您别再说什么赫尔岑什图贝了,"丽莎笑着说,"妈妈,把棉纱布拿过来,还有药水。这种药水叫醋酸铅溶液。阿列克谢·费尧多罗维奇,现在我想起这个名字了。这是一种非常好用的药剂呢。妈妈,您能想象到吗,他竟然在半路上和一群小学生打架了,而且,他还被其中一个小学生咬伤了手指。您看,这不就证明他也是个小孩子嘛,他自己不过就是个小孩子,您能想象到,这样的小孩子能够结婚吗?妈妈,您想不到吧,他这样还想着结婚呢。他要是结婚了,不得把人笑死吗?太滑稽了!"

丽莎一边神经兮兮地笑着,一边偷偷地瞅阿廖莎。

"那怎么就不能结婚了?丽莎,你在说什么胡话呢?这种话可不能随便说……说不定那个男孩子是个疯子。"

"啊,妈妈,小孩子也会疯吗?"

"为什么不会呢?丽莎,你现在给我的感觉就像是我一直在说胡话一样。说不定,那个孩子被疯狗咬了,接着疯了,之后才满大街咬人的。阿列克谢·费尧多罗维奇,您看,她给您包扎得多好,我就包不了这么好。您现在还痛吗?"

"现在没那么痛了。"

"您不怕水吗①?"丽莎追问道。

"丽莎,你够了!你这孩子,我刚才慌乱中随便说的话,你怎么能这么借题发挥呢?阿列克谢·费尧多罗维奇,方才卡捷琳娜·伊万诺芙娜听说您来了,急忙来找我,说是急着要见您,她非常急于见到您。"

"啊,妈妈,您一个人先过去嘛。他现在可疼了,疼得不能去。"

"我现在不疼了,我现在可以去了……"阿廖莎说。

"什么?您现在就走?您怎么可以这样?怎么可以这样?"

"怎么了?等我忙完事情以后,再回来和您继续聊,聊多久都可以。我想马上去见卡捷琳娜·伊万诺芙娜,因为今天,我无论如何都必须尽快回到修道院。"

"妈妈,您赶紧带他去吧。阿列克谢·费尧多罗维奇,您和卡捷琳娜·伊万诺芙娜聊完天之后也别来找我了,直接回您的修道院去吧,那才是您该去的地方!我现在困了,我一夜没睡了。"

---

① 狂犬病的症状之一是怕水。

"啊,丽莎。虽然你说的是玩笑话,但希望您能真的好好睡一觉!"霍赫拉科娃太太说道。

"我不知道,我是不是做错了什么……我还可以再待上三分钟,或者五分钟。"阿廖莎喃喃道。

"五分钟?得了,妈妈,您快带他去吧!怪物!"

"丽莎,你是不是疯了?咱们走,阿列克谢·费尧多罗维奇,这姑娘今天太任性了,但我还是怕刺激到她。哎,跟一个神经质的姑娘在一起真要命!不过话说回来,说不定就是因为她看到你之后才有了睡觉的念头。您过来后,怎么就让她这么快想睡觉了呢,这可太好了!"

"啊,妈妈,您说得对!妈妈,让我为此亲您一下,好妈妈!"

"我也亲你一下,丽莎。"

霍赫拉科娃太太带着阿廖莎离开时突然压低声音,她神经兮兮而且焦急地说:"您听着,阿列克谢·费尧多罗维奇。我不想给您灌输任何先入为主的看法,也不想充当什么揭开事情内幕的角色。但是,您进去之后,将会看到一场闹剧。乱套了!她爱的是您的二哥伊万,可又费劲地让自己相信她更爱您的大哥德米特里。真是乱套了!我待会儿和您一起进去,要是他们不赶我走,我就一直待到最后。"

第五节　客厅里的反常

但是客厅里的谈话到那时正好结束。卡捷琳娜·伊万诺芙娜情绪激动,尽管看上去态度依旧坚决。当阿廖莎和霍赫拉科娃太太进屋的时候,伊万·费尧多罗维奇已然起身,正欲离开。阿廖莎心怀焦虑,望着他那张苍白的脸。因为环绕在阿廖莎心中的一个疑团现在终于要彻底解开了,要知道,这段时间以来,他被这个疑团折磨得太久了。在过去的一个月里,阿廖莎曾不止一次听说他的二哥伊万看上了卡捷琳娜·伊万诺芙娜。尤其要命的是,还有多方向他暗示伊万打算把她从长兄米佳身边"抢走"。之前,虽然这样的传闻让阿廖莎惴惴不安,但他觉得这是非常可笑的。他爱他的两位兄长,他非常担心两位兄长因为女人争抢起来。可就在昨天,德米特里·费尧多罗维奇当着他的面直截了当地表示,他欢迎伊万加入这场竞争之中,还说这将会在很多方面帮了他的忙。帮什么忙?帮他娶格露莘卡?但阿廖莎认为,这是最糟糕的一条路。撇开这一切不谈,截至昨晚,阿廖莎还一直相信卡捷琳娜对米佳满怀炽热、执着的真爱,但他的看法最多也就持续到昨晚之前。不但如此,阿廖莎脑子里还有一个模模糊糊的印象,他总感觉,卡捷琳娜·伊万诺芙娜不可能真的爱上伊万,她的意中人只有一个,那就是大哥米佳,甚至可以说,她爱上的正是米佳的本来面目,尽管她的爱是那么的稀奇古怪。可昨天,格露莘卡在他面前表演的那场大戏又让他脑海中萌生了另一个想法。方才霍赫拉科娃太太口中的那句"乱套了",让他不由自主地打了个冷战。因为就在今天刚刚破晓的时候,阿廖莎半梦半醒地对着自己的梦中所见、情不自禁地叹道:"太乱了,简直乱套了。"整整一个晚上,他的梦中一直不断地重复他在卡捷琳娜家见证的那一幕。如今,霍赫拉科娃太太固执地相信,卡捷琳娜·伊万诺芙娜真心爱的人是二哥伊万,只是出于某种目的,或者是矫情,又或者是所谓的知恩图报,故意以一副对德米特里爱到骨子里的姿态自欺欺人,折磨自己,非要把一切都彻底搞"乱套了"。霍赫拉科娃太太对阿廖莎说的这些话给阿廖莎留下了极为深刻的印象。"说不定,真相就是如此!可是这样的话,伊万的处境到底是怎样的呢?"阿廖莎凭直觉感觉到,卡捷琳娜·伊万诺芙娜这种性格的女人,必须时时、事事处于主宰地位。而且,她只能主宰德米特里那样的男人，绝对主宰不了伊万那样的人。因为只有德米特里才有可能（这恐怕是个需要很长时间证明的假设）最终归顺于她，并且是"为了获得内在的幸福"（这一点也符合阿廖莎的期望）。而这点对伊万来说是绝对不可能的，他不可能顺从，更不可能从这种归顺中获得什么幸福。阿廖莎也不知道自己为什么对伊万形成了这样的模糊印象。上述的想法和困惑都是在他进入客厅之前闪现在他脑海里的。接着，另一个想法倏地闯进了他的脑袋，挡都挡不住："要是这个女人并不爱这两个人呢，那该怎么办？"我在此想对各位指出的是，最近一个月内，这个念头屡屡闯进阿廖莎的脑袋里，他似乎对这些想法颇为羞愧，还动不动责备自己。"女人以及恋爱的事情，我阿廖莎又懂什么呢？我哪里有资格在这里妄下论断呢？"但凡这样的想法一出现，他就会这样自责，但他又没法不想。他发自本能地明白，现在就他两位兄长之后的命运而言，两个人的竞争将发挥着至关重要的作用，并且波及很多事情。"一条毒蛇对另一条毒蛇下口，"这是昨天二哥伊万谈及大哥和父亲时的话。由此可见，在伊万眼里他大哥德米特里是条毒蛇，有没有可能他早就发觉自己的大哥是条毒蛇？有没有可能从他见到了卡捷琳娜·伊万诺芙娜后就这么觉得了？伊万的这些话昨天确实是脱口而出的，可恰恰脱口而出的才是真心话。如果真的是这样，那又该怎么化解矛盾呢？难道，这个旧怨未消的家庭又要平添新仇了？更重要的是，都是亲人，阿廖莎该去同情谁？希望两人得到什么？两位兄长，他都爱，可现在两人已经陷入不可调和的复杂矛盾中了，他又能希望两人怎样呢？局面是如此混乱，乱到阿廖莎手足无措。这种混乱带来的未知和迷茫，正是阿廖莎最讨厌、也最接受不了的。因为，就他的爱的本质来说是一种积极的爱，他无法消极地爱，在爱的驱使下，他必须立刻出手去帮助某人。因此，他必须先去设定一个目标，首先得明确知道，什么才是对他所爱的每一个人来说是向好的、是必要的。只有确定了目标之后，他才能为所爱之人提供有效的帮助。但是现在，根本没有确定的目标，一切都是模棱两可和混乱的。正如刚才那句"乱套了"，可即便乱套了，他又能明白些什么呢？面对这部高深的天书，他一个字都理解不了！

卡捷琳娜·伊万诺芙娜看到阿廖莎，高兴地对已经从座位上起身的伊万·费尧多罗维奇说："请再等下！就几分钟。我想听听这个我全心全意信赖的人的意见。"说着，她把头转向霍赫拉科娃太太，补充道，"叶卡捷琳娜·奥西波夫娜，也请您不要离开。"接着，她让阿廖莎在自己身边坐下，招呼着霍赫拉科娃太太和伊万·费尧多罗维奇并排坐在她对面。

"在座的诸位都是我亲爱的朋友，是我在这世上真正拥有的朋友，我亲爱的朋友们。"她的语调真挚，声音颤抖，满含热泪。阿廖莎的心一下子又转向了她。"阿列克谢·费尧多罗维奇，您亲眼看见了昨天发生的恐怖事件，看到了我当时的一言一行。伊万·费尧多罗维奇，您没有看到，但阿廖莎看到了。昨天，他问我，对此我有何想法，我不知道。我只知道一点：倘若是今天发生了同样的事情，我的所作所为只能和昨天一模一样……我还是会表现出同样的情感，做同样的举动，说同样的话。您记得我昨天要做出的举动，阿列克谢·费尧多罗维奇，您当时还想拦着我。"说到这里，她涨红了脸，眼中泪光闪烁，"我要向您申明，阿列克谢·费尧多罗维奇，我不会就此善罢甘休。请听我说，阿列克谢·费尧多罗维奇，我甚至都不知道现在的我是否还爱着他。他只是让我感到怜悯，这不是个好兆头。如果我爱他，继续爱他，我就不应该可怜他，相反，我应该去恨他……"

她的声音颤抖不已，豆大的泪珠在睫毛上闪现，阿廖莎心中猛地一颤:"这个女孩的情感是真挚的,"他想,"但她已经不再爱德米特里了!"

"说得对!确实如此!"霍赫拉科娃太太大声地赞同道。

"您请稍等,亲爱的叶卡捷琳娜·奥西波夫娜,最重要的事情我还没说,我还没说出我思前想后整整琢磨了一个晚上的最终决定。我感觉到,我的决定可能是残忍的,对我是残忍的;但是我也预感到了,我绝不可能更改我的决定了,绝不可能!此生不改,就是这样。我最亲爱、最善良、对我永远充满耐心和真诚的引路人,我在这个世界上唯一挚友——伊万·费尧多罗维奇也表示赞同和嘉许我的解决办法……他知晓我的决定。"

"对,我赞同她的决定。"伊万·费尧多罗维奇沉着又坚定地附和道。

"但我还是希望,阿廖莎您,啊,阿列克谢·费尧多罗维奇,请原谅我对您使用了不恰当的称呼。我还是希望听听阿列克谢您的意见,最好是您能当着我另外两个朋友的面告诉我,我这么做对吗?我有一种出于本能的预感,您,阿廖莎,我亲爱的兄弟①(因为您是我亲爱的弟弟),"她激动地说道,同时用自己发烫的手紧紧抓住了阿廖莎冰冷的手,"不管此时此刻我有多么痛苦,但我预感到,只要能得到您的表态,您的赞许,我就能获得些许安宁。只有听了您的话我才能平静,我才能心甘情愿这么做——我已经预感到了!"

"我还不知道您要问我什么,"阿廖莎的脸已经红透了,"我只知道我自己很敬爱您。此时此刻,我真心希望您能得到幸福,胜过希望自

---

① 此处的兄弟有两种含义,一是字面意义上的兄弟;二是基督教国家称呼修士一类的神职人员时,也常用兄弟称呼。

己幸福……但是，我对这些事情一窍不通……"不知为何，阿廖莎突然着急地又补充了这么一句。

"在这些事情上，阿列克谢·费尧多罗维奇，现在最重要的就是名誉和责任，我不知道除此之外还有什么，但是，肯定还有一种比责任更崇高的事物存在。我的心意识到有一种不可抗拒的情感在控制着我。不过，我已经下定了决心，就算他最后还是娶了那个……贱货，"卡捷琳娜·伊万诺芙娜用宣誓般的语气说道，"我虽然永远不可能宽恕那个贱货，但是我也永远不会离开他！从现在开始，我永远不会离开他！"说这话的时候，她努力掩盖住悲戚，一副强颜欢笑的神情，"我绝不会像一个跟屁虫一样跟在他身后，让他时时刻刻心烦，我不会这么做的。我要搬到别的城市去，哪里都行。但是我这一辈子都会关注着他，整整一辈子。若是他将来和那个贱货在一起感到不幸了——当然我认为这种不幸是必然的，而且没多久就会降临——他可以来找我，他遇到的是一个朋友、一个好妹妹……当然，也就仅限于好妹妹了，而且永远都会是好妹妹。到时候，他会意识到，我的确是他的好妹妹，一个爱他一生，为他奉献一生的好妹妹。对于这一点，我一定要做到，我要坚持到最后，直到他明白我的心为止，让他以后不论发生了什么都能在我面前坦然地倾诉所有。"她近乎疯狂地喊了出来，"我会成为听他祈祷的上帝。至少让他为了自己的背叛和昨天让我受到的委屈赎罪。我要让他一辈子看到，我一生都会忠诚于向他许下的诺言，哪怕他不忠于我，哪怕他背叛我。我必将……我必将成为他获得幸福的方式，更确切地说是为他谋取幸福的工具、机器，我将终此一生，至死不变，我要他一辈子都能看到！以上就是我的决定！伊万·费尧多罗维奇也完全赞同我的决定。"

她说得上气不接下气。也许她也曾想把自己的真情实感表达得更加洒脱、自然，结果她还是表达得太仓促、太赤裸了。从她的话中不难看出她的年轻气盛，也不难看出她对昨天的事情依旧耿耿于怀、余怒未消。这一点，她自己也察觉到了。她的脸色刷地阴沉了下去，眼神也变得不自然了。这一切阿廖莎已经注意到了，对她的同情和怜悯油然而生。恰恰就在这个时候，伊万开口了。

"我只是说了我的想法，"他说，"换作任何一个女人，这一切都会显得矫揉造作、无理，但您从不会给人这种印象。我也不知道该如何解释这一点，总之，我认为您绝对真诚，您在理的……"

"但这些不过是一时之见……毕竟一时的想法能有什么意义呢？还不是因为昨天受了委屈和伤害才会这样的。"霍赫拉科娃太太本没打算掺和进来，可她终究还是没沉住气，三言两语就把事情说得明明白白。

"确实，确实，"伊万突然急躁地抢过话茬，他有些激动，似乎是在因为别人打断了他的长篇大论而感到生气，"确实。倘若是别人说了这种话，那不过是为了昨日旧事的一时气话，可以她的性格，这种一时之见，怕不是要从此刻延伸到她的余生？这些落在别人嘴里，不过是空洞的承诺和发泄，可落在她身上，确实是无穷无尽的沉重负担和凄苦悲闷的义务。而她会对这种义务绝对地恪守和履行。您的人生，卡捷琳娜·伊万诺芙娜，从此时此刻起，将一直会为了自己的壮举和悲伤不断地痛苦和反思。但最终这种痛苦会被减轻，您的生活将会变成对自己的目标得以实现的甜蜜回忆，您会因为恪守承诺感到无比自豪。无论如何，这么做都是困难重重的，但您终究会战胜一切。今日的一时之见最后反而会给您极大的满足，使您对这一切认命，并乐此不疲……"

他说这段话时语气中不乏恶意，但他并不打算隐瞒自己的真实想法，即使他是在故意说反话挖苦人。

"啊！上帝啊，到底都发生了些什么啊！"霍赫拉科娃太太不禁再次惊呼道。

"阿列克谢·费尧多罗维奇，您倒是说句话啊，告诉我您到底是怎么想的啊！"卡捷琳娜话音刚落，一股热泪就夺眶而出。阿廖莎赶紧从沙发上站了起来。

"没事的，我没事的！"她一边抽泣一边说道，"可能是心里太乱了，昨晚没睡好。好在今天有您兄弟二人这样的好友在身边，我觉得自己还挺得住……因为我知道，你们二位一定不会扔下我不管的。"

"不幸的是，明天我可能要去莫斯科了，我可能得离开您很长一段时间了……而且这已经是无法改变的事情了。"伊万·费尧多罗维奇突然说道。

"明天？去莫斯科？"卡捷琳娜·伊万诺芙娜先是怔了一下，然后脸顿时变了色，"但是……但是，天哪！这可真是太幸运了！"她喊了出来，忽然间，她换了一种截然不同的语调，泪水也消失得无影无踪。她身上瞬间的奇妙变化，让阿廖莎惊呆了，刚才那个可怜兮兮、备受打击的姑娘突然不见了，取而代之的是一位完全可以控制自己、对自己充满了自信，甚至还大喜过望的女人。

"哦！当然，我说太幸运了，并不是因为和您的离别而开心，"她面容和善，充满了礼节性的微笑似乎是在纠正自己刚才的措辞，"当然像您这样的好友肯定不会那样想的。相反，如果我失去了您这样的朋友，就是我的不幸了。"她急促地把身子朝向伊万·费尧多罗维奇那边，抓住了他的双手，满怀热情地握住，"对我来说幸运的是——您去了莫斯科，便能向我的姨妈还有阿咖菲娅说明我的遭遇，现在我的处境是多么的糟糕和可怕，您完全可以毫无保留地告诉阿咖菲娅，但对我姨妈她老人家,还是含蓄、缓和一些为妥。您一定知道该怎么应对的。你们没法想象昨天晚上和今天上午,我有多么可怜,我都不知道该怎样给她们写这样一封凄惨的信……毕竟一封信又能解释清楚什么呢……现在好了,我只需要给她们写上个便条,因为到时候您会在那里,会代替我给她们解释一切。哎呀,我真是高兴啊!但是,我的喜悦和幸运也就止步于此了,请您再次相信我。您,对我而言,当然是重要到无可替代的……我马上就去写信。"不待话音落下,她已经迈步准备离开房间。

"那阿廖莎呢?"霍赫拉科娃太太突然叫了一声,她语气充满了讽刺和愤懑,"您刚才不是说,一定要听听阿列克谢·费尧多罗维奇的意见吗?"

"我当然没忘,"卡捷琳娜·伊万诺芙娜突然停下了脚步,"叶卡捷琳娜·奥西波夫娜,您为什么总是对我抱有敌意呢?尤其是在这种时候。"她说道,语气中饱含着辛酸和埋怨的味道,"我说过的话向来算数。我当然要听取他的意见,不止于此,我还要把决定权交给他,一切都由他说了算!我会按照他说的办。阿列克谢·费尧多罗维奇,与她的话恰恰相反,我非常乐意听到您的建议……阿列克谢,您怎么啦?"

"我从没想过,我也根本想不到会出这种事!"阿廖莎突然痛苦地回复道。

"什么,为什么想不到?"

"他说他要去莫斯科,您竟然说您很高兴。您不过是强装高兴罢了!然后,您又突然开始解释,解释什么您不是为了离别而高兴,而是恰恰相反,为了离别而悲伤,您说失去了好友会感到不幸,您就像在演戏……您,您和剧院舞台上那些演喜剧的,简直一模一样。"

"剧院舞台上？什么？……您……您这是什么意思？"卡捷琳娜深感错愕，大声诘问，满脸通红，眉头紧皱。

"是啊，尽管您一再表示，自己因为挚友离开而悲伤，但此时此刻，当着他的面，您仍然觉得他从您身边离开，对您来说是一桩幸事……"阿廖莎已然激动得快喘不过气来了。现在，他从桌后站起身来，完全没有要坐下去的意思。

"您在说些什么？我不明白……"

"我说的连我自己都不明白啊！但是，我现在整个人就像突然明白过来什么一样……我知道我要说的话没一句好听的，但我还是要把这一切都说出来。"阿廖莎强忍着颤抖不止的声音，时断时续地说道，"我忽然就明白了，您根本就不爱我的哥哥德米特里，也许您从一开始就不爱他……对啊！德米特里，可能他同样不爱您……一开始就不爱您……他，不过是尊重您……是啊！我怎么有胆子把这一切都说出来的呢，但总得有人说真话……因为，这里，所有人都不愿意说真话……"

"什么真话？"卡捷琳娜·伊万诺芙娜哭着，有些歇斯底里地喊道。

"真话，就是这样。"他因激动而颤抖，结结巴巴，就像从楼顶失足跌落下来一样，"您现在把德米特里找来……我知道去哪里找他……把他叫过来，让他拿起您的一只手，再拿起伊万的一只手让你俩十指相扣。您现在是在折磨伊万，因为您爱他……而您为何折磨他，是因为您在折磨自己，您以为自己爱着德米特里……其实这根本就不是爱……这完全就是您自欺欺人，让自己以为您爱……"

阿廖莎说到此处戛然而止，然后是一阵沉默。

"您……您……您修道修疯了吧！您简直是个疯子！"话从卡捷

琳娜·伊万诺芙娜的牙缝里费劲地挤出,她气得嘴巴扭曲,面色煞白。伊万·费尧多罗维奇突然笑了起来,他把帽子攥在手里,站起身,离开了座位。

"你说错了,我好心肠的弟弟,"他脸上的表情是阿廖莎从未见过的——既有年轻气盛才会有的热诚,又有强烈的坦率,"卡捷琳娜·伊万诺芙娜从来没有爱过我!但她一直都知道我爱她,尽管我从没有和她说过我对她的爱慕之情,她心里知道,但是她并不爱我。我也从来没有把她当成好朋友,一天都没有。毕竟骄傲的女人不需要我的友谊。她留我在她身边只不过是为了不断地报复。她在利用我进行报复,在我身上报复她长时期以来从德米特里那里受到的一切羞辱,从第一次见面到现在的所有羞辱。这段时间以来,我从她口中听到的全是她对德米特里的爱。现在,我要走了!但是,您得知道,卡捷琳娜·伊万诺芙娜,您确实只爱德米特里一个。而且,他带给您的痛苦越多,您就会爱他爱得越深。折磨您的原因就在于此,您就是爱他那副嘴脸,爱的是那个侮辱您的他。如果他洗心革面了,您肯定立马就把他踹了,再也不会爱他。但是,您需要他,是因为您需要有这么个存在好来映衬您忠贞不渝的壮举,同时您也可以居高临下地指责他的不忠。而这一切,皆出自您心中那一抹傲气。哦,不过确实,您受了不少委屈,吃了不少苦头。但是,这一切都是因为您内心高傲……我太年轻,也太爱您了。我知道,我不该对您说这样的话,我应该离开您,走远点,这样至少对您的伤害会少点。但我这次离开路途遥远,怕是以后再也不得相见,和您就算是永别了……我不应该卷入这早乱了套的怪圈里……好了,我不应该说什么了,我的话已经说完了……再见,卡捷琳娜·伊万诺芙娜,您可千万别生我的气,因为我受的惩罚,可比您重了百倍,单单是今后再也无法见到你,这点对我而言就很重了。永别了,我就不跟您握手了。您一直在有意地折磨我,所以,我此时此刻不打算原谅您。或许将来,我会原谅您,但现在就不必握手离别了。我并不需要得到您的赏赐,女士①。"他苦笑着引用了这样一句话,像是在向在场的诸位证明,他熟读席勒的诗到了能随口拈来的地步。这一点,阿廖莎过去是不信的。伊万走出了房间,甚至没打算和女主人霍赫拉科娃太太道别。见此情景,阿廖莎急得两手一拍。

"伊万,"阿廖莎在他身后像是失了魂一样大喊,"你回来,伊万!完了,全完了!现在他不可能掉头回来了!"阿廖莎在痛心中醒悟过来,"完了,全怪我!我惹祸了!伊万刚才说的是气话,这不好……这是没道理的气话……"阿廖莎像个疯子一样大喊不止。

卡捷琳娜·伊万诺芙娜突然闪身进了另一个房间。

"您什么祸都没有闯,相反,您刚才的所作所为就像天使一般善良。"霍赫拉科娃太太安慰着悲痛欲绝的阿廖莎,她声音很低且急促,语气中透露出喜悦,"我会尽一切努力挽留伊万·费尧多罗维奇……"

瞧着她脸上满是喜悦,阿廖莎更加自责和苦恼了。不料此时卡捷琳娜·伊万诺芙娜突然回来了,手里还拿着两张一百卢布的钞票。

"阿列克谢·费尧多罗维奇,我想麻烦您一件事情。"卡捷琳娜直接对着阿廖莎说的,语气平静,好像刚刚什么都没发生一样,"一个星期以前,啊,对,差不多一周以前吧,德米特里·费尧多罗维奇干了一件理亏的混账事,很不像话。这里有一家名声坏透了的小酒馆。在那个酒馆里,他遇到了一名退伍军官,就是那位正为您的父亲办事的步兵上尉。不知道为什么,德米特里突然对这个上尉发了火,在大庭广众之下,薅着人家的胡子,把人家拖出酒馆,在大街上拖了很长一

---

① 原文为德语,引自席勒的抒情诗《手套》。

段路。据说，那个上尉有个儿子，孩子在本地一个小学就读，孩子眼见父亲受辱，跟在后面跑，哭着哀求，并向路人寻求帮助。可路上的人都是付之一笑。对不起，阿列克谢·费尧多罗维奇，我一想到他干的这混账事，就忍不住发火……这种事情，只有德米特里被惹火了能干得出来……我甚至都不知道怎么把这件事情说清楚……一说到这儿我就语无伦次。我打听了被他羞辱的上尉，得知那个人的日子过得很惨。他姓斯涅基列夫，想必是在军队里犯了什么大事，被开除了军籍。这些我无法给您讲清楚。现在他一家老小陷入了穷困的境地，孩子病了，老婆也疯了，日子过得很不幸。他在本城住很久了，之前做些小生意，不知道在哪里做过书记员的工作。可现在收入断了，一家人失去了生活来源。我看到了您……应该说是我想到了您……哎呀，我不知道该怎么说了——我想麻烦您一件事，我最善良的阿列克谢·费尧多罗维奇，我请您去他家走一趟吧，随便找个什么借口见一见他们，去见一见那个步兵上尉。天哪！我说话怎么颠三倒四的——请您客客气气地，小心谨慎一些——这一点怕是也只有您能做到了（听到这话，阿廖莎突然涨红了脸）。喏，您看，这里有二百卢布，能不能给他们送去。他应该会收下的……哦，不，我的意思是您得劝他收下。我也不知道这钱该用什么名目给他。您要知道，这并不是什么要和他私了的赔偿，但请他别去告状（这人似乎有告官的打算），我的意思是，这钱是我们的心意，以及对他境遇的同情，但希望他能帮下忙。您代表的是我，您只代表我，换句话说就是德米特里·费尧多罗维奇的未婚妻，而不是代表德米特里本人……总而言之，您能做到的……我本打算自己去的，但您做事情肯定比我做得好很多。他住在湖滨路，房东姓卡尔梅克娃……看在上帝的分儿上，阿列克谢·费尧多罗维奇，您就替我做了这件事吧……现在，我……我有点累了。再见……"

话音刚落,她一转身消失在了帷幕后面,速度快得让阿廖莎来不及说上一句话。其实,阿廖莎是有话要说的,他想请求原谅,也想责备自己,其实他也不知道自己该说些什么,他的心现在乱糟糟的,要是不把这苦水倒出来,怕也是很难离开这间屋子。但是霍赫拉科娃太太此时拉住了他的手,把他带了出来。在过道里,她就像刚才一样拦住了阿廖莎。

"她有一颗骄傲的心,总爱和自己较劲,但她心地善良,为人宽宏大量!"霍赫拉科娃太太压低了声音说,"我真的挺喜欢她的,尤其是在有些时候,现在我又对这一切感到高兴了!亲爱的阿列克谢·费尧多罗维奇,有的事您还不知道吧,就让我来告诉您:您应该知道,我们所有人,包括我,还有她那两个姨妈,这么说吧,把在场的所有人都算上,丽莎也算上。我们在这里祈祷了快一个月了,就盼着她和那个根本不爱她的德米特里·费尧多罗维奇分手,我们更希望她嫁给伊万·费尧多罗维奇这样有文化、有教养的年轻人,而且伊万爱她胜过世间的一切。我们几个人是日思夜想,终于想出来一套方案,我甚至为了这事,暂时都不打算走了……"

"可她不是被我惹哭了吗?她的自尊心受到了伤害。"阿廖莎说道。

"不要相信女人的眼泪。阿列克谢·费尧多罗维奇,在这类事情上,我一直是反对女人,站在男人那边的。"

"妈妈!您会把他教坏的,您会毁了他的!"门后传来了丽莎尖细的声音。

"不,我才是罪魁祸首,全是我的错!"阿列克谢双手捂面,看得出来他为自己刚才的所作所为感到无比的羞愧和痛苦。

"相反,您的行为更像是个天使一样。不信的话,我就把这句话说一千遍、一万遍。"

"妈妈，为什么说他的行为像个天使？"还是丽莎的声音。

"刚才发生的一切，我都看在眼里，我也不知道怎么了，"阿廖莎似乎没有注意到丽莎的声音，自顾自地继续道，"我总觉得她真正喜欢的人是伊万，所以我才说了这些胡话……接下来又会发生些什么事呢？"

"啊？发生什么事？谁会出事吗？"丽莎在屋子里叫嚷道，"妈妈，您是不是非要憋死我不可？我一直在问您，您怎么就不理我。"

这个时候，女仆突然冲了过来。

"不好了，卡捷琳娜·伊万诺芙娜在哭……歇斯底里地大哭，就像是犯病了，浑身哆嗦。"

"到底怎么了？"丽莎又喊了起来，声音非常惊慌，"妈妈，现在是我要歇斯底里了，不是她！"

"丽莎，求你了我！看在上帝的面子上，你别嚷嚷了！快被你逼死了！你年纪还小，大人们的事情说给你一个小孩子听，你也不懂，等我回来，到时候该让你知道的，我会全让你知道的。啊！上帝啊！我来了，我来了……这歇斯底里应该是个好兆头。阿列克谢·费尧多罗维奇，她歇斯底里，倒是该发生的事情。在这种事情上，我一贯反对女人，反对发作歇斯底里和女人流泪。尤利娅，您先过去说一声，我马上就到了。至于伊万·费尧多罗维奇和我们不欢而散这件事，这得怨她自己，但他不会真正离开的。丽莎，求你了！看在老天的面子上，你别叫唤了！哦哦，您没有叫唤，是我在叫唤！妈妈给你道歉了！不过我现在很高兴，很高兴，真的高兴！阿列克谢·费尧多罗维奇，您注意到年轻的伊万·费尧多罗维奇刚才气冲冲地、行云流水地说了一大堆之后，大踏步离开的样子了吗？我原以为，他是个什么学者之类的书呆子，不料他却也这么火暴、这么直来直去，一看就是坦诚、直率的小伙子的做派！他还年轻，很多事情还缺乏经验，但这很好，就像您一样，坦率又稚嫩……还有他刚才背德文诗的样子，简直和您一模一样。但是我现在得走了，阿列克谢·费尧多罗维奇，您也快点去办她嘱咐给您的那件差事吧，要快点回来。丽莎，你有什么需要的吗？看在上帝的面子上，就别拖阿列克谢的后腿了，他很快就会来看你的……"

霍赫拉科娃太太终于走了，临行前，阿廖莎想推开那扇门见一见丽莎。

"千万别开门！"丽莎叫道，"千万别开门！您现在就这么隔着门和我说话吧。说说，您怎么就变成天使了呢？"

"因为我做了蠢事，丽莎！再见！"

"我不许你这样说走就走！"丽莎喊道。

"丽莎，现在还有件令我苦恼的事！我很快就会回来的，是真的非常非常令我苦恼的事！"

然后，他跑出了房间。

第六节　木屋里的反常

阿廖莎所言属实，他现在所感受到的苦恼确实是他很少经历过的。他突然跳了出来，"说了些蠢话"——而他具体所指的是什么方面？爱情方面！"可是在这方面，我又懂些什么呢？我刚刚在那里慷慨陈词些什么呢？"他恨不能上百次叩问自己，羞愧得涨红了脸，"哦，其实我出洋相倒不算什么，这是我应得的惩罚——糟糕的是，从现在起，我无疑将成为那些新的不幸的始作俑者……长老派我来，是让我来调停冲突、化解矛盾。难道有我这样调停的吗？"刚才他原本想促成和解却不料弄巧成拙的场景仿佛就在眼前,羞愧之感顿时从他心中腾起。"虽说我做这一切,是出于真情实意,但以后我还是需要机灵些。"这是他在教训中得到的经验,他甚至没法为此露出一丝笑意。

因为卡捷琳娜·伊万诺芙娜委托的事情,他得前往湖滨路,此处距离大哥德米特里的居所不远——在离湖滨路不远的一条巷子里,刚好顺路。阿廖莎决定在去找那个上尉之前,先去找一下大哥,尽管他预感到大哥并不在家。阿廖莎猜想,他现在说不定正在刻意躲着自己。但是,阿廖莎觉得自己无论如何都必须找到他。时间所剩无几了,自阿廖莎离开修道院的那一刻起,每一小时,每一分钟,只要一想到长老就要魂归天国,他就饱受折磨。

卡捷琳娜·伊万诺芙娜委托的这件事中包含的一个情况倒是激起了阿廖莎的兴趣:卡捷琳娜·伊万诺芙娜提到那个上尉有个儿子,是个年龄不大的小学生,她说,当时那小孩子就跟在父亲和米佳的身旁,跑着,哭着,求助过路的人。阿廖莎脑海中顿时闪现出一个结论:这孩子大概就是刚才那个小男孩,在阿廖莎追问他有什么事情得罪小男孩的时候,那孩子咬伤了他的手指。现在,阿廖莎几乎确定这一点了,虽然他自己也不清楚有何凭据。也正因为脑海中的这些乱七八糟的想法岔开了他耿耿于怀的内疚和后悔,他决定不再去"思考"自己刚刚闯下的"祸事",不能让后悔一直折磨自己,妨碍自己办正事,至于未来会发生什么事情,顺其自然吧。想到这里,阿廖莎振作了起来。顺便提一下,当路过他哥哥德米特里住的那条小巷时,阿廖莎突然饿了,于是他从口袋里掏出从父亲那儿带走的小面包,一边走一边吃。这为他补充了一些体力。

德米特里不在家。而他的房东——一个老木匠,他的老伴儿和儿子用一种充满怀疑的目光紧盯着阿廖莎。在阿廖莎的一再追问下,老人回道:"他已经三天没在家里住了,也许是去外地了吧。"

阿廖莎把这一切看在眼里,房东这样说应该是德米特里特意叮嘱的。于是,阿廖莎直接问道:"所以他现在是不是在格露莘卡那里?还是说他躲在福马那里?"阿廖莎故意说得这么直白。房东一家人的眼神甚至变得有些惊恐了。

"他们喜欢他,所以为他打掩护,"阿廖莎心想着,"这也算是一桩好事吧。"

他终于在湖滨街上找到了卡尔梅克娃的房子。那是一间年久失修的小木屋,歪歪斜斜的,只有三扇对着街道的窗户,里面的院子又脏又乱,院子正中立着一头孤苦伶仃的老母牛。入口是一条细细的步道,沿着步道一路往前,阿廖莎看到他左手边住着年迈的房东老太太和她那已经熬成了小老太婆的女儿,两人似乎都有些耳背了。阿廖莎问她们上尉住在哪间屋子,重复了好多遍自己的问题,她俩中才有一个勉强明白了他问的是她们的房客,于是伸手指了指步道另一侧的木屋紧闭的门,这栋简陋的小木屋看上去干净整洁,想必这就是上尉的居所。阿廖莎伸手去够铁把手,正想一把推开门,却忽然发现门内竟无半点声响,这让阿廖莎觉得惊讶。之前,他从卡捷琳娜·伊万诺芙娜那里听说,上尉有一家老小需要照顾。"难道他们都睡着了?还是他们听见我来了,正等我开门进去呢?算了,"阿廖莎思忖道,"我还是先敲门吧。"于是,他敲了敲门。倒是有人应门,但不是一听到有人敲门便急忙回应,而是十多秒后才有人回应。

"谁?"说话人的语气听起来生气极了。

这时阿廖莎才把门推开,跨过门槛,进入了木屋。屋子很宽敞,不过家中人口太多,家具摆放得杂乱无章,整间屋子显得非常拥挤。在阿廖莎的左手边有一个老款俄式的炉子,从炉子到左边的窗户,有一根绳子横穿整个屋子，上面杂七杂八地挂满了各色破衣烂衫。屋内左右两侧各有一张床，每张床上都铺着线毯；其中左边的那张床上像小山一样堆着四个用印花布套起来的枕头，一个比一个小；右边的那张床上有一个小小的枕头。正对房门那里，用一块布充当门帘（它也挂在那条横亘房间的绳子上），隔开了一个小小的空间。门帘后面，可以看到靠墙角的位置有一张用长凳子和椅子支起来的床铺。所以一张方正的手工木头桌从刚才那个角落挪到中间那扇窗户的位置了。房子有三扇窗户，这三扇窗户都是由四块已经发霉变绿的玻璃组成的，窗户已经不怎么透光了，而且锁得紧紧的，屋内既闷热又昏暗。中间窗台下方的那张桌子上，有一只小煎锅，里面有吃剩下的煎鸡蛋的残渣，旁边还有咬剩下的小半块面包。除此之外，还有一个酒瓶子，瓶底还残留了些许酒。

　　左边那张床旁边的一把椅子上坐着一个女人，像是一位身份显赫的太太，她身着一件花色连衣裙。她的脸颊消瘦，面色蜡黄，看起来疾病缠身。但最令阿廖莎惊讶的还是这位太太的眼神，她的眼神中满含疑问且非常傲慢。在这位太太开口之前，阿廖莎在向男主人简单介绍自己的来意时，她那双浅棕色的大眼睛一直用审视和疑惑的眼神轮番打量着交谈的双方。在那个女人的身后，最左边的窗台下站着一个姑娘，她很年轻，二十岁左右的样子，驼背且瘸腿（后来有人告诉阿廖莎，那个姑娘的两条腿完全萎缩了）。她的拐杖就立在床和墙之间的旮旯里。不过，这个可怜的姑娘却有一双十分美丽的大眼睛，透着纯洁和善良，她正以一种平静和温柔的神情望着阿廖莎。餐桌旁，坐着刚刚吃完煎鸡蛋的男主人，他大约四十五岁，个子不高，身材瘦弱，稀稀疏疏的头发和杂乱不堪的胡须都是栗红色的，看起来像极了洗澡时用的树皮澡擦（阿廖莎只要一瞅见他的胡子，立马就会想到之前孩子们口中的"搓澡擦")。很显然,刚才就是这位先生在门后喊了那句"谁?",因为屋里没有别的男性了。正当阿廖莎进门时,他腾地一下从一条长凳上站起身来,用一块有破洞的餐巾擦了擦嘴,大步走到阿廖莎面前。

"修士过来化缘了?这下可来对地方了!"说话的正是站在左边角落里的那个姑娘。

然而,那位已经跑到阿廖莎身边的先生,以一个笔直的右转对着那个女孩,扯开嗓门激动地说:"不,瓦尔瓦拉·尼古拉耶夫娜,你说得不对,你啊,你猜错了!还是让我先问问。"然后他转身面向阿廖莎,"您光临我这间陋室,有何贵干?"

阿廖莎认真地上下端详着眼前这位初次相见的先生,觉得他是个举止乖张、急躁易怒的人。虽然刚才这位先生喝了酒,但很明显并没喝醉。此人的面部表情复杂,一方面满是狂妄和傲慢,另一方面却又明显带着怯懦和畏缩。他像是那种长期寄人篱下,吃尽苦头和屈辱,一旦得势便想表现一下自己的人。或者,更确切地说,他就像那种时刻嚷嚷着要揍你,却又生怕你揍他的人。他讲话的声音非常刺耳,像是在为了强行幽默而装疯卖傻,有时气势汹汹,有时胆怯畏缩,总之,此人说话的语调时常变化,语句也不连贯。在朝来者问"来这陋室,有何贵干"的时候,他似乎全身在发抖,眼珠子都快瞪出来了,他直接逼近阿廖莎,使阿廖莎本能地向后退了一步。这位先生穿着一件偏暗的土黄色大衣,布料极差,污渍斑斑,上面还打满了补丁。他的裤子颜色浅得出奇,方格子,面料非常单薄,裤脚往上卷曲,正因此,显得整条裤子皱皱巴巴的,像是一个生长过快的小孩套着已经小了的裤子。

"我,我是……阿列克谢·卡拉马佐夫……"阿廖莎回答道。

"先生，我知道您，"那位先生当即打断他的话，表示不用介绍，他知道他是谁，"我是上尉斯涅基列夫。您啊，可是我还想知道您来这里有何……"

"我是顺道过来的，是有几句话想对您说……如果您允许的话……"

"若是那样，这儿有把椅子，您啊，请您快快落座。在那种从古代传下来的戏剧里，演员们往往也这么说：'快快落座。'……"上尉一边说，一边动作麻利地抓过来一把椅子（农村常见的、不包软垫的纯木质椅子），几乎放在了屋子的正中间；然后他又给自己抓来一把同样的椅子，坐在了阿廖莎的对面，和他靠得很近，膝盖都快要撞在一起。

"我是俄国前步兵上尉尼古拉·伊里奇·斯涅基列夫，虽然因为犯了些错身败名裂，但终究还是帝国的上尉。其实，我更应该叫'您啊上尉'，而不是斯涅基列夫上尉，因为，我后面的半辈子不知道从什么时候开始，就'您啊''您啊'这样唯唯诺诺地没完没了。他们取笑我，于是给我取了这个'您啊上尉'的诨名。"

"真是这样呢。"阿廖莎含笑道，"但不知您是无意间这样的，还是刻意养成的？"

"无意间养成的，上帝可以做证。我前半辈子从来没有'您啊''您啊'地说过话。可跌倒后再爬起来，我便开始'您啊''您啊'地没完没了。这就是天意吧。我看得出，您对当代的种种问题很感兴趣。只是我住的这个地方吧，着实没法接待您这样的贵客，请问是什么样的事情，烦劳您大驾光临？您啊。"

"我来……是为了那件事……"

"什么那件事？为了哪件事？"上尉不耐烦地直接打断了阿廖莎的话。

"关于您和我哥哥德米特里·费尧多罗维奇相遇的那件事。"阿廖莎不好意思地说。

"哪次相遇？您啊，莫非是为了那件事？您啊？就是那件关于搓澡擦、树皮澡擦的事情？"他突然挪了挪身子，这下，两人的膝盖可真是结结实实地碰上了。他的嘴唇抿成了一条线，奇怪得很。

"什么搓澡擦？"阿廖莎嘀咕道。

"爸爸，他是过来找您告状的！"就在此时，那块用作门帘的破布后面传来一个阿廖莎熟悉的尖嗓音，一听便知，是半路上阿廖莎遇到的那个小男孩在叫喊，"今天我咬破了他的手指头！"

门帘被揭开了，阿廖莎看见角落里的圣像下面有一张用椅子和木板临时拼凑起来的床，小男孩就躺在那张床上，他的身上除了自己的烂外套外，还盖着一床很旧的棉被。很明显，这孩子身体不适，从他那双灼红的眼睛可以看出，他应该正发着高烧。不过，即便如此，他的眼神中还是迸发出无所畏惧的光，他看着阿廖莎，像在说："你来啊，我现在在自己家里，看你能把我怎么样？"

"你把人家的手指头咬烂了？"上尉一惊，直接站了起来，"他把您的手指头咬伤了，是吗？"

"是的，是咬了我。今天我在街上看到他和六个男孩互相砸石头。那六个男孩砸他一个。我向他走过去，他也用石头砸我，后来还往我脑袋上扔了一块。我问他：我做了什么对不起他的事吗？他没回答，就是突然扑过来，用力咬伤了我的手指头，我也不知道为什么。"

"我马上揍他！先生！我现在就揍他！您啊！"上尉说着，整个人已经从椅子上蹦了起来。

"我，我不是过来告状的，我只是顺便提一下……我希望您不要打他，他似乎病了……"

"您以为我会揍他一顿？您啊。您以为我会当着您的面把伊柳沙抓过来，一直抽他，抽到您满意为止吗？您是要我现在就这么干吗？"上尉突然气冲冲地转向阿廖莎，那架势像要冲阿廖莎扑过去似的，"先生，我先对您的手指表示抱歉。但是，您要不要在我揍伊柳沙一顿之前，先用这把刀剁掉我的四根手指，就用这把刀？好让您出出气，消了您的心头之恨！我觉得四根手指头应该够您出气了吧，不需要我的第五根手指头了吧？您啊……"他突然停下了，就像喘不过气一样，面部的每一根线条都在颤抖、抽搐，他的眼神也充满了难以言明的挑衅。他就像疯了一样。

"现在我大概全明白了。"阿廖莎还是坐着，难过地慨叹道，"照这么说，您的儿子是个好孩子。他爱他的父亲，他袭击我是因为之前我的哥哥当众侮辱了您……现在，我全都明白了。"阿廖莎一边思考着一边重复道，"但是，我的哥哥德米特里·费尧多罗维奇对自己的所作所为感到后悔，我是了解他的，如果有可能，他会亲自登门谢罪，或者，最好就在当时的那个地方和您见面，如果您愿意，他一定会当众向您赔礼道歉。"

"照您这么说，把人家的胡子都扯光了，赔个礼、道个歉，这事就结束了吗？您啊！"

"哦，不，他会尽可能地满足您所有的要求。"

"那么，假若我把您那位尊贵的兄长请到那家酒馆，就是那家名字叫'京都'的酒馆，让他跪在我面前，或者说，我要是让他去广场跪下，他会给我跪下吗？"

"是的，他会跪下。"

"您成功地打动了我！您都让我感动得快哭出来了。您啊，感动了我的心，我是个性情中人。请让我向您完整地介绍一下我的家庭成员：

我的两个女儿、一个儿子——我的小家伙们。要是我死了,还有什么人会疼爱他们呢?我活着的时候,除了他们,还会有谁把我这个垃圾当成宝贝呢?这是上帝为每一个像我这样的人安排的天大的善事。您啊!像我这样的人,也得有人爱不是吗……"

"嗯,您说得对!"阿廖莎感叹道。

"够了,别再演小丑了,只要来个傻子,您就出尽洋相、丢我们的脸!"窗前那位姑娘突然打断了他的话,一脸鄙夷和蔑视地盯着自己的父亲。

"等一等,瓦尔瓦拉·尼古拉耶夫娜,让我说下去。"这位父亲用命令的语气冲着女儿喝道,同时却用赞许的眼神望着她,"我们家都是烈性子,您啊!"上尉又把头转回了阿廖莎。

"大自然的万事万物,

没有什么是他愿意祝福的。①

"我们应该把这首诗中的'他'改成'她':没有什么是她愿意祝福的。您啊。现在,请允许我向您介绍我的妻子:阿丽娜·彼德洛芙娜,一位没有双腿的女士,她今年四十三岁,勉强能走路,只是走不长。她出身于平民家庭。阿丽娜·彼德洛芙娜,注意一下你的仪态!这位是阿列克谢·费尧多罗维奇·卡拉马佐夫。请起身,阿列克谢·费尧多罗维奇,"他一边说着,一边握住阿廖莎的手,用一种意想不到的力气把阿廖莎拽了起来,"给您介绍女士呢,您啊,您得起身!孩子他妈,这个人不是那个卡拉马佐夫,他是……嗯,他是那个卡拉马佐夫

---

① 引自普希金的诗《恶魔》。

的弟弟,为人谦虚、品德高尚。请允许我,阿丽娜·彼德洛芙娜,请允许我,孩子他妈,让我先亲一下你的手。"

说着,他满怀柔情、毕恭毕敬地亲了下妻子的手。窗前那个姑娘索性转过身去,不看此情景。他那满脸疑惑的妻子脸上顿时出现了异常温和的表情。

"您好,请您坐下吧,切尔诺马佐夫先生。"她说。

"是卡拉马佐夫,孩子他妈,卡拉马佐夫!"他轻声对阿廖莎说道,"她是平民家庭出身,您啊。"

"卡拉马佐夫也好,别的什么夫也罢。我总觉得切尔诺马佐夫上口……请您快坐下,他真是的,干吗把您拽起来。他说我是个没腿的女人,其实我是有腿的,只是肿得跟水桶似的。别看现在我的身材干瘦,以前我可胖了,现在却骨瘦如柴。"

"说了她是平常百姓人家出身,平常百姓人家,您啊。"上尉又提醒道。

"爸爸,啊,爸爸!"坐在椅子上一直沉默着的驼背女孩突然开了口,并用手帕遮住了眼睛。

"小丑!"窗下的姑娘脱口而出。

"您知道我们家的事吗?"母亲摊开双手,指着两个女儿说,"就像天上的云一样,过去了就没了。以前,我们在军队的时候,经常有这样那样的人来我们家做客。孩子他爸,我不是非要作比较。人都是各有所爱的。教堂执事的老婆那时候经常来我家,说:'亚历山大·亚历山德罗维奇是个好心肠的人,而娜斯塔西娅·彼德洛芙娜是从地狱里蹦出来的魔鬼。'我当时回答说:'这要看谁喜欢谁了。你这人啊,个头不大,味道倒是很臭。'她说:'你给放尊重点!'我冲她说:'哎哟,你这把黑刀子,倒教训起我来了?'她对我说:'我要放点新鲜空气进来,因为你一开口就喷臭气。'我说:'你快去找其他军官打听打听,到底是谁开口有臭气?'打那时候起,这件事就一直压在我心头。前段时间,我跟现在一样坐在这儿,我看到那位每年都来本地过复活节的将军走了进来。我问他:'将军大人,您说,能对一位得体的女士说给她放点新鲜空气进来吗?'他回答说:'是的,您应该把窗子或者门打开,好好通通风,因为您这儿的空气不太新鲜。'你瞅瞅他们,他们说话都是一个腔调。我这里的空气关他们什么事?死人的地方比这里难闻多了。我说:'我才不会污染你们的空气,我要定制一双鞋子,穿上离开这里。'两位男士,亲爱的孩子们,别责怪你们的亲娘。尼古拉·伊里奇,孩子他爸,我虽然没能让你生活如意,但我有伊柳沙,他放学回来后会疼爱我。昨天他带回一个苹果给我。请原谅,男士们,请原谅你们的亲娘,孩子们,请原谅我这个孤单的老太婆。为什么你们都觉得我污染了你们的空气呢?"

这个可怜的女人突然痛哭起来,泪如泉涌。这时上尉快步冲到她面前。

"孩子他妈,孩子他妈,亲爱的,行了,行了!你怎么会孤单呢!我们都爱你,大家都爱你!"说着,他又开始亲吻她的双手,并用自己的手掌温柔地抚摸着她的脸,还抓起了那块擦了嘴的破餐巾替她拭去泪水。此时,阿廖莎的眼泪在眼眶中打转。

"您啊,您看见了吗?您听到了吗?"他猛地把头转向阿廖莎,怒气冲冲,手指着那已经失心疯的可怜女人,咬着牙对他说道。

"我看见了,我也听到了。"阿廖莎喃喃自语。

"爸爸!爸爸!您为什么跟他……别搭理他,爸爸!"小男孩突然放声大喊,从床铺上费劲地支起身来,通红的双眼注视着他的父亲。

"够了!您别再装腔作势了,你的小丑戏该结束了,"彻底生了气的瓦尔瓦拉·尼古拉耶夫娜大喊了一声，她气到跺脚，"您这套伎俩一无是处……"

"你这次发火倒是很有道理，瓦尔瓦拉·尼古拉耶夫娜，我现在就让你消气。阿列克谢·费尧多罗维奇，戴上您的帽子，我也拿上我的帽子——咱们出去吧。您啊。我倒是有些重要的话要给您说，只是在这屋里不方便说。对了，这位坐着的姑娘是我的小女儿妮娜·尼古拉耶夫娜，您啊，差点儿忘记把她介绍给您了——她简直是个活天使……就是那种从受了上帝之命，堕入凡间的天使……我这么说，您能理解吧……"

"瞧他那哆哆嗦嗦的模样，跟精神病人一样。"瓦尔瓦拉·尼古拉耶夫娜依旧愤愤地说道。

"这位就是刚刚跺着脚骂我是小丑的姑娘，她也是坠入凡间的天使，她骂我骂得很有道理。您啊。我们走吧，阿列克谢·费尧多罗维奇，我们一起把这件事了结了吧……"

于是，他拉住阿廖莎的手，把他从屋内带到了街上。

第七节　清爽空气下的反常

"外面的空气真清爽！我那屋子里，连空气都不新鲜，不论从哪个方面来说都是如此。您啊，来吧，先生，我们一起散散步吧。我有件事一定要跟您说。"

"我也有一件要事相告……"阿廖莎说，"只是，我不知道该如何开口。"

"您啊，我当然知道您有事要跟我说，我怎么可能不知道呢？没有要事，您又怎么会登门拜访。您怎么可能是过来告我儿子的状的？

这不可能的,您啊。说到我儿子,在屋里我确实不方便把所有事情都跟您讲清楚。您啊,您听我说,事情是这样的,差不多一个星期以前,我这团搓澡擦还不是这样一缕一缕的——当然,我说的是我的胡子。您啊,因为我这缕胡子,那群小学生给我起了'搓澡擦'这个绰号。您啊,那天您的哥哥德米特里·费尧多罗维奇薅着我的胡子,把我从小酒馆拖到广场上。当时,正好小学生放学回家,伊柳沙也在其中。一瞅见那幅景象,他立马就冲到我身边来,喊着:'爸爸!爸爸!'他在一旁拽着我、抱着我,想帮我脱身,还冲着欺负我的人,也就是您的哥哥德米特里,吼道:'放开他!放开他!他是我爸爸,我求您饶过他吧!'他当时就是这么喊的:'饶了他吧!'他还冲到你哥哥面前,两只小手抓住你哥哥的手,亲啊,吻啊,您啊……您可能想象不到他当时的表情是什么样的,但是我永远忘不了那张小脸。您啊,我忘不了啊,永远都忘不了……"

"我发誓,"阿廖莎惊呼道,"我一定让我的兄长,用最真诚、最深刻的方式向您忏悔,哪怕跪在那个广场……我非要他做到不可,否则,我就不认他这个兄长!"

"哈哈!原来这只是一个计划而已,并不是他本人的意愿,只是您这种古道热肠之人的高尚行为。您啊,您早该说清楚的。算了,既然如此了,也请允许我跟您好好说说,您兄长那满怀着骑士精神和军官式的所作所为,因为他当时就是这么做的,您啊。他当时揪着我的'搓澡擦'[①],把我拖到广场后,松手说:'你是军官,我也是军官,如果您能找到另一个正派的人当决斗的见证人,那您叫他来,那样我就会和您决斗,哪怕您是个浑蛋。'您看,他就是这么说的。充满了骑士精

[①] 如前文解释,这里指上尉的胡须。

神！然后，我和伊柳沙匆忙离开了，但这种事关家族荣誉的画面刻进了伊柳沙的脑子里。当然，我们家可学不来他们那种贵族气派。您啊，没错啊，先生，您刚刚也进我家的木屋了，里面的情况，您不是也看到了吗？一户人家，三位女士，一个没腿的疯子、一个没腿的驼背，还有一个倒是有腿能到处走，可太聪明了，在女校读过书，现在一心想回圣彼得堡，非要跑到涅瓦河畔去争取妇女权益。伊柳沙就不用说了，他才九岁，您啊。现在这一大家子就指望着我一个呢，要是我死了，您说他们怎么办？我就想问问您。您看，如果我跟他决斗时被打死了，我家里的这些人该怎么办？您啊，如果情况更惨点，他没打死我，而是把我打成了残废，我无法干活，只剩一张吃饭的嘴，谁来养活我呢？谁来养活他们几个？难不成让伊柳沙早早辍学，去大街上乞讨？所以，他要我同他决斗，对我来说就意味着这些，完全是蠢话，除此之外，啥都不是，您啊。"

"他必须向您赔礼道歉，他必须在广场上当众向您下跪道歉。"阿廖莎激愤地说，眼中闪着火一样的光芒。

上尉接着说："我曾有考虑过去法院起诉他，可是，当我打开我国的法典，发现我作为受辱者，根本无法从中得到多少赔偿！您啊，没想到阿格拉菲娜·亚历山大洛芙娜^①还把我叫过去，对我说'想都别想！如果你敢告他，我就要全世界都知道，他揍你是因为你搞诈骗，到时候谁被押上法庭还不一定呢。'可只有上帝才知道所谓诈骗的主谋到底是谁，我不过只是奉他人之命，给人家跑腿罢了。明明就是她和费尧多尔·巴甫洛维奇导演了这出闹剧。她还补充道：'我会把你轰走，将来你别想从我这儿拿到一个子儿。我还要把你的事情告诉我

---

① 格露莘卡的大名。

家掌柜的(他把萨姆索诺夫叫"我家掌柜的"),到时候他也会把你轰走!'我心想,要是那个老商人把我赶走了,我又该去哪里挣钱糊口呢?毕竟,我只能靠他们两个吃饭了,您的父亲费尧多尔·巴甫洛维奇现在因为一件并无关系的事情不再相信我了。且不说这个,他手里还拿着我的收据,正打算去法庭告我呢。就是以上这些原因吧,我决定老老实实地闭上自己的嘴。您啊,也看到我那一大家子了,知道了我家里的情况。现在请让我问问您,您被伊柳沙咬的那根手指疼不疼?在我家里,我都不敢当着他的面问您。"

"是的,的确很痛。当时,他非常生气。因为我姓卡拉马佐夫,他这是为您报仇。现在我明白了。但是,您没有看到,当时他一个对着六个孩子扔石头。这太危险了,他们弄不好能把他砸死。小孩子下手不知轻重,石头砸过来,会把脑袋打破的。"

"那天他确实是被石头砸中了,不过不是脑袋上,而是胸口上,在心脏上面一点,现在那里青紫一片,您啊。小家伙回来时就在哭,喊疼,所以病了。"

"要知道,是他先动手的,他是为了给您出气。孩子们说,不久前,他用削笔刀从背后捅了一个叫克拉索特金的男孩的腰部……"

"这件事我也听说了,非常危险,您啊。克拉索特金的父亲在本地当官,也许日后会有麻烦……"

"我建议您,"阿廖莎热情地建议道,"这段时间还是别让他去上学了,等风头过去了……也等他心头的火气退了、情绪稳定了再……"

"火气?"上尉接过话茬,"您这话说得真对,您啊。别看他还是个小崽子,火气大着呢。可能您还不知道其中的一切,让我专门给您讲讲这个故事:就在那件事之后,学校里的学生们就取笑他,喊他'搓澡擦'。这些校园里的小学生,分开时个个都是天使,聚在一起却变得毫无同情心。他们一直取笑伊柳沙，要是换个平常普通的小男孩，可能会因为自己的父亲而感到抬不起头，但伊柳沙这孩子却会为了父亲，一个人对抗所有人。为了父亲，为了正义和公道。您啊。当时他亲着您哥哥的手，疯了一样地求他：'饶了我爸爸吧！饶了我爸爸吧！'——他心里得承受多大的痛苦，怕也就只有上帝才知道了，当然我也知道，您啊。看，咱们的孩子，不，不是你们的，只能是我们家的孩子——被人瞧不起却品格高尚的穷苦人家的孩子，九岁便知晓了人世的真理。您啊。富家子弟哪里能经受得到这些呢？他们这一辈子都不会有如此深刻的认识！可我的伊柳沙在广场上求他、吻他的那一刻，就领悟到了人世的真理。真理就这么直接冲进了他的脑子，活生生把他击垮。您啊！"上尉越说情绪越高，他的右手握成拳头，猛砸左掌，似乎在给阿廖莎形象地演示，他口中所谓的"真理"是如何压垮了他的伊柳沙，"就在那天，他突然开始发烧了，胡话说了整整一晚。一整天他都没跟我说上几句话，始终沉默。不过我注意到，他时不时地会从角落里瞅我，趴在窗台上假装温习功课，可我看得出来，他心里根本没想功课。第二天，我借酒浇愁，喝得酩酊大醉，甚至不省人事。我真是一个作孽的人。孩子他妈也哭——我真的很爱孩子他妈，可是我把最后一点钱也拿去换酒了啊……只因，我心里太难受了。您啊。请您不要瞧不起我，在俄国，醉鬼恰恰是最善良的，越是贪杯，就越是善良。我醉得记不起那天伊柳沙发生了什么事，只知道从那天开始，男孩们对伊柳沙的戏弄就开始了，他们冲伊柳沙喊：'搓澡擦，你爸让人揪着搓澡擦从酒馆里拽出来，你还在旁边跑着，一路求饶。'到了第三天，他放学回家后，我发现他面色煞白，毫无血色。我问他怎么了，他不作声。在我家里是没法谈话的，因为一说话孩子他妈还有他那两位姐姐会立马掺和进来——其实两个姑娘早就知道了。当时瓦尔瓦拉·尼古拉耶夫娜已经抱怨个不停了,说:'两个小丑凑在一起能搞出来什么正经名堂?'我说:'瓦尔瓦拉·尼古拉耶夫娜,你说得对啊,我们凑在一起还能有什么名堂?'我就这么搪塞过去了。天黑后,我叫儿子和我一起出去散步。我经常和他在天刚黑的时候出去散步,走的路线就与我和您现在走的一样,从我家院子一路走到前边围栏旁边那块孤零零的大石头那儿,那后面是一片牧场,是个荒芜又美丽的地方。我拉着伊柳沙的小手像往常一样往前走;他小手很小,手指头又细又长,而且冰凉凉的。要知道,他一直都有胸痛的毛病。他突然喊我:'爸爸,爸爸!'我问:'有什么事情吗?'我看着他那双小眼睛冒着火光:'爸爸,那天那个人为什么要这么对你?'我说:'又能有什么办法呢,伊柳沙?'他对我说:'爸爸,一定要报仇,一定得报仇!同学们说,他给了您十卢布了结此事。'我告诉他:'没有,伊柳沙,爸爸现在不会,以后也不会收他的钱。'他浑身开始发抖,两只小手抓紧我的手亲了几下。他说:'爸爸,爸爸,您去找他决斗啊!现在我们学校所有人都嘲笑我,说您是胆小鬼,说您不敢和他决斗,还有人说您为了十卢布而折腰。'我回答他说:'伊柳沙,爸爸不能和他决斗。'接着,我就把刚才同您讲的话对他简单地讲了一遍。他听完了以后说:'爸爸,爸爸,您不能就此罢休!等我长大,一定去找他决斗,我一定亲手杀了他!'他说话的时候,那双小眼睛里就像有火在燃烧。不管怎么样,我这个当父亲的,总得告诉孩子们些正确的道理,我说:'杀人是犯罪,哪怕是在决斗中杀了人也是犯罪!'他说:'爸爸,爸爸。等我长大了,我要一脚把他踹倒,我要用自己的剑打飞他的剑,我要挥舞着剑,把他放倒在地,对他说:'我随随便便就能宰了你,但是我饶恕你了,滚吧!''您听,您听听这话,原来这孩子这两天一直心不在焉,是在想自己长大后该如何用剑手刃仇敌,可能连他做梦都在念叨这些。您啊。可是,他放学回家时那副被打得狼狈的模样,我是前天才发现的。您刚才说得对,我再也不让他去那个学校上学了。我听说了,他一个人竟敢单挑全班,向他所有的同学挑战,我知道,他非常气愤,满腔怒火——我很怕他出事。我们两个又出来散步了。他问我:'爸爸,爸爸,在当今这个世界上,是不是有钱的人比别人都强大?'我说:'是的,伊柳沙,不论什么时候,都是富人最强大。'他说:'我要挣好多好多的钱,我要去当军官,我要击败其他人,我要沙皇亲自给我颁奖,等我回来以后,就再也不会有人……'他沉默了一会儿,嘴唇抖动地说,'爸爸,咱们住的这个城市很不好!爸爸!'我说:'没错,伊柳沙,我们这个城市糟透了。'他说:'爸爸,那我们搬家吧,我们搬到一个没有人认识我们的城市吧。'我说:'咱们搬家,必须搬家!伊柳沙,等我赚了足够的钱就搬。'能有一个把他从那些晦暗的事情里拽出来的机会,真让我高兴,于是我们一起幻想要怎么搬到新城市去。我们需要先买匹马和一辆车,让妈妈和姐姐坐在车上,给她们身上盖严实,而我和儿子就在旁边跟着车步行;'偶尔,我也会让你坐在车上,总之我会一直在车旁步行。'因为我们必须爱惜自己的马,大家不能全坐上去。我们就这样举家出发。伊柳沙一想到可以拥有一匹属于自己的马,自己也能骑马,就高兴得合不拢嘴。咱们都知道,俄国的男孩子天生就爱马。感谢上帝,能给我机会让我和他说那么多话,好好宽慰他。又过了一天,也就是昨天晚上了,情况又变了。早晨他又去上学了,放学回来的时候整个人跟变了一个人似的,黑着脸,非常阴郁。晚上,我依旧带他去散步,拉着他的手,而他一句话都不说。当时,秋风起,太阳被云朵遮住了,天也黑了。我们一路走着,心里都很忧郁。我说:'孩子,我们还是聊聊搬家的事吧。'我想把他的注意力引到昨天的话题上去,但他没理我,我只是感觉到他的小手在我手中颤抖了几下。我心想，完了，又有事了。就和现在一样，我们走到这块大石头旁边，我在石头上坐了下来。那时候天上有很多风筝，风一吹，呼呼啦啦直响，我们数了数，有三十来个。我说：'伊柳沙，我们是不是也应该把去年那只风筝拿出来放一放？我来把它修理一下，你把它藏哪了？'我的孩子沉默着，眼睛不知道在看什么地方，他侧对着我站着。这时候，一股风卷着沙子迎面而来……他一下扑到了我的怀里，两只小手紧紧搂着我的脖子，紧紧地抱住了我。要知道，这孩子平日里沉默寡言，自尊心又很强，哪怕再想哭也会把眼泪压回去，只有在受到了天大的委屈时，眼泪才会像一条决堤的小河奔流而出。他那滚滚热泪将我的脸弄湿了。他失声痛哭，身体颤抖得像得了羊癫风。他紧抱着坐在石头上的我，哭着说啊：'爸爸，爸爸，亲爱的爸爸，你被他欺负得太惨了。'我也哭了，我们两个人，就抱在一起哭，浑身颤抖。他喊着'爸爸，爸爸'，我则唤着'伊柳沙，伊柳沙'。当时，没有人能看见我们，只有上帝看见了，说不定上帝能给我再记上一笔。谢谢您的兄长，阿列克谢·费尧多罗维奇。不过，我不会为了让您消气，揍我的伊柳沙！"

他用刚才特有的那种揶揄和挖苦的语调结束了自己的话。不过，阿廖莎已经感到自己成功取得了对方的信任，如果是其他人，他是不会进行这般"推心置腹"的交流，更不会吐露这么多情况。这鼓舞了阿廖莎，他的心里溢满了恻隐之泪。

"我真的希望自己能和您的儿子言归于好。"阿廖莎大声地说，"如果您能安排……"

"当然没问题，您啊！"上尉含糊地附和道。

"不过这件事倒是可以放一放，现在还有另一件事。"阿廖莎继续说，"请您听我说，我来找您，是受人之托。我的哥哥德米特里，他的行为羞辱了您，也羞辱了他的未婚妻。关于那位高贵的大家闺秀，想必，您多少有所耳闻。我有权向您披露她所受到的侮辱，甚至可以说这是我的义务。因为，她在听到了您所遭受的侮辱以及您不幸的家庭现状后，立刻委托我来……就刚刚，她委托我把她给您的这点资助捎来……当然，这笔钱只是她的意思，并不代表德米特里，因为德米特里也对不起她，所以，这笔钱与德米特里无关，当然与他的弟弟，也就是我也没关系，与其他任何人都无关，仅仅是她一个人的意思！她恳求您能接受她的资助……因为你们都受到了来自同一个人的伤害……德米特里带给她的伤害也不比带给您的少，她在受到伤害后，想到了您，这种感觉就像是落难兄妹之间的互帮互助……她恳求您如同接受自己亲妹妹的接济一样，收下这二百卢布。这件事情不会有任何人知道，也一定不会传出什么流言蜚语……因此，这二百卢布您应当收下，真的，我发誓，不然……不然，望眼这世界，岂不是人与人都是敌对的？但这世上还是存在着兄弟情谊的，对吗？……您有高尚的心胸，您一定能明白其中的道理……"

说着，阿廖莎递给他两张崭新的面额为一百的钞票。此刻，两人正站在围栏外那块大石头旁，四下无人。只是那两张钞票好像对上尉产生了什么奇怪的影响，他先是打了个冷战，似乎被吓了一跳，毕竟，他从未料到会有这样的事情发生，也未料到会有这样的结果，更别说他人如此慷慨，资助他如此不菲的数目。于是，他伸手接过那两张钞票，有那么几分钟惊愕到说不出话，他的脸上闪现出一种全新的表情。

"这是给我的，是给我的，巨款哪，二百卢布啊！天哪！我已经整整四年没见到这么多钱了！上帝啊！还是来自妹妹的接济……这是真的吗，是真的吗？"

"我可以向您发誓，我所说的一切都是真的！"阿廖莎郑重宣布。

与此同时，上尉涨红了脸。

"请听我说，亲爱的，请您听我说，我要是收下了这笔钱，我不会被当成一个卑鄙小人吧？或者，在您眼里，在您阿列克谢·费尧多罗维奇眼里，我不会沦为一个卑鄙小人吧？您啊，阿列克谢·费尧多罗维奇，请您听我把话说完。"他一边急着往下说着，一边控制不住地用手抚摸着阿廖莎，"您方才劝我接受，说把这笔钱当作妹妹的接济，可我要是真的收下，您会不会打心眼里瞧不起我？"

"不会的！永远不会的！我可以向您发誓，不会的，否则我的灵魂永远得不到拯救！而且，我也绝对不会让任何人知道这件事，除了您和我知道外，也就只有她和她的一个推心置腹的太太知道……"

"太太倒没什么！听我说，阿列克谢·费尧多罗维奇，请您听我说，现在我的日子就要过不下去了，您根本不知道这二百卢布对我来说意味着什么。"这个不幸的人继续说道，他的语气中夹杂着近乎疯狂的喜悦，他近乎昏了头，说话慌乱无序，就像担心晚一步，听者就不会再让他说下去似的，"这笔钱是正大光明得来的啊，它是我那神圣又可敬的'妹妹'给予我的。您啊，您知道吗，现在，我可以用这笔钱给孩子他妈，还有我那驼了背的小天使看病了。那个叫赫尔岑什图贝的大夫曾因为怜悯和同情，跑到我家给她们母女俩做了足足一个小时的义诊，可除了一句'我也不是很清楚到底是什么情况'之外，一句话都没留下。不过，本地药房卖的矿泉水（他在处方里开了）一定是对她有好处的。大夫还给她开了泡脚的汤药。一壶矿泉水差不多要三十个戈比，要喝差不多四十壶。所以，我收下那张处方后，只能把它放在神像下面的木板上，当然现在还在那里。大夫还给她开了那种沐浴的药，说是要倒进热水里，每早每晚都要洗。想想看，在我们家里，用人没有，帮手没有，澡盆没有，甚至连热水都没有，这样的治疗，我们怎么去实施呢？您啊。我的小天使尼诺齐卡，全身都患上了风湿，这话我还没有和您说过呢，夜里，她右半边身体疼起来简直受不了，而且一痛就是一夜。可信不信由您，我们家的这位天使，为了不让我们着急，哪怕疼得受不了了也依旧咬紧牙关，不哼一声，生怕吵醒我们。我们家能弄到什么就吃什么，这孩子每次只吃最后剩下的、那种烂到只能喂狗的东西。她那天使般的眼睛就像在说：'我不配吃好的，我不能抢你们的粮食，我是个累赘。'我们伺候她，她总是很哀伤，动不动就说：'我不配你们这样照顾，我不配，我是个没用的废物，没有一点用。'您啊，她怎么能不配呢？明明是她以天使般的温柔向上帝真心祈祷，拯救了我们全家。倘若没有她，我们家就真的沦为地狱了，甚至连瓦尔瓦拉那样冰冷的姑娘都被她的温柔感动了。不过，请您不要苛责瓦尔瓦拉·尼古拉耶夫娜，其实，她也是个天使，她也是受尽了苦啊！暑假她回来的时候，本来兜里还揣着十六卢布，这笔钱是她给人家教课一点一点挣来的，她本打算把这笔钱当作自己九月份回圣彼得堡的盘缠。可是，我们把她的钱都用来过日子花掉了，现在她连回去的盘缠都没有了，就是这么个情况，您啊。再说了，她也走不开了，我们像使唤苦役一样使唤她，就像给她套上辔头似的使唤她，她得照顾一大家子，所有事情都得帮忙，缝衣服、洗衣服、扫地和照顾母亲，而她的母亲总是哭哭啼啼，脾气古怪，而且是个疯子啊！现在有了这二百卢布，我就可以雇一个帮佣，您啊，您明白吗？阿列克谢·费尧多罗维奇，我可以给家人们看病，可以让女学生回圣彼得堡上学，我还可以买牛肉，让一家人吃点好的，您啊！上帝啊，这达成了我的心愿！"

眼见自己给他带来了如此幸福和欢乐，阿廖莎也从心里止不住地高兴。

"等一下,阿列克谢·费尧多罗维奇,请等一下。"上尉不知道怎么突然冒出了新的幻想,说话急促得像连珠炮一样,"您知道吗,我和伊柳沙的梦想弄不好就要真的实现了:买上一匹马,再配上一辆车,马就买黑的。我儿子说了,他非要一匹黑马。就像那天我们两个做的白日梦那样,我们一家人直接搬走!我在K省有一个当律师的熟人,他是我儿时的好友,他托一个可信的人给我带话,要是我去K省,他说不定能给我在他的律所安排一个职位,可谁知道呢,但说不定也许真的能给……只要让孩子妈和尼诺齐卡坐车,伊柳沙赶车,而我在车旁步行,我们一家老小就全都能过去了……上帝啊,只要我把之前借出去的钱都要回来,也许就够了,您啊!"

"够的,一定够的!"阿廖莎也激动地说,"卡捷琳娜·伊万诺芙娜到时候可能会根据您的情况再接济您一些,您拿多少都可以;您可能不知道,我也有一些钱,到时候,您需要多少就给我说一声,就把它当成一份来自兄弟或者好朋友的心意,等您富裕了,您再还我也行——您会发财的,您一定会发财的——要知道,如果真的打算举家去往别的省份的话,这可能是眼下您和您儿子摆脱困境的最好的办法了。尤其对伊柳沙来说,您知道的,越快越好,最好在冬季的寒冷来临之前。到了那边,我希望您能给我写信,我们会成为很好的兄弟,这……这根本不是梦!"

阿廖莎想要冲上去拥抱他,他发自内心地感到满意。但是,他看到上尉的表情,正要拥抱的动作戛然而止——上尉直挺挺站在那里,脖子伸得老长,嘴巴也噘着,面色惨白,嘴唇微动,似乎在说些什么,但一点声音都没有。

阿廖莎不免被激出一阵寒战,问道:"您怎么了?"

"阿列克谢·费尧多罗维奇,我……我……啊,您……"上尉吞吞吐吐的，怯生生地盯着阿廖莎，表情变得扭曲，双唇似笑非笑的，就像一个铁了心纵身冲下悬崖的亡命徒，"啊，我……您啊，要不要我给您表演一个魔术？"他的语调急促，声音低沉且慢慢坚定了下来，不再像刚才那样说话断断续续的。

"什么魔术？"

"魔术嘛，一种有趣的魔术。"他的声音又低沉了下去，与此同时，他的嘴巴慢慢歪向左边，左眼似睁非睁地盯着阿廖莎，仿佛视线拴在了阿廖莎的身上。

"您怎么啦？到底是什么样的魔术？"阿廖莎此时害怕起来，失声喊道。

"就是这样的魔术，瞧好了您啊！"上尉突然尖声叫道。

说罢，他把在谈话过程中一直用拇指和食指捏着一角的两张百元大钞，向阿廖莎晃了晃，然后突然紧攥在右手手心里，凶恶地攥成一团。

"喏，看见了吗，您啊？"他冲着阿廖莎尖叫着，面色煞白，露出疯狂的表情，然后，他猛然举起拳头，把那被攥成了纸团的两张百卢布大钞狠狠地扔在了地上，"这就是我表演的魔术，您啊！"

接着，他猛地抬起右腿，用脚后跟瞄准了地上的卢布拼命地踩，他踩一下就呼喊一声，大口地喘着粗气。

"这就是你们的钱！这就是你们的钱！这就是你们的钱！你们的钱！"突然，他往后一跳，挺直了身子站在了阿廖莎的面前，神情和姿态中满是莫名的骄傲。

"回去告诉那个派您来的人，我这个搓澡擦可不会出卖自己的人格！"他大声嚷嚷着向空中伸出一只手，然后转身就跑，可跑了还不到五步，他又忽地停下脚步，转过身来，对阿廖莎抛了一个飞吻。之后，他又跑了大概五步，转过身来，但这一回，他的脸上已看不见扭曲的笑容，相反，他泪如泉涌，啜泣不已。他结结巴巴，上气不接下气，完全崩溃了一样地对着阿廖莎吼道："我要是收下了这写满了屈辱的钱，还怎么回去面对我的孩子？"说罢，他转身就跑，再未回头。

阿廖莎此刻目送着那人远去的背影，心中泛起一阵无法形容的酸楚。哎，他明白了，上尉直到最后一秒也不曾料到自己会把这钱揉成纸团，扔在地上。但上尉已然越跑越远了，阿廖莎知道，他再也不会回头了。阿廖莎不会去追他、喊他，因为他知道上尉为什么这样做。等上尉消失在视线之外，阿廖莎俯身将那两张钞票拾了起来。钞票被攥得皱皱巴巴，又被踩得嵌进了沙地，但好在还是完整的，阿廖莎把它们展开抚平时，这两张钞票甚至还能在风中发出新钞才有的窸窣响声。他把它们叠了起来，揣进了衣兜，准备回去向卡捷琳娜汇报这件事的结果。

第五章　赞成和反对[①]

第一节　婚约

这次第一个跑出来迎接他的还是霍赫拉科娃太太。她慌慌忙忙的，因为发生了一件大事。卡捷琳娜·伊万诺芙娜的歇斯底里发作后竟昏厥了过去，然后出现了"非常可怕的衰弱，她躺下来，眼珠上翻，胡言乱语，现在已经开始发烧了。已经派人去找赫尔岑什图贝大夫了，也派人去喊了她的两个姨妈。现在两个姨妈已经来了，但是赫尔岑什图贝还没到。一堆人在她的房间里等着，她现在还是昏迷状态，一定会有什么事情发生，要是染上热病那就麻烦大了"！

霍赫拉科娃太太给阿廖莎介绍情况的时候，显得异常惊恐。她说完每一句话都要加上一句："这可太严重了，这可太严重了！"好像之前发生在卡捷琳娜身上的事情不严重似的。阿廖莎听完她的讲述更加忧愁了，开始把自己刚才的遭遇告诉霍赫拉科娃太太，但他还没说几句，就被她直接打断了，她表示没有时间听他说话，让阿廖莎去丽莎那里坐一会儿，让他在丽莎那里等她。

"丽莎，亲爱的阿列克谢·费尧多罗维奇，"霍赫拉科娃太太几乎

[①] 原文为拉丁语。

是贴在阿廖莎耳边说话,"刚才丽莎让我感到很惊讶,但也让我感动。所以,我已经在心里原谅她了。请您想象一下,您刚走,她就开始真诚地忏悔,说自己从昨天开始到今天一直在捉弄您。我觉得她并没有捉弄您,不过是在和您开玩笑罢了。但她这次可是认真地忏悔,都快哭出来了。这点真的让我感到很惊讶。她以前总是开玩笑一样地折腾我时,从未这样忏悔。您也知道的,她几乎是无时无刻不在取笑我。但是,现在的她可认真了,认真极了。她十分重视您的意见,阿列克谢·费尧多罗维奇,如果可能,请您不要生气,不要计较。我之所以处处让着她、原谅她,是因为这孩子是真的聪明,您也相信她很聪明的对吧?她刚才说,您是她'童年时代最珍贵的朋友',我说的可是她的原话,'最珍贵的',那我算什么呢?她说这话时认真极了,感情真挚,对待回忆甚至也是如此,那些记忆的细节,那些只言片语,从她嘴里蹦出来的那些短句和词话让人意想不到。打个比方,我家花园里有一棵松树,在她小时候那棵松树就在那儿,说不定现在也在,所以没有必要用'曾经'二字。松树不是人,松树是多年常青的,阿列克谢·费尧多罗维奇。她对我说:'妈妈,我还记得那棵松树,在梦中记得。'她给我解释说:'松树,把它拆开发音不就是"在梦中"吗?'我说的也许不是她的原话,因为那句话有些双关的意味。虽然'松树'是一个普通的词,但这孩子说出了新意。我知道我表述得不清楚,因为我也忘得差不多了。好了,待会儿再见!我现在太激动了,再这么下去我要疯了。我这辈子疯过两次,接受了治疗才好的。请您快去丽莎那里吧。鼓励鼓励她,我知道,您在这点上总是做得很好。丽莎,"说着,她把阿廖莎带到丽莎的房间门口,冲着里面喊了一声,"丽莎,我把那个被你欺负惨了的阿列克谢·费尧多罗维奇带过来了!他一点都不生你的气,他只是想不通,你为什么会这么认为,很诧异!"

"谢谢,妈妈①。请您进来,阿列克谢·费尧多罗维奇。"

阿廖莎进了门。看得出来丽莎的表情有些尴尬,她的小脸涨得通红。很显然,她正因为什么事情而感到羞愧,所以,像往常一样,她语速飞快地谈一些完全不相干的事情,好像此时此刻她只对那些不相干的事情感兴趣。

"妈妈刚才跟我说了,阿列克谢·费尧多罗维奇,就是那两百卢布的事情,卡捷琳娜委托您去找那个可怜的军官……还说了,他当时是怎么被欺负的……但是我妈妈讲故事一点条理都没有,总是跳来跳去的……可我还是听哭了。怎么样,送钱的任务完成了吗?那个不幸的人现在怎么样了?"

"我没能办成。不过这件事说来话长。"阿廖莎答道。丽莎看着阿廖莎,注意到他现在似乎还在为自己没能完成任务而忧心。当然,丽莎更清楚的是,现在的阿廖莎在顾左右而言他。

阿廖莎在桌旁找了个位置坐下,把刚才的事情从头讲起。不过,话一说起来,阿廖莎就不觉得尴尬了,这让丽莎融入了整个故事的气氛里。也正是因为他刚才受到的精神和情感冲击过于强烈,所以他现在陈述得详细又流畅。阿廖莎住在莫斯科的时候,丽莎还很小,那时阿廖莎也经常跑到她家里给她讲故事,讲的故事有刚刚发生的,也有他从书里看来的,或是来自他的童年生活。有时候,两个孩子会一起幻想,他们俩合伙编了很多小故事,其中大部分都是滑稽有趣的。现在,阿廖莎的讲述仿佛突然把他们又拽回了两年前在莫斯科的日子。丽莎被阿廖莎绘声绘色的讲述所打动。阿廖莎以强烈的热情给丽莎描述伊柳沙的形象。当他说到上尉最后把钱狠狠地踏入沙土的细节时,

---

① 原文为法语。

丽莎控制不住自己的兴奋，拍着手说道："那么最后您还是没能把钱塞给他，竟让他这么跑了！上帝啊，至少你也尝试着去追他一下嘛！"

"不，丽莎。我还是不追他为妙！"阿廖莎一边说着，一边从椅子上起身，焦虑地在她的房间来回踱步。

"为什么呢，试了总比不试好吧？现在他们连面包都没得吃，只剩下一条死路了。"

"不会的。因为这两百卢布归根结底还是会送给他们。无论如何，我明天都会给他们送去，他一定会收下的。"阿廖莎若有所思地边走边说，"丽莎，您知道吗？"他忽然在丽莎面前停下了脚步，继续说，"我刚才确实犯了个错误，但是，犯这个错误不一定是坏事。"

"犯了什么错？为什么犯错还不是坏事？"

"是这样的。先说这个人，他胆小、软弱。他吃了很多苦，受了很多罪，可是心地善良。现在我一直在想，为什么他突然迁怒于这两张钞票，用劲踩踏钞票，我觉得不到最后那一刻，他都不知道自己会这么干。我觉得，应当是有很多事情，惹得他恼羞成怒吧……没错，想想他现在的处境，也确实是这样……首先，他恼自己，他一见到这两百卢布就喜不自胜，欢喜到忘记要对我掩饰他的表情。如果他内心欢喜，但假装出不在乎的话，他就会像其他人一样半推半就，稀里糊涂地把钱收下了。可事实是，他太实在了，立马喜形于色，这对他自己来说是一种侮辱。咳咳，丽莎，他这个人真的很实诚、很善良，但在这种事情上他正是糟糕在这点上。他说话时的声音总是有气无力的，但是语速挺快，而且不是一边说一边笑，就是一边说一边哭。真的……他真的哭了，因为他过于欢喜！他还跟我说了他两个女儿的状况……还说自己在另一个城市可能会获得一个新职位……就在他的心灵之门刚刚为我敞开时，里面的灵魂就突然羞愧并开始憎恨我了，因为他的自尊心太强。更重要的是，他因为对我过快地敞开心扉、把我当朋友而感到羞愧和恼火。我刚进他家的时候，他还气势汹汹、虚张声势地吓唬我，可当他看到钱后，立马就把我拥入怀中，他也确实拥抱我了，还用手拍我的肩膀。大概是因为这样，他感到自己丢了自尊心。恰恰就在这个时候，我犯了一个重大错误：我一时激动，跟他说假如他的钱不够，我还可再加一些，我自己也有钱，甚至他要多少我就可以给多少。这句话把他惊到了：为什么我也跳出来帮助他？丽莎，要知道，对于那些处处受到不公正待遇的人来说，人人都跑出来当他恩人这种事，是最不可忍受的……这我也是听别人说的，是长老告诉我的。我不知道该怎么说才能说清楚，我只能说我自己也曾不止一次看到过这种情况。而且，我自己也有过这样的体会。最重要的是直到最后一秒钟前，他都不知道自己会突然发疯一样猛踏扔到地上的钞票，但是尽管如此，他还是有预感的，我感觉到一定会这样。他之所以表现得如此激烈，就是因为他预感到了……虽然今天发生的事情很糟糕，但就这件事来说，我觉得挺好，再好不过……"

"为什么，为什么说再好不过了？"丽莎不解。

"因为，丽莎，如果他当时没有踩这笔钱，而是直接把它揣进兜里，那他回去过不了一个小时，就会因为自己的卑躬屈膝而痛哭不止，这点毫无疑问。他一定会哭的。说不定，明天一大早他就会找到我这儿，和刚才一样把钞票扔在我面前，然后狠狠踩上几脚。而现在的他，虽说昂首挺胸地回了家，但他自己心里清楚，这分明是'坑了自己'。因此，就现在来说，明天再过去一趟，让他把钱收下就容易多了。因为，他已经证明了自己不会为了五斗米而折腰，钱已经被他扔了，也踩了。但他这么干的时候，又怎会料到明天我会把钱给他送过去？毕竟，生存的困境摆在面前。尽管他现在还引以为傲，可说不定，今天还没过他就体会到失去的是多大的一笔救济。也许,就在今天夜里,他会越想越不是滋味,连梦里梦到的都是这件事。到了明天早上,说不定他还会来找我,请求我原谅他。而我到时候只需要再去一趟,跟他说:'您已经用行动证明了您是一个有自尊心的人。现在,请您收下这笔钱,请您原谅我们的莽撞。'到时候,他一定会收下的!"

阿廖莎说"他一定会收下的"这句话时,仿佛有些得意。此时,丽莎高兴得鼓掌。

"啊,他会收下的,这下我全明白了!哇,阿廖莎,您为什么知道这么多?您这么年轻就能知道别人的内心怎么想了……这种事情,我想都想不来……"

"现在最重要的是必须说服他,"阿廖莎得意地继续说道,"虽说他从我们这里拿了钱,但我们要让他相信,大家的地位平等,甚至,他比我们所处的地位更高……"

"'地位更高!'——棒极了,阿列克谢·费尧多罗维奇!您接着说,接着说!"

"啊,不对,我的措辞不大合适……不过也无所谓,因为……"

"没事,无所谓的,当然无所谓的!请原谅我,亲爱的阿廖莎!亲爱的……您知道吗,到目前为止,我还谈不上尊重您……不对,还是尊重的,不过是平等相待的。但从今天开始,我要把您放到更高的位置上尊重您……亲爱的,请您不要因为我的'俏皮话'而生气。"她热情高涨地抢过他的话说,"我年龄小,也不懂事。但是您,可是您……您听着,阿列克谢·费尧多罗维奇,在我们所说的这些话中,就是您说的话中,难道没有一点对这个可怜人的轻蔑吗……也就是说,我们现在去揣测他的心理活动,断定他会收下这笔钱,这难道不正是一种居高临下的姿态吗?"

"不，丽莎，没有轻蔑。"阿廖莎回答得斩钉截铁，似乎早就为了这个问题做好了准备，"关于这一点，我在回来的路上就在想，我们和他一样，这世界上所有人都和他一样，谁又能轻蔑谁呢？只因为，我们也是那样的人，谁也没比谁好到哪里去。就算真的好一些，可如果处在他的位置上，估计也是一样的……我不知道您是怎么看的，丽莎，但是我坚定地认为，在很多方面，我的灵魂卑微渺小。但那人的灵魂不仅不渺小，相反，还很美丽……不，丽莎，我的话里没有任何轻蔑他的意味！您知道的，丽莎，我的长老曾经不止一次对我说，要像对待孩子一样对待他人，而对某些人，必须把他当成医院的病患……"

"啊，阿列克谢·费尧多罗维奇，亲爱的，就让我们像对待病人那样对待他们吧！"

"好的，丽莎！我愿意，但我还没有做好充分的准备。我这个人有时候很不耐烦，有时候又欠缺洞察力。您就不会这样。"

"啊，我不相信！阿列克谢·费尧多罗维奇，我感到非常幸福！"

"您能这么说可太好了，丽莎！"

"阿列克谢·费尧多罗维奇，您真好。虽说有时候您有点像书呆子……可实际来看，您可不是什么书呆子。请您去门那边看看好吗？轻轻把门打开，看看妈妈是不是在偷听咱俩说话。"丽莎忽然压低嗓音，神经质地催促道。

阿廖莎走过去，把门轻轻打开了一点，随即报告无人偷听。

"请您过来，阿列克谢·费尧多罗维奇，"丽莎涨红了脸，继续说道，"把您的手给我，就这样，对，就这样。请您听好，我现在向您坦白一件重要的事情：昨天我给您写的那封信，不是开玩笑的，我是认真的。"

话说到此，她用另一只手急忙捂住了眼睛。很明显，坦白让她非常害羞。接着,她抓起阿廖莎的手,一连吻了三下。

"啊,丽莎,这好极了!"阿廖莎雀跃般叫道,"我本来就相信并肯定您是认真写的。"

"相信,而且肯定!"她说着猛地推开了阿廖莎的手,但仍然把他的手握在自己手里,小脸通红,笑得灿烂,"我吻了您的手,您却回复我一句'这好极了'。"她的埋怨让阿廖莎有些心神不定。

"我希望您能一直这么喜欢我,丽莎,只是……我不知道怎么样才能做到。"阿廖莎支支吾吾地说了这句话,也满脸通红。

"阿廖莎,亲爱的,您真是个冷漠且无礼的人!瞧您,您选我做您的妻子之后,就心安理得了!还一直深信,我是出自真心写的那封信。这不是冷漠无礼又是什么呢?"

"我能肯定这一点——难道不好吗?"阿廖莎突然笑了。

"啊,阿廖莎,恰恰相反,实在太好了。"丽莎满眼温柔和幸福地看着阿廖莎。此刻,阿廖莎站在那里,他的手仍然被握在她的手里,不料就在下一秒,阿廖莎突然俯下身,轻吻了她的嘴唇。

"您这是什么意思?您这是怎么回事?"丽莎大声惊呼。阿廖莎顿时被吓得失去了方寸。

"啊!对不起!如果您不是这个意思……啊,我可能又干了件蠢事,我好蠢啊……你说我冷漠,我就想亲你……啊,不过现在我明白了,我真的是太蠢……"

丽莎笑了,双手捂住了自己的脸,从笑声中挤出一句:"而且还是穿着这身衣服!"可说完这句话,她就止住不笑了,表情也霎时严肃了起来。

"阿廖莎,我们应该慢点接吻的。我们现在都还太小,这种事情,你我都不擅长,毕竟我们还要等上很久很久……"她突然断言道,"您最好还是告诉我，您是怎么看上了我这么一个傻瓜，还是个患病的傻瓜的？而您是那么聪明，那么有见识，那么善于观察。尽管我觉得自己配不上您，可我还是感觉非常幸福！"

"您当然配得上，丽莎！过不了几天，我就得带着一切东西离开修道院了。等我进入世俗社会后，必须要结婚，长老也是这样嘱咐我的。试想一下，我能娶到比您更好的女人吗……除了您，谁还会要我呢？这一点我已经考虑到了。首先，我们从小就相识；其次，您具备许多我完全没有的才能。再加上，您的灵魂比我的更快乐，也比我的更纯洁。我已经接触了太多不干净的事情了……哎，您得知道，我也是卡拉马佐夫家的一分子！而且，您很爱笑，也爱开玩笑，尤其是对我开玩笑，这没什么大不了的！看到您笑，我是真的很开心……只是说您玩笑起来不像个小姑娘，倒像是个悲天怜悯的圣徒。"

"悲天怜悯的圣徒？怎么会这样？"

"真的，丽莎。您看，就拿您刚才问我的那个问题做例子，您问我，我们这样居高临下地分析那可悲之人的灵魂，是不是也有轻蔑之嫌？这种问题，只有悲天怜悯之人才能提出来……您看，我都提不出这样的问题。总之，能提出这种问题的人，一定是忍受了很多苦难、有一颗慈悲之心的人。您坐在轮椅上，平时应该思考过很多问题吧……"

"阿廖莎，把您的手拿给我。您为什么把手缩了回去？"丽莎轻轻说道，沉迷于爱情的喜悦已经让她的声音变得温柔和微弱，"您听我说，阿廖莎，离开修道院之后，您打算穿什么样的衣服？不要笑，也不要生气，因为这对我非常重要。"

"我还没想好我该穿什么呢，丽莎。但是，您希望我穿什么，我就穿什么。"

"那我希望您能穿深蓝色的天鹅绒外套，里面搭配白色的哔叽布坎

313

肩，头戴灰色的软帽……请您告诉我，刚才我否认我昨天给你的那封信时，您真的相信我不爱您吗？"

"不，我不相信。"

"哎，您这点让人不可忍受，真是无可救药！"

"我知道，您看……您看起来似乎是爱我的，但我还是假装不相信您爱我，我觉得这样，不会让您难堪……"

"这样更糟糕，不过没有什么比这更好的了。阿廖莎，我真的非常爱您！今天上午您来以前，我给自己占卜过：假如我问他要我昨天的信，如果他很冷静地掏出来递给我（正如我预想的一样，而且可能性很大），就意味着他根本不喜欢我，对我没什么感觉，纯粹是个不值得我喜欢的傻小子，那么，我也就完了。可是，您把那封信留在了修道院，这给我增添了不少勇气。您把信留在那儿，是猜到了我会向您索要信，然后并以此为由不把它还给我，是这样吗？我说得对吗？是不是这样？是不是这样？"

"啊，丽莎，完全不是那么回事。其实，这封信现在还在我身上呢，现在就在，它就在这个口袋里，喏，就在这里！"

阿廖莎痴笑着把那封信掏了出来，远远地给丽莎看了一眼。

"不过，我可不想把它还给您，您就这样看吧！"

"这么说来，您刚才是撒谎的喽！您是个修士啊，也能撒谎的吗？"

"就当成撒谎了吧。"阿廖莎笑着说，"就是为了不把它还给你，我才撒谎的。这封信对我来说十分宝贵，"他忽然满腔激动，脸又变得通红，"而且永远如此，我一定不会把它交给任何人，永远！"

丽莎一脸欢喜地看着他。

"阿廖莎，"她又压低声音说道，"您还是再去外头看看，看看我妈妈是不是在偷听？"

"好的,丽莎,我去看看。丽莎,为什么您要怀疑母亲会做出这种卑劣的行为?"

"怎么能叫卑劣呢?这哪里卑劣呢?做母亲的在门外偷听自己的女儿和别人的聊天是她的权利,才不是什么卑劣行为呢!"丽莎涨红了脸,"阿列克谢·费尧多罗维奇,等我做了母亲,要是我也有一个像我这样的女儿,我也会偷听她的谈话的!"

"真的吗?丽莎,这样做可不好。"

"啊,上帝啊,这哪里不好了?如果只是寻常的、礼节性的闲聊,我偷听了自然不好,可以说行为卑劣,可我要是知道我亲生的闺女和一个年轻男子共处一室,那我……听好了,阿廖莎,我摊开说了吧,不但如此,等到我们结婚以后,您的所有信件、所有谈话,我都有权在未取得您允许的情况下了解情况……我今天可就事先告知您了啊……"

"啊,自然如此,可如果非要……"阿廖莎喃喃自语道,"这可有点不好……"

"啊!真是的!阿廖莎,亲爱的,我们才刚刚在一起,能不能不吵架啊?我还是把心里话全都告诉您吧,窃听这件事当然不好,我呢,当然是没理的那一方,您肯定是有理的,但我就是要偷听!"

"那就做呗!反正我在您这里也没有什么值得被窥探的秘密!"阿廖莎笑道。

"阿廖莎,您会对我言听计从吗?这个我们得事前商量好了。"

"我非常乐意,丽莎。但是,只要不是在那些至关重要的问题上就好。如果在至关重要的问题上,我们的意见有分歧,我还是会按照我自己的想法去做……"

"本该如此!相反,您得知道,我不仅准备在那些重要的事情上听您的,我还打算在所有事情上都听您的,现在,我就在此为之宣誓,在所有事情上，在我接下来的一生之中，"丽莎热情似火地说道，"我将把对您的服从当作幸福！不仅如此，我还要发誓，永远不会偷听您的谈话，偷看您的信件，跟踪您的行踪。因为，您是对的，而我是不对的。尽管我会非常想去偷听，想去偷看，想去跟踪，但是我选择不做，因为您认为这么做不光彩。从今往后，您就是我的上帝……您听我说，阿列克谢·费尧多罗维奇，这段时间您总是愁眉苦脸的，昨天这样，今天也是这样。我知道您有很多麻烦甚至是不幸的事情，但是除此之外，我还知道，您心中还藏着某种哀伤，隐秘的哀伤，对吗？"

"是的，丽莎，隐秘的哀伤，"阿廖莎的表情也变得忧郁起来了，"既然您能看穿我的心事，那么说明您是爱我的。"

"隐秘的哀伤，那是什么样的呢？您能说给我听吗？"丽莎语气怯怯地恳求道。

"以后再说吧！丽莎……等以后……"听得出来，阿廖莎有些为难，"我现在说不清楚，关键是我自己也搞不清楚，没错，我自己也说不清楚！"

"我知道，除了您那着实让人头痛的两个哥哥外，您的父亲也让您头痛，对吗？"

"是的，包括两个哥哥。"阿廖莎似乎在沉思。

"阿廖莎，我不喜欢您那个二哥，那个伊万·费尧多罗维奇。"丽莎突然说。

阿廖莎听到丽莎的话后感到惊愕，不过他没有接话茬而是继续说道："我的两个哥哥不仅在毁灭自己，也在毁灭别人，我的父亲亦是如此。正如佩西神父前几天所言的那样，那是一股'原始的卡拉马佐夫之力'——原始、狂暴、无法控制。是不是天上有圣灵在驾驭着这股力量，我并不清楚。我只知道，我自己也是卡拉马佐夫……我是修士吗？丽莎，我是修士吗？刚刚您说我是修士，是吗？"

"是的！我刚才说过"。

"也许上帝什么的，我根本就不信。"

"您说您不信上帝？您怎么啦？"丽莎小心翼翼地轻声说。但是阿廖莎没有回答这个问题。他这句话过于唐突了，过于神秘了，也过于主观了。可能现在他自己也不清楚，但这种想法已然开始折磨他了。

"除了这一切，现在，我的好友正在垂死挣扎。他是这世界上最好的人，他就要离开人世了。如果您知道，如果您知道就好了，我和他的灵魂是何等的契合、何等的心心相通！可现在，就要剩下我一个人了……我会来到您的身边，丽莎……从今往后，我们将永远在一起……"

"对，在一起，永远在一起！从现在开始，今生永远在一起！听我说，您亲我一下，我允许您亲我了。"

阿廖莎吻了吻她。

"好啦！去吧！愿基督与你同在！"说着，她为阿廖莎画起了十字，"趁他还活着，快去他的身边！我知道我拖您太久对您是多么的残忍。今天，我会为他，还有您祈祷的！阿廖莎，我们会幸福的！您说，我们会幸福吗？"

"看起来我们会的！丽莎。"

从丽莎的房间出来，阿廖莎不想再去找霍赫拉科娃太太了，所以也就没有去向她请辞，正欲往房外走去。可当他打开了门，刚走在楼梯上时，却和霍赫拉科娃太太不期而遇。她一开口，阿廖莎就明白她已经在此候他多时了。

"阿列克谢·费尧多罗维奇，这太吓人了！完全就是小孩子过家家一样的胡闹！胡说八道！我希望您不要当真……真是荒唐，荒唐，荒唐！"她的话说得像连珠炮一样砸在了阿廖莎身上。

"这些话请您不要对她说，"阿廖莎说，"她听到后一定会控制不住自己的情绪，这对她的身体不好。"

"这才是一个明智的年轻人应该说出来的话。我猜您也是为哄她开心才这么说的，您是出于对她痛苦的怜悯，不想忤逆她、惹怒她？"

"哦，不是的，根本不是！我和她的谈话完全是认真的！"阿廖莎态度坚决。

"对这件事认真是不可能的，不但如此，最好想都不要想。首先，从现在起，我这里再也不欢迎您了；其次，我马上就离开，把她也带走！请您记住了。"

"您何必这么做呢？"阿廖莎说，"再说了，这又不是什么立刻就要办的事情，也许还得等上差不多一年半载呢……"

"哎，阿列克谢·费尧多罗维奇。这话当然是有理。可是，在这一年半载的时间里，你们俩估计能吵上成千上万次，最后闹得个不欢而散！那么我就太不幸了！这简直是胡闹，我会伤心的！现在，我就像法穆索夫在最后一场戏里一样，您是那个恰茨基，丽莎就是索菲亚①，您想一下，我现在专门跑到楼梯上等您，而那出戏里的悲剧一幕也恰恰发生在楼梯上！你们俩的对话我全都听到了，气得我差点儿晕倒。原来昨夜的折腾和白天里的歇斯底里，都是因为这么件事啊！女儿谈恋爱，可真是要了母亲的命。现在，第二件事，也是最重要的一件，她写给您的信，拿给我看！现在，马上！"

"不行，这不行。请您先告诉我卡捷琳娜·伊万诺芙娜的身体怎么样了？我很想知道。"

---

① 以上几位均是格里鲍耶陀夫的喜剧《智慧的痛苦》中的人物。

"还在躺着说胡话,还没醒呢。她的两个姨妈都在这儿,除了唉声叹气就是冲我摆谱,其他什么忙都帮不上。赫尔岑什图贝也来了,他被吓倒了,我都不知道我是请他过来救人的,还是救他的,甚至打算叫别的大夫过来看看赫尔岑什图贝!后来,我安排人用我的马车送他走了!本来就已经够乱了,您这里怎么又多出一封秘密信件的事情。不过,您说得对,现在确实早了些,毕竟还有一年半呢。看在一切神圣的、伟大的事物分儿上,看在您那位马上就要辞世的长老的分儿上,阿列克谢·费尧多罗维奇,看在我是她母亲的分儿上,请把那封信给我看看吧!如果您愿意,可以您自己拿着,我来读。"

"不,我不能给您看!叶卡捷琳娜·奥西波夫娜,即使她允许了,我也不会给您看的。我明天还会再来的,如果您愿意,我有很多事情要和您好好谈一谈。只是现在,我得先告辞了——再见!"

话音未落,阿廖莎就已经快步跑到街上了。

第二节　怀里抱着吉他的斯乜尔加科夫

阿廖莎没有多少时间了。就在刚刚和丽莎道别的时候,有一个念头在阿廖莎的脑海中一闪而过——我该用怎样巧妙的方法抓住不知道在什么地方躲着的德米特里呢?现在时候不早了,快下午三点了。阿廖莎恨不能赶紧飞到修道院,好在那个"伟大的"垂死者魂归天堂前赶到。可现在,他要赶紧见上德米特里一面的想法已经压倒了一切。因为阿廖莎已经预感到了,一场可怕的灾难正在迫近,而且,随着时间的流逝,每耽搁一分钟,灾难就迫近一步。这一点,阿廖莎深信不疑。但具体会发生什么样的灾难呢?找到德米特里又该说些什么呢?这些问题的答案连阿廖莎自己都不清楚。

"或许在我没有赶回修道院之前,恩师就已经去世了,"阿廖莎暗自思忖,"但至少我不会为了能挽救的没挽救而自责终身,至少我去加以援手,没有转头离去。我现在做的事情,是遵循他的伟大教诲的……"

阿廖莎打算出其不意地抓住德米特里,他要像昨天那样翻过篱笆墙,走进花园,埋伏在那座东倒西歪的亭子里。"可如果他不在,"阿廖莎想着,"我既不能让福马看到,又不能惊动女房东,只要潜伏在那里,哪怕一直蹲守到晚上都行。因为他要盯着格露莘卡,所以他大概会在凉亭现身……"不过,对于这个计划的细节,阿廖莎没有过多考虑。反正,他已经决定了就照此执行下去,哪怕为此今天回不了修道院,也在所不惜……

一切进行得都很顺利:他基本上就是在昨天的同一个地方翻过了篱笆,神不知鬼不觉地溜进了凉亭里。他不想被任何人看到,因为那个女房东还有福马(如果他也在),很可能是站在哥哥那边的,听从德米特里的安排,换句话说,他们很可能不准阿廖莎进入花园,或者会找个时间给他的大哥通风报信。阿廖莎现在坐在昨天的老位置上守株待兔。他环顾四周,不知何故,在他眼中,这亭子要远比昨天看到的更加破败。不过,今日的天气仍和昨天一样晴朗。绿桌子上那个小小的绿色圆印,应该是昨天白兰地酒杯留下来的酒渍。在无聊空等中,各种各样、乱七八糟的想法钻进了他的脑海中。譬如:此时走进凉亭,他为什么会丝毫不差地坐在昨天坐的地方,而不是换一个位置?最终,他内心忧愁起来,难以预测的事态,让他备感彷徨。才过去一刻钟,他就已经焦躁不安。此时不知从何处传来一阵悦耳的吉他声。在离他二十步开外的低矮灌木中,有一个人可能是刚坐下,正在拨动琴弦。阿廖莎突然想起,就在昨天离开亭子和德米特里分别之际,在栅栏旁边的矮树丛里,隐约看见一条又矮又旧的绿色长椅。说不定,这个人现在正坐在那条长椅上呢。他会是谁？这时，一个男声忽然用甜美的假声伴着吉他放声高歌：

> 那不可抗拒的力量，
> 让我拜倒在她的裙下。
> 主啊，请祝福我俩：
> 祝福她和我！
> 祝福她和我！
> 祝福她和我！

唱到此处，歌声停止了。这是一首仆役式的男高音小调，唱歌的人也满是仆役的腔调。这时，另一个具备女性化特征的嗓音响起，她嗲声嗲气，故作姿态，又有一些胆怯地说道："您已经很久没来我们这里玩了，帕维尔·费尧多罗维奇，您就这么看不起我们吗？"

"这是没有的事！"男人回答道，尽管话说得很客气，但语气里蕴藏着他坚决的态度和强烈的自尊。很明显，现在占据上风的是那个男声，而女的是在有意讨好他。

"这个男人好像是斯乜尔加科夫。"阿廖莎心想着，"起码从声音中听起来是他。这么看来，这个女的应该就是这所房子女主人的女儿，就是那个从莫斯科回来，穿着拖地连衣裙跑到玛尔法·伊格纳季耶夫娜那里要汤的女孩……"

"我喜欢各种诗歌，非常喜欢，只要它读起来朗朗上口。"女人的声音继续道，"您怎么不往下唱了？"

男子的歌声又响起：

> 沙皇的皇冠我不稀罕，
> 只求我的美人健康。
> 伟大的主啊，请祝福我俩：
> 祝福她和我！
> 祝福她和我！
> 祝福她和我！

"我还是觉得上一回的更好，"女人说道，"上一回您唱的是：'不稀罕沙皇的冠冕，只求的我的小宝贝康健。'明显更温柔甜蜜，今天是您忘记了吧？"

"诗都是胡编的。"斯乜尔加科夫说道

"哦不，我就是喜欢诗的韵脚。"

"只要是诗，都是胡编乱造的。您自己想想，这世界上谁天天押着韵脚说话？要是大家都押着韵说话，哪怕是奉上级的命令，我们也说不出几句来。作诗可不是正经人干的事，玛丽亚·孔德拉季耶夫娜。"

"您怎么在什么事情上都那么聪明呢！"那个女声更娇媚了，挑逗的意味也更强了，"您是怎么做到对什么事情都懂的呢？"

"要不是我的命运从小就注定了，我的能力远不止这些，懂得要比现在多得多。我没有父亲，是一个要饭的疯子生下了我。我恨不能把那些动不动就骂我出身的人全都杀了。我的糗事早都传到莫斯科去了，这得好好谢谢格里高利·瓦西里耶维奇。这个人总是说我，说我在娘胎里就知道造反，说我还没出生就把母亲的子宫捅破了。老实说，我巴不得自己还在子宫里的时候就被人杀了，我根本就不想被生出来。不只集市上那些人，您那个不知趣的妈妈也动不动就和我说，那个臭要饭的娘们儿脑袋上就像顶了个草垛，身高也才两俄尺出了那么一点头。她明明可以和其他人一样,说'两俄尺出头'或者'两俄尺多一点',她偏偏不,张口就是两俄尺出了那么一点头。无非是故意说得可怜一点,这就是所谓的乡下人的眼泪和感情。难道俄国的乡下人和受过教育的人一样懂得同情吗?由于无知,他们根本没有任何情感。打我小时候开始,但凡听到有人说什么两俄尺出了那么一点头,我就恨不能一头撞死。我讨厌整个俄国,玛丽亚·孔德拉季耶夫娜。"

"如果您是个年轻的军校学生,或者是年轻的骠骑兵军官,您就不会这么说了,您一定会挥舞着军刀,保卫整个俄国。"

"我不仅不想当骠骑兵,玛丽亚·孔德拉季耶夫娜,还恨不能把所有的军人全杀了。"

"要是敌人来了,谁来保卫咱们呢?"

"根本用不着。1812年的拿破仑一世,也就是现在法国皇位上坐着的那个波拿巴①的老子,当年他入侵俄国的时候,就应该让那群法国人征服咱们,那样才好呢。一个聪明的民族就应该征服了一个愚蠢的民族,将它吞并。说不定政治制度都要先进不少!"

"也就是说他们那里要比我们这里好上不少?要我说,咱们国家那些时髦的花花公子可俊俏了,就算是拿三个英国人换,我都不情愿。"听声音就知道,玛丽亚·孔德拉季耶夫娜在说这话的时候一定是在用妩媚的眼神看着与她对话的人。

"人和人的口味不尽相同。"

"看您就像外国人,那种外国的贵族,我可是克制了很久才决心告诉您的。"

"好,如果您想知道,我可以告诉您,在放荡这一方面,外国人和

---

① 指拿破仑三世,他是拿破仑一世的侄子,不是儿子。

我们这里的人没有区别。只是,他们把皮鞋擦得锃亮,而我们这儿一身臭气的浑蛋穷得锅都揭不开了,还满不在乎。俄国人就是欠用鞭子抽,昨天费尧多尔·巴甫洛维奇的话说得在理,虽说他和他的三个儿子都是疯子。"

"可您自己也说了,您很尊敬伊万·费尧多罗维奇。"

"可他根本就不把我当一回事,在他眼里我不过是个臭小子,一个会造反的臭小子。其实他错了。要是我兜里有那么多的钱,我还干吗在这儿待着?德米特里·费尧多罗维奇不论是品德、智慧,还是财产,不论你怎么看,他都比任何人更糟糕。可偏偏人人都尊敬他。虽然我是个熬汤的,可要是走了大运,我能在莫斯科的彼得罗夫卡开上一个咖啡小餐厅。论做饭,在莫斯科,除了那群外国人,没一个人能比得过我!德米特里·费尧多罗维奇虽说穷得叮当响,可他要是找人决斗,哪怕是排名第一的伯爵少爷也会跟他去的。可是这个人又哪里比我强了?他可比我蠢多了!想想吧,他都胡乱花了多少钱了!"

"决斗,啊,决斗应该很有意思吧!"玛丽亚·孔德拉季耶夫娜突然来了这么一句话。

"决斗能有什么意思?"

"那一定很刺激,又很英勇啊!特别是两名青年军官,为了一个女人,相互拔枪互射。啊!那场面太浪漫了!如果姑娘们也能去看,我也好想开开眼界。"

"用枪瞄准别人的时候,怎么都感觉很好,但自己被枪瞄准,那感觉一定很糟糕。说不定,玛丽亚·孔德拉季耶夫娜,到时候你会第一个撒腿逃跑。"

"难道您也会逃跑?"

这一回,斯乜尔加科夫没有搭理她。在一阵短暂的沉默后,悦耳

的和弦声再度响起,他用假声唱起了最后一段歌词:

> 不管生活多么困苦,
> 也要挣扎着远走高飞,
> 飞往繁华的首都,
> 享受生活的滋味!
> 不会被伤,不会遭罪,
> 绝不会留下一滴眼泪!

这时,意料之外的事情发生了:阿廖莎突然打了个喷嚏。于是,那长凳之上的声音戛然而止。阿廖莎索性站起身子,直接朝着他们所在的方向走了过去。那男子果然是斯乜尔加科夫,他穿戴整齐,头发上抹了油,梳得非常柔顺,漆皮靴子也擦得锃光瓦亮。一把吉他放在长椅之上。他身边的女人,正是房东的女儿玛丽亚·孔德拉季耶夫娜;她身穿天蓝色连衣裙,拖在背后的裙摆不下于二尺长。姑娘还很年轻,长得也不算太差,美中不足的是,她的脸盘子太圆了,雀斑也多得可怕。

"我大哥德米特里快回来了吗?"阿廖莎用尽可能从容的语气说道。

斯乜尔加科夫慢慢地站起身来,他身边的玛丽亚·孔德拉季耶夫娜也慢慢站起了身。

"为什么我能知道德米特里在哪儿?我要是给他看大门的,那另当别论。"斯乜尔加科夫用不大的声音,一字一顿、满是轻蔑地回答道。

"我只是想问问您知不知道。"阿廖莎解释道。

"我对他的行踪一无所知,也不想知道。"

"可我大哥之前告诉我,说是宅子里不论发生了什么您都会向他通报。而且,您也答应了他,只要阿格拉菲娜·亚历山大洛芙娜一到,就会给他通风报信。"

斯乜尔加科夫默不作声地举目望着他。

"这里的大门差不多一个小时以前就关上了,请问您是怎么进来的?"他紧盯着阿廖莎,语气强硬。

"我穿过小巷,翻过了篱笆墙,直接到了那边的亭子里。我为此向您道歉,"说着阿廖莎把眼睛转向玛丽亚·孔德拉季耶夫娜,"我这么做,只是为了能尽快找到我的大哥。"

"啊,我们怎么会对您发脾气呢!"玛丽亚·孔德拉季耶夫娜对阿廖莎的道歉受宠若惊,不免小声嘟囔了一句,"德米特里·费尧多罗维奇也总是翻过篱笆,有时候他在亭子里,我们都不知道。"

"我现在很急,想赶紧见到他,所以才想从你们这里知道他目前所在的位置。请你们相信我,有一件事情对他真的很重要!"

"可他没有告诉过我们啊。"玛丽亚·孔德拉季耶夫娜又嘀咕了一句。

"虽说我只是偶尔来这儿,少爷,"斯乜尔加科夫说话了,"但即便在这里,您的大哥也能把我逼得走投无路,他总是逼问我老爷的事情:家里发生了什么;有没有什么人来了;有没有什么人走了……当然,他也不止一次问过我其他什么别的消息,甚至还有两次直接威胁我,说要杀了我。"

"他要杀您?"阿廖莎感到惊讶。

"您想想他的性格,这种事情对他来说又算得了啥呢?他昨天的所作所为想必您也看到了吧。他给我放话了,说,如果我让阿格拉菲娜·亚历山大洛芙娜走进老爷的宅邸,让她在那儿过了夜,第一个丢了小命的人就会是我。我真是怕了,如果不是觉得去官府告他更危险,我早就这样做了,天知道他会干出什么事来。"

"前段时间,您的大哥还对他说,要把他放在蒜缸子里捣个稀巴烂……"玛丽亚·孔德拉季耶夫娜补充道。

"把人放进蒜缸子里,这不是说胡话呢嘛!"阿廖莎说,"如果我能见到他,我会告诉他不该这么说话……"

"我唯一能告诉您的是……"斯乜尔加科夫像是思考了良久,说道,"作为邻居,我偶尔会来这儿走动走动,邻居之间怎么可以不走动呢?另外,伊万·费尧多罗维奇今天一大早就打发我去阿泽尔纳亚大街附近他住的地方找他,没有留便条,只是捎了一条口信,说是要和他一起去本地广场上的一个小酒馆吃饭。我去了,可德米特里·费尧多罗维奇不在家,那时正好是上午八点。他的房东告诉我说:'嘿!之前人还在呢,现在不知道去哪儿了。'就像串通好了似的。说不定,此刻德米特里正和伊万在一块儿呢。因为伊万·费尧多罗维奇没有回家吃午饭,今天的午饭是老爷自己一个人吃的,现在他已经睡了。不过,在此我还是恳求您,请您千万别告诉他们中的任何一个人,是我把消息透露给了您。这个人真的会杀了我的。"

"是我二哥伊万叫德米特里去酒馆的?"阿廖莎连忙为了核实问道。

"是的。"

"是不是广场上那家京都酒馆?"

"正是。"

"这倒确实有可能!"阿廖莎的情绪无比激动,"太谢谢您了,斯乜尔加科夫,这条消息很重要。我现在就过去!"

"千万别告诉他们是我给您说的。"斯乜尔加科夫跟在他身后,叮嘱道。

"不会的。我只会装作是无意间来到了酒馆!您请放心!"

"您要从哪儿过去啊,"玛丽亚·孔德拉季耶夫娜冲着阿廖莎喊道,

"我给您开大门就是了。"

"不用了,我翻墙出去就行了,这么走近!"

刚刚截获的这条消息让阿廖莎极为震惊。他往酒馆奔去。半路上,他突然想到,自己穿着教士的黑袍子走进酒店多少有些不雅,但要是站在楼下打听一下,把他们叫出来倒是完全可行。可就在他刚刚到达小酒馆楼下时,一扇窗户忽然被打开了,二哥伊万伸出了脑袋,冲着楼下的他喊道:"阿廖莎,你能不能马上到我这里来一趟?求你了!"

"我可以,但是我穿的这身衣服不行啊!"

"我这儿有个单间,你先上楼,我下楼接你。"

一分钟后,阿廖莎已经坐在自己二哥的身边了。原来只有伊万一人。他刚刚吃完午餐。

第三节　兄弟之间的互相了解

伊万所在的地方不是一个单间,不过是用屏风和木板隔出来的靠窗雅座,好在屏风之后的人外人是不得见的。这里是上楼进门后的第一个房间,沿着墙壁往后看是一排柜台。来来往往的多是酒保和服务员,唯一可见的顾客是一位已经退休了的老军官,正在靠角落的位置上喝着茶水。而别的房间里照常一幅热热闹闹的景象,充斥耳畔的是:大声的叫唤、开啤酒瓶的响声、打台球的撞击声、手风琴的奏鸣声。阿廖莎心里清楚,伊万对去酒吧这件事没有什么兴趣。因此,他心里想着,伊万之所以来到这里,一定是和德米特里事先有约。可为何没看见德米特里?

"我给你点一道鱼汤?或者是什么别的?人总不能靠茶水活着吧?"伊万大声说道,看得出来,他因为抓住了阿廖莎而感到高兴。他已经酒足饭饱了，现在正在悠闲地喝茶。

阿廖莎欣然从命："来一道鱼汤吧，之后再来杯茶。我饿了。"

"樱桃果酱要不要？这里有。你还记得吗？小时候在波列诺夫家住的时候，你最喜欢吃樱桃果酱了。"

"你还记得这些啊？给我来点吧，我现在还是喜欢吃这个。"

伊万摇了摇铃铛，叫来了服务员，点了份鱼汤，要了茶和果酱。

"我全都记得。阿廖莎，一直到你十一岁之前的事情，我都记得。你十一岁时候，我应该是十五岁了。十一岁和十五岁还是有点差距的，这个年龄段的兄弟，一般感情都好不到哪里去。我甚至都不知道那时候我喜不喜欢你。刚去莫斯科的那几年，我是真的一点都没想起你。后来，你不是也去了莫斯科了嘛。咱俩好像只在什么地方见过一面。现在我都在这儿待了快三个月了，到今天为止，咱俩还没怎么正式说过话呢。我打算明天就走了，刚才我还坐在这儿想呢，我该怎么样和你道个别。好巧不巧，你从这儿路过了。"

"你真的想见我吗？"

"想，非常非常想。我想好好认识认识你，当然了……我也想让你好好认识认识我。然后，我们再就此别过。我认为，两个人之间要想加深理解和认识，最好是在临别之前。我注意到了，这三个月来，你没少观察我，你的眼神中似乎在期待什么，可是我这个人就是受不了这种渴望，所以没有主动接近你。不过，好在我最后还是学会了尊重你，毕竟你这个小大人站得还挺稳的，不是吗？请注意，虽说我与你说话的时候喜笑颜开的，但我说的话可是很认真的。你站得挺稳的，不是吗？我就喜欢这种稳稳当当的人，不论他究竟站在哪一边，不论他是不是和你一样年轻。归根结底，你那充满了期望的一瞥没让我觉得恶心，反倒是让我喜欢上了……我也不知道究竟是为什么，但看起来,你还是喜欢我的,对吗,阿廖莎?"

"我喜欢你,伊万。德米特里曾经给我说起过你,说你守口如瓶。可我倒是觉得,你就是个谜。即便到了现在,你在我眼中还是一个谜,但好在我对你多少有了些了解,虽说这不过是从今天白天才开始的。"

"怎么回事?"伊万笑道。

"我说出来,你不会生气吧?"阿廖莎也笑道。

"不生气。"

"我认为你和那些其他的二十二三岁的年轻人没什么区别。年轻气盛,朝气蓬勃。可说到底,也不过是个大男孩。我说这话,你不生气的吧?"

"不生气,我没料到你我竟然不谋而合。"伊万兴高采烈地叹道,"信不信由你,我们上午在她那里见面以后,我就一直在想自己究竟是个什么样的人。没想到,你一语道破:我不过是个与他人无异的大男孩。刚才,我一个人坐在这里,你猜不到我对自己说了什么。我说:即便我不相信生活,即便我不再相信我真爱的女人,即便我不再相信所谓的一切公序良俗,甚至相信这世界的本质乃是混乱、肮脏,甚至是被魔鬼操作的修罗场,即便我都已经绝望如此了,我发现,我竟还是想活下去。人生就像喝酒一样,一旦从杯中抿了这么一口,就再也放不下酒杯了,只能一直把酒喝干。可是,假如我到了三十岁,我一定会把酒杯扔了,哪怕酒还剩很多,然后离开……可又该去哪儿呢。但我还是相信,在我三十之前,我的青春还是能战胜一切,战胜这肮脏生活给我带来的失望和厌恶。千万次,我曾扪心自问:这世界上有没有一种力量能去战胜我心中那份狂热和痛苦的绝望,那种必须要活下去的绝望?似乎这个问题并不存在一个答案。应该说是这样的,倘若这个答案在三十岁之前还未寻找到,那在三十岁之后,热血燃尽,我也不再会去寻找了。那些得了痨病的道德主义者，尤其是那些诗人，他们往往说这种为了活下去而活下去的渴望是卑鄙无耻的。但这在一定程度上正是我们卡拉马佐夫的特质，不管你愿不愿意，你也一样如此。可'卑鄙无耻'这四个大字又从何谈起呢？阿廖莎，在我们这个星球上，这种向心力仍然强大得可怕。我就是想要活着，活下去，哪怕不合逻辑。我不再相信什么万物有序之类的话，可我喜欢那初春迸发而出、四处蔓延的嫩芽，还有那美丽的蓝天；我喜欢那些我珍爱的人，虽说我有时候也搞不懂，自己怎么就——不论你信不信——那么珍爱他们，珍爱人类去做的一些惊天动地的壮举，这样的伟大故事我可能……已经不再相信了吧，但是出于旧观念，我还是从心底里对之怀有敬意。

"啊呀，鱼汤上来了，快快吃吧！他们这儿的鱼汤不错，火候到家。我想到欧洲去，阿廖莎，就从此处出发，我知道自己只是在往坟墓里走，只是那里的坟墓最贵罢了……罢了。死人啊，长眠在那些昂贵的墓地里，他们坟头上的墓碑刻满了死者这般或者那般的、轰轰烈烈的往事，写满了死者生前是如何为了伟大的科学真理不断奋斗，充满了如何的热情和渴望。我不用去就已经知道，我一定会跪在这些伟人的墓碑旁，在热泪盈眶下亲吻它们。可与此同时，我的心也会告诉我，这一切早已成为坟墓。我流眼泪倒不是出自绝望，恰恰相反，我能从这种自我感动的陶醉中，感到欣慰。我喜欢到处蔓延的嫩芽和蓝天，仅此而已！没有什么智慧，也没有什么逻辑，可这种爱就从你的五脏，从你的肺腑中喷薄而出，是一种对青春、对活力的爱。啊呀，阿廖莎，从我这些乱七八糟的话里，你又听出来些什么呢？"伊万忽然笑道。

"我听明白了，伊万。你刚才那句，'爱就从你的五脏，从你的肺腑中喷薄而出'说得太好了。看到你对生命是如此的热爱和渴望，我说不出自己有多高兴。"阿廖莎叹道,"我认为,对世界上的所有人而言,首先要爱的东西必须是生活。"

"爱生活本身胜过于爱生活的意义?"

"必须要这样。就像你说的那样,爱是必须超越逻辑的。只有爱超越了逻辑,我们才能知晓它其中的含义。很早之前,我就开始这么想了。伊万,你的工作已经完成了一半了,至少你已经得到了一半的成果了:你热爱生活。现在,你必须得去为了另一半努力了。只要完成了,你就得救了。"

"你竟然开始想着要拯救我了,可我还没有堕落呢!还有,你口中的另一半,到底是什么?"

"那就是,让你口中的那些死人复活。也许,他们根本还没死呢。来,把茶拿给我。我很高兴,我们能有这次谈话,伊万。"

"看得出,你现在灵感充沛。我最喜欢听这种布道①,听你这种……见习修士的布道。你是个坚定的人,阿列克谢。我听说你要离开修道院,是真的吗?"

"是真的!我的长老派我返回尘世修炼。"

"照这么说,你我二人还是能在尘世里再见一面的。在我三十岁之前,在我手里还能握着酒杯的时候,你我还能再见。你看父亲,哪怕到了七十岁,他的手还是会紧紧握住酒杯,他自己说,估计到了八十岁,他还是不愿意松开。他太认真了,尽管他是个小丑。他在好色方面,可以称得上是坚如磐石了。当然,人一旦过了而立之年,大概也就没有什么真正值得追求的了,除了……不过,要是到了七十岁还这么坚定地去追求这些,我觉得还是到三十岁就好了吧。这样也可以骗

---

① 此处原文为法语。

自己说:我这是'贵族的风范'。对了,你今天见到德米特里没有?"

"没有,我没见到他,但是我见到斯乜尔加科夫了。"

于是,阿廖莎开始把自己和斯乜尔加科夫的相遇一五一十地讲给伊万。伊万听着,表情霎时间开始变得不安,甚至三番五次地打断阿廖莎的讲述,迫不及待地去了解。

"他要求我,千万不要把我和他讨论德米特里的话告诉德米特里。"

伊万眉头紧皱,陷入沉思。

"因为斯乜尔加科夫,你眉头皱成这样?"阿廖莎问。

"是他,是因为他。让他滚下地狱去吧!我本来确实想见德米特里的,但是,现在我不想了。"伊万很不情愿地说。

"你是真的打算现在就走吗,二哥?"

"是的。"

"那德米特里和父亲的事情怎么办,他俩的事又该如何结束?"阿廖莎忧心忡忡地问道。

"啊呀!你又开始了!我难道是看守他们俩的?关我什么事!"伊万似乎马上就要发火,可忽然一抹苦笑压住了怒气,"上帝问该隐是如何看待他那被杀死的兄弟的时候[①],不也是如此回答的吗?也许,此时的你也是这么想的?可是该死的事情就在于,我总不能真的把自己耗在这儿给他俩看大门吧?事情已经结了,我得走了。难道你真的以为我妒忌德米特里,所以用了三个月的时间来盘算着该如何夺走他那美丽的未婚妻——卡捷琳娜·伊万诺芙娜?别胡思乱想了,我也有我自己的事情。事情已经结了,我得走了。一切就是在今天上午结束的,

---

[①]《旧约·创世纪》第四章第九节:"耶和华问该隐:'你的兄弟亚伯在哪里?'该隐答道:'我不知道,我岂是我兄弟的看守者?'"

你就是证人。"

"你是说,上午你和卡捷琳娜·伊万诺芙娜的事情?"

"对的,就是这个。我忽地一下就解脱了。还有,退一万步说,我干吗要去掺和德米特里的事情?我和卡捷琳娜之间的关系怎么样,是我们的事情,和德米特里有什么关系?反而,德米特里的一举一动倒像是之前和我密谋过什么似的。你也清楚,我什么都没有求过他,是他自己郑重其事地把她托付给了我,还说为我们祝福。这一切,就跟开玩笑一样。不,阿廖莎,不,你不知道我现在心里有多么轻松!说出来你可能不信,刚才我在这儿吃饭的时候,恨不能马上开一瓶香槟,庆祝我刚刚得到的自由。呸!纠结了快半年了,一下子就突然都解脱了。我昨天还在挖空心思地想着这一切该怎么结束,可谁料到,解脱来得全不费工夫。"

"你是在说你的爱情吗,伊万?"

"你要把这个叫作爱情,也可以吧。对的,我是爱上了一个贵族女校毕业的大小姐。我为她受了很多折磨,她也折磨我。我满脑子里都是她啊……可突然,一切都飞走了。别看上午我激动成那样,可一出了门,我便仰天大笑,信不信由你。阿廖莎,我可没在比喻。"

"现在你谈起这些,倒也是开心得很。"阿廖莎一边说着,一边注视着他灿烂的面容。

"但是我又怎么知道我根本就不爱她?呵呵,可事实证明我就是不爱!要知道,我曾经是多么喜欢他!哪怕就在今天上午慷慨陈词之前,我还是喜欢她的;哪怕就是到了此时此刻,我依旧是喜欢她的。只不过,离开她要远比想象中容易。你是不是以为我在虚张声势地假装不在意呢?"

"不是。也许这本来就不是爱情。"

"阿廖莎,"伊万笑了,"不要谈爱情。你谈爱情的样子可不太得体。刚才、刚才你突然跳出来,好家伙,我差点儿忘了应该因为这个吻你一下……她可把我折磨惨了。我呀,真是守着一团乱麻。呵!她知道我爱她!她爱的是我,不是德米特里。"伊万越说越兴奋,"她只是强装自己爱德米特里。上午我对她说的全都是实话。但问题不在于此,问题在于她可能得用上十五年甚至二十年才能醒悟,原来自己爱的根本不是德米特里,而是被她折磨得快没有人样的伊万啊!是啊,弄不好她永远都不会醒悟过来,弄不好今天的教训对她一点用都没有。所以,离开这里,永远别回来最好。顺便问一句,她现在怎么样了?我走之后发生了什么了?"

阿廖莎告诉他,卡捷琳娜·伊万诺芙娜歇斯底里的事情,她现在似乎已经失去了知觉,满嘴胡话。

"霍赫拉科娃会不会撒谎?"

"大概不会。"

"我们得查一下。不过,歇斯底里死不了。随她去吧。上帝是出于爱才把歇斯底里赐给了女人的。我是不打算去了,何必去自讨苦吃。"

"上午你对她说了,你说她从不爱你。"

"我是故意的,阿廖什卡。我让他们上一瓶香槟,来,让我们为了自由举杯!你是不知道,我现在有多开心!"

"别了,二哥,我们还是别喝了,"阿廖莎突然说,"我挺难过的。"

"是的,你已经难过很久了,我看出来了。"

"明早你一定要走吗?"

"明早?我可没说过是明早啊,不过倒是也可以在早上走。你信不信,我之所以自己一个人跑到这里吃饭,就是为了不和老头子一块吃饭。我现在快烦死老头子了。哪怕是为了躲开老头子,我也早该走了。

你怎么这么担心我要走了？距我离开还有很长的时间，就像永恒和灵魂不灭一样长久。"

"可是你明天早上就走了，还哪里有什么永恒？"

"这与你我又有什么关系呢？"伊万笑着说，"毕竟咱俩现在有的是时间足够把所有事情谈个清、谈个够了。咱们到这儿来是为了什么？你为什么这么惊讶地看着我？回答我啊！我们为什么在这里见面？是为了谈论对卡捷琳娜·伊万诺芙娜的爱？还是说为了厘清老头子和德米特里的恩怨情仇？抑或是讨论出国见到的奇闻逸事？分析俄国内忧外患的现状？又或是批判现在法国那个拿破仑皇帝？我们是为了这些在这儿见面的？"

"不是，不是那样的。"

"也就是说，你自己也知道你为何而来。别人有别人的事，我们这种小青年也有小青年的事。我们首先必须去解决那些永恒长存的问题，这才是值得我们关心的。你看，现在咱们全国的小青年们不都在讨论这些永恒长存的问题嘛！说来也奇怪，老人们倒开始研究起实际问题来了。你这三个月总是带着期待的眼神看着我，为了什么？还不就是想问：'你到底信仰着什么？还是说你根本什么都不信？'——我把你这三个月的目光总结起来，阿列克谢·费尧多罗维奇，就这么一个问题，是不是这样？"

"也许就是这样，"阿廖莎微微一笑，"二哥，你不是在嘲讽我吧？"

"我嘲讽你？我可不能让我的弟弟伤心啊，尤其是他用期待的眼神瞅了我三个月。阿廖莎，你正眼看着我：我本人和你一样，小青年一个！区别在于，我不是什么见习修士。我问你，俄国的小青年们现在都在干什么？我给你举个例子：假如在这家破烂的小酒馆里，有一伙儿前二十年根本没见过，后四十年也不会有什么瓜葛的小青年碰到了一块儿,就这么一顿酒的时间,你说,他们会在一起讨论什么呢?他们讨论的竟都是那些关于世界的问题:上帝究竟存在不存在?灵魂究竟能不能永生?是,没错,有些人不信上帝。这群不信上帝的,他们就会议论各种主义——社会主义、无政府主义或者其他的什么能改造全世界的主义。说来说去,他们讨论的问题还不都是一样的?还是那些老问题,只是换了一种提法罢了。那些表面上看起来个性得不得了的小青年们,到头来还不是人云亦云地讨论那些永恒长存的问题?是不是?"

"没错!真正的俄国人确实会去讨论上帝存不存在和灵魂能不能不朽的问题。或者就如你说的那样,不过是同样的问题换了种不同的提法继续讨论。但这些问题确实是首要问题,也应该是首要问题。"阿廖莎面容可亲地看着伊万。

"阿廖莎,做一个俄国人是极其愚蠢的,但没有什么比现在俄国小青年的所作所为更愚蠢的了。只不过,这群小青年里有个叫阿廖什卡的,我很喜欢。"

"你概括得很精彩。"阿廖莎笑出声来。

"那就谈呗!你告诉我,我们该从哪儿开始谈。你想从哪儿开始,我们就从哪儿开始。从上帝问题开始好不好?上帝存在吗?"

"不论我们谈什么,都是同一个问题的'另一种'提法,这样开始也行。可是,昨天你不是在父亲那里断言上帝不存在吗?"阿廖莎目光好奇地凝视着伊万。

"昨天吃饭的时候,我是故意用这话逗你的,我看见你眼睛瞪得特大。但我一点都不反感和你讨论问题,我说这话是很认真的,我想和你好好相处,阿廖莎。因为我没有朋友,所以我想试试。行吧,你可以想象一下,说不定我也能接受上帝,"伊万笑出了声,"你觉得很意外,对不对?"

337

"当然,如果你现在没有在开玩笑。"

"开玩笑?昨天我们在长老那里时,就有人说我在开玩笑。亲爱的啊,你知道在十七八世纪有个年迈的罪人说过:如果上帝不存在,就必须把他造出来①。于是,人类创造了上帝。这并不奇怪,奇怪的是这种思想——上帝必不可少——竟然能钻进人类这种野蛮又邪恶的动物的脑子里。因为这种想法太圣洁、太感人、太明智了,它给人类增添了太多的光彩。至于我,我早就决定不再去考虑究竟是人类创造了上帝,还是上帝创造了人类。

"当然了,我没打算去给我们俄国的小青年就这个题目发表的一大堆现代公理进行评判,这些公理都是从欧洲人的假设中推断的。也就是说,只要那边一提出某些假设,我们这边就会有一大堆小青年把它当成公理来用,而且不光是那些小青年,他们的教授也是恐怕如此,因为现在的俄国教授往往就是那些俄国的小青年。所以,我把这些欧洲人的假设一概略去不提。那么我们现在的任务又是什么呢?任务是,我需要在尽可能短的时间里,尽可能完全地对你说清我的本质,即我是怎样的一个人,我信仰什么,我希望什么,对不对?所以,我直接宣布了:我接受上帝的存在!就这么痛快。但是,有一个'但是'必须要指出:如果上帝存在,如果确实是上帝创造了世界,那么正如我们所知,上帝是根据欧几里得的几何学原理创造了世界,而上帝又按照仅有的三个维度赐予了人类智慧。可不论是过去还是现在,有一些几何学家和哲学家,其中也不乏一些佼佼者,他们怀疑,对于整个宇宙,或者其他更大范围的存在之物而言,不可能只遵循欧几里得的三维几何学原理。甚至,其中有人设想过,说不定根据欧几里得的原理,在

---

① 此处原文为法语,出自法国著名思想家伏尔泰。

地球上无限延伸永不相交的两条平行线,也很可能在无穷远处的某一点上相交。亲爱的,如果连这样的问题我都搞不清楚,那么我又从哪儿去得到理解上帝的能耐呢?我坦诚地承认,我没有解决此类问题的能耐,我的头脑就是欧几里得式的、凡世的,因此,我们根本解决不了不属于这个世界的问题。我奉劝你,阿廖莎,我的知己,不要去想什么上帝存在不存在了。对丁按照仅有三个维度的概念创造出来的头脑,讨论这样的问题实在是太不合适了。所以,我不仅仅乐于去接受上帝存在的观念,还乐于接受上帝赐予的智慧和目的。只是说,这东西对于我们而言完全未知。我相信秩序,相信生命的意义,相信一种永恒的和谐能够融合一切,相信宇宙里的一切都向往'与上帝同在'这句口号——当然这句口号本身就是上帝;诸如此类,举不胜举。这方面的说法太多了。我是不是有点上路了?但请你想想,我这一系列相信的最后的结果却是,我不接受上帝的世界。尽管我知道这世界存在,但我就是不接受它。我不是不接受上帝,这一点你得明白,我只是不接受上帝创造出来的世界就是他的世界。我不能,也不允许自己能。我得事先声明一下:我就像个婴儿一样深信,创伤将会愈合,痛苦将会平复,人类那既可笑又可悲的矛盾幻影也都将消逝,就像海市蜃楼那样,因为他们是不堪重用的、如原子般渺小的欧几里得式人丑陋地幻想出来的。我相信:在世界的大结局中,在永恒的和谐来临之时,一定会出现很多珍贵的景象,足以让所有贪婪的心得到满足,所有不甘的愤怒得以平息,所有人类的罪孽得到救赎,所有本不该流下的鲜血也都得到了补偿……总而言之,一切的一切都有可能在那天得到宽恕,都有合理的解释——即使这一切一定会出现,出现在我面前,但我还是不接受,也不想接受!也许两条平行的线可以相交,说不定我还能看到,而且我还会说:'平行线竟然相交了。'但是,我不接受。这就是我的本质，阿廖莎，这就是我的信条。我没在开玩笑。我虽然用一种很愚蠢的方式开始同你对话，但好在还是引出了我的自白。因为，这就是你想要的。你想要了解的根本不是什么二哥觉得上帝存不存在，不，你想要的是知道你所深爱的二哥究竟是靠什么活着。现在我说完了。"

伊万带着某种充沛的感情结束了他的长篇大论。

"为什么你要用'某种愚蠢到不行的方式'开始我们的谈话？"阿廖莎一边问着，一边若有所思地看着他。

"好吧。首先，就当是为了保持一点俄国语言的风格吧。俄国人讨论这种话题的时候，往往都是愚蠢的。其次，越愚蠢就越接近重点，越愚蠢就越清晰。愚蠢是一种朴素，不蠢是一种拐弯抹角的隐藏。所以智慧是卑劣的，愚蠢是直率的、真实的。我把自己推到绝路上，就是为了唤醒愚蠢的自己，这样对我有利。"

"你能给我解释一下，什么叫'不接受这个世界？'"阿廖莎问。

"当然，当然能，我会解释，这不是什么秘密。我就是在朝这个方向引导。兄弟，我的好兄弟，我真不想腐化你的思想，也不想把你推离你的基台。也许我只想用你来治愈我自己的病。"

伊万微微一笑，像个单纯听话的孩子。阿廖莎从未见他如此笑过。

第四节　造反

"我必须向你坦白一件事，"伊万开口说道，"我一直没法理解，怎么样才能爱自己的邻居。依我看，爱邻居这件事是根本不可能的，爱这种事情只可能作用于那些距离自己十万八千里的人。有一次，我忘记在什么地方读到过'仁慈的约翰'的故事，说一个饥寒交迫的过路人来到他那里，请求暖一暖身子，约翰就让他躺在自己的床上，抱住他，还对着他因为生了病而溃烂发臭的嘴巴吹气。我坚信，这不过是一种伪善，是一种义务所规定的爱，一种硬生生给自己安上的自我感动。要爱上一个人，就必须把那人藏起来，只要他的脸一露出来——爱就不见了。"

"佐西马长老也不止一次谈论到这点，"阿廖莎说，"他也曾经说过，人的面容往往会阻碍那些缺乏爱的经验的人去爱。可在人类之中也是有很多爱的，而且几乎都是类似基督的爱。这一点，我自己也知道，伊万……"

"这一点我目前还不知道，也无法了解，而且有很多人和我一样。问题在于，这是不是人类的不良品性造成的，还是说人类的天性本就如此？我认为，基督对人们的爱实际上是一种在尘世中不可能出现的奇迹。没错，他是神，但我们不是神。打个比方：假如我身在痛苦的绝望之中，他人永远不会知道我所遭受的痛苦到了何种程度，因为他是另一个人，他不是我。况且，很少有人真的愿意去承认别人在受苦（受难者好像都成了荣誉头衔）。你认为人们不愿意承认的原因有哪些？原因很多，比如我有一张长得很蠢的脸，我有体味，或者我不经意间踩了别人的脚。除此之外，痛苦也分三六九等。如果我的痛苦是那种能被人低看一眼的痛苦，比如饥饿，我的恩人还可以承认我在受苦。可如果我的痛苦是那种高等一点的呢？比如我因为我的思想而痛苦，那应该没什么人承认这种痛苦了吧。因为，别人只要看我一眼就能立马发现，我的脸怎么看怎么不像他想象中那张为了思想而饱受痛苦的脸。于是，他直接剥夺了我受施于他的恩惠的资格，甚至在此过程中，他能做到问心无愧。乞丐，特别是那种高贵出身的乞丐，他们绝对不能在光天化日之下乞讨，他们只会通过登报乞讨。当然，一个人可以抽象地去爱自己的邻居，或者远远地去爱自己的邻居，人与人的距离如果近了那当真是爱不成的。倘若一切都像舞台上的芭蕾舞剧一样，乞丐登场时身着破烂的丝绸和撕裂的花边，一边迈着优美的舞步一边乞讨，这倒确实有一些赏心悦目的感觉。可是，欣赏不是爱。好了，这点说得太多了。我还是想让你接受我的观点。我本想简单地谈谈整个人类的苦难，但我们还是先专门谈谈孩子们的苦难吧，虽说这么做对我而言并没有什么特别的好处，但这样能让我的论据局限于之前的十分之一，我们就仅仅谈谈孩子吧。首先，不论他们是离得远还是近，不论是干净还是肮脏，不论是好看还是难看（我从没有觉得孩子的脸不可爱），都很可爱。其次，我之所以不谈成年人，除了我觉得他们着实令人恶心、不配被爱、活该遭到报应之外，还因为他们吃了禁果、识了善恶，变得'像上帝一样'了。但是孩子没有吃过，到目前为止，他们还是清白的。阿廖莎，你爱孩子吗？我知道你爱。你马上就会明白，我现在为什么只愿意谈论他们的苦难。如果他们在这个世上也是备受折磨，那一定是他们在替自己的父辈受难，被吃了禁果的父辈们牵连而受苦。但这些观点来自另一个世界，尘世间的凡人是无法理解的。无辜者不该代替有罪者受苦，更何况他们如此无辜。阿廖什卡，我也喜欢孩子，特别喜欢，不知道你会不会对此感到奇怪。请你记住了，即使是凶残、暴戾、只知道吃肉的卡拉马佐夫家的人，也可以很喜欢孩子。当孩子们还只是孩子的时候，打个比方，就说七岁之前，他们和成年人大相径庭，他们就像另一种生物，一种秉性不同的生物。我曾经认识一名在狱中服刑的强盗，他在'追求自己事业'的时候，也就是半夜跑到别人家里抢劫的时候，通常会殴打那个家庭的成员，甚至还杀死过几个孩子。可他到了监狱里后，却喜欢孩子到了一种奇怪的地步。他经常透过监狱的大铁窗，一脸慈祥地望着监狱院子中玩耍的孩子。后来他想办法让一个小男孩走到他的窗下,和他成了朋友……你知道我为什么要说这些吗?阿廖莎,我现在突然开始头疼,心里难过得厉害。"

"你说话的样子很奇怪,"阿廖莎不安地说,"就像精神不太正常。"

伊万没有理会弟弟的话,继续往下说:"顺道提一下,前段时间在莫斯科,有个保加利亚人告诉我,在他们那里的土耳其人和切尔克斯人①因为害怕斯拉夫人的全面起义②,奸杀掳掠无恶不作。那些人会把囚犯的耳朵钉在围墙上,过了一夜后再把他们活活绞死——这样的暴行太多了。在我们形容人们的'残暴'时,往往会用'兽行'这两个字,但其实这种说法对野兽来说是不公平的,甚至都是侮辱野兽的。野兽可干不出人才能干出来的残暴行径,毕竟人类的残暴行径要高明和艺术化得多。大自然中的野兽,哪怕残暴如老虎,也就只会撕咬和吞食,绝对想不到把人类的耳朵钉在墙上等到第二天再把他绞死。而这些土耳其人已经做到了把屠戮孩子当作乐趣:有的人把孩子活生生从娘胎里挖出来,或者把吃奶的孩子高高抛起,当着母亲的面用刺刀刺穿。而让母亲在这个过程中一直看着是他们最大的乐趣。还有一幅景象让我惊骇不已,想象一下,一个吓得浑身哆嗦的母亲怀里抱着个婴儿,被入侵的土耳其人包围。这些人想出了一个戏耍的鬼主意:他们先是抚摸那个小婴儿,然后嘻嘻哈哈地把孩子逗乐。等到孩子正天真地笑的时候,另一个土耳其人掏出手枪瞄准孩子的脸,枪口和孩子约莫四俄寸的距离。婴儿哪知道手枪是什么,只会伸出手去抓,然后那个人便一枪打爆孩子的头……整个过程是不是充满了艺术色彩?对了,听

---

① 西亚地区的一个民族。
② 指的是1875—1876年的保加利亚民族解放运动。

说土耳其人沉湎于甜食①。"

"哥哥,你说这些是什么意思?"阿廖莎问。

"我认为,如果世界上真的没有魔鬼,那么一定是人类创造了魔鬼,而且是人类根据自己的模样创造了魔鬼。"

"也就是说,和创造上帝是一样的。"

伊万笑着说:"你可真的是会转移话题,就像《哈姆雷特》里的波勒纽斯②说的那样,现在你把话题转到我这里来了,好的,我很高兴。可你的上帝既然是人按照自己的模样创造出来的,那说明上帝也好不到哪里去。刚才你问我,说这些干什么。我现在可以告诉你,因为我是社会事件的业余爱好者和搜集者。信不信由你,我会从报纸、小册子、还有口述中记录下这些小故事,它们来自各个地方。现在,各种奇闻逸事我已经收集了很多很多。当然,土耳其人的故事也在我收藏的列表里,你可不要觉得这些故事都是外国人的故事,我国的故事也不少,本土的这些故事甚至比土耳其的还精彩。你也知道,我们俄国人最喜欢用鞭子或者用树条子抽打,这点颇具民族特色。毕竟俄国人也是欧洲人,钉耳朵这种事情在我们这儿可能难以想象,但用树条和鞭子抽人这件事,已经成为我国的习俗,谁也抢不走。现在,国外似乎已经不流行打人了,我不知道是社会风气变好了,还是专门制定了禁止抽人的法律。但是,他们会用另外一套方案来替代它,和我们的方法一样,也是富有民族特色的,但其发展的程度在我国是很难想象的。不过,自从上流社会开展宗教运动以来,我国也引入了进来。我有一本法语翻译过来的小册子,写得很精彩,讲述了大概四五年

---

① "沉湎于甜食",在俄语中有追求色欲等刺激的意味。
② 莎士比亚悲剧《哈姆雷特》中的人物,御前大臣、主角奥菲利娅的父亲。

前,在瑞士日内瓦的一个杀人犯的故事。那个小伙子叫里夏尔,大约二十三岁,他差不多是在行刑之前才开始对自己的罪行忏悔,皈依了基督教。这个里夏尔是某个人的私生子,差不多六岁的时候就被父母当成礼物送给了瑞士的高山牧民。那些人抚养他是让他长大后分担畜牧的活。他就像只小兽一样在一群牧民之中长大,他的养父母什么知识都没有教给他,从不关心他是否吃饱穿暖。他七岁时,他们就让他出去放牧了,不论什么天气。这孩子穿不暖、吃不饱,可他们并没觉得自己做错了什么,反而认为他们有权这么做,因为里夏尔是被当作礼物送给他们的。后来里夏尔自己说,在那几年,他就像福音书里的浪子,想去吃一些喂猪代售的面糊,可他连这都未曾满足。他去猪圈里偷吃时,还会被揍。他就是这样度过了自己的童年和少年时光。后来,他长大成人、身强力壮了,便开始偷盗。一开始,他在日内瓦打零工,拿到工资就去买酒喝,把自己活成了一个怪物。后来,他杀了一个老头,将老头身上的财物洗劫一空。他被抓后,经过审判被判死刑,人家在这方面一向干脆。他刚入狱没多久,身边立马凑过来一群教士还有各种基督教的兄弟会成员,以及那些慈善机构的太太们等各色人。他们教他读书写字,给他讲解《福音书》,教化他,指正他,最终,他庄严郑重地承认了自己的罪行,接受了洗礼,不但如此,他还亲自写信给法庭:先是承认自己的恶行,接着说主的光芒照亮了他,感谢主赐予自己的恩典。这件事轰动了日内瓦,当地的慈善界和宗教界兴奋不已,那些上流社会的人排着队去监狱探望里夏尔;他们对他又是亲吻,又是拥抱,并表示:'你永远是我们的兄弟,感谢主的恩典降临在你身上!'里夏尔感动地流着泪说:'恩典降临在我身上了!很多年以前,也就是我小的时候,能吃上一顿猪食我就已经很开心了。可如今上帝都不吝赐福于我,我会怀着敬畏之心去死。'那些人附和着说:'对啊,对啊,里夏尔!你应该怀揣着对上帝的敬畏之心死去。你小的时候,并不知道上帝的存在,你羡慕猪吃的饲料,甚至因为偷吃被打(这么做当然不对,因为偷东西是不可以的),但这不怪你。可你杀了人,你必须死。'在临刑前的最后一天,里夏尔无力地不断念叨着:'这是我生命中最好的一天,因为我要去见主了!''是啊!'那些牧师、法官还有无所事事的阔太太和小姐们高喊着,'这是你最幸福的日子,你马上就能见上帝了!'他们中有的乘车,有的步行,跟在里夏尔的囚车后面。一直到了断头台前,他们还在对着里夏尔高呼:'去死吧!我们的兄弟,带着对上帝的敬畏去死吧!'于是,那个被兄弟们亲吻了无数遍的里夏尔,被拖到了断头台上。人们像对待兄弟那样,砍下了里夏尔的脑袋,最终,恩典降临在他的身上。

"这个故事很典型。记录这个故事的小册子是由我国一些上流社会的路德教慈善家翻译的,随报纸刊物一起赠给读者,作为教育材料免费散发。里夏尔这个案件有趣的地方就在其颇具民族性。要知道,在我国,像对待兄弟那样把人家脑袋砍下来本身就是荒谬的,更不论什么恩典降临在身上了。但是,我再说一遍,我国也有自己的办法,并不比他们逊色。我们有历史悠久的办法,只需一顿鞭刑就能得到立竿见影的效果。涅克拉索夫曾有一首诗,写的是一个男人用鞭子抽打马的眼睛,抽打那'温驯的眼睛'。这种现象有谁没见过呢,这是俄国的民族特色。诗人笔下的马是一匹瘦弱的马,它身上背负了太多东西,最终还是陷入了烂泥之中,动弹不得。农夫抽它、打它,可打到后面,农夫自己都不知道为什么非要把这匹马往死里打。他只是越抽越兴奋,越抽越激动。农夫一边抽一边说:'哪怕你拉不动了也得给我拉,哪怕你累死了也得给我拉!'瘦马撕心裂肺地叫着,这时农夫就开始无情地抽打它那已经流出泪水的、'温柔的眼睛'。马儿用尽全身的力气,终于一使劲儿把车拽了出来,可没走两步就开始浑身哆嗦,喘不上气,步伐混乱。涅克拉索夫笔下,那匹马的样子极其狼狈。然而,说到底,这不过是一匹马。上帝创造马不就是为了让我们用鞭子抽它的嘛!这是鞑靼人教给我们的道理,还送给我们鞭子当作纪念。可是要知道,鞭子和树条子也能抽人。有一个饱读诗书、涵养良好的绅士和他的夫人经常用树条子抽打自己的亲生女儿,一个七岁的小姑娘。此事,我做过详细的记录。那位做父亲的,居然因为树条上有枝杈的节疤而高兴,说是这样'可以打得更痛',然后他就用这种'打得更痛'的树条子抽自己的女儿。我确切地知道,这世界上有这么一种人,他们随着抽打会越来越起劲,甚至发展到了虐待的地步。抽打持续一分钟,五分钟,十分钟,打得越久越用力、频率越快,打得越痛。一开始,那个小姑娘还会大声叫喊,后来连喊的力气都没有了,只能有气无力地低声求饶:'爸爸,爸爸,亲爸爸,好爸爸!'阴差阳错之下,此事有损颜面地被闹到了法庭,被告请了辩护律师。律师如今被人称作'认钱不认理的浑蛋'。法庭之上,做律师的有理有据地为他的代理人辩护道:'这不过是稀松平常的家务事,一个父亲教育自己的女儿,竟然闹到公堂之上,这真是我们时代的耻辱和悲哀!'陪审员们被他说服后退庭,做出了无罪的判决结果。大众因为施虐者被判无罪而欢呼雀跃。可惜我当时不在场,否则我一定建议设立一个以这位虐待狂为名的奖学金……如此可笑的场景。

"阿廖莎,这种关于被虐待的俄国儿童的材料,我收集了很多很多。甚至有比刚才那个更精彩的。还有一对父母,属于那种'受过教育的有文化、有涵养、正经上流官员阶层',他们居然憎恶他们五岁的小女儿[1]。你看，正如我所言，欧洲人中有这种特质的不少。他们这样虐待自己的孩子，但在对待其他人时却表现得非常友善体面，他们认为虐待是自己爱孩子的一种方式。也正是因为孩子没有自我保护的能力，这一点对施虐者来说是一种诱惑。孩子如天使一般纯洁，他们无处可去，除了家人之外，无人可依。也正是因此，使得那些施虐狂的血液沸腾。

"当然了，每个人的内心都暗藏着野兽——一头容易被激怒的野兽，一头听到了受虐者的惨叫和求饶就乐到忘乎所以的野兽，一头肆无忌惮的野兽，一头恣意纵欲而染上痛风、肝病等疾病的野兽。那可怜的女孩儿被她那好修养的父母用各种意想不到的手段摧残。他们抽她，打她，踹她，把她弄得遍体鳞伤，全身青一块紫一块。可他们并不知道为什么要这么做。到后来，他们竟然开始挖空心思地折磨她：他们在寒冬腊月把小女儿关到茅房里，只因为她在梦中尿了床（一个五岁的孩子如天使般熟睡的时候怎么能够保证自己不尿床？），就为此，他们把她的粪便涂在她脸上，还强迫她吃自己的屎。逼她的人是她的母亲，亲生母亲！夜里，小女孩在茅房里被冻得惨叫，可她的母亲竟可以安稳熟睡。这个小小的女孩甚至并不明白究竟是因为什么。当她在又冷又暗的茅房里，用小小的拳头捶着自己的胸膛，向'上帝'寻求保护，同时流着温柔的、毫无怨恨的眼泪哭泣时，你可明白，我的朋友，我的兄弟，我那温良恭俭让的见习修士，你可明白为什么会编造这个天大的谎言？若是没有它，人在世上就活不下去，因为人类无法分清善恶。可如果分清善恶需要付出如此的代价，那还有必要区分什么善与恶？要知道，对整个世界的认知都抵不上那个小姑娘向

---

[1] 此事发生在1879年的哈尔科夫（当时属于俄国，现为乌克兰的大型城市），施虐的父母为定居俄国的德国人。

'上帝'祈求时流下的泪水。我不想讨论成年人的痛苦,因为他们吃了禁果,就算让魔鬼把他们都抓走也没关系!可这些孩子,这些孩子!我的话是不是让你受不了了,阿廖什卡,你似乎不大舒服了。如果你需要我停下来,我就不说了。"

"我没事,我也想受些苦。"阿廖莎喃喃自语。

"好,再说一个,我再给你描述一个场景。我知道这个故事纯粹因为好奇,不过它挺典型的。更重要的是,这个材料出自我国的历史研究刊物,我记不清它名字是叫《档案》还是叫《旧事》了,或者是其他的什么类似的刊物,查一下就知道了。故事发生在最黑暗的农奴制时期,就是本世纪初——啊,农民解放者①万岁!在本世纪初,有一位高权重的将军,他还是个极其富有的大地主(当时确实有这样的人,不过即便在那个时代,这样的人也不是多数)。在他退役之后,理所应当地认为自己对手下的农奴有生杀大权。这位将军的庄园大极了,拥有两千多名农奴。他飞扬跋扈,那些田产不多的邻居在他眼里都是陪衬。他的家里养了几百条狗,光专门负责养狗的人就有近一百人,他们都骑马穿制服。庄园里有一个正值八岁的男孩,有一次在扔石头玩耍的时候不幸砸断了将军心爱的一条猎犬的腿。将军责问:'我最喜欢的那条狗怎么腿瘸了?'属下禀告说是那男孩儿掷石头砸断了狗腿。将军把那个男孩上下打量一番之后,说:'啊,是你干的啊!把他带走!'然后,一群人就把男孩从他妈妈手里强行带走了。他们把他丢到牢房里关了一夜。第二天一早,将军带着他的随从们出发打猎,他骑在高头大马上,周身围着家里的帮佣、养狗的仆役、打猎的向导,他们全都骑着大马,当然还有一大群猎狗。当时庄园里的所有奴仆都被叫了

---

① 指沙皇亚历山大二世。

出来，包括孩子的母亲，她站在人群的前排。众人准备受训。男孩也被从监狱里带了出来。那是个适合狩猎的秋天，雾气弥漫，天气阴冷。将军下令脱掉男孩的衣服，于是那个男孩儿被扒光了衣服站在所有人的前面。男孩吓得浑身颤抖，不敢吭声……这时将军发出命令：'赶他走！'那些养狗的人便朝他大吼：'跑！快跑！'男孩就开始跑……然后，将军大喝一声：'给我追！'——一群猎犬冲向那个男孩。当妈的亲眼看见自己的孩子被一大群猎犬撕成碎片……那位将军后来好像被拘留了。请问……应该如何处置他呢？把他枪毙？为了满足我们的道德感把他枪毙？说话啊，阿廖什卡！"

"枪毙！"阿廖莎低声说，说着他抬起自己苍白的脸，挤出一抹扭曲的苦笑，看着自己的二哥。

"太棒了！"伊万欣喜若狂，"既然你这么说，那就……那就证明你的心里也藏着魔鬼啊！阿廖什卡·卡拉马佐夫！"

"我这话说得荒唐，但是……"

"你这个'但是'说得对！"伊万大声道，"但是，你知道吗，见习修士，这个世界非常需要荒唐。如是没有这些荒唐，这个世界早就是一潭死水了。有些事情我们心里清楚！"

"清楚什么？"

"我倒是什么都不清楚，"伊万似乎在胡言乱语，"我现在什么都不想知道。我只想站在事实一边。我早就决定了，我什么都不想知道。要是我一旦想去弄明白什么，马上就会背离事实，所以我只站在事实的一边。"

"你为什么老卖关子？"阿廖莎突然表情痛苦地说道，"你究竟能不能告诉我？"

"当然，我会说的。我只是在引导你。你在我心中相当珍贵，我可不能把你拱手让给佐西马……"

伊万说着就突然沉默下去了,他的脸也突然变得忧伤。

"听我说,我拿这些孩子们的事情打比方,只是因为用他们的事情说理显而易见。可在这人世之间,从地球的表面到中心,早就让泪水泡透了。这些我只字未提,我是故意缩小了话题的范围。我就是一只臭虫,我自轻自贱地承认了,为什么世界会变成这副德行,我也不知道。我看应该被指摘的人也就是人们自己:给了他们天堂之后,他们非要去追寻自由,非要从天堂里偷走火种①。尽管他们知道,这样做会遭遇不幸,因此,他们不值得怜悯。凭着自己这颗可怜的、属于尘世的、欧几里得式的脑子,我只知道这世上充满了苦难,却想不通谁该为此承担责任;我只知道万事有因必有果,万事盈亏损补,终会达成平衡——我这啰啰唆唆地说了一大串,也不过只是欧几里得式的胡言乱语,我心里非常清楚,但我不能同意自己就这么浑浑噩噩地活下去!我深知大众受的苦没有人去负责,但我无法心安理得,我要看到因果报应,否则我只能毁灭自己。带着仇恨的报应并不是远在天涯海角或者说遥遥无期,而是就在此时此地,就在这个世界上,我要亲眼看到报应实现,这就是我的信念,我要亲眼看到,即使报应实现的时候我将死去,那就让我复活。因为这一切发生时如果我没有亲眼见证,那就太亏了。我受苦受难可不是要拿自己作的恶、受的罪当肥料,去培养别人未来的和谐之果。我想亲眼看到驯鹿依偎在狮子的身旁、被害人从坟墓里爬起和凶手拥抱②。当所有人恍然大悟的时候,我希望我也在

---

① 引用古希腊神话普劳米修斯为了帮助人类、盗取天火,而遭到宙斯惩罚的故事。这和《圣经》中亚当、夏娃偷吃禁果被上帝逐出伊甸园的故事类似。
② 源自《旧约·以赛亚书》第十一章第六节:"那时豺狼必与绵羊羔同居,豹子与山羊羔同卧。少壮的狮子与牛犊,并肥畜同群。小孩子要牵引它们。"

场。这个愿望是世间所有宗教得以存在的基础，而我，也是信教的。

"可是，话说回到孩子身上，我该拿他们怎么办？这样的问题我解决不了。这话我可能已经重申一百次了——问题非常多，我只是用孩子的事情举例，因为通过孩子的例子可以把我的观点解释清楚。听着，如果每个人都得为了换取什么永恒的平和而受苦受罪，那么，请告诉我，这和孩子有什么关系？我百思不得其解，为什么他们也要受苦？为什么要他们用自己的苦难去换取和谐？为什么他们成了肥料，用自身为他人培育和谐？我可以理解人们应该共同对罪行负责，也理解人们应该对复仇共同负责，但问题在于，不应该把孩子牵扯进来。如果孩子也需要对他们父辈先祖们的累累罪行负责并一起承担报应，那很明显，这样的道理就不是来自这个世界的，我也没法理解。也许那些没事戏谑的人会说什么孩子也会长大，他们不乏作恶的动机。可问题在于，那孩子还没长大啊，他才八岁就让狗撕成碎片了。啊，阿廖莎，我不是在亵渎神明！我很清楚，当天上和地下的一切都融合成一个歌功颂德的赞美之时，当浩瀚宇宙中一切存在的和存在过的生灵都在高呼什么'主啊！你是正确的！因为你开辟的大道是如此坦途！'之时，当那位母亲和命令猎犬去撕碎自己亲骨肉的仇家拥抱、他们连人带狗齐声高呼什么'主啊！你是正确的！'之时——世人将会豁然开朗，醍醐灌顶！但是，难题就在这里，我无法接受。只要我还活在人世间，我就要抓紧时间采取措施。你看，阿廖莎，也许真的会发生这样的事情，如果那时候我还活着，或者我从坟墓中醒来，我看到那母亲和残杀她孩子的凶手拥抱，我也可能会和众生一起欢呼什么'主啊！你是正确的！'但是，这不代表我就心甘情愿。趁还有时间，我要尽可能保护自己。因此，我完全屏蔽这种所谓的最高的和谐。至少这种狗屁和谐完全不值得一个小姑娘在又冷又黑的臭茅房里向上帝祷告时流泪！

之所以不值得,是因为这孩子的泪水白流了。她的眼泪应该有人去补偿,否则这种和谐就一点意义都没有。可又该怎么去补偿呢?能怎么补偿呢?难道说让他们遭到报应就结束了?可是这跟我又有什么关系呢,就算如此,让这些虐待狂滚进地狱又有什么用呢?孩子们已经遭受了摧残,地狱又能改变什么吗?我想要宽恕、拥抱这些人,我不想让世人再受苦了。如果孩子们所受的苦难就是为了去赎回这条真理,那么,我现在就事先声明,这条真理根本不值得付出这样的代价。而且我也不想看到那位母亲拥抱放狗咬死她儿子的凶手!我不允许她原谅这恶魔般的凶手!如果她非要宽恕的话,那么她可以代表自己宽恕,宽恕刽子手给自己作为人母带来的丧子之痛!但她没有权利替自己死去的孩子宽恕凶手,哪怕死去的孩子原谅了凶手,她也不应宽恕凶手所犯下的罪行!既然如此,既然不许他们宽恕,和谐又在哪里呢?全世界又有谁能够宽恕并且有权利宽恕呢?我不想要这种和谐,这是出于我对人类的热爱。我宁愿停留在承受苦难的状态中,停留在报复未达成的痛苦和尚未消散的怒气中,哪怕是我错了。此外,达成这种和谐的代价太高,我根本无力消受这么高代价的入场券。因此,我急于退还我的入场券。如果我是一个正直的人,就更应该赶紧把它退回去。我就是在这样做。阿廖什卡,并非我不接受上帝,我只是毕恭毕敬地把入场门票退还给他而已……"

"你这是离经叛道。"阿廖莎低着头,静静地说。

"离经叛道?我可不希望你这么说。"伊万发自内心地说,"离经叛道的人是否能在现实中生活?可我想如此生活。请你直接告诉我,我要求你回答我:你试想一下,你要建造一座人类命运的大厦,你的最终目的是让人们幸福,给他们和平与安宁;可为了这神圣的目的,你不免要去摧残一个……一个小小的生物,譬如那个捶着胸、流着泪的小姑娘，要在她得不到补偿、白白流下的眼泪上营建这座大厦，阿廖什卡，如此一来，你还愿意当这种大厦的建筑师吗？请你如实告诉我，不要撒谎！"

"不，我不愿意。"阿廖莎轻轻地说。

"你能不能接受这样的想法存在呢，就是那些生活在你建造的大厦里的人，有没有可能默许或者接受自己的幸福建立在一个被虐待儿童的鲜血之上，即便他们接受了，他们能永远感到幸福吗？"

"不，我不接受这样的想法，二哥！"阿廖莎突然两眼放光地看着伊万说，"你刚才问，这世界上有哪一个人能宽恕或者有权利宽恕？但是，这个人是存在的。他能宽恕一切，宽恕所有的人、所有的事。因为他为了所有的人、所有的事奉献了自己无辜的血。二哥，你把他忘了。而且，如今这座大厦不正是建立在他身体上的吗？人们不正是因此向他高呼：'主啊！你是正确的，因为你指明的大路坦途！'"

"啊，这位'唯一无罪的人'和他的鲜血！我没有忘记，相反，我还惊讶呢，说了这么久，你怎么还不把他搬出来。因为，通常在和你们的辩论中，你们起手第一招就会把他搬出来。你知道吗，阿廖莎，你别笑。我曾经写过一部长诗，一年前写的。如果你还想和我一起再浪费十分钟的话，那我可以给你说说这首诗。"

"你写了一部长诗？"

"哦，不对，我没把诗写出来。"伊万笑着说，"我这辈子，一行诗都没下来过。但是我已经构思好了，而且了然于心。我构思它的时候，内心激烈澎湃。而你将有幸成为我的第一个读者，哦，称你为第一个听众更恰当。的确，作为作者我怎么能失去自己唯一的听众呢？"伊万又笑了，"我讲还是不讲呢？"

"我非常想听。"阿廖莎回复道。

"我这部诗的题目叫《宗教大审判官》。虽然内容很荒唐，但是我想讲给你听。"

第五节 宗教大审判官

"这么首长诗不能没有开场白——不，应该称之为序言，瞧我这个作家！"伊万笑了起来，"我这部长诗里的故事发生在16世纪。那个时候——你应该从课堂上学过吧——那时候的文艺作品流行把什么天国之神挪到人间大地。且不说但丁这样的名人。在那个时候的法国，法院里的小官吏还有修道院的修士，经常举行演出，舞台上什么角色都有，圣母、天使、圣徒、基督，甚至包括上帝。在维克多·雨果的小说《巴黎圣母院》[①]中，为了庆祝法国王储的诞生，于路易十一在位时的巴黎市政大厅里举行了一场名曰《圣洁仁慈的圣母玛利亚的明断》[②]的免费演出，该剧目颇具教导训诫的意味。在演出中，甚至有人扮演圣母玛利亚向观众宣读她的圣明决断[③]。在彼得大帝以前的时代，我们莫斯科也举行过类似的这种演出，演出的故事大抵上也都出自《圣经·旧约》。可除了戏剧之外，当时也有很多小说和诗歌在全世界广为流传，这其中不乏以天使、圣徒和各种天神做主角的作品。当时我国的一些修道院就已经开始翻译和抄录甚至是创作这一类长诗，其历史可追溯到鞑靼人统治的时期。举个例子，有一部来自修道院的长诗（当然，是从希腊文翻译过来的），叫《圣母巡游苦难地狱》，其中的

---

① 原文为法语。
② 原文为法语。
③ 原文为法语。

一些场景描写,单论想象力并不比但丁的差。圣母巡游地狱,大天使长米迦勒带她沿着那条'苦难之路'前进。她看到了有罪之人和他们受苦受罚的情形。其中有一个场景是一群罪人在火湖中受罚,很值得人注意:他们中有些人沉入湖底,之后就再也浮不起来了。其中有一句话非常深刻,非常有力:'上帝已经把他们遗忘了'。圣母见状大为震惊,她流着泪跪在上帝的宝座前,恳求上帝怜悯这些地狱中受罚的人,并请求赦免他们。圣母和上帝的对话非常精彩。她求了又求,不愿离去。于是,上帝指给她看,让她看到手脚被钉在十字架上的亲生儿子,然后他问:'我怎能宽恕那些残害他的恶人?'而这时,圣母叫来了所有的圣徒、殉道者、天使以及天使长与她一同下跪,祈求怜悯和赦免地狱中的每一个人。最后她还是求得了上帝的恩准,每年从耶稣受难日到圣三一节暂停刑罚。地狱里的罪人们获悉后狂呼着感谢上帝:'主啊!你是对的,你的裁决是对的!'倘若我的长诗在那个时候问世,也必定是那个样子。在我的长诗中耶稣也有登场,不过他只是露了个脸,一句话都没说。自从他许诺必定会进入地上天国以来,已经过去了整整十五个世纪,自从先知替他写下了'我必快回来'[①],也已经过去了一千五百年。他尚在人世间时曾说:'无人知晓会在何日何时降临,我为神之子亦不知晓,此事唯有我的天父知晓。'不管怎样,人类也怀着与过去一样的信念和感动等待着他,哦,甚至可以说这信念比先前更加强大,因为过去的这整整十五个世纪,没有人收到过上天的承诺:

没有收到天国的承诺,

[①]《新约·启示录》第三章、第二十二章多处提及。

那就坚信自己的心声。①

"那就只能坚信自己的心声了!的确,那时候有很多显圣的奇迹:有些圣徒会用奇妙的方法给人治病;据《圣徒传》所记,高贵如天国的女皇②有时候也会去拜访一些圣徒。但是,魔鬼永不休眠,人类之中也不乏怀疑奇迹真实性的人。恰恰那时,一个可怕的异端邪说③在北方,尤其是在德国蔓延开来。一颗巨大的恒星,'亮如火炬'(这里指教会),'落入水之泉源,水便苦了'④。这些异端邪说直接亵渎神明、否定奇迹。但是那些忠于信仰的人反而更加热忱了。人类饱含泪水望着空中的他,依旧盼望着他,挚爱着他,寄希望于他。人们渴望为他受难,甚至为他而死,就像过去一样……在这种对信仰炽热如火的情感中,人们祷告了这么多个世纪:'主啊!请你快回到我们身边!'这千百年来的虔诚祷告,真的把他感动了,于是他带着不可估量的恻隐之心,屈尊驾临那虔诚的人间。在这之前,他也曾降临过人间,他看望过那些大贤大能圣者、隐居修身的圣徒和修士,正如在他们的传记中记载的那样。我国诗人丘特切夫深信自己的诗揭示了真理,他曾宣称:

那身着服、背负十字架之人,
正是头顶荆棘之冠的天国之王,

---

① 引自席勒的《愿望》。
② 这里指圣母。
③ 这里指16世纪德国宗教改革。
④ 引自《新约·启示录》第八章第十一节:"第三位天使吹号,就有烧着的大星好像火把从天上落下来,落在江河的三分之一和众水的泉源上。这星名叫'茵陈'。众水的三分之一变为茵陈,因水变苦,就死了许多人。"

> 为了赐福众生,
> 他走遍了那亲爱的大地。

"事实就是如此,请听我慢慢道来。他想去看看子民,去看看那些受尽折磨、吃尽苦头、罪孽深重却依旧如孩子般敬爱他的劳苦大众。我长诗里的故事发生在西班牙的塞维利亚,那是宗教审判最盛行的恐怖时期①,为了歌颂上帝的荣耀,当时国内各地每天都燃烧着焚人的篝火,

> 熊熊烈火腾空而上,
> 将万恶的异端烧成灰烬。②

"啊,这可不是他所承诺的世界末日之时将披着天国的荣光降临人间大地的景象,不是'有如闪电自西向东照亮天边'③的景象。他的降临不过是对子民作短暂的访问,而且恰巧降临在焚烧异教徒的地方。怀揣着无限的恻隐之心,他以十五个世纪之前巡游人间时的形象,再次出现人间。他降临到那座南方城市的'火烧般的广场',就在前一天,那里还有'熊熊烈火腾空而上'。当时,一位身着红衣、担任宗教大审判官的主教,当着国王、骑士、红衣主教、雍容华贵的朝堂贵妇以及全塞维利亚百姓之面,烧死了近百名邪恶的异教徒,弘扬吾主的无上荣光。

---

① 罗马天主教为了清除异教徒设立专门侦察、审批和处罚异端的宗教法庭。1480年在塞尔维亚建立的宗教审判庭判决并残酷烧死的民众近十万。
② 引自俄国诗人波列扎耶夫的长诗《科利奥兰》。
③ 引自《马太福音》第二十四章二十七节:"闪电从东边发出,直照到西边。人子降临,也要这样。"

"他悄无声息地走入人群,默不作声,可说来也奇怪,人们一眼就认出了他。至于人们是怎么认出他的,这段可能是我这部长诗中最精彩的部分之一。民众向他涌去,似浪潮般地不可阻挡,团团围住他,紧紧跟随他,排成了长长的队伍。他在人群中默默行走,面带慈爱、平静的微笑,流露出对众生无限的怜悯。那以爱之名的火焰似太阳一般在他胸中燃烧,光明、智慧和力量的清澈光芒从他眼中流出,向跟随着的劳苦众生射去,震撼着他们的心灵。他向民众伸出双手,为他们赐福,只需轻抚他们的躯体甚至是衣装,就能治好沉疴,抚育顽疾。人群之中,有一位自幼失明的老者冲着他大声呼喊:'吾主啊!治一治我的眼睛吧,那样我就能见到你了。'然后,竟像有一层鳞片从老者的眼睛上脱落,失明的老者能看见上帝了。人们哭着吻着他走过的地面。孩童抛出鲜花为他开路,激动的歌儿和欢呼自四面八方涌来,人们高呼:'和散那!'①'这就是他,就是他!'每个人都反复说,"一定是他,只能是他!"他走到塞维利亚的大教堂前,在台阶上驻足。就在这时,有人哭着,抬着尚未封盖、装着孩子的白色童棺,正欲前往教堂。棺内躺着的是本地一名贵族人家的七岁独女,孩子此时正安卧在鲜花之中。人们朝着痛哭流涕的母亲呼喊:'他能让你的孩子复活!'出来迎接棺椁的教堂神父困惑不解,皱起眉头。这时,那失去了孩子的母亲发出一声哭号,扑倒在他的脚边,伸出双手向他哀求:'倘若真的是你,请让我的孩子复活。'送殡的长队停了下来,小小的棺椁被放在教堂台阶上、他的脚旁。他满怀怜悯地注视着,口中念道'塔利法库米',那意思是:醒来吧,小姑娘。于是,小女孩从棺椁中坐起,睁大

---

① 见《马太福音》第二十一章第九节:"前行后随的众人,喊着说,和散那归于大卫的子孙,奉主名来的,是应当称颂的。高高在上和散那。"《圣经》注解为"求救"之意。

了眼睛,诧异地望向四方,面带微笑。此时,她手里依旧抱着一束白色的玫瑰。人群中顿时一片骚动,喧嚣与号哭此起彼伏。此时,那作为大审判官的红衣主教正好经过教堂外的广场。他年逾九十,高大挺拔,干瘪的脸上双目凹陷,但双眼仍迸发出火花一般炽热的目光。不过他没有穿烧死异教徒时穿的那件鲜艳夺目的红袍,而是身着一件粗糙、暗淡的旧道袍。跟在他身后的,是他的那些面色阴沉的助手、奴仆,还有'神圣的'卫兵。他在人群前止步,远远地望着,把发生的一切看在眼里。他看见了棺椁被放在他的脚边,看见了已经死去的小女孩死而复生,这让他的脸上阴云密布。他狠狠皱了下自己白色的眉毛,顿时目露凶光。他伸出一根手指命令自己的仆役把他抓住。看,他的权力多大,民众都对他俯首帖耳、战战兢兢,甚至让出一条路,任凭卫兵穿过人群、在一片死寂中把那个人抓走。刹那间,人们就像一个人似的,动作整齐划一,匍匐在地,连连向大审判官磕头。大审判官默不作声,朝民众画了个十字,便独自离去。卫兵把抓获的人关进古老的宗教审判所里,那是一栋阴暗且狭窄的圆顶式大楼。白天过后,在那闷热、黑暗的监牢里,'喘不过来气的'塞维利亚之夜到来了。空气中弥漫着'月桂和柠檬的芳香'[①]。在伸手不见五指的黑夜中,监狱的铁门被打开,来者正是提着灯笼的那位大审判官。他缓缓步入牢房,这次他没有带随从,沉重的铁门在他的身后砰地关上。大审判官在门前站立许久,足有一两分钟,凝望着他的面庞,然后信步向前,把灯放在桌上,对他说:'是你吗?真的是你吗?'但还没等他回答,大审判官就继续说:'请勿回答,把嘴闭上。你又能说什么呢?你要说的我早已知道,你也没有任何权利对你之前说过的话再作补充。你为什么

---

① 引自普希金的歌剧《石客》。

要来干扰我们？你就是来干扰我们的，这点你自己也清楚。但你可知道明天会发生什么？我不知道你是谁，我也不想知道，你究竟是不是他，还是说你只是长得像他，这已经不重要。明天我会做出判决，我要把你判定成最为凶险的异教徒，将你置于火堆上烧死。只需我一声令下，今天俯身吻你脚的人，明天就会往你的火堆上添柴浇油。这点你可知道？是的，你可能是知道的。'大审判官深思着，补上了这一句，他的目光始终没从囚徒身上离开。"

"我不太懂，伊万。这到底是什么意思？"一直默默倾听的阿廖莎突然笑着问道，"这是天马行空的幻想，还是老年人容易犯的弊病，误会①了？"

"算是后者吧，"伊万笑道，"看来当今流行的现实主义已经把你宠溺坏了，使你根本容不得如此富有想象力的东西，你就当成误会吧，你说的也无可厚非。"伊万大笑后继续说道，"一位年逾九十的老人，他长年固守他的那套思想，可能早就癫狂了。也许那囚徒的外貌让他震惊。说不定，这还可能是九旬老人临死前的幻觉，更何况他前一天一把火烧死了百名异教徒，火的刺激让他大脑依旧狂热。可不论是误会还是天马行空的幻想，这对你我来说又有什么区别？关键在于，他已经憋了九十年了，他要把长久埋藏在心底的话一吐为快。"

"为什么囚徒依旧保持沉默？只是看着他一句话都没说？"

"也只能如此，"伊万笑着说，"老人已经告诉他，他没有任何权利对自己之前说过的话再作补充，你就把这当成罗马天主教的基本特征好了。至少我是这么认为的，这句话的意思是：'你当初可是把一切都交给了教皇，换言之，现在一切的权力都在教皇手里，你已经让别人

---

① 原文为拉丁文。

代替你了,所以你不该来此,至少现在不要添乱。'他们不但嘴上这么说,还诉诸文字,至少那些耶稣会的教士这么做了。我从他们的著书中读到的,他们有自己的神学主张。'你是否有权利向我们透露你来自的那个世界的一个秘密呢?'我诗中的老人如是问他,可不等他回答,老人就直接抢话:'不,你没有这样的权利。你对自己之前说过的话也不能再作任何补充,没有权利剥夺人们的自由,这种当年你降临人间时坚决捍卫的自由。不论你新近声明了什么,你都侵犯了人们的自由,因为这一切都以神迹的方式出现,正如一千五百年前那样,你把人们的信仰自由看得比一切都重。当初你曾给他们许下诺言:'要使你们得以自由'[①]。现如今你也看到了这些自由的人,老人忽然露出一个意味深长的冷笑,'我们曾为了自由付出了昂贵的代价',他目光严厉,继续说道,'可我们毕竟解决了这件事,而且是以你的名义。我们为了自由已经折腾了十五个世纪,我们遭受了太多的苦难,好在现在解决了,已经彻底解决了。但你竟不相信我们已经解决了?你看我的眼神充满了温柔,似乎根本感受不到我的愤怒。但是,我要告诉你,如今,我的意思是现在而不是过去,这些人比以往任何时候都相信自己是充分自由的。其实,是他们自己追着赶着把自由放在我们的脚边。这是我们努力的结果,这不正是你想要的自由吗?'"

[①] 引自《约翰福音》第八章第三十一至第三十六节:"耶稣对信他的犹太人说,你们倘若常遵守我的道,就真是我的门徒。你们必晓得真理,真理必叫你们得以自由。他们回答说,我们是亚伯拉罕的后裔,从来没有作过谁的奴仆。你怎么说,你们必得以自由。耶稣回答说,我实实在在地告诉你们。所有犯罪的,就是罪的奴仆。奴仆不能永远住在家里,儿子是永远住在家里。所以天父的儿子若叫你们自由,你们就真自由了。"及《路加福音》第四章第十八节:"主的灵在我身上……差遣我报告被掳的得释放,瞎眼的得看见,叫那受压制的得自由。"

"我还是不懂，"阿廖莎打断了伊万的话，"他是不是在讽刺或嘲笑他？"

"都不是。他只是认为，这一切的荣誉应当归为他和他那伙人。他们终于征服了自由，而且他们这么做是为了人们的幸福。'因为直到如今（他说的自然是已有宗教审判制的时代），才头一遭去想人们的幸福，'大审判官对他说，'人天生就是反叛者，反叛者怎么可能有幸福？有人对你再三告诫和指示，但你一点都没有听，你放弃了那条能使人们得到幸福的唯一出路，可幸运的是，当你离开时，你把这些事情交给了我们。你做出了承诺，你用自己的话语加以确认，你赋予了我们束缚和解绑的权力，因此，现在你休想把我们手中的权力夺回去！你为什么要来干涉我们？'"

"'对你再三告诫和指示'这句话是什么意思？"阿廖莎问。

"这就是老人说的这些重点所在。"伊万继续道。

"'有一个可怕又机敏的魔鬼，一个自我毁灭和虚无的魔鬼，它曾经在旷野中和你对话，也曾在福音书中和我们对话，他曾诱惑过你，是这样的吗？'大审判官说道，'它足足用了三个问题向你揭示了更为普遍的真理，可你拒绝接受。《圣经》中把这称为"试探"。可是世间还能有什么比它给你的启示更真实的呢？话说白了，如果说这个世上真的出现过奇迹，那一定就出现在进行这三次试探的那一天。所谓奇迹就在那三个问题里。如果可以设想（我是说只是设想，举个例子说明），可怕的魔鬼提出的三个问题消失在《圣经》的字里行间中，人们必须重新编造，让它恢复，再次将它写进经书。为此，应该把全世界的智者都召集起来——统治者、大祭司、科学家、哲学家、诗人，交给他们的任务很明确，就是要编造出这三个问题，这些问题不但要符合事情的原状，还要能用人类文明中的三句话来概括人类已有的和未来的全部历史。你觉得，这些集中起来的人类精英把他们的智慧糅合在一起，能不能编造出在震撼力和深度上堪比那魔鬼在旷野上问你的三个问题？单凭那三个问题，就可以明白，跟你打交道的绝不是凡人的智慧，而是某种亘古不变的绝对意识。因为那三个问题似乎对未来的人类史作了归纳和预言，它们汇集了人类本性中没有解决的全部历史矛盾。但当时，展现得并不是那么清楚，所以未来是不可知的，然而现在十五个世纪过去了，这三个问题中的一切都被预料到了、都被证实成真了，而且它是那么的精准，一个字都不能添，一个字都不能减。

"'你自己来判断谁是正确的，究竟你是对的，还是当年那个向你提问的人是对的？思考一下第一个问题，我不记得原话，但意思是一样的：你若走进人间，可两手空空，只有承诺给予人们自由，而人们生来无知，且秉性自带莽撞，无法理解自由，并为此怕得要命——对人类和人类社会而言，没有比自由更恐惧和无法消受的东西了！你看到这日光晒得滚烫的不毛之地上的那些石头了吗？你要是能把石头变成面包，人们就会像温驯的羊羔一样对你感激涕零、对你俯首帖耳；虽说他们永远都在害怕，生怕你哪天把手一缩，面包就没了。但是你呢，你不愿意人们失去自由，你拒绝这么做，因为你认为这种俯首帖耳和感激涕零是用面包收买来的，你觉得这哪里是什么自由？你驳斥道，人不能单靠面包活着。但你知道吗，人可以为了地上的这点面包被那些魔鬼利用，联合起来反对你，与你战斗，最终打败你，所有人都跟他跑了，一边跑一边喊："谁能和这头野兽相比[①]！他为我们从天

[①] 见《新约·启示录》第十三章第四节："谁能和这头野兽相比，谁能与它交战呢？"

上取来了火种！"你可知道用不了几个世纪，人类就会凭借自己的智慧和科学向世界宣称，不存在犯罪，也没有罪过，只有饥饿的人群。"吃饱了肚子才能去谈道德！"——他们会高举起打着这个口号的旗帜反对你，摧毁你的圣殿，并在被摧毁的圣殿上，建起来一座新塔，一座可怕的巴别塔。尽管这一座和以往的那一座一样不会完工，可问题在于你本可以避免建造这座新塔，让人类免受一千年的苦难，因为他们在忍受了一千年建塔之痛后，还是会回到我们这里！他们又会在我们藏身的地下墓穴里寻找（因为那时，我们会再次被迫害、被折磨），找到我们后，哭着对我们喊道："请给我们饭吃，因为那个曾经答应为我们从天上取火种的人食言了。"于是，到时候就会由我们来建那座塔，因为只有我们会给他们饭食，当然，还是以你的名义，或者说打着你的名义。倘若没有我们，他们永远没有饭吃，永远填不饱肚子！只要他们仍是自由之身，任何科学都无法给他们面包。最后，他们还得老老实实地把自由送到我们的脚边，对我们说："只要能吃饱，我们宁可被奴役。"他们终究会自己想明白，自由和饱食面包在人世间不可兼得，因为他们永远也不知道该怎样平等分配！不但如此，他们也永远不相信自己能得到自由，因为反叛者懦弱、渺小、没有道德，成不了气候。你曾许诺过给他们天国的面包，但我再说一遍，在这种永远软弱、道德败坏和忘恩负义的人类眼里，天国的面包又怎么能和地上的面包相提并论？即便有些人，几千人、几万人为了所谓的天国的面包选择了跟从你的脚步，但还有几百万人甚至是几千万人舍不得地上的面包而放弃天上的面包，这又能如何呢？难道你只珍视那几万个圣贤和强者，抛弃那些多到如同海滩的沙砾一般的芸芸众生吗，那些弱小但爱你的人就活该沦为伟人和强者的陪衬吗？不，我们同样珍视弱者，不论他们是怎样的道德缺失和顽劣叛逆，但他们最终会俯首称臣。

他们将对我们赞叹不已,并且将我们奉若神明,而我们作为他们的头领,就得允许他们把自由献上并接受我们的统治——他们认为做自由之人着实可怕!但我们还会告诉他们,我们是听命于你的,也是以你的名义统治他们的。这样我们就又可以欺骗他们了,因此我们再也不会允许你回到我们身边来了。这种欺骗恰恰就是我们的痛苦之源,可我们必须撒谎。这就是在旷野中提出的第一个问题的大意,而这也是你为了你所珍视的自由所拒绝的东西。不但如此,这个问题中还包含着一个关于世界的大秘密。如果你接受了那些所谓的面包,那么你就满足了人们自古以来的普遍需求,不只是个别人的,也是全人类的需求——"应该膜拜谁"这样的问题。人一旦取得自由之后,就没有什么比自己该尽快去"膜拜谁、信仰谁"更让他们苦恼的问题了。可人类要去膜拜的、信仰的必须是那种人人都会膜拜、信仰的对象。这些可怜的人关心的不仅仅是自己或者是别人找到一个可以膜拜的对象,而是想找到那种所有人都能膜拜的、信仰的对象。换句话说,就是信仰需要万众一心、整齐划一。因此,这种对普世统一的信仰的追求反倒成了人类自古以来的痛苦。为了信仰,人们彼此拔剑,自相残杀。人啊,创造出各自的神,然后互相挑衅:"快抛弃你们的神,来信仰我们的神!要不然我们就把你和你的神一起毁灭掉!"这幅景象可以一直延续到世界末日,直到一切神灵都在地球上消失了以后依旧如此,总之就是需要一个可供自己下跪的偶像。你知道的,你不可能不知道,这就是归根于人性的秘密,但是你拒绝接受交给你的旗帜,这唯一绝对的旗帜,这面旗帜能使所有人都毫无怀疑地匍匐在你脚下对你顶礼膜拜——以人间的面包为名的旗帜。而你竟然为了自由和那天国的面包把这面旗帜扔到了地上。你看看,你接下来又干了些什么。你无论做什么都是打着自由的名义!我告诉你,大家只是想赶紧随便找一个人,把自己降入凡尘、与生俱来的自由统统塞给他。然而,只有那些能安抚人心的人才能握住他们的自由。本来已经把面包和那面无可争议的旗帜一起给了你——只要你把面包给人们,人们就会对你膜拜,因为没有什么比面包更无可争议的东西!可除你之外,如果还有什么人也能掌握他们的良心,那么到那时候,他们会丢掉你给的面包,然后跟着揪住了他们良心的人跑了。在这一点上,你是对的。因为人存在的秘密当然不是为了活着而活着,而是为了什么而活着。一个人如果真的找不到自己为了什么而活着,那他宁愿趁早毁灭自己,也不愿意残存偷生,哪怕他身边全是面包。这话虽有道理,但结果会怎样呢?你没有占有人类的自由,反而为他们创造了更多的自由。难道你忘了,安宁,甚至死亡,比在明辨善恶中的自由选择对人而言更加可贵?而最能吸引人的莫过于让他的良心得到自由,同时,最折磨人的也莫过于此。你并没有给人们提供坚实且一劳永逸的基础,没有让他们的良心彻底得到安宁,反而给了人们不寻常、不确定和难以捉摸的东西,而且是人们力所不及的。因而你的做法看起来好像根本不是出于对他们的爱——这人是谁呢?竟是前来为他们献出自己生命的人!你非但没有握住人们的自由,反而徒添了他们的自由,还以自由的名义让人们的心灵疆土永不安宁,让他们饱受折磨之苦。你渴望得到那些自由的爱,你渴望人们被你吸引然后像俘虏一样跟着你走。你要取代严苛的古代律法,让人们用一颗自由的心去判断善恶。而你给他们的指引不过就是你的神像,可你是否想过,如果众生因自由选择承担巨大的压迫,一旦压迫重到人负担不起的时候,他们难道不会抛弃你的形象、唾弃你的真理,甚至反对你吗?他们最终定会叫嚷,真理并不在你手中,而你却给他们留下了那么多烦心的事以及解决不了的谜题,徒增他们的烦恼和痛苦,所以是你亲手为毁坏自己的王国打下了根基，在这件事上，你怪不得任何人！然而，向你提出的那三个问题究竟是怎样的呢？这世界上有三种力量，而且仅有这三种力量能够征服这些意志薄弱的反叛者们的良心：给予他们幸福。这三种力量分别是：奇迹、神秘和权威。你却把这三者统统拒绝，还以身作则，把自己视为榜样。当那可怕又睿智的魔鬼把你带到神殿之顶时，告诉你："如果你想知道自己是不是上帝的儿子，最好的办法就是跳下去，这是证明你对天父的信仰坚定的最好方式。因为经书上说了，他会让天使托着你飞起来，他不会让你摔死在石头上，你是不是上帝的儿子，待那时就揭晓了，也能证明，你对你的天父的信仰到底有多坚定！①"可是你听完之后却拒绝了这一建议，你没有跳下去。当然了，你可以很自豪地说自己像上帝一样正气凛然，但人类，却不过是一群意志薄弱的生物，难道他们也是神吗？哦，你当时很清楚，只要你往前跨一步，只要你纵身一跃，就等同于你在挑战上帝，你就丧失了所有对他的忠诚，你就会在承托你的大地上摔得粉身碎骨，而那试探你的魔鬼将会乐得前仰后合。但是，我要重申，有多少人能像你这样？难道你真的相信——哪怕就在一闪念——其他人也能受得了这样的诱惑？人的本性怎么会拒绝奇迹，尤其是在生死攸关的时刻，尤其是在面临最可怕、最痛苦的问题必须做抉择的时候，难道此时人还能只凭借着自由意志去做选择？哦，你知道自己的这些壮举终将会被记录在史册里，声名远播，流芳千古。你也希望人们以你为榜样，不需要任何奇迹也能和上帝同在。但你不知道，人一旦否定了奇迹的存在，也就等于否定了上帝，因为与其说人需要的是上帝，不如说人需要的是奇迹。人没有奇迹就不能活，那他们就一定会给自己创造奇奇怪怪、形形色色的奇

---

① 引自《马太福音》第四章魔鬼对耶稣的第二次试探的故事。

迹,譬如崇拜什么巫医神术,信奉什么仙女魔法。哪怕他当过一百次反叛者、异教徒还是什么无神论的浑蛋,到头来都是如此。人们会嘲讽你、戏弄你,冲你喊什么"只要你从十字架上下来,我们就一定相信你[①]"之类的话。可你并没从十字架上下来,你没有下来是因为你不想凭借奇迹使人信服?你追求的是对自由的信仰,而不是对奇迹的信服。你渴望的是自由的爱,不是那种奴隶震慑于奴隶主的权威而表现出来的趋奉。可你在这方面把人们想得过于崇高了,因为他们生而为奴,尽管他们的天性叛逆。主啊,你看看四周吧,已经十五个世纪了,你把谁提到了与你自己相当的位置?我敢发誓,人类这种生物自出生起就比你想象中的懦弱、低贱!他们能像你一样吗?你对他们期望太高了,你这样表现得好像是再也不会同情他们了一样,因为你对他们的要求太高了——可这是谁?这就是那个爱人胜于爱己的人!减少一点对他们的尊重,降低一点对他们的要求吧!这样才近乎爱,因为这样的话,才能减轻那些低贱生物肩上的负担。他们软弱且低贱。现在到处都在造反,有人反抗教会的权力,并以造反为荣,这又能怎么样呢?这不过是小孩子、小学生的骄傲。这不过是一群在课堂上造反企图把老师赶走的小孩。然而,小孩子的狂热结束后,他们必将为此付出沉重的代价。他们将捣毁神殿,让血染红大地,可即便如此,这群愚蠢的孩子也必将领悟到,自己不过是势薄力弱、无法抗争到底的反叛者。到头来他们还是会流着愚蠢的眼泪,愚蠢地承认,把他们作为反叛者创造出来的造物主,无非就是和他们开个玩笑。他们于绝望之中说这些话,这些被视为渎神的话,因此他们变得越来越不幸。因为

[①] 引自《马太福音》第二十七章第四十节至第四十一节:"从那里经过的人,讥诮他,摇着头说:'你这拆毁圣殿,三日又建造起来的,可以救自己吧。你如果是神的儿子,就从十字架上下来吧。'"

人的天性容不得亵渎神灵的行为，后面他们一定会遭到反噬和自戕的。如此一来，尽管你为人们的自由受尽了苦难，人们还是无法逃脱不幸、焦虑和彷徨这三种命运。你那伟大的预言家通过幻象和比喻说他看到了第一次复活的所有人，他们每一支派都有一万两千人①。但既然复活的人这么多，那他们就已经不是人，而是神了。他们背负着你的十字架，他们忍受着饥饿在那光秃秃的沙漠中，熬了数十年，就靠吃蝗虫和草根——你确实可以用手指着这些自由和自由之爱的孩子，为了他们为你的名誉做出的自由、悲怆的牺牲而骄傲！但你要记住，他们加起来才不过十几万，而且他们似乎早就不是人了，他们都是神，那其余的人呢？其余的弱者受不了强者才能吃下的苦，只是他们有什么错呢？他们那脆弱的灵魂装不下如此可怕的考验，他们又有什么错呢？难道说，你真的只会到少数选民那里，只是为少数选民而来的？既然如此，这就很神秘了，这我们就没法理解了。但是，如果这是神秘的，那我们是不是也有权利宣扬神秘，并教导他们——重要的事情不在于自由判断，也不在于爱，而在于对神秘的服从，哪怕是违背良心的盲从。而我们就是这么做的。我们纠正了你的功业，好让它能建立在奇迹、神秘和权威之上。人们拍手称快，因为他们又可以像羔羊一样被领着上路了，与此同时那可怕天性带给他们的痛苦重负也被卸下了。我们这么教导，这么行事，难道不对吗？我们真实地认识到了人类的懦弱无能，我们满腔慈爱地减轻他们的心灵重担，我们允许他们犯一些天性使然的罪过，难道不是因为我们爱人类吗？可现在，你为什么跑来干涉我们？你干吗用你那温柔的眼睛一言不发地看着我？你愤怒

---

① 参见《新约·启示录》第七章第四节至第八节："我听见以色列人各支派中受印的数目有十四万四千：犹大支派中受印的有一万二千；流便支派中有一万二千……便雅悯支派中受印的有一万二千。"其中的"受印"即受永生神之印。

吧，我不需要你的爱，因为我根本就不爱你！听着，我有什么好对你隐瞒的呢？你以为我不知道自己在和谁说话吗？我想要告诉你的你已经都知道了，因为我从你的眼睛里能看得出来。我们肉体凡胎的秘密岂能瞒得过您？也许你就是想从我口中听到这个秘密，那么你就听好了：我们不是和你在一起，而是和他[①]在一起，这就是我们的秘密！我们早就不与你同在了，而是和他同行了！我们已经这么做八个世纪了，整整八个世纪了。就在八个世纪以前，我们从他那里接受了当年被你愤慨拒绝的东西，也是他向你展示给世界万国时的最后一份赠礼[②]：我们从他那里接过了罗马及恺撒的剑，我们还宣布了我们才是世界的王，独一无二的王！尽管迄今为止我们的事业还没有完成。但这是谁的过错？哦，这项事业迄今为止还处在开始阶段，但它毕竟开始了。要等到它完成，自然还需要很久的时间，自然还需要很多的苦难。但我们一定能达到目的，一定能成为恺撒，到那时候我们再去考虑全人类的幸福。而你本来也可以握起恺撒的剑。当初你为何要拒绝那最后的赠礼？如果当时你接纳了强大的魔鬼的第三个建议，你不是就直接解决了那世人苦苦寻找而不得的难题——该崇拜谁，把良心交给谁，人们该怎么样团结一致共同创建一个没有争议的、美好的社会整体？第三个问题需要在世界建立普世性的联系，其实是人类的最后一个痛定思痛的目标。就人类整体而言，一直都是在追求去建立一个一统全世界的组织的。世界上也曾因此诞生了许多有伟大历史的民族，但这些民族越发达，他们就越不幸，因为他们要把全世界范围的人团结起来的

---

① 指魔鬼。
② 参见《马太福音》第四章第八节至第十节："魔鬼又带他上了一座最高的山，将世上的万国，与万国的荣华，都指给他看，对他说，你若俯伏拜我，我就把这一切都赐给你。耶稣说，撒旦退去吧。"

意识比其他民族都更强烈。帖木儿①和成吉思汗这些伟大的征服者，他们所到之处如同飓风一样席卷大地，妄图征服全世界。他们的行为也正不自觉地反映了人类趋向于全世界一统的伟大要求。你要是接受了世界以及恺撒的紫袍，不就创建了一个全世界的王国吗，不也就给全世界带来和平了吗？因为谁掌握了人们的良心并控制了他们的面包，谁就统治了整个世界。我们接受了恺撒的剑，既然接受了，我们也就拒绝了你，跟他而去。哦，自由思想还有他们的科学以及吃人的哲学还会在历史上再持续若干世纪，因为他们在没有我们运行的情况下重建巴别高塔，最后一定以人吃人而告终。但是那时，那些野兽将爬到我们的脚旁，伸出舌头舔舐我们的脚，任凭眼中的血泪流淌在我们足上。那时候我们会坐在野兽身上，举起酒杯，而酒杯上写着"秘密"②二字。可只有到那时候，人们才能实现渴望的和平与幸福。你以自己挑选的那部分人为荣，但你也只有这些选民而已。而我们却能赐予所有人太平。更何况，这些选民里面的许多人，包括可以被选中的强者中的许多人，他们都在等你降临，他们日思夜想，最终等得不耐烦了，于是他们把自己的精力和热情投放到另一个领域，最后他们高举自己自由的大旗一起反对你。可别忘了，这面旗帜本是你自己亲自升起来的。跟着我们走的人，都处于安宁幸福之中，不会有反抗，也不会自相残杀，并不像在你的自由中得到的那样。我们会使他们信服，只有他们把自由移交给我们且服从我们，他们才能真正成为自由之人。怎么样，我说的是对的还是撒了谎？他们自己会判断并相信我们是对的，因为他们会回忆起你给的自由所带来的一连串奴役和混乱。自由、自

---

① 帖木儿（1336—1405），突厥化蒙古人，帖木儿帝国创建者，曾征服东欧、西亚中亚，成为一时雄跨欧亚的霸主。
② 参见《新约·启示录》第十七章。

由意识和科学将会使人类走向迷茫的荒野,面对如此莫名其妙的奇迹和无法解决的秘密,他们里面一部分倔强而暴躁的人会自我毁灭,而另一部分倔强但意志薄弱的人则会相互残杀,然后就是那最弱小可怜的第三部分人,他们会爬到我们的脚边,哭着向我们哀求:"你们是对的!只有你们掌握着他的秘密,我们要回到你们这里,求求你救救我们吧!"然后,他们会得到我们赐予的面包,当然,他们也会清楚地看到,我们把他们双手创造的面包拿走再赐给他们,哪里有什么奇迹,他们会看到,我们没有办法把石头变成面包,但是这并不妨碍他们欣喜。因为他们欣喜的是从我们手里得到面包!因为他们记得清楚呢,以前没有我们的帮助,他们挣来的面包在他们手中只会变成石头,可等他们回到我们身边的时候,石头却又变成了面包。这一点,他们体会得太深了,太深了!在人们真的理解这一点之前,人们是不幸的。告诉我,谁该负起人们难以理解这些道理的主要责任?又是谁搅乱了羊群,使它们四散奔逃?但是,羊群也会重新聚合、温驯服从,而这次它们不会再离散了。反正我们将会赐予他们安宁、温和的幸福,也就是弱者配有的幸福,毕竟他们生来就是弱者。哦,我们最终会说服他们,让他们不要骄傲,只因为你捧高了他们,因此教会了他们骄傲。而我们会向他们证明:他们是弱者,他们只是可怜的孩子,但是,孩子的幸福才是最甜蜜的幸福。他们会变得懦弱胆怯,他们会在恐惧中战战兢兢地看着我们,偎依着我们,就像受了惊的小鸡仔跑向鸡妈妈。他们会对我们感到惊讶和自豪,只因为我们是那么聪明、那么强大,能把数以亿计不安分的羔羊安抚下来。他们会在我们的怒气前发抖,他们的想法变得胆小慎微,他们的眼睛就像孩子和女人那样动不动流泪,但只要我们一挥手,他们也会同样轻易地从恐惧转为欢笑,甚至忘却忧愁唱起儿歌,雀跃而舞蹈。是的,我们会强迫他们工作,而在工作之外的时间，我们会把他们的生活安排得和儿童游戏一般，既有孩子的歌咏和合唱，也有烂漫天真的舞蹈。啊，我们允许他们犯错，将赦免他们的罪过，他们是可怜的弱者，他们会像孩子似的因我们容许他们犯错而爱我们。我们将告诉他们，只要得到了我们的准许，犯的任何错都可以赎清；我们容许他们有罪，因为我们爱他们。那所有罪行应受的惩罚都由我们来扛。也正因为我们接管了罪过，他们才会把我们当成在上帝面前替他受苦受难的恩人，才会把我们奉若神明。因此，他们不会对我们隐瞒任何秘密。我们将允许或者禁止他们与妻子、情妇同居，生或者不生孩子——这一切的一切都将取决于他们是否顺从。因此，他们必将心悦诚服地服从于我们。那些他们良心深底最痛苦的秘密，他们也会毫无保留地告诉我们，而我们将替他们解决，当然，他们也会深信我们提供的告解之法，因为只有这样才能让他们从极大的烦恼中解脱，以及避免个人自由做出决定时面临的可怕的痛苦。于是，除了那数以十万的统治者之外，亿万民众，所有的人都将幸福快乐。没错，只有我们是不幸的，因为我们保守了秘密。将来会有成百万千万的快乐婴儿，以及十多万因承担了分辨善恶的诅咒而受苦的人。他们会以你的名义静静地死去，无声无息地烂在棺材里。然而，我们保守了秘密，并以为了他们的幸福和过上永恒的天国生活为名，吸引他们上钩。当然，即使在另一个世界真的有什么奖赏，也轮不到他们。有人颂扬并预言：你将降临，再次获胜，与你同行的是你选中的那些人，那些骄傲又强大的人。但我们要说的是，他们不过是拯救了自己，而我们拯救了所有人。他们说，那个坐在野兽身上还手握秘密的淫邪女子会被拉去巡街，那些弱者会发起暴乱，撕破她紫色的衣服，使她露出"令人憎恶的"肉体。但在那时，我们将站起来，把数以亿计的完全不识罪过的快乐婴儿指给你看。我们为了他们的幸福承担了罪过,我们将站到你的面前说:"审判我们吧!只要你能,只要你敢!"你可知道,我们并不怕你;你可知道,我也到过旷野,吃过草根、蝗虫;你可知道,我也曾经珍视你赐予人们的自由,我也曾向往成为你的选民,我也曾渴望跃居强者之列,哪怕"备位充数"。但我醒悟了,我不想为疯狂的事业效忠了。我重回那些尝试着纠正你所作所为的人中。我离开了骄傲者的队伍,回到卑贱者的队伍中来,目的就是让卑贱者获得幸福。我对你说的话必将实现,我们的王国必将建成。我再跟你重复一遍,明天你就能看到,今天还对你俯首帖耳的这群人将在我的一声号令之下,争先恐后地往烧死你的火刑堆里添煤加炭!我之所以要把你烧死,就是因为你过来干扰我们!毕竟,除你之外没有人更值得被烧死在火刑柱上了。明天我就要把你烧死。我说完了[①]!'"

伊万终于停了下来。看得出来,他情绪激动,在长喘一口长气后,他对阿廖莎微微一笑。这期间阿廖莎一直默默听着,他越听越激动,好多次试图打断兄长的话,但看得出他竭力克制了自己,现在机会到了,他的话就如同决堤的洪水。

"可是……这太荒谬了,"他面红耳赤地嚷道,"你的长诗是赞美耶稣,而不是亵渎耶稣……如你原本所想。可谁会相信你口中的自由?难道自由能够这样理解吗?正教[②]也没有这样的观点……这是罗马的观点,而且不是整个罗马的观点,这不过是天主教中最坏的那群人——宗教法庭的审判官、耶稣会之流的歪理邪说……再者说了,怎么可能会有像你笔下捏造的大审判官那样的人物。什么替人类承受下

[①] 原文为拉丁语,译为我说完了。
[②] 这里指东正教。

来的罪过？什么人能为了人类的幸福而保守秘密、承受诅咒呢？你见过这样的人吗？我们知道耶稣会教士，他们名声很坏，但他们和你笔下的人是一样的吗？他们可不是这样的，完全不是这样的……他们只是为建立未来统治世界的地上天国的罗马军团，以皇帝，即罗马教皇为首……他们的理想也就这样了，哪里有半点神秘和崇高的忧患……这不过就是对权力掌握的欲望，不过就是想获取世俗的利益、奴役他人……说白了，他们就相当于后来农奴时代的地主，他们就是想做地主……这就是他们追求的一切。说不定他们连上帝都不信。而你那位代人受过的大审判官完全就是臆造的想象。"

"停一下，停下，停下！"伊万笑道，"你看你激动成什么样子了！好吧，想象，听你的，你说是想象就是想象。但是，我还是有一个问题要问你：你当真觉得上个世纪以来那些发生在天主教世界里的宗教运动只是为了攫取世俗社会的权力、捞取肮脏的利益？是不是那个佩西神父这么教你的？"

"不，不，恰恰相反，反倒是有一次佩西神父和你说的差不多……但也不是你说的这种，完全不一样，完全不一样。"阿廖莎突然赶忙改口。

"不过，这倒是弥足珍贵的消息！尽管你口口声声说'完全不一样'。我正好要问你一个问题：可为什么你会说耶稣会教士和大审判官们抱成一团只是为了可悲的世俗利益？为什么他们中间就不能出现一个为了人类而备受折磨的圣贤之人？听我说，我们就假设在那群追逐肮脏的世俗利益的人们里就出了那么一个异类，就像我笔下的大审判官那样。这种人跑到旷野吃草根，疯狂压制自己的欲望，尽力把自己塑造成自由的完人，尽管他这一辈子都热爱着人类。可他突然顿悟开来，睁开眼睛发现坚守意志、克制自己的境地并不是什么极好的精神幸福，他也看到自己和那成千百万的同类并无不同——不过是上帝开个玩笑而产生的造物，他们也永远不知道如何运用他们的自由，而这些可怜的叛逆者中永远出不了能给巴别之塔盖上塔顶的巨人，当然，蠢笨的鹅有什么资格享有伟大的理想主义者梦想的和谐！在他认识到这一切之后，他回过头加入……聪明人的队伍里了。难道不可能有这种情况吗？"

"加入什么队伍里，加入什么样的聪明人里？"阿廖莎狂热地追问起来，"他们绝对没有这样的超凡常人的头脑，也没任何神秘和秘密……除非这一种情况，那就是他们不相信上帝，这就是他们的全部秘密！你的大审判官不信上帝，这就是他的全部秘密。"

"就算你猜对了，就算确是如此，就算这就是所有秘密了！对于他这样一个终其一生都在旷野苦修、但始终都没法治愈人类的沉疴和顽疾且奔波了一生的人来说，难道不是受尽了苦难？当他在垂垂老矣的时候才意识到，只有那可怕的伟大魔鬼提出的忠告才或多或少地安置了那些反叛的弱者，即那些'生而被嘲笑为残次品'的叛逆者，为他们营建了一种能生活下去的秩序。在看到了这一点后，他明白眼前唯一可行的路就是那条由聪明的魔鬼所指引、走向死亡和毁灭的路，而且一路上都必须哄骗他们，让这些瞎了眼的可怜虫无法觉察自己要被带到何方，但至少让他们在路上还能自以为幸福愉悦。请注意，在欺骗的过程中，老人用的是他追求了一生的那个人的名义！难道这还称不上不幸吗？如果有这么一个人，哪怕只出了这么一个人率领那支只知道'追逐肮脏利益和攫取权力'的军队，这样的一个人难道还不足以导致悲剧？不仅如此，单凭这一个人就可以形成整个罗马教廷的指导思想，而且各路军队和耶稣会修士都得服从这一最高思想。我可以坦率地告诉你，我坚信在任何人类运动中最不可缺的就是这样的人。说不定罗马的教皇中就有这样的人。说不定那个被诅咒的老人这种用特别的方式深爱人类的精神，甚至至今还存在于一大批像他一样绝世超伦的老人身上，这也不是偶然存在的，而是作为一种约定的现象存在，就像是为了保守某种秘密而成立的秘密社团，他们保守秘密，不让那些不幸的弱者知晓，其目的是让他们幸福。这样的事情一定有的，而且合乎情理！在我看来，甚至就连共济会①这样的机构，它的存在也是类似的，为了保守秘密。也正因此，天主教会仇视共济会，把他们视为竞争对手，认为共济会分化了他们统一的思想——羊就应该统一，牧羊人也只应该有一个。当然了，我在为我的思想辩护的时候，也太有一个受不了你批评的作家架子了。不说了，就这样吧。"

"也许你是一个共济会成员！"阿廖莎的话顿时脱口而出，"你并不信上帝！"他又补充道，表情非常悲凉，他总觉得自己的二哥一直用讥讽的态度嘲弄着他。"你这部长诗的结局如何？"阿廖莎突然问道，他的眼睛看着地面，"是不是结束了？"

"我想这样来结束我的长诗：大审判官说罢，便沉默了，等待着囚徒的回答。而囚徒的沉默使他难堪。他注视着一直默不作声的囚徒，而囚徒此刻正温柔地注视自己，明显后者并不想反驳什么。他多希望对方能说些什么，哪怕那话语会给他带来痛苦、带来恐惧。可后者这时默默地起了身，走向前者，亲吻了前者这位九旬老人毫无血色的唇。这就是全部回答。大审判官不由得打了个寒战。他的嘴角抽动了一下，然后他走到门口，打开门，对着囚徒说：'走吧！走吧！以后不要再来了！……永远，永远！'然后放后者出去，让犯人走向'伸手不见五指

---

① 18世纪英国一种带宗教色彩的资本家性质的共同联盟组织，其战略目标是建立大一统的世界政府或世界联邦政府。天主教一直视共济会为死敌，并多次公开抨击共济会。

的广场'。犯人便走了……"

"那老人呢？"

"那个吻在他心上燃烧，但老人的思想如故。"

"你也和他一样？是不是？"阿廖莎伤心地问道。

伊万笑了。

"阿廖莎，这不过是编造的，这毕竟只是一个一辈子都没写过几行诗的蠢笨大学生的胡诌瞎扯罢了！你为什么如此认真呢？难道你觉得我现在真的会直接跑到修道院，跑到耶稣教士中，加入那群'纠正他所作所为的人'里面？啊，上帝啊，这关我什么事啊！我给你说过了，我呢，就打算活到三十岁，到了三十岁那天我就把生命之杯往地上一摔！"

"那翠绿欲滴的嫩叶呢？英才的坟墓呢？湛蓝色的天空和心爱的女人你还要不要？你打算怎么过接下来的日子呢？你又该如何去爱这一切呢？"阿廖莎痛苦地感慨道，"如果你的胸中和脑中隐藏着这么一座地狱，你还怎么去爱呢？罢了，你将来一定会加入他们的队伍……即便不加入，你也一定会自杀！你会受不了的！"

"倒是有一股可以让我承受一切的力量！"伊万冷笑着说。

"什么力量？"

"卡拉马佐夫式的……卡拉马佐夫家族的下流之力。"

"就是沉湎于酒色中，能把灵魂压垮的堕落之力，是吗，是这样吗？"

"恐怕是了……只是……也就只在三十岁前，我还有可能凭此逃脱，往后嘛……"

"你怎么逃脱？你用什么办法逃脱？就你这种想法是不可能逃脱的。"

"用卡拉马佐夫式的方法。"

"你的意思是'万事皆允'吗？想干什么就干什么，是不是这样，是不是这样？"

伊万皱起眉头，顿时脸色白得异常。

"哦，你抓住了昨天让米乌索夫颇为生气的那句话……就是从大哥德米特里嘴里蹦出来的那句幼稚解释，对不对？"

伊万苦笑了一下，"是的，就当是'万事皆允'吧，既然话已出口，我不否认，米建卡的解释也不算坏"。

阿廖莎一言不发地看着他。

"我要走了，弟弟。我原以为我在这个世界上还有你这么个弟弟，"伊万忽然让人颇感意外地动情说道，"可现在看来，你在心中也没有给我留下半点地方。我亲爱的修士。我绝不否认'万事皆允'这个说法，那么你是不是因此和我这个哥哥分道扬镳呢？"

阿廖莎站了起来，一言不发地走到他的身边，在他的嘴唇上轻吻了一下。

"你这是剽窃！"伊万兴奋地叫道，"你的这个吻是从我的长诗中偷来的！不过我还是要谢谢你！走吧，阿廖莎，我们走吧，时间到了，你我都得走了。"

两人一前一后，在酒馆的台阶上停下了脚步。

"我还要说一句话，阿廖莎，"伊万用坚定的声音说，"如果我真还有精力去欣赏那些翠绿欲滴的叶子，也只有在我想你的时候才能对它们产生爱意。我知道你在某个地方，知道你活着，这就够了，我也就不会放弃生命，你觉得这样够吗？如果你愿意，就当我在表达爱意好了。现在我们就此别过。你往右去，我往左走。听到了吗？对了，如果我明天不走（目前看来，我明天定会离开的），如果我们还能再见的话,那刚才我们谈论的所有话题,一个字都不要再提了。对于这点,我很坚定地请求你。关于德米特里的事情也是如此,到此为止了,除非我真的求你,否则别和我提他,永远不要。"他忽然补充了这句,"能说的都说了,再想不到什么该说的了,难道不是吗?因此,我也给你一个承诺:等到我三十岁真的要把'生命之杯摔烂在地上'的时候,不管我在哪里,我都会来找你,找你敞开心扉好好聊一番……哪怕我在美国我也会回来。你记住这点就好了!我一定专门来找你!看看你我二人到了那个时候又会是什么样子。一定很有意思吧?没骗你,这可是庄严的承诺呢!你我二人自此一别也许六七年,乃至十年都无法再见。现在回到你的天使般的神父①那里去吧!他要不行了,万一他去世的时候你不在身边陪伴,你会生我的气,怪我耽误了你。再见,再亲我一下,就这样,快走吧……"

伊万说完就转过身去,径直踏上回去的路,没有回头。此情此景让阿廖莎想起昨晚德米特里离开的那一幕。虽说都是道别,但二者的性质完全不同。这个奇怪的想法像箭一样在阿廖莎忧伤的脑海中飞快地闪过,此刻他的脑海中只有忧伤和悲哀。他驻足片刻,望着自己兄弟的背影,却不知为何注意到伊万的步伐有点左右摇摆,从后面看,似乎伊万右面的肩膀比左面的低些。以前,阿廖莎从来没有注意到这一点。此时,阿廖莎也转过身去,像离弦的箭一样冲向修道院。太阳已经下山,一片暮色,他的心中生出一丝恐惧,一堆新的疑问萦绕在他的心头,可他自己也说不清楚,更别谈如何回答了。风起了,和昨天一样,当他进入隐修所那片小林子的时候,周围的古松沙沙作响,声音低沉。他疾步如飞。"天使般的神父,这个名字是他从哪里引用来

---

① 原文为拉丁文,这里指佐西马长老。

的呢?"这个问题突然在阿廖莎脑海中掠过,"伊万,可怜的伊万,自此以后,我何时才能再一次见到你?……前面不远处就是隐修所了。嗯!没错,只有这位,这位天使般的神父能拯救我……让我免受他的影响,永远免受他的影响!"

后来阿廖莎每每回忆起这段往事的时候,心头都会泛起奇怪的感觉。在与伊万分别以后,他是怎么样做到把德米特里忘得一干二净的呢?就在那天上午,几个小时前,他还下定决心要找到德米特里,不找到人就绝不离开,甚至宁愿当天回不去修道院,也势必要找到他。

第六节 到目前为止尚不清楚

且说伊万·费尧多罗维奇,在同阿廖莎分开之后,他便回家去了,即往费尧多尔·巴甫洛维奇那里去了。但奇怪的是,有一种难以忍受的沮丧感突然包围了伊万,而且他每往家靠近一步,这种沮丧感就加重一分。沮丧的感觉并不奇怪,奇怪的地方在于伊万·费尧多罗维奇也不知道它因何而起。之前他也经常心情沮丧,按道理来说此刻产生这种奇怪的感觉的确不足为奇,因为他明天就要与驱使他来到此地的一切彻底断绝,准备直接来个大转弯,踏上一条完全不同的、未知的新路,像之前一样,一个人怀揣希望却又不知道在希望些什么,他对人生有许多期待,却又说不清自己到底在期待什么。虽然现在他确实因为新的未知疑虑重重,可他清楚,此时此刻折磨他的并非这个原因。"是不是我对父亲的宅子产生了厌恶?"他暗自思索,"看起来像。那宅子着实让我恶心,虽说今天是我最后一次踏进那肮脏的门槛,但这丝毫不减我对此的恶心……"可能是这样,也可能不是这样。难道是刚才自己和阿廖莎分别时的谈话,"难道是我打破了这么多年来一直保持沉默、不屑理会任何人的惯例，说了太多话导致的？"这确实有可能，毕竟他是年轻人，他也有因为经验不足和爱慕虚荣导致的那些年轻人才有的青春烦恼，他烦恼自己刚才没有好好地表达出自己的思想，尤其是在阿廖莎这样的人面前。看得出来，伊万心中对阿廖莎的期望很高。可事已至此，虽说这种懊恼的确也可以被算作沮丧的一个原因之一，但很显然，它绝不是根本原因，绝对不是。"这种沮丧让我恶心，可我还是没法确定到底我想要什么。倒不如不想了……"

伊万·费尧多罗维奇尝试着"不想了"，但这无济于事。现在他很生气，很恼火，似乎这种情绪是一种偶然的、浮于外表的特质，他觉得总有一个人或什么东西在某个地方待着、杵着，有的时候那东西仿佛近在眼前，在他专心做事或高谈阔论的时候，可能很久都注意不到它，尽管它依旧在那儿，虽然你看不到它，但它对你的刺激一直都在，使你恼火且痛苦；到最后你决心把它拔除，可此时你才发现，那让你心烦的东西往往不值一提，甚至非常可笑，比如忘记放回原处的某物、一不留神掉到地上的手帕、没来得及归置到书柜的书刊，等等。伊万·费尧多罗维奇现在心情差极了，他一腔怒火来到父亲的宅院。就在距离大门口还有差不多二十步的地方，伊万望向大门，顿时明白了自己因何心烦意乱且备受折磨。

此时，家里的厨子斯乜尔加科夫正躺在大门口的长椅上乘凉。而伊万·费尧多罗维奇一看到他，就立刻明白自己正是对他耿耿于怀，心里完全容不得他。霎时间一切豁然开朗，变得明明白白。就在和阿廖莎谈心的时候，阿廖莎提起了遇到他的情形，顿时，一阵恼怒、厌恶的感觉像一把尖刀一样扎进了伊万的胸膛，在他的心里点燃了愤怒的火种。由于刚才两人谈得过于投入，让伊万转移了注意力；而在两人分别后，伊万那被遗忘的火种，又燃了起来。"难道这个什么都不是的混账能让我如此地心神不宁？"伊万强压着难以忍受的怨气自问道。

确实，在最近一段时间里，特别是最近几天，伊万·费尧多罗维奇特别讨厌此人。他甚至越发发现自己对斯乜尔加科夫的反感在慢慢恶化，甚至转为憎恨。憎恨加剧很可能是因为伊万刚到此地的时候情况大相径庭。当时，伊万·费尧多罗维奇对斯乜尔加科夫带着一种欣赏，甚至觉得此人很特别。然后，伊万·费尧多罗维奇开始鼓励自己多和斯乜尔加科夫交谈，可谈得越多就越发发现此人逻辑混乱，确切地说就是整日胡思乱想。他觉得这个人已经蠢到惊世骇俗的地步了，他完全不能理解"这位冥想者"为何如此没完没了地心神不宁。他们也聊过哲学问题，甚至聊到"既然太阳、月亮和星星在第四天才被造出来，那么第一天的光从何而来"[①]这样的问题。但伊万·费尧多罗维奇很快就发现了，问题的重点根本不在太阳、月亮和星星上，诚然这三者是有趣的事物，但在斯乜尔加科夫眼里，这些不重要，他所需要的不是这些。这样也好，那样也罢，可无论如何他开始暴露和显现一个点——此人的虚荣心已经到了一种没有止境的地步，他总是表现出一副被人侮辱、伤害到了自尊心的模样。对此，伊万·费尧多罗维奇很不喜欢。也就是从这点开始，伊万开始讨厌斯乜尔加科夫。后来，宅子里面发生了一连串纠纷，格露莘卡成了焦点，大哥德米特里三番五次地闹。针对这个问题伊万和斯乜尔加科夫两个也讨论过，虽然每次斯乜尔加科夫都说得情绪激昂，可是伊万搞不清这个人究竟是什么态度。斯乜尔加科夫总是态度模糊、语焉不详，而且经常出尔反尔，让人搞不清他到底想怎样，他毫无逻辑的思考和乱成一锅粥似的头脑着

[①] 参见《旧约·创世纪》第一章。

实令人惊叹。而且此人总是喜欢打探消息，刨根问底，甚至拐弯抹角地提一些他早就知道的问题，他的目的是什么，他又从不说明。不但如此，他也常常会在问到兴头上的时候突然打住，然后话锋一转开始说起一些不相干的事情。但真正激怒伊万·费尧多罗维奇并让他真正厌恶的地方在于：斯乜尔加科夫对自己的态度越来越暧昧，有一种说不清楚的亲昵，令人恶心，而且还越来越明显。倒不是他对自己不礼貌，相反，此人一向毕恭毕敬，可就在这种情况下，斯乜尔加科夫不知什么原因竟觉得他和伊万站在同一个战壕里，甚至连说话都是这样的口吻，似乎两个人在之前就达成了某种只有他们两个知道、周围的凡人都无法知晓的秘密约定。不过话说回来，尽管过了很久，伊万·费尧多罗维奇也依旧没能搞清楚自己为什么越发憎恶此人，他也是最近才摸出了些头绪。此时此刻，满怀憎恶之情的伊万正打算从侧门默默进去，根本没打算理睬斯乜尔加科夫，但斯乜尔加科夫此时突然从长椅上站了起来，这个动作让伊万·费尧多罗维奇顿时明白眼前的仆人正打算和他进行一次不同寻常的对话。他朝着斯乜尔加科夫看了一眼，停下脚步，这意味着自己改变了刚才从侧门进入的计划，这种感觉无疑给他胸中的怒火添了一把干柴。他满眼怒火地注视着斯乜尔加科夫那张消瘦且酷似阉人的嘴脸——梳得整齐的鬓角和光洁的大背头，微微眯起的左眼，似笑非笑的大嘴，他似乎在说："别走阿，你走不过去了！你看，我们两个聪明人之间有话要谈。"此时，伊万·费尧多罗维奇气到发抖，一句脏话似乎到了嘴边："滚哪！你这王八蛋！我和你是同类人吗？你这个白痴！"可令他万万没有想到的是，自己脱口而出的话竟完全不是胸中酝酿许久的那句。

"父亲是醒着还是睡着了？"他低声和气地问，说实话，这语气让他自己都感到意外，接着更意外的事情发生了，他竟然在长椅上坐了下来。事后,他回忆起此事,竟突然发觉自己当时多少有些害怕。斯乜尔加科夫站在他对面,双手背在身后,眼神里充满了自信,近乎严厉的自信。

"他还在睡着呢!"他慢腾腾地说,语气中不乏言外之意(似乎在说:"这话可是你先开的口,不是我。")。"先生,我想不通。"他停顿了一下后,故作姿态地低下头,然后把右脚往前伸出,用眼神扫了扫自己,并晃了晃自己的擦得锃光瓦亮的皮鞋尖头。

"你想不通什么?"伊万·费尧多罗维奇没好气地问道,竭力地克制自己,同时,他也预感到这种被激发的恶心又转化成了一种浓烈的好奇心,倘若它得不到满足,自己恐怕难以离开此地。

"少爷,您为什么不去切尔马什尼亚呢?"斯乜尔加科夫抬起眼睛,挤出一丝意味深长的微笑,他那眯起的左眼仿佛在说:"我在笑什么,您怎么会不清楚呢,毕竟您是个聪明人。"

"我为什么要去切尔马什尼亚呢?"伊万·费尧多罗维奇吃惊地问道。

斯乜尔加科夫默不作声了。

"巴甫洛维奇老爷是这么要求您的。"过了好一会儿他才不紧不慢地回答,似乎他不认为自己的回答有意义,给人的感觉就像在说:"我提这个无关紧要的问题纯粹是为了和你没话找话。"

"啊,该死的,你说明白一点好不好,你究竟想要干什么呢?"伊万·费尧多罗维奇的态度终于从平和变成了粗暴。

斯乜尔加科夫把自己伸出来的右脚往回收了收,身子也挺直了一些,但神情依然表现得自若,脸上挂着微笑。

"也没什么重要的事,您哪……我,我就是随便说说话。"

接着,两人四目相对,差不多有一分钟一言不发。伊万·费尧多罗维奇明知道斯乜尔加科夫此刻会起身发火,可眼前的斯乜尔加科夫却似乎在等着他,仿佛在说:"我就在这儿等着,看看您到底发不发火?"至少伊万是这么觉得的。终于,他身子一晃,起身准备离去。这一瞬间似乎被斯乜尔加科夫捕捉到了。

"我的处境糟透了,伊万少爷,我甚至不知道该怎么办。"他突然毫不含糊、一字一顿地如是说道。在说最后那几个字的时候,还夹杂了一声长叹。伊万·费尧多罗维奇当即又重新坐下。

"他们两个人都疯了,疯到就像是任性的小孩子,"斯乜尔加科夫叹道,"我说的是您父亲和您大哥德米特里·费尧多罗维奇。老爷马上就要起床了,他一起床就会撵在我身后问'她怎么还没来?她为什么还没来?'之类的话,能追问我到半夜,甚至是后半夜。如果,阿格拉菲娜·亚历山大洛芙娜今晚还不过来的话(因为她就没打算来,也绝不可能会来),那么明天一大早,老爷估计又要把脾气全撒在我身上,问:'她怎么没来?她为什么没来?她什么时候能来?'好像她不愿意来是我的错似的,好像是我做了什么对不起老爷的事情似的。要是只有这么简单的话也就算了,更糟糕的事情还有——只要天一黑,甚至有时候不等天黑,您大哥就揣着枪出现在附近邻居家,对我说什么:'王八崽子,臭熬汤的,你给我盯着点,你要是敢让她进门还不给我报信的话,看我不宰了你!'然后,一夜折腾完了后,您大哥也会和老爷一样,追着我、赶着我问:'她为什么不来?她是不是要来了?'好像不论他的心上人来不来都是我的错、都是对不起他似的。这对父子,他们的火气一天比一天冲,一小时比一小时大。二少爷,我都快被他俩逼得想自杀了,我真不知道该拿他俩怎么办!"

"你掺和这件事又是图了什么?你为什么要给德米特里·费尧多罗维奇通风报信?"伊万·费尧多罗维奇有些恼火地问。

"二少爷,您以为我想掺和吗?如果您真的想知道事情的全部真相,我可以告诉您,我一直都没掺和过。起初,我可什么都没有告诉您大哥,一个字儿都不敢和他提。可大少爷自己指定要我做他的奴仆,做他身边的利卡斯①。从那时候起,您大哥对我说的话就一直是那一句,'王八崽子,臭熬汤的,你要是放她进去,我就宰了你。'先生,我敢肯定一件事,明天我会被吓得发作一次长长的羊癫风。"

"什么叫长长的羊癫风?"

"就是羊癫风的发病时间很长,我可能会抽搐上好几个小时,弄不好还会抽搐上一两天。有一次我发了病,足足抽了三天。当时,我一路从顶楼跌落下来,好不容易停下来一会儿,接着又开始了,我整整三天没有意识。当时老爷派人去请了那个赫尔岑什图贝,他往我脑袋上放了冰块,还用了一种什么疗法……先生,真不是开玩笑,我当时差点儿就死了。"

"不是说羊癫风发病之前是没有预感的吗?你怎么能确定明天会发病?"伊万·费尧多罗维奇又好奇又生气地问道。

"您说得对,羊癫风这种东西确实没法预测。"

"更何况你当时是从顶楼摔下来的。"

"可我每天都要爬到顶楼,我明天也是有可能从顶楼上掉下来的啊!即使我不从顶楼上掉下来,我去菜窖的时候也有可能失足啊,二少爷。"

伊万·费尧多罗维奇意味深长地看着他好一会儿。

"我看得出来,你就是在胡说八道,我还真有些搞不懂你,"伊万说话时候的声音虽然不高,但充满了威胁的味道,"你是不是想在明天

---

① 希腊神话中大力神赫拉克勒斯的仆人,后被赫拉克勒斯摔死。

假装抽风,然后抽上三天?是不是?"

斯乜尔加科夫注视着自己的右脚鞋尖,摆动着右脚尖,然后放下右脚,换成左脚尖,抬头一笑,说道:"就算我明天要假装这么干好了,我这种有经验的人干这个轻车熟路,能不露一丝马脚。再者说了,我也完全有权这样做来保护自己的小命。因为只要是我发病躺倒,别说阿格拉菲娜·亚历山大洛芙娜跑到他父亲那里,就是他也不能责怪我这个病人:'你为什么不来报信?'他会羞于说这话的。"

"哼,去死吧!"伊万·费尧多罗维奇突然跳起来,愤怒扭曲了他的脸,"你为什么总是担心自己的性命?我哥德米特里不过就是在气头上吓唬吓唬你而已,他是不会杀你的!即便会杀人,他第一个杀的人也不是你!"

"他会像拍死苍蝇一样拍死我的,而且,第一个死的人就会是我。还有另一件事我更加害怕,他有可能对老爷干出什么天怒人怨的事情。而我担心,别人会以为我是他的帮凶。"

"为什么会把你当成帮凶?"

"他们会这么觉得的,因为我把一些至关重要的秘密暗号告诉了他。"

"什么秘密暗号?你又告诉谁了?该死的,你说清楚!"

"我必须向您坦白,"斯乜尔加科夫就像给学生讲课的教授一样,娓然说道,"这是我和老爷的一个秘密。您也知道(如果您真的知道的话),已经有好几天了,每逢夜里,甚至刚入夜,老爷就会自己把门从里面反锁上。近来这段日子,您每天很早就回来了,而且到家就直接回到自己的房间里,昨天您甚至都没有出过门。所以您不知道现在老爷每天晚上多么小心翼翼地锁门。哪怕就是晚上格里高利来,老爷也要再三确认那声音是他才会开门。但格里高利·瓦西里耶维奇不怎么过来,所以现在只有我在宅子里照顾老爷了——自打老爷和阿格拉菲娜·亚历山大洛芙娜勾搭上了,老爷就开始这么安排了。晚上按照他的吩咐,现在我也去侧屋那边睡觉了,而且我得看门值班,不许半夜前入睡,并且动不动就要到院子里巡视,就是为了等阿格拉菲娜·亚历山大洛芙娜来。您看出来了吧,老爷多么期待她,像个疯子一样等了她好几天了。老爷是这么说的:'阿格拉菲娜·亚历山大洛芙娜现在害怕德米特里·费尧多罗维奇(老爷现在管他叫臭米佳),所以你得蹲守,她一定会在半夜或者后半夜才过来。若是她来了,你就跑到宅前敲我的门或者到花园里敲我的窗,先敲两下轻的,咚——咚;稍停一会儿再敲三下快的,咚咚咚。这样,我就知道她来了,我自然会给你们开门。'除此之外,老爷还给我交代了一个发生了紧急事件的暗号:先敲两下快的,咚咚,过一会儿再狠敲一下重的。他就可以明白发生了意外情况,我必须见他,老爷听到了以后就会给我开门,我就进去报告。这种紧急情况指的是阿格拉菲娜·亚历山大洛芙娜自己来不了,但派人来送消息;此外,德米特里·费尧多罗维奇也有可能会来,到时候我也得用这个暗号通知老爷,告知你大哥已经到附近了。现在老爷特别怕德米特里·费尧多罗维奇,他说了,即便是阿格拉菲娜·亚历山大洛芙娜真的过来了,他也会把他俩反锁在屋内,若是那个时候,你大哥出现在附近的话,我必须即刻给他们报信,咚咚咚敲三下。所以说,第一种暗号一共五下:'咚——咚,咚咚咚',表示'阿格拉菲娜·亚历山大洛芙娜来了';第二种暗号三下,'咚咚,咚',表示'有要事得禀报'。老爷子亲自教了我很多次,并且详细地和我说明。因此,老爷以为,现在全世界就只有他和我知道这些暗号,所以不需要我喊老爷(老爷现在生怕有一点动静),他就会毫不犹豫地开门。可现在的问题是,这些暗号已经被德米特里知道了。"

"他是怎么知道的?你告诉他的吗?你怎么能把这种消息告诉他?"

"还不是因为害怕!我怎么敢欺瞒大少爷?德米特里·费尧多罗维奇天天逼着我、追问我到底有什么事情瞒着他,他说如果我不告诉他,就把我的腿打折,我只好把这些机密暗号告诉他了。起码让他感觉我对他有一颗忠仆之心,起码他会相信我没有骗他,而是想尽办法向他汇报。"

"如果你觉得他会用这些暗号混进屋内,你就必须阻止他。"

"可是,如果我犯病昏倒了呢,我一个病人又怎么能阻止他呢?而且他什么都干得出来,我又怎么敢阻止他呢?"

"啊,见鬼了啊!为什么你肯定自己到时候一定会抽搐?你在说什么鬼话!你不会是在逗我吧?"

"我怎么敢逗您呢,我的魂儿都快吓飞了,哪里敢开玩笑!我都预感到了,我会犯病的,我这病我熟悉,单是害怕,这病就会立马发作。"

"啊!见鬼!要是你倒下了,那就让格里高利去守门。你应该提前告诫格里高利,绝不能把他放进去!"

"没有老爷的命令,我绝对不敢把暗号告诉格里高利·瓦西里耶维奇。当然,格里高利·瓦西里耶维奇要是看到你大哥,也绝不可能放他进去。可问题恰恰出在——昨天格里高利病倒了。现在,玛尔法·伊格纳季耶夫娜正打算明天给他治病呢。而且,他们刚才就已经定好了。您知道玛尔法打算怎么治吗,据说,她有一个秘方,用一种药草泡烈酒,草药很浓,她就用这种药酒给格里高利·瓦西里耶维奇擦背,每年三次。格里高利有腰痛的老毛病,他今年一共犯了三次，犯病时候他完全动弹不得，就像是瘫痪了一样。但这三次都被玛尔法的秘方治好了，她把这种药酒涂到手巾上，再用手巾给格里高利擦背，一擦就是半个钟头，直到手巾擦干、皮肤红肿，然后，再把剩下的药水都灌进格里高利的嘴里，不过还是会留一些的，因为她自己也会喝上几口，接着她嘴里就开始念祷告词。我给您说，他俩都不是喝酒的人，所以两人很快就会醉倒，就像死了一样睡上很久。而格里高利·瓦西里耶维奇醒来后，就跟换了个身体似的，什么痛都没有了。可玛尔法·伊格纳季耶夫娜醒来的时候，头痛到眼睛都睁不开。所以，如果明天玛尔法他俩要还是这么治病的话，怕是什么动静也听不到了。他们根本没法阻止德米特里·费尧多罗维奇。因为他俩都睡着了。"

"胡扯些什么呢！这一切怎么就这么巧凑到一块儿了：你抽羊癫风，他俩又睡得不省人事！"伊万·费尧多罗维奇大吼道，"莫非这一切是你故意安排的？"话冲出口，他愤怒地紧皱着眉头。

"我怎么可能这样安排呢……我这样安排又是图什么呢？说白了，这件事的关键其实还是在德米特里·费尧多罗维奇，在于他到底想要什么，想做什么。凡是他想做的，他一定能做得到。如果他不想这样，我总不能把他拽过来，往老爷的房子里推吧。"

"可正如你所说，阿格拉菲娜·亚历山大洛芙娜根本不会来，那他为什么非要跑到父亲那里去，为什么还要偷偷摸摸地去？"被气得脸上不见半点血色的伊万追问道，"这些话可都是你自己说的，我在这儿住了这么久了，依我来看，这完全就是老头子的一厢情愿！那贱娘们儿根本就没打算过来。既然那贱娘们儿不会来，德米特里又为什么要往老头子屋里闯？你说啊，我要知道你到底在想什么。"

"少爷，您明明知道大少爷为什么要来这里，可这和我有什么关系呢？大少爷怀恨在心也好，看到我病倒了产生怀疑也罢，他自己不耐烦了，他自然会去屋子里找，看看有没有格露莘卡来过的蛛丝马迹，看她是否偷偷溜进来了。这是大少爷自己的事情，不但如此，大少爷还知道老爷准备了一个大信封，里面塞着三千卢布，外面卡了三个封漆印章，用丝带缠着，上面还有老爷子亲笔所写：'致我的天使格露莘卡，只要她愿意光临。'过了三天后，老爷又在这句话下面加了一句'赠给我的小鸡'。这些都让人觉得可疑。"

"胡说八道！"伊万·费尧多罗维奇失去自控力地吼道，"德米特里绝对不会来抢钱，更不会因为钱手刃自己的父亲。昨天他是气急败坏，而且气昏了头，才说要为了格露莘卡杀死父亲，但是他绝对不会因为钱去杀人的"

"眼下他极需要钱，他急得要命！先生，您根本想不到他缺钱到了什么程度。"斯乜尔加科夫语气沉着、条理清晰地解释说，"可至少这三千卢布，大少爷可以一直以为是属于自己的。他曾亲口对我说过：'父亲还欠我整整三千卢布。'除了这些，先生，还有一个确凿的事实摆在您的面前：应该说，这是可以肯定的事实，那便是只要阿格拉菲娜·亚历山大洛芙娜愿意，就一定会和老爷结婚，只要她愿意，她就会让他娶她的，我是说老爷费尧多尔·巴甫洛维奇，他会娶她。而且，她似乎很可能愿意。我说她不会过来，这也不过是我的话而已，说不定她真的想来呢，说不定她真的想当这儿的女主人、您的后妈呢。我知道，她的那个商人掌柜，就是那个萨姆索诺夫，曾经很坦诚地对她说过，这说不定还真是件好事呢，并笑了出来。而她这个人，脑子灵光得很！她不会嫁给德米特里·费尧多罗维奇这样的穷光蛋。先生，请您自己判断一下，到那时候无论是您哥哥德米特里·费尧多罗维奇还是您和弟弟阿列克谢·费尧多罗维奇，可都得不到您父亲的一分钱，而且一个子儿都没有。因为阿格拉菲娜·亚历山大洛芙娜嫁给老爷的目的就是获得那笔数量可观的财产,她就是想把老爷的全部财产转到自己名下。如果在这可怕的事情发生前,老爷突然魂归西天,你们每个人立马就能妥妥地拿到差不多四万卢布的财产,当然老爷恨之入骨的德米特里·费尧多罗维奇也在内,因为老爷还没有立遗嘱。这些情况,德米特里·费尧多罗维奇非常清楚。"

伊万·费尧多罗维奇的脸开始抽动、扭曲,顿时变得通红。

"那么你在知道这一切后,究竟为什么,"伊万突然打断斯乜尔加科夫的话,"为什么还劝我去切尔马什尼亚?你到底想要说什么?很明显,你知道假如我走了,这里会发生什么。"他喘着粗气说道。

"没错,先生。"斯乜尔加科夫一副把握十足的样子,语气冷静地说道,他凝视着伊万·费尧多罗维奇。

"'没错'是什么意思?"伊万·费尧多罗维奇努力克制着情绪,还是目露凶光。

"我这么说,纯粹是出于对您的同情。如果,我现在处在您的位置,我一定抛下这里的一切,赶紧躲得远远的。"斯乜尔加科夫说话时毫不掩饰地盯着伊万。两人四目相对,沉默片刻。

"你就像个大傻子!"伊万又突然站了起来,"你不但是个傻子,你还是个浑蛋!"说罢,伊万准备直接从侧门走进家门,可不知怎么了,他突然停下脚步,猛然转身,注视着斯乜尔加科夫。奇怪的事情发生了,伊万·费尧多罗维奇就像抽风了一样咬紧了嘴唇,握紧了拳头,似乎下一秒钟,他就会飞身扑向斯乜尔加科夫。后者一瞬间内发现了情况不对,禁不住打了个冷战,整个人往后退去,于是这一瞬间还是让斯乜尔加科夫平稳地度过了。伊万·费尧多罗维奇没再说一句话,似乎是带着些困惑,走向侧门。

"我明天就去莫斯科了,如果你想知道的话——明天一早就走——就是这样!"他说得咬牙切齿,声音铿锵有力。事后回忆起这些事情时,伊万倍感惊讶,他想不通自己当时为什么要对斯乜尔加科夫说这样的话。

"这应该是最好的办法了吧。"斯乜尔加科夫接过话茬,仿佛他已经等待多时了。"不过,先生,话得说到前头。如果家里真的发生了什么事情,我会发电报给您,您收到的话还得从莫斯科回来。"

伊万·费尧多罗维奇再次停了下来,他再次猛地转身面向斯乜尔加科夫。可情况和之前并无不同。他那令人作呕的自以为是和满不在乎倒是瞬间消失得无影无踪,现在他的脸上只有专注、只有期待,甚至还有些毕恭毕敬和因惶恐而生的谄媚。他眼珠一动不动地打量着伊万,似乎在问:"您还有什么话要给我说吗?多少说两句呗。"

"如果出了什么事情……就算我是在切尔马什尼亚,不还是一样得把我叫回来吗?"伊万·费尧多罗维奇突然扯着嗓门大喊起来。

"是的,在切尔马什尼亚也一样……也得请您回来!"斯乜尔加科夫小声嘀咕,那声音轻的就像是耳语。他似乎丢了魂儿,可依旧在全神贯注地凝视着伊万的双眼。

"毕竟,莫斯科离这里远,切尔马什尼亚倒是近些。你挖空了心思劝我去切尔马什尼亚,到底是觉得我走得远浪费盘缠呢,还是说同情我,怕我兜兜转转辛苦呢?"

"完全说对了,先生……"斯乜尔加科夫支支吾吾的,令人作呕地笑着,他整个人战战兢兢的,仿佛随时准备退回去躲开伊万。可奇怪的是,伊万·费尧多罗维奇竟忽然笑出了声,他快步走进侧门,一路走一路笑。若是有人看到了他的脸,就会霎时明白:他的笑根本不是因为快乐。他自己也不清楚自己到底怎么了。他走路的样子,就像抽风了一样。

第七节　跟有才华的人说话就是有意思

此外，他说话也像抽风了一样。刚进门，他就在客厅里看到了父亲费尧多尔·巴甫洛维奇，他突然对自己的父亲喊道："我自己上楼回房间去了，不和你说话了，再见。"然后他就从父亲身边走过，甚至连看都没有看父亲一眼。显然，此时老头子在他眼里已经面目可憎，他甚至已经无法掩饰自己对父亲的敌对情绪，这点让老头子颇感意外。可老头子有急事要告诉他，所以特意走到大厅里等他，现在听到儿子对自己不冷不热的话，只能默默地站住，带着充满嘲讽的目光，眼睁睁看着儿子登上楼梯，上楼去了，直到再也看不见为止。

这时，斯乜尔加科夫跟在伊万身后，走了进来，老头子赶忙问："他这是怎么啦？"

"他在生气呢，老爷。谁知道是怎么了。"斯乜尔加科夫嘟嘟囔囔地搪塞道。

"他妈的见鬼了！让他生气去吧！你去把茶炊给我端上来，然后赶紧出去。对了，有什么新消息吗？"

接着，费尧多尔·巴甫洛维奇不断询问斯乜尔加科夫，也就是斯乜尔加科夫对伊万刚才说的那些问题，问题的核心当然是关于那位似来非来的女客人，在此笔者就不再赘述了。半个小时后，斯乜尔加科夫才得以脱身，他一走出屋，那门便立刻上了锁。狂躁的老头子独自在房间里走来走去，在焦虑之中等待那在约定中会突然响起的五声敲击；有的时候他也会望向窗外的黑夜，可除了漆黑一片外，什么都没有。

夜深了,可伊万·费尧多罗维奇思绪万千,辗转反侧,根本睡不着。这天夜里他上床很迟,差不多是夜里两点。但我并不打算向诸位读者描述他的万千思绪,现在还不是我带诸位潜入他内心一探究竟的时候,这点可以以后再说。而且就算以后介绍,这对于我来说也着实棘手。因为在他头脑中盘旋着的根本不是思想,而是一些其他的什么东西,那些东西模糊杂乱,说不清楚,却让人备受折磨。甚至,他觉得自己毫无头绪,找不到北,折磨他的东西很奇怪,乱七八糟的,有些就是一些心血来潮的欲望。譬如,现在是深夜了,他忽然想冲下楼去,打开房门,跑到侧屋揪起斯乜尔加科夫,将他毒打一顿。可如果你问他为什么打斯乜尔加科夫,恐怕连他自己也说不出一条明确的理由,他只是觉得在这世界上找不到第二个像这位男仆一样侮辱他的人了,所以他满心憎恶。另外,一种难以言说又令人羞耻的胆怯感也在这天夜里不止一次攻上他的心头。也正是这种胆怯感害得他感到眼前天旋地转,自己精疲力竭。他的脑袋很痛,他的心也很痛,好像被一股仇恨的力量狠狠揪住一样的绞痛。他想起今天白天自己和阿廖莎在酒馆的对话,在某几分钟,他甚至突然恨阿廖莎,接着便恨自己。至于卡捷琳娜,他几乎都忘了想她。事后,他也对这一点感到很惊讶,特别是他本人很清楚地记得,就在昨天上午,他对卡捷琳娜大放厥词,说自己明天就离开这里前往莫斯科的时候,他的心里有个声音响起:"你纯粹是在说大话。你不会走的,你根本不会像你此时夸下海口那样,那么轻易地脱身。"

很久以后,每当伊万回忆起这一夜时,都会心生厌恶。他突然从床上起身,蹑手蹑脚的,生怕有人监视他。他打开了房门,走到楼梯上,竖着耳朵听楼下的动静。他听到费尧多尔·巴甫洛维奇来回踱步的声音,他记得自己听了好一会儿,差不多五六分钟。在这几分钟里,他屏住呼吸，莫名其妙地满怀好奇，心脏莫名激动，怦怦直跳。至于他为什么要这样做，为什么偷听，他自己也不清楚。事后，他整整一辈子都把那晚的所作所为看作"见不得人的"行为，在他的心里，终其一生都认为这是他这一辈子最卑鄙的举动。在那段时间里，其实他对费尧多尔·巴甫洛维奇并没有什么特别的仇恨，他认真去听只是出于某种莫名的好奇，好奇老头子怎样在楼下走来走去，好奇老头子究竟在做些什么，还不停地设想老头子的目光不时地投向那深沉的夜晚，并时而在房间中央停下，等了又等——等待门被敲响。伊万·费尧多罗维奇在那一夜一共偷听了两回。差不多两点的时候，一切静寂，费尧多尔·巴甫洛维奇睡下了，他才觉得自己疲惫极了，一种强烈的睡意涌上他的心头，逼迫他去睡觉。果然，他一倒头便沉沉睡去，睡得很香，都没有做梦。不过，他醒得很早，那时差不多是七点，天已经亮了。他睁开眼睛，意外地发觉自己似乎精力异常充沛，便迅速起床，飞快地穿好衣服，拽出手提箱，立刻开始收拾行装，恰好昨天早上浣洗妇给他送来了干净的衬衣。伊万·费尧多罗维奇觉得一切都是刚刚好，没有任何一点事情阻碍或拖延他的出行。想到这里，他不禁露出一丝笑容。此趟出行确实充满了突然性，虽然伊万·费尧多罗维奇昨天对其他人（卡捷琳娜、阿廖莎，还有斯乜尔加科夫）说过自己要走，可连他也没想到自己一早起床做的第一件事竟然是收拾行李。终于，他收拾好了自己的手提箱和行囊。现在差不多九点了，玛尔法·伊格纳季耶夫娜正好走到他的房间，像以往一样问他："您要在哪里喝茶？是在自己屋里，还是去楼下？"

伊万·费尧多罗维奇来到楼下，看起来心情不错。虽说从他身上和他的言谈举止中可以感觉到他无心久留，急于离开。可他还是和父亲礼貌地打了招呼，甚至还专门问候老头子的健康。可不待父亲把话说完，他便突然宣布，说自己一个小时后要带着全部行李去往莫斯科而且不再回来，烦请老头子帮他安排好马车。老头子听到这话竟丝毫不觉得奇怪，甚至忘了表达自己对儿子离去的惋惜。相反，他神色慌张，因为他突然想起了一件对自己来说重要又急迫的事情。

"哎呀，你这个人！真是的！你昨天怎么不说……行吧，倒也无妨，反正很快我就能给你安排好。但现在，劳您帮我个大忙，我的小祖宗，麻烦您顺道去一趟切尔马什尼亚。您只需从沃罗维亚驿站稍微转个弯，往左十二俄里就能到切尔马什尼亚！"

"请原谅我，我不能。这里距离火车站有八十俄里，开往莫斯科的火车晚上七点就走了，我的时间最多够赶上火车。"

"你可以赶明天的，或是后天的火车嘛！总之，你今天必须先去一趟切尔马什尼亚。不费什么事，你就能让我这个当父亲的宽心！要不是我这里有事情，我就自己去了。那边的事情很紧迫，关键是我分身乏术……就是这么一回事儿，那里有我的两片林子，一处在别季樵渥，另一处在佳切基诺，都是荒地。商人马斯洛父子想出八千卢布购买那林子的采伐权，但是去年有一个买主的出价是一万二，当然，他不是本地人，该死的，问题就出在这里了。因为没有本地人买，所以那号称家财十万的父子二人就开始狠狠地压价，现在他们两个出多少，我那块地就得卖多少。而且在本地也没有人敢跟他们喊价。就在上周四，伊琳斯科耶的神父突然给我写信，说是有个叫戈尔斯特金的人来了，那人我知道，他也是个商人。难得的是，他不是本地人，是波格列波夫的，所以他不怕马斯洛夫父子俩。他愿意出一万一买这两片林子，你听到了吗？神父在信上说他最多在本地待一个星期。所以你最好马上过去，跟他敲定……"

"您给那位神父写一封信，委托他去谈不就好了。"

"问题就在这里,他不知道该怎么干。这位神父不会察言观色。论品德,他倒是难能可贵。我可以立刻交给他两万卢布,让他代我保管,连收据都不用写。但是他就是不会看人,别说是人了,就是只乌鸦都能骗他。想象一下,他就是个非常容易受骗的读书人。这位戈尔斯特金,怎么说呢,看起来像个老实人,因为他总是穿着蓝布大褂,其实他可不是个玩意儿,麻烦就麻烦在这里:他谎话连篇。有时候他撒的谎简直让你感到纳闷:他到底要干什么呢?两年前,他突然说自己的老婆死了,他已经重新娶了一个,但是事实上,他老婆活得好好的,现在还活着呢,差不多每三天就要打他一顿呢。所以,现在就得去搞清楚,他说出一万一买林子,到底是真还是假。"

"这种事我一样干不了,我也不会察言观色。"

"别忙,等一下,你行的,因为我会把戈尔斯特金这人的脾气秉性都告诉你,我之前和他打过交道的。你知道吗,你就看他的胡子。他的胡子是红褐色的,稀稀拉拉且脏兮兮的。如果他说话时声音像生气,同时胡子在颤抖——那就行了,这就证明他在说实话,是想好好做生意。可如果他笑嘻嘻地用左手捋胡子——那就坏了,他在说谎,正盘算着坑你呢。你记住,不要看他的眼睛,你看不透他的眼睛,他的眼睛就是一潭混浊的死水,骗子嘛……总之,你要观察他的胡子。我到时候写个条子,你给他看就好。哦,对了,他虽然姓戈尔斯特金,但叫他'黑背①'更合适,你可千万别当面叫他'黑背'。他会生气的。如果你要是跟他谈成了,觉得没啥问题了,就给我捎封信来,你就写几个字就行——'他没撒谎'。至于出价,你坚持一万一,最多只可以给他让一千。你想想:八千和一万一,差了三千呢。这三千卢布就像

---

① 一种猎犬,属于德国牧羊犬系。

捡来的,找个买主可不容易呢。你也清楚,你爹我最近急需钱用。你只需要告诉我他是真的要买就可以了,至于其他事项,我会挤出时间去一趟的。而现在,万一这只是那神父自己臆想的呢,我不就跑空了吗?好了,你去还是不去?"

"哎,我真的没空去,您就饶了我吧!"

"啊呀,你就帮为父这么一回嘛!我会记得你的好的!你们统统没有良心,都是这样!就一两天而已,你怎么就没空了?怎么,你是要忙着去威尼斯还是哪儿?威尼斯又不会跑,晚去一两天又能怎么样呢?我本可以打发阿廖莎去的,但是阿廖莎能办得了这件事吗?还不是因为你聪明,你以为我看不出来?你虽然不会做木材生意,但是你眼光准啊!真的,你就看他的胡子就能看出来他是不是诚心要买。就像我说的那样,如果他胡子抖动了——那就是他真的想买。"

"您是不是非要逼我去那个该死的切尔马什尼亚?是不是!"伊万·费尧多罗维奇面露冷笑,大声说道。

也许是费尧多尔·巴甫洛维奇没有注意到伊万的表情,又或者是他根本就不想注意到,他急忙接过话说:"那么,你是要去吗?我这就给你写封信!"

"我不知道我会不会去,让我在路上做决定吧。"

"为什么要在路上决定,你现在决定不就完了嘛!亲爱的,决定吧!敲定了,你就给我写上几个字,交给那个神父,到时候他会派人给我送来的。完了以后,我再也不妨碍你了,你赶紧去你的威尼斯吧。反正到时候神父会用他的马车把你送回沃罗维亚驿站……"

老头子喜笑颜开,他立马写了一封短笺。没多久马车就准备好了,桌上也放满了小食和白兰地。每当老头子高兴的时候,总会有些得意忘形,可今天他似乎有些收敛。比如说,关于德米特里的事情,他只字未提。眼前的离别，对他也没有什么触动，他好像找不到什么话说。对于这一点，伊万·费尧多罗维奇也注意到了，在心里自言自语道："估计是他也受够我了。"直到老爷子站在门廊前送儿子远行的时候，才显得有些手忙脚乱，他想上去亲吻儿子，可伊万对他抢先伸出手，只打算握手告别，显然是为了避开亲吻。老头子也立马会意，顿时克制住自己。

"好吧，上帝庇佑你，上帝庇佑你！"他站在门廊前重复喊着，"你一定会再回来的，对不对啊？不论你什么时候回来，我都欢迎你！愿耶稣与你同在！"

伊万·费尧多罗维奇只是登上了马车。

"再见，伊万！不要太怪我哟！"父亲最后一次喊道。

家中的所有人都出来送行了：斯乜尔加科夫、玛尔法还有格里高利。伊万打赏给每人十个卢布。他上了马车，坐定后，斯乜尔加科夫也跟着上了车，准备把车上的毯子拉直。

"你看……我最终还是得去切尔马什尼亚……"伊万·费尧多罗维奇像昨天一样对斯乜尔加科夫脱口而出，话中还夹杂着几丝神经质的笑意。事后，他总能不断想起此景。

"所以，老话说得对，和有才华的人说话就是有意思。"斯乜尔加科夫语气坚定地说着，同时意味深长地看着伊万·费尧多罗维奇。

马车出发了。旅者的心里混沌一片，他贪婪地望着田野、丘陵、树木以及他头顶上空飞过的大雁。突然之间，他感觉心胸开阔起来。他同驾车的马夫聊了起来，马车夫的回答倒也非常有趣。可一会儿之后他就意识到，别人的回答也不过是他的耳旁风，他听是听到了，但根本没听明白。他索性不再说话了，毕竟这样也挺好：空气新鲜、凉爽，万里无云。此时此刻，阿廖莎、卡捷琳娜的身影在他脑海中闪过，但他只需对着这些可爱的影子轻轻吹上一口气,他们便烟消云散。他在心里暗想:"有的是时间去想他们。"他们到了驿站,换了一匹马,接着直奔沃罗维亚。

"为什么和有才华的人说话就是有意思?他说这句话到底是什么意思?"这个问题重重压在伊万心上,"我凭什么向他报告我要去切尔马什尼亚?"

沃罗维亚站到了。伊万走下马车,一群车夫打扮的人将他包围。伊万开始同他们讲价,准备再雇一辆马车沿乡间小路,去十二俄里外的切尔马什尼亚。他找了个车夫,吩咐人家套好马车,自己走进驿站,环顾四周,朝驿站老板的老婆看了一眼,突然回到了台阶上。

"不去切尔马什尼亚了。伙计们,来得及赶上七点钟的火车吗?"

"正好来得及,现在套车吗?"

"现在就出发。对了,请问有没有哪位明天刚好要去城里的?"

"怎么没有,米特里明天要去。"

"米特里,您能帮我办件事吗?您能不能去找我的父亲费尧多尔·巴甫洛维奇·卡拉马佐夫,告诉他我不能去切尔马什尼亚了,这个口信能捎过去吗?"

"怎么不能?我去就是了。费尧多尔·巴甫洛维奇我早就认识了。"

"这是给您的一点心意。说不定,那人一个子儿都不会给您。"伊万·费尧多罗维奇讪讪地笑着说。

"他肯定不会给的!"米特里也笑了,"谢谢您,先生,这事儿包在我身上。"

晚上七点钟,伊万·费尧多罗维奇踏上火车飞速前往了莫斯科。

"让往事都随风散去吧,就此与旧世界一刀两断,不要再有任何回想、任何消息,到新世界去,到新地方去,永不回头。"但是,降临在他心头上的不是喜悦,而是一种突如其来的黑暗,在黑暗的笼罩下他的灵魂备受煎熬,这种哀伤之感他前半辈子都没有体验过。整整一夜,火车在飞驰,他的脑子在飞转;直到黎明破晓,莫斯科近在眼前,伊万·费尧多罗维奇才突然惊醒。

"我就是个流氓!"他自言自语道。

而送走了儿子的费尧多尔·巴甫洛维奇此时非常高兴。他小口呷着白兰地,喝了整整两个小时,仿佛进他肚子里的不是酒,而是快乐本身。可偏偏在此时,宅子里突然发生了一件非常扫兴和让人懊恼的事情,霎时间将费尧多尔·巴甫洛维奇推进了极大的惶恐之中。事情是这样的,斯乜尔加科夫不知道去地窖里取什么东西,从顶上的台阶摔了下去。幸好当时玛尔法·伊格纳季耶夫娜就在附近,她虽然没有目睹斯乜尔加科夫的摔倒,倒是听见了那声特别的、奇怪的,但自己早就熟悉的喊声——也就是癫痫症患者发病时的喊叫声。究竟是他在爬梯子的时候癫痫发作才摔了下去的,还是他一不留神脚踩空摔下去、诱使了癫痫发作的,众人不得而知。反正,等到大家发现他的时候,他已经四脚朝天地躺在地窖里了,口吐白沫,浑身颤抖,四肢抽搐。起初,大家以为他一定摔断了胳膊或腿,可正如玛尔法·伊格纳季耶夫娜所言:"耶和华救了他。"他的四肢竟然完好无损。只是众人费了很大力气才勉强把他抬回到上帝的世界,当然,是叫上几位街坊邻居过来帮忙才把他抬出来的。整个过程中,费尧多尔·巴甫洛维奇一直在场,还亲自动手帮忙,显然他被吓到了,一副惊魂未定的样子。不过病人一直没有恢复知觉,虽然时而停止抽搐,但过了不多久又会重新开始,于是众人一致断定,他这一回犯病和去年他从阁楼失足跌下来的那次情况一样。大家只记得当时在他头上敷了冰块,好在地窖里还有不少冰，于是玛尔法·伊格纳季耶夫娜按之前的做法执行。与此同时，费尧多尔·巴甫洛维奇也赶紧差人去请赫尔岑什图贝大夫，没过多久，大夫到了。这位全省最细致、最负责的大夫，同时也是一位备受尊敬的老人，他对病人进行了一次自上而下的仔细检查后，认定此次发作不同以往，表示"其后果可能十分严重"，又说这次发病的原因他暂时还不是很清楚，如果目前的办法仍不见效的话，明早他必将采取新的治疗方法。病人被安置在侧屋，也就是与格里高利夫妻俩相邻的一间小房子里。

此事发生后没多久，费尧多尔·巴甫洛维奇的倒霉事就一件接一件地发生。首先，做饭的任务交给了玛尔法，只是她做的汤和斯乜尔加科夫做的比起来简直"如同泔水"，晚餐的鸡也烤得干巴巴的，一点水分都没有，嚼都嚼不动。老头子说得很有道理，抱怨这鸡烤得实在是太老了，但她毫不犹豫地怼回去：鸡本来就是很老的母鸡，而且自己一天厨艺都没学过。傍晚，又一件烦心事情发生了，三天之前就和费尧多尔·巴甫洛维奇打过报告的格里高利此时腰痛到直不起身了，躺在床上无法动弹。费尧多尔·巴甫洛维奇只得赶紧喝完茶，早早地把自己锁在屋里。

现在，他焦躁不安地等待着。因为他很有把握今晚格露莘卡要来，斯乜尔加科夫一大早就给他汇报过这个几乎确定的信息："她答应今晚一定会来的，老爷。"老头子坐立不安，心脏怦怦直跳。他在空荡荡的房间里来回踱步，仔细聆听，恨不能把自己的耳朵竖起来。但与此同时，他心里明白，自己得小心德米特里，这人说不定就在哪里蹲守着呢。因此，他决定只要一听见她敲窗户的声音就赶紧给她开门（斯乜尔加科夫前天就让费尧多尔·巴甫洛维奇放心，他说自己早已经教会了格露莘卡敲门的暗号），一秒钟都不能耽搁，免得她突然害怕，转身逃跑。虽说费尧多尔·巴甫洛维奇心急如焚,但他的心早已沐浴在那充满了幸福与甜蜜的幻想里,丝毫不受影响,要知道,已经几乎可以确定,她今晚一定会来!

第六章 俄罗斯修士

第一节 佐西马长老和他的客人们

当阿廖莎心急如焚地走进长老的隐修室时，眼前的景象几乎让他惊呆了。他原本以为自己会看到一个在垂死中昏迷的老人，可现在他看见佐西马长老此刻正坐在一张扶手椅上，面容虽然尽显疲态，但他的表情如此的慈祥、开朗，屋内的气氛也是如此的温暖和欢乐。现在，长老正被一群客人围着，而他们正在安静地交谈。

其实，他才刚起来不过一刻钟；客人们则是早早就聚集在他的隐修室中等待，只因佩西神父事先言之凿凿："他一定会再起来，和他关心的人再次交谈。这是他今天早上许下的承诺。"对于这样的承诺，佩西神父向来非常坚信，哪怕他眼前的长老已经不省人事或没有了呼吸，但只要长老对他承诺过同他告别，佩西神父就会完全不理会生死，而是执着等待长老——等待死去的长老缓缓苏醒过来，履行他的诺言。

今天早上，长老在入睡之前确实对他说过："在和你们，我珍爱的你们没好好道别、畅谈一次之前，我是不会死的。我要好好看看你们亲切的脸，再跟你们好好说说我的心里话。"来到屋里等待长老最后一次聊天的人，大都是多年忠于长老的好友，一共有四人，分别是：司祭修士约西甫神父和佩西神父、米哈伊尔神父以及普通修士安菲姆神父。对前两位,诸位读者已经有所了解,笔者简单介绍一下后两位神父。首先是米哈伊尔神父,他是一位司祭修士,也是这所隐修所的院长。他年纪不算大,平民出身,虽说谈不上博学多才、饱读诗书,但也行事沉稳,为人朴素,信仰坚定。他长相严肃,但深藏一颗满怀深情的慈悲之心,而他掩饰着自己的深情,就像会因流露而害羞一样。接着,介绍下那位普通修士安菲姆神父。他是贫苦人家出身,不识几个字,也不怎么和人交谈,但他可以称得上温顺者中的温顺者、谦卑者中的谦卑者,他永远一副像是被什么伟大、可怖又超出他理解能力之外的事情吓住了的模样。佐西马神父非常喜欢这个无时无刻不在战战兢兢的人,一辈子都对他十分尊重。不过,长老这辈子和他说的话并不多,虽然两人曾经多年一起相伴云游俄国的各处圣地。那已经是很多年以前的事情了,差不多四十年前。当时佐西马长老在科斯特罗马的一座没什么名气的破烂修道院里刚开始苦修,他同安菲姆神父一道去四处云游,为他们这所贫穷的科斯特罗马的修道院寻求募捐款。

主宾都在长老隐修室的第二个房间,也就是他的卧室里。前文已经描述过,这间隐修室空间狭小,因而除了站着的见习修士波尔菲里之外,四位客人只能围着长老的扶手椅勉强挤在一张从第一个房间搬来的椅子上。现在刚入夜,房间里只点着神像前的油灯和蜡烛。长老看到了站在门口的阿廖莎,神色略有不安,但还是和颜悦色地伸出一只手招呼他:"你好啊,我安静的孩子,你好啊,我亲爱的孩子!欢迎你回来,我就知道你一定会回来。"

阿廖莎走到他跟前,跪在地上,然后他的眼泪止不住地流了下来。那个时候他的心翻江倒海,就像被撕裂了一样,他真想放声大哭。

"你怎么了,还没到要哀悼的时候呢!"长老把自己的右手放在他的额头上,笑道,"你看,我不正坐着聊天吗?说不定,我还能再活上二十年呢！你记得昨天那个怀里抱着小女孩、从维舍果里耶过来的善良女人吧，她为我祈祷上帝，说我还能活上二十年呢！"长老在胸前画了个十字，"愿上帝好生保佑这娘俩！对了，波尔菲里，她捐给我们的六十个戈比你有没有按照我说的去办？"

他记起昨天那个乐观的女信徒，她当时给修道院捐了六十个戈比，并特意叮嘱，要把它们送给"比自己命更苦的女人"。这样的捐赠完全是出于因某件事情自愿受罚的心态，当然，捐出来的都是血汗钱。长老昨天嘱咐波尔菲里，要他把这笔钱送到本城一户可怜的孤儿寡母手上，他们自从家里突遭一场大火后便到处乞讨。波尔菲里连忙汇报，说已经将事情办好，而且专门按照交代的嘱咐道，这钱来自"一个不愿意透露姓名的善良女士"。

"起来吧，孩子，"长老对阿廖莎道，"让我好好看看你，你去过家人那边了吗？有见到你的那位兄长吗？"

阿廖莎觉得奇怪，因为长老语气明确地只提及他的一位兄长，但究竟是他的哪位兄长呢？这是不是意味着，长老昨天和今天打发他进城，就是为了他口中的那位兄长？

"我看到了我两个兄长中的一个。"阿廖莎答道。

"我指的是你的长兄，就是昨天我向他下跪的那位。"

"那位兄长，我只是昨天见到了，今天没有找到他。"阿廖莎说。

"明天再去找他，要赶快去找！把其他的事情都放下，赶紧去找他。也许你还有时间去制止一件可怕的事情。我昨天之所以向他下跪，就是因为他会遭受大苦大罪。"

阿廖莎沉默了，似乎在深思。这些话奇怪极了。那天，约西甫神父也曾目睹长老双膝跪地，现在他和佩西神父二人使了个眼色，阿廖莎再也忍不住了："我的父亲，我的恩师！"他无比激动地说道，"您说得含混不清……到底是什么样的苦难在等着他啊!"

"你不用好奇。昨天,我有一种可怕的预感……昨天他的眼神似乎预示了他未来的命运。他的那种眼神中……藏着的是他给自己准备的未来,那种连我都被吓到的未来。我这一辈子,只看到过一两次这样的面相……这面相,似乎预示了他们一生的命运,可惜他们的命都不怎么好。我让你过去,阿列克谢,因为我想你那天使一般的面容,可能会帮助到你的兄长。但人的命,上帝已经安排好了,我们所有人都是如此。'一粒麦子落在地里倘若不死,依旧是一粒;若是死了,就会结出许多子粒。①'你要记住这话,阿列克谢。我这一辈子,为你这副天使一样的面容祈祷过很多次。"长老面容和蔼,微笑着说,"我给你的安排是:离开修道院的高墙,在凡世中,像一个修士那样活着。你当然会结下不少仇敌,但你要相信,你的仇敌也会爱上你。生活会给你带来不少不幸,但你要相信,你会在不幸中寻找幸福的真谛,你会感恩生活,你也会使别人同样如此。这一点比什么都重要。你就是这样的一个人。我的神父们,我的朋友们,"长老带着他特有的温柔的笑转向所有客人,"迄今为止,我还从未向诸位谈起,当然也没有向他谈起,为什么我会觉得这个年轻人的面容如此亲切可爱。现在,我就告诉你们,他的面容对我来说既是未来的预言,又是过往的回忆。很多年前,在我幼年时,我有个哥哥在我的眼前去世了,他当时不过十七岁。后来,饱经人生沧桑后,我才慢慢确信,兄长的死是上帝在为我的未来指点迷津。如果我的生命中没有他,可以想到,我绝不会成为一位修士,绝不会踏上这条可贵的道路。第一次指示出现在我的童年时期,而在我暮年时,也就是现在,这种指示似乎又出现了。我

---

① 引自《约翰福音》第十二章第二十四节。

的神父们，我的朋友们，说来就是这么奇妙，尽管阿廖莎和他的脸并不十分像，只有几分相似。但是，他俩有一种共同的神韵。甚至，有好多次，我把他当成了那个年轻人——我那早就去世了的兄长，就在我人生旅途行将到达终点之际，他神秘地来到我身旁，带来了过往的回忆和对未来的启示。这简直太奇妙了，我怎么会有如此奇怪的想象。波尔菲里，你听到了吗？"他转头对那个见习修士说，"我曾很多次在你的脸上看到了愤怒和不满，因为相对于你，我更喜欢阿列克谢。现在你知道原因了吧？但我也是爱你的，这一点你要知道，我曾多次因你的不开心而苦恼。亲爱的客人们，我想跟你们说说我那个年纪轻轻就去世的兄长。因为，在我这一生中，真的没有任何启示比这更珍贵、更有预见性、更令人感动的了。我的心为此深受感动，此刻，我正在审视和思考我的一生，往事历历在目，就好像回放了一遍。"

诸位读者，我在此必须指出：长老在行将就木之际，与来探望他的客人间的最后一次谈话的部分内容被书面记录了下来。记录者是阿列克谢·费尧多罗维奇·卡拉马佐夫，他是在长老去世一段时间之后，凭着自己的回忆记录下来的。但有个问题：这篇记录中的内容究竟全部是长老那晚的话，还是杂糅了他之前和长老的多次谈话中的内容，我不得而知。首先这篇记录很长，长老的话一直连续不断，就像是他在讲故事一样向宾客讲述自己的生平。可根据后面的记录可以确定，事实并非如此。因为当晚的谈话是共同进行的，虽说宾客不太可能打断主人的话，但也不可能没有人插话介入，表达他们的观点，弄不好也掺进了他们的故事。其次，按照长老当时的身体状况，他不大可能一口气说这么多话，因为有时候长老会突然喘不上气，发不出声，甚至有时候他会直接躺在床上休息，当然，并非入睡，宾客们也不会离开，就在自己的座位上等待。其中有一到两次谈话中断了，由佩西神父诵读《福音书》。还有一点值得一提：在座的人没有一个认为长老会在当晚去世。长老白天睡了一觉，就是为了在他生命的最后一夜能打起精神、多些力量支撑自己和他的朋友们进行一次长谈。这种不可思议的力量出自一种深厚的情感，只是它持续的时间着实很短，因为他的生命已然走到尽头……不过这都是后话。现在，向诸位读者做个声明，我不打算把这次对话的全部细节都写出来，接下来的内容都是长老的自述（基于阿列克谢·费尧多罗维奇·卡拉马佐夫的手稿）。这样做更简短，读起来也不会累。不过，鄙人还得重申一遍，这手稿中绝对有不少内容来自阿廖莎之前与长老的谈话，他把它们综合在了一起。

第二节　已故苦修者长老佐西马的生平，由阿列克谢·费尧多罗维奇·卡拉马佐夫根据长老的自述整理（传记资料）

（一）佐西马长老那位英年早逝的兄长

亲爱的神父们、朋友们。我出生在遥远的北方省份的B城。我父亲是贵族出身，但不是什么豪门望族，也不是什么达官显贵。父亲去世的时候我才两周岁，所以我对他没有什么记忆。他给我和母亲留下了一栋不大的木屋和一些家产，虽然不多，但也足够母亲和我们正常维持生活，不至于穷困潦倒。母亲有两个孩子：季诺维，也就是我；马尔凯尔，我的兄长。他比我大八岁，脾气暴躁，为人善良，从来不嘲讽任何人，常常沉默寡言，尤其是在家里和妈妈在一起时。他学习成绩不错，但和同学们关系不好，倒也不会吵架，至少母亲眼中的他就是这样。在他去世前六个月，他过了自己十七周岁的生日，那时，他经常去拜访我们城里的一个独居之人，那人大概是个政治流放犯，估计是因为他的一些思想从莫斯科流放到了我们这座城里。此人很有学问，曾是莫斯科一所大学的知名学者和哲学家。不知道什么缘故，他很喜欢马尔凯尔，并欢迎马尔凯尔到他家里做客。于是，整个冬天，马尔凯尔经常去找他，有时整夜待在那儿，直到后来他被重新启用、调往圣彼得堡担任公职——这么看来，他有靠山。

四旬斋①快到了，可马尔凯尔不愿意斋戒。他嘲笑般骂道："这些都是胡闹，哪有什么上帝。"这句大不敬的话可把家里的用人、母亲，还有年幼的我吓个半死。虽说那时候我只有九岁，但听到这样的话也害怕得不得了。我家的用人都是农奴，一共有四个，这四个人是我们以私交很好的地主的名义购买的。我还记得其中一个又老又瘸的厨娘，名叫阿菲米娅，后来母亲把她卖了，换了六十卢布，重新雇了一个自由民②的村妇给我们当厨娘。

在四旬斋的第六周，我兄长突然病了，他的身体一直不好，经常咳嗽，胸闷气短，体质很差，似乎有肺痨病的迹象。他个子不矮，身材纤细，脸庞俊秀。我们认为他应该是受凉感冒了，不料大夫看了后，悄悄对我母亲说：他得了奔马痨③，活不过春天了。母亲开始哭泣，谨小慎微地劝我的兄长（生怕吓到他），让他老老实实斋戒几天，让他去教堂参加礼

---

① 东正教的四旬斋在复活节前，为期七周。
② 指解除了农奴身份的农民。
③ 即干酪性肺炎，其为小儿原发性肺结核中最严重的病型之一。

拜，行忏悔礼和领圣餐，那时候他还能下床。可他听到后非常生气，满嘴污言秽语地骂上帝的殿堂①。其实仔细一想就明白了，他已经猜到自己病得严重，所以母亲才想让他趁着还能走动的时候去教堂行忏悔礼和领圣餐。事实上，他对自己身体的情况清楚得很，就在一年前，一次吃饭的时候，他突然对我和母亲说："我已经不是这个世界上的人了，我最多再活一年。"可谁能料到，这竟一语成谶。

又过了三天，到了受难周②。兄长从礼拜二早起就开始严守斋戒清规。他对母亲说："妈妈，我是为了您才这么做的，我只是想让您开心，让您放心。"

我的母亲悲喜交集，痛哭着说："知道吗，只有当死亡真正临近的时候，人才会有这么大的变化。"

他去了教堂没几天，就一病不起了，所以后面他的忏悔礼和圣餐仪式都是在家里举行的。

那一年的复活节来得很晚，那几日艳阳高照，鸟语花香。我记得他当时整夜地咳嗽，完全没法睡觉，但一到早上他总是衣装整齐地坐在扶手椅上。他在我记忆中保留的形象就是这样：静静地坐着，温柔地笑着，尽管他已病入膏肓，可是他的脸上满是欢乐。他整个人的精神状态都变了——太神奇了！

那时候家里的一个老保姆走到他的房间里说："亲爱的，我帮你把屋里神像前的灯点亮吧。"

---

① 这里指教堂。
② 即复活节前一周。

之前，他从不允许这样，即便灯点亮了也会被他吹灭，可现在他却说："点吧，亲爱的，帮我点亮吧！过去我多浑蛋啊，不让你们帮我点灯。在点灯的时候别忘了为我祈祷，而我就这样欢喜地看着你，同时为你祈祷。换句话说，你我此时是向同一个上帝祈祷。"

我们听到这样的话只是觉得奇怪，而母亲听到之后便回到自己的屋里不停地流泪，她只有在去我兄长的房间时才会拭去泪水，强颜欢笑。

"妈妈，我亲爱的妈妈，别哭了。"他经常这么说，"我会活很久的，我们还能在一起开开心心地过很久。生活充满了快乐与喜悦！"

"可是我亲爱的儿子，整夜发烧、咳嗽，把肺都要咳炸了的人，还有什么快乐可言？"

"妈妈，你不要哭，"他回答道，"有生命的地方就有天堂。我们人人都在天堂，可我们人人都不愿领悟这一点。只要大家愿意开悟，明天这个世界就会变成天堂。"

听了他的话大家都很惊诧，他的这番话说得很奇怪，却又很肯定，因此大家都感动得哭了。

每逢熟人来到我家，他就会说："善良且亲爱的人们啊！我不值得为你们所爱，可你们究竟为什么如此爱我，可悲的是我以前竟不知道，竟不珍惜。"

当仆人们走进他的房间时，他会经常说："亲爱的人们，你们为什么要服侍我，我不值得你们这样服侍！如果上帝慈悲，饶我不死，我一定好好地服侍你们。因为人们应相互服侍。"

母亲听了以后，摇头道："亲爱的，你就是因为病了才会这么说。"

他回复："妈妈，我的好妈妈，不可能没有主仆之分的，可即便如此我也要当我仆人的仆人，就像他们现在这般服侍我一样服侍他们。我还要告诉你，妈妈，我们每一个人在他人面前、在所有人面前都是有罪的，而我就是罪孽深重的那个。"

听到这话，母亲居然笑了，她悲喜掺杂地说："你怎么就比别人罪孽深重？世上那么多杀人犯和强盗，你怎么可能比他们的罪过大呢？你为什么要谴责自己是罪孽最深重的那个呢？"

"母亲啊，生我养我的母亲啊！"那个时候的他经常会使用这些出人意料的称呼，"生我养我的母亲啊，你要知道，每个人在所有人、所有事上都有罪，都应该为此承担责任。我不知道该怎么说清楚这个道理，但是我已经痛彻地感受到了。我们又是怎么做到种种混混沌沌、埋天怨地地过日子却毫不自知的呢？"就这样，他每天起床后，都比前一天更温柔、更快乐、更有爱。

有一个叫艾森施密特的德国大夫经常来看他，他还会和那个大夫开玩笑说："怎么样大夫，我还能再活一天吧！"

"一天？"大夫说，"很多天！甚至是很多个月，很多年呢！"

他却慨叹道："我为什么要活几年或者几个月呢！其实几天就够了，对一个人来说，活一天就可以让他感受到全部的幸福。亲爱的人们，我们为什么要争吵，为什么要夸耀，为什么要睚眦必报呢——我们应该去公园里嬉戏、耍闹,我们应该彼此相爱,彼此亲吻,相互赞美,来,让我们赞美生活!"

"您的儿子可能就要走了,"大夫对送他到门前的母亲如是说,"他的病已经让他精神错乱了。"

他房间的窗户朝向花园,当时我们家的花园里有不少老树,那时候正是春天,枝上刚刚抽芽,早春的鸟儿飞过来,叽叽喳喳,在他的窗前唱歌。有时候他看着鸟儿,听着它们的歌声,也会突然请求它们的宽恕:"上帝的鸟儿啊,快乐的鸟儿啊!宽恕我吧,我对你们也犯下了罪过!"

当时我们面面相觑,谁都搞不懂他到底在说些什么,他却喜极而泣,继续说道:"在我周身笼罩着上帝的荣光——鸟儿、树木、草地和天空,可只有我一个人一直活在耻辱中,是我让这一切蒙羞,只因我从未注意到这美景和荣光。"

母亲听到后,会哭着对他说:"你把太多罪过揽到自己身上了!"

"母亲呀,生我养我的母亲呀。我不是哀伤,是因为喜悦落泪的,只是我实在是不知道该怎么样向您解释清楚,我是自愿向他们承担罪责的,因为我不知道该如何去爱他们。如果我在芸芸众生面前坦白我犯下的罪,而芸芸众生也愿意宽恕我,那便是人间天国。照这么说,现在的我难道不是身在天国吗?"

除上述所说的之外,还有许多我记不起来的,只能略过不提了。

有一次,我独自到他的房间里去,他的屋里空无一人。

那是个晴朗的傍晚，日薄西山，夕阳的余晖照亮了整个房间。他看见了我，对我招了招手，于是我走到他跟前，他用两手握住我的双肩，满怀深情地注视着我的脸，一句话都没说，深深地注视着我。过了一会儿，他说："好啦，现在你出去玩吧！记住，要替我好好活下去！"

于是，我按照他的命令出去玩了。在我之后的人生中，我曾不止一次想起他对我说的这句话。他还说过很多类似这样的奇妙的话，只是当时我们没能理解。后来，复活节之后第三个星期，他走了。走之前，他虽然已经无法说话，但神志清醒，眼中饱含的欢欣和表情上的欣慰到他生命的最后一秒都不曾改变：他的眼睛在寻找我们，他冲我们微笑，向我们打招呼。在他走后，城里的不少人对他去世的事情议论纷纷。这些记忆中的片段至今仍震撼我的心灵，只是当时的我太过年幼，体会不到这么强烈的感觉，只知道在他下葬时痛哭流涕。可即便如此，我的心里还是留下了不可磨灭的印记，它藏在我的内心深处，到时候，它会被唤醒，发出响应。事实果真如此。

（二）《圣经》对佐西马神父的终生影响

当时家里就剩母亲和我了①。有位好心的熟人建议她说："现在您只剩下一个儿子了，但好在你们过得并不拮据，也有

---

① 当时他家中还有做帮佣的农奴，但是他们不能算作家庭成员。

资产,您为何不像别人那样,把小家伙送到圣彼得堡去。如果他一直在您身边,很可能会耽误了他的前程。"后来还有人建议母亲,让她把我送到圣彼得堡的陆军军官学院,将来好在沙皇侍卫军中谋个一官半职。我的母亲犹豫了很久,原因再明显不过了,她就剩我这么一个孩子了,怎么可能轻易舍得和我分开。但为了我未来的前程和幸福,她还是含泪下了决心。之后,她带着我去了圣彼得堡,亲自把我送进了军官学院。从那之后,我再也没见过她了。可能是因为思念我和哥哥过于哀痛,三年后,她也去世了。

我从老家带走的只有珍贵的回忆,毕竟一个人最珍贵的东西莫过于童年时代在老家的纯真回忆了,这一点几乎可以视为普世真理了,哪怕他的原生家庭多么不堪,哪怕家中只有一丁点儿爱与和谐存在,给人留下的记忆也是温暖与和谐。在对老家的诸多回忆中,也包含我对《圣经》的回忆,虽然那时我年龄很小,但我对《圣经》中的故事颇感兴趣。那时候我有一本带精美插图的书,书名是《新旧约故事一百零四则》,我就是读这本书学习的。你们知道吗,现在我还把这本书放在我的书架上,我把它当作纪念品一直珍藏。有一年受难周的周一,母亲带着我(我不知道当时兄长在什么地方)去教堂做礼拜。如今回忆起来,那天惠风和畅,天朗气清,袅袅烟气从香炉中徐徐升起,在穿过教堂穹顶的阳光下,像波浪一样舞动不停。那一刻,我仿佛和那缕缕青烟一样融化在了上帝的荣光之中。我还记得自己当时心里有所动,那是我有生以来第一次让上帝语言的第一颗种子悄悄植入我的心田。这时,我看见一个小小的少年拿着一本大书走进教堂的中间,我觉得那本书大到他几乎拿不动。他把那本书放在诵经台上,大声地朗读起来。忽然之间,一种前所未有的感觉叩响了我的心门,那是我第一次明白,这是在上帝的殿堂里诵读的神圣诗歌。

"乌斯地有一个人,名叫约伯,那人正直虔诚,敬畏神,远离恶事。他的家产颇丰,有许多牛羊、骆驼和毛驴,众多仆婢。他的孩子们,终日在家里设宴……他非常爱他们,生怕他们因寻欢作乐犯下罪过。有一天,撒旦和神的众子聚集在耶和华面前,撒旦对耶和华说:'我已遍巡天地。'耶和华问撒旦说:'你看见我的仆人约伯了没有?'并夸奖约伯,称乌斯地再没有人像他完全正直,敬畏神,远离恶事。可撒旦听后,冷笑道:'你把约伯交给我,你就会看到你的仆人怨恨你、诅咒你。'于是,耶和华把他喜爱的仆人交给了撒旦,撒旦用雷电引燃了他的草原,杀光了他的牲畜,用飓风吹垮了他的房屋,压死了他的子女。于是约伯撕裂了外袍,伏在地上下拜:'我赤身出于母胎,也必赤身归回。赏赐的是耶和华,收回的也是耶和华;耶和华之名是应当称颂的,从现在起直到永远。'①"神父们,朋友们,原谅我此刻的眼泪——因为我仿佛看到了自己的童年,我现在的呼吸和我八岁时用孩童的胸脯呼吸时一样——我同当年一样感到惊诧、彷徨和喜悦。他在诵读中提到了骆驼,提到了和上帝对话的撒旦,还提到了交出自己的仆人的上帝,最重要的是,他还提到了仆人高歌的那句:"耶和华之名是应当称颂的,无论您怎样惩罚

---

① 引自《旧约·约伯记》第一章。

我！"这一切牢牢地占据了我的想象。然后，圣殿里响起一阵甜美又神圣的歌声："愿我的祷告得到回应"。接着神父们在袅袅青烟之中，跪拜、祷告。从那以后，我只要读到这个故事，就会泪流不止。对了，就在昨天，我又重温了一次。这故事里有多少伟大、神秘和难以想象的东西啊！后来我也曾听到一些讽刺者和渎神者口中大不敬的话，他们说，耶和华怎么能把自己心爱的圣徒肆意交给撒旦捉弄，任凭撒旦欺负侮辱，任凭他染上毒疮并用瓦片刮自己的身体呢，他做这一切到底是为了什么？难道只是为了向撒旦炫耀说："看，我的圣徒可以为了我承受如此多的苦难！"这个故事伟大在它的奥秘，它把尘世间的匆匆过客和永恒的真理结合在了一起。在尘世的真理面前实现了永恒的真理。造物主就像在创世纪最初造物的那几天一样，看着约伯，同样夸赞自己的造物："我造出的是好的。"而约伯在称颂上帝的同时不仅为上帝效力，也是在为上帝创造出的那一代又一代的造物效力，因为这就是约伯的使命。天哪！这是多么神奇的一本书啊！这其中包含着多少教训啊！在《圣经》这么一本伟大的书中，人们获得了多少智慧和奇迹的力量啊！这世界上有那么多种人，有那么多种性格，他们的模型早就被刻写进这本传世的宝书之中！不但如此，这本书又为我们解答了多少疑问，破解了多少奥秘！上帝最终让约伯重振家业，很多年后，他又有了儿女，他依旧爱他们。主啊！这里有个问题，他以前深爱的那些儿女已经没有了，已经被夺走了，又怎么能爱上这些新的儿女？尤其是当他忆起自己失去的那些儿女时，不论他现在的儿女是如何的可爱，又怎么能做到像之前一样幸福和美满？但是，这是可能的，当然是可能的，因为这是人生的一大奥秘：往日的悲痛会被时间治愈，最终转化为长久和稳定的幸福，青年时代的热血澎湃也终究会被暮年的温良宁静取代。我每日都祝福初升的太阳，我每日都为它高唱赞歌；但我现在更爱夕阳，爱它那宁静又淡泊的长长余晖。在其中，我能感受到那宁静、温柔和幸福的回忆，以及我漫漫人生路上遇到的形形色色的可爱事物，同时还有凌驾在这一切之上的上帝的真理，那普度众生、宽恕一切的真理！我知道，我已行将就木，我深深地感受到了。但是，我会在生命接下来的每一天感受到，我在尘世间的生命正在和永恒的、未知的但马上就要来到的生命进行着交接。这种感觉让我的灵魂欣慰，让我的头脑善良，让我的身躯颤抖，让我的心灵哭泣。

朋友们，神父们，我曾不止一次地听别人说起，尤其是最近，这种话我听得越来越频繁。他们说我们教士，尤其是那些乡村的教士，正在到处哭诉自己的薪水太低，生活拮据。其中一些人也在报纸上发表了一些字里行间写满了屈辱的语句，不巧，我也读到了。这些人说，因为自己的薪水太低，已经无法再去为众生讲经释疑；他们说，要是路德教会或者是异教徒来此夺取羊群，那就让他们夺走好了，因为"我们薪水太低"。

主啊！我想，但愿上帝能多赏赐些他们认为十分重要的薪水吧，因为他们的抱怨有些道理。但如果非要我说实话的话，如果这件事情一定需要有人担责，那担责任的一定是他们自己。因为，即便没有时间，即便他们说自己把所有时间都耗在了处理各种事务与举行礼拜上，但总不至于一点时间都不剩了，他们总该在一个星期里能拿出一个小时来去记住上帝。再者说，又不是一年四季都在工作，他们只需要每周找一个晚上，把人们召集到一起，哪怕一开始响应他们召集的人只有孩子——只要父母听到孩子们来了，他们自然也会来。更何况这项工作不需要什么豪宅宫室，只需要让人们到身边来就行；也不需要害怕会被人们糟蹋房间，毕竟他们只待上一个小时。然后，打开这本书，念给他们听便是，不要故作深奥，盛气凌人，也不要居高临下、趾高气扬，而是带着亲切感动的心态，为能为他们诵读感到高兴，高兴他们喜欢听并且听得懂，也要爱自己所读的那些话，只要偶尔停下来，把一些老百姓不太懂的话解释一下就好。不必着急，他们一定能领会的，因为他们是正教的信徒，他们的心什么都能理解。可以给他们读亚伯拉罕和撒旦的故事，也可以读以撒和利百加的故事，告诉他们雅各是如何见到了拉班，又是如何梦见了上帝。这些故事一定会抓住老百姓的思想，尤其是要把这些故事念给孩子们听；要告诉孩子们先知约瑟是如何被自己的兄弟们卖身为奴，以及兄弟们对父母说的谎话，他们把约瑟的衣服上浸满了血，却对父母说，我们的兄弟被巨兽撕成碎片。要讲给孩子们，最后这些卖了兄弟的人在去埃及卖粮食的时候，没有认出约瑟已经成了埃及权倾一时的大臣，那时候的约瑟是怎么为难他们、指责他们、折磨他们，又是如何留下了自己的弟弟雅悯，只因为他有一颗善心。要告诉孩子们，先知约瑟说："我是爱你们的，我为难你们也是因为我爱你们。"因为他一定不会忘记，那酷热沙漠中的枯井，他也不会忘记，就是在那里，他的兄弟们把自己卖给了过路的商人;他更不会忘记,被束缚双手的自己是如何真挚地哀求他的兄弟,不要把自己变卖为奴,踏上异乡的土地。可即便这么多年过去了,他见到他们后,还是能想到兄弟之间的手足之情,虽说以爱的名义,他为难了他们,让他们受了苦,可最终他还是放了他们,转而自己一个人扑倒在床上痛哭流涕。在最后,他抹去了泪水,容光焕发地对他的兄弟们说:"我是约瑟,是你们的兄弟。"还要让孩子们知道,老雅各在知道自己的孩子还活着以后是多么的高兴,他不惜抛下自己的故土,动身前往埃及。虽说他最后客死在异乡的土地,但在临终之前,他还是说出了那颗谨小慎微的温柔之心中被他藏了一世的千古预言:他儿子犹大的血脉里一定会出现世界的大希望、和平的使者和救世主。

神父们,朋友们,抱歉,请诸位原谅我像个小孩子一样絮絮叨叨地讲着你们早已烂熟于心的故事。我相信,这些故事如果是你们来传授,一定比我生动百倍,精彩百倍。请大家宽恕我的话语和眼泪,因为我实在太爱这本书了。但愿,那些教士也能流泪,也能发现老百姓被感动的样子。

一切所需不过是一粒小小的种子,只要把它们种进百姓的心田,不用担心,那种子不会死,它一定会生根发芽,哪怕那棵嫩芽被愚昧、混沌和罪恶隐藏,可它迟早会发光,哪怕只是一丁点儿光,也会变成伟大的启示。不用讲什么大道理,也不用费尽心机。他们会理解的,什么都能理解,就这么简单。

又或者,也可以尝试着去把美丽的以斯帖和高傲的瓦实提的动人故事讲给他们听,或者是先知约拿被吞入鲸腹的伟大传说，但也别忘记了主的寓言。

可以把《路加福音》当成基础本（我就是这么做的），然后再综合《使徒行传》（这个是必须的，一定要的！）中扫罗皈依这一章，最后还要选一些《圣徒言行录》里面的故事；比如贤者阿列克塞的生平，还有那个伟人中的伟人、在苦难中享受生命乐趣、见过上帝并心怀基督的埃及修女玛丽的事迹。把这些故事讲给老百姓，他们自然会理解，并且一定会把它们记在心里。这项工作每周只需要一个小时，不论这份薪水有多微薄，就一小时。到时候，就能感受到人民的纯朴、感恩之心，和他们百倍的答谢。他们不会忘记教士们的一片苦心，也不会忘记他们传授给自己的谆谆教导。他们会自愿帮教士们种地，帮教士们做家务，自愿给予教士们更多的尊敬。这不就等同于加薪了吗？

真的，事情就是这么简单。有时候我们甚至羞于把神圣的故事讲出来，因为我们害怕被人嘲笑，然而这种事情确实会发生！那些不信上帝的人肯定也不会相信上帝的子民。但是作为一个相信上帝子民的人，他就必须要确信，只要自己对上帝子民有信心，那么迟早所有人都会理解上帝的神圣，哪怕此人之前根本不信。只有人民以及未来人民的精神力量才能使那些在大地之上无依无靠、无家可归的无神论者皈依。如果没有实例，基督的教导还有什么意义？人民听不到上帝的话，他们的心自然而然就会凋零。因为他们的心灵在渴望上帝的教导，他们的意志在渴望上帝所创造的一切美好。

我年轻的时候，很久以前了，差不多四十年前了，我和安菲姆神父一起走遍全国，为了我们的修道院募捐。有一回，我们两个和一伙儿渔民在一条通航的大河旁过夜。当时有个年轻俊秀的农家小伙非要和我们坐在一起,他看起来也就十八岁,是一个纤夫。他第二天还要去别处工作。我看见他心平气和地望着前方。那是六月的一个晚上,皓月当空,温暖宁静。当时宽阔的河道上有腾腾雾气,为我们送来了阵阵清凉。那晚是那么安静,那么美好——我们甚至能听到鱼儿在水中游动的声响,鸟儿在林中归巢的窸窣声,他们似乎都在向上帝祈祷。

当时,只有我们两个和那个小伙子没有睡觉,于是我们开始聊天,我们聊到了上帝和他的世界,我们聊到了这世界是何其壮阔,其中蕴含的奥秘又是何其神秘。每一根小草,每一只甲虫、蚂蚁、蜜蜂,虽然都没有思维能力,却无不知晓自己的道路——这点是多么的神奇。而这神奇不就证明了上帝的奥秘确实存在;万事万物都是这奥秘的一种体现。而且我看到,那小伙子的心也激动起来了。他告诉我们,他爱森林,爱林子中的每一只鸟;他说他是个业余捕鸟人,他听得懂每一种鸟儿的叫声,能吹响好多种诱鸟的口哨。他说:"没有什么比在林子里待着更好的了,我也说不清楚为什么,反正那里的一切都很好!"

我回答他说:"确实是,一切都很美好!因为一切都是真理,"我告诉他,"我们就拿马儿来说,这也是种了不起的动物,它能通人性;或者我们拿黄牛来说,这也是种了不起的动物,它能养活人。虽说它们工作的时候总是面色忧郁,若有所思。可我们只要好好看看它们的脸,它们对人类是多么温驯和忠诚,尽管人们总是无情地抽打它们,可它们仍旧是任劳任怨，对人们充满信任。这太美好了，太令人感动了。我们要知道，除了人之外，这世界上的一切都是无罪的，它们也是无罪的。基督和它们同在甚至比我们更早。"

"基督还能与它们同在？"年轻人问我。

"怎么不可能呢？"我回答道，"上帝的语言不光我们人类可以听懂，万事万物都能听懂。一切上帝的造物，哪怕是一片叶子都在倾听上帝的语言，要为他唱起颂歌，为他流泪，凭借它们无罪生命的奥秘，默默地完成着这一切。再比如，"我对他说，"哪怕是那些出没于森林之中，嗜杀、残暴的熊，它们都是无罪的。"

于是，我给他讲起一个故事。

曾经有一头熊来到了一个隐居在林中的圣人居所。圣人看见它可怜兮兮的样子，便毫无畏惧地走到它面前，给了它一块面包，对它说："愿基督与你同在，去吧！"说罢，那只凶猛的野兽乖乖地离开了，没有加害于他。

小伙子听到了那头熊的故事，很受感动。

"哦……"他叹道，"太美好了，太奇妙了，上帝的一切是多么美好！"

然后，他坐在那里，安静又甜蜜地思索着。我感觉到了，他已经理解了。没过多久，他就在我身边睡着了，睡得很香，睡得很坦荡。愿上帝保佑年轻人吧！当时，我做了祈祷，为了他，也为了自己。随后我也睡着了。

主啊！愿你把和平和光明赐给你的子民吧！

(三)佐西马长老回忆自己进入教门之前的青年时光 & 决斗

我在圣彼得堡那个军官学校里待了很长时间,算起来差不多八年。虽说我什么都没有忘,但由于新的成长经历蜂拥而来,还是淹没了我许多童年时代的印象,取而代之的是许许多多新的生活习惯和人生见解,而这些几乎把我变成了一个既残忍又荒唐的怪物。我很快就掌握了社交界那一套世俗的举止和表面的礼貌,自然也少不了法语。

但是,我们这群在学校里的预备军官,基本上把那些伺候我们的勤务兵当成畜生看待,我也一样。我可能是我们所有人中最厉害的,因为在所有同志中,我是最容易冲动的那个。在毕业之后,我当上了军官,时刻准备着去让那些羞辱我们团荣誉的人付出鲜血的代价。可什么是真正的荣誉,几乎没有人知道。若是有人说自己知道了什么是真正的荣誉,估计都轮不到我们,他自己就会加以嘲笑。

我们酗酒,闹事,觉得这才是年轻人的血气方刚,并引以为豪。我不想说我们这群人是坏人,其实我们的品质都不错,但是我们的行为确实不好,我呢,自然是这群人中行为最不好的那个。主要原因是,我有钱。所以我全力以赴地去胡作非为,肆意享乐,活得无拘无束。

说来也奇怪,我是个爱读书的人,甚至可以说我是个手不释卷的人。在那段日子里,我什么书都读,唯独不读那本《圣经》;更奇怪的是,我不论到了哪里都带着那本书,不自觉地把它当成个宝贝,可谓是"时时刻刻"离不开它。

如此四年过去了,我随团一起,来到了K市。那里人口众多，文化多元，而且城里的人们热情开朗，生活富足。因为我是个生性开朗活泼的人，而且，大家都知道我的家境并不贫穷，因此我到哪里都很受欢迎。当时，在那里发生一件事情，而这件事情又成了未来所有事情的开端。

当时，我喜欢上了一位才貌双全的姑娘。她是大户人家出身，为人聪明，端庄，开朗且高尚。她的父母受人尊敬，对我也亲切友好。我觉得这位姑娘可能也对我有好感，我在这白日梦中春心荡漾。可没过多久我就清楚地意识到，似乎我并没有真正地爱上她，我只是欣赏她那聪明的头脑和高贵的气质，这是不能不令人肃然起敬的。我的自私阻止了我向她求婚。要知道，孤独的生活虽然艰难，虽然令人恐惧，但其中可不乏令人堕落的诱惑——我是那么的年轻，又是那么的有钱，所以我干吗不活得自由一些？无拘无束一些？虽说我对她做了一些暗示，但不管怎么说，我把决定性的步骤暂时推迟了。

就在这个时候，我们团奉命转进到另一个县城驻扎。两个月后我再回来时，听说这位小姐已经嫁给了一位富有的郊区地主。这个男人确实比我大了好几岁，但还算年轻，而且他在首都也有一些靠山（我没有），他的举止谈吐非常得体，是个既有学问又有修养的人（我没有学问，也没有修养）。这突如其来的情况给了我当头一棒，我当时都蒙了。更重要的是，这位地主竟然早就是她的未婚夫，而且在她的家中我不止一次见过这位先生，但是我却丝毫没有察觉出他的身份。这一点让我受到了侮辱：凭什么人人都知道的事情，就我不知道？一阵难以忍受的愤怒冲昏了我的头脑。我开始回忆起自己对她吐露爱慕之意时候的样子，羞耻得恨不能找个地缝钻进去，可随即我又想到，这女人根本没有戳穿我的暗示，也没有说过任何警告我的话语。于是，我得出结论，她就是在玩弄我的感情。当然，事后我也好好想过。其实她根本就没有这样。恰恰相反，她只要一觉察到这种苗头，就会立马开玩笑似的把话题转移开——但当时，我已经被愤怒冲昏了头脑，根本没法理智地思考，只能任凭复仇的火焰在我心中升腾。我回忆起这种复杂的情感，突然感到难以置信，我当时究竟是着了什么魔能自己把自己折磨成这样。要知道，我是个不记仇的人，我做不到对一个人怀恨在心。所以，合理的解释只有一个，那就是当时的我在自己给自己煽风点火。这简直是想象不到的荒谬和可笑。

后来，我终于等到了"机会"，有一次在大庭广众之下，我随便找了个毫不相干的借口，突然公开羞辱了我的情敌。据说，我当时对他的嘲讽是既刻薄又巧妙，甚至我还嘲讽了他对二六年事件①的一篇评论。然后，我逼着他和我理论，在过程中我不断强词夺理，最终惹怒了他，迫使他接受了我的挑战。当然，我和他相差甚远，不论身价还是地位，年轻的我都不能望其项背。事后我才了解到，他确实是出于对我的妒忌才接受了我的挑战。以前他嫉妒我，是因为吃了我的醋；现在他认为，假若他的妻子知道了我要和他决斗，而他却没有应战，会觉得他软弱无能，害怕她会因此看扁他，更害怕

---

① 指的是1825年12月（俄历）十二月党人反沙皇专制制度的起义，即十二月党人起义。

自己的爱情也会因之动摇。

很快,我就找到了一个同僚充当我的副手,他是我们团一个中尉的副官。当时正是对决斗严打的时期,但在军人之间,决斗是一种时尚。想不到吧,野蛮的偏见竟然会变成一种时尚。

当时六月就快要过去了,我们两个约定第二天早上七点在城外见面——不料发生了一件对我来说算是重大转折的事情。晚上,我窝着一肚子的火回到了住处,不知道怎么了,我突然开始对着自己的勤务兵阿特纳修斯撒气,如果没记错,我当时用尽全力冲着他的脸上打了两拳,打得他鲜血直流。当时他才刚刚到我身边,在这件事情之前,我倒也是没少打过他,不过从来没有这么野蛮和残忍。

亲爱的朋友啊,虽说这事情已经过去四十年了,但我每每回忆起,总是感到羞愧和痛苦。

那天我打完了他以后,就躺下睡觉了,才睡了不到三个小时就发现新的一天就要来临了。索性,我直接起了床,不打算再睡了,直接走到了窗前,打开正对着花园的窗子。只见一轮红日从东方缓缓升起,我仿佛沐浴在温暖又和煦的朝阳之光中,耳畔响起鸟儿的竞相啼鸣……

我怎么了?为什么我的胸中有一股说不出来的羞耻感?它是不是因为我马上要去干的杀人勾当?不是,不是的,绝对不是因为这个。难道是因为我怕死,害怕自己被他杀掉?不是的,完全不是因为这个……然后我突然就明白是怎么回事儿了:是因为昨晚我痛打了阿特纳修斯。

这件事忽然重新在我的眼前浮现,那一幕仿佛重演了:

他笔直地站在我的面前,我狠狠地朝着他的脸打去,他两手垂直贴在裤缝上,瞪着眼睛,保持着立正的姿势,就像是接受检阅的士兵,我每出手一次,他便痛得哆嗦一阵,可是他一点都没有反抗。人,竟然可以被这么糟蹋。人,竟然可以如此残忍地对待自己的同类!这是何等可怕的罪行。霎时间,我感觉有一柄利剑扎穿了我的胸膛。

我站在窗前,动弹不得。那时候朝阳正在升起,鸟儿们正唱着对上帝的颂歌,甚至连叶片都正在笑着,舞着,发着光……我双手覆面,整个人瘫倒在床上,泪流满面。这一刻,我突然想起哥哥在去世之前对仆人们说的话:"亲爱的,亲爱的,你为什么要服侍我,为什么要这么爱我,我凭什么得到这些?"

"我凭什么可以这样?"这个问题突然就从我脑子里冒了出来。是啊,我何德何能让一个同我一样是上帝照着自己的形象创造出来的人来伺候我呢?当时,这个问题第一次出现在了我的脑海之中。

"母亲啊,生我养我的母亲啊!每一个人在所有人的面前都确实有罪,只是人们不知道这一点,如果他们知道了,那便是天堂。"

"上帝啊,我是不是真的错了,是的,我错了",我一边哭着,一边想着,"没错,我确实应该对所有人的罪负责,而且我比这世上的任何一个人都罪孽深重。"我豁然开朗,整件事的真相霎时间完全赤裸地呈现在我眼前:我要去干什么?我要去杀掉一个善良、聪明、高贵的人,杀掉一个没有任何过错的人,这意味着他妻子幸福的权利将会被我永远剥夺,她会悲痛欲绝，被我折磨致死。

我趴在床上，整张脸埋在枕头里，这样就没人注意到我脸上的表情了。不知道过了多久，忽然，我的同志，也就是那名中尉，带着用来决斗的手枪进来叫我。

"啊哈！"他说，"你已经起床了呀！走啊！走啊！时候快到了！"

我手忙脚乱，完全不知道如何是好，不过后来我们还是上了马车。

"在这里稍等我下，"我对他说，"我钱包忘记拿了。"

说完，我一个人跑回住所，直奔到我的勤务兵阿特纳修斯的屋子，我对他说："阿特纳修斯，你原谅我吧！我昨天打了你两拳，请你原谅我吧！"

他像是受到了惊吓一样哆嗦不停。我看得出来，这样不够，这样还不够。于是，我不顾自己当时正穿着军装，也不在乎什么绶带肩章，直接跪在了他的脚下，结结实实地磕了个响头道："请你宽恕我吧！"

他被吓傻了。

"长官，大人，您，我……我要这么站着吗？"

他的眼泪突然涌了出来，就和刚才的我一模一样，双手覆面，转过身去，面对着窗户，抽泣着，颤抖着。我跑到外面的中尉那里，飞身进入马车喊道："走啊！"

然后我鼓足了劲儿对他说："你见过胜利者是什么模样吗？现在你的面前就有一个！"

一路上，我欣喜若狂，喋喋不休地说个不停，至于说了什么，我记不得了。

他看着我说:"兄弟!你真是好样的!你一定不会愧对你身上这身戎装!"

马车把我们送到目的地时,他们已经在那里等着我们了。

我们两方的副手开始安排我们站在距离彼此十二步远的地方,由他开第一枪。我开心地站在他的面前,一动不动,眼皮子都不眨一下地深情地望着他。当时,我已经知道了自己该怎么做了。他开了枪,子弹擦伤了我的脸颊和耳朵。

"感谢上帝,"我喊着,"没打死人。"

然后,我拿起自己的手枪,转过身去,直接把它扔进了林子里,并大吼了一声:"去你妈的吧!"

接着,我转过身去,对着我的敌人说:"我亲爱的先生,请您原谅我这个愚蠢的年轻人。我做错了事情,让您受到了侮辱。不但如此,我还逼着您杀人。相比您,我差得太多,您可能比我好上十倍,或许不止十倍。请您把这话转告给这个世界上您最珍爱的那位女士。"

我的话音刚落,剩下的三个人都开始冲着我大吼。

"简直莫名其妙!"我的对手甚至有点恼火地说,"既然您不想拼命,干吗要发起决斗?"

我告诉他:"昨天,我很愚蠢,可今天,我突然聪明了。"

"上半句话我相信,下半句话单凭您今天的所作所为,无法下定论。"

"好极了,"我拍了拍手,"我十分同意您的看法,我应该得到您这样的评价。"

"亲爱的先生,那第二枪您还打不打了?"

"我不打了",我说,"如果您愿意,您还可以再开一枪。

不过我劝您,最好还是别了。"

双方的副手开始大吼大叫,当数我的这位叫得最凶:"你真是我们团的耻辱!你他妈的竟然在决斗场上寻求宽恕!早知道你会这样,我……"

我走到他们三人面前,表情严肃地说:"三位,看到一个人为了他之前的所作所为而感到后悔还公开道歉,值得这么大惊小怪吗?"

"当然了,这里是决斗场!"我的副手第二次嚷道。

"问题的关键就在这里,"我向他们答道,"奇怪的地方就在这里。按理说,我应该一下马车,也就是在这位先生开枪之前就立马道歉,否则我就是把这位先生往罪恶的大坑里推。但我要说的是,我们已经把自己逼到荒谬至极的绝路上了,以致这样行事是不可能的。因此,我选择站在这位先生十二步之外,结结实实地先挨上这位先生一枪,因为只有这样,我接下来要说的话才能多少发挥些作用。如果我在您开枪之前就道歉,你们会觉得我不过是被手枪吓破了胆子,满嘴胡话,自然也不会静下心来听我要说的话。"这时,我由衷地叹道,"诸位,看看身边上帝赐予我们的美景吧!看看蓝天白云、草长莺飞吧!大自然是美好的、无罪的。而我们,只有我们心中没有上帝,我们是多么愚蠢,不懂生命就是天堂,只要我们愿意去明白这个道理,天堂就会降临人间,我们就会互相拥抱,流下快乐的泪水……"

我想再说些什么,可是青春的激情压得我喘不上气来,我体会到了一种源自内心深处的,从来没有体会过的幸福。

"您这么做无疑是理智的,是虔诚的,"我的对手对我说,

"您是个男人,是个有个性的男人!"

他笑了,于是我也笑着对他说:"您可以取笑我,但是在未来您一定会赞赏我现在的话!"

"不!"他说,"我现在就要赞赏您,如果您不嫌弃,我们握个手吧,因为您是个真诚的人!"

"不,"我说,"现在不要,等到我做得更好的时候,等到我能获得您的尊重的时候,我们再握手,那样岂不是更好?"

"好!"

我们驱车回营房。一路上,我的副手一直在骂我,而我一直在吻他。这件事没过多久就在同僚中传开了,大家聚在一起开始评判我的行为。

有人说:"他玷污了我们的军装!他应该滚出去!"

也有人为我辩护:"要知道,他顶住了对手的第一枪!"

"但他不敢面对后面的第二枪、第三枪,所以,他才求饶了。"

为我辩护的人争辩道:"要是他怕第二枪、第三枪,怎么着也得打完自己那一枪再求饶!可他一转头把压满了子弹的手枪扔到林子里了。所以,这是完全不同的事情。这是不同寻常的事情!"

我听着他们的争辩,兴高采烈地望着他们。

"我亲爱的朋友们、同僚们!你们不要为了该不该让我退役争辩了。今天上午,我已经把相关材料递交给了办公厅,等到退役的申请批复,我就立刻离开军营,去修道院了,这也是我退役的目的。"

我话音刚落,他们便开始笑得前仰后合。

"啊！您应该一开始就宣布才是！现在，我们也没什么好争辩的了，毕竟当兵的没资格对着修士指手画脚！"

他们的笑不是嘲笑，更像是一种发自内心的欢笑，那种因快乐而爆发出的欢笑。就这么一下子，我赢得了在场所有人的喜爱。在退役手续下来前的一个月里，我成了最受欢迎的风云人物。每逢见到我，都有人对我这样打招呼："您好啊！修士！"

当然，其中也不乏友好的祝福和惋惜的劝告："您干吗要去修道院受苦呢？"

还有人不断说起我的故事："他很有种，他顶住了别人的一枪，明明可以开枪却扔掉了枪，原因是他晚上做了个梦，他要追随自己的梦想，所以决定成为一个修士……"

完全相同的事情也发生在城里的社交圈子里。之前，其实他们没有特别注意过我，只不过是热情地迎接我罢了。现如今，他们突然间都想认识认识我了，家家邀请我去做客。他们虽然笑我，但都喜欢我。

在此，我要把这决斗事件的后续告诉大家。虽说这件事情被传得人尽皆知，但当局还是把它压了下去。因为和我决斗的人是我们一个将军的亲戚，好在没有闹出人命，还有点开玩笑的味道，况且我又退了役，于是便大事化小，小事化了了。我也成了一个想说什么就说什么的人，并不在意被人们笑，毕竟他们的笑都不是恶意的。

有一次，我和一群女士们聊到半夜，没错，那时候女士们更喜欢听我说话，甚至还有人拉上自己的丈夫一起听。

"我为什么要对所有人的所有罪负责呢？"因为这个问题

讥笑我的人不在少数,"就让我们打个比方,我怎么能对您的罪负责呢?"

"确实,"我对他们说,"整个世界不知道从什么时候起踏上了另一条路,我们把谎言当成真理,还要求别人和我们一起撒谎。我这一辈子,只干过这么一回真心的事。结果你们把我当成疯子,虽然你们都喜欢我,但还是嘲笑我。"

"对呀!我们怎么能不喜欢您这样的人呢!"那户人家的女主人对着我一边说着,一边笑着。

那天在她家聚会的人有很多,到处都是人。忽然间,我看到人群中站起了一位年轻的女士——就是她,那个我要为之决斗的人,那个就在不久之前我还把她当成未婚妻的人,那晚我甚至没有注意到她。她离开了座位,走到了我的面前,对着我伸出一只手,道:"请允许我向您说明,我是第一个不会嘲笑您的人。相反,我含着眼泪来向您表示感谢,并对您当时的所作所为表示敬佩。"

这时候,她的丈夫也走了过来,随后人人都向我走了过来。他们对我伸出了手,眼巴巴地盼望着和我亲吻。我高兴极了。可就在这个时候,我发现了一个年龄要比我大上很多的先生,他也曾走到我的身边。我知晓此人的姓名,但却从未和他结识,甚至在那天晚上之前,我都没有和他说上过哪怕一句话。

（四）陌生的客人

　　此人在我服役的那座城市已经担任了许久的公职，地位显赫，受人敬重，家财万贯，热衷公益，曾经给孤儿院和教堂捐赠了好几笔数量可观的资金，不但如此，他还秘密做了很多善事，其中的很多都是在他死后人们才知晓的。那时候的他五十岁上下，长相显得十分严厉，几乎不怎么说话。当时，他和他年轻的妻子结婚不过十年，有三个孩子，年龄都不大。

　　第二天晚上，我独自一人在住所坐着，忽然门开了，我定睛一看，来者正是这位先生。

　　需要在这里先向各位交代一下，那时候的我已经不在军队安排的住所了。我自申请退役后，就搬了家。从一个老公务员的寡妇那里租下了一间房，顺道也雇下了老太太的用人。至于我为什么搬了出去，原因是这样的：我从决斗场回来的那天就把我的勤务兵阿特纳修斯赶到连队里去了，在自己对他做了那么多事情以后，我实在是无颜面对他，毕竟我对着一个没有做错任何事情的毛头小子犯下了那么深重的罪，这让我感到耻辱。

　　来找我的绅士对我说："我已经在好几户不同的人家听过您的讲话，我对您说的话很感兴趣，希望能够结识您，与您进行更详细的交流。亲爱的先生，不知您能否赐教？"

　　"当然，"我说，"您能来找我是我的荣幸，甚至可以说是殊荣了！"

　　我虽然这么说，但心里怕极了，因为他当时给我的第一印象是很可怕的。虽然有不少人在听我讲话时提出一些问题，但像他这样突然找上门，严肃地来请教的确实没有。

"从您身上，"他一边坐下来一边说，"我看到了您性格的力量。因为您在做事情的时候，只考虑真理，从来不顾忌别人的嘲笑。"

"您过奖了……"我说。

"不，先生，"那人说，"我没有夸大，请您一定要相信我的话，做到这一点要比想象中困难得多。事实上，就是这一点让我对您印象深刻。"他继续道，"也正因如此，我才特意来拜访您。可能我的好奇心让我有些失礼，如果您不介意，可否请向我描述一下，您在决斗时放下武器选择宽恕的那一瞬间，心里究竟作何感想？请您原谅我的好奇心，也请您不要把我的问题当成无聊的提问，恰恰相反，我问这样的问题自有隐秘的原因……倘若上帝能帮助你我，能让我们有更进一步的了解的话，我会向您解释缘由的。"

他说话的时候，我一直在注视着他的面庞，突然间对他产生了一种莫名的信任感；除此之外，我对他口中那隐秘的原因也起了兴趣。于是我道："您刚刚问我的问题是，在请求对手宽恕的那一瞬间，究竟作何感想，对吗？既然您是这么问的，那我便从头说起好了，这些我还从来没有和别人说过……"

于是，我把之前和阿特纳修斯的事情全部对他说了，说完后，我对他说："由此您可以想到，在决斗时，我心里已经没有什么负担。因为我在家里时就已经迈出了踏上这条路的第一步，只要第一步迈出去了，之后的一切就不再困难了，相反，它甚至让人愉悦。"

他听完了，表情诚恳地看着我说："我还会再来找您的。"

从那天起，他差不多每天晚上都会来找我。如果他能多和我说说他自己的事情，我们也许可以成为忘年之交。但他似乎有什么难言之隐，从不提起自己的事情，总让我告诉他我的事情。即便如此，我对此人仍旧十分有好感，而且充分信任他。我是这么想的：为什么一定要知道他的秘密，即使不知道，他在我眼中也是个正派的人，何况这个不论在地位，还是在年龄上都长我许多的人，能数次亲自严肃认真地来找我这个毛头小子，对我来说已经是莫大的尊重和荣幸了。而我也从他身上学到了很多有益的东西，因为此人有着崇高的智慧。

"生命就是天堂？"有一天他突然这么问我，"这个问题我已经思考良久了，"接着他补充道，"仅此而已。"说着，他瞅着我，开始微笑，"其实我比您还要相信这点，至于缘由，您将来会知道的。"

当时，我听到他的话，心里想着此人定是要给我吐露什么心声了。

"天堂，"他说，"天堂被我们隐藏起来了，它现在就藏在每个人的心中。只要我想要，它明天就会降临在我的身边，一直到我死去的那天。"

我观察着他，他的语气中充满了爱意，眼神中充满了神秘，好像在问我什么。

"而且，"他继续说，"除去我们自己的罪过外，我们也要对所有人的所有罪负起责任。很难想象，您能参透这个道理。

要是有朝一日，人们都明白这个道理了，地上天国可就不再是梦，而是现实了。"

"什么时候呢？"我反问道，"有朝一日，又究竟是哪一日呢？您口中的有朝一日，有没有可能真的来到呢？会不会只是一个梦呢？"

他说："我没想到，您竟然不信。您去讲道，可自己却不信。请您相信我吧，您口中的这个梦想一定能实现的。您要相信这一点。不过它肯定不会立马就实现，万物在运动中往往遵循着自己的法则。这是精神领域、心理范畴的问题。所以，要真的想以某种方式改造世界，人们必须从心理上转变观念。在每个人都把所有人当成兄弟之前，博爱是不可能实现的。不论科学怎么发展，也不会有人会把自己的财产当作他人的财产，把自己的权利当成他人的权利。人人都在欺负人，可人人都在抱怨自己被欺负了，然后就是无穷无尽的报复与残杀。您刚刚问了，这个梦何时会实现。我的回答是，总有一天会实现。但在这之前有一个必要的条件，那就是必须要结束人类的自我隔离。"

"什么叫自我隔离？"

"所谓自我隔离，在这个世界上，特别是这个时代的世界上比比皆是。不过隔离的程度还处于上升阶段，换句话说，就是还没到它的波峰。至于原因，现如今的人们总是殚精竭虑地想着如何自扫门前雪，每个人都想只通过自己一个人的努力实现生活的充实。依我看来，这不过是慢性自杀，因为越是充分地确定自我与非我，那自我隔离的程度就越深。因为我们这个时代，几乎所有人都各自分散成个体，每个人都推开其他个体，躲起来，自己隔离自己。结果就是，自己一边被人们推开，一边又去推开别人。所有自我隔离的人独自敛财，自以为实力强大，自认为生活乐无边；可事实上，这些疯子们财富积攒得越多，就离自我毁灭越近，就在这虚弱的泥沼中陷得越深。只因为，这些个体已经习惯了把希望只寄托在自己身上，把自己与整体割裂开来，不相信他人的帮助，不相信他人的情感，甚至不相信人和人类，整体提心吊胆，担心失去他们的钱财和权利。

可笑的地方在于，现在没有一个人意识到，要真正做到再无痛苦和忧虑，关键之处根本不在个人的奋斗上，而是在人类整体的奋斗上。但我相信，这种可怕的自我隔离一定会在某日结束，到那时，人们自然会恍然大悟，原来过去那种在黑暗中挣扎的感觉是如此痛苦，原来他们在黑暗中那么久却都没有抬头看向光明。到那时，人子耶稣的旗帜会在天空中展现……但是在这之前，我们必须照顾好我们的旗帜，时不时地也应该有人，哪怕只有一两个人，挺起身来去做出榜样，去引导人们从自我隔离之中解脱，去为了全人类的博爱做出哪怕一点微小的贡献，哪怕被人们当成疯子、傻子。这么做的目的只有一个，就是不能让这伟大的思想就此失传……"

我们就是在如此热烈的谈话中度过了一个又一个夜晚。我甚至因为这个放弃了多余的社交活动，也不再频繁地去别人家做客了。随着时间的推移，我这个风云人物也逐渐成了过去。我说这话并没有抱怨的意思，要知道大家依旧喜欢我，欢迎我。但我们也必须知道，潮流在社交活动之中才是重中之重。这一点,我们也必须承认。

说回那个神秘的访客,随着时间一天天过去,我终于开始用钦佩的目光看他,因为除了我赞赏他的思想外,还感受到了他脑海中酝酿着的伟大计划,而且他似乎在为了自己的伟大计划(可能伟大)做着大干一场前的万全准备。也许他很喜欢我这个人的态度,表面上我装作对他的伟大计划毫不好奇,从不正面问他,也从不从侧面打听。但有一天我注意到,他好像憋不住了,似乎渴望着要透露给我什么东西。至少与他一个月前刚刚来拜访我的时候相比,明显了不止一星半点儿。

"您知道吗?"有一回他突然问我,"城里的人现在对我们非常感兴趣,他们对我为何每天过来找您感到不解。随他们猜吧,很快一切都会真相大白。"

这个人很奇怪,有时候他说着话会突然激动不已,可每当这个时候,他就会直接转身离去。又或者,他说到激动之时会突然停下,目光如炬地盯着我,就当我以为他在构思什么长篇大论或者激昂文字时,他却话锋一转,说起那些人尽皆知的小事。又或者,突然抱怨起自己的头疾。

有一回倒是发生了意料之外的事情,在他充满激情地说了半段话之后,我突然注意到他的脸正在变得苍白,面部也开始渐渐扭曲,双眼直勾勾地盯着我。

"您怎么啦?"我说,"是不是觉得不舒服?"

我以为他又要抱怨头痛。

"我……您知道吗?……我……杀了一个人。"

他说这句话的时候,面色如粉笔般惨白,可脸上却有一抹轻笑。这让我一时间不知如何反应,脑子里只有一个问题:他在笑什么?这个问题就像是一把锋利的剑刺穿了我。我的脸上也不见半点血色了。

"您在说什么?"我大声问道。

"您看到了,"他带着惨笑回答我道,"第一次说出这句话,我付出了多大的代价。现在,这第一步可算是迈出来了。看来,我可以继续往前了。"

之后一段时间,我都不敢相信他了。不过到了后来,我对他的信任还是慢慢恢复了。一连整整三天,他把整件事情的前因后果全都告诉了我。我原以为他是想得太多,精神错乱了,可最后我也只能带着悲伤和错愕相信,他当真犯过滔天大罪。

十四年前,他谋杀了一位有钱的太太,她是一个地主的遗孀,既年轻又貌美,这个女人在我们K城也有自己的宅邸。我那位神秘的来客对她爱慕倾心,并表露过心意,劝说她嫁给自己。但是,她已芳心有主,那个幸运的男士是位出身高贵的、军衔不小的军官,虽说他当时随军出征,但是她确信他必将胜利归来。于是,女人拒绝了神秘来客的求婚,还请求他再也不要踏入自己的家门。被拒之后,他虽然停止了正大光明的访问,却因为太熟悉她的宅邸,冒着被发现的危险,夜里从花园爬上屋顶,偷偷溜进了她家。犯罪行为越是胆大妄为反倒是越容易成功,这是屡见不鲜的。

他从天窗翻进了阁楼,又从阁楼的楼梯钻进了宅邸。他知道,阁楼下面的那扇门常常因为仆人的疏忽而忘记上锁。那晚,他就寄希望于这样的疏忽,果然让他遇上了。他摸着黑一路前进，走进了女主人只亮着一盏灯的卧室。说来也巧，她的两个贴身女仆去参加街坊家孩子的命名宴会。至于其余的男女仆人则都睡在楼下的房间。所以，整个女主人的卧室，只有他和她。看到熟睡的女主人，一股难以名状的怒火开始在他胸腔之中燃烧和奋起，他就像个彻底失去了理智的醉汉，掏出一把尖刀直接刺向她的心脏，干净利落，都没给死者尖叫的机会。然后杀人者就像地狱里的恶魔一样伪造了案发现场，把杀人的罪名嫁祸给了她的仆人。为此，他不惜偷走女主人的钱包，还用她枕头之下的钥匙打开了她的床头柜，从中取走了很多东西，故意营造出一种假象，即杀人者是个连字都不认识的粗野之人，比如：只带走了现金，留下了所有证券；只带走了几件较大的黄金珠宝；留下了很多价值十倍于此的小件珍品。除此之外，他还拿走了一些东西当作纪念，但这是后话。

他在犯下这滔天大罪之后，按照原路返回。从案发后的第二天开始，一直到他生命结束的那天，从未有一个人怀疑过真正的凶手竟然是他。他对被害人的爱慕之情也无人知晓，因为他沉默寡言的性格导致他没有一个推心置腹的朋友。众人只把他当作被害人的一个熟人，并且，他已经整整两个星期没再去过被害人的家。当时，立刻受到千夫所指的人是一位名叫彼得的农奴仆人。种种情况汇在一起又在无形中提升了他的嫌疑：首先，这位仆人知道自己的主人正盘算着把自己送上战场（因为必须从她家的农奴中强征一名士兵），其次，此人单身外加品行不端。据说，他曾经有一次在一家酒馆喝得烂醉后耍起了酒疯，嚷嚷着要杀掉女主人。更加碰巧的是,就在女主人遇害前两天,彼得从她家中逃跑,消失在了城中。等到人们再发现他的时候已经是案发后的第二天,大家在出城的路上看到了烂醉如泥的彼得,他的衣兜里揣着一把匕首,他的右手掌上还有不少血迹。他说,右手上的血是他的鼻血,可并没有人相信他。除此之外,两名女仆也声称自己去参加了宴会,为了方便回来,所以房间的大门在她们回家之前并未锁上。诸如此类的蛛丝马迹还有许多,但所有的疑点都集中在了彼得的身上。

他被逮捕了,案件开始审理;可就在一周之后,这位嫌疑人发烧病倒,最终在昏迷中死在了医院的病榻之上。就此,这桩杀人案不了了之,人们把他的死亡归结为上帝的旨意。当时,无论是法官、警察还是围观的社会群众,各界出奇统一地认定,杀人者就是死去的彼得。可之后,惩罚就开始了。

那位神秘的客人,我应该给他换个称呼了——我的朋友,他告诉我,起初他完全没有受到良心的惩罚。他确实有一段时间很痛苦,但痛苦并非来自他因杀人导致的良心上的折磨,而是来自一种深刻的遗憾或者惋惜,因为,他心爱的女人死了,是他亲手杀掉的,同她一起被杀死的还有他的爱情。但是,他对她的向往和欲火还依旧留在自己的血液之中。可那惨死之人流下的血,他却并不在乎。一想到自己心爱的女人马上就要成为别人的妻子,他就无法接受,所以长久以来他每次扪心自问时,就会用这一点迫使自己相信,当时他已经别无选择。

那个农奴刚刚被捕的时候,我的朋友也屡屡觉得不安,可没过几天,那人死了,他便平静了下来。根据他的推理和演绎,这名仆人绝对不是死于什么被逮捕或者受审时受到的惊吓,他的死纯粹是因为感冒。要知道,他在逃跑之前的那些天,由于酗酒外加居无定所,只能整夜躺在潮湿肮脏的地面上。我朋友顺走的那些现金和金银珠宝也没有给他带来多少不安,因为(同样是他自己认为)自己的行为并不是偷盗,只是为了转移怀疑的目标。况且这笔钱数额不大,没过多久他就往K市的一所济贫院捐了一笔钱,数额相当于甚至远胜于他从死者那里顺走的财物。不用说都知道,他是故意这么做的,目的是平复自己偷盗之后的良心谴责。看得出来,这么做的确奏效了,在之后的很长一段时间里,他的内心确实很平静。这些话,都是他亲口对我说的。再往后,他开始在K市的官场显露头角,他主动领命去处理一件非常艰巨和棘手的任务,这件事整整占去他两年的时间。作为一个性格刚强的人,他全身心地投入工作之中,几乎忘掉了自己杀人的事情。冷不丁回忆起来,他也尽力不去多想。除此之外,他开始积极参加大小慈善活动,在K市和其他城市发起了很多义举,捐出了不少财产。后来,他的名声也渐渐被圣彼得堡和莫斯科两大都会的人所知晓,两座城市中的很多慈善组织也把他选为代表。

不过,他终于还是开始常常陷入沉思,并为此感到苦恼,随着日子一天天过去,痛苦也开始一块块加码。就在这个时候,他喜欢上了一个美丽聪慧的姑娘,不久之后两人就修成正果,步入了婚姻的殿堂。他本想着,结婚能驱散他因为寂寞产生的阴郁,让他的人生走上新的轨道,他会尽职尽责做一个好父亲、好丈夫,从而彻底摆脱旧事的纠缠。但是这种期望却永远只是期望。结婚后的第一个月他便开始思考:"现在我的妻子很爱我,可如果我把这件事情告诉她,她还会爱我吗?"没过多久,妻子怀孕了,当看着兴高采烈告诉自己马上就要当爸爸的妻子时,他又困惑了:"我创造了一个生命,却也夺走了别人的生命。我有什么资格去爱他们,教育他们,怎么教导他们做人的道理呢?我杀过人啊!"随着孩子们一天天长大,他也想和他们亲热,也想抚摸他们,可他做不到,因为:"我不敢直视他们那天真清澈的面孔,我不配。"

最后,痛苦的幻觉如期而至,如影随形。他开始不断在幻觉之中看到满地的鲜血,开始不断幻想一个年轻的怨灵正欲让自己血债血偿。他经常做噩梦。好在他性格刚强,能忍受所有的折磨。"我觉得我自己已经在私下里赎尽了罪,可事与愿违……"因为,随着时间的推移,他的痛苦开始变本加厉。

由于在社会慈善活动中积累的声望,尽管每个人都害怕他那张冷酷又严厉的脸,但是无不对他充满敬意。可问题就出现在这里,人家对他越是尊敬,他就越是无法忍受。他向我坦白道,自己不止一次想要自杀。但这时,一个幻想出现在了他的脑海中,一开始他觉得这个幻想十分荒谬,但后来,这个幻想牢牢地盘踞在他的心中,使他无法摆脱。

他的幻想是认罪。他幻想着自己在光天化日之下,面对众人,大声地说出自己杀了人。这个幻想足足折磨了他三年,致使他已经在脑海中演绎过各种版本的罪行坦白。最终,他相信了,只要自己把杀人的事情公之于众,他的心灵一定能得到救赎,他的灵魂就一定能得到安逸。但是,在确定了信念之后，又一个问题浮出水面，那便是：如何执行？就在此时，发生了我在决斗场上突然下跪道歉的事情。

"看到您的行为，我现在下定了决心。"

我看着他。

"难道说……"我大惑不解，"难道说我做的这件芝麻小事，能让您下定如此空前的决心？"

"我的决心在三年前就已经开始酝酿了，"他说，"您的这件事情只是给了它付诸实践的动力。看着您的所作所为，我既羡慕，又责怪自己……"

"可大家不会相信的，"我向他指出，"事情已经过去十四年了……"

"我有证据，很好的证据，我会……"

我哭了，吻了他。

"请您为我决定一件事！"他对我说（就好像现在他的一切都由我决定似的），"我的妻子、儿女！我的妻子可能会伤心而死，我的孩子们也许不会失去贵族的头衔和庄园，但终生都会被认为是罪犯的子女。我现在想知道，我到底会在他们心中留下什么样的印象。"

我说不出话来。

"难道说，要让我和他们永远分离，难道说非要我永远离开他们不可吗？要知道，这等于是永别啊！"

我坐着，说不出来话，只能默默地诵经祈祷。最后，我站起身来，一阵恐惧涌上心底。

"怎么办？"他看着我问。

"去！"我说，"去向人们宣布吧。一切都会过去，只有真理会永远存在，孩子们长大之后会明白，当年爸爸下定这个伟大的决定时，经历了多少斗争，有多么了不起。"

那天他离开了我的家门时，就好像真的下定了决心。然而之后的两个星期，他仍旧每天都会来找我，每次离开我家的时候颇有要豁出去了的豪情，可第二天晚上再来的时候又是一副不敢前行的模样。最后，我心累了。

我还依稀记得有一天晚上，他义无反顾地来到我的家，慷慨激昂道："我知道，我的天堂马上就要来了。只要我一宣布，它马上就会降临。我已经在地狱里被折磨了十四年。我愿意受苦，也愿意洗心革面开启新人生。人啊，靠着谎言可以在这世上度过一辈子，却追悔莫及。现在，我不敢爱任何人，甚至连爱自己的孩子都做不到。主啊！但愿我的孩子们能理解他们的父亲所受的煎熬，但愿他们未来不会再谴责我！上帝的伟大不在力量，而在真理。"

"人们终将会理解您的壮举"，我告诉他，"虽说此时此刻不见得能理解，但在不远的将来，他们会懂得，您所做的事情乃是为了维护真理，您维护的乃是至高的真理……"

正如我说的那样，不论他是以怎样的状态离开的，等到第二天晚上来到我家里的依旧是那个面色苍白的男人。只是那天情况有些不一样，他突然带着一种恶意的笑容对我说："我每次来到您的房间时，您总是用这种充满了好奇心的眼光上下打量着我，就好像在问我：'您宣布了您的罪行了吗？'请等等，不要轻视我。毕竟，这件事情不是想做就能做到的。我可能压根就做不到……您，不会打算去告发我吧？"

说实话，我不仅没有不明智地用"充满好奇心的眼光上下打量"他,甚至连正眼瞧他一下的胆子都没有。为了他的事情,我痛苦得像是生了一场大病,心里满是泪水,甚至彻夜难眠。

"我刚从妻子那里来,"他接着说,"您可知道'妻子'是什么意思?当我离开家的时候,我的孩子们喊着'爸爸!'他们要我早点回去,去给他们读那本《和孩子一起成长》……您能体会这种感觉吗?您不能。别人的不幸总是比不上自己的教训深刻……"

说着,他双眼中闪烁起光芒,嘴唇开始抽搐,拳头猛然间砸在桌面上,震得桌子上的各种零碎都跳到了空中。我是第一次看到他这样一个温良的人做出此种举动。

"这有必要吗?"他大叫道,"非这么干不可吗?事实上没有任何一个人被判有罪,也没有任何一个人因为我被流放到西伯利亚服苦役,那个仆人是病死的啊!我受了这么多痛苦和折磨,欠下的血债也算是还了吧!再者,就算我说了人们也不会相信啊!我怎么做他们都不会相信!我有必要这么做吗?为了弥补自己欠下的血债,我愿意用一辈子忍受痛苦和折磨,只求不要殃及我的妻儿!我要是把他们也毁了,这合理吗?我不是在犯错吗?真理在哪里?何况,人们真的会相信真理,尊重真理吗?"

"上帝啊!"我想,"这都什么时候了,他怎么还在想着人们会不会尊重真理啊!"

当时我对他十分怜悯,恨自己不能为他做些什么,去分担他灵魂中的痛苦,哪怕是能减轻一点他的痛苦也好。我看着他在我面前像发疯了一样,突然理解了……我不是用脑子想到的，而是用灵魂感受到的，我突然理解了要做出这个决定得付出多么高昂的代价。

"我的命运，交给您了！"

"去宣布吧！"我轻声对他说。

那时候，我的嗓子已经发不出什么声音了，但是我的语气应该非常坚定。我找到一本福音书的俄语译本，翻到《约翰福音》第十二章第二十节指给他看。

"我实实在在地告诉你们：一粒麦子落在地里倘若不死，依旧是一粒；若是死了，就会结出许多子粒。"就在他来之前，我刚刚读到这节。

"的确如此。"他一边说着，一边挤出一抹苦笑。

"是啊！"他长叹一声说，"这种书里面什么都有。把它们往别人鼻子底下一塞太容易了。这些书是谁写的？是人写的吗？"

"是圣灵写的。"我说。

"站着说话不腰疼，"他笑了，但那笑容可恶至极。我再次拿起书，翻到《希伯来书》的第十章第三十一节给他看。

"落在永生神的手里，是可怕的！"

他读罢，直接把书扔到一边，浑身颤抖。

"这句话好可怕！"他说，"没什么好说的了，我接受这两句话了！"他从椅子上站起来，"再见，哦，不对，永别了！我再也不会来找您了……我们天堂里见！自我落在永生神的手里已经过去了十四年，想不到啊，想不到啊，我这十四年竟是落在他的手里。行，明天我就去求他把我放了！"

我本想拥抱他，亲吻他，但我没敢。主要是他的脸已经完全扭曲了，目光也变得涣散和呆滞。就这样，他离开了。

"主啊！"我想着，"他这一走不知道会走向何方！"

我在神像前跪了下来，哭着把我朋友的事情告诉了我们的保护神——圣母。我含着泪祈祷了差不多半个钟头，结束的时候已经是半夜十二点了。突然，我的房门被打开了，我一看，竟然是他走进了我的房间。我蒙了。

"您到哪里去了？"我问他。

"我……我好像忘记了什么东西……让我看看……应该是手帕……算了，就算我什么都没忘，让我坐一会儿，好吗？"

他在椅子上坐下。我站在他面前。

"您也坐下啊！"

于是我坐了下来。接下来的两分钟，我们相互看着对方，突然，他对着我意味深长地笑了一下，然后，他飞速站起来，紧紧抱住我，吻了一下……

"你要记住我去而复返的事情！"他说，"你要记住这一点，听到了吗？"

这是他第一次对我没有用尊称"您"字。之后他离开了。

"看明天了。"我想。

于是事情就这样发生了。我不知道那晚一过就是他的生日。因为，没人会告诉我这些。每年这个时候，他家都要举行一次大型的宴会，全K市有头有脸的人都会出席，依照惯例，今年也是如此。宴会结束，他走到大厅的中央，手里拿着一份文件，说这份文件是一份给上司的报告。由于他的上司也在场，索性，他便把这篇报告的内容大声地向在场的所有宾客朗读了。那封文件中记录的正是自己残忍杀害女人的案情经过。在报告结尾的时候,他说:"作为一个怪物,我把自己排挤出了人类的圈子,但上帝给了我启示,而我把这些启示总结成了这篇忏悔。我甘愿受罚!"

念毕,他当场掏出了自己珍藏了十四年,自认为足以证明自己所言确实的、来自犯罪现场的物证。首先是他为了转移怀疑目标而拿走的死者的金银首饰;其次是从死者脖子上取下的十字架和小照片盒,盒子里的照片乃是被害者的心上人;再次是一个记事本和两封书信,其中一封是她心上人告诉她自己不日将回到K市,第二封则是她的回信,不过只写了一个开头。

他杀了人之后为什么要带走这两封书信呢?他为什么不把这些证据销毁,而是整整保留了十四年呢?

好了,接下来发生的事情,就是意料之中了。满堂宾客无不哗然,尽管众人怀着好奇和惊讶听完了他长长的自白,但没人相信他所言属实,只把他当成了精神疾病发作后的呓语。几天后,K市名流圈里传出来的声音更是坐实了这一点——大家觉得他疯了。警察局和法院决定,此案不予立案调查,虽说他提供的这些证据具有一定的可信度,但是当局认为,单凭它们无法起诉。因为有以下几种可能性的存在:一、这些东西有可能是死者赠予他的;二、这些东西是死者让他代为保管的。毕竟二者是相识。

顺带提一下,我听说后来死者的许多亲友也专程过来鉴定了一下他拿出来的物件,确认是死者的无疑。但此案件注定无结果了。

五天后，这个不可能有结果的故事又多了新的内容。听说，我的那位朋友病倒了，似乎病情很重，已经有不少人开始担心他是否有性命之忧。至于他到底生了什么病，我不知道该怎么解释，据说是心律紊乱。但众所周知的是，在他夫人的坚持下，参加会诊的大夫一致论断，说是病人已经出现了严重的精神分裂现象。虽说有不少人来找我打听，但我守口如瓶，什么都没有说。可是，当我想去拜访他时，却发现自己已经没有入门的资格了，讨厌我的人主要是他的妻子。

"他的病就是您害的！"她对我说："我丈夫本来就沉默阴郁，最近一年来大家都注意到了他举止奇怪，偏偏这个月来您开始给他洗脑，这下可好，您搅乱了他的思想，毁了他……"

中伤我的人不仅仅是他的妻子，K城的人都一样，那些人动不动就指着我的鼻子说："都是您干的好事！"

我继续保持沉默，但我的灵魂感到高兴。因为我明明白白地看到了上帝是如何对一个反对自己、惩罚自己的人表现出了他的仁慈。不过，我始终无法相信他真的精神分裂了。就在他弥留之际，我获准能见他一面，这还是因为他自己嚷嚷着，非要见我一面。我进去一看，就立刻明白了，不要说此人时日无多，就是按小时算也所剩无几了。他非常虚弱，面色蜡黄，喘气无力，但整个人却似乎沐浴在温柔和快乐里。

"我做到了！"他对我说，"我好想见你，你为什么不早点来。"

我没有告诉他是因为有人不愿意让我见他。

"上帝怜悯我，并呼唤我了。我知道我就要完了，这么多年过去了,我第一次感受到了幸福、喜悦和平静。我刚做了该做的事情,马上就感到自己仿佛置身天堂。我终于有资格爱我的妻子,吻我的子女了。人们都不相信我,妻子、法官,甚至孩子都不信。我认为这是上帝对我子女的怜悯。我死后,我的名字在他们心里是干净的。我预感到我就要见到上帝了……我预感到我的灵魂就要去天堂享乐了……我已经履行了我的职责……"

他已经有气无力了,只能紧紧握着我的手,眼神中满是深情地望着我。在我们谈话的过程中,他的妻子时不时地探头进来看看。但他还是想尽办法对我耳语道:"你还记得那天午夜我去而复返吗?我还让你把这件事记住!你知道我为什么要再去找你吗?因为我打算杀了你。"

听到此话,我不禁颤抖起来。

"那天我从你家出来的时候,天已经黑透了。我在街头徘徊了很久,我和自己斗争了很久。突然间,我发现我恨你,那是种无法忍受的恨。我想:'他是我唯一的羁绊,是我良心的法官,我已经逃不过明天的惩罚,因为他什么都知道。'我倒不是害怕你告发我(我从没想过你会),我想的是,如果我不坦白我的罪行,我又怎么有脸面去见你?我觉得,只要你还活着,这世界上就会有一个能审判我罪行的人。越想我便越恨你,就好像你才应该对一切负责。就在这个时候,我决定再去你家一趟,我记得你桌子上有把匕首。于是我到了,我让你坐下,我开始想要不要现在把你杀了。我想了足足一分钟。如果我把你杀了,不论有没有去坦白自己的罪行,这桩新的谋杀案也足够让我身败名裂了。但是,那时候我根本没法想这么深，我也不愿意去想。我就是恨你，我就是想报复你。可在我心中的战场上，上帝战胜了魔鬼。但你要知道，那个时刻就是死神离你最近的时刻。"

一个星期以后，他去世了。全城的人把他的灵柩送到了墓地。本地的大司祭亲自为他哀悼。人们无不慨叹可怕的疾病夺走了他的生命。可就在他下葬以后，全城人都开始针对我，他们甚至已经不欢迎我了。

没错，一开始的时候，只有极少数的人相信他的忏悔是真的，随着时间的推移，相信他坦白的人开始越来越多。于是，好事者从四面八方涌来，没完没了地问我关于他的问题。因为人就是喜欢看到大善人的堕落和他的阴暗面。但是，我选择了沉默，又过了不久我就离开了那座城市。五个月之后，承蒙上帝的关爱，我走上了一条幸福的坦途，在此，我也要感谢上帝那双看不见的手。

至于那位受了很多苦难的上帝的仆人米哈伊尔，迄今为止，我仍会在自己每日的祈祷中提到他。

第三节　佐西马长老的训话和教导（摘要）

（五）论俄罗斯修士及其含义

神父们、朋友们，什么是修士？在那些已经开化了的社会，这个词现在更多被用来嘲讽，甚至在某些人的口中它已经与脏话无异了。这种情况现在越来越严重。确实，确确实实，修士中有不少寄生虫、食肉者、怪物和下三滥。那些受过良好教育的世俗人士会指着他们的鼻子大骂："你们不过就是一群懒惰的废物，你们是靠别人的劳动维生，彻头彻尾的叫花子。"然而修士中也不缺少谦卑温顺、渴望孤独之人，更不缺少那种在孤独之中怀揣着火一样的宗教热情之人。但这一类人已经被那些所谓的知识分子遗忘了。要是我说，未来救赎能不能降临俄国的大地之上，重点在这些修士够不够安分守己，可能人们会觉得诧异。但是事实就是这样的，这些修士们确实在"日复一日，时复一时"地默默为之准备着。现在的他们仍保存着基督那灿烂又没有扭曲的形象，坚守着最纯洁的上帝真理，秉持着自古以来从各路圣人、神父和殉道者那里继承来的伟大传统。必要之时，他们会把这些没有被扭曲的真理拿出来，去和世间已经扭曲了的真理进行对照。这是一个伟大的思想。这颗明星必将从东方升起。

这就是我对修士的看法，这看法难道是错误的？难道太过清高了？看看今天这个世界吧，看看那些正想要把荣耀全揽在自己怀里的世俗之人，他们不是把上帝和他的真理都歪曲了吗？虽说他们有科学，但科学并不能影响感官世界之外的东西。于是在物理世界之外那人性中更高级的存在，即精神世界，被他们否定了。他们是那么憎恨精神世界。他们宣称自由已经到来，尤其是这些年，这种言论甚嚣尘上。可我们从他们的自由中又看到了什么呢？我们只能看到奴役，看到自杀！

因为他们说："有欲望，就要去满足欲望，满足了欲望就应该去拓展最新的欲望！因为你理应和那些大富大贵之人享有同样的权利！不要因为害怕而放弃欲望，要让欲望不断地膨胀！"今日的世界就是这么教导人们的。这也就是当下的价值观了。这种不断扩大欲望的权利又会产生什么后果呢？富有的人会自闭，会在精神世界里自杀；贫穷的人会嫉妒，会在物理世界里谋杀。因为有没有这样的权利是一回事儿，这权利所产生的欲望该去怎么满足又是另一回事。他们宣称世界将会越来越协调一致，因为距离减少了，可以利用天空来传达思想，把人类世界变成一个友好的大家园。哎，这种话不可信啊！他们把自由理解成了不断膨胀和满足自己的欲望，他们这么做只能扭曲自己的秉性。因为这个过程一定会带来各式各样既愚蠢又无聊的奇怪癖好，还会滋生各种既荒唐又可笑的臆想。这样的人活着，无非是为了互相攀比、吃喝玩乐、虚荣纵欲。锦衣玉食、香车宝马、高官厚禄、奴隶成群这些竟被当作了可以为之牺牲生命、荣誉，甚至是骨肉亲情的事业。如果得不到满足，他们甚至会自杀。那些并不是那么富裕的人也是如此。至于穷人们，他们的欲望得不到满足，出于羡慕和嫉妒会借酒消愁，但用不了多久，酒便会被鲜血替代。他们正在被引导着踏上这条路！

我想问你们，这样的人有自由吗？告诉大家，我曾认识过一位"为理想而战的人"，他曾对我说，他在蹲监狱的时候，香烟被没收了，就是这么一件小事折磨得他差点儿出卖了自己的"理想"去赎回自己的烟草。要知道，这位"为理想而战的人"可常常把"我要去为了人类而战斗"这么一句话挂在嘴边的。

这样的人能去哪里？能干出什么事情来？除非是那种速战速决的事情，否则时间一长，就无法坚持下去了。难怪他们不但没能得到自由，反倒被奴役；理想中的博爱没有实现，反倒是陷入了分裂和自我隔离。这些话就是我年轻时的那个老师，也就是我的神秘客人告诉我的。正因为如此，那些为了全人类服务、为了博爱和真理的理想才会在这个世界上慢慢消失，甚至还会招来那些被压迫的人们的嘲笑，因为他们早已经习惯了那种满足欲望、再去创造欲望的死循环，在这种死循环中他又能走向何方？他们处在自我隔离中，整体又与他们有什么干系？总而言之，他们会获得更多的财物，但得到更少的快乐。

修士的道路则完全是另一回事了。虽说这条道路所要求的斋戒和修身正在被越来越多的人耻笑，但确实只有这条道路才是通往真正自由的道路。只有斩断自己对那些不要的、过多的东西的需求，只有克服自己那自私而骄傲的意志，只有服从上帝，才能在他的帮助之下获得实实在在的自由，进而进入长久快乐的精神世界！

让我们来比对一下吧，那些无时无刻不在孤独中挣扎的富人，和我刚刚提到的这些从物欲和死循环中解放出来的人，哪一种人能更好地去宣传伟大的思想并为之服务？有的人总是指着不入世事的修士说："啊，你们这群人天天把自己锁在修道院的高墙里，一心拯救自己的灵魂，忘了要以博爱之心服务人类……"但我们再看看，究竟谁对促进博爱之事更用心？因为自我隔离的不是我们，而是他们，但他们没有看到这一点。

自古以来，有多少民众领袖从我们这里产生，他们凭什么认为从今往后就不会再诞生这样的人物？那些谦虚温柔、恪守戒律清规的修士们有朝一日一定会崛起，然后带领民众走向一条更伟大的道路。俄国能否获得救赎也取决于民众。虽说我们的修道院无时无刻不和老百姓站在一起，可如果他们也自我隔离了的话，我们可真就被锁在了高墙之内了。老百姓要是和我们一样虔诚地信奉上帝，不论那些没有信仰的野心家们拥有多少真心实意，亦不论他们有多少过人的智慧，总之，他们在我们国家都必将失败。这一点，你们一定要记住。人民会碰到无神论者不假，但人民可以战胜他。到那时候，必将有一个统一的正教的俄罗斯。要照顾人民，还要保护好他们的心灵，要对他们潜移默化。这是我们作为修道者的义务，因为俄国人民的心里装着上帝。

（六）论主与仆，以及主与仆能否在精神上成为兄弟

我们必须承认，罪过正在民众之中蔓延，腐化的火焰正在自上而下地侵蚀，一小时比一小时燃得炽烈。民众中也刮起了自我隔离的热潮，农民们开始变得守财如命，敲骨吸髓；商人们开始贪慕虚荣，明明没有受到什么教育还要力图显示自己有教养，为了这个目的贬低古训，甚至把父辈的信仰视为耻辱。他出入的地方是王公贵族的宅邸，可自己不过是被腐蚀了的大老粗。酗酒问题紧随其后：现在人之所以对家庭、妻子甚至还有儿女那么狠心，根源就在酗酒问题上。

我曾经看到过那些在厂里工作的童工，只有十来岁的孩子啊——面黄肌瘦、脊柱弯曲，却已经堕落了。在那些上帝看不见的地方，也就是在机器轰鸣又闷热的工厂车间里面，你听听那些不断工作的孩子们口中吐出的，全都是污言秽语；孩子们灌进嘴里的却全都是酒，各种各样的酒。想一想，如此幼小的孩子们的生活所需难道是这些？不！他们需要的是阳光，是玩耍，是随处可见的好榜样，还有爱，哪怕少得只有一点。修士们，这种情况难道不是不应该发生的吗？修士们，快站起来，去到处宣讲，孩子们不该受到如此摧残。

但是，上帝将拯救俄国，因为虽说我们的平民百姓堕落了，他们无法摆脱这恶臭的罪恶行径，可毕竟他们知道自己的恶行是上帝不能容忍的，知道自己是有罪的。所以说，我们的民众相信真理，尊崇上帝，眼泪是虔诚的。

可那些上等人不是这样。那些遵从科学的人，他们单单想靠理性去确立公正的秩序，他们眼中已经没有基督了。既然如此，他们也就可以宣布，你们眼中的罪又从何谈起呢？这些话要是按照他们的理解就是正确的：心里没有上帝，哪里还有什么罪呢？在欧洲，老百姓们已经用武力反抗富人们了，民众的头领带领着他们到处搞流血的革命，与此同时，他还教导他们："你们的愤怒是正当的！"但他们的愤怒应该遭到诅咒，因为它过于残酷。耶和华已经多次拯救了俄罗斯，这次也必将如此。救赎一定来自百姓，来自民众的信仰和服从。

神父们，朋友们，我们要去保护民众的信仰，这不是空想。我们伟大的人民让我这一辈子都为之赞叹，他们的尊严是如此的宏大和真实，那也是我看到的真正的尊严，我能证明的！尽管我们的民众仍有许多恶习，尽管他们看上去一贫如洗，可他们没有奴相，这一点在经历过整整两个世纪的奴隶制度之后难能可贵。他们不修边幅，举止粗鲁，但毫无傲慢之心；他们报复心不强，嫉妒心也不强。

"你很高贵，你很有钱，你又聪明又有才——愿上帝保佑你。我敬重你，但我知道我也是人。我敬重你，而不是嫉妒你。从而我在你面前也能显示我的尊严。"

的确，即使他们没有这样说（因为现在的他们还不知道怎么样说），他们也是这么做的。这是我的亲眼所见，也是我的亲身体会。不知道你们信不信，我们俄罗斯人中那些越是贫穷的，越是地位低下的，他们身上这种朴实无华的真理就越多。这是因为我们老百姓中的那些守财奴和吸血鬼都堕落了，而他们的堕落与我们而言在很大程度上脱不了干系。但上帝必将拯救自己的人民，因为俄罗斯最伟大的地方就是他的谦卑！

我梦想看见，而且我似乎已经清楚地看到了我们的未来。未来一定会是这样的，即便那些最堕落的富人也会因为自己的财富而感到愧对穷人，我们的穷人们看到他们的恭顺和谦卑之后，也一定会谅解他们，一定会为他们让步，还会对他们的愧疚感表示敬意。请你们相信，最终这一切都会是这样的！只有在精神世界里人的尊严才有平等可言，这个道理现在只有我们这里能够理解，只有我们能做到四海之内皆兄弟，也只有成了兄弟才能谈兄弟情谊，才能谈兄弟分家。只要我们心存基督，基督的形象定将如最珍贵的钻石，用它的光芒闪耀世界!

一定会这样的,一定会这样的!

神父们,朋友们,我遇到过一件非常感动的事情。在流浪募捐的时候,我曾去了K城,在那里我见到了我的勤务兵阿特纳修斯。当时距离我们两个分手已经整整过去了八年。他是在集市上偶然遇到我的,认出了我。他跑到我身边,说:"长官大人,上帝啊!是您吗?难道我看到的人真的是您?"

他带我到了他家。那时候他已经退役了,有了自己的家,还有了两个小婴儿。他当时和妻子在市场上摆摊谋生。他家不大,屋子很小,十分简陋,但是非常干净,也很温馨。他让我坐下,然后支起茶炊,唤了个人让他去把妻子叫回来。我的到来让他高兴得像是过节一样。他把两个孩子带到我面前,要我给他们赐福。

"我没有资格赐福,"我回答说,"我不过是一个普通、谦逊的修士,我会替他们向上帝祈祷。但你,阿法纳西·巴甫洛维奇,从那天开始,我每天都为你向上帝祈祷。因为这一切从你开始。"

于是我尽可能地向他一五一十地解释事情的来龙去脉。他看着我,以一种"这一切真的是无法想象"的眼神盯着我,我,过去的军官,他曾经的主人,竟然以这种形式,身穿着这种衣服出现在了他的面前。他甚至哭了。

我问他:"你哭什么,我的朋友?你应该为我感到开心,因为我走上了一条光明和幸福的道路。"

他没有说话,只是叹息,感动地冲着我摇头。

他问我:"您的家产呢?"

"我把它们捐给修道院了,我们吃大锅饭。"

喝完茶之后,我开始对他们说再见。他往我手里塞了半个卢布,说这是给修道院的捐赠,然后又给了我半个卢布,说:"您出门在外,多少用得上,长官!"

我收下了他的半个卢布,向他们夫妇行了礼,满心欢喜地离去。我想:"现在我们两个——他在自己家里,我在我的路上——应该都在感叹命运,应该都在一边带着微笑满心欢喜地摇摇头,一边回想起上帝给我安排的这次相遇。"

从那之后,我再也没见到过他。当初我是他的主人,他是我的仆人。可如今,当我满心感激地和他亲吻相拥之时,我们之间突然产生了一种奇妙的共鸣,这种共鸣就是人与人的认同。谈到这种认同,我想了很多很多,现在我是这么认为的:总是会有这么一天,就在我们伟大的俄罗斯,人与人之间都会有这种伟大却又朴实的认同。这样的日子难道就这么不可思议吗?我深信它会发生,不但如此,它已经临近。

说到仆人的问题,我还想补充一些:以前,我年轻时,我对仆人们没少发脾气。我抱怨过阿姨做的菜火候太过,也抱怨过勤务兵没把衣服刷干净,但我亲爱的兄长对我说过的话就像是一阵光突然照亮了我。在我小时候,他曾经说过:"凭什么所有人都要过来伺候我?难道就是因为他们贫穷、没有受过教育?难道凭此我就可以对他们指手画脚?"这道理是如此显而易见,如此简单朴素,可我还是想不通,为什么它要隔那么久才在我脑子里重新浮现。

世界上没有仆人是不可能的,但是做主人的也应该尽可能地去让仆人在精神上感受到自由,甚至比他不做仆人时更加自由。为什么我不能伺候我的仆人,并且做到,当他瞧见我在伺候他的时候(我肯定没有骄矜之色),不会感受到难以置信?为什么我的仆人不能像我的亲人一样,能让我把他当成家人一样,感受到满心欢喜?这些事情在现在就是可行的。而且,做到这一点对人类社会有巨大裨益,这可能成为未来人类永恒团结的基础。我想,到了那个时候,人们就不再会殚精竭虑地想着该如何让自己的仆人好好伺候自己,也不会日思夜想如何把别人变成仆人。恰恰相反,人们会想尽办法做到福音书中教导的话,即让自己成为所有人的仆人。

到那时,每个人都会得到真正的幸福和快乐,那是乐善好施、诲人不倦才能带来的快乐,而不是现在这种残酷的快乐——吃喝玩乐、目空一切、自卖自夸和永恒不断的嫉妒。我坚信这不是空想,而且我相信这一天已经不会遥远了。有人会问:那么,这一天究竟何时到来?你看现在的情况像是会有那一天的样子吗?我的看法是,在上帝的帮助下,我们会完成这项伟大的事业。在当今的世界上,有太多在人类历史上,甚至是十年之前无法想象的事情,在时机成熟时突然发生,然后席卷全球。我们也将如此,我们的民众也会向世界发光。到那时候人们都会说:"没想到这块被丢弃的石头成了一块基石。"

我真的想去问那些嘲笑我们的人:"如果你们说我们的观点都是空想,那么你们什么时候才能搬到自己建造的大楼里?并且不倚靠基督建立起的公正秩序,只靠自己的头脑。"

如果他们断言并非如此,说他们正是走在世界大同的道路上,那么只有他们中最天真的人才会信。单论空想,他们的本事确实比我们强。他们想要在剔除了基督的情况下建立公正的社会秩序,但这样做的结果只会把世界淹没在血泊里,因为能还血债的只有血债,抽刀者亦必将死在刀下。当初若非基督的应许,人们一定会不断地自相残杀,一直杀到这世界上只剩下两个人为止。而这两个杀人如麻的人因为傲慢不会制止彼此,所以,结果只能是倒数第一个死的人先杀掉倒数第二个死的,再自杀。要不是基督真的许诺了人们,帮助那些想要安分守己的人解决人类的自相残杀,那么,我刚刚说的事情,便已经成为事实。在那次决斗之后,我还穿着军装在那些上等人的圈子里谈起过我对仆人的观点,我记的当时人人都以诧异的眼光看着我,说:"难道我们要把仆人请到沙发上,自己给他送茶?"

那时我回答了他们:"为什么不呢?偶尔一次也不是不可以嘛!"

听到我的回答,他们都笑了。他们问得轻率,我的回答也含糊。不过我认为我说的话里也包含了一些真理。

(七)论祈祷、爱以及和别的世界的接触

年轻人,不要忘记你的祈祷。你的每一次祷告如果都是发自真心的,就必定能从其中产生新的感受,这些新的感受又必定会产生新的想法。这些想法绝对是你之前还不知道的,它会让你重新振奋。你会懂得,祈祷乃是一种教育。你必须要记住的是,每天只要一有时间就要反复默诵:"主啊!请怜悯刚才来到你面前的所有人吧！"因为，在这个星球之上每时每刻都有数不胜数的灵魂离开人世，去见上帝。这其中又有多少人是在悲伤之中，在无人知晓的情况之下离开人世，又有多少人根本没有人为他们哀悼，甚至没有人曾经知晓他们？而你的祷告会从我们的世界飞到另一边，飞到上帝耳畔，以求让他们的亡魂得到安宁。即便你根本不认识他，他也不认识你。想象一下，一个人的灵魂战战兢兢地来到上帝的面前，若是知晓了你的祈祷，感受到了自己正在被一个完全不认识的人深爱着，他该多么幸福和快乐。到那时，上帝必将对你们两个人都另眼相看，因为既然连你都能去怜悯这种陌生人，那么比你仁慈得多、博爱得多的上帝也必将更爱他。甚至，因为你的缘故，去宽恕他。

兄弟们，不要害怕人的罪过：爱一个人和他有没有罪并无关系。因为，只有这种爱才是最能接近上帝的爱，上帝他无私地爱着尘世中的每一个人，这是最高的爱。要爱上帝创造的一切，哪怕小到一粒沙粒。要爱每一片叶子，要爱每一道上帝之光，要爱动物，爱植物，爱一切。如果你能爱万物，那你必能从万物种领悟到上帝的奥秘。一旦你有所领悟，那么你将不知疲倦地学习那从四面八方涌来的知识，你的领悟也会越来越深。最后，你会爱上整个世界，那就是最完整的爱，普世的爱。要爱动物，因为上帝给予了它们思维的雏形，还赐予了它们不受打扰的喜悦。不要去阻碍这种喜悦，不要去虐待它们，也不要去剥夺它们的喜悦，因为这是上帝的意图。人，绝对不要凌驾于动物之上，它们是无罪的。而你自觉着自己伟大，可你整个人的出现就如同大地的身上长了个脓疮一样，你走到哪里，那恶心的脓液就会跟你到哪里。可惜啊，我们几乎人人如此！要爱孩童，要给他们特别的爱，因为他们也是无罪的，就像天使一样。这些孩子出生的目的就是去安抚、指导、净化我们的心。伤害孩子的人必将遭到报应！爱儿童这件事情，是我从安菲姆神父那里学到的。当时我们正在流浪募捐的路上，这位不愿意说话的老好人，常常用乞讨来的戈比去买些姜饼和糖果，看到路过的孩子们就分给他们。他只要看到孩子，就忍不住心动，他就是这样。

有时候你会因为突然出现的一种想法感到困惑，尤其是当你看到人们的罪过的时候，你一定会问自己："我应该用力量克制，还是用仁爱之心去接受他？"这个时候，你一定要选择仁爱。要下定决心，一定要下定决心。如果真的做到了，你就能征服整个世界。仁爱是一种惊天动地的力量，是一种不可阻挡的力量，是一切伟大之力中最强大的力量。每时每刻，都要留意观察自己，一定要让自己的形象时时刻刻保持良好。打个比方吧，就在你生气的时候，在你骂骂咧咧，满嘴脏话，灵魂都被愤怒侵蚀到底的时候，有一个孩子从你身边路过，你没有注意到他，而他却注意到了你。想想吧，你那既丑陋又粗俗的形象也许在他的心中种下了一颗坏种子，这样的种子可能会长出恶果，而这一切的原因都可以归结到你当时在那孩子面前的不检点，归结到你没有那颗不可撼动的爱心。兄弟们，爱是老师，但是你也需要费点劲才能把这个老师领进门，爱是不容易拥有的，你需要付出昂贵的代价，经过很长的时间做大量工作。因为我们想要的爱不是一时一事的爱，而是一种贯穿终生的爱。所谓一时一事的爱每个人都能做到，恶人也可以做到。

我年轻的兄长请求小鸟的宽恕，这种行为看似十分荒谬，实则非也，它是对的。因为，一切都好比海洋，一切都在流动中不断碰撞，你在世界这一端轻轻一拍，在世界那一端也会产生影响。即便向小鸟请求宽恕像是疯子的行为，但只要你比原来的你更好，哪怕只好了一点点，那么小鸟就会更开心。同样地，那些看见你路过的孩子，以及在你附近出现的动物，也都能受到好的影响。哪怕这种影响小得就像一滴水。正如我说的那样，一切都像海洋。在无所不包的爱的驱使之下，你会进入某种狂喜的状态之中，小鸟会成为你祈祷的对象，它会宽恕你的罪过。要珍惜这种喜悦，无论它看起来是多么荒谬。

我的朋友们，要请求上帝给予你们快乐。要像孩子、小鸟一样快乐，不要让人们犯罪时的困惑动摇你们的事业心，不要担心人们的罪过会损害你们的事业，不要说什么"人心不古，邪恶势力是如此的强大，如此的难以撼动，而我们势单力薄，邪恶终究会让我们一事无成"。孩子们，千万不要这样灰心丧气！救赎只有一种，那就是下定决心承担人们的一切罪恶！朋友们，事实就是这个样子的，如果你真心实意地揽下人们的罪责，你就会立马发现，事实确实如此，所有的罪过都应该由你负责。这可以让你自己摆脱懒惰和对人的无能为力，还能摆脱自己将要认贼作父、同撒旦沆瀣一气的事实；还能避免自己去对上帝发牢骚。

至于撒旦的傲慢，我是这么认为的：我们在尘世之中很难搞清楚一切事情的本质，因此我们会很轻易地陷入错误的泥沼之中，很轻易与错误之人结伴而行，还以为自己正在做什么惊天动地的大事。在我们的本性之中还存在着很多强烈的冲动和感受，目前这世界上还有很多事情我们没能弄清楚，所以不要受它的诱惑，也不要觉得这种冲动和感受能为你找到开脱的借口，要知道，永恒的法官只向你追究你认知范围之内的事情，对你理解不了的事情是不会纠缠的。

这一点你自己也会相信的。因为，只有到了那个时候，你才能正确地看到这世界的一切，自然而然也就没有什么可争论的了。确实，我们是在这个世界上游荡徘徊，可如果我们面前没有珍贵的基督形象，那么我们要么会迷失，要么会走向灭亡，就像在大洪水时代那样的人类一样。上帝把这世界上的很多东西对我们隐藏了，但也给了我们一种补偿，这种补偿是一种神秘又珍贵的感觉，顺着这种感觉，我们能与那个比我们更高的世界建立联系，保持联系，再者说了，我们是人，我们的思想根本不会在尘世间扎根。这也就是为什么哲学家们都说，不可能在尘世中把握事物的本质。

上帝从别的世界取来种子，播撒在地面上，并用此培育他的花园。你看，所有能发芽的东西不都萌芽了吗？但是这些栽培的花朵之所以能活着，全靠它们感觉到了自己正在和一个神秘的世界保持着联系。如果你身上的这种感觉开始变得迟钝，变得虚弱，那证明那棵种在你身上的植物就会死去。到了那时，你会对生活变得漠不关心，甚至开始讨厌它。

我就是这么认为的。

（八）能为同类当法官吗？论一以贯之的信仰

要特别记住，你不能成为任何人的法官。要知道在这个星球上没有任何刑事法官，除非有位法官认识到，站在他面前的受审之人和他没有任何区别，他所犯下的罪和那受审之人是一模一样的，而且法官本人也应该是第一个为受审之人的罪行负责的人。只有明白了这个道理，他才有可能成为法官。确实，这看起来很疯狂，但事实就是如此。因为如果你公正廉明，那么也就没有罪犯在你面前受审了。一个罪犯在你面前接受了心的审判，你必将承担他的罪责，必将自己代他受罚，并不加指责地把他放了。

即便法律本身要求你成为他的法官，你也要在尽可能的范围之内依照这条原则行事，因为在他获释之后，他自己内心所受的惩罚要比你判决给他的严厉得多。倘若在他临走前，你吻了他，而他依旧麻木，甚至还要对你的行为放声大笑，你也不要因此感到困惑，这意味着他真正受罪的时间还没有到，但总是会到的。时间不到，也无所谓的。即便他没有受到惩罚，也必将有人取代他的位置替他受罪，他将谴责自己，责备自己，真理是损补盈亏的。相信这一点，一定要相信这一点。因为圣者的希望都在于此。

要坚持不懈！如果入睡前想起自己还有事情没有做，别睡了，立刻起床干！如果自己觉得做某件事情需要诸多必要的条件，别想了，立刻站起来干！如果你周围的人全都麻木不仁，根本不听你的，你就赶紧跪下去，请求他的宽恕！如果他们听不进去，那就是你的过错，这证明你工作没有做到位！如果那些铁石心肠的人不愿意和你说话，你就去伺候他，感化他，要毕恭毕敬，永远不要丧失希望。如果所有人都离开了你，都用武力驱逐你，那么，当就剩下你一个人的时候，你就要跪下来去亲吻大地，去用你的眼泪滋润土地。大地会从你的泪水中结出果实来。即便在孤独与凄惨中可能没有人能听到你的声音，也没有人能看到你的身影，你也要相信，一生相信，就算是这世界上的所有人都误入歧途，你也要保持忠诚，你也要供奉和赞美上帝。假若这世间还有一个和你一样的人，你们两个定会结合在一起，那就是世界，一个充满了活力和爱的世界。你们要在爱的拥抱之余，去彼此谈论上帝，温柔地谈论。因为，哪怕就只剩下你们两个，他的真理也得到了体现。

如果你自己犯了罪，一直到死都会因你犯下了罪而自责懊恼，那么你也要为了他人的一生正直而感到高兴。因为虽说你犯了罪，但好在除了你之外都是义人，这是好事。

如果人们的恶行已经彻底激怒了你，让你心中的悲愤无法遏制，让你对恶人充满了仇恨，我告诉你，这种想法是不应该的。如果这样的事情真的发生了，你要做的事情是立马给自己找苦头吃，就像人们的这桩恶行应该由你负责一样。你要接受这种惩罚，要熬过这些苦难，你心中的怒火才会熄灭，你才会明白，自己也是有罪的。因为你作为那唯一无罪的人，有责任和义务确保这样的罪行不要发生，你本来能用你的光芒去照耀他们，但你没有发光。如果你真的这样做了，你的光还会照亮别人的路，那些作恶之人有了你的光芒指路，还怎么可能会作恶。

也有这样的可能,即便你发光了,发现人们还是不能靠着你的光芒获救,这时候你也必须坚定信念,不要怀疑天国之光的力量。要相信,确实有人还没有得到救赎,但是他们迟早会得到的。纵然也有可能他们终其一生也不能获得救赎,但他们的后代会获得救赎的。因为,你的光是不会湮灭的,哪怕在你死后也不会熄灭。义人身死,其光永存。人们总是在救赎者死后才能得到救赎。一方面,人们容不得先知,对他进行迫害;可是另一方面,人们又爱他,也会怀念那些被他们活活折磨死的人。你是为全人类工作的,你是为未来效力的。永远不要去追求什么奖赏,因为你在这个世界上得到的奖赏已经是最丰厚的了,那是一种直击灵魂的喜悦,一种只有贤人义士才能感受到的喜悦。不要害怕权贵,不要惧怕强者,但一定要成为智者,一定要永远仁慈。要明白措施,要因地制宜,这一点必须要学会。独自待着的时候就祈祷。记着,爱就在大地上,要去吻她,要去不知疲倦地吻她!要去爱,去爱每个人,去爱一切,去寻求这种狂喜,去追求这种狂热。要用喜悦和爱的眼泪浸润大地,要爱你的眼泪。不要为陷入这种迷狂的感觉而感到羞耻,要直接面对它们,珍惜它们。因为,那是上帝给予你的赏赐,这可是伟大的恩赐,而被上帝选中的人并不多。

(九)论地狱和地狱之火,以及神秘论

神父们,朋友们,有时候我在想:"什么是地狱?"

我认为，所谓地狱就是要去"遭受无法再爱的痛苦"。在不能用时间和空间去衡量的、无穷无尽的存在中，某个具有灵魂的生命体自被创造之时就被赋予了一种能力，这种能力就是："我存在且我能爱。"这种一瞬间的积极的、热烈的爱只给了一次，仅有一次。就是为了这个，才赋予了这灵体人间的生命，而连生命一起赋予的，还有时间。但结果又如何呢？这个承载了灵魂的生命体，拒绝了这份快乐，把那无价的赏赐脚踏于地，不欣赏它，不喜欢它，甚至对它充满了嘲讽。这样的人离开人世之后，就像那些写了财主和拉撒路的寓言告诉我们的那样，他也看到了亚伯拉罕的怀抱，也会跟亚伯拉罕交谈，他远远地望得见天堂，可以登上天去见上帝，可他受苦的原因正是这里：他要去见上帝了，可他却从未爱过任何人，他将会与那些爱过别人的人接触，自己却曾对他们的爱不屑一顾。他清楚地看到，并对自己说："如今我知道了，我也渴望去爱，但我的爱已经没有意义了，也无所谓奉献了。因为我在地上的生命已经结束，亚伯拉罕也不会过来为我洒上一滴活命的水（也就是说，再次有了人间生命的恩赐）来解我的渴。当初，我还在人世的时候并不在乎这种爱，可现在对这种爱的渴求就像火一般，在我胸膛之中燃烧，可我已经不再有机会回到人世间了，也不再有时间去爱了。我多想为了别人献出我的生命啊，可是已经不可能了。因为我如今的生命和那条曾无比鲜活的生命之间隔着深不见底的深渊。"

人们谈到地狱之火时，往往会把它看成物质的火焰，我没有研究过这个奥秘，不敢妄下论断。但是我认为，倘若那的确是物质的火焰，应该觉得高兴。我曾经这样想过：在物质的苦难中，人们至少可以暂时遗忘更可怕的精神痛苦，而精神上的痛苦是不可解除的，因为这不是外在的折磨所带来的疼痛，痛的根源在他们的内心。即便存在可以解除这种痛苦的可能性，我想他们也只会更加不幸。因为天堂里的义人们远远地望着他们受苦，即便能给予他们宽恕，以无尽的爱的名义把他们唤到极乐天国，那也只能增加他们的痛苦，因为此举无疑是在为他们火上浇油，毕竟他们渴望的是自己能再有一次机会去用爱来报答那些爱他们的人，而这种爱却再也不可能了。

不过，我还是想斗胆说说自己的想法。我认为他们要是真的意识到了这种"不可能"，也未尝不是一件好事，对他们来说这种意识未尝不会带来安慰。因为他们接受了好人的爱，却不再有机会回馈，那么由于这种无可奈何和自责，他们终会找到以前在人世间所忽视的那种积极的爱的某种表现方式，从而做出类似这种爱的行为……我很抱歉，兄弟们，朋友们，我不知道该怎样才能把它说清楚，但是对于那些还在人世就自我毁灭的人来说，实在是太不应该。我认为，没有任何人能比他们更不幸了。就连我们都被告知，为这种人祈祷是一种罪过；就连我们的教会都在公开斥责他们。但我打从心底认为，还是可以为他们祈祷的。基督是不会对爱发脾气的。我这一生之中，曾无数次为他们在心中祈祷，神父们，朋友们，直到如今我还在为他们祈祷。

哦，有些人即便是到了地狱还是那样嚣张跋扈，尽管他们已经有所认识，并且察觉了无可辩驳的真理；还有些人比他们还可怕，他们加入了撒旦的大军，完全接受了魔鬼和他那嚣张跋扈的精神。对于这些人来说，地狱是他们自愿来的，地狱是他们的所欲所求。他们是自己跑到地狱里来受苦的。因为他们诅咒了上帝，诅咒了生活，实际上等同于他们诅咒了自己。这样的人以邪恶的自负为生，就像沙漠中的饿汉般痛饮自己的血、啃食自己的肉，永远贪得无厌，拒绝宽恕，向召唤他们的上帝发出诅咒。他们永远仇恨上帝，他们没有办法接受上帝是生命的始祖，要求上帝毁灭自己和他所创造的一切。这样的人将永远活在自己燃起的那把愤怒之火里，永远渴望死亡和虚无，然而他们死不了……

至此，阿列克谢·费尧多罗维奇·卡拉马佐夫的手稿结束了。笔者在此谨向诸位读者言明：他的手稿不全，内容凌乱。传记部分只包括了长老青年时代的早期；长老的训言部分更像是他的见解和教诲的杂糅。显然，这些话是在不同时期说的，说话的动机也不尽相同。如果非要把阿列克谢·费尧多罗维奇笔下所记录的，和长老在生命结束前的几个小时里的话，进行对比，只能说，他的记录只能概括那次谈话的大意和话题背后的精神。

长老的去世最后完全出乎意料。原因是这样的，虽然那晚聚集在他身边的人都清楚长老已经快要离去，却没人想到他的死亡是如此的突如其来。就如笔者在上文中向诸位读者提到的那般，在他朋友们的眼中，那晚的他充满能量，精神开朗，侃侃而谈，言谈举止中还能感受到长老的身体已经有了明显的好转，至少短时间内是这样。据事后在场的人所言，哪怕就在他死前的五分钟，也一点都没看出来任何迹象。大家无不惊诧地回忆起当时的场景，长老忽然觉得胸口一阵剧痛，接着他面色变得煞白,双手紧紧捂在胸口。大家纷纷站起,急忙走到他的身边,但他只是含笑看着大家,虽说那眼神之中充满了痛苦。接着,他从扶手椅上缓缓站起,双脚站稳之后轻轻地跪下,然后张开双臂,在热烈的祈祷声中亲吻大地(就如他所教导的那样)。接着,在安静与祥和中,他把自己的灵魂交给了上帝。

长老的死讯不胫而走,首先在修道院里传开了。那些与死者最亲近的人和那些职责所在的人开始按照最古老的礼仪为了长老整理仪容,其余修士则是奉命集合在修道院的礼拜堂内。如后来大家所传言的那样,天还没亮,消息就已经传到了城里。第二天早上,几乎整座城市都在议论此事,无数信男善女涌进修道院内。至于之后发生的事情,我会在本书的下半部分去讨论,不过在此我还是要卖个关子:又过了不到一天,发生了一件出乎所有人意料的事情,根据修道院内部和城里人的反应来看,这件事情应当是奇怪至极,扑朔迷离,以至于在这么多年以后,我们城里的人回想起那段令人不安的记忆,仍然记忆犹新……

卡拉马佐夫兄弟

下

Братъя Карамазовы

[俄] 陀思妥耶夫斯基 著
张伯埙 译

北京理工大学出版社
BEIJING INSTITUTE OF TECHNOLOGY PRESS

版权专有 侵权必究

图书在版编目（CIP）数据

卡拉马佐夫兄弟. 下 / (俄罗斯) 陀思妥耶夫斯基著；张伯埙译. -- 北京：北京理工大学出版社，2023.3
（一俄尺的理想地：陀思妥耶夫斯基罪与罚三部曲）
ISBN 978-7-5763-1996-5

Ⅰ.①卡… Ⅱ.①陀…②张… Ⅲ.①长篇小说—俄罗斯—近代 Ⅳ.①I512.44

中国国家版本馆CIP数据核字（2023）第003924号

出版发行 / 北京理工大学出版社有限责任公司
社　　址 / 北京市海淀区中关村南大街5号
邮　　编 / 100081
电　　话 / (010)68914775（总编室）
　　　　　 (010)82562903（教材售后服务热线）
　　　　　 (010)68944723（其他图书服务热线）
网　　址 / http://www.bitpress.com.cn
经　　销 / 全国各地新华书店
印　　刷 / 三河市金元印装有限公司
开　　本 / 880毫米 × 1230毫米　1/32
印　　张 / 20　　　　　　　　　　　　　　责任编辑 / 申玉琴
字　　数 / 480千字　　　　　　　　　　　 文案编辑 / 申玉琴
版　　次 / 2023年3月第1版　2023年3月第1次印刷　责任校对 / 周瑞红
定　　价 / 399.00元（全4册）　　　　　　　 责任印制 / 施胜娟

图书出现印装质量问题，请拨打售后服务热线，本社负责调换

目录 CONTENTS

第三卷

第七章　阿廖莎

- 482　第一节　空气中的腐臭
- 496　第二节　关键时刻
- 504　第三节　洋葱
- 528　第四节　加利利的迦拿

第八章　米佳

- 535　第一节　库兹马·萨姆索诺夫
- 548　第二节　黑背
- 558　第三节　金矿
- 572　第四节　黑暗中
- 580　第五节　突然的决定
- 601　第六节　我来啦！
- 612　第七节　先到先得，无可争议
- 635　第八节　狂欢时间到！

CONTENTS 目录

第九章　预审

655　第一节　别尔霍津仕途的开端
662　第二节　焦虑
669　第三节　灵魂的煎熬——第一次磨难
680　第四节　第二次磨难
688　第五节　第三次磨难
703　第六节　检察官抓住了米佳
712　第七节　米佳的大秘密。嘘声一片
726　第八节　证人的证言。孩子
737　第九节　他们押走了米佳

第四卷

第十章　孩子们

744　第一节　郭立亚·克拉索特金
750　第二节　小不点
757　第三节　小同学
768　第四节　儒奇卡

目录 CONTENTS

777　第五节　在伊柳沙的病榻前
798　第六节　早熟
807　第七节　伊柳沙

第十一章　伊万

813　第一节　在格露莘卡家
824　第二节　一只病足
837　第三节　小恶魔
845　第四节　赞美诗和秘密
863　第五节　不是你！不是你！
871　第六节　与斯乜尔加科夫的第一次谈话
883　第七节　与斯乜尔加科夫的第二次谈话
895　第八节　第三次，与斯乜尔加科夫的最后一次谈话
915　第九节　魔鬼。伊万·费尧多罗维奇的噩梦

CONTENTS 目录

940　第十节　这是他说的

第十二章　司法错误

948　第一节　生死攸关之日

955　第二节　危险的证人

967　第三节　医学鉴定和一磅榛子

973　第四节　幸运女神对米佳微笑

984　第五节　突如其来的灾难

995　第六节　检察官的演讲。人物
　　　　　　述评

1006　第七节　历史概述

1012　第八节　对斯乜尔加科夫的分析

1025　第九节　检察官的演讲结尾

1040　第十节　辩护人的演讲，双刃剑

1045　第十一节　三千卢布和盗窃案？
　　　　　　　不存在！

1053　第十二节　杀人？不存在！

1064　第十三节　巧舌如簧的辩护人

目录 CONTENTS

1073　第十四节　乡下人有自己的看法

尾　章

1082　第一节　拯救米佳的计划
1088　第二节　一瞬间谎言也变成了真相
1098　第三节　伊柳沙的葬礼。巨石旁的演讲

第 三 卷

第七章　阿廖莎

第一节　空气中的腐臭

佐西马长老的遗体按教规做下葬准备。人人皆知，教士和苦修者在下葬前不会沐浴净身。《圣礼全书》中说："如有教士奉召前往觐见上帝，由司职修士（即专门从事这件事情的修士）用温水将死者遗体擦拭干净（用海绵擦拭），并在死者额上、胸前、四肢和膝部画十字架。"这一切都由佩西神父亲自动手。擦拭干净后，佩西神父为他穿上了修士服，并依照传统将修士服剪开一些，以便把遗体裹成十字形状。他亲自把一顶饰有八角形十字架的帽子扣在了佐西马长老的头上，敞开了帽斗，然后用黑纱盖住了他的脸，在他手里放了一尊救世主圣像。

清晨，长老的遗体被人放进了早已备好的棺木里。人们打算将长老的灵柩停放在他的修道室（也就是长老接待修士和世俗来客的那间房子）一天。由于死者的神职是司祭，得由司祭修士和辅祭修士为他诵经，且不能诵读《诗篇》①，只能诵读《新约》中的福音书。在安魂弥撒之后，约西甫神父开始为长老诵读福音书。佩西神父表示自己之后可以再诵读一天一夜，但他现在和修道院院长忙得不可开交，因为突

---

①《圣经旧约》的组成部分。

然出现了一个奇怪的现象：在修道院的修士中，还有那些从城里的四面八方涌来的人群之中，一种急不可耐、近乎骚动的情绪正在高涨，修道院院长和佩西神父不得不尽力安抚躁动的人群。

等到天亮时，已经有不计可数的人从城里来到修道院内，黑压压的人群中不少都是病人，其中不乏患病的儿童。他们是被家属带来的，似乎专门在等待着这个时刻，期望看到长老的遗体能有包治百病的神效，并且深信这种神效即将出现。直到这个时候才发现，本地人在长老去世之前，就已经将他视为不可置疑的圣贤。而且，人群之中不止有下层平民。

信徒们的期盼是如此强烈、坦率和急切，以至于他们的举手投足之间已有要求之意。佩西神父认为这不成体统。尽管他有所预料，但事态的发展还是超出了他的预期，甚至有些修士也开始骚动了起来。这直接惹怒了佩西神父，他不得不谴责修士们："对神迹降临的渴望如此不加掩饰，俗人轻浮尚可理解，你我是修士，不该如此。"

但鲜有人听他的。佩西神父不安地意识到，尽管自己将人们急不可待的期望视作为轻浮之举，但实际上，在自己内心深处，也有和旁人相同的期待，这是他无法否认的事实。尽管如此，周遭的人们还是引起了佩西神父的反感（根据他事后的忏悔），他的某些直觉还使他变得多疑起来，比如说：他在长老的修道室里看到了人群中的拉基津和那位远方来的修士（此时此刻，那位修士还没有离开修道院），佩西神父不知道为什么认为二人形迹可疑，尽管值得怀疑的不止这二人。那位从鄂毕多尔斯克来的修士在骚动的人群中显得特别忙碌，似乎到了哪里都能看见他打探消息和与人窃窃私语的踪影。没过多久，他脸上的表情就开始不耐烦了，好像是因为等不及了那众人所盼的神迹而恼火。

至于拉基津，后来才得知，他这么早就出现在了修道院是受了霍赫拉科娃太太之命。那位心地善良却缺乏主见的女士醒来后听到长老魂归天堂的噩耗，恨不能插翅赶来，但她进不了修道室，就只能打发拉基津代替自己前来，并要求拉基津书面记录所发生的一切，每半个小时报告一次。她把拉基津看成了笃信上帝的实诚小伙儿，然而，实际上并非如此，拉基津最擅长投人所好，前提是他能从对方身上获得哪怕一点点好处。

这一天天朗气清，修道院附近的墓地里满是从四面八方云集而来的信徒，最拥挤的地方是修道院的礼拜堂附近，因为那里墓地最多。佩西神父在修道院附近四处走动，忽然想起自己很久没有看到阿廖莎了，起码自昨夜起就不曾见过。正想着，佩西神父便在修道院最靠近围墙的一个偏僻角落发现了阿廖莎。此刻，阿廖莎坐在一块墓碑之上，葬在那里的人是一个去世很久、曾经远近闻名的圣贤。

阿廖莎背对着修道院，面朝围墙，好像故意躲在墓碑后。佩西神父走过去，发现阿廖莎正双手捂面、止不住地无声抽泣，看得出来，他伤心至极，身体因痛苦而哆嗦不止。

佩西神父在他身边站了一会儿，终于开口道："好了，亲爱的孩子，别哭了，我的朋友，"他充满深情地说，"你怎么啦？你应该高兴才是。难道说，你不知道今天是他一生中最伟大的日子吗？想一想啊，想一想他现在身处哪里。"

阿廖莎听到声音，抬起头来，露出了他那张像孩子一样哭肿的脸。可是他一句话都说不出来，他扭过了身体，用双手再度遮住自己的脸。

"行吧，"佩西神父若有所思地说，"想哭就哭吧。要知道，这眼泪是基督赐给你的。"

在离开阿廖莎之前，佩西神父怀着一颗慈爱之心暗自说道："你的眼泪也是一种精神上的安慰,之后你会从你的诚心中感受到喜悦。"

佩西神父急匆匆地离开了,因为他知道,看着阿廖莎伤心的样子,自己恐怕也会控制不住落泪。

时间不早了,修道院的礼拜和为了死者准备的安魂弥撒也开始按照计划进行。佩西神父找到约西甫神父,把他替换下来,代替他继续诵读福音书。但是还没到下午三点,就发生了笔者在上一卷末尾提到的那件事情。

此事出乎所有人的意料,甚至和人们的期望截然相反。我需要向诸位读者们强调一遍,有关此事的种种细节和到处纷飞的各路流言,至今在我们城里还能有人绘声绘色地讲述。在此,我还得再补充一个自己的看法:这件事情闹得满城风雨,虽然事情表面上足够博人眼球,但实际上毫无意义且是再自然不过的了。我本打算把这件事直接从本书之中删除,一字不提。但不可否认的是,这件事情对本书的主人公(尽管他是未来的主人公),也就是阿廖莎,产生了非常强烈的影响,造成了他心智上的转折和激变,也让他在余生不断巩固某种信念,并在这种信念的指引下坚定前行。

好了,现在让我们回到故事中去。天还没亮之前,长老的遗体经过殡葬前的整饰入殓后,被抬到他平时用以接见善男信女的修道室,某个守灵人突然问了一个问题:我们要不要把窗子打开?但不知为何,这个问题被人们忽视了。也许在场有人注意到了这个问题,但估计只是在心中默默做出了小小的反应:毕竟,对于这位如此神圣和圣洁的死者,担心他的尸体会不会腐烂发臭着实荒唐;即便没有遭到人们的嘲笑,人们也会认为提问者不够虔诚,真是令人遗憾。因为人们期望出现的情形是与之完全相反的。

可是刚到中午,一些迹象便开始显露出来。起初,进进出出的人都隐隐约约地觉察到了什么，只是大家嘴上不提，把那个念头咽进了肚子里，甚至可以说，人们都不敢把自己的想法说予他人。但到了下午三点，迹象已经非常明显，且无可置疑。于是，这个消息迅速传遍了整个修道院，所有修士都非常惊讶。几乎在转瞬间，消息便传到了城里，并很快在城市里掀起了轩然大波，不信教的人非常兴奋，而有些信教的人比他们还兴奋，因为"人们最喜欢看的就是正人君子身败名裂"——这是已故长老的原话。

事情是这样的，下午三点，棺材里的腐烂气味越来越大。翻遍我们修道院的全部历史，已很久没有，甚至记不起什么时候有过这等赤裸裸的丑闻。甚至在整件事过去了很多年之后，修道院中几位比较理智的修士在回忆起那天的情形时，仍不得不表示惊讶，难以相信这件丑闻竟折腾到了这般地步。

在长老之前，我们的修道院里也有很多大贤大圣的长老魂归天际，这些人和我们如今这位一生清白、信仰虔诚到有目共睹的长老一样，逝世后的遗体散发出阵阵恶臭，这是正常的自然现象，但他们的这种现象别说造成丑闻了，甚至没有引起任何风波。当然了，在我们的修道院里不乏一些流传至今的生动传说，据说有些圣人的遗骸并不发出腐臭，这使教士们很感动，也颇觉神奇。修士们无不将之视为神迹，并将之深深地刻进脑海。修士们认为这对他们来说是一种巨大的激励，预示着只要自己对上帝足够虔诚，也能在死后流芳。

曾经有一位活到了一百零五岁的长老，因死后尸骸不腐而被人铭记。此人叫约伯，是位著名的苦修者、伟大的斋戒者和隐修士，于本世纪初逝世。那些第一次来我们修道院的访客都会被领着去参观他的坟墓。参观时有些人会满怀崇敬之情地为来者介绍这位长老的生平，在言谈间暗示此人的伟大（方才佩西神父看到阿廖莎的时候，他正坐在这位长老的墓碑之上)。除了这位已故许久的长老外，还有一位长老也得到了如此殊荣，此人是一位去世不算特别久的长老——瓦尔索诺非，佐西马长老就是在他去世后接替了他的位置。瓦尔索诺非活着的时候，被来访的朝圣者们尊称为伟大的疯子。关于这二位的遗体，有这么一个传说：他们在棺材之下的面容仍然栩栩如生，甚至眉目之间还能看到光。更有甚者回忆说，靠近他们的遗体时，甚至能闻到一股清香。可即便这些栩栩如生的记忆是如此深刻，还是不能解释为何长老的灵柩旁会发生这种荒唐的、甚至带有恶意的现象。如果非要我回答，我认为这件事之所以会发生，是由于诸多原因凑在一起导致的。

比如说，有些人本来就对长老的新制度心存不满，对长老的"有害创新"怀有深刻的敌意，这类人在我们的修道院中也是存在的。当然，还有一个原因不可小觑，那便是长老生前已经确立了自己的威望，那些试图挑战长老名声的行为、甚至是念头都遭到压制，许多人因此心生妒忌。长老的死固然吸引了很多人前来膜拜，但要是说来的人都是因为渴望看到什么神迹现世的话，也不尽然，来此地的人多半还是因为长老生前广施爱心。要知道，他的爱心在自己的身边缔造了一个满是他的敬爱者的世界，与此同时，这也为他招来许多嫉妒，甚至是势不两立的仇敌。这些敌人有在明处的，也有在暗处的；有在修道院高墙之外的，也有在修道院内的。

举例来说，即便长老从未危害过任何人，可还是有人问："你为什么觉得他如此神圣呢？"在他活着的时候，单单是把这个问题说出口，就会招致长老的拥护者们的愤怒和无法消解的怨恨。因此，我认为，很多人闻到他的尸体上散发出来的腐臭味道，外加得知了他才去世不到一天的事实后，内心是很高兴的；另一方面，不少拥护长老的人认为，长老尸体上散发的臭味是对他们信仰的侮辱，是对他们情感的伤害。

总之，这事件是以以下方式不断渐进发展的。

腐臭的气味刚刚被发现时，仅凭那些走进存放遗体的修道室的修士的神态，便能确定他们来此的真实目的。有的只在灵柩旁站了一会儿，就赶忙出去，向等候消息的人群告知证实的消息。等候的人群中，有些人悲伤地摇摇头，有些人则完全不掩饰，这从他们幸灾乐祸的眼神中便可得知。此时，没有人会再站出来责备后者。这确实有点反常，要知道，在现在的修道院里，拥护长老的人是占了多数的。但事实就是如此，或许上帝这次容许少数派暂得上风。

没过多久，一些受过教育的外来客人，也纷纷来到修道室里看热闹。下层平民虽聚集在隐修所门外，但能进门的屈指可数。三点之后，大批朝圣者进入了隐修所内，这无疑是丑闻传开导致的。本来有很多人不打算来的，但听到丑闻后也都特地赶来，其中不乏一些有影响力的上流人士，好在人们都还能维持一些基本的体面。

佩西神父表情严肃，声音沉稳地诵读着福音书，好像完全没有注意到自己的身边正在发生的事情。事实上，他早已经觉察到了异常，那些议论的声音不可避免地传到他的耳朵里，起初是窃窃私语，但后来人们的言辞愈发放肆起来。

"这表明上帝评判人的标准和咱们凡人的不一样。"佩西神父耳畔忽然响起了这样一句话。说话者是本城的一个市政官员，年龄很大了。据神父所知，此人是个虔诚的正教信徒，而他说出的话，不过是在重复之前修士们私下议论了很久的内容罢了。他们早就得出了这条令人绝望的结论，更糟糕的是，似乎这句话导致了某种胜利感的出现，不但如此，这种胜利感每一分钟都比上一分钟更加强烈和直接。很快，连这种表面上的体面也坚持不下去了，似乎每个人都觉得自己有权利不遵守礼节。

"为什么？"一些修士惋惜地嘟囔道，"他的身子骨那么小，瘦得皮包着骨头，怎么还会散发出臭味呢？"

这时候就会有些人匆匆接话道："可能是上帝对大家的警示吧！"

这些言论被人们接受了，并且无人提出异议，然后人们又指出：如果是凡人，死后尸体会发臭，倒是自然之理，可即便如此也得是尸体放了一昼夜之后才会发臭啊，而不是现在这样如此快速地腐臭。"这臭味的出现确实是比自然现象更快，就像是上帝故意插手了一样。"这些话似乎无可辩驳。

温柔的约西甫神父负责管理修道院的图书馆，死者生前一直对他甚是钟爱。他曾对一些恶意中伤者进行了反驳。

"这种事情并非处处都一样，正教的教条里也没有规定圣贤的尸身必须不腐。这不过就是一种传说罢了。在一些正统的正教发祥地，比如阿索斯，对于尸体腐败的特殊气味并不会大惊小怪，那里的人们从不会用一个人肉体有没有腐烂来判断他是否得到了上帝恩宠，他们判断的标准是骨头的颜色。如果尸身下葬很多年后，尸体完全腐烂，骨头变得像蜡一样黄，那才是死者的荣耀，说明死者得到了上帝的恩赐；如果骨头不是黄的，而是黑色的，则证明耶和华认为他不配得到这种荣耀。在伟大的阿索斯圣地便是这样，那里自远古起就闪耀着不可侵犯的光芒，那里可是圣光的发出之地。"临结束，约西甫神父还不忘总结道，"那里的正统保持得最为纯净。"

但是，这位温柔的神父的话根本没有起到任何作用，非但如此，还激起了不少嘲讽。

"全是学究气和新花样，没啥好听的。"一些修士心中暗暗想道。

"我们还是要守老规矩，新花样这么多，跟得上吗？"一些人插话道。

"我们这里的圣贤不比他们那里少,现如今他们早被土耳其人统治了,正教传统早就忘光了,变得浑浊不堪了,听说他们那儿连钟都不敢敲了!"一些刻薄的嘲讽者如是说道。

约西甫神父心怀悲痛地默默离开了。事实上,他方才说那番话时,态度并不坚定,更不自信。他的内心开始不安起来,因为他预见到事态将不断恶化,或许很快将出现更加恶劣的情况。的确,理性的声音随着约西甫神父的离开更加微弱,所有热爱已故长老并支持长老制度的修士突然间变得非常害怕,担心会发生什么事情,他们碰面时只敢怯懦地用眼神交流,而那些视长老制度为邪恶创新的反对者们,则开始趾高气扬。

"已故长老瓦尔索诺非去世时,不仅连一点臭味都没有,还露出一股香气呢,"反对者们幸灾乐祸地说道,"他的香气是靠高尚的品行得来的,而不仅是因为他的身份。"

之后,对长老的批评开始络绎不绝,有的甚至是谴责。

"他对我们的教导有问题。他竟然说活着是一种快乐,而不是无边的苦海!"一些蠢人说。

"他信奉时髦的信仰,不相信地狱之火是实实在在的火焰!"更蠢的人则在一旁附和着。

那些嫉妒他的人说:"他斋戒不严格,喜欢吃甜食,喜欢喝热茶配樱桃酱,还特别喜欢和那些给自己送好吃的阔太太来往。苦修者能喝热茶吗?"

"他高高在上,"那些报复心很重的人借此机会大泄私愤,"认为自己是贤者圣士,别人向他下跪时,他竟一点都不觉得难为情。"

"他滥用了忏悔圣礼!"长老制度的反对者们不但幸灾乐祸,还拼命地火上浇油。这是一些最年长、最一丝不苟、最敬神的修士，也就是真正的斋戒者和隐修士。这种人在佐西马长老活着的时候从未开口，如今他们开始张嘴说话了。这些人的表态影响很大，因为他们的话对那些信仰还未能完全建立起来的年轻修士影响极大。有位来自远方的修道院的客人，眼见此景只能一边叹着长气，一边连连摇头。"显然，昨天费拉邦特神父的话有几分道理。"他正这么想着的时候，费拉邦特神父出现了，好像纯粹是为了添乱而来。

我在前文中提过，费拉邦特神父平时就待在自己的养蜂场小木屋里，极少露面，甚至连教堂都不怎么去。因为他有些疯疯癫癫，所以没有人用那些束缚正常人的规则去约束他。但是，说实话，对他的宽容从某种意义上来说必须的。因为他是一个伟大的苦修者，是一个严守戒律清规、绝不轻易张口、日夜不停祈祷（甚至能跪着入睡）的伟大苦修者。对于这样的人，如果非要拿一些他不愿遵守的规则去束缚他，是非常可耻的行为。那样，一些修士便会说："他比我们中的任何一个人都神圣，他所做的事情哪一件不比规章制度要求的难。至于他不去教堂，那只能说明他知道自己什么时候该去教堂。他有一套自己的规章制度。"

或许因为害怕被众人所指，故而没人会说费拉邦特神父半点不是。人人都知道，费拉邦特神父并不喜欢故去的长老。外面的流言蜚语也传到了费拉邦特神父耳中，不难想象，给他传话的人中自少不了那位从远方而来，昨天刚拜访完费拉邦特神父，并且吓得魂飞魄散的修道院客人。

我之前已经说过，佩西神父是一个坚定不移的人，此时此刻他正岿然不动地站在长老的棺椁旁诵读福音书，虽说他既看不见也听不见外面的情况，但他心里清楚外面的总体形势，因为他太了解自己的同僚们了。他并没有慌张，面对接下来要发生的事情也没有丝毫畏惧，相反，他犀利地关注着事态的发展。不过此刻，他已经感觉到了事态的发展趋向。

突然，过道里传来一阵刺耳的噪音，很明显，体面的秩序已经岌岌可危。门打开了，来者是费拉邦特神父。从修道室里望得清清楚楚，他的身后，围聚了许多人站在门廊之下，有修士，也有不少世俗访客。不过，跟随他的人没有跟着他跨进门里，也没有登上台阶，全都停了下来。他们在等着，看看费拉邦特神父接下来要说什么、做什么。尽管这些人越来越放肆，但他们感觉到了费拉邦特神父不善的来意，心中还是不免有些惶恐。

费拉邦特神父站在门口，抬起双手，他的腋下出现了一双好奇、尖锐的眼睛——来自那位从鄂毕多尔斯克来的修道士。他好奇心极其旺盛地跟着费拉邦特神父走上了门前台阶，除他之外，所有人都在打开门时，吓得往后退了好几步，人群因此变得更拥挤了。费拉邦特神父将双手高高举起，然后突然大叫一声：＂我来啦！＂

接着，这位神父开始朝着四个方向，轮番画起了十字架。这一番举动着实把那些世俗访客吓了一跳，但随行而来的修士们心里十分清楚，此人无论到了哪里都会先这么做，在他的驱魔仪式完成之前，他是不会坐下来的，更不会多说一句话。

＂撒旦，出去！撒旦，出去！＂他每画一个十字架，就如此念叨一句。

＂我来啦，我来啦！＂他再次喊道。

费拉邦特神父身穿粗布长袍，腰系麻绳，长袍里面没有穿衣服，隐约可以看到他胸膛之上的白毛。他光着脚。费拉邦特神父刚一挥手，藏在长袍里的铁链便开始叮当作响，巨大的声响彻底打断了佩西神父的诵读。他走到费拉邦特神父面前,定了身,沉默片刻后终于还是严厉地开口说道:"你怎么来了,可敬的神父?你为什么要来此扰乱秩序?为什么要惊扰温顺的羊群?"

"我怎么来了?你还敢问我为什么?我倒想问问你,你的信仰呢?"费拉邦特神父大喊大叫,活脱脱像个痴呆的病患,"我来这里帮你们驱魔,你们这里可有太多肮脏的魔鬼了,我倒要看看究竟积攒了多少,我要用桦木扫帚将它们统统扫走。"

"你到底是来驱魔的,还是来给魔鬼帮忙的?"佩西神父毫无惧色地说,"这世界上哪有人敢说'我是圣人',难道不是吗,神父?"

"我是小人,不是圣人。我不坐扶手椅,也不要人们把我当成偶像跪拜!"费拉邦特神父这番话说得响彻全屋,"如今的人们在毁坏圣洁的信仰。这位死者,你的圣人,"他转向人群,用手指着棺材说,"他拒绝相信魔鬼的存在。他让人吃药辟邪,所以你们这里才有这么多魔鬼,多得就像角落里的蜘蛛网。如今,他臭了。这是上帝给我们的天启。"

佐西马长老生前确实发生过这样的事情。有位修士先是梦到了魔鬼,后来醒着的时候也说看到了魔鬼。当他满怀恐惧地告诉长老时,长老劝他要认真祷告、加强斋戒,但这并没有起任何作用,于是长老建议他在不要放弃斋戒和祷告的同时,再吃上一种药。这件事在当时引起了人们的兴趣,人们私下讨论,连连摇头。其中最不以为然的就是费拉邦特神父。一些长老制度的批评者和好事者,当即将长老采用"特殊方法"的事情偷偷告诉了他。

"出去,神父!"佩西神父用命令的口气说,"有评判权力的人不是你我这样的凡人,而是上帝。也许你、我和任何人都没有理解上帝的天启。神父,出去!你不要惊扰羊群!"他的语气坚决,一再要求他离开。

"他持斋不严,所以才有了这样的天启。这是明摆的!遮遮掩掩是罪过!"费拉邦特神父仍不罢休,他对宗教的热忱近乎疯狂,已到了寻常人无法理解的地步,"他爱食糖果,太太们便隔三岔五揣在兜里带给他;他爱喝茶,什么好吃的都往肚子里塞;他的脑子里装的全是傲慢的思想……所以才会出了这么大的丑……"

"你的话太轻浮了!神父!"佩西神父提高了嗓门,"你的斋戒和禁欲确实让我佩服,但你这话说得太不知深浅了,就像那些什么事情都不懂的世俗子弟!神父,你出去,这是我的命令!"佩西神父怒道。

"好,我出去!"费拉邦特神父语气中虽有一丝惶恐,但明显怒气未消,"你们都是大学者!你们都上过学,看不起我这粗人。我来这儿的时候没什么学问,到这里之后连原来知道的东西都忘了!感谢主保护了我这个小人物,让我没染上你们的大学问……"

佩西神父就站在他的面前,他在等他出去,态度坚决,不料费拉邦特神父突然一顿,用右手托住腮帮子,对着死者的棺木,长哭道:"明天他下葬的时候,人们会给他唱《伟大的拯救者和保护神》,这是多辉煌的赞歌啊!但我死的时候,人们只能给我唱什么《珍惜你每日的欢乐与甜蜜》,这不过就是小小的咏叹调啊!①"他眼含热泪,长叹道,"你们多气派啊!飞得多高啊!可到头来还不是一场空!"话音未落,他就像疯子一样一边吼叫着什么,一边挥舞着双手,转过身冲下了台阶。人群骚动了起来,一群人跟着费拉邦特神父跑了,另一群人还是站在原地,犹犹豫豫,因为修道室的门还开着。佩西神父从修道室中走了出来,他站在台阶上,看着不远处。费拉邦特神父跑出去不

---

① 修士和苦修者死后,在从修道室抬往教堂的路上,以及在教堂举行葬礼的时候,人们会唱起《珍惜你……》,如果死者是高等级的神职人员,则会唱起《伟大的救赎者……》。

到二十步，便停下了脚步，突然朝着日落的地方转过身去，高高举起双臂，就好像突然被人刺了一刀一样，扑倒在地，喊声大到振聋发聩："我的上帝胜利了！基督打败了落日！"

他面对着夕阳挥舞着双手，拼了命一样放声大喊，他把脸紧紧贴在地上，像个流着泪的小孩子，一边抖动着，一边在地面上张开双臂。这时，人们冲到他的身边，有的惊叹，有的用抽泣作为对他的回应。一种说不清道不明的狂热情绪抓住了在场所有人的心。

"这才是圣洁的人！这才是圣人！"人群中突然响起这么一声。

"这才是能做长老的人！"有人更加肆无忌惮。

"他才不会成为长老呢！他会拒绝的……他才不会接受这种没用的新花样……他才不会模仿那些鬼花样……"好事者开始起哄了。

就在无休止的议论愈演愈烈时，忽地，不远处传来几声钟响，告诉大家晚祷即将开始。于是，在场所有人开始画起了十字。费拉邦特神父也从地上爬起，悠悠地画起了十字，头也不回地往自己的修道室走去，一边走着一边还在嘟囔着什么，只是声音已经开始断断续续。一部分人跟着费拉邦特神父走向了他的修道室，绝大部分人则赶忙去做礼拜。佩西神父把诵读的事情交给了约西甫神父，自己走下了阶梯，离开了修道室。

狂热的信徒们声嘶力竭的喊声动摇不了佩西神父的信念，可忽地，一阵说不清楚缘由的悲伤涌上心头，佩西神父感觉到了。于是，他停下了脚步，扪心自问："我为什么悲伤到像是失去了灵魂？"接着，他诧异地意识到，原来自己的悲伤来自一件微不足道的小事。原来，在刚刚挤在修道室外的人群之中，除了有很多情绪激昂的人，还有阿廖莎。他只要一想到阿廖莎也在这人群之中，心中立马就泛起了一阵苦痛。"难道这个年轻人在我心中这么重要？"他在惊诧之余，问向自己。

就在这一刻,阿廖莎路过了他的身旁,似乎正忙着去往什么地方,只是那地方一定不是礼拜堂。他们四目相对。阿廖莎随即把脸移向一旁,垂向地面。佩西神父只需一看他的眼睛就清清楚楚地感觉到,此刻这个年轻人的内心正发生着重大的变化。

"怎么,难道连你也被迷惑了?"佩西神父问道,"你也和那些不虔诚的人想的一样?"佩西神父伤心地问道。

阿廖莎停了下来,意欲不明地看了佩西神父一眼,随即又转过了头,看着地面。他侧身站着,没有一点要转过来回答问题的意思。佩西神父看着他。

"所以你要去哪里?该做礼拜了……"他问道。阿廖莎没有回应。

"你要离开隐修所了吗?不打算道个别,要个祝福吗?"

阿廖莎忽然冷笑了起来,以一种奇怪,甚至是非常奇怪的眼神望着问他的神父,要知道面前站着的人,正是他此生最爱的、掌握着他的心灵和思想的长老在临终之前为他指定的导师。可他还是没有回答,只是甩了甩手,竟然置起码的礼貌于不顾,快步走向大门。

"你还会回来的!"佩西神父看着他远去的背影小声说道,他虽然感到惊讶,但内心一阵悲凉。

第二节 关键时刻

佩西神父从心里认为自己那"听话的孩子"一定会再次回来,这当然没错,也许可以说,他能够敏锐地察觉到阿廖莎的真实想法,虽说并不是全部。不过,我坦率地承认,本人现在还难以说清楚,目前这个奇怪又未知的关键时刻,究竟对那位我所宠爱的年轻的主人公有什么确切的意义。

方才佩西神父问了阿廖莎一个非常严峻的问题,即"难道你也和那些不虔诚的人想的一样?"对于这个问题,我还是能确切地代替我们的主角阿廖莎回答各位读者:"不,我与那些不虔诚的人完全不同。"事实上,他此刻的不安恰恰来自他的虔诚。但不安的确存在,这种不安让他非常痛苦,痛苦到哪怕过了很久,阿廖莎还是把这一天当作是自己人生中最沮丧、最绝望的日子之一。倘若有人直接问我:"难道他的思想之所以会产生如此巨大的变化,就是因为长老的尸体不但没有发挥出治病救人的功效,反倒是早早地开始腐烂?"我会痛痛快快地立马给予回答:"是的,就是因为这个。"

只不过,笔者还是想请求各位读者不要急于去嘲笑我们主人公那颗无比纯洁的心灵。笔者确实无意为他去做什么辩护,无意为他请求各位读者的宽恕。至于理由,我可以举出很多,比如他此时还过于年轻,又或者他读书太少之类。但我并不想辩护,不仅如此,我甚至会很坚定地表示,我对他纯净的心灵敬佩无比。毫无疑问,有些老成的年轻人也许能够容忍信念被动摇,能抑制全心实意的热爱,但是对一个年轻人来说,这么做未免显得城府太深了一些(因而价值不大)。我可以说,要是换了这样一个年轻人站在阿廖莎的位置上,他一定能避免出现发生在阿廖莎身上的情况。不过,话说回来,年轻人还是需要在某些时刻遵从内心的热爱,尽管这并不理智,但总比无动于衷要好。在我看来,如果一个年轻人总是头脑过分冷静,未必是好事,他的价值会十分有限。

"但是,"那些理智的人们也许会提出这样的反驳,"任何一个年轻人,都不应该迷信,您的这个年轻人就是一个例子。"

为此,我会这样回答:"是的,我的年轻人是个很虔诚的家伙,他的信仰是如此的圣洁和坚不可摧,但是我并不打算为他请求你们的宽恕。"

笔者虽说在上文表示过（也许说得过于仓促），我不准备解释，不准备道歉，也不准备为了我的主人公辩护，但为了能更好地讲述，同时也为了让各位读者能够更好地理解，有一些事情我还是得先说清楚。

首先，不是奇迹有没有出现的问题。阿廖莎并没有不耐烦地等待奇迹出现，当时阿廖莎并不需要奇迹去证明信仰的胜利。而且，他也不是那种一定要看到自己那先入为主的思想必须战胜对立思想的人——不是的，他完全不是的。这里最主要原因，也是处于第一位的原因是，他心中始终有一个形象，唯一的形象——让他无比心爱的、崇敬的长老的形象。问题就出在这里。藏在他的那颗年轻而又纯洁的心中的是一种潜伏的爱，是一种对"万事万物"的爱。而那种爱，在那段日子里以及此前的整整一年，全部倾注在了一个人身上。也许这么做是不对的，也许这么做是冲动的，但是无所谓了，他就是把这份爱全都一股脑儿地倾注在了已经去世了的长老身上。

长老已经成了阿廖莎理想的化身，以至于他可以为了这份理想倾注自己年轻时代的所有心血，甚至达到无我、无他的境界。（后来，他曾经回忆起，自己在人生中最痛苦的那天，完全忘记了德米特里，可分明昨天还惦记着他；他完全忘记了伊柳沙的父亲和那两百卢布，可分明昨天还如此热情。）但是，必须再次指出，他并不需要奇迹，他需要的只是至高无上的公道。而他认为这种公道遭到了践踏，这突如其来的残酷践踏、伤害了他的心。就算阿廖莎心中期盼的这种公道最终转化成了对某种神迹现世的期盼，抑或是期盼自己崇拜的精神导师的遗体发生什么了不得的事情，这也是说得过去的。要知道，整个修道院里的所有人几乎都有如此期盼，其中也不乏阿廖莎钦佩的人，比如佩西神父。于是，阿廖莎才毫不犹豫地和别人一样期盼着有什么奇迹发生。整整一年的修士生活,让阿廖莎早就在心里埋下了一颗期盼的种子。但他所期盼的不仅是奇迹,而是公道。再说一遍,不仅是奇迹!

可是,他所期待的那个理应被奉为全世界最高表率的人,非但没有得到他应得的荣耀,还在死后遭到了贬低和侮辱,这到底是为了什么?到底是谁裁决的?谁又有能耐做出这样的裁决?这些问题就像利剑一样,刺中了他那颗纯洁的心。他忍受不了这样的侮辱,他压制不住自己的怒火,他忍受不了一位伟大的圣贤遭到一群浅薄且庸俗的愚蠢之人的恶意嘲讽。然而奇迹根本没有发生,以致企图一举扭转局势的希望彻底落了空。

好吧,即便遗体腐臭是自然现象,但为什么他的尸身会像那些邪恶修士说的那样"比自然现象还快"地腐烂?为什么有人会得意洋洋地跟在费拉邦特神父后面说这是"天启"?为什么这些人自觉自己有资格得到"天启"?神意何在?天道何在?为什么在这"最关键的时刻"(阿廖莎自己这么认为的),神要隐藏自己的神意,就好像他自愿盲目地屈从这残酷的自然法则?

这就是阿廖莎心在滴血的原因。当然,正如我前面说的那样,首先他心里有那么一个形象,一个他爱得最深的形象,可这个形象"蒙受了耻辱",这个形象"遭到了唾弃"。尽管我这位年轻的主人公心中的怨言是轻率的、粗鲁的、不理智的,但我还是要第三次指出(我事先在此承认,也许我的判断同样是轻率的):我为我的主人公在这个关键时刻所表现出来的不理智而感到高兴。因为一个人只要不愚蠢,迟早会变理智;可是,如果一个年轻人到了这个时候,胸中还是没有燃起爱的火焰,那这火焰到什么时候才会燃起?

但是,有一个奇怪的情况我不想隐瞒,就在阿廖莎心乱如麻时,心中不断出现昨天自己和伊万谈话时产生的一种模糊的、痛苦的感觉。哦，倒不是他的信仰发生了动摇。虽然他刚才有过一些轻率的怨言，但他依旧坚定不移地爱着他的上帝。可是，当他回想起昨天同伊万的谈话时，总是会有一种模糊的不祥之感，让他感到痛苦不已。现在，这种感觉不可抑制地愈来愈强烈。

天已经彻底黑了，拉基津从隐修所出来，正欲穿过小树林前往修道院，忽然，他看到了躺在一棵松树下面的阿廖莎，他就像是睡着了一样一动不动。于是拉基津走到了他身边，对他说道："阿列克谢，你在这里啊？你居然……"惊诧之余他正要发出感叹，可话到嘴边还是被他咽了下去，他本想说："你居然落到了这步田地？"但他通过阿廖莎刹那间的细微动作判断出："眼前这个人虽然没有抬头看我，但他已经听到了我的话，也明白了我的意思。"

"你怎么了？"拉基津还在继续表示他的惊讶，但是惊讶的神色已经开始慢慢转化为微笑，甚至微笑之中还包含着不少嘲弄的意味。

"听着，我一直在找你，已经找了你两个小时了。你怎么一下子失踪了？你在这里干什么？你在这里犯哪门子傻呢？哎呀！你抬起头看我一眼好不好？"

阿廖莎抬起了头，背靠着树干坐了起来。他没有哭，但是他的脸上写满了痛苦，眼神中满是无奈。不过，他没有看向拉基津，而是转过头，不知道在看着什么地方。

"你知道吗，你的脸啊，已经完全变了，失去了你以前那种著名的温柔神色了！是不是有人伤害到你了？"

"请不要打扰我！"阿廖莎忽然开口说道，只是眼睛还是没有看着他，疲惫地对他甩了下手。

"哎呀，你看看你现在的样子！就像凡夫俗子一样了，大吼大叫的！你原先可是天使啊！好吧，阿廖什卡，你吓到我了，我说的可都是真话。虽说我对这里发生的一切早就不吃惊了，但我可是把你当成有教养的人看的……"

阿廖莎终于抬起了头，看向了他。但明显，他心不在焉，好像还不太明白面前的人到底在说些什么话。

"就因为你的老头儿死了，臭了，你就这样了？你还真以为他的身上会发生什么奇迹？"拉基津大声问道，表情也变成了最真实的惊讶。

"我过去信，现在也信，我乐意相信，而且我以后还是会信。好了吧，你满意了吧？"阿廖莎冲他烦躁地大吼道。

"行吧，亲爱的，行吧。见鬼，这可是连十三岁的小学生都不相信的事！真是见鬼……这么说，你现在是在生上帝的气？在造他老爷子的反？你觉得上帝应该给你那个老头儿发个大勋章？你们这些人啊！"

"我不会造上帝的反，我只是不能接受'他的世界'。"阿廖莎苦笑道。

"不接受他的世界？"拉基津好好品味了一下他的回答，"这又是什么奇怪的言论啊！"

阿廖莎不再理会他了。

"好了，乱七八糟的事就说到这里了，现在谈点正经的：你今天吃饭了吗？"

"我不记得了……也许吃过吧。"

"好，你的脸色告诉我，你需要吃饭了。你的样子真是让人感到难过！你昨晚又没睡吧？我听说你们那儿开了一晚上的会。今天又发生了一大堆乱七八糟的烦心事……你应该就只吃了些圣餐的面包吧？我现在兜里揣着些香肠，是从城里拿回来的，本想着以防万一的。只是香肠你又不肯……"

"把香肠给我。"

"啊！可真有你的！看样子你真的要造反了！好啦，兄弟，这件事不用多想。你去我那里吧……我也想喝上一点伏特加，我今天差点儿没累死。你不来点伏特加吗？"

"伏特加我也要！"

"上帝呀！这可真是太好了！兄弟！"拉基津看起来惊讶极了，"行吧，好啦！不管是伏特加还是香肠，都是好东西，都不容错过！走啦，兄弟！"

阿廖莎默默地从地上站起来，跟着拉基津。

"要是你那位瓦涅齐卡兄弟①看到你又嚼香肠，又喝伏特加，一定会大吃一惊的。对了，阿廖莎，伊万·费尧多罗维奇今天上午去莫斯科了，你知道吗？"

"我知道。"阿廖莎冷漠地说道。说话间，他哥哥德米特里的形象突然在他的脑海中一闪而过，不过这一闪而过的画面似乎在提醒他，有一件一分钟都不能耽搁的、既是义务又是责任的大事，可最终他还是没有想起那究竟是一件什么样的大事，那转瞬即逝的念头很快便消失了。事后很长时间，阿廖莎还是能回忆起当时的这种感觉。

"你的哥哥，伊万曾经评价过我，他说我是'庸碌无才的自由主义者'。甚至你曾经也忍不住评论我，说我是'不诚实的人'……好了，我今天倒要看看你们兄弟俩的才能和诚实。"最后那句话明显是拉基津对自己说的。

"喂！你听我说，"他大声说，"我们绕过修道院，直接走小路进城吧……嗯，顺道说一句，我还得去一趟霍赫拉科娃太太家。你说可

---

① 指伊万·费尧多罗维奇·卡拉马佐夫。

笑不可笑,我把这里发生的事情都给她写了下来,送了过去,她立马给了我一张用铅笔写的便条(她好像特别喜欢铅笔),说:'怎么也想不到像佐西马这样伟大的长老能做出如此行径。'要知道,她可使用了'行径'这个词。看样子,她也挺生气的吧。你说说,你们怎么都这么……不对!"他突然想到了什么,立马停下了脚步,急忙抓住了阿廖莎的肩膀。

"你知道吗,阿廖什卡,"他的眼睛里充满了好奇,明显是有了一个新想法。虽说拉基津一脸笑意,但显然不敢当着阿廖莎的面把这个新想法说出口,因为他看到此时的阿廖莎正处在一种让人无法想象的奇特的情绪中,而且他也不敢相信阿廖莎会赞同自己的想法。但他还是下定了决心,用充满了怯懦的语气试探道:"阿廖莎,你知道我们现在的状况最合适去的地方是哪里吗?"

"哪里都行,你说哪儿就去哪儿……"

"咱们一块儿去……格露莘卡那里,你觉得怎么样?去不去?"拉基津带着怯懦的颤抖终于把这试探的话说出了口。

"那就去格露莘卡哪里吧。"阿廖莎平静地回答道。迅速的回答、平静的语气完全超乎了拉基津的意料,吓得他差点儿往后一跳。

"好啊!就去那里!"他惊讶地大喊道,然后紧紧地抓住阿廖莎,快步把他拉向那条小路,生怕阿廖莎变卦。

两个人就这样默默走着。一路上,拉基津甚至不敢开口说话。

"她一定会高兴的,一定……"他喃喃自语完了以后,立马闭上了嘴。实际上,他把阿廖莎带到格露莘卡那里可不是为了讨那女人的欢心。拉基津是个实际的男人,对自己没有好处的事情一律不干。他做这件事有两个目的:首先是斗气,他就是想看到"一个正人君子丢脸",看到阿廖莎"从圣徒堕落为罪人",他似乎可以从中获得乐趣;其次,通过这件事情他能捞到一笔非常丰厚的报酬，至于细节，我们会在下文讲述。

"看样子，机会来了！"他幸灾乐祸地想道，"我得抓住这个时机，因为它来得正是时候。"

第三节　洋葱

格露莘卡住在这座城里最热闹的地段，就在教堂广场附近，是从一个商人的遗孀——莫罗佐娃那里租来的。格露莘卡租的是一套建在院子里的侧屋，面积不大。莫罗佐娃则住在院子里的二层高的砖石小楼里，面积挺大，但是太旧了，外观也十分难看。现在这个孤独的老太太和自己两个没有结过婚的、年龄已经不小的侄女住在一起。说实话，这位老寡妇并不需要把自己的小侧屋租出去，但基本上我们城里每个人都知道，她之所以把房子租给格露莘卡（那是四年前的事情了），是为了讨好自己的亲戚商人萨姆索诺夫，此人正是格露莘卡公开傍上的相好。据说，这个醋意很重的萨姆索诺夫之所以把自己"最爱的姑娘"安排到这里租住，纯粹就是指望这个老太太用她那锐利的眼睛监视格露莘卡。但他很快发现，那双锐利的眼睛根本派不上什么用场，到最后莫罗佐娃甚至很难看到格露莘卡，更别提监视她了。老太太索性把这件让她不舒服的任务丢到了一边。的确，自从格露莘卡被老商人包养已经过去四个年头了，她刚刚到这个城市的时候还是个十八岁的小姑娘，胆怯、害羞、瘦弱、高挑，喜欢沉思，性格忧郁，如今发生了很大的变化。关于这个女孩子的来历，小城中的人知之甚少，说法不一。如今，哪怕她已然成了拥有众多追求者的"万人迷"，依然没有多少人知道得更多。

关于她的过往,坊间有些流言蜚语。有人说,她十七岁那年被一个军官欺骗了感情和身子,不久后,那位军官便离开了她,在某地结了婚,将她扔在极端的贫困中不管不顾。还有人说,尽管她确实是在日子最艰难的时候被老商人花钱买来的,但她出身于清白人家,她的父亲好像还是个没有编制的教堂临时工或者类似的神职人员。只过了四年,这个曾经多愁善感、无依无靠、备受欺凌的可怜姑娘,就变得皮肤红润、一身贵气,俨然标准的俄罗斯美女。现如今,她变得十分果敢,落落大方,不但如此,她还掌握了一些生财之道(正当的和不正当的都有),并攒下了一笔颇为可观的财富。

只是有一点,所有人都明白:想要接近格露莘卡绝对不是容易的事,除了她的那个相好之外,四年里还没有一个男人敢说自己赢得了她的芳心。这件事之所以如此确凿,是因为这两年来有太多情场老手针对格露莘卡展开猎艳活动,但最终得到的只有这位少妇的无情嘲弄,其中有些人不得不落荒而逃,成了人们茶余饭后谈论的对象。人们还知道,这个女人最近一年来特别痴迷"生财之道",而且已经展现出了自己在这方面的非凡才能,以致很多人在背后骂她,说她是个彻头彻尾的犹太婆娘。格露莘卡不光放高利贷,人们都知道,有段时间她还和费尧多尔·巴甫洛维奇合伙,从别人手中买下了许多已经成为死账的欠条。购买欠条只需要支付欠款金额的十分之一,只要能把欠债全额收回,那么便会获得九倍的利润。格露莘卡的相好、商人萨姆索诺夫,如今旧疾复发、双腿肿胀,无法正常行走,他已经完全任由格露莘卡摆布。这个原配夫人已经过世的老头儿,在亲生儿子们面前简直像是个暴君,他死守数十万家财一毛不拔。最初,萨姆索诺夫把自己"最爱的姑娘"看管得很严,许多好事者戏称他把格露莘卡当成了"自己身上的宝"。但后来,格露莘卡获得了萨姆索诺夫的绝对信任,成功摆脱了他的管束。萨姆索诺夫是个了不起的商人（他早已去世了），他非常精明，如同铁公鸡一般吝啬，尽管格露莘卡"降服"了他，让这个老头儿离开自己就没法活（最近两年尤其如此），但他依旧没打算给格露莘卡留下一笔可观的遗产，甚至在格露莘卡得知此事后，威胁要丢下他，让他自生自灭时，萨姆索诺夫照样不为所动。不过，萨姆索诺夫最终还是给了格露莘卡一笔小小的财产，这让所有人都感到惊讶。

"你是个聪明的女人，"萨姆索诺夫在给她差不多八千卢布的财产时说道，"你要学会好好利用它。但你要知道，除了我每年定量给你的好处之外，你再也不要想从我这里得到什么东西了，而且，我的遗嘱里也不会出现你的名字。"

老头儿说到做到，他死后，把毕生家财都留给了自己的后代。要知道，老头儿活着的时候，他的那些儿子儿媳，甚至是孙辈们，在家里毫无地位，如同奴仆一般。遗嘱中果真没有格露莘卡的名字。这一切我们是后来才知道的。不过，老头儿的确给了格露莘卡不少启示，教会了她一些生财之道。

费尧多尔·巴甫洛维奇·卡拉马佐夫和格露莘卡最初是在一次赚取"黑心钱"的合作中相识的，连他自己都感到意外，他竟然无可救药地爱上了这个女人，甚至到了快要失去理性的地步。当时，已经病得很厉害的萨姆索诺夫，在得知此事后暗自发笑。值得注意的是，格露莘卡对萨姆索诺夫是非常坦诚的，或许，这个世界上格露莘卡只会对这个老头儿这样。

有那么一段时间，德米特里·费尧多罗维奇带着自己满腔的热爱出现在了格露莘卡的世界里。这次，萨姆索诺夫笑不出来了，他非常严肃地对格露莘卡说："如果你非要从那对父子中选一个，一定要选老的。而且有几个先决条件你必须让那个老浑蛋答应：首先，他必须正大光明地娶你；其次，在娶你之前，必须把他的一部分财产划归你的名下。至于那个上尉，你不要和他勾勾搭搭，否则不会有好下场。"

这是萨姆索诺夫对格露莘卡说的原话。当时，他已经预感到了自己命不久矣。果然，五个月后，他就死了。

有件事情我还需说明一下，尽管城里几乎无人不知卡拉马佐夫家的父子同时看上了格露莘卡，并为此争得不可开交，但没人知道格露莘卡对父子二人持完全不同态度的真正用义。甚至，格露莘卡的两名女仆（这件事情发生在本小说下文那桩惨剧之后）在法庭上做证的时候都声称，阿格拉菲娜·亚历山大洛芙娜之所以接待德米特里·费尧多罗维奇纯粹是因为她害怕，要知道那人曾经不止一次威胁说要杀她。她的两个女仆中的其中一个是老厨娘，体弱多病，和聋子别无二致，据说自格露莘卡还是少女时就开始跟着她了；第二位女仆正是那位老太太的孙女，二十多岁，正是机灵的年纪，格露莘卡安排她贴身伺候自己。格露莘卡生活得非常简朴，她住的地方十分简陋，她租下的那套房子只有三个房间，稍微讲究些的桃心木家具都是向房东借的，而且还是二十年代的老款式，陈旧而古朴。

当阿廖莎和拉基津来到格露莘卡家时，天色已晚，可房间里还没有点灯。格露莘卡一个人躺在又大又空的沙发上。沙发很硬，靠背是仿红木的，外面包裹的皮革磨损得很厉害，上面有不少窟窿。她头枕着的两个白色羽绒枕是从卧室床上拿过来的。格露莘卡一动不动，双手枕在脑后，身穿黑色丝质连衣裙，头戴非常凸显气质的黑色发罩，双肩披着印花丝巾，丝巾是用一枚纯金的大别针别住的。她面色发白，神色焦急，脚不断地蹬踹沙发扶手——从她的衣着、神情和动作来看，她一定是在等什么人，而且已经等得不耐烦了。拉基津和阿廖莎的出现惊扰了格露莘卡，只见她"噢"地一下爬起来，大叫一声："谁在那里?"

女仆一边出来迎接了两位客人,一边对房内的女主人说道:"不是那位先生,是另外两位。"

"她怎么了?"拉基津轻轻嘀咕了一句,拉起阿廖莎的手走进格露莘卡的客厅。

格露莘卡就站在沙发旁边,似乎还惊魂未定。深褐色的头发也从发罩里散出来了一缕,轻轻披在她的右肩上,但在她还没有认出来人之前,她顾不得整理自己的仪表。

"啊,是你啊,拉基特卡[①],你可把我吓死了。你旁边的那个人是谁?是谁呀?啊,是阿廖莎啊!上帝啊!"她认出阿廖莎时,显得有些激动。

"别闲着啊,让人把蜡烛拿过来啊!"拉基津一张嘴说话就暴露出了他的常客身份,看样子二人已经非常熟悉了,他甚至开始发号施令了。

"对对对,蜡烛,蜡烛。那个,菲尼娅,你去把蜡烛给他拿过来。哎,你也真是的,好巧不巧,在这个时候把他给我带了过来。"说罢,她开始上下打量阿廖莎,大惊小怪地哼唧了一声之后,转过身面对镜子,整理了一下自己的头发,显得有些不太高兴。

"怎么,你还有意见了?"拉基津阴阳怪气道。

"你吓到我了,拉基特卡,就这么简单。"她说完转身面向阿廖莎,含笑道,"亲爱的阿廖莎,你不要害怕。我只是没想到能把你请过来,我真的是太高兴了。但是,你,拉基特卡,你吓到我了。我还以

[①] 指拉基津。格露莘卡与拉基津十分熟悉(后文将会交代),她将他的姓氏稍微改动,称其为"拉基特卡"。

为是米佳闯进来了。是这样,我骗了米佳,让他一定要相信我,但我撒了谎,我说自己今天要去库兹马·库兹米奇那里,并且整整一晚都要待在那里,和他一起理账。我每周都要花一个晚上的时间去找他理账,因为那老头子只相信我一个人。米佳一定认为我在那里,可事实上我却躲在家里,坐在这儿等待一条重要的消息。你们两个是被菲尼娅放进来的吗?菲尼娅,菲尼娅,你快去大门那里看看,把门打开看看外头,那个上尉是不是跟着来了!说不定他在暗中观察呢!我快要吓死了!"

"什么人都没有,阿格拉菲娜·亚历山大洛芙娜,我刚才看过了。别说您了,我也怕得发抖,所以我时不时地会从门缝里往外看。"

"咱们的百叶窗锁好了吗?菲尼娅?我去把窗帘拉下来——这样就好了!"她一边说着,一边自己动手放下了厚重的窗帘,"万一他看到了屋子里的灯光,说不定会冲进来。阿廖莎,我今天什么都不怕,就怕你的大哥米佳。"格露莘卡说这些话的时候语气古怪,既显得胆战心惊,又似乎有些控制不住的欣喜。

"你今天怎么了?"拉基津问道,"从来没见你怕他怕成这样,你不是一直把他玩弄于股掌间的吗?"

"跟你说了,我在等待消息,一个比金子还宝贵的消息,所以这个时候绝对不能允许米佳来搅局。而且我心里明白,他并不相信我去了库兹马·库兹米奇那里,他现在大概在费尧多尔·巴甫洛维奇家附近的某个角落里等着我呢。不过他要是在那里守着的话,倒是挺好,起码我家是安全的。刚才为了让他相信我在库兹马·库兹米奇家,我还让他把我送到那儿去,并且和他约好,让他十二点左右过来接我回家。他走后十分钟,我就离开了老头子家,火急火燎地跑回来,生怕被他发现。"

"所以，你打扮成这样到底是要去哪里？看看你脑袋上戴的那顶帽子，笑死人了！"拉基津说道。

"你这人说话真的是……拉基特卡，不要问了好吗？都告诉你了，我在等一个消息。这个消息一来，我就会跳起来飞过去，你们也不可能在这里看到我了。所以，我穿成这样是为了说走就走。"

"所以，你到底要飞到哪里去？"拉基津问。

"知道得越多，老得越快。"

"瞧你这副兴奋的样子……我还从没见你打扮成这个样子过，就像参加什么大型舞会似的。"拉基津挑剔地上下打量着她说。

"想不到你还懂舞会呢？"

"这么说来，你懂？"

"和你比，我至少参加过舞会。前年，库兹马·库兹米奇的儿子结婚，当时我看了好一会儿呢。哎呀，光顾着跟你闲扯了，差点忘记了你身边的这位小王子。拉基特卡，这才是贵客！阿廖莎，亲爱的，让我看看你。天哪，我简直不敢相信自己的眼睛。上帝啊，你竟然真的来到我家里了！实话告诉你，我真是没想到，也不敢想，有朝一日你会真的来到我家。虽说你们挑的时候确实不怎么样，但我还是高兴得要命。来来来，快到沙发上，来，就坐我身边，就坐在这里，我月亮般的王子。真的，我现在还是不敢相信……都怪你，拉基特卡，你要是昨天或者前天把阿廖莎带过来该有多好……罢了罢了，无论如何，我都是很开心的，正巧临近这样的时刻，而不是在前天，或许这样更好……"

她一边说着，一边调皮地坐在阿廖莎身旁，喜悦地打量着阿廖莎。由此可以看出，她的开心不是装的。她的眼睛在闪烁，嘴角止不住地露出开心且和蔼的笑容，这让阿廖莎有点迷惑，他甚至觉得眼前的女人和自己前天遇到的女人不是同一个人。由于格露莘卡这个名字曾经被身边人一再提起，所以阿廖莎内心中早就有了一个她的形象，再加上前天第一次见面时，格露莘卡对卡捷琳娜·伊万诺芙娜的所作所为，因此在阿廖莎心中，格露莘卡是一个既恶毒又可怖的女人。而现在，眼前的女人如此"友善"，阿廖莎难免会有些困惑甚至可以说震惊。

虽然阿廖莎现在心烦意乱，但他还是不自觉地将目光集中在格露莘卡身上，上下打量。格露莘卡的一举一动似乎和前天相比大不相同：说话时几乎完全没有前天那种可憎的腔调，也没有了那种矫揉造作的姿态……现在的她显得单纯而淳朴，举止干净利落，没有戒心，不过她十分兴奋。

"天哪！真是太巧了，今天各种各样的事情都凑到一块儿了，"格露莘卡叹道，"阿廖莎，我自己也想不通，看到你为什么会这么开心，请不要问我这个问题，因为我一下子也答不上来。"

"你是真不知道自己为什么高兴？"拉基津阴阳怪气地笑道，"难道那个动不动就缠着我，天天对我说'把他给我带来嘛，给我带来嘛'的不是你？你不是达到目的了吗？"

"以前，我确实是有目的，但那也是以前的事情了，就不要再提了。我要好好招待你们，我现在很高兴。对了，拉基特卡，你也找个地方坐下吧，别老站着啊！哦，你已经坐下了？确实，拉基津从来不吃亏。你看，阿廖莎，现在坐在你对面的这个人已经生气了。瞅瞅他噘着嘴的样子，他现在一定在想：'为啥她先让阿廖莎坐下，不招呼我坐下？'看出来了吧，拉基特卡就是喜欢生气，就是容易生气！"说着，格露莘卡笑出了声，"好啦，拉基特卡，别生气啦！阿廖莎，你怎么愁眉苦脸的？是还在害怕我吗？"她看着阿廖莎的眼睛，打趣道。

"他伤心着呢！因为封圣的事情。"拉基津道。

"什么封圣？"

"他敬爱的长老臭了！"

"你在胡说八道些什么呢？怎么会臭了？你这人说话总是这么难听。闭嘴吧，该死的。阿廖莎，我可以在你的大腿上坐一会儿吗，就像这样？"格露莘卡跳到了阿廖莎的大腿上，笑着依偎着他，像是一只撒娇的小猫，她伸出一只手，搂住了阿廖莎的后颈，"让姐姐来安抚你吧，我虔诚的王子。好了，说正经的，你是不是不喜欢我坐在你腿上？你要是不喜欢就说一声，我马上就跳下去。"

阿廖莎默不作声。他坐着不敢动弹。他听见了那句"你要是不喜欢就说一声，我马上就跳下去"，但他没有反应。阿廖莎的脑子里此时并没有那种大家都会有的念头。而拉基津则一脸淫荡地观察着阿廖莎，他猜想着阿廖莎正在想入非非。但并非如此，阿廖莎心中已经被前所未有的悲伤覆盖，这悲伤化作一副坚不可摧的铠甲，足以抵挡一切肉欲的袭击。尽管他心乱如麻，已经无法对自己的行为负责。尽管痛苦压迫着他的灵魂，让他难以呼吸，但他心中还是不由自主地产生了一种无法理解的奇妙的新感觉：过去，他要是发现自己在意念之中对女人产生了向往，一定会有恐惧和罪恶感，可现在，这个曾经让他感到可怕的女人正坐在自己的大腿上，搂着自己的脖子，他却有了一种从未有过的、完全没预料到的特殊感觉，一种无法形容、无比强烈且单纯的好奇。现在的他丝毫没有感到害怕，以往那种侵入灵魂的恐惧突然间消失得无影无踪。这又是因为什么呢？阿廖莎自己也想不明白。

"别说那么多了，"拉基津依旧是阴阳怪气，"赶紧把香槟拿来，这是你欠我的，你自己明白。"

"是是是，我确实欠你一瓶香槟。阿廖莎，我不妨坦白告诉你，我已经答应过他了，只要他能把你带过来，我就请他喝香槟。来，现在拿香槟过来！菲尼娅，把香槟拿过来！我也要喝！就拿米佳带过来的那瓶！去吧！虽说我现在日子过得拮据，但一瓶香槟我还是请得起的。不过，这是看在阿廖莎的面子上，拉基特卡，你要知道，这是为了我的王子。虽说我现在心思不在这里，但还是要和你们喝一杯，我愿意放松放松。"

"发生什么事情了？你到底在等什么'秘密消息'？如果可以，能不能告诉我们？"拉基津又趁机开始打听，仿佛在刻意表现出对格露莘卡刚才的轻慢之语不在意。

"哎，其实也不是什么秘密消息了，你知道的。"话说到此，格露莘卡就像突然想起了自己的心事，稍微支了支身子，转头面对拉基津。虽说此刻她和阿廖莎贴得不那么紧了，但仍然坐在阿廖莎腿上，右手搭在阿廖莎的脖子上，"那个军官，拉基特卡，我的那个军官要来了。"

"我倒是听说过这件事，怎么，他还真来了？"拉基津道。

"他现在在莫克罗耶，之前给我写了信，说是会专门派人来，我现在就等着他派来的人。"

"原来如此，他为什么会在莫克罗耶啊？"拉基津问。

"这就说来话长了。不过，你知道的够多了。"

"好吧，米佳可就惨了……对了，他知不知道？"

"他怎么可能知道？他一点都不知道！他要是知道了会杀人的。不过，我现在也不怕了，尤其是不怕他的刀子。好了，闭嘴吧，拉基特卡。别再向我提起德米特里·费尧多罗维奇了，他把我的心伤透了。尤其是现在，别让我再想起他了……阿廖莎，让我看看你，我现在满脑子里只有你……你对姐姐笑一个嘛！笑一个嘛！你看看我傻傻的样子，你看看我开心的样子，对姐姐笑一个嘛……啊，笑了，笑了！啧啧，这小眼神，多亲切。阿廖莎，你知道吗，我以为你一直在为前天

513

我在那位大小姐家里的事情生气呢。确实,那天我做的太不好了,但是这个事情,就看你们站在什么立场上去看待了,这是坏事,但也是件好事……"格露莘卡好像忽然想起了什么,笑了起来,她这冷冷的笑容中倏地浮现出一丝邪恶的意味,"米佳对我说了,说那女人气得直嚷嚷,说要用鞭子抽死我。确实,那天我把大小姐气得不轻。她把我叫过去,想用几块巧克力收买我……算了,事情已经这样了,"说着,她又冷冷一笑,"我可怕你就这样生我的气了……"

"这倒是真的,"拉基津突然插话,他的诧异也确实不是装出来的,"你听到了吗,阿廖莎,她就是害怕你这样的小雏鸡。"

"拉基特卡,估计也就你把他当成是个小雏鸡……纯粹是因为你没有良心!我是全心全意地喜欢阿廖莎!阿廖莎,你相不相信我是全心全意地喜欢你的?"

"呀,你这个女人真是没羞没臊。阿列克谢,你没听到吗,她在向你表白呢!"拉基津叫嚷道。

"没羞没臊又怎么了?我就是喜欢他。"

"啧啧啧,那军官先生怎么办?从莫克罗耶带来的'比金子还宝贵的消息'怎么办?"

"那是两回事!"

"女人的想法真奇怪!"

"你不要惹我生气,拉基特卡,"格露莘卡语气突然严厉,"这完全是两回事!我对阿廖莎的喜欢不是你想象的那样!说实话,阿廖莎,我以前对你确实有一些不怀好意的小心思。谁都知道我是个卑贱、疯狂、暴躁的人。可是吧,阿廖莎,当我看着你的时候,我能感觉到我的良心受到了煎熬。阿廖莎,我一直在想:'像他这样纯洁的男孩子,该多瞧不起我这种坏女人。'前天,我从大小姐家里跑回来的时候,也是这么想的。阿廖莎,我早就注意到你了。这件事我告诉过米佳,他表示他能够理解。不论你是否相信,阿廖莎,每次我看到你,都会感觉到一阵羞愧,羞愧到恨不能找个地缝钻进去……至于我为什么会想你,我从什么时候开始想你的,我不知道,我也不记得了。"

说话间,菲尼娅把一只托盘放到了桌上,盘内有一瓶打开了的香槟,还有三个斟满了酒的杯子。

"酒来啦!"拉基津叫道,"算了吧!你太激动了,阿格拉菲娜·亚历山大洛芙娜。待会儿几杯酒下肚,你怕不是要跳起舞来!哎,真是的,怎么什么事都干不好呢?"拉基津一边抱怨着,一边看着香槟说,"准是那个老太太倒的酒吧?瓶塞也没塞住,酒还是温的。算了,算了,将就着喝吧!"

说完,他站起身,走到桌子旁边,拿起一杯酒,一饮而尽,紧接着又给自己倒了一杯,舔了舔嘴唇说道:"碰到喝香槟的机会可不多,阿廖莎,你也拿一杯,待会儿好好展现一下你的能力。咱们该说点什么敬酒词呢?就说,敬天堂之门好不好?格露莘卡,你也把杯子拿起来啊!来,咱们三个一同敬天堂之门!"

"天堂之门?"格露莘卡拿起一杯酒。阿廖莎也伸出手拿起酒杯,但只是抿了一口,就把酒杯放回托盘。

"算了,我还是不喝为好。"阿廖莎淡然一笑。

"你刚才还吹牛来着!"拉基津又大叫起来。

"既然如此,那我也不喝了……"格露莘卡说,"其实我也不太想喝,拉基津,这瓶你都喝了吧,除非阿廖莎也要喝,不然我也不喝了。"

"你们两个真是……让人受不了……"拉基津在一旁取笑道,"她还坐在你大腿上呢,阿廖莎!告诉你,格露莘卡,他刚才还造上帝老爷子的反呢……"

"什么情况？"

"他的长老今天死了，就是那个长老，佐西马，那个大圣人！"

"什么？佐西马长老今天去世了？"格露莘卡大声惊呼，"上帝啊！我可不知道啊！"说着，她诚惶诚恐地画起了十字，"天哪！我这是在干什么，我怎么还能坐在他腿上呢！"就像是被什么东西扎了一下，她飞身从阿廖莎大腿上跳了下来，坐在沙发上。

阿廖莎惊异地看着这一切，不由自主地注视了格露莘卡良久，脸色似乎也没有那么阴沉了。

"拉基津，"阿廖莎忽然语气坚定地说，"你不要再拿什么我要造上帝的反之类的话嘲讽我了！我真的不想生你的气，所以，你也不要再惹我了。我今天失去的东西，对我来说无比宝贵，你是无法理解的，你也没权利对我评头论足！我劝你还是好好看看坐在这里的格露莘卡吧。你看不到吗？她在怜悯我！我来这里的时候，满心以为迎接自己的会是一个邪恶的灵魂。我还觉得，我之所以来到这里，是因为我卑微，是因为我邪恶。却不料自己碰到了一个真诚的姐姐，我找到了珍贵的宝藏——就是那个有爱心的灵魂……就在刚才，这个灵魂给予了我怜悯……阿格拉菲娜·亚历山大洛芙娜，我说的就是你。就在刚才，你为我找不到方向的灵魂指了一条明路。"

阿廖莎的嘴唇开始颤抖不已，呼吸也变得急促起来。正因此，他不得不停下自己的话语。

"你的意思是，她救了你？"拉基津笑出了声，这笑容里毫无善意，"可她巴不得一口把你吃了，你不知道？"

"闭嘴！拉基特卡！"格露莘卡忽地站起，"你们两个都闭嘴！现在，我要把所有事情都告诉你们，阿廖莎，你也先保持安静，因为你刚才说的话，让我羞愧难安。我就是邪恶的，我不善良，我就是这样的人。至于你，拉基特卡，我要你闭嘴是因为你这个人谎话连篇！我不想再听你鬼扯了！"

说这话的时候，格露莘卡非常激动。

"你们两个人都疯了！"拉基津满脸震惊地看着眼前的两个人，"你们两个人都疯了吧？我现在感觉自己好像在精神病院里一样。你们是不是马上就要抱头痛哭了？"

"我就要哭！我就要哭！"格露莘卡说，"他刚才把我当成姐姐，我永远不会忘记！不过，我要告诉你，我这个人虽然坏，但是我还是拿得出一颗洋葱……"

"洋葱又是怎么回事？你们两个果然都疯了！"

拉基津眼看着两个人越来越深情和激动，感到越来越惊讶和恼怒。其实，他本来可以好好想想，眼前的两个人都正在经历着能震撼他们灵魂的事情，要知道，这样的事情一生之中是极其少有的。拉基津虽然机智、敏感，但他的机智和敏感只对自己起作用，无法与他人共情，不能理解别人的内心世界。之所以会如此，一方面因为他少不知事，另一方面是因为他是个极度自私的人。

"你看到了吗，阿廖莎，"格露莘卡忽然间爆发出一阵神经质的大笑，"我刚刚对拉基特卡说我拿得出一颗洋葱，是在向他炫耀，但我告诉你这件事情，并不是想炫耀，而是另有目的。我主要是想告诉你这个寓言故事，这个故事是我小时候，我的厨子玛特廖娜告诉我的，故事是这样的：

很多年前，有个脾气很差的老太婆死了。她这一辈子从来没做过好事，死后，魔鬼将她扔进了火湖里。可是，她的守护天使不愿看到她受苦,便打算替她找出一件她生前做过的好事报告上帝,以求宽恕。天使想了好久,终于想起了一件好事。他找到上帝,报告说:'曾经有一位女乞丐路过她的菜园子,她拔了一颗洋葱给了乞丐。'上帝听罢,对天使说:'你把一根洋葱梗伸进火湖,让她抓住。如果你能把她拉出来,我就允她上天堂,如果洋葱梗断了,她就只能留在火湖里了。'于是,天使跑到老太婆那里,递出一根洋葱梗说:"婆婆!你快抓住它,抓紧了,我把你拉上来。"天使铆足了劲把她往上拽,差不多就要把她拉上来的时候,湖中的其他恶人发现了,于是,众人冲她游了过去,期望自己能抓住她,好跟她一起摆脱这地狱。可是,这位老太婆穷凶极恶,她见人来了,于是大喊:'他是在拉我,不是在拉你们!这是我的洋葱梗,不是你们的!'没想到,她话一出口,那根洋葱梗就断了,老太婆也掉进了火湖里,至今还在那里忍受灼肤之苦。天使无奈,只得眼含着热泪离开。

"故事到此就结束了。阿廖莎,你看,这个故事我都能背下来了。因为我就是那位穷凶极恶的老太婆。我刚刚对拉基特卡说,我要拿出一颗洋葱,可是对你,我要换一种说法,那就是我这一生只拿出来过一颗洋葱,换句话说,我这一辈子就干过一件好事。所以,阿廖莎,你不要夸我了,你也不必把我当成好人,我是个十足的坏女人,要是再夸我,我会活活羞愧而死的。哎,确实,我需要好好忏悔了。听着,阿廖莎,我曾经想要千方百计地得到你,所以,我才一直缠着拉基特卡要他把你带来,并答应他,如果他能把你带来,我就会给他二十五卢布。说到这里,拉基特卡,你等等……"

说罢,她快步走到一张桌子前面,拉开抽屉,掏出一个钱包,又从钱包之中抽出二十五卢布。

"你在胡说什么呢!那是开玩笑的!开玩笑的话……"拉基津惊慌失措。

"收下吧,拉基特卡,这是我欠你的!我想你不会拒绝吧,毕竟是你开口要的。"说着,她把那些钞票扔向拉基津。

"我会拒绝吗……"拉基津显然尴尬极了,于是开始故作英勇地掩饰自己的丑态,"算了,钱对我来说还是有用的。世上有傻瓜,就是为了让聪明人的日子好过些……"

"从现在开始,你得给我闭嘴,拉基特卡。接下来我说的话,没有一句是给你听的。你就找个角落好好待着,一句话也不要说。你不喜欢我们,保持沉默就好。"

"我为什么要喜欢你们?"拉基津的敌意显露无遗。他先把那二十五卢布揣进兜里,当着阿廖莎的面收钱实在是让他羞愧不已,他本想过一段时间再找格露莘卡要钱,这样阿廖莎就不会知道,而现在,他有些恼羞成怒了。之前格露莘卡话里话外地嘲讽自己,拉基津心知肚明,只是,他的理智告诉自己,这个时候要避免与她发生冲突。从这一点也可以看出,格露莘卡似乎能够控制住拉基津,但这会儿,他有些无法忍受了。

"喜欢一个人,爱一个人,总得有原因吧?你们二位为我做了什么吗?"

"难道你不能不需要理由地去爱吗,就像阿廖莎的爱一样?"格露莘卡说道。

"他的爱?他怎么爱你了?他给你什么爱了?你在说些什么胡话呢?"

听到这话,格露莘卡站在屋子中央,表情严肃,语气中满是歇斯底里的怒火,她吼道:"你给我闭嘴,拉基特卡!你对我们一无所知!从今往后,我不许你再这么对我无礼地说话!你为什么敢如此大胆?你不过就是一个跑腿的,怎么敢这么放肆?你给我滚到角落里,把嘴闭紧!现在,阿廖莎,现在我要告诉你所有的一切,我想让你知道,我究竟是个什么样的怪物!我再强调一下,这些话不是说给拉基特卡听的,而是说给你听的。我曾经想过要毁了你。阿廖莎,这是真的。我曾经为此痛下决心,甚至用钱买通了拉基特卡,要他把你带来。我为什么想要这么做?阿廖莎,你什么都不知道,你看到我之后,总是脑袋一低,转头就走。可是,我在之前已经偷偷摸摸地不知道看了你几百遍了,我也不止一次向别人打听你的情况。你的脸已经刻进了我的心里。我知道你看不起我,甚至都没有正眼看过我。最终,我完全沉浸在了这种奇怪的感觉中,我开始怀疑自己,为什么会如此害怕你这样一个男孩子?我内心充满愤懑,恨不能把你活吃了。不论你相不相信,城里没有一个人敢说自己能来到我阿格拉菲娜·亚历山大洛芙娜家鬼混。很简单,因为老头子对我管束很严,他是我唯一的男人,魔鬼将我们捆绑在了一起,一定是这样的。但是,当我看到你时,内心开始蠢蠢欲动,我不止一次对自己说:'我一定要把你吞下去,然后再放声大笑。'看到了吗,我就是一条歹毒的母狗,可是我没想到,你真的把我当成姐姐。现在,我之前那个挨千刀的负心汉来找我了,要我在家里等他的消息。你可知道那个王八蛋以前是如何对我的?四五年前,我被库兹马带到这里的时候,又小又瘦,只能天天藏在他的家里,没日没夜地哭。我当时想:'那个挨千刀的负心汉在哪里?他一定在和别的姑娘一起笑我的愚蠢。倘若我今生能再看到他,一定要报复他!'多少个夜晚,我把脑袋埋在被子里哭,故意折磨自己的心,让怨恨成为我活下去的动力：'我一定要报复，一定要报复他！'我常常在夜里大喊大叫。我一想到他要么是在嘲笑我，要么早就把我干干净净地忘记了，就会泪流满面地从床上摔下来，止不住地整夜发抖，第二天早上，我就会变成一条发怒的母狗，恨不能把整个世界撕成遍地碎片。你知道后来的事情吗？我开始疯狂敛财，人也变胖了。这个时候你会不会觉得，我变聪明了，放下一切了？错了，你们都错了。我依旧和四五年前没有一点区别，每晚我躺在床上时依然会整夜哭个不停，我依旧对自己说：'我一定要报复，一定要报复他！'

"你听到我对你说的话了吗？你现在应该知道我是个什么样的人了吧？就在一个月以前，我突然收到了他的来信，他说他老婆死了，他要来到我这里，想见见我。上帝啊，我突然感觉到我又在精神上被他俘虏了。上帝啊，我有种预感，如果他真的来了，给我吹个口哨，我就会像一条被训练得服服帖帖的母狗一样爬过去。我甚至不能控制自己，我的意思是，我想不通，我为什么就这么下贱！我想不通，我怎么就会像狗一样爬过去！这一个月来，我更加痛苦了，那种痛苦来自对自己无能的愤怒。阿廖莎，你现在也看到了吧？我就是这么的凶恶和疯狂。现在，我把一切都告诉你了。至于米佳，我把他当成了消遣，目的就是为了通过他来避开那个王八蛋。拉基特卡，你不要说话，你没有资格评判我。我的话，不是说给你听的。在你们来之前，我就躺在这里想，我应该为自己的未来做安排了。你们两个不可能知道我的想法。对了，阿廖莎，我也请你告诉那个大小姐，请她不要再为了我那天的事情生气……这世界上，不会有任何一个人知道我的全部感受，也没办法知道了……因为，我说不定会带着一把刀子过去……不过，现在我还没有拿定主意……"

格露莘卡诉说完可悲的往事后，身体像是被抽空一般，再也没有力气说话了,她双手掩面长叹一声,扑倒在沙发上,整个脸埋在枕头里,像个孩子一样痛哭。阿廖莎从她身旁站了起来,走到了拉基津身旁。

"米沙①,"他说,"你不要生气。她是伤害了你,但是请你不要生气。她刚才的话你听到了吗?要知道,一个人的心中能承受的东西是有限的,所以我们不要苛求,而是要慈悲些……"

阿廖莎很激动,觉得这些话自己非说不可,所以他将拉基津当作了倾诉对象,倘若拉基津当时不在,他便会自己喊出来。只不过拉基津瞪了他一眼,阿廖莎停住了。

"不要把那老头子给你灌输的那一套变成炮弹轰给我好吗?嗯?阿廖莎,你这上帝的乖孩子。"拉基津不怀好意地笑道。

"不要笑,拉基津,不要谈论去世的长老!"阿廖莎噙着热泪怒吼道,"他活着的时候比世界上所有的人都崇高!我不想当你的审判者,我也不过是个罪孽深重的被告。和格露莘卡比起来,我又算得了什么呢?我之所以来这里,不过是自取灭亡。当时,我对自己说:'就这样吧,就这样吧!'我为什么这么说,因为我是个怯懦的人。她呢,她已经受了四五年的苦了,可她还是能做到宽恕:你看,只要伤害了她的人真诚地来她身边,她还是会把那人的罪过一笔勾销,哪怕她还流着眼泪;那个折磨她的负心汉回来了,召唤她,她便准备宽恕那人的一切过错,准备满心欢喜地回到他的身边。她一定不会带刀子的,一定不会的。我,我自愧不如!我不知道你会不会这样,米沙,反正我做不到。今天的事情是我的教训,这位小姐的仁爱之心,比你我更加高尚……刚才她说的事情,你之前可有曾听她说起过?你没有,你

---

① 指拉基津。

绝对没有,如果你有幸听过,你早就明白一切了……还有,那位几天以前受到伤害的小姐,但愿她也能宽恕!因为,她在了解了一切之后,也一定会给予格露莘卡宽恕的……她一定会了解,了解这个被伤害太深的灵魂……她会给予格露莘卡宽恕……因为这灵魂之中蕴含着宝藏……"

阿廖莎的呼吸开始变得困难,便不再说什么了。拉基津虽然依旧生气,但更诧异。他怎么也想不到,平时安静的阿廖莎,讲起道理来竟能如此滔滔不绝。

"瞧,现在又多了一个能言善辩的律师。怎么着,你爱上她了?阿格拉菲娜·亚历山大洛芙娜,我们这位禁欲的修士被你征服了,他爱上你了!"他无耻地大笑道。

格露莘卡从枕头中抬起了头,温柔地看着阿廖莎,突然笑了一下。一抹跃动的烛光照亮了她已经哭得红肿的笑脸。

"别理他,阿廖莎,你是我的天使,他这样的人,不配和你说话。我,米哈伊尔·奥西波维奇,"她转向拉基津,"我刚才还想为了之前伤害了你的话道歉呢,现在我不想了。阿廖莎,你来,来坐到我身边。"她笑着,向阿廖莎招了招手,"好,坐好了,你告诉我,"说着她拿起阿廖莎的一只手,微笑着看着阿廖莎的眼睛,"你告诉我,我应该爱他吗?我还应不应该爱那个负心汉?在你们来之前,我一个人躺在黑暗里,在心里寻找答案,我到底还爱不爱他?现在,你替我做个决定吧,阿廖莎,我快没时间了,你说吧,你怎么说,我就怎么办。我该不该原谅他?"

阿廖莎笑了:"你不是已经原谅他了吗?"

"我确实已经原谅了……"格露莘卡摇了摇头,若有所思,"我这颗心啊,不争气!来吧,举杯,敬我这颗卑贱的心。"说罢,她忽然举起桌上的酒杯一饮而尽,然后使足了劲儿把它重重地掷在地上。随着一声脆响,玻璃四散飞溅。她笑了,她的笑颜中透着一丝冷意。

"也许,我还没有打算原谅,"她带有某种威胁的口气说道,她看着地面,就像是在自言自语,"也许我准备宽恕,可我总是爱和自己较劲儿。阿廖莎,你知道吗,我发现我特别喜欢这几年来我为他流下的泪……也许我爱的只是对他的怨恨,根本就不是爱他。"

"我可不想成为他那样的角色……"拉基津突然插了一嘴。

"你做不到,拉基特卡,你永远不配。你只配给我擦鞋,拉基特卡,你不过是我的一个跑腿,你这辈子都甭想配上我这样的女人。别说你了……就连他也不配……"

"他也不配?那你穿这么好看干什么啊?"拉基津反唇相讥。

"你不配对我品头论足,拉基特卡,你什么都不懂。我随时可以把这身衣服扯下来。我现在就可以!"她大声喊道,"你根本不知道我为什么要穿成这样!拉基特卡,说不定我就会穿成这样走到他的面前,对他说:'你见过我这身打扮吗?'要知道,我被那负心汉甩了的时候才十七岁,又瘦又小,就像是得了肺炎一样,除了哭之外什么都不会。但现在,我要坐在他身边,迷惑他,点燃他的欲火:'瞧瞧现在的格露莱卡吧,尊敬的先生……'我要让他尝尝一只馋猫被拴住的滋味,让他闻得了腥却吃不到肉。懂了吗,拉基特卡?"格露莘卡的笑声充斥着疯狂,"阿廖莎,我就是这么疯狂。我会扯掉我的衣服,毁掉我的容貌,用烈火烧,用刀割,我可以当个乞丐。只要我想,从今往后我可以什么地方都不去,什么人都不见;只要我愿意,我可以把那个老商人送我的玩意儿全部退回去,包括他的钱。大不了,我去做一辈子苦工……拉基特卡,你以为我不会?还是说,你以为我不敢?我可以做到的,随随便便就能做到,现在就能做到,不要惹恼我……至于那个负心汉,我会一脚踢开他,再不见他!"

她声嘶力竭地说完这几句话之后,又无法控制自己的情绪了,双手捂面,整个人倒在枕头上,哭得浑身颤抖。拉基津从座位上站起来。

"走吧,阿廖莎!"他对阿廖莎说,"已经很晚了,再晚我们该进不去修道院大门了。"

格露莘卡忽地跳了起来:"什么?你要走,阿廖莎?你难道没看见你对我做了什么吗?你唤起了我的真情,让它不断地折磨我,然后你要这样把我一个人丢在黑夜里吗?"

拉基津说:"你总不能让他在这里过夜吧?好,好。如果他愿意,就让他留下好了。我要走了!"

"闭嘴吧!你这个没安好心的家伙!"格露莘卡吼道,"他今天对我说过的话,你有对我说过哪怕一句吗?"

拉基津低声说:"他都对你说了些什么啊……"

"我不知道,我不知道,我不知道他都对我说了什么,我只知道他把我的心搅得天翻地覆……他是第一个,也是唯一一个为我难过的人、怜悯我的人。我的天使啊,你为什么不早点来到我身边?"说着,她疯了一样地跪倒在了阿廖莎面前,"我这一辈子一直在盼着你这么一个人啊!我知道能给我怜悯的人一定会出现,我知道虽然我是个万劫不复的坏女人,但也一定会有人给我仁爱,而且这种爱一定不是肉欲之爱……"格露莘卡叫喊道。

"可是,我为你做了什么呢?"阿廖莎面带微笑,一边感动地说着,一边伸出了自己的双手,扶她起来,"我不过给了你一颗洋葱,最小最小的洋葱……"说罢,他也流下了眼泪。

此时,过道里忽然发出了巨大声响,一听便知是有人闯进了门厅。格露莘卡如惊弓之鸟,"腾"地站起。菲尼娅大声嚷嚷着跑了进来。

"太太，我的好太太，他派的人来了！"她气喘吁吁，"是从莫克罗耶来的三套马车，车老板是季末菲……对了，还有信，有信！"

信就在菲尼娅手里，她一边叫嚷着，一边舞动着那封信。格露莘卡上前一步，一把把那信抓了过来，急忙凑到蜡烛下面看。与其说那是一封信，倒不如说那是张字条。它只有寥寥数行，眨眼间她就读完了。

"他在叫我了……"格露莘卡面色煞白地欢呼起来，痛苦的笑容扭曲着脸道，"他在向我吹哨了，爬过来吧，你这条母狗！"

她犹豫了一下，但这犹豫也只持续了一秒钟，她突然感到体内的血液一下子涌了上来，甚至染红了她的面庞。

"我要去！"她突然大叫道，"我要和我的五年告别！再见了，阿廖莎，这是命中注定的……你们走吧，现在就走吧！我们不会再见了……格露莘卡要奔向新的人生了……你也别生我的气了，拉基特卡。说不定，我在走向死亡！啊！我仿佛喝醉了一样！"

她撂下二人，径直跑回了卧室。

"她现在顾不上我们了！"拉基津抱怨道，"咱们赶紧走吧，不然待会儿又该听那女人哭哭啼啼了，我是实在听腻了……"

阿廖莎呆若木鸡，只能任凭拉基津将他带了出去。院子里停放着一辆卸了套的马车，几个提着灯的人正忙前忙后。说话间，三匹大马被从院门中牵了进来。阿廖莎和拉基津刚刚走下台阶，忽然听得一声响，原来是格露莘卡打开了自己卧室的窗户，她扯开了嗓门，冲着二人的背影喊道："阿廖莎，替我给你大哥米佳道个歉！让他不要恨我！你把我的话转告给他，'格露莘卡觉得自己配不上你，因为你是正人君子，所以她才将自己丢给了那个无耻之徒！'请你再多加一句，就说格露莘卡爱过他，但总共只爱了一个小时，他要记住这一个小时，你就告诉他,'格露莘卡让你一辈子都别忘记!'……"

她说到最后,已经泣不成声,话音未落,她便"砰"的一声关上了窗子。

拉基津皮笑肉不笑道:"她就快把你那个哥哥给宰了,还要人记得她呢!这个可怕的女人!"

阿廖莎一句话都没说,就像是没有听到一般。他只是下意识地跟在拉基津旁边往前走,越走越快。拉基津此时突然觉得自己似乎被捅了一刀,仿佛有人在用手指触碰他的伤口。他万万没想到,本来是做个人情还有钱拿的好事,却发展到了现在这个样子,这并不是他所期望的……

"她口中的那个负心汉是个波兰人,"拉基津努力地克制着自己的脾气,"只是现在不是军官了,后来在西伯利亚、靠近中国的某个地方当海关公务员,听说最近他连这个饭碗也丢了,现在应该是个穷光蛋。他应该是打听到格露莘卡有些钱,这才回来,这不是很明显的事吗……"

阿廖莎似乎还是没有听见,这一次拉基津忍不住了:"你到底怎么了?"他冲着阿廖莎邪恶地笑道,"你是觉得自己成功拯救了一个娼妇?赶跑了七个鬼?[①]还是说,你盼望的奇迹降临了?"

"能不说话吗,拉基津?"阿廖莎的话音中满是悲伤。

"怎么?瞧不起我了吗?你觉得我为了二十五卢布出卖你了?你又不是耶稣,我也不是犹大……"

"哎,拉基津,你不提我都要把这件事忘了,现在你又提醒了我……"阿廖莎无奈地回应道。

[①] 指七宗罪。

这话一出拉基津彻底火了。

"你们这帮人,都见鬼去吧!"他勃然大怒道,"真是见鬼了!我怎么搅和进你们这群人里了!从今往后,我们就是路人。你的路在这里,你自己走吧,恕不奉陪!"

说罢,他转身拐进了另一条街,把阿廖莎一个人丢在了黑暗里。

阿廖莎走出了城,一个人走向修道院。

第四节 加利利的迦拿①

按照修道院的作息,现在确实已经很晚了。阿廖莎回到了修道院,看门人给他指了一条特殊的路,让他进去。九点的钟声刚过,大多数人经过如此紧张的一天后,终于开始休息。阿廖莎胆怯地打开了长老的修道室,现在,他的灵柩就停放在这里。在棺木旁边,坐着佩西神父,他还在为长老诵读福音书。屋内还有一人,是那个见习修士波尔菲里,昨晚他旁听了长老的临别谈话,今天又折腾了一天,整个人精疲力竭,现在正躺在一个角落席地而睡,睡得很沉。整间修道室之内除了他俩没有别人。佩西神父听到了阿廖莎开门的声音,但没有看他。阿廖莎自顾自地走进来,找到一个墙角,双膝跪地开始祈祷。

他的灵魂已经装载不下这么多感受,而这一切又太过含糊混乱,没有哪一种感受在主导着自己的思想,似乎许多情绪纠缠在了一起,势均力敌。但说来奇怪,在这混乱之中,竟掩藏着一丝甜蜜,阿廖莎

---

① 地名,这里的意思是"热心"。拿撒勒通往提比利亚路上有个叫"迦拿"的小村庄,在拿撒勒东北约十里,《新约》中共有四次提到迦拿,都称为加利利的迦拿,这是为了区别在拿撒勒北方仅二十余里的基利叙利亚的迦拿。

对此并没有感到意外。眼下，他又看到了这口棺材，又看到了那个被放进棺材里的人，此人对他来说是何其珍贵和亲切。不过，他已不再有早上那种悲痛的感觉了。

祈祷结束了，阿廖莎站起身，走到灵柩前，躬身祭拜，就像是在叩拜神像，他的心中有一丝奇妙的感觉荡漾开来，阿廖莎知道，那是喜悦，确实是喜悦。修道宰现在打开了一扇窗户，凉爽清新的空气吹了进来。他想，如果今天白天打开了窗子，也许这一切闹剧就不会发生。不过，现在的他已经再没有了白天时的悲愤和哀痛，他开始平静地祈祷了，但他发现背诵祈祷文是自己的无意识之举。那些纷乱如麻的思想在他脑海中晃动，如同星辰般闪亮，当他想要捕捉时，很快又有别的思想取代之；不过，总有一种完整、稳定、宽慰的情绪主导着他。他意识到了。有好几次，他重新热切地祈祷，他有那么多的情和爱要宣泄……可仅开了个头，他的思绪就又转到了别的事情上。他又思考了起来，竟然忘了祈祷。于是，他倾听佩西神父的诵读，但他感觉自己身心疲累，逐渐打起了瞌睡。

佩西神父念道：

第三日，在加利利的迦拿有婚宴，因为耶稣的母亲在那里，耶稣和他的门徒也被邀请出席。①

"婚宴？谁要结婚了？"一个想法在阿廖莎的脑子里盘旋，"她也很开心吧……她也出席了……不，她没有拿刀子，一定没有拿刀子……拿刀子只是句气话而已……好吧……可怜人的气话必须被原

---

① 出自《圣经·新约·约翰福音》第二章。

谅,一定要原谅。可怜人说出这种话语……能安抚他们的灵魂……否则,就没有人能听懂他们的悲伤了。拉基津不见了,拐入小巷子里不见了。啊,拉基津,他一受委屈就会自己跑到小巷子里躲起来……还给我指路……他给我指的路好宽,好亮……亮,就像是太阳一样……太阳。不对……得听,念到哪里了?"

佩西神父又念道:

酒用尽了,耶稣的母亲对他说:"他们没有酒了……"

"我刚刚在胡思乱想些什么……我不能漏掉这一段,我喜欢这段,这可是加利利的迦拿第一次出现奇迹……啊,这是一个奇迹,多可爱的奇迹。耶稣在第一次降临人世的时候,带给人们的是快乐,不是悲伤,他让人们更加快乐……'给予人们爱的人必然会爱上人们的快乐'……这话是长老说的,也是他教导我们的核心思想。米佳……米佳说,'人要是没有快乐就活不下去'……是,米佳说得对……一切真实而美丽的事物一定充满了宽恕,对,长老就是这么说的……"

佩西神父念道:

耶稣说:"妇人,我与你有什么相干?需要我的时候还没有到。"

他的母亲对用人们说:"他告诉你们什么,你们就做什么。"

"做什么?当然是去为穷人创造喜悦,让穷人感受到喜悦……如果婚宴连酒都不够……真的是很穷了。我记得历史学家说过,这个地方就住着那些最贫苦的人，无法想象的那种贫苦……对，还有一个伟大的人在场……就是耶稣的母亲。她知道，她的儿子降临人世并不是为了建立什么悲壮的功勋，耶稣也同样理解，人们邀请他参加那无比简陋的婚礼的这份情谊是朴实的。'需要我的时候还没有到'，他一边笑着一边说（那时，他一定是对着妈妈笑着说的）……难道他来到人间的目的就是给穷人在婚宴上送来美酒？但他还是按照母亲的要求照做了……啊，他还没停，还在读。"

> 耶稣对用人说："把缸倒满了水。"他们就倒满了。
> 耶稣又说："现在可以舀出来，送给负责筵席的人。"他们就送了去。
> 负责筵席的尝了那水变的酒，并不知道是哪里来的，只有舀水的用人知道。负责筵席的人便叫新郎来，对他说："别人都是先摆上好酒，等客人喝足了，才摆上次的，你倒好，把好酒留到最后！"

"但是，发生了什么？为什么房间在变大？哦，对，没错……这里有一场婚宴，一场婚礼要开始了……是的，难怪会这样。看，这里是客人，那里是年轻人坐着的地方……哦，欢乐的新人……那个负责筵席的聪明人，又在哪里……这位是谁？是什么人？……怎么了，屋子又变大了……那个从大桌子旁边站起来的是什么人？为什么……怎么他也在这里？他，不应该躺在棺材里吗？他怎么在这里？啊，他站起来了，他在看我，他竟然走过来了……上帝啊……"

是的，他走到了阿廖莎的面前，就是他，那个皮包骨头的瘦小老人，那个脸上爬满皱纹、表情和蔼的老人。他的棺材不见了，他几乎穿着和昨天一样的衣服,就是那晚和大家谈话时穿的那件。他的笑容祥和,双目有神。发生了什么?啊!难道说,他也被邀请了?他也出席了加利利的迦拿举行的这场婚礼……

"是的,我亲爱的孩子,我就在这里,我也接受了邀请,"阿廖莎听到了那个他熟悉得不能再熟悉的慈祥声音,"你怎么躲了起来了?怪不得我之前没有看到你……来吧,你也来找我们去吧!"

就是他的声音,确实是佐西马长老的声音……是他在呼唤自己……怎么会不是佐西马长老呢?长老伸出一只手扶起了阿廖莎,阿廖莎急忙站了起来。

"我们在这里过得很开心,"老人说,"我们喝的是新酿的酒,也是新人的喜酒。你快看,这里有多少客人!你看,那两位是新郎和新娘,你看,这位就是聪明的宴席负责人,他在忙着品新酒呢!你刚才看到我怎么如此惊讶?我给了别人一颗洋葱,所以我才能出现在这里。这里的人都是给过别人洋葱的人,哪怕只是给了一颗小小的洋葱……啊,我们所从事的事业究竟是什么呢?我的孩子,你是这么的温柔,这么的温柔善良……今天你也把洋葱给了一个十分需要它的人。你做得很好,就这样开始你的事业吧!……你看,那里不就是我们的希望吗?你看到了没有?"

"我怕……我不敢看……"阿廖莎喃喃道。

"不要害怕他!虽说他那么伟大,在我们面前无比威严,他是那么崇高,令我们肃然起敬,但他是无限仁慈的。他胸中有爱,所以他才在外表上看起来和你我无二致,才会和我们一起快乐。为了不让客人扫兴,他把水变成了酒,你看,他不是在等待着新客人吗,不正在招呼着新客人吗?看,新酿的酒又上桌了,这些美酒可以喝上几百个世纪……你看,这里是打包的容器……"

阿廖莎觉得心中似乎有什么东西燃烧了起来，一下子烧光了他的愁苦，带着喜悦的热泪从灵魂深处喷涌而出……他张开双臂，大叫一声，忽然醒了……

没错，棺材还是棺材，窗户也还是窗户，诵读声还是诵读声。阿廖莎觉得奇怪，自己明明是跪着睡着的，现在怎么又站着醒来了。突然间，好像有什么力量把阿廖莎猛然往前一推，他坚定地迈出大步，走到长老的棺材前，甚至没有注意到自己碰到了佩西神父的肩膀。

佩西神父把目光从福音书上移开，看了阿廖莎一眼，随后又转开了视线。他心里清楚，这个年轻人一定是遇上了奇怪的事情。

阿廖莎对着棺材站定，一言不发，一动不动地看着棺内那具干瘪瘦小的身体，看着他胸前捧着的神像和他头上缀有八端十字架的帽斗，足足半分钟光景。他心想，自己刚才分明听到了那熟悉的声音，那声音现在还在耳畔回响。他开始侧耳倾听，希望可以再次听到那个声音……可突然之间，阿廖莎转身离开了修道室。

阿廖莎头也不回地大踏步走出门外。他那充满了喜悦的灵魂渴望着自由、空间和广度。他的头顶上方，是有着柔和星光的无垠的苍穹，从天顶到地平线，银河被分成了模糊的两部分。黑夜拥抱着大地，礼拜堂的白塔金顶与深邃的天空交相辉映。房子前花坛中的秋花已入睡，直到天明才愿意醒来，天地在一片寂静中融为一体……就像是突然被人绊倒了一样，上一秒还在站着的阿廖莎现在趴在了地上。他也不知道为什么，他也说不清楚自己为何按捺不住地想要亲吻大地，想要吻遍整个大地，但他确实在这样做，他噙着热泪，一边亲吻着，泪水一边浇灌着这方土地。他在心中对着大地发誓，要永远爱它，永远永远。"要用你喜悦的热泪洒满大地，要深爱上你的这些泪水……"想到这些话语，他哭得更厉害了，可他究竟为什么要哭？

啊，他是为了心中的狂喜而哭，是为了那广袤无垠的银河而哭，是为了那漫天闪耀的星辰而哭，他并不羞于表现自己的疯狂。这些仿佛来自天国的遥远星光，就像是一根根细线在他的心中交织着，他开始战栗，因为他感觉自己仿佛瞬间迎来了一个新世界。他想去原谅所有的人、所有的事，也希望所有的人能宽恕他。

啊，他不是为了自己，是为了这世上所有的灵魂请求宽恕，那么，"别人也会为我请求宽恕"，这句长老生前说过的话又一次清晰地浮现在阿廖莎的脑海中，他觉得此时此刻，有一种无比坚定的力量正从四面八方不断地涌入他的身体。某种思想似乎已在他的脑海中牢牢扎根，终其一生不可动摇。趴下的时候，阿廖莎还是一个脆弱的痛苦少年，现在站起来的是一个坚定的勇敢斗士。这一切，阿廖莎在狂喜之中意识到了。

终此一生，阿廖莎也不会忘记这一刻。

"在那一刻，有人曾到我的心中来过。"他坚信不疑地说。

三天后，阿廖莎离开了修道院，为了那位已故的长老曾经的叮嘱："到尘世上去生活。"

第八章　米佳

第一节　库兹马·萨姆索诺夫

格露莘卡奔向自己的新生活之前，曾特意嘱咐阿廖莎，要向德米特里·费尧多罗维奇转达自己的问候，并希望对方永远记住自己曾爱过他，虽然只有短短的一个小时。但是，到此刻为止，上述的所有事情，德米特里完全不知情，所以他一直处在惶恐之中。最近两日，他整日昏昏沉沉、精神恍惚，难怪他后来说怀疑自己当时可能得了脑炎。前一天早上，阿廖莎没有找到他，想要和他一块儿去小酒店的伊万也没能找到他，他的房东按照他的意思，没有透露他的行踪。

这两天，德米特里·费尧多罗维奇四处乱跑，他后来说，这些举动是"在跟自己的灵魂作斗争，企图以此拯救自己已坠入深渊的命运"。甚至，当时还发生了一些迫使他出城处理的急事，哪怕他很害怕，一分钟也不想让格露莘卡脱离自己的监视范围，但他还是抽出时间出了一趟城。所有这些情况，在之后都被查明，被详细地记录到了文件里。但现在，我们只需要列举下他在这"生命中无比可怕的两天里"发生的一些非交代不可的事情就好，因为过不了多久，一场他完全没有预料到的横祸就会降临。

格露莘卡的确真心诚意地爱过他一个小时，但她也曾经无情地折磨着德米特里。而且，德米特里完全猜不透她的意图，他曾软硬兼施地逼她就范——她决不会就范，只会一气之下不再理睬德米特里，这一点德米特里深知。德米特里敏锐地察觉到，格露莘卡的内心似乎非常纠结，她应该是遇到了难以抉择的事情，因此，德米特里提着一颗快要停止跳动的心不无根据地认为，有时候格露莘卡一定恨他到了骨子里，恨他的情欲。至于格露莘卡究竟为何苦恼，德米特里就不得而知了。他觉得，也许折磨格露莘卡的问题可以被简单地归结成在自己和费尧多尔·巴甫洛维奇之间做选择。

在此，我需要向各位读者说出一个事实：德米特里非常相信自己的父亲费尧多尔·巴甫洛维奇一定会提出（如果还没有提出的话）要与格露莘卡正式结婚；他也非常确信，父亲这个老色鬼指望用三千卢布把格露莘卡弄到手是不可能的。

至于那位影响了格露莘卡整个人生的军官，即将在最近回归，而格露莘卡也正怀着十二分的激动与恐惧，等待着他的来临。但说来很奇怪，德米特里似乎对这件事情不以为然。这几天，格露莘卡对这件事绝口不提，而关于这个军官回归的消息，却是格露莘卡亲口告诉德米特里的，她甚至还给德米特里看过军官寄来的那封信。但让格露莘卡感到奇怪的是：德米特里似乎根本没把这件事当回事儿，这确实难以解释。可能是因为德米特里满脑子都是如何和自己的父亲抢女人，这已经让他心力憔悴、无暇他顾了，他无法想象出还有什么更可怕、更危险的事，至少那时候的他想象不出来。一个五年没有音信的旧情人突然冒了出来，德米特里对此根本不相信，尤其不相信那个人还会来找她，在他看来，军官的那封信通篇语义模糊，辞藻浮夸，尽是些多情善感的话。不过，要说明的是，格露莘卡并没有让德米特里看到信的全部内容，信的最后几行关于归期说得是很肯定的。此外，根据德米特里后来的回忆,当时他瞥见格露莘卡对这封西伯利亚的来信露出了极端的不屑,外加此后她再也没有提到自己旧情人的事情,所以他才没多久就把那名军官的事忘得一干二净了。

当时德米特里一心认为,不管事态如何发展,他必须首先解决自己和费尧多尔·巴甫洛维奇之间的冲突,这是迫在眉睫的事。所以,他时时刻刻都在等着格露莘卡的决定,不过他一直认为,这个决定一定是心血来潮的结果。她会没头脑地突然对他说:"把我带走吧!我永远属于你!"然后,一切都会结束。他一定会紧紧抓住格露莘卡,带她跑到海角天涯。哦,海角天涯可不一定,总之是要带她去尽可能远的地方,越远越好,如果到不了世界的边境,那就去俄国边境,在那里和她结婚,一起隐姓埋名,不让任何人知晓他们的情况。那时,将开启全新的生活!

德米特里已经陷入了这种对全新的、循规蹈矩(一定是循规蹈矩的!)的"美好"生活的狂想里。他渴望重获新生,甚至可以说是渴望脱胎换骨。这种又脏又臭如泥淖似的生活让他觉得腻透了,所以,他选择了大多数沦落于此的人的选择,即寄希望于换个生活的地点,从而摆脱这里的人,摆脱这个恶臭的环境,摆脱这个该死的地方。仿佛做到了这些,他就能重获新生,他的人生就能从头来过。这便是他目前日夜向往的全部。

然而,这只是问题的一种解决方式,也是幸运的解决方式。当然还有另一种方式解决,但结果就完全不同了,那是一种无法想象的可怕结局。万一格露莘卡对他说:"你走吧,我决定和费尧多尔·巴甫洛维奇在一起了,我要嫁给他了,不要你了!"那时……那个时候……怕是德米特里也不知道该怎么办,从始至终,他都不知道,这一点必须替他证明。他确实没有确切的想法,也没有犯罪计划。他只是在痛苦中监视着、窥探着，并始终指望着自己能得到第一种幸福的结局，对此做好了思想准备。除此之外，他甚至已经开始排除自己的其他想法了。但与此同时，一个新问题摆在他眼前，尽管不是最重要的，却让他不知所措。那便是：如果格露莘卡真的愿意随自己而去，那么究竟要带她去哪儿？又要从哪里筹集路费？要知道，德米特里一向挥霍无度，他已经把父亲给他的钱花光了。虽然格露莘卡有些钱，但德米特里是个要脸面的人，他认为自己一定要承担相关的费用，决不能花女人的钱。他无法想象自己伸手向她要钱的情景，这样做会让他觉得永远抬不起头来。好了，到此为止，我实在是不想再对此事详细地描述了，也不想再加以分析，我只是指出这就是他当时的想法和心态。如果非要说这一切有原因，我觉得倒是有个间接的原因，他的下意识在作祟，他到现在还在因为自己挪用了卡捷琳娜·伊万诺芙娜的钱而感到后悔，受到良心的谴责。

"已经在一个女人那里干了件混账事，总不能又在另一个女人那里干混账事！"正如他本人事后承认的那样，他当时想，"如果格露莘卡发现了，她一定会抛弃我这样的混账东西。"

所以，在德米特里的脑海里，眼下最重要的问题是，要去哪里搞钱？没有钱，他就全完了。

"如果这种悲剧的发生只是因为没有足够的钱，这也太丢脸了。"

我需要多说两句，问题的关键在于：他知道自己去哪里搞钱，也知道这笔要命的钱放在何处。但是此刻我不打算再多解释什么了，因为以后一切都会水落石出。但是，对德米特里来说，最不幸的事情是什么？我倒是可以简单地回答。为了能得到这笔路费，或者说光明正大地拿到这笔路费，他必须先把卡捷琳娜·伊万诺芙娜的那三千卢布还了。不然，按照他自己的话讲，"我就是个扒手，十足的臭流氓，我不想以这种身份开启新生活"。所以,如果有必要,哪怕是在关键时刻闹个天翻地覆,卡捷琳娜·伊万诺芙娜的这三千卢布都是非还不可的,而且是首先就要做到的。

在此,我不得不先向各位读者讲述一下德米特里·费尧多罗维奇是究竟怎样下定了决心的。

首先,他下定决心的时间并没有很长,差不多可以追溯到格露莘卡当面把卡捷琳娜·伊万诺芙娜狠狠羞辱一番之后,他和阿廖莎见面的那个晚上,即两天之前。当时德米特里在得知这件事之后,觉得自己真是个浑蛋,于是让阿廖莎一定要转达自己的歉意,只愿"让她多少好受一点"。那晚,兄弟俩分开以后,一股强烈的情感冲动告诉德米特里,即便是"杀人越货,也要把欠卡捷琳娜的钱还了"。"我宁愿成为众人面前被唾骂的小偷或者强盗,宁愿被流放到遥远的西伯利亚,也不愿成为卡捷琳娜口中的骗子和小偷。我绝对做不到在偷了她的钱的情况下,带着格露莘卡开启我美好的新生活,我做不到!"他斩钉截铁地对自己说道,难怪他有时会认为照此下去自己一定会得脑炎。但目前,他还要作一番思想斗争……

现在的德米特里,陷入了一种非常奇怪的境地,做了这样的决定之后,除了绝望,他已经无路可走了。毕竟,像他这样的穷光蛋,去哪儿搞到这一大笔钱呢?但他一直觉得自己能搞到这三千卢布,寄希望于三千卢布能从天而降,有这种想法的人很多,这些人和德米特里一样,不知道该如何挣钱,只会挥霍继承来的遗产。自从和阿廖莎分开后,关于天降横财的白日梦如同一阵旋风,一直在德米特里脑中盘旋,把他所有的主意搅成了一团乱麻。结果呢?他计划的第一步从疯狂和荒诞开始了。也许,只有像德米特里这样的人,在这样的处境中,才会把最不可能、最不靠谱的想法当成自己的首选方案。

他突然决定,要去找格露莘卡的那位老相好——商人萨姆索诺夫,向对方提出一个"计划",并认为自己可以用这个"计划"换到一大笔钱。对于计划的商业价值,他充满自信,唯一担心的是,万一对方不像他想象的那般只从商业角度考虑,那他对他的"计划"会怎么想呢?尽管德米特里见过他一面,但这有什么用呢?他们并未说过话。即便如此,德米特里还是坚定地认为:如果格露莘卡真的要放弃过往的放浪生活,打算嫁给一个"靠得住的男人",那么这个已经活不了几年的糟老头子,一定会予以支持,起码不会反对。甚至,他还可能会有成人之美的想法。不知这些结论究竟是来自格露莘卡说的话,还是什么其他捕风捉影的想法,总之,德米特里就是认定,在那位老商人心中,自己肯定比费尧多尔·巴甫洛维奇更适合格露莘卡。

许多读者可能会认为,德米特里·费尧多罗维奇希望从那老头子手里"接盘"格露莘卡的想法实在太过卑鄙、太不知羞耻。但是,我还是要说,格露莘卡的过去对德米特里而言已经不再重要。他对她是满怀同情和热情的,除此之外,他始终坚信,只要格露莘卡说她爱他,并且愿意嫁给他,就意味着会有一个崭新的格露莘卡诞生了,与此同时,一个崭新的、完美无瑕的德米特里·费尧多罗维奇也会随之出现。他们将彻彻底底地宽恕对方的过去,迎来崭新的生活。至于老迈的萨姆索诺夫,德米特里认为他在格露莘卡的生活中扮演着注定失败的角色,格露莘卡从来没有爱过她,他们二人的故事应该画上句号了。既然故事已经结束,那么这位"过去"的角色也就没有了意义,也像其他完结了的事物一样不再存在了。况且,德米特里甚至没有把那位老商人当成一个男人,因为全城的人都知道,这位病入膏肓的老头子命不久矣。最近一年来,老商人与格露莘卡之间的关系已经和以前完全不同了,现在的他们更像是一对父女。

德米特里在感情上就是这样单纯天真。虽说这个人的的确确干了许多坏事，但他确实是个头脑简单的家伙。他甚至坚信，那位老商人在行将就木之际，一定会为了自己和格露莘卡的往事真诚忏悔，因此，德米特里认为，老商人是目前最关心格露莘卡的人。

那晚，与阿廖莎在路口谈话之后，德米特里几乎彻夜未眠。第二天早上十点左右，他就来到了老商人萨姆索诺夫家中。老商人住在一栋既古老又阴森的大院里，面积很大，院内有一栋两层主楼，另有配套的侧屋。在主楼的一楼，住着老萨姆索诺夫的两个儿子和他们的妻儿老小，除了他们外，还有老萨姆索诺夫的一个老姐姐和他没有嫁出去的女儿。院子的侧屋住着老头子的两名管家，其中一人也带着自己的妻儿老小，人口不少。因此，儿女们的房屋和管家们的房间都住得十分拥挤，但这并不妨碍老头子一个人独享主楼第二层的空间。他甚至不让自己的女儿来二楼住，甚至在一些规定的时间段，他的女儿只要听到了他的呼唤就必须放下手头的一切事物尽可能快地爬上二楼，尽管女儿已经被哮喘折磨多年。

老头子住的二楼有很多房间完全被当成了摆设，房间都是按照老式商贾人家的格调布置的，靠着墙壁的是一排样式陈旧但很舒适的红木扶手椅和靠背椅，天花板上的玻璃吊灯罩着灯罩，窗户之间的墙面上挂着一面镜子，已经落满了灰尘。这些房间都是空的，没人住。老商人的病情的确很严重，他活动的范围主要就是一间小小的卧室，日常的生活由一个裹着头巾的中年女人照顾，外加门前的一个小男仆随时听候差遣。老头子的双腿已经肿胀，几乎不能下地，只能偶尔从椅子上撑起身子，在那个中年女人的搀扶下，沿着屋子里边走上一两个来回。老头子对那个中年女人几乎没有好脸色，很少与她说话。

当小男仆向他传达，有一位"上尉"拜访求见时，老头子想都没想,立刻表示不见。但在德米特里的坚持之下,小男仆又一次进去通报。老商人这才询问小男仆来者的长相,是不是醉鬼来闹事的。小男仆回答不是酒鬼,并表示对方很坚定,不肯走。老头子仍旧不想见来者。德米特里似乎对此已有准备,当小男仆再出来的时候,他掏出笔纸,工整地写下一行字:"来此有要事相商,事关阿格拉菲娜·亚历山大洛芙娜。"写完,让小男仆给老头子送了进去。

老头子看过手上的字条,稍微考虑了一会儿,命令小男仆把来者迎到二楼,同时命那位中年妇女下楼把他的小儿子叫上来。他的小儿子很快就来了,此人身高一米九五,看上去力大无穷,不留胡须,穿着一身西式服装(老头子喜欢穿大褂,也蓄胡)。老头子叫儿子上来绝非因为害怕,而是担心万一出了什么事情,好歹有个见证人。那不喜说话的小儿子和小男仆搀扶着老头子,晃晃悠悠、步履蹒跚地走出小小的卧室,来到了准备与德米特里见面的客厅。可想而知,老头子的心里充满了好奇。

德米特里已经在客厅里等候着了,他觉得这间空荡荡的房间有种说不出的压抑。环顾四周,只见客厅有两排窗户,整间房子的墙壁都是大理石的,天花板正中挂着的那盏大吊灯盖着大大的灯罩。德米特里在靠近门的一把小椅子上焦急不安地等待着,毕竟,他的命运掌握在别人手里。正胡思乱想的时候,德米特里看到老头出现在距离自己差不多二十步远的长廊上,于是马上站起来,就像在阅兵场上那般,大踏步地走上前去。德米特里的衣着相当正式,他的礼服面料良好,扣子也都一一扣好,除此之外他还戴了黑色的手套和圆顶礼帽。这身衣服就是他三天前去修道院的长老那里与自己的父兄共商家事时穿的那身。老人索性站定,用傲慢而严厉的神情等待着他。德米特里朝老人走去,他注意到,那老头子正在用审视的目光打量自己。

库兹马·库兹米奇的脸非常浮肿，德米特里深感震惊，他下嘴唇本来就厚，现在由于太过吃惊，像是一张耷拉下去的大面包。老头神情凝重地向德米特里行礼，示意他坐在沙发旁的一张扶手椅上，自己则是扶着儿子的手臂，费劲地缓缓坐在德米特里对面的沙发上。德米特里看到他行动如此费劲，感到有些不好意思，在被他惊动的这样的一位显赫人物面前，他实在显得太微不足道了。

"先生，您来到我这里有什么事？"老头子坐定之后才张了口，语气严肃又不失礼貌。

德米特里不禁打了一个寒战，本想站起来，但细一想还是稳稳坐着。接着，他开始连说带比画地申明来意，语速飞快，声音很大，让人觉得有点神经质，就像是赌徒在孤注一掷一般。听得出来，这是个已经穷途末路的人正在努力寻找那根救命稻草，如若寻不到，怕只能投河自尽了。

老萨姆索诺夫在听完德米特里说的话之后，一下子就明白了，但他喜怒不形于色，宛如一尊雕像。

"尊贵的库兹马·库兹米奇先生，想必您不止一次听说过我和我父亲费尧多尔·巴甫洛维奇·卡拉马佐夫的冲突，这个人窃取了母亲留给我的遗产……这件事情当时闹得沸沸扬扬……此外，您可能也听格露莘卡说起过……请您原谅，阿格拉菲娜·亚历山大洛芙娜，也就是我十分尊敬、万分敬重的阿格拉菲娜·亚历山大洛芙娜，可能对您说起过……"

德米特里开始断断续续地说起来，但说了没几句他就说不下去了。在此我就不逐字逐句地写出他的原话了，只大概写一下。

三个月之前，德米特里"十分特意"地（他说的就是十分特意，而不是特意）去了省城，找到一位名叫"巴维尔·巴甫洛维奇·科尔涅普罗多夫"的知名律师,"关于这位律师,您多多少少应该听说过他的大名吧?这个人……嗯……极其聪明,差不多和政治家一样……他也知道您……他对您的评价很高……"德米特里停顿了一会儿。慢慢地,他的口齿变得伶俐起来,即便有时候还是会磕巴,但他总能跳过去,尽可能地往下说。科尔涅普罗多夫律师在详细地询问过德米特里之后,开始仔细地审查德米特里所能提供的各种文件。至于这些文件是什么,德米特里含糊其词,没有过多透露。律师表示,切尔马什尼亚村有一些土地的所有权理应作为他母亲的遗产归属德米特里,此事完全可以提起诉讼,从而让那位行为恶劣的父亲得到他应有的惩罚……而且,如果官司打赢了,德米特里大概能从费尧多尔·巴甫洛维奇那里获得六千甚至七千卢布,因为在切尔马什尼亚村的那块土地,价值绝对不会少于两万五千卢布,不对,应该说肯定能超过两万八千卢布。"三万,甚至不止三万!库兹马·库兹米奇,可是您想想,这个残酷的老家伙,从我出生到现在,花在我身上的钱甚至不到一万七!当初我小,不懂法律,我自认倒霉;可我万万没想到,等我来到这里之后……却被恶人反告……(说到这里,德米特里的叙述又开始混乱了起来,所以他直接把这一段跳了过去)。尊贵的库兹马·库兹米奇,不知道您是否愿意接受一种可能性,那就是,我能从那个恶魔手上,追回我的一切权利。而我需要您的帮助……您只需要给我三千卢布。您放心,您绝对不可能吃亏,这一点我可以以人格向您保证,您这三千卢布绝对不会打了水漂,还能有至少六千、七千的回报。只是……这件事情最好能在今天解决。我可以请公证人为您办手续,或是其他什么别的方法,只要您愿意就行……总之,我豁出去了,我可以把您所需要的所有文件都拿出来,也可以在任何契约上签字……我们可以马上办完手续,如果可能,最好今天上午就办……三千卢布,对您来说算不了什么……毕竟,在我们这座城里,又有谁的资产可以与您相比?您只需这样就能……就能救我一命,只要您救我一命我就能去完成一项非常伟大的事业……甚至可以说,是非常高尚的事业……因为我对一位女士怀有十分崇高的感情。这位女士您非常熟悉,而且您就像父亲一样关照着她。如果不是因为您慈父一般的关怀,我也不会来到这里。这件事情说白了,就是三个人拼死拼活地去角逐一个目标。命运这个东西,实在是太可怕了。库兹马·库兹米奇!现实是那么残酷。由于您已经退出了这场争斗,眼下就剩两颗脑袋在碰撞了,请您原谅我没什么文化,毕竟我不是个作家。我的意思就是,两颗脑袋里有一颗是我的,另一颗是那个恶魔的。但是,还是请您做出选择:究竟是帮我,还是成全那个恶魔?总之,三个人的命运,两个人的幸福,现在全部握在了您的手里……请您原谅,我有点语无伦次,但是我觉得您能明白……我从您那不怒自威的眼神中能看出来,您已经明白了……如果您还不明白的话,我今天可能就要死了……我说完了!"

德米特里以一句"我说完了"作为这番荒谬言辞的结束语。说罢,他从座位上跳了起来,等待着对方答复他。事实上,就在他说完最后一个字的时候,他就意识到,自己已经把事情搞砸了。更糟糕的是,他觉得自己说了一大堆可怕的废话。

"太奇怪了,"他想,"我来这里的路上还感觉一切都会很顺利,可现在却搞成了这个样子!"

老头子在听他说话的时候一动不动,漠然地注视着他。他沉默了足足一分钟后,斩钉截铁地说:"很抱歉,先生,这样的买卖我不想做。"

听到他的话,德米特里顿时觉得自己两腿发软。

"那我现在该怎么办呢？库兹马·库兹米奇，"他面色苍白地苦笑道，"完了，我现在真的完蛋了，您能明白吗？"

"很抱歉……"

德米特里还站在那里，眼神中满是期望地凝视着对方，过了好一会儿，他发现老头子的脸上有了一些动静。他不禁打了一个寒战。

"是这么回事儿，先生，您提出的这笔买卖对我来说不太合适，"老头缓缓地说道，"要去法院，还要去请律师，这样的事情太麻烦了！您要是愿意，我这里有个人，您可以去找他……"

"上帝啊！这……这个人是谁？……您真是我的救命恩人，库兹马·库兹米奇！"德米特里激动得说话结巴了起来。

"这个人不是咱们城里的人，目前也不在这里。他是个乡下人，做木材生意，大家都叫他'黑背'。他正和费尧多尔·巴甫洛维奇谈判呢，他想买一块地的木材，好巧不巧，这块地就在切尔马什尼亚。听人说，他们两个已经拉扯了一年了，到现在为止价格还没谈拢。巧的是，这位最近又来了，现在就住在伊琳斯科耶的神父家里。伊琳斯科耶是个镇子，距离沃罗维亚站十二里地。他曾经就此事给我写过信，征询过我的意见。听说费尧多尔·巴甫洛维奇也正准备去找他，如果您能在费尧多尔·巴甫洛维奇之前找到他，告诉他您给我说的建议，说不定……"

"这主意太好了！"德米特里欣喜若狂地打断了他，"这件事一定能成功，这可是他求之不得的机会！他买的话价格太昂贵，如果我把这块地的产权文件交给他，他一定愿意做这笔买卖……哈哈！"

德米特里突然爆发出一阵短促又不自然的大笑，笑得是那么出人意料，令老头子吓了一跳。

"我真不知道该怎么感谢您了，库兹马·库兹米奇。"德米特里心里似乎要沸腾起来了。

"举手之劳。"

"您不知道,您口中的举手之劳可真是救了我的命!啊,我之所以来到您这里,就是因为一种预感……现在,我立马去找那位神父!"

"举手之劳。"

"我要赶紧过去!之前我没能顾及您的健康,但是,您的救命之恩我永世不忘。这是一个俄国人对您的承诺,库兹马·库兹米奇,一个真正的俄国人的承诺!"

"行吧。"

德米特里抓住老头子的一只手,本想使劲摇晃,然而他似乎突然注意到了对方眼中某种不友好的神色,于是急忙缩回了手,但随即责怪自己多疑。

"他一定是累了吧……"德米特里的脑海中闪过这么一个想法。

"就是为了她!我是为了她,库兹马·库兹米奇!您能够理解的,我这么做全都是为了她!"他猛然吼起来,声震整个大堂。之后他猛地鞠了一躬,转过身子,如同刚才一样,大步流星地走了出去,头也不回。他喜不自胜,浑身哆嗦。

"我本以为事情到这里就全完了,不料上天还是保佑了我,"他的脑海中回荡着一个想法,"这位老商人如此尊贵、气派!既然是他给我指了一条路,那这条路无疑……是一条康庄大道。我现在就赶紧过去!夜里就回来,夜里就回来,总之这次我赢定了!真的!那个老头子还能耍我不成?"德米特里在回自己公寓的路上激动不已,他的脑子里现在已经想不出什么别的名堂,刚才老头子的建议,要么是一个商业大师的良言(他似乎很熟悉这个叫'黑背'的人——这个外号好奇怪),要么就是老头子在耍他。

然而，不幸的是，似乎后一种想法才是正确的。事后，我是说那桩惨剧发生之后，老商人也笑着承认道，当时他就是在戏耍这个"上尉"。毫无疑问，老商人确实是个蛇蝎心肠的人，对他来说，如果一个人让他感到恶心，他便会以恶作剧的方式来戏耍对方。那究竟是哪一点恶心到了老商人呢？可能是上尉那兴致冲冲的样子；又或者是上尉对他那"愚蠢到了家"的计划太过自信，认为老商人会中他的计，相信他那胡说八道的"计划"；还有可能是因为格露莘卡，这个"混账小子"竟然敢跑到这里诓钱，导致老商人醋劲大发——我也不能确定到底是因为哪种原因。但是，德米特里站在他面前，双腿发软，慨叹一切都完了的那个瞬间，老商人带着无限的愤懑狠狠地瞪了他一眼，突然想好好耍耍他。德米特里一走，一肚子火气的老商人就对儿子们下了死命令：今后绝对不能允许这个"穷鬼"再出现在自己面前，甚至连院子也不许他进来，否则……

他故意没有说出"否则"后面的话，可即便如此，就连看惯他发怒的儿子都吓得打了个寒战。在此次会面后的一段时间里，老商人气得浑身发抖，到了傍晚之后身体状况愈加不妙，只好派人去请医生。

第二节　黑背

再来看看米佳，他要赶紧雇一辆马车，可是他连一个戈比都没有……不对，我这话说得不对，实际上他的兜里还有两枚钢镚儿，加起来总共四十戈比。这两枚硬币就是他过了这么多年潇洒生活之后剩下的全部财产！除了现钱之外，米佳身上还有一块坏了的老式银表。于是，他急急忙忙地跑到了市场，找到一家小铺子，把这块表当给了那里的犹太表匠。表匠出价六卢布。

"我完全没想到能卖这么高的价！"米佳喜出望外（他现在还沉浸在对老商人的钦佩之中），拿起那六卢布就跑回家中。回到家，他又找到自己的房东，从他那里借了三卢布。要知道，这三卢布已经是那家人仅剩的一点钱了，不过他们还是乐意把这笔钱借给他，因为他们太喜欢米佳了。米佳兴奋且仓促地告诉他们他的命运将在今天迎来转折，不但如此，他还透露了老商人为他指的那条"康庄大道"，还有自己对未来人生的全部规划。过去，他也经常把自己生活中的一些秘密告诉房东一家，因此房东一家人从某种程度上来说已经被他视为"自家人"，他从来没有把他们当成高高在上的地主。总而言之，米佳凑到了九卢布，派人雇了一辆马车，朝着沃罗维亚驿站出发了。如此一来，人们都记住了一个事实：在惨案发生前的一天中午，米佳已经身无分文，他为了弄到钱，变卖了自己的表，除此之外还问房东一家借了三卢布。上述事情都能找到证人。

我在此处先指出这一事实，自有深意，至于用意何在，此后定当知晓。

在前往沃罗维亚驿站的路上，米佳虽然预感到"一切都将迎刃而解"，但还是隐隐觉得不安，他在想：在他离开的这段时间，格露莘卡会怎么样？会不会就是在这段时间里，她突然决定选择费尧多尔·巴甫洛维奇？正因如此，米佳在离开城市之前特意没有告诉格露莘卡，不但如此，他还专门嘱咐自己的房东一家，要他们一定不要泄露他的去向。

"无论如何，今晚一定要回来！"在颠簸的马车上，他不断地对自己说，"弄不好，我得想办法把这个黑背带到这里来……一定要把这件事情处理好……"米佳提心吊胆地盘算着他的计划，然而糟糕的是，他的这些计划注定不能按照他所期望的那样成为现实。

首先,他出发时时间已经很晚了,老商人说两地相距十二里,实际上并非如此,两地之间的距离至少有十八里。其次,那位神父当时不在家,他去邻村了。当筋疲力尽的米佳和同样气喘吁吁的马儿跑到邻村找到那位神父的时候,天已经擦黑了。

这位神父看起来是个胆小、和气之人。他当时就向米佳解释,那位外号叫黑背的人一开始确实住在他家,但现在已经走了,去往苏霍伊镇了,今天他要和那里的护林人一起过夜,因为他也在那里收购木材。米佳再三请求神父立刻带他去寻找黑背,并宣称这件事能救他的命!

神父一开始有些为难,但后来还是因为好奇答应送他去苏霍伊镇。不过,神父犯了个错,他建议二人一起"徒步前行",因为这条路只有"一里多一点"。米佳当然同意了他的建议,随即迈开流星大步朝前走去,可怜的神父甚至需要一路小跑才能跟得上。路上,米佳同这位谨小慎微的矮个中年人说起自己的计划,还神经兮兮地要求神父说一些关于黑背的情况。一路上,米佳说个不停,神父只是仔细地听着,期间很少说出自己的看法,对于米佳的提问他尽可能地以"我不知道""我不清楚"之类的话搪塞。当米佳说到和父亲关于母亲的遗产争议时,神父几乎吓到失色,因为他确实和费尧多尔·巴甫洛维奇有某种依附关系。不过,他仍然困惑,为什么米佳要把那位做生意的乡下人戈尔斯特金称为"黑背"。因此他很正式地向米佳解释道,这个人不叫黑背,并且这个人很不喜欢黑背这个外号。他还劝米佳,到时候最好称他"戈尔斯特金",不然他可能什么事都干不成。

米佳只是稍微有一些诧异,说:"萨姆索诺夫也把他叫作黑背。"神父一听他这话,便不再说下去了,因为他开始感到疑惑,既然这位萨姆索诺夫如此了解戈尔斯特金,为什么只告诉米佳他叫黑背?他这样做是不是成心耍他？假如神父立刻把自己的疑惑告诉德米特里，事情会好办得多。可是米佳没太多的工夫去考虑这些"细枝末节"，他很着急，所以走得非常快。到了苏霍伊镇后，米佳才明白，神父口中的一里出头的路，恐怕足足有三里。想到这些米佳确实有一些恼火，但他忍了下来。

他们走进一间木屋。神父认识的护林人占了半边屋子；隔着过道，更加干净的另外半边屋子则是戈尔斯特金的。他们到了戈尔斯特金的那半边木屋，屋主人为他们点燃了一支牛油蜡烛。当时，屋子里生着炉子，热得厉害。借着影影绰绰的灯光可以看到松木桌子上有一只托盘，盘子中有几只杯子、一瓶朗姆和一瓶已经见底了的伏特加，旁边还有一些残羹剩饭。戈尔斯特金躺在一张长长的木凳上，把自己的外套揉成了一团当作枕头垫在脑后，鼾声如雷。

眼前的景象让米佳犯了难。"我自然得叫醒他，事情太重要了。我很忙，我今晚还要赶紧回去。"米佳着急地说道，然而神父和护林人站在那里，并不回应他。于是，米佳自己走了过去，打算想办法弄醒他，可任凭他左推右揉那人就是叫不醒。

"他应该是喝醉了，"米佳断定，"可我该怎么办呢？天哪，我要怎么做啊！"

米佳实在是太过焦急，不耐烦地拉着戈尔斯特金的手脚，摇晃他的脑袋，把他搀扶起来，立在木凳之上。经过了很长时间的努力之后，那人才开始半梦半醒地咒骂起来，虽说声音不大，但骂得一点都不轻。

"依我看，您还是稍微等一下吧，"神父终于开口了，"他的情况您还看不出来吗？"

这时候护林人也附和道："他喝了一天酒了……"

"上帝啊！"米佳气得直叫唤，"你们不知道这件事情对我来说有多么重要，我已经走投无路了呀！"

神父回应道："您最好还是等到明天早上再说吧……"

"等到明天早上？行行好吧，这绝对不行！"绝望之中，米佳又开始试图弄醒醉汉，但不一会儿他就放弃了。显然，他已经明白了，任凭自己怎么折腾，此人也不可能清醒过来。神父默不作声，睡眼惺忪的护林人紧绷着脸，显然很不高兴。

"现实给人们安排了一个多么可怕的悲剧！"米佳绝望地叹道。此时，他的脸上汗如雨下。神父急忙抓住这个时机，对他说道："即便是想尽方法把他弄醒，也不能改变他烂醉如泥的事实，您又怎能指望他和您谈正事呢？况且，您的事情又是性命攸关的大事，所以，您还是等到明天早上再说吧……"

米佳两手一摊，只能同意。

"神父，我，我还是留在这里吧！这支蜡烛也请不要熄灭，说不定他会醒过来。要是他醒了，我再……蜡烛钱，我会付给您的，"他转身朝向护林人，"在这里过夜的钱我也会给您，请您记住，我叫德米特里·费尧多罗维奇·卡拉马佐夫。只是，您，"他又转向神父，"神父，我不知道该怎么安排您过夜，您要睡在哪里？"

"不用，我回家去，先生。我可以借他的马骑回去。"说着，他指了指护林人。"再见，祝您成功。"

事情就这样定下来了。神父骑马回家去了，他松了一口气，总算是从这件事情中抽了身，可是一阵不安涌上了他的心头。他摇了摇头，不知道自己该不该把今天的事情告诉自己的恩人费尧多尔·巴甫洛维奇："如果不告诉他，若是日后他知道了，怕就不会再对我给予关照了……"

米佳和护林人在小木屋中坐下,他又开始滔滔不绝地讲起自己的宏伟愿景和计划。护林人听了一小会儿,挠了挠头,默不作声地回自己那半边小屋去了。于是,长凳之上就剩下米佳一人。他焦急地等待着,期盼黑背能奇迹般"苏醒"。此时此刻,深沉又可怕的沮丧感如同大雾弥漫在他的心头。

米佳坐着,想思考些什么,可一无所获。油烛在冒烟,蜡光闪动,屋外一只蛐蛐在枯燥地叫着,由于生着火,屋子里闷得出奇,让人难以忍受。米佳在想象中看到了一座花园,花园后面有一条小路,在那条路的尽头,是打开了门的父亲,而格露莘卡从那扇门里溜了进去……霍地一下,米佳从长凳上站了起来。

"悲剧!"他咬牙切齿地说。话音刚落,他就机械地走到那个熟睡的醉汉面前,仔细地端详着他的面容。此人很瘦弱,绝对谈不上老迈,脸很长,棕色卷发,黄色胡须;一块银质怀表的表链从布衬衫外面的黑色背心口袋里露了出来。不知为何,米佳看着这张脸,心里突然涌起了一阵憎恶,似乎就是看不惯他那头卷发。

他实在感到屈辱,他,米佳,为了那件刻不容缓的重要事情抛弃了那么多,牺牲了那么多,累成这个样子,没想到把所有希望都寄托在了这个酒囊饭袋身上,而他却像个死猪一样打着呼噜,就像另一个世界上的人似的。

"哎!真是太倒霉了!"米佳仰起了头,长叹一句,"真是太捉弄人了!"说完,他像是彻底失去了理智,冲向那位醉了酒的乡下人,使尽浑身解数疯狂地摇晃了他足足五分钟,但依然毫无作用。米佳知道,自己已是黔驴技穷,只能回到自己的长凳上。

"傻呀!我太傻了!"米佳愤怒地自言自语,不知道为什么,他又说道,"而且……这一切真的太丢人了!"

突然间，米佳感到头痛难忍。

"要不就这样吧？我走了算了？"一个念头闪过他的脑海，"不行！我得等到明天早上！得留下，非得留下！我来到这里难道是为了别的事情吗？再者说了，我现在也回不去了呀，胡思乱想些什么呢……"

米佳的头越来越痛了，他动也不敢动，迷迷糊糊地睡着了。两个小时或者更长时间后，一阵无法忍受的剧痛袭来，他差点儿忍不住叫出声。米佳醒了过来，他感觉血液正在两侧太阳穴中喷涌，头盖骨似乎都要被它冲飞。剧痛让米佳感到头晕目眩，自己也不清楚是怎么回事。后来，他终于意识到，是火炉里产生的煤气导致了头痛，这玩意说不定会要人命。醉汉还在打着呼噜，蜡烛的火焰即将熄灭。米佳大叫一声，跟跟跄跄地穿过小过道走进护林人的屋子。护林人被他吵醒，听说对面房间充满煤气味，虽然赶紧过去查看，但神态却显得非常冷漠，这令米佳既惊讶又气愤。

"要是他死了，他死了，那……那该怎么办？"米佳站在护林人面前狂吼。说着，他打开门窗，捅了捅烟道，从过道里提来了一桶水，先往自己脑袋顶上拍了拍冷水，然后不知道从哪里掏出来一块破布，把它浸湿敷在了戈尔斯特金头上。整个过程中，护林人一直以一种冷漠态度旁观着。他看了一眼打开的窗户，没好气地说："没什么问题了！"说罢，就转身回去睡觉了，给米佳留下一盏点亮的灯。

接下来的半个小时，米佳不断地为那个煤气中毒的醉汉湿敷，他已经下定决心今晚不睡了，但折腾了一天，他已经精疲力竭。现在，他回到了长凳上，本想着坐下喘一口气，却不料眼皮已经有了千万斤重，不由自主地躺在长椅上睡熟了，就像是死了一样。

米佳睡得很沉，醒过来时已经不早了，大概上午九点。明媚的阳光穿过了昨晚打开的那两扇窗户，醉汉已经穿好了衣服，坐在板凳上。

米佳面前,烧得正旺的茶炊已经支好,一瓶新开的酒也已经呈上。米佳看了看酒瓶就知道,昨天剩下的酒底子他已经喝完了,今天刚打开的这瓶新酒,也被喝了一大半。

米佳一骨碌爬起来,忽然想到,这讨厌的家伙又喝多了。米佳死死地盯着对方看了足足一分钟,不知道该怎么讲才好。期间,对方也时不时地偷偷瞄一眼米佳,他悠闲的样子实在让人火大,给人一种轻视的张狂感。思前想后,米佳还是站起身来,走到对方的身边。

"请您原谅,您看……我……我想,您应该已经听到护林人说起我了吧?我是德米特里·卡拉马佐夫上尉,是老卡拉马佐夫的儿子,听说您正打算从我父亲那里购买几块林地的木头……"

"胡扯!"对方坚定又平稳地说。

"胡扯?您难道不知道费尧多尔·巴甫洛维奇?"

"我对你说的什么巴甫洛维奇不感兴趣!"他的舌头似乎有些不好使。

"您不是打算从他那里买木头的吗?啊!您快醒醒吧,该醒醒了!我是您的神父朋友带过来的……您之前不是给萨姆索诺夫写过信吗……是他让我来……"米佳激动得上气不接下气。

"胡扯!胡——扯!"

米佳只觉得双腿发软,浑身冰冷。

"您行行好吧!不要再开玩笑了!您也许喝多了,但是您现在能说话,您能明白我什么意思……否则,否则,我就什么办法都没有了!"

"你是个染工?"

"行行好吧!我是卡拉马佐夫,我是德米特里·卡拉马佐夫。我过来是有一个……对您来说,有利可图的好建议……非常有利可图的提议……就是关于那片林子的……"

乡下人傲气地捋了捋自己的胡子。

"不，你没有履行承包合同，你耍赖！你是个骗子！"

"我向您保证，您认错人了！"米佳绝望地比画着双手。

这个男人不以为然地依旧捋着胡子，忽然，他把眼睛眯成了一条缝。

"不，你现在要告诉我，究竟是哪一条法律允许你偷工减料的？你听到了没有？听懂了吗，小骗子？"

米佳沮丧地往后退了好几步路，正如他事后自己所说的那样，他当时"就像是被人当头棒喝"。霎时间，他恍然大悟。他一动不动地站着，怎样都搞不明白，自己怎么说也是个有些思想的人，怎么会笨到干这样的蠢事，差不多围着这个该死的黑背一整天，还为他敷湿布……

"这个该死的酒鬼，喝得烂醉如泥，而且还会没日没夜地再喝上一个星期，我为什么还要在这里继续等下去？难道萨姆索诺夫是故意支开我的？万一她……上帝，我这是在干什么啊！"

醉汉坐在那儿，看着失魂落魄的米佳，似乎有些幸灾乐祸。要是以前，估计米佳早把他宰了，但眼下，他浑身无力，就像是个无能为力的孩子。他灰溜溜地走回长凳旁，拿起自己的外套穿好，走出了戈尔斯特金的半边屋子。他走向了护林人的小屋，但那里并没有护林人，什么人都没有。于是，他从兜里摸出五十戈比，排得整整齐齐地放在桌上，作为他昨晚留宿、蜡烛和叨扰的费用。出了木屋，目之所及只有大树。就这样，他漫无目的地行走，挖空了脑子想着自己来时的路。可是他想不出来自己该往哪边走，昨天他实在是太性急了，根本没有记路。

对于一个已经丢了魂的人来说，报复心是奢侈的东西。米佳心中似乎没有怨恨，即使是老商人萨姆索诺夫，他也不恨。米佳身心疲惫地走着，不一会儿就在密林中彻底迷失了方向。现在，他不在乎自己将去向何方，他是那么心力憔悴，估计一个孩子都能把他推倒。好在林子并不大，可面前还是没有路，只有已经收割干净的光秃秃田野，一直铺向远方，仿佛一眼望不到头。

"什么都没有了，一片死寂！"米佳一边走一边念叨着。不一会儿，他走到了一条乡间小路上，一辆出租马车载着一个小个子老商人正经过此地，他们救了米佳。当时人车相遇，米佳把他们拦下问路，正巧他们也要去沃罗维亚驿站。经过一番磋商，他们同意了米佳搭车。三个小时后，米佳到了沃罗维亚驿站。一下马车，米佳就招呼车夫送他进城，这时候他才意识到自己已经饿得前胸贴后背了。趁着车夫套车的工夫，米佳急忙找到一个吃饭的地方。眨眼间，他就往嘴里塞进了一份煎鸡蛋、一大块列巴和一根大香肠，除此之外，他还给自己灌了三杯伏特加。酒足饭饱之后，他自觉精神多少恢复了一些，心情也好了不少。在马车上，米佳不止一次地催促车夫加速，颠簸之中一个全新的、"决不更改"的计划浮现在他的脑海中。他决定了，最迟今晚，一定要搞到这笔"该死的"钱！

"想不到区区三千卢布就能将一个人难倒，真是想不到！"他心里发出轻蔑的感慨，"今天，我一定要把这件事解决！"

如果不是魂牵梦绕地想念着格露莘卡，担心她那里出现什么事端，米佳的心情应该会好很多。但是，对格露莘卡那里不确定的悬念，无时无刻不像一把尖刀，扎着他的心脏。

终于，车进了城，米佳直奔格露莘卡家中。

第三节　金矿

米佳这次与格露莘卡的见面，就是前文中格露莘卡对阿廖莎二人谈起的心有余悸的那次。当时她正在等待着那位军官"专门派来的人"，而米佳已经连续两天没有来找她了，这让她非常高兴，甚至祈求上帝，在自己出发之前不要再见到米佳。但偏偏就在她等待的时候，米佳突然出现了。接下来的事情大家都很清楚了，为了摆脱米佳的纠缠，格露莘卡撒了谎，表示自己要去库兹马·萨姆索诺夫那里，说是要去"理账"，除此之外她还要米佳送她前往。米佳自然欣然从命。在到老商人家门口的时候，格露莘卡同他约定，要他在午夜十二点再过来接她回家。对于这样的安排，米佳很满意，他想："如果格露莘卡待在库兹马家里，就意味着她不会去找费尧多尔·巴甫洛维奇。"可隐约中，他还是觉得不安，"只要她没有对自己撒谎……"米佳转念一想，她又怎么可能对自己撒谎，毕竟她没有理由骗他。

米佳可真是醋坛子的典型代表。只要一和自己心爱的女人分开，他就会疑神疑鬼，生怕她会惹出什么乱子，又或者在这段时间突然"背叛"了他。只要一想到这儿，他就觉得自己的精神要崩溃了，万分沮丧，觉得自己的女人已经背叛了他。但是，只要能看到自己的女人，看到她的笑颜和身体，他就能死而复生，在精神上抛弃那个悲伤的自己，甚至满心欢喜地谴责自己疑心太重。

把格露莘卡送到老商人家后，米佳便着急忙慌地往家赶去。

啊，今天他还有很多事情要做！

"我现在要做的是找到斯乜尔加科夫，问问他昨天有没有发生过什么事情，她有没有去找过费尧多尔·巴甫洛维奇？万一……"他还没有跑回自己的公寓，妒忌就已经钻入了他那颗躁动的心。

普希金曾说过："奥赛罗并不善妒忌，他是相信人的。"

只凭着一句话，我们就可以知道，这位大诗人的智慧是多么深邃。奥赛罗的心灵被粉碎了，他眼中的世界被蒙上了一层阴影，因为他的理想破灭了。但奥赛罗肯定不会躲在角落里窥视别人，因为他相信别人。如果想让他对别人的忠诚产生怀疑，那不知道得付出多少努力去诱导、迷惑。而那些真正的醋坛子不是这样的。那些醋坛子能干出来的事情，绝非奥赛罗这种人能想象得到。更关键的是，这些人在做这些肮脏的事情时，并不会觉得良心受到了谴责。这不等于说，这些人都是灵魂肮脏、道德沦丧的。相反，那些表面上看起来高风亮节、博爱世人、富有自我牺牲精神的纯洁义人，也有可能藏在桌子底下贿赂卑鄙小人，干些令人不齿的勾当。

奥赛罗并不是无法宽恕不忠，而是说他绝对不可能和背叛妥协。要知道，他不是一个狠毒的人，他的心灵就像婴儿一样纯洁无瑕。真正的醋坛子不是这样的：他们能够委曲求全到你无法想象的地步！越是醋坛子，就越是能姑息背叛的行为，这一点凡是女人都知道。爱吃醋的男人在面对背叛的时候，往往原谅得特别快（当然宽恕之前少不了大闹一场），他们能宽恕已成事实的背叛，哪怕他亲眼看见挚爱之人和情人亲吻和拥抱，但只要他相信这两人是"最后一次"，相信那扰乱了他爱情的第三者终将会消失，又或者他有能耐带着自己的挚爱跑到情敌找不到的地方，他就能给予宽恕。但是，给予宽恕不代表着下一次不会吃醋，不代表着他们不担心新的第三者出现，成为自己新的嫉妒对象。可能有人会问：这种需要监视的爱情还有什么意思？这种需要严加防范的爱情还有什么价值？这两个问题的答案恰恰是那些醋坛子永远无法理解的。当然，他们之中确实不乏高尚的人，但是有一点值得注意，那就是这些"高尚的心灵"清楚地意识到自己所处的境地多么丢人,可当他们在犄角旮旯里偷偷监视的时候,良心是绝对不会受到谴责的。

米佳一见到格露莘卡,心中的醋意便烟消云散了,短时间内他会变得心胸开阔,对自己的爱人充满信任,甚至瞧不起那个悲伤的自己。但是这只能证明,在他对这个女人的爱中,的确包含着一些比他想象的要更高尚的东西,而不仅仅是情欲,不仅仅是他曾经和阿廖莎谈起的"身体曲线"。但是,只要格露莘卡不在他的视线里,米佳就又会开始怀疑她在干背叛自己的勾当。在这种情况下,他一点也没有感受到良心的谴责。

所以,他的醋坛子又沸腾了起来。不管怎么样,现在必须争分夺秒。昨天想尽办法凑的九个卢布基本上都花在了路上。众所周知,没钱是寸步难行的。就在刚才回城的马车上,他已经有了一个搞钱的新计划。他有两把好枪,是决斗用的,枪里还有子弹呢。已经如此落魄的他之所以没有把那两把枪典当出去,纯粹是因为这两把枪是米佳的"心头好"。

之前,在"京都酒馆",米佳结识了一个酒肉朋友。那人是个年轻的公务员,单身、多金,喜欢收藏各种武器,买下了不少名枪好刀,把它们陈列在家中的墙上给熟人观赏。此人非常喜欢向朋友们吹嘘武器方面的知识,比如左轮手枪的合理构造,如何装填弹药,如何瞄准发射之类的。米佳没有多想,马上找到了他,提出用自己的这一对好枪做抵押,从他那里借十个卢布。对方十分高兴,当即开始劝说米佳把这两把枪卖给他,但是米佳拒绝了。最后,对方借给了米佳十个卢布,并大方地表示不要利息。交易完成,二人友好地分了手。

米佳心里很着急,他赶紧跑回费尧多尔·巴甫洛维奇家后面的那个凉亭,打算尽快把斯乜尔加科夫叫出来。但这一样一来就又确定了另一个事实：在下文要叙述的重大变故发生之前的三四个小时里，米佳身无分文，靠抵押了自己最喜爱的枪才借到了十卢布；然而，就在三四个小时之后，他竟突然多了几千卢布……哎呀！我太心急了，透露得有些早了……

玛丽亚·孔德拉季耶夫娜（费尧多尔·巴甫洛维奇的邻居）告诉了米佳一个令他大跌眼镜的事情，斯乜尔加科夫病了。他听说斯乜尔加科夫摔进了地窖，癫痫病发作；费尧多尔·巴甫洛维奇请来了赫尔岑什图贝大夫；除此之外，米佳还听到了一件让他感兴趣的小事，那就是二弟伊万今天离开了家，往莫斯科去了。米佳大概算了算，今天伊万到沃罗维亚驿站的时间应该就比自己早一点。但是，斯乜尔加科夫的突然发病还是让他有些苦恼。"我现在又该怎么办？谁来帮我盯着？谁来给我通风报信？"

米佳急不可耐地开始问邻家的女人们：昨晚究竟她们有没有注意到什么奇怪的动静？女人们也清楚地知道米佳究竟想知道什么，于是十分肯定地告诉他，昨晚除了伊万之外没有任何人来这里过夜，"一切正常"。米佳有些为难了，毫无疑问，今天还得盯着，但他分身乏术，应该去哪里盯着呢？是在这里，还是去萨姆索诺夫家那里？他决定两个地方都要盯着。此时，米佳想到自己刚刚在马车上想出来的"万无一失的全新计划"，他已经决定了，这个计划必须在今晚执行，万万不可推迟。所以，他决定："我要用一个小时的时间尽可能地找到所有情报，解决所有问题。然后……先去萨姆索诺夫家那里观察一下，看看格露莘卡在不在那里，接着马上赶回来，在这里蹲守到夜里十一点，最后再去萨姆索诺夫那里把格露莘卡接上，送她回家。"说干就干。

他飞奔回家，梳洗一番，换了身干净的衣裳，穿得板板正正地前往霍赫拉科娃太太家。想不到吧，这就是他的"全新计划"！他想从她那里借三千卢布。一种奇怪的感觉让他产生了一种盲目的自信,他确信霍赫拉科娃太太一定不会拒绝他。说到此处,诸位读者可能会想不通,既然米佳这么有信心,为什么一开始不去找霍赫拉科娃太太?毕竟,这位太太很早以前就出现在了他的社交圈里,而米佳第一个选择求助的对象竟然是一个连话都没说过的圈外人萨姆索诺夫。问题在于,过去一个月里,米佳和霍赫拉科娃太太几乎形同陌路,而且过去二人的关系也没有想象中那么密切。此外,米佳心里清楚,这位太太根本瞧不上自己。至于原因,就是因为他和卡捷琳娜·伊万诺芙娜的事情。霍赫拉科娃太太认为米佳不配做卡捷琳娜·伊万诺芙娜的未婚夫,她一直在怂恿卡捷琳娜·伊万诺芙娜把米佳甩了,选择儒雅随和、风度翩翩的伊万。她十分讨厌米佳的行为举止,米佳甚至曾取笑过霍赫拉科娃太太,说她"开朗豪放与缺乏教养的程度不相上下"。

今天上午,米佳突然想:"既然这位太太如此不希望我和卡捷琳娜·伊万诺芙娜成婚(米佳知道这种不希望已经近乎歇斯底里了),那么,如果我能放弃卡佳,用这位太太借给我的三千卢布永远离开这个地方,她怎么可能拒绝我呢?这些被宠坏了的贵妇人为了实现愿望,付出什么样的代价都在所不惜。更何况,她是那么富有。"

以上都是米佳的想法。至于"计划"本身,其实还是和原来一样,即出让自己名下切尔马什尼亚地产的所有权。但是,这个计划提出的方式和昨天不太一样,他不会再用商业利益进行引诱,不会对霍赫拉科娃太太说"只要给我三千,你就能收回至少六七千"之类的话,而是打算当作借款的担保。

米佳在想这个计划的细节时,愈发得意。他这个人就是这样,只要自己一想出什么新的花招,或者突然做出了什么决定,就会陷入狂喜。对于任何一个新的想法,他都一定会充满激情地付诸实施。然而,当踏上霍赫拉科娃太太家门前的台阶之时,他还是感到十分恐惧,因为这是他最后的希望,如果再失败,他就再也没有合法合理的路可以走了,"就只剩下谋财害命了……"

他拉动了门铃,此时约是晚上七点三十。

起初,命运女神似乎在对他微笑。仆人刚刚去通报他的姓名,主人就立刻请他进去,速度快得超乎想象。"就像一直在等我一样。"米佳心里想着。接着,他被仆人引到客厅,女主人几乎是一路小跑地走了过来,未等米佳张口便告诉他,自己一直在等他。

"我在等您,我一直在等您!虽说这有些不可思议,但德米特里·费尧多罗维奇,不管您信不信,我已经等了您一个上午了。女人的直觉就是这么神奇。"

"真的,太太,太神奇了。"米佳一边说着,一边缓缓地坐了下来,"但是……我是为了一件特别重要的事情来的,是最重要的……当然,我口中的重要,是对我个人而言的,太太,我很着急……"

"我知道,您肯定是因为特别重要的事情才来找我的。德米特里·费尧多罗维奇,这不是什么未卜先知,也不是那种希望出现奇迹的落后心理。(佐西马长老的事情您听说了吗?)我说的是数学:自从那些事情发生在卡捷琳娜身上之后,按照数学原则,您非来不可,不可能不来。"

"现实生活中存在着不可抗拒的法则,夫人,这就是现实主义!不过,还是请您允许我来告诉您……"

"对,这就是现实主义!德米特里·费尧多罗维奇,我现在是个彻头彻尾的现实主义者了,我在奇迹问题上得到的教训实在太深刻了。您听说了吗,佐西马长老去世了……"

"没有,太太,我也是第一次听说。"米佳略感惊讶,他的脑海中闪过阿廖莎的形象。

"他是昨晚去世的,您根本想象不到……"

"太太,"米佳打断了她的话,"我现在唯一能想象到的就是走投无路。如果您不帮我,我就要完蛋了。请原谅我,说出了这么不雅的话,我可能在发烧,有点神志不清……"

"我知道,我知道您在发烧。我全知道,您现在不可能处在其他的精神状态中。不管您说什么,我都已经知道了。其实,我早就在为您的命运着想了,德米特里·费尧多罗维奇,我一直在关注您的命运,也在研究您的命运……啊,请您相信我,我是个经验丰富的心理医生,德米特里·费尧多罗维奇。"

"太太,如果您是个经验丰富的大夫,那我就是个有经验的病人,"米佳硬着头皮,尴尬地与她寒暄着,"我也有预感,既然您如此关注我的命运,您一定能在我的命运走到山穷水尽的时候为我伸出援手,正因如此,请您允许我为您介绍我的计划……也请您允许,我厚着脸皮向你提出我的要求……太太……我来是……"

"不用解释,那些是次要的。至于帮助,您不是我帮过的第一个人了,德米特里·费尧多罗维奇。想必您也听说过一个人,我的表妹别尔梅索娃,她的丈夫快破产了。如果,用您的修辞风格来形容的话,应该叫——完蛋了。德米特里·费尧多罗维奇,我给他指了一条路,办养马场,他现在事业兴旺。您对养马这事儿有研究吗?德米特里·费尧多罗维奇?"

"我不懂啊,太太,啊!我是一窍不通啊,太太!"米佳不耐烦地大叫道,甚至就要从座位上站起来了,"我只恳求您能先听听我说的话,太太,让我说两分钟就行。两分钟就够我把我的全部计划告诉您。何况我要赶时间,我快急死了!"米佳歇斯底里地吼道。乍一看这么做确实无礼,但实际上米佳有他自己的考量,他觉得霍赫拉科娃太太又要开口,希望自己能大声压住她,"我走投无路了……所以才想来这里问您借钱,不是很多,就三千卢布。但您不用担心,我有可靠的抵押,绝对可靠的抵押,太太,您这笔钱不会打水漂的!只是您得允许我说一下……"

"好啦,不用说啦!"霍赫拉科娃太太朝着他摆了摆手,"您要说的话,我早就知道了,这一点我对您说过了。您需要一笔钱,三千卢布。但是,我可以给您更多,给您更多。我要救您,德米特里·费尧多罗维奇,但是您得听我的!"

米佳兴奋地从座位上站了起来。

"太太,您的心肠真是太好了!"他的感恩之情溢于言表,"主啊!您救了我。太太,太太,您知道吗,您救了我,您阻止了一桩命案,您把一个人从枪口下救了下来……您的恩惠,我永世不忘!"

"我准备给您的可比三千卢布多多了,真的多得多。"霍赫拉科娃太太瞧着米佳兴奋的样子,露出了一个灿烂的微笑。

"'真的多得多?',太太,夫人,我不需要那么多。三千卢布,就能救我一命了。除了向您表达我的感激之外,我还要向您提供这笔钱的还款保障,我的计划是这样的……"

"够啦!德米特里·费尧多罗维奇,这件事情就这么定了!"霍赫拉科娃太太打断了他,满脸乐善好施的得意神情,"我说过了,我要出手救您,我答应过的事情就一定会做到。我要像当时拯救我表妹一家人那样救您。好了,听我说,德米特里·费尧多罗维奇,金矿业务你了解过吗?"

"金矿?夫人,我听都没有听说过。"

"但是我了解过了,而且替你了解了很多!我已经观察您一个月了。甚至,就连您走路的姿势我都看了上百次。我认为您这样有毅力的人,应该去找金矿。甚至可以说,我这个结论就是通过研究您的步态得出的:您这样的人肯定能找到很多金矿。"

"通过研究我的步态,太太?"米佳茫然一笑。

"对的,就是步态。德米特里·费尧多罗维奇,难道您否认可以通过别人的步态看出一个人的性格这个真理?这可是有科学依据的。啊,您知道,德米特里·费尧多罗维奇,如今我是个现实主义者了。就从今天开始的,因为修道院发生的那件事情,彻底动摇了我的信念。现在,我已经是个百分百的现实主义者了。我要投身到那些科学的实践之中。我的病已经治好了。就是这样!就像屠格涅夫所说的那样。"

"夫人,但是,这三千卢布,您刚刚慷慨承诺给我的……"

"别着急,少不了您的,德米特里·费尧多罗维奇。您呢,"霍赫拉科娃打断道,"现在你的兜里已经有三千卢布了,不,是三百万卢布。德米特里·费尧多罗维奇,你要有耐心,这用不了多少时间!我来告诉您,您该怎么计划:首先,您需要找到金矿,挣上个几百万;然后,您回到我们这里,开办实业,再来推动指导我们行善!这样的好差事,不能总给犹太人吧?到那时,您拥有高楼大厦和企业,帮助穷人并得到他们的祝福。现在这个时代已经是铁路时代,德米特里·费尧多罗维奇,您的好名声一定会一路传到财政部,他们一定会奉您为座上宾,现在的他们需要这样。我们的卢布一直在贬值啊,我一想到这些就睡不着觉。德米特里·费尧多罗维奇,很少有人了解我是如此的忧国忧民……"

"太太,夫人!"德米特里·费尧多罗维奇突然感到事情不妙,急忙打断对方,"也许,我会很认真地考虑您的建议,您明智的建议,太太,我也许会去做的……去找金矿……这件事情,我们之后再详谈好吗……我们甚至可以再谈上好多次……但是，现在这……三千卢布……哦，您知道它们能让我摆脱现在的束缚，如果今天就能……就是说，您知道吗，我眼下没有足够的时间，实在是没有时间……"

"行了，德米特里·费尧多罗维奇，够了！"霍赫拉科娃太太坚决地打断了米佳的话，"我的问题就一句，您到底去不去开矿，明确回答我！"

"去，太太，以后我一定去……您让我去哪里，我就去哪里，太太……但是眼下……"

"请等一下！"霍赫拉科娃太太猛然想到了什么，跳了起来，一个箭步冲到她那气派的办公桌旁，在那有着许多抽屉的书桌前站了一会儿，接着开始把抽屉一只一只地拉开，急切地找东西。

"一定是那三千卢布！"米佳心里想着，整个人就像冻住了一样，大气都不敢出，"说给就给，不签任何借据和文件……天啊，这才是真正的风度，这才是了不起的女人！她要是废话没这么多该多好……"

"找到了！"霍赫拉科娃太太欢呼着回到米佳这边，"我找的就是这个！"

她手中拿着的是一尊穿在细麻绳上的小小耶稣像，是银子做的，人们往往会把它和小十字架一起贴身佩戴。

"这是从基辅带来的，德米特里·费尧多罗维奇，"她虔诚地继续说道，"是从伟大的圣女瓦尔瓦拉的遗体上取下来的，让我把它亲自戴到您的脖子上吧，当成对您走向新生活、创建新事业的祝福。"

一边说着，她一边真的把神像挂在了米佳的脖子上，甚至还微微揭开了他的外衣，好让神像贴着米佳的身子。这一举动让米佳十分尴尬，他不知所措，只能低下头默默地帮她一起把神像塞进自己的衣服里面。

"好了，您可以走了！"霍赫拉科娃太太一边煞有其事地说着，一边回到自己刚才的位置坐下。

"太太，我非常感动……我甚至不知道该怎么表达我的感谢……您对我这么好，可是……如果您能知道时间对我来说真的很宝贵……我期待着您慷慨承诺的这笔钱……太太，您是那么善良……"说到此处，米佳似乎备受鼓舞，"可是，我还是要告诉您……您知道的，我在这里爱上了一个人……我背叛了卡捷琳娜·伊万诺芙娜。我知道，这对她太不人道了，可我就是爱上了那个……女人。太太，您也许瞧不上她，但我无论如何都离不开她，无论怎样都离不开，所以，刚刚您承诺给我的三千卢布……"

"您得把所有事情都放下，德米特里·费尧多罗维奇！"霍赫拉科娃太太的语气非常重，"您得把所有事情都放下，尤其是女人的事情。您的心里只能有金矿，将女人带到那里只会碍手碍脚。等您衣锦还乡之后，您可以找一个上流社会的姑娘，一个新时代的、有知识的、不被乱七八糟陈腐观念束缚的姑娘。眼下，妇女解放运动刚刚兴起，到那个时候就成熟了，你要娶的新时代的姑娘也将出现……"

"夫人，我不是这个意思！不是那样的……"米佳听到这话，恨不能双手合十跪求。

"不是哪样的？"霍赫拉科娃太太反驳道，"德米特里·费尧多罗维奇，这就是您所渴望的，只是您自己不知道罢了。说到妇女解放运动，我完全不反对。女人的权利会不断发展，在不遥远的将来，女人也会成为政坛的中坚力量。这正是我的理想。德米特里·费尧多罗维奇，我自己也有个女儿，我刚刚给您说的事情，可没有多少外人知道。就这些问题，我曾给一个叫谢德林的作家写过信。我们交换了很多关于女人权利问题的意见，我受益匪浅。去年，我还给他写了一封匿名信，内容只有两行:'我代表现代女性拥抱您、亲吻您,我的大作家,请您坚持下去。'署名是'一个母亲'。我本想署名'一个现代母亲',但想来想去,还是觉得'一个母亲'更好,更能突出女人的内在美。再者说了,'现代'这两个字,难免会让他想起那个被当局取缔了的杂志,这件事对他来说是不堪回首的回忆。这还不是得怪咱们国家的图书审查制度……哎?上帝啊,您怎么啦?"

"太太!"米佳一跃而起,双手合十,跪在她面前苦苦求道,"您快把我弄哭了。太太,如果您无法把您刚刚许给我的……"

"哭吧,德米特里·费尧多罗维奇,不用忍着,那是美好的情感……那地方很远,眼泪是好东西,多少能减轻一点跋涉的痛苦,不过好日子在后头,等您过上了好日子的时候,别忘了回来看看我,好让我分享一下您的快乐……"

"但是,您也得让我说上几句话吧!"米佳激动地吼出了声,"我最后一次求您了,求您告诉我,我今天能不能从您这里拿到您刚刚许给我的钱?如果不能,那我什么时候能拿到?"

"钱?什么钱?"

"您刚刚答应的三千卢布……刚刚您那么仁慈……"

"三千?是三千卢布吗?哦……不,我没有三千卢布。"霍赫拉科娃太太惊讶地说道。

米佳彻底蒙了……

"您,您刚刚……怎么回事……您刚刚还说,这笔钱已经在我的兜里了……"

"哎呀,您误会了,德米特里·费尧多罗维奇。您这样说,明显是没听懂我的意思啊。我说的是金矿……我是说您还能拿到更多,远远超过三千卢布。我现在突然想起来了,但我的意思是,那些金矿的价值要远远超过三千卢布……"

"那钱哪？三千卢布呢？"米佳歇斯底里地大叫。

"哦，如果你说的是现钱，那没有，我身上也没有钱。德米特里·费尧多罗维奇，这几天我和财务总管吵得不可开交，就在几天之前，我还找米乌索夫借了五百卢布。钱，我还真没有。而且，德米特里·费尧多罗维奇，就算我有钱，也不会借给您。首先，我一向不会借钱给别人，那样做就意味着会有无休无止的争吵，况且因为我爱您，我想拯救您，所以我更不会借给您了，因为您现在只需要做一件事情，那就是去找金矿！"

"啊！真是见鬼！"米佳忽地骂出脏话，使出全身的力气狠狠往桌子上捶了一下。

"啊！"霍赫拉科娃太太吓得叫出了声，她几乎是连滚带爬，一路飞奔到客厅的另一边。

米佳呸了一声，大步走出房间，一路冲到街上，冲进无边无尽的黑暗之中。他一边走，一边疯狂地捶打自己的前胸。两天前的晚上，他和阿廖莎最后一次见面时，也曾捶打了自己的胸膛，这两次打的地方甚至都一样。为什么他每次都要捶打那个地方？为什么他要捶打？到目前为止，这是个无人知晓的秘密，甚至连阿廖莎也不知道。然而，这个秘密对他来说比奇耻大辱还要严重，能够让他毁灭和自杀。他已经决定了，如果弄不到三千卢布还给卡捷琳娜，如果自己洗刷不了"那个地方"藏匿的污垢和耻辱，他就彻底结束自己的生命。

关于这一切，将在下文中向各位读者解释清楚。总之，米佳最后的希望破灭了，这个身体强健的男子汉，在离开霍赫拉科娃太太家几步远的路上，突然像个孩子般泪流不止。他一边走着，一边下意识地用拳头拭去眼泪，就这样迷迷糊糊地走到了广场上。突然间，他撞到了一个人。米佳定睛一看,原来是一个老太太,老太太差点儿被自己撞倒,吓得惊声尖叫。

"上帝啊!你差点儿把我撞死!有你这样走路的吗?"

"您怎么样?啊,原来是您!"米佳意外地叫出声来,他认出小老太太,正是伺候老商人的女佣,二人昨天虽只有一面之缘,但米佳已经把她记在了心上。

"老爷,您是哪一位?"老太太立马换了一种语气,"黑灯瞎火的,我认不出您来……"

"您不是住在库兹马·库兹米奇家吗?您是他的女佣吗?"

"没错,老爷,我刚刚去普罗霍雷奇那里了……请问,您是谁呀?我对您没有什么印象。"

"请告诉我,老妈妈,阿格拉菲娜·亚历山大洛芙娜现在在您家吗?"米佳努力地让自己看起来正常一些,"刚才我亲自把她送过去了。"

"她是来过,老爷。不过就坐了一会儿……"

"什么?您的意思是她走了?"米佳惊呼,"她去哪儿了,您知不知道?"

"就坐了一小会儿,一小小会儿。她给我们家老爷讲了几个段子,把他逗乐了,之后她就走了。"

"见鬼!你在胡说什么呢?"

"哎呀!"米佳突然爆出的粗口让老太太一惊,等她回过神时,米佳已经不见了。

此刻,米佳正拼命地在小巷和黑暗之中奔跑,目标正是莫罗佐娃的宅子。他到的时候,格露莘卡刚走不久,差不多十分钟。"上尉"闯进门的时候,菲尼娅和她的奶奶,也就是格露莘卡的厨娘正在厨房里聊天。小姑娘一看到他,立刻不要命地大叫。

"你嚷嚷什么呢?"米佳吼道,"她人呢?"

还没等吓得面如土色的菲尼娅反应过来,米佳就已经双膝跪在了她的脚下。

"菲尼娅,看在上帝的分儿上,告诉我,她人呢?"

"老爷,我什么都不知道,亲爱的德米特里·费尧多罗维奇,我真的什么都不知道。您就算杀了我,我也什么都不知道。"菲尼娅发毒誓道,接着,她稍微镇静下,"刚才是老爷您和女主人一块儿走的……"

"她回来了!"

"老爷,她没回来,我可以向上帝发誓,她没回来!"

"胡扯!"米佳吼道,"我看你吓出来的德行就知道她去哪儿了!"

米佳冲了出去。菲尼娅正在为米佳没有做什么出格的事庆幸时,米佳又折了回来。她非常了解米佳,刚才他只是没时间,不然她恐怕要吃苦头。但米佳接下来的动作令两个女人大跌眼镜:当时桌子上放着一个铜研钵,里面插着一根不大不小的铜杵,差不多有十七八公分长。米佳从铜研钵中抓起那根铜杵,直接塞进了自己外衣的口袋,就这样一溜烟地跑出去了。

"上帝啊!他要杀人!"菲尼娅两手一拍。

第四节 黑暗中

米佳往哪里跑了呢?此时此刻,米佳心中明白:"格露莘卡除了在费尧多尔·巴甫洛维奇那里,还能在什么地方?她一定是从萨姆索诺夫家直接跑到他那里的,现在事情已经很清楚了。这一切全都是阴谋……"这一切像旋风似的掠过米佳的脑海。他没有去玛丽亚·孔德拉季耶夫娜家,他想:"我绝对不能去那儿……绝对不能从那里走……被发现了他们一定会通风报信……玛丽亚和斯乜尔加科夫一定参与了这场阴谋,他们都被收买了!"

米佳选择了另一条路:他绕了费尧多尔·巴甫洛维奇的房子一圈儿,拐进一个小巷,然后再经过德米特洛夫斯基大街,接着走过小桥,走进一条几乎没什么人居住的偏僻小巷。这条巷子的一边是邻居家的柳条篱笆墙,另一边就是费尧多尔·巴甫洛维奇家又高又结识的花园围墙。米佳知道一个地方,相传当年臭烘烘的利扎维塔就是通过这里翻进了院子。

"如果她都能翻过去,我为什么不能?"

他猛地纵身一跃,抓住了围墙的上沿,一使劲,整个人成功地骑在了墙上。从这里往下看,能看到花园之中的澡堂子,还有那亮着的大宅。

"果不其然,费尧多尔·巴甫洛维奇卧室里的灯亮着,她就在那里!"

米佳纵身跃下。虽说他已经知道斯乜尔加科夫和格里高利今天都生了病,没有人能听到他发出的声响,但他还是出于本能,下意识地隐藏在小小的角落里,屏息凝神,侧耳谛听。但是,说来也怪,四周的一切仿佛专门和他作对一样,静悄悄的,到处都是一片死寂,甚至连风声都没有。

"只有寂静在耳语,"这句诗歌莫名其妙地出现在了米佳脑海中,"但愿没有人听到我跳了进来,应该没有吧?"

米佳听了足足一分钟,然后踩着花园中的小草,小心翼翼地绕过灌木丛和树,差不多花了五分钟,才来到那有灯光的窗户下。米佳记得,紧靠窗前有几棵高大茂密的接骨木和雪球树,还记得房屋大门左边那个通往花园的侧门是上了锁的。这些,他刚才已经观察过了。最后,他走到了灌木丛后面,躲在那里,连大气都不敢出。

"我得耐心等一会儿,"他心想,"如果他们偶然听到了我的脚步声,肯定会停下现在正在做的事情,侧耳倾听。我需要做的事情就是要他们再次放松警惕……所以,我千万不能咳嗽,更不能打喷嚏……"

接下来的两分钟,米佳心脏跳得极快,有好几个瞬间,他觉得自己快要窒息而死了:"不能再这样等下去,否则我会心慌至死。"

他站在一丛灌木后面的阴影之中;灌木的前半部分被窗内的灯光照得很亮。

"红的花,红的果儿……"米佳不知道自己为什么会无声地唱起这首奇怪的儿歌。他悄悄地,一步一步地走到窗户跟前,抬起脚跟。费尧多尔·巴甫洛维奇的卧室完全展现在他眼前。这间房子不大,用一扇红色屏风(费尧多尔·巴甫洛维奇把它称作中国风格的屏风)隔开。米佳脑海中突然浮想起了"中国屏风"这个细节。正想到这里,他就在屏风之后发现了一个影影绰绰的人影。"那定是格露莘卡!"

他开始仔细观察费尧多尔·巴甫洛维奇。后者现在穿了一件米佳没有见过的条纹绸缎睡衣,腰间还拴着一条带有流苏的绳子。他的睡衣领子里露出了花里胡哨的麻布衬衣,那衬衣是浅蓝色的,上面还有镀金的扣子。接着,米佳看到了费尧多尔·巴甫洛维奇头上的红色丝巾,这条丝巾阿廖莎曾经见过。

"穿得够可以的。"米佳在想。

费尧多尔·巴甫洛维奇站在靠近窗户的地方,看得出来他在沉思着什么,忽然,他扬起了脖子听了一会儿,什么都没有听到。他走到桌子旁边,从一支细颈玻璃瓶里倒了一半杯白兰地,一饮而尽。然后他长喘了一口大气,伸了个懒腰,又心不在焉地站了起来,若有所思地走到窗旁的镜子前,一点一点地挪开自己额头上的红巾,查看自己还没有消肿的额头。

"只有老头子一个人在屋里,"米佳认为,"没错,显然只有他自己。"

费尧多尔·巴甫洛维奇的视线从镜子面前移开,毫无征兆地转向窗子的方向。米佳一惊,急急忙忙翻身躲进了暗处。

"说不定,她就在屏风后面,也许已经睡着。"

费尧多尔·巴甫洛维奇从窗前走开。

"老家伙应该是在等格露莘卡,要不然他为什么动不动就往黑漆漆的窗外张望?换句话说,格露莘卡不在他这里,而且老家伙已经等得不耐烦了……"

米佳立刻窜回原来的位置,重新往窗内窥探。老头子现在又坐到了自己的小桌子前面,满面愁容。之后,他支起胳膊,用右手托住脸庞。米佳在窗外紧紧地盯着他的一举一动。

"确定了!就他一个人!"米佳再次确认道,"假如格露莘卡在这里,他的表情一定不会这样!"

接着,米佳心中突然开始沸腾起一阵没有意义的烦恼,他似乎在懊恼,这个女人为什么不在这里。

"不,不是因为她不在这里,"米佳开始尝试着解释这种懊恼,立马回答自己,"而是因为我无法确切地知道她究竟在不在里面。"

根据米佳事后的回忆,当时他的脑子异常清醒,不论是多么微小的细节,他都想到了,任何小细节都没有放过。但因为不确定和拿不定主意,他无比苦闷,这种苦闷的情绪在他的心中以惊人的速度滋长。

"在?还是不在?她到底在不在这里呢?"他心里突然升起了一股愤恨的怒火。

米佳突然下定了决心,他伸出一只手在窗框下敲了几下。没错,正是老头与斯乜尔加科夫约定的暗号"咚——咚,咚咚咚",表示"格露莘卡来了"。暗号响起,老头似乎不相信自己的耳朵,他先是一愣,然后把头一抬,接着飞一样地跑到窗前。与此同时,米佳已经藏到了黑暗中。费尧多尔·巴甫洛维奇推开了窗,把整个脑袋都探出了窗外。

"格露莘卡,是你吗?你来啦?"激情扭曲了老头子的声音,"你在哪儿?我亲爱的格露莘卡,天使啊,你在哪儿?"他非常激动,差点儿背过气去。

"就他一个!"米佳断定。

"你在哪儿?"老头子把脑袋往前伸得更远,甚至肩膀都探出了窗外,他先看看这边,然后又看向另一边,"你快出来呀!我给你准备了一份小小的礼物。来呀,给你看……"

"三千卢布的信封!"米佳想起来了。

"你在哪儿……是在门口吗?我给你开门……"

老头子眯起了眼,拼了老命地四处观望,差点儿就从窗子里爬了出来,他如果听到格露莘卡的回答,一定会立刻去把门打开。米佳在一旁躲着、看着,身子纹丝不动。现在他已经看清了老头子的面容,他的侧脸、他的喉结、他的鼻子、他的奸笑,被室内从左面斜射出来的灯光照亮。这一切都让米佳觉得异常恶心。忽然之间,一阵无法遏制的怒火在米佳心中腾起:"看啊!这个王八蛋就是你的情敌!看啊!就是他在折磨你!看啊!就是他把你推到了绝路!"这是那种突如其来的愤怒和疯狂的仇恨。米佳上一次感受到如此强烈的复仇冲动还是在四天[①]之前跟阿廖莎在亭子里谈话的时候。当时阿廖莎问他:"你怎么

[①] 与阿廖莎谈话的那天应该是在长老死的前一天,所以这次谈话应该是在两天前。

能说出要杀死父亲这样的话?"

当时他的回答是:"我不知道,我不知道,我也许不会杀人,但也可能会去杀人。我担心的事情是,他的那张脸正好在某个时刻让我怒火中烧,我讨厌他的喉结、他的鼻眼和他无耻的奸笑。我觉得恶心,我没法忍受,我怕我到时候控制不住……"

恶心的感觉愈来愈强烈,已经到了难以忍受的程度。米佳失控了,他突然从口袋里拿出铜杵来……

就像后来米佳说的那样:"当时,上帝似乎在守护着我。"

正在那时,病榻上的格里高利·瓦西里耶维奇突然醒了。确实如斯乜尔加科夫所说,那天晚上他的确生着病,他的老伴在用特殊的方法为他治病。我再把这种特殊的疗法重复一遍:他在老伴的帮助下,用一种掺上烈酒的秘方浓药汤涂满全身,再把剩下的药水喝完,在老伴的小声"祈祷"中躺下睡觉。玛尔法·伊格纳季耶夫娜也会跟着喝几口,她酒量很浅,喝了一点点便沉沉地睡去了。

夜里,格里高利忽然醒来,他仍然觉得自己的腰椎有些疼痛,但还是挣扎着从床上坐了起来。他思考了一会儿,爬下了床,匆匆忙忙穿好了衣装。他内心有些自责,因为这么大的宅院在"如此危险的关键时刻"竟然没有人值守,自己还在睡大觉。白天癫痫发作的斯乜尔加科夫现在躺在隔壁的房间里毫无动静,玛尔法·伊格纳季耶夫娜也一动不动,格里高利心想:"八成是刚才的药酒太猛,老婆子醉了。"格里高利看了一眼她,接着自己勉强挪到门廊。当然,他当时想的是站在台阶上观望一下就好,因为他的腰部和腿部疼痛难忍。

此时,格里高利突然想起,自己今晚没有把花园的院门锁上。他是个一丝不苟的人,更准确地说,他是个喜欢遵守秩序和长期习惯的人。于是,他忍着剧痛,艰难地扭动着身躯走到花园门口。果然不出所料，院门大开。格里高利似乎听到了什么动静，他走进了花园，在那里，他发现老爷的卧室窗户开着，此时已经无人从窗口向外张望了。

"怎么开着窗户？现在又不是夏天！"格里高利正在纳闷的时候，突然看到花园中有一个黑影在晃动。黑影在距离自己差不多四十多步的地方跑开了，动作快得惊人。

"天哪！"格里高利一惊，霎时间忘记了自己腰部的疼痛，立刻三步并作两步，急忙朝那个黑影冲过去。格里高利比眼前的黑影更熟悉花园的构造，因此抄了一条近路去堵截那个黑影，黑影往澡堂子的方向跑去，冲过澡堂子便直奔围墙——格里高利死死地盯着黑影，心想决不能让此人从他的视线中消失！他拼命地追过去，当他追到围墙下面时，黑影正欲翻墙离开。格里高利大喝一声，随即用双手死死地抓住黑影的一条腿。

此时，格里高利认出了黑影的真面目，果不其然就是他——"杀父的怪物！"

"弑父的逆子！"格里高利的喊声霎时间声震四方，但他只是叫了一声，便突然像是被雷击中了一般，倒下了。米佳又跳回了花园，上前察看倒在地上的人。他下意识地将手中的铜杵随手一扔，铜杵掉在小径上最明显的地方，距离倒地的格里高利只有一二十公分远。米佳仔细察看着倒下的格里高利，愣了好几秒钟，对方的头上满是血。米佳伸出手去摸老人的脑袋，甚至在初秋的微凉之中感受到了血的温暖。事后，他能清楚地回忆起来，当时他只想确定一件事情，即自己究竟是彻底砸碎了格里高利的脑壳要了他的命，还是只是用铜杵砸晕了他。但是鲜血已经止不住地到处流淌了，遍地都是可怕的鲜血，鲜血一下子染红了米佳哆哆嗦嗦的手指。他记得自己掏出了一方全新的白手帕，他说，那手帕是为了见霍赫拉科娃太太特地带在身边的。他把那方手帕捂到老人头上，徒然地想要抹去他身上和脸上的血迹。但手帕被鲜血浸透了。

"主啊！我到底都干了什么啊？"米佳幡然悔悟，"如果，他已经死了，我现在又该怎么确定呢……罢了，怎么都无所谓了！"他绝望地对自己说，"死了就死了吧……权当你倒了大霉……"

一番自言自语后，米佳转身奔向围墙，翻过墙头，跳进小巷，撒开双腿跑。他把那方浸满了鲜血的手帕捏成一个布球攥在右手手心里，跑了一会儿又把它塞进了礼服的衣兜里，就这样头也不回地往前狂奔。事后，有些夜不归宿的人说自己当时确实看到了一个飞奔的疯狂男人。

米佳奔向了格露莘卡租住的院子。刚才他一离开，菲尼娅就立马找到了看门人纳扎尔，求他看在"上帝的面子上，千万不要让上尉进来，不管是今天还是明天"。看门人纳扎尔同意了，但不凑巧的是，女房东莫罗佐娃这时唤他上楼，他不得不离开一会儿，让自己的乡下外甥，一个二十来岁的小伙子，替他看下门。纳扎尔什么都叮嘱了，可偏偏忘记了上尉的事情。米佳跑去敲门时，小伙子一眼认出了他，因为米佳给过他很多次小费，所以他为米佳打开了门，并且满面笑容地对米佳说："阿格拉菲娜·亚历山大洛芙娜现在不在家。"

"她去哪里了，普洛霍尔？"

"两个小时以前，她坐着大车去莫克罗耶了……"

"她去那里干吗？"米佳大声质问。

"我不清楚啊，说是来了一个军官什么的，对了，那车也是军官从莫克罗耶派过来的。"

米佳扔下他，发了疯似的跑去找菲尼娅了。

第五节　突然的决定

菲尼娅和奶奶坐在厨房里,两个人正准备洗漱睡觉。因为提前通知了纳扎尔,所以二人很放心,没有把房门从里面锁上。不料米佳一脚蹬开了门,二话没说径直走进屋里,一把掐住了菲尼娅的喉咙。

"告诉我,她在哪儿?说!她和谁在莫克罗耶?"米佳大吼道。

两个女人开始尖叫。

"啊!我说,我说!亲爱的德米特里·费尧多罗维奇,我全说,我不隐瞒。"受了惊的菲尼娅语速飞快,"她去莫克罗耶找那个军官了!"

"哪个军官?"米佳大叫道。

"她以前的那个相好的,就是那个五年前把她抛弃了的负心汉。"菲尼娅仍旧是语速飞快。

米佳松开手,站在菲尼娅面前,面如死灰,从他的眼神中可以看出,此时他已经明白了一切。

可怜的菲尼娅已经吓破了胆,方才米佳闯进来时,她正坐在一只柜子上,此时此刻她仍坐在那里,只是浑身瑟瑟发抖,双臂交叉摆在胸前,就像是在保护自己。她目不转睛地盯着米佳,看到他的手上、脸上满是鲜血。米佳脸上的血迹是赶路时用手擦汗留下的。菲尼娅眼看就要歇斯底里发作,她的奶奶站了起来,目不转睛地盯着米佳,面容扭曲得像是发了疯一样,几乎完全丧失了理智。德米特里·费尧多罗维奇站了约有一分钟,突然,他一屁股瘫坐在菲尼娅身旁的一把椅子上。

他坐在那里,脑中空无一物,仿佛中风一般。现在,他恍然大悟,他明明知道这位军官的事,甚至还是格露莘卡亲口告诉他的。他知道那位军官一个月前寄来过一封信。换句话说,整整一个月,格露莘卡在米佳的眼皮底下把所有事情做得滴水不漏。直到这位军官粉墨登场，米佳都没有想到过他！怎么能做到连想都没有想呢？为什么会把此人当做空气一样忘了？这一连串的问题让他怎么也想不通。恍惚之中，米佳突然开始以一种孩童才有的语气，安静而温柔地对着菲尼娅说起了话，似乎全然忘记了她是如此恐惧，忘记了这一切都是来自他的冒失与折磨。他甚至开始盘问菲尼娅，问题的详细程度似乎与他目前的精神状态完全不相符。菲尼娅的反应也很异常，尽管她看到了米佳沾满了鲜血的双手，可她还是爽快又周全地回答了他的每个问题，甚至急于告诉他全部实情。到最后，完全变成了菲尼娅竭尽全力地对米佳倾诉这件事情的实情，真心实意地替他效劳。菲尼娅把今天发生的事情的来龙去脉和细枝末节全都一五一十地告诉了他，包括拉基津和阿廖莎的来访、自己奉格露莘卡之命放哨。她还告诉米佳，阿廖莎临行之前，格露莘卡特意叮嘱他，要他向米佳致歉。要知道，这段话中还有个重头戏，那就是"我曾爱过他一小时"。

听到这句话，米佳突然咧嘴一笑，惨白的脸上终于有了些许血色。菲尼娅逐渐平静了下来，她不再掩饰自己的好奇心，对米佳说："德米特里·费尧多罗维奇，您的手上全都是血！"

"我知道，"米佳呆呆地看着自己的手，丢了魂一样地机械答道，旋即忘记了菲尼娅的话。他又开始沉默了。自他冲进房间已经过去了二十多分钟了。刚才从四面八方涌来的恐惧已经渐渐消散，很显然，一种全新且坚定的决心正在慢慢接管他的思想。他突然从座位上站起来，若有所思地微笑着。

"老爷，您这是怎么了？"菲尼娅指了指他的左手，语气中充满了怜爱，仿佛她是唯一能理解米佳的不幸的人。

米佳再次低头看了看自己的手。

"这是血,菲尼娅。"米佳说话的时候,以一种很奇怪的表情和很温柔的眼神望着菲尼娅,"这是人血。上帝啊,这血怎么就溢了出来,怎么到处都是……可,菲尼娅……墙,大墙,高墙……"说这话的时候,他仍然看着菲尼娅的眼睛,就像是在打哑谜,"高高的大墙,可怕极了。但是……明天破晓的时候……太阳升起的时候,米建卡会翻过那堵墙……菲尼娅,我说了你也不懂,墙就是墙……这不重要了,你们明天自会知晓……现在,就让我们再见吧!我不会再叨扰你们了,我要走了,我要离开了,我知道该怎么做。要好好活着,你我的幸福……既然爱过我一个小时,那就请永远记住米建卡·卡拉马佐夫……毕竟,她一直这么叫我?你还能记得吧?"

说罢,米佳退出了厨房。可在菲尼娅眼中,此时的米佳比刚才杀气腾腾冲进来时还要可怕。

十分钟后,德米特里·费尧多罗维奇来到了那位年轻的公务员——彼得·伊里奇家中。白天,米佳在他那里抵押了自己的两把好枪。此时已是晚上八点半,彼得·伊里奇正打算在茶余饭后出去消遣一下,所以他换了礼服,准备去"京都酒馆"打一会儿台球。刚刚出门就被登门拜访的米佳抓了个正着。他望见米佳手上脸上满是鲜血,只好惊呼问道:"上帝啊!您这是出什么事了?"

"我要取回我的枪,"米佳语速飞快,"钱我带来了,非常感谢,我赶时间,彼得·伊里奇,请您快一点。"

彼得·伊里奇越看越惊讶,他忽然看到米佳的手上正攥着一大把现钞,而且他拿着钱走路的样子实在是太过反常,可以这么说,没有人会这么拿着钱走到别人家里:一大把钞票随手抓着,生怕有人不知道他有钱一样。这位公务员家中还雇有一名帮工,他年纪不大。据事后这位小帮工的证言,他当时就是这么攥着一大笔钱走进了公务员的客厅。可以想见,米佳在街上一路狂奔的情景也应该差不多。总而言之,一大把百元卢布大钞,正被米佳用那满是鲜血的手紧紧攥着。

在这件事情结束之后,曾有好事者问过彼得·伊里奇,当时米佳的手中究竟攥着多少钱。依照这位公务员的回答:很难说出确切的数目,可能是两千,也可能是三千。总之,那一沓百元现钞"相当厚"。

"至于德米特里·费尧多罗维奇本人,"这句话来自彼得·伊里奇的证词,"我当时可以确定此人已经失了智,但他绝对没有喝酒,那种感觉就像是因为遇到了什么事情太过兴奋上了头。总之,他很矛盾,既心不在焉,又聚精会神。好像他正在思索着什么细枝末节的问题,但又无法给出确定的回复一般。他慌慌张张的,讲话很奇怪,不过一点都不悲伤,看起来十分高兴。"

"您到底怎么了?您出什么事了?"彼得·伊里奇一边上下打量着来客,一边大声问道,"您怎么一身血,是不是摔倒了?您要不要自己瞧瞧?"

说着,他抓住米佳的胳膊肘,一路把他拽到家里的镜子跟前。米佳看了看自己脸上的鲜血,浑身发起抖来,眉头也因为愤怒开始紧锁。

"啊!见鬼!这都是什么破事啊!"说着,米佳把右手上攥的钱腾到了左手上,同时抽风似的从自己的怀中掏出那方手帕。手帕没有一处地方是白的(米佳用这方手帕给格里高利擦过血),而且已经变干且揉成一团,无法展开了,米佳气呼呼地将它扔在了地上。

"啊!见鬼!您这里有抹布什么的吗?烂布头子也行,让我擦一擦就好。"

"所以,您这血只是从哪里蹭到身上的吧?您没受伤吧?既然如此,您还是洗一下吧。"彼得·伊里奇说道,"要不要我给您拿个盆子?家里有水……"

"盆子?好啊……只是,我手里的这些东西该放到哪里?"他的表情很古怪,他指的是那一把大钞,他用迷惑的眼神望着彼得·伊里奇,仿佛他的钱放在哪儿应该由彼得·伊里奇决定。

"您要不揣进兜里?或者,放到那张桌子上?总之,丢不了。"

"揣兜里?揣兜里倒是个好主意。挺好……不,您要知道,这些都无关紧要。"米佳说话的声音很大,仿佛突然从心不在焉的状态中脱离了出来,"您看,咱俩先把枪的问题解决了,您先把我的枪还给我,您的钱给您。请您尽快,我真的非常需要……而且,我没什么时间了,真的没什么时间了。"说着,米佳从一沓百元大钞中随便抽出一张,直接递给了公务员。

"可是……我找不开啊!"彼得·伊里奇说,"您就没有零钱了?"

米佳看了一眼那沓钞票,说了句"没有"。很明显,他自己也不是很确定这沓现钞究竟都是多少的面额,他用手指头捻开了上面的几张看了一下,"没有,都是一样的。"彼得·伊里奇听闻此言,目光中充满疑惑。

"您是在哪里发的财啊?"彼得·伊里奇未等他回答就继续说道,"这样吧,您先稍等一下,我安排家里的帮工去普罗特尼科夫的店铺一趟。他们家关门关得晚,说不定能把钱帮忙兑开。喂!米沙!"他冲着前厅大叫了一句,"你去趟普罗特尼科夫的店铺!"

"去那家店啊!好极了!"米佳很是开心,仿佛脑子里突然有了什么奇怪的想法。

"米沙,"米佳转过头朝向走进来的年轻帮工,"你听着,你到那里后给他们说,德米特里·费尧多罗维奇向他们问好,让他们帮我准备三打香槟,像上次去莫克罗耶那样装好……那次我好像买了四打……"米佳又转过头,若有所思地对着彼得·伊里奇,"他们有经验的,不用太担心,米沙。"他又把身子转向米沙,"除此之外,我还需要干奶酪、史特拉斯堡的馅饼、熏白鱼、火腿,还有上好的鱼子酱,总之什么都要,他们那里有什么我就买什么。花上一百卢布或一百二十卢布,跟上次一样……让他们别忘记准备小礼品,糖果啊,梨子啊,再给我拿上两三个西瓜,算了,四个——哦,不用,一个就够了,还有巧克力、水果糖、奶糖。要和我上次去莫克罗耶狂欢时装的东西一模一样,一样都不许少,加上香槟,一共差不多三百卢布……总之,这回就拿和上次一模一样的就行。你得记住,米沙,如果你是米沙……他的名字是叫米沙,对吧?"他又转向彼得·伊里奇。

"是的,但是您得等等,"伊里奇打断了他,他一直还在观察着米佳,"您最好还是自己去,这么多东西,米沙可能会搞错。"

"搞错……对,您说得不错,很有可能搞错!哎,米沙,我差点儿因为你要去给我办事儿赏你个吻手礼呢……这样吧,如果这件事你办得漂亮,我就赏你十个卢布,快去……香槟,最重要的就是香槟和上好的白兰地,统统给我搬出来。还有什么红葡萄酒、白葡萄酒……你就说和上次一样,他们心里清楚。"

"好了!您有没有在听我说话!"彼得·伊里奇的话中满是不耐烦,"我说了,让他去把您的百元大钞破成零钞,然后,再让他和店家说一声,让他们晚点关门,接着,您的事情您自己去做,您去告诉他们……请您把钞票交给他吧……米沙,走吧!快点儿的!"彼得·伊里奇使了个眼色,示意米沙赶紧走,因为米沙站在客人面前大张着嘴,惊恐地看着眼前这个满身是血、手里还攥着一沓大钞的人,愣在了原地,大概刚才米佳和他说的那一大串话,他压根没听进去多少。

"好了,我们现在去洗一下吧!"彼得·伊里奇严厉地说,"您先把钱放到桌子上,或者揣进兜里……没错,跟我来,您先把上衣脱掉。"

他动手帮米佳脱下了外套,旋即一声惊呼脱口而出:"天哪,您的衬衣上都是血!"

"不是……衬衣上没有血,只是袖子上沾了一点点……我刚才不是把手帕放到这里了吗,这些血都是渗出来的。估计是刚刚在菲尼娅那里休息时渗出来的。"米佳用一种令人吃惊的推心置腹的表情解释道。彼得·伊里奇皱着眉头倾听着。

"哎呀!您到底都干了什么啊!"彼得·伊里奇就像是在喃喃自语。

二人走到了盆子前。彼得·伊里奇亲自提着水壶为他倒水。米佳显得慌乱又匆忙,他甚至没能把手中的肥皂搓出泡沫(根据彼得·伊里奇事后的回忆,之所以会这样,极有可能是因为他的手在颤抖),因此,彼得·伊里奇急忙让他好好涂肥皂,认真搓洗。他似乎拥有某种可以影响米佳的力量,并且这种影响越来越明显。在这里,我要提前声明一件事:这位年轻的公务员绝不是那种畏畏缩缩的胆小之辈。

"哎呀,您看,您的指甲缝还没洗干净呢。好了,现在您好好擦擦您的脸,这儿,您的太阳穴,您的耳朵……难道您就打算穿成这样出去?您要去哪儿?您看,右边的整条袖子上全都是血迹。"

"是的,全是血。"米佳看着自己的衬衣说道。

"把衬衣什么的都换了吧……"

"没时间了。我可以这样……"米佳像孩子一样天真,他用毛巾擦干净了脸和手后,套上了自己的外套,"我可以像这样,把袖口翻上去,这样就没人能看到我的血了……您看!"

"行吧!现在您可以告诉我了吧,这都是怎么弄的?您是不是和别人打起来啦?还是在那个小酒馆,像上一次那样?还是那个上尉?您又拖着人家胡子巡街了?"彼得·伊里奇一边埋怨着,一边回忆着,

"说吧,您这次又把谁揍了?……还是说,您杀人了?"

"胡说!"米佳说。

"怎么就胡说了?"

"别瞎猜,"米佳说罢,龇牙一笑,继续道,"方才,我在广场上把一个老太太压死了。"

"压死了个老太太?"

"老头子!"米佳盯着彼得·伊里奇的脸,一边傻笑着,一边大吼大叫。

"哎!见鬼了,一会儿说压死的是个老太太,一会儿又说是个老头子……到底是什么人啊?您不是杀人了吧?"

"我们讲和了!就是吵架,完了之后就好了,就在同一个地方,友好地分开了。一个傻瓜……他原谅我了……现在肯定原谅。要是他还能站得起来,怕是饶不了我,"米佳的话说得莫名其妙,期间还多次对着彼得·伊里奇挤眉弄眼,"但我还得跟您说,您最好不要再问了,以后也不要问……最好别问……就当这件事没有发生过!"米佳态度坚决。

"我只是想劝您,不要总是为了一点点小事就和别人打起来……就像上次对待那位上尉一样……刚打完架,现在又急着要去花天酒地——瞧您这性格。三打香槟——您这是要去哪儿啊?"

"好啦!请您现在把我的枪给我吧。我真的没什么时间了。有空的话我一定会跟您好好聊聊的,亲爱的,只是现在不是时候。啊!我的钱呢?我把我的钱放在哪里了?"米佳惊叫几声之后,开始掏自己的衣兜。

"您把钱放在桌子上了……天哪,钱不就在这儿吗?您是忘记了吗?还是说,钱对您来说就像废纸一样?真令人惊讶!傍晚五点多时,您还为了十卢布小钱,抵押了这两把好枪,这才几个小时,您就拿着一沓百元大钞。看着厚度得有好几千吧。两千?恐怕不止,得三千。三千?"

"差不多三千吧!"米佳一边说一边把卢布往裤兜里塞。

"哎呀!您这样装钱,不得全丢了?怎么着,您是挖着金矿了吗?"

"矿?金矿?"米佳突然来了兴致,放声高喊,"别尔霍津,您想不想去搞金矿?本地有个太太可以立马给您三千卢布,只要您去!她要给我三千呢,这个女人简直爱上了金矿!她要给我一笔钱,让我去开金矿。霍赫拉科娃太太,您听说过她吗?"

"我听说过,但我和她不熟。难道是这位太太给了您三千卢布?她真有这么大方?"彼得·伊里奇一副难以置信的神情。

"明天,当太阳升起,永远年轻的福玻斯①赞美和称颂上帝的时候,您可以去找她。去找霍赫拉科娃,您可以自己问她,她有没有给过我这三千卢布?您可以去一探究竟。"

"我不了解您和她的关系……好吧,既然您的语气这么肯定,那这笔钱就是她给的了……可问题是,您现在拿到钱了,不打算去西伯利亚,反倒是要去买各种酒菜……您到底要干吗去?"

"我要去莫克罗耶。"

"什么?可现在已经是大晚上了!"

"想当初万事皆有,现如今一场空!"米佳突然说了这么一句。

"您都在说些什么呢?兜里揣着几千卢布,怎么就一场空了?"

---

① 通常指希腊神话中的太阳神,在受希腊文化影响的俄罗斯文学中,福玻斯通常也可以指代太阳。

"我说的不是钱!去他妈的钱吧!我说的是女人的心:

> 易变是女人的天性
> 多情又淫荡

我同意尤利西斯的说法!"

"我听不懂您的话……"

"我喝多了,对不对?"

"您没喝多,但比喝多了更糟糕!"

"彼得·伊里奇,我怕是精神上醉了。好了,好了,不说了!"

"您在干什么呢?您在装子弹?"

"嗯,我在给手枪装子弹。"

米佳先是打开枪匣取出手枪,接着打开火药筒,非常认真地、一点一点地把火药倒进枪膛,压得结结实实的。接着,他捏出一粒子弹,在上膛之前,他捏着它对着烛光仔细查看。

"您为什么要看子弹呢?"彼得·伊里奇既好奇又不安。

"没什么,动用一下想象力,如果您打算把一颗子弹敲进自己的脑子里,那么在此之前,不得先看看它吗?"

"为什么要看它?"

"它就要飞进您的脑子里了啊!想想,这时候看看它不是挺有意思的吗……罢了罢了,我在胡说呢,不要当真。好了,弄好了!"他把子弹推入枪膛,然后塞上填絮,封装枪膛,"亲爱的彼得·伊里奇,我刚刚说的都是胡话,全是胡话,我开玩笑呢。只是,您没有发现好笑的地方。烦劳,您能不能给我一张纸?"

"什么样的纸?"

"干净、平整、能写字的纸。对，就是这种！"

米佳接过了纸，从桌上拿起了一支墨水笔，飞速写了两行字，接着把那张纸对折塞进了自己的衣兜里。做完这些事情后，他把自己的两把枪放进了枪匣子，双手捧起，看着彼得·伊里奇若有所思地笑了笑。

"走啊！"他说。

"去哪儿？请等一下……您是说，您打算把刚才那颗子弹射进自己的脑壳里？"彼得·伊里奇语气中充满不安。

"子弹的事情是在开玩笑！我会活下去的，我爱生活！这一点您可要替我记住了！我最爱福玻斯头上金色的头发和他那刺眼的光……我亲爱的彼得·伊里奇，您知道如何退出吗？"

"退出？"

"应该叫让路。给一个甜蜜的怪物和讨厌的怪物让路。把那个讨厌的怪物也变成可爱的怪物，这个就叫让路！还要对他们说：'上帝保佑你们，走吧，就从我身边过去吧。'我呢……"

"您怎么了？"

"好了，说够了，走吧！"

"不骗您，我得报警了，"彼得·伊里奇看着他说，"我要让他们阻止您出城。您为什么要现在去莫克罗耶？"

"去那里找一个女人。好了，您知道这么多就行了。彼得·伊里奇，别问了。"

"您听我说，虽说您这个人很野蛮，但我还是挺喜欢您的……所以，我很担心。"

"兄弟，您说我很野蛮，谢谢您。哦，野蛮，野蛮的人，这正是我一直想说的，周围都是野蛮人。啊，米沙都跑回来了，我都把他忘了。"

米沙气喘吁吁的,他手里拿着一把零钞,急忙报告给米佳说普罗特尼科夫现在"忙得不可开交",正在张罗烟、酒、糖、鱼、茶,估计很快就能准备就绪。米佳接过零钞,抽出一张十卢布递给彼得·伊里奇,又抽出一张十卢布当作小费递给了米沙。

"您不可以这样!"彼得·伊里奇说,"在我家尤其不可以这样。您这种行为会惯坏他的。把您的钱收好,放在这里,不要浪费,弄不好过不了几天您又花空了,之后再跑到我这里借钱。哎呀,都给您说了,别把钱装进外兜里!啊,这样会弄丢的!"

"我亲爱的朋友,我们一起去莫克罗耶如何?"

"我去那里干吗?"

"您听着,要是您愿意,我们现在就开上一瓶酒,先敬生命一杯!我想喝酒,想和您一块儿喝酒。我们之前从来没有一起喝过酒,对不对?"

"可以去酒馆喝酒呀!您要是想去,咱们现在就去,咱俩一块儿去!"

"去酒馆?时间来不及了。咱们可以去普罗特尼科夫的商店里喝,他们家门市部后面有一间小屋子,可以喝酒。对了,我们猜个谜语怎么样?"

"好!"

米佳从怀中掏出了刚才的那张纸,打开之后递给他看。纸上笔迹清晰,写着:

我要为我的一生惩罚自己,我要惩罚自己的一生!

"看样子我得去报警了！我现在就去！"彼得·伊里奇看过之后说道。

"别了，亲爱的，我也没有时间啦！走！咱们去喝一杯！出发！"

普罗特尼科夫的商店就坐落在街角，距离彼得·伊里奇家只隔了一栋房屋。这家商店乃是本城最大的食品店，老板是个富商，相较于首都的那些大商店来说，这间商店并不差，商店里应有尽有，各类食品、水果、雪茄、食糖、咖啡一应俱全，除此外还有"叶里塞耶夫兄弟牌"的酒等。店内通常有三个营业员，另外还有两个小伙子专门送货。虽说近年来我们这一带越来越贫穷，大财主们纷纷外逃，贸易不断衰落，但这似乎没有波及我们的食品行业，它依旧繁荣，甚至一年比一年更加红火。主要原因是，针对这一类商品的需求有增无减。

铺子里的店员现在正焦急地等待着大客户米佳。这家铺子里的店员们记得非常清楚，就在三四个星期以前，他也这么一下子撒了几百卢布出去，买了一大堆酒水、食品。最重要的事情是，他当时付的是现金（他们不放心赊账）。根据事后他们的回忆，那一次米佳攥着一把百元大钞，挥金如土，连价格都不问，甚至根本没有考虑过自己买这么多东西要去干什么。这里就要提到米佳的第一次挥金如土了，在他买完东西之后，整座城里炸开了锅，人们到处传言他带着格露莘卡跑到了莫克罗耶，转瞬之间就花光了整整三千卢布，狂欢回来分文不剩。期间不乏好事者绘声绘色地形容，米佳是如何雇用了当时正在我们城市暂住的吉卜赛人，以及那些吉卜赛人是如何狡猾地骗走了他们的钱，偷喝了他们的酒。人们嘲笑米佳，说他在那儿灌醉了那些庄稼汉，还请乡下的姑娘和娘们吃糖果、法国鹅肝酱馅饼。尤其是在我们城里的小酒馆，关于米佳的故事几乎成了醉汉们的下酒趣事（当然，没有人敢当着米佳的面嘲笑他，当面嘲讽米佳可是要付出惨痛代价的）。当时米佳曾在很多人面前承认,说自己那次为了格露莘卡准备的"惊天动地之举"只获得了一个小小的奖励,而这个奖励是"她允许我轻轻地吻了一下她的脚,除此之外就什么都没有了"。

米佳和彼得·伊里奇走到那个商店时候,发现门前已经备好了马车,那是一辆三套马车,车上已经铺好了毡子,车架子上还挂着铃铛。马车夫安德烈已经坐好,随时供米佳差遣。商店里,三五店员正在忙前忙后,为米佳"配置"货物,看样子他们的工作已经要完成了,用不了多久就能封装上车。

"这辆三套马车从哪里来的?"惊讶的彼得·伊里奇问米佳。

"就在来您家的路上,我遇到了安德烈,便让他直接赶着马车到了商店门口,时间宝贵,万万不能浪费!上一回赶车的人叫季末菲,不过这一回季末菲已经带着那个魔女走了。所以,安德烈,"米佳朝他叫了一声,"咱们多久能到?"

"我们最多比他们晚到一个小时,说不定连一个小时都迟不了!"安德烈说道,"季末菲的车是我套的,他能跑多快我心里有数。他们的车和咱们的没法比,德米特里·费尧多罗维奇。他们最多比我们早到一个小时。"这位年龄不算大的红发车夫看起来劲头十足,他很瘦弱,身穿一件需要系腰带的长外衣,左胳膊上还搭着一件粗呢外套。

"好,只要我们的时间差能少于一个小时,我再赏你五十卢布酒钱!"

"我敢保证,德米特里·费尧多罗维奇,时间是小问题,别说一个钟头了,再快点,我们的时间差估计只有半个钟头!"

尽管米佳一直在忙来忙去,但他说的话和他的吩咐都很奇怪,让人感觉有些前言不搭后语,毫无条理,彼得·伊里奇觉得有必要出手帮忙。

"四百卢布,不得少于四百卢布,要完全和上次的一模一样!"米佳吩咐道,"要四打香槟,一瓶都不能少!"

"为什么要那么多香槟?要那么多干什么?停下!"彼得对着店员吼道,"这些箱子里是什么?里面都装了什么?这里面的东西值四百卢布吗?"

忙碌的店员赶紧发挥巧舌如簧的技能,向他解释这才是第一箱,里面除了半打香槟之外还有很多"绝对不能少的"小吃、糖果等。至于最主要的一些东西需要立刻另外打包装运,像上次一样装在另一辆车里,也是一辆三套马车,会准时到达的,"最多比德米特里晚一个小时送到。"

听到这话,米佳又来了兴致:"对!一个小时,绝对不能超过一个小时。水果糖、奶糖多装一些,这些东西小姑娘都喜欢吃。"

"好,水果糖和牛奶糖就多装些吧,不过,您要四打香槟干吗?一打香槟不够?"彼得·伊里奇似乎有些生气了,他开始和店员讨价还价,要他们减少货品,除此之外还再三要核对账单,看起来是不想善罢甘休。可即便如此,他也只不过为米佳省下了一百卢布。最终,几人确定,交付的全部货物总价值不得超过三百卢布。

事情一结束,彼得·伊里奇霎时间恍然大悟:"都见鬼去吧!跟我有什么关系?您的钱要是来得容易,就自己扔去吧!"

"来这儿,好啦,我的大管家,别生气啦,来这儿!"米佳一边说着,一边把伊里奇拽往店后面的一间小屋子里,"他们马上会给咱们开一瓶酒送过来,咱们先喝一杯。走呀,伊里奇,跟我一块儿去呗,因为您是一个可爱的人,我就喜欢您这样的人!"

米佳在一张小桌子旁边的藤条椅上坐下,那张桌子上的桌布就像是从垃圾场里淘来的一样。彼得·伊里奇坐在他的对面,眨眼之间,香槟酒端了上来。临时充当服务生的店员问他们两个要不要一点牡蛎,见二人没有回复,他便开始推销起来:"绝对新鲜的上等牡蛎,才到的货。"

"让牡蛎见鬼去吧!我不想吃,什么都不想吃。"伊里奇对着店员恶狠狠地说道。

"确实没时间吃牡蛎了,"米佳说,"而且我也没有胃口。朋友,知道吗?"他似乎突然动起了真情,"我实在受不了这种杂乱无章的事情。"

"谁能受得了啊?三打香槟给那些乡巴佬?真是叫人恼火!"

"我不是这个意思,我指的是高级的秩序。我心里就没有秩序,那种高级的秩序……但是……就这样吧,用不着懊恼。已经晚了,就让它见鬼去吧!我的一生都是杂乱无章、毫无秩序的,现在该恢复秩序了。哎?我在说什么玩笑话呢?"

"您在说胡话,不是玩笑话!"

"'荣耀归于世上的至高者;荣耀归于我心上的至高者。'这两句诗是从前某个时候突然从我灵魂中跳脱出来的,它们可以说根本不是诗歌,而是我的眼泪……是我创作的……但不是我揪住那个上尉拖拽他的时候……"

"您怎么突然提起了他?"

"我怎么突然提起了他?啊,没事没事!就这样吧,一切都会过去,一切都会变得无所谓,就是这么回事!"

"说实话,我真不放心您带着两把枪……"

"枪有什么!喝酒吧,咱们别胡思乱想了。我爱生活,太爱生活了,爱到令人恶心。来吧,亲爱的,让我们敬生活一杯酒!我为什么仍然能保持快乐?我虽然是个浑蛋,但我快乐呀,不过,我也因此苦恼。我愿为了创造世界万物的上帝祝福!但是……必须消灭一条可恶的害人虫,绝对不能让他干扰和破坏别人的生活了……来吧!为了生活干杯!还能有什么比生活更可贵的呢?没有……也不可能有的。来吧,让我们再敬生活一杯,再敬女王一杯!"

"好,为了生活,也为了您的女王,干杯!"

二人各喝了一杯。米佳虽然情绪亢奋,但心中似乎有些许忧郁,好像总有一条无法越过的深沟横亘在他的心上。

"米沙……这位进来的人,是您的米沙吗?米沙,哦,亲爱的米沙,你过来,你也喝上一杯!你这一杯酒,就……敬,金色卷毛的福玻斯,敬……"

"您有完没完了?"彼得·伊里奇说道。

"哎呀,一杯酒嘛!哎呀!哎呀!哎呀!我就想让他喝一杯酒嘛!"

"哎……"

米沙一饮而尽,低着头,跑了。

"将来他不会忘记的,"米佳说,"他会记住我喜欢女人!我爱女人!女人是什么?女人是人间的女王!彼得·伊里奇,我难过呀,很难过!还记得哈姆雷特怎么说的吗?'霍拉旭,我好难过,还有那可怜的约里克!'我就是约里克,也许我现在就是约里克,以后则是一具骷髅。"

彼得·伊里奇只是耐心地听着,一言不发。米佳也不说话了。

"这条狗是从哪里来的?"米佳看到了角落里有一条挺好看的黑眼睛小斗牛犬,漫不经心地问道。

"这是我们老板娘瓦尔瓦拉·阿列克谢耶夫娜的。她今天带着狗过来的,"店员回答,"然后就忘记它了,我们明天还得给她送回去。"

"以前,我见过一条一模一样的狗……在团里的时候……"米佳回忆道,"只是,它瘸了一条后腿……彼得·伊里奇,顺便问您一件事,您这一辈子,偷过什么东西吗?"

"问这个干什么?"

"没什么,我就随便问问。我是说,有没有从别人兜里顺别人东西之类的,当然,我说的不是国库里的钱,国库里的钱毕竟是个人都拿,估计你也会拿……"

"你可以见鬼去了!"

"我是说,别人的东西。比如,从别人的兜里、钱包里,偷东西的事情,你干过吗?"

"小时候,我从妈妈那里偷了二十戈比。那时候,应该是九岁吧,我从桌子上拿的,偷偷地藏在了手里。"

"后来呢?"

"后来没什么。那钱我不敢花,藏了三天,担惊受怕了三天,还是向妈妈坦白了,把钱上交了。"

"再后来呢?"

"被打了一顿呗!您为什么问这个……您难道没有偷过?"

"我偷过。"米佳狡猾地眨了眨眼睛。

"偷过什么?"

"有一次,我在桌子上看到了母亲的一把钱,我从里面偷了二十戈比。那时候我九岁。三天之后,我坦白了,把钱上交了。"说罢,米佳从座位上站了起来。

"德米特里·费尧多罗维奇,准备好了吗?我们得动身啦!"安德烈的呼唤声从商铺外面传来。

"都准备好了吗?来了!"米佳慌乱了起来,"好了,还得交代您最后一件事……在出发前，先让安德烈喝上一杯伏特加！除了伏特加，再给他一杯白兰地！这枪匣子（里面有两把上了膛的手枪）放在我的座位底下。就此别过了，伊里奇，要记住我！"

"为什么？您明天不是还要回来吗？"

"当然回来！"

"您是不是先把账结了？"一个店员赶紧冲上前来。

"哦，对，账单！"说着，米佳从兜里掏出自己那一沓子百元大钞，数了三张扔在了柜台上，头也没回地出去了。全体店员排成一行，向他鞠躬，送他离开。安德烈刚刚喝完那杯白兰地，烈酒呛喉，他咳嗽了几下，爬到了马车夫的位置上。但是，就在米佳要上车的时候，菲尼娅忽然意外地出现在他面前，她气喘吁吁地冲过来，双手紧扣，扑通一声跪下行了一个大礼："老爷，亲爱的老爷，德米特里·费尧多罗维奇，请您千万不要伤害我家女主人！毕竟，是我告诉了您一切！也求您，不要伤害那位军官！他和她的时间毕竟比你们都长！如今，他要娶我家女主人了，他就是为了这个才从西伯利亚赶回来的……老爷，求您了，千万不要伤害别人的性命！"

"啧啧啧！原来是这么回事！完了，这下他过去怕是要把事情闹大！"彼得·伊里奇就像是喃喃自语。他说："这下我全明白了，德米特里·费尧多罗维奇，好了，请听我的，把枪给我，如果您还想堂堂正正地做人，把枪还给我。"

见米佳没什么表示，他吼道："您听到了吗！枪给我！"

"枪？等等，亲爱的，您放心，半路上我就把枪扔进水塘里。"米佳答道，"你，菲尼娅，站起来，别跪在我面前哭哭啼啼的。我，米佳，谁也不会伤害。我这个蠢人从今往后，谁的性命也不会伤害了！我想起来了，菲尼娅，"这个时候米佳已经端坐在马车之上了，"对不起！我刚才伤害了你！"他突然喊道,"请你原谅我吧！原谅一个卑鄙的人……要是你不想原谅我,那也无所谓了！因为反正都一样啦！走吧！安德烈,赶车吧！"

安德烈扬鞭策马,马车铃铛丁零作响。

"就此别过啦！彼得·伊里奇！我最后的眼泪,将为您而流……"

"他没有喝醉,却满嘴胡话！"目送米佳远去后,伊甲奇想道。他本想留下来继续帮助米佳监督一下店内的伙计,好让他们足斤足两地把该装上车的货物都装上车。因为伊里奇已经预料到,这些人一定会耍花招。但忽然之间,伊里奇对自己感到愤怒,他吐了一口唾沫,索性去酒馆打台球了。

"他真是个傻子,但是人不坏……"一路上,彼得·伊里奇喃喃自语,"格露莘卡的那位军官,我多少听说过。如果他来了,那么……米佳手里,哎……那两把手枪！罢了,我管不了那么多,我又不是他的叔叔,也不是他什么人。随他去吧！一定不会出什么事情的。米佳也就是嘴上说说,喝多了就打架,打完架就清醒了,清醒了再和好。他不是那种能狠下心来的人,嘴上说什么'让路''惩罚',估计也就是说说而已！他才不是那种人！哎,他以前喝多了在酒馆里嚷嚷这种话已经有一千多次了。可现在他没醉,'精神上醉了'——这种花里胡哨的浑话也就他能说得出口。我又不是他叔叔。他喝多了就和人打架,他和谁打架了？他身上全都是血,手帕上也是……我得赶紧去酒馆里问问……见鬼！他的手帕还在我家呢！"

来到酒馆的时候,彼得·伊里奇的心情糟糕透了,他来到台球桌前开始打台球,打了一盘后,伊里奇的心情好了不少。他又重新开了一局。就在这个时候,他下意识地和自己的对手提起了米佳的事情,他大概说米佳又有钱了,还形容了那沓百元大钞的厚度,约摸着有三千卢布。除此之外，他还告诉了那人米佳正在前往莫克罗耶的路上，说他又打算在那里和格露莘卡鬼混。听到消息的人无不惊愕。他们纷纷议论起来，没有开玩笑，严肃得出奇，甚至连打台球的心思都没有了。

"三千卢布？他哪里来的三千卢布？"

不止一个人这么问起。伊里奇急忙解释说这笔钱来自霍赫拉科娃，但几乎没有人不对这种说法表示怀疑。

"有没有可能是这个小子抢劫了他的老子？"

"三千卢布？确实有点不对劲！"

"这小子不止一次公开叫嚣要杀掉自己老子，这话几乎在这儿的人都听说过。而且，就在前不久，他还不停地嚷嚷什么三千卢布的事情……"

彼得·伊里奇听着，好事者们的讨论越来越深入，他开始越来越不想回答他们的问题，主要是他不想给这些好事者留下什么话柄。因此，关于米佳满脸是血这件事情，他只字未提，本来在来酒馆的路上他是打算要讲的。

第三盘台球开杆了，关于米佳的讨论自然而然地沉寂了下来。但是伊里奇的兴致不高，打完这盘之后他就不想打了，本打算在这里吃的夜宵也不想吃了。他索性放下球杆，走出了酒店。走到广场的时候，他困惑地停下了脚步，甚至连自己都感到惊讶。他猛然间想起，自己刚才甚至打算去一趟费尧多尔·巴甫洛维奇家打探一下情况，弄清楚到底发生了什么事情。

"要是这一切全都是大家的胡思乱想怎么办？我就这么冒冒失失地跑到人家里去，会闹出笑话的！呸！见鬼，我又不是他叔叔！"

他心情十分糟糕地往家走去。他突然想起一个人——菲尼娅。

"哎！我真是太笨了！"他懊恼地骂自己，"我刚才应该好好问问她的，那样我不就什么都知道了？"

他突然非常想找菲妮娅好好谈谈，希望可以从她那里了解一切，这个猛然间冒出的愿望非常强烈，于是他直接在半路上转了个弯，大踏步往莫罗佐娃家去了。到了院门前他急忙敲起了门，而那死一般寂静中响起的敲门声就像敲在了他的脑门上一样，伊里奇突然反应过来，院子里的人应该都睡了，不可能有人应门。于是，他更恼火了。

"我过来不也是胡闹吗？"伊里奇想到此处，一种莫名的痛苦又席卷了他的内心。然而，他并没有就此离去，反倒是开始更加疯狂地敲起门来，扰得这寂静的夜晚鸡飞狗跳。

"这门，我今天非敲开不可，非敲开不可！"他嘟囔着，越是无人应门，伊里奇敲得越是凶猛，心中的怒火也越来越旺，简直到了发狂的地步，于是他拼了命一般砸向大门。

第六节　我来啦！

德米特里·费尧多罗维奇的马车在道路上飞奔。从本地到莫克罗耶差不多有二十多俄里，但是安德烈的三套马车跑得飞快，差不多一小时零一刻钟就能赶到。飞快的马车为乘车人送来阵阵凉风，米佳的头脑也清醒了不少。空气清新带点凉意，明净的天空中，一颗颗明亮的星星闪着光芒。这就是阿廖莎亲吻大地，发誓要永生热爱大地的那个晚上。

此刻，米佳心乱如麻，没有一点头绪，很多事情在折磨着米佳的心，但有一点他很清楚，他奋不顾身地飞驰，只是为了飞奔向他的女王，去见她最后一面。有一点我可以确定：他的心没有丝毫犹豫。也许各位读者无法相信我接下来的说法,那就是:对于这位突然出现的军官——他的"新"情敌,一贯爱吃醋的米佳并无醋意。倘若出现的是其他人,米佳一定会醋意翻涌,他的手上一定会再次沾满鲜血,但对于这个军官,这位格露莘卡的"初恋",米佳却丝毫没有嫉妒,甚至没有敌意。当然,米佳还没有见过这位军官。

"这没有什么可以争论的,这是她和他的权利,这位军官是她的初恋,如今已经过去了五年,她还没有忘记他。所以,我,我干吗非要去搅和?我是她的什么人?他们的事情又和我有什么关系?算了吧,米佳,成人之美吧!再说,就算没有这位军官,现在的我又能怎么样呢?全完了,有没有他都一样……"

如果那时候的米佳还能思考,那么他的表述应当同上文所述的差不了多少。但当时他已经没有办法思考了。他在没有认真思考的情况下,做好了决定,这个决定是在菲尼娅刚刚说出第一句话的时候猛然想到的,并且他考虑到了可能引起的一切后果。虽然米佳已经下定决心,但是他总感到不安,这种不安折磨着他,甚至让他感到痛苦。米佳背负的痛苦太多了,有些瞬间,他也感到奇怪:他刚刚不是已经白纸黑字地判决了自己的命运吗——"我要为我的一生惩罚自己,我要惩罚自己的一生",这张纸就揣在自己怀里,枪里面也都已经压满了子弹,他早已经计划好明天要如何迎接"金色卷发福玻斯"的第一缕炽热光芒,可他就是做不到与那痛苦到不堪回首的往事一刀两断。他非常痛苦地感觉到了这一点,这种想法无时无刻不在折磨着他,他似乎就要窒息而亡了,仿佛有一股力量,正在拖曳着他的灵魂往泥潭深处不断前进。途中有一瞬间,米佳甚至突然想让安德烈停下马车,然后自己跳下去,取出自己的手枪,甚至都不用等到黎明到来就能结束一切。但这种想法就像烟花一样瞬间消散了。飞奔的马车就像是贪婪的巨兽,张开了大嘴"吞噬着大地"。目的地不断临近了,对她的思念越来越强烈,逐渐占据了他的心,并驱散了他心中其他一切可怕的幻影。

"就让我再看她一眼吧,哪怕就是再看一眼,哪怕只是远远地再看一眼!"米佳想着,"我想看看她和那个人在一起的样子,她和她过去的恋人在一起究竟是什么样子,我想知道的仅此而已!"

他从来没有对这个命中注定的女人涌起过如此强烈的爱,那是一种他从未体味过的感情,一种连他自己都感到意外的全新感情,一种温柔到祈求、甘愿在她面前消逝的感情。

"就让我消逝吧!"米佳说着,心中突然涌起一阵歇斯底里的喜悦。

马车已经奔驰了将近一个小时。米佳全程没怎么吭过声,安德烈虽是个爱唠叨的马车夫,但这一路上竟也没说过一句话,似乎不敢说话,只是一味地猛赶着自己的那三匹瘦马。就在此时,米佳突然惊慌失措地开口问道:"安德烈,他们要是睡了,我该怎么办?"这个念头突然在米佳脑海中产生,在这之前他根本没有想到。

"他们应该已经睡着了,德米特里·费尧多罗维奇。"

米佳皱了皱自己的眉头,显得很痛苦。要是他带着这种强烈的感情到了那里……而他们却正在睡觉……可能,她也睡了……他的心中瞬间燃起了怒火。

"快点儿!安德烈,加速啊!快点!"他发疯了一样连声催促。

"说不定两个人还没有睡着呢,"安德烈沉默片刻,"听季末菲说过,那里人很多……"

"驿站?"

"不是驿站,怎么说呢,私人旅店,那里也有很多车夫。"

"听说过!你说那里人很多?那里怎么可能会有很多人?都是谁?"这个意外的消息让米佳非常紧张。

"听季末菲说,那里都是老爷。有两个是从城里来的,没人知道他们是谁,季末菲只是告诉我他们是咱们城里的,还有两位似乎是从外地什么地方来的。当然,那里可能还有别人,他没仔细说,我也没仔细听。季末菲还说,他们在打牌。"

"打牌?"

"既然在打牌,那说不定还没睡。现在应该快到十一点了吧?总之,绝对不会超过十一点。"

"加速!安德烈!加速!"米佳既焦躁又兴奋。

"老爷,有件事我想问问您,"安德烈沉默片刻开口道,"可我怕我问了,又惹得您不高兴。"

"有话就说……"

"刚才菲尼娅给您跪下了,求您不要伤害她家女主人,还求您什么人都不要伤害……可是,老爷呀……送您过去的人,可是我啊……老爷,请您原谅,我就是为了自己的良心,多说了几句蠢话……"

米佳突然从身后抓住了安德烈的肩膀。

"你是马车夫对吧?"

"我是马车夫……"

"你知道,很多时候我们得给人家让路。要是所有车夫都不给别人让路,只是一股脑儿地往前冲,一边冲还一边喊什么'我来啦',我问你,这是好车夫吗?不是啊,这肯定不是好车夫……就是这个道理,开车不能一路往前冲,遇到人不能压上去。做人也是这个道理:不能毁掉别人的生活,毁了别人的生活就要惩罚自己;如果夺走了别人的生命,就要自己拿命去偿。"

所有这些话一股脑儿地被米佳从心中倒出来,他说这话时多少有些歇斯底里。安德烈尽管对这位老爷的话感到诧异,但仍从心里感到赞同。

"您说得对,老爷。您说得对!确实不能压上去,也不能随随便便伤害别人,对任何生灵都是如此,因为所有生灵都是上帝创造出来的,比如马,有人会无缘无故地虐待它……就连我们车夫中也有这样的人,什么都不管,只知道一股脑儿地往前冲……"

"往地狱里冲?"米佳突然打断道,说罢他笑出了声,"安德烈啊,安德烈,"他的笑声很是突兀,"你是个直爽的人,"说着他使劲地抓住马车夫的肩膀,"你说,我,德米特里·费尧多罗维奇·卡拉马佐夫,会不会一路冲进地狱?你说我会不会?"

"我不知道,亲爱的老爷。进不进地狱,决定权还是在您,您的性子……老爷,当初上帝的儿子被人钉死在十字架之后,他可是直接从十字架那儿离开冲进了地狱,解救了那里所有受折磨的罪人。地狱之王以为今后再也没有人去他那儿了,便开始叫苦。当时上帝对他说:'你不用叫苦,因为那些王公贵族、主审法官、大财主都会来找你的,你这里一定会挤满了人,和之前一样,直到我下次来为止。'他说得多对啊……"

"好一个民间传说!说得太好了!打左边那匹马一鞭子,安德烈!"

"所以,老爷,地狱就是给这种人准备的,"安德烈奉命给了左边那匹马一鞭子,"老爷,您就和个孩子一样……以我们的眼光来看,老爷,虽说您脾气差,但是上帝一定会宽恕您,因为您很单纯!"

"那,安德烈,你会不会宽恕我?"

"我为什么要宽恕您,您对我又没干过什么。"

"不,我的意思是,你代表这个世界上所有的人,就现在,此时此刻,就在此地,这条大路上,你能不能代表这个世界的所有人宽恕我？说吧，好心人！"

"老爷啊！给您开车真是太吓人了，您说的话不管什么人听到了都会觉得奇怪……"

但是米佳没有听到他的回答。因为他正在疯了一样地向上帝祈祷，口中念念有词。

"主啊！接受我这充满了罪孽的灵魂吧！但请您不要在没有认真考虑的情况下审判我……请不要审判我，因为我已经给自己下了判决。请您不要审判我，因为我爱您啊……主啊！我虽然是个卑鄙的人，但是我爱您啊……即便您把我打入地狱，我也会在那里爱您，我会在那里放声大叫：我永世爱您……求您成全我的爱。虽说还有五个小时，炽热的光芒就要到来了……我爱我的女王。我爱她，而且没法不爱她。主啊，您完全了解我。我要冲到那里去，我要跪在她的面前，我要对她说：'你抛弃了我，你做得对！永别了，请忘了我为你所做的牺牲，请永远不要挂在心上！'"

"莫克罗耶！"安德烈举鞭向前。

灰蒙蒙的夜色之中，光秃秃的田野之上忽地出现了一大片黑压压的房舍轮廓。莫克罗耶，这座有两千人口的小镇，现在已经入睡，但黑暗之中仍然有零星灯火。

"加速！快！安德烈，我来啦！"米佳大叫起来，狂热异常。

"还没睡！"安德烈一边说着，一边用鞭子把米佳的眼光引向镇口，那里正是他们口中的那个私人旅店，临街的六扇窗户灯火通明。

"还没睡！"米佳也很高兴，"安德烈，打马，加速！要让咱们的车发出动静，让咱们的铃铛都响起来吧！让我们以惊天动地的气势开进去！让所有人都知道，我来啦！"米佳就像是疯了一样。

安德烈的三匹马已经筋疲力尽，但还是在鞭策下疯跑起来，果然，他们以惊天动地的气势冲向了高高的台阶旁边。安德烈勒住了累得半死的三匹瘦马，米佳跳下了车，正要去睡觉的店主听到这巨大的声响好奇地走到台阶上，想要搞清楚究竟是谁搞出了这么大的动静。

"特里方·波里赛琪，是你吗？"

店主弯下腰一看，赶紧冲下台阶，堆着一脸憨笑，迎向来宾。

"哎哟！我的老爷，德米特里·费奇多罗维奇，您又来啦！"

店主特里方·波里赛琪是个中等身材的壮汉，脸胖胖的，表情严峻，尤其是对于莫克罗耶的乡下人来说，此人更是毫不客气。但是，这个人有一个天赋：只要他嗅到了对自己有好处的气味，能立马切换出一张极其谄媚的笑脸。他的穿衣风格仍旧非常俄罗斯——斜领衬衣外搭长风衣。他已经攒下了不少钱，但还想有更大的作为。除此之外，乡民中有至少一半的人都听他的，因为他们都欠他钱。他向地主租赁土地，自己也买土地，但都是把自己的地租给那些欠了他钱的老农民们耕种，让他们出力抵债，但事实上，他们欠下来的债可能一辈子都还不完。此人的老婆去世了，他有四个已经成年的女儿，其中一个女儿的男人也死了，她带着两个儿子，也就是特里方·波里赛琪的外孙，寄住在他家，像雇工一样为他干活儿卖命。他的另一个女儿嫁给了一个抄写员出身的小公务员，他们家旅店的一间房间里还挂着几张他们的全家福，其中角落里有个穿制服、戴肩章的就是这位小公务员。剩下的两个小女儿每逢到了什么节日或者去别人家做客时，会穿上最新款的浅蓝色或者绿色连衣裙，就是那种勒得很紧，拖着一俄尺长裙尾的连衣裙；而平日里鸡还没叫时她们就起床了，拿着桦木笤帚清扫遍地狼藉的客房。

尽管这位特里方·波里赛琪万贯家财，但他并不是什么仗义的豪商，他依然从那些喜欢过来寻欢作乐的客人身上赚钱。所以，他记得一个月前，德米特里·费尧多罗维奇·卡拉马佐夫和格露莘卡来此纵情狂欢时，他一个昼夜就从这棵摇钱树上摇下来了二百多卢布。所以他满脸谄媚、着急忙慌地冲上前来迎接米佳，因为米佳把马车赶到台阶前的那股气势，让他预感到，财运又来了。

"德米特里·费尧多罗维奇老爷，非常高兴您再次光临！"

"好了！特里方·波里赛琪，"米佳开门见山，"先说最重要的事情，她在哪儿？"

"您是说阿格拉菲娜·亚历山大洛芙娜？"店主一瞬间就明白了，他用机敏的目光凝视着米佳的脸，"没错，她也在这里。"

"和谁在一起？和谁？"

"老爷，她和一些外地的过路客人在一起……一位吃公粮的老爷，听口音是波兰人。这位先生到了这里之后，派马车把她接来的；还有一位老爷是他的朋友，也有可能是同路的，我也不清楚……他们都穿着便服……"

"是过来狂欢的吗？是有钱人吗？"

"哪里是狂欢啊……太小家子气了……德米特里·费尧多罗维奇。"

"小家子气吗？还有其他人吗？"

"还有两位老爷是从城里来的……他们要从切尔尼返回城里，就在这里留宿了。有一位稍微年轻的，应该是米乌索夫先生的亲戚，只是叫什么我忘了……还有一位，估计您应该认识：地主马克西莫夫。他说几天前他顺道儿去你们城里的修道院朝圣去了，现在八成和米乌索夫先生的年轻亲戚一块儿旅行呢……"

"除此之外还有其他人吗？"

"没有了，老爷。"

"你先别说话,特里方·波里赛琪,你先好好告诉我,她怎么样?她在做什么?"

"她刚刚到不久,正和他们四个人一起坐着呢。"

"她高兴吗?在笑吗?"

"好像不是很高兴……也不怎么笑,坐在那里看起来闷闷不乐的样子,刚才还给那个年轻人梳头来着。"

"给那个波兰人?那个军官?"

"那人已经不年轻了,而且也不是什么军官。不是给他梳头,老爷。她是在给那位米乌索夫的亲戚、那个年轻人梳头……那位小爷叫什么来着……"

"卡尔甘诺夫?"

"对对对,就叫卡尔甘诺夫。"

"好了,我会搞明白的。他们在打牌吗?"

"他们之前倒是在打来着,但现在没有了。他们喝了点茶,那个当官的还要了些利口酒。"

"你先别走,特里方·波里赛琪,你先别走,这些事情我到时候会弄明白。现在还有个问题,你能不能给我搞到吉卜赛人?"

"老爷呀,现在上哪儿去给您找吉卜赛人啊,官府早把他们赶跑啦!不过……这儿附近倒是有些犹太人,他们会弹琴,就住在拉日杰斯特文村。您要是想,我马上派人把他们给老爷招过来!他们准会过来的。"

"派人过去!马上就派人过去!"米佳吩咐道,"还有,上次你不是还给我找来一群姑娘吗?那个叫玛丽亚的,还有那个……斯婕巴尼妲,还有阿丽娜。这样,我再给你两百卢布,你给我搞一支合唱团出来!"

"老爷啊！二百卢布可够把全镇子的人都给您叫过来了，虽说这些人现在都睡了！但老爷，您这么抬举这些乡下人和姑娘们，是不是太大方啦？老爷啊，这些粗俗的乡巴佬，值得您花这么多钱吗？您看您准备的这些好烟好酒，他们哪里配得上！他们就是群浑身发臭的强盗，还有那些姑娘，个个长着虱子。您要是想让姑娘陪，您看我家那两个小姑娘怎么样？您不用花那么多钱。她俩虽说已经睡下了，但只要老爷您一句话，我立马把她们踢起来，让她们给您唱歌。上一回您那些好香槟可都给那些乡巴佬糟蹋了呀！咳咳！"

特里方·波里赛琪为米佳惋惜完全是虚伪的：上次他趁米佳不注意偷偷藏了半打香槟，并趁人不备把桌子底下的一张一百卢布大钞偷偷攥在了自己的手里。

"特里方·波里赛琪，上一次我来这儿花了可不止一千卢布，你还记得吗？"

"我记得！老爷，我怎么会不记得呢？上次您在这儿至少花了三千卢布！"

"好！记得就好！现在我又带着相同的东西来了，看清了吗？"

说着，米佳掏出一沓钞票，在店主面前晃了晃，让他看清。

"现在你给我听着，听好了：一个小时之后，我的香槟、凉菜、馅饼、糖果会被送过来，你要马上把它们通通搬上去。现在，安德烈那里有一只箱子，你把这个箱子也给我带到楼上去。对了，把箱子打开，把里头的香槟给我拿出来……对了，最重要的事情是姑娘！听到了吗？姑娘！尤其是玛丽亚，一定要找过来……"

米佳转过身，从座位底下掏出那装了手枪的匣子。

"安德烈，这十五卢布是车费，这五十卢布是赏给你的酒钱……谢谢您了，也请您记住……有这么一位叫作卡拉马佐夫的老爷。"

"老爷，我怕……"安德烈有点犹豫，"您就赏给我五卢布酒钱吧，多了我就不要了……特里方·波里赛琪，也请您做个见证。请原谅我的蠢话……"

"你怕什么呢？"米佳瞪了他一眼，"嗯？行吧，见鬼去吧！"米佳吼了一句，掏出五卢布扔给了他。

"特里方·波里赛琪，你悄悄带我进去，让我先看看他们，别让里头的人注意到我。他们现在在哪？是不是那间蓝色的房子里？"

听到这话，特里方·波里赛琪多少有些疑惑，但想了想还是决定奉命照办。他小心翼翼地带着米佳进入前厅，接着自己走进一个大房间，这房间的旁边就是客人们的屋子。他从房间里取出一支蜡烛，随后小心地领着米佳进去，让他坐在一个昏暗的角落里，从那里，米佳可以在黑暗中观察来客们的一举一动，而不被他们发现。但就米佳目前的心态，他没法看很久，尤其是在看到了格露莘卡之后，他的心便开始震颤，眼睛也模糊了。

格露莘卡侧着身子坐在一张扶手椅上，在她身旁有位英俊的少年坐在沙发上。米佳认出此人正是卡尔甘诺夫。格露莘卡正在抚摸着他的手，脸上还不时扬起阵阵笑容，只是卡尔甘诺夫没有看着她。他不知怎么了，很是闷闷不乐，正朝着对面的人说着些什么话。米佳换了个姿势，揉了揉眼睛，坐在他们对面的人是笑得合不拢嘴的马克西莫夫。

米佳看向沙发（就是卡尔甘诺夫坐的沙发），沙发旁边有位陌生人，此人懒洋洋地抽着烟斗，舒展着身躯，靠在沙发上。米佳看得不太清楚，但脑子中依稀有了他大概的轮廓：他有点发福，脸又大又圆，个子很矮，好像因为什么事情在发火。在他不远处，有另一个陌生人，应该是他的朋友，身形非常高大。除此之外，米佳什么都看不清楚。

他的心提到了嗓子眼，甚至阻塞了他的呼吸。他甚至连一分钟都无法坚持了，他把自己的手枪匣子放到箱柜子上，打着冷战，带着激动不已的心情走向那蓝色的房间，走向谈话中的众人。

"啊！"第一个注意到米佳的人发出一声惊恐的尖叫。

那个人正是格露莘卡。

第七节　先到先得，无可争议

米佳大步走到桌前。

"先生们，"米佳可能是过分激动了，几乎是在喊叫，每一句话都说得结结巴巴的，"我，没，没什么事情，诸位不要害怕，"他一边说一边走到卡尔甘诺夫身边，紧紧抓住他的一只手，"我也只是……恰，恰巧路过，借宿此地。一晚而已。所以，先生们，可否让我这个过路人和你们一起，待到天明？就到……天明而已。最后一次，就在这间屋子里，可以吗？"

他的最后一句话是对着那位坐在沙发上叼着烟斗的胖男人说的。后者傲慢地拿下烟斗，毫不客气地说："这位先生，我们这里不欢迎外人，这是私人聚会，您可以去其他房间。"

"原来是您啊，德米特里·费尧多罗维奇，"这时候卡尔甘诺夫突然惊呼道，"您说话怎么这么见外啊？来，请和我们一起坐一会儿！"

"您好，我亲爱的……无价的朋友！我一直很尊敬您……"米佳非常高兴地做出反应，隔着桌子向他伸出手去。

"哎哟！您的手劲儿真大！您都快要把我的手指头捏断了。"卡尔甘诺夫打趣道。

"他握手一向这样，一直这样！"

格露莘卡勉强说道，脸上的笑容怯生生的。不过，她从米佳的表情中断定他不是来闹事的。所以只是惊讶且不安地看着他。她没有料到突然走进来的米佳会用这样的方式开口说话。

这时候，一声"您好"从左边传来，米佳转头一看，是地主马克西莫夫在和他打招呼。见状，米佳赶紧站起，快步向他走过去。

"您好啊！您也在这里，这可真是太好了。先生们，先生们，我……"米佳把目光转到那位抽着烟斗的先生身上，很显然他才是米佳心中最重要的人物，"我从城里飞奔而来……就是想在这间屋子里度过我人生的最后一天和最后一个小时，就是在这间屋子里……曾经在这里，我像崇拜女神一般，爱上了……我的女王！"米佳突然提高了调门，"诸位，请不要害怕，这是我最后的一夜了！所以，先生们，就让我们为了这最后一晚……心平气和地喝一会儿酒吧！请诸位不要害怕，毕竟这是我人生的最后一夜！我带了酒过来，它们一会儿就会送到。除此之外，我还给大家带来了这些……"不知道为什么，米佳掏出了那沓钞票，"对不起，各位，我要音乐，我要热闹，凡是上一回有的，我这次全都要！但是，一条虫子，一条多余的虫子将从地面上爬过去，一点痕迹都不会留下！我要在这人生的最后一夜，纪念我最快活的一天！"

米佳快要窒息了。他其实有很多很多话要说，但是话到嘴边，全部变成了令人不解的哀叹。那位波兰人一动不动地凝视着他，准确地说他实际上是在望着米佳手中的一沓子钞票，看了好一会儿才转头面向格露莘卡，表情里写满了莫名其妙。

"如果我的宇王不反对……"他刚刚开口。

"'宇王'？还是女王？"格露莘卡立马抢过波兰人的话，"您觉得这样说话很有趣吗？坐下，米佳，你刚刚在说些什么啊？你别吓我啊！

不要总是吓人好不好？你要是不吓人，我还是很高兴看到你来……"

"我，我吓人了吗？"米佳突然呼喊道，"你们尽管往前大步走就好了，我绝对不会干涉……"突然之间，他的举动出乎了所有人的预料（当然也包括他自己），他倒在一把椅子上，脸面向墙壁，两手紧紧抱住椅背，号啕大哭。

"哎呀，哎呀，你在那里干什么啊！"格露莘卡大声责备道，"他这个人过去就是这个样子，他经常来找我，非要和我说些我根本听不懂的、莫名其妙的话。上一次他就是这样，说着说着就开始哭，这一次又这样。丢不丢人啊！再说，你到底在哭什么啊？你有什么好哭的？"格露莘卡这段责骂中的最后一句话语气很奇怪，表情和语调中充满了神经质和几分愤怒。

"我……我不哭……各位，晚安！"说着，米佳毫无征兆地突然转过身子，整个人突然笑了起来。但他的笑并非是那种强行将脸上的肉堆起来的大笑，而是一种持续很长时间、紧张发颤的轻笑。

"看，又开始犯神经了！开心一点，开心一点好不好？"格露莘卡劝说道，"你来了，我很高兴，听着米佳，我很高兴。你听到我说话了吗？我要求他和我们坐在一起。"说罢，格露莘卡转头面向众人，以不可违背的语气说道，但显然，这句话她是针对那个抽烟斗的男人说的，"我就想要这样！如果你们赶他走，我也走，就这样！"说这些话的时候，从格露莘卡的眼中可以看见火焰的光芒。

"我的女王说的话就是法律！"抽着烟斗的男人绅士地亲吻了格露莘卡的手，"让我们欢迎这位先生加入我们的聚会！"他一边说一边故作友善地看着米佳。

米佳听到这话突然跳了起来，让人以为他想要再一次发表长篇大论，但他没有这样做。

"各位！喝酒啊！"他没有滔滔不绝，只是说了这么一句话。大家哄堂大笑。

"哦，天哪！我本以为他又要说个没完没了呢，"格露莘卡笑容中多少有一些紧张，"米佳，你可给我听好了，"她语气强硬地对着米佳说道，"千万不要再突然跳起来了。你带来了香槟，这很好，我也要喝点，我再也不想喝甜酒了。当然，最让我高兴的还是你能亲自过来，不然这里就太无聊了……你是不是又想……罢了，米佳，你把自己的银子都藏好！你是从哪儿整来这么多钱的？"

米佳手里的百元大钞已经被揉成了一团，格露莘卡这么一说，大家的注意力自然而然地转向了那一沓子百元大钞，尤其是那两位波兰人。米佳不好意思地涨红了脸，把钞票塞进了衣兜。正在这时，店主端着一只托盘走到了众人面前，托盘上是一瓶开了木塞的香槟和几只玻璃杯。米佳一把拿过香槟，但他慌乱得完全不知道自己接下来该做些什么。卡尔甘诺夫从米佳手中接过了酒瓶，替他向来宾斟了酒。

"再给我上一瓶！"米佳命令店主道。接着有趣的事情发生了，前文提到过米佳郑重其事地要和各位先生一起喝酒，但酒杯端上来的时候，米佳似乎彻彻底底忘记了这回事，当着众人的面，他连举杯说吉祥话的环节都没进行，一口气将杯中之酒全部饮下。米佳的脸色顿时变了，他刚刚进来时一脸悲壮的表情完全不见了，取而代之的是一种孩童般的天真，他突然变得温顺、谦恭。他笑着，就像是刚刚闯了祸的小狗，期盼主人的宽容和爱抚；他看着众人，眼神中有一些胆怯却充满了快活。他就像是换了一个人，似乎忘记了刚刚的一切。他笑着看着格露莘卡，慢慢地朝着她挪动自己的椅子。距离一点一点变近，那两个波兰人的长相也在米佳的眼中愈发地清楚，只是他们究竟是什么身份，米佳还不太了解。

沙发上那位抽烟斗的男人让米佳感到惊讶，他的烟斗、姿势，让米佳印象深刻，尤其是他叼在嘴里的烟斗。

"没什么好奇怪的，抽烟斗也挺好的。"米佳这样想着。那个波兰人的脸已经多少有些松弛，从皮肤状态来看他至少已经四十岁了，小小的鼻子底下是两撇稀稀拉拉的胡须，下胡子两边特别尖，上面抹了染色膏，整个人看起来非常傲慢。他的假发做工不好，一看就知道是在西伯利亚生产的，尤其他的鬓角又是朝前梳的，让他整个人看上去十分好笑。但即便是这样，也没有引起米佳的反感，相反，他想："既然是假发，那应该就是这副模样的。"

米佳把视线转移到另一位波兰人身上，他要比坐在沙发上的那位年轻一些，总是用一种居高临下的目光看着在场的每一个人，轻蔑地听着大家的谈话。而让米佳惊讶的是，此人的个子高得出奇，尤其是和他旁边那位波兰人相比。米佳想："这位先生站起来恐怕得有两俄尺十一俄寸！"他猜想这位高个子波兰人一定是沙发上那位波兰人的朋友或者"保镖"之类的角色，所以那位叼着烟斗的波兰人才会随意使唤这位高个子波兰人。米佳认为这一切都是合理且美好的。他现在就像是一条小狗一样，心中没有一点戾气。只是米佳没有猜透格露莘卡的心思，不明白她那几句话的意思。他只明白一点：格露莘卡又跟他很亲热了，也"原谅"他了，并且允许他坐在她的身旁。他看见她拿起酒杯，小小地抿了一口，这让他开心坏了。可大伙儿的沉默让他感到有些尴尬，他怀着期待的目光环顾在场众人，"先生们，我们就这样干坐着，什么也不干吗？"他那开心的眼神似乎这样说道。

"刚才就是他一直在胡说八道，把我们逗得笑个不停。"最先领悟到他想法的人是卡尔甘诺夫，他指着马克西莫夫说。

米佳迅速看向卡尔甘诺夫，然后又看向了马克西莫夫。

"胡说八道吗?"米佳像是听到了一个不好笑的笑话但还要笑一样,干巴巴地笑了几声,"哈!哈!哈!"

"是的。想象一下,他刚刚说,二十年代咱们国家绝大多数骑兵都娶了波兰女人当老婆……这难道不是胡说八道吗?"

"娶波兰女人?"米佳接过了话茬,看起来这个笑话是真的好笑了。

卡尔甘诺夫非常了解米佳对于格露莘卡的态度,也猜到了这位波兰人的身份,但他对这一切并不太感兴趣,甚至可以说是完全不感兴趣,他最感兴趣的只有马克西莫夫。他和地主马克西莫夫在这里遇见纯属巧合,和这二位波兰人的相遇也是同样。至于格露莘卡,他老早以前就认识,很久之前他还和别人一起去过她家,只是那时她并不喜欢他,但在这里她却对他很热情,在米佳没来之前,她一直温柔地讨好他,可他对此无动于衷。

卡尔甘诺夫非常年轻,不满二十岁,穿着时尚,有着一张可爱的白白的脸庞,还有一头非常漂亮、浓密的棕色卷发。他长着一双极其迷人的聪慧碧眼,总是露出一副深沉的、与他年龄很不相符的表情。不过,他终究还是个年轻人,他的言辞、举止都像孩子一样,他自己可能也知道这一点,但他并没有对此感到不好意思。总体来说,这是个在思想上相当独立的大男孩,行为上多少有些任性,但在待人接物这一方面他还是平易近人的。有时候,他的脸上会有一种固执或者呆滞的神情:他看着你,听你说话,但依旧我行我素。他会突然萎靡不振,过不了多久又会突然间精力充沛,而且往往都是为了一些不值得一提的小事。

"您想想,我已经带着他转了好几天了,"卡尔甘诺夫语气缓慢到有些拖沓,但一点也不装腔作势,"您还记不记得,您的弟弟曾一把将他推下马车,将他摔得老远,就是从那个时候开始的。我就是因为这个缘故，对这位先生产生了兴趣，我带他去了乡下，可没想到他一路上总是胡说八道，和他在一起我都觉得不好意思。现在，我正在把他送回城里……"

"这位先生之所以会胡说八道，是因为他没有见过我们波兰的姑娘。"那个抽烟斗的波兰人对着马克西莫夫说。

说实话，这位抽烟斗的波兰人俄语说得不错，至少比他故意装出来的水平要好。因为他在说俄语时，总是刻意地掺杂着波兰口音。

"我的老婆就是波兰姑娘！"马克西莫夫笑着反驳道。

"哦……这么说来，您年轻时候在骑兵部队中服役过？您刚刚可一直在说骑兵呢，难道您也当过骑兵？"卡尔甘诺夫追问道。

"说得好！难道他之前当过骑兵？哈哈！"起哄的人是米佳，他一直在旁边专心地听着，但凡有人说话，他就将疑问和热切的目光迅速地投射到那个人身上，似乎能从对方嘴里听到很多特别有意思的新奇事。

"不是，你们听我说，"马克西莫夫转向米佳，"我的意思是那些波兰姑娘……长得都很好看……只要和我们的枪骑兵一起跳上一曲玛祖卡舞①……立马就会像一只小猫一样跳到骑兵的大腿上……我是说，就像那种白白的小猫一样……姑娘的父母看到了也不会制止……由着他们……到了第二天，我们的骑兵就会上门求亲……就是这么简单，哈哈，就是这样。"马克西莫夫说完笑了起来。

"无耻之徒！"那位高个子波兰人突然嘀咕道，说罢，他跷起了二郎腿。这时候米佳注意到，这位先生的长筒靴上沾满了成块的泥巴。

---

① 波兰的一种民间舞蹈，18世纪流行于欧洲各国，其动作有滑步、成对旋转、女人围绕男子作轻快跑步等。

总的来看,这两位波兰人的衣着都不甚体面,身上沾着不少油渍。

"居然骂他无耻之徒!干吗要骂人呢?"格露莘卡突然生气了。

"阿格拉菲娜女士,这位先生口中的波兰姑娘,应该是乡下丫头吧,一定不是大户人家的好姑娘。"抽烟斗的波兰人对格露莘卡说道。

"没错,就是这样!"那位高个子换了个姿势附和道,眼神里满是轻蔑。

"能不能让他说话?别人在说话,你们为什么要干涉?我就喜欢听他们说话。"格露莘卡毫不客气地堵住了两个波兰人的嘴。

"我没有干涉他,女士。"那位戴假发的波兰人看着格露莘卡,强调了一句,之后沉默了一会儿,又开始抽起了自己的烟斗。

"不,不,刚刚这位先生说得有道理,"卡尔甘诺夫突然激动起来,仿佛此刻所谈的内容非常重要,"他确实没有去过波兰,凭什么胡说八道,再说,您不是在波兰结的婚吗?这点我说的没错吧?"

"确实,我是在斯摩棱斯克结婚的。可是在此之前,有个枪骑兵把我未来的波兰太太和她的母亲、姨妈,以及带着一个成年儿子的女亲戚带了出来,是从波兰本地来的……后来,这位枪骑兵把她,也就是我的太太让给了我。他是咱们国家的一名中尉,是个非常好的年轻人。原本那姑娘应该是他的老婆的,但是他没有娶她,因为那个姑娘是个瘸子……"

"这么说,您娶了个瘸子?"卡尔甘诺夫惊呼道。

"不错。当初,这两个人一起欺骗了我。一开始,我还以为这个姑娘就是喜欢蹦蹦跳跳的……我的意思是她走路的时候总是一跳一跳的,我以为她是因为太开心了才这样……"

"因为要嫁给您,所以开心成这个样子?"卡尔甘诺夫高声喊道,声音幼稚。

"对,我是这么以为的,不料其实是另有原因。后来我们举行了婚礼,当天晚上她亲口向我坦白,可怜兮兮地求我原谅她。她说,她小时候跳水塘时一不留神摔坏了脚,这才落下了终身残疾……嘻嘻!"

卡尔甘诺夫像孩子般放声大笑,差点儿跌倒在沙发上。格露莘卡也笑得失了色,当然,要论起笑的程度,这两位加起来也敌不过米佳。

"你们知道吗,知道吗?他现在说的可是真话了,绝对是真话,绝对没有撒谎!"卡尔甘诺夫笑着转向米佳,"您知道吗,他结过两次婚。他说的波兰女人是他的第一位太太,而他的第二位太太跟别人跑了,现在活得可好了,您听说过吗?"

"真的吗?"米佳立马支起脑袋看向马克西莫夫,一脸诧异。

"是的,和别的男人跑了,这件事说起来还让我挺难受的,"马克西莫夫缓缓低下了头道,"她和一个法国男人一块儿跑了,最重要的是,她在跑之前,把我名下差不多有一个村子那么大的土地转到了她的名下。她对我说:'您受过教育,您能够自己养活自己。'也不知道我是怎么了,稀里糊涂地签了字。当时,有位可敬的主教对我说:'你的第一位老婆腿脚不利索,第二位腿脚可太利索了!'……嘻嘻!"

"先生们,听我说,听我说,"卡尔甘诺夫笑到连连咳嗽,几乎不能自已,"这个人经常胡说八道,他胡说八道的目的就是博大家一笑。这种行为谈不上卑鄙吧?对不对啊?说句实在话,有的时候,我还挺喜欢这位地主的。虽说,他确实有些卑鄙,但是他卑鄙得很自然,对吗?有些人卑鄙是因为他们要通过损人才能利己,但是这位先生不一样,他是出于天性……我给大家举个例子吧,昨天他和我争论了一路,非说果戈理的《死魂灵》的主角原型就是他。不知道大家记不记得,书中有个地主也叫马克西莫夫,诺兹德洛夫因为揍了他一顿被告上了法庭：'醉酒后用鞭子抽打地主马克西莫夫，并对其进行了人格侮辱'。还记得吗？你们瞧，马克西莫夫硬要说，当初被打的人就是他。这怎么可能嘛！乞乞科夫去各地旅行最晚也不会晚于二十年代，时间怎么对得上嘛！所以，被打的人绝不可能是他！你们说，是不是不可能？"

确实难以想象卡尔甘诺夫会激动成这个样子，但是他的激动是发自内心的。这种由衷的激动甚至感染了米佳。

"他要是真的被打了，那才有趣呢！"米佳突然大笑道。

"不是被打了，情况是……"地主马克西莫夫突然插话道。

"怎么回事？您到底是被打了？还是？"

"先生，几点了？"抽烟斗的人一脸不耐烦地问旁边的高个子。对方耸了耸肩，很明显，这两个家伙都没有表。

"自己不爱听，也得让其他人说完话不是吗？难道你觉得无聊，就不允许别人说话了？"格露莘卡对着那位抽烟斗的波兰人怒道。米佳脑海中霎时闪过一个想法：格露莘卡是在存心找茬。

这回波兰人似乎不打算退让，他回嘴道："我什么都不反对，我也什么都没说。"

"那就好！您，"格露莘卡转向马克西莫夫，"您怎么不吭声了？"

"其实也没什么可说的，因为这些都是胡说八道的，"马克西莫夫继续说，明显他有些得意，还有些装腔作势，"果戈理笔下的故事都是有隐喻的，甚至其中的名字都包含着深意。他书中的诺兹德洛夫实际上并不姓这个，而是姓诺索夫；而库夫神尼科夫和他的原型一点关系都没有，因为他姓史可斡尔涅夫。不过，书中的费纳尔迪倒确实是费纳尔迪，只是这位费纳尔迪不是意大利人，而是俄罗斯人，叫彼得罗夫。费纳尔迪小姐很漂亮，一双美腿上套着紧身裤，穿着的短裙子上缀满了亮晶晶的彩片。那双腿和那件短裙在音乐声中不断转圈……不用转四个小时,只要转四分钟,就能……把所有人迷住……"

"那这跟被鞭子抽打有什么关系?您被鞭子抽是因为什么?"卡尔甘诺夫追问道。

"是为了皮龙。"马克西莫夫回道。

"皮龙又是谁?"米佳追问。

"就是那个著名的法国作家皮龙。当时我们很多人在一块儿喝酒,就在集市上的酒馆里,是他们邀请我过去的。我一开始念了首讽刺的小诗:'是你吗,布瓦列乌?这真是一件可笑的衣服!'可是布瓦列乌对我说,他要去参加假面舞会,实际上他要去澡堂,嘻嘻!这个人以为我在讽刺他们。我赶紧又念了另一首辛辣的讽刺诗,那是一首有文化的人都熟悉的诗:

> 您要是萨伏,我就是法奥,
> 我对此并不争辩;
> 但是,我心中翻腾起怒火,
> 因为你不知出海的路。

"他们听完后更生气了,开始用脏话骂我。我也是倒霉,为了缓和气氛,我又讲了一个关于皮龙的故事。这故事是这样的,当时皮龙没有被法兰西学院收下,至死没有院士身份。于是,他出于报复心理,在自己的墓碑上写下了如下碑文:

> 皮龙在此安息,他没有任何称号,
> 甚至一个院士。

"这是多有文化的故事啊。我却没想到,他们把我打了一顿……"

"但是为什么?为什么会这样?"

"因为我有文化呗!打人还会找不到理由吗?"马克西莫夫简短地用格言式的话回道。

"哎,好了,我听够了,这个故事太差了!一点意思都没有……"格露莘卡突然说道。

米佳吓了一跳,立马不说话了。高个子波兰人从座位上站了起来,背着手从房间的这个角落走到另一个角落,带着一种道不同不相为谋的傲慢姿态和感到无比无聊的神色。

"看,坐都坐不住了!"格露莘卡充满厌恶地看了他一眼。米佳开始觉得不太自在了,他发现对面沙发上那位矮个子波兰人时不时会用恼怒的目光盯着他。

"先生,"米佳叫了他一声,"来啊!咱们干杯。先生,请那位先生也一起来。来,两位来自波兰的先生,我们一起干一杯!"

说着,他拿来三只香槟杯,斟了酒。

"为了波兰!这杯酒,先生们,敬波兰!敬广阔的波兰大地!"米佳说。

"我很高兴,我们干杯吧!"沙发上的波兰人故作庄重地拿起一杯酒。

"另一位来自波兰的先生,我还不知道该如何称呼您,嘿,尊敬的先生!干杯!"米佳邀请道。

"这位先生名叫符卢布列夫斯基。"沙发上的波兰军官在一旁说道。

符卢布列夫斯基先生晃着身子一路走到了桌子旁边,接过了一杯酒。

623

"敬波兰!帕诺夫①!乌拉!"米佳举杯高呼。

三个人将杯中的酒一饮而尽。米佳急忙拿起瓶子,立刻又为他们斟上。

"现在这杯,为了俄国!来,先生们,让我们成为兄弟!"

"也给我把酒斟上,"格露莘卡说,"敬俄国的酒,我也要喝一杯。"

"给我也来一杯。"卡尔甘诺夫说道。

"我也想……为了俄国的老太太们喝一杯。"马克西莫夫小声地笑着说。

"大家一起来!一起喝!"米佳兴致高昂地说,"店主,再来几瓶酒!"

店主把米佳带来的香槟中剩下的三瓶全拿来了。米佳给每个人都倒满了酒。

"敬俄国!乌拉!"他再次高呼。除了两位波兰人没有喝之外,其他人都喝了,格露莘卡更是一口气喝光了,而那两位波兰人甚至连杯子都没碰。

"你们怎么啦?"米佳问道,"二位先生,你们怎么不喝啊?"

符卢布列夫斯基先生举起酒杯,声如洪钟:"为1772年之前的俄国②干杯!"

"说得好!"另一位波兰人喊道,两人一饮而尽。

"你们可真是两个浑蛋!"米佳的咒骂脱口而出。

"先生!"两个波兰人活像一对好斗的公鸡,朝着米佳瞪起了眼睛。其中,最生气的当属这位符卢布列夫斯基。

---

① 波兰语,意思是"先生们"。
② 自1772年开始,俄普奥三国开始蚕食和瓜分波兰,至1792年,波兰亡国。

"人怎么能不爱自己的祖国？"符卢布列夫斯基先生吼道。

"都别说了！不许吵架！我不想看到吵架！"格露莘卡也发起了火，气得用脚狠狠地在地板上跺了一下。她面红耳赤，目光如炬。

米佳心想，这才刚刚一杯下肚，她怎么就成了这样？眼前的格露莘卡把米佳吓坏了。

"请原谅，是我的错，我再也不那么说了！符卢布列夫斯基，符卢布列夫斯基先生，我再也不了……"

"你就不能把嘴闭上吗？给我坐下，你个大傻子！"格露莘卡把一肚子怒气全都出在了米佳身上。

众人都坐了下来，不知所措，面面相觑。

"各位，都是我的不好！"米佳突然开口。他完全没有理解刚才格露莘卡话中蕴含的深意，"咱们总不能一直这么干坐着，来玩点什么打发时间吧……我的意思是，让大家开心一下，起码要像之前一样开心吧！"

"确实，一点欢乐的氛围都没有。"卡尔甘诺夫话里有话。

"要不，我们打一会儿牌？就像刚才那样……"马克西莫夫咯咯地笑着。

"打牌？好啊！"米佳响应道，"如果这两位帕诺夫……"

"台安啦……先生们。"坐在沙发上的那个波兰人似乎不太乐意。

"确实啊！"符卢布列夫斯基先生附和道。

"'台安啦'是什么意思？"

"就是太晚了，各位，太晚了，时间，时间太晚了！"坐在沙发上的波兰人解释道。

"这也不行，那也不行是吧？"格露莘卡对着两个波兰人吼道，"你们两个没完没了了？自己不高兴，就让所有人都陪着你们不高兴是吧？米佳，你来之前，这两个人就这么坐着，对我绷着一张臭脸，不知道想要干什么……"

"我的女神！"坐在沙发上的那位波兰人喊道，"我以为你心情不好，所以我才闷闷不乐。先生，我愿意陪你打牌。"这最后一句话是对米佳说的。

"好啊！那我们就开始吧！"米佳突然间上了兴头，说着就从怀中先掏出两张百元大钞，往桌子上一拍。

"来吧，先生，输多少我都心甘情愿！拿牌来！你坐庄！"

"应该用店里的新牌，先生。"抽烟斗的波兰人坚持不懈地说。

"这才是最好的办法。"符卢布列夫斯基在一旁附和道。

"用店里的新牌吗？好，我懂了，你们说得对，就应该用新牌！"米佳让店主拿一副新牌来，店主立马拿过来一盒没有拆封的牌，并告诉米佳，之前吩咐找来的姑娘们已经陆续到了，弹琴助兴的犹太人应该也快到了，但送货的马车还没有来。米佳跳了起来，跑到旁边的屋子去看了下店主所说的姑娘，但实际上那里只有三个人，而且没有玛丽亚。他不知道自己要什么，觉得自己跑来得有点莫名其妙，于是吩咐店主把自己带过来的水果、糖之类的东西取出一些分给已经来的姑娘们。

"别忘了给安德烈拿一瓶伏特加过去，"米佳突然想起了安德烈，匆匆忙忙地说，"刚才我太对不起他了！"

这时候，马克西莫夫跑了过来，拍了拍米佳的肩膀。

"给我五个卢布呗！"他话说得很轻，"我也想试试自己的手气……嘻嘻！"

"好！没问题，我给你十卢布！拿去！"米佳说着，又把自己那一兜子钱翻了出来，从中找出一张十卢布的钞票，"输了你就再找我要……找我要……"

"好!"马克西莫夫高兴道,说完就跑回隔壁屋子里去了。米佳也马上回来了,对各位等了他这么长时间表示抱歉。两位波兰人已经坐好了,他们面前是那副已经拆好了的新牌,现在的他们客气多了,甚至可以说近乎友好。矮个子波兰人已经重新往烟斗里填好了新的烟草,脸上那副认真的表情似乎在告诉牌桌上的所有人,自己已经准备好发牌了。

"先生们,请准备……"

"不,我就不陪你们玩了,"卡尔甘诺夫道,"我刚刚已经输了五十个卢布了……"

"这位先生,刚才不走运不代表现在不走运。"矮个子波兰人对他说道。

"庄家有多少钱?一注跟多少?"米佳有些兴奋。

"要看怎么玩了,一百卢布也行,两百卢布也可以,看你自己。"

"我下一百万的注!"米佳哈哈大笑。

"上尉先生,您听说过波德维索茨斯基先生的事情吗?"

"哪个波德维索茨斯基?"

"在华沙,有个人坐庄,别人想下多少注就能下多少注的那种。当时这位波德维索茨斯基先生看到庄家手里有一千兹罗提①,便下了个满注。庄家问他:'先生,您是要用现金还是用信用?'他毫不犹豫地回答说:'用信用。''那更好,先生。'然后,庄家开牌了。果然,是波德维索茨斯基赢了,他把庄家桌上那一千兹罗提都拿走了。庄家示意他等等,接着从一个抽屉里拿出来一百万兹罗提,他说:'先生,您刚

---

① 在波兰语中为"黄金"之意。

刚押的是全庄，信用担保，您敢用信用担保，我也用自己的信用下注。这一百万都是您的了。'波德维索茨斯基便收下了这一百万。"

"这不可能是真的！"卡尔甘诺夫道。

"卡尔甘诺夫先生，体面人之间的交流不应该是这种方式。"

"傻子才相信波兰赌棍会给别人一百万！"米佳不假思索地说出了这句话，但随即意识到自己说错了话，"对不起，我错了，又错了！会的，会出一百万的，凭信用，凭波兰人的信用会给！哈哈哈！我都开始说起波兰话了！来，我下注十卢布，就押J！"

"我出一个卢布押皇后，押红心皇后。看，这张牌真好看，多像波兰美女！嘻嘻！"马克西莫夫一边笑着，一边抽出一张Q，接着就像要故意瞒着所有人似的，恨不能爬在桌子底下，画个十字。

米佳赢了。只押了一个卢布的马克西莫夫也赢了。

"二十五卢布！"米佳大声说！

"我再押一卢布，嘿嘿，我押小点，小小的！"马克西莫夫因为自己赢了一个卢布高兴坏了。

"太少啦！"米佳大声喊着，"我押7！加倍！"

这次加倍输了。

"别赌了。"卡尔甘诺夫突然说。

"加倍！加倍！"米佳接连几次加倍的赌注都输了，而一直下一个卢布的马克西莫夫把把赢。

"加倍！"米佳怒吼道。

"你已经输了二百了，先生，你还要再输二百吗？"矮个子波兰人问道。

"怎么，才输了二百？那就再来二百卢布，加倍！"说着，米佳从兜里掏出两张百元大钞，就势扔到了一张皇后上，不料卡尔甘诺夫突然伸出一只手,捂住了那张牌。

"够了!"他用清脆的声音吼道。

"您这是干什么?"米佳瞪大了眼睛看着他。

"够了,我就是不想您再这么输钱了!您不要再赌了!"

"为什么?"

"不为什么!您就不要再下注了,好吗?走吧!您就离开吧!我真的看不下去了!"

米佳感到莫名其妙。

"好了,米佳,他的话多少有些道理,你已经输了很多了。"格露莘卡阴阳怪气地说。

而格露莘卡和卡尔甘诺夫的话音刚落,两位波兰人就站了起来,像是人格被侮辱了一般。

"先生,您是在开玩笑吧?"矮个子波兰人一脸严肃地上下打量着卡尔甘诺夫。

"你的胆子可真不小啊!"符卢布列夫斯基先生冲着卡尔甘诺夫吼了起来。

"不要吵闹!不要吼叫!"格露莘卡吼道,"我看你们都变成火鸡了吧!"

米佳依次瞧着他们中的每一个人,格露莘卡脸上的表情让他感到十分惊讶。他的脑海中突然冒出了一个全新的、莫名其妙的奇怪念头。

"阿格拉菲娜女士!"

满脸通红的矮个子波兰人刚刚开口,米佳就突然走到了他的身边,拍了拍他的肩膀:"先生,有几句话要对您说。"

"您想对我说什么?"

"先生,我们到别的房间里去,到那儿我再对您说,您一定会满意的。"

矮个子波兰人摸不着头脑,满怀戒心地看了看米佳。但几秒钟后就答应了,不过提出了一个条件,就是符卢布列夫斯基先生必须和他一起去。

"带个保镖?好啊!让他一起来吧,我本来也想叫上他的!他得过来!"米佳接着说道,"走吧,先生们!"

"你们要去哪里?"格露莘卡惊慌不安。

"我们一会儿就回来。"米佳答道。

他的脸上突然多出了一种自信的勇气,这和一个小时之前的他简直是判若两人。就这样,他领着两位波兰人走到了右边的另一间屋子。他们去的房间不是姑娘们、犹太人们集合的地方,而是一间小卧室,里面只有箱柜和两张大床,每张床上都高高地堆着一堆花枕头。房间里还有一张薄木板的小桌子,上面有一只摇曳着火光的蜡烛。矮个子波兰人和米佳找了两把椅子,隔着这张桌子面对面坐下。符卢布列夫斯基则是背着手站在两人的一侧。两位波兰人面容严肃,显然,他们很想搞清楚,米佳想做什么。

"先生,您有什么吩咐?"矮个子波兰人开口问道。

"听着,先生,我不想多说什么了。这里是钱,现金。"米佳说着,从怀里掏出了自己的现钞,"我有三千卢布,你想要可以拿走,但你拿了我的钱就得赶紧离开。"

矮个子波兰人目不转睛地看着米佳。他和符卢布列夫斯基交换了个眼色,惊叹道:"三千卢布,先生?"

"对,三千卢布!先生们,听好了,我看得出来,你是个聪明人。拿了我的钱,赶紧滚蛋,把符卢布列夫斯基也带上,一起滚蛋。听懂了吗?马上就走,永远离开,听懂了吗?先生。就从这扇门里走出去,永远不要回头。隔壁房间里还有你的什么东西？大衣，皮大衣？我亲自去拿给你，马车也立刻给你们备好，走就行了，赶紧走就行了！先生，如何？"

米佳信心十足地等待着肯定的答复。尤其在他注意到这位矮个子波兰人脸上的表情之后，胸有成竹。

"那么卢布呢？"

"卢布的事好说，先生。我先给你们五百卢布，这笔钱就当是车钱和订金，剩下的两千五百卢布，明天会在城里付清。这一点，我可以用我的名誉担保。无论如何，三千卢布，明天会一文不少地给你们。"

两个波兰人又交换了一下眼色，矮个子波兰人的脸色有些难看。

"七百卢布怎么样？现在就给你们！"米佳觉得事情不妙，当即加码，"你到底在犹豫什么呢？不相信我？我总不能一下子给你三千卢布吧，万一我给了钱，你没有走呢……再说，谁会揣着三千卢布到处跑？我的钱在家里放着呢……"米佳小声说道，他开始心虚了，声音也愈来愈没有底气，"真的……钱，我有的是，藏在……"

矮个子波兰人又开始傲慢起来，神气十足。

"你还有什么要说的吗？"他语气中不无讽刺地说道，"可耻！丢脸！"说着，他吐了一口唾沫，跟着他，符卢布列夫斯基也吐了一口唾沫。

"先生，你之所以吐唾沫，是因为你想从格露莘卡那里捞到好处……"米佳知道现在一切都完了，索性道，"说句不好听的，你们就是两只阉鸡而已！"

"我忍受不了这样的侮辱了！"矮个子波兰人突然涨红了脸，就像一只煮熟了的龙虾，他显然已经什么话都听不进去了，愤怒地站起身来，夺门而出，符卢布列夫斯基紧跟其后，大摇大摆地走了出去。米佳走在他们身后,垂头丧气的。他心里清楚,那个波兰人一定会把方才发生的事情添油加醋地说给格露莘卡听。果不其然,那位先生已经站在了她的面前。

"阿库拉菲娜女士,我受到了极大的侮辱!"他刚说完,格露莘卡就像被戳到了痛处一般,失去了耐心。

"没完了?能不能说俄语?说俄语啊!一句波兰话都不许说!"格露莘卡大吼道,"你以前是会说俄语的!怎么着,五年后全忘啦?"

她依旧满脸怒气。

"阿库拉菲娜……"

"我叫阿格拉菲娜,也叫格露莘卡,我不叫阿库拉菲娜!你,给我老老实实说俄语,否则,你就把你的嘴给我闭上!"

波兰人的自尊心明显又一次受到了伤害,他开始用混杂着波兰语的俄语支支吾吾地说道:"阿格拉菲娜女士,我来找你是为了忘记过去发生的一切,我想要原谅过去,忘记在这一刻之前的一切……"

"你竟然说'原谅'?你是跑来原谅我的?"格露莘卡打断道,说着,她从座位上跳了起来。

"没错,就是这样,阿格拉菲娜女士,我不是胆小怕事的人,我是个宽宏大量的人,但看到你的情人,我不免感到吃惊!刚才米佳先生在那间屋里出三千卢布要我离开你,再也不要回来。我朝他吐了一口唾沫……"

"什么?他为了我给你钱?"格露莘卡发出歇斯底里的叫声,"这是真的吗?米佳,你好大的胆子啊!难道我是卖身的妓女吗?"

"先生!先生!"米佳急得直叫唤,"她是纯洁的!我根本就不是她的情夫!你在胡说八道……"

"你无须在他面前为我辩护!"格露莘卡高喊着制止道,"我的纯洁不是因为恪守妇道，也不因为害怕库兹马，而是为了有朝一日能够在他面前昂首挺胸，对着这个无耻小人破口大骂！难道你刚刚给他钱的时候，他不要？"

"他想要的！想要的！"米佳语气慌乱，"刚刚他一次性想要三千卢布的现钱，但我只想先给他七百卢布……"

"现在我明白了！他想和我结婚，只是因为我有些积蓄罢了……"

"阿格拉菲娜女士！"波兰人嚷嚷道，"我是骑士，我是贵族，不是骗子！我来是要娶你当我的妻子，但是，我没看见我心中的恋人，而是一个暴脾气的无耻女人！"

"从哪里来，你就给我滚回哪里去吧！滚吧！来人啊，把他给我带走啊！"格露莘卡大发雷霆道，"我可真是个傻瓜，五年啊，我一直自己折磨着自己，真是傻瓜！我竟然在自己折磨自己啊，用自己的愤怒来折磨自己啊！他完全变了！眼前这个人哪是以前的他啊？你不会是他的父亲吧？你的假发是在哪里定做的？当年你可是一只雄鹰，但现在你就是只呆鹅。当年那个人总是对我笑，还会为我唱情歌……我太傻了，见鬼去吧！五年啊，"她一边说着，一边双手掩面痛哭道，"我哭了整整五年啊，我好贱啊，我好不要脸啊……"

就在这个时候，左边的房间里突然传来了一阵欢快的歌声。原来是陆陆续续集合的乡下姑娘们到齐了。

"乱套了！"符卢布列夫斯基突然莫名其妙地发起火来，"店主，把贱货都给我赶走！"

这时候，一直在门口看热闹的店主听见客人们的呼唤，来到了房间里。

"你扯着嗓子喊什么？"他冲符卢布列夫斯基毫不客气地怒吼道，这让人有些费解。

"畜生!"符卢布列夫斯基先生突然恼羞成怒。

"畜生?你把你刚才赌钱用的牌拿出来!我明明给了你——也就是这位先生一副新牌!但他用的是一副做了记号的牌!这不是骗钱是什么?要知道,我只要报警,就能把你发配到西伯利亚去,你应该知道,打牌出老千和造假币没有什么区别……"说着,店主走到沙发前,二话不说把手插进靠背和沙发垫中间,拿出一副全新的纸牌。

"看到了吗?这才是我给他的那副牌!"随即,他举起手中的牌向大家展示,"我在门口看见他偷偷藏起了我给他的新牌,换了自己的牌!这就是个骗子,根本不是什么绅士!"

"我还发现他换过两张牌!"卡尔甘诺夫大声道。

"嚯……你可真是无耻!无耻啊!"格露莘卡突然双手一拍,大声叫道,她似乎为自己曾经爱过这样一个男人而羞到面红耳赤,"天哪,人怎么能有这么大的变化!真是太不可思议了!"

"真是让人难以想象……"米佳这话刚刚出口,恼羞成怒的符卢布列夫斯基就朝格露莘卡挥舞着拳头冲了过去,就像是个疯子一样大声吼叫着:"你这个贱货!"

不等他骂完,米佳已经冲了过去,从他身后紧紧抱住他,一把将他举了起来,带到了刚才他们谈话的那个房间。

"我把他摔在那边的地板上了!"米佳回来后气喘吁吁地说,"那个家伙应该不敢回来了,大家不要担心。"

米佳把那扇左右对开的大门关上了半扇,转头对着矮个子波兰人说道:"尊贵的先生,您要是想去陪他,请自便。"

"德米特里·费尧多罗维奇老爷啊!"店主特里方·波里赛琪拱火道,"不管怎么样也得让他们把骗您的钱拿回来啊!他们的行为和偷窃没什么两样……"

"算了,我那五十卢布不要了。"卡尔甘诺夫突然插话道。

"我那两百卢布也是!"米佳宣布道,"我不要了,那些钱就当是抚慰一下他们卑贱的心吧!"

"干得好!米佳,你说得对!米佳!"格露莘卡的喝彩声中充满了对她旧情人的痛心疾首。

矮个子波兰人恼羞成怒,觉得十分丢脸,喘着大粗气往门那边走去,但只走了几步又停了下来,对格露莘卡说道:"女士,如果您还愿意,我们一起走。如果不愿意,那便就此别过吧。"

说完,他恼怒地冷哼了一声,端着架子走出了房门。这人说来也奇怪,明明发生了这么多丢尽脸面的事情,他竟还对格露莘卡抱有希望,以为格露莘卡会同他一起走。从这一点就能看出来他是何等的自负。等他走出去后,米佳"砰"的一声将门关上了。

"应该把他们锁在那边……"卡尔甘诺夫说道。话音未落,他便听到外面传来"咔嗒"一声响,很明显,那两个波兰人自己把房门锁上了。

"好极了!"格露莘卡大声欢呼着,显然,她已经对他死心了,"好极了!他们活该!"

第八节 狂欢时间到!

一场狂欢开始了。格露莘卡是第一个要酒的人,她高呼道:"我要喝酒!我要喝到酩酊大醉!我要和上次一模一样,你还有印象吗?米佳!你还记得吗?我们在这里的美好时光!"此刻,米佳就像在做梦一样,似乎已经预感到了"自己的幸福"。不过,格露莘卡一直把米佳从身边赶走:"去和他们一起跳舞吧!让他们快活起来,高兴起来!就像上回一样,让所有的一切——房子、炉子……都跳起来吧!"

她不停地嚷嚷着,她激动极了。米佳急忙照办。合唱队已经在隔壁那间屋子集结好了。他们在的这间房本身就不宽敞,还被一条巨大的布帘隔成了两半,布帘里面有一张大床,床上铺着松软的被褥,同样堆着许多枕头。这家旅店里的四间干净客房里都有床。米佳找到一把椅子,搬了出来放在门口,让格露莘卡坐在那里。当初他们在这里寻欢时,她就是坐在这个位置欣赏歌舞的。今天来的姑娘还是上回的那些,伴奏的犹太乐队也已经悉数到场,盼望了很久的三套马车也终于拉着狂欢的酒水烟茶到达。

米佳忙得不亦乐乎。旅店里的其他客人纷纷到这间客房附近张望,村里那些乡下人虽说基本都已睡下,但"可以像上一个月一样白吃白喝"的消息就像长了腿一样,把他们全都惊醒了,现在他们也来了。米佳看到了不少熟悉的面孔,和客人们一一拥抱,不停地为每一位客人斟酒。姑娘们钟情于甜美、清爽的香槟,汉子们则喜欢朗姆和白兰地,特别是几种滚烫的潘趣酒。米佳嘱咐店主给姑娘们煮可可茶,并要求整夜不停地烧三只茶炊,为每位来的客人煮茶和潘趣酒,谁想喝就尽情地喝。总而言之,开始了一种七手八脚的荒唐局面。但局面越是荒唐米佳越开心。此时,倘若有个人张嘴向他讨要钱财,他一定会掏出自己的钞票大把大把地散发。也许是为了保护米佳,也许是为了保护米佳的钱,店主特里方·波里赛琪就像他的保镖一样,形影不离地跟着米佳,看得出来,他今晚打定主意不睡了,可能是出于自己要时刻保持警惕和清醒,捍卫米佳利益的缘故,他没怎么喝酒(只喝了一杯潘趣酒)。

在需要的时候,他会带着亲切的笑容阻止米佳,像上次那样劝阻他不要在这些乡下人身上浪费自己的葡萄酒和雪茄,更不用说钱了,他对那些吃糖果、喝甜酒的姑娘们非常不满。他对米佳说:"老爷,她们身上全是虱子!哪怕我用脚踢她们的屁股,她们都会觉得这是她们的荣幸,她们就是这么下贱!"

米佳没有理会他,想起了车夫安德烈,吩咐他给安德烈送一点潘趣酒过去,不止一次嘟嘟囔囔地说:"我刚才真的是对不起他。"

起初,卡尔甘诺夫不想喝酒,对这个乡下姑娘组成的合唱团也不怎么感兴趣,但两杯香槟下肚后竟乐得前仰后合。他不断地从这个房间跑到另一个房间,跳着,唱着,笑得合不拢嘴,夸赞着他遇到的每一个人。乐呵呵的、微醺的地主马克西莫夫一直跟在他身边。格露莘卡已经有点醉了,她指着卡尔甘诺夫对米佳说:"这个小伙子太可爱了,多招人喜欢啊!"米佳听后马上跑过去,给了卡尔甘诺夫和马克西莫夫一人一个吻。

米佳已经预感到大有希望,但直到现在,格露莘卡一句重要的表态都没有和他说过,她显然是在故意拖延,偶尔用那充温柔的眼神看他一眼。最后,她突然紧紧地拉住米佳的手,把他拉到自己的身边。当时她还坐在门口的那把椅子上。

"你知道吗,刚才你进来的时候,那副表情把我吓坏了……难道你真的想把我让给他吗?"

"我不想毁了你的幸福!"米佳无比含糊地说。但实际上,格露莘卡根本不需要他的回答。

"好啦!去吧……去开开心心地玩吧,"她把米佳赶走,"别难过,我还会叫你过来的……"

米佳离开了。格露莘卡虽然仍在听歌,看他们跳舞,但她的视线从未离开过米佳。一刻钟后,格露莘卡挥手把米佳又叫了过来。

"来,你坐在我身边,实话告诉我,你怎么知道我在这里?是谁告诉你的？"

于是，米佳开始一五一十地讲述事情的来龙去脉。他的叙述并不是十分连贯，甚至有些杂乱无章，但说得很有感情。不过他显得有些奇怪，常常欲言又止，眉头紧皱。

"你怎么了？"格露莘卡问道。

"没什么……我把一个病人丢在那里了。我希望他能康复，只要他能康复，我愿意牺牲自己十年的寿命。"

"既然他生病了，那就让上帝保佑他吧。还有，你给我说实话，你是不是打算明天自杀？你怎么那么傻，这又是为了什么？你应该知道，我就是喜欢你这种为了爱情奋不顾身的人。"格露莘卡的舌头变得不是很灵活了，"为了我，你真的愿意赴汤蹈火？是吗？你，我的小傻子，你是不是真打算自杀了？别，你先别急着回答我。明天吧，等到明天，我有话跟你说……今天，今天先不说了，明天再说。什么？你今天就想知道？不行，我今天不能和你说……好啦，你快去吧，去玩吧！"

可是，没多久，格露莘卡觉得困惑，又对着米佳挥了挥手，叫他过来。

"你到底怎么了？为什么皱着眉头？你心里一定有事……没事，你不用瞒我，"她用犀利的眼神凝视着米佳，说道，"虽然你现在嚷嚷着，又唱又跳的，但我看得出来。你听好，你应该十分开心才对。我开心，你也要跟着我开心……我现在爱一个人，你猜他是谁？……哈哈，瞧啊，我的大男孩儿睡着啦！他喝醉了！"

她指的是卡尔甘诺夫，他喝醉了，躺在沙发上睡着了。实际上，卡尔甘诺夫会睡着并不完全是因为喝醉了。不知道怎么了，就在狂欢的某个当口，卡尔甘诺夫突然感到一阵莫名的忧伤，让他觉得这一切是那么无聊。姑娘酒喝得越多，唱的歌就越下流、放肆，最后终于让他感到十分忧伤。她们的舞蹈也是如此：有两只姑娘扮作狗熊，另一个姑娘则是拿着一根木棍子扮演着耍狗熊的人，她们在表演耍狗熊。

"起来！玛丽亚，"拿着木棍扮演驯兽师的姑娘名叫斯婕巴尼姐，她喊道，"否则我要打你的屁股了！"

两只"狗熊"最后趴在地上，又滚又爬，不堪入目，引起在场男女的一阵哄堂大笑。"就这样吧！随他们去吧！"格露莘卡脸上满是愉悦和宽容的表情，"难得有这样尽情欢乐的日子，就让大家尽兴吧！"

卡尔甘诺夫看到这种情景，觉得双眼和灵魂都被玷污。

"这一切都太恶心了，"他一边说着，一边站了起来，"真是难以忍受，全是些乡下的土玩意儿！"

他特别讨厌一首"新歌"，歌词的内容讲述的是一位老爷去试探一群姑娘：

> 老爷试探姑娘们的心，
> 不知道哪个能爱上我？

但姑娘们认为，爱上老爷是不可能的：

> 老爷打人下狠手；
> 不敢爱这样的人。

接着，吉卜赛人加入其中：

> 吉卜赛人试探姑娘们的心，
> 不知道哪个能爱上我？

但是吉卜赛人也是不能爱的:

> 吉卜赛人会偷东西;
> 不敢爱这样的人。

就这样,各式各样的人来到姑娘们的面前,其中还有一个当兵的:

> 大兵试探姑娘们的心,
> 不知道哪个能爱上我?

但士兵也被轻蔑地拒绝了:

> 大兵在外不回家;
> 我怎么忍耐……

之后的歌词实在是太下流了,可她们竟然唱了出来,引得在场众人的喝彩。最后来了位商人:

> 生意人试探姑娘们的心,
> 不知道哪个能爱上我?

原来姑娘们喜欢的是商人,因为:

> 生意人一日进斗金;
> 姑娘的人生乐无忧。

卡尔甘诺夫听到此处,气不打一处来!

"这都什么时代了!"他大声骂道,"这歌词是哪个浑蛋写的?照这歌词说来,要是铁路大王或者银行家之类的来试探,其他人都得靠边站了!"他站起来向所有人宣布,今天的活动简直无聊透了。说罢,他便往沙发上一躺,那张英俊的脸有点苍白,不一会儿,他就打起盹来。

"你看,这个大男孩儿长得多好看!"格露莘卡一边说着,一边把米佳带到卡尔甘诺夫的面前,"刚才我还给他梳头发来着,他头发的颜色特别好看,而且那么密……"

说着,她深情地弯下自己的腰,轻轻地吻了吻他的额头。卡尔甘诺夫立马睁开了眼睛,站起身来,神色焦虑地看着格露莘卡,着急忙慌地问:"马克西莫夫在哪里?"

"他最想见的人竟然是马克西莫夫!"格露莘卡笑道,"来,你陪我几分钟。米佳,你去帮他找马克西莫夫……"

原来,马克西莫夫舍不得离开姑娘们,除了偶尔去给自己倒酒之外,他和姑娘们形影不离。他已经喝了两杯热可可①,所以满脸通红,鼻子发紫,甚至眼泪都出来了。米佳一叫他就跑了过来,说自己马上要在"一支小曲的伴奏下"跳木屐舞。

"毕竟,我小时候学过这种舞蹈,高雅体面的事情我都会……"

"米佳,你和他一起吧!我就在这儿坐着,看他的木屐舞跳得怎么样。"

"我也去!我也去!"卡尔甘诺夫立马响应道。就这样,婉拒了格露莘卡想要和他坐在一起的要求。大家都跑去看跳舞了,马克西莫夫当真跳起了木屐舞,除了米佳之外,没有人称赞他的舞技。整个舞蹈

---

① 热可可在俄罗斯传统医学文化中类似春药。

不过是扭着身子加上几个踢腿的动作,每次踢腿的时候,这位地主还要躬下腰用自己的手掌拍打鞋底。对于这种舞蹈,卡尔甘诺夫一点也不喜欢,但米佳就像疯子一样突然冲到了马克西莫夫面前,深情地吻了吻这位忘情的舞者。

"好!非常感谢!跳累了吧?你为什么总是往这个方向看?是想吃糖了?还是想抽烟?"

"来支烟吧⋯⋯"

"要不要喝点什么?"

"我刚喝过甜酒⋯⋯您那里有没有巧克力?"

"桌子上全是巧克力糖,你想拿多少就拿多少⋯⋯"

"不不不,嘻嘻!我的意思是⋯⋯那种香草味的⋯⋯嘻嘻!老头子吃的那种⋯⋯"

"哦,老兄啊,那种没有⋯⋯"

"您听着⋯⋯"不等米佳反应过来,他先把自己的嘴凑到了米佳的耳边,"看,那边那个姑娘,是不是叫玛丽亚⋯⋯我想,嘻嘻!⋯⋯如果可以,您能不能帮我引荐一下⋯⋯"

"原来你一直在看她啊⋯⋯不行啊!这样不行,老兄,你喝多了说胡话呢吧!"

"我又不会伤害谁⋯⋯"马克西莫夫语气中充满了沮丧。

"行吧!行吧!老兄,人家过来只是唱歌跳舞的!啊,见鬼!你先等着⋯⋯要吃好玩好喝好啊!对了,你要钱吗?"

"待会儿,说不定需要呢⋯⋯"马克西莫夫笑道。

"好,好⋯⋯"

米佳的头很痛。他走到了外面的木制回廊上,新鲜的空气让他清醒了一些。他选择了一个四下无人的黑暗角落,双手捧住自己的脑袋,试图连接起自己脑海中杂乱无章的各种想法。突然间，各种感觉汇集在了一起，他觉得豁然开朗。只是，这种感觉让他觉得非常可怕！"如果真的要自杀，现在不就是最好的时机吗？"一个可怕的念头在米佳脑海中慢慢浮现了。

"现在就去把枪匣子拿过来，就在这个阴暗的小角落里面，了结了自己吧！"他犹豫了大概一分钟。几个小时以前，他乘坐马车来到此地的时候，已经干下了那些无耻的勾当，已经盗窃，已经杀了人……可那时的心里要舒服些，啊，要比现在舒服些！因为那个时候他"全都完蛋了"，他失去了名声，失去了格露莘卡，对于他来说，她已经死了，消失了……在那种情况下，极端地自我判决并没有让他感到一丁点悲伤，他觉得那是最好的判决，是必要的，因为他活着一点意义都没有了。但是现在情况完全不同了。现在，那个盘旋在米佳和格露莘卡关系中的幽灵已经被解决了：她那位"无可争辩的"旧情人消失得无影无踪，可怕的幽灵忽然间变得渺小如尘埃，甚至还有一些可笑；他被赶走了，还被锁进了一个小小的卧室里。他再也不会回来了。格露莘卡感到惭愧，米佳已经从她的眼睛里看出了她究竟爱的人是谁。现在，正是米佳最愿意活下去的时候，可……又无法活了，无法活了！啊，真是可恨啊！

"上帝啊！让倒在围墙边上的那个人活过来吧！让我躲过这些可怕的灾难吧！上帝啊！你不是会为负罪之人创造奇迹吗？假如他还活着，那会怎样呢，会怎么样呢？啊，那我一定会消除其余的丑事带来的耻辱，我偷走的钱一定会如数归还，就算是上天入地，我也会设法凑齐归还……让这耻辱不留一点痕迹，只留在我的心上！不！不！不！这些都不可能了，啊，这不过是一个怕死的胆小鬼的白日梦！啊！真是见鬼！"

尽管如此，还是有一线光明在他黑暗的心中闪烁。他飞奔回房间，恨不能一秒钟就回到她的身边去，回到他永恒的女王身边去。"只要有一小时、一分钟赢得她的垂青，就算让我整个余生都处在耻辱的折磨中，也是值得的！"这个想法已经深深地俘虏了米佳的心。

"要去她那里！要听她说话！要好好看看她！要什么都不想，要忘掉一切，就算只剩下这一夜，这一小时，甚至一个瞬间！"就在马上要离开木制回廊的时候，米佳碰见了店主特里方·波里赛琪。他发现店主的神情紧张、面色阴沉，明白他是来找自己的。于是，米佳开口问道："发生什么事了吗？你是来找我的吗？"

"不，我不是来找您的……"店主神情慌张，"怎么会是找您的呢？您……刚刚去哪里了？"

"你怎么心事重重的？生气了？还是？没关系，你要是累了就去睡觉吧……现在几点了？"

"凌晨三点了，也许已经三点一刻了……"

"我们马上就要结束了，马上就结束！"

"没关系的，您想玩到什么时候，就玩到什么时候……"

"他怎么啦？"米佳一脸疑惑地跑进姑娘们唱歌跳舞的那间房里，但是格露莘卡却不在里面了，蓝色房间里除了沙发上睡觉的卡尔甘诺夫外，没有其他人了。米佳走到布帘子处，偷偷挑起门帘。原来她在这里。她坐在一张柜子上，双手和头趴在床上，在伤心地哭着，她尽力地克制着自己，声音很小，不让别人听见。一看到米佳，格露莘卡便朝他招了招手，米佳立刻跑了过去，她两只手紧紧地抓着米佳的手。

"米佳，米佳，我真的爱过他！"格露莘卡努力压制着自己，"五年啊！我爱了五年啊！你说，我到底是在爱他，还是在爱我对他的恨？不，不是那样的，我爱的不是我的恨，我爱的是他。如果我非要说自己不爱他,那一定是在撒谎。米佳,我爱上他的时候才十七岁,那时候他对我是那样的好,非常开心,还为我唱歌……难道说,只有我这个傻丫头才觉得他是那样的人吗……可如今,天哪!如今我竟然认不得他了,或者说我认不出他了,他完全变了,他的脸也变了。我坐在季末菲的车上时还在想,我该如何和他见面?我该和他说些什么?我们四目相对的时候还会不会有爱情的火焰……我当时紧张得快要死了。但我绝对没有想到,这次见面对我而言如同当头棒喝。出现在我眼前的是一个端着臭架子、无比矫揉造作的人,他就像一个书呆子,让我觉得浑身不自在,想说话却连一句话都搭不上。起初,我以为是他身边的那个高个子波兰人让他感到有些不好意思。我看着他俩,心想:'为什么我现在连句话都无法和他说?一定是在我之后的那个女人把他变成了现在这个样子……'米佳,我好难受啊!我好丢脸啊!米佳!我为自己感到难堪!五年啊!这五年真该受到诅咒!"她痛哭流涕,但是抓住米佳的手并没有松开。

"米佳,亲爱的米佳,你先别走,我有个问题要问你,"她小声说着话,缓缓抬起头,"听好了,你告诉我,我到底爱着谁?这里有一个我爱的人,这个人是谁?我要你亲口告诉我……"她轻轻地微笑,泛着泪光的眼睛在昏暗中闪闪发亮,"刚才,有一只雄鹰飞了进来,我的心猛地一沉。我感觉它在对我说:'傻女人,你爱的就是这个人呀。'它才刚刚说完,你就走进了屋子,你把一切都照亮了。可是我在想,你到底在害怕什么?你还记得吗米佳?你刚刚进门的时候,连话都不会说。后来,我想通了,你害怕的不是那两个人。你怎么可能会怕他们,你这一生根本就没怕过谁……你害怕的人是我,只是我,对不对?菲尼娅应该告诉过你了吧?小傻子啊,我当时朝着阿廖莎喊的是:我只爱过米佳一个小时,现在我要去……爱另一个人了。米佳,米佳,我好傻啊！我竟然以为我爱的是别人而不是你。米佳，你能原谅我吗？米佳，你能原谅我吗？米佳，你爱我吗？你，爱我吗？"

格露莘卡突然跳了起来，两只手紧紧地抓住了米佳的双肩。米佳激动得说不出话来，他像个傻子一样痴呆地看着她的眼睛、她的脸、她幸福的笑。突然，他紧紧地将她搂在怀里，深深地吻她。

"我曾经折磨过你，你能原谅我吗？我是出于怨恨，才故意折磨你们这些男人，故意勾引老头子……有一次，你在我家喝酒，摔了一只酒杯，你还记得吗？我还记得。今天，我也要摔碎一只酒杯，我要为了我这颗'卑鄙的心'喝上一杯。米佳，我的雄鹰，你怎么不吻我了？怎么吻了一次就不再继续了，只是看着我……你没听懂我在说什么吗？……别傻站着了，吻我啊！吻我啊，就这样！如果爱，那就轰轰烈烈地爱！现在，我是你的奴隶，是你终身的奴隶！这种感觉实在是太好了！吻我啊！你打我、折磨我吧，你想要怎样都可以……我也需要受折磨……别！不要这样，米佳，现在还不是时候，我现在还不想……"说着，她推开了米佳，"米佳！你走开！我现在要去喝酒！我要喝酒！我要一边喝酒一边跳舞！我要这样，我就要这样！"

挣脱了米佳的怀抱，格露莘卡挑起布帘跑出了房间。米佳像个醉汉一样跟在她的身后。"现在不管发生什么——为了这一分钟，要我交出这个世界我都干！"这就是此刻米佳脑海中的想法。

格露莘卡没有说假话，她拿起一只装满了香槟的杯子，一饮而尽。可能是喝得太快，一阵晕乎乎的感觉突然袭来。她晃晃悠悠地回到原先坐的那把椅子上，面带笑容看着眼前的一切。此刻，她双颊微红，嘴唇似火，亮晶晶的眼睛迷离，眼神却充满吸引力，就像是在召唤着什么，甚至就连卡尔甘诺夫都不禁主动靠了过来。

"你感觉到了吗，你睡着的时候，我亲了你一下，"格露莘卡努力地控制着自己的舌头,"我现在喝多了,真的……你,你还没喝多呢?米佳,米佳怎么不喝酒了?你为什么不喝酒了?我喝了,但是你没喝……"

"我已经醉了!我已经醉了……你已经让我醉了!我现在一口酒都喝不下去了!"说着,米佳抄起附近的一只酒杯,一饮而尽。这个举动,让他自己都觉得奇怪。但偏偏就是这么一杯酒,让他一下子就醉了,这杯酒下肚之后,他真的醉了。他清楚地记得,就在几秒钟之前,周围的一切还没有这么天旋地转。米佳开始分不清眼前的景象,他觉得所有的一切都在围着他转圈。他走来走去,和一些自己完全不认识的人谈笑风生,而这一切都是他无意识地进行的。但是,从刚才开始,一种奇怪的感觉从他的心里不断地涌上来。按照米佳事后的形容和回忆,这种感觉"就像是胸口上被人放了一块儿烧得通红的木炭"。他回到了格露莘卡面前,坐在格露莘卡身边,看着她,听着她说话的声音……她变得特别爱说话。她会突然把合唱团里的某个姑娘召唤过来,但只是亲吻了她一下,或者画了个十字就把人家赶跑了。然后,她又开始哭起来。"小老头"(格露莘卡给马克西莫夫取的外号)见状赶紧走了过来,把她逗得十分开心。他不停地吻着格露莘卡的双手,后来开始亲吻她的"每一根手指头"。最后,小老头唱起了一首古老的歌曲,一边唱一边跳,每当唱到下面这段副歌的时候,他就跳得尤其卖力:

> 小猪呼呼呼,
>
> 小牛哞哞哞,
>
> 小鸭嘎嘎嘎,
>
> 小鹅呱呱呱,

老母鸡走过去,

咯咯咯,咯咯咯,在说话,

哎哟,哎哟,在说话。

"给他点什么东西吧!米佳,"格露莘卡说,"给他点什么东西吧。他挺穷的。哎,老实人总会被人欺负……米佳,我决定了,我要去修道院!没和你开玩笑,我总有一天要进修道院的。今天,阿廖莎对我说的那些话,我这辈子都忘不了……没错,忘不了了……今天我要痛痛快快地跳舞!明天,我就去修道院!今天我们跳得痛快!好心的人们,什么都不重要的,上帝都会原谅的!倘若我是上帝,我一定会宽恕所有人:'我亲爱的罪人们,我原谅你们每一个人。'我也要请求你们的宽恕:'好心的人们,请宽恕我这个愚蠢的女人吧。'我是个畜生,这是真的!但是,我还是要祈祷。像我这样的坏女人,也是想要祈祷的!米佳,让她们尽情地享乐吧,不要干扰她们!世界上的所有人都是好人,每个人都是好人!活在世界上的感觉真好!虽然我们并不是好人,但是活着的感觉真好!我们都是坏人,我们不好,却也不坏……听着,我要问你们,所有人都过来,我要问你们:我为什么这么好?我是不是好人?对!我非常好……你们说,我为什么这么好?"

格露莘卡就这样一直在含糊不清地说着,醉得越来越厉害。最后,她直接宣布自己要和大家一起跳舞,结果她刚从椅子上站起来就又倒了下去。"米佳,别再给我酒了,即便我要,你也别给了。我不能再喝了,我已经快要疯了……怎么,什么东西都在转,怎么这也在转,那也在转。米佳,我要跳舞,我要让所有人都知道,我有多美……"

她当真是这样做的:她从怀里抽出一方白色的麻布手帕,右手捏住了一只角,看起来是打算在接下来的舞蹈中伴随着音乐舞动。米佳朝姑娘们拍了几下手掌,她们都安静了下来,准备指令一下达就齐声伴唱。马克西莫夫听说格露莘卡要跳舞,兴奋地尖叫着冲到她面前唱道:

  细细的小腿上挂着小铃铛,
  弯弯的小尾巴翘得高又高。

  然后,他就被格露莘卡赶走了。
  "嘘!米佳,咱们这儿人还不够齐啊,把所有人都叫过来……把那两个被锁起来的家伙也叫出来……为什么要锁住他们?你去叫他们,告诉他们格露莘卡要跳舞,让他们来欣赏下我的舞蹈……"
  米佳跌跌撞撞地走向那扇被锁起来的门,抡圆了拳头砸着两位波兰人的门。
  "喂!里面的……波兰鬼子听着!出来!她要跳舞了!她叫你们过来看看呢!"
  "浑蛋!"里面传出一声叫骂。
  "你才是浑蛋!阉鸡一样的波兰浑蛋,你以为你是谁?"
  "请不要拿波兰开玩笑。"卡尔甘诺夫感慨道。其实,他也已经醉了。
  "闭嘴啊,傻小子!我是说他浑蛋,不是说整个波兰。我的傻小子,把嘴闭上,去吃糖吧。"
  "这两个东西真不想当人了?他们为什么不和我们一起玩?"格露莘卡骂了几句,便走出来开始跳舞。姑娘们开始唱起了歌:"嗨,我家有条新过道……"
  格露莘卡猛地抬起了头,嘴唇微张,面带微笑,刚刚挥起那条手帕，忽然猛地晃了一下，在房间中央莫名其妙地愣住了。

"我脑袋好晕……"她的声音疲惫极了，"请原谅……我，头晕……我，不行了……抱歉……"

她先是向合唱队深鞠一躬，然后又对着房间前后左右四个方向各鞠一躬，不断道歉。

看到的人们议论纷纷："这位太太醉了，不过她可真是非常漂亮……"

"太太喝多了，嘻嘻！"马克西莫夫跟身边的姑娘解释道。

"米佳，你过来，帮帮我……我走不动了……"格露莘卡说话的时候有气无力。

米佳急忙上前将她抱了起来，带着自己的战利品跑到了布帘后面。

"现在，我是时候离开了。"卡尔甘诺夫见状自言自语道。然后，他站起身，走出了这间蓝色的房间，随手把两扇门全部关好。而那边的屋子里，众人仍沉浸在狂欢之中，气氛如同燃烧的火焰，止不住地跳动。米佳轻轻把格露莘卡放在床上，亲吻着她炽热的双唇。

"别碰我……"格露莘卡恳求道，"别碰我……现在的我还并不属于你，所以别碰我……虽然我说过，我是你的了，但现在不行……就当是可怜我……别这样，那两个人就在隔壁……这样我很不舒服……"

"我听你的！我……我敬畏你！"米佳把视线移开，小声说道，"确实会不舒服！不舒服！"

说着，他抱着怀中的格露莘卡，跪在了床边。

"我知道，你是个有血性的男人，是个汉子……"格露莘卡费力地说，"但是，有些事情应该光明正大的……从现在开始要光明正大……我们以后要做个诚实的人……要做个好人，不要当畜生，要做好人……你带我离开吧,带我远走天涯海角,听到了吗?……我受不了了,我想要走得远远的,远远的……"

"好!我听你的,就按照你说的办!"米佳把她紧紧搂在怀里,"我带你走……我愿意用一生换取一年的光阴,只要让我知道,那血究竟怎么样了……"

"什么血?"

"没什么!"米佳咬着牙,"格露莘卡,你希望诚实,但我确实是个贼,我偷了卡佳的钱……丢人,丢人!"

"卡佳的钱……那个大小姐吗?不,你没偷她钱……还给她就好了,把我的钱拿去还给她……你叫什么呀?我的一切都是你的,钱又算什么呢?反正,钱迟早都会被咱们这种人乱花光的。我们最好一起耕田种地,我们要劳动,听到没有?阿廖莎就是这么说的。米佳,我不是你的情人,我要对你忠诚,我要做你的奴隶,供你驱使。我们一起去见那位大小姐,向她道歉,求她原谅,然后我们远走高飞。就算她不宽恕……我们也要远走高飞。你可以……把钱给她,但要把爱给我……你不能爱她!永远都不能爱她!你要是还敢爱她,我会把她活活掐死……我会用针把她的两只眼珠子挑出来……"

"我爱你,我永远爱你,我只爱你,哪怕到了西伯利亚我也爱你……"

"西伯利亚?你去西伯利亚干什么?不过,罢了,只要你愿意去西伯利亚,我就跟你去,反正到哪里都一样……咱们要干活儿……西伯利亚还有雪……我喜欢雪,我喜欢雪橇,我喜欢在雪地里狂奔……我喜欢雪橇的铃声……你听,你听到了吗?啊,铃铛的声音……哎呀,不响了,应该是有人来了吧……"

她慢慢地合上了自己的眼睛,就像是睡着了。远处确实有铃声传来，但眼下米佳不想深究那已经消失的铃声，他只想抱紧怀里的爱人。他是那么专注，甚至没注意到外面的歌声已经停止了，取代歌声的是死一般可怕的沉寂。格露莘卡睁开了眼睛。

"怎么回事？我刚刚睡着了？对了……铃铛的声音……我睡着了，刚才我好像做了个梦，我梦见自己坐在一辆飞快的雪橇上，穿过层层林海和雪原。铃声一直响着，可是我晕晕乎乎的，好像有个心爱的人在陪着我，没错，就是你。我们的目的地好远啊，我搂着你……吻着你，紧紧贴着你。我感觉好冷，雪白得发亮……你知道吗，夜里白雪皑皑，月光如水，我恍惚间以为自己置身仙境了……我醒了，然后……你就在我身边，真好啊……"

"我在你身边。"米佳一边说着，一边轻轻吻起格露莘卡的衣服、胸膛、手掌。忽然，他觉察到了一丝异样：格露莘卡正呆呆地望着前方，但很明显她看的并不是自己，而是他的背后。她的神情是那么专注，突然，她的脸上露出了一副惊讶到了恐惧的表情。

"米佳，好像有人在布帘那里看我们……"她小声道。

米佳猛然回头，发现真的有人拉开了布帘在仔细打量他们，而且似乎不止一个人。米佳腾地站起身来，快步向布帘走去。

"到这边来，请到我们这边来。"一个陌生人的声音从外面传来，声音不大，但很强硬。

米佳从布帘后面探出头来，那一瞬间，他惊呆了。现在，屋子里塞满了人，但不是原先的那一伙人。他感到后背发凉，不禁打了个寒战。眼前的人，他一眼就都认出来了。领头的是个高个子的老头儿，他身披大衣，戴着一顶帽子，上面有警徽。米佳知道，此人正是本地的警察局长米哈伊尔·马卡雷奇。在他身后，是一个靴子锃光瓦亮、衣着整洁的男人，一副病恹恹的模样，他有一块价值四百卢布的名表，经常向别人炫耀。他是本地的助理检察官。还有个戴着眼镜的小个子年轻人，米佳忘记了他的姓名，但也认识他，见过面，他知道这个人毕业于某个法律专科学院，才刚刚来到本市不久。他现在的工作是本市法院的一名预审官。再旁边的人，米佳也认识，他是本地警长马夫利基·马夫利基奇。可他身边为什么还有几个挂着小铜牌的人？他们来干什么？还有两个乡民……至于站在门口的，分别是卡尔甘诺夫和特里方·波里赛琪。

"你们……你们这是……干什么？"米佳刚刚开口，便突然意识到了什么事情，他随即高喊道，"我明白了！"

那位戴着眼镜的年轻人突然大跨步走到米佳面前，郑重其事却略有仓促地说："我们有件事需要您配合一下……总之，请您坐到这边来，到沙发这边来……我们需要您，回答一些问题，解释一些事情。"

"老头子！"米佳惨叫道，"一定是为了老头子，一定是为了那些血……我明白了！"

米佳就像是突然被刀锋砍倒一般，整个人霎时间瘫软在了身边的椅子上。

"你明白什么了？你还明白了！你这个弑父的恶魔！杀人的怪物！你竟然杀死了自己的父亲！"警察局长气得浑身哆嗦，满脸通红，走到米佳面前，破口大骂。

"您这样是不可以的！"小个子的年轻人急忙拦住老局长，"米哈伊尔·马卡雷奇，米哈伊尔·马卡雷奇！您这样做不行，不行……请给我一些时间……让我，慢慢说……我万万没有想到，您会这样对待他……"

"这简直是场噩梦，各位，是噩梦！"警察局长没有理会，义愤填膺地说道，"各位，你们看看这个畜生！他的手上还沾着自己父亲的血,就这样在这里狂欢买醉,和不三不四的女人鬼混!噩梦啊……这真的是噩梦!"

"我求您了,亲爱的米哈伊尔·马卡雷奇,请您多多少少控制一下您的情绪,"助理检察官语速飞快,声音轻柔,"否则,我不得不……"

但小个子的预审员没打算让助理检察官把话说完,他直接面向米佳,声音洪亮地郑重宣布:"退伍上尉德米特里·费尧多罗维奇·卡拉马佐夫,我必须向您宣布,您因涉嫌杀害费尧多尔·巴甫洛维奇·卡拉马佐夫……"

他还说了一些话,助理检察官似乎也插了几句,米佳虽然在听,却一句都没有听懂。他用一种古怪的目光扫视着众人……

第九章　预审

第一节　别尔霍津仕途的开端

前文说到当我们离开彼得·伊里奇·别尔霍津时,他正用力敲打着莫罗佐娃家那扇严锁的大门。大约两个小时前,被吓坏了的菲尼娅因为忐忑不安一直无法入眠,现在又被这疯狂的敲门声吓得歇斯底里几乎要发作。她猜想这肯定是德米特里·费尧多罗维奇,因为除了他没有人会如此野蛮地敲门,尽管她之前亲眼看见他驾车离开。她立刻跑去找看门人乞求他别开门,然而,此刻已经被吵醒的看门人正在向大门走去。看门人盘问了敲门人之后,在听到对方说自己有非常重要的事需要和菲尼娅面谈后,最终打开了大门。彼得·伊里奇来到了菲尼娅的厨房,然而,这个担惊受怕的女孩请求彼得·伊里奇允许看门人一起进来。彼得·伊里奇在盘问她后得知了一个重要的细节:当德米特里·费尧多罗维奇跑出去找格露莘卡时,他从铜研钵里抓了一个铜杵,而他回来后,手中的铜杵没了,手上沾满了血。

"血就那样淌了下来,从他身上滴落在地上,一直在滴!"菲尼娅情绪激动地嚷嚷着。这可怕的细节是她臆想出来的。不过,尽管并没有"一直在滴血",但彼得·伊里奇确实看到了那双沾着血的手,并且还是自己帮他洗干净的。他想要搞清楚的并不是"手上的血是否很快就干了"这种问题,而是德米特里·费尧多罗维奇拿着铜杵跑出去后去了哪里?是否去了费尧多尔·巴甫洛维奇家?以及怎样才能确定这一点。彼得·伊里奇一遍又一遍地问,但什么也没有问出来。但他可以肯定,除了他父亲家,德米特里·费尧多罗维奇不会再去别的地方了,因此,那里一定发生了什么事。

"当他回来时,"菲尼娅激动地补充道,"我把整件事都告诉他了,我问他:'德米特里·费尧多罗维奇,为什么你的手上会有血?'他说那是人的血,他刚刚杀了人。他向我坦白了一切,然后像个疯子一样跑掉了。我想,现在的他像个疯子会跑去哪里呢?我认为他会去莫克罗耶找我的女主人,然后杀了她!我便跑去乞求他不要杀她。我一路跑向他的住处,当我到普罗特尼科夫的商店时,发现德米特里·费尧多罗维奇正准备出发,那时他的手上并没有血(菲尼娅此时已经注意到并且记起了这个细节)。"菲尼娅的奶奶也证实了菲尼娅的证言。在问了一些别的问题后,彼得·伊里奇离开了这所房子,此时,他的心情比走进房子时更加烦躁不安。

现在,最简单有效的方法就是直接去费尧多尔·巴甫洛维奇家,看看那里是否真的发生了什么。如果真如自己所料,那到底发生的是什么事情呢?彼得·伊里奇决定只有在弄清楚了具体的情况之后,再去找警察局长报案。但此时天色已晚,不使劲敲是无法敲开费尧多尔·巴甫洛维奇家那扇坚固的大门的。问题是,他和费尧多尔·巴甫洛维奇并没有什么交情,万一敲开大门后,根本就没发生什么事情呢?费尧多尔·巴甫洛维奇会以嘲笑的方式在全城讲述这个故事:一个叫别尔霍津的陌生人在午夜时分闯进了他的家里,并且询问有没有人杀了他。这对彼得·伊里奇来说简直是一个丑闻,而他最怕被人嘲笑了。

可是，他的感觉如此强烈，他一边生气地跺着脚一边咒骂着自己，但最终还是出发了，不过目标并不是费尧多尔·巴甫洛维奇，而是霍赫拉科娃夫人的家。彼得·伊里奇决定，如果她否认刚刚给了德米特里·费尧多罗维奇三千卢布，他就直接去找警察局长报案。但如果她承认给了他钱，他就直接回家，明天再说。

但是，深更半夜去找一位完全陌生又很有身份的太太，把她从床上叫醒后，再问她一个十分离奇的问题，这比去找费尧多尔·巴甫洛维奇更容易被人嘲笑。不过，在某些时候，特别是在与现况相似的场合下，一些精明和冷静的人都会做出这种决定。然而，彼得·伊里奇此刻并不冷静，他一生都不会忘记这种感觉：一种无法摆脱的不安逐渐控制了他，而且越来越强烈，让他十分痛苦，甚至驱使着他违背了自己的意愿。当然，他为要去找这位太太而一直咒骂着自己。"我会弄明白一切的！我会的！"他咬着牙，自言自语重复了十遍这些话，最终完成了自己的计划。

到达霍赫拉科娃太太家时，正好是夜里十一点整。彼得·伊里奇很快就被允许进入了院子。然而，当他问起太太是否已经就寝，看门人也无法确定，只是回答他按照惯例，这个时间已经睡着了。

"您可以上楼找人通报一下，如果太太愿意接待您，自然就会见您，如果她不愿意，那就没办法了。"

彼得·伊里奇上了楼，但他发现事情并没有那么容易，仆人不愿意通报，最后只是叫来了一名女仆。彼得·伊里奇非常有礼貌，但又十分坚决地恳求女仆告诉她的主人：一位来自本地的官员别尔霍津，为了一件特别的事求见，如果不是非常重要的事，他便不会冒昧前来了。"把这些话一字不落地转告她。"彼得·伊里奇对女仆要求道。

女仆进去了，他在过道里等候。霍赫拉科娃太太虽然没有就寝，但她已经进了卧室。自从米佳来拜访后,她就一直感到不安,她预感到今天夜里自己一定会头痛。以往每次碰到这类情况时都会如此。在听到女仆的通报后,她很吃惊。一个与自己素不相识的"本地官员"在这个时候突然来访,虽然这件事强烈地激起了她那作为女性的好奇心,可烦躁的她仍拒绝接见。然而,彼得·伊里奇像一头倔强的骡子,他特别坚决地请求女仆再次为他带话并且要求一字不落:"这件事非同小可,如果霍赫拉科娃夫人拒绝见他,将来一定会后悔。"

"我当时豁出去了!"后来,他在描述这件事情时说道。

女仆吃惊地望着他,接着便再次为他带去口信。霍赫拉科娃太太感到震惊,她思考了一会儿,问他长什么样子。从侍女口中得知"他衣着十分得体,年龄不大,也很有礼貌",霍赫拉科娃太太最终决定,还是见上这位年轻人一面。顺便提一下,彼得·伊里奇是一位相当英俊的年轻人,就连他自己也清楚这一点。霍赫拉科娃太太把一方黑色披巾搭在肩上,罩着睡袍,穿着拖鞋。她请这位年轻的官员到客厅里去,那里正是不久前她接待米佳的地方。她板着脸,没有请他坐下,开口问道:"有什么事?"

"夫人,我之所以会来打扰您,是因为你我共同认识的一个人,德米特里·费尧多罗维奇·卡拉马佐夫,"别尔霍津开了个头,可当他刚一说这个名字,太太的脸上就流露出极度愤怒的迹象。她几乎要尖叫起来,愤怒地打断了他的话。

"我还要被那个可怕的人折磨多久?"她大叫起来,"您怎么敢?先生,您怎么能如此冒昧地深夜打扰一位陌生的女士,强迫她谈论一个三小时前来到这里,想要谋杀她的人!他跺着脚离开了这里,还从来没有人会如此无礼地离开我家。我告诉您,先生,我要控告您,我不会轻易罢休的,请您立刻离开!我是一位母亲,我……我……"

"谋杀!难道他也想杀您?"

"怎么,他还杀了其他人吗?"霍赫拉科娃太太立刻问道。

"如果您想听,太太,请给我一点时间,我尽可能做到长话短说,"彼得·伊里奇语气坚定,"今天下午五点,德米特里·费尧多罗维奇向我借了十卢布,我知道他身上确实没有钱。可是到了晚上九点,他手里拿着一捆一百卢布的钞票来见我,那厚度大概有两三千卢布。他的手上和脸上都是血,看起来像个疯子。我问他从哪里弄来了这么多钱,他回答说他是从您这里拿到的,您给了他三千块钱让他去开采金矿。"

听到这里,霍赫拉科娃太太的脸上写满了惊诧和不安。

"天啊!他一定是杀了他的父亲!"她大叫起来,双手猛地一拍,"我从来没有给过他钱,从未!啊!去,快去……不要再说了!快去找他父亲,救救那个老头子吧,快点啊!"

"照您的说法,您没有给过他钱。您能确定自己从来没有给过他任何钱这个事实吗?"

"不!我没有!我没有给他!我拒绝了他,因为他不明事理。他怒气冲冲地跑了出去,还跺了好几下脚!在此之前他还向我冲过来了,但我闪开了……而且,我还可以告诉您,现如今我已经没什么对您好隐瞒的了,他甚至朝着我吐唾沫。对了,我们怎么还站着啊?请坐下吧。不好意思,我……我觉得您最好还是赶快动身,您必须从可怕的死神手里救下那个可怜的老头子……"

"如果那位老先生已经被杀了呢?"

"上帝啊!您说得对!万一这样,我们该怎么办?您觉得,我们现在要做些什么啊?"

与此同时,她和彼得·伊里奇一起面对面坐了下来。彼得·伊里奇一五一十地把这件事的来龙去脉详细地告诉了她,至少是他亲眼目睹的那部分情景。他还说出了他对菲尼娅的盘问，并且告诉了霍赫拉科娃太太有关那根铜杵的事。所有的这些小细节都对这位心烦意乱的太太造成了不可承受的影响，她不停地捂住双眼并失声尖叫。

"您相信吗？这一切我早有预感。我有一种特殊的能力：我想象中的情景总是会在现实中发生。我经常看到那个可怕的人，我时常在想那个人会杀了我。果不其然，事情还是发生了……也就是说，他虽然没有杀掉我，但是杀死了他的父亲。这是因为上帝之手在冥冥之中保护了我。而且，他羞于杀掉我，因为就在这个地方，我曾把圣女瓦尔瓦拉的神像挂在他的脖子上，想想那一刻，我离死亡有多么近。我走近他，他向我伸出了脖子，您知道吗？彼得·伊里奇（我记得您说过您的名字是彼得·伊里奇），我本不相信奇迹，但那个神像和这个明显的奇迹现在让我动摇了，我现在又什么都信了。您听说过佐西马神父吗？我简直不知道自己在说些什么……您看，他居然脖子上挂着神像向我吐唾沫……当然，他只是吐唾沫，并没有杀害我……后来，他就冲了出去。我们该怎么办呢？我们现在要做些什么？您觉得呢？"

彼得·伊里奇站起身来，他要去找警察局长，要把这一切都告诉他，至于接下来该做些什么，全部由警察局长来决定吧。

"啊！他是个很好的人！米哈伊尔·马卡雷奇，我认识他，我们应该去找他。您真聪明，彼得·伊里奇！您考虑事情既周到又全面，如果我是您，根本想不到这些……"

"我和那位警察局长也很熟，"彼得·伊里奇一直站着，很显然，他想赶紧离开这位容易冲动的太太，但她看起来并不想轻易让他离开。

"当然，当然，"她喋喋不休地说着，"请您回来后告诉我，您在那里看到了什么，发现了什么……打听到了什么……他们将如何审判他……判他流放到哪里。告诉我，我们国家没有死刑，对吗？请您一定要来,哪怕是在凌晨三点、四点、四点半,让仆人们叫醒我,如果我起不来就摇醒我……啊,天哪,我不可能睡得着了。等等,我是不是最好和你一起去?"

"不用,不过如果您愿意亲手写下三行字,证明您没有给过德米特里·费尧多罗维奇钱,可能会很有用……"

"好的!"霍赫拉科娃太太兴奋地跳到她的办公桌前,"听我说,我对您的足智多谋和您在这种事情上能够保持理智感到惊讶。您是在当地任职吗?一想到您在这里任职,我就很高兴。"

她一边说着,一边在半张信纸上飞快地写下如下几行大字:

我这一辈子从未借钱给过不幸的德米特里·费尧多罗维奇·卡拉马佐夫(无论如何,现在的他是不幸的),包括今天的三千卢布,我从未给过他钱!从未!我以世上一切神圣的事物发誓。

霍赫拉科娃

"这是你要的便条!"霍赫拉科娃夫人飞快地转过身,面向彼得·伊里奇,"去吧,快去救人吧,那将是属于您的丰功伟绩!"

她在他的身上连画了三个祈福用的十字,甚至一路把他送到了前厅。

"我是多么感谢您啊!因为您能先来找我,您无法想象我现在对您有多感激。过去我们怎么就无缘相识呢?如果您以后能经常来我家做客,我会无比荣幸的。您能生活在当地真是令人感到高兴。您的思路如此清晰,又有能力又务实。人们肯定都非常欣赏您、理解您。如果有什么我能帮上忙的,那么请您相信……啊,我喜爱年轻人,我爱上了你们这群年轻人！你们是我们苦难国家的支柱，也是唯一的希望……啊，去吧，快去！"

此刻，彼得·伊里奇已经往门外冲了，不然她不会让他这么快离开的。不过，霍赫拉科娃夫人给他留下的第一印象还不错，甚至在一定程度上减轻了他因为卷入了这桩破事而产生的焦虑。众人皆知，萝卜青菜，各有所爱。"她看起来并没有那么老。"他边想边觉得开心，"事实上，我还以为她是霍赫拉科娃太太的女儿呢。"

至于霍赫拉科娃太太，她简直被这位年轻人迷住了。

"多么冷静，多么睿智！在我们的这个时代竟有这样的青年，还拥有那样的举止和外表。人们都说现在的年轻人一无是处，但他是一个特例！"她似乎已经忘记了"那件可怕的事情"，当她上床休息时，才突然间想起来"自己曾经离死亡有多近"，她嘴里喊着："啊，太可怕了，太可怕了！"但一会儿，她就进入了香甜的睡梦中。

其实，如果刚才那位年轻的官员和看起来并不算老的寡妇这次古怪的会面，后来没有成为这位务实又能干的年轻人整个事业基础的话，那我也不必描述这些琐碎又无关紧要的细节了。他的事迹至今仍在我们小城里被人们称奇。当我结束我那卡拉马佐夫兄弟漫长的故事之后，我可能还会对此再交代一下。

第二节　焦虑

我们的警察局长米哈伊尔·马卡雷奇·马卡洛夫是一位退役的中校，同时也是一个鳏夫和优秀的人。他三年前才到我们城里，却已赢得了人们的尊敬，这是因为他"知道如何团结"，他家中一直宾客不断，好像没有了客人就活不下去似的。总是有一两个人跟他一起吃饭，如果没有客人，他根本不会坐在餐桌前。他会利用一切理由定期举办晚宴，有时竟会用一些令人意想不到的由头。尽管待客的饭菜并不是什么珍馐佳肴，但胜在种类丰富。鱼馅饼的味道很棒，而葡萄酒的数量则弥补了质量的不足。

他们家一进屋的第一间房间是一间设备齐全的台球室，墙上挂着用黑色画框嵌着的有关英国赛马的画，我们都知道，这是单身汉台球室必不可少的装饰。他的房子里每天晚上都有牌局，哪怕只有一桌。我们城里的社交名流们经常携妻带女地聚在他家中跳舞。米哈伊尔·马卡雷奇·马卡洛夫虽然丧偶，但他并不是独自生活，他那守寡的女儿带着他的两个外孙女和他住在一起。两个外孙女已经完成了学业，但还未结婚，她们长得很可爱，性格活泼，虽然每个人都知道，她俩没有嫁妆，但她俩还是吸引了上流社会的年轻人来到她们家中。

米哈伊尔·马卡雷奇的工作效率并不高，尽管他在履行职责时不比其他人差。坦白地说，他的文化程度不高，对自己行政权力的范围也不是很明确。与其说他没有掌握当前俄政府统治时期实施的某些改革，倒不如说他在理解这些改革时犯了明显的错误。这并非因为他缺乏智慧，而是因为他生性懒惰，他对这些课题的研究总是浅尝辄止。

"相比较当官，我更适合当军人。"他常常这样评价自己。他甚至对与农奴解放改革有关的基本原则没有形成一个明确的认识。他只是年复一年不自觉地通过实践来增加自己的知识，更何况他本身就是一个地主。彼得·伊里奇确信，当晚他会在米哈伊尔·马卡雷奇那里见到一些客人，但他不知道具体是哪一位。不出所料，就在那时，检察官正和一位年轻的地区医生瓦尔文斯基在警察局长的家里打牌，那名医生毕业于圣彼得堡医科大学，不久前才来到本地工作。那位检察官名叫伊波利特·基里洛维奇，准确地说是位助理检察官（下文叙述时简称他"检察官")。他是一个奇特的人,大概三十五岁,似乎已经染上了肺痨,而且还娶了一个又胖又无法生育的女人。他虚荣、易怒,但非常聪明,心地善良。看起来,他的问题在于他对自己的评估超过了他本身的能力。这就是为什么他总是常常显得不耐烦的缘故。此外,他还有些更高层次的甚至艺术上的自负,认为自己善于分析人类心理,对人类的心灵有独到的见解,在识别犯罪分子及其罪行方面有着特殊的才能。因此,他认为自己的才能在工作中被忽视了,他坚信自己没有得到高层该有的赏识,有人对他抱有敌意。沮丧的时候,他甚至威胁要辞职转行去当刑事诉讼案的律师。这件突如其来的卡拉马佐夫案让他激动不已:"这很可能是一件会引起全国各地广泛关注的大案。"不过这是后话,暂且不提。

一名年轻的预审官尼古拉·帕尔费诺维奇·涅柳多夫两个月前刚从圣彼得堡调来此地,此时他正和年轻的女士们坐在隔壁的房间里。后来人们谈起此事会觉得奇怪,在"犯罪"的当晚,所有人好像故意凑在了一起,其实,这是件很自然、也是经常发生的事。

伊波利特·基里洛维奇的妻子最近两天一直牙痛,他不得不出门躲避她的呻吟。医生本性爱赌,除了打牌之外晚上无所事事。尼古拉·帕尔费诺维奇·涅柳多夫三天前就打算来米哈伊尔·马卡雷奇家里,他装作不经意拜访的样子,想吓唬一下他的大孙女奥尔加·米哈伊洛芙娜,因为他知道她的秘密:今天是她的生日,但她想刻意隐瞒,更不想因此举办一场舞会。他准备今天多开一些玩笑,并对她的年龄进行一些暗示。比如,她害怕别人知道她的年龄,但他知道了这个秘密,明天就会向大家公开,如此等等。这个风流倜傥的年轻人非常擅长这种小把戏,姑娘们称他为"淘气的男人",他似乎对这个外号很满意。然而,他却很有教养。他有良好的家庭,受过高等教育,在感情上也很正派。虽然喜欢给自己找乐子,但人很天真,也彬彬有礼。他个子不高,身体柔弱,手指纤细苍白,上面总是戴着许多闪闪发光的大戒指。当他执行公务时,他总是变得非常严肃,似乎把自己的地位和义务看得非常神圣。他还有一种特殊的天赋,他会在审讯中给那些平民阶层的普通罪犯和杀人犯们制造难题,迷惑他们,就算没有得到他们的尊重,他的手段也让犯人们惊讶。

彼得·伊里奇走进警察局长家里时,被眼前的一幕惊呆了。这幅情景昭示着大家已经知晓了一切。确实,这些人放下了手中的扑克,大家都站起身来谈论。就连尼古拉·帕尔费诺维奇也离开了年轻的女士们跑了进来。他看上去很紧张,似乎准备随时行动。彼得·伊里奇此时也得知了一个令人震惊的消息:费尧多尔·巴甫洛维奇当晚真的在自己家里被谋杀了,确切点说,是谋财害命。大家也是刚刚才得知此事。事情是这样的:

格里高利在围墙边上被人击昏了过去,他的妻子玛尔法·伊格纳季耶夫娜在床上睡得正香,她通常能一觉睡到天亮,但此刻突然醒了,她无疑是被斯乜尔加科夫癫痫病发作时的那一声可怕的尖叫给吵醒的。斯乜尔加科夫躺在隔壁房间失去了知觉,他在发病前总是会发出那种尖叫声,这让玛尔法·伊格纳季耶夫娜感到惊恐和不安。她跳了起来,半梦半醒地跑到斯乜尔加科夫的房间。但那里黑灯瞎火,只能听见病人的喘气和痉挛声。随后,玛尔法·伊格纳季耶夫娜自己也大叫了起来,准备喊她的丈夫来帮忙,但她突然意识到,她起床时丈夫并不在床上。她跑回床边,开始用手摸索,但床上真的是空的。他一定是到什么地方去了!她跑到台阶前,胆怯地叫了一声丈夫的名字,当然,没人回应她,但她听见了远处黑暗的花园中传来了呻吟声。她仔细地侧耳倾听,呻吟声不断地传来,很显然来自花园。

"上帝啊,就像当时的利扎维塔·斯乜尔佳夏娅一样。"她心烦意乱地想着。她胆怯地走下台阶,看见进入花园的大门是开着的。

"他一定在那儿,一定在那儿!"她边想边走到大门前。突然,她清楚地听见,格里高利用一种微弱且可怕的呻吟声叫她的名字:"玛尔法!玛尔法!"

"主啊,保佑我们免受伤害!"玛尔法·伊格纳季耶夫娜喃喃地说。她朝那个声音的位置跑去,就这样找到了格里高利。但是她发现,他并不在被袭击后倒下的围墙边,而是在距离事发地二十步远的位置,这是因为他后来吃力地爬了很久,期间还有好几次失去了知觉。她立刻注意到他身上都是血,并用自己最大的声音尖叫了起来。格里高利语无伦次地断断续续道:"他杀了人……杀了他的父亲……叫什么呀……傻瓜……快跑去叫人来……"

但玛尔法还是不停地尖叫着,慌乱之中,她突然瞧见主人屋的窗户开着,窗户里还点了支蜡烛,她连忙跑去那里,想找费尧多尔·巴甫洛维奇帮忙。但她从窗外窥见了一副可怕的景象,她的主人一动不动,仰面躺在地板上。他的浅色睡衣和白衬衫上都浸透了鲜血。桌子上的蜡烛明亮地照亮了地上的血液和费尧多尔·巴甫洛维奇那一动不动的死人脸。

玛尔法惊恐地离开了窗边,跑出了花园,拉开了大门的门闩,径直地向邻居玛丽亚·孔德拉季耶夫娜家里跑去。此时,那对母女都睡着了,但她们被玛尔法那持续不断的绝望叫声和快速的敲门声惊醒。玛尔法语无伦次地尖叫着,想尽办法把看到的情景告诉了她们,并请她们帮忙。碰巧经常漂泊在外的福马回来了,整晚都和她们待在一起,她们立刻把他叫起来,三人一起赶到了犯罪现场。路上,玛丽亚·孔德拉季耶夫娜想起大概在八点钟时,她听见花园里传来了一声可怕的尖叫，那无疑是格里高利的尖叫声。"弑父的逆子！"当他抓住米佳的腿时喊出了这句话。

"有人尖叫了起来，然后就没声音了。"玛丽亚·孔德拉季耶夫娜一边跑一边解释道。三人找到了躺在地上的格里高利，两个女人在福马的帮助下把他抬到了小屋里。他们点了一支蜡烛，发现斯乜尔加科夫也好不到哪里去，他正在一边抽搐一边扭动着身体，眼睛斜视着，嘴里还吐着白沫。他们用醋水湿润了格里高利的额头，效果立竿见影，他瞬间醒了过来，立刻问道："主人被谋杀了吗？"

福马和两个女人这才跑向了主人的大屋，这次他们发现：不仅仅是窗户，就连大屋通往花园的门也是敞开着的。尽管最近一周，费尧多尔·巴甫洛维奇每晚都把自己锁在屋里，甚至不允许格里高利以任何理由进来。看到那扇门开着，没有人敢走进费尧多尔·巴甫洛维奇的屋里察看。因为担心给自己惹上麻烦，他们又回去找格里高利了。格里高利告诉他们直接去找警察局长报案。玛丽亚·孔德拉季耶夫娜立即跑到了警察局长家里，把消息告诉了在那里的所有人。她比彼得·伊里奇早五分钟到，所以彼得·伊里奇带来的信息已经不再是推测和臆想了，而是作为一名直接的目击证人，他的叙述让大家更加断定了凶手的身份（直到那一刻，他仍然打从心底里不愿意相信这是真的）。

大家决定采取有力行动，本城的副警长立刻奉命按照正常流程把四名证人带到了费尧多尔·巴甫洛维奇的房子，并进行现场调查，具体细节我就不一一细说了。地区医生是一名充满热情的人，又是初来乍到，他坚持要陪着警察局长、检察官和预审官一起去案发现场。

在这里我想简单交代一下，费尧多尔·巴甫洛维奇被发现时已经死了，他的头骨被打碎了。凶器是什么呢？很可能是凶手攻击格里高利时用的武器。凶器立刻被找到了，而格里高利也立刻得到了尽可能的救治。他用微弱且断续的声音描述了他是如何被击倒的。他们后来拿着灯笼到围墙边查看，发现铜杵落在了花园的路上一处最显眼的地方。费尧多尔·巴甫洛维奇躺着的房间里也没有任何打斗的痕迹。但在床边的屏风后面，他们在地板上发现了一个又大又厚的信封，上面写着："三千卢布，给我的天使格露莘卡，只要她愿意光临。"下面是费尧多尔·巴甫洛维奇加上的一句话："给我的小鸡。"信封上原本有三个红色火漆印封口，但此刻已经被拆开了，里面空空如也。很显然，钱已经被取走了。他们还在地板上发现一根用来绑信封的粉色细丝带。

在彼得·伊里奇的证词里有一处细节让执法者们印象深刻，就是德米特里·费尧多罗维奇很可能会在天亮之前开枪自杀，这是他自己下的决定。是他本人亲口告诉彼得·伊里奇的，还在他面前将子弹上了膛，并写下了类似遗书的字条放在了口袋中。彼得·伊里奇虽然不相信他是会自杀的那种人，但在威胁要告诉别人阻止他自杀时，米佳却笑着说："你来不及了。"因此，他们必须尽快赶到莫克罗耶找到罪犯，在他真的开枪自杀前逮捕他。

"案件明朗了！已经再清楚不过了！"检察官激动地重复着这句话，"这种疯子确实会这样做，在明天自杀之前，最后一定要纵情享乐一番！"至于后来听说他还买了酒和食物，让检察官比以往的任何时候更加兴奋。

"先生们，你们还记得那个谋杀了一名叫奥尔苏菲耶夫的商人的罪犯吗？他偷了一千五百卢布，立刻就赶时髦烫了个卷发，连钱都没有收好，几乎是攥在手里就去找姑娘们了。"

然而，由于在费尧多尔·巴甫洛维奇家里进行的案件梳理、证物收集和手续办理等还需要花费大量时间，所以大家只能指派恰巧头天早上进城领薪水的区警察所长马夫利基·马夫利基奇·施梅尔卓夫提前两个小时赶去莫克罗耶。他得到的指令是，在抵达莫克罗耶后不要打草惊蛇，但要时刻盯住这个"罪犯"，直到相关的官员到来，此外，还要事先找好证人，并召集好乡里的警察，等等。马夫利基·马夫利基奇——按照指令秘密行事，只是稍微把部分秘密说给自己的老朋友特里方·波里赛琪一人听。就在他透露完口风不久后，米佳恰巧出现在了走廊上，遇见了正在摸黑寻找他的店主特里方·波里赛琪，他立刻注意到店主的表情和说话声音都有些不太自然。即便如此，在场的所有人包括米佳自己都不知道他已经被严密监视了。他那装着手枪的盒子也被特里方·波里赛琪转移到了一个安全的地方。直到凌晨四点钟，差不多快日出的时候，所有的官员、警长、检察官、预审官乘坐着两辆各由三匹马拉着的马车赶了过来。地区医生则留在了费尧多尔·巴甫洛维奇家里，因为他需要等到第二天对尸体进行尸检。不过他留下来最主要的原因是对仆人斯乜尔加科夫的病情非常感兴趣。

"这种在二十四个小时之内，一直持续又发作剧烈的癫痫病很少见，这可是科学上的重大发现。"他激动地对他的牌友们说。当他们驾车离开时，他们笑着祝贺他能有重大的科学发现。检察官和预审员清楚地记得地区医生说，斯乜尔加科夫很可能活不过明天了。

经过了这一系列看似冗长，但我认为实际上是很有必要的交代后，让我们回到上一章故事中断的那一刻吧。

第三节　灵魂的煎熬——第一次磨难

米佳坐在那里，瞪着那双精神失常的眼睛，一遍又一遍地打量着周围的人，但完全听不懂他们在说些什么。忽然间，他站起身来，举起双手大声喊道:"我是无辜的!不是我干的,我的手上没有沾上父亲的血……虽然我本想杀了他,但我并没有下手!我是无辜的!凶手不是我!"

就当他话音未落之际,格露莘卡突然从布帘子后面冲了出来,扑通一声跪在了警察局长的脚边。

"一切都是我的错,是我的罪恶!"她哭喊的声音令人心碎,她泪流满面地朝着所有人伸出双手,"他是为了我才杀人的……是我把他逼到这个地步的!我还折磨着那个因为我的罪过而死去的可怜老人,事情闹到如此地步,都是我害的!都是我害的,全是我的错,全是我害的!"

"是的!都是你害的!你这个罪魁祸首!你这个泼妇!道德变坏的淫妇!你才是最该被判罪的人!"警察局长用手威胁般地指着她,暴跳如雷地吼道,但他很快就被制止了,因为那位检察官已经把他紧紧抱住了。

"这样做绝对不符合规定,米哈伊洛·马卡雷奇!"检察官大声喝道,"您这样做是在妨碍调查,你会毁了这个案子的!"愤怒让他几乎喘不过气了。

"采取措施!遵循规则采取措施!"预审官尼古拉·帕尔费诺维奇也非常激动地喊了起来,"否则根本没法进行下去……"

"请把我们两个一起推上审判席吧!"格露莘卡跪在地上,疯了一样地叫嚷,"把我们一起判罪吧,就算是死刑,我也要陪他一起!"

"格露莘卡!我的命,我的血,我的女神!"米佳跪在她的身边,紧紧地把她抱在怀里,"别听她的……"米佳大声喊着,"她没有犯任何罪,她是清白的,她和这件事情无关!"

根据米佳事后回忆,当时来了几个人把他从格露莘卡身边强行拽开,他们把格露莘卡带走了。等他神志清醒过来后,发现自己在一张桌子旁坐着。他的身边全是戴着警徽的人。尼古拉·帕尔费诺维奇坐在桌子的另一边,一再劝说他多喝几口桌上的水。

"这能让您保持清醒,冷静下来,镇定点,不要怕。"他非常客气地补充说明着。米佳(他后来回想起来)突然对他的大戒指产生了浓厚的兴趣,其中一个是紫水晶,另一个是非常耀眼的透明黄色石头,在很久以后,他惊奇地想起了那些戒指是如何在可怕的审讯中吸引了他的注意力,以致他完全无法让视线离开它们。米佳的左边,也就是之前马克西莫夫坐着的地方,检察官正坐在那里;米佳的右手边,原先格露莘卡坐着的地方现在坐着一个面色红润的年轻人,他穿着一件破旧的类似猎装的上衣,面前摆放着墨水和纸笔,他是预审官带来的文书。警察局长站在房间另一端的窗户边上,而卡尔甘诺夫则坐在他旁边。

"喝点水吧。"预审官这话说了有十几遍了。

"我喝过了,先生们,你们看着办吧。来踩死我、惩罚我吧!我的命就任由你们摆布吧!"米佳盯着预审官,眼睛瞪得大大的,大声喊道。

"也就是说,您认定自己对你的父亲费尧多尔·巴甫洛维奇的死不负任何责任,对吗?"预审官询问他时的语气温柔又坚定。

"我是无罪的!虽然我手上有另一个老人的血,但它并不是我父亲的。我为此而哭泣,自责,我杀了……我杀了那个老人,我把他给击倒了。但是我不能对另一起我不该负责的可怕谋杀案负责。这是个可怕的指控,先生们,这是一个致命的罪名!到底是谁杀了我的父亲,是谁杀了他?如果不是我,又是谁把他置于死地呢?这太荒唐,太不可思议了!无法解释!"

"是呀,谁会杀了他呢?"预审官正准备重新开始问话,检察官伊波利特·基里洛维奇对他使了个眼色,然后接着米佳的话说:"您不必担心那个老仆人格里高利·瓦西里耶维奇了,他还活着,而且没有生命危险了。尽管根据您自己和他的证词,能确定是您给了他可怕的致命一击,但他活下来了,至少医生是这样说的。"

"活着!他还活着!"喜出望外的米佳伸出手大叫起来,"主啊,感谢您!感谢您为我这个罪恶的人创造的奇迹!您对我的祈祷做出了回应,我祈祷了一整晚的努力没有白费。"米佳在胸前接连画了三个十字,此时的他激动得上气不接下气。

"正因如此,格里高利为我们提供了与您有关的重要证据,那就是……"检察官刚准备继续说,米佳就突然从他坐着的椅子上跳了起来。

"一分钟!先生们!看在上帝的分儿上,只要一分钟,我想跑去找她一下……"

"很抱歉,这是不可能的。"尼古拉·帕尔费诺维奇几乎是尖叫着跳了起来。那些戴着警徽的人立刻上前抓住米佳,米佳只能乖乖地坐了下去。

"先生们,真遗憾,我只想去见她一分钟,我想告诉她我的罪名被洗清了,我没事了,那压在我心头一整夜的血债消失了,我现在不是杀人犯了,先生们。她可是我的未婚妻!"米佳虔诚又激动地看向在场的每一个人,"啊,谢谢你们!先生们,在一分钟之内你们给了我新的生命、新的心灵……先生们,那个老人过去经常抱我,当我还是个婴儿的时候,他经常在浴缸里帮我洗澡,虽然我被每个人嫌弃,但他就像我的亲生父亲一般对我好。"

"然后您……"预审官正想开口。

"请允许我,先生们,请再多给我一分钟……"米佳连忙插嘴说道,他把胳膊肘支撑在桌子上双手掩面,"让我想想,让我喘口气,先生们,这一切太可怕,太令人震惊了,人可不是空心的鼓,先生们!"

"再喝点水吧。"尼古拉·帕尔费诺维奇喃喃地说。

米佳把手从脸上放下后竟笑了起来。他的目光炯炯有神,似乎没一会儿工夫就像换了个人似的,他的言行举止也变了。他身份又一次和这些人对等了,和他认识的所有人都平起平坐了,仿佛他们都处在之前的社交聚会上,什么事都没发生似的。值得一提的是,当米佳第一次到警察局长家时,他在那里受到了亲切的招待。但后来,米佳几乎没来拜访过,特别是最近。警察局长若是在街上遇见他,只会礼貌性地冲他点点头,并且眉头紧皱。他和检察官的关系就更加疏远了,尽管米佳有时会拜访他那位有些神经质又爱臆想的妻子,不知道为什么,她总是亲切地接待米佳,尤其是最近,对他很关心。他没什么机会去结交预审官,尽管米佳之前见过他并和他谈过两次话,但都是一些关于女性的话题。

"依我看,您是一位高明的预审官,尼古拉·帕尔费诺维奇,"米佳边笑边大声地说着,"不过现在,我能帮到您了。啊,先生们,我觉得自己脱胎换骨了,请不要因为我如此简单而直接地称呼您感到生气,我感觉自己像是喝醉了,我会很坦率地告诉您。我很荣幸认识您,尼古拉·帕尔费诺维奇,我曾在我的亲戚米乌索夫家里见过您。各位先生,我并非是想和你们平起平坐,我知道自己现在的身份。如果依照格里高利给出的证词,我的身上现在背着一个可怕的指控……我明白,这太可怕,太可怕了!但是先生们,我已经准备好了,我会马上让这些结束。听着,先生们,听着!既然我知道自己是无辜的,我们可以在一分钟之内结束这一切,可以吗?可以吗?"

米佳说话的速度非常快,语气中饱含着紧张和激动,似乎他已经确切地把眼前的这些人当成了自己的好朋友。

"好吧,照目前的情况,我们就这样记录了,米佳先生坚决地否认对他的指控。"尼古拉·帕尔费诺维奇加重语气说,然后转过身去,轻声告诉他的文书该如何记录。

"您要写下来?您想把它写下来对吗?好吧,写吧,我认可,我完全同意。先生们……只是……你们看见了吗?等等,等一下,请这样写吧:'他目无法纪,胡作非为,对暴力击打可怜的老人负有罪责。'我在心里承认自己是有罪的,但这句你不用写,"他突然转向文书,"先生们,这是我的私生活,与你们没有关系,这是我心灵深处的……不过,如果说我谋杀自己的亲生父亲,我绝不承认!这太疯狂了,这是一个荒唐的想法!我会向你们证明,而且你们也会最终相信的……你们会笑的,先生们,你们会嘲笑自己对我的指控的!"

"冷静点,德米特里·费尧多罗维奇,"预审员说,很显然,他想通过自己的镇静让嫌疑人不那么亢奋,"在我们继续询问您之前,如果您愿意回答,我很希望从您口中确认下面的事情:您不喜欢自己的父亲费尧多尔·巴甫洛维奇,总是和他争吵,至少在这里,在一刻钟之前,您还叫嚷着您想杀了他。您当时说:'我没有杀他!虽然我想杀了他!'"

"我说过这话吗?啊!也许是这样,先生们!是的,不幸的是,我确实想杀了他……我有过很多次这种想法……真是不幸,太不幸了!"

"看来您确实这样想过,您愿意解释一下,是什么原因导致您如此憎恨自己的亲生父亲吗?"

"有什么需要解释的呢?先生们,"米佳低着头,面色阴沉地耸了耸肩说道,"我从来没有掩饰过我的感情,城里的人都知道这一点,包括酒馆里的人。就在最近,我在佐西马长老的修道室里还公开说过这件事。当天晚上,我把我父亲打了一顿,差点儿杀了他,我还在目击证人的面前发誓一定要再回来杀了他——啊!可以找到上千个目击证人。我整整把这些话喊了一个月,任何人都能把这些告诉你……事实就在你眼前,不言自明,事实本身完全可以说明问题。但是感情,先生们,感情是另外一码事。你们心里明白,先生们……"米佳皱起眉头,"我觉得你们没有权利问我关于感情的问题,虽然我知道那是你们的职责所在,我很理解,但那是我的事,我的私事,尽管……我过去没有掩饰过我的感情……比如,在酒馆中我和每一个人都说过那些大逆不道的话,所以……我现在不会再隐瞒什么了。先生们,我知道,在这件事情上有一些可怕的事实对我不利。我曾告诉过每个人我想杀了他,现在他被杀了,所以凶手一定是我!哈哈,我可以原谅你们,先生们,我完全可以原谅你们。连我自己也震惊了,如果不是我,那会是谁杀了他呢?如果不是我,那会是谁?谁?先生们,我想知道,我一定要知道凶手是谁!"他突然吼了起来,"他是在哪里被杀的?又是如何被杀的?作案手法是什么,凶器是什么?告诉我!"他看着检察官和预审官,急促地问道。

"我们在他的书房里发现了他,他仰面躺在地板上,头骨被击碎了。"检察官说。

"这太可怕了!"米佳打了个寒战,胳膊肘撑在桌子上,用手捂住了脸。

"我们继续进行,"尼古拉·帕尔费诺维奇插嘴说道,"那么,是什么促使您对他产生了这种仇恨的情绪呢?您曾在公共场合说过,我相信,是出于您的醋意吧?"

"是的,没错,吃醋,不仅仅是吃醋。"

"还有关于钱的争议?"

"没错,也有钱的关系!"

"是一场关于三千卢布的争议,我想,是因为您声称那是你该得的一部分遗产,但他没有给您?"

"三千?不止,绝对不止!"米佳激动地大叫,"比六千还多,甚至超过一万。我向所有人都说过这件事情,也没少公开嚷嚷过。但我最后还是下定主意只拿三千就算了。我急需那三千块……总之,我知道他放在枕头下的信封中有三千卢布,那是他给格露莘卡准备的,我认为这钱是他从我手中偷走的,没错,先生们,我把它看成是我的钱,看成是我自己的财产……"

检察官意味深长地看了看预审官,瞅准机会偷偷向他眨了下眼。

"我们稍后再回到这个问题上,"预审官立刻说道,"您把那笔钱当成自己的,您同意我们把您说的这一点记录下来吗?"

"请务必将它写下来,我知道这是另一个对我不利的事实,但我一点都不怕,你们都听到了吧?先生们,你们知道吗?你们眼中的我是一个与我的本质完全不同的人!"他突然变得很沮丧,又补充着说道,"现在,同你们打交道的是一个有荣誉的,一个有着最高荣誉的人,最重要的是——请你们不要忽略这一点——他做了很多肮脏的事,但不管在过去还是现在,他的内心依然是光明磊落的。我不知道该如何表达,但正因如此我才感到痛苦,我一生都在折腾,渴望做一个高尚正直的人,但我也被这种追求折磨着,我在打着灯笼,打着第奥根尼的灯笼去寻找高尚的品质,然而我的一生都像其他所有人一样做着肮脏的事情。先生们,不是所有人,仅仅是我一个人,我错了,是我一个人,我一个人……先生们,我的头好痛……"他痛苦地皱起眉头,"你们知道的,先生们,我无法忍受他的嘴脸,他卑鄙无耻、践踏神圣、肆意嘲笑他人、缺乏敬畏之心,实在太令人厌恶了!可如今他死了,我的想法却不同了……"

"您这话是什么意思?"

"我觉得自己不应该那么恨他。"

"您后悔了?"

"不,这不是后悔,请不要记录下来。我知道自己好不到哪里去,我长得不够好看,所以我没有权利认为他面目可憎。这就是我的意思,如果您愿意,可以将它记录下来。"

说到这里,米佳变得有些悲伤,随着调查的继续,他的神色变得越来越阴郁了。

就在这时,又发生了一件意料之外的事。虽然格露莘卡被带走了,但她并没有被带远,只是被带进了与这间用来调查的蓝色房间相隔的另一个房间。那是一间有一扇窗户的小房间,隔壁就是他们尽情跳舞和举办宴会的大房间。她坐在那里,身边只有既沮丧又被吓破了胆的马克西莫夫。他紧紧地靠在她身边,像在寻找安全感一般。门口站着一个胸前戴着警徽的乡下人。格露莘卡哭了起来,突然间她有些控制不住了,她举着双臂跳了起来,带着悲伤的哀号声冲出房间,想要去找她的米佳。出乎意料的是,他们没来得及阻止她。米佳听到她的哭声,颤抖着跳了起来,他发出一声大喊,想冲出去见她,他不知道自己在做些什么。虽然他们看见了彼此,但不允许待在一起。他的胳膊被紧紧地抓着,他挣扎着想要挣脱,但三四个警察合力将他制服了。米佳看见她向自己伸出双臂,在他们把她带走时,他大声地喊叫着。当突发事件结束后,他又回到了原先的桌子旁,坐在了预审官的对面。他朝他们喊道:"你们想对她做什么?为什么你们要折磨她,她什么也没干,她是无辜的!"

检察官和预审官开始安慰他。大概十分钟后,刚才离开的警察局长米哈伊尔·马卡雷奇急匆匆地走进房间,用一种响亮而激动的声音对检察官说:"她被带到楼下了,先生们,能允许我对这个不幸的人说一句话吗?就当着你们的面,先生们,就在你们面前。"

"当然可以,米哈伊尔·马卡雷奇,"预审官回答道,"我们没有什么异议。"

"听着,我亲爱的朋友德米特里·费尧多罗维奇,"警察局长开口道,在他激动和兴奋的脸上有一种近似父亲般温暖的神情,"我亲自把你的阿格拉菲娜·亚历山大洛芙娜带到了楼下,并把她交给了房东的女儿们照看,那个老家伙马克西莫夫和她在一起,寸步不离。我安抚了她,你听到了吗?我的安抚让她冷静了下来。我让她深刻地明白:你得为自己辩护,自证清白,所以她不能妨碍你、扰乱你的心境,否则你可能会失去理智,说出一些不利于自己的证词。事实上,我和她谈过了,她也明白这一点。她是一个聪明的女孩,一个心善的女孩,她为了帮你求情亲吻我的手。她让我告诉你不用为她担心。我必须走了,我必须去告诉她,你已经冷静下来,不再为她担心了。所以此时你必须保持冷静,明白吗?我很对不起她,她有一个基督徒的虔诚灵魂。先生们,是的,我告诉你们,她有一个温柔的灵魂,不能以任何理由被苛责。德米特里·费尧多罗维奇,我能替你给她带些什么话?德米特里·费尧多罗维奇,你能安安静静地坐好吗?"

这位好心人说了一大堆不相干的话,但格露莘卡的痛苦,一个普通人的痛苦,触动了他那颗善良的心,他的眼睛里充满了泪水。米佳跳了起来,向他冲来。

"请原谅我,先生们,啊,请允许我说,让我说!"米佳大声说道,

"您有一颗天使般的心,您是一个天使,米哈伊尔·马卡雷奇,我替她谢谢您!我会,我会保持镇静和快乐,事实上,请用您善良的心转告她,我很开心,非常开心,我马上就会开心得笑起来,因为我知道,她有一位像您这样的守护天使。我马上就会结束这一切,等我一获得自由就和她在一起,她会看到这一切的。让她等着。先生们,"他转向检察官和预审官说道,"现在,我将向你们敞开我的心扉,把一切都说出来,我们很快就能结束这一切,愉快地了结此事。我们最终会一起笑的,不是吗?不过,先生们,那个女人是我心中的女王。哦,让我告诉你们,我现在就告诉你们,我知道自己现在正在和一群正义之士交谈,我只想让你们知道:她是我的光,是我的神灵,你们听到她喊出的'就算是死刑,我也要陪他一起'这句话了吗?而我,一个一无所有的穷光蛋,又能给她什么?她为什么要如此爱我?像我这种长着一张丑陋的脸、愚蠢又丑陋的浑蛋,又怎配得到如此的爱?她甚至做好了和我一起被流放的准备!而且就在刚才,清白又骄傲的她竟然为了帮我求情跪在了你们的面前!我怎么能不爱她,怎么能不像刚才那样哭喊着冲向她呢?请原谅我,先生们,但此刻,我已得到了宽慰。"

他瘫倒在椅子上,用双手捂住脸,突然间哭了起来,但那是幸福的泪水。很快,他恢复了镇定。警察局长似乎很开心,检察官和预审官也是,他们觉得审讯马上会进入到另一个阶段了。当警察局长出去时,米佳开心地说:"先生们,我现在任由你们支配,完全听从你们的安排。如果不是因为一些琐事,我们早在一分钟之内就达成一致了。我又扯到这些琐事了,先生们,我听从你们的支配,但我申明,我们必须相互信任,你们信任我,我信任你们,否则事情就没完没了了,我说这话是为你们好。现在我们该谈正事了,先生们,谈点正事,不要再拷问我的灵魂了,也不要用一些不相干的事来折磨它,只需问我事实和其他一些重要的事，我会立刻令你们满意的！让那些琐事见鬼去吧！"

米佳说完这些话后，审讯又开始了。

第四节 第二次磨难

"您也许不会相信，德米特里·费尧多罗维奇，您这种乐于合作的态度，让我们受到极大的鼓舞……"尼古拉·帕尔费诺维奇摘下眼镜，兴致勃勃地说。在他那鼓得像金鱼般的深度近视的浅灰色大眼睛中，流露出满意的神色。

"刚才您说信任必须是相互的，您说的话很有道理，在这种重大案件中，如果被怀疑的对象真的希望，而且能够为自己洗脱嫌疑，那么在缺少彼此信任的环境下，这是无法办到的。就我们的立场来说，我们会竭尽全力，甚至您也看到了我们的办案方式……伊波利特·基里洛维奇，您同意我的说法吗？"他突然转向检察官问道。

"对，您说得对！"检察官立马表示赞同。与尼古拉·帕尔费诺维奇的激动相比，他的语气有些冷淡。

在这里我要特别指出，尼古拉·帕尔费诺维奇刚到本城就任之初，就对检察官伊波利特怀着一种异乎寻常的尊敬，和他十分投机。只有他坚信我们这位"怀才不遇"的伊波利特·基里洛维奇，相信他具有非凡的心理学知识和雄辩之才，也相信他在工作中受了委屈。早在圣彼得堡时，他就听说过关于伊波利特·基里洛维奇的才能。而年纪轻轻的尼古拉·帕尔费诺维奇也是我们这位"怀才不遇"的检察官在这世上的唯一知音。他俩在来莫克罗耶的路上已经对此案达成了一些共识。因此，在审问的时候，思维敏捷的预审官尼古拉只需要通过这位老前辈的表情变化,又或是对方的只言片语,甚至是他的一个眼神就能理解他的意思。

"先生们,请让我自己说,不要用鸡毛蒜皮的琐事打断我,很快,我就能把所有事情向你们交代清楚。"米佳激动地说。

"好极了。谢谢您。但是,在听取您的陈述之前,有件小事我们很感兴趣,需要向您确认一下:您是否在昨天下午五点左右,把您的手枪抵押给了您的朋友彼得·伊里奇·别尔霍津,并从他那里借了十卢布?"

"我是抵押了,先生们,我用我的枪抵押了十卢布。这又能代表什么?我一回到城里后就去抵押了它们,就是这样!"

"您回到了城里?您之前出了城?"

"是的,我去了一趟有四十俄里远的乡下,你们不知道吗?"

检察官和预审官彼此交换了一个眼神。

"要不这样吧,请您把昨天全部的经历,从早上开始按照时间顺序叙述一遍,好吗?我们有必要了解一些事情,比方说,您为什么要出城?什么时候离开的?什么时候回来的?以及……类似的事情。"

"那你们一开始就应该这么问啊!"米佳大声说,"既然如此,那么所有的事情就不能从昨天开始谈起了,应该从前天一早开始说起,这样你们就能明白我到底去了哪里,怎么去的,去干什么,等等。先生们,前天我去了城里的一个叫萨姆索诺夫的商人那里,想用一个靠谱的抵押物从他那里借三千卢布,我急需这笔钱,先生们,非常急需。"

"请准许我打断您一下……"检察官很有礼貌地插话道,"您为什么这么迫切地需要这笔钱,数目又恰好是三千卢布?"

"啊,先生们!你们无须在意这些细节。什么时候啦?为什么?为什么是这个钱数而不是那个钱数?这些问题毫无意义,照此下去,三大卷都记不完,你们甚至还需要一节尾声呢!"米佳说这番话的时候态度充满诚意,能明显感觉到他是想立刻说出全部的事实和真相,所以显得有些不耐烦。

"先生们!"米佳突然间似乎想纠正什么,"请不要介意我的固执。我再次恳求大家,请大家相信我一次。我十分尊敬你们,也明白目前的事态。不要觉得我喝醉了,我相当清醒。其实,就算喝醉了也无关紧要。你们要知道,有句话用在我身上最合适不过了:当他清醒时,他是傻瓜;当他喝醉了,他就是个智者。哈哈!我明白,先生们;我的意思是,在我没有解释清楚之前,现在和你们开玩笑很不合适,但我也要维护自己的尊严。我完全明白此刻我们之间的差别:不管怎么说,在你们面前,我是一个嫌犯,因此我们之间的身份有天壤之别。你们的职责是监督我,我不能指望你们因为我对格里高利做的事而拍拍我的头赞扬我,打破一个老人的头这种事是必须受到惩罚的,我想你们会把我送进监狱关上一年半载。我不知道判罚是什么,但总不至于剥夺我应有的公民权利,你们不能剥夺我的权利,不是吗?所以你们看,先生们,我明白我们之间的区别,但你们必须明白你们总是提些没完没了的无聊的问题。'你是怎么走的?''你去了哪里?''你什么时候走的?'如果你们再继续这样问,我肯定会犯糊涂的。而你们也会把一些对我不利的事记录下来,这会导致什么结果?毫无意义!就算我现在是信口开河,那也得让我说完。先生们,你们是尊贵文雅的人,肯定会原谅我的。最后,先生们,我想请你们放弃那种官僚式的审讯,就是纠结一些鸡毛蒜皮的小事,比如怎么起床的?早餐吃了什么?如何吐痰的?然后趁嫌犯麻痹时,突如其来地用一个惊人的问题问得他措手不及:'你杀了谁?你抢劫了谁?'哈哈,这是你们惯用的手法,是你们狡猾的把戏!你们这样可以让乡下人放松警惕,但我不会,我知道这些小把戏。我也担任过公职,哈哈哈!先生们,你们没有生气吧?你们会原谅我的无礼吧?"他大声说着,用一种几乎令人惊讶的憨厚表情看着他们,"你们心里清楚,只有米佳·卡拉马佐夫说这些话,你们不会放在心上,要是一个聪明人说这些话,那他是不会被原谅的,但就因为是米佳说,所以你们才会原谅,哈哈!"

尼古拉·帕尔费诺维奇听后也笑了起来,虽然检察官没有笑,但它的眼睛依然敏锐地盯着米佳,仿佛生怕漏掉他说的每一个字、每一个动作,甚至是脸皮上最轻微的抽搐抖动。

"我们打从一开始就是那样对待您的,"尼古拉·帕尔费诺维奇说,他的脸上仍然带着笑,"我们并没有问您'早上如何起床''早餐吃了什么'来扰乱你,我们从一开始问您的就是极其重要的问题。"

"我明白,我心里清楚,也很感激。我很感激你们现在仍旧对我十分友好。这是一种前所未有的善良,配得上你们那颗高尚的心。我们三个人都是绅士,让我们把一切都建立在有教养又体面的人之间的相互信任上吧,毕竟我们都贵族出身,有着相同的荣誉观。无论如何,请允许我在生命中的这一刻,在我的名誉蒙受耻辱之时,把你们当成我最好的朋友。先生们,这不是在冒犯你们,对吧?"

"相反,您说得太好了,德米特里·费尧多罗维奇。"尼古拉·帕尔费诺维奇语气庄重地赞许道。

"别再问那些琐碎的问题了,先生们,"米佳情绪激动地叫嚷着,"不然,不知道会问到什么时候,不是吗?"

"我完全接受您的明智的建议,"检察官对米佳插话道,"但我并不会撤回我的问题,因为对我们来说,了解清楚您为什么需要这笔钱非常重要,我是指那三千卢布。"

"为什么我需要它?不是因为这就是因为那……好吧,是为了还债。"

"还谁的债？"

"这个问题我坚决拒绝回答，先生们，不是我不能说或是不敢说，或是说出来对我不利，只是因为这实在是一件微不足道的琐事，我拒绝回答还有一个原则性问题：这是我的私事，我不允许别人干涉我的私事。这个问题与本案无关，而任何与这件案子无关的事情都属于我的私事。我想还债，我想偿还一笔关乎我名誉的债，但我不会说出债主是谁。"

"请允许我记下这一点。"检察官说。

"随便，就那样写下来吧，我不会说，坚决不说，我认为说出来会有损名誉。好吧！快写吧，你们正在用大把的时间做毫无意义的事情！"

"请允许我提醒您，先生，如果您不明白，我再一次提醒您，"检察官用一副非常严肃的口吻强调说，"您完全有权利不回答现在向您提出的问题，如果您以这样或那样的理由拒绝，我们也无权强迫您回答，这完全是您个人的决定。但另一方面，在目前的情况下，我们有责任和义务向你说清楚，如果您拒绝提供证词将会给自己造成的危害有多严重。在那之后我请求你继续陈述。"

"先生们，我并不生气……我……"米佳用一种相当不安的语气咕囔着，"好吧，先生们，你们瞧，我当时去找那个萨姆索诺夫……"

当然，我不会再叙述一遍米佳说出的各位读者已经知道的事情。米佳急不可耐地想说清楚一切细节，同时又想快点结束这一切。但因为要记录他的供词，因此不得不时常打断他，米佳非常不喜欢，但还是服从了，虽然他很生气，但态度还算温和，虽然他有时会大叫："先生们，这足以让一个天使失去耐心！"或者是："先生们，激怒我没有好处。"

尽管他大声抗议,却依旧保持着他的那份友好和热情。于是他告诉了他们,两天前,萨姆索诺夫是如何愚弄了他(他现在已经完全意识到自己当时被愚弄了)。为了搞到旅费把表卖了六个卢布这件事是检察官和预审官不知道的,他们对此非常感兴趣。而且他们还认为有必要把这件事记录在案,以进一步证明他当时口袋里连一毛钱都没有,这让米佳极端愤怒。渐渐地,米佳变得粗暴起来。接下来,他叙述了去找戈尔斯特金的过程,以及在小黑屋中险些煤气中毒的事,等等。之后,他又回到了城里,说到这里,他没有被审讯人员特别要求,就开始详细叙述了他因吃格露莘卡的醋而产生的极度痛苦。大家一言不发地仔细听着,还特别了解了一件事,那就是米佳在邻居玛丽亚·孔德拉季耶夫娜家后院设置了一个观察哨,用来监视格露莘卡是否去找过费尧多尔·巴甫洛维奇;以及米佳让斯乜尔加科夫给他报信。这一点他们很重视并且记录了下来。当谈到自己的醋意,米佳虽然很激动,但说得也算详细,虽然在内心深处,他因把自己最亲密的感情暴露给公众让大家耻笑而感到羞愧,但为了还原事情的真相,他显然克制住了羞愧。当他在讲述自己的心路历程时,预审官和检察官用更加严厉的目光盯着他,这让他十分不安。

"几天前,我还跟尼古拉·帕尔费诺维奇谈论女人呢!还有这个病恹恹的检察官,他们根本没有资格听我说这些话,"米佳悲哀地想,"真丢人!哎,忍着吧,保持沉默和驯服的姿态,大丈夫能屈能伸。"米佳用这句话结束了自己的遐想,他强打起精神,继续讲下去。当他讲到去拜访霍赫拉科娃时,他又活跃了起来,甚至想讲一件关于那位女士的小逸事。但预审官阻止了他,并礼貌地建议他去处理"更重要的事情"。最后,他讲述了自己绝望的心情,并告诉他们在离开霍赫拉科娃夫人家后,他甚至想:就算是杀人,他也要弄到三千卢布。他们再一次打断了他,并把他"想杀人"这一点记录了下来,米佳对此毫无意见。最后,他讲到他知道了格露莘卡欺骗了他,他把她送到了萨姆索诺夫家,她虽然亲口说她准备在老人家中坐到半夜,却立刻离开了那里。

"如果我没有杀了菲尼娅,先生们,那一定是因为我当时没时间,"他在讲这个故事时突然说出了这句话。当然,这也被一字一句地记录了下来。米佳脸色阴沉地等他们记完,继续开始讲述他是如何跑进他父亲的花园里的。突然间,预审官打断了他,打开了他旁边沙发上的公文包,拿出了一根铜杵。

"您能认出这个东西吗?"他把东西拿到米佳面前问道。

"啊,当然,"米佳苦笑着说,"我当然认识,让我再看看……算了,去他的吧!"

"您刚刚可没有提到这个东西……"预审官指出道。

"该死的!我并不打算向你们隐瞒什么,但这根铜杵是无论如何都绕不过去的,你们觉得呢?我不过是一时间忘记了罢了。"

"那就麻烦您好好说说,您是怎么把这个物件当作武器的?"

"没问题,我的答案会令你们满意的,先生们。"

于是,米佳描述起了自己是如何拿起铜杵子离开的。

"您把这根铜杵子拿在手上当作武器,到底是什么目的?"

"什么目的?根本没有目的!我当时就是把它拿起来,然后跑了出去。"

"没有什么目的,那为什么把它拿起来?"

米佳的愤怒爆发了。他死盯着那个预审官冷笑一声。他为自己如此真诚、主动地向"这样的人"讲述他吃醋的故事而感到越来越羞愧。

"这该死的铜杵!"他突然间脱口而出。

"可是……"

"我是用来打狗的……好吧,因为天太黑了,不知道会发生什么意外的事情……"

"如果您怕黑,那么以前您出门的时候是否也会随身携带武器呢?"

"该死的,先生们,我实在无法再和你们谈话了!"米佳咆哮起来。说着,他看向文书,涨红了脸,鼓足了气怒吼道,"马上写下来……马上……'我抓起一根铜杵去杀了我父亲……费尧多尔·巴甫洛维奇……用杵子砸烂了他的头!'好了,现在二位满意了吧?先生们?你们心情舒畅了吧?"米佳用挑衅的眼神盯着他们说道。

"我们完全明白,您只是因为对我们感到恼怒,对提问感到不满才有了刚才的发言,您觉得这些提问无关紧要,实际上它们是至关重要的。"检察官的语气十分冰冷。

"好吧,实话实说,先生们!没错,我是拿了根铜杵……在那个时候,一个人会拿起那东西来做什么呢?我不知道用它来干什么。我把它抓起来就跑了,仅此而已。对我来说,先生们,别再提了,否则我发誓我一个字也不会对你们说了。"

他把胳膊肘撑在桌子上,用手托着头,侧身对着他们,凝视着墙,想要克服一种恶心的感觉。他真想站起身来宣布:"即便你们会绞死我,我也不会再吐露一个字了。"

"你们知道的,先生们,"他最终还是用一种极度克制的语气开口了,"你们瞧,我一直听你们的话却被一个梦所困扰着……我总是做这个梦,我经常梦到……某个人在追捕我,某个我十分害怕的人……他在暗夜里跟踪我、追捕我。我会藏在某个地方躲着他,用一种狼狈丑陋的方式躲起来，像是门后或橱柜里，然而最糟糕的是，他明明知道我在哪里，却装作不知道，以此来延长我的痛苦，享受我的恐惧……这就是你们现在所做的事，你们的所作所为跟他一样！"

"您经常做这种梦吗？"检察官询问道。

"是的，是的，难道你们不想把它记录下来吗？"米佳说，此时他脸上的笑容有点扭曲。

"不，没必要把它记录在案，但您的梦还是挺有意思的。"

"如今这可不是梦的问题，先生们，这是现实，这是现实啊！我是一匹狼，而你们是猎人！"

"您打这样的比方是错的。"尼古拉·帕尔费诺维奇用一种异常温和的语气说道。

"不，我一点都没有错！"米佳的情绪又爆发了。不过，一阵突如其来的愤怒被释放之后，米佳的心里感到轻松了些，再说话时，他的语气变得平和了些。"你们可以不信任一个罪犯或是一个因你们的提问而饱受折磨的人，但是，他真的是一个高尚的人，一个内心高尚的正人君子……我可以大胆地说！你们必须相信他，你们没有权利不去相信他……可惜啊……保持冷静吧，我的心灵啊，保持耐心、谦卑、平静吧！还让我继续说下去吗？"他阴郁地问道。

"当然，如果您乐意。"尼古拉·帕尔费诺维奇回答道。

第五节　第三次磨难

虽然米佳在交代时闷闷不乐，但很明显，他的叙述比之前更加细致，生怕忘记或错过一点细节。他告诉他们自己是如何翻墙进入他父亲家的花园中的，又是如何走到窗户前的，还告诉了他们自己在窗户下干的事。他字句清晰、语言准确地描述了自己当时的感受。那时他迫不及待地想知道，格露莘卡是否在他父亲的房间中。奇怪的是，这时的预审官和检察官只是不动声色地听他诉说，表情冰冷地看着他，提问也比之前少了，米佳从他们的脸上读不出什么有用的信息。

"他们生气了，"他想，"算了，去他的吧！"

当他描述了他最后如何下定决心给他父亲"暗号"，让他以为格露莘卡来了，诱使他打开窗户时，检察官和预审官并没有注意到"暗号"这个词，好像他们完全不能理解这个词具有多么重要的意义，这点就连米佳都注意到了。最后，看见父亲从窗户探出身子时，他的仇恨爆发了，他从口袋中掏出铜杵的那一刻，他突然有意识地停止了讲述，他坐在那里凝视着墙，同时注意到他们的目光正盯着自己。

"怎么了？"预审官说，"您把武器拿了出来……接下来发生了什么？"

"接下来？怎么，接下来我谋杀了他……我敲了他的头，打碎了他的颅骨……按照你们的想法一定是这样。"

他的眼睛突然间亮出凶狠的光芒。他的怒火突然间复燃，灵魂也被极端的暴力所填满。

"在我们看来，应该是这样，"尼古拉·帕尔费诺维奇重复道，"那么，您是怎么样做的呢？"

米佳闭上眼睛，沉默了很久。

"我吗？先生们，是这样的，"他开始轻声地说，"不知是因为谁的眼泪，还是我妈妈的祈祷，又或是一个善良的天使在那一刻吻了我——我不知道，但我心中的魔鬼被制服了。我离开窗户冲向围墙，我父亲被吓到了，他第一次看清了是我，便大声叫了起来，从窗户旁缩了回去，这些我记得很清楚。我跑着，穿过花园来到围墙边……但当我坐在围墙上时,格里高利抓住了我。"

这时,他终于抬起了眼睛看向了他的听众。他们正不动声色地注意着他,米佳的心中此刻又掀起了一阵愤怒的波澜。

"怎么?你们此刻像是在嘲笑我,先生们!"他突然间停止了讲述。

"您为何这么想?"尼古拉·帕尔费诺维奇问道。

"你们连一个字都不相信,这就是原因!我明白我已经讲到了关键的时刻:那个老人躺在那里,头骨碎了,而我……戏剧性地讲述了自己是如何想杀他,又是如何抓起了铜杵,最后却从窗户前跑开了……简直像在讲故事!简直是在写诗!如何能相信这种人说的话!哈哈,你们一定是在嘲笑,先生们!"

他剧烈地扭动了一下身体,椅子嘎嘎作响。

"有个细节您注意到了吗?"检察官忽然开口,似乎完全不在乎米佳激愤的心情,"当您从窗子前面离开的时候,侧屋通向花园的门是不是开着的?"

"没有,没有开。"

"确定没有开?"

"门是关着的,谁能把它打开?天哪!门!等等!"米佳像是突然意识到了什么事情,打了一个寒战,"怎么了,难道你们发现门是开着的?"

"是的,它是开着的。"

"如果不是你们把门打开的,那还会有谁呢?"米佳非常惊讶地叫道。

"门是敞开着的,谋杀您父亲的人无疑是从那扇门进去的,作案后又从同一扇门出去的,"检察官慢条斯理地说着,"这一点很清楚,凶案是在房间中发生的,您父亲并不是隔着窗户被杀害的,根据对现场的勘察、尸体的位置以及所有的情况都可以得出这个结论,这一点没有异议。"

米佳完全惊呆了。

"但这是不可能的!"他大叫了起来,完全不知所措,"我……我没有进屋……我可以肯定地、非常肯定地告诉你,从我走进花园到跑出花园,那扇门一直是关着的!我只是站在窗户边,透过窗子看他。就这些,这就是全部……直到最后一分钟我全记得,就算我不记得,也一样能知道。因为我晓得,除了斯乜尔加科夫没人知道暗号,只有我,还有那个死掉的人。如果没有暗号,他不会为任何一个人开门。"

"暗号?什么暗号?"检察官带着近乎歇斯底里的神情好奇地问道。他瞬间失去了他的一切矜持和体面,语气中充满了小心翼翼。因为他发现了一个自己一无所知的重要事实,生怕米佳不愿意将它说出来,因此感到十分恐慌。

"原来你们还不知道啊!"米佳带着恶意和嘲弄的微笑向他眨了下眼睛,"假如我不告诉你们呢?你们还能从谁那里知道?除了我父亲、斯乜尔加科夫和我之外,没有人知道这些暗号,仅此而已。老天也知道,但它不会告诉您。这个细节很有意思,您不知道可以通过它得出什么结论来。哈哈!放心,先生们,我会说出来的,你们心中有一些愚蠢的想法,你们不了解自己正在对付的这个人,你们正在和一个敢于说出对自己不利的证言、敢于让自己受伤的嫌疑人打交道,是的,正因为我是个正人君子而你们不是!"

检察官咽下了这口气,他因为急于了解这个新的细节而浑身发抖,米佳确切而详尽地向他们讲述了费尧多尔·巴甫洛维奇为斯乜尔加科夫设计的暗号。他告诉他们每一种敲窗子的方法所代表的含义,还在桌子上演示给他们听。

尼古拉·帕尔费诺维奇问米佳，当他试图引出他父亲时，用的是不是"格露莘卡来了"的暗号，他的回答很明确，他在窗户上敲出的暗号正是"格露莘卡来了"。

"现在，你们可以用这些素材来建塔了。"米佳不再提供证言，轻蔑地转过身去背对着他们。

"没有人知道这些暗号，除了您已故的父亲、您的仆人斯乜尔加科夫，还有您？真的没有人了吗？"预审官尼古拉又确定了一遍。

"是的，除了男仆，还有老天。把老天也记下来，到时或许有用。另外，或许你们还需要用到上帝。"

当然，他们已经开始记录了。记录时，检察官似乎产生了一个新的想法，突然说道："但是，如果斯乜尔加科夫也知道这些暗号，而您完全否认自己对您父亲的死负有责任，有没有可能，是他敲响了约定的暗号，诱使您父亲为他开门，然后……实施了犯罪？"

米佳用饱含讥讽和深刻仇恨的目光看着他，沉默地凝视了他很长时间，最后迫使检察官不自然地眨了下眼。

"您又一次抓住狐狸啦，"米佳终于开口说道，"你抓住了野兽的尾巴，哈哈！我看透您了，检察官先生。当然，您觉得我应该跳起来抓住您的暗示，竭尽全力地喊出来'啊！是斯乜尔加科夫，他就是凶手！'您就是这么想的，您承认了我才会继续说下去。"

但检察官没有承认，他默不作声地等待着。

"您错了，我不会那样喊的。"米佳说。

"您甚至一点都不怀疑他？"

"怎么，你们怀疑他吗？"

"他也是怀疑对象。"

米佳低下了头，眼睛盯着地板。

"好了,我开玩笑的。"他忧郁地说道,"听着,从一开始,差不多从我从布帘后面跑向您的那一刻,我就已经想到斯乜尔加科夫了。我坐在那里,一直在喊着'我是无辜的',心里一直在想着'凶手就是斯乜尔加科夫',他一直在我的脑子里。就在刚才,我还认为一定是他,但现在,我想'凶手不是斯乜尔加科夫',这不是他干的,先生们。"

"除了他之外,您还有其他怀疑的目标吗?"尼古拉·帕尔费诺维奇小心翼翼地问道。

"我不知道,可能是别人,也有可能是上帝或者撒旦,但是……绝不可能是斯乜尔加科夫。"米佳果断地喊道。

"为什么您能如此坚决地断定不是他干的呢?"

"凭信念,凭印象。因为斯乜尔加科夫是个极端卑鄙的小人,还是个懦夫,他不是普通的懦夫,而是将这个世界上所有的胆怯集于一身的用两条腿走路的动物。他就是只母鸡!跟我说话时,他总是颤抖着,害怕我杀了他,尽管我从来没有动过他一根手指头。他趴在我脚边,吻我的靴子,哭着'让我不要吓唬他',你们听到了吗?'不要吓唬他',这是什么话?我还会赏他钱呢。他还有癫痫,连八岁的孩子都敢揍他。难道他算得上是个人吗?凶手不是斯乜尔加科夫,先生们,他不喜欢钱,他也不接受我的馈赠。再说,他谋杀老头子的动机是什么?何况,很有可能他是老头子的儿子,你们懂的,私生子,你们知道这件事吗?"

"我们听过这个传闻,但您不也是您父亲的儿子吗?您不是也不止一次地叫嚣着要杀掉您的父亲吗?"

"你们这是在挑刺!这种说法既肮脏又刻薄,但我可不怕!啊,先生们,你们对我说这种话是不是太卑鄙了?说你们卑鄙是因为这些是我主动告诉你们的。我不仅想杀他,甚至有可能真的杀了他,更重要的是，我是主动告诉你们我差点儿杀了他。但我并没有杀他，你们看，我的守护天使救了我，这是你们没有想到的。因此，我说你们太卑鄙了！我没有杀他！我没有杀他！你们听到了吗，我没有杀他！"

米佳几乎快要窒息了，在整个审讯过程中，他还从没有如此激动过。

"他对你们说了什么，先生们，我指的是斯乜尔加科夫，"他突然停顿了一下，问道，"我可以问这个问题吗？"

"您可以提问，"检察官冷漠又严肃地回答道，"任何与案件有关的问题都可以问，而我们，我再强调一遍，我们有义务回答您提出的每一个问题。我们发现，您问的那个仆人斯乜尔加科夫现在正躺在床上昏迷不醒，他的癫痫发作得很厉害，可能已经重复发作十次了，和我们在一起的医生见到他后告诉我们，他可能熬不过今晚了。"

"好吧，如果是这样，那凶手一定是魔鬼了！"米佳突然说道，好像直到那一刻，他还在问自己："到底凶手是不是斯乜尔加科夫？"

"我们稍后再回到这个问题上，"尼古拉·帕尔费诺维奇下决定说，"现在您不想继续您的供述吗？"

米佳要求休息一下，他的请求被很客气地允许了。休息之后，他继续讲述故事，但他显得很沮丧，他饱受折磨，精神上受到打击，同时感到屈辱，更糟糕的是，检察官依然无理地用"琐碎的小事"来打断他。米佳刚说到他怎样坐在墙头，用铜杵敲打抓住他左腿的格里高利的头，接着又跳下来查看被他打倒的人时，检察官立刻让他停住，并让他详细描述一下他是如何坐在墙头上的。米佳对此感到很惊讶。

"啊，我就是像这样跨坐着的，一只腿在墙的这边，一条腿在墙的另一边。"

"铜杵在哪里？"

"铜杵在我手里。"

"不在您的口袋里吗？您还记得吗？您砸他那一下时用力很猛吗？"

"应该很用力，您为什么要这样问？"

"那您是否介意坐在椅子上，就像你坐在墙头上那样，向我们演示一下您的手臂是如何挥动的，以及朝哪个方向挥动？"

"您是在耍我吧？"米佳傲慢地望着说话的人问道，但对方连眼皮都没眨一下。

米佳突然转过身，跨坐在椅子上，挥舞起胳膊来。

"我就是这样打他的！我就是这样把它打倒的！你们还想知道什么？"

"谢谢，麻烦您解释一下为什么您还要跳下来？抱着什么目的，又有什么用意？"

"啊，真该死，我跳下去是为了去看那个被我打伤的老人……我也不知道为什么要那样做！"

"但您当时是不是慌慌张张地准备逃跑吗？"

"是的，我很慌，然后跑了。"

"您是想帮助伤者吗？"

"救命啊！是的，也许我是想帮助他……我记不起来了。"

"您记不起来了？也就是说您当时思维混乱，不知道自己在干什么，对吗？"

"当然不是！我记得每一个细节！我跳下墙来看他，还用我的手帕擦了他的脸！"

"我们看到了您的手帕。您是不是希望被您打倒的人能重新醒过来？"

"我不知道自己是不是有这样的希望,我只是想确认他是否还活着。"

"这么说,您是想确认一下?结果呢?"

"我不是医生,我当时没法断定。我以为我杀了他,没想到现在他醒过来了。"

"好极了,"检察官说道,"谢谢。这些就是我想了解的,请继续。"

米佳虽然记得,但真相却是:他根本不想告诉他们自己跳下去的原因是出于怜悯。他甚至还走到了格里高利面前说了好几句懊悔的话:"你真是太倒霉了,老头,我丝毫没有办法,你必须躺着。"

检察官这时已经得到了一条结论:这个人在这样的时刻,在相当仓皇的情况下跳回去,只是为了确定凶案唯一的目击证人是否已经死亡。由此可见,即便在这样的时刻,他依然是一个内心强大、头脑冷静、果敢又有远见的人……检察官满意地想:"我用'琐事'来刺激这个紧张的家伙很有效果,他果然说漏嘴了……"

米佳继续痛苦地交代起来,但马上,他的话又一次被尼古拉·帕尔费诺维奇打断了:"当时您的双手和脸上都沾着鲜血,您是怎么跑去见女仆菲尼娅的?"

"我一直都没有注意到身上有血。"米佳答道。

"这种情况倒是经常出现。"检察官和尼古拉·帕尔费诺维奇交换了一个眼神。

"我确实没有注意到,检察官先生,您说得在理。"米佳突然回答说。

接下来的故事便是米佳突然决定"退出",为他们的幸福让路了,但他此时无法下定决心再像之前那样对他们敞开心扉,告诉他们与自己的女王有关的事了。他不想在这些冷漠地、"像虫子般叮着他不放的人"面前谈论她,因此,在回答他们反复提出的问题时,他的语言简单又干脆。

"好吧,我下定决心要自杀。这世上还有什么值得我留恋的呢?这个问题就这样自然而然地出现了。她那个无可争辩的旧情人回来了,那个男人曾经错怪了她,但五年后他又带着爱意回到她身边,还准备用婚姻弥补自己犯下的过错……所以我明白,这一切对我来说都结束了……我背负着耻辱,还有格里高利的血债……我活着还有什么意思?所以我去赎回了抵押的手枪,上好膛,准备明天把一颗子弹送进我的脑袋里。"

"还在前一天夜里搞一场大型宴会?"

"是的,在前一天晚上搞场大型宴会。该死的,先生们!我们快一点结束吧。我打算在早上五点钟时,在离这里不远的村子中开枪,我的口袋里已经有张纸条了,我在别尔霍津家里装子弹时就写好了。纸条在这儿,读它吧!我可不是为你们而写的。"他语气轻蔑地补充道。他从背心的口袋里把纸条掏出来扔在桌子上。检察官和预审官好奇地读了一遍后,像往常一样,把它夹进了与此案有关的文件中。

"您甚至没有在别尔霍津先生家里洗个手吗?您难道不害怕引起别人的怀疑吗?"

"怀疑什么?不管会不会被怀疑,我同样都会飞奔到这里来,在五点时结束我的生命,那时你们什么事情都来不及做。如果不是发生我父亲的案件,你们什么都不会知道,也不会来到这里。啊,这是魔鬼干的事!是魔鬼杀了我父亲,你们是通过魔鬼才迅速地了解到这么多的情况。你们是如何这么快就到达这里的?这简直是一个梦,不可思议!"

"别尔霍津先生告诉我们,您去他家里的时候,手上全是血,手里还拿着……很多钱……这些钱都是百元大钞,就连他们家的小男仆都看到了。"

"没错,先生们,我记得是这样的。"

"现在有一个小问题出现了。您能不能告诉我们,"尼古拉·帕尔费诺维奇语气特别温柔,"您是从哪里得到这么多钱的?根据事实情况,按时间来推算,您当时没有回家吧?"

如此直截了当的问题让检察官皱起了眉头,但他没有打断尼古拉·帕尔费诺维奇。

"不,我没有回家。"米佳的回答显得很镇定,但他的眼睛一直盯着地板。

"那么请允许我重复我的问题,"尼古拉·帕尔费诺维奇继续说着,似乎在接近自己的目标,"您是从哪里一下子搞到这么多钱的?因为根据您的证词,您在傍晚五点钟的时候……"

"我还缺十卢布,所以才把自己的枪抵押给别尔霍津,接着我跑去霍赫拉科娃太太家借三千卢布,但她没有借给我,"米佳突然语气尖锐地打断了他,"是的,先生们,我想要这笔钱,接着,这几千块钱就出现了,对吧?你们知道吗?先生们,你们是不是挺害怕我不交代我是从哪儿得到这笔钱的?我不会告诉你们的,先生们。你们猜对了,我不会说的。"米佳非常坚决地一字一句地说道。预审官沉默了一会儿。

"您要明白,卡拉马佐夫先生,"尼古拉·帕尔费诺维奇语气温柔又冷静地说,"我们必须知道您的钱到底是从哪里来的,这很重要。"

"我明白,但我还是不会告诉您的。"

检察官这个时候也加入了对话,他一再提醒嫌疑人,如果嫌疑人觉得这样对自己有利,当然可以选择不回答他们的问题。但是考虑到在这种问题上保持沉默,可能会对嫌疑人造成危害……

"等等，先生们，等等，够了！这话我之前听过了。"米佳再次打断了他的话，"我很清楚这有多么重要，这是案件的关键点，但我仍旧不会说。"

"这和我们有什么关系呢？这对我们来说无关紧要，但对你事关重要，你这样做是在伤害自己。"尼古拉·帕尔费诺维奇语气有些紧张地说。

"好吧，先生们，玩笑到此为止，"米佳抬起眼皮，目光严肃地看向他们，"我从一开始就能预感到，我们在这一环节上会产生争执的。起初我提供证词的时候，这些还很远很模糊，一切都很飘渺，我甚至还天真地建议我们彼此之间要相互信任，现在我明白了，这种信任是不可能有的，因为我们一定会遇见这块该死的绊脚石。现在我们果真遇到了，相互信任确实不可能，一切也该结束了！但我不会怪你们的，你们不会轻易相信我所说的，我十分理解。"

米佳闷闷不乐，默不作声。

"您能不能在不违背您对这个最关键的问题上闭口不言的意愿的同时，为我们提供一些小小的暗示：究竟是什么强烈的动机让您拒绝回答这个问题呢？"

米佳有些出神地苦笑了下。

"我的脾气比你们想象得要好多了，先生们，我会告诉你们理由，还会给你们暗示，尽管你们不配。我之所以不愿意说，先生们，是因为这是我名誉上的污点，如果我谋杀并抢劫了我的父亲，那么，我从哪里得到这笔钱的答案会让我背负上比弑父劫财更大的耻辱，这就是为什么我不能告诉你们的原因。我害怕丢脸，如何？先生们，你们打算把这些也记录下来吗？"

"是的，我们当然要记录下来。"尼古拉·帕尔费诺维奇支支吾吾地说。

"关于'耻辱'的话你们不应该记录。我刚才对你们说这些,纯粹是因为我这个人心地善良罢了,我本可以什么都不说的,可以说这是我送给你们的礼物,但你们却揪住不放。行吧,写吧,想写什么就写什么吧……"米佳轻蔑地说道,"我不惧怕你们,在你们面前我感到自豪。"

"您能告诉我们这是一种什么样的耻辱吗?"尼古拉·帕尔费诺维奇冒失地问道。

检察官听后紧紧地皱起了眉头。

"不,不,到此为止了,你们别再费劲了,我犯不着再弄脏自己了,我已经因为你们把自己弄得够脏了,你们不值得,没人值得。够了,先生们,我不打算再继续说什么了。"

话已经说成这样,尼古拉·帕尔费诺维奇也就不再坚持了,但他从检察官伊波利特的眼神中看出,他还没有死心。

"至少请您告诉我们,当时您到别尔霍津先生家里时,手里拿着的这叠钞票有多少钱?"

"我不能告诉您。"

"我相信您似乎对别尔霍津先生说过,您是从霍赫拉科娃太太那里得到的三千卢布吧?"

"或许是吧,够了,先生们,别问了,我不会说我当时拿了多少钱的。"

"那么,您能告诉我们您是怎么来到这里的吗?以及您抵达这里后都干了些什么事?"

"哎呀!这个问题您可以问问这里的人,不过我可以告诉您。"

他照实说了,但我们就不再重复他的叙述了。他的叙述简单枯燥,关于爱情方面的欣喜他什么都没说，但他告诉他们，因为一件"新发生的事"，他打消了开枪自杀的念头。他在叙述时没有再讲述任何细节。这一次，预审官和检察官没有过多地打扰他，很明显，已经没有什么细节能引起他们的兴趣了。

"我们会核实您所说的一切。在询问证人时可能还会提到，当然，到时会当着你的面进行。"尼古拉·帕尔费诺维奇在结束时说道，"现在请允许我要求您，把您身上所有的东西都放在桌子上，尤其是您身上所有的钱。"

"我的钱，先生们？当然，我明白这是惯例，我还惊讶你们之前怎么没有提到这件事。毋庸置疑，我现在哪儿也不能去。我就坐在你们的视线范围内。这些是我的钱，数数，拿走吧。我觉得所有的都在这儿了。"

米佳掏出了兜里所有的钱，甚至连两枚二十戈比的零钱都从背心的侧兜里摸了出来。经过清点，他身上所有的钱共计八百三十六卢布四十戈比。

"就这些吗？"预审官问道。

"根据您刚才的供述，您在普罗特尼科夫的店里花了三百卢布，给了别尔霍津十个卢布，给了马车夫二十卢布，在这里赌输了两百个卢布，然后……"

尼古拉·帕尔费诺维奇把所有账目核算了一遍，米佳也欣然帮忙。他们把每一个戈比都列了出来加入总账中，尼古拉·帕尔费诺维奇匆匆地算出了总额。

"连同现在的这八百卢布，您起先总共有一千五百卢布？"

"我想是的。"米佳厉声说道。

"那为什么大家都说远远不止这个数目呢？"

"随他们怎么说。"

"您自己也这样说过。"

"没错,我也说过。"

"这一切我们会向还没有接受我们调查的其他人取证,不用担心您的钱,我们会保存好的,这一点请您放心……调查工作才刚刚开始,等到结束时,如果我们能在法律上证明您对这笔钱拥有无可争辩的权利,自然会还给您。好了,现在……"

尼古拉·帕尔费诺维奇忽然站起身来用强硬的口吻向米佳宣布,他有义务立即对他进行从上到下的彻底搜查,"包括您身上的衣服以及其他的一切"。

"好啊,先生们,如果你们喜欢,我把所有的口袋都翻过来。"

他说到做到,真的把自己的口袋一个个地翻了过来。

"您还需要把衣服全脱下来。"

"什么?脱衣服?啊!该死的!你们就这样搜我的身不行吗?嗯?"

"无论如何都不行!德米特里·费尧多罗维奇,您必须把衣服脱了!"

"随您吧,"米佳面色阴沉地服从了,"不过,请不要让我在这里脱,去布帘后面吧。谁来搜身?"

"当然,要在布帘后面。"

尼古拉·帕尔费诺维奇微微点头表示同意,脸上露出了庄重的表情。

第六节　检察官抓住了米佳

随后发生了一件出乎意料的事,这让米佳措手不及,甚至在一分钟前,他还想不到有人竟敢这样对待他,这样对待米佳·卡拉马佐夫!最重要的是,这些人用的是"傲慢且轻蔑"的态度,这令他感到无比屈辱。脱下外套并没什么,但他们要求米佳继续脱,与其说是"要求",不如说是"命令"更确切一点。出于自尊和对他们的蔑视,米佳一言不发地答应了。有几个乡下人陪着检察官和预审官一起来到了布帘后面,他们的作用就是在得到允许时动用武力。"也许还会有别的意图。"米佳心想。

"那么,连我的衬衫也必须得脱吗?"他恼怒地问道。但尼古拉·帕尔费诺维奇没有回答他。他正忙着和检察官一起检查米佳的外套、裤子、背心和帽子,显然,他俩都对审查很感兴趣。"真是不讲一点情面,"米佳心想,"就连最基本的礼貌都不顾了。"

"我已经是第二遍问你们了,需不需要我继续脱下衬衫?"他用比刚才更加粗鲁和恼火的语气说道。

"不用您操心,我们会告诉您该干什么。"尼古拉·帕尔费诺维奇说,语气中满是官腔,至少米佳是这样认为的。

此刻,预审官和检察官正在进行商量,原来他们在外套上(尤其是左后背处)发现了一大片已经干硬的血迹,裤子上也有。此外,尼古拉·帕尔费诺维奇在现场那些乡下人的见证下,用手指摸着衣领、袖口和衣缝,很显然是在找钱。嫌犯把钱缝在了衣服里!这种赤裸裸的怀疑他甚至没有在米佳的面前掩饰一下。

"他们根本没把我当成一个军官,反而认为我是个贼!"米佳自言自语着。

搜查者们在交流想法时惊人地坦率,比如,文书就直言不讳地提醒尼古拉·帕尔费诺维奇注意那顶之前已经被检查过的帽子。

"你们还记得文书格里建卡吗?"文书说道,"去年夏天他领取了全办公室的人员工资,后来假装在喝醉后弄丢了钱,知道后来在哪找的吗?没错,就在他的帽子里。那几百卢布的钞票被卷成了小筒状,缝在了帽边里。"

他们都记得格里建卡的这件案子,于是把米佳的帽子放在一旁,决定稍后对他的衣物进行更彻底的搜查。

"打扰一下,"尼古拉·帕尔费诺维奇突然大叫起来,他注意到米佳卷起的右边袖子上满是血迹,"不好意思,那是什么,血吗?"

"是的!"米佳大声回复道。

"是什么血?还有,为什么要把袖口卷起来?"

米佳告诉他,这是在查看格里高利的伤势时不小心沾上的血迹,又在别尔霍津家里洗手时把袖口卷了上去。

"您必须脱下您的衬衫,这是非常重要的物证。"

米佳勃然大怒,脸涨得通红。

"怎么?我要一直裸着吗?"米佳大吼道。

"别担心,我们会安排好的。还有,现在需要您脱掉袜子。"

"您在开玩笑吗?真的有这个必要吗?"

米佳的眼中闪着怒火。

"我们没心情开玩笑!"尼古拉·帕尔费诺维奇严厉地回答道。

"好吧!如果我必须要这样……"米佳一边小声嘀咕着,一边坐在床上脱袜子。此刻,他已经尴尬到无法忍受。在场的所有人都穿着衣服,就他一个人光着身子。说来也奇怪,米佳在这群穿了衣服的人中间一站,马上就感觉自己有罪了,似乎觉得自己就是低他们一等,他们完全有权利瞧不起他。

"如果所有人都不穿衣服,就不会感到羞耻,但如果只有一个人裸着,并且其他人都看着他时,这就太有辱人格了!"他一遍又一遍地对自己重复着这个想法,"真像在做梦,我有时也会梦到自己处于如此羞耻的境地中。"脱掉袜子此刻对他来说是一种痛苦。袜子很脏,他的内衣也很脏,每一个人都看到了。更糟糕的是,他非常讨厌自己的脚,他从小到大都觉得他的两个大脚趾长得很可怕,特别是右脚的指甲,像一颗粗糙、扁平、向下弯曲的钉子,现在大家都瞻仰过它了。带着一种难以忍受的羞愧,他用粗暴的动作脱下了衬衫。

"如果你们不害臊的话,还要不要看看其他部位?"

"不,暂时没有必要。"

"莫非我要一直这样裸着吗?"他怒气冲冲地说道。

"是的,暂时只能先这样……先坐下来等一会儿吧,您可以把自己裹在被子里,我……会处理好这些的。"

所有的物品都给证人看过了,调查报告也写好了,最后,尼古拉·帕尔费诺维奇出去了,米佳的衣物随后也被送了出去。检察官伊波利特也跟着走了出去。那群乡下人和米佳待在一起,他们一直默默地站着,目光始终在他身上。米佳把自己裹在被子里,他觉得很冷。被子不够长,他不得不把光脚露出来。尼古拉·帕尔费诺维奇好像已经离开很久了。

"这真是一段令人难以忍受的时光!他们简直把我当成了一条狗!"米佳咬牙切齿地想着,"那个讨厌的检察官走了,他大概是瞧不上我,看到我的裸体令他觉得恶心!"

米佳一直以为衣服被检查完后会归还于他,但当尼古拉·帕尔费诺维奇回来后,米佳看见他的身后跟着一个捧着一套新衣服的乡下人时，他又愤怒了。

"这些是给您穿的衣服，"他随口说道，似乎对自己做的安排很满意，"好心的卡尔甘诺夫先生为这次不寻常的突发事件提供了这些东西，还给了您一件干净的衬衫。幸运的是这些东西他的箱子里都有。您可以穿上自己的袜子和内衣。"

米佳火冒三丈。

"我不想要别人的衣服！"他恶狠狠地喊道，"把我的衣服给我！"

"不可能。"

"给我自己的衣服！该死的卡尔甘诺夫，让他和他的衣服见鬼去吧！"

他们劝了他很久，终于让他冷静了下来。大家告诉米佳，他的衣服上沾染了血迹，必须"和其他证物放在一起"，还告诉他"在案件了结之前……他们没有权利让他拿回衣服"。米佳终于明白了，他脸色阴郁不再吱声，匆匆地穿好衣服。他穿衣服的时候注意到，这些衣服比他自己的旧衣服好很多，但他不喜欢"占便宜"。除此之外，"这件外套有些紧，我穿上它后难道不像一个……供你们取乐的小丑吗？"

他们劝他没那么夸张，卡尔甘诺夫只是稍微比他高一点，所以只有裤子稍微有点长。但这件外套的肩膀处真的很紧。

"真是该死！我很难扣上扣子，"米佳抱怨道，"烦请代我转告卡尔甘诺夫先生，并非是我向他借衣服，这不是我的本意，而是他们要把我打扮成一个小丑。"

"他明白这一点，而且感到很抱歉……我的意思是，不是因为借给您衣服而抱歉，而是为整件事感到惋惜。"尼古拉·帕尔费诺维奇咕哝道。

"他的惋惜真令人困惑！好吧，现在该去哪？还是一直坐在这里吗?"

他被要求回到"另一个房间",米佳愤怒地皱着眉头走了进去,尽量避免看其他人。他穿着另一个人的衣服,感到无比羞耻,甚至在乡下人和店主特里方·波里赛琪的面前也有这种感觉。好在出于某种原因,特里方·波里赛琪刚出现在门口就消失了。"他准是来看我穿了别人的衣服是什么样子的。"米佳心想。他一屁股坐在之前坐过的椅子上。他仿佛产生了一种噩梦般的荒唐感,他觉得自己快要疯了。

"现在你们要做什么?要鞭打我吗?只剩下这招了吧?"他咬着牙对检察官说道,他没有去看尼古拉·帕尔费诺维奇,好像他不屑跟他说话似的。

"他仔细凑近看了我的袜子,还把它们翻了过来,故意让每个人看到它们有多脏,这个浑蛋!"

"下面要开始传讯证人了。"尼古拉·帕尔费诺维奇似乎是在回答米佳的提问。

"没错!"若有所思的检察官说道,天晓得他的脑子里在盘算着什么。

"德米特里·费尧多罗维奇,我们已经尽可能地保护您的合法权益了,"尼古拉·帕尔费诺维奇继续说道,"但由于您拒绝向我们提供关于这笔钱款的细节,现在我们……"

"您这枚戒指上面镶嵌的是什么?"米佳突然打断了预审官的话,他似乎刚刚从遐想中醒了过来,他指着尼古拉·帕尔费诺维奇右手上三枚大戒指的中间那枚问道。

"戒指?"尼古拉·帕尔费诺维奇用一种震惊的语气重复道。

"是的,就是那枚……您中指上那枚戒指,对,有纹理的,这是什么宝石?"米佳固执地问道,像个脾气暴躁的孩子。

"这是茶晶,"尼古拉·帕尔费诺维奇笑着说,"先生,您要看看吗?要不要我给您摘下来……"

"不,不用摘下来了!"米佳恶狠狠地吼道,像是大梦初醒一般,对自己很是恼火,"不需要摘下来……根本没有必要……该死!先生们,你们玷污了我的心!如果我真的杀了我父亲,我会对你们隐瞒、撒谎,甚至畏罪潜逃吗?不,这不像德米特里·卡拉马佐夫,他做不到,如果我真的有罪,我发誓我不会等到你们到来,或是像起初我打算的那样等太阳升起之后,在这之前我就自杀了,不用等到黎明!我十分清楚自己一定会这样做。在这个诅咒的夜晚,我学到的东西比我过去二十年学到的都要多……而且,如果我真的是弑父凶手,在今夜,在此刻,坐在你们面前的我还会说出那些话,做出那些事,还会真诚对待你们和整个世界吗?即使我误杀了格里高利,我也彻夜难眠——不是出于恐惧,不仅仅是因为害怕受到你们的惩罚!真是可耻啊!而且你们还指望我会对你们这群什么也看不见、什么也不会相信、喜欢愚弄别人的人,对你们这群瞎眼的鼹鼠和嘲笑者们,透露我做过的其他卑劣的事,给自己增添新的耻辱吗?即使那样做能让自己免于指控,我也不会这么做!不,最好去西伯利亚服劳役!是谁打开了门,从那扇门走了进去,杀了我父亲,这个人是谁?我绞尽脑汁也想不出答案。但我可以告诉你们绝不是德米特里·卡拉马佐夫,这就是我能告诉你们的全部,这就够了,够了,离我远点……流放我吧,惩罚我吧,但别再来烦我了,我不会再说任何话了,叫你们的证人吧!"

米佳说出了他的内心独白,似乎下定决心在这之后要彻底沉默,检察官全程注视着米佳,他刚一停止说话,便立刻用一种极其冷淡、镇定,好像在谈论一件最平常的事情般的口气说道:"对了,关于您刚才说的那扇敞开的门,我们不妨告诉您一件事,这件事不管是对您还是对我们都很重要,被您打伤的老人格里高利提供了一项非常有趣的证据。他醒后,在回答我们的问题时清楚地强调,当他走下台阶,听见花园里有噪音时,他决定从那扇开着的小门进入花园。在他发现您逃跑之前,就如您供述的那样,他瞟了一眼左边,注意到窗户正打开着。与此同时,那扇离他非常近的门也是敞开着的,但是据您所说,您在花园里时那扇门一直是关着的。不瞒您说,格里高利坚持认定您是从那扇开着的门里跑出来的,当然,他并没有亲眼看见您是从那里跑出来的,因为他看见您时,您已经离他有一段距离了,那时您正在花园中心,朝着围墙跑去。"

米佳在他说到一半时就从椅子上跳了起来。

"胡说!"他突然疯狂地喊道,"这是一个赤裸裸的谎言!他不可能看见门开着,因为门一直是关着的!他在撒谎!"

"我觉得我有责任重申一遍,我们已经反复盘问他好几次了,而他的证言十分肯定和坚决。"

"的确,我确实已经盘问过他好几次了。"尼古拉·帕尔费诺维奇热心地证实道。

"这是假的,假的!这要么是他企图诽谤我,要么就是那个疯子的幻觉!"米佳仍旧喊着,"他因为受伤,因为流血过多而神志不清了,他一定是醒来后产生了幻觉,他在说胡话!"

"您说得没错,但他注意到门是开着的时候,不是在他受伤醒来之后,而是之前,他刚从侧屋走进花园时。"

"但这是假的,是假的!事实完全不是这样!他在恶意诽谤我……他不可能看见门是开着的,我不是从门里跑出来的!"米佳气急败坏地说道。

检察官转过身对尼古拉·帕尔费诺维奇郑重其事地说:"把那个东

西拿给他看。"

"您认出这个东西了吗?"

尼古拉·帕尔费诺维奇在桌子上放了一个又大又厚的信封,信封上的三个火漆印还在,但信封已经空了,一端被拆开了。米佳睁大眼睛盯着它看。

"这……这一定是我父亲那个装了三千卢布的信封……如果上面还写着字,请让我看看,'给我的小鸡'……没错,上面写着三千卢布!"他大叫道,"你们看到了吗?写着三千卢布,你们看到了吗?"

"我们当然看见了,但我们在里面没有找到钱,它是空的,被丢在屏风后面床边的地上。"

米佳站着愣了几秒钟,像是被雷击中一样。

"先生们,是斯乜尔加科夫!"他突然间用最大的嗓门喊了起来,"他就是凶手,还抢走了钱!没有人知道老头把信封藏在了哪里,凶手就是斯乜尔加科夫!事情现在很清楚了!"

"但是您也知道那个信封,知道它就藏在枕头下面。"

"我从不知道,也从没有见过它。这是我第一次看到它。我之前只是从斯乜尔加科夫那里听说过……他是唯一一个知道老头把它藏在哪里的人,我并不知道……"此时的米佳快要窒息了。

"但您告诉过我们,信封就在您已故的父亲的枕头下面,您确实说过它就在枕头下面,所以您一定知道。"

"我们之前还记下来了。"尼古拉·帕尔费诺维奇证实道。

"荒谬!简直胡说八道!我根本不知道它在枕头下面,是的,也许根本就不在枕头下面……我只是顺口一说它在枕头下面,斯乜尔加科夫是怎么说的?你们问过他钱去哪儿了吗?斯乜尔加科夫说了什么?那才是重点……还有,我之前是故意跟自己过不去才瞎编的……我甚至连想都没想就告诉你们信封在枕头下面,但你们现在……啊,人有时候会一不留神说错话。除了斯乜尔加科夫,没有人知道信封在哪儿,只有斯乜尔加科夫,他甚至都没告诉过我信封在哪里!这事是他做的,是他做的,毫无疑问,是他杀了我父亲!"米佳语无伦次地重复着这些话,他的叫声越来越疯狂,情绪越来越兴奋,内心也越来越恼怒,"你们得明白这一点,立刻逮捕他……他一定是趁我逃跑和格里高利昏迷的时候杀了他,现在事实很清楚了,他敲了暗号,父亲为他打开了门……因为除他之外没人知道这些暗号,而没有暗号的话父亲是绝对不会打开门的……"

"但您又忘记了一个情况,"检察官平静地说道,似乎露着得意的神色,"如果您当时在那儿,在花园中,而门又是开着的,就没有必要敲暗号了。"

"那扇门,那扇门……"米佳喃喃地说,他盯着检察官说不出话来。他无助地瘫倒在身后的椅子上。所有人都沉默了。

"没错,那扇门……这简直是场噩梦!连上帝都在跟我作对!"他大声地叫着,用茫然的眼神盯着前方。

"您看,"检察官郑重其事地说,"您可以想一想,德米特里·费尧多罗维奇,一方面,我们有证据表明,当您跑出去时门是开着的,这个事实让您和我们都感到不知所措;另一方面,对突然在您手中出现的这笔钱的来历,您令人不解地、坚决地保持沉默,而在三个小时之前,根据您的供词,您为了区区十卢布抵押了自己的手枪。根据这些情况您自己想一想,我们怎么想?又会得出什么结论呢?不要指责我们是'冷血动物和喜欢嘲弄的嘲笑者',不相信您胸中那真挚的激情……请您试着站在我们的角度上想一想……"

米佳的激动难以形容,他面色惨白。

"很好！"他突然大叫道，"我愿意告诉你们我的秘密，我愿意交代这笔钱是从哪里来的！我会公开我的羞耻，以免以后我会因此而怪罪自己或你们。"

"请相信我，德米特里·费尧多罗维奇，"尼古拉·帕尔费诺维奇几乎用一种喜悦到感动般的声音说道，"从这一刻起，您所有真诚和彻底的交代，今后都可能对您的命运产生极大的影响，而且，甚至有可能……"

但是检察官在桌子下面轻轻踢了他一下，他立刻闭上了嘴。其实，米佳并没听到他说的话。

第七节　米佳的大秘密。嘘声一片

"先生们，"米佳依旧如刚才那般激动地开了口，"我彻底坦白，这些钱是我自己的！"

检察官和预审官的脸变长了，这完全不是他们所期盼的答案。

"您这话是什么意思？"尼古拉·帕尔费诺维奇有些不满地问道，"当天下午五点钟时，根据您的供词……"

"让当天下午五点和我的供词都见鬼去吧！这和它们无关了！那笔钱是我自己的，我自己的，也就是说，是我偷的……我的意思是，并不是我的钱，是我偷的，数额是一千五百卢布，我一直都揣在身上，一直……"

"但您是从哪里得到它的呢？"

"我从我的脖子上取下来的，先生们，从我的脖子上……就在这儿，挂在我的脖子上，在一个破布袋里，我把它挂在脖子上很久了，从我把它挂上那时起距今有一个月了……这让我感到羞耻和耻辱！"

"那么您是从谁那里……挪用的呢?"

"您是想说从谁那里'偷来的'对吧?您就清楚大声地说出来好了。是的,我承认这钱就等于是偷来的,但如果您更倾向于'挪用'这个词,也可以这样说。但我认为是偷的,而到了昨晚,就是完全偷走了它。"

"昨晚?但是您说过从一个月前……就得到它了?"

"是的,不过不是从我父亲那儿,不是从我父亲那儿,请放心,我不是从我父亲那里偷的,而是从一个女人那里。让我告诉你们吧,请不要打断我。你们懂的,这其实很难说出口。一个月前,我被曾经的未婚妻卡捷琳娜·伊万诺芙娜叫了过去。你们知道她吧?"

"是的,当然。"

"我知道你们认识她。她是一个非常高尚的人,是最高尚的人。她很早前就开始恨我了,恨了很久……但她对我的恨完全有理由,恨得应该!"

"卡捷琳娜·伊万诺芙娜?"尼古拉·帕尔费诺维奇惊讶地叫道。检察官也瞪大了眼睛。

"请不要这样随便地叫她的名字!我是个浑蛋,竟然把她也卷进来了!没错,我知道她一直恨我……恨了很久……从一开始,从那晚在我的住所开始……但是够了,真的够了,你们不配知道这件事。根本没必要去说这件事……我只需要告诉你们一个月前她派人来找我,给了我三千卢布,让我寄给她的姐姐和另一个住在莫斯科的亲戚(好像她自己没有办法去寄),而我……那时正是我一生中最关键的时刻,我……总之,我那时爱上了另一个人,她此刻正坐在楼下,就是格露莘卡。当时,我把她带到了莫克罗耶,在这里仅仅两天,我就浪费了那该死的三千卢布的一半!但另一半我一直留着。我把另一半,那一千五百卢布,像一把锁一样套在我的脖子上,直到昨天我才把那个布袋拆了花它们。那剩下的八百卢布,现在在你们手里,尼古拉·帕尔费诺维奇,那是我昨天拥有的那一千五百卢布中剩下的。"

"请问这到底是怎么回事?您一个月前来这里时,花的是三千卢布,不是一千五百卢布,这不是众所周知的事情吗?"

"谁知道的这么清楚?难道有谁数过吗?我让任何人数过了吗?"

"可是您告诉了所有人,您当时花了三千卢布。"

"这倒是真的,我是说过。我告诉了全城的人,全城的人都这样说。在这里,还有在莫克罗耶也是。所有人都认为我花了三千卢布,但我并没有花这么多,而是一千五卢布。另外一千五卢布我把它缝在了小布袋里,情况就是这样,先生们,这就是昨天我从哪里得到钱的答案……"

"这简直不可思议!"尼古拉·帕尔费诺维奇嘟囔道。

"请允许我插个话,"检察官终于开口了,"您以前有没有对任何一个人说过这件事?我指的是一个月前您身上有一千五百卢布这件事。"

"我没有对任何人说过。"

"这就奇怪了。当真没有?"

"绝对没有,一个人都没有。"

"您保持沉默的原因是什么?您保守这个秘密的动机又是什么?用您的话说,您最终把这个让您感到羞耻的秘密告诉了我们,虽然实际上——没错,只是相对于这个行为而言——挪用别人三千卢布这件事,在我看来只是一种鲁莽的行为,并不是那么可耻……不过,考虑到您的性格……就算这是一种非常不光彩的行为,但也算不上'可耻'吧……即便没有您的供述,关于您花掉了卡捷琳娜·伊万诺芙娜的三千卢布这件事,在过去的一个月里许多人都猜到了,包括我和米哈伊尔·马卡雷奇。这已经不是什么传言了,而是整个城里都在热议的话题。有迹象表明,您在供述中承认过,如果我没记错,您曾经承认过这笔钱是卡捷琳娜·伊万诺芙娜的,但让我惊讶的是,直到现在,您还把留下的一千五百卢布当成一个不得了的秘密,甚至让这个秘密带有一种可怕的色彩……这很难让人相信这个秘密会让您如此痛苦,因为您刚才还在大喊,宁愿到西伯利亚去服劳役也不愿公开它……"

检察官停止了说话。他情绪激动,毫不掩饰自己那快接近愤恨的怒火,把憋在心里的话一股脑儿地全倒了出来,他语无伦次,表达得很不恰当,说出来的话也极不连贯。

"让我感到可耻的不是我花了一千五百卢布,而是我把这一千五百卢布从那三千卢布中分了出来。"米佳语气坚决地说。

"那又怎么样呢?"检察官恼怒地冷笑道,"既然如此不光彩,或者按您说的那样,可耻地拿了三千卢布,那么,您根据自己的想法从中分出一半,这又有什么可耻的呢?重要的是您拿了那三千卢布,而不是怎样支配它们。顺便问一句,您为什么要那样做?为什么要分出一半的钱来?出于什么动机?又有什么目的?您能为我们解释一下吗?"

"啊,先生们,这就是整件事的重点!"米佳大声说,"我把钱抽出一半有自己的打算,这是卑鄙的,而当时的情况下,有这种算计的心思是十分卑鄙的……而这种卑鄙的行为竟持续了一个月。"

"没明白。"

"我对您没能明白这点觉得很诧异,不过我会解释清楚的,也许这真的很令人费解。你们听我仔细说,我挪用了别人因为我的信誉才托付给我的三千卢布,用在了花天酒地上,第二天早上我就对她说:'卡佳,我错了,我花光了你的三千卢布,'——我能这样告诉她吗?不,肯定不能,这是不诚实和懦弱的行为,我是个畜生,没有一点自制力的畜生,是这样没错吧?但终究还不算一个小偷吧?我只是挪用了它,但不是偷了它。现在再说第二种情况,请仔细听,否则我可能又会犯糊涂了,因为我的头现在有点晕。第二种情况是:我在这里只花了那三千卢布中的一千五百卢布,也就是说,只花了一半。第二天我去把那一半交给她时,说:'卡佳,把这一千五百卢布从我这里拿走吧,我是个下流的畜生,一个不值得信任的浑蛋,因为我已经挥霍了一半,剩下的这一半我还会挥霍掉的。所以让我远离这诱惑吧!'在这种情况下又会怎么样呢?不管你们怎么想我,一个畜生或是浑蛋,但不会是一个小偷,绝不是小偷。因为小偷是不会把剩下一半的钱还回去,而是会据为己有的。她会立刻明白我既然能把剩下一半的钱还回去,那么就一定会想办法偿还我所花掉的钱,我永远不会放弃,我会努力工作去得到这笔钱然后还给她。所以,在那种情况下,我应该是一个浑蛋而不是一个小偷,随便您怎么说,但我绝不是小偷!"

"我承认这有一些区别,"检察官冷笑一声说道,"但奇怪的是,您居然将它们看得如此重要。"

"是的,我认为这是一个至关重要的区别,每个人都可能成会浑蛋,也许每个人都是浑蛋,但并不是每个人都是小偷,小偷是浑蛋中的浑蛋。当然,我不知道如何做这些细微的区分……但小偷比浑蛋要低级,这是我的观点。听着,连续一整个月我都把剩下的钱带在身上,我可以下定决心明天把它们还了,那样我就不再是个浑蛋了,但我无法下定决心,我每天都在告诉自己下定决心,但整整一个月以来我依然无法做到。这样好吗?你们觉得这样做好吗?"

"当然,这样做不好,我非常理解您,我也不想同您争论,"检察官尽量克制着自己说道,"如果您愿意,让我们抛弃对这些细微差别和区别的所有讨论吧,让事情回到重点上来。关键的一点是,您仍然没有告诉我们,为什么您要把钱平分,花掉一半后再把另一半藏起来,您把钱藏起来到底有什么目的?您打算用那剩下的一千五百卢布做什么?您必须要回答这个问题,德米特里·费尧多罗维奇。"

"我当然会告诉你们!"米佳拍打着自己的额头大声喊道,"请原谅,我让你们感到厌烦了吧?我一直没有解释清楚关键问题,不然你们早就明白了。可耻就可耻在目的上!你们懂的,一切都和那个老头——我那死掉的父亲有关,他总是纠缠着阿格拉菲娜,这让我醋意大发。我以为她在我和他之间犹豫该选择谁,所以我每天都在想,假如她突然间下定决心,假如她不再折磨我,突然对我说'我爱的是你,不是他,带我去世界的另一头吧',而当时的我身上只有四十戈比,那我该如何带她远走高飞?我又能干些什么?当时我跟她不熟,不了解她,我认为她想要的是钱,而她不可能不介意我的贫穷。所以我才无耻地从那三千卢布里数出一半,精于算计地把它缝起来。是在我去买醉之前缝起来的,缝好后我才去花天酒地的。是的,这就是我那卑鄙的算计,这下你们都听明白了吧?"

预审官和检察官大声地笑了起来。

"我觉得您没有把钱全部挥霍完是十分明智和道德的,"尼古拉·帕尔费诺维奇咯咯地笑着说,"不过这值得这么小题大作吗?"

"怎么不会?这样我就成了小偷,就是这么一回事!啊,老天,你们的不理解着实让我吃惊!我每天都把那一千五百卢布挂在我的脖子上,每一天甚至每一刻我都在对自己说'你是个小偷,是个贼!'是的,这就是为什么我这个月以来变得如此野蛮,这就是我在酒馆里打架的原因,这就是我攻击我父亲的原因,因为我觉得我是个小偷。我甚至不敢把那一千五百卢布的事情告诉我的弟弟阿廖莎,我觉得自己是一个浑蛋、一个扒手!但是你们得知道,当我揣着这笔钱时,每时每刻都在对自己说:'不,德米特里·费尧多罗维奇,你或许还算不上一个小偷。'为什么?因为第二天我还有可能会把那剩下的一千五百卢布还给卡捷琳娜。就在昨天,在从菲尼娅那里到别尔霍津家的路上,我才下定决心把我的护身符从脖子上扯下来。在此之前我还没有下定决心,直到我把它扯下来后,我真的成了一个彻头彻尾的贼,一个小偷,一个不诚实的人。为什么?因为我想去跟卡捷琳娜说'我只是一个浑蛋,但不是一个小偷',但这个梦被摧毁了,你们明白吗?你们懂吗?"

"是什么原因让您昨天才做出这个决定,花光这笔钱?"尼古拉·帕尔费诺维奇打断了他的话。

"为什么?这个问题太可笑了。因为我决定在今早五点钟时自杀,就在这里,黎明之时。我觉得我以一个高尚之人或是小偷的身份去死,二者没什么不同。但我知道事实并非如此,现实总会证明这二者确实有所不同。相信我,先生们,整晚折磨我的不是我以为自己杀了老仆会被流放到西伯利亚服劳役,或是我的爱情得到了回报,天堂的大门又向我敞开。啊,这些确实折磨着我,但还不是最严重的。最让我感到痛苦的是,我最终还是把那该死的钱从我的胸膛上摘下来挥霍掉了,成了一个彻头彻尾的小偷!啊,先生们,我用自己流血的心再一次告诉你们:今晚我学到了很多东西。我懂得了人在活着时不能做一个卑鄙的人,同样不能卑鄙地死去……不,先生们,一个人就算死也要死得正直……"

米佳脸色苍白,尽管他非常激动,但他的脸上满是憔悴和疲惫。

"我开始理解您了,德米特里·费尧多罗维奇,"检察官用温和又富有同情心的语气慢慢地说道,"但是恕我直言,我认为所有的这一切都是由于您的神经过于敏感造成的,就是这样。举个例子,为什么您不把那剩下的一千五百卢布还给委托给您的那位女士,让自己从这一个多月的痛苦中解脱呢?既然您说您的处境如此可怕,为何不把事情向她解释清楚,然后坦白地承认您的错误,再向她借一笔您所需要的钱?既然她有一颗慷慨的心,看到您那么痛苦,她肯定不会拒绝您的,何况可以写下欠条,或是像您对霍赫拉科娃太太和萨姆索诺夫那样用东西抵押担保。我猜您至今还觉得这项抵押很有价值吧?"

米佳突然涨红了脸。

"您是在开玩笑吧?难道您真的认为我是个十足的浑蛋吗?"米佳直视着检察官的脸愤怒地说道,似乎不敢相信自己的耳朵。

"我向您保证我是认真的……为什么您会认为我在开玩笑?"这次轮到检察官吃惊了。

"啊,您提的建议是一种多么卑鄙的行径啊!先生们,你们知道吗?你们在折磨我。这样吧,让我告诉你们一切。我将承认我所有的恶行,但要让你们感到羞耻,你们将会感到吃惊,吃惊人类的欲望所衍生出的卑鄙竟然能达到这种程度。你们知道,我曾经有自己的想法,就像您刚才所说的那样,检察官!是的,先生们,这一个月以来,我一直都有那个想法,所以我几乎下定了决心去找卡捷琳娜,看看,我有多无耻!我要去找她,告诉她我要背叛她,而且为了实现这种背叛,为了搞到背叛所需要的花费,我得以乞讨的姿态向卡捷琳娜要钱。是乞讨,你们听明白了吗?乞讨!接着,我会直接离开她,和另一个女人一起远走高飞,和她的情敌,那个她恨的、侮辱她的女人。想想这幅场景——您一定是疯了,检察官。"

"疯倒是谈不上,但我刚才说的话确实有些唐突,考虑得不周全。女性的醋意……如果像您所说,在这件事情上有吃醋行为……是的,或许有这种因素。"检察官微笑着说。

"那可就太卑鄙了!"米佳恶狠狠地用拳头砸在桌子上,"那种肮脏简直超越了任何事!你们知道她会给我那笔钱,是的,她会给我,一定会给我,但是为了向我复仇,她一定会表达出对我的蔑视和唾弃,从对我的报复中得到满足。因为她身上也有魔鬼般的天性,她是一个性格暴烈的女人。我也许会收下那笔钱,啊,我会收下的,我肯定会收下的!那么,我的余生……哦,天哪!原谅我吧,先生们,我之所以大声叫喊,是因为最近我才有这个想法,就在前天,那天晚上我被戈尔斯特金弄得焦头烂额,接着是昨天,昨天一整天都有这个想法,我一直记得,直到那件事发生……"

"直到发生了什么事?"尼古拉·帕尔费诺维奇好奇地追问道,但米佳没有听见。

"我已经向你们做了一个可怕的忏悔,"米佳脸色阴沉地说,"你们必须重视,更重要的是,你们必须尊重它。因为如果不是这样,如果你们的灵魂没有受到触动,那就是你们根本没有尊重我。先生们,我把事实告诉你们了,向你们这样的人供述这一切,简直让我羞愧到了极点!啊,我恨不得开枪自杀!是的,我明白,我知道你们至今仍然不相信我,怎么?你们打算把这些也写下来吗?"他惊愕地大叫起来。

"是的,您刚才说的那些话,"尼古拉·帕尔费诺维奇惊讶地看着他说,"也就是说,直到最后一刻,您还在考虑去向维尔霍夫策娃①小姐乞求借那笔钱。我向您保证,德米特里·费尧多罗维奇,这对我们来说是一个非常重要的证据,我的意思是对整个案件来说……尤其是对您来说,这对您来说非常重要。"

"发发慈悲吧,先生们!"米佳伸出双手,"无论如何,请不要把这

---

① 指卡捷琳娜。

些记录下来,这太可耻了,我已经在你们面前把我的心撕碎了,而你们却抓住机会,用手指在伤口上戳来戳去……啊,我的上帝啊!"

米佳用双手捂住了自己那张绝望的脸。

"不用这么担心,德米特里·费尧多罗维奇,"检察官说,"所有记录下来的东西以后都会读给您听,您不同意的,我们会按您的意思修改。但现在,我还需要再问您一个小问题。难道没有人,真的没有一个人从您那里听说过您缝起来那笔钱的事吗?真的吗?我告诉您,这太难以想象了。"

"没有人,没有人,我之前告诉过你们了!让我静静!"

"好吧,这件事一定要解释清楚,以后有的是时间。但同时请您考虑一下:我们或许有几十条证据可以证明,是您自己大肆宣扬您花掉了三千卢布,是三千卢布,不是一千五百卢布。而且,当昨天您又有钱的时候,您也曾表示您身上又有了三千卢布。"

"您不止有几十条,您有上百条、两百条证据!有两百个人都听过了,甚至上千人都知道了!"米佳大声喊道。

"您看,大家都能做证,大家的证词终归是有点意义的吧?"

"一点意义也没有,我说谎了,大家只是在重复我的谎言而已。"

"但是您为什么要说谎呢?这一点您如何解释?"

"鬼才知道,也许就是为了炫耀……因为挥霍了大把的钱,也许是为了尝试忘记我缝起来的那些钱……是的,那就是为什么……该死,你们问过我几次这个问题了?好吧,我说了个谎言,并没有其他意思,一旦我说了谎,就不会想着再纠正它了。人说谎必须得有一个理由吗?"

"是什么原因让人说谎,这很难判断,德米特里·费尧多罗维奇,"检察官加重语气严肃地说,"不过,请告诉我,您脖子上的那个布袋很大吗?"

"不,并不大。"

"有多大,比如?"

"就像您把一百卢布的钞票对折后那么大。"

"您最好给我们看看那个被你扯下的布袋,您一定把它放在什么地方了。"

"该死,真是胡闹!我不知道它现在在哪儿。"

"很抱歉,请问您是在什么时间,什么地点把它从您的脖子上取下来的?从您的供词来看,您并没有回家。"

"在我从菲尼娅那里前往别尔霍津家的路上时,我把它从脖子上扯了下来,拿出了钱。"

"在黑暗中?"

"我还要点个灯吗?我用手瞬间就完成了。"

"没用剪子吗?在大街上?"

"我想是在广场上。为什么要用剪子?那只是一块烂布,它瞬间就被撕开了。"

"后来您把它放到什么地方了?"

"我把它扔在那里了。"

"扔哪里了?具体一点……"

"在广场上!扔在广场上了!鬼才知道它的下落!你们到底为什么想知道它?"

"这非常重要,德米特里·费尧多罗维奇。这可能是对您最有利的物证了。您怎么就想不明白呢?下一个问题,一个月以前是谁帮您缝的?"

"没人帮我,我自己缝的。"

"您会针线活儿?"

"一个士兵必须知道如何缝纫。再说,这不需要什么高级技巧。"

"您是从哪弄来的材料,就是您用来缝钱的破布。"

"您是在取笑我吗?"

"没有,我们现在没心情开玩笑,德米特里·费尧多罗维奇。"

"我不记得我是从哪里弄来的破布,反正就是弄来了。"

"您连这一点都忘记了?"

"说真的,我确实不记得了,我有可能是从衬衫上撕了一块布。"

"这就有趣了,明天我们或许可以在您的住处里找到那件被您撕下来一块布的衬衫,那块布是什么材料的,是棉还是亚麻?"

"天知道那是什么材料。等等……我好像没有撕什么衣服,那好像是块细棉布,好像是我那女房东的头巾上的。"

"女房东的头巾?"

"是的,我从她那里拿的。"

"您是怎么得到它的?"

"是这样,我记得有一次,我曾拿了她一条头巾当抹布,也许是为了擦钢笔,我没有询问她,因为那是块不值钱的破布。后来我把它撕成了布条,接着把钱缝在了里面。我相信我是把它缝在那块破布里的,一块洗了一千次的老旧细棉布。"

"您记得十分清楚吗?"

"说不准,我想应该是那条头巾,但是,管它呢,这又有什么关系?"

"如果真的是那样,您的女房东会记得有什么东西丢了吗?"

"不,她不会的,她根本不会在意。因为那只是块旧布,我告诉过你们,一块一文不值的旧布条。"

"您从哪里得到的针和线?"

"我不想再说了。我不会再说什么话了!真的够了!"米佳终于失去了耐心,发脾气道。

"奇怪的是,您竟然完全忘记自己把那个布袋扔在广场的什么地方了。"

"也许你们明天把那个广场打扫一遍可以找到,"米佳冷笑着说,"够了,先生们!够了!"他用疲惫的语气说道,"我看你们根本不相信我!一刻也没有相信过我!这是我的错,不是你们的。我不应该多此一举。为什么,为什么我要如此作践自己,把我的秘密告诉你们?我能从你们的眼睛中读懂,这些对你们来说是一个笑话。检察官,您把我逼到了这种地步,现在你们应该庆祝胜利了……我诅咒你们这些虐待者!"

他低下头,用手捂着脸。检察官和预审官沉默了。一分钟后他抬起头用近乎茫然的眼神看着他们。他的脸上流露出完全绝望的表情,他沉默地坐着。审讯要告一段落了,马上要询问证人。现在已经是早上八点钟,蜡烛很早以前就熄灭了。米哈伊尔·马卡雷奇和卡尔甘诺夫在审讯期间一直在房间里进进出出,现在两人又出去了。检察官和预审官看起来很累。这是一个阴暗的早晨,整个天空乌云密布,雨点像从桶里倒出来一样。米佳茫然地望着窗外。

"我可以看看窗外吗?"他突然问尼古拉·帕尔费诺维奇。

"嗯,您想看多久都可以。"后者回答说。

米佳站起身来走到窗前,豆大的雨点正拍打着泛绿的玻璃窗。他能看见房子下面那条泥泞的路,更远的雨雾中,有一排破旧又寒碜的黑色小屋,它们此刻在雨中显得更加黑暗和破旧。米佳此刻想到了"金发的福玻斯",以及他如何计划在第一道阳光照耀时开枪自杀。"也许在这样的早晨会更好。"他笑着想道。突然间,他放下手,转身朝向他的"施虐者"们。

"先生们,"他大叫道,"我明白我要完蛋了!但她呢?告诉我她会怎么样吗?她应该不会和我一起完蛋吧?她是无辜的,她昨晚是在神志不清的情况下,才说出那句'都是她的错!'她什么也没干,没有!当我和你们在这里坐着时,我整晚都在为她感到悲伤……你们能不能,能不能告诉我,你们会如何处置她?"

"在这一点上您可以完全放心,德米特里·费尧多罗维奇,"检察官显然是非常匆忙地快速回答他,"到目前为止,我们还没有理由去打扰您关心的那位女士。我相信在后续案件的审讯中也一样……相反,我们将竭尽所能不去打扰她,您可以把心放进肚子里。"

"谢谢你们,先生们,我知道不管发生什么事情,你们都是诚实、直率的人。你们已经减轻了我心中的负担……那么,我们现在要做些什么呢?我已经准备好了。"

"好吧,是应该抓紧点时间了。我们必须马上去询问证人,您必须要在场,因此……"

"我们不应该先去喝点茶吗?"尼古拉·帕尔费诺维奇插嘴打断道,"我觉得这是我们应得的!"

他们决定,如果楼下已经把茶准备好了(毫无疑问,米哈伊尔·马卡雷奇已经去买了一些),他们就去喝一杯,然后"继续审讯"。至于他们的早餐,可以推迟点再说。茶果真已经准备好了,而且被送上了楼。米佳起初拒绝了尼古拉·帕尔费诺维奇礼貌地递给他的杯子,但后来他主动要了一杯,大口地喝了下去。他疲惫的神色让人吃惊。他那健壮的体魄让人觉得,就算经过一整晚的狂欢也不会对他有什么影响。但他现在觉得自己几乎连头都抬不起来了,好像所有的东西都在他眼前跳舞并打转。"再过一会儿,我可能就要说胡话了。"他自言自语道。

第八节 证人的证言。孩子

对证人的传讯开始了,但是我不打算再按照之前那样详细地讲述了。因此,尼古拉·帕尔费诺维奇要求证人根据事实和良心做证,以及告诉他们这些证言将在法庭上重述一遍,还有他们将在笔录上签字等等事宜就一概省略了。我只想提一下,审讯的人员只会把焦点集中在那三千卢布上,也就是米佳在一个月前第一次来莫克罗耶后花费的数目到底是三千还是一千五卢布,还有他昨天花的是三千卢布还是一千五卢布。可惜,所有的证词都和米佳供述的相反,都对他不利。甚至有一些证词提供了一些令人震惊的新事实,完全可以推翻米佳之前的供述。

第一个被传讯的证人是特里方·波里赛琪,他毫无惧色地站在审讯人员面前,对被告摆出了一副义正词严的姿态,这让他显得无比正直、庄重。他话说得不多,只有在听清楚了问题之后才会给予准确而慎重的回答。他明确地证实,一个月以前,米佳的花费绝对不可能少于三千卢布,这里所有的乡民都可以做证,他们亲眼见到米佳说自己花掉了三千卢布。"仅是花在吉卜赛姑娘身上的就不知道有多少了,我敢说,他在她们身上至少浪费了一千卢布……"

"我给她们或许连五百卢布都没有,"米佳面色阴沉地辩解道,"很可惜我当时没有数,因为我喝醉了。"

米佳背对着布帘侧坐着,他忧郁地听着,神情忧伤又疲惫,仿佛在说:"哎,随便你们怎么说,反正现在结果也没什么不同了。"

"那笔钱超过了一千卢布，德米特里·费尧多罗维奇，"特里方·波里赛琪坚定地反驳道，"您随随便便地把钱扔了出去，那些吉卜赛人捡了起来，她们是骗子、小偷和盗马贼，她们被赶出了这里，不然她们也许会证明从您那里得到了多少钱。我看见了您手中的钞票，我没有数过它们，您也没让我那么做，但从钞票的厚度来看，那些钱绝对超过一千五百卢布，那情景足够真切……完全不止一千五百卢布！我们都看到了那些钱，我们能判断出具体的金额……"

至于昨天花的那笔钱，他声称德米特里·费尧多罗维奇刚一到这里就告诉他自己带来了三千卢布。

"得了吧，是这样吗？特里方·波里赛琪？"米佳回应道，"我肯定自己并没有那么确切地说过自己带来了三千卢布。"

"您确实是这样说的，德米特里·费尧多罗维奇，您还是在安德烈面前说的，安德烈还在这里，把他找来。当时就在大厅里，您接待合唱团时，直接大声喊着，要把您的六千卢布全留在这里，连同您之前花掉的三千卢布。两位乡民斯捷潘和谢苗恩都听到了，而彼得·福米奇·卡尔甘诺夫当时也站在您身边，也许他还记得……"

关于六千卢布这一点，引起了两位审讯人员的重视，他们对这种计算方式很赞赏，三加三等于六，那时的三千加现在的三千等于六千，明明白白。

他们询问了特里方·波里赛琪、斯捷潘、谢苗恩、马车夫安德烈和卡尔甘诺夫。乡民和马车夫毫不犹豫地支持了特里方·波里赛琪的证言。他们特别小心地记录下了马车夫安德烈在路上时和米佳的谈话："我，德米特里·费尧多罗维奇，将会上天堂还是下地狱呢？我在另一个世界会得到原谅吗？""心理学家"伊波利特·基里洛维奇听到这句话时意味深长地笑了一下，最后他建议要将德米特里·费尧多罗维奇这段死后将去哪里的独白也"记录在案"。

当传讯到卡尔甘诺夫时,他进来得很不情愿,皱着眉头,表情十分不开心。和审讯人员说话时就好像之前从未见过他们一样,尽管他们很久之前就是老相识,每天都能遇见。他一上来就说自己"什么都不知道,也不想知道",但他似乎听说过六千卢布的事,他承认那时自己就站在德米特里·费尧多罗维奇附近,但他不知道米佳手里的钞票到底有多少。他肯定了两个波兰人打牌作弊的事情,在审讯人员的再三盘问下,他证实说,波兰人被赶走之后,米佳在阿格拉菲娜心中的地位有所提升,而且她说过她爱他。他以尊敬的态度和谨慎的口吻谈论起阿格拉菲娜·亚历山大洛芙娜,仿佛她是一个上流社会的女人,甚至一次也没有允许自己叫她格露莘卡。尽管这个年轻人很明显不愿意提供更多的证据,但伊波利特·基里洛维奇还是对他进行了详细的盘问,不过只是从他那里了解到了米佳这一晚"罗曼史"的所有细节。米佳一次也没有打断卡尔甘诺夫,最后,他们放这个年轻人走了,他带着毫不掩饰的愤怒离开了。

那两个波兰人也同样接受了询问。虽然他们已经在房间里躺下了,但整晚都没有睡着。警察一来,他们就急忙穿好衣服做好了准备,因为他们知道自己肯定是会被传讯的。他们很有尊严地做证,虽然带着几分畏怯。矮个子波兰人是位退职了的十二等文官,他曾在西伯利亚当过兽医,名叫穆夏洛维奇;而符卢布列夫斯基是一个没有行医执照的牙医。虽然从他俩一进房间开始,尼古拉·帕尔费诺维奇就在询问他们,但他们却一直面对着站在一旁的米哈伊尔·马卡雷奇回答问题。因为他们认为他的官衔最大,是这里最重要的人,甚至在回答每一个问题前都加上了"上校先生"这个称谓。直到米哈伊尔·马卡雷奇数次指出后,他们才开始对着尼古拉·帕尔费诺维奇回答问题。实际上,除了一些单词的发音有些不准，他们的俄语说得挺好。穆夏洛维奇谈到和格露莘卡过去以及现在的关系时显得激动又傲慢，米佳立刻变得激动起来，并表示他不允许这个"浑蛋"这样在自己面前说话。穆夏洛维奇立刻提醒大家注意"浑蛋"这个词，并请求将其记在笔录中。米佳顿时火冒三丈。

"他是个浑蛋！一个浑蛋！你们可以把它记下来，快把它记下来，记在笔录中！尽管有规定，但我仍然要说他是一个浑蛋！"他大叫道。

尽管尼古拉·帕尔费诺维奇确实把这一点也加在了笔录中，但他表现出了最值得称赞的机智和应变能力。在严厉地斥责了米佳后，他打断了对这段浪漫史的深入，并把焦点转移到主要问题上来。一个由两个波兰人提供的证据特别地引起了审讯人员的兴趣：那就是在那个房间里，米佳试图收买穆夏洛维奇，并提出给他三千卢布的补偿，七百卢布用现金支付，剩下的两千三百卢布"第二天在城里付清"。当时他曾发誓没有把所有的钱都带来莫克罗耶，因为他的钱都在城里。米佳情绪激动地表示他并没有说过第二天一定会在城里把剩下的钱全都给他，但穆夏洛维奇说确有其事。米佳只好皱着眉头承认，说也可能就像波兰人所说的那样，因为他当时十分激动，所以很可能那样说过。

检察官牢牢地抓住了这一证据，这似乎能为起诉方提供证明（事实上他们确实是以此来推断的），米佳手中三千卢布的一半或者一部分确实被藏在了城里，甚至就藏在莫克罗耶的某个地方。这就能解释为什么只在米佳手中找到了八百卢布这种让控方困惑的情况，这个情况虽然微不足道，却是迄今为止在某种程度上唯一对米佳有利的证据。但是现在，这一条对他有利的证据已经失效了。检察官问他，如果他只有一千五百卢布，他从哪里把剩下的两千三百卢布交给波兰人？米佳的回答很干脆,他说他准备给"波兰佬"的不是钱,而是一份自己在切尔马什尼亚村的正式产权文件,就是那份自己向萨姆索诺夫和霍赫拉科娃兜售的产权证明。检察官对这份"天真的托词"觉得十分可笑。

"您以为他会接受这样一份契约来代替那两千三百卢布的现金吗?"

"他肯定会接受的,"米佳激动地说,"嘿,听着,他捞到的可不是两千多卢布,而是四千,甚至是六千!他会带来一帮律师、几名波兰人或是犹太人来处理此事,也许从老头子那里捞到的不只是三千卢布,而是他在切尔马什尼亚的全部财产。"

毫无疑问,穆夏洛维奇的证词被十分详细地记录在案。然后他们让波兰人走了。关于打牌作弊的事情,在询问中只字未提。因为尼古拉·帕尔费诺维奇对他们两个的证词已经感激不尽了,他不想在各种各样与案子本身没什么关联的细节上和他们纠缠。况且,这只不过是几个酒鬼在牌局上的争吵。那大晚上的酒鬼和混乱太多了,所以,那两百卢布就留在了波兰人的口袋中。

下一个被传讯的人是地主马克西莫夫。他畏畏缩缩地走了进来,满脸惆怅,衣衫不整。方才,他一直像个跟屁虫一样跟在格露莘卡身边,一言不发地陪着她。根据警察局长米哈伊尔事后的描述,"他时不时地会为那位女子的命运抽泣一阵子,用一块蓝色的手帕擦拭泪水",结果格露莘卡不哭了,反倒安慰起了他。马克西莫夫一进来就流着眼泪向审讯人员坦白了自己的罪行,他说自己罪在不该在囊中羞涩之际问米佳借钱,并表示自己愿意立刻上缴借来的十卢布。

预审官尼古拉·帕尔费诺维奇突然兴奋了起来,因为马克西莫夫问米佳借过钱,这就代表着他比谁都有机会看清米佳手里到底有多少钱。马克西莫夫不假思索地直接回答:"两万!"

"您这辈子有见过两万吗？"预审官尼古拉·帕尔费诺维奇笑着问道。

"我当然见过！不过不是两万，而是七千。当时，我太太把我家一块差不多有一个村子那么大的地抵押了出去，远远地让我看了一眼。她还跟我炫耀呢，那沓钱可厚了，全都是闪闪发亮的百元大钞。昨天，德米特里·费尧多罗维奇先生手中的那些钱也是闪闪发亮的……"

然后他就被打发了出去。下一个登场的人是格露莘卡。审讯人员显然很担心米佳见到她的反应，尼古拉·帕尔费诺维奇只能上前悄悄叮嘱了米佳几句话。米佳没有直接回答，只是微微颔首，表示"我一定不会捣乱"。米哈伊尔亲自下楼把格露莘卡带了上来。她进门时表情严肃、忧郁，看起来比较平静。按照预审官尼古拉·帕尔费诺维奇的示意，她不慌不忙地坐在了一把椅子上。她的面色苍白，可能是有点冷，身上披了一条很好看的黑色丝巾。当时她的确觉得有一些冷，不过此刻还没人知道，这正是她将来身患重病的征兆。格露莘卡严肃的表情、认真和专注的目光给众人留下了好的印象。预审官尼古拉·帕尔费诺维奇端详着她，甚至有几秒钟他似乎"灵魂出窍了"。事后，当回忆起那晚与格露莘卡的第一次正式相遇时，他不止一次承认这个女人真的是"天生尤物"。虽说他们之前也见过面，但他不过是把她当成"靠富人包养而活"的女人，而这次见面后，有一次他说："她的举止完全不逊色于那些上流社会的女士。"当然，他的话立马引起了女士们的集体嘲讽，他被女士们训斥为"小淘气鬼"，不过这倒是令他感觉不错。

格露莘卡进来的时候看了米佳一眼，米佳也在不安地上下打量着她，在看到她的表情后，他心里的一块石头瞬间落地了。尼古拉·帕尔费诺维奇例行公事地提问了几句，他迟疑了一会儿，之后问她同这位涉嫌弑父的退役上尉是什么关系。

格露莘卡沉着又坚定地回答:"他是我的熟人,这一个月来,我一直把他当作熟人看待。"

对于尼古拉·帕尔费诺维奇进一步的提问,她以直截了当、非常坦率的态度表示自己"有些时候"十分喜欢米佳,但这种喜欢不是爱,是"出于对自己的愤怒",对他的父亲也同样如此。她看见米佳为自己打翻了醋坛子,觉得很有趣,而她压根没打算去费尧多尔·巴甫洛维奇家,只是为了戏耍这对父子。

"尤其是最近一个月,我已经丧失了对他们父子的兴趣,我在等待一个人,那个曾经背叛了我的人……不过,我认为你们没有必要打听这些事情了,"格露莘卡表示,"我也没有必要回答你们的问题,这些是我的隐私。"

尼古拉·帕尔费诺维奇立马会意,不再追问那"跌宕起伏的爱情故事",把话题直接转向了重点,就是钱的问题。

格露莘卡证实,一个月以前,他们在莫克罗耶的狂欢的确花掉了三千卢布。但是,她也指出,具体花了多少她并没有数过,是米佳告诉她的。

"他告诉您的时候是只告诉了您一个人,还是在一群人面前说的?"检察官突然问道。

格露莘卡照实回答,她确实在有其他人的场听到米佳说过,他们单独在一起的时候米佳也说过。

检察官又问:"这种话他只说了一次,还是说了很多次?"

格露莘卡回答说不止一次。

检察官对这番话十分满意,在进一步的询问中他还了解到,格露莘卡十分清楚这笔钱究竟是从哪里来的。

"您有没有听他说过,一个月以前他没有花完三千卢布?哪怕就一次?或者说,您有没有听说过德米特里·费尧多罗维奇从这笔钱中给自己留下了一半?"

"没有,一次都没有。"

通过接下来的询问,审讯人员得知,这一个月来米佳曾不止一次对她说过,自己已经身无分文。

"他一直觉得他能从他父亲那里搞来钱。"格露莘卡说。

"那他有没有……"尼古拉·帕尔费诺维奇问道,"哪怕就一次也好,他有没有说起过他想杀掉他的父亲?连气话也算。"

"说过的……"格露莘卡长叹道。

"就一次吗?"

"很多次,不过每次都是气话。"

"您相信他会干这种事情吗?"

"不信,从来不相信,"格露莘卡干净利落地回答道,"他在我心中是个品格高尚的人。"

"先生们!"米佳突然插话道,"请准许我对阿格拉菲娜·亚历山大洛芙娜小姐说一句话。"

"请。"尼古拉·帕尔费诺维奇同意了。

"阿格拉菲娜·亚历山大洛芙娜,"米佳从椅子上站了起来,"看在上帝的分儿上,相信我,我是无辜的,我父亲这件事情不是我干的。"

说罢,米佳直接坐了下去。格露莘卡也站了起来,朝着屋子里的神像虔诚地画了一个十字。

"上帝啊!荣耀归于你!"她祈祷结束之后,还没有坐下就对尼古拉·帕尔费诺维奇说,"你们应该相信他刚刚说的话。他这个人我太了解了,虽然说话的时候挺……挺可笑的,有时候又很倔强,但是他不会撒这种谎的。他说的是实话,你们应该相信他!"

"谢谢你!你给了我信心,阿格拉菲娜·亚历山大洛芙娜!"米佳的声音止不住地发颤。

当被问及昨天的那些钱时,格露莘卡表示不清楚米佳带了多少钱,但她听到米佳曾对别人说自己带来了三千卢布。至于这些钱究竟是从哪里来的,她说米佳告诉她是他从卡捷琳娜·伊万诺芙娜那儿偷的,还说当时自己告诉他,这不算偷,她会帮他把钱还给卡捷琳娜·伊万诺芙娜。

检察官穷追不舍地问格露莘卡,她觉得偷来的钱到底是一个月之前的,还是这次的?格露莘卡表示,她觉得他讲的应该是一个月之前的。

对格露莘卡的询问结束了,尼古拉·帕尔费诺维奇急忙对她表示,如果她想要回城,现在就可以走了,如果她需要什么帮助,他可以立马安排,比如安排警员护送和马车之类的……当然,其他的事情他也可以帮得上忙……只要他能做到。

"太谢谢您了,"格露莘卡欠身行礼道,"不过我准备和那个小老头儿、地主马克西莫夫先生一起走,我想送他回家。现在,我还是暂时在楼下等着你们的消息吧,如果德米特里·费尧多罗维奇的事情有了些眉目,请让我知道。"

说罢她转身走了。米佳看起来很平静,表情也比刚才好了很多,但这种状态没能维持太久。现在,他感觉有种不可抗拒的疲倦感正在纠缠着他,几乎要将他拽入深渊,他的眼皮仿佛有千斤之重。好在对证人的传讯结束了,他们正在对记录进行修订。在众人的默许下,米佳站起身来,走到布帘的另一个角落里,找了个大大的柜子,躺在上面睡着了。

他做了一个很奇怪的梦。

梦中的时间、地点和这里没有任何关系。他似乎坐在一辆急行的马车上,四周是广袤无垠的草原,很久以前自己曾经在这里服过兵役。他坐的马车是一辆两套马车。天空中大雪纷飞,地面上道路泥泞。米佳觉得冷。时间是十一月初,鹅毛大雪刚一落在地上就化了。面前的赶车人看起来充满了精神和活力。他转过脸来,米佳才看清了他的模样。此人年纪不大,也就五十上下,蓄着褐色的山羊胡子,身着一件灰色的粗呢外套。不远处,依稀可以看见几座黑漆漆的农舍,其中一半已经被彻底烧毁,剩下一些被烧焦的房屋框架。村口路旁站着很多女人,她们面黄肌瘦,排成长长的一列。最边上的那个女人吸引了米佳的注意,她个子很高,皮包骨头,看起来四十岁上下,实际上只有二十出头。她的脸又瘦又长,怀里抱着一个嗷嗷待哺的孩童,可她的乳房干瘪得连一滴奶水都挤不出来了,孩子哭得很凶,伸出来的两只小手已经冻得发紫了。

"她们在哭什么?"马车经过她们身边时米佳问道,"她们在哭什么?"

"是娃子在哭,"马车夫说,"娃子在哭。"

米佳感到惊异,马车夫按农民的习惯叫"娃子",而不是"孩子"。不过他倒是挺喜欢农民叫孩子"娃子"的,这两个字似乎包含了更多的怜悯。

"他们在哭什么?"米佳随口问道,"这么冷这孩子为什么光着小手?为什么不用毯子把他包起来?"

"娃子已经冻坏了,衣服太凉,穿上衣服也不暖和。"

"怎么会这样?为什么?"米佳问道。

"穷啊。房子都被烧了,一无所有了,只能要饭了。"

"不是，我问的不是这个，你告诉我，他们的房子已经被烧了，为什么还站在这里？他们为什么这么穷？这个孩子为什么这么可怜？为什么草原上光秃秃的？他们为什么不拥抱、亲吻和唱歌？她们为什么都是这种晦气的表情？为什么不给孩子喂奶吃？"

他突然感觉自己问的问题很蠢，很没有意义，但他还是这么问了。他觉得有一种前所未有的感觉正在撼动着他，他非常想哭，他很想为这些人做些什么，让那个可怜的孩子不再哭泣，让那些母亲不再哭泣，甚至想让所有的孩子从此刻开始都不再哭泣。他想现在就干，立马就干，拿出卡拉马佐夫家族的传统气概，一往无前，无所顾忌。

"我也要和你在一起，从今天开始我再也不会离开你，一直到我生命结束的那天为止。"米佳的耳畔突然响起了格露莘卡的声音。他的心突然在寒冬中热了起来，似乎已经能看到光明。他想活下去，能活一天算一天，他想走下去，能走一步算一步，直到走上那条大路，直到走进光明之中，直到希望于明天到来。快！快！加速！现在就开始，现在就做！

"要去哪儿？要去干什么？"米佳呼喊着突然惊醒。他从柜子上坐了起来，就像从晕眩中醒来一样，但脸上开始露出了笑容。尼古拉·帕尔费诺维奇已经站在他身边了，请他去听一下初审笔录，确定无误之后再签字。米佳大概估算了一下，自己起码睡了一个多小时。说到这里，几乎可以确定，他根本没有听到尼古拉·帕尔费诺维奇刚刚说的话。他突然惊讶地发现，他睡觉时有人在他的脑袋底下垫了个枕头。他知道自己刚刚躺在柜子上的时候，这里并没有枕头。

"是谁这么善良？是谁在我脑袋底下垫了个枕头？"米佳满怀感激地环顾四周，语气激动，仿佛是在寻找自己的救命恩人一样。只是，这个善良的人始终没有出来，也许他是某个出来当证人的乡民，也有可能是尼古拉·帕尔费诺维奇的那个年轻文书……但不得不承认的是,他的整个灵魂都为之震颤。米佳感动得热泪盈眶,他走到桌子跟前宣布,无论笔录里记录了些什么,他都会签字。

"先生们,我做了一个好梦。"他的声音古怪,但脸上却露出了焕然一新的愉悦的神色。

第九节　他们押走了米佳

签好口供、笔录之后,尼古拉·帕尔费诺维奇庄严地向被告宣读"决议":某年、某月、某日、某地,某地方法院的预审官审讯了被控告犯有某罪和某罪(所有罪行都详细列出)的嫌疑人某某(即米佳),鉴于嫌疑人否认自己犯有上述罪行,又无法提供证据,而人证(所有证人一一列出)和物证均可证明嫌疑人罪名成立。根据某法规,第某某条,第某某款,特此决定:为防止嫌疑人某某(即米佳)逃避罪责以及法律的制裁,将嫌疑人暂时羁押在某某监狱,上述决议已向被告宣读,抄件交由助理检察官某某某。

言而总之,预审官亲自向米佳宣布,从那一刻起,他就是一名囚犯了,他将立刻被押解到本城一个非常不愉快的地方加以拘留。米佳仔细地听完了决议,只是耸了耸肩膀。

"好了,我不会责怪你们的,我听候发落……我能理解,你们只能这么做。"

尼古拉·帕尔费诺维奇语气温柔地通知他,本地警长马夫利基·马夫利基奇马上会把他带走,他现在就在这里……

"请等等,"米佳突然打断了他的话,感情充沛地看着房间里的所有人,一字一顿地说,"先生们,我们都是狂徒,我们都是怪物,我们都是那种让母亲、姐妹和婴儿哭泣的人,但是在一群狂徒和怪物中,我是最卑鄙的那个!我承认!我每一天都捶胸顿足地说要痛改前非,可每天干的都是混账事!现在,我终于懂了,我这样的人需要命运沉重的一击,只有这样才能把我这匹野马好好套住,得用鞭子才能让我这样的人走上正路。仅仅凭我一个人一定站不起来,永远都站不起来!如今雷声已经响了,我愿意接受千夫所指的痛苦,我愿意接受这种耻辱,我也愿意接受苦难!只有这样,我才能获得新生!如果,我还能获得新生的话……是不是,各位先生?现在,我有一句话还是必须要说:我没有杀我的父亲,我甘愿受罚并非是我杀了他,而是因为我曾经想杀他,而是因为他有可能死在我手里……但是,我还是会同你们继续斗争下去,由上帝来裁决!再见了,先生们,请不要为了我在审讯时对你们大吼大叫而生气。啊,那时的我失去了理智,有点愚蠢……再过一会儿我就是个囚犯了,现在,请允许作为自由人的德米特里·卡拉马佐夫,最后一次再和大家握手,让我们好好道个别,让我和大家说声再见吧……"

米佳的声音颤抖着,他果真伸出手来,第一个伸手的目标是离他最近的尼古拉·帕尔费诺维奇。米佳没有想到,他马上就把手抽了回去,藏到背后了。米佳不由得打了个寒战,伸出去的手立刻放了下来。

"调查还没有结束。"尼古拉·帕尔费诺维奇有些尴尬地嘟囔着,"到了城里之后,我们的调查还得继续。当然,就我个人而言,我还是期盼您能辩护成功……说实话,您,德米特里·费尧多罗维奇,在我眼里始终是一个,怎么说呢……我更倾向于把您看成一个不幸的人,而不是一个罪人。如果我能在此处代表所有人说话,我想我们所有人都愿意把您当作一个高尚的年轻人,可惜您被激情冲昏了头脑……"

在说这话的时候,这位身材小小的尼古拉·帕尔费诺维奇尽可能地展现出了自己的威严。米佳突然产生了一个想法,眼前这个"毛头小子"可能过不了多久就会突然拉起他的胳膊,把他拉到一个角落,一起继续以前说了一半的关于"女孩子"的话题。他有这样的想法其实并不奇怪,有些时候就连那些马上要被押赴刑场的重刑犯,在人生的最后一个阶段也会突然产生一些毫不相干,甚至完全不合时宜的想法。

"先生们,你们很善良,你们很人道—— 可不可以让我再见她一面,向她做最后的告别?"米佳问。

"可以,不过现在必须要有人在场了。"

"那就在场吧。"

格露莘卡被带了过来,但是他们告别的时间很短,话也很少,这让尼古拉·帕尔费诺维奇有些失望。最后,格露莘卡向米佳深深地鞠了一躬。

"我已经告诉你了,我是你的。我现在是你的,以后也是你的。总之,不管你去哪里,我都会跟着你。再见了,你这个无端毁了自己的男人。"

格露莘卡的嘴唇颤抖着,眼泪夺眶而出。

"原谅我,格露莘卡,原谅我的爱,请原谅我的爱把你毁了。"

米佳还想再说些什么,但不知怎么,他突然主动结束了这次会面,大步地走了出去。他一出门就被一群人围住,众人的目光齐刷刷地落在他的身上。昨晚,他乘坐着安德烈的三套马车声势浩大地驶过来停靠的那个地方,现在已经停好了两辆马车。本地警长马夫利基,一个已经发了福的中年男人,不知道在对什么发火,好像是出现了什么乱子,他正在大声嚷嚷着。他没好气地请他赶紧上车。

"以前我请他喝酒的时候,这个人可不是这样的。"米佳上车时这样想着。

旅店大门外已经聚集了很多人,有男的,有女的,有庄稼汉也有马车夫,长相各异,身份也各不相同,但是他们都干着同一件事情——紧盯着米佳。

"再见了,上帝的子民,请宽恕我吧!"米佳坐在车上突然对人群喊道。

"再见。"有两三个人回应了米佳。

"也请你原谅我,特里方·波里赛琪!"

可是特里方·波里赛琪甚至连头都没回,也许他真的很忙。他也在大喊大叫,东跑西奔地张罗着。原来是这么回事:马夫利基·马夫利基奇和米佳同乘一辆车,应该还有两名警察乘坐另一辆马车紧随其后,但是,现在第二辆马车出了些问题。原来要赶车的马车夫一边穿外套,一边嚷嚷说他不应该赶这辆马车,赶这辆车的人应该是阿基姆。但阿基姆不在,已经派人去叫了。马车夫不愿意出发,他要再等一会儿。

"您看,马夫利基·马夫利基奇,我们这里的人就这副德行。哎呀,完全不害臊!"特里方·波里赛琪说罢,转头朝向了那位马车夫,"前天阿基姆给了你二十五戈比,你拿去买酒喝了,这会儿你又嚷嚷什么呢!"接着他又转向警长马夫利基,"看到您对这些乡巴佬这么客气,我真是吃惊!"

"我们为什么要两辆车?"米佳说道,"一辆车不行吗,马夫利基·马夫利基奇?我又不会造反,不会从你手中逃跑,为什么非要这么多人押送?"

"先生,如果您想和我说话,起码得好好学学怎么说话!不要跟我'你'个没完,别用'你'跟我套近乎,先生,您的建议我们留到下次再说……"警长马夫利基毫不留情地对米佳说道,可算是找到了一个撒气的机会。

米佳随即闭上了嘴巴,满脸通红。过了一会儿,他突然觉得非常冷。雨停了,但是天空依然阴霾,寒风依然割面。"我应该是感冒了,或者是生其他病了……"米佳暗自想着,肩膀不自觉地抽动了一下。随后,警长马夫利基也上了车,笨拙地坐了下来,占了不少位置,仿佛完全没有注意到他已经把米佳挤到了一边。实话说,他心情并不好,因为他特别不喜欢委派给他的这项任务。

"再见,特里方·波里赛琪!"米佳又叫了一声。其实他自己也感觉到了,现在这样的叫喊并不是出于宽容大度,而是憋足了怨气的发泄。特里方·波里赛琪背着手往后一站,面容不悦地盯着米佳。米佳再没有其他反应了。

就在这个时候,忽然不知道从哪里蹦出来一个无比熟悉的声音,"再见,德米特里·费尧多罗维奇,再见!"这声音是卡尔甘诺夫。他径直跑到了马车的旁边,对着米佳伸出了一只手。米佳看到他没戴帽子。

于是米佳赶紧对他也伸出了手。

"再见,亲爱的朋友,我忘不了你的宽宏大量!"米佳很激动,但是马车已经启动,二人的手也被分开了。车铃叮当作响,米佳被带走了。

卡尔甘诺夫跑进过道,找到一个角落坐了下来,他低下头,双手掩面,痛哭流涕,他就这样哭了很久,活脱脱一个幼稚的孩童,而非一个二十多岁的小伙子。啊,他基本已经相信米佳是有罪的了。

"这些人到底是怎么回事!以后哪里还会有好人呢!"他陷入了痛苦的沮丧,发出了几乎绝望的哀叹。此刻,他甚至不愿意再活在这世界上了。

"何必呢?何必呢?"这位痛心的年轻人一再发问。

第 四 卷

第十章 孩子们

第一节 郭立亚·克拉索特金

十一月初的时候,城里的气温已经降到了零下十一度,地面上已被冰霜覆盖。夜里会有一些干巴巴的雪花落下,冷硬的风如刀一般锋利,将城里无人的街道上的雪卷起来,沿着街巷向集市广场刮去。早晨的天空依旧阴霾,但是雪已经停了。离广场不远的普罗特尼科夫食品店附近,有一座不大的房屋,屋子的内外都非常整洁,这是一位官员的遗孀克拉索特金娜的房子。在省府当秘书的克拉索特金去世差不多有十四年了,但这位遗孀今年也不过三十多岁,风韵犹存。她一直住在这座整洁的小屋里,靠着"手头上的钱"过日子。她的生活循规蹈矩,性格温柔而且乐观。丈夫死的时候,她大约十八岁,结婚才一年,刚为他生下了一个儿子。丈夫离世后,她把全部精力都放在对爱子郭立亚的培养上。

十四年来,她对儿子万般钟爱,但是为他所受的痛苦却要比她所享受到的快乐多得多。因为,她几乎每天提心吊胆,怕得要死,唯恐儿子生病、感冒、淘气、爬到椅子上摔倒,等等。后来,郭立亚开始上小学,接着是中学,为了能够帮助孩子温习功课,这位母亲也跟着儿子学习各门学科。她还想尽办法巴结孩子的老师和老师的妻子,有时候也会讨好儿子的同学,就是想让他们不要欺负和捉弄自己的儿子。可她的行为反而成了那些孩子取笑和捉弄她儿子的借口。他们说郭立亚是个"妈妈的宝贝男孩"。

还好,郭立亚会自我保护。他勇敢无畏,因为他"力气大得吓人",这样的话在班级传开了,并很快得到了证实。郭立亚性格机敏,敢于进取,学习成绩还不错,据说他在算数和世界史这两门学科上,甚至超过了自己的老师达尔达涅戈夫。虽然郭立亚十分骄傲,但并非目空一切的自大之人,所以和同学们相处得很好。重点是,这个孩子知道分寸,懂得克制,对待师长从不逾矩,因为一旦越界,就会变得让人无法容忍,甚至无法无天,胡作非为起来。不过,他毕竟还是孩子,如果条件允许,郭立亚倒是不介意做一些耍小聪明的事情,做一些疯狂的事情,换句话说,就是恶作剧。他这么做主要是想展现自己的"魅力与机智",炫耀一番。他的自尊心非常强。他甚至有本事让母亲对他百依百顺。只是有一点他的母亲接受不了,就是孩子"不太爱她"。她总是觉得郭立亚对她"没有感情",经常因为这一点歇斯底里地哭,责备他冷漠无情。郭立亚很不喜欢这样,他妈妈越是想让他流露感情,他就越是不肯,这是他的性格导致的,并不是他故意的。母亲领会错了,其实郭立亚十分爱自己的妈妈,只是他不想像小学生常说的那样表现出"小牛犊的温柔"罢了。

父亲死后留下了一个书橱,里面藏了一些书籍,郭立亚喜欢读书,私下已经看了很多书了。母亲对此没有觉得不安,只是感到有些奇怪,为什么一个孩子不去玩耍,要一连好几个小时站在书柜旁看书。就这样,郭立亚读了一些他这个年龄本不该读的书。

虽然郭立亚知道恶作剧不能越界,但在最近,他的恶作剧却越演越烈,把他的母亲吓坏了。当然,这些淘气的行为并没有恶意,但是可以用"玩命"来形容。

那年七月，正好是暑假。母子俩来到七十俄里外的另一个小县城里，在一位远房亲戚家住了一个星期。这位亲戚的丈夫就在火车站当差（这座火车站是离我们这座城市最近的车站，一个月之后，伊万·费尧多罗维奇·卡拉马佐夫正是从这个车站前往莫斯科的）。

在那段时间里，郭立亚开始仔细观看铁路的情况，了解它的运作规则，他认为这些是他可以在同学们面前炫耀的新知识。恰巧那里有几个男孩，郭立亚很快就和他们成了朋友。他们有的住在车站，有的住在附近，年龄差不多都在十二到十五岁之间，一共有六七个人，其中还有两个也是从我们城里过去的。

总之，孩子们在一起玩耍、淘气。在郭立亚到达那个县城的第四天，也有可能是第五天的时候，这群混小子竟打了一个疯狂的赌，赌注两卢布，赌约荒唐得可怕：谁要是敢在夜晚十一点那班火车过来的时候躺在两条铁轨之间，就可以拿到两卢布。之所以会有这样愚蠢的赌约，很大程度上要怪郭立亚。因为他年纪太小，那帮孩子中不少稍长于他的孩子对他有些轻视，郭立亚受不了这样的轻视。可能是因为自尊，或是因为想充当好汉到了不顾死活的地步，他主动提出可以在夜里十一点钟的火车经过时，脸朝下地躺在轨道中间一动也不动，直到火车从他上方驶过。当然，他事先经过仔细研究，确定人躺在两条铁轨之间是绝对不会被火车碰到的。但即便如此，躺在火车底下也绝对不是什么轻松的事情。可郭立亚坚持说自己能做到。起初，别的孩子们都在嘲笑他，说他是个撒谎精，爱吹牛，但殊不知这反倒刺激了郭立亚的好胜心。更重要的是有几个十五岁的孩子对他趾高气扬，吹胡子瞪眼，只是把他当作"小家伙"，不愿意把他当朋友，这使他感到无法忍受。

他们决定晚上出发,到距离车站一俄里之外的地方,好让火车到达那里的时候已经是高速状态。孩子们相聚的那天夜里没有月亮,伸手不见五指。预定的时间一到,郭立亚便躺在两条铁轨之间。其余参加打赌的孩子们则守候在路旁的灌木丛中,一开始是屏息凝神,接着是害怕和后悔。远处的火车站终于传来了火车出站的响声,黑暗中亮起两盏巨大的红灯,怪物逐渐驶近并发出轰隆隆的声音。

"快跑啊!快离开那里!"吓得半死的孩子们从灌木丛中朝着郭立亚大喊。但已经来不及了,火车已经冲了过来,飞速驶过郭立亚的身躯。孩子们急急忙忙冲了过去,却发现郭立亚纹丝不动。他们开始疯狂拉扯郭立亚的胳膊和腿,想把他搀扶起来,不料他突然自己站了起来,一言不发地走下路基。他对那些孩子们说,刚才自己是故意装作昏了过去,吓唬他们。但事实上,他确实是被吓昏过去了。很久以后,他才向他的妈妈坦白了这件事。从此之后,他便多了一个外号,那就是"玩命之徒"。那天,走在回家的路上,他已经被吓得面无血色了,第二天他发了低烧,但精神很好,他对自己的勇敢行为很满意。

这件事情没有很快传开,而是在郭立亚回城之后,消息才开始传进学校并被校方所知。郭立亚的母亲急忙去学校找校方求情,最后还是那位颇有声望的达尔达涅戈夫老师出手相助,这件事情才没有引起学校的重视,就像从未发生过一样。

这位名为达尔达涅戈夫的老师是个中年单身汉,已经仰慕克拉索特金娜太太许久。一年前,他曾鼓足勇气,毕恭毕敬地向她求婚,但是她坚决地拒绝了他。克拉索特金娜太太觉得接受了他就等于背叛她的儿子。虽然如此,这位中年老师并未死心,他通过诸多迹象或理由幻想着,这位迷人而贞洁的寡妇并不是十分讨厌他。

总之,此次郭立亚的玩命行为成了拉近二人关系的一个契机,达尔达涅戈夫对郭立亚的照顾换来了有希望的暗示。但说实话，他得到的仅仅是一些微弱的暗示，达尔达涅戈夫本身就是一个纯洁和细致的典范，所以这点暗示已经让他感到十分幸福了。

他喜欢这个男孩子，但他觉得自己讨好郭立亚是不符合身份的，因而他在课堂上对郭立亚要求严格，毫不容情。同时郭立亚对他也保持着敬而远之的态度。郭立亚功课预备得很好，成绩是班里的第二名，加上他对老师态度冷淡，使同学们更加相信：郭立亚在世界史这门课程上十分精通，甚至已经"青出于蓝而胜于蓝"了。确实，曾经有一次，郭立亚问这位老师："特洛伊城究竟是谁建立的？"老师并没有明确地答复，而是把话题转向了遥远的古代，谈起了民族的流动和迁移，甚至扯到了更久远的神话传说。但究竟是谁建立了特洛伊城，他却没有回答。甚至，他还表示这个问题是无聊的，无法成立的。但学生们认为达尔达涅戈夫老师根本就不知道特洛伊城是谁建立的，而郭立亚曾经在他父亲留下来的一本由斯马拉格多夫写的书中读到过相关的历史。结果，学生们开始对特洛伊城是谁建立的这个问题产生了兴趣。可"唯一"知道问题答案的郭立亚不愿透露他的秘密，于是，关于郭立亚"博学"的说法几乎成了学校中不可动摇的真理。

铁路事件之后，郭立亚对母亲的态度发生了一些变化。安娜·费多罗芙娜·克拉索特金娜[①]知道自己的儿子干了这样的事情时，几乎吓得神经错乱，歇斯底里的毛病接连发作了好几天。郭立亚吓坏了，他不得不向母亲真诚地保证，以后再也不去干这种"玩命"的事了。当时，他按照母亲的要求，跪倒在神像面前，向父亲的在天之灵起了誓。而具有"大丈夫气概"的郭立亚也伤感不已，哭得就像个六岁的孩子。

---

① 克拉索特金娜太太的全名。

这一天，母子俩搂着对方号啕大哭了一整天。第二天郭立亚醒来之后依旧冷漠，但他变得更加沉默、谦虚，也更加严肃了。

好景不长，差不多一个半月后，这个孩子又被卷进了一桩恶作剧之中，甚至连当地的司法官员都知道了他的名字，但是这次的恶作剧和上一次的完全不是一种性质，既可笑又愚蠢。不过，后来查明，他不是主谋，只是参与了此事。至于这件事情，我们暂且不谈。

总之，母亲一直胆战心惊，苦恼万分；而中年老师达尔达涅戈夫随着她日益加深的不安，对自己的幸福越来越抱有希望。必须指出的是，郭立亚早已猜透了老师的心思，当然，他也十分瞧不起这位老师对自己母亲的"感情"。郭立亚曾经直接在母亲的面前表明了自己的蔑视态度，还向她暗示自己知道老师对她的仰慕。但在铁路玩命事件之后，他在这方面的态度也发生了一些变化：他不再拐弯抹角地暗示和挖苦老师，当着母亲的面谈论达尔达涅戈夫时也更加恭敬了。这让他极度敏感的母亲立刻感觉到了，并在心中充满了感激。从那以后，只要有客人当着郭立亚的面提到了这位中年老师，她就会忽然羞红了脸，红得就像玫瑰一样。每当这个时候，郭立亚就会皱着眉头看向窗外，或者查看自己的鞋子有没有破损，又或者厉声喊叫"别列兹汪"——这是狗的名字，它是一条满身污垢的长毛大狗。差不多一个月以前，小郭立亚把它捡回了家，像是有什么秘密一样，将它藏在屋内，不让任何一个同学瞧见它。

他对这条狗进行了"惨无人道"的严苛训练，教它学各种本领。当郭立亚去上学的时候，这条狗就会发疯似的嚎叫；而当郭立亚回来的时候，它就会激动地哼哼唧唧，摇头晃尾，疯疯癫癫地听他指示，打滚、装死，等等，总之它恨不能立马把郭立亚交给它的所有本事通通表演给他看，而且还不是出于主人的命令，而是出于它的感激之情。

顺便提一句，我忘记告诉各位读者一件事。这位郭立亚·克拉索特金，就是被读者已知的退役上尉斯涅基列夫的儿子伊柳沙用铅笔刀戳伤大腿的那个男孩。伊柳沙干出这样的事是因为同学们骂他父亲是"搓澡擦"，护父心切的伊柳沙要替父报仇。

第二节 小不点

在十一月的一个寒风冷冽的早晨，郭立亚·克拉索特金待在家里。那是星期天，郭立亚不用上学，到了十一点，他想出门去做一件"十分重要的事情"，可是整个家中只剩下了他一个人看守房子，因为所有的大人都为了一件紧急又特殊的突发事件出门了。

寡妇克拉索特金娜的房子里，除了他们一家生活的地方之外，窄窄的过道对面还有两间房被她租出去了。租客是一位医生的太太，带着两个不大的孩子。这位医生的太太与克拉索特金娜同岁，二人是好友。至于那位医生，他已经离开家快一年了，先是去了奥伦堡，后来又去了塔什干，此后音信全无，有半年之久了。幸亏有克拉索特金娜的陪伴，或多或少地缓解了这位太太被丈夫遗弃的痛苦，不然这位医生的太太要整日以泪洗面了。然而更倒霉的是，就在昨天晚上，医生太太唯一的女仆卡特琳娜突然向这位女主人宣布：自己很快就要生产了。令人吃惊的是，之前几乎没人发现她已经怀孕，所有人都觉得这是个奇迹。震惊之余，医生太太还是决定趁时间来得及，赶紧把女仆卡特琳娜送到接生婆那里去。由于她真的很重视这名女仆，所以她不仅立即亲自把人送去，还留在那里陪她。第二天清晨，不知道为什么，医生太太又需要克拉索特金娜的友好帮忙，以便可以随时托她向他人寻求帮助。如此一来，家里的两位女主人都出去了，而郭立亚家的女仆阿咖菲娅又到市场去了,所以,年少的郭立亚要临时照顾医生太太的两个小孩。

郭立亚不怕看家,毕竟他还有大狗别列兹汪在身边。他让狗在门厅的长凳下趴着"不许动"。郭立亚在房子里来回走动,每当他走到门厅的时候,那条狗就冲他摇脑袋,同时把尾巴拍打在地面上,向郭立亚示好,但它始终没听到召唤它的口哨。郭立亚恶狠狠地瞪了一眼可怜的狗,它只好乖乖趴好。唯一困扰郭立亚的是家里的两个"小不点"。他对卡特琳娜的意外事件极其轻蔑,但是,他非常喜欢这两个失去父亲的孩子,而且他已经给了两个孩子每人一本小人书。大一点的女孩叫娜斯佳,已经八岁了,会读书;小一点的孩子叫果斯佳,七岁,特别喜欢听姐姐给他念书。当然,郭立亚本可以让他们玩更有趣的游戏,比如说让他们两个排排站玩士兵游戏,或者在屋子里捉迷藏。这些游戏他们已经玩过很多次了,从来不会觉得厌烦。有一次,班上的同学说郭立亚和房客的孩子们一起玩架马车的游戏时,竟然扮拉大车的马,低着脑袋跳跃,不料高傲的郭立亚自豪地驳斥了这些嘲讽,他认为在"我们的时代",如果和十三岁左右的同龄人玩这种游戏确实丢脸,但他是在和"小不点"玩这种游戏,因为他爱他们,所以任何人都不应该对他的感情加以干涉。因此,这两个小不点都很喜欢他。

但是今天,郭立亚没有心情和他们玩游戏。他有一件非常重要的事情等着去办,而且这件事情很神秘。时间正在流逝,郭立亚本指望着阿咖菲娅能快些回来照看孩子,但她却迟迟未归。郭立亚已经不知道多少次穿过过道,打开房客的门,焦急地看着"小不点"们,他们正遵照他的吩咐坐在那里看书。每次他开门的时候,两个小孩子就会默默地对他咧嘴一笑,希望他走进来和他们一起玩耍。但是,郭立亚已经被自己的事情搞得心烦意乱,连门都没有进去。十一点钟的钟声敲响的时候,郭立亚决定要是再过十分钟"该死的"阿咖菲娅还没有回来,他就不再等候,非出去不可了。当然,在此之前他需要让两个小不点保证,自己不在家的时候他们要勇敢,不要淘气,不要吓得嗷嗷乱哭。就这样,郭立亚一边想着对策一边穿着有狗皮领子的冬衣,挎好书包。

虽然他的母亲曾多次恳求他在"这样的大冷天"的时候出门一定要穿上套鞋。但是郭立亚穿过门厅时也只是轻蔑地看了一眼套鞋,还是决定只穿着靴子出门。狗见他已经穿好了衣服,使劲地摇晃着尾巴拍打地板,疯狂地扭动身躯,甚至可怜巴巴地叫了好几声。郭立亚见它如此激动,认为这是违反了纪律,于是让它继续待在长凳底下坚持一分钟,直到他打开了过道门之后,才忽然吹了一个口哨。别列兹汪像是疯了一样突然跃起,兴高采烈地跑在了他的前面。在穿越过道之后,郭立亚打开了两个小不点的房门。

当时姐弟俩虽仍坐在小桌边,却已不再读书了,二人似乎在争执着什么问题。这两个孩子经常争论生活中各种有趣的问题,而姐姐娜斯佳在辩论中总是占上风。如果弟弟果斯佳不同意她的看法,会立马寻求郭立亚的帮助,他的决定成了姐弟俩的绝对裁决。这一回,两个小不点的辩题对克拉索特金有些吸引力,于是他站在门口侧耳倾听了一会儿。姐弟俩发现他在听,于是争论得更加激烈了。

"我就是不能相信,怎么都不能信,"娜斯佳激动地说,"小孩子是接生婆在菜园里的卷心菜里捡到的。但是现在都十一月了,菜园里面怎么还可能有卷心菜呢?接生婆绝对不可能给卡特琳娜送一个女儿的!"

"嘘!"郭立亚偷偷吹了声口哨。

"或者说,接生婆一定能从其他的地方找到小孩子,然后再把小孩子送给那些已经结了婚的女人。"

果斯佳一边专心地看着娜斯佳,一边想着。

"娜斯佳你真的笨!"他终于开口了,语气坚定而平稳,"卡特琳娜又没有结婚,她怎么可能会有孩子呢?"

娜斯佳大为恼火。

"你真是什么都不懂!"她很生气地打断他,"万一她有丈夫,不过正在坐牢呢?所以现在她生了孩子!"

"她的丈夫难道真的在坐牢吗?"一向实事求是的果斯佳严肃地问。

"很有可能是这样,"娜斯佳连忙打断他的话,直接抛弃了刚才的假设,"她确实没有丈夫,你说得对!但是她,她一直想着要嫁人,想着想着,结果没有得到一个丈夫,却想出来一个孩子。"

"也许只能是这样了,"果斯佳同意了这个说法,他觉得自己失败了,"你以前可没有这么告诉过我,我怎么能知道呢?"

"喂!小家伙儿们,"郭立亚一边说着一边走进房间,"我看出来了,你们真是危险的人呢!"

"别列兹汪也跟着您一起来了吗?"果斯佳咧嘴一笑,打了个响指把狗叫了过来。

"小不点们,我现在有些为难,"克拉索特金煞有其事地开口道,"你们应该帮助我。阿咖菲娅估计半路上把腿摔折了,到现在还不见她回来,一定是这样的。但是,我又非出门不可,你们两个能不能让我放心地走?"

姐弟俩紧张地面面相觑,原先的笑脸上流露出一丝不安的神情。他们似乎没听懂郭立亚想要他们做什么。

"我不在家的时候,你们不要调皮好不好?你们不要爬到柜子上把腿摔断了好不好?你们不要因为家里没有人吓得大哭好不好?"

两个小孩显得万分沮丧。

"只要你们答应能做到这些事情,我就给你们看一个好东西,一门小铜炮。如果往里面塞上火药,它真的可以开炮的。"

两个小家伙顿时开朗了起来。

"快!把小炮拿给我们看看!"果斯佳喜笑颜开。

克拉索特金从自己的挎包里面掏出了那门小铜炮,把它放在了桌子上。

"你们一定会喜欢的!看,它还有轮子呢,"郭立亚拖着铜炮在桌子上面滚动起来,"它还可以开炮,装上弹药就能开炮!"

"能打死人吗?"

"只要你瞄得够准,想打死谁就能打死谁。"

于是,克拉索特金开始向他们讲解哪儿装火药,哪儿填充炮弹,又给他们展示像点火口的小洞。他还告诉他们,它放炮的时候会有后坐力。姐弟俩听这些听得出了神,超出他们想象的是这门炮竟然还有后坐力。

"那您有火药吗?"娜斯佳问。

"有的。"

"您能不能把火药给我看看?"她笑着请求道。

克拉索特金再次从书包里掏出来一支小瓶子,里面的确装了一些真火药,他掏出的一个纸包里面还装着一些小小的炮弹。郭立亚打开小瓶子,把一点火药倒在了自己的手心上。

"千万要注意,不能让它靠近火焰,否则它会爆炸,我们所有人都得被炸死。"克拉索特金故意吓唬他们。

两个小孩立马带着敬畏之心,兴趣十足地端详着火药,但果斯佳更喜欢那些小弹丸。

"弹丸不会着火吗?"果斯佳问。

"弹丸不会着火。"

"您可以给我一些弹丸吗?"他央求着。

"我可以给你几颗弹丸,给,拿去吧。但是,在我回来之前,这些东西不可以让你妈妈看到,不然她会以为这是火药,一定会被吓死的,而且她还会用树条抽你俩的屁股。"

"妈妈才不会用树条抽我们呢!"娜斯佳立刻指出。

"我知道,我只是说说罢了。你们绝对不可以欺骗你们的妈妈,除了这一次,直到我回来为止。好了,小不点们,我可以走了吗?没有我,你们也不会害怕和哭泣的对不对?"

"我们会——哭——的!"果斯佳拉长调子已经准备哭出来了。

"会哭的!我们一定会吓哭的!"娜斯佳表现出自己很害怕的样子附和道。

"哎,孩子们,孩子们,你们的年龄实在太小,真没法让人放心。没办法,小家伙们,我也不知道能陪你们多久。时间在流逝,时间在流逝呀,哎!"

"那您要让别列兹汪装死!"果斯佳说道。

"没办法,也只能求助别列兹汪了。喂!别列兹汪!过来!"郭立亚开始指挥自己的狗。

在主人的命令下,别列兹汪开始展现它学到的所有本领。这条长毛狗的体型和那些用来看门护院的普通狗差不多,毛色是灰的,微微带着一点紫色。这条狗瞎了一只右眼,左耳还裂了一个口子。在主人的指令下,它叫着、跳着、用后腿走路,躺在地上四脚朝天装死。正当表演最后一个节目的时候,门开了,克拉索特金娜太太的女佣阿咖菲娅出现在门口。她胖胖的,一脸麻子,四十岁上下,手里拎着一个巨大的袋子，里面装满了食物。很明显，她刚刚从菜市场回来。她就这样左手提着袋子，站在那儿看着狗表演。郭立亚虽说已经等了阿咖菲娅许久，但他并没有中断演出。他继续命令狗装死了一段时间，然后突然吹响口哨。那条狗听到声音便唰地一下站了起来，为完成了任务而兴奋地蹦跳不止。

"瞧这条狗！"阿咖菲娅教训似的说道。

"你这个女人，怎么回来这么晚？"

"女人？你这个小东西！"

"小东西？"

"就是小东西！我回来晚了和你有什么关系！我回来晚了，肯定是有原因的呀！"阿咖菲娅一边嘀咕着，一边走到炉子旁边忙起来，但是她的语气中并没有生气或不满的意思，反倒是很高兴能跟家里的小主人斗嘴。

"你这个疯婆子听好了，"克拉索特金从沙发上站起来，"我要出去一会儿，你能不能用世界上最神圣的东西再加其他什么东西的名义向我发誓，我不在家的时候，你一定会把两个小不点照顾好？我必须出去一趟。"

"我干吗要向你发誓？"阿咖菲娅一边笑着一边说，"不发誓我也会做到的！"

"不，你必须要用你的灵魂永远得救的名义发重誓，否则我就不走了。"

"不走就不走呗，你走不走跟我没关系。外头挺冷的，你就在家里待着吧。"

"小不点们，"郭立亚转向孩子们，"在你们妈妈回来之前或者在我回来之前，这个女人会和你们待在一起。不会很久，因为你们的妈妈也快回来了。还有,她会给你们做早饭的。阿咖菲娅,你能给他们弄点吃的吗?"

"这个没问题!"

"再见啦,小家伙们,我现在可以安心地出门了。喂,大妈,"他在路过阿咖菲娅面前的时候突然郑重其事地低声说,"你们总是爱嚼舌根,卡特琳娜的事情,我希望你别在孩子们面前说,他们还小。走啦,别列兹汪!"

"哼!去你的吧!"阿咖菲娅这语气看起来是真的生气了,"你这话说得可真有意思!我看你是皮痒了,欠揍!"

第三节 小同学

但是郭立亚已经顾不上听她说话了,现在他总算能离开了。

他出了大门,环顾四周,耸了耸肩膀说了句"冻死了",便沿着大街一路向前,然后向右拐进一条小巷,走向集市广场。在临近广场旁的第二座房屋门前,郭立亚停下了脚步,从兜里掏出一只哨子,使劲吹起来,似乎是在打什么暗号。他等了还不到一分钟,就有一个面色红润的男孩子冲出大门,迎接郭立亚。这个男孩大约十一岁,穿着一件干净暖和、做工优良的大衣,他叫斯穆罗夫,目前在上预备班(郭立亚比他高了两个年级),是个富裕的官员的儿子。他的父母不想让他和克拉索特金来往,因为郭立亚敢玩命和淘气的名声实在是太大了。所以,斯穆罗夫是偷偷溜出来的。

如果各位读者还有印象,这个斯穆罗夫就是在两个月前隔着小河对伊柳沙扔小石子的那群孩子之一。当时,也是他把伊柳沙的事情一五一十地告诉了阿廖莎·卡拉马佐夫。

"我已经等您一个小时了。"斯穆罗夫抱怨了一句,随后两个人便向广场走去。

"我出来晚了,"克拉索特金答道,"事情太多,走不开。对了,你和我一块儿去,你家里人不会揍你吧?"

"得了吧,我什么时候挨过打了?别列兹汪和您一起来了吗?"

"它来了。"

"您想把它也带过去?"

"对啊。"

"哎,要是儒奇卡也在就好了!"

"不可能。儒奇卡已经不在了,早就消失得无影无踪了。"

"咱们能不能这样,"斯穆罗夫突然站住,"伊柳沙不是说儒奇卡也是一条长毛狗吗?它也是灰色的,看起来和别列兹汪也差不多,所以,咱们能不能对他说这条狗就是儒奇卡,万一他相信了呢?"

"小学弟,第一,千万不要撒谎;第二,善意的谎言也是谎言。最重要的是,你在那边的时候没提过我要去的事吧?"

"当然没有!这点我明白。但是别列兹汪也安慰不了他,"斯穆罗夫叹道,"您知道他的父亲,就是那个上尉,胡子像树皮搓澡擦的那个,他告诉我们今天会给伊柳沙带一条黑鼻头的小米兰狗,他觉得这样能安慰伊柳沙。您觉得这真的能行吗?"

"伊柳沙现在的情况怎么样?"

"哎,糟糕,非常糟糕。我觉得他可能感染了肺炎。他现在精神还不错,但呼吸有问题。有一次他说想在房间走走,家里人帮他把鞋子穿好后,才刚走一步就摔倒了。他说:'爸爸,我给您说过了,我的靴子不舒服,我以前穿着走路的时候就不舒服。'他认为自己是因为靴子不合脚才摔倒的,但其实是因为他身体虚弱。他恐怕活不过一个星期了。这段时间赫尔岑什图贝也经常去看他。现在他们家又富裕起来了,他们现在有很多钱了。"

"骗子!"

"谁是骗子?"

"所有的医生,所有看病的医生都是骗子。真的,没有一个人不是骗子。我拒绝相信医学,那玩意儿毫无用处。不过,我以后还需要好好研究研究。你们这帮人哭哭啼啼的干什么?听说全班都去看他了对不对?"

"不是全班,只是十来个人,我们每天都去。这倒没什么。"

"我不明白阿列克谢·卡拉马佐夫这个人到底要干什么。他哥哥的案子明天或者后天就要开庭了,案子那么严重,他竟然还有时间和心情跟一群毛孩子干这种多愁善感的事情。"

"这可不是什么多愁善感。您现在不是也要去和伊柳沙讲和吗?"

"讲和?你这话说得太滑稽了。我绝对不允许任何人对我的行为指手画脚,说三道四。"

"如果伊柳沙能看到您,一定会很高兴的,他怎么都想不到您会去。不过,这么长时间了,您为什么一直不去找他?"

"亲爱的孩子,这是我的事情,与你无关。我是自己要去,我愿意这么做。你们都是被阿列克谢·卡拉马佐夫拉过去的,我不一样。你怎么能觉得我是去讲和的?也许这完全不是我去的目的呢?你这话说得可太傻了。"

"我们过去根本不是卡拉马佐夫的主意,和他没关系的,我们是自己要去的。当然,一开始我们确实是和卡拉马佐夫一块儿去的。最初是一个人去,后来其他人也去了。伊柳沙的父亲现在也欢迎我们。您要知道,如果伊柳沙死了,他一定会疯的。他看见我们和伊柳沙和好了,高兴得不得了。伊柳沙也曾经问起过您,不过没多说什么,就是问了一下您,然后便再也没开口了。他要是死了,他父亲一定会发疯或者上吊的。这个人以前就多少有点精神错乱。要知道,他是个非常正派的人,那时候我们都搞错了。这一切的罪魁祸首就是那个弑父的凶手,就怪他,要不是当初他打了伊柳沙的父亲……"

"不管怎么样,阿列克谢·卡拉马佐夫这个人对我来说仍然是个谜。其实,我早就可以认识他的,但在某些情况下,我喜欢摆点小架子。另外,我有一些关于他的看法需要了解和证实。"

郭立亚神气地沉默了,斯穆罗夫也默不作声。斯穆罗夫非常崇拜郭立亚·克拉索特金,从没想过与他平起平坐。现在,斯穆罗夫的好奇心被激起了,因为郭立亚说他是"自己要去的",那为什么他早不去晚不去,偏偏要今天去呢?这其中肯定有什么秘密。他们两个走在集市广场上,那里停着好多辆从乡下赶过来的大车,运来了不少家禽,还有不少女摊贩摆了小摊叫卖面包和针线之类的物件。这种周日的赶集一年里有许多次。别列兹汪现在开心极了,它跑的时候一会儿往左,一会儿往右,这里嗅嗅那里嗅嗅。当它与别的狗相遇时,会按照狗的规矩兴冲冲地互相嗅嗅,彼此示好。

"我很喜欢观察,斯穆罗夫,"郭立亚忽然说道,"狗相见的时候总会像这样互相闻来闻去,你注意到了吗?这就是狗和狗之间的自然法则。"

"是的,有点可笑的法则。"

"不,你说得不对,这一点都不可笑。不管那些满脑子偏见的人怎么看,自然界中没有什么是好笑的。如果狗可以判断,可以批评,那么它们一定可以发现它们的主人,也就是人和人之间的社会关系有多少可笑的东西。我的意思是,我们人干的蠢事可比狗干的多得多。这是拉基津的说法,一种了不起的想法。要知道,我可是个社会主义者,斯穆罗夫。"

"社会主义者是什么意思?"斯穆罗夫问道。

"就是说,人人平等,财产共有,没有婚姻的束缚,宗教也好,法律也罢,这些东西通通可以由社会个体自由选择。当然,主张不止这些。你还小,还没到能理解这些的年纪。哎呀,今天挺冷阿!"

"是啊,今天足足有零下十二度。刚才我父亲看过寒暑表。"

"斯穆罗夫,你注意到了吗?在隆冬的时候,即便温度是零下十五或者零下十八度,好像也没有现在这么冷。尽管现在只有零下十一二度,雪还很少。这只能说明,人们还没有习惯冬天的寒冷。人就是这样,对一切都必须有一个习惯的过程,包括国家大事、政治局势之类的问题。习惯就是一切的推动力。看,那个农民真有趣。"

郭立亚指了指一个穿着羊皮袄、身材高大、相貌和善的农民,那人站在自己赶来的大车旁,冷得一个劲儿地拍着戴着手套的手掌。他那长长的浅褐色胡须上结了一层霜。

"这男人的胡子都被冻上了!"郭立亚从他身边经过时故意大声挑衅地说。

"很多人的胡子都被冻上了。"那个农民心平气和地回答道。

"不要欺负人家。"斯穆罗夫说道。

"没关系,他不会生气的,他是个好人。再见,马特维。"

"再见!"

"您真叫马特维?"

"啊,我叫马特维。你不知道?"

"我不知道,我瞎猜的……"

"真有你的。你是个学生吧?"

"是的。"

"挨过打吗?"

"不算太多,偶尔也会。"

"疼不疼?"

"被打能不疼吗?"

"哎,这日子啊!"农民感叹道。

"再见,马特维。"

"再见,好小伙子!"

就这样,两个少年走了过去。

"这是个好人,"郭立亚对斯穆罗夫说,"我就是喜欢和老百姓交谈,不论什么时候我都愿意为他们说上几句公道话。"

"您为什么撒谎说您挨过打?"斯穆罗夫问。

"我们总得让他心里舒服些吧?"

"这是什么意思?"

"听着,斯穆罗夫,我喜欢点到为止,不要总是不停地问这问那。有的人你根本没办法和他说清楚。告诉你,他是乡下人,按照乡下人的想法,当学生的就是要天天挨打的,而且这是必须的。他们甚至认为,如果学生不挨揍,就不算是学生。如果我现在和他犟嘴,说我们现在不用挨揍了,他听到一定会不舒服的。不过,这些道理你还不明白。和这些平民百姓说话要有技巧。"

"请您不要惹火他们,万一闹出什么乱子来,又会和上次那只鹅的问题一样。"

"你怕了?"

"别笑话我了,郭立亚,我真怕了。您知道,万一我父亲知道了,会大发雷霆的。家里人不让我和您在一起您是知道的。"

"别担心,这一次什么事情都不会发生。你好啊,娜塔莎!"他突然向棚子下一个摆摊的女商贩打招呼。

"谁是你的娜塔莎?我叫玛丽亚。"那个年纪还不是很大的女商贩大声回答道。

"很好,玛丽亚,再见。"

"哎哟,你这个调皮鬼,个子还没长高就开始学坏了?"

"我没时间,我没时间和你聊天,有话我们下周日再说吧。"郭立亚挥了挥手,给人感觉像是他被她缠住了似的。

"下周日我要和你说什么?再说,明明是你惹了我,又不是我惹了你,你个淘气的小东西,"玛丽亚叫道,"就应该狠狠抽你一顿!你这个出了名的淘气鬼!"

和玛丽亚一起摆摊的女人们哄堂大笑。这时,从店铺的拱廊下面莫名其妙地冲出来一个怒气冲冲的年轻人,像是一个店员,看起来不是本地人,而是从外地来的。他穿着蓝色的长大褂,戴着一顶帽子,一头深棕色的卷发,苍白的长脸上有不少麻点子。他正处于一种愚蠢的兴奋状态,朝着郭立亚挥着拳头。

"我认识你!"他生气地吼着,"我认识你!"

郭立亚仔细地瞧着他,似乎想不起来自己何时与这个人发生过冲突。不过,他在街头和人打架的次数数不胜数,他不可能记住每一个人。

"你认识我?"他嘲讽地问道。

"我认识你!我认识你!"那人就像个傻子一样,一直重复着这句话。

"认识我对你有好处!我没工夫理你,再见!"

"你为什么要搞这种恶作剧?"那个人吼道,"你是不是又要搞这种恶作剧了？我认识你！你是不是又想着搞恶作剧了？"

"兄弟，我搞恶作剧关你什么事？"郭立亚一边说着，一边停下了脚步上下打量着他。

"怎么就和我没关系了？"

"就和你没关系啊！"

"那和谁有关系？你告诉我，和谁有关系？"

"兄弟，这件事情只和特里方·尼基季奇有关系，和你没关系。"

"特里方·尼基季奇又是谁？"那个年轻人看着郭立亚，尽管还是那样暴躁，却露出了一副惊讶的表情。郭立亚傲慢地上下打量着他。

"你去过升天大教堂了吗？"郭立亚突然严厉地问道。

"升天教堂是哪里？我去那里干什么？不，我没去过。"年轻店员有些吃惊。

"听说过萨巴涅耶夫吗？"郭立亚语气更加坚定、严厉地问道。

"萨巴涅耶夫又是谁？不，我没听说过。"

"既然如此，那你就见鬼去吧！"郭立亚突然打断道。说罢，就向右一个急转弯，大步往前走去，似乎自己根本不屑和一个连萨巴涅耶夫都没有听说过的白痴说话。

"喂！你站住！萨巴涅耶夫到底是谁？"年轻人好像反应了过来，怒气又涌了上来。"他到底说了什么？"他突然转向女商贩们说，傻傻地看着她们。

女人们哈哈大笑。

"没人知道这个小家伙脑子里在想些什么。"其中一个女商贩说。

"他说的那个萨巴涅耶夫到底是谁啊？"年轻的店员一边挥舞着右拳，一边追问着。

"他说的人很有可能是在库兹米切夫家的商店里工作的那个店员萨

巴涅耶夫，肯定就是他了！"一个女人突然猜想说。

年轻的店员迷惑不解地看着她。

"库兹米切夫商店里的那个？"另一个女人说，"但他的名字不是特里方呀。他叫库兹马，不叫特里方，那孩子说的是特里方·尼基季奇，所以不是他。"

"你们说的那个人不叫特里方，也不姓萨巴涅耶夫，那个人姓奇佐夫，"一个一直没有说话、仔细听讲的女人突然开口道，"那个人叫阿列克谢·伊万内奇，全名是阿列克谢·伊万内奇·奇佐夫。"

"没错，就是奇佐夫。"第四个女人肯定地附和道。

晕头转向的年轻店员一会儿瞧瞧这个，一会儿看看那个。

"他为什么要问'你知道萨巴涅耶夫吗？'好心的人们，谁能告诉我？"他发疯了一样大叫着，"鬼知道萨巴涅耶夫是什么人！"

"你这个人怎么这么死脑筋呢？别人都告诉你了，他说的不是萨巴涅耶夫，而是奇佐夫，阿列克谢·伊万内奇·奇佐夫，就是他。"一个女商贩大声呵斥道。

"奇佐夫又是谁？哪一个？你们倒是告诉我啊！"

"高个子，总是流鼻涕，夏天的时候经常坐在市场上。"

"这个人和我有什么关系啊？好心的人们，快告诉我啊！"

"我们怎么知道你和奇佐夫有什么关系？"

"对啊！别人怎么知道？"另一个女人附和道，"你光在这儿嚷嚷，你应该清楚自己和他有什么关系。那孩子明明是冲你说的，又不是对我们说的。你这个笨蛋，难道你真的不知道？"

"谁啊？"

"奇佐夫啊！"

"让这个奇佐夫和你一起见鬼去吧！我非要揍他一顿不可！他就是

在耍我!"

"你要去揍奇佐夫?小心他揍你!你个蠢货!"

"不是奇佐夫,不是奇佐夫!你这个恶毒的坏女人,我要揍那个小崽子!把他带过来,把他带过来,他刚刚一直在耍我!"

女人们笑得前仰后合。而此时,郭立亚已经带着胜利的神情走得很远了。斯穆罗夫走在他旁边,不时回顾喧嚷的人群。他也觉得挺开心,虽然还在担心,生怕和郭立亚一起卷进什么不愉快的事件。

"您刚刚问他的那个萨巴涅耶夫究竟是谁?"他问郭立亚,虽然他已经猜到他会怎么回答。

"我怎么知道那个人是谁?这下够他们吵到晚上了。我就是喜欢逗社会各阶层的傻瓜。你看,那边还站着一个傻瓜,就是那个乡下人。你记住,据说'没有比法国人更蠢的人了',但俄国人的脸上也会露出傻兮兮的表情。你看,这个乡下人脸上不是就写着'傻瓜'两个字吗?"

"别惹他,郭立亚,我们继续走吧。"

"什么也阻止不了我,我现在就要做。喂,你好啊,乡下人!"

一个健壮的农民正从一旁慢慢地走过,他长着一张圆脸,脸上还有不少斑白的胡须,看起来他已经喝了不少酒。听到郭立亚的话,他抬起头,看了看郭立亚。

"你好啊,但愿你不是在和我开玩笑。"他不紧不慢地说道。

"如果我就是开玩笑呢?"郭立亚笑道。

"如果你是在开玩笑,这也没什么关系,上帝会保佑你的。没什么大不了的。开个玩笑还是可以的。"

"对不起,老兄,我不过就是开个玩笑。"

"没事,上帝会原谅你的。"

"那你能不能原谅?"

"完全能原谅。你走吧。"

"想不到你还是个聪明的乡下人。"

"我比你聪明。"男人出人意料,依旧一本正经地回答。

"你不见得比我聪明。"郭立亚有些猝不及防。

"我是对的。"

"说不定你就是对的。"

"那就这样吧,老兄。"

"再见,乡下人。"

"再见。"

"乡下人有各种各样的,"郭立亚沉默片刻之后对斯穆罗夫说道,"我怎么知道我会遇到聪明的乡下人?不过,我随时愿意承认老百姓中也有聪明人。"

远处教堂钟声响起,已经是十一点半了。两个少年开始加快步伐,还有很长一段路才能走到斯涅基列夫上尉的住所。他们走得很快,一路上几乎不再交谈。在距离上尉家门外差不多二十步远的地方,郭立亚突然站住了,他吩咐斯穆罗夫进去把阿列克谢·卡拉马佐夫叫出来。

"先得打探一番。"他对斯穆罗夫说道。

"为什么非要叫他出来呢?"斯穆罗夫不情愿地说,"您直接进去不就完了?大家一定非常欢迎您的。干吗要在冰天雪地里交新朋友呢?"

"这么冷的天我把他叫出来自然有我的道理。"郭立亚专横地堵住了他的嘴(他特别喜欢训导这些"小家伙"),于是斯穆罗夫赶紧跑去执行命令。

第四节　儒奇卡

郭立亚一脸凝重地靠在围墙上等待阿廖莎出来。没错，他早就想和阿廖莎见上一面了。之前，他曾经从同学的口中听闻了不少关于阿廖莎的事情，但是目前为止，每当别人当着他的面谈起阿廖莎的时候，他总是在表现出轻蔑和冷漠，甚至在听闻别人所讲的事情后，对阿廖莎"批判"一番。但实际上，他的内心深处有一股强烈的欲望，想结识阿廖莎。因为在他听到的关于阿廖莎的所有情况中，有太多令他着迷和引起共鸣的东西了。所以，对他而言，这是一个重要的时刻。

首先，绝对不能丢面子，一定要彰显自己的独立性："否则，他会把我当成一个无异于其他孩子的十三岁小男孩。至于这些男孩对他有什么用，还需要我和他进一步交往之后才能知道。但糟糕的是我的个子太矮了，那个图季科夫年龄比我小，但个子比我高了半头。不过，我看起来还是挺聪明的，虽然我知道自己长得不好看，但是我聪明。此外，感情流露不能太直接，如果我给他一个拥抱，他会以为……呃，算了，他要是那样想，我就太丢脸了。"

郭立亚心潮起伏，努力装出一副潇洒独立的样子。最令他苦恼的是他的身高，虽然说他的脸也挺"丑"，但他的身高更加令他烦恼。从去年起，他就在家里的一个墙角上用铅笔画出一条线来测量自己的身高，之后，每过两个月他都要怀着激动的心情去比较自己究竟长高了多少。可惜的是，他长得非常慢，有时简直让他感到绝望。至于他的脸，其实一点都不丑，相反还挺好看的。

郭立亚皮肤白皙，脸上有一些小雀斑，一双灰色的小眼睛里闪烁着勇气的光芒，也经常流露出充沛的情感。他的颧骨比较高，嘴唇不厚，但是很红；他鼻子不大，但是翘得很高。"我是翘鼻子，完全是个翘鼻子！"郭立亚照镜子的时候总是这样喃喃自语,然后懊恼地走开。"这张脸看起来也不是很聪明。"他有时候连这点也怀疑。但不能说他一心只想着自己的相貌和身材,相反的是,不管他在镜子面前有多么痛苦,但是只要离开了镜子,他便将此忘得一干二净,甚至很长时间都不会想起。按照他的话来说,这叫"将自己完全交给了理想和现实生活"。

阿廖莎很快就出来了,他步履匆匆,直奔郭立亚。还在几步之外,郭立亚就看到阿廖莎脸上高兴的表情。"难道他是真心欢迎我?"郭立亚高兴地想。

这里有一些事情值得注意,自从我们上次说到阿廖莎之后,他已经发生了很大的变化。他脱下了修士袍,现在身穿一件做工讲究的常礼服,戴一顶圆形的小软帽,头发也剪短了。这一切使他看起来很闪耀,完全一副美男子的形象。阿廖莎俊朗的面庞上总是带着欢乐的神情,但他的欢乐中带着温柔和平静。令郭立亚感到惊讶的是:阿廖莎竟然连大衣都没穿,只穿了件室内的衣服就出来见他。很明显,他很着急。此时,阿廖莎向郭立亚伸出手说:"您终于来了,我们大家多么渴望您能来呀!"

"是有原因的,您马上就会知道的。不管怎么样,很高兴认识您。这一刻,我也等了很久,我听说了不少关于您的事情。"郭立亚低声说,呼吸也有些急促。

"我们应该早点认识的。关于您的事情我也听说过不少,但您一直迟迟不到这里来。"

"请问这里的情况怎么样?"

"伊柳沙病得很重,估计是活不长了。"

"您说什么呀!卡拉马佐夫,您必须承认,医学就是门骗子学科。"

郭立亚激烈地叫道。

"伊柳沙经常提起您,很多次了。您知道吗?他甚至在做梦的时候都在说您。看得出来,您在他心里有很高的地位……直到发生那件事情……就是,削笔刀那件事情。还有另外一个原因……请问这是您的狗吗?"

"是的。它叫别列兹汪。"

"它不是儒奇卡?"阿廖莎遗憾地看着郭立亚,"儒奇卡还是失踪了?"

"我知道你们所有人都希望这条狗就是儒奇卡,我已经听说了。"郭立亚若有深意地笑了笑,"听着,卡拉马佐夫,我来给您好好解释解释这件事,我把您叫出来的主要目的,就是想在进门前把整件事情向您说清楚。"他开始兴奋地说,"您知道的,今年春天的时候,伊柳沙上了预备班。大家都知道,预备班里面全是些小男孩。他们立刻开始戏弄伊柳沙。我毕竟是高他们两级的学长,当然是从远处观察他们。我看伊柳沙这个孩子虽说瘦瘦小小的,但他不愿屈服,敢和他们打架。他很有傲气,双眼闪耀着光。我就喜欢这样的孩子。可是吧,他们更加欺负他、嘲笑他。特别是他那时穿的衣服破破烂烂的,裤子短得吊起来,靴子也是破的,脚趾头都露出来了。他们笑话他、欺负他,我无法容忍他们这样,立刻出来保护他,把他们狠狠地教训了一顿。我打他们,他们却崇拜我,您知道吗,卡拉马佐夫?"郭立亚禁不住地炫耀道,"我一向是很喜欢小孩子的。现在我家就有两个小不点要我照顾,这也是我今天为什么来得这么晚的原因。

"就这样,因为有我保护他,从那之后就没人敢再欺负伊柳沙了。我知道,伊柳沙这个孩子很骄傲,我告诉您他很骄傲。但是到最后,这孩子简直像个奴隶,对我绝对忠诚,凡是我吩咐给他的事情,他一定会办到,服从我就像是服从上帝那样。除此之外,这个孩子处处模仿我。那段时间他每逢课间休息就来找我,我也经常和他在一起,哪怕到了周日也是这样。在我们中学里,如果高年级的学生同低年级的学生交往密切就会被嘲笑,但这是偏见。我就是要这样,管他干什么,对吗?我教他知识,开发他智力。试问,既然我喜欢他,为什么我不能培养他呢?再说了,卡拉马佐夫,您不是也和小孩子们做好朋友吗?您不也是想影响他们、教育他们,对他们有所帮助吗,对不对?我必须承认,我听说了您性格中的这些特点之后,对您特别感兴趣。

"好了,现在说重点吧。我发现这个孩子身上有一种温柔和多愁善感,您知道,我生来就讨厌那种小牛犊般的温柔。不但如此,这个孩子身上还表现出了矛盾,他骄傲,却对我像奴隶一样忠诚,但又会突然双眼冒火,不赞同我的意见,同我争吵,跟我犟嘴。我看得出来,我有时候提出一些想法,他并非不认同,只是反对我罢了,或许是因为我对他的温柔总是表现得很冷漠。为了锻炼他,他越是对我温柔,我就越对他冷淡。我是故意这样的,这是我的主意,我的目的是锤炼他的性格,使他成为一个真正的男人……我觉得……呃……不必多说什么了,您应该能完全理解我的意思。

"后来,我突然发现一连三天他都垂头丧气的,显得非常沮丧。我开始觉得这绝对不再是什么渴望温柔的问题了,而是有更加重要和严肃的事情。我心想,到底发生了什么样的悲剧?经过一连串的盘问,我才知道:不知何故,他和您已故的父亲(当时他还活着)的仆人斯乜尔加科夫玩到了一起,他教给这个小傻瓜一个愚蠢的恶作剧。换句话说,那是一个非常残忍、卑鄙的恶作剧——先掏出一块软心的面包,往里面塞入一枚大头针,再丢给那些饿坏了的看门狗,之后只需要静观其变就好。他们准备好了这样的一块面包,扔给了我们所说的儒奇卡,您要知道,儒奇卡就是一条看门狗,那家的主人平时根本就不给它喂食,它整天对着风嚎叫。您听过饿得半死的狗特有的那种迎风苦嚎的声音吗,卡拉马佐夫?总之我很讨厌那种声音。话说回来,那条狗和预想中一样,一口就把面包吞了。然后,它就开始不断地尖叫、打转、奔跑。就这样,一边跑一边叫,从此消失了——这些都是伊柳沙亲口告诉我的。当时他在和我坦白时,哭得很厉害,抱着我直哆嗦,不断地重复着这句话:'一边跑一边叫,一边跑一边叫。'当时那幅景象给他幼小的心灵造成了巨大的刺激。我看得出,这个孩子受到了自己良心的拷问。

"我觉得此事非同小可。除此之外,因为之前的种种事情,我觉得是时候给这个孩子一个教训了。我也得向您坦白,我当时耍了个花招。我装作比实际上更加生气的样子,对他吼道:'你怎么能干这种缺德的事情!你就是个浑蛋!此事,我不会到处宣扬,但我暂时不会再和你打交道了!等我考虑好后,我会让斯穆罗夫(就是今天那个和我一块儿来的孩子,他对我一向很忠诚)告诉你,我是和你继续做朋友,还是把你当作一个浑蛋看待,永远放弃你。'

"我承认,这番话带给他的打击更大。我当时就感觉到自己可能过分了,但这也是没办法的事情。一天后,我派斯穆罗夫去告诉他,从今往后我再也'不和他说话'了,我们同学之间如果绝交,就会这样说。但说实话,我只是想通过这件事考验他两天,如果之后他有了一些悔改的表现,我再向他伸出手。这就是我的意图。

"但是,您猜怎么着?这孩子听到了斯穆罗夫的话之后,眼睛里闪出凶光,对斯穆罗夫嚷道:'你替我告诉克拉索特金,就说从今天开始,我要把塞了大头针的面包扔给世界上的每一条狗吃,每一条!'

"我一看这孩子竟然犯起犟脾气了,必须好好把它清除掉。于是,我对他表现出了彻头彻尾的蔑视,只要一看到他就立马扭过头去,或者冲他冷笑。就在这个时候,发生了他父亲的那起事件,就是'树皮搓澡擦',这件事您还有印象吗?您应该知道,这个时候的伊柳沙眼看就要大发脾气了,而原来欺负他的那些男孩们见我不保护他了,就又开始欺负他,嘲笑他:'树皮搓澡擦,树皮搓澡擦。'接着,他就和一群孩子打了起来。说到这儿我感到很后悔,因为有一次伊柳沙被人打得挺严重。有一次放学的时候,他一个人对着一群人打了起来,我当时恰巧站在十步之外的地方看着他。我可以发誓,我不记得我笑过他,相反,我觉得他太可怜了,甚至可能过不了几秒钟我就要出手搭救他了。但是,他在打斗间突然与我四目相对,我不知道他脑子里究竟在想什么,他竟然拿着一把铅笔刀向我冲了过来,朝着我右腿的大腿上扎了一刀,就是这个地方。我没有动,老实说,卡拉马佐夫,有时候我还是个挺勇敢的人。我就那么轻蔑地看着他,好像在说:'你要不要再扎我一刀,用这种方式来回报你我之间的伟大友情?如果你还想,我已经准备好了。'但是他没有再下刀。他崩溃了,他吓坏了,他扔掉铅笔刀,大哭起来,跑开了。我当然没有去告发他,甚至我还告诉在场的所有人,让他们不许声张,不可以让学校知道。直到伤口愈合,我才告诉了我母亲,实际上,那一刀也没造成太大的伤害,只是皮外伤而已。后来,我就听说那天稍晚些时候他向小孩子们扔石头,还咬伤了您的手指。但是,我觉得您应该或多或少能理解他当时的心情吧。有什么办法呢?接着,我又干了一件蠢事:他病倒以后,我也没有原谅他,应该说也没有跟他和好,现在我真是后悔极了。但是,我没过来看他确实有一些原因。事情的全部经过差不多就是这样了……现在想想,我的行为太愚蠢了……"

"真是遗憾,"阿廖莎动情地感叹道,"可惜我不知道过去您和他的关系。不然我早早地就去找您，请求您来看他了。您知道吗？即便是在发高烧说着胡话的时候，他也一直在叫着您的名字。我真的不知道原来您对他这么重要。难道，难道您真的没有找到那条叫儒奇卡的狗吗？他的父亲和他的同学将全城找了个遍，始终都没有找到它。这话说来您也许不太相信，他病倒之后至少有三次当着我的面，眼含热泪对他父亲说：'爸爸，我就是因为弄死了儒奇卡才病成这样的，这是上帝对我的惩罚。'无论如何他都打消不了这种想法。总之，要是现在能找到儒奇卡，给他看看狗还活着，说不定他一高兴，病就好了。我们大家把希望都寄托在您的身上了。"

"请告诉我，为什么大家把希望都寄托在了我身上？为什么只有我能找到那条狗？"郭立亚好奇地问道，"为什么你们都指望我，而不去指望别人呢？"

"曾经有人说您已经在找儒奇卡了，还说等您找到了狗就会把它送来。如果我没记错，说这话的人正是斯穆罗夫。我们费尽心思想让伊柳沙相信儒奇卡还活着，甚至有人看到过它。前段时间，孩子们不知道从哪里给他抓了只活的野兔子，他只略带微笑地看了一眼那兔子，就让孩子们把它放了。我们只能照办。刚才他父亲从外面回来给他带了一条小米兰狗，没人知道是从哪里搞来的，想用这条狗来安慰他，但结果好像更糟……"

"请您再告诉我一件事，卡拉马佐夫，您觉得他的父亲是个什么样的人？我认识他，但是他在您眼里究竟是个什么样的人？小丑？装疯卖傻？"

"啊，都不是的。有些人的心中实际上隐藏着非常深厚的感情，但是出于某些不为人知的原因，他们必须压抑着。他们之所以会有小丑般的行为，是因为他们多年来一直受到一些人的侮辱和恐吓，不能也不敢直言,这是对这些人的无奈的讽刺。请您相信我,克拉索特金,这种小丑角色说起来是极其可悲的。如今这个上尉把一切都寄托在伊柳沙身上了,万一伊柳沙不幸离世,他会悲伤得发疯,也许会自我了断。现在,我看着他,就更加肯定了。"

"我能明白您的意思,卡拉马佐夫。看得出来,您是个体察人心的人。"郭立亚真诚地补充道。

"方才,我一看到您身边有条狗,还以为你把儒奇卡带来了呢。"

"不要急,卡拉马佐夫。说不定,我们还真的能把那条狗找到呢。但这条狗叫别列兹汪。我现在就把它带进去,说不定这条狗能比那条小米兰更让伊柳沙开心。请等下,卡拉马佐夫,马上您就会知道更多的事情。啊,上帝啊,我竟然把您拖了这么久!"郭立亚恍然惊醒,"今天这么冷,您只穿了一件常礼服,天哪,我还一直在拖着您。哎呀呀,我这个人实在是太自私了啊!啊,我们全是利己主义者,卡拉马佐夫!"

"不用担心我。虽然外面确实很冷,但我不太容易感冒。不过我们还是进屋吧。顺便请问您叫什么名字?我知道别人都叫您郭立亚,那全名叫什么?"

"我的名字叫尼古拉·伊万诺夫·克拉索特金,或者您也可以像打着官腔的人们一样,叫我克拉索特金的儿子。"郭立亚不知何故笑了笑,突然又加了一句,"当然,我不喜欢尼古拉这个名字。"

"为什么不喜欢呢?"

"太俗啦,还带点官腔……"

"您今年是十三岁吗?"阿廖莎又问道。

"十四周岁了,再过两星期就十四周岁了,很快就到的。卡拉马佐夫,我要向您坦白我的一个弱点,当然,这话只对您说,因为这是我们第一次见面,这样您就能尽快了解我的性格了。我尤其讨厌别人问我的年龄,恨到骨子里……除此之外,还讨厌别人诽谤我。比如,上个星期我和那些预备班的学生在一起玩强盗游戏,我是和这些孩子一起玩了游戏不假,但他们说我这么做是为了自己,为了给自己找乐子,这就是纯粹的胡扯了。我有理由认为这件事多多少少传到您的耳朵里了,但是我和他们一起玩不是为了我自己,而是为了他们,因为如果没有我,他们也玩不出什么花样来。我可以告诉您,这是座喜欢搬弄是非的城市。"

"即便您和他们一起玩是为了找乐子,又能怎么样呢?"

"为自己吗……您总不至于去玩骑大马的游戏吧?"

"我觉得您应该这样看待问题,"阿廖莎一笑,"打个比方,成年人去剧院看戏,舞台上演的不也是各式各样人物的冒险经历吗?其中也不乏强盗和战争之类的事情,这和孩子们的游戏有什么区别呢?只是形式不同。孩子们在课余时间玩的强盗游戏是一种萌芽状态的艺术,它背后反映的是孩子们心中萌发的艺术需求,而且有的时候,孩童们的游戏甚至比剧院里的表演更加精彩。二者的差别仅仅在于,在剧院里看的是演员表演,而在游戏里自己就是演员。但这倒是显得更加自然。"

"您当真如此认为?这就是您对这个问题的见解?"郭立亚凝视着阿廖莎,"我认为您的观点十分有趣,回家之后,我会就您的观点好好思考一下。当然,我必须承认,我一直期盼着能从您这里学到一些东西。我是来向您学习的,卡拉马佐夫。"郭立亚十分真诚地总结道。

"我也会向您学习。"阿廖莎握住他的手,微笑道。

郭立亚对阿廖莎十分满意。让他感到十分惊奇的是,阿廖莎竟然以完全平等的态度对待他,和他说话就像是和"真正的成年人"说话一样。

"马上给您露一手,卡拉马佐夫,这也是一场演出,"郭立亚神经兮兮地笑道,"我就是因此而来的。"

"咱们先到左边的房东屋子里去,同学们都把大衣脱在了那里,因为房间里面又挤又热。"

"啊,不用了,我就穿着大衣待一会儿,让别列兹汪在过道上趴着。喂,别列兹汪,躺下,定!装死!……您看,它死了。我先进去看一看情况,之后找个合适的时间吹个口哨,到时候您就能看到,这条狗会像疯子一样,唰地飞进去。不过到时候可千万不能忘了让斯穆罗夫把门打开。您放心,这一点我会提前安排好的,到时候您就会看到一出好戏啦……"

第五节　在伊柳沙的病榻前

在我们已经熟悉的退役上尉斯涅基列夫的家里,此刻聚集了许多人,因此显得非常拥挤和闷热。当时,有几个男孩子坐在伊柳沙旁边,尽管这些男孩子都和斯穆罗夫一样满嘴否认自己是被阿廖莎叫过来专程和他握手言和的,但事实上,他们就是被阿廖莎喊来的。在这件事情上,阿廖莎处理得相当完美,他让孩子们陆续来同伊柳沙和解,毫不渲染那套"牛犊般的温情",就好像不是有意这样做,而是出于偶然。要知道,这些孩子们的到来给了正在饱受病痛折磨的伊柳沙莫大的安慰。

看到这些曾经与他作对的孩子们如今对他十分友好地表示同情,伊柳沙很是感动。克拉索特金是唯一没有来的人,他的缺席成了伊柳沙心中的一个沉重的负担。在所有的痛苦回忆中,如果说哪一件事最让他难过，恐怕就要数他和自己唯一的挚友、保护者克拉索特金翻脸，甚至用小刀扎伤了他这件事了。十分聪颖的男孩子斯穆罗夫（他也是第一个和伊柳沙和好的人）也是这么想的。当斯穆罗夫向克拉索特金暗示阿廖莎"有件要事"想要找他的时候，郭立亚立马打断了他的话，毫无商量的余地，他还要斯穆罗夫转告"卡拉马佐夫"，就说自己知道什么时间该做什么样的事情，不需要任何人的建议。换句话说，如果他想探望病人，他自己心里有数什么时候去才合适。因为，他心中"自有打算"。

那是在这个星期天之前的两个星期发生的事了。这也是阿廖莎之所以没有按照预定的计划主动去找郭立亚的原因。虽说他耐心等待了一些日子，但还是有两次差遣斯穆罗夫去催促克拉索特金，可对方依旧毫不犹豫地拒绝了。甚至，克拉索特金让斯穆罗夫转告阿廖莎，如果阿廖莎亲自来找他，那么他永远都不会去看伊柳沙。除此之外，让他不要再来烦他。甚至就在昨天，斯穆罗夫还不知道郭立亚决定今天早上去见伊柳沙，直到昨晚他和斯穆罗夫准备各自回家的时候，郭立亚才突然告诉斯穆罗夫让他第二天早上在家等他，因为他要和他一起去。此外，他还特别叮嘱斯穆罗夫不要把这件事情告诉任何人，因为他想出人意料地到访。

斯穆罗夫听从了他的叮嘱，甚至觉得郭立亚来之前一定会先找到走失的儒奇卡，再带着它去探望伊柳沙。因为郭立亚曾经随口说过这么一句话："如果连一条活着的狗都找不到，那他们可比驴蠢多了。"斯穆罗夫也曾经小心翼翼地问克拉索特金，暗示自己对这条狗的猜测，不料他却勃然大怒道："我有自己的狗，叫别列兹汪，我为什么还满城去找人家的狗？我是白痴吗？还有，为什么要幻想一条吞下了大头针的狗活着呢？这跟小牛犊的温柔一样，没有别的！"

那时,伊柳沙已经有两个星期没有离开过那张放在墙角神像旁边的小床了。自从那天他咬伤了阿廖莎之后,就再也没有去上过学。他从那天开始就生病了。刚开始的一个月,他还能勉强下床在房间和过道里走走,但到了后来就十分虚弱了,如果没有父亲的搀扶,他根本无法活动。上尉斯涅基列夫整天为他提心吊胆,连酒都戒了,他生怕自己的儿子因病去世,都快要发疯了。

每当他扶着伊柳沙在屋子里走上一圈,再把他扶回床上安顿好后,都会忽然跑到过道的黑暗角落里,将自己的前额抵在墙上,全身震颤地抽泣,并且还要压制自己的哭声,防止被伊柳沙听到。当他擦干了眼泪返回房间后,他总会先去安慰和取悦他的宝贝儿子,给他讲故事或者讲笑话;又或者是模仿自己遇到的各种滑稽人物,甚至模仿动物们的嚎叫。但伊柳沙不喜欢父亲这样,虽然这个小男孩竭力掩饰自己的厌恶,但是他痛苦地意识到,他的父亲在社会上受人轻蔑。而且"搓澡擦"事件以及那"不堪回首的一天",在伊柳沙的脑海中挥之不去。

伊柳沙的那个叫瓦尔瓦拉·尼古拉耶夫娜的姐姐已经回到了圣彼得堡,继续她的学业。另一个文静端庄、瘸腿的姐姐尼娜和他一样,不喜欢父亲的滑稽表演,但是精神失常的母亲每当看到丈夫的滑稽表演时,都会忍不住地放声大笑。想必这是她为数不多能感到宽慰的时刻了,其余时间她除了不断地发牢骚和哭哭啼啼外,就是抱怨无人理会她、无人尊重她,她受到了轻视,等等。但是最近一些日子,她似乎变了一个人。她经常瞅着病榻上的伊柳沙发呆。没人知道她为什么突然开始沉默了,安静了。即便胸中的万分苦楚压得她不得不流泪的时候,她也尽可能地压抑着自己的声音,生怕别人听见。

上尉注意到了爱人的变化,心中满是凄苦,同时也产生了一些困惑。一开始，她并不喜欢小朋友们的来访，似乎有些生气。但随着时间一天天过去，孩子们的欢声笑语，还有他们讲的那些奇闻轶事，确实在很大程度上让她舒服了一些。到了后来，她也喜欢上了孩子们。可以想象，如果孩子们突然不过来了，她一定会很难过。当孩子们开始讲故事或者玩游戏的时候，她会开怀大笑，甚至前仰后合。有时候她会把孩子们叫到自己身边，亲吻他们。这些孩子中她最喜欢的是斯穆罗夫。

至于上尉，自从孩子们开始过来探望伊柳沙，他就满心欣慰，甚至希望好的心情能够让伊柳沙的病好得快些。虽说他一直担心伊柳沙的身体情况，但直到现在，他始终相信自己的儿子有一天会康复。也正因此，上尉把小客人们看作贵宾，为他们鞍前马后，忙得不可开交，甚至还在游戏中为他们当大马。但是因为伊柳沙的厌恶，这种游戏最终还是不了了之。他给孩子们买了不少糖、姜饼和坚果，还给他们沏茶、切三明治。这里有一点需要注意，这段时间他已经不缺钱了。卡捷琳娜·伊万诺芙娜给他们的二百卢布，正如阿廖莎所预言的那般，他全部收下了。

后来卡捷琳娜·伊万诺芙娜进一步了解了他们的家庭境况以及伊柳沙的病情，曾经亲自过来拜访过几次，和这一家人建立了不错的关系，甚至连上尉那疯疯癫癫的妻子都喜欢上了她。从此之后，卡捷琳娜·伊万诺芙娜便经常慷慨解囊，而上尉因为被儿子每况愈下的病情吓坏了，忘掉了自己的骄傲，毕恭毕敬地接受了卡捷琳娜的救济。

这段时间里，卡捷琳娜·伊万诺芙娜还邀请医生赫尔岑什图贝每隔一天就上门一次。虽说他的诊疗没什么效果，却不断地给病人开药。就在这个星期日的上午，上尉家正在等着一位从莫斯科请来的新医生。这是位远近闻名的医生，为了请他过来，卡捷琳娜·伊万诺芙娜花了不少钱。当然,请他过来不单单是为了伊柳沙,卡捷琳娜之所以这么做另有目的,这个目的究竟是什么将会在后文合适的地方说。因此,既然这位医生已经来了,那就请他顺道看一眼伊柳沙的病,此事也预先通知了上尉。关于郭立亚·克拉索特金的来访,上尉事先一无所知。尽管他早就期盼着这个伊柳沙一直苦苦念叨着的男孩到来。

就在克拉索特金推门进屋的那一刻,上尉和孩子们都挤在伊柳沙的病榻周围,给他展示一条刚刚带回来的小米兰狗。这条小狗昨天才出生,但是上尉在一周之前就已经把它预定了,目的当然是安慰伊柳沙,因为他一直念叨着那条已经失踪、可能已经死去的儒奇卡。三天前,伊柳沙就听父亲对他说了,将会送他一条小狗,而且不是别的狗,是真正的米兰狗。这一点真的很重要。尽管伊柳沙出于细致的感情体谅父亲,假装对这个礼物很满意,但是他的父亲和同学们都明白,这条新来的小狗只会让他更容易想起那条被他折磨致死的儒奇卡。看到这条小狗躺在他的身边蠕动着,伊柳沙挤出了一个痛苦的微笑,用自己苍白、干枯的小手上下抚摸着它。看得出来他很喜欢这条小狗,但是……它毕竟不是儒奇卡,儒奇卡已经死了,如果儒奇卡能和这条小狗在一起的话,那他才能彻底地感到幸福。

"克拉索特金!"第一个看见郭立亚进来的男孩子突然叫出了声。

接着,屋子里面一阵骚动,孩子们急忙分散开,站在病榻的两侧,这样郭立亚就可以完全看到伊柳沙了。上尉也急切地走上前去迎接郭立亚。

"请进,欢迎您……我尊贵的客人,"他结结巴巴地说,"伊柳沙,克拉索特金先生来看你了……"

克拉索特金赶快和他握了手,立刻表明他完全熟悉上流社会的礼仪知识。首先,他立刻转向坐在扶手椅上的上尉太太(她正在因为孩子们挡住了伊柳沙的床,害得她无法看见小狗而闷闷不乐),彬彬有礼地向女主人行了个礼,随后转向尼娜朝她行了一个同样的礼。这个孩子的举动给精神错乱的上尉太太留下了很好的印象。

"看得出来,您是个很有教养的年轻人啊,"她张开双臂大声说,"我们的其他客人恨不能一个摞着一个进来。"

"你在说什么啊?孩子他妈,你怎么会看到孩子们一个摞着一个进来呢?"上尉责备她的语气虽然亲切,但听得出来,他很担心她会胡言乱语。

"他们就是这样进来的,一个摞着一个走进咱们这户体面的人家。你说这是什么客人呀?"

"你到底再说谁呀?孩子他妈,究竟有谁这样进来了?"

"我说的就是这个男孩,他骑在那个男孩背上,而这个孩子骑在那个孩子背上……"

此时,郭立亚已经站在伊柳沙的病榻旁边了。伊柳沙的脸色要比以前更加苍白。即便如此,他还是试图从床上坐起来,十分专注地看着郭立亚。郭立亚已经有两个月没有见过他的小朋友了,他看到他,不由得大吃一惊。他从来没有想过他会看到这样一张面黄肌瘦的脸,这样一双因为发烧而变得异常通红并大得可怕的眼睛,这样一双纤细的小手。他悲痛又惊讶地注意到伊柳沙的呼吸如此急促,嘴唇如此干瘪。他上前一步,伸出手,几乎不知所措地说:"喂,老伙计……近来可好啊?"

但是他的声音哽咽了,他无法装出一副轻松的样子;他的脸突然抽搐起来,嘴角也在颤抖。伊柳沙病恹恹地朝他笑了笑,但是依然没有力气说话。郭立亚忽然举起手,下意识地轻轻抚摸着他的头发。

"会——没事的!"郭立亚轻声对他说,也许是在给病榻上的孩子加油鼓劲,也许连他自己也不知道为什么要这样说。话音刚落,两人又陷入了片刻的沉默。

"你们又养了新的小狗?"郭立亚的语气平淡而又冰冷。

"是——的。"伊柳沙喘着气,拖长了声音低声地说。

"黑色鼻头,这说明它很凶,可以看家护院。"郭立亚严肃且很有把握的样子,好像这条小狗和它的黑鼻子不知道有多么重要似的。但实际上,他是在尽自己最大的努力去控制和压抑自己的情感,生怕自己像个小孩子一样哭出声来。但他还是无法克制自己。

"我知道,等他长大了之后,必须要把它拴起来……"

"它会长得很大很大的!"其中有个男孩喊道。

"确实!米兰狗大得很,长开了就和小牛犊一样大!"突然孩子们七嘴八舌地说起来。

"孩子们说得对,长大了就和小牛犊差不多!真的会有这么大,"上尉凑上来说,"我可是专门找了这么一条看起来最凶的小家伙,它的父母也很凶,离地面有这么高……请您坐在这里,伊柳沙的床上,或者坐在这个板凳上。欢迎您,尊贵的客人,我们已经盼望您很久了……您是和阿列克谢·费尧多罗维奇先生一起来的吧?"

克拉索特金坐在病床上,紧靠着伊柳沙的脚边。虽然在路上的时候,他不止一次地设想过自己该怎么样开启轻松又愉快的话题,但现在却不知从何说起。

"不是的……我是和别列兹汪一起过来的……别列兹汪,它是我新养的狗。这是个……斯拉夫名字。它就在外边等着呢……我,我一吹口哨它就会飞跑过来的。我也带来了一条狗,"他突然看着伊柳沙说,"老伙计,儒奇卡你还记得吗?"他突然向伊柳沙提出了这个问题。

伊柳沙的小脸抽搐了一下,痛苦地看着郭立亚。这个时候,站在门口的阿廖莎不禁紧皱起了眉头，暗示郭立亚不要再提儒奇卡，但郭立亚似乎没有注意到他的暗示，又或是根本不想注意。

"儒奇卡……它在哪儿？"伊柳沙的声音已经嘶哑。

"它，兄弟啊，你的儒奇卡失踪了，死了。"

伊柳沙听后默不作声，只是凝视着郭立亚。一旁的阿廖莎与郭立亚四目相对，他急忙趁此机会示意郭立亚不要再说下去了，可郭立亚将视线转向了别处，假装自己根本没有看到。

"它一定是跑到什么地方，死去了。那种'点心'吃下去，还能活吗？"郭立亚的语气毫不留情，但说着说着他自己也开始喘不上气了，"但是我有别列兹汪……这可是正经斯拉夫名字的狗……我过来就是为了把它带给你……"

"不要！"伊柳沙突然说。

"不，不，你得看看……它一定能让你开心的。我可是特意把它带过来的……它和那条狗一样，也是长毛的……夫人，请问我可以把狗唤进来吗？"他突然转身问向斯涅基列夫太太，内心有种难以名状的激动。

"不要！我不要！"伊柳沙喊道，嘶哑的声音带着悲伤，眼神里充满了对克拉索特金的责备。

"您最好……"上尉从他刚坐下的墙边的柜子上腾地站起来，"您最好……下一次再……"他喃喃地说。

但是郭立亚不为所动，急忙向斯穆罗夫叫道："斯穆罗夫，把门打开！"

斯穆罗夫一开门，郭立亚立马吹响了口哨，别列兹汪飞一样地冲进屋内。

"跳！别列兹汪！站立，站立！"郭立亚从座位上跳起来，大声喊着。

那条狗用后腿像人一样直挺挺地站在伊柳沙的床前。接下来发生的事情谁也没有料到：伊柳沙先是浑身一颤，猛地把自己整个人往前使劲探了一下，接着他俯向别列兹汪，屏住了呼吸看着它。

"这是……儒奇卡！"他忽然叫到，悲喜交加的声音战栗着。

"那你以为它是谁呢？"克拉索特金用响亮而喜悦的声音大声喊道。

他就势俯下身去把那条狗抱起来，凑到了伊柳沙面前。

"瞧，老伙计，你看好了。一只眼睛是瞎的，左耳旁边有一道口子，这些和你告诉我的一样。多亏了这些特征我才找到它的，很快就找到啦！它本来是条无家可归的野狗，"他一边解释着，一边望向上尉、上尉太太、阿廖莎，接着又望向伊柳沙，"它之前一直在菲多托夫家的后院里待着，但是那户人家不给它吃的。它是条野狗，是从乡下跑出来的……我把它找到了……你看，老伙计，它当时没有把你的那个面包吃下去。如果要是吃下去了，肯定死定了，这没什么好怀疑的。既然现在它还活得好好的，那只能证明它把大头针吐出来了，只是当时你没注意到而已。不过即便是吐出来了，它的舌头还是被针刺伤了，所以才嚎叫。它嚎叫着跑开了，你以为它吞下去了。它肯定会疼得乱叫，毕竟狗嘴里的皮肤很嫩……比人的可要嫩得多，嫩得多得多！"郭立亚兴奋地大声说，脸上洋溢着喜悦。

伊柳沙激动得说不出话来。他睁着可怕得似乎要鼓出来的大眼睛盯着郭立亚，嘴巴张着，面色煞白。

如果克拉索特金知道这种大喜大悲的时刻会对眼前这个病人的健康造成多么致命的影响，说什么也不会耍这些把戏了。可环顾四周，屋子里懂得这个道理的人怕是只有阿廖莎了。至于上尉，他现在表现得像个小孩。

"啊！儒奇卡！这就是儒奇卡？"他按捺不住自己的狂喜之情，"伊柳沙，这就是儒奇卡！孩子他妈，这就是儒奇卡！"他都快要哭出来了！

"我怎么都没想到！"斯穆罗夫语气中难掩自责地叫起来，"克拉索特金真的好厉害啊！我说过，他一定能找到儒奇卡，他果然做到了！"

"果然做到了！"孩子中有人附和道。

"克拉索特金真厉害！"第三个声音夸赞道。

"真厉害！真厉害！"男孩子们一边鼓掌一边欢呼着。

"请等一等，请等一等！"克拉索特金尽可能地大声说道，"我需要把事情的经过告诉你们，这才是重点！当初，我把它找到了，然后带到了我家，直接把它藏起来了，我还把门锁上了，不让任何人看到它，直到今天为止。只有斯穆罗夫在两个星期以前知道我有了一条狗，但我当时告诉他这条狗是别列兹汪。他没有猜到别列兹汪就是儒奇卡。在这段时间里，我教会了儒奇卡很多本领，待会儿我就给你们看它掌握了多少指令。我之所以这么做，就是为了把这条狗训练得服服帖帖的，养得肥肥的，再把它送给你，我就是想要告诉你：'老伙计，你看，你的儒奇卡现在多厉害啊！'对了，请问你们这里有没有牛肉？它有一个能让所有人笑到肚子痛的绝活，可是需要一小块牛肉，你们有吗？"

上尉立刻走出房间，跑过过道，一路奔向房东的房间。上尉家平时都是在那里做饭的。为了不浪费时间，郭立亚迫不及待地对着儒奇卡下令道："装死！"狗立刻翻身躺下，四脚朝天，一动不动。男孩子们笑得前仰后合，而伊柳沙依旧带着痛苦的微笑看着。在场所有人中最喜欢儒奇卡表演的人是孩子他妈。她笑得不能自已，还不停地打着响指，不断地叫着："别列兹汪！别列兹汪！"

"它不会起来了！绝对不会听你的！"郭立亚得意洋洋地喊道，为自己的成功感到骄傲，"不论你们怎么叫喊都不管用，除非我来喊。别列兹汪！"

狗一跃而起，兴奋地跳着，高兴地叫着。这时候，上尉带着一块已经煮熟的牛肉跑了进来。

"烫不烫？"郭立亚边接牛肉边急忙郑重其事地问，"不，不烫！狗不喜欢吃太烫的。大家看呀，瞧好了呀！伊柳沙，你也看呀！看呀！老伙计，你怎么不看呀？我特意带过来的，你却不看！"

新把戏是让狗站好，伸出鼻子，然后把香喷喷的牛肉放在狗的鼻头上。可怜的狗必须用鼻子顶着那块牛肉站那儿一动不动，主人让它顶多久，它就得顶多久，哪怕就这样让它顶半个小时它也不能动一点点。不过这一次，郭立亚只让它坚持了短短一分钟。

"吃！"郭立亚喊了一声。那块牛肉瞬间就从狗的鼻头上进了它的嘴里。在场的观众们自然啧啧称奇。

"难道说，您之前一直没有过来就是因为在训练这条狗吗？"阿廖莎不禁埋怨道。

"就是这样的呀，"郭立亚语气天真地说，"我要让所有人知道它的风采。"

"别列兹汪！别列兹汪！"伊柳沙忽然用他那干枯的小手指打了个响指，招呼那条狗。

"不用费劲啦！它会自己跳到床上陪你的！喂，别列兹汪！"郭立亚拍了拍床，别列兹汪立马像一支箭一样冲向伊柳沙。伊柳沙立刻用双手搂住了狗的脑袋，而别列兹汪则开始舔他的脸颊作为回应。伊柳沙紧紧贴着它，在床上躺下来，把脸埋在毛茸茸的狗毛里躲开所有人的眼神。

"天啊!天啊!"上尉惊叹不已。

郭立亚又坐回到了伊柳沙的床边。

"伊柳沙,我还有一个东西要给你看看。我把小铜炮给你带过来了。你还记得吗,我跟你提过它的,当时你还说:'什么时候带来给我看看!'这不,今天我给你带过来了。"

说着,郭立亚立刻从自己的挎包里掏出了他的那门小铜炮。他之所以那么着急,是因为他的心中也充满了喜悦和幸福。如果是在别的时候,他一定会等待由别列兹汪引起的骚动平息后再说,但现在他已经激动得顾不上那么多了:"既然你们都那么高兴,我就让你们再高兴高兴!"他自己也完全陶醉其中了。

"我早就在官员莫洛佐夫那儿看中了这个东西。老伙计,这可都是为了你。自从他把这个东西从他哥哥那里拿来后,就一直放在那里,毫无用处。我从我父亲的书柜里找到一本《穆罕默德的亲戚,又名有益健康的愚蠢》和他做了交换。那本书是一百多年前在莫斯科出版的,那时候还没有出版审查制度。莫洛佐夫很喜欢收集这些书籍。当时他还向我感谢个没完呢……"

郭立亚把小铜炮拿在手里,让他们都能看见它,欣赏它。伊柳沙挣扎着坐了起来,右手仍然搂着别列兹汪,着迷地打量着那门小铜炮。郭立亚即刻表示他也有火药,只要"不惊扰两位女士",马上就可以准备发射。当时的轰动情况简直达到了最高潮。伊柳沙的妈妈立刻要求好好看看这门玩具炮,她的要求一提出就得到了满足。她对这个带轮子的小铜炮喜欢得不得了,把它放在大腿上让它来回滚动。对于"发射大炮"这件事情,她欣然同意,虽说事实上她根本就没明白身旁的人在向她请求什么。郭立亚给大家看了看自己带过来的炮弹和火药。

上尉作为一名退伍军人,装填炮弹这件事情自然由他负责。他只倒出来了一点点火药,要求郭立亚留下自己带过来的小弹丸,说是下次再用。众人把小铜炮放在地板上,确保射程范围内空无一物之后,才往火门里装填了三颗小炮弹,接着用火柴点火。一声像样的炮响之后,孩子妈妈吓了一跳,但是立刻又高兴起来。孩子们得意洋洋地注视着,但最高兴的是望着伊柳沙的上尉。郭立亚从地上拿起小炮,连同自己带过来的火药和弹丸都送给了伊柳沙。

"这是为你准备的,给你的!我已经准备好久了。"他反复地说,感到十分幸福。

"哦,送给我吧!不,最好是把那门小铜炮送给我!"伊柳沙的妈妈像个孩子似的请求道。她的脸上流露出恐惧不安的可怜神色,生怕别人不给她。

郭立亚立刻犯了难,上尉紧张得不知如何是好。

"孩子他妈,孩子他妈!"上尉赶紧来到妻子身边,"小铜炮是你的,归你了,但是你得把它放在伊柳沙那里。因为这东西是别人送给伊柳沙的,但东西还是你的。任何时候,伊柳沙都可以让你玩的,这门小铜炮算是你们两个共有的,共有的……"

"我不要和别人共享!这就是我的,要完全归我!就是我的,不是伊柳沙的!"这位母亲坚持着,就快要哭出来了。

"妈妈,您把它拿走吧,拿走吧!"伊柳沙突然说道,"克拉索特金,我可以把这门炮送给我妈妈吗?"他央求着郭立亚,唯恐郭立亚因为自己"借花献佛"而怪罪自己。

"当然可以!"郭立亚立马同意道,说着他接过伊柳沙递过来的小铜炮,亲手把它交给了伊柳沙的妈妈,毕恭毕敬地给她鞠了一躬。如此情形使得上尉的太太感动得哭出了声。

"伊柳沙,亲爱的,这个世界上只有你才是爱我的!"她语气中饱含深情,又立刻开始在她的大腿上来回滚动那门小铜炮。

"孩子他妈,让我吻一下你的手!"上尉立刻跑到她的身边,实施了自己的行动。

"他是这个世界上最可爱的年轻人!"心中充满了感激的上尉太太指着克拉索特金说道。

"伊柳沙,你不用担心火药的问题,你要多少我就能给你多少。现在我们能自己做火药了,博罗维科夫已经搞明白了火药的配方:二十四份硝石、十份硫磺、六份桦木炭,放在一起捣碎,再加水把它们和成团,之后再过筛——就成了火药。"

"斯穆罗夫已经给我说过你们的火药了,不过爸爸认为你们那些东西不算是火药。"伊柳沙回答说。

"怎么就不算了?"郭立亚立刻红了脸,"它可以燃烧。不过,我也不太懂……"

"不,我不是这个意思,我,"上尉过来一脸内疚地说,"我确实说过真正的火药不是这么合成的,但是无所谓,这样做火药也是可以的。"

"这个我不太懂,您才是行家。当时,我们把它放在石罐子里点过一次,烧得挺快的,基本上烧完了,只留了一点点炭灰。而我们烧的是软团状的,要是能过筛……不过,您才是行家……我不太懂这些。对了,布尔津因为造火药的事情被他父亲狠狠地打了一顿,这件事你听说了吗?"他看着伊柳沙问道。

"我听说了。"伊柳沙答道,他正兴致勃勃地听着郭立亚说话。

"当时我们做了整整一瓶子火药,他把它藏在了自己的床底下。他父亲发现了,说这东西会爆炸,二话不说揍了他一顿,还说要把我的事情报告给学校。现在他被禁止和我来往,所有的孩子都被父母禁止和我一起玩。斯穆罗夫家也是一样，总之我已经恶名传千里了，人人都说我是'玩命之徒'。"郭立亚不屑地冷笑了一下，"总之，一切都是从铁路那件事情开始的。"

"啊，这件事情我们也听说过！"上尉叫道，"您躺在火车道上什么感觉？火车从您头顶上开过去！您当时真的不害怕吗？您是不是什么都不怕？"

上尉在郭立亚面前摆出一副阿谀奉承的样子。

"嗯……也没觉得有多可怕吧，"郭立亚漫不经心地答道，"其实真的败坏我名声的是那只该死的大鹅。"说着，他转向伊柳沙。尽管他侃侃而谈，似乎自己对一切事情都满不在乎，但他无法控制自己的感情，说着说着就走调了。

"啊，鹅的事情我也听说过，"伊柳沙突然笑了起来，满面红光，"有人跟我说过这件事情，但是我搞不明白，他们说您因为这件事情还被法官调查过，这是真的吗？"

"哎哟，小事一桩，无聊、愚蠢至极！可在我们这个城市里却把它传成一件大事。"郭立亚大大咧咧地说，"有一天我从广场上走过，正好有人赶着一群鹅过来。我当时停下来看着那群鹅。本地的一个小伙子突然冒了出来，他叫维什尼亚科夫，在普罗特尼科夫食品店当伙计。他看着我说：'你看那些鹅干什么？'

"我看了他一眼，二十多岁，圆脸，活脱脱一个傻小子。当然，大家都知道我从来不嫌弃农民。我就喜欢和劳苦大众待在一起……劳苦大众是我们的先锋，这是公理……卡拉马佐夫，您笑什么？"

"没有啊，绝对没有啊，我在听您说话呢。"阿廖莎表情天真单纯，疑心很重的郭立亚随即放下心来。

"卡拉马佐夫，听好了！"他抖擞精神，说道，"我的理论很简单，我相信人民,我总是乐意公正地对待他们,但我也绝不会娇惯他们,这是先决条件①……对了,我要说鹅的事情。当时我对那个傻小子说:'我在想这些鹅在想什么呢!'

"'那这些鹅在想什么呢?'傻小子傻乎乎地问我。

"'你看,那边有一大车燕麦,'我对他说,'有一些燕麦从袋子里漏出来了,其中有一只鹅把脖子伸到了车轱辘底下吃燕麦呢,你看到了吗?'

"他说:'我看得很清楚。'

"'好,'我说,'假如这辆大车稍微往前走一点,车轱辘会不会把鹅的脖子压断呢?'

"'那肯定的啊!'这傻小子一边说一边傻乎乎地乐着。

"我说:'来吧!我们试试吧。'

"傻小子说:'试试吧。'

"我们不一会儿就准备好了,他悄悄地站在缰绳旁,而我在旁边赶鹅。当时赶鹅的人也是粗心,他们正和别人天南海北地聊天呢。我根本不需要赶鹅,当时一只鹅正伸长脖子,在车轱辘底下吃燕麦呢。我对傻小子使了个眼色,他把缰绳一拉,咔嚓一声,那只鹅就身首异处了。恰巧就在这个时候,所有的农民都看见了我们,他们一起叫嚷着:'你们是故意这么干的!'

"'不,我们不是故意的!'

"'你们就是故意的!'他们嚷着,'带他们去见治安法官!'他们抓着我说,'你也在那里,你在帮忙,整个市场上就没有不认识你的。'

"不知道为什么,整个市场上的人确实都认识我!"郭立亚自信地

---

① 原文为拉丁语。

补充道。

"于是,我们所有人都一起去见治安法官了,那只鹅也被带去了。我一看,那个维什尼亚科夫竟然吓哭了,他像个女人一样地哭。然后那些赶鹅的农夫就开始嚷嚷'用这种方法,有多少鹅都得被我们轧死'之类的话。当然,也有不少人上前做证。法官很快就解决了这件事:付一个卢布给农夫作为这只鹅的赔偿,然后那只死鹅由小伙子带走。我们还被警告以后下不为例。那个傻小子像个女人一样没完没了地哭,他指着我说:'我不是故意的,都是他怂恿我的。'我只好十分镇定地告诉所有人,我根本没有怂恿他。我只是在表达一种想法,说的只是一种假设。你知道吗,那个治安法官听到这话都笑出声了,但随即又生气地对我说:'我要把你的所作所为通知你的学校,要让他们好好教育教育你,你不好好学习做功课也就算了,尽出一些馊主意。'但后来他并没有通知我们学校,他不过是在开玩笑罢了。然而,这件事情传得太快了,最终还是被学校知道了。他们的耳朵可真长啊。教古典学的老师科尔巴斯尼科夫,就属他嚷得最凶,好在达尔达涅戈夫为我说了不少好话。现在科尔巴斯尼科夫还像一头倔驴似的,对我们都很野蛮。伊柳沙,你有没有听说他结婚了?他得到了米哈伊洛夫家一千卢布的陪嫁,他的新娘是百分百的丑八怪。当时三年级的学生还给他写了首诗呢:

三年级学生听到了惊人的新闻,
邋遢汉科尔巴斯尼科夫竟结了婚。

"后面还有好几句呢,比这些还滑稽,以后我带给你看。关于达尔达涅戈夫,不用我多说,这是个很有学问的人。当然,我尊敬他倒不是因为他为我说好话……"

"但是,你还是在谁创建了特洛伊这个问题上打赢了他!"斯穆罗夫冷不丁插嘴道。看得出来,此刻他为克拉索特金感到无比骄傲和自豪。对于鹅的故事,他本人也十分欣赏。

"您真的把老师难倒了?"上尉恭维地说,"关于是谁建立了特洛伊城的这件事情吗?我们也听说了,您把老师难住了。伊柳沙当时就给我们说了……"

"他什么都知道,爸爸,他比我们任何人都知道得多。"伊柳沙说道,"他就是在装糊涂,其实他在学校里的每门功课都是最棒的……"

伊柳沙满眼幸福地看着郭立亚。

"好啦,特洛伊的事情不值一提,我自己觉得这个问题没什么意义。"郭立亚自豪中带点谦虚。现在他已经找到了自己该有的状态了,虽然内心多少有些不安。他仍然能感觉到自己的亢奋,比如刚才那个鹅的故事,他就讲得太激动了,而阿廖莎看上去很严肃,并一直沉默。这个自负的男孩开始有些心神不宁:"他是不是瞧不起我?以为我正等待着他的赞许?如果他真的这样想,那么我……"

"我觉得这个问题很无聊的!"他骄傲地说。

"我知道是谁建立了特洛伊。"一个以前从没开过口的孩子突然出乎意料地说。他沉默寡言,腼腆,漂亮,今年只有十一岁,姓卡尔塔硕夫。现在他坐在门口。

郭立亚故作矜持,惊讶地看着他。事实上,"到底是谁创建了特洛伊城"这个问题已经成了所有班级的秘密。如果想要解开这个秘密,就必须去读斯马拉格多夫的书。但是,除了郭立亚之外,没有人有斯马拉格多夫的书。不过,有一次卡尔塔硕夫趁郭立亚不注意,迅速打开了夹在他很多书中间的那本斯马拉格多夫的书,正好翻到了叙述特洛伊创建者的章节。这件事情实际上已经过去很久了,但卡尔塔硕夫觉得很为难,一直不敢公开说出这个问题的答案,生怕会闹出什么乱子或者不愉快,更怕到时候郭立亚怪罪自己,让他吃不了兜着走。但是此时此刻,不知道为什么,他竟突然说了出来。事实上,他早就想这样做了。

"那么究竟是谁建立的?"郭立亚傲慢地转向他,从他的表情来看,郭立亚明白他确实知道答案了。因此,他马上做好了应对一切结果的准备,此时,和谐的氛围中好像出现了不和谐的因素。

"特洛伊的创建者是透克洛斯、达耳达诺斯、特罗斯和伊洛斯。"卡尔塔硕夫一口气说出了这四个人的名字,脸涨得通红,看着十分可怜。其余的孩子也紧紧地盯着他,就这样在沉默中盯了差不多一分钟。之后,大家又把目光忽然转向郭立亚。郭立亚仍在沉默中轻蔑且镇定地打量着这个胆大妄为的男孩子。

"怎么是他们建立了特洛伊城的呢?"他终于开口说话了,"创建一座城池或者一个国家究竟意味着什么呢?他们又是怎么建立的呢?难道说,他们走过来每人砌一块砖吗?"

有笑声传出。那个小男孩的脸由粉红色变成了深红色。他默不作声,几乎要大哭起来。郭立亚就这样又瞭了他足足一分钟。

"要知道,在讨论一个民族是怎样建立的这种历史事件时,首先要先知道它的含义,"郭立亚用严厉的语气训诫道,接着,他话锋一转,"不过,我对这类娘们编的历史传说毫不在意,总而言之,我对世界历史一点也不尊敬。"他漫不经心地对大家说着。

"对世界历史?"上尉大惊小怪地问道。

"没错,世界历史。世界史不过是对人类愚蠢行为的研究罢了,仅此而已。所有学科中,我只尊敬两门,数学和自然科学。"郭立亚一边夸夸其谈，一边瞟了阿廖莎一眼，他只害怕阿廖莎的意见。但阿廖莎依旧沉默，神情依旧严肃。倘若此时阿廖莎随便发表什么见解，那么话题可能就此结束。但是，阿廖莎一直沉默着。"这可能是轻蔑的沉默。"于是郭立亚又沉不住气了。

"我们现在还在学的古典文学也是一样：纯粹是发癔症，仅此而已……卡拉马佐夫，您似乎不同意我的观点吧？"

"我不同意。"阿廖莎微微一笑道。

"如果您想了解我对古典语言的看法，我觉得那不过是一种警察的手段罢了，这就是开设这些课程的原因，"郭立亚的呼吸渐渐急促起来，"开设拉丁语和古希腊语这种课程纯粹是因为它们枯燥乏味，它们会令学生的头脑变得愚笨。本来就已经枯燥乏味了，要怎么做才能让学生觉得更加枯燥乏味呢？本来就已经愚笨了，要怎么做才能让学生变得更加愚笨呢？于是他们想到了古典语言。这就是我对这些问题的看法，但愿我永远不会改变自己的看法。"郭立亚说到此处戛然而止，他的脸也涨红了。

"您说得对！"认真听着的斯穆罗夫立马用响亮且坚定的声音表示赞同。

"可他的拉丁语成绩排名第一！"其中有一个小孩子突然说道。

"是啊，爸爸，您别看他这么说，但是他的拉丁语成绩是全班最棒的。"伊柳沙附和道。

"你们这是怎么啦？"郭立亚认为有必要为自己辩解，尽管他很喜欢别人对他的夸赞，"我之所以如此认真地学习拉丁语，是因为我不得不学，因为我向母亲保证一定会通过考试。而且，我认为既然要做，就一定要做好，但是我心里对古典语言以及所有这些下流玩意都相当鄙视……您意下如何，卡拉马佐夫？"

"为什么非要说它们是'下流玩意'呢?"阿廖莎又笑了笑。

"您听我说,古典作家的所有经典作品早都被翻译成了各种语言,所以想要研究这些,并不需要去学习拉丁语。学习这些东西不过是一种警察的手段罢了,目的只不过是让学生的头脑变得愚笨。难道这不算是下流吗?"

"那么,这些观点是谁教给您的呢?"阿廖莎吃惊地叫起来。

"首先,即便没有人教,我也能自己理解;其次,正如我刚才所说,经典作品早已被翻译成了各种语言,这句话科尔巴斯尼科夫老师曾对我们三年级学生公开说过……"

"医生来了!"一直没有说话的尼娜突然喊道。

果然,一辆霍赫拉科娃太太家的马车到了上尉家门口。已经苦等医生一个上午的上尉一头冲出去迎接他。伊柳沙的妈妈也开始振作精神,装出一副一本正经的样子。阿廖莎走到伊柳沙的病榻旁边,给他把枕头放好。尼娜坐在扶手椅上紧紧盯着他整理床铺,眼神中满是不安。小伙伴们也开始一一告别,有好几个人答应晚些时候会再过来。郭立亚叫了一声别列兹汪,狗立刻从床上跳了下来。

"我先不走,先不走!"郭立亚急忙对伊柳沙说道,"我去过道里等着,等医生走了,我再和别列兹汪一起进来。"

这时医生已经走了进来,他神气活现,穿着熊皮大衣,留着黑色的连鬓胡子,下巴刮得光亮。他跨过门槛,突然止住了步伐,愣住了,可能觉得自己走错了人家。

"这是怎么回事儿?我在什么地方?"他喃喃地说,既没有脱下熊皮大衣,也没有摘下那顶连帽檐都是海豹皮的皮帽。嘈杂的人群、简陋的房间、角落里晾在绳子上的衣服,这一切都让他迷惑不解。上尉弯下腰,在他面前深深地鞠了个躬。

"就是这儿,就是这儿,"上尉谄媚地嘟囔着,"没错,就是这儿,您就是来我们家……"

"斯涅——基——列夫?"医生傲慢地大声说,"您就是斯涅基列夫先生?"

"就是我!"

"啊!"

医生以鄙夷的目光再次环视房间,然后脱下熊皮大衣,脖子上闪闪发光的勋章映入所有人的眼帘。上尉赶紧接过熊皮大衣,医生又摘掉了帽子。

"病人在什么地方?"他坚决地大声问道。

第六节 早熟

"您觉得那个医生会对他说些什么?"郭立亚迅速地说,"但他的那副嘴脸真是令人厌恶,不是吗?我最讨厌医学!"

"伊柳沙快死了。我想这是肯定的。"阿廖莎悲伤地回答。

"医生都是流氓,医学就是骗局!不过,我很高兴认识您,卡拉马佐夫,我早就想认识您了。遗憾的是你我二人竟然在如此令人伤心的场合下会面……"

郭立亚本想说些更热情、更表露感情的话,但他感到难以启齿。这一点阿廖莎注意到了,他笑了一下,握了握他的手。

"我早就知道应该尊重像您这样难能可贵的人,"郭立亚嘟囔着,有些语无伦次的,"我听说您是个神秘主义者,也知道您在修道院待过一段时间。我知道您是神秘主义者,但……这一点并没有阻止我想接近您。多多接触现实生活能让您解决……像您这样的人一般都会这样。"

"您口中的神秘主义者是什么意思？还有解决什么呢？"阿廖莎有些不解。

"我指的是上帝或诸如此类的东西。"

"嗯？难道说您不相信上帝？"

"恰恰相反，我并不反对上帝。当然，上帝只是一种人为的假设……但是，我……还是承认上帝这个概念的存在是必要的，为了人类社会的秩序……为了世界的秩序……即便没有上帝，我们也得造出一个上帝……"郭立亚说着说着脸就红了。他忽然产生了一个想法："阿廖莎应该会觉得我是在向他炫耀知识，让自己看起来像个'大人'。可是我根本不想向他炫耀知识。"他气愤地想道。突然间，他感到十分恼火。

"说实话，我不喜欢和别人争论这种问题，"他说，"一个人不相信上帝不代表他不可以爱人类，您觉得呢？您看伏尔泰就不相信上帝，难道伏尔泰不爱人类吗？"（他心里在想："又来了，又来了！"）

"伏尔泰是相信上帝的，但是他并没有那么相信，而且他对人类的爱也不是那么深……"阿廖莎语气平和、沉稳自然，好像他现在是在和自己的同龄人或者比他年长的人讨论问题一样。阿廖莎谈到自己对伏尔泰的看法时似乎不太肯定，仿佛是要把问题交给郭立亚解决，这一点让郭立亚很吃惊。

"您读过伏尔泰的书吗？"阿廖莎问道。

"不，谈不上读过……不过，我看过《老实人》的俄文译本……是个蹩脚可笑的老译本……"（"又来了，又来了！"）

"您能看懂吗？"

"啊，当然能，全看懂了……就是说……您为什么觉得我看不懂？确实，里面有很多淫秽的内容……当然，我也知道那是本哲学小说，是为了阐释一种思想……"郭立亚已经完全语无伦次，"我是个社会主义者，卡拉马佐夫，我是个坚定的社会主义者。"他突然莫名其妙地说道。

"社会主义者？"阿廖莎笑道，"您是怎么有时间成为一个社会主义者的呢？您不过才十三岁吧，对不对？"

郭立亚的身子缩了一下。

"首先，我不是十三岁，我过两个星期就十四周岁了。"他涨红了脸说，"其次，我完全不明白这和我多少岁有什么关系？问题的重点是，我的信念是什么，而不是我现在多少岁，不是吗？"

"等到您再长大几岁，您就能理解年龄对信念究竟有什么意义。我还有一种感觉，您说的不是您自己的想法。"阿廖莎心平气和地回答道，没等阿廖莎说完，郭立亚便迫不及待地打断了他。

"得了吧。您需要的是顺从和神秘主义。您必须承认，比如，基督教只为了那些位高权重、家财万贯的人服务，好帮助他们去奴役下层阶级，对不对？"

"啊，我知道您是从哪里读到这些东西的了，一定有人教过您。"阿廖莎大声说道。

"请问您，为什么觉得一定是我从别的地方读到的呢？事实上，没有任何人教过我这些。有些东西我自己也能……我告诉您了，我这个人并不反对基督。他是一个讲人道主义的人物。所以，假如他真的生活在我们的时代，无疑会参加革命，弄不好还能成为一个极为重要的角色……一定会是这样的！"

"啊？这些东西您都是从哪里学到的？您究竟和哪个傻瓜交过朋友啊？"阿廖莎大声地说道。

"算了吧,真相是无法掩盖的。当然,我经常会和拉基津先生交谈。但是……据我所知,别林斯基老先生①也这么说过……"

"别林斯基?我不记得他有在哪篇文章中写过这些话。"

"如果他没写过,那起码说过。当然,我也是听别人说他说过……不过,管它呢……"

"所以您读过别林斯基的文章吗?"

"没有……我没怎么读过,但是我看过关于塔季亚娜的那篇文章,为什么她不和奥涅金私奔那段我看过。"

"他们两个没有私奔?难道这……您也能理解?"

"行了吧,您好像把我当成和斯穆罗夫一样的小孩子了吧?"郭立亚恼怒地笑了笑,"不过,您可别把我当成革命派。我和拉基津先生是有意见分歧的。虽然我刚刚提到了塔季亚娜,但我根本不赞成妇女解放。我认为女人就是臣服的人,女人就应该服从。拿破仑也说过,女人应该去织毛线②。"郭立亚莫名其妙地笑了一下,"至少在这一点上,我十分赞成这位冒牌伟人的想法。我还认为,打个比方,抛弃自己的祖国前往美洲是一件卑鄙,甚至愚蠢的事情。确实,在我们这里同样可以为人类做很多益事,干吗非要去美洲呢?尤其是现在,这里有许多富有成果的工作等待我们去做。我就是这样回答的。"

"怎么回答?回答谁?已经有人建议您去美洲了?"

"我承认有人这么劝过我,但是我拒绝了。当然,这话我也就只能和您说,卡拉马佐夫,您可不能和任何人说这些事情,听到了吗?这

---

① 此处的别林斯基指维萨里昂·格里戈里耶维奇·别林斯基(1811—1848),他是著名的俄国革命民主主义者、哲学家、文学评论家,但是此人英年早逝,根本不能说是老先生。

② 原文为法语。

话我只和您说,我可不想落在第三厅[1]的那群畜生手里,更不想去铁索桥旁的大楼里上课。

    此生永铭记;

    铁索桥边寒!

您还记得吗?精彩极了!您怎么笑了,您以为我在对您撒谎吗?"("万一他发现我父亲的书柜里总共只有这一期《钟声》,除此之外,我什么都没有读过,他会作何感想?"这一闪而过的念头使他不禁打了个寒战。)

  "啊,我并没有笑呀,我也没觉得您对我撒谎。我真的没有这样想,哎,这一切也都是事实。对了,您读过普希金的《奥涅金》吗?方才您不是提到了塔季亚娜吗?"

  "不,我还没有读过,但是我很想读一读。我不是个有偏见的人,卡拉马佐夫。不论正反,所有人的观念我都愿意听。您为什么这么问我?"

  "哦,没什么。"

  "请您如实告诉我,卡拉马佐夫,您是不是瞧不起我?"郭立亚突然说,并且站到了阿廖莎面前,好像摆好了架势似的,"请您把话挑明了说。"

  "我看不起您?"阿廖莎诧异地看着他,"我,为什么要看不起您?我只是有些难过,因为您的人生才刚开始,美好的天性就已经被那些

---

[1] 即俄罗斯帝国警察部第三厅,又称为沙皇陛下的第三厅,分为四个科,主要负责对内镇压革命思想家、革命宗教组织、革命思想刊物及出版机构等,其执行机构为帝俄宪兵团,下文中"铁索桥旁的大楼"是指宪兵团在圣彼得堡的总部大楼。

粗鄙、浅薄的谬论带偏了……"

"您不必为了我的天性担忧，"郭立亚非常得意地打断了阿廖莎的话，"但我确实敏感多疑，多疑到愚蠢粗俗的地步。您刚才笑了一下，我觉得您好像……"

"啊，我刚刚笑是因为别的事情。是这样的，我突然想到了前段时间读的一篇文章，它的作者是一位在俄国生活了很多年的德国人，文章的内容是批评我国目前青少年学生的现状。他是这么写的：'倘若你给一个俄国中学生看一张他一窍不通的星空图，那第二天，他一定会把这张图修改之后再还给你。'无知又自负，这就是德国人对俄国学生的评价。"

"啊，此话确实有道理！"郭立亚突然大笑起来，"完全正确，一针见血！这个德国人真是好样的！不过，这个德国人没有看到好的方面，您觉得呢？自负确实自负，年轻人多少有点自负，是可以纠正过来的。但另一方面能看出我国的年轻人从小就有独立精神，在思想和信念上有大胆精神，没有科尔巴斯尼科夫在权威面前摇尾乞怜的奴性……无论如何，这个德国人说得很好！好样的！不过，还是要把所有德国人都吊死！虽说他们更擅长科学技术，但还是要把他们都吊死。"

"为什么要把人家吊死？"阿廖莎笑了。

"啊，我也许是在说胡话。我承认。我这个人吧，有时候有些幼稚，一高兴就会不自觉地想到什么就说什么。不过，我们在这里说了这么久，那个医生怎么还没出来？也许是顺带给伊柳沙的妈妈还有尼娜也做了检查。您知道吗，我还挺喜欢尼娜的。我出来的时候，她突然悄悄对我说：'您为什么不早些来？'语气中带点埋怨，我觉得这个姑娘挺善良的，挺可怜的。"

"确实，确实！以后请您经常来，慢慢就会了解她究竟是个什么样的人。多了解这些人对您有好处,会使您学会珍视很多事物,而这些东西只有在人和人的交流之中才能被发现,"阿廖莎热情地说,"这是改造您的最好办法。"

"啊,我真后悔没有早点来,只能怪我自己……哎!"郭立亚苦叹道。

"确实啊,挺可惜的。您也看到了,您来了之后小家伙有多开心。想必您也能想到,在等待您来的时候,他有多悲伤。"

"别再说这些了!您这么说我心里更加难受了。不过我活该难受。我一直不来是因为我的自负、我的虚荣心,以及可怕的任性,我永远也无法摆脱它,尽管我一直在努力尝试着改正它。我现在才明白,我在很多方面是卑鄙的,卡拉马佐夫!"

"不是的,您是个天性美好的人,只是被带偏了。我很理解您为什么对这个本性善良却敏感得有些病态的孩子产生了这么大的影响。"阿廖莎热情地说。

"您竟然会对我说这种话!"郭立亚叫起来,"您能想象到吗?我想,自从我来到这里开始,已经好几次以为您非常瞧不起我了!要是您知道我是多么尊重您的意见就好了!"

"难道您真的这么多疑吗?可您还那么年轻啊!您也许难以想象,刚才您在房间里讲您的故事时,我一直在看着您,心里想,您一定是个很多疑的人。"

"您当真如此想过?看呀,您也是个观察力很强的人嘛!我敢打赌,您一定是在我讲鹅的时候这么想的吧?当时我也在想,您一定会瞧不起我故作炫耀的样子,甚至我还因此恨过您几秒钟,然后,我就开始胡说了。刚才,就在这里,我对您说'如果没有上帝,也必须造出一个上帝'的时候,我觉得我又开始炫耀自己的学问了。况且,这句话也是我在一本书上看到的。但是，我可以对您发誓，我炫耀不是出于虚荣心，而是控制不住自己……哎，至于为什么会这样，我自己也不清楚，可能是我太高兴了吧？对，我认为是因为我太高兴了……不过，一个人开心到忘乎所以地拥抱任何人，也是够可耻的。这一点我知道。但是，现在我确定了，您没有瞧不起我，这一切不过是我的臆想罢了。哎，卡拉马佐夫，我真是太不幸了。很多时候，我脑子里会有一大堆荒唐的想法，我觉得所有人都在嘲笑我，全世界的人都在笑我，每每想到这些的时候，我恨不能把这个世界砸了，把一切规矩都毁了。"

"这么做对身边人是一种折磨。"阿廖莎笑着说。

"对，是对我身边人的折磨，尤其是对我母亲。卡拉马佐夫，您如实说，我现在是不是非常可笑？"

"您还是别想了，真的，别想了。"阿廖莎大声说，"可笑什么呢？人有很多时候会看起来可笑或者真的可笑，这有什么稀奇的呢？可怕的是，所有才华横溢的人都害怕自己显得可笑，这是他们的不幸。让我感到惊讶的是，您才这么小就已经有了这种感觉。不过我早已注意到，有这种情况的人并非您一个。现在，甚至连比您小的孩子都开始为这些事情苦恼了。这简直太疯狂了。魔鬼化身为自大、虚荣心，爬到了整整一代人的身上。一定是魔鬼。"阿廖莎补充道。根本没有取笑他的意思，没有像一直盯着他的郭立亚所想的那样。

"您和大家都一样，"阿廖莎继续说道，"或者说您和很多人都一样。重要的是不该和大家一样。我说完了。"

"每个人都是如此？"

"是的，每个人都是这样。尽管如此，您也可以成为和大家不一样的人。但实话说，您确实和大家不同，现在有谁会像您一样承认自己不好的、甚至是可笑的一面？现在，有谁会承认这一点？没有吧？如今，人们早就不把自我反省当回事了。还是希望您能继续做一个与众不同的人吧！哪怕世界上只有您一个人这么做，也请您一定要坚持下去，不要随波逐流。"

"您说得太对了！我没有看错您！您确实会安慰别人！啊，卡拉马佐夫，您不知道我有多么渴望结识您。我一直在找与您见面的机会。难道您也想过我吗？我记得您刚刚也说，您想到过我，对不对？"

"确实。我听别人谈起过您，我也想和您……当然，如果您刚刚说的话是出于自己的自负，也没事……"

"您知道吗，卡拉马佐夫，我们的谈话就像是一次爱的宣言，"郭立亚用一种害羞且温柔的声音说，"这不可笑吗？不可笑吗？"

"有什么可笑的？即便可笑也没什么，因为这是一件好事。"阿廖莎轻笑道。

"您知道吗，卡拉马佐夫，有件事您得承认，现在您和我在一起也有点害羞了……我能从您的眼睛里看出来。"郭立亚带着狡猾、幸福的微笑说。

"这有什么好害羞的呢？"

"那您脸为什么红了？"

"是您，是您让我脸红的！"阿廖莎笑着说，满脸通红，"您说得对啊！确实有点难为情了，但我也不知道为什么……"阿廖莎小声说着，显得十分尴尬。

"啊，此刻我是多么爱您，多么钦佩您，因为此刻您跟我在一起，也跟我一样！"郭立亚狂喜道。他的双颊也是通红的，双眼闪闪发亮。

"您听我说，郭立亚，在未来的生活中，您也许会生活得不幸福。"阿廖莎不知为何突然说道。

"我知道的,我知道了。您是如何看出来的呢?"郭立亚立刻同意了他的话。

"但不管怎么样,您还是会赞美生活的。"

"就是这样,乌拉!您就是我的预言家!我们会和睦相处的,卡拉马佐夫。您要知道,最让我高兴的是您以完全平等的态度对待我。其实,我跟您完全不能相提并论,我们不是平等的,您更好!但是,我们两个一定会合得来的。您要知道,最近一个月以来,我一直对自己说:'我要么一下子和您一见如故,成为至交;要么一下子彼此分道扬镳,老死不相往来!'"

"您能这么说,证明您是真的喜欢我!"阿廖莎爽朗地笑道。

"喜欢!当然喜欢啊!我当然喜欢您呀!哎呀,您真是个预言家!啊,医生出来了。天啊,谁知道他会说什么呢?您看他脸上的表情……"

第七节　伊柳沙

医生从屋子里出来的时候,已经裹上了大衣,戴上了帽子。他的脸上写满了愤怒与厌恶,就像是生怕自己被蹭脏了一样。他向过道里扫了一眼,严肃地看了一眼阿廖莎与郭立亚。阿廖莎向门外的马车夫招了招手,方才载着医生过来的那辆马车就驶到了门前。上尉冲了出来,在医生身后点头哈腰,几乎哀求着,想把医生拦住再搭上几句话。可怜的上尉满面愁容,目光惊恐。

"阁下,阁下……难道真的……"他话还没来得及说完,就绝望又固执地双手合十。他望着医生,眼里写满了哀求,好像医生现在说一句话,就能改变这个可怜孩子的命运一样。

"还能有什么办法?我又不是上帝。"医生带着惯有的威严,漫不经心地答道。

"医生……阁下……是快了吗,快了?"

"您必须做好最——后——的——准——备!"医生一字一顿地说,说罢垂下眼睛,准备迈出门去登上马车。

"阁下,看在上帝的分儿上!"惊恐万分的上尉又拦住了他,"阁下……真的,没有一点办法了吗?难道真的救不了他了吗?真的没有希望了吗?"

"我说了,他的命运我决定不了,"医生很是不耐烦,"不过,"医生突然停下来,"如果有机会……就做个假设好了,假如您有这样的条件……您一定要把他送到……立刻、马上、一刻也不耽搁地(医生在说这句话的时候,近乎愤怒,语气让上尉不寒而栗)送到锡拉库萨①……换一种对他来说适宜的气候环境……说不定会……"

"锡拉库萨?"上尉不解地喊道。

"锡拉库萨在西西里岛上!"郭立亚突然向上尉大声解释道。医生看了一眼他。

"去西西里?老爷呀!阁下!"上尉不知所措,"您已经看到了!"他一边说着一边比画,示意家中的境况,"我们要是去了,孩子他妈怎么办?我这一大家子人怎么办?"

"不用全家都去啊,可以在早春的时候去高加索……您的女儿最好还是去高加索,而您的太太,考虑到她的腿有风湿,也应该在高加索接受一个疗程的温泉治疗……之后立刻把她送到巴黎,那里有个精神病专家叫勒佩尔蒂埃,他有一个疗养院,我可以为您写一封介绍

---

① 一座地中海城市,现在属于意大利。

信……只有这样,才有可能出现……"

"医生!医生!您也都看到了!"上尉摆着手,绝望地指着自家光秃秃的木制墙壁。

"这就不是我的问题了,"医生笑道,"您问我还有什么办法,我只能从医学的角度告诉您答案,至于其他因素……我很遗憾……"

"卖药的!您不用担心,我的狗不会咬您的!"郭立亚很不客气地喊道。他注意到医生相当不安地看着站在门口的儒奇卡。他故意不叫他"医生",而是选择了"卖药的"这个词。根据他事后自己的解释,之所以这么做就是"单纯地想侮辱他"。

"你——说——什么?"医生说着抬起了头,惊讶地看着郭立亚,"这是谁?"他向阿廖莎问道,似乎想让他解释清楚。

"我是别列兹汪的主人,卖药的,你知道这些就够了。"郭立亚说道。

"什么兹汪?"医生显然不知道他说的到底是什么。

"你说话的时候不能看看自己在什么地方吗?再见了,卖药的,咱们锡拉库萨见。"

"这个人到底是谁?他到底是谁?谁?"医生勃然大怒。

"他是本地的一名学生,医生,他是个淘气的孩子,请您不要介意。"阿廖莎皱着眉头急急忙忙说,"郭立亚,请别说了。"他向克拉索特金喝道,"医生,请您不要介意。"他已经有些不耐烦了。

"应该揍他一顿,狠狠揍他一顿!"医生不知道为什么怒气冲冲的,连连跺脚。

"你要知道,卖药的,我的别列兹汪可是会咬人的!"郭立亚的声音开始发颤,面色煞白,目露凶光,"喂,别列兹汪!"

"郭立亚,您要是再多说一句话,我们就绝交。"阿廖莎呵斥道。

"卖药的,这个世界上只有一个人可以对尼古拉·克拉索特金发号施令,这个人就是他,"郭立亚指了指阿廖莎,"我只听他的,再见了!"

他走上前去,打开房门,迅速地走进了房间。别列兹汪紧紧地跟在他的身后。医生茫然地站了足足五秒钟,他瞅了瞅阿廖莎,往地上吐了口唾沫,快步向马车走去,嘴里还不停嘟囔着:"这都什么事!这都是什么事!"上尉紧紧地跟在他身后,扶他上车。

阿廖莎跟着郭立亚走进了房间,郭立亚已经站在了伊柳沙的病榻旁。伊柳沙拉着他的手,呼唤着父亲。过了一分钟,上尉也回来了。

"爸爸,爸爸,过来……我们……"伊柳沙激动地结结巴巴道,但显然已经无力继续说下去。突然,他伸出了枯瘦的胳膊,费尽全力把郭立亚和父亲紧紧搂进自己的怀里,尽可能地贴紧他们。上尉在无语的抽泣中浑身哆嗦着,郭立亚的嘴唇和下巴也止不住地颤抖。

"爸爸,爸爸!我真可怜您呀!"伊柳沙痛苦地呻吟着。

"伊柳沙……亲爱的……医生刚刚说了,你会……好起来的……咱们会幸福的……医生……"上尉开始说。

"爸爸,我知道医生对您讲了关于我的事……我都看到了。"伊柳沙大声说着,使出所有力气紧紧把他们两个人搂在一起,把自己的面颊埋在父亲的肩膀上。

"爸爸,别哭……我死了以后,您要重新再找一个小男孩……您要找到那些孩子里面最健康、最好的那个!您要叫他伊柳沙,您一定要像爱我一样爱他。"

"老伙计,老伙计,不要说了,你会好起来的!"克拉索特金突然生气地吼道。

"但是,爸爸,您一定不要把我忘了,"伊柳沙继续说,"要常常去我的坟墓那儿看看……听我说,爸爸,您就把我埋在我们经常去散步的那块大石头旁边,傍晚的时候,你们两个就一起去看看我……对了,把别列兹汪也带上……我等着你们来……爸爸,爸爸!"

他泣不成声。三个人紧紧抱在一起,沉默不语。尼娜坐在扶手椅上低声地哭着,孩子的母亲见众人都在哭,也哭了起来。

"伊柳沙!伊柳沙!"她大声叫道。

这个时候,克拉索特金突然从伊柳沙的怀抱中挣脱出来。

"老伙计,再见了,我母亲还在等我回家吃饭。"他话说得匆忙,"很可惜,我之前没来得及通知她,她会非常焦虑的……等我吃完饭,就来看你,我会陪你一整天,一个晚上,我还要告诉你好多好多有趣的事情!狗,别列兹汪,我也会带过来的,不过现在……现在我必须把它带走了,如果我不在,它一定会乱叫打扰到你的。再见!"

就这样,他快步跑到过道里。在屋里一直克制的眼泪,在过道里流了出来,正好被出来的阿廖莎看到。

"郭立亚,您一定要来,您一定要信守承诺来看他,否则他会非常失望的。"阿廖莎再三叮嘱道。

"我一定!啊,我多么恨自己没有早点来!"郭立亚哭着。此刻,他已经不再为了自己的失态而感觉到羞愧。

就在这个时候,上尉也从屋里冲了出来,立刻关上了房门。他的脸在抽搐,嘴唇发抖不止。他站在两个年轻人面前,举起双臂。

"我不要什么好孩子!我不要别的男孩!"他咬着牙,疯狂地低语着,"我如果把你忘记,耶路撒冷,请让我的舌头……"

他已经哽咽得说不出话了,接着浑身瘫软似的跪倒在一条木凳前,紧紧握住双拳夹住自己的脑袋,发出夹杂着尖叫的呜咽声,他克制自己尽量不让房间里的人听到他的哭声。郭立亚再也无法忍受,冲出了大门。

"再见，卡拉马佐夫！您还来吗？"他对着阿廖莎语气生硬且愤愤地喊道。

"我晚上一定来！"

"他怎么说起耶路撒冷来了？说这句话是什么意思？"

"这是《圣经》上面的话：'如若我忘记你，耶路撒冷，情愿我的舌头贴于上膛。① '也就是说，如果我忘记了我最珍爱的一切，还要让别的东西来替代他，那就惩罚我吧……"

"明白了！够了！您也一定要来。喂，别列兹汪！"他异常凶恶地对着狗吼了一声，迈着大步回家去了。

① 出自《旧约·诗篇》第一百三十七章第六节。

第十一章 伊万

第一节 在格露莘卡家

阿廖莎走向教堂广场，准备到寡妇莫罗佐娃的家里去找格露莘卡。当天一大早，格露莘卡就差遣菲尼娅去找他，恳请阿廖莎去她家一趟。阿廖莎从菲尼娅口中得知，从昨天起，格露莘卡就特别紧张，忧心忡忡。距离米佳被捕已经过去两个月了，这段时间阿廖莎经常来她家。有时候是他自己想去，有时候是因为米佳的嘱托。在米佳被捕的第三天，格露莘卡生了重病，病了将近五个星期，有整整一个星期都不省人事。虽然近两个星期，她能下地走路了，脸色却变了许多，面黄肌瘦。但对阿廖莎来说，她的脸比以前更有吸引力了。他喜欢看她的目光，她的目光中充满了坚毅和理智的神情，显示了她身上的精神转变，有一种坚定、善良、谦卑且无法动摇的决心。她的双眉间长出了几道微小的皱纹，为她清秀的面庞平添了几分专注与遐想，乍一看近乎冷峻。除此之外，她之前那种轻浮的气质也已荡然无存。

还有一点令阿廖莎觉得奇怪，这个可怜女人的未婚夫因被指控犯下了弑父大罪而身陷囹圄，而这件不幸的事情发生的时候，她才刚刚订婚，甚至可以说这一切就发生在她订婚的那一刻，紧接着她大病一场，现在不可避免的法庭判决又即将来临，尽管种种打击接连而至，但格露莘卡竟然没有丧失原有的青春活力。她从前充满了傲气的双眼中闪现出一种柔和的光芒，虽然当她的心中有一种比以往不减反增的不安念头时，她的双眼偶尔还会燃起一些不祥的火苗。

让她如此不安的是卡捷琳娜·伊万诺芙娜，甚至当格露莘卡卧病在床说胡话的时候，念叨最多的人也是卡捷琳娜。阿廖莎明白，格露莘卡是在为了米佳吃她的醋；尽管米佳已经身陷囹圄，卡捷琳娜·伊万诺芙娜也一次都没有探望过他。目前这一切都在为难阿廖莎，因为他现在已经成了格露莘卡唯一的倾诉对象，她不断地向他征求意见，但很多时候阿廖莎自己也不知道该怎么对她说才好。

阿廖莎忧心忡忡地走进了格露莘卡的家。她方才去探望米佳了，差不多半个钟头之前才回来。一见到阿廖莎，她立马从桌子旁边的扶手椅上跳起来迎接他，看得出她一直再焦急地等着他。桌子上摊着纸牌，好像在玩"捉傻瓜"的纸牌游戏。桌子另一旁的皮沙发上铺了床位，马克西莫夫穿着睡衣、戴着睡帽，半卧半躺在那里，虽然他甜蜜地微笑着，但显然是生病了，很虚弱。

两个月前，这个无家可归的老人和格露莘卡从莫克罗耶回来后，就留在了她的身边，一直住在她家，从未离开过。当时，他和格露莘卡冒雨回到了这里，浑身湿透，又受到了惊吓，就一直坐在沙发上带着害怕和恳求的微笑注视着格露莘卡。格露莘卡那时悲痛至极，而且已经在发烧了，在到家后的半个小时里又由于忙着各种事情，所以几乎忘记了他的存在，最后才突然注意到他那可怜而无助的傻笑。她吩咐菲尼娅给他弄点吃的。他一整天都坐在同一个地方，几乎没有动过。直到天黑要关门拉窗帘的时候，菲尼娅才问女主人："小姐，难道他要在这过夜吗？"

"是的，给他在沙发上铺上被褥。"格露莘卡答道。

格露莘卡经过仔细询问，得知他确实已经无处可去了。

"我的大恩人卡尔甘诺夫先生给了我五卢布之后，明确告诉我，他再也不会接待我了。"

"好吧，上帝保佑你，你就留下来吧。"格露莘卡无奈地决定，同情地对他笑了笑。看到她的笑容，老人的心震撼了，他感激涕零，嘴唇抽搐不止。从那时起，这位流浪的食客就一直住在她的家里，即使她生病了，他也没有离开过。菲尼娅和她的奶奶（即格露莘卡的厨娘）供他饭吃，并给他在沙发上铺好床褥。后来，格露莘卡已经习惯他了。每次去监狱探望米佳回来（她病刚好一些，甚至还未痊愈就开始去探监了），为了排解愁闷，她常坐下来和马克西莫夫聊些可有可无的小事，这个老人有时会讲些可以让她快乐的故事，所以，后来这个老人成了格露莘卡身边不可或缺的人。

这段时间，除了阿廖莎，格露莘卡谁都不见。阿廖莎不是每天都来，而且待的时间也不会太久。与此同时，老商人萨姆索诺夫已经病入膏肓，城里人传言他"命不久矣"，果真，就在米佳的案子开庭后差不多一个星期他就死了。他其实早在三个星期以前就知道自己时日不多了，他把两个儿子、儿媳和孙子们都叫到楼上，吩咐他们再也不要离开他。也是从那时起，他命令自己的仆人不要再接待格露莘卡了；还特意叮嘱他们，如果格露莘卡前来探望，就告诉她："老爷祝您生活快乐，健康长寿，老爷要您彻底把他忘记。"不过即便如此，格露莘卡还是每天派人去他那里询问他的健康情况。

"你终于来了！"格露莘卡扔下手中的纸牌，高兴地招呼着阿廖莎，"方才马克西莫夫还吓唬我说你也许不来了呢。啊，我实在是太需要你了！你坐到桌子旁边吧，你要喝什么？咖啡？"

"好！"阿廖莎一边往下坐，一边答应道，"我快饿死了。"

"对了,菲尼娅,菲尼娅!你先把咖啡拿来!"格露莘卡叫道,"咖啡早就煮好了,就等你来呢!菲尼娅,那个烤馅饼也端过来,要热的。你不知道,阿廖莎,为了这几个烤馅饼,今天还吵了一架。我把馅饼带到监狱里给米佳,可他……我说出来你可能都不信,他不吃就算了,还给我扔回来了,甚至还把一个馅饼扔到地上踩了个稀碎。我对他说:'我把这些烤馅饼放在看守这里了,要是到了晚上你还不吃,你就把恶毒的怨恨当饭吃就够了!'说完我扭头就走。我们又吵架了,信不信由你,我们每次见面都要吵架。"

格露莘卡激动地一吐为快。马克西莫夫听闻此言立刻感到坐立不安,只能笑着低头看着地面。

"这一次吵架是为了什么呢?"阿廖莎问道。

"我根本都想不到!你想想,他竟然又开始嫉妒起我的'前任'来!他跟我说:'你为什么要供养那个人?你又开始供养他了?'他没完没了地吃醋。吃饭时候吃醋,睡觉时候还吃醋!上个星期甚至连老库兹马的醋都吃!"

"'前任'的事情他以前不是知道吗?"

"就是呀!他从一开始就知道,但是今天他突然站起来胡搅蛮缠地责骂我。他跟我说的那些话,我都羞于说给你听。愚蠢的家伙!我出来的时候,拉基特卡也去看他了。对了,你说会不会是拉基特卡故意挑唆他了?你觉得呢?"她漫不经心地补充道。

"他爱你,就是这样,他太爱你了,再加上现在心里烦躁,所以才会这样。"

"明天就要开庭了,他能不烦躁吗?我去就是为了跟他说明天的事,因为不知道明天会发生什么情况,我想想都害怕。你说他心里烦躁,你不知道我比他更加烦躁!可是他竟然还在说那个波兰人!傻瓜！我觉得他除了马克西莫夫谁的醋都会吃。"

"以前我的妻子也为我吃了很多醋呢。"马克西莫夫插了一句。

"为你？"格露莘卡不由自主地笑了起来，"她为你跟什么人吃醋？"

"跟女佣们呗！"

"住口啦！马克西莫夫，现在我可没心思和你开玩笑。我正生气呢！你别盯着烤馅饼了，我不能给你吃，这对你不好，酒你也不能喝。我还要照顾他；说实话，我这里简直成了救济院。"她笑道。

"我不值得你对我这么好，我太没用了，"马克西莫夫好像含着泪水，"您还是应该把您的善心用在那些比我更有用的人身上。"

"哎，每个人都是有用的，马克西莫夫，不能说谁比谁更有用。阿廖莎，即使这个世界上没有那个波兰人，他今天也会心血来潮，突然犯病的。我到波兰人那里去过。你看，现在我还要故意给他送点烤馅饼去。我本来没送过，米佳却一口咬定说我送过，我现在偏要送去！就要送！哎，菲尼娅手里拿着信进来了，一定又是波兰人写的，又是要钱！"

果然，穆夏洛维奇派人送来了一封长信，照例辞藻华丽，字里行间所表达的意思就是为了向她借三卢布。随信的还有一张借条，上面承诺会在三个月之后归还，除了他本人的签名外，借条上还有符卢布列夫斯基的签名。

这样的信和借条，格露莘卡已经从自己的"前任"那边收到了很多，最早是从两个星期前她大病初愈时开始的。但她知道，两个波兰人在自己生病的时候就已经来过信询问她的身体情况。格露莘卡收到的第一封信很长，写在一张大大的信纸上，上面还盖了一个巨大的家族印章，内容晦涩难懂，但是用词华丽，格露莘卡只读了一半就看不下去了,因为她根本就看不懂。而且,她当时根本没有心情读信。在这第一封信之后的第二天,又来了一封信。这封信就是来要钱的了,穆夏洛维奇向她借两千卢布,承诺用不了几天就还。格露莘卡对此没有理睬。从那之后,这种一本正经、辞藻华丽的信就一封接一封地来个没完,但是信中要求的借款数额逐步渐少,从两千开始,逐渐到一百、二十五、十卢布,格露莘卡收到的最后一封辞藻华丽的长信里,两个波兰人只向她借一个卢布,照例附了两人签名的借条。这时,格露莘卡动了恻隐之心,在黄昏的时候亲自去了两个波兰人那里一趟。她发现这两个波兰人过得简直一贫如洗,吃的没有了,取暖的柴火没有了,烟卷也没有了,甚至还欠了许多房租。当初在莫克罗耶从米佳那里赢来的二百卢布早就花光了。

但最令格露莘卡感到诧异的是,这两个波兰人见到她竟然还一副傲慢自大、无求于人的样子,繁文缛节一项不少,满嘴都是大话、空话。格露莘卡实在是忍不住,笑出了声。当即给了自己的"前任"十卢布,当时她就把这件事情笑着告诉了米佳,但米佳一点儿醋意都没有。可是打那之后,两个波兰人就缠住了格露莘卡,每天写信向她借钱,而格露莘卡每次多少会给他们一点。可是今天米佳却一下子醋意大发了。

"我真是个傻瓜,我去看米佳的路上还去了波兰人那里一趟,就待了一会儿,因为他也生病了,"格露莘卡急急忙忙地说道,"我笑着把这件事讲给米佳听,我说:'你知道吗,那个波兰人弹着吉他给我唱往日的那些情歌,他竟然以为我会感动到嫁给他。'万万没想到,米佳听后竟然跳起来破口大骂……这样可不行,我现在就把烤馅饼给波兰人送过去!菲尼娅,他们派来的人是不是那个小姑娘?你去把这三个卢布给她,再拿张纸给他们包上十个烤馅饼,给他们带过去。而你,阿廖莎,你可一定要告诉米佳,就说我给他们送烤馅饼了!"

"我绝对不会说的!"阿廖莎笑道。

"呃,你觉得他在难受吗?其实他是故意装作吃醋的,他心里根本就不在乎我!"格露莘卡伤心地说。

"怎么会是故意的呢?"阿廖莎问。

"我告诉你,你真傻,阿廖莎。虽说你挺聪明的,但对这种事情你还是一无所知。他为我这样的女人吃醋,我倒不会生气。他要是一点儿都不为我吃醋,那才会使我生气呢。我就是这样的脾气。我不会因为别人吃醋而生气的,虽然我的心肠很硬,但我也会吃醋。让我伤心的是他根本不爱我,我觉得他是在故意装作吃醋,就这么一回事。我又不是瞎子,难道我看不出来?他常常在我面前提起那个卡佳,说她这样,说她那样,说她给他请了个莫斯科的医学专家为他出庭做证,还说她为他找了最厉害、最能辩、最有学问的律师。他竟然在我面前夸她,瞪着他那双十分无耻的眼睛夸她,那就只能证明他是爱她的!明明是他先对不起我,反而来纠缠我,说我早就做了对不起他的事,把所有错误都推到我身上。说白了,他的意思就是:'是你先和波兰人有关系的,所以我现在和卡佳来往又有什么错?'阿廖莎,我告诉你,他就是故意的,故意这样做的,只是我……"

格露莘卡没有说完她打算做什么,就用手帕遮住了眼睛,使劲地抽泣起来。

"他不爱卡捷琳娜·伊万诺芙娜了。"阿廖莎坚定地说。

"他爱或不爱,我很快就会知道。"格露莘卡说着把手帕挪开,口气中充满了威胁。她的脸完全变了一个样。阿廖莎痛心地注意到,她那张本来温顺、文静的脸一下子变得扭曲而凶狠。

"罢了,这些蠢事还是不提了!"她突然说,"毕竟我把你叫过来也不是为了这件事。阿廖莎，亲爱的，你说明天的结果究竟会怎么样？这才是我最担心的。只有我一个人担心！我发现除了我之外，似乎根本就没人在乎这件事！所有人都觉得这件事情和自己无关！你在想这件事情吗，阿廖莎？明天就要开庭了，你给我说说，明天他们究竟会怎么处理米佳？你知道，是那个仆人，那个仆人杀的啊！上帝啊！难道米佳真的要替那个仆人受罚，没有一个人为他说句公道话吗？他们根本没去调查那个仆人，是不是？"

"他被审了，还挺严格的……"阿廖莎若有所思地说，"但是，审他的人已经认定了，凶手不是他。现在他病得厉害。自从那次癫痫发作之后，他就一直在生病。他确实病了。"阿廖莎补充道。

"上帝啊！你最好亲自去找一下那个律师，把案情的来龙去脉给他讲清楚。听说，是花了三千卢布把他从圣彼得堡请来的。"

"我们三个人一共给了三千，我、伊万和卡佳。至于那个医生是卡捷琳娜·伊万诺芙娜自己花了两千卢布请来的。菲久科维奇律师的委托费本来要比三千高得多，但是现在这桩案子已经全国皆知，所有报纸和期刊都在议论，他之所以来这里就是为了出名，毕竟这案子的影响力太大了。我昨天和他见过了。"

"怎么样？你跟他说了吗？"格露莘卡着急地问。

"他听了之后什么都没说。他说他自己心里有数了，还答应我，一定会考虑我的想法。"

"什么叫考虑？他们就是骗子！他们一定会把米佳给毁了！但是那个医生，她请医生过来干什么？"

"那是医学专家，请过来做鉴定的。他们打算证明大哥疯了，说他是在精神错乱的时候作案的，"阿廖莎淡淡一笑，"只是大哥不同意。"

"哎，如果米佳真的是凶手，那他就是疯了，"格露莘卡说道，"他当时疯了,彻底疯了。这都是我这个坏女人的错。可他不是凶手,他一定不是!现在所有人都觉得人是他杀的,全城人都这么说,就连菲尼娅的证词也让人觉得他是凶手。商店里的人、那个公务员,还有酒馆里的人,以前他们都听说过他要杀人!所有人都在指控他,全都在瞎嚷嚷。"

"是的,证词积累得太多了。"阿廖莎冷冷地说。

"还有格里高利,格里高利·瓦西里耶维奇,他一口咬定那扇门就是开着的,坚持说是他亲眼所见,没人能动摇他的想法。我去找过他,和他谈过。他还十分粗鲁地骂人呢!"

"是的,格里高利的证词对大哥是最不利的!"

"倒是米佳精神失常这件事,我看倒是真的有可能。"格露莘卡的神情一下子变得十分忧虑,甚至还有一些神秘,"你知道吗?阿廖莎,我早就想和你谈谈这件事了。我每天去看他时,都会感到惊奇。你告诉我,你是怎么想的?你觉得他都在说些什么?他嘀嘀咕咕地说个没完,可我一点儿也没明白,我还以为他在说什么高深的话,我本以为是我傻,听不懂;但他突然跟我谈论什么孩子,他说:'为什么孩子这么可怜?为了孩子,我愿意被发配到西伯利亚,虽然我没有杀人,但是我必须到西伯利亚去!'他说的这些是什么意思?什么孩子?——我真的想不通。他一说我就哭了,因为他说得非常让人动情,他自己也哭,我也哭。然后他突然吻了我一下,并用手画了个十字。这到底是怎么一回事啊,阿廖莎?你给我说说,他口中的'孩子'到底是什么?"

"大概是因为最近拉基津经常去看望他,"阿廖莎笑道,"不过……这件事情跟拉基津没有关系。我昨天没去米佳那边,我今天打算去见他。"

821

"不,这与拉基特卡无关,是他的弟弟伊万·费尧多罗维奇让他心烦意乱。他去看过米佳,问题就出在这里……"格露莘卡突然住口了。阿廖莎震惊地瞪着她。

"难道说他去了?伊万去看过米佳了?米佳亲口对我说伊万一次都没有去过。"

"嗯……嗯,我这个人也真是,竟然说漏嘴了!"格露莘卡一下子涨红了脸,显得非常尴尬,"等一下,阿廖莎,先别说话,既然我已经说漏了嘴,索性都告诉你吧。伊万一共去过米佳那里两次,第一次是他刚刚从莫斯科回来的时候,当时我还没病得不省人事呢,第二次差不多是一个星期之前吧。是他不让米佳告诉你他去过的,坚决不可以说,也不可以对任何人说,他是秘密去的。"

阿廖莎坐在那儿陷入了沉思,他在考虑着什么。刚才的这个消息显然让他感到震惊。

"伊万哥哥从来不和我谈论米佳的案了,"阿廖莎说得很慢,"而且这两个月以来他都很少和我说话。每次我去找他,他好像都不欢迎我,所以我已经差不多三个星期没去找他了。嗯……如果说他一个星期以前去过,那么……这一个星期里,米佳确实有了些变化……"

"变了,确实变了!"格露莘卡立刻接过话茬,"他们两个有秘密,有秘密!米佳对我说过他有秘密,而且你知道,这个秘密害得他不得安宁。之前他挺开心的,现在他也挺开心的。但是,当他每次像那样摇摇头,在屋子里来回踱步,用右手指扯着鬓角旁的头发,我就知道他心里有事……我知道!以前他挺开心的,不过,今天他也挺开心的。"

"可是你刚才还说他很生气,很烦躁。"

"他是在生气,但同时也挺开心。他总是烦躁,但是就一会儿,接着又开心了,开心一会儿又突然开始烦躁。阿廖莎,我一直在想,他真奇怪,明明遇到了这么可怕的事情,居然还在为了一点小事哈哈大笑,简直就是个小孩子!"

"他当真不许你告诉我伊万去看过他?当真说过'别告诉他'吗?"

"当真说过'不要告诉他'。他就是怕你,米佳怕你。因为这里好像有什么秘密,他自己也说有个秘密……阿廖莎,亲爱的,你去找他们,探听一下他们有什么秘密,然后再回来告诉我吧。"格露莘卡突然哀求道,"你就可怜可怜我吧,让我的心安定下来,让我了解我即将面临的最糟糕的命运!我叫你过来就是为了这个。"

"你认为那个秘密是跟你有关的?如果是这样,他一定不会告诉你他有个秘密。"

"我不知道。也许他想告诉我,但又不敢说。也许他是在向我发出警告。他说有个秘密,但是这秘密到底是什么,他没说。"

"那你是怎么想的?"

"我怎么想的?我要完了,这就是我的想法。他们三个人在为我策划结局,为了卡佳。这都是卡佳的主意,全是她搞出来的。他总是说'她这样,她那样',那就意味着我不怎么样了。他事先告诉我,预先警告我。他就是想抛弃我,这就是全部的秘密。他们三个——米佳、卡佳和伊万一起串通好的。阿廖莎,有件事情我早就想问你。一个星期以前,他突然跟我说,伊万爱上了卡佳,因为伊万经常去找她。他对我说的是不是真的?你摸着你的良心告诉我,尽管实话实说。"

"我保证说真话。我想,伊万并没有爱上卡捷琳娜·伊万诺芙娜。"

"我也是这么想的!那就是米佳在和我撒谎了,这个不要脸的东西,就是这么回事!他现在为我吃醋,就是为了以后能把一切责任都推到我身上。但这个人太傻了,根本不知道该怎么掩饰所做的事情……我一定会给他点颜色瞧瞧的!他对我说:'你一定也相信我杀了人吧?'他竟然对我说这种话!他竟然用这种话来指责我!让上帝去原谅他吧!等着瞧吧,在法庭上我一定会让那个卡佳吃不了兜着走……到时候我会把所有的事情都说出来!"

格露莘卡又痛哭起来。

"有一些事情我可以确切地告诉你,格露莘卡,"阿廖莎说着站起了身,"首先,他爱你,在这个世界上他只爱你一个,这一点你一定要相信;第二点,我必须实话实说,我根本不想向他探听什么秘密,如果他今天主动跟我说,那我一定会告诉他,我答应过你,而且今天就会过来告诉你。只是……我觉得……这件事情和卡捷琳娜·伊万诺芙娜一点关系都没有,这个秘密应该是关于其他事情的。大概和卡捷琳娜·伊万诺芙娜没有关系,这是我的感觉。现在,再见吧!"

阿廖莎握了握她的手。但是她还在哭。阿廖莎看得出来,格露莘卡不太相信他这番安慰她的话,但是至少格露莘卡已经把苦衷都倾诉了出来,这对她或多或少是件好事。阿廖莎实在不忍心让她一个人这样难过地待着,但是他很忙,还有很多事情在等着他去处理。

第二节 一只病足

第一件事情是去女地主霍赫拉科娃太太家。他步履匆匆,希望早点儿办完事情,还能来得及去探望米佳。

霍赫拉科娃太太生病已经三个星期了——她的一只脚不知什么原因突然肿了起来。虽说不至于卧床不起,但是在白天,她穿着自己那一身优雅又迷人的睡衣,斜躺在她自己房间里的沙发上。阿廖莎有一次注意到,尽管霍赫拉科娃太太病了,但她开始变得爱打扮了,各种各样的发饰、缎带、罩衫频频出现在她的身上,他不由得感到好笑。阿廖沙或多或少知道些答案,但他觉得思考这些是轻浮的、无聊的,索性就不去想了。最近两个月来,在霍赫拉科娃太太的众多来访者中有一个经常来的年轻客人,他就是别尔霍津。

上次阿廖莎来拜访霍赫拉科娃太太已经是四天前的事了,这次他一进门就径直去找了丽莎,因为昨天丽莎派了一名女佣找过他,恳求他一定要来一次,并明确表示自己"有要事"需要和他商量。由于某些原因,阿廖莎对此事很感兴趣。但在女佣向丽莎通报的时候,霍赫拉科娃太太也知道阿廖莎来了,她立刻派人过来请他到她那里待"仅仅一分钟"。阿廖莎考虑了一下,认为还是先应该去满足这位母亲的要求,不然她一定会一直遣人去丽莎那里叫他的。

霍赫拉科娃太太斜躺在自己的沙发上,衣着华丽,情绪亢奋。她欣喜地呼喊着迎接阿廖莎。

"有好几百年没见到您了呀!感觉上一次见到您已经是几个世纪以前的事了!足足一个星期了呀!哦……不对,四天前您还来过,是星期三那天!我可以肯定,您是来看丽莎的,您是不是想踮着脚尖、悄悄地直接去她那里,不让我知道?亲爱的,亲爱的阿列克谢·费尧多罗维奇,您要知道,她真是让我操碎了心,但这以后再说吧。虽说这些是最重要的事情,但是这些留着以后再说。亲爱的阿列克谢·费尧多罗维奇,我的丽莎要是和您在一起,我当然百分之百放心!自从佐西马长老去世以后——愿他的灵魂能在天国得到安息!"说着,她在胸前画了个十字,"我把您看作是继他之后的苦行修士,尽管您穿着这套新衣服很迷人。您是在哪儿找到这么好的裁缝的?罢了,罢了,这些都不是主要的,以后再说。请您原谅我,有时候我会叫您阿廖莎,请原谅我倚老卖老地这样称呼您，"她卖弄风情地莞尔一笑，"但这也放到以后再说。重要的事，我不应该忘掉最重要的事。以后请您一定要主动提醒我，只要我说话一离题，您就说：'重点是什么呢？'天哪，我怎么知道重点是什么！但自从丽莎收回了自己的诺言之后，阿列克谢·费尧多罗维奇，这是一种孩子气的诺言，丽莎曾经许诺过要嫁给您，您当然能理解，这不过是一个长期坐在轮椅上的小姑娘的顽皮幻想。感谢上帝，她已经能下地走路了。卡佳从莫斯科请来的那个新医生主要是为了帮助您哥哥……他明天就要……哎呀，我说这些干什么！一想到明天的事情，我简直要疯了！我主要是出于好奇……总而言之，那个医生昨天到我们这儿来了，他看了丽莎的情况……我给了他五十卢布作为酬劳……哎呀！我怎么又跑题了，又跑题了……您看我，我把一切都搞混了！我就是这么着急，可是我为什么要着急呢？我不知道！我好像什么都搞不清楚。脑子里一大堆事情搅在一块儿，乱成麻了。哎呀，我好怕您会觉得我烦，觉得我无聊，然后就再也不来找我了，可我才刚刚见到您。哎呀，上帝啊！我们怎么这么一直干坐着啊！先来喝杯咖啡，尤利娅！格拉菲拉！拿咖啡来。"

阿廖莎急忙道谢并婉拒，说自己刚才已经喝过了。

"在谁那儿喝的？"

"在阿格拉菲娜·亚历山大洛芙娜家。"

"这么说……在那个女人那里！哎，就是她把所有人都毁了。不过，我也不清楚是不是真的，据说她现在变成了圣人，尽管一切都晚了。早这样还有些用，现在还有什么用呢？您先别说话，别说话，阿列克谢·费尧多罗维奇，别说话。因为我有太多话要说了，但好像一件事也说不清楚。这场可怕的庭审……我必须要去，我正在做准备呢。我可以被人抬到法庭，而且我还可以坐起来，会有人陪我。您知道，我也是证人。我要怎么做证呢？我该说什么呢？我不知道该说些什么。是不是还要发誓啊，对不对啊？"

"是的，但是我觉得您不一定能去。"

"我能坐起来的。哎呀，您把我的思路都打断了！这场判决，这种野蛮的行为……总之，都流放去西伯利亚吧，有的人在那里还是可以结婚的。所有这一切很快都会过去，一切都是瞬息万变的，最后都是一场空。所有人都老了，等着进棺材。罢了，就这样吧，我也累了。那个卡佳，一个如此有魅力的女人[①]，她让我所有的希望全都破灭了。现在她要跟着您的大哥共赴遥远的西伯利亚，您的二哥要跟在她的身后，打算住在附近的城市。他们就这么互相折磨着，这简直要把我急疯了。最糟糕的是，这件事情现在闹得沸沸扬扬，不论是莫斯科还是圣彼得堡，所有报纸都在写这个案子，报道了有成千上万遍了。对了，您想想，甚至连我也被写上了报纸，说我是您哥哥'最亲密的朋友'。我真的不愿意说出这种难听的词，您想想，您好好想想！"

"不可能！刊登在哪里？上面怎么写的？"

"我现在就拿给您看！那份报纸是我昨天收到的，我昨天读过。喏，就这个，圣彼得堡的《传闻》，是从今年开始出版的。我对八卦很感兴趣，所以就订了一份。万万没想到，结果流言竟跑到我头上来了！看看这都是些什么流言蜚语，就在这个地方，您自己看吧。"

她递给了阿廖莎一张放在自己枕头底下的报纸。

不能说她很沮丧，但她似乎不知所措，也许她脑子里的一切都乱成一团了。报纸上的报道确实很有特色，这无疑会刺激到她，好在她当时没把注意力集中在这件事上，所以她很快就把报纸的事给忘了。

[①] 原文为法语。

阿廖莎早就知道这个可怕的案件已经传遍了整个俄国，而且，天啊！这两个月里，除了一些可信的报道外，他还读到了不少关于他哥哥米佳、关于卡拉马佐夫家，甚至是关于他本人的胡言乱语的报道。其中有一家报纸甚至说，阿廖莎是在他长兄弑父之后吓破了胆，才选择出家当了修士；另一家报纸则有理有据地反驳，说阿廖莎早已经和他的长老佐西马一起撬开了修道院的银箱，"从修道院逃之夭夭"了。

现在，这份《传闻》报的文章题目是《来自斯科托里格涅耶夫斯克（这就是我们这座小城的名字，我之前一直没说）的重磅新闻：卡拉马佐夫家族的弑父案件！》。那篇报道不长，其中也没有直接提到霍赫拉科娃太太的名字，不但如此，其他提到的人名也都是隐去的。只是说：轰动一时的弑父大案即将开庭，凶手是个退役的陆军上尉，生性厚颜无耻，好吃懒做，支持农奴制度，喜欢拈花惹草，尤其受某些"寂寞寡妇"的青睐。其中有位"寂寞寡妇"虽然女儿已经成年，但她人老心不老，竟被案犯深深迷住。就在案发之前两个小时，她向案犯表示愿意给他三千卢布，要他立即和她私奔去寻找金矿。但凶手宁愿选择杀父，得到他父亲的三千卢布，之后逃脱法网，也不愿和这位已经年过四旬的寂寞寡妇一起逃去西伯利亚。这篇煽情报道的最后，照惯例谴责了凶手弑父的行为是何其道德沦丧，抨击了旧农奴制度是何其的落后和野蛮。阿廖莎好奇地读完这篇报道之后，把报纸折叠起来，还给了霍赫拉科娃太太。

"这不就是在阴阳怪气地说我吗？"她嘟囔着，"不就是在说我吗？差不多在案发一个小时前，我曾提议他去找金矿，万万没想到，现在我竟然成了别人笔下'年过四旬的寂寞寡妇'！我难道是为了这个吗？这是在故意诽谤！如果全知全能的上帝能宽恕这种人的罪恶，那我也能原谅他，但要知道这是……对了，您知道这是谁干的吗？就是您的朋友拉基津。"

"也许吧……"阿廖莎说，"虽然我什么都没有听说过……"

"就是他！就是他！除了他还能有谁？就是我把他赶走的……这件事情您不是知道吗？"

"我只知道您曾经对他说，要他以后不要再来叨扰您了，但究竟是为什么——我……我真的没有听您说起过。"

"照这么说，您是从他嘴里听到的？这个人是不是骂我了？骂得很厉害？"

"确实，他骂您了。不过，他这个人谁都骂。但是您为什么不想再见到他，他没有对我说过。现在我很少和他见面了，我们算不上朋友。"

"既然如此，我就把所有的事情都告诉您吧。没办法，我必须坦白和忏悔，这件事情我也有不对，应该责备我。不过即便是我不对，我的过错也只占一小部分，很小很小的一部分，甚至可以小到忽略不计。是这样的，亲爱的阿廖莎，"霍赫拉科娃太太的表情突然变得有些俏皮，嘴角挂着一个神秘的但非常可爱的微笑，"您看，我怀疑……请您先原谅我，阿廖莎，您知道，我就像您的母亲……不对，不对，我把您当成我的神父……毕竟，用母亲的身份说这些话好像不合适……就这样吧，我就把您当成佐西马长老向您忏悔，这样就对了，这样就合适了，毕竟刚才我不是叫您修士了嘛！那个可怜的年轻人，就是您的朋友拉基津（哎，上帝啊，我就是没法生他的气，虽然我确实生气，但是不严重），总之，您也许很难想象得到，这个轻浮的年轻人忽然心血来潮，他好像爱上我了。当然，我也是过了好久才明白过来。一开始，差不多一个月以前吧，这个人突然开始经常来我家，差不多天天都来，虽然我们早就认识。刚开始，我完全不清楚……后来我突然就明白了，感到十分奇怪。您也知道，我在两个月前开始招待一个和蔼可亲、品行端正的年轻人，彼得·伊里奇·别尔霍津，他是城里的公务员，是个彬彬有礼的人，您觉得呢？他差不多每隔三天来我家一趟，倒不是天天来（如果他天天来我也欢迎），他每次来我家时穿得都特别正式。阿廖莎，我就是喜欢像您这种有才华还特别谦虚的年轻人，而他不仅如此，还非常有政治家的头脑，说话得体动听，我肯定会把他推荐给别人。他是一名未来的外交官。就在那个可怕的夜晚，他来到了我家，几乎救了我的命。但是您的朋友拉基津来我家时总是穿着那双长靴子，在地毯上蹭脚……总之，他开始给我一些暗示，忽然有一次，他临走的时候狠狠地握着我的手，自从他碰了我的手之后，我的一只脚就开始疼起来。他之前在我家里遇到过彼得·伊里奇，说出来您可能不信，拉基津对彼得·伊里奇充满恶意，总是对着他阴阳怪气，说话从来没有好语气。每次看到这两个人明争暗斗，我就想笑。有一天，我正一个人坐在家里，不对……我当时已经躺下了，所以是我一个人躺在家里，米哈伊尔·奥西波维奇走了进来，竟然还给我带来了一首诗，您想象一下，一首小诗，内容是关于我的脚的，换句话说，就是他用诗来描写我的病脚。您等等，这首诗是这样的：

纤纤玉足甚美妙，
不知何故微抱恙……

还有其他什么的，总之我永远都记不住诗。反正那首诗就在我这里放着，以后我再给您看。这首诗写得太美了，文采飞扬，而且不光写了一只病脚，其中还包括一些道德教诲和美好的理想，只是我想不起来了，总之，简直可以收进诗集里。当然，我向他表示了感谢，他显得受宠若惊。我正道谢呢,彼得·伊里奇走了进来,他进来的时候米哈伊尔·奥西波维奇的脸就如同笼罩了一层乌云似的。我当时就看出来了,彼得·伊里奇有点妨碍了他。因为我有预感,他才刚刚读完诗,接下来肯定还有什么话要说。可就在这个时候彼得·伊里奇走了进来。当时,我就把这首诗递给了彼得·伊里奇,但我没告诉他这首诗是谁写的。我相信,我坚信他当时就猜出来是谁写的了,虽然他至今还不承认,说自己猜不出来这首诗是谁写的,他就是故意这样说的。总之,彼得·伊里奇看完后开始大笑,批评那首诗:'这诗写得也太烂了,我猜这是那种宗教学校里的学生写的吧!'您知道,他说得言辞是那么激烈,如此激烈!然后,您的朋友没有笑,而是勃然大怒……上帝啊,我当时觉得这两个人就要打起来了。当时拉基津说:'是我写的。我写这首诗是写着玩的,毕竟在我看来,写诗是可耻的事情……不过,我写的诗确实是首好诗。你们的普希金写诗赞美女人的脚,还有人给他立碑呢。要知道,我这首诗里隐含了很多深刻的思想,而您是农奴制的倡导者,您没有人道的想法,没有现代开明的情感,不受进步潮流的影响,您只是一个收受贿赂的官员!'我听到这里赶紧提高了嗓门,求他俩不要再吵了。但是您也知道,彼得·伊里奇绝非胆小怕事之辈。他当时的表现可有绅士风度了,一脸不屑地看着拉基津,道歉说:'对不起,我不知道这是您写的。如果我知道,不会这么说的,我一定会对您的诗大加赞赏……诗人都很急躁……'总之,他虽然说得软声软气,却是在反唇相讥。他也坦白地告诉我,他就是在嘲笑他。我当时还以为他真的是在道歉呢。总之,我当时躺在那儿,就像现在躺在您的面前一样,我突然想:'假如我因为米哈伊尔·奥西波维奇在我家里对我的客人大喊大叫、出言不逊,突然把他赶走,是不是一件合适的事?'您相信吗,我躺在这里,闭上眼睛,纠结这是否合适。我当时反复琢磨，拿不定主意，很痛苦，心跳得也厉害，我不知道该不该嚷出来。就在这时，我心里突然有个声音对我说：'你嚷吧！'但是还有一个声音告诉我：'不能！'第二个声音刚说完，我突然大叫了一声，然后我就晕倒了。接着，就是一阵慌乱。我忽然站了起来，对米哈伊尔·奥西波维奇说：'我必须很难过地告诉您，我再也不想见到您了。'就这样，我把他赶了出去。哎，阿列克谢·费尧多罗维奇，我当然知道这么做很不好。我也一直在对自己撒谎，事实上，我根本就不生他的气。但突然间，我是突然间心血来潮的，觉得我要是说出赶他走的话，将会是一个非常精彩的场面……不过，您信不信，那个场面总算还是很自然的。当时我哭了，过后又哭了好几天。后来，突然有一天下午，我忽然间又把这一切全都忘记了。到现在为止，他已经有两个星期没来过了，我还想呢，难道他当真永远不来了？不瞒您说，我甚至昨天还在想。可是，昨天临天黑的时候，我突然收到了这份《传闻》报。我读了之后，真的吓坏了，这是谁写的？一定是他了！他那天回到家里之后就写出来了这篇东西，寄了出去，人家就给刊登了，前前后后恰好是两个星期！但是，阿廖莎，我说了半天都不是我想要说的。哎，我这嘴一张开就是管不住。"

"我今天特别着急去探望我的哥哥……"阿廖莎吞吞吐吐地说。

"对了，您这话提醒了我！请问，您知道精神错乱吗？"

"精神错乱？"

"审判时会考虑到精神错乱。患有这种疾病的人，对任何罪行都不用负法律责任。无论您犯了什么罪行，您都能被赦免。"

"您是什么意思？"

"是这样的，卡佳这个人啊……啊，她是那么可爱，但我怎么也想不通她到底爱谁。前些日子，她来过我这里，我一点口风都没有探出来。尤其是现在,她跟我仅保持着表面上的联系,讨论的话题也都是我的身体状况,除此之外什么都不谈,就连腔调也变了。我对自己说:'既然如此,那就这样吧,愿上帝保佑您……'

"啊,对了,我们现在要说的是精神错乱这件事。有位医生来了,您知道吗,您知道那位医生来了吗?您当然知道,那位能判断一个人是不是疯子的医生不就是您请过来的吗?哦,不对,不是您,是卡佳!这一切都是卡佳的主意!您看,一个人好端端地坐着,您能说他是疯子吗?但是他会忽然间精神错乱,他可能意识是清醒的,也知道自己在干什么,但是他的精神是错乱的。德米特里·费尧多罗维奇一定是患了这种精神错乱的病。自从法院改革之后,他们立刻就弄清楚了精神错乱的问题。这确实是新式法院的德政。那位医生来过我这里了,他问了我那天晚上的情况,问了金矿的事情。您哥哥当时的表现是什么样的?他一来就大吼大叫说什么'钱!钱!三千卢布'之类的话,然后他就离开并杀了人!这不是精神错乱还能是什么?他说'我不想杀人,不愿意杀人!'但他还是杀了人,就是因为这样,或许他能得到宽恕,虽说他杀了人,但他本不想杀人。"

"但是他没有杀人。"阿廖莎语气生硬地打断她,他变得越来越焦躁不安。

"我知道,一定是那个老头子格里高利杀的……"

"为什么是格里高利?"阿廖莎惊呼。

"是他,一定是他,就是格里高利。德米特里·费尧多罗维奇把他打倒在地,后来,他醒了站起来,看到了门开着,就走进去杀了费尧多尔·巴甫洛维奇。"

"但是为什么?为了什么?"

"因为他精神错乱了!德米特里·费尧多罗维奇将他打昏后,他醒来时精神错乱了，把人杀了。至于他说自己没有杀人，很可能是不记得了。但是您知道吗，如果是德米特里·费尧多罗维奇杀的，这样会比较好！尽管我说是格里高利杀的，但事实上是德米特里·费尧多罗维奇杀的，一定是他杀的，这样要好很多，好很多！我的意思不是说儿子弑父是好事，相反，我认为孩子应该尊重父母，如果是他杀了人，这样还好些，这样您就不用为他难过了，因为他杀人的时候神志不清。或者这么说，他的神志是清醒的，但是不知道为什么会做出这样的事。是的，就让他们原谅他吧，这样才算人道，也能让所有人都看到新式法院的德政。我还不知道呢，听别人说已经实行好长时间了。我昨天得知这件事情的时候惊呆了，当时就想立刻派人去请您。如果他能得到赦免，可一定要让他直接从法庭来到我家吃饭，我再邀请些好朋友，我们一起为了新式法院干一杯。我不觉得他是个危险的人物，毕竟我会请很多客人来。万一，他真的要做什么危险的举动，随时都能把他带走。再往后，他可以去别的城市当个调解法官，或是其他工作。因为遭受过不幸的人会比其他人裁判得更加公正。主要的是，现在哪个人精神不错乱？您、我，这个世界上的人都精神错乱。这样的例子可太多了：一个人坐在那里唱小曲，突然有什么东西让他不高兴了，他便拿出手枪，杀死了他随便遇到的一个人，但事后大家都宽恕了他。这件事我刚刚从报纸上读到过，所有的医生都证实他精神错乱了。哎，现在的医生总是在证实，他们证实任何事情！您看，我的丽莎就是典型的精神错乱，昨天我还为她哭过，前天也是，今天我才反应过来，她就是精神错乱。哎，丽莎让我很伤心，我认为她完全疯了。她叫您过来有什么事情？是她把您叫过来的，还是您自己要来的？"

"是的，是她叫我来的，我现在就要去找她了。"阿廖莎毅然起立。

"哎呀，亲爱的，亲爱的阿列克谢·费尧多罗维奇，也许这才是最重要的事情,"霍赫拉科娃太太突然哭出了声,"上帝为我做证,我是真心实意地把女儿托付给您,所以,丽莎背着我把您偷偷叫过来,我一点儿都不在意。但是,请您原谅我,我不能那么轻易地把我的女儿托付给您的哥哥伊万·费尧多罗维奇,尽管我仍然认为他是一个很有骑士风度的年轻人。但是您想想,他竟然突然跑来见丽莎,而我竟然一点也不知道!"

"什么?怎么会这样?什么时候的事情?"阿廖莎惊讶不已。他没有坐下,就这么站着听。

"我来告诉您,也许我请您过来就是为了这件事情,因为我已经不知道自己为什么要叫您过来了。是这样的,伊万·费尧多罗维奇从莫斯科回来之后一共来过我家两次,第一次是朋友拜访的性质,第二次是在不久以前,当时卡佳在我这里,他知道后也来了。当然,我不指望他能经常来,我也知道他最近要操心的事情实在是太多了。您也明白,这场官司以及您父亲的惨死①。但是我忽然听说他还来过一次,只是他没来见我,而是去找了丽莎。那是在六天前,他在那里坐了五分钟就走了。

"这件事情过了三天后,我才从格拉菲拉那儿听说。我当时惊呆了。我马上把丽莎叫了过来,她只是笑着说:'他以为您在睡觉,就到我那里问了问您的身体最近怎么样。'当然,事实确实如此。只是丽莎,丽莎,哦,上帝啊,她是多么让我伤心。您想想,突然有一天夜里——就在四天之前,在您上次来我家那天——那天夜里,她突然犯病了,尖声叫嚷个没完,完全是歇斯底里的状态。为什么我从来没有歇斯底里过呢?她第二天又发作了,第三天也是,昨天她干脆精神错

---

① 原文为法语。

乱了。她忽然冲着我大吼大叫:'我恨伊万·费尧多罗维奇,您以后不要再接待他,不要再让他到家里来了!'

"我被这样的话惊呆了,反驳她说:'我有什么理由拒绝这位品行端正的年轻人呢,况且他有学问,还遭遇了如此的不幸。这确实是不幸的,而不是幸福的,对吗?'她听了我的话之后,放声大笑。您知道吗?那是侮辱人的笑。但我当时还挺高兴,我觉得毕竟把她逗乐了,说不定她就不会再发病了。而且正好我也想不再接待伊万·费尧多罗维奇了,因为他竟然没有征得我的同意,莫名其妙地来访,我还想听听他的解释呢。结果,今天早晨丽莎醒来的时候突然对尤利娅发起火来,还打了她一个耳光。这件事简直太恶劣了,您知道我对我家的女仆总是很有礼貌的。可是才过了一个小时,她就忽然拥抱尤利娅,亲吻她的脚。她还派人过来告诉我,说她再也不想来我这里了,再也不想见到我了。可当我去她房间找她的时候,她立刻哭着吻我,然后又把我轰了出来,一句话都没跟我说,因此我始终都不知道是怎么回事。现在,亲爱的阿列克谢·费尧多罗维奇,我把希望都寄托在您身上了,当然,我一生的命运也掌握在您的手中了。我求您能到丽莎那里去,好好向她打听清楚这一切。这种事情只有您能做得到了,接着您再过来告诉我,告诉我这个母亲。您知道,要是这种情况再继续下去,我可能就活不了啦,我非死不可,否则,我只好逃离这个家。我受不了了,我本来是有耐心的,但我可能会失去耐心,到那时……可怕的事情就会发生。啊,上帝啊,彼得·伊里奇终于来了!"

看到彼得·伊里奇·别尔霍津走进房间,霍赫拉科娃太太笑容灿烂、满面红光地叫道:"您来晚了,来晚了!好吧,请坐下,快说说,别吊我胃口,那个律师是怎么说的?阿列克谢·费尧多罗维奇,您是要去哪里呀?"

"我去找丽莎。"

"啊,对!您可千万别忘了我刚刚拜托您的事情!这是关系命运,关系命运的!"

"不会忘的,只要我能……但我已经耽误了太多时间了。"阿廖莎嘀咕道,赶紧退身出去。

"不,您一定要再回来一趟,千万别说什么'只要我能',否则,我会死的!"霍赫拉科娃太太跟在阿廖莎的身后喊道,但是阿廖莎已经走出了房间。

第三节　小恶魔

走进丽莎的房间时,阿廖莎发现她斜靠在原先的那个轮椅上。她还不能走路的时候,就坐在这个轮椅上由人们在后面推着。丽莎没有起身相迎,但是她那锐利的目光牢牢地盯着阿廖莎。她的目光炙热,面容枯黄。阿廖莎很是惊讶,才不过三天,她的变化竟然这么大,人也瘦了。丽莎没有向阿廖莎伸出手,她的手一动不动地搁在她的衣裙上。阿廖莎主动伸出手碰了碰她那细长的手指,然后默默地坐在了她的对面。

"我知道您要忙着去监狱!"丽莎口气生硬,"可母亲还是拖了您整整两个小时,还把我和尤利娅的事情都告诉了您。"

"您是怎么知道的?"

"我偷听到的!您干吗用这种表情看着我?我愿意偷听就偷听,这没什么害处,我不想道歉!"

"您有什么不高兴的事吗?"

"恰恰相反,我可开心了。刚才我又在想,都想了三十次了:幸亏我当初拒绝了您的求婚。您不适合做丈夫,我要是嫁给了您,婚后要您把一封信交给我爱上的另一个男人,您一定会照做的,您甚至还会把回信给我带回来呢。即便您到了四十岁,还是会替我送这种信的!"

她突然笑起来。

"您真是既恶毒又单纯。"阿廖莎对她微微一笑。

"您说的单纯是指我在您面前不害臊吧?实话告诉您,我不仅不害臊,也不愿意在您面前害臊。阿廖莎,为什么我就是没法尊敬您呢?我非常喜欢您,但我就是没法尊敬您。如果我尊敬您,我就不会这样没羞没臊地和您说话了,对不对?"

"对啊。"

"您相信我在您面前不觉得害臊吗?"

"不,我不信。"

丽莎又神经质地笑起来,她说得很快:"我给您的哥哥德米特里·费尧多罗维奇送去了一些糖果。阿廖莎,您知道吗,您太好了!您竟然那么爽快地允许我不爱您,因此我更喜欢您了。"

"今天您叫我过来是有什么事情吗,丽莎?"

"我想告诉您我的一个愿望。我想要有人折磨我,想有人娶了我,然后折磨我、欺骗我、离开我、抛弃我。我不想得到幸福的生活!"

"您喜欢乱七八糟的生活?"

"是的,我想要一团糟的生活,我还想把房子烧了。我一直想象着自己如何走过去,偷偷地把它点燃,当然,一定要偷偷地点燃。人们试图去灭火,而房子还在继续燃烧。我明明知道是怎么回事,但是我就是不说。啊,我总是说些愚蠢的话!太无聊了!"

她嫌恶地摆了摆手。

"您的生活太富有了。"阿廖莎轻声说。

"那么,贫穷会好些吗?"

"是的,会好些。"

"这都是您那位已经去世了的神父告诉您的。这不对。即使我富有,别人贫穷,那我也依旧吃糖果、奶油,我不愿意分给他们。啊,您别说话,什么都别说,"她摆着手,其实阿廖莎根本就没开口,"您那些话以前就对我说过了,我都快会背了。无聊至极。如果我是个穷人,我就会杀人。就算以后我有了钱,说不定我也会杀人。干吗什么都不做呢?您知道吗,我真想去干农活,收割庄稼,割黑麦。我嫁给您以后,您就当个庄稼汉,真正的庄稼汉。咱们养上一匹小马驹,好不好?您认识卡尔甘诺夫吗?"

"认识。"

"他这个人总是在幻想。他说:'为什么要生活在真实生活中,还是幻想的生活好。一个人可以幻想出许多有趣的事情,现实生活实在太无聊了。'但他不久后就要结婚了,他还跟我表白过呢。对了,您会玩陀螺吗?"

"会。"

"他就像个陀螺,需要转一下,放在地上,再用鞭子抽他,狠狠地不停抽他。我要是嫁给了他,我这一生就要一直挥动鞭子抽打着他旋转。您和我在一起不觉得害臊吗?"

"不觉得。"

"您一定会因为我讲的事情不崇高感到生气吧?我不想当修女。一个人如果在这个世界上有罪,那么到另一个世界会被怎样处置呢?您应该很清楚。"

"上帝会有决断的。"阿廖莎凝望着她。

"正是我所希望的那样。我一到那里就被定罪,我一定冲着他们放

839

声大笑。我真的想把这座房子烧了,阿廖莎,把我的家付之一炬。您是不是还不相信我?"

"为什么不相信呢?就连十一二岁的孩子都会很想放火烧掉什么东西,并且真的会放火。这是一种病罢了。"

"不对,不对,就算真有这样的孩子,我所说的也和他们的不一样。"

"您是把恶当成了善,这是暂时的精神危机,很有可能是您过去的病留下的后遗症。"

"您还是看不起我!我就是不想行善,我就想作恶,这和病没有关系。"

"为什么要作恶呢?"

"为了让一切都毁灭。啊,如果这世界上什么都没有,那该多好啊!知道吗,阿廖莎,我很多时候都想干坏事,干那些卑鄙肮脏的事,我要长期地偷偷干,然后被大家突然发现!他们围着我,对我指指点点,而我则瞪着眼睛看着大家,这一定非常痛快。阿廖莎,我为什么会觉得这样痛快呢?"

"是这样。这是一种毁坏美好事物的欲望,或者就如您所说的那种纵火的欲望。有这种欲望也是人之常情。"

"我可不是光说说,我是真的要干。"

"我相信。"

"啊,就因为您说了'我相信',我就好喜欢您呀!您绝对、绝对没有在说谎。或许您认为我说这些是为了故意刺激您吗?"

"没有,我没有这么想……可能您是有这样的渴望。"

"有一点,我从不对您说谎。"她两眼熠熠发光。

丽莎严肃的样子让阿廖莎非常惊诧,此刻她的脸上竟然没有一点打趣或者开玩笑的神情,她从未如此过,就连以前她最"严肃"的时候也不会这样。

"人们有的时候会喜欢犯罪。"阿廖莎沉思着说。

"是的!是的!您说出了我的想法,喜欢,人人都喜欢,时时刻刻都喜欢,而不是'有的时候'。您知道的,这就像是在某个时间大家都约定好了要说谎,于是从那时候起人人都开始说谎。人人嘴上都说讨厌罪恶,背地里却都爱它。"

"您还和以前一样在看坏书吗?"

"没错,我还在看。我母亲也在看这些书,还把它们藏在枕头底下,我就偷来看。"

"您不为这样毁掉自己感到羞耻吗?"

"我就是想自我毁灭。本地有个男孩子,他在火车道上躺着,让火车从他头顶上开过去。他真是幸运!您听着,您的哥哥因为弑父被审讯,现在所有人都因为他弑父感到高兴。"

"因为他弑父感到高兴?"

"没错,人人都高兴,人人嘴上都说这太可怕了,但心里都非常高兴。我就是第一个感到高兴的人!"

"您刚刚说的话,确实有些道理。"阿廖莎轻声地说。

"啊,您居然能够这样想!"丽莎高兴得尖叫起来,"您还是个修士呢!您想象不到,我有多么尊敬您,阿廖莎,因为您从来不撒谎。啊,我想要给您说一说我做的可笑的梦:我有时会梦到不少魔鬼,好像是在晚上,我在房间里点燃了一根蜡烛,突然间发现到处都是魔鬼,角落里、桌底下都有魔鬼。它们打开房门,门外还有另一群魔鬼,它们要进来抓我。眼看它们步步逼近,已经动手抓了。我急忙在胸口画了个十字,它们被吓得纷纷后退,但没有离开,全部躲在了门口和角落里，等待着。这个时候，我突然想要将上帝臭骂一顿，于是我破口大骂起来，那些魔鬼忽然又扑向我，它们可高兴了，眼看要抓住我了，我立马再画个十字，它们就被吓得又后退了。好玩极了，我当时都快喘不上来气了。"

"我也经常做这样的梦。"阿廖莎忽然说。

"真的吗？"丽莎大为惊讶，"您听好，阿廖莎，不要笑，这是件极其重要的事，难道说两个人真的会做一样的梦吗？"

"也许有可能。"

"阿廖莎，我对您说，这真的很重要，"丽莎继续说道，她已经惊讶得异乎寻常，"梦本身不重要，重要的是您和我居然做了同样的梦。您从来没有对我说过谎，您现在也不要说谎。请您告诉我，这究竟是不是真的？您确定不是在笑我？"

"是真的！"

丽沙好像十分惊讶，有半分钟没说话。

"阿廖莎，您要来看我，要多来看看我。"她突然用恳求的语气说。

"我任何时候都会来看您，一辈子都会来的！"阿廖莎坚定地说道。

"我只对您一个人说，"丽莎又说道，"我对我自己说，还有对您说。整个世界，我就只对您一个人说。对您说话要比对我自己说更开心。在您面前我一点也不感到害臊。阿廖莎，为什么我在您面前完全不害臊呢，一点都不害臊呢？阿廖莎，听说犹太人会在复活节那天偷别人的孩子，将其杀掉，这个是真的吗？"

"我不知道。"

"我有一本书，在里面读到过，说是有一个地方的法庭审了一桩案子。一个犹太人先把一个四岁男孩子的十根手指全部砍了下来，然后把这个男孩子钉在了墙上，用钉子钉在十字架上。犹太人当时在法庭上说,那个孩子很快就死了,过了四个小时就死了。真快啊!他还说,那个孩子一直在呻吟,不断地呻吟,他则站在旁边欣赏。多好啊!"

"好吗?"

"嗯,好呀!有时候我会想象这个孩子就是我钉上去的。他挂在那儿,痛苦地呻吟着,而我就吃着菠萝蜜饯坐在他的对面。我很喜欢吃菠萝蜜饯,您喜不喜欢?"

阿廖莎默默注视着她。她那枯黄的脸突然变得扭曲,眼睛闪着光。

"您知道,我在读那个犹太人的故事时,整整哭了一夜,浑身哆嗦。我能想象到那个孩子的哀号和呻吟,毕竟四岁的孩子已经懂事了,可我脑子里怎么都摆脱不了菠萝蜜饯。第二天早晨,我就给一个人写了信,要他一定过来见我。他来了,我忽然把四岁孩子和菠萝蜜饯的事告诉了他,我全都说了,全都告诉了他!我也对他说了'这样很好'。他突然笑着说这样确实很棒,接着,他起身走了。一共坐了五分钟。他是在轻视我,对不对?您说,您说话呀,阿廖莎,他是不是在轻视我?"她在轮椅上挺直了后背,双目熠熠生辉。

"告诉我,"阿廖莎语气激动,"这个人是不是您主动叫过来的?"

"是我。"

"您给他写了一封信?"

"确实。"

"就是为了问问这件事情?这个孩子的事情?"

"不是,我并不是因为这件事,完全不是。可是他一来,我问的第一件事就是这件事情。他回答了我,笑了笑,然后就起身走了。"

"这个人的态度很诚实!"阿廖莎轻声道。

"他是不是在轻视我?是不是在嘲笑我?"

"不是,也许他可能也相信菠萝蜜饯。目前他也病得不轻,丽莎。"

843

"是的,他相信的。"

"他不是在轻视什么人,"阿廖莎继续说道,"他只是谁都不信。既然他不相信,当然也就轻视别人了。"

"照您这么说,也包括我?我也在内?"

"包括您!"

"这也挺好,"丽莎咬着牙,"当他笑着走出去的时候,我突然觉得被人轻视也挺好的。小男孩被砍掉了手指也挺好的,被人轻视也挺好的……"

她盯着阿廖莎的脸笑了起来,那是一种激动且恼怒的大笑。

"您知道吗,阿廖莎,您知道吗,我真想……阿廖莎,请救救我吧!"她突然从轮椅上一跃而起,冲着阿廖莎扑了过去,双手紧紧抱住他,"请救救我!"她就像是在呻吟一般,"难道这个世界上除了您之外,我还能随便跟哪个人说这些话吗?我跟您说的句句是真话,都是真的!真的!我好想自杀!因为我厌恶这一切!我不想活了,因为我觉得一切都讨厌!讨厌!阿廖莎,您为什么一丁点儿都不爱我!"她几乎疯狂地说完最后一句话。

"不!我爱您!"阿廖莎充满了热情地回答。

"您会不会为了我哭?会不会?"

"会!"

"不是为了我不愿意当您的妻子哭,而只是为了我这个人哭,会吗?"

"会!"

"谢谢!除了您的眼泪之外,我别无所需。至于这个世界上的其他所有人,尽管让他们处罚我、践踏我,所有人,任何人都行,没有一个例外!因为我谁也不爱,您听到了吗?我谁都不爱!相反,我恨他们！您走吧，阿廖莎，您该去看您的哥哥了！"丽莎突然从他怀里挣脱开。

"我怎么能让您一个人像这样待在这里？"阿廖莎语气近乎惊恐。

"到您的大哥那里去吧！监狱就要关门了，快去，这是您的帽子，请代我吻吻米佳，走吧，走吧！"

她强行把阿廖莎推出了门。阿廖莎带着痛苦惊讶的神情望着她，忽然感到右手中被塞入了一封信，一封折叠得又小又整齐的信，而且还用蜡封了口。他一眼就看清了信封上的收件人：伊万·费尧多罗维奇·卡拉马佐夫。他迅速地看了丽莎一眼。她的表情几乎严肃到令人生畏。

"一定要转交给他！必须给他！"丽莎浑身颤抖着命令道，"今天就要给他，马上就去！否则，我就服毒自尽！我就是为了这件事才叫你过来的！"

她说完把门重重地关上了，只能听到"咔嗒"一声锁门声。阿廖莎把信揣进口袋，直接下了楼，并没有去见霍赫拉科娃太太，甚至都没想起她。

阿廖莎刚走不久，丽莎就拔开了插销，把门开了个小缝，往门缝里塞入一根手指，费尽全力关上门夹它。差不多十秒钟后她才把手指头抽出来，悄悄地慢慢回到轮椅上，挺直身体坐下来，仔细观察着发黑的手指头和从指甲里渗出来的血。她的嘴唇在发抖，不断地喃喃自语："下贱女人，下贱女人，下贱女人，下贱女人！"

第四节 赞美诗和秘密

十一月的白天很短，当阿廖莎走到监狱门口敲响门铃的时候，天已经开始黑了。阿廖莎清楚，今天探望米佳会很顺利，不会有人阻拦。这种情况我们城里和其他地方一样。在预审阶段刚刚结束的时候，亲属以及其他人想要见米佳是需要手续和流程的，但过了不多久，对某些经常来探望米佳的人来说，很自然地便成了例外，甚至有时探监的人可以单独和囚犯在指定的房间见面，不过这并不是因为规定松了。

但能享受这种例外待遇的人为数极少，只有格露莘卡、阿廖莎和拉基津三人。对于格露莘卡，警察局长米哈伊尔·马卡雷奇给了她特别优待。因为他曾在莫克罗耶对她大声呵斥，事后老头子一直记着。在他了解了整件事情的来龙去脉之后，完全改变了对格露莘卡的看法。说来也奇怪，虽然他深信米佳有罪，但自从米佳被监禁后，这位警察局长对他的态度似乎越来越温柔了："也许他心肠不坏，但由于酗酒和胡闹，所以彻底完了。"换句话说，他原先对于米佳的恐惧逐渐变成了一种怜悯。对于阿廖莎，警察局长倒是很早以前就认识了，并且很喜欢他。至于最近常去探监的拉基津，则像他说的那样，是警察局长女儿们的密友，他基本上天天都在她们家里厮混。

典狱长虽然做事一丝不苟，却也是个心地善良的老人。拉基津还曾在他家教过课。阿廖莎也是典狱长非同寻常的老朋友，他总是喜欢和他讨论一些"深奥的哲理"。对于伊万·费尧多罗维奇，典狱长已经不单单是尊重了，甚至可以说是畏惧，当然主要是畏惧他对一些问题的看法。尽管这个老头子也是个"自学成才"的大哲学家，但是他对阿廖莎有着难以遏制的好感。最近一年来，这个老人一直在研究《外典福音书》①，时不时还会把自己的一些研究心得告诉自己的忘年之交。过去他经常去修道院看他，并和阿廖莎及其他修士一聊就是好几个小时。

---

① 指基督教早期没有被归入《圣经》中的类似文献、著作。

总之，不论阿廖莎来得有多晚，只要能找到典狱长，任何问题都能顺利解决。更何况狱中的工作人员，不论官职大小都和阿廖莎很熟。而且，只要上司允许，看门人自然不会多加阻拦。

每当米佳听到传唤时，就会走到楼下指定的会面的地方。阿廖莎走进房间的时候，正好遇到了正在离开的拉基津。他和米佳两个人大声地说话。米佳一边送他，一边不知为何笑得很欢，但是拉基津似乎在抱怨。最近，拉基津不想见到阿廖莎，几乎不跟他说话，甚至连点头打招呼都是那么生硬。他看到阿廖莎走进来的时候，皱起了眉头，把目光移开，好像正在全神贯注地扣他那件又大又厚的皮领大衣上的金纽扣，接着又开始四处找起自己的雨伞来。

"我可不能忘了自己的东西。"他嘟囔着，明显是没话找话。

"你还是别忘了人家的东西吧！"米佳说了句玩笑话，并且立刻因为自己的这句话哈哈大笑。拉基津顿时气不打一处来。

"你这话还是留着去跟你们卡拉马佐夫家的人说吧，好好说给你们这一窝子农奴主听，别对我拉基津说！"他突然扯开嗓子嚷道，气得发抖。

"你怎么啦？我就开个玩笑而已！"米佳叫道，"该死，他们都是这样！"这句话是对阿廖莎说的，说罢他迅速朝正在离去的拉基津摇了摇头，"刚才坐在那里哈哈大笑，还很高兴，这会儿突然就发火了，甚至连招呼都没有和你打，你们怎么了？闹翻了？你怎么这么晚才来，我今天整整等了你一个上午，想要见你……不过没关系，我们现在可以补回来。"

"他为什么总是来这里？你们两个是成了好朋友吗？"阿廖莎问道，同时也朝拉基津离去的方向摇了摇头。

"我和米哈伊尔成了好朋友？不，还不至于。在我眼里他是个猪一样的人!而他则认为我是个……浑蛋!他们不理解什么是开玩笑,这是他们最糟糕的地方。他们从来都不懂得开玩笑,他们的内心是干巴巴的,平直而干巴,就和我刚走进监狱时看到的牢墙一样。不过,他这个人脑袋还算灵光,是个机智的人。哎,阿列克谢,我的脑袋要完了。"

他在长椅上坐下来,让阿廖莎坐在自己的身边。

"是的,明天就要审判了。难道你真的觉得自己彻底没有希望了吗,大哥?"阿廖莎忧虑地问道。

"你在说什么?"米佳茫然地看着阿廖莎,"啊,你说的是开庭啊!该死的!到现在为止我们一直在谈那些无关紧要的事,关于这次审判,最重要的事我却一个字都没跟你提。是的,明天就要开庭了,不过我说的脑袋要完了,指的不是开庭。脑袋并没有完,只是装在脑子里的东西全完了。你怎么用批判的目光看着我?"

"你在说什么呢,米佳?"

"思想!意识!仅此而已!伦理,什么叫伦理?"

"伦理?"阿廖莎不解。

"是的,这是不是一门科学?"

"确实,确实有这门科学……只是,我必须承认,我没法跟你解释这是一门什么样的科学。"

"拉基津知道。拉基津知道很多,该死的,他不想当修士了,他打算去圣彼得堡。他说要去那里的评论界发展,不过要做高尚正派的评论。谁知道呢,说不定他能给这社会做出点什么好事,也能闯出一番天地来。嘿!这种人都是猎取名利的好手!就让伦理学见鬼去吧!我算是完了,阿廖莎,我算是彻底完了!你这个好人,我比任何人都喜欢你!一看到你,我的心就为你跳动。卡尔·贝尔纳是谁?"

"卡尔·贝尔纳?"阿廖莎又吃了一惊。

"不对,不叫卡尔,我说错了,是克洛德·贝尔纳①。他是谁?化学家吗?"

"想必是个学者,"阿廖莎答道,"只不过,我得向你承认,关于他的事情我知道的也不多。我只是听说他是个学者,但是哪一种学者我就说不上来了。"

"那就让他见鬼去吧!我也不知道,"米佳骂道,"大概是个无赖,八成是个无赖,他们都是无赖。拉基津会爬上去的,会成功的,拉基津见缝就钻,嘿,也是个贝尔纳。这帮贝尔纳!这种人如今到处都是!"

"你是怎么回事?"阿廖莎坚持问道。

"他要写文章,就是关于我和我这个案子的文章,打算用这么一篇文章在新闻界一展头角。他来找我就是为了这个,这是他自己说的。他想写得有道德意义,他说'他不得不杀人,是环境把他腐蚀了'之类的。总之,他就是这样和我解释的。他想在文章中加上一些社会主义色彩。让他见鬼去吧,带色彩就带色彩吧!我反正无所谓了。他不喜欢伊万,快恨死他了,他也不喜欢你。但是我也不撵走他,因为他是个聪明人,不过他非常傲慢。刚才我还和他说呢:'卡拉马佐夫家没有浑蛋,都是大哲学家,因为凡是地地道道的俄国人都是哲学家;虽然你上过学,但你不是哲学家,你就是个庸俗的人。'他恶意地笑了起来,我就对他说:'思想无须争议。②'我这句话是不是很妙?你看,至少我也会引经据典了!"米佳突然放声大笑起来。

---

① 克洛德·贝尔纳(1813—1878),法国生理学家。出版有《实验医学研究导论》。
② 原文为拉丁语。

"你为什么说你的脑袋要完了?你刚刚是这样说的。"阿廖莎插嘴道。

"为什么完了?哎呀……从本质上来说,我很遗憾失去了上帝,就是因为这个。"

"失去了上帝是什么意思?"

"你得想想:在我的神经里、脑袋里,就是说在我大脑里的这些神经(该死的它们!)……有一些小尾巴,那些神经的小尾巴只要一动……打个比方,只要我用眼睛看什么东西,那些小尾巴就会开始颤动起来……当它们颤动时,一个形象就出现了,不是立刻出现,要经过一个瞬间,一秒钟后,一个契机就会出现,不,不是契机——去他的契机,就是一个形象,也就是一个物体或者事件,该死的!这就是为什么我能看到、能思考,全是因为那些小尾巴,和我有灵魂一点关系都没有,灵魂里有形象和模型之类的话,纯属是无稽之谈。弟弟,这些东西都是米哈伊尔昨天跟我说的,我听后就像是被火烫着了一样。了不起啊,阿廖莎,这门科学了不起啊!一种新人即将出现,这一点我现在确信无疑……只是我很遗憾失去了上帝!"

"至少这一点很好。"阿廖莎说道。

"是指我很遗憾失去上帝吗?这是化学啊,弟弟,是化学!没办法啦,神父阁下请您靠边站,化学到了。拉基津不喜欢上帝,很不喜欢。这是他们这帮人的要害!但是他们不承认,他们撒谎,他们虚伪。我问他,'你会在文章中宣扬这种东西吗?'他笑着说,'我要是这么写,他们是不会让我发表的!'我又问他,'照你这么说的话,人类该怎么办?没有上帝也没有来生,人该怎么办?难道说一切都被允许,可以为所欲为了吗?'他又一边笑一边说,'难道你以前不知道吗?聪明的人是什么都可以做的。聪明的人也知道该怎么做。不像你,杀了人之后就完蛋了,只能烂在监狱里头。'他就是这样对我说的。真是头蠢猪。要是在以前,我绝对会把这种人扔出去,但现在我却听着他说。我觉得他说的话许多都有道理。文章写得也不错。差不多一个星期以前吧,他开始给我读一篇文章,我还特地抄了三行,你等等,在这里。"

米佳急急忙忙地从背心的口袋里掏出一张纸,读道:"'想要解决这类问题,首先必须把自己的人格同现实生活对立起来。'你懂不?"

"不,我不懂。"阿廖莎说。

他好奇地看着米佳,边听边说。

"我也不懂。深奥、晦涩,但也很有智慧。按照他的话说,'如今人们都这样写,因为这是潮流'……人们害怕潮流。他还会写诗,这个流氓,赞美霍赫拉科娃太太的脚丫子,哈哈哈哈!"

"我听说了。"阿廖莎说道。

"听说了?听过那首诗了吗?"

"没。"

"我有,就在这里,我读给你听。你不知道,我有件事没告诉你,不过这件事说来话长。这个流氓!三周前,他忽然开始取笑我:'就为了三千卢布,像个傻瓜一样,把自己弄得一团糟,我可要捞上十五万卢布,娶一个寡妇,到圣彼得堡买幢石头大楼!'他告诉我,他最近正在追求霍赫拉科娃太太,那个女人年轻时候脑子就不灵光,到了四十岁左右就完全没头脑了。他还说:'她非常多愁善感,我只需要抓住这一点就能把她弄到手。等我和她结婚之后,我就把她带到圣彼得堡,到时候在那里办一份报纸。'他说这番话的时候,贪婪的口水止不住地流,但他的口水并不是为霍赫拉科娃流的,而是为了那十五万卢布。他天天来看我,向我吹嘘。他的话,我相信。他说,她快要上

851

钩了,他高兴得忘乎所以。谁曾想,他忽然被赶了出去,彼得·伊里奇·别尔霍津这个家伙占了上风。好样的!我是真想好好吻吻那个傻婆娘,因为她把他赶走了。他来看我的时候,写了那首打油诗。他说:'我这是第一次玷污双手写诗,为了勾引女人,做一件有益的好事。我拿这个傻婆娘的钱,为了以后能造福社会。'这种人不论干什么肮脏龌龊的事情,都能以造福社会为借口。他还说:'不管怎么讲,我这首诗都比你的普希金写得好。因为,即使在打油诗中我也设法融进了些忧国忧民的社会教育意义。'我理解他说普希金的那些话。就算他当真有才华,可这首诗还是写女人的脚嘛!他竟然还为了他的打油诗感到骄傲呢!他这种人的虚荣心,虚荣心啊!这家伙真滑稽,他给这首诗想了个题目:《愿我意中人的纤纤玉足尽快康复》。

纤纤玉足甚美妙,
不知何故微抱恙。
医生上门把药上,
包扎治疗不见效。
所好并非为玉足,
已有普圣①颂诗唱。
我实忧心在其脑,
只愁智慧不见了。
伊人刚刚开了窍,
偏偏病脚添烦恼。
惟愿耶稣能保佑,

---

① 指普希金。

脚好人好头开窍。

　　他是一头猪，一头蠢猪！但是这个流氓真的在诗中加入了一些'进步思想'。当他被人赶出去的时候，得多生气呀，怕不是要咬牙切齿！"

　　"他已经把仇报了！"阿廖莎说道，"他写了一篇关于霍赫拉科娃太太的新闻稿。"

　　于是，阿廖莎简单叙述了一下《传闻》上面的报道。

　　"这是他干的，这一定是他干的！"米佳思考了一会儿肯定地说，"就是他！这些报道……我知道的……在这之前我已经读过不少这种下流的文章。例如，关于格露莘卡的事，也有……不少是说卡佳的。哼！"

　　米佳心事重重地在屋子里来回踱步。

　　"二哥，我不能待得太久，"阿廖莎沉默一会儿，说道，"明天对于你来说是很可怕也很重要的日子。上帝的审判就要来到……可我就是想不通，你还在这里踱步，说着闲话，不知道在说些什么……"

　　"没事，你不用感到惊讶，"米佳十分激烈地打断他，"难道你想让我再好好谈谈那个臭狗崽子吗？谈谈那个杀人凶手？这件事情我们已经谈得足够多了。我再也不想去谈那个臭利扎维塔的臭儿子了！上帝会处死他的，你就等着瞧好吧！别再说了！"

　　米佳激动地走到阿廖莎面前，忽然给了他一个吻。米佳的眼睛闪闪发光。

　　"有些事情拉基津根本理解不了，"米佳很亢奋，"但是你能懂。所以我总是盼着你来，想着你来。有很多话我早就想在这间墙壁剥落的牢房里告诉你了，但最重要的事情我始终没有说，因为我觉得时机还不成熟。但是现在，时机成熟了，我要把心里话统统告诉你。

"弟弟，最近两个月来，我感觉自己身上新生了一个人，他一直就藏在我心里，但如果没有这次的晴天霹雳，他永远也不会出来。真是太可怕了！就算我被流放到西伯利亚挖二十年的矿，那又有什么呢？我一点也不怕这个。我现在唯一怕的就是新生的那个人会离我而去。即使在西伯利亚深不见底的矿洞深处，我也可以在我身边、在同样的罪犯和杀人凶手身上找到一颗人的心，并和它如影随形，因为即使在那里，也可以生活、爱和感受痛苦！可以解冻囚徒身上那颗冰冷的心，使它复活。我可以用好多好多年去照顾他们，最后从黑暗的深渊之中培育出高尚的心灵、慈悲的胸怀，让天使复活，让英雄重生。有很多这样的人，成百上千个，我们都应该为他们负责！我为什么在当时那种情况下梦见了'孩子'，孩子为什么如此的贫苦。这是在那样的时刻上天给予我的神谕。我要为了'孩子'奔向西伯利亚。因为大家要对所有人负责，对所有的'孩子'负责，有小的孩子也有大的孩子。大家都是孩子。我将要为大家而去，因为必须有人为大家而去。父亲不是我杀的，但是我必须去。我愿意接受！

"我刚刚所说的这一切……都是在这个墙壁剥落的牢房里想出来的。那里有很多这样的人，成百上千的人在地底下抡着锤子与矿镐。当然，我们将被套上锁链，我们将没有自由，但是我们将从巨大的悲伤中重新复活，获得快乐。没有快乐的人是活不下去的，没有快乐就证明没有上帝。因为上帝给予人们快乐，这是他的特权，伟大的特权……主啊！让人在祈祷中忘记自己吧！倘若没有您，我到了那边的地下该怎么办呢？拉基津的话不过都是胡言乱语罢了。如果天下人都想把上帝从地上赶走，那么我们愿在地下迎接他！如果没有上帝，罪犯将无法生存，甚至比自由的人更无法生存！到那个时候，我们这些生活在地底深渊之中的人一定会为他高唱悲壮的赞美诗，为上帝的快乐高歌！上帝和他的快乐万岁！我爱上帝！"

米佳说完这番狂热的话后几乎要喘不过来气。他面色苍白，嘴唇颤抖，眼泪滚了下来。

"不！生命是无处不在的，就算是地底下也是有生命的。"米佳又开始了，"阿列克谢，我现在真想活下去啊，在这些剥落的墙壁里，我产生了对生存和意识的渴望。拉基津永远都不能理解，他的脑子里只有盖大楼和收租。我一直都期盼着你来。痛苦算得了什么？哪怕痛苦无穷无尽，我也不怕，以前的我怕，现在的我再也不怕了。知道吗，说不定我在法庭上什么都不会回答……我，我感觉自己的身上仿佛有了强大的力量，我可以压倒一切，战胜一切痛苦！只为了能时时刻刻对自己说——'我存在着'。在成千上万的痛苦中，我存在着；尽管在鞭挞之下浑身抽搐，我依然存在着；哪怕我独自坐在一根柱子顶端苦修，我还是存在着。我能看见太阳，即使我看不见它，也知道太阳是存在的。而知道太阳是存在的，就是生命的全部。阿廖莎，你是我的天使，各种各样的哲学问题让我苦不堪言，让它们都去见鬼吧！伊万……"

"二哥怎么了？"阿廖莎插了一句，但是米佳没有听到。

"你看，过去的我从来不会产生这些疑虑，但其实它们一直潜伏在我心里，或许正是因为这些思想在我的心中涌动，我才酗酒、打架、闹个不停。打架也许就是为了平息这些想法，压抑和消灭它们。伊万不是拉基津，他不动神色，不愿表露自己的思想。伊万就是个狮身人面的怪物，他沉默着，永远沉默着。而我却一直在为上帝的问题苦恼。只有这一件事情在折磨着我，要是没有上帝，那该如何是好？拉基津说上帝不过是人类编造出来的幻想，万一他说的是真的——又该如何是好？如果没有上帝，那人类就成了万物和宇宙的主宰了。太妙了！

但是如果没有上帝,人怎么能善良呢?这就是问题的所在,我一直在思考这个问题。因为如果真是这样,那么人该去爱谁?该去感恩谁?赞美诗该唱给谁听?拉基津笑着回答我,没有上帝也可以爱人类。这样的话也只有流着鼻涕的白痴才能说得出来,但是无法理解。对拉基津来说生活是很容易的。他今天对我说:'你还是多想想如何扩大公民权利或者抑制牛肉价格暴涨之类的问题吧,这才是比哲学更简单、更直接地去爱人类的办法。'我回敬他说:'倘若没有上帝,你会把牛肉的价格抬高,只要有利于你,你一定会拿一个戈比赚回一千卢布。'他生气了。总而言之,阿列克谢,你回答我,到底什么是道德?我有我的道德,中国人有中国人的道德,这是不是就意味着,道德是相对的。对,还是不对?是不是相对的?这个问题真的让我很困惑。你听了不要笑话我,我为这个问题整整两个晚上睡不着觉!我就是想不通,人们活着却不去想它,真是在空忙!伊万是不信上帝的。他有想法,我没法和他比,但他沉默。我以为他是共济会的。这个问题我问过他——他也只是沉默。我想从他的灵魂源泉中喝口水——但他沉默了。只有一次,他说了一句话。"

"他说了什么?"阿廖莎急忙问道。

"我当时问他:'既然如此,难道说,什么事都可以做吗?'他皱起了眉头说:'我们的父亲费尧多尔·巴甫洛维奇固然是头猪不假,但是他的想法是对的。'他就这样随口胡说,就只说了这么一句话。这简直比拉基津还彻底。"

"确实,"阿廖莎痛苦地同意,"伊万是什么时候来看你的?"

"这个问题以后再说,现在说些别的。有关伊万的事情,到目前为止我应该没怎么和你说过吧?这些事情我们先不说,等我这场官司结束,等到判决以后,我再和你说一些事情,把一切都告诉你。这件事非常可怕……在这件事上你将是我的裁判官。暂时先不说这件事了,你一个字都不要提了。你刚才说明天就要开庭,你相信吗,我对此一无所知。"

"你和那个律师谈过了吗?"

"律师有什么用呢?我把所有的事情都告诉他了。他就是个长得好看的大光棍、城里的滑头贝尔纳!他一点也不相信我。你能相信,他认定了就是我杀的,我又不是看不出来。我问:'既然这样,您为什么跑来替我辩护呢?'该死的东西!还有请来的那个医生——那个人非要证明我是个疯子!我不答应!看起来卡捷琳娜·伊万诺芙娜是非要履行'自己的义务'啊!真是费了不少的劲呢!"米佳苦笑道,"她是只硬心肠的猫。她知道我曾在莫克罗耶说她是个'极其愤怒'的女人!有人告诉她了。是的,对我不利的证词就像大海的沙子一样越来越多。格里高利坚持他的说法。他那个人虽然忠诚,但也是个大傻子!很多人之所以实诚,纯粹就是因为他是个傻子。这是拉基津的想法。格里高利是我的敌人,但有的人当敌人,比当朋友要好。我这话说的是卡捷琳娜·伊万诺芙娜。哎呀,我真是担心,我生怕她会说出当时她向我借四千五百卢布时跪下来磕头的事情。她要彻底还清这笔债,一文不欠。但我不想要她自我牺牲。这样只会让我在法庭上无地自容!我该如何忍受!阿廖沙,你一定要去找她,和她说好,请她千万不要在法庭上提到这些,行吗?见鬼去吧,反正都一样,我总能忍受住的!我不可怜她。这是她甘愿的,是她自作自受。阿列克谢,我也有自己的话要说。"他又苦笑道,"只是……只是格露莘卡,格露莘卡那边……上帝啊!为什么要让她忍受这种折磨呢?"米佳突然哭着喊道,"格露莘卡真的是要了我的命了,一想到她,我就……心痛啊,她刚才来过这里……"

"她都告诉我了。今天她因为你很伤心。"

"我知道。我的脾气真是糟糕!我又吃醋了!分开的时候我就后悔了,我吻了她,但是没有求她原谅我。"

"你为什么不请她原谅呢?"阿廖莎叫道。

米佳突然笑出了声,甚至有点开心。

"上帝保佑你,我亲爱的孩子!你记住了,不论何时都不要为你的过错,向你心爱的女人请求原谅。越是爱她就越是不可以,不论你做了多么对不起她的事情都不可以!因为,女人啊,弟弟,鬼才知道是怎么回事!不过,我对女人还是比较了解的!你要是和一个女人承认错误说'都是我不好,求你原谅我',那么女人责备的话就如大雨似的倾盆而下。女人一定不会简单而直接地原谅你,而是恨不能把你羞辱成一块抹布。把你贬低得什么都不是也就算了,她还会把那些有的没的破事全给你翻出来。她什么都能想起来,什么都不会忘记,而且还要添油加醋呢。如此折腾上好大一圈她才能原谅你。这还算是女人中最好的呢!她会搜刮出来一些鸡毛蒜皮的小事,统统扣在你的头上……我告诉你,她们恨不能把你剥掉一层皮,每一个女人,每一个天使都是这样,而离开了她们我们就活不下去。听好,亲爱的,我直接告诉你一个道理:每一个体面的男人都应该受到一个女人的控制。这就是我的信念,不对,不是信念,而是感觉。男人就应该爱得大度,这不是男人的耻辱,甚至不是英雄的耻辱或恺撒的耻辱。但你千万不要祈求她的原谅,永远不要!你要记住这个道理,这是你的大哥,你那个被女人毁了的大哥教给你的。至于格露莘卡,我可以用其他方式补偿她,但我绝对不会祈求她的原谅。我崇拜她!阿廖莎,我真心崇拜她!但她就是看不到这一点,她总觉得我还不够爱她。她折磨我,用她的爱折磨我!过去算得了什么!过去,只有她那魔鬼般的肉体曲线折磨着我；如今，她的灵魂已经进入了我的灵魂，通过她，我也成了一个完整的人。你说，他们会让我们结婚吗？如果不让，我会伤心死的。我每天连做梦都是这些事情……她对你说了些关于我的什么事？"

阿廖莎复述了格露莘卡之前说的话。米佳听得很仔细，还反复问了几个问题，很是满意。

"我吃醋她还不生气？"他感叹道，"女人啊！她说'我的心肠很硬'，哈哈，我就喜欢这种硬心肠的女人。不过我不能忍受女人因为我而吃醋，我忍受不了。我们会打架的，但我依旧爱她，无休无止地爱她。您说，他们会允许我们结婚吗？罪犯能结婚吗？这是个问题。要知道，没有她的话，我是活不下去的……"

米佳紧锁着眉头在屋子里来回踱步。探监的房间也快黑了，他忽然变得忧心忡忡。

"她说有个秘密，是吗？我们三个在合谋对付她，连卡佳也参与了，是吗？不，我的好格露莘卡，不是这么回事。你弄错啦，你犯了傻女人犯的愚蠢的错误！阿廖莎，亲爱的，哎，既然已经如此，我就把我们的秘密都告诉你！"

米佳先是环顾四周，才迅速地走近站在他面前的阿廖莎，神经兮兮地压低了嗓音说了起来。虽然实际上根本没有人能听到他们之间的谈话：老看守在角落里的长凳上打盹，站岗的卫兵根本就听不清。

"我把我们所有的秘密都告诉你！"米佳急忙小声说道，"我本想以后再告诉你的，但是没有你，我能做什么决定呢？你就是我的一切。虽然我刚才说伊万比我们水平高，但你是我的天使，只有你说了才算，也许你才是最高明的人，而不是伊万。你听着，这是个良心问题，最高的良心的问题——秘密很重要，我自己无法解决，因而我一直拖着,想等你来解决。不过现在还不是做决定的时候,因为必须要等到判决下来。判决下来后,就轮到你来决定我的命运了。现在你不用做决定,我虽然现在会告诉你这个秘密,但是你听了之后不要表态,你站着,沉默即可。我现在不能把一切都告诉你。我只告诉你我的想法,细节不能告诉你,你先别说话。不要提问题,也不要做任何举动,你同意吗?不过,天哪,叫我拿你的眼睛怎么办呢?恐怕你的眼睛会告诉我你的决定,即使你不说话。哎,我真怕!阿廖莎,你听好了,伊万建议我逃跑。细节我就不告诉你了,反正我们已经把一切都考虑到了,能考虑到的事情也都事先安排好了。嘘!先不要决定。我会带着格露莘卡去美国,你知道的,没有她我活不下去!但如果他们不让她跟着我去西伯利亚怎么办?罪犯能结婚吗?伊万说不行。可如果没有格露莘卡,我应该在地下用铁锤做什么呢?我只能用铁锤砸碎我的脑袋!可是从另一方面说,我这么做良心上怎么过得去?我这就等于是在逃避受苦!上天已经给了我指示,我却拒绝了。有一条救赎的道路,我却拐弯走了别的路。伊万说,到了美国,如果'有善意',可以比在地底下做更多有益的事情。但这样一来,我们的地下赞美诗又该怎么办呢?美国有什么?在美国也不过是空忙罢了。我觉得,美国也有不少坑蒙拐骗的事情吧!我这样做,不过就是逃避上十字架!阿列克谢,我告诉你的这些话,除了你没有人能够理解。我告诉你的关于赞美诗的话,在别人眼中是蠢话,是胡说八道。他们会说我要么是个傻子,要么是个疯子。但是我既不傻,也没疯。伊万也是能理解赞美诗的。哎,他能理解,但是他就是不回答,他也不说话。他不相信赞美诗。你别说话,不要说话。我看到你的眼神了:你已经决定了!别说话,别评论。可怜可怜我好吗?没有格露莘卡我活不下去。等到判决了之后你再说吧!"

米佳发了疯似的说完这些话。他双手抓住阿廖莎的双肩，用渴望、狂热的眼睛看着阿廖莎的眼睛。

"罪犯真的能结婚吗？"他哀求地问道，这已经是第三遍了。

阿廖莎听闻此话，感到无比诧异又极度震惊。

"我只问你一句话，"阿廖莎说，"伊万是不是一直在说服你？这是谁想出来的？"

"是他，就是他想出来的，他态度很坚决。他一直没来看我，一个星期以前，他突然来看我了，一见我就开始说这件事情。他非常坚决。他哪里是劝我，分明是在命令我。他毫不怀疑我会听他的，尽管我把心里话都和他说了，就像我告诉你一样，赞美诗的事情我也说了，但他只告诉我该怎么安排，所有的情况他都打探清楚了。但先不说这些了。他迫不及待地要去做，甚至快疯了。主要是钱的问题，他说，我逃出去的所有花费大概需要一万卢布，去美国的路费大概需要两万卢布。他说，我们可以用一万卢布安排一次万无一失的大逃亡。"

"他还叮嘱你绝对不要告诉我吗？"阿廖莎又一次问道。

"是的，绝对不行，对谁都不能说，尤其是对你，无论如何都不能说。他准是怕你像我的良心一样站在我面前。你别告诉他我把这件事告诉你了。哦，千万别告诉他。"

"你说得对，"阿廖莎说道，"法院判决之前是不能决定的。判决之后，你自己将会做出决定。那时候你会在身上找到那个新人，他会替你做出决定的。"

"你说那个新人，或者是贝尔纳，以他的风格行事的贝尔纳！因为我相信自己就是个卑劣的贝尔纳！"米佳无奈地苦笑道。

"大哥，你难道对宣告无罪不抱任何希望了吗？"

米佳痉挛般地耸着肩膀，摇了摇头。

861

"亲爱的阿廖莎,你该走了!"他突然匆忙地说,"典狱长已经在院子里叫唤了,估计快要过来了。太晚了,这是不符合规定的。你快抱抱我,亲亲我吧,给我画个十字,亲爱的,给我画个十字,权当是为了明天的考验……"

他们两个人互相拥抱和亲吻。

"虽然伊万劝我逃跑,"米佳突然说道,"但是他相信是我杀了人。"说罢,他嘴角上勉强浮起一个苦笑。

"你问过他信不信了吗?"阿廖莎问道。

"没有,从来没有。我想问,但是我说不出口,我没有这种勇气。不过有些事情问不问都一样,我从他的眼神中就能看出来。好吧,再见吧!"

他们又急忙亲吻。阿廖莎正要出去,米佳忽然把他叫住。

"阿廖莎,来我面前,对,就这样。"

他又用双手紧紧抓住阿廖莎的双肩。他的脸顿时变得苍白无比,在黑暗之中显得格外醒目。他的嘴唇扭曲变形,眼睛死死地盯着阿廖莎。

"阿廖莎,你对我说实话,就像你面对上帝的时候一样。你信不信人是我杀的?你也相信人是我杀死的,对吗?你对我说实话,不要撒谎!"他冲着阿廖莎狂叫道。

阿廖莎觉得天旋地转,就像有一把尖刀扎在了他的心上。

"你够了,你这是何苦啊……"阿廖莎无助地说道。

"说真话,不要撒谎!"米佳重复着说。

"我从没有相信过你是凶手,一分钟都没有。"阿廖莎发自肺腑地说出了这句话,他的声音在颤抖。他把右手举到空中,像是在召唤上帝为他做证。

立刻，米佳的脸上满是幸福。

"谢谢你！"他慢悠悠地说道，就像是一个刚刚从昏厥之中清醒过来的人发出的一声叹息，"你把我复活了……你知道吗，在这之前我一直不敢问你，因为我要问的人是你，是你啊！好了，现在你走吧，走吧！你给了我明天的力量，愿上帝保佑你，好，走吧。你要爱伊万！"米佳突然最后又说了一句。

阿廖莎泪流满面地走出了监狱。米佳的不信任，甚至对他缺乏信心——这一切突然让阿廖莎看到了他那不幸的哥哥灵魂深处无处宣泄的悲伤和绝望。这是阿廖莎从未想到的。一种无限强烈的同情心立刻压倒了他，他那颗仿佛被刺穿的心脏感到了阵阵剧痛。"你要爱伊万！"他猛然想起了米佳刚刚说的话。他正是要去见伊万。其实上午的时候，他就已经迫不及待地想去找伊万了。这段时间，伊万对他的折磨不亚于米佳，尤其在他与大哥会面之后，就更加厉害了。

第五节　不是你！不是你！

在去伊万住所的路上，阿廖莎先经过了卡捷琳娜·伊万诺芙娜的住所。窗户里的灯还亮着。他突然止住了脚步，决定进去。他已经一个多星期没见过卡捷琳娜·伊万诺芙娜了。但阿廖莎考虑到，伊万有可能就在她这里，尤其是在这样一个关键日子的前夕。

阿廖莎拉响了门铃，登上了挂着一盏中国灯笼照明的昏暗楼梯，只见有一个人从楼上走了下来，当两人交会之际，他才认出来对方正是伊万。当然，他是从卡捷琳娜·伊万诺芙娜那里出来的。

"啊，原来是你，"伊万·费尧多罗维奇冷冷地说，"好，再见吧。你来找她？"

"没错。"

"我劝你还是别去了,她现在很激动,你去了只会让她更难受。"

"不!别!"忽地从楼上打开了一扇门,一个声音喊道,"阿列克谢·费尧多罗维奇,您是从他那里过来的吗?"

"是的,我刚刚去过他那里。"

"他有什么话要带给我吗?请进来,阿廖莎;还有您,伊万·费尧多罗维奇,也请您回来,一定要回来。您听到了吗?"

卡佳的语气中充满了命令的味道。伊万·费尧多罗维奇略微迟疑了一小会儿,还是决定和阿廖莎一起回到楼上。

"她怎么还偷听呢!"伊万不悦地小声嘀咕道,但是被阿廖莎听见了。

"抱歉,我就不脱外套了,"伊万·费尧多罗维奇刚刚跨进客厅就说道,"我也不坐了,最多待一分钟我就走。"

"请坐,阿列克谢·费尧多罗维奇,"卡捷琳娜·伊万诺芙娜说,自己仍然站着。这一段时间她倒是没什么变化,但是她那双乌黑的眼睛里有一丝不祥的光芒。阿廖莎事后回忆起这件事,觉得那时候的卡佳显得非常漂亮。

"他让您告诉我什么?"

"就一件事,"阿廖莎直视着她的眼睛说,"他希望您能可怜可怜自己,在法庭上不要说……"他有些犹豫地说,"就是你们之间的事……当时在那个城市里……你们第一次见面……"

"哦,是我为了他那笔钱给他磕头那件事?"她突然苦笑起来,"他是在为我担心,还是为他自己担心啊?他还希望我可怜——到底是可怜谁呀!我到底是该去可怜他,还是我自己?您说呀,阿列克谢·费尧多罗维奇。"

阿廖莎专心地看着她,试图理解她的意思。

"您自己,还有他。"阿廖莎轻声地说。

"好啊!"她的语气有些凶狠,脸突然红了,"您还不够了解我,阿列克谢·费尧多罗维奇,"她凶狠地说,"连我都不能了解我自己。也许明天开庭之后,您会踹我一顿呢。"

"您要诚实地做证,"阿廖莎说,"这样就够了。"

"诚实往往和女人没什么关系,"她咬牙切齿地说,"就在一个钟头以前,我还觉得自己没胆子去见那个怪物……他就像毒蛇一样令人恶心又害怕……但是现在不同了,我终究还是把他当成了一个人!他究竟杀人了吗?人是他杀的吗?"她突然转头面向伊万·费尧多罗维奇,发出歇斯底里的吼声。阿廖莎立刻明白了,这个问题她是问伊万的,而且可能就在他进来一分钟之前就问过了,也许不止问过一次,很有可能是上百次。结果就是,两人以争吵结束。

"我去找过斯乜尔加科夫……是你,说服了我相信他就是弑父凶手。我只是相信了你。"她依旧面对着伊万·费尧多罗维奇。伊万·费尧多罗维奇勉强地笑了笑。当阿廖莎听到她说"你"的时候,不禁打了个寒战。他从来没想到过他们之间的关系已经亲密到如此程度。

"好吧,这就够了,"伊万坚决地说,"我走了。明天再来。"说完他头也不回地离开房间,快步走向楼梯。卡捷琳娜·伊万诺芙娜突然用一种命令的姿势抓住阿廖莎的双手。

"给我追上去!快追上他!别让他独自待一分钟!他疯了,您不知道他已经疯了吗?他发烧了,神经性发烧!这是医生告诉我的,快!追着他跑……"

阿廖莎急忙跃起,追赶伊万。伊万才走出去不到五十步。

"你到底想干什么?"他发现从身后追过来的阿廖莎,刷地一下转过身来,"她叫你来追我的?因为我疯了?这些话我都能记住了。"他愤怒地补充道。

"她当然说错了,但她说你生病了是对的,"阿廖莎说,"我刚才在她那里看到你的脸色很不好,伊万,你的脸色一点都不好。"

伊万继续大步往前走,阿廖莎紧紧跟在他的身后。

"阿列克谢·费尧多罗维奇,你知道人是怎么疯的吗?"伊万的语气一下子变得非常平和,没有一丝愤怒,就像是单纯地对这个问题充满了好奇。

"不,我不知道,但是,我想发疯的形式应该是各种各样的。"

"一个人是否能感觉到自己要发疯呢?"

"我觉得不太可能,尤其是在那种状态下。"阿廖莎心中满是诧异。

伊万沉默了半分钟。

"如果你想和我谈谈,那就请换个话题。"他忽然说道。

"好,对了,有封信给你,"阿廖莎怯怯地说,从自己的怀里掏出了丽莎的信,递给了伊万,"我……差点儿忘了。"

这个时候他们正好走到了一盏路灯下,伊万立刻认出了信封上的笔迹。

"啊,那个小恶魔写的!"他恶意地笑道。他连信封都没打开就突然把它撕成碎片,任其随风飘散开。

"好像还不到十六岁吧?这么小就会主动献身了?"他语气轻蔑地说,继续在大街上走着。

"主动献身是什么意思?"阿廖莎十分惊讶。

"很明显,就是像那些放荡的女人那样主动送上门。"

"你怎么能……伊万,你怎么能说出这样的话?"阿廖莎十分痛心又激烈地为她辩护道,"她还是个孩子,你怎么能这样侮辱一个孩子!

她生病了,病得很重,也许她就处在发疯的边缘……我不能拒绝她,我必须把这封信给你……甚至我还希望你能告诉我……我该怎么样,才能救她……"

"我没有什么能告诉你的。就算她是个孩子,我也不是她的保姆。好了,阿列克谢,别说了。我不想再说这件事情了。"

两个人又沉默了一分钟左右。

"今天晚上,她应该会在圣母像前祈祷整整一宿,希望圣母能告诉她,明天开庭的时候她应该怎么办。"伊万突然尖锐而生气地说。

"你……你是说卡捷琳娜·伊万诺芙娜吗?"

"是的。她不知道自己是米佳的救命稻草,还是压死骆驼的最后一根稻草,所以她祈求圣母给她启示。你看,她自己拿不定主意,她还没有做好准备。她也把我当成了保姆,指望我像哄孩子一样哄她呢!"

"二哥,卡捷琳娜·伊万诺芙娜爱你。"阿廖莎语气中满怀忧伤。

"也许。但是我对她没有兴趣。"

"她很痛苦。那你为什么要对她说……那些……会让她产生希望的话呢?"阿廖莎畏怯地表达自己对他的责备,"我知道你给过她这样的希望。原谅我说这种话。"他突然补上一句。

"我不能按照我应该做的方式对她行事——一刀两断,并直接告诉她。但是,这种事情怎么能在这种情况下做呢?"伊万语气中充满了懊恼,"我必须等到对凶手的判决通过时再说。如果我现在就和她决裂,她为了报复我,明天就会在法庭上把那个怪物毁掉!因为她恨米佳,而且她自己也知道。说来说去都是谎言,谎言套谎言。现在我还没有和她说一刀两断的话,她多多少少还抱有希望,就不至于真的去加害那个怪物。因为她知道,我正在想办法让那个怪物摆脱困境。要是那该死的判决下来就好了!"

"杀人犯""怪物"这样的词让阿廖莎的内心无比痛苦。

"为什么说她能毁掉大哥呢?"他一边琢磨着伊万的话,一边问道,"难道她手里有能毁掉米佳的证据吗?"

"看样子你还不知道。她手里有一封字据,米佳写的。那封字据能像数学公式一样证明,就是米佳杀了费尧多尔·巴甫洛维奇。"

"这不可能!"阿廖莎惊呼。

"这怎么不可能了?我也读过了。"

"我是说不可能有这样的字据!"阿廖莎态度激愤,重复着说,"不可能!因为凶手不是他!不是他杀死了父亲!不是他!"

伊万·费尧多罗维奇突然停下了脚步。

"那照您这么说,那杀人凶手又是谁呢?"他虽然表情冷淡,但是语气显得有些傲慢。

"你知道是谁。"阿廖莎深沉而轻声地说。

"谁?是谁?你说的是那个有癫痫的白痴,斯乜尔加科夫?"

阿廖莎突然感觉自己全身都在发抖。

"你知道是谁。"他无力地说,整个人已经喘不上气了。

"谁,谁?"伊万简直怒不可遏,表面上的沉着冷静突然间消失得无影无踪。

"我只知道一点,"阿廖莎突然耳语般嗫嚅道,"不是你杀死了父亲。"

"'不是你'?你说的'不是你'是什么意思?"伊万愣住了。

"不是你杀死了父亲,不是你!"阿廖莎语气坚定,再次重申。

沉默持续了半分钟左右。

"我也知道不是我,你是不是疯了?"伊万苍白地勉强一笑,他双眼似乎紧盯着阿廖莎,此刻两人又在一盏路灯下站住了。

"不，伊万，你已经告诉过自己好几次你就是凶手了。"

"我什么时候说的？当时我已经去莫斯科了……我是什么时候这么说的？"伊万茫然地喃喃道。

"在这可怕的两个月里，当你自己一个人的时候，你已经这样对自己说过很多次了。"阿廖莎继续以平和的语气，一字一句地说。然而，他说的这些话似乎不是出自他自己，也不是出于他自己的意愿，而是服从了某种不可抗拒的命令。

"你指责自己，并向自己承认自己是凶手。但是人不是你杀的，你错了，你不是凶手，听到了吗？不是你！这是上帝派我来告诉你的。"

两人沉默了。沉默持续了整整有一分钟。他们就这样站在路灯下，互相凝视着对方的眼睛。两个人的面色都很苍白。

突然间，伊万整个人哆嗦了一下，他牢牢地抓住阿廖莎的肩膀。

"你一定去过我那里！"他咬牙切齿地低声道，"那天夜里他来的时候，你一定在我的房间里……你必须承认……你是不是见到他了，见到了吗？"

"你说的是谁……米佳？"阿廖莎困惑地问。

"不是他，让那个怪物见鬼去吧！"伊万大声狂叫道，"难道你知道他经常来找我？你到底是怎么知道的？说！"

"他到底是谁？我都不知道你在说谁。"阿廖莎结结巴巴地说。他开始惊慌起来。

"不，你知道……不然你怎么能做到……你不可能不知道……"

伊万像是突然间控制住了自己，一动不动地站着，像是在思考什么事情。一种古怪的苦笑使得他的嘴唇扭曲了。

"二哥，"阿廖莎声音发颤地说，"我对你说这种话是因为我知道你会相信我的话，我知道。我会永远对你说：'凶手不是你！'永远！你听到了吗？这句话是上帝塞进我心里，并让我告诉你的。哪怕你从此之后一直恨我，我也不在乎……"

但现在，伊万·费尧多罗维奇显然已经完全恢复了自我控制的能力。

"阿列克谢·费尧多罗维奇，"他笑容冰冷，"我最讨厌预言家和癫痫病人了，尤其是上帝的使者，您是清楚的。即刻起，我与您再无瓜葛，可能是永远。我请求您在这个转弯处离开我，这也是您回住处的路。请您特别小心，今晚不要再到我那里去！您听见了吗？"

他转过身，一步步坚定地走着，头也不回。

"哥！"阿廖莎在他身后大声喊道，"如果今天你发生了什么事情，请你一定要先想到我。"

但是伊万没有回答。阿廖莎站在十字路口的路灯下，看着伊万消失在黑暗中。阿廖莎转过身，慢慢拐进一条通往住所的小巷。阿廖莎和伊万现都在外面租房子居住，二人都不愿住在费尧多尔·巴甫洛维奇的空房子中。阿廖莎在普通的工人家里租了一间带家具的房间。伊万住的地方离他非常远，房东是个日子还算富裕的公务员的遗孀。他的房间是这幢漂亮主楼的侧屋，很宽敞也很舒服。但是在侧屋里伺候他的只有一个又聋又患有关节炎的老太婆。她浑身关节疼痛，一般下午六点钟就上床了，早上六点钟会起床。这两个月以来，伊万·费尧多罗维奇对于自己的生活出奇地随便，特别喜欢一个人待着，住的房间也是自己收拾，至于其他的房间，他甚至很少踏进去。

他走到了大门口，正欲拉响门铃，又突然停了下来。他感觉到自己气得还在发抖。他决定不拉门铃了，吐了一口唾沫，转身朝向城市相反的另一端，距离此处差不多两俄里远的一栋倾斜的小木屋走去。那是费尧多尔·巴甫洛维奇之前的邻居玛丽亚·孔德拉季耶夫娜的家。

她以前经常去他家讨要汤喝，当时斯乜尔加科夫还对她弹着吉他唱歌。她把以前的那所小屋子卖掉了，如今和母亲一起租住在一个看起来像是农舍一样的小木屋里。自从费尧多尔·巴甫洛维奇死后，病得快死的斯乜尔加科夫也搬到她们那里，和她们一起住了。

现在，伊万·费尧多罗维奇被一个突如其来的不可遏制的念头驱使着，他要去找斯乜尔加科夫。

第六节　与斯乜尔加科夫的第一次谈话

自打伊万·费尧多罗维奇从莫斯科回来之后，这已经是他第三次去找斯乜尔加科夫谈话了。

悲剧发生后，他和斯乜尔加科夫的第一次谈话是在回来的当天。两个星期后，他又去见了他一次。在此之后伊万不再和斯乜尔加科夫见面了，因此他已经有一个月没有见到他了，也没有听到任何关于斯乜尔加科夫的消息。

伊万·费尧多罗维奇从莫斯科回来的时候，他的父亲已经去世五天了。恰巧在他回来的前一天，人们给费尧多尔·巴甫洛维奇举行了葬礼，所以伊万连父亲的棺材都没有见到。他之所以这么晚才回来，是因为阿廖莎根本不知道他在莫斯科的确切地址，为了发电报给他，阿廖莎只能去找卡佳，但是卡佳也不知道。所以，卡佳就先把电报发给了在莫斯科的姐姐和姨妈，以为伊万到了莫斯科会首先去拜访她们。然而，伊万在到莫斯科后的第四天才去拜访她们。伊万一看到电报便十万火急地赶了回来。回来之后，他见的第一个人是阿廖莎，但是在与他交谈后，他感到很惊讶，因为阿廖莎不顾城里人的普遍看法，对米佳没有任何怀疑，反而直截了当地指出斯乜尔加科夫是杀父凶手。

伊万又去找了警察局长以及检察官，了解了案情和逮捕米佳时的详细情况，更加对阿廖莎感到惊讶，因此他只能把阿廖莎的看法归结为对哥哥的手足之情和同情之心。伊万知道阿廖莎十分爱自己的大哥。

这里顺便说一下伊万对哥哥德米特里的感情吧。首先，伊万确实不喜欢米佳，最多只是偶尔对他有些同情，即便如此，他的同情中还是带着蔑视，甚至已经达到了厌恶的地步。他讨厌米佳，甚至连米佳的外表他都讨厌。因此，对于卡捷琳娜·伊万诺芙娜深爱米佳这件事情，他感到非常愤懑。但是伊万在回来的当天还是去监狱探视了米佳。这次会面并没有减少伊万对米佳有罪的看法，相反，他更加相信米佳就是凶手。当时，他发现自己的哥哥非常烦躁不安，如同处于病态的激动之中，说的话很多，却毫无逻辑，言辞很偏激，他指控斯乜尔加科夫就是凶手，但说得十分混乱。他说的最多的就是父亲从他那儿"偷走"的三千卢布。

"钱是我的，那是我的，"米佳不停地重复着，"就算是我偷了，那也是有理的。"

至于那些对他不利的证据，米佳几乎没有丝毫的反驳。即便是在说那些对他有利的事实和证据时，他也说得语无伦次、荒谬至极。总的来说，他似乎根本不想在伊万或者任何人面前为自己辩护。恰恰相反，他只是在无端地发怒，对于被控告的罪名全然一副不屑一顾的态度，他只会发怒、破口大骂。对于格里高利的那条"门是开着的"证言，他只是轻蔑地一笑了之，说那门"是鬼开的"，但他无法对这一事实提出任何合理的解释。他甚至在与伊万第一次见面时就羞辱了他，毫不客气地对他说，那些声称"万事皆允"的人不配怀疑他、审问他。总而言之，这一次他对伊万·费尧多罗维奇的态度很不友好。也是在这次会面之后，伊万·费尧多罗维奇立即去找了斯乜尔加科夫。

在从莫斯科回家的火车上,伊万就一直想着斯乜尔加科夫,以及在他离开前的那个晚上和他的最后一次谈话。他觉得有许多事情令他不安,有许多迹象令他怀疑。但是在接受预审官的询问时,伊万·费尧多罗维奇暂时没有提起自己和斯乜尔加科夫的对话。他决定一切都要在自己和斯乜尔加科夫见面之后再说。当时斯乜尔加科夫住在市医院里。

赫尔岑什图贝和在医院里接待伊万的瓦尔文斯基医生,在伊万·费尧多罗维奇的再三追问下,明确地告诉他,斯乜尔加科夫的的确确患有癫痫病,这是毋庸置疑的。除此之外,他们甚至对伊万提出的"发生悲剧的那天他有没有可能是装病"感到万分惊讶。他们给他解释,斯乜尔加科夫那次发病不同寻常,他一连发病了很多天,反复了很多次。当时的斯乜尔加科夫命悬一线,多亏他们采取了一系列的拯救措施,才让病人脱离了生命危险。赫尔岑什图贝医生还补充道:"他的智力有可能会受到损害,如果不是永久,也会是相当长的时间。"伊万·费尧多罗维奇迫不及待地问道:"那么,他已经疯了?"他们的回答是:"倒不是完全这样,但是他已经出现了某些异常的情况。"

伊万决定亲自去看看这些异常情况是什么。

伊万在医院里很快就得到了探望病人的许可。斯乜尔加科夫躺在隔离病房里的小床上。他的旁边还有一张病床,上面躺着一个本城的小市民,此人患了水肿病①,已经全身浮肿,看起来活不了几天了,所以他是不会打扰到他们的对话的。

斯乜尔加科夫刚刚看到伊万的时候,露出了难以置信的笑容,甚至有一瞬间,他似乎有些慌张,至少伊万·费尧多罗维奇是这么觉得

---

① 糖尿病的一种旧式说法。

的。但这也只是小小的一瞬间,在剩下的时间里,斯乜尔加科夫的镇定让伊万感到震惊。而且,自打伊万看到他第一眼开始,就已经完全相信斯乜尔加科夫确实是病得不轻:他面黄肌瘦,非常虚弱,说话有气无力,甚至连舌头都不听使唤。二人的会面差不多持续了二十分钟,期间斯乜尔加科夫一直在抱怨头疼、四肢酸痛。他那张太监似的干瘪的脸好像显得更小了,双鬓蓬乱,额头上的卷发现在只剩下了细细的一绺向上翘着。但他那不时眯起的、像是在暗示什么的左眼表示他还是原来的斯乜尔加科夫。这让伊万突然想到了那句话:"和有才华的人说话就是有意思。"

伊万在病人脚边的凳子上坐了下来。斯乜尔加科夫在床上用力地挪了一下身子,但是他没有先开口,沉默着,看上去不太感兴趣的样子。

"我们可以谈谈吗?"伊万·费尧多罗维奇问道,"不会很累的。"

"当然可以。"斯乜尔加科夫的声音有气无力,"您回来很久了吗?"这句话说得很随和,仿佛是在鼓励尴尬的访客,要他放松。

"今天刚刚回来……来收拾这里的烂摊子。"

斯乜尔加科夫长叹一声。

"你叹什么气呀?这一切你不都料到了吗?"伊万·费尧多罗维奇直截了当地说。

斯乜尔加科夫严肃地沉默了片刻。

"料到是料到了,事情很明白。问题是,谁能想到会闹成这个样子?"

"闹成哪样?不要顾左右而言他!你不是早都预言了吗,说自己只要一进地窖就会癫痫发作。怎么,你忘了自己的预言了?"

"所以,这件事您告诉他们了吗?"斯乜尔加科夫不慌不忙地问。

这一下，伊万·费尧多罗维奇生气了。

"没有，但我一定会告诉他们的。兄弟，现在有太多事情需要你为我解释了。别忘了，亲爱的，我最不喜欢别人耍我。"

"我为什么要耍您呢？我图什么？现在，我的命就在您手上，您才是我的上帝。"斯乜尔加科夫还是一副不慌不忙的模样，甚至还有一小会儿闭上了自己的眼睛。

"听好了，"伊万·费尧多罗维奇开始提问了，"首先，我知道癫痫的发病时间不可预测，我已经咨询过很多专家了，哪一天发作、什么时候发作都是不可能预测的。所以，你当时是怎么向我预报了发病的时间和地点呢？你是怎么知道，自己一定会在地窖里抽风的呢？这不是故意假装还能是什么？"

"地窖里很暗，而且我一天必须要去上好几回，"斯乜尔加科夫慢悠悠地说道，"一年之前我也从顶楼上摔下来过。癫痫发作的时间确实无法预测，但是，预感总可能是有的吧。"

"但是你告诉了我确切的时间和地点。"

"少爷呀……我的少爷呀，"斯乜尔加科夫突然拉长了声音，"关于我的病，您最好还是去问问这里的大夫吧。是不是假装，他们心里自然有数，我和您没什么好说的。"

"那地窖呢？你是怎么知道自己会在地窖里发病的？"

"您为什么总是抓住地窖不放呢？我当时一钻进地窖就害怕，害怕您走后这个世界上再也没有人保护我了。我走进地窖时心里就在想：'我会不会突然发病？我会不会突然摔下去？'就是因为我想到了这些，才突然感觉自己的脖子痉挛了，然后……就掉下去了。这件事情以及前一天晚上我和您的谈话，就是关于害怕自己出事、害怕老爷出事、害怕摔下去……所有的事情我都原原本本地告诉了预审官。赫尔岑什图贝大夫可以做证,他当时也在审讯现场。我说的话都被他们写到卷宗里了。除此之外,市医院的瓦尔文斯基大夫也说了,之所以会这样很可能就是那种想法引发的。正是因为心里总担心'会不会发病?'以及'会不会摔下去?'的疑惑,所以才发病的。他们也是这么记录下来的,按照他们的话来说,会发生这种情况是必然的,完全是我把自己吓得发病的。"

说完了这么一长段话,斯乜尔加科夫似乎已经精疲力竭了。他长喘了一口大气。

"这件事你已经说了?"显然,伊万的部署被打乱了。他原本是想利用此事威胁他交代一切。

"我有什么好怕的呢?他们记录下来的全都是事实。"斯乜尔加科夫语气坚定地说道。

"我们的对话,你全说了?一字一句,全部都说了?"

"当然没有。"

"当时你对我说,你会装病这件事情,说了吗?"

"没有。"

"好,第二个问题。现在,你告诉我,为什么当时你要让我去切尔马什尼亚?"

"我是怕二少爷您想不开去莫斯科,毕竟切尔马什尼亚比较近。"

"你胡说。当时就是你劝我赶紧离开的!你说:'如果我现在处在您的位置,我一定会抛下这里的一切,赶紧躲得远远的!'"

"我当时那样说完全是为了向您表明忠心,是我的一番好意。我预感到将来家里会出事,我也知道您可能会难过,但是我必须承认,相比害怕您被牵连,我更怕自己被牵连。所以,我才让您赶紧走,目的是想让您意识到,情况变得越来越糟糕,您的父亲需要您的保护。"

"那你应该说得直白一些呀,蠢货!"伊万·费尧多罗维奇怒道。

"我怎么能说得更直白呢,二少爷?我当时只是觉得害怕,而且您也有可能因为我的话生气。我当然有理由担心大少爷会过来闹事,怕他把钱拿走,毕竟他心里坚定地认为那笔钱应该是他的。可谁能知道会闹出人命呢?我本以为,他只不过会偷偷潜入,从枕头底下把钱拿走。可是他竟然把老爷杀了。您不是也没想到吗,二少爷?"

"既然你说当时没有想到,那么我又怎么能猜得出来呢?"

"二少爷,您是有可能猜到的。因此,我才劝您去切尔马什尼亚,而不是去莫斯科。"

"凭这一点就能猜得到?"

斯乜尔加科夫看起来已经很累了,所以又沉默了一会儿。

"可以的。您的忠仆劝您去切尔马什尼亚而不是莫斯科,不就是因为莫斯科距离此地太远了吗?这不就代表着我希望您离我们更近一些。而德米特里·费尧多罗维奇如果知道您离此地不远,说不定就不会如此胆大妄为。而且,即便发生了什么,您也能快马加鞭地赶回来保护我们这些人。我当时是不是告诉您,格里高利身体不舒服,玛尔法要给他治病,我也有可能癫痫发作?我甚至把怎么进老爷房间的暗号都告诉了您,还告诉了您大少爷已经知道了这些暗号。我想您多多少少都能猜到可能发生的事情与可能出现的危险吧?我本来想的是,如此一来,您说不定会连切尔马什尼亚都不去了,而是选择固守家中。"

"虽然说话有些支支吾吾,但他逻辑清晰,"伊万·费尧多罗维奇暗自想道,"为什么赫尔岑什图贝说他智力出了问题?"

"你这个浑蛋,你在和我耍什么花招呢?"他怒气冲冲地骂了一句。

"说实话,我当时觉得您立马就明白了呢!"斯乜尔加科夫表情天真地辩解道。

"我要是能猜到,肯定就不走了!"伊万·费尧多罗维奇气不打一处来,大声喝道。

"但我当时觉得您可能已经意识到了,所以您才选择赶紧离开这个是非之地,只顾着保护自己了。"

"你以为所有人都和你一样卑微懦弱吗?"

"请您原谅,我当时就是这么觉得的。"

"没错,应该猜到的,"伊万突然忧心忡忡,"我也确实想过你可能在盘算着什么卑鄙的事情……不过,你在撒谎,你确实在撒谎!"他像是猛然想起了什么,大声道,"你还记得吗,当时你走到马车旁边对我说:'和有才华的人说话就是有意思。'你还记得这句话吗?既然你会夸我,就代表着,你对我要离开这里感到高兴,不是吗?"

斯乜尔加科夫叹气连连,他的脸上好像有了一些血色。

"如果我感到高兴,"他说话的时候好像有些费力了,"最多也是为了二少爷您去切尔马什尼亚高兴,您去莫斯科我怎么可能高兴?要知道,切尔马什尼亚更近。还有,我当时那句话根本就不是在夸您,而是在骂您。"

"骂我什么?为什么?"

"我骂您是因为您明明知道会有可怕的事情发生,但您还是选择了弃老爷于不顾,不想保护我们,而我很可能会受到牵连,被人冤枉偷了那三千卢布。"

"见你的鬼去吧!"伊万骂道,"等一下,敲门暗号的事情你对检察官和预审官说了吗?"

"说了。"

伊万·费尧多罗维奇对此感到奇怪。

"如果我当时真的想过什么,"伊万说道,"那就是觉得你可能正在盘算着什么坏事情。德米特里有可能杀人，但是要说他偷钱——我绝对不信。而你，斯乜尔加科夫，可是什么卑鄙、肮脏的事情都能干得出来。你之前对我说，你会假装发病，你到底为什么这么说？"

"因为我傻。其实我从来没有故意假装发病，我这样说只是想在您面前显摆而已。我干了一件傻事。那时候我特别喜欢和您聊天，我对您可是无话不说。"

"米佳一口咬定就是你杀的人，是你偷了钱。"

"除了这些他还能说什么呢？"斯乜尔加科夫露出了一抹苦笑，"铁证如山，谁相信他？格里高利亲眼看到那扇门是开的，他还有什么好说的？算了，让上帝去原谅他吧，他不过是想救自己罢了……"

他平静地沉默了片刻，然后就像是突然想起了什么，接着说道："二少爷，您看，他是想要嫁祸于我，所以才咬定这件事情是我干的，这些我都听说了。就算我是假装癫痫发作，真的盘算着要杀了老爷，那么我会事先通知您吗？我都已经做好谋杀的计划了，难道还会和您说这些？这样的话，我也太愚蠢了吧？哪有杀人之前说出这种对自己不利的话的，更何况您还是老爷的二儿子。这可能吗？这完全不可能。而且，现在我和您的谈话，除了那边那个指不定什么时候就咽气的人之外，谁也听不见。假如您把我们今天的谈话完完整整地告诉预审官和检察官，就等于您为我做了完美的辩护。毕竟，干这种事情的人绝对不会把自己的作案计划事先捅出去。这是人尽皆知的道理。"

"你听着，"伊万·费尧多罗维奇突然站起了身子，因为斯乜尔加科夫最后说的这一连串话已经让他找不到任何理由再继续这场谈话了，他只能就此打住，"我倒不是怀疑你，甚至可以这么说，怀疑你是可笑的……相反，我要谢谢你让我放下心来。我要走了，但是我还会回来的。先道别了，祝你早日康复…对了，你还有什么需要的吗？"

"谢谢。玛尔法·伊格纳季耶夫娜没有忘记我,如果我有什么需要,她会为我处理的。她还是那么善良。除此之外,每天都有善良的人来看我。"

"再见吧。顺便提一下,我不会和任何人说你'假装'的事情……我劝你也别和任何人说。"不知出于什么原因,伊万突然这样说道。

"我完全明白。如果二少爷您不说,我一定不会和任何人谈起我们在老爷家门口谈话的内容……"

伊万·费尧多罗维奇走出了病房,沿着医院的走廊一直往前走,走了十多步之后,突然回过味儿来,斯乜尔加科夫最后的那句话充满了侮辱性的讽刺。他本想折回去质问他,但这个念头很快就被他压住了,他撂下一句"无聊"之后,大步走出了医院。

重要的一点是,他确实放心了。他放心的原因是,这次的谈话坐实了自己哥哥的罪行,排除了斯乜尔加科夫的嫌疑,虽然他本应该想办法为哥哥洗刷罪名。至于为什么会这样——他不想深究,并对此感到厌恶,他似乎想赶紧忘记一些东西。

在接下来的几天,伊万开始深入地了解案情,在了解到那些为数众多、对米佳不利的证据后,他更加相信杀人凶手就是米佳了。其中一些由下等人提供的证词令伊万感到后怕,比如菲尼娅和她奶奶的证词。至于别尔霍津、酒馆顾客、食品铺的伙计、莫克罗耶的乡下人,他们的证词就更不用说了。重点是那些细节令人震惊。敲门暗号这件事情给预审官和检察官带来的震惊程度完全不亚于格里高利的证词。格里高利的妻子玛尔法·伊格纳季耶夫娜直截了当地告诉伊万:那天晚上他们两个人都躺在侧屋,斯乜尔加科夫躺的房间距离他们老两口的床"不超过三步远",尽管她睡得很沉,但她能隐隐约约听到他的呻吟声,"哼哼唧唧,哼哼唧唧个没完没了"。

伊万也去找了赫尔岑什图贝,他明确告诉那个大夫,他认为斯乜尔加科夫根本没有疯,他只是有些虚弱。但是老大夫只是一笑而过。

"您知道如今他特别喜欢干什么吗?"他问伊万·费尧多罗维奇。

"您绝对想象不到,"还没等伊万回答,他就接着说,"他现在在学法国话呢!哈哈,他的枕头底下放着一个小本子,不知道是谁在法语单词下面标注了俄文字母。哈哈!"

就这样,伊万·费尧多罗维奇打消了所有的疑虑。他一想到自己的兄长德米特里就恶心。但他有一件事情想不通,为什么阿廖莎一口咬定"很可能"斯乜尔加科夫才是杀人凶手,他为什么一直相信米佳是被冤枉的?伊万一向觉得阿廖莎的意见对自己来说是很宝贵的,因此现在他觉得阿廖莎不可理喻。另外,让他感到奇怪的是,阿廖莎一直没有找机会和他聊米佳的事,他从不先开口提及,只是回答伊万的问题。不过,他没有心思去想这些,当时有一件与此完全无关的事情吸引了他:他从莫斯科回来后的最初几天,完全陷入了和卡捷琳娜·伊万诺夫娜疯狂的爱情之中。总之,这份死灰复燃的爱将在日后对伊万·费尧多罗维奇产生巨大的影响。只是,现在还不是讲述伊万的爱情的时候,这些可以成为另一部长篇小说的主线,我不知道以后会不会去写它。不过,我现在不能对另一件事情略而不提:伊万·费尧多罗维奇和阿廖莎从卡捷琳娜·伊万诺夫娜家里出来之后,曾经对阿廖莎说"我对她没兴趣"——这不是实话,伊万很爱她,像个疯子一样地爱上了她,甚至到了因爱生恨的地步,恨不能立马就杀了她。

这种情况是由多方面原因造成的:米佳的事情让卡捷琳娜·伊万诺芙娜受到了很大的触动,她完全将伊万·费尧多罗维奇当成了救星,扑向了他。正在她感觉自己在遭受着伤害、侮辱、轻视的时候,突然,这个以前深爱着她的、才智远在自己之上(她就是这么认为的)的男人，重新出现在了她的面前。但即便如此，这位大家闺秀还是做到了守身如玉，尽管伊万具有卡拉马佐夫家族特有的不顾一切的狂热，对她有着巨大的吸引力。同时，她因为觉得自己背叛了米佳而感到懊恼，尤其是在和伊万吵架的时候（他们吵得很凶，很频繁），她毫不隐讳地说出了自己的想法。伊万在与阿廖莎谈话时说的那句"谎话套着谎话……"说的就是这件事。客观来说，卡捷琳娜·伊万诺芙娜的自责里确实有不少虚伪的成分，也就是这些让伊万·费尧多罗维奇十分反感……但这都是后话，以后再说吧。

总而言之，他就这样暂时把斯乜尔加科夫的事情抛到脑后了。但是，就在第一次和他见面两个星期之后，原来的那些奇怪想法又开始困扰伊万了。他不断地回想起，在离开家的前一晚，他在父亲家里就像个小偷一样偷偷探听着父亲的动静。他不断地问自己，当时为什么要这么做？为什么回想起来总会觉得恶心？为什么在第二天在路上时会觉得难受？为什么在火车驶近莫斯科的时候痛骂自己伪君子？这些令人痛苦的想法折磨得他甚至快要把卡捷琳娜·伊万诺芙娜给忘了。正当伊万被自己脑子里的诸多问题折磨的时候，他突然在街头看到了阿廖莎。伊万把他拦下，突然问他："你还记得那天我们吃完饭后，米佳突然冲进来把父亲痛打了一顿吗？你还记不记得当时我在院子里对你说，我作为一个人有权利保留自己的想法？告诉我，当时你是不是也有过这种想法，你是不是也愿意父亲暴毙？"

"我想过。"阿廖莎平静地回答。

"确实，不过实话说，你的回答在我意料之中。但是，当时你是否希望'蛤蟆把臭虫吃掉？'换句话说，你希不希望德米特里把父亲杀掉，而且越快越好……甚至想提供一些助力？"

阿廖莎面色煞白，默不作声，只是盯着伊万的眼睛。

"你倒是说呀!"伊万急不可耐,"不论如何,你都得让我知道你当时到底是怎么想的!你告诉我,告诉我啊!真话!我要听真话!"他费力地喘了好几口气,同时恶狠狠地看着阿廖莎。

"请原谅我,我当时确实是这么想的……"阿廖莎小声地说着,话音一落他就不打算再张口了,显然是不想再做什么"补充说明"。

"谢谢你!"伊万话音未落就扔下了阿廖莎,自顾自地走了。

从那时候起,阿廖莎便注意到,二哥开始疏远自己了,甚至感觉到二哥很恨他。这也是为什么之后他不怎么去找伊万的原因。

但是,阿廖莎不知道的是,在那次的街头偶遇之后,伊万·费尧多罗维奇根本没有回到自己的家,而是直接去找了斯乜尔加科夫。

第七节 与斯乜尔加科夫的第二次谈话

伊万第二次和斯乜尔加科夫见面的时候,后者已经出院。伊万知道他住在那栋像煤房一样的木屋里。那栋木屋年久失修,已经摇摇欲坠,里面一共有两间小屋,屋子中间隔着一条过道,其中一间小屋里住着玛丽亚·孔德拉季耶夫娜和她的母亲,另一间住着斯乜尔加科夫。没有人知道他为什么和这母女俩住在一起,一开始有人说他是从母女手里租下了一间房子,还有人说是母女俩看他可怜,白给他住的。但在后来人们的意见开始统一,大家一致认为他是以玛丽亚·孔德拉季耶夫娜未婚夫的身份住进去的,暂时是她们家的客人(白住的)。这两个女人对他十分尊敬,把他当成了比她们高一等的人物。

伊万·费尧多罗维奇敲开了门,走进了过道,在玛丽亚·孔德拉季耶夫娜的带领下向左走进了斯乜尔加科夫住的"最好的小屋"。这间屋子里有用瓷砖砌的炉子,炉子烧得正旺。屋子的墙壁上糊着天蓝色的壁纸,只是时间太久已经裂缝脱落。壁纸脱落的地方有数目可观的蟑螂在到处乱爬,因此屋子里的沙沙声总是不断。屋内的家具十分简陋,两堵墙边各有一条长凳,一张桌子旁边有两把椅子。桌子是纯木制的,上面铺着粉红色花纹的桌布。两个小窗台上各放着一盆天竺葵。屋子的角落里有个玻璃神龛。桌子上摆着一个已经摔瘪多处的铜制茶炊和一只盘子,盘子里放着两只小茶杯。此时斯乜尔加科夫已经喝完茶了,所以茶炊也已经熄火了。

当伊万·费尧多罗维奇进去的时候,他正在桌子后面坐着,在一个小小的练习本上写写画画。他的身边放着一个墨水瓶,旁边还有一个矮矮的铁制烛台,蜡烛是进口的。看着他的面容,伊万·费尧多罗维奇确信他已经痊愈了。他的脸色好多了,也胖了些,额头上的卷发高耸,鬓角也梳得光光的。他身上穿着一件花布睡衣,只是已经很破很旧了;鼻子上架着一副眼镜,这点倒是让伊万觉得奇怪,因为他从未见他戴过眼镜。不知道为什么,伊万非常看不惯斯乜尔加科夫的这副打扮,暗自骂道:"这样一个畜生,居然还戴眼镜!"

斯乜尔加科夫缓缓抬起头,透过镜片看向来者,然后从容不迫地摘下眼镜,不紧不慢地直起后背,但并没有一丝尊敬,倒是有些不情不愿的感觉,就像是在逢场作戏。这些,伊万毫无遗漏地全注意到了,特别是斯乜尔加科夫满是傲慢和恶意的冷漠眼神,那双眼睛仿佛在说:"你怎么又来了?你到底想过来问什么?没完了?"但是伊万·费尧多罗维奇还是勉强克制住了自己的脾气。

"你这里可真热。"还未坐下,他就解开了外套的扣子。

"您可以把大衣脱了。"斯乜尔加科夫表示许可。

伊万·费尧多罗维奇脱下了大衣,把它扔在一张凳子上面,然后用气得发抖的双手搬过来一把椅子,推到了桌子跟前。

"第一个问题,除了我们两个之外,这里还有其他人吗？"伊万·费尧多罗维奇语气生硬,语速飞快,"我们说的话会不会让别人听见？"

"没人听得见。您自己也看到了,外面是过道。"

"听着,老兄,那天我去医院看你,临走时,你说如果我不把你装疯的事情说出去,你也不会把我们谈话的全部内容说出来。你这是什么意思？全部内容？你想要说的是什么？你是不是在威胁我？你是不是觉得我们两个是一伙儿的？你是不是觉得我怕你？"

伊万·费尧多罗维奇怒火中烧,显然是要让对方明白,他鄙视这种旁侧敲击、拐弯抹角的暗示,有什么就摊开说。斯乜尔加科夫的眼睛里闪过一道寒光,他的左眼微微一眨,仿佛在用眼神告诉伊万:"想摊牌吗？那你就瞧好了！"

"我当时的意思是,"他仍旧不紧不慢、不卑不亢地说,"您事先就已经知道了老爷会被谋杀,但是您选择了抛弃他,不去保护他。我是为了保护您,不想让别人知道这些情况后怀疑您有什么坏心思,甚至想到别的更坏的事情上去,才没有全部向当差的交代。"

斯乜尔加科夫说话时虽然在极力控制自己,但是他的语气无比坚定,充满了恶毒和傲慢的挑衅。他面色阴冷且无礼地上下打量着伊万,这让伊万气得眼冒金星。

"你在说些什么东西？脑子还正常吗？"

"我的脑子好着呢。"

"你的意思是,难道我当时知道我的父亲要被谋杀了？"伊万·费尧多罗维奇突然吼出了声,抡起拳头对着桌子狠砸了一下,"什么叫'坏心思'？你这个浑蛋到底是什么意思？"

斯乜尔加科夫默不作声,依旧无礼地上下打量着伊万·费尧多罗维奇。

"你说呀！你这个狗东西，'坏心思'指的是什么，你倒是说啊！说啊！"

"我所谓的'坏心思'指的是，也许您当时也巴不得老爷死呢。"

伊万·费尧多罗维奇气得直接跳了起来，抡起拳头，照着斯乜尔加科夫的肩膀打了一拳，打得他身子一晃，靠在墙上。不料，他竟唰地一下哭出了声："二少爷，对我这样的弱者动手是可耻的！"他一边说一边用一方肮脏的蓝色方格布手帕捂住双眼，沉浸在痛哭之中。他哭了大概有一分钟。

"够了！别哭了！"伊万·费尧多罗维奇命令道，他重新坐在椅子上，"你别把我所有的耐心都耗完了！"

斯乜尔加科夫挪开捂住自己眼睛的脏手帕，脸上的所有线条仿佛都在表示他刚才无比委屈。

"你这个浑蛋，你觉得我会和德米特里一样弑父吗？"

"您怎么想的我哪里能知道，"斯乜尔加科夫深感委屈，"那天您进门的时候，我拦住您，就是想探探您的口风。"

"探什么口风？"

"我只是想知道，您究竟希不希望老爷赶紧被人杀掉！"

最令伊万·费尧多罗维奇感到愤慨的是，斯乜尔加科夫还是在用那种傲慢且坚定的语气说话。

"所以你杀了他，对吧！"伊万忽然大声吼道。

斯乜尔加科夫轻蔑地笑了笑。

"二少爷，我杀没杀人，您心里清楚。我本以为，您是个聪明人，犯不上我说什么。"

"那你当时为什么要对我抱有这样的怀疑？说呀！"

"我都告诉您了,我就是害怕。当时的处境让我害怕得要命,对所有人都抱有怀疑难道不是件正常的事情吗?所以,我才要试探您,我想,如果您和大少爷想的一样,那老爷就死定了。不但老爷死定了,我怕是也会一同完蛋。"

"你听着,两个星期前你可不是这样说的。"

"我当时在医院里说的也是这个意思。只是,我当时觉得,凭少爷您的聪明才智,不用我点破就能明白。"

"告诉我,你一定要告诉我,你为什么怀疑我,我究竟是哪一点引起你的怀疑了?你凭什么觉得我会干这种伤天害理的事情?"

"杀人这种事,您是绝对不会自己去干的,您也不愿意干呀……但是,如果有借刀杀人的机会呢?我想您应该会愿意的。"

"你是怎么做到脸不红心不跳地说出这种话的?嗯?怎么做到的!我凭什么愿意?我为什么要那样呢?"

"还用问吗?老爷的遗产呀!"斯乜尔加科夫恶毒地回答道,很显然,他正沉溺于报复伊万的快感之中,"老爷去世了,三个少爷一个人至少可以分到四万卢布,甚至可能比这还要多些……但是,如果老爷真的娶了那个叫阿格拉菲娜的女人,那么她和老爷结婚后,做的第一件事情恐怕就是把老爷的财产划到她的名下。她可不傻。万一真的是这样,你们三个怕是连一个卢布都捞不到了吧?那个时候,老爷和她的婚姻就像一层薄纸,一根头发就能捅破。那个女人只需要一个小小的暗示,或者勾一勾小拇指,老爷就会乖乖地跟着她跑进教堂。"

伊万·费尧多罗维奇竭力压抑着怒火。

"好吧,"伊万沉下脾气,"你看,我这次没有跳起来揍你,我也不会杀了你。你尽管说就是了。所以,按照你的理解,我正在等着米佳去行凶?"

"您当然希望他能去。倘若是他杀了人,那么他的贵族头衔、土地、财产都会被剥夺,还会被流放到西伯利亚。如此一来,大少爷的那份遗产,不就是您和小少爷的了吗?到那时候,可就不是四万,是六万了。所以您当时肯定希望大少爷能去干这件事!"

"我真拼命忍着才能不揍你!听好了,狗东西,倘若我真的希望有人能替我杀了父亲,我希望那个人是你,而不是德米特里。我发誓,我甚至预感到你一定会干些卑鄙的勾当……我当时就已经有预感了……直到现在,我还记得自己当时的感觉!"

"我当时确实这样想过,您一定希望我来做这件事,"斯乜尔加科夫咧开了嘴嘲讽道,"所以,您现在的话可比当时明确多了,我是说,它暴露了您内心的想法。您竟然已经对我有所预感了,却依旧选择离家远去,这不是在告诉我,您不会阻拦我,我可以动手了吗?"

"你个浑蛋,你竟然这么理解!"

"问题的关键就在切尔马什尼亚这个地方!您打算去莫斯科,哪怕老爷哭着喊着求您去切尔马什尼亚,您就是铁了心不去!但是我这个下人的随口一言,您却同意了!您到底在打什么算盘?您都已经决定了要去莫斯科了,但是突然,我一个下人就能说动您去切尔马什尼亚,可见您到底想要什么,昭然若揭。"

"不是,我可以发誓,绝对不是这样!"伊万气得发抖,他咬紧了牙关,低声怒吼。

"怎么就不是这样了呢?如果不是这样,那么当我说了那些话以后,您作为老爷的儿子,应该会立马把我揪到警察局找人狠狠抽我一顿……再不济,您也应该打我几个耳光吧?但是您呢,您做的事情恰恰相反,您一点都不生气,竟然还因为我这个下人的一句话,选择了逃离这个是非之地,并且走得很快。这不荒唐吗?因为您应该是留下来保护老爷的性命的……但是,您没有,如此,我怎么能不得出这样的结论呢?"

伊万紧锁着眉头,握紧了拳头使劲压着自己的双膝。

"没错,当时就应该甩你几个耳光。"伊万苦笑道,"当时不可能把你揪到警局去,谁会相信我?我的证据在哪里?不过,打你耳光到是可以的,真是可惜,我当时竟然没有想到。虽说打人是禁止的,但我应该把你这张臭嘴撕个稀巴烂!"

斯乜尔加科夫看着伊万的表情,一副得意扬扬的模样。

"一般情况下,"他抬杠道,"一般情况下,打耳光确实是被法律禁止的,法律要求我们每个人都不要打人。可是在某些特殊情况下,别说在咱们俄国了,放眼世界,就算是最讲法的法兰西共和国,打人这种行为也是存在的,和亚当夏娃的时代一样,打人这种行为不会完全没有的。但是,您当时就连在特殊情况下都不敢。"

"你学法语干什么?"伊万看了一眼桌子上的练习本扭头问道。

"我为什么不能学呢?学习有助于提高我的文化水平和修养,说不定有朝一日我也能去欧洲那些好地方领略一下他们的风土人情。"

"听着,你这个浑蛋!"伊万气得发抖不止,眼睛里全是怒火,"我不怕你告发,你对别人随便怎么说都可以。眼下我没有把你打死,是因为我觉得人有可能是你杀的,我一定要把你绳之以法,要揭露你的真面目!"

"依我看,您还是保持沉默为妙。不论您怎么指控我,我都是无辜的。没人会相信您的,可如果您真的要说,那么我也会全部说出来,毕竟我也要为自己辩护!"

"你以为这样就能吓到我了?"

"就算我说的话法庭不相信,但大众会相信的,到那时,您就没脸见人了。"

"你又想说：'和有才华的人说话就是有意思'，对不对？"伊万咬牙切齿道。

"您说得可太对了！做个聪明人吧！"

伊万·费尧多罗维奇站了起来，气得浑身发抖。他穿上了大衣，再也不答理斯乜尔加科夫，头也不回地快步走了出去。冬夜的寒风吹得他的脑袋稍微清醒了一些。皓月正当空，而噩梦一样可怕的想法却在他的脑海中上下翻腾。

"我要不要去告发斯乜尔加科夫？可是，我去告发他什么呢？不管怎样，他都是无辜的，相反，他会反过来告我。确实，我当时为什么要去切尔马什尼亚呢？为什么，为什么？"伊万·费尧多罗维奇拷问着自己，"没错，没错，我好像就是在期望着什么……"

于是他再次回想起了自己在父亲家的最后一夜，想起自己偷听的事情。但是这次回想起来却感到胸口一阵刺痛，仿佛一把利剑已经将他刺穿，让他动弹不得。

"确实，我就是在期望着这件事！确实，我就是希望这样，我就是想要这种结果，我就是想要他死。我就是需要这些……不行，我必须杀掉斯乜尔加科夫！如果我不能杀掉他，我未来的生活一定不太平……"

那天晚上，伊万·费尧多罗维奇没有直接回家，而是去找了卡捷琳娜·伊万诺芙娜。卡佳一看到他吓了一跳，根据她事后的回忆，"他就像是个疯子"。半疯的伊万将自己和斯乜尔加科夫的全部谈话都告诉了卡佳，没有半点遗漏。无论卡佳如何安慰，他就是无法冷静下来，不停地在房间里来回踱步，没头没尾地说些奇怪的话。最后，他终于坐了下来，胳膊放桌子上，用两只手支撑着脑袋，说出了一段耐人寻味的奇怪自白。

"倘若人不是德米特里杀的,真凶是斯乜尔加科夫,那么理所应当,我就应该被认为是他的帮凶,甚至可以说我是那个教唆犯。但我究竟有没有教唆他,我也不知道。但是倘若真凶是他,不是德米特里,那么我一定也脱不了干系,我也是凶手。"

听到这话,卡捷琳娜·伊万诺芙娜从座位上默不作声地站了起来,径直走向书桌,掏出钥匙,打开放在桌子上的一只匣子,取出一张纸摆在了伊万的面前。这张纸就是伊万·费尧多罗维奇对阿廖莎说的那张,能够证明凶手就是德米特里的"证据"。这是德米特里在酒酣之际写给卡佳的一封信,是那天晚上同阿廖莎见面之后,米佳写下的。当时他和阿廖莎分开后直奔格露莘卡家,二人当时是否有过会面,无从知晓。但后来,他出现在了"京都酒馆",喝了很多酒。在烂醉之下,他要来了纸笔,稀里糊涂地写下了一封对他未来的生命非常重要的信。这是一封非常混乱、冗长、语无伦次的信,完全是醉汉的"酒后胡言"。这封信就像是一个醉汉回到家里之后,愤懑不已地向妻子或者家里的其他人讲述自己是如何受到侮辱,侮辱他的人是个什么样的坏人,而自己是个多么好的好人,他一定要如何如何教训那个坏人之类的。文章冗长、没有逻辑,却又慷慨激昂。

酒吧拿给他的纸是张破烂肮脏的普通的信笺,背面还记着账目。但是醉汉的话,显然不是这么一张纸就能随随便便写下的。于是,米佳尽可能地充分利用了这张纸的空间,边边角角都没有放过,最后几行挤不下了,干脆写到了已经写下的字句上面。信的内容大体如下:

致要了我的命的卡佳:

明天我一定会弄到那三千卢布还给你,然后你我就此别

过吧，性格暴烈的女人！再见了，我的爱情。你我就从此一刀了断吧。明天我将会从所有我认识的人那里弄到钱还给你，如果我弄不到，我用人格担保，我会去我父亲那里，砸烂他的头，把他枕头底下的钱全部拿走，只要伊万走了就动手。就算流放到西伯利亚，我也不在乎，我一定要把那三千卢布还给你。请原谅，我给你磕头了，对不起了，我太卑鄙了！求你原谅……算了，还是别原谅了，不原谅对你我更好。我宁愿去西伯利亚服苦役，也不要你的爱情。因为我爱上了别人，你今天已经了解了我爱的人，你一定不会原谅我。我一定要杀了那个偷了我钱的王八蛋！然后，我就离开你们所有人去遥远的东方，去一个谁都不认识我的地方。我也要忘了她，因为你不是唯一一个折磨我的女人，她也是。永别了。

又及：我虽然写下的是诅咒，但是我崇拜你！我能听见自己胸膛中的声音，那里还有一根琴弦在发出声响。最好把一颗心撕成两半！我要杀了我自己，但是在那之前，我得先把那条狗宰了。宰了。我要把那三千卢布抢回来，再还给你。记住，虽然我是个浑蛋，但我不是小偷！等着我。那三千卢布就在那条狗的床垫下面，是用粉红丝带捆着的。我不是小偷，我要杀了偷我钱的贼。卡佳，你不要鄙视我，德米特里不是小偷，是杀人犯。我要杀了我父亲，毁了我自己，这样我就能挺直腰板，不必再忍受你的傲慢。这样就能不再爱你了。

又又及：我吻你的脚，再见！

又又又及：卡佳，请替我向上帝祈祷，保佑我能弄到钱。那样我就不用双手沾满鲜血了。要是弄不到，那就杀人吧！你杀了我吧！

你的奴隶和敌人
德·卡拉马佐夫

伊万读完这封"字据"后，立刻确定了。也就是说，凶手确实是哥哥，而不是斯乜尔加科夫。如果斯乜尔加科夫不是凶手，那他肯定也就不是。正是因此，这封"字据"成了他心中的铁证。对他来说，米佳是有罪的，这是已经不容置疑的了。顺便说一句，伊万从未怀疑过米佳会和斯乜尔加科夫联手杀人。伊万完全放心了。第二天一大早，他回想起了斯乜尔加科夫对他的冷嘲热讽，心里只剩下了不屑。几天后，他开始觉得奇怪，自己当时为什么会如此讨厌斯乜尔加科夫对他的怀疑，甚至还为此感到痛苦？总之，伊万从此决定对他嗤之以鼻，彻底忘记。

就这样过了一个月，伊万再也没有和任何人打探过关于斯乜尔加科夫的情况。只是他偶尔听别人说起，斯乜尔加科夫病得很严重，已经到了神志不清的地步。年轻的大夫瓦尔文斯基说他"迟早会疯的"。伊万当时注意到了这句话。

这一个月的最后一个星期，伊万突然开始感觉不舒服了。他已经去请教过卡捷琳娜·伊万诺芙娜为了开庭专门从莫斯科请过来的那位大夫。也是在这段时间内，他和卡佳的关系跌入了冰点，就像是一对热恋中的仇敌。卡捷琳娜·伊万诺芙娜曾经不止一次对米佳回心转意，虽然时间短暂，但很强烈，这彻底激怒了伊万。我们在前文中提到过，阿廖莎受米佳的委托去了卡捷琳娜·伊万诺芙娜家，在那里看见了那场冲突。奇怪的是，在这场冲突发生之前的一个月里，伊万从未见到卡佳对米佳杀人一事产生怀疑，尽管她多次对米佳表现出令他痛心的"回心转意"。还有一点值得注意，伊万虽然感觉到了自己对米佳的恨意正在与日俱增，但他明白自己会如此恨米佳并不是因为卡佳，而是因为他真的杀死了自己的父亲！他已经充分地意识到了这一点。

开庭前十天，伊万去见了米佳，并向他提出了逃亡的计划。很明显，这个计划已经在伊万的心中酝酿多时。他之所以要帮助米佳，是因为斯乜尔加科夫的一句话，似乎指控米佳行凶对他是有利的，那样一来他和阿廖莎从父亲那儿得到的遗产便会从四万卢布变成六万卢布。这深深地伤害了伊万，或许他想证明自己并不贪图父亲的财产，所以决定自己拿出三万卢布帮助米佳逃跑。那次探监结束之后，他感觉无比沮丧，他开始觉得自己花三万卢布帮助米佳逃跑，除了治疗自己的心伤之外，还有其他的原因。

"难道我自己也承认我是凶手？"他曾扪心自问。

心中有个火辣辣的东西在燃烧，烫得他生疼。最重要的是，这一个月以来的自我折磨使他的自尊心受到了严重的损害，不过这都是后话了……

在和阿廖莎见面之后，伊万回到了自己租住的公寓，他正准备敲响门铃，不知何故升腾起来的一阵怒火迫使着他决定去找斯乜尔加科夫。他猛然想起方才卡捷琳娜·伊万诺芙娜当着阿廖莎的面冲他嚷的话："是你说服了我！我就是听了你的话才相信他（米佳）就是杀人凶手！"想到这里，伊万突然惊呆了，因为自己从来没有说服她，让她相信米佳就是凶手。甚至自己还当着她的面怀疑过自己。相反，是她拿出了那封"字据"证实了米佳的罪。可事到如今，她竟然说："我已经见过斯乜尔加科夫了!"什么时候见的?伊万不知道。这岂不是意味着,她根本就不相信米佳是有罪的?而且,斯乜尔加科夫是不是对她说了什么话?他说了什么?

一团可怕的怒火就这样在伊万的心头燃烧了起来,他不明白自己为什么会在半个小时之前忽略了如此重要的一句话,竟然没有当面质问她。他把手缩了回来,不打算敲响门铃了,他决定立刻去找斯乜尔加科夫。

"这一次我弄不好会杀了他!"他在路上想。

第八节 第三次,与斯乜尔加科夫的最后一次谈话

路才走了一半,一阵干冷的寒风就如同尖刀一般划过伊万的面颊。又细又密的干雪从天而降。雪没有粘在地面上,被风卷得漫天飞舞。伊万·费尧多罗维奇知道,一场暴风雪就要来了。斯乜尔加科夫家住得极为偏僻,没有路灯。伊万·费尧多罗维奇不顾风雪,在黑暗中眯着眼睛凭着直觉找路。他头很痛,两边的太阳穴拼命地跳动着,他感到自己的手腕正在阵阵痉挛。他在距离玛丽亚·孔德拉季耶夫娜家不远的地方,遇到了一个醉汉。这是个乡下人,个子不高,身披一件打着补丁的大褂,踉跄地走着,嘴里骂着脏话。突然,他停止了谩骂,用公鸭一样的醉嗓纵情高歌:

万卡还是去了圣彼得堡,
我可不愿再等他。

可每当他唱到第二句之后就不唱了,又开始骂骂咧咧,在一通没

有目标的痛骂之后又唱起了那支歌。伊万·费尧多罗维奇还没有注意到他的时候就已经非常厌恶此人,现在终于搞清楚了厌恶他的原因,想要立刻直接对他重拳出击。这么想着的时候,眼前的乡巴佬突然打了个趔趄,整个人直接撞向了伊万。伊万使劲一推,那人被他推得老远,重重地摔倒在冻得邦邦硬的地面上,发出一声痛苦的呻吟:"哎呀……"之后就不再作声了。伊万走到他身边,只见他已经一动不动地躺在地上了。"他一定会冻死的!"伊万想。接着,他头也不回地继续往斯乜尔加科夫的住处走去。

听到敲门声,玛丽亚·孔德拉季耶夫娜拿着蜡烛给伊万开了门,在过道里小声对他说,帕维尔·费尧多罗维奇①病得很重,倒不是说不能下床,而是他就像疯了一样,让她把茶拿走,一点都不想喝。

"他在闹什么呢?"伊万很粗鲁地问道。

"不,不是这样,相反,他一点动静都没有,还是希望您少和他说两句话吧。"玛丽亚·孔德拉季耶夫娜请求道。

伊万·费尧多罗维奇推门进了屋。

炉子和上回烧的一样热,但是房间里发生了一些小变化:之前靠墙的那条长凳已经被搬走了,原来的位置上现在放了一张很大的仿红木旧皮沙发。沙发上面放着一床被子,白色的枕头相当干净。斯乜尔加科夫眼下就坐在这张沙发改成的床铺上,身上还穿着上一回穿的那件睡袍。那张桌子也被放到了沙发旁边,因此屋子突然显得很挤。桌子上放着一本黄色封面的书,很厚。但斯乜尔加科夫明显没有在看书,他无所事事地坐着,目光空洞,见到伊万来了也没有作声,只是用空洞的目光凝视着伊万,似乎对他的到来没有感到意外。伊万注意到,

---

① 指斯乜尔加科夫。

他的面容和上一次相比又变了很多，现在的他又是那个面黄肌瘦的人了，不但如此，他的眼窝也凹了进去，黑眼圈很重，下眼睑泛紫。

"你真的病了？"伊万·费尧多罗维奇停住了脚步问道，"你放心，我没打算待很久，就不脱大衣了，我坐在哪里合适？"

见他没有说话，伊万自顾自地从桌子旁边绕过去，搬了一张椅子到桌子旁边，坐了下去。

"别光看着我不说话啊！我来就是想问一个问题，得不到回答我是不会走的。那位小姐，就是卡捷琳娜·伊万诺芙娜，她是不是找过你？"

斯乜尔加科夫没有说话，只是平静地凝视着伊万。但他忽然摆了摆手，把头一扭，不再看他。

"你这是在做什么？"伊万莫名其妙。

"没什么。"

"什么叫'没什么'？！"

"她来过，但是和您没关系。您别问了。"

"不，我一定要问！你告诉我，她什么时候来的？"

"我忘了，"斯乜尔加科夫轻蔑地笑着，随即转过头凝视着伊万·费尧多罗维奇，眼神中充满了近乎疯狂的仇恨，就如同一个月前的那次会面一样。

"二少爷，看起来有病的人不是我，而是您。您怎么瘦了这么多，脸色太难看了……"他对伊万说道。

"我的健康用不着你操心，你告诉我，她问你什么了？"

"您的眼睛怎么都发黄了？我是说眼白，都黄了。您是不是很难受？或者说，非常难受？"他先是一声冷笑，接着竟放声大笑起来。

"你听着，我说了，你不回答我，我就不会走！"伊万恼怒地喊道。

"二少爷，您为什么非要过来打扰我呢？您这般折磨我到底是为了什么？"斯乜尔加科夫显得非常痛苦。

"见鬼去吧，你的事情我没有兴趣，你只需要回答我的问题，只要你回答了，我立刻就走。"

"我没什么好回答的。"斯乜尔加科夫再度低下了头。

"我告诉你，你不愿意说我也有办法让你开口！"

"您到底在担心什么？"斯乜尔加科夫又开始直勾勾地盯着他了，但这次他的眼神中除了蔑视之外，还充满了憎恨，"是不是因为明天要开庭？放心吧，二少爷，您不会有事的，您放心好了，回家安安心心地睡个好觉，什么都不用怕。"

"我搞不懂你的意思……我有什么好怕的？"伊万很是诧异，但突然间感到一阵阴森的恐惧进入了他的心底。斯乜尔加科夫打量着他。

"您——搞——不——懂？"他拖长了的声音里充满了责备，"您这样有才华的聪明人怎么扮演上小丑了？"

伊万默不作声地看着他。这名曾经的仆人如今能以这种傲慢得出奇的语气和他说话，真是太不同寻常了。哪怕就是在上一次，他也没有用过这样的态度。

"我跟您说了，二少爷，不要害怕。我不会去告发您的，我也没有证据。您看看您，手都哆嗦了。您的手怎么哆嗦个不停？您还是请回吧，人又不是您杀的。"

伊万不禁打了个寒战，他忽然想起了阿廖莎。

"我知道不是我……"他嘟囔道。

"您——知——道？"斯乜尔加科夫又抢过了话茬。

伊万腾地站起来，双手紧紧抓住他的肩膀。

"你这个浑蛋！说啊！全都说出来啊！"

斯乜尔加科夫面无惧色,仍旧用自己充满了仇恨的眼神死死盯着伊万。

"好啊,如果非要我说,"他声音很小,但语气恶毒,"人就是您杀的。"

伊万坐回了椅子上,很显然是经过了认真的思考。他冷冷地一笑。

"你不会还是在说我离开家那回事吧?还和上一回一样的话?"

"上一次您站在我面前的时候什么都能明白,这一次您依旧能明白。"

"我只知道你就是个疯子。"

"二少爷,您不觉得无聊吗?这里就你我二人,干吗要相互欺骗呢?有什么戏可以演的?难道说您非要把杀人的罪名安在我头上?人是您杀的,您是主谋,我只是您的一条走狗,一个仆人,我和您的关系就是大力神赫拉克勒斯和他的利卡斯。我做这一切都是奉了您的命令,执行您的意志。"

"你当真……难道人真的是你杀的?"伊万的大脑似乎受到了极大的震荡,整个人止不住地发抖。而此刻轮到斯乜尔加科夫用诧异的目光看着伊万了,很显然,伊万这种根本演不出来的恐惧感让他很是意外。

"您当真什么都不知道吗,二少爷?"他仍然以一种难以置信的语气嘟囔道,眼中满是苦笑。

伊万看着他,感觉自己的舌头就像是被人硬生生地拔去了一样,脑子中忽然想起了那首歌:

> 万卡还是去了圣彼得堡,
> 我可不愿再等他。

"知道吗？我担心你只是我的一个梦，你就像一个坐在我对面的鬼魂。"伊万喃喃道。

"这里没有鬼魂，只有我们两个，还有一个第三者。毫无疑问，就是他——他现在就在这里，在你我之间。"

"他是谁？谁在这儿？在哪里？"伊万·费尧多罗维奇慌乱地环顾四周，急忙搜索着各个角落。

"这位第三者就是上帝，是我们的主，他就在您和我的身边，不过二少爷，您别找了，找不到的。"

"你说是你杀了人，你在胡说对吗？"伊万发狂了似的怒吼道，"你要么疯了，要么就是和上次一样在耍我。"

对于伊万的狂怒，斯乜尔加科夫并无惧色，只是专注地继续盯着他。斯乜尔加科夫以为伊万什么都知道，他来找自己，只不过是为了把所有罪名都推到自己头上。

"稍等一下。"他终于开口了，声音微弱。说罢，他从桌子底下抽出了自己的左腿，把裤腿卷了起来。他脚上穿着白色的长袜，趿拉着拖鞋。斯乜尔加科夫不慌不忙地松开袜带，把自己的一只手伸进袜筒。伊万·费尧多罗维奇瞧着他，忽然感受到一阵伴随着痉挛的巨大恐慌，身体剧烈颤抖。

"疯子！"他叫着，随即从座位上站了起来，整个人往后一跳，后背重重地撞在墙上，就像是被粘在了那里一样，身体挺得笔直。他万分惊恐地看着斯乜尔加科夫，而后者根本没把他的惊恐当成一回事，自顾自地在袜筒中寻找着，似乎正在用手指头把什么东西往外扣。终于，他把那东西扣了出来。伊万·费尧多罗维奇看到那是一个纸包。斯乜尔加科夫把它扔在了桌子上，语气无比从容地说道："都在这里了！"

"这是什么？"伊万一边哆嗦着一边问道。

"您请自己看！"斯乜尔加科夫语气依旧从容。

伊万走到了桌子前面，伸手想去拿那个纸包，想打开看看里面究竟有什么。但不知为何，他又把手缩了回来，就像自己摸到了一条令人憎恶的可怕毒蛇。

"二少爷，您的手在抖啊，就像抽筋一样。"斯乜尔加科夫说罢，不慌不忙地把那纸包打开了。伊万定睛一看，里面是三沓百元大钞。

"都在这里，一共三千，二少爷，不用数了，请您收下吧。"他朝着钞票略微晃了一下脑袋，请伊万收下。伊万坐在椅子上，面无血色。

"你刚才在袜子里……我以为……你吓到我了……"伊万一边说着，一边奇怪地笑了一下。

"难道说您以前真的什么都不知道吗？真的吗？"斯乜尔加科夫又一次问道。

"我不知道。我一直以为是德米特里，我一直以为是我的哥哥！我一直以为是他！啊！"正说着，他突然用双手捂住了自己的脑袋，"你告诉我，到底是你一个人杀的人，还是你和德米特里一起？"

"和我一起行凶的人是您，少爷，是您和我一起把老爷杀了。大少爷是无辜的。"

"好，好……关于我的事情，之后再说……我，为什么抖个没完……为什么话都说不明白……"

"您以前多么勇敢啊，您总说'万事皆允'，可如今您怎么吓成了这副德行！"斯乜尔加科夫嘟囔道，"您要不要喝一点柠檬水呀？我马上给您搞一杯吧，这东西能提神醒脑……不过，我们得先把这东西藏起来。"

很明显，他要藏起来的东西是桌子上的三千卢布。他想站起来，想把门外的玛丽亚叫进来，想让她端一杯柠檬水上来。但是在这之前，他必须先找到什么东西把这笔钱盖住，万万不能被她瞧见。一开始他打算用自己那方手帕把钱盖上，但它实在是太脏了，他索性拿起桌子上那本黄色封面的书(也就是伊万进门看到的那本)，把它压在了钱上面。伊万瞥了一眼那本书的名字，下意识地读出了书名《圣父伊萨克·西林语录》。

"柠檬水还是算了，"伊万说道，"我的事情先不说，你先坐下来告诉我，整件事情你是怎么干的？一五一十，全部告诉我……"

"少爷，您还是先把外套脱了吧，我这儿挺热的，会出汗。"

伊万·费尧多罗维奇好像突然意识到自己还没有脱大衣，于是他脱下了外套，把它放在了长凳上。

"你说吧，说吧。"

伊万似乎平静了很多，他在等待。因为他相信斯乜尔加科夫一定会说出事情的全部经过。

"说什么？说我是怎么干那件事的吗？"斯乜尔加科夫叹道，"这可太自然不过了，就是因为听了您的这句……"

"停！关于我的事情以后再说，"伊万又打断了他，但是现在的他已经不再大吼大叫了，他咬字清晰，看起来已经完全控制住了自己的情绪，"你要告诉我，只需要告诉我你究竟是怎么干的，尽可能详细，不要遗漏。最主要是细节，尤其是细节。请说吧。"

"您走了以后，我就失足摔进了地窖……"

"癫痫真的发作了？还是假装的？"

"当然是假装的，都是装的。我很平稳地走下楼梯，一直到底，接着我安安稳稳地躺好，躺好了以后就开始叫。我一边叫，一边挣扎，一边抽风，就这样我被人抬出了地窖。"

"等一下,照你这么说,之后呢?之后你去医院的时候也是在假装吗?"

"不是的,绝对不是的。第二天早上,在我被抬进医院之前,癫痫真的发作了。而且,那次发病可凶了,很多年都没那么凶过了。我不省人事了整整两天。"

"好,可以,继续。"

"当时我被他们抬到了我住的那间屋子的小床上,这是我预料到的,因为我每次犯病的时候,玛尔法·伊格纳季耶夫娜都会把我安排在那个地方,让我好好睡觉。从我一出生开始,最疼我的人就是她了。晚上我就开始假装哼哼,只是声音比较轻。那时候,我在等着大少爷。"

"怎么等他?等他去找你?"

"为什么要来找我呀!我当然是等大少爷去老爷那里呀,那天晚上大少爷一定会去的,这一点没什么好怀疑的。因为,那天晚上我没有去给大少爷通风报信,只要我没这么干,大少爷就一定会自己翻墙进来,大少爷的身手灵活。他一定会干自己想干的事情……"

"倘若他不去呢?"

"那自然就没什么事了,大少爷不过来,我就不行动。"

"好,行,可以。你再往下说……不要着急,说得清楚一些……"

"我本想着大少爷会把老爷干掉,我觉得这是大概率发生的事情,因为那个时候我已经把大少爷的火气拱起来了,尤其是在案发前的那几天,特别是在大少爷知道了进门的暗号之后。大少爷是个爱疑神疑鬼的人,那段时间他又憋了一肚子火。所以,大少爷一定会利用我告诉他的暗号走进正屋,这是肯定的。这也是我在等的。"

"等等,"伊万打断了他的讲述,"倘若他杀了人,他一定会把钱拿走,这一点你想到了吗?如果是这样,你又能得到什么呢?我想不通。"

"大少爷是不可能找到钱的。我告诉过他,钱在枕头底下,但是这是假的。一开始的时候,那笔钱被放在一个小木头盒子里。我劝老爷说,这样不安全。因为老爷只信任我一个,所以听从了我的建议,把那笔钱藏在了神像的后面,因为没有人会想到钱放在那里。尤其是那些急着离开的人,更不会去那里翻找。就这样,那个塞满了卢布的信封被放在了屋角的神像后面。其实把钱放在床垫子或者枕头下面是很愚蠢的,放在木匣子里最起码还能上个锁呢!如果大少爷真的把老爷杀了,他什么都找不到,他唯一能做的事情,就是赶紧逃跑。而且,他还得希望自己没有搞出半点声响——就像杀人犯通常会做的那样——要么慌忙逃走,要么被抓个现行。但我随时都可以去老爷的屋里,不管是在当天夜里还是在第二天白天,我有的是机会去神像那里把三千卢布拿走,而这一切的罪责都将会由大少爷承担。这一点我很有把握。"

"那如果他没有把老头子杀了,只是把他揍了一顿呢?"

"如果大少爷没有杀掉老爷,我一定不会去拿钱啊,黄了就黄了呗。但——倘若老爷被他揍得不省人事,那我还是能顺顺利利地把钱拿走,只需要等到老爷恢复意识后,告诉他大少爷把他打昏之后偷走了钱。"

"等等!我糊涂了!照你这么说,真凶还是德米特里,你只是偷走了钱?"

"不是的,大少爷不是凶手。当然,如果您非要逼我的话,我也可以说他是凶手……但是我不想对您撒谎,因为……看起来您确实是不太明白,您并没有为了把自己的罪责推到我身上而在我面前装模作样,但这一切的后果还是得由您负责,因为您在事发之前就已经确定地知道可能会发生凶杀,所以是您指使我去杀的人,而且您在明知这一切的情况下,还是选择了避而不见,一走了之。因此,今天晚上我要当面向您证明,如果非要说这件事有个罪魁祸首,那就是您,二少爷,就是您。至于我,不过是您的仆人,您的走狗。尽管,人确实是我杀的。但是,凶手是您,少爷。"

"为什么?为什么说我是凶手呀?啊,上帝啊!"伊万按捺不住了,全然忘记把自己的事情放在后面再谈了,"你还是在说切尔马什尼亚的事情吗?我想不通,如果说你觉得我去了那里就是对你的默许,那你为什么非要得到我的默许?你能给我好好解释解释吗?"

"只有得到了您的默许,我才能相信,如果当局不怀疑大少爷而怀疑我,或者退一步,他们怀疑我和大少爷串通,您到时候一定不会因为三千卢布而丢失了体面,相反,您一定会想方设法为我辩护。而且,您会得到您应得的遗产,在之后的日子里,您一定会把我奉为恩人看待。毕竟,是因为我,您才得到了这份遗产……但是,正如我之前对您说过的那样,要是老爷娶了阿格拉菲娜,您就什么都得不到了。"

"想不到啊,你竟然想因为这件事折磨我一辈子!"伊万·费尧多罗维奇喘着粗气道,"那还有个问题,假如我当时没有走,而是去揭发你的罪行呢?"

"少爷,我有什么罪行好让您去揭发的呢?您去揭发我劝说您去切尔马什尼亚?这是不是太荒谬了?更何况,我们谈完话之后,无非就是两个结果,您走或者留下。如果您留下,我会立刻明白,您并不希望这件事发生,那么我就不会采取任何行动,这一切就都不会发生。但如果您走了,那就意味着您一定不会把我们的事情捅到法院去,也会原谅我拿了三千卢布。而且以后您也不会追究,因为到时候我一定会在法庭上把所有的事情都说出来。到时候我要交代的事情可就不只是我如何偷钱、杀人了，我还要告诉他们您是如何诱导我的，但我没有同意。这就是我为什么非要拿到您的默许不可，就是为了使您不能逼我，因为您手里没有证据，而我却有太多的办法要挟您了，因为，我已经发现了，您巴不得老爷赶紧死。我还要再告诉您一次——大家都会相信的，那样您就一辈子没脸见人了。"

"我难道真的希望自己的父亲死吗？我真的会有这样的期望吗？"伊万抱怨道。

"当然，这是毫无疑问的事情。当时您默许了我的劝告，就等于您默许了我接下来的一连串行动。"斯乜尔加科夫目光坚定地看着伊万。尽管他非常虚弱，话说得也很慢，但很明显，他心中似乎有一种力量在支撑着他。

"你继续，"伊万说，"该好好说说那天晚上的事情了。"

"那天晚上的事情呀，还有什么好说的！当时我躺在床上，听见老爷叫唤了一声。在这之前格里高利就下了床，走出去了，不一会儿我又听到了他的叫唤，接着就没有声音了。黑漆漆的，我等了好久，还是等不住了，于是我爬了起来走了出去。这个时候我看到老爷房间左面的那扇窗子还开着，于是我就走了过去，想听听老爷是活着还是死了。我听到了老爷的踱步声，还听到了他在唉声叹气。哎，我告诉自己'他还活着'，于是，我走到老爷的窗前偷偷叫了一声，告诉老爷我来了。老爷对我说：'他刚刚来过，又跑了。'很明显，老爷口中的他是大少爷。然后老爷说：'他把格里高利杀了！'我赶紧低声问老爷：'在哪里？'老爷压低了声音指了指：'在那个角落里！'我说：'老爷您等着。'然后我就去了，发现围墙底下躺着一个人，是格里高利，他浑身是血，已经昏迷了。当时我就知道，大少爷真的已经来过了。于是，我想到现在是时候干该干的事情了，毕竟他已经不省人事了，不论他是死是活都干扰不了我的行动。只是唯一的风险是玛尔法·伊格纳季耶夫娜，万一她醒了该怎么办？我当时已经想到了这些，但那个强烈的欲望控制了我，我甚至连气都喘不过来了。于是，我去找老爷，在窗前我对他说：'老爷，她来了！阿格拉菲娜·亚历山大洛芙娜来了！她想要见您！'老爷当时高兴得像个孩子，急忙问我：'在哪里呢？在哪里呢？'他不停地喘息着，还是不太相信。我说：'您先开门，就在那里！'他朝我看了一眼，将信将疑，就是不敢开门。我心想，他这是连我都害怕了啊。接下来的事情就很有趣了，我突然响起了开门用的暗号，于是我在窗框底下敲给了老爷，就是那个'格露莘卡来了'的暗号，就当着他的面。太奇怪了，我和老爷说话他不信，给他暗号他却信。然后，门开了，我欠身准备进去，但老爷把我挡住了。他问我：'人哪？人哪？'他瞪着眼睛看我，看得我直哆嗦。我想，他要是一直这样就糟糕了！这时我的腿也开始发软了，我特别怕老爷不让我进屋，或者老爷大吼大叫，又或者玛尔法·伊格纳季耶夫娜突然醒来，或者是发生其他什么乱七八糟的情况，总之我记不得我在害怕什么了，但是我很怕。当时我的脸色一定是惨白的。我悄声对老爷说：'她就在窗下，就在窗下，怎么，您没看见吗？'老爷让我把她赶紧带过来。我跟老爷说：'她很害怕，刚刚的声音把她吓坏了，她现在不知道藏在哪个灌木丛里，您只需要在书房里喊她一声，她就会出来……'于是，老爷跑回了书房，把手中的烛台放在了窗台上。他小声喊着：'格露莘卡，格露莘卡，你在哪里呀？'但是他不敢把头伸出窗外，更不敢背对着我。老爷很是怕我，非常怕。我走到窗台前，把身子都探了出去，对老爷说：'她就在灌木丛里，她在对您笑呢，老爷您看！'他相信了，浑身发抖，老爷真是太爱她了，于是老爷把头伸了出去。我立马抄起了一个生铁的镇纸,您记得那个镇纸吗?那东西差不多三磅重,我从他身后用镇纸的一个棱角,对着老爷的脑袋狠狠地砸了下去。他甚至都没有叫出声,整个人便瘫软了下去。接着,我又砸了第二下、第三下。砸到第三下的时候,我感觉老爷的头盖骨应该是彻底碎了。他突然仰面倒了下去,脸上全是血。我仔细检查了下自己,发现身上没有血液,于是我擦干净了镇纸,把它放回原位。接着,我直接走到了神像那里,从信封里掏出了钱,把信封扔在了地板上,把粉色的丝带扔在了信封的旁边。我下了台阶走到了花园里,整个人止不住地颤抖,就这样一路哆哆嗦嗦走到了那棵苹果树前。您还记得那边有个树洞吧?我早就物色好那个树洞了,提前在里头放好了纸还有布。就这样,我先用纸把三千卢布包了起来,然后在外面缠上布,把这个东西丢进了树洞。这笔钱在那里放了两个多星期,就是我给您看的这包东西,我是在出院以后才把它掏出来的。

"一切妥当之后,我回到房间里躺了下去。我心里想着:'万一格里高利死了就糟了,但如果他没死,就太好了。'如果他没死,一定会指证大少爷来过这里,只有这样才能坐实大少爷偷钱、杀人的罪名。我就这样想着,越想越烦,于是我开始大声哼哼,想赶紧吵醒玛尔法·伊格纳季耶夫娜。不知道过了多久,她下床了,先是过来看了看我,接着突然意识到格里高利不见了,于是她冲了出去。没过一会儿我就听到了她的号叫。那之后事情就闹大了,人来人往整整一个晚上,我完全放心了。"

他讲到这里停住了。伊万在这个过程中一直没有说话,他一动不动,眼睛紧紧地盯着他看。在讲述过程中,斯乜尔加科夫和伊万的眼神接触并不是很多,绝大多数时候他一直在看别处。他已经讲完了,明显很激动,呼吸急促,额头上也渗出了不少汗珠。伊万始终不明白,他这么激动究竟是出于悔恨还是什么别的……

"等等,"伊万似乎突然想到了什么,他接着说,"那扇门是怎么回事?如果说,那扇门是父亲给你开的,格里高利是在你们之前就已经被打倒了,他怎么可能看到门是开着的?"

值得注意的是伊万提这个问题的时候语气非常平静,完全不是刚才那种充满了恶意的语调。如果现在有个人打开房门看他们,一定会觉得他们正在心平气和地讨论什么十分平常却又非常有趣的事情。

"至于为什么格里高利能看到一扇被打开的门,这个问题太简单了,那是他的幻觉。"斯乜尔加科夫扭曲地笑道,"少爷,那人犟得和驴一样。他什么都没看见,他只是觉得自己看见了。而且凡事只要他觉得,没人能让他改口。这个人就是这样,不过,对您和我来说,这可真是上帝的恩赐。因为这样一来,大少爷怎样都洗不清罪名了……"

"你听着,"伊万·费尧多罗维奇说道,他好像又开始糊涂了,很想弄清所有的问题,"听好,我还有很多事情想要问,但是……我想不出来我要问什么……完全没有头绪。对了!你再告诉我一件事,你为什么把信封撕开,然后把它扔在地板上?为什么不把信封一块儿带走呢……方才,我听你的语气,我觉得你似乎不得不这么做,但是为什么要这样,我想不明白……"

"我这么做自然是有道理的。假如有一个像我一样知道这件事全部内情的人,这个人见过那笔钱,说不定还是他把那笔钱塞进信封里的,他亲眼看到了老爷给信封封口、盖印、写致辞。假如是这个人杀了老爷,那他作案之后干吗要撕开信封呢?更何况当时那么紧张,他不需要撕开信封就知道钱在里面。所以,如果偷钱的人是我这样的人,他一定不会把信封撕开,而是会直接把信封揣走。但是,如果作案的人是大少爷那样的人呢?这信封他只听说过,但从未见过。所以,如果是他找到了信封,一定会急急忙忙地把它撕开,看看里面到底装着什么。然后,他会把钱拿走,信封随手一扔,根本不会考虑到信封会成为日后定罪的铁证。况且,大少爷不管怎样也是个少爷,偷窃的事情并不擅长。所以,如果他这么做,只能说明他并不把这种行为当成偷窃,而是当成取回自己应得的财产。况且,在案发之前,大少爷可不止一次说起过这件事,他甚至当众扬言,自己非要亲手把这笔财产夺回来。在接受询问的时候,我并没有把一切都戳破,而是循循善诱,让他们自己得出这些结论,而非因为我的提示——尤其是那个检察官,兴奋得口水都流了出来……"

"这一切都是你临时想出来的?"伊万惊讶到无法相信。他的心中对斯乜尔加科夫充满了恐惧。

"怎么可能啊!您能在心慌意乱的时候想得这么周全吗?实话说,这些东西全都是预先考虑好的。"

"行吧,行吧……有魔鬼在协助你!"伊万·费尧多罗维奇不免惊叹道,"你不是个蠢人,你比我想象中聪明太多了……"

伊万站起了身子,打算在屋子里走两步。现在他的心里极度痛苦。但是由于桌子挡住了道路,他根本走不开,只好原地打了几个转,重新坐好。就因为这个想要走走的心愿没能实现,他霎时间有了火气,又开始和刚才一样怒吼了起来:"听着,你这个卑鄙的浑蛋!你难道不明白吗?我到现在还没有亲手宰了你,就是为了能让你明天活着出庭。老天有眼,"伊万忽然举起一只手,"或许我真的做错了什么,又或许我真的希望我的父亲赶紧死……但是,我可以向你发誓,我所做错的事情远远没有你说得那般严重,说不定我根本就没教唆过你。没错,没错,我根本就没有教唆过你!但不管怎么样,明天的庭审现场,我一定会坦白,我已经下定了决心,这一切我都会说出来,全都说出来!

但是，明天我要和你一起出庭！不论你到时候说什么，我都不会回避，我不怕你，我明天会证明给你看！我一定会让你在法庭上对自己的犯罪行为供认不讳！你必须认罪！我们一起去！就这么定了！"

伊万说得斩钉截铁，单从他炯炯有神的双眼中就能看出他确实已经拿定了主意。

"二少爷，您病了。我看得出来，您真的病了，您的眼白都成黄色的了……"斯乜尔加科夫的话完全没有任何嘲弄的意思，语气中甚至充满了同情。

"我们一起去！"伊万重新说了一遍，"即便你不去，我一个人也会交代的！"

斯乜尔加科夫沉默了片刻，就像是在思考。

"不可能的，二少爷，您不会去的。"最后他断言道。

"你不了解我！"伊万埋怨道。

"交代一切对您来说太具侮辱性了。这样做没有任何好处。我会立马声明，我从来没有对您说过这样的话。在他人眼里，您要么是疯了（您看起来真的像生病了），要么就是打算为了兄长自我牺牲，诬陷我这个小人物，因为您压根没有把我当成人，我在您眼里可能就是一只小虫子。所以，有谁会相信呢？另外，您能拿出证据吗……"

"听着，你刚才为了说服我给我看了这笔钱，现在这就是证据。"

斯乜尔加科夫把几沓百元大钞上面的书籍拿开，放到了一边。

"请您带上这笔钱走吧。"斯乜尔加科夫叹道。

"我当然要拿走。但是我想不通，你既然是为了财去害命，又为什么要把这笔钱给我？"伊万大惑不解。

"因为这些钱我已经不需要了，"斯乜尔加科夫声音发抖地摆手道，"原先我是想过，我要拿着这笔钱去莫斯科，或者去国外开始全新的生活。这个想法还主要是受了您那句'万事皆允'的影响。这的确是您教我的,您对我讲过很多这样的话,既然没有永恒的上帝,那么哪里还有道德可言?您说得很对,我也是这样认为的。"

"这是您自己想通的?"伊万带着冷笑问道。

"当然是在您的指导之下。"

"这么说来,你现在把钱还了,是不是代表着你信仰上帝了?"

"没有,二少爷。"斯乜尔加科夫轻声说道。

"那你为什么要还?"

"别问了……别问了。"斯乜尔加科夫又摆了摆手,"'万事皆允'是您自己说的,可如今您为什么胆小成这般模样?甚至,您还要在法庭上自首……但是,这根本不可能!您不是会去自首的人!"斯乜尔加科夫斩钉截铁。

"等着瞧吧。"伊万说。

"不可能。我知道您是个聪明人,我也知道您是个贪财的人,但我更知道,您最爱的是别人的尊敬。您天性高傲,非常重视自己的形象,您最喜欢安逸舒适的生活,不用对任何人故作恭敬——对您而言,这比什么都重要,因此……您不会允许自己在法庭上毁了自己的一世英名和未来生活。您是三位少爷中最像老爷的那个,您和他简直有一个模子刻出来的灵魂……"

"你不是个傻子,"伊万似乎遭受了很大的打击,血液涌上了他的脸颊,"过去,我一直以为你是个蠢货。但现在我明白了,你绝非平庸之辈!"他似乎在用一种全新的目光看着斯乜尔加科夫。

"您是因为高傲,才觉得我是个蠢货的。二少爷,请把这笔钱收下吧。"

伊万接过那三沓百元大钞,没用任何东西包裹就把它们塞进了怀里。

"明天我会在法庭上公示它。"伊万说。

"没有人会相信您的,谁不知道您有的是钱,谁不知道三千卢布现金对您来说不过是从小匣子里取出来而已。"

伊万离开座位。

"我再对你说一遍,我之所以没有杀你,纯粹是因为明天我还需要你,记住我的这句话,别忘了。"

"那有什么,您要杀便杀,现在就可以杀。"斯乜尔加科夫不光语气奇怪,甚至连盯着伊万的眼神也很奇怪,"连这也不敢吗?"他讥笑道,"可惜了,过去那么勇敢,现在却什么都不敢做了……"

"明天再见!"伊万准备离去。

"请等一下……请让我再看看那笔钱。"

伊万转过身来,把兜里的钞票取出来递给他看。斯乜尔加科夫注视着那笔钱差不多有十秒钟。

"好了,您走吧。"他挥了挥手,"伊万·费尧多罗维奇!"他冲着伊万的背影喊道。

"你又想干什么?"伊万回过头来。

"再见了!"

"明天见!"伊万说罢,径直走出了屋子。

暴风雪尚未停息,颇有愈演愈烈之势。伊万头几步路迈得还算是顺畅,但突然间他开始踉跄起来。他觉得自己一定体力不支了。想到此处,伊万不禁笑了起来,他的心里泛起一种近乎喜悦的感觉。他觉得自己无比坚定,好几个星期以来折磨他的痛苦情绪已经消散!他已经做了决定,"决不改变"。想到这里,他更加开心了。然而就在这一瞬间,他好像被什么东西绊了一下,打了个趔趄,差点儿摔倒。站稳之后,他定睛一看,发现方才绊住他的就是那个被他一巴掌推翻的乡下人。那人还躺在之前的地方,一动不动,完全没有知觉了,只能任凭风卷起的雪覆盖他的脸。伊万突然发了善心,决定把他拉起来拖走。他环顾四周,发现右边还有点点阑珊的烟火,于是走过去敲了敲窗户,请出来应门的屋主人同他一起把这醉汉抬到附近的警察局,许诺只要他肯出手就给他三个卢布。屋主人听后立刻回屋里换好了衣服,走了出来。

至于接下来的事情,比如他们二人如何把这醉汉拖到了警察局,警察又做了什么样的笔录,伊万花了多少钱请来了大夫之类的事情,我就不再赘述了。各位读者只需要知道,这些事差不多花费了他一个小时的时间。但是,伊万对这突如其来的小插曲感到很满意。此刻,他又觉得自己的大脑已经恢复了往日的灵动,正在良好地运转着。

"如果不是我拿定了主意,确定了明天必须要做的事情,"伊万愉快地想道,"我一定不会花上整整一个钟头去安排那个乡下人,我一定会直接离开,他冻不冻死和我有什么关系……想不到啊,我如此冷漠的一个人竟然会做这种热心肠的事情,"想到这里他更加愉快了,"但是还是有人以为我疯了!"

就在快到自己住的地方时,他突然停下了脚步,向自己提出了一个意想不到的问题:"我要不要现在就去找检察官坦白一切?立马就去?"

但是他并没有那样做,而是大步迈向了自己的住所。

"所有事情都放到明天再解决吧。"他悄悄对自己说道,但奇怪的事情还是发生了,方才那份愉快似乎一瞬间烟消云散了。

当他回到自己的房间时,感觉自己的胸口如冰一般寒冷,这提醒着伊万,这间屋子里有一个令他无比苦恼和厌恶的东西存在着。他疲惫极了,瘫倒在沙发上。那位得了关节炎的老太太给他端上了茶炊,腾腾热气带出茶叶的香味,但是伊万没有喝。他打发老太太去睡觉了,让她明天再来。呆坐在沙发上,他感觉自己的脑袋一阵一阵地、似海浪冲刷般地疼痛。他感觉自己好像真的病了。他似乎要睡着了,可不知何故又突然惊醒。如此往复了好几次,他决定还是在屋子里走上几圈,赶走睡魔。一种虚幻的感觉出现在伊万的脑海中,仿佛眼下自己所经历的一切都是疯人的臆想。他所关心的并不是自己的身体。他又坐了回去,环顾四周,似乎在寻找什么东西,就这样看了好几次。最终,他把自己的视线集中在了一点。伊万淡淡一笑,但是怒火霎时间烧红了他的脸。他就这样坐着,用双手牢牢地撑住脑袋,眼睛聚焦在那一点上。那里是墙边的一张沙发,他觉得有个东西就在那里挑衅着他,折磨着他,骚扰着他。

第九节 魔鬼。伊万·费尧多罗维奇的噩梦

我不是医生,可是我觉得现在必须向各位读者交代一下伊万·费尧多罗维奇的病情了。这里需要提前说明一点,那天晚上他正处于震颤性谵妄症[①]发作的前夜。其实他的身体早就出现了问题,但他的机体一直在进行顽强的抵抗,不过最终还是失败了。我不是大夫,对医学完全不懂,只能假设,他之所以能抵抗这么久,是因为他惊人的意志力延缓了这种疾病的发作,当然伊万也幻想着能够彻底将它根除。他知道自己的身体正在出现问题。但是在这个时候,在他人生中最关键的时刻,他必须亲自出场,勇敢果断地做好所有该做的事情,说出所

---

① 震颤性谵妄症的症状主要有幻视、兴奋、焦虑和恐惧等。

有该说的话,给自己一个交代。正是因此,他绝不会让自己在这个关键时刻病倒。

伊万确实曾去看了卡捷琳娜·伊万诺芙娜从莫斯科请来的那位大夫。这个大夫听完了病人的主诉,对伊万做了初步的检查,直接认定伊万的大脑功能已经出现了紊乱,因此他对伊万会带着厌恶的情绪表述,一点都不觉得奇怪。

"您在这样的状态下,会出现幻觉是再正常不过的事情,"大夫斩钉截铁地说,"不过,还有待进一步的检查……总之,您必须从现在开始认真治疗,一分钟都不能浪费,再拖延下去会很严重。"

但是伊万·费尧多罗维奇从房门出来之后,就把大夫告诉他的所有话抛到脑后,他根本不愿意"好好休息"或者"多多卧床",他反倒觉得:"我还能下地行走,暂时还有力气,就算我突然撑不住了,倒下了,到时候谁愿意治我的病就让谁治吧,"他挥了挥手,"就这样决定吧!"

此时,伊万孤身一人坐在沙发上,终于意识到自己已经出现了幻觉。他发现对面的沙发上竟赫然坐着一个人,鬼知道他是从哪里溜进来的。伊万惊呆了,他知道自己刚刚进门的时候,这间屋子里还没有人。

他看着眼前的陌生人,他是个男人,更准确地说是个俄罗斯式的绅士,年龄已经不小了,大概"年近半百[①]"。他有一头黑色的长发,其中夹杂着几根银丝,留着山羊胡,身着一件咖啡色的旧式绅士外套,面料昂贵,做工讲究,一看就是上等货色,只是稍微有一些旧,款式早就不流行了,在如今的上流社会,这个款式起码已经被淘汰两年了。

---

① 原文为法语。

当然，外套之下该有的衬衣、领结和围巾都是有的，这一切和当今那些追求翩翩风度的绅士们没什么区别。不过，要是走近了看，能发现衬衣已经很脏了，围巾的布料也多少发生了一些形变，因而显得过分松散和宽大。这位陌生客人的方格裤子做工不错，只是有点不合身了，而且这种颜色因为过于鲜亮，在几年之前就已经没人穿了。与之一样不流行的是客人头上戴的白色绒毛款的礼帽。总之，这位陌生的访客应该是在囊中羞涩的情况下追求外表的体面。不难看出，这位绅士一定是农奴制度改革以前的悠闲地主，一定是个见过大世面的人，能出入上流社会，甚至一定有不少值得吹嘘的故事。只是，时过境迁，农奴制度的取消给他的生活带来了很大的变化，随着家道中落，他只能游走于善良的亲朋好友之间，沦为一名颇有水平的食客。那些人愿意接待他可能就是因为他为人亲和，品行端正，毕竟他还是个正派之人。不论主人家需要招待什么样身份的客人，他都能入席作陪，只是座位比较靠边罢了。像他们这样的人性格随和，具有绅士风度，善于言谈，可以玩牌取乐，但这不代表他们会做别人强加的、自己不愿意接受的事情，这些绅士们有着自己的一套行为方式和准则。他们往往都是单身，原因有可能是未婚，也有可能丧偶。即便他们有孩子，他们的孩子也往往会被寄养在一些遥远的亲戚家中，而这些绅士在自己的社交圈中一定不会提起这些亲戚的存在，似乎羞于认识他们。日子久了，他们自然和孩子的关系愈来愈疏远，父子关系只能通过生日或者节日时的贺卡来维持。

眼前这位客人看起来很随和，并且可以适时露出最合适的表情。他的身上没有怀表，但是黑色丝带上挂着镶嵌玳瑁的夹鼻眼镜。右手的中指上还有一枚硕大的金戒指，上面镶嵌的宝石一看就是廉价货。

伊万·费尧多罗维奇很是不悦，自然不打算先开口。于是来客就坐着等着，看起来像是一个随时准备与主人进行交谈的客人。

突然，他的脸上多了几分关切的神色。

"听着，"他主动开口了，对伊万·费尧多罗维奇说道，"我有一句可能会得罪你的话，但是我必须要说。你刚刚去找斯乜尔加科夫，就是为了去打听他究竟和卡捷琳娜·伊万诺芙娜说了什么吗？但是，你好像什么都没有打探到吧，是不是忘了……"

"哎呀！"伊万不禁惊呼，脸上突然布满了愁云，"我确实忘记了……不过，现在都一样了，无所谓了。一切都等到明天再说吧。"他喃喃道。

"可是你，"伊万突然抬起了头，一脸不悦地看着客人，"这件事情不用你提醒我也能想起来。你为什么非要揭我心里的伤疤？你难道会觉得，我会因为你的提醒而感谢你？难道你相信我是因为你的提醒才想起来的？"

"信也好，不信也罢，"不速之客突然和蔼地笑道，"怎么可能用暴力去迫使一个人相信呢？更何况信或者不信从来与证据无关。多马之所以相信，绝对不是因为他亲眼看到了耶稣的复活，只是因为他本来就愿意相信。又比如那些招魂人……我很喜欢他们……你也许难以想象，这些人自以为可以为人类的宗教事业提供莫大的帮助。因为魔鬼在另一个世界里向他们展示了自己头上的犄角，他们会说：'这就是证据！这能证明还有一个世界的存在。'你瞧，不仅还有一个世界，而且还有证据，真是太棒了！不过，即便我们或者他们能证实魔鬼确实是存在的，但谁又能去证实上帝的存在与否呢？我与唯心主义者聚会时，更喜欢在他们中间充当一个大反派，不论他们说什么，我都说：'我是一个现实主义者，但我不是唯物主义者，呵呵！'"

"你听着，"伊万从桌旁站起，喘了一口长气道，"我感觉自己好像处在幻觉之中……你肯定是我的幻觉……所以,你尽管说吧,说什么我都不会在意的!只求你不要像上次那样让我发疯就好。我只是对一件事情感到羞耻……我想在房子里走走……有的时候我会看不见你,甚至不能像上次那般听到你说话的声音。但是我能猜到你正在胡说八道,因为,说话的人是我,不是你!只是我不太能确定,我上一次究竟是梦到了你,还是说我真的看到了你?还有,假如说我待会儿用一条冰冷的湿毛巾敷在自己的脑门上,你会不会立刻就消失不见?"

说着,伊万走到房间的角落里,按照自己刚才说的那般,头上敷着冷毛巾开始在房间之中走来走去。

"我很高兴从一开始我们说话时就直接以'你'称呼对方。"

"傻子,"伊万笑道,"难道我对你说话还得用敬称?我现在挺开心的,只是我的太阳穴有点疼……还有颅顶……所以,在此先求你了,不要像上回那样和我讨论什么形而上的哲学问题。如果你真的不想走,倒也行,只是我们聊一些轻松愉快的事情。比如八卦,你不是到处蹭饭吗,手里的八卦应该不少吧。说说吧,哎呀,偏偏让我摊上了你这种梦魇。但是我不怕你,我能战胜你,所以我不会被你拖进疯人院。"

"很好[①],你说我到处蹭饭,这倒也是事实。我如果不在世上到处蹭饭,我还能干什么呢?对了,顺便说一句,你这次说的话让我感到有点奇怪,你似乎真的开始把我当成一个实体看待了,你上次和我说话的时候,还只是把我当成是你心中臆想出来的幻影……"

"我从来就没有把你当成过实体,一分钟都没有!"伊万勃然大怒,"你不过是个谎言,是我脑中的病,是个幻影。我只是实在找不到消灭你的法子,而且似乎我还得忍受一段时间。你不过是个幻觉,不过

[①] 原文为法语。

是我的一个化身。只不过,你只体现了我的一个方面……比如我的思想或者感情,而且是我人生中最愚蠢和见不得人的部分。从这一点来说,我才觉得你的出现稍微有点意思,这就是我愿意花时间和你周旋的原因……"

"抱歉,抱歉。我要戳穿你了。刚才你在路灯下对着阿廖莎说:'你就是从他那里知道的!你怎么知道他经常来找我?'这就证明了你当时想到了我。所以,至少在那一瞬间,你相信我是真实存在的。"绅士莞尔一笑。

"没错……但是我不可能相信你。我只是不知道我上一次究竟是醒着,还是睡着了。很有可能,我当时就是在梦中遇见你的,根本不是真的见到你……"

"当时你为什么对他那么凶?我说的他是阿廖莎。他多可爱啊,在佐西马长老的那件事情上我对不起他。"

"不许你提阿廖莎!你这个蹭饭的,谁让你这么放肆的?"伊万笑道。

"你这个人,怎么还一边骂一边笑呢?不过这是好事情。话说回来,你今天对我可比上次温柔多了,我知道原因何在,就是那个伟大的决定……"

"闭嘴!不要和我说什么决定之类的事情!"伊万恶狠狠地咆哮道。

"我明白,我明白。很高尚,很好[①],你明天要去救你的亲兄弟,代价是牺牲自己……很有骑士风度[②]。"

"把嘴闭上,不然我踹你!"

---

① 原文为法语。
② 原文为法语。

"从某种意义上说,我应该感觉高兴。因为我的目的多少达到了,你现在想要踹我,这就代表着你当我是真实存在的了。毕竟,没有人会去踹幻影。我现在不跟你开玩笑了。我不在乎的,你想骂就骂,只是你最好稍微对我客气一些。不要动不动就说我是傻子、蹭饭的,多不像话呀……"

"我骂你,就是在骂我自己!"伊万笑道,"你就是我,我就是你,不过你只是挂了另一张面孔。你说的其实就是我心里想的……你根本说不出来什么新东西。"

"如果我能和你所见略同,哈哈,那我可真是荣幸至极。"绅士不卑不亢。

"你所接受的不过是我脑子中那些我最讨厌的想法,尤其是那些最蠢的想法。你既愚蠢又粗俗。你太蠢了。不行,我还是受不了你!我该怎么办,我该怎么办!"伊万恨得咬牙切齿。

"朋友,我还是想做个绅士,我也希望别人能把我当成一位绅士看待。"

在一种这种人特有的、毫无攻击性的、留有许多余地的自尊心迫使下,这位绅士突然开始说:"我穷,但是……我不想说我很诚实,但是……社会上普遍认为我是个堕落的天使,我不敢想象自己原来竟然是别人口中的天使。就算我曾经是个天使吧,那也是很久之前的事情了,不如忘了算了。如今,我所珍惜的事情不过是自己那体面人的好名声,凑凑合合地过日子,尽量不要让别人讨厌我。我对人类的爱是发自肺腑的。只是,我所受到的非议也确实不少。这也就是为什么我最喜欢来这里的原因,因为只有我偶尔来到这里的时候,我才能感觉到我的日子过得不错。因为你和我都一样,都在为了幻想之中的事情而苦恼,所以我才欣赏你们所谓的现实主义。在这里,你们已经有了一套既定的规则,凡事都有,就像是几何学一般精确,不像我们那里只有不定方程式。我在尘世之间行走,不停地幻想。我也喜欢幻想。还有,在这里,我开始迷信了。你可不要笑我,我很喜欢迷信。我在这里接受了你们所有的习惯,我喜欢去公共浴室,喜欢和那些神父们、商人们坦诚相见,一起洗蒸汽浴。我梦想着自己有朝一日能够变成人,但是如果真的要变,就要一变到底,比如变成一个体重超过七普特①的商人的胖老婆,她以前信什么,我就相信什么。我的理想就是走进教堂,诚心诚意地插上一支蜡烛。那时候我所受的苦就到头了。我还爱上了你们的治病方法:今年春天天花流行,我自己也去孤儿院接种了牛痘。你不知道我那天有多开心,我还给那些斯拉夫兄弟②捐了十卢布呢……你,没在听我说话吧,我看你很不对劲。"那位绅士稍微停下了,"我知道你昨天去看大夫了……他是怎么说的?你的身体还好吗?"

"傻子!"伊万骂道。

"你这样有才华的聪明人,怎么能骂人呢?哦,我刚刚问你并不是出于什么怜悯,我只是随口问问,你可以不用回答的。关节炎又要开始犯了……"

"蠢货!"伊万又骂道。

"你怎么总是骂人呢?去年我犯了关节炎,可疼了,疼到我今天想起来还难受……"

"魔鬼还能有关节炎呢?"

"怎么不可能?有的时候我不是也会幻化成人形吗?既然已经变成

---

① 约110千克。
② 指教士。

人,自然会有人类的痛苦。我是撒旦,人类的一切我都很熟悉①。"

"什么?什么?人类的一切你都很熟悉……魔鬼能说出这种话,还算挺聪明的!"

"我很高兴终于得到了你的夸奖。"

"这句话不是从我这里得知的!"伊万突然愣住了,很是吃惊,"我的脑子里从来没有产生过这种想法,好奇怪……"

"很神奇,不是吗?②这一次我给你好好解释一下吧。听着,在梦中,尤其是做噩梦的时候,比方说由于胃不舒服或者什么其他原因,人们往往会做一些充满了艺术感的梦,在这种梦中,人能看到非常复杂却又十分真实的事件,甚至是一连串离奇曲折的事件,中间不乏各种出乎意料的细节,从最高尚的表现到胸衣上的最后一颗纽扣,无所不有,我敢向你保证,即便是列夫·托尔斯泰这样的文豪也写不出这些东西。但是很多时候做这些梦的人根本不是什么文豪,他们只不过是再寻常不过的普通人:比如小公务员、小作者、神父……甚至还有一个大臣曾经亲口向我承认过,他最绝妙的主意都是在做梦的时候想出来的。现在同样如此。我承认我是你的幻觉,但是就像做梦一样,我说的话对你来说是绝对新颖的,是你没有想过的,所以我没有重复你的思想。我,不过是你的梦魇,除此之外,我什么都不是。"

"你胡说。你的目的就是让我相信你是真实存在的,你才不想让我把你当什么梦魇看待,但你现在主动告诉我你是我的梦魇。"

"朋友,今天我采取一个特殊的方法,这个我们之后再说。方才我们说到哪里了?哦,对了,那时候我受凉了,不过不是在你们尘世,

---

① 原文为拉丁语。
② 原文为法语。

是在那边……"

"那边是什么地方？你告诉我，你到底打算在我这里待到什么时候？能不能离开？"伊万几乎在求饶。他已经不再走来走去了，现在已经在沙发上坐好，用胳膊肘抵住了桌子，两只手紧紧地捧住脑袋。他把湿毛巾从脑袋上忿忿地扯了下来，显然这个办法不管用。

"你的神经已经出了问题，"绅士漫不经心地说道，不过态度十分友好，"你甚至因为我也会受凉而感到生气，其实这是非常自然的事情。当时我正急着去圣彼得堡呢，那儿有个贵妇，她的家里在举办一场外交舞会。当时她正在笼络大臣们。那个贵妇穿着燕尾服，系着白领带，戴着手套，可是我还在只有上帝知道的地方，到你们人间来还需要飞很远很远的路。当然，对我来说一瞬间就能飞过来，但是要知道，就算是太阳光照在大地上还需要八分钟呢。而我，请想想，我去参加舞会的时候身上只有燕尾服和敞口背心，魔鬼是冻不死的，但要是幻化成人……总之，我承认当时就这么出发了，确实显得有些轻率了。在宇宙之中，在天穹之外的蓝海里，真的是很冷很冷的啊！你无法想象，那可是零下一百五十度啊。据说乡下姑娘有一种恶作剧：在差不多零下三十度的时候，把一把斧子递给一个不明情况的人，怂恿他去舔，他只要舔了，舌头就会被粘住，那么他就只能硬生生地把自己的舌头从上面撕下来，撕得鲜血直流。但是，我刚才说的只是零下三十度，要是在零下一百五十度的情况下，我想，只要把自己的手指头放在斧子上，怕是手指头就没有了……如果……那里也有一把斧子的话……"

"那里能有斧子吗？"伊万·费尧多罗维奇心不在焉又十分厌恶地问道。他在竭力抵抗，坚决不让自己相信自己的梦话并陷入彻底的疯狂之中。

"斧子?"客人非常诧异。

"是啊,斧子在那里会怎么样呢?"伊万·费尧多罗维奇充满了恶意。

"是啊,斧子在太空里会怎么样?怎么会有这样奇妙的想法!①要是一把斧子到了那么广阔的外层空间,我想,它大概会变成一颗绕着地球飞行的卫星。地面上的天文学家会计算它在地平线上起落的时间,这些一定会被加祖克记录并出版发行。就是这样。"

"你好蠢,蠢得要命啊!"伊万说道,"胡说就胡说,你多少得能自圆其说吧。蠢货,要是你再这样,我就不听了。你想用现实主义说服我,想让我相信你的存在,但我就是不愿意!我不信!"

"我没有撒谎,这是实话,事实就是这样,忠言都是逆耳的。我看得出来,你现在不就是想让我做出什么伟大的惊人之举吗?很遗憾,我只能做我力所能及的事情……"

"别和我讲哲学,蠢货!"

"谁和你讲哲学了?我的右半边身子已经动弹不了,疼得叫苦不迭。我去看过很多大夫,那些大夫只是了解你的症状,告诉你有多严重,但是他们无能为力。还遇到过一位热心的医学生,他说:'即使您会死,但那样一来您总会清楚地知道,您是得什么病死的了!'他们总是把病人推到专家那里去,说我们只是诊断,您可以到某某专家那里去,他一定会治愈您的。我给你说,从前那种什么病都能治的医生已经绝迹了,如今只剩下那些专家了,你看看报纸上,全是他们的广告。就算你只是简单的流鼻涕,他们也会打发你去巴黎,说什么那里有全欧闻名的大专家,只有他能治好你的鼻子。可是你到了巴黎之后,见

---

① 原文为法语。

到了专家,绝对想不到那个专家会告诉你:'您这个病在左鼻孔里,我只会治右鼻孔的病;您在我这里看完病,接受完治疗之后,接着您得去维也纳,那里有个专家,他专门治疗左鼻孔。'那我该怎么办呢?我只能去找民间秘方,有位德国医生建议我洗蒸汽浴的时候用蜂蜜和盐搓搓身子。我想,不管有没有用,无非就是去一趟浴室,于是我照办了,又是用蜂蜜又是用盐,结果什么用都没有。我走投无路了,突然想到了米兰的马太依伯爵,赶紧给他写了一封信。他给我寄来了一本医书和几瓶子药,也什么用都没有。万万想不到啊,最后治好我的是霍夫的麦芽膏,我是不经意间买到的,就喝了半瓶,没过多久我竟然就一点都不痛了,甚至都能跳舞了。我拿定了主意,想在报纸上发表一篇对他表示感谢的文章,却没想到我又遇到了一个问题,竟然没有任何一家报社愿意刊登我的文章!他们说我太反动了,说我的话没人相信,因为'魔鬼已经不存在了[①]'。他们建议我匿名。你想想,我谢谢你但是我不告诉你我是谁,那我还感谢什么?我笑着对报社的办事员说:'确实,在这个时代大家都不愿意信奉上帝了,但我是魔鬼啊,相信我总是可以的吧?'你猜他们说什么?他们说:'我们明白,谁不相信魔鬼?但是这么做就是不行,一定会造成误会的。或者可否将这篇文章发在笑话板块?'我想,这并不是个好主意。于是,我的文章始终没能见报。你要相信我,这件事情我一直耿耿于怀。我只是想表达我的美好感情罢了,可是因为我的社会地位,就连登报鸣谢这件事情,我都做不到。"

"你怎么又开始讲哲学了?"伊万非常恼怒。

"偶尔确实需要发几句牢骚。我总是被人攻击、中伤,你就是这

[①] 原文为法语。

样,动不动就说我是蠢货。你还年轻,这么做不奇怪。朋友,问题不仅仅在于聪明不聪明!我天生就有一颗喜欢说笑的心,还写过一些喜剧呢。你呢,完全把我当成果戈理笔下的钦差大臣了,只是我头发比他白点,而且我的来头比他大得多。要知道,早在太古时代,我就已经是文学作品和戏剧中的大反派了。但我其实可善良了,我根本当不了大反派。所以啊,我想不通,为什么我非要扮演反派不可。但是,说你行你就行,没有商量的余地,你不行也得行。如果没有反派的存在,正派人士该批评谁呢?而一个杂志如果没有'批评专栏'又怎么能称得上杂志?如果批评不存在,那么赞美就没有意义。毕竟生活中不能光唱颂歌,应该让赞美经过'怀疑熔炉'的试炼才行。反正这些事情和我没有关系,我又不是始作俑者,凭什么要我承担责任。但是,他们就是选中了我这头替罪羊,非要在报纸、杂志上批评我一番,只有这样做了才能算活过一回。这种荒唐把戏我懂。比如说,我曾经告诉他们,干脆把我消灭算了。他们说:'不行!你得好好活着,因为没有你那就什么都没有了。倘若天下太平,一切顺利,那么什么事情都没有了。没有你,就不可能出什么事情了,但是这个世界上应该要发生一些事情的。'于是我只能违心地制造各种事端,可以说,我这是奉旨作恶。可人们啊,却对这种荒唐的滑稽把戏认真起来,尽管他们确实聪明,但这是他们的悲哀。当然,他们确实有苦难,但是……他们总归是活着的,总归是实实在在地活着,不像我这般虚幻。因为苦难就是生命。没有苦难,生命就没有乐趣……总不能让生命变成一场没完没了的颂歌礼拜。虽然神圣,但是也太无聊了。至于我呢?我也在受苦啊,但不曾真正地活过。我只是不定方程式里的一个未知数;我只是生命中的一个幻影,无始无终,我甚至连自己的本名都忘记了。你在笑……没有,你没在笑。你怎么生气了,你怎么又生气了?你关心的只有智慧,但是我再告诉你,我愿意献出我在星辰之上的生命,我愿意放弃我的头衔、我的荣誉,宁愿变成一个七普特重的商人的老婆,我宁愿在教堂里向上帝敬献蜡烛。"

"你也信上帝吗?"伊万狰狞地冷笑。

"这该怎么对你说呢,如果你是认真的……"

"到底有没有上帝?"伊万诘问道。

"你要我认真回答?朋友,我不知道,我真的不知道。我摸着良心说,我不知道。"

"你不知道,但是你能看到上帝?你怎么可能不知道?不,你不是真实存在的,你就是我,你不过是我的臆想,你什么都不是!你是个什么东西,你只不过是我心里创造出来的幻影罢了!"

"如果你愿意,其实你和我有着相同的哲学观。我这话说得非常公平。'我思故我在①',这一点我敢肯定。除此之外,我周围的一切,包括这个世界、那个世界,甚至是上帝以及撒旦,在我看来,这些东西都没法证实,很难说他们是自在之物,还是我的衍生之物。这些东西不过是我那早就存在、独立的自我精神创造出来的罢了……总之,我可能需要马上离开了,因为我感觉你下一秒钟就要跳起来揍我了。"

"你最好还是给我讲个笑话!"伊万恶狠狠地说。

"有个笑话正好适合我们的话题,不对,这不是笑话,而是传说。你说我没有信仰,说我分明看到了上帝却不相信他。但是,朋友,并非我一个人如此,如今我们那个世界的人全都糊涂了,这都是你们的

---

① 原文为法语。

科学造成的。从前你们讲种子①、四根②、五感③这些东西的时候，我们好歹还能应付应付。现在你们说原子，当然这个概念在古代就有了④。但是我们现在又听说你们在搞什么'化学分子'和'原生质'⑤，除此之外还有一大堆我们搞不清的鬼名堂，所以我们除了夹紧尾巴之外，什么都做不了。于是一切都乱套了，主要是迷信和谣言。我们那个世界的谣言和你们这儿的一样多，甚至还要多，除此之外还有告密，我们那里甚至成立了一个专门收集'情报'的部门。这个荒诞的传说是从中世纪（是我们的中世纪，不是你们的）传下来的。当然，我们那里没什么人信，除了那个七普特重的商人的老婆（她同样是我们那个世界的，不是你们这个世界的）。你们这个世界有的东西，我们那里同样有。这个秘密我可是看在我们是朋友的关系上才透露给你的，虽然这是违反纪律的。这是一个关于天堂的传说。当年你们的世界里有一个哲学家和思想家，这个人否定一切，在他眼里什么'法律、良心和信仰'不值一提，'来世的生活'更是无稽之谈。他死了，他以为他死后将进入黑暗和寂灭之中，却不料自己迎来了来世的生活。他惊讶且愤怒，说：'这违背了我的信念。'因此他受到了处罚……对不起，我只是对你转述了我道听途说的东西，这些不过是个传说罢了……总之，他被判在黑暗中行走一千万兆公里，什么时候走完这一千万兆公里，什么时候

---

① 指古希腊元素派的阿纳克萨拉的种子论，这种学说认为事物的性质是由于其含有的种子。
② 指古希腊元素派的恩培多克勒的四根说，认为构成世间万物的东西是火、土、气和水四个根。
③ 亚里士多德将人体的感官分为五种，即触觉、嗅觉、味觉、听觉和视觉。
④ 指古希腊元素派的留基波的原子论，但是这个原子指的是构成万物的本质，并非是现代科学中的原子。
⑤ 原生质是细胞内生命物质的总称。

天堂的大门才能向他敞开，并宽恕他的一切……"

"除了一千万兆公里，你们那个世界还有什么其他的处罚吗？"伊万怀着奇怪的兴致问道。

"处罚？你要是不问就好了。哎，以前我们那里还有各种各样的处罚，但是如今开始主张精神处罚，什么'良心的谴责'，总之，全是诸如此类的傻把戏。这些东西也是从你们这里引入的，受你们'构建公序良俗'的影响。这么做只有一种人能得到便宜，就是那些无耻之徒，因为他们连良心都没有，怎么可能被良心惩罚呢？倒霉的却是有良心的正派人。所以基础尚未打好的改革，而且还是从别人的制度中抄袭过来的改革，是有百害而无一利的！我看还是远古时期的火刑更好。说回那个传说，那个人被判走一千万兆公里，他站着看了一会儿就往路中央一躺，说：'我就不走，不走是我的原则，我不走！'这个人的性格怎么跟你形容呢，假如你把一个无神论者和待在鲸鱼肚子里整整三天的先知约拿的灵魂拿出来，搅和在一起，就是他。"

"他躺在什么东西上面呢？"

"想必总是有什么东西可以让他躺吧。你是不是在嘲笑？"

"太好了！"伊万叹道，他还是莫名其妙地充满了兴致。现在，他开始带着好奇心津津有味地听着了，"所以，他现在还躺着吗？"

"问题的关键就在这里，他没有躺着了。他躺了差不多一千年，最终还是决定把这条路走完。"

"蠢货！"伊万神经质地哈哈大笑，但心里在努力地盘算着什么，"永远躺着或者步行一千万兆公里不是一样的吗？这条路估计一走就得十亿年。"

"远远不止，可惜没有铅笔和纸，不然我非得给你算算。不过他现在已经走完那条路了，因此才有了这个笑话。"

"怎么可能？他那里来的十亿年？"

"你想想我们如今的地球啊！要知道，当今的地球可能已经经过数十亿次的反复变迁；它老了，开始龟裂，然后冰封、裂开、崩溃、分解，最终碎成各种元素，又变成苍穹之外的水；接着又会有彗星、太阳；在太阳的光芒下地球又出现了——如此周而复始，无限循环，而且始终都是同一种方式，丝毫不差。太无聊了……"

"那么他走到了之后呢？"

"天堂之门刚为他打开，他便走了进去，还没有待上两秒钟，哦，这两秒钟指的是你们人间的两秒钟，不过我怀疑他身上的怀表应该在路上时就已经四分五裂了。他才待了两秒钟，就感叹，为了这两秒，别说是一千万兆公里就算是一千万兆公里乘以一千万兆公里，甚至是再乘以一千万兆公里他也愿意走完！总之，这个人高唱起了'赞美诗'，唱得可肉麻了，因此那些思想方式比较纯正的先贤都不愿意和他握手，因为他转头就变成了保守派，这速度简直太快了！真是俄国人的天性。我再给你说一遍，这是传说。我是怎么听到的就怎么告诉你的。在我们那个世界里，关于这样的故事至今还流行着这样的观念。"

"我可算抓住你的破绽了！"伊万就像个小孩子一样兴奋地叫出了声，大概是想起了什么事情，"这个一千万兆公里的笑话是我自己编的！我编这个故事的时候才十七岁，在上中学……当时我编了这个故事告诉了我的一个同学，他姓科洛弗金，这是在莫斯科的事情……这个笑话的特征可太明显了，我不可能从其他人嘴里听到。我本来都忘记了……但我现在又想起来了——这可是我自己想起来的，不是你让我想起来的！要知道，一个人可以在无意间想到很多事情，甚至有不少是在押赴刑场的时候想起来的……这个笑话就是这样，这是我在梦中想起来的。你不过是个梦！你就是个梦，你不存在！"

"根据你否定我存在的激烈程度,"绅士笑道,"我认定你还是相信我的。"

"一点也不!我对你连百分之一的相信都没有!"

"百分之一没有,那千分之一总该有吧?顺势疗法的剂量或者才是效力最强的。你就承认吧,哪怕只是万分之一的……"

"连一分都没有!"伊万大发雷霆,"不过我确实愿意相信你的存在!"他忽然奇怪地补上一句。

"哈哈!你可算承认了!不过我很善良,我倒是愿意帮你一把。听着,是我抓住了你的破绽,而不是你抓住了我的。我故意把你编的但是你已经忘记了的笑话说给你听,目的就是让你相信我是不存在的。"

"你胡说!你来到这里的目的就是要我相信你是存在的!"

"没错。但是动摇、彷徨、信与不信的思想斗争对于你这样知道羞耻的人来说,实在是太痛苦了,比死还难受。正因为我知道你有那么一丁点儿相信我的存在,我才给你讲了这个笑话。只有这样你才能彻底地不相信我的存在。我故意用计策让你在信与不信之间徘徊。这就是我的目的。这是一种新的方法:当你不完全相信我存在的时候,你会当着我的面,立马告诉我我不是个梦,而是一个自在之物。我早就把你琢磨透了。如果是这样,我的目的就达到了。我的目的是高尚的。我只需要往你的心田里种上一颗小之又小的信仰的种子,它一定会生根发芽,长成参天大树。而你坐在这棵大树上,一定会成为苦修的圣人或者纯洁的圣女,因为这是你的心中,尤其是你的内心深处的向往。你将以蝗虫为生,去旷野中拯救自己的灵魂!"

"这么说,你这个浑蛋费了那么大的劲就是为了拯救我的灵魂?"

"至少应该在某个时刻做一些好事吧。你又生气了,我只需要看你一眼就知道你生气了。"

"小丑！你是不是也诱惑过那些真的以蝗虫充饥、在戈壁滩祈祷了十七年、身上长满了苔藓的圣人？"

"朋友，这就是我的工作。有时候整个世界乃至这个世界之外的很多世界我都可以放下，但我就是忘不掉这样的圣贤。因为这是一块非常珍贵的宝石，这样一个灵魂的价值甚至高过整个星座——我们那里有自己的一套计算办法。这样的胜利可真是太珍贵了！说实话，他们中有很多人的才华不在你之下，尽管你根本不会相信。他们能在一个瞬间看破信或者不信，有时候会让人觉得只差一根头发丝的距离——就会像演员戈尔布诺夫所说的那样摔个'人仰马翻'。"

"结果怎么样呢，碰了一鼻子灰？"

"朋友，"绅士意味深长地说道，"碰了一鼻子灰总比没有鼻子好，这句话是个生病的年轻侯爵（想必他找了个专家大夫给他看病）在忏悔的时候说的。当时我也在，简直太有意思了。那个侯爵一边捶着胸口，一边嚷嚷：'请您把我的鼻子还给我。'神父则搪塞道：'我的孩子！一切都在按照主的安排一一实现，有形的灾祸可能会带来无形的好处。如果命运的严酷让您失去了鼻子，那么您得到的好处在于，这辈子再也没有人会对您说"您碰了一鼻子灰"。'那个侯爵绝望地叫了起来：'神父啊，我听了您的话更难受了！我巴不得有人天天拿着我的鼻子开涮，我宁愿天天碰一鼻子灰，只要我的鼻子可以回到它该回到的地方！'神父叹道：'我的孩子！好处不能全让你得了呀！你这不是在抱怨上帝吗？即使这样，上帝仍然没有忘记您。您看，您刚才说与其失去鼻子还不如碰一鼻子灰，那么您的愿望不是已经间接地实现了吗？因为您失去了鼻子这件事本身，不就证明了您已经碰了一鼻子灰了吗？'"

"一派胡言！"伊万大声说道。

"朋友,我就是想跟你开个玩笑。但是我可以发誓,这是真正的耶稣会会士才会用的诡辩术。我发誓,我亲眼所见的事情和我告诉您的一言不差。这件事发生在不久以前,没少给我带来麻烦。我们年轻的侯爵当晚回到家就自杀了,要知道就在他死前的最后一秒,我还在他身边陪着他呢……而那些耶稣会会士的告解室,对我来说是这世界上最好的地方,每当我忧伤的时候都会去那里排解苦闷。我再给你讲一个故事,就发生在几天之前。有个二十岁左右的诺尔曼金发姑娘去找老神父——你知道的,诺曼底姑娘性感又可爱,简直是人间精灵,让人看到就止不住流口水。当时她弓着腰,在格栅里向神父告解自己犯下的罪。神父说:'我的孩子,难道您又堕落了?哦,圣母玛利亚①,我简直不敢相信自己的耳朵。这回已经不是和那个人了。可是这样下去何时才是个头啊,您为什么不知道羞耻呢?'有罪的姑娘泪流满面地回答说:'啊,我的神父②,这样能使他得到非常多的快乐,而我也不需要花什么力气!③'你看,她竟然能说出这种回答!这时候我让步了,在我看来,服从自然本性的呼唤比守身如玉更好!我当时就赦免了她的罪过。我正打算走,但很快又转身回来。因为我听见神父正隔着格栅邀她晚上幽会。这个老东西看上去十分正经,才眨眼的工夫就堕落成这个样子!这就是人的天性,它们就是要表现自己!你怎么了?怎么扭头了?又生气了?要讨你喜欢可太难了……"

"你别烦我了,你在我脑子里嘟嘟囔囔个没完,烦死了!"伊万面对着自己的梦魇无可奈何地呻吟道,"又烦又无聊,我真的受不了了!如果能赶走你,我可以不惜一切代价!"

---

① 原文为法语。
② 原文为法语。
③ 原文为法语。

"我再给你说一遍,你不能要求过高。只要你不这么做,咱们还是能好好相处的,"绅士用开导的口吻说道,"你为什么生我的气?不就是因为我降临在你面前的时候头上没有美丽的光环,没有电闪雷鸣,没有烧焦的翅膀,对吗?你不就是觉得我登场的方式过于寒酸了吗?你受到了两方面的侮辱,首先是你的美学追求,其次是你的自尊心。这样一个庸俗的魔鬼怎么能来见我这么一位有头脑的人物呢?不管怎么样,你的身上还是有那种被别林斯基狠狠挖苦过的浪漫气质。年轻人,这也是没办法的事情。刚才来见你之前,我还想跟你开玩笑,化身成一个在高加索任职的退休的四等文官,在自己的燕尾服上挂一个'狮子和太阳'勋章,但我担心你会因此狠狠揍我一顿,因为你认为至少应该挂北极星或者天狼星勋章。你总是骂我蠢。可是,上帝啊,我哪里敢跟您比智慧呢?梅菲斯特去看浮士德的时候都说,他很想作恶,但是干的尽是善事。他想怎么说是他的事情,而我则恰恰相反。芸芸众生之中恐怕没有人比我更热爱真理和诚心向善的了。当耶稣揣着一个在他右手边被活活钉死在十字架上的强盗的灵魂升天的时候[①],我就在场。我亲耳听到了小天使们的齐声高歌,我听到他们的高歌如雷震撼,它们飘向天国,深入寰宇之中。我愿以这个世界上所有神圣之物发誓,彼时我真的想加入他们的合唱,同众生一起赞颂圣恩。当时,那颂歌就要从我的胸腔之中迸发而出……你知道的,我是个很容易动感情的艺术家。但是,理智,理智,我本性中最令我感到不快的品质突然呼唤我,立即阻止我逾越界限,于是我错过了时机!当时,我想:'如果连我都开始赞颂天恩了,后果会怎么样呢?可能片刻之间这个世界就会归于寂灭,什么都不会发生了。'所以,我本着负责的态度,

---

[①] 引自《路加福音》第二十三章。

不得不把这无比美好的冲动扼杀在自己的心中,继续躬耕于黑暗。行善的荣誉属于除了我之外的所有人,留给我的只有作恶。但是,我不羡慕这些欺世盗名之徒,我不喜欢虚荣。为什么在这个世界上的所有生灵中,只有我注定要受到所有人的怒骂和诅咒,甚至幻化成人形的时候还要被他们践踏?我知道这其中必定有秘密,但是他们就是不告诉我。他们怕我一旦知道了这背后的秘密,说不定会扯开嗓子高唱颂歌,这样一来,这个世界上必不可少的阴暗面就会消失。从此,天下太平!这意味着什么?这就意味着世界末日!首先倒霉的就是那些报纸杂志,因为谁还会来订阅呢?我知道,这就是我的命,我必须要认。我知道,只有在走完我自己的一千万兆公里之后,才能知道这其中的奥秘。但是在这一天到来之前,我只能忍着,硬着头皮完成自己的任务。所谓牺牲我一个,拯救千万家。打个比方,为了树立一个正义的约伯的形象,牺牲了多少无辜的生命,玷污了多少清白的名声,为了他,大家甚至恶毒地把我当成猴子耍!哼,在他们的秘密揭开之前,对我来说世界上只有两种真理:第一种是他们的,第二种是我的。眼下,还很难判断哪一种更好……哦?你睡着了?"

"不睡着才怪!"伊万很生气,"这些都是我心中愚蠢的部分,你不知道我早就把这些克服、淘汰了吗?没想到你居然把我丢掉的垃圾当成新鲜的好东西塞给我!"

"真是费力不讨好啊!我本来想以一种文学性的描述来取悦你。说实话,我在天国里差点儿高歌的那一段说得还不错吧?我刚才模仿海涅的样子,是不是也挺生动的?"

"哎,我从来都没有做过这样的奴才,我的灵魂怎么会培育出你这样一个奴才呢。"

"朋友,我认识一位特别可爱、特别讨人喜欢的俄国少爷。他挺年轻的,是个思想家,喜欢文学和艺术,他写了一篇长诗,非常有趣,我很看好这篇长诗的前景。你知道它叫什么吗?《宗教大审判官》!"

"不要跟我提《宗教大审判官》!"伊万厉声喝道,涨红了脸。

"《宗教大审判官》不可以的话,《地质巨变》怎么样?那也算是一篇长诗呀!"

"把嘴闭上,不然我宰了你!"

"你想宰了我?哈哈,别,对不起,我得和你说个明白。我过来就是为了享受这份乐趣。哎,我这个人就是喜欢那些血气方刚的年轻人,还有他们充满了干劲却不切实际的理想。今年开春你准备到这里来的时候,你就认定:'那里有新人,他们打算砸烂旧世界的一切,从吃人开始做起。这些傻子,做这些事情之前竟然不来问问我的意见!我觉得,根本不需要去砸烂什么,只需要破坏人类头脑之中对上帝的固有观念就行,应该从这一点入手。哎,那些什么都不懂的睁眼瞎子,他们不知道必须要从这一步开始做起!一旦所有人都背离了上帝(我相信那个时代将以与地质年代平行的方式到来),那还用吃什么人啊,整个旧的世界,特别是旧时代的繁文缛节将自行崩溃,新的时代就会来到。人们将联合起来,从生命中获取一切,但肯定只是为了得到人世间的幸福和快乐。到那时,人人在精神上都是伟大的,每个人都会拥有极大的自尊,就像现在的人仰视神灵那般仰视自己。因为那时人就是神。人可以凭借着自己的自由意志行事,依靠科学的力量不断征服自然,不断扩张边界,因此他每时每刻都能感受到极致的快乐,这些完全可以取代他去往天国享乐的希望。在那个时代,每个人都知道自己死了就是死了,但是每个人都会像巨神陨落那般平静地接受自己的死亡。自尊会让人明白没有必要去抱怨人生苦短,也只有这样,人才能去爱人而不谋求任何回报。爱只属于短暂的生命。但正是因为人们意识到了生命是如此短暂，才会愿意让爱的火焰燃烧得更猛烈一些，才会愿意不去憧憬死后的永恒。我还想到了很多，但都是诸如此类的想法。我觉得非常精彩。"

伊万两只手捂住自己的耳朵，眼睛紧紧盯着地板，全身发颤。

但是绅士并没有理会他："我的那个思想家朋友以为，现在的问题是，这样的时代能不能到来？倘若它来了，一切难题自会解决，人类也一定能彻底走上正轨。但是由于众生根深蒂固的愚蠢，这样的时代怕是一千年也不会到来。那么现在已经对真理有所认识的人，都可以完全按照自己的意愿、根据全新的原则来安排自己的生活。正是出于这个原因，我的这位朋友留下了四字箴言：'万事皆允'！除此之外，即便那个时代永远不会到来，但是由于上帝存在和灵魂不朽的概念已经被彻底推翻，那么新人也是可以成为人神的，哪怕这个世界上只有他一个人如此。当然，这时他的身份会变。如果有必要，他会迈开大步毫不犹豫地跨越从前那些奴隶不敢逾越的障碍。对神来说，法律是不存在的！神站到哪里，哪里就是圣地，神站到哪里，哪里就会成为最重要的地方……'万事皆允'，这就足以！这一切简直太妙了！只是……既然你想骗人，何必还要得到真理的许可呢？不过我们现在的俄国人就是这样，倘若得不到许可，甚至连坏事都不敢做。太爱真理了……"

绅士显然开始陶醉在自己的口才之中，他越说越激动，嗓门也越来越大，看着主人的眼神也越来越轻蔑。只是他没有想到的是，就在自己长篇大论之际，伊万·费尧多罗维奇突然抄起了桌上的茶杯，冲他砸了过去。

"啊，这可太愚蠢了！^①"激情的大演说家一边惊呼着，一边从沙发上跳起来，用手掸去身上的茶水，"你一定想起了路德的墨水缸！你认定了我只是一个梦中的幻影，却又向我扔茶杯！你这样算什么男人？我刚才就怀疑你捂住耳朵只是装装样子，其实你在听……"

就在这个时候，一阵急切的敲击声突然从窗框传来，声音很大。伊万·费尧多罗维奇从沙发上一跃而起。

"听到了吗？赶紧去开门啊！"神秘客人喊道，"我可以保证，你的弟弟阿廖莎带来了意想不到的消息！"

"闭嘴啊，你这个骗子！我用你告诉我他是阿廖莎吗？我早就预感到他会来了！他过来一定是有新消息！"伊万吼道。

"去开门啊！喂！外面刮大风下大雪呢！喂！外面人是你亲弟弟哎！先生，你不知道外面是什么天气吗？到了这样的天气，就是狗都不能被关在外面。^②"

敲窗的声音还在继续。伊万心里想着要赶紧跑到窗前去，但是不知道自己究竟被什么东西突然束缚住了手脚。他动弹不得，于是拼命挣扎，但是徒劳无功。敲窗子的声音越来越大、越来越急。伊万终于挣脱了束缚，从沙发上跳了起来。他疯狂地四顾张望。只见两支蜡烛已经燃烧殆尽，他刚刚扔过去的茶杯还在桌子上，而对面的沙发上竟然没有任何人。敲窗户的声音越来越急了，但远没有他刚才在梦中听到的那么响，相反，甚至可以说非常克制。

"这一定不是梦了！我敢保证，这不是梦！刚才的一切确实发生过！"伊万一边叫嚷着，一边跑到窗前打开了窗子。

---

① 原文为法语。
② 原文为法语。

"阿廖莎！我不是告诉过你，不要来找我吗！"他冲着弟弟大喊道，"你有话快说！长话短说，你到底想干什么？越短越好，听明白了吗？"

"就在一个小时以前，斯乜尔加科夫上吊自杀了。"阿廖莎在院子中答道。

"什么？你快到门口去，我去给你开门！"话音未落，伊万就动身去给阿廖莎开门。

第十节　这是他说的

阿廖莎急急忙忙地跑过来就是为了通知伊万·费尧多罗维奇，一个小时以前，玛丽亚·孔德拉季耶夫娜来到了他的住处对他说，斯乜尔加科夫自杀身亡了。"我当时到他的屋子里准备去撤茶炊，却看见他吊死在了一颗钉子上。"阿廖莎赶紧问她报警了吗。她回答说自己还没有和任何人提到过。"我赶紧来找您了，一路跑过来的！"她在告诉阿廖莎此事的时候，神经似乎已经错乱，全身抖个不停。于是，阿廖莎又和她一起跑到了小木屋里，那个时候斯乜尔加科夫还吊在那里。桌上有一张字条，上面写着：

> 我毁灭自己的生命是自己的意愿，与任何人无关。

阿廖莎特意叮嘱不要动桌子上的纸条，自己飞奔去找警察局长，向他报了案。"在这之后我就来找你了。"阿廖莎一边说一边看着伊万的脸。这里有一点值得注意，阿廖莎叙述的时候，眼睛一直紧紧地盯着伊万，对他脸上的表情似乎感到非常奇怪。

"哥哥",他突然说道,"我觉得你病得很厉害。看起来,你根本没有听懂我在说什么。"

"你能来真好。"伊万若有所思地说道。他好像根本就没有听见阿廖莎对他身体的关心,"我知道他上吊了。"

"谁告诉你的?"

"没人。但是我就是知道。我知道吗?对的,我知道,是他告诉了我。刚刚他还在和我说话……"

伊万站在房间中央,眼睛盯着地板,还是一副若有所思的模样。

"谁?"阿廖莎一边问一边不自主地环视四周。

"他已经走了……"

伊万抬起了头,莞尔一笑。

"你来了,他害怕。亲爱的,他就是怕你。你是'纯粹的天使'。按照德米特里的话,应该叫你小天使。小天使……六翼天使雷鸣般的欢呼!对了,六翼天使是什么?也许是整个星座。不过,整个星座也许只是一个化学分子……有个狮子和太阳星座,你知不知道?"

"哥哥,你快坐下!"阿廖莎惊恐地说道,"看在上帝的分儿上,你快坐下!你在说胡话了,快躺在沙发上,这里有枕头。对,就这样!你要不要敷一条毛巾在脑门上?这样可能会好一些。"

"把毛巾拿过来吧,就在这个椅子上,刚才我把它扔到这里了。"

"这里没有啊!别着急,我去找找!看,在这儿。"阿廖莎走到屋子的一个角落,在伊万的洗手台上有一条折得方正的没有用过的干净毛巾。伊万眼神奇怪地看了它一眼,似乎顷刻之间恢复了全部记忆。

"等等!"他从沙发上挣扎着抬起了身子,"差不多,刚才,应该是一个小时以前,我就是拿这条毛巾沾了水敷在了自己的头上啊,后来就把它扔在了这里呀……它为什么是干的?我家里就这一条毛巾啊!"

"你用这条毛巾冷敷了？"阿廖莎问道。

"当然，我还在这间屋子里走来走去呢……就在一个小时以前。不对，这支蜡烛怎么这么短了？现在几点了？"

"马上十二点。"

"不对啊！不对啊！"伊万嚷道，"我刚才没在做梦啊！他就是来了，就坐在这里！就在这张沙发上！你方才敲窗户的时候，我抄起茶杯冲他砸了过去……就是这个茶杯呀……我以前也做过这样的梦，但是这一回不像是梦。以前我也遇到过这样的情形。阿廖莎，我最近经常做梦……但是这一回我没有做梦，是真实的。我走来走去，我说话，我能看见……可我是睡着的。他就坐在这里呀，就坐在这张沙发上啊……那个人太愚蠢了，阿廖莎，他蠢得不行。"伊万突然笑出了声，开始在屋子里来回踱步。

"到底是谁呀？你说的是谁呀？"阿廖莎忧心忡忡地问道。

"魔鬼呗！他最近经常来找我，来了好几次了。可能两次，弄不好三次了。他刚才还逗我呢，说我生他的气是因为他来的时候头顶没有光环、没有电闪雷鸣，也没有烧焦了的翅膀，他觉得我是因为他降临的方式太过普通而生气。但他不是撒旦，他撒谎说他是。他是一个冒牌货，他就是个小魔鬼罢了，微不足道的小角色。他还说他喜欢去公共浴室洗澡呢。如果真把他的衣服扒下来，绝对能发现他那条尾巴，长长的、滑溜溜的、就像丹麦狗一样的大长尾巴，弄不好得有一俄尺长，估计是深棕色的……阿廖莎，你是不是冻坏了，你刚才一直在雪地里，喝点茶吧。哎呀，茶怎么冷了？要不要我吩咐那个老太太把茶炊支上？这么冷的天，人们连狗都不让出门的……①"

---

① 原文为法语。

阿廖莎很快跑到了洗手台前，浸湿了毛巾，劝伊万赶紧坐在沙发上，然后把湿毛巾放在了他头上。自己则在伊万身边坐下。

"不久前，你和我说起了丽莎，说了什么？"伊万又开始说，"我还挺喜欢她的。哎，怎么能说她坏话呢。我刚刚撒谎了，我挺喜欢她的……不知道明天卡佳会怎么样，这是我最担心的。我总是担心未来的事。明天她将抛弃我，用脚践踏我。她觉得我是吃醋才会去陷害米佳！没错，她一定是这么想的！但是事实根本不是这样！明天舞台的中央是十字架，不是绞刑架。不对，我才不会上吊。阿廖莎，你知道吗，我绝对不可能自杀。你说这是不是因为我卑鄙？我不是个胆小鬼！我只是热爱生活！我为什么会知道斯乜尔加科夫上吊？对，这是他告诉我的……"

"你就这么肯定这里有人坐过？"阿廖莎问。

"对，他就坐在沙发的这个角上。你来了，他就被赶跑了。事实也是这样，你一来，他就消失了。我喜欢你的脸，阿廖莎。你知道吗，我特别喜欢你的脸。不过，他就是我，阿廖莎！我就是他啊！他是我性格中所有阴暗面的集合，他卑鄙、下流、令人恶心。没错，我是个浪漫主义者，他看出来了……尽管，这是彻头彻尾的诽谤。但是这个蠢得要命的人，竟然敢利用这一点。他很狡猾，那是一种只有动物才有的狡猾。他知道自己怎么做能让我发火。他就这样挑衅我，说我相信他的存在，他不断利用这一点迫使我听他说话。他就像糊弄小孩子那样糊弄我。不过，他对我说了很多关于我的实话。这些话是我永远都不会对自己说的。你知道吗，阿廖莎，我可以告诉你，"伊万郑重其事地说，就像是要为他揭开什么惊天秘密一样，"我真的希望自己是他而不是我！"

"他把你折磨得好惨啊！"阿廖莎看着伊万，言语中饱含同情。

"他耍我！但是不得不承认，他说得巧妙极了。他说：'良心不算什么，良心是我自己做的，我为什么要受它的折磨？那是因为习惯，那是因为这种习惯已经在全世界人民心中扎根了整整七千年。只要能摆脱这种习惯，我们就成了神。'这些都是他说的。都是他说的。"

"这些难道不是你说的吗？不是你说的？"阿廖莎忍不住叫出了声，眼神真诚地看着伊万，"那就这样吧，把他忘掉吧！让他把你所诅咒的一切都带走，别让他回来了。"

"没错，但他很恶毒。他嘲笑我。他嘲笑了我很久很久。他当着我的面造我的谣：'你要去完成一项义举，你要宣布是你杀了父亲，因为杀死你父亲的仆人是受了你的唆使！'"

"哥！"阿廖莎急忙打断了他的话，"不要再说这种话了，人不是你杀的，这不是真的！"

"这是他说的，是他说的！他知道这件事，'你要去完成一项道德的壮举，但偏偏你不相信道德，所以你才发怒，所以你才痛苦，所以你才充满了仇恨。'这是他说的，是对我说的，他知道自己在说什么……"

"这是你说的，不是他说的！"阿廖莎忧心忡忡地指出，"你生病了，你生病了才说胡话的。"

"不，他知道自己在说什么。他直接告诉我了，我就是因为傲慢才会站到法庭上说出：'我是凶手，你们干吗都吓成了这副模样？你们都在说胡话！我才不在乎你们这些凡人的意见，也不在乎你们惊慌失措的样子！'他说的就是我，接着他又说，'其实，你是要他们赞美你，作为一名杀人凶手，你的心地是善良的，你为了拯救自己的哥哥，不惜牺牲自己的名节。'阿廖莎，这是胡说，我敢保证，这是胡说！就是因为他胡说，我才用茶杯砸他，当时用茶杯砸到了他的脸上。"

"哥,你别说了,安静一会儿好吗?"阿廖莎劝道。

"不,他真的很会折磨人,那是个残忍的人,"伊万自顾自地继续说道,"我能预感到他的来意。他说:'虽然你去自首是出于傲慢,但你仍然抱有希望,希望法庭能审判斯乜尔加科夫,把他流放到西伯利亚,宣告米佳无罪,而对你,只是在道义上进行谴责(注意,说到这里的时候他笑了),最好还有一些人能赞扬你。现在斯乜尔加科夫已经自缢而亡了,法庭上已经没有人会相信你的这些话了。可你还是准备去的,你是一定要去的,因为你已经下定了决心。可是你现在去还有什么意义?'太可怕了,阿廖莎,我讨厌这样的问题。谁有胆子问我这样的问题?"

"哥!"阿廖莎不止一次尝试着打断他,他的心已经因为恐惧沉到了低谷,但依旧希望自己的哥哥能恢复神志,"在我来这里之前,他怎么可能告诉你斯乜尔加科夫已经死了?那个时候还没人知道这件事情。"

"他说了,"伊万不容置疑地说道,"他一直在说这件事情,还告诉我:'你应该相信道德的力量。虽然没有人会相信你,但你毕竟是为了原则而去的。除此之外,你本来就和费尧多尔·巴甫洛维奇是一路货色,道德在你们眼里又算得了什么东西?如果你的自我牺牲毫无意义,你为什么非要去呢?因为连你自己也不知道为什么非去不可。啊,你甚至为了弄清这个答案而不惜代价。你说你已经决定了?不,你根本没有下定决心。今晚,你将整夜思考这个问题,去还是不去?但你终究还是会去的,你也知道自己一定会去的。你心里已经有数了,这件事情完全不依你的个人意志为转移。你会去的,因为你不敢不去。至于为什么不敢,这个问题你自己考虑吧,权当是我留给你的解谜游戏。'说完,他就这样站了起来。你一来他就走了。他一直骂我是懦夫,阿廖莎,我是懦夫,这就是谜底。^①'在天空中翱翔的雄鹰可不是你这种货色。'这是他最后补充的一句话,这句话斯乜尔加科夫也说过。我就应该把他宰了!卡佳瞧不起我,一个月以前我就看出来了;现在连丽莎都开始瞧不起我了。'你去自首,无非就是为了别人夸赞你!'阿廖莎,这是彻头彻尾的胡话。怎么,你也瞧不起我了?阿廖莎,现在我又恨你了,我也恨那个怪物,也恨那个怪物!我干吗要去拯救那个怪物,就让他在苦役中受罪吧。啊,他竟然唱起颂歌了!明天我一定要去,我要站在他们面前,对着他们一个一个吐唾沫!"

说着,伊万跳了起来,扔掉了头上的毛巾,又开始在屋子里来回踱步。阿廖莎突然想起了他刚才说的话:"我走来走去,我说话,我能看见……可我是睡着的。"现在的情形似乎就是如此,他突然想去给伊万叫个大夫,但他不敢留下伊万一个人,于是他紧紧地跟在伊万身后,寸步不离。伊万的神志越来越不清晰,他还在继续念叨着,但已经语无伦次了。过了没多会儿,他甚至连吐字都不清晰了。突然,伊万猛地晃了一下身子,阿廖莎及时出手扶住了他。伊万任凭阿廖莎把自己扶到床上。阿廖莎费劲地为伊万脱了衣服,让他躺好。

阿廖莎守了伊万两个小时,伊万睡得很沉,他一动不动,呼吸舒缓而均匀。阿廖莎也拿了一个枕头,躺在了沙发上。在入睡之前他为米佳和伊万都做了祈祷。他渐渐明白了伊万的病究竟是怎么一回事:"这是傲慢的决定所引起的痛苦和良心的折磨。"

伊万本来是个不相信上帝的人,但是现在上帝的真理正一步一步地走进他的心门,但是他的心仍不愿屈服。"确实,"阿廖莎已经枕在了枕头上,脑子里思绪万千,"如今斯乜尔加科夫已经死了,在死无对

---

① 原文为法语。

证的前提下,没有人会相信伊万的话,但他还是会去自首的!"阿廖莎突然露出了一丝笑容,"上帝必将取得胜利!"他在想伊万即将面对的未来,"要么他在真理之光的照耀下重新站起,要么……他因为被迫服从违背他内心真实意愿的道德准则,而向整个世界,包括他自己,疯狂报复,最终在仇恨中毁灭。"阿廖莎想到这里痛苦万分,只能再次向上帝为伊万祈祷。

第十二章 司法错误

第一节 生死攸关之日

在发生了上述事情之后的第二天上午十点,本地法院就德米特里一案正式开庭。

我事先向各位声明:我无法完全转述法庭上发生的所有事情,甚至无法表述得条理非常清晰。但是我觉得,如果真的需要把法庭上的一切都事无巨细地说清楚,那可能要再写一本书了,而且是厚厚的一大本。因此,读者们切勿责备我,因为我只介绍让我感到惊讶的和我记得最牢的那部分内容。我很可能会主次不分,将最重要的、最引人注目的细节一笔带过……不过,我觉得最好还是不要道歉了吧。总之,我定当竭力而为,想必各位一定能理解我的做法。

首先,在我们正式开始讲述法庭的故事之前,我觉得有必要简单描述下那天令我感到特别惊讶的一些事情。其实,感到惊讶的不止我一个人,事后发现所有人都感到惊讶。大家都知道这个案子引起了社会的注意,所有人都急不可耐地等待开庭,甚至有人对此案议论、猜测、感慨,以及胡思乱想长达两个月之久。大家都知道这桩案子在俄国闹得沸沸扬扬,但是绝对没有想象到它竟然带来如此狂热、猛烈、令人吃惊的影响——不仅我们这个巴掌大的小城市狂热,各处的人都是这样，而这一点，都是在开庭的当天表现出来的。那天光临本地的客人不光有本城的达官显贵，还有从俄国的其他城市，包括莫斯科和圣彼得堡来的客人。来访者中不乏法学界人士，甚至还有几位位高权重之人，当然也少不了看热闹的贵妇们。庭审的旁听券早被一抢而空。为了那些地位尊贵的男宾，法庭甚至在法官席的后面专门划出了一片区域，并放置了整整一排扶手椅。这种情况在过去是绝不曾也不许有的。那天到场的女士非常多，有本地人，也有不少从外地来的，我估计她们至少占据了出席人数的一半。光是各地司法界来的人就很多了，多到没法妥善安置，因为旁听券早就发完了，甚至有人为此软磨硬泡地讨要。我亲眼看见法庭讲台的后面临时清理出来一块地方，把那些司法界人士统统收拢进去，而且这些人士觉得能站着旁听都是幸运的。因为要多腾出一些空间，人们尽可能地把不必要的椅子撤走了，而在这个空间里的人挤成一团，接踵比肩地站着听完整场"庭审"。一些女士，特别是那些从外地来的女士，穿戴讲究、打扮精致地出现在庭审会场，但绝大部分女士都忘了打扮。她们的表情无一不展露出近乎歇斯底里的急切和病态的好奇心。不得不指出，在法庭上的各界人士中有一个重要的特点，后来的诸多方面都可以验证，当时在场的女士，可以说绝大部分女士都站在米佳这一边，她们普遍认为米佳是被冤枉的，希望宣判他无罪。至于原因，可能是因为米佳的名声在外，大家都知道他善于征服女人的心。在场的女士们知道今天会有一对情敌登场。其中的一位，卡捷琳娜·伊万诺芙娜，大家对她非常感兴趣，坊间流传着她的许多不凡事迹，主要说她对米佳特别痴情，即使米佳犯了案，她依旧对他如此忠贞不贰。除此之外，还有一些其他的奇怪故事——特别是她的傲慢，她几乎不参加城里的社交活动——以及她的"贵族亲戚关系"。甚至有传言说，卡佳打算请求政府特许她跟随杀人犯一起共赴西伯利亚，还要在地下矿井中同他举行婚礼。当然，卡捷琳娜·伊万诺芙娜的情敌——格露莘卡的登场同样备受人们的期待。很简单，大家就是想看看这两个女人在开庭前的对峙，一方是为人高傲的贵族大小姐，一方是出身低贱、"被人包养的女郎"。而本城的女士们对格露莘卡的了解要远甚于卡捷琳娜·伊万诺芙娜。其中很多人见过格露莘卡，她们就是想不通，为什么这对父子会如此痴迷地爱上一个"样貌平平，甚至都谈不上好看的普通俄国妇人"，以致送了老子的性命、毁了儿子的一生。一言蔽之，议论纷杂。我甚至听闻，在我们城里就因为米佳的事情发生过多次情节严重的家庭纠纷。好多位女士因为与她们的先生对本案的看法不一致而产生了激烈的争执，由此不难想到，这些女士的先生根本不可能对米佳有好感，甚至对他恨得咬牙切齿。还有，我可以肯定的是，所有的男士对被告的态度都是和女士们相反的，他们大都满脸严肃、眉头紧锁，有些人的脸色甚至是恶狠狠的，并且后者占据了绝大多数。这群人里确实有不少是米佳来到本城后得罪过的。当然，前来旁听的人中也有不少人的心情是愉快的，他们对米佳的命运并不关心，但并不是对这个案子没兴趣。总之，所有人都在关注着审判结果，大部分男士希望看到米佳被严厉惩罚，当然，那些律师除外，他们不关心本案在道德上的是非，他们关心的是所谓的现代法律的精神。鼎鼎大名的菲久科维奇的到来，着实引起了不小的轰动。他的才华在司法界人尽皆知，这并不是他第一次到外省为重大刑事案件的被告作辩护。凡是经过他辩护的案件，每一件都家喻户晓，令人久久难忘。关于我们的检察官和首席法官也流传了几个笑话，据说我们的检察官只要一见到菲久科维奇就浑身发抖，他们二人从刚刚进入司法界时就在圣彼得堡结下了梁子，还有人说一直自命不凡的检察官伊波利特从在圣彼得堡开始就感觉自己深受压制，他的才华没有得到赏识,他一直期望着能够咸鱼翻身,卡拉马佐夫的案子让他振奋,他希望这个案件能够让自己暗淡的职业生涯重放异彩;但他现在唯一忌惮的就是自己的老对手菲久科维奇。不过说他见到菲久科维奇就浑身发抖的说法并不公正。本城的检察官绝对不是那种胆小怕事之辈,相反,危险越大,他的好胜心越强。不过有一点需要指出,我们的这位检察官极度敏感、非常易怒。正是如此,他常常把自己的全部注意力都集中在某一个案子上,仿佛每一个案子都能决定他的人生成败乃至身家性命。司法界的人士对此都觉得有些可笑,而我们的检察官正是凭借着这种执着赢得了一定的知名度,虽说他名声没到远近闻名、人尽皆知的地步,但就我们这个城里这种微不足道的公职而言,他的名声已经让人出乎意料了。除此之外,在大家看来,他对心理研究的重视,可以说达到了癖好的程度。在我看来,我们这位检察官的为人和性格比很多人印象中的他还深沉许多。只是说这个偏执的人在步入仕途之初就不善于钻营,这才导致了他后半辈子始终不能出人头地。

至于我们法院的首席法官,我认为他是个有教养、通人情、办事干练、具有现代思想的人。不过,他为人清高,对自己的仕途并不大在意。他家产丰厚,也不乏有权有势的亲友。根据后来了解到的一些情况,他对卡拉马佐夫一案看得很重,不过也仅仅是从一般意义上而言。他看重的是这个案件的社会影响以及这个案件背后的社会本质、体现出的俄罗斯民族的典型性格等。而对这桩案件中涉及的个人性格、案件的悲剧性,以及包括被告在内的涉案人员的性格,他都保持着冷漠的态度,可能这样做才是合适的。

在正式开庭前,审判庭里已经水泄不通了。这里必须要说一下,我们法院的审判庭是全城最好的,宽敞、气派,扩音效果也好。法官席设在一个略高于地面的台子上,在它的右边摆着一张桌子和两排供陪审员坐的座位,左边则是被告及其辩护律师的席位。大厅中央靠近法官席的地方摆着一张放"物证"的桌子,那张桌子上放着沾有费尧多尔·巴甫洛维奇鲜血的白色睡袍、被怀疑是杀人凶器的铜杵、米佳那件袖口染上血迹的衬衣,以及他把擦了鲜血的手帕放进口袋时染上血迹的外套;那块手帕也在,上面的血液已经凝结变硬、颜色变黄;一把手枪,就是米佳上膛后准备用来自杀,后来在莫克罗耶旅店被店主偷走的那把;费尧多尔·巴甫洛维奇为格露莘卡准备的信封以及粉色丝带;除了这些之外还有诸多物证,就不一一赘述了。离那张桌子有些距离的栏杆后面便是公众的旁听席,栏杆前面放着几把椅子,是专门为做证后还需留在庭上的证人准备的。

上午十点整,合议庭出场了,这是由三个人组成的——首席法官、名誉调解法官及另一位普通法官。紧跟在他们之后的就是检察官了。首席法官的个头不高,身材壮实,五十岁左右,面色黄中泛灰,头发剪得很短,黑发中掺杂着一些白丝,佩戴着红色绶带和勋章,只是我不记得是什么勋章了。其实不光是我一个人觉得,在场的很多人都会觉得,他的脸上没有血色,甚至有些发青,没人知道为什么他在一夜之间憔悴成了这个样子,开庭前一天的他气色明明很好。他一出场就问在场的法警:陪审员是否已经全部到庭了?不过,我不能再这样叙述下去了,因为有太多话我根本没有听清,也有太多事我无法关注到,当然也有忘了说的,而且我在前文中已经声明,倘若真的需要我完整记录法庭上发生的事情和所有人说过的话,需要更多的时间和更多的笔墨。我只知道律师和控辩双方对陪审团提出的异议并不多。我记得那天陪审团有十二个人:四个公务员、两个商人,还有六个本城的市民和农民。我还记得在开庭以前,就有很多人,特别是女士们,莫名其妙地问道:"这么一桩微妙、复杂和涉及诸多心理学问题的案件,这种关乎生死的审判难道真的要交给一些公务员,甚至是几个农民来断定吗?特别是这些农民,他们懂什么呢?而那四个公职人员都是低级官吏,除了一个年轻点,其他三个都已经头发花白了,他们都是那种终日靠微薄俸禄过日子、升职无望的低层人员,家里都有一个登不了大雅之堂的老婆和一群弄不好都没有鞋了穿的孩了,他们平日里最大的消遣就是打扑克,而不是读书。两个商人穿得倒是挺得体的,但是沉默木讷得出奇,其中一个人没有留胡子,德式打扮;另一个蓄着灰白的胡子,脖子上挂着红绶带,戴着不知名的勋章。至于其他六个人就没什么可说的了。我们这个小城的市民和农民严格来说没有什么差别,城里人也有种地的。六个人中有两个人也是德式打扮,而这让另外那四个人显得更加邋遢和丑陋了。所以大家产生了"这些人怎么配决定这桩案子"的想法也就不足为奇了。尽管如此,这些人的表情多少藏着些居高临下,甚至可以说是威厉的味道——他们都紧皱着眉头,板着一张严肃的脸。

首席法官宣布退休九等文官费尧多尔·巴甫洛维奇·卡拉马佐夫被杀一案正式开庭。我必须承认我已经记不起他当时的原话了。法警奉首席法官之命把被告带上法庭,于是米佳登场。整个审判大厅鸦雀无声,安静得连苍蝇飞过的声音都能听得见。我不知道别人会作何感想,但是米佳给人的印象确实不好。主要是他打扮得像个纨绔子弟,尤其是他身上那件崭新的外套,后来我听说,他为了这一天专门找原来在莫斯科还保留着他尺寸的裁缝定做的。米佳戴着新的泛光的黑色羔羊皮手套,穿着考究的衬衣,目不转睛地直视着正前方,昂首阔步地走了进来,面不改色地坐在被告席上。紧接着,大名鼎鼎的律师菲久科维奇登场了。这时响起了一阵私语,大厅里似乎聒噪了起来。他是一个瘦高的中年男人，双腿笔直修长，手指苍白纤细，没蓄胡子，脸刮得很光，头发很短，十分朴素。他的嘴唇很薄，嘴角挂着一抹意味深长的微笑，带着几分嘲讽的意味。他看上去大概四十岁，长相不差，可惜他那双本就呆板的小眼睛离得太近，好像它们之间只有一根细长的鼻梁骨。总之，这张脸呈现出了鸟的轮廓，让人不免吃惊。他身着黑色燕尾服，系着白色领结。我记得首席法官首先开口向米佳庭训，问他姓名、身份之类的问题。米佳生硬地回答，声音却莫名的响亮，令首席法官不禁抖了下脑袋，一脸诧异地看向他。接着首席法官宣读了出庭做证的证人和专家的名单。这份名单很长，引人注意的是证人中有四个人缺庭，他们分别是：在预审阶段已经做过笔录的米乌索夫，此刻他人在巴黎；霍赫拉科娃太太和地主马克西莫夫，二人因患病无法到场；斯乜尔加科夫已在开庭前自杀身亡，警方出具了死亡证明。而斯乜尔加科夫死亡的消息，在大厅里引起了一阵骚动。当然，在场的很多人对这段自杀的插曲浑然不知，十分惊愕，但更令人惊讶的是米佳过分激烈的反应。他一听到死亡报告，立马站了起来，向在场的所有人大喊："这条狗，就应该像狗一样死去！"

他的辩护律师赶紧上去阻止他，首席法官立即警告他：如果他再胆敢做出类似的行为，就要对他实施严厉的惩罚。米佳听罢频频点头，但没有半点致歉的意思，同时他对着自己的律师小声嘀咕："以后不了，以后不了！我是不小心脱口而出的！不会再这样了！"

当然，这一小小的插曲让陪审员和公众对米佳的形象产生了非常不好的影响。这被就是米佳性格的写照，他就这样在众目睽睽之下暴露了自己的本色。在这样的印象下，书记员宣读了公诉书。

公诉书虽然不长，但内容详实。只说明了一些必要的依据，如逮捕的原因，以及为何要将他交付庭审等。尽管如此，这篇公诉书还是给我留下了深刻的印象。书记员声音洪亮、吐字清晰、铿锵有力,仿佛声情并茂地把这出悲剧向在场的诸位演了一遍,使案件这种毁灭性的、无可挽回的悲剧色彩更加触目惊心。我清楚地记得公诉书刚刚念完,首席法官就声音洪亮地、郑重地询问米佳:"被告人,你承认自己的罪行吗?"

米佳突然起身回答:"我认为自己在酗酒和放荡这方面犯了罪!"他的语气出人意料,就像是在撒野和嘲笑,"还有好逸恶劳、寻衅滋事之罪。在我正要洗心革面做一个正派人士的时候,却遭到了命运的捉弄!但是,我要说,我和我的仇敌、我的父亲的身亡并没有关系!我和他的财物被盗一事也没有关系!我没有罪,是不可能有罪的,不可能的!不可能的!德米特里·卡拉马佐夫是个浑蛋不假,但绝对不是个小偷。"

米佳声音洪亮地说完了自己的话,在被告席上坐好,浑身发抖。首席法官再次以简短的话语告诫米佳,只需他正面回答问题,不要发表毫无相干的感慨。接着,他宣布庭审正式开始。于是所有证人都被要求宣誓,这时我才得以看全他们。不过,被告人的两个弟弟并没有宣誓,他们已经得到了无须宣誓即可做证的特别许可。在神父和首席法官的训诫后,所有证人被带到一旁,尽可能地让他们分开就座。然后开始逐一传唤他们。

第二节 危险的证人

我不知道首席法官是否把控辩双方的证人和律师分成两组,也不知道传唤他们的程序是怎样的,但这应该是有规定的。我知道先传唤的是检方的证人。我重申一遍,我真的不可能把法庭上发生的所有事情事无巨细地全部描述出来。更何况这样做会使故事无比冗长，因为进行到庭审辩护的时候，所有证词的内容和含义都会集中体现在双方的唇枪舌剑中，会非常清晰、明确地阐释出来，而控辩护双方多段无比精彩的庭前演讲，我会完整地记录下来。此外，在最后辩论之前发生的一段完全意想不到的插曲，以及这段插曲对结局的可怕影响，我也记录下来了。我要指出一点，从开庭之初，这个案件的特点就已经突显到人人看得出了，那就是相较于辩方，控方无论在证据上还是在论点上都有着强大的优势。当各种事实在这个庄严肃穆的法庭上开始集中呈现，令人毛骨悚然的血淋淋的罪行开始被揭露出来的时候，大家一下子便明白了这一点。也许，从庭审开始没多久，大家就发现这个案件根本无须争议，甚至根本用不着辩护，所谓庭审的辩护环节不过是例行公事，反正被告有罪，铁证如山。我甚至觉得，虽然在场的女士都希望这个博得自己好感的被告能被判无罪，但她们打从心底相信人一定是米佳杀的。非但如此，如果控方没有拿出确凿的铁证，在场的众人中最先失望和伤心的一定是她们，因为那样就没有最后宣告无罪的那种强烈的戏剧效果了。至于米佳将被宣告无罪这一点，我也觉得奇怪，似乎在场的所有女士对此都深信不疑，她们认为："他是有罪的不假，但是他们会参照当下流行的新思想、新风尚宣告他无罪。"等等。至于在场的男士，他们最感兴趣的是检察官和著名律师菲久科维奇二人的较量。每个人都在好奇：面对这样一场毫无胜算的官司，面对这样一个空蛋壳，即便是菲久科维奇这样的奇才，又能有什么作为呢？因此他们都紧张地盯着菲久科维奇，想看看他能做出什么样的壮举。但是菲久科维奇直到最后发表他的演说之前，对大家来说都是个谜。这让所有人都觉得眼前的他早已胸有成竹，他定能实现自己的目的，只是究竟是什么目的，无人知晓。而他的神态表现出来的自信是显而易见的。此外，大家很高兴地发现，他是在开庭前三天才到达我们这座城市的，他来到这里的时间很短，大概总共只有两三天的时间，但他竟然在这么短的时间内就把这桩案件"研究得如此透彻"，这不可能不让大家感到震惊。后来，很长一段时间里，人们都在津津有味地讨论这位律师是如何抓住时机，引控方证人"上钩"，尽量迷惑他们，在道德上诱其就范，在名声上使其蒙羞，最终抹黑他们，致使证词无效的。不过人们还是认为，他这么做只是为了展示自己，不过是维护自己在辩护界的名声而惯用的表现手段，因为所有人都相信，他非常清楚，通过这种"抹黑"的办法得不到什么重大的、实质性的好处，不过大家更相信他心中早已盘算好接下来的每一步，他已经藏好了自己的辩护利器，好在关键时刻利刃出鞘。而眼下，他不过是秀一秀自己扎实的基本功罢了。譬如，费尧多尔·巴甫洛维奇的仆人格里高利·瓦西里耶维奇曾提供过一条非常关键的证词——"当时看到通往花园的门是开着的"，于是，律师在提问格里高利的时候，紧紧抓住这点不放。应当指出，格里高利刚进审判大厅时，丝毫没有被法庭的庄严肃穆及旁听席上攒动的人头震慑住，而是从容镇定，神态庄重。他对自己提供的证言充满了信心，就像是在和玛尔法·伊格纳季耶夫娜私语一样，只不过在遣词造句上恭敬了许多，但想把他难住几乎是不可能的。检察官先是问了他很多关于卡拉马佐夫家的生活细节。也正是由此，这一家族的日常生活如画卷般在诸位听众眼前缓缓展开。大家听得出来并能感觉得到，此人极其老实，而且为人公正。虽然他很尊重已经去世的老爷，但他仍然表示，老爷对大少爷并不公平。"老爷从来没有尽过自己当父亲的责任，要不是我，这个孩子可能已经被虱子吸干了血。"当谈起米佳的童年生活时，他说，"在处理孩子母亲留下的家产和田产的问题上，做父亲的不该欺骗和算计自己的亲生骨肉。"当检察官问他有什么证据能证明费尧多尔·巴甫洛维奇真的在财产账务上做手脚坑骗了自己的儿子时,他拿不出任何有力的证据,这确实让所有人惊讶。但是他依旧坚持表示,这位父亲在和儿子结算遗产时"动了不少手脚",父亲"至少应该给自己的儿子再补上好几千卢布"。这里顺便提一下"费尧多尔·巴甫洛维奇究竟有没有坑害自己儿子的财物"这个问题,检察官在此之后几乎询问了他认为有可能了解这一事实的每一个人,包括阿廖莎和伊万·费尧多罗维奇,但就是如此打破砂锅问到底也没从任何一个证人手里取得一点点确凿的证据。总之,人人都说这件事情是存在的,但人人都拿不出证实这件事的证据。然后格里高利说到老卡拉马佐夫就餐时,德米特里是如何冲进来、如何殴打了他的父亲和自己,如何扬言要"宰了他"。陈述这些事情时,格里高利语气平静、干脆利索,没有添油加醋,极富说服力——这让法庭在场的众人对米佳又有了一个坏印象。他说当时米佳打了他的脸,下手很重,但他表示自己并不记恨,已经不放心上了。接着他说到了已经死去的斯乜尔加科夫,他在自己的胸口上画了个十字,直言他是个能干的年轻人,只是脑袋不太灵光,而且饱受病痛的折磨,但最糟糕的是,斯乜尔加科夫在费尧多尔·巴甫洛维奇和他大儿子的影响之下,踏上了无神论的道路。不过关于斯乜尔加科夫为人是否诚实这个问题,老仆人很激动地给予了肯定的回答,当即详述了斯乜尔加科夫捡到老爷掉下的钱,没有藏匿而是交还给老爷的事情,因此"费尧多尔·巴甫洛维奇给他赏了一个金币",从此以后,老爷在任何事情上都相信他。关于主楼通往花园的侧门是否开着的问题,老男仆坚决地肯定。检方对他的询问很多很繁杂,我不可能全部记得清楚。终于轮到辩护人提问了。菲久科维奇从信封谈起,就是装着费尧多尔·巴甫洛维奇送给"某位女士"三千卢布的那个信封。"您既然是他多年的亲随,请问您是否亲眼见过这三千卢布或者这个信封?"格里高利如实回答说没有,"直到大家开始谈论这封信之前",他都没有听别人说起过这笔钱。关于信封的问题菲久科维奇也询问了其他所有的证人,同样,他得到的都是一样的回答,谁也没有见过那个信封,只是很多人听说过。辩护律师对这个问题的紧追不舍,众人从一开始就注意到了。

"如果您允许,我现在能不能向您提一个问题,"菲久科维奇突然出乎意料地说,"那天晚上您睡前,您的夫人用一种民间的镇痛剂,或者可以说是用药酒给您擦了发痛的腰背。您可否告诉我那种药酒含有什么成分?"

格里高利一脸茫然地看了他好一会儿,最终嘀咕了一句:"有一点洋苏草……"

"除了洋苏草呢?里面还有什么?"

"车前草?"

"有胡椒吗?有没有?"

"有!"

"是不是还有什么别的东西,然后把这些东西全部浸在伏特加里头?"菲久科维奇问道。

"对,泡在酒里。"

大厅里掠过一阵笑声。

"您看,这东西是含有酒精的。您的爱人给您擦了腰背后,您和她在她虔诚的祈祷声中把剩下的酒都喝掉了,是不是?"

"是的,喝掉了。"

"您喝了多少呢?大概有多少?是一两小盅吗?"

"一玻璃杯吧。"

"一玻璃杯。也可能有一杯半?"

格里高利沉默了。他似乎有点明白了。

"一杯半的伏特加,那可不赖,您觉得怎样?不要说看见开着的侧门了,就是'开着的天堂之门'也能看见,对不对呀?"

格里高利还是不说话,大厅再次掠过一阵笑声。首席法官动了动身子。

"您能不能肯定,"菲久科维奇继续逼问,"您看到通往花园的侧门开着的时候,您有没有睡着?"

"我当时两腿站立着!"

"站着并不能证明您没有睡着,"大厅里又响起了一阵笑声,菲久科维奇继续说,"打个比方吧,假设当时若是突然有人走过来问您今天是何年何月何日?您能不能答得上来?"

"这不好说。"

"那么,今天是哪一年,从耶稣诞生之日开始算,今天是哪一年,您知道吗?"

格里高利不知所措地站在那里,眼睛紧紧盯着让他痛苦的人。说起来也奇怪,他似乎真的不知道今年是哪一年。

"那么您手上有几根手指头,您总知道吧?"

"我只是一个下人,"格里高利忽然一字一顿地大声说道,"要是长官您想嘲讽我,我也只能忍着。"

菲久科维奇竟一时语塞,好在这个时候首席法官说话了,他告诫辩护律师不要这样提问,提问要恰当。菲久科维奇听到以后,庄重地鞠了一躬,表示自己已经问完了。显然,怀疑像一只小虫子偷偷钻进了陪审员和旁听大众的心中,一个喝下含有大量酒精的草药、甚至可能"看到开着的天堂之门"、不知道今年是哪一年的人,他的证词究竟是否可靠？辩护律师就这样达到了自己的目的。格里高利在下场前发生了一段插曲，当时庭长问被告"对于以上证词他是否有话要说"时，被告回答："除了门之外，他说的话句句属实。"米佳大声喝道，"我感谢他曾经为我抓虱子，我更感谢他能原谅我出手打他。这个老头儿一生诚实，对我父亲忠心耿耿，一人顶的上七百条贵宾狗。"

"被告，注意措辞！"首席法官严厉告诫。

"我可不是狗……"格里高利嘀咕道。

"那我是狗行了吧？我是！"米佳突然大声说道，"既然这句话伤害了他，那由我来承担，我向他道歉，我是畜生，我对他太野蛮了！我对伊索太野蛮了！"

"伊索？什么伊索？"首席法官厉声问道。

"我的意思是小丑①……就是，费尧多尔·巴甫洛维奇，我的父亲。"

"您现在在做有损自己形象的事情，影响陪审团对您的审判。"审判长再一次告诫米佳，要他注意措辞，谨慎发言。

辩护律师在拉基津出庭做证时，询问得也很巧妙。我在此要指出，在检察官眼里，拉基津无疑是最重要的证人之一。事实表明，他无所不知，他知道的事情多到可怕，此人到过所有人那里，同所有人说过话，他对卡拉马佐夫一家可谓知之甚详。当然，关于那个装了三千卢布的信封，他也只是听说过，没见过。然而，他详细讲述了米佳在"京都酒馆"纵酒干出的好事，总之他对米佳的各种恶劣的言行如数家珍，而且讲述了上尉斯涅基列夫被称为"搓澡擦"的故事。不过，关于

---

① 在后人的传记中，古希腊哲学家、文学家伊索是丑陋不堪的，并且在历史记录中，他是被人杀害的，这里是用伊索来比喻费尧多尔·巴甫洛维奇。

费尧多尔·巴甫洛维奇是不是在账目上做了手脚、坑害了自己儿子一事,拉基津也没有实实在在的证据。他只是口气轻蔑地说了几句敷衍的话:"他们说,卡拉马佐夫整个家族乱得一塌糊涂,谁能分得清谁对谁错,谁又亏欠了谁,早就乱得一团糟了。"他把这桩惨案描绘成了根深蒂固的农奴制度的遗毒和俄国政治制度失灵之后的混乱产物。总之,他终于如愿以偿,在众人面前表达了自己的一些见解。当然,他因为在庭审上的这些言论获得了一些关注。检察官知道这名证人正在为杂志写一篇关于当代犯罪问题的评论,而检察官在接下来的谈话中(大家别着急),就引用了这篇文章中的一些观点,可见他已经读过了这篇文章。证人所描绘的画面阴暗、可怕,而这很大程度上为检方提供了强有力的证明。总体来说,拉基津的发言充分展现了他独特的思想以及罕见的深度,使自己受到了在场公众的青睐。甚至他在抨击农奴制度和俄国政治体制失灵的时候,还收获了三两下掌声。然而,拉基津毕竟还是年轻,他犯了一个小小的错误,他的错误立马被辩护律师发现,并加以利用。在回答有关格露莘卡的问题时,他由于沉浸在方才演讲的欣喜中,竟然用"老商人萨姆索诺夫包养的情妇"这样冒昧的言辞来指代阿格拉菲娜·亚历山大洛芙娜。按照他事后的说法,倘若当初他要是能把这句话收回,不论付出多大的代价他都愿意。就因为这句话,菲久科维奇立刻抓住了他的破绽。拉基津绝对没有想到,这个律师竟然可以在如此短的时间内掌握如此充足又不为人知的案件细节。

"请问您,"辩护律师在提问的时候态度恭敬和蔼,面带微笑地说,"我知道您就是拉基津先生,本地教区出版的一个小册子就是您撰写的,让我受教颇深,就是那本《已故长老佐西马神父的生平列传》。里面包含的宗教思想十分深刻,卷首献给主教大人的致辞可谓言语虔诚,极富文采,我近期曾愉快地拜读过。"

"我写这些,并无心出版……只是阴差阳错地被印了出来……"拉基津顿时吞吞吐吐起来,不知为何他有些慌乱和羞愧。

"啊,这可太好了!像您这样的思想家,很大程度或必定会以一种开放宽容的态度来看待各种社会现象。当然,得益于主教大人的帮助,您的这个小册子广为流传,发挥了很好的作用……我想知道的是,您方才说自己和斯维特洛娃女士关系很好,对不对?"(烦请各位注意,格露莘卡本来姓斯维特洛娃,我也是在庭审这天才知道的。)

"我不可能对我认识的所有人都负责……我只是个年轻人……再者说,谁又能对自己认识的每一个人都负责?"拉基津顿时满脸通红。

"我理解,我非常理解!"菲久科维奇似乎也感到不好意思,开始给对方找台阶下,"爱美之心,人皆有之,结识一位年轻貌美的女士任谁都感到新奇有趣,更何况我们的斯维特洛娃小姐喜欢结识本城的青年俊才。但是,有一件事……在下还是想要了解一下——我听闻,差不多两个月以前,斯维特洛娃小姐非常想要认识一个人,就是卡拉马佐夫家最年轻的男子,阿列克谢·费尧多罗维奇。她当时对您许诺,只要您能把那位小卡拉马佐夫带到她家,就会付您二十五卢布当作报酬,当时这位小卡拉马佐夫还身着修道院的黑袍。据我们所知,这件事情恰恰就在犯案当天晚上办成了,您成功地把阿列克谢·费尧多罗维奇带到了斯维特洛娃小姐家中,您当时是否收到了二十五卢布的酬劳,我就是想问您这件事。"

"这只是一个玩笑……我不知道,您为什么会对这件事情感兴趣。我当时收了她的钱也只是开个玩笑……我以后会还她的……"

"也就是说,您把钱收了。但时至今日,这笔钱还没有归还……或者已经归还?"

"这不重要……"拉基津结结巴巴地说,"我拒绝回答这样的问题……我当然是会还的。"

这时候首席法官出来干涉,但是辩护律师就势宣布对拉基津先生的提问已经结束。拉基津离场时有一种自己被抹黑了的感觉。他刚才发言时精心塑造的高贵形象在几分钟内就被击得粉碎,而干这件坏事的人正目送他离席,似乎向在场所有人示意:"看啊,你们以为控方证人多么'端正'吗!"

我记得米佳插了一段话。在拉基津讲述格露莘卡时,米佳注意到了他的语气,这刺激到了他,于是他在盛怒下起身高喊:"你这个贝尔纳!"

对拉基津的询问结束时,首席法官照例问被告人有没有什么要说的,米佳直接扯开嗓子大喊:"我在牢里蹲着的时候,这个家伙三天两头找我借钱!他就是个贝尔纳、野心家、骗子!这个人根本不信上帝,他连主教都骗!"

自然,米佳又一次因为他过激的言语被呵斥了,但是拉基津先生的名声也算是完蛋了。而上尉斯涅基列夫,他出庭做证的表现可以说是糟糕透顶,但完全是另有原因。他穿的衣服破破烂烂且脏污邋遢,靴子上满是泥垢,尽管法庭已事先采取了种种防范措施,甚至不惜给他做了个特别检查,但还是没用,他出庭的时候还是喝醉了。当被问及米佳是怎么在大庭广众之下羞辱他时,他直接拒绝回答。

"让这些过去吧。伊柳沙不让我说。上帝会补偿我的。"

"谁不让您说?您说的是谁?"

"伊柳沙,我的小儿子。当时他在大石头附近对我说:'爸爸,爸爸,他欺人太甚……'可如今,他就要死了……"

上尉在众目睽睽之下突然号啕大哭,突然一下子跪倒在首席法官面前。在一阵哄堂大笑中,法警们立刻将他带了出去。就这样,检察官脑海中本计划好的一幕没有实现。

辩护律师继续运用他的一切手段,他对这个案件的熟悉,使大家越发感到诧异。譬如,那家旅店的店主特里方·波里赛琪的证词本来应该给人深刻的印象,当然,这对米佳非常不利。他甚至掰着手指头把案发前一个月来米佳花天酒地的费用算了一遍,陈述米佳的莫克罗耶狂欢之行花的钱"绝不少于三千卢布",又或者"就差一点点",还指出吉卜赛姑娘的事情,说米佳"不知道往她们身上扔了多少钱",以及"赏给他们这样满身都是虱子的乡下人,并非每人半卢布,纯粹就是在撒钱,他出手最少都是二十五卢布,根本没有零钱。而且还有很多人偷了他的钱!偷钱的人又不打欠条,上哪里去查,谁让他到处撒钱,也没法抓人家!我们那儿的乡下人虽说不都是贼,但也没人在乎什么灵魂救赎。而落到我们乡下姑娘手里的也没多少啊!我们那儿的人本就穷得不成样子,这位先生来了一趟,竟然都发财了。"总之,他就这样一边说事情,一边报花销——这样一来,关于米佳只花掉了一千五百卢布、剩下的藏在贴身布袋里的这种说法就极不可信了。他还补充:"我亲眼见过,米佳手里的那一沓钱就是三千卢布,我们这些人又不是不识数!"特里方·波里赛琪说话声音很大,似乎是在讨好那些"长官"们。

但辩护律师提问他的时候,他却一点也不反驳,反倒是提起了另一件事,他说,在米佳被捕前的一个月,就是在那次莫克罗耶的酗酒之行,马车夫季末菲和另一个农民阿吉姆曾在过道里捡到一张米佳因醉酒不慎掉落的百元大钞,二人拾到后把这张钞票交给了波里赛琪,而后者当即赏给他俩每人一卢布。"所以,当时您把这笔钱还给卡拉马佐夫先生了吗?"尽管波里赛琪的回答含糊其词,但是在律师盘问季末菲和那个农民后,他不得不承认,自己确实拿到了这一百卢布,看在上帝的分儿上,他当时就把钱交给了德米特里·费尧多罗维奇。"我没有撒谎!只不过当时他已经喝多了,不太可能想得起来这件事。"但由于在传讯两位乡下人之前,他一直否认自己捡到一百卢布的事情,自然,他把钱还给米佳的说法就变得尤其可疑。就这样,检方证人中最危险的角色之一,在众人的怀疑和鄙夷中黯然退场。

接下来是两个波兰人,他俩的遭遇也差不多。他俩登场时一副高傲又装腔作势的模样,一开场就说自己"曾为皇室效命""为帝国流过血",接着开始说"米佳先生"曾经企图用三千卢布收买他们,接着开始添油加醋地形容米佳手中的那一沓钞票。那位矮个子穆夏洛维奇的话中夹杂了许多波兰语,他觉得这么做能拔高自己在众人,尤其是在首席法官以及检察官心中的地位,而且他越发恣意,最终竟完全说波兰语了。但就是这样,菲久科维奇还是抓住了波兰人的破绽:尽管再次被传唤的店主波里赛琪一再闪烁其词,但还是承认他拿过去的一副纸牌被符卢布列夫斯基偷换了,而穆夏洛维奇也承认自己坐庄时做了手脚。这一点之后出场做证的卡尔甘诺夫也证明了,因此两个波兰人也在众人嘲讽的笑声中灰头土脸地退场了。

在此之后,所有能称之"危险"的证人均碰到了同样的情况。菲久科维奇点到为止,在给他们的名声制造了污点后,就放他们黯淡退场。在场的律师同行和司法界人士在欣赏之余,仍然纳闷:他这么做真的能有什么实质性的影响吗?因为,我再强调一遍,所有人都认为指控是压倒性的、不可置疑的,这么做只能让这桩案件越发悲剧。但是从这位"大魔法师"从容的表情中人们能看得出来,他成竹在胸,似乎在静观其变。所以,众人都期待反转,毕竟"如此一个大人物"从圣彼得堡远道而来,绝对不会允许自己空手而归的。

第三节 医学鉴定和一磅榛子

医学鉴定实际上起不了任何作用。事后的种种迹象也能表明，就连律师本人对它也并不抱有什么期望。医学鉴定纯粹是卡捷琳娜·伊万诺芙娜坚持要求的，她为此专门从莫斯科请来了一位大夫。当然，这件事对辩护方没有坏处只有好处。不过事情的结果多少有些荒唐滑稽，根本原因在于大夫们的意见大相径庭。负责医学鉴定的大夫一共有三个人，他们分别是：那位莫斯科的名医、本地大夫赫尔岑什图贝，还有非常年轻的瓦尔文斯基大夫。后面这两位也是检察官传讯出庭的证人。

首先以第一位医学鉴定人身份登场的人是赫尔岑什图贝。他已经年逾古稀，头发花白，有些秃顶，中等身材，身体健壮。这个人在我们的城市里很受尊敬，深得人们的信任。他是个尽职尽责又十分善良的小老头，典型的老好人，是赫伦胡特派或者"摩拉维亚兄弟会"（我记不太清楚了）的成员。他在我们城里已经居住了很久，善良慈爱之名人尽皆知，故深得大家的崇敬。这个人经常为穷人和农民义诊，亲自去他们简陋的房间或者农舍问诊，甚至还会给他们留下买药钱。但是，此人的固执也是出了名的，一旦他脑子里形成了某些看法，想让他改变几乎是不可能的。顺带提一下，城里几乎所有人都知道，那位从莫斯科来的大夫才到此处不过两三天，就已经好几次对赫尔岑什图贝大夫的行医水平做出了非常负面甚至是大不敬的评价。

事情是这样的，这位从莫斯科来的专家每次出诊的费用是二十五卢布，但是我们城里还是有不少人对他的到来表示欢迎，甚至不惜重金请他看病。当然，这些病人之前都是赫尔岑什图贝大夫治疗的，所以这位外地来的专家不论到哪里都要对原先的治疗方法提出尖锐的批评。到后来,这位名医索性开口就问:"您之前是谁给看的?赫尔岑什图贝?是不是他?"这一切自然传到了赫尔岑什图贝的耳朵里。

现在三个大夫逐一登台亮相,宣布自己的鉴定结果。第一个是赫尔岑什图贝,他直截了当、斩钉截铁地表明"被告的头脑不正常是显而易见的"。接着他提出了自己的一些见解,我在此处就略过不提了。然后他还说,这种不正常不仅能从被告之前的所作所为中看得出来,甚至在此时此刻也是非常明显的。于是法庭要求他解释此刻他是如何看出米佳的不正常时,这个老医生本着自己的个性直接指出,被告走进大厅的时候,"看上去很奇怪,像一个士兵走上前来,直望前方;理论上他应该看左边,因为女士们都在那里。他爱女人,他特别注意女人对他的评价。"老大夫用他颇有特色的语言结束了自己的话。我觉得此刻有必要说明一下,赫尔岑什图贝大夫会说俄语,而且也挺喜欢说俄语的,但不知道为什么,他的俄语总是听起来很奇怪,就像是用德语生硬地翻译出来的一样。不过,这丝毫没有让他感觉气馁或者尴尬,相反,他认为自己的俄语说得很标准,"我甚至比俄国人说得还要好!"他还特别喜欢引用一些俄国谚语,动不动就说俄国谚语是世界上最具有表现力的、最精彩的谚语。但我还是要指出一件事情,那就是他在说话的时候会突然忘记一些非常简单的词语,这些词语他明明知道,但就是会突然从他记忆中消失,我也不确定这是不是老年痴呆的前兆。他说德语的时候也是如此,每逢到了这个时候他总是会把一只手伸出来,给人的感觉好像那个单词就在他面前,只要他伸手抓住了,他就能想起来似的。可在他重新找到那个词之前,谁也无法迫使他把已经开始的谈话继续下去。说回庭审现场,他说"理论上他应该看左边,因为女士们都在那里",这句话确实引起了一阵窃窃私语。我们城市里的女士们特别喜欢这位老医生,因为这个有学问的、七十岁的单身男人向来把女人看作高尚和理想的生命体。所以大家都觉得他说出这句话实在太不可思议了。

下面一个登场的是莫斯科名医。他的态度很是强硬，不容任何人争辩地说出自己的看法，他认为被告精神并不正常，而且是"非常不正常！"他用翔实的资料和渊博的知识向法庭上的众人普及什么叫"情感障碍"什么叫"躁狂症"，并从他最近收集到的关于被告的所有材料中得出了一个结论：被告在被捕前几天已经因为躁狂症和情感障碍丧失了基本的理智。如果说真凶真的是他，那么他虽然能意识到自己正在犯罪，但是他无法控制自己，因为他被病态的冲动控制了。除此之外，他认为这位患者还患有躁狂症。他说，这预示着这位患者将来会彻底发疯。（注意：我只能用自己的话来转述他所说的，因为他的话里有太多专业的医学词汇和概念。）"他的一切行为都是违背常识和逻辑的，"他继续说道，"这桩弑父惨案我没有看到，我们先不以它为例，单单以前天我同患者的对话为例，当时他的眼神莫名其妙地呆滞，除此之外他会在不该笑的时候突然笑出声来。患者易怒，语言不合逻辑，一直在谈论什么'贝尔纳''伦理'之类的怪话。"莫斯科的名医认为以下是米佳躁狂症的突出表现：只要患者一察觉到有人和他说别人利用欺诈的手段侵吞了他的三千卢布时，他就会突然暴怒；而当别人同他讨论他所遇到的一系列挫折和痛苦时候，他却表现得非常豁达。根据后来的了解，他过去也是这般，但凡提到三千卢布，立马就会情绪失控，但是没有人说他是一个吝啬或者自私的人。

"至于我刚才那位同行的学术意见，"莫斯科的名医在临结束之际突然用充满了讽刺意味的口气说，"'理论上他应该看左边，因为女士们都在那里。'我只想说，这样的结论毫无疑问是错的，除了能让大家一笑之外没有任何作用。我虽然完全同意被告在走进决定着他命运的法庭之际,不应该以如此呆滞的眼神直勾勾地盯着前方,这确实是精神病患者的临床表现。但我坚决不同意我的患者应该朝左边女士们的地方看的观点,恰恰相反,他应该看向右边,因为他的辩护人在那里,对我的患者而言,他未来的生命完全取决于辩护的律师。"莫斯科大夫语速飞快、语气坚决。

但是,最后一个登场的鉴定人瓦尔文斯基大夫的结论却令人惊讶,他这么一说反倒使刚才两个大夫的话显得分外滑稽和可笑了。在他看来,被告人无论在过去还是现在精神都是完全正常的。虽然他被捕前的诸多现象表明那时候的他正处于某种神经紧张和过分亢奋的状态,但是这些状态的引起可以有很多的解释:吃醋、无能狂怒、不断酗酒,等等……但是他的状态绝对没有达到方才谈到的"躁狂症"的标准。至于被告刚才走进门的时候,究竟是该向左还是向右,依照他的"愚见",被告人走进法庭的时候就是应该直视自己的正前方,而他恰好也是这么做的。因为正前方是合议庭的三位法官,他们正是左右他未来命运之人。"所以,从这一点上来看,被告的所作所为证明了一件事情,那就是他的头脑完全正常。"年轻的大夫多少有些情绪激动地结束了自己的"愚见"。

"你说得对!大夫!"米佳从被告席上突然喊道,"没错!就是这样!"

果不其然,米佳又被警告了。但是年轻医生的意见对法官和在场众人产生了具有决定性意义的影响。因为事后的结果表明,大家都同意他的"愚见"。不过,赫尔岑什图贝大夫后来再次作为证人出庭的时候,出人意料地为米佳说了不少好话。作为很久之前就已经认识了卡拉马佐夫一家人的本地"老土著",他说的事情对检方来说更有利,但是不知道为什么,他突然话锋一转:"但是这个不幸的年轻人应该得到比他现在更好的命运和生活。因为无论他在童年时期还是在后来的生活中都十分善良，我知道这一点。但是俄国有句俗话说得好：'有聪明的头脑是件好事；如果有另一位智者来访，那就更好了，因为那样就有了两个聪明的头脑，两个总比一个好……'"

"一个人聪明好，两个人更好！"检察官不耐烦地提示道。他太了解这个说话慢腾腾的老爷子了，这个人从来不在乎别人是不是着急，恰恰相反，他在乎的是自己那份并不高明却自得其乐的德国式的幽默。他是个喜欢开玩笑的小老头儿。

"对，我说的就是这个呀，"他固执地附和道，"一个人聪明好，两个人更好。但是如果没有另一个人去帮他，他就会把自己的聪明放出去……哎呀，这句话怎么说来着，他就会把自己的聪明放出去，让它……这个词儿，是什么来着？想不起来了，"老爷子一边说着一边开始抓词儿了，"啊，对了，是游荡①。"

"游荡？"

"对，游荡，我说的就是这个。于是他的聪明才智就在外面游荡、溜达，一不留神就掉进了深渊里，丢失了自我。真的，他以前是一个懂得感恩又十分重感情的小少年，哎呀，我记得可清楚了。那个时候，他才这么一丁点儿高，他父亲把他一个人扔在后院里任他疯跑。小家伙连鞋子都没有，裤子就靠一颗扣子吊在身上……"

这个老好人用自己特有的忠厚语调说出了一段动人的话。菲久科维奇竟突然哆嗦了一下，似乎有了某种预感，急忙抓住不放。

"那个时候，我也很……年轻。我呀……呃……差不多四十五岁，才刚刚来到这里。那个时候，我看这个孩子好可怜，就问自己为

---

① 原文为法语。

什么不给他买……买一磅……哎呀,那个叫什么来着?我忘了,就是孩子们特别喜欢吃的那种……哎呀……"老医生又开始抓词了,"长在树上……摘下来……"

"苹果?"

"不对不对!不是苹果,苹果什么时候论磅秤了?苹果从来都是论个计算的……就是,那个东西可多了,很小很小,放进嘴里,咔嗒……"

"榛子?"

"对!就是榛子,我说的就是这个!"老大夫满不在乎地接过话茬,好像根本没有他到处抓词这件事情一样,"我就给他买了一磅榛子,因为还从来没有人给这个孩子送过一磅榛子,我竖起一个小指头,对他说:'孩子,圣父①。'他笑着有样学样:'圣父——圣子②。'我又对他说,他又笑了,咿呀学语般地说:'圣子——圣灵③。'我又说道。接着,他又笑了,尽可能地学着说:'圣灵。'后来我就走了,第三天我路过的时候,他把我拦住了,对我说:'叔叔!圣父,圣子。'他就是忘了'圣灵'这个词,我又帮他想了起来。当时我又觉得他好可怜。后来他就被送到别处了,我再也看不到他了。就这样二十三年过去了,一天早上我坐在自己的书房里,那时候我已经是个白发老头子了,突然看到一个神采奕奕的年轻人走了进来。我完全没有认出他是谁,但是他突然伸出一根手指头,笑着对我说:'圣父、圣子和圣灵!'他对我说他是专门过来的,就为了二十多年前那一磅榛子而来。因为那个时候从来没有人给他买过这些,除了我之外。我当时就想起了自己幸福的

---

① 原文为德语。
② 原文为德语。
③ 原文为德语。

青年时代和那个光着脚在院子里乱跑的可怜小男孩,我被感动了。我对他说:'你是个知恩图报的好孩子,因为你竟然还记得小时候的一磅榛子。'然后我们两个互相拥抱,彼此祝福。我哭了,他笑了,他又笑又哭……你们俄国人就是这样,该哭的时候笑。但是当时他哭了,我看见了,可现在……哎……"

"现在我也在哭,德国人,现在我也在哭……你是个好人!"米佳突然在被告席上叫道。

不管怎么样,这段充满温情的小故事为米佳在所有人心中留下了比较有利的印象。但它不是起关键作用的那个,主要的功劳要归卡捷琳娜·伊万诺芙娜的证言。下文中就会提到。总的来说,等到开始传讯辩方证人的时候,命运女神似乎开始对米佳微笑了。这一点就连辩方证人都没有想到。

但在卡捷琳娜·伊万诺芙娜出场之前,法庭先传唤了阿廖莎。他猛然想起了一件事,表面上看起来这才是最有力的证据,似乎能推翻控方提出的一条极其重要的证据。

第四节 幸运女神对米佳微笑

这件事甚至让阿廖莎自己也感到吃惊。他在做证时没有被要求宣誓,而且我记得,控辩双方都对他既温柔又友好,很明显,他的好名声早已传播在外了。阿廖莎平静又谦和地提供了他的证词,但他对自己那位不幸的大哥的强烈同情是明确无误的。在回答问题时,他把大哥描述成这样一个人:或许他脾气暴躁,容易被冲动的情绪带偏,但他为人光明磊落,骄傲又慷慨,如果有必要,他甚至愿意自我牺牲。然而他承认,米佳因为迷恋格露莘卡在和他的父亲竞争,最近一直处于万分难受的境地。尽管他也承认米佳对那三千卢布的执着几近癫狂，米佳认为父亲用欺骗的手段没有给予他应得的遗产，但是阿廖莎愤怒地否定了他的大哥为钱而杀人的说法，虽然米佳对于金钱漠不关心，但一提到那三千卢布，他就无法让自己不生气。至于那两位"女士"之间的竞争，正如检察官所说的那样，就是格露莘卡和卡捷琳娜之间争风吃醋的问题，他的回答则含糊其辞，甚至拒绝回答其中的一两个问题。

"不管怎么样，您的大哥有没有告诉过您，他打算杀了你们的父亲？"检察官问，"如果您认为有必要，可以拒绝回答这个问题。"他补充道。

"他并没有这么直接地对我说过。"阿廖莎回答说。

"那是如何说的？委婉地说过吗？"

"他曾有一次对我说过他憎恨我们的父亲，他害怕自己的愤怒值到达顶点时……他有可能会杀了父亲。"

"您相信他的话吗？"

"坦率地说，我相信他所说的。但我同样坚信他会悬崖勒马，因为他有一种更高尚的感情，这种感情最终会拯救他的，实际上也确实救了他，因为并不是他杀了我们的父亲！"阿廖莎语气坚定地说，整个法庭上的人都听见了他的声音。

检察官像是一匹战马听到了军号声那样震动了一下身体。

"我向您保证，我完全相信您的观点是十分真诚的，而且我并不认为这是您出于对自己的哥哥的私人感情，我们已经从初步的调查中知道了您对整个案件的特殊看法。不瞒您说，您的证词十分特别，并且与控方搜集的所有的其他证据相矛盾。所以，我认为有必要再问您一次：是什么因素使您确信自己的哥哥是无辜的，而且您还在预审中指名道姓地说出凶手是另一个人？"

"我只是回答了在预审时询问我的问题，"阿廖莎冷静且缓慢地说道，"我并没有指控斯乜尔加科夫是凶手。"

"可您总归还是指出了他。"

"我是根据我大哥德米特里的话才这样说的，在审讯之前我就听说了他被捕时的情形，当时他就说斯乜尔加科夫是凶手。我绝对相信大哥是无辜的，如果他没有杀人，那么……"

"那么凶手就是斯乜尔加科夫？为什么是斯乜尔加科夫？您为什么完全相信您的大哥是无辜的呢？"

"我不得不相信我大哥，因为我知道他是不会对我撒谎的。我能从他的脸上看出来，他没有撒谎。"

"只是从他的脸上？这就是您所有的证据吗？"

"我已经没有其他证据了。"

"至于斯乜尔加科夫的罪行，除了您大哥的话和他脸上的表情，您没有任何证据吗？"

"是的，我没有其他证据了。"

检察官此刻放弃了询问，阿廖莎的证词给公众留下的印象是最令人失望的。在审判前，有人在谈论斯乜尔加科夫这个人，有人说出了一些事情，还有人听到了什么消息，像是阿廖莎搜集了一些特别的证据能证明他的大哥是无罪的，而斯乜尔加科夫是有罪的，结果却什么也没有。除了对自己兄弟理所当然的信任之外，他没有任何证据。

菲久科维奇开始询问了。他问阿廖莎，被告是什么时候说起自己对父亲的痛恨以及有可能杀死父亲的话的？还有，他是否在惨案发生之前最后一次与被告见面时听他说过这话？在回答这个问题时，阿廖莎的身体猛然一震，那感觉就好像是突然间记起并明白了什么事似的。

"我现在记起了一件事，之前我完全忘记了。当时我还没有搞清楚，但现在……"

很显然，阿廖莎被这个想法冲击得厉害，他第一次用急切的语气讲述起那晚在去往修道院路上的一棵大树下，和米佳最后一次会面时的情景。米佳当时捶打着自己的胸脯，"就在胸的上方"，他一遍又一遍地告诉阿廖莎他有办法重新恢复自己的名誉。他的意思是办法就在那里，在他的胸脯上。"我当时以为，当他捶打自己的胸口时，是指那方法在他的心里，"阿廖莎继续说，"在他的心里，他可以找到力量来对抗某种可怕的耻辱，而这种耻辱他甚至不敢向我透露半分。我必须承认，当时我确实以为他是在指我们的父亲，认为他是由于产生了想去对父亲施暴的想法而感到耻辱，其实，他只是在指着藏在胸口里的某种东西。因为我当时还产生了一个念头，心脏根本不在胸口的那个位置，而是在下面一点。而他捶的位置太高，就在脖子下面，并且他一直指着那个位置。我的想法当时看起来太傻了，他也许只是在指他那个藏着一千五百卢布的小布袋！"

"确实是那样，"米佳从他所站的位置喊道，"没错，阿廖莎，我用拳头捶打的就是那个小布袋。"

菲久科维奇急忙向他飞奔过去，并恳求他保持沉默，同时紧紧盯住阿廖莎不放。阿廖莎陷入了回忆中，激动地表达着自己的想法。他认为大哥所说的耻辱，很可能就是他身上带着的那一千五百卢布，那笔钱他本来可以还掉欠卡捷琳娜·伊万诺芙娜一半的债务，但他仍然没有决定归还，最后还是决定将其用于另一个目的——和格露莘卡私奔，如果她同意的话……

"是这样，一定是这样，"阿廖莎突然兴奋地叫道，"我大哥对我说的就是一半，他说要挽回一半的名誉，他本可以挽回一半（他说的确实是"一半"这个词)的名誉,但不幸的是他意志薄弱,他无法做到……他事先就知道他根本没能力做到!"

"您能清楚、准确地回忆起来他用拳头捶的是身体的哪一处部位吗?"菲久科维奇急切地问道。

"我记得十分清楚而且确定,因为我当时在想,'他为什么捶得这么高,难道他不知道心脏的位置在哪儿吗?'当时这个想法在我看来很蠢……我还记得,这想法确实有点蠢……但它在我脑中一闪而过。所以我现在才立刻想起来。我怎么在此之前把这件事忘了呢?当他说他有办法但是不愿意归还那一千五百卢布时,他指的是那个小布袋。当他在莫克罗耶被捕时他喊了出来(这些我都知道,是别人告诉我的),他认为这是他一生中最耻辱的行为,当他有办法偿还卡捷琳娜·伊万诺芙娜一半(注意,是一半)的欠款时却没有还,他宁愿在她眼中做一个贼也不愿放弃那笔钱,那笔债把他折磨得多么痛苦啊!"阿廖莎最后喊了出来。

检察官不出意外地进行了干预。他让阿廖莎再一次地描述这一切是如何发生的。并且坚持问了好几次这个问题:"被告看起来真的是指着某个东西吗?也许他只是单纯地用拳头捶打自己的胸脯呢?"

"他不是用拳头,"阿廖莎大声说道,"他用手指指着这里,指的位置很高,我怎么可能会忘记呢?"

首席法官问米佳对上一个证人的证词有什么话要说。米佳证实了这一点,他说他指的正是藏在他胸口处、脖子下挂着的那一千五百卢布。当然,这是一个耻辱。"一个我无法否认的耻辱,是我一生中最羞耻的行为,"米佳大声说道,"我本可以把它还了,却没有还。比起还钱,我宁愿成为她眼中的小偷。最令人不齿的是,我事先就知道自己是不可能把钱还给她的,你说的对,阿廖莎!谢谢你,阿廖莎!"

至此，控辩双方对阿廖莎的询问结束了。关键且引人注目的是：至少发现了一个重要的事实，尽管这只是一个微小的证据，仅仅是一个暗示性的证据，但它确实通过一种微弱的方式证明了那个里面有着一千五百卢布的小布袋是存在的。当被告在莫克罗耶被捕后，初步调查时他声称那一千五百卢布是"他自己的"，他并没有在撒谎。阿廖莎很高兴，他满脸通红地走到了指定的座位上。他不停地自言自语："我怎么把那件事忘了？我怎么能把它忘了？如今又是什么让我想起它的呢？"

卡捷琳娜·伊万诺芙娜被传唤到了证人席上。她刚一走进来，法庭上就产生了不同寻常的动静。女士们纷纷扶紧了她们的长柄眼镜，有的还拿出了看歌剧用的小型望远镜，男士们也传来一阵骚动，有的人想站起来看得更清楚些。后来大家都证实说，当她走进来时，米佳的脸"白得像一张纸"。她穿着一身黑色的衣服，十分谦恭，几乎是带着一种畏怯走向给她指定的座位。从她的脸上看不出她的情绪波动，但是她那阴郁的眼睛中透出一种坚毅的光芒。我可以说很多人后来都说她当时看起来特别漂亮，她说起话来语气温柔，吐字清晰，所以法庭上的人们都听清了她的证词。她表现得很平静，或者说至少尽量让自己看起来很平静。首席法官谨慎而又恭敬地开始了他的询问，似乎是因为害怕触及她的"某根心弦"，因此对她的巨大不幸表现出了体谅。在回答第一个问题时，卡捷琳娜·伊万诺芙娜语气坚定地说，她和被告之前订过婚，"直到他主动和我分手……"她平静地补充道。当他们问她委托米佳寄给亲戚三千卢布这件事时，她肯定地回答道："我给他钱并没有要求他马上把钱寄出去。我觉得他当时非常需要钱……便给了他三千卢布，只要他能在一个月之内把这笔钱汇出去就行，他根本没有必要因为这笔债务而感到担心。"

在这里我不会把所有问她的问题和她详细的回答都重复一遍，我只打算提供她证词中实质性的内容。

"我坚信，他一从父亲那里得到钱，就会把那笔钱寄出去，"她继续说，"我从没怀疑过他的光明磊落和诚实……在金钱的问题上他绝对诚实……他确信他会从父亲那里得到这笔钱，并且跟我谈了好几次。我知道他和他的父亲有过不和，并且我认为他一直遭受着自己父亲不公平的对待。我不记得他对他的父亲有过任何威胁，他也当然没有在我面前说过任何对他父亲威胁性的话语。如果他当时来找我，我本可以立刻减轻那不幸的三千卢布对他造成的焦虑，但他已经不再来看我了……而我自己也正处于那种不方便邀请他来的境地……况且我也没有权利向他索取那笔费用，"她突然用一种已经下定决心的口气补充说，"我曾经也欠过他一笔比三千卢布还多的费用，我拿了那笔钱，尽管我当时难以想象自己该如何还清这笔债务。"

她的声音中含有一丝挑战的意味，就在此时，菲久科维奇开始了他的询问："您说的从被告手中借钱这件事，并不是在这里发生的，是发生在你们刚开始认识的时候吗？"菲久科维奇像是预感到了一些对被告有利的情况，他小心翼翼地接过话。我必须顺带说明一下，虽然菲久科维奇是应卡捷琳娜·伊万诺芙娜的聘请从圣彼得堡来的，但他对米佳给了她四千卢布和卡捷琳娜·伊万诺芙娜对米佳"磕头跪拜"这件事一无所知。她对他隐瞒了这件事，而且什么都没说。这一点很奇怪。可以肯定的是，直到最后一刻，是否会在法庭上谈起这件事就连她自己也不知道——她把它交给了自己的临时冲动。

"不，我永远不会忘记那些时刻。"她开始讲述自己的故事。她说出了一切，包括米佳告诉阿廖莎的整个故事，也包括自己"磕头跪拜"的理由。她说出了父亲的境况，还有她去找米佳的事，但没有一个字暗示是米佳通过她姐姐建议"派卡捷琳娜·伊万诺芙娜"去他家里拿钱的。她慷慨地隐瞒了这一点,并不羞耻地把事情说成是自己是出于一时冲动才跑去找那个年轻军官去寻求依赖……为了钱恳请他。这是一件多么了不起的事情!我听了以后全身发抖。整个法庭上的人都安静了下来,试图听清楚她说的每一个字。这件事绝无仅有。即使是像她这样一个任性、轻蔑、高傲的姑娘,能这般献身,勇于自我牺牲,做出这样一个极其坦率的公开声明,简直令人难以置信。她为了什么?为了谁?这完全是为了拯救那个欺骗和羞辱她的男人,即便只能稍稍带来一点帮助,也要让他给大众留下一个深刻的好印象,从而获救。的确,那个年轻的军官对一个天真的姑娘鞠了一躬,并且把他所有的财产——那最后的四千卢布给了她,他的形象瞬间绽放出迷人的光芒,让人对他抱有同情。我的心中有一种痛苦的顾虑!我觉得以后会产生谣言(事实上,它确实发生了)。后来,全城的人都带着恶意的讪笑谈论这事,那个军官只是"鞠了一躬,什么都没做"就让她离开了,他们认为这个故事只是节选,并且暗示这里面一定省略了某些东西。

"如果这就是故事的全部,即使没有省略某些细节,"就连我们那些最受尊敬的太太们也坚持说,"即便真是这样,一个年轻的姑娘为了救她的父亲而采用这种方式,这也很值得让人怀疑。"

以卡捷琳娜·伊万诺芙娜的智慧和她那病态般的敏感,难道会想不到人们将会这样议论她吗?她一定明白,但她依然下定决心把一切都说出来。当然,所有对她所讲述的故事的真实性产生的肮脏怀疑都是后来才有的,起初大家都对它印象深刻。至于法官和律师,他们虔诚地聆听着卡捷琳娜·伊万诺芙娜的陈述。检察官甚至不敢提出关于这件事的任何一个问题。菲久科维奇向她深深地鞠了一躬。哦!他已经有胜算了。辩方收获了很多。一个把自己所有的财产四千卢布拿出来为他人排忧解难的人,会为了抢走三千卢布而谋杀了他的父亲吗?这个事实似乎太难成立了。菲久科维奇觉得至少现在,对盗窃的指控已经被证明是错误的。"这个案子"出现了转机。人们纷纷对米佳表示同情。至于他,有人曾不止一次告诉我,当卡捷琳娜·伊万诺芙娜做证时,他从座位上跳了起来,又坐了下去,把脸埋在双手中。然而当她讲完之后,米佳突然间哭了起来,他用哽咽的声音说道:"卡佳,你为什么要毁了我?"

法庭上到处都能听见他的哭泣声,但他立刻克制住自己,再次大喊道:"现在我死定了!"

然后,他咬紧牙关僵硬地坐着,双手抱在胸前。卡捷琳娜·伊万诺芙娜则留在了法庭上,并在自己的位置上坐了下来。他脸色苍白,低垂着眼眉坐在那里。坐在她旁边的人说,在很长的一段时间里她全身都在发抖,就像在发高烧一样。接下来,格露莘卡被叫上了法庭。

现在,我快要讲到那件突如其来的灾难了,或许正是这件事最终造成了米佳的毁灭。因为所有的律师都相信,如果这件事没有发生,被告至少会被建议宽恕。不过这些稍后再说,先说格露莘卡吧。

同样的,她也穿着一袭黑衣,肩上披着一条华丽的黑色披肩。她用她那种身材丰满的女人所常见的微微摇晃的步态,平稳、无声地走到证人席前。她坚定地看着首席法官,完全没有去看别人。在我看来,她此刻非常漂亮,而且一点也不像女士们后来所说的那么苍白。她们还说她的脸上有一种非常专注的恶毒神情,我相信,她只是对我们这些喜欢丑闻的公众把轻蔑和好奇的目光聚焦在她身上而感到愤怒和痛苦,她很骄傲,无法忍受被蔑视。她是那种一旦觉得被轻视,就会愤怒而急于报复的人。当然,她也有一丝胆怯的心理,内心也因这种胆怯觉得羞愧,所以她说起话来喜怒无常也并不奇怪。她一会儿愤怒、轻蔑且粗暴，一会儿又真诚、谦逊且平和。有时她说话好像是在进行冒险，她觉得："就算把我碎尸万段，我也要说……"关于她和费尧多尔·巴甫洛维奇的结识，她简短地说："这都是在胡扯，难道他纠缠我也是我的错吗？"但一分钟后她又补充说："这都是我的错。我耍了他们，既耍了老头子，也害了他，所以他们才会陷入如此境地，这一切都是因为我。"

当问到萨姆索诺夫时，她立刻带着一种傲慢的蔑视，厉声说道："这跟他没什么关系！他是我的恩人，当我脚上连双鞋都没有，被赶出家门后，是他收留了我。"首席法官虽然很有礼貌，但还是提醒她必须直接回答问题，而不是说一些无关的细节。格露莘卡脸涨得通红，眼中也冒出火来。

她说自己没有看见那个装钞票的信封，只从"那个坏蛋"那里听说过费尧多尔·巴甫洛维奇有一个信封，里面装有三千卢布钞票。"但这一切都是愚蠢的，我只觉得可笑，我无论如何也不会去找他的。"

"您说的'那个坏蛋'指的是谁？"检察官问道。

"那个仆人，斯乜尔加科夫，他杀了他的主人并且昨晚上吊自杀了。"

当然，她立刻被问道，是什么凭据能让她这样坚定地指控此人，但很显然，她没有任何根据。

"德米特里·费尧多罗维奇亲自告诉我的，你们应该相信他，插足在我们之间的那个女人毁了他，让我告诉你们，她就是罪魁祸首。"格露莘卡补充说道，她的声音似乎因仇恨而颤抖着。

她又被问道那个女人指的是谁。

"那位年轻的女士，卡捷琳娜·伊万诺芙娜，她派人来找我，还送我巧克力，想要迷惑我，我可以告诉你们，她真的是没有一点廉耻……"

这时,首席法官严厉地制止了她,恳请她注意自己的言辞。但是那个女人的嫉妒心在燃烧着,她根本不在乎自己干了什么。

"当被告在莫克罗耶被捕时,"检察官问道,"每个人都看见且听到您跑出了隔壁房间并喊着'这些都是我的错。就算流放到西伯利亚,我们也要在一起!'所以,在那时您已经相信是他杀了他的父亲了?"

"我不记得我当时的想法了,"格露莘卡回答说,"每个人都在大喊他杀了他的父亲,我觉得这是我的错,他是因为我才杀了他。但是当他说他无罪时,我立刻就相信了他,我现在依然相信他,并且永远相信。他不是一个会说谎的人。"

菲久科维奇开始了他的询问。我记得除了其他事之外,他还问起了拉基津和关于二十五卢布的事。"您付钱给他,让他把阿列克谢·费尧多罗维奇·卡拉马佐夫先生带来见您。"

"他拿钱并没有什么奇怪的,"格露莘卡愤怒又轻蔑地冷笑道,"他总是来找我要钱,他在过去一个月里至少从我这里得到了三十卢布,主要是用来玩乐享受的,就算没有我的帮助,他也能够生活。"

"是什么原因让您对拉基津先生如此慷慨?"菲久科维奇立即问道,尽管首席法官此时已经有了一些不耐烦的举动。

"为什么?因为他是我的表亲,他的妈妈是我妈妈的妹妹,但他总是恳求我不要把这件事告诉这里的任何人,因为他怕我给他丢人。"

这个事实让每个人都感到惊讶,在城里无人知道此事,包括修道院里也没有人知道,甚至连米佳都不知道。有人告诉我,当时拉基津正坐在自己的座位上,脸上羞愧到发紫。不知怎么,格露莘卡在进入法庭前听说拉基津提供了不利于米佳的证据,她很生气,因此顺便报复了他一下。拉基津靠情绪激昂的演讲、对农奴制和俄国政治的混乱所作的抨击在公众面前建立的形象被彻底地摧毁了。菲久科维奇对此很满意，这又是一个天赐的礼物。对格露莘卡的询问并没有持续很长时间，当然，在她的证据中可能没有什么新的特别的东西。她给公众留下了特别不好的印象。当她做完证后，在成百双轻蔑的目光的注视下，她重新回到了法庭中自己的位子上，那里离卡捷琳娜·伊万诺芙娜的距离很远。米佳在她整个的做证过程中都保持沉默。他的眼睛始终盯着地面，仿佛变成了一尊石像。

伊万也被叫出庭做证了。

第五节 突如其来的灾难

我需要指出，他本该在阿廖莎之前出庭做证，但法庭的法警向首席法官宣布，由于生病或某种不适，证人目前不能出庭，但他一康复就准备做证。然而这话当时没人听到，直到后来才知道。

他的出现在第一时间几乎没有人注意到。主要的证人，特别是那两位敌对的女士已经被传讯了，好奇心得到了满足的公众们甚至感到了疲惫。虽然还有几名证人需要出庭，但在听了那么多的证词之后，大家都觉得可能不会有什么特别的新信息了。时间一点点地流逝，伊万非常缓慢地走上前去，他低着头谁也不看，仿佛陷入了忧郁的沉思中。他穿得无可挑剔，但他的脸上有着痛苦的神情，至少在我看来他的脸上面无血色，有点像死人的脸。他的眼睛里没有光泽，他抬起头，慢慢环视着大厅。阿廖莎从座位上跳了起来，痛苦地喊了一声"啊"。我还记得那个情景，但很少有人注意到。

首席法官从一开始就提醒他，他是免于宣誓的证人，他可以回答问题也可以不回答。但是，当然了，他必须根据他的良心来做证，不允许有一句假话,等等。伊万茫然地听着,看着他,然而他的脸突然放松下来,露出了微笑,当首席法官惊讶地看着他时,他突然大笑起来。

"那么,还有什么要交代的吗?"他大声地问道。

法庭里一片寂静,似乎有一种奇怪的预兆,首席法官也表现出了不安。

"您……也许您身体还有些不舒服?"他开始问道,同时目光到处在寻找着法警。

"不用麻烦了,首席法官大人,我可以告诉您一些有趣的事情。"伊万突然平静而体面地回答道。

"您有什么特别的信息要提供吗?"首席法官继续说着,但仍旧不太相信。

伊万低头看着地面,等待几秒钟后抬起了头,结结巴巴地说:"不……我没有,我没有什么特别要说的。"

他们开始向他提问,他似乎很不情愿地用极其简短的语句来回答。虽然他回答得很理性,但他的厌恶情绪越来越明显。很多问题他都回答不知道。他根本不知道父亲和德米特里的账目的事。"我对这个话题不感兴趣。"他补充道。关于威胁要杀掉父亲的话,他从被告那里听到过,关于信封里的钱,他从斯乜尔加科夫那里也听到过。

"同一件事情被反复地说来说去,"他突然带着一种疲倦的神情打断了问话,"我并没有什么特别的信息能告诉法庭的。"

"我看您好像很不舒服,也理解您的感受……"首席法官开始发话。

首席法官转向检察官和辩护律师,请他们在有必要时才询问证人。这时伊万突然用筋疲力尽的声音请求道:"让我走吧,法官先生,我感到很不舒服。"

说完这些话后,还没等到允许,他就转身向法庭外走。但在迈出四步之后,他站住不动了,好像已经下定了决心似的,慢慢地笑了,又走了回去。

"我就像那个乡下姑娘,法官先生……您听过吗,她唱着这样的歌:'如果我愿意,我会站起来,如果我不愿意,我就不会站起来。'他们都试图让她穿上花绸裙,把她带去教堂结婚,她说:'如果我愿意,我会站起来,如果我不愿意,我就不会站起来。'这是我们民间的风俗……"

"您说这话是什么意思?"首席法官严厉地问道。

"好吧,看这个,"伊万突然拿出一沓钞票,"这些钱……就是信封里的钞票(他朝着放着物证的桌子点了点头示意),因为这些钱,我的父亲被谋害了,我应该把它们放在哪儿呢?负责人先生,请把它们拿走吧。"

法警拿起整沓钞票,交给了首席法官。

"如果这些就是信封里的那笔钱,怎么会到您的手中?"首席法官十分惊讶地问。

"我昨天从斯乜尔加科夫,从那个凶手那里拿来的……就在他上吊自杀之前,我还和他在一起,杀了我们父亲的是他,不是我的哥哥。他杀了他,是我煽动他那么做的……谁不盼望父亲死呢?"

"您的头脑现在正常吗?"首席法官不由自主地打断了他的话。

"我想我的头脑很正常……和你们所有人一样令人讨厌……就像所有的这些丑陋的脸一样……"他突然转向观众,"我的父亲被谋杀了,而他们全都装出一副惊恐的模样,"他轻蔑地咆哮道,"他们全部都在装腔作势,全是骗子!他们都渴望着我父亲死。一条毒蛇咬死另一条毒蛇……如果没有发生谋杀案，他们会生气、不愉快地回家……这是他们想看到的好戏。就像'面包和马戏'的典故！尽管我也是个招人议论的人，你们有水吗？看在上帝的分儿上，给我喝一杯吧！"他突然紧张地抓住了自己的头。

法警立刻走向他，阿廖莎跳起来说："他病了，别相信他，他有脑热病！"

卡捷琳娜·伊万诺芙娜冲动地从座位上站了起来，惊恐又僵硬地盯着伊万。米佳站起身来，面容扭曲地看着他的兄弟，带着狂野而又奇怪的微笑听着。

"你们没必要麻烦自己，我没有疯，我是一个杀人犯，"伊万又开始说，"你们不能指望一个杀人犯有雄辩的口才……"由于某种原因，他突然补充道，然后奇怪地笑了笑。

检察官显然很沮丧地转向了首席法官，另外两位法官也在激动地低声交谈着。菲久科维奇则竖起耳朵倾听着。

整个大厅里的人都在期待着接下来会发生什么。首席法官突然间像是想到了什么，说道："证人，您的话让人无法理解，也是不能成立的。如果您确实能提供有效的证据……请您冷静下来，然后讲讲您的故事……您承认自己是凶手，如果您不是发了疯或故意开玩笑，您如何能证实自己的说法……"

"事情就是这样，我没有证据，斯乜尔加科夫这个狗东西不会从另一个世界把证据塞进信封寄给你们……你们的脑子里除了信封没有别的，一个信封就够了。我没有证据。或许除了那个人……"他若有所思地笑着说。

"谁是您的证人？"

"他有一条尾巴，大人，而且这也不符合常理！因为魔鬼并不存在！不值得注意，他只是一个微不足道的、可怜的魔鬼，"他突然间停止了笑容，神秘地说，"不用怀疑，他就在这里的某个地方，也许就蹲在那张物证桌子下面。如果他不在那里又能在哪儿呢？你们瞧。听我说，我告诉过他，我不想保持沉默，他竟然谈到了地质巨变……蠢货！来吧，把那个怪物放出来吧……他会高唱赞美诗的，因为他的心轻松起来了！这就像一个醉汉在街上高唱着'万卡去了圣彼得堡①'，我愿意用一千万兆来换取这两秒钟的快乐。你们不理解我！哦，这里的一切都是那么愚蠢啊！来吧，你们把我抓起来，把他放了！我来到这里不是没有原因的……为什么？为什么所有的一切都是如此愚蠢……"

接下来，他像梦游一样再一次慢慢地看向四周，但整个法庭现在已经很聒噪了。阿廖莎向他冲了过来，但法警已经按住了伊万的胳膊。

"你在干什么？"伊万瞪着法警的脸大叫道，猛地抓住法警的肩膀，把他摔倒在地。伊万狂怒地尖叫着，及时赶到的警卫抓住了他，将他带出法庭的时候，他依旧在大喊大叫，语无伦次。整个法庭都陷入了混乱，我也不记得当时发生的一切了，因为我也很激动，无法平静地观察。我只知道当一切安静下来之后，每个人都明白发生了什么。那名法警受到了斥责，虽然他很合理地解释说，一个小时前医生给他做检查时，证人的状态没问题，只是有些轻微的头晕，他走进法庭前说话一直都是连贯的，所以没有预见到会发生这种情况。事实上，他还坚持要提供证据。然而在大家还没有完全平静下来之时，现场又掀起了波澜。卡捷琳娜·伊万诺芙娜的歇斯底里突然发作了。她抽泣着，大声地尖叫着，但拒绝离开法庭，她挣扎着恳求他们不要把她带走。

---

① 哀歌的歌词。

突然间,她对首席法官喊道:"我有更多能立刻提供的证据……立刻!这里有一封信……拿着,快读它!这是那个怪物的字据……那个人在那儿,就在那儿!"她指着米佳说,"就是他杀了他的父亲,你们从信上就能直接知道!他写信告诉我说他将如何杀掉自己的父亲!至于那个病人,他病了,他得了震颤性谵妄症!"她不停地大哭大叫着。

法警拿起她举在手中的文档递给首席法官。她坐回椅子上,用双手捂住脸开始不停地哭泣,她浑身发抖,因为担心自己会被赶出法庭而一直压抑着不发出任何声音。她交出的信是米佳在京都酒馆写的那封,也就是伊万口中如"数学公式"般的重要证据。哎!果然,大家都认为这封信具有数学般的精确性!如果不是因为那封信,米佳可能已经摆脱了他的厄运。或者,至少那个厄运将不会那么可怕。我再强调一遍,要把每一个细节还原出来是很难的,直到现在,这一切在我的脑海中还是混乱的。我想,首席法官应该是当场就将这封信给了法官、陪审团和双方的律师。我只记得他们是如何重新对这名证人进行询问的。

当首席法官温和地问她是否已经恢复正常时,卡捷琳娜·伊万诺芙娜激动地叫道:"我准备好了,我准备好了!我可以回答你。"她补充说,很显然,她仍在担心自己被评判为无法做证。她被要求详细解释这封信是什么,以及她是在什么情况下收到的。

"我是在案发前一天收到的,但是他在酒馆里写这封信的时间是前一天,也就是案发前两天。你们瞧,这封信居然是用一张账单写的!"她气喘吁吁地喊道,"当时他很恨我,因为他干了非常卑鄙的事,追求那个贱货……还因为他欠了我三千卢布……显然是他心术不正,他却总以为自己是因为那三千卢布感到羞愧!我想讲清楚这三千卢布到底是怎么一回事。我请你们,请你们听我说完。在他谋杀生父的三周前,有一天早上他来找我。我知道他很缺钱,也知道他想用这些钱干什么。是的,没错,为了赢得那个贱货的芳心,把她带走。那时我知道了他对我不忠,打算抛弃我。然而是我,给了他钱的人是我!还借口让他把钱寄给我那住在莫斯科的妹妹。当我给他钱的时候,我看着他的脸说,他想什么时寄就什么时寄,'只要在一个月之内都行',他怎么……怎么就不明白,我实际上是在对着他的脸说,'你需要这笔钱是为了背叛我,和那个贱货私奔,所以,这些钱就是给你的,我亲自给你,如果你能无耻到这种程度,你就拿着吧!'我想当场戳穿他,然而接下来发生了什么?他收下了,而且只用了一晚就和那个贱货一起挥霍光了……但他心里清楚,他清楚我已经知道了一切。我向你保证他肯定心里明白,我给他钱是为了考验他,想看他是否会以失去一切荣誉为代价从我这里拿走这笔钱。我盯着他的眼睛,他也盯着我。他明明什么都清楚,但还是拿了,他竟然把钱拿走了!"

"你说的是真的,卡佳!"米佳突然咆哮道,"我看着你的眼睛,我知道你在侮辱我,但我还是拿走了你的钱!把我当成一个浑蛋来鄙视吧,你们所有人都来鄙视我吧!这是我应得的!"

"被告,"首席法官大声喊道,"再多说一个字,我就把你赶出去。"

"这笔钱对他来说是一种折磨,"卡佳继续冲动地说着,"他想归还我,他确实想,这是真的。但他也需要钱来供养那个贱货。所以他杀了他的父亲,但他依旧没有还我钱,还和她一起去了那个他被捕时的小村庄。在那里,他又一次挥霍了杀了自己父亲后从他那里偷来的钱。就在凶案的前一天他给我写了这封信,写信时他喝醉了。我当时就看出来了,他写这封信是为了发泄私愤,我很确定,非常确信。我永远不会把它拿给任何人看,即使他真的杀了生父。要不然,他是不会写这封信的。因为他知道我不想报复并且毁了他!但是,读一下吧,请仔细地读一下吧,你们会看见他在信中描述的一切,所有都是预先计划好的,他是怎样杀了父亲,又把钱藏在了哪里。请看,不要忽略这句,这里有一句话,'只要伊万走了就动手'。他事先就想清楚了将如何杀死他的父亲。"卡捷琳娜·伊万诺芙娜用恶毒和胜利般的语气向法庭指出这一点。哦!很明显,她研究过那封信中的每一句话和每个字。"如果他没有喝醉,就不会写信给我,但是,你们看,所有作案前的计划都被写了下来,和案发后的情形一模一样,这是一份完整的犯罪计划书!"她疯狂地喊道。她现在已经不顾一切后果了,一个月前,她就已经预见到了,因为每当她气得浑身发抖时,就会考虑是否要在审判时出示这封信。如今,她发狂了,什么都豁出去了。

我记得那封信是被法庭书记员大声读出来的,我相信是这样的,没错。那封信给人们留下了深刻的印象。法官问米佳是否承认自己写了这封信。"是我写的,是我!"米佳大叫道,"如果没有喝醉,我是不会写那封信的……因为有太多事情使我们一直憎恨着对方。但是卡佳,我发誓,我发誓我恨你的同时也爱着你,但你却一点也不爱我!"他瘫倒在座位上,绝望地拧着双手。

检察官和辩护律师开始盘问起她来,主要是为了查明是什么原因促使她一直隐瞒这封信,并且在此之前又为什么一直用不同的证词和精神状态来提供证据。

"是的,没错,我刚才还在撒谎。我违背了我的良心,玷污了我的名誉。但是我想救他,因为他是如此恨我、鄙视我!"卡佳疯狂地叫喊着,"啊,他非常鄙视我,一直鄙视我。你们知道吗,从我为了那笔钱向他下跪的那一刻起,他就一直在鄙视我。我看见了……当时我就感觉到了,但很长一段时间里我都不信。我经常在他的眼睛里读到它,'无论如何,是你自己主动跑来的'。啊,他不明白,他不明白为何我要跑去找他,除了卑鄙的目的他什么也怀疑不出来,他自私地评价我,他认为每个人都像他一样!"卡佳用疯狂的情绪暴怒着,表达着不满,"他想娶我,只是因为我继承了一笔遗产,因为这个,就是因为这个,我一直怀疑就是因为这个原因!啊,他是个畜生,他总是觉得我这一生都要因羞愧在他面前发抖,就因为我当时去找他了,他就有权利永远看不起我,永远高我一等,这就是他想娶我的原因!这就是真相,这就是全部的真相!我试图用我那无限的爱来征服他,我甚至试图原谅他的不忠行为,但他什么也不懂!什么也不懂!他怎么可能真正理解呢?因为他是一个怪物!第二天晚上我才收到那封信,信是那天早上从酒馆带出来的,而且就在那天早上,就在那天早上我甚至还想原谅他的一切,一切,甚至是他的背叛!"

当然,首席法官和检察官试图让她冷静下来。我不禁认为,他们或许会因为利用她的歇斯底里获取口供而感到羞愧。我还记得听见他们对她说"我们明白这对你有多难,我们当然也能感同身受",以及其他一些话。然而,他们却把证据从这个疯狂的、歇斯底里的女人身上套了出来。最后,尽管处在那样激动的情绪下,她仍然能在短暂的时间内以非常清晰的思路描述了伊万在过去的两个月里,如何试图拯救那个"怪物般的杀人犯",即他的哥哥。

"他一直折磨着自己,"她大叫道,"他总是试图把他哥哥的罪行降至最低,他还向我承认,他从来没有爱过他的父亲,也许连自己都希望他能死掉。啊,他有温柔的、过分温柔的良心!他用他的良心折磨着自己!他把一切都告诉了我!他每天都来找我,把我当成他唯一的朋友交谈。我很荣幸能成为他唯一的朋友!"她的眼睛突然发亮,像是在蔑视某人般大声喊道,"他见过斯乜尔加科夫,有一天,他来找我时说:'如果不是我的哥哥,那就是斯乜尔加科夫犯了罪(因为到处都有传言是斯乜尔加科夫干的),也许我也有罪,因为斯乜尔加科夫知道我不喜欢我的父亲,也许他相信我想让父亲死掉。'然后我就把那封信拿了出来,拿给他看。他这才完全相信是他哥哥干的,他因为这件事很受打击。他无法忍受自己的哥哥是一个弑父者!就在一周前,我看见他因为这件事生病了。在过去的几天里,他在我面前语无伦次,我看见他的思想正在逐渐崩溃,就连走路时也疯疯癫癫的。有人看见他在街上喃喃自语着。一位来自莫斯科的医生应我的要求在前一天对他做了检查,告诉我他快要得震颤性谵妄症了。这全都怪他,都是因为这个怪物!昨晚他得知斯乜尔加科夫已经死了,这个消息让他极度震惊,最终导致他发疯了……都是因为这个怪物,都是为了救这个怪物!"

啊,当然,这样的感情流露,这种公开的表达,一生只能有一次,比如在去往断头台的路上!然而,这正是卡佳的性格,这正是在她生命中的一个特殊时刻。这正是那个为了拯救父亲而去找放荡的年轻军官的卡佳;这正是为了能让米佳稍微摆脱厄运,敢于牺牲自己的名声讲述米佳高尚行为的卡佳。现在,她又一次牺牲了自己,但这一次是为了另一个人,也许直到这一刻她才明白这个人对她来说是多么珍贵,她为他竟然能够牺牲自己而感到惊恐。她是因为突然意识到他说凶手是自己而不是他的哥哥,她才牺牲了自己来拯救他,挽救他的名誉!然而,她的头脑里有一个可怕的念头:她在描述以前和米佳的关系时撒谎了吗?是否诬陷了他?——这倒是一个问题。不,当她大喊着米佳鄙视她以及自己向他下跪时,她并不是故意要诽谤他!她自己也坚信,也许从那一跪之后,她就一直坚信着,那个头脑简单的米佳一直在嘲笑她、鄙视她。她爱他的时候是一种歇斯底里的、"撕裂"的爱,只是因为自尊心,这种爱不像爱,更像是复仇!啊,也许那种被撕裂的爱情会变成真正的爱情,也许这正是卡佳所希望的,但是米佳的不忠伤了她的心,她无法原谅他。复仇的时刻突然降临在她身上,在这个被伤害的女人心中积累了那么久的痛苦,一下子爆发了。她背叛了米佳,但她也背叛了自己。在她充分表达出了自己的情感后,紧张的氛围自然就结束了。她感到非常羞愧。歇斯底里的症状又发作了,她倒在了地上,一边哭泣一边尖叫。接下来她被抬走了。

就在这时,格露莘卡在他们还没来得及阻止她之前,哭着冲向米佳。

"米佳,"她哭着说,"你救的毒蛇毁了你!她向你们展示了她到底是个什么东西!"她气得浑身发抖地对着法官们大声喊道。

在首席法官给出信号后,法警抓住了她,并试图将她赶出法庭。但她坚决不同意,她挣扎着,挣扎着回到米佳身边。米佳也大叫着挣扎着想去她身边,但他被压倒了。

是的,我想来看演出的女士们一定很满意,因为这场戏精彩纷呈。接下来,我记得那位莫斯科医生出现在了现场。我相信首席法官在之前就已经派法庭接待员为伊万准备好了医疗援助。医生向法庭宣布,病人处于震颤性谵妄症的发作阶段,必须马上送走。在回答检察官和辩护律师的问题时他说,病人前天曾亲自去找过他,他警告病人说拖延不治疗会很严重,但他没有同意接受照顾和治疗。

"他的精神状态肯定不正常,他自己告诉过我,他在醒来时看见了幻象,他在街上遇到了几个已经死去的人,魔鬼撒旦每天晚上都来看他。"最后医生说道。这位有名的医生提供了证词后就退出了法庭。

写给卡捷琳娜·伊万诺芙娜的信件被添加在了证明材料中。经过一番审议,法官们决定继续进行审判。并在议定书中加入了两个意想不到的证据(由伊万和卡捷琳娜·伊万诺芙娜提供)。我不会再详细说明对其他证人的询问,因为他们只是重复和证实了先前说过的话,尽管这些证词都有他们自己的观点。我再说一遍,在检察官的发言中,一切都集中在了一起,我将立刻引用它们。每个人都很兴奋,所有人都在极度不耐烦地等待着控方和辩方的演讲。菲久科维奇显然被卡捷琳娜·伊万诺芙娜的证据震惊了。与他相反,检察官信心十足。当所有的证据被拿走后,法庭休庭了将近一个半小时。当首席法官回到他的座位上时已经是晚上八点钟了,接下来,我们的检察官伊波利特·基里洛维奇开始了他的演讲。

第六节 检察官的演讲。人物述评

伊波利特·基里洛维奇开始了他的演讲,他紧张地发抖,额头上冒着冷汗,全身忽冷忽热。事后他自己是这样说的。他把这次演讲看成是自己的杰作,一生的杰作,是他的绝唱。的确,九个月后,他因急性肺结核死掉了。因此,他是有资格把自己比为天鹅的,因为天鹅预感到自己即将死去的话,会唱出它最后的一支歌。他全身心地投入到这番演讲中,结果出乎意料地发现自己身上还蕴藏着社会责任感以及对"社会顽疾"问题的关注。他的演讲真正的出色之处在于他的真诚。他真心地相信被告是有罪的,他对米佳提起公诉不仅是因为自己的职责,更是怀揣着一种"为了社会安全"的热情和真诚才想要对他进行制裁。即使是在座的一些对伊波利特·基里洛维奇抱有敌意的女士们,也不得不承认他给她们留下了深刻的印象。他的声音刚开始是嘶哑的、断断续续的,但后来嗓门逐渐提高,甚至响彻了整个法庭。然而他刚说完,就差点儿晕过去。

"陪审团的先生们,"检察官开始说,"这个案子引起了整个俄国的轰动。但是这有什么好奇怪的?我们有什么可害怕的呢?我们早已习惯这样的罪行了！这就是让大家觉得可怕的地方，如此黑暗的行为已经不再能吓到我们。使我们感到恐惧的是，我们已经习惯了它，而不是这个人或那个人的个别罪行。我们对这些行为，对这个时代的种种迹象抱着冷漠的态度，原因是什么？是我们的愤世嫉俗？还是在一个未老先衰的社会中，让自己的才华和智慧过早地耗尽？是我们的道德准则已经被连根破坏？还是我们根本就没有这种东西？我无法回答这样的问题，然而，它们却让人不安。每个公民不仅有责任和义务，而且必须为这些问题感到痛苦。我们刚刚创办的、依旧胆小的媒体已经为公众做出了很好的服务，因为如果没有他们，我们就无法得知恐怖的暴力和道德不断堕落的各种罪案，我们的报纸在自己的版面上向人们报道这类事件，而不是仅仅局限于让那些在当今政府建立的新式公开法庭上旁听的人得知。我们每天几乎都在读些什么内容呢？啊，本案与我们读到的那些内容相比，完全是稀松平常的。但最重要的是，许多具有俄罗斯民族特性的罪行都标志着一种现象，这种普遍的邪恶已经在我们中间生根，而且我们无法与之对抗了。

"曾经有一个杰出的上流社会的年轻军官，在他的职业生涯刚开始时，竟卑鄙地、没有一丝怜悯地谋杀了曾是他恩人的官员和他的女仆，再把自己写下的欠条和能找到的所有钱财一并偷走，'这些钱能让我在上流社会中享乐，对我的仕途大有用处'。在谋杀了他们后，他还把枕头垫在了两个受害者的头下面，接着便走了。还有一位'获得过英勇勋章'的年轻英雄像一个拦路抢劫的强盗那样杀死了他的领导和恩人的母亲，并在煽动同伙加入时声称'她像爱儿子一样爱他，因此会听从他的指示，不会采取任何防范措施'。虽然他是个怪物，但现在我可不敢说他是独一无二的，其他的人即使没有杀人，但也会像他那样谋划和思考，灵魂也同样卑鄙肮脏。在夜深人静和自己的良心独处时，

他们或许还会扪心自问：'荣誉算得了什么？谴责流血事件难道不是一种偏见吗？'

"或许人们会大声反对我，说我是病态的，歇斯底里的，认为这是一种可怕的诽谤，而我在夸大其词。让他们随便去说吧！天哪，如果是这样，我应该是第一个感到高兴的人！哦，不需要相信我，把我看作病态的就好，但请记住我的话，如果我所说的只有十分之一，或者二十分之一是真实的，那就太可怕了！看看我们的年轻人是如何自杀的，他们甚至没有用哈姆雷特的问题问自己'超脱之后又会如何？'，根本没有这样的问题，好像所有与灵魂相关以及死后的一切问题早已在他们的脑海中被抹去，被埋在了沙子里。看看我们的恶习吧，看看我们的挥霍无度吧，本案中不幸的受害者费尧多尔·巴甫洛维奇，与他们中的许多人相比，就像一个无辜的婴儿，然而我们大家都了解他，'他就在我们中间生活①'……

"是的，也许有一天，俄国和欧洲的领军知识分子会研究俄国人的犯罪心理学，因为这个课题是值得研究的。但是，这项研究会在以后进行，到那时，目前这种悲剧般的混乱状况将会退居到我们身后不那么重要的位置，所以人们一定会将其研究得比我更有洞察力、更公正。如今，我们要么被吓坏了，要么假装被吓坏，实际上却像爱看热闹的观众一样，津津有味地欣赏着这种刺激的，能满足我们卑劣、懒散心理的场面，或者就像小孩子那样挥舞着双手驱散那些可怕的鬼魂，把头埋在枕头里直到它们消失，随后再投入到运动和欢乐中去，把它们忘得一干二净。但总有一天，我们必须严肃认真地开始生活，我们必须以看待社会的眼光来看待自己，我们总该对我们的社会事业有所了

---

① 出自普希金致波兰诗人密茨凯维奇的诗《他曾经生活在我们中间……》。

解,或者至少是从这个方向开始着手。

"在上一个时代有一个伟大的作家,他把俄国比作一辆向着未知的目标前进的三套马车,他赞叹道:'哦,三套马车,像鸟一样的三套马车,是谁发明了你?'并狂喜地补充道,世界上所有的人民都要恭敬地站在一旁,为疾驰的三套马车让路。也许,他们可能会恭敬地让路,也许并不会。但在我看来,这位伟大的作家用这段描写来作为他的书的收尾,要么是出于天真的美好想法,要么是因为害怕当时的出版审查制度。因为如果三套马车只套着他描写的英雄们,像书中的所索开维奇、诺兹德廖夫、乞乞科夫之辈,那么不管是谁驾驶着它,都无法将其带到有意义的目的地去,而且以前的马比现在的好得多,我们如今的马简直……"

这时,伊波利特·基里洛维奇的演讲被掌声打断了。这个比喻的自由主义色彩得到了赞赏。的确,掌声的持续时间很短,所以首席法官认为没有必要提醒公众,只是严厉地看着被告的方向。但是伊波利特·基里洛维奇受到了鼓励,他以前从来没有获得过掌声!他一生从未被这么庄重地聆听过,现在,他突然有机会让全俄国人为之侧耳倾听。

"卡拉马佐夫家族忽然间在整个俄国臭名昭著,是因为什么呢?"他继续说下去,"也许我说得有点夸张,但我觉得从这个家庭可以看到我国当代受过教育的阶层共有的某些基本特征,当然,这只是一个缩影,'就像水滴中的太阳'。想想那个不幸的、放肆的、恶毒的老人,一个一家之主竟得到了如此悲惨的结局!他出身高贵,实际上却是一个穷食客,通过一段意料之外的婚姻获得了一笔财富。他是一个流氓、小丑、马屁精,他天生头脑聪明,但更重要的是,他是个放高利贷的。因为越来越富裕,他变得越来越胆大,那副低声下气和谄媚奉承的模样已经消失了,剩下的只是一个玩世不恭、没有口德的酒色之徒。精神方面的追求已经荡然无存,但对生活中享乐的欲望却过分强烈。他觉得除了享乐之外,人生没有任何意义,潜移默化地影响着自己的孩子,丝毫没有承担过父亲的职责,对孩子们也毫无感情可言。他嘲笑这些职责。他把孩子们交给仆人们照顾,把他们扔在脑后,还很高兴自己摆脱了他们。老人的格言是:'我死之后,哪怕洪水滔天。'[①] 他是作为一个公民的反面典型,是最全面、最恶劣的个人主义的代表。'哪怕世界烧成一片火海,只要我没事就好。'他确实感到十分自在、心满意足。他还渴望能像这样再活二三十年。他欺骗了自己的儿子,把本该属于儿子的遗产扣下,还想用这笔钱来夺走儿子的情人。不,我不打算把对被告的辩护完全留给我那位来自圣彼得堡的天才同行。我真心地承认,我很理解他的儿子对他的怨恨。但是够了,关于这个不幸老人身上的话题已经够多了,他受到了惩罚。然而,让我们记住,他是一个父亲,也是当今社会中一些父亲们的典型,我说他是现今许多父亲的典型代表,这真的不公平吗?哎,他们中的许多人与他的不同之处,仅仅在于他们没有公开宣扬这种玩世不恭,因为他们受过更好的教育,更有文化,但他们的信仰和他是一样的。也许我是个悲观主义者,但我们有言在先,你们会原谅我的。让我们事先约好,你们可以不相信我,但要让我继续阐述。让我说出我想说的话,同时也要记住我说的话。

"现在,看看这位父亲的孩子们吧,其中一个便是我们面前的被告。我接下来的演说都是关于他的。而对于另外的两位,下面我只会简短地说两句。年纪稍长一些的是受过良好教育、有着聪明头脑的现

---

① 原文为法语。

代年轻人中的一员,但他没有信仰,否认和排斥世上的很多东西,和他的父亲一样。我们都听过他的言论,他在当地很受群众欢迎。他从来没有隐瞒过自己的观点,正因为这样,才让我有勇气公开地谈一谈他的事情,不是针对个人,而是把他当作卡拉马佐夫家族中的一员来看待。另一位与此案有密切关系的人——一个饱受病痛折磨的智障,昨晚在城郊自杀身亡了,他以前是费尧多尔·巴甫洛维奇的仆人,叫斯乜尔加科夫,也许还是他的私生子。在初步审查时,他流着歇斯底里的眼泪告诉我,年轻的伊万·卡拉马佐夫是如何用他思想上的胆大妄为把他吓坏的。'在他看来,世界上的一切行为都是合法的,而且在将来,什么都不应该被禁止,这就是他经常给我灌输的。'我相信那个智障是被这套理论熏陶,进而发了疯,尽管……当然了,他的癫痫病和他所遭受的舆论攻击,以及这场可怕的悲剧对他的精神失常都产生了影响。但是他说过一段有意思的话,这些话更应该出自比他聪明得多的观察者之口,这就是我在这里提到它的原因:'如果说几个儿子中谁最像费尧多尔·巴甫洛维奇,那一定就是伊万·费尧多罗维奇!'我用这句话结束我对他性格的总结,我觉得不能再继续说下去了。哦,我不想再得出任何更进一步的结论了,像乌鸦一样预报着这个年轻人的未来。我们今天在这个法庭上看到,他年轻的心中依然存在着美好的冲动,那种家庭之间的感情纽带并没有因为缺乏信仰和玩世不恭而毁灭,后两者多半是家族遗传,而不是真正经历思想的磨难得来的。然后是第三个儿子,哦,他是一个虔诚而谦虚的年轻人,他不像他的哥哥,在生活上有着那种阴郁和破坏性的理论。他在试图向'民粹精神'靠拢,或者说向我国思想界用这个玄妙的名词所能解释的一切靠拢。他进过修道院,差点儿成了修士。在我看来,他似乎是无意识地且过早地表现出了一种胆怯的绝望。现在,在我们不幸的社会里,有许多人因为害怕受到犬儒主义的腐化，错误地把一切罪恶都归咎于欧洲文明，于是抱着绝望的心情回到他们的家乡，投入故土慈母般的怀抱中。他们像是受到惊吓的孩子，渴望睡在衰老又枯萎的母亲身旁，永远地睡在那里，只要能逃避那些让他们感到恐怖的事物。就我个人而言，我祝愿这位优秀而又有天赋的年轻人取得成功，我希望他不要忘记自己年少时代的理想，更不要放弃他对民粹精神的追求。我希望他永远不要走上那条已经被很多人走过的歧途，希望他不要走向道德上的虚无主义和政治上的沙文主义。这两种冥顽的思想和倾向对我们国家的危害甚至超过了曲解欧洲文明所导致的堕落与颓废，而这就是他那稍微年长一些的兄长所犯下的错误。"在他说到沙文主义和神秘主义时，有两三个人在为他鼓掌。伊波利特·基里洛维奇确实被自己的口才打动了，这一切都和手头的案子没什么关系，更不用说这段话还如此抽象晦涩，但是这个胸怀怨恨的结核病人实在是太想倾吐胸中的不快，哪怕一生中只有一次。后来人们说，他批评伊万的动机不纯，因为伊万有一两次在辩论中赢过他，伊波利特·基里洛维奇一直耿耿于怀，想乘机报仇。不过，我不知道这是不是真的。总之，这些都只是开场白，后来的演讲才开始深入到案情之中。

"现在，让我们回到那个年长些的儿子身上吧，"伊波利特·基里洛维奇继续说，"他是我们面前的被告，他的一生、他的行为、他的事业都摆在我们面前，时间一到，一切都浮出了水面。虽然他的兄弟们似乎代表着'欧洲主义'和'民粹精神'，但他似乎代表的是地道的俄罗斯，哦，当然不是整个俄罗斯，不是整个！上帝保佑，幸好不是。我们的俄罗斯妈妈在他的身上呼之欲出，使我们可以感受到她的气息，听到她的声音。哦，他是自然真实的，毫不作假，他是善与恶的奇妙结合体，他是文化和席勒的追随者，但他也在酒馆中打架，拔他醉鬼酒友的胡子。哦,他也可以是善良和高尚的,但只在他感到舒服和快活的时候。他甚至会被崇高的理想驱使,但有一个条件:这样的理想必须是从天上掉下来的,必须是唾手可得的,不需要付出任何代价。他不喜欢任何形式的付出,只喜欢接受,无论在哪一方面都是如此。他需要各种各样的人生乐趣(少了的话他不满意),不要给他设置任何障碍,那时,你就会发现,他也会表现出他的高尚。他为人不贪婪,不,但他必须有钱才行,有一大笔钱,你才会看到他会多么慷慨,把肮脏的财富在整夜的放浪中全都挥霍出去。但是,如果他没有钱,他就会在他非常需要钱的时候,展现出他准备用什么行动来得到它们。所有的这些事,让我们按时间顺序来梳理一番。

"首先,在我们面前的是一个可怜的被遗弃的孩子,他'没有穿鞋子',在后院跑来跑去,他还来自国外。我再重复一遍,我不会向任何人屈服而为被告辩护,我在这里是要指控他,但同时也要为他辩护。是的,我也是人,我也能考虑到家庭和童年对性格的影响。但这个男孩长大了,成了一名军官,为了一场决斗和其他鲁莽的行为,他被贬到俄国的一个偏远的边境小镇上。他在那里服役,也在那里享乐。当然,他需要钱,钱高于一切。所以经过长时间的争执,他和父亲达成了和解,父亲给了他六千卢布。这里有一封信,在信中他放弃了对其余财产的要求,以这六千卢布解决了他和父亲在遗产上的纠纷。

"然后,他遇到了一位品格高尚、受过良好教育的姑娘。哦,我不再重复这些细节了,你们刚才听过这些了。名誉和自我牺牲摆在眼前,我对此保持沉默。这个年轻军官轻浮又喜欢挥霍,却有着高尚的情操和崇高的理想,他在我们面前绽放出极富同情心的光芒。但就在这个法庭上,原本的赞誉却出乎意料地反转了。再说一次,我也不敢猜测为什么会发生这样的事,然而这是有原因的。那位女士,长期沐浴在隐忍又愤恨的泪水中,她声称他鄙视她,就因为她的行为。虽然不矜持,也许还有些鲁莽,但仍然是出于崇高而慷慨的动机。他,那位姑娘的未婚夫,带着一种嘲弄的微笑看着她,他比任何人都难以让她忍受。而她知道被告已经变心(被告确信,她将来会对他逆来顺受,甚至包括对她的背叛,所以他才背叛了她),在明知这一点的情况下,她故意向被告提供三千卢布,同时再清楚不过地暗示被告,她向被告提供的正是供他背叛用的钱。她用审视和探究的目光向被告发出无声的询问:'你到底是收还是不收?你究竟会不会无耻到这种程度?'被告看着她,完全明白她心中的想法(被告不是在法庭上当着你们的面承认他完全明白吗?),但最终,他还是选择收下了这笔钱,没过几天就和自己的新欢一起将这笔巨款挥霍一空。

"我们究竟应该相信什么?相信第一个故事,相信他是出于高尚的情操,因为钦佩她的美德,拿出自己赖以为生的最后一点钱为她排忧解难?还是相信它的反面,令人厌恶的反面呢?我们在生活中通常也会遇到这种非此即彼完全对立的选择题,我们大概会不偏不倚地折中处理;然而在这个问题上,这种方式行不通。实际上很可能是这样:他的第一次表现是真的高尚,第二次表现是真的卑鄙。为什么?因为他具有非常极端的卡拉马佐夫式的性格,这正是我说的问题,这种性格能兼容相互对立的极端,能同时看到最高处和最低处,既能看到崇高的理想,又能看到堕落的深渊。请回忆一下,年轻评论家拉基津先生对卡拉马佐夫全家曾做过深入细致的观察,并说出了精辟的见解:'这些放荡不羁、肆无忌惮的家伙需要下流堕落的感觉,同样也需要高尚正直的感觉,'这句话很有道理,他们就是不断地需要这种不自然的混合。两种极端同时需要,否则他就无法满足、无法开心,否则他的存在就是不完整的。这样的人博大宽广,犹如我们的俄罗斯母亲,他们什么都能包容,跟什么都能共处!

"顺便说一下,诸位陪审员先生,我们刚才提到了那三千卢布的事情,请各位允许我把这件事情提前说一下。当时被告得到了那笔钱,而且是以这种方式——以蒙受最难堪的羞辱而得到的。请诸位想象一下,按照他的说法,他当天就把这笔钱一分为二,把其中的一半缝在了一个小布袋里,在之后的整整一个月内一直挂在自己的脖子上,完全不顾自己面对的种种诱惑和迫切需要!无论在酒店里狂饮买醉,还是驱车去城外找别人凑钱,以便带着他的情人远走高飞,摆脱他的情敌(也就是他的父亲)的利诱,他都没敢碰那个小布袋。按道理说,哪怕就是为了让自己的新欢远离他的情敌的威逼利诱,是不是也应该拆开那个小布袋,寸步不离地守在她的家门口,等待她说出那句'我是你的',之后和她远走天涯,彻底摆脱一切危局?

"但是,他没有,他居然没有拆开那个小布袋。那么他是如何解释这个行为的呢?第一个理由我们已经说过了,是这样的:一旦被告的新欢对他说了那句'我是你的,你去哪里我去哪里'之后,只要他手里还有这笔钱,他就能离开。但是,按照被告的说法,他的第二个理由要比第一个理由强得多。他说:'只要我身上还有这笔钱,我就只是一个浑蛋,而不是一个小偷。因为我随时可以去见那被我伤害了的未婚妻,把我骗她的钱的二分之一放在她的面前。我可以随时对她说:"你看,我把你的钱花掉了一半。这只能说明我是个意志力薄弱、道德感缺乏的浑蛋,但是,尽管我是个浑蛋,但我不是小偷。因为如果我是小偷,我一定不会把剩下的一半钱还给你,我反而会像对待另一半一样把它据为己有。"'

"这样的解释难道不令人惊讶吗?这个极端疯狂、意志力薄弱、根本无法抵挡住诱惑的人,宁可忍受耻辱收下三千卢布,之后却突然变了一个人,脖子上明明挂着钱,竟连碰都不碰!这与我们分析的他的性格相吻合吗?

"不,怎么也吻合不了。如果他确实把一千五百卢布缝在小布袋里,挂在了脖子上,那么请允许我告诉你们,真正的德米特里·卡拉马佐夫会怎么做。在面对第一次诱惑的时候,我们举个例子,为了取悦已经和他一起花掉那笔钱另一半的新欢,他会拆开那个小布袋,从里面拿出,好,我们假设他就拿出一百卢布吧,因为何必非还一半不可呢?一千四百卢布和一千五百卢布又有什么区别呢?还一千四百卢布不是照样可以说:'我是浑蛋,可不是小偷,因为我还给你了一千四百卢布,如果我真的是小偷,一分钱都不还给你。'之后又过了段时间,他会再次打开小布袋,再从其中抽出一张百元大钞,以此类推,接下来是第三张、第四张,就这样只需要不到一个月,他就能抽出倒数第二张百元大钞了。到那个时候他还会认定,自己不是小偷,因为'我虽然花了两千九百卢布,但我还了一百卢布。所以我只是浑蛋,不是小偷。因为如果是小偷,一百卢布都不会还。'等到倒数第二张也花干净之后,他会瞅瞅最后的倒数第一张,对自己说:'为了还一百卢布走一趟实在划不来,把这一百卢布也花光算了!'

"我们所了解到的德米特里·卡拉马佐夫一定会这么干的!所以,所谓把一千五百卢布缝在小布袋里的说法根本就是胡话。很难想象世界上还会有什么比这更难调和的矛盾了。无论什么样的推测都是可能的,唯独这样的推测是完全不可以的!关于这个问题以后我还会再说。"

在逐一说明法庭调查的有关卡拉马佐夫父子的财产纠纷和家庭关系后,伊波利特·基里洛维奇再三推断:根据现有的材料,无法断定在遗产分割的问题上究竟是谁欺骗了谁,谁算计了谁;然后,他就盘踞在米佳脑海中的三千卢布一事，谈到了医学鉴定。

第七节　历史概述

"医学鉴定报告试图向我们证明一件事情，那就是被告的头脑不正常，他患有躁狂症。我坚持认为，被告的头脑是正常的，但这也恰恰是最糟糕的。如果他的头脑不正常，说不定他的行为会聪明得多。至于他患有躁狂症一事，我也是可以认同的。但是我所认同的只是鉴定中的一点，即被告始终认为那三千卢布是他父亲应该给他但是没有给他的。但是，即便是这一点，即为什么一有人提到这笔钱，他就会暴跳如雷？我觉得还是非常有可能找到更多比说他有病简单得多、直白得多的解释。

"我完全同意瓦尔文斯基大夫的说法。这位年轻的大夫认为，不论是过去还是现在，被告的智力都完全正常。他只是心中有怨恨，怨恨被激怒罢了。这就是问题的症结所在：被告经常性的愤怒并非是因为这三千卢布，而是另有一个特殊的原因。这个原因就是——吃醋。"

于是，伊波利特·基里洛维奇详尽地描绘了一幅被告疯狂追求格露莘卡的全景图。他从被告第一次去寻找"那个年轻女子"时说起。

"按照被告自己的说法，他是要去'揍她一顿'，"伊波利特·基里洛维奇解释道，"但结果呢？他的拳头非但没有落在她身上，他反而拜倒在了她的石榴裙下，这段恋情便由此开始。也是在这个时候，一个老人，也就是被告的父亲卡拉马佐夫先生也看上了那个年轻的女子。这真可谓是致命的惊人巧合！两个男人的心同时燃烧了起来，虽然二人在之前就已经见过那个女子，认识那个女子。但是，两颗心中燃烧起来的都是典型的、不可遏制的卡拉马佐夫家族式的激情。正如那个年轻的女子自己所坦白的那样,她说:'我把这一对父子耍得团团转。'没错,她就是突然有了要把父子俩耍得团团转的想法,也许她过去并无此意,可后来有了这种想法,结果父子俩都被她征服了,趴倒在她的脚下。那个贪财如命的老头子竟被她迷得神魂颠倒,甚至给她准备了足足三千卢布的巨款,但求她能去他家拜访一次。他被迷得晕头转向,情愿把自己的名誉和全部财产都双手奉上,只要她同意成为他的合法妻子,并觉得这是一种至高无上的幸福。有关这件事我们掌握着可靠的证据。

"至于被告,他的悲剧是显而易见的,事实就摆在我们面前。这位年轻的女士在'耍'他,她甚至没有给他一点希望。要知道,直到最后一刻他才得到了真正的希望。那时候被告跪倒在折磨着他的'女神'面前,向她伸出自己刚才杀死了情敌,也就是他的父亲的双手。这也是他被逮捕时候的模样。他被捕的时候,那个年轻的女子才真的忏悔,大声叫道:'你们让我和他一起受罚吧!是我把他逼到了这个地步,都是我的错,我才是罪魁祸首!'

"一位非常有才华的年轻人,也就是我们刚才提到过的那位拉基津先生,他在描述本案的时候,用了概括力很强的几句话描述了这位女主人公的性格:'早年遇人不淑,她最初的恋人对她始乱终弃,后来她穷困潦倒,被自己清白的家庭诅咒,最后总算有一个富豪出手相助,所以至今她仍对这人不忘旧恩。她那年轻的心中也许有一些善良,但因过早地积累了怨愤,让她养成了热衷敛财的性格,对社会冷嘲热讽、睚眦必报。'通过这段描写可以明白,她之所以玩弄卡拉马佐夫父子俩,纯粹是为了出口恶气。

"在这一个月内,被告除了因为无望的爱情、道德的败坏、对未婚妻的背信弃义,侵吞了她托他邮汇的钱,还因为不断地吃醋(吃谁的醋？吃自己父亲的醋！），所以近乎达到精神错乱的癫狂状态。而那个做父亲的色迷心窍，用三千卢布作为诱饵引诱自己垂涎的女人。但那三千卢布被告认为本应归自己所有，是属于他母亲遗产的一部分，是被他父亲骗走的，并为此一直指责父亲黑心。

"是的，这确实让人痛苦，让人痛苦到难以忍受！在这种情况下确实有可能患上躁狂症。但问题的关键不在于钱，而在于这笔钱竟被如此恬不知耻地用在使他心碎的目的上，这简直太让人恶心了！"接下来，检察官伊波利特开始基于目前所有的事实，逐步推断被告是如何有了弑父的念头。

"一开始的时候他只是在酒吧里嚷嚷，足足嚷嚷了一个月。他喜欢去热闹的地方打发时间，心里有什么想法立马就会说给别人听，哪怕这些想法是极其可怕、极其危险的。他喜欢和人们分享自己的看法，并且没人知道为什么，他总是要求听他说话的人当场、立刻附和他、回应他，甚至还要对他的遭遇感同身受他才满意。如果他们不这样做，他就会发起脾气，把整个酒吧砸个稀巴烂（在这里他讲述了上尉斯涅基列夫的事情，我不再多加讲述）！在这个月里，凡是见过被告并且听过他说话的人最终都感到，他说的已经不再是简简单单的气话，他们怀疑他真的会付诸行动。"

在这里检察官描述了那次在修道院内的家庭聚会，还聊到被告与阿廖莎的几次谈话，最后说到了那次饭后他冲入父亲家，对自己父亲的暴行。

"我不想强行断言在发生这幕丑剧之前，被告就已经有杀死父亲的周密预谋，"伊波利特·基里洛维奇继续说，"但是这种设想肯定已经不止一次地在他头脑中出现。作为检方，我的这些话可以通过证人、他的自述等各类事实加以确定。"

伊波利特·基里洛维奇又说:"诸位陪审员先生,我不得不承认,时至今日我还在犹豫不决,被告的弑父行为到底是不是有预谋和计划的?我坚信,他已经多次想象到了在不久的未来自己可能面临的致命审判,但仅仅作为一种想象。至于作案,他自己也不知道自己什么时候会犯案,怎样犯案。

"但是,今天维尔霍夫策娃小姐向法庭出示的那封信,让我不再犹豫。想必你们已经听到了这位小姐的高喊:'这是一份谋杀计划!'这也是这位小姐对被告醉酒后写下的信件所下的定义。的确,这封信具有计划和预谋的一切特征。信件写于案发的两天之前,根据我们现在已知的事实,被告曾在那封信里说,如果自己不能从父亲那里得到那笔钱,他就要亲自杀了他,并拿走那封系着红丝带的信封,'只要伊万走了就动手'。请注意:'只要伊万走了就动手',可见,一切都是经过深思熟虑的,对情况也作了预估。至于结果,想必不用我多说,信上所说的一切,如今已经发生。犯罪的预谋和策划已经是不容置疑的了。信上写得明白,弑父、谋财。在右下角还有被告的签名,他也承认这确实是他的亲笔所写。

"可能有些人会说,这是喝醉之后写的。但我认为这并不会降低它的可信度,完全相反,他不过是在酒醉的状态下写下了自己清醒时就已经想好了的东西。一个人在清醒的时候没想到的事情,不论喝多醉都写不出来。也许有人会问:那他为什么要在酒馆当着那么多人的面说出自己的计划?如果有人真的蓄意干这种事情,他一定会保持沉默,把自己的犯罪预谋藏在心里。确实,但事实是,当他大喊大叫的时候,他的心里并没有计划,也没有预谋。当时他的心中只有一个愿景,充其量只是在酝酿自己作案的想法。后来,他关于此事的叫嚷少了。他在京都酒馆喝醉之后写下这封信的那个晚上,很是反常,他不怎么说话,也没有打台球,只是坐在一旁,不和任何人说话,甚至还把一个店员从他身旁的座位上赶走。不过这只是无意识的举动,因为他已经习惯了去和别人争吵,毕竟他哪次进酒馆都免不了和别人大吵一架。

"当然,随着被告拿定主意的同时,心中也随之开始恐惧。很简单,事先听到他叫嚷的人太多了,一旦他现在就把自己想干的事情付诸实施,那么肯定会被怀疑、被逮捕。他的罪行会立马遭到指控。但又有什么办法呢,事情已经张扬出去了,再也无法挽回。再说,他觉得以前命运之神曾帮助过他,所以这次应该也会走运的。他把希望寄托在命运之神上。

"我必须承认,为了避开那不幸的时刻,他确实做了许多事情,为了避免流血事件的发生,他也真的付出了极大的努力。在他的信中,他以自己特有的语言风格如是写道:'明天我将会从所有我认识的人那里弄钱,如果我弄不到,那就只好流血了。'毫无疑问,这句话是他酒后写的,但他清醒之后按照自己所写的做了。"

于是,检察官伊波利特开始描述米佳为了避免自己走入犯罪深渊,是如何千方百计地去凑钱。他提到了米佳是如何向萨姆索诺夫求助的,如何出城去找戈尔斯特金(外号'黑背')的,目的是向他们兜售自己的产权证明。

"他筋疲力尽,饱受嘲讽,忍受饥饿,为了筹这几个小时的路费,甚至把自己的表卖了(可诸位注意,按照他的说法,此刻他的脖子上还挂着一千五百卢布呢)。不但如此,他还要忍受醋意的熬煎,他很怕就在自己出城的空当,他最爱的女人直奔费尧多尔·巴甫洛维奇的家中。最后,他总算回到了城里,好在心上人并没有去费尧多尔·巴甫洛维奇那里!于是他亲自把心上人送到了她的恩人萨姆索诺夫那里去(奇怪的是,他竟然不妒忌萨姆索诺夫,这也是本案中一个极具代表性的心理学特征）。接着，他回到了后院的监视点，发现父亲的仆人斯乜尔加科夫癫痫发作，忠诚的老男仆格里高利一病不起。他进门的道路无人阻挡，况且他还知道进门的暗号。这种诱惑不可谓不大吧？尽管如此，他还是在竭力抵抗。他去了备受尊敬的地主霍赫拉科娃太太家，希望这个有同情心的女人能够怜悯他的遭遇。而这位女士确实给了他一个再明智不过的忠告，那就是立刻戒酒，放弃胡闹和狂欢，斩断没有任何意义的情丝；让他把自己的全部浪漫和无所事事的力量留给西伯利亚的金矿：'您有过剩的精力和浪漫的性格，您渴望冒险和刺激，那里一定会给您最好的回报！'"

　　检察官说完他和霍赫拉科娃太太谈话的结果，然后开始说被告得知格露莘卡根本不在萨姆索诺夫家中时候的心理状态。他认为那时候米佳心中的醋坛子已经被彻底踢翻，他觉得格露莘卡欺骗了他的感情，此刻正在费尧多尔·巴甫洛维奇那里，于是他怒火攻心。伊波利特最后着重指出，一切致命的后果不过是出于一系列的巧合，倘若当初那个叫菲尼娅的女佣能及时告诉米佳，他的心上人并没有去费尧多尔·巴甫洛维奇家而是去往了莫克罗耶，去和她的旧日恋人会面的话，那么惨案一定不会发生。但是米佳把那个女佣吓坏了，她除了一个劲儿地发毒誓之外什么都没做。如果米佳不是忙着去找格露莘卡，菲尼娅恐怕也难逃一死。

　　"这里请诸位注意：尽管他当时已经因为愤怒丧失了理智，但他还是在临走之前拿走了她家的铜杵。为什么是铜杵而不是什么其他的东西？要知道他已经为了这场弑父大案准备了整整一个月，所以只要是个东西在他眼中都可以被作为武器——杀人的武器。而这个东西，只要能进入到他的视线之中，就会被他拿走。至于究竟是什么样的东西可以派上用场，我想一个已经用一个月时间去筹谋杀人计划的人一定是非常清楚的。因此，这个铜杵在一瞬间就吸引了他的全部注意力。所以，他抓起这根致命的铜杵并非是无意识的。现在，他来到了父亲家的花园里。正如我之前所说，夜深人静，四周无人，只有一片漆黑和熊熊妒火。背叛他的女人就在这里，说不定就在那个老头子的怀里，也许他们两个此刻正在嘲笑他蒙在鼓里。就是这些怀疑，或者说已经不被他当作怀疑而是事实的东西压迫着他，让他连呼吸都觉得困难。事情明摆着：她正在那个有灯光的房间里，在屏风后面的老头子的身边。这个被愤怒冲昏了头脑的人想让我们相信，他蹑手蹑脚地靠近窗口，毕恭毕敬地往里张望，然后心平气和地克制了恶欲，明智地离开了现场，尽快地远离是非之地，免得发生危险且不道德的事——这就是被告想让我们相信的事。但我们从诸多事情中已经了解了他的精神状态和他的性格，最主要的是，他掌握着用来开门的暗号，只要他想进门，一定可以进去。"

既然已经说到了暗号，伊波利特决定可以暂时将自己的讲话脱离现在的主题，他觉得有必要详细地讨论一下斯乜尔加科夫的问题，以便让所有对斯乜尔加科夫有所怀疑的人明白其中的是非曲直，一劳永逸地推翻这种假设。他在此处花了很大力气。谁都明白，检察官虽然表面上对这种假设不屑一顾，但接下来的演讲毫无疑问地显示了他的重视程度。

第八节 对斯乜尔加科夫的分析

"首先，我们为什么要对斯乜尔加科夫产生这种怀疑？"伊波利特·基里洛维奇从这个问题开始说起，"第一个大喊着凶手是斯乜尔加科夫的是被告，是在他被逮捕的时候。然而从他发出的第一声叫喊到开庭审案的这一刻,被告拿不出一件证据可以证实他的指控,别说是证据,哪怕是能说得过去的一点点接近事实的影子也找不出来。此后支持这项指控的只有三个人:被告的两个弟弟以及斯维特洛娃女士。其中被告的二弟仅仅是在今天才声称自己支持这项指控,但他今天病了,很明显地处在精神错乱和脑部疾病发作的状态中。在过去的两个月里,他一直相信自己的哥哥是有罪的,甚至没有提出任何异议,关于这一点我们了解得很清楚。这个问题我们之后再说。其次,被告的三弟刚才说过,他没有任何证据能证明斯乜尔加科夫有罪,他只是从被告的言语和'他脸上的表情'得出了这一结论。是的,这句让人感到不可思议的证词他的三弟刚才说了两次。斯维特洛娃女士的说法也许更加让人难以置信。她说:'你们应该相信被告,他不会撒谎。'

"以上,便是这三个人指控斯乜尔加科夫是凶手的全部依据,他们都与被告有很深的羁绊。然而对斯乜尔加科夫的指控也曾让不少人觉得很有道理,至今仍然有人那么觉得。那么,这种说法是否可以相信呢?又是否是一种合理的推测呢?"

说到这里,伊波利特·基里洛维奇觉得有必要简单地描述一下已经去世的斯乜尔加科夫的性格。他把这个"因精神病发作而自杀的疯子"描绘成了一个弱智的人,他零散地读过一些书,被一些他不能领悟的哲学思想搅乱了思维,又被某些有关义务和责任的现代学说吓得不轻。他受这些思想的影响有两条渠道:一个是他的主人——那个沉溺于花天酒地,有可能还是他父亲的费尧多尔·巴甫洛维奇;另一个则是主人的次子伊万·费尧多罗维奇,他俩经常就各种哲学问题产生交流,这位二少爷也喜欢借此来打发时间,或许是闲得无聊,又或许是找不到更好的愚弄对象。

"斯乜尔加科夫曾向我讲述了他在主人家中最后一段日子里的一些

心态，"伊波利特·基里洛维奇解释道，"上面我说的这些情况别人也可以证明，包括被告、被告的二弟还有他家的老仆人格里高利，这些人都是最了解他的人。

"此外，在癫痫病的影响和重压下，斯乜尔加科夫的胆子很小。被告有一次对我说'他会趴在我的面前吻我的脚面'，那时他还没有意识到这样的供述在某种意义上对自己极其不利，'他是一只患癫痫病的鸡'，被告是这样评价他的。然而被告还是选他当自己的心腹（被告自己也可证实这件事），被告用威胁恐吓的方式让他答应充当刺探消息和通风报信的奸细。于是，他扮演起了间谍的角色，背叛了自己的主人，告诉被告主人把三千卢布装入信封的事和进入主人大屋的暗号，他是多么希望可以不做这种泄密的昧心事啊！'他会弄死我的，我很清楚，他一定会弄死我！'预审时，他在我们面前一直哆嗦个不停，尽管那时把他吓成这样的被告已经被逮捕了，不可能再加害于他。'他时时刻刻都在怀疑我，我十分害怕，为了让他不迁怒于我，我一发现什么秘密便赶紧向他汇报，好让他知道我绝没任何事情隐瞒他。我要忏悔，我当时只想活着。'这些都是斯乜尔加科夫的原话，已经记录在了材料里，现在我还能想起来：'大少爷只要冲我吼一声，我便立刻跪倒在他的面前。'

"这个年轻人是个诚实的孩子，因此赢得了主人的信任，当初他把捡到的钱还给主人时，已经得到了主人对他的赏识。可想而知，这个不幸的人由于自己背叛了主人的行为陷入了极端痛苦的悔恨当中，因为他把主人当成自己的恩人般尊敬和爱戴。据一些做过深度研究的心理医生介绍，病情严重的癫痫病人总是会表现出一种不间断的、病态的、痛苦的自我谴责。他们总觉得在某时某刻对不起了某个人，并因此不断地苦恼和自责，甚至很多时候他们会毫无根据地夸大凭空臆想出来的过失和罪责。这样的人因为恐惧和胆小确实有可能酿成一些错误，甚至成为罪犯。

"除此以外，他已经根据种种迹象推测出了家里可能会出现大乱子。当费尧多尔·巴甫洛维奇的次子伊万·费尧多罗维奇在惨剧即将发生之前决定启程去莫斯科时，斯乜尔加科夫曾经恳求他留下来。但是，正是因为他的懦弱和胆小，他并没有说出自己心中的担忧，只是做了一些旁侧敲击的暗示，可惜这些暗示伊万并没有理解。

"必须指出的是，他把伊万·费尧多罗维奇看成了自己的保护神，仿佛只要他在家，这桩惨剧就不会发生。请大家回想一下德米特里·卡拉马佐夫醉酒后在信中写的那句话，他要杀死父亲，'只要伊万走了就动手'；可见大家都觉得，只要伊万·费尧多罗维奇在家，家里便能平安无事。

"可他还是走了，而斯乜尔加科夫是在二少爷走后一个小时左右，癫痫病发作，摔倒在地窖里。这一点完全可以理解。这里有必要提一下，在恐惧和绝望的夹击之下，斯乜尔加科夫最近几天已经预感到了他的癫痫很有可能会发作。因为他以前在承受了巨大的精神压力和受到剧烈刺激的时候，也发生过这种情况。当然，这种病发作的日期和时间是无法预测的，但每一个癫痫患者都能隐约感觉到自己是否有发作的趋势。这是现代医学知识告诉我们的。于是，伊万·费尧多罗维奇坐的马车刚从院子里出发，斯乜尔加科夫便在失去依赖和无人保护的情绪支配下崩溃了，可即便如此他还是恪尽职守，去地窖中干活。他一边踩着阶梯往下走，一边在想：'我会不会发病？万一我突然发作了怎么办？'正是因为自己的情绪暗示和心中的不安，他的喉咙突然间开始痉挛了起来，这是癫痫病发作前的预兆，接着他便失足跌入了地窖底部，失去了知觉。对于这个偶然的突发事件，竟然还有不少人认为可疑，认为他是故意装病的！如果他是故意的，那么就会产生一个问题：他为什么要装病？出于什么原因？又有什么目的？

"我不想同诸位引述医学结论，因为一定会有人反驳，说科学也会撒谎，科学也有漏洞，医生也会分不清真病与假病。就算如此，就算如此，请回答我一个问题：他为什么要装病？难道说他在构思了谋杀的计划后，企图通过装病来尽早地把屋内人们的注意力吸引到自己身上来？

"各位陪审员们，事情应该是这样的。在案发那天夜里，住在或去过死者家的一共有五个人：第一个是费尧多尔·巴甫洛维奇，即死者本人，首先我们已经确定了他绝非自杀；第二个是他家的老仆人格里高利，此人也遭到了袭击，差点儿丢掉性命；第三个是格里高利的老伴，女仆玛尔法·伊格纳季耶夫娜，如果有人觉得她才是真凶，那简直是在侮辱别人的智商。这样剩下的只有两个人了：被告和斯乜尔加科夫。被告坚持声称自己不是凶手，那么就一定是斯乜尔加科夫。没有别的办法，因为再也找不到其他人了，除他之外没有任何人可以拉过来扮演凶手的角色了。由此可见，对昨天自杀的那个不幸的白痴之所以会提出如此'居心叵测'、骇人听闻的指控，纯粹是因为找不到别的替罪羊了！倘若还有第六个人的存在，倘若他的身上只有一丁点值得被怀疑的影子，我想就连被告本人也会因为自己曾经把矛头指向斯乜尔加科夫而感到羞耻。他一定会把矛头指向第六个人，因为指控斯乜尔加科夫才是真凶，实在是荒唐到家了。

"诸位，让我们抛开心理学，抛开医学，甚至把逻辑学也暂且丢掉，让我们好好看看事实，听听事实告诉我们什么信息。假设斯乜尔加科夫把人杀了，那么他是怎么杀人的？是他独自行凶？还是他伙同被告一起？就让我们先假定杀人的事情是斯乜尔加科夫一人所为好了。

首先，杀人肯定有目的和动机。斯乜尔加科夫并不具备被告所具有的那些杀人动机，如妒忌、仇恨等，那他当然只能为了钱财而杀人，为的是把他亲眼看到的、主人装进信封里的三千卢布据为己有。但是，他在定下了谋财害命的计划后，居然事先通知了一个人，而这个人与本案有着直接的利害关系，这个人便是被告。他通知了被告有关这笔钱以及进门暗号的全部情况：信封被藏在何处，信封上写了什么，信封被什么样的丝带怎么样缠了起来，最重要的是，他竟然告诉了被告进入老爷房间的暗号。他这样做难道不是在暴露自己吗？换句话说，他这么做不就是在给自己找一个竞争对手吗？难道他不知道被告也想把那笔钱据为己有吗？

"好吧，在这里一定会有人对我说，他是因为害怕才告诉被告的。但是这种说法经不起推敲呀！一个能设计出如此心狠手辣的作案手段、之后付诸行动的人，竟会因为害怕把这个世界上只有他一人知道的事情说出去？难道他不知道，只要他保持沉默，这个世界上就不会有任何人知晓这个秘密？

"我认为，不管一个人有多么懦弱，既然他狠下了心要杀人越货，至少信封和暗号的事他是绝对不会告诉任何人的，因为这样做除了彻底暴露自己之外什么好处都没有。如果真的有人逼问他一些消息，他完全可以随便编造一些话，但断然不会泄露这样重大的秘密！

"我还要强调一遍，反过来说，只要他能瞒住钱的事，在杀了人后把钱据为己有，那么至少在这世上，永远没有人能指控他谋财害命，因为除了他之外，没有任何一个人知道这笔钱的存在。即使人们指控他杀了人，那也会认为他杀人是出于别的什么动机，但很有可能没有人能想出他杀人的动机，因为人人都看到了他的主人对他的喜爱，非常信任他。那么，他成为怀疑对象的可能性自然比任何人都小，而嫌疑最大的一定是拥有这样的动机的人，更何况这个人还从不避讳谈起自己的动机，甚至到处宣扬，恨不能让普天之下的每个人都知道自己想杀人越货。

"总而言之，这样的人有且只有一个，就是死者的长子德米特里·费尧多罗维奇。斯乜尔加科夫杀人劫财，但受到指控的却是死者的儿子，这样的结果当然对凶手斯乜尔加科夫有利，难道不是吗？但是，已经下了杀人越货之心的斯乜尔加科夫竟然在动手之前把钱、信封、暗号的事情统统告知了拥有最大嫌疑的德米特里，这怎么合乎逻辑呢？这能让人理解吗？

"到了斯乜尔加科夫预谋杀人的那天，他假装癫痫病发作摔倒在了地窖里，这又能对作案起到什么作用呢？首先，这样做的唯一作用就是让本想用偏方治疗腰痛的格里高利推迟了治疗时间，从而代替他保卫宅院的安全。其次，那位当老爷的也会打起十二分的警惕，生怕自己的儿子闯进来（这一点他也不会掩饰），必然会加强防范，格外小心。再次，也是最重要的一点，发病倒下的斯乜尔加科夫一定会被安排单独居住，他一定没法住在和主屋有过道连接的厨房，他一定会被人安排在侧屋的另一端、格里高利老两口隔壁的小屋中去，与他们的床铺只有三步之遥，这是主人和善良的玛尔法·伊格纳季耶夫娜定下的不知多少年的老规矩了，每次他的癫痫病发作，都是这样安排的。他躺在那个木板子隔出来的房间的床上，很有可能为了装得更逼真一些而呻吟不止，害得老两口整夜睡不好觉（根据格利高里的妻子所言，事实确是如此），难道要我们相信，他所做的这些就是为了方便突然从床上爬起来，去杀主人？

"但是有人还会对我说：'他之所以假装正是预判到了我们的怀疑，利用我们的判断。他告诉了被告钱的位置和进门的暗号就是为了引诱他过来杀人，等被告真的杀死了人，把钱取走，他在杀人的过程中可能会弄出巨大的声响，到那时装病的斯乜尔加科夫再爬起来，去……'他去做什么？去把已经被杀死了的老爷再杀死一遍？还是说把已经被取走的钱再取走一遍？

"诸位，这很可笑不是吗？你看，你们自己不也笑了吗？把这样的假设说出口，我自己都觉得脸红。但是，不管诸位认为这种可能性是多么荒唐可笑，我们的被告就是如此坚持的。他说，他在离开宅院的时候击倒了格里高利，惊醒了宅子里的其他人，这个时候斯乜尔加科夫从床上爬了起来，走到老爷的房间，杀了人偷了钱。先不说斯乜尔加科夫如何做到如此料事如神，换句话说，他怎么可能预先知道，盛怒之下的被告只是来自己父亲的宅院里看看，然后在明明知道进门暗号的情况之下打了退堂鼓，把战利品全部让给了斯乜尔加科夫！各位，我要非常严肃地提出一个问题：斯乜尔加科夫是在什么时间作的案？我们必须要明确作案的时间，否则指控无法成立。

"现在可不可以做下面一个假设了呢？那就是他真的癫痫发作了。病人听到叫喊声突然醒来，于是走出屋子……之后呢？他走出屋子，环顾四周，对自己说：'好，我现在去杀个人吧！'然后去把老爷杀了，是不是这样？他又怎么能知道当时发生了什么事情呢？他已经不省人事地躺了整整一个下午了呀？各位，就算想象力再丰富也得有个限度呀。也许一些心思缜密的人可能会说：'为什么不能是二人合谋呢？说不定他们商量好了杀人之后分赃呢？您为什么不考虑这样的可能性呢？'

"好吧，是的，这的确是一种很有分量的猜测。然而，我们一开始就遇到了难题，因为能够使这种猜测得以成立的证据令人瞠目结舌：其中一个共谋犯负责杀人并且把所有的罪责都揽到自己身上，另一个共谋犯则假装犯癫痫病躺在床上,他所起到的作用竟然是引起主人的警觉,导致负责守夜的仆人格里高利睡不安稳。请问,这两个人是出于什么原因,想出了这样一个荒唐到家的杀人计划?

"好,再退一步,说不定斯乜尔加科夫并不是积极参与的主谋,而是个被动的胁从犯;也许这位受到了威胁和恐吓的斯乜尔加科夫只是答应了凶手,在他作案那天自己绝对不会插手。他预感到自己将会因为任由别人杀死主人而没有叫喊、没有反抗而受到指控,于是预先征求德米特里·费尧多罗维奇的同意,让他在案发的时间段内躺在床上装病,'你想杀人就去杀,反正不关我的事'。假如真是这样,他还是会因癫痫发作引起混乱,德米特里·费尧多罗维奇能预见到这种局面,他一定不会允许这种情况的发生。但我可以妥协,就算被告会同意,那么现实仍将出现这样的结果:德米特里·卡拉马佐夫是凶手和主谋,而斯乜尔加科夫只是被动的从犯,甚至根本算不上从犯,只不过由于害怕才违心地放任主犯去作案罢了,法庭一定能加以辨别。

"然而,我们看到的实际情形又是怎样的呢?被告刚刚被逮捕的时候,就立刻……把谋财害命的全部罪责推到了斯乜尔加科夫的身上,而且他从头到尾只指控了他一个人。被告并非指控他与自己合谋,而是一口咬定人就是斯乜尔加科夫杀的!敢问在座的诸位,天底下有这种互相出卖的伙同作案吗?不可能的吧?

"还有一点需注意的是,卡拉马佐夫的作案风险有多大:他是主谋,而另一个不是主谋,只不过是纵容者,他一直躺在隔板后面,于是他把责任往那个当时正在躺着的人身上推。可是躺着的那个人很有可能发起怒来,或者为了保全自己,急匆匆地把一切真相都说出来:'杀人的事情我们两个都有责任,但是我绝不是杀人凶手。我只是预料到了案件的发生,并对真凶听之任之,因为我害怕。'不难想象,斯乜尔加科夫心里清楚法院会对他的罪行予以公正的裁决，他也知道，即便自己就算真的被视作了胁从犯，要受到处罚，也比想把一切全推到他身上的主犯轻得多！在这种情况下，他不会自己招供的。但是，我们并没有看到这样的情形。斯乜尔加科夫也从未提到这样的事情。尽管本案的真凶一口咬定，他才是真正的杀人凶手。

"除此之外，斯乜尔加科夫还向预审官员坦白了一件事情，装有三千卢布的信封和进门的暗号是他主动告知被告的，否则被告什么都不会知道。倘若他们二人真的是同伙，他又怎么可能向预审官交代这些秘密都是他主动告知被告的？相反，他一定会尽可能地掩盖此事，扭曲此事，减少自己的罪责。但他根本没有扭曲，也没有掩盖，要知道只有真正无辜的、不怕被指控为同伙的人才会这样做。自打惨案发生之后，这个时不时癫痫发作的人一直陷入由深度刺激带来的抑郁中，于昨天上吊自杀了。他在自杀之前以他独有的语言风格留下了这样的字条：'我毁灭自己的生命是自己的意愿，与任何人无关。'难道我们还想让他在字条上补充一句'凶手是我，不是卡拉马佐夫'？但他没有这样补充。难道他的良心只给了他自杀的勇气，却没有给他承认自己有罪的胆量？

"接下来又发生什么了呢？刚才有一位证人把三千卢布交到法庭上来，说：'这笔钱就是原先装在那个物证桌上的信封里的钱，是我昨天从斯乜尔加科夫那里拿到的。'但是，陪审团的诸位先生们，你们是否还记得刚才发生的可悲的一幕？我不想再重提细节了，不过在此我还是想要说出自己关于这件事的两三点看法。从表面上看，我接下来要说的事情都是无足轻重的，但是正因为所有人都觉得它微不足道，它才容易被忽略，因而变得尤为重要。首先，也许会有人认为：昨天斯乜尔加科夫因为受到了良心的谴责，主动把钱交了出来，然后上吊自尽（因为若不是受到良心的谴责，他是不会把钱交出来的）。他是在昨晚才向伊万·卡拉马佐夫承认自己的罪行的。这是伊万告诉我们的。当然，如果不是这样，伊万·卡拉马佐夫不可能隐瞒至今。那么，我要再次指出的是，既然斯乜尔加科夫承认了罪行，而且明知第二天将对无辜的被告进行严厉的审判，那他为何不在遗书中向我们说出全部的真相？

"此外，那沓钞票真的就能作为证据吗？就在差不多一个星期以前，我和本庭大厅里的另外两个人十分偶然地得知了一件事，那就是，伊万·费尧多罗维奇·卡拉马佐夫曾经派人去把自己手头上两张年利率百分之五的国债兑现，每张的面额是五千卢布，两张加起来是一万卢布。我的意思是，谁都能在一定时间内筹集到一笔款项，再把三千卢布带来法庭，但他无法证明这一定就是哪只抽屉或哪个信封里的钱。

"还有一点，伊万·卡拉马佐夫昨天从'真凶'那里获得如此重要的消息后，竟然还能睡得安安稳稳，他为什么不立刻报告此事？为什么非要等到第二天早上再说？我觉得我有权猜测这其中的原因。他的身体抱恙已有一星期了，他也向医生和亲友们承认，自己经常看到幻象，在街上遇见已经死去的人，就在震颤性谵妄发作的前夕，他意外获悉斯乜尔加科夫死了，于是他产生了以下想法：'既然这个人已经死了，我当然可以说就是他干的，死无对证，这样就能救出大哥了。正好我手里有钱，只需要拿上一沓，说成是斯乜尔加科夫临死前交给我的就行了。'可能你们会说我这种猜测很不道德，也有人会说不道德的是他，因为哪怕是为了拯救兄长，诬陷逝者、当庭撒谎也是不道德的。但是如果是他不自觉地撒了谎呢？如果是他得知了那个仆人暴毙之后精神失常了，把幻想当作了现实呢？方才那一幕大家已经看到了，这个人的发言状态大家也看到了。没错，他确实是站着和我们说话，但是谁又能保证他的脑子是清醒的呢？

"在那位震颤性谵妄症的患者做证之后，法庭收到一份书面证据，也就是被告在案发前两天写给维尔霍夫策娃小姐的一封信，他在信中预先制订了详细的犯罪计划。这下我们还有必要去找别的计划和制订计划的其他人吗？要知道一个人制订计划不就是为了之后做事的时候一切能按照计划进行吗？事实如此，一切都按计划进行了。而执行这个计划的人不是别人，正是制订这份计划的被告。是的，陪审员先生们，'一切都按书面计划执行'了！根本就没有老老实实、战战兢兢地在窗口看了一眼自己的父亲之后就从窗前落荒而逃了，更何况，当时的他还相信自己的心上人就在父亲的房间里。他的这种说法太荒谬了，根本经不起推敲。他进了屋并且作了案。然而，他是因为冲动才激情杀人的，只朝他那不共戴天的情敌瞥了一眼，便抡起了铜杵了结了父亲的性命。在经过仔细搜寻后，他确定自己的情人不在那里。然而，他没有忘记要从枕头底下拿出那个藏了钱的信封。他把它撕开了，拿走了里面的钱。现在，那个被撕开的信封就在我们面前。

"我之所以说这些只是为了要诸位注意一个在我看来特别能说明问题的情况。如果凶手是一个轻车熟路的老手，一个多次害命只为谋财的老手，他会把信封的正面像我们发现的那般扔在尸体的旁边吗？如果凶手是斯乜尔加科夫，他一定会把信封拿走，因为他不需要在老爷的尸体旁边撕开它，他知道这信封里装了钱，毕竟这笔钱是老爷当着他的面塞进了信封里，然后上蜡封印的。要是他直接把信封拿走，又有谁会知道这里丢了钱？请问诸位陪审员先生，斯乜尔加科夫会这么干吗？他会把信封扔在地板上吗？

"不会的，这样干的人一定是个处于疯狂状态下、已经丧失了理智的凶手。这个凶手绝对不是惯偷，而且这也是他第一次偷窃。甚至，对他来说他从枕头底下把钱拿出来根本不是在行窃，只是把自己被人偷走的钱拿回来。在德米特里·卡拉马佐夫的心里，信封中的那三千卢布明明就是自己的钱，这种观念一直折磨着他，让他患上了躁狂症。他终于拿到了那个以前他从未见过的信封，马上把封皮撕破，想看看里面有没有钱，然后把钱塞进兜里转身逃跑，甚至都忘了那被他扔在地板上的信封会成为对他十分不利的罪证。这一切都证明凶手是卡拉马佐夫而不是斯乜尔加科夫。凶手拿到钱后，撒腿就跑。不料就在这个时候他听到了一声尖叫，原来是老仆人格里高利发现了他，正高呼着冲向他，抓住了他。于是他用铜杵把老仆人击倒在地，然后他出于怜悯从墙上跳下来走到老仆人面前。

"被告对我们保证，当时他跳下围墙是出于怜悯，出于对老人的同情，想看看自己还有没有机会挽救他的性命。这里有一个问题：那个时候是表示同情的时候吗？

"不是，他跳下来只是为了确定一件事情，那就是这个唯一的目击证人是不是还活着？除此之外的其他任何动机都是不合理的！这里有一点值得注意，那就是被告还用自己的手帕擦了擦格里高利的头，等到确信他已经死了，这才失魂落魄地带着一身血迹跑去他的情人家里。他当时为什么没有想：他这样浑身是血，别人不是一眼就能看出他杀了人吗？但是正如被告给我们的解释一样，他根本没有注意到自己身上的血。这倒是非常有可信度的，因为罪大恶极的罪犯在这样的时刻往往会有如此表现，他们会在一些事情上像魔鬼一样精于算计，但在另一些事情上却愚蠢至极。而且那一刻，他的脑海里只有一个问题：她在哪里？被告迫切地想要了解她在什么地方，于是他径直奔向她的寓所。不料竟听到了一个对他来说无异于当头一棒的消息：她和她那位'曾经的''无可争议'的前任一起去了莫克罗耶！"

第九节 检察官的演讲结尾

讲到这里时，伊波利特·基里洛维奇显然选择了一种严格的历史时间线的叙事方式，这也是一些有点神经质的演说家们非常喜欢采用的方式，毕竟他们需要找到一个苛刻的框架来抑制住自己按捺不住的激情。检察官在自己的发言中对那位"无可争议的前任"作了十分详细的描述，并且针对这一人物发表了一些颇有意思的见解。

"卡拉马佐夫对所有男人的醋意都达到了不能忍受的地步，可是在那位'无可争议的前任'面前似乎一下子泄气了，没有了醋意。尤其令人感到奇怪的是，此前他几乎从未注意到这位突然冒出来的新情敌对他会有什么危险。卡拉马佐夫从来都是只顾眼前，他一直觉得，这不是当务之急，时候还早着呢，很可能他认为此人的存在纯属虚构。但当时被告那颗被刺痛的心突然醒悟了，那个女人之所以不暴露这位追求者的存在，一直用谎言欺骗他，正是因为这位重新出现的情敌在她心中的地位绝非无足轻重，而是她的一切、她一生的希望。在瞬间明白这一点后，被告认命了，选择了退出。

"陪审员先生们，从表面上看，被告的这种心态与他的一贯作风大相径庭，甚至无论如何都无法让人理解。对此我却不能不说，被告突然间产生了一种不可遏止的愿望，那就是希望自己能公正地对待那个女人，尊重她的选择，承认她的权利，看她会把自己的心交给谁。要知道，当时，被告正是为了她刚刚杀了自己的父亲！还有一点，他亲自制造的血案在那个时刻已经向他发出了血债血还的呐喊，因为他在毁了自己的灵魂和人生后，已经有了新的感触，他可能会问自己：'与那个无可争议的旧情人相比，如今的我还算得了什么？我对她那衷心的、远超过爱自己的爱又算得了什么？意味着什么？当初那……那个几乎摧毁了她的"前任"来到她身边忏悔了。想必他一定会真心实意地许诺给她全新的生活和完美的爱情,而背负罪责的我又能许诺给她什么呢?'

"这一切卡拉马佐夫全都明白,知道自己犯下的罪行已经堵死了所有的后路,他只是一名还未被逮捕的死囚,而不是拥有光明未来的人!这个想法把他压扁了、摧毁了。于是他在瞬间下定了一个疯狂的决心,以卡拉马佐夫的性格而言,他必然会觉得,这个方法是让他脱离这可怕泥潭的唯一出路。这条路便是自杀。

"他跑去找公务员别尔霍津,拿回了抵押给他的手枪,在路上掏出了口袋里所有的钱,为了这笔钱,他罪恶的双手刚刚沾满了父亲的血。哦,现在这笔钱对他来说正是最有用的时候:卡拉马佐夫即将升天,卡拉马佐夫马上要去见上帝了,他要人们记住这一天!他要对得起自己那颗似诗人一般忧郁的心,更要对得起自己那从两端一起燃烧的生命之烛!

"'我要去她那里,到她身边去!我要在那纵情狂欢,我要在那大宴宾客,我要让所有人记住,要让所有人传唱!我要在喧闹的乐声中,我要在吉卜赛姑娘忘情的狂舞下,我要举起酒杯,祝福我心爱的女人从此走向幸福的人生!接着,我要……在她的石榴裙下,在她的面前,掏出我的手枪,顶住我的脑壳,在绚烂中结束我自己的一生!将来总有一天,她会想起有个米佳·卡拉马佐夫是如此爱她,并为他叹息难过:"哦,那个可怜的米佳"!'

"他下的决定有着强烈的戏剧效果,饱含着浪漫主义的幻想和卡拉马佐夫式的狂野与痴情。然而,除此之外应该还有些东西,陪审员先生们,应该还有一些其他的东西在他灵魂中呼唤着,在他头脑中翻腾着,让他的心疼痛如绞,那便是良知!陪审员先生们,那是良知对他的审判,是可怕的愧疚感!但是,只要枪声一响,一切便都结束了。手枪是他唯一的出路,没有别的路可走。至于死后,我不知道卡拉马佐夫当时是否想过自己'死后又将如何',不知道卡拉马佐夫会不会像哈姆雷特那样思考身后之事。不,他不会,陪审员先生们,外国人有他们的哈姆雷特,但是我们目前只有卡拉马佐夫!"

接下来伊波利特·基里洛维奇开始事无巨细地描写米佳在动身前所做的种种准备,包括在别尔霍津家里、在食品铺里以及与车夫打交道的许多细节。他模拟了被告的大量语言和动作,那些都是向证人核实过的,这种方式对法庭上的听众来说具有惊人的说服力。对审判结果的主要影响来自各种事实结合在一起产生的效果。在这幅场景中,那个在疯狂的忙乱中奔跑着的、把自己的一切甚至生死都置之度外的人,他一定是有罪的,这已是无可辩驳的事实。

"他已经没有任何瞻前顾后的必要了,所以他曾经三番两次地在其他人面前明显地暗示,就差直接亲口说出来'我是杀人犯'了,"检察官援引了一些证人提供的证词后说,"他甚至在路上冲着车夫大叫道:'知道吗,你在给一个谋杀犯赶车!'但是毕竟还不能直接明说,首先得赶到莫克罗耶,到了那里后他才能把这出歌剧演完。然而,等待着这个倒霉蛋的是什么样的局面呢?

"现实却是这样的:他几乎是在抵达莫克罗耶后便看出来的,接着便彻底地领悟到了,他那位'拥有无可争议的权利'的情敌恐怕并不是真的无可争议,因此,他那个举杯庆祝二人新生活的想法恐怕很难被他们接受。陪审员先生们,这也是你们在法庭调查环节中已经了解到的事实。卡拉马佐夫漂亮地赢下了他与情敌的竞争,哦,于是他的灵魂开始进入一个全新的阶段,甚至可以这么说,在他经历过的并且还将继续经历的各个阶段中,他当时所处的这个阶段才是最可怕的!

"可以肯定的是，陪审员先生们，"伊波利特·基里洛维奇用激情的语调指出，"相比任何的法律制裁，受到伤害的灵魂和良心的折磨对一个人的制裁会更加彻底，也更加残酷！不仅如此，法律的制裁和社会的惩罚甚至还会减轻对灵魂的折磨，因为在这个时刻，被告的灵魂甚至需要用法律的制裁来作为让他脱离绝望的一种方式。当卡拉马佐夫知道格露莘卡是爱他的，为了他拒绝了那位'拥有无可争议的权利'的前任，并且'米佳、米佳'地呼唤着他，想和他一起共同奔向全新的幸福生活时，他恐惧的心情和精神上的痛苦简直让人无法想象！要知道，那一刻对他来说，所有的一切都完了，什么好事都已经不可能再发生了！

"在这里，我要顺便说一下那个对我们来说相当重要的情况：直到他被逮捕的那一刻，直到那一秒钟，被告一直心爱的那个女人对他来说仍旧是梦寐以求的。但是，当时那种情况下他为什么不开枪自杀呢？为什么他把已经做好的决定搁在了一旁，甚至连他的手枪放在哪儿都忘了？原因是一种对爱的强烈渴望在他心中开出了花，以及希望能在此时此地达成心愿的欲望把他留在了人世间。在纵情声色的乌烟瘴气中，他像被吸走了灵魂一般盯着那位和他一起恣意狂欢，此时在他眼里比任何时候都更可爱、更迷人的心爱之人，他一步也舍不得离开她身边，他为之倾倒，为之销魂。

"这种强烈的渴望不仅能压倒他心中那种担心被逮捕的恐惧，甚至能让他暂时忘记良心对他的谴责！然而，这个时刻很短，哦，只是短短的一瞬间！我能想象得到，被告当时的心情毫无疑问地被一系列因素所奴役、控制。首先是浓重的醉意，喧闹、狂热的歌舞，混乱的氛围，和那个微醺时的她，她也在载歌载舞，甚至还对他迷离地笑着！其次，自我安慰的侥幸心理也给了他一点底气：也许那个命中注定的悲惨结局还远着呢,至少现在没有,最快也要到第二天早晨才会有人过来逮捕他。也就是说,留给他的时间还有好几个小时呢,这已经够多了,足够了!在几个小时内可以想出许多办法来。

"我可以想象得到,被告当时的心情有点像将要被押赴刑场处决的死囚:他先得坐囚车通过很长很长的街道,接下来是步行走过成千上万的人群,然后拐到另一条街上,在这条街的尽头才是那可怕的刑场!据我猜测,在这段处刑的历程刚开始时,被告正坐在游街示众的囚车上,他当时一定会觉得,自己面前的这条生命之路根本看不到尽头。然而,房子不断后退着,囚车也在前进,哦,没关系,离处刑地的那条街的拐弯处还远着呢,他还能若无其事地盯着成千上万个看热闹的人们。他左顾右盼,依旧臆想着自己是跟他们一样的人。但此时已经到了这条街的拐弯处了,哦,没事,不要紧,还有整整一条街呢。不管已经路过了多少间房子,他总是在想:'后面还有好多房子呢。'就像这样,在终于走完最后一间房屋后,刑场终于到了。

"我想,当时卡拉马佐夫的心态是这样的。他想:'他们还来不及采取行动,我还能想出抵赖的办法,哦,还有时间思考该如何为自己辩解,如何反击,但是现在……现在的她是多么可爱啊!'

"他的理智开始占据上风,不过他还是有时间把钱分出一半来,再把它们藏在什么地方,否则,连我自己也无法解释,他刚从父亲枕头底下拿来的三千卢布怎么瞬间就少了一半。他已经不是第一次到莫克罗耶了,他曾经在那里纵情狂欢过两天两夜。他熟悉那间又老又大的木质房屋,屋外还有木头棚子和回廊。据我推测,那部分钱肯定就是那个时候被他藏在了这间房子的某处,就在他被捕前不久,被他藏在了某一道缝隙中、某一块地板下,或者屋角和屋顶下的什么地方。他为什么要这么做?还能为什么?因为罪行败露了,他当然还不知道该如何面对这场灾难导致的严重后果,再说也没有时间做过多的思考。他的太阳穴此刻因紧张而跳得厉害,格露莘卡又是那么迷人,但是钱,钱在任何情况下都不能缺少!只要有钱,走到哪里别人都会承认你有个人样。也许,在这样的时刻,被告还能有这样的远见,你们是否会觉得不合乎常理?但要知道的是,据被告自己声称,在距当时一个月之前,就是让他心烦意乱但对他来说事关重大的那天,他曾经从三千卢布中分出一半来缝在小布袋里,尽管这并不是事实。而且下面我马上要加以证明:这个念头对于卡拉马佐夫来说并不陌生,他曾经有过这样的设想。这还不算,后来,他曾经想要预审官相信,他曾经把一千五百卢布缝在小布袋里(这是根本没有的事),他之所以能当场编出小布袋的故事,或许正是因为,就在两个小时以前,他真的把三千卢布一分为二,将其中一部分藏到了莫克罗耶的什么地方,以防万一。那是他灵机一动想出的主意,他觉得先把那笔钱藏在这里,等到明天再说,不管怎样都比揣在身上妥当。

"诸位陪审员们,请大家回忆一下我之前说过的话,卡拉马佐夫能同时仰望九天之上和俯视万丈深渊!我们曾经在那间旅馆里翻找过,但没有找到那笔钱。它可能至今还藏在那里;也有可能在第二天就回到了被告的手上。反正,被告被捕的时候那位女士也在场。当时被告跪倒在她的面前,而她正躺在床上,被告只顾着向她伸出双手,完全忘了一切,他甚至没有意识到逮捕他的人正在向他靠近。那个时候他还没有做好回答我们问题的心理准备。当时不论是他还是他的头脑,都没有建立起稳固的防线。这才被我们打了一个措手不及。

"如今被告就在你们面前,你们将对他进行审判,也将决定他的命运。陪审员先生们,有时候我们在履行自己的职责时,我们在面对一个人的时候也会觉得害怕。为什么?是因为那个人也在害怕!当罪犯知道自己已经走投无路，却还想做困兽之斗，还想跳起来跟我们较量的时候，那种与野兽没有两样的恐怖感可以看得一清二楚。他像只被激怒的野兽控制着自己身上的每一寸肌肉、每一根毛发，那种不择手段也要保全自己性命的动物性本能显露无遗。他为了保全自己，会用他那满含疑问和痛苦的目光，像刀子一般上下剖析着诸位，他会捕捉你们的一言一行，会研究你们的表情和你脑中的思想，会预判你们攻击的方向。即便他的头脑此刻已经混乱，但是这并不妨碍他在电光火石间想出千百套用来对抗你们的方案，然而他还是怕开口，怕说漏了嘴！在这一刻他的心灵受辱、他的灵魂正遭受苦难的煎熬，在面对拥有这种渴望自救的动物般心态的人时，我们又怎么能不胆战心惊呢？有时，我们的预审官会受到某种震撼，甚至想对他网开一面。而当时的我们，就是这可怕一幕的见证人。

"起初他被吓坏了，在惊恐中脱口而出的几句话对他十分不利：'血！我罪有应得！'但他很快就控制住了自己。说什么话，该如何回答，这一切他心中都没有现成的答案，但不管怎样，死不承认的话是肯定要说的：'对于父亲的死我没有罪过！'不管如何，先把这道防护墙筑起来再说，在墙后面也许还可以布置一些其他的障碍。他抢在我们提问之前，急匆匆地对他起初脱口而出的那两句对自己造成不利的话做出了解释：他认为自己仅是对老仆人格里高利的死负有罪责。'这条人命我认，然而又是谁杀了我父亲呢？凶手是谁？既然不是我，那么究竟是谁杀了他呢？'请注意，我们到莫克罗耶去正是要问他这个问题，可是他竟然反问起我们来！而且，这句话很明显是没有经过深度思考的。'既然不是我'，听见没有？这句话既有禽兽般的狡诈，又有孩童般的天真，这充分地表现出了卡拉马佐夫式的暴躁。他的意思是：人不是我杀的，你们休想怀疑到我身上。接着，他赶紧承认（他性子很急,哦,而且还很慌乱):'我确实想杀死他,先生们,我确实想过,但我没有动手,他不是我杀的!'这句话是在向我们让步,承认自己想杀父亲,这就相当于在向我们暗示:'你们应该能看到,我的态度是多么的诚恳,那就快判定我并不是凶手!'要知道,在这种情况下,罪犯往往会变得非常轻率和幼稚,头脑简单得令人难以置信。

"当时,预审官无意间向他提了一个极其简单的问题:'会不会是斯乜尔加科夫杀的?'果然不出我们所料:他生气了,非常生气。这是因为他还没有做好准备,要知道,他原打算选择并抓住一个合适的时机,在那个时刻把斯乜尔加科夫揪出来才最能让人相信,不料却被我们抢先一步,这完全出乎他的意料。他依着自己那分裂的性格,马上走向另一个极端,他开始用尽心思努力使我们相信,斯乜尔加科夫不可能是凶手,他就算想杀人也杀不了人。但是,请不要被他的话蒙蔽,这是他的虚招,被告其实完全不打算放弃斯乜尔加科夫这张牌,相反,他一定要把这张牌打出来,但是,他需要另外找到一个时机,因为这一条被他定下的计谋突然间被扰乱了。他或许在明天就打出这张牌,或许在几天后,做足了准备,看准一个时机后突然冲我们大喝一声:'看吧,我曾经比你们更加不相信凶手是斯乜尔加科夫,这你们应当记得,但现在我能确定:人就是他杀的,不是他,还能是谁!'但在当时,他板着脸,无比生气地否定了这种推测,然而在解释为什么只是向父亲的屋内张望一下便从窗前走开这个问题上,急躁和愤怒让他的表现极其拙劣,但凡是个人都不会相信他的话。更关键的是,他还不知道打探口风,他根本不知道格里高利苏醒之后提供的证词,更不知道那段证词对他来说极为重要。

"我们对他搜了身。这使他无比恼火,但是也多少暗合了他的心意,因为我们只找到了一千五百卢布,没有找到三千卢布。但是,随后怒发冲冠的被告对我们的询问要么选择避而不答,要么矢口否认。然而就在这一刻,有关小布袋的鬼点子从他脑瓜里蹦了出来。毫无疑问,连他自己也觉得这条锦囊妙计太不可思议,所以他要挖空心思、绞尽脑汁让我们相信这个小布袋存在的可能性,为此,他不得不编写出一个让人觉得真实可信的故事。

"在遇到这种情况时,作为负责调查的司法人员,我们要注意的第一件事,或者说首要的任务就是不给对方充足的时间让他们做足准备,我们必须突袭!让罪犯把藏在心底的想法丝毫不加掩饰地说出来,只有这样才能充分暴露出这种胡编的故事有多么幼稚可笑、荒诞不经和纰漏百出。

"要使罪犯毫无顾忌地开口,最好的办法就是在出其不意间,假装不经意地向他透露一些新发现的事实或是案中的某一重大情况。而内容究竟是什么,罪犯在这之前是绝对想不到的。这样的事实我们有现成的而且是早就已经准备好的,那便是老仆人格里高利在苏醒后提供的证词,他说:'被告是从敞开着的门里逃出来的。'有关这扇门的事,比如暗号什么他都全忘了,至于格里高利看见了案发的那一幕,更是让他始料不及。

"这一步棋取得了难以置信的效果。被告直接跳起来,冲我们大声喊道:'是斯乜尔加科夫杀了人,凶手是斯乜尔加科夫!'于是,他心中本来盘算好的移花接木的嫁祸之计就这样暴露了,此外他的这条计谋在当时来看已然起不到任何作用了。因为如果斯乜尔加科夫是凶手,他只可能是在被告把格里高利击倒并且逃跑以后进屋杀人。我们告诉被告,格里高利在失去意识前就已看见门是开着的,而且他从自己卧室里出来的时候还曾听到斯乜尔加科夫正在隔板后面呻吟,所以斯乜尔加科夫根本没有作案时间。这一下,卡拉马佐夫才彻底放弃了狡辩。

我的一位同事、我们那位尊敬又幽默的预审官尼古拉·帕尔费诺维奇后来对我说,就在那一刻,他自己差点儿要掉下眼泪来,因为他觉得被拆穿的被告真的太可怜了。而就在这种情况下,被告为了挽回颓败的局势,才慌不迭地向我们交代了小布袋的故事。他说:'那好吧,我不得不把这个故事告诉你们了!'

"陪审员先生们,关于被告把钱缝进小布袋子纯属子虚乌有一事我已经表达了我的想法,甚至我还可以说,这个故事是在当时那个状态下一个人所能编造出来的最荒唐的胡话。即便有人愿意同我打赌,赌这个世界上还能有比这更胡扯的瞎话,我也愿意赌,因为我真的想涨涨见识:究竟还有什么瞎话能比这个更加蹩脚。

"陪审员先生们,如果一件事情是真实的,那么其中自然不乏各种丰富的细节。从表面上看,这些细节是微不足道的,所以,那些不幸的说谎者在无奈之际编造谎话时往往会把这些细节忽略掉,只要我们能在这些连他们做梦都想不到的细节上安排上几个小问题,不论他们编造故事时有多么自鸣得意,终究都会原形毕露。因为他们在编瞎话时根本没有精力去想这些细节,他们的头脑短时间内只能架构一些宏伟的叙事框架,他们会天真地认为没有人会在这种琐碎的小事上与他们纠缠不休!可我们就是要攻其不备,在这方面把他们抓个现行!所以,当时我们问被告:'请问您是从哪里找到的用来做小布袋的材料?是谁给您缝制的?'

"'我自己缝制的!'

"'您是从哪里拿来的布料?'

"被告听到这句话,立刻发火了,他认为我们问他这样微不足道的问题几乎是对他人格的侮辱。请大家相信,他当时真的生气了,不是假装的。不过他们这样的人都是这样的。

"'是从我的衬衫上撕下来的！'

"'很好！那么我们明天就能在您的衣物中找到那件被撕下了一块布的衬衫了，对吗？'

"陪审团的诸位先生们，如果我们真的找到了那件被撕破的衬衫（如果它真的存在，我们怎么会无法在被告的手提箱或者柜子里找到它呢？）——那么这就是一个事实，一个看得见摸得着的事实，一个能说明他供词属实的事实。但这一点是他没有想到的。

"他只能说：'我不记得了，也许这块布料不是从我的衬衫上撕下来的，说不定是我用房东的头巾缝的。'

"'什么样的头巾？'

"'我从房东太太那里拿的，因为那东西已经被扔在那里很久了，不过是一块破旧的棉布。'

"'您清楚地记得吗？'

"'不，我不确定……'

"他对我们发火了，很是生气。其实只要仔细想想，这种事情怎么可能会记不住呢？就算在人的生命中最可怕的时刻，比如当一个人在被押赴行刑的时候，也能想到这样的琐事。他会忘记任何事物，却能记得半路上看到的绿色屋顶或者蹲在十字架上嚎叫的乌鸦。诸位，不要忘记了，被告肯定是背着众人把钱缝进去的，他一定忘不了，那个时候他手持针线时所感受到的屈辱和罪过。他拿着针线生怕有人突然进来而胆战心惊，若是听到有人敲门，他一定会立刻藏到木板墙后面去（他的房间里确实有一道木板墙）……但是，陪审员先生们，大家有没有考虑过，我为什么要向你们陈述这些鸡毛蒜皮的细枝末节？"检察官伊波利特突然大声感叹道，"正是因为这些话被告已经整整坚持了两个月了！真是荒谬！从他决定铤而走险做出如此伤天害理之事的那一晚起到今天，他仍旧坚持着这些荒谬的说法，仍旧什么都没有解释清楚，仍旧没有找到一点能说明问题的证据。总而言之，他觉得所有的这些都是琐碎的小事，'你们要相信我的人格'啊，我们渴望相信，我们甚至乐于相信，相信他的人格当然没有问题！我们又不是狼！但是，只要能给我们提供出一条看得见摸得着、有利于被告的证据，我们都会高兴的；只要比被告人的弟弟察言观色得出来的结论，比他在黑暗中击打自己的胸膛就一定是指那个小布袋的无稽之谈稍微可信一些，我们都会为这个新的证据感到高兴。而且我们将会第一个撤回诉状，立即撤回。但是现在，正义在呼唤着我们，我们必须坚持不懈，我们什么都不能撤回！"

由此，检察官伊波利特的发言进入了结尾，他几乎陷入了狂热之中，振臂高呼："绝对不能让死者的鲜血白流，绝对不能让那个被'卑鄙的谋财害命之徒'谋杀的无辜父亲白白死去。"

他开始以各种显而易见的悲惨事实宣示着自己的立场："先生们，不论你们从那个声名显赫的辩护律师口中听到了什么，也不管有人在这里说了什么精妙的、扣人心弦的话语，我在这里要给你们提个醒，你们此时此刻站在维护我国法制尊严的正义殿堂里。请你们记住，你们是我们神圣俄国的捍卫者，你们所捍卫的是我国的根基、这个国和家的一切神圣之物。是的，你们现在在这里代表的是俄国，你们的判决不光只是说给这个大厅里的人听的，更是说给全俄国的人听。我国的所有居民将会听到俄国的保卫者和执法者的声音，你们的声音也许会鼓舞他们，也许会打击他们。但请不要让俄国痛苦，请不要让俄国的希望落空。我们这致命的三套马车也许正朝着一个毁灭一切的目标奔驰。全国各地已经有不少人举起了双手，呼吁你们去制止这种飞蛾扑火似的狂奔。也许其他国家的人民暂时还会给这辆风驰电掣的三套马车让开一条道路，但是烦请各位记住，他们的让路绝对不是出于诗人笔下对伟大俄国的敬意，只是出于恐惧——单纯的恐惧，甚至还有可能是厌恶。现在让路还算不错，但是也许突然有一天，他们不愿意让开，而是组成一堵高墙来阻挡飞驰而来的幽灵，他们为了拯救自己，为了拯救进步，拯救文明，也会阻止这不顾一切的狂奔。这样惊恐的呼声已经在整个欧洲大地上响起，这样的呼声已经传到你我的耳朵里。请不要用弑父有理的判决刺激他们了，请不要让他们对我们的仇恨与日俱增……"

虽然检察官伊波利特在势不可当的演讲中自我陶醉，但总算在慷慨激昂的呼吁中迎来了尾声。这篇演讲给在场的观众留下了非同小可的印象。他演讲完毕，便一个人匆匆离开了法庭。正如我之前提到的，他几乎晕倒在了另一个房间里。法庭里没有响起掌声，但是人们的严肃表情证明他们对此很满意。如果说真的有人不满意，那一定是在场的女士们。即便她们欣赏检察官的口才，但对于这场案件的结局，她们毫不担心，因为她们完全相信菲久科维奇一定可以扭转乾坤。"他只需要一张嘴，就可以把所有人打得落花流水。"

所有人都把目光投向了米佳，他在检察官发言的时候一直默默地坐着，他的双手紧紧握在一起，牙关紧咬，目光低垂。他只是偶尔抬起头来听一下，特别是当提到格露莘卡的时候。当检察官转述拉基津对他的看法时，米佳的脸上突然掠过一丝轻蔑和愤怒的微笑，他只是大声地骂了一句"贝尔纳"。后来，当检察官伊波利特讲起自己是如何在莫克罗耶审讯他、折磨他的时候，米佳抬起头听着，展现出了极大的兴趣。在检察官讲到某个地方的时候，他甚至有跳起来大喝一声的想法，不过他还是放弃了，只是轻蔑地耸了耸肩膀。

对这篇演讲的结尾，就是检察官在莫克罗耶审问米佳的种种成果，后来社会上有很长一段时间都在议论,甚至嘲讽检察官伊波利特:"这个人忍不住要吹嘘自己的聪明!"

接下来合议庭宣布休庭,不过时间不长,十五到二十分钟。这段时间里在场的观众开始议论,慨叹。我也记住了其中一小部分。

一个绅士皱着眉头说:"很严肃的演讲啊!"

"他用了太多的心理分析了。"另一个声音说道。

"但说的都是事实啊,根本驳不倒的事实。"

"没错,他在这个方面是个大师。"

"总结功夫不错。"

"是的,他也总结了咱们,"第三个声音插进来了,"在他刚刚开始演讲的时候,他说我们像费尧多尔·巴甫洛维奇,你们还记得吗?"

"最后不也是这么说的吗?没什么道理,胡扯!"

"他有些地方说得模棱两可。"

"倒不如说是有些忘乎所以,自我陶醉。"

"他这么说有失公允,有失公允。"

"不对,反正这件事他做得很巧妙。毕竟他为了说这番话等了很久,好不容易畅所欲言,哈哈!"

"也不知道辩护人会怎么说?"

另一群人则在议论:

"他没有必要攻击那个从圣彼得堡过来的辩护律师,他说人家企图让人们'自我感动',各位还记得吗?"

"确实,这一招不好,很尴尬。"

"他太性急了。"

"这个人太紧张了。"

"你说咱们几个在这里有说有笑的,不知道被告人的心中作何感想。"

"是啊,你们说米佳在想什么呢?"

"不知道辩护人到时候会说什么?"

还有一群人在说:

"坐在最边上的那个,拿着长柄眼镜的那个女士是谁?胖胖的那个。"

"我知道她,她是一个将军的夫人,已经离婚了。"

"怪不得她能用这种眼镜。"

"不好看。"

"不,我觉得挺好看的。"

"在她旁边相隔两个座位的位置上,有个金头发的妹妹,她更好看!"

"他们在莫克罗耶巧妙地突袭了米佳,是不是?"

"聪明是够聪明的,但总不能一直说吧?这件事情他们不知道在人们家里说过多少遍了。"

"可是他刚才还是没忍住又说了一遍。这就是虚荣。"

"大概是自己的丰功伟绩被人们忽视,觉得委屈了呗,嘿嘿!"

"是的,而且动不动就生气,还喜欢用华丽的辞藻和一些长句子!"

"是的,他还吓唬人呢。他一直在用危言耸听的话试图提醒我们。他说那段三套马车的话你还记得吗?'外国人有他们的哈姆雷特,而我们只有卡拉马佐夫。'这句话说得多棒!"

"他这是为了安抚自由派人士!他害怕他们!"

"是啊,他也怕那个辩护律师。"

"没错,也不知道这位从圣彼得堡驾临的辩护律师会说些什么。"

"甭管他说了什么,他都说服不了我们的乡巴佬陪审员们。"

"您是这么觉得的?"

第四群人则在说:

"三套马车那个比喻太精彩了,尤其是关于其他国家的那几句。"

"他说其他国家不会放任我们,这倒是事实。"

"此话怎讲?"

"就在上个星期,英国的下议院里有个议员,因为虚无主义者的问题问内阁:现在是不是该去教训教训那些野蛮的俄国人了?检察官指的就是这个议员,我知道他讲的就是他。他上个星期还议论那个议员呢。"

"说得轻巧!"

"说得轻巧?什么意思?"

"喀琅施塔得的港口一关,这帮人从哪里弄粮食去?"

"现在不是有美国吗?从美国也可以搞到粮食。"

"胡说八道!"

但是铃声已经响了,人们纷纷回到自己的座位上。菲久科维奇登上讲台。

第十节 辩护人的演讲,双刃剑

当这位著名的演讲者的第一句话响起时,所有人都肃然沉默了。法庭内的无数双眼睛都齐刷刷地盯着他。他是个直率又十分自信的人,但丝毫没有傲慢之色。他根本没有卖弄口才的企图,也没有慷慨激昂的语调,更没有振聋发聩的呼吁。他就像是在和一群带着同情心的多年老友谈话一样。他的声音好听,洪亮且亲切,甚至你能从他的声音中听出些许真诚和坦白。但是所有人很快就明白了，只要他愿意，他随时都可以拔高自己的音调，慷慨陈词，"以未曾知晓的力量振聋发聩、激动人心"。他说话时没有像检察官伊波利特那般重视语法规则，也没有长难句，但是他的表达更加准确。女士们对他的姿势不太喜欢，他看上去总是弯着腰，尤其是在演讲刚开始的时候，那种感觉就像是要冲向听众似的，而非在向听众鞠躬。而且，他弯腰的地方就是他那细长的脊背的二分之一处，那里似乎被安装了一个铰链，因此他几乎可以弯成个直角出来。

他刚发言的时候语言比较混乱，似乎没有系统性，举出来的事例也是不相连的，但是在后来，慢慢地就连成了一个整体。他的发言可以分为两个部分：前半部分是对检方指控的批判与反驳，其中不乏尖刻和辛辣的讽刺话语。但是在演讲的后半部分，他突然改变了语气、语调，一下子把自己的演讲拔升到了一个震撼人心的高度。而且听众们似乎就在等着这一刻，兴奋得不能自已。

他开门见山地指出，虽然他的整个律师生涯几乎都在圣彼得堡，但是他已经不是第一次到俄国的其他城市给需要辩护的人提供服务。他所为之辩护的人必须是当事人确信自己无罪或者说他能预感到当事人是清白的。正如他所解释的那般："在这个案子上，我也是这么认为的。一开始看报纸上的报道，我就察觉到了一些有利于当事人的情况，这让我本人感到异常震惊。简而言之，我首先感兴趣的是某一个在司法实践中较为常见的法律事实。而且，这个事实在本案之中的表现既完整又突出。按照惯例，我应该在我自己发言的最后才把自己发现的事实完完整整地告诉大家，但是我想现在就把自己的想法说出来。因为我有一个弱点，就是喜欢单刀直入。我不想为了发言效果或为了给人留下深刻的印象而故弄玄虚、故意拖延。这么看来，我这个人也许是缺乏计算，但也说明我是个真诚的人。我的想法、论点如下：本案中确实有诸多证据对当事人不利，但是如果把这些证据一个个单独分析，就没有一个能够经得起推敲。我越是关注后来报纸上的报道和传闻，就越发相信我的想法是对的。也就是在这个时候，我突然接到了当事人亲属给我发过来的为当事人辩护的委托。因此，我立即赶到这里。到了这里之后，我对自己的想法就更加确信了。为了推翻检方所提供的一系列证据，为了证明检方在调查取证中的虚妄错误，我接下了这个案子，为我的委托人辩护。"

以上就是辩护人的开场白，接着他突然宣讲："诸位陪审员，我初来贵地，所以，我本人对于这桩案件的印象一定是公正的。首先，我的当事人是个容易冲动、性格乖张甚至有些放肆的人。但是他一定在案前没有冒犯过我，不过他也许曾经伤害过住在这个城市里的其他人，因此会有许多人事先对他抱有成见。当然，我也承认了，本地人对当事人的反感并非没有理由，因为我的当事人的性格实在是过于乖张暴戾，导致大家的道德责任感被唤起。但即便如此，本地上流社会的人依然还是会接待他，甚至在才华横溢的检察官家中，他也受到了很好的招待。(在他说这句话的时候，旁听席中突然传来几声窃笑，虽然很快被压制住了，不过在场观众都注意到了。检察官违背自己的意愿接待米佳这件事情，我们大家都知道。他仅仅是为了自己的妻子，他的妻子对这个年轻人很感兴趣。他的妻子是个以美德出名的女士，深受人们的尊敬，但她充满幻想、反复无常，喜欢反对她的丈夫，尤其喜欢在一些鸡毛蒜皮的小事情上和自己的丈夫发生矛盾。但是，米佳其实很少去他们家。)然而，我还是需要斗胆妄言，即便我的对手有像我一样独立思考的头脑、无比正直的性格，但他还是有可能对我不幸的当事人形成某种错误的偏见。这当然是自然的。因为我这位不幸的当事人确实应该受到这样的偏见。毕竟只要伤害了别人的道德感情,尤其是触怒了他人的审美观点,往往很难得到他人的宽恕。在才华横溢的检察官的指控演讲中,我们听到了检察官对当事人性格和行为的严格剖析,他对案件也进行了严格的分析。更重要的是,他还从心理学角度对案件的本质进行了深刻的心理分析。如果他心中没有对当事人如此深刻的恶意和成见,要达到这种批判的深度应该是不可能的事情。我们应该意识到,有些事情比恶意和成见更糟糕,甚至更致命。比如说,我们总想去玩一些艺术性的游戏,尤其是如果上帝赋予了我们心理上的洞察力的时候,我们突然就有了创作一篇小说的想法。我准备从圣彼得堡动身来这里的时候,就已经有人告诫我,其实我不需要别人的告诫,心里也十分清楚——我在这里会遇到一位擅长心理学的对手。他所擅长的心理学使他近年来在法律界获得了特殊的声誉。但是,先生们,心理学固然是一门深奥的学科,但是依然是一把双刃剑(全场发出笑声)。

"啊,当然,大家会原谅我这个粗俗的比喻,我不是个善于雄辩的人。不过我倒是可以从检察官的演说中随便举个例子。案发的那天晚上,我的当事人打算从花园的围墙翻墙逃跑时,被老男仆抓住了脚,于是他回头用铜杵把老男仆击倒在地。然后他跳下围墙,在倒地的老男仆身边足足折腾了五分多钟。他是想弄清楚自己是不是把这个老男仆打死了。我的当事人供诉说,自己当时跳下去是出于对老男仆的恻隐之心。但是,检察官就是不愿意相信他说的是真话,检察官说:'不,他怎么可能在这个时候起了恻隐之心?这不合情理,他从墙上跳下来的唯一目的,就是确定这唯一的目击证人是死是活,因为除此之外,绝无第二个原因能让他跳回花园,所谓恻隐之心和一时冲动,都是不存在的,因此这个行为恰恰表明他犯了谋杀罪。'

"诸位,这就是心理分析,但如果我们把这种心理分析用到本案中,换一个角度分析,我们的结果听起来同样会很有道理。检察官认为,我的当事人之所以跳下来是因为他谨慎,想要核实一下目击证人是不是活着。然而,检察官刚才说,凶手在他那被杀死的父亲的房间里留下了一个对自己十分不利的物证——被撕开的信封,上面标注着三千卢布。同样,按照检察官的阐释:'假如他把这个信封带走,那么这个世界上就不会再有人知道这个信封的存在,更不知道里面还有钱,当然也不会有人知道被告偷走了钱。'看,我的当事人在这一件事情上毫无谨慎可言,他十分恐惧,急着逃跑,并把最关键的物证留在了犯罪现场的地板上。两分钟后,他又差点儿杀死了另一个人。这个时候,他突然又表现出了我们想要的那样:冷血无情和精于算计。这难道不奇怪吗?一个心狠手辣、残忍嗜血、目光敏锐的如同高加索雄鹰一般的人,竟在一分钟之后变成一个盲目的、胆小卑微的鼹鼠……好吧,这就是心理学的玄妙。但是,如果他真是个嗜血、残忍、工于心计的人,他跑回来是为了确定唯一的目击证人是否活着,又何必在这个额头受伤、毫无行动能力的人身上折腾整整五分钟呢?他何必用自己的手帕去擦拭老男仆头上的血呢?他又怎么可能允许这方手帕成为未来的呈堂证供呢?不,既然他是个嗜血的、精于算计的人,为何不跳下来后再用铜杵朝着这个唯一的目击证人脑袋上狠狠砸上几下,斩草除根,消除自己的心病呢?

"除此之外,如果他跳下围墙是为了检查老仆人是否还活着,为何又在花园中最显眼的小路上留下了另一个证据,也就是他从两个女仆那里拿走的铜杵。只要这两个人活着,她们就能认出来这是她们的东西,更能出庭证明我的当事人从他们那里取走了它。那根铜杵明显不是无意间被遗忘在花园的小路上的,更不是粗心大意或者慌乱中不慎掉落的，而是他故意给扔掉的。因为那根铜杵被发现的地点距离格里高利倒下的地方约有十五步远。现在有一个问题：他为什么要这样做？

"他这样做只是因为他为刚才亲手杀了老仆人而难过，对自己的行为无比懊恼。他一面诅咒自己一面把杀人凶器扔掉，除此之外再也找不到第二个理由去解释为什么他要费劲地把它扔那么远的地方。既然他能为自己杀人的行为感到痛苦和惋惜，那么他当然不曾杀死自己的父亲。因为如果他真的杀死了自己父亲，就不可能会因为恻隐之心去查看第二个被他击倒的伤者。在那个时候他会有另一种心情，就是竭力保全自己。毫无疑问，他那时应该顾不上怜悯他人。相反，他当时会做的事情就是彻底把那个老男仆的脑袋砸碎，而不是在老男仆身上浪费五分钟。怜悯和善意之所以能在他心中萌生，正是因为他一直都问心无愧。

"在这里我们又得到了一个截然相反但无比合理的心理学分析。陪审员先生们，我故意用心理学分析法不过是为了说明我们可以用这个方法来证明任何事情，这完全取决于谁在利用它。心理分析甚至可以诱使最严肃的人在不知不觉中去编写故事。当然，陪审员先生们，我指的是过分滥用心理分析。"

这个时候，旁听席上又可以听到有人发出了表示认同的窃笑，当然这是针对检察官的嘲笑。我不想把辩护人的演说全文誊录进小说中，我打算摘取其中的关键段落，把要点展现给大家。

第十一节　三千卢布和盗窃案？不存在！

辩护人在演讲中提到了一点，让在场所有人惊得目瞪口呆，那就是他彻底否认了作为罪恶之源的那三千卢布的存在,因此他就否定了谋财害命的可能性。

"陪审员先生们,对于一个没有任何成见的初到者来说,本案中最令我感到震惊的是一个非常具有代表性的特点,那就是有人指控我的当事人犯下了抢劫罪,但完全无法说出,他到底盗窃了什么。传闻说,我的当事人劫走了三千卢布。但是,这笔钱究竟存在吗?没有人能够知道。请诸位先仔细想一想:首先,我们是怎么知道有这笔钱的?有人看到这笔钱了吗?普天之下,只有仆人斯乜尔加科夫一个人说自己看到了死者亲手把这笔钱装进了信封里,并写上了他要赠予之人的姓名。而且,在这桩惨案发生之前,他就把此事告知了我的当事人以及他的弟弟伊万·费尧多罗维奇,斯维特洛娃女士也听说了此事。但是这三个人没有一个亲眼看到过这笔钱,只有斯乜尔加科夫一个人有可能见过这笔钱,那么问题来了:假如这笔钱真的存在,而且只有他一个人见过的话,那么他最后一次看到这笔钱又是什么时候呢?他的老爷有没有可能把钱从床垫子或者枕头底下拿走又放回了匣子里,并且没有告诉他呢?

"请注意,根据斯乜尔加科夫的说法,这笔钱被放在了床垫子或者枕头底下,但是根据报告中的记录,整张床没有任何被翻动的痕迹。我的当事人如果是为了找钱怎么可能会不把床翻个底朝天呢?此外,还有一点值得注意,如果真的是我的当事人杀了人,那么双手都是血的人怎么可能不把昨天才特意更换的干净床单弄脏呢?也许有人会问,那地板上的信封呢?关于这个信封确实值得说上几句。甚至我刚才也觉得困惑,我们才华横溢的检察官提到了这个信封,就是在他说斯乜尔加科夫是凶手的怀疑是荒唐可笑的时候。但是也正如他自己所说,请诸位注意,他亲口说:'如果没有这个信封,如果它没有被留在地板上而成为罪证,如果抢劫者把它带走了,那么这个世界上绝对不可能有人知道这个信封里曾经装了钱,更不会有人知道被告偷走了这笔钱。'

"所以,就连检察官自己也承认那张撕开的信封是抢劫指控的唯一证据,否则'根本没有人知道抢劫这件事,也就没有人知道这笔钱的存在了',难道说就这么一个写了字的信封就能证明它里头曾经装了三千卢布?不但如此,它还能证明里面装的钱被人抢走了?也许有人会这么说:'斯乜尔加科夫亲眼见过那笔钱!'但是,他最后一次看到这笔钱是在什么时候呢?这就是我想要搞清楚的。我曾去找过斯乜尔加科夫聊过这件事。他对我说,就在惨案发生的前两天,他还看到过这笔钱。那我可不可以作一个假设:老头子费尧多尔·巴甫洛维奇独自关在家中,带着不耐烦、歇斯底里的心情期待着他心上人的到来,他很焦急,无事可做。他突然把信封掏出来,把它拆开,也许他觉得'要信封有什么用呢?万一她不信怎么办?我如果把三十张百元钞票全都拿出来给她看,也许会给她留下更深刻的影响,让她直流口水呢!'于是,他把信封撕开,把钞票拿走了,把信封往地板上随手一扔,毕竟他是主人,他没有必要担心罪证不罪证的。

"陪审员先生们,请大家听我说,还有什么比这个假设和这种情形更有可能性呢?"这样的假设为什么不可以存在呢?但是,如果发生了这样的事情,抢劫的指控就会不攻自破。既然根本就没有钱,当然也就没有什么抢劫案。如果说,那被扔在地板上的空信封能证明里面本来装着钱,那我为什么不能提出相反的情况,即信封里的钱已经被主人拿走了,所以空信封才会被丢到地板上呢?有人会问:'就算费尧多尔·巴甫洛维奇真的把那笔钱拿走了,那么请问这笔钱又去了哪里?要知道在取证的时候,人们并没有在他的家中搜到这笔钱。'首先,他家用来放钱的盒子里本来就有一些钱,其次这些钱可能被他取出来之后用掉了,比如付账、寄给他人,甚至他改变了主意,改变了他的行动计划。而这些情况,他是根本无需向斯乜尔加科夫汇报的。只要这种假设有存在的可能性,那又怎么能如此肯定地指控我的当事人是为了谋财害命,并且实施抢劫了呢?如果我们非要这么做的话,那就等同于在编造故事。要知道,如果认为某样东西被偷了,首先需要指出这样东西,或者必须证明它确实存在。但是现在这样东西声称被盗,却没有一个人见过。

"前段时间,在圣彼得堡,有个年轻人,只有十八岁,是个摆摊的小贩。此人就在光天化日之下提着一把斧头走进一家交易所,胆大包天地杀死了交易所的老板,拿走了一千五百卢布。警方只用了五个小时就抓住他了,赃款除了被他花掉的十五卢布之外全部在他身上找到了。之后,一名交易所的伙计在凶杀案发生后,回到了店铺,不但向警察说出了这些钱的具体数额,还说出了它是由多少张红票、多少张蓝票、多少枚金币组成的,而警方从那个凶手身上搜出来的正是店员所说的那些纸币和硬币。凶手本人也对自己谋财害命的事情供认不讳。由此,他们才断定他真的犯下了罪。陪审员先生们,我认为这样的证据才能称得上是证据。在这种情况下,我知道案子中的那笔钱是可以看得见摸得着的,我不能认为这笔钱不存在或是根本没有存在过。但是本案的情况是这样吗?要知道,这对一个人来说可是个生死攸关的大事。

"也许还会有人说:'是的,但是他在那天晚上花天酒地,并在他身上发现了一千五百卢布,这些钱是从哪里来的呢?'但是,正因为只在他身上发现了一千五百,而臆想之中的另一笔钱到现在还没有发现,这恰恰可以说明,我的当事人身上的钱根本就不是那笔臆想之中的钱，不是曾经装在信封里的钱。根据预审部门已经确认的信息我们可以得知，哪怕是按照最严苛的时间线进行推算，我的当事人离开了两个女仆之后跑到公务员别尔霍津家的途中根本没有回过自己的住处，不仅如此，我们甚至已经确定他哪里都没有去过。而在此之后，他一直和别人在一起。从这一点我们就可以确认他根本没有把三千卢布一分为二再藏起来的可能性。正是因为考虑到了这种情况，控方才说我的当事人把钱藏在了莫克罗耶的某个裂缝里。诸位，难不成他是把钱藏进尤多尔福城堡的地牢里了？那这个假设不是真的太奇妙、太浪漫了吗？请诸位注意，只要所谓钱藏在莫克罗耶的假设不能成立，那么一切关于抢劫的指控便不攻自破，因为难道这剩余的一千五百卢布还能莫名其妙地消失了？我们居然准备用这种编故事的方式毁掉一个活生生的人的一生！

"也许又有人会说：'但是不管怎么样，被告就是没有解释清楚他身上那一千五百卢布是从何而来的，而且大家都知道在那晚之前他是身无分文的。'请问，有谁知道我的当事人身上没有钱呢？当事人对于钱是从哪里来的已经做了肯定而明确的供述。如果你们愿意，陪审员先生们，我可以说，没有什么比当事人本人的供词更可信、更符合囚犯的脾气和心态了。检察官被他自己编的故事迷住了：一个意志力薄弱的人，决定受辱接受自己未婚妻向他提供的三千卢布，是绝不可能留出一半缝在小布袋里的，即便真缝了，他也会每天拿一百出来用，并在一个月之内就花完的。但是，请诸位先生们回忆一下，这些设想本身都是以一种不容置疑的语气提出来的。但如果现实情况根本就不是这样呢？如果他们刚刚说的一切，只不过是把我的当事人当成了自己小说中虚构的主角呢？我想问题的关键就在于此，我的当事人不过是他们创造出来的一个人物罢了！

"也许会有人不同意：'有人能证明，就在惨案发生前的一个月，被告在莫克罗耶的一天里把维尔霍夫策娃小姐给他的三千卢布，像花一个戈比那样随便挥霍光了。由此可见，被告身上绝对没有留下一半的可能性！'但是，请诸位想想，这些所谓的见证人究竟是些什么样的人？他们的可信度想必已经在法庭之上暴露无遗吧？另外，别人手里的面包总是看起来更大些。说到底，这些证人中没有人替我的当事人数过钱，他们都只是用眼睛判断的。别忘了，按照证人马克西莫夫的说法，我当事人手里的钱可足足有两万卢布呢！陪审员先生们，你们看，所谓心理分析不过是一把双刃剑，那么现在也请大家允许我利用这把剑的另一刃，看看结果如何。

"这桩惨案发生前一个月，维尔霍夫策娃小姐把三千卢布交给了我的当事人，委托他把这笔钱邮汇出去。这里出现了一个问题：托付这笔钱的时候，真的如刚才检察官一口咬定的那样，是以侮辱和嘲弄的方式托付给我的当事人的吗？有关这一情况，维尔霍夫策娃小姐第一次提出来的证词根本不是如此，完全不是如此。而且，在她的第二次证词中我们只听到了怨恨和复仇的叫嚷，一种长期仇恨的叫嚷。如果她第一次提供的证词与现实情况不符，那么我们就可以通过这一点认为，她提供的第二次证词也可能是不正确的。

"检察官'不想，更不敢'（这是他的原话）提及二人的情感纠葛。当然了，我也没有这样的意愿，但我还是想指出，既然连维尔霍夫策娃小姐这样一个如此备受尊敬、品德高尚、善良纯洁的女士，都能在法庭上推翻自己的第一次证词，目的就是毁掉我的当事人，那么显而易见，她在第二次做证时，心中不可能没有偏见，头脑不可能是冷静的。难道我们没有权利认为一个复仇的女人可能把事实夸大了很多吗？因此，我认为，她很可能特别夸大了她给他钱时的侮辱和羞辱。

相反,她在移交钱款给他的时候,他还是能够接受的,尤其是对于像我的当事人这种稀里糊涂又无比轻率的人来说。因为,当时他希望很快就能从父亲手中得到他认为欠他的三千卢布。我说了这种想法是轻率的、鲁莽的。但是正是因为他轻率鲁莽,才会相信自己的父亲会拿出这笔钱来,只要过不了几天他就能拿到它,到时候他就可以把维尔霍夫策娃小姐委托给他的钱汇出去了。

"但检察官就是不愿设想我的当事人会在当天,从拿到手的钱里分出一半,塞进小布袋里缝上。他只能说:'这不是他的性格,他不可能有这样的情感。'可是,检察官自己也说了,卡拉马佐夫的性格博大宽广。他自己宣扬过卡拉马佐夫的性格具有极端的两面性,正是因为卡拉马佐夫同时拥有两种水火不容的极端性格,他才能做到在酒过三巡、声色犬马、不亦乐乎的时候突然开始收敛自己的行为,如果当时他真的遇到了来自另一面的压力的话,那么这所谓的另一面又是什么呢?很简单,就是爱情。他为了自己内心中刚刚燃起的爱之烈火,特别需要钱,甚至所需的钱要远远超过与他的这位心上人一起酗酒的花费。如果她对他说:'我是你的了,我不要费尧多尔·巴甫洛维奇了。'那么他必须有钱才能把她带走!这可比吃喝玩乐重要多了!卡拉马佐夫难道不明白这个道理?他终日为了这件事情苦思冥想,想得废寝忘食,想得无比暴躁,在如此情况下,他藏起来一千五百卢布以备关键之需,又有什么是不可能的呢?

"但是时间在一天天流逝,费尧多尔·巴甫洛维奇始终没有给我的当事人所期望的三千卢布;相反,后者却听说他打算用这笔钱来引诱他所爱的女人。我的当事人心想:'如果费尧多尔·巴甫洛维奇真的不肯给我钱,那我岂不是成了卡捷琳娜·伊万诺芙娜眼中的小偷了?'于是,他产生了一个念头,他打算把藏进布袋里的一千五百卢布交还给卡捷琳娜·伊万诺芙娜,并大大方方地向她承认:'我是个浑蛋,但我不是小偷。'这就是我的当事人为什么要像爱护自己的眼睛那般爱护那一千五百卢布,而且不会两天一百地拿出来并在一个月内就会把钱花光的双重理由。为什么你们要否认我的当事人身上存在着荣誉感呢?我认为,我的当事人是有荣誉感的,尽管它放错了地方,但它仍然存在,而且十分激烈,我的当事人已经证明了这一点。

"但是事情开始变得越来越复杂,他心中的嫉妒对他的折磨达到了高潮,有两个问题越来越折磨着他狂热的大脑:'要是我把钱还给了卡捷琳娜·伊万诺芙娜,我要从哪里去找钱带着格露莘卡走呢?'照此来说,他这一个月以来的酗酒闹事,甚至多次在酒馆里耍酒疯,就是因为他心中的苦楚已经到了不可忍受的边缘。这两个问题变得如此尖锐,最后使他感到绝望。于是,当事人派遣自己最小的弟弟最后一次去父亲那里讨要这三千卢布。但是他还没有等到回音,就冲进家门,当着众人的面把老人打了一顿。从那以后,他就再也无法从他父亲那里得到这笔钱了,挨了打的父亲绝对不会给他一分钱。也是在那一天晚上,他击打着自己的胸膛,他击打的地方就是前胸上挂着小布袋的地方。他向弟弟发誓,说他明明有办法不做一个卑鄙小人,但最终还是成了卑鄙的无耻之徒。因为他知道,自己是不会按照脑海中的想法行事的,他知道自己的性格不够顽强,缺乏该有的精神力量。所以,检察官为什么就不能相信阿列克谢·费尧多罗维奇所提供的那么纯洁、真诚的证词呢?为什么非要我相信那笔钱藏在某个裂缝里,尤多尔福城堡的地牢里呢?

"也正是他和弟弟谈完话的那晚,我的当事人写下了那封致命的信,而那封信就成了指控我的当事人犯杀人抢劫罪的最主要、最惊人的证据!'明天我会找所有我认识的人借钱,如果借不到,我就去杀死父亲,把他放在枕头底下、带有粉红丝带的信封里的钱全部拿走,只要伊万走了就动手。'看哪,多么完整的谋杀计划,凶手不是他还能是谁呢?按照检察官的原话:'完全是按照他写的计划实施'。但我还是要说,首先,这封信是在酒醉和怒不可遏的状态下写成的;其次,这封信中记录的关于信封的内容明显是当事人根据斯乜尔加科夫的话写的,因为当事人没有亲眼看到过那个信封;第三,他确实写了这封信,但是怎么能证明他究竟有没有依照计划行事呢?我的当事人有没有从枕头底下拿到信封?有没有找到钱?而且,当事人去那里的目的是不是为了这笔钱?诸位,请想一想,请好好想一想,当事人直奔他父亲的家根本就不是为了抢钱,而是想找出她在哪里,那个让他无比痛苦的女人究竟在哪里!换句话说,他不是为了跑去执行什么计划,不是为了实施他所写的东西,也就是说,根本就不是依照计划谋财害命,而是他因为嫉妒,突然不由自主地愤怒跑去的。

"但是还会有人说:'你说得对!但是他还是跑去了,杀了人,抢走了钱!'

"现在问题来了,他究竟有没有杀人呢?首先我愤愤地否定了检察官对我当事人抢劫的指控,毕竟如果找不到什么东西被抢,那只能说明抢劫的罪名不能成立,这是最基本的道理。但是当事人究竟杀人了吗?有没有只害命没图财的可能性呢?有没有足够的证据能证实呢?这会不会又是一个编造的故事呢?"

第十二节 杀人?不存在!

"陪审员先生们,请允许我再提醒大家一下,此事关乎一个人的生命,我们必须小心谨慎。我们已经听到检察官自己承认,即便到了开庭的今天，还是不能确定我当事人究竟有没有杀人的预谋。直到今天在法庭上看到那封致命的'醉酒信'，他们才确定，我的当事人'完全是按照他写的计划实施'。但我还是要重申我的看法：我的当事人跑去是为了找她、跟踪她，只是想知道她在哪里。这是不容置疑的事实。假设她当时在家，我想当事人除了待在她身边之外，哪里都不会去。自然，他也不会去做自己信上所写的事情。说白了，他是偶然跑去那儿的，而且那时他很可能已经不记得他那封'醉酒信'里究竟写的是什么了。

"陪审员先生们，你们应该还记得检察官是从'他抓起铜杵'这句话开始，为我们做了一连串的心理学分析：为什么我的当事人把这根铜杵当作凶器，又是如何把这杀人凶器拿走，等等。关于这些问题，我倒是有个想法想同大家说说。假如说这根铜杵放在当事人不易看见的地方，不是放在当事人很好拿到的架子上，而是被收起来放进了抽屉里，那么这根铜杵就不会引起当事人的注意，自然我的当事人就不会带着它，甚至他会空手过去，这样的话，很有可能他不会杀死任何人。如果真的是这样，我怎么能肯定地把这根棒子当成是他有预谋的杀人武器呢？

"当然，我的当事人曾在酒馆里谈到要把自己的父亲杀了，而两天前，在他喝醉了酒写信的那天晚上，他很安静，只是和酒馆里的一个店员发生了一次小小的口角。按照检察官的说法，'卡拉马佐夫不吵架就活不下去'。但我的回答是，倘若他已经有了周密的杀人计划，并且还把自己的计划写了下来，并打算按照计划行事，那么当事人是绝对不会和店员发生口角，甚至可以说他连酒馆都不会去。因为一个人要真是下定决心干这样的事，那他在作案之前一定会寻求安静，隐匿起来，恨不能擦去自己在这个世界上的存在，避免被他人看到和听到。

这不全是出于精明的算计,只是人的本能罢了。

"陪审员先生们,心理学分析是一把双刃剑。这把剑我也可以挥舞。至于当事人在案发前的一个月里一直在酒馆里嚷嚷的那些话,也请诸位细想一下,那些幼稚的孩子或者从酒店里出来后互相争吵的醉汉,也会嚷嚷诸如"我要杀了你"之类的话,不是吗?但他们不会杀任何人。那封致命的信件不也是当事人的酒后气话吗?和那些从酒馆里出来嚷嚷着'我要杀了你'的话是一样的。当事人的情况为什么不是这样?为什么不会是这种情况呢?为什么说这封信是致命的罪证,而不是荒唐可笑的气话?就是因为有人发现了当事人父亲的尸体,因为有目击者说看到当事人手里拿着武器跑出花园,而且自己也被他击倒。因此,有人才说我的当事人是依照计划行事,因此那封信一点都不可笑,而是致命的铁证。

"上帝啊,我们可算说到了关键的地方。'既然他在花园里,他一定杀了他。'这就等于说所有的指控仅是简单地建立在'既然他去过,那么一定是他'的基础上。那么有没有一种可能性,即他是去过,但是不一定是他呢?

"哎,我不得不承认把许多事情凑在一起,确实让人印象非常深刻。但是,请让我们把这一系列事情一件件拆开,不要关心他们之间的联系。比如说,为什么检察官一直不认可我的当事人说他自己从窗前逃跑的真话。请大家回想一下,检察官刚才谈到凶手心中突然涌起了一阵混合了恭敬和恐惧的情感,语气中充满嘲讽。可是,我的当事人为什么不能在这种情况下产生这种感情?如果他不能产生恭敬,那至少也有产生恐惧的可能性吧?按照当事人在预审中的供述,他说自己想到'我母亲当时一定在为我祈祷',所以当他发现斯维特洛娃女士不在父亲的房间里时,就离开了。可是按照检察官的话'但是他隔着窗子，还是不能确定'。为什么不能？要知道我的当事人在敲完暗号之后，已经看到窗子被打开了。当时死者可能说了什么话，又或者叫喊了什么，使得我的当事人确定了斯维特洛娃女士没有在里面。为什么我们要按照我们的想象假设一切，按照我们乐意想象的那样去推测呢？要知道，在现实生活中会发生上千件，连一流的小说家们都会忽略的事情。

"但是还会有人说：'你说得对，但是格里高利看到门开了，所以当事人一定进过房间，人也是他杀的。'关于那扇门，陪审员先生们，请注意，只有一个人能证明那扇门是开着的，而他当时正好处于那种状态下……好，就算如此，我们就假设门是开着的；假设当事人出于自保的本能，撒谎否认了它，以他当时的处境是完全可以理解的；假设他进过房间，在那里待过，那又怎么样呢？为什么非要说既然去过，就一定是他杀的呢？他当然有可能闯进了房间；当然有可能在各个房间跑来跑去，也有可能推开过父亲，甚至还动手打了父亲，但是当他发现斯维特洛娃不在父亲的房间之后就跑了出来，因为她不在那里，或是因为庆幸自己没有杀了父亲而跑出来。一分钟之后，他之所以会跳下围墙去查看那不小心被他打倒的格里高利，也许就是因为他从弑父的诱惑中逃离了，因此他才能问心无愧，因此他才能高兴，也只有在这些前提下，他才能产生纯真的感情，才有可能对被他击倒的老男仆产生恻隐之心。

"再往后，检察官用可怕的雄辩为我们描绘了当事人在莫克罗耶时那无比可怕的心态。那时候看起来已经死去的爱情突然复活，全新的生活正在向他发出召唤。但是，爱对他来说已经不可能了。因为他的身后有他父亲血迹斑斑的尸体。而且，这尸体能带来的事情只有一件，那就是惩罚。但是检察官还是给予了当事人的爱情以容忍，他用自己的心理学分析解释了一通，比如我当事人的酒醉状态，比如死囚押赴刑场的心态变化之类，等等。但是，我要问检察官先生，这难道不是您创作出来的一个角色吗？如果当事人真的背负着弑父罪责，难道他真能做到如此粗鲁和无情？如果他的手真的被他父亲的鲜血染脏了，在那一刻他还能想到爱情和如何在法庭上逃避惩罚吗？

"不，不，不！当他明白她爱他，把他叫到她身边，答应给他新的幸福时，我可以保证，如果我的当事人真的身负弑父罪责，那么他想要自杀的想法一定会加倍，甚至是加三倍，而且一定会自杀！不，他绝对不会忘记自己的手枪被放在了哪里！我清楚我的当事人，他的性格和检察官口中所描述的那种野蛮、无情完全不同。他会自杀，这一点毫无疑问。他没有自杀，就是因为'母亲为他做了祈祷'，而且他在父亲被杀这件事上问心无愧。那天晚上，他在莫克罗耶所受的折磨和苦恼只为了一个人，那就是被他打倒的老男仆格里高利。他为他悲伤，为他祈祷，希望这个老头子能够清醒并且站起来，他希望自己对他的那一下打击不是致命的，因为只有这样他才能免受一切处罚。我们为什么不接受对事实的解释呢？我们有什么可靠的证据可以证明我的当事人在撒谎呢？

"没错，马上就会有人对我说：'那他父亲的尸体是怎么回事呢？如果他没有杀人就跑掉了，那么又是谁杀了人呢？'陪审员先生们，我要再强调一遍，这就是检察官一切逻辑的根本；如果不是他那还能有谁？没人能代他受罪。但是先生们，真的是这样的吗？难道说真的就没有其他人可供怀疑了吗？我们曾经听到检察官掰着手指头告诉我们，案发当天到过这个房间的人有五个。我也承认其中三个人的作案嫌疑可以排除，那三个人就是死者本人、老男仆格里高利夫妻俩。由此，我们的怀疑目标只能是被告和斯乜尔加科夫。按照检察官慷慨激昂的陈词,我的当事人对斯乜尔加科夫的指控是赤裸裸的诬告,因为除了他之外,我的当事人再也找不到第二个人可以诬陷了。检察官还说,如果有第六个人,甚至是有第六个人的影子,我的当事人就会因为愧疚而立刻把矛头从斯乜尔加科夫指向他的。

"但是,陪审员先生们,难道我们真的不能得出完全相反的结论吗?怀疑的对象只有两个,我的当事人和斯乜尔加科夫。我为什么不可以说,你们之所以指控我的当事人就是因为你们找不到可供指控的人了呢?我为什么不可以说,你们之所以不指控斯乜尔加科夫纯粹是因为你们先入为主地把他排除了呢?

"当然,现在指控斯乜尔加科夫的只有几个人,也就是我的当事人本人、他的两个兄弟,还有斯维特洛娃女士,其他人没了。但还是有人对此有自己的看法,我知道社会上飘着的疑云,我听到了人们在茶余饭后的模糊流言,我感觉到了芸芸众生中隐藏的怀疑。最后,某些事实的相互印证也可以说明一些问题,虽然我要预先承认我所说的并非十分准确:首先,斯乜尔加科夫的癫痫恰巧在案发的那天发作了,而且没人知道为什么,我们的检察官非要觉得自己有义务向诸位说明他的这次发病是合情合理的。然后就在开庭的前一夜,斯乜尔加科夫突然自杀了。接着,被告的二弟走上法庭,突然推翻了自己以前认定的'大哥才是真凶的想法',说出了真凶乃是斯乜尔加科夫的断言,甚至还带来了被盗的钱!哦,我和法庭之上的诸位陪审员和检察官一样,相信当事人的二弟有病,是震颤性谵妄症发作。他的证词可以被认为是一个神志不清的人妄图拯救哥哥,在这种情况下的背水一战,将杀人的罪责全部推到已经死去的斯乜尔加科夫身上。但是,他虽然说出了斯乜尔加科夫的名字,其中又充满了多少让人觉得神秘不解的地方。陪审员先生们,他好像有什么话没有表达清楚,还没有说完。也许以后他会说完整，但是这是未来的事情了，以后再说。

"刚才法庭决定继续审理此案。现在，我可以就检察官对斯乜尔加科夫性格细致且才华横溢的描述发表一些我的看法。首先，我承认检察官刻画人物的功力深厚，但是，关于对他的刻画我却不能苟同。我去找过斯乜尔加科夫，我见过他，也和他交谈过，他给我留下的印象和检察官所说的完全不同。他身体虚弱，这自然不假。但是，关于他的性格和心理，绝非检察官所说的那样脆弱。尤其是我在他的身上从来没有发现他胆小怯懦的一面，尽管检察官极力向我们描绘他是个胆小如鼠的人。他也根本不是那种忠厚坦率的人，我发现他的天真中隐藏着一种极端的不信任，以及善于观察的智慧。在检察官眼里，他只是个呆头呆脑的人，这未免想得太天真了。我对他有明确的印象：我离开他的时候能确定，这个人十分狠毒而且爱慕虚荣，是个睚眦必报、嫉妒心极强的人。

"我收集了一些关于他的材料：首先他痛恨自己的出身，甚至认为他的出身是耻辱。他只要一想到自己的母亲是'臭烘烘的利扎维塔'，就恨得牙痒痒。虽然格里高利夫妻是他童年时期的恩人，但他并没因此尊重他们。他诅咒、嘲笑自己的国家，巴不得以后能在法国生活，当个法国人。过去他常常说，自己不能实现这个愿望是因为缺钱。因此我觉得，他除了自己之外不爱任何人，而且他是个典型的狂妄自大、目中无人之徒。在他眼里，所谓教养不过就是衣服要干净整洁、皮靴要擦得锃亮。他认为自己是卡拉马佐夫的私生子，确实有事实可以佐证。他把自己和主人的合法孩子进行对比，因此心生怨恨。他心里想，三兄弟拥有一切，而自己却一无所有。他们可以继承遗产，而自己不过是个厨子。他曾经亲口告诉我，当初那笔钱是他和费尧多尔·巴甫洛维奇一起装进信封里的。如果这笔钱是他的，他自然有了自己的前程,所以这笔钱的用途成了他痛恨所在。更何况,他亲眼看到了三十张花花绿绿的百元大钞。这一点我特意问过。所以,任何时候都不要让这种爱慕虚荣、自私自利的人看到一个人手里有这么一笔钱。然而他恰恰是第一次看到这么一沓花花绿绿的钞票。这笔对他而言难得一见的巨款,在他的头脑中引起了他病态的反应,尽管一开始还看不出引起的后果。

"才华横溢的检察官特别细致地从正反两个方面给我们分析了斯乜尔加科夫杀人的可能性。他也向我们提出了一个问题:斯乜尔加科夫在这个时候为什么要假装癫痫病发作?但是我觉得,斯乜尔加科夫根本不需要假装。毕竟癫痫这种病,说发作就发作,说清醒就会清醒,这是自然而然的事。也许病人没有完全好,但他总有清醒的时候,这是癫痫病患者比较常见的情况。

"检察官问,斯乜尔加科夫的作案时间是什么时候?其实要指出时间是再简单不过的了。他可能是在昏睡中醒来(因为之前他一直在熟睡,癫痫病人在发病之后就会昏睡过去)。当老男仆格里高利追出去,抓住正打算从围墙上逃跑的当事人的一只脚,并高喊'弑父凶手'的时候,也正是斯乜尔加科夫在昏睡中苏醒的时刻。要知道这一声叫喊并不寻常,那声音在寂静的黑夜中自然有可能惊醒斯乜尔加科夫。也许那个时候斯乜尔加科夫的睡眠很浅,如果说在这之前的一个小时他就开始慢慢苏醒,这也不是没有可能。他从床上爬起来之后,几乎是下意识地寻声而去,想要搞清楚到底发生了什么。他的头脑里还残留着癫痫时的些许迷糊,他半梦半醒,神志不清。但是他走到了花园,走到了亮着灯光的窗前。他的老爷见到他来了一定是高兴的,自然把这可怕的消息告诉他。就在这个时候,他的思考能力突然恢复了。他从惊慌未定的老爷那里得知了所有可怕的细节之后,在他混沌不清的头脑中突然有了一个主意，那是个可怕但是又十分具有诱惑力的主意，而且还十分符合逻辑：杀死主人，拿走那三千卢布，把一切罪行都推给大少爷。人们不去指控这个人，还能想到谁呢？要知道，所有的证据都指向了他，更何况他还来过。对金钱的渴望，拿到这笔钱及之后还能逍遥法外的想法，让他激动得心都要跳出来了。只要有机会，这种突发的和难以拒绝的想法就会出现，特别是有些杀人犯在一分钟之前还没有杀人的念头，可是一旦时机合适，头脑中就会立刻出现这种冲动！

"所以，斯乜尔加科夫自然有可能走进主人的房间执行他突然想到的计划。用什么东西当作凶器呢？就用他从花园里随手捡到的一块石头。那么他是为了什么呢？他的目的是什么？要知道三千卢布对他来说是他的前程。当然，我并没有自相矛盾，因为我也承认钱存在的可能性。甚至，很有可能只有斯乜尔加科夫知道他的老爷把那笔钱藏在了哪里。

"'但是为什么被撕开的信封会出现在地板上呢？'

"方才检察官谈到这个信封的时候做出来的推理很精辟，也很有道理，他说，只有像卡拉马佐夫这样从没有过偷窃行为的人才会把信封丢在地上，倘若是斯乜尔加科夫一定不会留下这种罪证。陪审员先生们，刚才我听到这里，突然对这句话有种似曾相识的感觉。你们可能很难想象，卡拉马佐夫会怎么处理信封呢？在两天前，我听到斯乜尔加科夫对这个问题的看法竟然与检察官相同，让我十分吃惊，因为我觉得他似乎在扮猪吃老虎，他是在暗示我，想让我接受这种想法。那么，他有没有可能把这种念头植入了侦查官员的脑海中呢？他有没有可能也对那位公正的、才华横溢的检察官给以各种暗示和提示呢？

"这时候，可能有人会对我说：'那个老妇人，也就是格里高利的妻子一整晚都能听到身边的斯乜尔加科夫在呻吟，不是吗？'是的，没有错，她确实听到了。但是这种印象靠不住。我曾经认识一个女士，她抱怨说院子里有一条狂吠的恶犬，整夜的叫声害得她无法入睡。但是经过我们事后的调查，了解到那条狗一晚上只叫了两三次而已。有一个显而易见的现象，就是一个人要是在睡觉的时候突然听到了呻吟声，被吵醒后的他一定会生气，但是过一会儿就会睡着了；倘若过了两个小时之后他又被呻吟声吵醒，那么懊恼过后的他还是会睡着；但又两个小时之后，他又被呻吟声吵醒了。其实，一整夜也只有三次呻吟而已，但这个人早上起床后，就会自然而然地抱怨有人不断地呻吟了整整一晚，吵得他夜不能寐。而他一定会这样：不会记得自己睡着了的那些时间，只记得被呻吟声吵醒的几分钟，因此他才觉得自己被吵了整整一晚。

"检察官会大喊着：'为什么斯乜尔加科夫没有在遗书中承认自己的罪责？难道说他的良心只给了他自杀的勇气，却没有给他承认自己有罪的胆量？'但是请大家注意，良心意味着忏悔，自杀可能是没有感到忏悔，只有绝望。绝望是绝望，忏悔是忏悔，这是两种不同的事情。绝望可能是充满怨恨且不可调和的，绝望的人会在他自杀的那一刻加倍仇恨自己嫉妒了一辈子的人。

"陪审员先生们，请大家一定要谨慎，小心误判！方才我同诸位先生们所做的假设和描述有没有不合情理之处呢？如果我的推理中有悖论或者不可理解之处，诸位尽可指出。但是，只要我方才的假设有一点点可能性的影子，有一点值得相信的地方，就请大家不要轻易判罚。进一步说，难道我刚才所做的推理只是一些有可能性的"影子"吗？先生们，我可以用这世界上一切神圣之物发誓，我绝对相信我刚才给你们提供的所有关于这一命案的解释。最使我烦恼，使我愤慨的是控方收集的指控我的当事人有罪的大量事实中,没有任何一件可以称得是上千真万确、无可辩驳的。然而,一个不幸的人竟然要被凑在一起的事实所毁掉。没错,这些事实凑在一起自然是可怕的。鲜血,那从我当事人手上流下来的鲜血,那沾满了血迹的衬衣,那打破寂静黑夜的'杀父凶手'的叫喊声,还有那边喊边被打破脑袋倒下的老男仆,诸多证人提供的证词、动作、叫喊……总而言之,这一切叠加起来有如此可怖的影响力,完全足够影响你们的判断。但是,陪审员先生们,你们的判断难道真的可以被这些东西影响吗?请别忘了,你们被赋予了绝对的限制和允许的权力!但是权力越大,责任就越大,运用权力的后果也就更加可怕!

"先生们,我坚持我刚才的陈述,但是我暂时同意了控方主张的假设,认为我的当事人手上沾满了他父亲的鲜血。这只是一种假设。但是,我再强调一遍,我从未怀疑过他有罪,即使退一步说,假设我的当事人就是凶手,也请诸位听完我的话,我还有很多话要对你们说,因为我能感觉到诸位先生的内心和思想一定有很大的冲突……请诸位先生们原谅我,关于我提到了你们的内心和思想的话。但是,我想要真诚到底。所以先生们,让我们都真诚到底吧……"

话说到此,一阵激烈的掌声打断了辩护律师的发言。确实,他最后说那几句话的时候,是这样的真诚,使得大家都觉得他可能真的有什么话要说,而且他接下来的话将会十分重要。但是首席法官听到大家的掌声后,立刻给予了大声警告,他表示,要是"类似情况"再度发生,他将会立马宣布"请旁听离席"。于是,众人安静了下来。

菲久科维奇换了一种全新的语调继续讲了下去,它和之前的语调完全不同,是那么动情。

第十三节　巧舌如簧的辩护人

"真正毁掉我的当事人的并不是那一系列事实的堆叠,陪审员先生们,实际上,真正毁了我当事人的事情只有一件,那就是他父亲的尸体。假如,这只是一桩普通的命案,那么不把一大堆事实堆叠在一起分析,只需要把案件中的每一条事实拎出来单独考证的话,你们可能会发现证据是片面的、不可查证的,因此会拒绝指控;或者,至少你们会犹豫,仅仅因为对一个人有偏见而毁掉他的一生——尽管,哎,别人对他的偏见是他罪有应得的。

"但是,这不是一桩普普通通的命案,是一桩弑父大案。它是令人发指的,因此即使在一个没有偏见的人看来,证据的琐碎和不完整也变得不那么琐碎和不完整了。怎么能为这样的被告辩白呢?如果他犯了弑父罪,怎么能让他逍遥法外呢——这就是每个人,几乎是不由自主地、本能地发自内心的感受。

"是的,弑父是一件可怕的事情。父亲是一直为我出生入死的人,是爱我、不惜为我舍命、从小到大为我的生病而悲伤的人,是一辈子为我的幸福烦恼的人,是把我的欢乐、成功当作活着的乐趣的人。谋杀父亲——这是多么令人不可思议的事情!陪审员先生们,什么是父亲?什么又是真正的父亲?父亲难道只是两个字,只是一个称呼吗?不是的,他是伟大的,是具有内涵。我们刚才已经略微地说明了什么是真正的父亲以及他应该是什么样的人。然而在这个令我们无比头痛、无比费心的案件中的父亲,也就是已故的费尧多尔·巴甫洛维奇·卡拉马佐夫却和我们刚刚所讨论的那种真正的父亲完全不同。这是不幸的,确实有些父亲的存在是一种不幸。所以,就请我们更仔细地审视这种不幸吧。先生们,考虑到这件事的重要性,我们不应该在任何事实面前畏畏缩缩,特别是现在,我们更不应当如才华横溢的检察官精彩表述的那样,像孩子或受惊吓的女人一般在任何想法面前退缩。

"但我尊敬的对手(在我开口说话之前,他就是我的对手了)在他激烈的演讲过程中大叫了好几次:'哦不,我不会把为他辩护的事交给任何人,我真的不愿把为他辩护的事交给从圣彼得堡来的律师——我是公诉人,我也是辩护人!'他把这句话大声说了好几次,但他竟忘了说在本案中被描述得无比可怕的被告,因为孩童时期,曾在父亲家里唯一爱抚他的一个人那里接受了一磅榛子,铭记了二十三年恩情。那么,可以反过来说,这么一个人在这二十三年间也不可能忘记他一个人在父亲的后院里赤脚乱跑的童年情形。用好心的赫尔岑什图贝医生的话说:'脚上没有穿鞋子,裤子就靠一颗扣子挂在身上。'

"陪审员先生们,为什么我们要更仔细地审视这个灾难一样的父亲,重提这段大家已经知晓的往事呢?我的当事人到他的父亲家后遭遇到了什么?为什么要把我的当事人描绘成一个无情自私的怪物?他不受控制、粗野、不守规矩,就是为了这些我们现在要审判他?但是,谁该去对他的命运负责呢?他的本性明明不坏,他明明有一颗知恩图报的心,但是他竟受到了那样荒唐的教育,这又该由谁负责呢?有人教过他讲道理吗?有人教过他科学的知识吗?在他童年时代有人爱过他吗?我的当事人是在上帝的保佑下成长的,换句话说,他的成长和野兽无异。阔别多年之后,我的当事人也许会渴望见到父亲。而在这之前,他也许已经百次、千次地回忆起自己的童年,努力驱散萦绕在他童年时期的梦魇,甚至全心全意地渴望拥抱和原谅他的父亲。结果呢?迎接他的只有来自父亲的嘲弄、猜疑和关于金钱的争吵。他每天只能听到父亲在喝白兰地酒时说出的一套令人恶心的谬论和处世之道。

最后，他竟然看到父亲用儿子的钱和儿子抢女人。

"陪审员先生们，这是多么残忍和可恶啊！可是这个老人总是见人就说他的儿子是如何不孝、如何残忍。他在社会上诽谤他、污蔑他、糟蹋他，收购了儿子的借条，准备把儿子送进大牢。陪审员先生们，像我的当事人这样只是看起来凶狠、不守规矩、爱胡来的人，他们的内心往往是非常温柔的，只是他们不愿意展现出来。请不要嘲笑我的想法。就在刚才，才华横溢的检察官毫不留情地嘲笑我的当事人喜欢席勒，热爱'美好和高尚'。如果我是他，如果我站在检察官的位置上，我绝对不会嘲笑。是的，我要为这些人的天性辩护，因为他们不仅得不到理解，很多时候，还要遭到嘲笑和曲解。这些人的天性恰恰与他们平日里的粗野举动完全相反，他们往往渴望温柔、美好和正义。尽管那些渴望是他们不由自主的。他们表面上暴躁、凶狠，但他们能刻骨铭心地爱，倘若爱上一个女人，他们的爱便是一种能使灵魂升华的高尚的爱。还请你们不要嘲笑我：这种情况在和我当事人相似的人身上屡见不鲜。他们只是不擅长去隐藏自己的情欲，尽管这些情欲有时候表现得非常粗野。这种粗野也会让人们感到震惊，会引起人们的注意，但也因此，使人们忘了去看一个人的内心。他们的激情很快就耗尽了，但是在品性高尚和心灵美好的人面前，这些看似粗鄙、残暴的人也会洗心革面，重新做人，争取变得更好，变得'美好又高尚'。尽管这句话会受到他人的讥讽！

"刚才我说过了，我不允许自己谈论我的当事人与维尔霍夫策娃小姐的爱情故事。但是，我略微谈上两句还是可以的。我们刚刚听到的算不上是证据，只不过是一个疯狂的、复仇的女人的叫嚷。根本轮不到她指责我当事人的背叛，因为她已经背叛了我的当事人！如果她有一丁点儿的时间去冷静地想一想，她就不会提供这样的证词！请诸位不要相信她的话，我的当事人绝不会是她口中的'怪物'。那被钉死在十字架之上的仁爱者在走上十字架前曾经这样说：'我是好牧人，好牧人为羊舍命，连一只也不失落。①'我们自然也不能毁了一个人的灵魂。我刚刚问大家'父亲'这两个字究竟意味着什么？我说作为一个称呼它是伟大的，作为一个词语它是宝贵的。但是陪审员先生们，词汇的使用必须是诚实的，与实物相符合的；像被杀的老卡拉马佐夫这种人，根本就不能也不配被人称作父亲。爱一个不值得爱的父亲是荒谬的，是不可能的。人不能凭空制造出爱，只有上帝才能凭空创造什么东西。

"有一位使徒曾满怀热烈的爱心写道：'父亲们，不要去伤害你们儿女们的心。'之所以引用这些圣人之言绝不是为了我的当事人，我是为了提醒普天之下的所有父亲。可能有人会问，谁给你的权利对这些父亲指指点点？没有人，但是我是以一个人和一个公民的身份大声呼吁——向活着的人发出呼吁②！我们活在人世间的时间不会太久，而且我们会做错许多事，说错许多话。因此，我们必须紧紧把握住彼此交流的机会，说些对彼此都有裨益的善言。这就是我现在做的事情，因为我现在身处这个位置，我必须要抓紧这个机会。我们的政府并不是随随便便地把这个讲台提供给我们的——我们在这个讲台上的声音传遍全俄。正因如此，我这番话并不仅是对我们在场的父亲们说的，也是对世界上所有的父亲说的：'父亲们，不要去伤害你们儿女们的心。'首先，我们要按照基督的训示去做，然后我们才能去教育自己的孩子；否则，我们就不是孩子们的父亲，而是孩子们的敌人。他们也不是我们的孩子，而是我们的敌人。正是我们自己把他们变成了我们

---

① 出自《圣经·新约·约翰福音》第十章第十节。
② 原文为拉丁语。

的敌人！'你们用什么量器量给人，人也必用什么量器量给你们。①'这可不是我说的，这是《福音书》对我们的教导：应该用别人量给你的量器再量还给别人。如果你的孩子用你量给他的量器量给你，你凭什么指责他呢？

"近期在芬兰，有一个小女仆被人怀疑偷偷生下了一个孩子。人们开始暗中监视她，发现她在顶楼角落的砖头后面藏了一个小柜子。人们以前根本不知道这个柜子的存在，于是打开了它，结果在里面发现了一个被她扼杀了的婴儿，除此之外，里面还放着两副小婴孩的骨骸，毫无疑问，这些也是她生下来之后立即杀死的婴儿。对此她本人供认不讳。陪审员先生们，敢问这个女仆算不算是那些婴儿的母亲？是的，他们的生命确实是这个女人赋予的，但是她配得上做他们的母亲吗？有谁会把'母亲'这个充满神圣含义的称呼加在她的头上？陪审员先生们，让我们大胆一些吧，都到了这个时刻了，我们更加必须如此，不要害怕某些思想和话语，也请不要像莫斯科的女商人一样，一听到'金属'和'烟气'这类词语就害怕！②相反，我们要证明最近几年的时代进步促进了我们思想观念的进步，就让我们直接证明自己确实深受影响吧——生了儿女的还算不上是父母，尽了责任的才算得上是父母。当然，对父亲这个词也可以有另一种解释，有人觉得即便生我的父亲是个魔鬼，即便他对我而言与仇敌无异，但他仍旧是我的父亲，理由就是——他赋予了我生命！但这种解释完全可以被称为'神秘主义'了，这种解释我没法用理智接受，只能用信仰接受，或者更确切地说，靠信仰接受，就像有些东西我分明不能理解，但是宗教要我必

---

① 出自《圣经·新约·马太福音》第七章第二节，有删改。
② 这句话中的"金属"和"烟气"可被理解为地狱这一抽象概念的意象。

须接受。这样的情况也不是不可以存在，就请让现实生活领域之外的地方成为它们的保留地吧。现实生活不但有与生俱来的权利，更有不可逃避的责任。如果我们要在现实生活中讲爱，或者说要在现实生活中具有基督徒的精神，我们就应当并且有义务严格地按照理性和经验去证实、分析那些信念，并坚决以这种信念行事。总而言之，我们的行为必须要理智，我们不能像睡梦中的人那样稀里糊涂地行事，只有这样我们才不会伤害到人，不会折磨人，不会毁掉一个人。也只有到那时，我们才能说这是真真正正的基督徒干的事情，它不仅是神秘的，而且是符合理性的，是真正的爱……"

掌声从整个大厅的各个角落似浪潮一般涌向讲台，但菲久科维奇摆了摆手，似乎在恳求大家安静下来，让他把话说完。全场顿时鸦雀无声。演说继续。

"陪审员先生们，假定我们的孩子已经到了青葱之年，假定他们已经开始动用自己的理性思考问题了，你们认为难道他们不会思考类似的问题吗？不，他们不可能不去思考！我们也不能限制他们思考。我们的孩子看到了自己的父亲如此不称职，尤其是在他们看到了同龄人的真正的父亲之后，会不由自主地产生这些痛苦的问题。而对这些问题的回答，人们几乎像公式一样统一：'他生了你，你是他的血肉，所以你必须爱他。'可是青年人也会不由自主地想：'难道他在赋予我生命的时候是爱我的？'他问道，越来越好奇，'他做这件事情难道是因为需要我吗？他不认识我，甚至不知道我的性别，也许他在做那件事情的时候，只是酒后乱性。他所能传给我的也只有嗜酒的癖好——这就是他为我所做的一切！我为什么要爱他？难道就是因为他给了我生命，难道就是因为他从没有爱过我？'

"啊，你们可能会觉得这些问题很粗鲁、很残酷，但是你们不要指望能克制青少年思考这样的问题。'就算把天性赶出家门,它也会从窗子飞进来。'更重要的是我们不要害怕听到'金属'和'烟气'之类的话,我们需要按照理性和爱的指示,而不是按照神秘主义来处理问题。我们需要怎么处理这个问题?我们应该这样做,让儿子站到父亲的面前并正式地问他:'父亲,你告诉我,我为什么要爱你?父亲,你要给我一个我必须爱你的证明!'如果被问的父亲能够真正地回答他,并给他提供充分的证明,那么他们两个就是真正的、正常的父子关系,他们的关系完全建立在理性、负责和合乎人道的基础之上,完全和那些神秘主义的偏见没有关系。相反,如果这位父亲回答不了,也不能提供证明,那么这种家庭关系就结束了。那个做父亲的不再是自己儿子的父亲,而儿子也有自由和权利把父亲当作陌生人,即便是当作敌人也未尝不可。陪审员先生们,我们的法庭讲台应该成为宣扬真理和健康思想的学校!"

说到这里,演讲者被无法抑制的、几乎是疯狂的掌声打断了。当然,鼓掌的人并非是全场,但是起码场上有一半的听众鼓掌了。在场的父母们全都鼓掌。从女士们坐的地方传来一阵又一阵欢呼声和尖叫声。她们挥舞着手帕。首席法官摇晃着法铃。显然,他已经被听众们的表现激怒了,但他似乎不敢将刚才"请旁听离席"的威胁付诸实施。因为为演讲者鼓掌和挥舞手帕的人中不乏那些坐在关键位置的贵宾,那些燕尾服上面挂着各种勋章的老人。首席法官只能等喝彩声停下来后,像先前一样虚张声势地喊了一句"再这样,请旁听离席"的警告。

菲久科维奇兴奋而得意地继续自己的演讲:"陪审员先生们,你们不会忘记今天在这里谈到了不知道多少次的可怕之夜——做儿子的翻过了围墙,潜入了父亲的房间,最后与那个赐予他生命却将他狠狠伤害了的敌人四目相对。我坚持我的看法,他当时根本就不是为了钱去的,抢劫的指控是荒谬的,至于理由我前面已经说过了。同样,他闯进父亲家也不是为了杀他,啊,这是不可能的。如果他有杀人的计划,起码会采取预防措施,提前准备好凶器,而那根铜杵完全是他随手拿走的,他自己都不知道拿它做什么。就算他用暗号骗了父亲,就算他闯进了房间——我已经说过了,这就是个我压根没法相信的故事!但就算这样吧,让我们假设一下。陪审员先生们,我向你们发誓,如果门里的不是我当事人的父亲,而是一个普通的情敌,那么我的当事人在查遍房间确定了他的恋人不在这里之后,他一定不会伤害他人,如果有所伤害,最多是打几下或推一下情敌,之后仓皇逃走。因为他顾不上,也没有时间这样做,他最想知道的是她在哪里。但那个人是他的父亲,是他从小就痛恨的父亲,是过去伤害了他的仇人,是现如今横刀夺爱的情敌!仇恨不由自主地、不可抗拒地笼罩着他,他丧失了理智。这一切一下子就突然发生了!这是一种疯狂和失去理智的冲动,也是一种自然的冲动、不可抗拒和无意识的冲动,像自然界里的任何事物一样,因为违反它永恒的法则而本能地复仇。但即便到了这个时刻,我的当事人还是没有弑父,我坚持这一点,并为他大声疾呼。他逃跑的时候,不知道自己是否杀了老人。也许他只是在愤怒和憎恶的驱使下挥舞了一下手中的铜杵,而他根本不想杀他,更不知道自己会打死人。倘若他手里没有那根致命的铜杵,他最多赤手空拳把自己的父亲痛打一番,但是他绝对不会杀人。他逃跑之后都不知道被他打倒的老人有没有死去。这种杀人行为能叫谋杀吗?杀死这样的人能叫弑父吗?不,杀死这样的父亲绝对不能称之为弑父。只是因为人们的偏见,才把这么一桩案件错误归结成了有悖伦理的弑父案。但是请允许我再一次由衷地求你们好好考虑一下,这桩谋杀案真的发生了吗?

"陪审员先生们,假如我们真的给他定罪并惩罚他,他会自言自语地说:'这些人没有为我的命运、我的吃喝、我的教育做过任何事;这些人也没有使我更好,没有使我成为一个人;这些人没有喂过我一口饭、一口水,也没有到墙壁剥落的监狱里探望过我。如今,这些人却把我送到遥远的西伯利亚去服刑。我们两清了,现在我什么都不欠他们的了,而且永远也不亏欠任何人了。他们邪恶,我也会邪恶,他们残忍,我也会残忍。'陪审员先生们!他一定会这么说的。我敢发誓,你们对他定罪只能让他感觉到更轻松,只能减轻他良心上的负担,你们唤醒的只能是他对这桩血淋淋命案的诅咒,你们唤不醒他半点悔恨。与此同时,你们也彻底毁掉了他重新做人的可能性,因为他将永远生活在他的邪恶和盲目之中。你们要不要对他施加我们所能想象到的那些最严厉、最可怕、最耸人听闻的惩罚,但与之同时还能拯救他的魂灵,使他脱胎换骨得到新生?如果是这样,你们将会看到、会听到他灵魂之中的颤抖和恐惧。他会这样惊呼:'我该如何接受这样的恩典和厚爱呢?我配吗?'陪审员先生们,我了解那颗心,那颗狂野鲁莽但又正直的心。主啊!陪审员先生们啊!这颗心会在你们的高尚之举前低头,它将燃烧自己迎来新生。有些人会因为自身的狭隘抱怨全世界,但是如果能用仁慈去感化这样的人,给予他爱,他必将痛改前非,幡然醒悟。因为这样的人虽然已经被无数仇恨淹没,但是在他的心田上仍有爱的种子。当他的心胸拓宽后,自然会看到上帝的仁慈和人间的美好与公正。悔恨和他今后要承担的、不计其数的责任将使他感到震惊与沉重。到了那个时候,他再也说不出'我们两清了'这样的话,他会说:'我愧对你们所有人。我和任何人比起来都显得微不足道。'他会流着悔恨和感动的热泪叹道:'世人皆比我好,因为他们不想把我毁灭,只想将我拯救。'啊!拯救对大家来说只是举手之劳,这种仁义之举对你们来说是如此容易,因为这桩案件如果真的没有如山的铁证，或者说连一点点可以经得起推敲的证据都没有。你们肯定就不会说'是的，他有罪'这句话了。宁可错放十个罪犯，绝不错罚一个清白之人。

"诸位听到了吗？诸位听到了过去一个世纪的辉煌历史的警世恒言了吗？难道需要像我这样一个无关紧要的人提醒诸位，我们俄国的法庭不光是用来惩处犯罪的，更是用来拯救罪犯的吗？让别的国家法庭去考虑什么条文、什么惩罚吧！我们要考虑的是精神和意义，我们要考虑的是对沉沦者的拯救和新生！如果真能如此，如果俄国这个国家还有它的法庭都能做到这样的话，那么，俄国，你就高歌前进吧！不要试图用你疯狂的、使别的国家厌恶地躲着的三套马车来吓唬我们！这完全不是失控的三套马车，而是平静且庄严地朝着目标前进的俄国战车。

"陪审员先生们，我的当事人的命运掌握在你们的手中，俄国的真理的命运也掌握在你们的手中。你们将拯救它、保卫它，你们会证明有人在捍卫着它，它是在好人的手中的！"

第十四节 乡下人有自己的看法

在听众们狂风骤雨般不可阻挡的热情欢呼、鼓掌中，菲久科维奇结束了自己的辩护演讲。这回要遏制人们激烈的反应是不可想象的，在场的女士们痛哭流涕，还有一些男士们流下了热泪，甚至两位官员也是。首席法官犹豫了半天，才摇响了法铃，正如之后有些女士激动地说："压制这样的热情就是压制神圣。"演说者本人也深受感动。就在此时，我们的检察官伊波利特突然起身，表示自己"不能同意"。自然，他遭到了人们憎恶的目光，"怎么？你想干什么？你有什么不能同意的?"女士们议论纷纷。但现在,即便是检察官太太带着全世界的女士一起表达不满,也拦不住检察官伊波利特。他面色煞白,激动得发抖,起初他的嘴里迸出了几个词,但几乎无人能听懂。他呼吸急促,吐字含糊,语无伦次。不过他很快就缓过神来。他的第二篇演讲,我只打算引用一部分。

"……有人指责我是在写小说,但这么说的话,那辩护人岂不是在小说里头写小说?而且就差写诗了。费尧多尔·巴甫洛维奇在等待情人的时候,竟然会把信封撕碎扔在地上,甚至还能引出他在如此奇怪的情况下说的话——这难道不是在写诗吗?难道不正说明了辩护人也有丰富的想象力吗?敢问有什么证据能证明他把钱取了出来?敢问有谁听到了他的话?还有那个弱智一样的白痴斯乜尔加科夫竟然被编成了一个拜伦式的人物,一个因为自己是私生子而报复社会的角色,这不就是拜伦式的长诗吗?还有什么儿子闯进了父亲的房间杀父亲,但没有完全杀死父亲,依我看,这不是小说,也不是长诗,这是斯芬克斯①,恐怕甚至斯芬克斯自己都讨厌这样的问题,什么叫杀了,但又没杀?杀了就是杀了,没杀就是没杀,杀了又没杀这种话谁听得懂?后面,辩护人又宣扬说,我们的法庭是用来宣扬真理、构建共识的。可是他竟然在这个'构建共识'的讲坛上信誓旦旦地说出了这样一个无须证明就成立的道理:杀父等于弑父是出于偏见!如果说弑父是偏见,如果每个孩子都和审犯人一样问自己的父亲:'父亲,我为什么要爱你?'那我们的社会会变成什么样子?那我们的社会哪里还有什么根基?我们的家庭又会是什么样子?你们都听到了,在他嘴里,'弑父'

---

① 斯芬克斯最初源于埃及神话,也常见于西亚神话和希腊神话中,指代谜一样的人和事。

一词不过是莫斯科的女商人们害怕听到的'毒烟'罢了。辩护方不过是在诡辩,为了给罪孽深重的被告开脱罪名。为此,他不惜扭曲俄国法庭最神圣的使命,歪曲前人珍贵的训诫。辩护人号召我们去用仁慈感化被告,这难道不就是罪犯想要的吗?想必,第二天我们就能看见他被感化的结果!辩护人只要求宣布被告人无罪,这是不是太谦虚了?为什么我们不以他为名设立个弑父奖学金,好让他的丰功伟绩在后人中流芳百世?反正《福音书》和宗教都被做了修正,他们说,这之前都是神秘主义的谰言,只有我们这儿掌握的才是真正领会基督精神的正统教义,这是经过理性和共识的分析后才确定的。这难道不是在我们面前塑造了一个基督的伪相?辩护人声称'你们用什么量器量给人,人也必用什么量器量给你们',然后他得出了一条结论,那就是基督教导你们要用别人量给你们的量器去量别人。听听,这就是在宣扬真理和构建共识的讲坛上说的话!其实,有些人只需要在演讲前翻翻福音书,就能显摆自己对宗教经典的熟知,就能在必要时制造一些效果!但事实上,基督的教诲正好相反,上帝告诫我们不可以这样做,一定不能这样做,还告诉我们能这么做的只能是邪恶之徒,而我们要宽恕一切,要把另一半脸也送过去,而不是用施辱者给我们的这种量器去计量别人。这才是上帝赐予我们的教诲,上帝可没说禁止儿女杀死父母是一种偏见。我们不应该在宣扬真理和构建共识的讲台上篡改我们的《福音书》。可辩护人只是把上帝称之为'那被钉死在十字架之上的仁爱之人',而并非全俄正教徒一样地称他为'我们的上帝!'"

这时候首席法官不得不干涉,他让那个激动到有些忘乎所以的检察官冷静一下,请他不要言过其实,也不要离题太远等等一些首席法官遇到这类情形时常说的套话。大厅里顿时有些骚动,观众已经坐不住了,甚至有人大声惊呼以表达自己的愤慨。菲久科维奇没有直接反驳，他只是重上讲台，一只手摸着心口，如同受到了伤害，他义正词严地说了几句，当然，主要是讽刺检察官口中"写小说"和"心理分析"的话，在说到某个地方的时候，他还嘲讽了一句："朱庇特，你发怒了，只能证明你无能①。"这句话当然引起了听众们赞许的笑声，不过怎么说检察官伊波利特都不像朱庇特。

至于检察官对他纵容年轻一代弑父的指控，菲久科维奇不屑一顾，说他压根不想回答。而谈到"福音书和宗教都被做了修正"以及他没有把基督称之为上帝，只是称为"那被钉死在十字架之上的仁爱之人"，包括和"基督的教诲正好相反"，在"宣扬真理和构建共识的讲台上"发表这样的言论不被允许之类的话时，菲久科维奇表示这是诋毁，他说自己到达本城之前至少还希望自己讲话时不会遇到"对他作为公民和忠实臣民的名誉进行攻击"之类的事情……当他说到这里时，庭长也告诫了他，于是他直接鞠躬退场，在观众一片热烈的赞许声中结束了自己的发言。按照本城女士们的说法，检察官伊波利特已经"被碾压到永远翻不了身了"。

接下来，轮到被告人发言。米佳站起身来，但是没有说几句话。他太累了，身心俱疲。上午他刚出庭时的那种昂扬的斗志和抖擞的精神早耗光了。他今天所经历的一切似乎都让他难以忘怀，他好像学到并理解了过去搞不明白但极为重要的道理。他的声音变得微弱，再也没有之前那种富有生命力的吼叫。那是一种从未听他提到过的陌生语调，现场的观众感觉米佳已经被驯服了，已经听天由命了。

"我没有什么话可以说的，陪审员先生们！审判的时间到了，我已

---

① 朱庇特是古希腊神话中主神宙斯的罗马名，这句话主要指某人恼羞成怒、理屈词穷。

经感受到上帝惩罚的大手了。一个荒唐的人要玩完了！但是，我还是把我向上帝忏悔的话说给你们听：关于我父亲的死，我是无辜的！我最后再说一遍，父亲不是我杀的！我的生活虽然过得荒唐、迷乱，但我的内心向往道德。我已经不知道多少次期望改过自新，但我还是活得跟个畜生一样。检察官大人讲了很多我过去不曾知晓的、有关我自己的事情，我在此表示感谢，但他说是我杀死了我的父亲，这不是事实，是他弄错了！我也感谢辩护律师，他说话的时候我哭了，但他说我杀了父亲，这也不是事实，即便只是假设，也不应该！还有医生们说我的脑子不好使，请大家不要相信，我脑子好着呢，但我的心很难受。如果你们能宽恕我、释放我，我会为你们祈祷。我发誓，自己要洗心革面，我向上帝发誓。如果你们认为我有罪，我会折断我头顶上的圣剑，然后亲吻它的碎片！诸位，请你们宽恕我，不要剥夺我的上帝。我了解我自己，我将来会反抗的！我的内心太痛苦了……请求诸位宽恕我！"

米佳几乎倒在自己的座位上，声音哽咽得几乎说不出最后一句话。随后合议庭又提出了几个问题，要求控辩双方对这些问题做出最后的陈述。其中的细枝末节我就不做描述了。最后，陪审团成员站起来，准备退场对案件的判罚进行商议。首席法官也很累了，最后他只向他们有气无力地叮嘱了几句，比如"要公正公允，不要受到两方辩论者的口才影响，但要自己斟酌他们说出的各种观点，要时刻铭记自己身上背负的伟大责任"等。

在陪审员们离开之后，合议庭宣布休庭。人们终于可以站起来四处走动，可以自由抒发各自沉积在心中的感想，去小卖店里吃点儿东西了。当时已经很晚，差不多是凌晨一点了，但是没有人离开。所有人的情绪都很紧张，自然没有要休息一下的想法。所有人都在紧张地等待着,虽然不是每个人都那么紧张,比如说在场的许多女士们,她们只是神经质地不耐烦,但她们的内心是平静的。她们认为"被告的判罚一定是无罪的"。女士们已经在心里准备好迎接那令人欢欣鼓舞、极具戏剧性的大转折。我不得不承认,在场的男士中也有相当多的人笃定被告会被无罪释放。总而言之,有的人喜形于色,有的人焦虑满面,有的人干脆垂头丧气。毕竟不是每一个人都希望他被宣判无罪。菲久科维奇对于自己的成功深信不疑。他被人群围在中间,周围都是祝贺和讨好他的人。

根据事后别人的转述,辩护律师当时站在人群中说:"我感受到在辩护人与陪审员之间有种无形的线联结着。这种无形的线就形成于我发言的时候,我也是在那个时候感受到了它的存在。放心吧,这个案件我们赢定了。"

这个时候一个胖胖的、满脸麻子的先生走了过来,他是我们城郊区的一个地主,他皱着眉头对在场的男士们说:"但是那些乡下人究竟会怎么说呢?"

"他们又不都是乡下人,里面还有四个吃公粮的。"

"是的,有公务人员。"说这话的是突然走过来的一个地方自治局的成员。

"您听说过那个普洛霍尔·纳扎列夫吗?就是那个挂满了奖章的商人,这个人也是陪审员。"

"他证明了?"

"他是个有头脑的人。"

"但是他从来没说过话。"

"他不说话就不说话,这样更好。这位圣彼得堡的律师没必要给他上课,他没准还能给全圣彼得堡的人上一课呢。要知道,他是十二个孩子的父亲!"

"说实话,难道他们不会宣判他无罪吗?"另一群人中的一个年轻的公务员突然大声嚷道。

"他们会判他无罪的。"一个坚决的声音说。

"不宣告他无罪,那是可耻的,可耻的!"那位公务员叫道,"即便人是他杀的,问题是那个父亲也不像个父亲啊!再者说了,他那时已经是疯狂状态了……他可能什么也没做,只是胡乱地挥了下铜杵,那个老头子就倒下了。但可惜的是,他把那个仆人也牵扯了进来。要是我当辩护人,我就直截了当地说:'人就算是他杀的,但是他也没有罪,你们都见鬼去吧!'"

"他不就是这么做的吗?只是他没有说让其他人见鬼去的话。"

"不,米哈伊尔·谢苗内奇,他几乎也说了这样的话!"第三个声音突然接着说。

"听着,先生们,在四旬斋的时候,我们那里有个女演员也被宣告无罪了,那个女人割了自己情夫的妻子的喉咙。"

"但是她没有真正地割断人家的喉咙。"

"都一样,反正她动手了。"

"大家觉得他刚才所说的那些关于儿女们的话怎么样?我觉得太精彩了!"

"确实!"

"还有神秘主义,他说的关于神秘主义的那一段也不错!"

"快别说什么神秘主义了!"另一个人叫道,"求你们替我们的那位检察官想一想吧!想一想他今后的日子该怎么过吧?为了米建卡,他的老婆八成要把他的眼珠子抠出来。"

"她今天来了吗?"

"亏你能想得出来！要是她今天来了，这会儿就能把他的眼珠子抠出来。她在家里，牙疼。嘿嘿！"

"嘿嘿！"

下面是第三群人中间的反应：

"看来米佳会被宣判无罪了。"

"说不定明天'京都酒馆'会闹翻天，他至少要醉上十天。"

"真是活见鬼！"

"说得对，这种事情少不了魔鬼插手。魔鬼要是不掺和到这里去，还能掺和到哪儿去？"

"诸位，辩护人的口才确实令人佩服。不过也不应该用铜杵乱砸老头儿的脑袋呀。要不然，社会岂不全乱套了？"

"还有那辆三套马车，你们还记得他说的三套马车吗？"

"对，他把战车说成了三套马车。"

"可是明天又会把三套马车说成战车，'一切取决于是否有需要'。"

"如今的人可真是够精明的。诸位，我们俄国究竟有没有真理？是不是压根就没有了？"

这时铃声响了。陪审员们商量了整整一个小时，不多也不少。公众们重新坐下后，法庭的大厅里立刻出现一片深沉的寂静。陪审员们一一回到法庭上。终于到了这一时刻！我不想逐条地重述那一个个问题，我也记不了那么多，我只记得首席法官提出的第一个、也是最主要的问题，即被告"是否蓄意谋财害命"（原话我不记得了），这时全场屏息静听。那位最年轻的公务员，也就是首席陪审员，他在死一般的寂静中用洪亮的声音清清楚楚地宣布："是的，有罪！"

接下来对所有的问题，逐条的回答都是一样的：是的，有罪；是的，有罪。没有丝毫从轻发落的余地！这是任何人都意想不到的，因为几乎所有人都相信至少会从轻发落。大厅里死一般的寂静并没有被打破，可以说一切真的都凝滞了，包括渴望将被告定罪的人，也包括渴望宣判被告无罪的人。但这仅仅是最初的几分钟的情形，随后便出现了可怕的混乱。在场的男士中有许多人非常满意，有几位甚至掩饰不住心中的欣喜而搓起手来。不满意的人仿佛被压倒了，他们无可奈何地耸耸肩膀，窃窃私语，看上去像是一下子惊呆了。但是，我的上帝啊，我们的女士们到底怎么啦？我以为她们要暴动了。起初她们似乎不相信自己的耳朵。忽然，整个大厅里喧闹声四起："这到底是怎么回事？这到底是怎么回事？"她们纷纷从座位上跳起来。她们大概以为，这一切马上就可以重新推翻再来。就在这个时间点，米佳突然站起来，伸出一双手，用撕心裂肺的声音喊道："我以上帝和末日审判的名义起誓，对于父亲的死，我是无辜的！卡佳，我原谅你！兄弟们，朋友们，请你们可怜可怜另一个女人吧！"

他没有说完就号啕大哭，全场的人都能听见一个陌生的、不像是他的声音，天知道他的声音怎么一下子变成了这样。此时，从楼上走廊最远处的角落里传来了女人刺耳的尖叫声，它来自格露莘卡。在法庭辩论开始之前，她就恳求法警放她重新进来。米佳被押了下去。宣判被推迟到明天。全场听众在一片混乱中开始散去，我不再等着听观众的反应了。我只记得有几个人到了出口处的台阶上时还在议论着。

"恐怕要到西伯利亚去服二十年苦役了。"

"至少二十年。"

"是啊，看来我们这些乡下的陪审员有自己的想法。"

"我们的米佳这下算是完了！"

尾　章

第一节　拯救米佳的计划

米佳庭审之后的第五天清晨，约莫九点钟的时候，阿廖莎就来到了卡捷琳娜·伊万诺芙娜的家，为了就某个至关重要的问题达成最后的协议。此外，阿廖莎还受托要和她协商一件重要的事情。她坐在曾经接待格露莘卡的那个房间里和阿廖莎谈话。隔壁房间里躺着因发烧而昏睡的伊万·费尧多罗维奇。自那天她在法庭上歇斯底里地闹那一出后，她便叫人将因发病而失去知觉的伊万·费尧多罗维奇接到了自己的家中居住，根本不去理会社会上的各种风言风语。本来和她同住的两个亲戚，一个在庭审之后去了莫斯科，另一个还留在她的家中。然而，即便就算两个人都不在，卡捷琳娜·伊万诺芙娜也不会改变自己的主意，她依旧会把病人留在身边，日夜守护他。那位从莫斯科来的名医拒绝对伊万的疾病发表任何意见，已经打道回府了，现在给伊万看病的是瓦尔文斯基大夫和赫尔岑什图贝大夫。虽说本地最好的两名大夫都相继安慰阿廖莎和卡捷琳娜·伊万诺芙娜，但是他俩的心还是始终放不下。阿廖莎每天两趟地探望生病的二哥，但他这一次来带着一桩非常棘手且特殊的事情，他知道这件事情不好开口，但他的时间完全不够用，因为还有一件同样刻不容缓的事情在等着他去办，他必须赶紧去另一个地方。

二人谈了有一刻钟了。卡捷琳娜·伊万诺芙娜面色煞白,疲惫极了,但她处在一种激动亢奋的状态中:她已经预感到了阿廖莎为什么现在来找她。

"对于他的决定您无须担心,"她语气坚定地对阿廖莎说,"这样也好,那样也罢,出路不过一条:他必须出逃!这个不幸的人,这个有荣誉感的英雄——我说的不是德米特里·费尧多罗维奇,我说的是躺在隔壁、为了兄长牺牲自我的那个。"卡捷琳娜的眼睛闪闪发光,"他早就把潜逃的计划告诉我了。您知道吗,他已经和相关人员初步接触了……有些情况我也和您说了,大体上是这样的:这个计划安排的地点有极大概率在从此地算起的第三个押送站,从各地来的、要流放到西伯利亚的犯人将在那里集合,嗯,确实离目的地挺远的。伊万·费尧多罗维奇已经和第三个押送站的站长说上话了,只是,现在还不知道是谁来押送这批犯人,而且此事也不太可能过早就打听得到。说不定,等到明天的时候,我就能把整个营救计划告诉您了,这件事情伊万·费尧多罗维奇在开庭之前为防不测嘱咐过我的……您还记得吗,就是那天晚上您来的时候,正好赶上我们在吵架——就是那一次,他刚下楼,我看到您来了,又把他召了回来。您还记得吧?您不知道我们当时为什么吵架吧?"

"我不知道。"阿廖莎说。

"确实,那个时候他并不想告诉您。我们当时就是为了这个出逃计划在吵架。在那天的三天前,他就已经告诉过我整个计划所有的要点和安排。也是从那天开始,我俩就开始吵架,一吵就是三天。原因是这样的:他对我说,如果德米特里·费尧多罗维奇被定罪了,就让他和那个贱货一起逃到国外去。我当时听到就生气了,至于原因,我难以启齿,而且我也不知道为什么……不过当然,我生气也是因为那个贱货。我就是不想她和德米特里一起逃到国外去!"卡捷琳娜·伊万诺芙娜突然嗓音高了几个调,气到双唇发抖,"当时伊万·费尧多罗维奇看到我生那个贱货的气,还以为我是因为德米特里和她吃醋,换句话说,他以为我还爱着德米特里。这引发了我们第一次争吵。我不想解释,也不想道歉,我只是难过,因为他竟然觉得我还爱那个家伙……可明明很久以前我就跟他坦白,我已经不爱德米特里了,我只爱他一个人!我生气只不过是因为我恨那个贱货。三天后,就是您来找我的那个晚上,他让我收下一个封好口的信封,要我在他万一出现了事的情况下立刻把信封拆开。没错,他当时就已经预料到了自己会发病!他对我说,那信封里藏着的是帮那个家伙逃走的计划,如果他死了或者病得不省人事了,就让我替他去营救那个家伙。当时他还交给了我一笔钱,将近一万卢布,这笔钱就是检察官口中提到的那笔,也不知道检察官从哪里打听到你二哥把那笔国债券变现了。我当时惊讶极了,尤其是伊万·费尧多罗维奇虽然因为我吃醋,但还是没有放弃去救那个家伙,还把整个计划托付给了我!您说,他这难道不是牺牲自己吗?阿列克谢·费尧多罗维奇,您可能还不能理解这种自我牺牲意味着什么。哎!我真想恭恭敬敬地对着他下跪,可是我立马想到他一定会把我这种行为归于米佳有望被救的喜悦,他一定会这样看的!如果是这样,我又会因为他的这种不公的想法而恼怒,结果头没磕成,反倒得和他大吵一架。哎,我也太惨了!我这个人天生就是这种性格,要命又悲剧的性格!有朝一日,您可能会看到,我会把他也逼成第二个德米特里·费尧多罗维奇,他会像那个家伙一样把我甩了,然后找一个相对好相处的女人过日子。到那时……到那时我肯定没法忍受,弄不好会自杀!那天您到我家来,我招呼您,同时嘱咐他回来,我不知道您还记得吗,那天他突然向我投以满是憎恨的轻蔑目光,这点让我顿时恼火。您记得吧,我当时气不打一处来,对他嚷嚷说就是他让我相信了德米特里·费尧多罗维奇是凶手。那句话我是故意说的,就是为了刺激他,其实他从没跟我说过德米特里是真凶之类的话,反倒是我一再让他相信这一点的!哎,这一切都是因为我控制不住自己的脾气!法庭上的那出闹剧也是我导致的!他就是想要向我证明他正直磊落,哪怕我还爱着他的哥哥,他也不会因为吃醋而报复那个家伙,所以他才在法庭上……哎,这一切都是我导致的,都是我的错!"

这是卡捷琳娜第一次对阿廖莎这样坦白,阿廖莎能感觉到此时她心中的痛苦已经达到了一个让人难以忍受的阶段,她那颗高傲的心终究还是摧毁了自己的骄傲,倒在这痛苦的重压之下。阿廖莎知道,虽说自德米特里被审判之后她竭力隐藏,但令她此时如此痛苦的还有一个可怕的原因。可阿廖莎不知道为什么,如果卡佳真的决定倒在重压之下,立刻和他说起自己心痛的原因,他会觉得难过和痛心——卡佳在为自己在法庭上"出卖"米佳而深感内疚。阿廖莎预感到在良心的压迫下,她会向他忏悔,同时免不了哀恸哭号,甚至会歇斯底里发作。阿廖莎害怕见到这样的场景,恨不能直接宽恕这痛苦的女人。这样他来此的使命就很难完成。于是,他又把话题引到米佳身上。

"没关系的,没关系的,您不要为他担心了!"卡捷琳娜固执而严肃地又开始说道,"这一切都是暂时的,我了解他,我太了解他的心了。您放心,他会同意逃走的。更何况,又不是当下就要逃,他有的是时间决定。到了那个时候,伊万·费尧多罗维奇也该康复了,他会亲手安排,我也不需要插手了。其实他已经同意了,难道他真的能撇下那个贱货?何况,那个贱货也不可能和他一起去西伯利亚,除了逃跑还能有别的办法吗?他也就是怕您,怕您站在道德的立场上不赞成他潜逃。可是,我觉得您应该豁达地应许他这样做。"卡捷琳娜犀利地补了这么一句话。她停了片刻,莞尔一笑。

"他最近在念叨什么赞美诗,"卡捷琳娜说,"他说自己应该背上十字架,去承担什么责任,我还记得他说过的那些怪话,都是伊万·费尧多罗维奇告诉我的。您可知道他是怎么说的!"卡佳突然遏制不住心里的激动,"您不知道他有多么爱您那个不幸的大哥,同样也不知道他有多么恨这个人!而我,哎,那时候的我一直带着傲慢的冷笑听着他含泪讲述。浑蛋,我是,我就是个浑蛋!是我,都是我害得他患上了震颤性谵妄症!而那个被判刑的家伙内心会煎熬吗?像他那样的人永远都不知道煎熬是什么滋味!"

寥寥数语之中,她对米佳的厌恶和憎恨显露无遗。事实上,也正是她出卖了米佳。阿廖莎心想:"也许她正是觉得自己对不起米佳,才如此憎恨米佳吧。"他希望她对米佳的憎恨只是"偶尔"的。虽说他已经从她最后那句话中听出了挑衅的意味,但他不予理会。

"今天我把您叫过来就是希望您能帮我说服他。难道您也觉得出逃是不光彩的、怯懦的或者是……反基督的?"卡捷琳娜语气中的挑衅意味更明显了。

"没事,没什么。我会把一切都告诉他……"阿廖莎喃喃道,"他要您今天去探望他。"阿廖莎目光坚定地看着她,终于把这句难以启齿的话说出了口。

卡捷琳娜不禁打了个冷战,往沙发后面一缩。

"要我去?这可能吗?"她面色苍白,支支吾吾地说。

"不但可能,而且应该!"阿廖莎突然来劲了,"他非常需要您,就是现在。本来我不想跟您提这件事,不想让您痛苦,但实在是不得已了。他已经病了,他就像个疯子一样,嚷嚷着要见您。他要见您不是为了和您和解,只是想见您一眼,哪怕您就在门口露下面。从那天开始,他已经变了好多。现在,他已经明白了自己究竟有多对不起您,他不想让您宽恕他。按照他的原话'我这样的人不配得到宽恕',也正是因此,他只想看您一眼,哪怕您就在门口……"

"我还是感到意外……"卡捷琳娜喃喃道,"实话说,我最近有预感,您迟早会为这件事而来…… 我也知道他会叫我去的……但是对我而言这太难了!"

"还是请您勉为其难吧!请您明白,这是他第一次认识到自己对您造成了多大的伤害,这是他人生中的第一次,他之前从未认识到这种地步。他说,如果您拒绝,他从今之后的人生必将被打上悲惨的烙印。您难道觉得,一个被判流放二十年的犯人还有得到幸福的可能吗?您难道不觉得他太可怜了吗?还是请您考虑一下,您要见的是一个无辜被毁掉幸福的人。"阿廖莎也以同样的语气针锋相对道,"他是清白的,他没有杀人!如果您能想到他将要遭受到的那无尽的痛苦,您就应该去看看他!请您去吧,在他跌入黑暗深渊之前去见他一面吧!只需您站在门口给他露个脸就好…… 这是您应该做的!"阿廖莎最后重重地强调了"应该"两个字。

"我应该去……但是,我无法去!"卡捷琳娜就像在呻吟,"我不知道他会用什么样的眼光看我…… 我去不了!"

"您和他的目光会相遇。如果您现在不下定决心,那您接下来的日子怎么过?"

"我宁可受苦一辈子!"

"您必须去,您应该去!"阿廖莎语气越来越重。

"但为什么非要是今天?非要是现在?难道要我抛下这里的病人……"

"您只需要离开一会儿,没问题的。您要是不去,他今晚一定会烧得很厉害!我没有危言耸听,您就可怜可怜他吧!"

"您为什么不可怜可怜我呢?"卡捷琳娜痛苦地埋怨道,然后哭了起来。

"我明白了,您一定会去的!"阿廖莎见到她流泪,语气中突然有了把握,"我去告诉他,您马上就到!"

"不行,您不要告诉他!"卡捷琳娜惊慌地喊道,"我会去的,但请您不要通知他。因为即便我到了那里也可能不进去……我不确定……"

她泣不成声,上气不接下气。阿廖莎站起身来要走。

"万一我碰到了什么人,那该如何是好?"她突然问道,脸色霎时变得煞白。

"之所以让您现在去,就是因为现在您应该碰不到什么人。我绝对没有撒谎,您谁都碰不到。我们等您。"阿廖莎语气坚决,头也不回地走出了房间。

第二节 一瞬间谎言也变成了真相

阿廖莎步履匆匆地跑到米佳现在所在的医院。在法院判决后的第二天,米佳因为神经衰弱高烧不退,被送到了我市医院的囚犯病房。但是根据阿廖莎以及其他多人(霍赫拉科娃太太和丽莎)的请求,瓦尔文斯基大夫没有让米佳和其他罪犯同住,而是给他专门安排了一个小房间,这个房间就是斯乜尔加科夫生前住的那一间。当然,在走廊的尽头安排了警卫看守。此外,病房的窗户也都上好了铁栅,所以瓦尔文斯基大夫不必为了自己不合规的法外开恩而感到为难。本来他就是一个富有同情心的年轻大夫。他明白，要是把像米佳这样的人一下子扔进诈骗犯和杀人犯的圈子里，他会很难接受的，这需要一个适应的过程。至于亲友的探视，自然得到了医生、看守所长甚至是警察局长的允许，不会有任何阻碍。不过这些日子去探望米佳的人总共也就两个，一个是阿廖莎，一个是格露莘卡。除此之外还有拉基津，他至少来过两次，但米佳请求瓦尔文斯基大夫不要把他放进来。

阿廖莎进来的时候看到米佳身穿病号服，浑身无力地坐在床上。他的高烧还没退，头上缠着浸泡过醋液的湿毛巾。他毫无表情地看了一眼走进来的阿廖莎，目光中露出几分惊恐。

总而言之，庭审之后，米佳的状态不是很好，心事重重的。很多时候他会突然沉默，甚至长达半小时之久，好像在思考着什么，期间完全不顾身边同他说话的人。每当他从沉思中醒来开始说话的时候，总能把身边的人吓一跳，而且说的都是一些胡话，不一定是他心里真正想说的。此时，他痛苦地看着自己的弟弟。好像他和格露莘卡在一起的时候要比和阿廖莎在一起轻松得多。虽然米佳几乎不和她说话，但只要她一进来，他的脸上便会焕发出一道喜悦的光彩。

阿廖莎走到他的床边，紧挨着他，坐了下去。他的确在等待阿廖莎发话，但是他什么都不敢问。他认为卡佳不可能同意过来探望他，但同时又觉得，如果她不过来，他的内心会无法接受。这一点阿廖莎十分理解。

"听说特里方·波里赛琪把他的旅店拆了，"米佳突然开口道，"那人把地板都撬了，墙也拆了，门前的回廊也被他扒得只剩木头片了——他就是想找到那笔钱，就是检察官说的我藏起来的那笔钱。听人说，他从法庭回去，立马猛干起来。这骗子真是活该！这些都是这里的警卫告诉我的，他也来自那里。"

"你听着，"阿廖莎说，"她会来，不过什么时间来，我不知道。有可能今天会来，也有可能明后天来。我不能确定，但是她一定会来，一定会的！"

米佳似乎有话要说，但话到嘴边又咽了下去。这消息对他来说影响很大。看得出来，他很想知道二人究竟说了什么，但是他不敢问。要知道此时卡佳真的有什么对他狠心或者鄙夷的行为，无异于在他胸口上扎上一刀。

"对了，她托我给你带个话，希望你在逃跑时不要愧疚。如果到时候伊万的病还没有好，她会代替伊万帮你安排一切。"

"这话你已经跟我说过了。"米佳若有所思地说。

"你也转告格露莘卡了。"阿廖莎也说道。

"没错，"米佳承认，"她今天上午不会过来。"他胆怯地瞅了一眼自己的弟弟，"她要等到晚上才来。昨天我把卡佳的计划告诉了她，她没评论，只是把嘴一撇，说：'她爱咋样就咋样吧！'我想她也知道这件事情的重要性。而且，她也应该明白了，卡佳爱的人不是我而是伊万。你看出来了吗？"

"这是真的吗？"阿廖莎问道。

"也说不定。不过她今天上午不会过来，"米佳重申道，"我托她帮我办一件事⋯⋯你听着，咱们家族最有出息的人是伊万，他会康复，会活下去，还会比我们所有人都有出息。"

"确实，卡佳虽然为他担心到发抖，但是她对伊万的康复并不怀疑。"阿廖莎说道。

"这表示她认定伊万活不了。她是因为害怕才这么说的。"

"伊万身子骨好着呢。我相信他能康复。"阿廖莎忧心忡忡道。

"确实，他能活下去，身体也能康复。但是卡佳不信⋯⋯她过于多愁善感。"

两人沉默了。似乎有什么事情在折磨着米佳。

"阿廖莎,我实在是太爱格露莘卡了。"他突然噙着热泪对阿廖莎声音发颤地说。

"你要想让她和你一起到那边去?你觉得可能吗?"阿廖莎立刻问道。

"有件事情我想告诉你,"米佳自顾自地用肯定的声调说,"如果在路上或者到了那边以后有人打我,我肯定不会任人宰割,谁敢打我,我就干死谁,枪毙我也不怕。这样的日子得熬整整二十年啊!现在这儿的人都不把我叫'您'了。看门的现在对我也'你、你'个没完。昨天晚上我就这样躺在床上,检讨了自己一宿。我承认,我现在还没做好准备!这件事我还是没法接受!我想唱'赞美诗'平复内心,可我一想到一个看门的竟敢以那种口气和我说话,我就受不了!不过,为了格露莘卡我什么都可以忍……除了挨揍,我忍不了挨揍……但是她不被允许和我一起到那边去。"

阿廖莎浅浅一笑。

"哥,你听好,我直接对你说吧,"阿廖莎说道,"我对这个问题是这样想的,你也知道我不会对你说谎的。你听好,你还没有做好准备,所以你背不起这个十字架。再者说,你这样一个没有做好准备的人也没必要去非去背负这种苦教徒的十字架。如果你真的杀了父亲,我会因为你拒绝背负十字架而难过。但是如果你真的是无辜的,这样的十字架对你来说过于沉重了。你觉得苦难能把你磨砺成另一个人,可在我看来,不管你逃到何方,只要你牢记并下定决心重新做人,对你而言就够了。至于你没有去背负十字架带来的苦难,那么这也恰恰让你发现还有更大的义务要尽,而这种能贯穿你后半生的想法要远比你到那里更有益,说不定对你洗心革面的帮助更大。你到那里,可能没法接受那样的生活,会牢骚满腹,最终你会觉得自己的账'清'了。这一点那位律师说得不假。那种重负不是所有人都能受得了的,对于有些人来说是完全受不了……如果你好奇我究竟在想什么,这就是我的想法。如果你觉得自己逃跑可能会让很多人受到牵连,比如军官、士兵等,那我就'不许'你跑。"阿廖莎微微一笑,"据那个押送站的站长说,他们的把握很大,只要做得巧妙,很容易蒙混过去,没人会受到牵连。当然,即便在这种情况下去贿赂别人也是不道德的。不过,我实在不想再做什么道德评价了。实话跟你说,如果卡佳和伊万让我为这件事情去行贿,我也会去干的。我对你坦白,有一说一。所以,你选择怎么做,我无权评价。我可以告诉你,我绝对不会谴责你。我怎么能当你的审判官呢,这难道不奇怪吗?好了,我已经把一切都说清楚了。"

"但我要给自己定罪!"米佳嚷了起来,"我知道得逃跑。不论你说还是不说,这件事情都已经定了。米佳·卡拉马佐夫怎么能不跑呢?但我还是要给自己定罪,然后终此一生为自己赎罪。那些耶稣会教士不就是这么说的吗?我们两个现在不就是这样吗?"

"没错。"阿廖莎嘴角浅笑着说。

"我喜欢你就是因为你总是对我说真话,而且什么都不隐瞒我。"米佳笑道,"如此说来,我可算抓到我弟弟的小尾巴了,你竟然是个耶稣会士!因此,我要亲你一下!好了,现在你听着,我要把我心的另一半也挖出来给你看看。我是这样考虑和决定的:如果我真的要逃跑,即便我拿着钱和护照跑到了美国,还是有一个念头令我备受鼓舞——我此去不是为了寻欢作乐、不是为了谋求幸福,而是真正地去服苦役,和流放西伯利亚没什么差别!阿列克谢,我对你说的是心里话,真的,没什么差别！对美国这个国家，我现在十分痛恨，巴不得让它去见鬼。就算格露莘卡和我在一起了，可是你看看她，哪里像个美国女人？她是地地道道的俄国人，从骨子到外表都是。她一定会想念这片生养她的故土，怀念她的祖国，她为了我思念成灾，为了我背负十字架，但问题是，她做错了什么？你觉得，我能受得了美国人的行为吗？尽管他们那里的人也许都比我强。但是我恨美国，现在就恨！哪怕他们那里处处都是精通机械的技师，或有什么别的技能，但依旧让他们见鬼去吧，他们注定和我不是一路人，也注定不能和我一条心！阿列克谢，我爱俄国，我爱咱们的上帝，虽说我是个浑蛋！但我照样会在那里如畜生般死的！"他突然叫喊道，双眼迸发出光。他泪流满面，声音哽咽并颤抖不已。

"阿列克谢，我的决定是这样的，你听着，"他强压住自己心中的激动，继续说，"我和格露莘卡到了那里之后，立刻找一个人迹罕至的偏僻地方，我们在那儿圈一片地，耕种、务农，不惜和野熊为邻。我想那儿会有这样远离人群的地方！听说美国那儿还有红种人，在天边，我们就到那儿去，就到最后的莫西干人①住的地方。我和格露莘卡到那之后，立刻学英语语法，一边务农一边学习，就这样先过上三年。我们要努力在这三年时间里把英国话说得和美国人一样。等我们学好了，我们就跟美国告别，再以美国人的身份回到俄国。不过你不用担心，我们不会回到我们这个城市的，我们会远远躲开，可能往北，也可能往南。到那个时候，说不定我的相貌都变了，她应该也会变的。我会让那里的大夫给我的脸上安个假瘊子什么的，美国佬有技术、有办法。要不然，我就戳瞎自己一只眼，再蓄上一俄尺长的胡子，估计到了那

---

① 源于美国小说《最后一个莫西干人》。

个时候，我的胡子也因为怀念家乡白光了，那个时候应该没人能认出我了吧？万一认出来了，大不了再被流放到西伯利亚呗，反正命中注定！我们也可以在俄国的偏僻地方找块儿田，耕种劳作，反正我这后半辈子就这么一直扮美国人。毕竟这样我才能落叶归根。阿廖莎，这就是我的计划，说什么都不会再改的计划。你赞成吗？"

"赞成。"阿廖莎不想扫他的兴。

米佳沉默了一会儿，突然说道："你说，那些法庭上的人不就是想整死我吗？毕竟他们的安排很周密。"

"即便不是这样，你也免不了被定罪。"阿廖莎叹道。

"确实，在这个烂地方，人人厌恶我，真让人受不了！虽说上帝会宽恕他们，但是我心里不好受……"

两人又沉默起来。

"阿廖莎，你直接杀了我吧！"米佳突然大声喊道，"你不是说她马上到吗，她怎么还不来？她是怎么说的？"

"她说她会来，但是我并不知道她是否会今天来！你应该明白，这对她来说很艰难！"阿廖莎怯懦地瞅了他一眼。

"这是肯定的，她怎么会不为难呢？阿廖莎，我快疯了。格露莘卡最近看我的眼神特别奇怪。她心里清楚。上帝啊，就让我的心平静下来吧！我到底想要什么？我想要卡佳来呀！我是不是自己都不知道自己想要什么？见鬼，卡拉马佐夫全是疯子，脑子里全是罪恶的冲动！不，我还不是个能吃苦的人啊！我就是个卑鄙小人，就是这样！"

"她来了！"阿廖莎突然喊道。

就是在这个当口，卡佳毫无征兆地出现在了门口。她愣站在那里，一脸茫然地看着米佳。米佳急忙起身，表情惊恐，面色煞白，随即一抹胆怯和乞求的笑容出现在米佳的嘴角，就在一股不可控制的冲动下，他朝着卡佳伸出了双手。卡佳见此情景立即抓住他的手,将他按坐在床上,自己也在他的身旁欠身坐下。她的手一直紧紧地抓着他的,就像痉挛一般,始终没有松开。两人好几次欲言又止,似乎有万千语,但就是说不出来,只是默默地、紧紧地注视着彼此,面带奇怪的微笑,就这样过了两分钟。

"你原谅我了吗?"米佳突然喃喃地说。就在此时,他突然扭过头去,朝向了阿廖莎,露出一张喜出望外又有些扭曲的脸,大喊道:"你听到了吗,我说的话你听到了吗?"

"过去我是因为你宽大的胸怀而爱你,"卡佳突然这样说道,"你压根不需要我的原谅,我同样也不需要你的原谅;原谅也好,不原谅也罢,反正这辈子你我二人只能互为彼此心上的伤疤了——只能如此……"

"我为什么来到这里?"她长舒一口气,继续道,"就是为了抱住你的双脚,握紧你的双手,紧紧地,让你疼。你还记得吗?当初在莫斯科时,我也曾这样紧紧地抓着你的手。我来到这里,就是为了再一次对你说,你就是我的上帝,我的快乐;我要再次对你说,我爱你,疯了一般地爱你!"她似乎在痛苦地呻吟,她贪婪地亲吻着米佳的双手,泪如泉涌。

阿廖莎默默站着,非常尴尬,眼前的一幕完全出乎他的意料。

"但是,爱已经消逝了,米佳!"卡佳继续说,"虽然过往的所有对我来说弥足珍贵,但还是伤害了我。这一点,请你永远记住。现在,就让这些不可能的事情成为一分钟的现实吧,"她面带苦笑,结结巴巴地说道,之后又做出愉悦的表情看着米佳的眼睛,"你现在爱上了别的女人,我也爱上了别的男人。但我会永远爱你,你也会永远爱我,你过去明白这些吗?你听好,你必须爱我,必须爱我一生!"卡佳大声宣告,颤抖的声音中带着一种近乎威胁的意味。

"我会爱你的……你知道吗,卡佳,"米佳几乎每吐出一个字就要喘上一口气,"你知道吗,哪怕五天前的那个晚上,我都是爱你的……当时你倒在地上,被人抬了出去……我会爱你一辈子的!永远如此,一定如此……"

阿廖莎就这样听着两个人喋喋不休地讲着近乎疯狂的话,也许还可能是假话,但眼前的这一幕是真真实实地发生的,而且说话的两个人打从心底相信自己说的话。

"卡佳,"米佳突然说道,"你真的觉得是我杀了父亲吗?我知道你现在不信,但是那个时候……你做证的时候……莫非你是相信的?"

"我那时候也不信!我从来都不信!那个时候我只是恨你,一时的怨恨逼得我相信,不过就只有那么一瞬间……我做证的时候……逼迫自己相信了。可我做完证后,立马又不信了。就是这么回事。我都忘了我是来惩罚自己的!"她突然换了一种语调,和刚才那种忸怩的蜜语甜言毫无相同之处。

"女人啊,你真是矛盾!"米佳似乎不禁感叹道。

"让我走吧!"她声音低沉地说,"我还会再回来的,现在我已经难受得不行了……"

她刚起身要走,突然大叫一声,整个人接连后退了好几步。没人料到,格露莘卡竟然已经悄无声息地走入了病房。卡佳急忙奔向门口,但当她和格露莘卡相会之际,突然停下了脚步,面色惨白,以近乎耳语的声音对她说,或者说呻吟出一句:"请原谅我!"

格露莘卡目不转睛地盯着她,过了一会儿,她用满怀怨愤的恶毒口吻说道:"我们都有一肚子的怨恨,女士!我们都一样!你和我,谈哪门子的原谅呢?要是你能救他,我会为你祈祷一辈子!"

"你连原谅都不肯吗?"米佳疯了一般大声责备格露莘卡。

"放心吧,我会把他给你救出来的!"卡佳飞快地吐出了这么一句,立刻从病房里跑了出去。

"她都请求你原谅她了,你怎么还不依不饶呢?"

"米佳!不许你指责她!你没有权利这样做!"阿廖莎突然情绪激动地大声喝道。

"这话是从她傲慢的嘴唇里出来的,并不是发自她的内心。"格露莘卡的语气中充满了嫌弃,"她要是能救你——我什么都能原谅……"

她不再说话了,就像是硬生生把自己的话咽下去了一样。她还没有平静下来。事后才知道,她只是无意间走进来的,根本没有怀疑什么,更不可能料到她们两个能在这里不期而遇。

"阿廖莎,你快去追她!"米佳着急地对弟弟说,"你告诉她……我不知道自己该跟她说什么……别让她就这样走了!"

"晚上我再过来!"阿廖莎撂下这么一句话便起身去追卡佳。阿廖莎差不多跑到医院大门处才追上她。她走得非常快,阿廖莎追到她后,她立刻对他说:"我绝对不能在这个女人面前惩罚自己!我刚刚都对她说'请你原谅我'了,因为我想好好惩罚自己。但是她并不原谅我……我倒是喜欢她这一点。"卡佳说话的时候破了音,眼睛里露出了气到发疯的火光。

"我大哥完全没有料到这一点,"阿廖莎结结巴巴地嘟囔道,"他没想到她会在这个时候过来……"

"他肯定没想到啊!别提这个了!"她突然掐断了话题,"您听好,我现在不可能和您一起去参加葬礼了。不过我已经让人替我送花过去了。我估计他们应该还有些钱。您告诉他们,我绝不会抛下他们不管的!您快去吧,再不去迟了。这会儿已经敲午祷钟了……您快去吧,别管我了……"

第三节 伊柳沙的葬礼。巨石旁的演讲

事实上,他确实迟了。人们都在等他,甚至已经决定放弃等待他了。众人已经把一口用鲜花装饰得美美的小棺材抬进了教堂。这个棺材里面装着的是那个可怜的男孩伊柳沙。他死于法庭对米佳宣判的第三天。阿廖莎刚走到他家的大门口就看到了一群男孩子,他们都是伊柳沙的同学,他们叫嚷着阿廖莎的名字。显然,他们已等候阿廖莎多时了,见到阿廖莎,孩子们都很高兴。这些孩子一共十二个,是挎着书包直接过来的。伊柳沙在去世前,对孩子们说的"你们要陪着我爸爸,我爸爸会哭的"之类的话,他们都记住了。

"卡拉马佐夫,见到您可太好了!"孩子们中为首的郭立亚·克拉索特金对他伸出了手。"这里简直惨不忍睹。真的,太惨了。斯涅基列夫没有喝醉,我敢保证,他滴酒未沾,可是,我感觉他和醉汉没什么区别……您知道的,我是个坚强的人,但这儿实在是太要命了。卡拉马佐夫,我不会耽误您很长时间,但在您进去前,我可以问您一个问题吗?"

"什么事呢?郭立亚。"阿廖莎站定问道。

"您的哥哥究竟是无辜的还是有罪的?究竟是他杀的您父亲,还是仆人杀的?您说的就是真相。这件事情,我已经想了四天,想到没法踏实睡觉。"

"凶手是仆人,我大哥是无罪的。"阿廖莎回答。

"我也是这么说的!"那个姓斯穆罗夫的男孩子突然喊道。

"照这么说,他是为了真理无辜牺牲了自己?"郭立亚说,"他虽然

牺牲了自己,但他很幸福!我羡慕他!"

"您这话是什么意思?怎么会这样说?为什么呢?"阿廖莎惊讶得一连三问。

"哦,我打从心里希望自己将来能为真理献身!"郭立亚满怀激情地表示。

"但也不能因为这样的事情,不应受到这样的耻辱,更不应该踏入这种绝境!"阿廖莎说道。

"当然……我希望为了全人类而死,至于耻辱不耻辱的,我无所谓。反正我们早晚都得死。我尊重您的哥哥。"

"我也是!"一个男孩出人意料地喊了一声,他就是那个宣布自己知道特洛伊城是谁创建的学生。他喊出声后,和上次的表情一样,满脸通红,就像一朵怒放的红色牡丹花。

阿廖莎进入屋内。伊柳沙双手交叠,双目紧闭,躺在装饰着白色波浪条纹的浅蓝色棺材里。他那张消瘦的脸几乎没有任何变化。说来奇怪,他的尸体几乎没有散发出味道。他的表情严肃,似乎在沉思。那双交叉叠在胸前的手很好看,就像大理石雕塑一样。他的手中放着鲜花,整个棺材从里到外装点了很多鲜花,这是丽莎一早派人送过来的,也有一部分是卡捷琳娜·伊万诺芙娜派人送过来的,所以当阿廖莎打开房门时,上尉正哆哆嗦嗦地捧着一束花,往他亲爱的儿子身上撒花瓣。他几乎没看一眼进门的阿廖莎,当然,他似乎不想看任何人,包括他那哭得不成人样的"孩子他妈"。而她此时正竭力想要依靠自己已经瘫痪的双腿站起来,好挪得近一点,看看自己去世的儿子。孩子们把尼娜和椅子一起抬到了紧靠棺材的地方。她坐在那里,头紧紧地贴着棺材,想必在啜泣。上尉的神情有一点亢奋,又好像有一些慌张和凶狠。他的肢体动作和突然冒出来的几句不着边际的话,似乎流露出他要疯的迹象。他看着伊柳沙，不停地唤着："小少爷，我亲爱的小少爷！"伊柳沙活着的时候，上尉就习惯这样亲昵地称呼他："小少爷，我亲爱的小少爷！"

"孩子他爸，给我一些你手上的花吧！你把那朵白花给我吧！"疯癫的"孩子他妈"抽泣着恳求上尉。也许她真的很喜欢伊柳沙手中的那朵白色玫瑰，也许她只是想从死去的儿子手中取走一朵花做纪念。她整个人哆嗦着，伸出了两只手要拿那朵花。

"我不给，谁也不给，一朵也不给！"上尉斯涅基列夫狠下心喊道，"花都是他的，不是你的。都是他的，没有一朵是你的！"

"爸爸，你就给妈妈一朵花吧！"尼娜突然抬起了头，她的脸已经被泪水打湿了。

"我谁都不给，尤其不能给她！她不喜欢伊柳沙。那一回就是她把伊柳沙的小铜炮抢走的，伊柳沙只能给她了！"上尉还是想起了孩子的小铜炮被疯婆娘抢走的事情，顿时号啕大哭起来。这时，疯癫的"孩子他妈"双手掩面，泣不成声。孩子们见上尉一直守着棺材不愿离去，但下葬的时间已经到了，便将棺材团团围住，七手八脚地准备抬走棺材。

"我不想把他埋在修道院的墓地里！"上尉突然恸哭道，"我想把他埋到那块大石头底下。这是伊柳沙的遗愿。我不能让你们把他抬走！"

这句话他三天以来已经说过不知道多少次了，但是阿廖莎、克拉索特金、房东两姐妹，还有男孩们都加以劝阻。

"你脑子里在想些什么啊！"房东太太严厉地说，"难道要让小家伙埋在那块不干净的石头下，像吊死鬼一样下葬吗？教堂的墓地里起码还有十字架，来来往往的人都会为他祈祷。小家伙在地底下也能听见唱诗班的颂歌声和教堂的祭司的诵经声，就像专门在他墓前读的一样……"

上尉最终只好摆了摆手,表示放弃了自己的想法:"随你们去吧!"

孩子们抬走了棺材,但是走到母亲的身边时,还是停了下来,为了让她和自己的儿子好好道别,他们放低了棺材。三天以来,这个疯癫的母亲从未近距离地看过自己的儿子,现在她突然这么近地看到自己最疼爱的面孔,她那靠在棺材边上白发苍苍的脑袋,止不住地颤抖起来。

"妈妈,给伊柳沙画个十字架,吻他一下吧。"尼娜劝道。可疯癫的母亲像个机器人一样,不停地晃动着脑袋,巨大的痛苦让她的面颊扭曲了,不一会儿她就像疯病发作一般捶打着自己的胸膛。孩子们把棺材抬起,经过尼娜面前时,她给死去的弟弟献上了最后一吻。阿廖莎在出门前请房东太太照看留在家里的人,那位老太太未等他说完便一口答应下来:"您放心吧,我会守在她们身边的,我们也是基督徒。"说这话的时候,老太太的眼泪止不住地往下流。

此处距离教堂并不远,不过三百来步。天气晴朗,没有风,有些清冷,但算不上冷冽。教堂的钟仍然在响。斯涅基列夫慌乱又无所适从地跟在棺材后面小跑,他的身上穿着一件与季节不匹配的大衣,可以说算得上一件夏装;他没有戴帽子,而是用手拿着自己那顶破旧的宽边软帽。他慌乱到不知所措,一会儿伸手去摸棺材的顶部,干扰了抬棺的人,一会儿跟着棺材跑,想找到需要帮忙的空子。这时,一朵花掉到了雪地上,他急匆匆地跑过去把它捡起来,仿佛失去这朵花,他就要失去整个世界。

"面包皮呢?居然把面包皮忘了!"惊慌中,他放声大叫。然而,孩子们立刻提醒了他,面包皮在他身上,他刚才把它揣进了兜里。他立刻摸了摸衣兜,确定东西在里面才放下心来。

"这是伊柳沙特意嘱咐我的,伊柳沙,"他向阿廖莎解释道,"有天晚上,他躺在床上,我坐在他身边,他忽然对我说:'爸爸,等我的墓坑填满了土以后,你就把这些面包皮掰碎了撒在我的坟头上,这样麻雀就会飞过来,听见它们的声音,我就不会孤单了,我会开心的。'"

"非常好,"阿廖莎说,"您要经常去撒。"

"我天天去,我每天都去。"上尉小声嘟囔道,似乎突然间精神振奋了起来。

他们终于到了教堂,孩子们把棺材放到了教堂中央,然后团团围着棺材,从葬礼开始到仪式结束一直毕恭毕敬地站着。这是座很老旧的教堂,相当穷酸,神像上几乎没有金银装饰,但不知道为什么,感觉在这样的教堂里祈祷反而更好。在仪式开始的时候,上尉似乎冷静了不少,虽说他时不时地还会因为惶恐而不知所措,比如他一会儿走到棺材前整理上面的盖布花环,一会儿去拾掇一下烛台,只要有蜡烛快要掉落,他就赶紧重新插上,如果不折腾上一阵子,他就不能在棺材旁消停地站一会儿。他表情木讷,一副忧心忡忡且困惑不已的模样。当祷文念完的时候,他突然对阿廖莎耳语,说这些修士祷文念得不大对,但他表达不清哪里不对。接着开始唱天使颂歌,他也跟着唱,但是还没有唱完他就跪在地上,五体投地地跪了很久很久。最后,下葬仪式要开始了,教堂给众人分发了蜡烛。有些疯癫的上尉又开始慌乱起来,但是那催人泪下、打动人心的天使颂歌唤醒并震撼了他的心灵。他突然全身一缩,开始时断时续地抽泣起来,一开始,他还强压着声音,但没过一会儿就变成了号啕大哭。到了最后道别的时候,他紧紧地把住孩子的棺材,就是不让别人盖棺,并贪婪地、频繁地亲吻着孩子的嘴。大家最终还是劝住了他,将他从台阶上拉了下去,但他突然伸出手,一把从棺材里抓出了几朵花。他愣愣地看着这些花,似乎有了一个新的主意，好像暂时忘记了最重要的事情。趁他陷入沉思之际，人们抬起了孩子的棺材。伊柳沙的墓被安排在最靠近教堂的一边，很气派、很讲究——卡捷琳娜·伊万诺芙娜应该花了不少钱。在例行的仪式结束后，棺材被放了下去。斯涅基列夫手持鲜花，朝向墓穴，探出了自己的半个身子，吓得孩子们赶紧扯住他的衣服，把他拽了回来，但是上尉似乎不太明白。人们开始七手八脚地往墓穴里填土，一旁的上尉神神道道地念个没完，在场没有人能听懂，后来他自己停下来不说了。这时候有人对他说，现在该撒面包皮了，于是他又像之前那样，慌张地掏出面包，捏碎了撒在坟墓上。"鸟儿们，来吧，小麻雀……"他若有所思地喃喃自语。这时候有个男孩对他说，手里拿着花朵捏面包很不方便，可以把花交给别人，但是上尉拒绝了，甚至还表现出了一丝敌意，生怕别人抢走了他的花。最终，他检查了坟墓，确定没有疏漏后，他把手中的面包碎屑一撒而尽，淡定地往家走，很是出人意料。他步履匆匆，越走越快，越走越急，最后几乎撒开腿跑了起来。孩子们和阿廖莎在他身后紧紧跟着。

他大声地叫嚷道："把花交给孩子他妈，把花交给孩子他妈。孩子他妈太委屈了。"天太冷了，有人提醒他把帽子戴上，可他听到后非但没有照做，反而发起火来，一气之下把帽子往雪地里一扔，扯开嗓子吼："我不戴帽子，就不戴帽子！"小男孩斯穆罗夫上前捡起了帽子，紧跟在他身后。在场的孩子们无不痛哭流涕，其中最难过的是郭立亚和那个知道特洛伊城是谁创建的男孩子；斯穆罗夫拿着上尉的帽子，虽然也哭得很伤心，但还是得空从积雪中薅出了一块红色的碎砖，朝附近的麻雀扔去，当然，他没有打中鸟，他继续一边哭一边往前跑。上尉跑着跑着，突然停住了脚步，就像突然想起了什么事一样，愣了足足有半分钟，接着他掉头奔向教堂，奔向伊柳沙的坟墓。但不久孩子们就追上了他,七手八脚地将他拉住。于是他像被子弹打中了一般突然倒地,在雪地上打起滚来,号啕哭喊:"小少爷,伊柳沙,我的小少爷!"

阿廖莎和郭立亚努力地将他拉起来,劝说道:"够了,上尉,大丈夫怎么能一直这么哭哭啼啼的?"郭立亚说道。

"您会把花弄烂的,"阿廖莎说,"伊柳沙的妈妈就等着这些花呢,她在那里哭呢,就是因为您刚才没有给她花儿。家里现在还放着伊柳沙的床呢……"

"对,对!我得赶紧去找孩子他妈!"上尉又一次恍然大悟,"我不能让人把伊柳沙的床拆了!不能让人拆了床!"确实,他非常害怕别人把伊柳沙的床拆掉。于是,他赶紧起身,撒开腿往家里跑。此时离家也不是很远了,孩子们和他几乎同时进了门。上尉一把撞开门,冲着方才被他痛心拒绝的妻子喊道:"孩子他妈,亲爱的!咱家伊柳沙让我把花送给你,你那双可怜的病腿呀!"他把刚才在雪地里打滚时压坏的、冻蔫的一小束花递给了他的妻子。也就在这一瞬间,他看到了伊柳沙那双并排放在小床前的靴子,不用猜都知道,是房东太太把它收拾出来的。上尉看到了这双已经变形、发硬、满是补丁的小靴子,直接冲了过去,跪了下去,握住那双靴子,然后抓起一只靴子贴在自己的脸上,放声哭喊:"我的小少爷,伊柳沙,我亲爱的小少爷,你的脚在哪里呀?"

"你把他抬到哪里了?你把他抬到哪里了?"疯癫的母亲发出凄厉的哀号声,尼娜也放声哭了起来。郭立亚见状从屋子里跑了出去,接着孩子们也一个个地离开了房间,最后出去的人是阿廖莎。

"就让他们痛快哭一场吧!"阿廖莎对郭立亚说,"现在劝他们、安慰他们都没什么用的。等一会儿吧,待会儿我们再过去。"

"是的，没有用的，"郭立亚说道，"您知道吗，卡拉马佐夫，"他突然压低了声音，很怕让别人听到，"假如能让他复活，付出多大代价我都愿意。"

"我也是……"阿廖莎说。

"卡拉马佐夫，我们晚上再过来好吗，您意下如何？那个时候估计他会喝得酩酊大醉。"

"可能吧。到时候，我们两个人来就可以了，好好陪陪他们吧，陪尼娜和伊柳沙的妈妈坐一个钟头。如果所有人都来，估计又会使他们想起悲伤的事来，没人能舒坦。"

"房东太太正在他们家布置餐桌呢，估计是准备追悼宴，到时候神父也会来。卡拉马佐夫，我们待会儿还回去吗？"

"当然。"阿廖莎答道。

"多奇怪呀，卡拉马佐夫，明明这么难过，可是还要和别人一起吃煎饼，这些宗教规矩也太不讲人情了。"

"还有烟熏的鲑鱼呢！"那个知道特洛伊城是谁创建的男孩突然插嘴道。

"我很严肃地告诉您，卡尔塔硕夫，您不要再突然一句蠢话插进来了，好不好？尤其是现在，没人想和您说话，在没人想知道这个世界上还有您这么个人的时候！"郭立亚怒气冲冲地回复。卡尔塔硕夫顿时满脸通红，一句话都不敢说。此时，他们沿着那条小路安静地走着，突然斯穆罗夫喊道："看！这不就是那块大石头吗？刚才伊柳沙的父亲说想要把他葬在这个地方！"

大家走到石头旁，默默地站住了。阿廖莎看了一眼，记忆中突然浮现起了上尉斯涅基列夫曾对他描述的场景——伊柳沙紧紧地抱住父亲，哭着喊道："爸爸，爸爸，你怎么能让他如此羞辱你！"想到这里，万千思绪突然涌上他的心头,让他的心猛地一震。他神色凝重,一遍又一遍地看着眼前的孩子们纯洁明朗的面容,忽然开口道:"孩子们,就在这儿,就在这儿,我有几句话要对大家说。"

孩子们立刻围了上来,目光期许地注视着他。

"孩子们,我们就要分开了。我目前需要照顾我的两个哥哥,其中一个马上就要被流放到西伯利亚了,另一个现在病情严重。不久后,我可能就要离开这座城市了,而且可能很多年都不会回来。所以,让我们就此别过吧。我们就在这里,就在伊柳沙的巨石旁边彼此约定:首先,我们永远不要忘记伊柳沙;其次,我们也永远不要忘记彼此。不管以后发生了什么事情,哪怕往后二十年我们都无法相见,我们也要记住,我们曾经一起为一个可怜又可爱的男孩送葬。大家还记得桥头边发生的事情吗?我们曾经向他投掷石块,可是最后我们所有人都爱上了他。他是个迷人的孩子,他善良、勇敢、荣誉感强,可以为了父亲而承受痛苦的屈辱,但是他选择了反抗。所以,小伙子们,就让我们铭记他一辈子吧!哪怕今后我们中有人致力于重要的事业、居于显赫的高位,抑或陷入了不幸的苦难,都请大家不要忘记,我们曾经在这里被一种非常善良且美好的感情紧密地联系在一起、团结在一起,也正因为我们爱这个可怜的男孩,我们变得比实际生活中的自己更加美好。我亲爱的小鸽子们,请你们允许我把你们比作小鸽子,因为我看着你们善良又可爱的脸庞,就会想到那些优雅的灰蓝色鸟儿。我可爱的小鸽子们,也许你们现在还不能理解我对你们说的话,我的话确实不容易理解,但是请你们务必记住,我坚信,在未来的人生道路上,你们迟早会认同我说的话。要知道,没有什么美好的回忆比得上你们在童年时代、在故乡留下的记忆,这些记忆崇高、积极,给人印象深刻,对未来的人生裨益诸多。会有很多人对你们进行各种各样的教育，但是我要说，最好的教育就是这些在孩童时代保留下来的、无比神圣且美好的记忆。如果你们能满载这样的记忆走向接下来的人生，那你们的余生都将得到救赎。哪怕留在我们心中的美好回忆只有一段，它也会在有朝一日为救赎我们发挥作用。说不定，我们日后会变成坏人，也许我们在欺凌他人、拿他人的痛苦之泪寻开心的时候无法克制自身——也许将来的我们会恶毒地嘲讽郭立亚那样呐喊着要'为全人类而献出生命'的人。不论日后我们变得多么恶毒（愿上帝保佑，这样的事情永远不要发生），但只要我们还能回想起我们曾经一起为伊柳沙送葬，我们曾在他人生中的最后几天里深深地爱着他，我们这么多人在大石头旁亲密无间地交谈，那么，哪怕我们中最狠毒、最残忍的那个人——假如我们会成为这样的人，也不敢在心里嘲讽他此刻的善良和仁爱。除此之外，说不定也只有这样美好的回忆才能阻止他做出更恶劣的事情！说不定到那时他会自省道：'没错啊，我当初可是那么善良、勇敢和正直的一个人。'即便他为此嘲讽自己也没关系，因为面对美好和善良时的发笑，不过是源于他的轻浮浅薄。但是，大家可以相信，即使他能笑出来，但在他发笑的那一刻，他会立刻扪心自问：'不，我不应该这么做，因为嘲笑是不对的！'"

"一定是这样！卡拉马佐夫，我明白您的意思了，卡拉马佐夫！"郭立亚大声说着，双眼发光。孩子们都很激动，每个人都想说些什么，但是每个人都咽下了自己的话。他们动情地看着演讲的人。

"我之所以这样说，是担心我们会变成坏人，"阿廖莎继续说，"但是我们为什么一定要变成坏人呢？伙伴们，我说的对吗？首先，我们必须善良，这点最重要；其次，我们一定要诚实；最后，我们永远不要忘记彼此。这句话我再强调一遍。伙伴们，我可以和大家保证，我不会忘记你们中的任何一个人。我会永远记住你们的脸，从今天开始一直到三十年后。刚才郭立亚对卡尔塔硕夫说，没人想知道这个世界上还有他这样的一个人，这话不对，我就不会，也不能忘记卡尔塔硕夫这个人。他现在已经不是那个因为知道了特洛伊城是谁创建的而脸红的小男孩了，他正睁着自己那无比纯净、善良和开朗的眼睛看着我呢！伙伴们，我亲爱的小伙伴们，我们大家都应该宽容和勇敢，我们都要像伊柳沙一样；我们还应该勇敢、大方和聪明，就像卡尔塔硕夫一样——他长大后会聪明得多，我们都要谦逊、聪明和可爱，就像卡尔塔硕夫一样。当然，我说的并不仅仅指他们两个。孩子们，从今往后，你们对我来说是这个世界上最可爱的存在，我要把你们牢牢记在我的心里，请求你们也把我牢牢记在心里！与此同时，我们还要问自己一个问题：究竟是谁把我们连接在这美好、善良的情感之中，让我们永远铭记彼此的呢？当然是伊柳沙，那个善良的男孩子，可爱的男孩子，对我们来说无比珍贵的男孩子！我们永远不要忘记他，他是我们记忆中的永恒、美好的存在，让我们记住他，从现在开始直到永远！"

"对，对！"孩子们表情激动，以响亮的声音附和着阿廖莎，"直到永远，直到永远！"

"我们还要记住他的相貌、他的衣服、他那双可怜的小靴子、他那不幸又苦难的父亲，我们还要记住，他是如何为了父亲，勇敢地挺身而出，反抗全班同学！"

"我们会的，我们会记住的！"孩子们再次喊道，"他是勇敢的，善良的！"

"哦，我是多么爱他！"郭立亚的语气中充满了感慨。

"哦，孩子们，哦，我亲爱的朋友们，不要畏惧生活！当你们做了真正的好事之时，你们会觉得生活无比美好！"

"是的，是的！"孩子们欢呼道。

"卡拉马佐夫，我们爱您！"有一个声音情不自禁地喊道，好像是来自卡尔塔硕夫。

"我们喜欢您，我们爱您！"大家一起高喊着。不少孩子的眼里都泛起了泪花。

"乌拉，卡拉马佐夫万岁！"郭立亚满腔热情地高喊。

"要永远记住去世的伙伴！"阿廖莎在深情之中补充道！

"永远记住！"孩子们齐声道。

"卡拉马佐夫！"郭立亚非常激动，"宗教教义告诉世人，大家死后都能复活，见到彼此，我们能看到普天之下的所有人，包括伊柳沙，是真的吗？"

"我们一定能复活，一定能相见，一定能快快乐乐地互相讲述自己经历的所有事情！"阿廖莎半开玩笑地欣喜回答。

"那可太好了！"郭立亚叹道。

"好了，我们就说到这里吧，得赶快去参加他的丧宴了。请大家不要因为此刻还要去吃人家的煎饼而感到尴尬，要知道这是多年的传统，它其中一定蕴含着美好的意义。"阿廖莎笑着说，"我们走吧！手拉着手，一起走！"

"要永远这样，一辈子手拉手！乌拉，为卡拉马佐夫欢呼！"郭立亚再次热情高喊，孩子们也跟着他一起欢呼。

罪与罚

Преступление и Наказание

[俄] 陀思妥耶夫斯基 著

朱芸萱 译

北京理工大学出版社
BEIJING INSTITUTE OF TECHNOLOGY PRESS

版权专有 侵权必究

图书在版编目（CIP）数据

罪与罚 / (俄罗斯) 陀思妥耶夫斯基著; 朱芸萱译
. -- 北京：北京理工大学出版社, 2023.3
（一俄尺的理想地：陀思妥耶夫斯基罪与罚三部曲）
ISBN 978-7-5763-1996-5

Ⅰ.①罪… Ⅱ.①陀… ②朱… Ⅲ.①长篇小说—俄罗斯—近代 Ⅳ.①I512.44

中国国家版本馆CIP数据核字（2023）第003921号

出版发行 /	北京理工大学出版社有限责任公司
社　　址 /	北京市海淀区中关村南大街5号
邮　　编 /	100081
电　　话 /	（010）68914775（总编室）
	（010）82562903（教材售后服务热线）
	（010）68944723（其他图书服务热线）
网　　址 /	http://www.bitpress.com.cn
经　　销 /	全国各地新华书店
印　　刷 /	三河市金元印装有限公司
开　　本 /	880毫米×1230毫米　1/32
印　　张 /	22.5
字　　数 /	540千字
版　　次 /	2023年3月第1版　2023年3月第1次印刷
定　　价 /	399.00元（全4册）

责任编辑 / 申玉琴
文案编辑 / 申玉琴
责任校对 / 周瑞红
责任印制 / 施胜娟

图书出现印装质量问题，请拨打售后服务热线，本社负责调换

译者序

十字架属于每个人

提到俄国文学,陀思妥耶夫斯基是一个绕不开的名字。他探索人的困境,剖析人的心灵,解读人的痛苦,被鲁迅誉为"人类灵魂的伟大审问者"。如果说,托尔斯泰代表俄国文学的广度,那么陀思妥耶夫斯基则代表俄国文学的深度。他曾在写给兄长的信中说"人是一个谜",穷尽一生"研究人和生活的意义[①]",绝不是在浪费时间。人性的奥秘是永恒的文艺主题,而陀思妥耶夫斯基素来以书写心理和情绪见长。小说《罪与罚》是陀思妥耶夫斯基的长篇代表作之一,也是作家首部获得世界性声誉的文学作品。

小说的灵感源于一桩真实的刑事案件。1860年某天,陀思妥耶夫斯基在法国刑事案件汇编中读到一起杀人案件:一名有志从事法律工作的年轻人杀死了一个老太婆,然而他在被捕时声称,自己并非一般意义上的杀人犯,他之所以杀人,是想反抗社会的不公,是在为人民遭受的压迫复仇。1865年,陀思妥耶夫斯基根据这一案件创作了社会心理小说《罪与罚》。正如作者在动笔前写给《俄国导报》编辑卡特科夫的信里所述,《罪与罚》是"一份犯罪心理报告[②]"。故事发生于19世

[①] 出自《人不单靠面包活着:陀思妥耶夫斯基书信选》,1839年8月16日的书信。
[②] 出自《人不单靠面包活着:陀思妥耶夫斯基书信选》,1865年9月上旬的书信。

纪60年代的俄国首都圣彼得堡，主人公拉斯科尔尼科夫同样是拥有法学背景的青年——一名辍学的法律系大学生。按照他的"超人"理论，他将人划分成两类：一类是平凡的人，即仅用来繁衍同类的材料；另一类是不平凡的人，他们天赋异禀，能够提出新观点，推动世界向前发展，为了完成这一使命，他们甚至可以跨越法律和道德的界限。他认为自己属于后者，遂决定杀死一个贪婪狠毒、年弱体衰、放高利贷的老太婆，抢走她的钱财，一举摆脱自己穷困的处境，未来做个正直的人，"缔造一份全新的事业，踏上一条独立自主的新路"。然而，在他犯罪以后，真正激烈的斗争才刚刚开始——他不仅面临着来自警局侦查员波尔菲里等人施加的外部压力，还承受着良心的不安、思想的斗争以及精神的痛苦。拉斯科尔尼科夫在杀死老太婆的同时，也几乎"杀死"了他自己。最终，他选择投案自首，被判处八年苦役，流放西伯利亚。

双重人格（即人的意识分裂）是陀思妥耶夫斯基小说的一个重要主题。这种人格体现在拉斯科尔尼科夫身上，则是道德良知与超人理论之间的斗争。在举起斧头的那一刻，他便在无形中将自己的灵魂劈作两半。主人公的姓氏拉斯科尔尼科夫起源于俄语词根раскол，意为"分裂"，这个词暗示着主人公的分裂人格。天平的左端是他极度残忍的杀人行为（杀害老太婆和无辜的莉扎薇塔），而天平的右端则是他面对弱者表现出的同情与悲悯（对于可怜的马尔梅拉多夫一家，他愿意倾囊相助）。这种分裂性不仅体现在他的行为层面上，还体现在他矛盾的杀人动机上。一方面，他想要帮助贫弱的母亲和妹妹改善生活；另一方面，他渴望证明自己属于第二类人——不平凡的人，甚至愿意为此不惜付出代价——牺牲弱者。这也说明，拉斯科尔尼科夫的"罪"本质上是思想层面的罪，是对超人理论的极度偏执，而不是他的杀人行为。他由此承受的"罚",除了自首后的"流放、苦役"等身体刑罚,更重要的是精神惩罚,就像原文说的那样,他觉得自己将处于"永恒的漆黑,永恒的孤寂,永恒的暴风雨"中。

陀思妥耶夫斯基注重笔下人物的内心世界。他的梦境构筑技巧与弗洛伊德的理论有异曲同工之处,不过,《罪与罚》的创作时间(1865)比弗洛伊德《梦的解析》的发表时间(1899)要早三十余年。在《罪与罚》中,陀思妥耶夫斯基采用大量内心独白和心理描写,展现主人公犯罪前后的心理变化,还通过描写人物梦境,深入捕捉日常逻辑场景难以抵达的人物潜意识,丰富人物背景,推动情节发展,确保小说内容的连贯性。比如,第一章第五节,拉斯科尔尼科夫做的虐马之梦,暗示着他虽然内心善良,但意识到,倘若不去成为不平凡的人,他也会是那匹矮小孱弱的小母马,任人鞭挞,甚至被凌虐致死。作者借助这一梦境暗示主人公的潜意识已然坚定要做不凡者的决心。此外,梦中提到他幼时随家人参加宗教活动,且对宗教、圣像、神父怀有虔敬和喜爱,说明他自小成长在宗教氛围浓厚的环境中,这一线索为第四章第四节他和索菲娅在陋室内共读《新约全书》中的"拉撒路复活"段落做了铺垫,也与他日后的自首、忏悔与"重获新生"遥相呼应。再比如,小说尾声的第二节,拉斯科尔尼科夫在流放期间做的"末日之梦",说明他已意识到超人理论的荒谬性,这场梦过后便是复活节的到来,暗示他的灵魂也将就此"复活"。因此,这一梦境是他在内心深处彻底放弃超人理论的转折点。

此外,陀思妥耶夫斯基还将人物心理刻画的笔锋诉诸空间场景,侧面烘托人物的内心世界。比如,主人公拉斯科尔尼科夫的住所是一间狭小的斗室,文中不止一次提到,这间斗室给人带来沉闷的感受,甚至形容它像壁橱、棺材、船舱。人的居所即其心灵的景观,狭窄的斗室即是拉斯科尔尼科夫精神状态的具象体现，他离群索居，独自置身斗室，终日耽于幻想，逼仄的生活空间暗示着主人公压抑的内心世界。

痛苦是陀思妥耶夫斯基作品的重要内核之一。痛苦是不能去"读"的，须用心感受。《罪与罚》的故事情节既没有漫长的时间跨度，也没有宏大广阔的社会背景，除尾声（拉斯科尔尼科夫被流放西伯利亚）以外，小说情节主要发生在圣彼得堡市的小酒馆、警察局、涅瓦河畔、干草广场、住宅楼等日常生活场景中，且仅发生于两星期之内。正是在圣彼得堡的大街上，马尔梅拉多夫惨死于马蹄之下；正是在贫民窟的里弄中，索尼娅出卖了自己的肉身；正是在消防塔前街那个湿冷的清晨，斯维德里盖洛夫孤独地饮弹自尽；也正是在圣彼得堡市中心的干草广场正中央，拉斯科尔尼科夫最终叩首忏悔。同样是19世纪的圣彼得堡，陀思妥耶夫斯基和普希金笔下的城市图景迥然不同，面对这座神秘的北方之都，他们怀着各自的视角和情绪。陀思妥耶夫斯基并不赞扬这座城市"严肃整齐的面容[①]"，也不歌颂它的优美和力量，他观察颓靡，书写脆弱，深挖痛苦，在那个"飘散着石灰味、尘土味和浊臭味"的酷热夏天，圣彼得堡笼罩在一种脆弱的美感和诗意的忧郁之中。

陀思妥耶夫斯基的语言风格是粗糙的。一方面，这正是他本人的写作风格；另一方面，这与他窘迫的生活境况不无关系。由于长期处于病痛的折磨、拮据的生活、交稿和还债的压力之中，他无法像衣食无忧的屠格涅夫、托尔斯泰那样反复打磨作品。然而，这并不代表他所构建的文学建筑是禁不起推敲的，粗糙的文风背后，是他对人性、

[①] 出自普希金1833年创作的叙事诗《青铜骑士》。

生活和时代的体察与深思。正如木心所言："陀思妥耶夫斯基的粗糙是极高层次的美，尊重这一粗糙，可以避免自己文笔光滑的庸俗。"

小说中述及的地理位置在圣彼得堡几乎都可以找到——真实的街道、真实的住址、真实的岛屿、真实的河流。在犯罪后和自首前，主人公拉斯科尔尼科夫都曾走到圣彼得堡的母亲河——涅瓦河河畔，在河水的倒影中，他凭栏远眺，思索关于生活、良心、理想与抉择的问题。

光阴流转，时间来到作者陀思妥耶夫斯基200周年诞辰。如今，涅瓦河畔的天空依旧碧蓝如洗，水面上云影锦簇。而这本《罪与罚》亦是一抹云影，它潜藏着不朽的文学力量，伴随着翻涌百余年的浪花，流动至新读者的手中，它正等待被翻阅，继而，又将掀起一朵朵崭新的浪花……

朱芸萱

2021年12月19日

主要出场人物

罗季昂·罗曼诺维奇（罗曼内奇）·拉斯科尔尼科夫（昵称：罗佳、罗季卡）——辍学的法律系大学生。

索菲娅·谢苗诺夫娜·马尔梅拉多娃（昵称：索尼娅、索涅奇卡）——拉斯科尔尼科夫的恋人。

德米特里·普罗科菲伊奇·弗拉祖米欣——拉斯科尔尼科夫的好友，辍学的法律系大学生，文中多称他为拉祖米欣。

阿芙多季娅·罗曼诺芙娜·拉斯科尔尼科娃（昵称：杜尼娅、杜涅奇卡）——拉斯科尔尼科夫的妹妹。

普莉赫里娅·亚历山德罗芙娜·拉斯科尔尼科娃——拉斯科尔尼科夫的母亲。

谢苗·扎哈罗维奇（扎哈雷奇）·马尔梅拉多夫——离职的九等文官，索尼娅的父亲。

卡捷琳娜·伊万诺夫娜·马尔梅拉多娃——索尼娅的继母。

阿廖娜·伊万诺芙娜——被害人，放高利贷的老太婆。

莉扎薇塔·伊万诺芙娜——被害人，老太婆同父异母的妹妹。

尼科季姆·弗米奇——警察分局局长。

伊里亚·彼得洛维奇——警察分局副局长。

波尔菲里·彼得洛维奇——警察分局的侦查科科长。

亚历山大·格里戈里耶维奇·扎苗托夫——警察分局文书。

佐西莫夫——拉祖米欣的朋友，医生。

普拉斯科维娅·帕夫洛夫娜（帕申卡）·扎尔尼岑娜——主人公的房东。

娜斯塔西娅·彼得罗夫娜——主人公房东的女仆。

阿玛莉娅·费多洛芙娜（伊万诺夫娜）·利佩维贺泽利——马尔梅拉多夫一家人的房东。

卡佩尔纳乌莫夫——索尼娅的房东，裁缝。

彼得·彼得洛维奇·卢仁——七等文官，杜尼娅曾经的未婚夫。

安德烈·谢苗诺维奇·列别佳特尼科夫——空想社会主义者，马尔梅拉多夫一家的邻居。

阿尔卡季·伊万诺维奇·斯维德里盖洛夫——杜尼娅做家教时的雇主。

玛尔法·彼特罗芙娜·斯维德里盖洛娃——斯维德里盖洛夫的妻子。

米科莱·杰缅季耶夫·尼古拉——油漆匠，文中多称他为米科尔卡（"米科尔卡"是尼古拉这个名字的民间称呼）、尼科拉什卡。

目录 CONTENTS

第一章

002　第一节　试探
013　第二节　马尔梅拉多夫
034　第三节　信
052　第四节　姑娘
069　第五节　迷信
083　第六节　准备
099　第七节　作案

第二章

116　第一节　警局
140　第二节　惊惶
155　第三节　苏醒
174　第四节　佐西莫夫
189　第五节　卢仁
204　第六节　扎苗托夫与老太婆家
232　第七节　马尔梅拉多夫之死

第三章

- 256　第一节　母亲和妹妹
- 274　第二节　卢仁的信
- 290　第三节　母亲和妹妹第二次到访
- 308　第四节　索尼娅来访
- 324　第五节　波尔菲里·彼得洛维奇
- 350　第六节　小市民

第四章

- 366　第一节　斯维德里盖洛夫
- 384　第二节　拒绝卢仁
- 400　第三节　拉斯科尔尼科夫离开
- 411　第四节　索尼娅
- 433　第五节　与波尔菲里正面交锋
- 458　第六节　米科尔卡

目录 CONTENTS

第五章

470　第一节　列别佳特尼科夫家
493　第二节　丧宴
510　第三节　索尼娅被诬告
528　第四节　向索尼娅坦白
549　第五节　卡捷琳娜·伊万诺夫娜之死

第六章

568　第一节　拉祖米欣到访
580　第二节　波尔菲里·彼得洛维奇到访
598　第三节　与斯维德里盖洛夫在小酒馆
611　第四节　斯维德里盖洛夫的故事
625　第五节　斯维德里盖洛夫和杜尼娅

643　第六节　斯维德里盖洛夫自杀
660　第七节　与母亲和杜尼娅见面
672　第八节　自首

尾声

686　第一节　法庭
696　第二节　监狱

第 一 章

第一节　试探

七月初①，天气格外炎热，傍晚将至，一个年轻人从C胡同②的一间斗室走出——这间斗室是他从二房东处借租的。他慢吞吞地晃到街上，朝K桥③的方向走去，显得有些犹豫不决。

他在楼梯上顺利避开了自己的女房东。他那间斗室在一栋五层高楼的顶层，正好在屋顶下面，看上去更像壁橱，而不是人住的房间。这里供给伙食，还有女仆伺候。租给他斗室的那位女房东就住在楼下的一个套间里，他若要出门，必得从女房东的厨房门前经过，而厨房的门总是朝着楼梯的方向大敞着。年轻人每次下楼经过厨房门口的时候，内心都有一种小心又畏怯的感觉，他为此羞愧不已，愁眉紧锁。他欠了女房东一身债，害怕跟她见面。

---

① 按照旧俄历，七月初指的是七月十三至十九日（即旧历上七月的第一个星期）。陀思妥耶夫斯基在写给编辑卡特科夫的一封信中曾提到，该小说的故事情节发生于1865年。
② "C胡同"即圣彼得堡市的一个木工胡同。拉斯科尔尼科夫的家位于圣彼得堡市梅灿涅大街（今公民大街）和木工胡同的拐角处；梅灿涅大街在该小说中另有提及；拉斯科尔尼科夫的现家地址为圣彼得堡市公民大街19号。作者陀思妥耶夫斯基本人也曾居住于木工胡同。小说《罪与罚》的所有情节均发生于圣彼得堡市今天的海军部区，即市中心以南两三公里处（市中心为冬宫和宫殿广场）。
③ K桥：即科库什金桥。拉斯科尔尼科夫原本可以直接走沃兹涅先斯基桥，但是为了从另一个方向到达老妇人的住处，他特意绕了一圈，从科库什金桥经过。

他倒并非如此胆小怯懦之人，只不过，不知从何时起，他便开始陷入一种敏感易怒、精神紧张的状态，仿佛患了妄想症。他时常独自陷入沉思，他害怕见到的不单单是自己的女房东，甚至所有人，他都害怕见到。他已经一贫如洗了。可是最近这段时间，就连这般窘迫的境况也不再能使他感到压抑。那些绝对必要的事情他已不再去做，也不愿去做。实际上，什么样的女房东他都不怕，不论人家会怎么找他的麻烦。不过，一站在楼梯上他就得听那些与他毫不相干的日常琐碎，鸡毛蒜皮的连篇废话，喋喋不休的讨债、威吓与抱怨，而自己还得想办法巧妙周旋、扯谎道歉——不，最好还是像小猫一样沿着楼梯悄悄地溜走，让谁也别瞧见他。

然而这一次，当他溜出门走到街上时，那种怕碰到女债主的惊惶感异常强烈，连他自己都倍感诧异。

"我正在筹谋一件怎样的大事啊，却还为这种微不足道的事情而感到害怕！"他面带奇异的笑容，暗暗想着，"嗯……不错……谋事在人，胆怯只会使人错失良机……就是这个道理……真有趣啊，人们最害怕什么呢？他们最害怕迈出新的一步，害怕谈论自己内心的新想法……不过，我倒是空谈了太多。正因为我讲了太多空话，所以我什么都没做。当然，也可能是这样的：正因为我什么都不做，所以净说空话。我就是最近这个月才开始讲空话的，我整日整夜窝在房间的角落里胡思乱想……哎，我现在要干什么来着？难道我真能干成这件事吗？难道这件事能当真吗？当然不能当真。那只不过是异想天开，是哄自己玩儿的。是儿戏！不错，大概只是儿戏罢了！"

街上炎热得可怕，拥挤又沉闷，到处散落着石灰、脚手架、砖块和灰尘，空气中弥漫着夏日特有的浊臭气息，那是每个没有能力租住别墅的圣彼得堡人都熟悉的臭味——所有的一切令这个原本便心绪不佳的青年更加心灰意冷。在城市的这个地区分布着许多小酒馆,从这些酒馆里总是飘来一股刺鼻的恶臭,即使在工作日也经常能碰到喝得酩酊大醉的人,给这幅令人嫌恶的城市图景增添了一抹越发阴沉凄苦的色彩。嫌恶的神情在年轻人清瘦的面庞上一闪而过。顺便提一句:他是个相貌清俊的小伙子,有一双乌黑美丽的眼睛,头发是深褐色的,中等偏高身材,外表清秀,体形匀称。不过,他似乎很快陷入了深思,确切来说,他甚至处于一种神游的迷离状态。他开始往前走,不再留意周围的一切,也没有兴趣留意。有时,他只是自顾自地喃喃低语,尽管他也承认,那是他的一种癖好——就像现在这样。他在自言自语时意识到,自己脑海中的想法总是很混乱,而且身体又虚软无力——他差不多已经有一整天粒米未进了。

他身着破衣烂衫,倘若换作别人,即便是一向衣衫褴褛的人,穿着如此不堪的衣服大白天走在街上也会有所羞愧。然而,衣着打扮在这个地区很难引起任何人的惊奇。这里靠近干草广场①,妓院比比皆是,而且,在圣彼得堡中心街区居住的多半是车间工人和干手艺活的人,时常有形形色色、模样奇怪的人出现,倘若每遇到一个奇怪的人便惊奇一番,才是真正奇怪。在这个年轻人的内心已经蕴蓄了太多恶意的轻蔑与愤恨,所以尽管有时他也会因年轻人固有的自尊心而谨慎敏感,可当他衣衫褴褛地走在这条街上时,却丝毫未感到难为情。但,如果遇见熟人或老同学,那就另当别论了。他根本不想碰见他们……就在这时,一辆庞大笨重的拉货马车跟他错身而过,一个喝得醉醺醺的人坐在上面,不知要被拉去哪里。那个醉汉突然朝他喊道:"嘿,你哟,德国制帽工人!"他一边用手指着年轻人,一边扯着嗓子叫嚷。年轻人

---

① 曾经是圣彼得堡最大的市场。

猛地站定，瑟缩地攥紧手里的帽子。这是一顶高高的圆形礼帽，是在齐摩尔曼帽店①买的，早已破烂不堪，颜色陈旧，上面满是破洞和污渍。帽子没有宽帽檐，被他歪歪扭扭地戴在头上，甭提有多难看了！然而，他并未感到自己被羞辱了，而是沉浸在一种异样的、甚至类似恐惧的感觉中。

"我早就知道！"他窘迫不安地叨咕着，"我早考虑过了，这简直是糟糕透顶！正是这种愚蠢的行为、毫不起眼的小细节，可能会把整个计划全盘搞砸！没错，这帽子可太招眼了……太过滑稽，所以惹人注目……我这身破衣裳得配一顶别的帽子啊，哪怕是一顶煎饼样的普通旧帽子也好啊，只要不是这奇怪又搞笑的丑玩意儿就行。谁都不戴这种帽子的，一俄里开外就能被注意到，被记住……重要的是，有人会记住它，那可就是一项罪证了。必须尽量掩人耳目……细节，细节是很关键的！……把计划全盘搞砸的往往就是这些细枝末节……"

他不必走很远，他甚至知道，从自己家门口走过去总共有多少步：正好七百三十步。有一回，他在幻想得出神的时候，将这段路一步步数过。那时连他自己都不相信自己的幻想——这个不切合实际的幻想太大胆，也太魅惑人心，只会更刺激自己。如今一个月过去，他已然换个角度看待此事，产生了新的看法。尽管他总是自言自语，嘲笑自己无能、踌躇不决，却不由自主地开始习惯将这个"丑陋"的幻想看作一番事业，即便他仍旧不太自信。现在他甚至要为自己这番事业做一次"试探"，他每迈出一步，激动又不安的心情便随之愈加强烈。

他提心吊胆地走到一幢高耸的房子跟前，全身的每根神经都紧绷

---

① 一家帽店，齐摩尔曼是这家店的店主，也是制帽厂的老板。

了起来。这幢房子一面毗邻运河①，另一面临街②。房子被隔成了很多小套间，里面住满了形形色色的人：裁缝、铜匠、厨娘，各种类型的德国人、妓女、小官吏等。人们匆忙地来往穿行于房子的两道门和两个院子之间。通常这里有三四名看门人值守。年轻人并未碰见他们之中的任何一个，于是，立刻悄无声息地从大门口溜了进来，再往右一拐，溜上了楼梯。楼梯昏暗狭窄，是这幢楼的一条"后楼梯"，不过这里他早已调查清楚了。他很喜欢这里的环境：在如此昏暗的地方，即便有好奇的目光，也不甚危险。"如果我现在就害怕，那么当我真去干那件事的时候，又该怎么办？"他不由自主地思考着，来到了四楼。这里有几个干搬运工的退伍士兵挡住了年轻人的去路，他们正从一户住宅里把家具搬出来。年轻人提前打听到，这一户住着一个带着家眷的德国官员。"这样看来，这个德国人现在搬走了，那么在四楼的这段楼梯和这块区域，接下来一段时间内，只剩下老太婆的房间是有人居住的。这很好……以策万全……"他思考片刻，拉响了老妇人住宅的门铃。铃声十分微弱，看来那门铃并不是铜质的，而是白铁质的。这栋房子的住宅里安装的几乎都是这种门铃。他已经记不清这种门铃声了，但此时这个独特的铃声仿佛让他突然回想起什么，而且历历在目……他猛地打了个寒战，这下子他的神经更脆弱了。不一会儿，门微微开了一个小缝儿：一个老妇人疑惑地打量着来客。透过黑暗狭小的缝隙，

---

① 指的是叶卡捷里宁斯基运河，现名格里鲍耶陀夫运河。叶卡捷里宁斯基运河在小说中以"明语"形式出现。在俄语俗语中通常用"沟渠"一词代替"运河"。陀思妥耶夫斯基的兄长米哈伊尔曾在叶卡捷里宁斯基运河61号居住；小说中的女主人公索尼娅居住在叶卡捷里宁斯基运河73号；小说中的老妇人则居住在叶卡捷里宁斯基运河104号。

② 此街名为博吉亚切斯卡雅中街。

只能看见她那双小眼睛闪闪发光。不过,当她看到楼梯平台上有不少人走动时,她的胆子立刻大了起来,把门完全敞开了。年轻人跨过门槛,走进由挡板分隔出的前厅。前厅很昏暗,后面是一间狭窄的厨房。老妇人沉默地站在他跟前,用疑惑不解的目光盯着他。这是一个矮小干瘪的老太婆,看起来差不多六十来岁,生着一双凶恶尖锐的小眼睛、小而尖的鼻子,她披头散发的,没有戴头巾,有点儿花白的浅黄色发丝上抹了一层厚厚的发油。尽管酷暑难耐,可她那鸡脚般细长的脖子上还系着一条老旧的法兰绒围巾,肩上搭着一件破烂发黄的毛皮大衣。她不住地咳嗽,发出呼哧呼哧的喘息声。或许是年轻人看她的目光中带着某种异样,她的眼神中忽然再次闪现出方才的疑虑。

"我是一个月前来过您这儿的大学生,拉斯科尔尼科夫。"年轻人半鞠着腰,连忙开口,用低沉的声音含糊地说道。他反应过来,应当表现得客气点儿才行。

"我记得您来过,先生,我记得很清楚。"老妇人简洁明了地开口道,但疑惑的目光仍未从他的脸上消失。

"是这样的,太太……我又是为这事儿来的……"拉斯科尔尼科夫继续说着,有点窘迫不安,老妇人的疑虑使他感到奇怪。

"不过,也许她一向如此,只是我之前没注意到而已。"他悒悒不乐地暗自思忖。

老妇人沉默片刻,仿佛在思考什么,随后回身让到旁边,指了指大门,示意他先进门,说道:"请进来吧,先生。"

年轻人走了进来。房间不大,墙面糊着黄色壁纸,窗前摆着几盆天竺葵,窗上挂着轻薄的纱帘,此刻,落日的霞光将这间屋子照得透亮。"这样一来,待到那时,阳光也会同样明亮的!"这个念头仿佛在刹那之间闪现在拉斯科尔尼科夫的脑海中,于是他快速扫视了一遍屋内所有的陈设，以便尽可能熟悉并记住房间的布局。然而这个房间并没有什么特别之处。所有家具都是黄木材质的，非常陈旧：一张弓形椅背的高大木沙发，沙发前摆着一张椭圆形的小桌子，窗和门之间的墙上有一个带小镜子的梳妆台，墙边摆着几把椅子，墙上挂着两三幅用黄色画框装裱起来的廉价油画，画上画着几个手中捉着鸟儿的德国姑娘——这便是所有家具。在房间的角落里摆放着一尊不大的圣像，圣像前燃着一盏油灯。房间里的一切纤尘不染：家具和地板都被擦得锃亮，所有物品干净得发光。"是莉扎薇塔收拾的。"年轻人心想。整间屋子连一点灰尘都没有。"这些凶恶的老孀妇家里总是那么干净。"拉斯科尔尼科夫继续暗暗忖度，同时斜着眼好奇地看向第二个小房间门前那花布做的门帘，那个房间里摆着老妇人的床和一个五斗柜，他之前都没有朝这个房间瞧过。整套住宅仅有这两个房间。

"您有什么事？"老妇人严厉地问道。她走进房间，站在他正对面，以便像刚才那样从正面看他的脸。

"我带来了一件抵押品，喏，您瞧！"他从口袋里掏出一块老旧的扁平银质手表。银表背面的薄板上刻着地球仪的图案。表上的链条是纯钢的。

"先前那件抵押品已经到期了。到今天为止，一个月的期限已经过期两天了。"

"我再付给您一个月利息，请您再宽限我几日吧。"

"先生，是宽限几日，还是立刻把您的东西卖出去，这得我说了算。"

"阿廖娜·伊万诺芙娜，这块表能当很多钱吗？"

"先生，你带来的净是些不值钱的小玩意儿。上次那枚戒指我给了您两个卢布，可是那种戒指，去首饰商店里买一枚新的也只要一个半卢布啊。"

"请您给我四卢布吧,我会赎回来的,这表是我父亲的。我很快就能弄到钱。"

"一个半卢布,要是您想抵押,就先付利息。"

"一个半卢布!"年轻人大声惊呼。

"您自己选。"老妇人把表还给他。年轻人接过表,怒不可遏,只想立刻离开这里;然而,他忽然想起自己已走投无路了,况且这次过来还有其他的事情要办,便改变了主意。

"那就给钱吧!"他粗鲁地说道。

老妇人一边把手伸进口袋里摸钥匙,一边走进门帘后的那个房间。年轻人独自留在屋里,好奇地凝神细听,暗自忖度。他听见了老太婆打开五斗柜锁的声音。"想必是在最上面的抽屉里,"他推测着,"钥匙大概在她右手边的口袋里……所有钥匙拴在一个钢环儿上……其中一把钥匙比其他钥匙大两倍,那上面有齿锯,当然,它不是五斗柜的钥匙……估计还有个小匣子或小箱子什么的……这可都得搞清楚。小箱子用的都是这种钥匙……不过,这一切可真卑劣啊……"

老妇人回来了。

"给您钱,先生。既然一卢布每月的利息是十戈比,那么一个半卢布就得算您十五戈比,先扣除一个月利息。还有先前抵押的两卢布,也按这种方式计算,再扣二十戈比。这样算下来,总共扣除三十五戈比。现在抵押的这块表,该给您一卢布十五戈比。请收好。"

"怎么?现在只剩一卢布十五戈比了!"

"没错,是这样的。"

年轻人没有争辩,接过了钱。他注视着老妇人,没有要离开的意思,好像还想说点什么或做点什么,可是似乎连他自己也不清楚,到底想说的是什么，想做的又是什么……

"阿廖娜·伊万诺芙娜，大概，过几天吧，我会再拿来一样东西给您……一个银质的……很不错的……香烟盒……得等我从朋友那儿取来……"他显然已心慌意乱。

"那就到时候再说吧，先生。"

"再见……对了，您总是自己在家吗，您那个妹妹不在吗？"他一边走向前厅，一边问道，尽量让自己显得随意些。

"您问她干什么，先生？"

"哦，没什么。我就是随便问问。您现在可真是……再见，阿廖娜·伊万诺芙娜！"

拉斯科尔尼科夫离开的时候，内心甚感不安。而且，这种不安感变得愈加强烈。他下楼时几次停住脚步，仿佛在因为什么事情惊愕不已。最后，当他走到街上时，才嗟叹道："啊，天哪！这一切可真叫人厌恶啊！难道，难道我……不，这简直是无稽之谈，荒谬至极！"他又果决地补充道，"难道我会想出这么可怕的主意吗？我的内心又怎能容许如此龌龊的想法存在啊！重要的是：龌龊、肮脏、卑劣！卑劣！……而我，竟然整整一个月……"

然而，他内心的焦灼不安已无法用言语来表述了。从他动身去找老妇人开始，那种厌恶感便一直蔓延在他的心头，压迫着他，折磨着他。此刻，这份厌恶已经蓄积到一定程度，使他能清晰感知到，自己已不知该如何排遣这份苦闷了。他如醉汉般沿着人行道走着，路上没有留意行人，频频与他们相撞。直到走上另一条街时，他才回过神来。他环顾四周，发觉自己站在一家小酒馆门前，进入酒馆得沿着楼梯从人行道边往下走，进入地下室。这时，酒馆门口刚好走出两名醉汉，这两个人互相拉着对方骂骂咧咧地爬上台阶，走到街上。拉斯科尔尼科夫突然想到了什么,随即跑了下去。迄今为止他还从未出入过酒馆,但是此刻他头昏脑涨,口渴难耐,很想喝几口冰啤酒。况且,他认为自己忽然感到虚弱乏力是饥饿导致的。他坐到一个昏暗肮脏的角落,面前摆着一张黏糊糊的桌子。他点来啤酒,痛饮了一杯,顿时感到神清气爽,思路清晰起来。"这一切全是无稽之谈,"他满怀希冀地说道,"根本就不用慌!这不过是体力不支罢了!只需一杯啤酒,一块干面包——看吧,一瞬间,精神变得强健了,思路变得明晰了,意念变得坚定了!呸!这有什么大不了的!"虽然他轻蔑地啐了一口,眼中却显露出愉悦的神情,仿佛顷刻间卸下了繁重的包袱,还友好地打量了一眼在座的客人。然而,即便此时他也能依稀预感到,这种一味往好处想的乐观心态显然也是病态。

小酒馆里剩下的人不多了。除了他在楼梯上碰见的两个醉汉,又有五个男人和一个姑娘,带着一架手风琴,紧随其后哄闹着走了出去。他们走后,这里便显得安静又空荡。在剩余的客人中,有一个喝得微醺的人,他面前摆着一杯啤酒,一副小市民模样;他的同伴是一个魁梧又肥胖的男人,身着俄式短款上衣,胡须斑白,喝得酩酊大醉,瘫在长凳上打起盹儿来。半睡半醒之间,他时不时突然打个响指,张开双臂,试图从长椅上挺起身来。他一边努力回想,一边胡乱哼唱着什么歌谣,歌词大意是:

整整一年我爱抚妻子,
整——整一年我爱——抚妻——子……

间或忽然醒转过来,又唱道:

> 我走在博吉亚切斯卡雅大街上，
> 找到我的老情人……

可是，谁也不能与他共享这份快活；他那位沉默不语的同伴甚至带着敌意与怀疑的表情，看着他宣泄情感。还有一个人，他看起来有点儿像个退休官吏，独自坐着，面前放着一个酒杯，时不时啜饮一口，向四周望上一望。他似乎同样处于某种焦灼不安的状态中。

第二节　马尔梅拉多夫

正如前文所述，拉斯科尔尼科夫不太习惯与人交往，尤其在最近一段时间，他总是逃避各式各样的交际应酬。不过，此刻的他似乎拥有了某种全新的感受，他开始渴望跟人交流了。他沉浸在这种愁苦、烦闷、焦虑、紧张的状态中已整整一个月了，为此感到殚精竭虑。他想去另一个地方透透气，去哪儿都行，哪怕一分钟也好。因此，尽管小酒馆里的环境脏乱不堪，他仍旧欣然留在那里。

酒馆主人待在楼上的一个房间里，时不时会下楼到大堂来。他每次下楼时，最先引起别人注意的总是他那双上了油的时髦皮靴，皮靴上有一对红色大翻口。他身穿紧腰细褶长外衣，外罩一件沾满油污的黑色缎子马甲，没打领带。他油光满面，整张脸好像一副上了油的铁锁。一个十四五岁的男孩站在柜台后面，他的身后还有一个看起来年纪更小的男孩，顾客点什么，他就给送过去什么。柜台上摆着碎黄瓜、黑面包干和切成小块的鱼肉，这些东西散发着一股难闻的气味。大堂里非常闷热，难受得简直让人待不住，空气中到处弥漫着酒气，似乎只消闻上一闻，不到五分钟就能令人感受到醉意。

有时，我们会遇到一些素未谋面的人，彼此从未交流过，可是不知为何，一见面他们就立刻使我们产生了好奇心。那个坐得不算远、退休官员模样的客人带给拉斯科尔尼科夫的正是这种印象。年轻人后来多次回忆起这个人给他带来的第一印象，甚至把它称作预感。他不住地打量那个官吏,当然,这也因为那人也在不停地看向他,似乎很想跟他讲话。至于小酒馆里的其他人,包括酒馆老板在内,那位官员瞧他们的眼神都有些习以为常,甚至乏味无趣,与此同时,还含有某种倨傲藐视的意味,似乎觉得和这帮地位卑微、文化水平不高的人无话可谈。此人已年过五旬,中等身材,体格健硕,头发斑白,有些秃顶。他的脸因长期饮酒而浮肿,脸色泛黄甚至还有点发青,肿肿的眼皮底下是一双如细缝般窄小的眼睛,这双眼睛富有朝气,略微发红,炯炯有神。不过,他身上具有某种异乎寻常的东西,他的眼神似乎焕发着喜悦的光泽,其中蕴含着理性和智慧,但与此同时,隐约闪现着一丝癫狂。他身穿一件破旧的黑色燕尾服,上面的扣子几乎已全部脱落,仅剩的一枚扣子勉强支撑着。他把它扣得牢牢的,看来还不愿失去体面。黄色的土布坎肩下露出了一件沾满了酒和油污、皱褶不堪的胸衣。胡子是刮过,是照着官吏的式样修整的,不过已经刮过很久了,开始长出稠密的灰色硬茬。此外,他举手投足之间的确带有一种持重的官员派头。但是他看上去焦虑不安,头发被抓得乱糟糟的,有时他还把从破衣袖里伸出的两只手肘架在脏兮兮、黏糊糊的桌面上撑着脑袋,一副忧愁苦闷的样子。

终于,他直视着拉斯科尔尼科夫,用一种坚决的语气朗声说道:"这位先生,请原谅我的冒昧,不知能否跟您攀谈几句?因为您虽然穿得不算讲究,但据我的经验判断,您是个很有涵养的文化人,而且不常喝酒。我本人向来敬重那些真诚恳切又有学识的人,除此之外,我还是个九等文官[①]。马尔梅拉多夫——这就是在下的姓。恕我冒昧,请

[①] 沙皇时期设立的第九级官衔,该官衔被授予因个人贡献而加封的贵族(并非世袭贵族);其上一级官衔(第八级官衔)则被授予世袭贵族(1845年以前),因此非贵族通常不能被授予第八级官衔,且最高只能担任九等文官。

问您在哪高就？"

"不，我在上学……"年轻人答道。对方的说话方式很直接，谈吐有文化人的腔调，让他感到有些诧异。尽管他刚才有那么一瞬间希望和别人产生某种交集，无论什么样的交集都行，但是，当有一个人真的过来和他攀谈，跟他开口说第一句话时，他忽然又有了那种习以为常的不适、烦躁与厌恶的感觉。任何一个试图靠近他，或者只是想稍微了解他的人，都会令他产生这种感觉。

"那么这样看来，是个大学生啊，或者以前是大学生！"官吏高呼，"意料之中，果然如此啊！先生，这就是经验，屡试不爽的经验！"他用手指点了点前额，以此称赞自己的头脑，"您以前是个大学生，或者是个做学问的人！对不起……"他欠了欠身，身形略微摇晃几下，端起自己的酒杯，坐到年轻人旁边，稍稍斜对着他。他喝得醉醺醺的，但言谈爽利，颇为健谈，只是思路有时稍显混乱，因而显得有些絮叨。他迫切地与拉斯科尔尼科夫展开攀谈，好像他也整整一个月没跟人开口讲话了一样。

"尊敬的先生，"他的脸上带着近乎庄重的神色，"贫穷不是罪恶，这话是真理。当然，我也知道，贪酒也不是美德，这更是真理。可是乞讨，先生，乞讨却是罪恶。您在贫穷之中尚且还能保持自己骨子里的高尚情操，但是若要去行乞，无论何时，任凭是谁也无法保持这份骨子里的情操了。对于乞讨者，他甚至不是被人用棍棒给赶走的，而是直接被人拿扫帚从人类社会中清扫出去的，因此带给他的都是更为强烈的羞辱。这倒也公平，因为我如果去求别人的施舍的话，我首先就得羞辱自己。正因如此我才上这儿来喝酒！先生，您知道吗，就在一个月以前，列别佳特尼科夫先生殴打了我的妻子，我妻子可不是我这种人！您明白吗？很抱歉，请容许我再问您一个问题，只是出于纯粹的好奇：您在涅瓦河上的干草船里留宿过吗？"

"没有，我没在那儿住过，"拉斯科尔尼科夫回答道，"这是什么意思？"

"哎，我就是打那儿过来的，已经在那里住过五宿了……"

他斟满一杯酒，一口干了下去，随即陷入沉思。在他的衣衫上，甚至头发里，有些地方的确沾着几根干草。他很可能五天没有换过衣服，也没梳洗了。尤其是他那双红肿的手，脏兮兮、油乎乎的，指缝里嵌着黑色的泥垢。

看来，他这番话引起了众人的注意，尽管这并不是多大的关注。柜台后面的男孩们窃笑起来，发出咯咯的声音。酒馆老板也许是故意从楼上的房间里走了出来，好听听"这个有意思的家伙"到底在说些什么。他坐在稍远一些的位置上，神色傲慢，看上去没精打采地打着哈欠。显然，马尔梅拉多夫在这里是大家早已熟知的人物了。他的谈吐总是显得文绉绉的，想必是由于他有一个这样的习惯——爱跟这个小酒馆里一些素不相识的陌生人攀谈。对于某些嗜酒者——尤其是那些在家里备受压制和约束的人而言，这种习惯已然成为一种需要。因此，他们在嗜酒者的圈子里总是夸大其词，想方设法为自己辩解一番，如有可能，甚至还要为自己赢得些许敬意呢。

"真是个有意思的家伙啊！"酒馆老板朗声说道，"你为什么不去工作呢？如果你是一名官员，为什么不去办公呢？"

"我为什么不去工作？先生，"马尔梅拉多夫急忙接过话头，却单单面朝着拉斯科尔尼科夫，仿佛这个问题是后者提出的，"我为什么不去办公？难道当我奴颜婢膝、曲意逢迎的时候，我的内心没有痛楚吗？难道在一个月前，列别佳特尼科夫先生动手殴打我的妻子，而我却喝多了酒躺在地上，我心里不难受吗？很抱歉，年轻人，您有没有过……嗯……明知道没有任何希望,却还是跑去借贷?"

"有过……可这'没有任何希望'的意思是……?"

"就是一丁点儿希望都没有,因为您早就知道将会一无所获。比方说啊,您早就清清楚楚地知道这么一个人,这个心地最为纯良、对社会最有裨益的人,一定不会借钱给您。试问他为什么要给呢?要知道他很清楚,这钱我根本还不上。因为怜悯吗?可是,那位时常关注新思想的列别佳特尼科夫先生,他前两天还说过,在我们的时代,怜悯甚至是不被科学所容许的,而且在施行政治经济学政策的英国早就已经在这么做了。那么请问,他为什么要给呢?哎,其实您是早就料到他不会给的,可还是去了……"

"那您还去干吗呢?"拉斯科尔尼科夫追问道。

"那是因为没有别人可以求助,也没有别的地方可去!要知道,每个人至少需要一条可以走的路,不论这条路通往哪里。因为往往在这种时候,你必须朝着某个方向前行!我的独生女头一回接客的时候,我也去借钱了……(因为我女儿是做皮肉生意的……)"他稍显不安地看着年轻人,补充了一句,"没事的,先生,没事的!"这时,柜台后面的男孩们忍不住扑哧笑出了声,酒馆老板听后也笑了笑。马尔梅拉多夫神色平静,连忙又说:"没事的!他们摇头不会使我感到难为情的,因为这一切所有人都已经知道了,所有的秘密都公开了;对此我的内心并不是持着不屑的态度,而是一种委曲求全的隐忍。就让他们去说吧!就让他们去笑吧!'这个人哪!'①对不起,年轻人,您可不可以……不,我要更强有力地、更具表现力地说,不是您可不可以,而

---

① 这句话出自《圣经·新约·约翰福音》第十九章第五节,庞修斯·皮拉特用这句话表达了对耶稣基督的敬佩之意。

是您敢不敢,现在看着我,坚定地说,我不是猪猡?"

年轻人沉默着,没有答话。

"嗯,"等屋内的讥笑声结束后,这位演说家神色庄重地、甚至带着一种更为强烈的自尊感继续说道,"嗯,就算我是猪猡,可她是个太太啊!即便我看起来像个畜生,可是卡捷琳娜·伊万诺夫娜,我的妻子,是个很有教养的人,是出生在军官家庭的女儿。哪怕,哪怕我是个混账,她却有一颗高尚的心灵,受过教育,情操高尚啊!其实……哎,要是她肯怜悯我的话,那该多好啊!先生,先生,要知道每个人都至少需要一个可以得到别人怜悯的地方。可是,卡捷琳娜·伊万诺夫娜虽然是一位慷慨大度的太太,但是并不公正……尽管我自己也清楚,她扯我的头发,无非是出于内心的怜悯。对此,我并不感到难为情,我甚至可以反复地说,她的确经常扯我的头发,年轻人,"他又听见一阵咯咯的笑声,于是带着一种强烈的尊严感重申道,"不过,老天啊,要是她哪怕一次……可是,不!不!这一切都是枉然,没什么好说的!没什么好说的!……因为我的愿望已实现了不止一次,她也不止一次怜悯我了,可是……我就是这么一副嘴脸,我骨子里就是个畜生!"

"可不是嘛!"店主打着哈欠说道。

马尔梅拉多夫决然地用拳头捶了一下桌子。

"我就是这副德行!您知道吗,您知道吗,先生,我连她的长袜都卖掉换酒喝了!不是鞋子——因为这多少还算得上合理——而是长袜,她的长袜被我拿去换酒喝了!还有她那条山羊毛的三角头巾,也被我卖掉喝酒了,那是以前别人送她的礼物,那是她自己的物品,不是我的。我们就住在半间寒冷的小屋里,去年冬天她染上风寒,已经开始咳血了。我们有三个很小的孩子,卡捷琳娜·伊万诺夫娜起早贪黑干活，洗洗涮涮，给孩子们洗澡，因为她从小就养成了爱清洁的习惯。她的肺部十分脆弱，很可能已染上肺痨。这些我都能感受得到。难道我感受不到吗？我酗酒越凶，那感受就越强烈。我就是为此才酗酒的，试图在醉饮之中找寻安慰，释放情感……我喝酒，是因为我想感受成倍的痛苦！"他近乎绝望地垂下头，脑袋抵在桌上。

"年轻人，"他微微欠身，继续说道，"我从您的脸上看到了一些烦恼。您刚一进门，我便觉察到了，于是马上过来和您交谈。我把我的个人情况说给您听，绝非想让自己在这群游手好闲的人面前承受耻辱，况且这些他们早已知晓，我是在寻找一个有学识、教养，同时又富有同情心的人。您知道吗？我的太太曾在省城的贵族学校里受过良好的教育，毕业时曾在众人面前为省长和一干社会名流表演过披巾舞，为此还获得了金质勋章和奖状。勋章……勋章也被卖掉了……已经很久了……嗯……奖状如今还放在大箱子里，前不久她还把它展示给房东看呢。尽管她跟女房东总是吵架，可她还是想在别人面前提一提那些值得骄傲的事情，让人家知道她那些幸福的过往。我这并不是在指责，不是指责，因为这一切都是她过往回忆中仅存的一丝光芒了，其他的一切早已成为过眼云烟！是的，没错，我太太是个急脾气、矜傲又倔强的人。她可以亲手擦洗地板，咽下粗糙的黑面包，但绝不允许旁人对她无礼。正因如此，她无法谅解列别佳特尼科夫先生的粗暴言行，而列别佳特尼科夫先生却为此将她毒打一顿。她卧床不起，与其说是身体受伤，倒不如说是尊严受到了严重的伤害。我娶她时，她已是位寡妇了，独自带着三个孩子，孩子们都很小。她为了爱情嫁给前任丈夫——一名步兵军官，还从娘家跑出来跟他私奔。她非常爱自己的丈夫，可是那个家伙却嗜赌成性，惹上官司，不久便一命呜呼了。他在最后的时日里常常打她……虽然她不肯谅解他，这些我都很清楚，可她至今依然泪眼婆娑地怀念他，经常拿他来责难我。我是高兴的，我是欣喜的，因为她在自己的幻想中能够看见那个曾经幸福的自己。他去世后留下她和三个年幼的孩子，在一个小县城的穷乡僻壤相依为命，当时我也在那里。她穷困潦倒，走投无路，即便是我这样历经沧桑的人也难以描述她当时的窘境。她被自己所有的亲人拒之门外。更何况她还是个骄傲的人，骄傲得过分……而在那时，先生，那时我也是个丧妻的男人，身边带着前妻留给我的一个十四岁的女儿。我不能眼睁睁看着她承受这样的苦难，于是向她求婚了。您能想象得到，她穷困到了何种地步，以至于她，一个很有学识、有文化、出身名门的女人，居然同意委身于我！可她就是嫁给了我！满怀痛苦、噙着泪水嫁给了我！因为她实在是没有别的办法了啊！明白吗？您明白吗？先生，什么是走投无路？不！这您还不明白……整整一年我都真诚地恪守着尽自己应尽的义务，没碰过这个（他用手指戳了戳那个装了半俄升酒的酒瓶），因为我也是个有感情的人。尽管如此，我仍然无法能够使她满意。没过多久我又丢了官职，并不是因为我犯了什么错误，而是编制裁员，那时我才又开始喝起酒来！……大概在一年半前吧，我们经过漫漫长路，历尽艰难险阻，终于来到这个宏伟瑰丽、被无数纪念碑装点的首都。我在这里又找了份差事干……找到工作以后，又给弄丢了。您明白吗？这次是由于自己的过失丢的，因为我的老毛病又犯了……我们现在租住在房东阿玛莉娅·费多洛芙娜·利佩维贺泽利的半间小屋里，可是该靠什么生活？又该拿什么来交租？我真是一筹莫展。除了我们以外，那里还住着许多人……鱼龙混杂，真的不成体统……嗯……是的……就在这时，我前妻生的女儿长大了，我的女儿，她在长大成人的过程中忍受了继母的多少虐待，这我就不便多言了。因为啊，卡捷琳娜·伊万诺夫娜虽然也够大度，却是一位性子急躁、总是爱乱发脾气的女人，还不允许别人插嘴……是啊！哎，那真没什么可值得回忆的！您也能想象得到，索尼娅没受过什么教育。四年前我曾试着给她讲讲世界通史、讲讲地理知识，可毕竟我的知识面也有限，更何况也没有像样的教材，要知道手头寥寥的几本书又有多大用处呢……嗯……哎，现在就连这仅有的几本书都没了，学习也随之中断了。我们那时只读到了波斯居鲁士大帝那一章就停止了。后来她长大成人，读了几本关于情感的书籍，前不久还通过列别佳特尼科夫先生的关系读了路易斯的《生理学》①——您知道这本书吗？——她颇有兴致地读完了，甚至还为我们读了其中一些片段。这就是她所接受过的所有教育了。现在，我想问您，我的先生，以我自己的名义问您一个很私人的问题：依您之见，一个过得清贫却很正经的姑娘，仅靠双手，实实在在地劳动能赚到很多钱吗？……先生，倘若她全仗着朴实，并无什么特别的本事，即便没日没夜地工作，一天下来连十五戈比都赚不到！还有那个五等文官克罗普什托克·伊万·伊万诺维奇——您听说过他吧？——他不仅到现在还没付那半打荷兰衬衫的钱，还找借口说衬衫领子她没有缝好，尺寸不对，甚至对她出言不逊，百般折辱，跺着脚把她轰了出去。可是另一边呢，家里的孩子们都饿坏了……卡捷琳娜·伊万诺夫娜攥着手在房间里走来走去，双颊还起了红斑——患这种病就是这样。'你这个吃闲饭的，'她对索尼娅说，'住在我们这儿，大吃大喝，还要取暖。'但是家里还能有什么可吃的东西啊？孩子们已经一连三天连面包皮都见不着！当时我喝醉了就躺在床上……只听见我的索尼娅（可怜的她，嗓音是那么柔和又温顺……

---

① 乔治·亨利·路易斯（1817—1878），英国实证主义哲学家。其作品《日常生活中的生理学》（1859—1860）的俄文译本于1861年出版。

淡黄色的头发,小脸一直是那么苍白,那么瘦削)说:'怎么,卡捷琳娜·伊万诺夫娜,难道非要我去干那样的事不可?'要知道,达莉娅·弗朗采芙娜——那个不怀好意的女人、警察局的常客——几次三番通过房东前来探听虚实。'为什么不能去?'卡捷琳娜·伊万诺夫娜讥笑着回答,'有什么好宝贝的?呦呵,还真当个宝呢!'但是请您别怪罪她,别怪罪她,先生,别怪罪她!说这话时,她已经神志不清醒了,是在情急之下、患病之时,在孩子们嗷嗷待食的哭闹声中说出来的,而且她说这些话仅仅是为了羞辱她,并非字面上的意思……要知道卡捷琳娜·伊万诺夫娜的性格就是这样,只要孩子们哇哇大哭,哪怕是因为饥饿而哭,她也会立马抬手就打。五点多钟的时候,我看见索涅奇卡站了起来,披上风衣,系上头巾,然后离开了家,一直到八点多,她才回来。她一回来,就来到卡捷琳娜·伊万诺夫娜跟前,默不作声地把三十块钱①搁在她面前的桌子上,整个过程连一句话都没有,只是看了她一眼。她只是抓起我们家那块德拉德达姆呢绿头巾(我们家有这么一条公用的头巾,是德拉德达姆呢面料的),用它蒙住自己的头和脸,躺在床上,面朝着墙,双肩和瘦小的身体在不停地颤抖……而我仍旧一如既往地躺在那里……这时,我看见……年轻人,我看见卡捷琳娜·伊万诺夫娜也默默地走到索尼娅的床前,整夜跪在她身旁,亲吻她的双脚,不肯起身,然后,她们两人就这样拥着彼此,一起睡着了……她们一块……两个人一块……是的……可我……依然醉醺醺地躺在那里。"

马尔梅拉多夫沉默了,声音仿佛忽然断了线。接着,他连忙又斟了一杯酒,一口喝完,清了清嗓子。

---

① 这里的"三十块"指三十卢布。

"自那以后，先生，"经过一阵短暂的沉默，他继续说道，"自那以后，由于一次不幸的意外，也由于别有居心者的告发——尤其是达莉娅·弗朗采芙娜从中作梗，可能是因我们未向她表示应有的尊重——自那以后，我的女儿，索菲娅·谢苗诺夫娜，被逼无奈去领了黄色执照，也正是由于这个缘故，她无法和我们继续住在一块儿了。因为房东阿玛莉娅·费多洛芙娜不准（可她先前还帮过达莉娅·弗朗采芙娜的忙），还有列别佳特尼科夫先生……嗯……他跟卡捷琳娜·伊万诺夫娜之间有纠纷就是为了索尼娅的事情。他刚开始还想和索尼娅亲近，可现在突然大发雷霆，仿佛受了奇耻大辱一样，他声称：'我，一个这般有教养的人，怎么能和这等人同住在一个屋檐底下？'卡捷琳娜·伊万诺夫娜不服气，于是出面袒护……然后他们就争吵起来……现在索尼娅常常傍晚以后才到我们这里来，为卡捷琳娜·伊万诺夫娜分忧解难，力所能及地贴补家用。她住在裁缝卡佩尔纳乌莫夫那儿，租了他们的一个房间，卡佩尔纳乌莫夫是个跛子，有口吃症，他们整个家族都有口吃症，就连他的妻子也口齿不清……他们挤在一个房间里，只有索尼娅单独住一间，那个房间是用挡板隔开的……嗯，是的……他们都是极其贫穷的人，说话结巴……是的……有一天，我一大早就起床了，穿上我那身破破烂烂的衣服，双手举起向上苍祷告，然后去找伊万·阿法纳西耶维奇大人。您知道阿法纳西耶维奇大人吗？……不知道？这么一个神一样高尚的人您都不晓得！他的心肠如蜡一般……仿佛上帝面前的一块蜡；心地如融化的蜡一般柔软！……他听完了我的话，甚至快落下泪来。他说：'哎，马尔梅拉多夫，先前有一回你已经辜负了我的期望……我姑且再帮你一回吧，后果由我自己承担，'他是这么说的，'你可得记住啊，走吧！'我在心里亲吻他足边的尘灰，因为他身居高位且有思想，秉持新派的治国之策，而且涵养颇高，是断不会容许我这样做的。我回到家里,刚一说出自己又找了份新的工作、又能拿一份薪水的时候,大家可真高兴啊……"

马尔梅拉多夫显得异常激动,话音随之停了下来。就在此时,从外面走进来几个本就喝得酩酊大醉的醉汉,门口传来一阵租来的手风琴的声音,一个七岁孩子正用发颤的童声吟唱着《小小农庄》①。周围顿时变得喧闹起来。店老板和伙计忙着招待进门的客人。马尔梅拉多夫并未在意刚刚进门的那几个人,继续往下讲。他看上去十分虚弱,可是他喝得越醉,话就越多。想到不久前找到的这份工作,似乎使他重新振奋起来,甚至变得容光焕发。拉斯科尔尼科夫聚精会神地倾听着。

"我的先生,那是五个星期前的事了。是的……先生,刚得知这个消息的时候,卡捷琳娜·伊万诺夫娜和索尼娅她们俩高兴得啊,我简直就像进了天堂一般。从前我老是挨骂:'你就躺着吧,跟个畜生一样!'可现在,她们踮着脚尖走路,让孩子们保持安静:'谢苗·扎哈雷奇上班累啦,正在休息,嘘!'在我上班之前,她们给我备咖啡,煮炼乳!她们弄来了真正的乳酪,您听见了吗?我真搞不懂,她们从哪儿攒来十一卢布五十戈比呢,竟能给我置办出一套像样的制服?靴子、细棉布衬衣——全是最讲究的,还有一身文官制服,这些东西一共只花了十一卢布五十戈比,而且还是最好的款式。第一天早晨,我下班回家,抬眼一瞧:卡捷琳娜·伊万诺夫娜已烧好了两道菜肴:菜汤和洋姜腌制的牛肉。这在从前是我想都不曾想过的事情呀。她没什么衣服……也就是说,连一件像样的衣服都没有,可是那段时间,她却打扮得好像要去做客似的,倒不是说她穿了什么新衣服,而是说,哪怕

---

① 《小小农庄》是一首当时流行的歌谣,根据阿列克谢·科利佐夫(1809—1842)于1839年发表的诗歌改编而成。

什么都没有她也照样能打扮好自己。只是梳好头发，换上干净的衣领，戴上袖套，就像完全换了个人似的，变年轻了，变漂亮了。索尼娅，我亲爱的孩子，总是送钱来帮扶我们。她说，眼下不便经常来看我们，只能傍晚过来，免得叫人家瞧见。听到了吗？您听到了吗？有一天午后，我回家睡觉，您猜怎么着，只见卡捷琳娜·伊万诺夫娜耐不住性子了：她这周刚跟女房东阿玛莉娅·费多洛芙娜大吵了一架，此时却在招呼人家喝咖啡。两人一起坐了两个钟头，一直低声交谈：'你看，谢苗·扎哈雷奇眼下又有差事了，还领着薪水，他亲自去拜见大人，大人亲自出来接见他，让所有人都候着，却拉着谢苗·扎哈雷奇的手从他们面前经过，一起进了办公室。'（您听到了吗？您听到了吗？）大人说：'谢苗·扎哈雷奇，我记着您的功劳，虽然您有那种坏毛病，但是您现在承诺了。再说没了您，我们这里也不容乐观。'（您听听，您听听！他说：'我现在相信了您的承诺。'）其实啊，我对您说的这些话都是她瞎编的，但她这么说并不是轻佻，完全是为了吹嘘显摆！不，她自己是相信这一切的，她在用自我想象来慰藉自己，真的！我并不是责怪她，不是的，我对此绝无怨言！……六天前，当我全数拿回自己的第一笔工资时——二十三卢布四十戈比，她还管我叫小宝贝儿呢。她说：'你这个小宝贝儿呀！'而且是在我俩独处的时候叫的，您明白吧？可我算个什么丈夫呀，我又怎么值得被这样夸赞呢？不，她捏了捏我的双颊说：'你可真是个小宝贝儿呀！'"

马尔梅拉多夫停顿下来，似乎想笑一笑，然而，他的下巴却突然开始颤抖起来。但是他很克制地忍住了。这间小酒馆、这副狼狈不堪的样子、他在干草船上度过的五个晚上，还有这瓶酒，以及他对于妻子和家庭这份病态的爱——这些全都让他的倾听者感到晕头转向。拉斯科尔尼科夫全神贯注地听着，但是内心却感到一丝痛楚。他有点后悔到这里了。

"先生,尊敬的先生!"马尔梅拉多夫平复了一下心情,高声唤道,"啊,我的先生,或许您跟其他人一样,认为这一切很可笑,认为我不过是用这些荒唐又微不足道的家庭琐事叨扰您,可是对于我来说,这却并不可笑!因为这一切我全都感受得到。那个我此生最幸福的一天,还有那一整晚,我都是在翩然翻飞的幻梦中度过的:我想象自己如何妥善安顿一切,让孩子们有衣服穿,让她放下心来,让我的独生女能够脱离苦海,回归家庭的怀抱……还有许多,许多……我这样想,应该情有可原吧,先生。哎,我的先生(马尔梅拉多夫似乎猛然打了个寒战,他抬起头,直勾勾地盯着自己的倾听者),哎,可是到了第二天,在这场梦苏醒的时候(也就是五天前),傍晚时分,我使用了卑劣的手段,像个小偷一样从卡捷琳娜·伊万诺夫娜那里悄悄偷走了大箱子的钥匙,取出剩下的所有薪水,总共多少钱我也不大记得了,反正就是这样,您看看我吧,一切全完了!我离家第五天了,家人都在找我,工作也搞砸了,连制服都被扔在埃及桥边的小酒馆里,用它换来了这身衣服……一切全完了!"

马尔梅拉多夫挥起拳头捶了一下自己的额头,他咬紧牙关,阖上双眼,一只手肘牢牢撑在桌上。然而片刻之后,他忽然脸色大变,刻意装作狡黠和厚颜无耻的神色看向拉斯科尔尼科夫,笑了起来,开口说道:"今天我去过索尼娅那里了,向她要了点儿钱买酒喝,再来解解酒,嘿嘿!嘿嘿!"

"难道她真给了呀?"刚进来的那拨人当中有个人喊了一句,喊完后便放声大笑起来。

"看吧,这俄升酒不就是用她的钱买的,"马尔梅拉多夫独独对着拉斯科尔尼科夫道,"她给了我三十戈比,这是她仅剩的一点钱,我亲眼看见了……她什么话也没说,只是沉默地望了我一眼……这种事在人间是没有的,而在另一头……他们为人忧愁,为人流泪,绝没有责备,绝没有责备!可是没有责备,反而让人更加痛苦,更加痛苦!……三十戈比,是啊。要知道眼下她也需要这些钱,是吧?您怎么认为呢,我的先生?要知道眼下她是需要保持体面的。若要保持这种讲究,这种特殊的体面,就得需要钱,您明白吗?先生,您明不明白?对,她还需要买脂粉香膏,她不能不买啊!还得买上过浆的衣裙呢,得穿讲究点的漂亮鞋子,在不得不蹚水的时候,露出她那双玲珑的小脚来。哎,而我,她的亲爹,却把这三十戈比拿走,自己买酒喝了!我正喝着呢!已经喝光啦!……哎,谁会同情我这样的人呢?不是吗?您现在怜悯我吗,先生,是否同情我呢?请说话呀,先生,同情还是不同情呢?嘿,嘿,嘿,嘿!"

他本想斟酒,但是一点酒都没有了,酒已经被喝空了。

"凭什么同情你啊?"不知何时,老板已走到他们跟前,大声喊道。

四周顿时响起一阵讥笑,其中甚至还有责骂的声音。正在听的和没在听的人们都在笑着、骂着,纷纷将目光投向这个昔日的小官员。

"同情!我为什么要人同情?"马尔梅拉多夫陡然大喝一声,伸出一只手,十分激动地站起来,仿佛就等着这些话似的,"为什么要同情我,你说?没错!我的确不值得被同情!我就该被钉在十字架上,钉死在十字架上,不该被同情!你钉死我啊,审判者,钉啊,钉完以后再同情吧!到了那时,我会亲自走到你面前来请求你把我钉死的,要知道我渴望的并不是欢乐,而是痛苦和泪水……卖酒的,你是不是觉得,你这半俄升的酒,是让我用来寻快活的?是痛苦啊,我在酒里寻求的是痛苦,是痛苦和泪水,我品尝到了,也获得了。而同情我们的,会是那个同情所有人、理解所有人、理解一切事物的人,他是唯一的,他就是审判者。待到那一日，他会走过来，问：'那个女儿，那个为了身染肺病又凶狠的继母、为了别人的孩子而出卖自己身体的女儿，她在哪里？对于那个在尘世间无可救药的酒鬼父亲，她非但不害怕他的残忍无度，而且还如此这般怜爱。'他会说：'来吧！我已经宽恕过你一次了……宽恕过你一次了……现在，你的许多罪恶都已得到宽恕，因为你的爱很多……'他会宽恕我的索尼娅，会宽恕的，我知道的，会宽恕的……前几日我去她那里的时候，我心里就有种这样的感觉……他会审判所有的人，而且会宽恕他们，不论是善良的人，还是邪恶的人，聪慧的人，还是温和的人……当他完成对所有人的审判时，就会呼唤我们：'上来吧，你们！'他说：'醉汉们上来吧，懦弱的人上来吧，卑鄙的人上来吧！'于是我们所有人都走了出来，恬不知耻地站在那里。他会说：'你们这些猪猡！做兽像，有兽的印记①，但是过来吧，你们！'聪慧的人和理性的人会问：'我的上帝啊！您为何接纳这些人？'他会说：'聪慧的人，我之所以接纳他们，理性的人，我之所以接纳他们，是因为这些人中没有一个认为自己值得被这样对待……'他把自己的双手伸向我们，我们伏在地上……开始放声痛哭……所有的一切，我们终将理解！待到那时，所有的一切我们终将理解！……所有人都会理解的……包括卡捷琳娜·伊万诺夫娜……她也会理解的……主啊，愿你的天国尽快降临人世吧！"

他重新坐回长凳上，精疲力竭，虚弱不堪，谁也不瞧，仿佛已将周遭的事物抛之脑后，沉浸于思索之中。他的话起了一点影响的作用：那一瞬间周围鸦雀无声，然而，紧接着先前的笑骂声再次响起。

---

① 此处"做兽像"和"兽的印记"出自《圣经·新约全书·启示录》第十三章的第十四节和第十六节："……要给那受刀伤还活着的兽做个像""它又叫众人，无论大小贫富，自主的，为奴的，都在右手上，或是在额上，受一印记"。

"他在审判呢!"

"一派胡言!"

"一个小官司员嘛!"

诸如此言,不绝于耳。

"先生,我们走吧,"马尔梅拉多夫突然抬起头来,对拉斯科尔尼科夫说道,"请送我到……科泽尔的房子,就在那个院子里。是时候……去找卡捷琳娜·伊万诺夫娜了……"

拉斯科尔尼科夫早就想离开了,他自己也想送一送他。马尔梅拉多夫挪动着的双腿看上去比他的话语还要虚弱,整个人都倚在年轻人的身上。两人走了二三百步。离家越来越近了,醉汉心头的不安与恐惧也越发强烈。

"我现在不是怕卡捷琳娜·伊万诺夫娜,"他惴惴不安地咕哝着,"我也不是怕她扯我的头发。头发算什么!头发简直微不足道!这话是我说的!要是扯头发的话,甚至还能好些,我怕的不是这个……我……怕的是她的那双眼睛……是的……眼睛……还怕她那泛红的脸颊……还有——我怕她的呼吸……你见过得这种病的人,情绪激动的时候是怎么呼吸的吗?孩子们的哭号声也令我害怕……因为倘若没有索尼娅养活他们……我真不知该怎么办才好!我不知道!我倒不是怕挨一顿打……先生,您知道吗?能挨一顿打对于我来说,非但不会使我感到痛苦,反而会给我带来快感……如果不这样的话,我反倒觉得活不下去了。能够挨打倒还好些呢。让她打我吧,让她解解恨吧……那倒好些……瞧,就是那栋房子。科泽尔的房子。他是德国人,是个钳工,是个有钱人……扶我进去吧!"

他们穿过院子,往四楼走。越往上走,楼梯的光线就越昏暗。大概已是晚上十一点钟了,这个时节的圣彼得堡虽然没有真正的黑夜,可是楼梯里仍旧十分昏暗。

在楼梯的尽头，一道被熏得黑黢黢的小门在最上面敞开着。一小块蜡烛头照亮了一间只有十来步长的简陋房间。从楼梯走廊的位置看去，整间屋子里的布景历历可见。所有的东西都杂乱无章，被丢得七零八散，特别是孩子们的破烂衣服。房间的后半截挂着一条残破不堪的床单，床单后面想必是一张床。整间屋子只有两把椅子和一张残缺不全的漆皮沙发，沙发前摆着一张老旧的松木餐桌，桌面既没有上油漆，也没铺上任何东西。桌角的铁烛台上立着一块油乎乎的残烛。原来，马尔梅拉多夫一家租住的并不是他先前所说的半间屋子，而是另一间特别的屋子，确切来说，他这间小屋其实是一条通道。在通道的尽头，房东阿玛莉娅·利佩维贺泽利的住宅被划分成若干鸽子笼样的小隔间，所有的房门都半敞着。屋子里吵吵嚷嚷，异常喧哗，笑声、闹声不间断，想必是在打牌和喝茶，不时传出几句污秽不堪的言语。

拉斯科尔尼科夫马上就认出了这个女人是卡捷琳娜·伊万诺夫娜。她瘦骨嶙峋，身材苗条，个头很高，还有一头美丽的深褐色头发，面颊的确是透着病患者那样的潮红。她的双手紧捂胸口，呼吸急促，嘴唇干燥得裂开，在这个不大的房间里踱来踱去。她的眼睛仿佛热病发作一般地发着光，但眼神却显得锐利而又呆板。残弱的烛光摇摇晃晃地照在这张罹患肺病、焦虑不安的面庞上，给人留下一种痛苦不堪的印象。拉斯科尔尼科夫觉得，她看上去仅有三十来岁，跟马尔梅拉多夫的确不太相配……她既没有听见，也未曾留意到进来的两个人。也许她正陷入沉思中，所以没有注意到旁边的一切。屋内十分闷热，可她没有开窗。楼梯处弥漫着一股臭气，但朝向楼梯的那道外门却并未关上，从里面的那些小隔间内涌出阵阵浓烈的香烟味，穿过这扇没关上的外门向她飘来，把她呛得咳嗽起来，但她并未把房门掩上。那个小女儿看上去五六岁左右的样子,她把头埋在沙发里,也不知怎么蜷缩着睡在地板上,姿势就像在坐着睡觉。比她大点儿的男孩躲在角落里,呜咽着浑身颤抖,看上去就像刚挨了一顿打。大女儿九岁左右,个头很高,瘦骨嶙峋,身上穿着一件破烂又瘦小的衬衫,裸露的肩头上披着一条破旧的德拉德达姆呢斗篷,这件斗篷连膝盖都遮不到,大概还是几年前给她做的。她站在弟弟的身边,用火柴般细长的胳膊搂着他的脖子。她好像在安抚他,在他的耳边轻轻地说着什么,想尽办法使他别再哭出声来,同时用那双黑色的大眼睛恐惧地观察着母亲,这双眼睛在这张惊慌失措又清瘦的小脸上,似乎显得更大了。马尔梅拉多夫没有进屋,而是跪在门口,同时把拉斯科尔尼科夫往屋里推。女人瞧见一个陌生人进来莫名地停在她面前,立刻回过神来,似乎在质疑:他是来干什么的?不过她大概立刻猜到,他是去别的房间,因为他们这间房是个过道。想到这里,她就不再留意他,径直朝前门的方向走去,想去把门关上。突然,她看见了跪在门口的丈夫,失声尖叫起来。

"啊!"她发了疯似的喊道,"回来啦!你这个犯人!你这个魔鬼!钱哪儿去了?你兜里还有什么,给我看看!衣服也不是那件了!你的衣服哪儿去了?钱呢?说!"

她冲过去搜他的身。马尔梅拉多夫立刻听话又配合地张开双臂,好让她搜得方便些。一个戈比也没剩下。

"钱去哪儿了?"她大喊起来,"哦,我的上帝啊,难道全被他喝光了吗?箱子里原来还剩下十二块钱呀!"盛怒之下,她发了狂似的揪他的头发,把他往房间里拽。马尔梅拉多夫就那样乖乖地跪在地上,随着她的拖拽往屋里爬,好让她拽得更省力些。

"这对于我来说是一种享受!这不是痛苦,而是一种快——乐,先——生!"他大喊起来,由于被揪着头发,他的身体东倒西歪,额头甚至还在地板上磕了一下。睡在地板上的孩子被吵醒了,吓得哇哇大哭起来;瑟缩在角落里的小男孩也不禁浑身发抖,号啕大哭,惶恐地扑向姐姐的怀抱;大女儿仿佛也从睡梦中惊醒,浑身战栗,犹如一片瑟瑟发抖的树叶。

"全都喝光啦!所有的钱,全喝光啦!"可怜的女人在绝望地哭号,"身上的衣服也换了!他们都还挨着饿,都还挨着饿啊!(她痛苦地指着孩子们)哎,万恶的生活啊!而你们,你们不觉得羞耻吗?"她突然朝拉斯科尔尼科夫痛斥道,"小酒馆里来的!你跟他一块儿喝酒啦?你也跟他喝酒了?给我滚!"

年轻人什么也没说,连忙转身离开。此时,里间的房门已被完全敞开,几个爱看热闹的人探出身子向外张望。门后露出一颗颗戴着小瓜皮帽的脑袋来,那一个个恬不知耻、嬉皮笑脸的人,有的衔着烟斗,有的叼着烟头。可以看到,在这些身影当中,有的敞怀穿着睡衣,袒胸露背;有的只穿着夏天的内衣,有伤风化;有的手里还抓着纸牌。当他们看到被扯着头发的马尔梅拉多夫大喊大叫地说自己感到快乐时,笑得开心极了。他们甚至走了进来。终于,一声可怕的尖叫声传来,房东阿玛莉娅·利佩维贺泽利挤到人群前面,试图按照自己的想法来维持秩序。她破口大骂,喝令他们明天就卷铺盖走人,这是她第一百次威胁那个可怜的女人了。临走之前,拉斯科尔尼科夫把手伸进口袋,随意抓出一把刚才在小酒馆用一卢布买酒时找零的铜币,悄悄放进小窗口。然而,他在下楼的时候又改变了想法,想再折返,把钱拿回来。

"哎,这事干得多荒唐啊,"他心想,"他们这里还能指望索尼娅呢,可我却急需要用钱。"不过,他考虑到这钱要想拿回来已经不可能了,反正就算能拿,他也不会去拿,于是他摆了摆手,往自己的住处走去。

"索尼娅也要买脂粉香膏呢,"他走到大街上,边走边想,还嘲讽地苦笑一下,"要保持这种体面,就得花钱……嗯!要知道,索尼娅今天可能也赚不到什么钱,因为,那是一种冒险,就像猎捕奇珍异兽……就像开采金矿一般……所以要是没了我的这点钱,他们明天就等着继续挨饿吧……哎,可怜的索尼娅!岂有此理,他们还真有办法,掘了一口这么好的矿井!坐享其成啊!瞧,他们不是在坐享其成嘛!他们习以为常了。伤心过一阵儿,也就麻木了。人,就是这种贱骨头,对任何事情最终都会习以为常的!"

他思虑了一会儿。

"要是我想错了呢,"他不禁惊呼出来,"如果就总体而言,人,整个人种,也就是说,人类的确不是下贱的东西,那么余下的一切便全是偏见,仅仅是臆想的恐惧,不存在任何阻碍。想必正是如此……"

第三节　信

次日，他醒来时已很晚了，还做了一场惊惶不安的梦，心绪不宁，这一觉显然没能让他回复精力。他醒来时火气很大，脾气急躁，目露凶光，怀着一种憎恨的心情打量了一眼自己的小屋。这是一间巴掌大的房间，只有六步来长，泛黄且积满灰尘的裱糊墙纸已经脱落了。天花板很低，稍微高点的人站在里面，总会担心头会碰到天花板。屋内陈设的家具跟这间小屋倒很搭配：三把不甚完好的旧椅子，角落里摆着一张上过漆的桌子，桌上放着几册书和记事簿，从书册上覆满的灰尘便可看出，已许久无人问津了；还有一张笨重的大沙发，占据了几乎整面墙壁和小屋的一半之宽，包在沙发上的印花布已破烂不堪。这张沙发被拉斯科尔尼科夫当床来用，他常常不脱衣服就直接躺在这张沙发上入眠，上面没铺床单，他就盖着上学时穿的那件破烂的旧外套。沙发上还有一个小枕头，枕头底下塞着他所有的内衣，不论是干净的还是穿脏了的，都被他胡塞一气，好把枕头垫得高些。沙发前面还摆放着一张小桌。

虽然已经蓬头垢面、邋里邋遢到了极致，但是在当前的精神状态下，拉斯科尔尼科夫反而觉得非常惬意。他决意过着离群索居的生活，就像是乌龟躲进自己的硬壳里不露头，即便是那位负责伺候他的女仆，只是偶尔朝他的房间瞥上一眼，也能令他心烦气躁，甚至浑身发抖。某些过分专注于某件事的、有执念的人往往便是如此。他的女房东已有两个星期不再给他送饭了。他虽然没有饭吃,却至今都没想过要去找她谈谈。娜斯塔西娅是房东的女厨和唯一的女仆,她反倒很乐于见到房客的这种情绪,索性不来给他收拾、打扫房间,只是每周偶尔过来一趟,拿笤帚随便扫上一扫。现在,就是她把他唤醒了。

"起来吧,怎么还睡呀!"她站在他的床边,扯着嗓子大喊,"现在都九点多啦。我给你把茶拿来了。要茶吗?你看看你都饿坏了吧?"

她的这位房客睁开双眼,瑟缩了一下,随即认出她来。

"茶是房东叫你送来的吗?"他病恹恹地从沙发上缓缓欠起身来,问道。

"怎么会是房东呢!"

她把自己那盏带裂纹的小茶壶放在他面前,里面的茶由于多次冲泡已变得很淡了,她又往里面添了两小块发黄的方糖。

"给,娜斯塔西娅,请你拿着,"他在衣兜里摸索了一阵(他就是这样穿着衣服睡觉的),掏出一小把铜钱说,"请帮我买一个面包圈,再去香肠店里买些便宜的腊肠。"

"面包圈我这就给你拿来,想不想把腊肠换成菜汤?味道很不错的菜汤,昨天剩下的。我昨天就给你留了,可是你回来得太晚。很好喝的菜汤。"

菜汤端上来,他吃了起来,娜斯塔西娅在沙发上坐下,坐到他的身边,开始闲聊了起来。她是个乡下村妇,平日里很爱絮叨。

"普拉斯科维娅·帕夫洛夫娜要去警察局告你呢。"她说。

他皱了皱眉头。

"警察局?她想去做什么?"

"你不付房钱,又赖在这里不走。她想干什么,这不是明摆着的嘛。"

"哎,真是见鬼!"他咬牙切齿,小声地说,"不,我现在……还不是时候……她这个蠢女人,"他又大声补上一句,"我今天就去找她,我得跟她谈谈。"

"蠢吗?她是蠢啊,和我一样,那你呢,你倒是个聪明人哪,可你却整天像个麻袋似的躺在这里,有什么用呢?你之前说,你去教孩子们读书,但是现在怎么什么事都不做了呢?"

"我在做啊……"拉斯科尔尼科夫神色严峻,不大情愿地开口道。

"你在做什么?"

"在工作啊……"

"什么工作?"

"我正在想……"他沉默片刻后,正儿八经地说道。

娜斯塔西娅不禁哈哈大笑起来。她是个爱笑的人,每当有能逗乐她的事,就会抑制不住地笑个不停,笑得东倒西歪、浑身颤抖,一直笑到头晕目眩才停下来。

"怎么?难道你想出很多钱来了?"她终于能开口说话了。

"没有靴子,没法去教孩子读书啊①。再说,我还看不上教书呢。"

"你可别往井里吐痰啊②。"

"教学生赚得太少了。那几个戈比能干什么呢?"他情非所愿地继续说道,像是在回答自己所思虑的问题一样。

"所以你想一下子就赚大钱吗?"

他怪异地瞅了她一眼。

"是的,我想赚大钱。"他沉默片刻,斩钉截铁地答道。

---

① 俄国的冬天异常寒冷,圣彼得堡由于临海的地理环境更冷,冬天若没有靴子这样的抗寒装备,确实无法出门做事。

② 这一句是俄文谚语,意思是"不要瞧不起它,将来它可能对你有用"。

"哟呵,你还是慢慢来吧,不然会吓到人的,那样好可怕啊。面包圈还要不要啊?"

"你随便吧。"

"对了,我忘了!昨天有你的一封信,当时你出去了。"

"信?给我的?谁寄的?"

"谁寄的?这我倒不知道。倒是付给那邮差三个戈比,钱还是我出的呢。你会把钱还给我的吧?"

"把信拿来吧,看在上帝的分上,快拿来!"拉斯科尔尼科夫激动地大叫,"我的上帝啊!"

过了一会儿,信拿来了。果不其然,正是母亲从P省寄来的信。他接过信的时候,就连脸色都是惨白的。他好久没有收到家人的来信了,但是此刻仿佛有什么东西紧紧地扯住了他的心。

"你出去吧,娜斯塔西娅,看在上帝的分上!给,这是你的三戈比,只是看在上帝的分上,你赶快走开吧!"

信在他的手中颤抖着。他不想当着她的面拆信,他想自己一个人静静地阅读这封信。娜斯塔西娅离开后,他立刻把信放在唇边吻了一下,然后久久端详信封上地址的字迹,那是他最熟悉、亲切、漂亮又纤细的斜体字,是曾教会他读书写字的母亲的字迹。他缓慢地拆着信,好像在紧张着什么。终于,他拆开了这封信。这是一封又长又厚的信件,足足有两洛特[①]那么重,密密麻麻的小字布满了两大张信纸:

亲爱的罗佳[②],已经有两个多月没跟你写信交流了,对此

[①] 俄国很久以前的重量单位,1洛特=12.8克。
[②] 拉斯科尔尼科夫的昵称。

我感到很难过,有时我甚至思虑万千,彻夜难眠。不过,想必你是不会因为我这样迫不得已的沉默而责怪我的。我有多么爱你,你是知道的。你是我们——我和杜尼娅唯一的亲人,你是我们的一切,是我们所有的期望和依靠。当我得知,你因生活贫困潦倒、无以为继,已经辍学好几个月,你教课的工作和其他经济来源都被迫中断时,我十分痛心!我该如何仅凭每年一百二十卢布的养老金去资助你呢?四个月前,我寄给你的十五卢布,你自己也是知道的,是我用这笔养老金作质押,从咱们这儿的商人阿凡纳西·伊万诺维奇·瓦赫鲁申那里借来的。他是个善良的人,还是你父亲的故交。因为我把接收养老金的权利暂时转让给了他,所以只能等待这笔债务偿清。而直到今天,这笔钱才终于还清。所以在这段时间里,我一直没有办法寄钱给你。不过,谢天谢地,我现在似乎又可以给你寄些钱了,而且总的来说,现在我们甚至可以说是受到命运的眷顾了,这也是我急着写信告诉你的缘由。首先,你能否猜到,亲爱的罗佳,你妹妹已随我同住一个多月了,从今以后我们再也不会分开。谢天谢地,她的苦难终于结束了,而我要将之前发生的一切都讲给你听,也就是我们先前隐瞒你的事,现在一件件、一桩桩,原原本本地全都告诉你。两个月前,你给我写信,说你听说了关于杜尼娅的传言,有人说她在斯维德里盖洛夫先生家遭到欺辱,你向我询问具体情况,可我那时又能怎么回答你呢?倘若我把一切真相告诉你,你可能就会不顾一切,哪怕是走路,也要走回到我们身边,因为我了解你的脾性,你绝不会让你妹妹被人欺负。我自己也十分绝望,可我又能做什么呢?那时就连我也不明白究竟是怎么一回事。主要问题在于,去年杜涅奇卡①到他家做家庭教师的时候预支了一百卢布,从她未来每月的薪水中扣,因此在这笔钱没还清之前,她还不能离职。她用这笔钱(现在我能把一切都告诉你了,亲爱的罗佳)给你寄去了那六十卢布,当时你急需用钱,而你去年已经收到了那笔钱。当时我们对你谎称,这笔钱是杜涅奇卡从前攒下的积蓄,其实事实并非如此。我现在告诉你事情的全部真相,不单单是因为上帝的眷顾让一切事态都发生了转机,也是为了让你知道,杜尼娅有多么爱你,她有一颗多么可贵的心灵。是的,起初斯维德里盖洛夫先生对她非常无礼,经常在同桌用餐时对她冷嘲热讽,还做出比较粗鲁的举动……不过,好在这一切现在已经结束了,我不愿详细诉说这些沉重的往事了,以免令你徒增烦恼。简而言之,尽管斯维德里盖洛夫的夫人玛尔法·彼特罗芙娜和全家都待她非常不错,可是杜涅奇卡依然感到非常苦恼,尤其是斯维德里盖洛夫先生受到巴克斯②影响的时候,他以前在军队里养成了陋习。那么在这之后又怎样了呢?你想象一下,这个性情乖张的家伙早已对杜尼娅动了念头,但这一切都被他隐藏在粗鲁的言行和蔑视的态度之中。或许他一想到自己年事已高,又是一家之主,却还抱有这种非分之想,连自己也感到羞愧和害怕,于是不禁将这份苦恼迁怒于杜尼娅。又或许,他态度粗暴,出言不逊,只是为了在别人面前掩饰全部实情。可他终于控制

---

① 杜涅奇卡也叫杜尼娅,是阿芙多季娅的昵称。
② "巴克斯"是希腊神话中酒神狄俄尼索斯的别称,所以文中这句话的意思是"当他喝醉的时候"。

不住自己了，竟厚颜无耻地向杜尼娅求婚，许诺要送给她很多东西，还要抛下一切，跟她去别的村子生活，甚至可以出国。你能想象得到，当时她的内心该有多么痛苦！立马辞职走人是不可取的，不单单是因为债款尚未偿清，还因她顾念着玛尔法·彼特罗芙娜会突然对此生出疑心来，没准儿还会由此引发一场家庭纷争。再者说，这对于杜涅奇卡来说是件很丢脸的事情，这也是没办法的事。况且，这里面还有各种原因，总之，六个礼拜以前，杜尼娅无论如何也没有办法从这个可怕的是非之地中挣脱出来。当然，关于杜尼娅你是了解的，你知道她有多么聪明，多么坚韧。杜尼娅很能容忍，即使在最糟糕的境况下，她也能慷慨大度，并且坚强地应对。她甚至从未在信中对我提过这件事，以免令我烦忧，而我们是经常有信件往来的。结局却是那么出人意料：玛尔法·彼特罗芙娜无意中偷听到了她的丈夫在花园里哀求杜涅奇卡的话，于是曲解了整件事情，误认为杜尼娅才是这一切始作俑者，把所有罪责归咎于她的身上。花园里随即发生了一场可怕的争吵：玛尔法·彼特罗芙娜甚至对杜尼娅大打出手，她什么解释都听不进去，足足嚷嚷了一个小时。最后，她差人用一辆简陋的农车把杜尼娅送回城里，送到我这儿。他们把她的所有东西、被褥和衣服，没有装、没有捆的一股脑儿地全扔到了车上。可是那时，外面正下着倾盆大雨，含冤受辱的杜尼娅跟一个庄稼汉坐在一辆没有棚顶的农车上，走了整整十七俄里路。现在你想想，两个月前我收到你的信时，又能怎么回复你呢，我该给你写些什么呢？那时，我正心灰意冷；我不敢写信告诉你真相，因为那样一来，你将会无比难过、恼怒、痛苦，况且你又能有什么办法呢？可能你还会因此断送自己的前程，再说，杜涅奇卡也不许我告诉你。而我当时心中万般痛苦，若硬是在信中给你随便写点儿不相干的琐事，我也做不到啊！整整一个月，这件事情在我们这里传得沸沸扬扬，街头巷尾都在议论，当时的情况竟然严重到我和杜尼娅甚至连教堂都去不了，因为所有人都用鄙视的眼神看着我们，他们不仅在背后窃窃私语，甚至当着我们的面毫不避讳地大声议论。熟人全都躲着我们，所有人见面都不再对我们点头问候了。我心里清楚得很，有几个店铺里的小伙计和那些小公务员们为了侮辱我们，故意在我们家大门上抹沥青①，搞得房东也要赶走我们。而这些麻烦全拜玛尔法·彼特罗芙娜所赐，因为她挨家挨户散播杜尼娅的谣言，毁她清誉。她认识我们这里的所有人，这个月她隔三岔五便会进城。她总爱跟别人废话连篇地闲扯，跟人家聊自己的家事，尤其到处跟人抱怨自己的丈夫，这一点非常不妙，因此区区数日，这件事就被她大肆宣扬出去了，不仅闹得满城风雨，还传到了县里。我大病了一场，但杜涅奇卡比我坚强，可惜你没能看到，她是怎样独自承受这一切磨难，却还在宽慰我、鼓舞我的！她简直是个天使！不过上帝仁慈，让我们的痛苦提前结束了：斯维德里盖洛夫先生终于良心发现，向我们表达悔意，大概是不忍心看着杜尼娅受苦吧，他给玛尔法·彼特罗芙娜看了一些足以证明杜涅奇卡清白和无辜的铁证，其

---

① 旧时的俄罗斯民间有一个陋俗，如果在未出嫁的姑娘家的大门上涂抹沥青，便代表她已失去贞操，受到这种侮辱的姑娘便再也嫁不出去了。

中还包括一封信。早在玛尔法·彼特罗芙娜在花园里撞见他们以前，杜尼娅就在迫不得已的情况下写了这封信，以此来拒绝他坚持要求的当面解释和秘密约会。在杜涅奇卡离开后，这封信仍留在斯维德里盖洛夫先生手里。她在信里用一种激烈的方式，满怀愤懑地指责他，她所指责的正是他对玛尔法·彼特罗芙娜做出的卑劣行径，并且提醒他，他是个有家室的人，并且已为人父，最后还痛斥他，折磨一个本就过得不幸且又无任何还击之力的姑娘，使其更加痛苦，有多么卑劣无耻。总之，亲爱的罗佳，这封信是如此光明磊落、感人至深，我读过后都不禁泪流满面，直到现在，我再读时仍不免落下泪来。除此以外，仆人们也都纷纷提出有力证据来证明杜尼娅的清白，他们看到和听到的东西远比斯维德里盖洛夫先生本人以为的要多得多，这种事情倒也不奇怪。玛尔法·彼特罗芙娜错愕不已，正如她向我们坦白的那样，她"再次体会到那种痛彻心扉的感觉"，可她已完全相信了杜涅奇卡是无辜和清白的。到了第二天，也就是礼拜日，她直接去了教堂，双膝跪地，眼含热泪地祈求圣母赐予她承受这份苦难和考验的力量，完成自己的责任和赎罪。随后她走出教堂，没去任何人那里，直接跑来找我们，将心声尽皆倾诉。她声泪俱下，追悔莫及，抱住杜尼娅恳求原谅。正是那天上午，她从我们这里离开以后，片刻也没耽误地跑遍全城，声泪涕下地向他们称赞杜尼娅，用最动听的词汇形容她，为她恢复清誉，让大家认可她高尚的行为与品格。不光如此，她还给所有人展示并大声朗读杜涅奇卡写给斯维德里盖洛夫先生的那封亲笔信，甚至还叫人抄录下来（这么做在我看来是有些过头了)。就这样，一连数日，她遍访全城，有些人不满她被别人抢先接待，于是大家依次排序，如此一来，各家各户都有人会提前等候她，所有人都知道玛尔法·彼特罗芙娜会在具体的哪一天哪个地方去朗读这封信，而她每次读这封信时，还是会有那些之前已经在自己家和亲朋好友家里听过好几遍的人，仍然跑过来再听一遍，乐此不疲。我的看法是，这件事做得过头了，太过头了，但是玛尔法·彼特罗芙娜的性子就是这样。至少她这么做使得杜涅奇卡完全恢复了清誉，但是这件事的罪名全部落在了她的丈夫——那个罪魁祸首的身上，这已经成为他无可洗刷的耻辱，这倒是让我觉得他有些可怜，人们对于这个任意妄为的家伙的责难实在是过于严苛。很快，有好几户人家邀请杜尼娅过去教课，不过她一一回绝了。总而言之，大家一下子对她尊重有加。这一切还促成了一份意料之外的缘分，因为这件事，正在发生影响和改变的，可以说是我们的全部命运。你要知道，亲爱的罗佳，有个未婚男子向杜尼娅求婚了，她也答应了，这也是我急着告诉你的事情。虽然这件事我们没跟你商量就做主定下了，但是想必你既不会对我，也不会对你妹妹有任何不满，因为你自己也看得出来，我们不可能因为等待得到你的答复就将此事延误下去。况且你还在外面，无法厘清整桩事件的个中缘由。事情的经过是这样的：他叫彼得·彼得洛维奇·卢仁，是玛尔法·彼特罗芙娜的远亲，是个七等文官①，这件事也正

---

① 七等文官是第七级官衔，对应的是军队里的中校军衔，此官衔通常被授予给博士和教授，1845年改革前，该官衔授予世袭贵族，后来仅授予个人官衔。

是她竭力促成的。起初,这位先生通过她的关系表示想与我们结识,我们也盛情款待了他,还一起喝了咖啡。次日,他寄来了一封信,在信里有礼有节地提出求婚,并且期盼着早点得到回复。他是一位精明能干的大忙人,正急着动身前往圣彼得堡,因此惜时如金。当然,一开始我们十分震惊,因为这一切发生得太迅速、也太突然了。那一整天我们都在一起商议此事,迟疑不决。他是个家底殷实、十分可靠的人,同时在两地供职,并且已经拥有一笔可观的资产。的确,他已经四十五岁了,但他的相貌非凡,很受女人的青睐,反正,总体而言,他是个稳重体面的人,只是略显阴郁,看起来有些傲慢。不过这也许只是初次见面的印象。对了,我要提醒你一下,亲爱的罗佳,你们俩会在圣彼得堡相见,而且这一天很快就会到来,倘若这第一面给你留下什么不太好的印象,你千万不要因一时冲动就匆忙地下结论,依你的性子很容易发生这种情况。我提醒这句是为了以防万一,虽然我相信,他给你的印象一定会很不错的。而且,不论想要了解什么样的人,都应该通过慢慢地相处观察,才不会产生误会和成见,造成日后难以修正和弥补的局面。至少从种种迹象上来看,彼得·彼得洛维奇都是个非常值得敬重的人。初次来访时他就告诉我们,他是个比较务实、正派的人,但是他在很多方面,就像他自己说的那样,十分赞同"我们新一代的观点",他还是一切偏见的敌人。他还说了很多,看起来有点贪慕虚荣,很喜欢让别人听他发表言论,不过这个倒也算不得什么缺点。当然,我懂得不多,可杜尼娅向我解释说,他虽然没受过太多的高等教育,但是看上去很善良,也很聪慧。罗佳,你妹妹的性格,你是了解的。她是一个意志坚强、明白事理、坚韧不拔又慷慨大度的姑娘,但她有一颗炽烈的心,这一点我对她十分了解。当然,不论是从她这边说,还是从他那边来说,都还谈不上有什么特别的爱情,但是杜尼娅不仅是个聪慧的姑娘,还是一个品格高尚的人,她把让丈夫过得幸福视为自己的义务,而他也应该同样关心她的幸福。对于后者,暂时还没有充分的理由让我们怀疑,坦白来讲,尽管事情决定得确实有些匆忙了。而且他是个精明的人,那么他自然也明白,杜尼娅与他结婚后过得越幸福,他自身的幸福也就越稳固。至于双方性格上的某些不合,各自昔日养成的不同习惯,甚至是思想上的不一致(哪怕是最幸福的婚姻生活中,这些都是无可避免的),对于这一切,杜尼娅自己跟我说,她对自己有信心,完全不必为此担忧,许多事她都可以忍让,只要将来两个人互相尊重、以诚相待。比方说,起初他给我的感觉有些粗鲁,不过这可能正是因为他是性情耿直的人,一定是这样的。再比如,他第二次登门拜访时——那时已经答应他的求婚了——在谈话中表示,他在还未认识杜尼娅以前,就打定主意娶一位纯洁的、没有嫁妆的姑娘为妻子,而且还得是位吃过苦的姑娘。因为他解释说,丈夫不应接受妻子的任何恩泽,倘若妻子把丈夫当作自己的恩人,那就再好不过了。我要补充一句,他说这话的语气比我这里写的要更委婉、更柔和与真切,因为我忘了他当时是如何表达的,只记得大致的意思。而且,这话绝不是事先预谋的,显然是聊得酣畅说走了嘴,所以后来他还试图补救,好让语气显得委婉一些。但是我仍然觉得这话说得似乎不太客气,我也把自己的想法告诉了杜尼娅。可杜尼娅甚至有点不高兴地回答我，"言语毕竟不是行动"，当然，这也是有道理的。做决定的前一天晚上，杜尼娅彻夜未眠，她以为我睡着了，便从床上起来，整晚在房间里踱来踱去。最后，她在圣像前跪了下来，热切地祷告了许久，次日一早，她便对我说，她已经做好决定了。

我在前面提到过，彼得·彼得洛维奇现下正要动身前往圣彼得堡。他要去那儿处理很多重要的事情，还计划在圣彼得堡开一家律师事务所。他早就在办理各类诉讼案件了，就在不久以前，他还打赢了一件很重要的官司。他必须去圣彼得堡一趟，因为他要去那里的参政院办一桩重要的案子。所以，亲爱的罗佳，他对你来说也许很有益，你肯定会在方方面面受益匪浅，从现在开始，你就可以规划一下自己的前途了，我和杜尼娅都是这么认为的，并且我们认为你的命运已然确定无疑。哦，此事若是真成了的话，那该有多好啊！这么一件好事情，简直应当把它看作上帝赐予我们的恩施。这也是杜尼娅整天所幻想的。我们已经跟彼得·彼得洛维奇就此事大胆试探了几句。他谨慎地说，这是当然的，因为他身边也不能没有秘书，那么自然，与其让旁人去挣这份薪资，还不如让自家亲戚去挣呢，只是后者必须要有足以胜任这个岗位的能力才行（你还不能胜任吗？），但是他也表达了疑虑，担心你在大学里的功课，可能无法留出充足的时间去他的律所工作。在那次谈话中，这件事我们就说到了这里，可是，如今杜尼娅除了这件事以外，什么都不想。现在，她已经有好几天完全处于某种亢奋的状态下，还谋划了一整套方案，好让你将来能够成为彼得·彼得洛维奇在诉讼案方面的帮手,甚至以后可以成为合伙人,更何况你本来就在法律系读书。罗佳,我完全同意她的想法,也赞成她所有的计划与期许,我觉得这一切都是可以实现的。尽管彼得·彼得洛维奇现下的态度模棱两可,当然,这些都是可以理解的(那是因为他还不认识你),但是杜尼娅深信,她可以说服自己未来的丈夫,对他产生影响,就可以使得这一切得以实现,她对此很有把握。当然了,我们也会在彼得·彼得洛维奇面前多加留心,不把我们对未来的愿景向他透露,特别是期望你会成为他的合伙人这一点。他是一个很务实的人,大概会非常冷淡地应承下来,因为这一切在他看来仅仅是空想罢了。同样,不论是我,还是杜尼娅,都迫切地希望他能够资助你读完大学,但是,这个强烈的愿望,我们却只字未提。我们之所以没有说,首先是因为:这在将来是自然而然的事情,想必不用别人说他自己也会主动提出来(他还会在这件事上拒绝杜尼娅吗?),更何况,以后在他的事务里,你会成为他的得力助手,这样一来,你将不是以接受恩惠的形式获得他的帮助,而是通过为他效劳获得报酬。这就是杜尼娅的期望,我完全同意她的想法。我们没说的第二个原因是,我特别希望在你们即将到来的初次见面中,是完全平等地展开交流。当杜尼娅兴高采烈地跟他讲起你的事情时,他回答说,想要对任何人做出评判,首先要自己去走近、去审视,他要亲眼见到你,和你交流,这样才能有所了解。你知道吗,我亲爱的罗佳,从有些方面去考虑的话(不过呢,这绝对与彼得·彼得洛维奇无关,而是出于某些我个人的想法,甚至可以认为,这是一个上了年纪的妇道人家的任性想法），我觉得，我最好是在他们成婚以后独自居住，就跟现在的生活一样，而不是跟他们住在一起。我完全有理由相信，他会包容大度、有礼有节地邀请我跟他们一起住，好让我们母女依旧可以团聚，即便直至现在他还没提过，那么不消说，这对他而言也是理所应当的，不过，我是不会接受他的邀请的。我这大半辈子什么没见识过，我知道丈母娘向来不讨姑爷的欢喜，我非但不愿成为人家哪怕是最轻巧的负累，而且我也想过一种完全自由自在的生活，更何况，现在我也饿不着自己，还有像你和杜尼娅这样的孩子。如有可能，我将搬到你们俩家附近住，因为，罗佳，这个最激动人心的消息我要留在信的结尾：你知道吗，我亲爱的孩子，或许我们很快就能再次团聚了，经过近三年的别离，我们三个人又可以拥抱在一起了！事情基本已经定下来了，我和杜尼娅可能不久后便会动身前往圣彼得堡，具体何时启程还不能确定，但是，不管怎么说，这将会是很快很快的事情，甚至可能就在一周之后。一切要看彼得·彼得洛维奇怎么安排，等他在圣彼得堡安顿下来以后，就会立刻给我们消息的。出于某些原因的考虑，他想要尽快完成婚事，如有可能，甚至就在这个开斋期①内办婚礼，如果时间太过匆忙，来不及操办的话，就在圣母升天节斋期②以后筹办。哦！到时我将多么幸福地将你搂到我的怀里，紧紧

---

① 东正教规定，斋戒期间禁止举办婚礼，只能在开斋后举办婚礼。小说情节发生于七月，正好是开斋期，并非斋戒期。
② 圣母升天节是在俄历的八月十五，前两个星期（八月一日至十五日）正好是圣母升天节的斋期，而八月十五至十一月十四日正是秋季的开斋期。

地将心贴在一起！杜尼娅整个人都沉浸在即将跟你见面的喜悦之中，为此激动不已，有一次她还开玩笑说，单就为了这一件事，她也要嫁给彼得·彼得洛维奇。她是我们的天使！现在她就不给你添笔写些什么了，只是让我代为表达，她有太多太多的话想对你说，以至于此刻无法执笔一一写下，因为寥寥数笔，难以道尽她的全部心声，只会令自己徒增烦恼。她让我代她在信中"紧紧地抱住你，无数次地亲吻你"。不过，虽然我们可能很快就要团聚了，但是近期我还是会尽力给你多寄点钱过去。由于现在所有人都知道杜尼娅将要嫁给彼得·彼得洛维奇这件事，所以我的信用也忽然变好了很多，我也确信，现在阿凡纳西·伊万诺维奇也会很信任我，如果我用养老金作抵押的话，他甚至可以借给我七十五卢布呢，这样一来，或许我可以给你寄去二十五卢布，甚至是三十卢布。我原想给你再多寄一些，但是担心我们在路上会不够花。虽然彼得·彼得洛维奇非常体贴，帮我们减轻了路程上的部分开销，他主动提出要帮我们寄运行李和一只大箱子，运费由他来出（他想办法托熟人来办），但我们仍要考虑到达圣彼得堡以后的花销，至少刚去那几天不能身无分文呀。不过呢，我和杜尼娅已经把一切都筹划妥当了，其实路上的花费用不了太多。从我们这儿到车站也就九十俄里，而且我们已经跟一个相熟的庄稼汉商量好了，没有问题。等他把我们送到车站，我和杜尼娅坐着三等座就可以顺顺利利地过来啦。所以，也许我能给你寄去的都不止二十五卢布，没准儿还能给你寄去三十卢布呢。不过，好啦，整整两页纸全写满了，已经没有地方再写了，这便是我们发生的所有事情。瞧，多少事情全赶到一块儿了！而现在，我亲爱的罗佳，我要拥抱你，一直到不久以后我们能见面的那个时候，我会以一个母亲的爱来祈祷你平安无恙。罗佳，你要爱你的妹妹杜尼娅，就像她爱你那般爱她。你要知道，她对你的爱是无边无际的，她爱你远胜于爱她自己。她是一个天使，而你，罗佳，你是我们的全部——我们的全部期待、所有指望。只要你过得幸福，我们就会幸福。罗佳，你是否还像从前那样向上帝祷告呢？你是否仍相信创世主和我们那救世主的仁爱呢？我打从心底里为你感到担忧，最近时兴的无神论思想没有影响到你吧？如果当真是那样的话，我就得为你祈祷了。亲爱的，你要记住，当你还是个孩子，你的父亲也还在世的时候，你坐在我的膝上，口中常常咿呀咿呀地叨念祷词，那时候我们家多幸福啊！别了，或者最好说，再见！我要深深地、深深地拥抱你，亲吻你千万遍。

永远爱着你的母亲
普莉赫里娅·拉斯科尔尼科娃

　　从开始读信起，包括整个读信的过程中，拉斯科尔尼科夫的脸上都溢满了泪水。可是整封信读完以后，他的脸色却格外难看，面部因为抽搐而显得十分扭曲，一丝恼怒、痛苦而又凶恶的笑容掠过他的唇角。他把头枕在自己那块干瘪的烂枕头上，躺在那里沉思许久。他的心开始猛烈地跳动，思绪如浪涛般剧烈地翻涌着。最后，他觉得置身于这间墙纸泛黄、如壁橱或箱子般窄小的房间里窒闷难耐，简直无法呼吸，视线和思绪都需要更大的空间。于是他抓起帽子，走出房间。这一次，他已不再害怕同任何人在楼梯上碰面了，他已将这回事全然抛之脑后。他穿过B大街,往瓦西里岛①的方向走去,好像急着去什么地方办事。不过他走路时仍旧习惯性不看马路,径直朝前走,口中念念有词,甚至还讲出了声来。来往的行人见状惊诧不已,很多人都只当他是个醉汉。

---

① 俄罗斯的圣彼得堡市河道纵横,瓦西里岛是横穿涅瓦河的众多小岛屿中第一大岛。

第四节　姑娘

　　母亲的信令他痛苦万分。然而,对于信中最主要、最根本的一点,哪怕是还在读信的时候,他也一点都未曾怀疑。对于这件事情最重要的实质,他已了然于胸,他也最终做出了决定:"只要我活在这世上一天,这婚就结不成,见鬼去吧!卢仁先生!"

　　"因为这件事已经很明显,"他喃喃自语,脸上露出得意的冷笑,在心里狠狠地预祝自己的决定大获成功,"不,妈妈,不,杜尼娅,你们瞒不过我的!……她们居然还要为了没跟我商量就定下此事向我道歉!可不是吗!她们以为,如今要想悔婚已不可能了。那咱们就走着瞧,到底能不能!说辞倒是冠冕堂皇呀:'彼得·彼得洛维奇是一位多么精明能干的大忙人啊,所以必须尽快举办婚礼,要快得像骏马奔跑,要快得像火车加速。'不,杜尼娅,整件事情的真相,还有你准备对我诉说的千言万语,我全都懂了。我知道,你整夜在房间里踱步,思考的到底是什么,我也清楚,你跪在妈妈卧室的喀山圣母像①面前,祷告的又是什么。前往各各他②是痛苦的。嗯……这样你们便说,一切已

---

① 喀山圣母像画的是圣母玛利亚举起右手做祝福状,它是俄罗斯东正教的最高圣像,在民间极受尊重,被看作穷人的守护者。
② "各各他"是耶路撒冷的一座偏远小山。据《圣经·新约全书》的四福音书记载,耶稣曾被钉于十字架上,而那个十字架就在这座各各他山上。因此,"各各他"一词可以指代"苦难"。

最终决定好了：阿芙多季娅·罗曼诺芙娜，那就请你嫁给这个精明能干又沉着、理性的人吧，他有一大笔钱（已经拥有一大笔属于自己的钱，这也就更值得信赖，更能打动人了），同时在两处供职，并且赞同我们新一代的观点（正如妈妈信中所写），'看上去人很善良'（正如杜尼娅自己描述的那样）。这'看上去'三个字真是绝妙啊！而杜涅奇卡就要嫁给这么一位'看上去'了！……真是绝妙！绝妙呀！

"……不过呢，有趣的是，妈妈为什么在信中跟我提到'新一代'呢？仅仅为了形容此人的性格，还是另有一番意味呢？难道她想要讨好我，让我对卢仁先生产生好感吗？哎，她们考虑得可真周全啊！还有一个很有趣的情况也得弄明白：在那个白天和那个夜晚，以及接下来的所有时间里，她们彼此向对方坦诚相待到了怎样的地步？她们二人是否已经把所有的心里话都直截了当地说出口了呢？还是说，她们两个什么都明白，与对方的想法一致，不谋而合，于是便心照不宣，无须多言，哪怕是只言片语，也毫无必要？或许，这件事情大抵上也就是这样吧，从信里可以看出：妈妈感觉这个人有点儿不顾情面，只是有点儿，可天真的妈妈竟会硬生生跑去把自己的看法对杜尼娅说。后者自然是生气了，所以才'有点不高兴地回答'。那还用说吗！假如事情已经清楚明白，干吗还要提这样幼稚的问题呢？倘若事情已经定下来了，还有什么好去谈的呢？谁会不生气呢？正如她在信里对我说的那样：'罗佳，你要爱杜尼娅，她爱你，远胜于爱她自己。'当她同意为了儿子而牺牲女儿，她的良心是否会受到谴责，而隐隐作痛呢？'你是我们的期望和依靠，你是我们的一切！'啊，妈妈呀！……"他内心的愤恨愈演愈烈，倘若此时卢仁先生赶巧撞上了他，估计他会把卢仁先生给杀了！"

"嗯，这倒没错，"他思绪万千，大脑飞速运转，继续往下思考，

"这倒没错,'想要对任何人做出评判,首先要自己去走近、去审视'。不过,卢仁先生的为人倒是一目了然。重要的是,他是个'精明能干的人,而且看上去很善良'——他来负责托运行李,运送大箱子的费用由他来承担,岂不可笑?他又怎会不善良呢?可是她们俩,未婚妻和丈母娘,还得雇一个庄稼汉,坐一辆敞篷大车过来啊!(我原来也曾坐过这种大车)那倒也无妨!因为不过只是九十俄里,'到了车站,我们坐着三等座就可以顺顺利利地过来了',近一千俄里呀。这倒的确是明智之举:合情合理,量力而行呗!可是您呢,卢仁先生,您是怎么做的?那可是您的未婚妻啊……况且您不可能不知道,您的丈母娘还要拿自己的养老金作抵押借路费,对吧?当然了,你们算是在合伙做买卖嘛,一笔互惠互利的生意,股资相等,也就是说,收益也对半平分嘛!这也正应了那句谚语:饭得一起吃,烟得分开吸。不过,那个精明能干的人有点哄骗她们了:托运行李要比她们的路费便宜多了,有可能还用不着花钱呢。这一点她们怎么看不出来呢,还是说,她们是有意对此不予理会?因为她们已经满意了,满意了!殊不知这只不过才刚刚开个头,真正厉害的还在后头呢!要知道这里面重要的是什么,不是斤斤计较,也不是惜财如命,而是:这就是他的本性,他的做派就是如此。这会是他将来婚后的做派,是一种征兆……可是母亲为何要花掉那仅有的钱呢?她又带了多少钱来圣彼得堡呢?三个卢布还是两张'一卢布的票子',就如她所说……那个老太婆……哼!往后她指望拿什么在圣彼得堡生活呢?她不是已经出于某些原因,料到自己在杜尼娅婚后不可能跟他们共同生活了吗?况且她是第一时间预料到的。那个可爱的人想必说走了嘴,让人看出自己的本来面目,尽管妈妈对此矢口否认:'不会接受他的邀请的。'所以她能指望谁呢?指望那一百二十卢布养老金吗?还得从中扣除从阿凡纳西·伊万诺维奇那里借的债呀。到时她可能就要靠织三角头巾和袖套为生了，可是那样会弄坏她的老花眼啊！况且织头巾每年总共也只能补贴二十卢布，这我非常清楚。那就是说，她能指望的终究还是卢仁先生的慷慨解囊。'他会包容大度、有礼有节地邀请我跟他们一起住'，别做梦了！席勒笔下那些心地高尚的人往往便是如此：哪怕是到了最后一刻，他们都还在心中为这个人装扮孔雀的翎羽，直到最后一刻，他们还对其抱有善意的幻想，总不愿把人往坏的一面想；即便他们已预感到事情的消极方面，但无论如何也不愿对自己吐露真言；单是这种疑虑就会令他们感到厌恶；他们仍然摆一摆手，不愿意接受真相，直到那个被他们用翎羽装扮过的人亲自过来愚弄他们为止。可是说来有趣，那位卢仁先生到底有没有勋章呢？我敢打赌，他的纽扣眼上肯定别着一枚安娜勋章①，而且当他和包工头、商人们共同用餐的时候，肯定也会戴着它的。没准儿他还会把勋章带到自己的婚礼上呢！不过，这又与我何干，见鬼去吧！

"……哎，算了吧，妈妈，随她吧，愿上帝佑护她，她原本就是这样的人。可是杜尼娅又是怎么了呢？我亲爱的杜涅奇卡，我可是了解你的啊！要知道，我们上次见面时，你都快二十岁了，你的性格我还是很了解的。妈妈在信中写道，'杜涅奇卡很能容忍'。这我是知道的。这我早在两年半以前便已知晓，而且在那之后的两年半里，我一直在思考这一点，也正是这一点——'杜涅奇卡很能容忍'——当初她能容忍斯维德里盖洛夫先生以及由他引发的诸般后果，可见她的确非常善于容忍。而现在，她和妈妈都认为，对于卢仁先生也是能够容

---

① 保罗一世在位期间，它被列为俄国勋章，颁发给为国家做出过卓著贡献的人。勋章分为四个等级，只有颁发给少数人的一级勋章属于高等荣誉。文中的四级安娜勋章是级别最低的勋章之一，它的价值微不足道。

忍的。这个人宣扬一套歪理，说是娶一位出身寒微、承蒙丈夫恩泽的妻子大有益处，而且几乎还在初次见面时，他就将此意说了出来。即便我们假定他'说走嘴了'，那么，至少他也算是个理性的人吧（因此，或许他压根不是说走嘴了，恰恰只是想尽快表明自己的态度罢了），可是杜尼娅呢，杜尼娅又是怎么回事呢？要知道，卢仁到底是个什么样的人，想必她心知肚明，她可是要跟这个人共同生活的呀。要知道，她宁愿只吃黑面包，只喝白开水，也不愿出卖灵魂，不会为了图荣华富贵而舍弃自己精神上的自由，即便用整个石勒苏益格－荷尔斯泰因①的领地来跟她交换，她也绝对不会妥协，更不必说是为了一个卢仁先生。不，据我所知，杜尼娅并不是那样的人，而且……她至今仍未改变，这根本无须多说！……斯维德里盖洛夫一家当真让人忍无可忍！而且为了每年二百卢布的酬劳，毕生奔忙于各省之间做家庭教师是非常辛苦的，但我仍然知道，我的妹妹宁愿像黑人那样去种植园做奴隶，或像拉脱维亚人那样到波罗的海东海岸给德国人干苦力②，也不愿亵渎自己的灵魂和情操，跟一个既不能让她敬重，又毫无共同语言的人结合，更不会仅为了一己私利就将自己交给他！即便卢仁先

---

① 石勒苏益格－荷尔斯泰因是德国人的主要居住地区，自古以来是丹麦的辖制范围，但它一直拥有特殊地位。19世纪，丹麦意图将石勒苏益格－荷尔斯泰因真正收归至自己的辖属，解除这种特殊的地位；而另一方面，德国人意图摆脱丹麦的统治。

② 在19世纪60年代，拉脱维亚人的处境相较于刚刚摆脱农奴制桎梏的俄国农奴要稍好一些。拉脱维亚人在1817年（库尔良斯卡娅省）和1819年（里夫良斯卡娅省）获得了解放。在拉斯科尔尼科夫所处时代，拉脱维亚早已历经两代人的兴衰更替。文中的"像拉脱维亚人那样去波罗的海东海岸给德国人干苦力"一句，其灵感源于19世纪60年代俄国报刊刊载的一系列文章，如《莫斯科公报》，文中提到的"黑人"，同样源于报纸上的文章。

生整个人是用纯金打造，或是用整块钻石镶嵌而成的，她也断然不会答应做卢仁先生的合法姘头！可是她如今到底为了什么而答应的呢？缘由在哪里？其中到底有什么隐情？事情很显然：倘若她是为了自己，为了自身的荣华富贵，甚至为了救自己的命，那么她也绝对不会出卖自己，可若是为了其他人，她会的！为了心爱之人，为了她心中神圣的人，她会出卖自己！事情的全部隐情就在这里：她为了哥哥，为了母亲，出卖了自己！完全出卖！哦，我们啊，在必要之时会压制自身的情感和道德，将自由、安心，甚至是良知，将所有的一切都拿到旧货市场上变卖。就算抵上性命，也在所不惜！只要让我们所爱之人能够幸福。除此以外，我们还自己臆造出一套强词夺理的说辞，向耶稣会①会员学习，或许这样便能安慰自己，使自己确信：为了善意的目的，就该这样，的确应该这样。我们就是这样的人啊，所有的一切都明朗如昼。显然，在这件事上，居于首要位置的人正是罗季昂·罗曼诺维奇·拉斯科尔尼科夫，除他之外，别无旁人。可不是吗，能给他带来幸福，供他读大学，使他成为事务所的合作伙伴，为他的终身命运提供保障，说不定他将来还会成为富翁，声名大噪、受人尊敬，甚至还有可能终生都享受着这份荣耀呢！可是母亲呢？要知道这事关罗佳，她亲爱的罗佳，她的长子啊！为了长子，怎能不牺牲掉这么好的女儿呢？哦，这颗可爱却又不公平的心啊！况且事到如今，也许我们就连索涅奇卡那样的命运也无法拒绝了吧！索涅奇卡，索涅奇卡·马尔梅拉多娃，只要这个世界还存在，索涅奇卡便会永远存在！这种牺牲，这种牺牲你们二人有没有充分衡量过呢？衡量过吗？能办到吗？有好处吗？合乎情理吗？杜涅奇卡，你是否明白，索涅奇卡的命运丝

---

① 天主教最具影响力的主要修会之一，它要求会员对修会及圣座的命令绝对服从。

毫不比跟卢仁先生结婚更加糟糕！'谈不上有什么特别的爱情'，妈妈在信中是这样说的。可是如果抛开爱情，连尊重都没有，那将会怎样呢？倘若事与愿违，已然存在的尽是嫌恶、鄙夷和憎恨，那时又将会是什么样呢？那么到了最后，必然得再次'讲究体面'了吧。难道不是吗？你明不明白，你到底明不明白，这种体面意味着什么？你明不明白，卢仁夫人的体面与索涅奇卡的体面是没有区别的，说不定前者还要更糟糕，更丑陋，更卑劣，因为你，杜涅奇卡，说到底你是贪图有些多余的荣华，而她那边所面临的却是关乎饥饿的生死难题！杜涅奇卡，这份体面的代价太大了！太大了！哎，假如将来你容忍不了了，你会后悔吗？那时将有多少悲哀，多少烦恼，多少咒骂，你又将悄悄流下多少泪水啊，要知道，你可不是玛尔法·彼特罗芙娜呀！到了那时，母亲又会怎样呢？要知道她现在就已惴惴不安，忧心如焚，待她将一切看得清清楚楚以后，又该怎么办？而我又该如何是好？……你把我当成什么人了？我不要你的牺牲，杜涅奇卡，我不要！妈妈，只要我一息尚存，就绝对不会让这样的事情发生，绝对不能发生，绝对不能！我不能接受！"

他猛地回过神来，停下脚步。

"绝对不可能发生吗？可是你能做什么，好让这种事情绝不发生？出面制止吗？有什么权利这么做？从你的角度来讲，为了拥有这种制止的权利，你又能向她们做出什么承诺呢？等你将来完成学业，找到工作，再把自己的命运和前途全都奉献给她们吗？我们早就听烂这一套说辞了，然而这还只是一句空话啊，眼下该怎么办呢？要知道现在必须得做点什么，你明白吗？可是你此时又在做着什么呢？你在榨干她们赖以生存的最后一点儿钱啊！要知道，这钱可是她们用一百多卢布养老金，用从斯维德里盖洛夫先生家赚的薪酬作抵押借来的！你，这个未来的百万富翁,主宰她们命运的宙斯,你拿什么去保护她们,使她们免受斯维德里盖洛夫一家的欺凌和阿凡纳西·伊万诺维奇·瓦赫鲁申的剥削呢?等到十年之后吗?然而在这十年之中,妈妈会因为织头巾而熬坏了双眼,也许还将以泪洗面使视力受损,她会因为省吃俭用而变得身体虚弱;而妹妹呢?哎,你想想吧,十年之后,抑或在这十年之中,妹妹能变成什么样呢?你能够猜得到吗?"

就这样,他拿这些问题折磨自己,嘲弄自己,甚至从中感受到愉悦。其实,这些问题根本就不是新问题了,也绝非突然迸发出的,而是一些在心中难以解决的遗留问题。它们早就开始折磨他,使他的内心备受煎熬。早在很久很久以前,这些忧愁便已尽数在他的心底萌生出了,继而日积月累,愈演愈烈,终于在最近这段时间酝酿成熟,并以一个可怖、古怪而又荒唐的问题形式出现了。这个问题使得他的头脑与精神备受折磨,现在非解决不可了。如今,母亲的信宛如一声惊雷,猛然将他击中。显然,眼下要做的并不是徒然烦恼,更不是消极苦闷,一味探究这些问题无益于事情的解决,而是必须得行动起来,就趁现在,越快越好。无论如何都得做出决定,不论什么决定都行,要不然就……

"要不然就完全放弃生活吧!"他突然疯也似的大声吼道,"索性接受命运的安排,也别去管它会怎样了,将自己内心的一切统统扼杀,放弃行动,放弃人生,放弃一切热爱的权利!"

"明白吗,先生,您明白什么是走投无路吗?"他陡然想起昨日马尔梅拉多夫提出的那个问题,"每个人至少需要一条可以走的路啊……"

他猛地浑身战栗了一下,有一个念头在他的脑海中一闪而过,而这个念头是他昨日就想到的。然而他之所以战栗,并非由于这个念头的闪现,而是因为他清楚地知道,自己所预感的这个念头必将"一闪而过",自己也早已在等待着它的到来,而且这个念头也全然不是昨日才有的。但是它的不同之处在于,一个月以前,甚至在昨天,这个念头都仅仅是一个臆想罢了,然而现在……现在,它突然不再只是一个臆想,而是以某种严肃的、陌生的,以一种全新的形式浮现出来,他自己也在恍然之间意识到了这一点……他的脑袋像是被什么东西猛地敲击了一下,眼前发黑。

他急匆匆地环视四周,想找什么东西。他想找一把长椅坐一会儿。此时他正往K林荫道的方向走去,目之所及可以看到前方有一把长椅,距离他有一百来步远。他尽可能地快步走了过去,可是沿途遇到了一件意外的事,有好几分钟,他的注意力完全被吸引了过去。

他在寻找长椅的时候注意到,前方约二十步远的地方有个女人在走路,不过,起初他并没有留意到她,如往常一般,他对于掠过眼前的一切事物全视而不见。这种情况经常发生在他的身上,比如,他在回家时完全不记得自己走过的路,对此他早已形成习惯了。不过那个走路的女人身上拥有某种特别之处,而且打从看到她的第一眼起就十分醒目,所以他的注意力渐渐被吸引过去了——起初他是无意之间看过去的,似乎还怀有一丝懊丧,可是后来他却看得愈发专注起来。他突然很想弄明白,这个女人身上究竟有什么特别之处?首先,她应该是一位非常年轻的姑娘,烈日当头,可她出门却没戴帽子,没撑伞,也没戴手套①,还有些滑稽地挥舞着双手。她身穿一件质地轻薄的丝绸连衣裙,但不知为什么,这身衣服看上去却显得很奇怪,扣子没扣紧,

---

① 在当时的社会环境下,对于女子来说,太阳伞和手套都是出门的必备品,如果没有的话,就说明这个女子出身寒门。

裙子最上方接近腰部的位置还被撕破了，整块破了的布片在后腰耷拉着，悬在半空，不停地摇晃。一块窄小的三角头巾松松垮垮地挂在她裸露的脖子上，戴得有些歪了。除此以外，姑娘走起路来显得身体重心不稳，跟跟跄跄、东倒西歪。此番状态终于吸引了拉斯科尔尼科夫的全部注意力。他与这位姑娘在那把长椅边迎面相遇，可是她刚走到长椅边，就立刻瘫坐在长椅的一侧，背靠长椅，仰面朝天，阖上双目，看起来疲惫极了。他仔细端详了她一会儿，随即猜到她喝醉了。这幅景象实在让人感到既怪异又荒谬。他甚至怀疑自己是不是弄错了。面前的姑娘有一张相当年轻的面孔，大约十六岁，甚至可能年仅十五岁，她长着一张白嫩的小脸，面容姣好，脸颊红扑扑的，似乎还有些浮肿，头发是金黄色的。这个姑娘看上去有些神志不清，她的一条腿跷在另一条腿上，而且裸露得太多了，种种迹象表明，她几乎没有意识到自己是在大街上。

拉斯科尔尼科夫没有坐下，也不想走开，而是站在她面前。这条林荫道向来鲜有人迹，现在又是下午一点多钟，正是烈日灼人的时候，所以这里几乎看不到人影。但是在这条林荫道的边缘，大约十五步远的地方，有一位先生停下了脚步，看起来他正怀着某种目的，也很想靠近这个姑娘。想必他也老远就瞧见了她，还跟了过来，只是拉斯科尔尼科夫在这里，妨碍了他走上前来。他恶狠狠地盯着拉斯科尔尼科夫，但又尽量不让对方注意到自己凶恶的目光，急切地等待这个衣着破烂且又令人扫兴的家伙赶紧走开，好让自己上前去亲近那个姑娘。事情已经很明朗了。这位先生三十岁上下，体格健硕，身材肥胖，面颊红扑扑的，嘴唇红润，还有一撮小胡子，穿得非常讲究。拉斯科尔尼科夫很恼火，他突然很想找个办法来羞辱一下这个肥胖的花花公子。于是他把姑娘暂时留在原地，朝着那个先生走去。

"哎哟,是您呀,斯维德里盖洛夫①!您到这儿来干什么?"他大声喊道,气得连唇边都沾满了唾沫,他紧握着双拳,脸上露出一抹坏笑。

"这是要干什么?"那个先生紧蹙眉头,傲慢又诧异地厉声问道。

"请给我滚开!就是这个意思!"

"你敢!无赖!……"

他反手扬起了皮鞭。拉斯科尔尼科夫挥着拳头朝他扑去,他甚至都没想到,这位体格强壮的先生足以对付两个像他这般身材的人。不过就在这时,有人从背后牢牢拽住了他,一名警察站在了他们之间。

"够了,先生们,公共场所不许打架。你们要干什么?你是什么人?"当他看到拉斯科尔尼科夫身上的破衣服时,严厉地质问。

拉斯科尔尼科夫仔细地瞧了瞧他。这是一张威严的军人面孔,嘴上留着一撮灰白色的小胡子,脸颊两旁长满了胡子,眼神中透着干练。

"我正想找您,"他一把抓住警察的手臂,高声说道,"我以前是大学生,我叫拉斯科尔尼科夫……这您也能看出来,"他对那个先生说,"请您随我过来,我要让您看一看……"

说着,他拉着警察的手臂,将他带到长椅跟前。

"您瞧,她已经醉得不省人事了,刚才她就走在这条林荫道上。谁晓得她是什么人,不过不像是干那种行当的,倒像是在什么地方被人灌醉了,受了人的诱骗……是头一回……您明白吗?而且她就这样被人给扔在大街上。您看吧,这连衣裙都被撕成什么样儿啦,您瞧,这裙子是怎么穿的。很明显,这衣服还是别人给她穿的,根本不是她自己穿上的,给她穿衣的人笨手笨脚,并且是一双男人的手。这一点

---

① 这里的斯维德里盖洛夫,是指代那些花花公子、纨绔子弟。

不言而喻。嗯，那么现在您再往这边看：这个花花公子，我刚才正想揍他一顿，这个人我以前不认识，是头一回碰见，他也在这条路上跟着这个姑娘。她喝醉了，醉得不省人事，而他正要着急地走过来想把她抓走——因为她正处于这种状态——再把她带到什么地方……事情大概就是这样。请您相信，我不会弄错的。我亲眼看见，他一直暗中注意着她，紧跟在她身后，只不过我妨碍了他下手，现在他正等着我离开呢。瞧，他现在稍微走开了一些，站在那儿，好像在卷一根烟……我们该怎样才能让他无法得逞呢？我们怎么才能把那姑娘送回家呢——请您想想办法吧！"

警察随即就明白了，开始思索起来。那位胖先生的图谋当然再明显不过，可这位姑娘的来路尚不清楚。警察俯下身来，凑得近些，仔细端详着她，神色中显露出一丝真诚的怜悯。

"哎，太可怜了！"他摇了摇头，说道，"她还是个孩子呢！被人骗了，肯定是这样。小姐，您听得见吗？"他开始唤她，"请问您住在哪儿啊？"

小姑娘睁开疲惫不堪、无精打采的双眼，目光呆滞地望了一眼问话的人，摆了摆手。

"喂，"拉斯科尔尼科夫开口道，"来（他在衣兜里摸了一会儿，掏出二十戈比——兜里还剩了点儿钱），给，请您雇一辆马车，吩咐车夫把人送回去。不过我们还是要问出她家的地址！"

"小姐，小姐？"警察收下钱，再次唤她，"我现在给您雇一辆马车，亲自送您回去。请您告诉我，把您送到哪里呀？啊？请问您住在什么地方？"

"走开！……烦死人了！"小姑娘轻声咕哝着，又摆了摆手。

"哎哟，哎哟，这可不大好呀！哎哟喂，多丢人哪，小姐，多丢人哪！"他又摇了摇头，神色中有些讥讽、怜惜和恼怒的意味。"这可是个大难题呀！"他回身对拉斯科尔尼科夫说道，说完又迅速将对方从头到脚打量一番。想必在他看来，拉斯科尔尼科夫这种人很奇怪：明明自己穿得这么破烂，却还对旁人这样慷慨！

"您发现他们的地方离这儿远吗？"他问。

"我跟您说，当时她跟跟跄跄地走在我前面，就在这条林荫路上。她刚走到这张长椅跟前，就立刻倒了下来。"

"哎，上帝啊，如今这世上怎么尽是可耻的事情呀！这么小的年纪，就醉成这个样子！被人诱骗了，肯定是这样！瞧，她的连衣裙也被撕破了……哎，现如今可真是世风日下呀！……她要么是贵族出身，要么就是穷人家的女儿……如今这世道，这种事太多太多了。她看上去娇生惯养的模样，倒像个小姐。"他再次俯身瞧她。

或许，他也有几个这样的女儿——"娇生惯养的模样，像个小姐"，举止斯文，穿着讲究，爱赶时髦……

"重要的是，"拉斯科尔尼科夫语气甚是关切，"千万别让她落到这个浑蛋手里！他肯定还会玷污她的！他是什么居心，一看便知；你瞧这个浑蛋，他还不愿走呢！"

拉斯科尔尼科夫大声地喊，同时直接伸手指向他。那人听见了，本来又要动怒，但是马上又改变了主意，只用鄙视的目光瞥了他一眼。随后，他慢悠悠地又往远处走出十来步，停了下来。

"不让他得逞，这倒是可以办到，"警察思忖着，说道，"只要她说出该把她送到什么地方就行，否则的话……小姐，小姐！"他再次俯下身来。

忽然，那个姑娘完全睁开了眼睛，定睛细看眼前的人，似乎明白这是怎么回事了。她从长椅上站起来，朝来时的方向走去。

"呸,这群无耻的家伙,老是缠着人!"她又摆了摆手,开口道。她脚步很快,然而身形仍旧跟跄地摇晃着。花花公子也尾随她走了,但是他走的是另一条林荫小路,而他的视线片刻都没有离开过她。

"请不要担心,我不会让他得逞的,"这位小胡子警察果决地说,跟在他们后面走了,"哎,现如今真是世风日下啊!"他叹了口气,大声重复道。

这时,拉斯科尔尼科夫感觉好像被什么东西刺痛了,他顿感头晕目眩。

"喂,听我说啊!"他赶紧跟上小胡子,大声地喊。

那个人闻声转过来。

"您就不要管了!这跟您有什么关系?放手吧!随他快活去吧(他指了指花花公子)。这跟您有什么关系啊?"

警察十分困惑,两眼直直地望着他。拉斯科尔尼科夫笑了。

"哎呀!"警察摆摆手,转身去追花花公子和小姑娘。想必他觉得拉斯科尔尼科夫要么是个疯子,要么就是比疯子还要够呛的怪人。

"我的二十戈比还被他拿走了,"拉斯科尔尼科夫悻悻地说,"哼,就让他去找那个家伙也要点钱吧,然后任由他带走小姑娘,事情到此为止了吧……我又何必跑去,瞎插手帮忙呢!哼,帮忙的话,用得着我吗?我有什么资格帮忙?就让他们活生生地吞掉对方吧——这跟我又有什么关系呢?我怎么就硬生生地把这二十戈比拱手送人呢?难道这些钱是我的吗?"

虽然他说出这样奇怪的言语,可他的内心却是重若千钧。他在空荡荡的长椅上坐了下来,又开始胡思乱想,心神不宁……此时他已经难受得无法再思考任何东西了。他真想好好睡上一觉,将一切忘却,然后大梦醒来,一切从头开始……

"可怜的小姑娘啊！……"他朝着长椅空荡荡的另一边瞧了两眼，感叹道，"等她清醒过来，就会大哭一场，她的母亲知道后……会先把她毒打一顿，再用鞭子抽她，痛不欲生，奇耻大辱，说不定她还会被撵出家门……就算不被撵出去，达莉娅·弗朗采芙娜这样的小人也会听到风声，我们的小姑娘还得四处躲藏……再过不久，她就得进医院①了（那些住在十分正派的母亲家中，却背着母亲悄悄干些不正经勾当的女孩们总是这般下场），那然后呢……然后她又得进医院了……酗酒……混小酒馆……接着又进医院……不出两三年，就变成了废人。从出生之日起，这些姑娘总共只能活十八或十九个年头……难道我没有见过这样的姑娘吗？而她们又是如何误入歧途的呢？哎，瞧，反正她们全都是这样误入歧途的……呸！管她们呢！据说，这种事是必然的。据说每年都要有这么百分之几②的人……要到那个鬼地方去，这或许是为了让剩下的人保持纯洁，免受侵扰。百分之几！说真的，他们的这番话说得可真精彩啊！这话说得多么令人宽慰，多么科学合理。反正说的是百分之几，这样一来，也就没什么好顾虑的了。要是换个说法，那可就要……令人感到不安了……可要是杜涅奇卡也堕入了那百分之几里面呢，又该怎么办才好呢？……不是堕入这个百分之几里面，就是堕入那个百分之几里面……"

---

① 这里是指性传播疫病的医院，在当时的俄国有很多病患。
② 这里是暗指比利时统计学家凯特勒的理论：贫穷的人、妓女、犯罪分子和自杀者，要占一定的百分比，这是不可避免的，也是人类社会生存的必要条件。19世纪中叶，把概率论引进统计学而形成数理学派，其奠基人是比利时的阿道夫·凯特勒，其主要著作有：《论人类》《概率论书简》《社会制度》和《社会物理学》等。他主张用研究自然科学的方法研究社会现象，正式把古典概率论引进统计学，使统计学进入一个新的发展阶段。

"我这是要去哪儿来着?"他突然想起来,"怪事,我原本是为了件什么事才出来的?我刚读完那封信就出来了……去瓦西里岛,我出来是为了去找拉祖米欣,就是去那儿找,现在……我想起来了。可是我去找他做什么呢?我的脑海中是怎么突然冒出来要去找拉祖米欣这个念头的呢?干吗偏偏是这个时候呢?这点的确值得注意。"

他对自己的想法感到诧异。拉祖米欣是他的一位大学同学。值得一提的是,拉斯科尔尼科夫在大学时代几乎没什么朋友,他逃避一切人,不主动去找任何人,也不大喜欢别人过来找他。于是,不久之后大家都不爱搭理他了。像什么同学聚会、社交活动、娱乐活动之类的,他什么也不参与。他学习刻苦又拼命,为此大家很尊重他,可谁也不喜欢他。他特别穷,还有些心高气傲,并且独来独往,好像总在心里藏着什么秘密一样。在其他同学看来,他把他们所有人都当小孩子看待,而且趾高气扬,好像他不论是修养上、学识上,还是信仰上,都比其他人要更胜一筹,在他眼里,他们的观点和兴趣是低级的。

但是他和拉祖米欣却没来由地非常合拍,其实也算不上是非常合拍,而是跟拉祖米欣交流得多一些,更坦诚一些。其实,他跟拉祖米欣的这种关系是必然的。拉祖米欣是个生性乐观、善于沟通的小伙子,善良之中还透着一股子纯朴的憨劲儿。不过,在他纯朴的外表下潜藏着的是深邃与自尊。他的知交好友对于这一点都很了解,大家也都很喜欢他。他非常聪明,尽管有时的确有点冒傻气。他的外表比较引人注意——高个子,身形瘦削,胡子总是刮不干净,头发油亮亮的。他有时也爱瞎胡闹,还是个有名的大力士。有天夜里,他跟同伴们在一起的时候,一拳击倒了一个两俄尺十二俄寸①高的警员。他酒量很好,

---

① 大约两米。

可以喝个不停，但也能够做到一滴酒都不喝。有时候他很顽皮，甚至顽皮到让人无法忍受的地步，但是他也能收起顽劣，装得一本正经。拉祖米欣身上还有个有趣的地方：他从来都不会被失败搅得困顿难安，也不会对任何糟糕的境遇感到迷惘沮丧。哪怕沦落至睡屋顶的地步，他也可以一枕安眠，还可以忍受常人所不能忍的饥寒交迫。他非常穷困，全靠自己维持生计，为了赚钱糊口，有什么工作，他就做什么工作。有一回，他整整一个冬天没在房间生火取暖，还信誓旦旦地说，这样屋里更舒服，因为寒冷使人睡得更酣畅。眼下他被迫辍学了，但这样的日子不会持续很久，他正在想办法努力挣钱，以便继续完成学业。拉斯科尔尼科夫已经四个月没去找他了，拉祖米欣也根本不知道他住在哪儿。有一次，大概在两个月前，他们曾在街上偶遇，可是拉斯科尔尼科夫却转过身回避他，甚至还往马路对面走，以免被他认出来。拉祖米欣虽然将这一切都看在眼里，但仍从旁边悄悄走了过去，不愿惊扰友人。

第五节　迷信

"的确，就在不久以前，我还曾想请拉祖米欣帮我介绍工作，或是找一份教书的差事，或是随便给找点什么事干……"拉斯科尔尼科夫想起来了，"可是事到如今，他又能怎么帮我呢？哪怕他帮我谋到教书的差事，哪怕他把仅剩的几个戈比也分给我——倘若他手头还有钱的话，那么我就可以买双靴子，换一身像样点的行头，这样也好去教课……嗯……那么然后呢？就这么点儿钱，我又能干什么呢？难道我现在需要的只是这一点点钱吗？没错，我要去找拉祖米欣，真是可笑……"

此时，去找拉祖米欣这个问题，为什么会搞得他心神恍惚，甚至超出他所预想的程度。他在这种看似很寻常的行动中，惊惶地探寻某种对他而言具有不祥之兆的隐喻。

"怎么，难道我只想一味倚仗拉祖米欣来搞定所有事情，在他身上找到解决一切困难的途径吗？"他带着一丝惊诧质询自己。

他揉着自己的额头，沉思许久。想来也是奇怪，经过一番仔细思量后，他的脑海中突然浮现一个异常古怪的念头，而这个念头的出现仿佛是在无意之间，却又十分顺理成章。

"嗯……去找拉祖米欣，"他忽然平心静气，仿佛正在做最终的决定，"我去找拉祖米欣，这是理所当然的……可是——不是现在……我会去找他的……但要在那件事办完后的第二天，等到那件事完成以后，一切都从头再来……"

他的头脑忽然清醒起来。

"等那件事完成以后,"他从长椅上站起来,不禁大声叫道,"难道那件事真会发生吗?该不会真的发生吧?"

他离开长椅往前走,几乎开始奔跑起来。他原本是想往回走的,走回家去,可是他顿时又对家感到一阵极度的厌恶。这一切都在那个地方,那个逼仄的角落、可怖的壁橱里,酝酿一月有余。他又开始漫无目地向前游荡。

他身上神经质般的颤抖变成了某种热病发作般的颤抖,他甚至还打起了寒噤,在这样炎热的天气里,他竟感到周身发寒。出于某种内心需求,他似乎开始竭力地、几乎是下意识地凝视一切迎面相遇的各种事物,仿佛在奋力找寻一些排解,可并没有什么效果,反而令他愈发陷入深思之中。当他再次浑身颤抖着抬起头来四下张望的时候,竟然顷刻间忘记了自己方才的所思所想,甚至连自己走过的路都不记得了。就这样,他穿过整座瓦西里岛,来到小涅瓦河①的河畔,过了桥,转身又往群岛走去。起初,这里的绿意与清凉使他疲惫的双眼感到一丝欣然的惬意,这双眼睛早已看惯城市的烟尘、石灰和相互挤压的高大楼房。这里既没有闷热,也没有浊臭,更没有小酒馆。然而,这些新鲜又愉悦的感觉随即又变为一种令人痛苦、愤怒的情绪。他时而伫立在绿荫遮掩的别墅前,朝篱墙内张望,遥遥地望着远处阳台和露台里身着华服的女人和花园中追逐奔跑的孩童。最吸引他注意的是那些鲜花,这些鲜花让他观赏了许久。他还曾碰到过豪华的四轮马车和一些男女骑手,他满心好奇地目送他们渐行渐远,然后在他们还没有从

---

① 是指涅瓦河的一条分支,瓦西里岛的岬角将涅瓦河分为大、小涅瓦河,南侧为大,北侧为小。小涅瓦河从瓦西里岛和彼得格勒岛之间穿过,流入芬兰湾。

自己的视线里消失前,就已将他们抛到脑后。有一回,他停下脚步,数了数手里的钱,发现大概还有三十戈比。"二十戈比给了警察,三戈比是给娜斯塔西娅付信件的邮费——这样说来,昨天给了马尔梅拉多夫一家四十七戈比或者五十戈比。"他一面想着,一面不知为何算起账来,可是眨眼之间,他又忘了自己干吗要把这些钱从口袋里掏出来了。当他经过一家类似小饭馆的门店时,才陡然想起钱的事情,他饥肠辘辘,想要吃点儿什么。他走进这家小饭馆,要了一杯伏特加,吃了一张不知是什么馅儿的馅饼。直到他重新走回路上时,才把那张馅饼全部吃完。他很久没有喝过伏特加了,虽然只喝了一杯,可是酒劲儿瞬间便上头了。他突然感到自己的双腿沉重了起来,浓厚的睡意袭来,于是开始往家的方向走去,然而他刚刚走到彼得罗夫斯岛,便停下脚步,此刻的他疲乏难耐,于是就离开小路,走进灌木丛,一头栽倒在草地上,立刻酣然入梦。

当人处于病态之中,他的梦境往往异乎寻常的清晰鲜明,并且跟现实极为相似。梦境中出现的有时是怪诞可怖的场景,然而这种身临其境的过程却是非常逼真,梦中充满精妙绝伦、出人意料,却又与梦的整体背景十分契合的种种细节,而这些内容和细节,是梦中人在自己清醒时绝对无从臆构的,哪怕此人是如普希金或屠格涅夫那样出色的艺术家。这类梦,这类病态的梦,总是会使人难以忘却,并且使那些病态的、已然处于高度紧张状态的机体留下强烈的印象。

拉斯科尔尼科夫做了一个恐怖的梦。他梦见自己回到了童年时期,梦见自己回到了他们那座小城。他大约只有七岁,在一个节日的傍晚,他和自己的父亲去郊外散步。暮色苍茫,天气窒闷,那个地方跟他记忆中的场景一模一样,梦中的情景甚至比记忆中的印象还要清晰。小城矗立在一片原野之中,开阔平坦,一览无余,四周连一棵白柳也没有。在遥不可及的远方，在那天空的尽头，一片小树林正伴随天光渐渐暗淡下来。在距离城墙边缘最后一块菜园几步之遥的地方有一家酒馆，一家很大的酒馆，每次他同父亲散步经过这里的时候，心里都会产生一种格外厌恶的感觉，甚至还会感到恐惧。这里总是乌泱泱地聚着一大堆人，他们高声叫嚷，放肆大笑，骂骂咧咧，扯着嗓子嘶吼着不成调子的歌，还经常打架斗殴。小酒馆附近总有一群这样的醉汉和一些面目可憎的人徘徊游荡……每回碰见他们，他都会吓得紧紧依偎在父亲身边，浑身颤抖。酒馆旁边有一条小路，是一条乡间土路，路上总是尘土飞扬，扬起的灰尘也总是脏兮兮、黑乎乎的。小路弯弯曲曲地继续向前延伸，在距此三百来步的地方，从右侧可以经过小城的墓地。墓地的中部有一座带绿色圆形穹顶的石头教堂，他每年都随父母来此做一两次弥撒，为他那位已去世很久却未曾谋面的祖母祭祷。每次过来的时候，他们都会带一份用白色盘子盛的蜜饭，并用餐布包好。蜜饭是用大米和白糖制成的，味道甜滋滋的，里面的葡萄干被摆成十字架状，嵌在米饭上。他很喜欢这座教堂和教堂里古老的圣像，大部分圣像的表层没有金属雕饰的痕迹，他还很喜欢那位脑袋总是晃动的老牧师。祖母的坟墓上覆盖着一块石板，旁边还紧邻着一座小小的坟墓，那是他出生仅六个月便夭折的弟弟的坟墓，对于这个弟弟，他甚至一无所知，因为他全然没有印象。但是别人告诉他，他曾有过一个弟弟，于是他每次过来扫墓的时候，都会按照宗教仪式虔诚又恭敬地在坟前画十字，鞠躬行礼，并且上前亲吻它。此刻他正梦见这些：他们和父亲正在那条小路上往墓地行走，经过那家小酒馆。当时他正挽着父亲的一只手臂，惧怕地回头朝小酒馆张望。一幅很特别的景象吸引了他的注意：这一次，这里似乎是一个游园会，人群熙攘，其中有衣着打扮颜色各异的城里妇女和农村妇女以及她们的丈夫，还有一些形形色色凑热闹的人。所有人都已喝得酩酊大醉，引吭高歌。而在酒馆的台阶边停着一辆大车，这是一辆造型奇特的大车，是那种经常套着高头大马的四轮马车，一般用来运送货物和酒桶。他总是很喜欢盯着那种拉车的高头大马看，它们生着长长的鬃毛，四肢健壮，走起路来步调均匀、不慌不忙，它们虽然拉着堆积如山的货物，但是看上去却毫不费力，从容自若，就像拉车反倒比什么都不拉还轻松一点似的。但是就在这时，发生了一件奇怪的事情，在这辆体量庞大的马车上拴的竟是一匹矮小瘦弱、黑鬃黄毛，村民豢养的劣等马。他以前也常常见到过，这样一匹瘦小的马儿有时拼尽全力拉着一大车堆得如小丘般的木柴或干草，特别是当马车陷入泥坑或车辙中时，在这种时候，它们总要承受农夫狠狠的鞭打，打得那么痛，有时甚至直接打到它们的脸上、眼睛上。每当看到这样的场面，他都感到特别凄惨，心疼得几乎就要哭出来了，而妈妈常常会在此时把他从那扇小窗前拉走。然而这时，周围忽然变得格外嘈杂：几名身材高大、喝得烂醉如泥的农夫从那家小酒馆里走了出来，他们的身上穿着红衬衫或者是蓝衬衫，肩披厚呢子外套，大声叫喊，放声高歌，弹奏着巴拉莱卡琴[①]。"坐上来，大家全都坐上来！"一个农夫喊着，他年纪尚轻，脖子特别粗，胖乎乎的脸蛋上泛着红晕，就像胡萝卜一样红，"我送大家回去，快上车！"

但是人群中却爆发出了一阵哄笑和惊呼："这样一匹劣等的马怎么能拉得动呢！"

"米科尔卡，你莫不是疯了吧？把一匹这么小的母马拴在一辆这么大的车上！"

"弟兄们，这匹黑鬃黄毛马肯定能活到二十来岁！"

[①] 巴拉莱卡琴即三角琴，是俄罗斯的一种弦乐器，呈三角形，有三根弦。

"上车,我送大家回去!"米科尔卡又大喝一声,率先跳上大车。他牵起缰绳,昂首挺胸地站在马车的前部。"那匹枣红马前阵子被马特维牵走了,"他站在大车上喊嚷,"这匹小母马呀,弟兄们,它只会给我添堵,我恨不得把它打死,省得白白糟践粮食!我说,你们坐上来呀!我要让它快快地奔跑起来!它还会飞奔起来的哦!"于是他挥起鞭子,欢欣鼓舞地准备抽打那匹黑鬃黄毛马。

"嘿,坐上来吧,干吗还不上去?"人群中又传来阵阵哄笑,"听到了吧,它会飞奔起来的!"

"它怕是有十年没飞奔起来了吧。"

"它飞起来啦!"

"不用可怜它,弟兄们,一人拿一根鞭子,准备好!"

"对呀!抽它啊!"

一众人等哈哈大笑,嘴里说着调侃的话,纷纷爬上米科尔卡的马车。有五六个人已经爬上去了,还能再上去几个人。他们又把一个身材肥胖、面色绯红的女人拽了上去。这个女人穿着一身红色的衣服,头戴一顶串着花色小玻璃珠的小帽子,脚踩一双厚实的棉靴,嘴里"嘎巴嘎巴"嚼着坚果,时不时"咯咯"地笑。四周的人群中也笑声不断,不过说实在的,怎么会不笑呢——这么一匹瘦弱的小母马,身后却拉着如此沉重的大车,还要让它飞奔起来!坐在大车上的小伙子们立刻全都扬起了鞭子,想助米科尔卡一臂之力。只听一声:"驾!"小母马拼命往前冲去,然而它非但没有飞奔起来,甚至连迈出一步都十分勉强,只能一小步一小步地往前挪动,嘴里"哼哧哼哧"喘着粗气,那三条鞭子如暴雨一般猛烈地落在它身上,抽得它直往下蹲。大车上的人和周围的看客们笑得更加欢腾了,米科尔卡却怒不可遏,他愈发迅猛地不停抽打那匹小母马,好像当真以为,它定能飞奔疾驰一样。

"让我也上去，弟兄们！"人群之中，有个小伙子兴致勃勃地大声嚷嚷。

"上来吧！大家都坐上来！"米科尔卡喊道，"大家全都上来它也拉得动。我要抽死它！"只听见鞭子声"噼啪"作响，他抽了一鞭又一鞭，已然疯狂得不知再怎么鞭打才够解气。

"爸爸，爸爸，"他冲着父亲叫道，"爸爸，他们在干什么呀？爸爸，他们在打那匹可怜的小马！"

"咱们走吧，走吧！"父亲说道，"这些人喝多了，在瞎胡闹呢，一帮傻子。走了，别看了！"说着，父亲便要带他离开，可他却从父亲的手里挣脱出来，不管不顾地奔向那匹小马。那匹可怜的小马已经快要不行了。它"呼哧呼哧"喘得上气不接下气，略微站立起来一会儿，又开始拼命拉拽大车，几乎快要瘫倒在地了。

"给我照死里抽！"米科尔卡嚷道，"不抽它不行。我要打死它！"

"你简直丧心病狂，你是魔鬼！"围观的人群里有个老头儿喊道。

"哪见过像你这样的，让一匹这么小的马拉一辆这么沉的车。"旁边的一个人又补了一句。

"它会被累死的！"第三个人嚷道。

"用不着你瞎操心！我的东西！我想干什么就干什么。再上来几个人！大家全都上来！我非让它飞奔起来不可！……"

霎时间，只听得周围哄然大笑，笑声淹没了一切。小母马承受不住越来越迅猛的鞭打，开始无可奈何地尥起了蹶子。这下就连那个老头儿也忍不住笑了出来。是啊，这么一匹瘦骨嶙峋小母马，竟然还会尥蹶子呢！

人群里又走出来两个小伙子，一人拿起一根鞭子，跑到那匹小母马跟前，分别从两侧抽打它的两肋。

"往它脸上抽,往眼睛上抽,眼睛上!"米科尔卡大声叫喊着。

"来唱支歌吧,弟兄们!"大车上有人喊道,坐在车上的人纷纷随声应和。车上随即传来一首欢快奔放的歌曲,铃鼓被敲得"叮当"作响,还有人跟着曲子吹起了口哨。那个胖乎乎的女人还在那"嘎巴嘎巴"地嚼着坚果,"咯咯"地笑着……

……拉斯科尔尼科夫赶忙向小马的身边跑去,他跑到马的正面,亲眼看到人们是如何鞭打它的眼睛,是专门对准它的眼睛抽的!他难过得大哭了起来。他心跳加速,泪流不止。其中有一个人在抽打时,鞭子还擦到了他的脸,然而他全然没有察觉,只是紧紧攥着自己的小手,放声叫嚷,一头冲向那个正在摇头谴责这一切的白发银须的老者身旁。有个乡下妇人一把抓住他的胳膊,想要带他离开,却被他挣脱了出来,他再次扑向那匹小马。此时,小马已经奄奄一息了,但它再一次尥起了蹶子。

"赶紧见鬼去吧!"盛怒之下,米科尔卡厉声大喝。他扔下鞭子,俯身从大车底下拽出一根又长又粗的车辕,双手握住车辕的一头,在那匹黑鬃黄毛马的头顶奋力挥动着。

"它会被打死的!"有旁观者惊呼。

"会打死它的!"

"这是我的马!"米科尔卡嘶吼着,抡起车辕奋力砸了下去。只听得空气中传来"嘭"的一声滞重的击打声。

"打它,打啊!怎么都不打了!"人群里有几个声音在起哄。

米科尔卡再次抡起车辕,依然是猛力一击,再次落在那匹可怜的小马背上。它已经精疲力竭,本来整个屁股都已坐到了地上,却又重新跳了起来,奋力向前拉拽,拼尽最后一丝气力往各个方向使劲儿,好让大车拉动起来。然而,四面八方的六条鞭子劈头盖脸落在它身上,那根车辕被再次高高抡起，第三次落到了它的身上，随后是第四次，强烈而又有节奏地打在它身上。米科尔卡气得发了疯，恨不能一棍将其打死。

"还没死呢！"有围观者大喝一声。

"它这回非倒下不可啦，弟兄们，它就要完蛋咯！"人群中有好事者嚷道。

"怎么不用斧头劈它！用斧头一下就能把它给劈死了！"围观者中第三个声音喊道。

"哼，别瞎指挥啦！闪开！"米科尔卡气呼呼地大喊大叫，扔掉车辕，再次弯下腰，从大车底下拽出一根铁棍。"小心！"他大喝一声，抢起铁棍，铆足劲儿朝着自己那匹可怜的小马砸了下去。只听得"嘭"的一声闷响，小母马的身体左右晃了晃，然后便无力地向下倒去，它原本还想再加把劲儿去拉那辆大车，可是铁棍猛地再次击中了它的脊背，它旋即瘫倒在地，仿佛四条腿一下子被齐齐斩断。

"把它打死！"米科尔卡放声嘶吼，似乎已经陷入癫狂，随后他从大车上跳了下来。几名同样喝得脸红脖子粗的小伙子捞起手边的皮鞭、棒子、车辕等家伙，纷纷扑向气息奄奄的小母马。米科尔卡站在一边，抄起铁棍，狠命往它的背部一通乱砸。小马支棱着脑袋，沉重地喘了口气，慢慢地死去了。

"它死了！"人群里传来一阵叫喊。

"谁让它飞奔不起来呢！"

"这是我的！"米科尔卡手执铁棍，双眼通红地嘶吼着。他站在那里，仿佛在为再没什么东西能够让他毒打而感到遗憾。

"哎，这么说来，你这人可真是丧心病狂！"人群中已有许多这样的声音喊了起来。

然而那个可怜的小男孩已经难受得控制不住了。他尖叫着从人群当中挤了出来，跑到那匹黑鬃黄毛马的面前，抱住它那僵直的、鲜血淋漓的马脸，亲吻着它，亲吻它的双眼和嘴唇……然后猛地跳起身来，死死攥住自己那两只小小的拳头，发了狂一样地扑向米科尔卡。就在此时，已经在身后追了他很久的父亲终于从背后一把抓住了他，把他带离了人群。

"走吧！我们快走吧！"父亲对他说，"我们回家！"

"爸爸！为什么他们把……那匹可怜的小马……打死了！"他抽抽噎噎、断断续续地说，已哭得上气不接下气了，这些字句从他那压抑的胸腔里爆发了出来，话到嘴边化作了一阵呐喊。

"他们都喝醉酒了，在瞎胡闹呢，跟我们没关系，我们回去吧！"父亲说道。他张开双臂紧紧抱住父亲，可他感到胸口堵得厉害，憋得要窒息了。他试着透一口气儿，于是大声嘶吼，但就在这时，他醒了。

他醒来的时候，浑身大汗淋漓，头发被汗水浸得湿答答的。他大口大口地喘着粗气，惊恐地坐起身来。

"谢天谢地，幸好这只是一场梦！"他找了棵大树坐了下来，长长地舒了一口气，开始自言自语，"不过，这是怎么回事？我不会是发烧了吧？竟做了一个这样荒诞的梦！"

他感到浑身疲惫得连一点力气都没有了，整个人心神恍惚，快快不乐。他把双肘支在膝盖上，两手撑着脑袋。

"天哪！"他惊呼起来，"难不成，难不成我当真会抄起斧头，对准她的脑袋砸下去，砸碎她的头盖骨……我会走过那摊黏津津、热乎乎的血水，然后撬开锁头，把东西偷走？我会紧张得瑟瑟发抖，躲藏起来，浑身血迹斑斑……抄着一柄斧头……上帝呀，难道真要让我这样做吗？"

他说出这些话时，浑身战栗，犹如一片瑟瑟发抖的树叶。

"我这是怎么了?"他继续喃喃自语,又低下了头,似乎感到相当惊诧,"要知道,我很清楚自己受不了这个,那我为何直到现在还在让自己受这样的折磨呢?要知道,就在昨天,昨天我去进行那个……试探的时候,要知道我昨天就完全明白了,我承受不住的……可我为何现在还想着它呢?我为何直到现在仍然踌躇不决?要知道就在昨天,当我走下楼梯的时候,我自己还说,这件事情是龌龊的、肮脏的、卑劣的,是卑劣的呀……要知道,光是想到这件事,我就感到一阵恶心,心惊胆寒……"

"不,我受不了,受不了的!尽管,尽管这所有的谋划都毫无破绽,尽管这个月所做的一切决定都宛如白昼一般清晰,像算术一样精确。上帝啊!要知道,我终究还是下不了决心!因为我受不了,我受不了啊!……为什么呀,为什么直到现在……"

他站起来,神色诧异地环顾四周,似乎对自己为什么会跑到这里来而感到诧异,随后便往T桥的方向走去。他面无血色,两眼放光,浑身疲惫不堪,可他的呼吸却好像忽然变得轻快许多。他感到自己已然卸下了这份长久以来压迫在身上的沉重的包袱,心中忽然觉得松弛而又平和。"上帝呀!"他出声祈祷,"请给我指明一条属于我的道路吧,那么我将抛开我这个该死的……幻想!"

经过一座小桥的时候,他自在从容地观赏着涅瓦河上的美景,凝望那夕阳西下,散发着灿烂的霞光。尽管身体虚弱,但他对于自己身体的乏累毫无察觉。仿佛他心上的那个脓疮,那个酝酿了整整一个月的脓疮,突然破了。自由了,自由了!现在,他摆脱了这些魔咒、法术、巫蛊、邪祟,获得了自由!

后来,当他一分一秒、一个地方接着一个地方、一个街道挨着一个街道逐个回想这些日子和这段时光在他身上发生过的一切时,有一件事总是令他惊愕不已，甚至到了近乎迷信的地步，尽管这件事情实际上并不那么特别，然而，后来的他却常常觉得，这一切仿佛就是命中注定。

这件事情是这样的：他怎么也想不通，也无法给自己一个解释，就是为什么当他已经浑身乏力，精疲力竭，明明可以抄一条近路直接回家时，走的却是那条经过干草广场的路呢？这个弯儿绕得也不算太大，但是显然，这样做很多余，根本毫无必要。当然了，他回家的时候向来记不住走过的路，这种事也曾发生过数十次了。可是为什么呢？他后来常常自问，为什么在干草广场（他甚至根本没必要路过这里）的那一次偶遇，那一次于他而言那么重要、那么具有决定性意义且又如此机缘巧合的偶遇，偏偏发生在这一时刻，发生在他人生中的这一分钟，又刚好处于这样的情绪和这样的境遇之时呢？而且只有在这种情况下，这次偶遇才会对他的全部命运起到最为关键性、最为彻底，甚至不可逆转的影响。好像这次偶遇是特地在此处恭候着他一样。

他路过干草广场的时间大约是九点钟。所有摆桌摊、地摊的小贩，以及大大小小的商铺店主不是已经关门了，就是正在收拾自己的货物，然后像他们的顾客一样，各自回家。在那些开在楼房底层的小饭馆附近，在干草广场周边房屋的那些脏乱不堪、臭气熏天的庭院里，尤其是在小酒馆里面，成群聚集着大量来自各个行当、形形色色的手艺人和衣着破烂的穷人。拉斯科尔尼科夫每次漫无目的地走到这条街上时，首先就会到这些地方和附近的每一条胡同闲逛一圈。在这里，他的破衣烂衫从不会引来任何傲慢的目光，可以想怎么穿就怎么穿，不怕令任何人感到难为情。就在K胡同的一个角落里，一个小市民和一个女人（也就是他的妻子）站在两桌货摊后面卖东西，桌上摆着绦带、针线、印花布绢巾等物件。他们也正准备拾掇一下就回家了，不过他们正在跟一个走上前来的女熟客聊天，因此耽搁了一小会儿。这位女熟客是莉扎薇塔·伊万诺芙娜，或者可以像大家那样直接称呼她莉扎薇塔。她就是阿廖娜·伊万诺芙娜——那个十四等文官①的太太、放高利贷的老太婆的妹妹。昨天拉斯科尔尼科夫还到过那个老太婆的家里，将一块手表抵押给她，并且试探了她……他早已熟知了莉扎薇塔的全部情况，而且，对方对他也略有所知。莉扎薇塔是个个子较高、反应迟缓、懦弱胆小、性情温顺的老姑娘，甚至有些傻乎乎的，已三十五岁了，可她完完全全就是她姐姐的奴仆，没日没夜在姐姐那里干活，一到她姐姐面前就怕得瑟瑟发抖，甚至还经常惨遭姐姐的毒打。她手里拿着一包东西，脸上一副若有所思的神情，站在那个小市民和女人跟前，专注地听他们讲话。那两人正在十分热心地跟她解释着什么事。就在拉斯科尔尼科夫忽然瞥见她的那一刹那，有一种惊奇的、极度诧异的感觉将他吞没，虽然这次偶遇她并没有什么值得惊诧的地方。

"莉扎薇塔·伊万诺芙娜，您可以自己拿主意嘛，"小市民大声说道，"您明天过来，大概六点多钟。到时他们也会过来的。"

"明天？"莉扎薇塔沉思低吟地说，声调拖得长长的，似乎还没打定主意。

"嗨，看那个阿廖娜·伊万诺芙娜把你给吓成什么样了！"小商贩的妻子，一个伶俐的女人，喋喋不休地说个不停，"我看您哪，分明就像个小孩子。她又不是您的亲生姐姐，只是同父异母的姐妹，您却什么都得听她的。"

"是呀，您这回可千万什么都别跟阿廖娜·伊万诺芙娜说。"丈夫

---

① 十四等文官是当时的官阶表中等级最低的官衔。这个官衔所授予的仅仅是作为荣誉公民的权利。当然，这个官衔属于阿廖娜·伊万诺芙娜的丈夫，并不属于她本人。

插了句嘴说道，"我的建议呢，就是您直接来我们这里，没必要经过她的同意。这桩生意可是很有好处的哟。将来您姐姐自己也会明白的。"

"您会来吧？"

"明天，六点多钟，他们也会过来的，您自己拿主意吧。"

"我们提前备好茶水等着您。"妻子补充了一句。

"那好吧，我就来吧。"莉扎薇塔开口说，不过依然一副踌躇不决的样子，说罢缓缓离开了。

此时拉斯科尔尼科夫已从旁边走了过去，听不到后续的谈话了。他闷不作声地从旁边悄悄走过去，仔细听着这些话，努力不漏掉每一个字。他心中最初的惊诧渐渐地被一种恐惧所替代，那种感觉就像一股冷气从他的背上吹过一样。他得知了一件事情，而且是在意想不到的情况下突然得知的，这完全出乎他的意料：明天晚上七点整，莉扎薇塔，也就是老太婆的妹妹、那个唯一跟她同住的人不在家里。这么说来，晚上七点左右的时候，老太婆将会孤身一人留在家里。

距他的住处仅剩几步之遥。当他走进自己的房间时，整个人仿若一个被判了死刑的犯人。他什么也不想思考了，况且他也丧失了思考的能力。他的整个身心都突然感到，自己永远丧失了思考的自由，丧失了信念，一切在恍然间已成定局，无法改变。

当然，对于他心底的这个计划能够稳妥地实施，即便花上几年等待一个恰当的时机，也不大可能会比眼下突然出现的这个大好机会更加适合。总而言之，如果想在头天晚上就准确无疑地获知，明天，在某个具体的时刻，他企图谋杀的这个老太婆将会孤身一人留在家里，而且还得尽可能把情况了解得细致入微，尽可能降低风险，不做任何危险的打探和调查，这是非常困难的。

第六节　准备

　　拉斯科尔尼科夫后来才在偶然中得知，那对夫妻邀请莉扎薇塔到他们那里去的原因。事情的来龙去脉再平常不过了，没有半点特殊之处。有一户从外地来的人家，家境困窘，想变卖一些衣服和物件，全是女士用品。由于放在市场上变卖不太划算，于是想找个代卖的贩妇，而莉扎薇塔正是干这个的。她帮人变卖旧物，赚取一些佣金，东奔西走联系买主，而且经验丰富，为人也相当实在和诚信，价格定得很公道，定下了什么价格就按什么价格来交易。她一向寡言少语，正如前文所述，她性情温顺，懦弱胆小……

　　可是最近这段时间，拉斯科尔尼科夫变得愈发迷信起来。哪怕是在这之后的很长一段时间内，那种迷信的痕迹仍旧在他的身上有所保留，并且几乎是不可磨灭的。后来他总是认为在整个事件中，存在着某种近乎怪异且又神秘的东西，仿佛其间有着某种特殊的影响和暗合。早在去年冬天，他认识的一名大学生波科列夫在即将动身前往哈尔科夫之际，于一次谈话中把老太婆阿廖娜·伊万诺芙娜的地址告诉了他，说那里可以抵押物品，以备不时之需。后来很长一段时间，他都没有去找过她，因为靠教课赚的薪水还可以勉强过活。可就在一个半月以前，他想起了这个住址。他手上有两件可以拿去抵押的东西：一块父亲留下的旧银表和一枚镶嵌着三颗红宝石的金戒指，戒指是妹妹在临别之际赠予他，留作纪念的。他决定带着这枚戒指过去。他找到了老太婆,尽管尚不了解她身上有何特别之处,可是打从看到她的第一眼起,他便对她产生了一种无可抑制的厌恶感,他从她那里当到了两张一卢布的"票子",然后顺道去了一家条件很差的小饭馆。他要了一杯茶,坐了下来,开始沉思起来。就在这时,一个奇怪的念头如同破壳而出的小鸡一样在他的脑海中渐渐萌生,令他分外痴迷。

另一张紧挨着他的小桌前,坐着一个年轻军官和一个大学生,这个大学生他完全不认识,也没什么印象。这两个人打完一局台球,坐下喝茶。他突然听见大学生对军官谈起那个放高利贷的老太婆阿廖娜·伊万诺芙娜,说她是一名十四等文官的夫人,并告诉了军官她的地址。单就这一点便已经让拉斯科尔尼科夫感到有些奇怪了:他刚刚打那儿过来,而这里却恰巧在谈论有关她的事情。当然了,仅是巧合而已,但是他此刻正沉湎于一个非比寻常的念头,可就在这时,仿佛有个人有意过来讨好他似的:一个大学生突然开始给他的同伴讲起有关阿廖娜·伊万诺芙娜的详细情况。

"她这人可挺出名的,"他说,"去她那里总是能搞到钱。她就像犹太人那么有钱,可以一次性借出去五千卢布呢,不过啊,一卢布的抵押品她也乐意接收。我们有好多人都去她那儿借过款。只不过这个老太婆真是缺德……"

接着他便开始讲述,她有多么手段狠辣,翻脸无情,只要抵押品超期一天,东西就没了。她借出去的钱要比抵押品的价值少四分之三,可收取的利息却高达每月百分之五,甚至百分之七[1],等等,诸如此类。大学生滔滔不绝地说起来,他告诉这位军官,除了这些,这个老太婆还有个妹妹,名叫莉扎薇塔,她时不时就被那个可恶的矮个子老太婆

---

[1] 在当时的社会,月息通常只有百分之二到百分之三。

毒打一顿，完全被姐姐当作奴仆来使唤，当作小孩子对待，可那莉扎薇塔的身高至少得有八俄寸①……

"这倒也是件稀罕事儿啊！"大学生高声惊呼，跟着哈哈大笑起来。

接着他们又开始谈论莉扎薇塔。讲到她的时候，大学生显得特别愉悦，不停地在笑，军官则饶有兴味地听着，还说让大学生把这个莉扎薇塔找来帮他修补衬衣。拉斯科尔尼科夫一句话都没有漏听，瞬间就把其中原委全搞清楚了：莉扎薇塔是老太婆同父异母的妹妹，已经三十五岁了。她成天成宿给姐姐干活，在家里既是厨娘，又是洗衣妇，除了这些，她还做些针线活儿拿去卖，甚至还被雇去给人擦地板，但是赚来的工钱全部尽数上交她姐姐。未经老太婆的准许，她不敢擅自接任何针线私活，也不敢去别人家干活。老太婆早已写好了遗嘱，这件事莉扎薇塔自己也知道，依照这份遗嘱，除了一些动产、椅子这些物件之外，她一分钱也拿不到。老太婆所有资产均被指定留给H省的一所修道院，以此来永久地追悼她的亡灵。莉扎薇塔只是普通的平民，并不是官太太，还是个老姑娘，她的体态极不协调，个头相当高，一双看起来像是"外八字"的大长脚上总是踩着一双破旧的羊皮鞋，但身上却收拾得很干净。最令大学生感到惊奇和好笑的是，莉扎薇塔经常会怀孕……

"可您不是说，她是个丑八怪吗？"军官说。

"没错，她皮肤黝黑，活像个男扮女装的士兵，可是你要知道，她绝对不是丑八怪。她的脸颊和眼睛看起来是那么和善，甚至可以说是极为善良的。总之，好多人都喜欢她就是有力的证据。她是那么娴静、

---

① 八俄寸约等于35.56厘米。根据当时约定俗成的规定，如果身高超过二俄尺（约为142.24厘米），二俄尺省略不提。因此，莉扎薇塔的身高大约是178厘米。

温柔、乖巧、和善,还很好说话,对什么都没有意见。她笑起来的样子特别好看。"

"难不成你也喜欢她?"那军官嗤笑道。

"我只是对她比较好奇罢了。不,我要跟你说的是,我真想把这个可恶的老毒妇给杀了,然后抢走她的钱,你相信吗?我绝不会为此而感到良心不安的。"大学生激动地补充道。

军官又哈哈大笑起来,拉斯科尔尼科夫却不自觉地打了个寒战。真是奇怪呀!

"抱歉,我想问你一个严肃的问题,"大学生热情高昂地继续说,"当然啦,我刚才是开玩笑的,但是你瞧,一方面来讲,她是个愚昧无知、毫无用处、无足轻重、凶狠毒辣、常年患病的老太婆,对于我们所有人来说,她不仅没有丝毫用处,反而有害,就连她自己都不知道为了什么而活着,况且,没准儿明天她自己就会死掉。你懂我的意思吧?你懂吧?"

"是的,我懂。"军官一边神色专注地盯着面前这位情绪高昂的大学生,一边回答道。

"你听我往下说。另一方面,有一些年轻且又新鲜的社会力量,他们因为得不到资助而白白陨落,而这类人是数以千计的,随处可见!老太婆浪费在修道院上的那笔钱,完全可以用来筹办并改进成百上千的善事和创举啊!几百几千条生命或许就此踏上正途,几十个家庭或许就能摆脱贫穷、分离、亡命、堕落的苦境,也不至于被送进性病医院——而这一切只要用她的钱就可以办到。杀了她,拿走她的钱,其目的是将来借助这笔钱为全人类谋幸福,为公共事业谋进步。你觉得,千万件善事加在一起能不能抵偿一桩微不足道的罪行呢?牺牲一条性命,换来的却是众多免于堕落与离散的性命。以一人之死,换得百人之生——这是多么划算啊!更何况,从公共利益的层面上来讲,留着这个罹患肺病、愚昧无知、凶狠毒辣的老太婆又有何用?她不过就像一只虱子、一只蟑螂罢了,甚至还不如它们呢,因为老太婆专做坏事。她对待别人一向是寻衅索赜、恣意欺凌,前几天她还恶狠狠地把莉扎薇塔的手指给咬伤了,差点儿就咬断了!"

"当然,她根本不配活在世上,"军官说道,"但你要知道,这就是天性。"

"哎,哥们儿,其实天性也是可以加以修正、加以引导的,否则一切就得陷入偏见当中,就连一位伟大的人物也不会出现了。人人口中叨念着'责任和良心'——我丝毫没有反对责任和良心的意思——可我们究竟是如何理解这两者的呢?等一下,我还有个问题要问你。你听着!"

"且慢,你等会儿再问,我先问你个问题。你听着!"

"行,说吧!"

"嗯,你刚才滔滔不绝地发表了一番长篇大论,那么你告诉我,你会不会亲手去杀掉那个老太婆呢?"

"当然不会!我这么说是仗义执言……这又不是我的事……"

"可是依我之见,倘若连你自己都没这个打算,那么这里面也无所谓正义了!咱们再去打一盘台球吧!"

拉斯科尔尼科夫处在一种异乎寻常的激动中。当然,这种思想和言论对年轻人来说,再寻常不过,再普通不过了,他已经不止一次听到过类似的话了,只不过形式和话题有所不同罢了。可是为什么,偏偏就在这个时候,在他的头脑中刚刚萌生出这样一致的想法时,这么巧就偏偏让他听到同样的思想和言论呢?而且为什么恰巧就是现在,当他刚从老太婆那里出来,心中萌生了一个尚不成熟的念头的时候,却让他正好撞上了这场关于老太婆的谈话呢?……他一直觉得,这种巧合太奇怪了。小饭馆里这场微乎其微的谈话对于事情后续发展中的他来说,却是意义非凡的,似乎这里冥冥之中存在某种机缘与天意……

……①

从干草广场回到家以后,他连忙坐到沙发上,整整一个小时,一动不动地坐着。此时天已黑了下来,屋里没有蜡烛,不过他的脑袋里压根就没有点蜡烛这回事。不论什么时候他都无法回忆起来,那时自己究竟有没有在思考些什么?最后,他感觉先前发作过的寒热病又犯了,不禁打起了寒战。他愉悦地想着,自己总算能躺在沙发上睡一觉了。不一会儿,乌黑又浓重的睡意袭来,紧紧地压迫着、笼罩着他。

他睡的时间特别长,而且没有做梦。次日上午,十点来钟,娜斯塔西娅走进他的房间,好不容易才将他推醒。她给他端来一点儿茶和面包。茶仍旧是冲泡多次的淡茶,而且又被盛装在她自己的茶壶里。

"哎哟,这人睡得可真香!"她愤怒地喊嚷道,"他怎么总是睡呀!"

他努力欠了欠身子,头很痛。他原本已经站起来了,但在自己这间小斗室里转了个身,又一头倒在了沙发上。

"又睡!"娜斯塔西娅高声叫道,"你是生病了,还是怎么了?"

他默不作声。

"想来点儿茶吗?"

"等会儿吧。"他艰难地开口说道,然后再次紧紧闭上双眼,翻了

---

① 《罪与罚》最初于1866年1月至12月发表在杂志《俄国导报》上,总共刊载8期。1867年,陀思妥耶夫斯基在准备将此书印刷出版时删减了部分内容。由此可见,此处的省略号所省略的是本文相较于首次发表的版本所删减的部分。

个身，面朝着墙。娜斯塔西娅在他跟前站了一会儿。

"看这样子是病了。"她嘴里头嘟囔着，转身离开了。

到了下午两点钟，她又走了进来，手里端着一碗汤。他仍然像之前那样躺着。茶放在那里，没被动过。娜斯塔西娅甚至有些恼火了，还气鼓鼓地伸手去推他。

"怎么还在睡觉！"她一脸嫌恶地瞧他，大声叫起来。他微微欠身，坐了起来，但是一句话也没有说，只是眼睛直愣愣地盯着地面。

"你是病了吗？"娜斯塔西娅依旧没有得到答话。

"哪怕是出门走走也好啊，"沉默片刻，她又开口说道，"你就算出去吹吹风也好呀。还是吃点儿东西吧？"

"等会儿吧，"他虚弱地开口说道，"你出去吧！"他摆摆手。

她又稍稍站了片刻，同情地望了望他，然后出去了。

过了几分钟，他抬起头，双眼久久凝视着那杯茶和那碗汤。然后，一把抓起面包啃了起来，边啃边用另一只手抓起勺子喝起汤来。

他还是不太有食欲，吃得也不多，汤也就只喝了三四口。头没那么痛了。他吃完饭，又直直躺倒在沙发上，可他已睡不着了，一动不动地趴在那里，脸埋在枕头上。他继续神游于脑海中的幻想里，而这些幻想依然是如此的怪异，最常涌现出的景象是自己正置身于非洲、埃及的某个地方，在沙漠里的某块绿洲之中。有一支商队正在进行休整，一头头骆驼安静地卧在那里，周围有棕榈环绕，所有人都在吃饭。可他却在不停地喝水，而且是直接从一条小溪里舀水喝，那条小溪就从他身侧流过，流水潺潺。置身于此是多么的清凉宜人，那一泓浅蓝色的溪水又是多么妙不可言，多么的沁人心脾，它流经五颜六色的小石子，在晶莹透亮、金光灿灿的沙砾间奔流不息……忽然之间，他清楚地听到阵阵钟摆敲击的响声。他颤抖了一下，苏醒过来，略微抬起了头,往窗外瞧了瞧,估摸着现在是什么时间,随即就完全清醒过来了。他猛地一跃而起,仿佛有人将他从沙发上拽起来似的。他踮起脚尖走到门边,把门轻轻开了个小缝儿,然后凝神细听着楼梯的动静。他的心狂跳不止。然而,楼梯那边悄无声息,好像所有人都在熟睡……他感到奇怪和惊讶,自己居然已经从昨天昏睡到了今天,什么也没干,什么准备都没做……可是,刚刚听到六点的钟声已经敲响了……那股非比寻常的狂热与不知所措的慌乱取代了先前的麻木与迟缓,困意也已消失。不过,好在准备工作不算太多。为确保思虑周全、万无一失,他尤其地全神贯注。他的心还在怦怦直跳,跳得那么厉害,以至于他连呼吸都变得困难起来。第一步,他得先找根绳子打个环套,再缝到大衣上去——这也不过是一两分钟的事情。他爬到枕边,从塞满贴身衣物的枕头底下扒拉出一件已被自己穿得破破烂烂的脏衬衫。他从这件破旧不堪的衬衫上撕下一块约一俄寸宽、八俄寸长的布条,把这块布条从中对折,又从自己身上脱下那件用厚棉布料制成的、宽大又结实的夏季外套(那是他唯一一件外套),然后把布条的两端缝到大衣内部左边腋下的位置。缝布条时,他的两只手都在颤抖,好在他竭力克制住了。缝完以后,他又把外套穿上,从外面瞧丝毫看不出缝过的痕迹。针线是早就预备好的,一直搁在小桌上,用纸包着。至于绳子的环套,是他自己发明的一个非常灵巧的小玩意儿:绳子的环套是用来拴住斧头的。提着斧头在大街上走是不可能的。倘若将斧头藏在外套里面,则需用手扶着,那也十分引人注意。但是现在有了这个绳子的环套,只需将斧刃套进去,斧头便能一路上稳稳当当地挂着,夹在腋窝底下。他把一只手伸进大衣侧边的口袋里,就可以轻轻扶住斧柄的顶部,好让它不来回晃动,而且由于外套非常宽松,就像一口麻袋一样,因此从外面根本就看不出他揣在口袋里的手在扶着什么。这个绳子的环套也是他两星期以前就提前琢磨好了的。

完成这些工序后,他把几根手指伸进他那张"土耳其式"的沙发和地板之间窄窄的缝隙里,在左侧的拐角附近摸索了一会儿,找出一件早已准备好且被藏在那里的抵押品。不过呢,这件完全算不上一件抵押品,只不过是一个被刨得很光滑的小木块罢了,从尺寸和厚度看,像是一只银质的小烟盒。这个小木块是他某次散步时在一所庭院内偶然间拾得的,那所庭院的一间屋子里还有家不知是干什么活计的小作坊。后来他在这个小木块的表面加了一片又薄又光滑的铁皮——应该是从什么物件上掉下来的裂片——也是他在大街上拾来的。这片铁皮要比木块小一些,他把木块铁皮拼贴在一起,又用线以十字交叉的方式将它们紧紧绑在了一起,随后有板有眼地把它们包在一张干净的白纸里,再用一根缎带同样以十字交叉的方式扎好,他特地将绳结扣系得很紧很复杂,使其不易被解开。这是为了趁老太婆解结扣之时,分散她的注意力,为自己争取一点儿时间,以便见机行事。加上一片铁皮,则是为了增加重量,使得老太婆将它拿在手中时,至少不会立马就猜出,那是一件木头做的玩意儿。这几样东西都被他事先藏在了沙发底下。他刚把这件抵押品取出来,便听见院子里的某个地方突然传来一声大叫:

"六点钟早就过了!"

"早就过了!我的天哪!"

他冲到门边,凝神细听了一阵儿,然后拿起帽子,像猫一样小心谨慎、蹑手蹑脚地顺着他家门前那道十三级台阶往下走。眼下最重要的事就是从厨房偷一把斧头。必须得用斧头干这件事,是他早就想好了的。他还有一把修剪花木用的折刀,但是他不大相信这把折刀能干成那件事,尤其是他对自己的力气不抱什么指望,因此最终选择了用斧头。顺道提一下，他在这件事上最终做出的全部决定都有一个共同点，一个奇怪的特点：越是迟些做出的决定，在他看来越是不合情理、荒诞不经。尽管他的内心正在经历一场痛苦不堪的斗争，可在这段时间内，他却从未——哪怕是一瞬间——确信自己的构想是可以实现的。

即便他已经对这件事情的一切，甚至是细枝末节都进行过周密的研究，并且做出了决定，没有任何疑虑了，但他现在似乎想要放弃全盘计划，正如放弃一件荒谬、古怪且又绝无可能的事情一般。然而，尚未解决的问题和疑点仍然数不胜数。像"去哪里搞一把斧头"这种微不足道的事情当然不会让他有所担忧，因为再没有比这更加轻松的小事了。事情的缘由是这样的，娜斯塔西娅时常不在家中，尤其是在傍晚时分，她要么跑到邻居家串门，要么就去小商铺买东西，厨房的门总是大开着的。单是为了这件事情，房东就经常同她吵个不停。这样一来，到时他只需悄悄溜进厨房，取走斧头，一小时后（大功告成之时）再溜回去，把斧头放回去即可。不过，这里依然存有些许疑虑：假设他能在一小时后回来，把斧头放回原位，可万一娜斯塔西娅碰巧折返回来了怎么办？当然，这时应该从旁边溜过去，等她再次出门。可万一就在这时，她发现那把斧头不见了，大喊大叫地找了起来，那便会引起怀疑，或者说，那至少也是一件令人有所怀疑的事情。

然而，这些依然只是他尚未思考的小事，他也没工夫去为这些小事伤神。因为他所思考的是最重要的问题，至于这些琐碎的小事，得需要等到他对于一切都确信无疑时再加以考虑。然而，对于一切都确信无疑，这似乎完全不可能。至少在他看来，就是如此。比方说，他无论如何也无法想象，有朝一日他将结束此番思索，站起身来——然后径直前往那里……就连自己不久前进行的那次试探（就是为了最后查探那个地方所做的拜访）也不过是想探听虚实而已，根本没有把它当真，当时他是这样想的："要不就让我去试试吧，何必总是幻想呢？"然而，他很快便承受不住了，对自己感到深恶痛绝，再啐上一口，急急忙忙地逃开了。可是与此同时，他在道德层面上对该问题所做的分析又似乎已然结束：诡辩如同剃刀般锋利无比，而他自己已然找不到有意识的反驳依据了。然而尽管如此，他确实是相信自己的，而且还固执、盲目、试探性地从各个方面搜寻反驳的依据，仿佛有人正在迫使、诱导他这样去做。最后，这一天竟然这样仓促地来了，一切似乎在转瞬之间便做出了决断，而他完全是机械似的顺从，仿若有人拽住他的一只手，凭借一股极其强大的力量，盲目地、不由分说地把他扯住，一步步往前走，不容他辩驳。仿佛他身上的一块衣襟被卷入了车轮，而他自己也随之被碾于车子底下。

刚开始的时候——不过那已是很久之前了——有个问题曾引发他的兴趣：为什么几乎所有罪行都能如此轻易地露出马脚，被人识破，而且几乎所有作案者留下的痕迹都如此明显呢？他渐渐得出各式各样、颇有趣味的结论，依照他的观点，问题最主要的症结与其说是妄图用破坏物证来掩盖罪行是不可取的，不如说在于作案者本人。作案者本人，而且几乎是所有作案者，在犯罪时都会陷入意志颓靡、理智薄弱的境地，与之相反的是，正是在最需要保持理智和谨慎的时刻，意志和理智却被一种幼稚和罕见的轻率所替代。基于这一观点，他得出的结论是：这种由于一时糊涂而意志颓靡的状态类似一种疾病，会将人吞噬，并且将逐渐发展，直到作案不久之前达到峰值。它会在犯罪的那一瞬间以及随后的若干时间内延续这种状态，至于延续的时长，那就因人而定了，随后，它将会像所有疾病那样销声匿迹。可是问题在于，是疾病使得罪行得以滋生，还是由于罪行本身的特殊性质，总是引发某种近乎疾病的现象呢？他感到自己还没能力去解开这个谜题。

在得出以上结论后，他断定，倘若由他去干那件事情，那么他自己倒不大可能出现这种类似病态的转变，而且在他践行自己的谋划时，理智与意志绝不会丧失，原因仅仅在于，他的计划"并不是犯罪"……我们暂且不谈那个促使他最终做出决定的全部过程，况且我们说的也已离题太远……只是我们得补充一句，此事的实际性和纯物质性的障碍在他的意念之中完全屈居次位。"只需在这些情形之下坚守所有意志，保持全部理智，待到必须将此事中最微渺的地方事无巨细地了解清楚以后，它们——这些障碍——便能自然而然地破除……"可是，事情还没有开始。对于自己最终做出的决定，他始终抱存怀疑，并且在时机到来之时，一切又全然发生改变，而这种改变是突如其来的，甚至几乎是始料未及的。

就在他快要下完楼梯的时候，有个微乎其微的状况使他陷入一阵困窘当中。他经过房东的厨房门外，只见厨房的门如往常一般大开着，他斜着眼小心地朝厨房的方向瞥去，以便事先查探一番：假如娜斯塔西娅出门的话，那么房东本人在不在那里？如果不在，那么她的房门有没有关好？以免在他顺走斧头的时候，她在自己的房间里看到这一切。然而令他惊讶万分的是，娜斯塔西娅此时不仅在那儿，在厨房里面，而且还在忙着干活：她正从篮子里取出内衣，再一件件挂到晾衣绳上去！她看见了他，于是立马停下了手中的活，转身朝他看去，一直到他走过去了为止。而他却移开自己的目光，径直从旁经过，仿佛什么都未曾留意过。可是那件事却干不成了。没了斧头！他感到自己如临重击。

"我又凭什么认定，"走到大门口时，他在心里想着，"我又凭什么认定，这个时候她就肯定不在家呢？为什么，为什么，为什么我对这一点确信无疑呢？"他如临溃败之境，甚至仿佛遭受了某种贬损。他想要狠狠地嘲笑自己一番……一种兽性的愤恨在他的心底隐隐地沸腾。

他在门口驻足，陷入沉思。他不想就这样走到街上，装模作样地散步，心里觉得一阵恶心；可若是折返回家，他更加不愿意。"此番错失的将是一个多好的时机呀！"他喃喃自语，漫无目的地站在原地，面前正对着的是看门人那间黑漆漆的小屋，小屋的门同样大敞着。他的身躯陡然一震：就在距他仅两三步之遥的地方，在看门人居住的小屋里，一张长椅下面有个不知是什么的物件明晃晃地映入他的眼帘……他四下张望，周围连个人影儿都没有。于是他鬼鬼祟祟地朝着看门人的房屋走去，走下两级台阶，又轻唤了一声看门人。"果然没人在家！不过他肯定就在附近，就在这院子里，因为门是开着的。"他心想。他飞似的冲向那把斧头（那就是一把斧头），将它从长椅底下的两块木柴之间拽了出来，趁自己还没出门的工夫，他立刻把斧头挂在绳索的环套上，双手插进口袋，然后从看门人的屋子里走了出来。没有被任何人看到！"理智无用，恶魔登场！"想到这里，他的脸上露出一抹奇异的笑容。这样的机缘巧合使他大为振奋。

他慢慢腾腾地走在路上，泰然自若，稳重又深沉，以免引人怀疑。他鲜少将目光投向行人，甚至竭力做到完全不瞧他们的脸，尽量使自己看起来很不起眼。就在这时，他想起了自己的帽子。"我的天啊！前天我就有钱了，可我竟没有去买一顶制帽！"他在心里暗自咒骂着。

他无意间朝一家小店铺瞥了一眼，瞧见了店里的壁钟，发现时间已是七点十分。必须得走快点儿了，但是还得绕些弯路，从另一个方向迂回绕行到那幢房子跟前……

他先前在偶然中设想这一切的时候，觉得自己到时肯定非常害怕。然而他此刻并没有非常害怕，甚至全然没有感到畏怯。而且在这一瞬间,盘踞在他脑海中的甚至是一些毫不相干的思绪,只不过思虑的时间不算太久。经过尤苏波夫花园时,他的思绪甚至徜徉在建造几座大型喷泉的构想当中,并且思考着,这些喷泉定然能使所有小广场的空气都焕然一新。他的内心渐渐萌生一个坚定的观点:倘若把夏园[1]扩建至整个马尔索沃广场的范围,甚至把它和米哈伊洛夫宫[2]周边的花园连在一起,那么这将会是一个对于城市而言极富美感且又大有裨益的景观。忽然有个问题引发了他的兴趣:为什么偏偏在所有大城市里面,人们并非出于某种需要,但却特别愿意居住在城市里那些既没有花园、又没有喷泉,而且还脏兮兮、臭烘烘、垃圾随处堆放的地方呢?恰在此时,他回忆起自己曾在干草广场散步的情景,随即清醒过来。"真荒唐啊,"他想,"不,最好什么都别去想了!"

"想必那些正在被押赴刑场的人便是如此,他们对于沿途所遇见的一切事物都感到依依不舍。"这个念头从他的脑海中一闪而逝,恰似天际的一道闪电,他随即掐熄了这个念头……不过,瞧,已经离得很近了,就是那栋房子,就是那扇大门。突然,一声钟鸣不知从什么地方轰然敲响,"这是怎么回事,难不成已经七点半了吗?不可能的,估计是那口钟走快了!"

他的运气很好,再次得以顺顺利利溜进大门。非但如此,他甚至可以说是过于走运了,恰巧就在那一瞬间,有一辆运载干草的大货车从他面前驶入大门,在他溜进门的那会儿工夫,他的身形被完全挡住,大货车刚刚开进院子,他便从右边悄悄溜了进去,晃身而过。而

---

[1] 指圣彼得堡的第一座花园,位于圣彼得堡一座风光美丽的小岛上,里面还有彼得大帝的避暑行宫"夏宫"。
[2] 俄罗斯及世界著名历史博物馆,在圣彼得堡。旧称"米哈伊洛夫宫",又译为"圣米迦勒宫"。

在大货车的另一头,可以听见有几个人在大声喊嚷,争论着什么,然而没有一个人注意到他,他沿途也未曾碰见过什么人。这所占地面积很大的方形庭院周围分布着许多小窗,此时,这些窗子都是开着的,不过他并未抬头去看——他已无抬头的勇气了。通往老太婆住处的那节楼梯已经很近了,从大门口进去,右转便是。他已经走在那节楼梯上了……

他缓了口气,用手按住狂跳不止的心脏,又立即去摸了摸那把斧头,再次将它扶正,然后战战兢兢、悄无声息地爬上那节楼梯,时不时凝神倾听。不过这时,楼梯上已然空无一人,所有的门都紧紧关着,他没有碰见任何一个人。不错,二楼那户空宅的房门是大敞着的,还有几名漆匠正在屋里干活,不过,那几个人也没有瞧见他。他驻足片刻,思索了一会儿,然后继续往楼上走。"当然了,要是这里没有这些人,那就再好不过了,不过嘛……他们这层上面还有两层楼呢……"

啊,瞧,四楼已到了,就是那扇门,就是对面那套房子,那套房子是空的。种种迹象表明,三楼的那套房子——也就是老太婆楼下的那套——也是空的,用小钉子钉在门上的那块名片已被取了下来,这就说明这户人家已搬走了!……他感到呼吸不畅。某一瞬间,有个念头在他的头脑中一闪而逝:"要不要回去呢?"然而他并没有回答自己,而是敛声屏气,仔细地探听老太婆房内的动静——一片死寂。但他还是继续凝神细听楼梯下面的动静,聚精会神地听了许久……随后,他最后一次环顾四周,悄悄走到门前,理了理自己的衣服,平复心绪,又摸了摸挂在绳索环套上的斧头。"我的脸色是不是有些苍白……是不是非常苍白呢?"他暗暗想着,"我看上去是不是特别不安?她这人疑心挺重……要不要再等上一会儿……等到心跳不那么快了……"

可是那颗狂跳的心没有慢下来。恰恰相反,它似乎存心作对一般,跳得越来越强烈、越来越强烈……他按捺不住了,缓缓把手伸向前去,拉了一下门铃。半分钟过去,他再一次拉动门铃,这次拉得更响了。

无人应答。再拉响门铃是没有用的,况且他这么做也不大合适。老太婆自然是在家的,但是她疑心很重,而且孤身一人在家。他对于她的习惯或多或少有所了解……因而再次把耳朵紧紧贴在门上探听。不知是他听觉特别敏锐的缘故(这往往是很难预料的),还是里面的动静确实听得很清晰,总之,他突然捕捉到一丝窸窸窣窣的声响,似乎有人正小心翼翼地站在里面的门闩跟前用手摸着门把手,悄悄隐匿其间,凝神细听,正如他此刻在外面一样,前者似乎也如他一般把耳朵紧紧贴在了门上……

他故意稍稍挪动身体,提高音量随口咕哝了一句,以免让对方感觉自己是躲在这里。然后,他第三次拉响了门铃,然而这一次,他却拉得很轻很轻,并且神色从容,毫无迫切之意。后来他每每回想此景,都感到这一切是如此清晰,如此鲜明——这一刻被永远篆刻在他的记忆当中。但他所不能理解的是,自己从何处学来的这番狡猾的诡计,更何况当时的他头脑昏昏沉沉,思路很不明晰,甚至觉得身子都不是自己的了……片刻之后,里面传来一阵开启门闩的声音。

第七节 作案

正如上次那样,房门仅被打开一条狭窄的缝隙,依然是那道锋利、狐疑的目光,在黑暗中凝视着他。此时,拉斯科尔尼科夫已然感到有些慌乱无措,他犯了一个严重的错误。

他唯恐老太婆因此处只有他们两人而感到害怕,况且他也不指望自己这副模样可以打消对方的疑虑,于是一把拽住房门,朝自己的方向猛然一拉,免得老太婆产生怀疑而再次锁上房门。见此情形,老太婆并未把门往自己的方向拉拽,但也没有松开门把手,因而他差点儿把她连人带门一起拽到楼梯边上去。他看她把自己的身体挡在门的中间,不让他过去,便直地朝她走了过去。她一脸惊恐地往旁边躲闪,想要说些什么,却又仿佛什么也说不出来,只能瞪大了双眼,死死盯着他。

"您好啊,阿廖娜·伊万诺芙娜,"他开口说道,想让语气显得尽可能随意一些,然而他的声音却不太听话,说得断断续续,并且还在颤抖,"我给您……拿来一件东西……哈,咱们最好还是到这里来吧……到有光的地方来……"他把她留在原地,未经主人准许,径直走进屋内。

老太婆跟着他跑过来,她总算开口讲话了,振振有词道:"上帝啊!您这是要干什么?……您是什么人?您有什么事?"

"行了吧,阿廖娜·伊万诺芙娜……您的老熟人……拉斯科尔尼科夫……瞧，前几日提到的那件抵押品，我给您带来啦……"说着，他把抵押品递给她。

老太婆本想瞧一瞧这件抵押品，随即却又直勾勾地盯着眼前这位不请自来的人。她满面狐疑，目露凶光，全神贯注地盯着他的双眼。这样过去了近一分钟，他甚至从她的目光中察觉到了一种嘲讽，仿佛她早已将一切看破。他顿感惊惶失措，这阵惶恐是何等强烈，倘若再继续这样被她一语不发地看上半刻的话，他定会立刻从这里拔腿就逃。

"呵，您干吗这样看我呀，好像不认识一样？"他忽然用同样恶狠狠的语气说道，"想要的话就拿去，不要的话，我就去找别家，我的时间可不多。"

他原本没想说出这话，可这些话却突然脱口而出了。

老太婆冷静下来，显然，这位客人坚定的语调令她突然来了精神。

"您这又是怎么回事，先生，这么突然……这是什么东西？"她看了一眼抵押品，问道。

"银质的烟盒，我上回不是说过嘛。"

她伸手去接。

"可您的脸色怎么这么苍白？瞧，您的手还在抖呀！难道您刚刚洗过澡吗，先生？"

"是寒热病犯了，"他磕磕巴巴地回答，"所以面色发白……如果没东西吃的话。"他又补充了一句，勉强把话说完。他再次感到浑身疲软无力，不过这句答话听起来倒挺合情合理。老太婆从他手中接过了那件抵押品。

"这是什么啊？"她又凝神望了望拉斯科尔尼科夫，把抵押品放在手里仔细掂量，问道。

"一个小玩意儿……烟盒……银质的……您看看吧。"

"可这怎么不太像银质的呢……哟，还给绑起来了。"

她一边竭力解开绳线，一边转身，面朝窗边明亮的地方（虽然天气闷热，可她家里所有窗户都关得严丝合缝），有几秒钟的时间，她完全把他丢在一旁，背对他站着。他解开外套，将斧头从绳索环套上取下来，但并没有完全取出，只是将其裹在外套里，用右手攥住。他的两只手虚弱极了。他察觉到，随着时间一秒一秒地流逝，这两只手变得愈发麻木，愈发僵硬。他只怕自己手上一松，斧头轰然坠地……骤然间，他感到一阵天旋地转。

"哼，这里面究竟绑了什么玩意儿呀！"老太婆有些懊恼地吼了一句，朝他的方向微微挪动了一下。

一秒也不能再等了。他把斧头完全取出，举起双手将斧头抡至半空，几乎是不经意的、不费力气、机械般地，用斧背对准她的头部砸去。此时，他感到自己周身仿佛没有一丝气力。然而，当斧头落下的那一刻，他却顿感周身充满力量。

像往常一样，老太婆的头上没戴头巾。她那头稀疏斑白的浅色头发也一如往常，抹着一层厚厚的发油，编成一条形似老鼠尾巴的辫子，用一把破旧的牛角梳子盘在脑后。由于她身材矮小，这一斧子恰好砸在了她的颅顶。她哀号一声，不过声音十分微弱，然后整个人突然无力地坐在地板上，但她仍然能将双手举起，护住头部。她的其中一只手里还攥着那件"抵押品"。这时候，他再次用尽全力猛然砸去，一下，又一下，用的全是斧背，并且每一击都落在了颅顶。鲜血仿若从倾倒的杯皿中流出一般，汩汩地喷涌，她的身体仰面向后倒去。他退后几步，她完全倒地后，他立刻弯腰查看她的脸。她已经死了。她的两只眼睛睁得大大的，好像马上就要夺眶而出一样，额头和整张面孔变得皱巴巴的，由于抽搐而显得无比狰狞。

他把斧头放在尸体旁边的地板上，旋即伸手摸她的口袋，竭力不让流淌的鲜血沾污自己的身体——他摸的正是她上回掏出一串钥匙的那个右边口袋。他的头脑彻底清醒了，神志不清和头晕目眩的感觉已然消失，然而两只手仍然在不住地颤抖。后来当他回想这一幕时，发觉自己当时甚至还能做得相当细致、谨慎入微，尽量不让自己的身体沾染一丁点儿血迹……他很快就把钥匙摸了出来，像上回那样，所有钥匙都被穿成一串，挂在一个小钢环儿上。他一把抓起钥匙，直奔卧室。这是一间非常小的卧室，房间里摆着一个用来供奉圣像的大神龛。另一侧的墙边摆着一张大床，这张床相当整洁，床上铺着用零碎丝绸拼接缝制而成的棉被。第三面墙边摆放着一个五斗柜。奇怪的是：就在他把钥匙插入五斗柜的锁孔，刚听见"咔嗒"的一声响时，忽然感觉一阵痉挛袭遍全身。他突然又想抛下一切，逃离此地。不过那仅仅是瞬息的念头，想要离开，已经太晚了。另一个令人烦忧的想法突然浮现在他的脑海中，他甚至开始嘲讽起自己来。恍然之间，他感觉老太婆可能还活着，还有可能苏醒过来。他丢下那串钥匙和五斗柜，又跑了回去，来到尸体旁边。他一把抓起斧头，再次高高抡起，对准老太婆，但他并未砸下去。不用怀疑，她已经死了。他又一次俯下身来，凑近看个仔细，他清清楚楚地看到，她的颅骨已被砸碎，甚至被砸得稍稍歪向一边。他原本想用手指摸一摸，但旋即把手撤了回去，就算不摸也能一目了然。此时鲜血已经流出了一大滩。他突然注意到，她的脖子上还挂着一根细绳，于是用力拉了一下，可是那根细绳十分结实，怎么扯也扯不断，并且被血水浸湿了。他本想试着将细绳从她怀里拽出来，却不知有什么东西碍事，细绳被卡在了那里。他急不可耐地再次抡起斧头，打算直接就着尸身从上往下劈过去把细绳斩断，然而他没有胆量这么做，因而并未用斧头触及尸体，而是费了好一番力气,忙活了近两分钟,才弄断那根细绳,将东西取了下来,他的双手和斧头都已沾满血污。他没有猜错——那正是钱袋。细绳上还挂着两个十字架,一个是柏木的,一个是铜的,除此以外,上面还拴着一个很小的珐琅圣像①。跟这些物件一起挂在细绳上的还有一个油渍斑斑的麂皮小钱袋,钱袋上挂有一枚小钢圈和一枚小指环。钱袋里面塞得满满当当。拉斯科尔尼科夫并未仔细查看,直接把它揣进口袋里,两枚十字架则被他扔到老太婆的胸膛上,他又抄起了斧头,转身朝卧室跑去。

  他急得发狂,一把抓起那串钥匙继续忙活起来。可是不知怎的,锁开得不大顺利,这些钥匙全都插不进锁孔。并不是他双手颤抖的缘故,而是因为他总是出错:比方说,他明明能看出来并不是那把钥匙,本就不匹配,可还是往里面插。忽然,他回想起什么,顿时明白了:这把带锯齿的、跟其他几把小钥匙挂在一起的大钥匙肯定不是用来开五斗柜的(他上次就想到了),而是用来开某个小箱子的,说不定所有宝贝就藏在那个小箱子里。他丢开五斗柜,立刻爬到床底下,因为他知道,老太婆们通常会把小箱子藏到床底下。果真就在那里,床底下放着一只大箱子,有一俄尺多长,箱盖呈拱形,箱子上面蒙着一块赤色山羊皮,还钉着若干小钢钉。那把带锯齿的钥匙恰好匹配,箱子被打开了。最上层铺着一条白床单,床单底下是一件兔皮袄子,袄子上罩着一块红色的法国图尔绸;兔皮袄子下面是一条丝绸连衣裙,底下是一条披肩,再往下似乎是一堆破破烂烂的衣服。他先用那块红色的法国图尔绸将自己沾满血污的手擦拭干净。"布是红色的,血迹蹭在红

---

① 珐琅制品在18至19世纪的俄国已经得到广泛使用。其中,大罗斯托夫市生产的珐琅圣像颇负盛名。

色布料上不会很明显的,"他正暗暗思忖着,却突然醒悟过来,"上帝呀!我这是疯了吗?"他惊讶地心想。

不过,就在他翻弄那堆破烂不堪的衣服时,从那件兔皮袄子底下突然掉出一块金表,他赶忙将这堆衣服翻了个底朝天。果不其然,在这堆破破烂烂的衣服里面夹杂着大量金器——想必这些全都是抵押品,有的是待赎回的,有的是无法赎回的——里面有金手镯、金链子、金耳环、金佩针等物件。有些装在小匣子里,有些则直接用报纸包着,包得倒是平平整整、细致妥帖,而且包了两层,外面还用小绳子绑得相当扎实。他不敢耽误片刻,一股脑儿把这些东西全塞进裤袋和外衣口袋,既没有挑挑拣拣,也没有打开这些小包和小匣子仔细查看;但是他来不及拿走许多东西了……

忽然,他好像听到老太婆所在的那个房间里有人走动。他停下手中的动作,如死尸一般屏息僵立。然而,四周阒然无声,看来那只是他的错觉罢了。突然,耳边清晰传来一声轻微的呼喊,或者说,好像有人发出了微弱的、时断时续的呻吟,随即又没了声响。随之而来的又是一片死寂,持续了一两分钟。他蹲坐在箱子旁边,屏息凝神地等候,然而刹那间,他一跃而起,提着斧头跑出了卧室。

莉扎薇塔正站在房间的中央,怀里抱着一个大包裹,神色呆滞地望着身亡殒命的姐姐,她的脸色惨白得如同一块亚麻布,好像连呼喊的力气都没有了。看到飞奔出来的拉斯科尔尼科夫,她颤抖不已的身体宛如一片瑟瑟发抖的树叶,与此同时,她的整张脸抽搐起来。她稍稍抬起一只胳膊,嘴巴微张,但仍旧没有出声呼喊,而是慢慢向后挪动,躲闪着退至角落里。她目不转睛地盯着他,双目发直,但始终没有出声喊叫,好像连呼喊的气力也没有了。他提着斧头朝她飞扑过去,她双唇不住地抽搐,都已歪了,模样是那样哀怨,俨然就像被什么东西吓坏了的孩子,直愣愣地盯着使自己心生畏惧的事物,仿佛下一秒就要哭喊出来了。这个可怜的莉扎薇塔久经震慑,已经习惯了恐惧不安,而且她稚拙到了那样的地步,甚至没想到举起双手护住自己的面部,虽然那是最必不可少且自然而然的肢体动作,因为此刻斧头正高悬于半空之中,对准她的脸部。她只是微微抬起自己那只空无一物的左手,但是手并未伸至脸部的位置,而是缓缓往前伸去,往他的方向伸去,仿佛想要推开他。斧头落下来,斧刃直击颅骨,前额的上半部分——几乎是整块颅顶——立即被劈作两半。她的身体随即轰然倒地。拉斯科尔尼科夫慌神了,他一把抓起她的包裹,又将其扔至一边,转身往前室跑去。

他愈发感到恐惧,尤其是在这第二次、完全是突如其来的杀人行动以后。他只想尽快逃离此地。假使在那一刻,他能够更加准确地审时度势、理性判断,假使他至少能够厘清自身处境中的种种艰难,意识到自己心底所有的悲怆绝望,思考这件事里所有的丑恶不堪和荒诞不经,并且能够理解,如果想从这里脱身,逃回家去,他还得克服重重险阻,甚至还得再做出许多件罪恶的行径,如果是那样的话,他很可能会抛下一切,立刻跑去自首,而他做出这种抉择,并非由于他为自己担忧,仅仅是因为他对自己所做之事感到惊骇和厌恶罢了。这种厌恶的感觉在他的内心逐渐升腾,慢慢滋长,不断扩展。现在,他无论如何也不愿再靠近那个箱子,甚至连那个房间也不想走进去了。

他渐渐变得有些心神不宁,甚至仿佛陷入沉思:有时,他好像稀里糊涂的,或者更准确地说,他把最主要的事情全忘了,单单记得一些毫不相干的细枝末节。就在此时,他朝厨房瞥了一眼,只见长凳上放着一个水桶,桶里装着半桶水,他旋即意识到,得把自己的双手和斧头洗干净才行。他的双手沾满了黏糊糊的血污。他把斧刃直接放到水里,然后一把抓起小窗台上那个带裂纹的碟子里一小块肥皂,直接在水桶里洗起手来。洗完手后,他将斧头拿了出来,洗干净铁刃上的血痕,久久地擦洗着木柄上沾有血污的地方,擦了近三分钟,甚至还试图用肥皂清洗上面的血迹。接着,他摘下挂在厨房晾衣绳上的一件内衣,将一切擦干,然后来到窗边,花了很长时间全神贯注地仔细检查那把斧头。没有留下任何痕迹,只有斧柄是潮湿的。他小心翼翼地把斧头挂到外套里面的环扣上,然后站在幽暗的厨房里,就着一丝微弱的光线,尽可能地将外套、长裤和靴子仔仔细细检查了一遍。草草地看去似乎什么也瞧不出来,只不过靴子上有几处血污。他打湿一块抹布,将靴子擦拭干净。不过,他知道自己检查得还不太精细,说不定还有什么一目了然的地方,自己没注意到。他站在房间中央,沉思良久。一个令他痛苦不堪的阴暗念头浮现在他的脑海中,这个念头就是——他疯了,而且此时的他既无法理智地做出判断,也不能保护自己,或许他压根就不该干刚才干的这件事情……"我的天啊!应该逃离,逃离!"他一边嘟囔着,一边朝前室奔去。但是那里等待着他的,是一份极度的恐惧,当然,这种恐惧他还从未体验过。

他站在那里,一眼望过去,简直不敢相信自己的眼睛。门,外面的房门,从门厅通往楼梯的门,就是他不久前拉响门铃走进屋里的那道门,竟是开着的,敞开的缝隙甚至有整整一个手掌那么宽!既没落锁,也没扣上门闩,在此期间,一直如此!老太婆在他进来以后并未锁门,想来是出于某种戒备。可是上帝啊!要知道他后来还看见莉扎薇塔了呀!他怎么就,怎么就没有想到呀,要知道她总得从什么地方走进来呀!总不会穿墙进来的呀。

他飞扑到门边,赶紧把门闩扣上。

"可是不对呀,又出错了!我该走了,该走了……"

于是他又摘下门闩，打开房门，仔细听着楼梯处的动静。

他认真地听了很长一段时间。在楼下某个比较远的地方，好像是在大门口的位置，有两个声音在尖叫着大喊着，骂骂咧咧，争论不休。"他们干什么呢？"他耐心等候了一会儿。终于，叫声戛然而止，刹那间一切安静下来。他原本正打算离开，可是楼下通往楼梯的那道外门突然"吱呀"的一声打开了，有个人开始往楼下走，嘴里还哼着什么曲调。"他们怎么总是这样吵闹呀！"这个念头在他的头脑中一闪而逝。他再次虚掩上房门等待。终于，万籁俱寂，一个人也没有了。他已准备往楼梯上迈出第一步了，然而突然之间，他又听见一阵新的脚步声，也不知那是何人。

脚步声是从非常远的地方传来的，就在楼梯最底下的入口，可是他清清楚楚地记得，打从那阵声响刚刚开始响起，他便毫无来由地怀疑，此人必是到这里来的，到四楼找老太婆的。可是为什么呢？难道是因为，这阵响声是那样独特，那样耐人寻味吗？这阵脚步声听起来沉重平稳，不疾不徐。听，他已经走到第二层了，没错，他还在往上走……脚步声越来越清晰了！耳边还可以清楚地听见上楼者粗重的喘息。听，已经开始上第三层了……到这儿来了！他突然感觉，自己仿佛浑身僵直，仿佛身临梦魇，而在这场梦魇中，自己正被人追赶，对方正在逼近，想要杀死他，可他似乎只能被牢牢钉在原地，就连动一下双臂都做不到。

终于，当那位客人开始爬第四层的时候，他突然感到浑身一震，他及时手脚灵活地从走廊快速溜回屋里，将房门随手带上。随后，他抓住门闩，将它悄无声息地挂在铁环里。本能帮了他一个大忙。完成这些以后，他立刻屏住呼吸，躲在房门后面。就在此时，那位不速之客来到了门口。此刻，他们面对面站着，中间隔着一道房门，就像不久之前他和老太婆那样,只是现在换成他在大门里面凝神细听了。

这位客人粗声粗气地喘了好久。"估计是个体格很大的胖子。"拉斯科尔尼科夫按住手中的斧头,暗暗想道。真的,这一切犹如梦境。客人抓起门铃,狠狠地拉了一下。

白铁皮的门铃声刚一响起,客人便突然感觉,屋里似乎有人在微微动弹。他甚至还凝神谛听了数秒。这位陌生的来客再次拉响门铃,等候了片刻,突然,他一把抓起门把手,使出浑身力气,急不可耐地使劲拉拽门。拉斯科尔尼科夫胆战心惊地望着门钩在铁环内跳动,怀着一股隐约的惊恐等待着,而那根门钩眼看着就要跳出来了。是啊,这看来也是极有可能发生的事——他拽得多用力啊!他本想用手扶住门钩,但是那样的话,那个人定会猜到。他好像又开始头晕目眩了。"我就快昏倒了!"正当他的脑海中闪现出这句话的时候,陌生的来客开口说话了,他霎时间清醒过来。

"她们俩这是在里面干什么呢?是睡得太死了呢,还是被人给掐死了?真该死!"他粗着喉咙吼叫起来,这叫声就像被闷在桶里一样,"喂,阿廖娜·伊万诺芙娜,老巫婆!莉扎薇塔·伊万诺芙娜,大美人儿呀!请开门!哎哟,真该死,难道都睡着了吗?"

他勃然大怒,使出浑身力气,又连续地拉了十来次门铃。是的,自不必说,这是个爱耍威风、与这家人关系亲近的人。

就在这时,不远处的楼梯边突然传来一阵急匆匆的脚步声。又有个人走了过来。起初,拉斯科尔尼科夫并没有听清这阵脚步声。

"难不成一个也不在家?"来人嗓音洪亮,语声轻快地向第一位到访者朗声说道,而之前来的那个人还在不停地拉动门铃,"您好啊,科赫!"

"根据这个声音判断,应该是个非常年轻的人。"拉斯科尔尼科夫突然想到。

"鬼才晓得她们怎么了,门锁差点被我给弄断了。"科赫答道,"请问,您怎么会认识我的?"

"哦,是这样的!两天以前,在'加姆布里乌斯①',我连赢了您三局台球啊!"

"啊——啊——啊——"

"这么说来,她们都不在家?奇怪。真是胡闹,糟糕透了。老太婆能去哪里呢?我还有事呢。"

"我也是啊,老兄!"

"哎,这可怎么办呀?这么说来,只好回去咯。哎呀!我原本还想来弄些钱呢!"年轻人大声叫道。

"当然只能回去了,那她干吗还约我来呢?这个老巫婆,是她自己跟我约好这个时间的。要知道我可是绕道过来的。真是活见鬼,我真搞不明白,她又跑到哪儿去了呢?老巫婆一年四季都待在家里,她抱病在身,还时常腿疼,怎么这会儿突然出去散步了呢?"

"要不去问问看门人?"

"问什么?"

"问问她去哪儿了,什么时候回来?"

"咳……见鬼……问……要知道,她是哪儿也不会去的……"他又拽了一下门锁上的把手,"见鬼,没办法,走吧!"

"等一下!"年轻人突然喊道,"您瞧,看见了吗,方才您在拉拽房门的时候,门在晃动?"

---

① 童话故事里的弗拉芒国王,据说啤酒是他发明的。当时圣彼得堡有一家名为"加姆布里乌斯"的啤酒公司,该公司在瓦西利耶夫斯基岛上开了一家同名酒馆。

"那又怎么了?"

"这就说明,门没有锁,而是挂着门闩,用门钩扣着呢!您听见了吗,那门钩是在哐啷哐啷响动的?"

"那又怎么样呢?"

"您又怎会不明白呢?那就是说,她们之中必定有一个人在家。倘若两个人都出门了,那么肯定是从外面用钥匙把门锁住,而不是从里面把门拴住的。可是现在——您听见了吗,那门闩发出的声音是哐啷哐啷的?肯定有人在家,那样才能把门钩从里面扣住,知道吗?由此可见,她们肯定在家,就是不给开门!"

"呀!还真是这样啊!"科赫惊讶不已,大声叫嚷起来,"可她们到底在里面干什么呢?"于是他又开始疯狂拉拽房门。

"等一下!"年轻人又喊道,"请别拉了!这里头似乎有些蹊跷……要知道,您已经使劲地拉过门铃,又拽过大门——可她们还是不给开门,也就是说,要么她们二人全都晕倒了,要么……"

"怎么了?"

"要不这样吧,咱们去找看门人,让他亲自过来叫醒她们。"

"好办法!"两人说着便一道往楼下走去。

"等等!还是请您留在这里吧,我跑去楼下找看门人。"

"为什么我留在这里?"

"这也不太要紧吧……"

"那好吧……"

"要知道,我正准备当一名侦查员呢!而这里,显然,很——显——然,有点儿不太对劲!"年轻人急匆匆地喊道,转身往楼下跑去。

科赫留在原地,又一次轻轻拉动门铃,门铃随之响了一声,他仿佛陷入了深思，再次仔细查看一番，微微晃动门把手，想把它往外拽，旋即又松手，以便再次确认房门是否仅被门钩挂住。之后，他气喘吁吁地弯下腰来，往锁眼里面瞧去，但钥匙从屋里插在锁眼里，所以他什么也看不见。

拉斯科尔尼科夫僵立在门内，手中紧紧按着斧头。他似乎已经头昏脑涨了。他甚至准备好了，待他们一走进屋，就和他们决一生死。方才他们敲门商量的时候，有个念头好几次突然浮现在他的脑海中，那就是：从门里面朝他们大喝一声，然后一了百了。有时，他甚至想跟他们对骂，戏弄他们一番，直到房门被打开为止。"快点儿吧！"这个想法在他的脑海中闪现。

"不过他，真是活见鬼……"

时间正在一分一秒地流逝——谁都没走进来。科赫开始踱来踱去。

"不过，真是活见鬼啊！……"他突然大喝一句，焦灼不安地丢下自己的"哨位"，急不可耐地匆匆奔下楼去，只听见楼梯上一阵"咚咚咚"的靴子响声。脚步声渐渐消失了。

"上帝啊，该怎么办呀！"

拉斯科尔尼科夫取下门钩，把门稍微打开一道缝隙——什么声音也听不见，突然，他毫不犹豫地走出门，随手牢牢地关紧房门，接着往楼下走去。

他已经走下三级台阶了，却突然听见楼下传来一阵嘈杂的人声——该往哪里躲呀？哪里都无从躲藏！他本想往回跑，跑回那间屋子。

"喂，怪物，魔鬼！抓住他！"

有人大喊大叫地从下面的某间屋子里夺身而出，那人不像是沿着楼梯跑下去的,更像是滚下去的,而且还扯着嗓子放声喊道:"米季卡!米季卡!米季卡!米季卡!米季卡!见鬼!该死的!"

喊叫声最终化作一声尖叫,最后一声叫嚷已经是从院子里传来的了,一切旋即又归于平静。然而就在这时,有几个人叽叽喳喳、吵吵闹闹地朝楼上走,他们一行三四人。他听出了其中一个年轻人洪亮的声音。

"是他们!"

万念俱灰之下,他径直迎着他们走了下去。随它去吧,管不了那么多了!要是被他们拦住了,一切就全完了,要是侥幸逃脱的话,那也全玩完了——会被他们记住的。他们已经快要迎头撞见了,此时,他们之间仅剩下一道楼梯了,可是突然出现了一线生机——距离他几步之遥,在他的右手边有一套房门大敞、空空荡荡的房子,正是二楼那套有工人刷漆的房子,而此刻,真是如有神助啊,工人们全都离开了。想必刚才大喊大叫跑下楼梯的就是他们。地板刚被刷过漆料,房间中央放着一只小桶和一只小罐子,里面装着油漆和一把漆刷。他"嗖"地一下闪身溜进敞开的房门内,躲到墙后面,躲闪的时机也刚刚好——此时他们已走到这层楼的平台上了。接下来他们转身继续往上走,打从门口经过,然后吵吵嚷嚷地走上四楼。他静候片刻,然后踮着脚尖走出房门,往楼下跑去。

楼梯上一个人也没有!楼门口也没有人。他飞快穿过门洞,然后往左转,来到大街上。

他清清楚楚、明白无误地知道,就在此刻,他们已经在那间屋子里了。他们看见房门的铁钩没有挂住,肯定会大吃一惊,因为就在不久以前,房门的铁钩还是紧紧扣着的,他们已经在检查那具尸体了,而且不出一分钟的工夫,他们就能猜到,并且恍然大悟,凶手刚才就藏身于此，还成功地躲在某个角落，从他们的身边悄然溜走了。或许他们还能猜到，正当他们往楼上走的时候，他就藏身于那套空房子里。尽管距第一个转弯处还有近百步的距离，然而他无论如何也不敢加快脚步。"我要不要溜进某个门洞里，到某个陌生的楼梯上等一会儿？不，那才真是糟糕呢！要不要把斧头扔到某个地方呢？要不要叫辆马车呢？糟糕！真是糟糕透了！"

终于，眼前出现一条胡同，他勉强撑着一口气拐进胡同，这才感到，自己已拥有一半重获新生的希望了，而且他非常清楚这一点：他在这里的嫌疑会比较小，况且这里往来的人群熙熙攘攘，他混入其间，便可消失得无影无踪，宛如沧海一粟。然而所有这些苦痛已然使他精疲力竭，他只能勉强往前挪步。他汗如雨下，脖子全被浸湿了。"瞧，他喝醉了！"当他来到运河沿岸的时候，有人冲着他大声嚷起来。

此时他已神思恍惚，越往前走，感觉越是不妙。不过，他仍然记得，当他来到运河沿岸，看到路上行人稀少，容易引人注意的时候，忽然心生畏惧，想要转身折回那条胡同。虽然他走得跟跟跄跄，但还是多绕了个弯，从截然相反的方向走回了家。

穿过自己住处的大门时，他已神志不清了，至少是在爬完楼梯以后，他才想起那把斧头来。才想起眼下还有一个至关重要的任务：把它放回原处，并且尽可能不引人注意。当然，或许他干脆别将斧头归于原位，而是偷偷丢到别的院子里，哪怕日后再放回去也好。然而，此时的他已无力思考了。

不过，一切进展得顺利极了。看门人小屋的房门是虚掩着的，并未落锁，由此可见，看门人多半就在屋里。然而他已经完全丧失了思考能力，径直走到看门人的小屋跟前，推开房门。如若看门人问他："有什么事吗？"——那么他或许会直接把斧头递给他。不过，看门人并不在屋里，于是他成功地将斧头放回长凳的底下，甚至像原来那样，把一块劈柴盖在了斧子上面。然后，他往自己的房间走去，一路上没有碰见任何人，连一个人影儿也没有，女房东的房门是紧紧关着的。回到自己的房间里，他如往常那样，一头倒在了沙发上。他睡不着觉，但脑子却是昏昏沉沉的。假使这时有人步入他的房间，他必会一跃而起，大声叫嚷。纷乱的思绪仿佛一片片残章断简，零零散散地在他的脑海里飘来荡去，可是任凭他如何努力，也无法捕捉到其中的任何一片，亦不能在哪一个点上将思绪集中……

第 二 章

第一节　警局

他就这样躺了许久。有一会儿，他好像是醒来了，发现外面早已是午夜时分，于是便彻底不想起床了。最后，他发现天色已然明亮得恍若白昼。他仰卧在沙发床上，由于不久前曾处于半昏半醒的状态，此刻依然有些懵然失神。一阵阵呼天抢地的哀号声从街上传到他这里，异常刺耳，令人不寒而栗，不过他倒是每天半夜两三点钟都能从自己的窗前听见这种声音。这会儿正是这阵哀号声将他从睡梦中唤醒。"哎！那群醉鬼都从小酒馆里出来了，"他想，"看来两点多了，"他忽地翻身坐起，仿若被人从沙发上使劲拽起来似的，"怎么！都已经两点多了啊！"他坐在沙发上——霎时间把一切事情全都记起来了！他突然把一切全都记起来了！

回想起来的最初一瞬间，他觉得自己精神失常了。一阵可怖的寒噤朝他整个人袭来，然而，打寒噤是寒热病发作的缘故，况且早在他昏睡不醒的时候，寒热病便已然发作。此刻，他突然感到一阵彻骨的寒意，冷得他牙齿"咯咯"作响，整个人剧烈地战栗起来。他打开房门，开始探听屋外的动静——整栋楼里的人都已酣然入梦。他面露一丝诧异，将自己打量了一番，又转而审视屋内的所有陈设，突然有些不敢相信，他昨日走进房间时，竟然没有挂上门钩，非但没有脱掉衣服，就连帽子也没有摘，便一头倒在了沙发上，帽子滑落下来，掉到枕头附近的地板上。"假使有人碰巧进来过，那他会怎么想呢？会以为我醉得不省人事?可是……"他冲到了窗边。窗外的天空已经完全明亮起来,他连忙又将自己从头到脚检查了一番,仔仔细细地查看自己身上的衣服,有没有留下什么血迹。然而这样的检查仍旧不够,于是他一边打着寒噤,一边褪下自己身上的所有衣物,又一次前前后后、仔仔细细地检查了一番。他把所有衣物都从里往外翻过来,就连一根线头、一小块布料都没有放过,可仍然不大相信自己,他再一次里里外外全部检查了三四遍。然而,他什么也没有发现,看来,没有留下任何痕迹,他仅发现裤角磨损处耷拉着的一小块毛边上,迸溅了几点浓重的、已凝固的血滴。他一把抓起折刀,割掉了那块毛边。似乎再无其他痕迹了。他猛然想起自己从老太婆的大箱子里取走的那个钱袋和那堆物件,直到现在还在他的口袋里装着呢!可他在此之前却从未想起将它们一一取出,再藏好!就连方才检查衣物的时候,都未曾想起它们!这是怎么回事呢?他随即将它们掏出来,扔到桌上。他掏得干干净净,甚至把口袋也翻出来瞧上一瞧,好确认里面是否还遗漏了什么,然后拿起这堆物件走到墙角处。在那里,在那块墙角的下方,有一处墙纸从墙面上脱落下来,并且被撕得露出了一个窟窿。他立刻将所有物件统统塞进那个窟窿里面,用墙纸遮住。"塞进去啦!所有物件都藏起来啦,钱袋也藏起来啦,全都看不见啦!"他微微欠身,呆呆地凝望那个角落,凝望那个被塞到鼓起来的窟窿,扬扬自得地思忖着。猛然间,他惊惶地浑身颤抖起来。"我的天哪,"他无望地喃喃自语,"我这是怎么啦?难不成这就叫作藏好了吗?难不成藏东西就是这样的吗?"

的确,他原本并未指望能拿走那些物件,他想要的只有钱,所以并未事先预备好藏匿东西的地方。"然而此时,此时我又有什么好开心的呢?"他想,"难不成藏东西就是这样的吗?我可真是神志不清了!"

他心力交瘁地坐到了沙发上,那阵难以忍耐的寒噤顿时又让他开始全身战栗。他下意识地将搭在身侧座椅上面的那件大衣拽了过来。这件大衣很是厚实,穿起来也暖和,还是他大学时代穿的衣服,不过早已破烂不堪。他把大衣盖在了身上,马上又昏睡了起来,半梦半醒之间,他又开始胡言乱语起来。他沉沉入梦,睡得不省人事。

他睡了还不到五分钟,便再次翻身坐起,发疯般地飞速扑向那件大衣。"我怎么又睡着了呢?什么都还没做呢!的确如此,的确如此。腋下那个绳索环套直到现在都没拆掉呢!我忘记了,竟然连这种事情都能忘记!那么显眼的罪证啊!"他一把扯下环套,迅速将其撕得粉碎,再塞至枕头底下的那堆内衣之中。"无论怎样,粗麻布碎片是肯定不会引人怀疑的。看来的确如此,的确如此!"他站在房间中央,口中来来回回地叨念着,与此同时,又开始全神贯注地仔细查探四周,检查地板,将所有角落都瞧了个遍,看看是否还有遗漏。由于精神过度紧张,他甚至感到头脑有一丝痛楚。他相信,自己已经一无所有,在自己的头脑中,甚至连记忆、连寻常的思考能力也已荡然无存,这个念头令他心如刀绞,难以忍受。"怎么,难不成已经开始了,难不成那惩罚已经来临?没错,没错,肯定就是这样!"的确,他从裤角上割下的那几条毛边被零散地丢置在地上,就在房间正中央,人家进了门立马就能看见!"我这到底是怎么了?"他茫然若失,再次大声呼喊起来。

就在此时,一个怪异的想法浮现在他的脑海里。或许,他的所有衣服上都沾有血污,或许那上面早已血迹斑斑,只不过他并未看见,也未察觉,因为他的思考能力有所减退,思绪纷乱不宁……且又神志不清……忽然,他想起那个钱袋上面还沾有血迹。"哎呀!这么说来,衣服口袋里应该也沾有血迹,因为当我把钱袋塞进口袋时,钱袋上面的鲜血还是湿淋淋的啊!"他连忙把口袋拽了出来,果不其然,口袋内衬上确实沾有几滴血迹！"这样看来，我还没有彻底失去理智呀，既然是我自己忽然记起这一点的，那看来我还有点儿思考能力和记忆力呀！"他满心欢喜地思索着，开心地深深呼了一口气，"那只不过是因为我的寒热症发作了，身体发虚，出现短暂的混乱罢了。"他立即把左裤袋的整块儿内衬撕了下来。就在此时，一束阳光照在他左脚的靴子上，靴子里露出的袜子上面隐约显现出几处血痕。他脱下靴子。"果真是血迹！其中一只袜子的脚尖被血全部浸透了。"这应该是他当时不慎踩到那摊血水上给弄脏的……"可是现下该怎么办呢？这只袜子、那堆毛边和那块内衬该扔到哪里呢？"

他把这团东西拢到一起，攥在手心，站在房间中央。"扔到炉子里吗？但是炉子往往都是最先开始搜查的地方。烧掉吗？可该用什么点火呢？连火柴都没有。不，最好出门找个地方，把这堆东西统统扔掉。没错！扔掉就好！"他又坐回沙发上，口中念念有词，"而且现在就得去，就是现在，刻不容缓！"然而他非但没有起身离开，脑袋反而又倒在了枕头上，那阵难以忍受的寒噤再次袭来，令他冷得浑身僵直，他又把那件大衣披到了自己身上。在很长一段时间里，一连好几个小时，他都沉浸于时断时续、隐隐约约的幻觉之中："不错，现在就去，刻不容缓，随便找个什么地方，把它们全都扔掉，让它们从我眼前彻底消失，快去，快呀！"他好几次竭力想从沙发上坐起身来，可怎么也坐不起来。最终，将他彻底唤醒的是一阵猛烈的敲门声。

"喂，开门，你还活着吗？他怎么一直睡呀！"娜斯塔西娅一边喊，一边用拳头拍门，"成天成日地睡懒觉，像条狗似的！可不就是条狗嘛！开门呀，都十点多了，你开不开呀！"

"可能不在家吧！"一个男人的声音传了过来。

"啊！这是看门人的声音……他来干什么啊？"

他一跃而起，坐在沙发上，心脏怦怦直跳，甚至还有些发痛。

"可门钩又是谁挂上的呢？"娜斯塔西娅反驳道，"瞧，门还反锁着呢！怎么，是怕自己被人给偷走吗？开门吧，聪明人，醒一醒！"

"他们想干什么？看门人又来干什么？他们全都知道真相了？是顽抗到底，还是去开门呢？这下可完了……"

他微微欠身，俯身向前，取掉门钩。

他这间屋子的面积就是这么小，坐在床上便可取掉门钩。

果不其然，门口站着的正是看门人和娜斯塔西娅。

娜斯塔西娅神色诧异地打量着他。他则以一种挑衅而绝望的神情瞧了一眼看门人。看门人一语不发地将一张用深绿色火漆封缄、从中对折的灰纸卡递给了他。

"传票，办公厅送来的。"他一面把纸递过去，一面说着。

"哪个办公厅送来的？"

"就是说，叫你去警察局的办公厅走一趟。谁都知道那是个什么办公厅。"

"去警察局……去做什么？……"

"这我怎么会知道啊。叫你去，你就去。"他神色专注地朝他望了一眼，又向四周瞧了瞧，转身离开了。

"你看上去病得挺重呀？"娜斯塔西娅凝视着他，开口道。看门人闻声又扭过头来瞧了一眼。"打从昨儿起就发热啦。"她又补充了一句。

他没搭话，手上攥着那张传票，却并未拆开。

"你就别起来啦，"娜斯塔西娅觉得他怪可怜的，见他正想把脚从沙发上伸下来，遂说道，"既然病了，就别去了，又不是什么火烧眉毛的事情。你手上拿的是什么呀？"

他定睛一瞧，他右手里正攥着那几条割下来的毛边、一只袜子以及从口袋上撕下来的几块衬布。他就这样攥着它们睡着了。后来他冥思半晌,才记起来,原来自己在发烧之时,迷迷糊糊地把这团东西牢牢攥在手里,就这样睡着了。

"瞧,他拿的是什么破玩意儿,还攥着它们睡觉,弄得像什么宝贝儿似的……"娜斯塔西娅神经质地放声大笑,发出一阵病态的笑声。他连忙把这些东西塞到外套里,然后目不转睛地凝视着她。虽然他此时尚且无法非常清醒地进行思考,但他有所察觉,假使警局要遣人抓他,那么方才那两人定然不会用这种态度对他。"可是……警局是怎么回事?"

"你要喝茶吗?要不要?我去给你端来,茶还有呢……"

"不要……我要出门,我现在就出门。"他站起身来,含糊其词地说道。

"去吧,可你连楼梯都下不去吧?"

"我要去……"

"那你请便吧。"

她跟在看门人的后面离开了。他连忙跑到亮处,凝神细看那只袜子和那堆毛边。"确实有血迹,不过也不太明显,全都被弄得模糊不清了,有些地方还被磨得褪了色。只要别人事先不知道,那就什么也看不出来。由此可见,娜斯塔西娅离得很远,她也什么都瞧不出来,谢天谢地呀!"这时,他才战战兢兢地地拆开传票,读了起来。他读了许久,终于把事情梳理清楚了。这是一张警察分局送来的普通传票,责令他当日九点半去一趟分局局长的办公厅。

"可我又是何时惹上这种事了呢?我可从来没跟警察局打过交道啊!况且为何恰巧就在今日?"他冥思苦想,却百思不得其解。"上帝啊,请快快降临吧!"他本想冲过去跪着祷告,然而自己却又哑然失笑——他所笑的并非祈祷文,而是自己。他开始慌慌张张地穿衣服。

"完蛋就完蛋，反正都一样！把那只袜子也穿上吧！"他忽然想起，"碾在灰土里踩踩，弄得更脏些，那样血迹就看不见了。"然而，他刚一穿上那只袜子，又带着厌恶与畏惧的心情将它一把扯了下来。可是扯下来后，他想到自己再没别的袜子可穿，遂又将它重新拾起穿上，之后放声大笑起来。"这些全是有条件的，一切都是相对的，都仅是形式罢了。"他的思绪一闪而逝，而这些思绪仅仅是他所思所想的一小部分而已，可就在此时，他又浑身战栗起来，"瞧，我到底还是穿上了！我最终还是穿上了啊！"但那阵笑声旋即又化作一股绝望的情绪，"不，我办不到的……"他心里想着，双腿颤抖。"因为恐惧……"他喃喃自语道。因为发烧，他头晕目眩，头痛难耐。"这就是个圈套！他们这是设了个圈套来引诱我，好让我一不留神中了他们的计。"——他继续自言自语，已来到了楼梯上，"很糟糕，我几乎一直在说胡话……我很可能会不慎说出什么蠢话来……"

走在楼梯上时，他又想起，所有东西都藏在墙纸后面的窟窿里。"说不定他们就是有意支开我，趁我离家之时前来搜查。"想到这里，他又顿住了脚步。然而，某种悲观绝望的情绪和应对死亡的犬儒主义[①]观念猛然将他整个人牢牢攫住，于是他摆了摆手，继续往楼下走去。

"但愿能够快点儿！……"

街上依然酷暑难耐，这段日子里，就连一滴雨都未曾下过。依然是灰尘、砖头、石灰，依然是小店铺和小酒馆里飘散出来的浊臭，依然是随街可见的醉鬼、芬兰小商贩[②]和破烂得快要散架了的出租马车。

---

① 犬儒主义，也译为"昔尼克主义"，西方古代哲学、伦理学学说。它主张人要摆脱世俗的一切物质享受而追求普遍的善。

② 在当时，当地郊外的农民很多都是芬兰裔俄国人，他们跑来城市里做点小买卖，沿街叫卖。

耀眼的阳光照射在他的眼睑上,照得他双眼刺痛,头昏脑涨——身患寒热之症的人在这种艳阳高照的天气里猛然间走到街上的时候,往往就会产生这种感觉。

经过昨天走过的那条大街的转角处时,他面含痛楚、忧心忡忡地望了望那条大街,又望了望那栋房子……旋即移开视线。

"假使他们问起我,我或许会说出来。"快走到办公厅时,他暗暗思忖。

办公厅距离他的住所约有四分之一俄里。它刚刚迁入这套新宅,位于这栋新建楼房的第四层。他从前也曾因偶然的机会去过一次那套旧的办公厅,不过那已是很久之前的事情了。他刚一跨入大门,就看见右侧设有一道楼梯,有个糙汉子手执一本小册子正顺着楼梯往下走。"这人看起来像个看门人。看来,这就是办公厅了。"他抱着胡乱试探的心态往楼上走去。他既不想询问任何人,也不愿探听任何事。

"待我走进去,我就跪下,将一切罪行坦白……"走到四楼时,他想。

楼梯很狭窄,而且比较陡,遍地浊水。这栋四层楼房所有住宅的厨房门均朝向这道楼梯大大敞开,并且几乎就这样整日开启,因而空气异常窒闷。腋下夹着小册子的看门人、为警察局送信的信差、到警察局办事的各色人等,在这里往来不绝,上下穿行。办公厅的门同样大大敞开着。他走进去,又在前厅顿住脚步。此处常有几个庄稼汉模样的人站着等待,而这里也同样异常窒闷,除此之外,在这些被重新粉刷过的房间里,掺有带臭气的干性油的油漆,气味分外刺鼻,令人作呕。稍微等候了一会儿,他推测还需继续往里走,走进前面的小屋里去。所有的小屋都又小又矮。一阵异常强烈的急切之感牵引着他不停往前挪步。谁都没有留意到他。第二间小屋里坐着几名文书,正在抄抄写写,他们的穿衣打扮也仅仅比他略好一点,且看上去都有点古怪。他走上前去跟其中一人打听。

"你有什么事?"

他出示那张办公厅送来的传票单。

"您是大学生?"那人瞥了一眼传票,问道。

"对,以前曾是大学生。"

文书上下打量着他,可是神色之中尽显冷淡。这是一个头发相当蓬乱的人,眉宇之间显露出思想刻板的痕迹。

"从这人身上是打听不出什么信息的,因为他对任何事情都漠不关心。"拉斯科尔尼科夫心想。

"到那边去,去找办事员。"文书伸手指着最里面的那间小屋说。

他走进这间小屋(顺序应为第四间),室内空间窄小,来访者络绎不绝——较之其他几间小屋里的访客,他们衣着更为整洁。来访者中有两名女士。其中一位坐在办事员旁边,身穿孝服,衣饰粗简,她正在听从他的口授书写着什么。另一位身形丰腴、面颊发红、脸上带有几抹雀斑、品貌出众的女士,身披华服,胸前佩戴一枚茶碟那么大的胸针,在一旁肃立等候。拉斯科尔尼科夫向办事员出示了自己的传票。只见办事员在单据上飞快地瞥了一眼,说了一句:"请稍候!"便继续为那位身着孝服的女士进行口授。

他松了一口气,周身大感畅快。"看来不是那件事情!"他逐渐打起精神,懊悔于自己先前的想入非非,于是竭力使自己振奋起来,恢复镇定自若的状态。

"只要稍有不慎,犯傻说出一句浑话,我就会露馅儿的!嗯……只可惜这里空气不太流通,"他又补充一句,"太闷了……头晕更严重了……而且神志也……"

他心绪难安，唯恐自己到时无力自控，于是试图思索别的事情，随便什么毫不相干的事情都行，以此分散自己的注意力，可是这些统统没用。不过那位办事员倒是引起了他极大的兴趣，他特别想从这名办事员的神情中猜出些许奥秘，把他了解得一清二楚。这是一个非常年轻的人，大概二十出头，那张黑黢黢的、表情生动的面孔看上去比他的实际年龄成熟一些，衣着考究时髦，颇像个纨绔子弟，后脑勺丝不苟地留着分头，打理得整整齐齐，还涂着一层厚厚的发蜡，用小刷子细细清理过的白皙手指上戴着好几枚戒指，有的戒指上嵌着宝石，有的则是素戒，坎肩上还挂着表链。他跟一名来此办事的外国人交谈的时候，甚至还讲了两句法语，说得还算凑合。

"露意莎·伊万诺芙娜，您请坐呀。"他对那位身着华服、脸色红紫的女士飞快地说道。那位女士始终站在那里，仿佛不敢擅自坐下似的，尽管她旁边就有一把椅子。

"谢谢[①]！"她说着，徐徐坐下，绸缎衣裙发出一阵"窸窸窣窣"的声音。她那身点缀着白色花边的浅蓝色连衫裙仿佛一个大大的气球，在椅子四周扩散开来，几乎占据了半个房间。一阵浓郁的香水味扑鼻而来。不过这位女士看上去倒有几分不安和羞涩，虽然她在怯生生而又觍着脸微笑，神色中却显露出明显的不安。

身穿孝服的太太终于办完了事，起身准备离开。就在这时，突然一阵喧闹，一名英姿勃勃的军官迈着矫健的步伐走了进来，不知是何缘故，他每迈出一步，双肩就扭动一下，他一进门便将头上那顶镶着帽徽的制帽往桌上一掼，然后坐到扶手椅上。那位身着华服的太太见到他，立马从座椅上起身，流露出某种意味深长的欣然神色，向他行

[①] 此处原文为德文。

了个屈膝礼，那位军官完全没有留意她，而她已不敢当着他的面儿坐下了。这是一名中尉，是该分局的副局长，他那两撮浅褐色的小胡须严整有序地朝两边微微翘起，脸型十分瘦削，除却神色中蕴含的几分傲慢无礼以外，脸上并未流露出一丝特殊的神情。他斜着眼，有些气恼地打量着拉斯科尔尼科夫。他穿得确实不太像样，衣服破烂不堪，尽管他这身衣衫容易受人轻视，可举手投足却风采非凡。由于疏忽大意，拉斯科尔尼科夫竟然直勾勾地久久盯着军官，后者甚至感到自己被冒犯了。

"你有事吗？"他大喝一声。他似乎感到颇为惊诧，这个衣着打扮如此破烂的人在自己这般犀利的目光之下竟然丝毫不显慌乱。

"是你们叫我来的……有传票……"拉斯科尔尼科夫漫不经意地答道。

"这是一桩索要债款的案子，欠债人就是这个大学生，"那个办事员放下手里的公文，连忙说道，"喏，就是这个！"他把一个本子丢给拉斯科尔尼科夫，指着上面一处地方，"请您看吧！"

"债款？什么债款？"拉斯科尔尼科夫心想，"不过呢……如此看来，肯定不是为了那件事情！"他心中一阵欢喜，不由得浑身战栗。他倏然感到特别松弛，这份松弛难以言喻。他有种如释重负的感觉。

"先生，传票单上责令您几点钟过来的？"中尉厉声喝道，他愈发感觉恼火了，"责令您九点钟过来，而现在已经十一点多了！"

"我是一刻钟以前才收到这张传票的！"拉斯科尔尼科夫回过头来，朗声答道。突如其来的大发雷霆令他自己也倍感意外，他甚至为此心生一阵莫名的愉悦。"况且我还病着，我带着一身寒热病过来的，难道这还不行吗？"

"不准大声嚷嚷！"

"我没有大声嚷嚷,只是非常心平气和地讲话,是您冲着我大声嚷嚷的。我是一名大学生,我不能允许别人冲我无礼地大声嚷嚷。"

副局长愤然作色,听完这番论辩的刹那间,他气得连话都说不出来了,只能从嘴里飞出些许唾沫来。他从座椅上霍然跳起。

"请闭——闭——闭嘴!您这是在政府机关里。不准口——口——口无遮拦,先生!"

"您也是在政府机关里啊,"拉斯科尔尼科夫朗声喊道,"而且您不光大声嚷嚷,还在抽烟,可见您对我们也并不十分尊重。"一语言罢,拉斯科尔尼科夫感到一份难以言喻的愉悦。

办事员笑眯眯地瞧着他们。怒火中烧的中尉先生似乎有些哑口无言。

"不关您的事!"最后,他厉声喝道,声音听起来有些不大自然,"现在还请您依照要求提交书面答复。拿给他看,亚历山大·格里戈里耶维奇。这是控告您的诉状!您欠钱不还!好家伙,倒还摆起谱了,多么理直气壮哟!"

然而拉斯科尔尼科夫已经听不下去了,他迫不及待地夺过诉状,急不可耐地探寻答案。他读完一遍,又读了一遍,可是依然不明就里。

"这是什么意思呢?"他问那个办事员。

"这是以借据为凭,向您追索的一笔债款。您要么偿还全部债务,一并支付诉讼费、逾期不还的处罚金以及其他各项费用,要么提交书面回复,说明何时能够偿清债款,同时,必须做出承诺,即您在偿清债款以前不会离开这座城市,也不会把自己名下的所有财产变卖和隐藏。而债权人则有权变卖您的财产,并对您依法提出控告。"

"可我……从未欠过任何人的钱啊!"

"这就不关我们的事了。我们收到一张逾期未还、并且被您拒付的借据，债额为一百五十卢布，债主请求追回这笔债款。这张借据是您于九个月前交给八等文官①的太太——寡妇扎尔尼岑娜的，后来此借据被寡妇扎尔尼岑娜转让给了七等文官切巴洛夫②，我们请您前来就是为了这件事情，希望您对此给出回复。"

"可要知道，她就是我的女房东啊！"

"就算是女房东，那又怎样？"

办事员笑眯眯地注视着他，笑容中流露一丝怜悯和包容，与此同时还有点扬扬得意，仿佛在注视一个初出茅庐的打靶新手，并说："嘿，您现在感觉如何呀？"然而，此刻他又怎会有心思考虑什么借据和追债的事情呢！难道这样的事情还值得他为之烦忧、让他为之分神吗？他站在那里，在读，在听，在答话，甚至还在主动提出问题，然而这一切全是他不由自主地做出来的。自我保全的欣喜，危机解除的愉悦——这才是此时此刻溢满他身心的情绪，既无须任何预见，亦不必做何分析，更不用对未来进行无端揣测，不必探寻什么谜底，也不用心存质疑，没有任何问题了。这是一个充斥着直觉的、纯粹动物本能式的欢愉时刻。然而就在此时，办公厅内爆发了一场如狂风骤雨般激烈的闹剧。那名中尉仍旧沉浸于被人冒犯的震惊情绪中，他余怒未消，显然还想挽回一下自己受挫的尊严，于是朝着那位倒霉的"衣着华丽的太太"大发雷霆，破口大骂，而那位女士打从他走进屋内开始便始终面带异常拙笨的微笑注视着他。

"你呀，你这个没出息的混账东西！"他陡然扯开嗓子嚷嚷起来（那位身穿孝服的太太已经出去了），"昨天夜里你那里出什么事啦？

---

① 八等文官是第八级官衔，相当于中校军衔。在1845年俄国改革以前该官衔仅授予世袭贵族，后来才解除世袭限制，可被授予个人。

② 此人也是七等文官，与卢仁先生的官级一样。

啊？又是丢人现眼的丑事啊，搞得整条街都不得安宁。又是打架，又是撒酒疯闹事。难道你想进感化院①吗？要知道，我已经跟你说过啦，我已警告过你十次啦，再有第十一次的话，我一定会不留情面！可你却又……又……你这个没出息的混账东西！"

拉斯科尔尼科夫诧异地瞧着这位衣着华丽的、正在遭受无礼斥责的太太，甚至连手中的传票都脱手掉到了地上。然而，他很快便恍然大悟，弄清了其中的缘由，于是这一整场闹剧立时令他兴味盎然了起来。他兴高采烈地听着，甚至还想放声大笑，哈哈大笑，笑个不停……他周身的神经似乎都在为之震颤不已。

"伊里亚·彼得洛维奇！"办事员小心翼翼地开口，但是随即又停了下来，以便等待更为恰当的开口时机，因为若想制止这位怒火中烧的中尉先生，必须采取强制手段——这一点他很清楚，因为这是经验。

至于那位衣着华丽的太太，她起初的确被这通劈头盖脸的痛斥吓得瑟瑟发抖，但奇怪的是：痛斥越多、越凶，她的神情就变得愈加和善，她冲着那名咄咄逼人的中尉展露出的笑容也愈发可爱迷人。她站在原地，踯躅不定，不住地行屈膝礼，急不可耐地等待着，终于，她等到了允许她插话的时机。

"其实我那儿没人闹事，也没人打架，长官先生，"她突然像连珠炮似的叽里咕噜地说个不停，虽然俄语说得颇为流利，但是带有浓重的德国口音，"什么丑事也没发生，一点也没有，况且他们来的时候就已经喝多了，待我将这事的原委细细说给您听，长官先生，我是没错

---

① 根据法院出具的判决书，罪行或过失不甚严重者将被关入感化院，进行一定期限的训导。

的……我们家也是本分人家，长官先生，行事作风也是规规矩矩的，长官先生，我向来，我本人向来不愿见到任何打架斗殴的事。但他们来的时候就已经喝得酒气醺醺，后来又要了三瓶酒，接着有一个人抬腿用脚弹起了钢琴，这种行为在一个本分人家实在是有失体统，他还把那架钢琴完全[1]弄坏了，这可真是，真是太不像话了，我当时就是这么说的。但他却一把抄起酒瓶，逢人就拿酒瓶朝着人家背后砸去。我连忙去叫看门人过来，于是卡尔就来了，他一把抓起卡尔，对着眼睛打，把亨利埃特的眼睛也给打了，还扇了我五个巴掌呢。这在一个本分人家里实在太不像话了，长官先生，于是我大喊起来。他却打开正对着运河的窗户，对着窗外如同猪猡一般尖声怪叫，这可真是丢尽了脸哪。怎么可以对着窗户，朝着大街的方向如猪猡一般尖声怪叫呢？呸——呸——呸！卡尔从身后一把抓起他的燕尾服，把他从窗口丢出去了，而在此时，这事千真万确，长官先生，他的燕尾服[2]也被扯破了。于是他大声嚷嚷起来，要求必须[3]赔给他十五卢布。长官先生，我自己还拿了五卢布赔偿他那件燕尾服呢。长官先生，这可真是一位蛮横无理的客人呐，什么丢人现眼的事都干得出！他还说呢：'我要发表[4]长文嘲讽你们，我有本事在所有报纸上发表文章，搞臭你们。'"

"这么说来，他还是个作家？"

"是的，长官先生，这是一位多么蛮横无理的客人啊，长官先生，而且还是在本分人家……"

"哎——哎——哎！够了！我已经跟你说过了，说过了，我不是

---

[1] 此处原文为德文。
[2] 此处原文为德文。
[3] 此处原文为德文。
[4] 此处原文为德文。

跟你说过吗……"

"伊里亚·彼得洛维奇!"办事员再一次意味深长地开口说道。中尉飞快地瞥了他一眼,办事员微微颔首。

"……不是跟你说过了嘛,最尊敬的露意莎·伊万诺芙娜,这是我最后一次发出警告,这可是最后一次了啊,"中尉继续说道,"倘若在你那里,在你所谓的本分人家里,哪怕闹出一次丢人现眼的事来,我就会,说得好听点儿,就是追究你本人的责任。听到没有?如此说来,那位大文豪、大作家在'一户本本分分的人家'顺走了五卢布作为扯毁燕尾服后襟的赔偿,对吗?哼,去他们的,这群作家!"他蔑视地瞟了拉斯科尔尼科夫一眼,"两天前,在一家小饭馆里,也曾发生过一件糟心事:那人大吃大喝,不肯给钱,还振振有词地说'我要将此事写成文章嘲讽你们'。上星期,在一艘轮船上,也有这么一位,他用最下流无耻的粗话辱骂一位五等文官的家眷——他尊贵的夫人和女儿。前几天还有一个,被人从甜品店给轰出去了。瞧瞧他们一个个哟,大作家、大文豪、大学生、发言人……呸!你先回去吧!我会亲自到你那里的……到那时你可得小心点儿了!听到了没!"

露意莎·伊万诺芙娜连忙客客气气地朝四周频频屈膝行礼,一边行礼,一边往门口退去,可是,刚退到门口的时候,她的屁股撞到了一位风度翩翩的警官身上——这个人坦然自若、神采飞扬,两鬓蓄着美观、浓密的浅黄色络腮胡。此人便是这个分局的局长尼科季姆·弗米奇。露意莎·伊万诺芙娜赶紧上前,又屈膝行了个礼,膝盖差点儿贴到地板上,然后踱着小碎步,蹦蹦跳跳地闪身飞奔出了办公厅。

"怎么又是暴风骤雨,又是轰雷掣电,又是疾风,又是飓风的呢!"尼科季姆·弗米奇对着伊里亚·彼得洛维奇说,态度和蔼又友善,"又动怒啦,又气坏啦?我在楼梯上就听见啦!"

"是呀，怎么样？"伊里亚·彼得洛维奇摆出一副高贵不凡的模样，从容不迫地开口说道（他甚至说的并不是"怎么样"，不知为何，说的竟是"是——呀，怎——么——样"），同时，手执几册公文，往另一张桌子走去。他每迈出一步，肩膀就神气十足地耸动一下，迈出哪一只脚，肩膀就往哪个方向耸动："喏，您看吧，这位文豪先生——也就是这位大学生，确切来说，从前是个大学生，立下字据，却欠钱不还，还不肯搬走，人家债主几次三番地控告他，他竟然还给我提意见，指责我在他面前抽烟！他自己干着卑——鄙——无——耻的勾当，可是，您瞧瞧他哟，瞧他现在这副小样儿多么讨人喜欢！"

"贫困不是罪，朋友啊，这又算得了什么呢！谁都知道，他是个急性子，受不了委屈。想必，您在他那儿也受了什么委屈吧，所以您才失控了，"尼科季姆·弗米奇转过身来，蔼然可亲地看着拉斯科尔尼科夫，继续道，"不过，这就是您的不是了。我来告诉您吧，他是一个极——极——极——极高尚的人，只不过性子急躁，一点就着！他那股火气'噌'地一下蹿上来，便要'噼里啪啦'烧个痛快，等火气发泄完了，就没事啦！一切也都过去啦！而且说到底，他当真有一颗金子般的心！早在军团的时候，所有的人都管他叫'火药桶中尉'呢……"

"而且是多么好的一个军——团——啊！"伊里亚·彼得洛维奇长叹一声道，局长先生这个恭维的玩笑话令他颇为满意，心里顿时有些飘飘然，不过，怒气还是没有完全消退。

拉斯科尔尼科夫忽然想对他们说几句令人甚感愉悦的话。

"我很抱歉，长官先生，"他开始完全放松下来，悚然转身，望着尼科季姆·弗米奇，"请您设身处地替我想想吧……如果我有什么地方冒犯了他，我甚至打算为此向他道歉呢。我是一个抱病的穷酸学生，贫穷使我变得郁郁寡欢(他就是这么说的,'郁郁寡欢')。我曾经是个大学生,因为,如今的我,连最起码的生活都难以为继,但是我会拿到钱的……我的母亲和胞妹住在X省……她们会给我寄钱来的,而我……也一定会设法偿清债款。我的房东是个心地善良的女人,可是因为我把教书的工作给丢了,以致三个多月未能交租,于是她一怒之下,连午餐都不给我送了……可我还是完全摸不清头脑,这到底是张什么借据?现在她凭这张借款单据找我追债,可我又拿什么给她呢?请您想一想吧!……"

"但这跟我们可没什么关系……"办事员又插嘴道。

"抱歉,抱歉,我完全同意您的观点,但是,还望您容许我做一番解释,"拉斯科尔尼科夫再次夺回了话茬,他并不是冲着办事员说话的,而是始终面向尼科季姆·弗米奇,不过也尽量试图朝伊里亚·彼得洛维奇的方向看上几眼,尽管后者固执地装出一副正在翻找公文的样子,对他不屑一顾,"请容许我为自己解释一下,我在她那里已住了将近三年,自打我从外省搬过来起,我便一直住在那儿,先前……先前……不过,我干吗不敢承认呢,起初我曾许下承诺,答应娶她的女儿为妻,不过那是个口头的承诺,没有任何约束力可言……对方是个小姑娘……其实,我还挺喜欢她的……虽然我并没有爱上她……总之,年轻嘛,其实我想说的是,女房东当时让我赊了不少账,我在某种程度上过的就是这种生活……当时我太草率了……"

"根本没让您讲这些隐私的事情,先生,况且我们也没有那个工夫去听。"伊里亚·彼得洛维奇粗鲁地、趾高气扬地打断了他,然而拉斯科尔尼科夫激动地制止了对方,尽管他忽然觉得,讲话变得异常困难。

"但是抱歉,很抱歉,还请允许我,多多少少把话讲完……到底是怎么一回事……也就是……虽然讲这些话确实多余,我赞同您的观点——可是一年前,这个姑娘因伤寒病去世了,我依然是那里的房客,还住在那个房子里,而女房东呢,她在搬进现在这套房子的时候,便对我说……而且是挺友好地说……她对我是绝对信任的……但她问我,愿不愿意给她写一张一百一十五卢布的借据,她认为这是我赊的所有金额。请让我想一想,她原话就是这样说的,只要我肯给她写这张借据,她就会继续赊账给我,想赊多少都没问题,而且无论何时,无论何时她都不会——这是她亲口所说——她都不会使用这张借据,直到我自行偿清借款……但是您瞧,眼下我丢了教课的工作,已经沦落到没有饭吃的地步了,她却一纸诉状控告我,要来追债了……如今我还能说什么呢?"

"可是,这些细节与我们无关,先生,"伊里亚·彼得洛维奇毫不客气地打断了他,"您应当提供书面答复,并做出承诺,至于您自己的罗曼史,还有这些悲剧性的故事,与我们没有半点关系。"

"哎哟,你可真是……冷酷无情啊……"尼科季姆·弗米奇低声含糊地说。他一边说,一边坐到一张桌前,也开始批阅公文。不知为何,他心中萌生一丝愧意。

"请写吧。"办事员对拉斯科尔尼科夫说。

"要我写什么?"后者问道,不知为何语气特别粗鲁。

"我口述,您来写。"

拉斯科尔尼科夫觉得,在他做完这番陈述以后,办事员对他的态度变得更加不留情面、嗤之以鼻了。然而奇怪的是,他自己却忽然对于旁人的看法——无论是谁的看法——都毫不介意了,这个转变似乎就发生于一刹那,须臾之间。倘若他愿意稍加思索的话,那么,他定然会倍感诧异,片刻以前,他怎会对他们说出那样的话,甚至妄图对他们动之以情,晓之以理?而这些情感又是从哪里来的呢?假如恰恰相反，此时此刻，眼前之人并不是这两位局长先生，假如坐在这间屋子里的都是他的知交好友，那么想来，他仍旧找不出一句心里话来同他们诉说。顷刻间，他突然变得万念俱灰。此刻，一种由于痛苦不堪、无休无止的离群索居而自觉生发的悲凉之感忽然袭上他的心头，使他的内心突然发生彻底改变的原因，并非自己在伊里亚·彼得洛维奇面前的倾吐衷肠，亦非长官先生在他面前摆出的那副趾高气扬的样子——这两件卑鄙可耻的行径都不是。哎，现如今，个人的卑劣、所有的这些傲慢无礼矜傲的负气、长官大人们、德国女人们、追债、警局办公厅——诸如此类，万千事物，于他而言又有什么紧要呢？假如这一刻，他被判处火刑，将被活活烧死，那么想必他也会处之泰然，甚至连宣判词都未必能仔细听完。他的内心正在发生某种于他而言陌生、新鲜、突如其来且又前所未有的转变。这并不是他领悟出来的，而是清清楚楚感受到的。他非但再也不会像方才那般真情流露，甚至不会再以任何形式向警局办公厅的这些人申诉了，即使在座者皆是他至亲的同胞姊妹，而不是什么长官大人，即使他的生活再怎么艰难困苦，他也断然不会在他们面前吐露衷肠。在这一刻以前，他还从未体会过这种怪异又可怖的感觉，并且令人痛苦的地方在于：这与其说是一种认知或理解，还不如说是一种感觉，一种直接的感觉，一种他在以往人生中经历过的所有感受中最痛苦的感觉。

办事员开始为他口述此类书面回复的常用书写格式，即本人暂不能偿还债款，承诺将于何时（随便什么时间）偿清，不会离开本市，不会变卖财产，也不会将财产转赠他人，等等。

"哎哟，您写不了字啦？您都快要抓不住笔啦！"办事员好奇地端详着拉斯科尔尼科夫，说道，"您生病了？"

"是的……头痛……请您接着往下说吧！"

"就这些了,请签字吧。"

办事员收回书面回复,过去给其他人办事了。

拉斯科尔尼科夫把笔还了回去,然而并未起身离开,而是将两肘撑在桌上,双手死死抱住脑袋,仿佛一枚铁钉正锤入他的颅顶。一个怪异的念头忽然浮上他的心头:马上起身走到尼科季姆·弗米奇面前,将昨日之事尽数向他坦白,事无巨细,然后带他们一起前往自己的住所,把藏在墙角处窟窿里的东西指给他们看。这份意愿是那么的强烈,促使着他站起身来,欲以行动示之。"要不要再考虑一下呢?"这个想法在他的脑海中一闪而过,"不要,最好别再想了,尽快摆脱这个沉重的包袱吧!"然而,他又忽然驻足,仿佛被钉在了原地:尼科季姆·弗米奇正在无比激动地与伊里亚·彼得洛维奇谈话,于是以下对话传入他耳朵里。

"不可能,两个人都要放!首先,这些全都是自相矛盾的,您试想一下:假如这件事情是他们干的,他们何必把看门人喊过来呢?难道是想自己告发自己吗?或者是想玩花样?不,如果是这样的话,那也未免太狡猾了吧!还有最后,大学生佩斯特里亚科夫走进大门的时候,两名看门人和一位女士曾在门口见过他。当时他正和三个伙伴同行,而且走到大门口才分开,他还曾向看门人打听过地址,当时那几名伙伴也在场。那么,假设他是带着这种企图过去的,他会去打听地址吗?至于科赫,他在去找老太婆之前,曾在楼下的银匠那儿待了半小时,七点四十五分才离开那里上楼去找老太婆。现在请您想一想吧……"

"但是请问,为何他们的口供如此自相矛盾呢:他们自己斩钉截铁地说,他们敲门了,当时门钩是扣住的,然而三分钟后,他们和看门人一起再次上楼时,竟然发现门是开着的,门怎么会开了呢?"

"问题就出在这里,凶手肯定就在屋内,而且扣上了门钩。如果不是科赫犯糊涂，也跑下楼去找看门人的话，定能将他逮个正着。想必凶手就是在这时钻了空子，找准时机顺利溜下了楼，设法从他们眼皮底下逃走了。事后科赫还双手画着十字说道：'我要是待在那里，他没准会夺门而出，拿斧头把我也给劈死。'他还想去做一次俄罗斯式的祈祷①呢，嘿——嘿！……"

"那么，没有人见过凶手吗？"

"哪里能看见呢？那栋房子简直就像诺亚方舟②。"办事员坐在自己的座位上凝神倾听，跟着插了句嘴。

"案情一目了然，案情一目了然！"尼科季姆·弗米奇激动不已地重复道。

"不，案子还疑点重重。"伊里亚·彼得洛维奇斩钉截铁地说。

拉斯科尔尼科夫抓起自己的帽子，往门口走去，然而他没能走到门口……

他醒来时，发现自己坐在一把椅子上，有个人正从右侧扶着他，左侧站着另一个人，此人手上端着一个盛满黄色液体③的玻璃杯，杯子也是黄色的。尼科季姆·弗米奇就站在他面前，神色专注地观察着他。他从椅子上站了起来。

"这是怎么了，您病了？"尼科季姆·弗米奇问道，态度显得相当

---

① 因为书中的科赫是位德国人，他信奉的是新教，而并不是当时的东正教，为了感恩劫后余生，所以想要去做俄罗斯式的感恩祈祷。
② 出自《圣经》里的记载，是诺亚遵照上帝的旨意而建造的一艘大船，目的是让诺亚携家人以及各种生物躲避神对人类的惩罚——一场洪水的大灾难。在书中意指该处是个大庭院，入住的居民非常多。
③ 因为当时圣彼得堡的饮用水源全是发黄的河水，且水质较差，连水杯都被映成了黄色。

冷硬。

"他刚才签字时，笔都快抓不住啦。"办事员一边说，一边坐回自己的座位上，继续伏案处理公文。

"您是早就生病了吗？"伊里亚·彼得洛维奇坐在自己的座位上，大声地问，他也正在翻阅公文。病人昏厥的时候，他当然也走上前探望过，然而病人醒过来时，他便立刻走开了。

"从昨天开始的……"拉斯科尔尼科夫低声含糊地回答。

"那么昨天您出门了吗？"

"出来了。"

"当时就病了？"

"是的。"

"几点出门的？"

"晚上七点多。"

"请问您去哪儿了？"

"上街。"

"简短，明了。"

拉斯科尔尼科夫的回答态度冷硬，时断时续。他的整张面孔惨淡无光，宛如白绢，在伊里亚·彼得洛维奇的凝视之下，他并未闭上自己那双布满血丝的黑眼睛。

"他都快要站不住啦，你还这么……"尼科季姆·弗米奇说道。

"不——碍——事！"不知为何，伊里亚·彼得洛维奇说话的语气非常特别。尼科季姆·弗米奇原本还想再说几句的，但是他看了看同样专注望着他的办事员，便不说了。大家突然缄默不语。太奇怪了。

"那么，好吧，"伊里亚·彼得洛维奇终结了这场沉默，"我们就不便留您了。"

拉斯科尔尼科夫走了出去。他仍能清晰地听见,自己刚走出门,房间里随即又展开了激烈的探讨,其中听起来最清楚的便是尼科季姆·弗米奇提出质疑的声音……走到街上时,他彻底清醒过来了。

"搜查,搜查,马上要来搜查了!"他急急忙忙赶回家,口中喃喃自语,反复念叨着,"这伙强盗!开始怀疑了!"不久前的那阵恐慌再度袭来,将他全身从上到下牢牢攫住。

第二节　惊惶

"倘若已经搜查过了，该怎么办？倘若我到家的时候，刚好碰上他们前来搜查，又该怎么办？"

然而，眼前便是他的房间。什么事也没发生，一个人也没有，谁也没有过来看过。甚至连娜斯塔西娅也未曾动过他的东西。可是，上帝啊！不久之前他怎么能把这堆东西藏在这个窟窿里面？

他连忙冲到墙角，把手伸进壁纸后面，将东西全部掏了出来，装进衣服的几个口袋中。原来，总共有八样东西：两个小匣子，里面装着耳环之类的饰物——他并未仔细查看；还有四只小巧精致的羊皮盒子；有一条金项链，被随随便便地包在一张报纸里面。另外还有一件物事，看样子是枚勋章，也被裹在报纸里面……

他把所有物件分别塞进各个口袋——外套口袋和裤子上留下来的右侧口袋，尽量让它们看上去不那么显眼，而且裤子右侧的那个口袋也是他身上唯一完整无缺的口袋了。还有那个钱袋子也一并带在身上，跟其他物件塞在一起。随后，他走出了房间，这一次，他甚至让房门完完全全地敞开着。

他走起路来健步如飞，步伐沉稳。尽管他感到乏力不堪，头脑却十分清晰。他唯恐被人追踪，害怕再过上半小时或者一刻钟的时间，警方会下令对他采取监视行动，因此，无论如何都要在此之前销毁罪证。要趁自己或多或少还有一点精力，并且理智尚存的时候，尽快办妥此事……可是，该去哪儿好呢？

其实早已决定好了："把所有东西通通丢进运河，罪证沉没湖底，便可高枕无忧。"早在昨天夜里，当他还在半梦半醒中时，他便做好了这个决定，他还记得，自己当时曾几次竭力挣扎，想要坐起来，走出去："快点儿，快呀，去把东西全部丢掉呀。"然而，想要丢掉它们，竟然难乎其难。

他在叶卡捷琳娜运河的沿岸街上游荡已经快半小时了，或许还要更久一些，他曾数次查看沿途经过的堤岸和码头。然而，要想在这里按计划行事——连想都别想：河岸边要么是停着几艘木筏，木筏上还有几个女人在浣洗衣物，要么就是停着若干小船，周围人来人往，行人络绎不绝。况且，从沿岸大街和各个方向，随处都可看见并注意到，有个人鬼鬼祟祟地走下河堤，站在那里，把不明物体丢进河里，这是很可疑的。可万一小匣子沉不下去，漂浮在河面上，该怎么办？这当然是有可能的。这样一来，所有人都会发现了。况且，即便他什么也没做，就已经很引人注意了，沿途遇见的每一个人都好奇地打量着他，仿佛他们的所有注意力全都在他一人身上。"怎么会这样呢？或者，是我的错觉吧。"他心想。

最后，他的脑海里浮现出一个想法：去涅瓦河边会不会更好点呢？那里人烟稀少，不易被人察觉，不论怎样都方便许多，而最重要的是，那里离此地更远一些。他忽然感到诧异：在如此危险的地方，他怎么可以忐忑不安、忧心如焚地游走了足足半个钟头，却没能提早想到这一点呢！他之所以将半个钟头都消磨在这件冒失的行为上，皆因这个决定正是在半梦半醒、在迷迷糊糊的状态下做出的！他变得极度心不在焉、迟钝健忘，对此他自己也很清楚。事不宜迟，马上就得行动！

他沿着B大街①往涅瓦河的方向走去,然而,走在路上的时候,他的脑海中忽而又闪现了一个想法:"为什么非要去涅瓦河呀?为什么非得丢进水里呢?随便去个非常偏僻的地方,哪怕再去一趟群岛也行呀,在那儿随便寻个僻静的地方,或者选择在树林里,在哪株灌木丛里,把这些东西全都埋起来,也许还可以在那棵树上做个标记,这样岂非更好?"尽管他觉得,自己此时此刻无法思路清晰、准确无误地将一切思虑周全,但他认为这个想法定然可行。

然而,他注定无缘到达群岛了,出现了另一个状况:当他离开B大街,来到广场上的时候,忽然看见左边有一个院子的入口,院子的四周是完全没有门窗的围墙。刚一走进大门,只见右侧有一面无门无窗、未经粉刷的墙,它遥遥伸入院内,属于一栋与之毗邻的四层建筑。从刚进门的位置再向左看去,有一道木墙,它与那面无门无窗的墙壁并行而立,蜿蜒伸入庭院深处,又在大约二十来步的地方向左转弯。这是一个人烟稀少、与世隔绝的僻静所在,地上散落着杂七杂八的废物料。再往里走,在院子的深处,一幢被熏得黑漆漆的低矮石房掩映在木篱墙的后面,露出了半间屋子——大概是某个作坊的一部分。想必,这是一家制造马车或装配五金制品的作坊,要不就是一家诸如此类的其他作坊。差不多从刚进大门口开始,地上便大量散落着乌漆漆的煤灰。他忽然灵机一动:"对,东西就扔在这儿吧,扔完就走!"他只见院内空无一人,于是步入大门,恰好看到在那道木墙靠近大门的墙边上有一个排水槽(这种排水槽通常设在厂房工人、合伙劳动的手工艺者、马车夫等劳动者大量聚居的建筑里),而在水槽的上方,也就是那道篱墙上面,用粉笔写着一句在此类场景中司空见惯的俏皮话:

---

① 这里意指升天大街。

"此处禁止站立①"。所以说,这可真是好极了,走到这儿站上一会儿,也不会引来任何怀疑。"就在这儿把所有东西往垃圾堆里随便一丢,扔完就走!"

他再次朝四下张望,并已将手伸进了口袋里,忽然发现,在最外层的围墙附近,大门和排水槽之间近一俄尺宽的空地上,有一块未经打磨的巨石,这块石头大概有一普特②半那么重,紧紧贴靠着临街的石墙。这道墙的背面是街道和人行道,那里总是人来人往,隔着墙可以听见来往行客脚步的匆忙。然而,谁也不能从门外瞧见他,除非有人从街上走过来,不过,这也是非常有可能的,所以,要速战速决。

他俯下身子,双臂死死抱住石头的上沿,费了很大的力气才将石头翻了过来。只见石头底下出现了一个小小的凹坑,他随即从口袋里掏出所有物件,尽数丢入凹坑中。钱袋正好丢在了最上面,而坑内仍留有闲余的空间。随后,他再次抱住石头,朝着相反的方向翻了一下,刚好使之回归原位,只不过略微高出一点儿。他在边上拢了几把沙土,又在上面添了几脚。了无痕迹。

接着,他走了出来,朝着广场走去。霎时间,一阵强烈的、几乎难以遏制的狂喜将他整个人牢牢攫住,正如不久前他在警局时所感受到的一样。"罪证藏好啦!又有谁,有谁会想到过来搜查这块石头的底下呢?或许,这块石头从房屋修建时起便在这里了,而且还会在这儿放上很久呢。即便被人发现,谁又会想到我的头上呢?一切结束啦!罪证消失啦!"他笑着。是的,日后他回想起来,记得自己当时神经质般地笑了出来,笑声悄无声息,久久不止,他一直在笑,在穿过广场

---

① "此处禁止站立"在俄文中指的是"此处禁止小便",文中的"排水槽"即旧时的小便池,这句话出现在这个场景,有调侃意味。
② 普特是沙皇时期俄国的主要计量单位之一,是重量单位。

的整段时间里，一直在笑。可是当他走到K林荫道时——就是他两日前碰见那个姑娘的地方——他脸上的笑容骤然消失了。一些别样的思绪掠过他的脑海。他忽然觉得，他如今害怕从那张长椅边上经过，那会使他很不舒服，那日女孩离开以后，他坐在那张长椅上，思前想后，沉吟不决。他也害怕再度遇上那个小胡子警察，一遇上他，心情便沉重起来，当时还给了他二十戈比呢——"让他见鬼去吧！"

他一边走，一边环视四周，神思恍惚，目露凶光。此时此刻，他所有的思绪全都围绕着一个重要的问题——他自己也意识到，这确实是个非常重要的问题，而在此时，就在此时，他正单枪匹马地应对着这个重要的问题——而这，甚至是近两个月来的头一次。

"就让这一切都见鬼去吧！"他思忖着，心头忽然燃起一股浇不灭、止不息的怒火，"哈，开始啦，那就开始吧，就让它见鬼去吧，让新生活见鬼去吧！上帝啊，这真是太糊涂了！……我今天说了多少谎话，干了多少龌龊的事啊！方才我还在那个可恶至极的伊里亚·彼得洛维奇面前如此卑鄙地曲意逢迎、献媚讨好！不过呢，这也是顺口胡诌的！对于他们，对于他们所有人，我都视若敝屣，甚至对于自己曲意逢迎、献媚讨好的无耻行径，我也鄙夷不屑！完全不是这样！完全不是这样！……"

突然，他停了下来，一个完全出乎意料却又极其简单的新问题瞬间使他茫然无措，痛苦不堪：

"倘若这整件事确实是在有意识的情况下完成的，并非出于一时冲动，倘若你的确心怀明确而又坚定的目标，那么你怎能直到现在连钱袋都没瞧上一眼，也不知道到底弄来了多少钱，究竟是为了什么，你要承受这些苦楚，要蓄意做出此等卑鄙、下流、龌龊的勾当？然而，刚才你还想把它，那个钱袋，连同所有东西一并丢到水中，而那些东西又是什么,你同样未曾看过……这到底是怎么回事?"

不错,就是这样,一切确实如此。然而,这些他原先也清楚,对他而言,这绝非新的问题。昨天夜里决定把罪证沉入水底时,做出这一决定是毫不迟疑、义无反顾的,仿佛一切都理所当然,仿佛一切都别无他法……是啊,这一切他全都清楚,这一切他全部记得。而且似乎早在昨日,当他蹲在大箱子的边上,从里面搬出那几个小匣子的时候,刹那之间,一切就已然决定好了……就是这样!……

"这是因为,我病得很严重,"最后,他阴沉地断言,"是我自讨苦吃,是我自我折磨,连我自己都不知道我在做什么……无论是昨天,还是前天,在这所有的时间里,我都在自我折磨着……等我大病痊愈……就不会再自我折磨下去了……可我是彻底无望痊愈了,该怎么办呀?上帝!我对这一切简直厌烦透顶……"他一步不停地往前走。他极度渴望以某种方式排遣内心的苦闷,却不知道该怎么做,又该采用何种方式。某种难以遏制的全新感受将他牢牢攫住,而这种感觉,正随着每分每秒时间的流逝,变得愈加强烈。那是某种对于所有际遇和周遭万物所抱有的生理性厌恶,这种厌恶是执拗的、愤慨的、憎恶的、无休无止的。在他看来,所有与自己迎面相逢的人,全都卑鄙龌龊,他们的面孔、步态、一举一动——他全都倍感厌恶。假如有人走过来和他攀谈,那么不论是谁,他都恨不得往那人脸上吐一口唾沫,说不定还会咬他一口……

当他踏上小涅瓦河沿岸的瓦西利耶夫斯基岛,经过该岛的一座桥时,他猛然间停在了原地。"瞧,他就住这儿,就在这栋房子里,"他心想,"这是怎么了,我似乎是自己走到拉祖米欣这儿的!就跟那回一模一样,记得那一回……不过呢,最有趣的是:是我自己有意前来,还是说,仅仅是无意经过呢?反正都一样。两天前……我就说过……

等我干完那件事后,次日便来找他,又有什么呢,那就去呗!反正我现在又不是不能去……"

他爬上五楼,来找拉祖米欣。

拉祖米欣在家,此刻,他正在他的那间斗室内忙着写东西,他亲自过来给他开门。他们快有四个月没见面了。拉祖米欣穿着一件破破烂烂的睡衣,赤脚踩着一双便鞋,蓬头垢面,邋里邋遢。他的脸上显露出一丝惊诧。

"你怎么啦?"他从头到脚仔细打量着这位刚进门的朋友,大喊了一声,随后沉默半晌,吹了一下口哨。

"难不成情况已经这么差了吗?老兄啊,在吃穿用度上,你从前可比我们都好啊,"他瞧着拉斯科尔尼科夫身上的破衣烂衫,补充了一句,"你快坐呀,估计累了吧!"拉斯科尔尼科夫仰面躺到一张漆布面的土耳其式沙发上。这张沙发比他自己的那张沙发还要破烂。这时,拉祖米欣忽然察觉到,自己的客人病了。

"你病得挺严重啊,你知道吗?"他伸手为他把脉,拉斯科尔尼科夫把手挣脱了出来。

"不必了,"他说,"我过来……是这样的:教书的工作我已经不干了……我本打算……不过,我根本用不着教书……"

"你知道吗?你在说胡话!"拉祖米欣凝神注视着他,说道。

"不,我没说胡话……"拉斯科尔尼科夫"噌"地从沙发上站起来。他上楼来找拉祖米欣时并没有想到,自己会与他相见。可是现在,顷刻之间,他已经可以凭借自身的体会感到,自己此刻不愿与世上任何一人迎面相逢。怒火在他的心底升腾。打从踏入拉祖米欣的房门开始,他便开始怨恨自己,恨得差点儿喘不过气来。

"再见!"他忽然开口,说完就往门口走。

"嘿，你等一下，等一下，怪人！"

"不必了……"拉斯科尔尼科夫再次把手挣脱出来，重复道。

"那么你干吗过来啊？你是犯傻了，还是怎样？你这样……真让人心里不好受啊。我就是不放你走。"

"那好，你听着，我过来找你，是因为除你以外，我不认识其他能给予我帮助的人……助我开始……因为你比他们所有人都善良，也就是说，你更有智慧，善于思辨……可是如今我发现，我什么也不需要，你听见了吗？完全不需要……任何人的帮助和怜悯……我自己……孤身一人……啊，够了！别管我了！"

"喂，你等一下，扫烟囱的①！真是个彻头彻尾的疯子！照我看，你想怎么样都行。你知道吗，我也没再教书了，再者说，教书的工作我也瞧不上。倒是旧货市场上有个姓赫鲁维莫夫的书贩，从某种角度来说，在他那里工作就相当于教书。如今就算拿五个富商家庭的教书工作来换，我也不愿舍弃这份工作。他干的是出版业，出版一些自然科学类的书籍——还很畅销呢！光看书名就觉得非常值得花钱购买！你总说我傻，说真的，老兄，还有比我更傻的呢！现如今，他的出版计划也开始紧跟社会风向了，不过他自己对此一窍不通，那我呢，自然是从旁协助。瞧，我这儿有一篇德文文稿，总共有两个多印张——依我之见，那就是个愚蠢至极、招摇撞骗的玩意儿。总之呢，就是研究'女人是不是人'的问题。哈，当然啦，郑重其事地证明了：女人是人。赫鲁维莫夫正在筹备的这本书与女性问题有关，我负责翻译。他想把这两个半印张的作品扩展到六个印张，再弄出一个长有半页的花

---

① 俄语中常有"脏得像扫烟囱的"，文中拉斯科尔尼科夫蓬头垢面，穿得破烂不堪，所以拉祖米欣喊他"扫烟囱的"。

哨醒目的书名,每本售价五十戈比。销路肯定不错!给我的翻译稿费是每印张六个卢布,也就是说,我总共能拿到十五卢布,不过我已经预支了六个卢布。弄完这本,我们还会翻译一本关于鲸鱼的著作,然后从《Confession》[①]的第二册里再摘出一些无聊透顶的废话,翻译过来。有人告诉赫鲁维莫夫,似乎从某种角度而言,卢梭可以与拉季舍夫相提并论。我呢,自然没什么异议,管他呢!对了,你愿意翻译《女人是不是人》的第二印张吗?要是愿意,现在就把原稿拿去吧,还有纸、笔,也一并拿去吧——这些都不花钱——再拿上三个卢布,因为我预支的是总稿酬,也就是预支了第一印张和第二印张的稿费,所以呢,现在可以给你三个卢布。等你译完之后,还能再拿三个卢布。对了,还有,请你不要把这当成什么我对你的帮助。恰恰相反,自打你进门起,我就在心里合计着,你在什么方面可以帮一帮我呢。首先,我的正字法掌握得不好;其次,我的德文水平有时差到家了,所以呀,译稿也多半是自己瞎编,我也只能自我安慰:没准这样效果更好呢。哎,不过谁知道呢,说不定这样翻译的效果非但不会更好,反而更糟——你到底接不接啊?"

拉斯科尔尼科夫默默地拿起那沓德文文稿,又拿起三个卢布,一语不发地出去了。拉祖米欣诧异地目送他离去。拉斯科尔尼科夫已经走到第一条大街上了,却又突然转过身,折返回去找拉祖米欣,他把那沓德文文稿和三个卢布一并放在桌上,再一次沉默地走了出去。

"你是耍酒疯呢,还是干吗呢?"终于,拉祖米欣怒不可遏地高声吼叫起来,"你演什么哑剧呢!我都被你搞得晕头转向了……真是见

[①]《Confession》是让-雅克·卢梭(1712—1778)的作品《忏悔录》,于作者辞世之后出版。

鬼，你又干吗回来？"

"不需要……翻译……"拉斯科尔尼科夫支支吾吾地说，此时他已开始下楼了。

"那你到底需要什么呀？"拉祖米欣在上面大喊大叫。拉斯科尔尼科夫沉默不语，继续往楼下走去。

"嘿，你呀！你住哪儿啊？"

并无回复。

"哼，那就去——你的吧！……"

但是，拉斯科尔尼科夫已经来到了大街上。走在尼古拉耶夫斯基桥上的时候，他碰上了一件令他极不痛快的事情，这使得他的神志再次彻底清醒过来。有个赶着四轮马车的车夫照他的后背上狠狠地抽了一鞭，因为尽管车夫已冲着他大声吆喝了三四遍，他还是险些跌倒在马蹄之下。这一鞭抽得他火冒三丈，他连连退闪到栏杆旁边（不知为何，他刚才走在桥的正中间，那里是马车走的路，并不是人行道），气得咬牙切齿。自不必说，四周传来了一阵哄笑声。

"活该！"

"就是个碰瓷的。"

"谁不知道啊，这种人假装喝醉了，故意往人家车辐辘底下钻，你却还得替他负责①。"

"他们就是专门干这个的，老兄，他们是专门干这个的……"

他站在栏杆旁边，茫然无措、愤愤不平地目送那辆四轮马车渐行渐远，轻轻揉捏着后背，然而就在这时，他忽然感觉有人正往他的手里塞钱。他定睛一看，面前是一位上了年纪的商妇，她戴着一块头巾，

---

① 当时曾有新闻报道，碰瓷者为了获得伤残赔偿，故意在马车的车轮边上摔倒。

穿着一双山羊皮制的皮鞋，旁边还有一位戴着帽子、撑着绿伞的姑娘，想必是她的女儿。"收下吧，先生，看在基督的分上。"他接过了钱，她们便从旁边离开了。这是一枚二十戈比的硬币。她们很可能是瞧见他这身打扮和这副样子，把他当成了乞丐，当成一个货真价实的沿街行乞的叫花子，而他能得到这二十戈比，想必也多亏了那一下鞭打，正是这一鞭，使得她们萌生了恻隐之心。

他把这枚二十戈比的硬币攥在手里，往前走了十几步，然后转过身，面朝着涅瓦河，朝着冬宫的方向。万里无云，河水也几乎是湛蓝的，这样的景致在涅瓦河畔并不多见。教堂浑圆的穹顶光彩夺目，无论从哪个角度观赏，都不如从这里，从这座距离钟楼不足二十步远的桥上看去，更加清晰，更加美妙，透过清新的空气，甚至可以清晰地观察到穹顶上的每一处装饰。鞭打的痛感消退了，拉斯科尔尼科夫也将被打一事抛到了脑后。此时，仅有一个令人不安、但尚不明晰的想法占据了他的脑海。他站在那里，专注地望着远方，这个地方他再熟悉不过了。他从前走在去学校的路上时，就时常——大多数是在回家的时候——在这里驻足远眺，也许已有上百次了吧，当时他正是站在这个位置，专注地凝望着这幅确实可称得上是宏伟壮观的景象，并且每一次，他都几乎惊讶于自己内心生发的一种朦朦胧胧、难以解释的感觉。从这幅宏伟壮观的景象当中，他总能感受到一阵难以言喻的寒意。在他看来，这幅华丽的图景中充斥着一种寂然无声的肃杀与荒凉……他每次都为自己心中这种阴郁而又神秘的印象感到诧异，因为对于自己尚无把握，他把揭开这个谜底的任务交给了未来。此刻，他恍然间清晰地回想起自己往日的这些问题和困惑，并且觉得，自己此时回想起这些，绝非偶然。现在，他正好站在自己过去曾经驻足的地方，仿佛当真以为，现在自己又能如往日一般，思索着同样的问题，并且对于那些……不久之前自己还颇感兴趣的话题与画面依旧乐此不疲，独独这一点便让他感到荒诞又怪异。他甚至觉得这有些好笑，与此同时又倍感压抑，胸口窒闷得发痛。他现在觉得，所有这些往日的时光、昔时的思绪、从前的使命、过去的话题、既往的印象、全部的景象，还有他自己和所有的一切……全都隐匿在他的脚下，在一个依稀可见的地方，在一个未知的深处。他仿佛正朝着一个未知的地方飞腾，而一切正在他的眼中消失……他的手不经意间做了一个动作，他忽然发觉，自己的掌心还握着那枚二十戈比的硬币。他摊开手掌，专注凝视着那枚硬币，然后奋力扬起手臂，将它丢入水中，随后转身，往家的方向走。他觉得，在这一刻，自己仿佛是用一把剪刀将自己与一切人、一切事都尽数剪断。

他回到家时，暮色已晚，也就是说，他在外面走了将近六个小时。自己曾到过哪里，又是怎么回来的，这些他统统不记得了。他浑身颤抖着脱掉衣服，犹如一匹筋疲力尽的马，他躺到沙发上，把大衣拉过来盖在身上，立刻沉沉入梦……

在一片漆黑的夜色中，一阵可怖的喊叫声将他惊醒了。天啊，这是一种怎样的喊叫声啊！这样异乎寻常的声音，这样的号叫声、哀鸣声、咬牙切齿声，这样的眼泪、殴打、谩骂，他此前还闻所未闻，见所未见。这样野蛮暴虐的行径，他简直无法想象。他惊惶不安地欠起身来，坐在沙发床上，时间在一分一秒地流逝，他一动不动地坐在那里，内心痛苦不堪。然而，殴打声、哀号声和谩骂声却愈演愈烈。但是，令他倍感诧异的是，他忽然听到了女房东的声音。她在哀号，在尖叫，在哭嚷，她哭嚷着说出的语句是那样急促，那样慌忙，以至于旁人连她所央求的到底是什么也听不出来——肯定是央求对方别打她了，因为她正在楼梯上承受着惨无人道的殴打。盛怒之下，动手者的声音听上去可怕极了，甚至已经完全变成了嘶吼声，不过，动手者仍然在说着什么，说起话来同样急促、慌忙，上气不接下气，所以听不清楚。突然，拉斯科尔尼科夫浑身瑟瑟发抖，好似一片落叶——他听出了这个声音——这是伊里亚·彼得洛维奇的声音。伊里亚·彼得洛维奇就在这里，他正在殴打女房东！他用脚踹她，按着她的头往台阶上撞——这是明摆着的，可以从响声、哀号声和撞击声中听得一清二楚！这是怎么回事，世界末日吗？可以听到，每一层楼和每一级楼梯上都聚集着人群，可以听到他们的说话声、呼喝声，以及上楼的脚步声，"叮叮咣咣"的敲门声和"砰砰啪啪"的关门声，人们蜂拥而出，聚到一起。"但这是怎么了，这是怎么了……怎么会这样呢？"他当真觉得，自己是精神错乱了，于是反反复复地念叨。可是，不，他听得再清晰不过了！……不，如果是这样的话，他们很快就会找上门的，"因为……不错，这一切全因那件事而起……因为昨天的……天哪！"他想把门钩扣上，可手却抬不起来……况且，那也不过是白费工夫！恐惧犹如一块寒冰，覆盖着他的灵魂，使他备受折磨，不寒而栗……不过，听，这阵持续了十多分钟之久的喧嚣终于渐渐平息了。女房东还在呻吟，还在唉声叹气，而伊里亚·彼得洛维奇仍旧在恫吓她，骂骂咧咧的……不过，好像他也终于安静下来了，嗯，他的声音已经听不到了。"他真的走了吗？天哪！"没错，听，女房东也走了，她仍在呻吟，在不住地抽泣……嗯，她的房门也"砰"的一声关上了……听，众人也纷纷作鸟兽散，各自下楼回家了——他们长吁短叹，争论不休，呼唤着彼此，时而把声音拔得老高，像在大喊大叫，时而把声音压得极低，似在喁喁私语。看来，来的人真不少，几乎整栋楼的住户全跑过来了。"可是，天哪，这一切是真的吗？为什么，为什么他会到这儿来呢？"

拉斯科尔尼科夫周身乏力地瘫倒在沙发上，然而他已无法阖眼睡去了，他直直地躺了近半小时，内心承受着无以复加的痛苦和无穷无尽、难以忍受的惶恐，这样的痛苦，这样的惶恐，在他此前的人生中还从未经历过。忽然，一道明亮的光线照亮了他的房间，娜斯塔西娅走了进来，她一手拿着蜡烛，一手端着一盘汤。她细细地瞧了瞧他，见他还没睡下，于是把蜡烛立在桌上，将带来的食物逐一摆上来：面包、盐、汤盘和汤匙。

"你怕是从昨天起就没怎么吃东西吧？发着烧，还跑出去晃悠了一整天。"

"娜斯塔西娅……他们为什么打女房东呀？"

她直直地看着他。

"谁打女房东啦？"

"就刚刚……半小时前，警察分局的副局长伊里亚·彼得洛维奇，在楼梯上……他为何要那么残忍地殴打她呢？还有……他怎么会过来呢？"

娜斯塔西娅皱着眉头，默默地凝视着他，就这样瞧了许久。这种凝视令他非常不适，甚至毛骨悚然。

"娜斯塔西娅，你怎么不说话？"他终于怯怯地出声问道，声音微不可闻。

"这是血。"终于，她轻声地回答，仿佛在喃喃自语。

"血……什么血？"他脸色煞白，身体直往墙壁的方向闪躲，口中嗫嚅着。娜斯塔西娅依然沉默地凝视着他。

"没有人打女房东。"她再次开口说道，声音严肃而坚定。他望着她，差点儿喘不过气来。

"我是亲耳听到的……我当时没睡……我正坐着……"他更加怯

懦地说道,"我听了很长时间……副局长来了……大家都跑到了出来,聚在楼梯上,每一户都出来了……"

"没有人来过。那是你的血在叫嚷,要是血流得不通畅,它就会在肝脏里结成血块,于是人就会出现幻觉……你吃点儿东西吧,嗯?"

他没答话。娜斯塔西娅一直站在他跟前,神色专注地望着他,没有离开。

"来点儿水吧……娜斯塔西尤什卡[①]。"

她下楼了,两分钟后又回来,手上端着一个带把儿的白搪瓷杯子,里面装着一杯水,但他已然不记得后面发生的事情了。他只记得,自己当时呷了一口冷水,还把杯中的水洒在了胸口上面。接着,他便昏迷不醒了[②]。

[①] 指娜斯塔西娅。
[②] 作者患有癫痫之症,而出现声音幻觉正是癫痫症的典型症状。作者所描写的某件事情有可能是他的亲身经历。

第三节　苏醒

不过，在生病的这段时间里，他并非完全处于昏迷不醒的状态：这是一种半清醒的、伴有呓语的发烧状态。许多事情他是后来才回想起来的。有时，他感觉自己身边围着一大堆人，他们想要捉拿他，再把他送去某个地方，还为了他的事情争论不休，争得面红耳赤。有时，他恍然间觉得自己独自留在房里，所有人都离开了，所有人都忌惮他，只不过偶尔有人打开房门，盯着他瞧，威胁着他，他们彼此之间还在议论着什么，开玩笑戏弄他。他记得娜斯塔西娅常常待在自己身边。他还认出了一个人，这人他好像特别熟悉，可到底是谁——他却怎么也想不起来，他为此十分苦恼，甚至还流下了眼泪。

有时，他觉得自己已经躺了一个月了；有时，又觉得依然在同一天。然而对于那件事情——那件事，他已忘得一干二净；可是，他心里每分每秒都还记着自己把一件不该忘的事情给忘了——他冥思苦想，备受煎熬，十分痛苦，发出呜咽的声音，整个人陷于狂暴之中，或者说，陷入一种难以忍受的恐惧之中。他极力挣扎着，想要坐起来，想要逃离，但总会有人制止他，将他按回去，于是他再度身陷虚弱无力、昏迷不醒的状态。终于，他完全清醒了。

他醒来时是上午十点。通常在上午这个时候，如果天朗气清，那么他房间的右侧墙上总会照映着一道狭长的阳光，将他门边的椅角照亮。他床前站着娜斯塔西娅，床边还有另一个人，完全是个陌生面孔，正好奇地打量着他。这是一个年轻的小伙子，身穿一件束腰长袍，下巴留着一撮胡子，样子像个邮差。女房东躲在半开着的房门外面往里偷看。拉斯科尔尼科夫坐了起来。

"这位是谁，娜斯塔西娅？"他指着那个小伙子问道。

"哎哟，醒啦！"她说。

"醒了。"那个邮差应声答道。从门外偷偷窥探的女房东猜到他醒了，连忙把门掩上，躲开了。她生性腼腆，不善言辞，害怕与人交谈，也怕跟人解释。她大概四十岁，身材肥胖，黑眉毛，黑眼睛，肥胖的身形和懒散的姿态使她看上去显得心肠很好；她长得很不错，只是过于腼腆了。

"您……是哪位？"他独独面向邮差，继续问道。不过就在此时，房门再一次大大地敞开了，拉祖米欣走了进来，由于他身材高大，进来时稍稍低着头。

"好一个船舱呀，"他进门时朗声说道，"我老是能磕到脑袋；这也能叫房子？哟，老兄，你醒啦？我刚从帕申卡那儿听说。"

"刚醒来。"娜斯塔西娅说。

"刚醒来。"邮差笑容满面，随声附和道。

"敢问您是哪位？"拉祖米欣突然向他发问，"我姓弗拉祖米欣，并不是大家对我的称呼——拉祖米欣，而是弗拉祖米欣，我是个大学生，贵族子弟，他是我的朋友。那么，您是哪位呢？"

"我是我们办事处的邮差，商人舍洛帕耶夫派我来的，我此次前来是为了一件事。"

"请坐这把椅子吧。"拉祖米欣自己坐到了另一把椅子上，就在桌子的另一边。"老兄，你醒来了，这可真是太好了！"他冲着拉斯科尔尼科夫继续道，"三天过去了，你几乎不吃不喝。真的，就喂下你几勺茶水。我曾带佐西莫夫过来瞧过你两回。还记得佐西莫夫吗?他还给你做了个细致的检查,当即便说,不碍事的——估计是受了什么刺激,有点儿神经兮兮、胡说八道;他还说,伙食太差了,啤酒喝少了,洋姜吃得也不够,所以病倒了,不过并无大碍,会过去的,过段时间就没事了。佐西莫夫真有本事!他刚一给你治病就很有成效。哈,那我就不耽搁您了。"他又转过去对信差说,"请问您是来干么的?你得知道,罗佳,他们办事处已经是第二次派人来了,只不过先前来的不是这一位,是另一位,我跟那个人也聊过。在您前边来的那位是谁呀?"

"想必是两天前吧,没错。他是阿列克谢·谢苗诺维奇,也是我们办事处的员工。"

"他可比您更能干些,您怎么认为呢?"

"对啊,他们确实比我更厉害些。"

"很好。嗯,请您继续往下说。"

"受令堂所托,阿凡纳西·伊万诺维奇·瓦赫鲁申——想必此人您应该听过很多次了吧——经由我们办事处,给您寄来了一笔汇款,"邮差直接对拉斯科尔尼科夫说道,"等到您神志清醒的时候,将三十五卢布交到您的手里,因为谢苗·谢苗诺维奇[①]又收到了一份按照先前的方式进行操作的汇款通知,是阿凡纳西·伊万诺维奇应令堂的请求寄来的。这件事您知情吗?"

"对……我记得……瓦赫鲁申……"拉斯科尔尼科夫若有所思地开口道。

"您听见了吗,他知道商人瓦赫鲁申!"拉祖米欣大叫道,"怎么会神志不清呢?不过,我现在倒是发现,您也挺能干的呀。哈!聪明的

---

① 指商人舍洛帕耶夫。

话听着就让人觉得受用。"

"正是他,瓦赫鲁申,阿凡纳西·伊万诺维奇,有一次也是应令堂的请求,经由他处,以同样的方式已为您汇来过一笔款项了,而这一次他也没有拒绝令堂,前些日子,他那边给谢苗·谢苗诺维奇发来了通知,要求给您寄送三十五卢布,希望您一切都好。"

"真不错,'希望您一切都好',这是您说的最漂亮的一句话了;'令堂'一词用得也很不错。嗯,那么依您之见,他是神志完全清醒了呢,还是没有呢,啊?"

"我觉得他没什么大碍了,只不过得签个字。"

"他能签!签什么,回执单吗,还是什么?"

"回执单,就是这个。"

"您放这儿吧。来,罗佳,坐起来。我来扶你,给他签个'拉斯科尔尼科夫',拿笔,你得知道,老兄,如今钱对我们来说,可是比蜜糖还甜呢。"

"不必了。"拉斯科尔尼科夫把笔一推,说道。

"怎么就不必了?"

"我不会签的。"

"嘿,真是见鬼了,怎么能不签呢?"

"我不需要……钱……"

"怎么会不需要钱呢!哎哟,老兄,你这是在说谎啊,我就是证人!请您别在意哈,他这不过是在……胡说八道。不过他呢,平时清醒的时候也总这样……您是个明事理的人,咱们就来开导开导他吧,也就是说,索性抓着他的手,他不就签啦。动手吧……"

"其实,我也可以再来一次的。"

"不用,不用,怎么能叫您费心呢。您是个明事理的人……嗯,罗佳，别耽误人家时间了……瞧，人家等着呢。"他当真准备去抓拉斯科尔尼科夫的手。

"松手，我自己来……"拉斯科尔尼科夫开口了。他提起笔，在回执单上签了字。邮差放下钱，便离开了。

"太好啦！老兄，现在想吃点儿什么了吗？"

"想。"拉斯科尔尼科夫答道。

"你们这儿有汤吗？"

"有昨天剩的。"娜斯塔西娅答道，刚才她一直站在这里。

"土豆加大米的吗？"

"是土豆大米汤。"

"我就知道。把汤拿来吧，再来点儿茶。"

"这就去拿。"

拉斯科尔尼科夫一脸诧异地看着这一切，心中隐约感到一种难以言喻的惶恐。他决定缄口不言，看看后面还有什么事情发生。"我好像不是在做梦，"他心想，"这似乎是真的……"

两分钟后，娜斯塔西娅端着汤回来了，并说，茶这就上。与汤一并端上来的，还有两把汤匙、两个盘子和整套调味瓶——盐瓶、胡椒瓶以及吃牛肉配的芥末等，像这样把所有东西规规矩矩地摆上来，是很久不曾有过的事情了。桌布也很整洁干净。

"娜斯塔西尤什卡，要是普拉斯科维娅·帕夫洛夫娜能让人弄来两瓶啤酒的话，倒也不错。让我们一饮为快。"

"哟，你啊，真是个机灵鬼！"娜斯塔西娅咕哝着，便按照他说的去准备了。

拉斯科尔尼科夫仍旧紧张而又诧异地审视着眼前的一切。就在这时，拉祖米欣往沙发上挪了过来，坐到他旁边，左手抱住他的脑袋，笨拙得好像一只大熊——尽管他自己也能坐得起来——右手则把一勺汤送到他的嘴边，还事先吹了几下，免得烫到他。其实汤是温的。拉斯科尔尼科夫喝下了一勺汤，然后又是一勺，跟着又喝了第三勺……可是拉祖米欣喂了几勺之后，忽然停了下来，并说，要跟佐西莫夫商议一下以后的事情。

娜斯塔西娅提着两瓶啤酒走了进来。

"茶还要吗？"

"要。"

"娜斯塔西娅，快把茶也拿过来吧，好像茶也是可以喝的，用不着问大夫。瞧，啤酒也有啦！"他又坐到自己那把椅子上，把汤和牛肉挪到自己面前，开始大快朵颐起来，那副吃相简直就像三天没吃饭似的。

"罗佳老兄，我如今在你们这儿，天天都这样吃饭，"他努力张开被牛肉塞得圆鼓鼓的嘴巴，含混不清地说着，"这些都是你的女房东帕申卡安排的，她对我真是盛情款待。当然啦，我可没强求她这么做，不过也没推辞。哟，娜斯塔西娅端茶过来了。手脚真利索！娜斯金卡[①]，来点儿啤酒吗？"

"哎哟，你这个调皮鬼啊！"

"那茶呢？"

"茶啊，行吧。"

"你倒吧。等一下，我来亲自给你倒上，坐吧。"

他立马安排起来，倒完那杯茶，跟着又倒了第二杯，然后放下自己的早餐，重新坐回沙发上。他依然用左手抱住病人的脑袋，托着他坐起来，开始用小汤匙给他喂茶喝，并且特别起劲儿地不停吹着茶水，

---

① 指娜斯塔西娅。

仿佛大病痊愈的诀窍全在于吹茶这个步骤之中。拉斯科尔尼科夫一声不吭，也不反抗，虽然他感觉自己有充足的力气坐起身靠在沙发上，完全无须别人从旁协助，他不但可以灵活自如地用手握住汤匙或者端起茶杯，或许就连起身行走也并非难事。不过，出于某种怪异的狡黠，他忽然决定暂时隐藏自己的实力，按兵不动，如有必要，甚至可以装疯卖傻，也好乘此机会打探一番，搞清楚这里面究竟发生了什么事情。然而，他却无法遏制自己内心厌恶的感觉，在咽下十几勺茶水以后，他突然把脑袋挣脱出来，推开茶匙，一头倒在了枕头上。现在他脑袋底下枕着的是真正的枕头，是套着洁净枕套的绒毛枕头。这一点他同样有所察觉，并且记在了心上。

"待会儿让帕申卡给咱们送过来一些马林果酱，给他做点儿饮料。"拉祖米欣一边在自己的座位上坐下，继续喝汤和啤酒，一边说道。

"可她上哪儿给你弄马林果呀？"娜斯塔西娅问道。她大大地张开五指，托着一个小碟子，口中含着糖块饮茶。

"马林果啊，我的朋友，她可以到小铺子里买呀。罗佳，你知道吗，在你病倒的那段时间里，这里发生了好多事呢。那天你故弄玄虚，从我家落荒而逃，也没说你住在哪里，我心里突然对你生出了一股恨意，于是下决心一定要找到你，让你吃吃苦头。我当天就行动起来，多方寻访，四处打听！你现在的住址我不记得了；其实，我从来都没有记住过，因为我压根就不知道呀。哎，至于你原来的那个地址——我只记得是在五角场[①]附近，是哈尔拉莫夫的房子。于是我到处寻找哈尔拉莫夫的那栋房子。后来我才发现，那房子的主人压根不是什么哈

[①] 五角场位于圣彼得堡的扎哥罗德大街、车尔尼雪夫胡同、拉兹耶扎亚大街和特罗伊茨基大街的交会处。

尔拉莫夫，而是布赫——因为有时发音不准，很容易搞混的！哎，我当时非常生气，一怒之下，我第二天就跑到居民住址登记处，查你的信息，你猜怎么着？我到了那儿，两分钟之内就把你给查出来了。你在那儿还有记录呢。"

"还有记录！"

"是呀，还有几个人，怎么查也查不到科别列夫将军的信息，当时我也在场呢。哈，这事说起来话可就长了。我刚一到那儿，当下就把你的情况了解得清清楚楚，所有的情况，老兄，所有的情况我都清楚。对了，她也见过的：我结识了尼科季姆·弗米奇，又跟伊里亚·彼得洛维奇打了个照面，还认识了看门人以及扎苗托夫先生，也就是亚历山大·格里戈里耶维奇——该处警察分局的文书员，最后还结识了帕申卡——这真是个圆满的成果呀。哈，这些娜斯塔西娅也知道……"

"这张嘴真是抹了蜜糖啊。"娜斯塔西娅小声咕哝着，脸上露出一抹狡黠的微笑。

"那糖不是被您放进茶里了吗，娜斯塔西娅·尼基佛罗夫娜？"

"你呀，狗崽子！"娜斯塔西娅突然大喊了一句，然后忍不住笑出声来，"可我的父称是彼得罗夫娜，不是什么尼基佛罗夫娜。"待到笑声止住的时候，她又忽然补充了一句。

"咱们今后定会谨记的。嘿，老兄，咱们闲言少叙吧，一开始我打算给这里上上下下疏通一下，以期彻底根除这里的所有偏见，但是帕申卡赢了。老兄啊，我无论如何也没料到，她是如此的……讨人喜爱[①]……对不对？你是怎么看的？"

拉斯科尔尼科夫缄默不语，虽然他片刻都未将自己狐疑的目光从

[①] 此处原文为法语的俄文音译。

拉祖米欣的身上移开,并且直到现在,他依然在定定地望着他。

"甚至是特别讨人喜欢,"拉祖米欣继续说着,丝毫没有因朋友的沉默流露出一丝不悦,而且似乎还在回应着对方无声的回答,"甚至是特别讲究,面面俱到。"

"嗬,瞧瞧这个小坏蛋!"娜斯塔西娅又大喊了一句,想来,这一番话给她带来了难以言喻的满足。

"老兄,这不妥之处在于,你从一开始就没有处理好这件事情。跟她这个人的交往方式不应该是这样的。要知道,她的性情可以称得上是最阴晴不定的!哎,不过性情的问题,日后再谈吧……但是问题在于,比方说,你怎么就沦落到那样的地步,让她竟然连饭都不给你送了呢?再比方说,这张借据是什么啊?难道你疯了吗,还是怎么了,借据都能随便签吗?再比方说,在她女儿娜塔利娅·叶戈罗芙娜尚在人世的时候,你们定下的这场婚约……这些我都知道!不过我明白,此事相当微妙,而我在这方面一窍不通,像一头笨驴,请你谅解我。不过,咱俩倒是可以就'愚蠢'这个问题聊上几句:老兄,你觉得,普拉斯科维娅·帕夫洛夫娜是不是根本没有别人一眼看去所认为的那样愚蠢,嗯?"

"是……"一个模糊不清的音节从拉斯科尔尼科夫咬紧的齿关之中挤了出来,他的眼睛瞥向一旁,但他明白,让谈话进行下去,更为有利。

"是吧?"拉祖米欣大声叫道,显然,对方回复他了,这令他高兴极了,"但她也不聪明,对吧?完全、完全是阴晴不定的性情!老兄,其实我也有点儿摸不透她,请你相信……她肯定有四十多岁了。她却说成三十六岁,她倒是有充分的权利这样说。不过,我向你发誓,我对她的判断是从一种更为理性的角度出发的,是纯粹的形而上学的角度;还有,老兄,我们之间形成了一种象征性的关系,如同你的代数一般!而我对此一窍不通!哎,这些全是瞎说的,只是她见你已不再是大学生,没了教书的工作,也没有一身体面的衣服,而她的女儿如今已不在人世,没理由再拿你当亲戚看待了,所以她突然害怕了;而从你的角度来说,因为你闭门不出,对于从前的一切感情都不加以维系,于是她便想把你从房子里撵出去。只怕她早就心怀此等打算,但是舍不得那张借据。况且你自己还信誓旦旦地说,妈妈会把钱还上的……"

"因为我的恬不知耻,我才说出了这样的话……我母亲自己都快要以乞讨为生了……我却在说谎,只是为了能够继续住在这里,还有……能有口饭吃。"拉斯科尔尼科夫掷地有声地说。

"是的,你的做法合情合理。只是所有的问题在于,此时却突然冒出来一个精明强干的人物——七等文官切巴洛夫先生。要是没有他,帕申卡什么花招也想不出来,因为她脸皮太薄了;而那位精明强干的人脸皮却厚得很,他做的第一件事,自然是提出这样的问题:这张借据有没有变现的可能?回答是:有。因为有一位这样的妈妈,就算自己忍饥挨饿,也甘愿从自己那一百二十五卢布的养老金里拿出钱,救济罗季卡;况且还有一位这样的妹妹,愿意为了哥哥为奴为婢。他所有谋划的依据就在这里……惊讶了吗?老兄,现在我把你的底细全都摸透了,以前你跟她做亲戚的时候,你对她推心置腹,言无不尽,但这也难怪,而我现在说这些话,是出自一片真心……可问题就在于此:真诚直率、重情重义的人推心置腹,而精明强干的人却边听边吃,最后吃得一干二净[①]。瞧吧,眼下她把这张字据转让给了这个切巴洛夫,

---

[①] 出自俄国寓言作家克雷洛夫(1769—1844)的寓言诗《猫和厨子》。

似乎是想以此抵账,而那切巴洛夫竟厚颜无耻地向你公然索债。我刚得知此事的来龙去脉时,本想给他点颜色瞧瞧,也好对得起自己的良心,而就在这时,我和帕申卡商妥了一件事:我担保你一定还钱,但要求他必须把这桩案子叫停,就是说,彻底了结此案。老兄,我为你做了担保,听见了吗?我们把切巴洛夫叫了来,塞给他十卢布,把那张借据要了回来,瞧,我很荣幸把它交还给你——现在他们愿意相信你了——喏,请拿着吧,它已经被我撕成碎片了。"

拉祖米欣把借据搁在了桌上。拉斯科尔尼科夫瞥了一眼,又把脸转过去面向墙壁,一言不发。现在,就连拉祖米欣也让他有些讨厌了。

"老兄,我猜,"他沉默片刻,开口说道,"我又干了一件蠢事。我本想给你逗个闷子,扯几句闲话哄你开心,但这似乎把你给惹恼了。"

"我在梦中胡言乱语的时候,没认出来的那个人是你吗?"在一阵同样短暂的沉默过后,拉斯科尔尼科夫开口了,但是依然没把脸转过来。

"是我,当时你甚至气到发疯,尤其是我把扎苗托夫一起带过来的那次。"

"扎苗托夫?……那个办事员吗?……他来做什么?"拉斯科尔尼科夫迅速把脸转过去,直勾勾地盯着拉祖米欣。

"你为什么这样……着急呢?他只是想跟你结识一下,是他自愿的,因为我曾多次和他提起过你……否则,我又是从何人口中能得知你的这些现况呢?老兄,他人特别好,年纪轻轻,极为出色……当然啦,某一方面是这样的。现在我们是朋友啦,我们几乎天天碰面,因为我搬到这个街区了。你还不晓得吧?我刚搬来不久。我跟他一起到拉维扎家去过两次。拉维扎你还记得吗,拉维扎·伊万诺夫娜?"

"我有胡说些什么吗?"

"当然啦！你不是神志不清嘛。"

"那我都胡说什么了？"

"哎哟！你胡说什么了？谁都知道，神志不清的人可什么都会胡说……嘿，老兄，别耽搁时间了，咱们干正事吧。"

他从椅子上站起来，一把抓起制帽。

"我都胡说些什么了啊？"

"哎哟，这件事你怎么还没放下呀！不会是害怕泄露什么机密吧？你放心好了，关于那位女伯爵的事情，你只字未提。倒是说了什么哈巴狗、耳环、链子之类的，还有什么克列斯托夫斯基岛呀，看门人呀，还有什么尼科季姆·弗米奇、伊里亚·彼得洛维奇，还有什么副局长，反正念叨了不少。对了，除此以外，你还对自己的一只袜子甚为关心呢，甚至可以说是兴致浓厚！你可怜巴巴地一再恳求，'请给我吧'，就这一句话，你翻来覆去地说。扎苗托夫亲自出马，给你在房间里到处找袜子，又亲手把这个脏兮兮的玩意儿交给了你——用他那双戴着戒指、在香水里浸泡过的手。你这才平静下来。你成日成夜把这东西死死攥在手里，抢都抢不走，估计现在还藏在你的被子底下呢。还有，你吵着要什么裤腿上的毛边儿，而且还声泪俱下地苦苦哀求！我们就追问：'那毛边是什么样儿的？'结果还是一头雾水……好了，现在咱们言归正传吧！瞧，这是三十五卢布，我从这里面拿走十卢布，两小时后回来跟你报账。还有，我会通知佐西莫夫，其实就算不通知他，他也早该来了，现在都十一点多了。而您，娜斯金卡，请在我离开的时候，多来瞧一瞧他，看看他想吃点什么，或者想要什么其他的东西……至于帕申卡那边，我现在亲自去找她，告诉她这里需要什么。再见！"

"连帕申卡都叫出口了！嗬，你这个油腔滑调的小鬼头！"娜斯塔西娅看着他离开的背影说。接着她打开门，凝神聆听，但还是没有忍住，自己跑下了楼。她特别想知道，他和女房东在那边究竟在讲些什么。显而易见，她已被拉祖米欣迷得神魂颠倒。

房门在她身后一关上，病人就立刻掀开了身上的被子，发疯似的从床上跳了起来。他方才心急如焚、惶惶不安地等待着他们尽快离开，以便趁他们不在之时做一件事。不过，要干什么来着，那件事是什么呢？——此刻，他却偏偏把这件事给忘了。"上帝啊！只求你给我一句准话：这一切他们是知道了，还是不知道呢？万一他们已经知道了，只不过是在我卧病的时候装作不知情的样子，戏弄我，某一天又忽然走进来说，这一切他们早就知道了，他们这样做不过只是……哎，现在要干什么来着？瞧，又给忘了，好像老天爷在专门跟我作对，突然就忘了，明明刚才还记得啊！……"

他站在房屋中央，怀着困惑不解的痛苦朝四下张望，然后走到门口，敞开房门，凝神聆听，然而这并不是他想要做的那件事。忽然，他似乎回想起什么，连忙扑向那个壁纸上有破洞的角落，仔细查看一番，他把手伸进那个破洞，摸索了一会儿，但这仍旧不是他想做的那件事。他走到炉子旁边，打开炉门，在炉烬里又摸索了几下：扯下来的裤子毛边和撕破的口袋布片依然原封不动地埋在里面，一如他将它们扔进去时那样，看来还没人检查过这里！他这才想起刚刚拉祖米欣提到过的那只袜子。不错，袜子在沙发上，掖在被子里，不过在那之前就已被弄得皱皱巴巴、肮脏不堪，扎苗托夫自然是一点痕迹也看不出来。

"哎呀，扎苗托夫！……警察局！……怎么会传我去办公厅呢？传票哪儿去了？哦！……让我给搞混了：这通传令是以前的！这只袜子我那时也曾仔细检查过，但是如今……如今我生病了。可那扎苗托夫过来做什么呢？为什么拉祖米欣要把他带到这儿来？……"他感到浑身酸软乏力，于是重新坐回到沙发上，嘴里还在喃喃自语，"这是怎么回事？难道我现在说的仍是梦话吗，还是说，这一切全都是真实的？似乎是真的……啊，想起来了：跑！赶紧跑！必须、必须得跑了！没错……可是去哪儿呢？我的外套上哪儿去了？靴子也没了！让他们给拿走了！藏起来了！我就知道！啊，外套，这不就是——他们没瞧见！嗨，钱也在桌上放着呢，谢天谢地！借据也在这里……我拿着钱离开这里，重新租个房子，他们是找不到的！——对啦，还有居民地址登记处呀？他们会找来的！拉祖米欣也能找到。最好一走了之……远走高飞……逃到美洲去，去他们的吧！把借据也带上……到时候可以派上用场。还要带点什么呢？他们以为我还病着！殊不知我还能下床，哈——哈——哈！……我从他们的眼神就能猜到，所有事情他们全知道了！但愿能顺利走下楼梯！可万一他们在那里安插了警卫怎么办？这是什么，茶吗？嘿，还剩点儿啤酒呀，半瓶，凉的！"

他拿起酒瓶——里面剩下的啤酒还能倒出满满一杯，然后心满意足地一饮而尽，仿佛以此浇熄胸口那股炙热的火焰。然而不到一分钟，酒劲就上头了，他感到后背在微微颤抖，颤抖之中甚至还带点快意。他躺了下来，拉过被子盖在身上。他那本就病态而又纷乱的思绪变得越来越混沌，很快，一股轻松畅然的睡意朝他袭来。他惬意地躺着，脑袋在枕头上调整几下位置，身体被松软的棉被紧紧裹住——现在盖在他身上的不再是从前那件破烂不堪的外套了——然后轻轻舒了一口气，酣然入梦。他睡得很踏实，睡眠对他的身体也大有裨益。

直到听见有人开门进来，他才醒了过来。一睁开眼，只见房门大大地敞开着，拉祖米欣正站在门口，一副踌躇不决的样子：是进，还是不进呢？拉斯科尔尼科夫迅速从沙发上坐了起来，定定地瞧着他，仿佛在竭力回想着什么。

"哟，你没睡呀？我又来了！娜斯塔西娅，把包裹拿过来吧！"拉祖米欣冲着楼下大喊，"你很快就会收到账单……"

"几点了？"拉斯科尔尼科夫一边询问，一边慌慌张张地朝四下张望。

"太好了，老兄，你睡了一觉：已经是傍晚了，快六点了。你睡了六个多小时……"

"天哪！我这是怎么了！……"

"这又有什么关系呢？睡觉对身体有好处！你急着上哪儿去啊？有约会吗？现在所有时间都是我们的了。我已经等你三个小时了。我来过两次，你都还睡着。我还到佐西莫夫那里去过两趟，他怎么总是不在家？不过没关系，他会过来的！……我短暂地离开了一会儿，去办了件私事。对了，我今天还搬家了，彻底搬出来了，跟舅舅住在一块儿。现在舅舅住在我那儿……得了，去他的吧，咱们说正事吧！……娜斯金卡，把包袱拿过来吧。我们这就……对了，老兄，你现在感觉怎么样了？"

"我身体好着呢，我没生病……拉祖米欣，你过来很久了吗？"

"我都说了，我等三个小时啦。"

"不是，在这以前呢？"

"什么以前？"

"你是从什么时候开始经常来这儿的？"

"我不久前刚跟你讲过，难道你不记得了吗？"

拉斯科尔尼科夫陷入了沉思。他感到自己如临大梦，梦中隐隐约约看到了很久以前发生过的事情。他仅靠自己无法回想起来，于是疑惑不解地看着拉祖米欣。

"嗯,"拉祖米欣说,"忘了!不久前我还觉得,你仍没有彻底清醒……现在一觉醒来,看样子是恢复过来了……很好,你看起来好多了。真棒!那好,咱们说正事吧!你很快就会想起来的。你往这儿看,亲爱的朋友!"

他开始动手拆包裹,看来,他对这个包裹兴致甚浓。

"老兄,你信不信,这可是一件悬在我心上的大事呀。因为我得把你打扮得像个人样儿。动手吧,咱们从头开始。你看到这顶帽子了吗?"他一边说,一边从包袱里取出一顶相当美观、可同时又十分普通、廉价的制帽,"请你试戴一下吧。"

"等一会儿吧,回头再试。"拉斯科尔尼科夫有些不满地摆摆手,开口说道。

"别啊,罗佳老兄,不要抗拒,等会儿可就晚了。再说,你若不试,我会一整宿都睡不着觉的,因为没有尺寸,我是约莫着买的。正好!"他试戴了一下,得意地大声喊道,"尺寸正好合适!老兄,这帽子可是衣着打扮里头等紧要的物事,就像是一封介绍信。我的朋友托尔斯佳科夫每次去公共场合的时候,其他人都戴着呢帽或制帽,而他却不得不摘下自己的帽子。大家都以为,这是因为他奴颜婢膝,其实他不过是为自己那顶鸟窝般的帽子感到难为情罢了。真是个腼腆的人啊!娜斯塔西娅,假如给您两顶帽子,您是选这顶帕麦斯顿①呢(他从角落里把拉斯科尔尼科夫那顶变了形的圆帽一把扯了过来,也不知他为什么要将它唤作'帕麦斯顿'),还是要这顶做工精巧的帽子呢?罗

---

① 亨利·约翰·坦普尔·帕麦斯顿(1784—1865)是19世纪的英国首相(任期为1855—1858,1859—1865),有一种式样独特的大衣款式以他的名字命名。文中拉祖米欣是在戏谑地调侃这顶帽子。

佳,你来估个价吧,你觉得我花了多少钱?娜斯塔西尤什卡觉得呢?"他见拉斯科尔尼科夫一语不发,于是转过头去问她。

"怕是花了二十戈比吧?"娜斯塔西娅回答。

"二十戈比,傻瓜!"他气得大叫起来,"现如今拿出二十戈比,连买你都买不了哟——八十戈比!更何况这还是一顶二手的帽子。真的,还有个条件呢:这顶若是戴坏了,明年可以免费送一顶,千真万确!好啦,现在我们来瞧瞧美利坚合众国吧——我们中学时代都把裤子叫作合众国①。先说明一下哦,这条裤子我真的非常满意!"他一面说着,一面在拉斯科尔尼科夫面前展开一条灰色的夏季薄呢料裤子,"既没有破洞,也没有污痕,而且虽然是条二手裤子,看着却挺像那么回事儿,它还有一件颜色相同的配套坎肩,现在这么穿很时髦的。至于说是二手货,其实还更好呢,比新买的更柔软、更好穿。罗佳,你要知道,依我之见,要想在社会上闯出点名堂,随时注意季节的变化就够了,如果你一月份不吃芦笋,那么钱包里就可以省下几卢布。这次购物亦是同样的道理。现在是夏季,所以我买的是夏装,因为秋季本就需要更暖和的面料,所以到那时便不得不将夏装丢在一边了……况且,这些衣服到时候自然也就不能穿了,即便不是由于款式过时而被淘汰,也会因为质量问题而穿得破烂不堪。来,估价吧!你猜多少钱?两卢布二十五戈比!而且你要记着,还是刚才那个条件:这件穿坏了,明年可以免费送一件!费佳耶夫开店一向如此:一次购买,终生满意,因此你也不必再去第二次了。很好,现在咱们瞧瞧靴子吧——什么样的?很明显,是双旧的,不过穿两个月是没问题的,因为是国外产的,是个进口货——是英国大使馆的一位秘书上周在旧货

---

① 这是因为俄语里"裤子"和"合众国"发音相似。

市场上低价出手的，他统共才穿了六天，因为急需用钱。售价是一卢布五十戈比。划算吧？"

"可万一穿着不合脚怎么办！"娜斯塔西娅说。

"不合脚！瞧这是什么？"他从口袋里拽出一只拉斯科尔尼科夫的旧靴，靴面硬邦邦的，带着破洞，沾满了泥污，"我可是带着样式去的，他们就是参照这个怪物给我量了尺码。这整件事办得可真是诚心诚意。至于内衣呢，我已经跟女房东谈好啦。嗯，首先需要三件粗麻布衬衫，领口必须得是时下流行的……好的，这么说的话：帽子八十戈比，其他衣服两卢布二十五戈比，合计三卢布五戈比；靴子一卢布五十戈比——因为质量相当不错，合计四卢布五十五戈比；还有五卢布是用来买内衣的——我们说好了，按批发价算，合计刚好是九卢布五十五戈比。给，这是四十五戈比零头，全是五戈比的铜币，请拿着吧。罗佳，如此一来，现在你全身上下的衣服都搞定啦，因为在我看来，你的外套还能继续穿下去，甚至款式还尤为雅致——在沙尔美①定做的就是不一样！至于袜子和剩下的其他小件儿，你就自己买吧。咱们还剩二十五卢布，至于帕申卡那边和交租问题，你不必担心，我说过，想赊多久都可以。那么现在，老兄，让我给你换换内衣吧，说不定病菌现在就在你的衬衣里面……"

"松手！我不想换！"拉斯科尔尼科夫甩开了手，他刚才一脸嫌恶地听着拉祖米欣以故作玩笑的方式讲述购置衣物的战果……

"老兄，这可使不得，我是为了什么才把靴子走坏的呀！"拉祖米欣执意坚持道，"娜斯塔西尤什卡，请您别不好意思，帮帮忙吧，没错，就这样！"尽管拉斯科尔尼科夫极力反抗，拉祖米欣还是给他换好

---

① 圣彼得堡一家有名的裁缝店。

了内衣。拉斯科尔尼科夫一头倒在床头,一语不发地躺了整整两分钟。

"怎么这么久啊,还缠着我不放!"他心想。

"这些是拿什么钱买的?"终于,他盯着墙壁问道。

"什么钱?你可真行!你自己的钱呗。不久前来过一名邮差,瓦赫鲁申派来的,因为你妈妈汇钱来了。你不会连这也忘了吧?"

"我现在想起来了……"拉斯科尔尼科夫心绪沉郁地沉吟良久,开口说道。拉祖米欣眉头紧锁,忧虑不安地望着他。

房门开了,从外面走进来一名身材高大、体格健硕的男子,拉斯科尔尼科夫觉得此人似乎看上去有点面熟。

"佐西莫夫!你总算来啦!"拉祖米欣高兴得大喊了出来。

第四节　佐西莫夫

佐西莫夫身材高大，体型肥胖，一张浮肿而苍白的脸刮得十分光滑，没有一丝血色，留着浅色直发，戴着眼镜，因肥胖而略显肿胀的手指上箍着一枚硕大的镶着宝石的金戒指。他二十七岁左右，身着一件宽松轻便、考究入时的大衣，一条夏季浅色长裤，总之，他全身上下的打扮均是肥大、时髦而又簇新的，内衣一尘不染，表链粗重厚实。他的动作很慢，似乎有些颓靡消沉，与此同时又仿佛在故作轻松，周身无时无刻不流露着一股自命不凡的派头，却又被他极力掩藏。所有认识他的人都认为他是个不大合群的人，但是他们都说他的医术很高明。

"老兄啊，我都往你那儿跑过两趟啦……你瞧，他醒啦！"拉祖米欣大声说道。

"我瞧见了，我瞧见了。嘿，你现在自我感觉如何，啊？"佐西莫夫仔细观察着拉斯科尔尼科夫，一边询问着他，一边挨着他坐到沙发上，坐到他脚边的位置，他刚一落座，便慵懒地倚在沙发上。

"他一直都是这副闷闷不乐的样子，"拉祖米欣继续道，"我们刚才给他换内衣，他差点儿没哭出来呢。"

"这也是可以理解的，既然他本人不愿意，内衣也可以迟些再换……脉搏挺正常的。头还疼吗，嗯？"

"我身体好着呢，我身体好极了！"拉斯科尔尼科夫固执而又气恼地开口说道。他忽然从沙发上坐了起来,目光灼灼,但是旋即又一头倒在了枕头上,把脸扭过去,面朝墙壁。佐西莫夫目不转睛地观察他。

"非常好……一切正常,"他有气无力地说道,"吃过什么东西吗?"

众人一一告诉了他,并询问可以给他吃些什么。

"什么都可以给他吃呀……汤啊,茶啊……当然,蘑菇和黄瓜不能给他吃,牛肉也不行……还有……哈,我怎么这么啰唆呀!……"他和拉祖米欣互相交换了一个眼色,"汤药不用喝了,什么药都不用了。明天我再看看吧……其实今天就可以……嗯,是的……"

"明天晚上我带他出去溜达溜达!"拉祖米欣拿定主意了,"去尤苏波夫花园,然后再去'水晶宫①'。"

"明天我连动都不让他动,不过……稍微活动一下也行……嗯,到时候再说吧。"

"哎,真可惜,今天我正好要办乔迁喜宴,离这儿才几步之远,要是他也能来就好了。哪怕他在咱们中间的沙发上歇上一会儿也行啊!你会去吗?"拉祖米欣忽然转身对佐西莫夫说道,"你可得记好啊,别忘了,你可是答应过的。"

"估计得晚一会儿过去。你那边都准备什么了呀?"

"倒也没什么,茶、伏特加、鲱鱼,还有馅饼。来做客的全都是自己人。"

"都有谁呢?"

"全都是在这儿的朋友,并且全都是新来的,没错——可能除老舅舅以外吧,不过连他也是新来的。他是昨天才来圣彼得堡的,过来

---

① 圣彼得堡一家饭店的名字。

处理些什么事情,我们俩五年才见上这一次面。"

"他是干什么的?"

"以前是县城邮局的局长,就这么混了大半辈子……现在在领退休金了,六十五岁了,也没什么好讲的……不过,我很爱他。波尔菲里·彼得洛维奇也会过来,他是此辖区警察分局的侦查科科长……皇家法学院①的高才生。对了,你认得他的……"

"他也是你家的什么亲戚?"

"是八竿子打不着的一门远亲。咦,你为何皱眉呢?因为你们曾发生过一次冲突,难道你便要为此不来了吗?"

"我才不在乎他呢……"

"这样最好不过了。哦,到时候过来的还有几个大学生、一名教师、一个小官员、一位乐手、一个军官、扎苗托夫……"

"请你告诉我,你跟扎苗托夫之间,或者他跟扎苗托夫之间,"佐西莫夫朝着拉斯科尔尼科夫点了点头,"能有什么共同语言呢?"

"嗨,真是絮絮叨叨啊!真讲原则!……一味讲求原则,好比立足于弹簧之上,就连随心所欲地翻转一下都不敢。可依我之见,人好——这便是原则,其他事情我一概不想知道。扎苗托夫是一个特别好的人。"

"他发不义之财。"

"哼,我才不在乎呢!发不义之财又能怎样!"拉祖米欣突然厉声大喝,发起脾气来,看起来似乎有些不大自然,"我难道在你面前盛赞过他大发不义之财的行径吗?我所说的是,单从某一方面来看,他挺好的!倘若你全方位地考量别人,那么这个世界上又能筛出多少好人

---

① 当时的俄国皇家法学院仅招收贵族子弟,专门培养法律人才。

呢？真要这样的话，我敢打包票，我这个人也会一钱不值，恐怕也就值一个烤洋葱头，而且还得把你也另算上呢……"

"这也太少了，我会给你两个……"

"那我只会给你一个！再开玩笑说吧！扎苗托夫就是个小男孩，我还会揪他的头发教训他呢，应该把他拉过来，而不是把他推开。况且如果将个人远远地推开，你便无法对其进行改造，对待小男孩就更得这样了。跟小男孩相处还得倍加小心呢。哎，你们这些进步的蠢货啊，什么都不懂！不尊重别人，便是在侮辱自己……不过有一件事，你若想了解的话，或许我们之间还有一点共同语言。"

"很想了解。"

"其实就是有关粉刷匠的那桩案子，就是那个油漆工……我们一定会把他救出来的！不过，现在事态也没么严峻了。案情再清楚不过了！我们只需再加把劲儿，事情就成了。"

"那里头哪有什么油漆工呀！"

"怎么，难道我没有讲过吗？没讲过？是了，我想起来了，我只跟你提过此事的开头……就是那个放高利贷的老太婆——那个官太太惨遭杀害的案子……哎，现在有个油漆工也被牵连其中了……"

"哦，关于这起凶案，其实在你提到以前，我就有所耳闻了，我对这桩案子甚至还挺感兴趣……这多少是因为……一次偶然的机会……我在报纸上看到了！就是说……"

"莉扎薇塔也被杀死了！"娜斯塔西娅忽然把脸转向拉斯科尔尼科夫，贸然开口说道。她一直待在房间里，斜倚在门边，静静地听着。

"莉扎薇塔？"拉斯科尔尼科夫轻声嘟囔了一句，声音微弱得几乎听不见。

"莉扎薇塔啊，就是那个女商贩，你不记得吗？她常到咱们楼下转悠,还给你补过衬衫。"

拉斯科尔尼科夫转身面向墙壁,那面脏兮兮的黄色壁纸上缀着一朵朵小白花,他挑了其中的一朵,棕色纹理,样式拙劣,开始仔细研究起来:上面有几片花瓣?花瓣上锯齿的走向是怎样的?上面有几条纹理?他感觉自己的四肢已经麻了,仿佛瘫痪一般,然而并没有试图活动一下手脚,仍旧固执地瞧着那朵小花。

"那个油漆工怎么了?"佐西莫夫打断了娜斯塔西娅的闲扯,显得尤为不满。后者叹了一口气,沉默不语。

"被当作杀人犯了!"拉祖米欣急切地接过话头。

"难道是有什么罪证吗?"

"哪儿有什么罪证啊!不过,就算确实有那么一项罪证,可这项罪证也算不上真正的罪证,因为它还需要证实一番!此事就跟一开始他们逮捕并怀疑那两个人的事情一模一样,那俩人叫什么来着?⋯⋯哦,是了,科赫和佩斯特里亚科夫。我呸!这些事办得真是太愚蠢了,就连旁观者站在局外审视,都感到一阵恶心!那个佩斯特里亚科夫有可能今天会来我家做客⋯⋯哦,对了,罗佳,这桩案子你知道吗,还是在你病倒之前发生的,正好是你在警察局里昏倒的头一天,当时局里正在商讨这桩案子⋯⋯"

佐西莫夫好奇地瞧向拉斯科尔尼科夫,后者纹丝不动。

"嘿,你知道吗,拉祖米欣?我倒要瞧瞧,你这个行侠仗义的人究竟有多大本事。"佐西莫夫说道。

"无论如何,我们定要把他给救出来!"拉祖米欣一拳抵在桌上,大声说道,"你知道整件案子中最令人不悦的是什么吗?其实不是他们说谎,说谎倒也情有可原,说谎还是好事一桩呢,因为谎言可以指引人发现真相。不,最令人不悦的是——他们一边谎话连篇,一边对自己的谎言顶礼膜拜。我对波尔菲里是很敬重的，不过……比方说，最初到底是什么将他们的思路带偏了呢？房门的锁扣原本是扣住的，可是当他们带着看门人上楼时——却发现没有被扣上，他们便由此断定，杀人者就是科赫和佩斯特里亚科夫！瞧吧，这就是他们的逻辑。"

"你也不要着急，他们只不过是被临时扣押而已，还不能算……顺便提一句，我跟这个科赫以前还碰过面。事实上，他还曾向老太婆收购过超期的典当品，对吧？"

"没错，一个不折不扣的骗子！他连期票都收，简直是个投机分子。让他见鬼去吧！其实，让我愤愤不平的到底是什么，你知道吗？是他们的庸俗迂腐、一成不变、墨守成规……那么话又说回来，单就此案而言，其实我们完全可以换个截然不同的思路去看。只凭借心理层面的线索便可证明，究竟该如何找寻真正的蛛丝马迹。他们声称：'我们靠事实说话！'然而事实并非全部真相，至少，破案的一半在于，你会不会分析事实！"

"那么你会分析事实吗？"

"当你察觉到——并且是凭借直觉察觉到——你有能力为这桩案子提供些许帮助的时候，你是无法缄默不语的，假如……嘿！……你对此案的详细案情有了解吗？"

"我正等着听听这个油漆工的事情呢。"

"对，我想起来啦！你听着，事情是这样的：恰好在凶杀案发生后的第三日，一大清早，当他们仍在那里忙着'伺候'科赫和佩斯特里亚科夫之时——尽管他们二人对自己的每一步行动都能提供证据，并且这些证据都是无可辩驳的——突然出现了一件出人意料的事情。有一个姓杜什金的蠢货——他是正对着那栋楼的一家小酒馆的老板——来到警察分局的办公厅，带来一个装着金耳环的首饰盒子，还讲述了一件事情：'他是前天傍晚跑到我这儿来的，当时大概是八点多钟……'这个日期和时间！你注意到了吗？'在此之前，也就是白天的时候，米科莱——那个油漆匠——来找过我，并且带来了这个装着金耳环和宝石的盒子，他想以此作为抵押，赊两卢布。我问他，这是从哪儿弄来的，他说，是从人行道上捡来的。我便没有继续追问。'这是杜什金的原话，'我给了他一张票子，就是一卢布。因为我想，就算他不在我这里抵押，也会去找别人的，反正都一样——他肯定会拿着这钱去买酒，喝个精光。那还不如把东西放在我这儿妥善保管，以备不时之需。日后如果出了什么事，或者传出什么风声，我也好及时呈交上来。'嗬，当然啦，他这是在说瞎话，因为我认得这个杜什金，他就是个放高利贷的，手上藏了许多小路货，而那件价值高达三十卢布的宝贝，他从米科莱的手上骗走，压根不是为了什么日后'呈交上来'。只不过是因为，他害怕了。哼，去他的吧，你且再听。那杜什金接着说：'米科莱·杰缅季耶夫——这乡巴佬——我打小就认识，他是我同省同县的老乡，我们俩都是梁赞省扎莱斯基县的。米科莱虽然算不上酒鬼，但平时也爱喝几杯，而且大家都知道，他就在这栋房子里干活，跟米特列一起刷油漆，米特列跟他也是老乡。钱刚拿到手，他就立马跑去花掉，一口气买了两杯酒，然后拿着找回的零钱离开了，当时我没看到米特列跟他在一起。到了第二天，我听说，阿廖娜·伊万诺芙娜和她的妹妹莉扎薇塔·伊万诺芙娜被人用斧头砍死了，我与她俩平日里是认识的，我这时候才觉得那对耳环有些蹊跷——因为众所周知，死者生前干的就是收取抵押品放贷的营生。于是我去了那栋房子找他们，并且谨慎地暗中探听风声，以免打草惊蛇，我先是问米科莱在这儿吗？米特列说，米科莱出去闲逛，直到天亮才回家，还喝得醉醺醺的，他在家里待了有一刻来钟，便又出门了。这之后米特列就再也没有见过他,就连活也是他自个儿干完的。他们干活的地方与受害人的住宅在同一间楼道,就在二楼。我听说这件事后,没有向任何人透露风声。'这是杜什金说的,'关于这起谋杀案,我尽可能详细地打探了一番,回到家后,仍旧满腹疑虑。今天一大早,八点钟的时候,'也就是说,当时是第三天,你明白吗?'米科莱来找我了,只见他一副神志不清的样子,不过醉得不太厉害,别人说的话还是能听懂的。他坐到长凳上,一声不吭。当时,除了他以外,小酒馆里只有一位生客,另外有一个熟人在另一把长凳上睡觉,还有我们店里干活的两个小伙子。我问:"你看见米特列了吗?"他说:"没有,没见过。"我问:"这儿你也没来过吗?"他说:"没有,自打前天之后就没再来过了。"我又问:"这几天你是在哪儿过的夜?"他说:"在沙区,住在科洛姆纳区的人那里。"我问:"这对耳环是从哪里弄来的?""在人行道上捡到的。"他说这些话的时候,目光闪躲,看上去很不对劲。我说:"你听说了吗?就在那天晚上,那个时辰,在那道楼梯上出事了。"他说:"没有,没听说。"可当他听见这句话的时候,两眼直愣愣的,脸色骤然大变,惨白得好像刷墙的灰粉。我一面把事情讲给他听,一面观察他,而他却一把抓起帽子,准备起身离开。当时我试图挽留他,便说:"等一下,米科莱,不喝点吗?"我还给店里的小伙计递了个眼色,让他去门口稍稍挡一下,自己从柜台后面走出来。他突然从我身边撒腿就跑,跑到街上,逃之夭夭,然后溜进小胡同里——消失得无影无踪。这个时候,我心中的疑虑已有了答案,事情很明朗了,就是他干的……'"

"那还用说嘛!"佐西莫夫开口说道。

"等一下!你先听我讲完!他们当然连忙出动警力,四处搜捕米科莱;杜什金被扣留审问,米特列也被带走了;他们还盘查了科洛姆纳区的住户们——直到前天,有一群人突然把米科莱本人带到了警局,他是在某座城门附近的一家旅馆里被拘捕的。那天,他到了那里,从身上摘下一枚银质十字架,想用十字架换一什卡利克①的酒,店家给他换了。没过一会儿,有个农妇走进牛棚,透过棚壁的缝隙,看到他正在隔壁草棚里,把一根宽腰带套到横梁之上,系了个活扣,然后站到一块木墩上,想把那个活扣套到自己的脖子上。农妇拼命地大声呼喊,众人纷纷赶来。他们问他:'你是什么人?'他说:'请你们把我带到某某警察分局吧,我全都供认。'于是,他们像模像样地把他带到了那个警察局,也就是送到这个区的警察分局。警察细细地盘问他:什么人?干什么的?多大了——'二十二岁'——反正就是诸如此类的问题。当他们问到'当日你跟米特列一起干活的时候,在某时某刻,是否在楼梯上见过什么人'的时候,他答道:'谁都知道,这里常常人来人往,只是我们没有注意。''那么有没有听见什么嘈杂的声音,或是其他响动?''什么异常的声音也没听到过。''米科莱,你是否知道,就在那一天,在某时某刻,那个寡妇和她的妹妹被人杀害并被抢劫了?''我什么都不知道,什么也没看见。直到事发第三日,我在小酒馆听到阿凡纳西·帕夫雷奇讲这件事情,我才第一次听说。''那么耳环是哪儿来的?''人行道上捡的。''为何事发第二日,你没有跟米特列一起去干活?''因为我去喝酒了。''在哪儿喝的?''在某处。''为什么要从杜什金那里溜走?''因为我当时害怕极了。''怕什么?''怕自己会吃官司。''你既然知道自己无罪,你又为何害怕?''嘿,佐西莫夫,不管你相不相信,这个问题已被提出来了,并且原话就是这么说的,一字不差,这一点我确信无疑,因为人家给我转述的话是准确无误的!如何?如何?"

---

① 俄国旧时的酒类计量单位,等于0.06公升。

"哎，不对啊，可是还是有罪证的。"

"现在我所探讨的并不是罪证，而是一个问题——他们是如何理解问题实质的！哎，真是见鬼！……哎，他们对他三推六问，反复施压，那人终于招供了，他说：'不是在人行道上捡的，是在我跟米特列一起刷漆的那套住宅里捡到的。''怎么捡的？''事情是这样的：那天我和米特列刷油漆，刷了一整天，一直干到晚上八点，正准备离开的时候，米特列抄起一把漆刷，在我的脸上抹了一下，把油漆弄到我脸上了，接着他转身就跑，我就追他。我一边在他后面追，一边大喊大叫，正当我跑下楼梯，冲出大门的时候，猛然撞到那个看门人和几位先生的身上——总共几位先生跟他在一起，我不大记得了。看门人还为这件事把我给骂了，另一个看门人也骂我，后来看门人的婆娘出来了，也骂我们，还有一位正往门洞里面走的先生，身边跟着一位太太，他也骂了我们，因为当时我和米特列正躺在那儿，横在路的中间。我扯着米特列的头发，将他摁倒在地，挥起拳头向他砸去，而米特列躺在我的身体底下，也伸手拽我的头发，挥拳打我。我们这样打来打去，并不是为了什么仇怨，而是我们俩感情好，闹着玩儿罢了。后来米特列挣脱出来，跑到了街上，我跟在他后面追，但是没追上，于是我独自返回那套住宅——因为还得收拾一下。我一边收拾东西，一边等待米特列，兴许他还会回来。这时，就在玄关的门后，墙角边上，我一脚踩到了一个盒子。我定睛一看，盒子放在地上，用纸包着。我把纸拆开，只见上面有几个小钩子，我取掉钩子——盒子里装着一对耳环……'"

"在门后？东西在门后？就在门后吗？"拉斯科尔尼科夫突然惊呼，一只手撑着身体，在沙发上缓缓坐起来，惊惶不安地望着拉祖米欣。

"是呀……怎么了？你怎么了？你怎么这副样子？"拉祖米欣也从

座位上坐了起来。

"没什么!……"拉斯科尔尼科夫轻声回答,声音隐约可辨,他再次倒在枕头上,把脸扭过去,面对墙壁。须臾之间,所有人都缄默不语。

"他大概是打了个盹儿,还没睡醒吧。"最后,拉祖米欣将疑问的目光投向佐西莫夫,开口说道。佐西莫夫摇了摇头,以示不认同他的说法。

"好吧,继续往下说吧,"佐西莫夫说,"后来如何了?"

"后来如何了?他一瞧见那对耳环,立刻就把收拾住宅和等待米特列的事情抛诸脑后,抓起帽子就往杜什金那里跑,后来的事情正如大家所知道的那样,他从杜什金那里得到一个卢布,却对他谎称,说东西是在人行道上捡的,而且他一拿到钱,就去饮酒作乐了。而关于那起谋杀案,他依然声称自己'什么都不知道,什么也没看见,直到第三天才有所耳闻'。'可是你为何在此之前不肯露面?''因为害怕。''为何想要上吊自尽?''因为担心。''担心什么?''我会被判刑。'看吧,这就是整件事情的来龙去脉。现在依你之见,他们会由此得出什么结论?"

"还有什么好想的,罪证摆在那里,无论是什么,它都是罪证。这是事实。你该不会认为,你那个油漆工应该被释放吧?"

"可是,他们如今已经把他当作杀人真凶了!他们对此确信无疑……"

"瞎说,你太着急了。那么,耳环是怎么回事呢?你得承认吧,如果就在那天,就在那一个小时之内,耳环从老太婆的大箱子里跑到了尼古拉手里——你得承认,它们总得借由某种途径才能跑到他手里,对吧?在此类案件的侦查当中,这一点十分重要。"

"怎么跑到他手里的？怎么跑到他手里的？"拉祖米欣大声喊道，"难道你，身为一名医生——身为一名首先必须研究人、并且比任何人都更有机会研究人性的医生，从这些信息当中没看出尼古拉的秉性如何吗？难道你没有立马就看出来，其实他在审讯中供述的一切，全都是毋庸置疑的事实吗？事实正如他所说的那样，耳环就是这么落到他手里的：他踩到了一个小盒子，然后捡了起来！"

"毋庸置疑的事实！就连他自己都已供认不讳，他从一开始就在说谎。"

"你听我说，仔细听：现场有八到九个证人——包括看门人、科赫、佩斯特里亚科夫、另一个看门人、第一个看门人的老婆和当时正坐在她房间里的一个女人，还有七等文官克留科夫（当时他刚下马车，正扶着一位太太的手走进大门）——所有人都异口同声地做证，当时尼古拉正把米特列摁倒在地，骑在他身上，挥起拳头揍他，而米特列也在扯尼古拉的头发，对他拳脚相加。二人横在路上，挡了别人的道，于是大家都在骂他们，可他们却'像小孩儿似的'（这是证人的原话）扭打在一起，把对方摁倒在地，你一拳我一腿，大吼大叫，嘻嘻哈哈，还比谁笑的声音更大，两个人脸上的模样都好笑极了，他们像小孩儿似的你追我赶，跑到了街上。你听到了吗？现在请你特别留意这一点：楼上的尸体还是热的，听到了吗？尸体被发现的时候，还是热的！如果人是他们杀的，或者只是尼古拉一个人杀的，还撬开了箱锁，偷走了箱子里的东西，或者仅以某种方式参与了抢劫，那么，请允许我向你提一个问题，只有这一个问题：'嘻嘻哈哈，像小孩儿似的在大门口互相扭打'和'斧头、鲜血、狠毒、狡猾、谨慎、盗窃'，这二者怎么可能联系在一起？刚杀完人，前后只有五到十分钟的工夫——得出这一结论的依据是：尸体还是热的——在已知有人即将要来的情况下，他们却突然撇下尸体离开，留下未锁的房门，丢下到手的财物，像小孩儿似的在大门口滚来滚去，嘻嘻哈哈，把所有人的注意力都引到自己身上，这可能吗？而关于这一点，有将近十名证人给出了一致的证词！"

"当然，这很奇怪！确实不大可能，但是……"

"不，老兄，不要但是。如果那对耳环（就在那一天的那一小时落入尼古拉之手的那对耳环）确实是一项对他不利的重要罪证——不过，他的供词为这项罪证做了直接说明，因此这仍然是一项具有争议的罪证——那么我们也应该注意到那些可以证明其无罪的事实，更何况，这些事实是无可置辩的。你觉得，根据我们的法学原理，他们会不会，或者说能不能，将这种事实——仅以心理层面的不可能性和精神状态为基础的事实——视作无可置辩的事实，继而推翻所有构成有罪嫌疑的物证，不论这些物证是什么？不，他们不会的，他们无论如何都不会这样想的，因为他们发现了一个盒子，而且还有一个人正想准备自缢，'如果他觉得自己无罪的话，是不可能这么做的！'这便是问题的关键所在，也是我着急的地方！你明白了吧！"

"嗯，我看得出来，你很着急。你且等等，我忘了问你，有什么证据能够证明，那个装着耳环的盒子确实就是老太婆箱子里的东西？"

"这个问题已经被证实了，"拉祖米欣皱着眉头回答，看上去似乎有些不大情愿，"科赫认出了这件物品，并说出了抵押人的姓名，后者也可以证实，那件东西确实是他的。"

"真糟糕。现在还有一个问题：科赫和佩斯特里亚科夫上楼的时候，有没有人曾经见过尼古拉呢，能不能找到什么证据来证明一下？"

"问题就出在这里，当时谁也没见过他，"拉祖米欣懊恼地回答，"这也正是棘手之处，就连科赫和佩斯特里亚科夫在上楼之时也未曾留意他们——虽然这两个人的证词如今也没有什么太大意义了。他们说：'我们看到那户住宅的门是开着的，估计里面有人正在干活，但是我们从门口经过的时候，并没怎么留意，所以也记不清当时里面有没有工人。'"

"嗯。如此说来，唯一能证明其无罪的凭据就是'他们抡起拳头相互打闹和嘻嘻哈哈'了。即便这能构成有利证据，可是……请允许我问一句，你对于整件事情的来龙去脉又是如何解释的？假如的确像他所说的那样，那对耳环就是他捡的，那么耳环是如何到门后的，关于这点你要怎么解释？"

"我要怎么解释？这有什么好解释的？事情再清楚不过了！至少破案思路是很明确的，并且已得到证实——正是那个盒子证实的。真凶无意之间把这对耳环弄丢了。科赫和佩斯特里亚科夫敲门的时候，凶手也在楼上，就藏在屋里，还把门锁上了。科赫办了件傻事，中途下楼了，于是凶手趁机脱身，也往楼下的方向跑，因为他没有别的路可走。在下楼的过程中，为了避开科赫、佩斯特里亚科夫和看门人，他躲进了那间没有人的屋子里，因为恰在此时，米特列和尼古拉已从那间屋子里跑出去了；看门人和另两个人从门前经过的时候，真凶正躲在门后，待到楼梯上的脚步声消失以后，他才开始不动声色地往楼下走，而就在这时，米特列和尼古拉已经跑到了街上了，外面的人也已四散离去，大门口空无一人。或许有人曾经见过他，不过并未留意，毕竟来来往往的人有那么多！至于那个盒子，是从他口袋里面掉出来的，就在他藏身门后之时，然而他对此并未察觉，因为他根本无暇顾及。这个盒子就是确凿的证据，真凶当时就站在那里。整件事情就是这样！"

"真巧妙啊！不，老兄，这也太巧妙了吧？简直是天衣无缝！"

"为什么，此话怎讲？"

"因为整件事简直是严丝合缝……盘根错节……就跟戏里头演的似的。"

"哎——"拉祖米欣提高嗓门，本想说些什么，然而就在这时，房门开了，来人是个生面孔，在场无一人认得他。

第五节　卢仁

这是一位已经不再年轻的先生，严肃古板，神气十足，表情中透露着一丝拘谨与乖戾。起初，他在门口停住脚步，以一种不加掩饰、令人难堪的诧异目光环顾着四周，仿佛在用眼神询问："我这是到了哪里啊？"他疑惑不解地打量着拉斯科尔尼科夫这间窄小低矮的"船舱"，甚至刻意装出一副愕然的、甚至是屈辱的神情。随后，他将这道诧异的目光移至拉斯科尔尼科夫的身上，死死地盯着他，此时的拉斯科尔尼科夫衣衫不整，蓬头垢面，正躺在一张脏兮兮的小沙发上，也在目不转睛地凝视着他。俄顷，此人又开始漫不经心地打量起同样衣衫凌乱、披头散发的拉祖米欣。拉祖米欣并没有从座位上站起来，而是对其致以同样无礼的、疑问的目光，直视他的双眼。剑拔弩张的沉默持续了近一分钟，终于，不出所料，气氛发生了微妙的转变。想必从某种极其强烈的苗头中，这位进门的先生意识到，在这里，在这间"船舱"里，摆出一副盛气凌人、高高在上的姿态是没有好处的，于是他的态度变得和缓一些，转身向佐西莫夫发问，虽然仍然显得有点生硬，但是表现得毕恭毕敬，每个字都说得十分清楚："敢问这位就是大学生先生，或者以前的大学生——罗季昂·罗曼内奇·拉斯科尔尼科夫吗？"

佐西莫夫的身形微微晃动了一下，若非与这个提问毫无干系的拉祖米欣抢在了他的前头，率先开口，那么或许，现在正在回答的人就是他了。

"喏，沙发上躺着的就是他！您有什么事？"

这句轻佻的"您有什么事"可当真让这位严肃古板的先生难堪极了，他差点就要转过身去，与拉祖米欣对峙一番，但他还是及时克制住了自己的情绪，又把身体转了回去，朝向佐西莫夫。

"拉斯科尔尼科夫在那儿呢！"佐西莫夫朝着病人的方向点了一下头，慢悠悠地开口说道，说完他打了个哈欠，不知为何，他的嘴巴张得出奇的大，并且这个打哈欠的姿势持续的时间还出奇的久。然后，他慢悠悠地从自己的坎肩口袋里掏出了一块带盖的、向外凸起的大金表，打开怀表，瞧了一眼，继而照旧慢悠悠、懒洋洋地把表放回口袋里。

拉斯科尔尼科夫本人始终沉默地仰头躺在那里，虽然眼神中并无任何深意，却直勾勾地注视着这位不速之客。现在他已把脸转了回来，不再紧盯着壁纸上那朵有趣的小花了，他的脸看起来相当苍白，面上流露出异常痛苦的神色，仿佛刚刚经历过一场疼痛难忍的手术，又或是适才幸免于一场艰难的刑讯。不过渐渐地，这位刚进门的先生倒是引起了他越来越强烈的注意，接着他有些困惑不解，进而心生疑窦，甚至仿佛感到恐惧起来。当佐西莫夫指着他说"这位就是拉斯科尔尼科夫"的时候，他快速地支起身子，猛地从床上坐了起来，仿佛是被弹起来似的，以一种近乎挑衅的口气说出了下面这句话，声音很微弱，若断若续："对！我就是拉斯科尔尼科夫！您有什么事？"

那位客人定定地望着他，说道："在下彼得·彼得洛维奇·卢仁。我有十足的把握相信，我的名字您不会尚未听说。"

然而，拉斯科尔尼科夫原本所预想的似乎是另一件事，他目光迟滞，若有所思地看了看他，什么也没回答，仿佛彼得·彼得洛维奇的名字他完全是头一回听到。

"怎么？难道您至今还没有收到任何消息吗？"彼得·彼得洛维奇问道，表情颇为不悦。

拉斯科尔尼科夫给他的回答是：缓缓躺到枕头上，两手往脑后一抱，开始望着天花板。卢仁的脸上流露出一丝焦灼。佐西莫夫和拉祖米欣怀着愈发浓烈的好奇心仔细打量着他，显然，他的脸上有点挂不住了。

"我料想……我估计，"他咕哝道，"有一封信，已经寄出去十多天了，甚至差不多是两个星期前……"

"等等，您为何一直站在门口呢？"拉祖米欣突然打断了他的话，"既然您有话要讲，那就请坐吧，您和娜斯塔西娅都站在门口，未免太挤了。娜斯塔西尤什卡，让一下，让他进来！请进来吧，您坐这把椅子，坐到这儿吧！请挤进来吧！"

他把自己的椅子从桌边挪开一些，在桌子和自己的两膝之间腾出一小块儿地方，保持着蜷缩的姿势，等待客人从这条小缝隙里"挤进来"。这个时间点选得恰好，让人无论如何也不能表示拒绝，于是，客人开始手忙脚乱、磕磕绊绊地顺着这条狭窄的缝隙挪动。他挪到椅子边上，坐了下来，疑惑地看了拉祖米欣一眼。

"其实，您不必感到难为情，"拉祖米欣贸然开口道，"罗佳生病已经是第五天了，而且有三天都在说胡话，现在才清醒过来，就连吃饭也有胃口了。瞧，坐着的这位就是他的医生，刚给他做完检查，我是罗佳的同学，以前也是大学生，这不，我现在正在照顾他呢。所以，您不必在意我们，也请您不要感到拘束，您来这里有什么事情，就请继续说下去吧。"

"谢谢您。不过，不知我在这里说话，会不会打扰病人休息呢？"彼得·彼得洛维奇对佐西莫夫说。

"不——会，"佐西莫夫有气无力地说道，"您甚至还能给他解闷呢。"说罢，他又打了个哈欠。

"哈，他早就清醒过来啦，一大早就醒啦！"拉祖米欣接过话头说道。他那亲切的口吻给人一种真诚、质朴的印象，让彼得·彼得洛维奇在思考片刻以后，精神为之振奋了起来，或许，这多多少少是因为，这个衣衫褴褛、放肆无礼的人及时地亮出了自己大学生的身份。

"令堂……"卢仁开口道。

"嗯哼！"拉祖米欣重重地哼了一声。卢仁疑惑不解地看向他。

"没什么，我没别的意思，您继续吧……"

卢仁耸了耸肩。

"……早在我过去找她们的时候，令堂就开始给您写信了。我抵达这里以后，故意多等了几天，我之所以没来找您，是在等待时机，以此确保您已被告知了一切，可是现在，让我感到惊讶的是……"

"我知道，我知道了！"拉斯科尔尼科夫突然说话了，神色之中显露出极不耐烦的懊恼，"就是您呀？未婚夫？呵，我知道的！……真是够了！"

彼得·彼得洛维奇感到委屈极了，但是什么也没说。他迫切地想弄明白，这一切究竟是怎么回事。在近一分钟的时间里，屋里一片沉默。

拉斯科尔尼科夫回答他的时候，原本只是朝他的方向微微侧身，此时却忽然开始重新打量起他来，专注的神情中带着某种异样的好奇，似乎方才还未来得及观察仔细，抑或是卢仁先生身上有某种全新的变化，使他倍感惊奇，为此，他甚至特意从枕头上稍稍抬起脖子端详。不错，彼得·彼得洛维奇的整体外形，好像确实有一点儿令人惊奇的特殊之处——这似乎恰好印证了，刚才给他冠以"未婚夫"这个如此无礼的称呼，并非毫无缘由。首先，有一点能够看得出来，甚至可以说显而易见：彼得·彼得洛维奇迫不及待地利用在首都停留的这几天时间，想方设法把自己包装起来，打扮得光鲜亮丽，只待未婚妻的到来。其实这也没什么不妥，毕竟这是人之常情。哪怕他自以为——甚至过于扬扬自得地以为——自己如今打扮得更加惹人喜爱，在这种情况下，也是情有可原的，因为彼得·彼得洛维奇本来就是未婚夫嘛。他的整身衣着全是新裁制的，非常考究，或许仅有一处不妥，那就是，这身衣服太新了，它过分直白地昭示着人所共知的目的，就连那顶崭新而精致的圆礼帽也是这个目的的见证。不知为何，彼得·彼得洛维奇对于这顶礼帽表现出了过分的敬意，他把它捧在手里的样子也太过小心翼翼了。甚至连那双特别漂亮的藕荷色手套——货真价实的茹文①牌手套——也印证了这一点，他并没有把手套戴上，而是拿在手里摆谱罢了。彼得·彼得洛维奇整身衣服的颜色多为浅色系，这些颜色通常更受年轻人的欢迎。他身着一件优雅的浅咖色夏季西服上装，里面是一件相同面料的坎肩，一件做工精良的新衬衣，还系着一条上等细麻纱面料、质地轻柔的玫红色条纹领带，下身则搭配着一条轻薄的浅色长裤，最妙的是，这身衣服竟然很衬彼得·彼得洛维奇的气色。他的脸相当润泽，甚至还挺俊朗，看上去比他四十五岁的实际年龄显得更为年轻。两片黑乎乎的、状似肉饼的络腮胡将他的面颊遮住，密密麻麻地汇集在被刮得十分光滑的下巴两侧，显得颇为漂亮。虽然发丝间有少许斑白的迹象，但是梳得整整齐齐，还在发型师那里烫成了鬈发。这种鬈发往往看上去略有几分滑稽，因为它会无可避免地使脸显得与出席婚礼的德国人格外相似，不过，卢仁的发型看起来倒是既不滑稽，也不拙劣。如果说，在这张相当英俊、威仪不凡的脸上确实存在某处令人不悦或惹人嫌恶的地方，那么这必定是另有因由的。拉

---

① 法国制帽商格扎维埃·茹文。

斯科尔尼科夫傲慢无礼地将卢仁先生仔细打量了一番，凶狠地笑了一下，然后重新倒在了枕头上，像刚才那样，望着天花板。

不过，卢仁先生克制着自己的情绪，决定暂且无视他这些古怪的行为举止。

"看到您处于这样的境况，我感到特别特别遗憾，"他试图打破沉默的僵局，再次开口道，"如果我知道您身体抱恙，会早些过来的。可是，您是知道的，我实在是俗务缠身哪！……况且，鄙人在参政院有极其重要的法务事宜需要处理，更别提那些您也能够想到的杂事啦。至于您的……也就是，令堂与令妹，我随时恭候她们的到来……"

拉斯科尔尼科夫身形微动，想说些什么，他的脸上露出某种不安的神情。彼得·彼得洛维奇见状停了下来，等他开口，但他什么也没等到，于是继续说了下去："……随时恭候她们的到来。我给她们找了临时的住所……"

"在哪儿？"拉斯科尔尼科夫虚弱地说。

"离这里非常近，是巴卡列耶夫的房子……"

"那栋房子在沃兹涅先斯基大街上，"拉祖米欣插嘴道，"总共有两层，是一家小旅馆，是商人尤申的地盘，我去过那儿。"

"对，是一家小旅馆……"

"那地方简直糟糕极了，又脏又臭，还很危险，总是出事，鬼知道那里住着什么样的人！……我自己呢，以前因为一件不光彩的事情，在那儿住过。租金倒是挺便宜的。"

"我当然不可能了解这么多情况，我本人也才刚到不久，"彼得·彼得洛维奇连忙反驳，反应十分敏感，"不过，其实那两间房间特别整洁，而且因为这也只是住非常短的一段时间……我已经选好了一套正式的，也就是我们以后的宅子，"他把脸转向拉斯科尔尼科夫，说道,"现在还在装修,而且我自己暂时也挤在这种小旅馆里,利佩维贺泽利太太的房子,离这儿两三步远,我住在我的一位年轻朋友安德烈·谢苗诺维奇·列别佳特尼科夫的房间里,正是他指点我,让我去看巴卡列耶夫的房子……"

"列别佳特尼科夫?"拉斯科尔尼科夫缓缓说道,似乎想起了什么。

"正是,安德烈·谢苗诺维奇·列别佳特尼科夫,他在部里任职。您认得他?"

"是的……不……"拉斯科尔尼科夫回答。

"抱歉,因为您这样问,所以我以为您认得他。我以前一度是他的监护人……一个非常可爱的年轻人……而且思想先进……我也乐于跟年轻人打交道,从他们身上总能了解到一些新事物。"彼得·彼得洛维奇满怀期待地扫视着在座的所有人。

"那是哪方面的呢?"拉祖米欣问。

"是最严肃的,也可以说,是最本质的事,"彼得·彼得洛维奇连忙接过话头,这个问题似乎使他非常愉悦,"您瞧,我已经有十年没来过圣彼得堡了。虽说咱们现如今所有的这些新事物、新改革和新观念——所有的这些,我们在外省都能接触到,但是,如果要想了解得更加透彻,更加全面,还是得来圣彼得堡。嗯,我的想法正是这样:通过观察咱们的年轻人,可以发现得更多,了解得更多。坦白讲,其实我很高兴……"

"是什么让您感到高兴呢?"

"您的问题有点宽泛。我可能会搞错,不过,我认为,我正在寻找一种更加明确的观点,这么说吧,更具批判精神,更加务实……"

"有道理。"佐西莫夫慢悠悠地说道。

"你胡说,根本不存在什么务实,"拉祖米欣捕捉到其中的漏洞,

"具备务实的品质是困难的,它并不会从天上凭空落下。而我们,在近两百年的时间里,却什么都不敢去做……有一些思想,大概也正在踌躇不决,"他对彼得·彼得洛维奇说道,"善良的祈愿是有的,虽然它是幼稚的;正直的作风也可找到,虽然如今的骗子数不胜数;可这务实精神嘛,仍旧没有!务实是世上罕有的品质。"

"我不赞成您的说法,"彼得·彼得洛维奇反驳道,神色中带着明显的愉悦,"当然咯,沉迷于消遣,出现差错,这些都是在所难免的,但是对于它们应当予以包容。沉迷,意味着对待事情抱有热忱,还说明此事所处的外部环境不太合理。如果事情做得不多,那也是因为时间太少了。至于方法,我就不讲了。依我个人之见,如果您愿意的话,有些事情甚至已经在做了:一些有益的新思想得到普及,部分有益的新作得以推广,它们取代了过去那些空想和浪漫主义的东西;文学作品增添了更加成熟的底色;许多有害的偏见已被摒弃,成为人们口中的笑谈……总之,我们已彻底斩断自己与过去之间的纽带,而这一点,在我看来,已然是一件功勋……"

"背得挺熟啊!他在做自我介绍呢。"拉斯科尔尼科夫突然开口说。

"什么?"彼得·彼得洛维奇没有听清,于是问了一句,然而并未得到回复。

"这些全部都有一定道理。"佐西莫夫连忙插了一句。

"难道不对吗?"彼得·彼得洛维奇欣欣然看了一眼佐西莫夫,"您得承认,"说着,他转身冲着拉祖米欣,不过此时的语气里已然带着某种傲慢无礼、居高临下的意味,就差再加上一句"年轻人"了,他又继续说,"其实是有显著成效的,或者,正如大家如今所说的那样,是有进步的,即便这些进步是为了崇尚科学,为了追寻经济学的原理……"

"老调重弹!"

"不,这并非老调重弹!比方说吧,以前人们经常对我说'你应该去爱',于是我就去爱了,结果怎么样呢?"彼得·彼得洛维奇继续说,说得也许太过急促了,"结果就是,我把一件长袍撕成了两半,一半自己穿,另一半给别人穿,于是我们俩都得光着半边身子,正如一句俄国谚语说的那样:'同时去追几只兔子,结果一只也抓不到。'而科学却告诉我们:你在爱他人以前,首先得爱你自己,因为世上的一切全以个人利益为基础①。你只爱你自己,那么你自己的事情便能得到妥善处理,你的长袍也可完好无损。而经济学原理进一步告诉我们,个人事务办得越好,也就是说,完整的长袍越多,那么社会的根基就越稳固,社会公共事业也就越繁荣。由此可见,我虽然只为了自己谋取利益,可这恰恰能给所有人带来福祉,其结果就是,别人会得到比撕破的长袍更多的东西,这已经不再是来自私人的、个别的馈赠,而是得益于普世的繁荣。道理是简单的,但遗憾的是,在很长一段时间里,人们被狂喜和幻想蒙蔽,始终未得其法,不过要想领悟这一点,似乎也并不需要很聪明……"

"抱歉,我也并不聪明,"拉祖米欣粗暴地打断了他,"所以咱们也别谈了。其实我这样说是有用意的,要不然,所有这些自我安慰的闲扯,所有这些无休无止、啰里啰唆的陈词滥调,翻来覆去的,毫无新意,三年来我早就听腻了,说真的,不光是我,就连别人在我面前讲这些话的时候,我也会感到惭愧的。当然,您是急于展露自己的学识,这完全情有可原,我也不是在指责您。现在我只想知道,您究竟是什么人。因为您要知道,最近有那么多各行各业的企业家插手公共事业,

---

① 这句话是对尼·加·车尔尼雪夫斯基(1828—1889)的《合理利己主义理论》中内容的仿效。

他们无论接触到什么事务，都从自己的利益出发，将它曲解，其结果就是，所有事情都被搞得乌烟瘴气。哎！真是够了！"

"先生，"卢仁先生带着尤为强烈的自尊嫌恶地说道，"您这么无礼，是不是想说，我也……"

"啊，请您见谅，请您见谅……我怎么会呢！……哎，真是够了！"拉祖米欣粗暴地打断了他，猛地转身，想和佐西莫夫继续方才的谈话。

彼得·彼得洛维奇表现得尤为聪明，立刻就相信了他的解释。不过他已决定了，再过两分钟就离开这里。

"我们现在已经认识了，我希望，"他对拉斯科尔尼科夫说，"鉴于那些您已知晓的情况，等您身体康复以后，我希望我们的关系会变得更加紧密……祝福您早日康复……"

拉斯科尔尼科夫连头都不曾转过来。彼得·彼得洛维奇从椅子上站了起来。

"肯定是一个抵押过东西的人杀的！"佐西莫夫断言道。

"肯定是！"拉祖米欣随声附和道，"波尔菲里目前还没表露过自己的想法，不过他还在审讯那些抵押过东西的人……"

"审讯抵押过东西的人？"拉斯科尔尼科夫大声地问。

"是啊，怎么啦？"

"没什么。"

"他去哪儿找他们的呢？"佐西莫夫问。

"有些人是科赫指认的，有些人的名字写在抵押物的包装纸上，还有一些人是听说了这件事情，自己去的……"

"嗯，看来这个坏蛋不仅狡猾，而且经验老到！多么胆大！多么果决！"

"可是问题就在于此,因为根本不是这样的!"拉祖米欣打断了他,"正是这一点,让你们所有人都陷入了误区。要我说,其实他既不狡猾,也不老到,说不定还是头一回犯案呢!倘若这是精心谋划的,并且凶手是个狡猾的坏蛋,那么这将令人难以置信。可是,倘若凶手是个没有经验的人,那么唯有机缘巧合才能助他脱身,在机缘巧合之下,又有什么事情是不可能发生的呢?说不定,那些艰难险阻连他自己都未曾料到呢!而事情的经过是怎样的呢?——他拿了一些价值十几、二十卢布的小玩意儿,塞满了自己的口袋,又在老太婆箱子中的那堆破破烂烂衣服中乱翻。而他在五斗柜上数第一格抽屉的一个小匣子里面,除了发现了债券,还发现了一千五百卢布的现金!他真是连抢劫都不会啊,就会杀人!第一次作案,我跟你说,就是第一次作案!他慌了!也不是什么精心谋划的,而是凭着机缘巧合,他才得以全身而退!"

"这说的好像是不久前一位上了年纪的官太太遇害的事吧?"彼得·彼得洛维奇看向佐西莫夫,插嘴说了一句。他已经站在门口了,手上戴着手套,手里拿着帽子,可是在离开之前,他还想讲点漂亮话卖弄一番。看来,他极力想给人家留下一个好印象,他的虚荣心战胜了自己的理智。

"没错。您也听说了?"

"当然了,我们是邻居呀……"

"那么,详细情况您了解吗?"

"了解谈不上,不过,在这件案子里,我感兴趣的是另一件事,换句话说,是全局的问题。在近五年中,下层阶级的犯罪率越来越高,这我就不说了;抢劫和纵火事件随处可见,频频发生,这我也不说了;对我来说最奇怪的是,上层阶级的犯罪率同样在上升,可以说,上升的趋势与前者不分伯仲。我听说,某地有个上过大学的人在大道上抢劫邮车；某地，一些社会地位比较高的人在制造假钞；在莫斯科某地，有一个伪造最近发行的有奖债券的犯罪团伙被抓获了——其中一名主犯还是教世界通史的讲师；在国外，我国的一名使馆秘书因为金钱上的纠纷和一些不为人知的原因被人谋害……而现在，如果这个放高利贷的老太婆是被一名抵押过东西的人所害，那么他也应该是一位来自上流社会的人——因为乡下人是不会去抵押金器的——那么，要如何解释我们社会中部分文明人士的道德败坏呢？"

"经济的变化太大……"佐西莫夫答道。

"如何解释？"拉祖米欣存心找碴，"因为我们太过缺乏务实的品质，这就是解释。"

"这是什么意思？"

"您说的那个讲师，当他被问到'为什么要伪造有奖债券'时，他是这么回答的：'所有人都在用各种方法致富，我也想快速发财。'原话我也记不清了，但意思就是，想要不费力气地迅速发财！人们习惯于坐享其成，总被别人牵着鼻子走，吃人家嚼过的东西。哼，待到伟大的时刻来临之时，每个人都得坦述自己的本心……"

"可是，还有什么道德可言呢？也就是说，原则……"

"您到底在操心什么啊？"拉斯科尔尼科夫忽然插嘴道，"这正是依据您的理论推导出的结论啊！"

"这怎么是依据我的理论呢？"

"把您刚才卖弄的那套理论推导到最后，得出的结论就是：是可以杀人的……"

"怎么可能呢！"卢仁大声说道。

"不，不是这样的！"佐西莫夫出面解释道。

拉斯科尔尼科夫躺在那里，面色惨白，嘴唇不停地颤抖，呼吸困难。

"一切皆有尺度,"卢仁盛气凌人地继续道,"经济学概念并不是请你去杀人,而且如果只是假设……"

"可那是真的吗?您……"拉斯科尔尼科夫突然打断了他,在他由于愤怒而发抖的声音中,可以听出来,侮辱卢仁为他带来了某种愉悦,"那是真的吗?您曾对您的未婚妻说……就在您刚刚得知她同意嫁给您时,您说,您最欣慰的就是……她是个穷人……因为娶一个穷苦人家的女儿对您更加有利,这便于您日后对她加以掌控……您还可以数落她,说她蒙受您的恩惠,对吗……"

"先生!"卢仁恼羞成怒,整张脸涨得通红,他恶狠狠地厉声说道,"先生……您竟然这样曲解我的意思!请您见谅,可我必须得告诉您,那些传到您耳边的风言风语,不如说,是有人想让您知道的风言风语,全都是无稽之谈,而我……我怀疑有人……总之……这是一支冷箭……总之,就是令堂……我本就认为,尽管她身上有不少优点,但她的想法中却带有某种狂热的浪漫主义色彩……然而,让我万万没想到的是,她竟然这么异想天开,用这样离谱的方式理解事情……终究……终究……"

"那您知道吗?"拉斯科尔尼科夫从枕头上稍稍支起身子,双眼直勾勾地盯着他,目光锋利无比,炯炯发光,他大声说道,"您知道吗?"

"知道什么呢?"卢仁定在那里,一副抱屈而又挑衅的样子,等待着。

沉默了几秒钟。

"我的意思就是,如果您敢再提一次……再提一次我的母亲……哪怕是一个字……我就把您从楼梯上扔下去!"

"您怎么了?"拉祖米欣大喊道。

"嘀，原来如此啊！"卢仁脸色煞白，嘴唇死死地咬着，"先生，您听我说，"他竭力克制自己的情绪，可仍然直喘粗气，于是一字一顿地说道，"就在不久以前，我刚一进门，就在您的眼神里看出了敌意，但是我故意留了下来，想再了解您一些。面对一位病人和亲戚，很多事情我本来是可以原谅的，但是现在……对您……我永远不会……"

"我没有生病！"拉斯科尔尼科夫大声吼道。

"那我就更不会原谅……"

"滚！去见鬼吧！"

然而拉斯科尔尼科夫的话音未落，卢仁就已从桌椅间的缝隙再次挤了过去，自己走出了房间。这一次，拉祖米欣站了起来，好让他顺利通过。卢仁离开的时候，目不斜视，谁也没看，甚至都没跟佐西莫夫点个头，打声招呼，尽管后者早已向他频频点头，暗示他别再搅扰病人的清净了，他经过房门时微微俯下身子，小心谨慎地把帽子抵在肩膀的一侧。甚至连他弓腰的姿态仿佛都在宣称，他所带走的是一份奇耻大辱。

"至于吗，至于这样吗？"拉祖米欣摇了摇头，疑惑不解地说。

"别管我，全都别管我了！"拉斯科尔尼科夫疯狂地嘶吼起来，"你们到底能不能让我安静一会儿，你们这些害人精！我不怕你们！现在我谁也不怕，谁也不怕！都给我滚开！我想单独待一会儿，单独，单独，单独！"

"咱们走吧。"佐西莫夫朝拉祖米欣点了一下头，说道。

"这怎么行呢，怎么能这样丢下他不管？"

"咱们走吧！"佐西莫夫斩钉截铁地又重复了一遍，说完便走了出去。拉祖米欣迟疑片刻，跑出去追上他。

"倘若我们不顺着他的话，病情可能会更糟，"说话的工夫，佐西莫夫已经走在楼梯上了，"他不能再受刺激了……"

"他怎么了?"

"要是能有什么东西,给他带来某种积极的助力,该有多好!不久以前他的状态还挺不错……你知道吗,他肯定有心事!一件让他坐立难安、苦恼不已的心事……这让我非常担心。肯定是这么回事!"

"想必,他的心事就是这位叫作彼得·彼得洛维奇的先生吧!从交谈中能听得出来,这位先生要娶罗佳的妹妹,而且罗佳在生病之前曾收到过一封信,信中提到了这件事情……"

"对啊,真是见鬼,他怎么非得这时候过来呢?估计整件事情都要被他搞砸了。咦,你发现没有,他对所有事都表现得很冷淡,对所有事都不置一词,除了一件事,这件事总能使他失去自制:那就是凶杀案……"

"对,对!"拉祖米欣附和地说,"特别明显!他对此事很感兴趣,还很害怕。就在他生病那天,在警察分局的办公厅里,这件事让他受到了惊吓,当时他还昏过去了。"

"晚上你给我详细说说这件事吧,到时候我也有件事要告诉你。我觉得这件事很有意思,非常有意思!半小时后我再去看看他吧……不过,不会再发炎了……"

"谢谢你!那么趁着这会儿工夫,我去帕申卡那儿等着,就让娜斯塔西娅帮忙看着他……"

被单独留在原地的拉斯科尔尼科夫焦急而又幽怨地看着娜斯塔西娅,然而后者却迟迟没有离开。

"要喝点茶吗?"她问。

"再说吧!我想睡觉!别管我……"

他猛地转过身,面朝着墙壁;娜斯塔西娅走了出去。

第六节　扎苗托夫与老太婆家

然而，她刚刚离开，他便站起身来，扣住房门的门钩，解开拉祖米欣先前带过来的、后来又重新系上的那个包裹，开始穿衣服。奇怪的是，他好像突然变得特别冷静，不再像先前那样满口胡言，也没了最近魂不守舍的模样。这是某种奇异的、出人意料的镇静。他的动作精准而又有条理，表明其内心的坚定。"就在今天，就在今天！……"他喃喃自语着。其实，他知道自己的身体还很虚弱，但是，精神的极度紧张反而使他变得沉着自制，思想坚定，并为其注入了力量与自信，他只希望自己千万不要当街晕倒。换好了衣服，从头到脚，焕然一新，他看了一眼桌上的钱，出神地想了一会儿，然后把钱装进口袋。总共二十五卢布。此外，他还拿走了一些面值为五戈比的铜币，是拉祖米欣用来买衣服的十卢布剩下的零钱。接着，他悄悄取下门钩，从屋里出来，顺着楼梯往下走，经过敞开的厨房门前，他朝里面看了看：娜斯塔西娅正背对着他站在那里，弓着背给女房东的茶炊扇风。她什么也没听见。更何况，谁能想到他会出门呢？一分钟后，他已经来到了街上。

已是下午八点，太阳正徐徐西沉。天气照旧闷热，可他却贪婪地吸入一口空气——这腐臭的、灰暗的、被城市污染了的空气。他感到有些头晕，在他那双红肿的眼睛里，在他那张分外瘦削、白中透黄的面孔中，散发着某种异常强烈的能量。他不知道，也没想过，要往哪里走，他只知道：这一切必须在今天做个了结，一次解决，马上解决！否则他绝不回家，因为他不想这样活着。如何了结？以什么方式了结？对此他一无所知，也不愿思考。他驱散了这个念头，因为这个念头正在折磨着他。只是他有种感觉，而且很清楚，一切必须得发生转变，不是这样的变，就是那样的变，"不管怎么变都行"——他带着一种绝望而又无可撼动的自信与坚决，口中反复念叨着。

他依循着老习惯，沿着从前散步常走的那条道路，径直往干草广场的方向走去。还未走到干草广场时，在路边一家小店铺的门前，只见一位年轻的黑发手摇风琴流浪乐师站在那里，摇奏着一首动人心弦的浪漫曲。他正在给一位唱歌的姑娘伴奏，她站在他面前的人行道上，看上去十五岁左右，衣着打扮像是一位小姐，她穿着一条圈环裙，披着披肩，戴着手套，草帽上还插着一根赤色的羽毛——这身衣饰已经被穿戴得破旧不堪了。她用那种街头式的唱腔吟唱着一首抒情歌曲，嗓音微微地颤抖，但是歌声相当悦耳，极富感染力，她满心期待着店铺里出来的人能给她一两个戈比。拉斯科尔尼科夫停下脚步，站在两三名听众的身边，聆听半响，然后掏出一枚五戈比铜币，放在姑娘的手里。这时，姑娘的歌声戛然而止，正停在最美妙的高音段落。她用尖锐的声音对乐师大喊道："够了！"说完，二人便缓缓往远处走去，走向下一家小店。

"您喜欢听街头吟唱吗？"拉斯科尔尼科夫倏地回头，对着一位刚才与他一同站在风琴手身边的路人发问，那人看上去已不再年轻，一副浪荡子模样。那人怪异地瞧了他一眼，显得有些吃惊。"我喜欢，"拉斯科尔尼科夫接着说，可他的神情完全不像在谈论有关街头吟唱的事情，"我喜欢在寒冷、昏暗、潮湿的秋夜里聆听手风琴伴奏下的吟唱，一定得在潮湿的天气，那个时候每一张行人的脸都冻得乌青，显出病容来；或者是在无风的下雪天，当湿答答的雪花从天上径直飘落下来，感觉更加美妙,您知道吗?煤气灯的光芒透过雪花闪闪烁烁……"

"我不知道……抱歉……"那位先生含糊其词地回答,他被这个问题和拉斯科尔尼科夫古怪的神情吓坏了,赶紧走到了马路对面。

拉斯科尔尼科夫径直往前走,来到干草广场的一个拐角处,那日同莉扎薇塔讲话的小市民和女人就在那里摆摊,但此刻他们并不在那里。他认出了这个地方,于是停下脚步,环顾四周,只见有个身穿红色衬衣的年轻小伙子,正站在一家面粉店门口打哈欠,拉斯科尔尼科夫问那个小伙子:"在这边拐角的地方,平时是不是总有个人做买卖,还有个女人,就是他老婆,啊?"

"各种各样的人都在这儿做买卖。"小伙子傲慢地瞧着拉斯科尔尼科夫,回答道。

"那他叫什么?"

"受洗的时候,给他取了什么名字,他便叫什么名字。"

"你是不是也是扎拉斯基人?哪个省来的?"

小伙子再次看向拉斯科尔尼科夫。

"大人,我们那里可不是省,是县,我兄弟出门去了,由我在家看店,所以我也不太清楚……大人,还请您见谅,多多包涵。"

"楼上是家小酒馆吗?"

"是家小饭馆,还有桌球,还有漂亮女人呢……棒极了!"

拉斯科尔尼科夫穿过了广场。在拐角处,乌泱泱地站了一大群人,全是乡下人。他挤到人最多的地方,瞧他们的脸。不知道为什么,他想和所有人攀谈一番。但这些乡下人并未留意到他的存在,他们三三五五聚在一起,相互之间正在"叽叽喳喳"地讲着什么。他驻足片刻,想了想,于是往右拐,顺着人行道往 B 大街的方向走去。他绕过广场，进入一条小巷①……

　　他从前也常常经过这条狭窄的小巷。小巷再转个弯，就可以从广场通向花园街。最近，只要他一感到心烦意乱，就特别想来这里四处逛逛，"好让心情变得更加烦闷"。现在，他心无挂碍地走进了这条小巷。这里有一栋大房子，整栋房子里开有多家小酒馆和各种餐饮店。总有一些女人从这些小店里跑出来，她们打扮随意，就像要去邻居家串门似的——没戴头巾，只穿着一件连衣裙。她们在人行道上三三两两地聚在一起——多半是在楼下的入口处，从这个位置再往下走两三级楼梯，便可进入各类不同的娱乐场所。此时，从其中一家娱乐场所里传出阵阵的敲击声和喧嚷声，声音响彻了整条街——吉他的乐音"叮咚"作响，还有几人附之以歌，好不快活。一大群女人聚在门口，有的坐在台阶上，有的坐在人行道上，还有的站着闲聊。而在旁边的马车道上，有个醉醺醺的士兵在四处闲逛，他叼着一支烟卷儿，一边走，一边大声咒骂着什么，好像是要去什么地方，但是，他似乎想不起来那个地方了。有个穿着破烂的人正在跟另一个穿着破烂的人对骂，还有个酩酊大醉的人在大街上呼呼大睡。拉斯科尔尼科夫在那群女人身边停了下来。她们用沙哑的嗓音相互交谈着，所有女人都身穿印花布连衣裙，脚踩一双山羊皮皮鞋，头上都没戴头巾。有些人有四十多岁，然而还有一些只不过十六七岁，几乎所有女人的脸上都带有被殴打过的青肿。

　　不知为何，他被这阵敲击声、喧嚷声和歌声深深吸引了，那声音就在那里，在地下……在这里能听到，在一片哈哈大笑声和雀跃的尖叫声中，随着高亢而雄厚的假音唱腔和吉他的弹奏，有人在用鞋跟打着拍子跳舞，跳得相当起劲儿。他阴沉着脸，若有所思地专注聆听了一会

---

① 文中的 B 大街是沃兹涅先斯基大街，小巷是塔依洛夫巷，都在干草广场附近。

儿,然后在门口处弯下腰来,站在人行道上好奇地往穿堂里面看去。

> 你呀,我俊秀的岗警,
> 你不要毫无缘由地打我呀!

歌手悠扬的嗓音在耳边回荡。拉斯科尔尼科夫非常想把他的歌声听个一清二楚,仿佛所有事情的关键尽在于此。

"要不要进去呢?"他想着,"里面笑得可真开心!他们都喝醉了。怎么着,要不我也进去喝个痛快?"

"您不进去吗,亲爱的老爷?"有个女人问道,声音相当响亮,嗓音还未完全沙哑。她很年轻,甚至不太难看——是那群女人中面容姣好的一位。

"瞧,你可真漂亮啊!"他微微直起腰来,看了看她,回答道。

她莞尔一笑,这句恭维话让她很是受用。

"您也很英俊啊。"她说。

"您这么瘦呀!"另一个女人用低沉的嗓音说道,"您是刚出院吗?"

"一个个都好像是将军的女儿,不过都是翘鼻子!"有个稍显醉意的乡下人走上前来,打断了他们的对话,他敞怀穿着一件厚呢上衣,醉醺醺的脸上露出油腻的笑容,"瞧啊,可真快活哟!"

"来都来啦,你就进来吧!"

"我进来!我喜欢进来!"

说着,他跌跌撞撞地走了进去。

拉斯科尔尼科夫挪动脚步,开始往前走。

"喂,老爷!"那个女人在后面喊道。

"什么事?"

她看上去有点难为情。

"亲爱的老爷,我随时愿意陪您消遣个把小时,可是现在,不知为什么,我在您的面前却感到惭愧。可爱的先生,请您给我六个戈比,权当买杯酒吧!"

拉斯科尔尼科夫随手掏出了几枚钱币:是三枚面值五戈比的铜币。

"哎哟,这位老爷心地真好呀!"

"你叫什么名字?"

"以后您就说,找杜克莉达。"

"这可不行,这是在干吗?"突然,人群中有个女人说道。她一边说,一边朝杜克莉达摇了摇头,"我可真是不明白呀,怎么可以这样向人家讨要呢!如果是我的话,我只会羞愧难当,恨不得找个地缝钻进去……"

拉斯科尔尼科夫好奇地看了几眼说话的女人。这是一位脸上长着麻斑的女人,三十岁上下,整张脸上全是青紫的伤痕,上唇微微肿起。她正在严肃地指责杜克莉达,说话的语气很平静。

"这是在哪儿来着?"拉斯科尔尼科夫一边想着,一边继续往前走,"我曾在哪里读到过:有个死刑犯,在临死前的一个小时,他说,或者他心想,如果他不得不活在某个很高很高的地方,活在悬崖峭壁之上,活在某个仅能供双脚站立的狭窄空间里——而四周是万丈幽壑,一片汪洋,永恒的漆黑,永恒的孤寂,永恒的暴风雨——如果他必须站在仅一俄尺①见方的地方,就这样,站上一生,站上千年,站到永恒——那么,即使是这样活着,也总好过此刻的行将赴死!只要能活着,活着,活着!不论是怎样活着——只要能活着!……好一个真理

---

① 俄制长度单位,相当于0.711米。

呀！上帝啊，这是多么明智的真理啊！人是卑鄙的！那些把人称之为'卑鄙'的人，其自身也是卑鄙的。"片刻之后，他补充道。

他来到了另一条街上："嗬！'水晶宫'！刚才拉祖米欣还提到过'水晶宫'呢。等等，我想干吗来着？对了，读报纸！……佐西莫夫说，他在报纸里读到……"

"有报纸吗？"他走进一家相当宽敞、甚至非常整洁的小饭馆，开口问道。这家小饭馆里有若干个房间，不过里面空空如也。有两三位客人在喝茶，而在一间距离较远的房间里，坐着一伙人，一行四人，正在喝香槟。拉斯科尔尼科夫觉得，其中一人好像是扎苗托夫。不过，从远处瞧，看得不甚清晰。

"管他呢！"他心想。

"来点伏特加吗？"伙计问。

"来点茶。再给我拿几份报纸，要旧的，从五天前到今天的都要，我再给你点小费。"

"好嘞！给您，这是今天的报纸。伏特加还要吗？"

旧报纸和茶都齐了。拉斯科尔尼科夫坐在那里，开始搜寻起来："伊兹列尔[①]——伊兹列尔——阿茨蒂克人——阿茨蒂克人——伊兹列尔——巴尔托拉——马西莫[②]——阿茨蒂克人——伊兹列尔……呸，见鬼！啊，新闻在这儿呢：有个女人从楼梯上摔下去了——有个市民因酗酒无度丧命——沙区火灾——圣彼得堡区燃起大火——

[①] 圣彼得堡市郊"矿泉花园"的园主（拉斯科尔尼科夫在报纸上看到了他的广告）。
[②] 巴尔托拉和马西莫是两名侏儒，其中巴尔托拉是女孩，马西莫是男孩，两人于1865年夏天来到圣彼得堡。他们被认为是"阿茨蒂克人仅存的后裔"，此事在当时的圣彼得堡报纸中被大量报道；同年夏天，圣彼得堡发生了数起火灾，这在当年的报纸上亦屡有刊载。

圣彼得堡区又发生火灾——圣彼得堡区再次发生火灾——伊兹列尔——伊兹列尔——伊兹列尔——伊兹列尔——马西莫……找到了……"

他终于找到了自己想找的内容，于是开始读了起来，一行行文字在他的眼前来回跳跃，不过他依然读完了所有"新闻"，随后他开始翻阅后几期报纸，贪婪地搜寻后续的补充报道。在翻动纸页的时候，由于心烦意乱，他的双手在不住地颤抖。突然，有一个人在他的身旁落座，并且正好坐在他面前的这张桌子边。他抬眼一看——是扎苗托夫，就是那个扎苗托夫，他还是老样子：戴着几枚嵌着宝石的戒指，身上挂着表链，蜷曲的黑色分头上打着发蜡，身着一件漂亮的坎肩，礼服有些破旧，内衣也不甚整洁。他显得非常高兴，甚至是尤为愉悦，脸上露出和善的微笑。由于饮过香槟，他黝黑的面庞上微微泛着红晕。

"怎么，您也在这儿呀？"扎苗托夫疑惑地开口说道，听那语调，仿佛他俩已认识一个世纪之久，"昨天拉祖米欣还和我说，您还没有清醒过来呢。真奇妙啊！要知道我还去过您那儿……"

拉斯科尔尼科夫知道他曾来过。他放下报纸，回头去看扎苗托夫。他的唇边浮现一抹冷笑，在这个冷笑中显露出某种新鲜的、躁郁的无可忍耐。

"您曾来过，这我是知道的，"他回答道，"我听说了。您找过一只袜子……对了，您知道吗，拉祖米欣特别喜欢您，他说，您跟他一道去过拉维扎·伊万诺夫娜那里，讲到她的时候，您还使劲儿朝'火药桶'中尉眨眼睛，可他愣是没搞明白，您记得吧？怎么会搞不明白呢——事情不是很明显吗……哈？"

"他可真是惹祸鬼！"

"'火药桶'中尉吗？"

"不是，是您的好友，拉祖米欣……"

"您活得可真潇洒啊，扎苗托夫先生，在这最自在的地方消遣，还能分文不花！方才是谁为您倒的香槟？"

"我们这不是……喝光了嘛……可不得倒上！"

"这是酬劳呀！您可以利用一切！"拉斯科尔尼科夫说道，"没关系，善良的孩子，没关系的！"他捶了一下扎苗托夫的肩膀，补充道，"我可不是在故意为难你呀，我这么说，'是因为我们俩感情好，闹着玩儿罢了'，就像您的佣工说的那样，当时他正挥起拳头朝米季卡打过去，就是，那个老太婆的案子。"

"您是如何知道的呢？"

"我嘛，或许知道的比您还多呢。"

"您怎么这样奇怪呀……想必您病得还很严重。您不该出门的……"

"您觉得我很奇怪吗？"

"是啊。您这读的是报纸呀？"

"是报纸。"

"很多报道都是有关火灾的……"

"不，我读的并不是火灾的报道，"他神秘兮兮地看了一眼扎苗托夫，再次勾起唇角，露出嘲弄的冷笑，"不，我读的并不是火灾的报道，"他一边朝扎苗托夫眨了眨眼睛，一边继续道，"您得承认，可爱的年轻人，其实您特别想知道我在读什么，是吧？"

"我根本不想知道，我只是问问而已。难道不能问问吗？您怎么总是……"

"嘿，您是一个有教养、有文化的人，对吧？"

"我念完了中学六年级。"扎苗托夫怀着某种自尊感答道。

"六年级？哦哟，你可真是我的小宝贝哟！梳了个分头，还戴着宝石戒指——有钱人呀！嗬，真是个可爱的小男孩！"说完，拉斯科尔尼科夫直接面对扎苗托夫的脸，神经质般癫狂地放声大笑起来。扎苗托夫连忙闪躲，他并不是生气了，而是感到十分诧异。

"咦，好奇怪啊！"扎苗托夫神色严肃地重复道，"我感觉，您还在说胡话呢。"

"我说胡话？瞎说，小宝贝……我这样很奇怪吗？嘿，您对我很好奇，对吗？好奇吗？"

"好奇。"

"这么说，您很想知道我在读什么报道，找什么内容？要知道我吩咐他们拿来这么多期报纸啊！很可疑，对吧？"

"嗯，您说吧。"

"耳朵竖起来了吗？"

"为什么还要竖起耳朵呢？"

"我待会儿再告诉你为什么，而现在，我的小可爱，我这就为您揭晓……不对，不如说是向您'招认'……不，也不对，'我来供罪，您来审问'——这就对啦！那么下面我就来供述，我在读什么，我感兴趣的是……我所找的是……我所查的是……"拉斯科尔尼科夫微微眯缝着眼睛，停顿了一会儿，"我所查的是——这也正是我来这里的目的——关于那个官太太被杀的报道。"他极力把脸凑到扎苗托夫的面颊旁边，终于说了出来，声音很轻，近乎耳语。扎苗托夫定定地凝视着他，没有挪走身体，也没有移开自己的脸。扎苗托夫后来觉得，自己感到最奇怪的是，当时沉默在他们之间持续了整整一分钟，在这一分钟的时间里，他们就这样彼此对望着。

"就算您在读这些报道，又能怎样？"突然，他怀着不解与迫切的心情，大声喊道，"跟我有什么关系？这是什么意思？"

"就是那个老太婆，"拉斯科尔尼科夫对扎苗托夫的叫喊声不予理睬，依然压低着声音，继续说道，"就是那个老太婆，您记得吧？那日在警察分局，大家开始谈论她的时候，我就昏倒了。怎么样，您现在明白了吗？"

"那又怎么样呢？'明白了吗'是什么意思？"扎苗托夫近乎不安地说道。

拉斯科尔尼科夫那张严肃的、毫无表情的脸骤然大变，突然，他如先前那样，再次癫狂地放声大笑起来，仿佛他对于自我的掌控全然无能为力。而且就在刹那之间，他凭借一种无比清晰的知觉记起了前不久的一个瞬间，当时他正站在门的后面，握着一把斧头，门钩在跳动，他们站在门外咒骂，折腾着那扇门，而他，忽然想对他们怒声吼叫，朝他们破口大骂，对着他们吐舌头，嘲弄他们，嘲笑，放声大笑，放声大笑，放声大笑！

"您或者是疯了，或者……"扎苗托夫开口说道——然而又停了下来，似乎在为自己脑海中某个突然闪逝的想法感到震惊。

"或者什么？'或者'是什么意思？喂，什么啊？喂，请说呀！"

"没什么！"扎苗托夫在心里暗暗地答道，"全是胡扯！"

两人沉默起来。在猝然爆发的大笑发作完以后，拉斯科尔尼科夫忽然变得若有所思，神情也变得忧郁起来。他把手肘撑在桌上，一只手托住脑袋。他似乎全然忘记了扎苗托夫的存在。这段沉默所持续的时间相当漫长。

"这茶您怎么不喝了？都快凉啦。"扎苗托夫说道。

"啊？什么？茶？好吧……"拉斯科尔尼科夫咽下一口茶水，又将一块面包送到嘴里，他看了看扎苗托夫，似乎想起了一切，精神也为之一振。就在这时,他的脸上再次浮现出起初那种嘲笑的神情。他继续喝茶。

"现如今这类欺诈的案件可真多啊,"扎苗托夫说,"前不久,我还在《莫斯科新闻》里读到过,在莫斯科有个制造假钞的犯罪团伙被破获了。是整个犯罪集团啊。他们还伪造债券呢。"

"哦,这都已是很久以前的事了!我一个月前就看到过这个新闻,"拉斯科尔尼科夫从容不迫地回答,"所以依您之见,这些人就是诈骗犯吗?"他哂笑着补充了一句。

"怎么就不是诈骗犯呢?"

"就这?这种人是小孩子,是乳臭未干的孩子①,并不是诈骗犯!整整五十来人为着这样一个目的纠集在一起!难道这行得通吗?这种事三个人干就算很多了,更何况他们还得特别信任彼此!在这种情况下,一旦有个人喝多了,说漏了嘴,那一切就全完了!真是乳臭未干的孩子啊!雇一批靠不住的人去银行办事处兑换债券——这种事情可以随便碰上什么人,就交给他办吗?这么说吧,假设这些乳臭未干的孩子办成了,假设他们每人都换得一百万卢布,那么接下来该怎么办呢?这一辈子呢?每个人都得靠别人守口如瓶度过一生吗?那还不如自行了断呢!而且他们连兑换都不会:有个人到银行办事处换钱,刚弄到五千卢布,手就哆嗦了。四千卢布点完以后,剩下的一千就不点了,直接收下,一心想着赶紧把钱塞进兜里,然后逃之夭夭。瞧,引人怀疑了吧?就因为一个傻瓜,把所有事情全盘搞砸了!这样怎么能行得通呢?"

---

① 此处原文为法语的俄语音译,后文出现的"乳臭未干的孩子"在原文中也都是法语的俄语音译。

"那个人的手哆嗦了吗？"扎苗托夫附和道，"不对，这倒是有可能的。不，这一点我完全相信，这是有可能的。有时人是会承受不住的。"

"承受不住这种事吗？"

"您或许能承受得住？不，反正我是承受不住的！为了一百卢布赏金要去承受这种不安！身上带着假钞出门——往哪儿走呢？——去银行吗，可是那儿的人个个是行家——不，换作我，我定会心慌意乱的。若是您，您不会慌乱吗？"

拉斯科尔尼科夫突然又特别想要"吐舌头"。刹那之间，一阵寒噤渗入他的脊背。

"换作是我，这件事我不会这么办，"他从离题很远的地方谈起，"如果是我，我换钱的时候会这样做：我会先点出一千卢布，仔仔细细地数个三四遍，把每张票子瞧个清楚，然后再拿起下一沓一千卢布；我会从头开始数起，数到中间的时候，随便抽出一张面值五十卢布的票子，放到光亮处检查一番，然后把它翻过来，再放到光亮处检查——看看是不是假钞。我会说：'我真担心啊，我有个女亲戚，前阵子就是在换钱的时候，换到了假钞，于是弄丢了二十五卢布。'我还会当场把事情的来龙去脉详述一番。等到开始数第三沓一千卢布的时候，我会说：'不对，请见谅。我刚才在数第二沓的时候，好像在七百卢布的地方数错了。'我心存怀疑，于是丢下第三沓一千卢布，重新拿起第二沓——五沓钱都要这样去数。等到数完以后，我会从第五沓和第二沓里分别抽出一张，再次放到光亮处检查一番，再次疑惑不解地说：'请给我换一下。'——非得把银行柜台办事员搞得心力交瘁，恨不得将我速速打发掉才行！等到一切终于办完了，我准备离开，刚打开门——还是不行，对不起，我会折返回来，咨询点什么，讨个什么说法才行——换作是我的话,我就这么干!"

"嘿,您说的话可真奇怪啊!"扎苗托夫笑着说道,"您这也不过是说说而已,要是真做起来,想必您会出错的。其实,我跟您说,依我看,不只你我,就连诈术娴熟的亡命之徒也无法对自己怀有十足的把握。何必绕那么大的弯子去谈——眼前不就是个例子嘛:在咱们这个区,有个老太婆被杀了。估计是个不顾死活的家伙干的,他虽然侥幸脱逃了,但敢在光天化日之下,冒着重重风险,顶风犯案——而他的手还在发抖呢,连偷东西都偷不利索,承受不住。根据案情来看,这是显而易见的……"

"显而易见!那您就去抓他啊,去吧,现在就去!"他幸灾乐祸地挑唆着扎苗托夫。

"那有什么,会抓到的。"

"谁去抓?您吗?您能抓住吗?您会累得精疲力竭!在您看来最重要的是:这时会不会有个人大肆挥霍?原本身无分文的人,这会儿却突然开始挥霍无度——怎会不是他呢?要是这个小孩想这样做的话,您肯定会被他糊弄的!"

"问题就在这里,他们一向这么干,"扎苗托夫答道,"此人狡猾地把人杀死,连命都不要了,然后马上就在小酒馆被抓捕了。他们正是因挥霍钱财而被捕获的。并不是所有人都像您一样狡猾。当然,您是不会去小酒馆的,对吧?"

拉斯科尔尼科夫皱起眉头,神色专注地看向扎苗托夫。

"看来您兴致很浓呀,想知道,我在这种情况下会怎么做吗?"他不满地问道。

"想知道。"扎苗托夫坚定而又严肃地答道。他说话的语气和注视的眼神中开始带有某种过分严肃的意味。

"很想吗?"

"很想。"

"好。如果是我,我会这么做,"拉斯科尔尼科夫开口说道,再次突然把自己的脸凑到扎苗托夫的脸旁边,直勾勾地盯着他,以至于后者浑身战栗了一下,"我会这样做:我会拿着钱和东西,哪儿也不去,一离开那里,立刻去一个荒凉的地方,那里只有一道围墙,几乎荒无人烟——那是个菜园子,或者类似的地方。我会提前踩好点,在这个院子里,有那么一块石头,大概有一普特或一个半普特那么重,就在围墙旁边的某个角落处,这块石头大概从建房子的时候起就一直放在这里,我会稍稍抬起这块石头——石头下面应该有一个坑——然后把所有东西和钱全都扔进坑里。扔完之后,我会把石头搬回到原来的位置,用脚把周围的土踩好,然后我才离开。这样过了一年、两年、三年,我都不会去动它——嘿,你们就找吧!它就在那儿,可你们就是找不着!"

"您真是个疯子。"扎苗托夫脱口而出,不知为何,他说话的声音似乎同样微弱,又不知为何,他突然把身子从拉斯科尔尼科夫的身边挪开了一些。拉斯科尔尼科夫的眼底闪烁着亮光,他的脸色变得煞白,上唇不住地颤抖、跳动。这种状态持续了近半分钟,他很清楚自己此刻的行为,但他无法控制自己。可怕的话语,犹如当时挂在门上的钩子,在他的嘴唇边猛烈地跳动着:眼看就要脱落了,眼看就要将它释放了,眼看就要脱口而出了!

"如果老太婆和莉扎薇塔是我杀死的,会怎么样?"话音刚落,他随即清醒了过来。

扎苗托夫用异样的目光看了他一眼,脸色霎时间变得如桌布般苍白。他的脸上露出很不自然的笑容。

"难道这有可能吗?"他开口说道,声音几乎微不可闻。

拉斯科尔尼科夫恶狠狠地看着他。

"您得承认,您信了?对吧?难道不是吗?"

"根本不是!我现在比任何时候都不相信!"扎苗托夫急促地说道。

"终于落网啦!小麻雀抓到啦!既然您'现在比任何时候都不相信',那么看来,您在此之前是相信过的,对吧?"

"我根本就没信过!"扎苗托夫高声喊道,看上去慌张极了,"您这么说,就是为了糊弄我,故意吓我吗?"

"这都不相信?那么在我刚一走出警局办公厅大门的时候,你们开始聊的是什么?为什么'火药桶'中尉在我昏迷之后要盘问我?喂,你过来一下,"他拿起帽子,起身对一名伙计喊道,"给我算算多少钱。"

"总共三十戈比。"伙计一边跑过来,一边回答。

"再给你二十戈比的小费。瞧,这儿这么多钱呢!"说着,他伸出那只拿着钞票的、颤抖的手,给扎苗托夫看,"有红票子,有蓝票子,一共二十五卢布。从哪儿来的呢?这身新衣服又是哪儿来的呢?您是知道的,我以前口袋里可是连一个子儿都没有的!我的房东估计被你们审过了……好,够了!闲扯够了[①]!再见……最愉快的再见!……"

他离开的时候,浑身因某种癫病发作般的奇异感觉而战栗不已,与此同时,这种感觉中还掺杂着一部分难以自抑的快感——然而,他心绪阴郁,乏累极了。他脸看上去很不自然,仿佛刚刚经历过一场急症的发作。疲惫的感觉愈加强烈。不久之前,他的体力已得到了恢复,然而,随着初次的激动,随着初次的愤怒,又随着这些感觉的消

---

① 此处原文为法语。

退，他的体力也在骤然锐减。

扎苗托夫独自留在原位，在那个位子上又坐了许久，默默地陷入了沉思。拉斯科尔尼科夫无意之间改变了他对于此案中某一要点的全部看法，并最终使他确定了自己的观点。

"伊里亚·彼得洛维奇是个蠢货！"最后，他断言道。

拉斯科尔尼科夫刚打开临街的店门，突然跟站在台阶上、正准备进门的拉祖米欣迎面相逢。两人之间仅相距一步之遥，可他们却并未看到对方，因此差点迎头相撞。他们面面相觑，相互打量了几秒。拉祖米欣惊讶极了，可是忽然之间，一股怒火，真正的怒火，在他的眼中灼灼发光，令人生畏。

"原来你在这儿啊！"他扯着喉咙大声吼道，"自己从床上溜下来了！我甚至连沙发底下都找过了！连顶楼我都去过了！为了你，我差点没把娜斯塔西娅给打一顿……结果你却跑到这儿来了！罗季卡！你这是什么意思啊？把实话全都说出来！快坦白！听到没？"

"意思就是，你们所有人都让我厌烦至极，还有，我想要自己待着。"拉斯科尔尼科夫冷静地回答。

"自己？在你连走路都费劲，脸苍白得像块抹布，连呼吸都不顺畅的时候？傻子！……你来'水晶宫'做什么？赶紧说实话！"

"你让我走！"拉斯科尔尼科夫说完，便想从旁边走过去。这下拉祖米欣被彻底惹恼了，他死死地抓紧拉斯科尔尼科夫的肩膀。

"让你走？你竟敢说'让我走'？你知道我现在要怎么对付你吗？我要两手把你抱住，再拿绳子把你捆起来，夹在腋窝底下带回去，关起来！"

"喂，拉祖米欣，"拉斯科尔尼科夫开始小声地讲话，语气听起来相当平静，"难道你就没看出来，我根本不想蒙受你的恩惠？您怎么就这么喜欢施恩于那些……对此毫不在乎的人呢？还有那些到头来被这恩惠折磨得倍加痛苦的人？哎，为什么你要在我刚病倒的时候过来找我？说不定，我就是特别愿意去死呢？哎，我今天对你说的话，不是已经很清楚了吗？你正在折磨我啊，你让我感到……厌恶！你是不是特别喜欢折磨别人啊？那我现在就让你相信，这一切都极不利于我的身体恢复健康，因为你一直都在惹我生气。之前，佐西莫夫为了不把我惹恼，不是自己走了吗？看在上帝的分上，你也别管我了！最后，你又有什么权利控制我呢？还有，你难道看不出来，此刻正在讲话的我，神志完全是清醒的吗？我该怎么做，你教教我，我求你了，怎么做才能让你最终停止对我的纠缠，不再施恩于我？就让我做个忘恩负义的卑鄙小人吧，只求你们别再管我了，看在上帝的分上，别管我！别管我！别管我！"

起初，他说话的语气很平静，因为他已预先感知到那种即将倾吐满腔恶意的快感，然而，当他说完的时候，他却激动得发狂，而且气喘吁吁，就像不久前碰到卢仁时那样。

拉祖米欣站在那里，思考了一会儿，然后松开了他的手。

"滚！你见鬼去吧！"他的声音很轻，说话的时候若有所思，"站住！"拉斯科尔尼科夫正准备离开，他突然大声吼道，"你听我说。我告诉你，你们所有人全都只会说空话，吹牛皮！你们只要遭遇一点不幸的事情，就会像母鸡下蛋一样，不停地发牢骚！就连发牢骚，你们都是拾人牙慧。你们的生活毫无独立可言！你们的身体是用鲸蜡膏做成的，浑身流淌的不是血液，而是乳浆。你们当中的人，我谁都不信！你们身上最为独特之处在于，在任何情形下——你们似乎都不像人！站——住！"他察觉到，拉斯科尔尼科夫又想离开，于是更为疯狂地吼叫起来，"你听我说完！你知道的，我今天要在家里摆乔迁宴，可能现在已经有人到了,不过我让舅舅留在家里招待客人了——我刚才匆匆忙忙地回去过一趟。这样的话,倘若你不是傻瓜,不是惹人嫌恶的傻瓜,不是彻头彻尾的傻瓜,不是跟别人格格不入的傻瓜……你知道吗,罗佳,我承认,你是个很有智慧的小伙子,但你是个傻瓜!——那么,如果你不是傻瓜的话,最好今天到我这儿来一趟,在宴席上坐一会儿,总好过你在街上晃悠,白白磨平鞋底。反正你都出门了,而且也没啥事儿干!我再去给你弄一把柔软的圈椅,房东那儿就有……喝杯茶,跟大家聊聊天……哦,不——我要把你安排在躺椅上面——总归就是在我们身边躺一会儿……佐西莫夫也去。你去吗,嗯?"

"不去。"

"你——胡——说!"拉祖米欣忍无可忍地大声吼道,"你怎么知道自己会不去呢?你根本就无法为自己负责!而且你对这类事情一窍不通……我像这样跟人家吵得不可开交,吵到断绝往来,怎么也有上千次了,后来还是能重归于好……当你内心感到羞愧——就又会回去找人家!所以你要记着,波钦科夫的房子,三楼……"

"为了能够获得施人恩惠的愉悦,您大概会同意别人把您揍一顿吧,拉祖米欣先生?"

"揍谁?我啊?只要有人敢动这个念头,我就会把他的鼻子拧下来!波钦科夫的房子,四十七号,官员巴布什金的府邸……"

"我不会来的,拉祖米欣。"拉斯科尔尼科夫转身离开了。

"我赌你一定会来!"拉祖米欣在他的身后高声喊道,"否则我……否则我就不拿你当朋友了!等一下,嗨!扎苗托夫在吗?"

"在。"

"你见过他了?"

"见过了。"

"说话了?"

"说了。"

"说什么了?哎,去你的吧,算了,别说了。波钦科夫,四十七号,官员巴布什金的府邸,别忘了!"

拉斯科尔尼科夫走到花园街,然后拐了个弯。拉祖米欣目送他离开,一副若有所思的样子。终于,他摆了摆手,往屋子里走,然而走到台阶中间,他又停了下来。

"见鬼!"他继续想着,差点把心里话出声讲出来,"这人说起话来倒是条理清晰,只是似乎……其实我也是傻子!难道疯子讲话就不能有条有理吗?我觉得,佐西莫夫心中顾虑的就是这一点!"他用手指敲了一下额头,"对了,假如……这时候怎么能放他一个人离开呢?真怕他会投湖自尽……哎呀,我大意了!不行!"说着他便往回跑,赶紧去追拉斯科尔尼科夫,然而人早已没了踪影。他吐了一口唾沫,接着快步返回"水晶宫",赶紧找扎苗托夫问个明白。

拉斯科尔尼科夫径直走上X①桥,站在桥中央,胳膊倚在栏杆上,凭栏远眺。与拉祖米欣分开后,他感到虚弱极了,几乎勉强支撑着才走到了这里。他想在街上随便找个地方坐一会儿,或者躺一会儿。他弓着上身,站在河水之上,下意识地望着最后一抹瑰色夕阳的反光,望着沉沉暮色中一排逐渐变暗的屋宇,望着左侧沿岸街某处阁楼上一扇遥远的小窗,夕阳的残照瞬间照射在上面,小窗闪闪发光,犹如在火焰中燃烧。他望着河床上渐渐暗淡的水光,似乎正在全神贯注地端详着这片河水。最后,他的眼睛里开始有一些红色的圆圈旋转起来,

---

① 沃兹涅先斯基桥。

房屋开始移动，行人、沿岸大街、马车——这一切都开始旋转，在他的四周起舞。突然，他感到浑身一颤，也许是一种奇异而又散乱的幻象，使他没有陷入晕厥。他感觉有个人来到他的附近，站在他的右边，紧挨着他。他瞥了一眼——只见那里有个女人，高个子，戴着头巾，一张暗黄而枯瘦的鹅蛋脸，一双向内凹陷、微微红肿的眼睛。她直直地望向他，可是显然，她既没有在瞧什么东西，也没有在辨认什么人。突然，她用右臂撑住栏杆，抬起右腿，跨过栏杆，接着是左腿，然后纵身一跃，投入运河。浑浊的河水向四周荡漾开来，霎时间吞没了祭品，一分钟后，沉入河底的女人浮出水面，然后随着水流静静漂向下游，她的脑袋和两只脚浸没在水里，后背朝上，水面上还浮着一条蓬乱的、被泡发了的半身裙，宛如一个枕头。

"有人溺水啦！有人溺水啦！"数十个声音在叫喊。人们纷纷围聚过去，两侧的沿岸大街上挤满了看热闹的人，桥上，拉斯科尔尼科夫的周围，一大群人聚集在一起，从后面挤他。

"天哪，这是我们的阿芙罗西尼尤什卡呀！"一个女人的哭喊声从不远处传来，"天哪，救救她吧！好心的兄弟，请把人拽上来吧！"

"用船！用船！"人群中有人喊道。

然而船已经用不着了：一个警察顺着斜坡的台阶跑到河边，脱掉身上的外套和靴子，纵身跳进水里。营救工作并不费力，投河自尽的女人已被水流冲至距斜坡仅两步远的河边，他右手拽着她的衣服，左手抓住那根同事朝他递过来的长杆，一下子就把溺水者拽了上来。人被放在斜坡的花岗岩石板上面。她很快便醒了，坐起身子，开始咳嗽不止，口鼻内发出"呼哧呼哧"的声音，徒劳地用手不断擦拭着浸透的衣衫。她一句话也没说。

"她都喝得精神失常啦，我的天哪，精神失常啦，"正在苦苦哀号的还是那个女人,她已经赶到阿芙罗西尼尤什卡的身边了,"前几天她还想上吊自尽,被人从绳子上救下来了。刚才我去店里买东西,让一个小姑娘留下照看她——哎哟,又出了这种造孽的事!普通市民,兄弟,她是个普通市民,就住在附近,边上数第二栋房子,瞧,就是那儿……"

人群四散而去,警察还在忙着照顾溺水的女人,有人大喊了一句,话里提到了警察分局……拉斯科尔尼科夫带着一种异样的无动于衷和事不关己,看着这一切。他开始感到厌恶了。"不,真烦……跳河……不值得,"他喃喃自语着,"一点用也没有,"他又补充道,"没什么好等了。哎,他说什么,警察分局……怎么扎苗托夫没去警察分局呢?警察分局是十点钟下班的……"他转过身去,背靠栏杆,向周围望了望。

"就这样吧!走吧!"他决然道,开始下桥,往警察分局的方向走。他感觉心中空洞又麻木,什么也不愿去想,就连心头的苦闷也消失了,而他不久前离开家"想要把一切做个了结"的时候,身上散发的那种能量,此刻也已消散殆尽,取而代之的是全然的冷漠。

"那又怎样,这也算一条出路啊!"他一边想,一边悄无声息、无精打采地走在沿岸大街上,"我还是要去做个了结的,因为我想这么做……不过,这是不是出路呢?反正都一样!总归会有一俄尺空间的——哎!可是,这又算什么结束呢?难道这就是结束了吗?我告不告诉他们呢?哎……见鬼!我也累了,赶紧找个地方躺会儿,或者坐会儿吧!最尴尬的就是,这件事太愚蠢了。管他呢!呸,我的脑袋里怎么竟装着一些愚蠢的想法……"

去警察分局,要一直往前走,到第二个拐角处左转——警察分局就在距离这里几步之遥的地方。然而,当他走到第一个拐角时,停下了脚步,他想了一会儿,然后拐进一条小巷,绕道而行,穿过两条街——或许，这并无任何用意，又或许，他想借此再拖延哪怕一分钟，争取一点时间。他一边走，一边盯着地面。突然，好像有个人在他的耳边低声说了什么。他抬起头，发现自己正站在那栋房子跟前，就站在那个大门口。自从那天晚上以后，他没再来过这里，也未曾从旁经过。

一种难以言喻的强烈愿望吸引了他。他走进那栋房子，穿过整座门洞，然后走进右侧第一个入口，开始爬那座熟悉的楼梯，去四楼。这道又窄又陡的楼梯上光线晦暗，他每走到一层楼梯的平台上，都要停下来，好奇地观察一番。一楼平台上那扇窗户的窗框被完全卸下来了。他心想："那时还没被卸掉。"瞧，走到二楼那套房子了——尼科拉什卡和米季卡干活儿的地方。"锁了，门还被重新粉刷过，也就是说，正准备出租。"瞧，三楼到了……四楼也到了……"就是这儿！"他感到非常疑惑，这间屋子的门是大大敞开着的，屋里有人，可以听见说话的声音，这是他未曾料想过的情形。他犹豫了一会儿，然后爬完最后几级台阶，走进屋里。

这套房子也被重新装修过了，屋里有几名工人，这似乎让他大吃一惊。不知为何，在他的想象里，他将会看到的一切都与他彼时离开的样子一模一样，甚至，也许那两具尸体还躺在地板上同样的位置。可此刻的景象却是：光秃秃的四面墙壁，没有一件家具。太奇怪了！他穿过屋子，来到窗边，坐到了窗台上。

总共有两名工人，都是年轻小伙子，其中一个稍稍年长一些，另一个则年轻许多。他们正在用带有藕荷色小花的白色新墙纸裱糊墙面，替换掉原来那些破旧不堪的黄色墙纸。不知为什么，拉斯科尔尼科夫特别不愿意看到这些墙纸被替换下来，他心怀敌意地打量着这些新墙纸，仿佛在为这巨大的变化感到无比惋惜。

工人们显然是耽搁了一些时间，此刻正匆匆忙忙地卷起手中的墙纸，准备回家。拉斯科尔尼科夫的出现并未引起他们的注意，他们正在谈论着什么。于是拉斯科尔尼科夫抱着双臂，开始留心细听。

"她一大早就跑过来找我，"那个年长的对年轻的说，"当时特别特别早，她打扮得漂亮极了。我问：'你为什么在我面前矫揉造作？'她说：'我想，从今以后，我愿意全听你的。'原来是这样啊！当时她可漂亮了，就像时装杂志里的人，简直是时装杂志上的人！"

"叔叔，什么是时装杂志呀？"那个年纪较小的男孩问道。显然，他正在向这位"叔叔"求教。

"画册嘛，我的老弟，就是图片，彩色的，每周六都会寄到裁缝那儿，在邮局取，从国外寄来的，就是说，教人怎么穿衣打扮，告诉你男人怎么穿好看，女人怎么穿时髦，也就是图画。画上男人一般穿着腰部带褶的大衣，画上的女人嘛，全都打扮得花枝招展，简直漂亮极了！"

"在圣彼得堡，真是啥东西都有呀！"年轻的男孩兴奋地大声说道，"除了圣母，什么都有！"

"对，老弟，除了这个，啥都有。"那个年长的工人以教导式的语气结束了这场对话。

拉斯科尔尼科夫站起身来，往另一个房间走去，那个房间里原来放着大箱子和五斗柜。家具已被搬走了，他觉得，空荡的房间看起来尤为狭小。旧壁纸还在，墙角处的壁纸上有一块十分明显的痕迹，那里曾经摆着一座供奉圣像的神龛。他朝那里望了一眼，然后坐回窗边。那个年纪较长的工人正匸斜着眼看着他。

"您有什么事？"他突然对拉斯科尔尼科夫发问。

拉斯科尔尼科夫并未回答，而是站起身来，走至穿堂，握住门铃的绳线,猛然一拉。同样的门铃,同样的白铁皮摩擦的声响!随后,他又用力地拉动了第二次、第三次。他认真聆听着铃音,开始慢慢地回想。他开始愈发清晰、愈发真切地回想起先前那种怪异、痛苦而又可怕的感觉。门铃每拉响一下,他的身体便随之战栗一下,而他的心情也变得越来越愉悦。

"您这是想干什么?您是什么人?"那个工人跟着他走出来,高声问道。拉斯科尔尼科夫又往屋里走去。

"我想租房子,"他说,"我过来看看。"

"没人大半夜跑出来租房子,更何况,您应该找看门人一起过来看。"

"这块地板已经擦干净了,还刷漆吗?"拉斯科尔尼科夫继续道,"那些血没了?"

"什么血?"

"那个老太婆和她妹妹,不是被人杀死了嘛?这里原来有一大摊血。"

"您是什么人?"那个工人不安地大喊。

"我?"

"对。"

"你想知道吗?咱们去警察分局,到了那儿,我全都告诉你。"

两名工人疑惑不解地看了看他。

"我们得走了,已经耽搁一会儿工夫了。走吧,阿廖什卡。锁门。"那个年纪较长的工人说道。

"嗯,走吧!"拉斯科尔尼科夫冷淡地回答,然后率先走出房间,慢悠悠地走下楼梯。"喂,看门人!"刚走到大门,他就大喊起来。

有几个人站在临街的入口处,正悠闲地看着经过的行人。其中有两个看门人,一个年长的女人,一个身穿长衫的市民,此外还有几个人。拉斯科尔尼科夫径直走向他们。

"您要干什么?"其中一个看门人应声回答。

"去过警察分局吗?"

"刚去过一趟。您有什么事?"

"那里有人吗?"

"有。"

"副局长也在那里吗?"

"刚才在。您有什么事?"

拉斯科尔尼科夫没有答话,站在他们旁边,陷入了沉思。

"他来看房子。"那个较年长的工人走过来说。

"什么房子?"

"就是我们干活儿的那套。他问:'为什么把血擦掉了?'他说这里发生过凶杀案,而他想来这里租房子。他还不停拉门铃,差点没扯断呢。他还说'咱们去警察分局,到了那儿,我全都告诉你',简直是胡搅蛮缠。"

看门人皱着眉头,疑惑不解地留心打量着拉斯科尔尼科夫。

"您到底是什么人?"他以一种更具威慑性的语气厉声说道。

"我叫罗季昂·罗曼诺维奇·拉斯科尔尼科夫,从前是个大学生,我住在希里的房子里,就在附近一条小巷子里,离这儿不远,十四号房间。你去问看门人……他认识我。"拉斯科尔尼科夫讲这些话的时候,神情有些颓靡,一副若有所思的样子,他并没有把头转过去,而是在凝望那条渐渐暗淡的街道。

"您为什么跑去那套房子里?"

"去看看。"

"那儿有什么好看的?"

"何不把他抓起来,带到警局?"那个市民贸然插了一句,随即又噤口不言。

拉斯科尔尼科夫回头瞥了他一眼,又将其仔细打量了一番,然后依然神色颓靡地轻声道:"咱们走吧!"

"把他带走!"那个市民受到了鼓舞,于是接着说,"他为什么不停地讲那件事呢,除非他心里藏着不可告人的秘密,对吧?"

"这人是喝多了,还是没喝多,只有上帝知道。"那个工人喃喃自语道。

"您到底有什么事?"那个看门人又大吼起来,这下他是真生气了,"为何在此纠缠?"

"难道你怕去警局?"拉斯科尔尼科夫对他嘲讽道。

"无赖!"那个年长的女人大喊了一声。

"何必跟他废话呢?"另一个看门人大声吼道,这是个高大结实的男人,敞怀穿着一件厚呢外衣,腰带上别着一把钥匙,"滚!……臭无赖……滚!"

说完,他一把抓住拉斯科尔尼科夫的肩头,将他扔到了街上。被扔出去的人打了个趔趄,不过并没有摔倒,他稳了稳身子,沉默地看了一眼那群看热闹的人,然后继续往前走。

"这人真奇怪。"那个工人开口说道。

"如今的人都挺奇怪。"年长的女人说。

"其实还是该把他送到警局。"那个市民添了一句。

"不用跟他纠缠,"那个高大结实的看门人决然道,"他就是个无赖!故意来挑事,这不是明摆着嘛,你要是理会他的话,他就会没完没了……咱们可都是知道的!"

"所以,是去,还是不去呢?"拉斯科尔尼科夫心想。他站在十字路口的马路中央,环顾四周,仿佛正在等待着谁能给他一句最终的决定。然而,这个声音并不存在,哪儿都没有,周遭的一切寂寥无声,好比他脚下所踩的一块石头,对他来说是死气沉沉的,对他来说是别无二致的……突然,就在远处,在离他二百来米远的地方,在道路的尽头,在渐浓的黑暗里,他听辨出了人群的声音,有交谈声,有叫喊声……人群中有一辆马车……在街道的中央,灯光闪烁。

"这是怎么回事?"拉斯科尔尼科夫向右拐,朝人群的方向走去。他好像对于所有问题都要深究一番,想到这里,他忍不住冷笑了一声,因为,他已经做好了前往警局的决定,并且坚定地知道,一切即将结束。

第七节　马尔梅拉多夫之死

街道的中央停着一辆华丽的四轮马车,这种马车通常是贵族乘坐的,马车上套着一对灰色的烈马,车上没有乘客,车夫已经亲自走下驾车位,站在一旁;有人拽着马的辔头。周围聚集着一大群人,最前面站着几名警察,其中一名警察手执一盏点燃的小提灯,站在车轮边上,俯身朝地上探照着什么。众人高声交谈,连连叹息。那个车夫看起来茫然无措,不时重复着:"真倒霉!天哪,这可真倒霉啊!"

拉斯科尔尼科夫奋力挤进人群,终于看到了引得众人好奇、引发这阵慌乱的对象。地上躺着一个刚被马踩伤的人,看上去已无知觉,这个人穿得破破烂烂,衣服却很"贵重"。他整个人倒在血泊之中,脸部和头部都鲜血淋漓,脸被轧坏了,上面有多处擦伤,已然面目全非。显然,人被踩得很严重。

"天哪!"马车夫哭诉道,"这可让人如何防备呢?要是我的马车跑得飞快,我没有喊他的话,那还说得过去,可我赶得根本就不快呀,不紧不慢。大家都看到了,别人怎么赶车,我也怎么赶。大家都知道,喝醉的人不能供奉蜡烛①!……我看到他正在过马路,走得跟跟跄跄,险些跌倒——我朝他喊了一声,接着又喊了第二声、第三声,还勒住了马,可他却一头倒在了马蹄下!他这是故意的,对吧,而且他都

---

① 根据东正教的规定,喝醉的人不能走进教堂,更不能在圣像前供奉蜡烛。

喝成这个样子了……这两匹马很年轻,容易受惊——猛地拉了一下,他便开始大喊起来——这下它们就更慌张了……于是不幸的事情发生了。"

"的确如此!"人群中传来某个目击者的声音。

"不错,他当时喊了,他朝那人喊了三次。"另一人应道。

"确实是三次,大家都听见了!"第三人高声说道。

其实,马车夫倒并没有多么的丧气和恐慌。显然,这辆马车归一位富有而显赫的车主所有,而这位车主正在某个地方等待着马车;当然了,警察也非常关心,怎么将事情处理妥当,能让车主不必久等。为今之计,就是把这个被踩伤的人带到警察分局,再送到医院。谁也不知道他叫什么名字。

这时候,拉斯科尔尼科夫从人群里挤了过来,他俯身凑近去瞧。提灯的光倏然照在这个不幸之人的脸上,照得清清楚楚,拉斯科尔尼科夫认出了他。

"这个人我认识,我认识!"他一边挤到最前面,一边大喊道,"他是一个退休官员,九等文官,马尔梅拉多夫!他就住在这附近,住在科泽尔的房子里……快快去请大夫!我来出钱,看!"说着,他把口袋里的钱摸出来给警察看。他的情绪相当激动。

有人认出了被踩伤的人,警察对此颇为满意。拉斯科尔尼科夫还报上了自己的姓名和住址,并极力说服警察将已不省人事的马尔梅拉多夫送回他家,安排得可谓尽心尽力,仿佛受伤者是自己的亲生父亲。

"瞧,就在那儿,隔着三栋房子,"他热心地张罗着,"科泽尔的房子,一个有钱的德国人的房子……他刚才估计是喝多了,正要回家。我认识他……他是个酒鬼……他一家子都住在那里,妻子和几个孩子,他还有一个女儿。送医院还得等上一会儿,而那里就有一位医生！我出钱，我来出钱！……这样还可以让自己人从旁看护，抢救也及时，不然没等送到医院，人就不行了……"

他甚至趁无人察觉之时，偷偷给警察塞了点钱。其实，事情一目了然，也合乎情理，不管怎么说，把人带到这里来施救更近一些。他们把受伤者抬起来，准备送过去，还找来了几个帮手。科泽尔的房子距此约莫三十来步，拉斯科尔尼科夫走在后面，他小心翼翼地扶着伤者的脑袋，给众人带路。

"这里，这里！上楼时头要朝前，拐弯……到这儿就行了！我来付钱，非常感谢。"他含混不清地低声道。

卡捷琳娜·伊万诺夫娜像往常一样，只要一闲下来，便立刻在自己这间狭小的房间里走来走去，从窗边走到炉前，再走回来，她双臂交叉，紧紧抱于胸前，自言自语，咳嗽不止。最近一段时间，她开始越来越频繁地与自己十岁[①]的大女儿波莲卡聊天，聊天的内容也越来越多，波莲卡虽然对于很多事情还不能理解，但她非常清楚，母亲需要她，因此，她总是用自己那双灵慧的大眼睛注视着母亲，想尽一切办法，装出一副了然于心的样子。这会儿波莲卡正在给整日身体不适的弟弟脱衣服，好让他躺下睡觉。小男孩正在等待姐姐给自己换衬衫，这件衬衫今晚要洗，他沉默地坐在椅子上，神色严肃，坐得笔直，纹丝不动，两只小脚向前伸，脚后跟紧紧并拢，脚尖往两边打开。他噘着嘴唇，瞪大眼睛，一动不动地听着妈妈和姐姐说话，俨然就像一个乖巧伶俐的小朋友在临睡前让人给他们脱衣服时常有的模样。比他还小的女孩穿得破破烂烂，正站在帷幔跟前，也等着姐姐给她脱衣服。通向楼梯的门开着，以便散走从其他房间里钻进来的烟味，哪怕散去

[①] 前文中作者提到大女儿"看上去有八九岁"。

一点也好，因为这股烟味一刻不停地使这个不幸的身患肺痨的女人痛苦地咳嗽很久。卡捷琳娜·伊万诺夫娜似乎在这个星期又瘦削了许多，她脸上的红斑也变得比以前更红了。

"你不能相信，你也无法想象，波莲卡，"她一边在房间里踱步，一边说，"以前在爸爸的房子里生活时，我们有多么快乐，多么富足，这个酒鬼可真把我害惨了，他也会害了你们所有人的！爸爸是五等文官，已经接近省长的位置了，当时他离做省长只差一点，所以大家都来拜访他，并对他说：'伊万·米哈伊雷奇，我们都已将您看作我们的省长了！'当我……咳！当我……咳——咳——咳……哦，该死的生活啊！"她揪着胸口，高声喊了一声，想把痰咳出来，"当我在……哎，在最后一场舞会上……在首席贵族的家里……别兹泽梅利娜娅公爵夫人一见到我——后来我嫁给你爸爸波利亚的时候，她还曾给我送上祝福——立刻就问：'这不是那个毕业时跳披巾舞的可爱姑娘吗？'……脱线的地方得缝起来，去把针线拿来，现在就弄，像我教你的那样把它补上，否则明天……咳！明天就……咳——咳——咳！……就扯得更大了！"她声嘶力竭地咳了一下，"当宫廷侍官谢戈利斯奥伊刚刚来到圣彼得堡的时候……跟我跳了一会儿玛祖卡舞，第二天就想来向我求婚，但我本人用称赞的话感谢了他，并说，我的心早已属于另一个人了。这'另一个人'就是你的父亲波利亚，爸爸特别生气……水准备好了吗？嗯，衬衫拿来，袜子呢？……莉达，"她对小女儿说，"你就这么不穿衬衫睡一宿吧，凑合一下……袜子放旁边吧……顺便也洗了……这个流浪汉怎么还不回来，醉鬼！他把衬衫穿得破破烂烂的，像块抹布似的……最好全都一起洗了，省得一连两宿都得遭罪！天哪！咳——咳——咳——咳！又来了！这是要干什么？"她一眼瞥见站在穿堂处乌泱泱的人群，几个人正抬着担架往她的房间里挤，"这是要干什么？这抬的是什么？天哪！"

"放到哪里？"警察一边朝四周打量，一边问道。此时，众人已把血肉模糊、不省人事的马尔梅拉多夫抬进了屋里。

"放到沙发上！直接放在沙发上，头朝向这里。"拉斯科尔尼科夫指着一处说。

"在街上被马车轧了！酒鬼！"穿堂处有一人吼道。

卡捷琳娜·伊万诺夫娜脸色煞白地站在那里，呼吸急促。孩子们吓坏了。小莉达大叫了一声，扑进了波莲卡的怀里，搂着姐姐浑身发抖。

拉斯科尔尼科夫把马尔梅拉多夫安顿好以后，对卡捷琳娜·伊万诺夫娜说："看在上帝的分上，您冷静一点，请别害怕！"他的语速飞快，"他过马路时，被一辆四轮马车轧了，请不要慌，他会醒过来的，我让人把他送到这里来的……我来过您这儿，您记得吧……他会醒过来的，钱我来付！"

"他达到目的了！"她绝望地嘶吼了一声，扑向自己的丈夫。

拉斯科尔尼科夫很快便看出来，这个女人并不是那种会立刻昏倒的人。眨眼之间，这个不幸之人脑袋下已垫好了一个枕头，而在此之前谁都不曾想到，这里需要一个枕头。卡捷琳娜·伊万诺夫娜开始给他脱衣服，仔细检查他的身体，她并没有惊惶无措，她已然忘了自己，一边来回奔忙，一边咬紧自己颤抖的嘴唇，忍住那股即将从胸膛里喷薄而出的呐喊。

与此同时，拉斯科尔尼科夫说服一人跑去请医生过来。原来，这位医生的住处距此仅隔着一栋房子。

"我已找人去请医生了，"他对卡捷琳娜·伊万诺夫娜不停重复，"请不要担心，我会付钱。有没有水？……请再给我餐巾，或者毛巾，或者别的什么东西,快点,还不清楚他伤势如何……他是受伤了,但并不是被轧死了,请您有点信心……看医生怎么说吧!"

卡捷琳娜·伊万诺夫娜冲到窗边,在那个角落里,一张坐坏了的椅子上,摆着一个装水的大瓦盆,盆是用来在夜里给孩子们和丈夫洗内衣用的。夜里洗衣的人正是卡捷琳娜·伊万诺夫娜本人,她亲手洗,每周至少洗两次,有时次数更加频繁,因为家里的情况差不多已经到了再无多余衣物可以更换的地步了,家里每个成员仅有一件衣服可供换洗,而卡捷琳娜对于不洁净是无法容忍的,她宁愿在夜里自寻烦恼,做力不胜任的事情——趁家人睡下时,赶在天亮前将潮湿的内衣搭在那条临时拉起的绳子上晾干,让家人穿上干净的衣服——也不愿看到家里脏兮兮的。她急急忙忙地去抓水盆,想按拉斯科尔尼科夫要求的那样,把它拿过来,但谁料,她差点连盆带人一齐摔倒。不过,拉斯科尔尼科夫已经找到了一条毛巾,他将毛巾用水打湿,开始擦拭马尔梅拉多夫那张血迹斑斑的脸。卡捷琳娜·伊万诺夫娜站在那里,双手紧紧地按着胸口,痛苦地喘着粗气。她自己也需要救治了。拉斯科尔尼科夫开始明白,也许他说服警察把伤者送到这来,并不是一个明智的做法。警察错愕地站着。

"波莲卡!"卡捷琳娜·伊万诺夫娜大喊道,"快去找索尼娅。如果她不在家,就对邻居说,你就说,她父亲被马踩伤了,让她赶紧过来……一到家就过来。快去,波莲卡!喏,把头巾戴上!"

"有多快跑多快!"坐在椅子上的小男孩突然大叫了一声,说完重新回到原来的状态,直挺挺地坐在椅子上,默不作声,双眼瞪得大大的,脚后跟紧紧并拢,脚尖往两边打开。

此时，屋内挤满了人，真是连苹果都无处可落①。其他警察都走了，只有一人暂时留在这里，他费劲地把从楼梯处挤进屋来的围观群众赶出去。几乎所有利佩维贺泽利太太的住户纷纷从里面几间屋里蜂拥而出，他们虽然起初仅挤在门口看热闹，可是，这群人后来竟挤进屋里来了。卡捷琳娜·伊万诺夫娜怒不可遏。

"好歹让人死得安宁些吧！"她冲着人群大声吼道，"你们总算有好戏可看了！还叼着烟卷！咳——咳——咳！请戴了帽子再进来！……还真有个戴帽子的啊……滚！请你们对死去之人有一点最起码的尊重！"

咳嗽让她的呼吸变得急促起来，不过，这威吓却奏效了。看得出来，他们对卡捷琳娜·伊万诺夫娜甚至有些害怕了。于是邻居们鱼贯而出，纷纷退回门口，同时心中带着一种怪异的满足。这种满足感在生活中屡见不鲜，甚至可能在最亲近的人身上看到——当他们的亲人突然遭逢不幸的时候，而这种不幸，是谁都难以避免的，无一例外，尽管他们甚至抱以最真挚的惋惜与同情。

然而，门外传来的说话声中提到了有关医院的事，说是不该在这儿惊动了大家。

"连死都不让吗？！"卡捷琳娜·伊万诺夫娜大吼了一声，人已冲过去打开房门，想要将他们狠狠地痛斥一番，却在门口正好碰到了利佩维贺泽利太太。利佩维贺泽利太太刚刚得知这个不幸的事情，赶紧跑来维持秩序。这是一个素爱争吵、不讲道理的德国女人。

"哎哟，我的上帝啊！"她双手轻轻拍了一下，"您丈夫喝多了，被马给踩了。把他送医院去！我是房东！"

---

① "连苹果都无处可落"是俄国谚语，意思是十分拥挤，没有落脚之处。

"阿玛莉娅·柳德维戈夫娜!请您记得您曾说过的话!"卡捷琳娜·伊万诺夫娜的态度本是倨傲无礼的(她一向以如此傲慢的腔调对房东讲话,以使其"记得自己的身份",就连现在,她也不能放弃这份快感),"阿玛莉娅·柳德维戈夫娜……"

"我最后一次告诉您,您永远也别想管我叫阿玛莉娅·柳德维戈夫娜了;我是阿玛莉-伊万!"

"您不是阿玛莉-伊万,而是阿玛莉娅·柳德维戈夫娜,因为我不会下流无耻地讨好您,我不是列别佳特尼科夫先生之流。听,他现在正在门外笑呢(门外果真传来一阵笑声和喊叫声:'吵起来咯!'),所以我永远都会叫您阿玛莉娅·柳德维戈夫娜,虽然我理解不了为什么您不喜欢这个称呼。您自己也看到了,现在谢苗·扎哈雷奇出什么事了,他快死了。我请求您现在关上这道门,不要放任何人进来!请至少让他安静地死去!否则,我向您保证,明天您的所作所为就会传到总督大人的耳朵里。在我尚未出阁的时候,公爵大人就认识我,而且非常赏识谢苗·扎哈雷奇,还曾多次帮助我们。大家都知道,谢苗·扎哈雷奇以前有不少知交好友和庇护者,只因他意识到自己那不幸的癖好,出于高尚的自尊心,才自己跟他们疏远了。不过现在(她指了指拉斯科尔尼科夫),有位慷慨的年轻人在帮我们,他有钱,有人脉,跟谢苗·扎哈雷奇打小就认识,请您相信,阿玛莉娅·柳德维戈夫娜……"

卡捷琳娜·伊万诺夫娜说这些话时语速极快,而且越说越快,不过,一阵咳嗽随即打断了她的话。就在这时,那个濒死的人醒了,开始呻吟,于是她连忙跑到他的身边。伤者睁开了双眼,他还尚未认出俯身站在他面前的人是谁,感到很不解,仔细打量着眼前的拉斯科尔尼科夫。他艰难、深长而又猛烈地呼吸着,嘴角边流出鲜血,额头上沁着汗珠。他没有认出拉斯科尔尼科夫，于是开始不安地四下张望。卡捷琳娜·伊万诺夫娜正望着他，以一种悲伤、但却严厉的目光望着他，眼泪夺眶而出。

"我的上帝啊！他的整个胸口都被轧伤了！血，血！"她绝望地叫道，"必须把他的上衣全部脱掉！谢苗·扎哈雷奇，如果你可以动的话，稍微翻个身吧！"她对他叫道。

马尔梅拉多夫认出了她。

"去请神甫！"他用沙哑的声音说。

卡捷琳娜·伊万诺夫娜后退至窗边，俯下身，额头抵在窗框上，悲伤地嘶吼："该死的生活啊！"

"去请神甫！"短暂的沉默过后，那个垂死的人再次开口说道。

"去——请——了！"卡捷琳娜·伊万诺夫娜对他大吼了一句。他听到吼声，沉默起来。他在用眼睛寻找她，用畏怯而又忧愁的目光去找。她重新回到他的身边，站在床头旁边。他稍微平静了下来，但平静并未持续很久。很快，他的目光停在了小小的莉多奇卡①（他最宠爱的孩子）身上。小女孩躲在角落里，发病般地瑟瑟发抖，正用她那孩童式专注的目光惊异地望着他。

"啊……啊……"他焦急不安地指着她，想要说些什么。

"还想说什么？"卡捷琳娜·伊万诺夫娜大喊。

"光着脚！她还光着脚呢！"他用近乎精神错乱的目光望着小姑娘那双光着的小脚丫，口中喃喃道。

"闭——闭嘴！"卡捷琳娜·伊万诺夫娜狂怒着吼道，"你知道她为什么光着脚！"

---

① 指小莉达。

"谢天谢地,医生到了!"拉斯科尔尼科夫高兴地喊道。

医生是个一丝不苟的德国老人,他一边疑惑不解地朝四下顾盼,一边走进了屋里,他走到伤者的身边,给他把脉,认真地摸了摸他的头,然后在卡捷琳娜·伊万诺夫娜的帮助下,解开了伤者被血水浸透的衬衫,将伤者的胸口袒露了出来。伤者的整个胸部已伤痕累累,血肉模糊,惨不忍睹,右侧的肋骨断了几根,而左侧,就在心脏的部位,有一大块可怖的黄褐色瘀痕,是被马蹄狠狠踩踏过的痕迹。医生皱起了眉头。警察告诉他,伤者曾被卷入车轮,但是马车没停,在马路上拖着他又走了三十来步。

"真是神奇,他竟然还能醒过来。"医生对拉斯科尔尼科夫悄声说道。

"您认为情况如何?"后者问道。

"他快要死了。"

"一点希望也没有吗?"

"一点也没有了!就剩最后一口气了……更何况头部的伤非常危险……嗯。也许,可以放血试试……不过……这么做意义不大。再过五分钟或十分钟,他肯定会死的。"

"那您最好还是放血吧!"

"好吧……不过,我得提前告诉你们,这样做是毫无意义的。"

这时,只听见外面又传来一阵脚步声,穿堂的人群纷纷让开,门口出现一位银发老人,拿着圣餐[①],他便是神甫。他的身后跟着一名警察,早在街上出事的时候他便去请神甫了。医生立刻给他让座,并与

[①] 指面包和红酒。东正教信徒将它们放在家中"备用",当人在临死以前不能去教堂的时候,可以在家里举行圣餐礼。

他交换了一个意味深长的眼神。拉斯科尔尼科夫恳求医生哪怕再等上一会儿。医生耸了耸肩,留了下来。

所有人都向后退避。忏悔并未持续很久。濒死之人未必十分清楚眼下正在发生的事情,他只能发出一些时断时续、含混不清的声音。卡捷琳娜·伊万诺夫娜拉起莉多奇卡,把小男孩从椅子上抱下来,退至墙角的炉边,跪下,又把孩子们放在身前。小女孩只是在瑟瑟发抖,而小男孩却光腿跪着,不慌不忙地抬起一只小手,从肩部到腰部画了个十字,然后俯身磕头,以额触地,看来这个仪式给他带来了某种特殊的乐趣。卡捷琳娜·伊万诺夫娜咬紧嘴唇,忍住眼泪。她也在祈祷,不时地整理一下孩子身上穿的小衬衫,她一边跪着祈祷,一边从五斗柜中取出一块三角头巾,盖住小女孩过分裸露的肩头。与此同时,那些好奇的人再次打开了里面几户房间的门。穿堂处聚集的看客也越来越拥挤,整栋楼的住户全都来了,不过,他们并未跨过房间的门槛。仅有的一块蜡烛头照亮了这整个场景。

这时,跑去找姐姐的波莲卡快步从穿堂的人群中挤了进来。由于一路飞奔,她进门时喘得上气不接下气,她摘下头巾,用目光搜寻着母亲的身影,然后跑到她的身边说:"姐姐这就过来!在街上碰见她了!"母亲拉她在自己身边跪下。人群中有个姑娘不声不响、神色赧然地挤了进来,她的突然出现,在这个房间里面,在贫穷、衣衫褴褛、死亡和绝望之中,显得尤为奇怪。她穿得也很破烂,身上的衣饰较为廉价,却打扮成街头妓女的模样,迎合她身处的那个特殊世界里形成的趣味与规则,带有明显而又可耻的露骨目的。索尼娅在穿堂的门前停下脚步,并未跨过门槛,而是茫然若失地望向屋内。她似乎什么都没意识到,忘记了自己身上那件几易其手、在此不甚得体的花绸裙,裙摆格外长,看起来颇为滑稽,裙撑很蓬,挡住了整扇房门;她也忘记了脚上那双浅色皮鞋,忘记了那把夜里并不需要、却仍被自己带在身上的小伞①,忘记了头上那顶滑稽的圆形草帽,帽檐还别着一根鲜艳的赤色羽毛。在那顶像小男孩那样随意歪戴着的帽子底下,露出来一张瘦削、苍白而又惊恐的小脸,嘴巴张得大大的,眼睛吓得眨都不眨。索尼娅个头很矮,十八岁左右,身形瘦小,却是一个特别好看的金发姑娘,有一双迷人的淡蓝色眼睛。她专注地望着床的方向,注视着神甫,她也因一路疾行而气喘吁吁。最后,人群中的低声密谈和闲言碎语大概传到了她的耳朵里。她低下头,上前一步,跨过门槛,来到了屋里,可是依然站在门口的最边上。

忏悔和圣餐礼结束了。卡捷琳娜·伊万诺夫娜重新走到丈夫的床前。神甫往后退,离开时本想对卡捷琳娜·伊万诺夫娜说几句话,作为临别赠言和劝慰之语。

"可我该怎么养活这些孩子呢?"她指着孩子们,毫不客气、怒气冲冲地打断了神甫的话。

"我主仁慈,相信至高无上的上帝会帮助您的。"神甫开始讲道。

"呵!仁慈,可顾不上我们!"

"这是罪过,罪过啊,太太。"神甫摇首说道。

"难道这不是罪过吗?"卡捷琳娜·伊万诺夫娜指着垂死的丈夫说。

"说不定,那些无意中造成事故的人会同意给您赔偿的,至少赔偿些损失的收入……"

"您没有理解我的意思!"卡捷琳娜·伊万诺夫娜摆摆手,愤怒地喊道,"凭什么补偿呢?要知道,是他,这个酒鬼,是他自己跌到马蹄

---

① 此处原文为法语。

下面的！哪有什么收入呢？他没有收入，有的只是痛苦。要知道，他，这个酒鬼，把一切都给喝光了。谢天谢地，他快要死了！再不必损失什么了！"

"对将死之人应当宽恕，您这可是罪过啊，太太，这种情绪是莫大的罪过！"

卡捷琳娜·伊万诺夫娜方才一直在病人身边忙个不停，给他喂水，擦拭他头上的汗珠和血污，给他扶正枕头，在忙碌的空隙中，她不时回过头来，跟神甫讲几句话。而现在，她却近乎怒不可遏地突然朝他冲了过去。

"哎，神甫！这些话全是空谈！宽恕！假如他今天没被轧到，他还是会醉醺醺地回来，他身上就这一件衬衫，让他穿得皱皱巴巴，还给弄破了，他倒是可以倒头大睡了，可我却得洗到天亮，洗他和孩子们的破衣服，再拿到窗边晾干，天一亮，我还得坐下来缝补破衣服——我的一宿就是这么过的！……有什么宽恕可言呢？况且我本来就够宽恕他了！"

一阵深长而又可怕的咳嗽打断了她的话。她把痰液咳在手帕上，伸手给神甫看了一眼，同时另一只手抚着胸口，面露痛苦之色。手帕上全是血……

神甫垂下头，不再言语。

马尔梅拉多夫已在弥留之际，他的眼睛始终盯着卡捷琳娜·伊万诺夫娜的脸，而她也已再次回到他的床前，俯身望着他。他一直想对她说些什么，他努力动了动舌头，才支支吾吾地说出了几个词，但卡捷琳娜·伊万诺夫娜已听明白了，他想求得她的宽恕，于是她立刻用发号施令的口吻对他大吼："闭——嘴！不需要！……我知道你想说什么！……"伤者缄默不语，然而这时，他游走的目光落在了门边，他看见了索尼娅……

在此之前他并没有看见她——她站在角落的暗处。

"这是谁？这是谁？"突然，他哑着嗓子说出话来了，整个人惊惶不安，恐惧的目光直直望向门边，女儿就站在那里，他竭力想坐起身来。

"躺下！躺——下！"卡捷琳娜·伊万诺夫娜喊嚷着。

他神色怪异、一动不动地望着女儿，望了好一会儿，似乎并没认出她来。他还从未见过她穿这样的衣服。突然，他认出了她，认出了他这个含污忍垢、悲痛欲绝、打扮得花枝招展且又愧色满面的女儿，她正低眉顺眼地等着轮到她与即将咽气的父亲永别。他的脸上露出痛苦万分的神色。

"索尼娅！孩子！原谅我！"他大声喊着，想去拉住女儿的手，然而失去了重心，从沙发床上掉了下来，轰然倒地，脸正好着地。众人连忙把他扶起来，让他躺平，可是他已经快要咽气了。索尼娅虚弱地失声惊呼一声，冲到父亲跟前，抱起他，就这样一动不动，一直抱着。他死在了女儿的怀里。

"他达到目的了！"卡捷琳娜·伊万诺夫娜看着丈夫的尸体，大声地说，"哎，现在怎么办？我拿什么安葬他呢？还有他们，明天给他们吃什么啊？"

拉斯科尔尼科夫走到卡捷琳娜·伊万诺夫娜的身边。

"卡捷琳娜·伊万诺夫娜，"他对她说，"上周您的亡夫已将他的生活境况和所有现状都告诉了我……请您相信，他是怀着无比真挚的情意与敬重谈及您的。那天晚上我了解到，他全心全意忠于你们，尤其是您，卡捷琳娜·伊万诺夫娜，他是那么尊重您、爱您，虽然他有着不好的癖好，自那晚起，我们便成了朋友……现在请允许我……为我的亡友……尽些绵薄之力。这是……二十卢布,好像是这么多——如果这钱能给您带来些许帮助的话,那么……我……总之,我还会来的——我一定来……说不定我明天就会过来……再见!"

说罢,他快步走出房间,迅速穿过拥挤的人群,准备往楼下走,然而他在人群里突然碰见了尼科季姆·弗米奇,后者听说了噩耗,想亲自过来料理。自从上次在办公室的争吵以后,他们没再见过面,但尼科季姆·弗米奇一眼就认出了他。

"嗨,是您呀?"他问道。

"死了,"拉斯科尔尼科夫说道,"医生来过,神甫也来过,一切都很顺利。请别惊扰了那个不幸的女人,她本就身染肺病。如有可能,请宽慰宽慰她……您的确是个善良的人,我是知道的……"他直直地盯着他的眼睛,苦笑着补充了一句。

"可是,怎么您身上也沾着血?"尼科季姆·弗米奇借着提灯的光线,瞧见拉斯科尔尼科夫的坎肩上沾有几块新鲜的血迹,于是说道。

"是,沾着血……我满身是血!"拉斯科尔尼科夫说话的时候,神情中有一丝异样,接着他笑了笑,点头示意一下,沿着楼梯往下走。

他轻手轻脚地下楼,不慌不忙,他在发烧,可他并未意识到。他的内心充盈着一种前所未有的强烈感受,有一股蓬勃而又强大的生命力倏然翻涌而至。这种感觉就像被判死刑之人在临刑前突然获得意料之外的赦免。楼梯下到一半时,正要回家的神甫赶上了他。拉斯科尔尼科夫和他互相点头致意,然后一语不发地把他让到前面走。不过,当他在走最后几级台阶的时候,忽然听见身后传来一阵匆匆忙忙的脚步声。有人跑过来追他,是波莲卡。她在后面边跑边喊他:"喂!喂!"

他闻声转身。只见她跑完最后一道楼梯,在他面前略高些的台阶上停了下来。院子里晦暗的光线照在这里。拉斯科尔尼科夫认出了小姑娘那张瘦削却又可爱的小脸，她正带着孩童式快活的笑容注视着他。她是带着任务跑下来的，似乎，她自己还挺喜欢这个任务。

"喂，您叫什么名字？还有，您住哪里？"她气息还未喘匀，急匆匆地问他。

他把双手放在她的肩头，带着一种幸福的感觉看着她。他注视着她，内心是那样的愉悦——连他自己都不知是为什么。

"谁让你来的？"

"索菲娅姐姐让我来的。"小姑娘回答，她笑得更开心了。

"我就知道，是索菲娅姐姐让你来的。"

"妈妈也让我来。索菲娅姐姐让我来的时候，妈妈也走过来说：'跑快点，波莲卡！'"

"你喜欢索菲娅姐姐吗？"

"我最喜欢的就是她啦！"波莲卡说话的语气异常坚定，脸上的笑容突然变得严肃起来。

"你会喜欢我吗？"

他没听到回答，却看见女孩的小脸蛋儿正向他慢慢凑过来，肥嘟嘟的嘴唇天真地伸过来，想要亲他。突然，她那火柴般纤细的小手臂紧紧、紧紧地抱住了他，头靠在他的肩上，女孩小声哭了起来，脸贴在他的身上，贴得越来越紧。

"爸爸太可怜了！"片刻之后，她抬起自己满面泪痕的小脸，用手擦了擦泪，开口说道，"如今总是发生这种倒霉的事。"她忽然又补充了一句，一副郑重其事的样子，每当孩子们突然想"像大人"那样讲话时，就会努力做出这样的表情。

"那么爸爸喜欢你吗？"

"他最喜欢莉多奇卡，"她非常严肃地继续说，脸上的笑容消失了，她已完全在像大人那样讲话了,"那是因为她年纪小,还有,她有病,他总是给她糖果,他教我们念书,教我学语法和神学,"她又补充了几句,神情很庄重,"妈妈什么都没说,不过我们知道,她喜欢他教我们学习,爸爸也知道她喜欢,妈妈想教我说法语,因为我到了该念书的年纪了。"

"那你们会祈祷吗?"

"哦,当然,我们会呀,我们早就会啦!我呢,因为是个大孩子,所以我自己默默地祈祷,科利亚和莉多奇卡是跟着妈妈出声祈祷的,先说'圣母',然后念一句祈祷词:'上帝,请宽恕并保佑索菲娅姐姐',之后还有一句:'上帝,请宽恕并保佑我们的另一个爸爸',因为我们的第一个爸爸已经去世了,而现在这个,是我们的另一个爸爸,所以我们也为那个爸爸祈祷。"

"波莲卡,我叫罗季昂,等到将来某个时候,请你也为我祈祷吧,就说:'以及您的奴仆罗季昂',别的就不用说了。"

"从今往后我一辈子都为您祈祷。"小姑娘热情洋溢地说,突然她又笑了起来,扑到他怀里,再一次紧紧抱住他。

拉斯科尔尼科夫把自己的名字告诉她,还给了地址,保证明天一定会来。听他这样说,小女孩心满意足地离开了。他来到街上的时候,是十一点多。五分钟之后,他已站在一座桥上,正是不久前那个女人跳河时站的位置。

"够了!"他激动地决然道,"幻影、虚妄的恐惧、鬼魅,通通都去他的吧!……生活还在!难道我现在不是还活着吗?我的生活并未随老太婆一同死去啊!愿她在天国安息——够了,老夫人,您该安息了!现在是理智和光明的国度,还有……是自由的国度、力量的国度……咱们走着瞧吧!咱们来比比吧!"他傲慢地加了一句,好像在对某个黑暗的力量讲话,并且还在挑衅它,"而且我不是已经答应生活在一个一俄尺见方的地方了吗!"

"……此刻我非常虚弱,然而……病似乎好利索了。我不久以前出来的时候,就知道这病会好的。对了,波钦科夫的房子,离这儿才几步远……这场赌就让他赢吧!……也让他高兴一阵儿——没关系,让他高兴吧!……力量,需要力量,没有力量,什么也办不成,而力量应该用力量获取——而这,他们却并不晓得。"他骄傲而又自信地补充了一句,然后勉强挪动着双腿往桥下走。骄傲与自信每分每秒都在他的心底滋长,下一刻钟,他便已不再是先前的那个人了。可是,究竟是怎样特别的事情,使得他的内心发生如此翻天覆地的转变呢?连他自己也不甚清楚。而他,仿佛抓住了一根稻草似的,突然觉得自己"可以活着,生活还在,他的生活并未随老太婆一同死去"。或许,他这结论下得操之过急了,然而他并未想到这一点。

"可我还请求了她,顺便也为奴仆罗季昂做个祷告,"他的脑海里突然闪现这个念头,"这个嘛……就算以防万一吧!"他补充一句,说完便笑了,笑自己这个有些出格的举动当真幼稚。他的心情好极了。

他轻轻松松便寻到了拉祖米欣的住处,波钦科夫房子里的租客们都已认识了这位新邻居,看门人立刻为他指了路。走到还剩半截楼梯的时候,他听见一群人在大声喧嚷,高谈阔论。通往楼梯的房门大大地敞着,屋内的叫喊声、争吵声清晰可闻。拉祖米欣的房间相当宽敞,近十五人围聚在那里。拉斯科尔尼科夫在门廊处停下脚步。在这里,隔板的后面,房东的两名女仆正围着两个大茶炊忙个不停,旁边摆着许多酒瓶,还有装馅饼和凉菜的盘碟,都是从房东的厨房里端过来的。拉斯科尔尼科夫派她们去找拉祖米欣。拉祖米欣喜出望外地跑了过来。一眼便可看出,他喝得非常多,尽管拉祖米欣几乎从未喝醉过,可这次却能瞧出些许醉意了。

"喂,"拉斯科尔尼科夫急忙说道,"我过来只是想告诉你,这次打赌你赢了,的确,谁也不知道自己身上将会发生什么。我不能进去了,我虚弱得马上就要倒下了。所以,说完'你好',我就得说'再见'了!明天你到我这儿来一趟……"

"你听着,我送你回家!既然你自己说,你很虚弱,那么……"

"可是客人们怎么办?这个卷发的是谁啊,瞧,就是刚才朝这儿看的那个人,他是谁?"

"这个人?鬼知道他是谁!应该是舅舅的朋友吧,可能是自己来……我让舅舅留在这儿招待他们。舅舅是个难能可贵的好人,可惜你现在不能认识他。不过,去他们的吧!他们现在哪儿还顾得上我啊,再说我也得透口气,所以,兄弟,你来得正是时候,再过上几分钟,我在那儿就得打起来了,真的!他们简直是在胡说八道……你都想象不到,人能胡扯到什么地步!不过啊,怎么就想象不到呢?难道咱们自己没胡扯过吗?就让他们扯去吧,这样他们以后也就不会胡说了……你稍坐一会儿,我去叫佐西莫夫过来。"

佐西莫夫甚至带着一种急切朝着拉斯科尔尼科夫跑来,快要可以看出,他带着一种特殊的好奇心,很快,他的脸就变得亲切起来。

"快去睡觉,"他为病人尽可能细致地检查后,做出了诊断,"睡前得服用一包药。您愿意吃药吗?药是我前不久配的……一种药粉。"

"吃两包都愿意。"拉斯科尔尼科夫回答。

他当即服下了药。

"你亲自送他,这非常好,"佐西莫夫对拉祖米欣说,"再观察一下,看看明天怎么样,今天就很不赖,与不久前相比变化特别大。活到老,学到老嘛……"

"你知道咱俩刚才出来的时候,佐西莫夫悄悄对我说了些什么吗?"他们刚走到街上,拉祖米欣就脱口而出,"老兄,我把一切都跟你直说了吧,因为他们都是傻子。佐西莫夫让我在路上跟你聊聊,好让你说点什么,然后再告诉他,因为他有个想法……那就是,你……疯了,或者快疯了。你自己琢磨琢磨吧!首先,你比他聪明多了;其次,如果你没有精神失常,那么你也无须在意他头脑里的这些胡思乱想;最后,这个胖子,他的本职工作是个外科医生,可他近日来却沉迷于精神疾病的研究,而今天你和扎苗托夫的谈话,让他最终转变了对你的判断。"

"扎苗托夫全都告诉你了?"

"全都说了,他做得好极了。我现在把全部内情都弄明白了,佐西莫夫也懂了……嗯,总之呢,罗佳……问题在于……我现在有些醉了……不过这没关系……问题就是,这个想法……你明白吗?确实是他们在偶然间想到的……你懂吗?意思就是,他们谁都不敢把这个想法大声讲出来,因为这荒唐至极,尤其是他们抓到这个油漆工的时候,这一切也就彻底告吹,烟消云散了。可为什么他们都是傻子呢?当时我还揍了扎苗托夫两下——这些只是你我之间的话,老兄,请你别把知道的说出去,连暗示都不行。我发现,他自尊心很强,这些都是在拉维扎家发生的事——不是今天,今天事情已经明朗了。主要问题在于这个伊里亚·彼得洛维奇!当时他利用你在警察分局昏厥的时机,不过后来他自己也感到很惭愧,其实我知道……"

拉斯科尔尼科夫聚精会神地听着。拉祖米欣醉酒后不慎说漏嘴了。

"我那时晕过去,是因为那里太憋闷,而且还有股油漆味。"拉斯科尔尼科夫说。

"那还用解释嘛!不单单是油漆味,你还烧了整整一个月,佐西莫夫也可以证明！只是现在这个小孩子受打击了，你都无法想象！他说：'我连他的小指头都不如！'也就是你的。老兄，其实他这个人有时挺好的。但是这次的教训，他今天在'水晶宫'吃的这一记教训，当真绝妙！要知道你先是把他唬住，他吓得都浑身发抖了！因为你几乎使他再次对这些捕风捉影的猜想深信不疑，然后，突然——你对他吐着舌头说：'哪，什么，被你抓到了呀！'绝了！他被彻底击垮，如今无地自处了！你是个高手，真的，就该这么对付他们。嗐，可惜当时我不在！现在他正眼巴巴等着你呢。波尔菲里也想和你结识一下……"

"哎呀……这人也真是……可他们为什么认为我疯了呢？"

"其实他们不是认为你疯了。老兄，我好像跟你透漏太多了……你得知道，先前使他感到震惊的是，你单单只对这一件事感兴趣；现在，你感兴趣的原因已弄清楚了，因为掌握了所有状况……也就是，当时这件事如何刺激了你，并与你的病症交织在一起……老兄，我有些醉了，只不过，谁又知道他心里是否还有自己的想法呢……我跟你说，他这是对精神病研究入迷了。你可别放在心上……"

两人沉默半响。

"喂，拉祖米欣，"拉斯科尔尼科夫开口道，"我老实跟你讲，我刚刚去过一个死人的家里，有个官吏死了……我把所有的钱都留给了他们……除此以外，刚才还有个人吻了我，假使我杀过什么人，也……总之，我在那里还看到另一个人……头上戴着赤色的羽毛……其实，我只是在胡言乱语罢了。我太虚弱了，扶我一下……现在要上楼了……"

"你怎么了？你怎么了？"拉祖米欣惊恐不安地问。

"头有些晕，可是问题不在这里，而在于，我感到如此忧愁，如此忧愁！我像女人一样忧愁……真的！你看，那是什么？你看！你看！"

"看什么？"

"难道你没看见？我屋里的灯光，看见没？从门缝看……"

他们已经站在最后一道楼梯的下面，旁边是女房东的房门，从下面瞧，确实能看出来，拉斯科尔尼科夫这间斗室内的灯亮着。

"奇怪！说不定是娜斯塔西娅。"拉祖米欣说。

"她从不在这个时间来我这里，再说她早就睡了，不过……反正对我都一样！别了！"

"你怎么这样说？我还要送你呢，咱们一起进去！"

"我知道咱们会一起进去，但我想在这儿握一握你的手，在这儿跟你道个别。来，把手给我，别了！"

"你怎么啦，罗佳？"

"没什么，走吧，你将会是证人……"

他们开始爬那道楼梯，拉祖米欣的脑海中闪现了一个念头：也许，佐西莫夫才是对的。"哎呀！我一通胡扯，把他弄得心绪不佳了！"他喃喃自语。他们走近房门，突然听见房间里有人在说话。

"这到底是怎么回事？"拉祖米欣高声说道。

拉斯科尔尼科夫率先上前抓住门把手，拉开房门。门打开了，他一动不动地站在原地。

母亲和妹妹正坐在他房间的沙发上，已等待了一个半小时。为什么他最没料到的可能，就是她们的到来？为什么他极少想到她们？尽管就在今日，他已再次得到消息，说她们已经出发了，正在路上，马上就到。整整一个半小时，她们争先恐后地向娜斯塔西娅详细探问，而娜斯塔西娅此刻还站在他们面前，她已将全部内情都告诉了她们。当她们听说他"今天逃跑了"，离开时还病着的时候，简直吓得魂不守舍，听这话里话外的意思，当时他的神志肯定还不清醒！"天哪，他怎么啦！"在这一个半小时的等待中，母女二人抹着眼泪，痛苦万分。

迎接拉斯科尔尼科夫的是一阵欣喜若狂的叫喊。她们俩一齐朝他扑了过来。然而，他却直直地站在那里，犹如死人一般。有种难以忍受、突如其来的感觉向他袭来，他仿佛被雷击中了。他的双手并未抬起拥抱她们——它们已抬不起来了。母亲和妹妹紧紧拥住他，亲吻着他，她们哭着、笑着……他后退一步，摇晃了两下，然后轰然倒地，陷入了昏厥。

惊惶不安，恐惧的尖叫声、呻吟声……站在门口的拉祖米欣飞奔到屋里，用自己那双有力的手臂捞住病人，没过多久，病人就在沙发上醒了过来。

"没事的，没事的！"拉祖米欣大声对母亲和妹妹说道，"这是昏厥，不碍事的！刚刚医生还说，他现在好多了，完全康复了！水！瞧，他已经恢复知觉啦，瞧，他醒过来啦！……"

他一把抓住杜涅奇卡的手臂，让她俯下身来察看"他真的已经醒过来了"，差点没把她的手臂扭脱臼了。母亲和妹妹怀着感动与感激的心情望着拉祖米欣，将他视若神明。她们已从娜斯塔西娅的口中得知，在罗佳生病的这段时间里，这个"机灵的小伙子"——正如那个晚上，普莉赫里娅·亚历山德罗芙娜·拉斯科尔尼科娃本人在与杜尼娅谈心时，称呼他的那样——对于她们的罗佳而言是怎样的存在。

第 三 章

第一节　母亲和妹妹

拉斯科尔尼科夫支撑着身体,坐在沙发上。

此时,拉祖米欣正在滔滔不绝地讲话,宽慰母亲与妹妹,他讲得前言不搭后语,但满腔热忱。拉斯科尔尼科夫虚弱无力地朝他摆了摆手,示意他先不要说了,然后携起母亲和妹妹的手,瞧瞧这个,再望望那个,三个人半天没有讲话。母亲被他的眼神吓到了。这个眼神中流露出一种强烈的,乃至痛苦的感情,然而同时还带有一丝呆滞的、甚至近乎癫狂的意味。普莉赫里娅·亚历山德罗芙娜哭了。

阿芙多季娅·罗曼诺芙娜脸色苍白,她那只被哥哥握着的手在发抖。

"你们回家吧……和他一起,"他指了指拉祖米欣说,声音时断时续,"明天之前,等到明天一切就……你们早就到了吗?"

"是晚上到的,罗佳,"普莉赫里娅·亚历山德罗芙娜回答,"火车晚点了很长时间。不过,罗佳,我现在无论如何都不会离开你!我就在这儿住一宿,在旁边……"

"别折磨我了!"他暴躁地甩开了手。

"我留下来陪他!"拉祖米欣高声说道,"我一刻也不会离开他,家里的客人也不管啦,让他们气恼去吧!有我舅舅在那儿给我照管。"

"我可怎么——怎么感谢您呀!"普莉赫里娅·亚历山德罗芙娜再次握住了拉祖米欣的手,可是还没说完话,拉斯科尔尼科夫又打断了她。

"我受不了了,受不了了,"他心烦意乱地反复说道,"别折磨我了!够了,你们走吧……我受不了了!……"

"我们走吧,妈妈,哪怕从屋里离开一会儿也好,"杜尼娅面露惊慌之色,悄声说道,"我们让他很痛苦,这是能看出来的。"

"可我难道还不能看看他吗,都三年没见了!"普莉赫里娅·亚历山德罗芙娜哭着说道。

"等一下!"他又叫住了她们,"你们总是打断我,把我的思绪都扰乱了……你们见到卢仁了吗?"

"没有,罗佳,不过,他已经知道我们到了。罗佳,我听说,彼得·彼得洛维奇非常善良,今天还过来探望你了。"普莉赫里娅·亚历山德罗芙娜怯生生地补充了一句。

"是啊……他非常善良……杜尼娅,我今天跟卢仁说,我要把他从楼梯上扔下去,我把他赶走了……"

"罗佳,你怎么回事?你,大概……你不是想说……"神色惊惶的普莉赫里娅·亚历山德罗芙娜本想说点什么,但她瞧了瞧杜尼娅,止住了话头。

阿芙多季娅·罗曼诺芙娜注视着哥哥,等他继续讲下去。母女二人已从娜斯塔西娅那里听说了这场争吵,后者可以理解和传达的内容有限,因此二人均困惑不解,煎熬地等待着罗佳的解释。

"杜尼娅,"拉斯科尔尼科夫挣扎着继续道,"我不同意这桩婚事,所以你明天见到卢仁,第一句话就是把婚给退了,让他别再出现了。"

"我的天哪!"普莉赫里娅·亚历山德罗芙娜惊呼一声。

"哥哥,你自己想想,你都说了些什么!"阿芙多季娅·罗曼诺芙娜愤愤不平地说,不过她随即控制住了自己的情绪,"可能你现在身体不好,你累了。"说得很简短。

"难道我在说胡话吗?不……你是为了我才嫁给卢仁的,可是我不要这种牺牲。所以明天你就写封信……回绝他……早上念给我听,此事到此为止!"

"这事我不能做!"姑娘心里抱屈,高声喊道,"你有什么权利……"

"杜涅奇卡,你也是性急,先别说了,明天……你难道没有看见……"母亲吓坏了,赶紧冲过去制止杜尼娅,"哎哟,我们还是离开吧!"

"他在说胡话!"略带醉意的拉祖米欣叫道,"否则他怎么敢这么说呢?明天他就没有这些糊涂的想法啦……不过,他今天的确把卢仁赶走了。确实有这么回事。不过那个人也发脾气了……他在这里夸夸其谈,卖弄自己的才识,后来呢,却是夹着尾巴离开的……"

"所以这是真的了?"普莉赫里娅·亚历山德罗芙娜惊呼道。

"明天见,哥哥,"杜尼娅同情地说,"我们走吧,妈妈……再见,罗佳!"

"你听着,妹妹,"他望着她们的背影,勉强撑着最后一丝气力重复道,"我没有说胡话,这桩婚事是很卑鄙的。即便我是个卑鄙的人,你也不应该……这样的人,有一个就够了……可就算我卑鄙无耻,我也绝不愿接受一个同样卑鄙的妹妹。要么选我,要么选卢仁!你们走吧!"

"你疯了吗?专横跋扈的家伙!"拉祖米欣大吼道,但是拉斯科尔尼科夫已不再回话,也许他也没有力气回答了。他在沙发上躺下,心力交瘁地转过身去,面朝墙壁。阿芙多季娅·罗曼诺芙娜好奇地打量着拉斯科尔尼科夫,她那双乌溜溜的眼睛炯炯发光。看到这样的目光,拉祖米欣甚至浑身战栗了一下。普莉赫里娅·亚历山德罗芙娜站在那里,似乎惊愕不已。

"我无论如何都不会离开!"她带着几近绝望的心情,轻声对拉祖米欣说道,"我要留在这里,随便什么地方……请您送一下杜尼娅。"

"您会把事情搞砸的!"拉祖米欣同样轻声地说,言辞有些失度,"我们走吧,哪怕是去楼梯的位置。娜斯塔西娅,来照个亮!我向您发誓,"大家已来到楼梯边,他稍稍压低声音继续道,"前不久他差点就把我们——我和医生——给揍了!您明白吗?那可是医生啊!人家医生让步了,免得他受刺激,然后离开了,我留在楼下守着,可他却趁机穿好衣服,偷偷溜走了。倘若你们现在把他激怒,他还会溜走的,趁夜里溜走,谁知道他会对自己做出什么事呀……"

"哎哟,您说的是什么话呀!"

"再说,要是您不在,阿芙多季娅·罗曼诺芙娜也不可能一个人去住旅馆!请您想一想,你们住的是什么旅馆!要知道,彼得·彼得洛维奇这个无耻的家伙,难道不能给你们找一个条件更好的住所吗……不过,你们知道的,我有些喝醉了,所以才……出言不逊,请不要介意……"

"我要去找这里的房东,"普莉赫里娅·亚历山德罗芙娜坚持说,"我求她,请她给我和杜尼娅随便弄个角落对付一宿。我不能这样撇下他不管,不行!"

他们讲这些话的时候,正好站在楼梯的平台上,正对着女房东的房门。娜斯塔西娅站在下面的台阶上给他们照亮。拉祖米欣显得异常激动。他今晚喝下的酒多得骇人,而半小时前,当他送拉斯科尔尼科夫回家时,虽然闲扯了许多——这他自己也知道——但精神完全是充沛的,头脑也几乎是清晰的。然而此刻,他的情绪甚至近乎狂喜,与此同时，他喝下的所有酒仿佛瞬间以双倍的力道重新冲上他的头脑。他站在两位女士的身边，握住她们的手，以一种惊人的坦率对她们予以劝慰，摆事实，讲道理，也许是为了加强说服力，他几乎每说一句话，就很用力地攥她们的手，攥得如虎钳那么紧，攥得她们手生疼，他贪婪地用眼睛盯着阿芙多季娅·罗曼诺芙娜，却似乎丝毫没有为此感到难为情。由于疼痛，她们有时试图从他那双瘦骨棱棱的大手里把自己的手抽出来，但是，他非但没有意识到这件事情，反而更加用力地把她们往自己这边拽。假如此时她们让他为自己效劳，命他头朝下从楼梯上滚下去，那么他也会不假思索，毫不犹豫，立刻照做。心神不宁的普莉赫里娅·亚历山德罗芙娜满脑子想的都是自己的儿子，尽管她觉得这个年轻人甚为奇怪，而且他把她的手攥得太痛了，可是与此同时，由于她将他视作神明，便不愿在意这些离谱的细节。阿芙多季娅·罗曼诺芙娜同样在为哥哥忧虑不安，虽然她的性格并不胆怯，可当她对上兄长的朋友那道闪烁着野火的目光时，心中却分外惊诧，甚至几乎惊惧不已，只是由于娜斯塔西娅曾讲过关于这个怪人的许多事情，使她对此人产生了绝对的信任，因而没有试图拉着母亲随她一起从他身边逃跑。其实她也明白，恐怕她们现在也不可能从他身边逃离。不过，十几分钟之后，她便安心落意了：拉祖米欣有个特点，就是不论自己情绪如何，都能立刻将其表达出来，因此，大家很快就能知道，自己在跟一个怎样的人交往。

"不能去找房东，这纯粹是无稽之谈！"他高声喊道，试图劝服普莉赫里娅·亚历山德罗芙娜，"就算您是他的母亲，但倘若您留下来了，必会将他激怒，到时候谁知道会发生什么呢！你们听我说，我看就这么办吧，现在让娜斯塔西娅去他那里待一会儿，而我负责把你们二位送回去，因为你们不能独自在大街上走，这在我们圣彼得堡……

哎，去他的吧！……然后，我立刻从你们那里跑回来，一刻钟之后，我向你们担保，给你们把消息带回来——他怎么样了，他睡下没？等等。然后，请听我说！然后我从你们那儿出来，立刻回家——我家里有客人，全都喝醉了——我会把佐西莫夫带走——就是为他诊病的医生，他现在在我家里，他没喝醉。这个人不喝酒的，这个人从不喝酒！我会把他拉到罗季卡那里，之后立刻来找你们，也就是说，一小时之内，你们将两次得到他的消息——而且是从医生口中传来的消息，你们懂吗？从医生本人那里，这已不是从我的口中传来的消息了！如果情况糟糕，我将亲自把你们带到这儿来；要是情况很好的话，你们就睡觉吧。我会整晚在这里过夜，在穿堂里，他不会听见的，至于佐西莫夫，我会让他睡在房东那里，以便有事随时叫他。所以，现在谁在这里，可以让他的情况变得更好呢，是您，还是医生呢？还是医生更有帮助，更有用处啊。好了，我们这就走吧！去找女房东是绝对行不通的。我去行，你们不行，她不会让你们留宿的，因为……因为她傻。她会为了我对阿芙多季娅·罗曼诺芙娜产生妒意，您要知道，她也会嫉妒您的。反正对于阿芙多季娅·罗曼诺芙娜，她定会如此。此人的性情完全是喜怒无常，阴晴不定！不过，我也是个傻子……这也没什么大不了！咱们走吧！你们相信我吗？你们相不相信我呢，嗯？”

"我们走吧，妈妈，"阿芙多季娅·罗曼诺芙娜说，"既然他答应了，就一定会这么做的。他可救过哥哥的性命呀，而且如果医生真的愿意来这里过夜，还有什么比这更好的法子呢？"

"哎呀，您……您……理解我，因为您是个天使！"拉祖米欣喜不自禁地喊道，"我们走了！娜斯塔西娅！你立刻上楼，在他那里待一会儿，拿着灯，我一刻钟以后回来……"

普莉赫里娅·亚历山德罗芙娜虽然并不完全确信，但是也没再抗拒。拉祖米欣挽住她们二人的手臂，拉着她们走下楼梯。不过，她对他仍然心怀忧虑："就算他人很机灵，心地也善良，可是他保证的这些事情，又能否办成呢？而且他还醉成这副样子！……"

"啊，我理解，您觉得我醉成了这副样子！"拉祖米欣猜出了她的想法，打断了她的思绪，他迈着大大的步子，走在人行道上，两位女士勉强能跟上他的步伐，不过，这一点他并未留意，"胡扯！就是说……虽然我醉得像个傻瓜，但问题并不在此，我并非由于饮酒而醉。我一看见你们，醉意就上头了……你们别在意我说的话！别放在心上，我是顺口胡说的，我配不上你们……我完完全全配不上你们！……等我把你们送到之后，我就立刻在这条河边，往自己头上浇两桶水，我就清醒了……但愿你们知道，我有多么爱你们！……请你们不要笑，也不要气恼！……你们可以对所有人气恼，但不要对我气恼！我是他的朋友，因此，我也是你们的朋友。我希望如此……对此我早有预感……去年，曾有这样一个瞬间……其实，我完全没有预料到，因为你们仿佛从天而降。而我，大概将会彻夜难眠……前不久这个佐西莫夫还担心他精神失常……这就是不能激怒他的原因……"

"您说什么？"母亲失声惊呼。

"难道医生本人是这么说的吗？"阿芙多季娅·罗曼诺芙娜惊诧地问道。

"他是说过的，可事情不是这样的，完全不是这样的。他还给他吃过一种药，是药粉，我见过，正好那时你们到了……哎哟！……要是你们明天到就好啦！好在你们现在出来了。一小时后佐西莫夫会亲自把一切情况向你们汇报的。这个人才不会喝酒呢！我也不会再喝啦……我怎么会喝得这么醉呢？都是那帮人拉我过去争论，真该死！

其实我早已发誓再也不争论了！……他们简直在胡说八道！差点没打起来！我让舅舅留在那里，替我应付……嘿，你们信不信，他们要求人变得毫无个性，还乐在其中！如果可以不做自己，该有多好；如果能和自己本真的样子极不相像，该有多妙！他们把这视作极大的进步。倘若他们的瞎扯全都是自己的见解，那也无妨，可是……"

"请您听我说……"普莉赫里娅·亚历山德罗芙娜小心翼翼地打断了他的话，可是这样只会使他探讨的意兴更浓。

"那么您怎么认为？"拉祖米欣把嗓门扯得更高，大声喊道，"难道您以为，我生气是因为他们瞎扯吗？并不是！我喜欢让他们瞎扯！瞎扯是人类在所有生物中绝无仅有的特权。瞎扯可使人通往真理之路！我也是人，所以我也瞎扯。如果没有扯过十四次，说不定要扯一百四十次，否则就无从寻得一个真理，从某个方面来看，这也是件值得敬佩的事情呢。嗯，可是我们就连瞎扯，也缺乏自己的创意！倘若你现在跟我瞎扯，并且是有创意地瞎扯，我就会亲吻你。要知道，不落窠臼地瞎扯，总归要胜过转述别人的真理。在前一种情况下，你可称之为人，而后一种情况，你不过是一只学舌的鹦鹉！真理并不会消失，而生活却有可能就此停滞不前，这样的例子时而有之。嗯，而我们现在是什么样子呢？我们所有人，无一例外，在科学、文化水平、思维、发明、理想、愿望、自由主义、理性、经验上，还有所有，所有，所有，所有，所有的领域里，都还处在中学一年级预备班的阶段！人们喜欢拾人牙慧的传统已然根深蒂固！对吧？我讲的对吧？"拉祖米欣握了握两位女士的手，摇了摇，大声喊道，"是这样吗？"

"哦，我的天哪，我不懂。"脸色苍白的普莉赫里娅·亚历山德罗芙娜开口说道。

"是这样的，是这样的……虽然我也并不完全同意您的观点。"阿芙多季娅·罗曼诺芙娜神色严肃地补充了一句，随即失声惊呼了一下，因为这次他把她的手攥得太痛了。

"是这样吗？您说，是这样吗？嗯，您这话说完以后，您……您……"他欣喜万分地高声叫道，"您就是善良、纯洁、理智和……完美的源泉！请把您的手给我，请给我……也请把您的手给我，我想在此亲吻你们的手，现在，跪下来亲吻！"说着，他便跪在人行道的中央，幸好这个时候街上已空无一人。

"不要这样，我请求您，您在做什么啊？"普莉赫里娅·亚历山德罗芙娜大惊失色，高声叫道。

"请起，请起！"杜尼娅同样惊惶不安，但她笑道。

"如果不把手给我，我就不起来！这就对了，好吧，我起来啦，咱们走吧！我是个不幸的傻瓜，我配不上你们，我还喝得酒气醺醺，我很惭愧……我虽不配爱你们，但是跪在你们面前——这是每个人的义务，除非此人是个彻头彻尾的畜生！我也跪下来了……瞧，这就是你们的旅馆，罗季昂先前把你们的彼得·彼得洛维奇赶走了，单凭这件事来看，他做得很对！他怎敢把你们安顿在这样的旅馆呢？简直荒唐！你们知道吗，出入此地的都是些什么人啊？况且您还是他的未婚妻！您是他未婚妻，对吧？那我就这么告诉您吧，您的未婚夫干出这种事情，足以见得他是个浑蛋！"

"请您听我说，拉祖米欣先生，您忘了……"普莉赫里娅·亚历山德罗芙娜欲言又止。

"是的，是的，您说得对，我失态了，我很惭愧！"拉祖米欣蓦然顿悟，"但是……但是……您不能因为我这样说，便生我的气！因为我说这些话都是出自本心，并不是因为……咳！那样便卑鄙无耻了，总之，并不是因为我对您……咳！……是的，那样是不应该的，我不会说为什么,我不敢!……打从他进门起,我们大家便明白,此人跟我们并非同一路人。不是因为他去理发师那里做过鬈发,也不是因为他急于显摆自己的才识,而是因为,他是个密探和投机分子,因为他是个吝啬鬼和小丑,这一点显而易见。您觉得他很聪明吗?不,他是个蠢材,蠢材!哼,他配得上您吗?哦,我的天哪!你们要知道,女士们,"踏上旅馆的楼梯时,他突然停下了脚步,"他们虽然在我家喝得醉醺醺的,但全都是正派的人,哪怕我们喜欢瞎扯,其实我也爱瞎扯,可我们最终能扯到真理,因为我们走在高尚的道路上,而彼得·彼得洛维奇……走的却不是正道。虽然我现在说粗话指责他们,但是我尊重他们所有人,就连扎苗托夫,我虽然不尊重他,但我爱他,因为他是个狗崽子!我甚至还尊重佐西莫夫这个胖子,因为他诚实本分,医术精湛……不过,够了,所有话都说完了,一切都得到宽恕了。宽恕了吗?真的吗?好,咱们走吧。我熟悉这个走廊,以前来过。瞧,就是这儿,三号房,以前发生过一件丑闻……咦,你们住在哪间?多少号?八号?好,你们夜里把门锁好,不能让任何人进来。十五分钟以后,我带消息回来,之后再过半小时,我再带着佐西莫夫一起来,你们会看到的!再见,我跑着去!"

"我的天哪,杜涅奇卡,这一切会怎么样啊?"普莉赫里娅·亚历山德罗芙娜不安而又畏怯地对女儿说道。

"您放心吧,妈妈!"杜涅奇卡一面摘下帽子,脱下披肩,一面答道,"上帝亲自为我们派来这位先生,虽然他是从什么酒席上直接过来的。但是请您相信,他是值得信赖的人,请想一想他已经为哥哥做过的一切……"

"哎哟,杜涅奇卡,天知道他还会不会过来!我怎么可以抛下罗佳不管哟!……而且我完完全全不曾想到,我会这样见到他!他太残忍了,他似乎不乐意看到我们……"

眼泪在她的眼眶里打转。

"不,不是这样的,妈妈。您没仔细瞧,您一直在哭。他生了场大病,所以才心绪不佳——这就是一切问题的因由。"

"哎呀,这个病哪!那会怎么样?会怎样呢?瞧瞧他是怎么跟你说话的呀,杜尼娅!"母亲一边说,一边小心翼翼地注视着女儿的眼睛,希望能读懂她的全部心声。她见杜尼娅还在维护罗佳,那便是原谅他了,心里宽慰了一半。"我相信,明天他会改变主意的。"她想摸清女儿内心的想法,于是补充道。

"可我相信,他明天还会这么说……就是关于这件事。"阿芙多季娅·罗曼诺芙娜斩钉截铁地说,而且,当然了,这是个大难题,因为普莉赫里娅·亚历山德罗芙娜此刻特别害怕提及的问题正在于此。杜尼娅走了过去,亲吻母亲。母亲紧紧拥住她,沉默无言。随后,她坐下来,心神不安地等待拉祖米欣回来,怯生生的目光追随着女儿的身影。女儿也在等待着,她交叉双臂,抱在胸前,在房间里踱来踱去,独自冥思。这种绕着屋内各个角落往复踱步的思索方式,是阿芙多季娅·罗曼诺芙娜一直以来的习惯,母亲总是很怕在这种时候干扰她的思绪。

在酒意微醺之际,拉祖米欣忽然对阿芙多季娅·罗曼诺芙娜燃起激情,这自然可发一噱,不过,倘若看一眼阿芙多季娅·罗曼诺芙娜,尤其是她此刻的样子——她抱着双臂在房间里踱步,神色忧郁,若有所思——那么,想必许多人就会原谅他的,更不必说,他当时已处在一种反常的情态之中。阿芙多季娅·罗曼诺芙娜生得甚是标致——身材高挑,体态匀称,强壮有力,举手投足间流露着自信的神采,不过,这份自信并未掩盖其姿态中的柔美和优雅。她的长相与哥哥相似,她甚至可称得上是个美人。她有着一头深褐色的头发，比哥哥的发色略浅一些，眼瞳几近黑色，炯炯发光，眼神骄傲，有时又显得异常善良；她的皮肤很白皙，但并不是那种病态的白；她红光满面，整个人看上去神采奕奕的；她的嘴巴比较小，红润而又明艳的下嘴唇和下巴一起略微往前突出——这是这张极美的面孔上唯一的缺点，但这一点却为这张面孔赋予了独特的个性，而且似乎还在不经意间让这张脸透露出一丝傲慢的神情。她的面部表情永远是严肃多于愉悦，她常常在沉思，尽管笑容呈现在她这张面孔上，是多么的和谐，愉悦的、青春的、无忧无虑的欢笑与她这个人又是多么的相衬！热情的、坦率的、质朴的、正直的、如勇士般强壮的、醉醺醺的拉祖米欣，从没有见过这样的姑娘，所以他对她一见钟情，是可以理解的。况且，一切仿佛是造化的安排，老天让他在杜尼娅与兄长重逢之际，在充满爱与欢乐的美妙时刻见到了她。后来他瞧见，她因兄长那粗暴无礼、不知感恩且又残酷无情的命令而愤愤不平的时候，下嘴唇颤动了一下——这时他便难以自制了。

其实，不久前，当他略带醉意，站在楼梯上胡扯一通的时候，说拉斯科尔尼科夫那位性情古怪的女房东普拉斯科维娅·帕夫洛夫娜会为了他对阿芙多季娅·罗曼诺芙娜心生妒意，大概会吃普莉赫里娅·亚历山德罗芙娜的醋，这倒是实话。尽管普莉赫里娅·亚历山德罗芙娜已有四十三岁，但她昔日美丽的容颜依然余韵未消，况且，她看上去比实际年龄更年轻些，而这一点在一些女性身上几乎尤为常见：她们直至老年仍旧容光焕发，予人以活力四射的印象，拥有一颗真诚、纯净而又炙热的心灵。顺便说一句，保持如上品质是人直至老年也不丢失自己的美丽的唯一途径。她的鬓发已开始有些斑白而稀疏，细小的鱼尾纹早已爬上眼周，双颊因操劳与悲痛而凹陷下去，分外憔悴，但这张脸仍然很美,俨然一幅杜涅奇卡的脸部肖像,只不过是二十年以后,除了下唇以外——她的下唇并不向前微突。普莉赫里娅·亚历山德罗芙娜有些多愁善感,但却不至于惹人腻烦,她的性情畏怯又忍让,不过很有底线。她可以在许多问题上让步,也可以答应很多事情,其中甚至不乏与她的观点背道而驰的事情,然而,她心里永远有一条正直的、有原则的、最起码的底线,任何情况都不能使她在底线上有所退让。

拉祖米欣离开整整二十分钟后,门外响起了两声轻微却急促的敲门声——他回来了。

"我不进去了,没时间!"门开了,他匆匆忙忙地说,"他正在呼呼大睡,睡得很熟,也很平静,上帝保佑,让他睡上十个小时。娜斯塔西娅在他身边,我让她在我回去以前别走开。现在我去把佐西莫夫带过来,由他向你们汇报情况,然后你们就睡觉吧,我看得出来,你们疲惫极了。"

说完,他便离开她们,消失在走廊尽头。

"多么聪明又……忠厚的小伙子呀!"普莉赫里娅·亚历山德罗芙娜感到甚是欣喜,高声叹道。

"看起来是个好人!"阿芙多季娅·罗曼诺芙娜略带热情地回答,她又开始在房间里踱起步子来了。

近一小时后,走廊里传来一阵脚步声,有人敲门了。两位女士在这一次的等待过程中,全心全意地相信着拉祖米欣的承诺。果不其然,他把佐西莫夫带来了。佐西莫夫立刻答应离开宴席,去看看拉斯科尔尼科夫,但是他不大信任醉意朦胧的拉祖米欣,对于拜访两位女士的要求也极不情愿,满腹狐疑。然而,他的自尊心很快便得以平复,甚至得到满足:他意识到,自己确实正在被人犹如等候先知一般盼望着。他在这里坐了整整十分钟，成功将普莉赫里娅·亚历山德罗芙娜劝慰并安抚好了。他讲话时带着非比寻常的同情意味，但显得很克制，且不知为何，神态尤为严肃，俨然一位二十七岁的医生参加会诊时的样子，一句话也没跑题，也没有表现出一丝一毫想与两位女士建立更为密切的私人关系的意愿。佐西莫夫刚一进门，便留意到阿芙多季娅·罗曼诺芙娜明艳动人的美丽，他竭力克制着自己，甚至在整个拜访过程中，对她根本不予理睬，仅与普莉赫里娅·亚历山德罗芙娜一人交谈。这一切给他的内心带来了一种极致的满足。在谈及患者时，他说，患者目前的状态相当令人满意。根据他的观察，患者的病因除了近几个月生活中糟糕的物质条件以外，还有一些精神因素，"可以说是受多种复杂的精神与物质共同影响的结果，比如惊惶、忧虑、担心、某些杂念等"。佐西莫夫从一旁悄悄留意到，阿芙多季娅·罗曼诺芙娜听到此处显得尤为专注，于是便对这个问题稍加扩展。当普莉赫里娅·亚历山德罗芙娜慌张不安、怯声怯气地问出"会不会有精神错乱的可能"时，他面带坦率的微笑，泰然自若地回答说，他的话被过于夸大了。当然，病人确实有些比较固执的念头，这是偏执症的某种表现——因为他，佐西莫夫，日前正在密切关注这个医学中相当有趣的领域——但要记住，直至今天，病人还有些神志不清，而且……而且，当然，家人的到来可以帮助他恢复健康，消除苦闷，对病情的缓解大有裨益，"只要能够避免新的特殊波动即可"——他意味深长地补充了一句。随后，他站起身来，稳重而又亲切地告辞，而伴随这个告辞的，是祝福的话语，热切的感谢，苦苦的请求，甚至还有，在他的手尚未探出之时，阿芙多季娅·罗曼诺芙娜便主动伸向他的那只手。当他走出门的时候，心里对于此次拜访格外满意，而对于他自己，那就更满意了。

"咱们明日再议，请你们快去休息，现在，务必！"拉祖米欣随佐西莫夫一起走出门，如总结陈词般说，"明天，我会尽早些过来，向你们汇报。"

"不过嘛，这位阿芙多季娅·罗曼诺芙娜真是个妙不可言的小姑娘啊！"两人走在街上，佐西莫夫几乎在舔着嘴唇说道。

"妙不可言？你竟然说她妙不可言！"拉祖米欣大吼起来，忽然扑向佐西莫夫，一把掐住了他的喉咙，"要是你何时胆敢……明白吗？你明白吗？"他揪住他的衣领摇晃，把他按在墙上，高声喊道，"听见了吗？"

"放手吧，酒鬼！"佐西莫夫奋力地挣扎，等拉祖米欣将他放开的时候，他目不转睛地瞧着拉祖米欣，然后放声大笑起来。拉祖米欣站在他面前，垂下双臂，郁闷而又严肃地沉思着。

"当然，我就是头蠢驴，"他神色阴郁地开口道，"不过……其实你也是。"

"哦，不，老兄，我才不是呢。我没有非分之想。"

他们一言不发地走着，直到快走到拉斯科尔尼科夫家的时候，心事重重的拉祖米欣才打破了沉默。

"听着，"他对佐西莫夫说，"你是个非常不错的人，但是你有很多卑劣的品质，也是个色鬼，这一点我很清楚，而且还是个龌龊的色鬼。你是一个神经兮兮、疲软无力的坏蛋，你任性妄为，肥得流油，什么浑事都干得出来——我将这称之为龌龊，因为它能将人带入龌龊的淤泥之中。坦白讲，我最无法理解的是，既然你放任自己到了这种地步，那么你是如何做到成为一个无私奉献的白衣天使的呢？一边睡着羽绒被（你是医生嘛！），一边夜里爬起来问诊！再过三年，你再也不会为了病人夜里爬起来了吧……对啦，真见鬼，这些都不是正事，我要说的是：你今晚得去女房东那儿住一宿（我费了好大的劲儿才说服她！），我就睡在厨房。瞧，这可是你俩快速拉近关系的良机！但并不是你想的那样！老兄，那种事啊，连影儿都没有……"

"我压根也没往那儿想。"

"老兄啊，她这人羞涩、沉默又腼腆，还拥有残忍无情的贞洁，可与此同时，她喜欢长吁短叹，那种感觉就像蜡在熔化，一刻不停地熔化！你就看在这世上所有鬼魂的分上，助我逃离她的魔爪吧！她长得标致极了！……我会报答你的，我愿意舍命报答你！"

佐西莫夫哈哈大笑，笑得比先前更放肆了。

"瞧，你被她迷晕了吧！我要她干什么呀？"

"请你相信，这件事也不太麻烦，你只要随便诌些蠢话，坐在她旁边说就行了。再说，你是个医生嘛，你可以给她看看病。我发誓，你肯定不会后悔的。她那里还有一架击弦古钢琴，你也知道的，我只会胡乱弹上几下。我这儿有一首歌，是真正的俄罗斯歌曲：'我热泪纵横……'她打心眼儿里喜欢这首歌——那么，就从这首歌开始吧，而且你弹钢琴是专业的，你是大师，是鲁宾斯坦①……我敢保证，你肯定不会后悔的！"

"你这是对她许下了什么承诺，对吧？立下字据了？说不定，你还答应要娶她……"

"没有，没有，根本没这回事！再说了，她压根就不是这种人，切巴洛夫从前追求过她……"

"那你就甩开她呀！"

---

① 阿图尔·鲁宾斯坦（1887—1982），出生于波兰罗兹波兰，犹太裔美国钢琴演奏家。

"但我不能这样甩开她!"

"为何不能?"

"哎呀,我也不知为什么,总之就是不能!老兄,这里边还有吸引力的问题。"

"那么,你为什么要引诱她呢?"

"我从来没有引诱过她,说不定,是我自己被她引诱了呢,是我太傻,其实对她来说,你和我都一样,只要有个人坐在她旁边听她长吁短叹就行。这个,老兄……这我很难给你描述,这个——你看啊,你擅长数学,而且现在还在研究,这我是知道的……那么,你就教她微积分吧,千真万确,我没有开玩笑,我是正儿八经跟你讲的,反正对她而言,一切毫无差别。她会盯着你长吁短叹,这种状态简直能持续整整一年。顺便说一句,我曾跟她聊了很久关于普鲁士上议院的情况(你能跟她聊什么呢?),聊了整整两天呢——而她只是不停地嗟叹和出汗!只是千万别和她谈爱情,她会羞得浑身战栗的,但你得装装样子,好像不愿意离开她似的——行,这就够了。你会觉得那里舒服极了,完全就跟自己家一样——你看看书啊,坐一坐啊,或躺一会儿,写点字啊……甚至还可以吻一吻她,但要小心翼翼地吻……"

"那我找她干吗呢?"

"哎哟,我怎么都没法给你解释清楚。你看,你们的情况简直一模一样!我早就替你考虑过了……要知道,你早晚得结婚啊!或早些,或迟些,这对你而言不都一样吗?老兄,她那里有这么好的羽毛垫子——哎哟!况且,还不只是羽毛垫子的问题!还有某种力量在吸引你呢。这里是世界的尽头,泊船的港湾,宁静的栖身之所,是圣地[①],

---

[①] 世界三大宗教圣地——耶路撒冷。

是三条鱼构成的世界基础;这里有布林饼①,油滋滋的鱼肉馅饼,傍晚的茶炊,轻声的太息,温暖的女式短款胸衣,烧好的热炕——嘿,你将会舒爽得如死去一般,可与此同时,你却还活着。嚅,一举两得呀!哎哟,老兄,见鬼了,我瞎扯了一通,该休息了!你听我说,夜间我会偶尔醒来,对,过去看他。不过没关系的,我只是信口胡说,一切都好。你不必过于担心,要是你愿意的话,也可以去瞧他 眼。但是,一旦你察觉出什么,比如他说胡话,或是发烧,再或是发生什么其他情况,就赶紧叫醒我。不过呢,这倒也没什么可能……"

---

① 俄式传统薄煎饼。

第二节　卢仁的信

次日，早上七点多，拉祖米欣醒了过来，他神色严肃，满腹忧思。在这个清晨，有许多困惑难解、意料之外的新问题萦上他的心头。他清晰地记得昨日发生的每一个细节，也非常明白，自己身上发生了一件不同寻常的事情，这件事使他的内心产生了一种迄今为止于他而言全然陌生的印象，这个印象与他以往的经验迥然不同。与此同时，他清楚地意识到，这个在他脑海里熊熊燃起的幻想，是绝对无缘实现的——由于毫无指望，他甚至为之羞愧不已，于是赶紧转而思考其他的事情，想想由那"该死的昨天"为他遗留下来的更为迫切而又棘手的难题。

最可怕的回忆就是：昨天他怎么可以表现得那么"龌龊和可鄙"呢，不只是因为他喝醉了，还因为他出于一种愚蠢而又鲁莽的妒意，利用了姑娘当时的处境，在她面前辱骂她的未婚夫，而他在此之前，不仅对他们彼此之间的关系和义务不甚清楚，甚至对这个人也不曾有足够的了解。再说，他有什么权利如此草率地评判他呢？有谁叫他去做审判员吗？难道像阿芙多季娅·罗曼诺芙娜这样的人，会为了钱财就委身于一个无耻之徒吗？由此可见，在他身上还是有些优点的。那么旅馆呢？可事实上，他又如何能够了解，这是一家怎样的旅馆呢？况且他还在准备一套住宅……呸，这一切可真龌龊！他喝醉了，这算什么开脱的理由呢？愚蠢的托词，使他的卑劣更甚于前！借着酒劲，他当然什么话都讲出来了,那些话"就是他那颗妒火中烧、愚蠢至极的心里所有龌龊的东西"!难道他,拉祖米欣,可以拥有哪怕一丝一毫的幻想吗?与这样的姑娘相比,他算什么人呢——他,只不过是一个惹是生非的醉汉、一个自吹自擂的家伙吧?"难道够格去做此等恬不知耻、可笑至极的对比吗?"想到这里,拉祖米欣羞愧难当,面红耳赤,就在这时,仿佛上天故意为难他似的,他突然清清楚楚地记起来,昨天自己站在楼梯上说,女房东会为了他对阿芙多季娅·罗曼诺芙娜心生妒意……这可真让人难以忍受。他奋力挥起手臂,一拳砸在了厨房的炉灶上,砸伤了自己的手,还砸掉了一块砖。

"当然了,"过了一会儿,他心里怀着某种自卑的情绪,喃喃自语道,"当然,如今这些龌龊的事情永远也无法粉饰、无法改变了……所以,继续想这些也没什么用,还是保持沉默吧,另外……在履行自己的义务时……也要保持沉默,而且……而且不要请求原谅,什么都别说,还有……当然了,现在一切都完了!"

不过,在穿衣服的时候,他倒比平时更加细致地检查自己的着装。他没有别的衣服可穿,不过就算有,想必他也不会去穿——"我就这样,故意不穿。"然而,无论如何也不可以再这么邋里邋遢、玩世不恭了,因为他没有权利侮辱别人的感情,况且这些"别人",此刻正需要他的帮助,并且亲自叫他过去呢。他用小刷子甚为仔细地刷净了自己的衣服。他的内衣一向还算整洁,他特别注意内衣的清洁。

这天早上,他洗脸也卖力极了——他从娜斯塔西娅那里弄了一块香皂——洗了头发和脖子,还特意把手洗得干干净净。要不要刮掉下巴上的胡茬呢?当这个问题出现的时候(普拉斯科维娅·帕夫洛夫娜那里有一把上好的剃须刀,是扎尔尼岑先生过世后留下来的),他残酷无情地做出了否定的回答:"就保持这个样子吧!嗯,不然他们会觉得,我刮胡子是为了……没错,他们肯定会这么想的!那就无论如何都不刮!"

而……而最重要的是,他的举止这么粗野,谈吐这么鄙陋,待人接物毫无风度;而且……而且,即便他也知道自己是这样的,虽不完全如此,可他毕竟是个正派的人……嗯,可就算是个正派人,又有何值得骄傲的呢?每个人都应做正派的人,并且还应该更体面些,而……而他毕竟干过(他记得很清楚)这样的勾当……倒不是说这些事情很可耻,不过那也没什么分别!……他曾有过怎样的一些想法啊!哼……而且还将这些想法全都与阿芙多季娅·罗曼诺芙娜联系在一起!哎,真见鬼!管他呢!"哼,我就是故意做出这副粗鲁无礼、风度欠佳的样子,我不在乎!我还要做得更过分些呢!"

佐西莫夫在普拉斯科维娅·帕夫洛夫娜的客厅里过了一夜,他进门时正碰上拉祖米欣在自言自语。

他正要回家去,离开前急匆匆地过来瞧了一眼病人。拉祖米欣告诉他,病人还没醒,睡得正酣。佐西莫夫便嘱咐在他睡醒之前,不要叫醒他。他还答应,十点多钟会再过来看一次的。

"要是他到时候在家的话,"他补充道,"呸,真见鬼!病人根本就不听医生的话,要不你来试试给他治!你知不知道,是他过去找她们,还是她们过来找他?"

"我想,是她们过来,"拉祖米欣回答,他明白他问这个问题的意思,"当然了,他们有家事要商量。我到时会回避的。你身为医生,自然比我更有权力留下。"

"但我也不是神甫呀,到时我过来瞧瞧便走。再说,除了他们,我还有一堆事要忙呢。"

"我有一件事不太放心,"拉祖米欣皱着眉头打断了他的话,"昨天我喝醉了，走在路上的时候，我说漏嘴了，对他讲了各种各样的蠢话……各种各样的……还顺便讲了，你担心他好像……有可能精神不正常……"

"昨天你也在两位女士面前说漏嘴了呢。"

"我知道我蠢！要不你打我吧！可是，这当真是你内心笃信不移的想法吗？"

"嘻，我纯属是瞎扯的，哪有什么笃信不移的想法！你带我过去的时候，你自己还把他描述成偏执症患者呢……嗯，咱们昨天还添油加醋了，就是你说的那些话……讲到油漆工的时候。这次谈话真是奇妙，没准他就是因为这些话才发疯的呢！要是我确切地知道当时在警局发生过什么事情，并且那儿还有这么一个对他起了疑心的浑蛋……曾侮辱过他！哼……昨天我就不会让这场谈话发生。要知道，这些偏执狂就喜欢小题大做，把没影的事当成现实……根据扎苗托夫昨天所讲的那番话，仅凭我记得的内容，这事我便明白了一半。嘿，对了！我知道有个案例，有一名四十来岁的疑心病患者，因为忍受不了一个八岁男孩每天在餐桌上嘲笑他，于是把他给杀了！而他这边的情况呢：寒酸的打扮，蛮不讲理的警察分局局长，刚发作的一场大病，再加上这种怀疑！这些麻烦全都让这个癫狂的疑心病病人摊上了！而且他还有着极其狂热、非比寻常的虚荣心！说不定，这便是他发病的主要原因！哎，准没错，真见鬼！顺便说一句，这个扎苗托夫的确是个可爱的孩子，只是，嗯……昨天那些话他是不该讲出来的。这孩子的嘴太快了！"

"可他是跟谁讲的呢？不是你和我吗？"

"还有波尔菲里。"

"波尔菲里知道又能怎样？"

"顺便提一句,你能否对那两位女士,也就是他母亲和妹妹,产生一些影响?今天见她们时须得留心一些……"

"他们会谈妥的!"拉祖米欣不大情愿地回答。

"他干吗这样对待那个卢仁呢?那人很有钱,她对他好像也不讨厌,他们家不是穷得叮当响吗?啊?"

"你干吗要打听这些呢?"拉祖米欣恼火地高声喊道,"穷或不穷,我怎么会知道?你自己问啊,说不定就问出来了……"

"呸,你这人有时候可真是粗鲁!醉意未消呀……再见,替我感谢普拉斯科维娅·帕夫洛夫娜吧,谢谢她留我过夜。她锁门了,我隔着房门对她说了句'早安①',她也没应声。她六点多钟就起床了,茶炊是从厨房穿过走廊给她送进去的……我未能有幸亲眼一睹她的芳容……"

当日九点整,拉祖米欣到达巴卡列耶夫的旅馆。两位女士早已心急如焚地等了他许久。她们起床时才七点多,甚至更早。他进屋时,神色忧郁,脸色如阴云密布,点头行礼的动作甚是别扭,为此他还生起气来——当然了,是气他自己。他失算了:一进门,普莉赫里娅·亚历山德罗芙娜就热情地奔向他,抓住他的双手,差点就要亲吻它们了。他怯怯地瞄了一眼阿芙多季娅·罗曼诺芙娜,然而就连这张高傲的脸上,此刻流露出来的也是这样的神情:感激、友善,还有他未曾预料到的十足的尊重(而不是那种嘲弄的眼神,以及不由自主且又难以掩饰的轻蔑),坦白讲,倘若迎接他的是恶言恶语,那么他反倒还感到轻松些,现在这样可真叫人难为情啊。幸运的是,谈话的话题是现成的,而他也很快就言归正传了。

---

① 此处原文是法语。

普莉赫里娅·亚历山德罗芙娜听说儿子还没睡醒,但"一切都很好"后,表示这再好不过了,因为她非常、非常、非常需要预先商议一下。随后,她们问他来之前是否喝过茶,并请他一道用茶;她们在等待拉祖米欣的时候也还没有用茶。阿芙多季娅·罗曼诺芙娜按了按铃,应声走来一个衣着又脏又破的人,他遵照吩咐前去备茶。茶终于上来了,但摆得脏乱且寒酸,这让两位女士感到有些不大体面。拉祖米欣正在激情澎湃地痛贬这家旅馆,然而,他一想到卢仁,便缄默不语了,心中感到窘迫难安,所以,当普莉赫里娅·亚历山德罗芙娜开始不间断地向他抛来一连串问题的时候,他感到庆幸极了。

他一一回答了这些问题,足足说了三刻钟,其间他被不停打断,还被反复地问同一个问题。关于罗季昂·罗曼诺维奇最近一年的生活情况,他将他所掌握的最关键、也最必要的事情如数告诉了她们,最后还详细地谈了谈他的病情。不过,他也略去了很多应该省略的事情,其中包括警察分局的那次争吵及其造成的后果。她们聚精会神地听着他讲,然而,每当他认为自己已经讲完了,并且足以满足自己的两位听众时,却发现对她们而言,他的解答仿佛还尚未开始。

"请您,请您告诉我,您是怎样看待……哎呀,请原谅,我直到现在还不知道您的名字呢。"普莉赫里娅·亚历山德罗芙娜急促地说道。

"德米特里·普罗科菲伊奇。"

"那么,德米特里·普罗科菲伊奇,我非常、非常、非常想知道……总体而言……他目前对各类事物的看法是怎样的,也就是说,请您理解我的意思,怎么跟您说呢,不如这么说吧:他喜欢什么,不喜欢什么?他一向都这么爱发脾气吗?他有哪些愿望,这么说吧,他有哪些理想,如果可以这样说的话?目前什么对他的影响最大?总之,我希望……"

"啊，妈妈，人家怎么可能一下子回答出所有的问题呢！"杜尼娅说道。

"哎哟，我的天哪，可我完全、完全、完全没有料到，见面时他会是这个样子，德米特里·普罗科菲伊奇。"

"这也是人之常情嘛，"德米特里·普罗科菲伊奇回答，"我母亲已不在了，不过我舅舅每年都会过来一趟，而他几乎每次都认不出我，虽然他是个有智慧的人，但他连我的外表都认不出来了；而你们已经阔别三年，人是会发生很多变化的呀。况且，我能告诉你们什么呢？我认识罗季昂也只有一年半：他总是悒悒不乐，忧郁而又高傲，自尊心很强；最近这段时间（说不定还要更早）他变得疑神疑鬼，患了臆想症。他为人豁达，心地善良。他不爱袒露自己的情绪，宁愿摆出一副冷酷无情的样子，也不愿用言语表达内心的感情。不过，有时他全然不像个臆想症患者，他只是对一切都漠不关心，冷酷无情，甚至有些不近人情，说真的，他身上仿佛有两种截然不同的性格。他有时沉默得可怕！他总是没时间，很多事情都在干扰他，他总会躺在那里，什么都不做。他从不嘲笑别人，这并不是因为他不会说俏皮话，似乎是因为他没时间应付这种不值一提的小事。他总是不听完别人讲的话。对于那些大家现下热衷的事情，他向来毫无兴趣。他自视甚高，然而这似乎也不无理由。嗯，还有什么呢？我认为，你们的到来将对他产生意义颇深的良性影响。"

"啊，上帝保佑！"普莉赫里娅·亚历山德罗芙娜惊惧地叫道，拉祖米欣对于她的罗佳的评价使她心痛不已。

拉祖米欣终于稍稍鼓起勇气，看向阿芙多季娅·罗曼诺芙娜。在谈话的过程中，他经常看她，不过仅瞧上一眼便立刻将目光移开。阿芙多季娅·罗曼诺芙娜时而坐到桌前专注地倾听，时而站起身来，如往常一般抱着手臂，嘴唇紧抿，从一个角落走到另一个角落，偶尔提个问题，但并未停下脚步，仍旧若有所思地踱着步子。她也有不听完别人讲话的习惯。她身着质地轻薄的深色连衣裙，脖子上系着白色的透明纱巾。拉祖米欣根据自己观察到的种种迹象，很快便注意到，两位女士现今的生活景况极为清贫。要是阿芙多季娅·罗曼诺芙娜打扮得像个女王，那么他也许根本不会怕她；而现在呢，可能正因她的着装是如此的粗简，正因他已察觉到她们清苦的境况，他的内心才萌生恐惧之感，他才会为自己的每一句话、每个动作都惶恐不安，而这，使得一个本就欠缺自信的人，看起来拘拘儒儒。

"您讲了我哥哥性格中的许多有趣之处，并且……讲得很客观。这很好。我觉得，您对他心怀敬意。"阿芙多季娅·罗曼诺芙娜笑着说，"您说，他身边需要有个女人，看来，这也是很有道理的。"她若有所思着补充道。

"这话我没讲过啊，不过，或许您说得很对，只不过……"

"只不过什么？"

"要知道，他谁也不爱，也许他永远不会爱上什么人。"拉祖米欣斩钉截铁地说。

"您的意思是，他不具备爱的能力？"

"您是知道的，阿芙多季娅·罗曼诺芙娜，您本人和您的哥哥太相似了，你们甚至在各个方面都很像！"贸然脱口的这些话令他自己也始料未及，但是他旋即记起，现在自己与她谈论的是她哥哥的事情，于是面红耳赤，窘迫不已。阿芙多季娅·罗曼诺芙娜看着他，不禁大笑起来。

"关于罗佳，可能你们俩都判断错了，"普莉赫里娅·亚历山德罗芙娜接过话茬，神色略有不悦，"我说的并不是现在，杜涅奇卡。而是彼得·彼得洛维奇在这封信中所写的内容……以及我和你的猜测——这或许不是真的。不过，德米特里·普罗科菲伊奇，您一定无法想象，他有多少不切实际的念头，并且，要怎么说才好呢，他总是阴晴不定。他的性情总是让我难以捉摸，早在他十五岁的时候，便是这样了。我相信，即便是现在，他也有可能突然对自己做出一些别人永远都想不到的事情……对了，前不久发生过这么一件事：一年半以前，他让我感到十分震惊，差点就要了我的命，因为他突发奇想，要娶这个，她叫什么来着——娶这个扎尔尼岑娜的女儿，也就是他女房东的女儿，您知道吗？"

"对于这件事，您了解什么详细的情况吗？"阿芙多季娅·罗曼诺芙娜问。

"难道您以为，"普莉赫里娅·亚历山德罗芙娜激动地继续说道，"那个时候我的眼泪，我的乞求，我的病症，我的死亡——说不定我会因忧愁而死——我们的贫穷，能够阻拦得了他吗？他只会不动声色地迈过一切阻碍。可是，难道他，难道他不爱我们吗？"

"他自己从来没有跟我提过这件事，一点都没有，"拉祖米欣小心翼翼地回答，"但是关于此事，我倒是从扎尔尼岑娜太太本人那里有所耳闻，她也是个寡言少语的人，我听说的情况，甚至有些令人感到奇怪……"

"您听说什么了？"两位妇女不约而同地问。

"其实，此事没什么过于特别之处。我只是知道，这桩婚事，其实早已全部安排妥当了，只是由于新娘的离世，婚才没有结成，扎尔尼岑娜太太对于此事一直耿耿于怀……此外，听说这位新娘的相貌也不太好看，也就是说，有人说她长得丑……而且她身体不好，人还……

还很古怪……不过,想来她身上应该有某些优点。应该肯定是有优点的,否则就匪夷所思了……什么嫁妆都没有,不过他对嫁妆也不抱什么指望……总之,这种事情一向是很难评判的。"

"我相信,她是个可敬的姑娘。"阿芙多季娅·罗曼诺芙娜简短地说。

"请上帝宽恕我的罪过,其实对于她的离世,我当时是那样的高兴,我也不知道,他们两人之间,到底是谁会毁了谁,是他会毁了她,还是她会毁了他?"普莉赫里娅·亚历山德罗芙娜为这个话题作了个收尾,然后再次小心谨慎地问起罗佳和卢仁昨日争吵的事情,她一面吞吞吐吐地问,一面不停地看向杜尼娅,显然,这惹得杜尼娅不大痛快。看得出来,二人的争吵事件是最令她忧心的,这种忧虑甚至达到了恐惧和心悸的地步。于是拉祖米欣把当时的情况事无巨细地重述了一遍,然而这一次,他加上了自己的结论:他直截了当地指出,拉斯科尔尼科夫故意侮辱彼得·彼得洛维奇是不对的,并且,这次他几乎没有以生病为由为他开脱。

"他早在生病之前就想好要这样做了。"他补充道。

"我也是这么想的。"普莉赫里娅·亚历山德罗芙娜十分沮丧地说。不过,令她分外诧异的是,拉祖米欣在这次讲到彼得·彼得洛维奇的时候,言辞是那样谨慎,甚至仿佛还怀有敬意。阿芙多季娅·罗曼诺芙娜对此也感到很惊讶。

"这么说来,这便是您对彼得·彼得洛维奇的看法?"普莉赫里娅·亚历山德罗芙娜不禁问道。

"对于令爱未来的丈夫,我不可能有什么其他看法,"拉祖米欣果决而又热情地答道,"我这样说,不仅仅是出于礼貌,而是因为……因为……喏,这个人是阿芙多季娅·罗曼诺芙娜亲自选定的。如果说，我昨日那样犀利地痛骂了他，那么这是因为，昨天我喝得烂醉如泥，神志不清了；对，就是神志不清，失去理智，我发疯了，彻底发疯了……而今天，我为此羞愧不已……"他满面通红，陷入了一阵沉默。阿芙多季娅·罗曼诺芙娜的脸也红了，但她并未打破沉默。自从大家开始谈论有关卢仁的事情起，她便一语不发。

由于少了女儿的支持，普莉赫里娅·亚历山德罗芙娜看起来也有些不知所措。最终，她一边不停看向女儿，一边支支吾吾地说，现在有个状况令她忧心不已。

"您瞧，德米特里·普罗科菲伊奇……"她开始说道，"杜尼娅，我就对德米特里·普罗科菲伊奇开诚布公地说了，你看怎么样？"

"当然可以了，妈妈。"阿芙多季娅·罗曼诺芙娜正色道。

"事情是这样的，"她连忙开始讲了起来，仿佛这句使她的忧思得以倾诉的准许，为她卸下了身上的千钧重负，"今天一大早，我们收到了一张彼得·彼得洛维奇递来的信，以此作为对于我们昨日通知他已经抵京的回信。您要知道，昨天他本应像先前答应好的那样，到车站来接我们。但他没有来，而是派了一名仆从过来，让他携着这家旅馆的地址，为我们引路，他还让这名仆从转告我们，他今早会亲自到我们这里来。然而，他今天早上又没有来，瞧，他还差人送来了这封信……您最好亲自读读这封信吧，里面有一个情况令我无比担忧……这个情况是什么，您待会儿会读到的，并且……还望您能把自己的建议坦白地告诉我，德米特里·普罗科菲伊奇！您最清楚罗佳的性格，您也最有能力为我们提供一些建议。我先告诉您，杜涅奇卡已经把一切决定好了，她看完信便立刻做好了决定，可我，我还不知该怎么做才好，所以……所以我一直在等您过来。"

拉祖米欣打开信，上面标注着昨天的日期，他看到了下面的文字。

普莉赫里娅·亚历山德罗芙娜夫人：

  由于突发意外状况，我未能亲赴车站，迎候台旌，特差干员一名，代为恭迎。又因我于参政院尚有要务，亟待解决，刻不容缓，且我不愿妨碍您和令郎、阿芙多季娅·罗曼诺芙娜和长兄阖家团聚，故明晨亦无法前来与您会见。谨定明晚八时整，本人将亲赴尊府拜会，恕我冒昧，另附一个恳切且坚决的请求：我希望在与您见面之际，罗季昂·罗曼诺维奇不在现场，因我昨日于其病时前往探候，他出言不逊，放肆无礼，我从未受此奇耻大辱；除此以外，本人另有一事，须当面向夫人详加说明，届时还望夫人亲自对此做出解释。我谨预先奉劝您，倘若您不顾此求，致使我与罗季昂·罗曼诺维奇得以会面，我将不得不即刻离席，到时则是夫人自取其咎。我另有一推测，昨日探候罗季昂·罗曼诺维奇之时，他病情甚重，然而两小时后竟忽然平复如故，由此可见，他很有可能届时离家探访二位。此种推测实非空穴来风，乃我亲眼所见：他昨日竟在一名命丧马蹄之下的醉汉家中，假托安葬之名，将二十五卢布拱手相赠，而所赠之人正是该醉汉之女，此女品行不端、臭名远扬，我对此颇为惊诧，因我深知，您能筹得此款，实属不易。至此，望您代我向尊敬的阿芙多季娅·罗曼诺芙娜致以厚意，并请您一并接受我由衷的敬意。

您忠实的仆役
彼·卢仁

"我该怎么办呀，德米特里·普罗科菲伊奇？"普莉赫里娅·亚历山德罗芙娜说道，她就快要哭出来了，"我怎么能让罗佳不过来呢？

他昨日要求他的妹妹悔婚,态度是那么坚决,这会儿彼得·彼得洛维奇竟然也不让他过来!要是让他知道了这件事情,他肯定会故意过来的……到时候可怎么办呀?"

"那就按照阿芙多季娅·罗曼诺芙娜决定的办吧。"拉祖米欣立刻从容地答道。

"哎哟,我的天哪!她说……天晓得她那讲的是什么话,她还不告诉我,这么做到底有何用意!她说,最好——其实也不是最好——就是,出于某种原因,可能必须得让罗佳故意在今晚八点过来一趟,必须让他们碰面……可是我就连这封信都不想让他瞧见,所以,我想通过您的关系,使个巧妙的法子,确保他不会过来……因为他是那么的冲动易怒……还有,我怎么也搞不清楚,怎么又有个醉汉死了,还冒出来个女儿,而且他怎么会把仅剩的这点钱全都送给了这个女儿呢……那些钱可是……"

"妈妈,那些钱您得来不易。"阿芙多季娅·罗曼诺芙娜补充了一句。

"他昨天很反常,"拉祖米欣若有所思地说道,"倘若你们知道,他昨天在一家小饭馆里说过什么话,即便那话说得十分机敏……嗯!昨天走在回家的路上时,他的确对我提起过一个离世的人和一位姑娘,但我当时没听懂……其实,昨天就连我自己也……"

"妈妈,咱们最好亲自去一趟他那儿,请您相信,我们到了那儿,立马就会知道该怎么做。而且咱们也该过去了——天哪!十点多钟了!"她瞧了一眼身上那块精美的鎏金珐琅表,高声惊呼了一声。表上配有一条纤细的威尼斯表链,挂在她的脖子上,这块金表与她身上的其他衣饰极不协调。"未婚夫的礼物。"拉祖米欣心想。

"哎哟,该走了!时间到了,杜涅奇卡,该走了!"普莉赫里娅·亚历山德罗芙娜开始忙乱起来,"咱们这么晚不过去,他恐怕会以为,咱们是在为昨天的事情生气呢。哎呀,我的上帝啊!"

她说着,手忙脚乱地给自己披上披肩,戴好帽子;杜尼娅也穿戴整齐了。拉祖米欣留意到,她戴在手上的手套不仅很旧,还有破洞,但这种寒酸反倒让两位女士有一种特别的体面,是那些衣饰寒酸但又穿戴得很得体的人常有的体面。拉祖米欣满怀敬意地望着杜涅奇卡,想到自己将陪她一道过去,心中甚感自豪。"那位王后,"他暗暗地思忖,"那位在监狱里为自己缝补长袜的王后[①],她在当时看上去像一位真正的王后,甚至比她出席最隆重的庆典活动或者接受觐见的时候,更像一位真正的王后。"

"我的天哪!"普莉赫里娅·亚历山德罗芙娜高声说道,"我怎会想到,有一天我竟会害怕同我的儿子、我最最亲爱的罗佳见面啊!我现在太怕了……我害怕,德米特里·普罗科菲伊奇!"她胆怯地看着他,补充道。

"请您别怕,妈妈,"杜尼娅亲吻着她说,"您最好相信他。我信他。"

"哎呀,我的天哪!我也信,可我一整宿都没睡着!"这个可怜的女人高声叹道。

他们来到了街上。

"你知道吗,杜涅奇卡,快天亮的时候,我浅浅地睡了一小会儿,突然梦见玛尔法·彼特罗芙娜了……她穿着一身白衣……朝我走过来,拉起我的一只手,还冲着我摇头,她的样子看上去是那样严肃,

---

① 指法国王后玛丽亚·安图安涅塔,1793年10月16日,根据法国革命法庭的决议,这位王后被判处死刑。传说她在监狱里的时候,曾以床垫罩子的织物作线,以牙签作织针,为自己缝补长袜。

像在指责我似的……这难道是吉兆吗？哎，我的天哪，德米特里·普罗科菲伊奇，您还不知道吧？玛尔法·彼特罗芙娜死了！"

"是的，我不知道。玛尔法·彼特罗芙娜是谁？"

"她是暴毙身亡！您想啊……"

"日后再谈吧，妈妈，"杜尼娅插了一句，"他并不知道玛尔法·彼特罗芙娜是谁。"

"哎呀，您不知道吗？我还以为，您什么都知道了呢。还请您原谅我，德米特里·普罗科菲伊奇，我这几天简直都糊涂了。说真的，我好像已把您视作我们的神明，所以才如此笃信，认为您是无所不知的。我把您看成亲人了……我这么说，您可别生气。哎呀，我的天哪，您这右手是怎么啦！受伤了？"

"对，受伤了。"拉祖米欣小声说道，他的心里幸福极了。

"我这人有时口无遮拦，想也不想就脱口而出了，所以杜尼娅总是纠正我……我的天哪，他住的小屋怎么如此简陋！不过，他醒了没？还有这个女人，他的女房东，她认为这就叫房间吗？您听我说，您曾提到，他不喜欢表露自己的情绪，那么或许，我的……我的缺点，会令他很反感吧？德米特里·普罗科菲伊奇，您能否教教我？我该怎么和他相处呢？您要知道，我现在完全束手无策。"

"倘若您看到他皱眉，就不要对他刨根问底，尤其是他的健康问题，您千万不要追问不休，他很不喜欢这样。"

"哎，德米特里·普罗科菲伊奇，做母亲可真是不容易啊！瞧，走到这座楼梯了……这座楼梯真可怕啊！"

"妈妈，您的脸色都发白了，请您放宽心吧，我亲爱的，"杜尼娅语气亲热地对她说，"他见到您时，是感到幸福的，您不用自寻苦恼。"她又补充了一句，双眼炯炯发亮。

"请稍等,我先去瞧瞧他醒了没。"

走在前面的拉祖米欣顺着楼梯往上走,两位女士则静静地跟在他身后,当她们从四楼女房东的门前经过时,只见女房东的房门开着一道小缝,两只黑眼珠滴溜溜地飞速转动着,正在暗中观察她们。两位女士与她的目光一交汇,那扇房门便"砰"的一声突然关上了,吓得普莉赫里娅·亚历山德罗芙娜差点失声尖叫起来。

第三节　母亲和妹妹第二次到访

"他好啦,他好啦!"佐西莫夫兴高采烈地对着进门的人大喊。他到这里已有十多分钟了,正坐在他昨日坐过的沙发一角上。拉斯科尔尼科夫坐在他对面的角落里,已经穿戴齐整,甚至还认真梳洗过一番,他很久都没有这样收拾过自己了。房间里一下子挤得满满当当,但娜斯塔西娅还是紧随在客人们的后面,走了进来,站在一边听。

果然,拉斯科尔尼科夫的病已好得差不多了,尤其是跟昨日相比,只是他的脸色格外苍白,人也神思恍惚,一副怏怏不乐的模样。他的外表看上去好像一个受了伤的人,或是一个正在忍受某种肉体剧痛的人——他眉头紧锁,双唇紧闭,眼睛充血。他的话很少,也不大愿意讲话,似乎只是在勉强维持现状,或是履行义务,他的动作偶尔还会流露出某种慌乱。

倘若在他的胳膊打上绷带,或是在手指上包个塔夫绸套子,那么他俨然就是一个——比如说——手指严重化脓或者手臂受伤的人,或者是受了此类伤病的人。

不过,当母亲和妹妹走进来的时候,这张苍白而又阴郁的脸上,似乎有那么一瞬间闪过一道光芒,然而,那也仅仅使他的神情由方才那种心神恍惚的忧愁转变为一种似乎更加集中的痛苦。那道光很快就泯灭了,可痛苦却留了下来。此时,佐西莫夫正带着初出茅庐的医生身上常有的年轻而又充沛的热情,观察和研究着自己的病人,他惊奇地发现,亲眷来了以后,病人非但没有高兴起来,脸上似乎反而隐现着一种沉痛的决意——决意忍受一两个小时无从逃避的折磨。随后他注意到,在接下来的谈话中,几乎每句话仿佛都触及了、并且触痛了病人心中的某个创口。可是与此同时,让他感到诧异的是,病人今日竟能把自己控制得很好,掩藏住昨日那种偏执狂患者的情绪——他昨天为了一句无关痛痒的话,差点没发起疯来。

"对,我自己也觉得,我现在好得差不多了。"说着,拉斯科尔尼科夫深情款款地吻了吻母亲和妹妹,普莉赫里娅·亚历山德罗芙娜立刻变得神采飞扬。"而且我说这句话的语气已不再是昨天那样了。"他望着拉祖米欣补充道,还跟他友爱地握了握手。

"他今天实在令我惊讶极了。"佐西莫夫开口道。在过去的十分钟里,他跟他的病人早已无话可说,因此,他们的到来使他格外高兴。"假如维持这种状态,再过三四天,他就能恢复原样了,也就是说,跟一个月前一样,要么就是两个月前……或者,也许是三个月前吧?因为这场病是长期形成的……对吧?现在您也得承认,或许,您自己也有过错,对吧?"他带着小心翼翼的笑容,补充了一句,似乎还在担心,自己哪句话说错会让他大发雷霆。

"非常有可能。"拉斯科尔尼科夫冷淡地回答。

"我的意思是说,"佐西莫夫谈话的兴致渐浓,他继续说道,"现在您能否完全康复,关键还是取决于您自己。既然现在已能和您谈谈了,那么我想提醒您一句,必须消除最初的病因,这么说吧,就是消除您发病的根本原因,到时您自会痊愈,否则的话,病情反而还会加重。这最初的病因呢,我也不大清楚,不过想必您很清楚。您是个聪明人,肯定也观察过自己。依我之见,您开始得病的时间与您辍学的时间多少有些吻合。您不能赋闲在家,所以我认为,找份工作,并为自己树立一个坚定的目标,将会对您大有裨益。"

"是,是,您说得完全正确……我这就抓紧入学,如此一来,一切都将进行得……顺顺当当……"

佐西莫夫做出此番颇为明智的劝说,或多或少是为了给两位女士留下点深刻的印象,可是讲完以后,他瞧了瞧自己劝说的对象,却分明在他脸上瞧出一抹嘲讽的神情,这自然让他感到有些窘迫。不过,这种状况并未持续很久。普莉赫里娅·亚历山德罗芙娜随即向佐西莫夫道谢,特别是感谢他昨夜去旅馆探望她们。

"怎么,他深更半夜去了你们那里?"拉斯科尔尼科夫问道,他似乎有点不安,"如此说来,你们舟车劳顿以后,没有睡觉吗?"

"哎哟,罗佳,那不过是两点之前的事情。我和杜尼娅在家的时候,也从来没在两点以前入睡过。"

"我还不知道,该如何感谢他才好呢,"拉斯科尔尼科夫突然皱起眉头,垂下目光,继续说道,"钱的问题先暂且不提——我想讲一件事,还请您见谅(他对佐西莫夫说)——我真的不知道,我哪点值得您如此特别的关照?我实在是搞不明白……而且……而且我甚至为此感到痛苦,因为我理解不了——恕我对您直言不讳。"

"请您不要生气,"佐西莫夫勉强挤出一丝笑意,"假如我告诉您,您是我的首位病人呢?我们这些刚刚入行的医生,爱自己的首位病人就如爱自己的孩子一般,而且有的医生差点爱上了他们。况且,您要知道,我的患者并不算多。"

"我就不提他了,"拉斯科尔尼科夫指了指拉祖米欣,补充道,"他也一样。他在我这里,除了侮辱和麻烦,什么都没有得到。"

"嚯,净瞎说!你今天是不是有点多愁善感啊?"拉祖米欣大声喊道。

倘若他的目光更为锐利的话，便可以洞察到，这压根就不是什么多愁善感，甚至恰恰相反。不过，阿芙多季娅·罗曼诺芙娜发现了这一点。她忧心忡忡、聚精会神地注视着哥哥。

"说到您呢，妈妈，我便连说都不敢说了，"他继续往下讲，好像在背诵今早温熟的功课，"我直到今天才多少明白一些，您昨天在这里等我回来的时候，心里有多么煎熬。"说到这里，他突然沉默了，微笑着把一只手伸向妹妹。不过，这次的笑容里，隐现的绝非是做作的真情。杜尼娅立即抓住这只伸向她的手，热情地握了握，她感到十分高兴，满怀感激。这是昨日发生争吵后，他第一次向她主动示好。看到兄妹俩终于达成和解，母亲的脸上焕发出欣慰而又幸福的神采。

"我正是为了这一点才爱他的！"一向喜欢夸张的拉祖米欣从椅子上猛然转身，喃喃自语，"这才是他常常会做出来的举动！"

"他这一切做得是多么得体啊，"母亲暗自思忖着，"他心中怀有多么高尚的感情啊，而且他还能够如此轻松、如此委婉地化解自己与妹妹昨日的所有误解——在这一刻，他不过只是把手伸了出来，友好地朝她看了一眼……还有，他的眼睛是多么漂亮，他这张脸是多么好看！他长得甚至比杜涅奇卡还好看……可是，我的天哪，他身上穿的是什么衣服，他穿得也太差啦！我多么想、多么想向他扑去，抱住他，然后……大哭一场——但我害怕……上帝啊！他怎么……瞧他说话的样子，态度是多么和缓，可我却感到害怕！我在害怕什么呢……"

"啊，罗佳，你想象不到，"她突然接过话头，赶忙回应他的话，"我和杜尼娅昨天是多么的……不幸啊！不过幸好，现在一切都过去了，不幸全都化解了，我们又能重获幸福了——也能跟你讲讲了。你想啊，我们为了能够赶紧拥抱到你，几乎一下火车，就赶了过来，而这个女人——是的，没错，是她！你好啊，娜斯塔西娅！她却突然告诉我们，你害了热病，并且趁医生不注意偷偷溜走了，迷迷糊糊地跑到街上，大家都跑出去到处寻找你。你简直想象不到，我们当时有多么着急！我一下子想起波坦奇科夫中尉死的时候是多么凄惨，他是咱们的旧相识，你父亲的朋友——你应该已经不记得他了，罗佳——他那时也是害了热病，也像你这样跑了出去，结果掉到院子的一口井里去了，直到第二天才被人捞上来。当然了，我们把事情想得过于夸张了。我们原本打算跑去找彼得·彼得洛维奇，想着至少有他的帮忙……因为我们当时举目无亲，毫无指望。"她原本在用一种诉苦的口吻、拖着长调讲着，却突然噤声了，因为她想起来，虽然"我们再度感到幸福"，但是此时提到彼得·彼得洛维奇，还是件非常危险的事情。

"对，对……当然，这一切让人不太愉快……"拉斯科尔尼科夫含糊其词地回答，然而脸上的神色却是那样的漫不经心，以至于杜尼娅颇为诧异地瞧了他一眼。

"我还想说什么来着？"他一边竭力回想，一边继续说道，"对了，妈妈，还有你，杜涅奇卡，请你们千万不要认为，我今天有意没有先去找你们，而是等着你们先来找我。"

"你这说的是什么话啊，罗佳！"普莉赫里娅·亚历山德罗芙娜高声说道，她也有些纳罕了。

"他怎么回事呀，难不成他回答我们，是为了履行义务？"杜涅奇卡心想，"又是和解，又是请求原谅，就跟公事公办似的，好像在背诵功课一样。"

"我刚刚醒来的时候，本打算过去一趟的，但被衣服的事情给绊住了。我昨天忘了告诉她……就是娜斯塔西娅……让她把血清洗干净……所以我这会儿才穿好衣服。"

"血！什么血？"普莉赫里娅·亚历山德罗芙娜大惊失色。

"事情是这样的……请您别担心。这块血迹是因为，我昨日神志不清地跑到街上闲逛时，遇到一个被马踩伤的人……一名官员……"

"神志不清？但是你什么都记得啊！"拉祖米欣打断了他的话。

"此言不假，"不知为何，拉斯科尔尼科夫特别关心这个质疑，他答道，"我的确记得所有的事，甚至是最微小的细节，可奇怪的是，我为什么要做那件事，为什么去了那里，又为什么要说那番话？我怎么也无法解释清楚。"

"这是一种常见现象，"佐西莫夫插话道，"一个事件的完成有时是精妙绝伦、错综复杂的，而行为的控制过程与产生过程却是混乱无序的，这取决于各种各样的病态印象，就像做梦一样。"

"看样子，他快把我当疯子看了，不过这样也好。"拉斯科尔尼科夫暗自忖度着。

"就算是正常的人，想必也会出现类似的状况。"杜涅奇卡惴惴不安地望着佐西莫夫说。

"这话说得很对，"佐西莫夫答道，"在这个层面上，通常我们大家差不多都是疯子，只是其中有个微小的差别，就是'病人'的疯癫程度比我们更深一些，因此，必须分清这个界线。绝对正常的人几乎是不存在的，这一点千真万确；在几十人之中，甚至是在几十万人之中，才有可能遇上一个这样的人，而且是千年一遇的……"

一提到自己钟爱的话题，佐西莫夫便侃侃而谈，遂不慎说出了"疯子"一词，一听到这个词，大家都皱起了眉头。拉斯科尔尼科夫坐在那里，似乎对此并不在意，苍白的嘴唇上挂着一抹怪异的笑容。他若有所思，也不知在思索什么。

"对了，让我插一句话！那个让马踩伤的人怎么样了？"拉祖米欣连忙大声说道。

"什么？"拉斯科尔尼科夫回过神来，如梦方醒，"对……就是说，我帮忙把他抬回家时，身上沾了点血……顺便说一句，妈妈，我昨天还干了件不容原谅的事，当时我的精神可真不正常啊。我昨天把您寄给我的钱全都给了……他的妻子……用来安葬他。这个寡妇如今身患肺痨，是个很不幸的女人……那三个可怜的孩子还在饿肚子……家里一贫如洗……还有个女儿……若是您瞧见了，想必您也会把钱给她的……但是我要承认，我没有任何资格做这样的事，特别是我知道，这钱您是如何得来的。若想乐于助人，首先必须得有这个资格，否则只能说一句：'畜生，若是你们认为不妥，那就去死吧！'①，"他大笑起来，"是这样吧，杜尼娅？"

"不对，不是这样的。"杜尼娅坚定地回答道。

"哦！就连你的心……也有所企图呀……"他带着讥讽的微笑看了她一眼，神色中几乎怀着一股恨意，含混不清地说道，"我本应想到这一点的……其实，这样也值得褒奖。对你而言，这样还更好呢……当你走到这条界线的时候，若你不跨过它，便会遭逢不幸；可若你跨过了它，说不定将会更加不幸……不过，这些都是胡扯罢了！"由于为自己这种不由自主的激动情绪而懊恼不已，他愤然补充道，"其实我只是想说，妈妈，我求您原谅。"他忽然生硬地结束了自己的话。

"够了，罗佳，我深信，你做的所有事情都是非常好的！"母亲高兴地说道。

"请您不要相信。"他咧嘴笑了笑。随之而来的是一阵沉默。这场谈话中笼罩着一种剑拔弩张的气氛，不仅如此，这种气氛还曾出现在

---

① 此处原文为法语。

沉默中，在和解中，在宽恕中，在场所有人均对此有所察觉。

"似乎她们都挺怕我的。"拉斯科尔尼科夫皱着眉头望向母亲和妹妹，心中暗自忖度。的确，普莉赫里娅·亚历山德罗芙娜觉得，自己越不讲话，心里就越害怕。

"当我们无法团聚的时候，我反倒很爱她们。"这个想法在他脑子倏地闪过。

"你知道吗？罗佳，玛尔法·彼特罗芙娜死了！"普莉赫里娅·亚历山德罗芙娜"唰"地一下站了起来。

"玛尔法·彼特罗芙娜是谁？"

"哎哟，我的天哪，就是玛尔法·彼特罗芙娜·斯维德里盖洛娃呀！我在信里给你写过那么多关于她的事呢。"

"哦——哦——哦，对，我想起来了……这么说，她死了？咦，这是真的吗？"他突然打了个寒噤，恍惚间如刚醒来一般，"难不成她真的死了？怎么死的？"

"你要知道，是暴毙身亡！"他的好奇使普莉赫里娅·亚历山德罗芙娜备受鼓舞，她连忙道，"正好是在我给你寄信的时候，就在那天！你知道吗，好像就是那个可怕的人造成了她的死亡。听说，他毒打过她！"

"一直以来，他们都是这样过日子的吗？"他问妹妹。

"不是的。恰恰相反，他对她一向极有耐心，甚至是以礼相待。乃至在许多情形之下，他对她显示出了过度的包容，整整七年……但不知道为什么，他忽然失去了耐心。"

"这么说来，他既然能忍让七年，说明他根本没那么可怕，对吗？杜涅奇卡，你似乎在为他辩白？"

"没有，没有，他是个可怕的人！我很难想象得到，有谁比他更可怕。"杜尼娅回答的时候，几乎浑身颤抖，她眉头紧蹙，若有所思。

"这件事发生在早上，"普莉赫里娅·亚历山德罗芙娜连忙继续道，"当日事发之后，她立刻命人套马，以便用过午饭立刻进城，因为每次发生这种事情，她总会进城。听说，那天她吃午饭的时候，胃口还挺不错……"

"在挨完打以后？"

"不过，她向来有个这样的……习惯：为了不耽误上路，她一吃过午饭，便会马上前往水滨浴场……要知道，她好像在那里做浴疗。那里有一眼冷泉，她每天都会按时去冷泉里沐浴，可是那天，她刚一进冷泉，就突然中风了！"

"那还用说嘛！"佐西莫夫道。

"她被他打得很惨吗？"

"每次不是都一样嘛。"杜尼娅回答。

"哼！不过，妈妈，您倒是十分热衷于讲这种乌七八糟的事情。"拉斯科尔尼科夫恼火地说道，这话好像是无意间说出来的。

"哎哟，我亲爱的，我是真不知道要说些什么了。"普莉赫里娅·亚历山德罗芙娜不假思索地说道。

"怎么了，难道说，你们大家都很怕我？"说着，他撇撇嘴，露出一抹不自然的笑。

"的确如此，"杜尼娅以凌厉的目光直视哥哥，说道，"妈妈在上楼的时候，甚至害怕得画起了十字。"

他的脸似乎因抽搐而变得扭曲。

"哎呀，瞧你说的，杜尼娅！罗佳，你别生气……你干吗这么说呢，杜尼娅！"普莉赫里娅·亚历山德罗芙娜心急如焚地说，"真的，我过来的时候，坐在车厢里，一路上都在畅想：咱们将会如何见面呀，咱们如何向对方讲述自己的近况呀……当时我心中是那么幸福,以至于连长途跋涉都不觉得辛苦了!哟,我这是在说什么呢!现在我也很幸福的……杜尼娅,你不应该那样说!罗佳,仅仅是见到你,我就觉得很幸福了……"

"好啦,妈妈,"他紧紧握住妈妈的手,神色赧然地轻声说道,但是并没有看向她,"咱们有的是时间尽情述说。"

话音刚落,他突然窘迫难安,脸色发白。不久前体会过的一种如死亡般冰冷的可怕感受再次掠过他的心头,他忽然再次格外清晰地意识到,他刚才讲了一个可怕的谎言,如今,他不仅再也无法尽情述说,而且永远都无法跟任何人随意说些什么了。这个痛苦的想法给他带来的影响是那般强烈,以至于他有一瞬,几乎完全失态,直接从座位上站起来,没有看任何人,径直往屋外走去。

"你怎么了?"拉祖米欣一把抓住他的胳膊,大声喊道。

他重新坐了下来,沉默地朝四周环视。大家疑惑地望着他。

"你们这些人好没劲啊!"他突然高声喊道,这声叫喊完全出人意料,"随便说些什么呀!就这么坐着有什么意思!喂,说话啊!你们开口说话啊……大家坐在一起,却全都一言不发……喂,随便说句话啊!"

"谢天谢地!我还以为,他又会像昨天那样发作。"普莉赫里娅·亚历山德罗芙娜一边说,一边用手画了个十字。

"你怎么了,罗佳?"阿芙多季娅·罗曼诺芙娜满腹狐疑地问。

"没什么,我记起了一件事情。"回答完这句话以后,他突然笑了。

"嗯,若只是记起一件事的话,那就没什么了!我还以为……"佐西莫夫一边从沙发上站起来,一边轻声道,"不过我也该走了,没准儿我还会再来一趟的……如果到时候你们还在的话……"

他道过别，便离开了。

"多好的人呀！"普莉赫里娅·亚历山德罗芙娜说道。

"是啊，一个非常好的、极为优秀的、博学多识的聪明人……"拉斯科尔尼科夫用一种令人始料未及的语速飞快地说，语调中还带着一股不同寻常的兴奋，直至现在他还从未如此活跃过，"我都不记得了，生病前我在哪儿见过他来着……似乎是在什么地方见过……瞧，这位也是个好人呀！"说着，他向拉祖米欣点了一下头，"你喜欢他吗，杜尼娅？"他问她，然后不知为何，他突然放声大笑起来。

"很喜欢。"杜尼娅答道。

"呸，你这个人真……不够义气！"拉祖米欣说。他被讲得很难为情，窘得满脸通红。说完，他从椅子上站了起来。普莉赫里娅·亚历山德罗芙娜轻轻地笑了，可拉斯科尔尼科夫的笑声却很响亮。

"你上哪儿去？"

"我也……我该离开了。"

"你根本用不着离开，请你留下！佐西莫夫走了，所以你也要走吗？别走了……对了，几点了？到十二点了吗？你这表很不错嘛，杜尼娅！啊，你们怎么又不说话了！始终只有我一人在说……"

"这块表是玛尔法·彼特罗芙娜送我的礼物。"杜尼娅回答道。

"价值不菲呢。"普莉赫里娅·亚历山德罗芙娜补充道。

"啊！这块表可真大呀，不太像女表。"

"我就爱戴这样的。"杜尼娅说。

"看来不是未婚夫的礼物。"拉祖米欣想着，不知为何，他心里有些开心。

"我还以为是卢仁的礼物呢。"拉斯科尔尼科夫说。

"不是的，他还从来没有送过杜涅奇卡什么东西。"

"啊！您记得吗，妈妈，我之前恋爱过，还打算结婚来着？"他望着母亲突然道，后者因他骤然转变的话锋和讲话的语调吃了一惊。

"哎呀，我亲爱的孩子，是啊！"普莉赫里娅·亚历山德罗芙娜跟杜涅奇卡、拉祖米欣相互递了个眼色。

"嗯！没错！我要跟你们讲什么来着？我都记不大清了。她是个患了病的小姑娘，"他忽然若有所思地垂下头，继续说道，"她体弱多病，很喜欢给乞丐布施，还一直憧憬着能进入修道院，有一回她跟我提起这件事的时候，眼泪汪汪的。是的，是的……我记得……我记得很清楚。她长得……不太漂亮。真的，我也不知道自己当时为什么那么迷恋她，可能是因为，她总是病恹恹的……倘若她还是个跛子或者驼背，可能我会更爱她吧……（他若有所思地笑了笑）事情就是这样……好像一场春天的呓语……"

"不是的，那不单单是春天的呓语。"杜涅奇卡兴奋地说道。

他目不转睛地凝神望了望妹妹，但是并未听清她说的话，甚至可能连她话里的意思都没领会。接着，他若有所思地站了起来，走到母亲面前，吻了吻她，之后又回到座位上坐了下来。

"你现在也还爱着她呢！"普莉赫里娅·亚历山德罗芙娜动情地说道。

"她吗？现在？哦，对……您指的是她！不爱了。现在这一切都恍如隔世……而且都这么久了。就连现在周遭的种种，仿佛也不是这个世界上发生的事情……"

他屏息凝神，看向他们。

"瞧，就连你们……我如今也像是从很遥远的地方望着你们……哎，鬼知道，咱们为什么会谈到这些！何必打听得这么详细呢？"他沮丧地补充了一句，随后噤声不语，咬着自己的手指甲，再次凝思。

"你住的这间房子太差了,罗佳,好像棺材,"普莉赫里娅·亚历山德罗芙娜突然说道,打破了这阵尴尬的沉默,"我觉得,你变得这么忧郁,有一半原因要归咎于这间房子。"

"房子?"他回答得漫不经心,"对啊,许多事情都是由房子造成的……我也思考过这个问题……不过,妈妈,您知不知道,您刚才说出了一个特别奇怪的想法。"他突然怪异地冷冷一笑,补充道。

再过不了多久,想必他对于这些人,这些阔别三年才得以团聚的亲人,在这段无言可诉、无话可讲的交谈里这般亲昵的语调,将会彻底忍无可忍。不过,有一件刻不容缓的事情,无论如何,必须得在今天解决——他早上刚睡醒的时候,便这样决定了。现在,他的内心正为这件事情感到无比愉悦,因为他将它视作一条出路。

"是这样的,杜尼娅,"他严肃且冷淡地说道,"当然,我想请你原谅我昨日的鲁莽,不过,我觉得我有义务再次提醒你:对于那个最主要的问题,我不会让步。你要么选我,要么选卢仁。即便我是个卑鄙小人,你也不该如此。我们之间有一个人是卑鄙的,便已足够。要是你嫁给卢仁,我便不再认你作妹妹。"

"罗佳,罗佳!这怎么还是跟昨天一样呀,"普莉赫里娅·亚历山德罗芙娜悲痛地嚷道,"你怎么总是称自己为卑鄙小人呀,我没办法接受这个说法!而且昨天你也这么说……"

"哥哥,"杜尼娅的语气也很冷淡,她坚定地回答,"这全都是因为你有一个错误的想法。我思考了一夜,找到了你的错误。问题在于,你似乎有个猜测,认为我决定嫁给他,大概是想为了某个人而牺牲自己。事实绝非如此。首先,我嫁人,不过是为了自己,因为我自己一个人太艰辛了;其次,如果能为家人带来好处,那么,我当然非常乐意,然而,这并非我做此决定最为主要的原因……"

"说谎！"他一边愤愤地咬着指甲，一边暗自思忖，"骄傲的女人啊！自己想施恩于人，却还不愿承认！哎，多么鄙俗的人性啊！这些人就连去爱，也都仿佛在恨……哎，我是多么……憎恨他们所有人啊！"

"总之，我之所以要嫁给彼得·彼得洛维奇，"杜涅奇卡继续说道，"是因为权衡了利弊。我打算诚心诚意地完成他期望我做到的一切，所以我不会欺瞒他……你怎么这样笑？"

她也发怒了，眼中燃起了怒火。

"完成一切？"他阴鸷地冷笑道。

"在一定限度内。彼得·彼得洛维奇向我求婚的时候，不论是他的态度，还是方式，都在反复向我表明，他需要的是什么。当然，他自视甚高，也许还有些过分珍视自己，但是我希望，他将来也能珍视我……你怎么又笑？"

"你怎么又脸红了？因为你撒谎，妹妹，你故意撒谎，只是出于一种女性的执拗，只是为了在我面前捍卫自己的观点……你不会尊重卢仁的——我见过他，我还跟他说过话。由此可见，你就是为了钱才把自己给出卖了，所以不论怎么说，你的做法都是可耻的，不过我还挺高兴的，因为你至少还会脸红！"

"不是的，我没有说谎！"杜涅奇卡彻底无法冷静了，她大喊起来，"倘若我不相信他会尊重我、珍惜我，那么我是绝对不会嫁给他的；倘若我不是坚定地相信，自己将会尊重他，我也绝对不会嫁给他。万幸的是，我对此深信不疑，即便是今天，我也依然相信。而且这桩婚事，绝非你口中的可耻行径！即便你说得对，即便我当真决意去做这件可耻的事情——那么，你刚才这样对我讲话，难道就不残忍吗？这种大概连你自己都没有的英雄气概，你凭什么要求我有呢？这是专制，是强迫！如果我会毁掉什么人，那么这个人也只会是我自己……况且我又没有去杀害任何人！……你怎么这样看我？你怎么脸色发白？罗佳，你怎么了？罗佳，亲爱的！……"

"天哪！你把他说得要晕厥啦！"普莉赫里娅·亚历山德罗芙娜失声喊道。

"没有，没有……胡说……我没事……只是有点头晕而已。根本就不是晕厥……您怎么满脑子都是晕厥啊！……哎哟！对了……我想说什么来着？是了，你今天凭什么认定，你会尊重他，而他也会……尊重你呢，你原话是这么说的，对吧？你好像说了'今天'，对吗？还是我误听了呢？"

"妈妈，请您把彼得·彼得洛维奇的信拿出来，给哥哥看看。"杜涅奇卡说。

普莉赫里娅·亚历山德罗芙娜双臂颤抖着把信递给了他。他带着强烈的好奇接过了这封信。可是不知为何，在拆信之前，他突然神色怪异地瞧了杜涅奇卡一眼。

"真奇怪啊，"他慢悠悠地开口说，似乎突然有个新想法让他大为震惊，"我何必瞎操心呢？我干吗大吼大叫呢？你愿意嫁给谁，便嫁给谁好了！"

他看似正在喃喃自语，却将话大声地说了出来，然后，他盯着妹妹瞧了一会儿，似乎满腹疑虑。

终于，他将信展开来，神色中仍旧保留着某种异样的惊奇，随后，他慢慢悠悠、聚精会神地开始读信，读了两遍。普莉赫里娅·亚历山德罗芙娜焦虑万分，在场所有人都在屏息等待着一场不同寻常的风波的发生。

"我对此很惊讶，"读罢，他冥思半晌，一面把信递给母亲，一面说起话来,不过他的话并不是仅对某个人讲的,"要知道,此人是个办案的,是个律师,所以就连讲话都如此的……拿腔拿调——可这信,却写得文理不通。"

众人心里松了口气,完全没料到,他会这么说。

"其实他们写东西都是这样的。"拉祖米欣突然说了一句。

"难道你看过?"

"是的。"

"我们给他看了,罗佳,我们……我们之前还商量过……"窘迫不安的普莉赫里娅·亚历山德罗芙娜出声解释道。

"这其实是诉讼类文体,"拉祖米欣打断道,"诉讼类文体至今都是这样写的。"

"诉讼类?是,正是诉讼类,公文类的……其实也没有非常不通,只是并不完全合乎语言规范,因为是公文嘛!"

"彼得·彼得洛维奇也没有隐瞒过自己读书不多的事实,他甚至还自夸道,他是凭借自己的奋斗才有今天的。"阿芙多季娅·罗曼诺芙娜开口说道,哥哥的阴阳怪气让她有些气恼。

"那又如何,既是自夸,那便有值得自夸的本事——我并不是反对这个。妹妹,你大概感到委屈了吧,因为我读完信后,只是指出了一个无关痛痒的问题,恐怕你会认为,我是心里不痛快,故意讽刺你,才挑出一个毫不相干的小毛病。恰恰相反,针对文体,我想到了一个在当前状况下绝非多余的问题。信里有一句措辞是这样的:'自取其咎',这个词极为关键,用意明显,此外他还提出,'如果我去的话,他便会即刻离席',这是一句很有威胁性的话。这个'离开'的威胁,就等同于,倘若你们不服从,他便会立刻抛下你们,即便他已经把你们叫来圣彼得堡了,他也会这么做的。那好,假如卢仁这句话是由他

（他指了一下拉祖米欣），或是由佐西莫夫，又或是我们之中的任何一人所写，是否也会引人愤怒呢，你是怎么认为的？"

"不——会，"杜涅奇卡激动地答道，"我非常理解，这样的表述有些过于天真了，大概他只是不擅长写信罢了……而你的判断也很有道理，哥哥。我甚至都没有想过……"

"这种表达是诉讼文体，那么既然是诉讼文体，就不能写成别的样子，而且，也许他的表述比他心中所想更粗鲁一些。不过还有一点，我让你有些失望了：在这封信里还有一句话，是一句诋毁我的话，而且是极其卑鄙的诋毁。我昨天的确把钱送给了那个身患肺痨、悲痛欲绝的寡妇，并不是'借口安葬'，其实，这钱本来就是用来安葬死者的，我也没有交到那个女儿的手里——正如他信中所言，那个'品行不端'的姑娘（而且昨天是我有生以来初次见到她）——而是交给了寡妇本人。在这整件事中，我发现他的内心怀有一种急不可耐的愿望，就是诬蔑我，好让我们发生争吵。这又是用诉讼文体表达出来的，也就是说，极其明显地暴露了他的目的，并且行文中急不可耐的情绪也颇为天真。他是个聪明人，可若想办成聪明事，仅凭小聪明是不够的。这一切都刻画出此人的品性，而且……我不认为他特别珍视你。我对你说出这些话，唯一的目的就是，希望你引以为戒，因为我由衷地希望你幸福……"

杜涅奇卡没有回答，她早就做好了决定，只待晚上到来。

"那么，你是怎么决定的，罗佳？"普莉赫里娅·亚历山德罗芙娜问，他言谈中那种公事公办的新语气令人甚感意外，这让她比刚才感到更加不安。

"这'决定'一词是什么意思？"

"瞧，彼得·彼得洛维奇不是在信上说，让你晚上别去我们那儿，若是你去，他就走。所以你……会去吗？"

"这当然不能由我来决定，第一，它得由您来定夺，如果您没有因为彼得·彼得洛维奇的这个要求而感到受了屈辱的话；第二，它得由杜尼娅来定夺，如果她也没有感到受了屈辱的话。你们认为怎么做更好，我就怎么办。"他淡淡地补充道。

"杜涅奇卡已经决定了，而我完全赞同她的决定。"普莉赫里娅·亚历山德罗芙娜连忙说道。

"罗佳，我决定请求你，坚决地请求你，我们的这次见面，请你一定要在场，"杜尼娅说，"你来吗？"

"来。"

"我请求您也在八点钟去我们那里一趟，"她对拉祖米欣说道，"妈妈，我也想邀请他。"

"非常好，杜涅奇卡。嗯，你们怎么决定，"普莉赫里娅·亚历山德罗芙娜补充道，"那就怎么办吧，这样我心里也觉得轻松些。我不爱装模作样，也不爱撒谎。我们最好坦诚相待……所以，彼得·彼得洛维奇是否生气，都随他去吧！"

第四节　索尼娅来访

这时候,房门被轻轻打开了,进门的是一位姑娘,她正怯懦地向四下张望。众人纷纷诧异而又好奇地打量着她。拉斯科尔尼科夫并没有一眼就认出她来。她就是索菲娅·谢苗诺夫娜·马尔梅拉多娃。昨日是他第一次见到她,并且是在那样的时刻和情形之下,而且她还穿着那样的服装,以至于在他的记忆中,她完全是另一个人的形象;而现在,眼前却是一位穿着打扮格外简朴、甚至寒酸的姑娘。她长得特别年轻,几乎就像是一个小女孩。她谦恭有礼,持重得体,一副开朗的神情,但是神色中似乎还带有些许畏怯。她身穿一件非常朴素的连衣裙,头上戴着一顶已不流行的旧帽子,只是还像昨天那样,手握一把小伞。当她看到屋里挤满了人的时候,与其说她感到窘迫不安,倒不如说她有些惶恐无措了,她就像个小孩子那样畏畏缩缩的,甚至还做了个退出房门的动作。

"啊……这是您吗?……"拉斯科尔尼科夫惊讶地说,突然感到有点儿难为情。

他随即想到,母亲和妹妹透过卢仁的信已对这个姑娘稍有了解——就是这位"品行不端"的小姑娘。就在刚才,他还在反驳卢仁的诬蔑,并且提到,他昨天是第一次见到这个姑娘,而这个时候,她本人就走了进来。他还想起,自己方才对于"品行不端"一词并未做出反驳。这一切都在恍惚之中飞速掠过他的脑海。不过,当他更加专注地打量她时,猛然发现,这个被侮辱的人已被折磨成了这个样子,于是顿然心生怜惜。当她因为害怕,做出那个想要逃离的动作时,他的心中怅然若失。

"我根本没想到您会过来,"他连忙说,同时用目光将她留下,"请坐。想必您是从卡捷琳娜·伊万诺夫娜那里过来的。抱歉,不是坐这儿,请坐在这儿……"

索尼娅进来时,坐在门边那把椅子上的拉祖米欣微微起身,好让她进去。起初,拉斯科尔尼科夫想让她坐在沙发的一角上,也就是佐西莫夫坐过的那个地方,可是他随即想到,坐在沙发上是一个过分亲昵的举动,因为沙发就是他的床,于是赶紧让她坐到拉祖米欣的那把椅子上。

"你就坐在这儿吧。"他让拉祖米欣坐到佐西莫夫坐过的那个位置。

索尼娅落座了,她怕得几乎浑身发抖,还怯怯地望了一眼那两位女士。看得出来,她自己也有些费解,她怎能和她们坐在一起呢?想到这里,她心中忐忑不安,突然又站了起来,茫然无措地对拉斯科尔尼科夫说:"我……我……只是过来待一会儿,抱歉打搅了,"她讷讷地说,"是卡捷琳娜·伊万诺夫娜叫我来的,她身边无人可供差遣……卡捷琳娜·伊万诺夫娜说,她恳请您明天去参加安魂弥撒,早晨……做日祷的时候……在米特罗法尼耶夫斯基墓地,然后去我们家……去她家……吃饭……请您一定赏光……她吩咐我来请您。"

索尼娅结结巴巴地说完后,缄口不语。

"我一定想办法前去……一定过去,"拉斯科尔尼科夫微微欠身说道。他也说得结结巴巴,而且连话都没能讲完……"请坐,您请坐,"他突然道,"我想跟您聊聊,请坐——您大概还有急事,但请您给我两分钟时间……"

他把椅子朝她那儿推了推。索尼娅再次坐下,又用怯生生、慌乱无措的眼神朝两位女士快速地扫了一眼,而后垂下了头。

拉斯科尔尼科夫一张脸瞬间涨得通红,他似乎打了一个哆嗦,随后目光如炬。

"妈妈,"他的语气坚定而又执拗,"这位是索菲娅·谢苗诺夫娜·马尔梅拉多娃,是那位不幸的马尔梅拉多夫先生的女儿,我昨天亲眼看到他被马踩伤,关于他的事情,我已经跟您提过了……"

普莉赫里娅·亚历山德罗芙娜微微眯起眼睛,朝索尼娅瞧了一眼。虽然罗佳那道坚定而具有挑衅意味的目光让她忐忑不安,可她无论如何也不能放弃这个使自己获得快感的机会。杜涅奇卡目不转睛地看着姑娘那张苍白的脸,满腹狐疑地打量着她。听见自己名字,索菲娅把头抬了起来,可她却比先前更加窘迫了。

"我想请问您,"拉斯科尔尼科夫连忙对她说,"你们那里今天怎么样?有人来找过麻烦吗?……比方说,警局的人。"

"没有,事情都过去了……因为死因是非常清楚的,没有人来找麻烦,只是那些房客很不满意。"

"为什么?"

"因为尸体停放太久……近日天气炎热,易生腐臭……所以今天晚祷前,就会抬去墓地,在小教堂停放到明天。卡捷琳娜·伊万诺夫娜开始不答应,但是眼下她本人也意识到,不能……"

"就是今天吗?"

"她请您赏光,明天去教堂参加安魂弥撒,然后到她那里,参加丧宴。"

"她要摆丧宴?"

"对,简单的小菜;她再三叮嘱,让我感谢您,感谢您昨天仗义相助……如果不是您的话，我们就没有钱安葬父亲了。"突然，她的双唇和下巴瑟瑟发抖，可她极力控制住了，然后赶紧垂下眼睛，望向地面。

在谈话的过程中，拉斯科尔尼科夫目不转睛地端详着她。这是一张苍白而又瘦削的面孔，脸型不太周正，瓜子脸，尖鼻头，尖下巴。她虽然长得并不是很漂亮，但那双天蓝色的眼睛却格外明亮，当它们焕发神采时，她脸上的神情看起来尤为善良，尤为天真，非常引人注目。此外，在她的面孔和周身体态中彰显着一种罕见的性格特点：虽然她已十八岁了，但是模样仍然像小女孩一般，较她的实际年岁小上许多，而这一点有时甚至会在她某些动作中滑稽地体现出来。

"不过，只有这么一点钱，难道卡捷琳娜·伊万诺夫娜不仅够用，还能余下一部分办酒席吗？"拉斯科尔尼科夫问，他执拗地想让谈话继续下去。

"棺材买了很普通的……一切从简，因此花销不算太大……我跟卡捷琳娜·伊万诺夫娜合计过了，还能剩下点钱摆桌宴席……而且卡捷琳娜·伊万诺夫娜非常想这么做。况且不这样做不行……这样对她来说，也算是个慰藉……她就是这样的人，您是知道的……"

"我理解，我理解……不过……您为什么总是打量我的房间呢？我妈妈刚才还说，我的房间就像口棺材。"

"昨天您把钱全都给我们啦！"索涅奇卡忽然开口回答，她的声音很轻，但是说得迅速而又富有感染力，随后，她猛地垂下头，望向地面。她的嘴唇和下巴再次颤抖起来。她早就因为拉斯科尔尼科夫这般困窘的境况而惊愕不已，而现在，她突然将这些话不由自主地说了出来。随之而来的是一阵沉默。不知为何，杜涅奇卡的眼神中闪烁着明澈的光亮，就连普莉赫里娅·亚历山德罗芙娜都开始带着亲切柔善的目光看着她了。

"罗佳,"她起身说道,"咱们自然是要一起吃午餐的。杜涅奇卡,你也一起去吧……罗佳,你也出去走走,待会儿回来休息一下,躺上半晌,然后早些去我们那儿……不然我们会把你折腾得疲惫不堪,我只怕……"

"好的,好的,我会来的,"他慌慌张张站起身来,"只是,我还有事……"

"难道你们连午饭都不在一起吃吗?"拉祖米欣诧异地望着拉斯科尔尼科夫,大声问道,"你这是怎么回事?"

"是,是,我会来的,当然,当然……请你留步,再待一会儿。你们现在不需要他吧,妈妈?我能不能先让他留下来?"

"哦,不需要,不需要!德米特里·普罗科菲伊奇,您会过来吃午饭吗,您愿意赏光吗?"

"请您一定要来!"杜尼娅恳切地说道。

拉祖米欣鞠躬道谢,整个人神采奕奕。有一瞬间,气氛变得颇为异样,大家都忽然感到有些不好意思。

"别了,罗佳,我是说'再见';我不喜欢说'别了'。别了,娜斯塔西娅……哎呀,我又说'别了'!……"

普莉赫里娅·亚历山德罗芙娜原本还想跟索尼娅道别,然而不知为何,她并没有作声,跟着急急忙忙走出了房间。

不过,阿芙多季娅·罗曼诺芙娜似乎还等着轮到她跟大家道别,当她跟随着母亲往外走,经过索尼娅身边的时候,恭敬有礼地对她鞠了一个深躬。索尼娅神色赧然,鞠躬回礼时还有些匆忙与惊慌,一种近乎痛苦的神情浮现在她的脸上,仿佛阿芙多季娅·罗曼诺芙娜的周到和礼貌让她感到煎熬而又痛苦。

"杜尼娅,别啦!"她们行至穿堂,只听拉斯科尔尼科夫喊道,"咱们握握手吧！"

"我那时不是握住你的手了吗，难道你忘了？"杜尼娅转过身来，温柔地回答，样子有些难为情。

"那又如何，再握一次呗！"

他用力握住了她的手。杜涅奇卡对他粲然一笑，面色绯红，又连忙挣开了手，随母亲一道走了，不知为何，她同样感到心满意足。

"太好啦！"他回到自己的房间，神色疏朗地朝索尼娅看了看，对她说道，"愿死者安息，而活着的人还要好好地活下去！是吧？是吧？难道不是吗？"

索尼娅近乎惊奇地瞧着他这张倏然转晴的脸。他沉默地凝视她许久，而此时，之前她那位亡故的父亲关于她的种种讲述，在他的脑海中一闪而过……

"我的天哪！杜涅奇卡！"普莉赫里娅·亚历山德罗芙娜刚刚走上大街，立刻对女儿说道，"咱们出来了，我现在感到特别高兴，仿佛有种如释重负的感觉。啊，昨天坐火车的时候，我怎么都不会想到，现在我会为了这样的事情感到如此高兴！"

"妈妈，我又要对您说了，他现在病得还很严重。难道您没看出来吗？可能是他太惦念我们了，所以才情绪低落。咱们应该对他包容点，许多事情都是可以原谅的。"

"但是你并不包容！"普莉赫里娅·亚历山德罗芙娜立即急切地打断了她，她心里有些嫉妒，"杜尼娅，你知道吗，你们兄妹二人简直是一模一样，不单单长相相像，性格也像。你们两人都很忧郁，总是悒悒不乐，而且脾气急躁、心高气傲，但为人慷慨……他完全不可能变成一个自私的人，对吧，杜涅奇卡？我一想到今晚咱们那里会发生什么，就感到惴惴不安！"

"请您别担心，妈妈，顺其自然。"

"杜涅奇卡！你想想，咱们现在是什么处境呀！倘若彼得·彼得洛维奇取消了婚约，到时该怎么办呢？"可怜的普莉赫里娅·亚历山德罗芙娜突然不慎说出了心里话。

"若是这样，那么他这个人也并不值得！"杜涅奇卡刻薄而又不屑地回答。

"现在咱们出来了，这很不错，"普莉赫里娅·亚历山德罗芙娜打断了她的话，飞快地说，"他正急着去什么地方办事，也好，让他出去透透风，呼吸点儿新鲜空气……他那间屋子闷得要命……可是这里哪有什么新鲜的空气啊？即便是在街上，也好像在没有窗户的屋子里一样。天哪，这是一座怎样的城市呀！……快快停下，往边儿上站，会被踩到的，这马车好像拉着什么东西！这不是钢琴吗，真是的……简直是横冲直撞……还有这个小女孩，我也怕极了……"

"什么女孩呀，妈妈？"

"不就是刚才过去找他的索菲娅·谢苗诺夫娜……"

"怕什么？"

"我有种预感，杜尼娅。哎，不管你信，还是不信，她刚一走进来，我就感觉到了，这才是问题的所在……"

"绝对不是！"杜尼娅懊恼地大喊道，"您和您的预感都大错特错，妈妈！他是昨天才认识她的，而且刚才她进门的时候，他都没有一下子认出她来。"

"哎，你等着看吧！……她让我心神不宁，你等着看吧，等着看吧！我当时害怕极了：她盯着我看，一直看，眼睛还是那样的，当他开始介绍她的时候，我差点连坐都坐不住了——你记得吗？我感觉好奇怪哟,彼得·彼得洛维奇在信中描述的她是那样的,可他竟然把她介绍给了我们,甚至介绍给了你!由此可见,他对她是另眼相看的!"

"管他在信上写什么呢!咱们也曾被人议论过,别人也曾在信里议论过咱们,难道您忘了吗?不过我相信,她……是个很好的姑娘,那些议论都是胡说八道!"

"愿上帝保佑她!"

"只是彼得·彼得洛维奇是个卑鄙无耻的造谣者。"杜涅奇卡忽然决绝地说道。

普莉赫里娅·亚历山德罗芙娜立刻噤声不语。谈话终止了。

"是这么回事,我有件事情想要告诉你……"拉斯科尔尼科夫将拉祖米欣拉到窗前,对他说。

"那我就告诉卡捷琳娜·伊万诺夫娜,说您一定过来……"索尼娅说完,连忙行礼道辞,转身准备走。

"等一下,索菲娅·谢苗诺夫娜,我们没有什么秘密,您不会妨碍我们……我还有两句话要跟您说……是这样的,"他还没有讲完,便停了下来,转头对拉祖米欣说道,"你认识那个……他叫什么来着……波尔菲里·彼得洛维奇吗?"

"认识啊!他是我的亲戚。有事吗?"他补充道,感到十分好奇。

"现在这个案子……嗯,就是那桩你们昨天聊过的凶杀案……是不是他在办呀?"

"是啊……怎么啦?"拉祖米欣突然把眼睛瞪得大大的。

"他在盘查抵押过东西的人,那里也有我的两样抵押品,东西倒也不值几个钱,只是其中有我妹妹的一枚戒指,是我来这儿之前她送给我的纪念品,还有我父亲的一块银表。总共只值五六个卢布,可是对我来说，它们都很珍贵，是一份念想。现在我该怎么办？我不想遗失这些东西，尤其是那块表。刚才我说到杜涅奇卡那块表的时候，生怕母亲向我问起这块表的事情，因为这是父亲的遗物中唯一一件保存完好的物品。要是这表弄丢的话，她肯定会大病一场的！这该怎么办呀，你想想办法吧！我知道，我该去警察分局①登记。但是直接去找波尔菲里本人谈的话，会不会更好呢？你觉得该怎么办？这件事得尽快解决。你等着看吧，妈妈一会儿午餐的时候定要问起的！"

"千万别去警察分局，务必去找波尔菲里！"拉祖米欣带着某种异样的兴奋喊道，"哈，我好开心呀！还站在这儿干什么，咱们快走吧，几步路就到啦，肯定能找到他！"

"好吧……咱们走……"

"他会特别、特别、特别、特别高兴认识你的！我跟他讲过许多有关你的事情，而且讲过很多次……昨天还聊起你了呢。走吧……这么说来，你认识那个老太婆咯？这就对了嘛……这一切都弄明白啦……啊，对了……索菲娅·伊万诺夫娜……"

"索菲娅·谢苗诺夫娜，"拉斯科尔尼科夫纠正他，"索菲娅·谢苗诺夫娜，这是我的好友拉祖米欣，他是个很好的人……"

"要是你们正准备走的话……"索菲娅说道。她连看都没敢看拉祖米欣，可是这样却让她更加羞赧了。

"咱们走吧！"拉斯科尔尼科夫决定好了，"今天我会去你们那里的，索菲娅·谢苗诺夫娜，只是请告诉我，您住在哪儿？"

他倒并非手足无措，似乎只是急着出门，而且避开了她的目光。索尼娅红着脸给他留下地址。大家一起走出去了。

---

① 当时圣彼得堡有12个警察分局。

"难道连门都不锁吗？"拉祖米欣一边随他们往楼下走，一边问道。

"从来不锁……不过，其实这两年我一直都想买把锁的，"他漫不经意地补充道，"无须锁门的人不是很幸福吗？"他笑着看向索尼娅，说道。

他们在街边的门前停下脚步。

"索菲娅·谢苗诺夫娜，您是往右走吗？顺便问一句，您是怎么找到我的？"他虽然这样问道，但他想说的似乎是别的事情。他一直很想注视她那双平静而又明亮的眼睛，却怎样都无法做到……

"您昨天把地址告诉波莲卡了呀。"

"波莲卡？哦，对……波莲卡呀！这个……小姑娘……是您的妹妹？这么说，我还给她留了地址？"

"您不记得了吗？"

"不……我记得……"

"我曾听先父提起过您……只不过那时不知道您的姓名，不过就连父亲也不知道……我现在来……是因为昨天知道了您的名字……所以，我今天来的时候，就问拉斯科尔尼科夫先生住在这里的什么地方……不过我并不知道，您也是从二房东那里租的房子……再见……我这就去告诉卡捷琳娜·伊万诺夫娜……"

她欣喜万分，因为终于能离开了。她低着头，慌张地往前走，一心想着赶紧走出他们的视野，快些走完这二十几步路，然后转弯，右转，走到街上。终于，仅剩她一人了，她步履匆忙地走在街上，既不看向任何人，也不对任何事物稍加留意，她在思考，在回忆，在回味自己说过的每一句话、方才发生过的每个情境。她从未、从未体会过这种感觉。一个奇妙而又混沌的新世界在她心头浮现。她蓦然记起，他说今天想去她那里一趟，也许上午过去，又或者一会儿就来！

317

"可千万别今天就过来呀,请不要在今天过来!"她自言自语着,仿佛心跳都停止了,就像一个受惊的孩子在向什么人苦苦央求着,"天哪!要是去我那里……去那间屋子的话……他会看到……啊,天哪!"

显然,她此时并未察觉,有个陌生的先生正尾随在她的身后,目不转睛地注视着她。从她刚一走出大门时,他便开始跟着她。当时他们一行三人——拉祖米欣、拉斯科尔尼科夫和她——站在人行道边说话,而这名路人则正巧从他们身边走过,当他无意中听见索尼娅说"我今天来的时候,就问拉斯科尔尼科夫先生住在这里的什么地方"时,他似乎浑身战栗了一下。他迅速将这三人仔细打量了一番,尤其是正在与索尼娅交谈的拉斯科尔尼科夫,接着,他瞥了一眼那栋房子,把它记住了。这一切仅发生在瞬息之间,在他从旁经过之时,而这位路人甚至尽量表现得不惹人注意。他继续往前走,然后放慢脚步,似乎正在等人。他在等待索尼娅。他看见他们已经分手了,而索尼娅,这时正准备回家。

"她到底住在哪里呢?这张脸我好像在哪里见过,"他一边回忆着索尼娅的这张脸,一边想,"应该弄清楚。"

转弯时,他穿过马路,来到街对面,一回头,只见索尼娅也在这条街上,正走在他的后面,但她什么都没有察觉。她走到转弯处的时候,恰好也拐到了这条街上。于是他来到她的身后,从街对面的人行道上目不转睛地注视着她,跟了五十余步之后,他再次穿过马路,回到索尼娅走的那一边,追上她,保持五步远的距离,跟在她身后。

这是一个年近五旬的人,身材中等偏高,体形壮硕,臂膀宽厚,双肩上耸,因此看起来有些驼背。他身上的衣服样式考究,面料舒适,样子神气活现,俨然就是一副老爷派头。他手执一根优雅的拐杖,每走一步,拐杖便在人行道上轻敲一下,手上还戴着一副新手套。他脸盘宽阔,颧骨较高,面色红润,不太像一张圣彼得堡人的脸。他的头发非常浓密,色泽极浅的发丝中还夹杂着几缕银丝,而那绺又厚又密的胡须好似一把小铲,颜色比发色更浅一些。他的眼睛是天蓝色的,目光冰冷而又专注,常做凝思状,嘴唇也很红润。总之,这是个保养得当的人,外貌比实际年龄要年轻许多。

当索尼娅来到河边的时候,人行道上只有他们两个人了。他观察着她,发现她有些神色恍惚,若有所思。索尼娅到家了,她拐进大门,而他跟在后面,似乎略感诧异。只见她走进院子,往右拐去,往一处角落里走,通往她住处的楼梯就在这里。"咦?"陌生的先生轻声嘟囔了一句,跟在她后身,也开始上楼。这时索尼娅才注意到他。她走到三楼,拐入一道走廊,拉响了九号门的门铃,门上用粉笔写着:"裁缝卡佩尔纳乌莫夫的家"。"咦!"陌生的先生再次出声惊叹,为这神奇的巧合感到十分诧异,然后,他拉动了旁边八号门的门铃。这两道门之间仅有六七步的距离。

"您住在卡佩尔纳乌莫夫的房子里呀!"他笑着看向索尼娅,说道,"他昨天还帮我改过一件坎肩呢。我就住在这里,跟您挨着,是盖尔特鲁达·卡尔洛芙娜·列斯莉赫太太的房子。好巧呀!"

索尼娅凝神看了他一眼。

"咱们是邻居,"他继续往下说,不知为何看起来异常高兴,"其实,我来这座城市也才第三天。好的,再见。"

索尼娅并没有答话,门开了,她赶紧溜进自己的房间。莫名地,她感到有些害羞,又似乎感到有些恐惧……

走在前往波尔菲里家的路上,拉祖米欣显得格外兴奋。

"老兄,这真是太棒了,"他一连重复了好几回,"我很高兴!我很高兴!"

"你在高兴什么啊?"拉斯科尔尼科夫心想。

"我竟然不知道,你也在老太婆那里当过东西。那……那……这是很久之前的事吗?意思就是,你是很久之前去她那里的吗?"

"真是个天真的傻子呀!"

"什么时候……"拉斯科尔尼科夫停顿了一下,开始回想,"大概在她去世的三天以前,我去找过她。不过,我没有赎东西,"他连忙接过话头,似乎对这些东西尤为关心,"可我又只剩下一个银卢……就是因为昨天那该死的精神失常!"

"精神失常"这个词,他说得格外用力。

"哦,是,是,是,"拉祖米欣赶紧回应道,却不知是在附和哪一句话,"这就是为什么你那时候……还挺让人震惊的……你知道吗,你说疯话的时候,嘴里总是嘀咕着什么戒指和表链!……嗯,是了,是了……通了,现在一切都能解释通了。"

"原来如此!嘿,原来这个猜想早就在他们当中传开了!而现在,这个人将会代替我接受惩罚,而他之所以如此高兴,是因为他总算弄明白了,为何我在说疯话时总是提到戒指!哎呀,原来此前他们所有人都已对此抱有这种想法……"

"咱们能碰上他吗?"他高声问道。

"能碰上,能碰上,"拉祖米欣连声应道,"老兄,这个小伙子不错,你到时就知道了!他人有点儿钝,是个外场人,我说他钝,是指另一个方面。他是个聪明的小伙子,很聪明,甚至绝顶聪明,只是思考模式跟人家不大一样……多疑,怀疑一切,无耻之尤……爱说大话,其实也不是爱说大话,而是喜欢捉弄别人……秉持老套的办案手法,讲究真凭实据……办案能力倒是很强……去年,他破获了一起类似的谋杀案,而且当时线索几乎全都断了!他特别、特别、特别想和你结识。"

"他为何'特别想'呢?"

"其实也不是为了……你看啊,最近一段时间,就是你病倒之后,我时常与他提起你,还讲了很多有关你的事情……嗯,当他听说……听说你是学法律的,却迫于条件困难没能完成学业,他就说:'太可惜了!'我由此推断……也就是说,把这诸多因素放在一起来看,其实也不只是这个。昨天扎苗托夫……你知道的,罗佳,昨天送你回家的时候,我喝得醉醺醺的,对你讲了些不着边际的话……所以我……老兄,我担心,你可千万别多想啊,你知道的……"

"这话是什么意思?意思是说,他们都觉得我是疯子吗?是的,没准儿这是对的。"

他不大自然地笑了笑。

"对嘛……对嘛……也就是说,呸,不是这样的!喏,我说过的所有的话(还有别的话)全都是胡扯,是喝醉以后瞎说的。"

"你有什么好道歉的,这一切简直让我烦透了!"拉斯科尔尼科夫带着夸张的怒意大声吼道。不过,他多多少少有些佯装。

"我知道,我知道,我能理解。请你相信,我能理解。其实我甚至都不好意思说出口……"

"要是不好意思,那你就别说了!"

两个人都沉默了。拉祖米欣的心中喜不自胜,而拉斯科尔尼科夫带着一种厌恶的心情察觉到了这一点。刚才拉祖米欣聊到了波尔菲里,这令他颇为不安。

"应付这个人得唱一唱拉撒路之歌①",他面色苍白,心脏怦怦直跳,暗自思忖着,"还要唱得自然点。最自然的就是什么都不唱。尽量什么都别唱!不,若是'尽量',那么显得又不自然了……嗯,到时随机应变吧……走一步,看一步吧……现在……我过去的话,是好还是不好呢?这是飞蛾扑火啊!心跳得厉害,这真不妙!"

"就是这栋灰色的房子。"拉祖米欣说。

"最要紧的是,波尔菲里是否知道,我昨日曾去过老巫婆的住处……而且还问到了那摊血迹?得赶紧弄明白这一点,进门以后得先解决这个问题,我得察言观色,不——然——的——话……就算完蛋了,我也非得弄明白不可!"

"你知道吗?"他面带狡黠的微笑,突然对拉祖米欣说道,"老兄,今天我发现,打从早上起,你就特别兴奋,是吧?"

"兴奋什么啊?我没什么好兴奋的。"拉祖米欣不由得哆嗦了一下。

"不,老兄,是真的,这看得出来。你刚才坐在椅子上的姿势都与以往不大一样呢,不知为什么,你当时坐到了椅子的边缘,而且还扭来扭去,好像抽筋一样。你有时还莫名其妙地'噌'地一下跳起来。时而心烦意乱,时而露出甜蜜的微笑,整个人好似最甘甜的冰糖,也不知道是为什么呀。你的脸上甚至还泛起红晕,尤其是当人家说,请你去吃午餐的时候,你的脸都红透啦。"

"压根没有这回事,你胡说八道!……你这话是什么意思?"

"你怎么像个小学生一样,慌慌张张的!嘿,真见鬼,你又脸红啦!"

---

① 典出《路加福音》第十六章第二十节,关于乞丐拉撒路的记载。在旧时俄国,乞丐们在行乞时会唱起《神圣诗歌》,特别是经常唱《拉撒路之歌》。因此,《拉撒路之歌》通常意指:"佯装不幸,抱怨命运的不公。"

"你可真是头猪猡!"

"那你干吗害羞呀?罗密欧[1]!你别着急,我今天可得找个地方,把这些通通讲出来,哈——哈——哈!得让妈妈开心开心……还得跟另一个人……"

"喂,喂,喂,这可不是儿戏啊,这是……要是你说出来的话,我就完蛋了,真是见鬼了!"拉祖米欣吓得手足无措,浑身打战,"你要跟她们说什么呢?我,老兄……呸,你可真是头猪猡!"

"而你却是一朵春天的玫瑰!你知道吗,这个比喻有多么合适你啊,两俄尺十俄寸高的罗密欧!哎哟,今天你梳洗得可真干净呀,连手指甲都清理过了,对吗?以前哪里有过这样的事情呀?说真的,你这头发也搽过油了呀!来,低头让我瞧瞧!"

"猪猡!!!"

拉斯科尔尼科夫笑得开心极了,仿佛怎么都无法遏制自己的喜悦,就这样,他大笑着步入波尔菲里·彼得洛维奇的住所。这正是他所需要的:屋里的人从里面就能听见,他们是笑着进门的,而且走到门厅的时候,他依然在放声大笑。

"进去以后什么都不许提,不然我就把你……把你的脑袋敲烂!"拉祖米欣抓着拉斯科尔尼科夫的肩膀,抓狂地小声说道。

---

[1] 引用莎士比亚名剧《罗密欧与朱丽叶》中的男主角嘲笑拉祖米欣。

第五节 波尔菲里·彼得洛维奇

拉斯科尔尼科夫已经进屋了。进门的时候，他脸上的表情仿佛是在极力克制自己，好让自己不要"扑哧"一下笑出声来。神色羞恼的拉祖米欣跟在他身后，也走了进来，他窘然无措，咬牙切齿，脸红得仿佛一株芍药，长手长脚的他，略显笨拙。他此时的面部表情和整个身段确实格外滑稽，可见拉斯科尔尼科夫的笑也并非毫无道理。主人站在房间中央，正疑惑地看着他们。由于尚未被介绍给主人，拉斯科尔尼科夫朝主人点头致意了一下，然后跟他握手，看得出来，他仍在竭力克制内心的欢乐，好让自己至少说出两句话，做个自我介绍。可是，当他终于竭尽全力摆出一副郑重其事的样子，含糊不明地吐出一句话的时候——突然，他似乎只是下意识地瞧了拉祖米欣一眼，便立刻忍耐不住了。被强行遏制的笑声随即爆发，而且，这股笑意此前被忍得越是辛苦，现在就越收不住。听到这阵"发自肺腑"的笑声，拉祖米欣怒不可遏，他的怒意为整幅场景平添了一种极为真诚的——最重要的是，非常自然的——愉快氛围。而拉祖米欣就像故意帮忙似的，让这场戏演得更加逼真。

"呸，活见鬼了！"拉祖米欣怒吼一声，大手一挥，恰好扫过一张小圆桌，桌上摆着一只茶水已被喝尽的玻璃杯。小桌和桌上的物什顿时纷纷飞落，砸得粉碎。

"先生们,何必要损坏椅子呢,公家可要蒙受损失呀[1]!"波尔菲里·彼得洛维奇打趣地说道。

此时的场景是这样的:拉斯科尔尼科夫笑声不止,似乎忘记自己的手还正握在主人的手中,但他知道分寸,并且他就在等待这一瞬间的到来,以便让一切尽快自然而然地终结。拉祖米欣尴尬极了,小桌子被他弄翻了,玻璃杯也打碎了,他郁闷地瞥了一眼碎玻璃片,啐了一口,猛然转身,走到窗边,背对着众人站在那里,眉头紧锁,望向窗外,当然,那里什么风景都没有。波尔菲里·彼得洛维奇在笑,在欣然地笑,不过显然,他需要他们为此做出解释。角落的一把椅子上坐着扎苗托夫,客人刚进门时,他便起身,咧开嘴笑,站在那里等,可是,他望向这幅场景的表情却是困惑不解的,甚至还带着一丝怀疑,而当他望向拉斯科尔尼科夫的时候,神情当中甚至还有些慌乱不安。拉斯科尔尼科夫并未料到,扎苗托夫竟然也在这里,他在甚感诧异的同时,心中还有些不悦。

"这事还得再琢磨琢磨!"他心想。

"真抱歉呀,"他说,"拉斯科尔尼科夫……"

"哪里,很高兴认识您,您这样走进来,我也非常高兴……怎么,他连个招呼都不愿意打吗?"波尔菲里·彼得洛维奇往拉祖米欣的方向点了点头。

"说真的,我是真不知道他怎么就对我大发雷霆了呢。在过来的路上,我只不过对他讲了一句,他像罗密欧,我还……还就此论证了一番,除了这个,好像就没别的了。"

"猪猡!"拉祖米欣头也不回地应声说道。

---

[1] 语出果戈理的喜剧《钦差大臣》第一幕第一场中市长的台词。

"仅为了一句话便大动肝火,看来,这其中的缘由是很重要的咯。"波尔菲里大笑道。

"哼,你呀!真是个查案子的!行了,你们都见鬼去吧!"拉祖米欣说得很不客气,突然,他自己也跟着放声大笑起来,脸上的神情愉悦起来,若无其事地走到波尔菲里·彼得洛维奇面前。

"行了!大家都是傻瓜。说正事吧。这位是我的朋友,罗季昂·罗曼内奇·拉斯科尔尼科夫。首先呢,他久闻大名,很想跟你结识一下;其次,有件小事烦你帮忙。咦!扎苗托夫!你怎么在这儿呀?难道你们早就认识?是朋友?"

"这又是怎么回事?"拉斯科尔尼科夫心神不宁地想。

扎苗托夫似乎不太好意思,但也没有表现得十分窘迫。

"昨天在你家认识的呀。"他漫不经意地说。

"如此说来,这是上帝的安排啦:波尔菲里,你上周拼命求我,让我介绍你们认识一下,瞧,还没等我介绍呢,你们就凑到一起啦……你的烟在哪儿?"

波尔菲里·彼得洛维奇穿着一身居家服饰,身披长衫,内衣非常干净,脚踩一双破破烂烂的便鞋。此人三十五岁上下,个头中等偏低,身材肥胖,挺着个大肚子,没留唇髭,也没蓄络腮胡,脸刮得非常光滑,圆溜溜的大脑袋被剃得精光,不知为何,后脑勺显得尤为突出。他有一张胖乎乎的圆脸,鼻子微微上翘,面色暗黄,略显病态,不过精神相当饱满,表情中甚至带有些许嘲讽之色。若非眼睛的神态妨碍了面部的和谐,那么,他这张脸还是可以称得上面善的:这双眼睛略微闪烁着浅淡的光芒,近乎白色的睫毛不停地眨动,好像是在给谁递眼色似的。而且有些奇怪的是,这副眼神与他那甚至略似女性的整体身形也不大协调,这使得他带给别人的印象要比第一眼看上去严肃许多。

波尔菲里·彼得洛维奇听说这位客人有件"小事"找他帮忙,立刻将客人引到沙发上坐下,自己则坐到沙发的另一边,目不转睛地注视着客人,急切等待着对方陈述原委,脸上紧张的神情有些过于严肃了。若您与他初次交谈,尤其是在素不相识的情况下,尤其是当您个人觉得此事远远不值得被给予如此特别的重视时,那么这副神情甚至会使您感到压抑和窘迫。不过,拉斯科尔尼科夫说得简明扼要,条理分明,很快便将事情的原委清晰而又准确地传达给了对方,他对自己的表现感到颇为满意,甚至还来得及把波尔菲里相当仔细地打量了一番。在他讲话的时候,波尔菲里始终全神贯注地盯着他。而拉祖米欣则坐在桌子的对面,热切、焦急而又专注地听他讲述事情的来龙去脉,目光不时在他们二人之间来回跃动,这个举动已然显得有些不大得体了。

"真是个呆子!"拉斯科尔尼科夫暗自骂道。

"您应当向警局提出申请,"波尔菲里严肃地回答,俨然一副公事公办的样子,"您就说,'本人得知这件事情',就是这起凶杀案,您还得申请通知此案的办案人员,就说,有这么几样东西是属于您的,您想赎回它们……或者留在那里……随后您就会收到书面答复。"

"问题就出在这儿,因为我最近,"拉斯科尔尼科夫极力装出一副窘迫的神态,"手上不太宽裕……就连这几样小玩意儿也没法赎回……我……您看这样行吗,我先暂时声明一下,就说东西是我的,等我有钱再……"

"其实都一样,"波尔菲里·彼得洛维奇听完他解释自己的财务情况,冷淡地回答,"不过,如果您愿意,也可以直接向我申请,还是那么写,您就说:本人得知此事,声明有这么几样东西是属于我的,请求……"

"这些可以写在普通的纸上吗?"拉斯科尔尼科夫连忙打断了他的话,又把话题转到了经济问题上面。

"哦,可以写在最普通的纸上!"不知为何,波尔菲里·彼得洛维奇忽然眯起眼睛,看他的眼神里带有明显的嘲讽意味,似乎还对他挤了一下眼睛。不过,这或许只是拉斯科尔尼科夫的错觉,因为这个眼神持续的时间仅有一瞬。可是至少,有一个类似这样的眼神曾经出现过。拉斯科尔尼科夫可以对上帝发誓,他朝他眨了一下眼睛,鬼才晓得这是为什么。

"他知道了?"这一念头如闪电般划过他的脑海。

"很抱歉,为了这么一点小事前来叨扰您,"他继续道,心中有些慌乱,"我这些东西统共仅值五个卢布,但是对我而言,它们相当珍贵,是我对赠物者的一份留念,坦白讲,我刚刚得知这件事的时候,简直吓了一跳……"

"原来如此啊,我说呢,昨天我和佐西莫夫提到,波尔菲里在找典当品的物主,你显得那么激动!"拉祖米欣含义明显地插嘴道。

这着实叫人难堪极了。拉斯科尔尼科夫忍不住狠狠瞪了他一眼,乌溜溜的黑眼睛里怒火熊熊,但他旋即平息了怒火。

"老兄,你好像在嘲讽我,是吧?"他看着拉祖米欣,狡猾地佯怒道,"我承认,或许在你看来,我对于这些不值一提的小玩意儿未免太在意了,但是,你不能为此便认为我是爱财如命的人,或是把我看成吝啬鬼,况且,在我看来,这两样一钱不值的小玩意儿绝非毫无价值。我刚才已跟你讲过了,这块一钱不值的银表是先父留下的唯一一件遗物。你就嘲讽我吧,但是我母亲来了,"他突然转身对波尔菲里说,"一旦让她知道,"他又赶紧回头对拉祖米欣说,尤为卖力地使自己的声音颤抖起来,"知道这块表给弄丢了的话,那么我敢发誓,她肯定会痛不欲生的!女人嘛!"

"绝对没有!我绝对不是这个意思!我的意思恰恰相反!"甚感不悦的拉祖米欣高声喊道。

"行吗?自然吗?没演夸张吧?"拉斯科尔尼科夫暗暗思忖,心脏怦怦直跳,"我为何要说'女人嘛'呢?"

"令堂来看您了?"不知为何,波尔菲里·彼得洛维奇打听起来。

"对。"

"这是什么时候的事?"

"昨晚。"

波尔菲里不再作声,一副若有所思的样子。

"您的物品无论如何也不会弄丢的,"他平静且冷淡地说道,"其实我早就在这里恭候您了。"

他颇为殷勤地将烟灰缸递给拉祖米欣——后者刚才把烟灰毫不吝惜地弹到了地毯上——仿佛什么都没发生。拉斯科尔尼科夫浑身战栗了一下,然而,波尔菲里好像也没有看见,依然在忧虑拉祖米欣的烟灰。

"什——么?慢着?难道你知道他也在那里典当过东西吗?"拉祖米欣大喊道。

波尔菲里·彼得洛维奇直接对拉斯科尔尼科夫说道:"您的这两件东西——戒指和表,她都包在了一张纸里面,那张纸上面清清楚楚地用铅笔写着您的名字,以及她从您这里收到这些东西的日期……"

"您怎么如此细心呀?"拉斯科尔尼科夫很不自然地冷笑一下,极力使自己毫不闪躲地直视他的眼睛,可他坚持不住了,突然补充了几句,"我刚才之所以那样说,是因为我觉得,典当过物品的人想必很多……您未必能够全都记得真切……可恰恰相反,您如此清晰地记得他们所有人,还……还……"

"愚蠢!太唐突了!我为何要补充这几句话啊!"他心想。

"因为几乎所有抵押过东西的人都已查明,只有您一人还没有来过。"波尔菲里带着略微明显的嘲讽语气答道。

"我近日身体不太好。"

"此事我有所耳闻。我甚至还听说,也不知为何,您的情绪也不佳。就连现在,您的脸色似乎也很苍白?"

"一点都不苍白……正好相反,我现在身强体壮!"拉斯科尔尼科夫突然语气大变,粗鲁而又愤怒地断然道,他无法平息胸中燃起的怒火。"我在气头上一定会说漏嘴的!"他的脑海里倏地闪过这个念头,"他们为什么要折磨我啊?……"

"他还没完全康复呢!"拉祖米欣连忙接过话茬,"净说蠢话!直到昨天,他还神志不清,而且还胡言乱语呢……嘿,波尔菲里,你得相信,他连站都站不起来,可是昨天我们——我和佐西莫夫——刚一转身,他就立刻穿好衣服,偷溜出去闲逛,也不知去了哪里,差不多逛到了半夜,我跟你说,他还是在完全神志不清的情况下出去逛的,你能想象吗?这简直是一桩奇事啊!"

"难道他是真的完全神志不清吗?还请您说说看!"波尔菲里故作姿态地摇了摇头。

"嘻,他胡扯的!您别信他!不过您本来也不信!"拉斯科尔尼科夫怒火中烧,不禁脱口而出。然而,波尔菲里·彼得洛维奇似乎并没有听清这些奇怪的话。

"倘若你不是神志不清,怎么会偷跑出去呢?"拉祖米欣突然发脾气了,"你为什么出去啊?你跑出去干什么呢?……而且你为何非要偷偷地跑出去？你当时神志清醒吗？现在也没什么危险了，我可以跟你直说了！"

"他们昨天简直让我烦透了，"拉斯科尔尼科夫突然看着波尔菲里，放肆而又挑衅地冷笑道，"于是我从他们那儿脱身，想租个房子，好让他们再也找不到我，而且我身上还带了好多钱。这位扎苗托夫先生还见过这些钱呢。扎苗托夫先生，昨天我的神志到底清不清醒呀？您来评评理吧。"

这一刻，他大概很想把扎苗托夫给掐死。此人的眼神与沉默，他极不喜欢。

"我觉得，您昨天说话的时候，条理相当清晰，甚至言辞巧妙，只是您太易动怒了。"扎苗托夫冷淡地发言。

"今天尼科季姆·弗米奇跟我说，"波尔菲里·彼得洛维奇插言道，"他昨天碰见您了，当时已经很晚了，在一位被马踩死的官员家……"

"好，那就谈谈这位官员吧！"拉祖米欣接过话茬，"嘿，你在那位官员家里是疯了吗？最后那一点钱，全让你送给寡妇作安葬费了！你想助人为乐倒也可以——给她个十五、二十卢布的，也就是了，最起码得给自己剩下三卢布呀，可你呢，整整二十五卢布，全都让你慷慨解囊了！"

"说不定我在哪儿寻到宝藏了，只是你不知道呢？于是我昨天就慷慨解囊了……这位扎苗托夫先生就知道，我寻到宝啦！……请您见谅，"他看向波尔菲里说道，嘴唇在发抖，"我们拿这些零七八碎的琐事叨扰您已有半小时了。您厌烦透了吧，哈？"

"哪儿的话，恰恰相反，恰——恰——相反！您要知道，我对您太感兴趣了！光是看看您，听您讲话，我都觉得有趣……而且，坦白说，您终于大驾光临了，我真高兴啊……"

"至少给杯茶嘛！嗓子都说哑啦！"拉祖米欣大喊道。

"好主意！或许大家可以陪你喝。想不想……喝茶前来点更有意思的东西①来喝？"

"去你的吧！"

于是波尔菲里·彼得洛维奇去命人备茶。

无数个念头如旋风般在拉斯科尔尼科夫的脑海里飞速翻腾。他简直气坏了。

"主要问题在于，他们竟然既不加以掩饰，也不愿表现得客气些！你若是压根不认识我，怎么会与尼科季姆·弗米奇提起我呢？足以见得，他们连掩饰都不愿意，还跟踪我，像一群疯狗！如此目中无人，如此瞧不起我！"他气得浑身发抖，"那好呀，那就对准打吧，别跟我玩什么猫捉老鼠的游戏。波尔菲里·彼得洛维奇，这可不大礼貌呀，你得知道，说不定我还不允许这样做呢！我会站起来，当着你们所有人的面，把真相全都讲出来，好让你们看看，我有多瞧不起你们……"他艰难地喘了口气，"假如这只是我自己的错觉，怎么办？假如这只是幻象，假如我把这一切全都搞错了，假如我由于欠缺经验而乱发脾气，假如我扮演不了这个下流龌龊的角色，该怎么办？也许这一切其实并没有什么意图？他们那些话全都很常规，可这话里好像有什么含义……这些话随时都能讲，可又不太对劲。为什么他会直接说'在她那里'？为什么扎苗托夫补充了一句，说我'言辞巧妙'？为什么他们用这种语气和我说话？对……正是语气的问题……拉祖米欣也坐在这里，为何他却什么都没感觉到？这个无辜的笨蛋永远也不会察觉出什么的！啊，热病又犯了！……刚才波尔菲里有没有对我眨过眼呢？也

---

① 意指喝酒。

许没有,如果有的话,那他为何要对我眨眼呢?是不是想故意刺激我,还是存心戏耍我?这一切要么全都是幻象,要么就是他们什么都已经知道了!……就连扎苗托夫都胆敢对我无礼……扎苗托夫有没有很无礼呢?一夜之间,扎苗托夫便改变了看法。我早就有预感,他会改变看法的!他是第一次来这儿,却像在自己家里一样,而波尔菲里也并没有将他当作客人,背对他坐着。他们俩串通一气!肯定是为了我的事情串通好了!他俩肯定在我们来之前就在议论我!……他们知道我去看房子的事了吗?得快些摸清楚!……我说我昨天跑去租房了,他却就此略过,没有展开话题……我适时插了句关于租房的话,当真妙极,这句话将来有用!……就说'当时神志不清了'!……哈——哈——哈!昨晚的事他全都知道!但母亲来的事情他却不知道!……那老巫婆,连日期都拿笔记上了!……你们胡扯,我绝不投降!要知道,这还不是事实,这只是幻象!不,请你们拿出真凭实据!租房的事情也不是实据,而是'神志不清'。我知道说什么来应付他们……租房的事他们知道吗?不弄明白,我就不走!我是来干什么的?可我此刻正在发火,只怕这也是个证据吧!哎,我太容易生气了!不过或许,这是一件好事;我这演的不就是生病的戏码嘛……他在试探我。他想把我弄糊涂。我是来干什么的?"

这些想法在电光火石之间掠过他的脑海。

波尔菲里·彼得洛维奇很快就回来了。不知为什么,他的心情突然变得格外愉快。

"老兄,昨天从你家出来以后,我这头就……而且我整个人连站都站不住了。"他笑着对拉祖米欣说,语气与刚才截然不同。

"怎么样,有意思吗?我昨天离开的时候,你们是不是谈到最有趣的问题了?谁辩赢了?"

"自然是谁都没赢。我们渐渐谈到一些永恒的话题,跑到学术性问题了。"

"罗佳,你猜我们昨天聊什么了:犯罪是否存在。我跟你说,我们吵得不可开交!"

"这有什么稀奇?不就是个普通的社会问题嘛。"拉斯科尔尼科夫漫不经心地回答。

"这个问题可不是这么提出来的。"波尔菲里说。

"的确,不完全是这样提出来的,"拉祖米欣立刻表达了赞成,他跟往常一样,性子急躁且易激动,"嘿,罗佳,你且听听,再说说你的看法。我想知道你的意见。我昨天跟他们据理力争,而且一直在等你。我跟他们提过你,说你会过来……我们是从社会主义者的观点开始论辩的。这个观点已是众所周知:犯罪是对不正常的社会制度的一种反抗——仅此而已,再无其他,也不需要探求其他原因——仅此而已……"

"你这是在胡说八道!"波尔菲里·彼得洛维奇叫嚷道。显然,他开始活跃起来,而且一直盯着拉祖米欣笑,后者被他激得兴奋极了。

"也——也不需要探求其他原因!"拉祖米欣激动地打断了他的话,"我没有胡说八道!……我把他们那几本小册子拿给你看。依照他们的观点,一切皆是'环境所致'——再无其他原因!这是他们最爱讲的一句话!由此可直接得出一个结论:如果社会制度是正常的,那么所有犯罪将会立即消失,因为再没有什么需要反抗的了,所有人将在顷刻间变得遵纪守法。天性是不被考虑的,天性被弃之不顾,天性是不应该存在的!他们认为,并非人类沿着真实的历史道路发展下去,最终自发形成一个正常的社会,而是正好相反,社会制度在由某个数学的头脑创造出来之后，就立刻将全人类组织起来①，并让他们在一瞬间变得遵纪守法、毫无瑕疵，它的出现领先于任何真实的过程，且无须任何真实的历史发展道路！正因如此，他们才如此本能地讨厌历史：'在历史里，有的只是丑陋和愚蠢'，而且一切仅用'愚蠢'一词便能得以解释！正因如此，他们才如此讨厌真实的生活过程，不需要活人！活人需要生活，活人不服从制度的支配，活人生性多疑，活人是反动的！那种散发着腐臭的，能用橡胶制成的才是他们需要的人——可那并不是鲜活的生命，这样的人没有自由意志，温顺得同奴隶一般，而且绝不反动！其结果就是：一切都仅仅被简化为堆砌砖瓦，建成一座法朗吉大厦，并在大厦里排布一条条走廊和一个个房间！法朗吉大厦倒是建成了，可我们的天性还不能适应这座法朗吉大厦，天性想要生活，天性还没有完成生活的过程，因此，想要大功告成，还为时尚早！仅凭逻辑是不可能逾越天性的！逻辑只能预见到三种情况，而情况却有一百万种！将这一百万种情况全部摒弃，将一切仅仅简化为一个舒适的问题——这是解决问题的捷径！这个捷径一目了然得令人心动，而且不必费神思考！主要就在于——不必思考！因为生活的全部奥义都容纳在两个印张的小册子里了！"

"瞧，他这一通鸿篇大论，像崩豆子似的说个不停！得管管他了，"波尔菲里笑道，"您想象一下，"他转身对拉斯科尔尼科夫说道，"昨天晚上就是这样，一间屋子，六张嘴巴，所有人各执一词，互不相让，而且大家此前还喝过潘趣酒②，都喝得醉醺醺的——您能想象得到吗？不，老兄，你在扯谎，'环境'对犯罪的影响是很大的，我可以向你

---

① 这里指的是法国空想社会主义者夏尔·傅立叶的著作《关于四种运动和普遍命运的理论》和圣西门的著作《论万有引力》。
② 一种果汁鸡尾酒。

证明。"

"我自己也知道,环境的影响很大,不过你且说说,一名四十岁的男子奸污一名十岁的小姑娘——这难道也是因为他受到了环境的影响这样做的吗?"

"当然了,严格来讲,这大概也受到了环境的影响,"波尔菲里极为傲慢地说,"对这个小姑娘的犯罪行为,是可以用'环境'因素进行解释的,甚至简直是太可以了。"

拉祖米欣气得快要发狂。

"那好,要是你想听的话,我现在就给你论证,"他高声吼道,"你的眼睫毛之所以是白的,唯一的原因就是,伊凡大帝钟楼高达三十五俄丈,我还能给你论证得清晰、准确而又具有进步意义,甚至带些自由主义的色彩,如何?我要开始论证了!喂,要不要打赌呀?"

"赌!诸位也请听听,他要怎么论证!"

"其实他全是装的,鬼把戏!"拉祖米欣跳了起来,摆了摆手,大声嚷道,"这还值得跟你说吗!他这是故弄玄虚,罗季昂,你对他还不了解呢!昨天他赞成他们那边的观点,只是为了戏弄大家。天哪,他昨天都说了些什么呀!竟然把他们给高兴坏了!……而他还能连着两个星期一直糊弄下去。去年,也不知是为了什么,他骗我们说,他要去做修士,一连说了两个星期啊!前不久,他又突然编瞎话说,他要结婚了,所有结婚的物件也已筹备妥当,就连新衣服也做好了。我们都已纷纷向他道贺了。可结果呢,没有新娘,什么都没有,全都是镜花水月!"

"你这就说得不对了!我在那之前确实做了套衣服呀。正因为我做了件新衣服,才想起来骗骗你们的。"

"您真的是这样一个喜欢伪装的人吗?"拉斯科尔尼科夫漫不经意

地问了一句。

"您认为我不是吗？您等着看吧，您会上我的当的，哈——哈——哈！哦不，您知道吗，我对您说的可是实话。说到上面的这些问题，什么犯罪、环境、小女孩之类的，我现在倒是想起您写过的一篇文章——其实我对它一直蛮感兴趣。好像是叫《论犯罪》吧……还是什么来着，题目我忘了，题目忘了，不记得啦。两个月前，鄙人有幸在《期刊评论》上拜读了您的这篇大作。"

"我的文章？《期刊评论》上？"拉斯科尔尼科夫颇感惊讶地问道，"我的确写过，是在半年以前，我辍学后读了一本书，于是写下一篇文章，不过我当时投到了一份叫作《每周评论》的报纸，并非《期刊评论》。"

"但是它在《期刊评论》上发表了。"

"《每周评论》停刊了，所以当时没发表成……"

"这倒是不错，但是《每周评论》停刊之后，跟《期刊评论》合并了，所以两个月前，您的文章刊登在了《期刊评论》上。您竟然不知道？"

拉斯科尔尼科夫确实毫不知情。

"怎么会呢，您可以找他们要稿费呀！不过，您这人可真古怪啊！您过得如此离群索居，以至于对于这些关乎己身的事情，竟也一点都不知道。这可是事实啊。"

"太棒了，罗季卡！这件事连我都不知道呢！"拉祖米欣大喊道，"我今天就去阅览室，把这期杂志借来瞧瞧！两个月前的？什么日期呢？反正我铁定能找到！真有你的！竟然还不说！"

"可您是如何知道那篇文章是我写的呢？署名只是一个字母啊。"

"机缘巧合，我也是近日才得知的。经由一位编辑，我一位相熟的朋友……我对此相当感兴趣。"

"我记得，我在文中分析的是罪犯在犯罪过程中的心理状态。"

"是的，而且您坚定地认为，犯罪的行为发生往往伴随着疾病。这个观点非常、非常的独到，不过……我最感兴趣的，并非您文章的这个部分，而是您在文末草草带过的一个想法，遗憾的是，您对此仅作了少许模糊的暗示……不知道您对此还有没有印象。文中做出了某种这样的暗示：世上好像存在着一些这样的人，他们能够……并不是'能够'，而是'有充足的权利'作奸犯科，肆意妄为，而且他们似乎并不受法律的约束。"

拉斯科尔尼科夫发出了一声冷笑，对方竟将他的观点夸大其词，故意曲解。

"怎么？这是什么意思？有权犯罪？但又并非受到'环境影响'？"拉祖米欣有些惊恐地问道。

"不，不，也不全是这个缘故，"波尔菲里回答，"问题在于，在他这篇文章中，不知何故，所有的人都被划分成'平凡的'和'不平凡的'两类。平凡的人必须服从，并且没有权利犯法，您要知道，因为他们是平凡的人。而不平凡的人却有权作奸犯科，为所欲为，而这仅仅是因为，他们是不平凡的人。倘若我的理解无误的话，您的文章是这个意思吧？"

"怎么可以这样？这不可能！"拉祖米欣疑惑地嗫嚅道。

拉斯科尔尼科夫又发出了一声冷笑。他瞬间明白了这到底是怎么回事，以及他们意欲将他推至何处。这篇文章他记得，他决定接受挑战。

"我文章里的意思并不完全是这样的。"他简明而又谦恭地说，"不过我要承认，您几乎忠实地阐述了我的观点，若您愿意的话，甚至可以说是完全忠实……（他似乎欣然承认'完全忠实'这件事）差别仅仅在于，我根本就没有坚定地认为，不平凡者就一定应当且必须胡作非为。我甚至认为，这样的文章是不可能被发表出来的。我仅仅作了暗示，即'不平凡的人'有权利……就是说，这并非官方授予的权利，而是自己有权允许自己逾越良心……逾越其他阻碍，并且只有当其为了实现自己的思想要求自己必须这么做的情况下，才可以逾越。您说，我的文章中有语焉不详之处，我很愿意尽己所能为您解释。我觉得，您似乎也希望我这样做，如果我没猜错的话，那么我这就为您解释。我认为，假如出于某些错综复杂的原因，开普勒和牛顿无论怎样都没法将自己的发现公之于世，除非牺牲那些有碍于这个发现的人，或是在发现之路上对其形成障碍的人——他们可能是一个、十个、百个，甚至更多——那么为了使自己的发现为世人所知，牛顿便有权，甚至是必须……消灭这十个或百个人。不过，万万不可由此得出结论，认为牛顿有权恣意杀人或每日在集市上偷窃。另外，我记得，我在自己的文章中还对此进一步加以推演，认为所有的……嗯，比方说吧，即便是人类社会的立法者和制度建立者，从远古时期，再到莱喀古士、梭伦、穆罕默德、拿破仑等，他们无一例外，皆是罪人：在制定新法规的同时，他们破坏古老的、被世人奉为圭臬且顶礼膜拜的、祖祖辈辈传承而来的法规，并且，当然了，倘若唯有杀戮（有时杀害的是一些为了捍卫旧法而英勇就义的无辜者）才能助他们完成大业，那么在杀戮面前，他们绝不会裹足不前。仅仅基于这一点，他们便是罪人。非常值得注意的是，这些人类社会的恩人和制度创立者，多半都是杀人如麻的刽子手。总之，我得出了一个结论，所有这样的人，不单是指那些伟大的人，甚至包括那些稍稍能够打破常规的人，即能够提出一点新观点的人，究其本性而言，必然都是罪人——当然了，这只是罪多或罪少的问题。否则，他们便难以打破常规。然而，若是让他们循规蹈矩，他们自然也不会同意，这又是基于他们的本性而言，而且我认为，他们甚至就应该不同意。简而言之，您也看见了，至此为止，我这里并无任何特别新奇的观点。这类内容早已被发表和阅读过无数次了。至于说，我将人划分成平凡的人和不平凡的人两类，我承认，这种划分未免有些武断，但我并没有坚定地认为，对这两类人的划分是有数字指标的。我只是相信自己的主要观点。我认为，根据本性定律，人可以被划分为两类：一类是低等的人（平凡的人），这么说吧，仅是用来繁衍同类的材料；另一类可以是真正意义上的人，即拥有禀赋或才能，能在自己所处的环境里提出新观点的人。当然了，这种划分是可以无限进行下去的，但这两类人之间的界限相当分明：第一类人，即那些材料，总体而言，他们生性保守，循规蹈矩，唯命是从，并且乐于服从。依我之见，他们必须唯命是从，因为这是他们的使命，况且对于他们而言，这并算不上有辱尊严。至于第二类人，他们所有人都违法乱纪，是破坏者，或有此倾向，这要视其能力而定。当然，这些人的犯罪是相对而言的，而且情况多种多样。他们中的大多数人都在各式各样的声明中，以建设更美好的世界为名，要求破坏现有的规则。然而，倘若为了实现自己的思想，哪怕要他踏过鲜血，迈过尸体，那么我认为，在他心里，从良心上讲，可能他也会允许自己这样去做——不过，这也视其思想的性质与规模而定——请您注意这一点。关于他们犯罪的权利，我在文章中探讨的仅仅是这个意思（请您记住，我们是从法律问题开始探讨的）。不过，无须过分担忧：群众并不承认他们拥有这种权利，总是处决和绞死他们（或多或少），而这也是没错的，因为他们履行了自己保守的使命；然而到了后世，又是同样的群众将这些被处决的人捧上神坛，将他们奉若神明（或多或少）。

第一类人是现在的主人,第二类人是未来的主人。第一类人维持着这个世界,繁殖人口;第二类人推动世界的发展,引领它朝着目的前行。无论是哪一类人,他们都拥有相等的生存权利。总而言之,在我看来,大家都拥有相同的权利,而且——永恒的战斗万岁[①]——当然了,直至新耶路撒冷降临人间[②]!"

"您还相信新耶路撒冷?"

"相信。"拉斯科尔尼科夫斩钉截铁地回答。在说出这句话时,以及在刚才漫长的高谈阔论中,他为自己选中了地毯上的一点,始终盯着它瞧。

"您也——也相信上帝?请原谅我这么好奇。"

"相信。"拉斯科尔尼科夫又说了一遍,说着抬起眼睛来看了看波尔菲里。

"您也——也相信拉撒路复活?"

"相——信。您为何问我这些?"

"真的信吗?"

"是的。"

"这样啊……我太好奇了。不好意思啊。但是,对不起——我又想问回到刚才的话题——要知道,他们也不是总被处决的,相反,有些人……"

"在世时便获得了胜利?对,有的人在世时便达成所愿,于是……"

"他们就自己开始处死别人?"

[①] 此处原文为法语。
[②] 出自《启示录》第二十一章第二节,这里指的是人间的天堂。

"如果需要的话，而且，您要知道，甚至绝大多数人皆是如此。总的来说，您所指出的问题别具巧思。"

"谢谢。不过，还想请您谈谈，该如何将不平凡者与平凡者区分开来呢？他们是否生来便有这种标记呢？我想说的是，这得更准确些，这么说吧，就是加强外部特征的明确性——请您原谅，作为一个实事求是、心怀好意的人，我对此抱有极为自然的忧虑，可是能不能，比如说，为他们设定某些特有的服饰，佩戴什么东西，或打上什么印记呢？因为您得承认，假如二者发生混淆，即在某一类人中，有人认为自己属于另一类人，然后'摒除所有阻碍'——就像您刚才那句相当精妙的表述——那么这样就……"

"哦，这倒也时有发生！您这个见解甚至比刚才更巧妙了……"

"谢谢……"

"不客气，不过请您注意，错误仅有可能在第一类人身上出现，即'平凡的人'（我这样称呼他们或许有些不太合适）。虽然他们生性唯命是从，但是由于某种连母牛都不免拥有的顽劣本性，他们中的许多人都喜欢以进步人士和'破坏者'自居，竭力提出'新见解'，而且这么做绝对是出于真心的。而对于那些真正意义上的新人，他们却常常视而不见，甚至是不屑一顾，认为他们是思想落后的人，认为他们的想法不成体统。然而在我看来，这并没有什么危险，真的，您也不必为此担忧，因为这类人永远都不可能走得很远。当然了，倘若他们忘乎其形，有时也可以给他们来一鞭子，好让他们安于本分，不过仅此而已，此事甚至连执行者都不需要：他们自己就会抽打自己，因为他们都是道德非常高尚的人，有些人是彼此之间相互惩戒，而有些人则会亲自动手，自我惩罚……同时，他们还会进行各式各样的公开悔过——场面漂亮极了，还很具有教育意义。总之呢，您也无须担心……其中自有规律。"

"好,至少在这个方面,您让我稍微放心了,可是还有个问题:请问,这些有权杀人的人,也就是'不平凡的人',是不是很多呢?我当然非常敬仰这样的人,但是您得承认,如果这样的人数量太多,岂不是很可怕,对吧?"

"哦,这一点您也不必担心,"拉斯科尔尼科夫继续说道,"通常来讲,拥有新思想的人,甚至是哪怕稍微能说出些新观点的人,出生率也都是很低的,乃至寥寥无几。只有一点明确无疑:人的出生规律及其类别的划分规律必然是可靠的,并且精确地合乎某种自然规律。当然,这个规律目前尚不可知,但我相信它是存在的,而且可能将来也能为世人所知。普罗大众,即那些材料,他们生存在这个世上唯一的目的,就是努力地借助某种迄今为止依旧神秘的过程,以种族和血统之间交叉繁衍的方式,历尽艰辛,在千人之中孕育出多少具有些独立精神的人。而独立精神稍微强些的人,可能于一万个人之中才能诞生一个(我打个比方,讲得直观些);更具独立精神的人,可能十万个人中才会出现出一个;天赋异禀者,百万人之中可得一人;而伟大的天才,也就是旷世奇才,也许要在数以千万计,甚至几十亿人里才能问世。总之,我并未窥探过这一切奥秘的发生过程。但是,这其中肯定存在一定的规则,这绝非偶然。"

"你们两个是怎么啦,在开玩笑吗?"拉祖米欣终于大声喊道,"你们是在愚弄对方,对不对?他们坐在这儿互相开玩笑呢吧?你是认真的吗,罗佳?"

拉斯科尔尼科夫静静地抬起他那张毫无血色、几近忧郁的脸,望向他,没有回答他。而让拉祖米欣感到奇怪的是,在这张宁谧而又忧郁的面孔旁,是波尔菲里那张不加掩饰、乖戾暴躁且又放诞无礼的刻薄嘴脸。

"喂,老兄,假如你确实是认真的,那么……你说得自然没错,这些并不是什么新鲜事,而且跟我们曾看过、听过上千次的那些言论别无二致。但是,在这些言论中真正新颖的想法——我只怕这是真正属于你一人的想法——就是:你竟然从良心上允许流血,而且,原谅我这么说,你甚至是如此的狂热……看来,这便是你那篇文章的主要思想了。要知道,这种从良心上对于流血的准许,这……这在我看来,其可怕程度要更甚于政府和法律对于流血的准许……"

"完全正确,可怕多了。"波尔菲里附和道。

"不,你肯定是过于痴迷了!错误就出在这里。我必须读一读这篇文章……你太过痴迷了!你不可能这么想……我必须得读读这篇文章。"

"文章里压根就没有这些,里面有的只是一些暗示罢了。"拉斯科尔尼科夫说。

"是这样的,是这样的,"波尔菲里有些坐不住了,"现在,我差不多已经了解了您对于犯罪的想法了,但是……请原谅我这样喋喋不休地发问(我实在太搅扰您啦,连我自己都感到难为情!)——您知道吗,您方才帮我解决了'这两类人可能发生混淆'的担忧,可是……我担心还会出现各种各样的实际情况!如果有个人认为,他就是莱喀古士或者穆罕默德——当然,他认为自己将来会成为——他要为此摆平重重阻碍……声称要为此远征,而远征就需要钱……于是便开始为远征筹钱……您能明白我的意思吗?"

突然,坐在角落里的扎苗托夫扑哧一声笑了出来。拉斯科尔尼科夫连瞧也没有瞧他。

"我必须承认,"他平静地回答,"这种情况的确是存在的。那些愚蠢且爱慕虚荣的人尤其容易落入这个圈套，特别是年轻人。"

"您瞧，正是这样。那么该怎么办才好？"

"就那么办呗，"拉斯科尔尼科夫冷冷地笑了一下，"这也并非我的错。现实就是这样，而且将来也会永远这样。他（他朝拉祖米欣的方向点了下头）刚刚不是还说我准许流血发生吗？可那又如何呢？要知道流放、监禁、法院侦查、苦役，它们保障了社会的稳定，而且保障得有些过头——还有什么好担忧的呢？你们还是抓贼去吧！"

"哼，如果让我们抓到了呢？"

"那便是他的命数。"

"您这话倒是很有道理。好，那么他的良心呢？"

"他的良心与您何干？"

"这不是出于人道主义的考虑嘛。"

"倘若有良心的人意识到了自己的错误，那么他便会承受精神上的痛苦。这也算是对他的惩罚——苦役之外的惩罚。"

"可那些真正的天才，"拉祖米欣蹙着眉头说，"那些有权利杀害别人的人，难道就算他们手上沾满鲜血，也不应该为此承受精神的痛苦吗？"

"为什么要用'应该'一词呢？这件事既没有允许，也没有禁止。倘若他可怜那些受害者，那就让他痛苦好了……对于认知更加广阔、灵魂更加深刻的人而言，精神上的痛苦与肉体上的折磨永远是他的必经之路。我认为，真正伟大的人物应当觉知这世间最强烈的忧苦。"他忽然说道，那语气仿佛不是在同别人对话。

他抬起眼睛，若有所思地望了一眼众人，笑了笑，拿起帽子。与不久前刚进门时相比，他此刻平静得过分，这一点他也感受到了。所有人都站了起来。

"好吧，不管您是否会骂我，是否会生气，但我还是忍不住，"波尔菲里·彼得洛维奇最后说道，"请允许我再提个小问题（我真是太麻烦您啦），我只想稍微提一个小小的想法，之所以说出来，只是免得自己将来忘了……"

"好吧，但说无妨。"拉斯科尔尼科夫站在他的面前等待，表情严肃，面色煞白。

"您要知道……说真的，我不知怎样讲才稳妥些……其实这个想法过于儿戏了……是心理层面的……是这样的，在您写这篇文章时——其实您本人也不可能，咳咳！不可能不认为您自己——哪怕有那么一丁点儿——也是个'不平凡的人'，能说出新的观点——也就是依循您的意思而言……对吧？"

"非常有可能。"拉斯科尔尼科夫不屑地回答。

拉祖米欣身形微动。

"倘若是这样的话，那您不就可以自己决定——由于生活上遇到某些不顺和限制，抑或为了推动全人类的幸福——越过某些障碍了吗？……嗯，比方说，杀人或者抢劫？……"

不知为何，他又朝他眨了一下左眼，悄然无声地笑了——与不久之前一模一样。

"就算我越过了，我也不会告诉您。"拉斯科尔尼科夫回答，神色中带有挑衅与傲慢的轻蔑。

"不，其实我只是对此颇感兴趣而已，为了领会您文章的要义，仅涉及语言层面的问题……"

"呸，这可真是明目张胆，卑鄙无耻！"拉斯科尔尼科夫满心厌恶地想。

"请允许我告诉您一点，"他冷淡地答道，"我并没有自诩为穆罕默德或拿破仑……也不认为自己是这些人中的任何一个,因此,关于'我会做出什么'这个问题,我也无法给您提供什么满意的解答。"

"瞧您说的,在我们俄国,如今谁不自诩为拿破仑呢[①]?"波尔菲里突然异常狎昵地说道。这一次,就连他的语调中都带有某种尤为明显的意指。

"上星期用斧头砍死我们阿廖娜·伊万诺夫娜的,是不是某个未来的拿破仑呢?"扎苗托夫突然在角落里说道。

拉斯科尔尼科夫缄口不语,目不转睛地凝视着波尔菲里。拉祖米欣忧心忡忡地皱起眉头。其实,他似乎此前便已有所察觉。他怀着愤然的心情朝四下张望。阴郁的沉默持续了一分钟左右。拉斯科尔尼科夫转身要走。

"您要走呀!"波尔菲里特别客气地把手伸过去,殷勤地说道,"认识您特别、特别高兴。至于您的请求,那是绝对没问题的。请您像我说的那样,写一份申请。您最好再亲自去我那里一趟……就这两天吧,什么时候都行……哪怕是明天也没问题。我十一点钟肯定在那儿。到时咱们把一切处理好……再聊聊……您作为去过那里的最后几个人之一,说不定能给我们提供些线索什么的……"他和颜悦色地补充道。

"您是想正式提审我吗?"拉斯科尔尼科夫语气生硬地问道。

"这打哪儿说起呢?目前用不着。您误会啦。您要知道,我是不会放过任何一个线索的……所有抵押过东西的人,我都已约谈过了……其中一些人还录过口供……而您,作为最后一位……对啦,顺便提一句!"不知为何,他突然非常高兴,大声喊道,"我忽然想起来了,瞧

[①] 出自《叶甫盖尼·奥涅金》。

我都给忘了！……"他转身对拉祖米欣说，"你不是总在我耳边念叨这个尼科拉什卡的事嘛……嗯，其实我自己也知道，自己也知道，"他又回头对拉斯科尔尼科夫说，"这个小伙子是无辜的，可那又怎么办呢，就连那个米科尔卡，咱都没办法放过他……可问题在于，问题的重点在于：在经过楼梯的时候……请问，您不是在七点多钟到过那里吗？"

"七点多钟。"拉斯科尔尼科夫回答，随即心怀不悦地发觉，这句话其实没必要说。

"那么您七点多钟经过楼梯时，有没有看到二楼那套房子的门是不是打开的——您还有印象吗？那里有两个工人，或者是他们其中之一，当时正在屋里刷漆，您有没有留意到？这一点对于他们非常非常关键！"

"油漆工？不，没见过……"拉斯科尔尼科夫缓慢地回答着，似乎是在记忆里苦苦翻寻，此时此刻，他全身上下的神经都紧紧绷住，痛苦得心脏骤停，只想尽快破解，这究竟是个怎样的圈套，万万不可因一时疏忽而说漏什么，"不，没见过，连什么开着门的房子也没见过……不过四楼嘛（他彻底明白这个圈套是什么了，开始自鸣得意起来）——我倒是记得有个官员在搬家……就在阿廖娜·伊万诺芙娜房间的对面……我记得……这我倒是记得很清楚……有几个当兵的抬出来一张沙发，并且把我挤到了墙边……至于油漆工——不，我不记得有什么油漆工……而且我好像也没见过有哪间房子的门是开着的。对，没有……"

"你怎么回事啊！"拉祖米欣突然大叫起来，似乎有所醒悟，想通了其中缘由，"油漆工在那里干活可是在案发当日啊，而他不是三天以前去那里的吗？你怎么问他这个啊？"

"哎呀！瞧我给搞错了！"波尔菲里拍了一下自己的额头，"见鬼了,瞧我让这案子给弄得晕头转向!"他对拉斯科尔尼科夫说,好像还略带歉意,"要知道,是否有人曾在七点多钟,在那套房子里,见过他们之中的某一个,这一点对我们来说至关重要,所以我刚才想到,您也有可能提供些什么证据……我完全搞混啦!"

"所以应当细心一些。"拉祖米欣沉着脸说道。

说话间,众人已来到前厅。波尔菲里·彼得洛维奇殷切备至地将他们送至大门口。他们走了出来,来到街上,二人均神色凝重,眉头紧锁,走出去好几步,一句话也没说。拉斯科尔尼科夫深深地呼了一口气……

第六节 小市民

"……我不信!我无法相信!"一头雾水的拉祖米欣反复说,极力想要驳倒拉斯科尔尼科夫的观点。他们已快走到巴卡列耶夫的旅馆了,普莉赫里娅·亚历山德罗芙娜和杜尼娅已经在那里等候他们许久了。争辩激烈,拉祖米欣沿途不时停下脚步,他看起来张皇失措,激动难安,而这仅仅是因为,他们是首次敞开来谈起这个问题。

"那你就别信!"拉斯科尔尼科夫冷冷一笑,漫不经意地回答,"你总是什么都感觉不出来,我可是仔细琢磨过每个字眼了。"

"你疑神疑鬼,所以才仔细琢磨……哼……的确,我赞同,波尔菲里讲话的口吻特别奇怪,尤其是扎苗托夫这个卑鄙小人!你说得对,他心里似乎藏着什么鬼想法——可这是为什么?为什么啊?"

"他在一夜之间转变了看法。"

"可是正好相反,正好相反!假如他们心中怀着这个愚不可及的念头,那么他们就会把它极力掩藏起来,藏好自己的底牌,这样日后才好前来抓你……而现在呢——这种做法既卑鄙龌龊,又粗心大意!"

"倘若他们了解了真相,也就是有了确凿的证据,或者哪怕是那么一丁点儿有据可查的疑点,他们才会真的把自己的鬼把戏掩藏起来,以便将来得到更多的收获(不过若是那样,他们早就去搜查了)。可是他们偏就没有证据,一点证据也没有——一切都是虚浮的幻想,一切都不是确定的,只是一个扑朔迷离的念头——所以他们才费尽心思,想以这种厚颜无耻的方式把我搞晕。或许，正因他无凭无证，心下气恼，所以才在情急之中脱口而出。又或许，他另有一番用意……他应该是个聪明人……说不定他是假装什么都知道，故意以此吓唬我……老兄，这是他的心理战术……不过，解释这些可真叫人恶心啊。别往下聊了！"

"这是侮辱，这太侮辱人了！我理解你！可是……既然咱们现在已经敞开来谈起这个问题了（这特别好，终于能敞开谈啦，我很高兴！）——那么现在，我得向你坦白，我早就发现他们怀有这个想法了。当然了，在这段时间里，这只是一个模棱两可的想法，可有可无，模模糊糊。不过，即便那只是个模糊的想法，可究竟为什么会产生那种想法呢！他们岂敢如此？他们的依据呢，依据在哪儿呢？你不知道，我心里多么生气！怎么可以这样呢？就因为人家是个穷学生，饱受穷困潦倒和精神忧郁的摧残，在他一病不起、神志不清的头一天——也许当时已经开始神志不清了（注意这一点），他神经过敏，自尊心强，很有自知之明，而且一连六个月待在自己房内的小角落，跟谁都没见过面，穿着粗布烂衫，踩着一双掉了鞋掌的靴子——站在那些无耻的警察局长面前，忍受他们的辱骂，而且就在这时，一笔意外的债务突然凭空出现在他的面前，七等文官切巴洛夫呈递的一张逾期未还的借据，还有那臭烘烘的油漆味、30列氏度①的高温、窒闷的空气、满屋子的人、关于一起凶杀案的讨论，而他在前一天还正好去过受害人的家里，这一切——全部施加在一个饥肠辘辘的人身上，这人怎么会不晕倒呢？就是这个吗，他们的依据就是这个吗？见鬼去吧！我很理解，这确实让人感到很不痛快。不过呢，如果我是你的话，罗季卡，我会

---

① 相当于37.5摄氏度；这里指的是人的体温，而非屋里的温度。

冲着他们所有人哈哈大笑,或者最好是,把痰吐到他们脸上,痰越浓越好,还得狠狠扇他们二十记耳光,这才算干得漂亮。就得这样,就得给他们点颜色看看,如此事情也便了了。别把他们放在眼里!打起精神来!他们太龌龊了!"

"他的这些话说得倒是没错。"拉斯科尔尼科夫暗自忖度。

"别放在眼里!可是明天得审讯了!"他垂头丧气地说,"难不成我还得去跟他们解释吗?我想到昨天在小饭馆里,对着扎苗托夫低首下心的样子,我到现在都还感到不痛快呢……"

"见鬼!那我去找波尔菲里!我去给他施施压,凭我这个亲戚的身份,让他把心里话说出来。至于扎苗托夫嘛……"

"他总算开悟啦!"拉斯科尔尼科夫心想。

"等一下!"拉祖米欣突然一把抓起他的肩膀,大声喊道,"你等等!你弄错啦!我仔细想了想,是你弄错啦!嘿,这算哪门子圈套啊?你说,问起那两个工人的事情,就算圈套吗?你琢磨琢磨,假如这件事是你干的,你会不会不慎泄底,说你在那个刷漆的房间里……见过那两名工人?恰恰相反,即便你曾见过他们,你也会说,什么都没看见!谁又会承认对自己不利的事情呢?"

"倘若那事是我干的,那么我肯定会说,我见过那两名工人,还有那套房子。"拉斯科尔尼科夫极不情愿地继续回答,脸上带着显而易见的厌恶表情。

"那么为何要说对自己不利的话呢?"

"因为只有庄稼汉或是最没经验的新手,才会在审讯时拒不认罪,一概否认。稍微聪明点且略有经验的人,肯定会尽量承认那些无法排除嫌疑的表面事实,不过,他会为这些事实编造其他理由,并巧妙地融入一个与众不同、出人意料的特点,使这些事实具有迥然不同的解释，使得事情变成另一番模样。波尔菲里可能正是这样料想的，他觉得我肯定会如此回答，肯定会说'见过'，并且为了让事情入情入理，我肯定还会巧妙地解释些什么……"

"那样的话，他就会立刻告诉你，两天前那两名工人不可能在那儿，由此说明，你就是在凶杀案发生当日过去的，而且还是七点多的时候。区区一件无足轻重的小事，他就能把你搞糊涂！"

"这正是他耍的小把戏，他觉得我肯定来不及思考，急于给出一个合情合理的解答，于是忘记了，那两个工人两天前是不可能出现在那里的。"

"可是这怎会忘记呢？"

"再容易不过了！狡猾的人特别容易在这种微不足道的小事上出错。越是狡猾的人，他就越想不到，自己竟会在一件普普通通的小事上栽跟头。对付狡猾的人，就得用这种平平无奇的小事，把他们弄糊涂。波尔菲里根本没你想得那么傻……"

"他竟能干出这种事，简直是个无耻小人！"

拉斯科尔尼科夫不禁笑了出来。然而与此同时，让他甚感奇怪的是，在做最后这段解释的时候，他说得颇为兴奋，乐在其中，可在此之前，他与人交谈时的心情是忧郁而又厌恶的，纵然开口说话了，显然也是为了某些目的才开口的。

"有几点还挺合我的胃口！"他暗暗地想。

但是，几乎就在此时，他忽然感到一阵莫名的不安，似乎有个始料未及、令人担忧的念头使他心头一震。他感到心里的不安越来越强烈了。他们已走到巴卡列耶夫旅馆门口了。

"你先自己进去吧，"拉斯科尔尼科夫突然说道，"我马上回来。"

"你去哪儿？咱们已经到了！"

"我必须去，必须，有件事……半小时后回来……你转告她们。"

"随便你吧，我陪你一起去！"

"怎么，连你也想折磨我吗？"他忽然大吼起来，眼神是如此愤怒，如此痛苦，如此绝望。这样一来，拉祖米欣便束手无策了。他在台阶上驻足片刻，忧心忡忡地望着拉斯科尔尼科夫步履匆促地朝自己住处的那条胡同走去。最后，他咬了咬牙，攥着拳头，发誓今天就要去找波尔菲里谈谈，要像挤柠檬那样，从他嘴里把实话给挤出来。之后他上楼，宽慰由于等候他们许久而心急如焚的普莉赫里娅·亚历山德罗芙娜。

拉斯科尔尼科夫回到自己的住处时，两鬓已然被汗水浸湿，呼吸也十分急促。他连忙爬上楼梯，走进自己那间没上锁的小屋，扣上门钩。随后，他神色惊慌，疯了一般地冲向墙角，墙纸后的那个窟窿里曾藏过东西，他把手伸进窟窿里，仔细地摸索了半天，就连墙纸上的每道缝隙、每条皱褶也都逐一认真地检查了好几遍。什么都没找到，他站起身来，如释重负地呼了一口气。不久前，当他们就快走到巴卡列耶夫旅馆门前的台阶的时候，他蓦地想起，万一有某样东西——一条表链、一枚领扣，甚至是一张由老太婆做过标记、用来包东西的纸——当时不小心掉落出来，掉进某条缝隙中，这件东西倘若日后突然在他面前出现，将会成为一件意料之外且无可争辩的罪证。

他站在那里，若有所思地扬起了一抹怪诞、屈辱而又恍惚的微笑。他拿起制帽，蹑手蹑脚地走出小屋。他思绪纷飞，心神不定，像是在思索着什么，往楼下走，来到整栋房子的大门口。

"瞧，那不就是他！"一声响亮的叫喊传来，他应声抬头。

只见看门人正站在自己那间小室的门口，直接用手指着他，将他指给一个身材不高的男人。那人模样像个小市民，身穿一件似长袍般的服装，里面套着一件背心，远远看去很像一个乡下妇女。他头上戴着一顶油乎乎的制帽，垂着头，好像有点驼背。他脸上的皮肤松弛，布满了皱纹，想必应该有五十多岁了，一双浮肿的小眼睛看起来阴郁而又严厉，流露着颇为不满的情绪。

"有事吗？"拉斯科尔尼科夫朝看门人走过去，问道。

那个小市民眉头紧皱，乜斜着眼，瞥了他一眼，然后气定神闲、目不转睛地将他仔细打量了一番，接着慢悠悠地转过身去，沉默着走出了大门，来到了街上。

"这到底是怎么回事！"拉斯科尔尼科夫大喊了一句。

"瞧，刚才来了个人，问这里是不是住着个大学生，他还说出了您和您房东的名字。正问着，您就走下来了，我便把您指给他，可他却走了。就是这样。"

看门人也一头雾水，但他并没有十分惊讶，略微想了一想，转身走回了自己的小屋。

拉斯科尔尼科夫冲出去追那个小市民，刚跑出去，只见他正在街对面走着，迈着匀称的步伐，走得气定神闲，他直勾勾盯着地面，好像在思索着什么。拉斯科尔尼科夫很快便追上了他，跟在他身后走了一会儿，最终，他走上前去，与他并肩而行，从侧面去瞧他的脸。小市民立刻发现了他，飞速地瞥了他一眼，却又旋即垂下目光，于是，他们就这么并排走着，一直缄默不语。

"您刚才跟看门人……打听过我？"终于，拉斯科尔尼科夫开口了，但不知为何，他说话的声音很小。

小市民没有回答他，甚至连瞧都没瞧他一眼。两人再次沉默起来。

"您为什么……过来打探我的消息……却又不讲话……这是什么意思？"拉斯科尔尼科夫的声音时断时续，不知为何，他不想把话讲得很明白。

这次小市民抬起眼来,用那副阴鸷而又凶狠的目光瞪着拉斯科尔尼科夫。

"杀人凶手!"他突然轻声地说,但是说得很明白,声音清晰可闻……

拉斯科尔尼科夫走在他的身边,他忽然感觉双腿发软,背脊发凉,心脏仿佛霎时间停止了搏动,俄顷,又突然开始剧烈地跳动起来,如若那根即将跳脱的门钩。他们就这样并排走了近百步,又是一阵缄默。

小市民没有看他。

"您到底在说什么……什么……谁是杀人凶手?"拉斯科尔尼科夫小声地嗫嚅,声音隐约可闻。

"你是杀人凶手。"小市民说,这次他的吐字更加分明,声音更加有力,脸上似乎露出一丝切齿痛恨、自鸣得意的微笑,他又瞧了瞧拉斯科尔尼科夫惨白的面庞和呆滞的双眼。此时,二人已经来到了十字路口。小市民往左转,走上了大街,头也不回地离开了。拉斯科尔尼科夫在原地驻足许久,望着他离去的背影。他看到,小市民在走出近五十步之后,又回过头来,朝他望了一望,而他依旧一动不动地呆立在原地。从远处望去,并不能看得真切,然而拉斯科尔尼科夫却隐约感觉,那人这次又朝他露出了那副咬牙切齿、自鸣得意的冷笑。

拉斯科尔尼科夫缓缓转身,慢悠悠地往回走,他的双膝不住地战栗,似乎感觉到一阵出奇的寒意,他迈着虚弱无力的步子上楼,走回了自己的小屋。他摘下帽子,将它放在桌上,在桌边站了十几分钟,一动不动。接着,他瘫软无力地倒在沙发上,直直地躺平,然后发出一阵微弱的轻哼。他的双眼紧阖,就这样躺了半个钟头。

他什么也没有想。然而,有一些想法,或是一些思绪的片段、些许多冗杂而又零散的印象,不受控制地在他的脑海中飞速闪回——其中有些是他早在童年时期见过的人的面孔,而有的面孔,他仅有过一面之缘,后来再也未曾想起。此外,还有B教堂①的钟楼、一家小饭店的台球桌、一名正在打台球的军官、一家满屋子雪茄味儿的地下室烟草铺、阴暗的后门楼梯处满布碎蛋壳、污水横流的小酒馆、从某个不知名的地方传来的礼拜日的钟声……这些影像在他的眼前纷繁变换,如旋风般不停旋转。有的影像他甚至非常喜欢,极力想要抓住它们,但它们随之便消失了。他感到有个东西始终压在他的心头,可是窒闷感并不非常强烈,有时,他甚至感觉很不错……当轻微的寒战还未消失的时候,他似乎还感觉到一阵舒爽。

他听到一阵急促的脚步声和拉祖米欣的说话声,于是阖上双眼,假寐。拉祖米欣打开房门,在门口站了半晌,仿佛正在犹疑不定。随后,他轻手轻脚地走进屋里,轻手轻脚地走到沙发前。只听见娜斯塔西娅小声说了句:"别碰他,让他睡个好觉吧,睡醒了,他自然就想吃东西了。"

"也对。"拉祖米欣答道。

他们俩小心翼翼地走了出去,关上房门。又过了近半个小时,拉斯科尔尼科夫睁开眼睛,把手垫在脑袋后面,再次仰面平躺……

"他是谁?这个忽然从地底下冒出来的人到底是谁?他是不是在什么地方见到过什么?毫无疑问,他全都看见了。可他当时站在哪里,又是从什么角度看到的?为什么他直到现在才从地底下冒出来呢?而且,他又怎么可能看见呢——有这种可能性吗?哼……"拉斯科尔尼科夫继续想着,周身发冷,浑身战栗起来,"可是尼古拉在门后捡到的

---

① 沃兹涅先斯基教堂,始建于1772年,至今仍然保存完好。

那个小匣子——可能是罪证吗?一旦稍有疏漏,就会出现像埃及金字塔那样醒目的罪证!有一只苍蝇飞过,被它看到了!难道有这种可能性吗?"

他忽然带着一种厌恶的心情感觉到自己是多么的虚弱,他的身体已经疲乏不已。

"我应该清楚这一点的,"他挂着一丝苦笑,心想,"我了解自己,对于自己的心情,我也早有预感,我怎么敢,我怎么敢提起那把斧头,让自己身染血污啊。我应当预先想到的……哎!我不是预先想到了吗……"他绝望地低声嗫嚅。

有时,他的思绪仅停留在某个念头上打转:"不,那些人并不是这种材料铸造的,真正的统治者能够杀伐决断,他溃退土伦的敌军,在巴黎掀起屠杀,将一支部队丢弃在埃及,在莫斯科远征中损兵折将五十万,又在维尔纳以一句语意双关的俏皮话将一切聊以塞责;而他死后,世人却将他奉至神坛[①]——由此可见,他可以肆意妄为。不,这样的人绝非血肉之躯,而是青铜铸就!"

此时,有个全新的想法突然闪现,几乎引得他大笑起来:"这边是拿破仑、金字塔、滑铁卢,那边是卑鄙龌龊、骨瘦如柴的十四等文官太太,是床底下藏着大红箱子的放高利贷的老太婆——这二者之间的

[①] 这里指的是拿破仑·波拿巴的几件事迹:1793年12月17日,年仅二十四岁的年轻军官拿破仑偷袭法国南部土伦,最终大获全胜,由此开始了自己漫长的征战生涯;1795年10月13日,他在巴黎镇压了保王党起义,并动用了大炮兵连,此次战役发生在圣罗克教堂,当时教堂的阶前尸横遍地,血流成河;1799年他把一支军队丢在埃及,秘密返回法国发动政变(雾月政变),最终掌握军权,开始了自己的独裁统治;1812年远征俄国战败以后,拿破仑曾在波兰的维尔纳说过一句话:"从伟大到可笑仅有一步之遥,那便让后世去评说吧!"

神奇关联,恐怕就连波尔菲里·彼得洛维奇也无从参透吧……他怎么能理解得了呢……他的美学观点才无从领略到这一奇妙的关联呢,他会说:'拿破仑怎么就钻到老太婆的床底去了呢!'呵,废物!……"

他有时觉得,自己似乎在疯言疯语:他陷入了一种极致兴奋的状态中。

"老太婆何足道哉!"他狂热而又紧张地思索着,"也许,老太婆这件事是我所犯的一个错误,她并不是问题的关键,仅仅是一种病症……我想尽快跨越……我杀的是原则,并不是人!虽然原则被我杀了,但我的跨越却并没有成功,我还是待在这边……我只会杀人。而且,我好像连杀人都不会……原则吗?拉祖米欣这个傻子刚才为什么要辱骂社会主义者呢?他们都是勤劳的人,是本分的生意人,他们都在追求'共同的幸福'……不,我的生命仅有一次,此后不会再有,我不愿被动地等待着那'共同的幸福'。我自己也想活着,不然就别活了。那又怎么样呢?我只是不想一边攥着口袋里的一卢布,一边被动等待着'共同幸福'的来临,却对我那忍饥挨饿的母亲视而不见。还说什么'我在为谋求共同的幸福添砖加瓦,所以我感到心安理得①。'哈——哈!你们为什么让我跑掉呀?我毕竟仅能活这么一次,我也想要……哎,我也仅是一只稍有审美意趣的虱子,别无所长。"他突然如疯子般狂笑起来,然后补充道,"没错,我的确是只虱子,"他继续想下去,抱着幸灾乐祸的心情与这个想法相互缠斗,深究它,把玩它,以此得趣,"仅那一件事便可证明,我就是虱子,因为首先,现在我觉得自己是只虱子;其次,我在这整整一个月里,一直都在打扰仁

---

① 在19世纪30年代法国革命者和空想社会主义者之间,有一句流传甚广的话:"为新世界的大厦贡献你的一块石头。"

慈的上帝的安宁,我请他做证,来证明我此举绝非利欲熏心,而是心怀崇高而又美妙的目的,哈——哈!最后,因为我决定在履行计划之时,尽量做到公平合理,权衡好轻重,拿捏好分寸,而且我还进行过衡量。我在所有虱子中甄选了一只最最没用的去杀,杀完以后,我决定只从她那里拿走一定数量的钱,正好够我实现计划的第一步,既没多拿,也没少拿(这样一来,余下的钱就依循她的遗嘱捐到修道院啦,哈——哈!)……所以,所以我是一只货真价实的虱子,"他咬牙切齿地补充道,"所以,或许我本人比那只被杀害的虱子更龌龊、更可耻,而且我早有预感:我肯定会在杀人之后对自己这么说的!难道还有什么能与这样的恐惧相提并论吗?哦,龌龊啊!哦,下流啊!哦,我可太理解那位骑在马上、手持一柄马刀的'先知'了,他说:'安拉有命,服从吧,颤抖的生灵!''先知'说得没错,说得对啊,当他在街上修筑火力迅猛的炮垒,同时炮轰那些无辜者与有罪者的时候,甚至未作任何的辩解!服从吧,颤抖的生灵,并且——不必企求什么,因为——这不是你的事!……哦,无论如何,无论如何我都不会宽恕那个老太婆的!"

他的头发已被汗水濡湿,战栗的嘴唇也已然干裂,凝滞的目光直勾勾地盯着天花板。

"母亲,妹妹,从前我有多么爱她们呀!为什么我现在却恨她们呢?没错,我现在恨她们,我从生理上憎恨她们,当她们待在我的身边时,我简直不能忍受……不久之前,我曾走过去亲吻母亲,我记得……我一边抱着她,心里一边想,要是让她知道的话,那……难道我到时会告诉她吗?我倒可能会干这种事情……哼!她应该跟我是同类的人,"他一边补充,一边极力地思索,仿佛在与那阵将他牢牢攫住的梦呓缠斗,"啊,我现在有多么恨那个老太婆呀!倘若她再活过来,想必我会再次把她杀死的！可怜的莉扎薇塔！她为何恰在此时走了进来呀！不过，奇怪的是，为什么我几乎从没想起过她，仿佛我从未杀死过她一般？莉扎薇塔？索尼娅！这两个可怜而又温和的女人，都有着一双温和的眼眸……可爱的人啊……她们为何不哭呢？为何不呻吟呢？她们献上了自己的一切……她们的神情都那么温和而又宁谧……索尼娅，索尼娅！宁谧的索尼娅……"

他不知不觉睡着了，但令他奇怪的是，他不记得自己是怎么来到街上的。天色已晚，暮色沉沉，一轮皎洁的圆月显得愈发明亮，空气却格外窒闷。街上熙来攘往，手工艺人和下班的公务员正在往家里走，还有一些人在散步，空气中满是石灰味、尘土味和死水的浊臭味。拉斯科尔尼科夫走在街上，神色凝重，心事重重。他清楚地记得，自己出门是为了某个目的，有件事情需要去办，并且刻不容缓，可那到底是什么事情，他却给忘了。忽然，他停下脚步，只见街对面的人行道上，有个人站在那里，朝他挥手。于是他穿过人行道，朝那人走去，而那人却突然转身，仿佛什么也没发生过，头也不回地低着头往前走，就像从不曾挥手唤他一般。"算了，他真的叫我了吗？"拉斯科尔尼科夫虽然这样想，但还是追了过去。追了还没有十步，他便倏地认出了这个人，顿时发怵了。此人就是他先前见过的那个小市民，他身上穿的还是那件长衫，仍然驼着背。拉斯科尔尼科夫远远地跟在他身后，心脏狂跳。他们拐进了一条小巷，那人始终没有回头。"他知道我在跟着他吗？"拉斯科尔尼科夫心想。小市民走进了一栋楼房的门洞。拉斯科尔尼科夫也紧跟着快步走到门边，往里面张望，看看他是否会回过头来唤他。果不其然，那人穿过门洞，走到院子里面，而后忽然回过头，似乎又向他招了招手。拉斯科尔尼科夫赶紧穿过门洞，跟了过去，可是这时，那个小市民已不在院内了。想必他已在走第一道楼梯了。于是拉斯科尔尼科夫冲进楼里追他。果然,隔着两层楼梯,可以听到有个人正在上楼,步伐均匀,从容不迫。奇怪,这道楼梯似乎很熟悉!瞧,那是一楼的窗户,月光透过窗玻璃照射进来,显得忧愁而又神秘;瞧,这是二楼。啊!这就是两个工人干活的那间屋子……他怎么没立刻认出来呢?楼上那个人的脚步声消失了。"想必他停下来了,或者躲在了什么地方。"拉斯科尔尼科夫心想。瞧,这就是三楼了,要不要继续往上走呢?上面真安静啊,简直静得骇人……然而,他还是往上走了。他听着自己的脚步声,胆战心惊,心慌意乱。天哪,太昏暗了!想必那个小市民就藏在这里的某个角落。啊!这扇房门朝向楼梯开着,他思量片刻,还是走了进去。前厅很暗,空空荡荡,阒无一人,似乎所有东西都被搬走了。他踮起脚尖,悄无声息地穿过客厅。整间屋子里洒满了明灿灿的月光,这里的一切一如从前:几把椅子、一面镜子、一张黄色的沙发以及几幅镶框的画。一轮硕大的古铜色满月透过窗子,径直朝屋内张望。"这里这么静,都是月亮的缘故,"拉斯科尔尼科夫心想,"现在,它大概是在给人出谜语吧。"他站在那里等待,等了许久,月亮越静,他的心就跳得越猛烈,甚至跳得他胸口疼痛。万籁俱寂。突然,只听得一声清脆的声响,好似有人将一根松明折断,一切随之又静了下来。有一只睡醒的苍蝇猛然撞到了窗玻璃上,抱怨般地"嗡嗡"作响。就在此时,在墙角处,橱柜与窗户之间,他似乎瞧见墙上挂着一件宽松的女士大衣。"怎么这里还挂了件大衣呢?"他心想,"从前这里没有挂衣服啊……"他轻手轻脚地走了过去,料想在那件大衣的后面,似乎正躲着什么人。他用一只手小心翼翼地掀起了大衣,只见角落里摆着一把椅子,而椅子上坐着的,竟然就是那个老太婆,她低垂着脑袋,整个身体蜷缩在一起,所以他无论如何都瞧不清她的脸,但是,这就是她。他在她身前站了半晌,心想:

"她害怕了!"于是,他轻轻从环扣上取下斧头,朝老太婆的颅顶砍了下去,砍了一下,又一下。然而奇怪的是:砍了两斧,她竟纹丝不动,仿佛是木质的一般。他骇然一惊,俯身凑近瞧她,可她却把头垂得更低了。于是,他把身体弯到地板上,从下往上去看,他定睛一瞧,顿时便僵住了:那老太婆正坐在那儿笑呢——她大笑不止,却笑得悄无声息,仿佛在竭力遏制住笑声,免得被他听见。忽然,他感觉卧室的门被悄悄地推开,屋里好像也有人在笑,在轻声地低语。他彻底发狂了,使出浑身力气,对准老太婆的脑袋猛地砍去,可是每一斧击落,卧室里的笑声和低语声便愈发响亮,愈发清晰入耳,老太婆的身体因为大笑而不住地颤抖。他连忙往外逃,然而,穿堂里已经挤了一大群人,楼道的门全都大大地敞开,还有平台上、楼梯口、楼下——到处都人头攒动,到处都是人,所有人都在看他——但他们又都躲在暗处,默不作声地等待着什么……他的心骤然收紧,双脚无法移动,仿佛在地上生了根……他想放声高呼——就在这时,他醒了。

他困难地喘了一口气——但奇怪的是,梦境似乎依旧在继续:他的房门大大地敞开着,门口站着一个全然陌生的人,正在目不转睛地打量着他。

拉斯科尔尼科夫还未完全睁开眼睛,又立刻闭眼。他一动不动地仰面躺着。"是不是还在做梦呢?"他一边想着,一边以对方难以察觉的幅度略微抬起眼睫,用余光去瞧。那个陌生人仍站在原处凝望着他。忽然,那人颇为慎重地迈过门槛,又小心翼翼地掩住房门,走到桌边,等待了一分钟左右——在这段时间里,他始终未将目光从他身上移开——接着,他轻手轻脚地坐在沙发边上的一把椅子上,又把帽子放到旁边的地板上,双手拄着一副拐杖,下颔撑在手上。看来,他已做好了久等的准备。透过微微眨动的睫毛,拉斯科尔尼科夫尽量观察,发现此人样貌已不年轻，身材结实，蓄着一绺浓密的络腮胡，胡子颜色极浅，近乎银白……

大概过去了十多分钟。天还亮着，但暮色渐沉。屋内阒然无声，就连外面的楼道里也听不到一丝声响。唯有一只于飞行中撞上窗玻璃的胖苍蝇在嗡鸣着挣扎。终于，实在无法忍受了，拉斯科尔尼科夫忽然起身，坐在了沙发上。

"喂，请您说吧，有什么事？"

"我就知道您没在睡觉，只是装睡罢了，"陌生人从容地大笑起来，阴阳怪气地回答，"请允许我作个自我介绍，阿尔卡季·伊万诺维奇·斯维德里盖洛夫……"

第四章

第一节　斯维德里盖洛夫

"莫非我还在做梦?"拉斯科尔尼科夫不禁再次心想。他满腹狐疑、小心翼翼地细细打量着这位不速之客。

"斯维德里盖洛夫?真稀奇啊!不可能呀!"终于,他疑惑不解地出声说道。

客人似乎对于这声惊呼一点也没感觉到诧异。

"我之所以来拜访您,有两个原因:首先,我很想与您结识,我听说过很多对您的赞美,心中甚是好奇;其次,我有一事相求,此事直接牵涉到令妹阿芙多季娅·罗曼诺芙娜的利益,想必您是不会拒绝我的。由于她对我成见颇深,若是无人引荐,我自行前去找她,想必她连门都不会让我进,不过,要是得到您相助,我估计事情将会大为不同……"

"您的估计有误。"拉斯科尔尼科夫打断了他的话。

"请问,她们是不是昨天才到?"

拉斯科尔尼科夫没有答话。

"是昨天,我知道的。因为我自己也是前天才到的。嗯,罗季昂·罗曼诺维奇,关于这件事情,我想跟您谈一谈。我自知这种申辩是多余的,但是,请您告诉我,在这件事情上,我真的那么罪大恶极吗,也就是说,若是不带任何偏见,公允中正地评判的话?"

拉斯科尔尼科夫仍旧默不作声地观察着他。

"我在自己家里追求一位无力自保的姑娘,并且'恬不知耻地向她求婚,以此羞辱于她'——是这样吗?(我就自己先说了吧!)可是您只消想一想,我也是人,人所固有的一切,我无不具有①……总之,我也会为情所困(这种情感自然是不受我们主观意愿的驱使而产生的),这样的话,一切便可以解释通了。这里面所有的问题在于:我是个恶棍,还是个牺牲者呢?好吧,就算是牺牲者又怎样?要知道,当我向自己的意中人提出一起私奔到美国或瑞士的时候,我也许是怀着最真挚的敬意说出来的,并且还幻想着,我们能够双宿双飞,建立美满的生活!因为理智往往耽于炽烈的爱情,也许我多半是把自己给毁了,先生……"

"问题根本不在这里,"拉斯科尔尼科夫满脸嫌恶地打断了他的话,"您实在惹人厌烦,无论您做得对还是不对,她们都不想再与您来往,还会将您赶出门外,您请便吧!……"

斯维德里盖洛夫忽然放声大笑起来。

"到底是您呀……您确实不上当呀!"他坦然笑道,"我原想玩个花样,结果花样没玩成,还被您一语道破,直击要害!"

"但您现在还在玩花样。"

"那又怎么样?那又怎么样?"斯维德里盖洛夫爽朗地笑着,重复说道,"这就是所谓的光明正大的战争②,玩个花样总是可以的吧?可您还是把我的话打断了,无论如何,我都要重申一遍:如果没有发生花园里的那件事情,根本就不会有什么麻烦。玛尔法·彼特罗芙娜……"

"听说,玛尔法·彼特罗芙娜也是您害死的?"拉斯科尔尼科夫粗

---

① 此处原文为拉丁文。语出古罗马剧作家杰林齐亚的喜剧《自责者》。
② 此处原文为法语。

鲁地打断了他。

"这件事您都听说了？不过，怎么会没听说呢……好吧，关于您的这个问题，坦白说，我不知该如何对您解释，虽然我对这件事问心无愧。也就是说，您不要觉得，我在这件事上会畏惧什么，这一切全在完全合理的范围内发生，并且无可置疑：医学诊断已得出结论，死因是餐后立刻沐浴所引发的中风。她午餐吃得太饱，几乎喝掉了整整一瓶酒，除此以外，没有发现任何其他原因……不，其实事后我还琢磨了一段时间，尤其是在坐火车来的路上：就是我是否促使了这件事……这件不幸之事的发生，我是否曾使她受到精神方面的刺激，抑或诸如此类的其他影响？但我最后断定，这根本是不可能的。"

拉斯科尔尼科夫笑了笑。

"那么您为何如此心慌意乱呢？"

"嘿，您在笑什么啊？请您想想，我总共只抽了她两鞭子，连鞭痕都没显出来……请您不要把我看作不知廉耻的人。其实我清清楚楚地知道，我这么做是多么的龌龊，不过其他龌龊的勾当我也干过。但我确定，想必玛尔法·彼特罗芙娜还乐于见到我这么风流倜傥的样子呢。令妹的那件事已让她说得人尽皆知，再也无料可说了。于是玛尔法·彼特罗芙娜不得不在家里待了三天，她再也无须进城了，因为她手里的那封信，大家简直听厌了（您听说了她给人读信那件事吧）。而这出其不意的两鞭仿佛就是天赐良机！她事后的第一件事，就是命人套上马车……这我就不再赘述了，女人有时候特别喜欢受辱，虽然她们表面显得愤愤不平。其实人人都有这种情况，通常而言，人类甚至热衷于受辱，这一点您发现了吗？不过，女人尤其喜欢这一点。甚至可以说，她们以此为唯一的乐趣。"

拉斯科尔尼科夫一度曾想起身离开，以此结束这次会面。然而出于某种好奇，或者说是某个用意，他暂且留了下来。

"您喜欢打架吗？"他漫不经心地问。

"不，不大喜欢，"斯维德里盖洛夫神色平静地答道，"而且我和玛尔法·彼特罗芙娜几乎从不打架。我们过得相当和谐，她一向对我非常满意。在我们婚后的七年里，我一共只用了两次鞭子（倘若不算另一次，也就是第三次的话，因为那一次有别的含义）。第一次是在我们婚后两个月，刚到农村的时候，而这一次，其实就是最后一次。难道您认为，我是恶棍，是老顽固，是农奴制的拥护者吗？嘿嘿……顺便提一句：罗季昂·罗曼诺维奇，几年前，在成效颇丰的广开民智时期，有个贵族——我忘记他姓什么了——曾受到全体民众和各家媒体的大张挞伐，因为他在火车车厢里鞭笞一名德国女性，这您还记得吗[①]？似乎就在同一年，还发生了那件《〈世纪〉杂志不成体统的行为》[②]（嗯，当众朗诵《埃及之夜》的事情您还记得吗？黑色的眼睛啊！哦，你在哪里，我们青春的黄金时代！）。嗯，我的观点是这样的：对于那个鞭笞德国女性的先生，我绝不予以同情，因为，其实这件事情……又有什么值得同情的呢？但是与此同时，我必须声明一下，有时对于那些喜欢惹是生非的'德国女人'，我认为没有一位进步人士可以担保，他绝

[①] 1860年年末，据多家俄国报刊报道，地主科兹利亚因诺夫在火车车厢里公然鞭笞一位来自里加的女性。当年陀氏兄弟创办的《时代》杂志（1861年第1期）曾对《北方蜜蜂》报社对于地主科兹利亚因诺夫的维护态度予以抨击。

[②] 《世纪》杂志在1861年第8期刊载了卡缅·维诺戈罗夫的小品文《俄国的怪现象》，该文抨击了女权运动的积极参与者托尔马乔娃在一次文学音乐晚会上"使用挑衅的手势""不知廉耻"地当众朗诵普希金的小说《埃及之夜》中的部分诗节。《〈世纪〉杂志不成体统的行为》是政论家米哈伊洛维奇针对此事件在《圣彼得堡公报》（1861年3月3日）上发表的一篇檄文标题。陀氏兄弟创办的《时代》杂志当年也曾对《世纪》报社进行声讨。

不会动手。可是当时并没有人从这个角度看待这个问题,但这才是真正的人道主义观点,这一点千真万确!"

说完这些话后,斯维德里盖洛夫忽然再次放声大笑起来。拉斯科尔尼科夫心下了然,这是一个为达目的不择手段且诡计多端的人。

"想必您一连好几日都没跟人讲过话了吧?"拉斯科尔尼科夫问道。

"差不多吧。怎么,想必您感到诧异,我竟是个如此善解人意的人?"

"不,其实我诧异的地方是,您太过于善解人意了。"

"是因为您的问题鄙俗无礼,而我却一点也不介意吗?是这样吧?对啊……这有什么值得介意的呢?您怎么问,我便怎么答,"他带着一种令人惊奇的天真补充了一句,"因为说真的,我几乎对任何事都没什么特别的兴趣,"不知为何,他若有所思地继续说道,"特别是现在,我百无聊赖……不过您可以认为,我来巴结您,是因为有所图谋,况且我自己也讲过,我有事找令妹。但是我对您坦白讲吧,我无聊极了!尤其是最近三天,所以过来找您,我心里格外高兴……请您不要动怒,罗季昂·罗曼诺维奇,但是不知为什么,您给我一种特别奇怪的感觉。不管您愿不愿意承认,总之您有心事,而且正是现在,我的意思并不是这一刻,而是一般意义上的现在……好好好,我不讲了,不讲了,您别皱眉啊!我可不是您眼中那种愚不可及的熊。"

拉斯科尔尼科夫忧郁地望了他一眼。

"或许您压根就不是愚蠢的熊,"他说,"我甚至认为,您涵养颇高,或者说,至少在必要情况下您能做个正派的人。"

"要知道,我对所有人的意见,都没什么特别的兴趣,"斯维德里盖洛夫的语气颇为冷淡,甚至有些傲慢,"这就是我为何没变成一个庸俗者的缘故,不过在我们当今的社会风气中,披着庸俗的外衣确实相当舒适……尤其当你原本就有此偏好的话。"他补充了一句，再次放声大笑起来。

"可我倒听说，您在这里是有熟人的。要知道，您可是所谓的'左右逢源'的人啊。若不是出于什么目的，这种时候您过来找我干什么呢？"

"这您倒说对了，我在这里确实有熟人，"斯维德里盖洛夫并未回答主要问题，接住话头继续说道，"我见过他们了，要知道我在这儿已经晃悠两天了，我会亲自去打听他们，他们大概也会来打听我的。这是当然啦，因为我穿戴考究，肯定不是穷酸之人，农奴制改革也未曾波及我。我的资产是森林和汛期浸水的草地，所以收入没有亏损，但是……我是不会去他们那儿的，我对他们早就烦透了——我来这里第三天了，可我谁也没找……还有这座城市！请您说说看，咱们这座城市是怎么造出来的呀！一座由公务员和各种各样的学生组成的城市！说真的，八年前我在这儿消磨时光的时候，对于许多事物都不曾留意……现在我只把希望放在它的构造上面，真的！"

"什么构造？"

"至于这些俱乐部、杜索①以及你们这些普安特②之类的，估计倒还有些进步——哎，其实这些没了咱们也行，"他接着往下说，没留意对方的问题，"可是谁愿意做个赌棍啊？"

"您以前还是个赌棍？"

"怎会不是啊？大概八年前吧，我们有一大帮人，全都是最最体面的人，大伙儿凑在一块儿厮混度日。您知道吗，全都是些风度不凡的

---

① 当时圣彼得堡市一家著名餐厅的所有者，这里指饭店。
② 这里是法语音译，文中意指叶拉金岛上的时髦娱乐场所。

人,像诗人、资本家一类的。总的来说,在咱们俄国社会,最有风度之人往往经常被打——您注意到这个问题了吗?我现在是因为常年住在乡下,才打扮得如此不修边幅。那时我还欠了一个涅任市希腊人的债,本该进监狱的。然而就在这时,我碰上了玛尔法·彼特罗芙娜,她跟对方讨价还价,最终花三万银卢将我赎了出来(我一共负债七万卢布)。于是我跟她结婚了,她就像捡到宝贝似的,立刻把我带回了乡下。其实她比我大五岁,她特别爱我,七年之中我们从未离开过乡下。可您要知道,她大半辈子都在拿那张以别人的名义签订的三万银卢债据威胁我,因此,只要我有什么地方不称她的心意——我便会立刻落入她的陷阱!她能干出这种事来!要知道,这些迥然不同的行为在女人身上是可以同时存在的。

"如果没了那张债据,您就会离开,对吗?"

"我不知该怎么跟您说。其实债据对我而言几乎没什么约束力。其实我就是哪儿都不愿意去,玛尔法·彼特罗芙娜见我待着没意思,有两回亲自邀请我出国玩!可那又有什么意思呢!我以前也经常出国,可总是感到痛苦。其实也并非痛苦,而是在日出日落之际,在欣赏那不勒斯海湾或是看海之时,我的心头总是有种说不出来的苦闷!而最让人感到难受的是,你当真在苦闷不堪!不,还是在国内好,至少在这里,你可以将一切罪责归咎于旁人,证明自己才是正确的。或许,我现在应该去北极探险,因为我酒品不好,而且我也反对喝酒,可是除了喝酒,再也没什么别的事可以做了,我曾试过的。对了,听说本周日别尔格[1]将在尤苏波夫花园[2]乘坐巨型气球飞到天上,还拨出一笔

---

[1] 别尔格是圣彼得堡市娱乐设施的所有人,他在广告中自称是芭蕾舞导演和气球驾驶员。

[2] 尤苏波夫花园以尤苏波夫家族命名,花园所在的辖区正是小说故事情节的发生地。

数额庞大的款项，用以征集飞行者，这是真的吗？"

"怎么，难道您想飞吗？"

"我？不……这……"斯维德里盖洛夫小声嗫嚅道，仿佛真的思索了起来。

"咦，这人是怎么回事，难道他真这么想吗？"拉斯科尔尼科夫暗自思忖。

"不，债据才不会束缚我呢，"斯维德里盖洛夫思量半晌，继续说道，"是我自己不想离开乡下的。再者说，一年前，在我的命名日那天，玛尔法·彼特罗芙娜已经把那张债据还给我了，还送给我一笔数额巨大的款项。要知道，她手里的钱可多得很哪。'阿尔卡季·伊万诺维奇，您瞧，我是多么信任您呀'，真的，她原话就是这样说的。难道您不相信？而且您得知道，我在乡下已经是个像模像样的主人了，附近的人都认得我。我也常常订购图书，玛尔法·彼特罗芙娜一开始对此很赞成，可是后来她担心我读书过于勤奋，伤身劳神。"

"您似乎非常想念玛尔法·彼特罗芙娜？"

"我？或许是吧。说真的，或许是吧。顺便问一句，您相不相信有鬼魂存在？"

"什么鬼魂？"

"就是普通的鬼魂啊，哪儿还有别的鬼魂呢？"

"那么您信吗？"

"信，也许，也不信，为了令您满意[①]……也就是说，我并非不信……"

"经常有鬼魂出现吗？"

[①] 此处原文为法语。

斯维德里盖洛夫有些怪异地望了他一眼。

"玛尔法·彼特罗芙娜来看望我了。"他咧了咧嘴,露出一丝颇为怪异的笑容,说道。

"'来看望您'是什么意思?"

"她已经来过三次了。我第一次看见她,就是在下葬那天,在我从墓地回到家的一小时后,也就是我出这趟远门的前夜;第二次是在两天前,在过来的路上,小维舍拉车站,当时天刚蒙蒙亮;第三次是在两小时前,在我歇脚的住处,在房间里,当时我独自一人。"

"您当时清醒吗?"

"完全清醒,三次我都是清醒的。她过来以后,说了会儿话,就从门口离开了,她总是从门口离开,似乎连关门声都能听得见。"

"不知道为什么,我曾想过,您一定会碰上这类事情!"拉斯科尔尼科夫鬼使神差地突然说,顿时又为自己脱口而出的这句话感到诧异。他很兴奋。

"真的吗?您真的想过?"斯维德里盖洛夫惊奇地问道,"莫非您真的想过?瞧,我说过没有,咱们之间的确有些共同之处,啊?"

"您从未这样说过!"拉斯科尔尼科夫粗鲁而又急切地回答。

"没说过吗?"

"没有!"

"我觉得我说过,就在不久前我刚进门的时候,我见您阖眼躺在那里,其实您是在装睡——我随即对自己说了一句:'这就是那个人!'"

"什么叫'就是那个人'?您这话是什么意思?"拉斯科尔尼科夫厉声喊道。

"什么意思?说真的,我也不知道是什么意思……"斯维德里盖洛夫颇为坦率地小声嘟囔,似乎连自己也有些想不清楚。

他们沉默了一分多钟。两人面面相觑,凝视着对方的眼睛。

"全是胡扯!"拉斯科尔尼科夫气恼地大喊,"她过来时跟您说了什么呢?"

"她?您想一想,她无非是讲一些鸡毛蒜皮的小事,您还会觉得这人奇怪呢——就是这一点让我恼火。她第一次来的时候(您要知道,我很疲惫:先办葬礼,为死者祈祷,然后是安灵和酬客——我总算能在书房独自待一会儿了,点了根雪茄,想思考一会儿)说:'阿尔卡季·伊万诺维奇,您忘了给餐厅的时钟上发条了。'坦白讲,七年以来,我每周都亲自给这座钟上发条,倘若我忘了——我常常忘记——她总会提醒我。次日,我已在过来的路上。当时天刚蒙蒙亮,我走进火车站——当晚我只睡了一小会儿,疲惫不堪,睡眼蒙眬——要了一杯咖啡。这时,我看见玛尔法·彼特罗芙娜忽然在我身边坐下,手里还拿着一副纸牌,她说:'阿尔卡季·伊万诺维奇,要不要给您算算这趟行程的运气呀?'她可是个占卜高手。哎,我真后悔,走之前没算上一卦!我吓得拔腿就跑,而就在这时,没错,开车铃响了。今天,我在小饭馆吃完一顿难以下咽的午餐,感到胃胀得很——当时我正坐在那里吸烟——突然,玛尔法·彼特罗芙娜又走进来了,她打扮得十分艳丽,身穿一条崭新的绿绸裙,裙尾拖得很长:'您好!阿尔卡季·伊万诺维奇!您觉得我这条裙子怎么样?这种款式,阿尼西卡可做不出来哟。'(阿尼西卡是我们村里的女裁缝,农奴出身,曾在莫斯科学艺,她是个很好的姑娘)她站在我面前扭来扭去。我说:'玛尔法·彼特罗芙娜,您又何必费神,为了这些不值一提的小事几次三番地过来找我呢?''哎呀,我的天哪,老爷,难道还不能过来打扰您啦!'我想逗逗她,于是说:'玛尔法·彼特罗芙娜,我想结婚。'她说:'阿尔卡季·伊万诺维奇,这种事您绝对干得出来。妻子刚刚过世,还未来得及安葬妥当,您立刻就跑去结婚,这可不是什么光彩的事。就算您要结婚,也得挑个好姑娘呀,否则的话,我知道——不论是她,还是您,只会被正派的人看笑话的。'说罢,她便离开了,拖曳在地上的裙尾似乎还发出了窸窸窣窣的声响。这简直是一派胡言,对吧?"

"不过,也许您一直都在扯谎呢?"拉斯科尔尼科夫回答。

"我很少扯谎。"斯维德里盖洛夫回答,他若有所思,似乎压根没注意到这个问题的无礼之处。

"那么原来,在此之前,您从未见过鬼魂吗?"

"不……不,我见过,只见过一次,是在六年前。菲利卡,我家的一个仆人。在他刚下葬不久的时候,有一天我忘记他不在了,于是喊了一声:'菲利卡,拿烟斗!'只见他走了进来,往放烟斗的架子走去。我坐在那里,心想:'他准是来找我报仇的。'因为就在他临死之前,我们俩还曾大吵一架。我说:'你怎敢穿着胳膊肘破洞的衣服过来见我,给我滚,下流货色!'他转身走了,此后再没来过。当时我并没有告诉玛尔法·彼特罗芙娜。其实我很想为他做个安魂弥撒,但是不好意思说。"

"您去看看医生吧。"

"就算您不说,我也知道自己身体不好,说真的,虽然我自己也不知道我得了什么病,不过我认为,我的身体肯定比你好得多。我问您的问题,并不是'您相不相信有鬼魂出现?'我问的是'您相不相信有鬼魂存在?'"

"不,我绝对不信!"拉斯科尔尼科夫大喊着回答,语气甚至有些凶狠。

"其实通常别人一听到这个问题,会怎么说呢?"斯维德里盖洛夫略微垂下头,望向旁边,模糊不清地小声嘟囔,仿佛在喃喃自语,"他们会说：'你有病。'意思就是，这些你臆想出来的事情，仅仅是不切实际的梦呓。可是这句话没有缜密的逻辑。我赞同'只有病人才能看到鬼魂'，然而这只能证明'能够看到鬼魂的只有病人'，不能证明'鬼魂本身是不存在的'。"

"当然不存在了！"拉斯科尔尼科夫愤愤不平地坚持说道。

"不存在？您这样认为吗？"斯维德里盖洛夫慢悠悠地看了他一眼，继续往下说，"假如这样去想的话（还望您指教）：'鬼魂——这么说吧——鬼魂是其他世界的碎片，是这些世界的起源。健康的人自然是看不见它们的，因为健康的人完全属于这个世界，因此，他们应当只过这个世界的生活，以此维护这个世界的完整与秩序。可是假如一个人稍微生了点儿病，其机体内属于这个世界的秩序稍有损伤的话，那么随时可能有另一个世界对他产生影响，而且一个人病得越重，他跟另一个世界的接触也就越多，因此，当一个人完全死亡的时候，他便直接去往另一个世界了。'早在很久之前，我便有了这样的想法。倘若您相信来世的话，那么您就能相信这个想法了。"

"我不信来世。"拉斯科尔尼科夫说道。

斯维德里盖洛夫若有所思地坐在那里。

"假如那里只有蜘蛛，抑或类似这样的东西呢？"他突然开口说道。

"这个人疯了！"拉斯科尔尼科夫心想。

"瞧，我们一直认为，永恒是深不可测的，是广阔无边的！可它为何非要是广阔无边的呢？请您设想一下，假如它不是这样的，而是一间小屋，一间类似浴室的小木屋，屋里被熏得黑漆漆的，到处爬满了蜘蛛，这才是所谓的永恒呢？您知道吗，我有时觉得，永恒就是这样的。"

"难道——难道您就不能想点更让人愉悦、更加真实的东西吗？"

拉斯科尔尼科夫痛苦万分地高声吼道。

"更加真实？可谁又知道呢，没准儿这就是真实，还有，您知道吗，我还就故意想让它成为这个样子！"斯维德里盖洛夫很不自然地笑道。

拉斯科尔尼科夫听到这句不成体统的回答，心中骤然生出一阵寒意。斯维德里盖洛夫抬起头，目不转睛地看了看他，忽然放声大笑。

"不，瞧啊，您能想象得到吗？"他朗声说道，"半小时前，咱们素不相识，还把对方视作仇敌，因为你我之间有件悬而未决之事；现在，咱们暂且抛开此事不提，您瞧瞧，咱们聊得多么尽兴啊！嘿，我说过吧，咱们是同一类人，说得对吧？"

"劳您费心了，"拉斯科尔尼科夫恼火地继续说道，"您屈尊驾临，究竟所为何事，请您赶紧告诉我吧……而且……而且……我赶时间，我没空，正急着出门……"

"好吧，照您说的办。令妹阿芙多季娅·罗曼诺芙娜是要嫁给卢仁——彼得·彼得洛维奇先生吗？"

"您能不能不提关于家妹的任何问题，也别提她的名字？我简直不理解，如果您果真是斯维德里盖洛夫的话，您怎敢在我面前提她的名字？"

"可我过来就是为了她啊，我怎能不提她的名字呢？"

"那好，您请讲，但是快点！"

"这位卢仁先生，就是内人的亲戚，假如您已见过他的话，即便只跟他相处过半个小时，或者只是听说过关于此人的真实可靠的消息，那么我相信，您对于他已经有了自己的看法。他配不上阿芙多季娅·罗曼诺芙娜。我认为，阿芙多季娅·罗曼诺芙娜对于这件事情未经深思熟虑，过分慷慨地牺牲了自己，而她这样做是为了……为了自己的家庭。根据我从传闻中的信息对您做出的判断,我想,假如这桩婚事可以取消,并且对于您家人的利益也无损的话,想必您将会十分满意。而现在,在跟您见过一面以后,我对此更加深信不疑了。"

"您能讲出这一番话来,可真是格外天真啊。还望您见谅,因为我想说的是:可真是恬不知耻!"拉斯科尔尼科夫说。

"您这么说,意思就是我在为自己谋利了?那您放心吧,罗季昂·罗曼诺谁奇,假如我是为自己谋利的话,就不会如此直白地跟您提出来了,我可不是个傻瓜。说到这个问题,我想跟您说一个奇怪的心理现象。不久以前,我还在辩解自己对于阿芙多季娅·罗曼诺芙娜的爱情,并且说,我是个牺牲者。可是您知道吗,我现在对她没有一点爱意了,一点都没有了,就连我自己都很吃惊,因为我曾经真真切切地感受到……"

"因为你游手好闲,是个好色之徒。"拉斯科尔尼科夫打断了他的话。

"没错,我就是个游手好闲的好色之徒。可是令妹如此优秀,我实在无法不心生向往啊。然而我现在也懂了,这一切都是我的自作多情。"

"您早就懂了?"

"我很早以前就发现了,而最终确定则是前天,也就是刚到圣彼得堡的时候。不过呢,我在莫斯科的时候,还曾想设法去赢得阿芙多季娅·罗曼诺芙娜的芳心,跟卢仁先生一决高下。"

"请您原谅,我打断您一下,劳您费心,您能否言简意赅,直入正题,说一下您此次前来的目的?"

"非常乐意。我刚到这里的时候,决定进行一次……旅行,我想做一些必要的预先安排。我把孩子们都留在他们的姨妈家了,他们家境优渥,而且也不太需要我。再者说,我算个什么父亲呢!我随身只带了玛尔法·彼特罗芙娜一年前赠给我的那笔钱。够我花销了。抱歉,我马上就说到正题了。我想在旅行之前——也许旅行计划可以实现——跟卢仁先生做个了结。我并非无法容忍他,但正是借由他的缘故,我和玛尔法·彼特罗芙娜才发生了那次争吵,因为当时我得知她促成了这门婚事。现在,我希望通过您,能跟阿芙多季娅·罗曼诺芙娜见上一面,也许您也可以在场,我想跟她解释一下:第一,她从卢仁先生那里非但一点好处都沾不到,肯定还会付出极大的牺牲;第二,对于不久前发生的种种不愉快,我很想请求她的原谅,并且请她允许我赠送她一万卢布,如此一来,她便能更轻松地与卢仁先生断绝往来,而我相信,只要稍有可能,她本人是不会反对与之断绝往来的。"

"您可真是——真是个疯子呀!"拉斯科尔尼科夫大叫起来,与其说他很愤怒,不如说他很吃惊,"您怎敢说出这番话啊!"

"我就知道,您听了准会大吼大叫。但是首先,虽然我没那么富有,可这一万卢布放在我手里也没用,意思就是,我根本——根本不需要这笔钱。倘若阿芙多季娅·罗曼诺芙娜不肯接受,想必我会以更为愚蠢的方式将这笔钱挥霍一空。这是第一。第二呢,我自问心中无愧,因为我做出此番提议,绝非为我自己打算。信不信由您,不过您和阿芙多季娅·罗曼诺芙娜日后自会知道。问题在于,我确实给最最值得尊敬的令妹带来过一些麻烦和不愉快的事情,因此,我发自内心地后悔不已,并且衷心希望——不是为了赎罪,也不是为了以此抵偿那些不愉快的事情,我仅仅是想为她做些有益的事情。而我这么做的理由是:我实在没有只做坏事的特权。假如我在这个提议中,哪怕掺杂了百万分之一的非分之想,那我也就不会提议只赠予她一万卢布了,而且仅在五周之前,我还曾提出送给她更多的钱呢。除此以外,或许我很快就会与一个姑娘成婚了，因此，所有怀疑我对阿芙多季娅·罗曼诺芙娜有所图谋的猜想，到时自然会不攻自破。最后我还想说，阿芙多季娅·罗曼诺芙娜若是嫁给卢仁先生，那也是过去拿钱的，只不过拿的是另一个人的钱……您可别生气啊，罗季昂·罗曼诺维奇，请您冷静平和地好好想想吧。"

在讲这些话的时候，斯维德里盖洛夫本人倒是极为冷静，极为平和。

"我恳请您，别再说了，"拉斯科尔尼科夫说，"不管怎么讲，您的这些话都非常无礼，不容原谅。"

"根本不是。若是如此，那么在这世上，人与人之间便只能作恶了，若是拘泥于繁文缛节，那就一点儿好事也做不成了。这是不合理的。举个例子，假如我死了，并在遗嘱中将这笔钱赠予令妹，难道到了这种时候，她也要拒绝吗？"

"极有可能。"

"哎，这是不可能的。不过呢，若是实在不要，那便算了。只不过这一万卢布，怎么说也算是一笔不小的金额，可以应付不时之需啊。无论如何，还望您将我的意思转达给阿芙多季娅·罗曼诺芙娜。"

"不，我不会转达。"

"既然如此，罗季昂·罗曼诺维奇，那我就不得不设法亲自去见她了，这样一来，我只能过去叨扰她了。"

"要是我转告她的话，您就不会亲自见她了吧？"

"坦白讲呢，我不知该如何对您说。我非常希望能跟她见上一面。"

"您打消这份希望吧。"

"很遗憾。不过，您对我还不了解。说不定咱们可以走得更近一些。"

"您觉得我们能走得更近些吗?"

"为何不会呢?"斯维德里盖洛夫站了起来,拿起帽子,笑着说道,"其实我也并非很想来叨扰您,而且我此番前来,甚至都没抱多大希望,不过不久以前,也就是今早,您的面色倒是令我甚感惊讶啊……"

"您早上在哪儿见过我?"拉斯科尔尼科夫忐忑不安地问。

"纯属偶然……我总觉得,我们之间存在某种相似之处……请您别担心,我不是个惹人厌烦的家伙,就连那群赌徒,我都能跟他们友好相处。斯维尔别依公爵,我的一个远亲,是个大官,他也不认为我讨厌,我还在普里鲁科娃夫人的纪念册上撰文,评价拉斐尔的圣母像呢,况且七年以来,我与玛尔法·彼特罗芙娜久居一处,我以前还常常跑到干草广场①维亚泽姆斯基的房子里借宿,没准儿我还会跟别尔格坐气球一起飞到天上呢。"

"嗯,好吧。请问您很快就会去旅游了吗?"

"什么旅游?"

"就是'旅行'……不是您自己说的吗?"

"旅行?哈,对了!……我的确跟您提过旅行的事情……嗯,这可是个相当广博的问题……不过啊,倘若您能知道,您所问的是什么事情就好了!"他忽然放声大笑,又补充了一句,"没准儿我不去旅行了,而是去结婚,有人正给我做媒呢。"

"在这里吗?"

"是的。"

"您是什么时候谈妥的?"

"但我还是很想跟阿芙多季娅·罗曼诺芙娜见上一面。我郑重地

---

① 那里有为无家可归的穷人开的小客栈,还有小酒馆和妓院。

请求您。嗯,再见……哎呀,对了!瞧我把这件事都给忘了!罗季昂·罗曼诺维奇,请您转达令妹,玛尔法·彼特罗芙娜在遗嘱中提到,要赠予她三千卢布。此事绝对真实。玛尔法·彼特罗芙娜在去世前一周立下了遗嘱,当时我也在场。大概三两个星期以后,阿芙多季娅·罗曼诺芙娜就能拿到这笔钱了。"

"您讲的是真话?"

"真话。请您转达一下。好吧,我听候您的差遣。其实我的住处离您这里不远。"

斯维德里盖洛夫出门的时候,刚好在门口撞上了拉祖米欣。

第二节　拒绝卢仁

其时已近八点，拉斯科尔尼科夫和拉祖米欣匆匆忙忙地赶往巴卡列耶夫的旅馆，他们要在卢仁之前到达那里。

"喂，这个人是谁啊？"他们刚走上大街，拉祖米欣就问了起来。

"这个人是斯维德里盖洛夫，就是那个地主，我妹妹在他们家当家庭教师的时候，曾被他们侮辱过。由于他对她一再纠缠，频频示爱，他的妻子玛尔法·彼特罗芙娜将杜尼娅赶了出来。这个玛尔法·彼特罗芙娜后来曾恳求杜尼娅原谅她，而现在她却忽然横死。不久之前我们还曾谈起过她。不知为何，我总觉得此人十分可怕。他妻子刚刚办完后事，他便立刻赶了过来。此人还甚为古怪，似乎做了个什么决定……他仿佛知道一件什么事情……必须得保护好杜尼娅，别让他找过来……这就是我想告诉你的事情，听见了吗？"

"得保护好她！他怎么就专跟阿芙多季娅·罗曼诺芙娜过不去呢？哎，谢谢你，罗佳，谢谢你对我说这些话……咱们，咱们一定得保护她！……他住在哪里？"

"不知道。"

"你怎么不问问呢？哎，可惜了！不过，我会打听到的。"

"你看见他了？"沉默半晌，拉斯科尔尼科夫开口问道。

"嗯，对，我看见他了，我看得一清二楚。"

"你真的看见了？看得一清二楚？"拉斯科尔尼科夫追问道。

"嗯，没错，我记得他，记得很清楚，就算是在千人之中，我也能把他给认出来，我一向擅长记住别人的长相。"

二人再次缄口不语。

"嗯……是这样的……"拉斯科尔尼科夫吞吞吐吐地说，"其实，你知道吗……我曾认为……我始终觉得……这也许是我的幻觉。"

"你在说什么呀？我不太懂你的意思。"

"你们所有人都说，"拉斯科尔尼科夫不自然地笑了笑，继续说道，"你们所有人都说我疯了，现在我也感觉，也许我确实是疯了，我觉得我刚才所看到的只不过是幻象！"

"你到底是怎么啦？"

"谁知道呢！说不定我确实是疯了，这些天发生的一切，一切，也许只是我的幻想……"

"哎，罗佳！你又被搞得心绪不宁了……他说什么了？他过来到底要干什么？"

拉斯科尔尼科夫并未回答，拉祖米欣沉思良久。

"好，那你听我讲吧，"拉祖米欣开口说道，"我来找过你，见你正在睡觉，便回去跟她们吃了午饭，接着去找了波尔菲里。扎苗托夫还在那里。我原本打算和波尔菲里好好谈谈，但是没谈出什么结果来。我始终无法跟他正经地好好谈谈。他们似乎没有理解我的意思，而且也无法理解，并丝毫没有为此感到窘迫。我把波尔菲里拉到窗边，跟他聊了起来，但是不知何故，依然没谈出个所以然来：他往这边瞧，我往那边瞧。最后，我冲着他的脸挥着拳头说，我要以亲戚的名义砸烂他的脸。他只瞥了我一眼。于是我啐了他一口，转身走了，事情就是这样。这可真是太愚蠢了。至于扎苗托夫，我跟他什么话都没有讲。不过你瞧，我本以为事情没办成，可是下楼的时候，我忽然顿悟了：

咱们何必如此操心呢?倘若现下你身临险境,或者遇上一些类似的状况,这么做倒还有理可循。但是这又与你何干呢?这对你而言并无妨碍啊,所以你也不必理会他们,咱们可以日后再嘲笑他们,倘若我是你的话,我还要设局捉弄他们一番。这样一来,他们以后得有多不好意思呀!让他们见鬼去吧!以后再将他们痛扁一顿,现在,咱们就一笑而过吧!"

"当然要这样做了!"拉斯科尔尼科夫回答。

"可是你明天又会怎么说呢?"拉斯科尔尼科夫暗暗地想。真是怪事一桩,此前他还从未这么想过,"倘若拉祖米欣知道这件事的话,他会怎么想?"想到这里,拉斯科尔尼科夫目不转睛地望了望他。此刻,对面的拉祖米欣正在汇报刚才跟波尔菲里的见面情况,可他对此已然了无兴趣,因为世事难料,从刚才到现在的这段时间里,变化如此之多……

他们在走廊碰见了卢仁,他八点整准时现身,正在寻找房间,因此他们三个是一起进屋的,不过,他们既未正眼去瞧对方,也没有相互点头致意。两个年轻人走在前面,而彼得·彼得洛维奇出于礼节,在前厅脱完大衣以后,稍稍停留了一会儿。普莉赫里娅·亚历山德罗芙娜赶紧来到门口迎接他们。杜尼娅朝哥哥问好。

彼得·彼得洛维奇进门以后,向两位女士点头致意,态度相当恳切,但又过分持重。不过,他看起来似乎有些无所适从,还不知该如何从容应对这个场面。普莉赫里娅·亚历山德罗芙娜表现得好像有些不太自然,她急匆匆地邀请大家在小圆桌边落座,桌上的茶炊已烧开了。杜尼娅和卢仁面对面坐在小桌的两侧。拉祖米欣和拉斯科尔尼科夫则坐在普莉赫里娅·亚历山德罗芙娜对面——拉祖米欣挨着卢仁,拉斯科尔尼科夫则坐在妹妹身边。

霎时间,众人皆缄默不语。彼得·彼得洛维奇从容不迫地掏出一块香气扑鼻的麻纱手绢,拭了一下鼻涕,他的样子仿佛在说,虽然他德行高尚,但是由于这一切让他的自尊受辱,因此他坚决要求对方为此做出解释。早在他走到前厅之时,他的心中便萌生了一个想法:不脱大衣,马上就走,以此给两位女士一次印象深刻的惩罚,好让她们瞬间领悟到自己所犯错误的不良后果。然而他犹豫了。而且此人一向不喜欢含混不清,他认为此事就该解释得明明白白:既然对方公然违逆他的命令,那就是说,其中必有什么缘故,因此最好事先了解清楚,日后有的是时间惩罚她们,况且一切尽在他的掌握之中。

"想必你们一路都还顺利吧?"他郑重其事地对普莉赫里娅·亚历山德罗芙娜说。

"谢天谢地,彼得·彼得洛维奇。"

"那我就放心了。阿芙多季娅·罗曼诺芙娜累不累?"

"我还年轻,身体强壮,并不觉得累。妈妈倒是累坏了。"杜涅奇卡回答。

"没办法呀,我们的祖国幅员辽阔,道阻且长。这便是所谓的'俄国母亲'之伟大啊……尽管我很想去接你们,但我昨天无论如何都没能脱身赶来。不过我想,你们一路上也没有遇上什么特别麻烦的事吧?"

"哎呀,才不是呢,彼得·彼得洛维奇,昨天我们简直手足无措啊,"普莉赫里娅·亚历山德罗芙娜连忙以一种尤为特殊的口吻说道,"若不是上帝将德米特里·普罗科菲伊奇派到我们身边,我们当真是无计可施。就是他,德米特里·普罗科菲伊奇·弗拉祖米欣。"她补充了一句,将拉祖米欣介绍给卢仁。

"怎么,这位我昨天就……已有幸结识了。"卢仁含混不清地咕哝了一句，乜斜着眼充满敌意地瞥了拉祖米欣一眼，随后皱起眉头，默不作声。通常而言，彼得·彼得洛维奇属于这样的人——他们在社交场合表现得有礼有节，并且特别希望别人也对他们有礼有节，然而只要出现一丁点儿使他们颇为不满的状况，他们便会瞬间失去这身社交本领，变成一块硬邦邦的木雕，不再是刚才那个举止轻松自如、喜欢活跃气氛的社交绅士了。此时众人再次缄口不语：拉斯科尔尼科夫执拗地闷声不吭，阿芙多季娅·罗曼诺芙娜暂时不愿打破这阵沉默，拉祖米欣无话可讲，这样一来，普莉赫里娅·亚历山德罗芙娜又感到惴惴不安了。

"玛尔法·彼特罗芙娜去世了，您听说了吗？"她开口发言了，把自己准备好的保留话题抛了出来。

"怎会没听说呢？我是最先收到消息的，甚至我现在过来，就是为了告知你们，阿尔卡季·伊万诺维奇·斯维德里盖洛夫在安葬完自己的妻子以后，便马不停蹄地赶来了圣彼得堡。起码从我收到的确切消息来看，他的确过来了。"

"来圣彼得堡吗？来这里？"杜涅奇卡与母亲互换了一个眼色，忐忑不安地问道。

"正是如此，若是注意到他此行的仓促，再结合他过去的种种行为，便知他自然不是毫无目的的。"

"天哪！难道就算到了这里，他也不肯让杜涅奇卡过得安宁吗？"普莉赫里娅·亚历山德罗芙娜高声喊道。

"我认为，无论是您，还是阿芙多季娅·罗曼诺芙娜，都不必格外担心，当然了，只要你们自己不愿与他有任何关系就好。至于我，我会观察他的动向，眼下正在打听他的住址……"

"哎呀，彼得·彼得洛维奇，您简直不能相信，您刚才把我吓成什么样子了呀！"普莉赫里娅·亚历山德罗芙娜继续往下说，"我跟他一共才见过两面，他给我的感觉实在可怕，真可怕啊！我相信，玛尔法·彼特罗芙娜就是他害死的。"

"这件事还不能就这么下定论。我有确切的消息。我不否认，也许他的侮辱对她确实产生了精神上的影响，从而加速了她的死亡；不过，说到他的行为操守以及一贯的道德品质，我赞同您的观点。我不知道他现在是否富有，玛尔法·彼特罗芙娜究竟给他留下了多少财产，这件事情我会在最短时间之内了解清楚的。不过当然啦，在圣彼得堡这个地方，就算他手头有一些钱，他也会像从前那样，立刻挥霍一空。他可是他们这类人里面最骄奢淫逸、无药可救的一个！我这么推测，是因为我有非常充分的依据，对他一往情深的玛尔法·彼特罗芙娜，不仅在八年前为他还债赎身，而且还曾在另一件事上为他效劳：全靠她设法打点，并且做出牺牲，一桩刑事案件才得以从一开始就被按了下去，可以说，这是一起惨绝人寰、扑朔迷离的杀人案，此案足以使他被流放到西伯利亚。如果你们想要了解的话，这便是此人的真容。"

"哎呀，天哪！"普莉赫里娅·亚历山德罗芙娜惊呼了一声。拉斯科尔尼科夫屏息凝神地听着。

"您说您有确切消息，此话当真？"杜尼娅正色问道。

"我所说的，只是我与已故的玛尔法·彼特罗芙娜在密谈之时亲耳听到的。值得一提的是，从法律的角度来看，此案存疑颇多。当地曾住过一个姓列斯莉赫的外国女人，她似乎至今仍住在那里，除了放小额高利贷以外，她还干些其他营生。斯维德里盖洛夫先生和这个女人很早以前便开始保持着某种相当亲近的秘密关系。她家还住着一个小姑娘，是她的远亲，大概是她侄女吧，又聋又哑，差不多有十五岁，说不定仅有十四岁。这个列斯莉赫对她极为厌恶，埋怨她在家里白吃白喝,甚至残忍地殴打她。有一日,这个小姑娘被人发现吊死于阁楼之中。经法院审定,她死于自杀。在走完一系列常规程序以后,此案便就此了结,然而后来却有人秘密举报,声称这个孩子……曾遭到斯维德里盖洛夫的暴虐凌辱。的确,这一切都疑点重重,举报者是另一个女人,一个臭名远扬的德国女人,她说的话可信度不高。实际上,这则举报最终并未受理,而这多亏了玛尔法·彼特罗芙娜的辗转奔走和多方打点,一切仅仅作为传言风闻一时。可是这个传言却意味深长。阿芙多季娅·罗曼诺芙娜,您在他们家的时候,肯定也听说过一个叫菲利普的人吧?此人于六年前死于酷刑,当时还是农奴制时期。"

"恰好相反,我听说这个菲利普是自缢身亡。"

"正是如此,但那是被迫的,或者不如说,是在斯维德里盖洛夫先生无休无止的迫害与责罚之下,他才不幸横死的。"

"这我倒不清楚,"杜尼娅冷淡地回答,"我只是听过一个非常离奇的故事,这个菲利普是一个忧郁症患者、家庭哲学家,人人都说他是'书读多了,把脑子读坏了',还说他走上自缢的绝路,多半是因为不堪忍受斯维德里盖洛夫先生的嘲笑,并不是遭到他的殴打。斯维德里盖洛夫先生当着我的面,与大家相处得都很好,大家也都很喜欢他,尽管确实有人认为,他对菲利普的死应该负有一定责任。"

"阿芙多季娅·罗曼诺芙娜,我发现,不知道为什么,您突然有点为他开脱的意思。"卢仁撇撇嘴,露出一副玩味的笑容,说道,"的确,他为人狡猾,对于女性来说很有魅力,死因蹊跷的玛尔法·彼特罗芙娜正是一个凄惨的案例。毫无疑问,他即将采取一些新举动,我只不过想给您和令堂提个醒,说两句自己的良言劝告罢了。至于我嘛,我深信,此人定会再次身陷债务风波,然后隐身遁形。而玛尔法·彼特罗芙娜考虑到那几个孩子,也绝不会给他留下什么财产,即便给他留下了什么，那也只能是一些最不可或缺、一钱不值、昙花一现的东西，像他这种人，不出一年就会将一切挥霍一空。"

"彼得·彼得洛维奇，我恳请您，"杜尼娅说道，"不要再谈有关斯维德里盖洛夫先生的事情了。这让我感到非常厌烦。"

"他刚才去过我那里。"拉斯科尔尼科夫首次打破沉默，开口说道。

话音刚落，众人纷纷高声惊呼，转过头来看他。就连彼得·彼得洛维奇也显得异常兴奋。

"一个半小时前，当时我正在睡觉，他走了进来，把我叫醒，并做了自我介绍，"拉斯科尔尼科夫继续说道，"他表现得相当放松，心情也很不错，特别希望跟我交个朋友。对了，顺便说一句，杜尼娅，他非常希望跟你见上一面，而且还请我为他从中搭线。他想给你一个忠告，而这忠告的内容，他也告诉我了。另外，杜尼娅，他很肯定地告诉我，玛尔法·彼特罗芙娜在去世前一星期曾立下遗嘱，要给你三千卢布，这笔钱你很快就可以收到了。"

"谢天谢地！"普莉赫里娅·亚历山德罗芙娜高呼一声，画了个十字，"为她祷告吧，杜尼娅，祷告吧！"

"这倒是真的。"卢仁脱口而出。

"那——那么，后来呢？"杜涅奇卡迫切地催促道。

"后来他说，他本人并没有什么钱，所有财产全部留给了他的孩子们，孩子们现在寄住在他们的姨妈家。接着他说，他目前暂住的地方离我不远，不过具体在哪儿我不知道，我没有问……"

"可是，他想给杜尼娅什么——什么忠告呀？"普莉赫里娅·亚历山德罗芙娜惊惶不安地询问，"他告诉你了吗？"

"是的，告诉了。"

"是什么？"

"我稍后再说。"拉斯科尔尼科夫缄口不语,专注地喝他的茶。

彼得·彼得洛维奇掏出表来,瞧了一眼。

"我还有事,先走一步,就不搅扰各位了。"他略有些抱屈地补充一句,从椅子上站了起来。

"请您留步,彼得·彼得洛维奇,"杜尼娅说道,"您不是打算在这里待上一晚吗?况且您在信上说,有一件事要跟妈妈讲清楚。"

"确实是这样,阿芙多季娅·罗曼诺芙娜,"彼得·彼得洛维奇正色道,再次坐回椅子上,不过帽子依旧被他拿在手上,"我确实希望能与您,也与尊敬的令堂讲清楚,我想讲的事情甚至极为重要。但是呢,正如令兄无法在我面前讲明斯维德里盖洛夫先生的忠告那样,我既不想,也不能……当着旁人的面……谈论这些极其重要的事情。更何况,我那个至关重要而又非常恳切的请求并未得到实现……"

卢仁面露出一副悲苦的模样,有意闭口不言了。

"您希望在我们见面时,我哥哥不要在场,这个要求仅仅由于我的坚持才没有照办,"杜尼娅说道,"您在信中说,您被我哥哥侮辱了,我觉得,这件事必须赶紧解释清楚,你们应该握手言和。而且假如罗佳确实侮辱了您,那么他理应给您道歉。"

彼得·彼得洛维奇立刻变得趾高气扬起来。

"阿芙多季娅·罗曼诺芙娜,有些侮辱是忘不了的。凡事都有个界限,越过这个界限是很危险的,因为一旦越过了,就不可能再退回去了。"

"彼得·彼得洛维奇,其实我跟您说的并不是这个意思,"杜尼娅略微有些烦躁地打断了他的话,"请您充分理解,眼下我们的未来完全取决于,这一切能否尽快解释清楚,并且得到妥善解决。我从一开始就对您开诚布公地讲,我不会对此心存其他看法,假如您对我有一丝一毫的珍视,那么就算非常艰难,此事也必须在今天得以解决。我向您重申一遍,假如是哥哥错了,他会跟您道歉的。"

"阿芙多季娅·罗曼诺芙娜,我很惊讶,您能这样把问题摆出来谈,"卢仁的怒意越来越盛,"我珍视您,可以说,我崇敬您,可是与此同时,我也完全、完全可以不喜欢您家里的某一位成员。我希望能与您共结良缘,但是与此同时,我也无法接受自己不认同的义务……"

"哎,彼得·彼得洛维奇,请您不要怨天尤人,"杜尼娅激动地说,"您在我心中一直是个聪慧而又高尚的人,我希望自己没有看错。既然我向您正式许下了承诺,我已是您的未婚妻,那就请您在这件事上信赖我,并且相信我能做出一个公平公正的评判。我自愿担任评判人,想必不仅仅是您,就连我的兄长也会感到非常意外。收到您的信之后,我请他今天务必到场,参与我们的会面,不过,这么做的用意何在,我却对他只字未提。请您明白,假如你们不能握手言和的话,我就必须在你们之间做出抉择:要么选您,要么选他。无论从您的角度,还是从他的角度,问题都是这样的。我不想做出错误的选择,也不该做出错误的选择。为了您,我不得不与兄长断绝关系;而为了兄长,我就不得不与您断绝关系。我现在想知道,也必须知道:他是不是我的兄长。而至于您的话,我的问题是:我对您来说是不是珍贵的,您是否珍视我,您是不是我的未婚夫?"

"阿芙多季娅·罗曼诺芙娜,"卢仁颇为不悦地说道,"您这番话对我来说实在是极富深意啊,由于我在与您的关系中有幸所处的优势地位,那么说得严重一点,这番话对我而言甚至是一种侮辱。更不必提这个具有侮辱性的荒诞对比,您竟然将我与一个自以为是的毛头小子……相提并论,从您的这番话来看,您很有可能毁掉对我立下的承诺。您说'要么选您,要么选他',如此看来,您是想以此向我证明,我在您的心目中有多么的无关紧要……鉴于我们之间当前的关系与……义务,我无法允许这个问题横亘在你我之间。"

"怎么!"杜尼娅突然激动了起来,"我将您的利益与我迄今为止的生命中值得珍视的一切事物看得同等重要,我将您的利益与迄今为止组成我全部生命的一切事物看得同等重要,而您却突然觉得我贬损了您的价值!"

拉斯科尔尼科夫一声不吭,脸上露出嘲讽的笑意,拉祖米欣浑身战栗了一下。然而彼得·彼得洛维奇并没有接受杜尼娅的反驳,甚至与之相反,越说越起劲,越说越令人生厌,惹人恼怒,仿佛这场论辩正合他意。

"对于未来的生活伴侣、未来丈夫的爱应该比对自己兄弟的爱更多,"他用一种规训的口吻说道,"无论如何,您都不能拿我跟他相提并论……虽然我刚才坚持说,既然有令兄在场,那么我不想,也不能解释我的来意,不过,现在我有一个极为重要、并且对我已造成侮辱的问题,希望尊敬的令堂可以对此进行必要的解释。令郎,"他朝着普莉赫里娅·亚历山德罗芙娜说,"昨天当着拉苏德金先生的面(或者……应该是这样称呼您吧?抱歉,我忘记您姓什么了——他颇为客气地朝拉祖米欣点了一下头),侮辱了我,他曲解了那次我与您喝咖啡时在私下谈话中表达的意思。当时我的意思是说,我认为,与一位已然承受过生活苦难的贫穷姑娘结婚,从夫妻关系的角度来讲,比跟家境优渥的姑娘结婚更加有益,因为这样在道德层面上更有助益。而令郎却故意夸大此言的含义,竟将它曲解到一种荒诞不经的地步,还指责我居心不良。在我看来,他这样做的依据便是您本人在信件中传达的意思。普莉赫里娅·亚历山德罗芙娜,倘若您能够说服我改变想法,让我完全打消这份疑虑的话,我将会感到非常幸福。那么请您告诉我,您在写给罗季昂·罗曼诺维奇的信中,究竟使用了哪些词汇来传达我所说的那句话?"

"我不记得了,"普莉赫里娅·亚历山德罗芙娜的神色有些慌乱,"我只是把自己理解的意思传达给了他。不知罗佳是怎么跟您说的……说不定是他把某些意思给夸大了。"

"如果没有您的暗示,他绝不可能夸大。"

"彼得·彼得洛维奇,"普莉赫里娅·亚历山德罗芙娜正色道,"现在我们人在这里,这便足以佐证,我和杜尼娅绝对没有把您的话往很坏的方向去想。"

"说得真好,妈妈!"杜尼娅赞许道。

"如此说来,这件事也是我的错了?"卢仁委屈地说。

"瞧您说的,彼得·彼得洛维奇,您一直把错推到罗季昂的身上,但是就连您自己先前写信的时候,提到他的那些话也是有失偏颇的。"普莉赫里娅·亚历山德罗芙娜鼓起勇气又补充了一句。

"我不记得我信中说过什么有失偏颇的话。"

"您在信中说,"拉斯科尔尼科夫陡然开口了,但是并未转头去看卢仁,"我昨天并非把钱赠予那位被马踩死的人的孀妇——可这却是事实——而是送给了此人的女儿(然而我和她在昨天之前从未谋面)。您在信中写下这些话,目的无非是想让我与亲人发生争吵,而且您为了达成这个目的,还在信中使用龌龊的言辞诋毁一位您根本不认识的姑娘的品行。凡此种种,皆是造谣生事,是卑劣的行径。"

"很抱歉,先生,"卢仁气得浑身颤抖,答道,"我在信中述及您的品行问题,仅仅是应令堂与令妹的请求,她们请求我描述一下我是如何找到您的,您对我的印象又是怎样的?至于我在信里讲过的那些话,您能从中找出哪怕一句有失公允的话吗,也就是说您当真未曾浪费过钱吗,还有,在那户人家里——即便这户人家是很不幸的,难道就找不出一个不体面的人来吗?"

"在我看来,其实您,连同您所有的体面,都比不上您诋毁的这位不幸的姑娘的一根小指头。"

"这么说,您还打算把她引荐给令堂与令妹了?"

"我已经这么做了,要是您想知道的话,我可以告诉您,我今天已经安排她坐在妈妈和杜尼娅的身边了。"

"罗佳!"普莉赫里娅·亚历山德罗芙娜发出一声惊呼。

杜涅奇卡的脸变红了,拉祖米欣皱起了眉头。卢仁微微一笑,面含嘲讽,神色倨傲。

"阿芙多季娅·罗曼诺芙娜,您也亲眼看到了,"他说,"这还有和解的可能吗?现在,我希望这件事情到此为止,都解释清楚了,一次性解决了。我这就告辞,免得打扰你们接下来阖家团聚、分享秘密(他从椅子上站起身来,拿起帽子)。不过呢,在我离开以前,请恕我冒昧地提出一个意见,我希望以后可以避免类似的会面,也就是说不要再进行调解。令人尊敬的普莉赫里娅·亚历山德罗芙娜,我想特别请您注意一下这个问题,况且我的这封信是写给您的,并不是给旁人的。"

普莉赫里娅·亚历山德罗芙娜感到有些生气了。

"彼得·彼得洛维奇,您似乎认为您完全有权掌控我们。为什么您的愿望未能实现,其原因杜尼娅已经告诉您了,她这么说是处于一片好意。更何况您给我写的信,就好像下命令似的。难道您的每一个愿望,我们都得领命照办吗?与之相反的是,我还想对您说,您现在对待我们的态度应该特别有礼有节、宽容体恤,因为我们是信任您,才抛下一切来到这里的,况且我们其实本就已几乎在您的掌控之中了。"

"普莉赫里娅·亚历山德罗芙娜,这并不完全属实,尤其是在此时此刻,在我已将玛尔法·彼特罗芙娜赠予三千卢布的遗嘱告知你们以后,而且从您刚才跟我讲话时的新语气来看,似乎这个消息来得恰逢其时。"他恶狠狠地补充道。

"从您的这个意见来判断,确实可以认为,您曾经将希望寄托在我们孤立无助的处境上了。"杜尼娅气愤地说道。

"但是至少现在我是无法抱有这份希望了,而且我特别不希望搅扰你们聆听阿尔卡季·伊万诺维奇·斯维德里盖洛夫委托令兄传达的私密忠告,我还看出,这些忠告对您而言意义重大,没准还会让您十分愉悦呢。"

"哎哟,我的天哪!"普莉赫里娅·亚历山德罗芙娜大声叫道。

拉祖米欣坐不住了。

"妹妹,事到如今你还不觉得可耻吗?"拉斯科尔尼科夫问道。

"我感到很可耻,罗佳,"杜尼娅说,"彼得·彼得洛维奇,请您滚出去!"她气得脸色煞白,对他说道。

想必彼得·彼得洛维奇全然未曾料到,一切会是这样的结果。不管是对于自己、对于自己的权力,还是对于自己的牺牲品所处的孤立无助的境况,他都曾抱以过于笃定的信赖。即便是此刻,他也无法相信眼前的一切。他面色煞白,双唇不停颤抖。

"阿芙多季娅·罗曼诺芙娜,既然您能讲出这句临别赠言,那么假如我现在就走出这扇门——请您考虑到这个问题——我将永远不会回来。请您深思熟虑!我说到做到。"

"您怎么如此卑鄙无耻!"杜尼娅一面高声说着,一面飞快地从座位上站起身来,"我也不希望您再回来!"

"怎么?原来是这么回事啊!"卢仁大声叫喊起来,他直至最后一刻都无法相信，事情会如此收场，因而他此刻简直手足无措极了，"原来是这——么——回——事！不过您知道吗，阿芙多季娅·罗曼诺芙娜，我也是可以反抗这个命令的。"

"您有什么权利这样跟她说话！"普莉赫里娅·亚历山德罗芙娜激动地开口道，"您有什么可以反抗的？您又有什么权利呢？哼，难道我会把我的杜尼娅托付给您这种人吗？请您滚吧，彻底离开我们吧！是我们自己失误，做错了事情，而这当中错误最多的就是我……"

"可是，普莉赫里娅·亚历山德罗芙娜，"狂怒不已的卢仁连忙说道，"您那时许下承诺将我束缚住，如今却要违背诺言……最后还……最后，这么说吧，我还被骗走了一笔花销……"

最后这句带有想要索赔意味的话彻底暴露了彼得·彼得洛维奇的品性，听到这话，原本气得脸色煞白、极力抑制自己的满腔怒意的拉斯科尔尼科夫忽然忍俊不禁，放声大笑。可是普莉赫里娅·亚历山德罗芙娜已经忍无可忍了："被骗走了一笔花销？是什么花销？您所指的，是不是帮我们托运行李的开销？其实那是人家列车员给您免费托运的。我的天哪，我们竟然还把您给束缚住了！彼得·彼得洛维奇，请您仔细想想，是您把我们的手脚给束缚住了，不是我们束缚了您！"

"够了，妈妈，请您不要说了，够了！"阿芙多季娅·罗曼诺芙娜恳求道，"彼得·彼得洛维奇，劳驾您，走吧！"

"我这就离开，不过我还有最后一句话要说！"他已经快要完全失控了，开口说道，"想必令堂完全不记得了，我在决定娶您的时候，这么说吧，我是在您的不良声誉闹得沸沸扬扬、满城风雨以后才决定娶您的。当时我为了您无视社会舆论，还帮您恢复了声誉，当然了，其实我本来非常、非常有资格期望得到回报，甚至要求得到您的感恩……可是我直到今天才彻底看清！我自己看清了，或许当日我不顾公众舆论的做法，是非常、非常轻率的……"

"哼，怎么，难道他还有两个脑袋吗？"拉祖米欣大喝一声，从椅子上跳了起来，已做好准备将他修理一顿。

"您真是一个无耻又恶毒的小人！"杜尼娅说道。

"什么都不要说了！不要打架！"拉斯科尔尼科夫大声制止拉祖米欣，随后，他一步步逼近卢仁，几乎与之劈面对视。

"请滚出去！"他一字一顿地轻声说道，"一个字都别再说了，否则……"

彼得·彼得洛维奇的脸因愤怒而惨白无色，极度扭曲，他凝视了拉斯科尔尼科夫几秒钟，转身走了出去。当然，鲜少有人会像他憎恨拉斯科尔尼科夫一般，心怀如此歹毒的憎恶。他将一切罪责全部归咎于拉斯科尔尼科夫，而且仅仅归在他一人身上。值得一提的是，直到下楼的时候，卢仁还在心里一直想，或许事情并不是完全不可挽回的，他甚至觉得，单就两位女士而言，这件事还有"非常非常大"的转圜的余地。

第三节　拉斯科尔尼科夫离开

最重要的问题在于，在最后一刻到来之前，他无论如何也没有想象到，一切最终会这样收场。他目中无人，觉得自己高高在上，断然未曾料到两位生活困窘、孤立无援的女士竟有可能摆脱他的掌控。他的虚荣心和过度自信——最好称之为自命不凡——使他对于这一点坚信不疑。出身清贫的彼得·彼得洛维奇历经千辛万苦才得以崭露头角，因而他习惯了病态地欣赏自己，对于自己的智慧与才能，他自视甚高，有时甚至还独自一人对着镜子自我欣赏。不过，他在这世上最爱惜、最珍视的，是自己费尽心思、千方百计才弄到的金钱，这些金钱让他得以与昔日高他一等的上流人士平起平坐。

刚才，彼得·彼得洛维奇满怀痛苦地提醒杜尼娅，尽管她当日声誉不佳，可他仍旧决意娶她，这番话他倒是说得一片赤诚，对于这种"忘恩负义"的行为，他甚至感到无比愤慨。况且，早在他向杜尼娅求婚的时候，他便已然深信，关于她的种种谣言皆是无稽之谈，因为玛尔法·彼特罗芙娜本人已经公开做出澄清，全城的人不仅早已不相信这些谣传，还热火朝天地维护杜尼娅的声誉。有件事他本人也并不否认，那就是，他当时就已对一切了然于心。然而他仍然极其赞赏自己的决定——即提升杜尼娅的地位，使她达到与自己同等的地位，而且他认为这是一个伟大的义举。他刚才曾向杜尼娅提及这一点，透露自己内心这个隐秘而又珍贵的想法，而且他在暗地里早已对于这个想法不止一次地加以自赏，他不能理解的是，别人怎会不欣赏他这伟大的义举呢。当日他去拜访拉斯科尔尼科夫的时候，完全以恩人的身份自居，准备过去收获恩施的硕果，聆听甜蜜的恭维。当然，此时此刻，当他往楼下走的时候，他觉得自己遭受了奇耻大辱，自己的义举也无人问津。

对他而言，杜尼娅简直是一个不可或缺的存在，放弃她这件事，在他看来也是不可思议的。在很长一段时间里，已经有好几年了，他都对结婚怀有甜蜜的憧憬，不过他一直在攒钱，在等待。在他隐秘的内心深处，他梦寐以求的姑娘是这样的：她贤良淑德，出身清贫（必须得出身清贫），非常年轻，非常美丽，品性高洁，颇有教养，生性十分胆小，历经无数不幸与磨难，对他唯命是从，并且一生都将他视作自己的救星，对他顶礼膜拜，千依百顺，另眼相待，而且眼里仅有他一人。在工作之余抽身小憩的寂静时分，他曾围绕着这个令人心驰神往且又无比轻佻的主题，在想象中臆造过多少美妙的场景和甜蜜的片段啊！瞧，眼下他多年梦寐以求的事情马上就要实现了：阿芙多季娅·罗曼诺芙娜的美丽和教养令他惊叹不已，而她孤立无援的处境也甚合他意。她身上具备的品质甚至较之他的梦想还多一些：这个姑娘性格矜傲，处事刚强，品行高洁，教育水平和文化修养皆在他之上（他能感觉到这一点）。可就是这样的女性，却一辈子都肯像奴隶一样对他感恩戴德，以此报答他的义举，甘愿在他面前毕恭毕敬，俯首帖耳，而他可以肆意主宰她的一切！……仿佛冥冥之中有意为之似的，就在不久之前，经过漫长的思虑和等待，他终于做好决定，彻底改弦易辙，进入更为广阔的社交圈层，与此同时逐步跨入更为高端的上流社会，这也是他心中畅想许久的事情……总而言之，他决定到圣彼得堡闯荡一番。他知道，借女人之力可以得到"非常非常多"的好处。一位惊才绝艳、品行高洁且又颇具涵养的女性的魅力足以给他的事业铺设一条绝佳坦途,使他广受关注、声名大噪……可是如今,一切全毁了!眼下这个突如其来、莫名其妙的决裂对他产生的震撼犹如空谷惊雷。而这简直不可思议,荒诞至极!他不过只是略微表现得傲慢了一些,他甚至还未开诚布公地谈论自己的想法,只是开个玩笑,一时冲动,怎想后果竟然如此严重!还有,其实他甚至已经在用自己的方式去爱杜尼娅了,他甚至已经在自己的幻想中主宰她的一切了——然而忽然之间……不!明天,明天必须和好如初,消除罅隙,修正错误,关键在于——消灭这个目中无人、乳臭未干的小子,因为他便是一切事端的罪魁祸首。不知不觉,他又痛苦地想到了拉祖米欣……但在这个问题上,他很快便不再担忧了:"这个人怎么配跟他相提并论呀!"不过,其实他真正感到畏惧的是谁呢——还是那个斯维德里盖洛夫……总之,眼下他面临的麻烦还有许多。

"不,是我,最大的错误在我!"杜涅奇卡抱住母亲,一边说,一边亲吻她,"是我贪图他的金钱,但是,哥哥,我发誓——我当真没有料到他是一个如此无耻的人。要是我早些看清他的本来面目,我就不会有嫁给他的想法!哥哥,不要责怪我!"

"上帝解救了我们!上帝解救了我们!"普莉赫里娅·亚历山德罗芙娜喃喃自语,但她似乎是下意识说出这些话的,好像对于眼下发生的一切事情尚未完全弄懂。

大家都很高兴,过了五分钟左右,他们甚至笑了起来。唯有杜尼娅时而回想起刚刚发生的事情,脸色煞白,眉头紧锁。普莉赫里娅·亚历山德罗芙娜压根没有想到,自己竟然也会感到开心,她早上还觉得,与卢仁决裂是一场可怕的灾祸。不过拉祖米欣倒是喜不自胜,他不敢完全袒露这份喜悦的心情,不过像热病发作似的浑身发抖,似乎压在他心上的那枚重达五普特的秤砣忽然被卸了下来。现在，他有权将自己的生命献给她们，并为她们效犬马之劳……因为现在已再无阻碍了！但是，他却怀着更加畏怯的心情驱散心中那个更进一步的念头，并且对于自己的遐想感到惧怕。只有拉斯科尔尼科夫一个人依然坐在原位，他看上去有些郁郁寡欢，甚至有些心不在焉。要跟卢仁决裂这件事，他原本表现得最为坚决，可是现在，他似乎对丁刚才发生的事情表现得最不在乎。杜尼娅不禁觉得，他仍旧非常生她的气，而普莉赫里娅·亚历山德罗芙娜则有些畏怯地看向他。

"斯维德里盖洛夫对你说什么了？"杜尼娅走到了他面前。

"哦，对，对！"普莉赫里娅·亚历山德罗芙娜大声叫道。

拉斯科尔尼科夫抬起头说："他执意想送你一万卢布，并且声称，很希望可以在我在场的情况下跟你见面。"

"见面！绝无可能！"普莉赫里娅·亚历山德罗芙娜高声喊道，"他竟敢提出要给她送钱！"

随后，拉斯科尔尼科夫（极其枯燥地）传达了自己与斯维德里盖洛夫的谈话内容，他并未提及关于玛尔法·彼特罗芙娜的鬼魂的内容，以免徒添赘言，而且除了那些最为必要的话，他对于任何交谈都感到不胜厌烦。

"你是怎么回答他的？"杜尼娅问道。

"起初我告诉他，我是什么都不会给你转达的。于是他说，那样的话他便会动用一切手段，找机会跟你见面。他言之凿凿，声称他往日对你的激情其实是非分之想，如今他对你已经不再心存妄念了……他不希望你嫁给卢仁……总之，他的表述非常混乱。"

"罗佳，你本人认为他这是什么意思？你觉得他这个人怎么样？"

"坦白来讲，他的意思我无法完全理解。他主动提出要送给你一万卢布，但他又说自己并不宽裕。他口口声声说，他要去一个什么地方，然而过了十分钟，他却把自己说过的话给忘了。忽然又说，他想结婚，说有人已经在为他做媒了……当然了，他这么做别有用心，而且极有可能居心不良。但是他又莫名其妙地说，倘若他对你心存歹念，那么他这种做法就太愚蠢了……我自然替你拒绝了这笔赠款，彻彻底底地拒绝了。简而言之，我认为此人甚是古怪，而且……甚至……看样子好像还有些神经错乱。但是也许是我搞错了，要不然，这可能只是一种骗术。玛尔法·彼特罗芙娜的离世可能对他也产生了影响……"

"上帝呀，请让她的灵魂安息吧！"普莉赫里娅·亚历山德罗芙娜高呼道，"我将永远、永远为她向上帝祷告！杜尼娅，倘若没有这三千卢布，咱们真不知要怎么办才好呀！天哪，这笔钱简直像从天而降一般！哎，罗佳，其实早上我们这儿一共只剩下了三卢布，我和杜尼娅刚才还在想，要赶紧找个地方把这块表典当出去，免得开口向这个人要钱，除非他自己想到。"

不知为何，斯维德里盖洛夫的提议令杜尼娅颇为震惊。她始终若有所思站在那里。

"他一定是想出了一个非常可怕的主意！"她轻声自语着，浑身打起了冷战。

拉斯科尔尼科夫注意到了她这种极度惊惧的神色。

"看来，我不得不跟他再见上几面。"他对杜尼娅说。

"我们去监视他！我来查查他的行踪吧！"拉祖米欣义愤填膺地大声说道"我会死死地盯住他！罗佳也同意我这么做了。刚才他还对我说：'你得保护好我妹妹。'那么阿芙多季娅·罗曼诺芙娜，您同意我这样做吗？"

杜尼娅粲然一笑，朝他伸出了一只手，然而她脸上的担忧仍未消失。普莉赫里娅·亚历山德罗芙娜战战兢兢地朝她望了望,不过能够看得出来,那三千卢布已经让她安心落意了。

一刻钟之后,大伙儿兴致勃勃地交谈了起来。拉斯科尔尼科夫虽然没有说话,但是他也聚精会神地听了一会儿。拉祖米欣正在侃侃而谈。

"你们又何必,何必离开呢!"他兴致颇高,滔滔不绝地发表着演讲,"况且你们回那个小城里能干什么呢?关键是,你们在这里的话,大家就能聚在一起啦,大家彼此需要,而且是极为需要——请你们理解我的意思!嗯,你们哪怕待上一段时间也好啊……请你们把我当朋友看吧,咱们可以一起合伙干,我敢保证,咱们肯定能干出一件大事来。你们听我说,我要给你们详细讲讲我的所有计划——也就是全盘计划!就在今天早上,当时什么都还没有发生,有个念头在我的脑海里一闪而过……是这样的:我有个舅舅(我会把他介绍给你们认识的,他是一个性情温和、很值得敬重的老头儿),他手上有一千卢布,但他靠退休金就能生活,用不着这笔钱。这两年他总是喋喋不休,说什么都要把这笔钱借给我,每年付给他六厘利息即可。我明白他这样做的用意,其实他只是想帮帮我。而在去年我还用不上这笔钱,可是今年,只要他一来,我就打算把这笔钱给借来。然后你们再从你们的三千卢布中取出一千卢布,这足以当作初始基金了,咱们一起合伙干。那么咱们到底干些什么呢?"

于是,拉祖米欣开始将自己的计划展开来谈,详加叙述,他说,我们所有的书商和出版商几乎都不那么懂行,因而他们的出版生意普遍经营不佳,其实呢,质量上等的出版物通常都能回本,还可以从中获利,而且有时还利润不菲。拉祖米欣的梦想就是能够经营出版业,他已经为其他出版商干过两年了,还掌握三门欧洲语言,尽管六天之前他曾对拉斯科尔尼科夫说,自己的德语"差到家了",但他这么说是为了劝服拉斯科尔尼科夫承担一半的翻译工作,收下三卢布的预支稿酬,其实他当时撒谎了,而拉斯科尔尼科夫也知道他在撒谎。

"既然咱们已经具备最重要的条件之一——自己的资金,为什么,为什么要错过机会呢?"拉祖米欣说得热血沸腾,"当然了,这件事需要付出许多辛劳,不过,您,阿芙多季娅·罗曼诺芙娜,我,罗季昂,咱们都会努力干的……现如今有些出版物的利润非常可观!而咱们这个企业的主要基础在于,我们知道到底应该翻译什么书籍。咱们一边翻译,一边出版,一边学习,三件事情同时做。我还能帮得上忙,因为我有经验。我跟出版商打交道已经快有两年了,对他们的全部底细了如指掌:并不是只有圣徒才会做瓦罐①。请你们相信我!咱们为什么,为什么要错过机会呢?而且我自己就知道有这样的两三本书可以去做——我一直严守着这个秘密,仅仅是翻译和出版这些书的主意,每本就能赚一百卢布,其中有一本书,就算有人肯出五百卢布,我也不会把这个主意告诉他的。况且你们想一想,就算我告诉了什么人,估计他还会畏首畏尾呢,全都是些笨蛋!至于印刷、纸张、发行等这类琐事,你们交给我就行啦!所有行情我都十分清楚!咱们先从小业务做起,再逐步扩大规模,至少可以混口饭吃,不管怎么说,肯定是可以回本的。"

杜尼娅的眼中闪烁着光芒。

"德米特里·普罗科菲伊奇,您讲的这些,我非常喜欢。"她说。

"我在这方面自然是一无所知的,"普莉赫里娅·亚历山德罗芙娜应声说道,"没准儿这是个好想法,不过那也只有上帝才知道。这个想

---

① 这是一句当地的谚语,这里的意思是"人人都会干"。

法倒是挺新奇,只是我不懂行。当然了,我们肯定会留在这儿的,至少会待上一段时日……"

她看向罗佳。

"你是怎么想的,哥哥?"杜尼娅说道。

"我觉得,他的点子非常好,"他答道,"当然了,先不必畅想创办企业,不过出版五六本书确实是可行的,而且肯定会成果斐然。我本人也知道一本著作,要是出版了的话,销路肯定不错。至于他提到他能做出版生意,这一点也是毋庸置疑的,因为他熟门熟路……不过你们还需要一段时间,详细商议一下……"

"乌拉①!"拉祖米欣高呼一声,"大家现在先别着急,眼前就有一套现成的住宅,就在这栋房子里面,也是这个房东的。这套住宅很特别,是独立出来的,跟这些旅馆客房并不相连,屋内配有家具,租金价位合适,里面有三个小房间。你们先把它租下来。至于那块表,我明天就去给你们典当,把钱拿回来,这样所有问题就都迎刃而解了。而且最重要的是,你们三个还能住在一起,罗佳也跟你们一起……喂,罗佳,你去哪儿啊?"

"怎么,罗佳,你准备走吗?"普莉赫里娅·亚历山德罗芙娜问,有些惊愕。

"现在这种时候,你要走!"拉祖米欣大声喊道。

杜尼娅望着哥哥,脸上流露出疑惑不解的惊讶神色。他手上拿着制帽,准备往外走。

"怎么你们好像在为我送葬似的,又或是在跟我永别呢。"他甚为古怪地开口说道。

---

① "乌拉"为俄语音译,该词没有具体含义,是表达强烈情感的语气词。

他似乎笑了笑，然而样子看起来又不像在笑。

"不过谁知道呢，没准儿这就是我们最后一次见面了。"他无意中补充了一句。

这原本只是他喃喃自语的话，但是不知为何，却被他出声说了出来。

"你怎么啦？"母亲高声惊呼。

"罗佳，你要去哪儿？"杜尼娅有些奇怪地问。

"是这样的，我有重要的事情要办。"他回答得含糊其词，仿佛有话要说，但是欲言又止。然而，在他那张惨白无色的脸上却有着某种决然的坚定。

"我想说的是……我过来的时候……就想对您说，妈妈……还有你，杜尼娅，我觉得咱们最好分开一段时间。我感觉不太舒服，我的内心里也不太宁静……我以后再过来，我会亲自来的，等到……能过来的时候。我一直把你们放在心上，我爱你们……请你们别管我了！让我一个人待着吧！我很早以前就这样决定了……我当真已痛下决心了……不论将来我会发生什么事情，不论我以后会不会死去，我都想要独自面对。请把我忘得一干二净吧。这样更好……别去打听有关我的消息。如有必要，我将会自己过来，或者……我会叫你们过来。说不定，到时一切都将重获新生……然而此刻，要是你们爱我的话，就跟我断绝往来吧……否则，我会恨你们的，我会感觉……别了！"

"我的天哪！"普莉赫里娅·亚历山德罗芙娜惊呼道。

不论是母亲还是妹妹，对此都惊愕不已，拉祖米欣也被他吓到了。

"罗佳，罗佳！你跟我们讲和吧，就像原来那样！"可怜的母亲疾呼道。

他缓缓转身走向房门，又缓缓从屋里走了出去。杜尼娅跑去追他。

"哥哥！你怎么能这样对待母亲呀！"她的声音很低，眼神里却燃起熊熊的怒火。

他痛苦地望了她一眼。

"没事，我会过来的，我会来的！"他轻声啜嚅道，仿佛并不完全清楚，自己到底想要说些什么，话音刚落，他便从屋里走了出去。

"真是个无情无义、自私心狠的人！"杜尼娅疾声叫道。

"他这是发——疯——啦，可不是无情无义啊！他是疯病发作了！难道您没看出来？您这样说他，才是无情无义啊！"拉祖米欣在她耳边激动地小声说道，紧紧握住她的一只手。

"我马上回来！"他转身朝面如死灰的普莉赫里娅·亚历山德罗芙娜高呼一句，随即跑出了房间。

拉斯科尔尼科夫正站在走廊的尽头处等他。

"我就知道，你肯定会跑出来的，"他说，"回到她们身边吧，你要陪着她们……明天也要待在她们这里……还要永远陪在她们身边。我……也许会来……若是有可能的话。别了！"

说完，他转身离开，并未跟拉祖米欣握手道别。

"你这是去哪儿呀？你怎么了？你这是怎么回事呢？怎么能这样呢……"拉祖米欣已完全束手无措，他含混不清地低声道。

拉斯科尔尼科夫再次停下了脚步。

"我最后重申一次，你不要再问我了，什么都别问。我无法给你任何回答……你也不要来找我。说不定我还会到这儿来的……你别管我了，但是……不要离开她们。你理解我的意思吗？"

走廊里昏暗无光，他们站在廊灯的旁边，有将近一分钟的时间，沉默地注视着对方。拉祖米欣一生都记得这一分钟。拉斯科尔尼科夫凝视着他，眼瞳闪闪发亮，仿佛随着每分每秒的流逝，这道目光变得愈加深邃，意欲穿透他的心灵，洞穿他的意识。拉祖米欣骤然间浑身战栗了一下。好似有种奇怪的东西在他们之间掠过……有一个想法一闪而过，仿佛是一种暗示。乍然之间，他们二人均发现有个可怕而又散乱的东西横亘在他们之间……拉祖米欣的脸色如死尸般惨淡。

"现在你明白了吗？"拉斯科尔尼科夫的脸上呈现出一种病态的扭曲，陡然说道，"回去吧，回到她们身边。"他忽然又补充了一句，然后快速转身，走出了这栋房子。

往下我就不再叙写了：当晚普莉赫里娅·亚历山德罗芙娜那里究竟情况怎样，拉祖米欣如何回到她们身边，如何劝慰她们，如何发誓，说必须得让罗佳好好休息养病，又是如何保证，说罗佳肯定会过来的，每天都会过来，他还说，罗佳现在心绪不佳，不应激怒他，还说他——也就是拉祖米欣——会观察罗佳的情况，为他找个好医生，找最好的医生为他会诊……总而言之，自那晚起，拉祖米欣已经成为她们的儿子和兄长。

第四节　索尼娅

　　拉斯科尔尼科夫径直朝运河旁边的一栋房子走去,那里是索尼娅的住处。这是一栋绿色的三层旧楼。他找到看门人,从这个人口中问出了裁缝卡佩尔纳乌莫夫家的大致位置。他在院子角落里找到一处入口,进去是一道狭窄、阴暗的楼梯,沿着楼梯往上走,终于爬上二楼,走进回廊。这条回廊靠近院子,环抱着整个二楼。正当他满心困惑地在一片漆黑中徘徊不定,摸索着卡佩尔纳乌莫夫家的大门时,突然,在距他三步之遥的地方,一扇门打开了,他下意识地把住了门边。

　　"谁?"一副女人的嗓音惶恐不安地问道。

　　"是我……我来找您。"拉斯科尔尼科夫回答,说完便往屋内狭窄的前厅走去。前厅摆着一把破破烂烂的椅子,椅子上放着一盏歪歪扭扭的铜烛台,烛台上燃着一支蜡烛。

　　"是您啊!天哪!"索尼娅轻声惊呼,一动不动地站在原地。

　　"您的房间怎么走?这边吗?"

　　拉斯科尔尼科夫极力不去瞧她,快步走进房间。

　　过了一会儿,索尼娅拿着一根蜡烛也走了进来,她把蜡烛摆好,站在他面前,一副惘然无措的样子,整个人处于一种难以言喻的激动中,显然,他的突然到访令她颇感惊讶。忽然,她那张苍白的脸上泛起红晕,眼中亦有泪水夺眶而出……她心中感到既难受,又惭愧,又甜蜜……拉斯科尔尼科夫快速转身,坐在桌边的一把椅子上。他浮光掠影地瞧了一眼，大致看清了房间的全貌。这间屋子很大，不过顶棚极低，卡佩尔纳乌莫夫家仅出租了这个小房间，左边墙上那道紧锁的房门就是他家。而在对面，右侧的墙壁上还有一扇门，这扇门紧紧锁着。门后的那间屋子属于隔壁的另一套住宅，上面标着另一个房号。索尼娅住的这间小屋酷似一间板棚，外观呈极不规则的四边形，因此整体显得有些不太像样。毗邻运河的那道墙上有三扇小窗，这面墙略微倾斜，使得小屋看上去仿佛被砍掉了一块似的，如此一来，有一处墙角的角度显得尤为尖锐，好像往某个纵深处嵌入一般，因此在光线微弱的时候，这个墙角甚至无法清晰地辨认出来；另一边墙角则是一个极不规则的钝角。在这间面积颇大的屋子里几乎没有几件家具。右侧的角落里摆着一张床，床边靠近门口的位置有一把椅子。依然是在有床的那面墙的一侧，通往另一户住宅的那道门的最边上，摆着一张很普通的木桌，桌上铺着一张蓝色桌布，桌边摆着两把藤椅。在对面那道墙的边上，靠近那个锐角的位置，摆着一个不太高的、普通木料制成的五斗柜，在四周空荡的陈设当中，它显得有些突兀。这便是这个房间的所有家具。屋内各个角落还贴着又烂又脏的浅黄色墙纸，现在已经开始发黑了；想必到了冬天，这里的空气会格外潮湿，煤气味也散不出去。贫穷是显而易见的，甚至连床边都没挂帷幔。

索尼娅沉默地望着自己的访客，此时此刻，对方正在毫不客气地仔细打量着她的房间，最后，她甚至害怕得浑身战栗起来，仿佛站在她面前的是审判员，是自己命运的裁决者。

"我来得有些晚了……有十一点钟了吗？"他开口问道，始终没有抬眼看她。

"有了，"索尼娅含混不清地说，"哦，对啊，都有十一点钟啦！"忽然，她连忙又补充了一句，仿佛解除她当下窘境的全部办法尽在于此,"房东家的钟刚才敲过了……我也听到了,有十一点钟啦。"

"这是我最后一次过来找您,"拉斯科尔尼科夫神色阴郁地继续说道,尽管这也只是他第一次来这儿,"可能,我以后再也见不到您了……"

"您……要离开吗?"

"不知道……一切明天就知道了……"

"这么说,您明天不去卡捷琳娜·伊万诺夫娜那里了?"索尼娅的声音在颤抖。

"不知道。一切就等明天早上了……这不是正事,我过来是想跟您讲一句话……"

他抬眼望着她,一副若有所思的神情,忽然发现,自己是坐着的,而她却始终站在他跟前。

"您怎么站着呀?请坐。"他说话的声音忽然变得温柔又亲切。

她坐了下来。他面色蔼然,近乎怀着同情望了她一会儿。

"您可真瘦呀!瞧瞧您这只手!简直毫无血色,手指就像死人的一般。"

他握住了她的一只手。索尼娅轻声笑了笑。

"我一直都是这样的。"她说。

"以前在家住时,也这样吗?"

"对。"

"哎,那也是当然的!"他说得时断时续,脸上的表情和说话的嗓音忽然又变了。他再次环视四周。

"这间屋子是您在卡佩尔纳乌莫夫那里租的?"

"对啊……"

"他们就住在这儿吗?在这扇门的后面?"

"对……他们住的也是这样的房间。"

"全家人就住在一个房间里？"

"就住在一个房间里。"

"要是让我住到您的房间里，夜里肯定会很害怕的。"他忧郁地说道。

"房东一家人很不错，非常殷勤周到，"索尼娅回答。她似乎还未回过神来，还没弄清现在的状况，"所有家具，所有的一切……全都是房东的。而且他们非常善良，孩子们也经常到我这里玩……"

"这家人说话都有些口吃吗？"

"对……房东说话口齿不清，而且是个跛子。他妻子也是……她倒也并非口吃，只是，她似乎总是不能把所有意思表达出来。她人很善良，非常善良……房东过去曾在地主家做用人。家里有七个孩子……只有老大说话口吃，其他几个孩子只是身上有病……并不口吃……您怎么知道他们的事情呢？"她有些惊奇地补充道。

"您父亲那时已将所有情况全都告知我了。他也把您的情况全都说给我听了……还有那次，您六点钟出门，八点多钟回家，还有，卡捷琳娜·伊万诺夫娜跪在您的床前，这些他都告诉我了。"

索尼娅神色赧然。

"我今天好像看见他了。"她踌躇不决地低声道。

"看见谁了？"

"父亲。当时八点多钟，我正走在街上，就在这附近，在街头的拐角处，他好像就走在我前面。那人真像他啊。当时我想顺便去找卡捷琳娜·伊万诺夫娜……"

"您出门溜达了？"

"对。"索尼娅简短地轻声道，说完又感到有些难为情，于是垂下了头。

"从前您在父亲家里住的时候,卡捷琳娜·伊万诺夫娜差点就要动手打您,对吗?"

"啊,没有,瞧您说的,瞧您这话说的,没有!"索尼娅甚至有些惊愕地看向他。

"那么您爱她吗?"

"她吗?怎——可——能不爱呢!"索尼娅满怀悲戚地拖着长调,说完,忽然痛苦地把双手绞在一起,"哎!您对她……如果您对她稍微了解一些就好了。其实她完全像个孩子……要知道她根本就像得了疯病一般……是积郁成疾。而她从前是多么有智慧……多么慷慨大度……多么善良呀!您对此一无所知,一无所知……哎!"

索尼娅说这些话的时候,双手紧紧揪在一起,激动而又苦恼,仿佛正处于绝望之中。她苍白的脸颊再次泛起红晕,眼中流露出痛苦的神色。显然她深受触动,非常想要吐露心声,想说些话为继母辩解。她的脸上突然显现出一种绵绵不绝的怜悯之情——如果可以这样形容的话。

"她打过我!您为何要提这些事呢!天哪,她打过我!就算她打过我,可那又怎样!那又怎么样呢?您对此一无所知,一无所知……她是如此的不幸,哎,她太不幸了!而且还疾病缠身……她追求公平……她是纯粹的人。她笃信不移地认为,凡事都有公平可言,还要求……即便她备受煎熬,也绝不做有违公道的事情。但是她本人并未意识到,要想使众人都秉持公平的准则行事,是不可能的,所以她才感到愤怒……她就像个孩子,像个孩子啊!她是公平的,是公平的!"

"可您怎么办呢?"

索尼娅疑惑不解地看着他。

"养活他们的重任不是落在了您的肩上吗？的确，之前他们也是靠您养活的，您已故的父亲还曾找您要钱买酒喝。哎，可眼下该怎么办呢？"

"我不知道。"索尼娅苦闷地说。

"他们会继续住在那里吗？"

"我不知道，他们还欠着租金，只是我听说，今天房东想要把他们赶走，而卡捷琳娜·伊万诺夫娜则说，她自己也一分钟都不愿继续在那里住下去了。"

"她怎敢如此逞能？难道要指望您吗？"

"哎，不是的，请您不要这样讲！……我们是一家人，我们相依为命，"索尼娅突然再次激动起来，甚至有些生气了，俨然一副金丝雀或是别的鸟儿生气的样子，"再说，她又能怎么办呢？哎，她又能怎么——怎么办呢？"她急切且激动地质问道，"她今天都哭过多少回了！她精神失常了，难道您连这一点都没看出来吗？她精神失常了。她有时像孩子一样慌乱不安，想把明天的酒席办得体面些，把下酒菜安排得妥当周全……有时攥紧双手，不停咯血，放声哭喊，还突然不停地把头往墙上撞，好像已经心灰意冷了。接着她又安慰起自己来，她把一切希望都寄托在您的身上。她说，如今您能够帮助她，她会想办法借点钱，然后回到自己的那座小城，我也跟着一起回去，她要给贵族出身的小姐们办一所寄宿学校，让我担任学监，我们会过上美好的新生活，她还亲吻我，拥抱我，宽慰我，要知道她对此是那样的深信不疑！她真的相信，这些幻想可以成真！哎，难道我们还能反驳她吗？其实，今天她一整天都在洗衣服，打扫卫生，还自己修补洗衣盆，她都那样虚弱了，却还自己一个人把洗衣盆拖进房间，整个人累得虚脱，直接倒在了床上。今天早上我跟她一起出了趟门，给波莲卡和廖尼娅[①]买鞋，因为她们的鞋都穿破了，不过我们的预算不够，远远不够，而她眼光独到，挑了一双特别好看的小皮鞋，您不知道……当时就在店里，她当着几个店员的面哭了起来，因为钱不够……哎，这一幕看着，真叫人觉得可怜。"

"哎，要是知道你们过的是……这样的生活，这些也就可以理解了。"拉斯科尔尼科夫苦笑着说。

"难道您不觉得可怜吗？不觉得可怜吗？"索尼娅又诘问道，"其实我知道，早在您什么都没有看到的时候，就把自己手里最后一点钱送给了她。那么假如您看到这一切的话，上帝呀！可我曾有多少次、多少次惹得她伤心落泪呀！上星期就有过一次！哎，我呀！就在父亲去世前一星期。当时我太残忍了！多少次啊，这种事情我干过多少次了。哎，现在回想起这些事来，我整整一天都会觉得心痛不已！"

由于这些回忆令她感到痛苦，索尼娅说话的时候甚至紧紧攥着双手。

"难道是您残忍吗？"

"对，是我，就是我！那次我去他们那里的时候，"她哭着继续说道，"父亲说：'索尼娅，你给我读一下，我的头有些痛，你给我读读……这本书。'这本书是列别佳特尼科夫先生的，他就住在那栋房子里，父亲经常从他那儿弄来几本这样可笑的小书。可我却说：'我该走了。'我才不想给他读呢，我去他们那里，主要是想给卡捷琳娜·伊万诺夫娜看几条衣领。女商贩莉扎薇塔给我拿了几条绣花的活衣领和套袖，美观大方，样式新潮，价格还很便宜。卡捷琳娜·伊万诺夫娜特别喜欢，她戴上之后，在镜子跟前比量了一下，非常非常喜欢，于

[①] 在前文中这个小姑娘叫莉达。

是她说：'索尼娅，请你把它们送给我吧。'她请求我送给她，她是那么想要这些东西啊。可是她哪里用得上呢？只因这些东西能使她想起过往的幸福时光！当时她在镜子里看着自己，欣赏着自己，她连一件像样的衣服都没有，什么衣服都没有，就这样将就了多少年呀！但是她从未向任何人伸手要过什么东西。她性子要强，宁愿把自己最后一点东西送给别人，也不愿伸手去要，可是这会儿，她却向我开口了——可见她多么喜欢这些东西！可我却舍不得给她，我说：'卡捷琳娜·伊万诺夫娜，您要它们有什么用呢？'我就是这么说的——'有什么用呢？'我真不该对她说这句话啊！当时她用那样的眼神看了我一眼，我的拒绝让她多么难过啊，她那个样子真让人心疼……我看得出来，她并不是因为得不到那几条活衣领而难过，而是因为我拒绝了她。哎，我在想，假如现在我能把这些话收回，把过去改写，该有多好啊……哎，我呀……我怎么会这样啊！……不过，在您看来，这些算不上什么！"

"这个女商贩莉扎薇塔，您认识？"

"对……难道您也认得她吗？"索尼娅有些惊讶地问道。

"卡捷琳娜·伊万诺夫娜染上了肺病，病得很严重，她就快不久于人世了。"拉斯科尔尼科夫沉默了良久说，并没有回答她的问题。

"啊，不，不，不！"索尼娅本能地抓住他的双手，似乎在乞求他，不要让她死。

"不过她若是死了，你们的情况会好些。"

"不要，不会好的，不会好的，一点都不会好的！"她惊恐不安，不由自主地重复道。

"那孩子们呢？要是他们不跟着您生活，您又能把他们送到哪里呢？"

"哎，我也不知道！"索尼娅双手抱着脑袋，近乎绝望地大喊。显然，这个念头已在她的脑海里闪现过无数次了，而他只是再次唤醒了这个念头。

"嗯，假如在卡捷琳娜·伊万诺夫娜在世的时候，也就是现在，您生病了，被送进了医院，那时将会怎样？"他残酷无情地执意说道。

"哎呀，您怎么这样说呢，您怎么这样说呢！这种事是不可能发生的！"索尼娅惊恐万分，脸色大变。

"怎会不可能呢？"拉斯科尔尼科夫脸上露出一抹残酷的冷笑，继续说道，"您没上过保险吧？到时他们该怎么办呢？他们全家将会流落街头，而她会一边咳嗽不止，一边苦苦哀求，还会像今天这样，把头往墙上撞，而孩子们会哇哇大哭……她还会当街晕倒，被送进警察分局，再被送进医院，然后死去，而孩子们……"

"啊，不！这种事情上帝是不会允许发生的！"终于，这句话从索尼娅的胸膛里冲将出来。她一边听着，一边带着乞求的神情望着他，双手合十，沉默无言，仿佛一切都由他定夺。

拉斯科尔尼科夫站起身来，开始在房间里来回踱步。一分钟过去了。索尼娅站在原地，垂下双手，耷拉着头，心灰意冷。

"您不能攒些钱吗？您能不能攒点钱，以备不时之需？"他突然停在她面前，问道。

"不行。"索尼娅轻声说道。

"当然不行！但您试过吗？"他几近嘲笑地补充了一句。

"我试过。"

"但是没有攒成！哎，那是当然了！那还用问吗！"

说着，他又开始在房间里踱来踱去。又过了一分钟。

"您并非每天都能赚到钱吧？"

索尼娅比刚才更难为情了,她的脸上再次泛起红晕。

"不是。"她小声嗫嚅着,痛苦地勉强说出了口。

"想必波莲卡也会干这个行当。"他忽然说道。

"不!不!这不可能,不!"索尼娅似乎陷入绝望之中,她放声高呼,仿佛突然被人用刀刺中了一般,"上帝,上帝不会容许这种可怕的事情发生的!"

"可他还让别人发生这种事了呢。"

"不,不!上帝会庇佑她的,上帝……"她惊慌失措,口中反复念叨着。

"可是,也许所谓的上帝压根就不存在。"拉斯科尔尼科夫甚至有些幸灾乐祸地答道,他笑着望向她。

索尼娅的面色骤然大变,她的脸抽搐了一下。她望了他一眼,神色中带着难以言喻的责备,她本想说些什么,但什么话都说不出来,只是忽然用手捂住脸,悲痛地号啕大哭起来。

"您说,卡捷琳娜·伊万诺夫娜精神失常了,不过,您看上去倒是精神失常了。"他沉默片刻,开口说道。

五分钟过去了。他始终沉默不语,来回踱步,并不去瞧她。终于,他走到她跟前,目光炯炯。他用两只手抓住她的肩膀,直视她那布满泪痕的脸庞。他的目光冷峻、狂热而又锐利,嘴唇在剧烈地颤抖……忽然,他迅速俯下身去,整个人伏在地板上,吻了一下她的脚。索尼娅吓得连忙往后躲,仿佛躲开一个疯子。的确,他看起来确实如疯子一般。

"您怎么,您怎么这样?竟跪在我面前!"她面色煞白,含混不清地说,突然感到心如刀绞。

他随即站起身来。

"我跪拜的并不是您,我跪拜的是人类的所有苦难。"他颇为怪异地说,语罢,退至窗边。"听我说,"过了一会儿,他又回到她的身边,补充道,"不久之前,我曾对一个出言不逊的人说,他连你的一根小指头都比不上……我还说,今天我曾让妹妹与你同席而坐,这令她倍感荣幸。"

"哎呀,您怎么跟他们说这种话!而且还是当着她的面说?"索尼娅惊惶不安地叫道,"跟我同席而坐!倍感荣幸!要知道我可是个……很不光彩的人,我是个天大的罪人啊!哎,您怎么跟他们说这些话?"

"我之所以说这些话,并非因为你所承受的耻辱和罪恶,而是因为你所背负的沉重的苦难。至于你说,你是一个天大的罪人,这也不无道理,"他近乎兴奋地继续道,"你之所以是罪人,最重要的原因在于,你白白地糟蹋和出卖了自己的灵魂。难道这还不可怕吗?你生活在这片连你自己都厌憎的泥潭之中,而且你自己也知道(只要睁开眼睛,就能看得出来),你这样做无益于任何人,更无法将任何人从困境中拯救出来,难道这还不可怕吗?那么,最后请你告诉我,"他近乎癫狂地说,"在你心里,这样的耻辱,这样的卑劣,如何能跟其他那些与之截然相反、高雅圣洁的情感同时并存呢?要知道,投湖自尽、一了百了才是较之更加正当的做法,正当一千倍,合理一千倍!"

"可他们怎么办?"索尼娅饱含痛楚地看了他一眼,虚弱无力地问,不过,听到他的这个建议,她似乎丝毫未觉惊讶。拉斯科尔尼科夫纳罕地看了看她。

仅从她的一个眼神,他便读懂了一切。想必她心里早已产生这个念头了。说不定这个念头已在她的脑海里郑重其事地预演过许多次,因此他的建议并没有使她大吃一惊。她甚至没有注意到他言辞中的残酷无情(当然,她也没有注意到他话语中的责备意味,以及他对于她的耻辱的特殊看法,这一点他能看得出来)。然而,他完全可以理解,她早就知道自己的身份卑贱而又可耻,这个认知令她痛不欲生,备受煎熬。他一度在想,到底是什么,是什么因素使她没有做出轻生的决定?直到此刻,他才彻底明白,那几个贫穷且幼小的孤孩,以及那个可怜的、半疯半癫的、罹患肺病的、把头往墙上撞的卡捷琳娜·伊万诺夫娜对她而言意味着什么。

尽管如此,他仍然明白,按照索尼娅的秉性和她所受到的教育,她无论如何也不会甘于就此度过一生。因而他仍有一个问题:倘若她无法投水自尽的话,为何她在身陷此般境遇如此之久的情况下,却并未发疯?当然他明白,索尼娅的境遇是社会中的偶然现象,尽管不幸的是,这种境遇远非个例,也不罕见。然而,或许恰恰是这样的偶然性、这样的教育水平以及她过往的全部人生历程,在她朝着这条令人憎恶的道路迈出第一步的时候,便立刻将她杀死。究竟是什么在支撑着她?不会是淫荡吧?要知道,这份耻辱显然仅是机械性地触及她的肉身,而真正的淫荡丝毫未曾浸染她的心灵。这一点他能得出来,站在他面前的她,是真实的……

"她有三条路可走,"他心想,"或是投水自尽,或是进疯人院,或是……或是,最终堕入神志昏聩、心灵麻木的淫荡之中。"最后一个想法是最令他感到厌恶的,然而,他是个怀疑论者,而且年纪尚轻,超然不群,想法也残忍无情,因而他无法不去相信,最后一条道路,也即淫荡之路,是最有可能发生的。

"可是,这难道是真的吗?"他暗自惊呼,"难道这个依然保有纯粹精神的人,会自己堕入如此浊臭肮脏的泥沼之中吗?难道这种堕化已经开始了吗?难道仅仅因为她能够忍耐至今,于是荒淫在她看来现已没那么可憎了吗?不对,不对,这不可能!"他激动地大喊,就像索尼娅刚才那样,"不对,使她至今没有投水轻生的是她对于罪恶的想法,还有他们,那些……如果她至今还没有发疯的话……不过,谁说她现在还没发疯呢?难道她现在神志清醒吗?难道神志清醒的人会像她这样讲话吗?会像她这样思考吗?会这样坐在覆灭的边缘,凭临那已然令她泥足深陷的浊臭泥沼,在听到危险警告的时候,还摆摆手,充耳不闻吗?莫非她在等待什么奇迹?也许是这样吧。难道这一切不是精神错乱的征兆吗?"

他执意将思绪停留在这里。较之其他假设,他甚至更喜欢这个出路。于是他开始更加专注地端详她。

"索尼娅,你经常这样向上帝祈祷吗?"他问她。

索尼娅默然不语,他站在她跟前,等待着回答。

"如果没有上帝的话,我该怎么办呢?"她突然抬头望了他一眼,目光炯炯发亮,同时把他的一只手紧紧握在手里,飞快地低声说道,语声坚定。

"嗯,她果真精神错乱了!"他心想。

"可是上帝为你做了什么呢?"他不依不饶地继续追问。

索尼娅沉默良久,似乎无法做出回答。由于激动,她那单薄的胸膛在瑟瑟发抖。

"请您不要说了!也别问了!您不配!"她突然严厉又愤怒地望向他,高声喊道。

"果真如此!果真如此!"他在心中坚定地反复道。

"他什么都做了!"她再次垂下头来,飞快地小声说。

"这便是出路!这便是对这条出路的解释!"他带着贪婪的好奇端详着她,在心里做了判断。

他怀着一种全新而又奇异的、近乎病态的情感细细打量着她——

这张苍白瘦削、不甚规则但却棱角分明的小脸，这双温顺的淡蓝色眼睛，眼中还闪烁着如此炽烈的火焰，饱含着如此刚强而又坚定的感情，还有这副瘦小的身躯，由于愠怒未消，还在瑟瑟发抖——这一切都让他感到愈发奇怪，甚至不可思议。"真是个狂热的信徒！真是个狂热的信徒！"他在心里反复地说。

五斗柜上搁着一本书。他每次踱着步子经过那里的时候，都能注意到它，现在，他拿起这本书，看了一眼。这是一本俄译版的《新约全书》，皮质封面，半新不旧。

"这书是从哪儿来的？"他隔着整间屋子对她大声说道。她依旧站在距桌子三步之远的那个位置。

"别人拿给我的。"她似乎有些不太情愿地回答，并没有看向他。

"谁拿来的？"

"莉扎薇塔拿来的，是我向她要的。"

"莉扎薇塔！真奇怪！"他心想。在他看来，索尼娅的一切似乎变得越来越怪诞不经，越来越不可思议。他把书拿到蜡烛旁边，开始翻阅起来。

"书里关于拉撒路的段落在哪里？"他忽然问道。

索尼娅执拗地盯着地面，没有回答。她微微侧着身子，站在桌边。

"拉撒路复活的段落在哪里？给我找找，索尼娅。"

她乜斜着眼睛，瞧了他一眼。

"别在那里找……在第四篇福音里……"她冷淡地小声说，但并未走近他。

"你把它找到，读给我听。"说完，他坐了下来，手肘抵在桌上，一只手撑住脑袋，神色忧郁地望向一边，目不转睛地凝视那个方向，做好了聆听的准备。

"再过上三个星期,那个距此七俄里①的地方会欢迎我的!倘若情况还没变得更糟的话,估计到时我会自己过去的。"他兀自咕哝着。

索尼娅疑惑不解地听完拉斯科尔尼科夫说出这个奇怪的请求,踌躇不决地走到了桌边。不过,她还是把书拿了起来。

"难道您没读过吗?"她隔着桌子朝他瞥了一眼,蹙眉问道。她的嗓音变得愈加严肃起来。

"是很久以前读的……上学的时候。你读吧!"

"在教堂里没听过吗?"

"我……不去教堂。你经常去吗?"

"没——没有。"索尼娅轻声地说。

拉斯科尔尼科夫冷笑了一下。

"我理解……这么说,明天父亲的葬礼你也不去了?"

"我会去的。我上个星期就去过了……我做了安魂弥撒。"

"给谁做?"

"莉扎薇塔。她被人用斧头砍死了。"

他感觉头晕目眩,神经愈发疼痛起来。

"你跟莉扎薇塔关系很好吗?"

"是的……她是个讲求公道的人……她来过……不常来……因为她来不了。我和她一起看书……讲话。她会见到上帝的。"

这几个书面词汇在他听来有些奇怪,他又有了新发现:她和莉扎薇塔之间存在某些相似之处,而且两人都是狂热的信徒。

"待在这儿的话,连我自己也会变成狂热的信徒的!会传染的!"他心想。

---

① 在距离圣彼得堡市区七俄里的乌杰利纳亚有一家疯人院。

"你读吧!"他忽然坚决而又愠怒地高声喊道。

索尼娅始终摇摆不定。她的心在猛烈地跳动。不知为何,她有点不敢读给他听。她近乎痛苦地望着这个"不幸的疯子"。

"您听这个干什么?您不是不信吗?"她轻声说,似乎有些喘不上气来。

"你读吧,我就是想听!"他坚持道,"你不是还给莉扎薇塔读过吗?"

索尼娅把书打开,找到那处位置。她的双手在颤抖,声音发不出来。她试了两次,但怎么也无法发出第一个音节。

"有个患病的人,名叫拉撒路,住在伯大尼……①"终于,她竭力发出了声音,然而,从第三个音节开始,她的声音变得无比尖细,犹如一根绷得过紧的琴弦,忽然断了。她喘不过气来,胸口窒闷难耐。

在某种程度上,拉斯科尔尼科夫可以理解,索尼娅为何不愿给他读,而且他对此理解得愈多一分,便愈加粗鲁、愈加愤怒地执意要她读出来。他再清楚不过了,此刻对于索尼娅而言,说出并暴露自己的一切是件多么痛苦的事情。他明白,这些感觉也许确实就是那个真正的秘密,那个早已压在她心头的秘密,说不定早在青春期的时候,当她还在家时,当她与不幸的父亲、愁得发疯的继母和饥饿的孩子们共同生活,耳边充斥着叫喊和责骂的时候,这个秘密便已然在她心中萌生。然而此刻他却知道,并且笃定地知道,虽然现在开始读这些内容会令她倍感煎熬,还会产生一种极度的恐惧,尽管她愁肠百结、顾虑重重,但她自己却不由自主地急切地想要把它读完,而且偏要读给他听,而且必须是此时此刻——"不论后果将会怎样!"……这些内

---

① 语出《新约全书·约翰福音》第十一章。

容他是从她的眼睛里读出来的,是从她欣喜若狂的波动情绪中领会到的……她极力平复自己的心绪,抑制喉头的痉挛——这阵痉挛使她的声音从第一节起便戛然而止——继续念《约翰福音》的第十一章。就这样,她读到了第十九节:

"有好些犹太人来看马大和马利亚,要为她们的兄弟安慰他们。马大听见耶稣来了,就出去迎接他。马利亚却仍然坐在家里。马大对耶稣说:'主啊,你若早在这里,我兄弟必不死。就是现在,我知道,无论你向上帝求什么,上帝必赐给你。'"

读到这里,她羞愧地预感到,自己的声音会再次打战并中断,于是又停顿了一会儿……

"耶稣说:'你兄弟必然复活。'马大说:'我知道在末日复活的时候,他必复活。'耶稣对他说:'复活在我,生命也在我;信我的人,虽然死了,也必复活。活着信我的人,必永远不死。你信这话吗?'"

读到这里,索尼娅似乎痛苦地换了一次气,然后铆足气力、字顿分明地读完了最后的部分,仿佛是她自己在大声倾吐心声。

"马大说:'主啊,是的,我信你是基督,是上帝的儿子,就是那要临到世界的。'"

她本想停下来,不过很快就克制住自己,只是抬起头飞快地望了他一眼,然后继续往下念。拉斯科尔尼科夫一动不动地坐在那儿听着,并未把脸转过来,手肘仍抵在桌上,眼睛盯着某个方向。她读到了第三十二节。

"马利亚到了耶稣那里,看见他,就俯伏在他脚前,说:'主啊,你若早在这里,我兄弟必不死。'耶稣看见她哭,并看见与她同来的犹太人也哭,就心里悲叹,又甚忧愁。便说:'你们把他安放在哪里?'他们回答说:'请主来看。'耶稣哭了。犹太人就说:'你看他爱这个人是何等恳切。'其中有人说：'他既然开了瞎子的眼睛，怎会不能叫这人不死？'"

拉斯科尔尼科夫转过头来，激动地看着她：是的，就是这样！她已浑身战栗，真正处于狂热的状态中。他对此早有预料。她就要读到那句话了，就要接近那个最伟大的、前所未闻的奇迹了，她的心头充盈着一股盛大的欢腾，嗓音变得如银铃般清脆响亮，洋溢着欢欣和愉悦，这使得她的声音中多了几分力道。由于她激动得两眼发黑，眼前的一行行文字实在难以辨认，但她早已将所读的内容烂熟于心了。读到最后一节"他既然开了瞎子的眼睛……"的时候，她压低嗓音，激动而狂热地传达着对于那些不信上帝的人和瞎眼犹太人的怀疑、责备与斥骂，再过不久，这些人将如遭雷击般深感震惊，跪伏在地，放声恸哭，开始相信上帝……"而他，他也是瞎了眼睛，不信上帝的人——马上他也会听到，获得信仰，是的，是的！马上，立刻！"她幻想着，心头不禁涌起快乐的希冀，浑身颤抖起来。

"耶稣又心里悲叹，来到坟墓前。那坟墓是个洞，有一块石头挡着。耶稣说：'你们把石头挪开。'那死人的姐姐马大对他说：'主啊，他现在必是臭了，因为他死了已经四天了。'"

读到"四"的时候，她慷慨激昂地加重了语气。

"耶稣说：'我不是对你说过，你若信，就必看见神的荣耀吗？'他们就把石头挪开。耶稣举目望天说：'父啊，我感谢你，因为你已经听我。我也知道你常听我，但我说这话，是为周围站着的众人，叫他们信是你差了我来。'说了这些话，就大声呼叫说：'拉撒路出来！'那死人就出来了。"

她浑身战栗，躯体发冷，极其兴奋地大声读完了这段话，如亲眼所见一般。

"手脚裹着布,脸上包着手巾。耶稣对他们说:'解开,叫他走!'那些来看马利亚的犹太人,见了耶稣所作的事,就多有信他的。"

她没有再读下去,也无法再读了,她合上书,快速从椅子上站了起来。

"这就是拉撒路复活的全部内容。"她忽然冷淡地小声说了一句,随后,一动不动地站在原地,扭头望向一边,不敢抬眼看他,似乎也很不好意思看他。她身上那阵狂热的战栗仍未退去。在那盏歪歪扭扭的烛台上,烛头早就快要燃尽了,在这间极其简陋的房间里,它以微弱的光线照着一个杀人犯和一个妓女,这两个人正奇怪地坐在一起,读一本永恒的书。时间过去了五分钟,抑或更久。

"我来,是想跟你说一件事情。"拉斯科尔尼科夫忽然皱着眉头朗声说道,他一边说,一边站起身来,走向索尼娅。后者默默地抬眼看他。他的目光尤为冷峻,眼神中显露出某种强烈的决心。

"我今天抛下了我的家人,"他说,"抛下了母亲和妹妹。现在我不会再去找她们了。我已经跟她们彻底断绝来往了。"

"为什么?"索尼娅问,似乎感到非常震惊。不久以前与他母妹的那次见面在她的心里留下了非比寻常的印象,尽管就连她自己对这种印象也不甚清晰。听到他与家人决裂的消息,她几乎感到震惊。

"如今我只有你一个人了,"他补充道,"我们一起上路吧……我是过来找你的。我们都是被诅咒的人,我们就一起上路吧!"

他的眼睛炯炯发亮。

"他真的精神错乱了!"索尼娅心中冒出同样的想法。

"去哪儿?"她不由得后撤一步,惊惶不安地问道。

"我怎么会知道呢?我只知道,我们走的是同一条路,这一点我确信无疑——而且只知道这一点。我们目标一致!"

她望着他，心中茫然不解。她唯一理解的是，他非常不幸，不幸至极。

"就算你告诉她们，她们也什么都不能理解，谁都理解不了，"他继续道，"可我明白。我需要你，所以我就过来找你了。"

"我不理解……"索尼娅啜嚅道。

"你以后会理解的。难道你不也做了同样的事吗？你也跨过了……你能跨过去的。你在自杀，你毁掉了自己的……一生（反正都一样）。你原本可以凭精神和理智生活，如今却只能在干草广场①虚度一生……不过，你是承受不住的，如果你仍旧独自苦苦支撑，准会像我一样发疯的。你现在的样子很像精神失常，因此，咱们得一起上路，走同一条路！咱们走吧！"

"为什么？您为什么说这个？"索尼娅开口问道，他的话使她激动不已，内心甚感诧异，动荡不安。

"为什么？因为不能再这样下去了……这就是原因！是时候严肃地考虑一下，做出决定，不能再像孩子那样啼哭叫喊，说什么'上帝是不会准许的'！卡捷琳娜·伊万诺夫娜身染肺疾，神志不清，即将不久于人世，可是孩子们怎么办呢？难道波莲卡不会堕入绝境吗？难道你没看见街上那些孩子吗？他们都是被母亲打发出去行乞的！我知道这些母亲住在什么样的地方，身处怎样的环境。在那样的环境下，孩子不可能再是孩子了。在那样的环境下，七岁的孩子会被教坏，变成小偷。可你要知道，孩子就是基督的形象：'因为天国是他们的。②'他吩咐说，要尊重他们，爱他们，他们就是未来的人……"

---

① 此处"干草广场"指风月场所。
② 语出《圣经·新约全书·马太福音》第五章第十节。

"怎么办，该怎么办呢？"索尼娅紧紧攥着双手，歇斯底里般地哭着反复道。

"怎么办？毁灭应该毁灭的东西，一劳永逸地毁灭它们，只能如此；还要主动去承受苦难！怎么？没懂吗？以后会懂的……毁灭自由和权力，主要的就是权力！统治浑身战栗的生灵的权力，统治如蝼蚁般渺小的众生的权力……这就是目的！你要记住这句话！这是我给你的临别赠言！也许，这是我最后一次跟你说话了。如果明天我没有过来的话，那么你会听说一切的，到时你会想起我现在所说的话。而在若干年后，在将来的某个时刻，当你拥有了足够的生活阅历，也许你就能理解这些话的意思。如果明天我过来的话，我会告诉你，是谁杀了莉扎薇塔。别了！"

索尼娅害怕得浑身战栗了一下。

"难道您知道，是谁杀了她吗？"她被吓得神色呆滞，怪异地望着他问。

"知道，而且我会告诉……你的，只告诉你一个人！我选定了你。我来找你，并不是为了请求宽恕，只是为了告诉你。我早已选定了你，要将这些告诉你，早在你父亲给我讲述你的故事的时候，早在莉扎薇塔还活着的时候，我就这样想过了。别了。你不用跟我握手了。明天见！"

他走了出去。索尼娅望着他，仿佛望着一个精神失常的人，然而就连她自己也好像神经错乱一般，她自己也感受到了这一点。她感到头晕目眩，心中暗暗地想："上帝啊！他怎么知道是谁杀了莉扎薇塔呢？这些话是什么意思？这可真奇怪呀！"可这时，她的脑海里并未出现过那个想法。绝不可能！绝不可能！……"啊，他肯定特别的不幸！他抛下了自己的母亲和妹妹。为什么呢？发生什么了？他在筹划什么呢？他为什么要对我说这些话呢？他亲吻了我的脚，还说……说（是的，这句话他说得清清楚楚）他没了我就无法活下去……哦，上帝啊！"

整整一夜，索尼娅都处于寒热发作的梦呓之中。她时而一跃而起，时而恸哭不已，时而紧紧攥着双手，时而再次陷入寒热交迫的梦呓，昏睡不醒，她梦到波莲卡、卡捷琳娜·伊万诺夫娜和莉扎薇塔，梦到自己在读福音书，还梦到了他……他，他脸色苍白，目光灼灼……他吻了吻她的双脚，流着眼泪……哦，上帝啊！

在右侧那道门的后面，也就是将索尼娅的房间和盖尔特鲁达·卡尔洛芙娜·列斯莉赫的房间分隔开的那道门的后面，有一间空闲已久的小隔间，它是列斯莉赫太太那套房子里用来出租的房间，大门上还挂着此房的招租牌，毗邻运河的那扇玻璃窗上也贴有招租条。一直以来，索尼娅习惯性地认为，这个房间是无人居住的。然而，在刚才这段时间里，斯维德里盖洛夫先生就站在这个空房间的门边，躲在门后偷偷听着。当拉斯科尔尼科夫出门的时候，他又在原地站了一会儿，思索片刻，然后踮着脚尖走回了自己的房间，也就是这个空房间的隔壁，他搬来一把椅子，将它轻手轻脚地摆在通往索尼娅房间的那道门的边上。这番对话在他看来颇富趣味，而且意义非凡，他特别喜欢——所以他特意搬来一把椅子，好让自己日后——譬如明天——再听的时候，双腿不必再忍受站一整个钟头的苦楚，而是将条件安排得更舒适些，以便在各个层面上获得充分的愉悦。

第五节　与波尔菲里正面交锋

次日上午，十一点整，拉斯科尔尼科夫走进某警察分局侦查科，请人禀报波尔菲里·彼得洛维奇，说他已经到了，后者却迟迟没有接见他，这让他倍感诧异：至少过了十分钟，他才被叫进去。他原本估计，他们应该会立刻向他抛来诸多问题。然而，当他站在接待室里，那些从他身边走过的人，看起来都不像是过来找他谈事情的。后面那间类似办公室的小屋里坐着几个写材料的文书，显然，他们甚至不知道拉斯科尔尼科夫是谁，是来干什么的。他惴惴不安，用怀疑的目光打量着周遭的一切，暗中观察自己身边是否有卫兵，是否有被派来监视他的隐秘目光，以防他溜走。可是什么都没有，他看到的只是几个心事重重的办公人员，还有一些过来办事的人，他们谁都没有理会他，即便他现在擅自离开，天南海北随便去什么地方，也没人管他。有个想法在他的心里变得越来越坚定：假如昨天的这个神秘人，这个从地底下冒出来的幽灵，他什么都知道，而且目睹了一切的话，难道他们会让他——拉斯科尔尼科夫——现在如此从容地站在这里，安然无事地等待吗？难道他们会在这里等到十一点钟，恭候他的到来吗？由此可见，要么那个人还什么都没有说出去，要么……要么就连他自己其实也根本什么都不知道，他什么场景都未曾亲眼看见（况且，他怎么可能看见呢），因此，这一切，昨天发生在他拉斯科尔尼科夫身上的一切，同样只是他在受到刺激之后、由病态的臆想夸大而成的幻影罢了。

甚至早在昨天,在他的恐慌不安最为浓烈的时候,在他陷于绝望的时候,这个猜想便开始在他心中逐渐牢固。他现在将这一切反复思量,做好准备,投入新的战役当中,可他竟突然感觉自己在发抖——当他意识到,自己因害怕跟可恶的波尔菲里·彼得洛维奇见面而浑身发抖的时候,内心升腾起一阵不可遏制的怒意。对他而言,最可怕的事就是再次跟这个人见面,他对这件事恨入骨髓,他甚至担心,自己的恨意会不甚将自己暴露出来,而他的怒意又是如此的强烈,以至于这股战栗霎时间停了下来。他准备在待会儿进去的时候,摆出一副冷漠无礼的样子,并且下定决心,尽可能少说话,多观察,留神听,至少这一次他无论如何也要克服自己那病态且容易被激怒的性格。恰在此时,有人来叫他,让他去见波尔菲里·彼得洛维奇。

原来,波尔菲里·彼得洛维奇正独自待在办公室里。他这间办公室大小适中,屋内的陈设是这样的:一张漆皮布面沙发,沙发前面摆着一张很大的写字台,还有一张办公桌,角落处摆着一个橱柜,还有若干把椅子——这些全是公家发放的家具,由抛光打磨后的黄木制成。在角落的位置,屋后的那面墙上——不如说是屋后的那面挡板上,有一扇紧锁的门,想必在那面挡板的后面,应该连着一些别的房间。拉斯科尔尼科夫进门以后,波尔菲里·彼得洛维奇立刻将前者进门时所走的那扇门虚掩上,于是现在屋里仅有他们两个人。他过来迎接自己的客人,看起来相当愉快,亲切备至,只是几分钟过后,拉斯科尔尼科夫才从某些迹象中发觉,此人似乎有些张皇失措——他好像突然被弄糊涂了,抑或被人撞见了心中不为人知的秘密。

"啊,最尊敬的朋友!瞧,您也……到我们这个小地方来啦……"说着,波尔菲里朝他伸出双手,"嗯,请坐,老兄!可能您不喜欢我将您称作最尊敬的朋友和……老兄——您觉得这样过于亲昵①了，对吗？请别将它视作狎昵无礼的言辞……请往这边坐，坐在沙发上。"

拉斯科尔尼科夫坐了下来，一直紧紧盯着他。

"到我们这个小地方来"、对于狎昵无礼的致歉、法语"亲昵"等等——这些都是他性格特点的表现。

"他虽然向我伸过来了两只手，但一只手都没有跟我握，适时地缩了回去。"一丝疑虑在他的脑海里一闪而过。两个人都在观察着对方，然而他们的目光只要稍一交汇，便如闪电般迅速地将自己的目光从对方身上移开。

"申请书我给您带来了……是关于那块手表的……喏。这样写可以吗？还是需要重写呀？"

"什么？申请书？对，对……请不要担心，这样写就行，"波尔菲里·彼得洛维奇匆匆开口说道，似乎急着到哪里去似的，说罢，他才接过申请书，看了看，"对，就是这么写的。其他一概不需要。"他说得依然很急促，说完就将申请书放在了桌上。大概过了一分钟，当他已经在讲其他事情的时候，又把申请书从桌上拿起来，放在自己的办公桌上。

"您昨天好像说过，您想问我……正式地询问……关于我和这位……被杀死的老太婆之间的情况？"拉斯科尔尼科夫又开口说道。

"哎，我为什么要加上'好像'这个词呀？"这个想法如闪电般从他的脑海里一闪而过，"哎，我又干吗要纠结加了'好像'这个词呢？"另一个想法又如闪电般从他的脑海里飞速闪过。

他突然觉得，他和波尔菲里仅仅是稍稍接触，说了两句话，交换了两回目光，他的疑心病就已经瞬间演变至无以复加的地步……而且

---

① 此处原文为法语。

这是极其危险的，神经愈发紧张起来，不安感也愈加强烈。"糟了！糟了！我又说漏了……"

"对——对——对！请您别担心，时间来得及，时间来得及。"波尔菲里·彼得洛维奇一边低声说，一边在桌边踱着步子，不过他似乎毫无目的，时而快步走到窗边，时而来到办公桌前，时而再次回到写字台前，时而避开拉斯科尔尼科夫疑惑的目光，时而又忽然在原地站定，目不转睛地看着他。这时，他那副圆滚滚、胖乎乎的矮小身躯看上去尤为奇怪，仿佛一只滚来滚去的皮球，撞到墙和物体的角上，马上又弹了回来。

"咱们来得及，咱们来得及！您抽烟吗？您有烟吗？给，来根烟吧……"说着，他为客人递上一根香烟，"您知道吗，我在这里接待您，而我住的房间其实也在这里，在挡板后面……是公家提供的住房，但我目前还住在自己租的房子里，临时住一段时间。这里需要整修一番。眼下几乎快要完成了……您要知道，公家提供的住房，可真是棒极啦——是吧？您觉得如何呢？"

"没错，棒极了。"拉斯科尔尼科夫几乎带着一抹冷笑看着他，答道。

"棒极了，棒极了……"波尔菲里·彼得洛维奇反复念叨着，好像突然开始思忖某件与之毫不相关的事情，"是的！棒极了！"最后，他差点高呼呐喊起来，又忽然抬眼看了看拉斯科尔尼科夫，在距他两步之遥的地方停下脚步。他愚蠢地屡次重复——公家提供的住房简直棒极了——所展现出的庸俗趣味，与他此刻凝眸注视着自己客人的那道严肃、沉思而又神秘的目光相比，显得矛盾得过分。

但是，这愈发激起了拉斯科尔尼科夫的满腔怒意，他已然无法忍耐，忍不住想挖苦他几句，不禁以一种极为冒失的方式向对方发起挑战。

"您知道吗？"他突然发问，近乎粗鲁无礼地看向波尔菲里，似乎还从自己的粗鲁无礼之中感受到某种愉悦，"要知道，司法界好像有一个这样的司法规则、这样的司法手段——适用于所有侦查员——首先要从远处入手，从一些微不足道的小事查起，或者，甚至可以从一些严重的、却又全无干系的事情开始查起，其目的在于，这样说吧，是为了激发，倒不如说，是为了分散受审者的注意力，使他的谨慎戒备松懈下来，随后突然出击，以最出其不意的方式，问他一个至关重要且又危险至极的问题，仿佛一斧击中颅顶一般，杀他个措手不及，是这样吧？到目前为止，好像所有规章和教范里都提到了这一点，而且还将它奉若至理，对吧？"

"是这样的，是这样的……怎么，难道您认为，我跟您谈论公家的住房，是因为这个吗……啊？"说完这句话，波尔菲里·彼得洛维奇眯缝着眼睛，眨了一下，他的脸上闪现出一种愉悦且又狡黠的神情，额头上的皱纹舒展开来，一双小眼睛作两道窄缝，脸被拉长了。他忽然开始神经兮兮、无休无止地放肆大笑起来，笑得兴奋不已，身形微微晃动，同时直视拉斯科尔尼科夫的眼睛。拉斯科尔尼科夫也笑了起来，只是笑得稍显做作，不过，当波尔菲里瞧见他也在笑的时候，索性放声大笑起来，笑得脸色红紫。这时，拉斯科尔尼科夫的厌憎情绪忽然盖过了所有的谨小慎微：他收起笑意，皱着眉头，在波尔菲里纵声长笑且似乎故意狂笑不止的这段时间里，他始终恶狠狠地久久凝视着他。不过，双方显然都疏忽大意了：波尔菲里·彼得洛维奇仿佛是在当面嘲笑自己的客人，客人则满怀厌憎地看着他狂笑不止。而对于这种情况，波尔菲里·彼得洛维奇丝毫没有感到窘迫不安。对拉斯科尔尼科夫而言，波尔菲里·彼得洛维奇的这一表现意味深长：他很清楚,刚才波尔菲里·彼得洛维奇的确丝毫未曾感到窘迫不安,反倒是他自己,拉斯科尔尼科夫,也许已经掉进了陷阱。这里面显然有些他尚不了解的内情,存在某种目的,或许一切已然准备好了,就是现在,此刻一切即将浮出水面,对方即将向他施以猛烈的攻击……

他立刻从座位上站起身来,拿起制帽,开始直入正题。

"波尔菲里·彼得洛维奇,"他语气坚定地说道,言辞之间带有极其强烈的怒意,"您昨天表示,希望我过来一趟,接受审问(他特别强调了审问这个词)。现在我来了,如果您需要问些什么,那您就请问吧,但如果没事的话,恕我不再奉陪。我没空,我还有事……我要去参加那个被马踩死的官员的葬礼,那个人……您也知道的……"他补充了一句,但是旋即又为自己补充的这句话而生起气来,于是怒意变得愈发强烈,"这一切都使我感到厌烦至极,您听到了吗,而且我早就腻烦了……从某种角度来讲,我之所以生病,也正是这个缘故……总之,"他几乎开始高声疾呼起来,因为他感觉,提到自己生病的这句话,讲得更为不妥,"总之,请您要么审讯我,要么放我走,现在就放……如要审讯的话,务必走审讯手续!否则我是不会允许的,所以呢,我就暂时告辞了,因为现在只有我们两个人,什么也做不了。"

"天哪!您这是怎么了!我到底要问您什么啦?"波尔菲里·彼得洛维奇立刻转变了语调和神态,收敛笑容,像母鸡似的说个没完,"请您不要担心!"他开始忙活起来,时而再次在屋里窜来窜去,时而忽然请拉斯科尔尼科夫落座,"时间还来得及,时间还来得及,这一切仅仅是小事而已!我呢,恰恰相反,我简直太高兴啦,您终于到我们这儿来了……我是把您当成客人来接待的。至于我这该死的笑,您,罗季昂·罗曼诺维奇老兄,您就原谅我吧。是罗季昂·罗曼诺维奇,对吧?您的父称好像是这个吧?……我这人有点神经质,您那些精妙至极的俏皮话把我给逗乐了。真的,我这人有时会笑得前仰后合,抖得像块橡皮似的,而且我就这么笑,能笑上半小时呢……我特别爱笑。瞧我这身子骨,我简直害怕自己将来会瘫痪呀。您请坐呀,您怎么啦?请坐,老兄,不然我会觉得,您是生气了……"

拉斯科尔尼科夫一言不发,一边听着,一边观察着,仍旧恼火地皱着眉头。不过,他还是坐了下来,但是帽子依然拿在手里。

"罗季昂·罗曼诺维奇老兄,我要跟您讲一件事,是关于我自己的,这么说吧,我想解释一下我的性格,"波尔菲里·彼得洛维奇在房间里来回踱步,步履匆促,似乎跟刚才一样,仍在避免跟自己的客人产生目光的碰触,继续说道,"我呢,您是知道的,我是个单身汉,不是什么达官显贵,只是个无名之辈,我这个人品质低劣,品质低劣啊,不过现在脑袋变得灵光些了,而且……而且……您注意到了吗,罗季昂·罗曼诺维奇,在咱们这儿,也就是在咱们俄国,尤其是在咱们圣彼得堡的各个圈层里,倘若两个聪明人聚到一起,而且他们彼此还不太熟悉,但是对对方怀有敬意,瞧,就像您和我现在这样,那么他们就会一连半个小时都找不到可以交流的话题——他们会四目相对,僵立对坐,彼此之间尴尬极了。其实要想聊天的话,每个人都是有话题可聊的,比方说,那些太太们……比方说,那些上流人士,他们总有话题可谈,一向如此①。然而像我们这种位居中流的人——却总是窘迫不安,不善言谈……也就是说,咱们都是善于思索的人。老兄,这到底是为什么呢?难道是因为我们没有共同利益,或是由于,我们都非常坦率真诚,不愿跟对方扯谎呢?我不知道。嗯?您是怎么想的呢?哦,请您把帽子放在一边吧,似乎准备马上离开了一样,真的,看着真叫人不知

---

① 此处原文为法语。

所措啊……恰好相反，我太高兴啦……"

拉斯科尔尼科夫放下制帽，但依然一语不发，神色严肃，眉头紧锁，听波尔菲里·彼得洛维奇在那里废话连篇，说得天花乱坠。"怎么，难道他当真想用他这些愚蠢到家的废话来分散我的注意力吗？"他心想。

"我就不请您喝咖啡了，这儿不太方便啊，但是为什么不跟朋友一起坐上五分钟呢，权当逗趣了？"波尔菲里继续飞快地说道，"您要知道，所有这些公务……啊，老兄，我总是这样来来回回地走，还望您见谅呀！老兄，请您原谅我，我很怕自己会惹您生气，但是对我而言，四处走动简直是必不可少的。我平时总是坐着，能这样来来回回走上几分钟，我简直开心极啦……我有痔疮……一直准备采用体操疗法，听说那些文官，四等文官，甚至是三等文官，都很喜欢跳绳。您瞧，在咱们这个时代，这不就叫科学嘛……正是这样……至于这里的这些职务啊，审讯啊，所有的这些程序啊……您瞧，老兄，您刚才还提到审讯的事了……是这样，您知道的，罗季昂·罗曼诺维奇老兄，有时这些审讯确实能把审问者自己也搞得云里雾里，甚至把他们搞得比受审者更加糊涂……关于这个问题，老兄，您方才说得完全在理，说得高明俏皮（其实拉斯科尔尼科夫压根就没说过类似的话），会把人弄糊涂的！没错，会把人弄糊涂的！而且总是那一套，总是那一套，千篇一律，如同擂鼓一般！瞧，眼下不是正在改革[①]吗，而我们至少也得换个名头，嘿嘿！至于我们司法界的手段——您刚才说得真高明呀——我完全赞同您的观点。您说，在所有被告人中，即便是那些身穿粗布麻衣的乡下人里头，又有谁不知道呢，比如，起初审讯者

[①] 这里的改革指1864年俄国司法改革，改革规定，司法侦查员脱离警察局，归法院管辖，此外，法院审理案件必须有陪审员参与。

总会问些毫无关联的问题,以此使受审者放松警惕(按照您那精妙绝伦的说法),然后突然直击颅顶,正中要害,用的还是斧背,嘿!嘿!嘿!按您那精妙绝伦的比喻来讲,就是直击颅顶啊!嘿!嘿!您竟然当真认为,我想用公家提供房子的话题把您给……嘿!嘿!您真会讽刺人呀。好啦,我不说啦!哦,对了,顺便说一句,这就是一句话引出另一句话,一个想法延伸出另一个想法——瞧,您刚才还提到手续的问题,您知道的,就是有关审讯手续的问题……呵,什么审讯手续啊!您知道吗,很多时候手续就是瞎扯。有时,就像朋友那样闲聊一番,反而更加有用。手续是永远跑不掉的,这一点请您务必放心。可是我想问问您,手续的本质何在?不能每走一步,都拿手续限制侦查员的手脚。其实啊,侦查员的工作,这么说吧,它是一种自由的艺术,不过这是从某个角度来说的,或者总的来说,是这样的……嘿——嘿——嘿!"

波尔菲里·彼得洛维奇略微停顿片刻,缓了一口气。他不知疲倦、叽里呱啦地说个不停,时而胡诌一些空乏无用的废话,时而穿插几句讳莫如深的话,随即又掉转话头,开始胡说八道。他差不多已经在屋子里来回走遍了,他那两条肥胖的小腿挪动得越来越快,那双眼睛始终望着地面,右手背在身后,左手则不停地挥动着,同时比画出各种手势,然而奇怪的是,每个手势都与他正在讲的话并不相符。拉斯科尔尼科夫猛然注意到,当他在屋里来回跑动的时候,似乎曾有两次,他在门前的位置停留过一瞬,好像是在凝神细听……"他是不是在等待什么呢?"他心想。

"没错,您说得完全正确,"波尔菲里再次接过话头,并将愉快且又异常天真的目光投向拉斯科尔尼科夫(后者不禁浑身颤抖了一下,赶紧做好应对的准备),"您如此高明地嘲讽法律的规章制度,确实很有道理,嘿嘿!倘若过分受到手续的约束,那么我们这些(当然是某一些)缜密的心理学手段确实可笑至极,想来也是毫无用处的。是的……我又要谈规章制度的问题了:嗯,假设我承认,或者不如说,我怀疑某个人、另一人或者第三人,这么说吧,假如我怀疑,他们就是我所侦办的某起案件的嫌犯……罗季昂·罗曼诺维奇,您不是要当法律专家吗?"

"对,我以前是学法律的……"

"那好,咱们这么说吧,有个现成的案例,可以供您参考——我的意思是说,您可不要以为,我竟敢过来指导您,您可是发表过论犯罪的文章的!不,其实是这样的,我只是斗胆为您提供一项真实的案例——是这样的,比方说,假如我认定某个人、另一人或者第三人就是嫌犯,那么请问,即便我手上有他作案的罪证,我为何要在时机尚不成熟的时候去惊动他呢?比如说,有一个人,我必须尽快将他捉拿归案,可是另一个人却是与之不同的情况,那么为何不让他在城里姑且闲逛呢?嘿——嘿!不对,我发现,您还没有完全理解我的意思,那就让我给您解释得清楚一些吧:比方说,假如我过早将他关押起来,那么也许,这么说吧,我可能恰好给他提供了一份精神支撑,嘿嘿!您在笑吗?(拉斯科尔尼科夫压根就不想笑,他咬紧牙关,坐在那里,激动的目光片刻未曾离开过波尔菲里·彼得洛维奇的眼睛)可是其实就得这么做,尤其是在对付某个人的时候,因为人是互不相同的,所以要想应对所有的人,唯有实践这一条道路。那么您现在就该说了:罪证呢?那咱们就假设,罪证是存在的,不过,老兄啊,大多数的罪证都有可能推导出截然不同的结果,但由于我是一个侦查员,而且说起来,我还是个能力比较弱的人。这么说吧,我总是希望,侦查的结论可以如数学一般精确无误;我总是希望,自己能够得到一个像二二得四那样的罪证;我总是希望得到一个直白明晰而又无可挑剔的证据!可是,假如我没有及时把他关起来的话——虽然我深信不疑,那个人就是他——那么,也许我会失去进一步揭露他的途径。为什么呢?这么说吧,因为这样一来,我便为他提供了一种明确的处境,这么说吧,让他在心理层面上感到明确和踏实,这样一来,他就会回避我,缩回自己的硬壳里,他会明白,他已被缉拿归案。您瞧,据说,在塞瓦斯托波尔,阿尔马河战役①刚刚打完的时候,有些聪明人害怕极了,唯恐敌人立刻大举进攻,占领塞瓦斯托波尔;然而听说,当他们看到敌人采取了围城的办法,开始挖第一道壕沟的时候,这些聪明人高兴极了,心里总算踏实了。这就意味着战事至少也得拖上两个月呢!您又笑了,您不相信吗?当然了,您说得对。您说得也对,也对!这都是特殊情况,我赞同您的观点,上述情形确实比较特殊!不过呢,最亲爱的罗季昂·罗曼诺维奇,与此同时,您也应该留意这一点:所谓的一般案例,即所有可供司法程序和法律法规借鉴、被作为典型案例进行讨论且被载入法律文书的案例,其实根本就不存在,因为每起案子,每起案子,比如说,犯罪案件,一旦它在现实里发生了,那么它就会立刻成为完完全全的个例,有时,它甚至跟以往那些案件没有任何相似之处,有时还会发生类似这种的滑稽可笑的情况。倘若我让某位先生完全自由行动,既不抓他,也不惊动他,但我让他时时刻刻都知道,或者至少令他怀疑,让他觉得我已经摸清了他的底细,

---

① 阿尔马河战役是克里木战争期间(1853—1856)的一场战役。1854年9月14日,法军、英军和土耳其军队开始在塞瓦斯托波尔以北五十公里处登陆,目的是占领俄国黑海舰队的基地——塞瓦斯托波尔。9月20日,在前往塞瓦斯托波尔的路上,联军于阿尔马河附近遇上由亚历山大·缅希科夫率领的俄军。最终,俄国军队战败,联军围困了塞瓦斯托波尔,但久攻不破。

并且在日夜不休地监视他,假如他时常感到,自己正在被人怀疑,惶恐不安,这样一来,他肯定会心神不宁,真的,他会自投罗网的,说不定还会干出点别的事来,到了那时,案情就会变得跟二二得四一样啦,换句话说,案情会像数学问题那样直白明确——这可真令人心生愉悦啊!就连那些呆头呆脑的乡下人身上也会出现这种情况,更何况我们这类人呢,我们具备当代智识,并且受过某方面的教育,那就更不必说啦!因此,我亲爱的朋友,了解某个人曾受过哪一方面的教育,这一点至关重要。可是神经啊,神经啊,您怎能把它也忘了呢!要知道,当代人的神经都有些问题,不太正常,易受刺激!全都一点就着,动不动就发火!我跟您讲,在必要之时,这就像是不竭的矿源!那么,我又何必担忧呢,就让他自由自在地在城里溜达呗!就由着他呗,姑且让他自由活动去!因为我知道,即便如此,他也是我的掌中之物,无论如何也逃不出我的手掌心!再者说,他又能往哪儿逃呢,嘿嘿!逃到国外去吗?波兰人会逃到国外去,但他不会,更何况还有我监视呢,还有那些预备措施呢。他会不会逃到国内那些贫瘠的地方呢?可是那里住着的全都是庄稼汉,是地地道道的俄国农民,穿戴粗简,像这种思想先进的当代人,宁愿去服刑,也不愿跟像咱们本国农民这种毫无共同语言的外国人为伍,嘿嘿!但这些全是胡诌,是浅显的看法。什么出逃呀!这只是形式上的,但这并不是主要问题。我说他逃不出我的手掌心,不单单是因为,他无处可逃,而是他在心理层面上不可能从我这儿逃出去,嘿嘿!那么此话怎讲呢?即便他有可供出逃的去处,根据天性法则,他也定然无法逃出我的掌控。您见过飞蛾扑火吗?您等着瞧吧,他会像飞蛾绕着烛光打转那样,永远绕着我转,永远离不开我;他将再无自由可言,他会踌躇不定,会不知所措,会束手束脚,就好像陷入蛛网一般,承受精神的自戕,惆怅至死……非但如此,他还会为我提供一个如二二得四般直白、如数学问题般明确的证据——我只需给他多提供些自由活动的时间……然后他会一直、一直围着我打转，而且他打转的圈子会越变越小，终于——'啪'！他径直落入我的口中，我会将他一口吞掉，这可真叫人开心极了，嘿嘿！您不相信吗？"

拉斯科尔尼科夫并未答话，他一动不动地坐在那里，面色煞白，始终神色紧张地盯着波尔菲里的脸。

"这节课上得真好！"他心想，不禁感到心惊胆寒，"他甚至不再像昨天那样玩猫捉老鼠的游戏了。他并非徒劳地向我显摆自己的才能，而是……在暗示：他在这方面要机智许多。这其中还有别的用意，是什么用意呢？哎，都是胡扯，老兄，你在唬我，你在耍滑头！你没证据的，昨天那人根本就不存在！你不过是想把我搞糊涂，想先激怒我，然后在这种状态下将我一掌拍死，你只不过在胡扯罢了，你不会得逞的，不会得逞的！可是为什么啊，为什么他要给我这么明显的暗示呢？难道他觉得我精神失常吗？不，老兄，你错了，无论你布下什么陷阱，你都不会得逞……那好，咱们就走着瞧，看你到底能布下什么陷阱。"

他极力克制自己的情绪，做好准备应对一场可怖而又无法预见的劫难。有时，他简直想立刻扑上去，将波尔菲里当场掐死。他刚才进门时就在担心，自己会因滋生恨意而干出这种事来。他感觉口干舌燥，心脏狂跳不已，黏在嘴唇上的唾沫已经干了。但他仍然决定缄口不语，不该说的时候，一句话也别说。他很清楚，基于他目前的处境，这便是最佳策略，因为这样一来，他非但不会说漏嘴，反而能以沉默将敌人激怒，还有，对方也许会不慎失言，跟他透露些什么。他至少抱有这样的希望。

"不对，我看得出来，您并不信我，您始终觉得，我是在跟您开玩笑，"波尔菲里接过话头继续说，他越说越高兴，高兴得笑个不停，嘻嘻地窃笑起来，又开始在房间里转来转去，"当然了，您说得在理，上帝让我长成这副模样，人家看了只会感到滑稽好笑，就是小丑嘛。但我要告诉您，我要再说一遍，老兄，罗季昂·罗曼诺维奇，请您原谅我这个老头子，您还很年轻，这么说吧，您才刚刚步入青年阶段，因此，您跟所有青年一样，认为人的智慧高于万物。您被那些戏谑的机智和不切实际的道理诱导了。这就好比说，举个例子啊，根据我对军事事件的了解，这跟以前的奥地利御前军事会议如出一辙：他们是在纸上谈兵，在地图上打败了拿破仑，并俘虏了他，是在自己的办公室里，用最机智的办法筹谋一切，然后得出结论。可是你看，马克将军竟然率领全军投降啦①，嘿嘿！我看得出来，我看得出来，罗季昂·罗曼诺维奇老兄，您在笑话我呢，我，这样一个文职人员，却老爱从军事史里举例子。但这有什么办法嘛，这是我的爱好呀，我喜欢军事，我特别喜欢读这类作战报告……我完全选错职业了。说真的，我真应该去军队工作啊。也许我无法成为拿破仑，但是我能做一名少校，这倒也不错，嘿嘿！好吧，那么现在，我亲爱的朋友，我要把那件事情，也就是那桩特殊案例里所有真实的详情，全都告诉您：我的先生，现实和人的本性是很重要的东西，有时它们能使最具远见卓识的谋划一败涂地！哎，罗季昂·罗曼诺维奇，您就听听我这个老人家的话吧，我是严肃地跟您说的（说这句话的时候，这位恐怕还没有三十五岁的波尔菲里·彼得洛维奇仿佛突然之间确实变得苍老起来，就连他的嗓音也变了，不知为何，他的整个躯体佝偻起来，当真像个老人家），况且我还是个直爽的人……我这个人是不是很直爽呢？您怎么认为呢？

---

① 1805年10月16至19日，拿破仑率领大军在乌尔姆附近大肆围剿马克将军率领的奥地利军队。一个月之后，拿破仑率领法军击溃了由奥斯特里茨率领的俄国军队和奥地利军队。

我倒是觉得,我这个人相当直爽:我连这类事情都毫无保留地告诉了您,而且还一无所求,连报酬都不要,嘿嘿!嗯哼,那我就继续往下说啦:依我之见,机智是非常美妙的东西,这么说吧,它是自然的美韵与生命的慰藉,它能耍出多少狡猾的花招呀,所以呢,某个可怜的侦查员哪能猜透这些把戏啊,况且,就连他自己也时常沉溺于幻想之中,毕竟他也是人嘛!不过,嫌犯的本性却让这个可怜的侦查员得救了,真糟糕啊!那个沉迷于机智的年轻人,'正在跨越一切障碍'(正像您那句最机智又最精妙的表达)的年轻人竟没有料到这一点。假设他也会扯谎,就是说有一个人,他是个特殊案例,是个匿名者①,他撒谎撒得非常巧妙,用的是最狡诈的办法。他好像已经获胜了,可以享受自己的机智夺得的战果了,然而此时他却轰然摔倒了!而且还倒在了最惹人关注、最易生出事端的地方。我们假设,这是因为他生病了,而且屋里有时还很窒闷,但是说到底,这件事引人遐思!它毕竟给人提供了一种遐想的可能!他的谎言说得天衣无缝,但他却忽视了自己的本性。哎,他的狡猾去哪儿了?还有一次,他痴迷地把玩自己的机智,竟愚弄起那个怀疑他的人,他好像是故意让脸色变得惨白,就像演戏一样,不过,他这变脸的演技也太过自然了,于是又引人遐思了!虽说他起初糊弄过去了,然而对方如果够精明的话,一夜之间就会想通的。每一步都是这样!为什么呢?为什么他要自己跑到前面,硬要说些什么?人家可是什么都没问他呀,为什么在他本该保持沉默的时候,他却开始侃侃而谈,说个不停,而且还加入各种各样的比喻?嘿嘿!是他自个儿跑过来问的:怎么这么久了,还不来抓他呀?嘿嘿!其实,这在最高明的人身上也是有可能出现的,就连心理学家和文学家也不例外哟!人的天性是一面镜

---

① 此处原文为拉丁文。

子，是最明亮的镜子啊！不如就对着镜子，自我欣赏吧！哎，怎么您的脸色这么苍白呀，罗季昂·罗曼诺维奇，您是不是感觉很闷，要不要开窗呀？"

"哦，请不要担心，"拉斯科尔尼科夫高声叫道，忽然纵声大笑起来，"请不要担心！"

波尔菲里在他面前停下脚步，等待了一会儿，突然也随他纵声大笑起来。拉斯科尔尼科夫从沙发上站了起来，而他那阵癫狂的大笑骤然间停了下来。

"波尔菲里·彼得洛维奇！"他吐字清晰地朗声说，尽管他双腿打战，几乎无法站稳，"我总算看明白了，您肯定是怀疑，是我杀死了那个老太婆和她的妹妹莉扎薇塔。那我就告诉您吧，这一切早就使我厌烦透了。倘若您觉得，您有权起诉我，那您就起诉好了；倘若您觉得，您有权逮捕我，那您就逮捕好了。但是我不允许您这么当面嘲笑我、折磨我。"

他的双唇忽然颤抖起来，眼中怒火熊熊，始终压抑着的声音也变得响亮起来。

"我绝不允许！"他突然大喝一声，死死握住一只拳头，在桌子上用力砸了一下，"波尔菲里·彼得洛维奇，您听见了吗？我绝不允许！"

"哎呀，上帝啊，这又是怎么啦！"波尔菲里·彼得洛维奇高声叫道，看上去完全被吓坏了，"老兄！罗季昂·罗曼诺维奇！亲爱的朋友！我的亲爹啊！您到底怎么啦？"

"我绝不允许！"拉斯科尔尼科夫又大吼了一句。

"老兄，声音轻点！人家会听见，会跑进来的！你想想，到时咱们该怎么跟他们说呀！"波尔菲里·彼得洛维奇把脸凑近拉斯科尔尼科夫的脸，惊恐不安地轻声道。

"我绝不允许!绝不允许!"拉斯科尔尼科夫又无意识地重复了一遍,但是这次他说得很轻,嗓音完全压低了。

波尔菲里旋即转身,跑去开窗。

"放些新鲜空气进来,放些新鲜空气进来!亲爱的朋友,您应该喝点水,您的病又发作了!"说着,他往门口跑去,想找人要些水来,不过他在墙角处正好发现一只装水的长颈玻璃瓶。

"老兄,请喝点吧,"他拿起那瓶水,跑到他身边,轻声说道,"或许它对您有用……"波尔菲里·彼得洛维奇的惊惶与同情如此自然,以至于拉斯科尔尼科夫已不再作声,而是诧异而好奇地凝神观察着他。不过,那杯水他并没有接过来。

"罗季昂·罗曼诺维奇!亲爱的朋友啊!您这样会把自己搞疯的,听我一句劝,哎哟!哎哟!您喝些水吧!哪怕喝一点也行啊!"

最后,他还是硬让他接过了那杯水。拉斯科尔尼科夫不知不觉地将杯子递到嘴边,但猛地清醒过来,嫌恶地将水杯放在了桌上。

"是啊,您的病又发作了!亲爱的朋友,想必您的旧症复发了,"波尔菲里·彼得洛维奇怀着友善的同情一字一顿地说,但他仍是一副惊惶无措的样子,"上帝啊!您对自己的身体怎能如此不爱惜呢?昨天德米特里·普罗科菲伊奇来找过我——我承认,我承认,我这人性子刁钻、顽劣不堪,可他却由此得出个什么结论呀!上帝啊!昨天您离开之后,他就来了,我们一起吃饭,聊了许多许多,我无奈极了,只能摊开双手。哎,我在想……咦,天哪!他是打您那儿过来的吗?您坐啊,老兄,看在上帝的分上,请坐会儿吧!"

"不,他不是从我那里过去的!但我知道,他去找您了,我还知道他是去干什么的。"拉斯科尔尼科夫语气生硬地答道。

"您知道?"

"知道,那又怎么样?"

"罗季昂·罗曼诺维奇,老兄呀,我不仅知道您的这些丰功伟绩,而且其他的事情我也都知道!我知道,您在夜幕将至时曾去租过那套房子,还曾拉过那个门铃,问起过那摊血,您还把那两名工人和看门人给弄糊涂了。其实我理解您当时的心境……说真的,您这样会把自己给弄疯了的!您会把自己弄得晕头转向!您心中怒火正盛,但这股怒意是高尚的,是因为您受到了侮辱,起初是命运的捉弄,后来是分局局长的折辱,于是您四处折腾,一会儿跑到这儿,一会儿溜到那儿,这么说吧,您这样做是想让大家快点说出来,好让事情一下子全部了结,因为这些蠢话,还有种种猜疑,早已让您腻烦透顶。是这样吧?您的心思被我猜出来了吗?……只是您这样不但会让自己发疯,还会把拉祖米欣弄得晕头转向。因为您是知道的,他这个人简直善良得过分。您有病,可他却是个大善人,于是您的病就传染给他了……老兄,等到您心绪平静下来了,我会告诉您……您坐呀,老兄,看在上帝的分上!请休息休息吧,您的脸色很差,您坐会儿吧。"

拉斯科尔尼科夫坐了下来,身体已不再颤抖,但浑身发热。他甚为震惊,紧张地听着波尔菲里·彼得洛维奇讲话,后者面露惊慌之色,同时正在友善地照料他。波尔菲里讲的话,他一句都不信,尽管他有种想要相信他的怪异感觉。令他倍感惊讶的是,波尔菲里竟然提到租房的事情。"这是怎么一回事呢,这么说来,租房的事他已经知道了吗?"他忽然暗自思忖,"而且他还自己告诉我了!"

"对啊,我们以前办过一起案子,跟这起案子几乎如出一辙,是一起病态的心理案件。"波尔菲里继续飞快地说道,"有个人也谎称自己是杀人真凶,而且就连作案过程都编得像模像样:他制造了一种幻觉,还提供了罪证,详细描述了杀人的过程,把所有人都搞得晕头转向。可这究竟是为什么呢？其实他本人完全是在无意之中有了一点杀人的嫌疑，而且只有一点嫌疑。当他得知，自己让那几个真凶有了借口，于是他犯愁了，变得魂不守舍，心神不宁，彻底疯了，并且在心里认定，自己就是杀人真凶！最后，参政院把这件案子审明白了，这个倒霉的人被判无罪，交保释放了。感谢参政院！哎——呀！哎——呦——喂！老兄，这是怎么回事呀？要是您这样故意刺激自己的神经，每天夜里都去拉门铃，还老是打听那摊血的事情，是会引发热病的！我在实操办案时全面地研究过心理学。这样的心理状态有时会使人产生从窗口或钟楼跳下去的冲动，并且这种感觉是很诱人的。拉动门铃亦是如此……罗季昂·罗曼诺维奇，这是病啊，是病啊！您也太不把自己的病当回事了。我劝您还是找一位有经验的医生，给您看看，您的那位胖医生有什么用啊！……您都在说胡话了！其实一切仅仅是因为，您现在神志不清了！"

拉斯科尔尼科夫瞬间感到，周遭的一切开始天旋地转。

"难道，难道，"他的脑海里倏尔闪过一个想法，"难道他现在还在胡扯吗？不可能的，不可能的！"他驱散了这个想法，但心中却出现了一个预感，这个预感使他怒火中烧，躁郁难安，这股怒意简直让他发疯。

"我才没有神志不清呢，我现在完全清醒！"他厉声喊道，同时集中心神，好让自己看透波尔菲里的把戏，"我很清醒，我很清醒！您听到了吗？"

"是，我能理解，我听到了！您昨天也说过，您没有神志不清，甚至还特别作了强调，说您并没有神志不清！您说的所有话，我都能理解！哎哟！可是呢，罗季昂·罗曼诺维奇，我的恩人啊，请您听我说，即便情况是这样的。倘若您果真犯罪了，或者您不知怎的被牵涉到这起该死的案子中，那么请问，您会强调，自己是在神志清醒的情况下做这一切的吗，还是与之相反，您会说，自己是在神志完全不清醒的情况下做的呢？而且还是特意强调，如此执拗地特意强调——请问，这有可能吗，有可能吗？依我之见，恰恰相反。倘若您当真认为自己犯罪了，那么您就该强调，您肯定会强调，说自己是神志不清的！是不是这样呢？难道不是这样吗？"

这句问话中带有某种狡黠的意图。拉斯科尔尼科夫连忙将身体后撤，靠在沙发靠背上，以此避开朝他俯身的波尔菲里，他一言不发、疑虑重重地凝视着波尔菲里。

"要不咱们就来谈谈拉祖米欣先生的事吧，也就是说，他昨天究竟是自己想来找我谈谈，还是被您唆使而来的呢？其实您本该说，是他自己要来的，把您唆使他的情况隐瞒起来！可您却毫不隐瞒！您还偏偏作了强调，说就是您唆使他过来的！"

拉斯科尔尼科夫从未强调过这一点。他感到后背掠过一阵寒意。

"您总是胡扯，"他有气无力、慢条斯理地开口说道，同时咧了咧嘴唇，露出一副病态的笑容，"您又想向我展示，您对我所有的把戏都了如指掌，而且您对我所有的回答都了然于胸，"他一边说着，一边隐约感觉，自己已不再仔细斟酌每一句话了，"您是想吓唬我……或者是在嘲弄我……"

他在说这些话的时候，目光始终定格在波尔菲里身上，同时他的眼中倏地再次闪过一种无尽的怒意。

"您总是扯谎！"他疾声喊道，"您自己再清楚不过了，对于一个犯罪者而言，最巧妙的办法就是，尽量将那些无须隐瞒的事情实话实说。我才不相信您呢！"

"您可真是思维敏捷呀！"波尔菲里咯咯地笑了起来，"老兄，您可真不好对付呀，您是个偏执狂。所以您不相信我的话吗？可我要告诉您的是,其实您已经信了,您已有两三成相信了,但我会做到让您深信不疑,因为我真心爱您,由衷祝愿您能交上好运。"

拉斯科尔尼科夫的双唇开始颤抖。

"是啊,我祝您好运呢,最后,我要告诉您的是,"他继续往下说,同时友善地轻轻抓住拉斯科尔尼科夫的一只胳膊,抓着肘部稍稍往上的位置,"最后,我想对您说,请您注意自己的病情。况且眼下您的家人都到您这儿来了,请您别把她们给忘了。您理应使她们安枕无忧,过得舒适惬意,可您总是吓唬她们……"

"这和您有什么关系?您是怎么知道的?您怎么这么有兴趣?这么说来,您正在监视我啊,而且您想让我知道这一点,是吧?"

"老兄!这一切我都是从您口中得知的,是您亲口说出来的啊!您没发现吗,当您情绪激动的时候,不消旁人过问,您自己就把一切都告诉我和其他人了。昨天,我还从拉祖米欣那里,也就是从德米特里·普罗科菲伊奇那里知道了许多颇有意思的详情。不对,瞧您,您都把我的话打断了,我想告诉您的是,尽管您心思机敏,但由于您疑心颇重,您甚至已失去了看待事物的正确观点。举个例子,咱们还是说拉门铃那件事吧:我,一个侦察员,竟然把如此有价值的信息,如此关键的事实(这可是个完整的事实呀)向您毫无保留地和盘托出!难道从这件事上您还看不出些什么来吗?假如我对您有哪怕一星半点的怀疑,我会这么干吗?如果真是那样的话,相反,我应该首先消除您的戒心,绝对不能让您知道,我已经掌握这个事实,如此一来,您的想法就会被吸引到截然相反的方向,然后我再突然发问,让您措手不及,犹如用斧背猛击您的颅顶(如您所言):'先生,请问昨晚十点多钟,将近十一点钟的时候,您在受害人家里做什么?您为何拉动门铃?您为何跟别人打听那摊血迹?您为何叫看门人把您送到警察分局,送到中尉局长那里，把众人搞得云里雾里？'假如我对您哪怕有一丁点儿怀疑，我理应这样做才对。我理应走完全套程序，给您录下口供，进行搜查，说不定还得拘捕您……既然我没有这样做，说明我对您并未生疑！我再说一遍，您失去了看待事物的正确观点，而且您什么都看不出来！"

拉斯科尔尼科夫不禁浑身哆嗦了一下，这一幕波尔菲里·彼得洛维奇看得清清楚楚。

"您一直在说谎！"他大喊起来，"我不知道您究竟目的何在，但您始终在说谎……您刚才说的话没有这层意思，我肯定不会弄错的……您在说谎！"

"我在说谎？"波尔菲里迅速接过话头，他看起来十分激动，但仍然保持着愉快而又讥讽的样子，他似乎丝毫不关心拉斯科尔尼科夫对他抱以何种看法，"我在说谎？……嗯，我刚才是如何对待您的（我是个侦查员呀），我亲自向您暗示，把所有辩护手段都告诉了您，还为您阐述了这种心理学依据，我还提到'病啊，神志不清啊，您受到侮辱啊，忧郁症啊，还有警察分局的局长'等，对吧？啊？嘿嘿！不过呢——顺便提一句——所有这些心理学的辩护手段、借口以及狡辩都是极度缺乏依据的，而且可能推出截然相反的结论，您说'什么病啊，神志不清啊，梦呓啊，幻觉啊，我都不记得了'，这些话都是对的，不过，老兄，为何您在患病和神志不清的时候，脑袋里产生的偏偏是这种幻觉，而不是别的幻觉呢？难道不能出现一些别的幻觉吗？是不是这样呀？嘿——嘿——嘿——嘿！"

拉斯科尔尼科夫傲慢而又轻蔑地瞧了他一眼。

"总而言之，"他站起身来，坚定地朗声说，同时把波尔菲里稍稍推开一些，"总而言之，我想知道的是：您是否认为，我已完全没有嫌疑了，是不是呢？波尔菲里·彼得洛维奇，您说说看吧，请您斩钉截铁、毫无保留地说出来吧,快说,现在就说!"

"哎哟,这可真麻烦呀!哎,跟您谈话可真麻烦哟,"波尔菲里做出一副愉悦而又狡猾的样子,丝毫不显惊慌之色,朗声高呼道,"既然人家没来找您的麻烦,您为何要知道啊,您为什么要知道这么多呀?您可真像个孩子,不停喊人家给您点火:'快,把火给我!'而且您为何如此心神不宁呢?您为何要自己跑来找不痛快呢,到底是为什么呀?啊?嘿嘿!"

"我再跟您重申一遍,"拉斯科尔尼科夫勃然大怒,厉声喊道,"我再也无法继续忍受啦……"

"忍受什么?不知道为什么会这样吗?"波尔菲里打断了他的话。

"请您不要讽刺我!我不愿忍受!……我告诉您,我不愿忍受!我不能忍受,也不愿意忍受!……您听到了吗!听到了吗!"他大喊大叫,又用拳头在桌上猛捶了一下。

"哎哟,小点声,小点声!人家会听见的!我郑重其事地警告您:请您保重好自己的身体。我可没有开玩笑呀!"波尔菲里轻声细语地说,然而这一次,他的脸上已经没有刚才那种温厚和善和惊慌失措的表情;相反,他现在简直是在下指令,而且语气严苛,眉头紧锁,仿佛瞬间将所有秘密都开诚布公,不再含糊其词。然而,这只是一刹那的事情。困惑不解的拉斯科尔尼科夫突然彻底狂怒,但奇怪的是,他再次服从了这个让他'小点声'的指令,尽管他正值盛怒之中,气愤至极。

"我不能让别人折磨我,"他忽然如刚才一般低声说道,同时怀着痛苦和恨意,意识到自己根本无法不服从指令,一想到这儿,他就更加生气了,"那您就把我抓起来吧,您去搜查我吧,但是请您务必照章办事,不要跟我耍把戏!不准……"

"您千万别担心手续的问题,"波尔菲里打断了他的话,脸上仍然挂着刚才那副狡黠的冷笑,似乎甚至还有些玩味地欣赏着拉斯科尔尼科夫的表现,"老兄啊,我这次邀请您过来,就跟来家里做客一样,完全就像朋友那样聊聊天而已!"

"我不想要您的友谊,我看不上您的友谊!您听见了吗?您瞧吧,我现在就拿起帽子走人。哼,您都想要逮捕我了,咱们眼下还有什么好聊的?"

他一把抓起帽子,往门口走去。

"还有个意外的惊喜呢,难道您不想瞧瞧吗?"波尔菲里咯咯地笑道,再次一把抓住他的上臂,把他拦在了门前。显然,他表现得越来越欢快,越来越轻佻,而这让拉斯科尔尼科夫彻底愤怒了。

"什么意外的惊喜?这究竟是怎么回事?"他倏然停下脚步,惊慌不安地望着波尔菲里,问道。

"意外的惊喜呀,瞧,就在这儿,他就坐在我这扇门的后面,嘿嘿!(他用手指了指挡板上那道锁着的门,这道门通往他那套公家的住宅)我把它给锁上了,以防他逃跑。"

"这是怎么回事?人在哪儿?怎么回事?⋯⋯"拉斯科尔尼科夫靠近那道门,本想把门打开,但门是锁着的。

"锁着呢,瞧,这是钥匙!"

他果真从口袋里摸出来一把钥匙,拿给他看。

"你一直在撒谎!"拉斯科尔尼科夫大喊起来,他已经忍无可忍了,"你在撒谎,该死的波利希涅利①!"说着,他朝波尔菲里扑了上去,后者虽然正往门边退去,但丝毫没有表现出畏态。

"我全明白了,全明白了!"他腾空一跃,跳到了波尔菲里的面前,

---

① 法国民间木偶剧中的小丑。

"你在撒谎,你在戏弄我,目的就是让我出丑……"

"您以后不会再出丑啦,罗季昂·罗曼内奇老兄,您都气得精神错乱了。别大喊大叫了,我可要叫人了!"

"你撒谎,什么事都不会有的!你去叫人吧!你知道我有病,于是想要激怒我,让我精神错乱,让我出洋相,这就是你的目的所在!不,你把真凭实据拿出来啊!我全明白了!你根本就没有真凭实据,有的只是微不足道的胡乱揣测,跟扎苗托夫的揣测一样!……你很了解我的性格,你想激怒我,让我变得精神错乱,然后再把那些神甫和证人们突然叫来,让我措手不及……你是在等他们吗?啊?你在等什么呀?人在哪儿呢?把他们叫出来吧!"

"老兄呀,这里哪有什么证人啊!您这人可真爱幻想啊!就像您所说的那样,这么办不符合手续,可是亲爱的朋友,您不懂这行的门道……反正手续是跑不掉的,您自己会知道的……"波尔菲里一边含混不清地说着,一边凝神听着门外的响动。

这时,门外的另一个房间竟当真传来一阵嘈杂声。

"啊,他们来啦!"拉斯科尔尼科夫惊呼道,"你遣人去把他们叫过来了!……你在等他们呢!你早有预谋……好呀,那就把他们叫过来吧。神甫啊、证人们,悉听尊便……让他们过来吧!我准备好了!准备好了!……"

然而这时,一个奇怪的状况发生了,这一状况在事物的普遍发展进程中,是完全出人意料的,当然了,无论是拉斯科尔尼科夫,还是波尔菲里·彼得洛维奇,二者谁都无法预先料到,事情会如此收场。

第六节　米科尔卡

后来,拉斯科尔尼科夫回忆起这一时刻,脑海中呈现的是这样的场景:

刚才门外传来的那阵嘈杂声陡然迅速增强,房门被稍稍打开了。

"怎么回事?"波尔菲里·彼得洛维奇怒气冲冲地吼了一句,"我不是事先吩咐过……"

门外无人回答,但是很明显,门外有好几个人,他们似乎正在把某个人往外推。

"那边到底出什么事了?"波尔菲里·彼得洛维奇惶惑不安地重复道。

"犯人被带过来了,尼古拉。"不知是谁的声音传了过来。

"不需要!带走!等一下!……他来这里干什么!怎么这么没规矩!"波尔菲里跑到门口,高声喊道。

"可是他……"说话的还是那个声音,但是他忽然噤声了。

一场真正的斗争在不到两秒钟的时间里结束了。随后,好像有人猛地用力把什么人给推了出去,紧接着,一个面色惨白的人径直步入波尔菲里·彼得洛维奇的办公室。

初看去,此人的样子甚为古怪。他直直地望向前方,但是似乎没在看任何一人。他的眼中充满了果决的神采,与此同时,他的脸上笼罩着一种死尸般的苍白,好像他正在被押赴刑场。他那两片惨白无色的嘴唇在不住地抖动。

他相当年轻,打扮得像个平民,中等身材,体格偏瘦,留着锅盖头,前额蓄着齐刘海,面颊清瘦,面色似乎有些憔悴。那个被他猛然推开的人紧随在他身后,率先冲进了屋里,一把擒住了他的肩膀。这是一名卫兵,然而尼古拉使劲挣扎一下,再次挣脱了他的钳制。

门口渐渐围聚了几个好奇的人,其中几人还竭力想往屋内挤。上面述及的一切情形几乎是瞬间发生的。

"带走,还早呢!等我叫你们的时候再进来!……怎么没到时间就把他带过来了?"波尔菲里·彼得洛维奇极其沮丧地咕哝道,似乎有些不知所措。然而尼古拉却蓦地跪了下来。

"你这是做什么?"波尔菲里高声惊呼起来。

"我有罪!我犯罪了!我是杀人凶手!"尼古拉突然开口说,话音似乎略有凝滞,但嗓音却相当洪亮。

静默的气氛持续了十几秒钟,众人仿佛全都愣住了,就连那名卫兵也不由得往后退步,他已不再试图靠近尼古拉的身体,而且不知不觉退到了门边,一动不动地站在那儿。

"怎么回事?"波尔菲里·彼得洛维奇从瞬间的失神当中醒转过来,高声问道。

"我是……杀人凶手……"尼古拉略微沉默了一瞬,重复了一遍。

"怎么……你……怎么…你把谁杀了?"

显然,波尔菲里·彼得洛维奇大惊失色。

尼古拉又短暂地沉默了一会儿。

"阿廖娜·伊万诺芙娜和她的妹妹莉扎薇塔,我……杀死的……用斧头。是我犯糊涂……"他突然补充了一句,随即又不作声了。他始终跪着。

波尔菲里·彼得洛维奇站了一会儿,仿佛陷入了沉思,可他却突然浑身颤抖了一下,摆了摆手,让那几位不请自来的证人离开此地。一眨眼的工夫,那些人便消失不见了,门也被掩上了。然后,他看了一眼站在角落里的拉斯科尔尼科夫,后者正在诧异地打量着尼古拉。他本想走向拉斯科尔尼科夫,却猛然站定,望了他一眼,随即又将目光移至尼古拉的身上,然后再次看向拉斯科尔尼科夫,随即又看了看尼古拉,忽然,他似乎怒不可遏,猛地扑上去把尼古拉痛斥一顿。

"你干吗要抢先冲上来,对我说你是犯糊涂了?"他近乎愤怒地朝他大吼起来,"我还没问你呢,你是不是犯糊涂啦……你说,你是杀人凶手吗?"

"我是杀人凶手……我可以证明……"尼古拉说道。

"哎呀!那你是拿什么杀的?"

"用斧头。我事先准备的。"

"哎哟,你着什么急啊!是你自己吗?"

尼古拉没明白这个问题的意思。

"是你自己杀的吗?"

"是我自己。米季卡是无辜的,整件事他都没参与。"

"你先别急着说米季卡的事情!哎哟!"

"你是怎么……嗯……当时你是怎么从楼上跑下来的?那两个看门人碰见的不是你们两个人吗?"

"我这是为了转移别人的注意力……当时……我跟米季卡一道跑了下去。"尼古拉就像是预先准备好了,连忙回答起来。

"哼,这就是了!"波尔菲里气冲冲地厉声吼道,"他说的全是假话!"他含混不清地咕哝着,仿佛在自言自语,忽然又瞧见了拉斯科尔尼科夫。

显然,他全情投入于跟尼古拉的周旋之中,以至于有一会儿工夫,甚至把拉斯科尔尼科夫给忘了。眼下他猛然醒转过来,甚至感到窘迫……

"罗季昂·罗曼诺维奇,老兄!请你见谅,"他快步朝他走去,"这样可不行,请吧……这儿也没您什么事了……我自己都……您都瞧见了,简直意想不到!请吧!"

说着,他握住他的手臂,给他指了指门的方向。

"这件事想必您也没料到吧?"拉斯科尔尼科夫说,当然,他也还不太明白,这到底是怎么回事,但他已经振奋起来了。

"老兄,您也没想到吧?哟,您这手怎么还抖起来了!嘿嘿!"

"您也在发抖,波尔菲里·彼得洛维奇。"

"我也在发抖,真想不到啊……"

他们已经站在门口了。波尔菲里很不耐烦地等着拉斯科尔尼科夫离开。

"您不给我展示一下那个意外的惊喜吗?"拉斯科尔尼科夫突然问道。

"嘴上说得伶俐,可牙齿还在嘴里面上下打战呢,嘿嘿!您可真会讽刺人呀!好了,再见吧。"

"依我说,咱们应该说'永别了'!"

"那得上帝说了算,那得上帝说了算!"波尔菲里含混不清地咕哝着,同时咧了咧嘴,好像是在笑。

经过办公室时,拉斯科尔尼科夫注意到,许多人都在目不转睛地盯着他看。在前厅的人群之中,他赶巧认出了那栋房子里的两个看门人,那天夜里,他还曾使唤他们去警察分局跑一趟。他们站在那儿,好像在等待什么。然而当他刚一走到楼梯边上的时候,忽闻身后再次传来波尔菲里·彼得洛维奇说话的声音。他转过身,只见波尔菲里从后面追上了他,跑得气喘吁吁。

"罗季昂·罗曼诺维奇,我还有一句话要和您说,其他所有的事情,那都是上帝才说了算,可是依照程序,我还有事要问您呢……所以咱们还会再见面的,就这样吧。"

说着,波尔菲里在他面前停了下来,面含笑意。

"就这样吧。"他又重复了一遍。

显然,他本想再说些什么,但不知为何他并没有说出口。

"波尔菲里·彼得洛维奇,请您原谅我刚才那样跟您说话……我这人性急。"拉斯科尔尼科夫已经完全打起精神,不由自主地想要展示一下自己的沉着镇定。

"没事,没事……"波尔菲里近乎愉悦地接过话头,"其实就连我自己也……脾气不太好,我很抱歉,我很抱歉!我们应该还会见面吧。假如上帝恩准的话,我们以后还会见很多很多次面的!"

"我们最后会了解对方吗?"拉斯科尔尼科夫接过了话头。

"我们最后会了解对方的,"波尔菲里·彼得洛维奇应声附和道,同时眯起眼睛,神色庄重地看了他一眼,"您这会儿是去参加命名日吗?"

"我去参加葬礼。"

"哦,对了,您是去参加葬礼!您要保重身体,保重身体呀……"

"我都不知该怎么祝福您了!"拉斯科尔尼科夫接住话头,一边说,一边已经往楼下走了,但他又忽然回过头来,对波尔菲里说,"那就祝您大获全胜吧,因为您的工作可真是滑稽呀!"

"为什么滑稽呢?"波尔菲里原本也要转身离开,闻言立刻提高了警惕。

"那还用说,您大概采用了您的那套办法,让这个可怜的米科尔卡在心理上尝尽苦头,在精神上备受煎熬,直到他最终招供;您大概每日每夜都在向他证明:'你就是杀人凶手,你就是杀人凶手……'可如今他招供了,您却又要开始给他极尽透彻地分析,你会说:'你在撒谎,杀人凶手不是你!你不可能是凶手的!你说的全是假话!'瞧,这么说来,您的工作怎会不滑稽呢?"

"嘿嘿!那么您当真听见,我刚才对尼古拉说,他'说的全是假话'了?"

"怎会没听见呢?"

"嘿嘿!您可真机灵,真机灵啊。您什么都察觉得到!您是真正具有幽默感的聪明人啊!您还恰巧钩在了那根最最滑稽的琴弦上……嘿嘿!听说在作家里面,只有果戈理具备这一特点。"

"是的,果戈理具备这个特点。"

"对,是果戈理……再见,期待下次会是最愉快的见面。"

"期待最愉快的见面……"

拉斯科尔尼科夫径直回家了。他感到心烦意乱,困惑不安,因而刚一到家,便索性倒在了沙发上,坐了大约一刻钟,仅仅是休息一会儿,极力将思绪集中起来。至于尼古拉的事情,他不愿深究了。他感到很诧异,他认为,在尼古拉的供词里,有一点是解释不通的,也是令人惊奇的,这一点他目前无论如何也不能理解。然而尼古拉的招供却是无可争辩的事实。而这个事实的后果他很快就明白了:他的谎话不可能不被发现,到时候他又该吃些苦头了。可是至少,他在此之前是自由的,而他必须得为自己做点什么,因为危险已经迫在眉睫。

然而,这种危险到底到了何种地步?情况开始变得清晰起来。他把刚才跟波尔菲里见面的场景粗略地大致回想了一遍,不由得再次被吓得浑身打战。当然,他尚不清楚波尔菲里的目的,也无法知道他刚才所有的意图,但是,他所使出的部分伎俩已经露出马脚了。当然,没有人比他对此更加清楚,在这盘棋局中,波尔菲里落子的这一"步"对他而言有多可怕。倘若再往前走,他很有可能将自己彻底暴露,到时就真正暴露无遗了。波尔菲里很清楚他性格中的那份病态,而且一眼就看穿了他,波尔菲里采取的行动虽说过于大胆,但他几乎是胸有成竹的。毫无疑问,刚才拉斯科尔尼科夫已经使自己的清白过分受损,可是毕竟还没被抓到罪证,因此一切还只是相对的。但是他现在对这一切的理解到底对不对呢?对吗?他有没有理解错呢?今天波尔菲里究竟想要得到怎样的结果呢?他今天是否真的是有备而来的呢?他到底做了什么准备?当时他是不是真的在等待什么呢?假如尼古拉没有意外现身,使场面变得混乱,那么他们今天的会面究竟会如何收场呢?波尔菲里几乎把他所有的伎俩全都使出来了,当然,他这么做是在冒险,但他都使出来了(拉斯科尔尼科夫始终这样认为),倘若波尔菲里当真还有更多的伎俩,也会全都使出来的。这"意外的惊喜"到底是什么呢?是玩笑话,还是怎样?这里面是否有什么含义呢?其背后是不是暗藏着某个事实,或者某个可以证明他有罪的证据?难道是昨天那个人吗?他跑哪儿去了?今天他在哪里?即便波尔菲里掌握了确凿的罪证,那也肯定跟昨天那个人有点关系……

他坐在沙发上,垂下头,手肘支在膝盖上,双手蒙住了脸。浑身上下仍在神经质般地战栗不休。终于,他拿起帽子,思索了一会儿,准备往门外走。

他恍惚间有种预感,至少是今天,他几乎可以肯定地认为,自己已脱离险境。霎时间,他的心中升腾起一种近乎喜悦的感觉,他想赶紧跑到卡捷琳娜·伊万诺夫娜那里。当然,去参加葬礼已经迟了,可是去参加丧宴还来得及,而且在那里,他很快就可以见到索尼娅了。

他停住脚步,又沉思了片刻,嘴边勉强挤出了一抹病态的笑容。

"今天!今天!"他暗暗重复着,"没错,就是今天!应该是这样的……"

就在他刚要开门的时候,门却忽然自己开了。他浑身颤抖起来,连忙往后躲闪。门被悄无声息地缓缓打开,这时突然出现了一个人——昨天的那个人竟然从地底下钻出来了。

那个人站在门口,一言不发地看着拉斯科尔尼科夫,上前一步,跨入屋内。他跟昨天一模一样,仍旧是那副样子,仍旧穿着相同的衣服,但他的面孔和眼神却变化极大:此时的他看上去似乎比昨天更忧郁些。他略微站了一会儿,沉重地叹了一口气。倘若这时他再把手贴在脸上,把头歪向一边,那么俨然就是农村妇女的样子了。

"您有事吗?"拉斯科尔尼科夫吓得脸色煞白,问道。

那人沉默良久,蓦地朝他深鞠一躬,身体差点就要挨地了。至少他右手的一根手指已触到了地面。

"您这是干什么?"拉斯科尔尼科夫高声喊道。

"我错了。"那个人小声说道。

"哪儿错了?"

"我错在心生歹念。"

他们二人互相看着对方。

"当时我很生气。您那天去过那里,大概是喝醉了吧,您让看门人到警察分局走一趟,还跟人打听了那摊血的情况,但是他们根本就没在意,还把您当成了醉鬼。我很生气,气得睡不着觉,记下了您的地址,昨天曾到过这里,还曾打听……"

"谁来过?"拉斯科尔尼科夫打断了他的话,瞬间回忆了起来。

"我来过,意思就是说,我把您给得罪了。"

"所以是您住在那栋房子里了?"

"是的,我住在那里,那天我跟他们一起站在门口,难道您不记得了?我就在那儿干活,干了很多年,我是个手工匠人,专门制作皮革,是个小市民,我的活都是拿回家去做的……我最生气的是……"

拉斯科尔尼科夫猛然清楚地记起前日在大门前的那幅场景,他记得,除了两个看门人以外,当时那里还站着好几个人,还有几名妇女。他记起来了,当时有个声音提议,说要把他给送到警察分局。说话者的模样他已经记不清了,即便现在那人就在眼前,他还是认不出来,但他依稀记得,自己当时甚至回答过他的问话,而且还转身面朝着他……

由此可见,这就是昨日那桩骇人事件的缘由。其最可怕之处在于,他想到,自己竟因这么一件无足轻重的事情,差点把自己给毁了。这么说来,除了租房和打听那摊血迹,这个人说不出什么别的线索。因此,除了那些胡言乱语,波尔菲里手上没有任何线索;除了那些可能推导出不同结论的心理分析,波尔菲里手上没有任何的真凭实据。这样一来,假如不再有罪证出现(不能再出现更多的罪证了,不能再出现了),那么……那么他们又能拿他怎样呢?就算把他抓起来,他们又能用什么理由控告他呢?由此可见,波尔菲里是在刚刚、刚刚才得知租房一事的,在此之前,他对此一无所知。

"今天是您去找过波尔菲里……告诉他,我去过那里,对吗?"他大声地问,这个突如其来的想法使他自己也惊讶不已。

"哪位波尔菲里?"

"就是侦查科长。"

"我告诉他了。那两个看门人没去警局,我去了。"

"今天去的?"

"我比您稍早一些过去的。我全都听见了,全听见了,我听到他是如何折磨您的。"

"在哪儿?您听见什么了?什么时候?"

"就是那儿呀,就在他那道挡板的后面,我一直坐在那里。"

"什么?这么说,您就是那个意外的惊喜?这到底是怎么回事?请您给我讲讲吧!"

"是这样的,"小市民开口说道,"我见那两个看门人不听我的劝告,不愿意去警局,因为他们说,天色已经太晚,只怕局长听了会发火,到时可别回不来呀,我听了很生气,气得我一宿没睡着,于是便跑去打听了一番。我昨天问清楚了,今天就过去了。起初他不在;过了一小时,我又去了,可他不见客;我又去了第三次,他这才放我进去。我把事情的来龙去脉据实向他禀报,他听完以后,在屋子里迈着大步走来走去,还用拳头捶自己的胸膛,他说:'你们这些强盗,都在干什么呀?要是让我知道这种事的话,我准会派人把他给抓来!'然后他跑了出去,叫来一个人,他们在角落里说了半天话,接着,他又走到我跟前,一边盘问我,一边斥责我。他恶狠狠地把我斥责了一通。我把所有情况都向他禀报了,我告诉他,您昨天听到我的话,一句话都不敢回答,我还说,您并没有认出我来。他听完以后,又开始绕着房间来回奔走,还用拳头捶打自己的胸膛,他大发雷霆,不停地跑来跑去,直到有人向他禀报,说您过来了,于是他说:'嘿,你躲到挡板后面去,先坐一会儿,无论听见什么动静,都不准动。'他亲自给我搬过来一把椅子,把我锁在了里面,他还说:'我可能会叫你。'后来尼古拉被带了进来,当时您离开了,于是他把我放了,他说:'我还会再找你的,我有事问你……'"

"他是当着你的面审问尼古拉的吗?"

"您被放走之后,他很快就把我放出来了,然后他才开始审问尼古拉的。"

说到这儿,小市民停了下来,猛然又鞠了个深躬,指尖触到了地面。

"请您宽恕我的诬告和恨意吧。"

"上帝会宽恕您的。"拉斯科尔尼科夫回答。话音刚落,小市民又向他鞠了一躬,但他这次已不再把身体弯到地面,只是弯了弯腰,随后缓缓转身,走了出去。

"一切都还是未知数,眼下一切都还是未知数。"拉斯科尔尼科夫口中反复念叨着,同时带着一种前所未有的底气从房间里走了出去。

"咱们的对决现在还没结束呢。"他一边下楼,一边说,同时脸上露出了愤恨的冷笑。这股愤恨之情是针对他自己的,因为他回想起自己先前的"怯懦",心中感到鄙夷而又羞愧。

第五章

第一节　列别佳特尼科夫家

那天，彼得·彼得洛维奇向杜涅奇卡和普莉赫里娅·亚历山德罗芙娜做了那番关乎命运的解释，次日清晨他却清醒了过来。昨天他还觉得，这件事似乎只是他自己的臆想，尽管事实已经发生了，但他依然觉得这不可能；然而此刻他格外沮丧，而且不得不慢慢接受这个事实，这个已然发生、无可挽回的事实。受伤的自尊仿佛一条毒蛇，整夜噬咬着他的心。刚一起床，彼得·彼得洛维奇便立刻跑过去照镜子。他很害怕，自己不会一夜之间患上黄疸病吧？好在他暂时没有得病。彼得·彼得洛维奇在镜中瞧了瞧自己那张英俊而白皙、但近期略显浮肿的脸，心中甚至感到一丝宽慰。他信心满满，坚信自己将来会在别的地方再找到一个未婚妻的，说不定还能找个更好的。不过，他很快就清醒过来，愤恨地侧身吐了口唾沫。瞧见这一举动，与他同住的年轻友人安德烈·谢苗诺维奇·列别佳特尼科夫悄然露出一抹讥讽的笑容。这个笑容并未逃过彼得·彼得洛维奇的眼睛，他立刻在心里给这位年轻友人记了一笔账。近日，他已经在心里给这位年轻友人记下了许多笔账。他忽然意识到，他真不应该把昨天那件事的结果告诉安德烈·谢苗诺维奇，想到这里，他愈发羞恼起来。这是他昨日因一时冲动、不擅自控和容易恼怒而犯下的第二个错误……除此之外，这天上午他又接连碰到许多不甚愉快的事情，好像老天在跟他故意作对。就连他在枢密院上下奔走、多方协调的那桩案子，现在似乎也面临败诉的风险。而那个房东尤其令他窝火：由于婚期将至，他从那个人手里租了一套房子，还自掏腰包好好装修了一番，可是那个房东——那个发了横财的德国工匠——竟然怎么都不肯同意废除这份刚刚签订的租房合同，还要求彼得·彼得洛维奇遵照合同条款，赔付全额违约金，即便彼得·彼得洛维奇交还给他的是一套几乎重新整修过的新房。家具店的情况也如出一辙，尽管订购的家具尚未搬至新宅，可是店家说什么也不同意退还定金，一卢布的余地都没得商量。彼得·彼得洛维奇恨得咬牙切齿，心里暗暗地想："难道我为了家具还要专门结个婚吗？"与此同时，他的脑海里再次闪过那个已然毫无指望的希冀："难道这一切真的就这样化作泡影，无可挽回了吗？不能再试一次吗？"他又想起了杜涅奇卡，这个迷人的美梦让他心如刀绞。他痛苦地承受着这一时刻，当然，如果现在可能的话，如果仅用愿望就能把拉斯科尔尼科夫杀死的话，那么彼得·彼得洛维奇非常乐意立刻将这个愿望付诸实现。

"此外，我的错误还在于，我一分钱都没有给过她们，"他一边想，一边愁眉苦脸地回到列别佳特尼科夫的小房间，"哎，见鬼，我怎么这么吝啬呀？我这么做什么好处都拿不到！我本想让她们先尝点苦头，让她们把我奉若神明，她们怎么能这样！……呸！不对，假如我当时先给她们一千五百卢布，比如让她们到克诺普公司和英国商店①置办点嫁妆啊，礼物啊，各种首饰啊，化妆品啊，还有布料之类的东西，情况就会乐观些，而且……我们之间的关系也能更稳固些！她们如今想要拒绝我，就没那么容易了！她们这类人就是这样，她们认为，在表

---

① 克诺普公司是圣彼得堡涅瓦大街上的一家现代服饰用品商店，克诺普是店主的名字。文中的"英国商店"里售卖的是英国进口货物，位于米利翁大街。

达拒绝的时候,必须把礼物和钱尽数退回,不过,要退回去也不容易,她们心里还会很舍不得呢!她们会感到良心不安,还会想:怎能突然将这个如此慷慨好施、彬彬有礼的好人给赶走呢?……哼!我真失策啊!"彼得·彼得洛维奇又开始咬牙切齿,骂自己是个傻子——当然了,他是在心里暗自咒骂。

想到这些,他回家时比出门时看上去更加凶恶,更加恼火。卡捷琳娜·伊万诺夫娜家这会儿正在筹备丧宴,这件事多少勾起了他的好奇。他昨天就听说丧宴的事情了,他甚至还依稀记着,好像他也受邀参加这场丧宴,但由于私事缠身,他当时没顾得上理会其他的事情。于是他连忙去找利佩维贺泽利太太打听一番。卡捷琳娜·伊万诺夫娜这会儿不在家(她去墓地了),利佩维贺泽利太太正在帮她张罗酒席,已经摆得差不多了。他打听到,这场丧宴会办得格外隆重,几乎所有的房客都被邀请了,其中甚至还有跟死者素不相识的人,就连昔日曾跟卡捷琳娜·伊万诺夫娜发生过争执的安德烈·谢苗诺维奇·列别佳特尼科夫也接到了邀请,至于他,彼得·彼得洛维奇,她们不仅向他发出了邀请,还迫不及待地等待他的到来,因为他几乎是所有房客之中最有身价的人。尽管从前发生过许多不愉快的事,但她们还是邀请了阿玛莉娅·伊万诺夫娜,而且邀请得格外郑重,所以现在由她来张罗酒席,料理一切。阿玛莉娅·伊万诺夫娜几乎在享受整个张罗的过程,除此以外,她还穿了孝服,不过,那却是一身簇新的衣服,丝绸面料,相当华丽,她穿着这身衣服心里颇为得意。这些事实和信息都在暗示着彼得·彼得洛维奇,促使他产生某个念头。他若有所思地回到自己的房间——也就是安德烈·谢苗诺维奇·列别佳特尼科夫的房间。关键在于,他得知,拉斯科尔尼科夫也在受邀的宾客之列。

不知道为什么,安德烈·谢苗诺维奇整个上午都待在家里。彼得·彼得洛维奇和这位先生之间建立了某种较为奇怪的关系,不过这在某种角度上也合乎人性的规律:彼得·彼得洛维奇几乎从刚搬进来的那天起就轻视他、讨厌他,这种感觉甚至有些过头了,然而与此同时,他对安德烈·谢苗诺维奇似乎还有些畏惧。彼得·彼得洛维奇刚到圣彼得堡就搬进了他的住处,这不仅仅是因为他精打细算,想要省钱——尽管这几乎是最重要的原因,但这里面还有另一个原因。他还在外省的时候就听说,这个由他监护成人的安德烈·谢苗诺维奇是时下思想最为超前的进步青年之一,甚至还在一些非比寻常的小团体里起着相当大的作用。这让彼得·彼得洛维奇大为震惊。这些实力雄厚、无所不知、蔑视并揭露所有人的小团体早就让彼得·彼得洛维奇感到某种特殊的畏惧,不过这份畏惧感却是完全捉摸不定的。当然,对于这类现象,早先他在外省的时候不可能得到比较准确的概念——哪怕只是大致的概念。他和所有人一样,听说如今——特别是在圣彼得堡——有一群进步人士、虚无主义者、告发者以及诸如此类的人,但是跟许多人一样,他们夸大并曲解了这些名称的内涵和作用,甚至到了荒谬的地步。他在近几年里最害怕的就是告发,这也是他经常过于不安的主要原因,尤其当他在心中勾画理想的蓝图,想要来圣彼得堡发展自己的事业的时候。在这方面,他就像人们常说的那样,是受过惊吓的——正如幼小的孩童有时会受到惊吓一样。几年前在外省,那时他刚刚开始创业,曾遇到两起后果惨烈的告发事件,被告发的皆是省里位高权重的大人物,而且在那之前,他一直依附着他们,将他们视作庇护者。其中一起告发事件的结果是,被告发者颜面尽失,而另一起事件最后差点掀起一场轩然大波。这就是为什么彼得·彼得洛维奇刚到圣彼得堡,就决定立刻将时局打探清楚,若有必要,他会抢占先机,博取"我们年轻一代"的好感,以绝后患。于是他将这件事的希望寄托在了安德烈·谢苗诺维奇的身上，比如，先前他去探望拉斯科尔尼科夫的时候，就已从别人那里学会了几句"套话"……

当然，他很快便发现，安德烈·谢苗诺维奇是一个庸俗至极、头脑简单的人。然而这并未打消彼得·彼得洛维奇心头的顾虑，也没有让他的胆子变得大些。即便他深信，所有的进步人士都是彻头彻尾的呆子，可他内心的不安仍未平息。其实，所有这些学说、思想、制度（安德烈·谢苗诺维奇乐此不疲地给他灌输的正是这些东西），跟他一点关系都没有。他这么做有他自己的目的。他只需尽快弄清：这里曾发生过什么事情，它们是怎样发生的？这些人到底有没有强大的影响力？对于他本人来说，是否有令他畏惧的力量存在？如果他着手去做某件事，他们会不会告发他？假如他们会去告发，那么他们究竟会因什么事情而去告发？如今，什么样的事情会被人告发？此外还有：倘若他们果真势力庞大的话，他能否巴结他们，耍点小伎俩糊弄他们？他应该这样做吗？比如，他能否借助他们的关系，暗中为自己的事业铺平道路呢？一言以蔽之，眼下他有无数问题亟待思索。

这个安德烈·谢苗诺维奇是个骨瘦如柴、身体虚弱的小个子，身患淋巴结核，在某处供职。他蓄着淡得出奇的浅色头发和肉饼状的络腮胡——这绺胡子让他感到无比自豪。除此之外，他经常患眼疾。他的心肠特别软，可是讲起话来却总是极其自负，有时甚至极度傲慢——若将这一点与他的身材进行对比，那么效果几乎总是颇为滑稽。然而在房东阿玛莉娅·伊万诺夫娜眼里，他是个相当可敬的房客，也就是说，他不酗酒，且按时交租。尽管安德烈·谢苗诺维奇身上具有这些良好的品质，但他本人却当真颇有些傻气。他投身于进步事业，加入"我们的年轻一代"——那是缘于一种青年人的热情。其实，他是形形色色、数不胜数的凡夫俗子之中的一员，是见识极为短浅、对任何事都一知半解却又固执己见者中的一员,这些人会在转瞬间义无反顾地跟风追捧时下最时髦的思想,目的是将这种思想立刻庸俗化,同时将与之相关的全套做派瞬间模仿下来——有时他们会以最真诚的方式沉浸于这种模仿当中。

尽管列别佳特尼科夫为人和善,但是对于彼得·彼得洛维奇——这位跟自己同住的人、自己此前的监护人,他也开始或多或少产生一些无法容忍的情绪。因此,站在双方的角度来看,这样的局面虽然看似偶然,却是相互的。不论安德烈·谢苗诺维奇多么单纯,他还是日渐看清,彼得·彼得洛维奇完全是在欺骗他,暗地里瞧不上他,他发现"这个人有点表里不一"。安德烈·谢苗诺维奇曾试着给彼得·彼得洛维奇讲傅立叶体系和达尔文理论[①],但最近这段时间,不知是怎么回事,彼得·彼得洛维奇听他讲话的时候已开始显露出过分的嘲讽,甚至还开始骂起人来。问题在于,彼得·彼得洛维奇开始循着直觉渐渐看清:列别佳特尼科夫不仅平庸无趣,略显傻气,没准儿还是个习惯撒谎的人,即便在他自己的小团体里,也全然不曾建立任何较为重要的人际关系,只不过是拾人牙慧罢了;除此之外,说不定他对自己的宣传任务也一知半解,因为他实在太糊涂了,他怎么可能当得了告发者呢!顺便说一句,最近一个多星期,彼得·彼得洛维奇十分乐于接受(尤其在刚开始的时候)安德烈·谢苗诺维奇的赞扬——这些赞扬甚至是相当奇怪的。比如,安德烈·谢苗诺维奇一厢情愿地认为他会为市民街某家即将成立的新"公社"提供赞助,于是对他大加赞扬;安德烈·谢苗诺维奇还认为,即便婚后第一个月杜涅奇卡想出去找情夫,

---

① 达尔文的主要著作(包括《物种起源》等)发表于1859年;傅立叶的研究活动主要进行于1803—1837年。

他也不会干涉；再比如，安德烈·谢苗诺维奇觉得他不会给自己未来的孩子受洗，等等。对于这些为他凭空捏造的新派品格，彼得·彼得洛维奇一贯不否认，他不但允许对方赞扬自己，甚至欣然接受天花乱坠的夸奖。

由于某些原因，这天上午彼得·彼得洛维奇兑换了几张五厘债券①，此刻他坐在桌边，清点数杳钞票和连号公债券。平日里几乎总是身无分文的安德烈·谢苗诺维奇正在房间里踱步，装作对这些钱毫不在意的样子，甚至露出鄙夷的神情。彼得·彼得洛维奇无论怎样都无法相信——比如说——安德烈·谢苗诺维奇当真对这么多钞票毫不在意；安德烈·谢苗诺维奇也在苦恼地想，没准儿彼得·彼得洛维奇真的以为他是假装对金钱不在意，大概彼得·彼得洛维奇还乐于找到这样的机会，用摆在桌上的一沓沓纸钞逗弄和取笑自己这位年轻的友人，同时提醒他，他只是不名一文的小人物，他们之间存在云泥之别。

但彼得·彼得洛维奇这次却发现，安德烈·谢苗诺维奇的表现竟然出奇的淡漠，这可是此前从未有过的事情，尽管安德烈·谢苗诺维奇又开始在他面前大肆宣扬自己热衷的话题，他声称要建立一个全新的特殊"公社"。现在彼得·彼得洛维奇在打算盘，在算盘珠子的"嗒嗒"声偶尔中断的停顿当中，他会不时插上几句话，表达自己的见解，驳斥他的观点，故意使自己心里那种放肆无礼的嘲讽之情溢于言表。"善解人意"的安德烈·谢苗诺维奇却还以为，彼得·彼得洛维奇表现出来的这些负面情绪是他昨日与杜涅奇卡断绝关系的缘故，还热情地想要尽快聊聊这个话题：对于这件事中关乎进步性和宣传性的问题，他认为自己很有发言权，还能为自己这位可敬的友人予以劝慰，这

---

① 沙俄政府发行的公债。

"无疑"会让他的思想觉悟更进一步。

"这个……寡妇家在办什么丧宴呀？"安德烈·谢苗诺维奇正讲到兴头上，彼得·彼得洛维奇忽然发问，把他的话头打断了。

"您怎么好像还不知道呢，我昨天不是跟您提过这件事吗？我还就这些仪式的话题发表了自己的见解……哦，对了，我听说她也邀请您啦。您昨天还亲自跟她谈话了呢……"

"我怎么也没想到，这个精神失常的穷婆娘竟把另一个傻瓜……拉斯科尔尼科夫给她的钱全都搭在丧宴上。我刚才从那里路过的时候，简直惊呆了：那酒席准备得可真丰盛呀，还有酒呢！竟然还找来好几个人……天晓得，这是怎么一回事！"彼得·彼得洛维奇喋喋不休，事无巨细地询问，似乎是别有用意，故意想把话题引到这件事上，"什么？您说，她们也请我去了？"

他猛地抬起头来，补充了一句："什么时候请的我，我怎么记不得呢？但我是不会去的。我去那儿干吗？我昨天只是顺便告知她，她身为一名官吏的遗孀，而且身无分文，极有可能申领到她丈夫的一年俸禄，作为一次性补助。她是不是就是为了这个原因，才请我的呢？嘿嘿！"

"我也不打算去。"列别佳特尼科夫说。

"那还用说嘛！您可是亲手打过她呀。您心里感到惭愧，这我能理解！嘿嘿嘿！"

"谁打她了？我打过谁了？"列别佳特尼科夫突然惊慌失措，脸涨得通红。

"不就是您咯，您把卡捷琳娜·伊万诺夫娜给打了，大概是在一个月前，是吧？其实我是昨天才听说……原来这才是您的信念哟！怎么女性问题也处理不当呢，嘿嘿！"

彼得·彼得洛维奇似乎从中得到慰藉,又开始打起算盘。

"这全是胡说八道,是造谣生事!"列别佳特尼科夫羞得面色通红,他总是生怕别人提起这件事来,"其实根本不是这样的!那是另一回事……肯定是您听错了,这是诬蔑!我那只是在正当自卫。是她,是她先朝我扑过来的……她把我的络腮胡都给拔下来了……我认为,人人都有权利正当自卫。而且,我不许任何人对我擅自使用暴力……这可是原则问题。要知道,这样做简直就是蛮横无理。我能怎么办呢?难道我就这么站在她跟前,任她打我吗?我只是推开她罢了。"

"嘿——嘿——嘿!"卢仁仍在满怀恶意地嘲笑他。

"您就是想激怒我,因为您自己心里别扭,您心里不痛快……而且您在胡说,这件事跟女性问题根本就不沾边!您理解错了。我甚至觉得,如果女性能在各个方面与男性势均力敌,甚至在体力上也与男人旗鼓相当(已经有人这样主张了),那样大家就能地位平等了。当然,后来我还想到,其实这种问题根本不必存在,要知道打架是不对的,而且在今后的社会里,打架将会是一件不可思议的事……通过打架斗殴来争夺平等,这显然是很奇怪的。我还没有那么笨……不过现今,打架斗殴仍然时有发生……我的意思是说,这种事将来是不提倡的,但是现在仍然存在……我呸!真见鬼!跟您说话容易把人弄得晕头转向!我不打算出席丧宴,并不是因为这场不太愉快的风波。我不肯去,是为了守住原则,因为我不赞同大摆筵席的歪风邪气,就是这样!不过,其实过去瞧瞧也行,但也是去加以蔑视……只是很遗憾,神甫不会过来,否则我肯定得去。"

"您的意思是说,您出席人家的酒席,但心里却怀有鄙夷,而且您还对请您做客的人感到不屑。是这样吧?"

"那并不是不屑,是在抗议。我的出发点是好的。我能间接促进大家的思想，同时进行宣传。每个人都应该提高思想觉悟，进行宣传，或许宣传的手段越激烈越好。我可以传播思想的种子……让这粒种子在人的心里生根发芽，结出实实在在的果实。我怎么会鄙夷他们呢？他们起初当然会生气，但日后会自己领悟过来，原来我是给他们带去好处了。我们的杰列比耶娃也曾被人指摘（她现在加入了公社），因为那时她弃家出逃……跟一个男人走了，同时还给父母写了一封信，她说，她不愿再生活在成见当中，她将不按宗教仪式结婚，而是追求自由恋爱。有人说，她这样对待父母，似乎是过于粗暴了，他们认为，她应该体恤父母，措辞再委婉一点。可是要我说，这全是胡扯，根本用不着委婉，相反，必须是奋起反抗。瓦莲茨和丈夫共同生活了七年时间，后来她抛下两个孩子，给丈夫去了一封信，要和他断绝关系，她在信中写道：'我意识到，自己与您生活在一起无法获得幸福。您骗了我，而且您没有告诉我，借助公社组织，可以建立另一种社会制度，对此我永不原谅。不久以前，有个慷慨的人把一切都告诉了我，我已决定跟他走了，我要跟他一起建立公社。我之所以开诚布公地告诉您，是因为我觉得欺骗是不正直的行径。您想怎么办，就怎么办吧。总之，不必对我的回归抱存希望。现在无论您做什么，都太迟了。愿您幸福。'这类信都应该这么去写！"

"这个杰列比耶娃，您是不是从前跟我提过她，就是那个已是第三次自由结婚的人？"

"严格来说，她总共结过两次婚！不过四次也好，十五次也罢，都没什么大不了的！假如说，我曾有某个时刻为我父母的逝世甚感遗憾，那么，这个时刻自然就是现在。我甚至还遐想过很多次，要是他们尚在人世，我一定要用自己的抗议使他们痛不欲生！我要故意让他们感到难受……因为我是一个'脱离家庭自力更生的人'，我呸！我要给他们点颜色看看！我还要让他们为之震惊！哎，只可惜他们全都不在了！"

"就为了让他们感到震惊吗？嘿嘿！那好，您想怎么样都行，随您吧，"彼得·彼得洛维奇打断了他的话，"但是请您告诉我，您认识死者的那个女儿吗？就是那个身形孱弱的小姑娘！大家针对她的非议是真的吗？"

"那又怎么样呢？依我之见，我的意思是说，按照我的个人观念，这就是女性的常态。难道不是吗？也就是说，对此也要进行区别①。这种情况在当前的社会里自然是不太正常的，因为这么做是被逼无奈，但是在将来的社会中，这却是完全正常的行为，因为人是自由的。即便是现在，她也有权利这么去做，因为她在经受苦难，而这些就是她的基金，换句话说，这是她的资本，她有十足的权利去支配这些资本。当然了，在将来的社会中基金将不再必需，可是基金的作用或将在另一层含义上得以表现，基金将会受到合乎逻辑、合理的制约。至于索菲娅·谢苗诺夫娜本人，如今我已将她的行为视作对于社会制度强烈而又具体的抗议，因而我对她颇为尊敬，我甚至一看见她，就非常高兴！"

"但是有人告诉我，就是您逼得她不得不搬离这里的！"

列别佳特尼科夫闻言简直要勃然大怒。

"这又是诬蔑！"他大喊大叫，"事情根本——根本就不是这么回事！根本不是这样的！这完全是卡捷琳娜·伊万诺夫娜造谣诽谤，因为她什么都不懂！我压根就没有追求过索菲娅·谢苗诺夫娜！我接近她，仅仅是想让她的思想境界有所提高，这完全是无私的，是为了

---

① 此处原文为法语。

尽量激发她的反抗精神……我所需要的，只是反抗精神，况且索菲娅·谢苗诺夫娜自己也不能继续在这栋房子里住下去了！"

"那您有没有让她加入公社呢？"

"请允许我指出您的问题：您老是讽刺我，而且您的笑很不坦荡。您对此一无所知！公社里不存在这样的人。因此成立公社的目的就在于，让社会上不再出现这样的人。这样的人到了公社将会完全转变他们当前的性质，他们在这儿是愚蠢的，可到了那儿，他们就会聪明起来；他们在这里，在当前的环境里是不正常的，而在那里，他们就会变得完全如常。一切都取决于，一个人是处在怎样的境况之下，生活在何种环境当中。一切都取决于环境，人本身却是无足轻重的。我跟索菲娅·谢苗诺夫娜现在相处得也很和睦，而这足以向您证明，她从未将我视作仇敌，从未将我视作欺侮过她的家伙。哦，对了！现在我正在努力劝她加入公社，但是，这个公社是建立在截然不同的基础上的！您笑什么？我们想要成立自己的公社，成立一种特别的公社，但它的群众基础较之从前将会更加宽泛。我们的信念较之从前也变得更加进步了。我们否定的更多了！倘若杜勃罗留波夫从棺材里面爬出来的话，那么我定要跟他论辩一番。我一定要在争辩当中对别林斯基的见解大加驳斥！现在我正在继续帮助索菲娅·谢苗诺夫娜提高思想境界，她可真是个天性美好、性情不错的姑娘啊！"

"哟，所以您就利用了这个美好的天性，我说得对吧？嘿嘿嘿！"

"不对！啊，不是的！刚好相反！"

"嗯，可不就是刚好相反吗？嘿嘿！瞧您说的！"

"请您相信！试问，我有什么理由在您面前隐瞒实情呢？相反，就连我自己都感到奇怪：不知道为什么，她跟我在一起的时候，看上去倒是颇为羞赧、紧张而又纯洁。"

"那是当然啦,您不是在帮她提高思想境界吗……嘿嘿嘿!您不是在向她证明,那些羞耻的感受全都是无稽之谈吗?……"

"根本不是这样的!根本不是这样的!哦,对了,您对'思想境界'一词的理解可真是简单粗暴、愚不可及啊——请您原谅我这么说!您根本什么都不懂!我的天啊,您怎么如此……肤浅呢!我们是在为女性谋求自由,但在您的心里却始终围绕着那个念头打转……对于贞操问题和女性羞耻问题避而不谈,其本质是,对于原本毫无用处且饱受世人偏见的事物避而不谈,然而与此同时,我完全相信,她跟我在一起时可以保持自己的贞洁,因为她在这件事上拥有她的意志与权利。当然,倘若她亲口告诉我,说'我需要你'的话,我觉得,这将是我莫大的成功,因为我非常中意这个姑娘。不过现在,起码是现在,任何人都绝不会比我待她更加有礼、更加恭敬,任何人都绝不会比我更加尊重她的自尊……我在等待,我正满怀着这希望——仅此而已!"

"那您最好给她送点什么呀。我敢跟您打赌,这点您从来没有想过吧?"

"我就跟您直说吧,您什——么都不懂!当然,她的处境是这样的,可是这里还存在一个问题!一个与之全然不同的问题!您简直是在看轻她。因为您刻板地认为,某一个人是应当被人轻蔑的,于是您不再从人道主义的观点去看待这个人。其实您不知道,此人的天性有多么美好啊!我只是感到遗憾,她不知怎么的,近日以来不再读我借她的书了,也不再过来找我借书了,以前她是常来借书的。尽管她现在正以一己之力奋力顽抗——她已证明过一次了,她的确很顽强,很有毅力——但她身上似乎还欠缺一些自主的精神,换句话说,她缺乏独立精神,她的否定态度还不够彻底,她尚未完全挣脱某些偏见和昏龊的观念,这一点令人甚感遗憾。尽管如此,有些问题她却看得非常透彻。比方说,说到吻手的问题,她的看法是很正确的,也就是说,倘若男性亲吻女性的手,那么男人是在用不平等的方式来侮辱女性。这个问题我们公社里也讨论过。后来我立刻就把我们的观点说给她听。当我说到法国工人联合会的事时,她听得也格外仔细。眼下我正给她讲,在将来的社会里,人们可以自由出入他人宅邸的问题。"

"这又是个什么问题?"

"这是我们近日以来讨论的问题:公社的成员是否有权进入另一名成员的家里,不论这位成员是男性,还是女性,而且是在任何时间……已经讨论出结果了:是有权利的……"

"哦,那么如果,他或者她此时正在大小便,该怎么办啊?嘿嘿!"

安德烈·谢苗诺维奇甚至被惹恼了。

"您总是把这样的事挂在嘴边,您总是说起这些该死的'大小便'!"他满脸嫌恶地大声喊道,"哼,我非常生气,也非常后悔,我谈到制度问题的时候,竟然过早地向您说起这该死的大小便问题!真是见鬼了!这个问题对于所有如您一般的人而言,简直是个阻碍,而且最糟糕的是,您根本就没弄懂别人在说什么,就讽刺起来了!就像他们说什么都对似的!仿佛他们真有什么引以为豪的想法似的!我呸!我曾多次严正主张,必须等到那些新人对于制度问题笃信无疑,等到他们思想觉悟变得深刻、目的变得明确的时候,才能跟他们最终谈论这个问题。试问,即便是在污秽的泥坑当中,您也要寻找这么龌龊可耻的东西吗?无论那个泥坑多脏,我都愿意带头过去清理它!这甚至谈不上什么自我牺牲!这仅仅是工作罢了,是一种高尚的、对社会颇有裨益的活动而已,这种活动跟任何其他活动一样有价值,举例来谈吧,它甚至要比拉斐尔和普希金做过的事情还要高尚许多,因为它更有用处!"

"而且还更加高尚,更加高尚,嘿嘿嘿!"

"'更加高尚'是什么意思?我不太懂,这类词汇在描述人类活动之时究竟有何意义。'更加高尚''更加慷慨'——全是胡扯,全是谬论,是旧式的刻板偏见,我要否认这些!所有对于人类有益的事情,那就是高尚的!我只能懂一个词:有益的!您爱笑就笑吧,但我说的是事实!"

彼得·彼得洛维奇笑得合不拢嘴。他已经点完钱了,还把钱藏了起来。但是他把一部分钞票留在了桌上,不知用意何在。彼得·彼得洛维奇和他这位年轻朋友曾多次因为这个"泥坑的问题"意见不合,导致关系近乎破裂,虽然这个问题本质上是庸俗的。滑稽的是,安德烈·谢苗诺维奇竟然还真生气了。卢仁倒是心情不错,因为他现在非常想看到列别佳特尼科夫不痛快的样子。

"您这是昨天感情受挫了,所以才这么可恶,您老是找碴儿。"列别佳特尼科夫终于把心里话脱口而出了。通常来说,虽然他既有"独立精神",又有"反抗意识",但他一向不敢出言驳斥彼得·彼得洛维奇的观点,总的来说,对于彼得·彼得洛维奇,他始终保持着一种延续多年的敬重态度,并且已经成了习惯。

"您最好还是说一下吧,"彼得·彼得洛维奇傲慢且气恼地打断了他的话,"那您是否可以……要不这么说吧:倘若您真的跟方才提到的那位年轻姑娘来往密切的话,如果你们的关系真的达到那种程度的话,那么您可否现在,就现在,把她请过来,到这间屋子里来一趟呢?他们好像已经从墓地那边回来了……我听到脚步声了……我想见见她,跟这个姑娘见一面。"

"您见她干什么？"列别佳特尼科夫诧异地问道。

"反正我得见见她。要么今天，要么明天，我就要搬出去了，所以想要知会她一下……不过，在我们谈话时，请您留在这里。这样也比较方便。否则，天知道您会不会又要胡思乱想了。"

"我才不会胡思乱想呢……我只是问问而已，如果您找她有正事要谈，那我就叫她过来一趟，这还不简单嘛。我现在就去叫她。请您信我，我肯定不会打扰你们的。"

果然，五分钟之后，列别佳特尼科夫把索尼娅带来了。她满脸诧异地走进房间，就像平时那样，她看上去很羞怯不安。每当遇上这种场合，她总是羞怯不安，她害怕跟陌生人打交道，早在孩童时期，她就害怕见到生人，现在就更不必说了……彼得·彼得洛维奇"语气谦和、殷勤有礼"地招待了她，但态度上略有些快活和狎昵，不过，在彼得·彼得洛维奇看来，像他这么德高望重且上了年纪的人，能够这样对待一位如此年轻、从某种角度来讲颇有趣味的女子，已经算是妥帖得体了。他赶紧"鼓励"她，让她坐在桌边的位置，坐到自己对面去。索尼娅坐了下来，朝四周打量了一番——她瞧了一眼列别佳特尼科夫，又看了看桌上那些钱，随即又把目光投向彼得·彼得洛维奇，她看了许久，似乎是在全神贯注地凝视着他。列别佳特尼科夫原本已朝着门外的方向走了。这时彼得·彼得洛维奇站起身来，打了个手势，让索尼娅先坐一会儿，然后走到门口，把列别佳特尼科夫拦了回来。

"那个拉斯科尔尼科夫在那边吗？他过来了吗？"他压低声音，朝列别佳特尼科夫问道。

"拉斯科尔尼科夫？在那儿呢。怎么啦？对，他是在那边……他刚进去，我看见了……怎么了？"

"是这样的，我想请您留在屋里，跟我们一起坐坐，别让我单独跟这位……姑娘待在一块儿。谈的只是一件无足轻重的小事，可是谁知道人家知道以后，会传出什么风言风语呢。我可不想让拉斯科尔尼科夫在那边胡说八道……您能懂我的意思吧？"

"哦，我懂，我懂！"列别佳特尼科夫忽然心领神会，"对，您有理由这么做……当然了，从我个人的观点来看，您未免过于担心啦，不过您这么做，自有您的道理。那好，我留在这里。我会站在窗户这边，不会打扰你们说话……我认为您做得对……"

彼得·彼得洛维奇回到了沙发跟前，坐在了索尼娅对面，凝神端详了她一会儿，他突然摆出一副异常慎重，乃至郑重其事的样子，仿佛在暗示对方："女士，您可千万别往那儿想啊。"索尼娅尴尬极了。

"索菲娅·谢苗诺夫娜，首先，请您替我向尊敬的令堂道个歉……这么说应该对吧？卡捷琳娜·伊万诺夫娜是您的继母，对吧？"彼得·彼得洛维奇说话的态度非常郑重，但是语气却相当和蔼。显然，他是诚心诚意的。

"是的，是的，她是我的继母。"索尼娅连忙怯生生地答道。

"好，那就请您替我向她转达歉意，由于一些身不由己的原因，我不能到府上吃布林饼了……也就是说，我不能出席酒宴了，虽然令堂好意地邀请了我。"

"好，我会告诉她的，我这就去说。"索涅奇卡连忙从椅子上站起来。

"等一下，我还没说完，"彼得·彼得洛维奇挽留了她，他见她这么天真，而且不懂礼数，不由得笑了一下，"亲爱的索菲娅·谢苗诺夫娜，若您以为，我请您过来，仅仅是为这么一桩关乎我个人的小事，而且我请的还是一位如您一般的女子，那您对我就不太了解了。我另有一事。"

索尼娅连忙坐了回去。桌上那些尚未收起的灰色和彩色钞票——灰色的面额为二十五卢布，彩色的面额为一百卢布——再一次映入她的眼帘，她赶紧把头扭过去，抬头望向彼得·彼得洛维奇。她忽然觉得，看着别人的钱是不太得体的行为，尤其是她。她将目光投向彼得·彼得洛维奇拿在左手里的那副长柄金丝眼镜，同时瞥见了那枚戴在他中指上的戒指，这是一枚又大又沉的戒指，上面嵌有黄宝石，极富美感——忽然，她又把目光从戒指上移开了，这下，她不知该看向哪里才好，于是索性又全神贯注地看着彼得·彼得洛维奇的眼睛。他沉默了一会儿，神情较刚才更加郑重，接着继续道："昨天我碰巧遇到卡捷琳娜·伊万诺夫娜，于是跟她说了几句话，仅仅通过这几句话，我就足以了解她当前的情绪状态了——是一种反常的情绪状态，倘若可以这么说的话……"

"没错……是很反常。"索尼娅连忙应声附和。

"或是说得简洁直白些吧，其实她有病。"

"是啊，简洁直白……对啊，她是有病的。"

"是这样啊！因此，基于人道主义，以及……这么说吧，还基于恻隐之心，我想为她做点有益的事情，因为我已预见到她那无法避免的不幸命运。估计在这个极度贫困的家里，如今他们只能完全指望您一个人了。"

"请问，"索尼娅猛地站起身来，"您昨天不是告诉过她，说她很可能会拿到一笔抚恤金吗？因为她昨天告诉我，您已开始为她设法周旋，争取让他领到这笔抚恤金。这是真的吗？"

"绝对不是这样的，从某种角度而言，这甚至颇为荒唐。我只是暗示过她：如果官员在任期间亡故，那么他的亲眷就有可能拿到临时补助，但是必须得有门路，而已故的令尊似乎不但服务期限不够，甚至近期根本没去就职。总体来说，即便是有希望，希望也很小，因为在这种状况下，她其实无法享受任何领取补助的权利，甚至相反……可她已经开始幻想领抚恤金了，嘿，这位太太可真敢想啊！"

"对，她的确想要领抚恤金……那是因为她心地善良，轻信别人。正因她心地善良，所以，人家说什么，她都相信，而且……而且……而且她神志有些……有些……是啊……很抱歉。"说着，索尼娅又要起身离开。

"您还没听完我说的话呢。"

"是的，我是没听完。"索尼娅模糊不清地小声说道。

"那您请坐啊。"

索尼娅又神色赧然地坐了下来，这已是第三次了。

"因为我看到她处境如此艰难，还有几个可怜的小孩儿，所以我想——就像我刚刚说的那样——我想尽些心意，为她做点有益的事情，其实就是所谓的量力而为。比如说，我可以给她募捐，再比如，这么说吧，可以举办抽彩活动……或者是类似这样的其他活动——不论是亲朋好友也好，外人也罢，总之呢，就是所有乐于帮助他人的人士，当他们碰到类似的情况，往往都会这样去做的。这便是我要跟您谈的事情。这样做是可以的。"

"是啊，好的……愿上帝因此事而庇佑您……"索尼娅凝视着彼得·彼得洛维奇，低声嗫嚅道。

"这样做是可以的，只是……我们日后再……也就是说，我们可以从今天开始。晚上咱们再见一面吧，再商议商议，讨论一下该怎么实施。就请您七点左右的时候再过来一趟。我希望到时安德烈·谢苗诺维奇也能在场……但是……还有一个情况，需要事先详加说明。索菲娅·谢苗诺夫娜，我麻烦您跑一趟，也正是为了这件事情。我的意见是,这钱不能交给卡捷琳娜·伊万诺夫娜,您不必这样做,而且钱放在她的手上也很危险,今天的丧宴不就是证明嘛。可以说,他们连明天的食物都没有了……哎,鞋子也没有了,什么都没有了,今天竟然还买来了牙买加糖酒,好像甚至还买来了马德拉酒和……和……和咖啡。我刚才从那里经过时看到了。可到了明天,这些温饱问题又要全部压在您的身上了。这并不合理。因此,等到募捐的时候,依我个人之见,钱的事情应该瞒着这个……这么说吧……这个不幸的寡妇,比如说,这件事只能您一个人知道。我说得对吧?"

"我不知道。她只是今天才这样的……一辈子就有这么一次……她很想大办丧宴,请大家为亡者祭祷和追思……其实她很明事理。不过,就按您的意思办吧,我会非常……非常……非常……他们也都会感谢您的……上帝会保佑您的……孤儿们也会……"

话还没有说完,索尼娅就哭了起来。

"好的。那就请您记住,为了您亲人们的利益,现在请收下我个人的小小心意,让我略尽绵薄之力。就是这些……这么说吧,由于我自己也有用钱的地方,所以我不能再多给了……我希望的是,您不要提起我的名字。"

说完,彼得·彼得洛维奇把一张面额为十卢布的钞票郑重地展开,递给索尼娅。索尼娅接过钞票,霎时间脸色通红,她飞快地站起身来,嘴里咕哝了一句什么话,然后迅速离开。彼得·彼得洛维奇满面春风地把她送至门口。终于,她从屋里跑了出去,回到卡捷琳娜·伊万诺夫娜那里,她感到激动而又疲惫,心中甚感不安。

在这场演出的全程,安德烈·谢苗诺维奇不愿打断他们的谈话,所以时而站在窗边,时而在屋内来回走动,等到索尼娅离开之后,他忽然走到彼得·彼得洛维奇面前,郑重其事地向他伸出手,想和他握手。

"我全都听见了,也全都看见了,"他特别用力地强调了最后三个字,"这是一种高尚的行为,我的意思是说,这是一种发扬人道主义精神的行为!我还看见,您不想让人家感谢您!我得承认,虽然就原则而言,我不想赞同这种个人慈善行为,因为它非但无法彻底根除罪恶,反而会助长罪恶,但是我不得不承认,看到您的高尚行为,我是很高兴的。对,没错,我乐于看到这件事情。"

"哎,这些话全是胡扯!"彼得·彼得洛维奇小声咕哝道,他情绪有些激动,同时,也不知为何,他开始仔细端详列别佳特尼科夫。

"不,这才不是胡扯呢!一个如您一般的人,是应该受人敬仰的——您虽然为昨天的事不胜烦恼,受了莫大的委屈,可是您还能在意别人的不幸……尽管这种行为的确犯了社会性错误,但是……彼得·彼得洛维奇,我甚至未曾料到,您会做这样的事,尤其是当我根据您的观点对您进行判断,啊!您的观点还在干扰您啊!比方说,昨天您感情受挫的时候,心情可真烦躁啊!"好心的安德烈·谢苗诺维奇一边感慨着,一边对彼得·彼得洛维奇产生了加倍的好感,"最高尚、最亲爱的彼得·彼得洛维奇,试问,这门婚事,这门合法婚事,对您而言又有何用呢?您为何非要让婚姻合法化呢?不过这门婚事没办成,我还挺高兴的,好吧,您要是想打我,那就打吧,我感到高兴的原因是,您逃离了婚姻束缚,而且对于人类而言,您还没有完全毁灭,所以我很高兴……要知道,我可是将心里话全都说出来啦!"

"因为我不愿在你们那种'自由婚姻'中戴绿帽子,我不愿养育别人的孩子,所以我需要婚姻合法化。"卢仁之所以这样说,是因为他总归要回答些什么。他正在凝神思忖着什么。

"孩子吗?您刚才提到孩子了?"安德烈·谢苗诺维奇犹如一匹听

到战号的马,周身战栗了一下,"我同意,孩子是一个社会性问题,并且是头等大事,但是,关于孩子的问题必须要按另一种方式解决。有些人像否决一切带有家庭意义的迹象一样,连同孩子也一并否决了。关于孩子的问题,我们日后再谈,现在咱们先说说绿帽子的问题!坦白说,我在这个问题上可不是专家。这是令人厌恶的、骠骑兵式的、普希金式的用语,而这样的用语,在未来的辞典中甚至是荒谬至极的!再说,绿帽子是什么啊?这种说法简直是一派胡言!绿帽子长什么样呢?为什么要戴绿帽子呢?这多么荒诞啊!相反,在自由恋爱中,根本不存在什么绿帽子!所谓绿帽子,只是所有合法婚姻的自然结果,这么说吧,它是对于合法婚姻的修正和抗议,因此,从这个意义上来讲,绿帽子甚至一点都没有侮辱含义……假如我以后一时糊涂,进入了合法婚姻,那我甚至还会乐于去戴那顶您所诅咒的绿帽子呢。那时,我会对我的妻子说:'我亲爱的朋友啊,在这件事之前,我只是爱着你,可是现在,我敬重你,因为你有反抗精神!'您怎么笑了?这都是因为您无法摆脱成见呀!真见鬼,一个人合法结了婚,却被伴侣给骗了,这当中的不好受,我是可以理解的。但是您要知道,这只是下流行径的卑鄙后果,双方都会从中受侮的。如果大家默许了自由的关系,把绿帽子的行为合理化,那么戴绿帽子也就不复存在了,它听上去会很不可思议,就连绿帽子的说法也会完全消失。相反,您的妻子只是在向您证明,她有多么敬爱您,因为她认为,您是不会反对她追求幸福的,您的思想高尚,不会因为她另寻新欢而报复她。真是见鬼,我有时还会幻想,倘若有一天我嫁人……呸……我结婚的话(自由结合也好,合法婚姻也罢,总之是一样的),我会亲自为我的妻子找个情人,要是她自己找了很久都没找到的话。到时我会对她说:'我亲爱的朋友啊,我爱你,但我也希望,你是尊敬我的——瞧,情人我都给你带来了!'我说得对吗,对不对?……"

彼得·彼得洛维奇一边听着,一边笑了起来。但是他对此并没有什么特别的兴趣。他甚至都没怎么细听。他的确是在思索别的事情,这一点就连列别佳特尼科夫也有所察觉了。彼得·彼得洛维奇甚至显得颇为激动,他搓着手,陷入了沉思。这一切,安德烈·谢苗诺维奇是后来才弄明白的,并且他回想起来……

第二节　丧宴

卡捷琳娜·伊万诺夫娜那神志失常的头脑里怎会萌生这种想法，要办一次毫无意义的丧宴呢——原因真的很难说清。不错，为了筹办丧宴，她花掉了将近十个卢布，而拉斯科尔尼科夫总共才给她二十多卢布，况且，他把这笔钱送给她，其实是为了安葬马尔梅拉多夫。或许卡捷琳娜·伊万诺夫娜认为，自己有义务"好好地"悼念亡夫，好让所有的房客——尤其是阿玛莉娅·伊万诺夫娜——都看看，他"不仅完全不比他们差，而且可能比他们所有人都要强上许多"，她要让他们知道，谁也没有权利在她面前摆"臭架子"。也许正是那种穷人特有的自尊在这里起了极大的作用，出于这种特殊的自尊，很多穷人都将竭力攒下的一点点钱铺张地花在我们日常生活中某些人人都须遵守的社会礼仪上面，他们之所以这样做，仅仅为了证明，自己"并不比旁人差"，同时也为了避免他人的"非议"。卡捷琳娜·伊万诺夫娜之所以想要大办丧宴，很可能也出于同样的原因：正是在这种境遇下，当她觉得自己仿佛已被世人抛弃之时，她想让这些"身份微贱又令人厌恶的房客们"好好瞧瞧，她不仅"很懂生活，很会待客"，而且受过教育，她根本就不该过这种穷苦的生活，她成长在"一个高贵的家庭里，甚至可以说是一个贵族阶层的上校家庭里"，她受的教育根本就不是教她擦地板的，也不是教她每天夜里给孩子们洗破衣服的。在那些备受摧折且最贫穷的人们心中，这种自尊感和虚荣心有时会忽然发作，偶尔还会演变为一种易受刺激又难以抑制的需求。此外，其实卡捷琳娜·伊万诺夫娜并不是一个易受摧折的人。环境可以使她走投无路，但是，要想在精神上摧折她，也就是说，要让她真正感到害怕，要使她的意志被征服，断然是不可能的。除此之外，索涅奇卡曾说，卡捷琳娜·伊万诺夫娜已经思绪紊乱了，这也极有道理。诚然，这还无法彻底断言，但是在最近一段时间里，在最近的整整一年中，她那可怜的神经确实受过太多的折磨，以至于其必定或多或少受了损伤。据医生说，肺部疾病的迅速恶化也可能导致神经错乱。

酒的数量不多，品类也不多，其实，这里并没有什么马德拉酒，彼得·彼得洛维奇说得有些言过其实了，但是酒的确是有的。有伏特加、朗姆酒和里斯本葡萄酒，虽说品种都很低廉，但是数量相当充足。食物除了蜜粥，另有三四道菜（顺便说一句，还有布林饼），这些都是从阿玛莉娅·伊万诺夫娜的厨房端过来的，除此之外，厨房里还准备了两个茶炊，饭后喝茶和饮用五味酒的时候会用到。所有东西都是卡捷琳娜·伊万诺夫娜亲自采购的，还有一位房客给她打打下手。这是个命途多舛的波兰人，不知是什么缘故，此人近日常住在利佩维贺泽利太太那里。他很爽快地答应了卡捷琳娜·伊万诺夫娜的请求，愿意供她差遣，昨天整日和今天上午，他一直在东奔西走。他累坏了，在那里垂着脑袋，张着嘴巴，直喘粗气，他卖力的样子就好像极力想让周围人看到，自己到底有多勤快。为了区区几桩小事，他也要赶紧跑到卡捷琳娜·伊万诺夫娜那里商量一下，甚至追到了商场里找她，他还不停唤她作"少尉太太"。终于，她被搞得心烦意乱，尽管她先前说过，若是没有这位"乐于助人的大好人"，她简直会被累死的。卡捷琳娜·伊万诺夫娜有个这样的性格特质：对于每个初次相见的人，她都会立刻送上最动听的溢美之词，有时人家甚至被她夸赞得羞愧难当，而且她很善于无中生有,总是凭空编造情节,还对此深信不疑,随后,她又忽然对人家失望了,想要断绝往来,还大肆侮辱人家,仅仅几小时前还被她崇拜得五体投地的人,就这样被她不由分说地赶了出去。她生性乐观,爱笑随和,可是由于屡遭不幸,频频受挫,她渐渐萌生了一种极其强烈的愿望——想让所有人都过得顺遂,活得快乐,她见不得旁人沦入苦难的境地,因此,只要生活中稍有不顺,或是遇上一点点挫折,她就会立刻大受刺激,激动得近乎抓狂,转瞬之间,那些无比美妙的希冀和幻想便破灭了,她开始咒骂命运的不公,随手抓起手边的物事,不是撕得粉碎,就是乱掷一气,还不停地拿头撞墙。不知为何,阿玛莉娅·伊万诺夫娜也忽然博得卡捷琳娜·伊万诺夫娜异乎寻常的重视与尊敬,或许,这仅仅是因为,在筹办丧宴的过程中,阿玛莉娅·伊万诺夫娜把所有琐事都料理得特别尽心:她摆好了桌子,拿来了桌布、碗碟等一应物品,还在自己的厨房为之供应餐食。卡捷琳娜·伊万诺夫娜临行前把这些事情全部托付给她,让她全权代办,自己则出发前往墓地。果不其然,事情办得妥帖极了:酒席不仅摆好了,还摆得干净利索,碗碟、刀叉、酒杯、玻璃杯、茶杯——这些当然是从其他房客家里临时借的,款式各异,大小不一,但也都按时摆放好了。阿玛莉娅·伊万诺夫娜觉得,这件事让她办得简直棒极了,因而在迎接从葬礼上回来的那些人时,她甚至还有几分得意。她穿得格外漂亮,戴了一顶系着黑色新纱带的包发帽,穿了一件黑色连衣裙。虽说她的这份得意是理所应当的,可是不知道为什么,卡捷琳娜·伊万诺夫娜却不大欢喜,她想:"真是的,好像没了您阿玛莉娅·伊万诺夫娜的助力,这酒席就摆不成啦。"她也不喜欢那顶系着黑色新纱带的包发帽,"瞧把这个愚蠢的德国女人给得意的,也许她觉得自己是房东,想要发发慈悲,这才答应给穷苦的房客帮帮忙吧?发发慈悲!那可要多谢啦！我卡捷琳娜·伊万诺夫娜的父亲曾是上校，差点就当上省长了，我们家有时摆酒请客，一口气能请四十号人呢，像这种宴席，您阿玛莉娅·伊万诺夫娜这样的人，或者不如说，像柳德维戈夫娜这样的人，恐怕连厨房都进不去呢……"不过，她决定暂时按下自己的情绪，尽管她已经下定决心，今天必须得治一治这个阿玛莉娅·伊万诺夫娜，好让她认清自己的真实身份，否则，天晓得她会把自己想象成怎样的人，不过，目前也只能对她持冷淡态度。另有一件不甚愉快的事情，这或多或少也让卡捷琳娜·伊万诺夫娜在心里暗自窝火：在受邀出席葬礼的所有住户当中，除了那个波兰人以外——后来他总算是赶到了陵园——谁都没有到场；可是到了丧宴开席的时候，也就是该来吃饭了，这些人中身份最卑微的穷人却全都来了，而且其中很多人的着装甚至很不得体。如此做法，简直不成体统。而那些年岁更高的长辈和社会地位更高的上流人士呢，就好像故意说好似的，全都没来赴宴。比如，彼得·彼得洛维奇·卢仁，可以说，他是本楼所有住户当中最有身份的人，他就没有到场，然而就在昨天晚上，卡捷琳娜·伊万诺夫娜已经昭告天下了——其实就是告诉阿玛莉娅·伊万诺夫娜、波莲卡、索尼娅和那个波兰人——她说，这个高尚慷慨、很有人脉、家底殷实的人是她第一任丈夫的故交，昔日曾是她娘家的座上宾，他已经答应她啦，倾尽全力，也要帮她把那笔数额不菲的抚恤金拿到手。这里需要指出的是，如果卡捷琳娜·伊万诺夫娜对某个人的社会关系和身份地位赞不绝口，那么她并非收过人家的好处，或者别有用意，她是完全不带任何私心的，换句话说，她出自一片真心，仅仅是乐于赞美别人，抬高对方的身价而已。"这个可恶的坏蛋列别佳特尼科夫"也没到场，想必是看人家卢仁先生没来，他"有样学样"，索性也不来了！卡捷琳娜·伊万诺夫娜心想："这个家伙究竟把自己看成什么人了？请他只不过是发发善心罢了，毕竟他跟彼得·彼得洛维奇住在一起，又是他的朋友，看在彼得·彼得洛维奇的面子上，也就不好不请他。"那位颇具上流社会格调的太太和她那个"高龄未嫁"的女儿也没有来，虽然她们在房东阿玛莉娅·伊万诺夫娜那里仅住了大约两个礼拜，但曾屡次向房东抱怨，说马尔梅拉多夫家里总是传来嘈杂声和喊嚷声，尤其是马尔梅拉多夫喝多回来的时候，而这些话是借房东阿玛莉娅·伊万诺夫娜之口说出来的，当时房东和卡捷琳娜·伊万诺夫娜大吵了一架，声称要将他们一家子全都赶出去，还扯着嗓子大吼，说他们打扰了"这两位高贵的房客"，还说他们"连给人家提鞋都不配"。现在，卡捷琳娜·伊万诺夫娜打算故意邀请一下她们，就是"她连提鞋都不配"的太太和她的女儿，而且到目前为止，每次碰见的时候，这位太太都傲慢地扭过头去——因此，这么做是为了让她知道，这里的人"思想和感情更加高尚，不记仇，才愿意邀请她们"，也好让她们瞧瞧，她卡捷琳娜·伊万诺夫娜根本就不该过这种捉襟见肘的苦日子。这一点必须要在酒桌上点到才行，还有她的上校父亲差点就当上省长的事情，也要让她知道，同时还得侧面提醒她们，不必在她们碰面的时候把头扭过去，这是极其愚蠢的行为。没到场的还有那个体型肥胖的中校（实际上他是一名退休的上尉），不过，其实他从昨天早上起就已经"醉得晕头转向"了。总之，到场者寥寥无几：最先到的是那个波兰人；然后来了一个身形孱弱、相貌丑陋的小职员，他话很少，穿着一件沾满油污的燕尾服，满脸痤疮，身上有一股难闻的气味；随后来了一个耳聋的老头儿，他的眼睛也快要完全瞎了，他从前曾在某家邮政总局里做事，不知从何时起，也不知由于什么缘故，有人把他安排在阿玛莉娅·伊万诺夫娜这里，供他吃住；还来了个酒气醺醺的退休中尉，其实他是一名军需官，此人举止不端，总是放声大笑，"请您想象一下吧"，他连背心都没穿呀！有个人进门以后，甚至没有向卡捷琳娜·伊万诺夫娜点头致意，径直坐在了桌边；还有，最后走进来一个人，她是穿睡衣来的，因为实在没有像样的衣服穿，但这确实太不成体统了，于是阿玛莉娅·伊万诺夫娜和那个波兰人好不容易才把她给请了出去。不过，那个波兰人还带来了两个波兰人，他们既没有在阿玛莉娅·伊万诺夫娜的房子里住过，这里的人也从未见过他们。这一切都让卡捷琳娜·伊万诺夫娜愤怒不已。"既是这样，这一切究竟是为谁准备的呢？"为了腾出空位，孩子们甚至不能上桌吃饭，而那张桌子原本就占据了整间屋子，于是孩子们被安排在后面角落里的一只箱子上吃，两个年幼的孩子被放在一张长凳上，作为大孩子的波莲卡则负责照管他们，给他们喂饭，还要像服侍"贵族孩子"那样，给他们擦鼻涕。总之，她不由得以一种加倍的自矜、甚至是傲慢无礼的态度迎接每一位来客。她用尤为严肃的目光打量着其中几人，并用高高在上的态度邀请他们入席。不知怎的，她把其他人没有到场的原因归咎于房东阿玛莉娅·伊万诺夫娜，于是忽然对她冷若冰霜，而后者迅速察觉到这一点，心中的怒意不由得攀至顶点。这样的开局是不会有好结果的。终于，所有人都入席了。

拉斯科尔尼科夫差不多是在他们刚从陵园回来时进门的。卡捷琳娜·伊万诺夫娜看到他开心极了。原因有二，首先，他是到场宾客当中唯一一位"受过教育的客人"，而且"大家都知道，他两年之后会在一所本地大学里任教"；其次，他进门后立刻给她恭恭敬敬地道了个歉，表示他虽然很想早点过来，但还是没能赶来参加葬礼。她连忙朝他迎了上去，请他上座，坐在自己的左手边（坐在她的右手边的是阿玛莉娅·伊万诺夫娜）。尽管她始终忙个不停，殷勤地给客人们布菜添食，好让所有人都能吃到每一道菜，尽管她那痛苦的剧咳会不时打断她的话，让她喘不上气来，而且特别是在最近两天，她的肺病变得愈发严重，已经落下病根，但她还是不停地去和拉斯科尔尼科夫交谈，小声而又急切地向他倾吐自己心中积郁已久的全部情感，以及对于这场被搞砸了的丧宴的满腔义愤，而这种义愤时常转变为一种欢快至极、难以抑制的嘲笑——她嘲笑在场所有的客人，不过，主要嘲笑的还是房东本人。

"一切全都怪这只布谷鸟。您明白我说的是谁，是她，就是她！"卡捷琳娜·伊万诺夫娜朝着房东的方向努了努嘴，给拉斯科尔尼科夫示意，"您瞧瞧她呀，那双眼睛睁得圆溜溜的，她可以感觉到，咱们是在谈论她，可她不懂咱们在说什么，干瞪着眼睛。我呸！猫头鹰！哈哈哈！……嘿嘿嘿！她戴这顶帽子究竟是想显摆什么呢？嘿嘿嘿！您注意到了吗？她总想让大家觉得，她在施恩于我，她能到场是我的荣幸。我拿她当正派人士，请她邀请一些品性好些的人来，也就是亡夫的一些故人，可您瞧瞧，她请来的都是什么人呀！个个都是丑角！一群蠢货！您瞧瞧此人这张脏兮兮的脸，简直就是一个两条腿走路的废物！还有这些波兰人……哈哈哈！嘿嘿嘿！这儿的人谁都没有见过他们，从没见过，就连我都没见过，那么我想问问您，他们到底过来干什么呢？他们规规矩矩地并排坐在一起。喂，先生！"她忽然朝其中一个波兰人喊道，"布林饼您尝过了吗？请再用些吧！请喝点啤酒吧，啤酒！不想喝点伏特加吗？""您瞧瞧，这人'噌'地一下站起来了，还鞠躬行礼呢，您瞧，您瞧，估计全都饿疯了！没关系，让他们吃吧。只要他们不吵闹就行……说真的，我担心的是房东的那些银汤匙……阿玛莉娅·伊万诺夫娜！"她忽然朝着房东几乎放声地喊道，"要是您的汤匙被意外偷走的话，我不负责哦，我可事先警告您啦！哈——哈——哈！"她又转过头去对拉斯科尔尼科夫说，又给他朝房东的方向努了努嘴,然后放声大笑起来,为自己出格的行为而欣喜万分,"没懂,她又没懂!您瞧,这个马大哈咧着嘴巴坐在那里,真是只猫头鹰啊,真真正正的猫头鹰,系着新纱带的猫头鹰,嘿嘿嘿!"

此时,笑声又变成了一阵难受的咳嗽,她咳了大概五分钟。手绢上留下了少许鲜血,额上沁出了几滴汗珠。她默默将血迹拿给拉斯科尔尼科夫看,稍事休息,随即又开始异常兴奋地跟他悄声说起话来,脸颊还泛起了红晕:"您看吧,可以说,我极其委婉地拜托她去邀请这位太太和她的爱女,您明白我说的是谁吧?要想办好这件事情,必须得有礼有节,极富辞令技巧,可她却给我办砸了。这个外地来的蠢女人,这个趾高气扬的婆娘,这个无足轻重的外省女人,仅仅因为她是某位少校的孀妇,来圣彼得堡是要设法弄到一笔抚恤金,她东奔西跑,把裙衫的底襟都给磨破了。她已经五十五岁了,却还要浓妆艳抹,描眉画唇(这谁不知道啊)……而这个婆娘,不仅索性没来,竟然连个招呼都不打,在这种情形下,要是她不能过来的话,最起码的礼貌必须要有吧!我不明白,为什么彼得·彼得洛维奇也没来呢?不过,索尼娅在哪儿?她到哪儿去了?哈,瞧,她终于到啦!索尼娅,怎么回事,你去哪儿啦?奇怪,你连父亲的葬礼都来晚了。罗季昂·罗曼诺维奇,让她坐在您身边吧。索涅奇卡,你坐这儿吧……想吃什么,自己拿吧。吃点肉冻吧,这道菜更好吃些。布林饼马上就要送上来啦。给孩子们吃了吗?波莲卡,所有的菜品你那儿都有吗?咳——咳——咳!嗯,很好。廖尼娅,你要做个好孩子呀,而你呢,科利亚,两条腿不要晃来晃去,坐好,要像个贵族孩子那样,端端正正地坐着。索涅奇卡,你说什么?"

索尼娅连忙向她转达了彼得·彼得洛维奇的歉意。她尽量说得大声些,好让所有人都能听见,同时使用最文雅、最恭敬的表达,甚至故意模仿了彼得·彼得洛维奇的语气,并对这些话加以美化。她还补充道,彼得·彼得洛维奇特意让她转达,他一有机会,就会立刻过来,有几件事要跟她单独谈谈,还要商议一下,接下来可以做些什么,等等。

索尼娅知道,这些话可以让卡捷琳娜·伊万诺夫娜的内心得到慰藉,使她平静下来,安心称意,而最重要的是——她的自尊心会得到满足。索尼娅坐到了拉斯科尔尼科夫的身边,仓皇地向他点头致意,并好奇地朝他匆匆瞥了一眼。不过,也不知为什么,她在余下的时间里既不瞧他,也不跟他讲话。她甚至似乎有些心不在焉,虽然她一直注视着卡捷琳娜·伊万诺夫娜的脸,想让她高兴起来。她和卡捷琳娜·伊万诺夫娜都没穿孝服,因为没钱做衣服。索尼娅穿着一件深棕色的衣服,而卡捷琳娜·伊万诺夫娜则穿着自己仅有的那件裙衫,一件带条纹的深色系印花布连衣裙。从彼得·彼得洛维奇那里传来的消息让她振奋了起来。卡捷琳娜·伊万诺夫娜郑重其事地听着索尼娅讲完,又同样郑重地打听起他的身体状况:彼得·彼得洛维奇的身体都还好吧?随后,她连忙用几乎所有人都能听见的音量向拉斯科尔尼科夫低声密语道,像彼得·彼得洛维奇这样令人敬重、身份显赫的人,要是发现自己身处于这么一伙"特殊的人群"中间,属实会倍感诧异啊,虽然他对她们一家人非常忠实,而且还是她父亲的旧友。

"罗季昂·罗曼诺维奇,蒙您不弃,愿意拨冗前来,吃顿便饭,而且是在这种状况下,我不胜感激,"她几乎高声地补充了一句,"不过我相信,您能如约而至,只因您对我那可怜的亡夫抱有笃厚的情谊。"

随后,她再次傲慢又庄重地环视四周,扫视自己的客人们,忽然,她隔着桌子尤为关切地朝那个耳聋的老头儿高声问道:"想不想再来点烤肉呀?有没有尝过里斯本酒呀?"老头儿没有回话,尽管邻座的那几个人为了取笑他,甚至开始推搡他,可他还是不明白,人家到底问了他什么。他只是大张着嘴巴,左右顾盼,这下惹得众人更加欢乐了。

"瞧这个傻子!您瞧,您瞧!怎么把他给带来了?至于彼得·彼得洛维奇,我会永远信任他的,"卡捷琳娜·伊万诺夫娜继续对拉斯科尔尼科夫说,"哦,当然了,他可不像……"她猛然回头对阿玛莉娅·伊万诺夫娜高声说,态度相当冷峻,甚至让后者不禁感到害怕起来,"他可不像您那两位搔首弄姿、长裙曳地的女士呀,就算她们想去我娘家的厨房里当厨娘,人家都不要呢,当然了,邀请她们也是我的亡夫给她们面子,想来只是因为他宽宏大量,心地善良。"

"是啊,他爱喝酒,他喜欢喝点,没事就喝点!"那个退休的军需官干下了第十二杯伏特加,突然大喊道。

"亡夫的确有些酒瘾,这一点大家也都知道,"卡捷琳娜·伊万诺夫娜突然揪着他的话不放,向他发起了挑战,"但他这人心地善良,品格高尚,关爱家庭,尊重家人,只有一个弱点:因为太善良,他总是轻信那些鱼龙混杂、道德腐化的人,天晓得他到底跟谁还没喝过酒,他甚至还跟那么一群连他鞋底都不如的人喝过!罗季昂·罗曼诺维奇,您能想象吗,他的衣服口袋里总能找到公鸡状的蜜糖姜饼,他出去喝得像个死鬼,可心里却还记挂着孩子们。"

"公——鸡?您说的是'公——鸡'吗?"军需官先生大喊道。

卡捷琳娜·伊万诺夫娜并没有理会他。她想起了一件事,不由得叹了一口气。

"想必您跟大家一样,认为我对他太过严苛了吧?"她转过头去,对拉斯科尔尼科夫继续说道,"其实不是这样的!他很尊重我,他非常、非常地尊重我!他心地善良!有时候我可真可怜他呀!他常常坐在角落,盯着我看,让我不禁对他怜惜起来,想要对他温柔一点,可我转念想道:'你若对他温柔一点,他又要去喝得烂醉如泥了。'只有对他严厉一些,才能管得住他。"

"是啊,你以前还总是揪他的头发,而且还不止一次呢。"那个军需官又插了一句,跟着又干了一杯伏特加。

"不只是揪头发,甚至用鸡毛掸子对付某些傻子也很有用呢。我现在指的可不是我那去世的丈夫!"卡捷琳娜·伊万诺夫娜对那个军需官冷淡地说。

她脸上的红斑变得愈发明显,胸膛在不断地起伏。再过一分钟,她已准备好了,要闹出一场风波。很多人正在"嘿嘿"地窃笑,看来,这让他们感到非常愉快。有人推了推那名军需官,对他悄声说了些什么。显然是想看他们俩吵起来。

"请……请问,您这话是什么意思?"军需官开口道,"就是您这话里……指的是谁……您刚才说……不过也不用了!反正是胡扯!寡妇啊!苦命的寡妇啊!我原谅您……罢了!"说着,他又干了一杯伏特加。

拉斯科尔尼科夫坐在那里,怀着厌恶的心情沉默地听着。卡捷琳娜·伊万诺夫娜不时往他的盘子里添菜,他稍稍碰了几口,也许仅是出于礼貌,也许只是不想使她感到不悦。他目不转睛地细细端详着索尼娅。但索尼娅却越来越惶恐不安,越来越忧心忡忡,她还预感到,这场丧宴并不会安然无事地结束,于是满怀恐惧地关注着怒意渐盛的卡捷琳娜·伊万诺夫娜。与此同时,她很清楚,那两位外省来的女士对待卡捷琳娜·伊万诺夫娜邀约的态度之所以如此轻蔑,主要原因在于她——索尼娅。她听见房东阿玛莉娅·伊万诺夫娜亲口说过,那个做母亲的收到邀请时甚至发脾气了,还质问道,她"怎能让自己的女儿跟这样的女子同席而坐"?索尼娅有种预感,卡捷琳娜·伊万诺夫娜好像已经知道这件事了,而对于卡捷琳娜·伊万诺夫娜来说,侮辱索尼娅,要比侮辱她自己、侮辱她的孩子们、侮辱她的父亲还要严重许多,总之,这个侮辱是致命的,而且索尼娅知道,"只要还没告诉那两个长裙曳地的女士,她们两个是什么货色",卡捷琳娜·伊万诺夫娜是不会善罢甘休的。有人好像故意从桌对面给索尼娅递来了一个盘子,盘子里摆着两块被捏成心形的黑面包,用一支箭穿在了一起。卡捷琳娜·伊万诺夫娜勃然大怒,当即隔着桌子大吼起来,当然,她说,递盘子的那个人是头"醉驴"。阿玛莉娅·伊万诺夫娜也预感到事态不妙,可是与此同时,卡捷琳娜·伊万诺夫娜的傲慢态度让她内心深处倍感屈辱,为了缓和大家不悦的心情,顺便抬高自己在众人心中的地位,她突然开始无缘无故地讲起故事来,说她有个熟人,是"药店里的卡尔",某天夜里,卡尔乘马车出行,"马车夫想要杀他,卡尔苦苦哀求,求他不要杀他,还痛哭流涕,双手合十,他被吓坏了,怕得心脏刺痛"[①]。卡捷琳娜·伊万诺夫娜虽然在笑,但她立刻指出,阿玛莉娅·伊万诺夫娜不应该用俄语说笑话。后者听完,心里更不痛快了,她反驳道,她的"父亲是柏林人[②],他是个非常重要的人物,走路时双手总是偷偷伸进别人的口袋里面"。卡捷琳娜·伊万诺夫娜忍俊不禁,哈哈大笑起来。阿玛莉娅·伊万诺夫娜连最后一丝耐心都没有了,极力克制着心头的恼火。

"瞧,真是只猫头鹰啊!"卡捷琳娜·伊万诺夫娜看上去高兴坏了,立刻又开始对拉斯科尔尼科夫说起悄悄话来,"她本想说:'他常常把双手插在口袋里面',却说成了'他常常把双手偷偷伸进别人的口

[①] 女房东是德国人,她的俄语说得很不地道,因此这个笑话的俄语表述有语病,而且她说俄语时,动词原形的尾音和"非常"一词都发音不准。

[②] 此处原文为德语。

袋里面'，嘿嘿！罗季昂·罗曼诺维奇，您注意到了吗，所有生活在圣彼得堡的这些外国人，主要是那些不知从哪儿过来的德国人，都比咱们愚蠢！您得承认，她能不能说'药店里的卡尔怕得心脏刺痛'呢，还有，他（这个窝囊废！）非但没有动手把马车夫给绑起来，竟还'双手合十，痛哭流涕，苦苦哀求'。哎，这个蠢女人！她还以为，这番话有多么感人至深呢，却没意识到，自己是多么愚蠢！依我之见，这个喝多了的军需官倒是比她聪明得多，至少能看得出来，他是个酒鬼，醉得神志不清了，可是这些人全都一板一眼，神情严肃……瞧，她坐在那儿，瞪着眼睛。她生气呢！她生气呢！哈哈哈！咳——咳——咳！"

卡捷琳娜·伊万诺夫娜心情极好，她旋即谈起所有细节，突然讲到，等到别人帮她设法弄到那笔抚恤金，她一定要在自己的家乡……办一所贵族女子寄宿学校。关于这个想法，卡捷琳娜·伊万诺夫娜本人还从未跟拉斯科尔尼科夫提起过，她立刻便沉醉于那些最令她心驰神往的细节当中。不知怎的，她的手里忽然出现一张"奖状"，现已过世的马尔梅拉多夫曾在小酒馆里跟拉斯科尔尼科夫提过这张奖状，他说，他的配偶卡捷琳娜·伊万诺夫娜从高等学校毕业的时候，曾经"在省长和其他大人物面前"跳过披巾舞。现在，这张奖状显然能够证明，卡捷琳娜·伊万诺夫娜有能力办好这所学校。不过，原本现在要把它拿出来的主要目的在于，让"那两位长裙曳地的女士"彻底下不来台，只要她们前来赴宴，就明确地证明给她们看：卡捷琳娜·伊万诺夫娜出身于最高贵的家庭，"甚至可以说，她出身于贵族家庭，是上校的女儿，比那些近来大量涌现的拜金媚权的女人强上许多"。奖状立刻开始在这帮醉醺醺的客人手中传阅起来，卡捷琳娜·伊万诺夫娜并未阻止,因为它确实能够证明,而且是充分的①证明,她就是一名荣获过勋章的七等文官的女儿,由此看来,其实她差不多就是上校的女儿②。卡捷琳娜·伊万诺夫娜的精神振奋了起来,她立刻开始侃侃而谈,描述自己将来回到T城后所有平静而又美好的生活细节:说自己将会聘请一些教师来学校教书;还提到一位德高望重的法国老人曼戈,以前在高等学校,他曾教过卡捷琳娜·伊万诺夫娜法语,现在正在T城颐养天年,他定会应邀来校教书的,而且会接受最公道的薪酬。她最后还提到了索尼娅,说索尼娅会随她一同前往T城,并在各个方面从旁协助她。然而这时,餐桌的另一边有个人忽然"扑哧"一声笑了出来。卡捷琳娜·伊万诺夫娜虽极力摆出一副不以为意的样子,假装对桌子那边发出的笑声毫不在意,却故意拔高了音量,开始神采奕奕地讲起索菲娅所具备的那些作为她助手的不容置疑的能力——"她温顺、耐心,具备自我牺牲精神和高尚的气度,还受过教育",她轻轻拍了拍索尼娅的脸颊,又欠起身来,热情地吻了她两下。索尼娅的脸上泛起了红晕,可是卡捷琳娜·伊万诺夫娜却忽然号啕大哭起来,随即又开始自言自语,说自己"是个神经衰弱的傻子,心情简直糟糕透了,丧宴也该结束了,因为菜吃得差不多了,该用茶了"。而在此时,阿玛莉娅·伊万诺夫娜已被彻底激怒,因为在整个过程中她一句话也插不进去,甚至根本没人听她讲话,她陡然冒险做出最后一次尝试,满腹忧虑地斗胆向卡捷琳娜·伊万诺夫娜提出了一个极其有益又意味深长的谏言:在将来的寄宿学校里,应该特别注意姑娘们内衣③的洁净,而且

---

① 此处原文为法语。
② 七等文官相当于中校,因此,文中说的是"差不多"。
③ 此处原文为德语音译。

"必须要有一位能干的太太①,好好管理她们的内衣",另外,"千万别让这些年轻姑娘每天夜里偷看小说"。卡捷琳娜·伊万诺夫娜实在是心绪不佳,疲惫极了,而且已经对这场丧宴感到彻底厌倦,于是立刻不顾情面地"打断"了阿玛莉娅·伊万诺夫娜的话,说她在"瞎扯",根本什么都不懂,内衣问题是被服管理员的工作,并不是贵族寄宿学校校长的职责,至于看小说的问题,这简直是不成体统的言辞,并请求她别再说了。阿玛莉娅·伊万诺夫娜气得脸都红了,恶狠狠地说,她只不过是"好言相告",她这样说"完全是一片好意",还说她"很久都没有收到房钱②了"。卡捷琳娜·伊万诺夫娜立刻"纠正"她,这句"好言相告"是在撒谎,因为就在昨天,自己的亡夫还停放在桌上的时候,她还用房子的事情折磨过她。对于这些指责,阿玛莉娅·伊万诺夫娜据理力争,说她"确实邀请了那位太太和她的小姐,但是她们不肯来,因为她们是高贵的太太和小姐,不能跟卑贱的太太结交"。卡捷琳娜·伊万诺夫娜立刻向她"强调",正因她是一个精神贫瘠的人,所以她无法对"什么才是真正的高贵"做出评判。阿玛莉娅·伊万诺夫娜忍无可忍,立刻说道,她的"父亲是柏林人,是非常、非常重要的大人物,走路时双手总是放在口袋里,还总是说:'呸!呸!'",而且,为了把自己的父亲模仿得更加惟妙惟肖,阿玛莉娅·伊万诺夫娜从凳子上猛然站起身来,把自己的双手插进口袋里,鼓起两腮,嘴里开始发出一些含混不清的声音,听起来像是"呸——呸——",一众房客均放声大笑,他们预感到,这里将会爆发一场争吵,故意以赞许煽动阿玛莉娅·伊万诺夫娜的情绪。然而,卡捷琳娜·伊万诺夫娜已经对

---

① 此处原文为德语音译。
② 此处原文为德语音译。

此忍无可忍了,她立刻"一字一顿"地大吼,说阿玛莉娅·伊万诺夫娜也许从来没有什么父亲①,阿玛莉娅·伊万诺夫娜不过只是一个生活在圣彼得堡的酩酊大醉的楚赫纳人②,估计以前就是在什么地方当厨娘的,没准儿还不如厨娘呢。阿玛莉娅·伊万诺夫娜的脸红得像焖熟的大虾,她厉声嘶吼道,卡捷琳娜·伊万诺夫娜说不定"压根连父亲都没有,而她的父亲就是柏林人,总是穿着很长很长的常礼服,还总是说:'呸!呸!呸!'"卡捷琳娜·伊万诺夫娜轻蔑地说,她本人的出身众人皆知,这张奖状上印有铅字,上面写着,她的父亲就是一位上校;而阿玛莉娅·伊万诺夫娜的父亲(假如她当真有个父亲的话)没准儿就是个生活在圣彼得堡的楚赫纳人,是个卖牛奶的;很可能,她压根就没有父亲,因为大家直到现在都不知道阿玛莉娅·伊万诺夫娜的父称是什么。是伊万诺夫娜?还是柳德维戈夫娜?阿玛莉娅·伊万诺夫娜顿时勃然大怒,不停用拳头击打桌子,开始咆哮起来,说她是阿玛尔-伊凡,不是什么柳德维戈夫娜,她的父亲"名叫约翰,是个市长"。卡捷琳娜·伊万诺夫娜从凳子上站了起来,以一种严厉的、听上去气定神闲(尽管她脸色惨白,胸膛在剧烈地上下起伏)的声音说,倘若她胆敢再"将她那个不入流的父亲和自己的父亲相提并论,哪怕是一次,那么她,卡捷琳娜·伊万诺夫娜,就会把她的包发帽给扯下来,用脚踩烂"。听到这些话,阿玛莉娅·伊万诺夫娜气得在屋子里跑来跑去,她使尽浑身力气怒声嘶吼,说她才是房东,还让卡捷琳娜·伊万诺夫娜"立刻从屋里滚出去";然后,她莫名其妙地冲了出去,把桌上的银汤匙一股脑儿全都收了起来。喧嚷声和"咣当"声不绝于耳,孩子们开

---

① 此处原文为德语音译,另外,房东阿玛莉娅·伊万诺夫娜提到父亲一词时,说的都是德语。
② 楚赫纳人是对芬兰人的一种蔑称。

始号啕大哭。索尼娅本想冲上去阻止卡捷琳娜·伊万诺夫娜,但是当阿玛莉娅·伊万诺夫娜突然开始高声喊嚷,说到什么黄色执照的时候,卡捷琳娜·伊万诺夫娜一把推开了索尼娅,朝阿玛莉娅·伊万诺夫娜扑了过去,想要即刻践行自己刚才的威吓——把她的包发帽扯下来并踩烂。就在这时,房门开了,彼得·彼得洛维奇·卢仁突然在门口现身。他站在那里,用一种严厉而又专注的目光打量着屋里这群人。卡捷琳娜·伊万诺夫娜连忙向他跑了过去。

第三节　索尼娅被诬告

"彼得·彼得洛维奇！"她大喊道，"您可得保护我们呀！请您出面劝劝这个愚蠢的婆娘，让她不要这样对待一位遭逢厄运的高贵的女士，让她知道，这样做会吃官司的……我要去参见总督大人……要让她负责……念在昔日我父亲款待过您的情分上，请您保护这些孩子呀。"

"对不起，太太……对不起，对不起，太太，"彼得·彼得洛维奇不耐烦地摆了摆手，"您自己也知道，我从未有幸结识您的父亲，对不起，太太！（有人开始高声笑了起来）至于您与阿玛莉娅·伊万诺夫娜之间无休无止的争吵，我不愿参与其中……我过来是为了自己的事情……我想找您的继女索菲娅……伊万诺夫娜……大概，是这样称呼吧？我有事找她讲清楚，刻不容缓。请让我过去……"

说完，彼得·彼得洛维奇侧身绕过了卡捷琳娜·伊万诺夫娜，径直走向房间对面的角落，也就是索尼娅所在的地方。

卡捷琳娜·伊万诺夫娜惊愕地站在原地，如遭雷击。她不明白，彼得·彼得洛维奇怎会否认她父亲昔日的馈飨呢？因为她一旦在心里臆造了这件事情，就会始终对此深信不疑。令她颇感诧异的还有一点，那就是彼得·彼得洛维奇公事公办的冷淡语调，其中甚至充满了某种轻蔑的威胁。而且不知为何，他一出现，大家都渐渐安静了下来。此外，这个"精明能干、神色严肃"的人和眼前这一帮人着实不太搭调，显然，他过来是为了某件要事，想必是有什么非比寻常的原因才让他来到这群人中间，由此可见，即将有事发生。站在索尼娅身边的拉斯科尔尼科夫侧身站到一旁，让他过去，彼得·彼得洛维奇似乎全然没有注意到他。一分钟后，列别佳特尼科夫也出现在了门口，他并没有进屋，带着某种特殊的好奇，近乎惊奇地站在那里，他细细地听了一会儿，可是似乎久久无法理解是怎么一回事。

"很抱歉，我可能要打断一下，但是事关重大，"彼得·彼得洛维奇仿佛是在对所有人说，而不是专门对某个人说，"阿玛莉娅·伊万诺夫娜，我很高兴大家都在这里，我想恳请您，以房东的名义仔细听一听我与索菲娅·伊万诺夫娜接下来的谈话。索菲娅·伊万诺夫娜，"他转过身，直接看向甚感诧异且早已惊慌失措的索菲娅，继续说道，"就在您离开之后，在我的朋友安德烈·谢苗诺维奇·列别佳特尼科夫的房间里，在我的桌子上，我有一张一百卢布的钞票不翼而飞。不论如何，倘若您知道并告诉我，这张钞票现在何处，那么我向您保证，同时请所有人做个见证，此事将会到此为止。如若不然，我将不得不采取极为严肃的手段，到了那时……就要怨您自己了！"

屋里登时阒然无声。就连号啕大哭的孩子也安静了下来。索尼娅站在那里，面色煞白，看着卢仁，一句话也说不出来。她似乎还没有明白，到底发生了什么。几秒钟过去了。

"嗯，怎么回事呢？"卢仁目不转睛地盯着她，问道。

"我不知道……我什么都不知道……"索尼娅终于开口了，声音十分微弱。

"不知道？您不知道？"卢仁追问，又沉默了几秒钟，"小姐，请您想一想，"他开始以一种严厉的、但仍然像在劝导的语气说道，"请您再好好想一想，我可以再给您时间考虑一下。您要知道，假如我没有十足的把握，那么凭借我的经验，我是肯定不会这样冒险，直截了当地揭穿您的。因为若是诬告,甚至仅是弄错,那么,在某种意义上,我都要为这种直白的公然指认而负责。我是知道这一点的。今天早上,我因需将几张五厘债券兑换成了三千卢布现钞。我回到家后,就开始点钞——安德烈·谢苗诺维奇可以做证,我点出了两千三百卢布,并放进了皮夹子里,又把皮夹子放在了常礼服侧边口袋里。桌上还剩下将近五百卢布,其中有三张面值为一百卢布的钞票。这时您过来了(是我叫您来的)——之后您在我这里始终表现得异常窘迫,在谈话过程中,您甚至有三次曾站起身来,不知为何急着离开,尽管当时我们的谈话尚未结束。安德烈·谢苗诺维奇可以为此做证。小姐,想必您自己也不否认吧,我委托安德烈·谢苗诺维奇叫您过来,仅仅是想跟您谈谈,今后该怎么帮助这几个无依无靠的孤儿,还有他们的寡母卡捷琳娜·伊万诺夫娜(我无法过来参加她办的丧宴了),还有怎样帮她筹办一些募捐、抽彩之类的活动。您感谢了我,甚至还流泪了(我将所有经过原原本本地讲出来,首先,是为了提醒您,其次,是想让您知道,哪怕最微小的细节,我也不会忽略)。随后,我从桌上拿起一张十卢布的钞票,以本人的名义赠送给您,是想为您那位不幸的亲人尽一份力,作为对她的一份帮助。这一切安德烈·谢苗诺维奇都看见了。然后我便将您送到了门口——而在整个过程中,您始终非常窘迫——在这以后,我与安德烈·谢苗诺维奇单独待了一会儿,我们聊了将近十分钟,然后安德烈·谢苗诺维奇出去了,我则重新回到那张摆着钞票的桌边,想要再点一遍钞,并像原先预想的那样,把它们单独收起来。让我感到惊讶的是,其中有一张一百卢布的钞票不见了。请您想想吧,我无论如何也不会怀疑到安德烈·谢苗诺维奇的头上,就连设想一下,我都感到羞愧万分。我也绝不可能数错,因为就在您过来的前一分钟,我刚刚点完所有款项,确认数额是准确的。您自己也得承认，回想起您当时的窘态，离开的焦急，还有您有时将双手放在桌上，最后，考虑到您的社会地位和与之相关的习惯，我是心怀恐惧，甚至违背我个人意愿不得已对您产生怀疑——当然，这个怀疑很残酷，但它是公正的！我要补充一句，并且重申一遍，尽管我心中有明确无疑的把握，也明白我当前的指认仍然存在某种风险。但是，如您所见，我是不会善罢甘休的，我要追究到底，告诉您为什么：小姐，唯一的原因就是，您忘恩负义！怎么？我把您请过来，想要帮助您那位穷苦的亲戚，还尽我所能，赠予您十个卢布，而您却立刻以此等行径回馈于我！不行，这可不行！必须得给您上一课！请您好好想想吧。此外，作为您真正的朋友，我请求您（因为这种时候您不可能拥有更好的朋友），醒悟过来吧！不然，就别怪我无情了！您怎么说？"

"我在您那里什么都没拿过，"索尼娅吓得小声说道，"您给了我十个卢布，喏，请您拿去吧。"索尼娅从口袋里摸出一条手绢，找到活结，把它解开，拿出一张面值十卢布的钞票，递给卢仁。

"剩下的一百卢布您就拒不承认了吗？"他并未接过钞票，而是带着一种责备的意味坚持道。

索尼娅环视四周。所有人都在看着她，一张张脸既可怕，又严厉，含着嘲讽，怀着憎恨。她望了一眼拉斯科尔尼科夫……后者站在墙边，双手抱在胸前，用一种愤怒的眼神注视着她。

"哦，上帝啊！"索尼娅不由得脱口而出。

"阿玛莉娅·伊万诺夫娜，应该让警察介入调查，因此，我恳请您，派人去把看门人找来吧。"卢仁说话的声音很轻，甚至非常温和。

"仁慈的上帝啊[①]！我早就知道，她是个小偷！"阿玛莉娅·伊万

[①] 此处原文为德文。

诺夫娜双手轻轻拍了一下,说道。

"您早就知道?"卢仁接过话头,"如此说来,她先前就多少有点前科了。最令人敬重的阿玛莉娅·伊万诺夫娜,请您记住您刚才说过的话,不过,这句话在场的证人们也都听见了。"

四周忽然传来高声交谈的声音。众人开始骚动起来。

"怎么!"卡捷琳娜·伊万诺夫娜猛地醒悟过来,大喊了一句,然后如挣开锁链一般,冲向卢仁,"怎么!您指认她偷盗?您指认的是索尼娅吗?哼,你们这群卑鄙小人,你们这群卑鄙小人!"说完,她跑到索尼娅身边,用自己枯瘦的双手如虎钳般紧紧搂住了她。

"索尼娅!你怎么能从他那儿拿走十卢布呢!哎,傻孩子!拿来吧!赶紧把这十卢布拿来吧——给!"

说着,卡捷琳娜·伊万诺夫娜迅速从索尼娅手里夺过那张钞票,用手揉作一团,抡起胳膊,对准卢仁的脸扔了出去。纸团砸中他的眼睛,然后弹到地板上。阿玛莉娅·伊万诺夫娜冲过去把钱捡了起来。彼得·彼得洛维奇彻底翻脸了。

"请大家拦住这个疯妇!"他大声喊道。

这时,站在门口的列别佳特尼科夫身边又出现了几个人影,其中还有那两个外省来的太太和小姐。

"怎么!疯妇?难道我是疯妇?浑——蛋!"卡捷琳娜·伊万诺夫娜厉声吼道,"你自己才是浑蛋,是讼棍,是卑鄙小人!索尼娅,索尼娅会偷他的钱?索尼娅是小偷?她反倒还会给你送钱呢,浑蛋!"说完,卡捷琳娜·伊万诺夫娜歇斯底里地放声大笑起来,"你们见过浑蛋没有?"她指着卢仁,满屋子跑来跑去,指给众人看,"怎么?连你也站在他那边?"她看到了房东,"你这个卖腊肠的,你也跑去做证,诬陷她是'小偷',你这个可恶的穿圈环裙的普鲁士母鸡腿!哼,你们!

哼，你们！她从你这个卑鄙小人那里回来以后，就没再离开这间屋子，就坐在罗季昂·罗曼诺维奇身边！……你们搜她的身吧！既然她哪儿都没去过，那就说明，钱应该还在她身上！搜啊，搜身，搜身啊！不过，要是没搜到的话，那就对不起了，亲爱的先生，你得承担责任！我要去求见沙皇，求见沙皇，我要面见仁爱的沙皇，我要跪伏在他的脚下，立刻动身，今天就去！我是个无依无靠的可怜人！他们会让我进去的！难道你以为，他们不让我进去吗？胡说，我能进去的！我肯定能进去的！难道你看她老实温顺，就欺负她吗？你打的是这个主意吗？但是，老兄，我可不好欺负啊！你不会得逞的！搜身啊！搜吧，搜吧，喂，搜呀！"

卡捷琳娜·伊万诺夫娜气得发狂，她一把揪住卢仁，将他拽到索尼娅的面前。

"我愿意承担责任……可是，太太，请您冷静一下，请您冷静一下！您确实不好欺负，这一点我很明白！……这……这……这可怎么办呢？"卢仁嗫嚅道，"这得有警察在场啊……不过呢，虽然现在证人已经够多了……我是愿意的……可是再怎么说，男士搜身也多有不便……由于性别的关系……要是阿玛莉娅·伊万诺夫娜肯帮忙的话……尽管这样做其实并不应该……这可怎么办呢？"

"您找谁搜都行！有谁自愿，就过来搜吧！"卡捷琳娜·伊万诺夫娜喊道，"索尼娅，把口袋翻出来，给他们看！瞧呀，瞧呀！你看，恶棍，口袋是空的，这里有一块手绢，口袋是空的，你看见了吧！喏，这是另一边的口袋，瞧呀，瞧呀！看见了吧，看见了吧！"

卡捷琳娜·伊万诺夫娜不单单是把两个口袋翻过来，还把它们从里往外挨个拉了出来。然而第二个口袋里，也就是右侧口袋里面，突然弹出来一张钞票，它在空中画了个抛物线，落在了卢仁的脚边。这一幕所有人都看见了，许多人不由得高声惊呼。彼得·彼得洛维奇弯下腰，用两指将那张钞票从地上拈了起来，展示给大家看，接着将它展开。这是一张面值为一百卢布的钞票，被折成了八层。彼得·彼得洛维奇举着那只手转了一圈，给众人展示这张钞票。

"小偷！从这里滚出去！叫警察来，叫警察来！"阿玛莉娅·伊万诺夫娜大喊起来，"要把他们流放到西伯利亚！滚！"

四周顿时响起一阵惊呼声。拉斯科尔尼科夫一言不发，目光始终未从索尼娅的身上离开，但又不时朝卢仁飞快地瞥上一眼。索尼娅仍然站在原地，俨然一副魂不守舍的样子，她甚至已经失去了惊讶的感觉。忽然，她的脸色变得通红；她惊呼一声，双手掩住了自己的脸。

"不，不是我拿的！我没有拿！我不知道！"她用撕心裂肺的声音喊道，然后连忙跑到卡捷琳娜·伊万诺夫娜的身边。卡捷琳娜·伊万诺夫娜一把搂住了她，将她紧紧拥在怀里，似乎想用自己的胸膛保护好她，使她免受一切凌辱。

"索尼娅！索尼娅！我不相信！你知道的，我不相信！"卡捷琳娜·伊万诺夫娜高声喊道（尽管一切显而易见），同时双手抱住她，来回摇晃，就像在哄孩子，还不停地吻她，用力抓起她的双手亲吻，"竟然冤枉你偷东西！真是一帮愚蠢的家伙！哦，天哪！你们这些愚蠢的家伙，愚蠢的家伙！"她对着所有人大声吼道，"你们都还不知道，不知道，她的心多么善良，她是个多好的姑娘啊！她怎么会偷钱！她！如果你需要钱，她可是会脱下自己最后一件衣服，把它卖掉拿给你们，而让自己赤着脚走路啊！你们瞧瞧，她是个什么样的姑娘啊！她去领黄色执照，是因为我的孩子们吃不饱饭，她是为了我们才出卖自己的！……哎，死鬼啊，死鬼！哎哟，死鬼啊，死鬼！你看见了吗？你看见了吗？这就是你的丧宴！上帝啊！罗季昂·罗曼诺维奇，您要保护她呀,您光站着做什么!您怎么不为她打抱不平呢?难不成您也相信她偷钱吗?你们所有的人,连她一根小手指都抵不过,你们所有的人,所有的人,所有的人!上帝啊!保护她吧!"

可怜无助、孤立无援且又罹患肺病的卡捷琳娜·伊万诺夫娜发出的这阵哭喊似乎令所有人都大为动容。在这张憔悴的、因肺病而潮红、因痛苦而扭曲的脸上,在这两片龟裂的、凝固着血块儿的嘴唇上,在这副哑声嘶吼的嗓音中,在这阵如孩童啼哭般抽抽搭搭的哭声里,在这个关乎庇护、带有孩子气、笃信而又绝望的祈祷中,她的可怜与痛苦是如此沉重,以至于所有人好像都开始同情这个不幸的女人。至少,彼得·彼得洛维奇就立刻产生了怜悯之意。

"太太!太太!"他用沉着有力的嗓音朗声道,"这件事情与您无关!谁也不会认为,此事是经您授意,或是由您应允的,更何况您还把她口袋翻了出来,这才使她原形毕露,可见您事先对此一无所知。如果说,索尼娅·谢苗诺夫娜这么做是受穷困所迫的话,我是特别愿意同情她的,可是,小姐,您为何拒不承认呢?您怕丢脸吗?是第一次干吗?您大概是慌了吧?这也是可以理解的,我非常能够理解⋯⋯可是,您为什么要干这种事呢?女士们!"他对所有在场者说道,"先生们!我很可怜她,可以说,我非常怜悯她,所以我愿意原谅她,即便本人方才受到了侮辱。小姐,此刻的羞耻对您来说会是一记警醒未来的教训,"他对索尼娅说,"我不会再追究了,事情到此为止!罢了!"

彼得·彼得洛维奇乜斜着眼睛瞧了一眼拉斯科尔尼科夫。他们目光交汇。拉斯科尔尼科夫犀利如炬的眼神仿佛要将他烧成灰烬。然而,卡捷琳娜·伊万诺夫娜好像对后续的一切都充耳不闻了,她拥住索尼娅,疯狂地亲吻她。孩子们也围聚在索尼娅身边,用自己那小小的臂膀拥抱着她,波莲卡似乎对于一切还懵然无知,她满面泪痕,声嘶力竭地号啕大哭,把自己那张可爱的、哭肿了的小脸埋在索尼娅的肩头。

"这真是卑鄙无耻啊!"突然,有人在门口朗声喊道。

彼得·彼得洛维奇连忙回头看去。

"真是卑鄙无耻啊!"列别佳特尼科夫目不转睛地逼视着他的眼睛,又说了一遍。

彼得·彼得洛维奇仿佛浑身颤抖了一下。这一反应落在了所有人的眼里(后来他们都回想起了这个细节)。列别佳特尼科夫上前一步,走进了房间。

"您怎敢把我说成证人呢?"他一边朝彼得·彼得洛维奇走去,一边说道。

"安德烈·谢苗诺维奇,这是什么意思?您在说什么?"卢仁开口说道。

"意思就是,您……是个诬陷者,我所说的就是这个意思!"列别佳特尼科夫用自己的那双近视眼严厉地看着他,激动地说。他简直被气坏了。拉斯科尔尼科夫则用目光紧紧地盯着他,仿佛迅速领会了他的意思,同时在掂量他的每一个字眼。沉寂再次降临。彼得·彼得洛维奇甚至快要惊慌失措了,尤其是在开始的那一刹那。

"倘若您这话是对我说的……"他结结巴巴地开口,"您怎么啦?您头脑清醒吗?"

"我的脑袋很清醒,可您却不是……骗子!哼,简直卑鄙无耻!我全都听见了,我故意等您说完,想把一切都弄清楚,因为我承认,即便到目前为止,这件事也是毫无逻辑的……可您为何要这么做呢——我不明白。"

"我到底做什么了!您能不能别再打哑谜了!简直是无稽之谈!您

是不是喝多了？"

"喝多的是您，卑鄙的家伙，没准儿您才喝多了呢，不是我！况且我从来不碰酒，因为喝酒有违我的信念！诸位，是他，是他自己亲手把那张一百卢布的钞票交给了索菲娅·谢苗诺夫娜，这是我亲眼所见，我可以做证，我可以发誓！是他，就是他！"列别佳特尼科夫对着所有人反复说道。

"你这个乳臭未干的小子，你疯了吗？"卢仁尖声叫道，"她本人就在这里，就站在您面前，她本人就在这儿呢，刚才，她当着大家的面承认了，除了那张十卢布以外，我什么都没给她。我怎么可能再给她一百卢布呢？"

"我看见了，我看见了！"列别佳特尼科夫肯定地高声说道，"虽然这违背了我的信念，但是我愿意此刻就在法庭上起誓，因为我亲眼看见，您是怎么把钞票偷偷塞给她的！只是我这个傻瓜，竟当真以为，您是出于一片善意才偷偷塞钱的！当时您在门口跟她道别，她转过身来，您用右手跟她握手，而您的左手，却把钞票偷偷塞进了她的口袋。我看到了！我看见了！"

卢仁脸色大变。

"您在说什么！"他粗暴无礼地吼道，"而且您当时站在窗前，如何能看清那张钞票呢？这是您的错觉……因为您有近视眼。您在胡说！"

"不，这不是错觉！就算我站得很远，我也全都看见了，全都看见了，就算从窗边的位置确实很难看清那张钞票——这您说得没错——可是因为一个特殊的状况，我有把握，那就是一百卢布，因为就在您把那张十卢布的钞票送给索菲娅·谢苗诺夫娜时——我亲眼看见——您同时从桌上拿起了那张一百卢布的钞票（这一幕我看见了，因为当时我站在离您很近的位置，我的脑海里还出现了一个想法，所以我还记得,您手里拿着一张钞票)。您把它折了起来,始终攥在手里。原本,我已经把这件事忘了,但当您起身的时候,您把这张折好的钞票从右手换到了左手,还差点掉下来,我这才又想起这件事,因为我的脑海里立刻又跳出了那个想法——就是您想悄悄地帮助她,不想让我知道。您可以想象一下,我是如何关注着您的一举一动的,我还看到,您是如何把钞票偷偷塞进了她的口袋里。我看到了,我看到了,我可以发誓!"

列别佳特尼科夫几乎要喘不过气。四周渐渐传来一阵含义各不相同的惊呼声,多半是表达惊讶的,不过其中也包括带有威吓意味的呼声。众人纷纷挤到彼得·彼得洛维奇的跟前。卡捷琳娜·伊万诺夫娜连忙朝列别佳特尼科夫跑了过去。

"安德烈·谢苗诺维奇!我先前错看您了!请您保护她!只有您能保护她!她孤立无援,是上帝把您派来的!安德烈·谢苗诺维奇,亲爱的,我的爷啊!"

说完,卡捷琳娜·伊万诺夫娜冲上前去,跪在他面前,她快要意识不到自己正在做什么了。

"胡说!"卢仁狂怒不已,开始怒吼起来,"先生,您完全是在胡说八道!您说您'忘了,想起来了,忘了'——这都是什么啊!这么说来,我是故意偷偷塞给她的了?为什么呢?有何目的呢?我和这个……女子有什么关系呢?"

"为什么呢?这一点连我自己也想不通,但我所说的却是事实,这是无可置辩的!起码我没有弄错,您是一个卑鄙无耻的罪人,因为我清楚地记得,就在我向您表达感谢并跟您握手的时候,我的脑海里出现了一个疑问:为什么您要偷偷地把钱塞进她的口袋呢?也就是说,为什么非要'偷偷地'呢?难道仅仅是因为,您知道我的观点与您相左,我反对那些无法从根本上解决问题的个人善举,所以您不想让我知道?于是我便以为,您是真的不好意思在我面前给人家这么一大笔钱,此外,我想您也许是想给她一个意外惊喜,让她在口袋里发现整整一百卢布钞票时大吃一惊(有些行善者特别喜欢这样大肆渲染自己的善举)。后来我还想,也许您想考验她一下,看看她发现以后会不会登门致谢?后来我又想到,说不定您根本不想要别人感谢您,嗯,就像俗话说的那样:让右手不知道①……还是什么来着,总之道理大抵如此……嗯,当时我想的可真不少啊,于是我决定过后再去深究这一切,不过我还是觉得,跟您直接点破这件事,说我知道这个秘密是不大合适的。可是这时候,我又想到一个问题:万一索菲娅·谢苗诺夫娜还没发现您的这一善举,就把钱给弄丢了怎么办,这便是我到这里来的原因,我想把她叫出来,告诉她,有人在她的口袋里塞了一百卢布。我还顺便先去科贝利亚特尼科夫太太家走了一趟,给她们家带了一本《实证法概论》②,还特别推荐了皮德里特的一篇文章(其实还有瓦格纳的文章);之后我就过来了,没想到却看到这里发生了这么一件事情!假如我不曾真切地看见,您把那张一百卢布的钞票塞进了她的口袋,那我怎么会产生这些想法和推断呢?"

安德烈·谢苗诺维奇终于结束了这段琐细冗长的推论,结尾处还给出了合乎逻辑的结论,他简直累坏了,甚至连汗水都顺着脸颊流了下来。哎,就算是用俄语说话,他也无法表达得条理分明(可其他的语言他也不会说),因此,说完这段英勇的辩护陈词后,他一瞬间觉得筋疲力尽,甚至好像还消瘦了几分。然而,他的这段发言却产生了极

---

① 俄国的谚语,完整的句子是"左手不知道右手在做什么"。
② 原著中这里存在一个时间错乱:本篇小说的故事情节发生于1865年,而文章选集《实证法概论》的俄文译本则出版于1866年。

其强烈的影响。他讲得义愤填膺,有理有据,所有人似乎都相信了他说的话。彼得·彼得洛维奇顿时感到事情不妙。

"您的脑袋里出现这么多愚蠢的问题,跟我有何关系?"他喊道,"这可不是证据啊!这一切可能是您在梦里说胡话呢,就是这样!先生,我告诉您,您在说谎!您在胡说八道,您在对我进行恶意诬蔑,正因我不同意您所鼓吹的自由主义和无神论的社会观点,您对我怀恨在心,就是这么回事!"

然而,这番矫饰并没有给彼得·彼得洛维奇带来好处。恰恰相反,四周传来一阵颇为不满的低声絮语。

"嚯,您扯到哪里去了!"列别佳特尼科夫大声喊道,"您在胡扯!把警察叫来,我可以发誓!我只有一点理解不了,为什么他要冒险做出如此卑劣的勾当!哼,真是个卑鄙可耻的人!"

"我能够解释,为什么他会冒险做出这么卑劣的勾当,而且如有必要,本人可以发誓!"终于,拉斯科尔尼科夫上前一步,坚定地说道。

他看上去坚定而又沉着。只需朝他看上一眼,众人便会明白,他确实知晓事情的原委,并能让真相水落石出。

"现在,我把这一切彻底弄明白了,"拉斯科尔尼科夫径直面向列别佳特尼科夫,继续说道,"事情刚一发生,我便已开始怀疑,此事必有蹊跷。我是根据某些仅我一人知晓的特殊事件才产生怀疑的,我现在就把这些事情告诉诸位,此事的关键就在这里!安德烈·谢苗诺维奇,您这些极有价值的信息使我将一切彻底想通了。请大家仔细听我说:这位先生(他指了指卢仁)不久前曾向一名女子求婚,那名女子正是家妹,阿芙多季娅·罗曼诺芙娜·拉斯科尔尼科娃。但是当他来到圣彼得堡后,也就是前天,在我们初次见面的时候,我们俩发生了争吵,于是我把他从我家赶了出去,这件事有两名证人。此人行事非常狠辣……两天前我并不知道,他是住在您这里,安德烈·谢苗诺维奇。因此,就在我们俩吵架的当天,也就是前天,他看到我作为过世的马尔梅拉多夫的好友,送给卡捷琳娜·伊万诺夫娜一笔安葬费,于是当即给我的母亲写了一张便条,告诉她,我把自己所有的钱不是送给了卡捷琳娜·伊万诺夫娜,而是给了索菲娅·谢苗诺夫娜,同时,他在提到索菲娅·谢苗诺夫娜的……品性时,使用了最龌龊的言辞,也就是说,对于我和索菲娅·谢苗诺夫娜之间关系的性质,他向她们做出了暗示。而这一切——正如诸位理解的那样——就是为了离间我与母亲和妹妹之间的关系,同时暗示她们,我心中怀有不正派的意图,挥霍了她们救济我的最后一点钱。昨天晚上,在母亲和妹妹面前,在他在场的情况下,我还原了事情的真相,证明自己是把钱给了卡捷琳娜·伊万诺夫娜,而不是索菲娅·谢苗诺夫娜,至于索菲娅·谢苗诺夫娜,我与她两天前并不认识,甚至未曾谋面。同时我还作了补充,我说他,彼得·彼得洛维奇,连同他所有的体面,也比不上他落井下石的索菲娅·谢苗诺夫娜的一根小指头。当他问我:是不是要让索菲娅·谢苗诺夫娜坐在妹妹身边的时候,我的回答是:我当天就已经这样做了。家母和家妹不愿听信他的逸言,没有跟我闹翻,于是他便恼羞成怒,对她们说了许多放诞无礼、不容原谅的粗话。最后他们彻底决裂,他被她们赶了出去。这一切都是昨晚发生的事情。请大家尤其注意下面的话:诸位请设想一下,倘若他现在能够成功证明,索菲娅·谢苗诺夫娜是个小偷,那么,首先,他就能向家母和家妹证实,他的那些怀疑几乎是正确的;其次,对于我让家妹和索菲娅·谢苗诺夫娜坐在一起的行为,他的愤怒也是正当的;最后,通过抨击我,他可以保护家妹的声誉,也就是预先保护他未婚妻的声誉。总之,通过这一切事由,他甚至可以重新离间我和亲人之间的关系,当然了,他还有望跟她们重修旧好。更不必说,他可借此对我本人进行报复,因为他有理由认为,索菲娅·谢苗诺夫娜的声誉和幸福对我来说非常珍贵。这就是他的全盘计划!我对这件事情就是这样理解的!这就是所有的原因,不可能有别的原因!"

拉斯科尔尼科夫说话的时候,所有人都听得特别认真,人群中时常发出几声惊叹,把他的话打断。不过,他虽被屡次打断,却仍然说得犀利、沉着、精准、清晰而又坚定。他激动的声音、坚定的语调和那张冷峻的面庞给所有人留下了极其深刻的印象。

"是了,是了,就是这样!"列别佳特尼科夫兴奋地肯定道,"想必正是这样,因为索菲娅·谢苗诺夫娜刚一走进我们的房间,他就问我,您在不在这里,问我有没有在卡捷琳娜·伊万诺夫娜的宾客之中看到您。为此他专门把我叫到窗边,小声问我。由此可知,他一定是需要您在那里!就是这样,这一切就是这样!"

卢仁未置一词,轻蔑地笑了笑。不过,他脸色煞白。看来,他正在思考脱身的对策。或许,他非常想不顾一切地离开这里,但这在此刻几乎是不可能的,因为这样就意味着他默认对方对他的指认是真的,即他确实诬陷了索菲娅·谢苗诺夫娜。更何况,这群本就喝得酒气醺醺的人现在异常激动。那名军需官虽然并未完全搞清楚状况,但比谁都吼得更大声,还提出了几个收拾卢仁的方法。不过,还有一些没有喝酒的人,他们从各个房间走了出来,聚到一起。那三个波兰人格外激动,不停地朝他大喊:"坏蛋!"①同时用波兰语低声咕哝着恫吓他。索尼娅紧张地听着,然而她似乎也没有完全理解,仿佛刚刚从昏厥中苏醒过来。她只是目不转睛地望着拉斯科尔尼科夫,觉得他就是她唯

---

① 此处原文为波兰语。

一的庇护者。卡捷琳娜·伊万诺夫娜艰难地喘着粗气,似乎已然疲惫不堪。阿玛莉娅·伊万诺夫娜傻乎乎地张着嘴站在那里,好像什么都没明白。她只看见,彼得·彼得洛维奇不知怎的被人当场揭穿了。拉斯科尔尼科夫本想再说些什么,但他并没有机会说完。众人高声喊嚷着,围挤在卢仁的四周,咒骂他、威胁他。但是,彼得·彼得洛维奇并没有发怵。眼看着自己对索尼娅的指认彻底失败,他直接采取蛮横手段。

"抱歉,先生,抱歉,你们不要挤,请让我过去!"说着,他试图从人群中挤出去,"劳驾,请不要威胁我,我向你们保证,什么事都不会发生,你们什么都干不成,我可不是胆小鬼,恰恰相反,先生们,你们强行包庇刑事案件是要负责的。她这个小偷已经被抓包了,我会继续追诉的。法官们不会这么盲目,也……不会喝得醉醺醺的,更不会相信两个可恶的无神论者、捣乱分子和自由主义者,他们指认我,就是为了伺机报复,这一点他们自己也愚蠢地承认了。哎,抱歉,借过!"

"请您立刻从我的房间消失,请您搬出去,你我之间的一切恩义彻底结束了!我还以为,我给他尽心竭力地讲了……整整两个星期!……"

"安德烈·谢苗诺维奇,要知道,不久前我曾亲自向您提出,我要搬出去,您还苦苦挽留我呢;现在我只想再说一句,你是个傻瓜。愿您治好您的精神疾病和近视眼。抱歉,借过,先生们!"

他总算挤了出去,但是那名军需官还在不停地咒骂他,不想放他这么轻易地离开。他从桌上抄起一个玻璃杯,高高举起,用力朝着彼得·彼得洛维奇丢了过去,可是玻璃杯却径直飞向阿玛莉娅·伊万诺夫娜。她尖叫了一声,而那名军需官却由于过于用力失去了平衡,重重地摔在了桌子底下。彼得·彼得洛维奇回到自己的房间,半小时后,他便已离开这栋房子。索尼娅生性胆小,她早就知道,自己比任何人都更容易受人迫害,而且欺负她几乎不必受到任何惩罚。可是在这一刻以前,她始终认为,自己可以想办法避开灾祸——方法就是,在每一个人面前都表现得谨慎、柔和、顺从。但是,她简直太失望了。当然,她可以很有耐心地、毫无怨言地忍受一切——甚至包括这次诋毁。可是刚开始的时候实在太难挨了。尽管她获得了胜利,被证明无罪,可是当第一阵恐惧、第一阵惊愕来临的时候,当她将一切想明白、弄清楚的时候,一种无助而又屈辱的感觉还是紧紧地攫住了她的心。她开始崩溃大哭。最后,她实在忍不住了,一头冲出房间,往家里跑去。这差不多是卢仁刚离开不久的事情。阿玛莉娅·伊万诺夫娜同样忍不住了,她无缘无故代人受过,飞出去的玻璃杯落到了她的身上,惹得在场的人们哄堂大笑。她把一切罪责都归咎于卡捷琳娜·伊万诺夫娜,她就像疯子似的,尖叫着向后者冲了过去。

"从这里搬出去!立刻!滚出去!"说着,她随手抓起卡捷琳娜·伊万诺夫娜的东西,一股脑儿地丢在地上。卡捷琳娜·伊万诺夫娜本就悲痛万分,近乎晕厥,喘着粗气,脸色煞白,现在忽然从床上一跃而起(她本来已经精疲力竭地倒在了床上),朝阿玛莉娅·伊万诺夫娜扑了过去。然而斗争双方的力量太悬殊了,她就像一根羽毛,被阿玛莉娅·伊万诺夫娜轻而易举地推开了。

"怎么?昧着良心诋毁人家还不够——这个畜生还要这么对我!怎么?在我丈夫出殡的日子,在受到我的盛情款待之后,就要把我们孤儿寡母撵出门外,赶到大街上吗?可我该上哪儿去呀!"可怜的女人一边数落着,一边放声恸哭,快要喘不过气了。"上帝啊!"她突然高呼一声,眼睛闪闪发亮,"难道没有天理了吗?如果你连我们这些孤儿寡母都不保护,还要保护谁呀?咱们等着瞧吧!这世上一定是有法律和天理的,我会找到的!你等着,我这就去找,没良心的畜生!波莲卡,你留下来照顾弟弟妹妹,我这就回来。你们等我,到街上等也行!咱们就瞧瞧,这世上到底还有没有天理?"

说着,卡捷琳娜·伊万诺夫娜把那条德拉德达姆呢面料的绿头巾披到了头上——就是已故的马尔梅拉多夫曾在聊天时提到的那条头巾,她从那群喝得醉意蒙眬、混乱无序地聚在屋里的房客中间挤了出去,号啕大哭着跑到了街上——她并不知道,现在到底该往哪儿跑,可她无论如何都要把天理给找出来。波莲卡搂着两个浑身发抖的孩子,恐惧地躲到角落里的那只大箱子上,等着母亲回来。阿玛莉娅·伊万诺夫娜在屋里到处乱跑,一边尖叫哭号,不停地数落,一边随意抓起手边的物事,统统摔到地上,撒起泼来。房客们高声喧嚷着,各讲各的,乱作一团——有人在按自己的理解谈论刚才发生的那场风波,有人在争吵谩骂,还有人在拖着长调放声讴吟……

"现在,我也应该走了!"拉斯科尔尼科夫心里想道,"嘿,索菲娅·谢苗诺夫娜,咱们来看看,您现在会说些什么吧!"

于是,他往索菲娅的住所走去了。

第四节　向索尼娅坦白

拉斯科尔尼科夫积极帮助索尼娅对抗卢仁，做她勇敢的辩护人，尽管他的内心是如此惶恐不安，痛苦难耐。不过，经过了上午的折磨，他似乎乐于拥有这个机会，让自己难以承受的心绪转变一下，更不必说，出面保护索尼娅是他由衷的个人意愿。此外，与索尼娅见面的约定有时使他格外烦忧，他应当在见面时告诉她，是谁杀了莉扎薇塔。他预感到一种可怕的痛苦，同时想要极力摆脱这份痛苦。因此，当他从卡捷琳娜·伊万诺夫娜家走出来，高呼着："嘿，索菲娅·谢苗诺夫娜，咱们来看看，您现在会说些什么吧！"显然，当时的他仍处于某种表面上激动亢奋的状态，因为他刚刚战胜了卢仁，斗志昂扬。然而，他的身上发生了一件怪事。当他走到卡佩尔纳乌莫夫的房子时，他忽然感觉自己既虚弱又恐惧。他在门口停下脚步，思索着一个奇怪的问题："要不要和她说，是谁杀了莉扎薇塔？"这个问题的奇怪之处在于，他突然觉得，自己不仅必须要说，而且一刻也耽搁不得，就算是迟一小会儿，也不行。他不知道，为什么不行，他只是感觉到了这一点，而且痛苦地发现，面对这件必须要做的事，他是如此的虚弱无力，这个发现就快将他压垮了。为使自己不要犹豫不决，自我折磨，他快速打开了房门，站在门口看向索尼娅。索尼娅坐在那里，两肘支在小桌上，双手捂着脸颊，不过，当她看见拉斯科尔尼科夫来的时候，毫不犹豫地站起身朝他走了过去，好像正在等他一般。

"要是没有您,我不知道自己会怎么样!"她飞快地说道,并在房间中间的位置与他会合。显然,她想立刻对他说的只有这一句话。说完,她便等他开口。

拉斯科尔尼科夫穿过房间,走到桌边,坐在她刚才起身的那把椅子上。她站在距他两步远的地方,就像昨天那样。

"您说什么,索尼娅?"他忽然发觉,自己的声音在颤抖,"其实,这件事情完全是因为'社会地位和与之相关的各种习惯'。这一点您刚才明白吗?"

她表现出一副痛苦的模样。

"我只请您,别再像昨天那样同我说话了!"她插嘴道,"请您别说了,我已经很痛苦了……"

她怕他不爱听这几句责备的话,于是潦草地笑了笑。

"我真傻,怎么能从那儿离开呢?现在那边怎么样了?刚才我本想过去,可我总是觉得,您很快……就会过来。"

他告诉她,阿玛莉娅·伊万诺夫娜要把他们从房子里撵出去,还说,卡捷琳娜·伊万诺夫娜不知跑到哪里"寻找天理"去了。

"哎呀,我的天哪!"索尼娅惊呼起来,"咱们快去……"

说着,她一把抓起自己的披肩。

"您总是这样!"拉斯科尔尼科夫愤怒地喊道,"您满脑子都是他们!请跟我待一会儿吧。"

"可是……卡捷琳娜·伊万诺夫娜怎么办?"

"卡捷琳娜·伊万诺夫娜当然不会撇下您,假如她已经从家里跑出来了,那么她就一定会上您这里来的,"他有些埋怨地加了一句,"假如她来了,却没能见到您,那可就是您的错了……"

索尼娅怀着痛苦的犹疑,在椅子上坐了下来。拉斯科尔尼科夫一声不吭地望着地面，好像在思考什么。

"我们假设，卢仁现在不想告您，"他没有看索尼娅，兀自开口说道，"可是假如他现在想这么做，或者将来哪天有了这种企图，要是没有我和列别佳特尼科夫在的话，那么他就会把您送进监狱！是不是？"

"是啊，"她小声地说，"是啊！"她心不在焉地重复了一遍，心里感到一阵恐慌。

"要知道，我本来很可能不会过来！而列别佳特尼科夫，他的出现纯属偶然。"

索尼娅沉默着。

"如果您被送进监狱，到时该怎么办？您还记得我昨天对您说的话吗？"

她依旧没有答话。拉斯科尔尼科夫等了一会儿。

"我还以为，您又会大喊：'哎呀，别说了，请您住嘴！'"拉斯科尔尼科夫笑了，不过，笑容有些勉强。"怎么了，怎么又不说话了？"过了一分钟，他又问道，"总得说点什么吧？喏，现在我有个'疑问'——就像列别佳特尼科夫说的那样，'疑问'——我想知道，您会如何解决（他似乎开始犯糊涂了）。不，事实上，我是认真的。索尼娅，请您设想一下，如果您事先知道卢仁的所有企图，也就是说，你很有把握地知道，这些企图会把卡捷琳娜·伊万诺夫娜和孩子们害死，您也会受到牵连（因为，您过分看轻自己，所以必定会受到牵连），波莲卡也会被连累……因为她只能走上同一条路。喏，这个问题就是这样，假如这一切忽然之间全都由您裁决：决定让这个人活在世上，还是让那个人活在世上，也就是说，究竟是让卢仁活下来，继续作恶？还是让卡捷琳娜·伊万诺夫娜丢掉性命？那么，我问您，您会如何抉择呢？让他们之中的谁去死呢？"

索尼娅惊慌不安地看了他一眼,在这番拐弯抹角、迟疑不决的话语当中,她听出了某种特殊的意味。

"我已预感到,您会问我这样的问题。"她好奇地看着他说道。

"好吧,就算您已有预感。那么,您会怎么选择呢?"

"您为何要问这种不可能的事呢?"索尼娅憎恶地说。

"这样的话,不如就让卢仁活着,为非作歹吧!您连这种事都不敢决定吗?"

"可我无法知道天意呀……您为什么要问这种不能问的事情?为什么要问这些无聊的问题?这怎会由我裁决呢?又是谁给我的权力,让我决定'谁能活着,谁不能活着'呢?"

"如果这里面有天意的安排,那就无能为力了。"拉斯科尔尼科夫悒悒不乐地说。

"您最好有话直说!"索尼娅痛苦地大喊道,"您又开始兜圈子了……难道您过来,只是为了折磨我吗?"

她控制不住了,突然伤心地哭了起来。他惆怅地望着她。五分钟过去了。

"索尼娅,其实您是对的。"他最后轻声地说。他的态度陡然大变,语气中那种蛮不讲理的轻佻和虚弱无力的挑衅消失了,就连他的嗓音也忽然变得柔和起来。"昨天,我自己还说,我是不会过来请求宽恕的,可是我差不多刚一开口,就要请求宽恕了……我提到卢仁和天意,是为了我自己……我这就是在请求宽恕,索尼娅……"他想笑笑,但是在他黯淡的笑容里,流露出的是某种无可奈何和无以言表的东西。他垂下了头,用双手捂住了脸。

他的心头骤然掠过一种奇怪的感觉——对于索尼娅的强烈憎意,这种感觉似乎使他感到既惊愕又恐惧。于是,他猛地抬起头来,定定地端详着她，可是与他目光交汇的，是她那平静而又痛切的目光。这是爱情，他的那股憎意如幽灵般消失了。不，这并非那种感情，他把这种情感当作另一种情感了。这仅仅意味着，那个时刻来到了。

他又用手捂住了脸，低低地垂下了头。他脸色发白，突然从椅子上站了起来，看了看索尼娅，然后一言不发地坐到她的床上。

他觉得，这一刻像极了那天的那个时刻——当他已从环扣上取下那把斧头，站在老太婆的背后，感觉自己"一秒也不能再等了"。

"您怎么啦？"索尼娅大为惊骇地问。

他一句话也说不出来。他根本未曾料到要这样宣布一切，也不明白自己到底是怎么了。她静静地走到他身边，挨着他坐在床上，默默等待着，目光始终没有离开他。她的心怦怦直跳，就快要停止了。实在无法忍受了：他把那张惨白的脸转过来，面向索尼娅，双唇无力地抿了抿，极力想要开口说些什么。一阵恐惧漫过索尼娅的心头。

"您怎么啦？"她稍稍从他身边坐开一些，又问了一遍。

"没什么，索尼娅。别怕……都是胡扯的！真的，如果仔细想想的话——这些都是胡扯的，"他啜嚅道，俨然一副头脑不清醒的人在梦呓的模样，"为什么我只来折磨您呢？"他望着她，忽然加了一句，"真的。为什么呢？我一直在问自己这个问题，索尼娅……"

也许在一刻钟前，他曾在心里问过自己这个问题，但此刻他说出口的时候，却无力极了，他已不太清醒了，同时感觉自己在不停地浑身颤抖。

"啊，您太痛苦了！"她端详着他，痛心地说道。

"全都是胡扯！……就是这样，索尼娅，"不知为什么，他忽然笑了，笑容持续了大约两秒钟，苍白而又无力，"您还记得，昨天我想跟您说什么吗？"

索尼娅不安地等着他继续说下去。

"临走之前,我说,或许我要跟您永别了,但是如果我今天过来的话,我就会告诉您……是谁杀了莉扎薇塔。"

她猛地开始浑身打战。

"那么现在,我来告诉您了。"

"所以您昨天真的……"她艰难地开口说道,"您怎么会知道?"她飞快地问,好像忽然醒悟过来了。

索尼娅开始感到呼吸困难,脸色也变得愈发惨白。

"我知道。"

她沉默片刻。

"难道查到是谁了?"她怯怯地问。

"没有,没有查到。"

"那么您又是怎么知道的呢?"她又问,声音几乎微不可闻,接着又沉默了一会儿。

他转过头来,定定地望向她。

"您猜。"他的脸上挂着刚才那抹无力的苦笑,说道。

仿佛有一阵痉挛,从她的全身掠过。

"您都……把我给……您干吗这样……吓我?"她笑得像个孩子,说道。

"这么说吧,我是他的好朋友……既然我知道的话,"拉斯科尔尼科夫一边继续说,一边毫不闪躲地继续盯着她的脸,似乎已然无力移开目光,"其实他对这个莉扎薇塔……没有杀意……他把她给……杀了,是意外……他打算杀的是老太婆……趁她一个人在家的时候……他来了……可这时莉扎薇塔却进来了……他就……将她一起杀了。"

又过了可怕的一分钟。两个人始终面面相觑。

"这样您都没猜到吗？"他突然问，同时感觉自己仿佛正在从钟楼向下坠落。

"没——没有。"索尼娅的声音微弱得快听不见了。

"您好好看一看吧。"

当他说出这句话的时候，一种久违的感觉再次使他的心跳骤然停了下来：他凝视着她，突然，他似乎在她的脸上看到了莉扎薇塔的脸。他清楚地记得莉扎薇塔脸上的那副表情，当时他拎着斧头，朝她逼近，莉扎薇塔向后躲闪，退至角落，一只手往前伸，脸上露出孩童般恐惧的神情，就像被什么东西吓坏了的孩子，手足无措地盯着令自己心生畏惧的事物，仿佛下一秒就要哭喊出来了。而现在，索尼娅的样子几乎也是这样：她惊慌失措、满面惶恐地看着他，左手前伸，几根手指轻轻抵住拉斯科尔尼科夫的胸膛，缓缓从床上起身，往后退去，离他越来越远，同时目不转睛地看着他。她的恐惧忽然把他也感染了，他的脸上似乎显露出同样惊骇的表情，他似乎也在用同样的神情注视着她，脸上甚至挂着同样孩子般的笑容。

"猜到了吗？"最后，他轻声道。

"上帝啊！"一声可怕的尖叫从她的胸膛中喷薄而出。她无力地倒在床上，把脸埋进枕头。可是没过一会儿，她又连忙支起身子，飞快地坐到他身边，用自己纤细的手指抓起他的双手，如虎钳般将它们紧紧握牢，然后，她又一次目不转睛地注视他的脸。她想在这最后一次绝望的注视中，捕捉到哪怕最后一丝微弱的希望。然而并无希望，毫无疑问，事实就是这样！就连她日后回想起这一刻时，都觉得既怪异又神奇：为什么她当时一下子就看出来，此事毫无疑问呢？因为她还不能说，自己对于此事是早有预感的。可是现在，当他对她刚一说完这番话时,她忽然觉得,自己似乎确实对此早有预感。

"可以了,索尼娅,够了!别折磨我了!"他痛苦地央求。

他根本不愿、根本不愿这样向她坦白,可结果却偏是这样。

她猛地站起身来,攥着双手走到房屋中央,似乎并未意识到自己在做什么,不过她很快又走了回来,回到他的身边,与他几乎并肩坐在一起。忽然,她仿佛被针刺中一般,全身战栗了一下,然后大喊起来,连她自己都不知为何,竟冲过去跪在了他的面前。

"您——您这是在对自己做什么呀?"她绝望地说,然后飞快地站起来,扑上去搂住他的脖子,抱住他,双手紧紧地箍住他。

拉斯科尔尼科夫连忙躲闪,脸上挂着悲凄的微笑,朝她望去:"索尼娅,您太奇怪了!我把这件事告诉您,您却拥抱我,亲吻我。您都不知道自己在做什么。"

"不,现在全世界再没有比您更加不幸的人了!"她并未听到他的话,发疯般地高声喊道,随后忽然开始放声恸哭,仿佛癫病发作一般。

一种久违的感觉如浪潮般注入他的心田,让他的心瞬间变得柔软。他并没有抑制这种感觉,两行泪水从他的眼中夺眶而出,泪珠挂在他的睫毛上。

"所以您不会离开我,对吗,索尼娅?"他几乎满怀期待地看着她说。

"不会,不会,我永远不会离开您,无论去哪里,我都不会离开您!"索尼娅大声地说,"我跟您走,去哪儿都行!哦,上帝啊!……哎,我是个不幸的人!……为什么,为什么我以前没有认识您呢!为什么您没有早点来呢?哦,上帝啊!"

"我这不是来了吗?"

"现在!哦,现在要怎么办呢?……我们一起,我们一起!"她恍如失了神般地反复叨念着,再一次抱住了他,"我跟您一起去服苦役!"他似乎猛地抽搐了一下,抿了抿嘴角,又露出了方才那抹怀有憎意、近乎傲慢的笑容。

"索尼娅,可能,我还不想去服苦役。"他说。

索尼娅快速地看了他一眼。

在对这个不幸的人首次表达了自己强烈而又痛苦的同情之后,她被他可怖的杀意震惊了。在他变化的语调中,她突然听出了杀人犯的声音。她错愕地看着他。他为何杀人,他是怎么杀的,他有何目的——对此她一无所知。此刻,这些疑问全都瞬间浮现在她的脑海里。于是,她再次感到难以置信:"他、他竟是杀人犯!难道这有可能吗?"

"这到底是怎么回事?我这是在哪里呀?"她困惑地喃喃道,仿佛还没有回过神来,"可是像您,像您这样的人……怎么会决定做这种事呢……这到底是怎么回事!"

"为了抢劫呗。索尼娅,别说了!"他似乎很疲惫、甚至颇为懊丧地回答。

索尼娅站在那里,仿佛甚感震惊,但忽然大声地说:"您当时饿急了!您……是为了帮衬母亲?对吧?"

"不是,索尼娅,不是,"他把脸扭过去,耷拉着脑袋说,"我还没有饿到那个分上……我的确想要帮衬母亲,但是……并不完全因为这个……别折磨我了,索尼娅!"

索尼娅拍了一下双手。

"可这难道,难道都是真的吗?天哪,这是怎样的真相啊!这谁又能相信呢……怎么会呢,您都肯把自己最后一点钱送给别人,又怎会为了抢劫而杀人呢?啊!"她突然惊呼一声,"那么您送给卡捷琳娜·伊万诺夫娜的那些钱……那些钱……天哪,难道连那些钱也是……"

"不是,索尼娅,"他连忙打断她,"这些钱不是从那儿来的,放心!这些钱是母亲委托一名商人给我寄来的,而且我收到钱的时候还在生病,当天我就把它送给了……拉祖米欣做证……是他替我收下了那笔钱……这些钱是我的,是我自己的,是真真正正属于我的。"

索尼娅困惑不解地听着他说,竭力想要领会他的意思。

"至于那些钱……其实,我甚至不知道,那里面到底有没有钱,"他轻声补充道,仿佛陷入了沉思,"当时我从她的脖子上摘下一个钱包,是麂皮的……里面塞得很满,就是那种圆鼓鼓的钱包……可我并没有打开瞧过,也许是没来得及吧……不过那些东西全都是扣子啊、链子之类的,次日一早,我就把这些东西和钱包全都藏在了 B 街的一个院子里,在一块大石头底下……全藏在那儿,现在还在……"

索尼娅凝神听着。

"嗯,那么为什么……既然您什么都没拿,为什么您又说是为了抢劫?"她连忙接过话头问道,仿佛抓住了一根稻草。

"我不知道……我还没想好——要不要拿这笔钱,"他沉默片刻,似乎又陷入沉思,接着忽然如有所悟,脸上挤出一丝短促的苦笑,"哎呀,我现在在说什么傻话呀,啊?"

索尼娅的脑海里掠过一个想法:"他是不是疯了?"然而,她立刻就将这个想法抛之脑后,不,那是另一回事,对此她还一点儿都不懂,一点儿都不懂呢!

"索尼娅,您知道吗?"他灵光乍现,忽然道,"您知道吗,我要告诉您,如果我杀人仅仅是因为吃不饱饭,"他神秘却又坦诚地望着她,一字一顿地继续道,"那么我现在……就幸福了!您要知道这一点!"

537

"就算现在我承认自己干了傻事，"过了一会儿，他高声地说，语气中甚至带有些许绝望，"这对您，对您又有什么好处呢？就算您在我身上获得了这种毫无意义的胜利，又能得到什么呢？哎，索尼娅，难道我来找您，是为了这个吗？"

索尼娅原本想说点什么，但什么都没说出来。

"我昨天之所以叫你跟我走，是因为，我就剩下您一个人了。"

"您叫我去哪儿？"索尼娅怯懦地问。

"不是去偷东西，也不是去杀人，您放心，不是干这些事，"他刻薄地冷笑了两声，"咱们是不同的人……您知道吗，索尼娅，其实，直到现在，直到现在我才明白，我昨天究竟想叫您去哪儿。其实昨天我叫您的时候，连我自己都不知道，要上哪儿去。我叫您，只为一件事情，我过来，也只为一件事情——那就是，别离开我。索尼娅，您不会离开我的，对吧？"

她紧紧地握了握他的手。

"何必呢，我何必要告诉她，我何必要向她坦白呢？"过了半响，他绝望地叹道，同时怀着无尽的哀痛望着她，"您在等我解释，索尼娅，您坐在这里，等我开口，这我看到了，可我能对您说什么呢？因为这件事您根本无法理解，您只会因我而……徒添悲苦！瞧，您又在哭，您又来抱我了——哎，您为何要抱我呢？我因为承受不住这份痛苦，于是跑过来把其转嫁给另一个人，好让您承担一些我的痛苦，这样我会轻松一点！难道您可以去爱一个这样卑鄙的人吗？"

"可您不是也很痛苦吗？"索尼娅大声地说。

那种感觉再次如浪潮般注入他的心田，再次在刹那间让他的心变得柔软起来。

"索尼娅，我心肠歹毒，这一点您得注意，这可以说明很多问题。

我之所以过来，正因我心怀歹意。有的人是不会过来的，但我是个懦夫，我是个……卑鄙的家伙！不过……罢了！这些全都不是我要说的……现在我应该说了，但我却不知该怎么说……"

他停住了，开始思考起来。

"哎，咱们是不同的人！"他大声地说道，"我配不上您。何必呢，我何必过来呢！在这件事上，我永远无法原谅自己！"

"不，不，您来是好事！"索尼娅高声叫道，"让我知道才好！要好得多！"

他痛彻心扉地看着她。

"如果真的是这样呢？"他仿佛下定决心了，说，"其实这件事就是这样！您听我说，我想做拿破仑，所以就杀了人……现在明白了吗？"

"不明白，"索尼娅天真且怯懦地小声说，"只是……您说吧，您说吧！我会明白的，我什么都会明白的！"她恳求他。

"您会明白吗？那好，那咱们就来瞧瞧吧！"

他默然不语，思索良久。

"问题在于，有一次我问了自己这样一个问题：比方说，如果让拿破仑置身于我的境遇，而且他没有任何开拓事业的机会——没有土伦战役，没有埃及之战，也没有翻越勃朗峰，取代这些壮丽恢宏的事业的，仅仅是一个荒谬可笑的老婆子、一个十四等文官之妻，而且必须把她杀了，以便把钱从她的大箱子里偷出来（为了事业，你明白吗），嗯，假如他别无他途，那么他会不会决定做这件事呢？他会不会因为这件事太不光彩……还有罪过，就畏缩不前呢？嗯，我要告诉您，其实我在这个'问题'上经历过漫长的挣扎，因为，当我最终领悟到（不知怎的突然领悟到），他非但不会畏缩不前，甚至根本不会去想，这样做有何不光彩之处……他甚至根本不明白：为什么要畏缩不前呢？想到这里，我羞愧万分。因为他一旦没有别的路可走，那么他会毫不犹豫地动手掐死她，连一声闷哼的机会都不会给她！于是我……也毫不犹豫地……掐死了她……效仿这位权威的楷模……事实确实如此！你觉得可笑吧？是啊，索尼娅，这件事最可笑的地方可能就在于，事实确实如此……"

索尼娅根本不觉得好笑。

"您最好直接告诉我……不必举例。"她更加胆怯地问，声音几不可闻。

他转过头来，用悒郁的目光望着她，握住了她的双手。

"索尼娅，您又说对了。这些全是废话！全是在胡说八道！您看，其实您也知道，我母亲几乎一穷二白。妹妹侥幸受过教育，却注定要四处奔波，给别人做家庭教师。她们将所有的希望全都寄托在我一人身上。我之前在上学，可我在大学里无法维持生计，不得不暂时辍学。即便我可以这么拖下去，那么十年以后，十二年以后（倘若情况有所好转的话），我也只能有希望当一名教书匠，或是一名官员，能领一千卢布的俸禄（他好像在机械地背书）……可是到了那时，母亲会因操劳和悲苦变得憔悴不堪，我却仍旧无法让她安心落意，而妹妹……哎，说不定妹妹会过得更加不幸……何苦穷尽一生，对一切漠然处之，如何能忘却母恩，如何能眼睁睁看着妹妹受人凌辱？为什么啊？难道就为了把她们埋葬之后，再去养活老婆、孩子这些新人吗？而且即便如此，我以后也无法为他们留下一分一厘。嗯……嗯，于是我便决定，把老太婆的钱占为己有，用这笔钱维持我头几年的生计，让母亲宽心，让自己念完大学，迈出毕业之后的第一步——做这一切，要大刀阔斧、竭尽全力，以此缔造一份全新的事业，踏上一条独立自主的新路……嗯……嗯，一切就是这样……嗯，当然了，我杀了老太婆——这件事我做错了……哎,不说了!"

他似乎有些虚弱,勉力讲到最后,然后耷拉着脑袋。

"哎呀,这不对,不对,"索尼娅苦恼地大声叫道,"难道还可以这样吗……不,这件事不是这样的,不是这样的!"

"您认为不是这样吗……但我说的都是心里话,这就是实情!"

"可这又是怎样的实情啊!哦,上帝啊!"

"索尼娅,我不过只是杀死了一只虱子,一只无用的、卑劣的、恶毒的虱子!"

"人怎么会是虱子呢!"

"其实我也知道,人不是虱子,"他怪异地看着她,答道,"索尼娅,其实,我在说胡话,"他补充道,"我早就在说胡话了……其实事情并不是这样的,您说得很对。这里完全、完全、完全存在别的原因……我很久没跟任何人说过话了,索尼娅……现在,我的脑袋疼得厉害。"

他的眼中闪烁着狂热的火苗。他几乎开始说胡话了,一丝不安的笑容掠过他的唇畔。在他那异常兴奋的精神状态背后,是一种极度的无力感。索尼娅明白,他此刻有多么痛苦。她也开始感到头晕起来。而且,他这些话说得可真奇怪啊,有些地方似乎也能理解,可是……"可是这怎么可能呢?这怎么可能呢?哦,上帝啊!"她绝望地攥紧双手。

"不,索尼娅,事情不是这样的!"他忽然抬起头来,又开口道,突然回转的思路似乎使他颇为惊诧,重新振奋起来,"事情不是这样的!您最好……认为(对!这样的确最好!),认为是我自私、善妒、恶毒、卑劣、报复心强,嗯……还有,我估计还有些精神失常(就让我一股脑儿全说出来吧!以前就有人说过我精神失常,我知道的!)。刚才我曾跟你提过,我在大学时生活无以为继。可你知道吗?或许我是可以维持下去的。母亲可以寄些钱来缴纳学费,至于靴子、衣服的费用和伙食费,我可以自己去赚,肯定可以的!我可以去找教书的工作,人家愿意出每小时半卢布的课时费。拉祖米欣就在工作呀!可是我耍脾气,不愿意干了。我就是'耍脾气'(这个词形容得很好)了。那时我就像一只蜘蛛,躲进了角落里。您曾去过我那间简陋的小室,亲眼见过……您知道吗,索尼娅,低矮的棚顶和狭窄的房间会将人的精神与智识束缚起来!哎,我有多么讨厌这个小房间啊!可我还是不愿离开它。我故意不离开它!我成日成夜闭门不出,也不愿工作,甚至连饭也不想吃,总是躺在那里。要是娜斯塔西娅送饭来了,我就吃几口;要是她没送来,那么一天就这样过去了。我心里气恼,故意不问她要!夜里没有蜡烛,我便躺在黑暗里,也不愿去赚钱买蜡烛。本应读书学习,可我把书给卖了。我的桌上、笔记簿上和练习本上已经布满尘灰,足足有一指那么厚。我最喜欢躺着胡思乱想。我总是在胡思乱想……还总是做梦,做各种各样的怪梦,没什么好说的!不过那时我开始隐约觉得……不,不是这样的!我又开始胡说了!您知道吗,那时我总是问自己:我怎么这样愚蠢呢,假如别人都很愚蠢,那么既然我已经知道他们很愚蠢,我为什么试图将他们变得聪明些呢?索尼娅,后来我发现,若要等待所有人都变得聪明起来,那将会是太过漫长的等待……后来我还发现,人们本性难移,他们永远不会变,也没人能使他们改变,所以不值得白费力气!没错,就是这样!这就是他们的规律……规律,索尼娅!就是这样!……索尼娅,我现在才明白,谁拥有坚定的意志与强大的智识,谁就能统治他们!谁敢想敢做,谁就在他们心目中更接近真理。谁对大多数事物抱以睥睨的态度,谁就能做他们的立法者。谁比所有的人都敢想敢为,谁就比所有的人都更接近真理!古往今来,向来如此!只有瞎子才看不清呢!"

拉斯科尔尼科夫说这些话的时候，虽然始终注视着索尼娅，但已不再关心，她是否听懂了。他全然沉浸于狂热的情绪中，处在某种沉郁的兴奋里(的确，他太久没跟任何人讲话了!)。索尼娅意识到，这个沉郁的信念是他的信仰与准则。

"索尼娅，那时我才领悟到，"他继续兴奋地往下说，"权力只属于那些敢为人先、积极争取的人。只需一样，仅仅一样；只要能敢想敢为！那时我有了一个想法，生平第一次生出这种想法，在我之前从未有人有过这个想法！谁都没有！我忽然如白昼般清晰地意识到，到目前为止，从来不曾有一个人，敢于蔑视一切荒谬的事物，敢于抛开这一切，让它们统统见鬼！我……我想拥有这种胆量，于是杀掉了……我只是想拥有这种胆量，索尼娅，这便是全部原因！"

"哦，别说了，别说了！"索尼娅拍了一下双手，惊呼起来，"您背离了上帝，上帝也惩罚了您，将您交给了魔鬼！……"

"顺便问一句，索尼娅，这些是我躺在黑暗里的时候想到的，难道这是魔鬼在扰乱我吗？啊？"

"您别说了！请您别笑，亵渎上帝的人，您什么都不懂，什么都不懂！哦，上帝啊，他什么都不懂，什么都不懂！"

"索尼娅，别说了，我根本不敢亵渎上帝，其实我自己也知道，我在受魔鬼的蛊惑。别说了，索尼娅，别说了！"他神色悒郁，执拗地说，"其实我全都知道。当我躺在黑暗里的时候，我就已经将一切都反复思考过，并对自己悄悄说过了……这一切，我都曾跟自己反复争辩过，乃至最细微之处，这一切我都知道，一切！那时我对于这些空谈，是如此厌倦，如此厌倦！索尼娅，我一直想要忘怀一切，重新开始，不再空谈！难道您以为，我像个傻瓜一样，是头脑一热才去干这件事的吗？我去干这件事的时候，是头脑灵光的，而正是这一点，把我给毁了！难道您以为我不知道这一点吗？比方说，只要我反省一下，诘问自己：我有没有权力掌管别人的生命呢？那么答案将是：我无权掌管别人的生命。再者说，倘若我向自己提出这样的问题：人是不是虱子？那么对我来说，人并不是虱子，而对于那些从未想过这个问题和什么问题都不想的人而言，他们会认为人是虱子……倘若我久久苦于'拿破仑是否会动手'这个问题的话，那么，其实我是清楚地意识到了，我并非拿破仑……索尼娅，这一切、一切的空谈之苦，我受够了，我很想摆脱这些痛苦。索尼娅，我无缘无故地把人杀了，是为了我自己，仅仅为了自己！在这件事上，我甚至不愿欺骗自己！我杀人，不是为了帮衬母亲，那是胡扯！我杀人，不是为了谋取财富和权力，从而成为人类的庇护者，那也是胡扯！我就是杀人了！我杀人，是为了自己，只是为了我自己！而我是否将成为谁的庇护者，或是终生如蜘蛛一般，在蛛网上捕捉一切，吮吸它们身上新鲜的血液——对于这一切，在那一刻，我统统不在乎……索尼娅，在杀人的时候，我最需要的并非金钱，与其说我是为了谋财，不如说是为了别的东西……这一切我如今已知晓……您要理解我，说不定，我还会继续走那条路，但我绝不会再杀人了。我需要弄清的是另一个问题，促使我动手的也另有原因：那时我必须确定，尽快确定，我是像所有人一样，是一只虱子，还是一个人呢？我能不能越过那条界限呢？我敢不敢弯下腰来，把权力抓在手里呢？我究竟是一只瑟瑟发抖的牲畜，还是说，我有权力……"

"杀人？难道您有权力杀人吗？"索尼娅拍了一下双手。

"哎呀，索尼娅！"他气恼地大喝一声，本想说些话来反驳她，但却鄙薄地沉默了一会儿，"索尼娅，不要打断我的话！我只想向您证明一样：我是受到魔鬼的蛊惑，而在那以后，他告诉了我，说我没有权力走那条路,因为我跟所有人一样,是一只虱子!他将我狠狠嘲笑了一番,于是我现在便跑来找您了!请款待您的客人吧!假如我不是一只虱子,那我还会过来找您吗?您听我说,我去找老太婆的时候,只不过是想试一试……您可得明白这一点!"

"于是您就杀人了!您就杀人了!"

"可我是怎么杀人的呢?难道别人是这样杀人的吗?难道别人是像我这样杀人的吗?日后我要给您讲讲,我是怎么去杀的……难道我杀死的是老太婆吗?我所杀死的,是我自己,并不是老太婆!我就这么一下子把自己给毁了,永远毁了!杀死老太婆的,是魔鬼,不是我……不说了,不说了,索尼娅,不说了!别管我了,"他忽然悒郁不安地大喊起来,"别管我了!"

他把两肘支在膝上,紧紧抱住自己的脑袋。

"太痛苦了!"索尼娅满怀苦楚地叫道。

"哎,您说,如今该怎么办啊!"他忽然抬起头来,看着她问,他那张脸因绝望而变得极度扭曲。

"怎么办!"她突然"噌"地站了起来,大声地说,那双泪流不止的眼睛忽然闪闪发光,"您站起来!(她抓住他的一只肩头,于是他站起来,近乎愕然地看着她)现在就去,立刻就去,走到十字路口,跪下来,先亲吻被您玷污的大地,然后向全世界叩首,向四面八方叩首,同时大声地告诉他们:'我杀人了!'那时上帝会赋予您新的生命。您去吗?您去吗?"她浑身颤抖,就像癫症发作一般,同时猛地抓起他的双手,将它们紧紧攥在自己的手里,目光炯炯地望着他,问道。

他格外诧异,甚至被她这阵突然而至的兴奋惊呆了。

"索尼娅,您指的是不是去服苦役?是不是去自首呢?"他悒郁地问。

"是去承受苦难,这是您应该做的。"

"不要!索尼娅,我是不会去的。"

"那您该怎么活呢?该怎么活下去呢?"索尼娅大声地说,"难道现在可以这样吗?您该怎么跟母亲说呢?(哦,她们,她们现在怎么样了?)哎,我在说什么呢!难道您要丢下母亲和妹妹吗?其实您已经丢下她们了,已经丢下了。哦,天哪!"她忽然叫道,"他自己早已知道这一切!怎么可以孤零零地活下去呢?以后您该怎么办呢?"

"索尼娅,不要像个孩子似的,"他轻声地说,"我对他们犯什么罪了呢?我为什么要去?我要对他们说些什么呢?这一切仅仅是幻影……就连他们自己都在毁灭数以万计的生灵,可有人却把他们奉为恩人。索尼娅,他们全都是骗子和流氓!……我不去。我去了说什么呢?难道要说,我杀人了,但我不敢把钱拿走,于是藏在石头底下吗?"他带着嘲讽,冷冷一笑,补充道,"那样的话,他们会笑话我的,会说'你连钱都不拿,真是个呆子'。会说我是'懦夫和傻瓜'!索尼娅,他们什么都不会理解的,而且他们不配理解这些。那我为什么要去呢?我不去。索尼娅,不要像孩子一样……"

"您会受尽折磨的,您会受尽折磨的。"她反复地说,在绝望的哀诉中,她将自己的双手伸向他。

"说不定我已经诋毁了自己呢,"他神色阴郁地说,仿佛陷入了沉思,"说不定我还是一个人,而不是一只虱子,我太急于给自己下判断了……我还要再拼一拼。"

他的唇边露出一抹轻蔑的冷笑。

"那要忍受怎样的痛苦啊!要知道,那会痛苦一生,痛苦一生啊!"

"我会习惯的……"他神色悒郁,像是在思考着什么,"您听着,"

过了一会儿，他开口说道，"哭够了，现在该说正事了。我来是要告诉您，我很快就会被搜查，被逮捕……"

"啊！"索尼娅吓得大喊一声。

"哎，您喊什么呀！您不是想让我服苦役吗，怎么现在反倒害怕起来了？但我要告诉您，我绝不会让他们得逞。我还要跟他们周旋一番，他们无计可施。他们手上没有真正的罪证。昨天我非常危险，以为自己已经完了，然而事情今天却有了转机。他们手上的所有罪证都能导向迥然相反的结论，也就是说，我能把他们的指控引到对我有利的方向，您明白吗？我会这样做的，因为如今我学会这一套了……不过，牢狱我肯定得坐一坐。若不是发生了一件意外，也许我今天就已身陷囹圄，说不定今天晚些时候，我还有可能被关进去……不过，这没什么的，索尼娅，我在里面待上一会儿，就会被放出来的……因为他们手上没有任何真凭实据，将来也不会有的，我可以发誓。他们手里的那些线索，不足以把人送进监狱。哎，不说了……我只是想让您知道……至于母亲和妹妹，我会想办法让她们打消顾虑，不再忧心……其实，如今妹妹的生活似乎已经有保障了……这么说来，母亲倒……哎，就说到这儿吧。不过，您要多加小心。等我坐牢的时候，您会去牢里探望我吗？"

"啊，我会去的！我会去的！"

两人并肩坐在一起，神色黯然，失魂落魄，仿佛风暴过后，他们被孤零零地抛弃在空旷的海岸。他注视着索尼娅，感受着她对他的爱有多么丰沛，奇怪的是，明明被人这样爱着，他却忽然感到沉重而又痛苦。是的，这是一种奇异又可怕的感觉！来找索尼娅的路上，他觉得，她就是自己所有的希望和出路，他想至少安放一下自己内心部分的苦楚，而现在，当她的心完全向他敞开时，他却忽然感觉并意识到，自己无比不幸，比先前不幸许多。

"索尼娅，"他说，"我去坐牢的时候，您最好还是别来看我了。"

索尼娅没有回答，她泪流满面。几分钟过去了。

"您身上戴十字架了吗？"她突然出人意料地问，似乎这是她忽然想起来的一样。

他起先没听懂这个问题。

"没有，没有吗？喏，这个您拿着吧，是柏木的。我还剩一个，铜的，是莉扎薇塔的。我和莉扎薇塔互换过十字架，她把自己的送给了我，而我把自己的小圣像给了她。以后我就戴莉扎薇塔的十字架了，这个给您吧。拿着……这可是我的！这可是我的呀！"她极力劝说道，"咱们要一起去受苦，一起背起十字架……"

"给我吧！"拉斯科尔尼科夫说。他不想让她伤心。可是他旋即又把那只伸出接十字架的手收了回去。

"索尼娅，现在还不是时候，不如以后再给我吧。"他补充了一句，好让她放心。

"对，对，不如以后再给您，不如以后再给您，"她颇为兴奋地接过话头，"等您去受苦时再戴。到时您来找我，我为您戴上，我们一同祈祷，然后一起上路。"

就在这时，门外传来了三声敲门声。

"索尼娅·谢苗诺夫娜，可以进来吗？"门外传来某个非常熟悉的声音，说话极为客气。

索尼娅惶恐不安地跑去开门，只见列别佳特尼科夫先生那颗长着浅黄色头发的脑袋朝屋里探了进来。

第五节　卡捷琳娜·伊万诺夫娜之死

列别佳特尼科夫神色仓皇。

"索菲娅·谢苗诺夫娜，我是来找您的。不好意思……我猜到会在这里碰上您，"他忽然对拉斯科尔尼科夫说，"也就是说，那方面的事情，我根本没什么想法……不过我想的是……卡捷琳娜·伊万诺夫娜在我们家发疯啦。"他的话还没讲完，就突然撇下拉斯科尔尼科夫，迫不及待地对索尼娅说。

索尼娅失声惊呼。

"也就是说，至少看上去是这样的。可是……我们都不知道该怎么办，哎！她回来以后——像是被人从什么地方赶出来的，估计还挨打了……至少看起来是这样的……她跑去找了谢苗·扎哈雷奇的领导，去他家却没碰上，人家在另一位将军家里吃饭呢……请您想想吧，她竟然跑到人家吃饭的地方去了……跑到另一位将军家去了，请您想想吧，她执意让谢苗·扎哈雷奇的领导出来见她，估计人家还在饭桌上呢。您能想象到事情的结果。她自然是被人撵了出来，可她却说自己把人家大骂一顿，还朝人家扔东西。这甚至是可以想到的……她怎么没被抓起来呢——这点我就不知道了！现在她对着所有人，也对着阿玛莉娅·伊万诺夫娜讲这件事，只是她声嘶力竭地喊嚷，说的话很难让人听懂……哎呀，是了，她大喊着说，现在既然所有人都抛下了她，那么她索性领孩子们到大街上，带着手风琴，和孩子们一起唱歌跳舞，也好讨些钱来，她还要每天到那位将军的窗前……她说："要让他们瞧瞧，一个官员父亲的贵族子弟是怎么当街行乞的！'她把所有孩子都痛打了一顿，孩子们哭个不停。她教廖尼娅唱《小小农庄》，教小男孩和波里娜·米哈伊洛夫娜跳舞，还把孩子们的衣服全都扯破了；她给孩子们做了奇怪的帽子，把他们打扮得像演员似的；她还想拿一个脸盆，敲击鼓点代替音乐……她什么话都不肯听……请您想想吧，怎么能这样呢？这可绝对不行呀！"

列别佳特尼科夫还要继续往下说，可是索尼娅听了他的话，急得差点喘不过气来，她一把抓起披肩和帽子，赶紧奔出房间，边跑边戴。拉斯科尔尼科夫紧跟在她身后，列别佳特尼科夫也跟着跑了出去。

"卡捷琳娜·伊万诺夫娜肯定疯了！"等他们跑到街上的时候，列别佳特尼科夫对拉斯科尔尼科夫说道，"我只是不想让索菲娅·谢苗诺夫娜受到惊吓，才说她是'可能'疯了，可那是不容置疑的。听说这些患肺结核的人，结核会跑进他们的脑袋，可惜我不懂医术。不过，我试着劝说她，她却什么都听不进去。"

"您给她讲了关于结核的问题？"

"其实并不完全是结核的问题。而且就算说了，她也什么都理解不了。但我想说的是，如果能很有逻辑地说服一个人，让他知道，其实他没什么好哭的，那么他就不会再哭了。这不明摆着吗？那么您认为，他还会哭吗？"

"那样的话，活着就太容易了。"拉斯科尔尼科夫回答。

"很抱歉，很抱歉。当然了，要想让卡捷琳娜·伊万诺夫娜理解，那是相当困难的。不过您知道吗，巴黎已经在进行一些实验，仅仅采用富有逻辑的说服法，看看能不能治愈疯子。其中有一位教授，是一位严肃的学者，不久前去世了，他认为用这种方法可以治愈疯病。他的主要观点是,疯子的机体并没有发生特殊紊乱,这么说吧,他认为疯病是一种逻辑性错误,一种判断失误,一种对待事物的错误观点。他逐步驳倒病人的逻辑,您能想象吗,据说治疗还很有成效呢!不过,由于他在实验中还采用了淋浴法,所以这次治疗的结果自然是饱受争议的……至少情况看起来是这样的……"

拉斯科尔尼科夫早就不听他讲话了。他正好到家了,于是向列别佳特尼科夫点了点头,转身拐进了大门。列别佳特尼科夫这才恍过神来,回头看了一眼,继续往前跑去。

拉斯科尔尼科夫走进自己的斗室,站在房间中央。"我为什么要回到这里呢?"他抬眼扫视这些泛黄的残破壁纸、这些蓄积渐厚的灰尘和他的这张沙发床……院子里传来一阵尖锐的、连续不断的敲击声,似乎有人在某个地方钉入什么东西,像是钉子一类的东西……他走到窗边,踮起脚尖,全神贯注地观察院子的动静,瞧了许久。然而,院内空无一人,并未看见有什么人在敲东西。左侧的厢房处可以看到几扇敞开的窗户,窗台上摆着几盆干枯的天竺葵,窗外挂着被单……这一切他已经习以为常了。他转过身在沙发上坐了下来。

他还从未、从未感到自己是如此的孤独!

是的,正是现在,当他让索尼娅变得更加不幸的时候,他再一次感到,自己对于索尼娅或许当真怀有恨意。他为何要去她那里乞求眼泪呢?他为何要如此迫切地扰乱她的生活呢?哎,真卑鄙啊!

"我还是孤身一人吧!"他突然斩钉截铁地说,"我也不要她去狱中看我!"

大约过了五分钟,他抬起头来,露出怪异的微笑。他突然有一个奇怪的想法:"或许去服苦役当真更好一些。"

他记不清自己究竟在房间里坐了多久,他的头脑里思绪万千,飘忽不定。突然，门开了，阿芙多季娅·罗曼诺芙娜走了进来。起初，她在门口停留了一会儿，看着他，就像他不久前站在索菲娅家门口的时候一样。随后，她走了进来，坐在他对面，也就是她昨天坐过的那张椅子上。他沉默地看向她，不知为什么，目光空洞。

"哥哥，别生气，我只待一小会儿。"杜尼娅说。她看起来若有所思，但表情却并不冷峻。她的目光明澈而又柔和。他看得出来，杜尼娅过来找他，是怀着骨肉之情的。

"哥哥，现在我全知道了，全知道了。德米特里·普罗科菲伊奇把一切都解释给我听了，他全告诉我了。因为一个愚蠢而卑鄙的怀疑，你遭人迫害，备受折磨。德米特里·普罗科菲伊奇和我说，你不会有任何危险，也无须把此事看得多么恐怖。我并不这样认为，我完全理解你有多么愤怒，而且这种愤怒的情绪会在你的心底里留下不可磨灭的痕迹。这是我所害怕的。至于你抛下我们，我不怪罪你，也不敢怪罪你，从前我怪罪过你，你原谅我吧。要是让我遭遇如此巨大的不幸，那么我也会远离所有人的，对此我感同身受。这件事我是不会透露给母亲的，但我会经常跟她提及你，并以你的名义告诉她，说你很快就会过来看望她的。你不必为她忧心，我会安慰她的，但你也不要让她太过伤心——你哪怕过来一次也好啊，你记住，她是你的母亲！我现在过来，只是想说（杜尼娅从座位上站了起来），为防万一，如果你需要我做什么，或是需要……我的生命，或者是……只要你叫我来，我就会来。别了！"

她说完，转过身，往门口走。

"杜尼娅！"拉斯科尔尼科夫叫住了她，他站了起来，走到她的面前，"拉祖米欣，就是德米特里·普罗科菲伊奇，是个很好的人。"

杜尼娅的脸上微微泛起红晕。

"真的吗？"她迟疑片刻，问道。

"他这个人能干、勤劳、诚实，而且有予人深爱的能力……别了，杜尼娅。"

杜尼娅满面绯红，顿时慌张起来："哥哥，这是什么意思，你给我……留下这几句赠言，难道咱们真的要永远分离了吗？"

"反正是一样的……别了……"

他转过身去，背对着她，走向窗边。她站了一会儿，不安地望了望他，然后满怀忧虑地走了出去。

不，其实他对她并不冷淡。刚才有一个瞬间（就在最后一瞬间），他特别想紧紧抱住她，跟她道别，甚至把所有的一切都告诉她，可是，他就连跟她握一握手都下不去决心："要是我拥抱了她，那么当她以后回想起来的时候，大概会浑身发抖，还会说，我当时偷吻了她！"

"她能承受得住吗，还是承受不住呢？"过了几分钟，他又喃喃自语地补充道，"不，她承受不住的，像她这样的人是无法承受的！这样的人永远都无法承受……"

他又想起了索尼娅。

窗外吹来一阵清凉的风。院子里的光线已不再那么明亮。他忽然抓起帽子，走了出去。

当然，他不可能、也不愿担忧自己的病况。然而这接连不断的惊扰和内心的恐慌对于他的病不可能毫无影响。如果说，他现在正处于发烧状态却还没有倒下，那或许是因为，他内心接连不断的惊扰仍在支撑着他，让他竭力站稳，保持清醒，不过，这种状态是人为的，也是暂时的。

他漫无目的地四处游荡。太阳渐渐西沉。最近一段时间，他开始觉察到某种特殊的苦闷。这份苦闷既没有使他大受刺激，也没有令他极为痛苦，但它却永恒而绵长。他预感到，这冰冷无情的苦闷将如影随形，永远伴随着他，而他，或将永世站在那"一俄尺见方的地方"。每至傍晚时分，这种痛苦的感觉就变得格外强烈。

"瞧，由于日落的缘故，人会感受到一种昏头昏脑、纯肉体性的虚弱，在这种时候，千万要控制住自己，别干蠢事！否则你不仅会想去找索尼娅，还会想去找杜尼娅的！"他悻悻地小声道。

有人唤了他一声，他回头去看，只见列别佳特尼科夫正向他跑来。

"您知道吗，我去您家里找您了。您知道吗，她还真像她说的那样，把孩子们带到大街上了！我和索菲娅·谢苗诺夫娜好不容易才找到他们。她自己敲着平底锅，让孩子们唱歌跳舞。孩子们哇哇大哭。他们在十字路口的一家店铺附近停留了一会儿，身后还跟着一群看热闹的傻子。咱们快走吧。"

"索尼娅呢？"拉斯科尔尼科夫连忙跟上列别佳特尼科夫，紧张地问。

"简直是疯了。我的意思不是索菲娅·谢苗诺夫娜疯了，而是卡捷琳娜·伊万诺夫娜疯了；不过呢，索菲娅·谢苗诺夫娜也快要疯了。可卡捷琳娜·伊万诺夫娜是完全疯了。我跟您说，她可是彻彻底底地发疯了。她们迟早会被抓到警局的。可想而知，到时会出什么乱子……她们现在在某座桥头的河边上，那儿离索菲娅·谢苗诺夫娜家不太远，还挺近呢。"

河边，离桥头不远处，距索菲娅·谢苗诺夫娜家不到两幢楼的地方，有一大群人聚在一起。其中小男孩和小女孩特别多。他们还在桥上的时候，就听到卡捷琳娜·伊万诺夫娜那副喑哑的破锣嗓子。这的确是一场奇观，可以吸引街头看客的注意。卡捷琳娜·伊万诺夫娜穿着她那件旧裙衫，披着呢料披肩，歪戴着一顶很不像样的破草帽，她真的疯了。她正累得气喘吁吁。她那张憔悴不堪肺病患者的脸看上去比先前更加痛苦(况且她还在街上，患肺结核的人在阳光底下看起来通常比在室内更病态、更憔悴)，然而，她那慷慨激昂的劲头却并未消失，她的愤怒越来越盛。她跑到孩子们面前，朝他们大喊大叫，哄他们到人群中间唱歌跳舞，还给他们解释，为何要这么做。孩子们无法理解，于是她失望极了，动手打他们……话还没说完，她又冲向围观的人群。倘若她发现，看客中有穿着打扮稍微体面些的人，她就会立刻跑过去，向人家解释，这几个贵族出身、甚至可以说是身世显赫的孩子有多么不幸。倘若她听到人群中有人发出嘲笑或讥讽的声音，她就会立刻向那些放肆的人扑过去，跟他们大吵一架。有的人当真看笑了，有的人则连连摆头……人们满怀好奇地瞧着这个疯女人，还有她那几个受惊的孩子。列别佳特尼科夫刚才说的那口平底锅倒是并没有看见，至少拉斯科尔尼科夫没看到。虽然卡捷琳娜·伊万诺夫娜没敲平底锅，可是当她强迫波莲卡唱歌、廖尼娅和科利亚跳舞的时候，她却用自己那双干瘪的手打起了拍子，而且她本人也跟着应声唱和，可是每次唱到第二音的时候，她的歌声就会因剧烈咳嗽而被迫中断，于是她又灰心丧气，开始咒骂自己的咳疾，甚至号啕大哭。她确实把孩子们打扮得像演员似的。小男孩的头上扎着一条红白相间的头巾，他被装扮成了土耳其人的样子。廖尼娅没有服装可穿，她只是戴着已过世的谢苗·扎哈雷奇的那顶红色绒帽(或者说是一顶尖顶帽子)，帽子上面还插着一根鸵鸟的白色羽毛，这根羽毛是卡捷琳娜·伊万诺夫娜外婆的遗物，始终被她当作宝贝藏在箱子里。波莲卡身穿家常服饰，她怯懦而又仓皇地看了看母亲，没有离开过她半步，不让人瞧见自己流泪的样子。她心里很清楚，母亲疯了，所以她正惶恐不安地向四周张望。街上聚集了这么多人，简直把她吓坏了。索尼娅紧紧跟在卡捷琳娜·伊万诺夫娜身后，哭着求她回家，然而卡捷琳娜·伊万诺夫娜对此无动于衷。

"行了，索尼娅，够了！"她连忙大声喊嚷起来，喘着粗气，咳嗽不止，"你可真像个小孩子，你都不知道你在求我什么！我不是跟你说过了吗，我绝不会回到那个醉醺醺的德国女人那里。我要让大家伙瞧瞧，让整个圣彼得堡的人都瞧瞧，这几个出身高贵的孩子是怎样在街上行乞的，他们的父亲勤勤恳恳地卖了一辈子的命，可以说是因公殉职（卡捷琳娜·伊万诺夫娜已经自己虚构了一个故事，并且盲目地相信那就是真的），就让那个可恶的将军瞧瞧吧。索尼娅，你也真傻，你看看，咱们现在靠什么吃饭呀？你为我们吃尽苦头，我不能再让你为我们受折磨了！哈，罗季昂·罗曼诺维奇，您也来了！"她看见拉斯科尔尼科夫，大喊着朝他跑去，"您来劝劝这个傻姑娘吧，实在是没有更好的办法了！就连人家拉手风琴的都在街上卖艺为生呢，不过大家一眼就能分辨得出来，我们是家道中落的贵族家庭，如今走投无路，才被迫当街行乞。你们等着瞧吧，那个将军老爷会丢掉官职的！以后我们要天天去他家窗前，要是沙皇从旁边经过的话，我就跪在地上，让这些孩子全都跪在前面，指着他们说：'父亲，请您庇护他们吧！'他就是这些孤儿的父亲，他是仁慈的，他会庇护他们的，您一定会瞧见的，至于那个将军老爷……廖尼娅！站直①！科利亚，你要准备跳舞了。你怎么哭啦？他又哭！你怕什么啊，怕什么呢？小傻瓜！上帝啊！罗季昂·罗曼诺维奇，您说说，我该拿他们怎么办才好呀！您知道他们有多么不让人省心吗！我该拿这些孩子怎么办才好呢……"

她指着那几个号啕大哭的孩子，自己也快要哭了（然而这并未打

---

① 此处原文为法语。

断她那一连串急促的叨念)。拉斯科尔尼科夫竭力想要劝她回去,甚至试图唤回她的自尊心,说她像街头乐手一样当街卖艺,这很不体面,要知道,她以后可是要做贵族女子寄宿学校校长的……

"寄宿学校,哈——哈——哈!这都是梦话!"卡捷琳娜·伊万诺夫娜大喊道,每当哭声哽住,她便开始剧烈咳嗽起来,"不,罗季昂·罗曼诺维奇,我的梦已经醒了!我们被抛弃了!但是那个将军老爷……罗季昂·罗曼诺维奇,您可知道,我还朝他丢过墨水瓶呢——那墨水瓶刚好放在门卫的桌子上,房客登记簿的边上,我签完名,把墨水瓶对准他丢了出去,然后就溜走了。哼,这帮恶棍,这帮恶棍!没关系,以后我自己养这些孩子,我谁也不求!她为了我们吃尽苦头(说着,她指了指索尼娅),波莲卡,收到多少钱了?让我瞧瞧!什么?才两个戈比!哼,这些下流的家伙!他们跟在我们身后吐舌头,却一分钱都不给!这个愚蠢的家伙在笑什么?(她指了指人群中的某个人)这全是因为这个柯尔克手脚僵硬,净给我惹麻烦!波莲卡,你要什么?你用法语告诉我,用法语告诉我①。我不是教过你吗?你知道几句的!否则,你怎么展现贵族子弟的风采,怎么证明你是个有教养的孩子,跟那些街头卖艺的人不同呢?我们不是在街头演《彼特鲁什卡》,我们唱的可是高尚的抒情曲……对了,咱们要唱什么来着?你们怎么总是打断我的思路,可咱们……罗季昂·罗曼诺维奇,您要知道,我们站在这里,是想找首歌来唱——要找科利亚会跳的歌曲……因为您要知道,我们没排过这首曲子,所以得商量妥当,排练一下,再到涅瓦大街上表演,那里的上流人士才多呢,我们很快就能吸引他们:廖尼娅会唱《小小农庄》……她总是哼着《小小农庄》。这

---

① 此处原文为法语。

首歌大家耳熟能详!咱们应该唱一首更优雅的歌……科利亚,你有什么想法,你帮帮妈妈!我这记性,我这记性太差了,否则的话,我是能想起来的!真的,不要唱《一个骠骑兵拄着军刀》!嘿,咱们用法语唱《五个苏》呀!我以前教过你们,我教过的。最主要的是,这是用法语唱的,这样人家一下子就能看出,你们出身高贵,这样更能感动人心……咱们甚至还可以唱《马尔博鲁格准备远征》,这是法国的一首诙谐曲,完全是一首儿歌,所有贵族家庭里谁都会唱,是孩子们的催眠曲。"

> 马尔博鲁格准备远征,
> 不知他何时归来……①

她唱了起来……"不过,不要了,咱们还是唱《五个苏》吧!嘿,科利亚,两手叉腰,快点!还有你,廖尼娅,你也得往反方向转啊,我跟波莲卡合唱,打拍子!"

> 五个苏,五个苏,
> 全家的衣服和食物……②

"咳——咳——咳!"她剧烈地咳嗽起来。"波莲卡,把衣服拽一下,裙带掉下来啦!"她喘着粗气咳嗽着,"如今你们的一举一动都要优雅大气,好让别人看看你们贵族子弟的风采。我当时就说,要把胸

---

① 此处原文为法语。
② 此处原文为法语。

衣做得长一点，而且要用两块料子做。索尼娅，你当时却说'短一点，短一点'，瞧，现在孩子们穿得多不雅观呀……哎，你们又哭！你们哭什么？傻瓜！喂，科利亚，快唱呀，快点，快——哎，这孩子可真让人讨厌啊！……"

　　五个苏，五个苏……

　　"怎么又来了个当兵的？喂，你要干什么呀？"

　　果真，人群之中有个警察挤了进来。然而这时，有一位穿着文官制服、披着外套的先生走了过来，此人五十岁上下，仪表堂堂，脖子上还挂着一枚勋章（这一点让卡捷琳娜·伊万诺夫娜深感欣慰，也让那名警察对他的态度变得客气起来），他默默地把一张面值为三卢布的绿色钞票递给卡捷琳娜·伊万诺夫娜，脸上还流露出真挚的同情。卡捷琳娜·伊万诺夫娜接过了钱，有礼有节、甚至恭恭敬敬地给他鞠了一躬。

　　"感谢您，先生，"她不卑不亢地开口道，"至于流落至此的原因……波莲卡，把钱拿着。你瞧，还是有高尚慷慨的人啊，他们会毫不犹豫地向一个命途不幸的贵族太太伸出援手。先生，您看，这些出身高贵的孤儿们，他们甚至有贵族血统……然而那个将军却坐着吃松鸡……朝我跺脚，就因我打扰了他的安宁……我对他说：'大人，请您保护一下这些孤儿吧，您跟谢苗·扎哈雷奇是老熟人了，就在他下葬当天，他的亲生女儿被一个极为卑鄙的家伙诬陷了……'当兵的又来了！请您保护我们吧！"她对那名官员大喊道，"这些当兵的怎么总来找我的不痛快呢？我们已避开一个了，还从市民街一路逃到了这里……喂，你要干什么，真是傻瓜！"

"不许在街上这样。请您不要胡闹。"

"您自己才在胡闹呢!我不就带着手摇风琴在街上走路嘛,这跟您有什么关系?"

"带手摇风琴是要获得许可的,而您不仅没得到许可,还吸引了这么多人聚集在这里。您住在哪里?"

"怎么,还要许可?"卡捷琳娜·伊万诺夫娜高声叫道,"那我今天还安葬了丈夫呢,这也要许可吗?"

"太太,太太,请您少安勿躁,"那个官员开口说道,"咱们一起走吧,我送你们回去……这里围了这么多人,不好……您生病了……"

"先生,先生,您不了解情况啊!"卡捷琳娜·伊万诺夫娜大喊起来,"我们要到涅瓦大街上去——索尼娅,索尼娅呢?她去哪儿了?她也哭了!你们到底怎么了……科利亚、廖尼娅,你们都去哪儿了?"她突然惊愕地尖叫一声,"啊,这些傻孩子呀!科利亚、廖尼娅,他们跑到哪儿去了呀……"

事情是这样的:科利亚和廖尼娅被街上聚集的人群和母亲癫狂反常的行为吓坏了,他们见那个警察想来抓他们,把他们押送到什么地方,于是不约而同地手拉手溜走了。可怜的卡捷琳娜·伊万诺夫娜哭号着跑出去追他们。她一边狂奔,一边哭泣,跑得气喘吁吁,看上去真让人心疼和可怜。索尼娅和波莲卡连忙冲出去追她。

"索尼娅,去叫他们回来吧,去叫他们回来吧!哎,这些不知好歹的傻孩子!波莲卡!去把他们抓回来……我这全是为了你们……"

她跑得太快太急,不小心绊了一下,摔倒在地。

"她摔伤啦,都流血啦!啊,上帝啊!"索尼娅弯下腰来看她,大声喊道。

众人都跑了过来,围挤成一个圈。拉斯科尔尼科夫和列别佳特尼科夫最先跑了过来；那名官员也连忙赶了过来，警察在他后面走了过来，抱怨道："哎哟——"他一边说，一边摆了摆手，预感到这件事处理起来并不容易。

"走！走！"他驱赶着那些聚众围观的人。

"她要死了！"有人大喊。

"她疯了！"另一个人说。

"求上帝保佑她吧！"有个女人在胸前画着十字说，"小姑娘和小男孩是被抓住了吗？瞧，他们被带回来了，是大女儿抓回来的……哎，这些任性的孩子呀！"

不过，人们仔细察看了卡捷琳娜·伊万诺夫娜的伤势，发现她并非像索尼娅想的那样，是撞到石头摔出了血。那摊把路面染得鲜红的血是从她的胸膛和喉头里喷涌出来的。

"这种情况我了解，我见过，"那名官员对拉斯科尔尼科夫和列别佳特尼科夫小声嘀咕道，"这是肺结核。人要是这么吐血，是会窒息而死的。前不久我亲眼见到我的一个女亲戚发病，她咳出的血要有一杯半那么多……而且很突然……可是，这可怎么办呢？她很快就要死了。"

"到这里来，到这里来，上我家去！"索尼娅哀求着，"看，我家就在这里……就是那栋房子，从这里数的第二栋……把人送到我家去，快点呀，快点呀！"她跑过去游说每一个人，想让他们帮忙，"请帮忙去请大夫吧……啊，上帝啊！"

全凭那位官员出力，事情才算顺利办成，连那名警察也过来搭了把手，把卡捷琳娜·伊万诺夫娜抬走了。她被抬至索尼娅家的时候，几乎已毫无知觉，随后被放在了床上。她仍在不停地吐血，但渐渐开始醒了过来。有几个人一同走进房间，其中除了索尼娅以外，还有拉斯科尔尼科夫和列别佳特尼科夫、那个官员、驱散了看客的那名警察。

人群之中，有几人一直在跟着他们，跟到了门口。波莲卡紧紧地拉着浑身瑟瑟发抖、泪流不止的科利亚和廖尼娅，把他们领到了屋里。卡佩尔纳乌莫夫家的人也都来了：卡佩尔纳乌莫夫是跛子和独眼，样貌颇为古怪，他那粗硬的头发直直地立着，还蓄着络腮胡；他夫人看上去似乎总是有些胆怯；他们的几个孩子的小脸上时常露出讶异的神色，因此显得缺乏生机，而且他们个个都大大张着嘴巴。斯维德里盖洛夫忽然也出现在这群人当中。拉斯科尔尼科夫颇为惊讶地看了他一眼，想不通他是从哪里钻出来的，也记不得自己是否曾在那群看客里见过他。

众人议论纷纭，是时候把医生和神甫请过来了。那名官员虽小声对拉斯科尔尼科夫说，其实现在请大夫已没有用了，但他仍旧差人过去请了。卡佩尔纳乌莫夫亲自跑去找医生。不过这时，卡捷琳娜·伊万诺夫娜已醒了过来，她也暂时不再吐血了。她虽然痛苦不堪，但目不转睛地注视着索尼娅。索尼娅脸色煞白、浑身颤抖，她正在用手帕为卡捷琳娜·伊万诺夫娜擦拭额头上的汗珠。最后，卡捷琳娜·伊万诺夫娜请求大家稍微把她扶起来一点。大家从两边搀扶着她，好让她可以在床上坐好。

"孩子们呢？"她气息奄奄地问道，"波莲卡，是你把他们带回来了，对吗？哎呀，傻孩子们……哎呀，你们跑什么呀……哎呀！"

血液仍旧残留在她那龟裂的嘴唇上。她朝四下望了望，说道："原来你住在这种地方啊，索尼娅！我一次都没有来这里找过你……可是命运却让我……"

她艰难地朝索尼娅看了一眼，说道："索尼娅，我们把你的血都给吸干了……波莲卡、廖尼娅、科利亚，快到我这儿来……瞧啊，他们都在呢，索尼娅，就请你收留他们吧……我把他们全交给你了……于我而言，这已经够了……一切都完了！啊……让我躺下来，至少让我平静地死去……"

说着,她又被安置在枕头边上。

"怎么?为什么要去请神甫呢……不必了……你们上哪儿弄来这么多闲钱啊?我没罪……就算我有罪,上帝也会宽恕我的……因为他晓得我受过多少苦难……即便他不宽恕我,那也没有办法……"

她逐渐陷入一种昏迷的状态中。她时常打个哆嗦,然后往四周瞧上一瞧,有一会儿工夫,她竟还把所有人都认了出来;然而,短暂的清醒过后,她立刻再次昏迷不醒。她哑着嗓子难受地喘着粗气,喉咙里有个东西,似乎一直在"呼哧"作响。

"当时我对他说:'大人!……'"她大声地喊着,每说出一句话,就要停顿一下,"这个阿玛莉娅·柳德维戈夫娜啊……喂!廖尼娅、科利亚!把两只手叉在腰上,快点,快点!滑步,滑步,用巴斯克人的舞步!快用脚打拍子啊……舞姿一定要优美。"

*你有钻石和珍珠……*①

"这下面要怎么唱呢?应该唱……"

你有一双最美的眸子,
姑娘,你还需要什么? ②

"哼,是吗,不是这样的!你还需要什么——这是他臆想出来的,

---

① 此处原文为法语。
② 此处原文为法语,出自海涅的诗句。

傻子……啊,对啦,还有这句——"

  中午闷热极了,
  在这达吉斯坦的大峡谷中……

  "哦,我太喜欢了……这首抒情歌曲我简直是太喜欢了,波莲卡……你要知道,你的父亲……向我求婚时,对我唱过……哎,那些日子多么美好啊……若是我们,若是我们也唱这首歌的话,该有多好呀!哎哟!怎么唱来着?怎么唱来着……我想不起来了……你们提示我一下吧,那首歌是怎么唱的?"她十分激动,竭力想要坐起来。最后,她终于用她那副喑哑的嘶吼声,勉强唱了出来,而且每吐出一个词,她都会累得气喘吁吁,表情也变得愈发可怖起来:

  中午闷热极了,
  在山谷里……
  在达吉斯坦……
  胸膛里搁着一颗子弹……

  "大人!"她突然吼出一声撕心裂肺的嚎叫,泪流满面地说,"请您保护这几个孤儿!您与过世的谢苗·扎哈雷奇素日交情不浅……甚至可以说,您也是贵族出身!啊!"她浑身颤抖了一下,忽然清醒过来,惶恐不安地望着在场所有人,怎么也没找到索尼娅,"索尼娅,索尼娅!"她和蔼又亲切地唤着索尼娅,发现索尼娅正好站在她面前,感到无比惊奇,"索尼娅,亲爱的,你也在这儿吗?"
  说着,大家扶着她缓缓坐了起来。

"够了……时候到了……该永别了,苦命的姑娘!我这匹驽马已经跑不动了……我——太累——了!"她绝望又愤恨地大吼了一声,随即一头倒在了枕头上。

她又昏迷不醒了,不过这最后一次昏迷并没有持续很久。她那张惨白、蜡黄而又干瘪的脸向后仰,嘴巴大张,两条腿抽搐着伸直了。她深深地叹了一口气,咽气了。

索尼娅扑到她的尸体上,双手将她抱住,脑袋紧紧贴着死者枯瘦的胸膛,一动不动。波莲卡跪在母亲的脚边,亲吻她的双脚,号啕大哭。科利亚和廖尼娅还不太懂发生了什么,但他们预感到这是一件非常可怕的事情,他们用双手搂住对方瘦小的肩膀,呆呆地望着对方,忽然,两人不约而同地咧开嘴巴大哭起来。两个人还穿着演出服:一个缠着头巾,另一个戴着插着鸵鸟毛的小圆帽。

那张"奖状"怎么会忽然出现在床上,出现在卡捷琳娜·伊万诺夫娜的身边呢?这张奖状就放在那里,在枕头边上,拉斯科尔尼科夫瞧见了。

他走到窗边,列别佳特尼科夫连忙凑到他跟前。

"她死了!"列别佳特尼科夫说。

"罗季昂·罗曼诺维奇,我有两句话必须对您说。"斯维德里盖洛夫走了过来。列别佳特尼科夫连忙让开,礼貌地退到一边。斯维德里盖洛夫把神色诧异的拉斯科尔尼科夫带到了远处的角落里。

"这后续的麻烦事,也就是葬礼和其他事情,都由我来负责。您知道的,办这些事是需要钱的,我跟您说过,我手上有一笔闲钱。这两个孤儿和这个波莲卡,我会把他们送到条件好些的孤儿院,在他们成年以前,我会给每个孩子一千五百卢布的生活费,好让索菲娅·谢苗诺夫娜彻底放心。这样也能救她出火坑,她是一个好姑娘,不是吗?

嗯，那么还要请您转告阿芙多季娅·罗曼诺芙娜，她的一万卢布我就这样用了。"

"您这么大发善心，到底有什么目的？"拉斯科尔尼科夫问。

"哎哟！真是多疑的人啊！"斯维德里盖洛夫笑了，"我不是说了吗，我手里有这么一笔闲钱。嗯，这么做纯粹是出于人道主义，难不成您还不准吗？要知道她可不是一只'虱子'呀（说着，他伸手指了一下停放死者尸体的那个角落），她才不是什么放高利贷的老婆子。嗯，您得承认，'是真的让卢仁活着为非作歹呢，还是让她殒身丧命？'况且，倘若我不帮忙，那么'波莲卡，很有可能也得走上同一条路啦'……"

他说这些话的时候始终注视着拉斯科尔尼科夫，面带狡黠的愉悦，看上去仿佛在朝他使眼色。拉斯科尔尼科夫从对方口中听到自己曾对索尼娅说过的原话，当即脸色煞白，浑身冰冷。他飞快地向后退了一步，错愕地看向斯维德里盖洛夫。

"您怎——么……知道？"他勉强喘了一口气，轻声道。

"其实我就住在这儿，我住在隔壁列斯莉赫太太家。这里是卡佩尔纳乌莫夫的房子，而隔壁就是列斯莉赫太太的房子，她是我最忠实的老熟人。我们是邻居呀。"

"您？"

"我，"斯维德里盖洛夫笑得前仰后合，继续说道，"最亲爱的罗季昂·罗曼诺维奇，我可以用人格向您担保，我对您实在太感兴趣了。我不是说过吗，我们会成为朋友的，这一点我早就对您说过——瞧，这下咱们不就是朋友啦？而且您将来还会发现，我是多么随和的人呢。您会发现，我这个人还是可以相处的……"

第 六 章

第一节　拉祖米欣到访

对于拉斯科尔尼科夫而言，一个奇怪的时期来临了，他的面前仿佛突然笼罩着一片迷雾，他被囚禁在一种沉甸甸的、走投无路的孤寂中。直到很久以后，当他回想这个时期，他才发觉自己的意识有时似乎变得模糊，这种状态一直持续到灾难最终来临的时候。他确信，当时他在很多地方都犯错了，比如，在某些事件的期限和时间上。至少他后来回想的时候，竭力让自己想得清晰些。基于一些从别人那里获得的信息，他加深了对自己的认识。比如，他把一件事和另一件事混淆了，把另一件事当作只在自己想象中存在过的事件的结果。有时，他被笼罩在一种病态又痛苦的不安当中，这种不安甚至还会演变为一种失魂落魄的恐惧。然而他也记得，曾经有些时刻，甚至可能是一段时日，有种似乎与以往的恐惧截然相反的淡漠充斥着他的心灵——这种淡漠与某些人垂死挣扎时病态的冷淡颇为相似。总之，在最近这段时日里，似乎他自己也在极力地逃避着，不愿对自身处境做清晰而全面的了解，某些至关重要、亟须解决的问题也让他苦恼不堪。然而，他却乐于从其他忧虑当中解离出来。不过，他在这种处境中如果忘却了这些忧虑，就无法回避毁灭的危险。

斯维德里盖洛夫令他尤为不安，甚至可以说，他似乎一直在思考关于斯维德里盖洛夫的问题。自从卡捷琳娜·伊万诺夫娜去世那天，斯维德里盖洛夫在索尼娅家对他说出了过分直白、并且于他而言极为残酷的话后，他的心绪似乎被扰乱了。不过，虽然这个新问题让拉斯科尔尼科夫感到极为不安，但不知为何，他并不急着厘清这件事。有时，他突然发现自己置身于城市中某个遥远而僻静的角落，在一家简陋的小酒馆里，坐在桌前，陷入沉思，差点不记得自己是如何来到这里的，他突然想起关于斯维德里盖洛夫的事，突然过于清晰且不安地意识到，应该尽快与这个人协商，并且要尽可能把事情解决掉。有一次，当他路过城门附近的某个地方时，他甚至想象斯维德里盖洛夫就在这里等他，他们约见的地方就在这里。还有一次，天亮之前他在地上醒来，在一个灌木丛里，他几乎搞不清楚，自己是如何走到这里的。不过，在卡捷琳娜·伊万诺夫娜去世后的两三天里，他已与斯维德里盖洛夫见过两面了，而且几乎总是在索尼娅家，他去那里并无目的，但几乎总会待上一会儿。他们通常简短地说上几句，不过始终未谈及那个至关重要的问题，仿佛他们之间已然心照不宣：在那个时刻来临之前，他们对于这个问题绝口不提。卡捷琳娜·伊万诺夫娜的尸体还躺在棺椁里。斯维德里盖洛夫负责料理安葬事宜，奔走忙碌。索尼娅也很忙。最近一次碰面的时候，斯维德里盖洛夫告诉拉斯科尔尼科夫，他已设法将卡捷琳娜·伊万诺夫娜的孩子们安顿好了，事情办得很顺利；说他动用人脉，可以将这三名孤儿尽早妥善安顿，把他们送到条件相当不错的慈善机构；还说，给他们留的储蓄金将来对他们会有用的，要知道，有一笔储蓄金的孤儿要比不名一文的孤儿更容易找到安顿之所。他还提到一些关于索尼娅的事情，承诺近日将会拜访拉斯科尔尼科夫，到时"希望与他商讨一下，他们必须得谈一谈，有些事情……"这次谈话是在穿堂的楼梯上进行的。那天，斯维德里盖洛夫凝视着拉斯科尔尼科夫的眼睛，沉默半晌，忽然压低声音问："罗季昂·罗曼内奇，您怎么了，怎么看上去魂不守舍的？真的！您在听，在看,可您似乎什么都没听进去。请您打起精神来吧。来,我们谈谈吧,可惜事情太多了,既有旁人的事情,也有我自己的事情……嘿,罗季昂·罗曼内奇,"他突然补充一句,"每个人都需要空气呀,每个人都需要空气呀……这是最重要的!"

他突然侧身站到一边,给正在上楼的神甫和执事让路。他们是来做祭祷的。斯维德里盖洛夫安排他们每天按时来做两次祭祷。斯维德里盖洛夫离开后,拉斯科尔尼科夫站在原地,又沉思了一会儿,随后跟在神甫后面走进索菲娅的房间。

他站在门口。祭祷仪式在宁静、肃穆又悲伤的氛围里开始了。从儿时起,那种对于死亡的察觉和对死亡存在的认知对他来说始终是一种沉重、神秘且又恐怖的东西。他已很久没听过祭祷了,此外,他心里还有些过于不安的情绪。他望着孩子们,他们跪在棺材前,波莲卡在哭,索尼娅在他们身后安静地祈祷,似乎也在怯怯地哭着。"要知道,这些日子里她一眼都没看我,一句话都没跟我说。"拉斯科尔尼科夫突然心想。明媚的阳光照彻房间,手提香炉里的烟丝丝缕缕地升起,神甫念着"让她安息吧,上帝"。拉斯科尔尼科夫一直站在那里,直到祭祷仪式完全结束。在祝福和告别时,神甫略微怪异地朝四周打量了一番。祭祷结束,拉斯科尔尼科夫走到索菲娅身边。索菲娅突然抓起他的双手,头靠在他的肩膀上。这个亲密的动作甚至让拉斯科尔尼科夫颇为疑惑,甚至倍感诧异:怎么?难道她对他一丝厌恶都没有吗?她的手并未颤抖!这已是一种极端的自卑!至少他是这样理解的。索尼娅什么也没说。拉斯科尔尼科夫握了握她的手,转身离开。他感到压抑极了。如果此时可以逃到某个地方,即便那里仅剩他一个人,而且他还要在那里了此残生,他也觉得自己是幸福的。可是问题在于,最近一段时间,即便他几乎总是孤身一人,却从未有过孑然一身的感觉。

比如，有一次他离开市内，还有一次他甚至来到一片小树林；可是地方越偏，他越感觉到有人就在他附近，令他不安，那种感觉并不可怕，但是不知为何，令他格外懊恼。于是他赶紧返回市里，混入人群，去小饭馆，去小酒馆，去旧货市场，去干草广场——去哪里都行。因为在那些地方，他会感到更加轻松，甚至更加孤独。那天傍晚，在一家小酒馆，有人正在唱歌，他在那儿坐着听了整整一个小时。他清楚地记得自己当时无比快乐。然而临近结束的时候，他突然再次烦恼起来，似乎良心的谴责突然使他感到痛苦不堪："哎，我居然坐在这里听人唱歌，这难道是我能做的事吗？"他隐约在想。然而他立刻发觉，不单单是这一件事使他烦忧，还有一件亟待解决的事情，可那件事是什么——他想不明白，也说不出来。一切繁乱如麻。"不，最好还是做一番抗争！最好再去找波尔菲里……或者斯维德里盖洛夫……但愿尽快再来一次挑衅吧，或是有人再发起一次攻击……是的！没错！"他心想。从酒馆出来以后，他几乎一路狂奔。不知怎的，他忽然想起杜尼娅和母亲，这似乎在他心头激起了一阵惶恐。那天拂晓以前，他在十字岛的灌木丛中醒来，发着高烧，身体打着寒战，他起身回家，到家已是清晨。他睡了几个小时，身上的烧才退下来，当时已经不早了，已经下午两点了。

他这才想起来，今天是卡捷琳娜·伊万诺夫娜的葬礼。娜斯塔西娅给他拿来食物，他狼吞虎咽地吃了起来。他的头脑非常清晰，精神也比最近三日更加平静。曾经有个瞬间，他甚至对自己先前那种失魂落魄的恐惧甚感惊讶。就在这时，门开了，拉祖米欣走了进来。

"啊！在吃饭啊，看来病好了！"说着，拉祖米欣找来一把凳子，坐在拉斯科尔尼科夫对面的桌前。他很焦急，而且并没有试图掩饰这一点。显然，他心里颇为苦恼，但他说话时既没加快语速，也没刻意提高嗓音。可见他心中另有一番特殊的意图。"喂,"他突然说,"你的那些事我管不着,但是根据我目前的观察,我算是明白了,其实我对情况一无所知;你可别以为我是来盘问你的。去他的吧!我自己还不想问呢!就算你现在把所有的秘密都向我坦白,我还不想听呢,没准儿我还会向你啐上一口,然后转身离开。我来,只是想亲自弄清楚,彻底弄清楚:首先,你是不是真的疯了?因为关于你——你知道吗——有一种看法是说(嗯,在某些地方),你可能疯了,或者就快疯了。我承认,我本人强烈地倾向于支持这个看法,第一是根据你那些愚蠢可恶的行为判断,第二是根据你不久前对母亲和妹妹的做法判断。如果你不是疯了,那么只有恶棍和小人才会像你那样对待她们,由此可见,你就是疯了……"

"你上次见她们是很久以前的事吗?"

"我刚见过。你从那天以后就没见过她们吗?你跑哪儿去了,你告诉我,我都来找过你三次啦。你母亲昨天就病倒了。她想过来找你,阿芙多季娅·罗曼诺芙娜不让她来,可她什么都不想听,还说:'要是他生病了,要是他神志不清,有谁来帮他呀,他身边怎么能没有母亲呢?'于是我们一起来了一趟,因为我们不能让她自己在家。到了你家门口,我们还劝她放心。我们进来后,发现你不在。当时她就坐在这个位置,坐了将近十分钟,我们站在她身边,什么话都没说。过了一会儿,她站起来说:'既然他出门了,那就说明他的身体还健康,既然他把母亲忘了,那就意味着,如果母亲站在他家门口,告哀乞怜般地求取他的厚爱,也是恬不知耻、不成体统的。'她回到家后,卧病不起,现在还在发烧,她说:'我懂了,对于心上人,他倒是有时间。'她觉得,这个心上人就是索菲娅·谢苗诺夫娜,你的未婚妻,或者是恋人,我也不清楚。于是我赶紧去找索菲娅·谢苗诺夫娜,因为,老兄,我想把一切弄清楚——到了那儿,我看到那里停着一具棺材,孩子们在哇哇大哭。索菲娅·谢苗诺夫娜在给他们试穿孝服。你没在那里。我看了看,说了句'抱歉',就离开了,我回去把这些情况告诉了阿芙多季娅·罗曼诺芙娜。看来这些都是胡乱猜测的,根本没什么心上人,所以确切来说,你就是精神失常了。可是,瞧,现在你正坐在这里,狼吞虎咽地嚼着炖牛肉,好像三天没吃饭似的。虽说这疯子也吃饭,可就算你一句话也不跟我说,我也知道,你……不是疯子!对于这一点我敢发誓。最关键的就是:你没有疯。哎,反正我也不管你了,因为你的心里藏着一个秘密,一个不为人知的秘密,我可不愿绞尽脑汁琢磨你的那些秘密。所以我只是过来骂你的,"他站起身来,为自己的发言收尾,"发泄够了,我知道我现在该去做什么了!"

"你现在要去做什么?"

"我现在要去做什么,跟你有什么关系?"

"你小心别喝多了!"

"怎么……你怎么知道我要去喝酒?"

"被我说中了吧!"

拉祖米欣半天没说话。

"你一直是个极度聪慧的人,你从来、从来都没有疯过,"他突然激动地说,"你说对了,我就是要去喝酒!别了!"他说完便走。

"大概是前天,我和妹妹曾谈到你,拉祖米欣。"

"谈到我?可是……前天你能在哪儿跟她碰面呢?"拉祖米欣突然停下脚步,脸色甚至变得有些苍白。不难猜出,他的心开始缓慢而紧张地跳动起来。

"她来过这里,自己来的,在这儿坐了坐,跟我说了会儿话。"

"她自己?"

"没错,她。"

"你说什么了……我指的是,关于我?"

"我对她说,你是个非常好的人,正直又勤劳。至于你爱她这件事,我没有对她说,因为她自己知道。"

"她知道?"

"当然,那还用说吗!不论我去了哪里,不论我出了什么事——你都要如神明一般守在她们身边。换句话说,我将她们托付给你了,拉祖米欣。我之所以说这些话,是因为我清楚地知道,你有多么爱她,而且我确信,你内心纯粹。我还知道,她也会爱你的,甚至说不定,她已经在爱着你了。现在你自己决定吧,你该不该去喝酒——因为你自己最清楚。"

"罗季卡……你得知道……那个……哎呀,真见鬼!你去哪儿呀?你要知道,如果这一切是个秘密,那就这样吧!但是我……我会知道这个秘密的……而且我相信,这个秘密准是什么无稽之谈,不要紧的愚蠢念头,全是你自己杜撰的。不过呢,你是个非常好的人!再好不过的人……"

"我刚才正想补充,你就把我的话打断了,我想说的是,你说你不盘问,也不想知道这些秘密,你能这样想,非常好。你暂且别管,也不必担心。这一切你到时候就知道了,待到时机成熟,一切将会水落石出。昨天有个人对我说,每个人都需要空气,空气,空气!现在我想去找他,弄清楚他这句话到底指的是什么。"

拉祖米欣困惑地站在那里,似乎在思考什么。

"这个人准是个政治阴谋家!肯定是!而且他即将采取某个决定性步骤——这是毋庸置疑的!没有别的可能,另外……杜尼娅也知道……"他忽然暗自忖度。

"如此说来，阿芙多季娅·罗曼诺芙娜曾经来找过你，"他一字一顿说道，"而你现在要自己去见一个人，那个人曾对你说，'需要更多的空气，空气，空气……'所以说，这封信……这封信也是那个人寄来的。"他断言道，仿佛在喃喃自语。

"什么信？"

"她收到了一封信，就在今天，那封信让她心烦意乱。她心事重重，甚至已经是过分心烦了。只要我提到你的事情——她就求我别再讲了。然后……然后她说，或许我们很快就会分开，接着她开始为了什么事情对我千恩万谢，然后她回到了自己的房间，把门锁住了。"

"她收到一封信？"拉斯科尔尼科夫若有所思地又问了一遍。

"是的，一封信。你不知道吗，嗯？"

他们俩都不说话了。

"罗季昂，再见。老兄，我……曾有段时间……不过，再见吧，你知道的，曾有段时间……嗯，再见吧！我也该走了。我不会去喝酒的。现在不需要喝……你真是瞎说！"

他急急忙忙地往外走，可当他已经走到门外，就要把门关上的时候，忽然又把门打开了，他的目光落在旁边的某个位置，说："顺便提一句！你记得那个凶杀案吗，嗯，就是波尔菲里调查的那桩老太婆被杀案？嗯，你知道吗，凶手找到了，他自己招供了，还出示了所有证据。凶手是那两个工人里的其中一个，就是油漆工，你回想一下，还记得我曾为他们辩白吗？你相信吗，那天看门人和两个目击者往楼上走的时候，他跟同伴在楼梯上嬉笑打闹，而这出戏码全是他精心策划的，就是为了掩人耳目。这个狗崽子多么狡猾，多么镇定！简直令人难以置信，但他自己却解释得清清楚楚，而且供认不讳！我却上当了！在我看来，此人不过是个精于伪装、临机制变的天才，是个懂得利用法律排除自身嫌疑的天才——这么说来,也就没什么好惊奇的了!难道这种人不可能存在吗?至于他后来坚持不住,招供了,反而让我对他的话更相信了。这似乎让事情变得更加可信……但是我,我却上当了!我竟还为他们的事情心急如焚!"

"你怎么知道这件事,你怎么对这件事这么感兴趣?"拉斯科尔尼科夫问话的时候显得很不安。

"那还用说!我怎么会感兴趣呢?你不是问过我了吗?……我是从波尔菲里那里听来的,也听别人讲过。不过呢,所有消息几乎都是从他那儿听来的。"

"从波尔菲里那儿?"

"是的,波尔菲里。"

"怎么说的……他怎么说的?"拉斯科尔尼科夫惊惶不安地问。

"他给我做了巧妙的分析。他是从心理层面分析的,按照他自己的方式。"

"他分析了?亲自给你分析的?"

"亲自,亲自。再见!我以后再给你讲,现在我还有事。那里……有一段时间,我曾以为……没什么,以后再说吧!……我现在又何必去喝酒呢?你已让我未饮先醉了。我已经醉了,罗季卡!还没开喝,我就已经醉了,就这样吧,再见,我有空再来,很快就来。"

说罢,他便离开了。

"这家伙,这家伙是个政治阴谋家,肯定是,肯定是!"拉祖米欣慢悠悠地往楼下走,暗自做出最终的断言,"他把他妹妹也牵扯进来了,从阿芙多季娅·罗曼诺芙娜的性格来看,这是很有可能的。他们肯定见过几面了……要知道她也曾对我暗示过。从她说过的很多话……只言片语……以及一些暗示中,都能看出这一点!否则如何解释这些杂乱无章的情况呢？嗯！我原本以为……哦，天哪，那时我怎么会这样想呢？对，那是一时糊涂，我有愧于他！当时他站在走廊的灯光下，把我搞糊涂了。我这个想法是多么可恶，多么龌龊，多么不可容忍啊！米科尔卡真是好样的，他招供了……可是他先前的反常行为该如何解释呢？他当时的那场病，他种种怪异的行为，甚至从前，从前还在大学的时候，他总是那么快快不乐，郁郁寡欢……可是眼下这封信又是什么意思呢？大概其中也有某层含义吧。这封信是谁寄来的？我怀疑……嗯，不对。这一切我会弄清楚的。"

他想起杜涅奇卡，想到所有关于她的事情，心不由得揪住了。他猛地狂奔起来。

拉祖米欣刚一离开，拉斯科尔尼科夫便站了起来，转身朝窗前走去，他走到一处角落里，似乎已忘了这间小室有多么窄小，接着……又坐到沙发上。他整个人犹如重获新生，再进行一场战斗——就会有出路了！

"没错，就会有出路了！不然这一切就让人太烦闷、太痛苦了。"自从在波尔菲里那里看到米科尔卡的那出戏，他便感觉自己陷入了一片漆黑，整个人毫无头绪。米科尔卡事件之后，索尼娅家又上演了一出戏，那场戏是他自导自演的，可是结果却完全不是他先前想象的那样……他变得虚弱起来，也就是说，他瞬间失去了所有的力气！瞬间！其实，他当时向索尼娅承认了，而且是自己主动承认的，发自内心承认的，那是因为，如果他心里一直压着这件事，他就活不下去！可是斯维德里盖洛夫呢？斯维德里盖洛夫是一个谜……斯维德里盖洛夫让他感到惶恐不安，这的确没错，可是事情似乎不应仅从这个角度来看。说不定他和斯维德里盖洛夫之间也得来一场战斗，没准儿斯维德里盖洛夫将是一条非常有用的出路，可波尔菲里却是另一回事。

这样说来，波尔菲里还亲自给拉祖米欣详细地从心理学的角度进行了分析！他又搬出自己那套可恶的心理学了！那波尔菲里呢？既然在米科尔卡出现以前，他和波尔菲里之间曾发生过那件事情，他们俩曾面对面交谈过，而且在这件事上，除了一个解释以外，再找不到更合乎情理的解释了，难道波尔菲里会相信米科尔卡有罪吗？哪怕只有一分钟相信？（这几天，与波尔菲里见面的许多片段在拉斯科尔尼科夫的脑海中无数次闪现；若要回忆全部情境，他是受不了的）当时，他们曾向对方说过那样的话、做过那样的动作和手势、交谈时用过那样的腔调。事情到了这种地步，米科尔卡（从他的言语和动作中，波尔菲里早已将他看穿了）根本无法撼动他的基本看法。

"怎么，难道连拉祖米欣都起疑心了？走廊的灯光下发生的那一幕并非毫无意义。所以他就去找波尔菲里了……可是这个人为何要如此欺瞒他呢？他把拉祖米欣的注意力转移到米科尔卡那里，到底是何目的？要知道，他必定心怀鬼胎，这里面肯定是有企图的，那会是什么企图呢？的确，那天上午至今已过去很久了——很久很久了，然而，波尔菲里那边却并没有什么动静。这一点肯定更为不祥……"拉斯科尔尼科夫手里拿着制帽，思索了一会儿，然后准备往门外走。在这段思考的时间里，他今天还是头一回感觉，自己的头脑至少还算清醒。"必须得把斯维德里盖洛夫的问题解决，"他心想，"不论如何都得解决掉，还要尽快。看来，我还得去会一会这个人。"就在刹那之间，他那疲顿的内心顿时奔涌起一股格外强烈的憎意，没准他真能把这两人——斯维德里盖洛夫或波尔菲里——之中的一人杀死。至少他认为，即便现在没做，他以后也会做的。"咱们就等着瞧吧，咱们就等着瞧吧。"他自顾自地说。

可是，他刚一打开通向走廊的门，忽然就跟波尔菲里本人迎面相撞了。后者走进了房间。拉斯科尔尼科夫目瞪口呆。真奇怪啊,波尔菲里过来找他了,他虽然并未觉得特别诧异,而且他差不多也不怕他。他只是浑身颤抖了一下,但很快就做好准备了。"这或许就是尾声吧!可是,他为何要像猫一样,悄无声息地凑近,而我竟丝毫动静都没听见呢?莫非他在偷听?"

"没想到吧,罗季昂·罗曼内奇?"波尔菲里·彼得洛维奇笑吟吟地高声道,"我早就想顺便过来瞧瞧啦,我刚才经过这里时,心里在想,我怎能不来看望您呢?怎就不能和您坐上五分钟呢?您去哪里?我不会耽误您多久时间的,只想在这里坐上一会儿,抽一支烟——如果您准许我这么干的话。"

"请坐,波尔菲里·彼得洛维奇,请坐吧,"说着,拉斯科尔尼科夫请客人落座。看得出来,他心中甚感愉悦,态度颇为友好,假如他能看一看自己的样子,肯定会感到格外惊喜。最终的时刻来临了,真相即将浮出水面!有时,当一个人途中碰到强盗,那么他将有半个钟头都会吓得心惊胆战,然而当刀子架在他脖子上的时候,他反而又不那么害怕了。他面向波尔菲里坐了过来,眼睛直勾勾地盯着他。波尔菲里眯缝着眼睛,点燃一支香烟。

"好,你说吧,说吧!"这些话似乎即将要从拉斯科尔尼科夫的心中喷涌而出似的,"嘿,怎么,怎么啦,你怎么不吭声呀?"

第二节　波尔菲里·彼得洛维奇到访

"哎，这些香烟呀！"波尔菲里·彼得洛维奇点燃一支香烟，吸了几口，总算开口了，"吸烟有损健康，坏处很多，但我就是戒不掉！我总是咳嗽，喉头发痒，呼吸困难。您是知道的，我很胆小，头几天我到包医生①那里看病，每位病患他都至少②要检查半小时。他给我瞧了瞧，竟然放声大笑起来。他敲了几下，又听了一会儿，说：'您不能再抽烟了，肺部都扩张了。'哎，可我又如何戒得了烟呢？该用什么替代它呢？我平时又不喝酒，这烟实在是没办法戒呀，嘿嘿嘿，我不喝酒，所以戒烟实在无能为力呀！任何事情都是相对的，罗季昂·罗曼内奇，任何事情都是相对的！"

"他说这些干什么？难道是想故技重施，又来耍一出鬼把戏，还是想干什么？"拉斯科尔尼科夫满怀厌恶地思忖。他忽然想起他们不久前最后一次见面的场景，当时的感觉又一次如潮水般袭上他的心头。

"前天晚上我来找过您，您不知道吧？"波尔菲里·彼得洛维奇一边继续往下说，一边打量着这间小室，"我走了进来，也就是说，我走进了这个房间。就像今天一样，我路过这一带，于是心想，不如过来拜访他一下吧。我到了这里，发现房门竟然开着，我往四周瞧了

---

① 即博特金医生（1832—1889）。1865年陀思妥耶夫斯基也曾到他那里看病。
② 原文为拉丁语，意为"至少"。

瞧,又稍微等了片刻,没有知会您的女仆,便走了进去。难道您不锁门吗?"

拉斯科尔尼科夫的脸色显得愈发阴沉起来,而波尔菲里似乎已猜出他内心的想法。

"亲爱的罗季昂·罗曼内奇,我是过来跟您解释的,我是过来跟您解释的!我需要并且理应跟您解释一下。"他面带笑意,继续往下说,甚至还用手掌轻拍了一下拉斯科尔尼科夫的膝盖,然而与此同时,他的脸色却忽然变得严肃而忧郁,甚至仿佛笼罩在惨淡的浓云之中。拉斯科尔尼科夫对此颇感诧异,他还从未见过波尔菲里的脸上显露出这种神情,而且也从未想过,他竟会把这种情绪流露出来。"罗季昂·罗曼内奇,我们上一次见面时出现一幕怪异的现象。也许这个怪异的现象在我们初次谋面时也曾发生过,然而那时……哎,如今事情已经接连发生了!我想说的是,也许我很对不住您,这点我感受到了。您可还记得,我们是如何告别的?当时您精神紧张,双膝打战,而我也精神紧张,双膝打战。您知道的,那时候你我之间甚至还不大友好,毫无风度可言。但是咱们毕竟都是绅士,也就是说,不管怎么说,咱们首先得有风度,这一点必须清楚。您记得吧,当时我们都僵持到什么地步了……甚至可以说,那完全是不成体统的。"

"他这是什么意思,他把我看作什么人了?"拉斯科尔尼科夫把头微微抬起,瞪大双眼看向波尔菲里,颇为诧异地暗自琢磨着。

"我思考过了,我觉得我们现在最好坦白直言,"波尔菲里·彼得洛维奇接着往下说,他的头稍稍后仰,微微合上双眼,似乎不想让先前的受害者因自己的目光而感到困窘,同时,对于自己从前使过的花招,耍过的手段,他似乎也鄙夷不屑,"是啊,这种猜疑和这类矛盾是无法持久存在的。若不是当时米科尔卡助我们脱离困境,我可真不知道,你我之间会弄到何种地步。当时,那个该死的市民就坐在挡板后头——这您能想象得到吗?当然咯,这件事您已经知道了,而且我还知道,他后来还来找过您。不过,您当时的猜疑并不对:我既没差人去找过什么人,也不曾做过什么安排。那么您就会问,为何不做安排呢?这该怎么和您说呢?其实当时的一切好像让我自己也甚感震惊。就连那两个看门人,都是我好不容易才差人叫过来的(想必您离开的时候,看到那两个看门人了吧),当时我的脑海里有一个念头,真的,有一个念头,如闪电一般从我脑海里一闪而逝,罗季昂·罗曼内奇,您是知道的,当时我心里有十足的把握。我当时心想,就算我姑且放过一个,那么我也会抓住另一个的——起码不放过自己的那一个,自己的那一个。罗季昂·罗曼内奇,您很爱激动,易受刺激,而且从您的性情和情绪的种种特点来看,您简直是太容易激动了。我对您的性格或多或少有些了解,于是便寄希望于此。当然了,当时我也曾想过,也许会突然站出来一个人,将种种内情向您和盘托出,这种事并非时有发生。虽然以前也发生过这种事情,尤其是在人耐性全无之时,不过,这无论如何都极为少见。这我也考虑到了。不,我想,要是我能掌握一个线索就好了!哪怕是微不足道的线索,哪怕只有一个,只要它能看得见,摸得着,只要它是个实实在在的线索,不是心理上的东西就行。因为我觉得,假如有个人犯罪了,那么无论如何,你肯定能从他那儿获得极为重要的线索,甚至可能得到完全出乎意料的东西。于是我便将希望寄托在您的性情上,罗季昂·罗曼内奇,并且对您的性情寄予厚望!我对您的性情是寄予厚望的!"

"可您……如今您怎么还在说这些话呢?"拉斯科尔尼科夫终于小声咕哝着说,甚至还不太理解这个问题的含义。"他这话是什么意思?"他心中疑惑不解,"莫非他真觉得我是无罪的吗?"

"我为什么说这些话吗？我是过来解释的，可以这样说，我认为这是我神圣的职责。我想将一切都对您和盘托出，关于事情的全盘经过，以及当时这件可以说是误会的事情，我想全都跟您解释清楚。罗季昂·罗曼内奇，我让您感到特别痛苦吧？但是我并不是魔鬼。其实我也能理解，像您这样一个人——容易精神紧张，但矜傲、庄重、缺乏耐性，尤其是缺乏耐性这一点——您怎会容忍得了这些冤屈呢？无论如何，我仍然将您视为最高尚的人，您身上甚至还有牺牲精神呢，虽然我不赞同您的全部信念，可我认为，我有责任坦诚地把自己的想法告诉您，因为首先，我不愿欺瞒您。自打我结识了您，我对您便产生了一种景仰之情。想必您听到我说这话，会忍不住大笑吧？您当然有权大笑啦。但我知道，您从第一次见到我，就不喜欢我，因为我这人其实也没什么惹人喜爱之处。但是，不论您对我抱以怎样的看法，现在我都想竭尽全力改变我在您心目中的印象，并且向您证明，我也是一个很有良心、为人正派的人。我是真心实意这样说的。"

波尔菲里·彼得洛维奇停顿了一下，似乎在顾忌自己的自尊心。拉斯科尔尼科夫感觉，一种全新的恐惧正如浪潮般涌入他的心头。波尔菲里认为他是无罪的——这个想法令他忽然倍感恐慌。

"估计也没必要把一切都按顺序重述一遍了吧？"波尔菲里·彼得洛维奇继续往下说，"依我之见，这样纯属多余。况且，我也未必能全讲明白。怎么才能把一切说清楚呢？起初的确有过一些传闻。至于是什么传闻，是谁说的，是何时说的……又是由于什么缘故才连累您的——我认为已不必再说。就我个人而言，这个误会是从一个偶然事件开始的，绝对是偶然的，这件事很有可能发生，也很有可能不发生——所以，这是件怎样的事呢？哎，我认为这没有什么好说的。当时，这所有的一切，种种传闻，以及那些偶然事件，促使我萌生了一个念头。我得向您开诚布公,既是坦白,那就要坦言相待,毫不隐瞒——当时是我最先对您起疑的。至于老太婆抵押物上的记号,还有其他的东西——这一切都不重要。这种证据多得简直数不过来。当时,我有机会得知您在警察分局办公室里那件事的详情细节,得知此事,纯属偶然,其实并非道听途说,而是从一个特殊且重要的证人那里听到的,他无意间把当时的场景描述得活灵活现。罗季昂·罗曼内奇,我亲爱的朋友,其实这些事是接二连三发生的!嗯,这怎能不让我的注意力转到某一方面呢?不是有这么一句英国谚语嘛:一百只兔子成不了一匹马,那么同理,一百个疑点也无法构成一个证据。不过,其实这仅是一种理智的说法,而热情是无法抑制的,要知道,侦查员也是人啊。说到这里,我又想起您在杂志上发表过的那篇文章啦。您记得吗?还在您第一次来我家的时候,我们就曾详细探讨过这篇文章。当时我对您出言讥讽,但那是想让您做出进一步的发挥。我想重申一遍,罗季昂·罗曼内奇,您缺乏耐性,而且身体羸弱多病。您胆大、自负、严肃……您心里很有感受,而且感受良多,这些我早就知道了。我也有过同样的感受,就连您的那篇文章,我读来都甚感熟悉。这篇文章是您在无眠的夜里、在癫狂的境况下构思而成的吧?想必您当时心怀万丈豪情,心脏"怦怦"直跳,胸中充斥着压抑的热情吧?不过呢,年轻人有这种压抑的热情是很危险的!当时我讽刺过这篇文章,但现在我想告诉您,作为一名懂得欣赏的人,我特别喜欢读这篇散发着青春与热情的处女作。它是烟,是雾,是琴弦在朦胧雾霭中的拨弄①。您的文章是荒诞的,是禁不起推敲的,可是字里行间却闪耀着

---

① 这句话出自果理《狂人日记》,原句是:"灰蓝色的雾在脚下弥漫,琴弦在雾中铮铮作响。"

真挚的情感,闪耀着青年人的傲气和坚定的信念,闪耀着无畏的大胆。这篇文章的内容是消极的,可它不失为一篇好文章。我读完您这篇文章以后,便把它放在一边了……而且当我把它放在一边时,心里还在想:'这个人定将有所作为!'那么既然存在这样的情况,试问,我怎能对后来发生的事情无动于衷呢?哎,天哪,难道我是在讲述什么吗?难道我是在证实什么吗?其实我仅仅是注意到而已。我心想,这有什么呀?这根本就没什么,也就是说,这根本算不得什么。而我,作为一名侦查员,甚至完全不该表现得如此热衷:米科尔卡已在我掌握之中,并且我也有了各种证据——不论您作何看法,这些都是真凭实据!他在分析自己的心理动机,我们也得在他身上再下些功夫,要知道,这可是件关乎生死的大事呀。那么我为何要现在跟你解释呢?这是为了让您明白,让您用头脑和心灵进行评判,请您不要责备我当时的那些恶意行为。我说这些绝非恶意,完全出自一片赤诚,嘿嘿!难道您以为,我当时没来搜过您的房间吗?我来搜过的,我来搜过的,嘿嘿,还在您卧病在床的时候,我就来搜过了。但那并非正式搜查,也不是以侦查员的身份搜的。不过,我确实过来搜过。我甚至还循着最初的印记在您的房间里仔细搜查过,不曾漏下任何一个最微小的细节。哎,但这却是徒劳①的!我心想:'这个人会过来的,他会自己过来,而且很快就会来;假如他犯了罪,那么他肯定会来投案的。其他人不会过来,但是这个人会过来的。'您可记得,拉祖米欣先生曾向您走漏了消息?那是我们安排好的,为的就是使您心慌意乱,于是我们故意散播谣言,引他将风声泄露给您,拉祖米欣先生是个藏不住事情的急性子。您的愤怒与无所顾忌的大胆行为最开始是被扎苗托夫先

---

① 原文是德语,意为"徒劳"。

生注意到的：您竟在小饭馆里贸然说出'我杀人了'这种话，这话太大胆，太狂妄了！于是我心想，假如这个人犯罪，那么他将是个可怕的敌人！这就是我当时的想法。嗯，于是我等着您，耐心地等待您，当时扎苗托夫倒是被您弄得垂头丧气……可问题在于，这种该死的心理状态是可以得到不同解释的！嗯，所以我便一直等着您，这时您就送上门啦！我紧张极了，心脏狂跳不已。哎哟！您当时为何要来呀？您还记得吗，您当时进门的时候在放声大笑，而我已经看穿了一切，就像透过玻璃去看那般清晰，倘若我并没有带着非比寻常的想法等您的话，您的放声大笑是不会显露任何端倪的。您瞧，做好思想准备有多么重要呀。当时拉祖米欣先生也——哦，对了！石头，石头，您记得吧，东西还埋在一块石头底下呢？嗯，我似乎看见那块石头啦，就是某块菜地之类的地方，一块石头底下——难道您不是告诉过扎苗托夫吗，说东西藏在一块菜地里，您后来在我那儿不是又提过一次吗？当时我们分析了您的这篇文章，您还为我详加说明——您说的每句话都带有双重含义，仿佛每句话的背后都潜藏着另一层思想！罗季昂·罗曼内奇，您瞧，我走进了死胡同，直到撞到了脑袋，才醒转过来。哦，不，我这是在说什么呢！我当时想，这些情况，所有的细枝末节，如果您愿意，都可以用另一层意思来解释，这甚至会更自然些。这可真是伤透了脑筋啊！但我转念一想，'不，我最好能掌握一个证据……'就在那时，我听说了拉门铃一事，整个人简直快要惊呆了，甚至还浑身战栗起来。我心想：'哎，这就是实据了！就是这么回事！'我当时没能考虑周全，甚至根本就不怎么思考。当时我宁愿自掏腰包，付上一千卢布，只为亲眼看一看，您当时是如何跟着那个小市民并肩行走百步左右的，他怎么会当您的面叫您'杀人凶手'？然而在此之后，你们却还肩并肩走了近百步，而且您始终都不太敢问他……哦，还有那深入脊髓的凉气呢?那次的时间是在您生病之时?您当时还神志不清吧?罗季昂·罗曼内奇,这样看来,如果是我跟您开了这种玩笑,那么您还会因此吃惊吗?为何您偏巧就在此时过来呢?似乎还真有人想推您过来呢,坦白说,若非米科尔卡突然出现,让我们的会面戛然而止……您还记得米科尔卡当时的样子吗?印象还清楚吗?哎,这可真是晴空霹雳啊!真是从乌云中忽然传来的一声'轰隆'声和一道闪电!嗯,我是如何款待它们的呢?我并不在乎这道闪电,这一点您自己也看得出来!我怎么会相信呢?后来您离开了,他还过来有条不紊地回答了若干问题,这简直让我愕然不已,不过,我后来再也不相信他的话了!我已心若磐石。不,我心里想的是,去他的吧!凶手怎么会是米科尔卡呢?"

"拉祖米欣刚才告诉我,如今您也认为凶手是米科尔卡,还说服拉祖米欣也信……"

他大口喘着粗气,并未把话讲完。他无比焦灼地听着,原来这个对他极为了解的人放弃了自己的看法。他不敢相信,而且本来也不太相信。他贪婪地从这些一语双关的句子里找寻并捕捉更真实、更确切的内容。

"拉祖米欣先生呀!"波尔菲里·彼得洛维奇朗声说,似乎特别乐意听到总是沉默不语的拉斯科尔尼科夫发问,"嘿!嘿!嘿!拉祖米欣先生原本就不该插手这件事:既然二人结好,那么第三人就不必插手了。拉祖米欣先生与此事无关,他是个局外人,那天他跑去我家,脸色难看极了……愿上帝保佑他,别让他掺和这件事了!至于米科尔卡嘛,您想知道他是个怎样的人吗,就是说,他在我眼中是个怎样的人?首先,他还是个未成年的孩子,这并不是说他是个胆小鬼,而是说,他颇具艺术家风范。说真的,不要笑我这样形容他。他生性纯真,对所有事物都很敏感。他是个有良心、爱幻想的人,而且能歌善舞,听说他还很会讲故事呢,大家都爱听他讲故事。他受过教育,当别人对他指指点点的时候,他会放声大笑,笑到脱力;他还会喝得颠三倒四,这倒也并非因他喝酒不懂得节制,而是他有时会被人灌醉,他就像小孩子一样。于是,他也开始偷东西了,但他自己并不知道这是偷窃行为,因为'这是他从地上捡到的,怎么能算偷窃呢?'您知道吗?他是分裂派①教徒,而且他不仅是分裂派教徒,还是其他教派的信徒呢。他家族里面有几名逃亡教派的信徒,最近这两年,他自己也曾在村里受过一名长老的精神熏陶。这些我全是从米科尔卡和他那几个老乡那里听说的。他甚至还想跑到荒郊野岭去修行呢!他很虔诚,每晚都向上帝祷告,读那些'真正的'古书,读到痴迷。圣彼得堡对他影响颇深,尤其是女人,嗯,还有酒。他容易受到环境的影响,那位长老和从前的一切全都被他抛之脑后了。据我所知,此地有个画家很喜欢他,经常去找他。但发生了这件事情,他害怕了——于是上吊、出逃!那能怎么办呢,民众对于我们法律的概念就是这样!有的人很害怕'审判'这个词。这是谁的错呢?那就让新式法庭加以评判吧。哎,愿上帝保佑!想必他如今在牢狱里想起了那位正直的长老,《圣经》也重新出现了。罗季昂·罗曼内奇,您知道对于他们中的某些人来说,'受苦'意味着什么吗?并不是为了何人而受苦,仅仅是'应当受苦',也就是说,应当主动承受痛苦,而对于当局施予的痛苦,就更应该承受了。在我履职期间,曾有一名最温顺的犯人坐过足足一年的牢,他每天夜里都在炉灶上读《圣经》,读得入了迷,您知道吗,他痴迷到了那种地步,竟然无缘无故抄起砖头,朝着典狱长扔了过去,但他这么

---

① 分裂派是从俄国东正教会分裂出去的一个宗教派别。

做绝无恶意。他是怎么扔的呢?他故意让飞出去的砖头偏离一俄尺的距离,免得砸伤别人!谁都知道,一名持武器攻击典狱长的犯人会是怎样的下场,这就意味着,'他要吃苦头了'。于是我现在怀疑,米科尔卡也想'吃些苦头',或者他心里有诸如此类的想法。这一点我确实知道,甚至还有真凭实据。只是他自己并不知道,我了解他内心的想法。怎么,难道您没想过,这类人中可能存在这样怪诞不经的人吗?可有不少呢。尤其是在他自缢之后,他又思念起那位长老了。不过嘛,他会亲自过来向我坦白一切。您觉得他可以坚持到底吗?您就等着瞧吧,他还会翻供的!我随时恭候他前来翻供。我开始喜欢上这个米科尔卡啦,我要把他仔细地研究一番。您作何感想?嘿!嘿!对于某些问题,他简直对答如流,显然是掌握了必要的信息,事先精心做过准备,然而对于另一些问题,他却表现得很茫然,一丁点儿都不知道,他不仅不知道,而且还不晓得自己不知道!不,罗季昂·罗曼内奇老兄,凶手并非米科尔卡!这起案件荒诞且悲惨,是现代的案件,是我们这个时代才会发生的事件,因为人心如今已经糊涂了;因为'流血可以净化一切'的说法在这个时代比比皆是;因为如今'舒适'被视作人生的全部意义。可是这些都是书本上的空想,是被理论所困扰的心灵,从中可见迈出第一步的决心,不过,这是一种独特的决心——因为他下定决心的过程,犹如从山上跌落,或是从钟楼上腾空而下,而且他似乎是在无意识的情况下犯罪的。他忘记把门掩上,还杀了人,杀掉了两个,是根据某种理论杀的。他杀了人,却又不敢偷钱,他还把来得及拿走的东西全藏到石头底下了。他躲在门后苦苦煎熬还不够,竟然又闯进门去拉动门铃——不,他后来在半梦半醒的状态下又走进了那套空宅,回想拉动那个门铃的声响,想再感受一遍后脊发凉的滋味……假设他是有病的,可是这里还有一件事呢:他杀了人,却认为自己是个正派的人,还瞧不起别人,他还跑去做好事,自认为像天使一样洁白。亲爱的罗季昂·罗曼内奇,这个人怎会是米科尔卡呢,凶手不是米科尔卡!"

不久以前,他刚听见对方说过一些类似消除怀疑的话,所以最后的这几句话简直完全出乎他的意料。拉斯科尔尼科夫不禁浑身战栗,仿佛被人刺了一针。

"这么说……是谁……杀的呢?"他不禁喘着粗气问道。波尔菲里·彼得洛维奇飞快地靠在椅背上,这个问题似乎完全在他意料之外,他甚至错愕了一阵。

"什么是谁杀的?"他问,仿佛不相信自己的耳朵,"是您杀的,罗季昂·罗曼内奇!就是您杀的……"他以笃定的语气说道,声音微不可闻。

拉斯科尔尼科夫闻言"噌"地从沙发上跳起来了,他站了几秒,一言不发,接着又坐了回去。他的脸上骤然掠过一阵轻微的痉挛。

"您的嘴唇又像那时一样抖动了,"波尔菲里·彼得洛维奇似乎甚至还同情地咕哝道,"罗季昂·罗曼内奇,您大概还没领会我的意思,"沉默片刻,他又补充了一句,"您怎会如此吃惊呢?我这次过来,就是想把一切摊开来说。"

"人不是我杀的。"拉斯科尔尼科夫模糊不清地说,模样就像被当场捉住干坏事的孩童。

"不,就是您,罗季昂·罗曼内奇,就是您,再无旁人。"波尔菲里严肃而笃定地小声道。

他们俩一言不发,沉默良久,这段时间持续了十来分钟,令人倍感怪异。拉斯科尔尼科夫把手肘支在桌上,默默用手指把自己的头发抓乱。波尔菲里·彼得洛维奇静静地坐在那里,安然等待着。忽然,拉斯科尔尼科夫将不屑的目光投向波尔菲里。

"您又使出您那套旧把戏啦,波尔菲里·彼得洛维奇!还是您那套把戏,难道您当真不觉得烦腻吗?"

"哎,行啦,这种时候我何必跟您做游戏呢?假如现在有证人的话,那情况就大有不同了,而我们俩现在只是私下聊聊罢了。您自己也知道,我并未像抓兔子那样对您穷追不舍。您承认也好,不承认也罢——总之这对我来说并无差别。即便您不承认,我心中也已对此深信不疑。"

"既是如此,您又过来干吗呢?"拉斯科尔尼科夫愤愤不平地问,"我要问您一个之前问过的问题:既然您认为是我犯了罪,为何不抓我呢?"

"哈,这可问到点上了!我可以为您逐步解答:首先,这样直接抓您入狱,于我不利。"

"怎么会对您不利呢?既然您坚信不疑,那么您就该……"

"哎,就是我坚信不疑,那又怎样?这一切暂时还是我的空想。我何必将您关去那里,让您心里踏实呢?既然是您亲自要求去的,那么您自己应该清楚这件事。比方说,我让那个小市民过来告发您,您就会对他说:'你是不是喝多了?谁见过我跟你在一起呢?我只是把你看作酒鬼罢了,因为你确实喝醉了。'当时我跟您是怎么说的呢?尤其您说的话可比他更合情合理呀,他的供述中仅有心理分析——这话甚至不该由他来说——您说得很对,这个坏蛋简直是个臭名昭著的醉鬼。而我本人也屡次跟您开诚布公地谈过,这种心理上的东西可作两种阐释,其中第二种阐释更加合乎情理,也更加真实。除此以外,目前我手上还没有指向您的证据。虽然我还是会把您给关起来,我甚至正在亲自(这并不合情合理)把一切都事先告知于您,不过,我还是想向您坦言（这一点也不合情合理），这将对我不利；第二，我之所以前来找您……"

"嗯，第二点呢？"拉斯科尔尼科夫仍旧喘不过气来。

"正如我方才所说，我有义务向您做出一番解释。我不愿您将我视作恶魔，况且我发自内心地对您怀有好感，不论您是否相信。所以呢，第二，我过来找您，是想给您一个真诚坦率的忠告——希望您投案自首。这样做对于您好处颇多，对我来说也很有利——因为这样我就能卸下这个重担了。如何？我这样说，够不够坦诚？"

拉斯科尔尼科夫沉默了一会儿。

"波尔菲里·彼得洛维奇，请听我说，不是您自己说的吗，这里面只有心理分析，怎么您却拐到数学上了？要是现在是您弄错了，该怎么办？"

"不，罗季昂·罗曼内奇，我不会弄错的。我手握凭据。这个凭据我当时就已拿到了，这是上帝给我的恩赏！"

"什么凭据？"

"罗季昂·罗曼内奇，到底是什么凭据，这我无可奉告。而且无论如何，如今我已无权再拖下去了，我会把您抓起来的。您仔细想一想吧。反正如今这对我而言，没什么差别，因此，我纯粹是在为您打算。说真的，您这样做，心里会好受一些，罗季昂·罗曼内奇！"

拉斯科尔尼科夫的脸上浮现出一丝冷笑。

"要知道，这样不仅可笑，甚至可耻。哼，即便我犯罪了（我并没有说，我真的犯罪了），我又凭什么向您投案自首呢，难道像您说的，如果我被关进你们的监牢，我就会感到踏实吗？"

"哎呀，罗季昂·罗曼内奇，我说的话您可别全信哪，说不定您无法过上完全平静的生活！其实这仅仅是理论罢了，况且还是我自己的理论，而我在您眼里又算得上哪门子权威呢？说不定直到现在，我还对您有所隐瞒呢。我可不能把一切都对您和盘托出呀，嘿嘿！第二，您怎么问'有什么好处'呢？难道您不知道，您这样做是可以减刑的？那么您什么时候去，几点去呀？不过这一点您可要深思熟虑啊！因为现在已经有人认罪了，这件案子被他弄乱了。我可以在上帝面前向您起誓，我'在那边'会假装什么都不知道，让您的自首行为看上去像是一件出人意料的事。所有这些心理将被我们完全消除，我还会打消旁人对您的疑虑，如此一来，您的罪行看起来就像是您因一时糊涂才酿成的大错，因为坦白讲，您的确是一时糊涂呀。我是个正直的人，罗季昂·罗曼内奇，我会信守诺言的。"

拉斯科尔尼科夫阴沉着脸，默不作声，垂下了头。他凝思许久，最后又露出了一丝冷笑，然而，他的冷笑已经变得温和而又悲凉。

"哎，不必了！"他开口了，似乎对波尔菲里已经完全不再隐瞒了，"不值得！我根本不需要你们减刑！"

"哎，这正是我所担心的！"波尔菲里激动地、似乎是不由自主地叹道，"我所担心的，正是您不需要我们给您减刑。"

拉斯科尔尼科夫神色忧郁、郑重其事地朝他望了一眼。

"哎呀，您千万不要厌弃生活啊！"波尔菲里继续道，"它的前路还长着呢。怎么就不需要减刑呢，怎么就不需要？您真是没耐心！"

"什么的前路还长？"

"生活呀！您算什么预言者呢，难道您知道的很多吗？寻找，就寻见①。也许这就是上帝对您的期许。况且这牢您不会坐一辈子的……"

"会有减刑……"拉斯科尔尼科夫笑了。

---

① 出自《圣经新约·马太福音》第七章第八节。

"怎么，难道您害怕的是资产阶级的羞耻吗？您可能是怕这个，但您并不知道——因为年轻嘛！不过，您还是不必畏惧，或是为自首感到羞耻。"

"哎哟，我才不在乎呢！"拉斯科尔尼科夫不屑而厌恶地小声咕哝，似乎不愿把话讲出声来。他又欠了欠身，好像是想出门，但随即又坐了下来，显然，他已陷入绝望。

"好，您不在乎！您心灰意冷了，您觉得我在粗野无礼地恭维您，可是难道您已经活了很久吗？难道您懂得很多吗？您想出一个理论，但这个理论却破产了，事情根本没按预想的那样发展，于是您倍感羞愧！结果证明，这的确是卑劣的，不过您总归不是无可救药的卑鄙小人。您根本不是那种卑鄙小人！至少您并没有长久地欺骗自己，一下子就到头了。那么在我眼里，您是怎样的人呢？在我眼里，您是这样的人——即使被割肚剜肠，但只要找到了信仰或上帝，便会昂首挺立，笑看那些折磨您的人。嗯，您去找吧，找到了，您就能活下去。首先，您早就需要换一换空气了。这算什么，痛苦也是件好事呀。您去受苦吧。也许米科尔卡想要受苦是对的。我知道您不相信上帝——但是请您也别再卖弄聪明了，不如投身到生活中去，别再犹豫了。您也别害怕——生活会将您送到堤岸上，让您站稳脚跟。送到什么堤岸上？我怎会知道呢？不过我相信，您还会活很久的。我知道，现在您觉得我说的话是那些背得滚瓜烂熟、连篇累牍的说教，但是将来某一日，您会回想起来，这会对您有用的，我说这些话的用意就在于此。还好您只是杀了一个老太婆。倘若您想出来是另一个理论，没准儿还会做出较之恶劣数倍的事来！或许这还得感谢上帝。您如何会知道呢，说不定上帝就是为了什么事在庇护着您。不过，您有一颗伟大的心灵，无须太过担心。您害怕即将到来的伟大赎罪吗？不，害怕是可耻的。

既然您决定迈出这一步,您就得坚强起来。这是正义。您应该循着正义做事。我知道,您不信上帝,然而,生活确实能将您引入正途。您日后定将重获自尊。可您现在需要的只有空气,空气,空气!"

拉斯科尔尼科夫甚至浑身颤抖了一下。

"可您算什么人呢?"他高声喊道,"您又算什么预言者?您是站在怎样的庄严、静谧的高处,义正词严向我宣告机智的预言呢?"

"我算什么人吗?我是一个已丧失了希望的人。或许我是一个懂感情、有同理心的人,可能多少还有点文化,不过这也没什么。可您呢——您是另一回事:上帝为您安排好了生活(可谁又知道呢,也许您的一生将如过眼云烟,了然无痕)。就算您想成为另一类人,可那能怎么样呢?您有那样的心地,想必您不会为了失去舒适的生活而叹惋吧?也许在很长一段时间里,任何人都将看不见您,可是那又如何?问题并不在于时间,而在于您自己。您要成为太阳,这样大家就都能看到您了。而太阳,首先应该成为太阳。您怎么又笑了?难道我说话像席勒吗?我敢打赌,您觉得我现在是在恭维您!说不定我的确是在恭维您,可那又如何呢?嘿!嘿!嘿!好吧,罗季昂·罗曼内奇,也许您仍然不相信我,甚至永远都不会完全相信——我承认,这就是我的秉性,只是我得补充一下:我这个人能卑鄙到什么地步,就会正直到什么地步,想必您心中有数!"

"您打算什么时候逮捕我?"

"我可以让您再自由活动一天半或两天。亲爱的朋友,请好好想一想吧,请向上帝祷告吧。这对您更有益处。真的,会更有益处的。"

"那么,假如我逃跑了呢?"不知为何,拉斯科尔尼科夫怪异地笑了,问道。

"不,您是不会跑的。乡野村夫会落跑,时髦的教徒会逃跑——

因为这些人是旁人思想的奴隶,只需让他看一看指尖,正如对待海军准尉德尔卡①一般,那么不论如何,他会一生都相信。不过,您现在不相信您的那个理论了吗——您该带着怎样的信念逃亡呢?逃亡能给您带来什么呢?逃亡生活是难堪的,是困窘的。首先您需要的是生活和一定的社会地位,还需要适宜的空气,您适应得了那里的空气吗?就是您跑了,您也会自己回来的。您注定需要我们。倘若我把您关到牢里,那么当您在狱里待了一个月、两个月、三个月后,您会忽然想起我说的话,主动招供,说不定就连您自己都会倍感意外呢。一小时前,就连您自己也不知道,您会过来投案自首。我甚至相信,您'会下定决心过去受苦',眼下您不相信我说的话,不过,您会自己主动这么做的。罗季昂·罗曼内奇,要知道受苦乃是件伟大之事。您别看我身材发福,但这无妨,我自己很清楚,您也别笑我,苦难之中蕴含着某种思想。米科尔卡是对的。不,您是不会落跑的,罗季昂·罗曼内奇。"

拉斯科尔尼科夫站起身来,一把抓起制帽。波尔菲里·彼得洛维奇也跟着站了起来。

"您想出去走走吗?今晚很不错,但愿别下暴雨才好。不过,下暴雨反倒更好呢,空气会清爽许多……"说着,他也抓起了制帽。

"波尔菲里·彼得洛维奇,请您不要认为,"拉斯科尔尼科夫严肃而果决地说,"您别认为我今天是跟您认罪了。您这人可真奇怪,我之所以听您讲下去,仅仅是因为好奇。但是我可不曾认过什么罪……这一点还望您记住。"

"哎呀,我都知道,我会记住的——哟,您都开始浑身发抖了呀。

---

① 果戈理的喜剧《结婚》里的人物,不过文中指的是另一个海军准尉彼图霍夫,作者把两个人物混淆了。

请您放心,我亲爱的朋友。不必担心,请您稍稍自由活动吧,但是不可以走太远。以防万一,我对您还有一个小请求,"他把声音压得很低,补充道,"这个请求极易引发误会,但是至关重要。万一(但是,我对此并不相信,同时认为,您压根不会这会做),如果万一——嗯,只是为了以防万一——假如在这四十到五十个小时里,您想用那种一劳永逸的办法终结此事,也就是,您想用自杀结束自己的性命(这个假设非常荒唐,还望您原谅我的猜想),那么请您留下一张简短但详细的纸条。上面要写几句话,几句就行,但是请您务必把那块石头的事情说清楚,这样看来,您会磊落一点。好吧,再见……希望您能往好处想,这将会是个不错的开始!"

波尔菲里离开了,不知为何,他离开时把身子弯了下去,仿佛是想避开拉斯科尔尼科夫。拉斯科尔尼科夫来到窗边,愤怒又焦急地等待着,也许这会儿波尔菲里已经走到街上了,拉斯科尔尼科夫等他又走出一段相对远的距离,才从房间匆忙地走了出来。

第三节　与斯维德里盖洛夫在小酒馆

他急着去找斯维德里盖洛夫。他能在这个人的身上寄予何种希望呢？连他自己都不知道，可是这个人的身上却隐藏着某种能够掌控他的权力。他刚意识到这一点的时候，就已感到心绪难平，更何况现在已然时机成熟。

一路上，有个问题始终苦苦折磨着他：斯维德里盖洛夫到底有没有找过波尔菲里呢？

根据他所能做出的判断，他可以发誓——不，他还没找过波尔菲里！他翻来覆去地琢磨，回想波尔菲里来访的全过程，最后梳理清楚了：不，他还没去找过波尔菲里，他当然没找过波尔菲里！

不过，即使他现在没去找，将来会去吗？

眼下他权且认为，斯维德里盖洛夫是不会去的。为什么呢？原因他还很难说清，可是倘若他能够弄清的话，那么他现在就不会为这件事如此费神了。这一切都让他苦恼不已，可与此同时，他似乎顾不上去想这些事情。真是怪事一桩，或许谁都不会相信，其实他对于自己当前那近在咫尺的命运好似并不那么关心，甚至是漠然视之。让他苦恼的是另一件事，这件事极其重要，比他的命运重要得多。同时，他还感受到一种无穷无尽的精神疲惫，尽管这日清晨，他的神志要比近来这些日子都更为清醒。

既然一切已经发生了，那么现在值不值得为了克服这些微不足道的困难去做一番努力呢？比如，是否值得使些伎俩，好让斯维德里盖洛夫不要去找波尔菲里？是否值得研究一番，把情况打探清楚，并且在这位斯维德里盖洛夫身上花费时间呢？

啊，这一切简直让他厌烦透了！

然而，他还是赶去找斯维德里盖洛夫了。难道他是希望从斯维德里盖洛夫那里得到什么新的消息，获得新启示，寻得新出路吗？这还真就抓住一根稻草不放了呀！将他们二人联结在一起的，究竟是命运，还是本能呢？也许，这仅仅是疲乏，是绝望；也许，他需要去找的并不是斯维德里盖洛夫，而是另有其人，斯维德里盖洛夫只不过是刚好出现在此罢了。是索尼娅吗？可他现在又干吗去找索尼娅呢？再次向她讨要眼泪吗？况且，索尼娅让他感到害怕。对他而言，索尼娅是不可更改的判决，是无法转圜的决定。眼下——要么走她的路，要么走他的路。尤其是在此刻，他不能去见她。不，过去试探一下斯维德里盖洛夫岂非更好，看看他到底是个什么人物？而且他不得不在心里承认，其实他似乎当真早就需要这个人了。

可是他们之间能有什么共同之处呢？就连他们的恶行都不可能是相同的。更何况此人极不讨喜，显然，他的生活作风荒淫无度，必定为人狡猾，善于使诈，也许还心狠手辣。关于此人的谣言甚嚣尘上。的确，他出面安置了卡捷琳娜·伊万诺夫娜的孩子们，可谁知道他这样做有何用意呢？这个人老谋深算的。

这些日子里，拉斯科尔尼科夫的脑海里经常闪过一个想法，把他搅得心神不宁，即便他极力驱赶，这个念头仍旧挥之不去，重重地压在他的心头！他总在想：斯维德里盖洛夫总在围着他打转，现在仍是；斯维德里盖洛夫知道他的秘密；斯维德里盖洛夫昔日曾对杜尼娅心怀不轨。可倘若他现在仍心怀不轨呢？几乎可以肯定地说：是的。但是假如现在,当他已经知道了他的秘密,从而获得了拿捏他的权力,想要利用这个武器对付杜尼娅怎么办?

这个想法时常折磨着他,甚至是在梦里,然而像此刻这样——当他去找斯维德里盖洛夫的时候——在他的意识里如此清晰地出现却还是头一次。仅是这个想法就已令他悒郁不平、愤怒不已。首先,既然一切已发生改变,就连他自身的境遇也发生了改变,那就应该立刻向杜尼娅坦白地说出这个秘密。也许他应当投案自首,以免杜尼娅被牵涉到某个不慎的行动当中。那信呢?今天早上杜尼娅还收到一封信了呢!圣彼得堡有什么人会给她寄信呢?(难道是卢仁?)不错,那边是有拉祖米欣在守着,但是拉祖米欣什么都不知道。也许,应该向拉祖米欣坦白一切?拉斯科尔尼科夫满怀厌恶地思考着这些事。

"无论如何,必须尽快见到斯维德里盖洛夫,"最后,他暗自做出了决定,"谢天谢地,眼下并不那么需要了解细节,需要的是事情的实质。可如果,如果斯维德里盖洛夫对杜尼娅心怀不轨,只要他能做到——那么……"

在这整段时间里,在这整整一个月里,拉斯科尔尼科夫疲惫不堪,以至于除了'那我就杀了他'这一解决办法以外,他现在已无法用别的方法解决类似这样的问题了。想到这些,他心中不禁感到一阵悲凉。有种沉重的感觉压迫在他的心上。他在街道中央停下脚步,开始仔细观察四周,他走哪条路呢?他去哪儿呢?他正位于X大街,距他经过的干草广场有三四十步。左边那栋建筑的二层楼上开着一家小饭馆,所有的窗子都大大敞开着,根据这些窗内往来移动的身形来看,屋子里挤满了人。大厅里歌声悠扬,黑管和小提琴的声音回荡,土耳其鼓叮咚作响,还能听见女人们的尖叫声。他正在纳闷,自己怎会拐到这条街上呢,正准备转身离去,忽然看到,就在小饭馆最边上那扇敞开的窗子里，斯维德里盖洛夫叼着烟斗，坐在临窗的茶几旁边。他吓了一跳，甚至大为震惊。斯维德里盖洛夫正在默不作声地注视他，细细地观察着他，同样使拉斯科尔尼科夫感到吃惊的是：斯维德里盖洛夫好像原本想站起来，在他还没发现以前偷偷地走开。拉斯科尔尼科夫赶紧佯装没看到他，心事重重地看向一边，但用余光注意着他的动向。拉斯科尔尼科夫的心"怦怦"直跳。确实没错，显然，斯维德里盖洛夫不愿让别人看见自己。他从嘴里取出烟斗，已做好准备躲到一旁了，然而他刚站起身，把椅子稍稍挪动以后，似乎猛地发觉拉斯科尔尼科夫已瞧见他了，并且正在关注他的举动。现在他们之间的场景与他们在拉斯科尔尼科夫家初次见面时的景象极为相似，那时候拉斯科尔尼科夫在睡觉。斯维德里盖洛夫脸上现出一丝狡黠的笑容，而且笑容愈发灿烂起来。两人都知道，对方看见了自己，而且正在打量着自己。终于，斯维德里盖洛夫放声大笑。

"喂，喂！如果您愿意的话，那便请进吧。我在这里呢！"他从窗内喊道。

拉斯科尔尼科夫上了楼，走进小饭馆。

他在后面一间狭窄的小室内找到了他，室内有扇小窗，可以望见大厅，厅内摆放着二十张小桌，有几个歌手正在扯着嗓子尽情歌唱，若干商贾、官员和各种各样的人正在一边听曲，一边喝茶。不知何处传来了打台球的声音。斯维德里盖洛夫面前的桌上摆着一瓶已开瓶的香槟，还有一只盛了半杯酒的玻璃杯。室内还有一个挎着一架小型手风琴的少年流浪乐师，一名身形健美、面色红润的姑娘，她的腰里掖着那条花裙子的下摆，头戴一顶系带的蒂罗尔帽，她是一个歌女，大概有十七八岁，在风琴的伴奏下，她正用自己那副嘶哑低沉的嗓音吟唱着一首俗气的流行曲，虽然此刻邻屋正在放声合唱……

"喂，够了！"拉斯科尔尼科夫刚一进门，斯维德里盖洛夫就让她停下来。

姑娘立刻噤声，恭敬地候在一边。虽然她唱的是一首不入流的押韵流行曲，但脸上的神态却显得严肃而恭敬。

"喂，菲利普，给我拿个杯子！"斯维德里盖洛夫大叫一声。

"我不喝酒。"拉斯科尔尼科夫说。

"随便您吧，反正我也不是给您要的。卡佳，你喝吧！今天不用唱了，你走吧！"他斟了满满的一杯酒，递给了她，同时拿出了一张黄色钞票。卡佳用妇女常用的饮酒方式，一连喝上二十多口，把这杯酒喝光了，接过那张钞票，吻了一下神色严肃的斯维德里盖洛夫伸向她的那只手，然后走了出去。肩上挎着手风琴的男孩，也随她缓缓地退了出去。这两个人都是被从街上带来的。斯维德里盖洛夫在圣彼得堡生活总共还不到一周，而他的生活方式已然具有古代宗法的遗风。这里的堂倌菲利普已经是他的"老熟人"了，对他曲意逢迎。通往大厅的门锁上了，在这间小屋里，斯维德里盖洛夫如同在自己家里一般，没准儿他整日都逗留在此呢。这家小饭馆环境很脏，条件极差，就连中等水平都够不上。

"我到您家里找过您了，"拉斯科尔尼科夫开口说道，"但是不知怎的，我从干草广场拐弯走了过来，路过了X大街！我一向不拐到这边来，也不从这里经过。我走到干草广场，总会右转。况且往您家走也不经过这里。可是我刚拐了弯，就瞧见您了！真奇怪呀！"

"您为什么不直接说：这真是奇迹呀！"

"因为这也许只是偶然。"

"瞧，这类人全都是这样的性格！"斯维德里盖洛夫纵声笑，"即便他们内心相信奇迹，却拒不承认！您不是自己说，'也许只是偶然'

嘛。这里所有的人都不敢表达自己的个人观点,您想象不到吧,罗季昂·罗曼内奇!我不是说您。您有自己的个人观点,并且不畏惧拥有自己的个人观点。这正是您让我感到好奇的地方。"

"除了这一点,别无其他吗?"

"这一点已经够了。"

斯维德里盖洛夫显然处于一种兴奋的状态中,不过只是稍微有点兴奋,他总共仅喝了半杯酒。

"我觉得,您是在得知我能够拥有您所谓的个人观点之前过来找我的。"拉斯科尔尼科夫说。

"那就是另一码事了。凡事都有自己的步骤。至于奇迹嘛,我得告诉您,想来最近这两三日您都错过了。这家小饭馆是我亲自告诉过您的,您能直接过来,根本不是什么奇迹。我亲自向您说明了过来的路径,告诉您这家小饭馆的具体位置,以及您几点能在这儿碰上我。您记得吗?"

"我忘了。"拉斯科尔尼科夫吃惊地回答。

"这我相信。我跟您讲过两次,于是这个地址便不知不觉清晰地刻在您的记忆里了。您不知不觉拐到了这里,其实,您是无意之中严格遵照地址找来的。当时我还对您说过,我并不指望您能理解我的意思。罗季昂·罗曼内奇,您的破绽暴露得太多了。对了,我还想告诉您:我深信,圣彼得堡有很多人都会一边走路,一边自言自语。这是一个半疯癫者的城市。假如我们拥有科学,那么医学家、法学家和哲学家就可以各自凭借自己的专业,对圣彼得堡进行一番极具价值的研究。鲜少可以找到像圣彼得堡这样的地方,能对人的心灵产生忧郁、猛烈又奇异的影响。光是气候的影响,就有那么大!同时,这座城市还是全俄国的行政中心,它的特征定会体现在方方面面的事物当中。不过,现在问题并不在这里,问题在于,我已经从旁边观察过您好几次了。您从家里走出来时,还是昂首挺胸的姿态。走出二十来步,您就会把头垂下来,双手背在身后。您在看路,可是显然,无论是前方,还是旁侧,您都并未留意。接着,您开始微微翕动嘴唇,自顾自地说起话来,有时还会挥动一只手,朗诵般地讲出声来,最后,您会在道路中央站上许久。这非常不好呀。也许除我以外,还会有人注意到您,而这对您很不利啊。其实我是无所谓的,我也并不是规劝您,让您别这样做,不过当然啦,您明白我的意思。"

"那么您知道有人在监视我吗?"拉斯科尔尼科夫探寻地打量着他,问道。

"不,我一点都不知道。"斯维德里盖洛夫似乎颇为诧异地回答。

"哦,那您就别管我的事了。"拉斯科尔尼科夫阴沉着脸小声咕哝道。

"好,我不管您。"

"您最好讲讲,既然您来这里喝酒,还亲自约过我两次,让我到这儿来找您,为什么刚才我从街上看向窗口的时候,您躲了起来,还想离开呢?这一幕我看得清清楚楚。"

"嘿嘿!那为什么那天我站在您房间门口的时候,您明明完全醒着,却要闭着眼睛躺在您那张沙发上,佯装睡着呢?这一幕我看得清清楚楚呀。"

"我是有……理由的……这您自己清楚。"

"我也是有理由的,虽然这些理由您并不知道。"

拉斯科尔尼科夫把右手肘支到桌上,用右手五指从下面托住下巴,目不转睛地盯着斯维德里盖洛夫。有一会儿工夫,他仔细端详着他的脸,这张脸此前就总是令他倍感惊诧。这是一张有点怪异的脸,犹如一张假面具：肤色白净，面色红润，嘴唇鲜红，蓄着浅黄色的络腮胡，留着相当浓密的浅黄色头发。眼睛有点蓝得过分，而目光则有些过分阴郁、凝滞。在这张英俊的、与实际年龄相比显得相当年轻的面孔上，有种极不讨喜的东西。斯维德里盖洛夫穿着一身颇为时髦的轻便夏装，特别是他的内衣，非常考究。手指上还戴着一枚硕大的、镶有贵重宝石的戒指。

"难不成我还得再跟您较量一番吗？"拉斯科尔尼科夫突然心烦意躁，显得很不耐烦，单刀直入地说，"即便您可能是最危险的人物，但您若想对我不利的话，我将不再忍耐。我现在就让您瞧瞧，我可不像您认为的那样，那么珍惜自己的性命，想必您是这样认为的吧？您要知道，我来找您，是想直截了当地告诉您，如果您还像以前那样对我妹妹图谋不轨的话，如果您企图利用您最近发现的事情去达到这个目的的话，那么我会在您把我送进牢狱以前把您除掉。我说到做到。您要知道，我这个人言出必行。另外，如果您有什么话想对我说——因为这段时间我总觉得，您似乎是有话想对我说——那么请您快说，因为时间宝贵，而且您可能很快就来不及说了。"

"您这么着急要赶去哪里呀？"斯维德里盖洛夫好奇地打量着他，开口问道。

"凡事都有它的发展步骤。"拉斯科尔尼科夫神色阴郁，很不耐烦地说。

"您刚才自己要求坦诚以待，可这第一个问题您就拒绝回答，"斯维德里盖洛夫笑道，"您总觉得我居心不良，所以您看我的眼神也是充满怀疑的。这又有什么呢？站在您的立场来看，这是完全能够理解的。不过，不管我有多想跟您拉近关系，但我终归不愿费神去说服您消除对我的敌意。真的，这样做不值当，而且我并没有什么特别的话想对您说。"

"那您为何这么需要我呢?您不是对我很感兴趣吗?"

"我仅仅把您当作一个有趣的观察对象罢了。我喜欢您处境中的神秘性——正是这一点!除此之外,您还是我感兴趣的女子的哥哥,最后呢,我本人从这位女子那里听说了不少关于您的情况,由此可以断定,您对她有着很深的影响。难道这些还不够吗?嘿嘿嘿!不过呢,我得承认,您的问题对我来说太复杂了,我很难向您回答这个问题。嗯,譬如说,您现在过来找我,除了有事要说,不是也想从我这儿探听些新消息吗?难道不是吗?难道不是吗?"斯维德里盖洛夫面带狡黠的微笑,坚持说道,"如此一来,您可以想象到,早在我乘火车过来的路上,坐在车厢里的时候,就对您怀有期待了,我期待您也给我透露一些新消息,我也能从您身上获得某些好处!瞧瞧,我们都是什么样的人啊!"

"获得什么好处?"

"这怎么跟您说呀?我怎么知道会是什么好处呢?您瞧见了,我整日待在这样的小饭馆里,我这样挺满足的,其实也并不是满足,而是说,我需要有个地方坐一坐。嗯,哪怕是刚才那个可怜的卡佳——您见过她了吧?……嗯,比方说吧,即便我是个贪食者,是美食俱乐部的行家,但是您瞧,这种东西我也能吃(他指了指角落里的那张小桌,桌上放着个铁盘子,盘子里装着吃剩的、卖相糟糕的土豆煎牛排)。顺便问一下,您吃过午餐了吗?我稍稍吃了一点,不想再吃了。比方说吧,我是根本不喝酒的。除了香槟,别的都不喝,就连香槟,我一整个晚上也只能喝上一杯,而且还会头疼呢。我刚才要来这杯酒,是为了提一提神,因为我计划去一个地方,您瞧,我的状态很特别吧?我刚才之所以像个小学生那样躲躲闪闪,是因为我觉得,您会妨碍我,但是,看样子(他把表掏了出来),我还能跟您待上一个小时,现在是四点半。您相信吗?要是我能有一技之长就好了,比方说,当个地主啦、神甫啦、枪骑兵啦、摄影师啦、新闻记者啦……哎,可是我什么专长都没有,一个都没有!有时候甚至挺无聊的。老实说,我还以为您会告诉我什么新消息呢。"

"那您是什么人,您为什么要到这里来?"

"我是什么人?您知道的,我是个贵族,在骑兵队里服了两年兵役,然后就在这里,在圣彼得堡游逛,后来我跟玛尔法·彼特罗芙娜结婚了,于是住在乡下。这便是我的履历!"

"您似乎是个赌徒?"

"不,我算哪门子赌徒啊。我是赌棍,不是赌徒。"

"那您曾是赌棍?"

"是的,我曾是赌棍。"

"这么说,您还挨过打?"

"挨过。那又怎么样呢?"

"嗯,那样的话,您可以要求决斗……总的来说,决斗能让人神采焕发……"

"我并不反对您的观点,况且,我也不太擅长探讨哲学问题。我坦白地告诉您吧,我此番匆忙赶来,多半是为了女人。"

"您刚安葬完玛尔法·彼特罗芙娜,就赶来了吗?"

"嗯,没错,"斯维德里盖洛夫笑了笑,为自己胜利般的坦诚感到得意,"那又怎么样?您大概觉得,我这样谈论女人有失道德,对吧?"

"您是在问,我是否认为荒淫好色是有失道德的?"

"荒淫好色!原来您指的是这个啊!不过我要按照顺序,先回答您关于女人的问题吧,您知道的,我爱闲扯。请您告诉我,我为什么要克制自己呢？既然我喜欢女人，那我为什么要放弃她们呢？起码我有事可做呀。"

"所以您来这儿仅仅是想要过荒淫的生活？"

"就算是荒淫的生活，又怎么样呢？您对荒淫的生活很感兴趣呀。不过，至少我喜欢这样直白的问题。起码在这种荒淫的生活里存在着某种恒久不变的东西，它甚至是基于天性，而非囿于幻想，它犹如血液里一块永远燃烧的煤炭，经久不熄，它会继续燃烧很久，随着年龄的增长，它会越燃越旺，而且，它也许并不会被很快浇熄。您得承认，从某种角度来讲，这不也是一份事业吗？"

"这又有什么好高兴的呢？这是一种病，一种危险的病。"

"哦，原来您是这个意思呀！我同意您的观点，这的确是一种病，正如所有逾越尺度的事物一样——但是这种事情肯定得越过尺度——不过呢，首先，每个人的情况不同；其次，自不待言，凡事都要掌握分寸，有所节制，即便荒淫的生活是可耻的，但这有什么办法呢？若不这样做的话，估计我将不得不饮弹自尽。我承认，循规蹈矩的人应当承受寂寞，不过……"

"难道您会饮弹自尽吗？"

"哎哟！"斯维德里盖洛夫嫌恶地阻止他往下说，"请您别跟我说这个问题，"他连忙补充了一句，他说话的口吻已不再像先前那样大言不惭了，就连他的脸色好像都变了，"我承认自己有这种不可原谅的弱点，但我能怎么办呢？我很怕死，而且我不喜欢谈论死亡。其实，在某种程度上，我是一个神秘主义者，这您知道吗？"

"啊！对了，玛尔法·彼特罗芙娜的鬼魂！怎么样，那鬼魂还在继续出现吗？"

"哎，别提啦。我到了圣彼得堡后，就没有出现过。去他的吧！"

他愤愤然高声道,"不,我们最好聊一聊这个问题……不过啊……嗯!哎哟,时间不多了,我无法跟您再待很长时间。真可惜啊!我本想告诉您的。"

"您想说什么?关于女人吗?"

"对,就是女人,是这样的,那是一件偶然的事情……不,我要说的不是这个。"

"所以这种污秽的环境已经对您不起作用了,是吗?难道您已经失去自持的力量了?"

"难道您希望获得这种力量?嘿嘿嘿!您刚才让我感到颇为惊奇,罗季昂·罗曼内奇,即便我早有预料,情况会是如此。但您竟跟我谈论生活作风和审美意趣!您是席勒啊,您是理想主义者啊!当然了,这一切理应如此,倘若不是这样的话,那才令人惊奇呢。但实际上,这总归是有点奇怪的……哎呀,可惜时间不多了。您本人就是一个相当有趣的人啊!顺便问一句,您喜欢席勒吗?我喜欢得不得了呢。"

"您可真是个大话王!"拉斯科尔尼科夫略带嫌恶地说道。

"嘿,说真的,我才不是大话王!"斯维德里盖洛夫放声大笑,答道,"但我不跟您争论这个,就当我是大话王吧。不过,为什么不可以说大话呢?反正这些话说了也无伤大雅。我跟玛尔法·彼特罗芙娜在乡下过了七年,所以如今当我遇到一位像您这样的聪明人——聪明又格外有趣的人——我就高兴得聊个没完,此外,我还喝掉了这半杯酒,已经有些不胜酒力了。重要的是,有件事让我尤为不安,不过这件事……我不想说了。您要去哪儿?"斯维德里盖洛夫忽然吃惊地问道。

拉斯科尔尼科夫正准备站起来。这里让他感到既沉闷又难受,还有点不自在。他能够确信,斯维德里盖洛夫就是这个世界上灵魂最空洞、最卑鄙的无赖。

"哎哟！请留步，您坐会儿吧，"斯维德里盖洛夫央求道，"您至少留下来喝杯茶嘛。请您坐会儿吧，我不闲扯啦，意思就是，我不会再讲我的事啦。其实我有事相告。嗯，假如您愿意听，我就告诉您，我是如何被一个女子给——按照您的说法——'拯救'的。这甚至就是回答您所提的第一个问题，因为这个女子——就是令妹。我能讲吗？就权当打发时间啦。"

"请讲吧，不过我希望您……"

"哦，请您放心好了！更何况，阿芙多季娅·罗曼诺芙娜甚至能让一个如此卑劣、如此空虚的人都对她肃然起敬啊。"

第四节　斯维德里盖洛夫的故事

"您或许知道（对了，其实我本人跟您讲过），"斯维德里盖洛夫开始讲了起来，"我曾因身负巨额债款且无力偿还，在牢里待过很长时间。玛尔法·彼特罗芙娜当时是如何替我赎身的，我就不再赘述了，但您可知道，女人有时候会为爱痴傻到何种地步？玛尔法·彼特罗芙娜是一个正直的、相当聪明的女人（尽管她从来没有受过教育）。您知道吗，正是这个最正直、也最善妒的女人，在多次被我气到发狂、对我百般埋怨以后，竟然决定委屈自己，跟我签订一份契约，而且在我们婚后的那些年里，她始终遵守这份契约。问题在于，她的年纪比我大很多，除此之外，她经常在嘴里含着一种丁香①。即便我是如此的卑鄙龌龊，但我很诚实，因为我直截了当地告诉了她，我无法完全忠诚于她。我的坦白把她给激怒了，不过，从某种角度来讲，她似乎很喜欢我这种愚蠢的坦白，她说：'既然他事先向我这样声明了，就说明他不愿对我有所隐瞒。'喏，对于一个善妒的女人来说，这一点是最重要的。她因此大哭了一场，随后，我们俩定下了这样的口头协议：第一，我永远不离开玛尔法·彼特罗芙娜，终生都做她的丈夫；第二，未经她的允许，我哪儿都不能去；第三，我绝对不找固定的姘妇；第四，基于以上条件，玛尔法·彼特罗芙娜允许我偶尔跟婢女私通，但是必须

---

① 丁香以芬芳馥郁闻名，口含丁香可除口臭。

让她暗中知晓;第五,我不可以爱上跟我们同阶层的女子;第六,万一我心中萌生了炽烈而真挚的爱情———而这也是不允许的———那么我必须告知玛尔法·彼特罗芙娜。其实对于最后一点,玛尔法·彼特罗芙娜始终没有丝毫的担心;她是个聪明的女人,由此可见,她肯定把我看成淫棍和色鬼了,认为我根本就不会正经地爱上任何人。然而,聪明的女人和善妒的女人是不同的,不幸就在于此。不过,若要不偏不倚地评判某些人,应当先摒弃一些先入为主的成见,改变自身对于周遭的人与事物的习以为常的态度。我有理由认为,您的见解比旁人的见解更为客观。也许您已经听说了许多有关玛尔法·彼特罗芙娜的可笑又荒谬的流言蜚语。的确,她确实有些相当可笑的习惯,但我要坦白跟您讲,我发自内心地同情她那无限的苦楚,因为她的这些痛苦都是我造成的。不过,在一位极温柔的妻子去世以后,他那极尽体贴的丈夫为她写下像样的悼词[①],似乎也就够了。在我们争吵之时,我通常沉默不语,不气不恼,而这种绅士作风总是甚有成效,这种作风对她也产生了影响,她甚至还很喜欢我如此表现呢,一向为拥有我这样的丈夫而感到自豪。然而,她终究没法容忍令妹。我真不懂,她竟然冒险聘用一位如此貌美的姑娘来家里做家庭教师!对此我的解释是:玛尔法·彼特罗芙娜是个热情洋溢、同时感受力很强的女人,而且就连她自己都已钟情于令妹了——就是字面意思上的'钟情'。其实阿芙多季娅·罗曼诺芙娜亦是如此。我心中非常清楚,自打我第一眼见到她,事态就已不妙——您是怎么想的?——于是我下定决心,一眼都不去瞧她。但是阿芙多季娅·罗曼诺芙娜自己却迈出了第一步——这您相信吗?而且您是否相信,玛尔法·彼特罗芙娜甚至还为我对令

---

① 此处原文为法语。

妹一如既往的沉默态度而生气，当她对令妹大加夸赞，而我表现冷漠的时候，她也会生气。我真不明白，她究竟想要干什么？哦，当然了，玛尔法·彼特罗芙娜把我的所有底细全都告诉阿芙多季娅·罗曼诺芙娜。她这人有个毛病，总是把我们家的全部隐私广而告之，同时不停向所有人抱怨我的不是，那么她怎么会在这件事上漏下自己的这位新朋友呢？我猜，她们俩聊天的话题除了我，肯定再无其他，而且毫无疑问，阿芙多季娅·罗曼诺芙娜对于那些被归咎于我身上的隐秘丑闻肯定有所耳闻……我可以打赌，就连您也多少听说过一些吧？"

"听过。卢仁说，您甚至还是造成一个孩子死亡的罪魁祸首。这是真的吗？"

"对不起，请您别提这些龌龊的事情了，"斯维德里盖洛夫厌恶且有些抱怨地制止道，"如果您一定想要了解这件没趣的事情，那么我会专门找出一天，讲给您听，可是现在……"

"他还提到了您在乡下的一位仆人，说他的死也是由您造成的。"

"请您别再说了，够了！"斯维德里盖洛夫很不耐烦地又打断了他。

"这个人不会就是那个死后过来给您装烟斗的仆人吧？还是您自己告诉我的呢。"拉斯科尔尼科夫越说越激动。

斯维德里盖洛夫凝神注视着拉斯科尔尼科夫。在这电光火石的刹那之间，拉斯科尔尼科夫觉得，斯维德里盖洛夫的目光里闪过一丝恶毒的冷笑，不过斯维德里盖洛夫还是控制住了自己，相当客气地回答："就是这个人。我发现，您对这些事情也特别感兴趣。我觉得，等到时机成熟，我有义务把这件事事无巨细地讲给您听，满足您的好奇心。见鬼！我发现，我的确可以给某些人留下浪漫的印象！请您想想看吧，玛尔法·彼特罗芙娜跟令妹讲了那么多关于我的秘事与趣闻，为此我简直太感谢已故的玛尔法·彼特罗芙娜了。我不敢揣测给令妹留下了什么样的印象,但是,不管怎么说,这对我都是有利的。尽管阿芙多季娅·罗曼诺芙娜会对我感到厌恶,尽管我总是神色阴郁,一副拒人于千里之外的样子——然而她最后却可怜起我来了,她竟然可怜我这个不可救药的人。当一位姑娘心中产生了怜悯之情,那么对她来说,这是极其危险的事情。这时她会想要'拯救'他、开导他,让他重获新生,帮他开始一段崭新的人生,带领他去经历前所未有的事情。嗯,谁不知道呢,这类幻想简直不胜枚举。我随即意识到,有只小鸟儿自投罗网了,于是我也准备迎接她的到来。您似乎皱着眉头呀,罗季昂·罗曼内奇?没关系,您得知道,这件事是没有结果的(真见鬼,我到底喝了多少酒)。您知道吗,起初我时常感到痛惜,为何命运不让令妹生活在公元二世纪或是三世纪,让她生来就是王公贵族,或执政官,或小亚细亚总督的女儿。毫无疑问,她必定是那些殉难者中的一员,而且当滚烫的火钳炙烤她胸膛时,她也一定是面带笑容的。她甘愿让自己承受这些痛苦。若是在四世纪或五世纪,她会跑到埃及的沙漠里,在那儿待上三十来年,吃草根,过着狂热而充满幻想的生活。她一心想要尽快去为旁人受苦,倘若不让她去受苦,也许她会从窗户一跃而下。我听说一些关于拉祖米欣先生的事情。听说他是个年轻的小伙子,性情随和(就连他的姓也能证明,他应该毕业于一所教会学校吧),所以,今后就让他来保护令妹吧。总而言之,我认为,我很了解她,而且我为此甚感荣幸。不过在那时,也就是说,在我们刚认识的时候,您也知道,人总是会莫名其妙地轻妄行事,而且还更愚蠢,看问题总是摸不清本质。哎,真见鬼,她怎么会那么美呢?这并非我的错!总而言之,我的感情是从无法遏制的冲动开始的。阿芙多季娅·罗曼诺芙娜恪守贞操,可说是前所未闻。(请留意一下,我对您提到的有关令妹的话,全都是真的。她对贞操的坚守或许达到了病态的地步,虽然她博闻强识、敏慧聪敏,然而这些对她而言是不利的)就在这时,我家又来了一个姑娘,名叫巴拉莎,这位黑眼睛的巴拉莎是刚从其他村里搭车过来的,她是个小姑娘,我跟她从未见过——她生得很美,但愚不可及。她泪眼婆娑,喊叫的声音极大,四面八方都听得见。有天吃过午餐以后,阿芙多季娅·罗曼诺芙娜故意趁我一个人的时候,到花园林荫道找我,她目光炯炯,恳求我不要再纠缠那可怜的巴拉莎了。这也许就是我们二人的初次谈话。我当然觉得,满足她的愿望是我的荣幸,于是我极力表现出吃惊和窘迫的样子,简而言之,这场戏我演得还不错。接着我们开始来往起来,有时是私密谈话,有时是劝谏和开导,有时又是恳求,她甚至还流泪了——您相信吗?甚至还哭了呢!一些女孩的劝导热情是多么的高啊!当然了,我觉得这些全部归结于我的命运,我装作一个渴望光明的人,最后我还施展巧妙的技巧,使出征服女人心的最高明、最可靠的办法,这个办法简直屡试不爽,永远不会让任何人失望。这个办法谁都知道,那便是阿谀奉承。世界上最难的事情就是直言不讳,而最容易的事就是阿谀奉承。只要直言不讳中掺有百分之一的虚假,那么这场戏就会立刻走调,随时会发生争吵。可是阿谀奉承呢,就算它从头到尾全是虚假的,却仍然讨人欢心,怎么都不会惹人不悦,即便这种愉快听着有些肉麻,但它还是令人愉悦的。不管阿谀奉承多么肉麻,其中至少有一半会让人产生真实的感受。这对于文化水平和社会阶层各不相同的人来说,皆是如此。就连古罗马供奉灶神的女祭祀,你也可以采用阿谀奉承去引诱她。至于普通人就更不必说了。有一次,我勾引了一位忠于丈夫和孩子、严谨操守的太太,每当我回想起这件事的时候,都忍不住笑出来。这件事真让人愉快啊,这么做简直是毫不费力的!这位太太当真是品格高尚,至少她自认为如此。而我的唯一策略就是,每时每刻都向她示好，让她知道，我已全然臣服，并对她的高尚操守佩服极了。我极力奉承她，只要我能让她和我握一次手，甚至看我一眼，我就开始责备自己，说我这么做是强迫她，说她曾抗拒过，极力抗拒过，倘若不是我这么恶劣，我大概永远一无所得。我还说她天真单纯，所以无法预见那些引诱她的诡计，可能会无意之中失足，但自己却不知道，等等，诸如此类的话。总而言之，我最终得手了，而这位太太却始终深信，她自己纯洁无瑕，始终在恪守自己的责任与义务，而她自己完全是无心之举。最后，我告诉她，我由衷相信，她跟我一样，同样喜欢寻欢作乐，她听到后便生气了。可怜的玛尔法·彼特罗芙娜也特别喜欢听恭维的话，只要我想，那么自不待言，早在她在世之时，她便会将她的全部财产尽数给我（只是现在，我酒喝得太多了，话也多了起来）。假如我一会儿谈到，这在阿芙多季娅·罗曼诺芙娜身上也产生了同样效果的话，还望您不要生气。但是我太愚蠢了，没有耐心，于是把整件事情给搞砸了。阿芙多季娅·罗曼诺芙娜以前就曾说过几次（尤其有一次），她不喜欢我的眼神，您相信吗？简而言之，我的眼神越来越炽烈，我的眼中开始越来越放肆地燃起火苗，这让她很害怕，最后终于引起了她的憎意。详细情况也不必我说了，后来我们断绝了往来。但是这时，我又干了一件傻事。我用极其粗暴的言语嘲笑她的劝谏和请求。巴拉莎又来了，而且还不止她一个——总之，场面闹得很不愉快。哎，罗季昂·罗曼内奇，假如您此生哪怕只有一次见过令妹的那种眼神，瞧见她那双眼睛里闪着的亮光，那该有多好！现在我也醉了，这一杯酒全都被我喝光了，不过没关系，我说的都是实话。请您相信，我的确在梦里见过这样的眼神。最后，她衣服发出的"窸窸窣窣"的声音让我再也忍受不住了。说实话，我想我是疯了，我从未想过，我会如此发疯。总而言之，我必须跟她和好，但这是不可能的。请您想一想,当时我都做了什么啊?疯狂能让人昏聩到何种地步呀!罗季昂·罗曼内奇,千万不要在疯狂时采取任何行动。我考虑到,其实阿芙多季娅·罗曼诺芙娜也是个贫穷的女子(哎,请您原谅,其实我并不想这样讲……但是,假如表达同一个意思,用什么词语不都一样吗?),总之,她是靠着自己的双手勤恳生活的,而且您和令堂都得靠她(哎,真见鬼,您又皱起眉头了),于是我决定,把我所有的钱(当时我能拿出三万卢布)都给她,让她随我一起私奔,哪怕是逃到这儿来,逃到圣彼得堡也行啊。当然,那时我还发誓,我会永远爱她,永远让她幸福。您相信吗,当时我爱她爱到那种地步,就算她对我说'你去把玛尔法·彼特罗芙娜杀了,或者毒死她,跟我结婚',我也会毫不犹豫地付诸实现!然而最后我却闯祸了,这您已经知道了。您能想象得出来,当我得知,玛尔法·彼特罗芙娜找了那个卑鄙无耻的小官员卢仁,差点促成这门亲事时,我简直气坏了——要知道,这跟我的提议有什么区别呢?是这样吧?是这样吧?是吧,难道不是吗?我发现您开始仔细听了……真是有趣的年轻人呀……"

斯维德里盖洛夫用拳头急躁地捶了一下桌子,满脸通红。拉斯科尔尼科夫清楚地看到,他一口口喝下的那杯——或者说,是一杯半——的香槟对他产生了极大的影响。他决定好好利用这个机会,他觉得斯维德里盖洛夫非常可疑。

"了解了这些情况以后,我有充分的理由相信,您来这里肯定对舍妹有所企图。"他直截了当地对斯维德里盖洛夫说,想要以此使他怒意更盛。

"哎,请您别再说了,"斯维德里盖洛夫似乎猛地想起什么,"我不是对您说了吗……再者说,其实令妹也很讨厌我。"

"她特别讨厌您,这一点我深信不疑,然而眼下的问题不在这里。"

"您认为她特别讨厌我吗?"斯维德里盖洛夫眯起眼,讥讽地笑了笑,"您说得对,她不喜欢我,但是对于夫妻或情人之间的事情,您永远无法断言。总有一个地方,只有他们俩才知道,但对于全世界来说,永远都是秘密。您能保证,阿芙多季娅·罗曼诺芙娜肯定是厌恶我的吗?"

"从您言谈中使用的措辞,我认为,您目前仍对杜尼娅心怀企图,而且您心中还存有尤为迫切的计划,当然,那是无耻的计划。"

"怎么,难道我随口说过这种话吗?"斯维德里盖洛夫忽然表现出一种极其天真的惊慌,丝毫未曾注意那个暴露他意图的形容词。

"您连这种话都能随口说出来,您现在又怎会如此害怕?怎会如此吃惊?"

"我很害怕,很吃惊吗?我会怕您?不如说,是您应该怕我吧?亲爱的朋友,这真荒唐啊……但是我很清楚,我喝醉了,我差点又说漏了。酒,不喝了!嘿,拿些水来!"

他抄起酒瓶,气急败坏地把它扔到窗外。菲利普把水端了上来。

"这些全都是胡言乱语,"斯维德里盖洛夫一边说,一边把毛巾打湿,捂在头上,"只要我说句话,就能让您别再瞎扯,让您所有的疑虑都不复存在。比方说,您知道我要结婚了吗?"

"这件事您原先就曾告诉过我。"

"我说过?我都忘了。不过当时我还无法肯定,因为,那时我连未婚妻都没见过呢,只不过有这个打算罢了。但是如今,这未婚妻已经有了,事情已经定下来了,要不是有急事的话,我现在肯定带您去见见她,我非常想听您的建议。哎,真见鬼!就剩十分钟了。您看这表,瞧见了吧?但我还是要给您讲讲,因为这件事很有意思,我是说,我的婚事,从某种程度上讲——嘿,您要上哪儿去啊?您又想走吗?"

"不,现在我不走了。"

"您一点都不想走了吗?瞧瞧!我以后会带您去的,真的,我得让您瞧瞧我的未婚妻,但不是现在,一会儿您就得离开了。您往右走,我往左走。您知道这个列斯莉赫吗?就是那个列斯莉赫,我现在住在她那儿,您听过吗?不,您回想一下,就是众人议论的那个女人,据说,她家有个姑娘,冬天投湖自尽了——您听说了吗?您听说了吗?这婚事就是她给我张罗的。她说,您这样孤苦伶仃的,解解闷吧。我这个人枯燥乏味,总是很忧郁,是吧?难道您认为我很快乐吗?不,我很忧郁,我不愿意伤害别人,总是独自坐在角落,有时,我一连三天不跟别人讲话。但是这个列斯莉赫是骗子,我告诉您,我知道她在盘算什么:若是我日后厌烦了,就会抛下妻子,离家出走,这样一来,我妻子就会落在她的手上,她就能利用她了。当然,是在我们这个阶层里。她说女方有个父亲,年事已高,身体衰弱,是个退休官员,整天躺在安乐椅上,两年多没活动过。她还说,他妻子是位通达明理的太太。他们的儿子在外省某地供职,根本不管他们。他们的女儿嫁人了,也不过来看看他们,他们在本地还有两个年纪很小的侄子(自己的儿女还嫌不够),小女儿还没读完中学,他们就叫她辍学了,再过一个月她才满十六周岁,意思就是,再过一个月,就能让她嫁人了。她要嫁的就是我。我们到他们家去了,这件事简直太好笑了。我的自我介绍是这样的:地主、鳏夫、贵族出身,有些人脉和财产——我五十岁,而她连十六岁都不到。不过,这又怎么样呢?谁会插手这件事呢?哼,这很有趣,对吧?嘿嘿!要是您能看到我和她父母谈话的场景就好了!您真该买票去看,瞧瞧我那副样子。当时她出来行了个屈膝礼,您知道吗,她还穿了件短衫裙,真是一株含苞未放的花苞,她的脸红得如同一抹云霞(当然,这话我对她说了)。我不知道您怎样看待女人的相貌,但是依我来看,十六岁的年纪,少女的双眼、含羞的怯懦、害羞的泪水——这一切在我看来已然超越了美丽,更何况,她美得宛如画上的美人。浅色的长发,蓬松的发髻,一绺绺散发,丰润鲜红的嘴唇,还有一双小脚——简直漂亮极了!嗯,我们认识了,当天我家里有急事需要处理,于是次日,也就是前天,我们订了婚,得到了众人祝福。自那以后,每次我过去,都会立刻让她坐在我的双膝上,不让她下来……她经常脸红,她的脸红得就像云霞,我不停地吻她。当然,她妈妈提醒她,应该这样做,因为他是你的丈夫,总之,这一切简直太好了!而现在这种情况,作为未婚夫的感觉,真的,或许要比作为丈夫的感觉更好呢。这大概就是所谓的'自然而真挚'吧!我跟她谈过两次话——这姑娘一点都不傻,有时她那样偷偷瞧我——简直让我神魂颠倒。您知道吗,她的脸简直就像拉斐尔笔下的圣母。因为《西斯庭圣母像》中圣母的表情是富于幻想的,如同一个悲悯而狂热的信徒,这一点您注意到了吗?嗯,这位姑娘的脸跟她很像。我们刚刚订婚,次日我就送给她价值一千五百卢布的礼物:其中一件是钻石首饰,另一件是珍珠首饰,另有一副女式银质梳妆盒——梳妆盒特别大,里面装了好多东西。她那张如若圣母的小脸竟然红了。昨天,我让她坐在我的腿上,是的,我这样可能太放肆了——她红着脸,忽然流下了眼泪,可是她不想让别人看出她激动的情绪,她太害羞了。有一会儿工夫,大家出去了,只剩我和她两个人,她忽然搂住我的脖子(她是第一次这样做),她双手搂住我,亲吻我,同时对我发誓,说她要做我温顺忠诚的贤妻,她一定会让我幸福的,还说她要奉献一生,奉献自己生命的每分每秒,牺牲自己的全部,作为回报,她只希望我能够尊重她。她说:'除此以外,我什么也不要,不要任何礼物!'您得承认,当你和一个十六岁的天使单独坐在一起,看着她含着娇羞，面带红晕，眼含热泪，听着她如此诚恳地说出自己的心里话，您得承认，这一切是分外诱人的。诱人，难道不是吗？这难道不值得吗，啊？值得，对吗？喂……您听我说……我要带您去我未婚妻那儿……但不是现在！……"

"总之，这种年龄和文化上的悬殊差异激起了您的情欲！难道您真要这样的婚姻吗？"

"那又如何呢？一定要。每个人都在意他自己，谁最能欺骗自己，谁就会过上最快乐的生活。嘿嘿！您何必装作正人君子的样子呢？请您饶恕我吧，老弟，我是个罪人。嘿！嘿！嘿！"

"可您安置好了卡捷琳娜·伊万诺夫娜的孩子们啊……不过，您这么做是有自己的原因……如今我什么都懂了。"

"我一向喜欢孩子，我特别喜欢孩子，"斯维德里盖洛夫放声大笑起来，"关于这一方面，我甚至可以给您讲一件特别有意思的事情，这件事直到今天还没结束呢。我到这儿来的第一天，就去过那些污秽的地下场所，嗯，我七年没去过那些地方了，所以我简直是跑过去的。想必您也注意到了，我并不急着跟那帮人碰面，也不急于找昔日的朋友或老熟人叙旧。嗯，我尽量拖着，先不找他们。您知道吗，我在乡下跟玛尔法·彼特罗芙娜生活的时候，真怀念那些大大小小的神秘场所，这种极致的追念简直让我痛不欲生，任凭谁涉足过这些地方，都能在那里发现许多东西。真见鬼！那里的人总是喝得酒气醺醺，那里有些受过教育的年轻人，终日无所事事，沉溺于荒诞不经的梦境和幻想当中，在各种理论的空谈中沦为废人；还有一帮犹太人，也不知是从哪儿冒出来的，有些人把钱全偷偷攒起来，而其余的人则耽于酒色。刚到这座城市的几小时里，我便闻到了那种久违的气息。我无意中来到了一个所谓的舞会——那是一个可怕的地下场所（而我所喜欢的正是这种有娼妓的地下场所），当然了，他们在跳康康舞，这种舞在我们年轻时还没有呢。是呀，这不就是进步嘛。突然，我瞧见一个十三四岁的小姑娘，打扮得很漂亮，正在跟一名舞技高超的人贴面热舞。靠墙的一把椅子上，坐着她的母亲。哎，您能想象得到，这种康康舞到底是什么样的舞！小姑娘很难为情，脸涨得通红，终于，她发觉自己遭受了侮辱，于是哭了起来。那个舞技高超的人还把她抱起来，带她转圈，在她面前卖弄舞姿，围观的人全都放声大笑——每到这种时刻，我都很喜欢我们的观众，哪怕他们是康康舞的观众——所有人都在放声大笑，还大声喊着：'好呀，就该这样嘛！不过，不要把孩子们带过来！'他们这般自我安慰是不是合乎逻辑呢——我才不管呢，这跟我有什么关系呢！我随即选了一个座位，坐到了小姑娘的母亲身边，跟她攀谈起来。我说我也是个外地人，还说这里的人太粗鲁了，他们不懂什么是真正的尊严，也无法给予人应有的尊重，我还暗示她，我很有钱。我邀请她们乘我的马车回家，并把她们送回了家，跟她们结识了（原来她们刚到这里不久，暂住在一间从二房东处租来的斗室）。她和她女儿还告诉我，能够与我结识，她们深感荣幸。我了解到，她们几乎身无分文，之所以来到这里，是为了到某政府机关办件事情。于是，我表示愿意为之效劳，提供钱财上的帮助；我还了解到，她们是不小心走错了，才出现在那场晚会上，她们还以为那里真是教跳舞的地方呢。我主动提出，愿意为这位年轻姑娘提供支持，让她去学法文和舞蹈。她们欣然接受了，并且感到非常荣幸，我们至今还保持来往呢……如果您想见见她们，我们一起去——但不是现在。"

"请别说了，请您别再讲那些低俗不堪的笑话了，您真是个下流又好色的淫虫！"

"您可真是席勒啊,是我们的席勒,席勒啊!哪里没有善行[①]?您可知道,我故意把这些事情讲给您听,就是为了听您这么大喊大叫。我听着高兴!"

"那可不,难道这会儿我自己不觉得自己滑稽吗?"拉斯科尔尼科夫恶狠狠地小声咕哝道。

斯维德里盖洛夫闻言放声大笑起来。最后,他唤来菲利普,付清账单,然后站了起来。

"哎哟,我真的喝多了,闲聊够了[②]!"他说,"我可真高兴呀!"

"难道您还会不高兴吗?"拉斯科尔尼科夫朗声说,同时也跟着站了起来,"对于一个淫虫来说,心中怀有如此骇人听闻的企图,跟人讲述如此这般的奇遇,怎会不高兴呀,况且还是在这种情况下,讲给像我这样的人听……这可真够刺激呀!"

"好吧,若是这样的话,"斯维德里盖洛夫仔细打量着拉斯科尔尼科夫,回答的语气甚至略带惊讶,"若是这样的话,那说明您本人也是个恬不知耻的家伙。至少,您在这方面是一块相当不错的材料。许多东西您都能够理解……而且许多事情您还能亲自去做。嗯,不过,说得差不多了。我感到遗憾的是,还没跟您聊够呢,但您是不会离开我的……只能请您稍微等我一会儿啦……"

斯维德里盖洛夫从小饭馆走了出去。拉斯科尔尼科夫也跟着他走了出去。然而,斯维德里盖洛夫的醉意并不那么强烈,仅有一瞬间的工夫,酒劲儿上头了,然后随着时间的流逝,醉意便慢慢消退了。他正在为一件极其重要的事情忧心不已,不由得眉头紧锁。显然,他在

---

① 此处原文为法语,语出法国喜剧作家莫里哀。
② 此处原文为法语。

等待着什么,这件事使他感到心烦意乱。他在最后的几分钟里突然对拉斯科尔尼科夫态度大变,变得越来越粗鲁,越来越刻薄。这一切拉斯科尔尼科夫都留意到了,也随之不安起来。他开始发觉,斯维德里盖洛夫甚是可疑,于是决定跟在他后面。

他们走上了人行道。

"您往右走,我往左走,要么反过来也行,只是——再见了,我亲爱的[①],期待我们愉快的再见!"

说完,他往右走,朝干草广场走去。

[①] 此处原文为法语。

第五节　斯维德里盖洛夫和杜尼娅

拉斯科尔尼科夫紧跟着他走在后面。

"这是怎么回事呀？"斯维德里盖洛夫回过头来大喊，"我似乎说过了……"

"这意味着，我现在不会离开您。"

"什——么？"

两个人均停下了脚步，相互对视了一会儿，仿佛在暗中较量。

"从您方才这番似醉非醉的言论来看，"拉斯科尔尼科夫毫不客气地断然道，"我可以肯定地认为，您非但没有放弃对我妹妹的那些最下作的企图，甚至还比从前更加猖狂。我知道今天早上我妹妹曾收到一封信。其实您始终都按捺不住……即便您中途讨到了一个妻子，但这并不意味着，您放弃了原来的企图。我要亲自查明……"

其实就连拉斯科尔尼科夫本人也未必能够厘清，此刻他想要做的究竟是什么，他想要亲自查明的又是什么。

"原来是这样！您想让我马上把警察喊来吗？"

"喊吧！"

他们面对面站在那里，又过了将近一分钟。最后，斯维德里盖洛夫的脸色变了。他确实意识到，拉斯科尔尼科夫是不惧威胁的，于是忽然装出一副最快活、最友好的模样。

"瞧您！我故意没跟您谈起您的事情，虽然我好奇极了。这是一件离奇的事。我本想留到下回再讲,可是您,真的,就连死人都能被您惹恼……那好,咱们就一起走吧,不过我事先声明,我现在只是回家一趟,取一些钱,然后就锁门,叫马车,我整晚都会在群岛上过。您跟我一起去吗?"

"我暂且去你们那栋房子,但不是去您那里,我是去找索菲娅·谢苗诺夫娜的,我要为没出席葬礼向她致歉。"

"您随便吧,但是索菲娅·谢苗诺夫不在家。她带孩子们到一位太太家去了,这位太太是一位贵族出身的老妇人,是我的老熟人,也是几家孤儿院的院长。我把卡捷琳娜·伊万诺夫娜三个孩子的抚养费全交给了她,还给孤儿院捐了一笔钱,那位太太简直高兴极了。我还把索菲娅·谢苗诺夫娜的故事讲给她听,我把所有细节都告诉了她。这件事给她留下了深刻的印象。这就是索菲娅·谢苗诺夫娜受邀的原因,她今天受邀直接去X旅馆,因为这位太太是从别墅过来的,暂时住在那里。"

"没关系,我还是要去。"

"悉听尊便,不过我可不陪您过去,这跟我没关系!哟,我们到家了。我相信,您之所以对我如此怀疑,是因为我竟然如此客气,到现在还没向您追问什么……您说对吧?您明白我的意思吧?您认为这里面有蹊跷,我敢打包票,这事准是这样!所以也请您对我客气一些。"

"但您躲在门后偷听!"

"啊,原来您说的是这个啊!"斯维德里盖洛夫哈哈大笑起来,"是了,说了这么半天,要是您不提这件事情,我反而会觉得奇怪呢。哈!哈!虽然我多少了解一些……在那里……您做的事,以及您本人对索菲娅·谢苗诺夫娜说的话,可是,这究竟是怎么回事呢?我这人也许思想落后了,我什么都不懂。看在上帝分上,请您给我讲讲吧,亲爱的！请您用最新的理论启发我吧。"

"您什么都听不到的，您始终在胡说八道！"

"我说的不是这件事，不是这件事（但我或多或少也听见了一点），不，我的意思是，您总是唉声叹气的！在您心中，席勒还在分秒不停地骚动。您瞧，眼下您又不许人家躲到门后偷听。既是如此，那您就去禀报警察吧，您就说，我发生了一件意外之事：我在理论上出了个小错。假如您执意认为，绝不能在门后偷听，却可以为所欲为，随手抓起什么东西就能杀死一个老太婆的话，那您就赶紧逃往美国吧！快跑吧，年轻人！说不定还来得及。我说的都是肺腑之言。是钱不够吗？我来给您路费。"

"我根本没有这么想。"拉斯科尔尼科夫满怀厌恶地打断了他的话。

"我明白（不过请您切莫为难自己，假如您不愿意，那我就不再多说了），我知道您在盘算什么：道德问题，对吗？是身为公民和人的道德问题吗？您把这些全部丢在一边吧，您现在考虑这些有什么用呢？嘿！嘿！是因为您毕竟还是一名公民，还是一个人吗？若是这样的话，您就不该胡乱插手，不要插手与您无关的事情。嗯，您不如拿把枪自杀吧。怎么，难道您还不想自杀？"

"您似乎是想故意惹我生气，为的是让我立刻离开您……"

"您真是个怪人呀，不过，咱们已经到了，请上楼吧。您瞧，这就是索菲娅·谢苗诺夫娜的房间，屋里一个人也没有呢！不信？那您就去问问卡佩尔纳乌莫夫吧，她经常把钥匙放在他们那儿。您瞧，她在这儿呢，卡佩尔纳乌莫夫，嗯？什么？（她有些耳背）她出门了？去哪儿了？现在您相信了吧？她不在家，说不定今天晚上要很晚才能回来。好吧，现在就去我家坐坐吧。您不是也想去我家吗？好吧，现在已经到我家了。列斯莉赫太太没在家。她总是东奔西跑，不过她人不错，您得相信……没准儿日后您也会有求于她,要是您稍微讲些道理的话。您瞧,我从书桌抽屉里取走了这张五厘债券(我还有很多这种债券呢),今天我要把这张带到兑换商那里兑换。瞧,您看见了吧?眼下我不能再浪费时间了。书桌抽屉锁上了,门也锁了,咱们也已经下楼了。如果您愿意的话,我们可以叫辆马车!因为我要去群岛。您想不想坐马车?我要叫辆马车,到叶拉金去,您觉得怎么样?您不去吗?您不想去兜风吗?没关系。看起来似乎要下雨了,没关系,咱们可以把车篷放下……"

斯维德里盖洛夫已坐上了马车。拉斯科尔尼科夫心想,至少到目前为止,他的猜疑是不对的。他什么话也没说,转身朝着干草广场的方向走去。倘若他走在路上,哪怕只回头看上一眼,那么他就会看到,斯维德里盖洛夫乘马车还未走出百步,便付钱下车了,随后走上了人行道。然而,他什么也没有看到,他已经拐弯了。他心中那种极度的憎恶感促使他赶紧离开斯维德里盖洛夫。

"真是个粗鲁的无赖,下流的淫虫,这个卑鄙小人能干出什么事呢?我猜至少现在他还耍不出什么花样!"他不禁出声说道。其实,拉斯科尔尼科夫所作的判断太匆忙,也太草率了。斯维德里盖洛夫身上仿佛存在某种特质,在他看来,这种特质即便并不神秘,至少也有些许怪异。至于他妹妹,拉斯科尔尼科夫依然深信,斯维德里盖洛夫是一定不会让她安宁的。然而这种种思虑实在令他痛苦不堪,难以忍受!

他像往常一样,独自往前走了二十来步,陷入了沉思。他上了桥,在栏杆边停下脚步,驻足远眺河水。此时,阿芙多季娅·罗曼诺芙娜正站在旁边望着他。

他走到桥头的时候就碰见她了,不过他并未认清她,从她旁边走了过去。杜涅奇卡从未见过他这副模样，心中不觉一惊。她停下脚步，却不知要不要叫住他。忽然，她瞧见正从干草广场的方向快步走近的斯维德里盖洛夫。

然而，斯维德里盖洛夫似乎是悄悄走过来的，走得小心翼翼。他并未上桥，而是站在附近的人行道上，极力不让拉斯科尔尼科夫发现他。他早就注意到杜尼娅了，于是用手跟她比画起来。她觉得，他的意思似乎是让她别叫哥哥，别打扰他，还让她去他那儿。

杜尼娅照做了。她从哥哥旁边悄悄绕了过去，走到了斯维德里盖洛夫身边。

"咱们赶紧走吧，"斯维德里盖洛夫小声对她说，"我不愿让罗季昂·罗曼内奇知道我们见面的事情。我先和您说一声，我和他刚才在距此不远的一家小饭馆里碰面了，他去那里找到了我，我费了好大劲才摆脱他的。他不知从哪里得知，我给您寄去了那封信，起疑心了。这一定不是您告诉他的吧？可是如果不是您，那么会是谁呢？"

"我们已经拐过来了，"杜尼娅赶紧接过话茬说，"现在哥哥看不见我们了。我要告诉您，我不会跟您继续往前走了。请您就在这里跟我谈吧，什么都能在街上说。"

"第一，这件事无论如何都不能在街上说；第二，您该听一听索菲娅·谢苗诺夫娜会怎么说；第三，我要给您看些证据……最后，要是您不同意去我那儿，那么我什么都不会告诉您，马上就走。此外，请您千万别忘了，您亲爱的哥哥有个非比寻常的秘密，现在就掌握在我的手里。"

杜尼娅犹疑地停下脚步，用锐利的目光打量着斯维德里盖洛夫。

"您怕什么呀？"他冷静地说道，"城里不比乡下。即便是在乡下，您带给我的伤害也比我带给您的伤害更大，而这里……"

"您告诉索菲娅·谢苗诺夫娜了吗?"

"没有,我什么也没对她说,而且她现在是否在家,我也无法确定。但是她应该在家。今天她刚刚安葬了继母,这种时候,她是不会出门应酬的。我暂时不愿把这件事告诉任何人,就算是告诉您,我还有些懊悔呢。倘若在这件事上稍有不慎,那就相当于告密了。我就住在这里,就在这栋楼里,咱们马上就到了。这位是我们这里的看门人,我跟他挺熟,您瞧,他在和我打招呼呢。他看到了我和一位女士走进来,那么他自然也瞧见了您的脸,既然您害怕,并且对我有疑心,这就对您有利。抱歉,我说话太粗鲁了。我这个房间是从二房东那里租的。索菲娅·谢苗诺夫娜就住在我隔壁的房间,也是二房东的房间。这一层住满了房客。哎,您怎么害怕得像个孩子呀?难道我真这么可怕吗?"

斯维德里盖洛夫的脸上挤出一抹宽容的笑容,看上去不大自然,然而,他已没心情微笑了。他的心"怦怦"直跳,简直要喘不上气来。他有意把说话的音量拔高,以此掩饰他那愈发激动的心情,但是杜尼娅并未察觉到他这种特殊的激动,他口中所说的'害怕得像个孩子,他对她来说很可怕'的言辞让她愤怒极了。

"尽管我知道,您不是一个……正派的人,但我一点都不怕您。您带路吧。"她看上去颇为冷静,脸色却煞白。

斯维德里盖洛夫在索尼娅的门前停下脚步。

"我来问问她是否在家。没在家。真不巧!但是我知道,她很快就能回来。要是她出门了,肯定也是为那几个孤儿的事情去找一位太太了。这些孩子的母亲去世了。我也在帮忙处理丧事。要是十分钟后索菲娅·谢苗诺夫娜还没回来的话,我就让她去找您,如果您愿意的话,让她今天就过去。到了,这就是我的住处。我住这两间房间,我的房东列斯莉赫太太住在隔壁。现在请看这里,我给您看我的关键物证:就是我卧室里的这扇门,它通向两间正在招租的空房间。正是这两个房间……您仔细瞧瞧……"

斯维德里盖洛夫住在两间配备家具、极为宽敞的房间里。杜涅奇卡疑虑地仔细打量着四周,然而,不论是从房内的装饰上,还是从房间的布局上,她都没有发现什么特殊之处,尽管确实能够看得出来,比如,斯维德里盖洛夫的房间恰好就在两间无人居住的房间中间。他的房间和走廊并不直接连通,若要进屋,就得穿过房东的那两间几乎空着的房间。斯维德里盖洛夫将卧室内一扇上锁的房门打开,让杜涅奇卡看,里面也是一套正在招租的空房间。杜涅奇卡站在门口,不明白他为何给她看这间房,于是斯维德里盖洛夫马上说道:"请您再往这儿瞧——第二个大房间。请您再看这扇门,这扇门是上锁的。门口放着一把椅子,这两个房间里只有这一把椅子,是我从我的房间里搬过来的,是想坐在这儿偷听时让自己更舒服些。索菲娅·谢苗诺夫娜房内的桌子就在门后,跟这扇门紧挨着,那天她就是坐在那里跟罗季昂·罗曼内奇讲话的。而我,当时就坐在这把椅子上,我在这里偷听,接连听了两个晚上,每次都要听上两个小时——我当然能从中听出点内容的,您认为如何?"

"您偷听过?"

"没错,我偷听过。现在请到我的房间来吧,这里没地方坐。"

说着,他带阿芙多季娅·罗曼诺芙娜走回他的第一个房间,也就是他的客厅,请她坐在椅子上。他自己则坐在桌子的另一边,距她至少有一俄丈远,然而他眼中闪烁的火苗却让杜涅奇卡不寒而栗。她不由得浑身颤抖了一下,同时满腹疑虑地四处张望。她表面上佯装镇定,显然是不想让他看出来她对他怀有疑虑。不过,斯维德里盖洛夫的房间就在两套空宅之间,极为僻静,最终还是让她感到害怕起来。她想问一句房东是否在家,然而出于自尊,她并没有问出来……况且,她心中还含着另一层痛苦,这种痛苦,较之她为自身忧虑而感到的恐惧,要严重许多。她感到痛苦难耐。

"这是您的信,"她把一封信放在桌上,开口道,"请问您信上所写的事情属实吗?您暗示说,我哥哥好像犯了什么罪。您的暗示太明显了,这一点您不会否认吧?您要知道,早在您给我写这封信之前,我对于这些愚蠢的谎言就有所耳闻,但是我对此根本不相信。这种怀疑是龌龊的、是可笑的。我知道这件事情,而且知道,它是如何被编造出来的,为什么有人把它编造出来。您不可能握有证据的。既然您许诺给我看看证据,那就请您说吧!但是我要事先告诉您,我是不会相信您的!我不信!"

杜涅奇卡的语速很急促,瞬间脸色变得通红。

"倘若您不信的话,您又为何只身犯险,跟我过来呢?您为什么要来呢?难道仅仅出于好奇吗?"

"请您别再折磨我了,请您说吧,说吧!"

"您真是一位勇敢的姑娘,我无话可说。坦白说,我还以为,您会让那位拉祖米欣先生跟您一起过来呢。但是他既没陪在您身边,也没跟在附近,我确认过了:您这样做是勇敢的,看来您是想保护罗季昂·罗曼内奇。但是,您身上的一切都是神圣的……至于提到令兄,我又能跟您说些什么呢?方才您亲眼见到他了。您认为他如何?"

"想必您不会仅仅是根据这一点判断的吧?"

"不,我不是根据这一点,而是根据他自己讲过的话来判断的。他一连两晚来找过索菲娅·谢苗诺夫娜。当时他们所坐的位置,我已经给您看过了。他把一切都向她坦白了。他就是杀人凶手。是他杀了那个放高利贷、年迈体衰的官太太,他也曾在她那里典当过东西,而且他还杀了她的妹妹,那个名叫莉扎薇塔的女小贩,她无意当中闯入了她姐姐的被害现场。他是用随身携带的斧头将她们二人砍死的。而他杀掉她们,是为了抢劫,而且他也的确抢走了一些财物,他带走了一些钱和东西……他把事情的全盘经过悉数告诉了索菲娅·谢苗诺夫娜,仅她一人知道这个秘密,但是她并没有参与这件事情,恰恰相反,她听了也很害怕,就像您现在这样。您放心吧,她是不会出卖他的。"

"这绝不可能!"杜涅奇卡含糊地小声道,她的嘴唇已无血色,急促的喘息久久无法平复,"这不可能,他没理由这么做,没有任何理由,没有理由……这是谣言!是谣言!"

"他想要抢劫钱财,这便是理由。他把钱和东西都拿走了。的确,正如他本人所说,他既没花过那些钱,也没用过那些东西,而是将它们带到某个地方,藏了一块石头底下,东西至今仍在那里。不过那是因为,他不敢用。"

"他会去抢劫,难道这有可能吗?他怎么会动这种念头呢?"杜尼娅大喊起来,从椅子上猛然起身,"您不是认识他、见过他吗?难道他会去当抢劫犯吗?"

她好像是在乞求斯维德里盖洛夫,全然忘记了自己的恐惧。

"阿芙多季娅·罗曼诺芙娜,这种事情非常复杂,情况各有不同。劫匪虽然抢劫,但他很清楚,自己是在做坏事;不过,我也曾听说,有个品德高尚的人抢劫了邮车,可谁知道他怎么想的呢?没准儿他真的认为,自己是在做正派的事情!假如这是别人跟我讲的,我自然和您一样,是断然不肯相信的。但是我相信自己的耳朵。他还对索菲娅·谢苗诺夫娜解释了这样做的原因,起初她也不敢相信自己的耳朵,可是后来,她终于相信了,因为她相信自己的眼睛。因为这是他本人亲口告诉她的。"

"那么原因到底是……什么呢？"

"这就说来话长了，阿芙多季娅·罗曼诺芙娜。该怎么对您说呢？这似乎也是一种理论，我想，这种理论是这样的，比方说：假如根本的出发点是善意的，那么个别恶行是可以被允许的。做一件恶事，行百件好事！对于一个有着诸多优点、同时过分自负的年轻人而言，比方说，只要让他拥有三千卢布，那么他此生的前程和未来就会截然不同，可是，他手里并没有三千卢布，这对于他而言自然是很委屈的。况且他忍饥挨饿，住在狭小的房间，穿破烂的衣衫，同时清楚地意识到，自己所处的社会地位与母妹的处境实在太好了①，所以心中郁郁难平。最关键的是自尊心和虚荣心，可是谁又了解他呢？或许他胸怀远大抱负……我这并非谴责他，您千万不要这样想，况且这原本与我无关。这里他也有一个自己的理论——普通的理论，您知道吗，他依照这个理论，把人分成普通材料和特殊人物两类，意思就是说，对于后者而言，因为他们身居高位，所以法律并不是为他们设定的，相反的是，他们还能给其他人——也就是普通材料和垃圾——制定法律。这没什么特别的，只是个普通的理论罢了，跟其他的理论一样②。拿破仑令他神往，意思就是说，令他心生向往的其实是，很多天才对于自己所做的唯一一件恶事并不在意，可以不假思索地跨过去。想必他也认为，自己是个天才，也就是说，他曾在某段时期秉持着这种想法。他曾经格外痛苦，如今依然痛苦，因为他发现，他虽能想到这个理论，却无法不假思索地跨过界限，由此可见，他并非天才。这对于一个自

---

① 此为反语，含讽刺意味。
② 此处原文为法语。

尊心很强的年轻人而言是一种耻辱,尤其是在我们这个时代……"

"但是良心的谴责呢?如此说来,您不认为他是怀有道德观念的?他怎么会是这样的人呢?"

"哎,阿芙多季娅·罗曼诺芙娜,如今一切都乱了,不过,其实也从未有过非常有序的时候。阿芙多季娅·罗曼诺芙娜,通常来讲,俄国人的胸襟是很开阔的,正如俄国辽阔的国土,而且俄国人富于幻想,热衷于杂乱无序,可是,仅有开阔的胸襟,却毫无特殊的能力,这是不幸的。您还记得吗?那时每天晚上,我和您饭后坐在花园露台上,曾屡次谈到这一类问题,包括这个话题。您还曾为了胸襟广阔这件事责怪过我呢。谁知道呢,说不定就在我们探讨这些问题的同时,他也躺在哪里筹谋自己的宏图远志吧。阿芙多季娅·罗曼诺芙娜,其实在我们知识界,并没有特别神圣的传统:除非有人依据书本内容费尽周折编造出来……抑或是从编年史里援引。但是这么做的一般是那些学者,您知道吗,其实他们在这方面也都是些头脑简单的人,因此,上流社会的人做这种事情被认为是不体面的。然而,我的见解您基本上是了解的,我绝不谴责任何人。我本人是个不作为的人,既然我坚持这个理念,就不会改变。我们已经就这个问题聊过不止一回了。我甚至感到荣幸,因为我的见解曾经引起了您的兴趣……阿芙多季娅·罗曼诺芙娜,您怎么脸色这么苍白?"

"他这种理论我是知道的。我读过他在杂志上发表的一篇文章,文中提到,有一类人可以肆意妄为……是拉祖米欣给我看的……"

"拉祖米欣先生吗?令兄的文章?发表在杂志上?还有这样一篇文章吗?我还不知道呢。这想必很有意思!不过,您要去哪儿呀,阿芙多季娅·罗曼诺芙娜?"

"我想去见索菲娅·谢苗诺夫娜,"杜涅奇卡说话的声音有气无力,"去她家该怎么走?她大概已经回家了,我必须马上见到她。让她……"

阿芙多季娅·罗曼诺芙娜说不下去了,她真的连气都喘不过来了。

"索菲娅·谢苗诺夫娜要半夜才能回来。我猜是这样的。她大概很快就回来了,要是她没回来,那就是很晚才能……"

"啊,这么说,您刚才在说谎!我看出来了……您在说谎……您总是说谎!我不信您说的话!我不相信!我不相信!"杜涅奇卡发狂般地尖叫起来,完全慌了。

她几乎晕倒在了斯维德里盖洛夫连忙为她拿来的那把椅子上。

"阿芙多季娅·罗曼诺芙娜,您怎么了?您快醒醒呀!来,这里有水。请您喝点水吧……"

他朝她的脸上洒了点水。杜涅奇卡浑身战栗了一下,清醒了过来。

"很有效嘛!"斯维德里盖洛夫皱着眉头小声说道,"阿芙多季娅·罗曼诺芙娜,您放心吧!您也知道,他还有几个朋友,我们会救他出去的。您想让我把他送出国吗?我手里有钱,三天之内,我可以搞到船票。虽然他杀了人,但他以后还可以做很多好事啊,这样就算赎罪了。您放心吧,他将来还能成为了不起的人。哎,您怎么啦?您感觉身体好点了吗?"

"狠毒的人!还在讽刺呢。放我走……"

"您要去哪儿?您要到哪儿去呀?"

"我去找他。他在哪儿?您知道吗?这扇门怎么锁了?我们是从这扇门进来的,怎么现在是锁着的?您什么时候锁的门?"

"千万别大声嚷嚷,别让其他房间里的人听到咱们说的话。我压根儿没有讽刺过,只是我已经厌烦这样说话了。您这是要去哪儿呀?难道您想出卖他吗?您会把他逼疯的,这样下去,他会跑去自首的。您知道吗？如今已经有人在跟踪他了，有人掌握线索了。您这样贸然过去，只会出卖他。您暂且等等，方才我见过他，还跟他交谈过，或许我能救他。您且等等，您请坐下，我们商量一下。我请您过来，就是想跟您单独商讨此事，想想办法。您请坐！"

"您能有什么办法？难不成您还能救他？"

杜尼娅坐下了。斯维德里盖洛夫坐到她的身边。

"这完全取决于您，完全取决于您，取决于您一个人……"他的眼中闪烁着光亮，近乎悄声低语，由于激动，他甚至说得断断续续，接不上话来。

杜尼娅惊慌失措地躲开了他。他浑身不住地发抖。

"您……只要您说句话，他就有救了！我……我是来救他的。我有钱，还有朋友。我可以马上送他走，护照我来办，两份护照。一份他的，一份我的。我有人脉，我能找来帮手……您愿意吗？我可以给您也弄到护照……令堂也有……您干吗要找拉祖米欣呢？我也爱您……我始终爱您。让我吻一吻您的裙边吧，让我吻一吻吧！就让我吻一下吧！我再也受不了您衣服发出的"窸窣"声了。只要您对我说一句：'去这样做吧。'我立刻就会去做！我什么都能做到。即便是不可能的事情，我也能设法做到。您信仰什么，我就跟着信仰什么。我什么都愿意做！请您不要，不要这么看我！要知道，您这样让我很痛苦……"

他甚至开始胡言乱语了。他也不知道是怎么了，仿佛忽然着了魔一般。杜尼娅一跃而起，赶紧朝门口跑。

"开门！开门！"她隔着门尖声喊着，双手摇动房门，想喊人过来，"快把门打开！连一个人也没有吗？"

斯维德里盖洛夫站起身来，已然清醒过来了。他那颤抖的唇边渐渐挤出一丝凶恶又嘲讽的笑容。

"那间屋子里一个人也没有，"他一字一顿地轻声道，"房东出门了，您喊也没用，只是白费力气，不过是让自己受惊罢了。"

"钥匙呢？赶紧把门打开，立刻，无耻的东西！"

"钥匙被我弄丢了，找不到了。"

"啊！所以您这是要强奸！"杜尼娅惊呼一声，面如死灰，连忙跑到房间的角落，同时随手抓住一张小桌，将它抵在身前，护住自己。她不再大声呼喊，但用目光死死盯住这个折磨自己的人，警惕地留心注意着他的每一步动作。斯维德里盖洛夫一动不动地站在房间的另一边，面对着她。他甚至冷静下来了，至少从表面看是这样的。然而，他的面色却白得骇人。讥诮的笑容并未从他的脸上消退。

"阿芙多季娅·罗曼诺芙娜，您刚才说了——'强奸'。您自己也很清楚，假如想强奸，我早就采取措施了。索菲娅·谢苗诺夫娜没在家，而这里离卡佩尔纳乌莫夫的房间还很远，中间隔着五个上锁的房间，而且我的力气起码是您的两倍，另外，我根本不必害怕，因为您将来也告不了我：您也不会想我对令兄不利吧？况且，谁会相信您说的话呢？一个好端端的姑娘，怎么会去一个单身男子的房间呢？因此，就算您不顾及哥哥，您仍旧无法告倒我：强奸罪是很难取证的，阿芙多季娅·罗曼诺芙娜。"

"无耻的家伙！"杜尼娅恼怒地低声道。

"不管您怎么想，但是您得注意，我所说的也仅是建议而已。我个人认为，您是完全正确的：强奸是一件龌龊的事情。我只是想让您知道，您的良心是不会有愧的，就算……就算您自愿听从我的建议去搭救令兄。也就是说，您这样仅仅是受环境所迫，是受到暴力的挟持——如果非要用这个字眼的话。望您考虑到这一点，令兄和令堂的命运都握在您的手中。我愿意……终生作您的忠仆……我将在这里等待着……"

斯维德里盖洛夫坐到沙发上,距杜尼娅约八步远。对于他那不可撼动的决心,她已不再有丝毫的怀疑。况且她很了解他……

突然,她从衣袋里掏出一把手枪,扣开扳机,把持枪的那只手放到小桌上。斯维德里盖洛夫猛地从座位上跳了起来。

"啊哈!原来是这样啊!"他吃惊地大喊道,可脸上却露出了凶恶的冷笑,"哟,这可彻底改变事情的走向了!阿芙多季娅·罗曼诺芙娜,您这样就让我省事多了!您这把手枪是从哪儿来的?不是拉祖米欣先生的吧?哦!这手枪是我的呀!是老朋友啦!当时可真让我一顿好找啊……在乡下我曾有幸教您射击,看来真没白教。"

"这手枪不是你的,而是被你杀死的玛尔法·彼特罗芙娜的,你这个杀人凶手!她家里根本没有属于你的东西。我料到你会用这把手枪为非作歹,于是把它收走了。要是你再往前走的话,哪怕只走一步,我发誓,我会杀了你!"

杜尼娅激动得发狂。她拿好了手枪,随时准备扣动扳机。

"嗯,那么令兄呢?我这样问纯属好奇。"斯维德里盖洛夫仍然站在原地,问道。

"你若想要告发他,就去告吧!别动!别过来!我要开枪了!你毒死了自己的妻子,我知道,你就是杀人犯!"

"您就这么肯定,玛尔法·彼特罗芙娜是我毒死的?"

"是你!你曾亲自暗示过我,你跟我提过毒药的事情……我知道,你坐车把毒药买了回来……你早有准备……肯定是你……坏蛋!"

"就算这是事实,那也是因为您才……归根结底,起因在您。"

"胡说!我始终,始终都对你感到厌恶。"

"哎哟,阿芙多季娅·罗曼诺芙娜!看来您忘了,您在对我狂热说教的时候,就已倾心于我,情不自禁了……我从您的眼神看得出来,您还记得那个夜晚吗,明月高悬,还有夜莺吟唱?"

"你胡说!(杜尼娅的眼中闪烁着愤怒的火苗)胡说,你这个造谣的家伙!"

"我胡说?好吧,也许我是在胡说。我胡说了。对女人重提这些小事是不应该的(他冷笑了一下)。我知道您会开枪的,可爱的小野兽。那您开枪吧!"

杜尼娅举起手枪,面如死灰,泛白的下唇不住地发抖,一双乌黑的大眼睛如火焰般闪着亮光,死死地盯着他。她下定决心了,估测着他的方位,等待他做出第一个动作。他还从未见过她如此熠熠生辉的样子。在她举起手枪的那一刻,她眼中迸发的火苗仿佛已将他灼烧,他的心痛苦得揪紧了。他往前迈了一步,枪声随之响起。子弹划过他的头发,打在他身后的墙壁上。他站定,轻声冷笑道:"被黄蜂叮了一口!直接对准脑袋……这是什么?血!"他掏出一块手绢,把右侧太阳穴流下的那股细小的鲜血擦净。看来,子弹轻轻擦过了他的头皮。杜尼娅放下手枪,看向斯维德里盖洛夫,眼中并无恐惧,而是困惑不解。似乎连她自己都没明白,自己究竟做了什么,刚才到底发生了什么!

"怎么,没命中呀?再开一枪吧,我等着,"斯维德里盖洛夫轻声说,他仍在笑着,但看上去却有些阴鸷,"恐怕在您扣动扳机之前,我就能抓住您!"

杜涅奇卡打了个寒战,飞快地扣动扳机,再次举起手枪。

"请别碰我!"她绝望地说,"我发誓,我会再次开枪……我……会杀了你!"

"好吧……三步之内,不可能打不死的。但您如果没能打死我的话……那就……"他的眼中闪着亮光,他又往前迈了两步。

杜尼娅开枪了,枪没打响!

"子弹没有上好。没关系!您的枪还有底火。调整一下,我等着。"

他站在距她两步远的地方等待着,用炙热又沉痛的目光望着她。杜尼娅意识到,他宁愿去死,也不会放过她。而且……而且现在仅有两步之遥,她当然可以杀死他!

突然,她扔掉了手枪。

"扔了!"斯维德里盖洛夫诧异地说,同时深深地缓了一口气。似乎有样东西瞬间从他的心中抽离,或许那不单单是对死亡的恐惧,但是在这一刻,他未必能够觉察到这一点。这是摆脱了另一种更加悲痛、更加忧郁的感觉之后的心境,而这种心境,即便他自己倾尽全力,也无法全然弄清。

他走到杜尼娅跟前,一只手轻轻揽住她的腰。她并未反抗,却在浑身战栗,犹如一片瑟瑟发抖的树叶,同时用央求的目光看着他。他本想说些什么,然而只是抿了抿嘴唇,什么话都没能说出来。

"你放开我!"杜尼娅用央求的语气说。

斯维德里盖洛夫打了个激灵,这个"你"字的语气说得已跟刚才有些不同了。

"那么您不爱我吗?"他轻声地问。

杜尼娅否定地摇摇头。

"那您……不能吗?……永远不会吗?"他绝望地嗫嚅着。

"永远不会!"杜尼娅小声地说。

刹那之间,斯维德里盖洛夫经历了一场可怕又无声的内心斗争,他用一种不可言喻的目光望着她。忽然,他松开了手臂,背过身去,快速走到窗边,站在那里。

又过了一会儿。

"钥匙在这儿!(他从大衣左侧的口袋里掏出一把钥匙,放在自己身后的桌子上,既没有看向杜尼娅,也没回头)请拿好,您快走吧……"

他定定地望着窗的方向。

杜尼娅走到桌边,拿起钥匙。

"快走!快走!"斯维德里盖洛夫重复道,他依旧一动不动地站在那里,没有回头。然而,在这句"快走"里,显然还能听出某种奇怪的语气。

杜尼娅明白这个语气的含义,她一把抓起钥匙,冲向门口,利落地打开门,逃出了房间。她疯了似的往前奔跑,不一会儿便跑到了运河边,然后朝着X桥的方向跑去。

斯维德里盖洛夫在窗前又站了大约三分钟,终于,他缓缓转过头来,环顾四周,手掌轻轻地抚了一下额头。一抹怪异的笑容把他的脸挤得变了形,这是一种凄苦的、悲伤的、虚弱的笑,是心灰意冷的笑。已经凝固的血沾污了他的手掌,他愤恨地瞧了一眼血迹,然后打湿一块毛巾,把自己的鬓角擦净。杜尼娅扔在门边的那把手枪忽地撞入他的眼帘。他捡起手枪,检查了一下。这是一把可以塞在口袋里的老式三发小型手枪,枪里还剩两发子弹和一个底火。还能射击一次。他沉思片刻,把手枪塞进衣袋,抓起帽子,走了出去。

第六节　斯维德里盖洛夫自杀

　　整整一晚，直至十点，他都是在各种小酒馆和地下场所中度过的，从一家店走出，随即又走进另一家店。他在某个地方找到了卡佳，她又唱起了另一首媚俗的歌曲，歌中唱的是一个"坏蛋和暴君"如何开始亲吻卡佳的。
　　斯维德里盖洛夫请卡佳喝酒，也请流浪乐师、歌手们、几个跑堂的以及两个司书喝酒。老实说，他之所以要结交这两名司书，是因为他们两人的鼻子是歪的：一个往右边歪，一个往左边歪，这令斯维德里盖洛夫倍感惊奇。他们还带他去了游乐园，他给他们支付门票费用。这个游乐园有一棵树，树龄为三年，是一棵纤细的枞树，另外还有三株灌木丛。除此以外，这里还有一家"小饭店"——其实是酒馆，但是这里提供茶饮，还摆着几张绿色的小桌子和几把椅子。有几名蹩脚的歌手正在合唱，还有个从慕尼黑来的德国醉汉，似乎是个小丑，尽管他鼻子红通通的，可不知怎的，他显得无精打采的，他们的表演都是为客人助兴的。那两名司书和其他几名司书争执起来，眼看着就要打架了。斯维德里盖洛夫被他们推选出来，做裁决者，让他给他们评判调解。斯维德里盖洛夫给他们讲了大概一刻钟，然而他们高声喊嚷着，事情一团乱麻，根本就弄不清楚。可以确定的是，他们中有个人偷东西了，而且就在这里把东西卖给了一个素不相识的犹太人，但是他卖掉后不想跟自己的同伙分赃。其实那件卖掉的东西就是这家"小饭店"的一把汤匙罢了。"小饭店"发现汤匙不见了,于是找了起来,问题变得复杂起来。斯维德里盖洛夫赔偿了汤匙,然后起身离开了游乐园。已快到十点了。在这整段时间里,他一滴酒都没沾过,只在"小饭店"里喝了一杯茶,而且他多半是为了应付店里的规矩。不过,这天夜里的空气炎热而窒闷,天色晦暗。十点的时候,可怖的乌云从四周聚在一起,雷声大作,大雨倾盆。雨并不是滴落下来的,而是如激流般灌注在地表。闪电接二连三,每次闪光间隔的时间刚好是五秒。他浑身淋得湿透了,到家以后,他便锁起房门,打开写字台的抽屉,把钱尽数取出,又撕下两三页纸。他把钱塞到衣袋里,本想换件大衣,可是他瞧了瞧窗外,细心听了一会儿雷鸣和雨声,打消了心中的念头。他抓起制帽,并未锁门,径直走了出去。他去找索尼娅。她正好在家。

她不是一个人在家,卡佩尔纳乌莫夫的四个孩子正围在她身边。索菲娅·谢苗诺夫娜正在给他们喝茶。她恭敬而沉默地迎接斯维德里盖洛夫,同时诧异地瞧了一眼他那件淋湿的大衣,但是她什么也没说。孩子们见有人来了,随即惶恐地溜掉了。

斯维德里盖洛夫坐在桌边,请索尼娅坐到自己身旁。她怯怯地准备好,听他讲话。

"索菲娅·谢苗诺夫娜,也许我将要去美国了,"斯维德里盖洛夫说,"这或许是我最后一次见到您了,所以我想把事情安排妥当。对了,您今天见过这位太太了吧?我知道她对您说了什么,不必说了(索尼娅身形微动,脸色通红)。这种人的秉性大家都了解。至于您的妹妹和弟弟,他们的生活确实被安排好了,我把赠予他们的钱全都交给了相关部门,放在可靠的人手里,拿了收据。但这收据还是请您拿去留存吧,以防万一。喏,请您收下吧!如今这件事情总算是尘埃落定了。这里有三张五厘债券,共计三千卢布。请您收下这笔钱,它是给您的,是我们二人之间的事情,不要让任何人知道,而且不论您将来听到什么,都不必理会。这些钱您也很需要,索菲娅·谢苗诺夫娜,要知道,从前的生活是很不好的,今后您无须再那样做了。"

"您对我的恩情实在太多了,还有那几个孤儿和去世的卡捷琳娜·伊万诺夫娜,也得到了您的许多帮助,"索菲娅连忙说道,"如果说,此前我很少这样感谢的话,那么……请您不要认为……"

"哎,够啦,够啦。"

"至于这些钱,阿尔卡季·伊万诺维奇,我非常感谢您,但是我现在用不上这笔钱了,我可以养活自己。请您不要认为我不识好歹,既然您如此善心,那么这笔钱……"

"给您,给您,索菲娅·谢苗诺夫娜,请不必说什么,况且我本人也没有时间了。这钱您是需要的。罗季昂·罗曼诺维奇有两条路可走:要么饮弹自尽,要么就走弗拉基米尔路①。(索尼娅怪异地瞧了他一眼,浑身战栗起来)请您放心,我全都知道,是他本人告诉我的,我也不是多嘴之人,我不会告诉任何人的。您当日曾劝导他投案自首,您做得很对。这对于他来说相当有益。嗯,如果最后是弗拉基米尔路——就是说,他最后选择走这条路的话,您会跟他去吗?您真会这样吗?您真会这样吗?嗯,如果是的话,那就意味着,这笔钱您会用得上。他会需要的,您明白吗?对我来说,给您,就相当于给他了。况且您不是还答应了要把债还给阿玛莉娅·伊万诺夫娜吗?我可都听见了。索菲娅·谢苗诺夫娜,您怎么如此草率地将这所有债务和责任都揽到自己身上呢?要知道,这笔债是卡捷琳娜·伊万诺夫娜欠那个德国女

---

① 即流放西伯利亚。在沙俄时期,弗拉基米尔路是被流放的犯人前往西伯利亚服苦役的必经之路。

人的,并不是您,其实您本不必理会那个德国女人。您这样在世上可活不下去呀。对了,要是以后有人向您问起——明天或后天——我或者有关我的事情(会有人问你的),您千万别提我来找您了,绝对不要把钱拿给人家看,也不要说是我给您的,谁都别说。好吧,那就再见吧。(他从凳子上站了起来)代我向罗季昂·罗曼内奇致意。顺便说一句,请把这笔钱暂时寄存起来吧,哪怕是在拉祖米欣先生那里。您认识拉祖米欣先生吧?您当然认识了。这个小伙子非常不错。您就明天把钱拿到他那里,或者……在时机成熟的时候。而您在此之前得多保存一段时间。"

索尼娅也从座位上一跃而起,惊恐地望着他。她特别想对他说些什么,问些问题,但是她一开始不敢开口,而且也不知该如何开口。

"您怎么了……您怎么啦,现在雨下得这么大,您去哪儿呀?"

"嗯,我都要去美国了,还怕雨吗?嘿——嘿!别了,亲爱的,索尼娅·谢苗诺夫娜!您要长命百岁,对于某些人而言,您助益良多。顺便说一句……请帮我对拉祖米欣先生说,我向他问好。您就这么转达,就说:'阿尔卡季·伊万诺维奇·斯维德里盖洛夫向您问好。'务必要说。"

语罢,他走了出去,索尼娅被留在原地,她感到既诧异又惊惧,而且还有某种不明朗且又痛苦的疑惑。

原来到了后来,当晚十一点多,他还做了一次异乎寻常和出人意表的拜访。雨仍旧下个不停。十一点二十分,他浑身湿淋淋地迈进了位于瓦西利耶夫斯基岛第三干线马雷大街上、他未婚妻父母家那户小宅大门。他费了半天工夫才把门敲开。起初,他的突然造访引来了众人的惊惶不安,然而,只要阿尔卡季·伊万诺维奇乐于展现,他可以成为极有风度和魅力的人,因此,他未婚妻那对精明的父母起初的猜疑（尽管他们的猜疑很敏锐）即刻便消散了——他们原本以为，阿尔卡季·伊万诺维奇肯定是在哪里喝醉了，所以失了分寸。未婚妻的那位同理心很强，而且非常精明的母亲把那位坐在安乐椅上、身弱体虚的父亲推至阿尔卡季·伊万诺维奇面前，同时如往常一般问了几个其实她并不关心的问题。（这个人从来不正面提问，她总是先笑着搓一搓手，假如她必须了解什么情况——比如说，阿尔卡季·伊万诺维奇希望在哪一天举办婚礼——那么她会先提问几个比较有趣、几乎是她很希望得到回答的问题，再打听若干在巴黎的事情，还有那里的宫廷生活，在这之后，她才会照例将话题引到瓦西利耶夫斯基岛第三干线的问题上）有时，这样的对话方式自然是令人尊敬的，但是这一次，阿尔卡季·伊万诺维奇不知为何显得很没耐心，而且他坚持要求跟未婚妻见面，虽然人家开始就告诉他，未婚妻已经熟睡了。不过，未婚妻后来当然还是出来了，阿尔卡季·伊万诺维奇直接告诉她，由于有个很重要的事情要处理，他必须暂时离开圣彼得堡，因此，他给她拿来了一万五千银卢布，是面值不同的各种纸币，请她收下这些钱，就当作他送她的礼物，要知道，他早计划好了，在他们成婚前把这点钱送给她。当然，这种解释并不能说明这份大礼跟即刻出行、必须在深更半夜冒雨送礼之间，有何种独特的逻辑关系，不过，事情对付得颇为顺利。就连不可或缺的"啊哟"和"哎呀"等追问和诧异，他也表现得极有节制，同时又非常得体。不过，对他感谢最真挚、最理智的母亲，感激得哭了出来，令人印象深刻。阿尔卡季·伊万诺维奇站起身来，笑着吻了一下未婚妻，拍拍她的小脸，肯定地说，不久他就会回来的。他留意着她的眼睛，这双眼睛虽然显露出孩童般的好奇，却似乎在向他一并提出一个颇为严肃、寂然无声的问题。他沉思片刻，又吻了吻她。一想到这笔礼金马上就会被锁起来，交由这位最明理的母亲管理，他便开始感到不高兴。他离开了,丢下这些激动的人们。不过,那位同理心很强的母亲随即小声地解答了几个最重要的问题,更准确地讲,她表示,阿尔卡季·伊万诺维奇将会是个大有作为的人物,他人脉广博,以后会是个很富有的人——谁知道他在想些什么,他想出门便拔腿就走,想送钱便跑去送钱。这没什么好大惊小怪的。当然了,他浑身湿淋淋的,这点倒是非常怪异,但是呢,比方说,英国人比这更怪,那些身处上流社会的人们压根就不关注他人的褒贬评述。说不定他甚至是故意这么做的,以此展示他的勇敢。可是关键就在这里,此事无论如何都不可对任何人说,天晓得这会导致怎样的后果,至于这些钱,必须尽快锁起来。当然,送钱的时候菲多西娅一直是待在厨房里的,这最好不过了。关键在于,一定——一定——一定不可以把这件事告诉那个心怀不轨的列斯莉赫。他们坐在那儿,小声地讨论着,一直聊到两点。但未婚妻感到有些惊慌,同时又有些伤感,去睡觉了。

这时,斯维德里盖洛夫刚好经过午夜的X桥,朝着圣彼得堡的方向走去。雨停了下来,风还在呼啸不止。他不禁打了个寒战,有一小段时间,他曾怀着一种尤为特殊的好奇,甚至质疑地望着小涅瓦河里黑色的河水。然而,他很快便发觉了,站在河边是很冷的,于是他转身朝X大街走去。他仿佛已在这条看似永无尽头的X大街上踏步很久了,走了将近半个小时。黑暗中,他不断被那条木块铺设的路面绊倒,而且还满心好奇地在那条街的右侧不停寻找。前不久,有一次他从附近路过时,在大街尽头的位置,瞧见一家木质结构相当宽敞的小旅店,那家旅店的名字他至今还记得,大概是叫阿德里安诺波利吧。他的推断是对的,在这种偏僻的地方,这家小旅店已然是个极为醒目的标杆,就是在这样的黑夜里,你也不难找到它。这是一栋很长、被熏得发黑的木屋,虽然天色已晚,可是房子里依然灯火通明,显然,里面特别热闹。他走进去,在走廊碰见一个穿着破衣烂衫的人,他问那个人,"还有房间吗?"那人上下扫了斯维德里盖洛夫一眼,然后精神大振,随即把他领到一个距此很远的房间。这个房间窒闷而狭小,挤在走廊尽头的一个小角落,正好在楼梯下面。这里并无其他房间了,已经客满了。那个身着破衣烂衫的人疑惑不解地瞧着他。

"有茶吗?"斯维德里盖洛夫问道。

"这个有。"

"还有什么?"

"小牛肉,伏特加和冷盘。"

"上点小牛肉和茶吧。"

"请问不需要别的了吗?"那个衣着破烂的人甚至有些不解地问道。

"什么都不要,什么都不要了!"

话音刚落,那个穿着破烂的人沮丧地离开了。

"想必这是个好地方,"斯维德里盖洛夫心想,"我从前怎么不知道这里?我这副样子看起来大概是刚从某个夜间歌舞店里出来的,并且在路上遇上了什么麻烦。不过我好奇的是,到底什么人会在这里留宿呢?"

他点燃蜡烛,将这个房间更细致地打量了一番。这是一间非常狭小的斗室,斯维德里盖洛夫站在屋里,几乎直不起腰来,屋里仅有一扇窗户,床很脏,一张上过漆的普通桌子和一把椅子几乎占据了全部空间。墙壁看起来像是用木板草草制成的,陈旧的裱糊墙纸上已落满尘灰,破烂不堪,墙纸的颜色(黄色)还能猜得出来,但是图案却无论如何也难以辨清了。正如顶楼上普遍存在的情况那样,屋内有一块墙壁和天花板是倾斜的,不过这里这处斜面的上方是楼梯。斯维德里盖洛夫放下蜡烛,坐到床上,沉思起来。但是隔壁的小房间里,一阵奇怪的、接连不断的低语有时响得差不多像是在叫喊,最终引起了他的注意。这阵低语打从他进门起就未曾停过。他凝神细听:有个人在斥骂,几乎是在哭着指责另一个人,然而只能听到一个人的说话声。斯维德里盖洛夫站起来,用手遮住烛光,墙面上顿时出现一道透着光的小缝,他凑近去瞧。在一个比他的更大些的房间里,有两名房客。其中一人没穿礼服,留着一头特别卷曲的头发,脸色激动得发红,站在那里,姿势活像一名演说家。他叉开两条腿来保持平衡,一只手捶着自己的胸膛,慷慨激昂地指责另一个人,说他是个叫花子,竟连个官职都没有,他把他从泥沼中拉了出来,而他只要愿意,随时都能把他赶走,还说,这一切只有至高无上的主知道。那个被指责的朋友坐在椅子上,看起来似乎很想打个喷嚏,但他怎么都打不出来。他不时用迷离的、如绵羊般温驯的眼睛望着那名演说家,可是很显然,他并没有听懂对方在说什么,他甚至未必听见了什么。桌上的蜡烛就快燃尽了,上面还放着一只空的装伏特加的细颈玻璃瓶,还有几只高脚杯、几块面包、若干玻璃杯、几根黄瓜、一只茶已喝尽的茶杯。斯维德里盖洛夫仔细瞧了几眼,随即漠不关心地离开那道小缝,重新坐回床上。

那个穿着破烂的人端着茶和小牛肉回来了,他忍不住又问道:"您还要些什么吗?"再一次听到了否定的答复后,他离开了。斯维德里盖洛夫匆忙喝掉茶水,想要借此取暖。他喝了整整一杯,肉却没动一口,因为他根本没有食欲。也许是发烧了,他脱掉外套和短外衣,把被子裹在身上,躺到床上。他感到有些烦闷。"最好不要生病。"想到这里,他轻轻一笑。房间里很闷,烛光暗淡,屋外的风声呼啸不止,有老鼠在啃着什么东西的声音,也不知在哪个角落。房间里似乎有股老鼠的味道,还有一阵皮革味。他躺在那里,遁入幻梦,思绪纷飞。他好像很想让思绪停在某一个地方。"窗外想必是个花园吧,"他心想,"树枝在簌簌作响。我真不喜欢夜里的风雨声,还有黑暗里树木的响动,这种感觉让人很不愉快!"他又想起先前经过彼特罗夫公园,想起这种声音时心里生出的厌恶感来。这时候,他想起X桥和小涅瓦河,于是又像不久前站在河边的时候那样,感到周身冷得打战。

"我这辈子一向不喜欢水,即便是在湖光美景里,也不喜欢,"想到这里,他心中又生出一个奇怪的想法,不由得冷笑一下,"想来这些美感与舒适的要求,如今应该也没那么紧要了,可是偏偏在这时,我却变得异常挑剔,如同一只在此类状况下……执意给自己挑个地方的野兽。我刚才就应该回到彼特罗夫公园!到了那儿,我大概又会觉得,那里又暗又冷吧?嘿!嘿!我甚至还想要惬意的感受呢……不过,我为何不熄灭蜡烛呢?(他熄灭了蜡烛)隔壁已经睡下了,"他心想,因为刚才那道缝隙里的光已经看不见了,"哎,玛尔法·彼特罗芙娜,要是您此刻过来一趟,该有多好啊,现在天黑了,地点也合适,时机也正好。而您这会儿偏就没过来……"

突然,他莫名想起,不久以前,当他即将开始执行对杜涅奇卡的诱骗计划前的那一小时,他建议拉斯科尔尼科夫,把她托付给拉祖米欣吧,让他去保护她。"老实说,我当时说这话的时候,真就像拉斯科尔尼科夫猜疑的那样,更多的是为了嘲弄我自己。但是,拉斯科尔尼科夫真是机灵啊!他经历过太多痛苦。相信时过境迁,等他不再想东想西的时候,一定会大有作为的,但他现在太想活下去了!从这方面来看,这类人也并不高明。去他的吧,他会怎么样,跟我有什么关系?"

他始终无法睡着。不知不觉,杜涅奇卡刚才的模样出现在他的眼前,他猛地打了个冷战。"不,这个念头现在应该抛开了,"他醒了过来,心想,"我得想些别的。真是奇怪又可笑啊,我从未憎恨过什么人，甚至连报复的念头都不曾有过，这可不是个好征兆，不是好征兆！我既不爱与人争辩，也从来不发脾气——这也不是好征兆！可我刚才对她立下了多少誓言呀，呸，真见鬼！她也许会让我醒悟的……"想到这里，他又沉默了，同时咬紧牙关。杜涅奇卡的形象再次出现在他的面前，正如她第一次开枪时的模样一样，当时她胆战心惊地放下手枪，面色惨白地看着他，所以，其实那两次他都能抓住她，但她却并没有举起手保护自己——若不是他提醒她的话。他想起自己在那一瞬间好像还在怜悯她，心不由得紧紧揪住了……"真见鬼！怎么又是这些念头，这些念头应该丢掉，全丢掉！……"

他已经昏迷不醒了，热病的战栗停了下来。突然，不知是什么东西在被子下面，从他的手和腿间跑窜。他浑身颤抖了一下："真见鬼，好像是老鼠！"他心想，"那盘小牛肉还在桌子上呢……"他真不想掀开被子站起来，自己会冻僵的，然而这时，又有个令人生厌的东西猛地从他的腿上窜了过去。他掀开被子，点燃蜡烛，然后浑身胆寒地俯下身来，仔细察看床上——什么都没有；他抖了一下被子，忽然，一只老鼠跳到床单上。他赶紧伸手去抓，可是老鼠非但没有跳下床，反而还在床上跑来爬去，又从他的指缝间溜走，猛地钻到枕头底下。他一把扔开枕头，可是随即又感到，有个东西跳进了他的怀里，接着从他身上飞速掠过，然后又跑到背上去了。他旋即打了个冷战，醒了过来。屋里视线很暗，他像刚才那样，把身体裹在被子里，躺在床上，听窗外风声呼啸。"太讨厌了！"他懊恼地想着。

他背对窗户坐了起来，坐到床边。"最好别睡了。"他打定了主意。然而，窗边却蹿进一股湿冷的风，他没有起身，拉过被子裹在身上。他并没有点蜡烛。他没有任何的想法，也没有什么渴望，可幻影却纷至沓来，层层叠叠，没头也没尾，彼此之间也毫无关联。他半睡半醒。不知是寒冷，是黑暗，是潮湿，还是窗外摇动树枝的那阵呼啸而过的风，唤起了他心中对于幻梦的强烈念头与愿望——然而，眼前出现的却总是花朵。他的幻想里出现一幅迷人的景观，天朗气清，阳光和煦，甚至有点热，这天是一个节日——圣灵降临节。一座乡下的英式豪宅，四周繁花盛开，住宅周围种着许多菜畦；门廊上攀附着蔓生植物；台阶上则摆满玫瑰；还有一道清爽明亮的楼梯，台阶上铺着华丽的地毯，两边摆满植株美观的中式盆景。他尤其注意到了窗前那几只盛水的花瓶，花瓶里插着一束束娇嫩的白水仙，碧绿的茎叶上长满洁白的花朵，芬芳馥郁。他甚至不愿离开这里，但他还是上楼了，走到宽敞的大厅。这里同样鲜花遍地。窗边通往凉台的那扇门开着，门口摆满了鲜花，地板上是刚刚割下的芬芳的青草。窗户敞开着，窗外吹来清凉的风，鸟儿在放声鸣唱。大厅中部摆着几张铺设白色桌布的桌子，桌上停着一口棺材。这具棺材的外面包着那不勒斯白绢，边上缀满厚实的白色褶裥，四周缠绕着鲜花编成的花带。棺材里有个小姑娘躺在花丛中间，她身穿一条白纱裙，一双仿佛是由大理石雕琢而成的手紧紧交叠在胸前。可她那头披散的金发却是湿着的，她的头上戴着一顶玫瑰花冠。她那神态严峻、已然僵硬的侧脸仿佛也是用大理石雕成的，然而，在她那泛白的嘴唇边露出的笑容里，却充满了某种不属于孩童的无限悲伤和莫大的哀怨。斯维德里盖洛夫认识这个小姑娘。在这具棺材旁边，没摆圣像，没点蜡烛，也听不见颂祷。这个小姑娘是自杀身亡的——她投水自尽了。她仅有十四岁，可是她的心却已破碎不堪，这颗心因为受辱而自戕，这种凌辱让她幼小而稚嫩的心灵惶恐不安、深感震惊，使得这颗天使般纯粹的心充斥着不应承受的耻辱，迫使其发出最后一声绝望的呐喊。可是，在漆黑的暗夜里，在雪融的湿寒中，在疾风呼啸之时，这一声呐喊非但无人听见，还遭受了蛮横的凌辱……

斯维德里盖洛夫醒了,他从床上站起来,走到窗边,摸索着找到了窗闩,然后打开窗户。疾风猛地灌入他这间狭窄的斗室,他的脸颊和只用一件衬衫遮掩住的胸膛上仿佛结了一层冰冷的薄霜。窗外说不定真的是个类似花园的地方,看来也是游乐园,也许这里白天也有歌者吟唱,还设有茶座。而现在,树上和灌木丛中的雨丝随风飞入窗内,屋里晦暗无光,犹如置身地窖,因此,他只能勉强辨认出一些好似是物体的暗影。斯维德里盖洛夫俯下身来,把两只手肘支在窗台上,目不转睛地注视着这片朦胧的黑暗,时间已过去了大约五分钟。漆黑的夜色中忽然传来了一声炮响,随后又是一声。

"啊,这是在发信号!是河水涨了,"他心想,"到了早上,水会涌到低洼的地方,漫过路面,淹没地下室和地窖,地下室的老鼠会漂在水面上,在疾风骤雨里,浑身湿透的人们骂骂咧咧地把自己那堆毫无价值的破烂儿拖到更高的楼层……哎,现在几点了?"他刚一想到这里,附近某处那口"嘀嘀嗒嗒"的挂钟似乎拼命地敲了三下,"哦,再过一小时,天就要亮了。还在等什么?现在就出门吧,直接走到彼特罗夫公园,在那儿随便挑一大丛灌木,被雨淋透了的灌木,稍微用肩膀碰一下,就会有万千水珠劈头盖脸地溅到身上……"他锁上窗闩,离开窗边,点燃蜡烛,穿好短上衣和大衣,戴上帽子,拿着蜡烛来到走廊,他想找到那个衣衫褴褛的人——他可能正在一间堆满了垃圾和蜡烛头的斗室里睡觉——然后把房费付给他,离开旅馆。"此刻就是最佳时机,再也找不到更好的时机了!"

他在狭长的走廊里踟蹰许久,一个人也没找到。就在他想要大声喊人的时候,忽然,在一处昏暗的角落里,一只旧衣柜和一扇门之间,瞥见了一个不知是什么的奇怪物体,好像还是个活物。他拿着蜡烛俯身一看,是个孩子——这是个五岁左右的小女孩,年龄不可能比这更大。她身上穿着的那件小裙子早已淋得湿透了，仿佛一块擦地板的抹布。她瑟瑟发抖，而且还在哭。瞧见斯维德里盖洛夫，她好像并未感到害怕，而是用她那双乌溜溜的大眼睛盯着他，眼神中流露出迟钝的诧异，像所有的小孩子一样，时而啜泣几下。她应该已经哭了很久，但这会儿已经噤声了，甚至已经不那么伤心了，但她不时还会发出一声哽咽的声音。小女孩脸色煞白，甚为憔悴，她的身体冻僵了。他问她"怎么会出现在这里？"她说，她是"躲在这里，一夜没睡了"。于是他开始询问起她来。小姑娘忽然变得活泼起来，她用童真的语言飞快但含混不清地回答起来。她提到"妈妈"一词，她说"妈妈打了她"，好像还说，因为她"打迫（破）了一只碗"。小姑娘"叽里呱啦"讲个没完，从她说的只言片语中，可以勉强猜到，这是一个十分可怜的孩子，她的母亲想必是这家旅店里的厨娘，总是喝得醉醺醺的，不仅打她，还会吓唬她。这个小女孩打坏了妈妈的一只碗，于是害怕了，晚上从家里逃了出来。也许她在院子里藏了许久，淋了很久的雨，终于悄悄溜到了这里，藏到橱柜后面的这个角落，准备在这儿待上一夜。由于昏暗、潮湿，以及害怕挨打，她哭个不停，浑身发抖。他把她抱起来，回到了自己的小屋，把她放在床上，为她脱掉衣服。她赤脚穿的那双破鞋完全湿透了，就像在水塘里泡了一夜一样。为她脱完衣服之后，他让她躺在床上，为她盖上被子，就连脑袋都盖在了被子里面。她很快就睡着了。在这之后，他再次陷入了忧郁的沉思。

"啊，我又多管闲事了！"他终于说道，心中猛然出现一种痛苦而又愤怒的感觉，"真荒唐啊！"他懊恼地拿起蜡烛，无论如何都要把那个衣衫褴褛的人找出来，然后赶紧离开这里。"哎，小姑娘！"他心中暗自地咒骂着，已经准备开门了，然而这时，他又走回来瞧了瞧那个小姑娘，看看她是否睡熟了，睡得怎么样。他轻手轻脚地稍稍掀开被子，小姑娘睡得很熟，睡梦正酣。她躺在被子里，身体已经暖了起来，苍白的脸颊上已开始泛起红晕。然而奇怪的是，这抹红晕看起来似乎比一般孩子脸上的红晕更加鲜艳、更加浓烈。"这是正在发热的红晕。"斯维德里盖洛夫心想，这似乎是醉酒后的红晕，就好像有人给她喝过了满满一杯酒。她娇艳的嘴唇好似正在燃烧，且还在冒着热气。不过，这是怎么回事？他猛然发觉，她那黑色的长睫毛似乎在微微颤动，眼睫好像抬了起来，她那双狡黠、锐利、不似孩童的眼睛正在透过睫毛偷偷往外窥视，在对人使眼色，这小姑娘似乎并没有睡着，她在故意假寐。没错，真的是这样。她双唇微张，粲然一笑，唇角微动，似乎在极力忍耐着，不要让自己笑出来。然而，她再也忍不住了，她已经在明目张胆地笑了，她笑得明显起来。在这张完全没有稚气的脸上，流露出了某种无耻而又撩人的神情，那是淫荡，是风尘女子般的面庞，是法国妓女的不知羞耻的脸。看，这双眼睛已不加掩饰地睁开了，她在用热烈而无耻的眼神望着他、召唤着他，她还在笑呢……在这副笑容里，在这双眼睛中，在这个孩子脸上的这种淫荡的表情里，流露出某种丑陋的、存在侮辱性的东西。"怎么回事！一个年仅五岁的小孩子！"斯维德里盖洛夫大为震惊，含混不清地说，"这……这到底是怎么回事？"然而这时，她那张红彤彤的小脸已经完全转了过来，面对着他伸出双臂……"啊，真该死！"斯维德里盖洛夫惊恐地叫道，对她张开了手臂……然而就在这时，他醒了过来。

他依旧睡在那张床上，仍旧裹着被子。蜡烛并未燃起，窗外已现出鱼肚白，天已经亮了。

"整晚都在做噩梦！"他气恼地坐起身，感到浑身酸痛，疲乏无力。窗外雾霭茫茫，什么也看不见。已快五点了，他睡过头了！他赶紧起床，穿上还没有干的短外衣和外套。他在口袋里摸到手枪，把它掏了出来，校准底火，随后坐下来，从衣袋里掏出一个笔记簿，用大写字母在最醒目的位置写下了几行字。写完后，他又检查了一遍，然后把两肘支在桌上，沉思了一会儿。手枪和笔记簿摆在旁边，就在手肘旁。有几只刚刚睡醒的苍蝇正围着桌上那盘没动过的小牛肉缓慢地爬行。他盯着它们，瞧了许久，最后，用自己闲着的右手去捉其中的一只。他捉了好久，把自己累得满头大汗，但无论如何也没能捉到。终于，他意识到自己在做的事情有多滑稽，清醒了过来，浑身颤抖了一下，站起身来，决然地走出了房间。片刻之后，他来到了大街上。

城市上空笼罩着一层乳白色的浓雾。斯维德里盖洛夫沿着这条脏兮兮的、由木块铺就的马路朝小涅瓦河的方向走去。他似乎已经看见了小涅瓦河那一夜之间涨潮的河水，看到了彼特罗夫岛，看到了潮湿的小径、湿漉漉的草、湿漉漉的树丛和灌木，最终，他似乎还看到了那丛由他选好的灌木……他惋惜地扫视着一排排房子，想要思索一些其他事情。街上既没有行人，也没有马车。那些百叶窗紧闭的、色泽嫩黄的小木屋看起来凄凉而肮脏。寒气和湿气侵入他的身体，他感到浑身发冷。有时，他看到一些小店铺和菜店的招牌，于是把每一块招牌上的字都仔仔细细地瞧了一番。木头铺就的路已走到尽头。他已走到一栋高大的石头建筑跟前。这时候，一只脏兮兮、浑身冷得发抖的小狗夹着尾巴从他面前跑了过去，穿过了小路。人行道上，有个披着军大衣、喝得醉醺醺的酒鬼脸朝下横在路边。他瞥了一眼这个酒鬼，继续朝前走去。这时，他的左侧隐约显现出一个高大的瞭望台。"呀！"他心想，"这个地方不是正好吗，为何非要去彼特罗夫公园呢？至少这里有个正经八百的见证人……"想到这里，他似乎讪讪地笑了一下，于是他拐上了X大街。那栋带有瞭望台的建筑就在这里。大门紧闭，门前站着一个矮小的人，肩膀倚在门上，身上披着一件军用灰外套，头上戴着一顶阿喀琉斯[①]式铜盔。他睡眼惺忪，瞄了一眼正在缓缓走来的斯维德里盖洛夫。他的神情中带有一种永恒的哀怨，这种忧郁的神情总是无一例外地出现在所有犹太人的脸上。在几分钟的时间里，他们俩——斯维德里盖洛夫和这位"阿喀琉斯"——在沉默地注视着对方。终于，这位"阿喀琉斯"感觉出不对劲儿了：眼前的人并不是醉汉，但站在距他三步之遥的地方目不转睛地打量着他，而且一言不发。

"您怎么……您来这里干什么？"他说道，同时始终一动不动地站在那里，没有变换姿势。

"哦，我没有干什么，兄弟，您好！"斯维德里盖洛夫答道。

"这里不是您来的地方。"

"老弟，我要去另一片土地了。"

"去另一片土地？"

"去美国。"

"去美国？"

说着，斯维德里盖洛夫掏出手枪，扣了一下扳机。

"阿喀琉斯"见状动了动眉毛。

"您这是做什么，这里可不是做这种事情的地方！"

"为什么不行？"

"因为您来错地方了。"

"兄弟，反正都一样。这地方挺好，若有人问起我的话，您就告诉他，我去美国了。"

说完，他把手枪抵在自己右侧的太阳穴上。

[①] 荷马的史诗《伊里亚特》中最伟大的英雄。

"您这是干什么，不能在这儿，这里不行！"这位"阿喀琉斯"忽然慌了，他的瞳孔越来越大。

斯维德里盖洛夫扣动了扳机。

第七节　与母亲和杜尼娅见面

就在这一天,傍晚六点多的时候,拉斯科尔尼科夫来到母亲和妹妹的住所——就是拉祖米欣帮她们找到的那间巴卡列耶夫家的小屋,从街上可以直接进入楼梯。拉斯科尔尼科夫走到楼门口,徘徊许久,似乎有些踌躇不决:是进去,还是不进呢?然而,他是怎么也不可能原路返回的,他心意已决。"反正她们现在对此还一无所知,"他心想,"而且她们习惯将我视作怪人了……"他的衣服糟糕极了。他淋了一夜的雨,浑身脏兮兮的,疲惫不堪。而且整整一晚,他都沉浸在内心斗争中,因此现在的脸色极为难看。没有人知道,他这一宿是在哪里独自挨过来的。然而,至少他已经下定决心了。

他敲了敲门。开门的人是母亲,杜涅奇卡并未在家,就连女仆也没在家。普莉赫里娅·亚历山德罗芙娜起初惊喜极了,接着,她抓起他的手,把他拉进了屋里。

"啊,你总算肯来了!"她兴奋地讷讷道,"罗佳,你瞧我多傻,流着眼泪出来迎接你,你千万不要生我的气,我这是在笑,并不是哭。你以为,我是哭了吗?不,我是高兴啊,不过,我就是有这样一个坏习惯,一遇到事情就想落泪。自从你父亲去世以后,不管遇上什么事情,我都想流泪。你坐吧,亲爱的孩子,你累了吧,我瞧得出来。哎呀,你怎么弄得这么脏。"

"妈妈,我昨天淋雨了……"拉斯科尔尼科夫说。

"哦，不，不！"普莉赫里娅·亚历山德罗芙娜打断他的话，"你以为，我会照着女人的旧习惯，对你拷问一番吗，你放心吧。我都明白了，我全明白了，如今我已学会像这里的人那样行事了，真的，我看得出来，这里的人更懂事些。我已经想好了，我如何能够理解你的想法呢，我又怎能让你给我详细解释呢？天晓得你在想什么事情，筹谋怎样的规划，或是又有了什么念头，所以，我不该总是盘问你，想知道你在想什么！我……哎，上帝呀！我怎么总是盘问你呢……瞧，罗佳，这是你在杂志上发表的那篇文章，我已读过三遍了，是德米特里·普罗科菲伊奇拿给我的。我刚读到的时候，不禁大惊。我心想，我可真傻，还在盘问他的所想，其实这不就是谜底嘛！没准儿他现在又有新想法了，他正在思索这些问题，而我却在折磨他，扰乱了他的思路。我的孩子，我正在读呢，当然，我还有很多不懂的地方，但是这也在情理之中，我怎会全懂呢？"

"给我看看，妈妈。"

说着，拉斯科尔尼科夫拿起报纸，大致读了读自己的文章，无论这与他当下的心境怎样矛盾，可他仍然感到一种有些奇怪的、苦涩又甜蜜的感觉，这种感觉与所有作者首次看到自己的作品发表时的感受别无二致，更何况他只有二十三岁。这种感觉仅持续了短暂的一瞬。他刚读过几行，便眉头紧蹙，一种可怕的愁苦将他的心紧紧揪了起来。近来数月的内心争斗，他恍然间全想起来了。他厌恶又恼恨地把那本杂志往桌上一掷。

"可是罗佳，不论我有多傻，我还是能够觉察到，你很快就能跻身一流人物的行列之中了，即便还不是咱们学术界的头号人物。他们怎么会认为你神志不清呢！哈——哈——哈！你不知道呀——他们竟然都这样以为！嗬，他们都是卑微的人，怎会了解聪明人呢？就连杜涅奇卡也差不多相信这套歪理了——你父亲生前也给杂志社投过几次稿,第一次投了一首诗(那本笔记我至今还妥善保存着,有空我拿给你看),后来,他又寄了一部中篇小说(我请求他让我抄写),当时我们一起向上帝祷告,希望可以投中——然而最后并未被采用!罗佳,六七天前,我瞧见你穿的那身衣服,知道你是怎样生活的,吃穿用度又是怎样的时候,我心痛极了。但如今我明白了,这次我又犯傻了,因为,只要你愿意的话,你现在立刻就能凭借自己的智慧和禀赋获得一切。这么说来,你是暂时还不想追求这些东西,因为你正在做一些较之更加重要的工作……"

"妈妈,杜尼娅没在家吗?"

"她没在,罗佳。她常常不在家,总是把我一个人留在家里。德米特里·普罗科菲伊奇,我得谢谢他,他经常过来看我,陪我坐一坐,他时常说起你的情况。我的孩子,他很爱你,也很敬重你。至于你妹妹,我并不是说,她对我不尊重。我不是在怨怪她。她有她的性格,我有我的秉性。她已经有自己的秘密了,可我对你们没有任何的秘密。当然,我绝对相信,杜尼娅很有智慧,而且她很爱我,也很爱你……只是我不知道,这一切将会造成怎样的后果。罗佳,现在你来了,我太高兴了,不过这会儿她出去了,等她回家,我会对她说:'你去哪儿了?你没在家的时候,你哥哥来了。'罗佳,你不必过于迁就我,你能来就来,如果不能来也没关系,我可以等。我知道,你还是爱我的,对我而言,这便足够了。我会读你的文章,从别人那里了解你的情况,你抽空会来看我,我还要求什么呢?你不是现在过来宽慰母亲了吗?我明白……"

说到这里,普莉赫里娅·亚历山德罗芙娜突然哭了起来。

"我又哭了!别理我这个傻瓜!唉,上帝啊,我怎么干坐在这儿呢，"她大声说道，旋即站了起来，"有咖啡呢，我怎么不给你做咖啡呀！这就是我这个老太婆的不是了。我这就去做，现在就去！"

"妈妈，您别弄了，我马上就走。我不是来喝咖啡的。请您听我把话说完。"

普莉赫里娅·亚历山德罗芙娜走到他的跟前。

"妈妈，不论发生任何事情，不论您听说任何有关我的消息，不论旁人如何跟您谈论我，您都还会像现在这样爱我吗？"他忽然激动起来，满怀诚恳地问道。他似乎并未仔细思考自己的话，也没有斟酌该用什么词句去说。

"罗佳，罗佳，你是怎么了？你怎么能这么问呢？谁会对我议论你呢？况且，我根本不会相信别人的风言风语，任凭是谁，我都会把他赶出去的。"

"我来，是想让您相信，我始终爱您，我现在非常高兴，况且现在只有我们两个人，杜涅奇卡没在家，这甚至也让我感到高兴。"他依然激动地继续道，"我来，是想坦诚地告诉您，即便您将会面对苦难，但是您仍应知晓，您的儿子现在爱您，胜过爱他自己。从前您觉得我残酷无情，觉得我不爱您，那些都不是事实。我永远不会停止爱您……好了，够了，我觉得，我应该这么做，就这样开始吧……"

普莉赫里娅·亚历山德罗芙娜默然不语，抱住了他，将他紧紧地搂在自己的怀里，轻声啜泣。

"罗佳，我不知道你到底是怎么了，"她终于开口道，"这段时间我一直觉得，你只是厌烦我们，可事到如今，从种种情形来看，我懂了，你即将面临一场巨大的苦难，因此，你是在为此发愁。罗佳，这一点我早有预感。原谅我这样说，我时常思索这件事情，每天夜里都难以入眠。昨夜，你妹妹睡觉时说了整宿梦话，她心里始终惦记着你。我留心听了几句话，但我没有听懂。今天早上，我始终惴惴不安，仿佛就要被押送刑场，我在等待，我有种预感，好像要出点什么事了，瞧，我现在等到了！罗佳，罗佳，你要上哪儿去？你是要去什么地方吗？"

"是的，我要走了。"

"我猜到你要走了！如果你愿意，我也和你一起上路。还有杜尼娅，她很爱你，她特别爱你，还有索菲娅·谢苗诺夫娜，让她也跟我们去，如果你需要她的话。要知道，我甚至很想收她做我的干女儿。德米特里·普罗科菲伊奇会来跟我们一起做准备的……可是……你究竟……要去哪儿啊？"

"别了，妈妈。"

"怎么！今天就要走吗？"她高声叫道，好像她就要永远失去他了。

"不行，我得走了，我必须要……"

"连我也不能陪你去吗？"

"不能，妈妈，请您跪在上帝面前，为我祷告吧。说不定您的祷告，上帝会听见的。"

"好，让我为你画十字，为你祈福！对，就是这样，就是这样。啊，天哪，我们这是在干什么呀！"

是的，他感到很高兴，非常高兴，因为现在家里没有别人，只有他和母亲两个人。在这些可怖的日子里，他似乎是头一回感到心软。他在她面前跪了下来，亲吻着她的脚，母子二人抱头痛哭。如今，她已不再感到惊讶，也不再对他追问不休。她早已明白，儿子碰到了可怕的事情，如今，那个对他而言可怕的时辰，已然到来了。

"罗佳，我亲爱的孩子，你是我的第一个孩子，"她边哭边说，"现在你就像小时候那样，待在我的膝前，你就像小时候那样，拥抱着我，亲吻着我。从前我和你父亲一起过苦日子的时候，只要有你在我们身边，我就感到欣慰。后来，我把你父亲安葬以后，我们曾有多少次像现在这样，彼此拥抱，在他坟前抱头痛哭呀。我之所以从早上就开始哭泣，是因为我这颗做母亲的心早已预先感知，即将有一场不幸来临。你记得吗，我们刚来到这里的时候，当天晚上，我一见到你，瞧见你的眼神，我就预感到了这种不幸。当时，我的心猛地颤了一下。而今天，我刚才为你开门的时候，瞧了你一眼，我心里暗暗地想，想必那个关乎命运的时刻已经来了。罗佳，罗佳，你不会现在就走吧？"

"不会。"

"你还会过来吗？"

"是的……我会来的。"

"罗佳，你别生气，其实我也不敢追问你。我明白，我不敢问，但是你得告诉我一声，你要去的地方很远吗？"

"是的，很远。"

"你要去干什么呢，做什么工作吗，还是有什么安排呢？"

"听天由命吧……只是请您为我祈祷……"

说着，拉斯科尔尼科夫往门口走去，可她却拉住了他，绝望的眼神凝望着他的眼睛。她已骇然失色。

"好了，妈妈。"拉斯科尔尼科夫开口道，他忽然为自己来到这里感到懊悔。

"这不是诀别吧？这还不是诀别，对吧？你还会再来吧，你明天还来吗？"

"我会来的，会来的，别了。"

他终于出来了。

这个晚上，他感到清爽、温暖而明朗，天色从清晨起便已放晴。拉斯科尔尼科夫朝着自己的住处走去，他步履飞快，心中盼望一切能在天黑前尘埃落定。在此以前，他并不希望能遇上任何人。上楼回家的时候，他发现娜斯塔西娅从茶炊边走开，目不转睛地注视着他，目送他上楼。"难道我屋里有人？"他心想。他预感到自己会看到波尔菲里，心中感到极度厌恶。然而当他推开房门，走进自己的房间，看到的竟然是杜涅奇卡。她正独自坐在房间里，心事重重，看来她早就在这里等他了。他站在门口。她吃惊地从沙发上站了起来，径直走到他面前，凝神望着他，目光中流露出恐惧与悲痛。仅从这道目光，他便立刻心下了然，她已什么都知道了。

"我是该进去，还是离开？"他犹豫不决地开口问道。

"我在索菲娅·谢苗诺夫娜家待了一整天，我们在等你。我们以为你肯定会去她那里。"

拉斯科尔尼科夫走进房间，乏力地坐在了椅子上。

"杜尼娅，我有点累了，我太累了，但是我希望，至少现在我还能控制好我自己。"

他怀疑地看了她一眼。

"你昨晚是在哪里过夜的？"

"我不记得了。妹妹，你知道吗，我很想彻底了结，我好几次走到了涅瓦河边，这我都记得。我想在那里做个了结，但是……我无法下定决心……"他喃喃地说着，同时又向杜尼娅投来了怀疑的一瞥。

"谢天谢地！我和索菲娅·谢苗诺夫娜所担心的正是此事！这样看来，你对生活还抱存信心。谢天谢地，谢天谢地！"

拉斯科尔尼科夫苦笑了一下。

"我没信心了，刚刚我还跟母亲一起抱头痛哭，其实我是没有信心的，但我却让她为我祈祷。天晓得我这是怎么了，杜涅奇卡，我根本弄不明白。"

"你去找过母亲了?你告诉她了?"杜尼娅惊呼道,"难道你决定告诉她了?"

"不,我还没说……我不知道怎么说,但是很多事情,她心里都清楚。她夜里听见你说梦话了。我相信,她已经清楚一半了。也许我去那里是不对的。就连为何过去找她,我也想不通。我是个卑鄙的人,杜尼娅。"

"卑鄙的人,但你是愿意去受苦的!你会去受苦的,难道不是吗?"

"我会去的。我这就去。没错,为了免于这份耻辱,我也曾想过投水自尽,一了百了,可是杜尼娅,那时候我人都已站在了河边,却在想,既然我以前认为自己是坚强的人,那么我现在就不应畏惧耻辱。"他抢先说道,"难道这是自尊心吗,杜尼娅?"

"这是自尊心,罗佳。"

他黯淡无光的双眼似乎突然闪烁了一道亮光,他似乎很高兴,因为自己还有自尊心。

"妹妹,你想不到吧,我投水自尽前,竟感到那么害怕?"他瞧着她的脸,苦笑道。

"哎,罗佳,别说了!"杜尼娅痛苦地喊道。

有两分钟的时间,两个人谁都没讲话。他垂着头坐在那里,眼睛盯着地面,而杜涅奇卡站在桌子对面,将痛苦的目光投向他。忽然,他猛地站起身来。

"不早了,我该去了。我这就去自首。但是我不知自己为何要去自首。"

大滴的泪花从她的面颊上滚落下来。

"妹妹,你哭了,你能跟我握握手吗?"

"你怎么连这件事也要怀疑?"

她紧紧地抱住了他。

"你去受苦之时,难道不是已将你的罪行洗清了一半吗?"她大声喊道,同时紧紧地抱住他,亲吻他。

"罪行?什么罪行?"他突然疯狂地大喊起来,"难道我杀了一个卑鄙无耻、罪大恶极的虱子,一个对谁都没用的、吸穷人血的、放高利贷的老太婆,杀了她,就连四十桩罪行都能得以宽恕——这也是罪行吗?我不认为这是罪行,我也不想洗清它。为什么所有人都要喋喋不休地对我说'罪行,罪行!'如今我才清楚地意识到,我那薄弱的意志是多么的荒谬。现在,就是现在,当我决定去承受这个毫无必要的耻辱时,我才恍然大悟!我之所以做出这一决定,是因为我的卑鄙和无能,也许还因为那个……波尔菲里表示愿意带来的好处……"

"哥哥,哥哥,你这是在说什么呀!要知道,你杀了人,流血了呀!"杜尼娅绝望地呼喊。

"所有人都在杀人,"他近乎发疯地说,"全世界都在流血,一直都在流血,血如瀑布般奔腾,如香槟般喷涌,正因如此,人们才给卡皮托利加冕,后来还将他视作人类的恩人!你只略微留意,就能看得了然!我想要为人类造福,我会做成千上万件好事来抵消这一件错事,这甚至根本不是错事,不过只是一件蠢事,因为当初的这个构想根本没有它后来失败之时看上去那么蠢……(凡事只要是失败了,看起来就总是那么愚蠢!)我之所以做这件蠢事,只是想使自己获得独立的权利,我只要往前迈出第一步,把钱弄到手,就能用上万件好事来修正这一切了……可我,我却在第一步上就坚持不下去了,我真是个龌龊的人啊!这便是问题的症结!但是我仍旧不会按照你们的想法看待问题,倘若我成功了,现在我便戴上桂冠,可是如今我却落入了圈套!"

"根本不是这么回事,不是这么回事,你这说的是什么话!"

"啊!只不过方式不同罢了,从美学视角来看,只是方式不够美感罢了!哼,我真不明白,凭什么用炸弹杀人,从正面围剿,就是更值得敬佩的方式呢?对于美学的畏惧是无能的最初表现!我从未像现在这般清晰地意识到这个问题,我从未像现在这般不理解我所犯下的罪行!我也从未像现在这般坚定和笃信!……"

他那苍白而疲惫的脸上泛起了一阵红潮。然后,说完最后几句慷慨激昂的话之后,他的目光不经意间触及了杜尼娅的眼睛,从她的目光中,他可以看出,她是多么为他感到痛心,于是又清醒过来。他发觉,自己让这两个可怜的女人生活得格外不幸。她们的痛苦毕竟是由他造成的啊……

"杜尼娅,我亲爱的!倘若我有罪,请你原谅我吧(如果我有罪,那我便是不容宽恕的)。别了!我们别再争论了!是时候了,我该走了。你不要跟着我,求求你,我还得去……你这就去吧,赶紧回到母亲身边。我求求你!这是我对你最后的、也是最强烈的恳求。请你永远不要离开她,她是为我才忧心如焚的,她未必经受得了这般愁苦,她会忧愁而死,或是为之发疯。你要陪在她身边!拉祖米欣会陪着你们的,我跟他嘱咐过……无须为我哭泣,就算我是个杀人犯,我余生也将努力做个勇敢而正直的人。说不定有一天,你会听到我的名字。我不会给你们丢脸的,走着瞧吧,我还会让众人看到……现在,就先就此别过吧。"他赶紧结束自己这番话,因为他在说最后几句许诺的话时,又一次瞥见杜尼娅眼中那种怪异的神情,"你怎么哭得这么凶?别哭了,别哭了,我们又不是在诀别……哦,对了!等一下,我都给忘了……"

他走到桌前,拿起一本尘封已久的厚书,将它打开,取出夹在书里的一幅小小的肖像画，这幅肖像画是用水彩画在象牙上的。它是房东女儿的肖像，就是那个性情古怪、一心想进修道院的姑娘，也就是他从前那个死于热病的未婚妻。他凝神端详了一会儿这张生动但病态的面孔，然后把画交给杜涅奇卡。

"其实关于那件事情，我曾跟她讨论过很多次，我只跟她一个人讨论过，"他沉吟道，"其中许多日后荒谬地变为现实的事情，当日我都曾对她说过。你不要担心，"他对杜尼娅说，"其实她也和你一样，不赞同我的想法，我很高兴她如今已不在人世了。关键在于，如今一切都将步入新轨，一切都将突然改弦易辙，仿佛一分为二，"他忽然大声说道，再次开始烦恼起来，"所有的一切都会变化，可我难道不是已经准备好了吗？我自己难道不是希望如此吗？有人说，我需要经受这样的磨炼！可我凭什么要承受这种毫无意义的磨炼呢？这些磨炼有什么用呢？等我服完二十年苦役，我会被苦难和愚蠢的苦役给压垮的，我的身体会像老人一样衰弱，到了那时，我会比现在更有觉悟吗？到了那时，我还活着干吗呢？我现在为何要同意这种活法？对了，今天早晨，天色破晓的时候，我站在涅瓦河边，便已经知道自己是个龌龊的人了！"

他们俩终于走出来了。杜尼娅心中无比沉重，然而她爱他！她离开了，但她刚走出五十来步，就回头去，又看了看他。还能瞧见他的。走到拐角时，他也回过头来，于是他们的目光最后一次交汇了。不过，当他发觉她在看他的时候，却颇不耐烦、甚至怒气冲冲地摆摆手，让她快走，然后自己也赶紧拐弯离开了。

"我真可恶，这我知道，"他暗暗地心想，过了半晌，他开始为自己刚才怒气冲冲地朝杜尼娅摆手而感到羞愧难当，"可是她们为何如此爱我呢，要知道，我配不上她们的爱！哎，假如我孑然一身，没有任何人爱我，我也永不去爱任何人，该有多好啊！那样的话，这一切也就不会发生了！我真想知道，再过十五年、二十年，我的心会不会变得温顺，我会不会在人们面前俯首帖耳，以强盗自称？没错，就是这样，就是这样！正是为了这个缘故，现在他们才想让我被流放，他们要的正是这个……现在他们一个个道貌岸然地走在街上，可是他们本质上都是卑鄙的强盗，甚至更糟——他们全都是白痴！假如我没有被流放，他们肯定会勃然大怒，气到发狂！哼，我恨他们，我恨他们所有人！"

他反复思忖：要经过怎样的历程，才能让他最终在所有人面前俯首帖耳，不再顾忌，深信不疑呢？"那又怎么样，为什么不呢？当然是理应如此了。难道二十年接连不断的压迫会达不到这种目的吗？那种压迫会日积月累，深入骨髓。既然是这样的话，为什么还要活着呢？既然我知道这一切定会这样，跟书上写的如出一辙，并不会是另外的样子，我又为什么要跑去自首呢？"

自昨晚起，或许他已向自己千百次地提过这个问题了，可是他最终还是去了。

第八节　自首

他来到索尼娅家的时候,夜幕已经降临。索尼娅整日都在等待他的到来,处于极度焦虑的状态。她和杜尼娅都在等他。杜尼娅想起斯维德里盖洛夫昨天说过"索尼娅知道这件事情",于是一大早就来找她了。她们俩说了什么,怎么流泪,如何成为朋友,这些我们便不再赘言。从这次见面中,杜尼娅至少获得了些许宽慰,哥哥不是孤零零一个人了,因为他来找过索尼娅,最先向她坦白了自己的事,当他需要一个人给他支持的时候,他就去找了她;那么无论命运将他引入何处,她都一定会与他同在。杜尼娅并没有问过,但是她知道,索尼娅一定会这样做的。她甚至是怀着敬意看向索尼娅的,起初,杜尼娅的这种敬意就快让索尼娅窘迫起来了。索尼娅甚至差点就哭了,因为她认为自己连看杜尼娅一眼都不配。自打她和杜尼娅在拉斯科尔尼科夫的住处初次见面以后,自打杜尼娅那么真诚、那么恭敬地向她行过礼后,杜尼娅优雅的形象便成为她此生见到过的最完美无瑕、最遥不可及的幻影,并且永远深深印在了她的心中。

最后,杜涅奇卡没有耐心继续等下去了,于是离开索尼娅家,去哥哥的住处等,她总感觉,哥哥会先回自己的住处。索尼娅独自留下来的时候,每每想到他说不定真的会自尽,就感到害怕起来,心中痛苦万分。而杜尼娅所担心的也正是这点。不过,那天她们俩总是急切地举出种种理由,以此说服对方,这是根本不可能的,况且,当她们一块儿待着时，会感觉比较安心，而现在，两人刚刚分开，都在心心念念地担忧这个问题。索尼娅想起，昨天斯维德里盖洛夫告诉他，拉斯科尔尼科夫现在有两条路——要么走弗拉基米尔路，要么就是……况且她知道，他虚荣心强，妄自尊大，自尊心也强，还不信上帝。"难道仅仅是因为怯懦和贪生怕死，他才继续活下去的吗？"她绝望地思忖。那时夕阳已经西下。她忧愁地站在窗边，眺望窗外，然而，从这扇窗望出去，仅能看见邻居家那堵未被粉刷过的墙壁。当她终于彻底笃信，那个可怜的人肯定已经死了的时候，他走进了她的房间。

一声惊呼从她胸膛中冲将出来。然而，当她凝视着他的面孔时，她却忽然脸色惨白。

"呵，没错！"拉斯科尔尼科夫冷笑道，"索尼娅，我就是过来拿你的十字架的。是你让我走到十字路口的，可是现在，等我真要过去的时候，你怎么害怕起来了呢？"

索尼娅惊讶地望着他。她感觉这种语气非常古怪，不禁浑身颤抖了一下，不过半晌之后，她猜到，他的这种语气，他说的这些话语全是假的。他在跟她说话的时候，不知为什么，眼睛是往角落里看的，似乎是不想直视她的脸。

"索尼娅，你知道吗，我考虑过了，这样也许会更好一些。有这么个事情……真是说来话长啊，其实也没什么好说的。你可知道，到底是什么让我大光其火的吗？让我感到愤怒的是，这些愚蠢凶残的嘴脸通通会立刻围住我，瞪着眼睛，直视着我，对我提出他们那些愚蠢至极不得不回答的问题——还伸出手指着我……我呸！你知道吗，我想不去找波尔菲里，他简直让我厌烦透顶。我最好还是去找我的朋友，那位火药桶中尉吧，我要让他大吃一惊，而且我还会在某种程度上给他留下深刻印象呢。我应该冷静一些，最近一段时间，我太容易恼怒了。你相信吗，我刚才差点就用拳头吓唬我妹妹了，只因她回头看了我最后一眼。这样做可真是恶劣呀！哼，我竟然变成这样了？算了，十字架呢？"

他似乎感到怅然若失，甚至无法在同一个位置站上一分钟，他对任何东西都无法保持专注。他思绪纷飞，条理紊乱，语无伦次，双手微颤。索尼娅一言不发地从抽屉里取出两个十字架，一个柏木的，一个铜的，然后自己画了个十字，又给他画了个十字，把那个柏木的十字架戴在他的胸前。

"如此一来，这便是我背着十字架的象征了，嘿！嘿！似乎到目前为止，我承受的苦楚还不多呢！柏木的就是普通人的，铜的——它是莉扎薇塔的，你自己戴上——可以戴上让我看看吗？在当时……这个十字架也戴在她身上吗？我还知道两个跟它相似的十字架，一个是银的，一个是小圣像。当时我把它们扔在了老太婆的胸前。现在那两个十字架刚好能派上用场，说真的，我可真应该戴着那两个呀……我怎么一直说胡话，把正事都忘了，我有点魂不守舍……你知道吗，索尼娅，其实我过来是想提前告诉你一声，让你知道。嗯，我说完了……我来，就是为了这件事（不过，我还想再多说几句话）。难道不是你自己希望我去的吗，现在我马上就去坐牢了，你的愿望就要实现了，你还哭什么呢？你怎么也哭呢？别哭了，够了，哎，这一切可真叫我伤心！"

可他终究还是动感情了，他望着她，心被紧紧揪了起来。"这个姑娘为什么哭呀？"他暗暗思忖，"我到底是她什么人啊？她为什么要哭，她怎么也像母亲或杜尼娅似的，要为我准备一切呢？她想做我的保姆吗？"

"你画个十字吧，祈祷一次也行。"索尼娅用颤抖而怯懦的声音恳求他。

"嗯,好吧,你要我画几次都行!我是真诚的,索尼娅,我是真诚的……"

然而他想说的并不是这件事。

他画了好多次十字。索尼娅拿起自己的头巾,把它披在头上。这是一块绿色的德拉德达姆呢头巾,想必就是马尔梅拉多夫当日提到的那块"全家共同使用的"头巾。拉斯科尔尼科夫的脑海里忽然闪过这一想法,但是他并没开口去问。说真的,他自己已开始察觉到了,他心不在焉,而且不知何故,他没来由地感到心烦。这让他感到恐惧。索尼娅竟然想跟他一起去,这令他恍然间大吃一惊。

"你是怎么回事!你要去哪儿?你留在这儿吧,留在这儿吧!我自己一个人去。"他怯懦而又愤怒地吼了起来,近乎气恼地朝门口走去。

"为什么要别人跟着呢!"临走之前,他又喃喃自语道。

索尼娅站在房间中央。他甚至都没有向她告别,他已经把她给忘了。忽然,他的心中出现了一个叛逆而又尖锐的问题。

"难道是这样吗,难道一切真要这样吗?"往楼下走的时候,他又思考起来,"难道就不可以再等一等,试图做些挽回……别过去吗?"

然而他还是去了。他忽然充分意识到,再也无须向自己提问了。来到街上以后,他想起自己竟然都没跟索尼娅道别,当时她站在房间中央,头上戴着那条绿头巾,就因为他吼了那一声,她竟害怕得连动都不敢动。然后他停了下来,站了一会儿。然而就在这个瞬间,他忽然产生了一个想法,顿时恍然大悟——就好像这个想法在始终伺机等待着,等待让他吃惊地发现。

"哎,我刚刚为什么要来找她呢?我说找她是因为有事,可我究竟有什么事呢?压根没有事!我向她宣布,自己要过去,可那又怎么样呢?这又是多重要的事呢?难道我爱她吗?不会吧,不会吧?刚才我不也如驱赶一条狗似的,把她赶走了吗?难道我真的需要她的十字架吗?哎,我堕落到了一个怎样可鄙的地步啊!不,我需要的是她的泪水,我需要看到的是她那惊惶的表情,我需要看到她有多么悲伤,多么痛苦!我得至少找一个借口拖延时间,我得再看看她!可我竟敢对自己抱有如此强烈的愿望,对于自己抱存着如此多的幻想,我是个乞丐,我是个不值一提的人,我是个龌龊的人,一个龌龊的人!"

他沿着河堤走,距他要去的地方已不远了。可是当他走到桥头时,却停下脚步,忽然掉转方向,拐弯上桥,往干草广场的方向走去。

他贪婪地东张西望,紧张地端详着沿途所见的每一件事物,怎么也无法集中心神。一切都在悄然溜走。"再过一周,再过一个月,我会被关在囚车,从这座桥上经过,被押往某个地方,到了那时,我将如何去看这条运河呢?要是能记住它就好了。"这念头在他的脑海里一闪而过,"还有这块招牌,到了那时,我将如何去读这些字母呢?上面写的是'股份公司',对,我得记住这个a,记住字母a,再过一个月,我会再次看到这个a。那么到了那时,我会带着怎样的心情看它呢?到时候我会作何感想?哎,此刻我的所思所想真是微不足道啊!当然了,从某种程度而言……这也确实挺有意思……(哈哈哈!我在想什么呢!)我怎么变成小孩子了,我对着自己卖弄了一番,我又何必要羞辱自己呢?呸,这儿可真挤啊!瞧那个胖子,估计是个德国人——他还推了我一下,他知道自己推了什么人吗?这儿还有个抱小孩的女人,她在乞讨呢,她还以为我比她过得更幸福,真有趣啊。给她点钱吧。嘿,这口袋里竟然还有五戈比呢,这钱哪里来的?给,给……拿着,大娘!"

"上帝保佑你!"那个女乞丐声音凄惨地说。

他来到了干草广场。他向来不愿见到很多人,然而此时他却偏偏要往人群聚集处走去。他宁愿不惜一切代价,只求独处,但是他觉得,自己从今往后再也没有独处的自由了。人群中,有个酒鬼在撒泼胡闹,他一心想给大家跳个舞,但总是摔倒。他身边围了许多人在看热闹。拉斯科尔尼科夫挤进人群,看了一会儿这个酒鬼,不时地突然发出几声短促的大笑。片刻后,他忘记了那个酒鬼,尽管他仍在看着他,但注意力已不在他身上。终于,他走开了,但他一下子不记得自己来到了什么地方。当他来到广场中心时,心中忽然涌起一阵激动的感情,有种强烈的情绪瞬间攫住了他,将他的整个身心牢牢抓紧。

他忽地想起索尼娅说过的那句话:"你走到十字路口,跪在众人面前,亲吻大地,因为你对于大地也有罪过,接着对所有人大喊:'我是凶手!'"想到这里,他不由得浑身战栗起来。在最近这段时间,尤其是最后几个小时,那种无法纾解的苦楚和担忧已彻底将他压垮,因此他迫不及待地抓住了这个机会,想去体会这种纯洁无瑕、前所未见的充沛感受。这份情感骤然迸发出来,袭上他的心头,仿佛星火燎原,在他的心中熊熊燃烧,燃遍他的全身。他立时浑身瘫软,泪如泉涌。他站在那里,突然跪在了地上……

他跪在广场中心,伏在地上磕头,满怀喜悦,幸福地亲吻着这片肮脏的土地。随后,他站起身来,又跪下磕头。

"哟,他喝多啦!"有个小伙子说。

周围传来一阵笑声。

"他这是要去耶路撒冷呀,他在跟孩子、跟故土告别呢,他在向全世界磕头,他在吻别首都圣彼得堡和土地呢。"有个醉醺醺的小市民补充道。

"这个小伙子还很年轻呢!"第三个插了一句。

"他是个高尚的人!"有人声音庄重地说。

"如今这年头,你可分不清谁是高尚的,谁是不高尚的。"

听到这些评头论足的话语,拉斯科尔尼科夫咽下了原本想说的那句"我杀人了"。虽然他刚才已准备出声呐喊,但平静地忍住了。他目不斜视地径直穿过胡同,往警察分局的方向走去。路上,他感到有个幻影似乎在他眼前一闪而过,不过,他并未为之惊奇,因为他已经料到了。刚才他在干草广场上第二次跪下的时候,转头朝左边看去,发现索尼娅就站在距他五十步远的地方。她躲在广场的一间棚屋后面,不想让他看见,也就是说,自他踏上这条通往悲痛的路途,她便一路护送!就在这一刻,拉斯科尔尼科夫发觉,并且终于明白了,不论命运会将他引至何方,无论他去往天涯海角,索尼娅都会永远伴随他。他的心猛地一震……但在这时,他已来到了那个决定他此生命运的地方……

他决然地走进院子,往三楼走去。"我还得上楼,还有些时间。"他心想。不管怎么说,他都觉得,那个关乎命运的时刻还远远没有到来,他还有很多时间,还有许多事情可以思考。

那段螺旋形的楼梯上一如既往地堆满垃圾和蛋壳,那些住户的大门仍旧大大地敞开着,还有那些厨房,里面仍旧冒出油烟和臭气。自从那天以后,拉斯科尔尼科夫再也没有到过这里。他感到双腿麻木、瘫软,但还在往上走。他停了下来,缓了一口气,整理着装,等会儿就要进去了,这才像样。"可这是为什么呢?为什么呀?"他忽然意识到了自己正在做什么,不由得心想,"既然早晚都要饮下这杯苦酒,那又有何差别呢?越脏越好。"刹那之间,火药桶中尉伊里亚·彼得洛维奇的形象在他脑海里一闪而过,"我真的要去找他吗?为什么不去找别人?为何不去找尼科季姆·弗米奇?要不我现在立刻回去,去分局局长家,找他本人?起码还能私下解决……不,不!就要找火药桶,就要找火药桶!这杯苦酒既然要喝,那便一次性干下去吧……"

他几乎无法控制地浑身打战,同时打开了办公室的门。此时办公室里并没有几个人,屋里站着一个看门人和一个平民。警卫坐在隔板后面,甚至没有抬眼看他。拉斯科尔尼科夫走进了后面那间小屋。

"说不定我还可以不说。"这个念头在他的脑海里一闪而过。一名身穿普通常礼服的文书坐在写字台前,正在抄写文件。角落里坐着另一名文书。扎苗托夫没在。当然,尼科季姆·弗米奇也不在。

"那些人都不在吗?"拉斯科尔尼科夫问那个坐着的文书。

"您想找谁?"

"啊——啊——啊!真想不到啊,但是俄国精神……那童话里面是怎么说的来着……我都忘了!您好呀!"忽然,有个熟悉的声音朗声道。

拉斯科尔尼科夫浑身颤抖了一下。走向他面前的人正是火药桶中尉,他忽然从第三间小屋里走了出来。

"难道这就是命运?"拉斯科尔尼科夫心想,"他怎么在这儿?"

"是来找我们的?您有事吗?"伊里亚·彼得洛维奇大声喊道(看样子他心情很不错,甚至有些激动),"要是您有事要办,那您来得有些早了。我碰巧在这儿……不过我也能效劳。坦白说……对了,您贵姓?您贵姓?抱歉……"

"拉斯科尔尼科夫。"

"啊哈,对了,拉斯科尔尼科夫!难道您以为我忘了吗?请您别把我看成那种人……罗季昂·罗……罗……罗季昂内奇,似乎是这样,对吧?"

"罗季昂·罗曼内奇。"

"哦,对——对,罗季昂·罗曼内奇,罗季昂·罗曼内奇!我正想找您谈谈。我还打听过您很多回呢。坦白说,当时我们那样对您,我后来真的太后悔了……后来有人告诉我,我才知道,原来您还是一位年轻作家,还是学者……这么说吧,既然已经迈出了前几步……哈,上帝呀!哪位作家和学者起初不做些超乎寻常的事呢?我和我太太——我们俩对文学都心怀敬意,我太太更是热爱文学!她热爱文学和艺术!只要一个人的人格是高尚的,那么其他一切都可以凭借才华、知识、理智和天赋获取!比方说,这帽子是什么?这帽子就好比煎饼,我能在齐梅尔曼帽店里买到,但这帽子底下的宝贝,还有帽子底下隐藏的东西,哪儿都买不到!坦白讲,我甚至想过亲自找您解释一下,转念又想,说不定您……哦,对了,我还没问您,您是不是有事?听说您家里人来圣彼得堡了?"

"是的,家母和家妹。"

"我还有幸见过令妹呢,她真是位颇有涵养、优雅动人的姑娘啊。坦白讲,当日我曾对您态度急躁,我非常懊悔。实在是无心之失!因为当时您晕过去了,我便用特殊的眼光看待您——不过,后来这件事总算弄清楚了!那都是狂热和盲目所致!您的愤怒我可以理解。您过来,是因为家里人过来,您想搬家吗?"

"不,我来只是想……我是顺便过来,想问……我以为扎苗托夫在这儿。"

"哈,对了!你们成朋友了,我听说啦。扎苗托夫不在我们这儿干了——您在这儿见不到他了。哎,亚历山大·格里戈里耶维奇从我们这里离职了!从昨天起他就不在这里了,他被调走了……他在被调走以前,还跟所有的人吵了一架呢……真是不懂规矩啊……其实他只是个毛手毛脚的孩子。他原本前途大好,您瞧,哎,这些优秀的青年人可真是脾气古怪！他想参加一场考试，可他在我们这里净说大话，考试也没了下文。他可不像——比如说——您，或是拉祖米欣先生，就是您的朋友！您是搞学术的，您不会因为失败就迷失航向！在您眼中，人生中那些诱惑人心的东西，这么说吧——是不值得一提的，因为您是一名禁欲主义者，您是出世者、是隐士！对您而言，书籍、夹在耳后的羽毛笔、学术研究——这些才是您心灵的港湾！我本人也或多或少……敢问您读过利文斯通的笔记吗？"

"没有。"

"我读过一点。但是，如今有许多虚无主义者，当然，这也是可以理解的。您说说，这是一个怎样的时代啊？不过，当然，我跟您……我们可不是虚无主义者，是吧？请您坦白地回答我，畅所欲言！"

"不——不是……"

"不，您知道的，您可以跟我说心里话，请不要感到拘束，就跟您独处时自言自语一样！公务是一码事，而这是另一码事……难道您以为，我想说的是'友谊'吗？才不是呢，您猜错啦！并不是友谊，而是公民的情感、人的情感，是人道主义情怀和对于上帝的爱。我在履行职务的时候可以是一名公职人员，但我应当始终怀有作为一名公民和一个人的觉知，而且应当意识到……您方才提到了扎苗托夫。扎苗托夫，他在妓院里喝了一杯香槟或顿河葡萄酒，于是便耍起法国人那一套，闹出了丑闻——这就是您的朋友扎苗托夫！而我，或许可以这么说，我忠心耿耿、鞠躬尽瘁，拥有崇高的精神，此外，我有身份，有官衔，有地位！我还有妻子和孩子。我履行公民义务和做人的义务，可是试问您，他又是什么人呢？我将您视作一个品德高尚、受过教育的人。还有这些助产婆实在是太多了。"

拉斯科尔尼科夫疑惑地挑了挑眉毛。显然，伊里亚·彼得洛维奇刚从桌边走过来并没有多久,而他铿锵有力、滔滔不绝的话语在拉斯科尔尼科夫看来,绝大部分都是空谈。不过,其中有些话他还是可以理解的。他困惑不解地打量着对方,不知该如何结束这场对话。

"我说的是那些留短发的姑娘,"伊里亚·彼得洛维奇继续兴致勃勃地说,"我本人把她们称为助产婆,我发现这个绰号起得十分贴切呢。嘿!嘿!她们拼命地考入医学院,学习解剖学,可是试问,如果我生病了,难道我会叫一个姑娘给我治病吗?嘿!嘿!"

伊里亚·彼得洛维奇对自己的俏皮话感到满意极了,不由得放声大笑起来。

"假设这是她们对于教育怀有过度的渴求,可是她们学到了知识,不就够了吗,何必滥用知识呢?为何要像扎苗托夫那个家伙一样,侮辱高尚人士呢?我问您,他为什么要侮辱我呢?瞧瞧吧,还有多少起这样的自杀事件啊——这您简直想象不到。他们全是这样,花光了最后一点钱,于是就自杀了。小姑娘啊,小伙子啊,老人家啊……对了,今天早上还接到了通知呢,说是有位刚刚抵京不久的先生自杀了。尼尔·巴甫雷奇,尼尔·巴甫雷奇!刚才通知里说的那位在圣彼得堡区开枪自杀的绅士,他叫什么来着?"

"斯维德里盖洛夫。"另一个房间里,有个人嗓音喑哑、语气漠然地答道。

拉斯科尔尼科夫浑身战栗了一下。

"斯维德里盖洛夫?斯维德里盖洛夫开枪自杀了?"他惊呼道。

"怎么?您认识斯维德里盖洛夫吗?"

"是的……认识……他刚来这里不久……"

"嗯,对,他刚来不久,妻子死了,他是个行为放荡的人,突然开枪自杀,事态恶劣,简直令人无法想象……他在自己的笔记本上留下几句话,说他自杀时是神志清醒的,请求不要将他的死归咎于任何人。听说这人还挺有钱。敢问您是怎么认识他的?"

"我……认识他……舍妹曾在他家做家庭教师……"

"哦,哦,哦……这样的话,您可以给我们提供一些有关他的信息。您也没想到吧?"

"我昨天见过他……他……在喝酒……我什么也没看出来。"

拉斯科尔尼科夫感觉,仿佛某种东西落在了他的身上,使他透不过气来。

"您似乎又脸色苍白了。我们这里空气太闷了……"

"是的,我该走了,"拉斯科尔尼科夫小声嗫嚅道,"抱歉,打搅了……"

"哦,怎么会呢?随时欢迎!我非常开心见到您,而且我很高兴这样说……"

伊里亚·彼得洛维奇甚至把手伸了出来。

"我只是想……我是来找扎苗托夫的……"

"我懂,我懂,我非常高兴见到您。"

"我……很高兴……再见……"拉斯科尔尼科夫笑着说道。

他走了出去,走得踉踉跄跄。他觉得头晕目眩,感觉不到自己到底是不是还站在地上。他用右手扶着墙壁,开始沿着楼梯往下走。他隐约感觉,有个看门人,手里拿着一本小册子,正往楼上警察局办公厅走,迎面撞了他一下。有只小狗在底下的楼层狂吠不止,有个女人朝它扔了根擀面杖,大声喊嚷起来。他下完楼梯,来到院子里。就在院子里面,距出口不远的地方,索尼娅站在那里,她面容苍白,神色呆滞,眼神怪异地望向他。他在她面前停下了脚步。她的脸上露出悲苦、痛惜且绝望的神情。她轻轻拍了一下双手。他的唇边挤出一丝难堪而又无措的微笑。他站了半晌，苦笑一下，转身往楼上走去，重新回到了警察局办公厅。

伊里亚·彼得洛维奇坐了下来，正在一堆文件里埋头翻找。在他面前站着的正是那个刚才上楼时撞了拉斯科尔尼科夫的男人。

"啊——啊——啊？您又回来了！您是落了什么东西吗？您怎么啦？"

拉斯科尔尼科夫嘴唇泛白，目光凝滞，一言不发地向他走去，来到那张桌子跟前，一只手撑在桌上，他想说些什么，却说不出来，只能听出某些彼此毫无关联的音节。

"您快要晕过去了，拿把椅子来！在这里，您坐这把椅子吧，请坐！拿水来！"

拉斯科尔尼科夫坐到椅子上，目光却并未从伊里亚·彼得洛维奇的脸上移开，后者的脸上显露出一丝不悦的诧异。大概有一分来钟的时间，他们二人注视着对方，屏息等待。水端上来了。

"是我……"拉斯科尔尼科夫刚要开口。

"请喝点水吧。"

拉斯科尔尼科夫伸手把水一推，轻声地、一字一顿地、但却清晰分明地说道："是我用斧头杀死了那个年迈的官太太和她的妹妹莉扎薇塔，抢走了财物。"

伊里亚·彼得洛维奇张口结舌，错愕不已。人群从四周聚了过来。

拉斯科尔尼科夫将自己的供词重复了一遍……

尾声

第一节　法　庭

西伯利亚。一条宽阔又苍凉的河流,岸边矗立着一座城市,它是俄国的行政中心之一①。城市里有一座要塞,要塞里有一座监狱。在这座监狱里,第二类苦役犯②罗季昂·拉斯科尔尼科夫已被囚禁九个月了。自他犯罪之日起,过去了近一年半的时间。

他这桩案件的审理流程并未遇到很大的困难。犯人斩钉截铁、清晰明确地坚持自己的供词,没有搞乱犯罪情节,没有为了减轻罪责而避重就轻,没有歪曲事实,也没有遗漏最微小的细节。他事无巨细地交代了杀人的全部经过:解释了被害老太太手里那件典当品(一个绑着金属铁皮的小木块)背后的谜团;详细说明了自己如何从死者的身上弄到了钥匙,描述了那串钥匙的形状、那个小箱子的样式以及小箱子里面装着什么东西;他甚至还列举了其中几样物品;揭开了莉扎薇塔被害之谜;说明了科赫敲门的情况,并且在科赫到来以后,又来了一名大学生,他转述了他们二人之间的所有对话内容;还交代了他——也就是犯人——后来如何顺着楼梯往楼下跑,同时听见米科尔卡和米季卡的尖叫声;他描述了自己如何躲进那套空宅,又是如何走回家里,最

---

① 指的是鄂木斯克。陀思妥耶夫斯基本人曾在那里坐过四年牢(1850—1854)。
② 根据1845年颁布的俄国刑法,苦役犯共分三类:第一类犯人在矿场劳动;第二类犯人修建要塞;第三类犯人在制酒厂和制盐厂劳动。苦役犯的类别是根据罪行的严重程度进行划分的。

后，他交代了那块石头的位置，就在沃兹涅先斯基大街一所院子的大门附近——在那块石头底下，警方果然找到了赃物和钱包。总之，此案已真相大白。不过，让侦探员和法官们倍感惊讶的是，他竟然并未动过那个钱包和那堆东西，而是把它们藏在了石头底下；更让他们感到诧异的是，他非但不记得自己抢到手的究竟是什么东西，甚至连里面总共几件都搞不清楚。至于那个钱包，他不仅一次都没有打开过，甚至连里面究竟有多少钱都不知道，这简直令人不可思议（钱包里总共有三百一十七银卢布和三枚二十戈比的钱币，由于这些钱被长期压在石头底下，最上面那几张面额最大的纸币已破损得相当严重）。警方花了大量时间想弄明白，既然被告人在其他问题上均已供认不讳，而且是自愿供述，那么他为什么偏偏在这个问题上说谎呢？最后，有些人（尤其是一些心理学家）甚至认为，这种情况也是可能的，也许他的确没有看过钱包，所以并不知道里面究竟有多少钱，于是在一无所知的情况下，他将东西原封不动藏在了石头底下，不过他们由此得出一个这样的结论：他之所以犯下此案，肯定是暂时性精神错乱所致，也就是说，是出于一种对杀人行为和抢劫行为的病态癖好，但是并无进一步行动的动机，也没有谋财的意图。顺便说一句，在我们这个时代，关于暂时性精神错乱的新潮理论恰好风靡一时，人们总是试图运用此类理论解释某些犯罪者的犯罪心理。此外，有许多人愿意出面做证，证明拉斯科尔尼科夫身上早已出现臆想症的患病迹象，这些证人包括佐西莫夫医生、犯人昔日的同学们、犯人的女房东和女仆。这一切都促使当庭最终得出如下结论：拉斯科尔尼科夫并不完全是普遍意义上的杀人犯、劫匪和抢劫者，这里面肯定还有其他原因。然而，让那些持此观点的人甚感遗憾的是，犯罪者本人几乎从未试图为自己辩护。对于最后的两个问题（即究竟是什么促使他动手杀人，又是什么促使他实施抢劫），他的答案非常明确，简单粗暴，也很符合实际情况。他表示，他做这些皆因他身陷窘境，一贫如洗，孤立无援，他希望得到一笔钱，帮助自己在初入社会的时候站稳脚跟，至少要有三千卢布，于是他打算从被害人那里弄到这笔钱。他之所以决定动手杀人，是因为他性格冲动，意志薄弱，更为重要的原因是他穷困潦倒，郁郁不得志。至于"为什么要投案自首"，他的回答直截了当，他说，因为他想真诚悔过。这些话他说得几乎都很粗暴……

不过，判决结果要比据其罪行做出的预期更轻一些，或许这正是因为犯人不仅不愿为自己辩护，似乎反而愿意承受更重的刑罚。这起案件中所有的蹊跷之处和特殊情况均被予以考虑。犯人作案前的病态心理和窘困处境丝毫未受怀疑。至于他为何没有动抢来的财物，人们认为，一方面是因为他心生悔过之念，另一方面是因为他在犯罪的时候神志并不完全清醒。莉扎薇塔意外被杀的事实甚至成为一项例证，使得如下推测更具说服力：一个人在完成两次杀人行为的同时，竟然忘记门还开着！最后，他现身自首的时候，正是那个精神崩溃的狂热信徒（尼古拉）自称罪人、用假供词把案情搞乱的时候，而且当时警方对于真正的凶犯，不仅没有掌握任何确凿的证据，甚至连怀疑都几乎未曾有过（在这一点上，波尔菲里·彼得洛维奇坚守了自己的诺言），种种原因使得犯人最终被从轻发落。

除此以外，让人意想不到的是，后来又出现了一些对被告人相当有利的情况。以前的大学生拉祖米欣不知从何处弄来了一批有利于被告人的材料，证明犯人拉斯科尔尼科夫从前在大学读书时，曾用仅剩的一点钱接济了一个罹患肺病的穷学生，帮他维持生活近半年之久。而在那个同学去世以后，拉斯科尔尼科夫还帮他（这个同学几乎从十三岁起便开始打工供养自己的父亲）照顾尚在人世、年迈体衰的父亲，最后，拉斯科尔尼科夫把这个老人送到医院治疗，在老人去世后，他还为之妥善安葬。这些材料对于拉斯科尔尼科夫的命运多少产生了有利影响。拉斯科尔尼科夫从前的房东——寡妇扎尔尼岑娜，也就是他那位已故的未婚妻之母——也出面为之做证，她说，早在他们住在五角场附近的另一栋房子里时，某天夜里，房屋起火，拉斯科尔尼科夫从失火的房子里救出了两个孩子，为了救人，他自己还被烧伤了。警方详细调查了这起事件，许多人都可以证明，这一情况确实属实。总之，鉴于犯人是投案自首，而且存在一些可以减刑的事实，犯人最终被判为第二类苦役犯，刑期仅八年。

早在案件刚开始审理的时候，拉斯科尔尼科夫的母亲就病倒了。杜尼娅和拉祖米欣一致认为，应该让她在开庭期间离开圣彼得堡。于是拉祖米欣选择了一个位于铁路沿线、距圣彼得堡很近的城市，以便跟进案件的全部审理过程，还可以尽量与阿芙多季娅·罗曼诺芙娜经常碰面。普莉赫里娅·亚历山德罗芙娜得的是一种奇怪的神经疾病，伴有类似精神失常的症状，即便她没有完全精神失常，那么也多少有此迹象。那日，杜尼娅跟哥哥最后一次见面以后，一回到家，便发现母亲病重，浑身发热，神志不清。当天晚上，她和拉祖米欣便商量好了，若是母亲追问哥哥的去向，他们要如何作答，他们甚至还编了一套应付母亲的谎话，就说拉斯科尔尼科夫受人所托，去了一个很远的地方，他要到俄国边境办一件要事，此事一成，他将名利双收。可是让他们颇为诧异的是，不论是当时，还是后来，普莉赫里娅·亚历山德罗芙娜在这件事上始终只字未提。相反，对于儿子的突然消失，她早已有了自己的解释。她泪流满面地述说儿子那日是如何过来跟她道别的，还暗示只有她了解许多非常重要的隐秘内情，暗示罗佳正面临许多实力雄厚的劲敌，所以他甚至必须躲起来。至于他的前途，她认为,一旦他所面临的部分敌对势力消失,那么他的前途必将一片光明。她还告诉拉祖米欣,她的儿子日后甚至还将成为治国之才,他的那篇文章和他那出色的文学禀赋便是证明。她经常阅读那篇文章,有时甚至念出声来,就连睡觉也要把文章攥在手里,可她对于"罗佳如今到底人在何处"这件事却几乎始终缄口不言,尽管她可以看得出来,大家当着她的面对这个问题总是避而不谈——单单这一点就足以引起她的怀疑。终于,普莉赫里娅·亚历山德罗芙娜在某些事上表现出的反常的沉默开始令大家感到担忧。比如,她甚至从未抱怨过儿子没给她写信这件事,可是在此之前,她还住在故乡小镇的时候,她活下去唯一的希冀与期待就是尽快收到心爱的罗佳的来信。她不再等待儿子的信,这属实令人费解,也让杜尼娅分外担忧,她不禁猜想,母亲恐怕是已经预感到儿子正遭逢厄运,因而不敢过问,唯恐得知更加糟糕的情况。不管怎么说,杜尼娅已然清楚地意识到,普莉赫里娅·亚历山德罗芙娜的精神状态非常糟糕。

不过,有一两回是她自己说起这个话题,于是大家在回答她的时候,不得不提起罗佳现今到底人在何处。他们迫不得已的回答显然无法令她满意,还使她产生怀疑,这时她会忽然沉默不语,格外沮丧,悒悒不乐,这样的状态会持续很长一段时间。杜尼娅终于意识到,撒谎和编故事是很困难的,她最后决定,有些事最好闭口不提,可是情况越发明显起来了——可怜的母亲已经开始怀疑,儿子身上发生了可怕的事情。与此同时,杜尼娅想起哥哥说过,就在他命运被改写的前一夜,也就是她和斯维德里盖洛夫见面后的当天晚上,母亲听见她说梦话了——她是不是听见什么了?有时,母亲一连数日,甚至一连好几个星期都阴沉寡言、愁眉不展,还悄悄抹眼泪,但是在此之后,她不知为什么忽然变得极度兴奋,歇斯底里,突然开始高声讲话,嘴里不停叨念着自己的儿子，谈论自己的希冀与未来……她的幻想有时格外奇怪。大家宽慰她、附和她（想必她自己也很清楚，他们只是在安慰并附和她），可是她仍会继续说下去……

犯人自首后的第五个月，判决结果出来了。一有机会，拉祖米欣就去狱中探视，索尼娅也是如此。离别的时刻终于到了。杜尼娅信誓旦旦地对哥哥说，这次离别绝不是永别，拉祖米欣也这样说。在拉祖米欣那年轻而又狂热的头脑里已然产生了一个坚定的规划：在往后的三四年里，他将竭尽所能为将来的生活奠定基础，起码要攒一些钱，然后迁居西伯利亚，那里土壤肥沃，自然条件优越，但是缺少人力和资本，他要去罗佳即将前往的那个城市定居，而且……到了那里，他们将开始新的生活。离别之际，所有人都哭了。临行前的最后几天，拉斯科尔尼科夫神思恍惚，时常询问母亲的近况，为之忧心不已。他对母亲的担心甚至使他感到格外痛苦，这让杜尼娅颇为忧虑。当他详细了解了母亲的病情时，整个人便开始郁郁寡欢。不知何故，这段时间他尤其不爱跟索尼娅讲话。索尼娅利用斯维德里盖洛夫留给她的那笔钱，置办好了行囊，她准备跟拉斯科尔尼科夫所在的那批犯人一起上路。在这件事上，她对拉斯科尔尼科夫只字未提。但他们二人都知道，她一定会这样做的。临行之时，妹妹和拉祖米欣对他说，待他刑满获释，他们定将过上幸福的生活，听到这些热情洋溢的话语，他只是怪异地笑了笑，他已有所预感，母亲的病情很快就会恶化。终于，他和索尼娅上路了。

两个月后，杜涅奇卡和拉祖米欣举办了婚礼。婚礼颇为冷清，不过，应邀参礼的客人里有波尔菲里·彼得洛维奇和佐西莫夫。最近这段时间，拉祖米欣看起来就像一个下定决心干一番事业的人。杜尼娅盲目地相信，他定能实现自己的志向，况且她也不可能不相信，显然,拉祖米欣拥有钢铁般的意志。顺便说一句,他已重返校园,继续学业。他们俩经常为将来做打算,两个人都非常希望五年后能够迁居西伯利亚。而在那个时刻到来以前,他们将希望全都寄托在索尼娅的身上……

对于女儿和拉祖米欣的婚事,普莉赫里娅·亚历山德罗芙娜格外高兴,为他们祝福,但是婚礼过后,她似乎变得更加忧郁、心事重重。为了让她心里稍微高兴点,拉祖米欣顺便给她讲了罗佳从前帮助一名大学生和那个老父亲的事情,还告诉她,罗佳去年救过两个小孩子的性命,为此他自己被烧伤了,甚至大病一场。这两件事使得本就已精神失常的普莉赫里娅·亚历山德罗芙娜的状态达到几近亢奋的地步。她开始喋喋不休地叨念这两件事情,甚至在大街上逢人便说个不休(虽然杜尼娅时常陪伴在她左右)。无论是在公共马车上,还是在小店铺里,只要她能找到愿意听她讲话的人,就会忙不迭地跟人家说起自己的儿子,说起他写的那篇文章,还告诉人家,她的儿子如何接济了一名大学生,又如何在烈火中救人被火烧伤,等等。杜涅奇卡甚至不知该如何制止她才好。这种极度亢奋的病状是相当危险的,而且,也会让人根据拉斯科尔尼科夫这个姓氏想起不久前的那桩案子,议论纷纷。普莉赫里娅·亚历山德罗芙娜甚至打听到那两个从火场里救出来的孩子的母亲的住址,一定要登门拜访她。终于,她的焦虑不安攀至顶点。她有时忽然放声大哭,还时常生病,发烧,胡言乱语。某天早上,她直接说,据她推测,罗佳就快要回来了,她说,她还记得,他跟她道别的时候说过,九个月以后,她就能等到他回来了。于是她开始收拾屋子,准备迎接他回家,还开始装饰那间为他准备的房间(其实就是她自己住的那间),擦拭家具,除尘洒扫,换洗新窗帘,等等。杜尼娅非常担忧,可她什么也没说,甚至还帮着母亲一起收拾房间,为迎接哥哥回家做准备。在接连不断的幻想中,在美梦与泪水中,母亲度过了令人忧虑的一天。当天晚上,她一病不起。次日一早,她开始发烧,神志不清。她的热病发作了。两周之后,母亲离世了。她昏迷不醒的时候说了几句胡话,从这些话中可以断定,她对儿子所遭逢的厄运的猜疑远比大家以为的严重许多。

在很长一段时间里,拉斯科尔尼科夫并不知道母亲离世的消息,尽管他刚到西伯利亚的时候就跟圣彼得堡那边建立了联系。是索尼娅帮他与外界联络的,她每月按时往圣彼得堡寄信,寄给拉祖米欣,同时每月如期收到圣彼得堡寄来的回信。杜尼娅和拉祖米欣起初认为,索尼娅写的信枯燥无味,并不尽如人意,然而,他们后来一致认为,再没有比这更好的信了,因为这些信件毕竟能让他们对这位不幸的兄长的生活有一个最全面、最翔实的了解。索尼娅信中所写的全是真实的日常,她简洁明了地叙述了拉斯科尔尼科夫服刑期间的生活状况。信中既不述及她本人的展望,也不对未来加以揣测,更不掺杂她的个人情绪。她没有试图分析他的精神状况或是他整个人的内心生活,她仅仅陈述事实,即他本人说过的话、他的健康状况、他见面时表达了哪些愿望、找她要了什么东西、托她办了什么事情,等等。所有这些内容都写得极为详尽。最后,他们这位不幸的兄长的形象跃然纸上,被描摹得准确而又清晰,这里面肯定不会出错,因为所有内容都真实可靠。

不过,杜尼娅和她的丈夫很少从这些信件里读到令人可喜的消息,尤其是刚开始的时候。索尼娅屡次在信中提到,拉斯科尔尼科夫经常郁郁寡欢,沉默不语,每当她给他讲来信的内容时,他甚至丝毫提不起兴趣;她还写道,他有时会问起母亲的近况;后来当她看出,他已料到事情的真相,于是她将母亲辞世的消息告诉了他,但让她感到惊讶的是，似乎就连母亲的死讯也并未在他心中激起特别强烈的情绪波动，她认为，至少从表面上看是这样的。此外，她还告诉他们，虽然他看似经常陷入深思，封闭自我，不愿与人来往——可他对自己的新生活却怀有坦率且简单的态度，他非常清楚自己的处境，不指望近期的生活会有任何改善，也没有任何不切实际的期待（在他当前的处境下，当然是这样了），新的环境与他以往的生活截然不同，但是他对于周遭的一切丝毫未曾感到惊讶。她还写道，他的身体状况还算可以。他去干活，既不逃避差事，也不主动多做。他对伙食条件原本毫不在意，可是除了礼拜天和节庆期间的伙食有所改善以外，平日里的伙食实在极差，所以他终于肯收下索尼娅给的少许银钱，好让自己每天能喝些茶水。至于其余诸事，他请她不必担忧，还斩钉截铁地告诉她，她的种种关照只会为他徒添烦恼。此外，索尼娅还在信中提到，他在监狱里跟所有犯人住在一起，牢房内部她并未见过，但她断定，里面肯定又脏又挤，环境恶劣；还说，他睡在简陋的床板上面，床上只铺着一层粗毛毡，其余物品他一概不愿给自己备置。不过，他把日子过得如此粗简，如此清贫，全然不是遵循某种预先确定的计划或想法，他之所以这样生活，仅仅出于对自身命运的毫不在意和表面上的漠不关心。索尼娅坦率地写道，尤其在刚开始的时候，他不仅不喜欢她前来探视，还会埋怨她，不愿跟她讲话，甚至对她的态度非常粗鲁，不过后来，他开始渐渐习惯她经常的探视，甚至需要被探视，因此在她病倒几日，没能过来看他的时候，他甚至非常思念她。每逢节日，她和他就在监狱大门口或警卫室见面，这时，他会被叫出去跟她见上几分钟；平日里，她就去他干活的地方见他——或是作坊，或是砖厂，或是额尔齐斯河沿岸的板棚里。至于她自己，索尼娅告诉他们，她已在城里结交了几个朋友和值得信赖的庇护者；她还提到，她如今在做裁缝，因为当地几乎没有制作时装的女裁缝，所以对于许多家庭来说，她的工作甚至是不可或缺的。只有一件事情她并未提及，那就是，由于她的关系，拉斯科尔尼科夫得到长官的特殊关照，分配给他的劳动任务也因此减轻许多。最后，从索尼娅那里传来了一个消息（根据索尼娅最近寄来的几封信件，杜尼娅甚至觉察出某种尤为不安与担忧的情绪），她说，他排斥所有人，监狱里也没人喜欢他，他经常一连数日一语不发，而且病得十分严重。在最后一封信里，索尼娅突然写道，他的病情相当严重，他正躺在监狱的羁留病房里……

第二节　监　狱

其实他早就病了,但是将他压垮的并不是可怕的苦役生活,也不是劳动任务,不是难以下咽的伙食,也不是剃光头,更不是用碎布片缝制的破囚服。哦!对他而言,所有这些痛苦和磨难算得了什么呢?相反,他甚至乐意干活,在精疲力竭的体力劳动过后,他至少可以平静地睡上几个小时。而且这样的伙食——清汤寡水、漂着蟑螂尸体的白菜汤——对他来说又算得了什么呢?他从前上学的时候经常连饭都吃不上。他的衣服很保暖,很适合他现在的生活方式。他甚至感觉不到自己身上还戴着镣铐。那么,他是为自己的光头和半黑半灰的囚服[①]感到羞耻吗?可他是在谁的面前感到羞耻呢?在索尼娅的面前吗?索尼娅这么怕他,难道他在她的面前还会感到羞耻吗?

这到底是怎么回事?即便是在索尼娅的面前,他也倍感羞耻,正因如此,他才用蔑视和粗鲁的态度对待她,使她的内心备受煎熬。不过,让他感到羞耻的并非光头和镣铐:是他的自尊心被深深刺痛了。他之所以一病不起,也是自尊心受伤的缘故。倘若他能够发自内心地认定自己有罪,那他将感到多么幸福!那样他便可以忍受一切,哪怕是羞愧与耻辱。然而,他严格地审视着自己做过的一切,除了人人都

[①] 第二类苦役犯人穿的是灰、黑两色拼接的囚服,囚服背后的黄色布块是囚犯的标志。

可能犯下的谬误以外,他残酷无情的良心并未在他过往的生活中找到一丝极其严重的罪过。让他感到羞耻的原因恰恰在于,他,拉斯科尔尼科夫,竟会听凭偶然的命运裁决,如此盲目、无可奈何、悄无声息又傻里傻气地把自己给毁了,而且他若要让自己不安的良心得到慰藉,就必须在这"荒诞"的裁决面前俯首称臣。

眼前是虚无缥缈、毫无意义的担忧,将来唯有无休无止的无畏牺牲——这便是他在这个世界上即将面临的命运。再过八年,他也只有三十二岁,还能重新开始,可这对他而言又有什么意义呢?他为了什么活下去呢?他有什么目标?他有什么追求?难道就为了生存而活吗?可是他从前为了思想,为了希望,甚至为了幻梦,曾有数次准备献出自己的生命啊。他总是觉得,仅有生存是不够的,他始终憧憬一种更加广阔的人生。或许正是因为怀有这样的憧憬,他才将自己视作一个比别人享有更多特权的人。

哪怕命运赐予他悔过之念也好啊——让他痛彻心扉,让他夜不能寐,让他痛苦难耐,最后投水自尽或自缢身亡!啊,若是果真如此,他将无比快乐!要知道,痛苦和泪水——这也是生活呀。然而,他对自己的罪过并无悔意。

至少,他能够对自己的愚蠢行径感到愤怒也好啊,就像他先前对自己那些恶劣、愚蠢、使他锒铛入狱的行为感到愤怒一样。可是如今,当他已身陷囹圄,闲暇之余重新探究和思索自己昔日的种种作为时,他根本不觉得自己的所作所为有什么恶劣或愚蠢的地方,而这跟他先前——也就是那个关乎命运的时刻——的想法截然相反。

"与那些自创世以来大量涌现且又相互矛盾的理论思想相比,"他想,"我的思想究竟在哪一点上更愚蠢呢?只要抛开世俗观念的影响,从一个开阔的、完全独立的视角看待事情,那么显然,我的思想根本没有那么……奇怪。哎,对一切持怀疑态度的人和一钱不值的智者们,你们为什么要半途而废啊?"

"他们为何认为我的行为是恶劣的呢?"他自言自语,"难道是因为,我的行为残暴吗?'残暴'这个词又是什么意思呢?我问心无愧。当然,我犯罪了;当然,我在形式上触犯了法律,我杀人了,那就遵照形式上的法律取走我的人头吧……这也就够了!当然,许多人类的恩人甚至并未继承权力,而是亲自动手夺取政权,倘若是这样,那么他们在最初行动之时就理应被处决。可是那些人承受住了最初的考验,所以他们无罪,而我却没能承受得住,可见我没有准许自己迈出这一步的权利。"

他认为自己唯一的罪行就是:他没能承受住这份考验,投案自首了,仅此而已。

还有一个想法让他倍感痛苦:为什么他当时没有自杀?为什么他当时人已站在河边,却宁愿去投案自首?难道他活命的愿望竟如此强烈,如此难以克服吗?贪生怕死的斯维德里盖洛夫不就克服了吗?

他时常痛苦地诘问自己,而且他无法理解,当他站在河边的时候,或许就已预感到自己和自己的信念皆是莫大的谎言。他不明白,这种预感可能正是他的生活即将发生转变的前兆,是他将来重获新生的前兆,也是他今后以新视角看待人生的前兆。

他宁愿认为,这只是一种迟钝的本能重负(由于意志薄弱和精神贫乏),这份沉重他不仅无法摆脱,而且无力跨越。他望着自己的狱友们,不禁感到惊讶:他们所有人是如此热爱生活,如此珍惜生活!他恰恰认为,他们正是到了监狱以后,才变得更加热爱生活、珍视生活,比从前自由时更加珍惜,他们中的一些人,比如流浪汉,他们什么样的痛苦和残酷的折磨没有经历过啊!难道一缕阳光、一片茂密的森林、一眼人迹罕至处冷冽的清泉,与他们而言是那样重要吗?这眼清泉是两年多前被发现的,难道那名流浪汉会如幻想跟情人约会那样,幻想见到这眼清泉吗?他会梦到这眼清泉、泉水附近嫩绿的青草和灌木丛中鸟儿的啼啭吗?当他继续仔细观察,他发现了一些更加难以理解的事情。

在监狱里,在他身处的环境当中,许多事情他当然未曾留意过,况且他也根本不愿留意。不知为何,他似乎总是目光低垂,对周围的事物极度反感,无法忍受。可是后来,许多事情渐渐让他感到惊奇,而他好像开始不由自主地关注自己先前连想都未曾想过的事情。总的来说,他最为感到惊奇的是横亘在他和这里所有人之间那条可怕的、不可逾越的鸿沟。他和他们仿佛来自不同的民族。他们互不信任,彼此怀有敌意。其实他明白产生这种隔阂的主要原因,但是他过去从未想过,这些原因竟如此深刻,如此严峻。监狱里还有一些被流放的波兰人,是政治犯。这些政治犯简直把这儿的所有人都当作目不识丁的村野匹夫,对待他们的态度高高在上,鄙夷不屑;可是拉斯科尔尼科夫并不这样看待他们,他清楚地意识到,这些村野匹夫在许多方面比这些波兰人更有智慧。这里还有几个同样瞧不起这些人的俄国人——一名昔日的军官和两名神学院的学生。拉斯科尔尼科夫把他们的错误瞧得十分清楚。

拉斯科尔尼科夫在这里并不受人喜爱,大家全都躲着他,后来甚至还开始讨厌他——这是为什么呢?连他自己也不知道。他们蔑视他、讥讽他、嘲笑他的罪行,其实他们之中有些人的罪行比他严重得多。

"你是老爷!"他们对他说,"你是用斧头砍的人吗?这压根儿就不是老爷会干的事。"

大斋期第二周,轮到他和同一间牢房的犯人去斋戒。他与其他人一起去教堂做祷告。也不知什么缘故,有一次他和别人吵了起来,所有人一拥而上,疯狂地攻击他。

"你是个无神论者!你不信上帝!"他们朝他大喊,"真应该把你宰了!"

他从未跟他们提过上帝和信仰的问题,他们却要将他当作无神论者杀掉。他沉默不语,并未反驳他们。有一个苦役犯人怒气冲冲地朝他扑来,拉斯科尔尼科夫从容不迫、默不作声地等他过来,他连眉头都没有皱过一下,面部表情也没有丝毫变化。若不是一名负责押解犯人的士兵及时挡在他们中间,肯定会发生流血事件。

对他而言,还有一个难以理解的问题:为什么他们所有人都这么喜欢索尼娅呢?她并没有讨好他们,他们也很少见到她,有时她只是在他们干活的时候过来待一会儿,只为看他一眼。可是这里所有人都认得她,他们知道,她是跟着他才来到这儿的,还知道她生活得如何,住在哪里。她没给他们送过钱,也没给过他们特殊的好处。只有一次,圣诞节那天,她给监狱的所有犯人带来了馅饼和白面包。然而,索尼娅和他们之间逐渐建立了一种更为亲近的关系:她帮他们代笔给亲人写信,还帮他们将信件投递到邮局。他们的亲眷来到这座城市,会按照他们的意思把物品、甚至钱交给索尼娅保管。他们的妻子和情人都认识索尼娅,常常拜访她。当她去干活的地方探视拉斯科尔尼科夫,或者偶然在路上碰到一群去干活的苦役犯时,所有犯人都会摘下帽子,向她致意:"妈妈,索尼娅·谢苗诺夫娜,您是我们的母亲,温柔又可爱的母亲!"这些举止粗野、脸上刺字[①]的苦役犯对这个身形瘦小的姑

[①] 只有平民出身的苦役犯人需要刺字,贵族可免于刺字,因此,拉斯科尔尼科夫(以及陀思妥耶夫斯基本人)在流放的时候未被刺字。

娘说。她笑着向他们还礼。他们一向喜欢她对他们微笑,甚至喜欢她走路的步态,常常回头去瞧她走路的背影,赞美她,赞美她那瘦小的身形,甚至已不知该如何对她表达赞美。他们还会找她看病。

大斋期最后几日和复活节周,他都是躺在医院里度过的。身体渐渐复原后,他回想起自己在高烧昏迷时做过的那些梦。他梦见世界好像必将毁于一场闻所未闻、见所未见的可怕的瘟疫,这场瘟疫从亚洲腹地蔓延至欧洲。所有人都会死于这场瘟疫,仅有极少数非凡者才能幸免于难。世上出现了一种新型旋毛虫——它是一种可以侵入人体的微生物。不过,这些微生物拥有智慧和意志。体内携带这种微生物的人会立刻发狂。可是,人类从来没有像这些感染者那样,认为自己绝顶聪明且恪守真理。人类从未对自己的判断、科学结论、道德准则和信仰深信不疑。一座座村庄、一座座城市、一个个民族接连感染瘟疫,陷入癫狂。所有人惶惶不安,互不理解,每个人都认为自己掌握了真理,他们看到别人,心中便感到痛苦,不由得捶胸顿足,痛哭流涕。他们不知应审判谁,又该如何审判,对于善与恶的界定,他们无法达成共识。他们不知道,究竟什么人是有罪的,什么人是无辜的。他们怀着盲目的仇恨相互厮杀,还集结了一批批军队,准备向对方发起猛攻,可是在行军途中,这些军队却突然开始自相残杀,溃不成军,士兵们扭打作一团,相互砍杀、撕咬和吞食。所有城市的警报声终日响个不停,所有人被召集到一起,可是谁都不知道,到底是谁召集了他们,又为什么召集他们,一时间人心惶惶。人们将日常工作弃之不顾,因为每个人都在提出自己的意见和改良方案,大家无法达成共识;农业生产也荒废了。在一些地方,人们聚在一起,共同商定某件事情,发誓绝不抛离对方——可是他们刚刚立完誓,就做出了背道而驰的事情,他们开始相互责难,彼此争斗,自相残杀。许多地方接连发生火灾,爆发饥荒。所有的人和事物都在渐渐消亡。瘟疫的传播范围越来越广。全世界只有几个人可以幸免,这些人精神纯粹,卓尔不凡,他们的使命是繁衍新的人类族群,创造全新的生活,更新万物,净化大地,可是谁都没在世上见过这些人,也没人听过他们的话语和声音。

拉斯科尔尼科夫感到痛苦的是,这个荒诞的梦境竟然如此忧郁、如此痛苦地盘旋在他的回忆中,它使得由热病引发的幻觉在他的脑海里久久无法散去。到了复活节的第二个星期,温暖而和煦的春日来临了,监狱病房的窗户开了(窗上安着铁栅栏,窗外有哨兵巡视)。在他生病期间,索尼娅只能进病房探视他两次,每次都需要申请批准,但这是很困难的。不过,她会经常来到医院的院子里,走到他的窗前,通常是在傍晚时分。有时她过来,仅仅为了在院子里站上片刻,哪怕能遥遥地望上一眼那间病房的窗户也好。某日黄昏,身体已接近痊愈的拉斯科尔尼科夫睡着了,醒来后,他无意间走到窗边,突然瞥见了远处医院大门前的索尼娅。她站在那里,似乎在等待什么。那一刻,他的心似乎被什么东西给刺痛了,他浑身战栗了一下,连忙从窗边走开。第二天,索尼娅没再过来,第三天也没来。他发觉,自己正在焦急地等待她的到来。终于,他出院了。回到监狱,他才从狱友那里得知索尼娅的病讯,她正躺在家里,哪儿也去不了。

他坐立不安,遣人前去打听她的情况。他很快了解到,她的病并无大碍。索尼娅也得知,他特别挂念她,担心她,于是给他寄去一张用铅笔写的便条,告诉他,她的病已经好多了,她得的只是症状轻微的小感冒,还说她很快很快就会来他干活的地方跟他见面。读到这张便条的时候,他的心在猛烈、痛苦地跳动。

又是温暖而明媚的一天。清晨六点钟,他出发到河边干活,河边的一间棚屋里砌了一个用来烧雪花石膏的窑炉,他要去那儿捣石膏。

总共有三个人过去干活。其中一个犯人和看守他的卫兵一起到要塞领取干活的工具，另一个犯人开始动手准备木柴，再把它们堆到窑炉里。拉斯科尔尼科夫从棚屋里出来，走到河边，坐在棚屋附近的原木桩上，举目远眺这条宽阔又苍凉的大河。从高高的河岸上望过去，四周开阔的城郊图景尽收眼底。远处的河岸上隐约有歌声传来。在那里，在那片洒满阳光、一望无垠的大草原上，依稀可见化作一个个小黑点般的牧民的毡帐。那里是自由的世界，在那里生活的是与这里截然不同的另一群人。在那里，时间仿佛是静止的，亚伯拉罕①的时代和他的兽群仿佛尚未到来。拉斯科尔尼科夫一动不动地坐在那里，目不转睛地凝视眼前的景象，他渐渐出现幻觉，陷入冥思。他并没有在思考什么，但被一种苦闷牢牢攫住了，他感到痛苦不堪。

突然，索尼娅出现在他身边。她悄无声息地走到他面前，坐在他身边。天光尚早，清晨寒意未消。她身穿一件寒酸的旧连帽斗篷，头戴一块绿色头巾。她脸上的病容仍未消退，看起来消瘦、苍白又憔悴。她亲切又快活地对他笑了笑，但像往常一样，怯生生地向他伸出了一只手。

她把自己的手伸向他的时候总是如此胆怯，有时甚至根本不主动和他牵手，好像生怕他会把自己的手推开。他牵着她的手似乎总是非常排斥，他仿佛总是带着遗憾的心情见她，有时她来探视，他自始至终执意不肯讲话。有时他的样子令她感到害怕，她离开的时候心里难过极了。但是现在，他们的手却紧紧握在一起。他飞快地看了她一眼，什么话也没说，然后垂下目光，望着地面。他们是一体的，现在没人看到他们。守卫此时已经把脸扭过去了。

---

① 据《圣经》记载，亚伯拉罕是古犹太人的族长。

这件事是怎么发生的，连他自己都不知道，可他好像忽然被什么力量一把抓起，扔到她的脚边。他流着泪抱住她的双膝。最初的那一瞬间，她被吓坏了，不由得怵然失色。她猛地跳了起来，浑身战栗地望着他。但是刹那间，她立刻全明白了。她的眼中开始闪烁着无限幸福的神采，她懂了，她已深信不疑，他爱她，永远爱她，这一时刻终于到来了……

他们本想说些什么，但是谁也说不出话来。他们眼含热泪。两个人面容惨白，瘦骨嶙峋，可是在这两张苍白的、病态的脸上已然闪耀着重获新生、憧憬未来的曙光。是爱情让他们重获新生，一个人的心可给予另一个人无尽的生命之源。

他们决定等待下去，忍耐下去。他们还剩七年的时间，而在那之前，他们将面临无数难熬的痛苦，也会拥有无限的幸福！不过，他已经重获新生，这一点他自己也知道，他那焕然一新的生命完完全全地感受到了这一点，而她——她仅仅是为了使他活下去而活着！

当天晚上，牢门挂锁以后，拉斯科尔尼科夫躺在板床上想她。这一天，他甚至觉得似乎所有的狱友，他从前的敌人，已在用另一种眼神看他了。他甚至主动跟他们说话，而他得到的回应也是友善的。现在他想起了这件事情，可是一切不就本该如此吗？难道现在一切不该发生改变吗？

他在想她。他想起自己以前经常使她痛苦，让她的心备受折磨，想起她那张苍白又瘦削的小脸。可是，这些回忆如今已几乎不再使他感到痛苦，他知道，他今后该用怎样无限的爱去补偿她曾承受的所有痛苦。

况且，往日的一切痛苦又都算得了什么呢？现在，当情感初次迸发，一切——就连他的罪行，就连判决和流放——在他看来好像都是奇怪的身外之物，甚至似乎并非他经历过的事情。不过这天晚上，他没法持续思考，也没法集中心神，现在他无法有意识地做任何决定，他只能感觉。生活取代了思辨，一种全新的思想在他的意识中诞生了。

他的枕头底下放着一本福音书，他下意识地将它拿了起来。这本书是她的，是她给他读拉撒路复活时用的那本。刚开始服刑的时候，他以为她会用宗教来折磨他，会跟他谈论有关福音书的内容，会把书强塞给他。然而，让他倍感诧异的是，她一次都没提过这件事，甚至一次也没提出要把福音书给他。是他在生病前不久，自己找她要了这本书，她默默将书拿来给他。到目前为止，他还从未翻开过这本书。现在他也没有翻开书页，可是他的脑海里却闪过一个念头："难道如今，她的信仰不能成为我的信仰吗？至少，她的感情、她的追求……"

她也整整一天激动不已，夜里甚至又生病了。但她却感到无比幸福，她几乎在为自己的幸福感到害怕。七年，只有七年而已！在他们的幸福刚刚开始的时刻，他们俩情愿将这七年看作七天。他甚至还不知道，新生活不可能平白无故地归他所有，必须还要为之付出昂贵的代价，因此今后必须建立伟大的功勋以抵偿它……

不过，这里正在开启的是一个全新的故事，是一个人逐渐脱胎换骨的故事，是一个人逐渐重获新生的故事，是一个人从一个世界逐渐进入另一个世界的故事，是一个人逐渐熟悉他目前尚不知晓的新现实的故事。这可以成为一个新故事的主题——不过，我们这个故事到这里就结束了。

白痴

ИДИОТ

[俄] 陀思妥耶夫斯基 著

张倩 译

北京理工大学出版社
BEIJING INSTITUTE OF TECHNOLOGY PRESS

版权专有 侵权必究

图书在版编目（CIP）数据

白痴 /（俄罗斯）陀思妥耶夫斯基著；张倩译. --
北京：北京理工大学出版社，2023.3
（一俄尺的理想地：陀思妥耶夫斯基罪与罚三部曲）
ISBN 978-7-5763-1996-5

Ⅰ.①白… Ⅱ.①陀…②张… Ⅲ.①长篇小说—俄罗斯—近代 Ⅳ.①I512.44

中国国家版本馆CIP数据核字（2023）第003926号

出版发行 /	北京理工大学出版社有限责任公司
社　　址 /	北京市海淀区中关村南大街5号
邮　　编 /	100081
电　　话 /	（010）68914775（总编室）
	（010）82562903（教材售后服务热线）
	（010）68944723（其他图书服务热线）
网　　址 /	http://www.bitpress.com.cn
经　　销 /	全国各地新华书店
印　　刷 /	三河市金元印装有限公司
开　　本 /	880毫米×1230毫米　1/32
印　　张 /	25.25
字　　数 /	606千字
版　　次 /	2023年3月第1版　2023年3月第1次印刷
定　　价 /	399.00元（全4册）

责任编辑 /	申玉琴
文案编辑 /	申玉琴
责任校对 /	周瑞红
责任印制 /	施胜娟

图书出现印装质量问题，请拨打售后服务热线，本社负责调换

译者序

人性的觉醒

《白痴》创作于1867—1869年，这是陀思妥耶夫斯基服刑服役后重返文坛的第三篇长篇小说，前两部分别是《被侮辱与被损害》《罪与罚》。

《白痴》与作者所刻画主人公的绰号同名，这一命名既向读者直白地袒露了小说主人公的生理缺陷，又为故事展现更深层的社会道德问题及救赎精神埋下伏笔。

主人公梅什金从小患有癫痫病，得好心人资助医治，病情有很大改观。可即便他一再声明自己已经痊愈，仍然少不了背后的窃窃私语，以及当面的唇枪舌剑。

身体饱受疾病之苦，心却怀着悲悯苍生的偏执仁爱，梅什金试图用一己之力拯救心灵纯洁却深陷堕落之中的女主人公娜斯塔西娅，使其避免成为贵族间的交易品。他企图用道德仁爱的精神感化当下困于金钱诱惑中的人们，以求改善日趋败坏的社会风气。这种思想及做法自然不被大众理解，这也让他成为大众口中的"白痴"。

"白痴"梅什金公爵这个人物的身世及遭遇并不都是作者凭空捏造的。作者深知，在当时的社会风气下，凭空捏造一个品性如此完美的人物，非但不能引起读者的共鸣，反而会使人物本身十分空洞。于是，作者将自己半生坎坷的经历赋予角色，使梅什金这个人物的形象更加立体饱满。

　　作者本人和文中的梅什金公爵一样，患有癫痫，只不过他的病不是先天的，而是他从小在爱酗酒的父亲对他的严厉苛刻、打骂成习下患上的。作者的父亲是一位军医，同时也是老派没落贵族的后裔。规律的军事化生活作息，让他时刻严于律己、苛以待人，但这使自己的孩子们过早失去了孩童的天真。对没落贵族身份的痴念，让他郁郁寡欢，虽然通过不懈的努力当上了医生，但还是低人一等，薪水微薄，似乎只有酗酒、暴力的快感才能驱赶忧愁。而陀思妥耶夫斯基便成为这所谓快感的牺牲品——在九岁那年患上了癫痫。可以说，他的病是在这样一个精神备受压迫的环境中造成的。

　　可能身体的疾病只能赋予主人公感同身受的"小我"的悲悯之心，那么真正能让主人公从"小我"升华为"大我"的博爱之心的，怕是只有——生命的可贵。

　　1849年的陀思妥耶夫斯基因言论牵涉反沙皇革命活动而被拘捕，同年11月又经历了"假死真流放"，后来在西伯利亚完成了自己的服刑服役。在狱中的他有了更多的时间去纵向思考，使他明白了生命的可贵，至此完成了思想上的升华。重生后的世界如此美好，虽然苦难犹在，但生命只有一次，不该因苦难而哀叹生命，理应善待世间万物。

　　1848年欧洲革命以后，资本主义文明便在欧洲大部分国家落地生根并迅速发展壮大起来。而此时俄国仍处于空想平均共产主义阶段，西方资本主义文明的渗入，新旧思想的碰撞，导致社会结构突变，人民的思想上发生了过于激进的转变。再加上开放的国门，资本市场上国外资金大量涌入，彻底影响了俄国各个社会阶层的心态。一时间，金钱至上、权力至上的混乱价值观充斥人心，贵族圈纸醉金迷，挥金如土；平民圈食不果腹，一贫如洗。俄国未来道路的方向成了某些群体的关注焦点。以车尔尼雪夫斯基为代表的大部分俄国人认为，俄国应该跟着欧洲的脚印进行改革，直接照搬民主开放的文明主义，以资本主义架构体系改造落后的农奴制俄国。而身处欧洲的陀思妥耶夫斯基不但看到了西方资本主义文明带来的思想自由、科学社会的进步，而且同样看到了资本主义文明下仍然存在的负面问题——贵族阶级的享乐逐利，狡诈之辈的男盗女娼，留给普通百姓的却只有贫寒疾苦。

在这样的大环境下，陀思妥耶夫斯基清醒地意识到，一味地照搬欧洲的文明，治标不治本，真正的救赎之路应该是唤醒国民心底的人性。陀思妥耶夫斯基此时所需要的正是这样一个心灵美好如金子般的人物，一个心怀万物苍生、达则兼济天下的完美人物，然后通过这个新角色来唤醒世人的善良、爱与道德。这便是陀思妥耶夫斯基创作《白痴》的初衷。

小说主人公梅什金公爵从小背井离乡，独自在瑞士一个偏远山区里长大，如此不染尘世，使他有种与生俱来的孩童般的天真善良，他最喜与孩子打交道，而且不屈于权贵，不轻视贫贱，不求以回报，总以悲悯之心待人——他品德高尚，帮助一切可怜之人；他宽以待人，原谅一切，接纳一切。他的身上还有一种特质，能够吸引人们不由自主地向他倾诉，哪怕在邪恶无耻的表面下都能看到当事人的善德。可以说他是现实版的堂吉诃德，是一个现代基督徒，他宣扬博爱和饶恕的基督徒精神，他用圣徒般的胸怀救赎周围的人。他所展现给人们的救赎精神主要有两点："认清自我，接纳自我"以及"放下所有的执念，微笑着宽恕那些曾带给自己伤害的人"。

作者也安排了几个人物来佐证他的理念。

玛丽，她是梅什金公爵在瑞士偏远村庄疗养时出现的人物。玛丽这个名字本身在亚兰文中就是"苦难"的意思，所以，作者笔下的她身患痨病，在遭受百般苦难与玷污后，被村里的人唾弃羞辱。正是梅什金救下了她，让她免于被村民唾弃、免于被孩子欺辱，同时教会孩子去善待爱护她、教会村民去接受包容她。玛丽也在梅什金的引导下，渐渐接受不完美的自己，认清自己原本的样子，最终在死前幸福地接受了这一切，完成了被救赎的同时，也实现了自我救赎。

如果说玛丽是平民底层人物的典范，那娜斯塔西娅就可以作为上流社会圈子的代表。娜斯塔西娅因相貌出众，很小便被单身的贵族富商托茨基看中并收养，虽然托茨基在物质上给予其足够的供给，但在精神和身体上却给娜斯塔西娅带来了莫大的创伤。娜斯塔西娅就是在这种畸形的环境下成长的，长大后的她学会了用强硬高冷的外表来掩饰和包裹自己内心的懦弱，因此，当梅什金想将她推入矛盾旋涡的时候，她怯懦了，她无法接受这个品德高尚、拥有圣徒般胸怀之人的救赎，她羞愧于自己被泼上的污秽，且深陷其中无法自拔，以致最后失去了珍贵的生命。也许只有死亡才能让她的内心归于平静。

而伊波利特，这个身患重病、爱打抱不平的少年，作者将他刻画得敏感且自尊心极强，思想早熟却又不坚定。他的所思所想、所作所为都是受制于有限的生命，他可以不计功利、不计得失地为别人争取所谓的公道，却又不免因为看得过于表面而做出一些蠢事来。他十分重视自己的思想和感受，无时无刻不在借机宣泄对命运不公的控诉，尽管他的很多思想和理念都是道听途说。他在自己敏感且脆弱的自尊心的驱使下，仇恨所有人，却唯独为梅什金的胸怀所动容。

除了救赎主旨外，作者还为梅什金身边安排了一个虚无主义者。众所周知，陀思妥耶夫斯基曾在《群魔》中表达了自己对虚无主义者的痛恨，所以可想而知这位虚无主义者的结局也不会好。这位虚无主义者就是阿格拉娅。

如果从世俗情感而言，公爵真正喜欢的人就是阿格拉娅，她聪慧、善良且具有包容之心，可遗憾的是，她这颗包容之心却无法理解圣人对于众人的救赎之心，亦无法理解公爵对娜斯塔西娅的圣人之爱，以及父母对子女的那种爱。她未曾真正理解和看透本质，却急于投身变革的队伍，盲目又可悲。书中阿格拉娅抵抗父母的安排，急于掌握自己的婚嫁命运，嫁给了波兰裔假伯爵，成为某波兰复兴委员会成员，走上了急速改革的道路。

总的来说，梅什金公爵的形象对于众人来说，有一种"我不入地狱谁入地狱"的基督式悲壮，而这也与陀思妥耶夫斯基极力想要表达的一种无条件的、不求回报的爱相吻合。神用爱来宽恕有罪之人，用爱来救赎迷茫之人。真正的救赎，不是把"茶花女"从旋涡中解救出来，强迫她改头换面重新做人，而是让她认清本我。生而为人，何来贵贱，幸福地做一个善良之人吧！

正如陀思妥耶夫斯基大部分的作品一样，《白痴》也是以悲剧收场：娜斯塔西娅被杀，罗戈任被流放，梅什金公爵则因受刺激退化为真正的白痴。这也是许多习惯接受幸福喜剧的读者无法接受的结局。但如果换个角度想，也许你会发现，有始有终，所谓终点，恰好也是新的起点。作者半生坎坷的遭遇，让他对于死亡、疯癫、白痴、苦难、疾病等有着不同于凡人的思考。20世纪英国一位天才作家、剑桥大学教授C. S. 路易斯曾说过："他若不是疯子，就是一个大魔鬼；他若不是神的儿子，不是疯子，那就是一个连疯子还不如的人。你可以把他当作傻瓜，不去理会他；你可以把他当作恶魔，唾其面，杀其身；你也可以跪在他的脚前称他为主、为神。"可见，无论耶稣是谁，他绝非一位智者。而作者以白痴为梅什金的结局，也许是一种新身份的暗示，一份祝福、一份心愿、一份畅想。

张倩
2022年10月30日

主要出场人物

列夫·尼古拉耶维奇·梅什金——患有癫痫的公爵。

帕尔芬·谢苗内奇·罗戈任——世袭公爵谢苗·帕尔芬诺维奇·罗戈任的次子。

娜斯塔西娅·费利帕夫娜·巴拉什科娃——梅什金公爵的未婚妻,罗戈任的爱慕对象。

阿法纳西·伊万诺维奇·托茨基——地主兼资本家,多家企业和社团的股东及要员,与叶潘钦将军交好。

伊凡·费道罗维奇·叶潘钦——跻身上流社会的将军。

叶莉扎维塔·普罗科菲耶夫娜——叶潘钦将军的夫人。

亚历山德拉·伊万诺夫娜——叶潘钦将军的大女儿。

阿杰莱达·伊万诺夫娜——叶潘钦将军的二女儿。

阿格拉娅·伊万诺夫娜——叶潘钦将军的小女儿。

阿尔达利翁·亚历山德罗维奇·伊沃尔金——一位退役将军。

妮娜·亚历山德罗夫娜·伊沃尔金娜——伊沃尔金将军的妻子。

加夫里拉·阿尔达利翁诺维奇·伊沃尔金(昵称:加尼亚)——伊沃尔金的长子。

瓦尔瓦拉·阿尔达利翁诺夫娜(昵称:瓦里娅)——伊沃尔金将军的女儿,嫁给普季岑后名为瓦尔瓦拉·阿尔达利翁诺夫娜·普季岑娜。

尼古拉·阿尔达利翁诺维奇·伊沃尔金（昵称：科利亚）——伊沃尔金将军的小儿子。

伊凡·彼得罗维奇·普季岑——瓦尔瓦拉的丈夫，高利贷商人，曾为伊沃尔金家的房客。

列别杰夫·鲁基扬·季莫菲耶维奇——小官吏，性格滑稽，热衷攀权附势。

薇拉·列别杰娃·鲁基扬诺夫娜——列别杰夫的长女。

费尔迪先科——曾为伊沃尔金家的房客，和娜斯塔西娅交好。

凯勒尔——退役小军官，擅长拳击，跟娜斯塔西娅交好，后成为男主人公的好友。

安季普·布尔多夫斯基——曾自以为是帕夫利谢夫先生后代的年轻人。

达里娅·阿列克谢耶夫娜——娜斯塔西娅的闺蜜。

伊波利特·捷连季耶夫——一个身患肺病的少年。

目录 CONTENTS

第一卷

002　第一章
017　第二章
029　第三章
045　第四章
062　第五章
083　第六章
095　第七章
112　第八章
129　第九章
142　第十章
151　第十一章
162　第十二章
174　第十三章
187　第十四章
201　第十五章
213　第十六章

CONTENTS 目录

第二卷

228　第一章
241　第二章
259　第三章
277　第四章
285　第五章
300　第六章
318　第七章
331　第八章
353　第九章
368　第十章
385　第十一章
403　第十二章

目录 CONTENTS

第三卷

414　第一章
434　第二章
448　第三章
467　第四章
486　第五章
505　第六章
527　第七章
545　第八章
563　第九章
582　第十章

目录

第四卷

页码	章节
592	第一章
608	第二章
620	第三章
633	第四章
651	第五章
673	第六章
693	第七章
715	第八章
739	第九章
753	第十章
769	第十一章
789	尾　声

第 一 卷

第一章

十一月末,寒雪微融,上午九点钟左右,在华沙—圣彼得堡的铁路线上,一列火车正全速驶向圣彼得堡。空气湿冷,重雾弥漫,勉强能从透出的丝丝曙光中,看出天亮的迹象。从列车车厢的窗口向外眺望,铁路两侧十步开外,云雾迷蒙,难以分辨。乘客中也有从国外回来的,但坐得最满的还是三等车厢,乘客大都是从附近地方出来做生意或办事的小老百姓。大家由于整夜没有休息好,显得疲惫不堪,每个人几乎都冻僵了,面色枯黄,宛如浓雾一般。

在一节三等车厢紧靠车窗的位置上,有两个年轻男子从破晓时分起,就面向而坐。他们轻装简从,穿着并非讲究,却都有着出众的英俊长相。并且两个人都有交谈的想法。假如他们知道此刻彼此在什么地方特别引人注目的话,那么他们感到惊讶的一定是这奇遇的缘分——彼此能面对面坐在这列从华沙开往圣彼得堡火车的三等车厢内。他们其中一人,个子不高,二十七岁左右,有着一头几乎全黑的卷发和一双虽小却炯炯有神的灰色眼睛。他的鼻翼宽大,鼻梁略塌,脸上的颧骨高高凸起。薄薄的两片嘴唇,总是挂着一丝放肆无理、嘲讽戏谑甚至尖酸刻薄的邪恶微笑,但是他的额头饱满,形状很好看,因而弥补了他尖嘴猴腮的缺陷。他虽然身体强健,但脸上那引人注目的死人般的惨白,给这位年轻人的容貌上增添一种虚弱不堪的神色。与此同时,他脸上还有一种近乎痛苦的表情,这与他放肆又无礼的微笑以及犀利又自命不凡的眼神格格不入。他穿得很暖和,身披宽大的黑色羔羊皮袄,因此夜里没有挨冻。而他对面的邻座,显然对俄国潮湿阴冷的十一月份的寒夜毫无准备,饱受寒风侵袭,身体瑟瑟发抖。他穿着一件又大又厚的无袖斗篷,戴了一顶很大的风帽,和那些在遥远的国外(如瑞士或者意大利北部),每年冬季路上行人们常常穿的那种斗篷一样,当然他们披斗篷,并非想要长途跋涉如此遥远的距离——从艾德库宁市①上车,一直坐到圣彼得堡市。但是在意大利令人满意好用的东西,到了俄国就不见得完全有用了。这个穿着斗篷戴风帽的年轻人,年龄二十六七岁,个头比一般人高点,一头淡金色的浓密头发,两颊深陷,留着几乎全白的络腮胡茬。他有一双专注而明亮的碧蓝大眼,目光平静却沉郁,还有一些奇怪的表现,明眼人一看便知这人患有癫痫之症。不过,年轻人的长相还是很讨喜的,脸庞清瘦,不过这张本就没什么血色的面容,现在更是被冻得发青。他那无力的手颤颤巍巍地抓着一个用已经褪了色的旧花布包裹起来的小包袱,或许,这便是他全部的行装了。除此之外,他还穿着一双带鞋罩的厚底男士皮鞋——一切都非俄式装扮。而他的对面,身着皮袄的黑发男子因为无聊,观察了他良久,终于开口问道:"冷吗?"

他的语气中带着一丝无礼与嘲讽,而这种无礼与嘲讽通常是人们在看到旁人失败时,用来表达自己幸灾乐祸的。他一边说一边耸了耸肩。

"非常冷,"年轻人很乐意回答,"而且,您瞧,这还是冰雪初融的日子,如果真到了严冬酷寒时,还不知道会怎么样呢,我甚至都没想

---

① 现名车尔尼雪夫斯克,位于俄罗斯加里宁格勒州东部,艾德库宁是该市1938年前的旧称。

到，咱这儿竟然这么冷，我都已经不习惯了。"

"您是从国外回来的吗？"

"是的，从瑞士。"

"哟呵！瞧您，难怪您不适应呢……"

黑头发男子吹了一声口哨，便哈哈大笑起来。

两人就这样攀谈起来。穿着瑞士斗篷的浅发年轻人回答着黑发男子提出的所有问题。他这种知无不言的态度令人惊讶，他丝毫不计较黑发男子提的这些随意、不礼貌又无聊的问题。他一边回答，一边声明，他确实有很长时间不在俄罗斯，四年有余，因病去国外求医，他患了一种神经性疾病，类似癫痫或舞蹈病，发作时会打战、痉挛。黑发男子听着他的叙述，暗自窃笑了好几次。尤其是当他问到"那您治好了吗？"而浅色卷发男子回答"没，没治好"的时候，他更是大笑了起来。

"哎哟！这钱一定没少白花，我们这里的人偏也相信这些医生。"黑发男子讥讽地说道。

"确实如此啊！"坐在旁边的一个人插话道。这位先生穿着清寒，看上去像那种顽固守旧的小官吏，近不惑之年，体格强壮，红鼻头，脸上长满粉刺。"千真万确，俄国仅有的财力全都被他们敛入自己腰包了。"

"不是的，对于我这件事，您说错了，"从瑞士回来的这位病人用平静的声音解释道，"当然，我不是争辩什么，毕竟其中缘由我也不是全然知悉，但我的这位医生虽然能力有限，但还是尽他所能给我出了回到这里的路费，而且在当地也资助了我的生活近两年时间。"

"怎么，之后没有人再资助您了吗？"黑发男子问。

"是的，资助我的帕夫利谢夫先生两年前去世了，后来我写信给这里的叶潘钦将军夫人,她是我的远房亲戚,但一直没有收到回信,因此我就亲自来了。"

"您到了之后准备去哪呢?"

"您是问我准备住在哪里吗……我还不知道,说真的……确实不知道……"

"无处可去吗?"

两位听众又哈哈大笑起来。

"您的全部家当不会都在这个包袱里吧?"黑发男子问道。

"我敢打赌,就是这样,"红鼻头的小官吏分外得意地附和着,"您在行李车厢里没有其他的行李,虽然贫穷不是罪,但这一点还是要指明。"

情况确实如此,浅色卷发的年轻人很快地承认了这一点。

"您的包袱总归还是有点用处的。"当大家畅笑一番后(值得注意的是,这个除了一个小包袱外一贫如洗的年轻人看着他们,也随之跟着笑了起来,这使他们的笑意更浓了),小官吏继续说道,"再打个赌,您这个包袱里没有卷着拿破仑金币[①],也没有腓特烈多金币[②],更别说荷兰阿拉伯金币[③]了,这一点根据套在您那外国鞋上的鞋罩可以断定,但

[①] 拿破仑金币是拿破仑一世统治时期发行的,正面印有他的肖像,以5法郎、10法郎、20法郎、40法郎、50法郎、100法郎的面额铸造。其中20法郎硬币,直径21毫米,重6.45克(毛重),纯度90%,含有0.1867金衡盎司或5.805克纯金,作为1803—1914年的主要流通支付货币。

[②] 一种普鲁士金币,名义上价值5枚普鲁士帝国银币。1741—1855年使用,由于当时它是一种银本位的常规发行货币和贸易货币,它与国内银币或库兰特格尔(所谓的证券交易所窗口)有着不同的用途。它通常以5泰勒尔面值的小溢价或折价进行交易。

[③] 1735—1867年使用的一种流通货币。

是……如果您的这个小包袱增添了像叶潘钦将军夫人这么一位所谓女亲戚的光环的话,那么这个小包袱就要被另眼相看了,当然,前提是如果叶潘钦将军夫人真是您的亲戚,而不是你因为马虎搞错了的话……这是多数人常犯的毛病,尤其是……想象力过于丰富的。"

"天哪,您又猜对了,"浅发年轻人应和着说,"我有可能真的弄错了,她几乎算不上我的亲戚,她不回信给我,肯定是因为我们关系太远,对于这点我丝毫不感到惊讶,真的,我早就料到是这样。"

"白白浪费了邮资,嗯……至少您忠厚诚实,这是值得称赞的!嗯……我们其实知道叶潘钦将军,主要因为他是社会名流;还有在瑞士资助您的已故的帕夫利谢夫先生,如果您指的是尼古拉·安德列耶维奇·帕夫利谢夫,我也是知道的,因为他有位堂兄弟,迄今为止都住在克里米亚,已故的尼古拉·安德列耶维奇先生在社交圈中是位令人敬重的人,那时拥有四千农奴……"

"他确实叫尼古拉·安德列耶维奇·帕夫利谢夫。"浅发年轻人回答后,用专注而好奇的目光打量了一番这位无所不知的先生。

在一定的社会阶层,有时或者经常性地会遇到此类无所不知的人,他们什么都知道。他们的智慧、才能以及他们无止境的求知欲都会不可遏制地集中在某个方面,现代的思想家认为,这是由于他们缺少更为重要的生活兴趣和人生观。不过,"什么都知道"这句话所指的范围仅限于:某个人在何处供职,他跟谁认识,他的经济状况如何,在什么地方当过州长,结婚的对象是谁,得到多少陪嫁,谁是他的堂兄弟、表兄弟等,诸如此类。这些"万事通"大部分都穿着肘部磨破的衣服,拿着每月十七卢布的薪水。被他们扒过隐私的人们,怎么也不明白,究竟是什么诱惑驱使着他们,而大部分的"万事通"却因为获得了这种无异于一整门学科的知识而感到快乐,这使他们得到了自尊,甚至是精神上的高度愉悦与满足。再者，这门学科也挺诱人的，我看到过不少学者、文学家、诗人和政治家在这门学科里寻求或者已经寻得了自己的目标与自我的高度认可，甚至仅凭这一点就得到了功名。在这场谈话的整个过程中，黑发年轻人不断地打着哈欠，漫无目的地望着窗外，迫不及待地等待着旅程结束，他看上去好像有点心不在焉，或者可以说是非常心不在焉，简直有些焦躁，甚至变得让人觉得有些奇怪：时而似听非听，似看非看，时而不明所以地自己笑起来。

"请问，您的全名是……"脸上长粉刺的小官吏突然问拿着小包袱的浅发男子。

"列夫·尼古拉耶维奇·梅什金公爵。"后者毫不犹豫地回复道。

"梅什金公爵？列夫·尼古拉耶维奇？我不知道，也从来没有听说过，"小官吏沉思着说道，"我指的不是名字，这个名字历来就有，应该能在卡拉姆辛写的历史书里找得到，我指的是人，从未见过梅什金公爵家族的人，也没有关于他们的任何传闻。"

"哦，那是当然的！"公爵接话道，"除了我，现在梅什金公爵家族已经没有人了。我应该是我们家族的最后一个人了。至于说到父辈、祖辈那两代人中，他们有的是独院户[1]，不过，我的父亲曾经是陆军少尉，士官出身。但我不知道，叶潘钦将军夫人怎么也是梅什金公爵家族的一员。她也是本族的最后一个女人……"

"哈哈！本族的第一个[2]女人？哈哈！您这话怎么倒过来说的啊。"小官吏戏谑道。

黑发男子也讥笑了一下。浅发青年感到诧异，没想到自己竟说了

---

[1] 指的是可以拥有农奴的小地主，通常是一院一户。
[2] 俄语中的这个词既有第一个，也有最后一个的意思，双语词。

个双关词。

"您知道的,我脱口而出的。"惊讶之余,他赶紧解释道。

"明白的,明白的。"小官吏乐呵呵地连声应和道。

"公爵,在国外的时候,您是不是跟着教授学过一些科学?"黑发男子突然问道。

"是的……学过……"

"我就从来没学过。"

"但我只是简单随便学了一些,"公爵几乎是带歉意地补充道,"因为这病,大家都认为我不可能进行系统性学习。"

"您知道罗戈任家族吗?"黑发男子问道。

"不知道,完全不知道。我在俄国认识的人很少。您就是罗戈任家的吗?"

"是的,我姓罗戈任,叫帕尔芬。"

"帕尔芬?那不就是那个罗戈任家族……"小官吏坚定中透着傲慢的声音响起来。

"是,是,是那家,就是那家。"黑发男子急迫且粗鲁地打断了他。其实,他从一开始就是在跟公爵一个人说话,根本没对长粉刺的小官吏说过话。

"这……这是真的吗?"小官吏惊呆了,眼珠子几乎都要瞪出来了。他的整张脸上立刻显露出一种敬畏顺从,甚至是惊慌失措的神情,"您就是那位一个月前故世、留下两百五十万遗产的世袭公爵谢苗·帕尔芬诺维奇·罗戈任的后人吗?"

"你怎么知道他留下了两百五十万的财产?"黑发男子打断道,就连这次他也没正眼瞧过这位小官吏,"您瞧,"他朝公爵眨眼示意,示意他这话是说小官吏的,"他们是不是知道什么能让他们有利可图,立马就如狗一般贴上来摇尾示好了？我父亲去世了，这是真的，已经是一个月前的事了，我得知后差点连靴子也没穿就从普斯科夫赶回家，无论是那个混账哥哥，还是我的母亲，既没有寄钱给我，也没有通知我……什么都没给，就像是在对待一条狗！我在普斯科夫得了热病，整整躺了一个月！"

"可现在一下子就能分得百万，至少如此啊，先生，天哪！"小官吏两手一拍说道。

"您说说，这关他什么事！"罗戈任气急败坏地朝小官吏扬头示意，"此刻即便你在我面前倒立，我也不会分你一个戈比。"

"可我愿意做，愿意做。"

"你可真行！可你得知道，就算你跳一个星期的舞，我也是不会给的，不会给的！"

"不用给！我就该这样，不用给！我是自愿跳舞的，我就是抛妻弃子，不顾体面，也要在你面前跳舞，只为让你满意，让你满意！"

"去你的！"黑发男子啐了一口，"五个星期前，我就和您现在一样，"他接着跟公爵说道，"为了逃离父亲，带着一个小包袱前往了普斯科夫的姑妈家，谁知在那里得了热病，病倒了，而我的父亲就在我不在时去世了，是中风死的。对逝者要永远怀念，可那时我差点被他打死。您相信吗，公爵，上帝知道这是真的！当时如果我不跑，肯定会被打死的。"

"您做了什么事惹他生气了吗？"公爵接过话茬说道。他带着一种特别的好奇心打量了一下这位身穿皮袄的百万富翁，虽然得到百万遗产这件事确有某种吸引力，但是使公爵惊奇且产生浓厚兴趣的却是别的方面。而罗戈任本人，不知为何格外愿意把公爵作为倾诉对象，虽说如此，但罗戈任的交谈只是机械式的叙述，几乎没有精神层面的沟通,其原因与其说是因为朴实、紧张、焦虑所致,倒不如说是因为其随意的态度,这态度使他一看见某人,就想随意说些什么。就好像直到现在他还患有热病一般,要不至少也是患有疟疾。至于那个小官吏,他死死地缠住罗戈任,留心且琢磨着罗戈任说的每一句话,连大气都不敢喘,就好像在寻找钻石一般。

"确实是惹他生气了,或许也该生气,"罗戈任回答,"但是我那哥哥实在把我害得太苦了,而我母亲年纪大了,没什么可说的,她只知道看《日课月书》①,和其他老太太们坐在一起闲聊,什么都是我哥哥谢苗独自拿主意。他那时候为什么不让我知道?我可什么都明白!我当时确实神志不清,这不假。听说,当时他确实也发来过电报,但是是发给姑妈的。姑妈已经寡居三十年了,每天总是跟一些装疯卖傻的修士待在一起,她虽不是修女却更胜修女。哥哥发的这个电报可把她吓着了,她连拆都没拆,就把它送到警察局里去了,直到现在那封电报还放在那儿。只有科涅夫·瓦西利·瓦西利耶维奇把这一切告诉了我,他真是帮了我一个大忙。夜里,哥哥从覆盖于父亲灵柩的锦缎上剪下了一条铸金制的流苏,说:'听说,这东西很值钱的!'就凭这一点,只要我想告发他,他就得去西伯利亚,因为他亵渎先人。喂,你这个小丑!"他朝小官吏说,"从法律上来讲,这是亵渎先人吧?"

"是亵渎先人!亵渎先人!"小公务员随即附和道。

"为此要流放去西伯利亚没错吧?"

"要去的,要去的!马上流放西伯利亚!"

"他们都认为我到现在还病着,"罗戈任对公爵说,"而我什么话都没说,抱病悄悄地上了火车,就这么回来了。谢苗·谢苗内奇哥哥,

---

①《日课月书》是记录东正教圣徒生活传记的宣教书籍。

开门吧!他对已经去世的父亲说了许多我的坏话,这我知道。为了娜斯塔西娅·费利帕夫娜,我那时确实是惹恼了父亲,这是真的,我一人做事一人当,是我犯了错。"

"为了娜斯塔西娅·费利帕夫娜?"小官吏低声问,他似乎在揣测着什么。

"你不知道她的!"罗戈任不耐烦地朝他吼道。

"我知道!"小官吏得意地回答说。

"看你那样!叫娜斯塔西娅·费利帕夫娜的人多着呢!我说你呀,真是个厚颜无耻的家伙!瞧,我就知道,这种家伙无孔不入!"他继续对公爵说道。

"可是,或许,我真的知道。"小官吏连忙抢话道,"列别杰夫①是知道的!大人,您,可以训斥我,但如果我能证明我是知道的,又会怎样呢,为了那个娜斯塔西娅·费利帕夫娜,您父亲都打算用荚蒾木拐杖来教训您了。娜斯塔西娅·费利帕夫娜姓巴拉什科娃,说起来还是个名门闺秀,也是公爵小姐之类的,她只和一个姓托茨基,名阿法纳西·伊万诺维奇的人交往,那人是个地主兼资本家,也是多家企业和社团的股东及要员,因此与叶潘钦将军私交颇深……"

"哟呵!你还真有一手啊!"罗戈任确实感到惊讶,转而又说,"呸,见鬼了,他还真是什么都知道!"

"我什么都知道!列别杰夫无所不知!大人,我跟利哈乔夫·阿列克萨什卡一起旅行过两个月,也是在他父亲过世之后。我熟悉各个街角巷落,如果没有我列别杰夫,他哪都去不了。他现在债务缠身,而就在那时,机缘巧合下,我认识了阿尔曼斯、科拉利娅、帕茨卡娅公

---

① 小官吏的名字。

爵夫人和娜斯塔西娅·费利帕夫娜，也就顺势知道了很多事情。"

"你认识娜斯塔西娅·费利帕夫娜？难道她跟利哈乔夫……"罗戈任一边恶狠狠地看着他，一边问道，嘴唇因为生气而哆嗦起来，继而变得有些惨白。

"没什么！没……什么的！他们之间怎么可能有什么！"小官吏醒悟过来，急忙解释道，"不论利哈乔夫花多少钱都征服不了她！不，她可不是阿尔曼斯那种女人，她只和托茨基来往。傍晚在大剧院或者是在法兰西剧院看戏时，她都只是自己坐在包厢里，尽管那里的军官们喜欢聊些八卦，但他们就是说不出她的什么，顶多说：'瞧，这就是那个传闻中的娜斯塔西娅·费利帕夫娜。'别的就没什么可以说的了！因此，他们之间确实什么也没有。"

"事实也确如你所说。"罗戈任皱起眉头，肯定地说，"扎廖热夫那时也对我这么说过。公爵，我当时穿着父亲那件穿了三年的旧大衣穿过涅瓦大街，她正好从商店出来，坐上马车。我看见她的瞬间就如浑身着了火一般。我碰到扎廖热夫的时候，他打扮得像个理发店的伙计一样，与我穿得明显不同，眼睛上还架着眼镜。他对我说：'咱们穿的是父亲擦了鞋油的皮靴，喝的是素汤。但这位公爵小姐跟咱完全不一样，她叫娜斯塔西娅·费利帕夫娜，姓巴拉什科娃，正在跟托茨基同居，而托茨基到现在还不知如何把她甩掉，因为已经到了人生最好的年纪，差不多五十五岁的托茨基，想跟全圣彼得堡头号美女结婚。'扎廖热夫当下就暗示我说：'今天你在大剧院还能见到娜斯塔西娅·费利帕夫娜，她会坐在第一层厢座自己的包厢里看芭蕾，但咱去不了，咱要去看个芭蕾试试——准会受到惩罚，父亲不得把我们打死！'即便如此，我还是偷偷去了一个小时，又一次看到了娜斯塔西娅·费利帕夫娜。那天一整夜我都没睡着。第二天早晨，父亲给了我两张百分之五利率的证券，每张五千卢布。他说：'去卖掉它们，七千五百卢布拿到安德列耶夫事务所，付清债务，剩下的两千五百卢布拿回来给我，不许乱跑，我等你回来。'我卖了证券，拿到了钱，但是并没有去安德列耶夫事务所，而是目标明确地直奔一家英国商店，挑了一副耳坠，每个耳坠上都镶嵌着一颗核桃般大小的钻石，我花掉了全部的钱还欠了四百卢布，我报了自己的姓名，人家才同意我赊账。我带着耳坠去找扎廖热夫，央求他带我去找娜斯塔西娅·费利帕夫娜后，我俩就去了。走在路上的我沉浸在自己激动的情绪中，完全不知道也不记得周遭的情况。我们直接被引入她的客厅。她亲自出来接待我们。我当时紧张得连自我介绍都说不出口，只听到扎廖热夫对她说：'这是帕尔芬·罗戈任送给您的礼物，作为昨天邂逅的纪念，请您笑纳。'她打开盒子，瞥了一眼，冷笑着说：'请您向您的朋友罗戈任先生转达我的感谢，感谢他对我的青睐。'说完她便行了个礼，拿着礼物转身走开了。哎，我当时恨不得马上死掉！我当时那么想，是因为我觉得，'反正回去也活不成了！'最让我觉得难堪的是，扎廖热夫这家伙占尽了风头。我个儿矮，穿得像个仆人，因为自卑而一声不吭地站在那儿，直勾勾地盯着她。可他扎廖热夫却时髦得很，卷发抹得油亮，脸色红润，打着方格领带，一味地奉承，满嘴的恭维。娜斯塔西娅·费利帕夫娜大概是因为他才接受礼物的吧！我们一出来，我就说：'喂，你以后休想再捡便宜，明白了吗？'他笑着说：'现在你想好怎么跟你的父亲大人交代了吗？'我当时真的想直接去投河自杀，不想回家，可是转念一想，'无所谓了'，于是犹如十恶不赦的罪人一般回家了。"

"哎哟喂！我的天呐！"小官吏嘟囔道，身体甚至因为震惊而打起冷战来，"别说您这花了一万卢布，假使只花了十卢布，他也会把您打死的！"他朝公爵扬头示意着。

公爵正好奇地观察着罗戈任，此刻他的脸，似乎更加苍白了。

"把我打死！"罗戈任重复说了一遍，"你知道的还真不少！"他继续对公爵说，"父亲很快就知道了，还有那个扎廖热夫也逢人就说。父亲把我抓了起来，关在楼上，教训了我足足一小时，他说：'这才刚开始，等我晚上回来再跟你算账。'你猜我父亲干什么去了？这老头自己去了娜斯塔西娅·费利帕夫娜那儿，连连向她叩头，一边央求一边哭诉，她才终于拿出了盒子，扔给老头说道：'喏，给你，老头儿，你的耳环，现在它们对我来说价值十倍，因为它们是帕尔芬冒着这么大风险弄来的，替我向帕尔芬·谢苗诺维奇致谢！'而我也就在那个时候在母亲的默认下，从哥哥那儿拿了二十卢布，乘车到普斯科夫去了，我刚到那儿就得了疟疾。那儿的一些老妇人没完没了地对我念《殉教传》，甚是讨厌，后来我去了好几家酒馆，整日喝得醉醺醺的，花光了身上所有的钱，一整夜躺在街上不省人事，到了早晨就发了热病，夜里还被狗咬了，好不容易才迷迷糊糊地醒过来。"

"原来如此，原来如此，不过现在娜斯塔西娅·费利帕夫娜对您肯定有好感了！"小官吏一边搓着手，一边嘻嘻笑着说，"先生，现在耳坠算得了什么！现在这种耳坠，我们随便就能给她一堆……"

"再听见你说娜斯塔西娅·费利帕夫娜一个字，要么我揍死你，要么你给我滚，即使你跟利哈乔夫同行过也没用！"罗戈任紧紧抓住他的手，嚷道。

"既然您说要揍死我，那就意味着您不排斥我，对吧！揍吧！揍吧！揍完，您就记住我了……嘿，瞧，我们到站了！"

火车正驶入月台，虽然罗戈任说过，他是偷偷来的，但是已有好几个人在月台等着他。他们呼喊着，向他挥舞着帽子。

"看，扎廖热夫也在！"罗戈任喃喃地说着，带着得意似乎又恶意的笑容看着他们。然后,他转向公爵说:"公爵,我也不知道喜欢您哪点,也许是因为在这种情况下与你相遇,当然也在这种情况下遇到了他(他指了指列别杰夫),也没喜欢上他。到我家来吧,公爵,我们会脱下您脚上的这副鞋罩,给你换上最好的貂皮大衣,为您定制上好的燕尾服,白色的或者随便什么颜色的西装背心,口袋里塞满钱……再一起去见娜斯塔西娅·费利帕夫娜!您来不来呀?"

"答应吧,列夫·尼古拉耶维奇公爵!"列别杰夫发自肺腑地、急切地附和着,"哎呀,您可别错过机会!哎呀,可别错过机会啊!"

梅什金公爵站起来,彬彬有礼地和罗戈任握手,欣然道:"我很乐意去您府上,您能这么喜欢我,我很感激,如果来得及的话,或许今天我就可以去。老实说,我也很喜欢您,尤其是您讲起钻石耳坠那段故事的时候,甚至在讲那个故事之前就喜欢了,尽管您一直愁眉不展。我也十分感激您答应为我添置正装和皮大衣,因为我的确很快就会用到这些,但是现在,我几乎身无分文。"

"钱会有的,傍晚就会有,来吧。"

"会有的,会有的,"小官吏应声道,"傍晚前近黄昏时就会有了!"

"公爵,您对女人感兴趣吗?可以先提前告诉我。"

"我,不——不!说实话……您或许不知道,我因为先天疾病,对女人的事一窍不通。"

"哦,原来如此。"罗戈任惊讶道,"公爵,上帝都喜欢像您这样忠厚老实的清寡之人!"

"对,正是上帝喜爱之人!"小官吏应声说。

"应声虫,你就跟在我后面吧。"罗戈任对列别杰夫说。于是,他们三个人走出了车厢。

列别杰夫终于达到了自己的目的。很快,吵吵闹闹的一帮人朝着沃兹涅先斯基大街的方向远去。公爵本应转到利捷伊纳亚街的，但错过了。天气阴冷潮湿，公爵频频向行人问路，终于得知，到他想去的目的地大概还有三俄里①，于是他决定雇一辆马车前行。

---

① 俄制长度单位，1俄里≈1.0668公里＝1.0688千米＝1068.8米。

第二章

叶潘钦将军住在自己的私邸，离翻砂街方向不远，靠近救世主变容教堂。除了这所美轮美奂的房子外（其中六分之五的房间已经租出去了），叶潘钦将军在花园街那还有一幢大房子，也能为他带来非常可观的租金。除了这两所房子之外，他在圣彼得堡城郊还有一大片盈利颇丰的田地，在圣彼得堡县还经营着一家工厂。众所周知，叶潘钦将军曾经做过包收捐税[①]，现在，他在好几家颇有声望的股份公司里持有股份，且具有很重要的话语权。他是有名的大亨，事多，人忙，人脉广。在有些地方，比如在他自己工作的部门，他善于运筹帷幄，使自己成为部门里必不可少的核心人物。与此同时，大家也都知道，伊凡·费道罗维奇·叶潘钦是一个没有受过什么教育的人，出生于军戎之家，后者无疑会给他带来荣耀，但即便聪明如将军，他也会跟常人一样，有些情有可原的小缺点，也不喜别人背后议论他的这些缺点。但整体来说他无疑是一位聪慧机智的人。比如说，他有一个原则，在需要回避之时，绝不出风头。许多人看重的正是他的这种敦厚朴实以及他永远能认清自己位置的特性。不过话又说回来，这些对他妄下断语的人，如果知道这位知分寸识深浅的伊凡·费道罗维奇心里想的是

[①] 一种税收名目，包括房捐、地捐、路捐、懒捐等多种名目。捐税是以民间自愿捐纳的名义、国家获取捐款的形式收取的税收。

什么的话，也许就不会这么说了！虽然他在日常处世方面确实阅历丰富，很有经验，还有一些异于其他人的才能，但是相较于运筹帷幄的角色，他更喜欢伴以执行者的身份，他乐于做一个"不善逢迎，忠于职守"的人，甚至是顺应当今世道，做一个忠厚老实的俄国人。他也因为这方面闹过一些笑话，即使是在闹出大笑话时，将军也不曾沮丧过，更何况他的运气还挺不错的，连打牌时也如此——他赌得很大，可他非但不掩饰自己爱赌牌的小嗜好，反而故意炫耀它。因为这个小嗜好，他在很多场合获得了不少好处，他的社交混杂，基本都是"名流巨头"。他前程似锦，一切荣华富贵都会随着时间更迭而到来。再说了，叶潘钦将军正如众人所说，风华正茂，最多五十六岁，正是生活步入正轨的年龄。他身体康健、面色红润，一口发黑却坚固的牙齿，矮壮敦实的体格，清早视察时操心的面容，晚上打牌时或在高官大臣家做客时的愉快神态——这一切都会为他当下以及未来的成功奠定基础，为将军大人的人生之路铺开朵朵玫瑰。

将军的家庭也如鲜花般繁盛。当然，并非家里的一切都如那玫瑰花一般美丽可人，但却也有不少令人向往的方面，而将军本人也早已把期望和目标，诚恳地寄托在这些方面了。至于目标，人生中还有什么目标比为人父母这一目标更为重要、更为神圣呢？如果不是组建家庭，生儿育女，还能是什么呢？将军家里有一位夫人，三位年已及笄的女儿。将军成婚很早，当他还是个中尉的时候就结婚了，妻子与他年龄相仿，既无姿色，又无文化，他娶她也不过得到了五十个农奴的陪嫁而已，而这些却成了他日后平步青云、飞黄腾达的基石。将军在之后的生活中从未懊恼过自己早婚，也从未将他的早婚看作年少无知、一时头脑发热所致，相反，迄今为止他都十分尊敬自己的夫人，有时还会透出敬畏之心，最后甚至发展成了一种敬爱之情。将军夫人出身于梅什金公爵世家，家族虽然不够显赫，但也是底蕴深厚的古老望族，她也因自己出身不凡，而自视甚高。当时有一位身份显赫颇有影响力的大人物，一位家族可以倚靠的靠山，同意关照这位公爵小姐的婚事，为她搭线做媒。他为年轻的军官搭桥指路，使劲儿撮合他与这位公爵小姐，而对叶潘钦来说，即使没有费心撮合，只给他略使眼色，他也能心领神会！除去为数不多的争执之外，夫妇俩一直和睦美满。或许是因为将军夫人是大家闺秀又是望族最后一位公爵小姐，抑或是因为她良好的个人秉性，使得她在年轻的时候，就为自己找到了几位地位显赫的夫人作靠山。后来，因自己丈夫的升官发财，使得她在上流阶层有了自己的一席之地。

近年来，将军的三个女儿亚历山德拉、阿杰莱达、阿格拉娅都已长大成人。虽然三位叶潘钦氏尚未出阁，但她们母亲出身公爵世家，陪嫁丰厚，父亲高升指日可待，最重要的是，三位小姐长相明媚动人，就连年过二十五岁的长女亚历山德拉也不例外。叶潘钦家次女二十三岁，小女儿阿格拉娅刚满二十岁。小女儿姿色出众，堪称绝色美女，已经开始在上流社交圈崭露头角，颇受关注。但是，令人拍案叫绝的还不止这些，除上所述外，三姐妹还学识出众、聪慧过人、天赋异禀。据传，她们彼此相亲相爱，互相扶持。甚至有人提过，似乎两位姐姐都甘愿为家里的最小的妹妹牺牲。她们在社交圈非但不喜出风头，甚至还显得过于谦逊。她们从未因表现出自视高贵的态度而受人诟病，可人们也知道，她们其实还是傲娇的，清楚自己的背景身价。大小姐曾是位音乐家，二小姐曾是位出色的画家，但是关于这件事，多年来几乎无人知晓，直到最近才被发现，而且还是无意间发现的。总之关于她们的溢美之词有很多，但也不乏有一些心生妒忌之人。他们用一种阴阳怪气的惊恐语气说，她们读完了多少多少书，她们才不着急出阁；她们虽然珍视社会名流圈，但也看得并不重，尤其是她们知道父亲的志趣、性格、目标和愿望，这点更引人关注了。

当公爵摁响将军家门铃的时候，已是夜晚十一点左右了，将军住在二楼，他住的这栋房子朴实无华，似与他的身份不相称。身穿仆役制服的仆人给公爵开了门，从一开始就用狐疑的目光打量了下公爵和公爵的那个小包袱，因此公爵费了不少唇舌向他说明来意。再经过公爵多次阐述且严正声明自己的确是梅什金公爵，因有要事一定得亲见将军本人后，那名仆人才将信将疑地立在一旁为他领路，将他引进一间小前厅里。这个小前厅紧挨着接待室，位于书房旁边。仆人亲手把他移交给另一名仆人，那位仆人的职责就是每天早晨在这个前厅当值，为将军通报访客。只见他身着燕尾礼服，已入不惑之年，一副办事老练周到的面孔，因是将军大人书房的专仆和通报员而自视甚高。

"请您在接待室里稍等片刻，小包袱请放在这里。"他一边说着，一边从容不迫地坐在自己的圈椅上，用一种惊奇而严厉的眼神审视着拿着小包袱坐在他旁边椅子上的公爵。

"如果您不介意，"公爵说，"我最好还是跟您一起在这等候，我一个人在接待室里有点别扭。"

"您不应该待在前厅，毕竟您是访客，也算是客人。您是要见将军本人吗？"

似乎，这位仆人不是很乐意让这样的访客进去，因此才再次追问道。

"是的，我拜访将军是为了……"公爵开口回复。

"我没有问您具体有什么事，我的工作仅仅是替您通报。我已经说过，秘书不在，我没法进去替您通报。"

这位仆人的疑心似乎越来越重，因为这位公爵跟平日的访客多有不同。虽然将军见客十分频繁，几乎每天都在一定的时刻出来接见客人，因公前来的客人居多，有时也有带有其他目的的客人，尽管这个仆人对此早已习惯，且有关访客规定也已放宽，但多少对这位公爵还是有所顾虑，因此通过秘书进行通报还是很有必要的。

"您真的是……从国外回来的吗？"仆人看似无意地问道，话一出口，又没问到重点上；或许，他想问的是："您真的是梅什金公爵吗？"

"是的，我刚刚下火车。我觉得，您是想问：'您真的是梅什金公爵吗？'只是出于礼貌，不好意思问而已。"

"嗯……"仆人惊讶失语。

"请您相信，我说的是实话，您也不会因我而受难担责。对于我现在的这副打扮，拎着的小包袱什么的，也不必感到奇怪，我目前确实境况不佳。"

"嗯，我担心的不是您所指的这个，通报是我的分内工作，秘书会出来迎您，只是怕您是……怕您是来这……如果您不介意，冒昧地问下您，您该不会是因为贫穷来求将军救济的吧？"

"哦，不是的，这一点您完全可以放心，我是有别的事情。"

"请您原谅，我是看您这副打扮才冒昧问的，您稍等一下秘书，将军正在与上校谈事情，稍后秘书就会来，公司的秘书。"

"那，如果还要等很久的话，我想跟您打听下：这里是否有抽烟的地方？我随身带有烟斗、烟丝。"

"抽……烟？"仆人用轻蔑且不解的目光瞥了他一眼，似乎依旧不相信自己的耳朵，"抽烟？不行，您不能在这儿抽烟。相反，您应该为有这种想法而感到羞愧。哼……真是奇怪的人！"

"哦，我并不是问是否可以在这个屋子里抽。这点礼貌我还是懂的，我是想出去到某个您指定的地点抽，我有抽烟的习惯，可我已经三个小时没有抽烟了。不过,就听您的,不抽了,俗话说得好:入乡随俗……"

"您这可叫我怎么通报这件事呢?"仆人低声自语,"首先,您不应该待在这里,您应该坐在接客室里,因为您是到访者,也就是客人,万一怪罪下来,我得负责……您是打算住在我们这里吗?"他补充了一句,又一次斜眼瞅了瞅公爵的那个小包袱,很显然,这个小包袱让他很不放心。

"没有,我没这么想过,即使将军夫妇邀请我住下来,我也不会留下来,我仅仅是来认识一下的,并无其他想法。"

"怎么?只是认识一下?"仆人带着吃惊且十分疑惑的口吻问道,"那之前您怎么说是有事相见?"

"哦,没什么大事情!如果说有事吧,也算是件事情,我有一事想要请教,但是我此行的主要目的是想见他们,认识一下,因为我是梅什金公爵,而叶潘钦将军夫人也是梅什金家族中最后一位公爵小姐,除了我和她以外,梅什金家族再无其他人。"

"如此说来,您还是将军夫人的亲戚咯?"仆人被吓了一跳,问道。

"也算不上亲戚,不过话说回来,如果非要生拉硬扯,也能算是亲戚,八竿子打不着的远方亲戚,并非真正意义上的亲戚。我在国外时曾给将军夫人写过一封信,但她没有给我回信。我仍然认为回国后有必要建立联系。我之所以现在跟您讲明一切,是为了让您不再有什么疑惑,因为我看得出来,您还是不放心。请您通报下吧,就说梅什金公爵前来拜访,我的来意也就不言自明了。接见的话自然最好,不接见的话——或许也很好。不过,依我看,似乎不会不接见的:将军夫人肯定想见见她族中长她一辈的唯一代表,我听闻,她很看重自己的门第出身,我确实听人议论过她这点。"

公爵的一番话言简意赅,但是话说得越简单,在此种场合下就显得越荒谬,这个阅人无数的仆人感受到这种言谈举止针对普通人来说合乎礼节,但出现在客人与仆人间就完全不合乎常理了。仆人通常比他们主人所想象的要聪明得多,于是仆人立马想到,无非就是两件事:要么公爵是个浪荡之人,此次前来就是哭穷要钱的;要么公爵是个傻瓜,毫无自尊心。因为一位聪明且有自尊心的公爵,是绝对不会坐在前厅里跟仆人讲自己的事情的。如此看来,不论是哪种情况,是否都难逃被他连累呢?

"还是请您去接客室吧。"仆人尽可能地坚持道。

"要是坐那里的话,我就没法跟您说明这一切了,"公爵愉悦地笑起来,"起初您瞧见我的风衣和包袱时,心里一定不放心。可现在,您或许就不用再等秘书通报了,您可以亲自去通报了吧。"

"像您这样的访客,不通过秘书,我不敢通报的。何况刚才将军还亲自吩咐,上校在里面的时候,不论是谁都不得进去打扰他们,只有加夫里拉·阿尔达利翁诺维奇可以不用通报直接入内。"

"他是官员吗?"

"加夫里拉·阿尔达利翁诺维奇吗?不是的,他在自己的企业里工作。您可以把包袱放在这里。"

"我早就这么想了。另外,如果您允许的话,我可以把斗篷也脱掉吗?"

"当然,确实也不能穿着斗篷进去见将军。"

公爵站起来,匆忙从身上脱下斗篷,里衣是一件已经穿旧了却体面考究、缝制精巧的上衣,背心上挂着一条钢表链,表链上挂着的是一块日内瓦产的银怀表。

虽然仆人已经认定公爵是傻瓜,但仆人还是觉得,与访客继续交谈下去有失体统，尽管就个人而言，他对公爵有种莫名的喜欢，但是，从另一方面来说，公爵又引起了他心中愤怒不满的情绪。

"那么，将军夫人什么时候能来接见我呢？"公爵边问边重新坐到原来的位置上。

"这已经不在我的工作范围内了。主人接见客人没有统一标准，主要还是分人，女裁缝在十一点时也被准进入，加夫里拉·阿尔达利翁诺维奇也总比其他人先允许进入，甚至允许他一同共进午餐。"

"你们这里冬天屋子里要比国外的暖和，"公爵转移了话题说道，"国外即使户外比咱这还暖和，可屋里还是寒冬，俄国人不习惯的话，根本没法住。"

"他们不生火吗？"

"是的，房子建造风格不一样，也就是说，火炉和窗户的结构都不一样。"

"这样啊！您去了很长时间吗？"

"大概四年吧。不过，我差不多一直在一个地方待着，在乡村里。"

"对于我们这里，反倒不习惯了吧？"

"的确如此，您信不信，我对自己感到惊讶，俄语没忘，就现在跟您说话时，我还在想'我说得可真好'，也许正是因为如此，我才说这么多话。讲真的，我从昨天开始一直就想说俄语。"

"嗯！呵呵！您以前在圣彼得堡住过吗？"（不论仆人怎么克制自己，都没法不继续保持这种彬彬有礼的谈话）。

"在圣彼得堡吗？基本上没有住过，仅仅路过一次，从前一点也不了解这儿，现在对很多新事物都有耳闻，据说，即使是原来很了解圣彼得堡的人，也得重新了解一下了。现在这里很多人都在谈论司法制度。"

"嗯！某些司法制度，确实倒真是对司法制度谈得比较多。国外怎么样，是否要更公正些？"

"这我不知道。关于我们的司法制度，我倒是听了不少好的谈论，比如我们这里现在没有死刑了。"

"国外会判死刑吗？"

"是的，我在法国里昂就曾看见过，施奈德把我带到那儿去的。"

"绞刑吗？"

"不是，在法国都是砍头。"

"那么犯人哀号吗？"

"怎么可能！一瞬间就被砍了。那是用一种叫断头台的机器来执行死刑的，把人的脑袋放在里面，那种宽宽的铡刀，瞬间就落下来，沉重而有力……眼睛都还没来得及眨一下，脑袋就掉了。前期准备工作比较烦琐。宣读判决书，给犯人收拾，然后捆绑好，送上断头台，这才可怕呢！人们都跑过来围观，人群中甚至还有妇女，尽管他们不喜欢妇女来围观杀人。"

"她们不应该凑热闹去看。"

"是，是！这是多么痛苦的事情啊！有个犯人很聪明，胆子也很大，力气也大，有些年纪了，姓列格罗。我告诉您，信不信由您。他上断头台的时候一直在哭，脸色苍白如纸。难道这可以忍受吗？难道这不可怕吗？谁会因害怕而哭？我压根没想到，因为恐惧而哭的不是个孩子，而是个从来也不会哭的人，是个约45岁的汉子，此刻他的心里在想什么，会使他的心脏达到怎样痉挛的地步？这只可能是对他心灵的凌辱，除此之外，别无他说。《圣经》言：'不要杀戮'，因为他杀了人，所以就也要夺走他的生命吗？不，不能这样。这是我一个月前看见的事，可画面至今仍然浮现在我眼前，我梦见过五次。"

公爵说起这些话的时候，情绪激愤起来，他那苍白的脸上出现了一丝淡淡的红晕，尽管他的语调听起来仍像原来那样平和。仆人带着同情及饶有兴趣的目光注视着他，似乎眼光不愿远离。或许，这位仆人也是一个想象力丰富且试图思考的人。

"好在掉脑袋那刻，疼痛只是瞬间的。"他说道。

"您知道吗？"公爵热切地回应，"您是留意到这点了，基本上所有人都跟您一样，也注意到这点，而这个斩首机器正是因为顾及这点而发明的。我当时脑袋里闪现出一个想法：还有什么比这个更可怕的呢？您可能会觉得很可笑，觉得古怪，但是在没有任何想象力的情况下甚至也会产生这样的想法。试想下：比如，严刑拷问下，皮开肉绽，遍体鳞伤，这些肉体的折磨使犯人摆脱精神的苦痛，因为这些伤口和疼痛伴随着犯人直到死去。要知道，最主要的、最剧烈的疼痛感，或许不在伤口上，而是你清醒地数着时间流逝，一个小时后，十分钟后，半分钟后，现在，马上——灵魂将从躯体中出窍，你已不再是人了，你把头伸到铡刀之下，然后听着铡刀下落去砍你的头，这四分之一秒是最可怕的。您知道吗，这并不是我胡思乱想，很多人都这样说过。我至今为止仍然相信这点，因此我很坦诚地跟您讲我的想法，因杀人而判处死刑是比犯罪本身更严重的惩罚，判处死刑要比强盗杀人更可怕。那些强盗杀的受害人，大多数在夜里的树林里或者其他什么地方被杀害，直至被杀害的最后一瞬间，一定都还期待被拯救。曾经有过一些案例，已被割喉的人，还寄希望于逃走或者求饶。而这些被判死刑的人，连这最后的一点希望（也许怀着希望死去要比这样轻松十倍）也被剥夺了，这就是判决书，你无法逃避它里面的内容，里面包含着所有可怕的痛苦，世上没有比这更强烈的痛苦了。战场上您把一个士兵带来，让他站在炮口前，您准备朝他开炮时，他还会一直怀揣希望，但是如果对这个士兵宣读这个死刑判决,他一定会发疯或者哭泣的,谁说在这种情况下人的天性能忍受这种折磨而不发疯?为什么要有这种侮辱人的、毫无需要的、不公正的审判呢?也许有这样的人,宣判他死刑后,让他经历一番折磨,然后对他说:'走吧,宽恕你了。'这个人和基督也许能说说这种折磨和恐惧的感受。不,不应该这样对待一个人!"

仆人虽然不能像公爵那样阐述这些观点,也没全部理解,但他领会了主要的内容,甚至从他那流露出怜悯神情的脸上就能看得出来。"如果您十分想抽烟,"他低语道,"那就请抽吧,可以抽,只是动作要快点,因为要是将军突然问到您,而您刚好不在就不好了。喏,楼梯下面,您看见了吧,在那儿有一扇门,您走进去,在右侧有个小房间,在那里能抽烟,不过请打开通风窗,因为这不合规矩……"

但公爵还没来得及下去抽烟,一个年轻人就突然走进了前厅,他手里拿着文件。仆人开始为他脱下皮草大衣。年轻人瞥了一眼公爵。

"加夫里拉·阿尔达利翁诺维奇,"仆人开始说,语气既神秘又亲切,"这位据通报仆人称是梅什金公爵,是将军夫人的亲戚,刚刚坐火车从国外回来,手上拿着小包袱,只是……"

之后的话公爵听得不是很清楚,因为仆人开始小声低语着。加夫里拉·阿尔达利翁诺维奇仔细地听着,并不断以十分好奇的目光打量着公爵,最后不再多听,急不可耐地走向公爵。

"您就是梅什金公爵吗?"他格外热情有礼地询问道。这是位帅气的年轻人,也二十八岁左右,中等个头,身材匀称,头发金黄,留着拿破仑式的小胡子,有着一张精明而帅气的面容,只不过他客气的微笑中,透着过分的机敏,露出的牙齿如珍珠般发亮且排列整齐;目光快活,纯真中透着过分的关注与审视。

"这个人背地里或许完全不会这样看人，或许，从来不会。"公爵不知为何会有这样的感觉。

公爵很快地解释了他所能解释的一切，差不多就是之前已经向仆人以及向罗戈任解释过的那些事。这时，加夫里拉·阿尔达利翁诺维奇似乎想起了什么。

"是不是您，"他问，"一年前或者更近些的时间，从瑞士给叶莉扎维塔·普罗科菲耶夫娜寄来了一封信？"

"正是在下。"

"如此说来，这的主人是知道您的，或许也记得您。您是要见将军阁下吗？我现在就通报……他这会儿就有空了，只不过您……暂时劳烦您先在客厅稍等片刻……客人为什么会在这里？"他转向仆人，严厉地呵斥道。

"我说了，他自己不肯去……"

正在这时，突然，书房门开了，一位手里拿着公文包的军人一边行礼告辞，一边大声说着话从屋里走出。

"加尼亚①，你在吗？"喊声从书房传来，"过来一下！"

加夫里拉·阿尔达利翁诺维奇朝公爵点了下头，匆忙进了书房。

过了差不多两分钟，门又开了，里面传来了加夫里拉·阿尔达利翁诺维奇亲切有礼的声音："公爵，请进！"

---

① 加夫里拉·阿尔达利翁诺维奇·伊沃尔金的小名。

第三章

伊凡·费道罗维奇·叶潘钦将军站在书房中央,十分好奇地看着走进来的公爵,甚至还迎着公爵向前走了两步。公爵走到他面前,做了自我介绍。

"原来如此,"将军应声道,"有什么我能为您效劳的呢?"

"我没有什么紧急的事情;来访的目的只是想与您见个面,认识下。不敢叨扰,因为我不知道您何时有空,也不知道您何时有其他安排……只不过我刚下火车,从瑞士回来……"

将军有点想笑,但是转而想了下,止住了。然后他又想了想,眯起眼睛,再次从头到脚地打量了下自己的这位客人,接着急忙示意他坐下,而他本人稍稍倾斜身躯坐了下来,然后不耐烦地转向公爵。加尼亚则站在书房一角的书桌旁边整理着文件。

"一般来说,我没有什么时间用于认识、见面上,"将军说道,"但因为是您,当然,如果您另有目的,那么……"

"我早就料到如此,"公爵打断道,"您一定认为我这次的拜访具有某些特殊目的,但是上帝作证,此番前来,除了拜访认识外,别无他想。"

"荣幸之至,当然,这种情况对我来说也是少有的,我的时间毕竟不全是用来消遣的,有时,您知道,总会有些事情发生——因此我到现在都没看见我们之间有什么可交集之处,也可以说是内在联系……"

"毫无疑问，我们之间没有什么内在联系，可交集之处当然也很少。单单因为我梅什金公爵与您夫人来自同一个家族，这显然算不上什么内在联系。我对此十分清楚。但是我来此拜访的理由不仅在此，我离开俄国差不多四年之久，况且我离开时，几乎精神失常，什么都不知道，而现在更加严重了，我需要一些好心人帮助我；甚至眼下就有一件事，不知道向谁求教。当我还在柏林的时候就想着：'就从他们开始吧，多少算是亲戚，或许我们对彼此都有用，他们对我有用，我对他们也有用，如果他们是善心人的话。'我听闻您是位善人。"

"非常感谢您的评价，"将军惊讶地说道，"请问，您住在哪里？"

"我还没有住的地方。"

"也就是说，您是直接从车站到我这来的？还……带着行李？"

"是的，我的随身行李只有一个装着换洗内衣的小包袱，别无其他，我通常把它拎在手里，我赶得及订个小旅馆入住。"

"这么说，您还打算住旅馆吗？"

"哦，是的，确实如此。"

"诚如您言，我还以为，您已经打算直接投靠我们了呢。"

"这也是有可能的，但除非您邀请我留下，不过恕我直言，即使您邀请我，我也不会留下的，倒不是因为什么，而是我的性格使然。"

"嗯，那么恰好我没有邀请您，也没想邀请您留下。公爵，请允许我一次性跟您说明白：我们现在就讲好，关于我们之前的亲戚关系，请不要再提，尽管我感到十分荣幸，但是，那么……"

"但是，那么就该起身告辞，是吗？"公爵欠了欠身子，尽管他的处境很尴尬，但是不知怎的，他竟然有些愉悦地开怀大笑起来，"将军，上帝作证，虽然我对这里的风俗习惯实际上一无所知，也不知道这里的人是如何生活的，但是我想到了我们之间见面一定会是现在这个结果。或者结果本该就如此……何况那时你们同样也没有给我回信……好吧,多有打扰,请多包涵。"

此刻,公爵的目光亲切温柔,而他的微笑也没有丝毫被掩饰的不快,将军对此颇感意外,不知怎的突然刮目相看地打量着自己的这位客人,眼神的转变就在一瞬间。

"您可知道,公爵,"将军用完全另一种语气说道,"要知道,我仍然不太了解您,叶莉扎维塔·普罗科菲耶夫娜也是如此,她或许想见见自己的本族亲戚……如果您有时间,且愿意的话,请您稍等片刻。"

"哦,我有时间,我的时间是完全由我来支配的,"公爵把他那软软的圆礼帽放在桌子上,"不瞒您说,我希望叶莉扎维塔·普罗科菲耶夫娜记得我曾给她写过信。刚才,我在外屋等您的时候,您的仆人也曾怀疑过我是来求您救济的;我发现了这点,您府上大概对此有严格指令;但是,我真的不是为此事而来的,我只是想来聚聚,也有点担心会叨扰到你们,为此我心里很不安。"

"原来是这样,公爵,"将军带着愉悦的笑容说道,"如果真如您所言,表里一致的话,那么我十分愿意与您结交,但请您见谅,我比较忙,立马又要去批阅、签署文件,然后去见官员大臣,之后去办公,虽然我很愿意去结交更多的人……好人,也就是您……但是……其实我也是到现在,才相信您是位极有教养的人……公爵,您多大了?"

"二十六岁。"

"呵!我觉得您看起来还更年轻呢。"

"是呢,很多人说我有一张娃娃脸。我能很快学会如何不打扰到您的生活,很快就会懂,因为我本身也不喜欢打扰到别人……我认为,从外表上看,我们有很多不一样的地方,我们之间也没有太多共同之处,但是,您知道吗?我自己都不相信下面要说的观点,有时候常认为没有共同之处的人们之间，实际上是有共同之处的……这是缘于人类的懒惰，用眼睛区分外形，这样分类，便无法找到共同之处了……不过现在，我可能已经让将军感到无趣了吧？您，似乎……"

"我有两个疑惑想问您：您现在是有些积蓄吗？或者，您回国后打算从事什么工作呢？请原谅，我如此鲁莽地……"

"可别这样说，对于您提出的问题，我表示理解和尊重。我没有什么积蓄，也没有什么工作，但肯定是要有的，现在我的财帛都是别人援助的，是施奈德给我的，他是我的教授，在瑞士时，我在他那治病、学习，连此次的路费也是他赞助我的，所以说，我目前手里仅剩下几戈比。我确实有一件事情要做，我需要一些建议，但是……"

"您能告诉我，您打算以什么为生呢，目前有什么打算呢？"将军打断公爵的话说道。

"我想随便干点什么都行。"

"哦，您还真是个哲学家，不过……您了解自己的天赋、能力吗？哪怕是能够凭其维持生计的才能也行。请原谅我又……"

"没关系。我想，我没什么天赋，也没有什么特殊才能，甚至因为我是个病人，没有受过什么正规化的教育。至于说到维持生计，我认为……"

将军再次打断公爵的话，又接着询问起来，公爵就又一次地重复自己之前说过的话。原来，将军知道已经逝世的帕夫利谢夫，两人甚至还有私交。公爵本人也无法解释为什么帕夫利谢夫如此关注他的教育问题。或许，只是因为他与公爵已去世父亲的旧交情而已。公爵父母去世时公爵还是个小孩，一直生活在农村，因为他的病情需要农村里新鲜的空气来疗养。帕夫利谢夫把他寄养在自己的亲戚那儿——几位年长的女地主那里，为他请来了女家教在家授课，后来又换成了男家教；他解释着，不过尽管事情的经过他都记得，但是解释的内容却不尽如人意，因为在很多事情上，他自己都不是很清楚。病情发作时，会使他几乎变成白痴（公爵就是这么说的："白痴"）。最后，公爵继续说到，帕夫利谢夫有一次在柏林遇见了施奈德教授，他是一位瑞士医生，专治公爵的这种怪病，施奈德医生在瑞士瓦利斯州有一家医疗机关。他有一套自己独创的冷水和体操治疗法，既能治疗先天痴呆，又能治疗精神失常，在治疗时，施奈德医生会进行简单教学，并且十分重视病人的精神状态；大约五年前，帕夫利谢夫让公爵去瑞士找他，两年前帕夫利谢夫过世，走得很突然，没来得及做任何安排。施奈德医生把公爵留在身边，又医治了两年。尽管施奈德医生没有把公爵完全医治好，但是也给公爵提供了不少的帮助。最后出于公爵的个人意愿，也是因为遇到了一个新状况，才让公爵回了俄国。

将军倍感惊讶。

"那您在俄国一个亲戚都没有了吗？"将军问道。

"现在一个也没有了，但是，我希望……而且我曾收到一封信……"

"至少，"将军打断了公爵的话，没有再听关于信的事，他说道，"您至少应该学过什么吧？您的病也不会妨碍您做什么吧？例如，在某个机关做个什么简单的事？"

"嗯，应该不碍事。关于您说的工作，我倒是很愿意尝试，因为我自己也想看看，我有哪方面的才能。我在瑞士坚持不断地学了四年的时间，虽不是系统正规化的，但也是按照教授特殊的授课体系学习的，因此读了不少俄文书籍。"

"俄文书籍？这么说来，您识字，且可以无语法错误地书写文字是吗？"

"嗯，完全可以。"

"太棒了，那您的字体好看吗？"

"我的字体很好看。我在书写方面是有天赋的，这方面我可以堪比书法家。请给我纸笔，我现在就给您写些什么让您看看。"公爵热切地说。

"劳驾您这边请，对此，我求之不得……我十分欣赏您的这份直率，公爵，您简直太可爱了，真的。"

"您这有这么好的书写用具，有这么多的铅笔、鹅毛笔、质量如此优质厚实的纸张……多好的书房啊！这幅画我知道，这是瑞士的景色。我敢肯定，这幅是画家的写生画，这个地方我肯定见过，这个在乌里州……"

"我觉得非常有可能，尽管这幅画是我在这里买的。加尼亚，请给公爵一张纸，这是鹅毛笔和纸张，请您到这张小桌子来。这是什么？"将军转过来问加尼亚，只见加尼亚把一张大尺寸的照片从自己的公文包里取出来递给将军，"啊！是娜斯塔西娅·费利帕夫娜！这是她，她亲自给你的吗？亲自？"将军极为兴奋好奇地问着加尼亚。

"刚才，我去祝贺她时给我的。我之前索要过。我不知道，这是不是她的暗示。我空手去祝贺，没带礼物，在这样的一个日子里。"加尼亚补充道，有点沮丧地笑着。

"嗯，这你就错了，"将军打断了他的话，说着自己的见解，"你的想法太奇怪了！她怎么会暗示你……而且我觉得她对那些礼物也完全不感兴趣。再者说，你得送什么作为回礼呢？那可是要花上几千卢布的！难道也回赠照片吗？对了，我就是顺嘴一问，她问你要照片了吗？"

"没有，还没要过，或许永远不会要的。伊凡·费道罗维奇，您记得今晚宴会的事儿吧？您可是她的特邀客人。"

"记得，当然记得，我一定会去的，今天是她的生日，二十五岁生日！嗯……你知道吗，加尼亚，我跟你说实话，你要做好心理准备，她已经答应我和阿法纳西·伊万诺维奇了，今晚她会作出最后的决定：嫁或者不嫁！所以，你要做好准备，知道吗？"

加尼亚突然着急不安起来，甚至脸色有些发白。

"她真的这么说吗？"他焦急地问道，声音似乎有些颤抖。

"前两天说的，在我和阿法纳西·伊万诺维奇的逼问之下讲的。只是她请求我俩事前不要告诉你。"

将军仔细打量着加尼亚，看得出他不喜欢加尼亚这种局促不安的神态。

"伊凡·费道罗维奇，您记得的吧，"加尼亚焦虑不安，忐忑犹豫地说道，"在她今天作出最后决定之前，我还有充分选择的自由，就算她作完了决定，我还是有发表言论的权利的……"

"那么难道你……难道你……"将军突然惊恐万分。

"我没想干什么。"

"行了吧，你到底想让我们怎么样？"

"我又没拒绝她！或许，是我表达得不清楚……"

"你还想拒绝？"将军恼火地说，他甚至不想压制这股恼火，"老弟，事情已经不在于你有没有拒绝她，而是在于你是否心满意足地、愉悦地接受她的决定……你家里怎么样了？"

"家里能怎么样？家里所有事情都在我的掌控内，只有父亲还是一如既往地干蠢事，完全一副无理取闹的样子，我已经不和他说话了，但是我能控制住他。讲真的，如果不是因为母亲，我一定会把他赶出去的。母亲，自然总是哭，妹妹时常发着小姐脾气，但是最后我跟他们也直说了,我要主宰自己的命运,我希望在家里所有的事都听我的。至少我已经当着母亲的面跟妹妹讲得很清楚了。"

"可是,老弟,我就是不理解,"将军沉思片刻,耸了耸肩,微张双手说道,"妮娜·亚历山德罗夫娜①前几天来的那次,记得吗?那时候她唉声叹气的,我就问:'您怎么了?'他们似乎把这当成什么羞耻的事了,我就不明白了,怎么羞耻了?难道谁责备或者是指责娜斯塔西娅·费利帕夫娜什么了吗?难道是因为她曾和托茨基在一起过?可那些都是风言风语,不可信的,特别是在一定场合下更是荒谬!她接着问我:'听说您,还不允许她到您的女儿们那儿去?'哎!瞧她,这个妮娜·亚历山德罗夫娜!怎么她这点都不懂呢,怎么就不懂呢……"

"她不知道自己的地位吗?"加尼亚有些困难地解释道,"她懂的,您别生她的气,不过,我那时候也说了她一通,不让她管别人的事。最后的决定还没作出来,暴风雨却将至,不过截至目前,我家还保持着原有的样子。如果今天决定出来的话,那么,一切都会清楚的。"

公爵坐在书房角落里边写着自己的书法作品,边听着事情的全部,写完后,他拿着自己写好的纸走到桌子前,递给将军看。

"那么这个就是娜斯塔西娅·费利帕夫娜吗?"公爵好奇地、仔细地瞥了一眼照片,轻声说道,"比我想象的要美很多呢!"他热切地补充道。照片上是一位超凡脱俗的美人,穿着一身黑色的丝质连衣裙,款式简单却很精致。她黑亮的头发简单地盘起,深蓝色的眼睛,饱满的额头,脸蛋给人一种热情但透着高冷的感觉。她的脸有些消瘦,也可以说苍白……加尼亚和将军带着吃惊的目光看着公爵……

"确实是娜斯塔西娅·费利帕夫娜,怎么了?难道您知道她?"将

---

① 加尼亚的母亲。

军问道。

"是的，虽然我回俄国才一天一夜，但对于这样的大美人多少还是知道的。"公爵回答道，然后将自己与罗戈任的相识经历以及罗戈任的故事全部跟他们说了一遍。

"这还真是个大新闻呢！"将军极为认真地听完公爵的故事，又开始不安起来，困惑地看了一眼加尼亚。

"或许，这仅仅就是胡闹罢了，"加尼亚低声说道，有些不知所措，"商界公子哥的戏谑玩乐而已，关于他的事我多少有些耳闻。"

"老弟，这事我也听说了，"将军继续说着，"那个时候，耳坠事件之后，娜斯塔西娅·费利帕夫娜和我讲了这个趣闻。但是要知道现在又是另一回事了。或许，现在真有一个——热情的百万富翁在那儿等着，就算是一时冲动的热情，但仍旧是热情满满啊，可是大家都知道这位先生在醉酒状态下能干出什么事！……嗯……但愿不要闹出什么笑话来。"将军若有所思地说道。

"您还担心这位百万富翁？"加尼亚咧嘴笑道。

"你难道一点也不担心？"

"您怎么看，公爵，"加尼亚突然转而问公爵，"这个罗戈任是个言出必行之人呢？还是个浪荡公子哥？您的看法是什么呢？"

当加尼亚问出这个问题的时候，在他身上似乎发生了什么不寻常的变化，好像他的大脑里萌生出了一个想法，而这个想法已经投射在他的眼睛里，散出熠熠光芒。同时，深感担忧的将军也向公爵投去目光，但似乎并不期待能从公爵那得到什么答复。

"我不知道如何跟您说"，公爵回答道，"有一点，我确定的是，他热情十足，十足到几近病态，而且他完全就像个病人，或许，在他到圣彼得堡的最初几天就又病倒了，尤其是如果他又开始酗酒玩乐的话。"

"是这样吗？您是这样看他的？"将军立即抓住这点再次问道。

"是的，我是这么觉得的。"

"不过，这类趣闻可能不是过几天才会发生，或许在今晚之前就会发生什么。"加尼亚冷笑着对将军说。

"嗯……确实如此，那么一切就取决于她到时候怎么想了。"将军说。

"您难道不知道，她偶尔会想什么吗？"

"还能想什么？"将军忽然情绪不佳，恶狠狠地指责道，"加尼亚，你给我听着，今天请你尽量不为难她，你记住，让她……让她称心如意……哎！你干吗撇着嘴？听着，加夫里拉·阿尔达利翁诺维奇，我现在倒是要再问一下：我们这样忙碌辛苦是为了什么？你是明白的，这件事其中我自己的那部分利益，我早就保障好了，无论如何，我都有好处，托茨基也不会更改他自己的决定的，这点我很确信。如果问我现在有什么愿望的话，唯一的愿望就是你的利益。你自己好好考量下，你难道是不信任我吗？你是个……是个……一句话，你是个聪明人，我对你给予厚望……而目前这个情况下，这是……这是……"

"这是最重要的。"加尼亚补充道，他再次把将军一时间不知如何表达的话说了出来，然后撇了下嘴唇，露出了已经不想再隐藏的邪恶笑容。他用嗔怒的眼神直视着将军的眼睛，似乎想让将军通过这种眼神读出他心中所有的想法。将军涨红了脸，怒气冲冲。

"对的，聪明是最重要的！"将军附和了一声，并用锐利的目光注视着加尼亚说道，"你还真是个有意思的人，加夫里拉·阿尔达利翁诺维奇，我发现，你还真是因为这个商界公子哥的出现而开心不已，你把他看作你的出路。那你在这件事情上要动脑筋好好想想……彼此间行事应当真诚、坦率，否则……也应该预先告知，避免别人的名誉受损，尤其是有足够的时间来做这件事的时候，就算是现在，你也有足够的时间，"将军意味深长地扬起眉毛，"尽管总共就剩下几个小时的时间……你明白了吗，听懂了吗？你到底想还是不想？如果不想的话，你就说，但说无妨。没有人，加夫里拉·阿尔达利翁诺维奇，没有人强迫你，没有人想让你掉入陷阱，如果你在那只看到陷阱的话。"

"我想。"加尼亚声音很低，却透着坚决之意，他闭上了眼睛，不再言语。

将军对这个答案很满意。将军虽然对加尼亚发了火，但看得出他有些后悔。突然他转向公爵，脸上闪过不安的神色，他猛地想起刚才公爵在场，什么都听到了。可当他看了一眼公爵后又放心了，因为只要一看到公爵，就会感到安心。

"哎哟，天呐！"将军看完公爵拿来的字后，喊叫了起来，"这简直就是字帖啊！而且是不可多得的字帖！快看呀，加尼亚，他多有才呀！"

公爵用中世纪的俄语字体在一张厚纸上写了一句话：

谦卑的修道院长帕夫努季亲笔敬呈。

"这几个字，"公爵极为满意且振奋地说，"这是修道院长帕夫努季的亲笔签名，是从14世纪拓本上仿写的。所有的老修道院长以及主教都写得一手好字，有时带着各自风格，书法功底深厚！将军，您这有波戈金字帖[①]吗？另外，我在这也用其他字体写了下：这个是20世纪法

[①] 该字帖包含约650万条录入，俄语字体以及外国字体等。

国的大圆字体，某些字母的写法不同；这个是普通字体，就是仿照书法样本拓下来的印刷书写体（我有一本），您自己也应该可以看出，这种字体也不无优点。您看这个圆圆的6和a，我把这种法国的书写风格运用到书写俄语字母上了，虽然很难，但还是写得很成功的。您瞧，这还有一个很好看很独特的字体，这个句子是'勤奋无难事'，这个是俄国文书用体，或者，也可以随您喜好，叫它军用文书体，这个字体常被运用于官方书函，也是圆体字，非常好看的黑体，虽是黑体，但别具风格。书法家通常是不会使用这种花体字的，也可以说是不允许尝试这些花体字，这些中途收笔的半截花体字在书法家的笔下是不会有的。总的来说，您看，这种字体很有特点，字体展现出了军用体的灵魂所在：想要自由洒脱、无拘无束，想要展现出才华，却又被军装衣领的风纪扣绷紧，在字体中体现出了严格的军纪，简直妙不可言！前不久这样一个字帖样本使我大为震惊，是我偶然所得，你猜猜我是在哪找到的？嗯，对，是在瑞士找到的，这是一本很简单、很普通，也很干净的英国书法帖——无与伦比、妙不可言、精巧玲珑，犹如珍珠般璀璨夺目，真的是笔法超群。但这个字体是前者的变体，还是法国字体。我是从一位旅行中的商品推销员那儿拓来的，字体的架子和英国式的字体一样，但是这个黑色的线要比一般的英国书法字体更黑、更粗些，打破了字体本身的光亮匀称性。您可能也发现了，椭圆形变形了，更偏圆形一点，况且运用了花体字，而这个花体字可是最难驾驭的字体啊！花体字要求有不同寻常的品位；但是如果一旦尝试成功，只要写得匀称，那么出来的这种字体绝对是独一无二的，甚至可以说，让人爱不释手。"

"哇！您介绍得可真是细致精妙啊，"将军笑着说道，"老弟，您可不仅是个书法家呀，您还是个艺术家呢，啊？对吗？加尼亚你说呢？"

"的确了不起，"加尼亚说，"甚至已经意识到以后可以靠它来谋取一份工作了呢。"他边笑边调侃道。

"笑吧，你就笑吧，这可的确前景远大。"将军说，"公爵，您知道，我们准备让您给谁写公文吗？如果您能接受这个工作，一个月就会直接给您支付三十五卢布酬劳，而这仅仅是个开始。啊！现在已经十二点半了，"将军看了一眼表，对公爵说道，"公爵，我还有事，因此我需要赶紧走了，今天或许就不会再与您见面了！您在这稍坐片刻，我已经跟您说过了，我没法常常接待您，但是我很愿意尽心帮您一些忙，当然只是帮一些小忙，在你最需要我的时候，而在这之后，就随您怎么做了。我可以给您在机关里找个工作，不累的，但是需要您认真踏实地干。现在还有一件事，请允许我跟您介绍下：加夫里拉·阿尔达利翁诺维奇·伊沃尔金的家里，也就是我这位年轻的朋友家里，他的妈妈和妹妹把几间带家具的房间都收拾得很干净，这些房间只租给介绍而来的可靠租客，出租屋管饭，还有女仆定期打扫。我相信，我介绍您过去住，妮娜·亚历山德罗夫娜会同意的。对于公爵您来说，没有什么比这更好的了，其一，您不再是一个人了，可以说，您会在一个大家庭里生活，我是觉得，您不应该刚回圣彼得堡就一个人在这个城市里生活。妮娜·亚历山德罗夫娜是加夫里拉·阿尔达利翁诺维奇的妈妈，瓦尔瓦拉·阿尔达利翁诺夫娜是妹妹，她们都是我很尊敬的女士。妮娜·亚历山德罗夫娜的丈夫是阿尔达利翁·亚历山德罗维奇。他是一名退役的将军，是我刚开始服役时的老伙计，虽然因为一些原因，我没再和他来往，但这一点也不妨碍我对他的尊敬。公爵，我把这些都告诉您，就是想让您明白，可以说，我是个人亲荐，替您作了担保。房租也是很合理的，我希望，很快，您的薪酬便完全足够您来支付这笔费用。一个人口袋里还是需要些零花钱的，即使没有多少；但是您别生气，公爵，根据我对您的印象来看，我劝您最好免去零用钱，口袋里也不要放钱。不过，鉴于您现在口袋里完全没有一分钱，请您接受我这二十五卢布，作为您回国后的开始。当然这笔钱我们可以记在账上，如果真如您所说是个表里如一的诚恳之人，那我们之间不会有什么金钱上的纠纷，而我对您的关心，是有个人私欲的，这个以后您就知道了。您看，咱们之间就是如此简单明了。我想，加尼亚，你应该不反对公爵住到你家去吧？"

"哦，那当然了！妈妈一定会很开心……"加尼亚十分笃定且礼貌地说。

"你们那似乎有一个房间已经被租了吧？他叫费什么，费尔迪……费尔……"。

"费尔迪先科"。

"嗯，是的，但我不喜欢你们家的这位费尔迪先科，他像个油腔滑调的小丑，真不知道，为何妮娜·亚历山德罗夫娜会如此欣赏他？难道他们真的是亲戚关系？"

"不不，那就是个玩笑而已！一点亲戚关系都没有。"

"嘿，那就让他见鬼去吧！那么，公爵，您觉得如何，满意这个安排吗？"

"非常感谢您，将军，您这样待我，真是位善心之人，更何况，我还没向您寻求帮助呢，您就已经替我想好了住处。我也不是高傲之人，我是真的不知道该住哪里。罗戈任先生不久前还叫我去他那住呢。"

"罗戈任？哦，千万别去，我以长辈的身份给您建议，如果您更喜欢，那就以朋友的身份给您忠告，您快忘了罗戈任先生吧，还是按我所说，今后尽量靠拢我建议您住进的家庭吧。"

"既然您对我如此好心，那么我有个事想跟您说，我收到一个通知……"公爵刚刚开始说。

"哦，抱歉，"将军打断了他的话，"我现在真的一点时间也没有了。我马上跟叶莉扎维塔·普罗科菲耶夫娜说下关于您的事，如果她愿意接见您的话（我尽可能地以这样的方式介绍您），那么，建议您抓住机会，让她喜欢您，因为她对您未来的发展很有帮助，何况你们也是同姓。但如果她不愿意的话，也请您不要生气，我们再换个其他时间。而你，加尼亚，请你看下这些账单，我刚跟费多谢耶夫因为这差点没打起来。千万别忘了把这几笔账加进去……"

直到将军走的那一刻，公爵都没来得及说那件开了好几次头，都没说完的事。加尼亚开始抽起卷烟，将另一支递给了公爵。公爵默不吭声地接受了，他不想打扰加尼亚，于是便开始四处打量书房。加尼亚随意地瞥了一眼将军给他的账单，他有些漫不经心。公爵觉得，只有当他俩独处的时候，加尼亚的笑容、目光以及思想才会变得沉重很多。突然，加尼亚走近公爵，而此时的公爵正站在娜斯塔西娅·费利帕夫娜的照片前，专注地端详着。

"公爵，您喜欢这样的女人吗？"他突然开口问道，他用很犀利的眼神看着公爵，就好像他有什么异乎寻常的打算似的。

"这张脸令人惊艳。"公爵回答道，"我相信，她的命运也注定不平凡。脸上洋溢着喜悦，但其实很痛苦，对吗？这点通过她的眼睛就能得知，还有这两块小颧骨，以及眼睛下方、脸颊偏上部位的两个点。这是一张倔强到傲慢的脸庞。我是不知道她本人是否善良，如果她心地善良的话，那这一切都可以弥补！"

"那您会想要跟这样的女人结婚吗？"加尼亚继续问道，他那热切的目光紧随着公爵。

"像我这种身体羸弱之人，是不能和任何女子结婚的。"公爵说。

"那罗戈任会吗?您怎么看?"

"这还用说吗?当然了,我觉得他有可能明天就会这样做,他一定会娶她的,但是过不了多久,他一定会杀死她的。"

公爵的话音刚落,加尼亚突然哆嗦了一下,吓得公爵差点大叫起来。

"您怎么了?"公爵抓住他的手问道。

"公爵先生!将军大人请您去见他的夫人。"这时仆人在门口通报,于是公爵跟着仆人去了。

第四章

叶潘钦将军家的三位小姐都很健康、娇艳动人、个头高挑,有着宽阔的肩膀、坚挺的胸部和一双男性般强有力的手,当然,正是因为她们强健的体魄,她们大多时候都很喜欢吃,而且她们完全没有想隐藏这一嗜好。她们的妈妈,叶莉扎维塔·普罗科菲耶夫娜将军夫人有时候也不赞同她们这种毫不掩饰的食欲。尽管女儿们表面上接受母亲的意见,但实际上她的意见对女儿们来说起不到一点作用,母亲的威严似乎早就没了,更何况,三位小姐步调一致,行为愈演愈烈,于是乎,将军夫人为了维护个人的尊严,不得不妥协退让,放弃争执。也难怪,她的性格常常不服从理智,致使叶莉扎维塔·普罗科菲耶夫娜一年比一年任性、暴躁,使她变成了一个怪女人,但好在身边还有个十分温顺听话的丈夫,因此积攒过多的怨气都释放在丈夫那。发泄后,家庭又回归原有的平静祥和,一切又都好得不能再好了。

不过,将军夫人自己的食欲也很好,通常十二点半的时候,她会跟女儿们一起享用一顿丰盛的午间小餐,丰盛程度不亚于正餐。而再早些,十点整的时候,刚刚睡醒的小姐们,则会在被窝里享受一杯咖啡。她们喜欢这样的生活方式,并且也已经形成了不成文的规矩。十二点半的时候,她们去妈妈房间隔壁的小餐厅吃饭,将军本人如果有时间的话,也会参加这种温馨的家庭聚餐。午餐除了有茶、咖啡、奶酪、蜂蜜、黄油这些必备食物外,还有将军夫人最爱吃的菜馅煎饼等，搭配的甚至还有热腾腾的、散发着浓郁香气的肉汤。就在我们故事开始的这个中午，全家都在等着说好在十二点半之前赶回来吃早饭的将军大人。哪怕他晚了一分钟，他们都会派人去找他，但是将军出现得很准时。他向夫人道了早安，并亲吻了下她的手背，他发现夫人的脸色不太好看，尽管他昨晚已经预感到今天会有什么"小插曲"（他已经习惯这么表达了）发生，以至于他昨晚都没睡好，一直惶惶不安，即使到现在也还是很害怕。女儿们走到父亲面前亲吻了他，尽管知道她们没有对他摆出不满的脸色，但他还是敏锐觉察到不一样的地方。也难怪，因为某些情况，使得将军变成了一个敏感多疑的人。但他作为一个经验丰富又心思灵巧的丈夫和父亲，他马上开始用自己的方式去处理当前的尴尬。

如果我们先把故事情节停一下，通过一些说明来更直接、更准确地分析这些关系和状况，相信对我们的故事发展也不会有什么影响。我们在小说的开头部分就有提到过叶潘钦将军的家庭，我们说过，将军本人其实没有接受过很正规的教育，然而正如他自我评价所说"他是一个自学成才的人"，但是也没有影响他成为一位经验丰富的丈夫、聪慧机智的父亲。顺便说一句，他不会操之过急地把女儿们嫁出去，也就是说，没有让女儿们觉得他很烦，而且这种父母不会过分担忧儿女的婚事导致"关心则乱"——这也常常会发生在那些家里有多女当嫁的明智之家。将军甚至使得叶莉扎维塔·普罗科菲耶夫娜也同意了这种观点，尽管这事很困难，因为这事非比寻常，但将军摆出明显的事实和十分充分的论据。如果父母让自己的女儿有自主的想法和意识后，那么这些未婚女孩子们在做自己想要做的事情时，就会把任性、挑剔搁置一边，同时父母只需持续不露声色地关注女儿们，以防止她们做出奇怪的选择并避开意外的发生，然后在适当的时机，竭尽全力地给予帮助，并施加一些自己的影响让事情在正常的轨道上顺利前进，最后，女儿们的财富和社会地位都会随着时间流逝而逐渐几何递增，也就是说时间越久，女儿们收获的也越多。对于待出阁的女子们也是一样的。但是在这毋庸置疑的事实中还有一个事实：他们的大女儿亚历山德拉几乎是一瞬间就长大了（父母常有这种感觉，总认为自己的孩子还小），已经满二十五岁了。与此同时，阿法纳西·伊万诺维奇·托茨基，一位有着很高社会地位，人脉广且坐拥亿万财富的上层名流，突然表现出了自己想娶妻的愿望。这位名流虽已年过五十五岁，但其气质优雅，举止绅士，情趣高雅。他想找一门门当户对的好亲事，并具有不俗的鉴赏力。不知何时，他和叶潘钦将军已经有了非同寻常的交情，尤其是两人共同涉足一些金融企业，因此他委婉地表示：是否可以娶叶潘钦将军的一个女儿为妻？正是因为这件事，叶潘钦将军原本宁静和谐的家庭生活发生了明显的波动。

毫无疑问，前面我们说过，家里最美的姑娘就是最小的女儿阿格拉娅。但是即使是极为自私的托茨基也明白，他不应该对阿格拉娅存在非分之想。也许是姐姐们的盲目宠爱，以及姐妹间的过分浓厚的亲情，使得她们高估了妹妹的婚事，她们已经为妹妹阿格拉娅指定了配偶的类型，不是一般的人，而是天之骄子。阿格拉娅未来的丈夫应该是个性格完美、事业成功之人，财富过亿就更不用说了。两个姐姐甚至是没怎么商量就一起决定了，如果需要的话，她们会为了保全妹妹的利益而牺牲自我，并给阿格拉娅准备一份金额庞大的嫁妆。将军及将军夫人知道两个姐姐的想法，因此当托茨基询问这件事的时候，他们没有表示任何的质疑，因为两个姐姐中肯定有一个不会拒绝这件事，更何况阿法纳西·伊万诺维奇对于陪嫁的嫁妆没有什么要求。将军也凭着自己丰富的人生经验给予托茨基的提议很高的评价。托茨基本人因自己这种特殊的状况，也对这件事情采取了谨慎仔细的态度，仅仅是询问这件婚事的可能性。因此，父母只是表面上让女儿们考虑下这门亲事——作为遥远的设想，当然也没有收到确切的答复，但至少，让他们放心的是，大女儿大概是不会拒绝这门亲事的。大女儿虽然性格强硬，但是心地很善良，头脑理智，为人随和，她甚至是乐意嫁给托茨基，而且只要她答应了，绝不会食言。大女儿喜爱低调，不仅不会生出什么大的麻烦和波折，而且能把自己的生活安排得很妥当，让日子过得安宁幸福。她本人虽说不是多么动人，但也是个美人，对托茨基来说，还有什么比这更好的吗？

然而，所有的事情都是探索式发展的，托茨基和将军彼此约定，在合适时机到来之前都不会采取任何正式的、令人无法挽回的行动。就连将军夫妇二人也没有正式公开地和女儿们谈论这门婚事。然而，似乎不和谐的气氛正在家庭中漾荡开来：叶潘钦将军夫人——家里的女主人，不知为何变得不开心起来，而这正是最主要的因素。还有一个扰乱所有人的因素，一个难以解决的、麻烦的问题，因为这个问题，所有事情都会不可遏制地变得混乱起来。

这个难以解决的、麻烦的问题（托茨基本人是这么描述的）发生在很久以前。大概十八年前，阿法纳西·伊万诺维奇在某中部省份有几处富丽堂皇的庄园，在一处庄园附近有个贫穷的小地主生活得很是艰辛。这是一个运气差到让人大跌眼镜的倒霉蛋——他是一个退役军官，有着良好的贵族姓氏，这个姓氏甚至比托茨基还要高贵，这个退役的军官叫费利普·亚历山德罗维奇·巴拉什科夫。他欠了很多钱，然后倾其所有偿还，之后，通过辛苦的苦役劳作，他终于积攒了一点差强人意的家当。尽管只有这点微薄的积蓄，但这些积蓄让他振奋不已，也让他对生活重新充满希望，精神振作。一次，他神采奕奕、满怀希望地去找他几个重要的债主会面商谈，离开了村庄几日，去了小镇。他到小镇的第三天，他的村长拖着满是烧伤痕迹的身体赶到他面前，对他说："我们的庄园被烧了，就在昨天正午时分，他们烧死了夫人，但您的女儿们还活着。"就算是习惯了被命运鞭笞的巴拉什科夫，也难以承受这次意外的打击，他疯了，后来得了热病去世了。被烧的庄园连同里面所有沦为乞丐的农奴都被卖掉偿还债务；而阿法纳西·伊万诺维奇·托茨基出于慷慨慈悲之心，收养了巴拉什科夫的两个女儿，一个六岁，另一个七岁。她们和阿法纳西·伊万诺维奇管家的孩子们一起接受教育。托茨基的管家是一位退休的官吏，日耳曼人，家里人口众多。没过多久巴拉什科夫的孩子就剩了一个小女孩娜斯塔西娅了，他最小的女儿则死于百日咳。托茨基当时一直住在国外，没过多久就完全忘记了这两个孩子。大约五年后，一次阿法纳西·伊万诺维奇路过庄园时，突发奇想，想去看看自己的庄园。没想到在自己乡村的庄园里，在日耳曼管家的家里发现了一个长得非常好看的小孩子，十二岁左右，活泼、可爱、聪明，讨人喜欢，长大后肯定会出落成不一般的美女。在鉴赏女人这方面，阿法纳西·伊万诺维奇无疑是个行家。虽然他这次在庄园里只住了几天，却不耽误作出安排。于是女孩的教育发生了重大变化：他为小女孩请了一位已过中年的家庭女教师。这位教师是瑞士人，她可以教法语以及其他各门学科，尤其对于女子高等教学方面颇有经验。女教师住到了乡村的庄园里，于是小娜斯塔西娅的学业成绩也突飞猛进起来。这种教育整整用了四年的时间。女教师走后，一位富太太来接娜斯塔西娅。这位太太也是位小地主，同时也是托茨基先生庄园的邻居，但是她住在另一个较远的省，她是按照阿法纳西·伊万诺维奇的指示和嘱托来的。在女地主家不大的庄园里，也有个虽小但是刚建成的小木屋，这个小木屋被收拾得特别精致，特别命名为"快乐村"。女地主把娜斯塔西娅带来后直接和她一起搬进了这个清幽的小木屋里。女地主没有孩子，一个人住在邻近只有一俄里的地方，因此她自己也搬来和娜斯塔西娅一起生活。娜斯塔西娅身边还有一个老太太管家和一个年轻且经验丰富的女仆。屋子里有各种乐器、小女孩读的精美图书、画册、版画、铅笔、画笔、颜料，还有一只给人带来惊喜的小狗。两周后，阿法纳西·伊万诺维奇亲自登门拜访了……从那时开始，他就爱上了这个安静又美好的小村庄。他每年夏天都会来做客，每次住上两周，甚至三周的时间。这种平静、幸福而又优雅的时光过了很久，大约四年。

一次发生了一件事，大约是刚入冬的时候，也就是阿法纳西·伊万诺维奇夏季在"快乐村"住了两周之后，过了大约四个月的时间，传出了一个消息，或者可以说不知怎么回事一个流言就传到了娜斯塔西娅·费利帕夫娜[①]的耳朵里，传闻说阿法纳西·伊万诺维奇准备在圣彼得堡迎娶一位家底丰厚的名门闺秀为妻，总而言之，他找了一位家族显赫且优秀的伴侣。后来也证实这个传言并不准确，当时双方的婚事只是在商议中，一切都没有确定，但娜斯塔西娅·费利帕夫娜的命运却从那刻起发生了巨大的转折。她突然作了一个不同寻常的决定，展现了她出人意料的性格。她没有丝毫犹豫，就放弃了小村庄的生活，一个人来到了圣彼得堡，直接去找托茨基。托茨基见到她时很是惊讶，然后开始跟她聊起来，但几乎是从第一句话开始，他就发现无论是表达方式、音调，使人愉悦且颇具雅兴的往事话题，还有逻辑——所有的所有，都不像从前一样适用了！坐在他面前的完全是另一个女人，一点也不像那个他七月离开"快乐村"时见到的那个姑娘。

---

① 指的是托茨基收养的那个小姑娘。

说她完全是另一个女人，是因为，首先，她有着异于常人的丰富学识和常识，丰富到让人惊讶，她是从哪获取到这些知识的，还养成了这样准确的理解能力？（难不成是从小女孩图册里获取的？）除此之外，她还对法律上的知识懂得很多，就算她涉世未深，社会时事或多或少还是知道一些的。其次，她的性格也跟从前不一样，也就是说不再像以前那样腼腆娇羞了，反而让人难以定义，她时而天真活泼让人着迷；时而闷闷不乐，胡思乱想让人嗔怪；时而又泪眼婆娑，心事重重让人猜疑。

不，此刻在他面前狂笑不止，并且用尖酸刻薄的话来刺痛他的这个非同一般的奇女子，是一个不能用常规揣测的女子，她直接向他表示，她从来没有把他放在心上过，她有的，只是对他深深的蔑视，蔑视到让人作呕，从第一次见他开始。这个"崭新"的女人又说，哪怕现在他立刻马上跟某人结婚了，她也无所谓，但是她既然已经来这里了，就不允许他结婚，出于恨意不允许，因为她想这样做，所以她就这样做了："这么做仅仅是为了能够痛快地嘲笑戏弄你，因为我现在终于想笑了。"

她只是这样说着，而她大脑里的某些想法，她没说。这个"崭新"的娜斯塔西娅·费利帕夫娜边讲边狂笑的时候，阿法纳西·伊万诺维奇也在思考这件事，整理了一下自己的凌乱的思绪。这一思考花了不少时间。他深思熟虑作决定差不多花了两周的时间。两周后他终于作好决定了。

事情的关键在于，那时的阿法纳西·伊万诺维奇已年近五十，老成持重，威望声誉颇高。他在上流社会稳固的社会地位早已形成。就像所有社会上流人士一样，在这世界上，他最爱且最珍惜的永远是他自己，以及他那安逸舒坦的小日子。任何事情，任何人都不准破坏、不准动摇他这已经形成的美好的生活模式。从一方面来说，托茨基丰富的社会阅历以及深邃的洞察力告诉自己，他现在打交道的这个人完全不是个简单的角色，她所说的话并不只是话语威胁，她绝对会说到做到，最重要的是没有什么能使她知难而退，更何况世间没有什么东西能引起她的重视，更不可能有什么东西可以诱惑到她。这里明显有些什么其他的因素，造成这种精神和心理上的错乱——一种饱含浪漫色彩的、说不清道不明的愤怒（估计只有上帝才知道这是生谁的气），这种完全超出平常范围并且还在不断增加的鄙视感——总而言之，这是一种上流社会难以容忍的想法和做法，无论哪个上层名流遇到这种情况，真是倒了大霉了。显而易见，以托茨基的财力和人脉关系，完全可以略施小计，以此来摆脱这种不快。从另一方面来说，娜斯塔西娅·费利帕夫娜明白自己根本无法做出什么有损他的行为，更别说法律意义上的损害了，她甚至无法闹出什么大动静，因此，很容易就能控制住她。但是这可能只适合在一种情况下发生，那就是：娜斯塔西娅·费利帕夫娜像其他有同样遭遇的普通人那样，采取一些不会过分到不合乎常理的行动。而托茨基敏锐、精确的眼光对他是裨益诸多的：他可以清楚地猜透娜斯塔西娅·费利帕夫娜的心思，她清楚地知道，通过法律层面解决的话，她是不具备攻击力的，但是她脑袋里完全是另一个计划……这点通过她闪闪发亮的眼睛就能看得出。她什么都不在乎，更不在乎自己（这种情况恰恰需要聪慧的头脑以及敏锐的洞察力才能察觉到她早就不重视自己了，才能使像他这种上层社会的多疑、厚颜无耻之人知道这种情感的严重性），只要能羞辱这个让她恨之入骨的男人，娜斯塔西娅·费利帕夫娜会毫不犹豫地自我毁灭，就算是发配到西伯利亚服劳役也在所不惜。阿法纳西·伊万诺维奇从不否认自己是一个畏首畏尾之人，说好听点就是一个墨守成规之人。如果他知道假如有人会在教堂行婚礼之时刺杀他，或者发生了什么被社会各界所不耻不雅的事情，那么他一定会非常害怕，但是与其说他害怕的是被杀死、受伤流血或者被人当众往脸上吐唾沫等，倒不如说他最害怕的是别人用什么不合乎常理的方式让他在人前受辱。虽然娜斯塔西娅·费利帕夫娜嘴上什么也没说，但是她显露出来的正是这个打算。托茨基知道，娜斯塔西娅·费利帕夫娜非常了解他，她知道怎么做才能正中他的要害，伤到他。虽然目前婚事只是在筹议阶段，但是阿法纳西·伊万诺维奇还是对娜斯塔西娅·费利帕夫娜作了妥协和让步。

让他作出这一决定的还有另一个原因：真的难以想象，现在的娜斯塔西娅·费利帕夫娜简直与过去的那个她判若两人。以前的她是个多么漂亮的小女孩，而现在的她……托茨基久久无法原谅自己，他们相处了四年竟然没有看清她。也确实，很多东西都变了，两人从外在到内在都发生了急剧的转变。他现在回忆起来，在过去的某些瞬间，有时当他看着她的这双眼睛的时候，脑海里会产生一些奇怪的想法：似乎能感觉到这双眼睛里的深邃的神秘的忧郁，如哑谜一般让人难猜。近两年，他常常诧异于娜斯塔西娅·费利帕夫娜的脸色的变化，她的脸色变得越来越惨白，但奇怪的是，她却因此越来越动人。托茨基如同其他惯于寻花问柳的绅士们一样，一开始浅薄地认为把这种处子弄到手上花不了什么大代价，但是近来他开始怀疑这一看法了。但是不管怎么说，去年夏天的时候他就想好了，不久后，他准备把娜斯塔西娅·费利帕夫娜风风光光地嫁出去，嫁给某位在外省工作的、明事理且品行端正的先生。（天呐，可现在娜斯塔西娅·费利帕夫娜在多么愤恨地嘲笑这一切啊！）但是现在阿法纳西·伊万诺维奇有了新的主意，他甚至想，他可以重新利用下这个女人。他决定先让这个女人在圣彼得堡住下来，让她享受极尽奢华舒适的生活。如果不按原先的安排，那就换种方式:可以利用娜斯塔西娅·费利帕夫娜的美貌在上流圈里炫耀一番,让自己出出风头。阿法纳西·伊万诺维奇非常重视这方面的名气。

圣彼得堡的生活已经过了五年,在这段时间里,很多事情显而易见地清楚了。阿法纳西·伊万诺维奇的状况还处于下风。最糟糕的是,他一旦开始害怕,就无论如何也没法平静下来。他很害怕,甚至他自己也不知道害怕什么,就是害怕娜斯塔西娅·费利帕夫娜。头两年的时候,他也曾怀疑过,娜斯塔西娅·费利帕夫娜想跟他结婚,但是由于虚荣心太强没有开口,一直等着他来求婚。如果是这种索求的话,似乎又很奇怪,阿法纳西·伊万诺维奇皱着眉头,沉思起来。突然,一个偶然间的机会,他终于确信,即使他向她求婚,她也不会答应的,这让他感到惊讶和不悦。他有很长一段时间都想不明白为什么。他觉得似乎只有一种解释是可能的,那就是:"一个受过侮辱且想象力丰富的女人的自尊心",她的自尊心已经到了发狂的程度,以至于她宁可用拒绝来表达自己的蔑视,只图一时之快,也不肯牢牢把控住自己的地位,获得一辈子的荣华富贵。最糟糕的是,娜斯塔西娅·费利帕夫娜占尽了上风。金钱上不为所动,甚至哪怕是笔大数目的金额,也一样,尽管她接受了为她提供舒适生活条件的提议,但是这五年里她过得很简朴,没有给自己积攒什么积蓄家当。阿法纳西·伊万诺维奇曾冒险尝试各种卑劣手段打碎自己身上的这把枷锁,他暗地下套,用各种东西引诱她,用各种理想诱捕她上钩;但是各种理想的对象——公爵、骠骑兵、使馆秘书,还是诗人、小说家,甚至是社会学家,无论是谁都没打动她的芳心,就好像她的心是石头做的一样,她的爱情之河早已永远干涸。她大部分时间过着独居的生活,喜爱读书、学习甚至是音乐。她鲜与人交往,认识的只有一些贫穷且可笑的小官吏太太、两个女演员，还有几个老太太。她很喜欢一位受人尊敬的教师，这个教师家里人口众多，而这个家庭里的人也很喜欢她，十分欢迎她。晚上常常会有不超过五六个熟人到她这儿来。托茨基经常来，而且很准时。最近，叶潘钦将军好不容易才认识了娜斯塔西娅·费利帕夫娜，而一个叫费尔迪先科的年轻官员却毫不费力地就认识了她——这个人是一个登不了大雅之堂、厚颜无耻的小丑，爱挑逗取乐并嗜酒。她还认识一个姓普季岑的奇怪的年轻人，为人谦和、谨小慎微，打扮讲究，家境贫穷，现在却成了放高利贷的人。最后，就是这位加夫里拉·阿尔达利翁诺维奇，也和她结识了……由此而来，娜斯塔西娅·费利帕夫娜在圈中获得了一个奇怪的名声：众人皆知她的美貌，但仅此而已，谁也不能以此来炫耀什么，谁也不能胡说什么。如此的声望、教养、优雅的风度、机敏的谈吐——所有的这一切都使阿法纳西·伊万诺维奇确信可以实施一个计划，也就是从这时开始，叶潘钦将军本人十分积极地参与到了这件事情里来。

当托茨基非常殷切友好地与将军商议，是否可以迎娶他家的一个女儿为妻时，就立刻以最高尚的形式充分坦白了这件事。他开诚布公，他决定不管采取什么方法都要使自己获得自由；即使娜斯塔西娅·费利帕夫娜本人跟他说明，今后完全不会骚扰他，他也无法安心；对于他来说，口头的话语并不够，他需要最充分的保证。他们商量好，决定一起行动。起初尝试采用最温和的手段来打动她的那颗"高尚的心灵"。他们一起去见了娜斯塔西娅·费利帕夫娜，托茨基开门见山跟她说，自己难以忍受现在狼狈的处境；他把一切罪过都归咎在自己身上；他开诚布公地说，对于最初与她发生的种种行为，他并不后悔，因为他是一个怙恶不悛的好色之徒，无法克制自己，但是现在他想结婚了，而这件极为体面的上流社会联姻的成败全都掌握在她的手中；简而言之，他把一切希望寄托于她那颗高尚的心灵。紧接着，叶潘钦将军从一个父亲的角度开始说，他讲得合乎情理，避免感情用事，他只提到，他完全认可，她有权决定阿法纳西·伊万诺维奇命运这件事。将军巧妙地彰显了自己的谦恭态度，指出他一个女儿的命运，甚至还有他另外两个女儿的命运现在都取决于她。而对于娜斯塔西娅·费利帕夫娜提出的问题——"究竟想要她做什么"，托茨基仍以以前那种十分露骨的方式直言不讳地对她说，五年前她出现在圣彼得堡的那天开始，他就这般胆战心惊，一直无法平复，哪怕是现在，只要娜斯塔西娅·费利帕夫娜不嫁人，他就不能完全放心。他随即又补充说，关于这一请求，如果他没有为她考虑，单从他这方面出发的话，就是十分荒谬的。他特别留意到有一位年轻人，有良好的姓氏，有受人尊敬的家庭，此人正是加夫里拉·阿尔达利翁诺维奇·伊沃尔金，这个人娜斯塔西娅·费利帕夫娜认识，并且印象不差。这位年轻人对她早已情根深种，只要有一丝希望能得到她的芳心，他都会献出自己的半条命。这是加夫里拉·阿尔达利翁诺维奇还在很久前出于交情以及年轻纯洁的心亲口对阿法纳西·伊万诺维奇表露的，有恩于这个年轻小伙的伊凡·费道罗维奇也早知道这件事。还有，如果是他的话，阿法纳西·伊万诺维奇如果没有弄错的话，娜斯塔西娅·费利帕夫娜本人一早就知道这个年轻小伙对自己的爱意。阿法纳西·伊万诺维奇甚至觉得，她还是很宽容地看待这份爱情的。当然，他比任何人更不便开口谈这件事。但是，如果娜斯塔西娅·费利帕夫娜愿意承认，在托茨基身上除了自私和总为自己利益考虑奔波以外，也有那么一些希望她好的愿望的话，那么她就会明白，他早就对她强大的孤独感到不安，甚至是沉重，因为她把生活看得消沉黯淡，甚至完全不相信生活可以焕然一新，而在爱情中、在家庭中是可以获得重生、重新确定新的人生目标的；如果还是如此，只会毁掉她的才能（或许是斐然超卓的才能），刻意沉浸在孤芳自赏的忧郁中，总之，这只是浪漫主义在作祟，这与娜斯塔西娅·费利帕夫娜那聪慧的头脑、高尚的心灵是不匹配的。阿法纳西·伊万诺维奇又重复了一遍，有些话他比其他任何人都难以启齿。他说，他想提供七万五千卢布生活保障金给她来表示自己最真挚祝愿，希望娜斯塔西娅·费利帕夫娜不会拒绝，或者不会对他报以蔑视的态度。他又加了一句解释，这笔款项，反正也已经在他的遗嘱里指定留给她了，所以这笔钱根本不是什么补偿……最终，他表示，为什么不能容许和原谅他身上人性的欲望呢，哪怕能让他用什么来减轻一下自己良心的不安也好等，诸如此类的话题能在这个场合说的都说了。阿法纳西·伊万诺维奇说了很久，也说了很多娓娓动听的话语，还附加了一个让人颇感兴趣的消息，他如今还是第一次提到关于七万五千卢布的事，就连伊凡·费道罗维奇也不知道此事，总之，没有一个人知道。

娜斯塔西娅·费利帕夫娜的回答让这两人都很震惊。在她身上不仅看不到一丁点之前那般的嘲笑、敌视和憎恨，以及那个让托茨基至今回忆起来不寒而栗、脊背都凉的纵声大笑，反而，她很高兴，终于有人能跟他这样开诚布公地、友好地聊一聊了。她承认，她很早前就想寻得别人的友好忠告了，只是自尊心在作怪，现在能冰释前嫌，再好不过了。她刚开始笑得微妙，然后开怀大笑起来。她表示，她再也不会像以前那样大哭大闹了。她对很多事情的看法也早已改变了不少，虽然初心未改，但是很多事情不得不让它成为既定的事实。已做过的事情成为过去，已过去的事情就让它过去。因此让她甚感奇怪的是，为什么阿法纳西·伊万诺维奇依旧如此惶恐。她又转身面对伊凡·费道罗维奇，带着一种深深的敬意表示，她早就听说了很多关于她三个女儿的事情，十分尊敬她们，一想到她能为她们做什么，她就感到幸福和骄傲。确实如此，她现在心情沉重且很寂寞，非常寂寞，阿法纳西·伊万诺维奇也猜到了她的想法，她想即使无法在爱情中获得重生，那也能在即将组建成的家庭中，找到新的人生目标。但是，关于加夫里拉·阿尔达利翁诺维奇，她几乎没什么可说的。看来他是真的爱她，她觉得假如她能相信他的这份爱坚定不移的话，或许也会爱上他。但是他太年轻了，即使他是真心的，但是作终身的决定也是很困难的。顺便说一下，她最喜欢的还是他工作、劳动、独自一人维持全家生计的样子。她听说他是一个有意志力、骄傲、有事业心、求上进的人，她也听说，加夫里拉·阿尔达利翁诺维奇的母亲妮娜·亚历山德罗夫娜·伊沃尔金娜是个非常受人尊敬的女士；他的妹妹瓦尔瓦拉·阿尔达利翁诺夫娜是个才貌出众的、意志刚强的姑娘，她从普季岑那儿听了很多关于这位姑娘的事情。她听说，她们很坚强地承受着自己的不幸，她也十分愿意跟她们认识，但问题是，她们是否欢迎她加入这个家庭。总体来说，她并没有说过任何反对这桩婚事的话，但是得好好考虑下这个事情；她希望她们不要催她。至于七万五千卢布——阿法纳西·伊万诺维奇完全没有必要难以启齿。她自己明白这些钱的分量，也当然愿意接受这些钱。她非常感谢阿法纳西·伊万诺维奇的思虑周到，感谢他不仅没有告诉加夫里拉·阿尔达利翁诺维奇，甚至连将军都没有说过这个钱的事，但是，为何不让加夫里拉·阿尔达利翁诺维奇早点知道这件事呢？她一点也不会因为接受这笔钱嫁进他们家这件事而感到羞耻。无论怎样，她没有打算因为任何事向任何人去求得谅解，她希望他们能知道这一点。在没有确信加夫里拉·阿尔达利翁诺维奇及他的家庭对她没有任何不满、芥蒂之心之前，她是不会嫁给他的。不论怎样，她认为自己毫无过错，最好能让加夫里拉·阿尔达利翁诺维奇知道,她在圣彼得堡的整整五年里,她是以什么为生的,她与阿法纳西·伊万诺维奇是什么关系,是否积攒了许多家当。最后,即使她现在接受了这笔资助,也完全不是对作为玷污她清白的补偿,这方面她是无辜的,那只是对她那被摧残扭曲的人生的赔偿。

说到末了时,她甚至颇为激昂气愤地叙述着这些(不过,这也挺正常的),这使得叶潘钦将军十分满意,他认为事情到此,算是彻底了结了;但因为一朝被蛇咬而受到惊吓的托茨基到现在都没法完全相信,且一直担心花丛里是否还藏有毒蛇。但谈判还是开始了,两位朋友整个策略的立足点,就是让娜斯塔西娅·费利帕夫娜钟情于加尼亚,而这件事一点点变得明朗起来,因此就连托茨基有时也开始相信这件事有可能成功。同时,娜斯塔西娅·费利帕夫娜也跟加尼亚作了说明,她的话很少,似乎多讲一些话都会使她的贞洁受损。但是,她允许他爱她,可又坚持声称,她不想受到任何的束缚,直至婚礼前(如果婚礼能举行的话),哪怕是婚礼前的最后一刻,她都有保留说"不"的权利。同时,她也给了加尼亚完全同等的权利。不久后,加尼亚从好事人那了解到一些情况,娜斯塔西娅·费利帕夫娜已经详尽得知了由于他全家对这桩婚事以及对她本人的反感,导致家庭内部发生争执;虽然他每天都见她,但是,她从未跟他提及只言片语。

其实,关于这个求婚所涉及的故事以及情况还可以说很多。但就这样我们都已经开始跑题了,更何况,其中有很多事情还只是未经证实的传闻。比方说,托茨基不知道从哪了解到,娜斯塔西娅·费利帕夫娜与叶潘钦家的小姐们有一些说不清道不明,且不为人知的关系——这个传闻简直让人难以置信。但是,他却不由自主地相信另一个传闻,并且因此怕到做噩梦:他听到了一个准确消息说,娜斯塔西娅·费利帕夫娜似乎十分清楚地知道,加尼亚为了钱而结婚,加尼亚有着一颗卑鄙肮脏、贪得无厌、按捺不住的善妒之心，以及强烈到无与伦比的自尊心；尽管之前加尼亚确实狂热地想要征服娜斯塔西娅·费利帕夫娜，但当这两个朋友决定利用这份男女双方崭露头角的狂热之情来达到自己的企图，当他们要将娜斯塔西娅·费利帕夫娜卖给加尼亚当他合法妻子，以此来收买他时，他开始视她为噩梦一般憎恶起来，在他的心里似乎奇怪地将热情与憎恨融为一体，尽管他痛苦地挣扎之后，同意娶这个"下流的女人"为妻，但是他在心里发誓要因此痛苦地折磨她，以此对她进行报复，似乎就像他自己所说的那样，今后让她"吃尽苦头"。似乎所有这一切，娜斯塔西娅·费利帕夫娜都已经知道，并且已经在暗地里准备着什么。托茨基已经害怕到不敢跟叶潘钦诉说自己的这份不安；尽管托茨基是个软弱的人，但也时常会有重新振作、灵魂快速复苏的时刻：例如，当娜斯塔西娅·费利帕夫娜最终答复说，在她生日宴当晚，她将作出最后的决定，托茨基就极为振奋。而且关系到那个最受人敬仰的伊凡·费道罗维奇本人极为离奇且让人难以置信的传闻。哎，似乎越来越可信。

乍一听，似乎十分荒诞离谱。实在难以置信，聪慧过人、生活阅历学识丰富，等等如此优秀的伊凡·费道罗维奇，会在已近耳顺之年受到娜斯塔西娅·费利帕夫娜的迷惑，迷恋程度几乎已经达到狂热的地步，在这件事上，他还期望什么——实在难以想象，也许他甚至还指望加尼亚本人能配合其行为，至少这类事情让托茨基生疑，怀疑将军与加尼亚之间有着某种彼此心照不宣的涉及双方利益的约定。不过话又说回来，众所周知，沉溺于情欲里的人，尤其是已经上了年岁的人，完全会成为盲目之人，把希望寄托在根本无望的事情上；不仅如此，尽管他足智多谋，也会失去理智，行事如笨小孩一般。众人皆知，将军早已为娜斯塔西娅·费利帕夫娜准备好了一副价值连城、令人拍案叫绝的珍珠首饰作为生日礼物,他为准备这个礼物费了不少心思,尽管他知道,娜斯塔西娅·费利帕夫娜不是贪图钱财之人。娜斯塔西娅·费利帕夫娜生日的前一天,尽管将军巧妙掩饰,但当天仍然仿佛得了热病一般燥热不安,叶潘钦将军夫人也听闻了关于珍珠礼物的事。确实,叶莉扎维塔·普罗科菲耶夫娜老早前就已经察觉到丈夫的好色轻佻,甚至她已经习以为常;但是她完全不可能放过这样的事,她对于珍珠引起的流言异常关注。将军提前得知了这一点,当天就说了些别的话;他预感到必须得作出根本性的解释,因此心中惴惴不安。这就是为什么我们在故事开始的那个中午,他极其不愿意与妻子女儿们共进午餐的原因。公爵来之前,他就想好假借公务繁忙来推辞午餐。对于将军来说,推辞有时就是逃之夭夭。尽管他只希望这一天,主要是今天晚上,不要发生不愉快的事,但不承想,偏偏公爵来了。"他简直就是上帝派来的!"当将军走向自己夫人的时候,心里这么想着。

第五章

将军夫人对自己的出身颇为自傲。她早先就听闻梅什金家族还有最后一个公爵，而此刻在毫无心理准备的情况下，听到这个梅什金公爵不过是个可怜的白痴、如同行乞之人靠接受他人施舍而活时，她的心情如何，可想而知。而将军正是想要这种效果，一下子吊起夫人的兴趣，将其全部注意力都转移到另一个方向上。

在发生特殊情况的时候，将军夫人通常会身体稍稍后仰，瞪大眼睛，面无表情地看着眼前的人，一言不发。她是位身材高挑的女人，与自己的丈夫同岁，一头浓密的深色头发中夹杂着些许斑斑白发，鼻子稍微有点鹰钩状，面容瘦削，凹陷的脸颊有些蜡黄，双唇又薄又瘪。她的额头虽高，但是很窄，一双相当大的灰眼睛时而会流露出令人意想不到的表情。当年她就相信自己的目光具有非凡的影响力；当然这个信念不可磨灭。

"接见？您说接见他，现在，此刻？"将军夫人瞪大眼睛看着她面前忙乱的伊凡·费道罗维奇问道。

"哦，不用顾忌什么繁文缛节，只要你，我亲爱的，愿意见他就行，"将军急忙解释道，"他完全还是个孩子，甚至惹人怜爱；他生了种病，时而会发作；他刚从瑞士回来，刚下火车，穿得很奇怪，穿得好像德国人一样，再加上的确是身无分文，差点就哭出来了。我送了他二十五个卢布，打算给他在我们机关里找个文书之类的职位，而你们，女士们,麻烦请你们招待一下他,因为他好像饿着肚子……"

"您真让我吃惊,"将军夫人继续用原先的口气说,"又是饿肚子,又是疾病发作的!发什么病?"

"哦,毛病不常发作,况且他几乎就像个孩子,不过,他是受过教育的。女士们,"他又转向女儿们说道,"我想请你们考考他,总得好好了解下,他能干些什么吧。"

"考……考……他?"将军夫人拉长了声调说,带着深深诧异的表情并又瞪起了眼睛,目光在丈夫和女儿之间逡巡。

"啊,我亲爱的,别想到其他意思上去……不过,随你便;我的意思是让他到我们这来,我们对他亲切些,因为这差不多也是做件好事。"

"让他到我们这儿来?从瑞士搬来?!"

"这也没什么关系,不过,我重申一下,随你意。我这样做不过是因为:其一,你们是同姓,也许,还可能是亲戚;其二,他不知道何处可以安身。我甚至在想,你多少对他有些兴趣,因为毕竟是同姓。"

"妈妈,既然跟他不必繁文缛节,那就随意点,让他留下来;况且他刚结束旅途,肯定也饿了,既然他不知道还能去哪儿,那咱们为什么不邀请他好好吃一顿呢?"大女儿亚历山德拉说。

"再说,他完全还是个孩子,我们还可以跟他玩捉迷藏。"

"玩捉迷藏?"

"哎呀,妈妈,您就别再想了。"阿格拉娅懊恼地打断她说道。

二女儿阿杰莱达是个爱笑的姑娘,这时忍不住哈哈大笑起来。

"爸爸,您叫他进来吧,妈妈同意了。"阿格拉娅直接决定道。

将军吩咐仆人叫公爵过来。

"但是还是得注意,当他坐在饭桌前时,立马给他脖子系上餐巾,"

将军夫人说,"就让费奥多尔,或者玛夫拉……站在他身后,看着他用餐。至少,他发病的时候是安分的吧?不会手舞足蹈吧?"

"恰恰相反,他甚至有着很好的教养以及优雅的风度。就是有时他不太聪明……瞧,这就是他本人!来吧,我来介绍,这位是家族中最后一位继承人梅什金公爵,与夫人你是同姓,或许还是亲戚呢,有劳你好好款待他,亲切地对待他。公爵,她们马上要去用午餐,您就赏光跟她们一起吧……至于我嘛,各位对不起,我赶着要走了,已经迟到了……"

"您这是要赶着去哪里,已经不是秘密了。"将军夫人严肃地说。

"我着急走了,着急走了,我亲爱的,我已经迟到了!女士们,把你们的纪念册给他,让他在上面给你们写点什么,他可是位出色的书法家呢,世间少有!简直是天才,他刚刚就在我书房里用古字体给我写了一行字:'修道院长帕夫努季亲笔敬呈'……那么,再见。"

"帕夫努季?修道院长?您给我站住,站住,您这是要去哪儿,帕夫努季又是谁?"将军夫人带着恼怒以及几乎是担忧的心态执拗地冲着正欲逃走的丈夫喊叫道。

"是的,是的,我亲爱的,古时候曾有这么一个修道院长……至于我,我是去伯爵那里,他早就在那等着我了,最主要是,他亲自约见我的……公爵,再见!"

将军快步离开。

"我可知道,他去哪个伯爵那儿了!"叶莉扎维塔·普罗科菲耶夫娜尖刻地说,并且气愤地将目光移到公爵身上,"刚才说什么了?"她开始且懊恼地回忆着,"嗯,说的什么来着?哦,对了,那么,哪个修道院长?"

"妈妈……"亚历山德拉正开口要制止将军夫人,阿格拉娅则跺了一下脚。

"亚历山德拉·伊万诺夫娜,你别打岔,"将军夫人一字一顿地对她说,"我也想知道。公爵,请您坐那儿,就坐这把扶手椅上,不,过来,朝太阳坐,您挪得离亮处近点,好让我看见您,好了,说吧,哪个修道院长。"

"帕夫努季修道院长。"公爵专心认真地回答。

"帕夫努季?有意思。那么,他是个什么人呢?"

将军夫人有些不耐烦,她一边快速且尖刻地问着问题,一边目不转睛地盯着公爵,当公爵作答时,她就随着他的每一句话点一点头。

"帕夫努季修道院长是14世纪的人,"公爵开始说,"他管着伏尔加河畔的一座修道院,这座修道院就在我们今天的科斯特罗马省内,他以圣洁的修行而举世闻名,曾去过金帐汗国,帮助处理过当时的一些事务,并在公文上签过字,我看见过带签名的照片。我很喜欢他的字体,便临摹起来。刚才将军想看我字写得如何,以便为我安排工作,于是我就用不同的字体写了几句话,顺便就用帕夫努季修道院长本人的字体写了'修道院长帕夫努季亲笔敬呈'。将军非常喜欢,于是现在又想起了这件事。"

"阿格拉娅,"将军夫人说,"记一下:帕夫努季。或者最好还是写下来,不然我总是忘记。不过,我想,这更有趣一些。那么这个签名现在在哪儿?"

"好像放在将军的书房里的桌上了。"

"现在就派人去取来。"

"如果您想要的话,最好还是我给您重写一份吧。"

"当然了,妈妈,"亚历山德拉说,"不过现在最好还是用餐吧,我们饿了。"

"那倒也是的，"将军夫人说，"公爵，您现在肯定很饿了吧？"

"是的，我现在很饿，十分感谢您。"

"您彬彬有礼，这样非常好，我发觉，您根本不是……别人所说的那种怪人，请随我来吧，您请坐在这里，坐我对面。"当他们走进餐厅后，她招呼着让公爵坐下，"我想看着您。亚历山德拉、阿杰莱达，你们招待下公爵。他根本不是什么……病人，对不对？或许，也不需要系什么餐巾……公爵，您以前用餐时会系餐巾吗？"

"过去，七岁的时候，好像系过，现在吃饭时，我通常把餐巾放在自己的双膝上。"

"理该如此。那发病的时候呢？"

"发病？"公爵有些惊奇，"现在我基本很少发病，不过，我不知道，听说，这里的气候对我的病症会有影响。"

"他说得真好，"将军夫人一边跟女儿们说，一边继续对公爵的每一句话点头响应，"我简直没想到。这么看来，传言全都是无稽之谈，您就跟普通人一样正常。公爵，快吃吧，您再讲讲，您是在哪里出生的，在哪里受的教育？我全都想知道，对您异常感兴趣。"

公爵对将军夫人表示了感谢，一边津津有味地吃着，一边再次重复着今早被迫讲了很多遍的关于自己的故事。将军夫人越听越满意。三位小姐也十分认真地听着。他们攀谈起宗亲族谱来，显然，公爵对自己的家谱相当了解；但无论这关系怎么攀，他和将军夫人之间也没有什么亲戚关系。算到爷爷奶奶辈或许还算得上是远亲。将军夫人却特别喜欢这个无聊的话题，因为尽管她很想讲，却一直没有机会讲自己的族谱，因此，她怀着激动振奋的心情，从餐桌旁站起身来。

"咱们大家都到聚会室吧，"她说，"让仆人们把咖啡也端过去，我们有这么一个公用的房间，"她一边为公爵带路，一边对他说，"简单地说,这就是我的小客厅,当只有我们在家的时候,我们便聚在这里,各做各的事:亚历山德拉,就是这位,是我的大女儿,她通常在这儿弹钢琴,或者看书,或者做女红;阿杰莱达通常是在这儿画风景和肖像画(可是一张画完的都没有),而阿格拉娅则坐在这儿,什么也不做。我也是所有工作都不顺手,一事无成。好了,我们这就到了;公爵,您请往这儿坐,离壁炉近些,您再讲点什么吧。我想知道,您的表达能力如何,当您在叙述什么的时候。我想充分确认下,等见到别洛孔斯卡娅公爵夫人,那个老太太的时候,我要告诉她关于您的一切故事。我想让他们都对您感兴趣。好了,您快说吧。"

"妈妈,您这样讲话简直太让人难受了。"阿杰莱达说道,她就在那时已经调整好自己的画架,拿起画笔、调色板,着手临摹着一张早已开始但尚未完成的风景版画。亚历山德拉和阿格拉娅则一起坐在一张小沙发上,坐等公爵开始讲故事。公爵发现,大家都将注意力放在了他身上。

"如果一定要我这样讲的话,我肯定什么也讲不出来。"阿格拉娅说。

"为什么?这有好奇怪的吗?为什么他会讲不出来?舌头还在的呀。我就想知道他语言的表达能力如何。来吧,您随便讲点什么。可以讲讲,您有多喜欢瑞士,对它最初印象如何。喏,你们瞧,他现在就要开始讲了,而且开头会很精彩的。"

"印象很深刻……"公爵刚开始说。

"你们瞧,快瞧,"叶莉扎维塔·普罗科菲耶夫娜急忙对女儿们说,"他已经开始了。"

"妈妈,至少,您让他接着说,"亚历山德拉制止母亲道,然后转而又对阿格拉娅悄悄地说,"或许,这个公爵,就是个大骗子,根本不是什么白痴。"

"也许就是如此,我早注意到这点,"阿格拉娅回答,"他如此这般演戏简直太下作无耻了。他这样做难不成想捞点好处?"

"对瑞士的初印象很深刻,"公爵又重复了一遍,"当他们把我从俄国带出来时,途经多个德国城市,那时的我只是默默地看着,一言不发,我现在还记得,当时甚至什么也没有问,这是在连续几次痛苦不堪、强烈难忍的发病之后,而一旦发病很厉害且连续几次不断反复发作的话,我就会一直处于呆滞麻木的状态,完全失去记忆,尽管大脑还在运转,但是思维逻辑仿佛已经中止了。我没法把两三个以上的想法串联起来,我的感觉便是如此。当发病渐渐平息直至过去后,我又重新变得健康强壮,就像现在这样。我记得,当时我忧伤到无法忍受,甚至想哭。我总是感到惊惶和不安;让我十分痛苦的是,所有的一切都是陌生的,这点我很清楚,陌生的事物将我吞于无边的悲凉之中。而让我完全从这种昏蒙的状态中清醒过来,我记得,是那天傍晚的时候,就在巴塞尔,在进入瑞士的时候,城里集市上的一头驴的叫声惊醒了我。驴子的叫声令我震惊,但不知为何我特别喜欢它,而与此同时我的脑袋仿佛一下子清醒了。"

"驴子?这可真怪,"将军夫人说,"不过,也没什么奇怪的,我们中有人还会爱上驴子呢,"她有些愠怒地看了一眼在笑着的姑娘们说,"神话故事里就曾有这样的故事。公爵,您接着说。"

"从那时起我就十分喜爱驴子,甚至它让我有种特殊的好感。我开始询问驴子相关事宜,因为以前没见过这种动物,但我立马就确信,这是一种非常有用的牲口,能干活,很强壮,够顽强,价钱低,耐受性好;就是因为这头驴子我突然喜欢上了整个瑞士,因此旧日的忧郁也一扫而光。"

"这一切都太奇特了,但是关于驴子的事可以翻篇了,咱们现在换个别的话题吧。阿格拉娅,你一直在笑什么?还有你,阿杰莱达?关于驴子的事公爵讲得很精彩。他亲眼所见,而你看见什么了?你又没去过国外。"

"我看见过驴子,妈妈。"阿杰莱达说。

"我还听过驴子的叫声呢。"阿格拉娅附和着说。

三个人又都笑了起来,公爵也跟着她们一起笑了起来。

"你们这样简直没有礼貌,"将军夫人说道,"公爵,请您原谅她们,她们并没坏心眼,我和她们总是相互吵嘴,但是我爱她们。她们总是很冒失、肤浅、疯疯癫癫的。"

"怎么会呢。"公爵笑着说,"如果我是她们的话,也不会错过这个嘲笑的机会。但我仍然要替驴子说话:它是善良和有用的动物。"

"那您呢,您是善良的人吗,公爵?我只是出于好奇才问的。"将军夫人问。

大家又笑了起来。

"话题又回到这个该死的驴子上去了;我完全没有多想!"将军夫人喊了起来,"请相信我,公爵,我没有任何……"

"暗示的意思?哦,是,我相信您,毫无疑问!"

公爵不住地笑着。

"您能笑,这挺好的。看得出,您是位善良的年轻人。"将军夫人说。

"有时候并不善良。"公爵回答说。

"而我很善良,"将军夫人出乎意料地插嘴道,"如果您想听我说的话,我总是很善良,这也是我唯一的缺点,因为不应该总是很善良。我常常发火,喏,就是冲着她们,尤其是对伊凡·费道罗维奇,但糟糕的是,我总是刀子嘴,豆腐心。刚才,您来之前,我还很生气并假装什么也不明白、什么也不懂的样子。我时常如此,就像小孩一样。这是阿格拉娅教会我的;谢谢你,阿格拉娅。不过,这全都是废话。我看起来有些蠢笨,女儿们也总想让我显得蠢笨,可我还没有笨到那种程度。我有自己的性格,而且从不忸怩。不过我说的这些并无恶意。过来,阿格拉娅,亲亲我,好了……撒够娇了。"她对阿格拉娅说道。当后者深情地亲吻着她的双唇和手时,她又接着说:"公爵,您请继续讲下去。也许,您能想起什么比驴子更有趣的事来。"

"我又不明白了,怎么可能这样一下子就能讲出来,"阿杰莱达说,"我无论如何也没法办到。"

"但公爵能办到,因为公爵十分聪慧,至少比你聪明十倍,也或许十二倍。我希望在这之后,你能感觉到这点。公爵,向她们证明这一点吧;请您继续。当然,驴子的事可以翻篇了。那么,除了驴子之外,您还在国外见过什么呢?"

"不过,关于驴子的这番话也是很有道理的,"亚历山德拉说,"公爵非常有趣地讲述了自己在生病的情况下,如何通过一个外在的助力,促使他喜欢上国外的一切。我一直感兴趣于人是如何从癫疯回归正常的,如果这发生在一瞬间的情况下,我就更好奇了。"

"不正是这样吗?不正是这样吗?"将军夫人立刻说道,"我看得出,你有时还是挺聪明的;好了,笑够了!公爵,您刚才的话,好像停在讲瑞士风景那里,您请继续吧!"

"我们经过卢塞恩,他们带我去游湖。我觉得湖的景色如此美好,但与此同时我的心情却十分沉重。"公爵说。

"为什么?"亚历山德拉问。

"我也不明白。第一次看着这样的自然风光,我的心情一直十分沉重,且不安;觉得很好的同时又觉得不安;话又说回来,这一切都是因为还在病中。"

"哦,我们倒是很想去看看,"阿杰莱达说,"我不明白,我们什么时候才能到国外去。我已经两年找不到画画的素材了,东边和南边早就画过了……公爵,给我找个画画的题材吧!"

"我在这方面一窍不通。我觉得您只要看一眼就可以画了。"

"我不会看一眼就画。"

"你们在那打什么哑谜呢?我完全听不懂!"将军夫人打断他们的对话,"怎么不会看一眼就画呢?用眼睛看啊。你在这都学不会,就算到了国外,你照样也学不会。公爵,您最好讲讲,您是如何看的。"

"这样最好,"阿杰莱达补充道,"公爵正好就是在国外学会记风景的。"

"我不知道,我在那里只是恢复了健康;我不知道,我是否学会了默记风景。不过,我几乎一直处于一种很幸福的状态……"

"幸福?您有让自己幸福的本领?"阿格拉娅喊叫起来,"那您说,您在那学会观察什么了?您得教教我们。"

"请教教我们吧。"阿杰莱达笑着说。

"我什么都教不了,"公爵也笑着说,"我在国外的大部分时间,都是在这个瑞士乡村度过的,很少去太远的地方,我能教你们什么呢?刚开始的时候我只是感到不再寂寞罢了。我很快就康复起来,之后,对我来说每天都变得很珍贵,时间越长就越觉得珍贵,于是我便开始注意这一点。晚上睡觉时,我很知足,早晨起床时,会觉得更幸福。至于为什么会这样,很难说清楚。"

"因此您就哪儿也不想去,哪儿也吸引不了您?"亚历山德拉问。

"起初,最开始的时候,还是被吸引了的,我曾陷入坐立不安的状态。一直想着，我该如何生活；我想探索自己的命运，尤其是我感到心神不宁的那些时刻。要知道，这些时刻是有的，尤其是独处的时候。我们那儿有一个不大的瀑布，从高山上直泻而下，像一根细线，几乎是垂直的——水花银白，水声轰鸣，飞沫四溅，明明是从高处落下，看起来却很低，有半俄里远，但感觉只有几十步之遥。我喜欢每天晚上听它的喧哗声，也正是这种时候，时常使我产生极大的不安。有时晌午的时候，我走进山里，在山中孤身一人，被饱含松脂的古老巨松包围着；悬崖上是古老的中世纪城堡，倒塌的城墙；我们的小村庄在下面很远的地方，依稀可见；阳光明媚，蔚蓝的天空，寂静得可怕。就在此时，总有某个东西一直呼唤着我去某处，总让我觉得，如果一直朝前走，一直走很久很久，走到这条线的尽头，也就是天地交接的尽头，全部谜底就在那里，我马上就能看见新的生活，比我们现在要热烈、喧闹上千倍的生活；我一直向往着像那不勒斯这样的大城市，那里有宫殿，喧闹、如雷般轰鸣的生活……是啊，难道畅想的事情还少吗？而后来我觉得，似乎在监狱里也可以找到精彩的生活。"

"最后一个值得称赞的想法，我曾在《文选读物》里读到，那时我十二岁。"阿格拉娅说。

"这都是哲学，"阿杰莱达指出，"您真是个哲学家，您是来教我们的吧。"

"您说的或许是对的，"公爵微笑着说，"或许，我真的是个哲学家，谁知道呢，或许，我也有教导别人的想法也说不定，真的，有可能的。"

"您的哲学理论跟叶夫兰皮娅·尼古拉耶夫娜真是一模一样，"阿格拉娅随即又说起来，"这样一个寡妇官太太，经常到我们家来，如同一位食客。她的人生主旨就是要占尽便宜，只想低成本过生活，她也总围绕着几个戈比的事讲个没完,要知道的是,她可是有钱的,她就是油滑狡诈。所以,您在监狱里的丰富生活,或者,还有您在农村里的四年幸福时光,也全然如此,为了换取这些,您出卖了您的那不勒斯城,似乎还赚了一些钱,尽管这些不过就值几个戈比。"

"关于在监狱里的生活不敢苟同,"公爵说,"我听过一个坐了近十二年牢的人的故事;那是给我治病的那位教授的一个病人,他也在教授这儿医治。他发病频繁,他有时会焦躁烦乱,哭哭啼啼的,有一次甚至企图自杀。他在监狱里的生活十分抑郁,但是,请你们相信,这并非不值一提。他所熟识的只是一只蜘蛛和窗外屋檐下生长着的一棵小树……不过,我最好还是给你们讲讲去年我见到的另一个人。在他身上有个情况十分奇怪,奇怪的地方就在于这个情况极少会发生。这个人曾有一次和别人一起被带上断头台,因犯有政治罪,被宣判死刑并予以枪决。过了二十分钟左右,他被宣读赦免后,又被处以另一种等级的判决;但是,两次判决间仅有二十分钟,或者至少有十五分钟,他是在非常确信自己过几分钟就将突然死去的状态下度过这段时间的。偶尔他回忆起当时的感受,我是非常乐意听他讲述的,我甚至多次从头追问他当时的感受。他对当时发生的一切刻骨铭心,他说,他永远也不会忘记那几分钟里的任何一个细节。大约离断头台二十步的地方,站着围观的群众及士兵,因为有好几个犯人,断头台上一共埋着三根柱子。头三个犯人被带到柱子前,被捆绑好,穿上死刑的衣服(白色的长大褂),白色的帽罩拉到他们眼睛处,好让他们看不到枪;然后,几个士兵在柱子前站成一列,我的这个朋友就站在第八个,也就是说,他是第三批要被执行死刑的犯人,神父拿着十字架挨个走到所有犯人面前祈祷。生命只剩下最多五分钟的时间了,他说,这五分钟对于他来说是无穷的期限、巨大的财富;他觉得,他将在这五分钟里度过好几生，以至于还未到最后那一瞬间就不用去考虑它，因此趁这会儿，他还给自己安排了几件不同的事情：他估算了与同伴们告别的时间，这要用掉两分钟的时间，然后还有两分钟得用来最后回顾一下自己的过往，而剩余的时间，要用来最后一次环顾四周。他很清楚地记得，他当时是这么分配时间安排三件事情的。他当时二十七岁，正值壮年；他记得，在他跟同伴们道别的时候，他还问了其中一个伙伴一个与此事不相干的问题，甚至还对那个回答颇感兴趣。然后，跟同伴们道别后，他充分利用了那两分钟时间来回顾自己的过往；他早就想好了，他要想些什么。他一直想尽可能快地、清晰地回想，事情为什么会变成这样：他现在还存在、还活着，而再过三分钟，他就什么也不是了，是人或者是某种物体——究竟是什么呢？会在哪儿呢？所有这一切他都想在这两分钟里想清楚。不远处有座教堂，教堂那金色圆顶在明媚的阳光下熠熠生辉。他记得，他曾非常执着地看着这个金顶和它闪耀出来的光线，无法挣脱；他觉得，这些光线就是他的新生，三分钟后，他将以某种未知的方式与它们融为一体……对这种未知，他感到十分可怕；但是他说，在那段时间里，对于他来说，没有什么比这个萦绕心间的想法更让他沉重的了：'如果不用死就好了！如果能还我生命就好了，那时间对我来说就是无止境的！而所有这一切都是属于我的！那个时候，我会把每分钟都当作整个世纪来用，抓住任何时间，每分钟都精打细算，一点都不会浪费！'他说，他的这种想法最后转变成了一种怨恨，以至于他想早点被枪决。"

公爵突然沉默了，大家都等着他继续说下去，做个总结。

"您讲完了吗？"阿格拉娅问。

"什么？是的，我讲完了。"公爵从短暂的沉思中回过神来，说道。

"您为什么要讲这个呢？"

"就是……突然想起来了这个……我就讲了……"

"您真的很会卖关子,"亚历山德拉说,"您,公爵,肯定是想说,任何一个瞬间都是无法用金钱来衡量的,有时候,五分钟甚至要比一座宝藏还要贵重。这个故事值得称赞。不过,话又说回来,这个给您讲述这些可怕遭遇的犯人,之后怎么样了……不是说他被改判了刑,然后赋予他'无止境的生命'了吗?那么,后来他是怎么处理这笔财富的呢?是否每分钟都在'精打细算'地度过?"

"哦,不是的,他自己跟我说的,我曾经问过他这件事。他根本没有精打细算,他浪费了很多很多时间。"

"那么,依您的经验来说,是不是要说没法真正'精打细算'地活着。不知为何就是无法这样生活。"

"是啊,不知为何就是无法这样生活,"公爵重复着说,"我自己也这样觉得……可仍然是,不知为何不大能相信……"

"也就是说,您认为,您活得比别人更通透是吗?"阿格拉娅说。

"是的,过去偶尔这样想过。"

"那现在呢?"

"现在……也还这样想,"公爵依旧带着平静而又羞怯的笑容望着阿格拉娅;但随即又大笑起来,并且快乐地看了她一眼。

"您可真谦虚!"阿格拉娅有点恼怒地说。

"你们是多么勇敢的啊,瞧你们都在笑,而当他叙述这件事时,我却对此很是惊讶,之后我做梦都在回忆那五分钟的场景……"

他认真而好奇地扫视了一遍他的听众。

"你们没有因为一些原因而生我的气吧?"他突然发问,似乎有些困惑不安,但直视着大家的眼睛。

"为什么要生气呢?"三个姑娘惊讶地叫喊道。

"就是，我似乎总在训导别人……"

大家听后都笑了起来。

"如果你们生气了，那么请消消气，"他说，"我自己也知道，生活中，我比别人阅历少，也比别人知道的少。也许，有时候我的讲述让人感到十分奇怪。"

话说到这儿，他很是难为情。

"既然您说过，您曾经很幸福，可以看出您的经历并非比他人少；您又何必心口不一并且道歉呢？"阿格拉娅开始较真，纠缠着公爵说道，"请不要为您教导我们感到不安，您身上完全没有高人一等的自大。凭借您这清静无为的修养，足以幸福百年。给您看死刑或给您看一个手指头，您都能从中得出令人称赞的感悟，还会感到心满意足。如此这般过活。"

"我不明白，你干吗总是这么生气，"将军夫人随即说道，她已经观察阿格拉娅的面部表情很久了，"你们在说什么，我也不明白。什么手指，干吗说这些乱七八糟的？公爵讲得很好，只是让人有点忧伤，你干吗要打击他？他刚开始讲的时候还笑着，现在完全变得颓丧了。"

"没关系的，妈妈。遗憾的是，公爵，您没有亲眼见过死刑，不然我倒是想问您一个问题。"

"我见过死刑的。"公爵回答说。

"您见过？"阿格拉娅叫了起来，"我就知道！这下事情明了了。既然您见过，那您怎么可能说，您一直都过得很幸福呢？瞧，我难道说得不对吗？"

"难道是您住的那个村里处决过犯人吗？"阿杰莱达问。

"我在里昂见过，跟施奈德一起去的，他带我去的。一到那儿，正好就碰上了。"

"怎么样呢，您喜欢吗？受到什么有益的感触吗？受益匪浅吗？"阿格拉娅问。

"我压根就不喜欢看这个，这场处决之后，我还病了一段时间，但是我得承认，我的目光像是被钉在那儿，无法挪开。"

"要是我的话，我也挪不开目光。"阿格拉娅说。

"那里是不赞同女性围观的，后来甚至报纸上刊的文章批评这些围观的女性。"

"也就是说，假如他们认为这不关女性的事，那么他们想说的就是，这是男人的事务吧（这就是反向论证）。他们有这种逻辑还真是值得称道。您当时应该也是这样想的吧？"

"请您讲讲死刑吧。"阿杰莱达打断道。

"我现在很不想提这件事……"公爵似乎蹙了下眉，略显窘迫。

"您真是吝啬分享给我们呢。"阿格拉娅挖苦地说。

"不是的，是因为这个死刑的事，我刚才已经讲过一遍了。"

"跟谁讲的？"

"等候的时候，跟你们的仆人讲的……"

"哪一个仆人？"提问声从四面集中过来。

"就是坐在前厅的那一位，斑白的头发，红润的脸颊；我坐在前厅等着拜见伊凡·费道罗维奇的时候。"

"这真太奇怪了。"将军夫人说。

"公爵真是个民主派，"阿格拉娅果断道，"那么，既然您已经跟阿列克谢说了，想必也不会拒绝跟我们说。"

"我一定要听。"阿杰莱达重复道。

"的确，"公爵对阿杰莱达说道，似乎重新受到鼓舞（他似乎很快、很容易地就振奋起来），"当您问及画画素材之时，我的确有一个想法，我想给您这个素材：画一个犯人站在断头台上，快要躺到斩首板上时，那张接受行刑前一分钟的面孔。"

"就画脸？只有一个脸吗？"阿杰莱达问，"这真是个怪异的素材，这会是一张什么样的画呀？"

"我不知道，但是，为何您会觉得怪异？"公爵激动地说着，"不久前，我在巴塞尔就看到过一幅这样的画。我非常想跟您说说这幅画……以后有时间的话我再跟您说吧……它让我十分震惊。"

"那您以后一定要讲巴塞尔的这幅画，"阿杰莱达说，"现在您就给我讲解讲解我怎么画这种死刑题材的画吧。您可以谈谈，您是如何构想的？如何画这张脸？就仅仅画一张脸吗？又是什么样的脸呢？"

"这是一张濒临死亡的脸，"公爵沉浸在回忆之中，似乎立即忘记了其他一切，他开始说，"当他爬上楼梯刚登上断头台的时候，朝我这边看了一眼；我看了一眼他的脸便全清楚了……不过，这该怎么用言语描述呢？我非常希望您或什么人能够把它画出来！如果是您画就再好不过了！那时我就想，这画画出来，肯定是有好处的。您知道的，这里需要联想在这之前发生过什么，所有的一切。他曾被关在监牢里，等候处决，估计得等一星期，他似乎寄望办理手续的流程烦冗拖延一些，公文应该还会被送到什么地方去，过一个星期才会出结果。但是突然不知道怎么了，流程被缩短了。凌晨五点，他还在睡觉。这可是在十月底，凌晨五点时还是湿冷、昏暗的。监狱长悄悄地带警卫走进了监牢里，小心地拍了下他的肩膀，他便撑肘坐起来了，看见有灯光，于是问道：'怎么了？'监狱长说：'九点多会执行死刑。'犯人睡意蒙眬的，开始无法相信，争论说公文要过一星期才会有结果，但等他完全清醒的时候，就不再争论，开始沉默起来（人家是这么说的），再后来他说：'这么突然还是让人有些难受……'接着他又沉默了，已经什么都不想说了。接着三四个小时都花在了一些众所周知的事情上：神父来了，他吃了早餐，给他送了红酒、咖啡和牛肉（呵，这难道不讽刺吗？你想想，这有多残酷，从另一方面说，这些无辜的人也是出于真情实意做这些事情，并且坚信这是仁爱），之后他整理了仪容（你们知道犯人的仪容是什么样的吗？），最后他们穿过城市把他押送到断头台……我想，这时犯人也许会觉得，在押送的路途上，还能活很久。我觉得，一路上他想的大概是：'还能多活一会，还剩下三条街的时间；现在驶过这条街，然后还有一条，后面还有一条，右转有面包铺的那条街……还有一阵才能到面包铺呢！'四周是熙熙攘攘的人群，叫喊声、吵闹声汇成一片，成百上千张脸，成百上千双眼睛——这一切都得默默忍受着，但尤其要忍受的是这一种想法：'瞧这成百上千人，他们中没有任何一个人会被处决，只有我将被处决！'所有这一切都还只是前奏。断头台那有个阶梯；他面朝楼梯，突然哭了起来，而他是个孔武有力、刚烈大胆之人，据说他曾经是个大恶棍。神父始终寸步不离地跟他在一起，同他一起坐车，在车上一直跟他说着话——当然犯人未必听进去：即使开始认真听了，没听两句就又听不进去了。应该就是这样的。终于开始上阶梯了；他的双脚是被捆住的，因此只能小步挪动。神父应该是位聪明人，这时候不再说话，一直让他亲吻十字架。在阶梯下，他脸色苍白，而当他准备上阶梯，登上断头台上时，他的脸突然变得像纸一样惨白，完全像一张可以写字的白纸。大概是因为他的双腿发软发麻，无法控制，同时他感到一阵恶心——仿佛有什么挤压着他的喉咙，因此喉咙发痒。你们在受了惊吓或非常可怕的瞬间有没有体会到这种感觉，心智全在，但是全身无法动弹？我认为，在面临无可抗拒的毁灭，比如房子塌下来将要砸到你们的时候，会突然有一种强烈的愿望，想坐下来，闭上眼睛等待，听天由命！但就在犯人开始表现出这种软弱的时候,神父沉默并迅速地把十字架凑到他的唇边,这是一个小小的、银质的十字架——接连不断地被送到犯人的唇边,犯人只要双唇一接触到十字架,眼睛就睁开了,仿佛又有了几秒钟的生气,双脚又能行走了。他贪婪地亲吻着十字架,着急得就像担心自己忘记带了什么以备不时之需的东西,但是此时此刻,他也未必有什么宗教信仰。就这样,他一直撑到那块木板前……奇怪的是,就在这最后几秒钟里很少有人昏倒!相反,脑袋活跃着,高速运转着,就像马力十足的机器一样,十分有力地、有效地运转着;各种想法涌上来,都是没头没尾的,也许,有一些是很可笑、不相干的念头:'瞧这个人在看着我,他额头上有个肉瘤;瞧那刽子手下衣有一颗扣子生锈了……'与此同时他什么都清楚,什么都明白;有那么一个无论如何也无法忘记的点,不能昏倒,一切都围绕着这个点,围绕着这个点运转。试想下,就这样一直等到最后的四分之一秒,那时他的头已经放在铡刀下了,他等候着,并且……他知道,会突然听到头顶上有铁器刺溜滑了一声!他一定会听到这声音的!如果是我躺在那里,我就会留意听,也会听见的!那时,可能仅有十分之一瞬间,但一定能听见的!请各位设想一下,至今人们依旧在争论,也许,当头掉下来后,他大约还有一秒钟的时间知道自己的头掉下来了——这是什么样的概念啊!那如果还有五秒钟呢?……您要这样画近距离的断头台,要能清楚地看到最后一节阶梯;犯人踏上最后一节阶梯,画他的头部,他的脸色惨白如纸,神父递过来十字架,犯人贪婪地凑上他泛青的双唇并望着它——他心里什么都知道。十字架和头部,就是这样一幅画,神父的脸、刽子手和他的两个帮手的脸,以及台下若干个脑袋、几双眼睛——所有这些都似乎可以作为犯人画像的背景,画得模糊些,好作衬托……就是这么一幅画。"公爵到此沉默了下来,转向看着所有人。

"当然,这并非消极冷淡。"亚历山德拉自言自语地说。

"那么,现在请您讲讲,您是怎么坠入爱河的。"阿杰莱达说。

公爵诧异地看了她一眼。

"我重申下,"阿杰莱达似乎很着急地说,"这之后,您该讲讲巴塞尔的那幅画,但现在我想听听,您当时是怎么坠入爱河的;请您别否认,您肯定有爱过,况且,您现在一开始讲故事,就不再像个哲学家了。"

"您一讲完,立马就会对您讲过的东西感到羞愧,"阿格拉娅突然说道,"这是为什么?"

"这话说得简直是愚蠢至极。"将军夫人愤愤地望着阿格拉娅,打断道。

"的确不聪明。"亚历山德拉重复道。

"公爵,您别相信她,"将军夫人对他说,"她这是存心胡闹,她所受的教养完全不是这般愚蠢的。请您不要介意,她们如此这般地为难您,大概想出了什么鬼主意,但是她们已经喜欢您了。我看她们的脸就知道了。"

"我也从她们的脸上知道了。"公爵还特别加重了自己的语气说。

"怎么看出来的?"阿杰莱达好奇地问。

"从我们的脸上,您看出了什么?"另外两姐妹也感到好奇。

但是公爵沉默了,有些严肃;所有人都等着他回答。

"我以后会跟你们说的。"他平静而严肃地说。

"您是存心想吊我们的胃口,"阿格拉娅叫喊了起来,"瞧他那副郑重其事的样子!"

"嗯,那好吧,"阿杰莱达又急忙说道,"既然您看面相这么在行,那么您肯定热恋过。我应该猜对了吧？您就给我们说说吧。"

"我没有恋爱过，"公爵还是平静而又严肃地回答道，"我……曾拥有的是另一种幸福。"

"是怎样的？什么样的幸福？"

"好吧，我跟你们讲讲。"公爵似乎一边说，一边陷入了深深的沉思中。

第六章

"瞧你们,"公爵开始说,"现在都这样好奇地看着我,看来如果我不满足你们的这种好奇心,你们会生我气的。不,我只是开玩笑的,"他急忙面带微笑地补充道,"在那里……那里有一群孩子,我整天跟孩子们在一起,也只跟孩子们在一起。这些孩子都是那个村里居民家的,所有孩子都在学校上学。我不是教他们的老师;嗯,不是的,学校里有一位叫儒勒·蒂博的老师;而我,也算教过他们吧,但更多情况下,我只是跟他们待在一起,这四年光景我都是这样度过的,其他事也不需要我做。我什么话都跟他们说,对他们没有任何隐瞒。他们的父亲及亲戚都生我的气,因为孩子们完全离不开我,孩子们总是聚集在我身边,甚至学校的老师都把我当成了头号敌人。我在那里的敌人颇多,全都是因为孩子们。有时候甚至施奈德都指责我。他们为什么如此害怕?其实,他们什么都可以跟孩子说——所有的事。我时常被一种想法震惊到:大人们对孩子是有多不了解啊,甚至父母也不了解自己的孩子。对孩子不需要遮遮掩掩的,找什么他们还小、让他们知道还为时过早的借口,这是多么愚蠢可悲的想法啊!孩子们自己倒很清楚,父亲们认为他们还小,什么都不明白,可实际上他们什么都懂。这些大人们不知道,就是对于很棘手的事,孩子们都能给出关键性的意见。上帝啊!当这只可爱的小鸟带着充满信任和幸福的目光注视着你们时,难到你们不会因为欺骗它而羞愧吗?我之所以称他们为小鸟，是因为在这世上没有什么比小鸟更可爱的了。不过话又说回来，村里居民们生我的气，主要是因为一件事……而蒂博对我的确是嫉妒；开始时他总是摇头且一直奇怪，这些孩子怎么在我这儿什么都明白，而在他那儿却几乎什么也不理解，后来当我说，我俩教不了他们什么，反而是他们在教我们的时候，他就开始嘲笑我，但是他怎么可以在自己跟孩子们独处的时候，嫉妒我、诽谤我呢！在施奈德的医务机构里有一个病人，她非常不幸。她有着不同于常人的不幸，就是类似情况里都不会有的那种极大的不幸。她被送来医治癫狂之症；我认为，她并不疯癫，她只是受了太多苦难——这就是她的全部病结所在。如果你们知道，对她来说那些孩子发挥什么样的最终作用，那就好了……但关于这个病人的事，我最好还是以后跟你们讲，我现在想讲的是这一切是怎么开始的。起初孩子们并不喜欢我。我年长他们很多，又是如此笨拙；我知道，我自己长得也并不好看……最重要的是，我还是个外国人。起初孩子们总是嘲笑我，后来，当他们看见我亲吻了玛丽之后，甚至还朝我丢石头。可我就亲吻了她一次……不，请你们别笑，"公爵连忙制止自己听众的笑声，"这里完全没有爱情。假如你们知道，她是个多么不幸的人的话，那么你们也会像我一样格外怜悯她的。她也是我们村子的人。她的母亲是位已经上年纪的老太太。在她们那所又小又破的房子里，有两扇窗户，经村允许、被隔出来了一扇窗户，以供老太太借此售卖墨线、细绳、烟草、香皂，她是以售卖这些值几文钱的小玩意儿为生的。她得了病，两条腿都是浮肿的，因此总是坐在一个地方。玛丽是她的女儿，二十岁左右，羸弱瘦小；她早前就得了肺痨，但是她还是被雇用做繁重的工作，每天挨家挨户奔走——擦地板、洗衣服、打扫院子、喂养收拾牲口。一个过路的法国商品推销员诱惑了她并带走了她，然而过了一星期就把她扔在路上，一个人悄悄地溜走了。她一路行乞,浑身上下脏兮兮的,衣衫褴褛,鞋都走破了。她步行了整整一个星期,夜晚睡在田野里,患上了严重的风寒;脚上全是伤,双手臃肿,满是裂口。不过,她以前长得就不漂亮,只有眼睛是平和、善良、纯真无邪的。她极其寡言少语。有一次,还是之前的事情,她在干活的时候突然唱起歌来,我记得,大家都有些惊讶,接着笑道:'玛丽唱歌了!怎么回事?玛丽唱歌了!'她难为情起来,从此再也不开口。那时大家还是怜爱她的,可当她拖着生着病的、满是伤痕的身子回来以后,竟没有一个人同情她。可见他们在对待这件事上是多么残忍啊!他们在这件事上的想法是多么愚昧啊!她的母亲第一个站出来带着凶狠轻蔑的口气斥责她:'你现在把我的脸都丢光了!'她是第一个施加屈辱给她的人。当村里居民听到玛丽回来了,便都跑来看她,几乎全村的人都跑到老太太的小木屋里:老人、孩子、妇女、年轻姑娘,所有人都争先恐后来看热闹。玛丽躺在老太太脚跟前那块地板上哭着,饥肠辘辘,衣衫褴褛。见大家跑来围观,她便用自己蓬散的头发完全遮住脸,就这样伏在地板上。周围的人就像看虫豸一样看着她;老人们斥骂她,年轻人嘲笑她,妇女们辱骂她,看她犹如看到一只蜘蛛。她自己的母亲却容忍了这些人的行为,独自坐在那里,点头默许。她的母亲那时已经病得很重了,几乎命在旦夕;而两个月后,她确实去世了;她知道自己将死,但直至死前都不想与女儿和解,甚至一句遗言都没留下给她,她将女儿赶到棚屋里睡觉,甚至不怎么给她吃东西。老太太需要经常将自己有病的双腿泡在温水里;玛丽每天给她洗脚,服侍她;她默默接受玛丽的照料伺候,也从未跟玛丽说过一句温情的话语。玛丽独自承受着这一切,之后,当我认识她时候,我发现,她自己都认同这一切,认为自己是最卑贱的。当老太太病倒的时候,根据那里的规定,村里的老妇人们都轮番来照料她。但那时候,她们已经完全不给玛丽东西吃了;村里所有的人都赶她走,甚至谁也不愿像以前那样给她活干。大家都唾弃她,男人们甚至都不把她当女人,尽冲她说些下流无耻的话。偶尔,极少的时候,酒鬼们星期天喝醉的时候,会拿她寻开心,扔一些小钱给她,就这样直接扔在地上,玛丽默默地把钱捡起来。她那时候已经开始咳血了。后来,她身上的破烂衣服已完全变成了破布条,穿着它都羞于出现在村子里;她回来的时候也是打着赤脚。就这种情况下,尤其是孩子们——四十多个小学生——拉帮成群地捉弄她,甚至朝她扔脏泥巴。她请求牧人让她看守奶牛,但是牧人把她赶走了。于是她未经许可,径自离开家和一群牲畜整天待在一起,给牧人带来了不少好处。牧人也发现了这点,因此也就不再赶她走,甚至时而给她一些自己午饭剩下的奶酪和面包。他认为给她的是极大的恩惠了。玛丽的母亲去世的时候,教堂里的牧师竟然当众羞辱玛丽。玛丽就像之前一样,衣衫褴褛,站在灵柩旁哭泣着。许多人专门赶来看她怎么哭,怎么跟在灵柩后面走;那时候的牧师还是个年轻人,他的人生抱负就是成为一个大传教士——他指着玛丽,跟大家说'就是她害死了这位可敬的妇人'(这肯定是不对的,因为这个老太太早已病了两年)'瞧,她站在你们面前,都不敢看你们一眼,因为上帝用手指戳着她;看她衣衫不整,打着赤脚——简直就是道德风气沦丧之人!她是谁呢?她就是这位妇人的女儿!'等一些诸如此类的话。你们想想,几乎所有人都喜欢听对别人的谴责,但是……这时发生了件特别的事儿,孩子们站出来维护她,因为那时孩子们已经都站在我这边,开始喜欢玛丽了。这是怎么回事呢?我想为玛丽做点什么事;她非常缺钱,因此很有必要给她些钱,但是我素来身无分文。我有一枚小的钻石别针,于是我便把它卖给了一个商贩;他穿梭在各个村子之间,倒卖旧衣服。他给了我八法郎，其实那个钻石别针实际上价值得四十法郎。我一直想单独见玛丽，等了很久，最后终于找到机会，在村外篱笆旁通往山间小路的一棵树后面见到了玛丽。在那儿我把八个法郎给了她并对她说，让她省着用，因为我真的至此身无分文了，然后亲吻了一下她，并且告诉她，我没有什么不良的意图，亲吻她并不是因为爱上了她，而是因为怜悯她，从一开始我就认为这些都不是她的过错，仅仅是很不幸而已。我很想马上安慰她，并使她相信，她不应该在众人面前轻贱自己，但她似乎并不理解。我当即就察觉了这点，虽然她只是一直沉默不语地站在我面前，颔首低眉，窘迫万分。当我说完，她亲吻了下我的手，我也立刻拿起她的手准备吻，但是她立马挣脱了。突然这个时候，孩子们偷窥到了，开始打起口哨，鼓着掌，大笑着，他们一大群人；后来我才知道，他们早就在暗中窥视我了。玛丽慌乱逃跑。我本想说点什么，但他们冲我扔石头。就在那一天，全村人都知道了这件事。大家又开始群攻玛丽，更加厌恶她。我甚至听说，人们想治她的罪，但是，上帝保佑，事情可算这么过去了；但是孩子们却总是揪着她不放，甚至比从前更恶劣地捉弄她，追着她，朝她扔脏泥巴。因为肺部有病，她上气不接下气地逃跑躲避。孩子们在她后面喊着、叫骂着。有一次，我甚至冲上去跟他们打了一架。之后我找他们谈了话，只要我有时间，就天天找他们谈。他们有时候会驻足听，尽管还是骂骂咧咧的。我跟他们诉说了'玛丽是多么的不幸'；很快，他们不再骂人，默默走开。渐渐地我们开始交谈起来，我也不跟他们隐瞒什么，我什么都跟他们说，他们非常好奇地听着，很快就开始同情起玛丽来。一些孩子在遇到她的时候，开始亲切地跟她打招呼。村里有个风俗，不论认识与否，只要彼此相遇，就要鞠躬问候'您好'。我能想象得出，玛丽得有多么惊讶。有一次，两个小女孩弄到点食物，带去给她，回来告诉我说，玛丽失声大哭起来，她们还说，她们现在很喜欢玛丽。很快，所有孩子喜欢上她，也顺带着开始喜欢上我。他们开始经常到我这儿来做客，总是央求我给他们讲故事；我认为，我应该讲得挺好的，因为他们很喜欢听我讲。后来我开始学习、看书，一切都是为了之后能给他们讲故事，后来我给他们讲了整整三年。结果大家都责怪我，连施奈德也是如此，责怪我为什么跟孩子们说话从来不藏着掖着，就像跟大人们讲话一样。我回复说，对他们撒谎我会感到羞愧，不论对他们隐不隐瞒，他们最终都是会知道的，包括不能知道的肮脏的事都会知道，而从我这，他们不会知道任何肮脏的事情。所有人都可以回忆下，当自己是孩子的时候是怎样的。他们不赞同我的想法……我在玛丽母亲去世前两个星期的时候亲吻了玛丽；当牧师布道时，所有孩子都已经站在我这边了。我马上跟孩子们分析了牧师的行为，大家都很生他的气，有些孩子甚至气得用石头砸碎了他家的窗户。我制止了他们，因为这可不是好的行为，可村里的人立马全都知道了这件事，开始责怪我教坏了孩子们。后来大家得知，孩子们都喜欢玛丽，更是万分惊恐；但是玛丽已经获得了幸福。大人们禁止孩子们与玛丽见面，但他们还是悄悄地跑到牛群那儿去找她，那里离村子很远，差不多有半俄里的距离，他们给她带去小甜食，而另一些孩子跑过去就只是为了抱抱她，亲亲她，对她说：'我爱你，玛丽！'①然后再赶忙跑回去。玛丽因为这突如其来的幸福差点发疯；她就是做梦也没想到会这样，她觉得又难为情又高兴。最主要的是，孩子们，特别是女孩子想跑去告诉她她们爱她。我跟他们说了很多关于她的事情。他们跟她说，是我告诉了他们一切，因此现在他们也很爱她、怜悯她，并且会一直如此对待她。

---

① 原文是法语，意为"我爱你，玛丽"。

后来他们带着一张张表情既高兴又急切的小脸跑到我这儿来,告诉我,他们刚刚见过玛丽,她向我问好。每天傍晚我都去瀑布那儿。那里有一个从村子那个方向看去是完全看不到的地方,那里四周长满白杨树;孩子们每到傍晚时就跑到那儿去找我,个别孩子还是偷偷跑去的。我觉得,我对玛丽的爱,让他们特别欣赏,我在那儿和他们一起生活时,只有在这件事上欺骗了他们。我没有说服他们相信我根本不爱玛丽,也就是说我没爱上她,只不过是可怜她而已;我表现出他们所期待出现或者他们彼此间认定的样子,因此对此我也没有解释过什么,装作他们猜对了的样子。这些幼小的心灵是多么柔软、细腻啊!他们认为,他们的好友利奥①那么深爱的玛丽穿得这么糟,甚至光着脚丫——这是不成的。请你们放任想象,他们给她搞来了鞋子、袜子、内衣,甚至还有一条裙子;他们是怎么想出办法弄到的,我不知道,反正全体孩子们都出了力。当我盘问他们时,他们只是快活地笑着,而女孩们则是拍着手掌、吻着我。有时候我也悄悄去见玛丽。她已经病得很重了,行走非常勉强;后来,她完全无法帮牧人干活了,但每天早晨还是跟着牛群出去。她坐在一旁;那里,一座几乎陡直的峭壁上有一块凸起的地方,她就坐在隐秘的角落里的一块石头上,从早上坐到牛群回来,一整天几乎一动不动。她的肺病让她无比虚弱,致使她坐在那里的大部分时间都是闭着眼睛,把头靠在岩石上打着盹儿的。她呼吸困难,面容憔悴,瘦得只剩下皮包骨,她的额头和鬓角直冒虚汗。我去那儿看到的她总是这样,我只待一会儿,不想让其他人看见我。我一露面,玛丽就颤抖起来,她睁开眼睛,扑过来亲吻我的手。我已经不再把手抽开了,因为对她来说这是幸福;当我坐在那里的时候,她

---

① 这是孩子们对梅什金公爵的昵称。

一直颤抖着、哭泣着;有几次她确实开口说话了,但是很难听清、弄明白她说的是什么。她常常如同失去理智一般,陷入异常的激动和喜悦中。有时候孩子们跟我一起来看玛丽。在这种情况下,他们一般会站在不远的地方,为我们放哨,以防被别人看到,他们非常乐意干这件事。当我们离开后,玛丽又是只身一人,像以前一样坐在那儿一动不动,闭着眼睛,头靠在岩石上;也许,她梦到了什么。有一天早上,她已经无法去牛群那儿了,独自一人待在空落落的家里。很快,孩子们得知了这个消息,当天几乎所有孩子都去她家里看望她,她一个人孤寂地躺在被窝里。这两天,孩子们轮流跑来照顾她,之后村民们听说玛丽真的快不行了,村里的老妇人们便去她家照料看护她。村里的人开始怜悯起玛丽,至少已不再像之前那样责骂孩子们并且拦着他们去看玛丽了。玛丽一直处于半昏迷的状态中,她睡得不太安稳,咳嗽得很厉害。老妇人把孩子们赶走,但是孩子们又跑到窗外,有时只待一会儿,就为了说一句'你好,可爱的玛丽'[①]。而她仅仅是远远看到或者听到他们的声音,就会全身亢奋起来,此时她不听老妇人的劝阻,尽全力用手肘撑坐起来,向他们点头,致谢。他们还像以前那样给她带糖果,但她几乎什么也吃不下了。请你们相信,因为这些孩子,她被爱意包围,可以说是在幸福中死去的。因为这些孩子,她忘记了自己的不幸,她似乎从他们那儿得到了宥恕,因为直到最后她都觉得自己是个罪孽深重的人。孩子们如小鸟一般在她的窗外扑扇着翅膀,每天早上冲着她呼喊:'我们爱你,玛丽。'[②]她没过多久就去世了。我本以为她能再活得久些,在她去世的前一天,落日前,我顺道去了她那

---

① 原文为法语,意为"你好,可爱的玛丽"。
② 原文为法语,意为"我们爱你,玛丽"。

儿一趟；她似乎认出了我，我最后一次握了她的手；那是一双多么枯瘦的手啊！第二天早上我突然得到消息，玛丽去世了。这下可拦不住孩子们了，他们用鲜花把她整个灵柩都装饰了起来，给她头上戴上花冠。教堂里的牧师也不再侮辱死者，去参加葬礼的人很少，有些人只是出于好奇去的。但当要抬灵柩的时候，孩子们一下子都奔上前去，想亲自抬棺。因为他们抬不动，于是只能找人帮忙抬，一直跟在灵柩后面边跑边哭。从那时起，孩子们经常去给玛丽扫墓，每年都用鲜花装饰坟墓，用玫瑰围在四周。但是自从这件丧事之后，全村人都因为孩子的事开始排挤我。主谋就是牧师和学校的老师。村民们禁止孩子们见我，而施奈德甚至负责监督此事。但我和孩子们还是能时常见到，通过在远处打手势来交流沟通，他们也时常给我传小纸条。后来一切都过去了，但我还是觉得那个时候最好：因为被排挤孤立，我反而跟孩子们的关系更近了。在那儿的最后一年里我算是和蒂博以及牧师和解了。而施奈德跟我说了很多，也和我争论了许多关于对孩子们有害的教育'模式'。我哪里有什么模式啊！最终，当我已经动身即将离开之时，施奈德对我说了他一个非常奇怪的想法。他对我说，他完全确信，我还是个孩子，十足的孩子，只不过是身高和长相像成人，但是心智、性格，甚至是智商都不是成人该有的，即使我活到六十岁，还是如此。我听后大笑起来，他说的当然不对了，我怎么可能还是个孩子呢？但他有一点说对了，我真的不喜欢跟成年人、跟大人们待在一起——我早就发现这点了——我不喜欢是因为我不擅长跟他们相处。无论他们跟我说什么，无论他们对我有多友善，不知为何，跟他们在一起我仍是很难受。而当我可以赶快离开他们去找自己的同伴的时候，就非常高兴。当然我的同伴总是些孩子，但并非我自己就是个孩子，只是因为我会被孩子们所吸引。在村庄里生活的初期，我时常一个人去山里，独自一人黯然神伤——有时，尤其是中午正逢孩子们放学的时候，就会遇到这群吵吵闹闹的孩子。他们背着书包、带着石板奔跑着，叫喊着，嬉笑打闹着。那个时候，我的整颗心都会奔向他们那边。不知为何，每次见到他们，我都会感到某种十分强烈的幸福。我停下来，看着他们奔跑中闪现的小腿，看着一起奔跑的男孩儿和女孩儿，看着他们笑，看着他们哭（因为从学校回家的这段路上，许多小孩子打架，哭泣，然后和好如初，又在一起玩耍），这个时候，我便会忘却自己的忧愁烦恼，幸福地笑起来。后来，这整整三年间，我都无法理解，人们怎么会忧愁，为什么会忧愁？我所有的志趣都放在他们身上。我从来没打算过离开村子，我从未想过，我会在什么时候来俄国。我觉得，我会一直在那儿，但我最终意识到，施奈德不能总是这样养着我，这时又意外碰到一件似乎是很重要的事儿，使得施奈德亲自催促我动身归国并为我给这儿写了信。于是我想看看是什么情况，并想找人商量下。或许，我的命运即将被改变，但这都不是最重要的。重要的是，我的整个生活已经改变了。我在村子里留下了太多太多的东西，而一切都已消逝。我坐在车厢里就想：'现在我即将要走到成人们中去；或许我什么都不知道，但崭新的生活已经来临。'我决定怀着真诚的心、坚定不移地做自己的事情。也许，与成人们相处，会让我感到困难和枯燥。但是只要我下决心在跟所有人初见时都彬彬有礼、以诚相见，那么谁也不会对我有过多的苛求。或许，这里的人也都会把我看作孩子——那就让他们这么看待吧！不知为何，大家认为我是白痴，我确实曾病得很厉害，那时曾像个白痴。可是现在，当我自己也明白人们把我当白痴的时候，我还算是白痴吗？我每次去见人时就想：'人家又把我当白痴了，可他们猜不到的是，我还是有脑子的……'我常常有这个想法。当我在柏林的时候就收到了从村里寄来的几封小信（他们已经开始给我写信了），这时我才明白，我有多爱他们。收到第一封信时我心里很难受！他们跟我道别的时候，我别提有多难受了！他们提前一个月就开始为我送别：'他要走了，他要永远离开我们了！'我们每天晚上仍像从前那样聚集在瀑布旁，谈论着我们即将分别的事。有时候仍像以前那样愉快，只有在夜里分手告别之时，他们会紧紧地、热烈地拥抱着我，这是之前没有过的。一些孩子会背着大伙儿单独来找我，只为了不当着大伙儿的面能单独拥抱和亲吻我。当我准备出发上路时，成群的孩子把我送到车站。铁路车站离我们村大约一俄里。他们强忍着泪水，但许多孩子，尤其是女孩子，忍不住哭声呜咽。我们匆忙上路，以免错过火车，但是群中不时有孩子突然奔向在路中间的我，张开自己的小小的双臂拥抱着我、亲吻着我，就为能让大部队停下脚步；我们虽然着急上路，但是所有人还是停下来等他跟我告别。当我进了车厢，火车开动时，他们所有人对我高呼'乌拉'，并在原地站了很久，直到火车完全离开。我也望着他们……请听我说，当刚才我走进来的时候，就看见了你们可爱的面庞（我现在很注意观察人们的脸），听你们说的第一句话，从那时起我第一次感到心情放松。我刚才思考了下，或许，我的确是有福之人。因为我明白，立刻就喜爱上的人，是不会立马约见的，而我，一个刚下火车的人，就立刻和你们见面了。我很清楚，给所有人讲自己的情感是挺不好意思的，可我对你们说，跟你们在一起，我并不会觉得难为情。我是个不善社交的人，也许，会很久不来你们这儿。但请别因此产生什么不好的想法——我这样说并不是不尊重你们的款待，也请别认为你们是什么地方冲撞了我。还有，你们让我看你们的面相，想知道通过面相能看出什么，我很乐意告诉你们这一点。您，阿杰莱达·伊万诺夫娜，有一张非常有福气的脸，是你们三人中脸最讨喜的；此外您长得很好看，别人看着您就会说：'她有一张善良的邻家姐姐的脸。'您天真快乐，但也善于快速了解别人的内心。我对您面相的评价就是这些。而您，亚历山德拉·伊万诺夫娜，您的面相也是娇美可爱的，但，或许您心里暗藏着某种忧郁；您的心无疑是善良纯洁的，但是您不快乐。您脸上有某种特别的神色，就像在德累斯顿①那幅霍尔拜因②的圣母像一般。那么，关于您的面相就是如此。我相得如何？是你们自己认为我是会相面之人。至于您的面相，叶莉扎维塔·普罗科菲耶夫娜，"他突然对将军夫人说，"关于您的面相，我不光是觉得，反而是坚信，尽管您如今这般年岁了，但在所有事情上，无论是好的一面，还是坏的一面，您都还是个孩子。我这么说，您不会生我气吧？您知道的，我把孩子视为什么人。请您别认为，我是因为呆傻才如此这般开诚布公地跟你们说了所有关于你们的面相的话；哦，不，完全不是！或许，这里还有我自己的观点。"

---

① 德国萨克森州首府，德国文化之城，德国十大主要城市之一。
② 霍尔拜因是家族姓氏，指的是画家小汉斯·霍尔拜因。

第七章

当公爵不再说话的时候,大家都十分快乐地望着他,连阿格拉娅也是这样,但特别高兴的还数叶莉扎维塔·普罗科菲耶夫娜。

"这下考试通过了!"她大声宣布,"仁慈的小姐们,你们曾想把他当成穷人一般给予庇护,其实却是人家自己赏光才勉强抬爱你们,还带着附加条件,有空才会来这儿。瞧我们都成了傻瓜,我很高兴;而最傻的要数伊凡·费道罗维奇。太棒了!公爵,他刚刚还吩咐我们要考考您呢。而您说的关于我面相的事,非常正确:我还是个孩子。我知道这一点。您说这话之前我就知道这一点,您正好一语道破了我的想法。我认为您的性格与我十分合得来,非常高兴,咱们俩人的性格简直一模一样。区别仅仅在于您是男人,而我是女人,以及我没去过瑞士。"

"妈妈,您别着急啊,"阿格拉娅叫喊着,"公爵说,他自己所有的称述中都有特殊的意义所在,不是随便说说的。"

"是啊,是啊。"另外两位小姐笑着说。

"别开玩笑了,亲爱的,或许,他比你们三个人加起来还要聪明呢。你们看着吧。不过,公爵,您是怎么回事,为何只字未提阿格拉娅?阿格拉娅可等着呢,我也等着呢。"

"我现在什么也说不出来;我以后再说吧。"

"为什么?似乎,是因为她出众过人?"

"啊,是的,非常出众;您美貌过人,阿格拉娅·伊万诺夫娜。您如此美丽,让人都不敢直视您。"

"只有这些吗?那内在呢?"将军夫人不死心地继续问道。

"美是很难评判的,我还没想好。美是个未解之谜。"

"意思就是,您给阿格拉娅出了个谜题,"阿杰莱达说,"阿格拉娅,猜猜吧。那么她漂亮吗,公爵,漂亮吗?"

"非常漂亮!"公爵带着倾慕的眼神看了一眼阿格拉娅,充满热情地回答,"几乎跟娜斯塔西娅·费利帕夫娜一样,虽然脸长得完全不一样……"

大家都惊讶地交换了一下眼色。

"跟谁——谁一样?"将军夫人拉长了声音问道,"跟娜斯塔西娅·费利帕夫娜一样吗?您在哪儿见过娜斯塔西娅·费利帕夫娜?哪一个娜斯塔西娅·费利帕夫娜?"

"刚才加夫里拉·阿尔达利翁诺维奇给伊凡·费道罗维奇看过一张照片。"

"怎么,他给伊凡·费道罗维奇带了照片?"

"只是带给他看的。娜斯塔西娅·费利帕夫娜今天送给了加夫里拉·阿尔达利翁诺维奇一张自己的照片。他就带来给伊凡·费道罗维奇看了。"

"我想看!"将军夫人大发雷霆,"这张照片在哪儿?如果是送给他的,那么它肯定在他那儿,那么肯定就在书房里了。他每周三都会来工作,并且从来也没有早于四点钟离开。马上去叫加夫里拉·阿尔达利翁诺维奇来!不,我还不是那么着急地想见他。公爵,劳驾您,亲爱的,去趟书房,从他那把照片拿来,带到这儿来。请您告诉他,我们都想看。劳驾。"

"公爵是个好人,就是太单纯了。"公爵走出去后,阿杰莱达说。

"是啊,确实太单纯了,"亚历山德拉赞同地说,"所以甚至有点可笑。"

这两个人似乎都没有把自己的想法完全表达出来。

"不过,他倒是很机灵地夸赞了我们的长相,"阿格拉娅说,"恭维了所有人,甚至对妈妈也阿谀奉承。"

"别贫嘴了!"将军夫人大声喝道,"不是他阿谀奉承我,是我自己骄傲了。"

"你认为,他圆滑?"阿杰莱达问道。

"我觉得,他不是这么单纯的人。"

"哼,瞎扯什么!"将军夫人生气地说,"依我看来,你们比他更可笑。他是单纯,但是有主见,从正派的意义上而言。就像我一样。"

"真是糟糕,我谈论了照片的事,"公爵一边走进书房,一边暗自思忖,感到有些不安,"但是……或许,我不小心讲出来还是做了一件好事……"他脑海里开始闪现出一个奇怪的想法,不过这个想法还不是很清晰。

加夫里拉·阿尔达利翁诺维奇还坐在书房里,忙着处理自己的公文。看来,他的确不是白拿公司薪水的人。当公爵问他要娜斯塔西娅·费利帕夫娜的照片,并且告诉他将军夫人是在何种情况下得知了照片的事的时候,他惊慌失措起来。

"哎呀!您干吗这么多嘴啊!"他气恼地叫喊道,"您什么都不知道……"然后,他小声嘀咕道,"你这个白痴!"

"是我的错,我完全没有多想,顺嘴就说出来了。我想说的是,阿格拉娅几乎跟娜斯塔西娅·费利帕夫娜一样美。"

加尼亚让他讲得更详细些,公爵便详细地描述了事情的过程。加尼亚再次嘲讽地看了他一眼。

"您倒是很在意娜斯塔西娅·费利帕夫娜……"他嘟嘟囔囔地说着,但是还没说完就陷入沉思。他显然有些惊慌不安。公爵又向他提起照片的事。

"公爵,请您注意听,"加尼亚突然说道,似乎脑海里突然冒出一个想法,"我有件事想求您帮忙……但是,我真的,我不知道怎么……"

他有些难为情,话也没说完。他好像正为某件事儿下决心,似乎在跟自己斗气。公爵默默地等着。加尼亚一再探究,用全神贯注的目光打量着他。

"公爵,"他又开始说起来,"我现在……陷入一种奇怪的境地……十分荒诞可笑……但这并不是我的错……嗯,总而言之,这件事完全是多余的,她们那边呢,似乎对我很生气,所以这段时间……只要不召见的话,我就不会去那里。我现在亟须跟阿格拉娅·伊万诺夫娜谈一谈。以防万一,我已经写了几句话,"他手里不知不觉多了一张小纸片,"可是不知道,怎么转交给她。公爵,您能帮我转交给阿格拉娅·伊万诺夫娜吗?就给她一个人,不要让其他任何人看见,明白吗?这不是什么惊天大秘密,没什么大不了的……但是……您愿意帮我吗?"

"我不太愿意做这事儿。"公爵回复。

"哎,公爵,我现在十分需要您的帮助!"加尼亚开始请求,"她或许会回复的……请您相信,我是在极其迫不得已的情况下才向您求助的……我还能请求谁帮我送过去呢?……这非常重要……对我来说真的非常重要……"

加尼亚非常害怕,生怕公爵不答应,带着满是胆怯和恳求的目光看着他的眼睛。

"好吧,我去转交。"

"但一定别让其他任何人发现,"加尼亚破愁为笑,继而恳求道,"还有,公爵,我十分信任您,您可得说话算话,行吗?"

"我不让任何人看见。"公爵回答说。

"字条并没密封,但是……"过于慌乱的加尼亚说了一半,又窘迫地停住了。

"哦,我不会看的。"公爵大方简明地回答,便拿着照片走出了书房。

加尼亚一个人留在书房里,扶着自己的脑袋。

"只要她一句话,我……我,真的,也许就会跟娜斯塔西娅·费利帕夫娜断绝关系!……"

由于他内心不安并满怀期待,已经无法重新坐下来处理公文了,他开始在书房里来回踱步。

公爵边走边思忖。这个托付着实让他感到惊讶和不快,关于把加尼亚的纸条递给阿格拉娅,这个也让他感到快快不乐。公爵还没走过两个房间,突然停了下来,仿佛想起了什么,环顾了下四周,走近窗旁靠近亮光处,开始仔细观看娜斯塔西娅·费利帕夫娜的照片。

他似乎想透过这张脸,猜出隐藏其下的、让他惊愕的秘密。刚才的感觉似乎还隐隐环绕着他,现在他似乎急于重新验证什么。现在,这张美艳动人、非比寻常的面容使他更感惊愕。这张脸上仿佛带着极大的傲气和蔑视,几乎算是仇恨,但同时又带着某种信任,某种惊人的纯真;这两种差别冲击出的对比,却能令人激发出某种同情。这种夺人心魄的美貌甚至让人难以忍受:苍白的面容,几乎凹陷的双颊,炯炯有光的双眸——多么奇妙的美感!公爵看了一会儿,然后突然醒悟过来,环顾四周后,匆忙将照片贴近自己的嘴唇吻下。过了一会儿,当他走进客厅时,他的表情平静如初。

但是他刚走进餐厅(餐厅到客厅还要经过一个房间),正好撞上走出来的阿格拉娅。她是一个人。

"加夫里拉·阿尔达利翁诺维奇拜托我把这个转交给您。"公爵边说,边把字条递给了她。

阿格拉娅停下来接过字条,不知怎么的,奇怪地看了一眼公爵。在她的目光中没有丝毫难为情的意思,只露出了一丝讶异,这似乎只是针对公爵一人。阿格拉娅用眼神示意公爵解释下情况,他是怎么和加尼亚一起掺和到此事中的?她带着询问的目光,平静又傲慢。他们就这样面对面站了眨两三下眼的时间。最后,她的脸上浮现些许嘲讽的味道,微微一笑,便从公爵身旁走过。

将军夫人沉默不语,带着一丝轻蔑的神色细细打量着娜斯塔西娅·费利帕夫娜的照片好一阵子。她伸长手臂,将这张非同寻常、外表动人的照片推得远远地瞧着。

"真是,漂亮,"她终于开口说道,"甚至可以说是相当漂亮,我见过她两次,不过都离得很远。那么,您也赞赏这样的美貌吗?"她突然转向公爵问道。

"是的……很赞赏……"公爵略带紧张地答道。

"是说这种吗?"

"正是这种。"

"为什么?"

"这张脸上……流露出许多苦楚……"公爵似乎是不由自主地说着,又像是在自言自语,而不是在回答问题。

"您,大概是在说胡话吧?"将军夫人武断地说完后,用傲慢的姿态把照片甩到桌子上。

亚历山德拉拿起照片,阿杰莱达走到她旁边,两人开始细细端详起照片来,这时阿格拉娅又重新回到客厅来。

"好大的魅力啊!"阿杰莱达从姐姐肩后兴致勃勃地看着照片,突然叫嚷着。

"哪儿有魅力?什么样的魅力啊?"叶莉扎维塔·普罗科菲耶夫娜尖锐地问道。

"这种美就是魅力,"阿杰莱达热情地说着,"仗恃这种美甚至可以扭转世界!"

她若有所思地走到自己的画架前。阿格拉娅匆匆瞥了一眼照片,微微眯起眼睛,咬着下唇,走开坐到旁边,交叉着双手。

将军夫人摁了下铃。

"去把加夫里拉·阿尔达利翁诺维奇叫过来,他在书房里。"她对进来的仆人吩咐道。

"妈妈!"亚历山德拉带有深意地大喊一声。

"我想跟他说两句话——只是这样而已!"将军夫人不容反对地迅速截下女儿的话,她看起来很恼火,"在我们这儿,公爵,您看到了吧,现在这些都是秘密,全都是秘密!说是需要什么礼节,简直是愚蠢。最需要的应该是开诚布公,诚实待人。这桩婚事开始筹划了,可我不同意这桩婚事……"

"妈妈,您这是干什么呀?"亚历山德拉再一次急忙阻止她。

"你是怎么了,我亲爱的女儿?难道你自己喜欢这桩婚事吗?公爵听见了又怎么样,我们是朋友,至少我跟他是朋友。上帝找人,必然是找好人,他不需要坏人以及变化无常的人;特别是变化无常之人,今天决定这样,明天又说要那样。亚历山德拉·伊万诺夫娜,你明白吗？公爵，他们常说我是个怪人，可是我却很会辨人。因为最重要的就是看心灵，其余都是胡扯。智慧，当然也是需要的……也许，智慧是最主要的。你别笑了，阿格拉娅，我并没有自相矛盾：有善良心灵却没有智慧的傻瓜和有智慧却没有善良心灵的傻瓜，都是一样的不幸，这是古老的真理。而我就是那个有善良内心却没有智慧的傻瓜，你则是有头脑却没有善良心灵的傻瓜；我们两个都是不幸的，都很痛苦。"

"妈妈，您究竟哪里不幸了？"阿杰莱达忍不住问道，似乎她们之中，只有她一人没有失去愉快的心情。

"首先，就是因为你们有学问，"将军夫人斩钉截铁地说，"因为光这一点就足以说明，其他的也就没必要赘述了。已经说得够多了，我们看看，你俩（我没算阿格拉娅）靠你们自己的聪明才干和巧言善辩是如何摆脱困境的，还有你，我们敬爱的亚历山德拉·伊万诺夫娜，跟你那令人尊敬的先生能否幸福？……啊……"当她看见正朝里面走进来的加尼亚时，感慨一声，"瞧，又有一段联姻正在筹备着。您好啊！"她回应加尼亚的鞠躬行礼，但并没有邀请他入座。"您正筹备结婚呢吧？"

"结婚？什么结婚？结什么婚？"惊慌失措的加夫里拉·阿尔达利翁诺维奇声音低喃道。他显得尴尬局促。

"我是问，您准备娶亲了吗？如果您更喜欢这种问法的话。"

"没……我……没有这事。"加夫里拉·阿尔达利翁诺维奇撒了谎，羞愧得涨红了脸。他匆忙扫了一眼坐在一旁的阿格拉娅，又很快地挪开了视线。阿格拉娅冷漠、平静地注视着他，眼神丝毫没有躲闪，观察着他的窘样。

"没有？您说：没有？"叶莉扎维塔·普罗科菲耶夫娜固执地反复盘问，"好了，我会记住，今天，周三的早上，您回答我说，'没有'。

今天是星期几？是周三吗？"

"好像是周三，妈妈。"阿杰莱达回答说。

"她们总是不知道日子。今天几号？"

"二十七号。"加尼亚回答道。

"二十七号？根据某种算法来说，今天是个好日子。再会吧，您似乎还有很多事情要忙，我也得换衣服外出了；请把您的照片拿回去吧。请帮我向不幸的妮娜·亚历山德罗夫娜转达我的问候。再会，亲爱的公爵先生！常来坐坐，我要特地去趟别洛孔斯卡娅那个老太婆那儿讲讲关于您的事。您听着，亲爱的：我相信上帝正是为了我，才把您从瑞士带到圣彼得堡这儿。或许，还给您安排了其他的事情，但主要是为了我。上帝正是如此考虑的。再会，亲爱的各位。亚历山德拉，到我这儿来一下，我的孩子。"

将军夫人走了出去。加尼亚一副沮丧、若有所失的样子，恶狠狠地从桌上抓起照片，带着勉强的笑容对公爵说："公爵，我现在要回家去了，如果您还没改变住我家的念头的话，那么我带您一起走，要不然的话您连住址也不知道。"

"等一下，公爵，"阿格拉娅突然从自己的圈椅里起身说道，"您还得给我纪念册上写几个字呢。爸爸说，您是个书法家。我马上拿给您……"

于是她便出去了。

"再会，公爵，我也要走了。"阿杰莱达说。她紧紧地握了下公爵的手，亲切而温柔地冲他笑了下便出去了。她没有看加尼亚一眼。

"都是您，"所有人刚走，加尼亚便扑向公爵，咬牙切齿地说，"都是您跟她们说漏了嘴，说我要结婚了！"他转而低声嘟囔，满面怒火，目光凶狠发亮，"您简直就是个毫无羞耻之心的嚼舌妇！"

"请您相信，您弄错了，"公爵平静而有礼地回答道，"我压根就不知道您要结婚。"

"您刚才听到了伊凡·费道罗维奇说的，今天晚上在娜斯塔西娅·费利帕夫娜家里，一切决定将呼之欲出，于是您就告诉她们了！您就是在撒谎！不然她们怎么会知道？见鬼了，除了您，还有谁会对她们说，难道那个老太婆不是在向我暗示吗？"

"如果您觉得她们向您暗示了，那么您最好先弄清楚，是谁告的密，对于这件事我只字未提过。"

"字条您转交了吗？答复呢？"加尼亚急躁地打断他的话，但正好就在此时阿格拉娅回来了，以至于公爵什么都没来得及回答。

"给您，公爵，"阿格拉娅边说边把自己的纪念册放在小桌上，"您选一页，随便给我写点什么都可以。这是笔，还是新的呢。笔头是钢的，没关系吧？我听说，书法家们是不用钢笔写字的。"

与公爵谈话间，她似乎就像没有注意到加尼亚就在一旁站着。但当公爵调整笔尖，寻找空白地儿准备写字的时候，加尼亚走近壁炉，靠近阿格拉娅，她此刻正站在公爵的右边。他用颤抖、断断续续的声音几乎是贴着她的耳朵说道："一句话，只要您的一句话，我就解脱了。"

公爵迅速转过身来，看了他们一眼。加尼亚的脸上出现了一种不顾一切的表情，似乎他是义无反顾、孤注一掷地说出这些话的。阿格拉娅用那种平静中透着惊讶的目光看了加尼亚几秒，就像刚才看公爵时的那样。这种透着冷静的惊讶、这种困惑不解，似乎全是因为不明白他们对她说的话。对于此刻的加尼亚来说要比最强烈的轻蔑更可怕。

"我写什么好呢？"公爵问道。

"我说您来写，"阿格拉娅转而对公爵说，"准备好了吗？您就写

'我不做交易'。现在请您加上月和日。请给我看看。"

公爵把纪念册交给她。

"太棒了！您着实书法惊人；您的字体很独特！谢谢您。再会了，公爵……请您等一下，"她补充道，似乎突然想起了什么，"我们一起走吧，我想送您点东西留作纪念。"

公爵跟在她身后，但刚一走进餐厅，阿格拉娅就停了下来。

"请您看看这个吧。"她把加尼亚的字条递给了他。公爵拿过字条，困惑不解地看着阿格拉娅。

"我就知道，您还没看过它，也不可能相信这个人。请您看看吧，我想让您看看。"

很明显，字条是在很匆忙之下写就的：

今天将决定我的命运，您知道将以何种方式决定。今天我非要说出自己的心里话不可。我没有任何权利要求您同情我，对此也不敢抱有任何希望；但是当您说出那一句话时，仅仅只有一句话，而就是这句话成为我的灯塔，照亮了我整个人生的漆黑。现在请您再说一遍那句话，请您将我从毁灭的边缘拯救出来！您只要对我说：挣脱这一切，那么我今天便会挣脱这一切。哦，这句话对您来说又算得了什么呢！我只是想从这句话里找到您同情、怜悯我的蛛丝马迹，仅此而已，仅此而已！再无其他奢望，我不敢奢望什么，因为我不配。但是如果有了您的这句话，我会重新接受自己的贫穷，我能欣然忍受自己那绝望的处境。我会迎面而战，我也很乐意去抗争，我将以新的力量在抗争中获得新生！

请将这怜悯的话语带给我（仅仅是怜悯而已，我向您发誓)！请别因为这个绝望无礼的人而生气，也请别对一个溺水的人生气，因为他敢于为拯救自己避免毁灭而作出最后努力。

加夫里拉·阿尔达利翁诺维奇

"这个人向我保证说,"当公爵看完字条时，阿格拉娅尖锐地说，"'挣脱这一切'这句话不会损害我的名誉，也不用我担什么责任，他自己，就如您所见，就用这张字条给我做这方面的书面保证。您看看，他是多么天真地急于强调某些话的深意，又多么愚蠢地透露出他隐藏的心思。不过，他很清楚，如果他挣脱一切，也仅仅是他自己一人挣脱一切，不期望我的回复，甚至不告诉我这件事，不对我寄予任何期许，那么那个时候我会改变心意，或许，还会成为他的朋友。毫无疑问，他清楚这一点！但是他内心阴暗肮脏：他清楚这一点，却下不了决心；他清楚这一点，却仍然索求保证。他不能下决心为信念斗争摆脱现状。他想让我给他可结连理的希望，把自己作为那十万卢布的替代品。至于之前他在字条上说过的，说的什么照亮了他的人生，不过是他厚颜无耻的谎言。我不过是有一次对他表达了自己的怜悯而已。但他是个狼子野心、恬不知耻的人，他当即就动了歪心思，认为还有希望，我马上就看明白了这点。从那时起他就开始追求我，现在也还想追到我，但我受够了。请您把这张字条拿走还给他，等你们一出我家的门，就立即还给他，但别提前给。"

"有什么话需要带给他的吗？"

"当然没有。这是最好的回答。这么看来，您是想住到他家去了？"

"刚才伊凡·费道罗维奇亲自帮我打的招呼。"公爵说。

"这样的话，我提醒您得提防他。您一会儿把字条还给他，他可是不会原谅您的。"

阿格拉娅轻轻握了下公爵的手便离开了餐厅。她的脸色阴沉严肃，甚至在与公爵点头告别时，都不带一丝微笑。

"我马上来，得把我的小包袱拿上，"公爵对加尼亚说，"我们这就走。"

加尼亚不耐烦地跺了下脚。他的脸竟然因为暴怒而有些发黑。最终两人走出了将军府，走到大街上，公爵手里拎着自己的小包袱。

"有答复吗？答复？"加尼亚冲着公爵问道，"她跟您说什么了？您把信转交给她了吗？"

公爵默默地把他的字条还给了他，加尼亚呆愣在那儿。

"怎么回事？我的字条怎么会在这！"他叫喊道，"你就没有转交给她！天呐，我早就该猜到！天呐，真该死……这就清楚了，她刚才那会儿什么都不知道！怎么会这样，怎么会这样，你怎么会没转交给她呢？哎，真是该死……"

"请原谅，恰恰相反，您把字条给我后，我立马就成功转交给她了，就如您要求的那样。它之所以又出现在我这里，是因为阿格拉娅·伊万诺夫娜刚刚把它还给了我。"

"什么时候？什么时候？"

"我刚写好纪念册上的字，她邀请我跟她一起过去的时候。（您听到了吧？）我们一走进餐厅，她就把字条给了我，吩咐我看完，然后还给您。"

"看……完！"加尼亚差点没放声大叫起来，"看完！您看过了？"

随即他再次呆愣地站在人行道中间，但这次已经到了瞠目结舌的地步。

"是的，我看过了，刚刚那会儿看的。"

"是她自己让您看的吗？她本人吗？"

"是她本人，请您相信，没有她的允许，我是不会看的。"

加尼亚沉默了片刻，竭尽全力地想弄清楚什么，突然叫喊起来："不可能！她不可能吩咐您看的。您在撒谎！是您自己偷看的！"

"我说的是实话，"公爵用依旧是毫无波澜的语气回答，"请相信：我很遗憾，这件事让您如此不愉快。"

"倒霉蛋，但至少她跟您说了什么有关这字条的话吧？她总该回复什么吧？"

"是，当然。"

"那您快说，快说，天哪，见鬼！"

加尼亚在人行道上跺了两次穿着防水橡胶套鞋的右脚。

"我刚看完，她就对我说，您总不放过她，您为了达成自己的愿望总想从她那儿获得希望，而这样损害她的名誉；借此，您可以从另一个获利十万卢布的希望中毫无损害地抽身而退。但假使您不去跟她做这种交易，您不祈求她的保证而是自己去挣脱一切，那么她，或许会成为您的朋友。好像就这样说的。哦，对了，还有，当我接过字条，问她该如何答复时，她说，没有答复就是最好的答复。好像就是这么说的。如果我没有还原她的原话，请您原谅，我是按我的理解转述的。"

无比愤怒的情绪驱使着加尼亚，他的怒气不可遏制地爆发而出。

"啊，原来如此！"他咬牙切齿地说，"怪不得把我的字条扔出窗外呢！嘿！她不做交易，那么我做！咱们走着瞧！我还有的让她瞧的呢……走着瞧！我要让她瞧瞧我的厉害！"

他撇着嘴，气得脸色发白，唾沫四溅，他攥起拳头恐吓道。他们就这样走了几步。加尼亚丝毫没顾及公爵，就像自己在房间里独处似的，因为他认为公爵压根就是个无关紧要的小角色，但是，他突然想到什么，醒悟过来。

"您究竟是怎么，"他突然对公爵说，"您（他心里暗自骂了一句：你个白痴！）究竟是怎么在初识后的两个小时内就获得了她如此的信赖？是怎么做到的？"

刚才嫉妒之心还没涌进他的百般苦痛之中，现在却突然开始啃食着他的心。

"关于这点我也没法跟您解释清楚。"公爵回答道。

加尼亚恶狠狠地盯着他。

"她叫您去餐厅，这还不是已经信任您了吗？她不还打算送您什么东西吗？"

"除了这个，我别无其他解释。"

"究竟是为什么，见鬼了！您在那里到底做了什么？凭什么就受人喜爱？听着，"他心浮气躁到抓狂（此刻他不知怎的心里一团乱麻，毫无条理，导致他无法集中注意力思考），"听着，您是否可以，哪怕是多少想起一些，认真回忆下，您在那儿究竟说了什么，所有的话，从头到尾您究竟说了什么？您没记住什么吗？"

"哦，完全记得起来，"公爵回答说，"最开始，我一进去，大家就相互认识了下，我们开始谈论瑞士的事情。"

"不是这个了，让瑞士见鬼去吧！"

"后来又说到了死刑……"

"死刑？"

"是的，因为某个事情起的头……后来我跟她们讲述了，我在瑞士的三年是怎么过的，于是乎就讲到了一个不幸的乡村女孩儿的故事……"

"够了，让不幸的乡村女孩儿见鬼去吧！往下讲！"加尼亚不耐烦地打断公爵。

"后来，谈到施奈德是如何对我阐述他对我性格的看法，并且强迫我……"

"让施奈德滚开，管他什么看法呢！往下讲！"

"后面，又因为某个起因，我开始谈论面相，也就是容貌，于是就说，阿格拉娅·伊万诺夫娜几乎就跟娜斯塔西娅·费利帕夫娜一样美。就在这种情况下我提及了照片的事……"

"那您没有搬弄是非吧，您可没有把刚才在书房里听到的对话告诉别人吧？没有吧？没有吧？"

"我再跟您重申一遍，没有。"

"真见鬼，那她们究竟是怎么知道的呢……啊！阿格拉娅是否把字条拿给那个老太婆看了呢？"

"这点我完全可以向您保证，她没有给将军夫人看。我一直在那儿待着；再说她也没有时间。"

"是的，或许，是您自己没有注意到什么……哎！该死的白痴！"他已经完全情不自禁地把内心的话喊了出来，"他能讲清楚个什么！"

加尼亚既然开口骂了起来，也没见公爵反击，于是渐渐不再克制自己。有些人一贯如此。再过一阵儿，他或许就要开始啐人唾沫了，毕竟在这之前他已经怒发冲冠了。然而，正因为这种愤怒让他丧失了理智；否则他早就该注意到，这个他如此鄙视的"白痴"有时能快速、机敏地理解一切并能完美转述一切。但是就在此时，突发了出人意料的情况。

"加夫里拉·阿尔达利翁诺维奇，我需要给您指出的是"，公爵突然说道，"我过去的确病得严重，状况确实近乎白痴，但我早就痊愈了。因此，当有人当面叫我白痴的时候，我是有些不快的。虽然考虑到您的不幸遭遇，我可以原谅，但是您在盛怒之下甚至已经大骂了我两回。我非常不愿如此，尤其是像您这样第一次见面就破口大骂。既然我们现在正好站在十字路口，那么我们是否最好还是到此为止，分道扬镳：您向右走回你家，而我向左走。我还有二十五卢布，我应该能找到某处带家具的旅馆房。"

加尼亚非常窘迫，甚至愧疚得红了脸。

"请您原谅，公爵，"他热情呼喊着，突然将自己骂人的语调转换成了彬彬有礼的腔调，"看在上帝的分上，请您原谅！您瞧见了，我是多么不幸啊！您几乎还不了解情况，但如果当您知道了这一切，那您或许会原谅我的；虽然，显而易见，我是不可原谅的……"

"哦，我也不需要您如此郑重地跟我道歉，"公爵立刻回复，"我理解您心情很不妙，所以您才会骂人。好了，那咱们去您家吧。我很乐意……"

"不，不能就这么放过他，"加尼亚一路上带着仇恨望着公爵，心里暗忖，"这个骗子从我这儿打听清楚了所有的事儿，然后又突然撕下伪善的面具……这事儿非同小可。那咱们就走着瞧吧！一切都会得到解决，一切，一切！就在今天！"

他们已经来到了那栋房子前。

第八章

沿着非常干净、敞亮的楼梯上去，便可以来到加尼亚位于三楼的家。这套住所是由六七个再普通不过的小房间组成的，但即使对月薪二千卢布的小官员之家来说，都不完全能住得起。这种住所一般为房客提供伙食和仆役，不到两个月前，加尼亚和家人住了进来便开始招租。加尼亚对此极为不悦，但是在妮娜·亚历山德罗夫娜和瓦尔瓦拉·阿尔达利翁诺夫娜的多次请求下，才勉强同意。这两人想为这个家做点有用的事儿，哪怕多少增补些家族收入。加尼亚总是皱着眉头，称招房客是件上不了台面之事；似乎招了房客以后他在社交圈内就会羞于见人，因为他已经习惯于以一个才华出众、年轻有为的形象自处。所有这些对命运的让步以及这种令人懊恼的贫困——都是藏在他心灵深处的伤口。从某个时候起，他开始变得动辄就因为一点小事儿不分场合地、不合礼仪地发火，如果他还默许暂时的退让和忍耐的话，那么只是因为他已经决定在最短的时间内改变甚至改写这一切。而与此同时，他为实现这种改变所采取的措施，又成了一种不小的困难，为解决这个困难可能会陷入比以往更麻烦、更痛苦的境地。

这套住所直接从前厅走廊开始把住宅分隔开，走廊的一边有三个房间，已被指定出租给"特经熟人介绍"的房客；另外，走廊另一边的尽头、厨房旁边有四个比其他房间还要小的房间，里面住着退休的一家之主——将军伊沃尔金，他睡在一张宽大的沙发上，而进出都需要经过楼梯和厨房。这个小房间里还住着加夫里拉·阿尔达利翁诺维奇十三岁的弟弟,一个中学生,名叫科利亚;他在这里做作业,睡觉则在另一张相当破旧、窄小的沙发上,上面铺着破旧的被褥。他主要是为了照顾父亲。而他的父亲,也越来越不能没有人照顾。公爵被安排在三个房间的中间那间;费尔迪先科住在右边第一间,左边第三间暂时是空着的。加尼亚先把公爵带到了家人住的那半边。家人住的这半边是由三个房间组成的:包括有需要的时候会变成餐厅的客厅;一间仅仅上午才会用的会客室,晚上则会变成加尼亚的书房和卧室;第三个房间是妮娜·亚历山德罗夫娜和瓦尔瓦拉·阿尔达利翁诺夫娜的卧室,里面很狭小并且总是关着门。总而言之,这套住所十分拥挤逼仄。加尼亚暗地里咬着牙,虽然他曾想做一个孝顺敬爱母亲的儿子,但从他们进会客室的第一步开始就会发现,他是全家的霸主。

会客室里不只有妮娜·亚历山德罗夫娜一人,旁边跟她坐在一起的还有瓦尔瓦拉·阿尔达利翁诺夫娜。她们俩一边织着东西,一边与她们的客人伊凡·彼得罗维奇·普季岑说着话。妮娜·亚历山德罗夫娜大约五十岁,面容消瘦,双颊凹陷,眼睛下面有着浓浓的黑眼圈,外表看上去病恹恹的,还带着些许的忧郁,但她的脸色以及目光却给人带来愉悦感。她开口说的第一句话,就能映射出她庄重严肃、令人敬畏的性格。尽管她外表忧郁,但骨子里却透着坚强与果敢的特质。她衣着十分朴素,一袭深色着装,完全一副老妇人的打扮,但她的待客之道、谈吐风格,甚至举手投足间无一不显露出她是位见过大世面的女人。

瓦尔瓦拉·阿尔达利翁诺夫娜是个二十三岁左右的姑娘,中等个头,身材消瘦,并非貌美,但有一种不凭美色也能惹人疼爱、让人着迷的神秘魅力。她和她母亲很相似,一点也不喜欢打扮,甚至连穿衣风格都跟母亲差不多。她那双灰色的眼睛，并非只投射出严肃而又冷漠的目光（近期尤甚），偶尔也会射出愉悦而又温柔的目光。从她的脸上能看到坚强与果敢的特性，让人觉得她的这种特性比起她母亲来更为果敢刚毅、更为精明强干。瓦尔瓦拉·阿尔达利翁诺夫娜脾气非常暴躁，有时，甚至连她的哥哥都害怕她这火暴的脾气。现在坐在那儿的客人伊凡·彼得罗维奇·普季岑就有些怵她。这是个不到三十岁的年轻小伙子，衣着朴素却很雅致，举止谈吐非常得体，但似乎过于持重了些。深褐色的络腮胡子说明他不是公职人员。他说的话风趣幽默，不过大部分时候他都在保持沉默。总之，他给人留下的印象还是不错的。看得出，他对瓦尔瓦拉·阿尔达利翁诺夫娜不无好感，并且他丝毫没有掩饰自己的好感。瓦尔瓦拉·阿尔达利翁诺夫娜虽然待他友好，但是对他的某些问题回答得很慢，甚至压根不乐意回答；不过，普季岑并非容易气馁之人。妮娜·亚历山德罗夫娜对他非常亲切，尤其是最近，甚为信任他。不过，众所周知，他是靠收购可靠的抵押物放款、再倒手盈利起家的。他是加尼亚十分要好的朋友。

加尼亚十分冷淡地跟母亲问了好，压根没有跟妹妹打招呼，断断续续地跟大家介绍了下公爵后，随即将普季岑带出了房间。妮娜·亚历山德罗夫娜对公爵说了几句欢迎的话，便吩咐正向门里探望的科利亚带他去中间的那个房间。科利亚是个长相阳光可爱的小男孩，率真可信、单纯善良。

"您行李在哪儿？"他边带公爵进屋边问道。

"我有一个小包袱，我把它放在前厅了。"

"我现在给您拿过来。我们家的用人只有厨娘和玛特廖娜，因此我也跟着帮忙。瓦尔瓦拉什么都要管，还喜欢生气。听加尼亚说，您是今天刚从瑞士过来的？"

"是的。"

"瑞士好吗?"

"挺好的。"

"那里有山吗?"

"有的。"

"我马上去把行李给您拖来。"瓦尔瓦拉·阿尔达利翁诺夫娜走了进来。

"您的床单和被褥玛特廖娜马上过来铺。您有行李箱吗?"

"没有的,只有一个小包袱。您弟弟去帮我拿了,就放在前厅。"

"那儿除了这个小包袱,没有什么了,您把它放哪儿了?"重新返回的科利亚问道。

"就是这个,除了这个再无其他行李了。"公爵接过自己的包袱回应道。

"哦!我还以为,您的包袱被费尔迪先科拿走了。"

"别瞎说。"瓦尔瓦拉·阿尔达利翁诺夫娜严肃地说道。她方才跟公爵说话也是非常的冷漠,但如此一对比,刚才也算是有礼貌了。

"亲爱的巴别特①,能对我温和些吗?我又不是普季岑。"

"我还没抽你呢,科利亚,你还能蠢到什么地步。公爵,您需要什么,可以找玛特廖娜;午餐是四点半开始。您可以和我们一起用餐,也可以在自己的房间里,随您意愿。科利亚,我们走,不要妨碍人家。"

"走吧,真是个泼辣的性格!"他们刚出去,就碰到了加尼亚。

"父亲在家吗?"加尼亚问科利亚。在得到确定的答复后,他在科

---

① 原文为法语,意为"亲爱的瓦尔瓦拉",巴别特是瓦尔瓦拉的法语昵称。

利亚的耳边低语了几句。

科利亚点了点头,然后跟着瓦尔瓦拉·阿尔达利翁诺夫娜出去了。

"有两句话跟您说,公爵,都是因为这些事打岔……我竟然忘记跟您说。我想请求您一件事:请您,如果这对您来说毫不费力的话,请不要在这里说我与阿格拉娅的事情,也请不要再将您在这儿的所见所闻传话到那边;因为在这儿同样也是不合规矩的。不过,所有的这些统统都要去见鬼!……至少今天,请您忍住不说。"

"请您相信,刚才我说的话远比您想象的要少得多。"公爵带着因加尼亚的指责而有些恼火的态度说道。他们之间的关系看上去越来越糟糕了。

"就这样吧,今天因为您,我可吃了不少苦头。总之,我请求您什么都不要说。"

"请您说明白些,加夫里拉·阿尔达利翁诺维奇,刚才我究竟受到了什么样禁锢,为什么我不能提照片的事儿?您事先可没有请求过我什么。"

"呸,这是多么糟糕的住所啊!"加尼亚鄙视地环顾了下房间说道,"采光差,窗户又朝向院子。不管从哪个方面来看,您来得都不是时候……算了,这不关我的事儿;又不是我出租的住房。"

普季岑往里看了一眼,喊了一声加尼亚,加尼亚便留下公爵匆匆出去了,尽管他还想说点什么,但貌似踌躇不决,难以启齿,转而骂了一通房间,似乎以此来掩盖窘相。

公爵刚刚漱洗完,稍微整理了下自己的仪表,门就被打开了,一个陌生面孔向里望了下。

这是一位三十岁左右的先生,个子高高的,宽肩,大脑袋上顶着一头红褐色的卷发。他的脸胖乎乎的,脸颊红通通的,嘴唇厚厚的,鼻子又宽又扁，一双胖到快成一条缝、有些滑稽的小眼睛，仿佛不停地在朝谁使着眼色，整体上给人一种低俗无礼的感觉。他穿得也邋里邋遢的。

起初，他只是把门开了一个小缝，只够头伸进来。这颗伸进来的脑袋差不多打量了房间五秒钟，然后门被慢慢开大，他的整个身体从门框中出现，但他还是没进来，而是在门口眯着眼睛，继续细细打量着公爵。终于他进来并带上了门，走上前坐到椅子上，紧紧地握着公爵的手，让他坐到自己斜对面的沙发上。

"费尔迪先科。"他一边自我介绍，一边带着探究专注地打量着公爵的脸。

"您有什么事？"公爵几乎大笑着询问道。

"这儿的房客。"费尔迪先科依旧像之前那样边观察着边说道。

"您是想和我互相认识下？"

"哎！"这人叹了一口气，把头发抓得乱七八糟，然后开始看向了对面的角落，"您有钱吗？"他突然转头问公爵。

"不多。"

"有多少呢？"

"二十五卢布。"

"请给我看看吧。"

公爵从背心口袋里掏出了那张二十五卢布，递给了费尔迪先科。费尔迪先科打开钞票看了看，然后又翻到另一面，再对着亮光看起来。

"真是奇怪，"他思考着说，"它们为什么会变成褐色？这种二十五卢布的钞票通常会变成褐色，而另一些钞票则相反，褪色褪得厉害。请拿回去吧。"

公爵收回了自己的钞票。

费尔迪先科从椅子上起身:"我是来提醒您的。首先,别借钱给我,因为我一定会向您提出这样的请求。"

"好的。"

"您在这儿打算付租金吗?"

"打算付的。"

"但我并不打算付;谢谢。我住在您右手边第一个房间里,您见到了吗?别太经常去找我,我会来您这儿的,别担心,您见过将军了吗?"

"还没有。"

"也没有听说过?"

"是的,也没有。"

"好吧,那您会见到的,也会有所耳闻的,况且他连我的钱都借!事先提醒①。再会。您想啊,带着费尔迪先科这个姓,能好好活着吗?啊?"

"为什么不呢?"

"再会。"

语毕,他朝着门口走去。公爵后来才知道,这位先生似乎承担起了一个自愿的任务,就是要用自己古怪、让人欢脱的行为让大家大吃一惊,但是不知为何他从未成功过。甚至给一些人留下了不好的印象,因此他由衷地感到沮丧,但他仍旧没有放弃这个想法。在门口他似乎恢复了正常,却意外撞上了一位正准备进来的先生。他把这位公爵不认识的新访客放进了屋,但从新访客的背后几次朝公爵眨眼提醒后,才满怀自信地走了。

新进来的先生身材魁梧,五十五岁左右,或许还更年长一些,身

---

① 原文为法语,意为"事先提醒"。

材有些肥胖，有一张皮松肉弛、绯红色的胖脸，一大把稠密灰白的络腮胡，还蓄着小胡子，一双鼓爆凸出的大眼。要不是他穿得不修边幅，衣衫老旧，邋里邋遢，他的仪态倒是称得上威严。他穿着一件很旧的常服，肘部的布料几乎要被磨破了；内衣也是油迹斑斑——不像来做客的装扮。他浑身上下散发着一股伏特加的酒气，但他举止颇为有风度，有些装腔作势，显然想用这种姿态使对方惊讶。这位先生慢慢地走近公爵，面带亲和有礼的笑容，安静地握着他的手，并不急于放开，并且端详了一会儿公爵的脸，似乎在辨认记忆里熟悉的相貌。

"是他！是他！"他轻声但十分认真地说，"像极了他！我经常听人提起一个熟悉亲切的姓氏，让人忆起过去的岁月……您是梅什金公爵吗？"

"正是在下。"

"我是伊沃尔金将军，一名退休且不幸的将军。敢问您的名字和父名？"

"列夫·尼古拉耶维奇。"

"对，对！是我朋友，可以说，是我儿时伙伴尼古拉·彼得罗维奇的儿子。"

"我父亲名叫尼古拉·利沃维奇。"

"利沃维奇，"将军改口道，但他并不慌张，反而十分自信，仿佛他从未忘过，仅仅只是无心说错了而已。他坐了下来，同样也握着公爵的手，让他挨着自己身边坐下，"您小时候，我还抱过您呢。"

"真的吗？"公爵问道，"我父亲已经过世二十年了。"

"是啊，二十年了；二十年零三个月。我们是同学，我直接参了军。"

"父亲也在部队服过役，曾任瓦西利科夫斯基团的少尉。"

"在别洛米尔斯基团。调去别洛米尔斯基团几乎没多久,他就去世了,我那时站在一旁,祈求他长眠。您母亲……"

将军停顿了一下,似乎因为陷入忧伤的回忆。

"半年后她也因感染风寒去世了。"公爵说。

"不是因为感染了风寒。不是因为风寒,请相信我这个老头子。我当时在那儿,是我安葬的她。她是因为太过思念自己的夫君,过度悲伤所致。是啊,公爵夫人也很让我难忘!年少轻狂嘛!就因为她,我和您父亲,这对儿时的伙伴差点要杀死对方。"

公爵开始带着疑惑听他叙述往事。

"我当时狂热地爱上了您的母亲,那时她已经是别人的未婚妻,我朋友的未婚妻。您父亲知道后大吃一惊。早上还不到七点钟就跑来叫醒了我。我惊愕地穿起衣服,我们沉默了良久,我全明白了。他从口袋里掏出两支手枪,中间隔着一块手绢。没有见证人。当然,何必需要见证人呢?再过五分钟我们就要互相把对方送上西天。我们上好子弹,拉直手绢;面对面站好,彼此用手枪瞄准对方的心脏,注视着对方的脸。突然,我们潸然泪下,手颤抖着。两个人同时如此!接着,我们自然地拥抱着,互相谦让着。您父亲喊着:'她是你的!'我喊着:'她是你的!'总而言之……总而言之……您是要住到……我们这里吗?"

"是的,或许要住上一段时间。"公爵似乎有些迟疑地回答着。

"公爵,妈妈请您过去。"科利亚从门边探了个头,喊道。公爵站起身来,准备要走,但将军把右手放到他的肩膀上,亲切地将他按回沙发上。

"作为您父亲真正的好友,我想提醒您,"将军说,"我,如您所见,我落魄了,因为遭遇了一场惨变,但是没有受审!没有受审!妮娜·亚历山德罗夫娜是个少有的好女人。瓦尔瓦拉·阿尔达利翁诺夫娜，我的女儿，也是个难得的好女儿！因为家境所迫，我们出租住宅，这简直是家族的空前衰败！本来我可以当总督的……但不管怎样，我们很欢迎您能来。尽管我家正在遭受着不幸！"

公爵有些疑惑，好奇地看着他。

"一场婚礼正在筹备，这是很罕见的姻缘。一个轻浮女子与一个本该成为贵族士官的年轻小伙儿的姻缘。他们要让这样的女人进我们的家门！但只要我还有一口气在，她就别想过门！我要躺在门口，她要进门，就得先从我身体上跨过去！我现在跟加尼亚几乎不说话了，甚至对他避而不见。我特地跟您打个招呼。既然您要住在我们这里，怎么着都会亲眼看到的。但您是我朋友的儿子，我希望……"

"公爵，劳驾，请您来一下会客室。"妮娜·亚历山德罗夫娜已经亲自来公爵门口呼唤他了。

"你知道吗，我亲爱的，"将军大声喊着，"公爵小的时候，我还抱过他呢！"

妮娜·亚历山德罗夫娜带着责备的神情瞥了一眼将军，又试探地看了看公爵，但是没有说话。公爵跟在她后面，当他们刚进会客室坐下后，妮娜·亚历山德罗夫娜便开始着急地低声跟公爵说着什么，而恰巧这个时候，将军突然来到了会客室。妮娜·亚历山德罗夫娜当即闭上了嘴巴，不高兴地低头继续做自己的编织活儿。将军或许注意到了她的不高兴，但他依然很开心。

"这是我朋友的儿子！"他对妮娜·亚历山德罗夫娜大声说道，"就是这么让人意外！我很早以前就没再提起了。但是，亲爱的，难道你不记得已故的尼古拉·利沃维奇了吗？你还见过他呢……在特维尔的时候。"

"我不记得尼古拉·利沃维奇了。他是您的父亲吗？"她问公爵。

"是我父亲，但他好像是在叶利萨韦特格勒去世的，而不是在特维尔去世的，"公爵有些不好意思地更正道，"是帕夫利谢夫告诉我的……"

"是在特维尔，"将军十分确定地说，"他是在临死前被调到特维尔的，并且还是在病情严重之前。您那时还太小，调动和旅途中的事儿记不住很正常；帕夫利谢夫应该是记错了，虽然他人很好。"

"您也认识帕夫利谢夫吗？"

"他是一位少有的好人，但我是亲眼见证的，在他去世之际我还为他祝福……"

"我父亲是在受审过程中去世的，"公爵再次指正，"虽然我从来不知道，他究竟为何要受审；他是在医院里去世的。"

"哎，是与士兵科尔帕科夫案有关，毫无疑问的是，您父亲，公爵本来是被宣告无罪的。"

"是这样吗？您清楚这件事？"公爵怀着极大的好奇心问道。

"那还用说！"将军高声叫道，"法庭还没有裁决就解散了。这是一桩不可能成立的案件，甚至可以说是扑朔迷离的案件。连长拉里翁诺夫上尉快死了，公爵被任命临时代理连长。好吧。士兵科尔帕科夫干了偷盗的勾当，他偷了同伴的靴料换酒喝。好吧。公爵呵斥了科尔帕科夫，并威吓他说要用树条抽他——请注意，当时有中士和下士在场。之后，科尔帕科夫回到营房，躺在床铺上一刻钟就死了。简直太巧了，但事发突然，让人无法想象。无论怎样，科尔帕科夫被安葬了；公爵把这事儿汇报给了上级，接着就把科尔帕科夫从部队中除名了。这似乎就没啥事儿了吧？但是过了半年，在一次旅部的阅兵仪式上，士兵科尔帕科夫竟什么也没发生过似的，再次在诺沃泽姆良斯基的步兵团第二营第三连中出现，还是那个旅，那个师！"

"怎么会这样?"公爵不由得惊呼起来。

"不是这么回事,这是个误会。"妮娜·亚历山德罗夫娜突然对他说,用忧郁苦恼的眼神看着他,"我的丈夫搞错了。"

"可是亲爱的,说它是个误会很简单,可是你倒是来解释解释这种怪事啊!大家都摸不着头脑。我本应是第一个站出来说这其中有什么误会的人,可偏偏我曾是见证者,还亲自参与了调查。所有当面对质的证词都证明,这个人就是那个半年前被大家按照部队惯例、击鼓安葬的士兵科尔帕科夫。这件事儿的确是一宗罕见的奇闻逸事,让人无法相信,这点我赞同,但是……"

"爸爸,给您做好饭了。"瓦尔瓦拉·阿尔达利翁诺夫娜边走进会客室边说道。

"啊,这太棒了,好极了!我确实是饿了……但是这件事,可以说,有可能是心理学上的……"

"汤又快凉了。"瓦尔瓦拉焦急地催促。

"马上,马上,"将军边走出会客室边喃喃低语着,"尽管做了很多调查……"走廊里还回荡着他的声音。

"如果您在我们这儿住的话,请您务必对阿尔达利翁·亚历山德罗维奇多多包涵。"妮娜·亚历山德罗夫娜对公爵说,"不过,他也不会太打搅您的:他总是单独吃饭。您应该也明白,每个人都有缺点和自己的……独特之处,有些人可能比那些惯于被指手画脚批评的对象的缺点还多。有一件事情我想请求您:如果我的丈夫问您要房租的话,您就跟他说,您已经交给我了。当然,对您来说,就算是交给阿尔达利翁·亚历山德罗维奇,您也是交过了,但我仅仅是想防止差错,所以请求您……瓦尔瓦拉,这是什么?"

瓦尔瓦拉回到房间里,沉默地将娜斯塔西娅·费利帕夫娜的照片递给母亲。妮娜·亚历山德罗夫娜打了个寒战,似乎是受到了惊吓,然后,她强压着心里的痛苦仔细地看了一会儿照片。最后,她疑惑地看向了瓦尔瓦拉。

"这是今天她给加尼亚的礼物,"瓦尔瓦拉说,"今晚他们就会作出决定。"

"今天晚上?"妮娜·亚历山德罗夫娜似乎陷入绝望,喃喃重复道,"还有什么好说的?再没有什么悬念了,也没有什么希望了。她用照片表明了一切……这是加尼亚给你看的吗?"她惊讶地补充了一句。

"您知道的,我们已经整整一个月没有说过一句话了。是普季岑把一切告诉了我,这照片就在他桌旁的地板上,我把它捡了起来。"

"公爵,"妮娜·亚历山德罗夫娜突然转头喊公爵,"我想请问您——其实,正是为此我才请您过来的,您跟我儿子早就认识了吗?他好像说您今天刚从什么地方过来的?"

公爵省略了一大半内容,简单地介绍了下自己的大致情况。妮娜·亚历山德罗夫娜和瓦尔瓦拉在一旁听他说完。

"我如此问您,并不是想向您打听加夫里拉·阿尔达利翁诺维奇的事,"妮娜·亚历山德罗夫娜解释道,"在这点上您别误会。如果有什么事是他不愿向我坦白的,我也不想背着他打听。刚才加尼亚当着您的面以及在您走之后,和我说您的情况时说:'他所有的事情都知道,没什么需要避嫌的!'这句话是什么意思?也就是说,我想知道,您知道的到哪个程度了……"

正在这时,加尼亚和普季岑突然走了进来,妮娜·亚历山德罗夫娜立马不再说话。公爵仍然在她旁边的椅子上坐着,瓦尔瓦拉则走到一边。娜斯塔西娅·费利帕夫娜的照片就放在妮娜·亚历山德罗夫娜的小工作台上最显眼的地方,刚好正对着她。加尼亚看见照片立即皱起了眉头,恼火地将它拿起丢到了房间另一边自己的书桌上。

"是今天吗,加尼亚?"妮娜·亚历山德罗夫娜忽然问。

"什么今天?"加尼亚惊得一颤,接着怒斥公爵,"啊哈,我懂了,您又在这儿干好事了!……您到底是怎么了,又犯病了是吗?难道您就忍不住吗?我得跟您再讲讲清楚,我的公爵大人……"

"是我的错,加尼亚,不要怪别人。"普季岑打断他说道。

加尼亚狐疑地瞥了他一眼。

"这样不是更好吗,加尼亚?况且,这样一来,事情就算就此了结了。"普季岑轻声说着,他走到一旁,在桌子旁坐下,从口袋里掏出了一张写满了铅笔字的纸,开始专注地看起来。加尼亚沉着脸站着,担心地等待着即将上演的家庭闹剧。他甚至都没想过跟公爵道歉。

"如果一切都能了结,那么伊凡·彼得罗维奇说的话当然是对的。"妮娜·亚历山德罗夫娜说道,"请别皱着眉头,也别恼怒,加尼亚,我从来不会问你自己不想说的事儿,你要相信,我彻底认输了。请你别再惶恐焦虑了。"

她说这些话的时候,并没有停下手里的活,似乎的确心平气和了。加尼亚很吃惊,但是他仍然保持沉默,小心翼翼地看着母亲,等她把话说得更明白些,因为这场家庭闹剧他已经付出了昂贵的代价。妮娜·亚历山德罗夫娜觉察到了儿子的谨慎,苦笑着继续说道:"你还在怀疑我,还在不相信我。放心吧,我不会再像以前那样,不会哀声哭泣,更不会苦苦哀求,我不会再这样。我所有的愿望只是希望你能幸福,这一点你是知道的。我是认输了,但无论将来我们是在一起还是会分开,我的心都会永远向着你。当然,我只代表我自己,你不能要求你妹妹也这样……"

"啊,又是她!"加尼亚叫了一声,用嘲讽厌恨的目光看了看妹妹,

"妈妈,我再次对您发誓,我会遵守过去向您做过的承诺:只要我在这儿,只要我活着,无论是谁,无论是什么时候,都不可以对您不尊敬。无论是什么人,无论跨进咱家大门的是谁,我都会要求那人对您绝对尊敬……"

加尼亚绽露喜悦,和善温柔地看着母亲。

"加尼亚,你是知道的,我对自己没什么好担心的,这些日子以来,我并不是为了自己而担忧痛苦。听说,今天你们就会结束一切?到底结束什么呢?"

"今天晚上,在她那儿,她答应宣布:是否同意。"加尼亚回答说。

"我们差不多有三个星期,一直在对这件事情回避,这样做比较好。现在,既然一切快要结束,我只想问你一点:既然你不爱她,她又怎么会给你同意的答复,甚至还把自己的照片送给你?难道你爱她这么个……这么个……"

"您是想说这么个阅历丰富的女人,是吗?"

"不,我并不想用这个词。可是,你可以蒙蔽她到什么地步?"

突然一股超出正常的愤怒从这个问题上爆发了出来。加尼亚站了一会,思考了一下,便毫不掩饰讥笑的表情说道:"妈妈,您还是这么冲动,又忍不住要开始了。我们以前就是这样,刚开始没说两句就会争论起来。可是您说的,不再究诘,不再埋怨怪罪,但这不是又开始了嘛!最好还是到此为止吧,真的,不要说了,至少您曾打算……无论什么时候,无论因为任何事情,我都不会丢下您一个人;换个其他人至少也会因为有这样一个妹妹而逃跑的——您瞧瞧她现在是怎么看我的!我们结束这个话题吧!我本来还挺高兴的……您怎么知道我在欺骗娜斯塔西娅·费利帕夫娜呢?至于瓦尔瓦拉,随她的便吧……就这样吧!够了,我现在已经完全受够了!"

加尼亚越说越激动，焦躁地在房间里踱起了步子。这样的对话很快就触及了家人们的痛处。

"我说过，如果她进这个家门，我就从这儿搬出去，我言出必行。"瓦尔瓦拉说。

"简直是固执！"加尼亚喊道，"你就是因为固执才嫁不出去！干吗对我气呼呼的？我告诉你，瓦尔瓦拉·阿尔达利翁诺夫娜，我才不在乎呢。您要想走，哪怕你现在走都行。我已经受够你了。怎么？公爵，您终于决定要离开了吗？"他一看见公爵站起身来，便立刻叫了起来。

从加尼亚的口气中听得出来，他已经愤怒到了什么程度，在这种情况下，一个人发泄出这种怒火反而畅快淋漓，也就不再做任何克制，怀着极大的快感，放任自己一吐为快。公爵在门口本想转身，回复些什么，但当他一看见加尼亚那副即将要爆发的病态嘴脸，犹如再加一滴就会使满盘水溢出一般，便转过身去，一言不发地离开了。过了几分钟，他听到从会客室里传来的声音，没有他在场的谈话变得更为激烈、露骨。

他穿过大厅去前厅，为的是能从过道进入自己的房间。当他经过正对楼梯的大门时，他听见门外有人在使劲儿按着门铃，但门铃应该是坏了，只是轻轻振动了下，没有发出声音。公爵取下门闩，打开大门，惊讶得朝后退了几步，全身甚至打了个哆嗦：在他面前站着的，正是娜斯塔西娅·费利帕夫娜。他因为见过照片，所以立马认出了她。

当她看见公爵时，眼睛里瞬间投射出了恼火的目光，她用肩膀将他撞开，快速地走进了前厅。她一边脱着自己的皮草，一边怒火冲天地说："如果你懒得修门铃，那么至少也该在前厅坐着，以防有人来敲门。嘿，我的皮草掉在地上了，傻子！"

皮草的确掉在了地上，娜斯塔西娅·费利帕夫娜还没等公爵帮她脱完，便看也不看地径自将自己的皮草往他手上一丢，但公爵没来得及接住。

"真应该叫你卷铺盖走人。快去，快去禀报。"

公爵想说些什么，但实在有些不知所措，甚至有些失语，于是一言不发地从地上捡起来皮草，朝会客室走去。

"呵，你这现在又把我的皮草大衣拿走了！干吗要拿着皮草去禀报啊？哈——哈——哈！你是不是有病？"

公爵转过头来，呆呆地看着她；当她大笑的时候，他也跟着笑了一下，但舌头还是动弹不得。在他为她开门的那一瞬间，他的脸是惨白的，而现在突然涨红了起来。

"这是哪来的白痴？"娜斯塔西娅·费利帕夫娜踩了一下他的脚，愤怒地朝他喊道，"哎，你要到哪儿去？哎，你知道要禀报谁来了吗？"

"娜斯塔西娅·费利帕夫娜。"公爵轻声地说。

"你怎么会知道我？"她迅速地问道，"我从未见过你！快去吧，禀报去……那里为什么大吵大闹的？"

"在吵架。"公爵回答完便朝会客室走去。

他在关键时刻走了进去，妮娜·亚历山德罗夫娜已经完全忘记了她所说的"完全认输了"，她正在帮瓦尔瓦拉说话。瓦尔瓦拉旁边站着普季岑，这会儿，他已经放下了那张写满铅笔字的纸。瓦尔瓦拉本人倒是并不畏惧，她并不是那种胆小怕事的姑娘；但她的哥哥说的话越来越粗俗无礼，让人难以容忍。这种情况下，她一般会选择闭上嘴巴，安静地、嘲讽地看着她的哥哥，直直地盯着他的眼睛。她知道，这种方式更能卸下他最后一道心理防线。而就在此刻，公爵走了进来，通报道：

"娜斯塔西娅·费利帕夫娜来了！"

第九章

房间里瞬间鸦雀无声；大家都看着公爵，仿佛不知道他在说什么，也不想知道。加尼亚吓得瞠目结舌。

娜斯塔西娅·费利帕夫娜的到来，特别是在现在这种时候到来，让所有人都觉得这是一件既奇怪，又意外、棘手的事情。单说她的到来，本就够让人惊讶的。娜斯塔西娅·费利帕夫娜是第一次上门，直至现在她都表现得十分傲慢，在与加尼亚的交谈中甚至从未表露过有想要认识他的家人的意愿，甚至连提都没提过他们，仿佛在这个世界他们是不存在的。加尼亚虽然有点庆幸可以避开这种让人颇为伤神的对话，但心里还是很不高兴她这种傲慢的态度。不管怎么说，从她那儿听到的最多的话就是对自己家庭的嘲笑和讽刺，这简直不是拜访。他已经知道，她清楚地知道他家人对于他的婚姻发生的一切争执，以及带有怎样的眼光看待她。现在，就在她送照片之后，自己生日这天，许诺要给他答复的这天，她的来访几乎已经就是答案了。

大家疑惑地看着公爵，但这种疑惑并没有持续太久，因为娜斯塔西娅·费利帕夫娜出现在了会客室的门口，在她走进房间时，再一次用肩膀轻轻地撞开了公爵。

"总算进来了……你们干什么要把门铃系起来？"她一边把手递给慌忙朝她跑来的加尼亚，一边高兴地说，"你干吗一副愁眉苦脸的样子？请给大家介绍一下我……"

已经完全不知所措的加尼亚先是向她介绍了瓦尔瓦拉,两个女人在彼此伸出手握手之前,互相用奇怪的眼神打量了下彼此。娜斯塔西娅·费利帕夫娜笑着,佯装出一副兴高采烈的样子;但瓦尔瓦拉不想装,她沉着脸注视着她,脸上甚至没有一丝该有的礼貌性微笑。加尼亚吓呆了,劝说没有用,并且也来不及了。于是,他用威胁的目光瞥了下瓦尔瓦拉,想凭这种目光的威力使她明白,这一刻对她哥哥来说意味着什么。看来,她似乎决定退让一步,她朝娜斯塔西娅·费利帕夫娜微微笑了一下(追根究底,这家人彼此之间还是相亲相爱的)。妮娜·亚历山德罗夫娜对此稍作了补救,而已经完全昏了头的加尼亚在给妹妹介绍完娜斯塔西娅·费利帕夫娜之后,才给她介绍起了自己的母亲妮娜·亚历山德罗夫娜。但当妮娜·亚历山德罗夫娜刚说出自己'蒙您光临,荣幸之至'时,娜斯塔西娅·费利帕夫娜不等听完她的话,就快步向加尼亚走去,未经允许地坐在窗边角落的一个小沙发上,并且大声叫喊着:"您的书房在哪儿?还有……房客在哪儿?您不是在招租吗?"

加尼亚的脸格外红,欲言又止地准备回答点什么的时候,娜斯塔西娅·费利帕夫娜随即补充道:"这里哪儿能容得下房客呀?你们连书房都没有。这么做能赚得了什么钱吗?"她突然朝着妮娜·亚历山德罗夫娜问道。

"是有些局促,"妮娜·亚历山德罗夫娜开口说道,"不过,也是有收益的。而且,我们也才刚刚开始……"

但是娜斯塔西娅·费利帕夫娜再一次没有听下去,她看了一眼加尼亚,笑着朝他喊道:"您的脸怎么啦?哦,我的上帝啊,瞧您现在这张脸!"

这个笑声持续了好一会儿,加尼亚的脸色确实非常难看。他那呆愣、滑稽、胆怯的神情突然消失了，只是脸色十分苍白，双唇如同痉挛似的歪斜着。他沉默却专注地用一种暗含凶狠的目光，毫不避讳地盯着自己这位笑个不停的女访客的脸。

此时还有一位旁观者在场，他也在初见娜斯塔西娅·费利帕夫娜时目瞪口呆，虽然他如同"木桩"一般一动不动地站在会客室门口，但还是注意到加尼亚苍白的脸色以及转阴的神情。这位旁观者就是公爵本人。他似乎被吓坏了，突然不自觉地向前走了几步。

"请您去喝点水，"他对加尼亚低语说道，"您别这样盯着……"

他说这话明显未经任何思虑，也没有任何特别的用意，只是脱口而出的，但他的话却起到了极大的作用。然而，加尼亚突然将全部的怨气一股脑儿地撒在了公爵身上，他抓住公爵的肩膀，默默地、憎恨无比地看着他，仿佛没有力气说出话来。这让大家感到有些害怕，妮娜·亚历山德罗夫娜甚至叫出了声，普季岑急忙跨上前去，刚走到会客室门口的科利亚和费尔迪先科惊讶地站着，只有瓦尔瓦拉一个人依旧皱着眉头看着这一切，更为认真地观察着。她没有坐下来，而是双手交叉着抱在胸前，站在母亲的一侧。

但就在加尼亚即将要做出什么的下一秒，他立马回过神来，神经质地放声大笑起来。他完全清醒过来了。

"瞧您，公爵，难道您还能是位医生？"他尽可能装作愉快、纯真地大声说道，"真是吓了我一跳！娜斯塔西娅·费利帕夫娜，给您介绍下，这是位极为可贵的人物，尽管我自己也是早上才认识他的。"

娜斯塔西娅·费利帕夫娜带着怀疑的目光看着公爵。

"公爵？他是公爵？您瞧，我刚才在前厅那会儿还把他当作仆人，还差遣他前来通报！哈——哈——哈！"

"不打紧，不打紧！"费尔迪先科附和着说。他一边匆忙走上前，一边因众人开始大笑而感到开心,"不打紧……虽然不是真的……但又像是这么回事①……"

"我还差点骂了您,公爵。请您原谅。费尔迪先科,这个时候,您怎么会在这里?我觉得这个时候至少是不会碰上您的。您说他是谁?什么公爵?梅什金?"她再一次问了下加尼亚,后者虽然已经介绍了公爵,但仍旧抓着公爵的肩膀。

"我们的房客。"加尼亚重复道。

很明显地,公爵被大家当成了某种稀有之物(也对大家摆脱这种尴尬的情境有益)来介绍的,几乎是被众人强塞给娜斯塔西娅·费利帕夫娜的,公爵甚至清晰地听到一个词"白痴",这声低语似乎是从他身后那个费尔迪先科的嘴里发出的,用以向娜斯塔西娅·费利帕夫娜解释。

"请告诉我,我刚才那样恶劣地对您……错把您当成仆人,您为何不纠正我呢?"娜斯塔西娅·费利帕夫娜一边用赤裸裸的目光从头到脚审视着公爵,一边继续问道。她急不可耐地等着答复,似乎完全肯定,给出的回答必定愚蠢不堪、引人发笑。

"突然当面看见您,我感到很惊讶……"公爵轻声道。

"您是怎么知道我的?您过去在哪儿见过我吗?这是怎么回事,似乎我是真的在哪儿见过他一样?请问,为什么您那会儿呆愣地站在原地呢?我身上有什么地方是让人目瞪口呆的吗?"

"说呀,说呀!"费尔迪先科挤眉弄眼地说,"倒是快说呀!哦,上帝,如果换我回答这种问题的话,我会讲出多少花样啊!快说呀……公爵,您要不说的话,可就真是蠢货了!"

---

① 原文是意大利语,指的是加尼亚看起来要打公爵。

"如果我是您的话，我也能讲出很多话来。"公爵冲着费尔迪先科笑了笑，"之前，您的照片让我很是惊艳，"他继续对娜斯塔西娅·费利帕夫娜说，"后来我跟叶潘钦将军的家人谈起过您……而今天一大早，在抵达圣彼得堡的火车上，帕尔芬·罗戈任跟我说了很多关于您的事情……就在我为您开门的那一瞬间，我还在想您，您就突然出现在了这里。"

"您是怎么认出我的？"

"根据照片……"

"还有呢？"

"还根据，根据我的想象，我想象中的您就是这样的……我似乎在哪儿见过您。"

"在哪里？在哪里？"

"我真的似乎在哪儿见过您的双眸……但这应该是不可能的！我就是这么说说而已……我从未来过这里。或许，在梦中……"

"嘿，公爵，可真有您的！"费尔迪先科叫道，"我收回我说的话。'虽然不是真的……但又像是这么回事……'不过……不过，他说的这些完全是因为他本性单纯！"他怜惜地补充道。

公爵说这几句话时，声音并不平稳，断断续续的，还时常换气。这一切都表明他内心极度激动紧张。娜斯塔西娅·费利帕夫娜收起了笑容，奇怪地看着他。正在这时，一个响亮的、新加入的声音从紧紧围住公爵和娜斯塔西娅·费利帕夫娜的大家身后传来，可以说，这声音让大家自动让出一条道，大家自觉地站在两边。此时站在娜斯塔西娅·费利帕夫娜面前的正是一家之主——伊沃尔金将军。他身着燕尾服和洁净的胸襟，小胡子用染须剂抹得锃亮……

而他的出现是加尼亚不能容忍的。

他极度好面子、爱虚荣，已经成了一种病态。这两个月以来，他一直在找寻某个支点，可以使他体面排场、人前显贵的一个支点，他觉得他在所选择的道路上还是个新手，可能很难坚持下去；于是，黔驴技穷的他最终决定在可以称霸的自家里自由放肆，但他可不敢在娜斯塔西娅·费利帕夫娜面前任性妄为，因为直到当下这一刻，娜斯塔西娅·费利帕夫娜仍然毫不留情地占尽上风。按娜斯塔西娅·费利帕夫娜的描述，他就是个"急不可耐的穷鬼"。已经有人把这话传达给了他，他发誓以后一定要让她狠狠补偿这一切；与此同时，有时他又天真地想使所有因矛盾纠缠在一起的人纷纷和解——而现在，他还得有苦独自往肚里咽，最主要是在此时此刻！对于一个爱慕虚荣之人来说，还有一件未能预料到却十分折磨人的事——让他一人承担为自家亲人脸红的痛苦。在这瞬间，加尼亚的头脑里闪现了这样一个想法："最终的结果是否能抵偿现在付出的一切！"

就在此刻发生了一件这两个月以来每晚噩梦中才出现的事，梦里的他吓得一身冷汗，羞得浑身灼热：他的父亲终于还是跟娜斯塔西娅·费利帕夫娜见了面。他有时候偏偏要招惹刺激自己，试着想象，婚礼仪式上他父亲的模样，但总是没能将这痛苦的场景想完，就急忙逃离。或许，他过分夸大了这种不幸，但是爱慕虚荣之人总是如此。在这两个月里，他来回忖量，暗下许诺，无论怎样都得牵制住自己的父亲，哪怕是暂时不让他抛头露面，如果不可能的话，那就让他离开圣彼得堡，无论他母亲是否同意。十分钟前，当娜斯塔西娅·费利帕夫娜走进来的时候，他如此震惊、如此惶恐，以至于完全忘记了阿尔达利翁·亚历山德罗维奇有可能出现，所以没有做任何安排。现在，他的父亲就出现在大家面前，而且打扮隆重，穿着一身燕尾服，且在此时，在娜斯塔西娅·费利帕夫娜正想找个机会奚落他和他的家人时

（他十分确定她是这么想的）。况且，她今天来访如果不是为了这个，那还能为了什么呢？她是来和他母亲、妹妹拉近关系，还是来他家里羞辱一番他的家人呢？就目前双方局势来看，毫无疑问，他的母亲和妹妹坐在一旁，如同被人唾弃一般，而娜斯塔西娅·费利帕夫娜甚至忘记了她们同在一个屋里……既然她如此行事，那么，她必然有自己的目的！

费尔迪先科上前扶住将军，将他带了过来。

"阿尔达利翁·亚历山德罗维奇·伊沃尔金，"将军含笑地欠了欠身说，"一个不幸的老兵，也是这个家的主人，我们家很荣幸有望迎娶这么一位迷人的……"

他还没说完，费尔迪先科就快速地在后面给他放置了一把椅子，将军在餐后时分站得双腿有些发软，因此扑通一声坐了下来，或者更贴切地说是跌坐在椅子上，不过这并没有让他感到难为情，他在娜斯塔西娅·费利帕夫娜的对面坐好，用一种装腔作势的姿态缓慢地、从容地抬起她的手贴到自己的唇边。一般来说将军很少会感到难为情。他除了外表有些粗犷外，还是十分体面的，关于这点他自己也很清楚地知道。以前，他时常出入上流社会，而上流社会将其踢出社交圈也不过是两三年前的事儿。从那时起他便过分沉溺于自己的某些嗜好，而他这圆滑的做派、讨喜的风度保留至今。娜斯塔西娅·费利帕夫娜对阿尔达利翁·亚历山德罗维奇的过去早有耳闻，现在对他的出现似乎很高兴。

"我听说，我的儿子……"阿尔达利翁·亚历山德罗维奇开始说道。

"是的，您的儿子！您这个做父亲的挺有意思的！为什么我在家里从没见到过您呢？怎么回事，是您躲起来了，还是您儿子把您藏起来了？您完全可以到我那儿去的，不会因此损害谁的名誉的。"

"19世纪的孩子和他们的父母……"将军又开始说起来。

"娜斯塔西娅·费利帕夫娜，请准许阿尔达利翁·亚历山德罗维奇离开一会儿，有人找他！"妮娜·亚历山德罗夫娜大声地说道。

"准他离开？得了吧，我可久仰他的大名，早就想见他了！再说他有什么事？他不是已经退伍了吗？将军，您别撇下我，您不离开对吗？"

"我向您保证，他会亲自去您那儿拜访的，但他现在需要休息。"

"阿尔达利翁·亚历山德罗维奇，他们说，您需要休息！"娜斯塔西娅·费利帕夫娜带着不满的、嫌恶的表情嚷道，犹如一个任性的小姑娘被夺走了玩具。

可将军偏偏要把自己的处境弄得更糟糕。

"我亲爱的！我亲爱的！"他把手按到心口，严肃地看着自己的妻子，用责备的语气唤着。

"妈妈，您不离开这儿吗？"瓦尔瓦拉大声问道。

"不，瓦尔瓦拉，我要一直待在这儿。"

娜斯塔西娅·费利帕夫娜不可能没有听到她们的对话，但她的情绪似乎因此更加高涨。她立马又问了将军一堆问题，五分钟后将军已是兴致勃勃、情绪高昂，在大家的一片笑声中高谈阔论了起来。

科利亚猛然扯了下公爵的衣服后襟。

"无论如何您快想个法子将他带走，可以吗？请您快带他走吧！"悲愤的泪光甚至在这可怜的男孩眼里灼灼地打转，"哼，该死的加尼卡[1]！"他暗自补了一句。

---

[1] 这是加夫里拉·阿尔达利翁诺维奇·伊沃尔金的小名，这里称呼起来有鄙视的感情色彩。

"我从前的确跟伊凡·费道罗维奇·叶潘钦是好朋友,"将军兴致勃勃地回答着娜斯塔西娅·费利帕夫娜的问题,"我、他,还有已经去世的尼古拉·利沃维奇(和他分别二十年的今天,我拥抱了他的儿子梅什金公爵),我们三个人可以说是那形影不离的骑兵队的老搭档:阿托斯、波尔托斯和阿拉米斯①。可是,哎,一个已经被诬蔑和子弹送进了坟墓,而另一个就在您面前,还在跟诬蔑和子弹作斗争……"

"跟子弹作斗争?"娜斯塔西娅·费利帕夫娜惊叫道。

"它们在这儿,在我胸膛里,我是在卡尔斯城下中弹的,每逢天气不好的时候我就能感受到它们的存在。而除此之外的各个方面,我都过着如同哲学家一般的生活,散步、休闲,像个离休隐退的布尔乔亚②那样在我常去的一家咖啡馆下下棋,看看《独立报》。但是,大前年在铁路上因为一条哈巴狗的事,我跟我们的波尔托斯,也就是叶潘钦,彻底决裂了。"

"哈巴狗?这是怎么回事呢?"娜斯塔西娅·费利帕夫娜较有兴趣地问,"为了这条狗怎么了?我想想,是在铁路上啊……"她似乎想起了什么。

"嘿,那件事可无聊了,不值一提。是因为别洛孔斯卡娅公爵夫人的家庭女教师施密特夫人,不过……还是不提了吧。"

"您一定要讲讲!"娜斯塔西娅·费利帕夫娜高兴地嚷着。

"我也还没听过!"费尔迪先科附和着,"这可是个新鲜事。"

"阿尔达利翁·亚历山德罗维奇!"接着传来了妮娜·亚历山德罗夫娜恳求的声音。

---

① 法国作家大仲马的作品《三个火枪手》里的三个主人公。
② 即资产阶级。

"爸爸,有人找您!"科利亚喊道。

"那真的是一件很无聊的小事,我大概简单讲讲吧。"将军开始自鸣得意地说起来,"两年前,哦对!那时某条新的铁路线刚运营没多久,我(当时已经退伍,穿着便衣)忙着办理对我来说十分重要的职务交接工作。我买了一张一等车票,走进车厢,坐下抽着烟。我进来之前就在抽烟,坐下来时只是继续抽。车厢里就我一个人。单间里虽无(明文)规定禁止抽烟,但也不允许,通常算是半许可,当然还得看是谁抽了。窗户是开着的,就在火车鸣笛之时,两位妇人突然带着一条哈巴狗来到了我这节车厢,在正对着我的位置坐了下来。她们两人来迟了。其中一位打扮得十分漂亮,身着浅蓝色的衣裙;另一位较为朴素些,穿着带披肩的黑色丝质衣裙。她们长得都挺好看,看上去有点傲慢,嘴里说着英语。我当然也没把她们当回事,继续抽我的烟。我考虑了一下是否不抽烟了,但还是继续抽了,因为窗户开着,我可以对着窗外抽。哈巴狗安静地窝在穿浅蓝色衣裙的小姐膝盖上,它很小,和我的拳头差不多大,黑色的身体,白色的爪子,倒是很少见,项圈是银质的,上面还刻有字。我没再理会。不过我觉得女士们好像生气了,因为我抽着雪茄。其中一位戴着玳瑁框的长柄眼镜的女士盯着我,我仍然没有把烟掐掉,因为她们并没有和我说什么,如果她们说了什么,提前告知我,拜托我,让我别抽,就是另外一回事了。但她们就是不说话……突然——我跟你们说,没有一丝防备,没有一点提醒,就完全像发疯了似的,穿浅蓝色衣裙的那位女士一把从我手中夺过雪茄,扔到窗外了。火车在狂奔着,我像个呆子一样望着她。这女人真是野蛮,就像个疯子。不过,她的身材特别健硕,又高又胖,金色的头发,绯红的双颊(甚至可以说是大红),看着我的眼睛熠熠发光。我一句话也没说,十分礼貌、恭敬地,可以说是彬彬有礼地朝着哈巴狗伸出了两根手指,斯文客气地勾起它的项圈,紧接着像我那根被扔出的雪茄一样,把它扔出了窗外!只听一声狗嚎!火车继续飞驰……"

"您可真残忍!"娜斯塔西娅·费利帕夫娜像个小姑娘似的哈哈大笑,一边鼓着掌,一边叫喊道。

"棒极了,棒极了!"费尔迪先科也叫喊着。本来因为将军的出现而感到不快的普季岑跟着笑了起来,就连科利亚也笑了,也叫喊着:"棒极了!"

"我是对的吧?我做的完全正确吧!"得意的将军激情澎湃地说道,"既然车厢里禁止抽烟,那么更禁止带狗。"

"棒极了,爸爸!"科利亚狂喜地喊着,"简直太棒了!换了是我,我也一定会这么做的!"

"那位女士之后怎么样了?"娜斯塔西娅·费利帕夫娜迫不及待地要问个明白。

"她?哼,正是她引起了所有的不愉快。"将军皱起眉头继续说着,"她一句话也没说,一点预兆也没有地打了我一耳光!这野蛮的女人,完全疯了!"

"那您呢?"

将军垂下眼睛,扬着眉毛,耸起肩膀,紧闭着双唇,将双手摊开,沉默了一会儿后,突然低声说道:"我打回去了。"

"打得疼吗?很疼吗?"

"上帝知道,那并不疼!争执打闹而已,并没有下狠手。我只是挥了那么一下手,仅仅这么一次。但是,这一下可是让我惹上麻烦了。穿浅蓝色衣裙的那个是英国人,是别洛孔斯卡娅公爵夫人家的家庭教师,或者是那一家人的朋友,而那个穿黑色衣裙的则是别洛孔斯基家的大小姐,是个将近三十五岁的老姑娘。大家都知道叶潘钦将军夫人与别洛孔斯基家的关系。所有的公爵小姐都晕倒了，伤心欲绝，痛哭流涕，为她们的宠物哈巴狗哀悼，六位公爵小姐哭声刺耳，英国女人也是哭声刺耳——简直就像是世界末日来临了。当然，我有去道歉，请求原谅，也写了道歉信，但是她们既不见我，也不收我的信。自此以后，叶潘钦一家跟我翻了脸，再后来我就被除名、驱逐了！"

"但是，这是怎么回事呢？"娜斯塔西娅·费利帕夫娜突然问道，"五六天前我在《独立报》上读到过一个故事，我经常看《独立报》，我敢保证，和您说的这件事情发生得一模一样！这件事发生在莱茵河沿岸的铁路线上的列车车厢里，事情发生在一个法国男人和一个英国女人之间：也是这样夺下一支雪茄，也是这样将哈巴狗丢到窗外，结局也和您讲的一样，甚至连浅蓝色的衣裙也一模一样！"

将军满脸通红，科利亚也红了脸，用双手夹紧了自己的脑袋，普季岑急忙转过身子，只有费尔迪先科仍然像之前那样放声大笑着。而加尼亚，他一直站在那儿默默地强忍着这令他难以忍受的痛苦。

"请相信，"将军轻声说道，"我确实发生过同样的事……"

"爸爸跟施密特太太——别洛孔斯基家的家庭教师，确实闹过不愉快，"科利亚叫喊着，"我记得的。"

"那么巧吗？同一个故事发生在欧洲的两个不同的地方，并且所有的细节都一模一样，甚至连浅蓝色衣裙都分毫不差！"娜斯塔西娅·费利帕夫娜丝毫不留情面，"我把《独立报》给您拿来！"

"嗯，但是请注意，"将军仍然坚持着，"我的这件事儿，是在两年前发生的……"

"还能是这样啊！"娜斯塔西娅·费利帕夫娜发狂似的哈哈大笑起来。

"爸爸，请您出来下，我有两句话要跟您说。"加尼亚不由自主地抓住父亲的肩膀,用颤抖着的、痛苦不堪的声音说着。他的眼中充斥着无穷的仇恨。

就在此时,从前厅外传来一阵格外响亮的门铃声。这种猛烈的拉铃方式,都能把门铃扯下来。这预示着这将会是一次非比寻常的来访。科利亚匆忙跑去开门。

第十章

前厅突然变得人多且嘈杂起来。在会客室都明显可以感觉到，从外面进来了好几个人，而且还在源源不断地进入。好几个声音在同时喊叫，他们在通往前厅门的楼梯上说话、叫唤，声音听上去如此清晰，就像没有关门一样。这似乎是一次格外奇怪的到访。大家交换着眼色；加尼亚奔向客厅，此时客厅里已经进来了几个人。

"哟，瞧，是那个犹大！"公爵听到一个熟悉的呼喊声，"你好啊，加尼亚，下流胚子！"

"是他，就是他！"另一个声音附和着。

对公爵来说，这两个声音再熟悉不过了：其中一个是罗戈任，另一个则是列别杰夫。

加尼亚站在会客室门口，似乎呆住了，他沉默地看了一眼，没有阻拦紧跟着帕尔芬·罗戈任一个接一个进入客厅的这些人，有十到十二个人左右。这一伙人不仅形形色色，而且不成体统。有几个人进来后大外套、皮氅也不脱，就像在逛大街一样。似乎所有人都带着强烈的醉意，不过倒也没有完全喝醉，他们好像需要彼此搀扶着才能走进来，没有哪个人有胆量单独进来，反而是互相推搡而入。就连为首的罗戈任也是小心翼翼地走着，但是他心里打着自己的小算盘，因此显得有些阴沉、气恼甚至担忧。剩下的人仅仅是帮腔和造势。除了列别杰夫之外，还有个一头卷发的家伙，他叫扎廖热夫，他在前厅脱了自己的皮草大衣，然后放肆又张扬地走了进来。还有两三个像他这样的伙计，明显都是商贾。一个穿着短款军大衣；一个身材肥胖的小个子，不停地笑着；一个约两俄尺十二俄寸①高的先生，他十分肥胖，异常阴郁沉默，显然，他擅长用自己的拳头解决事情；一个医学院的大学生；还有一个转来转去的波兰人，以及站在楼梯上一直向前厅里张望，却不进来的两位女士。科利亚直接在她们面前关上了房门，并落上了锁扣。

"你好啊，加尼亚，你个无耻之辈！你没想到帕尔芬·罗戈任会来吧？"罗戈任走到会客室门口，在加尼亚对面停了下来，对着他又说了一遍。但此刻他突然看到，娜斯塔西娅·费利帕夫娜正坐在自己的对面的会客室里。显然，他压根没想到会在这儿遇见她，因为突然看见她，让他产生了异于往常的反应，他的脸色苍白起来，甚至连双唇也变得发青。"看来，竟是真的！"他喃喃低语道，似乎在对自己说话，一副丢了魂的样子，"完了！……那来吧……你现在就回答我！"他突然恶狠狠地盯着加尼亚，咬牙切齿地说，"好极了……"

他恼羞成怒，甚至连说话都很费力。他机械地走向会客室，但当他正要跨过会客室门槛的时候，突然看见了妮娜·亚历山德罗夫娜和瓦尔瓦拉，他停下了脚步，看上去有些难为情。跟在他后面的是列别杰夫，他如影随形，已经一副醉醺醺的模样，紧跟着的是大学生以及握着拳头的先生、向左右两边鞠躬致意的扎廖热夫，最后挤进来的是那个矮胖子。女士们在场多少让他们有些收敛，当然，这种收敛也不过维持到刚进来，但凡有隙可乘，他们就会叫嚷吵闹……那时，任何女士都无法让他们收敛了。

---

① 1俄寸=4.4厘米，1俄尺=71厘米，两俄尺12俄寸，约为195厘米。

"公爵，怎么您也在这里？"在这里遇见公爵，罗戈任多少感到有些吃惊，但他还是漫不经心地说，"还穿着鞋罩呢，哎！"他叹了口气，随即便撇下公爵，又把目光转移到娜斯塔西娅·费利帕夫娜身上，犹如被吸铁石吸引一般，慢慢向她靠拢。

娜斯塔西娅·费利帕夫娜感到有些不安，却又好奇地看着这些不速之客。

加尼亚终于醒过神来。

"请问，您这究竟是什么意思？"他面色严肃地打量着进来的人，对着罗戈任大声呵斥道，"你们好像进错地方了，这可不是马厩，先生们，这里有我的母亲和妹妹……"

"我们并非没有看见您母亲和妹妹。"罗戈任从牙缝里挤出话来。

"看得出来是您的母亲和妹妹。"列别杰夫随后圆滑地附和道。

握着拳头的那位先生开始嘟囔起来，他大概觉得争吵的时机到了。

"那么，既然如此！"突然，加尼亚似乎是刻意地提高了嗓门说道，声音响亮且有爆破力，"首先，请你们这些人马上离开会客室；其次，请问你们是……"

"瞧瞧，他都不认识我们。"罗戈任杵在原地没有丝毫要走的意思，凶狠地咧嘴说道，"罗戈任，你也不认识？"

"就算我在哪儿碰见过您，但是……"

"哟呵，在哪儿碰见过？三个月前，我把我父亲的两百卢布输给了你，这件事老头子直到去世都不知道；当时你把我拉到一边，克尼夫动了手脚。这都不记得了？普季岑倒是个证人呐！要是我现在从口袋里掏出三个卢布给你，就是让你爬着去瓦西利耶夫斯基岛，你都肯，你就是这种人！就是这副德行！我现在来就是为了把你整个人买下来，你别瞧我穿着这样的靴子进来，兄弟，我钱很多，我要把你整个人，连同你这一家都买下来……把你们都买下来！全买下来！"罗戈任像在耍酒疯一般，暴躁地嚷着。"哼！"他喊了一声，"娜斯塔西娅·费利帕夫娜！您别赶我走，给我句准话：您是不是真的要嫁给他？"

罗戈任就像个无所适从的人向某位神明提问一样，但是他又带着那种生无可恋、命赴黄泉的死刑犯般的勇气。在临死边缘，他忧郁痛苦地期盼着答复。

娜斯塔西娅·费利帕夫娜轻蔑且高傲地打量着他，同时也瞥了一眼瓦尔瓦拉和妮娜·亚历山德罗夫娜，之后又看了一眼加尼亚，突然换了语气。

"根本没有的事，您怎么了？您为什么突然问这个问题？"她平静而又认真地回答着，似乎还有几分惊讶。

"没有吗？没有啊！"罗戈任高兴得发了狂一般地叫道，"这么说没有这件事了？可有人对我说……哎！算了！……娜斯塔西娅·费利帕夫娜！有人说，您跟加尼亚已经订婚了！是跟他吗？怎么能这样？（我对他们所有人都这样说）我花一百卢布就能把他买下来，我可以给他一千，好吧，给他三千，让他滚蛋，他就会在婚礼前夕走掉，把新娘留给我。要知道，这就是加尼亚，一个卑鄙小人！一定会拿这三千卢布！喏，钱在这儿！赶紧拿着钱，给我一张你签的收条滚蛋！我说了要买下你，就一定要买下你！

"你这个醉汉，赶紧从这儿滚出去！"脸色红白交错的加尼亚吼道。

随着他这通呵斥，群声四起，罗戈任一伙人已经等这个场面很久了。列别杰夫努力贴着罗戈任的耳朵，窃窃私语着什么。

"说得对，当官的！"罗戈任回复道，"说得对，你这个酒鬼！走着瞧吧。娜斯塔西娅·费利帕夫娜！"他一边看向她，一边喊她的名字，先如疯子一般畏缩着，却又突然鼓起勇气放肆地说道，"这是一万八千卢布！"他将一捆用细绳捆成十字形的包裹着白纸的钞票扔到了她面前的桌子上，"瞧！而且……还会有的！"

他没敢把他想说的话全部说完。

"不……不……不！"列别杰夫露出一副受惊的样子，重新在他耳边低语。可想而知，他被罗戈任扔出的这笔巨大的金额吓坏了，并建议罗戈任从小金额试起。

"不，老兄，你真傻，这事儿你想哪儿去了……是啊，这样看来，我跟您一样都是傻瓜！"罗戈任看见娜斯塔西娅·费利帕夫娜的眼中开始闪烁怒火，一下子醒悟过来，打了个冷战，随即带着深深的悔意补充道："咳！我是瞎说的，我听您的。"

娜斯塔西娅·费利帕夫娜看着罗戈任那张带着悔意的脸，忽然笑了起来。

"一万八，给我？瞧瞧你露出的乡巴佬的样子！"她突然用放肆无礼的口吻说道，并随即从沙发上站起来打算离开，加尼亚悬着一颗近乎停止的心留意着她的一举一动。

"那就四万、四万，不是一万八！"罗戈任喊道，"万卡①和比斯库普答应快七点的时候弄来四万卢布。四万！一分不少！"

真是越来越不成体统，但娜斯塔西娅·费利帕夫娜依然笑着，并没有离开，似乎真的打算让这场闹剧就这么继续下去。妮娜·亚历山德罗夫娜和瓦尔瓦拉惊恐万分地站起身，离开了自己的座位，一言不发地等着看这件事会有什么结果；相较于眼睛闪闪发亮的瓦尔瓦拉，妮娜·亚历山德罗夫娜表现出来的只有痛苦，她战栗着，似乎就要晕倒了。

---

① 万卡是伊凡·彼得罗维奇·普季岑的小名。

"既然这样,那就十万!今天我就拿出十万卢布!普季岑,救个急!这可是可遇不可求的赚钱机会!"

"你疯了!"普季岑突然快步靠近他,抓住他的手臂低声说道,"你喝醉了,人家可要派人去请警察。你知道你现在在哪儿吗?"

"酒鬼喝醉了吹牛皮呢。"娜斯塔西娅·费利帕夫娜出声说道,似乎有意调侃戏弄他。

"我可没骗人,这钱会有的!今晚上就有了。普季岑,救个急吧,你不是放高利贷的吗?你要收多少利息都行,我到晚上肯定会弄来十万;我要证明,我是个毫不吝啬的人!"罗戈任歇斯底里起来。

"可,这是什么情况?"阿尔达利翁·亚历山德罗维奇突然气愤地走近罗戈任怒吼道。此前一直沉默寡言的老头突然出声说话,无疑不给此景增添许多笑料。四周响起了笑声。

"这人又是从哪里冒出来的?"罗戈任大笑道,"快走吧,老头,去喝个烂醉!"

"简直是无耻!"科利亚喊道。因为感到羞愧和愤怒,他已经哭了起来。

"难道你们中间就没有一个人能将这个不知羞耻的女人从这里带走吗!"瓦尔瓦拉突然嚷了起来,她已被气得浑身发抖。

"不知羞耻是指我了?"娜斯塔西娅·费利帕夫娜轻蔑地回击道,"我可真是个傻瓜,竟然亲自来这里邀请你们去参加我的生日晚宴!加夫里拉·阿尔达利翁诺维奇,瞧您的妹妹把我看成什么样的人了!"

妹妹的话让加尼亚犹如被闪电击中一般,笔直地站了好一阵子,但当看到娜斯塔西娅·费利帕夫娜真的要离开时,他愤怒地扑向瓦尔瓦拉,怒火冲天地抓住她的手腕。

"你都在干些什么!"他盯着她喊道,似乎想就地将她化为灰烬。

他已然丧失了理智,昏了头脑。

"我干什么了?你要带我去哪儿?是不是要让我求得她的原谅,就因为她侮辱了你的母亲,而且特意前来侮辱你的家人?你真是个卑劣的小人!"瓦尔瓦拉再次大声叫嚷,并用获胜方的姿态带着挑衅的眼神注视着自己的哥哥。

他们就这样面对面地僵持了一阵子。加尼亚依旧攥着她的手腕,瓦尔瓦拉挣扎了几次,用尽全身力气,也没挣脱开,突然,她忍无可忍地朝自己哥哥的脸上啐了一口。

"好一个大家闺秀!"娜斯塔西娅·费利帕夫娜喊道,"真是棒,普季岑,我得祝贺您!"

加尼亚觉得眼前一片漆黑,大脑一片空白,用尽全力挥手朝妹妹扇了过去。这一巴掌本来必定落到他妹妹的脸上的。但突然有一只手在半空中挡住了加尼亚准备挥下来的手。

只见公爵挡在了加尼亚和他妹妹之间。

"别闹了,够了!"他说得很坚决,然而他也在浑身发颤,应该是精神上受到了强烈的冲击。

"怎么,你也要挡我的路?"加尼亚一边怒吼着甩开瓦尔瓦拉的手,一边极度暴怒地挥起空出来的那只手,狠狠地扇了公爵一耳光。

"啊!"科利亚两手举起轻轻一拍惊呼道,"啊,我的天哪!"

惊叫声从四面八方传来。公爵脸色苍白。他奇怪、责备地直视着加尼亚的眼睛,他的嘴唇在颤抖,竭力想说些什么,却撇嘴挤出了一丝怪异且完全不合时宜的微笑。

"好吧,这一巴掌我来受……可是要打她……我无论如何都不会同意……"他终于张口轻声说道,但他突然无法抑制住自己的情绪,撇开加尼亚,双手掩面退到角落面对着墙,断断续续地说,"哦,您会对您的行为感到羞耻的!"

加尼亚真的像是感到了羞耻,不知所措地站在那里。科利亚冲过去拥抱公爵,亲吻着他,紧随其后的是罗戈任、瓦尔瓦拉、普季岑、妮娜·亚历山德罗夫娜,所有的人,甚至连阿尔达利翁·亚历山德罗维奇这个老头儿都挤了过来。

"没关系,没关系的!"公爵对周围的人轻声低语,依旧带着那怪异的微笑站在那儿。

"他会后悔的!"罗戈任喊道,"你应该羞愧,加尼亚,竟然侮辱这么一头绵羊(他实在找不到其他字眼来形容公爵)!公爵,你是我可爱的朋友,别理他们,啐他们一口,我们走!你要知道,罗戈任是多么爱你!"

娜斯塔西娅·费利帕夫娜对加尼亚的这一举动,以及公爵的回应感到十分震惊。她那通常苍白而沉静的面容与刚才似乎有意发出的笑声格格不入,现在她因心中涌入一种新的感受而显得十分激动,但她似乎不想将激动之情表露出来,因此竭力在脸上保持一种嘲讽的神情。

"真的,我在哪儿见过他的脸!"她突然忆起刚才自己提出的问题,顿时严肃地说了起来。

"您不感到羞愧吗?难道现在我们所看到的,才是您真实的性格吗?难道真的是这样吗?"公爵突然带着深深的责备之意大声说道。

娜斯塔西娅·费利帕夫娜感到十分惊讶,莞尔一笑,但这笑容中似乎隐藏了些什么,她看了加尼亚一眼,从会客室走了出去。但还没走到过道突然折返回来,快速走到妮娜·亚历山德罗夫娜跟前,拿起她的手,吻了下。

"我的确不是这样的人,他猜对了。"她快速而又殷切地低声细语道,脸一下子飞红,说完转过身走了出去。这次走得非常快,大家都还没来及弄清楚她为什么会折回来,他们只看见她对妮娜·亚历山德罗夫娜低语了些什么,似乎还亲吻了她的手。可瓦里娅①听见了一切,惊愕地目送着她离开。

加尼亚这才回过神来,跑去送娜斯塔西娅·费利帕夫娜,但她已经出去了。他在楼梯口追上了她。

"不用送了!"她大声对他说道,"再见,晚上见!"

加尼亚困窘不堪,带着若有所思的神情返回了会客室,心里疑雾重重,比之前更加沉重。公爵的身影在他眼前隐约可见……他陷入沉思,以至于没看清罗戈任这群人是如何从他身边一涌而出,将他挤在门口,然后又跟着罗戈任匆匆挤出屋子。所有人都扯着嗓子大声地议论着什么。罗戈任和普季岑边走边态度坚决地说着某些重要的、似乎刻不容缓的事儿。

"你输了,加尼亚!"罗戈任在经过加尼亚身边的时候大声说了一句。

加尼亚惊恐地望着他们离去的背影。

---

① 瓦尔瓦拉·阿尔达利翁诺夫娜的昵称。

第十一章

公爵走出会客室,走进自己的房间,关上了房门。科利亚马上跑过去安慰他。可怜的小男孩好像已经离不开他了。

"您离开会客室是对的,这样很好,"他说道,"那里现在比那会儿更乱,我们家每天都是这样,全都是因为那个娜斯塔西娅·费利帕夫娜。"

"你们这里有一堆各式各样让人烦躁郁闷的事情,科利亚。"公爵说。

"是的,可真不少。对此我们没什么好说的。一切都是自找的。我有一位好朋友,他更不幸。您愿意让我把他介绍给您吗?"

"十分愿意。是您的同学?"

"是的,算是同学。我以后再给您解释清楚……那么娜斯塔西娅·费利帕夫娜漂亮吗,您是怎么觉得的?在此以前我从未见过她,但还十分想见她。她简直惊艳四座。假如加尼亚娶她是出于爱情,那我就原谅他所做的一切。但是他干吗要拿别人的钱啊,这就太过分了!"

"是啊,我也不喜欢您的哥哥。"

"嗯,这还用说!在那样的事以后,您当然……要知道,我无法忍受这些五花八门的庸俗看法。一个疯子或者傻蠢货,或者一个神经质的恶棍,发疯的时候给人一耳光,这个人一辈子就得背上罪过,除非用鲜血,或者跪在被打之人的面前请求他的宽恕,否则,就无法洗刷自己的罪孽。我认为,这荒诞且霸道。莱蒙托夫的戏剧《假面舞会》写的就是这个——在我看来,这样十分愚蠢,换句话说,这极不自然。不过,他可几乎还在孩提时代时就写了这部剧。"

"我很喜欢您姐姐。"

"她突然朝加尼亚那副丑恶的嘴脸啐了一口。勇敢的瓦尔瓦拉!可您却没有那样啐他一口,我坚信这并不是因为缺乏勇气。瞧,一提起她,她就来了,我就知道她要来的,她是个清高的人,虽然有些缺点。"

"这里没你什么事,"瓦尔瓦拉开口冲着自己的弟弟说道,"到父亲那儿去吧。公爵,他没惹您烦吧?"

"完全没有,甚至恰恰相反。"

"瞧,姐姐,又开始了!她就这点欠佳。正好我在想,父亲可能是想跟罗戈任走的。现在应该后悔了。我去看看他怎么样了。"科利亚出去时补充道。

"谢天谢地,我把妈妈从会客室那带出来了,让她躺下了,之后再没发生别的事情。加尼亚十分窘迫,思忖去了。他也确实该好好想想。这是怎样的教训啊!我来是想感谢您,并且也想问问您,公爵,您以前不认识娜斯塔西娅·费利帕夫娜吧?"

"是的,不认识。"

"那您凭什么说她'不是这样的人',似乎您还猜对了。她看起来的确不是这样的,不过,我看不透她!当然,她来就是为了侮辱我们,这已经很明显了。我以前也听说过很多关于她的奇怪逸事。但是,如果她是来邀请我们的,那么为何她一开始就那样对妈妈?普季岑对她很了解,但是他说,他也猜不透她刚才的行为。而那罗戈任呢?如果她自重的话，就不会说那样的话，何况这里会是在她……妈妈也很担心您。"

"没什么的！"公爵说完，挥了一下手。

"她怎么会听您的……"

"听什么？"

"您对她说，她应该感到羞愧，于是她突然一下子就变了。您的话对她起了作用，公爵。"瓦尔瓦拉微微笑着说道。

门开了，让人出乎意料的是，走进来的竟然是加尼亚。当他看见瓦尔瓦拉在的时候，也没有动摇他要进来的心，他在门口站了片刻，便果断地走向公爵。

"公爵，我刚才的行为很卑鄙，请您原谅我，亲爱的朋友。"他突然怀着强烈的情感，脸上流露出十分痛苦的神情。公爵错愕地看着他，没有立刻回复他。"好吗？原谅我吧，好吗？原谅我吧！"加尼亚的语气有些急切，"好吗？如果您愿意的话，我马上就亲吻您的手！"

公爵惊讶并感动了，他一语未发，张开双臂拥抱住加尼亚。两人真挚地亲吻起来。

"我怎么也没想到，您是这样的人，"最终公爵费劲地喘着气说道，"我以为，您……做不到的。"

"道歉吗？我之前怎么会认为您是白痴呢！您能注意到别人注意不到的一些事情，跟您谈一谈倒也不是不可以，但是……算了，还是不说为妙！"

"您还得跟一个人道歉。"公爵指着瓦尔瓦拉说。

"不，这可是我的敌人。请您相信，公爵，我曾经尝试过很多次，他们是不会真诚地原谅我的！"加尼亚急切地脱口而出，他转过身，背对着瓦里娅。

"不，我会原谅的！"瓦尔瓦拉突然说道。

"那你晚上会去娜斯塔西娅·费利帕夫娜那儿吗？"

"如果你要我去，我就去，不过你最好还是先想想，我是否还有能去她那儿的可能性？"

"她不是那样的人，你也看见了，她总是让人猜不透！这是她耍的手段！"加尼亚冷笑道。

"我看出来她不是这样的人了，你说她在使诡计、耍手段，可这耍的是什么手段？还有，加尼亚，你当心点，她把你当作什么人，你不知道吗？就算她亲吻了妈妈的手背是一种手段，但她毕竟还是嘲笑了你啊！这可不值七万五千卢布，真的不值，我的哥哥！你的感情还是高尚的，所以我才对你说这些。哎，你就别去了！哎，当心点！这不会有什么好结果的！"

瓦尔瓦拉说这些话的时候，情绪很激动，说完便快速地走出了房间。

"瞧瞧，他们全都这样！"加尼亚苦笑着说，"难道他们以为我自己不知道这点吗？我知道的可比他们要多很多。"

加尼亚一说完这话，就在沙发上坐了下来，似乎打算继续叨扰。

"既然您自己很清楚，"公爵怯生生地问道，"明知道，跟这些痛苦比起来，七万五千卢布其实并不值，那您为何还要选择承受这份痛苦呢？"

"我说的不是这个，"加尼亚轻声道，"正好，您给我说说，您是怎么想的，我正想知道您的意见呢，这个痛苦是否值七万五千卢布？"

"依我所看，并不值得。"

"好吧，我早就知道您会这么说。那这样的婚姻可耻吗？"

"非常可耻。"

"好吧,那么您要知道,我要结婚了,现在已经如箭在弦上了。刚才我还在动摇,可现在已经不会了!您别说了!我知道您想说什么……"

"我要说的不是您所想的那样。对于您超出一般的自信,我十分吃惊……"

"哪方面的自信?什么自信?"

"相信娜斯塔西娅·费利帕夫娜一定会嫁给您,相信这一切已经到了尾声,还有,就算她嫁给您了,您相信七万五千卢布会直接落到您的口袋里。不过,其中有很多事情,我并不知道。"

加尼亚猛地靠近公爵。

"当然,您不太了解个中缘由。"他说,"再说,凭什么要我无缘无故背着这个包袱呢?"

"我觉得,到处都会有发生这样的情况:男人为了钱而结婚,可钱却进了妻子的口袋里。"

"不,我们不会这样……这里……这里有一些情况……"陷入惊慌失措中的加尼亚心神不定地低语道,"至于她的回答,她已经没有什么疑虑了,"他快速补充道,"您是因为什么觉得她会拒绝我?"

"我看到的,除此之外我什么也不知道;刚才瓦尔瓦拉·阿尔达利翁诺夫娜也说了……"

"哎!他们就是这样口无遮拦的,都不知道自己在说什么。娜斯塔西娅·费利帕夫娜嘲笑的是罗戈任,请相信,这点我看得很明白。这很明显。我刚才还有点害怕,可我现在看清楚了。也许,您指的是她对我父母和瓦尔瓦拉的态度?"

"也有对您的态度。"

"大概是吧,但这是女人报复的老一套了,没什么新鲜的。这个爱生气，又多疑且爱面子的女人，就像没被提拔的官吏一样！她就是想彰显下自己，表现出自己对他们不在意的样子……好吧，也包括对我，的确如此，我不否认……不过，她一定会嫁给我的。您甚至都猜不到，人在自尊心驱使下能搞出什么花样。她认为我是个卑鄙小人，因为我坦诚了为了她的钱而娶她——这个别人的情妇，可她不知道的是，换成别人只怕会用比这更无耻的手段诓骗她，会对她纠缠不休，给她灌输一些自由进步的思想，再揪出一些女性的案例，这样她就像一根线一般被穿进了他的针眼里。他会骗取这个自尊心很强的傻女人的信任（这非常容易做到），他娶她，仅仅是因为'她那高尚的心灵和不幸的遭遇'，但实际上是为了钱。人家不喜欢我，因为我不想油腔滑调地骗人，可其实就该这样做。而她自己在做什么呢？不就是那么回事吗？既然这样，她又凭什么鄙视我，耍这一套呢？就因为我表现得清高不屈服。那好吧，我们走着瞧！"

"难道您此前爱过她？"

"刚开始的时候我爱过。呵，不说这个……有些女人是只适合做情妇，再无他用。我并不是说，此前她做过我的情妇。如果她想安稳过日子，我也就跟她和气度日；但如果她惹是生非，我立马就甩了她，把钱抓在自己手里。我不想成为笑柄；最要紧的就是不成为笑柄。

"我一直觉得，"公爵小心翼翼地指出，"娜斯塔西娅·费利帕夫娜是个聪明人，她能预料到这些痛苦，又怎么会跳进陷阱呢？她不是不知道完全可以另嫁他人。这点让我惊讶疑惑。"

"她的用意就在这儿！您不大了解事情的原委，公爵……这里面的……除此之外，她确信我疯狂地爱着她，我向您发誓，而且我敢肯定，她是爱我的，不过是用自己的方式爱着我，俗话说'打是亲骂是爱'，她一辈子都会把我当作一张方块'J'①（也许，这才是她需要的），而且她一直按她自己的方式来爱我。她就是这样想的，她的性格如此。我跟您说，她就是个与众不同的俄国女人。不过，我也给她准备了个惊喜。刚才跟瓦尔瓦拉之间的争执虽然出乎意料，但对我有利：她看到的，只会令她十分确信我对她的忠心，相信我会为了她众叛亲离。也就是说，我们都不傻，请您相信。顺便问下，您不会认为我是个多嘴长舌之人吧？亲爱的公爵，或许，我把这些不光彩的事儿都跟您说并不好。但正因为您是我遇到的第一个品格高尚的人，我才冲着您来的……您可别将'冲'字理解为双关语。请您别再因刚才的事生我的气了，好吗？可以说，这整整两年里，我第一次说心里话。这里真诚正直的人太少了，比普季岑还正直的人没有了。怎么，您，似乎是在笑，是吗？卑鄙无耻之徒恰恰喜欢正直真诚的人——您不知道这点儿吧？可我……不过，话又说回来，您凭良心说，我在哪里卑鄙无耻了？为什么他们全都跟着她叫我卑鄙小人？您知道吗，就连我自己也跟着他们称自己是卑鄙小人！反正卑鄙的总归是卑鄙的！"

"我现在已经不再认为您卑鄙了，"公爵说，"那会儿我已经完全把您当成了恶棍，但您现在令我感到很开心，这对我来说也是一次教训，没有经验就不能随意作评判。现在我明白，不仅不能把您看作恶棍，同样也不能把您当作自甘堕落之人。依我看，您不过是一个再普通不过的人，除了软弱一点之外，没有什么特别的。"

加尼亚苦笑了下，没有吭声。公爵明白，对他的评价他并不喜欢听，甚至因此感到有些尴尬，所以他也沉默了起来。

---

① 纸牌中"J"的图案是侍从、骑士；在沙皇俄国时期，囚犯的衣服上有黄色菱形标志，因此方块成了囚犯、苦役的象征。

"父亲问您要钱了吗?"加尼亚突然问道。

"没有。"

"他会要的,请您别给他。他曾经是个很体面的人,我尚且记得。有地位身份的人都还接见他。然而,他们的时代很快就结束了,所有这些体面的人年迈后都销声匿迹了!只要情势稍有变化,昔日的一切就灰飞烟灭,不复存在了。他以前是不撒谎的,请您相信;他以前不过是性格有些过激——没想到却落得如此田地!当然,酒是这一切的根源。您可知道,他还养情妇?他现在已不仅仅是一个无伤大体、谎言百出的人了。我无法理解母亲怎么会忍他这么久。他跟您说过围攻卡尔斯的事吗?抑或是讲他那匹灰色拉边套的马如何开口说话的事?他都已经到了这种地步。"

加尼亚突然放声大笑起来。

"您怎么这样看着我?"他问公爵道。

"我讶异的是,您笑得如此真诚。真的,您的笑声像孩童一般。刚才您进来求和,并且说了一句'您愿意让我亲吻您的手吗'——这个真的就像孩子来示意求和的样子。如此说来,您还是可以说出这样的话,做出这样的行为。刚才您突然开始长篇大论地讲起您的不体面的、关于七万五千卢布的事。说真的,不知怎么的,我感觉这一切很荒谬,是不可能的。"

"您从中得出了什么结论?"

"结论就是,您如此行事是否过于轻率?您是不是应该先谨慎考虑下?瓦尔瓦拉·阿尔达利翁诺夫娜说的或许是正确的。"

"哦,又说教了!我又不是毛头小子,这我自己知道的。"加尼亚着急地打断公爵的话,"就是因为这点,我才想跟您谈一谈的。公爵,我不是精心部署后去干这件见不得人的事情的。"他不停地说,犹如一个自尊心受到伤害的小伙子,"在精打细算这方面,我肯定会犯错,因为我的脑筋不够灵活,性格也有些软弱。我这样做,完全是出于激情、钦慕,因为我有一个主要的目标。您可能认为,我拿到七万五千卢布会买一辆马车。不是这样的!那时我还是要把前年就穿了的旧外套穿到不能再穿,要跟俱乐部里所有的熟人都不再来往。虽然我们都放高利贷,但其中很少有人能经得住考验,可我想经受住考验。最重要的是,我要坚持到底——这也是任务的关键!普季岑十七岁时睡过马路,卖过铅笔刀,从一个戈比白手起家,现在他拥有六万卢布,当然这是他吃苦赚来的!可现在我将跳过吃苦这一步,直接用这些资本起家,过个十五年,大家会说:'瞧,伊沃尔金,犹太之王①。'您跟我说,我是个再普通不过的人。请您注意,亲爱的公爵,没有什么会比'这个人再普通不过''性格软弱''平庸之人'这些词更让处在这个时代、这种出身的我们感到屈辱的了。您刚才甚至不肯把我看作一个出色的无耻之辈,您知道吗,我那会儿恨不能因此吃了您!从您这得到的屈辱,甚至比从叶潘钦那儿得到的还要多,他认为我是个能卖掉自己的妻子的人!(无须言语,无须引诱,就认为我缺心眼儿,请注意这点)老兄,这点早都把我气疯了,可我需要钱。等我攒够了钱,我就会是个不同凡响的人。金钱最无耻、最可恨之处,就在于它竟能赋予人才干,并且这个特点会直至世界末日。您认为,这话是小儿戏言也行,是天方夜谭也罢——但这使我变得更积极快活,反正事业一定能成功。我要坚持不渝地进行到底。谁笑得最晚,谁就笑得最开心!叶潘钦为什么要如此羞辱我?是因为仇恨吗?从来都不是。只不过因为

---

① 《福音书》中,耶稣被钉死的十字架上有个牌子,写着"犹太人的王,拿撒勒人耶稣"。"犹太人的王"借代当时的欧洲财阀罗斯柴尔德家族,文中的则指巨贾富豪。

我是个微不足道之人，哼，到那时……已经说得够多了，我该走了。科利亚已经探了两次鼻子进来了，他是来叫您去用餐的。那我出去了。我偶尔会顺便来看看您的，您在我们家会过得很舒服的，现在他们待您会如亲人一般。不过，请您小心，别出卖我。我觉得，我们亦敌亦友。公爵，我刚才亲吻了您的手（我很真诚地表示自己是发自内心这样做的），您觉得，那未来我可能还会因为此事成为您的敌人吗？"

"会是会的，只不过不会是永久的敌人，之后还是会忍不住和解的。"公爵想了一下，笑着果断地说。

"哈！那我可得小心您了。天知道，您在这儿灌了什么毒药。谁又能预见呢，或许，您就是我的敌人？随口一说的，哈哈！我忘问了，不知道我的感觉是否正确，您似乎挺喜欢娜斯塔西娅·费利帕夫娜，是吗？"

"是的……喜欢。"

"爱上她了？"

"那倒没有。"

"可您的脸涨得通红，一脸愁苦。别不好意思，没关系的，我是不会笑话您的，再会。不过，您要知道，她是个品行端正的女人，您能相信这点吗？您以为，她跟那个托茨基同居吗？不，绝对没有！这已经是很久前的事了。您注意到没有，她本人其实相当稚拙害羞，刚才有一会儿她就一副害羞的表情。真的。可就是这种人偏偏喜欢摆弄别人，好了，再见！"

加尼亚比刚进来那会儿放松多了，心情也不错。公爵则一动不动地待在那儿想了大约十分钟。

科利亚又把头伸了进来。

"我不想进餐，科利亚，我刚在叶潘钦将军家吃得很饱。"

科利亚整个人走了进来，递给公爵一张纸条。这是阿尔达利翁·亚历山德罗维奇将军写的，纸条是折叠着的，并加了封章。从科利亚的脸上可以看出，传递这张纸条让他十分纠结。公爵看完纸条，站起身，拿上帽子。

"就两步路，"科利亚难为情地说，"他现在坐在那儿喝酒。我真不明白，他凭什么在那里赊账？亲爱的公爵，之后请您别对我的家人说我给您传了纸条！我曾经多次发誓，不再帮忙传这些纸条，可又于心不忍；还有，请别跟他客气，随便给他点零钱，事情就了结了。"

"科利亚，我自有办法。我需要见见您的爸爸……有一件事……我们走吧……"

第十二章

科利亚领着公爵没走几步,就到了利捷伊纳亚街一间沿街底层开设的台球兼咖啡馆。咖啡馆内右边角落有一个单间,阿尔达利翁·亚历山德罗维奇这个老常客就坐在那里,他面前的小桌上摆着一瓶酒,他手里正拿着一份《比利时独立报》。此刻他正候着公爵,一看见他,便立刻放下手里的报纸,开始殷切热情、滔滔不绝地解释起来,不过他说的什么,公爵可是一点也没听明白,因为将军已经喝醉了。

"十卢布面值的钞票我没有,"公爵打断他说道,"只有这张二十五卢布的,您去换开它,找我十五卢布,因为我自己也身无分文了。"

"哦,没问题,请您相信,我马上……"

"此外,我有一事相求,将军。您是否去过娜斯塔西娅·费利帕夫娜府上?"

"我?我去没去过?您是在问我吗?我去过好几次,亲爱的,好几次!"将军沾沾自喜,带着讥讽地叫嚷起来,"但是,最后是我停止双方来往,因为我并不赞成这种不光彩的联姻。您也看到了,白天您也在场。我做了一个父亲所能做的一切——一个温和宽容的父亲。而下面登场的将是另一种性子的父亲,到时候您就会看见,瞧好吧,究竟是战功赫赫的老兵能战胜阴谋,还是一个不知羞耻的女人能踏进一个品行高尚的家门。"

"我想求您的是,今晚您是否可以以熟人的身份,带我去娜斯塔西娅·费利帕夫娜府上？我今天一定要过去，我有事要办，但我不知道如何才能进去。虽然我刚才被介绍认识了她，但毕竟她没有邀请我，今晚去那儿的应该都是应邀的客人。不过，我打算跳过一些礼节，甚至被人嘲笑也无所谓，只要我能进去。"

"您和我的想法完全一样，我年轻的朋友，"将军激动地喊着，"我可不是为了这种小事情才叫您来的！"他一边顺手抓起钱，放进自己口袋，一边继续说道，"我叫您来正是要邀请您与我一起去娜斯塔西娅·费利帕夫娜家，或者更贴切来说，一起去征讨娜斯塔西娅·费利帕夫娜！伊沃尔金将军和梅什金公爵！这会给她怎样一个深刻的印象？我呢，先装作去庆生，最后再说出自己的心思，间接地、不直截了当地说，但效果又和直截了当差不多。到那时加尼亚自己会抉择，是要功勋赫赫的父亲，还是……所谓的……或者是其他……但是该来的总会来的！您的想法太好了！九点钟我们出发，现在还有些时间。"

"她住在哪里？"

"离这里很远，在大剧院附近梅托夫佐娃家的一幢楼房里，差不多就在广场那儿，她住在二楼……虽说是庆生晚会，但去她那儿聚会的人不会很多，很早就会结束了……"

早已是晚上了，公爵依旧坐在这里听着，等着这位早已开始讲起无数趣事，却没有一个故事是有结局的将军。公爵的到来，使得他又要了一瓶酒，一个小时后才喝完整瓶，然后又要了一瓶，同样把它喝光了。可以说，在喝酒的这段时间里，将军几乎是把自己一生的经历都说了一遍。最后，公爵起身说他不能再等了。将军将瓶里最后一点酒一饮而尽，站起身，晃晃悠悠地走出了包间。公爵感到十分失望。他不明白，自己怎么会如此愚蠢地轻信他人。实际上他从未相信过谁；

他指望将军，只是为了设法去娜斯塔西娅·费利帕夫娜的家里，哪怕会发生一些失礼的事情，但不至于会干出一些荒唐且过分的事儿来。可现在将军完全喝醉了，能言善辩，滔滔不绝，而且情绪激动，甚至暗自流泪。他不停地念叨，念叨说他家族所有人的不良行为把一切都毁了，还说，这件事情是时候该了结了。

他们终于来到了利捷伊纳亚大街。大街上冰雪还在消融，暖湿且颓废的风带着一股阴潮的腐烂味儿吹过大街，马车行驶在泥泞的道路上，跑马和驽马的蹄铁碰撞着路面，发出响亮的声音。湿漉漉的人们精神不振地行走在人行道上，里面不乏个别醉酒汉。

"您看见了那被灯光照亮的二层楼吗？"将军说，"我的战友都住在这里，而我是他们中服役最久、吃苦最多的人，现在却跟跟跄跄地前往大剧院附近、一个作风堪忧的女人家中！我，一个胸膛里有十三颗子弹的人……您不信吗？当时皮罗戈夫[1]暂时抛下被围困的塞瓦斯托波尔[2]，为我向巴黎发了一份电报，而涅拉东[3]——巴黎的医生——以科学的名义设法弄到了自由通行证，进入被围的塞瓦斯托波尔为我诊治。这事当时的高层领导也知道：'哦，伊沃尔金就是那个身上有十三颗子弹的……'他们谈起我都是这样称呼的！公爵，您看见这栋房子了吗？这栋二层楼里住着我的老伙计——索科洛维奇将军，他家门庭显贵，家庭成员众多。这一家，还有涅瓦大街上的三家以及莫尔斯卡亚街上的两家，都是我现在的社交圈，也就是我个人的人脉

---

[1] 即尼古拉·伊万诺维奇·皮罗戈夫（1810—1881），俄国著名科学家、医学家，野战外科医学的奠基人，他将门诊开到战场，实属世界首创。文中阿尔达利翁·亚历山德罗维奇在吹牛，二人并无关系。
[2] 现今俄罗斯克里米亚地区。
[3] 法国著名外科医生。

圈。妮娜·亚历山德罗夫娜早就已经屈服于现况了。而我则还一直陷在回忆中……这么说吧，我不愿意继续在我过去的战友和至今都很爱戴我的部下——他们那个涵养很好的社交圈里安歇了。这个索科洛维奇将军（不过，我很久没去他那儿了，也没见到过安娜·费奥多罗夫娜）……您知道吗，亲爱的公爵，当你自己不接待宾客的时候，不知为何也就不再愿意去朋友家拜访了。话又说回来……嗯……您貌似不相信……不过，我为什么不带我好朋友兼儿时伙伴的儿子到这个充满魅力的人家里去拜访呢？伊沃尔金将军和梅什金公爵！您会看到一个拥有着惊人美貌的姑娘，而且不止一个，有两个，甚至三个，她们是俄国首都以及上流社会的骄子：美丽端庄、有学问、志向大……能讨论女性问题，会作诗歌，所有这一切汇聚在一起，使她们成为一个幸福美满、多彩多样的混合体，更不用说她们每人还有至少八万卢布现金的嫁妆，这绝不会因为女性问题或者社会问题而受到影响的……总之，我立刻，我应立刻带您去，这非常有必要。伊沃尔金将军和梅什金公爵！"

"现在吗？现在？我以为您忘了。"公爵开始说道。

"没有，我一点也没忘，我们走！朝这边走，上这个华丽的楼梯。让我感到奇怪的是，为何没有看门人，哦，对了……今天过节，看门人放假了。他们还没把那个看门的酒鬼赶走。多亏了我，这个索科洛维奇才过上今天这样的幸福生活，才谋得今天这样的顺利仕途，全靠我一人，否则没人能帮得了他，哦……我们到了。"

公爵已经不再反对，顺从地跟在将军后面，以免惹他生气，他强烈希望索科洛维奇将军及其一家能如海市蜃楼一般逐渐蒸发、消失不见，就好像从未存在过那般，这样的话他们就可以理所当然地转头下楼离开。但是，让他失望了，他开始放弃心里的这种期寄。将军带着他上了楼，宛如这里真有熟人似的，一路上还不停地给公爵说着自己的生平事迹以及作战的地形细节，如数学那般精确。说话间，他们登上了二楼，在一套富丽堂皇的住所门前右边的位置上停了下来。将军伸手握住门铃把手的时候，公爵才决心要逃走，但是一个奇怪的情况让他暂时停下了脚步。

"您搞错了，将军，"他说道，"门上写的是库拉科夫，而您要拜访的是索科洛维奇。"

"库拉科夫……库拉科夫说明不了什么问题。这是索科洛维奇的房子，所以我按的就是索科洛维奇家的门铃，才不管什么库拉科夫呢……瞧，有人来开门了。"

门确实开了。仆人朝外望了一眼便告知："主人不在家。"

"可惜，可惜，太可惜了！"阿尔达利翁·亚历山德罗维奇深感惋惜地重复了好几次，"请您代为禀报，我亲爱的，就说伊沃尔金将军和梅什金公爵曾经来访，想表达一下他们的敬意，但是十分遗憾，十分遗憾……"

就在开门这会儿，从屋子里又探出来一张脸，看起来像是女管家，或许，甚至是家庭教师，一位身着深色衣裙的四十岁左右的女士。她在听到伊沃尔金将军和梅什金公爵的名字后，好奇地走上前来。

"玛里娅·亚历山德罗夫娜不在家，"她一边尤为仔细地端详着将军，一边说，"带着亚历山德拉·米哈伊洛夫娜小姐出去了，去老太太家了。"

"亚历山德拉·米哈伊洛夫娜也跟着他们去了？啊，天哪，真不走运！夫人，您能想象到吗，我总是这么倒霉！恳请您转达我的问候，至于亚历山德拉·米哈伊夫娜小姐，请您对她说，让她记得……总之，请向他们转达我的诚挚祝福，祝愿他们在周四晚上听肖邦叙事曲时所许的愿望能够实现；他们记得的……我由衷地祝福！伊沃尔金将军和梅什金公爵！"

"我不会忘记的。"女士鞠躬还礼，相较于刚才，她已经有些信任他们了。

下楼时，将军依旧热情不减地表达着对此次拜访未果的惋惜之情，表示公爵失去了这么好的结识机会。

"您知道吗，年轻的朋友，我有几分诗人的气质，您觉察到了吗？不过……不过，似乎，我们来错地方了，"他忽然给出了一个出人意料的结论，"我现在想起来了，索科洛维奇住在另一幢房子里，更有可能，他似乎现在住在莫斯科。对，我弄错了，但这……也没什么。"

"我只想知道一点，"公爵沮丧地说，"我是不是不该指望您，应该自己去？"

"不该？指望？自己去？这又从何说起呀？对我来说这可是件非常重要的事儿，它在很大程度上将决定我全家的命运。但是，我年轻的朋友，您还并不了解伊沃尔金。只要有人说到'伊沃尔金'，就提到'墙'。就像我当年服役时在连里说的那样，'伊沃尔金就如墙一般让人觉得可靠'。我现在只想顺路去一户人家，在我经历了焦虑不安和种种磨难以后，我的心灵在那里可以得到休息，这样已经有好多年了……"

"您想顺道回家？"

"不！我想……去大尉夫人捷连季那娃那儿，她去世的丈夫捷连季耶夫大尉原先是我的部下……甚至还是朋友……在大尉夫人这儿，我的精神得到复苏，我总是带着生活和家庭中的痛苦而来，因为我今天有着极大的精神负担，所以我……"

"我认为，刚才去打扰您，是我干的一件蠢事，"公爵轻声说道，"况且您现在……告辞。"

"但我不能，不能让您走，我年轻的朋友！"将军提高了嗓门，"一位寡妇，一家之母，用自己的心弦谱出的乐曲，在我身上产生了共鸣。就去看看她，只要五分钟，去她家，我是不用客气的，几乎就像住在这里一样。我先洗一洗，做些必要的梳洗打扮，然后我们再坐马车去大剧院。请您相信，整晚我都需要您……瞧，就在这幢房子里，我们已经到了……啊，科利亚，你已经在这儿了？玛尔法·鲍里索夫娜在家吗，还是你自己刚到这儿？"

"哦，不是的，"他们在大门口正好碰到了科利亚，科利亚回答道，"我早来了，和伊波利特待在一起，他的病不见好了，今天早上就躺下了。我现在去小商店买纸牌。玛尔法·鲍里索夫娜在等您，不过，爸爸，瞧您这副模样……"科利亚仔细打量了下将军的步态及站姿就已了然于心，"算了，我们进去吧！"

与科利亚的相遇使得公爵勉为其难地陪同将军去玛尔法·鲍里索夫娜那儿，但只能陪他待一会儿。公爵需要科利亚；他已经下定决心无论如何都要放弃将军，他无法原谅自己刚才把希望寄托在将军身上的错误决定。他们沿着漆黑的楼梯上了四楼，走了很久。

"您想介绍给公爵认识一下？"科利亚边走边问。

"是的，我亲爱的，介绍认识下：伊沃尔金将军和梅什金公爵，只是……玛尔法·鲍里索夫娜……怎么样了……"

"爸爸，您最好还是别去了！她会吃了您的！您已经三天没有露面了，而她正急着用钱。您为什么要答应给她钱？您总是这样！您现在自己去应付吧。"到了四楼后，他们在一扇矮门前停了下来。将军明显有些胆怯，他将公爵推到了前面。

"我就留在这里，"他喃喃低语道，"我要给她一个惊喜……"

科利亚第一个走了进去。一位穿着便鞋和短大衣，头发编成了辫子,年约四十岁浓妆艳抹的女人从里向门外张望,顿时打破了将军准备的"惊喜"。她一看到将军,便马上叫喊起来:"就是他,这个下流奸险的人,跟我预料的一样!"

"咱们进去吧,没事的。"将军一边对公爵低语,一边一脸无辜地讪笑。

但并非没有事,他们刚一穿过漆黑低矮的前厅,走进摆着藤椅和两张小牌桌的大厅,女主人马上就用一种驾轻就熟的哭腔继续责骂道:"你真不要脸,真不要脸,你就是我家的土匪和强盗,野蛮人、暴徒!你把我所有的东西洗劫一空,榨干了我的血汗,还不满足!要我忍你到什么时候,你这个死不要脸、厚颜无耻的人!"

"玛尔法·鲍里索夫娜,玛尔法·鲍里索夫娜!这位是……梅什金公爵。伊沃尔金将军和梅什金公爵。"不知所措的将军战战兢兢地小声说道。

"您简直令人难以相信,"大尉夫人突然对公爵说,"您简直令人难以相信,这个恬不知耻的人连我这些孤苦的孩子们都不放过!什么都要抢,什么都要偷,什么都要卖,什么都要当,什么都不给我们留下。你这个老奸巨猾、没有良心的人,我拿你这些借据能做什么?你回答我呀,你个老狐狸,这颗贪得无厌的心!让我拿什么,拿什么来养活我这些孤苦无依的孩子?瞧你喝得烂醉,站都站不稳……我究竟什么地方得罪了上帝?会遇到你这个可恶丑陋的老狐狸,你回答我啊!"

可将军完全顾不上这些。

"玛尔法·鲍里索夫娜,二十五卢布……这是我能给你的所有的钱了,这是一位无比高尚的朋友借我的。公爵!我简直大错特错了!这样的……生活……而现在……请原谅,我有些撑不住了,"将军站在房间中央,不断地朝四面八方鞠躬,"我太困了,撑不住了,对不起！列诺奇卡！拿个枕头来……我亲爱的！"

列诺奇卡，一个八岁的小姑娘，马上跑去拿枕头，并将它放在又硬又破的漆布面沙发上。将军坐在上面，原本打算再多说些什么，但屁股一挨到沙发就倒了下来，转过身面向墙壁酣睡起来。玛尔法·鲍里索夫娜礼貌而又痛苦地朝公爵指了指小牌桌旁的一把椅子，示意让他坐下，自己则在他对面坐下，用一只手撑着右脸颊，看着公爵，开始默默叹气。三个小孩（两个小女孩，一个小男孩）中列诺奇卡最大，他们走近桌子把小手放在桌子上，也开始细细打量公爵。科利亚从另一个房间里走了过来。

"在这里遇见您，我很高兴，科利亚，"公爵对他说，"您可否帮我一个忙？我一定得去娜斯塔西娅·费利帕夫娜家。我刚才请求阿尔达利翁·亚历山德罗维奇带我去，但他现在睡着了。您带我去吧，因为我不知道她住在哪条街，哪条路上。不过，我知道大概在大剧院附近，在梅托夫佐娃的房子里。"

"娜斯塔西娅·费利帕夫娜？她可从来没在大剧院附近住过，不瞒您说，父亲从未去过她家；真奇怪，你居然期望能从他那儿获得什么帮助。娜斯塔西娅·费利帕夫娜的住所靠近弗拉基米尔街，在五角地附近，从这过去很近。您现在就去吗？现在九点半。好吧，我送您过去吧。"

公爵和科利亚立马动身。可怜的是，公爵没钱雇马车，他们只能步行前去。

"我本想介绍您跟伊波利特认识。"科利亚说，"他是那个穿短大衣上尉夫人的大儿子，他在另一间房里。他身体不好，今天已经躺了一整天。他性格很怪，非常敏感、易受委屈。不过我想，您在这个时间来他家拜访，他会不好意思见您的。我倒不像他那么容易害羞，因为男方是我的父亲,而女方是他的母亲,这之间还是有差别的,这种情况对男性来说没有什么好感到羞耻的。不过,或许这是出于男尊女卑的偏见。伊波利特是个好小伙子,但他受这种偏见思想奴役。"

"您说过,他有肺痨?"

"是的,我觉得快点死去才是解脱,我要是他,就希望赶紧死去。可他舍不得自己的兄弟姐妹,就是那几个小孩子。如果可能的话,只要有钱,我就和他租外面的房子独立住,搬出我们的家庭。这是我们的愿望。您知道吗,我刚才对他讲了您的遭遇,他十分生气,说'挨了耳光却不站出来决斗的人,肯定是个窝囊废'。不过话又说回来,他被气得够呛,我也就不再与他争辩什么了。那么,娜斯塔西娅·费利帕夫娜邀请您去她那儿了?"

"并没有邀请我。"

"那您为何还要去?"科利亚叫喊了起来,甚至驻足在人行道上,"而且……而且还穿这么一身衣服,那不是应邀才能参加的晚会吗?"

"是的,我是真的不知道,怎么才能进去。如果能让我进还好,如果不让我进,事情就搁置了。至于这身衣服,还能有什么办法吗?"

"您是有什么事吗?还是不过只是想在'上流社会'度过愉快的时光?"

"不,我其实是……可以说,我是有事情……我不知道怎么说,但是……"

"算了,不论是什么事情,都随您的便吧,对我来说重要的是,您去那里参加宴会,是否是想挤进由交际花、将军、放高利贷的人组成的纸醉金迷中。如果真是这样的话,对不起,公爵,我会看不起您,会蔑视您的。这里正直刚强的人太少了,因此没有人值得尊敬。人们会不由自主地瞧不起他们,可他们都要求别人尊敬他们;瓦尔瓦拉第一个瞧不起他们。公爵,您发现了吧,现在这个时代到处都是冒险家!特别是我们俄国,我们这个可爱的国家就是如此。怎么会变成这样,我不明白。似乎过去坚定的道德观动摇了,看看现在是什么样的?大家都在议论,到处都在写东西,去揭发、去批判,所有人都在这样做。为人父母的率先一改以往道德观,为过去的观念感到耻辱。瞧,就在莫斯科,有个父亲劝诫儿子,为了弄到钱,无论遇到什么困难都不要退缩,这是报刊上刊登的众所周知的事情。您再瞧瞧我家的将军大人。嘿,他变成什么样了?不过话说回来,您知道吗,我认为,我家将军是个正直的人,真的,真是如此!只不过因为社会混乱以及他酗酒才导致了现在这样乱七八糟的状况。真的,真的是这样!甚至有些可怜。只是我不敢说,因为大家会嘲笑我,可是,他的确很可怜。而他们——那些聪明人——又是什么呢?全都是些只会放高利贷的人,没有一个人不是!伊波利特还为放高利贷的人辩解,说经济动荡的社会需要如此,什么涨啊落啊,鬼才明白他说的这些。我一点也不喜欢听他说这些话,但他很爱发火。您想想,他的母亲,就是那个大尉夫人,从将军那儿要到钱,又马上放高利贷给他,这太无耻了!您知道吗,妈妈,我的妈妈,妮娜·亚历山德罗夫娜,将军夫人,经常用钱、裙子、衣服以及其他东西接济伊波利特,甚至通过伊波利特,多多少少接济下那几个孩子,因为他们的母亲对他们不管不问。就连瓦尔瓦拉也像妈妈那样接济他们。"

"您瞧瞧,您刚刚还说没有正直刚强的人,全是一些放高利贷的人,您母亲和瓦尔瓦拉,不正是正直刚强之人吗?在这种地方,这样的环境之下还能够帮助别人,难道不是道德力量的证明吗?"

"瓦尔瓦拉是出于自尊心和表现自己才这么做的,为的是强于母亲;不过妈妈倒的确是……我敬重她。是的,我在这点上敬佩她,认可她。甚至伊波利特也备受感动,要知道他这个人是冷酷无情的。起初他还讽刺妈妈这样做是卑劣的,但他现在开始被感化了。嗯!您把这称为力量?我注意到这点了,但加尼亚不知道,否则他肯定会说这是纵容姑息。"

"加尼亚不知道吗?加尼亚好像很多事情都不知情。"公爵若有所思地冒出了这句话。

"您知道吗,公爵,我很喜欢您。您刚遭遇的事一直在我脑海里挥之不去。"

"我也很喜欢您,科利亚。"

"您打算在这里怎么生活?我很快就会给自己谋份差事,自给自足,我们可以一起——我、您和伊波利特——一起生活,我们租一套房子,可以让将军时常来我们这里。"

"我乐意至极。不过,这件事我们以后再说吧。我现在心里很……很乱。怎么?我们这就已经到了吗?这幢房子的……大门真是气派啊!还有看门人。哎,科利亚,我不知道,这件事的结果会怎么样。"

公爵无所适从地站着。

"您明天跟我说结果吧!别太担心。上帝会保佑您成功的,因为我对您所有的观点都十分赞同!再会了。我要回去告诉伊波利特。至于她是否待见您,毋庸置疑,别担心!她是个特立独行的人。从一楼这个楼梯上去,看门人会给您指路的!"

第十三章

公爵上楼梯时心里惶惶不安,一直拼命地给自己打气。

"大不了,"他想,"她就是不见我,对我产生什么不好的想法,或许是见我了,但是会当面嘲讽我……哎,没关系!"的确,这也算不上什么可怕的事,但有一个问题:"我到那里去做什么,我去那里的目的又是什么?"对于这个问题,他完全找不到让人满意的答案,即使可以通过某种方式,找到时机跟娜斯塔西娅·费利帕夫娜说:"不要嫁给这个人,不要毁了自己,他不爱您,只是爱您的钱,这是他亲口告诉我的,阿格拉娅·叶潘钦娜也跟我这么说过,我来只是想告诉您这一点。"可是这样做不管从哪个方面来看都不一定是正确的。还有一个尚未解决的重大问题,大到连公爵自己都怕去想它,甚至不敢放任自己去想它,不知道该如何简练表达出来。一想到这个问题,他就会脸上一阵发烫,不住地颤抖。然而,尽管所有这些让他心神不宁,让他疑虑重重,最终他还是走了进去,求见娜斯塔西娅·费利帕夫娜。

娜斯塔西娅·费利帕夫娜的公寓并不大,但装修得很精美。在圣彼得堡生活的这五年中,最初的一段时间,阿法纳西·伊万诺维奇对她毫不吝啬钱财;那时的他还幻想着得到她的爱情,想通过舒适奢华的生活诱惑她,因为他知道,奢侈的习惯是很容易养成的,而这种习惯一旦形成就会很难戒掉了。在这方面托茨基始终遵循这套传统的老旧办法,万分崇尚欲望带来的这种不可战胜的力量。娜斯塔西娅·费利帕夫娜并不拒绝奢侈，甚至很喜欢。但是，让人十分奇怪的是，她似乎并不沦陷在其中，仿佛随时都可以舍弃这些，甚至好几次努力表明这点。这让托茨基既不高兴又感到吃惊。不过，话又说回来，娜斯塔西娅·费利帕夫娜有很多地方都让托茨基感到不快（后来甚至感到厌恶），有时她会和那些粗鄙之人结交，她看起来也很喜欢与他们交往，这是不用多说的。除此之外，她身上还流露出了一些非常奇怪的习气：两种相差很大的情致奇怪、霸道地杂糅在一起，其中一些东西和方式是上层社会的高贵之人所不允许存在的，她却能应对自如且满足于此。实际上，如果娜斯塔西娅·费利帕夫娜突然表现出某种可爱无知样子，好比不知道农妇从不会像她那样穿着细亚麻布质的内衣，那么阿法纳西·伊万诺维奇大概会对此感到十分得意。按照托茨基的计划（他很擅长这方面），从一开始就着眼于将娜斯塔西娅·费利帕夫娜教养成这种结果。但是，哎！结果却出乎意料。尽管如此，娜斯塔西娅·费利帕夫娜身上依旧保留着某种气质，有时候，甚至连阿法纳西·伊万诺维奇本人都惊讶于她这种独树一帜、招人喜爱的魅力，即使是现在，在原先设想都落空的情况下，仍能使他为之着迷。

接待公爵的是个姑娘（娜斯塔西娅·费利帕夫娜雇用的仆人大多都是女性），让他惊讶的是，听完他想进府一见的请求后，她没有表示出一点的疑惑。公爵那双肮脏的靴子、宽檐风帽、无袖风衣，甚至是困窘的神色都没有引起她的怀疑。她帮他脱下风衣，请他在接待室稍等，便立即进去通报。

到娜斯塔西娅·费利帕夫娜这儿聚会的，都是她平时经常往来的熟人，相较于以往这种周年聚会来说，今天的客人少了很多。宾客中地位最高的就是阿法纳西·托茨基和伊凡·费道罗维奇·叶潘钦，他们看起来都很和蔼可亲，但是内心惴惴不安，按捺不住焦急，等待着事前许诺的有关加尼亚决定的宣布。除了他们之外,当然还有加尼亚,他忧心如焚,神色郁结,甚至看起来一点也不亲切,他基本上一直站在略微远一点的旁边沉默着。他不敢带瓦尔瓦拉来,娜斯塔西娅·费利帕夫娜也没有提起她,只是她刚跟加尼亚打过招呼后,就提起他和公爵今天的争执。叶潘钦将军还没听过这件事,兴趣浓厚地发问起来。于是,加尼亚用平淡刻板的语调,大致却也十分坦率地阐述了上午发生的一切,以及他如何求得公爵原谅的过程。并且,他也积极地阐述了自己的观点,他认为叫公爵"白痴"是非常奇怪的,不仅如此,他甚至认为"恰好相反,此人城府很深"。娜斯塔西娅·费利帕夫娜极为认真地听他发表言论,好奇地看着加尼亚,但是话题立刻转到了上午事件的重要角色——罗戈任的身上,阿法纳西·伊万诺维奇和伊凡·费道罗维奇也好奇心满满,饶有兴趣地听着。原来是普季岑说了一些有关罗戈任的特别情报,普季岑为打听他的事情绞尽脑汁,四处奔走,一直忙到晚上九点。罗戈任决定要在今天弄到十万卢布。"他是真的喝多了,"普季岑讲到这里时说,"无论这十万卢布有多难搞到,现在看来他都会弄到手的,只不过我不知道他能不能在今天弄到全部,很多人都在为此奔走:金杰尔、特列帕洛夫、比斯库普。无论多少利息他都要,这全都是因为借着酒劲一时高兴……"普季岑最后总结道。这些消息引起了大家的兴趣,但心里也蒙上一层阴霾。娜斯塔西娅·费利帕夫娜沉默着,很明显,她什么也不愿意说,加尼亚也是。叶潘钦将军几乎比所有人都忧虑,因为早上送给娜斯塔西娅·费利帕夫娜的珍珠,她虽然礼貌地收下了,但这种礼貌格外疏离冷漠,甚至还暗含某种讥笑。所有的宾客中只有费尔迪先科兴致勃勃、喜气洋洋的,有时还会莫名地大笑起来,不过这是因为他强迫自己去扮演小丑。阿法纳西·伊万诺维奇原本是大家公认的故事讲得精简雅趣的老手,过去在这种晚会上通常都是他掌控话题,而今天他显然情绪低落,甚至还有点一反往常的惊慌。被邀请的宾客并不多(一个可怜巴巴的教书小老头,上帝知道为何会邀请他;一个不认识的年轻人,他非常害羞,始终没有说话;一个年约四十岁、活跃的女演员,以及一个相貌出众、穿着华丽显贵、极少说话的年轻女士),他们不仅无法活跃气氛,甚至有时根本不知道该说些什么。

因此,公爵来得正是时候,女仆刚通报他的到来,便引起了不少人的困惑,令他们露出了不怀好意的微笑,特别是娜斯塔西娅·费利帕夫娜,从她那惊讶的神情就能看出她完全没邀请过他。但惊讶之余,娜斯塔西娅·费利帕夫娜突然流露出了别样的喜悦,于是大部分人立刻准备好用欢声笑语来迎接这位不速之客。

"他来这里大概是因为天真。"伊凡·费道罗维奇·叶潘钦推论道,"然而无论如何,鼓励这样的行为是非常危险的。但是,说实话,他这时候来倒也不坏,尽管是以这样别出心裁的方式。他大概是想让我们快乐,至少我是这样理解他的。"

"况且,他还是不请自来的!"费尔迪先科马上插嘴说道。

"那又如何?"对费尔迪先科没有好感的将军冷冰冰地问道。

"也就是说,他得付入场费。"费尔迪先科解释道。

"呵,梅什金公爵又不是费尔迪先科。"将军忍不住说道。一想到与费尔迪先科同处一个社交圈,大家平起平坐,他就难以忍受。

"哎哟,将军,您就饶了费尔迪先科吧,"他嗤笑着说,"我可是有特权的。"

"您有什么特权?"

"上一次我很荣幸地给诸位详尽地解释过了,现在我再给将军大人您解释一下。您看,将军大人,大家都会说俏皮话,但我不会。作为补偿，我获得应允可以说真话。众所周知，只有不会说俏皮话的人才说真话。况且我是个报复心极强的人，当然这也是因为没有说俏皮话的本领。任何委屈我都能忍下来，可一旦欺负我的那个人失误一次，我便立即能忆起之前受过委屈的事，就会以某种方式对其进行报复，还会踹上几脚，正如伊凡·彼得罗维奇·普季岑形容我的那样。您知道克雷洛夫的寓言《狮子和驴》吗？您和我就是狮子和驴，这则寓言写的就是我们。"

"您又在胡说八道了，费尔迪先科。"将军大怒道。

"您怎么了，将军大人？"费尔迪先科接过话说道，他原本就打算什么时间可以接过话茬，乱扯一通，"您放心，将军大人，我知道自己是什么身份，既然我说您和我是克雷洛夫寓言中的狮子和驴，那么我肯定是驴了，您自然是那头狮子，正如克雷洛夫寓言中所说：'强悍的狮子，丛林之霸王，年老之时气力衰。'而我，将军大人，我是头驴。"

"后面这点我认同。"将军漫不经心地脱口而出。

这些话确实很粗鲁，而且是故意这样说的，但是费尔迪先科已经习惯扮演小丑角色了。

"这里让我进来并招待我，"费尔迪先科再一次高声说道，"不就是让我用这种风格说话吗，不然，怎么可能真接待像我这样的人呢？这一点，我深知。喏，能让我，这样一个费尔迪先科跟阿法纳西·伊万诺维奇这样高雅的绅士坐在一起，无非只有一个解释：让我坐在这里，就是为了让我做些不可理喻、不同寻常之事。"

尽管话说得粗鲁无礼，但仍然饱含挖苦之意，甚至非常辛辣，这一点正是娜斯塔西娅·费利帕夫娜所欣赏的。既然要来她这儿，就得受得了费尔迪先科。他或许，猜到了真相，他推测，他从一开始就受到待见，正是因为自他第一次在场就让托茨基难以忍受，而加尼亚也吃了他不少苦头。费尔迪先科非常善于在这点上为娜斯塔西娅·费利帕夫娜效劳。

"我猜,公爵会唱一首时髦、浪漫的曲子出场。"费尔迪先科一边下着定论,一边留意着娜斯塔西娅·费利帕夫娜会说什么。

"我不这么认为,费尔迪先科,请先别急。"她淡然地说。

"啊!既然他受到特殊待遇,那么我也要宽和以待了⋯⋯"

娜斯塔西娅·费利帕夫娜并没有理会他,而是起身,亲自去迎接公爵。

"我很抱歉,"她突然出现在公爵面前,"仓促间,忘记邀请您前来。现在您能亲自前来给我这个机会,我感到十分高兴,感谢您,赞赏您的决定。"

她说这些话的时候,凝视着公爵,试图想让自己对他的来意作出某种解释。

公爵本想对她这些客气的话语作出些答复,但他被惊艳、被震慑了,以至于一句话也说不出来。娜斯塔西娅·费利帕夫娜也满意地察觉到了这点。今晚的她衣着隆重、光鲜靓丽,示人以超凡脱俗的形象。她挽着他的胳膊,将他带到宾客那边去。就在将要走进客厅的那一刹那,公爵突然停住脚步,匆忙惊慌地对她低语:"您的一切都非常完美⋯⋯甚至连清瘦和苍白在您身上都是完美的⋯⋯让人无法把您想象成另一种形象⋯⋯我非常想来拜访您⋯⋯我⋯⋯请您原谅⋯⋯"

"不必请求原谅,"娜斯塔西娅·费利帕夫娜笑了起来,然后说道,"这会破坏您奇趣怪诞、别具一格的气质。大家都说您是个奇怪的人,看起来好像是真的。您认为我是完美的,是吗?"

"是的。"

"虽然您是猜谜的高手,但还是猜错了。今天我就会向您证明这一点。"

她将他介绍给宾客,其中有大部分人已经认识他了,托茨基马上说了些客套的话,大家似乎活跃了起来,开始说说笑笑起来。娜斯塔西娅·费利帕夫娜让公爵安坐在自己旁边。

"不过,公爵的出现有什么好奇怪的呢?"费尔迪先科用比大家都大的声音嚷着,"事情显而易见,不言而喻嘛!"

"事情太过明显,实在过于不言而喻。"一直没说话的加尼亚突然接过话茬说道,"从早上公爵在伊凡·费道罗维奇的办公桌上第一次看到娜斯塔西娅·费利帕夫娜的照片的那刻起,我就在一直观察他。我清晰地记得,那时我就想到了,这会儿更加确信了,顺便说一句,公爵自己也跟我承认过。"

加尼亚很认真地说着,没有一点开玩笑的意思,他阴沉着脸,让大家感到有些奇怪。

"我不是跟您承认,"公爵满脸通红地说,"我只不过是在回答您的问题。"

"精彩,精彩!"费尔迪先科嚷了起来,"至少是真诚的,既狡猾又真诚!"

所有人都大笑起来。

"费尔迪先科,您别喊嘛。"普季岑压低声音,厌恶地指责道。

"公爵,我没想到您居然能做出这样的举动。"伊凡·费道罗维奇低声说道,"您知道,什么样的人才会这样做吗?我本以为您是个哲学家!真是人不可貌相!"

"因为这个无害的玩笑,公爵脸红得像个单纯的少女,从这点来看,我敢断定,他是个品格高尚的青年,他心中必定怀着令人赞赏的理想。"一直保持沉默的老头此时出其不意地说道——所有人都没料到这位七旬的老教师会开口,或者,更准确地说他发出咿咿呀呀、含混不清的声音,因为没有牙。所有人笑得更欢了。老头儿大概认为大家笑是因为他说了漂亮的俏皮话,于是望着大家,也开始放声大笑,结果剧烈地咳嗽起来,导致娜斯塔西娅·费利帕夫娜马上过来安抚、亲吻他,并吩咐人再给他送些茶水来。不知为何,她很是喜欢这些古怪的老头老太太,以及装疯卖傻的修士。她向进来的女仆要了件披肩裹紧了自己,并吩咐她往壁炉里加点柴火,她问女仆几点钟了,女仆回答说,已经十点半了。

"各位,要不要来点香槟?"娜斯塔西娅·费利帕夫娜突然问道,"我准备了。或许,会让你们兴致更高些。请吧,不用客气。"

娜斯塔西娅·费利帕夫娜提议喝酒,特别是用如此天真单纯的口吻来说,是很奇怪的,众所周知,她过去举办的聚会都极为庄重。总之,今天的晚会与以往不同,更轻松活泼。不过,大家并没有拒绝香槟,首先是将军,其次是活泼的太太,然后是老头以及费尔迪先科,之后大家也都赞同。托茨基拿起了酒杯,他想调节一下新的气氛,尽可能地想增添些轻松愉快的氛围。只有加尼亚一口也没喝。娜斯塔西娅·费利帕夫娜拿起了酒杯,声称自己今晚要连喝三杯。她有点奇怪、甚至时而犀利急躁的举动,和她那空洞、歇斯底里的大笑,以及间歇式的沉默和阴郁的沉思,让人很难明白发生了什么。一些人怀疑她得了寒热病;后来渐渐地,人们开始发觉,她似乎是在等待着什么,一再看钟,一副急不可待、魂不守舍的模样。

"您好像有点冷?"那位活泼的太太问道。

"不是有点,是非常冷,所以我才披上了披肩。"娜斯塔西娅·费利帕夫娜回答道。她的脸色确实变得更加苍白,好像还不时地在遏制着自己强烈的冷战。

大家有些着急地起身。

"我们是不是应该让女主人休息下？"托茨基看了一眼伊凡·费道罗维奇后说道。

"不用，各位！请你们多坐会儿。今天我特别需要你们在场。"娜斯塔西娅·费利帕夫娜突然坚决而郑重地声明。在座所有宾客都知道，今天晚上她将会作出一个非常重要的决定，所以她的这几句话就显得分量十足。将军和托茨基彼此看了对方一眼，交换了眼色，加尼亚则痉挛似的颤抖了下。

"玩会儿沙龙游戏①倒是个不错的选择。"活泼的太太说道。

"我知道一个非常有意思的新的沙龙游戏。"费尔迪先科接过话，"只不过，这种沙龙游戏，我只玩过一次，而且没有成功。"

"什么游戏？"活泼的太太问。

"有一次，我和几个朋友聚在一起，我们喝了点酒，有人提议，我们每个人讲一件自己的事情，不用站起来，坐着讲就可以，但是要摸着良心说实话，说一件自己一生中干过的最坏的事，必须得是真的，重要的是要讲真话，不能撒谎！"

"奇怪的主意。"将军说。

"是啊，没什么比这更奇怪的了，将军大人，可是，妙就妙在这儿。"

"可笑的主意，"托茨基说，"不过这也不难理解，很显然，这是一种独特形式的吹嘘。"

"或许，就需要那样，阿法纳西·伊万诺维奇。"

---

① 原文为法语，沙龙游戏，字谜，起源于19世纪，常常作为饭后老头老太太的娱乐之一。

"不过，玩这样的沙龙游戏，只会让你哭，不会让你笑。"活泼的太太指出。

"这游戏根本玩不了，太荒谬了。"普季岑表示。

"成功了吗？"娜斯塔西娅·费利帕夫娜问。

"没有，而且结果很不好，每个人确实都讲了些事情，有些人说的是真话，你们根本想象不到，有几个人讲的时候甚至是津津乐道的，可之后所有人都觉得非常羞耻，难以忍受！不过，总的来说还是很有趣味的，当然，这是从某种特殊意义上来看的。"

"真的，这挺好的！"娜斯塔西娅·费利帕夫娜说道。所有人一下子都活络了起来。

"不妨试试，各位！确实，不知怎么的，我们好像都不大开心。如果我们每个人都愿意讲点……这类事情……当然，看个人意愿，本着自愿原则，各位如何？或许，我们能经受得住考验。至少这个游戏，别具一格……"

"真是一个绝妙的主意！"费尔迪先科马上附和道，"不过，女士们除外，男士们开始讲吧。就跟那时候一样，我们可以抓阄决定谁先开始！一定这样来，一定！如果谁实在不想讲，当然，也不勉强，不过也就太扫兴了。各位，把你们的阄都放到我这里，放帽子里，公爵先来抓。题目很简单，讲自己一生中最坏、最不道德的一件事，这太简单了，各位！你们瞧着吧！谁要是忘记了，我会立刻提醒他。"

大家都不喜欢这个主意。有人皱起了眉头，也有人狡猾地偷笑。一些人表示反对，但反对得并不坚决，比如伊凡·费道罗维奇，他觉得娜斯塔西娅·费利帕夫娜很喜欢这个奇怪的玩法，就不太想违背她的意愿。娜斯塔西娅·费利帕夫娜只要许了愿望，就总是会控制不住地自己去实现，哪怕这些愿望很任性，甚至对她来说毫无意义，现在她就像精神病发作一样地走来走去，间歇性地发笑，特别是当惶恐不安的托茨基发出反对声音时，她就对着他发出这种笑声。她黑色的眼睛中闪烁着亮光，苍白的脸颊上泛着两块红晕。有几位宾客脸上流露出了阴沉和轻蔑的神情，这或许更加点燃了她嘲讽愚弄人的欲望；或许，她喜欢的正是这个游戏能够撕下人伪善面具的残忍。有些人认为，她这么做是别有用心。不过，大家逐渐都同意了参与这个游戏。不管怎样，这个游戏令人十分好奇，对于好几个人来说还是非常诱人的。费尔迪先科兴奋地忙活着，比所有人都要卖力。

"如果有些事情……当着女士们的面不好说，怎么办？"一直没说话的年轻人害羞地问道。

"那您就不要讲这件事情呀，难道除此外就没有别的恶劣的行为了吗？"费尔迪先科说，"哎，您这个年轻人！"

"我不知道我的行为中哪一件算是最坏的。"活跃的太太插话说道。

"女士们可以获准不讲，"费尔迪先科重复道，"但仅仅是获准不讲，不过如有自愿讲的还是允许的。男士们如果有实在不想讲的，也可以不讲。"

"但要怎么证明有没有撒谎呢？"加尼亚问，"如果撒谎了，那么这个游戏就失去意义了。再说谁能保证说的一定是真话呢？大家肯定都会撒谎的。"

"单单看一个人在这种情况下怎么撒谎就已经是很诱人了。你啊，加尼亚，不用特别担心撒谎的事，因为撒不撒谎，大家都知道你最卑劣的行径。好了，各位，你们只需想一想，"费尔迪先科突然兴奋地嚷道，"只需想一想，在讲了自己的事情之后，以后我们会如何看待彼此！"

"这样可以吗？娜斯塔西娅·费利帕夫娜，你是认真的吗？"托茨基庄重严厉地问道。

"怕狼就别进森林里去!"娜斯塔西娅·费利帕夫娜冷笑着说。

"请问,费尔迪先科先生,难道这样,沙龙游戏就能玩得起来吗?"托茨基越发紧张不安,继续问道,"我敢说,这种游戏永远不会成功的,您自己也说了,有过一次不成功的经历。"

"怎么不成功了!我上一次讲的就是如何偷了三卢布,我确实拿了,也实话实说了!"

"就算如此,但是即使像您这样讲得煞有介事,让大家都信服了,这也是不可能成功的。加夫里拉·阿尔达利翁诺维奇说得对,如果撒谎了,那么这个游戏就失去意义了。只有在吹牛自夸那些粗俗肮脏的事情时,才有可能会讲真话;而在这里这是无法想象的,是有失体面的。"

"呵,您竟是高雅到了一定境界的人啊,阿法纳西·伊万诺维奇,这太让我震惊了!"费尔迪先科喊了起来,"各位,阿法纳西·伊万诺维奇认为,我不可能把自己偷东西的事情真实地说出来,他用这种巧妙的方式暗示我不可能干出偷窃这种事(因为这件事说出来有失颜面),尽管他本人私下里或许完全深信费尔迪先科极有可能干过偷盗的勾当!不过,各位,还是言归正传,阄已经差不多收齐了。阿法纳西·伊万诺维奇,您也把自己的阄放进去,这样就说明,没有人拒绝。公爵,您请抓阄吧!"

公爵没有说话,把手伸进帽子拿出了第一个阄——是费尔迪先科,第二个是普季岑,第三个是将军,第四是阿法纳西·伊万诺维奇,第五个是公爵自己,第六个是加尼亚,等等。这里面没有女士们放的阄。

"啊,天哪,真倒霉!"费尔迪先科叫了起来,"我倒希望,公爵是第一个，将军是第二个。不过，上帝保佑，好在伊凡·彼得罗维奇在我后面，算是对我的一个慰藉吧。好吧，各位，当然，我应该做个好榜样，但此刻我感到遗憾的是，我太渺小卑微了，我的头衔也是最小的，谁会在乎费尔迪先科干了什么恶劣之事呢？再说，哪件事是我干过的最恶劣的事呢？太多了，我无从选择。难道再讲一遍那个偷窃的故事吗？好让阿法纳西·伊万诺维奇相信，不当小偷也是可以偷窃的。"

"费尔迪先科先生，您现在让我相信，讲自己那些卑劣的行径，确实可以让人感到快乐甚至是享受，尽管以前没有人问过这些事……不过……对不起了，费尔迪先科先生。"

"开始吧，费尔迪先科，您说了太多废话了，而且没完没了！"娜斯塔西娅·费利帕夫娜有些生气了，烦躁地嘱咐道。

大家发现，在刚才那阵发笑之后，她突然变得忧郁、暴躁、易怒起来；虽然这样但她还是执拗霸道地坚持着自己的要求。同时，阿法纳西·伊万诺维奇异常痛苦。伊凡·费道罗维奇也让他很不高兴：他就像没事儿人一样，坐着喝香槟，或许，他在思考轮到自己时该讲的内容呢。

第十四章

"都怪我不会说俏皮话,娜斯塔西娅·费利帕夫娜,所以我才唠唠叨叨说了那么多废话。"费尔迪先科大声回复后,便开始了自己的陈述,"要是我也有像阿法纳西·伊万诺维奇或者伊凡·彼得罗维奇那样的高智商,我今天也会像他们一样一言不发地坐在那里。公爵,我一直认为,世界上的小偷人数远多于不是小偷的人,甚至没有那种一辈子没偷过一次东西的老实人。请问,您是怎么看的?这只是我的想法,不过我不想因此就得出所有的人都是小偷的结论,尽管,有时真的很想下这个定论。您是如何看的呢?"

"哼,您这话说得太愚蠢了,"达里娅·阿列克谢耶夫娜——就是活泼的那个太太——率先应声,"简直是胡说八道,不可能所有人都偷过东西,我就从来没有偷过。"

"您从来也没偷过东西,达里娅·阿列克谢耶夫娜;那么突然涨红脸的公爵先生对此怎么看呢?"

"我觉得,您说的是对的,只是夸大其词了。"不知为何会涨红脸的公爵说道。

"那么,公爵您本人,没偷过什么吗?"

"呵!真是愚蠢至极!您清醒下吧,费尔迪先科先生。"将军插了一嘴。

"显而易见,一到开始要讲了,您就变得不好意思了,于是就拉着公爵垫背，因为他是不会反抗的。"达里娅·阿列克谢耶夫娜一字一顿、清晰明了地说。

"费尔迪先科，您要么先讲，要么就闭嘴，管好您自己，您把我的耐心都给磨没了。"娜斯塔西娅·费利帕夫娜恼火地说道，字字尖锐。

"马上就讲，娜斯塔西娅·费利帕夫娜；既然公爵不否认，那么我是坚信公爵肯定会说真话的，那么，譬如某个人（没有指名道姓）什么时候想说真话了，那他会说些什么呢？再说回我的故事，各位，下面真的没什么好说的：故事很简单，很愚蠢，也很恶劣。但是请你们相信，我不是贼，我是偷了，但不知道是怎么偷的。这发生在前年，一个星期天里，发生在谢苗·伊万诺维奇伊先科的别墅里。客人们在他家吃午餐。午餐后男人们留下来喝酒。我突然想请他的女儿玛里娅·伊万诺夫娜小姐随便弹首曲子。我穿过角落里的一间房间，看见玛里娅·伊万诺夫娜房间的小工作台上放着三卢布，是一张绿色的纸币，大概是女主人拿出来用于家庭开支的。当时房间里没有人，我就拿了那张纸币，放进了自己的口袋里，至于为什么这么做，我自己也不知道。我到底是怎么了，我也不知道。我很快就返回餐厅，回到了自己的位置上。我一直坐着，等着，心中异常亢奋激动，嘴巴不停地絮叨，讲着笑话，哈哈大笑着。之后，我坐到了女士们的身边。过了半个小时左右，他们发现钱不见了，便开始寻找。几名女仆受到了盘查。一个名叫达里娅的女仆遭到了大家的怀疑。我表现得好奇满满、兴致勃勃。我至今还记得，达里娅惶恐不知所措时，我还劝她让她认错，并用脑袋担保玛里娅·伊万诺夫娜一定会善良处理的——这些话我是当着大家面讲的。所有的人都看着我，而钞票明明在我口袋里，我却在开导别人，对此我竟感到十分满足。这三卢布，我当天晚上就在饭店买酒花掉了。我一进饭店，就要了一瓶拉菲特①；在这之前我从来也没像这样只要一瓶酒，别的什么也不要，我只想尽快把这些钱花掉。无论是当时还是后来，我都没有感受到良心的谴责。但是同样的事儿我不会再干第二回了，相信与否，都随你们，我是不感兴趣了。好了，讲完了。"

"由此看来，这肯定，不是您最坏的行为。"达里娅·阿列克谢耶夫娜极为厌恶地说道。

"这是一种心理问题的表现，而不是行为。"阿法纳西·伊万诺维奇纠正道。

"那么，那个女仆怎么样了？"娜斯塔西娅·费利帕夫娜问道，毫不掩饰自己的厌恶之情。

"显而易见，那个女仆第二天就被逐出了家门。这家人的规矩很严格。"

"您就任其而为了？"

"说得真有意思！难不成我要说是我自己干的？"费尔迪先科嘿嘿地笑了起来。不过话又说回来，他讲的故事给大家留下了相当不愉快的印象，这在某种程度上让他大吃一惊。

"真是肮脏无耻！"娜斯塔西娅·费利帕夫娜大声喊着。

"咦！您想从别人那里听到他最恶劣的行为，却又想让这行为的外表熠熠闪光！丑恶的行为总是无耻肮脏的，我们倒是可以从伊凡·费道罗维奇那里听到点您想要的，仅仅外表光鲜亮丽的事情，还少吗？因为他们有自己的马车，所以想伪装得很善良。有自备马车的人还少吗？……可这些用什么手段得来的……"

---

① 一种红葡萄酒，因它的产地为法国拉菲特城堡而得名。

换而言之，费尔迪先科已经完全无法克制自己，突然暴怒起来，甚至到了忘乎所以的地步，失了分寸，他的整张脸几乎都变了形。虽然如此奇怪，但极有可能是——他没想到自己讲的故事不仅没有得到别人的认可还带来了相反的效果。正如托茨基所说，这种低级、愚蠢的失误，以及"特别的吹牛皮方式"都是经常发生在费尔迪先科的身上的，这也完全符合他的性格。

娜斯塔西娅·费利帕夫娜气得发抖，她瞪目瞪着费尔迪先科；后者一下子就胆怯了，闭嘴了，吓得几近浑身打冷战——他是跑得太远了。

"是不是彻底结束了？"阿法纳西·伊万诺维奇狡猾地问。

"该我了，但我享有特权，就不讲了。"普季岑果决地说。

"您不想讲？"

"讲不了，娜斯塔西娅·费利帕夫娜，我认为这种沙龙游戏完全是行不通的。"

"将军，似乎接下来该您了。"娜斯塔西娅·费利帕夫娜对着他说道，"如果您也拒绝了，那么跟在您后面的人都会中断分享，我会觉得十分遗憾的。因为我打算在最后讲一个'我自己生活中'的故事，但只想在您和阿法纳西·伊万诺维奇后面讲，因为你们一定会鼓励我。"她说完，大笑了起来。

"哦，既然您都答应讲了，"将军热情洋溢，大声表示，"那么，我准备好要讲给您听了，哪怕是用我整个一生来讲；但是，说实在话，在我等候的时候，我已经准备好了一个趣事……"

"单凭将军大人的样子就能判断出，他的故事已经用某种特别的文学修辞手法包装过了。"仍有几分窘意的费尔迪先科大胆指责，嘴边带着几分坏笑。

娜斯塔西娅·费利帕夫娜匆匆瞥了一眼将军,也暗暗笑了一下。但显而易见,她身上的痛苦与焦躁越来越强烈。阿法纳西·伊万诺维奇在听到她答应讲故事之后,便愈加惶惶不安。

"各位,与所有普通人一样,我一生中也有过一些并不优雅的行为。"将军打开了话匣子,"我现在要讲的这个小故事,是我认为自己一生中做过最恶劣的事。事情过去差不多已有三十五年了,但是每每回忆起来,我总是无法释怀。其实,这件事情挺蠢的,当时我刚成为准尉,在军队里干苦差。哎,众所周知,准尉是个什么情况,激情澎湃,斗志昂扬,可经济上拮据得很。那时我有个勤务兵叫尼基福尔,悉心操持着我的日常生活,为我节省了很多开支,缝补、打扫、清洁,什么都做,各处节俭,甚至四处去偷他所能搞到的一切,就为了增补家用——真是一个最忠实、最真挚的人。我曾是个十分严格的人,但也很公正。有段时间我们碰巧驻守在一座小城里。我的处所被分在了城郊,那是一个退伍少尉寡妇的家。这位少尉遗孀八十岁左右,或者至少也将近八十了。她的小木房子很破旧,家里的情况也很糟糕,甚至穷得连个服侍的女仆都没有。但她有一个最重要的特点:过去,她曾有一个亲属众多的家族;但是,一些人先她去世,另一些人散落他乡,还有一些人则忘记了这个老太婆。她在四十五年前埋葬了自己的丈夫。几年前还有个侄女陪她一起生活,是个丑陋驼背的女人,听说长得像妖怪,有一次甚至还咬了老太婆的手指。后来侄女也死了,就这样老太婆孤苦伶仃地勉强熬过了三年。我们住在她那里觉得很无聊,她本身又是个没意思的人,从她那里完全不可能寻到什么乐子。后来她偷了我一只公鸡。这件事到现在还没弄清楚,但除了她没有别人。因为公鸡,我们吵了一架,吵得很凶。这时正好出现一个情况:据我起初的请求,上面要给我换一个住所,在城郊的另一头,是一个大胡子商人的家，那家人口众多。我和尼基福尔便十分愉快地搬了家，气汹汹地离开，只留下了老太婆一人。三天后，我操练归来，尼基福尔就报告我说：'长官，我们的汤盆留在了旧房东那里，现在没盆可以盛汤了。'我当然很惊讶：'怎么回事，我们的盆为什么会留在那个老太婆那里呢？'同样纳闷的尼基福尔继续报告说，我们搬走的时候，房东不肯把汤盆还给他，原因是我曾打破了她的一只瓦罐，她就扣了我们的汤盆抵债，还说似乎是我自己提出的这种抵债方式。毫无疑问，我当时无法忍受她的这种卑鄙行径，年少气盛的我，顿时热血沸腾起来，跳起来便飞奔去找她。当我到那个老太婆家里的时候，可以说，我已经情绪激动到无法控制。我看见她一个人孤零零地坐在外屋的角落里，似乎在躲着阳光，一只手托着脸。你们知道吗？我上去就对她大发雷霆，骂她的话倾泻而出，骂她什么的，什么的——你们知道吧，就这样拿俄语骂的。但是我看了看她，又觉得哪里奇怪。她瞪着眼睛，面朝着我坐着，什么话都没说，她就这样十分奇怪地看着我，身体似乎在晃动。后来，我情绪平静下来，仔细地打量着她，问她话，她还是一句都不回答。我狐疑地站了一会儿，苍蝇嗡嗡叫着，太阳准备下山，周围很安静。最终，我在十分尴尬的情形下离开了。还没有到家，我就被召去见少校了，之后又去了连队，因此到家的时候已经是晚上了。尼基福尔见到我，开口第一句话就是：'长官，您知道吗？那个女房东死了。''什么时候？''今天傍晚，就在一个半小时前。'也就是说，我骂她的时候，她正处于弥留之际。这件事让我惊呆了。我心里总是在想这件事，脑海中时常会浮现她的样子，甚至夜里都会梦见她。我当然是不信邪的，但是第三天还是去教堂参加了葬礼。总而言之，时间过得越久，她的样子就越频繁地出现在我的脑海里，并不是相信什么，而是有时一想到她，心里就会变得不好受。还有重要的是，我最终感悟到了什么：首先，这个女人，这么说吧，在我们这个时代被称为有生命之躯的、仁慈的人类，她活着，活了很久，活得太久了。她曾有过孩子、丈夫、家庭、亲人，这些人围绕着她，热闹欢腾，处处洋溢着欢声笑语，可突然，转瞬间，所有都烟消云散了，独留她一人，就好像……一只生来就被诅咒的苍蝇。终于，上帝来引领她走向终点了，伴随着西下的夕阳，我的房东老太婆随着静静的夏日晚风飘然远逝——当然，她不无告诫启发世人之意；可就在这一瞬间，没有所谓的诀别的泪水，只有一个年轻准尉两手叉腰，为了一个汤盆破口大骂，用恶毒的话语送她离开人世！毫无疑问，我是有罪的，虽然由于时过境迁以及个人性格的改变，我早已以一个旁观者的角度来审视自己的行为，但一直怀揣愧疚之心。因此，我再重申一次，我甚至觉得奇怪，尤其是，即便我有罪，那也不能全归罪于我。她为什么偏偏要在这个时候辞世呢？当然，对此还有一种辩解：我的行为在某种程度上是一种心理作用。但是，我仍然难以安心，直到十五年前——我将两位常年抱病的老太太送到养老院供养，为的是让她们在人世的最后一段日子过得好些。我在考虑捐一笔款作为永久性的慈善基金。好了，就是这些，我说完了。我重申一遍：或许，我一生中犯过很多罪孽，但凭良心说，我认为这件事是我这一生中最恶劣的一次。"

"将军大人，您用人生中的一件好事代替了最恶劣的行为，简直是在欺骗费尔迪先科啊！"费尔迪先科总结道。

"还真是的啊，将军，我也没有想到，您竟然还有一颗善良的心，我甚至感同身受地有些可怜您。"娜斯塔西娅·费利帕夫娜毫不客气地说道。

"可怜？为什么？"将军殷切地笑着问道，得意地啜了一口香槟。

接下来轮到阿法纳西·伊万诺维奇了，他也已经准备好了。大家估计他会和伊凡·费道罗维奇一样，不会表示拒绝，并且出于某种原因，大家都十分好奇，期待着他讲故事，与此同时又时不时地打量一下娜斯塔西娅·费利帕夫娜。阿法纳西·伊万诺维奇露出一副严肃庄重神态，用和蔼可亲的声音开始讲述一个"动人的故事"。顺便说一下，他是个风度翩翩的人，形象威严，个头高大，身材肥胖，有些秃顶，头发有些斑白，一张松软红润、微微下垂的脸颊，嘴里镶着几颗假牙。他着装宽松，优雅讲究，衬衣精美。他那一双白净丰满的手不由得引人侧目，右手的食指上戴着一枚非常贵重的钻石戒指。娜斯塔西娅·费利帕夫娜在他讲故事的过程中，一直在专注地看她自己衣袖上皱起的花边，并努力用左手的两个指头将它拉展，因此都没有去看讲故事的人。

"是什么能将我很难做到的事变得非常容易起来，"阿法纳西·伊万诺维奇开始说道，"那一定不会是别的，肯定是讲述自己最恶劣的行为。在这种情况下，当然，是不会有什么犹豫的，良心以及心中的记忆会立刻提醒你，应该讲些什么。我痛苦地意识到，在我一生中有很多，或许是轻率的以及……轻浮的行为，其中一件事，给我留下了深刻的印象，而这印象已经沉重地埋进了我的记忆中。事情大约发生在二十年前，当时我去普拉东·奥尔登采夫·彼加·沃尔霍夫斯科伊的乡下庄园拜访。他刚被选为贵族首长，带着年轻的妻子去度假。那时刚好安菲莎·阿列克谢耶夫娜快过生日了，于是便举办了两次舞会。当时小仲马那本令人喜爱的小说《茶花女》在上流社会一炮走红，风靡一时。在我看来，其内容的诗情画意，必定是长盛不衰、风华常青的。在其他各省，所有的女士们，但凡读过这本书的女士们，无不为之赞叹，甚至着迷疯狂。引人入胜的故事情节、主人公别具一格的命运安排、那个被刻画得十分细腻的诱人世界，以及所有这些迷人的细节

（例如，根据场景变化轮番使用白茶花和红茶花花束）——总之，所有这些讨喜的小细节以及这一切加起来的全景，给人带来了极具震撼的效果。茶花成为与众不同的时髦货。大家都要茶花，大家都去寻茶花。我想问下你们：每个人都为了参加舞会去找茶花，尽管舞会并不多，可在区区一个小县城里，能弄来那么多的茶花吗？彼加·沃尔霍夫斯科伊这个可怜虫当时为给安菲莎·阿列克谢耶夫娜弄茶花，备受煎熬。说真的，我也不知道，他们之间是否有什么，不，我想表达的是，彼加·沃尔霍夫斯科伊有没有正常、庄重的愿望？可怜他为了在傍晚前给安菲莎·阿列克谢耶夫娜弄到茶花参加舞会，疯了一般。从圣彼得堡来做客的省长夫人——索茨卡妞伯爵夫人，以及索菲亚·别斯帕洛娃，据说，应该是带着白色的花前来的。安菲莎·阿列克谢耶夫娜为了达到一种特殊的效果，偏偏想用红色茶花，可怜的普拉东被弄得精疲力竭。当然，他是她的丈夫嘛。他承诺一定能弄到花，可结果呢？卡捷琳娜·亚历山德罗夫娜·梅季谢娃早他一天抢先拿走了所有的花，她是安菲莎·阿列克谢耶夫娜的死对头，两人曾结过梁子。显然，安菲莎·阿列克谢耶夫娜歇斯底里了，几乎昏厥过去。普拉东这下完了。显而易见，如果彼加能在这个关键时刻弄到花来，那么他的事或许还有大大的转机。这种情况下女人都是会十分感激的。他四处奔走，但事情毫无进展。在生日舞会前夕，已经是夜里11点了，我在奥尔登采夫的女邻居——玛里娅·彼得罗夫娜那里忽然遇见了他，他神采奕奕的，看上去很高兴。我便问他，'您这是怎么了？''我找到了！埃夫里卡！[①]''哎呀，老兄，你真是太让我吃惊了！在哪儿找到

[①] 原文为希腊语，译"埃夫里卡"，意思为找到了，发现了。传说，古希腊学者阿基米德在洗澡时偶获灵感，发现了浮体定理（阿基米德定理），高兴地叫出"埃夫里卡"。

的？怎么找到的？''在叶克沙伊斯克（离这儿二十多俄里的小城，不是我们县），有个叫特列帕洛夫的商人，是个大胡子，非常富裕，跟老伴儿一起生活，没有孩子，就养些金丝雀。他们两个人非常喜爱养花，他家有茶花。''快拉倒吧，不会真能给吧，那，要是他们不给，怎么办？''那我就跪下来，跪在他脚边求他们，他们什么时候给我就什么时候走！''你什么时候去？''明早天一亮我就去，五点钟。''好吧，上帝保佑你！'就这样，我很是为他高兴，我回到奥尔登采夫家的时候，已经深夜了，我脑海里反复回想着这件事。我正打算躺下睡觉，突然灵光乍现！我立即穿过走廊来到厨房，叫醒了马车夫萨维利，给了他十五卢布，让他在半小时内把马备好！半小时后门口果然已经停好了一辆马车式雪橇。仆人们告诉我，安菲萨·阿列克谢耶夫娜正在犯偏头痛，发烧，说胡话。于是我坐上雪橇就走了。没到五点的时候我已经到叶克沙伊斯克了，在旅店等到天亮，也就只待到天亮。差不多七点钟的时候我到了特列帕洛夫那里。说明来意后，便问道：'有茶花吗？大爷，亲爹，请您帮帮忙，救救我，我给您磕头去！'老人家个子很高，头发花白，看上去神情非常严肃，是个有点吓人的老头。'不，不，无论如何我也不会答应的！'我咚的一声跪在他腿边！跪着跪着就伸展趴下了！'您是怎么了，先生，您怎么了？'他简直被吓坏了。'这可是人命关天的事啊！'我冲着他喊道。他说：'既然如此，看在神的面子上，那您就拿去吧。'我立刻剪了一些红茶花！他整个小温室里种的全是茶花，长势喜人，美丽极了。老人家连叹了几口气。我掏出了一百卢布给他。他说：'不，老兄，请别用这种方式让我难堪。'我说：'既然如此，尊敬的老人家，就请您把这一百卢布捐给当地的医院，用以改善大家的伙食。'他说：'先生，那这就另当别论了，这是善良又高尚的好事，为您祈福，我会捐赠的。'你们知道吗，我开始喜欢上这个俄国老头了,可以说,这是个地道的俄国人。我因为事情办得很顺利而欣喜若狂,立即动身返回;为了避免碰上彼加,我们是绕道回去的。我一到,便立即派人赶在安菲沙·阿列克谢耶夫娜醒来之前把花送了过去;你们可以想象下,女主人欣喜若狂,满是感谢之意,流下激动的泪水的场面!普拉东昨天还是垂头丧气,死气沉沉的,当时竟然伏在我胸前痛哭流涕。哎,自古以来所有……合法婚姻的丈夫都是这样!我不敢再说些什么,但是可怜的彼加因为这件事身体彻底垮了。一开始我以为,他一旦知道这件事,一定会杀了我,我甚至已经做好了见他的准备。但发生的事让我不敢相信:他昏倒了,傍晚时说起了胡话,快到早上的时候则开始发热病,像个孩子般地号啕大哭,浑身抽搐。一个月后,他的身体一痊愈,便出发去了高加索,这真是件戏剧化的事情!最后,他在克里米亚战死了。那时他还有个兄弟叫斯捷潘·沃尔霍夫斯科伊,指挥过一个团,战功赫赫。我承认,后来,甚至许多年后,我都一直受着良心的谴责:我到底为什么,究竟是为什么这样打击他呢?若当时是因为我喜欢安菲沙·阿列克谢耶夫娜,也就罢了。可那不过是恶作剧,外加献殷勤的小把戏而已,别无其他。如果不是我半道截走了花儿,谁知道他是不是能活到现在,也许很幸福,颇有成就,但怎么也不会去跟土耳其人打仗的。"

阿法纳西·伊万诺维奇严肃庄重地沉默了下来,正如开始讲故事时一样。大家都注意到,当阿法纳西·伊万诺维奇说完的时候,娜斯塔西娅·费利帕夫娜的眼中似乎闪烁着异样的光芒,甚至嘴唇都哆嗦了一下,大家都好奇地望着他们。

"您骗了费尔迪先科!说得跟真的一样!不,简直是太像了!"费尔迪先科带着哭腔嚷道。他知道,现在是可以插话也是应该插话的时机。

"谁叫您自己不懂事呢？那就向聪明人学学吧！"接近得意的达里娅·阿列克谢耶夫娜打断他的话道。她是托茨基的忠实老友。

"您说得对，阿法纳西·伊万诺维奇，沙龙游戏的确很无聊，还是快点结束它吧。"娜斯塔西娅·费利帕夫娜漫不经心地说道，"我先把自己答应要说的事情说完，之后大家就玩牌吧。"

"先讲答应要讲的故事吧！"将军热情地赞同道。

"公爵，"娜斯塔西娅·费利帕夫娜突然出乎意料地转向他说，"这里都是我的老朋友，将军和阿法纳西·伊万诺维奇总是想让我嫁人。请问对此您怎么看？我是应该嫁还是不嫁？您怎么说，我就怎么做。"

阿法纳西·伊万诺维奇脸色变得惨白，将军连带愣住，所有人都睁大眼、伸着头看热闹。加尼亚呆呆地站在原地。

"嫁……嫁给谁？"公爵低声轻语问。

"嫁给加夫里拉·阿尔达利翁诺维奇·伊沃尔金。"娜斯塔西娅·费利帕夫娜用尖锐、生硬且清晰的声音说道。

安静了几秒钟后，公爵似乎竭力想说什么，却又说不出来，如同胸口有一块大石压着。

"不……别嫁！"他终于低声吐出了一句话，并用力呼了口气。

"那么，就这样吧！加夫里拉·阿尔达利翁诺维奇！"娜斯塔西娅·费利帕夫娜用威严的口气，取得胜利似的对他说道，"您听见，公爵的决定了吗？好了，这同样也是我的决定。让这件事就此了结吧！"

"娜斯塔西娅·费利帕夫娜！"阿法纳西·伊万诺维奇用颤抖的声音叫着她的名字。

"娜斯塔西娅·费利帕夫娜！"将军的语气听起来像是在劝说，但又透着惊慌失措。

房间里顿时引起了一阵小小的骚动，大家都惶恐不安起来。

"你们是怎么了,各位?"她似乎有些疑惑和惊讶地看着客人们,继续问道,"你们为何如此紧张?瞧瞧你们每个人的脸色!"

"可是……您回忆下,娜斯塔西娅·费利帕夫娜,"托茨基结结巴巴低语道,"您承诺过的……完全是自愿的,您至少该保留些您的怜悯……我感到很为难……当然也很困窘,但是……总之,现在,在这种情况下,在……公众场合,所有的事情就这样……用这种沙龙游戏来结束一件严肃的事情,一件关乎名誉和终身的大事……要清楚,这事可是决定……"

"我不明白您的意思,阿法纳西·伊万诺维奇,您可真是糊涂了。首先,什么叫'公众场合'?难道在座的不是我们极为要好的亲朋好友吗?其次,跟'沙龙游戏'有什么关系呢?我是真的很想讲讲自己的故事,喏,这不就讲了吗,难道不好吗?为什么您说'不严肃'呢?难道这还不严肃吗?您听见了,我对公爵说了'您怎么说,我就怎么做',如果他说'嫁',我立马同意嫁,但他说了'不',所以我就拒绝了。我整个一生的幸福不都取决在这一瞬间了吗,还有比这更严肃、更认真的吗?"

"但是这事跟公爵有什么关系呢?再说,公爵是什么人呢?"将军喃喃低语,他几乎已经无法克制住自己的愤怒之情,对公爵能拥有这样的权威,他感到委屈和愤懑不平。

"因为公爵是我有生以来第一个信得过的真正忠实之人。他只见了我一面,就对我十分信任,我也信任他。"

"我只能谢谢娜斯塔西娅·费利帕夫娜用这种极为客气的态度……对待我。"可怜的加尼亚终于用颤抖的声音开口说了话,"当然,事情本该如此……但是……公爵……公爵与这件事……"

"按次序该提到七万五千卢布了,是吗?"娜斯塔西娅·费利帕夫娜突然打断他的话，说道，"您是想说这个吗？可别矢口否认，您肯定是想提这个的！阿法纳西·伊万诺维奇，我忘了补充一点：请您把这七万五千卢布拿回去，同时，告诉您，我无条件地给您自由。行了！您也可以松口气了！九年零三个月！明天将会是新的开始，而今天——我的生日，我自己做主，这是我整个人生中的第一次！将军，也请您把您送的珍珠拿回去，送给您的夫人吧，拿着。从明天起，我将彻底搬出这套公寓。以后再也不会举办晚会了，各位！"

她说完这些话，突然站起身来，似乎想离开。

"娜斯塔西娅·费利帕夫娜！娜斯塔西娅·费利帕夫娜！"会客厅四面八方响起叫喊声。大家都焦躁不安起来，所有人都起身离开自己的座位，将她团团围住。所有人都怀着惴惴不安的心情听她说着这些冲动的、激昂的、恼怒的话语。大家都觉得很不对劲，可谁也弄不明白其中缘由。就在这个瞬间，门铃突然猛烈地响了起来，就跟上午那会儿加尼亚家响起的门铃声一模一样。

"啊——啊！可算要收场了！终于来了！十一点半！"娜斯塔西娅·费利帕夫娜高声喊道，"各位，你们请坐，此事要完结了。"

说完，她自己坐了下来。她的嘴角边绽放着一丝怪异的微笑。她一言不发地坐着，一边激动地等待着，一边注视着门口。

"毫无疑问，肯定是罗戈任带着十万卢布来了。"普季岑喃喃自语。

第十五章

女仆卡佳慌里慌张地走了进来。

"天知道是怎么回事，娜斯塔西娅·费利帕夫娜，门外闯进来十来个人，全都醉醺醺的，要求进会客厅，其中一人说是叫罗戈任，还说您认识他。"

"的确如此，卡佳，放他们进来吧。"

"难道……放所有人进来吗，娜斯塔西娅·费利帕夫娜？他们全都是些不成体统的家伙。十分可怕！"

"所有人，把所有人都放进来，卡佳，别害怕，每一个都放进来，即使你不放，他们也是会闯进来的。瞧他们吵吵闹闹的样子，就跟之前一样。各位，"她转头对客人们说道，"当着你们的面，我竟接待这么一伙人，你们或许在抱怨了。我实在抱歉，请恕我不得不如此，我非常非常希望你们能在这场戏即将完结之时，同意做我的见证人，不过话说回来，见证这事儿由你们决定……"

客人们仍然一副惊愕的模样，相互交头接耳，彼此使着眼色，但是这会儿大家已经完全明白，这些都是事先预谋安排好的，显然娜斯塔西娅·费利帕夫娜疯了，但现在已经无法让她改变主意。大家的好奇心都很大，并且没有人害怕。在座的两位女宾：达里娅·阿列克谢耶夫娜，那个活跃的太太，她见过各种世面，没有什么事情会轻易让她感到尴尬；另一位，是一个貌美但少言寡语的陌生女士，不过，这位少言寡语的陌生女士也未必能明白什么，因为她是位远道而来的德国人，不会一点儿俄语，除此之外，似乎她的美貌都是智商换来的。她初来乍到便已经接受了不少知名的宴会的邀请。她身着华丽的服饰，发型梳得像参展似的，她被当作一幅美丽的插画放置在席间用以"装点晚会"，就像有些人为了举办晚会，临时向朋友借用的一幅画、一只花瓶、一尊雕像或一座屏风一样，仅用一次而已。至于男士们，普季岑是罗戈任的好友；费尔迪先科则是如鱼得水；加尼亚还没有回过神来，虽然他精神恍惚，但抑制不住内心的强烈渴望，他宁可遭受奇耻大辱也不愿逃离；教师老头尚未弄清怎么一回事，他将娜斯塔西娅·费利帕夫娜当成自己的孙女，当他发觉周围以及她身上散发出的异常焦虑时，吓得瑟瑟发抖，差点没哭出来，但是让他在这种情况下丢下她，还不如让他去死；至于阿法纳西·伊万诺维奇，他当然是不能让自己的名誉在这种意外之事中受损的，尽管这件事已经出现了这么一个令人发狂的转折，但他与此息息相关，再说娜斯塔西娅·费利帕夫娜说的几句话中，就有两三句是关于他的，因此他必须要弄清楚这件事，无论如何也不会离开。他决定一直待下去，而且全程保持沉默地做一个旁观者，当然，他是为了自己的尊严，才这样做。只有叶潘钦将军一人不同，他因为刚刚娜斯塔西娅·费利帕夫娜用那种没有礼貌且很可笑的方式将他的礼物归还，而使他感到莫大的羞辱，现在当然在为这些不同寻常的怪事恼火，或者说，因为罗戈任的出现而更加生气。况且像他这样的人，与普季岑、费尔迪先科坐在一起，本来就已经是屈尊了；如果说冲动的欲望能驱使，那么责任感、义务感、官衔以及地位意识，甚至是自尊心一定也能取而代之。因此，有他这个将军在场，是无论如何也无法容忍罗戈任一伙进来的。

他刚向娜斯塔西娅·费利帕夫娜提出这一点，她马上就打断了他的话:"哎呀,将军,我竟忘了!但请您相信,关于您,我早就考虑到了。虽然我很希望您能在我身边,但既然您如此为难,我也就不强留您了。但不论怎么样,我们相识一场,承蒙您对我的抬爱,但是既然您害怕……"

"说什么呢,娜斯塔西娅·费利帕夫娜!"将军在舍己为人的骑士精神的冲动下高声陈词,"您这是在对谁说话?就是为了表示对您的忠诚,我现在更是要留在您的身边,假如要是有什么危险的话……更何况,说实话,我也十分好奇。刚才,我只是想提醒您,他们可能会弄坏地毯,也许还会摔碎什么东西……所以,依我看,完全没有必要放他们进来,娜斯塔西娅·费利帕夫娜!"

"罗戈任来了!"费尔迪先科高呼道。

"阿法纳西·伊万诺维奇,您怎么看?"将军匆忙对他低语道,"她是不是疯了?我不是在讽刺,是说医学意义上、真正的疯了。"

"我已经跟您说过了,她时常喜欢这样。"阿法纳西·伊万诺维奇狡猾地低声回复道。

"而且还伴随着寒热……"

罗戈任一伙人几乎还是上午的那几个,只是新加入了两个人,一个是不成器的老头儿,他以前曾是一名放浪小报的编辑,专门揭人隐私,有件趣闻曾提到过他,说他把自己镶的金牙都拿去当了,买了酒喝;另一个是一名退伍的少尉,就其职业和职能来说与上午那位握着拳头的先生旗鼓相当,他压根都不认识罗戈任一伙人,只是在涅瓦大街向阳这边的街上被搭过来的,他在那儿拦行人,用马尔林斯基[①]文体请求救济,还有一个奸诈的借口,说他自己"当年给那些乞讨的人,

---

[①] 俄国十二月党人作家,激进派。

一次性就给十五卢布"。两个旗鼓相当的人立马互相敌视起来——在接纳这个"乞讨者"入伙后，原来的那位握着拳头的先生甚至觉得自己受了委屈，因为他一直不爱说话，只是有时像熊一样发出低沉的怒吼声，他非常瞧不上"乞讨者"那阿谀奉承以及献媚的行为，而少尉其实是位擅长交际、会耍手段的人。从外表来看，少尉更希望以智力取胜而不是用蛮力制人，况且他也比拳头先生矮一截。他为人世故，绝不明争，但是酷爱自我吹嘘，已经有好几次暗示说英国式拳击的妙处，总之，他是个纯粹的西方派。拳头先生在听到"拳击"这个词的时候，只是蔑视和气恼地冷笑，就他而言，他也不屑与对手争辩什么，只是默默地、仿佛不在意似的展示着，更确切地说，是在伸着一个极具民族本性的玩意儿——一个青筋暴起、骨节粗大、表面还长满了一层红棕色绒毛的、硕大的拳头。于是大家便都明白了，如果被这个极具民族本性的玩意儿击中的话，那么绝对会变成肉酱。

他们这伙人现在的状态就像上午那会儿一样，没有哪个是彻底"酩酊大醉的"，这还多亏了罗戈任，因为他这一整天都惦记着拜访娜斯塔西娅·费利帕夫娜，他本人差不多已经完全清醒了，但因为今天发生的这些乌烟瘴气、可以说是前半生从未发生过的事，而头昏脑涨。只有一件事，让他每一分钟、每一瞬间都难以忘记，刻在记忆中，留在心坎间。为了这件事，上午五点到十一点这段时间，他都是在无限痛苦和焦虑中度过的，他和金杰尔、比斯库普一起前忙后，也差点儿把他们给弄疯了，这帮放高利贷的人四处奔波拼凑以满足他所需。当然，娜斯塔西娅·费利帕夫娜用嘲弄、含混不清的口吻暗示的这"十万卢布"，他们这么快凑齐就是为了收利息，对于这点，甚至是比斯库普本人都不好意思跟金杰尔大声议论，只是悄悄讨论。

如上午那般，罗戈任走在所有人前面，其余的人跟在他身后，虽然他们知道自己阵仗大，人又多，但还是有些畏惧。上帝才知道为何他们害怕娜斯塔西娅·费利帕夫娜。这些人中甚至有些觉得，他们马上就会被推下楼梯。顺便一提，穿着考究服装的扎廖热夫也是这么想的。但是其他人，尤其是拳头先生，虽然没有出声说话，可心里却极为蔑视甚至是敌视娜斯塔西娅·费利帕夫娜，他们到这儿就像来围攻城堡一样。但是当他们经过前面两个房间时，惊讶于里面富丽堂皇的陈设和从未所见甚至从未所闻的玩意儿，稀有的家具、装饰画，以及巨大的维纳斯塑像——所有的这一切都让他们肃然起敬，甚至还有几分畏惧。当然，这并不妨碍他们揣着厚颜无耻的好奇心跟在罗戈任后面挤入客厅。但是当拳头先生、"乞讨者"以及其他几人发现叶潘钦将军也在宾客中时，一瞬间失去了所有自信，甚至开始盘算溜走撤退，退到另一间房间去。只有列别杰夫一人非常振奋，最有自信，他几乎与罗戈任并排前行，他明白，一百四十万的财产以及此刻罗戈任拿在手中的十万卢布真正意味着什么。不过话又说回来，应当指出，他们这些人，就连识人行家列别杰夫也不例外，对自己能力上限的评估和认知有些偏差，他们现在真的都不知道，什么能做，什么不能做。有时候列别杰夫准备发誓说什么都能干，有时却需要暗自搜索脑海里某些有鼓舞和安慰作用的法律条款，使自己定神壮胆，以防万一。

娜斯塔西娅·费利帕夫娜的客厅带给罗戈任本人的感受与其他同伴的不同。门帘一掀起，他就只能看到娜斯塔西娅·费利帕夫娜，眼里再看不到其他人了，就如同白天那般，甚至比上午那阵儿的感受更加强烈。他的脸色顿时煞白，时间一瞬间停止了，可以猜得到，他的心跳得很快。他胆怯而不知所措地、目不转睛地看了娜斯塔西娅·费利帕夫娜几秒。突然，他仿佛丧失了所有理智，趔趔趄趄走近桌子，半路上还被普季岑坐着的椅子绊了一下，脏兮兮的长靴踩到了寡言少语的德国美人那华丽的浅蓝色衣裙的花边。他没有道歉,甚至没有意识到踩了别人。当他走到桌前,立刻将一包奇怪的东西放在上面,就是那包,他一进客厅就用双手捧在自己胸前的东西。这是一个大纸包,高约三俄寸,长约四俄寸,用一张《交易所公报》严严实实地包着,并用绳子从四面捆得很紧,还交叉捆了两道,就像捆了一大块圆锥形的糖。然后,他一言不发垂着双手站在那儿,仿佛在等待自己的判决书。他穿的还是上午那身衣服,除了脖子上围了一条全新的翠红相间的丝质围巾,佩戴着一枚图案为甲虫的钻石别针,他脏兮兮的右手指上戴着一枚硕大的钻戒。列别杰夫走到离桌子三步之遥的地方,其余的人渐渐聚集到客厅里。娜斯塔西娅·费利帕夫娜的仆人卡佳和帕莎极度惊恐地跑过来撩起门帘朝里张望。

"这是什么?"娜斯塔西娅·费利帕夫娜专注而好奇地看了一眼罗戈任,目光盯着那包东西,问道。

"十万卢布!"对方用几乎听不见的声音说道。

"您倒是说话算数的,好样的!请坐,坐这儿,就坐在这张椅子上。稍后我有话要对您说。还有谁是跟您一起来的?还是上午的那伙人吗?那让他们进来坐吧;可以坐在那边的沙发上,那里还有位置。那儿还有两把扶手椅……他们怎么了,不想坐还是怎么回事?"

有些人确实感到难为情,仓皇地退了出去,在另一间房间里坐下来等候着,但有些人留了下来,按主人的邀请各自入座,只是离桌子有点远,大都坐在角落里。一部分人略有收敛,另一些人则越来越振奋,不知怎么的振奋得有些不自然。罗戈任也坐到指定的椅子上,但没坐多久就站了起来,他坐不住了。渐渐地,他开始辨认打量起客人们来。看见加尼亚时,他恶狠狠地笑了一下,暗自咕哝道:"瞧你这副德行!"当看见将军和阿法纳西·伊万诺维奇时,他毫不难为情,甚至一点都不好奇地瞥了一眼。但是，当他发现娜斯塔西娅·费利帕夫娜身旁站的是公爵时，则一直无法挪开眼，他感到十分惊讶，似乎难以理解为何会在这儿见到他。可以猜到，他已经有些许的神志模糊了。除了今天遭受的多次波荡，他昨天整夜都是在火车上度过的，几乎两天两夜没有睡觉了。

"诸位，这是十万卢布，"娜斯塔西娅·费利帕夫娜用一种狂热的、急不可耐的挑衅语气对大家说道，"就在这个肮脏的纸包里，白天那会儿，他就像疯子一般吼着晚上要给我送十万卢布来，我一直在这里等着他，他要买我：开始是一万八，然后一下子跳到四万，再然后就是这十万。他倒是说话算话！瞧，他的脸色有多苍白！……这一切都是上午那会儿在加尼亚家发生的。我去拜访加尼亚的母亲，拜访我要嫁入的家庭，而在那里，他妹妹当面对我喊道：'难道你们中间就没有一个人能将这个不知羞耻的女人从这里带走吗！'，还朝她哥哥加尼亚的脸上啐了一口。真是个有个性的姑娘！"

"娜斯塔西娅·费利帕夫娜！"将军以好似责备的口气呼喊她的名字。他连猜带蒙地开始有些明白事情的原委了。

"怎么了，将军？不像话，是吗？算了，装腔作势真的是够了！过去，我像个高不可攀、端庄高尚的闺阁千金坐在法国剧院的包厢里，像个野人一样躲避着所有追逐我的人长达五年，如同一个神圣不可侵犯的高高在上的公主——这都怪我太愚蠢！现在，在我洁身自好了五年之后，来的这个人，在你们的面前，把十万卢布放在了桌子上，他们大概已经备好了三驾马车在等我了。他认为我价值十万！加尼亚，看得出来，您到现在还在生我的气，是不是？难道你真想把我娶进家门吗？把我，这个罗戈任的女人娶回去吗？公爵刚才那会儿说什么来着？"

"我没有说过您是罗戈任的女人,您不是罗戈任的人。"公爵的声音有些颤抖。

"娜斯塔西娅·费利帕夫娜,够了,我的小祖宗,够了,亲爱的,"达里娅·阿列克谢耶夫娜突然忍不住说道,"既然他们让你感到如此难受,那么还理他们干什么呢!他虽然拿出了十万,难不成你还能真跟这样的人走?的确,十万,你瞧,还真不少!那你就收下这十万,然后把他赶走,就该这样对他。哎,我要是处在你的处境,就把他们都……就得这样!"

达里娅·阿列克谢耶夫娜满腔怒火,她是个非常善良且易感动的女人。

"别生气,达里娅·阿列克谢耶夫娜,"娜斯塔西娅·费利帕夫娜朝她微笑了一下,"我没对他说气话。难道我埋怨他了吗?连我自己都不明白,我怎么这么傻,竟想嫁入正派人家。我见到了他的母亲,亲吻了她的手。加尼亚,我之所以上午那会儿,在你家嘲讽你的家人嘲讽你,是因为我想最后一次看看,你究竟会忍让到何种程度?嘿,你还真让我惊讶!我之前想了很多,但还是超出我的预料!你是知道的,在你即将结婚的前夕,将军送了我这样的珍珠,我也收了,就是这样你还会娶我?那罗戈任呢?他可是在你的家里,当着你母亲和你妹妹的面出价要买我的,可是在这之后,你竟然还是来求婚了,还差点把你妹妹也带来?罗戈任曾说过,你会为了三卢布,爬到瓦西利耶夫斯基岛去,难道真是这样吗?"

"真的,会爬的。"罗戈任突然轻飘飘地出声应和,但神态显得非常自信。

"你若是真的贫困潦倒也就罢了,但是据说你的俸禄相当不错!除此之外,你抛开羞耻心,竟然还要将可憎的女人娶进家门!(你确实憎恨我，我知道这点！)现在不由得让我相信，这样的人是会为了钱财杀人的！这样的人为贪婪的心所蒙蔽、所控制，财迷心窍，仿若疯傻。自己虽还是个乳臭未干的小朋友，但拼命要钻进放高利贷的队伍中！就像我前不久看到的文章所说的那样，有人用丝绸包住剃须刀，捆紧，然后悄悄地从背后把朋友像羊一样宰杀了。呸，你真是个不知羞耻的人！我是不知羞耻，可你远超过我。至于送鲜花的那个人我更不用说了……"

"这是您吗，还是您吗？娜斯塔西娅·费利帕夫娜！"将军真的感到痛苦，双手一拍继续说，"原本的您多么高雅温婉，您的思想多么细密啊，可瞧您现在！说的什么话！用的是什么样的字眼！"

"将军，我现在醉了。"娜斯塔西娅·费利帕夫娜突然笑了起来，"我想纵酒狂欢！今天是我生日，我的假日，一年一度的日子，崇高光荣的日子，我早就期待这一天的到来了。达里娅·阿列克谢耶夫娜，你看这就是那个送花的人，这个送山茶花的男士，瞧他正坐着，嘲笑我们呢……"

"我没有笑，娜斯塔西娅·费利帕夫娜，我只是在非常用心地倾听。"托茨基严肃庄重地反驳了一句。

"好吧，那就说说他吧，我为什么折磨了他整整五年，不肯给他自由？他值得我这么做吗？他无非就是那种人，也理应是那种人……估计他还认为是我对不起他。因为他花钱请人教育我，让我过着伯爵夫人那样的生活，钱嘛，也不知道为我花了多少，当初他曾为我找过一个正派的丈夫，现在又找了加尼亚。不论你相不相信，这五年里，我没有跟他同居过，但确实是从他那里拿了钱，而且我认为，我拿得对！你们可能觉得我言语自相矛盾！你刚才说，假如此讨厌他，就收下这十万卢布，然后赶他走。他确实让人讨厌……我本来早就可以嫁人了，但不是嫁给加尼亚，不过也是一个令人厌恶的人。为什么我五年的光阴要在愤恨中白白流失呢！你相信吗，四年前，我有一段时间甚至想过，要不然干脆就嫁给阿法纳西·伊万诺维奇好了？当时我出于愤恨如此打算的。我那时脑袋里什么想法都有过。要知道，我是可以逼着他娶我的！他自己曾经也产生过这种想法，你信不信？他的确很爱撒谎，见到美色难以自持。后来，感谢上帝，我想通了：他是只配让我泄愤！如此一来，我突然更加憎恨他，即使他来求婚，我也不会答应嫁给他。整整五年，我都摆出这般好穿戴、讲排场的姿态！不，应该说，我最好还是去站街，那里才是我该待的地方，或者是跟罗戈任去寻欢作乐，抑或是明天就去当洗衣女工！因为我身上没有一样东西是自己的。我要是走的话，就把一切东西都还给他，连最后的一块遮羞布都不留下，而一无所有的我，谁还会娶，你倒是问问加尼亚，他还会娶我吗？恐怕连费尔迪先科都不会要我的……"

"费尔迪先科估计是不会要的，娜斯塔西娅·费利帕夫娜，我是个坦诚相待的人。"费尔迪先科打断她的话说道，"不过，公爵会的！您就只会坐在那儿苦诉，您倒是看一看公爵啊！我已经观察他很久了……"

娜斯塔西娅·费利帕夫娜好奇地转身看向公爵。

"真的吗？"她问。

"真的。"公爵轻声说。

"我一无所有，您还要吗？"

"我要，娜斯塔西娅·费利帕夫娜……"

"这可真是新鲜了！"将军喃喃自语，"不过，也是可以预料到的。"

公爵用悲悯、严肃而敏锐的目光望着此刻正在打量他的娜斯塔西娅·费利帕夫娜的脸。

"这可真是找到了！"她突然向达里娅·阿列克谢耶夫娜说道，"他倒是出于一番好意，我了解他。我找到了一位心善之人！不过话又说回来，也许人家说的是真的，说他是……那个。既然你这么爱我，以一个公爵的身份，愿意娶罗戈任的女人，那么，你靠什么生活呢？"

"我要娶的正是您这位正派的女士，娜斯塔西娅·费利帕夫娜，而不是罗戈任的女人。"公爵说。

"你说我是个正派的女人？"

"是的，正派的女人。"

"哟，这是只有小说里才有的情节……公爵，亲爱的，这套都过时了，如今世人越发聪明了，这些都是天方夜谭了！再说，您怎么结婚，您自己都还需要个保姆跟着呢！"

"我什么都不知道，娜斯塔西娅·费利帕夫娜，我没见过什么世面，您说得对，但是我……我认为，是您给我的荣耀，而不是我给您。我是个无关紧要的人，而您受过很多苦，却仍然出淤泥而不染，这是很不简单的。您为何还会感到羞愧，还想跟罗戈任走？这是一时冲动……您将七万卢布还给了托茨基先生，并且说明您将抛弃这里的一切，这是在座任何一位都做不到的事儿。我爱……您，娜斯塔西娅·费利帕夫娜。我可以为您而死，娜斯塔西娅·费利帕夫娜，我不许任何人讲您一句坏话，娜斯塔西娅·费利帕夫娜……如果我们生活困苦，我可以去工作，娜斯塔西娅·费利帕夫娜……"

在公爵讲最后几句话时，费尔迪先科、列别杰夫发出了嘿嘿的窃笑声，甚至连将军也很不满意地暗自咳了几声。普季岑和托茨基也想笑，但克制住了。其余的人个个瞠目结舌，惊讶得张大嘴巴。

"……但是，我们也许不会贫困潦倒，反而会很富有，娜斯塔西娅·费利帕夫娜，"公爵的声音听上去有些怯懦，"不过，我现在还不能确定,可惜今天一天我什么都没打听到,但我在瑞士收到了一位萨拉兹金先生从莫斯科寄来的信,他通知我,似乎我可以得到一大笔遗产。瞧,就是这封信……"

接着,公爵真的从口袋里掏出了一封信。

"他是不是在说梦话?"将军喃喃低语,"这里简直就是一所疯人院!"

全场又出现了极其短暂的沉默。

"公爵,您刚才似乎说的是萨拉兹金给您写的信吗?"普季岑问道,"他在法学圈子里是很有名的,是个知名的事务代理人,如果真是他通知您的,那么您可以完全相信这件事。所幸我认得他的笔迹,不久前我才跟他打过交道……如果您能给我看一眼,也许我能告诉您些什么。"

公爵颤抖着双手,将信递给了他。

"这是怎么回事?怎么回事?"将军幡然醒悟,像个疯子似的看着大家说,"难道真的存在遗产?"

大家把目光都聚焦在正在看信的普季岑身上。所有人的好奇心都被拉到了最高点,费尔迪先科坐不住了,罗戈任不解地看着,极度不安地将目光在公爵和普季岑之间来回切换。达里娅·阿列克谢耶夫娜如坐针毡似的等候着。连列别杰夫都忍不住了,坐在角落里的他走了出来,身子弓得近乎折成两段,从普季岑肩后探头瞧信,样子就像是担心有人会因此给他一记拳吃。

第十六章

"的确是真的，"普季岑终于公布道，然后把信折起来交还给公爵，"根据您姨母立下的无争议的财产处理遗嘱来看，您可以毫不费事地获得一笔金额庞大的财产。"

"不可能！"将军大喝了一声，就像开了一枪似的。

所有人再次瞠目结舌。

普季岑解释道，主要是给伊凡·费道罗维奇解释道，公爵的姨母五个月前去世了。公爵并不认识她，她是公爵母亲的亲姐姐，是在贫困中死去的莫斯科三等商人①帕普申的女儿。但这个帕普申的亲哥哥是个有名的富商，他不久前离世了。差不多一年前，他仅有的两个儿子在同一个月里相继死去，这给了他致命一击，因此没过多久他便也得病去世了。他是个鳏夫，除了一个亲侄女，也就是公爵的姨母，根本没有继承人。她则是个穷困潦倒的女人，连所房子都没有，在得到遗产之前，公爵的姨母就得了水肿病，几乎是命不久矣，于是她立即委托萨拉兹金寻找公爵，赶紧立下了遗嘱。看来，无论是公爵，还是在瑞士收留他寄居的那位医生，都不想浪费时间坐等正式的通知或者是回信，于是公爵带着萨拉兹金的信，决定亲自回国调查……

"我只想对您说，"普季岑对公爵总结性地说道，"这件事是千真

---

① 旧时代俄国按资产规模纳税，把商人分成等级。

万确的。萨拉兹金写信跟您说了这件事情的无争议性以及合法性,您可以将这封信当作口袋里的现金。恭喜您,公爵!也许,您将得到一百五十万,或许甚至是更多。帕普申的兄长是个极为富有的富商。"

"好一个家族里的最后一位梅什金公爵!"费尔迪先科喊了起来。

"太棒了!"列别杰夫用已经喝到嘶哑的嗓子呼喊着。

"我早上那会儿还借给这个可怜虫二十五卢布,哈哈!真是世事难料啊,果真如此!"几乎被震惊到发呆的将军说道,"来,恭喜恭喜!"他起身站起来,走到公爵跟前拥抱他。随他之后,其余的人也起身向公爵这边靠拢。连那些躲在门帘后的人也涌现出来,客厅里,谈话声和惊叹声、要求开香槟的喊叫声,混成一片嘈杂,所有人拥挤在一起,开始忙乱起来。有一刹那大家几乎忘记了娜斯塔西娅·费利帕夫娜,忘了她才是晚宴的女主人。但渐渐地,大家似乎又是同时忆起,公爵刚才向她求婚了。如此一来,事情可就比原先那会儿翻倍疯狂和奇特了。托茨基大为震惊,耸了耸肩,似乎只有他一人还坐着,其余的人群都乱糟糟地在桌子周围拥堵着。事后大家认定,娜斯塔西娅·费利帕夫娜正是从这一刻开始精神失常的。她依然坐着,用一种奇怪而惊讶的目光打量了大家一阵子,仿佛不明白,却又努力想弄清楚事情的原委。然后她突然转向公爵,蹙着眉头,凝神注视着他。有那么一瞬间,她突然觉得,这一切只是大家跟她开的玩笑,作弄人而已,但是公爵的神情立刻让她放弃了这个念头。她沉思了会儿,然后笑了一下,却似乎并没有意识到自己为什么要笑……

"如此说来,我真成公爵夫人了!"她嘲讽般喃喃低语,不经意间看了看达里娅·阿列克谢耶夫娜,又大笑了起来,"这结局还真是出人意料……我……没想到会是这样……你们为啥都站着,各位,请坐下吧,祝贺我和公爵吧!好像有人说要喝香槟。费尔迪先科,麻烦您过去吩咐一下。卡佳、帕莎，"她突然看见了站在门口的两个女仆，"你们过来呀，我要嫁人了，你们听见了吗？嫁给公爵，他有一百五十万，就是这个梅什金公爵，他要娶我！"

"上帝保佑，我的姑奶奶，是时候了！别错过了！"达里娅·阿列克谢耶夫娜喊道，她因发生的事情而感到震惊。

"公爵，您坐到我身边来吧，"娜斯塔西娅·费利帕夫娜说道，"这样，她们马上就会送酒过来，各位，祝福我们吧！"

"乌拉！"多种嗓音欢呼着。许多人挤过去拿酒，罗戈任的那伙人几乎都在拿酒的人群中。但是不论谁欢呼或准备欢呼，不论事态发展多么荒诞惊奇，他们中有不少人还是感觉到了情势的变化，另一些人则十分困惑，不敢相信地静观其变。很多人交头接耳，窃窃私语，认为这是一件稀疏平常之事，公爵们娶哪种女人的都有，娶流浪的吉卜赛女的也有。罗戈任则站在那里看着，脸上带着莫名其妙的笑容，扭曲且凝固了。

"亲爱的公爵，您清醒点！"将军从一旁走近，拽了拽公爵的衣袖，有些惶恐地用极低的声音在耳边唤道。

娜斯塔西娅·费利帕夫娜看见后，哈哈地大笑着。

"不，将军！我现在已经是公爵夫人了，您听着，公爵是不会让我受委屈的！阿法纳西·伊万诺维奇，您得祝贺我呀；以后，无论在哪儿，我都会与您的妻子平起平坐了；有这么一个丈夫还是大有裨益的，您觉得呢？一百五十万，而且是公爵，此外，据说他是个白痴，还有什么比这些更好的呢？真正的生活从现在才开始！罗戈任，你来晚了！收起你的纸包裹，我要嫁给公爵了，而且我本身就比你富有！"

罗戈任刚弄清事情的原委。他的脸上露出一种难以形容的哀伤。他拍了下双手，从胸腔里挤出一个声音。

"让开!"他对公爵喊道。

周围人大笑起来。

"为你让路吗?"达里娅·阿列克谢耶夫娜得意扬扬地说,"哼,一把将钱扔在桌子上,还真是个大老粗!公爵都要娶她为妻了,你却来捣乱!"

"我也要娶她!马上就娶,就现在!什么都可以给她……"

"瞧你这个从小酒馆里跑来的醉鬼,就该把你赶出去!"达里娅·阿列克谢耶夫娜愤愤地重复道。

周围笑声更大了。

"你听,公爵,"娜斯塔西娅·费利帕夫娜对他说道,"这个男人想要出钱买你的未婚妻。"

"他喝醉了,"公爵说,"他非常爱您。"

"今后你会不会觉得羞耻,因为你的未婚妻差点跟罗戈任跑了?"

"那是您情绪激动所致,您现在也很激动,就像发了热病说着胡话。"

"以后别人对你闲言碎语,嘲讽你的妻子曾是托茨基的情妇,你不觉得羞耻吗?"

"不,并不会……您并非自愿依附托茨基。"

"也永远不责备我?"

"不会责备的。"

"哟,你可得注意,别做一辈子的承诺!"

"娜斯塔西娅·费利帕夫娜,"公爵似怀着怜悯之情温柔地说,"我刚才向您说过了,我把您同意嫁我视为一种荣耀,是您带给我荣幸,而非我给您。您对这话嗤之以鼻地笑了,周围的人也笑了。或许,我说得很可笑,或许我自己本身也是个笑话,但我总觉得,我……理解什么是荣耀,也深信我说的并没有错。您现在想毁了自己,没有余地地毁掉自己,因为您今后永远无法在这件事上原谅自己,可是,这并不是您的错。您的生活绝不可能全被毁了。罗戈任来找您,加夫里拉·阿尔达利翁诺维奇想欺骗您,但这又算得了什么?您为什么要一直提起这些呢?您所做的事很少有人能做到,这点儿我再跟您重申一遍,至于您想跟罗戈任走,那是您在冲动之下作出的决定,您现在仍然很冲动,最好还是去躺下休息。等到明天,您会宁可去当洗衣妇,也不会愿意跟罗戈任在一起的。您是高傲之人,娜斯塔西娅·费利帕夫娜,但也许是因为您十分不幸,所以认为什么都是自己的过错。您需要的是充分的关怀和照料,娜斯塔西娅·费利帕夫娜。我会照顾您的。我早上看见您照片的时候,仿佛看到了一张熟悉的脸。我立刻觉得,您似乎在呼唤我……我……我将一生尊敬您,娜斯塔西娅·费利帕夫娜。"公爵说完后,突然意识到自己是当着众人的面在讲这番话,似乎大梦初醒般地面红耳赤起来。

普季岑出于单纯和尴尬低下了头,盯着地面。托茨基则暗自思忖:"他虽是个白痴,但知道阿谀谄媚比什么都管用,真是本性如此!"

公爵发觉,加尼亚正从角落里迸发出火星子般的目光,势必要将他烧成灰烬。

"真是个善良的人!"深受感动的达里娅·阿列克谢耶夫娜说道。

"是个有教养的人,但是无可救药!"将军轻声道。

托茨基拿起了帽子,准备起身偷偷溜走。他和将军交换了下眼神,示意一起出去。

"谢谢您,公爵,迄今为止,还从没有人对我说过这样的话,"娜斯塔西娅·费利帕夫娜说,"所有人都想买卖我,却没有一个正经的人想要娶我为妻。您听见了吗,阿法纳西·伊万诺维奇?您觉得公爵所说的一切如何？这可貌似不太体面……罗戈任！你稍等会儿再走。我看得出来，你还不会走，没准儿我还会跟你一起走，你打算带我去哪里？"

"去叶卡捷琳戈夫。"角落里的列别杰夫打着报告般回答，而罗戈任只是颤抖了下，睁大双眼望着她，实在不敢相信。他完全呆愣在那儿，犹如被当头棒喝。

"你怎么了，你怎么了！我的姑奶奶啊！真是发烧了，难不成疯了？"达里娅·阿列克谢耶夫娜惊恐地跳起来打断。

"难不成您想让我嫁给公爵吗？"娜斯塔西娅·费利帕夫娜哈哈大笑着，从沙发上跳起来说道，"毁了这么个年轻人？这对阿法纳西·伊万诺维奇来说倒是个机会：他喜欢少不更事的年轻人！我们走吧，罗戈任！拿好你那包钱！你想结婚没问题，可钱还是要给的。或许，我还不想嫁给你。你以为，结了婚，钱还在你那儿？休想！我就是个不知羞耻的人！我曾做过托茨基的情妇……公爵！您现在应该娶的是阿格拉娅·叶潘钦娜，而不是娜斯塔西娅·费利帕夫娜，不然连费尔迪先科也会对您指指点点的！您不害怕，可是我害怕，怕把您毁了，您以后会来责怪我！至于您刚才表白说，是我给您带来荣幸，托茨基倒是清楚这一点。而你，加夫里拉，你错过了阿格拉娅·叶潘钦娜；你知道这一点吗？如果你不跟她做交易，她一定会嫁给你的！你们大家都是这样，你们应该作出选择，要么与不正经的女人交易，要么与正经的女人交往，否则一定会弄混淆的。瞧，将军张大嘴巴瞧着呢……"

"这真是伤风败俗，伤风败俗！"将军耸着肩连连说道。他也从沙发上站了起来，所有人都站了起来。娜斯塔西娅·费利帕夫娜仿佛发狂了一般。

"难道真是这样？"公爵拧着手，痛苦地说。

"您难道觉得不是吗？我或许是傲慢，但我总归是个不知羞耻的女人！您刚才称我是完美的人。这得多么完美，才会践踏百万家产以及公爵夫人的名分，情愿去住贫民区！瞧，这之后，我还如何有脸成为您的妻子呢？阿法纳西·伊万诺维奇，我可真是把百万家产往窗外扔的人！您凭什么认为，我会嫁给加夫里拉，会为了您的七万五千卢布而出嫁，并将其视为幸福呢？七万五千卢布您自己拿着吧，阿法纳西·伊万诺维奇（还不到十万，罗戈任给的都比您多）。至于加尼亚，我会亲自安抚他的，我有主意了。但现在，我想要寻欢作乐，我本来就是个站街女郎嘛！我蹲过十年的监狱，现在轮到我幸福了！你怎么了，罗戈任？赶紧准备吧，我们这就走！"

"出发！"罗戈任号叫起来，欣喜若狂，"呵，你们……周围那些人……给她拿杯酒来呀！喂……"

"准备些酒来，我要喝。有音乐吗？"

"会有的，会有的！别过去。"当罗戈任看见达里娅·阿列克谢耶夫娜正朝着娜斯塔西娅·费利帕夫娜走近时，他发狂地喊叫起来，"她是我的！都是我的！我的女王！事情结束了！"

他高兴得喘不过气来，他围绕着娜斯塔西娅·费利帕夫娜，在她身边走来走去，对所有人叫嚷着："别过来！"他带来的那伙人已经全都拥挤到了客厅里。一些人喝着酒，另一些人喧闹着、大笑着，都兴奋极了。费尔迪先科开始尝试着加入他们，将军和托茨基只想尽快溜走，加尼亚也拿起了帽子，但他仍旧默默地站着，似乎仍然无法摆脱眼前上演的一幕。

"别过来！"罗戈任喊着。

"你喊什么啊！"娜斯塔西娅·费利帕夫娜冲着他哈哈大笑道，"我还是这里的主人，只要我不高兴，还是可以把你赶出去的。我还没有拿你的钱呢，它们还在桌子上放着，把它们拿过来，一整包都拿来！这个包里有十万吗？呸，真脏！您怎么了，达里娅·阿列克谢耶夫娜？难道非要我去祸害他吗？（她指着公爵）他结什么婚啊，他自己还需要保姆看护呢，这下将军就会做他的保姆了，瞧，他正围着他转呢！公爵，您看看，您的未婚妻拿了别人的钱，她是个放荡的女人，而您却想娶她！您哭什么呀？您很痛苦吗？在我看来，您应该高兴才是。"娜斯塔西娅·费利帕夫娜继续说着，两颗晶莹的泪珠在她的脸颊上闪着光，"时间会治愈一切，一切终将过去！长痛不如短痛……你们干吗都哭了呀，卡佳也哭了！你怎么啦，卡佳，亲爱的？我要留给你和帕莎很多东西，我已经安排好了，而我现在就要跟你们告别了！让你这么一个正派的姑娘来服侍我这么一个放荡的女人……公爵，真的，这样最好，不然以后您也会鄙视我的，我们不会幸福的！您别发誓，我不相信！而且这太愚蠢了！……不，还是好聚好散，不然不会有什么好结果，我本就是个爱幻想的人。难道我没幻想过嫁给您这种人吗？这点您说对了，我早就幻想过，我一个人孤零零地在他的乡下的农庄里度过了五年的时候。我想啊，想啊，常常幻想，像您这样的人，这么善良、正直，也有些傻乎乎的人，突然走到我面前对我说：'您是没有错的，娜斯塔西娅·费利帕夫娜，我非常喜爱您！'我常常这样沉入幻想，想到发狂……而那时来的却是这样一个人，一年来住两个月，玷污我，让我受尽委屈，激怒我，教唆我堕落，然后拍拍屁股走人了。我曾经上千次想投池自杀，但我都半途放弃了，因为我没有勇气，真是卑贱得可悲！好了，现在……罗戈任，准备好了吗？"

"准备好了！你们别靠近她！"

"准备好了！"好几个声音一同传来。

"带铃铛的三套车正候着呢！"

娜斯塔西娅·费利帕夫娜抓起那包钞票。

"加尼亚,我有个主意,我想补偿你一些,为什么要让你失去一切呢?罗戈任,他会为了三个卢布爬到瓦西利耶夫斯基吗?"

"他会爬的!"

"好吧,那你听着,加尼亚,我想最后一次考验你的灵魂。这三个月来,你一直在折磨我,现在该我了。你看到这个纸包了吗,这里面有十万卢布!我现在就当着所有人的面,把它丢进壁炉里,扔到火里,大家可以作证!等火焰烧着纸包周围的时候,你就把手伸进壁炉将它捡出来,但是不许戴手套,要光着手、卷起袖子,从火里将它取出来!你只要能取出来,这整整十万卢布就都是你的了!你最多是手指被灼伤一点,但这可是十万卢布啊,你想清楚!取出来用不了很久!我想欣赏下你的灵魂,看看你为了我的钱是怎么冲进火里的。大家都是证人,这包钱肯定是你的!但你如果不冲进去拿,那就让它烧成灰烬,任何人都不允许去取。让开!大家都让开!这是我的钱。作为我在罗戈任那儿过一夜的回报。对吗,是我的钱吗,罗戈任?"

"是你的,亲爱的!是你的,我的女王!"

"那么,大家都让开,我想怎么处理就怎么处理!谁都别妨碍我!费尔迪先科,帮我添点火!"

"娜斯塔西娅·费利帕夫娜,我下不去手呀。"惊愕的费尔迪先科说。

"哎!"娜斯塔西娅·费利帕夫娜长叹一声,抓起火钳,拨开两块燃着的木柴,等火焰一蹿起来,就把纸包扔进了火里。

周围尖叫出声,许多人甚至在胸前画起了十字。

"她疯了,她疯了!"周围满是叫喊声。

"是不是……我们是不是应该……把她绑起来?"将军对普季

岑低声说道,"或者是不是应该派医生来……她疯了,疯了吧?疯了吗?"

"不,或许,这压根就不是发疯。"普季岑颤抖着的声音说,他的脸色苍白如纸,一双眼睛始终无法从那刚燃着的纸包上挪开。

"疯了吧?疯了吧?"将军又问向托茨基。

"我跟您说过,她是个性子刚烈的女人。"阿法纳西·伊万诺维奇低语回复,眼睛盯着烧着的纸包一动不动。

"可是,那可是十万卢布啊!……"

"上帝啊,上帝!"周围惊叫声一片。所有人都挤到了壁炉旁边,争相观看,惊叹不已……有些人甚至跳到椅子上,隔着别人的脑袋凑着看。达里娅·阿列克谢耶夫娜则奔到了另一个房间,惊恐地对着卡佳和帕莎低声说着什么。而德国美女已经吓跑了。

"我的姑奶奶!我的女王陛下!万能的女神!"列别杰夫号叫着,跪着爬到了娜斯塔西娅·费利帕夫娜面前,双手伸向壁炉,"十万卢布!十万!我亲眼看着包裹起来的!我的姑奶奶!发发慈悲吧!只要您吩咐我钻进壁炉,我整个人,整颗斑斑白发的头,都会钻进去!我的妻子卧病在床,还有十三个孤苦无依的孩子,上星期又刚刚埋葬了父亲,他是活活饿死的,娜斯塔西娅·费利帕夫娜!"他大声号叫后,便向壁炉爬去。

"滚开!"娜斯塔西娅·费利帕夫娜厉声地一把推开他,"你们都让开!加尼亚,你在那儿站着干什么呢?不用觉得羞耻!去拿吧!这是你的幸福!"

但是加尼亚在今天已经遭受了太多打击,还没准备好接受这个出其不意的终极考验。大家分别站两侧,为他让出了一条道,他和娜斯塔西娅·费利帕夫娜面对面站着,相距只有三步之遥。她站在壁炉旁等着，目光炯炯且专注地看着他。加尼亚身着燕尾服，手中拿着帽子和手套，沉默地站在她面前，双手交叉抱在胸前，直直地望着火焰。失去理智、僵住的笑容浮现在他那白如绢帕的脸上。确实，他无法把眼睛从那堆火里挪开，无法从那包已经燃着的纸包上挪开；但是，他心中萌生出一种新的东西，似乎他发誓要禁得住这个考验。他站在原地一动不动，半晌后，大家都明白了，他是不会去拿那包钱的，他不想去。

"哎呀，要烧完了，别人会嘲笑你的，"娜斯塔西娅·费利帕夫娜向他喊着，"我不开玩笑，错过这个，你可是会上吊的。"

刚开始火苗只是在两块快燃尽的木头间燃烧，当纸包被扔进去后压着它时，那微弱的火苗差点熄灭，但有一根小小的蓝色火苗从下而上攀住了后面那块木头的一端。最终，细长的火舌舔食着纸包，接着向纸包的四角向上蔓延开来，忽然，整个纸包在壁炉里冒出火光，完全被点燃了，明亮的火焰向上直蹿。众人纷纷惊叹出声。

"我的姑奶奶啊！"仍旧是列别杰夫在号叫。他又朝前冲去，但被罗戈任拽了回来，又被其推开了。

罗戈任整个人仿佛变成了一道目光，死死地盯着娜斯塔西娅·费利帕夫娜。他完全沉醉了，如登天堂。

"这才是女王该有的样子！"他不断对着周围见到的人重复道，无论碰上的是谁，"这才是我们的女王！"他忘乎所以地高声叫嚷，"瞧，你们这些小偷骗子，谁能玩出这种花样来啊？"

公爵忧伤而沉默地看着这一切。

"只要给我一千，我愿意用牙齿把它叼出来！"费尔迪先科提议道。

"用牙齿叼，我也会！"后面的拳头先生咬牙切齿地说，"真见鬼，烧着了！全要烧光了！"他看着火焰高声大叫起来。

"烧着了，烧着了！"大家齐声呼喊起来，几乎都挤向了壁炉边。

"加尼亚，别再冥顽不灵了。我最后一次提醒！"

"快去啊！"费尔迪先科号叫着，发狂地奔向加尼亚，扯着他的袖子吼道，"去呀，你这个死要面子的人！要烧光了！哦，该死的！"

加尼亚用力推开费尔迪先科，转过身朝门口走去；但是，没走两步，他摇晃了一下身子，咚的一声倒在了地上。

"他晕倒了！"周围的人喊了起来。

"姑奶奶啊，就快烧光了！"列别杰夫号叫着。

"要白白烧光了！"四面八方的宾客吼叫着。

"卡佳、帕莎，给他弄点水，酒也行！"娜斯塔西娅·费利帕夫娜喊了一声，抓起火钳，夹出了纸包。外皮整张纸几乎都烧光了，微火依旧暗燃，但是可以清楚地看到，里面的纸钞没有被烧着。纸包被三层报纸包裹着，所以里面的钱完好无损。大家都舒了口气。

"估计也就烧掉了一千卢布，其余的都好好的。"列别杰夫情绪激动。

"都是他的！整包钞票都是他的！各位，可听好了！"娜斯塔西娅·费利帕夫娜高呼道，并把纸包放到加尼亚身边，"他最终还是没去拿，坚持住了！也就是说，尊严还是战胜了对钱的贪婪。没事的，他会醒过来的！不然的话，他怕是会杀人的……瞧，他已经快醒了。将军、伊凡·费道罗维奇、达里娅·阿列克谢耶夫娜、卡佳、帕莎、罗戈任，你们都听到了吗？钱是他的，是加尼亚的。我把钱转赠给他了，作为补偿……那么好了，无论怎样，请告诉他。就把钞票留在他身旁吧……罗戈任，我们出发吧！告辞了，公爵，您让我第一次看到一个纯粹的人！再见了，阿法纳西·伊万诺维奇，谢谢！"

罗戈任一伙人跟在罗戈任和娜斯塔西娅·费利帕夫娜后面穿过几

间房间，哄哄闹闹地朝大门走去。更衣厅里的侍女把皮大衣递给她，厨娘玛尔法从厨房里跑出来。娜斯塔西娅·费利帕夫娜与她们互相吻别。

"小姐，难道您真的要舍我们而去？您要去哪里啊？而且还在生日这天，在这样的日子里离开！"侍女边亲吻着她的手，边哭着问道。

"去大街上，卡佳，你听见了，那里才是我该待的地方，或者去当洗衣妇！我已经跟阿法纳西·伊万诺维奇纠缠得够久了！代我向他致意。如果我有什么对不住你们的地方，请海涵……"

公爵拼命地朝大门口奔去，那里停着带铃铛的三套马车，众人已纷纷上车就座。可公爵还没跑下楼梯，将军就追上了他。

"行了，公爵，您清醒清醒！"他抓住他的手说，"放弃吧！您也看见了，她是什么样的女人，我以父辈的身份劝您……"公爵看了他一眼，但是什么话也没说，挣脱后便朝楼下跑去。

三套马车刚刚驶离大门口。将军看见，公爵随手拦住一个马车夫，对他喊了一声："去叶卡捷琳戈夫，跟上面的三套马车。"

紧接着，将军的那辆套着灰色马的车也到了，载着将军回家，也载着他的新希望和新计划，以及那件将军没忘记带走的、不久前送给娜斯塔西娅·费利帕夫娜的珍珠。在他盘算着新计划的时候，娜斯塔西娅·费利帕夫娜的芳影还不时闪现在他脑海里。将军叹息了一声："真可惜！真是太可惜了！这个不可救药的女人！疯女人！……不过嘛，现在公爵就不会再娶娜斯塔西娅·费利帕夫娜了……"

与此同时，娜斯塔西娅·费利帕夫娜的另两位客人步行离开，他们边走边谈论着，同样说着劝诫性和总结性内容的话。

"阿法纳西·伊万诺维奇，您知道吗，据说日本人常会发生类似的行为，"伊凡·彼得罗维奇·普季岑说，"被侮辱的人好像是会去找侮辱他的人,并对侮辱他的人说:'你侮辱了我,我会当着你的面剖腹自杀。'说完这些话后,受侮辱者便真的会当着侮辱者的面剖腹,同时还会感到非常满足,就像真的报仇了一般。世上奇怪的性格千千万万,阿法纳西·伊万诺维奇!"

"所以您认为,这里也出现了类似情况?"阿法纳西·伊万诺维奇微微一笑,"嗯!不过您很机敏……举了个不错的例子。但您也亲眼看见了,亲爱的伊凡·彼得罗维奇,我做了我能做的一切,但超出我能力范围的事情,我没法做到,您认同吗?但是,您也认同,这个女人具有一些出类拔萃的品质……在刚才那种乱成一团的情况下,如果我有机会发言的话,我甚至会朝她大喊,她本人就是我对她所有谴责的辩解。哎,谁不会因为迷恋这个女人而失去理智和一切呢?看这个大老粗罗戈任,竟然给她弄来了十万卢布!尽管刚刚发生的一切,有如昙花一现,极富浪漫主义色彩,有失体统,却也生动精彩,别具一格,对于这点您也很难反对吧?上帝啊,这样的性格加上这样的美貌本来能塑造成什么样的人哪!可是,尽管我费尽心血,甚至在教育上也是如此——全都白费了!这是一颗原生的金刚石,这话我说过好几次……"

阿法纳西·伊万诺维奇深深地叹息着。

第 二 卷

第一章

在第一部以娜斯塔西娅·费利帕夫娜晚会上的奇闻逸事结尾后，梅什金公爵便匆匆赶往莫斯科，办理那笔意外遗产的相关继承手续。当时有人说，他这么仓促离开或许还有其他原因，但具体因为什么，我们知之甚少，就像我们对于公爵离开圣彼得堡逗留莫斯科的奇妙经历一样，可以告知的信息并不多。在公爵离开圣彼得堡的整整六个月里，就连那些因某些原因而对公爵命运感兴趣的人，也只在这段时间获得极少的信息。虽然获得的信息确实很少，但还是有些传言传到一些人耳朵里，其中大部分传言都十分奇怪，并且几乎自相矛盾。叶潘钦一家则比任何人都更关心公爵的近况，他走的时候甚至都没来得及跟他们告别。不过，那时将军曾见过他两三次，他们认真地聊了什么事儿。但是，如果叶潘钦将军单独会见公爵的话，他是不会跟家人提及的。再说，起初，也就是公爵离开后的差不多一个月里，叶潘钦一家根本就没有提过他，只有将军夫人叶莉扎维塔·普罗科菲耶夫娜一人在刚开始的时候提起过，她说她错看了公爵。后来，过了两三天后，她补充了一句，不过这次已经没有指名道姓了，而是笼统宽泛地指出，她一生最大的特点就是一直在看错人。说完此话的十天后，她不知为何生了女儿的气，然后就用寓有教育意义的口吻下结论道："够了！以后不会犯了。"与此同时不得不指出，在很长一段时间里，叶潘钦一家一直被一种不愉快的气氛笼罩着，十分沉重、拘谨，大家心存芥蒂，讳莫如深,所有人都眉头紧蹙。将军不分昼夜地忙碌着,忙于处理各种事务,尤其是处理公务,很少见过他有这么忙、这么多事情的时候。家里人很少能见到他。至于叶潘钦家的三位小姐,她们当然什么也没说。或许,她们三个姐妹之间的话本身就很少,三位小姐的自尊心都很强,也很高傲,即使就剩她们三个独处时,互相间也可能不好意思说话,但她们默契十足,只要其中一人说出一言半语,甚至使出一个眼神,另外两人就能知会其中意思,因此有时也不用说太多的话。

旁观者——如果出现这么个人时——只能得出一个结论:虽然上述可知的信息不多,但可以得出,公爵终归还是给叶潘钦一家留下了特殊的印象,尽管他总共就来过一次,甚至是匆匆一现。或许,如此印象是因公爵那有些奇特的际遇所引起的,单纯出于好奇心。但不管怎样,反正是留下了印象。

渐渐地,一层莫名的神秘面纱蒙在已是满城风雨的流言上。一些人说,某个傻瓜公爵(谁也说不出他确切的姓名)突然得到了一笔巨大的遗产,跟一个外来的法国女人、在巴黎"花之宫"①跳康康舞的著名舞星结了婚。另一些人说,得到遗产的是某位将军,而跟外来的法国女人、著名的康康舞星结婚的是一个富甲一方的俄国商人,他在自己的婚礼上喝醉了,仅仅是因为吹牛,就把价值整整七十万的最新一期有奖债券放在蜡烛上烧掉了。但因为出现了某些情况,所有这些传闻很快就平息下来。比如,罗戈任一伙人中那些可以出来透露内情的,在叶卡捷琳戈夫车站前纵酒狂饮大闹后的一个星期——那时娜斯塔西娅·费利帕夫娜也在场,在罗戈任的带领下,他们全部出发去了莫斯科。个别对此感兴趣的好事者根据某些传闻得知,娜斯塔西娅·费利

---

① 巴黎一家娱乐场所。

帕夫娜在叶卡捷琳戈夫大闹事件后的第二天就逃离了，消失得无影无踪，后来似乎又有消息称，她去了莫斯科；因此，罗戈任去莫斯科的消息倒是与这一传闻有些吻合。

还有些传闻是关于加夫里拉·阿尔达利翁诺维奇·伊沃尔金的，他也曾是社交圈里有名的人物。他遭遇的一件事，使得所有关于他不好的传言都很快冷淡下来，最终彻底销声匿迹了。他得了重病，不仅无法出席社交圈的活动，甚至连正常工作也无法进行。一个月后，他康复了，可不知为何拒绝了股份公司的所有工作，他的位置由另一个人代替了。叶潘钦将军家他再也没去过，因此变成了另一个官员常常去将军家拜访。加夫里拉·阿尔达利翁诺维奇的政敌可能会认为，他是由于所发生的这一切而无脸见人，才不好意思上街，但实际上是因为他生了病：抑郁寡欢、愁思臆想、暴躁易怒。瓦尔瓦拉·阿尔达利翁诺夫娜在那年冬天嫁给了普季岑，所有了解他们的人都认为这桩婚姻是由于加尼亚不想回到原来的岗位工作促成的，因为他不工作不仅无法维持家庭收入开支，甚至连他自己也需要别人的救济和照顾。

这里着重要说的是关于加夫里拉·阿尔达利翁诺维奇的事。叶潘钦将军一家甚至从未提到过他，就好像世上根本没有这个人似的。与此同时，大家又知道了他的另外一件事（甚至是相当快地就知道了）。在娜斯塔西娅·费利帕夫娜那儿弄得不愉快后，就是那个对他来说决定命运的夜里，加尼亚回到家，没有躺下睡觉，而是迫不及待地等着公爵回来。公爵从叶卡捷琳戈夫那儿回来时已经是翌日早晨五点多了。他一回来，加尼亚就跟着走进他房间，把他昏厥时娜斯塔西娅·费利帕夫娜放在他身边的那包已被烧过的现钞放在公爵面前的桌子上，他恳请公爵一有机会就把这份厚礼还给娜斯塔西娅·费利帕夫娜。加尼亚刚走近公爵的时候，还带着一股敌视而又绝望的情绪，但在他和公爵互相说了些什么后，情绪似乎有所改善。他在公爵那儿坐了两小时，一直痛心疾首地哭着。最后，两人和平道别了。

传到叶潘钦将军一家的这个消息，后经证明，完全属实。当然，奇怪的是，此类消息为什么能这么快就被他们得知；比如，在娜斯塔西娅·费利帕夫娜家发生的所有事情，叶潘钦将军一家几乎在第二天便已知悉，甚至相当准确。而有关加夫里拉·阿尔达利翁诺维奇的消息，据推测，是由瓦尔瓦拉·阿尔达利翁诺夫娜带来的。不知怎么的她突然出现在叶潘钦小姐们身边，很快就与她们打成一片。这让叶莉扎维塔·普罗科菲耶夫娜颇为惊讶。但无论瓦尔瓦拉·阿尔达利翁诺夫娜因为什么而与叶潘钦家的小姐们亲近，她都不会跟她们提及自己的兄长。这也是个自尊心极强的女人，只按自己的方式处世，尽管交好之人几乎曾把她的兄长赶出过家门。虽然她之前也认识叶潘钦家的小姐们，但很少和她们见面。不过，就算是现在，她也几乎没进过客厅，每次都是从后面台阶进进出出。尽管叶莉扎维塔·普罗科菲耶夫娜十分尊重妮娜·亚历山德罗夫娜，也就是瓦尔瓦拉·阿尔达利翁诺夫娜的母亲，但不论是过去，还是现在，她都不喜欢瓦尔瓦拉。她又惊讶又生气，将与瓦尔瓦拉的结交之错归咎于女儿们的任性及擅自做主，认为她们已经想不出来还能做什么与她作对了。而瓦尔瓦拉·阿尔达利翁诺夫娜则跟婚前一样，一如既往地去她们家拜访。

公爵离开一个月后，叶潘钦将军夫人收到了别洛孔斯卡娅老公爵夫人的来信，大约两个星期前她去了已经嫁到莫斯科的大女儿那儿。将军夫人明显受到了这封信的影响。尽管她既没对女儿，也没对伊凡·费道罗维奇说什么，但是家人还是从诸多迹象中发现了些蛛丝马迹，她不知怎么的格外兴奋，甚至非常激动。与女儿们的谈话也不知怎么的显得特别奇怪，她谈及的全都是些不同寻常的事情；看得出，她想要表达什么，却不知为何一直在克制着自己。在收到信的那天，她很亲和地待大家，还亲吻了下阿格拉娅和阿杰莱达，说她要向她们认错，但究竟是什么事需要她认错，她们都不知道。她甚至对冷淡了一个月的伊凡·费道罗维奇也忽然宽容起来。当然，第二天她又因自己昨天的冲动而十分恼火，午餐前又跟所有人吵了起来，不过傍晚时又好了。总而言之，她整周的心情都还不错，这是许久未曾有的。

但又过了一周，她又收到一封别洛孔斯卡娅的信，而这次将军夫人决定讲出来。她郑重其事地告诉大家，别洛孔斯卡娅这个老太婆（她在背后从不称她公爵夫人）告诉了她一个关于……关于那个怪人的消息，对，就是那个公爵的！老太婆在莫斯科到处询问打听他，终于获知了一些好消息。公爵后来亲自拜访了她，给她留下了几乎是完美的印象。"从这点就能看得出：她邀请公爵每天下午一点到两点去她那儿，于是公爵每天必到，并且至今也从未让她感到厌烦。"她继续补充，"通过老太婆的引荐，已经有两户体面人家开始接见公爵。"将军夫人接着做出小结，"他没像傻瓜一样老是害羞地待在家里，这点很好。"得知这一切后，小姐们立马察觉到，母亲其实还隐瞒了很多信里的内容。她们也可能是从瓦尔瓦拉·阿尔达利翁诺夫娜那里知道这一点的，因为瓦尔瓦拉所知道的一切都来自普季岑，包括公爵本身以及他在莫斯科的一切情况。而普季岑能够获得的信息，可是要比其他人多得多。他对公务方面的事总会保持沉默，但他还是会告诉瓦尔瓦拉的。所以，将军夫人更加不喜欢瓦尔瓦拉·阿尔达利翁诺夫娜。

但无论怎样，冰冷的气氛已经被打破，大家突然可以大声谈论公爵的事儿了。除此之外，这再一次表明，公爵给叶潘钦将军一家留下了非比寻常的印象，并勾起了超乎他们预料的极大兴趣。将军夫人对莫斯科来的消息能让她的女儿们产生如此大的反应感到十分惊讶，女儿们同样也对母亲的做法感到惊讶，因为她一方面一本正经地对她们说她一生最大的特点就是一直在看错人，另一方面却又拜托在莫斯科的"神通广大"的别洛孔斯卡娅老太婆对公爵多加关照，当然，拜托关照必然少不了苦苦哀求。因为一般情况下，老太婆可是不会爽快答应管这类闲事的。

然而，冰冷气氛刚一打破，很快就迎来了小风，显然将军也急于阐述自己的想法，他也对此异常感兴趣。只不过，他谈及的是事务方面的事情。情况如下：他为了公爵的利益，委托在莫斯科的两位十分可靠且在圈子里颇有影响力的先生留意公爵，特别是留意此事的代理人萨拉兹金。所有关于遗产的事——是否存在所谓的遗产的事——是千真万确的，但弄到最后，所说的遗产金额好像根本不像刚开始传说的那么可观。遗产的一半都是糊涂账，还冒出了债务问题，以及一些声称有权得到一份遗产的人，而公爵完全不顾别人的出谋划策，自己的做法也是极不精明的。"当然，希望上帝保佑他。"而今，冰冷的气氛已经打破，将军立即满怀喜悦、真心诚意地说出这件事，"尽管这个小伙虽然有点……但毕竟还是值得多加关照的。"事实上，公爵在这件事上确实干了不少蠢事。比方说，突然冒出的一些已经去世的商人的债主，仅凭一些带有争议且不足为证的东西来要债；还有一些人压根没有任何证明，只是摸透了公爵底细后，跟风跑来了，怎么办？尽管朋友们提醒他这些人和债主根本没有资格获分遗产，可他还是几乎满足了所有人的要求；他满足他们，只是因为他们中确实有人吃过亏。

听完这些，将军夫人说，关于这件事，别洛孔斯卡娅的来信上也是这么说的。叶莉扎维塔·普罗科菲耶夫娜还尖锐地补充了一句说："他真是个傻子，太傻了，无可救药的傻瓜！"但从她的面部表情能看出，她对这个"傻瓜"的所作所为感到高兴。最后，将军发觉，他的夫人简直将公爵当成了亲生儿子一样关心,而且不知为何她开始格外疼爱阿格拉娅;看到此景,伊凡·费道罗维奇表现出了对待公事般的认真态度。

但是这种愉快的气氛没有维持太久。不过两周,不知道为什么忽然又发生了变化,将军夫人眉头紧蹙,将军则耸了好几次肩膀,又守口如瓶了。事情是这样的:两星期前他突然得到一个消息,虽然消息十分简短且不够清楚,但十分可靠。消息称,娜斯塔西娅·费利帕夫娜在莫斯科销声匿迹后,起初被罗戈任在莫斯科找到,没过多久又消失了,之后又被罗戈任找到。她发誓保证嫁给他。可才不到两周,将军阁下又突然得到消息称,娜斯塔西娅·费利帕夫娜第三次失踪了,似乎就是在教堂举行婚礼之际消失的,这一次她不知道躲到外省的哪个地方去了,而同时消失的还有梅什金公爵,而他所有的事务都丢给了萨拉兹金处理。"是跟她一起走了,还是只是去追她了——这就不得而知了,但其中应该是有联系的。"将军总结道。叶莉扎维塔·普罗科菲耶夫娜也从自己的渠道得到了一些让人不怎么愉快的消息。最终,在公爵离开两个月后,圣彼得堡里也不再散播关于他的一切传闻,而叶潘钦将军一家的氛围也再次回到冰点。不过,瓦尔瓦拉·阿尔达利翁诺夫娜照旧常来探访小姐们。

结束这些流言蜚语带来的不快,我们来补充一段插曲:直至春天来临之际,叶潘钦家已经发生了很多变化。所以很难让他们想起公爵,公爵也没有留下任何地址及消息——可能他不想让别人知道他的下落。冬季里,叶潘钦将军一家决定去国外度假,不过也就叶莉扎维塔·普罗科菲耶夫娜和女儿们去,至于将军,自然不会把时间浪费在这种"无聊的消遣"上。这个决定是在姑娘们的顽固坚持下作出的。她们万分肯定,父母不想带她们到国外出游只是因为他们一心念着要为她们找夫婿，把她们嫁出去。后来同意，也可能是父母后来觉得，在国外也能遇上夫婿，去度假不仅不会妨碍什么，反而有可能"成事"。顺便一提，原来正在商议中的阿法纳西·伊万诺维奇·托茨基和叶潘钦家大小姐的婚事彻底告吹了，托茨基根本没有正式地求婚。这事似乎是顺理成章结束的，没有耗费双方口舌，也没有发生任何争执。自打公爵离开，两边都讳莫如深。这也是当时叶潘钦将军一家整体情绪低落的原因之一，虽然将军夫人当时就表示，她一心只想双手画十字。将军虽然遭到冷落，也认识到了自己的过错，但还是闷闷不乐了很久，因为他实在舍不得阿法纳西·伊万诺维奇这个女婿。"这么丰厚的家产、这么精明的一个人！"不久后，将军获悉，阿法纳西·伊万诺维奇迷上了一个法国上流社会的保皇派女侯爵，他们即将举行婚礼，婚后阿法纳西·伊万诺维奇也将跟随女侯爵一起前往巴黎，之后再去布列塔尼的什么地方。"哼，跟一个法国女人搞在一起，早晚倒霉！"将军笃定说道。

而叶潘钦小姐们准备着出外避寒。这时忽然出现了一个情况，又打乱了一切计划，导致旅行又被搁置了，但这倒是让将军和将军夫人十分高兴。一位公爵——肖[①]公爵，从莫斯科来到圣彼得堡，他是一位名人，可以说是真正意义上的正派名人。甚至可以说，他称得上当代活动家，他正直、谦和、真诚，喜欢行善积德，在事务上一直秉持着难能可贵的品质，孜孜不倦，业务不断。肖公爵却从不炫耀自己，竭力避开党派之争的尔虞我诈及夸夸其谈，也从不认为自己是什么风云人物，但是他对近年来的当局形势了解透彻。他先前出任公职，后来参与了地方自治运动，除此之外，他还跟好些个俄国学会保持着良

---

① 原文是Щ。

好的通信联系。他与一个相熟的技术员一起，通过调查收集到的资料，协助一条正在设计中的重要铁路成功择取了一条正确的路线。三十五岁的他，可以说是个成功的上层人士，除此以外，他还有着毋庸置疑、不容小觑的家财——这是将军对他的认知。一次，将军因为一件十分重要的事情去找自己的伯爵上司，在伯爵那儿结识了这位肖公爵，而肖公爵出于某种特别的好奇心，从来不拒绝结交俄国的实业家。然后，肖公爵就结识了将军一家，对三个女儿中的一个，也就是二小姐阿杰莱达·伊万诺夫娜印象深刻。临近春天，肖公爵向她表白了。阿杰莱达很喜欢他，叶莉扎维塔·普罗科菲耶夫娜也很喜欢他。将军非常高兴。自然而然旅行就被推迟了。他们的婚礼定在春天举行。

其实，本来也可以在仲夏或者夏末去旅行，哪怕只是让叶莉扎维塔·普罗科菲耶夫娜带着另外两个女儿出去散心一两个月也好，以便疏解阿杰莱达离开她们的伤感。但是又出现了个新情况：春末的时候（阿杰莱达的婚礼稍微延后了，推迟到了仲夏），肖公爵带着自己的熟人远亲来到了叶潘钦将军家做客。此人名叫叶甫盖尼·帕夫洛维奇，风华正茂，二十八岁，是一位皇家侍从武官，相貌十分俊美，出身名门，机智幽默，出类拔萃，思想新潮，学识渊博，家财万贯。关于最后这一点，将军尤为慎重，他特意打听，收到的回复是"的确有这么一回事，不过还有待再次核实"。这个前程似锦的年轻侍从武官在莫斯科归来的别洛孔斯卡娅老太婆大肆吹捧下名声大噪。只是他的另一种名声让人头疼：据可靠来源，他有几段暧昧的关系，甚至有人透露他战果累累，曾猎获不少颗破碎的芳心。在见过阿格拉娅后，他便常常来叶潘钦家里久坐不走。不过，的确他倒是什么也没说，甚至也没作任何暗示，将军夫妇认为，今年夏天完全没有必要考虑出国旅行的事了。而阿格拉娅本人或许是另一种想法。

这事差不多发生在本书主人公再次登场之前。从表面上看，此时，可怜的梅什金公爵在圣彼得堡似乎已被完全忘记了。如果他突然出现在熟人中，那就仿佛如空降一般，让人惊讶。但是，我们还是要讲述这一事实，用以作为本书第二部分引言的结尾。

科利亚·伊沃尔金在公爵离开之后，生活一如往常，无非就是上上学，看看自己的好朋友伊波利特，照顾父亲，帮助瓦尔瓦拉干干家务，跑跑腿。但不久后房客都消失了：费尔迪先科在娜斯塔西娅·费利帕夫娜家度过奇妙之夜的三天后不知搬去了哪里，很快便失去踪影，因此，有关他的各种传闻也被湮没了，有人说他在什么地方喝酒，但不能确定；公爵去了莫斯科。他们一离开，房客就没有了。后来，瓦尔瓦拉出嫁，妮娜·亚历山德罗夫娜和加尼亚随她一起搬走，住在塔拉索夫大楼位于伊兹马伊洛夫斯基团[①]的普季岑家中。至于伊沃尔金将军，他在此时，发生了一件出乎意料的事，他因债务纠纷入狱了。他是被自己的相好——大尉夫人用总值二千卢布的借条打发进去的。这一切对他来说发生得太过突然，可怜的将军完全成了过分信任人本善良的牺牲品！他已经习惯不经大脑地在借钱的信件及字据上签字，从未想过有朝一日自己的签字会生效，他始终认为不过是签字而已，没有什么大不了。可事实绝非如此。"让你相信别人，让你对谁都怀着高尚情操吧！"他一边跟新结识的朋友们坐在塔拉索夫大楼[②]里喝酒，痛苦感叹，一边又跟他们讲着被围困卡尔斯城和一个士兵死而复生的故事。其实，他在那里过得还不错。普季岑和瓦尔瓦拉说，那才是他应该待的地方，加尼亚也完全赞同这点。只有妮娜·亚历山德罗夫娜一

[①] 圣彼得堡的一个地名。
[②] 圣彼得堡的一间债务监狱，关押因经济问题获罪的犯人，位于伊兹马伊洛夫斯基团。

人会痛苦地偷偷哭泣（这点让家里其他人感到惊奇），并不断生病，但她还是尽可能地常去伊兹马伊洛夫斯基团看望自己的丈夫。

但是，按照科利亚的说法，自从父亲出事以后，或者说自从姐姐出嫁以后，科利亚几乎就不再听他们的话，最后演变成很少在家过夜。据说，他结交了许多新朋友，此外，债务监狱里的人都认识他，妮娜·亚历山德罗夫娜每次去探视都少不了让他陪同，家里甚至再没有奇怪的问题干扰他。以前对他十分严格的瓦尔瓦拉，现在也对他不闻不问了。而令家人感到不可思议的是，虽然加尼亚一直郁郁寡欢，但他和科利亚在一起说话还是很友好的。这是以前从没有过的事。因为此前，二十七岁的加尼亚从未关心过自己十五岁的兄弟，不仅自己对他很粗暴，还要求全家都严厉待他，经常恐吓要揪他的耳朵，让科利亚失去了做人的最后一点耐心。可想而知，现在，科利亚对于加尼亚来说，甚至是必不可少的人。当加尼亚把钱还给娜斯塔西娅·费利帕夫娜的时候，科利亚感到非常震惊，因为此举，他在很多事情上都原谅了自己的兄长。

公爵离开后的三个月，伊沃尔金家听说，科利亚结识了叶潘钦家的小姐，她们友好地接待了他。瓦尔瓦拉很快得知了这个情况，不过，科利亚并不是通过瓦尔瓦拉认识她们的，而是毛遂自荐的。慢慢地，叶潘钦家的人喜欢上了他。起初，将军夫人对他很不满，但很快就因为他的坦诚以及刚正不阿的品质开始喜爱他。说到科利亚不阿谀奉承的品质，这是有目共睹的。他在她们那里总是持着一种平等且独立的态度，虽然有时他会给将军夫人念念书报，但那是出于他的热心肠。不过，曾经有两次，他和叶莉扎维塔·普罗科菲耶夫娜吵得很凶，他明言她是个专制的女王，他再也不会跨进她家大门。第一次争吵是因为妇女问题，第二次则是因为争论到底哪个季节更适合逮金翅雀。不可思议的是，将军夫人总是会在争吵后的第三天派人给他捎去字条，请他再次光临；科利亚也没有使性子摆架子，立马就去了。只有阿格拉娅不知为何对他毫无好感，可是他偏偏又让她大吃一惊。有一次，那是在复活节后的一周，科利亚找到了他和阿格拉娅独处的机会，递给了她一封信，并吩咐说只给她一人看。阿格拉娅神情严肃地打量了一下这个自以为是的小子，但科利亚没等她回复就走了。她展开信读道：

我曾十分荣幸地得到了您的信任，而现在，或许您已经完全忘记了我。我为什么会给您写信呢？我也不知道，但我的内心有一种无法遏制的愿望，想让您，仅仅是您，注意到我的存在。有很多次，我是那么需要你们三姐妹，但印象中，三姐妹中我最需要的只是您。我需要您，非常需要。至于我自己，我没什么可写的，也没什么好说的。我也不想那样做；我非常希望您能幸福。您幸福吗？这就是我想对您说的话。

您的兄弟列·梅什金公爵

读完这封简短且不知道想表达什么的信件，阿格拉娅突然满脸通红，沉思了起来。我们很难说清楚她的思想活动。顺便一提，她曾经问过自己："要不要给别人看看？"她似乎有些不好意思。不过，最后她还是满脸嘲讽、带着奇怪的微笑将信放进了自己的小桌子里。第二天，她又把信拿了出来，把它夹到一本装订得很牢固的厚书里（她总是这样放置她的文件，这样她在需要的时候很快就能找到）。只是一周后，她才看清这是本什么书，原来是《拉曼恰的骑士堂·吉诃德》，不知为何，阿格拉娅一阵狂笑。

同样不知道,她是否将这封信笺给哪个姐姐看过。

然而,当她再次读这封信时,她突然想到:莫非公爵让这个自以为是的小子做了自己的通讯员,而且,或许还是他在这里唯一的通讯员?尽管她做出一副极为轻蔑的模样,但还是把科利亚叫来盘问。而一向受不了别人嗔怪的小子这次竟丝毫不计较她的轻蔑,并且简短而冷淡地跟她做了解释,虽然他在公爵离开圣彼得堡时就已经把自己的常住地址给了公爵,并表示愿意为他效劳,但这还是他头一次接到公爵的委托,传递一封便笺信件。为了证实自己所言无虚,他给阿格拉娅展示了自己收到的信。阿格拉娅一把拿过信笺,丝毫没有客套之意。公爵给科利亚的信中写道:

亲爱的科利亚,劳驾您,把附在这里、封了口的便笺信转交给阿格拉娅·伊万诺夫娜。祝您健康。

爱您的列·梅什金公爵

"竟然信任这样一个小孩,真是可笑。"阿格拉娅把信还给科利亚时傲慢地说,满脸鄙视地从他身边走过。

这下科利亚再也忍不了了,要知道,此行他并未给加尼亚说明原因,却特意从他那儿求来一条绿色的新围巾围在脖子上。现在他可是恼怒至极。

第二章

六月初,圣彼得堡难得有整整一周的好天气。叶潘钦家在帕夫洛夫斯克有一幢华丽的私人别墅。叶莉扎维塔·普罗科菲耶夫娜突然心血来潮,说去就去,准备了不到两天时间,就动身前往了。

叶潘钦家走后第二天还是第三天,列夫·尼古拉耶维奇·梅什金公爵就从莫斯科坐着早班车抵达了圣彼得堡。没有人在车站接他,但在他走出车厢时,突然感受到了一道奇怪而炽热的目光——来自该车到站的乘客人群中。他定睛细看,那道目光却消失了,再也分辨不出什么。当然,也许仅仅是幻觉,但是让公爵感到有些不快。况且公爵本来就很郁闷,魂不守舍,似乎在为什么事情郁郁寡欢。

马车载着他来到了一家离利捷伊纳亚街不远的旅馆。这家旅馆的条件很差,房内光线幽暗,陈设也差。公爵定了两个小房间,洗漱更衣后,什么话也没留下就匆匆出门了,似乎怕错过时间,或错过拜访的人。

半年前,在他第一次来圣彼得堡时见过他的人,如果现在再看他时,就会发现,他的外在形象变得比过去好多了。但其实并非如此。只是他的衣服都换了,他的所有服装都是在莫斯科的高级裁缝那儿定制的,但是这也存在缺点:缝制得过于时髦了(做工过于讲究,缺乏大才的裁缝往往如此),而且这套衣服偏偏穿在了对此没有兴趣的人身上,那么,若有一个热衷挖苦嘲讽的人,只需细瞧一眼公爵,基本就能发现笑料在哪了。然而,这个世上可笑的事情还少吗?

公爵雇了马车前往彼斯基。在罗日杰斯特文斯基街区的一条街上，他很快找到了一座不大的小木屋，让他感到惊讶的是，这座小木屋看起来十分漂亮，收拾得干干净净、井井有条，门前还有一畦种满鲜花的花圃。窗户朝街敞开，激烈的话语声从里面传出来，此起彼伏，近乎喊叫，就像有人在大声朗读，甚至是高声演讲一般；偶尔，这声音也会被几个人清脆的笑声打断。公爵穿过院子，走上台阶，求见列别杰夫先生。

"他住那儿。"一个袖子撸到肘部的厨娘开了门，用手朝客厅指了一下，回答道。

这间贴着深蓝色墙纸的客厅干净整洁，陈列摆设颇有讲究：一张圆桌、一个沙发、一座带玻璃罩的青铜台钟，窗户之间的墙壁上挂着一面细长的镜子，天花板上悬挂着一盏用铜链拴着的有许多玻璃吊坠的枝形吊灯。列别杰夫就站在房间中央，他背对着进来的公爵，身着背心，没穿外衣，看起来是夏季的服装。他捶胸顿足，似乎正在就某个主题满含悲情地演说着。听众如下：一个长着一张机灵且欢乐阳光的脸蛋、约莫十五岁的男孩，他手里拿着一本书；一个二十岁出头的年轻姑娘，身着丧服，怀里还抱着一个婴儿；一个同样穿着丧服、差不多十三岁的女孩，她笑得很夸张，嘴巴张得很大；最后还有一个十分奇怪的听众，一个二十岁左右的躺在沙发上的小伙子，他长得非常漂亮，皮肤微黑，长发浓密，大眼睛乌溜溜的，鬓角和下巴上露着些许胡茬。似乎正是这个听众，经常打断滔滔不绝的列别杰夫，并与他争论，其他的听众大概正是因为这点发笑。

"鲁基扬·季莫菲耶维奇，喏，鲁基扬·季莫菲耶维奇！你们给我往这边瞧！嘿，你们可真该死！"

厨娘气得满脸通红，双手一甩，走开了。

列别杰夫回头一看,发现是公爵,仿佛被雷劈中了一般愣在原地呆了几秒,接着脸上立刻堆起谄媚的微笑朝公爵奔过去,但半途又像愣住了一样,不过他还是叫了出来:"公——爵——阁——下!"

但是,他似乎努力但仍旧无法掩饰这种不自在,于是转过身去,先是无缘无故斥责手抱婴儿、身着丧服的姑娘,导致她因为慌乱而急忙躲开。但列别杰夫随即撇下她,冲着那个十三岁女孩喊骂起来。她站在另一个房间门口,脸上本挂着刚才的笑容,但现在因为受不了责骂,急忙逃到厨房去了。列别杰夫甚至在她背后跺了跺脚,进而威吓她一下。但是,当他看到公爵疑惑不解的眼神时,便解释道:"这是为了……表示恭敬,嘿嘿!"

"您用不着这样……"公爵开始说道。

"我很快过来,很快,很快……快如一阵风!"

列别杰夫说着便从房间里消失了。公爵惊讶地看了一眼那个姑娘、小男孩以及躺在沙发上的小伙子。他们全都在笑。公爵也跟着笑了起来。

"他去穿燕尾服了。"小男孩说。

"可真是抱歉,"公爵开始说道,"我本来以为……请告诉我,他……"

"您是不是以为他喝醉了?"沙发上传来一个声音,"一点也没醉!只不过喝了三四杯,嘿,撑死五杯吧,算不了啥——老惯例而已!"

公爵正欲看向沙发上的小伙子,但是女孩说起话来,她那可爱的脸上露出非常坦诚的神情:"他早晨从不会多喝,如果您找他有什么事,那么请现在就跟他说,此时正好,傍晚他回来时,可就会醉醺醺的了;而且他睡前常常哭泣,还要给我们读一段《圣经》,因为五个星期前,我们的妈妈去世了。"

"他跑开是因为，应对您确实为难。"沙发上的年轻人笑了起来，"我敢打赌，他马上就要忽悠您，这会儿正在那儿打主意呢。"

"才五周！五周而已！"列别杰夫接过话茬说道，他已经穿着燕尾服回来了，他一边眨着眼睛，一边从口袋里掏出手绢抹着眼泪，"剩下了一堆孤儿。"

"您怎么穿着这件补个大窟窿的衣服就出来了？"那姑娘问道，"门背后不是有一件新的外套吗，您没看见吗？"

"住嘴！臭丫头！"列别杰夫冲她大声喝道，"哼，你呀！"他又开始朝她跺脚，不过换来的是她放声大笑。

"您吓唬我干吗，我又不是塔尼娅，我不会被吓跑的。看来小柳芭奇卡要被您吵醒了，似乎还受到了惊吓……您叫唤什么呀！"

"不许说了，不许说了！再说让你烂舌头，烂舌头……"列别杰夫突然受到了惊吓，奔到姑娘面前，从她手里抱过熟睡的孩子，一脸惊恐，接连画了好几次十字，"上帝保佑，上帝保佑！这是我那尚在襁褓中的小女儿柳芭奇卡，"他对公爵说道，"千真万确，这是合法婚姻所生，我那刚去世的妻子叶列娜，是分娩时去世的。而这个穿着丧服的臭丫头，是我的女儿薇拉……而这个，这个，哦，这个是……"

"怎么卡住了？"年轻人喊了起来，"你接着说呀，别不好意思。"

"阁下！"列别杰夫突然激动地嚷了起来，"您看过报纸上有关热马林一家被害[①]的新闻吗？"

"这我看过。"公爵有些惊讶地说道。

"喏，他就是杀害热马林一家的真凶！"

[①] 1868年3月，商人热马林一家六口被一名十八岁的中学生维托尔德·戈尔斯基杀害，作者认为凶手是受到"虚无主义"思想的影响。

"你在说什么呀?"公爵说。

"我这是隐喻性的预言,如果还有类似热马林一家的事件,这人将来肯定就是第二个杀手。他正准备走上同一条道路……"

大家都笑了起来。公爵猜测,列别杰夫故意顾左右而言他,不过是因为他料想到自己会问他问题,而他又不知道如何作答,所以就想方设法拖延,为自己思考准备时间。

"他要造反!他在策划阴谋。"列别杰夫似乎已经不能自已,高声喊着。"哼,这个造谣诽谤的人,简直是个游手好闲的恶棍,我怎么还能把他看作自己的亲外甥,看作已经去世的姐姐阿尼西娅的独生子?"

"你给我住嘴,你这个醉鬼!您可能没法相信,公爵,他现在谋划着想出来做律师,做法律诉讼代理人,他这就开始练口才了,整天在家对着孩子们滔滔不绝。五天前他在民事诉讼法官面前做过一次辩护。猜猜他为谁辩护?一个老妇人苦苦哀求他,因为一个放高利贷的无赖勒索了她五百卢布,那是她的全部财产,却被这个无赖据为己有;可他不为原告老妇人辩护,却为那个放高利贷的犹太人扎伊德列尔辩护,就因为人家答应给他五十卢布……"

"我胜诉了才会得到五十卢布,如果败诉,只有五卢布。"列别杰夫突然转换成截然不同的声调解释道,就像他之前从没吆五喝六过。

"那是自然,听他胡说八道的,现在又不是旧社会,人家把他笑话了一顿,但他还扬扬得意。他说:'铁面无私的法官大人,请你们想想,一个境遇凄惨的老汉,常年卧病在床,老实本分地劳动谋生,现在他最后一块面包都将被夺走。请你们想想立法者的初衷——以法束人,以仁治人。'您信吗?他每天早晨都在这儿跟我们反复练习这句话,就跟在法院里说的一模一样。今天是第五次了,就在您来之前他还在练习,他非常喜欢那段话,自吹自擂得让人叹为观止,还打算再为什么人辩护呢。您好像是梅什金公爵吧？科利亚向我提起过您，说在这世上，再未遇到过比您睿智的人……"

"是的，是的！没有比您更睿智的了！"列别杰夫随即附和道。

"呵，这真是个谎言。科利亚是爱您，而他则是在奉承您，但我可不打算巴结您。您是个讲理的人，您倒是可以评价下我俩。喂，想不想让公爵给我们俩评评理？"他转头问舅舅，"我现在很高兴，公爵，您来得正巧。"

"当然想！"列别杰夫想也不想地大声说道，随即不由自主地回头看了一眼这些折返回来的听众。

"你们在干吗？"公爵蹙眉说道。

他感到有些头疼，并且更加确信列别杰夫是在有意拖延谈正经事的时间，而且他为这歪打正着感到得意。

"我插两句，尽管他满嘴里没个实话，但，我确实是他的外甥，在这点上他没说谎。虽然学业没完成，但是我非常想念完，也坚持自己的理想，因为我是个有自尊心的人。为实现这一理想，我找了一份铁路上的兼职工作，月薪二十五卢布。另外，我不可否认，他已经资助过我三次了。我曾有二十卢布，却赌光了。哎，公爵，您相信吗，我是个无赖、卑贱的人，竟然把钱全都输光了。"

"全输给了无赖了，你就不应该给他钱！"列别杰夫喊道。

"是的，是输给了一个无赖，但钱是应该给他的。"年轻人继续说道，"说到无赖，这点我是有依据的，不只是因为他狠狠坑了我一笔。公爵，他是个被免职的军官，曾是罗戈任那伙里的退伍中尉[①]，而现在

---

① 俄语原版中，前文第一部分第十五章，作者介绍此人是少尉，现在从列别杰夫的外甥口中变成中尉。

在教拳击。自从罗戈任把他们赶走后,他们便在四处游荡。然而,最糟糕的是,我很清楚他是个无赖、恶棍、小偷,但我还是跟他坐下来赌钱。在赌到我只剩一个卢布(我们玩的是帕尔基牌)时,我想道:'如果我输了,就央求鲁基扬舅舅,他是不会拒绝我的。'这种做法很卑鄙,的确很卑鄙!这已经是下意识的卑劣行为了!"

"可不就是下意识的卑劣行为嘛!"列别杰夫重复说。

"得了吧,别得意,我还没说完。"外甥气愤地叫停他,"他还挺高兴呢,公爵,我到这儿跟他承认了一切,我是高姿态,可我并没宽恕自己,在他面前我又竭力责骂自己,大家都是见证者。为了抢到铁路的那个职位,我怎么也得给自己置办些衣物吧,因为我从头到脚都穿得破破烂烂的。瞧瞧这双靴子!不然我没法去上班,要是不在指定的期限内报到,那个职位就会被别人顶了,到时候我又是徒劳一场,不知道什么时候能再找到一份工作。现在我向他借十五卢布,并保证今后不再问他借钱,还有,我一定在工作的前三个月内把借他的所有钱都还给他,我说话算话。我会靠着面包和格瓦斯①撑几个月的,我是有个性的人。三个月我会有七十五卢布的工资,算上过去向他借的钱,一共要还他三十五卢布,所以我有能力还他的钱。哼,随便他要多少利息都行,真是活见鬼了!难道他还不了解我吗?您问问他,公爵,难道以前我问他借钱时候,是不是都还了?为什么现在就不愿意借给我了?就因为我把钱输给了那个退役中尉,他就生气了。肯定是这样!瞧这种人,既不为自己着想,又不肯行他人方便!"

"他还不肯走了!"列别杰夫嚷道,"就躺这里,赖着不肯走!"

"我已经说过了,你不给钱,我就不走。您笑什么呢,公爵?似乎

---

① 一种俄罗斯啤酒,用面包干发酵酿造。

您觉得是我不对？"

"我没有笑，不过，依我看，确实是您做的有点不妥。"公爵勉为其难地回答。

"那您就该直截了当地说我不对，而不是转弯抹角地说什么'有点不妥'！"

"如果您能听进去的话，那就是'不对'。"

"什么叫如果我能听进去的话？真可笑！难道您认为，我自己不知道这样做不对？他的钱他做主，从这点来看，我确实是在逼迫他。可是，公爵……您不够深入生活。这种人倘若不受点教训是不行的，应该教训教训他们。我对得起良心。摸着良心说，我不会让他吃亏，我会连本带息地还给他。精神上他也能得到满足：他都瞅见了我那低声下气的穷酸样，他还要怎样？如果他不做些好事帮帮人，他还能有什么好处吗？您不知道吧？猜猜他都干过什么。您倒是问问他，他是怎么捉弄、怎么欺骗别人的，他是靠什么赚来的这套房子。我打包票，他已经让您上钩了，并且在动脑筋怎么进一步坑蒙拐骗您；如果并非如此，我把头砍下来给您！您还在笑，是不相信吗？"

"我觉得，这跟您的这件事没什么关系。"公爵指出。

"我已经躺在这里三天了，我看够了！"年轻人没有理会公爵的话，大声说道，"您倒想想，他竟然这么对一个天使，就是这个姑娘，就是这个现在已经是孤儿的我的表妹。他对亲生女儿整天猜疑，每天夜里都会去搜一遍她的房间，怕她藏个情郎！他也会鬼鬼祟祟地到我这儿来，在我睡的沙发底下找一遍。他疑神疑鬼几乎发疯，觉得每个角落都藏有小偷。整宿不时跳下床，一会儿看看窗户有没有关好，一会儿拉拉门，甚至探个脑袋查看炉子里面，夜里就这样折腾不下于七次。他在法庭上为那个骗子辩护，夜里又起来在客厅里做三次祷告，跪着磕头,每次半个小时。你猜他喝醉的时候,为谁祈祷,为什么事哭诉。他为杜巴里伯爵夫人①的灵魂得到安息而祈祷过,我亲耳听到的,科利亚也听到过。他真是疯了。"

"公爵,您看见了吗,听见了吗,他是怎么侮辱我的?"列别杰夫的脸气得通红,愤怒地大叫起来,"他不知道的是,就是我这个酒鬼、流氓、强盗、歹徒,却做过一些好事:在他还是婴儿的时候,就是我这个油嘴滑舌的坏人给他换尿布,给他在澡盆里洗澡,就在我那一贫如洗的寡妇姐姐阿尼西娅家里,同样贫穷的我,夜里就那么坐着,通宵达旦地照顾害病的他们娘俩,我偷楼下护院人的柴火给他取暖,又是唱歌,又是摇着沙槌哄他睡觉,自己却饿着肚子;我饱受艰辛把他抚养成人,可现在他居然嘲笑我!再说,假使我真的某天夜里画着十字祈求杜巴里伯爵夫人灵魂安息,又与你何干?公爵,三天前,我平生第一次在词典里读到了她的生平。您知道杜巴里夫人是什么人吗?您说说,您知道吗?"

"哼,难道单单就你知道?"年轻人语气讽刺,不乐意地回答。

"这是一位伯爵夫人,她从耻辱中脱身走来,成为无冕的王后,手握大权,甚至有一位伟大的女皇在写给她的亲笔信中和她以堂姐妹②相称。一位红衣主教、罗马教皇使节在列维-久-鲁阿③时(你知道什么是列维-久-鲁阿吗?)自告奋勇为她的光腿套上长丝袜,并将此视为荣幸。这么一位显贵而神圣的人物都这样做!您知道这回事吗?从你脸上,我就看出来了,你不知道!那么她是怎么死的?既然你知道,那

---

① 让娜-玛丽·杜巴里(1743—1793),伯爵夫人,法国王路易十五的情人,法国大革命时被处决。
② 原文为法语,译为堂姐妹、表姐妹。此处女皇用此称呼,表示与她的亲近。
③ 原文为法语,俄译音,译为早上的穿衣仪式。

你就回答下！"

"滚开！你总纠缠我干什么？"

"她是这么死的：在尊享这段荣耀之后，这位曾地位显赫、权势滔天的女人却被刽子手莎姆松无辜地拖上断头台，让那些巴黎的普阿萨尔德①开心不已。而她被吓得惊慌失措，不知道发生了什么事。只见，刽子手将她的脖子往铡刀下一按，用脚踢了她一番，而那些婆娘们大笑着看热闹，她则大喊着：'再等一会儿，先生，就一会儿。'或许，就是这一会儿，上帝就会宽恕她，因为人的灵魂已无法承受这样的痛苦②。你知道'痛苦'是什么意思吗？当我读到伯爵夫人那句'等一会儿'的呼喊时，我的心就像被钳子紧紧夹住了似的。我睡前祈祷是想着帮帮这个罪孽深重的女人，又关你这个卑鄙小人什么事？我提起她，只是因为未曾有一个世人为她画十字祈祷过，可能也从未有人想这样做过。说不定她在那个世界会感到欣慰，因为总算有这么一个跟她一样的罪人，为她在人世间做这哪怕仅有一次的祈祷。你有什么好笑的？你是个无神论者，你纵然不信。那你又是怎么知道的？你说你偷听了我的祈祷，但你在胡说八道，我不仅只是为杜巴里夫人祷告，我说的是'求上帝让罪孽深重的杜巴里伯爵夫人和所有像她那样的人的灵魂得到安息'，这完全是另一回事，因为有许多类似她这样罪孽深重的人和命运无常的范例，他们饱经煎熬，现在正在那边惶惶不可终日，呻吟着、等待着；况且我当时也曾为你，为你这样厚颜无耻、欺人太甚的无赖祷告过，既然你偷听了我是如何祷告的……"

"好了，够了，你愿意为谁祷告就为谁祷告吧。见鬼，别大声咋呼

---

① 原文为法语，俄译音，译为女商贩。
② 原文为法语，译为"痛苦"。

了!"外甥不耐烦地打断他的话,"公爵,您不知道,他可是我们这儿最博学的人,"外甥尴尬地冷笑着补充道,"他现在总是读这类书籍和回忆录。"

"您舅舅毕竟……不是冷酷无情之人。"公爵并不情愿地说出来。这个年轻人让他越发反感。

"您怕是把他吹捧得太高了!您看,他已经把手放在心口上了,嘴巴大张着,期盼着接着听您的好话呢!他或许不是冷酷无情之人,但是他是个黑心肠的骗子。坏就坏在这点,再加上他还酗酒,摇摇晃晃地,站不稳,就像那些常年酗酒的人一样,所以他老叽里呱啦地乱叫。就算他爱他的孩子,也尊重过世的舅妈……甚至也爱我,还在遗嘱里给我也留了一份,这的确是真的……"

"什么也不会给你留!"列别杰夫愤愤打断他的话。

"听着,列别杰夫,"公爵转身不再理会那个年轻人,语气肯定地说,"我凭经验所知,如果您愿意做事业的话,您可以成为一个实干家……我现在时间有限,如果您……抱歉,怎么称呼您?我忘了您的名字和父名。"

"季……季……季莫菲。"

"还有呢?"

"鲁基扬诺维奇。"

屋里所有人又笑了起来。

"他撒谎!"外甥高声喊道,"连这也撒谎!公爵,他,根本不叫季莫菲·鲁基扬诺维奇,他叫鲁基扬·季莫菲耶维奇!呵,你说说,为什么要撒谎?算了吧,对你来说,不管是叫鲁基扬还是叫季莫菲都一样,公爵还管你这些?公爵,请您相信,他说谎成性,已经改不了了!"

"这是真的吗?"公爵略有烦躁地问。

"鲁基扬·季莫菲耶维奇,这是真名。"列别杰夫承认道,并感到有些不好意思。他顺从地垂下眼睑,再一次把手放到心口。

"那您为什么要这样说呢,我的上帝!"

"出于自谦。"列别杰夫喃喃低语,更加垂低了头。

"哎,自谦做什么啊!我只想知道,现在去哪里可以找到科利亚!"公爵一边说着,一边转身准备离去。

"我可以告诉您科利亚在什么地方。"年轻人自告奋勇地说。

"不许说,不,绝不能说!"列别杰夫急忙打断,整个人慌乱了起来。

"科利亚在这里留宿过,但第二天一早便去找自己的父亲了。公爵,天知道您为什么要把他从债务监牢里赎出来。将军答应昨天过来留宿的,但是没来。很有可能是去了离这里很近的天平旅馆,在那儿过的夜。所以科利亚要么是去了那儿,要么就在帕夫洛夫斯克的叶潘钦家。他身上有钱,昨天就想去了。所以他不是在天平旅馆,就在帕夫洛夫斯克。"

"在帕夫洛夫斯克,帕夫洛夫斯克!我们到那边去,去花园里……喝点咖啡……"

列别杰夫拽着公爵的手。他们走出房间,穿过院子,跨进小篱笆门。这里面有一个迷你小巧的花园,因这好天气,那里的树木又新添了许多新枝叶。列别杰夫让公爵坐在绿色的木质长椅上,长椅位于一张插进地里的绿色桌子旁,自己坐在他对面。过了一会儿,咖啡真的端上来了,公爵没有推辞。列别杰夫注视着他的眼睛,满是谄媚和贪婪。

"我不知道,您竟还有这样的房子。"公爵感叹道。可他的表情跟他嘴里说的事完全对应不上。

"她走了后留下一堆孤……儿。"列别杰夫的身体颤抖了一下,刚张嘴说就停住了话头,因为公爵正心不在焉地看着前面,显然是已经忘了自己的问题。又过了一会儿,列别杰夫观察着公爵的神态,等待着说话的时机。

"怎么了?"公爵似乎刚醒过来,说道,"哦,对了!您应该也知道,列别杰夫,我是为何而来。我完全是因为接到了您的信才来的,您说吧。"

列别杰夫一脸惭愧,想要说些什么,但只是支支吾吾地什么也没说出来。公爵等了片刻,露出了一个略带忧伤的笑容。

"我好像特别理解您,鲁基扬·季莫菲耶维奇。您也许并没料到我会来。您认为,我不会因为您的一封信就从偏僻地区赶来,您写那封信只是为了让良心好受点。可没想到,我却来了。好了,别骗我了。您这见人说人话、见鬼说鬼话的把戏也该结束了。罗戈任在这已经待了三个星期,这我都知道。您已经像上次那样把她出卖了,是吗?说实话!"

"是那个恶棍自己打听到的,是他自己。"

"您别骂他。虽然他对您是不太好……"

"他打了我,是毒打了我!"列别杰夫情绪十分激动地说,"在莫斯科的时候,他还放狗追了我整条街,那是条跑得非常快、非常凶猛的猎犬。"

"您可别拿我当孩子哄骗,列别杰夫。您是说,她是不是真的把他一人丢在了莫斯科?"

"真的,真的,就在快举行婚礼的时候。那家伙已经在一分钟一分钟地倒计时了,可她却逃到了圣彼得堡,直接来找我说:'救救我,保护我,鲁基扬,但请别告诉公爵……'公爵,比起怕罗戈任,她更怕您,这一点实在让人很费解!"

列别杰夫狡猾地将手拍在脑门上。

"现在您又将他们两人凑在一起了?"

"公爵,我怎么敢……怎么敢不这样呢?"

"算了,我会弄清楚这些的。只不过你得告诉我,她现在在什么地方,在罗戈任那里吗?"

"哦,不!绝不在那里!她是一个人。她说:'我是自由的。'公爵,您要知道,她坚持强调这点,她说:'我还是完全自由的!'她仍然住在圣彼得堡岛①,住在我已去世妻子的妹妹家中,我已经在信里告诉过您了。"

"现在还在那里吗?"

"在的,除了天气好时,她会去帕夫洛夫斯克达里娅②那儿,其他时候都在那里。她说:'我是完全自由的。'昨天,她还对尼古拉·阿尔达利翁诺维奇③长篇大论地表达了自己的自由论。这是不祥的征兆啊!"

列别杰夫龇牙咧嘴地笑着。

"科利亚常去她那儿吗?"

"他有些冒失,而且怪怪的,不大能保守秘密。"

"您很久没去那儿了?"

"每天都去,每天都去。"

"这么说,昨天也去了?"

"不,三天前去的。"

---

① 圣彼得堡的一个行政区。
② 达里娅·阿列克谢耶夫娜的别墅。
③ 尼古拉是科利亚的正式名,即尼古拉·阿尔达利翁诺维奇·伊沃尔金。

"可惜您有些喝醉了,列别杰夫!不然我还想再问您些事。"

"不,不,不,我可一点也没醉!"

列别杰夫双眼紧盯着公爵。

"告诉我,您从她那走前,她的状态如何?"

"心绪不安,怅然若失。"

"怅然若失?"

"她似乎像是丢了什么似的,总是在寻找着什么。对于即将举行的婚礼,她一想到就犯恶心,她将这场婚礼视为一种侮辱。在她看来,罗戈任就像一块橘皮一样,丝毫不入眼,但又不得不放在眼里,她既惧怕又惶恐,甚至不许别人提到他。他们只有在不得已的情况下,才会见面……罗戈任对此十分困惑!可是又无法改变……而她心烦意乱,言语尖酸刻薄,言行不一且易怒……"

"言行不一且易怒?"

"是的,易怒,上次因为一次谈话,差点没把我的头发揪光。我用《启示录》①为她祈求平安。"

"什么?"公爵以为自己听错了,又问了一遍。

"我给她念《启示录》。她是个思想活跃且极易敏感的女人,嘿嘿!据我观察,对于一些严肃的话题,尽管跟她毫无关系,她却十分较真。她喜欢听这些,非常喜欢谈论这些话题,甚至把这看作别人对她的尊重。我的确在解释《启示录》方面很在行,而且已经讲解了十四年。她也同意我的观点,我们现在是在第三匹马——黑马时代,是骑在马上、手持天平的,因为如今一切都要用俄斗度量,都要签合同行事,所有人都只在乎自己的利益:'一个银币买一俄斗小麦,一个

---

①《启示录》是《圣经》新约中的一卷。

银币买三俄斗大麦'……但同时又想精神自由、心灵纯洁、肉体健康以及保留住上帝所赐予的一切。但是仅仅靠利益是不行的，因为紧随其后的是一匹灰色的马，而骑着马的人就叫作死神，再后面就是地狱了……我们见面聊的就是这些，这对她影响颇深。"

"您自己也相信这些吗？"公爵奇怪地看了一眼列别杰夫，问道。

"正是因为我相信，所以才会这样解释。因为我一贫如洗，是芸芸众生中的一颗粒子。谁会尊敬列别杰夫？人人都把我当成嘲笑讥讽的箭垛子，几乎所有人都可以踹上一脚。然而在解读含义这方面，我半点不输那些王公贵族。因为我有智慧！即使王公贵族领悟到什么，在我跟前……也照样坐在安乐椅上害怕地颤抖。尼尔·阿列克谢耶维奇大人两年前复活节前夕听说了我——当时我还在他的机关里做活——特地通过彼得·扎哈雷奇让我到他的办公室去，让旁人退下，只剩下我们两人独处的时候，问我：'听说你是诠释天启预言的专家，这是真的吗？'我并不藏掖，直接回复：'是我。'我向他说明、诠释、形容，丝毫没减少恐怖的要素，而且还进行了比喻，故意渲染了这种色彩，罗列了许多数字。他一直微笑着，但当听到数字和类比时不住地打战，立马让我合上书，打发我走。复活节时他还给我颁了奖，可是一星期后，他便去见了上帝。"

"您说的是真的吗，列别杰夫？"

"真的是这样。他在一次宴会结束后，从回程的马车里跌了出来……太阳穴撞在路边的路灯底座上，就像个小孩一样当场撒手人寰了。算起来他享年七十三岁。他活着的时候满面红光，一头银发，浑身香水味，总是笑眯眯的，就像个孩子一样。当时彼得·扎哈雷奇回忆起复活节前的见面，跟我说：'跟你的预言如出一辙。'"

公爵起身准备离开。列别杰夫对此感到十分惊讶，甚至有些不知所措。

"嘿嘿，您的注意力好像不是很集中。"他鼓起胆子谄媚道。

"的确，我有些不太舒服，头昏沉沉的，不知道是不是旅途劳累造成的，还是怎么的。"公爵蹙眉回复道。

"您最好还是去城外的别墅休养一下。"列别杰夫小心翼翼地引出话题。

公爵站在那里似乎思考着什么。

"再过三天，我也要带着家人去城外的别墅去休养，主要为了保护我那刚出生的女儿，同时也想把这个房子修葺一下。我们也要去帕夫洛夫斯克。"

"你们也要去帕夫洛夫斯克？"公爵立马问道，"怎么，这里所有人都要去帕夫洛夫斯克吗？您是说，您在那儿也有自己的别墅？"

"并非所有人都去帕夫洛夫斯克。伊凡·彼得罗维奇·普季岑把他便宜买来的别墅让给了我。那真的是块宝地，绿荫成林，环境雅致，价格又便宜，所以大家都去了帕夫洛夫斯克。不过，我住在偏房，别墅正房……"

"租出去了？"

"没有……还没……没租出去。"

"那租给我吧。"公爵突然提议道。

看来，列别杰夫就是想把他引到这上面来。这个主意是他三分钟前想到的。事实上他已经不需要招租了，想租别墅的人已经到他这儿来过，而且大抵表示是要租下别墅的。列别杰夫对此十分肯定，不是大抵，而是一定会租。但是他唯利是图，打了个如意算盘：钻了前面那个租客没有表态的空子，把别墅另租给公爵。在他的脑海里，忽然出现了"一场冲突和一个事态新发展"的场面。可以说，他几乎是按捺不住欣喜地接受了公爵的提议，因此，公爵向他问起租金时，他一直双手乱挥着。

"算了，随您吧。我研究一下，不会让您吃亏的。"

他俩已走向了花园出口。

"最尊敬的公爵，假如您想知道，我可以向您……可以向您……汇报一个相当有意思的情况，有关那个人的。"列别杰夫小声说道，他在公爵身边快乐地转来转去。

公爵停了下来。

"达里娅·阿列克谢耶夫娜在帕夫洛夫斯克也有一幢别墅。"

"那又如何呢？"

"某位女士跟她可是好朋友，据我观察，在帕夫洛夫斯克时常去拜访她，是带有目的的。"

"然后呢？"

"是阿格拉娅·伊万诺夫娜……"

"啊，够了，列别杰夫！"公爵十分不快地打断道，就好像是戳到了他的伤疤一样，"这一切……根本不是那么回事。您最好告诉我，您打算什么时候搬去别墅？对我来说，越快越好，因为我住在旅馆……"

他们边聊边走出花园，没再回到房间，而是穿过小院子，朝着篱笆门走去。

"最好是，"列别杰夫又想出了个鬼主意，"不如您今天就从旅馆直接搬到我这里来吧，后天我们一起去帕夫洛夫斯克。"

"我再考虑一下。"公爵若有所思地走出了大门。

列别杰夫看着他的背影，公爵那种一直心不在焉的样子，让他感到有些诧异。分别时，公爵竟忘了说"再见"，甚至连头都没点一下。这跟列别杰夫所认识的那个彬彬有礼、亲切周到的公爵可不一样。

第三章

已经十一点多了，公爵知道，如果现在去叶潘钦家，能见到的大概只有将军一个人（他因为公事，仍然留在城里），但是也不一定能遇上。他估摸着遇到将军的话，将军大概会即刻带他前往帕夫洛夫斯克，而在此之前他却想先去另一个地方拜访。公爵甘愿延迟去叶潘钦家，也就是把去帕夫洛夫斯克的行程推迟到第二天，也要去寻找他非常想去拜访的那个人。

不过从某些方面来看，这次拜访对他来说是很冒险的。他有些为难，也有点犹豫。他知道的那幢房屋在豌豆街，离花园街不远，他决定先往那个方向走，希望在到达要去的地方前能彻底下定决心。

在走近豌豆街和花园街的十字路口时，他感到非常激动，并对自己竟会如此激动感到惊讶；他没有想到他的心会跳得这么厉害，而且被痛楚包围。有一座房屋，大概是因为建造得比较奇特，从很远的地方就吸引了他的注意。后来，公爵想起来了，他对自己说："一定就是那座房子。"于是，他怀着极大的好奇心走上前去，想验证下自己的猜测。不知道为什么，他觉得，就算他猜对了，也不会特别高兴。这座房子很大，阴暗压抑，总共有三层，是灰绿色的，不属于任何建筑风格。不过，在一切发展得极快的圣彼得堡，这种建于20世纪末的房屋只有很少几幢在这几条街道上保存了下来，而且毫无变样。它们很牢固，墙很厚，窗户很少，最底下一层的窗户有些还装着栅栏。下面的这一层大部分是兑换货币的铺子。掌柜是个阉割派教徒①，他租用楼上的房间居住。这栋房屋从里到外都给人一种冷漠死板、拒之门外的感觉，仿佛刻意掩藏、隐瞒着什么。至于为什么光凭其外观就给人这般印象，这很难解释。当然，建筑的线条组合有它自己的奥秘。这幢房子里居住的几乎全是商人。公爵走近大门，看了一下门牌，上面写着："世袭荣誉公民罗戈任宅"。

他没有再犹豫，推开门走了进去，砰的一声，门在他身后重重地关上了，他顺着正面的楼梯上二楼。石砌的阶梯很是昏暗，很粗糙，楼梯旁的墙壁被漆成了红色。他知道，这幢沉闷房屋的整个二层被罗戈任和母亲及兄长占据着。开门人没有通报就带着公爵向里面走了很久，他们穿过了一间正厅，那里的墙壁是仿制的大理石砌成的，地板是栎木拼接的，20年代笨重简陋的家具摆设在其中；接着他们又穿过了一些小斗室，拐拐绕绕地登上两三阶楼梯，又下了两三阶楼梯，最终停在一扇门前，敲了几下。开门的正是帕尔芬·谢苗内奇②。他一看是公爵，脸唰地一下白了，愣在了原地，如同一尊石像，两眼木讷，目光惊惧，嘴拧巴着，透出一丝疑惑的微笑，似乎觉得公爵的来访不可思议。虽然公爵做了心理准备，但他还是对帕尔芬的反应感到诧异。

"帕尔芬，如果我来的不是时候，我可以现在就走。"最后他窘迫地说。

"来得正是时候！正是时候！"帕尔芬终于回过神来，"请进，请进！"

他们现在彼此都不用敬语相互称呼对方。在莫斯科时他们经常见

---

① 阉割派是俄罗斯正教会分离出来的一支基督教派，通过自残生殖器官、抹去性特征的方法来消除性欲，以摆脱"世俗生活"。后因对人身戕害过甚而被禁止。

② 即罗戈任。

面,在好几次的会面中,他们给彼此留下了令人难忘的印象。现在,已有三个多月,他们没有见过面了。

罗戈任的脸色仍旧苍白,面部肌肉间歇性地微微抽搐。他虽然招呼了客人,但是脸上窘迫的神情还没有消失。他把公爵带到桌边的扶手椅旁,请他坐下。公爵不经意地朝他转身,在看到他奇怪反常和凝重的目光后站住了。公爵想起了不久前那令人痛苦、忧郁的过往,顿时感到一阵悲伤。于是,他并没落座,纹丝不动地站着,直视着罗戈任的眼睛好一会儿,在最初的一瞬间,这双眼睛似乎迸发出更为灼人的火光。最后,罗戈任讪笑了一下,有些窘迫并且似乎更不知所措。

"你干吗这样盯着我看?"他低声说道,"请坐!"

公爵坐了下来。

"帕尔芬,"他说,"你对我直说,我今天要来圣彼得堡,你是知道还是不知道?"

"你要来,我想到了,你瞧见了,我猜得没错,"罗戈任恶狠狠地冷笑了一下,说,"但是我怎么知道你会在今天来?"

罗戈任反问道,语气极度的粗暴和愤怒,这令公爵更加惊讶。

"假使你知道我今天会来,又为何这样愤怒呢?"公爵低声问道。

"你问这个做什么呢?"

"早上我下火车的时候,看到一双眼睛,就跟你现在从背后看我的眼神完全一样。"

"哦?那会是谁的眼睛呢?"罗戈任带着怀疑地喃喃低语。公爵觉得他打了个寒战。

"我不知道,那人隐匿在人群中,我甚至觉得有可能我出现了幻觉,不知道怎么回事,我最近总是出现幻觉。帕尔芬兄弟,我觉得自己最近跟五年前的情况差不多,那个时候我的毛病总是发作。"

"也许那就是幻觉,我不知道……"帕尔芬咕哝着。

此时,他脸上挤出了一个亲切的微笑,这个笑容和他并不相称,就好像被什么折断了,不论帕尔芬怎么努力地想要把它合拢起来,都无能为力。

"怎么,又要去国外吗?"他问道,突然又补充说,"你还记得我们一起坐火车的情景吗?去年秋天,我从普斯科夫乘车回圣彼得堡这里,而你……穿着风衣、鞋罩,你还记得吗?"

罗戈任蓦地笑了起来,带着不加掩饰的怨恨,似乎因为终于找到了发泄怨恨的方式而感到高兴。

"你在这里定居了?"公爵边问边环顾着书房。

"是的,这是我的家。不然,我还能住在什么地方呢?"

"我们很久没有见面了。我听到一些你的流言,说得简直不像是你了。"

"别人说我的还少吗?"罗戈任冷漠地回应。

"不过你把那一帮人都赶走了,老老实实地待在老家,不再出去胡闹,这不很好吗?这房子是你的还是你们全家的?"

"是母亲的。从这里穿过走廊就是她的房间。"

"你哥哥住哪间?"

"谢苗·谢苗内奇住在左厢房。"

"他没有成家吗?"

"他是个鳏夫。你问这些干吗?"

公爵看着他,没有回答。他忽然思考了起来,似乎没有听到他的问话。罗戈任没有再追问,而是等着他开口,他们沉默了一会儿。

"我进来之前,在一百步开外就猜到这房子是你家的。"公爵说。

"为什么?"

"我完全说不清楚。这栋房子具有你们整个家族以及你们家庭生活的特征。我也没法和你解释我是如何得出这样的结论的。当然,这是没有凭据瞎说的。我甚至觉得害怕,我内心怎会如此忐忑不安。过去我没有料到你住在这样的房子里,而我一看见它,即刻就想道:'他住的房子就一定是这样的!'"

"原来如此!"罗戈任并没完全理解公爵没有明说的话,只是含糊地笑了一下,"这幢房子是我祖父建造的,"他说,"起初这里住的全是阉割派教徒,有一家姓赫鲁佳科夫的,至今仍在租我家的房子。"

"这里好昏暗啊。你简直就是住在黑暗里。"公爵环视着书房说。

这间房间虽然很高很大,但是采光不是很好,屋里堆满了各种家具,大多是一些大办公桌、抽屉柜、橱柜,里面存放着一些账册文件。一张宽大的羊皮面的红沙发,显然是罗戈任用来睡觉的。罗戈任请他在桌子旁边的椅子上坐下。公爵发现那张桌子上有两三本书,其中一本是索洛维约夫编著的《历史》,书是翻开着的,里面还夹了东西作记号。四周的墙上挂着几幅油画,金色的外框已经褪色斑驳,画上灰蒙蒙的,很难让人看清画的是什么。有一幅全身的肖像画吸引了公爵的注意:那是一位五十岁左右的人,穿着德国式的外套,但衣襟很长,颈子上挂着两枚奖章,满是皱纹的泛黄的脸上留着稀疏灰白的短须,眼睛里满是多疑、隐秘和阴郁。

"这是你父亲?"公爵问。

"正是他。"罗戈任满脸不快,苦笑着回答,似乎已经为听到冒犯去世父亲的玩笑话做好了准备。

"他不是旧派教徒吧?"

"不是,他也去现在的教堂,不过他说过旧的信仰相对正确。他甚为尊重阉割派。这原来是他的书房,你为何要问他是不是旧派教徒?"

"你要在这里办喜事？"

"是在这里。"罗戈任答道，并因这超出预料的问题吓了一跳。

"快了吗？"

"你自己又不是不知道，这难道是我能决定的吗？"

"帕尔芬，我不是你的敌人，而且我绝不想阻碍你。我现在再次表态，就像以前有一次，差不多和现在类似的情况下我的表态一样。你在莫斯科举行婚礼时，我并没有妨碍你，这你是知道的。第一次，在你们快要举行婚礼的时候，她跑来找我，请求我'救救'她摆脱你。我向你复述的是她自己的话。后来，她又从我这里逃走了，你之后找到她，带着她准备去结婚，但听说她又从你那逃到了圣彼得堡。真的是这样吗？列别杰夫是这样告诉我的，所以我才来到了这里。至于你们在这里又谈妥了这一情况，我是昨天在火车上第一次从你的一位故友那里得知的，如果你想知道是谁，我可以告诉你是扎廖热夫。我到这里来是有目的的：我是想说服她去国外养病。她身心交病，特别是精神方面受了很大的刺激，在我看来她需要精心照料。而我自己并不想去国外，我指的是在我不去的情况下安排这一切。我对你绝对坦诚，如果你们谈妥了并且完全属实的话，我就再也不会出现在她眼前，再也不会到你这里来。你也知道，我从不骗你，因为我对你总是坦诚相待。我也从未向你隐瞒自己对这件事的看法：如果她嫁给你，一定会毁灭，而你也会毁灭……也许，你会比她更惨。如果你们再次分开，我可能会很满意，但我不会挑拨离间。你不用怀疑我，大可以放心。况且，你也知道，我何时与你真正敌对过？甚至在她跑来找我的时候都没有。现在，你笑了，我明白你在笑什么。是啊，我们在那里是分开住的，之后又在两个不同的城市，这一切你很明白。我以前就跟你解释过，我对她的爱'不是出于爱情而是怜悯'。我认为我这个说法是准确的。那时你说，你理解我的话，是真的吗？是真的理解吗？可是你现在看我的眼神是多么的仇视啊！我来是为了让你放心，对我来说你也是很珍贵的，我很爱你，帕尔芬。现在，我要离开你了，并且再也不会来了。再见。"

公爵起身。

"跟我坐一会儿吧，"帕尔芬轻轻地说，他没有从座位上起身，而是用右手掌支撑着歪着的脑袋，"我已经很久没有见到你了。"

公爵坐了下来。两人又不说话了。

"只要你不在我面前，我就会立刻对你憎恨起来，列夫·尼古拉耶维奇，在没有看见你的这三个月里，我每分每秒都在恨你，真的。巴不得用什么药把你毒死！事实就是如此。现在，你和我在一起坐了还没有一刻钟，我所有的怨恨就完全消失了，对我来说你又像原先那样讨人喜欢。陪我坐一会儿吧……"

"我跟你在一起时，你相信我；我不和你在一起时，你就不相信我，甚至怀疑我。你真像你的父亲！"公爵友好地笑着，努力地将自己的感情掩藏了起来。

"我和你在一起的时候，我相信你的声音。我明白，我和你是不能相提并论的，我和你……"

"你为什么要加上这句话呢？你又生气了。"公爵说，他对罗戈任感到奇怪。

"兄弟，在这件事上可没人问我们的意见，"罗戈任回复，"不经过我们就决定了。我们爱的方式也不一样，在各方面都有区别，"稍微沉默一会儿，罗戈任情绪平复了继续说，"你说，你对她的爱是出于怜悯，可我对她没有一点怜悯之情，而她恨我甚至超过了一切。我现在每天夜里都梦见她，梦见她跟另一个男人在一起嘲笑我。兄弟，她就是这样做的。她口头上答应与我结婚,可心里根本就没有我,就像她在换一双鞋子一样。你相信不,我已经五天没有见到她了,我不敢去她那里找她,害怕她问我:'你来干吗?'她对我的羞辱还少吗……"

"羞辱你?你为什么这样说?"

"你装得好像不知道似的!她不是在婚礼上从我那里逃走,去找你了吗?你自己刚刚说的。"

"你自己都不相信……"

"在莫斯科时,她和一个叫泽姆久日尼科夫的军官在一起,难道不是侮辱我吗?我肯定她干了让我蒙受羞耻的事。而且,那可是在她自己指定婚期后发生的。"

"不可能!"公爵喊了出来。

"我很确定,"罗戈任胸有成竹地肯定道,"怎么,难道她不是这种人?兄弟啊,这种'她不是这样的人'的话不要再说了。那完全是你在骗自己。她对你不会这样,可对我却就是这样。就是这么回事。她把我当作没用的废物。我确定她跟那个打拳击的军官——凯勒尔鬼混,我知道,那是为了取笑我……看来你不知道,她在莫斯科戏弄了我多少次!而我又在她身上浪费了多少钱,多少钱啊……"

"那……那你现在怎么还要和她结婚……你以后要怎么办呢?"公爵害怕地问道。

罗戈任望了一眼公爵,目光阴森而吓人,却什么话也没说。

"我已经五天没去她那儿了,"沉默了一会儿,他继续说,"我总是害怕被她赶出来。她说:'我还是自己的主人,只要我想,就可以离开你,自己到国外去。'她对我说要到国外去。"罗戈任说明似的补充道,并用别有深意的目光注视着公爵的眼睛,"确实,有时候她只是想吓唬我,但不知道为什么她总是嘲笑我。有一次她真的蹙着眉、阴着脸,一言不发，而我恰恰怕她这点。后来，我想着不能空手去见她，但招来了她的嘲笑，甚至是恼火。她把我送给她的一条高级披巾送给了侍女卡佳，虽说她以前过惯了奢华的生活，但这么好的东西她可能是没有见过的。至于我们什么时候举行婚礼，她只字不提。我连去她那里都觉得恐惧，哪里还像是她的未婚夫？我就这么待着，实在忍不住了就走到她住的那条街上，或者躲到某个角落里偷偷看着她。前段时间，我在她住所的大门旁蹲着，几乎蹲到天亮——当时我总觉得仿佛看到了什么。她可能是从窗口瞥见了我，后来对我说：'如果你察觉到我欺骗了你，你会拿我怎么办？'我忍无可忍，就说：'你自己清楚。'"

"她清楚什么？"

"我哪里知道！"罗戈任满是愤恨，强颜欢笑，"在莫斯科时，虽然我捉了很久，但没有捉住她和任何人在一起。有一次我抓着她说：'你答应跟我举行婚礼，嫁入一个清白人家，可你知道你现在是什么东西吗？'我说了'她是个什么东西'。"

"你对她这样说的？"

"说了。"

"那后来呢？"

"她说：'就是把你当作仆人，我可能都不想要，更别说是做你的妻子。'我说：'那我不走了，反正也就是这么回事了！'她说：'那我马上叫凯勒尔来，吩咐他把你扔出去。'我气愤地扑向她，将她打得鼻青脸肿。"

"不可能的！"公爵大惊失色。

"我说的是真的，有过这回事。"罗戈任目光闪烁着什么，声音不大地肯定道，"我整整一天半不吃不喝不睡，也没有离开她的房间，我跪在她面前，说：'如果你不宽恕我，我死也不会离开，如果你命人把我拖出去——我就去投河,我不能没有你。'那一整天,她疯了似的,一会儿哭,一会想要拿刀捅死我,一会儿咒骂我。她把扎廖热夫、凯勒尔和泽姆久日尼科夫等人都叫了过来,在他们面前,指着我,取笑我、羞辱我:'诸位,我们今天去剧院看戏,既然他不想离开这里,那就让他在这里待着,我可不被他束缚住。帕尔芬·谢苗内奇,我不在这里时,用人们也会给您送来茶点的,我估摸着,您今天应该很饿了。'她一个人从剧院回来后,说:'他们没有一个不是胆小鬼、卑鄙小人,他们都畏惧你,还恐吓我,说什么你不会就这么一走了之,说不定会杀了我。而我偏要去卧室,偏不锁门,你看我怕不怕你!这点必须让你知道、让你看到!你吃过茶了吗?''没有,'我说,'也不想吃。''反正我也尽责了,不过这种做法和你毫不匹配。"之后,她就按她说的做了,没有锁上房门。第二天早晨,她从卧室里出来笑着说:'你疯了还是怎么了?你这样是会饿死的!'我说:'请你宽恕我!'她回答:'我不会宽恕你,我也不会嫁给你,这话早就说过了。难道你整夜都没有睡觉,就在这张扶手椅上坐着?''没有,'我说,'我没睡。''真是愚蠢!你现在还是不打算喝茶,吃饭吗?'我说:'是的,请宽恕我吧!''这跟你可真不相称,'她说,'这就像给牝牛配马鞍一样,说实话,这和你太不匹配了。你不会是想用这招来吓唬我吧?你饿着肚子这么坐下去,跟我又有什么关系呢?你以为这样就能吓住我了吗?'她很生气,但没一会儿,又开始挖苦我。此时我对她颇感不解,难道她没有一点怨恨?她一直都是个爱记仇的人,而且一旦怨恨某人就会耿耿于怀很久!于是,我头脑里突然冒出一个想法:她视我卑贱如尘埃,觉得压根不值得对我动肝火。事实确实如此。她问我:'你知道罗马教皇吗?'我回答:'只是听说过。'她说:'帕尔芬·谢苗内奇,你啊,一点都没有学过世界通史。'我说:'我的确一点也没有学过.'她说:'那么我要给你讲个故事:曾经有过这样一个教皇,他对一个皇帝很是生气,那个皇帝在他那儿三天不吃不喝,一直光着脚跪在自己的宫殿前,以求得教皇的宽恕[①];你可以猜猜,在这三天中,他跪地反复思忖着,发了什么誓言?……等一下,'她说,'我来把这一段念给你听!'她立刻起身,拿来一本书,'这本是诗。'她说着就打开读起来,诗里说这个皇帝在那三天里发誓要报复那个教皇。她问我:'帕尔芬·谢苗内奇,你难道不喜欢这故事吗?'我说:'你读的这些很有道理.''哈哈,你自己说很有道理,换句话说,你大概也在发誓:等她嫁给我后,我一定要让她好好地记起这一件件事情,对她嘲弄个够!'我说:'我不知道,也许我会这样想.'她说:'你怎么会不知道?''我的确不知道,我说,现在我想的完全不是这个.'她问:'那你现在想的是什么?'我回答:'当你从座位上起身,从我身边经过时,我就这么望着你、注视着你;你的裙摆一发出沙沙作响的声音,我的心情就沮丧了。你一走出房间后,我就回想着你说过的每一句话,回忆着你说话的语调和韵尾。昨晚整宿我什么都没想,只是在听着你熟睡时的呼吸声,你还翻了两次身子……'她笑了起来说:'那么,你打我的事,大概是没想吧?还是忘记了?'我说:'可能想过,但我不知道.'她又问:'如果我不宽恕你,也不嫁给你呢?'我告诉她:'我说过了,那我就会去投河自杀.'她说:'也许,在这之前你会先打死我.'说完,她就深思起来。后来,她怒气冲冲地走出房间。一小时后,她走到我跟前,满脸阴郁。她说:'我,还是嫁给你,帕尔芬·谢苗内奇,并不是因为我怕你,而是反正结果都是毁灭。还会有什么更

[①] 即欧洲历史上著名的"卡诺莎之辱"。中世纪欧洲,梵蒂冈教皇权力很大,神圣罗马帝国国王亨利四世企图罢免现任教皇格列高利七世,结果事情败露。于是教皇以开除亨利四世的教籍为由,逼迫他下跪求得宽恕。

好的结局呢？你坐下。我马上让人给你送饭。既然我要嫁给你,'她补充道,'就会做你的忠实妻子,你不用怀疑,也无须担心。'她沉默了一会儿,又说,'你终究不是奴仆,我一直以为你是个十足的奴仆。'她当即就和我确定了婚期,然而一个星期后,她便从我这里逃到了列别杰夫在圣彼得堡的家里。我一找到她,她就说:'我并没有彻底拒绝你,我只是还想等一等,至于等多久,由我自己决定,因为我依旧是自己的主人。如果你愿意,就也等着吧。'这就是我们目前的状态……列夫·尼古拉耶维奇,你对此作何感想?"

"那你自己作何感想?"公爵满脸忧郁,望着罗戈任反问道。

"我还能作何感想?"罗戈任脱口而出。他本来还想再说几句,但是心中的烦闷实在无法排遣,还是选择了缄默。

公爵站起身,再次想走。

"总之,我不会妨碍你的。"他语气轻柔、若有所思地说,仿佛是在回答自己心里的隐秘想法。

"你知道我要对你说些什么!"罗戈任突然兴奋起来,双眼熠熠发光,"我不明白,你怎么能就这样让步于我?难道你已经完全不爱她了?毕竟你曾经对她难以忘怀,我看得出来。那么现在你费劲地跑到这里又是为了什么?难道是发自怜悯?哈哈!"他的脸开始变得扭曲了起来,恶意地嘲笑着。

"你觉得我在欺骗你?"公爵问。

"不,我相信你,只不过我无法理解。也许,最合理的解释就是你的怜悯比我的爱情更浓烈。"

他脸上燃起一种充满怨恨的想要一吐为快的欲望。

"怎么说呢,你无法区分爱和恨,"公爵微微一笑,"一旦爱情消逝,也许会出现更大的不幸。帕尔芬兄弟,我现在就向你指出这点……"

"难道我会杀了她?"

公爵不由得打了个寒战。

"为了这种爱情,为了当下你所承受的所有痛苦,你一定会非常恨她。最让我无法理解的是,她怎么又会答应嫁给你?我昨天听到这个消息,简直难以置信,而且心里有种说不出的难受。要知道,她已经拒绝了你两次,而且都是在快要举行婚礼时逃走的。这说明她是预见到了什么……那她现在图你什么?莫非是你的钱?这是不可能的。况且你的钱花得已经够多了。难道她只是想找个丈夫?除了你,难道她就找不到其他男人了吗?她嫁给谁都要比嫁给你好,因为你真的很可能杀了她,我觉得,她对这一点相当清楚,难道她答应嫁给你是因为你爱她太深?真的,除非是这一点……我听别人说,有一种人寻找的正是这样的爱情……只不过……"

公爵顿时停住了话头,沉思了起来。

"你干吗又冲我父亲的画像笑起来了?"罗戈任问,他特别留心地观察着公爵脸上的任何变化,捕捉每一个瞬息即逝的细微表情。

"你说我笑什么?我在想,如果你没有对这件事情沉迷,没有产生这种爱意,那么在不久的将来,你大抵和你父亲并无二致。你会和一个驯服恭顺、唯命是从的妻子默默地生活在这幢房子里,这里偶尔会有严厉的话语,你对谁也不信任,而且也根本没必要,你只是埋头在这阴暗中,默默地聚敛财富,最多是偶尔赞美一些古书,对旧派教徒用两个指头画十字产生兴趣,而这些大概也要到你年老时才会发生……"

"你就笑吧。不久前,她也细细观赏过这幅画像,说的话和你现在说的如出一辙。真是奇怪,现在你们在很多方面想法都一致……"

"难道她来过你这里?"公爵好奇发问。

"她来过,对着这幅画像看了许久,打听了很多有关我父亲的事,然后她冲我笑着说:'你会变得完全像他一样。帕尔芬·谢苗内奇,你有强烈的欲望,如果你稀里糊涂的话,那么这种欲望会送你去西伯利亚服苦刑,不过,你很有头脑。'她真的就是这么说的,你相不相信?我也是第一次听到她说这样的话。她说:'你还是尽快停止现在这样的胡闹吧。因为你完全没有受过教育,你会开始敛财,会像你父亲一样跟自己那些阉割派教徒一起守在这幢房子里,最后你大抵也会和他们的信仰合拍,并且你也会那样地爱上自己的钱财,也许会积累到不止两百万,而是一千万,但最终会饿死在自己的钱袋上,因为你对一切都欲望勃勃。你会把一切情感都转化成欲望。'她就是这么说的,这几乎原话。在这之前,她还从未这样和我聊过,只会对我说些无聊的话,要不就是讥讽我的话;而那一次,开始时她是笑着说的,后来她却变得非常忧郁、消沉,来来回回地走遍整幢房子查看着,好像在恐惧什么似的。我说:'我要把这里改变一下,重新装修,或者,我还可以另外买一幢房子用来结婚。''不,不,'她说,'这里不需要改变什么,我们就这样生活。等我们结婚后,我想在你母亲身边度日。'我带她去见母亲,她对我母亲很敬重,就像亲生女儿孝敬亲娘一般。我母亲之前精神就不太正常,已经抱病两年有余,父亲去世后她完全变得像小孩一样,不会言语,不会行走,一看见人就只会坐在那儿朝人家行礼;假如不喂她吃饭,她大概三天也想不起来吃饭。我拿起母亲的右手,把她的手指头叠起来[①],对她说:'妈妈,请您祝福吧,她要跟我结婚了。'她感激地亲吻了我母亲的手,说:'你母亲一定受了许多苦。'她看见我桌上的这本书问,'你开始看《俄国史》了?(有一次,在莫斯科

[①] 摆出一种祝福的手势。

时她对我说"你也该稍微充实下自己,哪怕是读读索洛维耶夫的《俄国史》,你实在是什么都不懂。")'她接着说,'你这样很好,就这样一直读下去。我来给你写一份书单,哪些书是你首要必读的,你愿意吗?'以前她从来没有这样跟我说过话,从来没有过,所以我受宠若惊了,第一次像个活人一样长舒了一口气。"

"我对此感到很高兴,帕尔芬,"公爵真诚地对他说,"真的很高兴。也许,上帝会把你们安排在一起的。"

"这是永远都不可能的!"罗戈任激动地喊了起来。

"听着,帕尔芬,既然你如此爱她,难道不想赢得她的尊重?如果你想,你就不打算抓住希望?我刚才说过,对我来说有一个问题实在费解:她为什么答应嫁给你?虽然我百思不得其解,但我丝毫不质疑,这里一定有某种恰如其分、合理的原因。她相信你是爱她的,也承认你的一些优点。否则必定不可能!你刚才说的话刚好证实了这一点,你自己也说,她发现大概可以用完全不同于过去对你的说话方式来跟你交流。你嫉妒心重,过于疑神疑鬼,因而放大了你察觉到的一切不好的方面。然而,她也并没有把你想象得像你说的那般糟糕。不然,这就意味着,她嫁给你是自己跳火盆子赴死。你觉得这可能吗?谁会自己往刀山火海里扑?"

帕尔芬全程带着痛苦的微笑聆听公爵这番热情激昂的说辞。由此看来,他的观念已经不可动摇。

"帕尔芬,你现在看着我的神情实在让人感到别扭!"公爵心情沉重地脱口而出说。

"上刀山赴火海。"罗戈任终于说话了,"呵,她之所以答应嫁给我,就正是希望可以挨我的刀子!公爵,难道你至今还没发现问题的根源在哪吗?"

"我不明白你说的话。"

"好吧,也许你真的不明白,呵呵!难怪人家说你有点儿……那个。实话告诉你吧,她爱的另有其人!就像我现在爱她一样,她也这样深爱着另一个人。这个人是谁,你知道吗?是你啊!怎么,你是不知道还是怎么了?"

"我?"

"是的,是你。从她生日那天开始,也就是从那时起她就爱上了你。只不过她觉得自己不能嫁给你,因为她觉得嫁给你会让你受到屈辱,会毁了你的整个人生。她说:'人人皆知我是什么货色。'到现在她还会经常说这句话。而这一切都是她当着我的面亲口说的。她怕毁了你,怕你蒙受屈辱,而嫁给我,可以说是无关紧要的、没什么关系的——瞧她把我看得有多么低贱,这点是显而易见的!"

"那她为什么要从你这里逃到我那去,然后又……从我那里……"

"从你那里又跑回我这儿?呵呵!她心血来潮的事还少吗!她就跟害了热病一样,一会儿冲我大喊:'就算赴汤蹈火我也愿意嫁给你,赶紧结婚吧!'她催着我,自己定下了婚期,但一旦临近婚期,又畏畏缩缩的,或者又生出什么别的念头。天晓得这是怎么回事!你不也看到了吗?她又哭又笑,激动狂躁得哆嗦。所以她从你那里逃走,又有什么难理解的呢?那时她从你那里逃走,是因为她自己发现她是多么地爱你。她觉得不可以再和你待在一起了。刚才你说,那时我在莫斯科找到了她,但压根不是这么回事,是她跑来找我的。她说:'你定个日子吧,我准备好了!拿香槟酒来!我们去吉卜赛人那儿!'她这么没完没了地嚷着……假如没有我,她早就投河了,我说的话句句属实。她之所以没有投河,也许因为我比水更让她恐惧。她答应嫁给我是抱有飞蛾扑火的态度的……我确定,她自己早已说过了,她嫁给我,就是在自取灭亡。"

"你怎么能这样说呢……你怎么能这样……"公爵声音提高了八分,但他没有把话说完,停了下来。他满脸惊惧地望着罗戈任。

"你怎么不把话讲完?"罗戈任咧嘴冷笑,继续说,"你想不想听我来说说,此刻你在想什么?'她怎么可以做他的妻子?我又怎么能放任她这样做?'我知道你在想什么……"

"我到这儿来并非为此,帕尔芬,我对你说,我没有这样的想法……"

"可能本来不是为了这个目的,也可能没有这种想法,不过现在这一定已经成为你的目的了,呵呵!好了,够了,到此为止吧!你干吗拉着个脸?难道你真的不知道?你还真是让我讶异!"

"这都是因为嫉妒,帕尔芬,这完全是一种病态,你把这一切都过分夸大了……"公爵异常激动地说,"你怎么啦?"

"把它放下!"帕尔芬说着把公爵从桌上书旁拿起的一把小刀夺过去,将它放回原处。

"火车临近圣彼得堡时,我仿佛就知道,仿佛就有预感了……"公爵继续说,"我原本并不想到这里来,我想把所有关于这里的一切都忘掉,从心里彻底剔除!好了,保重吧……你怎么啦?"

公爵边说边漫不经心地又从桌子上拿起了小刀,罗戈任又从他手里抢下来扔到了桌上。这把小刀样式非常普通,刀柄是用鹿角做的,不能折叠,刀长三俄寸半,和普通的刀宽度差不多。

罗戈任看到公爵对两次从他手里夺过的这把小刀特别注意,恼怒地抓起它,把它夹在书里并甩到另一张桌子上。

"你是用它来裁纸的吗?"公爵问道,但似乎心神恍惚,依旧满心忧愁,陷于沉思之中。

"是的,裁纸……"

"可这不是园艺用的刀吗?"

"是的,是园艺用刀。难道园艺刀就不能用来裁纸吗?"

"可它……还是新的。"

"新的又怎么了?难道我不能买把新刀吗?"罗戈任越说越火大,终于怒不可遏地吼了起来。

公爵打了个冷战,凝神注视着罗戈任。

"嗨,咱们两个啊!"公爵完全清醒了过来,忽然笑了起来,"兄弟,当我的脑袋昏昏沉沉的时候,还请原谅我,我有这个病……我最近变得特别容易心不在焉,这真是可笑。我压根不想问这种事……我也不记得问什么了。保重……"

"不是往这边走。"罗戈任说。

"我都忘了!"

"往这走,往这走,来吧,我给你指路。"

第四章

他们穿过公爵来时走过的那些房间，罗戈任走在前面一些，公爵紧随其后。他们走进一间大厅。这里的墙面四壁挂着一些画，都是些画面模糊的主教的肖像画和风景画。在通向另一个房间的门上方，挂着一幅非常奇特的画，宽约两俄尺半，高却最多不超过六俄寸，上面画的是刚从十字架上卸下的耶稣。公爵瞥了一眼这幅画，好像想起了什么似的，但他没停留，而是想径直走出门去。他的心情很沉重，想尽快离开这幢房子。但是罗戈任忽然停在了这幅画前。

"这里所有的画，"他说，"全是父亲花一个或两个卢布从拍卖行里买下来的，他很是喜欢。有个懂行的行家将这里所有的画都逐个鉴定过了，他说，全是些低等货，只有这一幅，就是门上这幅画——也是花两个卢布买来的——不是低劣之作。父亲活着时，有一个人对父亲说，愿出三百五十卢布买下，而萨维利耶夫·伊万·德米特里奇，一个热衷收藏的商人，出价到四百卢布；上个星期，还有人向我哥哥谢苗·谢苗内奇出价五百卢布。而我要留下来给自己。"

"哦，这……这是临摹汉斯·霍尔拜因①的画作。"公爵细细端详着这幅画，"虽然我不是什么行家，但是，我觉得这是一幅很出色的临摹画作。我在国外看到过原画，总是念念不忘。但是……你怎

---

① 即小霍尔拜因，是德国霍尔拜因家族的画家之一，该家族以从事绘画闻名。

么啦……"

罗戈任突然离开了那幅画，独自顺着原路往前走。当然，他这种始料不及、变化急剧的反应，显然不能用心不在焉和突发的异常焦躁情绪来解释，但这让公爵感到有些摸不着头脑，这次的对话并非由他开始，怎么突然就这么中断了，而罗戈任甚至没有回答他。

"列夫·尼古拉耶维奇，我很早之前就想问你了，你相信上帝吗？"刚走了几步，罗戈任忽然又说起话来。

"你问得好奇怪啊，还有……你的眼神也很奇怪！"公爵不禁指出。

"我喜欢看这幅画。"罗戈任好像又忘记了自己刚才的提问，沉默了一会，低声道。

"看这幅画？"公爵被一个突然冒出的想法影响了，吃惊地大叫起来，"看这幅画！这幅画会让一些人丧失信仰！"

"信仰是在慢慢丢失。"很是出乎意料，罗戈任忽然肯定了这一点。此时，他们已经走到了通往外面的那扇门的门口。

"怎么了？"公爵顿时停住，"你在说什么呀？我是开玩笑的，你怎么当真了！你为什么问我相不相信上帝？"

"没什么，就是随口问问。我以前就想问的。现在不是有许多人不信上帝吗？有一醉汉对我说，在我们俄国，不相信上帝的人比其他任何地方的都多。你在国外生活过，你说这是真的吗？他说：'在这点上，我们比他们轻松得多，因为我们比他们走得远……'"

罗戈任略有讽刺地笑了下。他说完后，突然打开了门，握着门把手，等待着公爵走出去。公爵感到有些惊讶，但还是走了出去。罗戈任跟着他一起走到了楼梯口，再将门关上。两人就这么面对面站着，好像都忘记了要去哪里，现在该做什么。

"保重。"公爵伸过一只手说。

"保重。"罗戈任回复说,他紧紧地、机械地握着公爵的手。

公爵往下走了一级台阶,又转过身来。

"至于信仰,"他微微一笑,显然他不想就这样离开罗戈任,也可能是受到突然袭来的回忆影响而起劲了,他开口说道,"说到信仰,我在上周的两天中,遇到了四件不同的事。早晨,我在一条新铁路线上的火车上,跟一位C先生在车厢里聊了四个小时,我们当即就成了朋友。以前,我就听说过有关他的一些事情,基本上都是在讲他是一个无神论者。此人确实学识渊博,我也很高兴,有幸能跟一位饱学之士交流。而且,他是个很有修养的人,所以在跟我谈话时,完全把我当作一个知识水平和理解能力与他旗鼓相当的人看待。他不相信上帝。不过,有一点让我印象深刻,他仿佛始终根本没有在谈论这个问题,之所以我对此印象深刻,是因为过去,不论我遇到过多少不相信上帝的人,不论我读过多少这种书,我总觉得,他们嘴上说的和他们在书上写的虽然表面上看来是那个问题,其实根本并不是在谈那个问题。当时我就向他谈论了我的这种感受,但是,可能是我没有讲清楚或者表达得不到位,他什么也没理解……晚上,我在县城一家旅馆里留宿,这家旅馆在我住宿的前一夜发生了一起杀人事件,大家都在谈论此事。两个年纪挺大的农民——他们是多年的好友,已相识多年——他们没有喝酒,饮完茶后,想在一间斗室里一起休息。最近两天,其中一个农民发现另一个农民有一块银表,用穿着黄色玻璃珠子的细绳系着,显然他之前不知道对方有表。这个农民并不是小偷,而且很老实,就农民的生活水平来说他根本算不上穷。但他实在是很喜欢这块表,最后,他克制不住自己,拿着刀,等好朋友翻过身后,小心翼翼地从他背后靠近,将刀对准了他的朋友。他看着天,画着十字,内心哀痛地祈祷:'主啊,请看在基督的面上宽恕我吧!'接着就像宰羊似的一下子捅死了朋友,拿走了朋友的那块表。"

罗戈任放声狂笑,笑得东倒西歪,就像犯了什么病似的。在这之前,他还心情沉重,现在看着他这般大笑,着实叫人感到奇怪。

"我就喜欢这个故事!这真是太精彩了!"他痉挛似的喊道,几乎喘不过气来,"一个根本不相信上帝,另一个却信到连杀人时还要祷告……公爵,兄弟,这不是虚构杜撰的吧!哈,哈,哈!不,这简直太精彩了!"

"第二天早晨,我在城里闲逛,"罗戈任笑声刚停下,公爵就继续说,虽然罗戈任仍旧发出阵阵痉挛般的笑声,甚至双唇还在不停地哆嗦。"我看见了一个喝醉酒的邋里邋遢的士兵跟跟跄跄地走在木板行道上。他走到我跟前说:'老爷,买了这个银十字架吧,只要二十戈比,是银的呀!'我看见他手中拿着一个十字架,可能是他刚从自己身上取下来的,系在一根脏兮兮的蓝色带子上,但一看就知道,这其实是锡做的,板型很大,有八端①,是完整的拜占庭图样。我给了他二十戈比,然后把十字架挂在了我的脖子上。从他脸上看得出,他很得意,因为他骗过了一个愚蠢的老爷,他当时就拿着十字架换来的钱喝酒去了,这是毫无疑问的。兄弟,回到俄国后向我涌来的一切,给我留下了十分深刻的印象。过去我一点也不了解俄国,好像是在聋哑的状态下成长的,在国外的这五年我也只是常常带着些幻想怀念着我的祖国。我一边走一边想:'不。暂时还是先不要谴责这个出卖基督的酒鬼。因为只有上帝知道,这些醉醺醺的脆弱的心中到底蕴含着什么。'

---

① 传统十字架为四个端头,东正教会十字架有三个横杠,所以有八个端头,除了中间的十字横架,上下两个横杠分别代表钉在耶稣头部的牌子和十字架底座。此外,马耳他的燕尾十字架,有八个顶点,也可以说成八端。

一小时后，在回旅馆的路上，我遇到了一个怀抱婴儿的农妇。这是个很年轻的女人，怀里的婴儿大概刚满六周。孩子对她笑了一下，据她观察，这是孩子自出生以来第一次笑。我看到，她突然十分虔诚地画了个十字。我问她：'大嫂，你这是干什么？'（我那时对什么都感到好奇。）她说：'作为母亲，第一次看见自己的小宝贝微笑，心里非常高兴；上帝也是如此，每次当他从天上看到有罪的凡人跪在他面前诚心祈祷，也会这般高兴。'这就是那个农妇对我说的，她的原话差不多就是这样，她说出的这番话既深刻又细腻，简直就是宗教的思想，甚至一下子表达出基督教全部的灵魂内核：上帝就像我们的父亲，上帝对人之欢喜犹如生父对子女之欢喜，这就是基督教最主要的思想！一个普通的农妇！不错，她是位母亲……但谁知道，这个女人有可能就是那个士兵的妻子呢？听着，帕尔芬，你刚才问我的问题，下面就是我的回答：宗教感情的实质与任何过错和犯罪、与任何无神论都不相干，这里似乎并不是信不信上帝的问题，而且永远不会是这种问题；这件事里各种各样的问题，无神论的观点永远只是擦边而过，无法涉及精神内核。但重要的是，这一点在俄国人的心上恰恰最明显，也最快被看到，这就是我的结论！这是我从我们俄国得出的最重要的信条之一。可以做的事情多的是，帕尔芬！在我们俄国这片广阔的天地里有很多事情都可以做，相信我！你回想一下在莫斯科的那段时间，我们经常见面谈天说地的情景……但现在，我压根不想回到这里！我也根本想不到会这样跟你见面，根本想不到！算了，不说了！……保重，再见！愿上帝不会抛弃你！"

他说完转过身，开始顺着楼梯往下走。

"列夫·尼古拉耶维奇！"当公爵走到楼梯的第一个拐弯处时，帕尔芬在上面喊道，"你向士兵买的那个十字架，还带在身上吗？"

"是的，在身上。"

公爵又停了下来。

"拿出来给我看看。"

又是一件匪夷所思的事！公爵思考片刻后又往上走了回去，把自己的十字架拿出来给他看，但是没有从脖子上取下来。

"送给我吧。"罗戈任说。

"为什么？难道你……"

公爵并不舍得这个十字架。

"我要戴上它，我把我的给你，你戴我的。"

"你是想交换十字架？好的，拿去吧，帕尔芬，我很高兴。我们做弟兄吧！"

公爵摘下了自己的锡十字架，帕尔芬则取下了自己的金十字架，他们互相交换了。帕尔芬没有说话。公爵心情沉重，他惊讶地发觉，之前的不信任、过去那种近乎嘲讽的苦笑似乎并未从他这个结拜兄弟的脸上消失，至少在一瞬间表现得很清楚。罗戈任握住公爵的手，一言不发地站了一会儿，好像想做什么事情却下不了决心。最后，他忽然拽住公爵，用勉强听得见的声音说："跟我来。"

他们穿过二楼楼梯的平台，在他们刚才走出来的那扇门对面，拉响了门铃。门很快就开了，一个系着头巾、穿着一身黑衣服的驼背老妇人默默地向罗戈任鞠了一个深深的躬。罗戈任迅速地问着她什么，但并没有停下来听她的回答，就继续带公爵走进房间。他们又穿过一些幽暗的房间，那些房间里有一种异样的清冷，蒙着清洁白套子的古老家具让人有一种阴森、凄凉的感觉。罗戈任未经通报，便把公爵带到了一间不大但像是客厅的房间里，那里用一扇褪了色的红木屏风隔开，两边各有一扇门，大概是去往卧室的。在客厅角落里的炉子旁，一个小个子老太太坐在扶手椅里,她看上去并没有多老,甚至还长着一张十分健康、讨喜的圆脸,不过她已是满头银丝,而且一眼看去,就可以断定她患有老年痴呆症。她身着黑色毛料衣裙,脖子上围着一条黑色大围巾,戴着一顶系着黑色丝带的白帽子,脚踏在一张小凳子上。她的身旁坐着一位比她年纪大的整洁干净的老太太,也穿着丧服、戴着白帽,可能是寡居在此的,正默默地织着袜子。她们大概整日都是这样不说话。第一个老太太看见罗戈任和公爵,对他们微笑着,并亲切地朝他们多次点头。

"妈妈,"罗戈任吻着她的手,说,"这是我的好朋友,列夫·尼古拉耶维奇·梅什金公爵,我跟他交换了十字架,在莫斯科的时候,他跟我关系好得就像是亲兄弟一般,他为我做了许多事。妈妈,请为他祝福吧,就像祝福你的亲生儿子一样。等等,老母亲,是这样才对,让我来帮你摆好手势……"

不过帕尔芬还没有来得及动手,老太太就抬起自己的右手,聚拢三个手指头,在公爵头部虔诚地画了三次十字。然后,她再次朝他亲切温柔地点了点头。

"好了,我们走吧,列夫·尼古拉耶维奇,"帕尔芬说,"我就是为了这件事才带你来的……"

当他们又回到楼梯口时,罗戈任说:"其实她根本就不晓得别人在说什么,也基本听不懂我的话,可她却能为你祝福,这就是说,这是她自己愿意的……好了,再见吧,到了我们该分手的时候了。"

他打开了自己那侧的门。

"至少让我在分别时拥抱你一下吧,你可真是个奇怪的家伙!"公爵说道,用饱含深情却又带着一丝嗔怪的目光望着罗戈任,同时想要拥抱他。但是帕尔芬刚抬起双手,就立刻放下了。他迟疑不决,甚至转过身去，避免直面公爵。他并不想和公爵拥抱。

"不要害怕！我虽然拿了你的十字架，但可不会为了一块表而杀死你。"他忽然莫名其妙地怪笑了起来，含混不清地说着。但是，他的脸忽然变了样，只见他脸色苍白得吓人，嘴唇颤抖着，眼睛里闪烁着光。他张开双臂，紧紧地拥抱着公爵，大口地喘着气说："你把她带走吧，既然命中注定她是你的！我让给你……请记住罗戈任这个人吧！"

说完，他丢下公爵，没再多看他一眼，便匆匆走进了自己房间，砰的一声关上了门。

第五章

天色已晚,差不多两点半时,公爵去了叶潘钦家,但并没有见到将军。于是公爵留下名帖后,决定去一趟天平旅馆找科利亚,如果没在那儿看到他,就给他留张字条。天平旅馆的人对他说:"尼古拉·阿尔达利翁诺维奇一大早就出去了,不过走的时候特意关照过,如果有人来找他,就告诉找他的人,他三点左右会回来,但如果三点半还没回来,那就是坐着火车去了帕夫洛夫斯克叶潘钦将军夫人的别墅了,顺便就留在那用餐了。"于是公爵坐下来等候,顺便在那里吃了顿午餐。

从三点半到四点,仍不见科利亚回来。公爵走出旅馆,漫无目的地走着。圣彼得堡的初夏偶尔会有明媚、炎热而又宁静的好天气,恰好今天就是这样。公爵闲逛了一阵子。他对这个城市还不大熟悉,时不时地在街道的十字路口、陌生的房子前、广场上、桥上驻足欣赏;有一次,还他顺道走进了一家点心店休息了一会儿。偶尔,他好奇满满地观察着路上的行人,可往往结果是,既没有观察到行人,也没有注意自己走到了哪里。他紧张不安,甚至感到痛苦,同时他又希望安静。他很想一个人待一会儿,消极应对这种令人痛苦、紧张的煎熬,不去找解决办法。他的心头涌出一连串问题,但他满心厌恶,无心解决。"莫非这一切都是我的错?"他暗自低语,并没意识到自己在说话。

快六点的时候,他来到前往沙皇村的火车站台。孤独袭来,让他不堪忍受；新生出一股欲望的暖流，突然把他的心撑拨得发热发痒，却也让他被孤独包围的心顿时敞亮开来。他买了去帕夫洛夫斯克的车票，焦急地想尽早离开；但是，毫无疑问，某种东西一直纠缠着他，而这种东西就是现实，并非幻觉，并且没有朝着他偏爱的方向发展。几乎快坐进车厢时，他又突然把刚刚买的车票丢到地上，从车站里走了出来，满脸困窘，苦苦思索着什么。过了一会儿，他在街上似乎猛然想到什么奇怪的事，久久无法安宁。突然，他不由得意识到自己在做着某件事情，并且已经做了很长时间了，但他之前一直没有察觉。这个样子大概有好几个钟头了，像是在到达天平旅馆之时，又好像是到达天平旅馆之前，他似乎在周围寻找什么东西，随即却又忘记要找什么了，而且有时会忘记很长时间，约莫半个小时；之后，他又开始惴惴不安，环顾四周，寻觅着什么。

但他刚刚才发现，自己被这种病态的、完全无意识的行为支配了很久，突然，他的脑海里闪现出了一段记忆，引起了他的注意。他想起，就在他察觉到自己总是在周围寻找着什么的那一刻，他曾站在人行道上一家店铺的橱窗前，饶有兴趣地打量着陈列在橱窗里的商品，现在他努力地回忆着，他刚才是否真的站在这家店铺的橱窗前，而这大概就是五分钟前的事，难道是他产生了幻觉，思维混乱了？这间店铺、这种商品是否真实存在？他确实感觉到，他今天的情绪跟平常差别很大，跟过去病情发作前的情况几乎一致。他记得，在病情发作前的一段时间他总会注意力难以集中，如果不特别留意的话，会常常认错物或者人。他想尽快验证下他当时是否曾站在店铺的橱窗前，是有一个特别的原因：陈列在店铺橱窗里的琳琅商品中，有一件曾引起他的注意,他甚至在心中对其估价为六十个银戈比①。尽管他当时心猿意马,惴惴不安,但他还是记得有这么回事。因此,如果这家店铺是存在的,这件商品真的陈列其中,那么也就是说,他的确曾为了这件商品驻足过。这就表明,这个物件完全勾起了他的兴趣,以至于他刚才带着沉重而惶恐的心情走出火车站时,直接引起了他的注意。他走着,一直急切地朝着右边张望,他的内心焦躁不安又有些迫不及待。看,就是这家店铺,可算找到了!当他想马上返回时,在距离他五百步的地方,突然看见了那个价值六十个银戈比的物件。"对的,就值六十银戈比,不能再贵了!"终于证实了自己的行为后他大笑起来,但他笑得歇斯底里,他的内心十分痛苦。他现在清楚地回想起,正是在这里,他站在这个橱窗面回头时,突然感受到一道目光火辣辣地射在自己身上,就像下火车时捕捉到的罗戈任的目光一样,他确信自己没有搞错(其实,就算验证之前的事,他也是完全有把握的),他离开店铺,即刻远离它,想要尽快捋清所发生的一切,好好想想。现在清楚的是,在火车站时,他感受到的目光并非幻觉,一切都的的确确发生过,而且这一定与他之前的惶恐不安隐隐相关。但是他的心里,一种无法抗拒的厌恶又占据了上风,他什么也不愿思考,什么也没有思考,他想的完全是另一件事。

原来,他现在思考的是,在他的癫痫发作前总有一个阶段(如果不是睡梦中发作的话)处于忧郁、压抑和精神混沌之中,他的大脑时不时会突然燃起光焰,再转瞬即逝,而他的生命力也因不同往常的冲动而备受鼓舞、亢奋起来。在如闪电般的须臾间,生命的感受力以及自我意识几乎增强了十倍。思想与心灵都被这不同寻常的光芒照得透

---

① 一次币制改革时发行的货币,与旧的纸卢布比值为1∶3.5。

亮；他所有的激动、所有的怀疑、所有的不安仿佛瞬间平息了，幻化成一种高度的平静，充满着明朗、和谐的欢愉和希望，充满着理智和确定的依据。但是这种转瞬即逝的时刻，只在病症发作前一秒（从来不超过一秒钟）乍现，并成为病症发作的前奏。这一秒钟当然是非常难以忍受的。等后来他在恢复健康后，再反过来思考这些瞬间时，他时常会对自己说，这些自我感受和自我意识即"最高级存在"的闪电式出现，不是其他的什么，正是疾病，是对正常状态的一种破坏。如果是这样的话，那么这就根本不是最高级的存在，相反，应该被算作最低级的存在。然而，最后他还是得出了一个有悖常理的想法。"这是病又如何？"他最终认为，"如果最后的结果在事后已恢复健康的情况下回忆起来，是极度的和谐与美，是蕴含了闻所未闻的充实感和分寸感，并在充满激情的虔诚中，与最高级的生命综合体融合，那么，就算这种状态是不正常的亢奋又怎么样呢？"这些含混不清的话语虽然难以表达，但在他自己心里是清晰明了的。对于这种"和谐和虔诚"，确实是"最高级的生命综合体"，他确信无疑，完全不曾质疑。这须臾之间他骤然乍见的，并不是那种因吸食大麻、鸦片或酗酒所引起的幻象——那种非正常的、虚构的幻想只会打压人的理智，扭曲人的心灵。而在发病结束后，他也能对此作出明确的判断。这些瞬间仅仅是自身思想感受的高度强化——如果要用一个名词来描述这种状态的话，即可称为自我意识，或者是最直观的自我感受，如果在发病前那一秒，意识尚且清晰之际，他清楚而有意识地告诉自己："是啊，为了这一瞬间可以献出整个生命！"那么，这一瞬间就堪抵这一生。不过，他不是很赞同结论的逻辑论证，因为神经麻痹、精神涣散、愚钝痴呆就是这"最高级瞬间"的后遗症。当然，他不会较真地进行辩论。这个结论，也就是他对此瞬间所作的评价中是有错误的，这点毋庸置疑，但是这实实在在的感觉让他感到困惑。实际上,对于这种真实的感觉他又能如何呢?事实本身就是如此,他在那一瞬间对自己说,这一瞬间让他感到了无限的幸福,而这一瞬间大概抵得上他的整个一生。"在这一瞬间,"有一次他对罗戈任说,那时还在莫斯科,他们经常见面,"在这一瞬间,我似乎明白了一句不寻常的话:'不再有时日了。①'"他微笑着补充道,"大概,这正是穆罕默德打翻了盛水的钵子,在水还没来得及流出来的那一刹那,将安拉的臣民一览无余。"是的,在莫斯科他跟罗戈任经常见面,所谈的也不只是这些。公爵暗自思忖:"罗戈任刚才说他在那时视我为兄弟,这是他第一次这么说。"

他坐在夏园一棵树下的长椅上想着这件事。时间已临近七点。夏园里空荡荡的,夕阳有一会儿被乌云遮挡,天气沉闷,似乎预示着雷雨将至。此刻,他被沉思冥想深深地吸引着,他的记忆和理智缠绕着外界的每一件事物,他喜欢这样。他始终想努力忘掉一些当前的紧要事情,但只要环顾下四周,他马上就意识到自己思绪晦暗,于是他又非常想摆脱这种心绪。他本来已回想起刚才在小饭馆用餐时,服务员谈及不久前发生的奇特杀人案件,该案件曾轰动一时,闹得沸沸扬扬。但是他刚一想起到这件事,身体就突然出现了异常的状况。

一种强烈的、无法抵抗的冲动,近乎欲望,突然麻痹了他所有的意识。他起身从长椅上站起来,从夏园朝圣彼得堡岛的方向走去。刚才在涅瓦河畔,他向一位路人问路,路人隔着涅瓦河给他指了圣彼得堡岛的方向,但他当时并没朝着那个方向走。无论如何,他今天是没必要去的,这一点他很清楚。地址他早就有了,他很容易就能够找到

---

① 引自《圣经·新约启示录》第十章第六节:"(天使)指着那创造天和天上之物,地和地上之物,海和海中之物,直活到永远的,起誓说:'不再有时日了!'"

列别杰夫的亲戚家；但他几乎可以肯定，她并不在家。"她一定是去了帕夫洛夫斯克，不然，科利亚会按照约定在天平旅馆留话的。"因此，他现在去，自然不是为了见她，而是一种阴郁的、折磨人的好奇心驱使着他。他的脑袋里突然冒出了一个新的想法……

但是，对于他来说，他已经迈出了第一步，而且知道往哪走，这就够了！一分钟后，他已经一心往前走，步履飞快，甚至没有注意到自己走的是哪条路。他的脑海里还在思索着那突如其来的新想法，这让他随即感到万分厌恶，实在没法继续想下去。他努力集中精神观察着眼前的一切，仰望天空，俯瞰涅瓦河。他跟路上遇到的一个小孩子说起话来。他的癫痫病大概越来越严重了。雷雨的确是在逼近，虽然速度不快，但终归还是来了。空气闷得难以喘息……

不知为何，现在他总是想起上午见过的那个列别杰夫的外甥，就像响起了没完没了、单调无聊到让人厌烦的曲子。奇怪的是，他总是把列别杰夫外甥的形象与列别杰夫做介绍时提到的那个杀人凶手的形象混在一起。的确，他是不久前才在报上看到那个杀人犯的报道的。自从他来到俄国以后，他看到、听到过许多同类型的事件，也热衷于关注着这一切。刚才，他跟旅馆服务员聊的也正是热马林一家被杀的案子，他甚至对此表现出了异常浓厚的兴趣。他记得旅馆服务员也同意他的观点，他也想起了这个旅馆服务员，是个机灵的小伙子，做事沉稳，小心谨慎。"不过，天知道他究竟是什么样的人，人心隔肚皮，尤其还是在这个陌生的城市遇到的陌生人。"不过，他开始充满信心地相信俄国人的灵魂。呵，这六个月里，他还是遇到了很多对他来说完全陌生的、闻所未闻、始料未及的事情！但是，人心如海深，俄国人的心也是深不可测的，对于很多人来说都是深不可测的。就说他与罗戈任吧，他们相处了很久，交往甚密，亲如兄弟，可他真的了解罗戈任吗？其实，在这方面，在所有诸如此类的问题上，这一切又是如此混乱、如此复杂，难以厘清的！但是，来看看列别杰夫这个外甥，真是个摇头摆尾、低俗好事的孱头！"可是，我这是在干什么呀？"公爵继续遐想着，"难道是他杀死了这几条命，这六个人？我好像搞混了……真奇怪！我的头好像有些晕……列别杰夫的大女儿，就是那个抱着小孩站在那儿的姑娘，长着一张多么讨喜的脸蛋呀！她的表情天真无邪，如孩子一般，她的笑声也如孩子一般！奇怪的是，他几乎忘记了这张脸，现在才想起来。列别杰夫尽管气得朝孩子们跺脚，可他对他们每个人大概都非常疼爱。然而，这就像二乘二等于四一样毋庸置疑，列别杰夫一定也很疼爱自己的外甥。

"不过，我凭什么这样武断地对他们评头论足？我今天初来乍到，凭什么作出这样的判断？就拿列别杰夫来说吧，他今天就给了我难堪。我如何能料到列别杰夫是这样的？难道我过去了解的列别杰夫是这样的？列别杰夫和杜巴里夫人——我的天哪！不过，如果罗戈任要杀人，至少不会胡乱杀人，不会把事情搅得乱七八糟。根据图案定制凶器，并置六个人完全于死地，这是在完全疯狂的状态中才能干出来的！难道罗戈任有按图样定制的凶器……他……但是……难道罗戈任有杀人的必要？"公爵突然哆嗦了起来，"我这样毫无依据地胡乱猜测，难道不是一种卑鄙的犯罪行为？"他失声惊呼道，脸上顿时涌现羞赧之色。他满是诧异，柱子一般直愣愣地杵在路上。他一下子又想起了刚才经过的帕夫洛夫斯克和尼古拉耶夫斯克车站；想起了当面问罗戈任眼神的问题；想起了现在挂在他身上的那枚罗戈任的十字架；想起了罗戈任带他去见自己的母亲，以及他母亲送来的祝福；想起了上午在楼梯口罗戈任最后一次莫名其妙的拥抱，以及临别时罗戈任对他说的决定放弃娜斯塔西娅·费利帕夫娜的话；还想起了在这一切之后,他意识到自己一直在四周寻找着什么;想起了那家店铺、那件商品……多么卑鄙呀!发生这一切之后,他还带着"特殊的目的"、带着"突然冒出的新想法"正在朝那边走去!绝望和痛苦紧扼住他的整个灵魂。公爵随即打算转身回住的旅馆,甚至已经掉转了身子,但是一分钟后他停了下来,他思索了一阵子,又转过身朝原来的方向走去。

他已经到了圣彼得堡岛,离那幢屋子很近了。但现在他已不是抱着先前的目的去那儿的,当然也没有带着什么"特殊的想法"!刚才怎么会那样呢?是的,他的旧病悄然复发,这是千真万确的;或许,他的癫痫今天就会发作。所以,他的精神被一片涌起的黑暗笼罩,"特殊的想法"也因癫痫顺势而生!现在黑暗消散、邪念消除,疑心也已消失,他满心欢喜!特别是,他已经很久没有看见到她了,他渴望见到她,还有……对了,他现在很希望能够碰见罗戈任,倘若碰见,他会挽起他的手一起去……他的心是纯洁的,哪里会是罗戈任的情敌呢?明天他会去对罗戈任说,他看见她了,正如罗戈任上午所说,他飞一般地赶到圣彼得堡,正是为了见她一面!或许在那里,他真的能够遇见她,因为她并不一定去帕夫洛夫斯克!

"是的,现在就应该把一切事情摊开讲清楚,让彼此都知晓对方的心思,免得再出现像罗戈任刚才那种悲惨的、撕心裂肺的放弃声明,要让一切变得轻松愉悦……光明磊落,难道罗戈任就不能光明磊落点吗?他说,他不像我那样爱她,他没有同情心,没有一点这种怜悯之情。的确,他后来自己补充道:'也许,你的怜悯比我的爱情更浓烈。'他又在自我贬低。而罗戈任现在已经开始读书了,难道这不是'怜悯'的开始吗?仅凭桌上那本书还不能证明他对她的态度吗?还有他上午讲的那个故事?不,这比单一的情欲要深刻太多。难道她的脸只能激起他的情欲?再说现在这张脸蛋还能激起情欲吗?怕是它只会唤起痛苦,让人揪心,它……"一阵令人煎熬的苦涩回忆突然涌上公爵的心头。

是啊,是如此的苦涩。他回想起,不久前,当他第一次察觉她失去理智的征兆时,他悲恸欲绝。当时他近乎绝望。当她从他这里逃到罗戈任那里的时候,他怎么能丢下她不管呢?他应该亲自去追她,而不是等消息,但是……"难道到现在罗戈任都没发觉她发疯的迹象吗?……哎……罗戈任对所有事情都从另一个角度去看,完全从情欲的角度去看!他这疯狂的嫉妒心啊!他刚才做的预测又能说明什么呢?"公爵突然涨红了脸,仿佛有什么东西在他心间颤抖了一下。

不过,为什么要回忆这个呢?在这件事上双方都很疯狂。而对于公爵来说,若是从情欲去爱这个女人,几乎是无法想象的,是残酷的、不近人性的。是的,确实是这样!可以说,罗戈任在诋毁自己,他心胸宽广,这颗心可以承受痛苦,也不乏怜悯。只要他理解了真实的感情,真正认识到这个情感受到伤害、精神失常的女人的可怜之处,难道到那时他还无法原谅她的过去、抛却之前的恩恩怨怨,无法忘记自己的痛苦?难道他不能成为她的仆人、兄长、朋友、真命天子?怜悯之心会让罗戈任醒悟,会教他该如何去做。怜悯之心是人类社会最重要的法则,也许,也是唯一的法则!哦,他有对不起罗戈任的地方,这种过错不可原谅并且很不光彩!不,不是"俄国人的心深不可测",既然他能想象出这么可怕的场景,那就说明他的心本身就深不可测。在莫斯科的时候,仅因他讲了几句热情真挚的话,罗戈任就把他看作自己的兄弟,而他……但这是病,这是谵妄!这一切都会得到解决的……上午罗戈任说"信仰在慢慢丢失",这话多么凄惨,这个人一定万分痛苦。他说他"喜欢看这幅画",其实并不是因为喜欢,而是他需要看到这幅画。罗戈任不是一个仅有情欲的灵魂,而是个斗士,他想通过战斗拾回自己丢失的信仰。现在他急切需要信仰，甚至到了不堪忍受的地步……是的！总得有信仰！必须有信仰！可是，霍尔拜因那幅画着实奇怪……啊，就是这条街！应该就是这幢房子，对的，就是这里，十六号，"十二级文官之妻费利索娃宅"，就是这里！公爵拉响了门铃，门一开，就立即向来人询问娜斯塔西娅·费利帕夫娜是否住在这。

这幢房屋的女主人回答他说："娜斯塔西娅·费利帕夫娜一大早就去了达里娅·阿列克谢耶夫娜在帕夫洛夫斯克的家，可能要在那儿待上几天。"费利索娃是个矮个子、瓜子脸、长眼睛的女人，约莫四十岁，看上去狡猾有心眼。她询问公爵姓名，似乎有意让这个问题显得神秘兮兮的。公爵开始不想作答，但转念就用坚定声音报出了自己的姓名，并请她将其转告给娜斯塔西娅·费利帕夫娜。费利索娃答应了他，并表现出一种殷勤、认真且神秘的样子，仿佛借此表达："请放心，我都明白的。"公爵的名字显然给她留下了深刻的印象。公爵心不在焉地看了她一眼，转身离开，准备回自己的旅馆。但是他从费利索娃家出来的那一刹那，神情已不是先前拉门铃时的状态了，仿佛他的身上瞬间发生了异样的变化——他走着，但他的脸色又变得苍白如纸，状态颓靡虚弱，表情痛苦，内心激动不安，他的双膝瑟瑟发抖，发青的嘴唇上扯出一丝浅浅的、带着忧愁和惘然的微笑，他那"突如其来的想法"忽然得到了证实，并且证实是正确的，于是——他又相信起了自己心中的魔鬼！

但是，有把握确定是真的吗？验证无误吗？为什么他哆嗦不止、冒着冷汗，精神被黑暗与寒冷笼罩？是因为他刚才又看到了那双眼睛吗？可是，他从夏园一路来到这里，不就是为了见到这双眼睛吗？这正是他"突如其来的想法"！他执意想要看见这双"见过的眼睛"是为了能让自己信服,他一定会在这幢房子附近遇到这双眼睛。这便是他按捺不住的愿望。可是现在见证了事实,他又为何如此失望和震惊?似乎完全出乎他的意料!是的,早上当他从尼古拉耶夫斯克站下火车时,在人群中朝他观望的就是那双眼睛(这一点现在已经不容置疑)。后来,当他坐在罗戈任家的椅子上时,他又发觉那双眼睛在(绝对就是那双眼睛!)盯着自己后背。那时罗戈任否认了,他撇着嘴,冷笑着问:"到底是谁的眼睛呢?"几个小时前,在沙皇村火车站,当他上了火车要去阿格拉娅那里时,忽然又看到了这双眼睛,这已经是一天里第三次看见它们了,公爵当时很想走到罗戈任面前问他:"这是谁的眼睛?"但他逃出了车站,直到他站在商店橱窗前注视着一件带着鹿角柄价值六十戈比的商品时,神志才清醒过来。怪异又恐怖的魔鬼紧紧地缠住了他,再也不想离开。当他坐在夏园的椴树下沉思遐想的时候,这个魔鬼在他心里悄声说道:"既然罗戈任从一早起就这样盯着他,步步紧随,那么,当他知道他没有去帕夫洛夫斯克(当然,这对罗戈任来说并不是一个好消息),他一定会去那儿,去圣彼得堡岛上的那所住宅,也一定会在那里等候公爵几个小时。"尽管公爵今天上午信誓旦旦地说"不去见她"以及"并非为了她才到圣彼得堡来的",可现在他却神色匆匆地赶到那里。其实,就算他在那里真的遇上了罗戈任又会怎么样呢?他眼前不过是一个不幸的人,尽管他心情糟透了,但可以理解。这个不幸的人现在已经不再躲躲藏藏。确实,今天上午,罗戈任不知为何狡辩抵赖,但后来在车站他却并不躲闪地站在那里。反而是他——公爵自己在躲躲闪闪,而不是罗戈任。刚才,公爵交叉着双臂,在费利索娃屋子外等着,站在街的斜对面、约五十步远的人行道上。这一次他站在非常显眼的地方,似乎是故意想让人家看到似的。他站在那里就像个原告,抑或像个法官,而不像……而不像什么人呢?

但是,公爵为什么亲自走向罗戈任呢?即使他们的目光已经相遇了,为什么公爵又像没看见似的,转身离开呢?(是的,他们的目光撞上了!还对视了一会儿)刚才公爵不是还想挽着他的手,跟他一起去那里吗?公爵不是还想着明天去罗戈任那里并对他说自己曾经到访过她的住处吗?在去费利索娃家的途中,当欢愉突然充溢心间之时,他不是已经和自己内心的魔鬼彻底决裂了吗?莫非问题出在罗戈任身上?也就是说,在罗戈任今天展现出的整个形象中——在他的语言、动作、行为、目光中,真有什么能验证公爵那可怕的预感和内心的魔鬼说的那些愤怒的话有一定道理?难道存在某种本身能被看见、但是很难分析和描述的东西?这甚至也无法用充分的理由加以佐证;但是,尽管存在这样的困难和不可能,它还是能给人留下十分完整和不可磨灭的印象,而这种印象会不会悄无声息地转变为完全的确信?

确信——确信什么呢?(哦,这种确信、"这种卑鄙的预感"实在是太荒唐、太"下贱"了,这让公爵痛苦不已,他在内心狠狠地谴责自己!)"你若有勇气,就说出来,到底确信什么?"他在心里不断用满是责备和挑衅的口吻对自己说,"把自己全部的想法用明确的话语,毫不犹豫、清晰准确地表达出来,能做到吗?哦,我真是个无耻之徒!"他满脸通红,气愤地重复着,"从今往后,我哪里还有脸去见这个人!哎,这是多么糟糕的一天啊!上帝啊,这实在太可怕了!"

当公爵即将走完从圣彼得堡岛回去的这条漫长而痛苦的道路时,有一瞬间,一种极其强烈的愿望从他的脑中冒出:马上到罗戈任那儿去,一定要找到他,带着羞愧、满含泪水去拥抱他,告诉他一切,然后了结这一切。可是,他已经站在所住的旅馆前面了……刚来到这儿的时候,他并不喜欢这家旅馆,这些走廊、这整幢房屋、他的房间,打从他看见的第一眼起就不喜欢;这一天里,他有好几次怀着格外厌恶的心情想起自己必须回到这里……"我这是怎么啦,像个病恹恹的女人似的,今天竟然相信起了所有的预感!"他停在门口,满心烦闷、鞭挞自己。又是一阵令人不堪忍受的羞愧涌上心头,几乎让人绝望,使得他像扎根一般伫立在大门口,他愣了一会儿。有时候,难以忍受的回忆突然袭来,特别是与羞愧纠缠在一起,人们通常会在原地停下一会儿。"是的,我是个没有心肝的人,一个卑鄙的小人!"他懊恼地重复着,快步前行,但是……不一会儿又停了下来……

门洞里光线本就很暗,现在更是乌黑一片,雨前黑压压的乌云吞噬了日暮的余晖,就在公爵走进旅馆的那一刻,乌云突然咧开了嘴,顿时大雨倾盆。在他停顿片刻,正抬起脚准备赶紧离开的时候,他刚好处在大门口,也就是临街的进门入口。突然,他在门洞通向楼梯的幽深之处,发现了一个人。这个人似乎等待着什么,但是很快闪了下不见了。公爵没能看清楚这个人,当然无法确定这个人是谁,何况这里过往的行人非常多,这里是旅馆,不停地有人进进出出,廊道里络绎不绝。但他忽然冒出一个不容反驳、绝对确定的念头:他认识这个人,这个人一定是罗戈任!于是,公爵紧跟着他奔上楼梯。一种压迫感直击他的心脏。"马上一切就都可以解决了!"他带着一种奇怪的信念,对自己说。

公爵穿过大门直奔楼梯通向一楼和二楼的走廊,旅馆的客房就设在这两层中。像所有年代久远的房屋一样,这座楼梯也是用石头砌成的,昏暗而狭窄,围绕着一根粗石柱子盘旋而上。在楼梯第一个拐弯的平台处,那里的石柱上方有一个像壁龛一样的凹进去的洞,大概有一步宽、半步深,那里容得下一个人。虽然光线昏暗,但公爵只要跑上平台就能分辨出,有人躲在这个壁龛里,尽管原因不明。公爵突然不打算朝右边看,而是从旁边走过。他已跨出了一步,但他没忍住,还是扭回了头。

两只眼睛,就是刚才那双眼睛,突然撞上了他的目光。这个躲在柱子凹洞处的人也从里面跨出了一步。二人几乎紧贴着,面对面地站了有一秒钟。公爵猛地抓住他的肩膀,将他拉向楼梯向光的那边:他想看清楚这张脸。

罗戈任目露凶光,狰狞的笑容将他的脸都拉扯得变了形。他举起了右手,手里的东西反光一闪,亮得晃眼。公爵并不打算制止他。他只记得,自己似乎喊了一声:"帕尔芬,我不相信!"

接着,似乎有什么东西在他面前轰然碎裂,一道非同凡响的光芒从内心迸发了出来,照亮了他的灵魂,这一瞬间持续了大概半秒钟,但是他清清楚楚地记住了自己惨叫的第一个音,那是从胸腔自然而然迸出来的声音,他用尽周身之力也无法抑制。接着他的意识突然消失了,陷入了一片漆黑。

这是他已很久没有复发的癫痫病发作了。众所周知,癫痫病,也称羊癫风,是种瞬间突发的疾病。在这一瞬间,病人的脸会突然变样,特别是眼神。面部五官及全身都会抽搐和痉挛。难以想象的、异于往常的哀号声从身体到口中冲出;一切人性的表征在这声号叫中销声匿迹了,旁观者无论如何也无法想象,至少是难以想象,眼前的人会发出这种声音。甚至让人觉得,这个喊声是另一个在他身体里的人吼出来的,至少许多人对此都是如此描述的。毫无疑问,癫痫病人发作的样子引起了众人的恐慌,这种恐慌中甚至还夹杂着一些神秘。可以料到,那一刻,恐怖骤降,再挟带百般可怖的印象,吓住了罗戈任,他愣在原地,也因此使公爵避开了那把直直朝他戳来的刀子。罗戈任还没来得及想到这是癫痫发作,就看公爵的身子向后弹晃了下,然后从楼梯上直挺挺地仰面朝地倒去，后脑重重地撞在石阶上。接着，罗戈任拼命朝楼下飞奔而去，绕过躺在地上的病人，失去理智般地落荒而逃。

抽搐、扭动、痉挛让病人的身体沿着十五层的石阶一路滚到楼梯底端。很快，不到五分钟，就有人发现了躺在地上的公爵，一群人围了过来。脑边的一摊鲜血引起了众人的猜测："是这个人自己摔下来的，还是被谁推下来的？"但很快就有人看出他是癫痫病发作；一名旅馆服务员认出公爵是刚刚来到这里的旅客。幸好，碰巧出现一个情况，才平息了这场慌乱。

原本约定四点左右回到天平旅馆，却去了帕夫洛夫斯克的科利亚·伊沃尔金，突然心血来潮取消了在叶潘钦将军夫人那里用餐的打算，回到了圣彼得堡，他匆匆地赶到天平旅馆时，已经晚上七点钟左右了。他从公爵留下的字条得知公爵在城里，于是急忙按字条上的地址去找公爵。他到旅馆后得知公爵出去了，就到下面的小餐厅，一边喝茶、听着管风琴演奏，一边等着公爵。他意外听闻楼上有人癫痫病发作，便在预感的驱策下，奔向事发地，认出了发病中的公爵，当即采取了必要的措施。人们把公爵抬进他的房间里，公爵虽然已经清醒，但是许久没有恢复神志。请来的医生检查了他头部的伤损情况、做了湿敷，诊断摔伤没有造成生命危险。一个小时后，等公爵恢复意识后，科利亚便雇了辆马车将他转送到了列别杰夫那儿。列别杰夫万般热情、恭敬地接待了这位病人。他还特意为了公爵，加快安排好了去别墅的准备。第三天，所有人都已经到了帕夫洛夫斯克。

第六章

　　列别杰夫的别墅不大，但很舒适，甚至可以说相当精致。用于出租的那部分房间还特意重新粉刷过。从外进入内室得经过一间十分宽敞的露台，那里放着一些栽着橙树、柠檬树以及茉莉等植物的绿色大木桶。按列别杰夫的打算，有了这些植物，景致才被装点得具有魅力。有些树是他连同别墅一起买下的，把它们摆在露台上营造出来的美感让列别杰夫颇为倾心，因此，他趁拍卖市场有同类木桶盆栽时，立即下决心买下来配成一套。等到买下的树运到别墅且被安置妥当后，列别杰夫忍不住一天好几回从屋里跑到户外欣赏自己的家产，每次他都幻想向未来租客增收房租的场景。身体疲劳、虚弱，内心痛苦的公爵也很钟爱这栋别墅。其实，在搬到帕夫洛夫斯克的那天，也就是他发病后的第三天，从表面看，公爵已与健康人无异，尽管他心里仍然觉得自己没有痊愈。这三天里，他对来拜访他的每一个朋友都心生喜爱，他喜爱寸步不离地守候着他的科利亚，喜爱列别杰夫一家人（不包括列别杰夫那个不知道跑哪儿去的外甥），他也喜爱列别杰夫本人，甚至还很高兴地接待了在城里时就看望过他的伊沃尔金将军。那天搬到这里时已是傍晚，许多访客站在露台上围聚在他身边。第一个到的是加尼亚，公爵几乎认不出他了——他在这段时间里变化很大，人瘦了很多；接着来的是瓦尔瓦拉和普季岑，他们也在帕夫洛夫斯克避暑。伊沃尔金将军几乎是常住在列别杰夫城中的家里，甚至好像是同他一起搬过来的。列别杰夫竭力不让他去叨扰公爵,让他待在自己的屋里。列别杰夫待将军如老友一般,看样子他们早就认识了。公爵发现,这三天里他们时而长时间攀谈,时而扯着嗓门大喊,似乎是为一些学术问题争执不下,但列别杰夫看上去感到很满足。由此看得出,他甚为需要将军。但从公爵一搬进别墅起,他就像对将军一样对全家进行严防死守:以不打扰公爵为由,不放任何人进去看公爵,他对自己的女儿们,包括对抱着婴儿的薇拉也是如此,只要看她们一有往公爵所处露台方向走的苗头,便对她们又是跺脚警告、又去追逐驱赶。尽管公爵一直请求他不要赶走任何人。

"第一,如果这样由着她们,就会导致她们逾规越矩;第二,对她们来说也有失体统⋯⋯"对于公爵当面的质问,他最终作出了解释。

"为什么呢?"公爵觉得没什么,"真的,您这样监视和看护对我来说是一种折磨。我感到十分孤寂,我对您提过好几次了,而您不停的挥手、蹑手蹑脚的来回走动只会让我更加烦闷。"

公爵想指出的是,虽然列别杰夫以病人需要静养的借口赶开了家里所有人,但这三天里他自己几乎一刻不歇地来找公爵,每次都是先打开门,探头探脑地环视下房间,似乎在确定人是否还在,有没有逃走,然后再轻手轻脚地慢慢走近圈椅。所以有时会无意间吓到公爵。他反复询问公爵是否需要什么,直到公爵要求他别打扰他时,他才顺从地默默转身,提着脚朝门口移动,边走还边挥手,似乎想让人知道,他仅是看看而已,没有多说一句话就立刻走了出去,而且不会再来了;可是不到十分钟或者至多一刻钟,他便会再次出现。科利亚有自由进出公爵房间的权利,这一点让列别杰夫感到苦闷、屈辱甚至是嫉恨。科利亚察觉到,列别杰夫常常在门口站上半个小时,偷听他和公爵的谈话,当然,他把这件事告诉了公爵。

"您好像把我据为己有、拘禁起来了，"公爵反对道，"至少在别墅里，我要改变现状。实话跟您说，我爱见谁见谁，想去哪去哪儿。"

"这完全没问题。"列别杰夫摆着手说道。

公爵认真地将他从头到脚打量了一番。

"鲁基扬·季莫菲耶维奇，您是不是把原先放在您床头的吊柜搬到这里了？"

"没有，没搬过来。"

"难道您把它留城里了？"

"这没法搬，需要把它从墙里拽出来……它嵌得很牢很牢。"

"或许，这里也有同样的吊柜？"

"比这更好些，更好些，而且是和别墅一起买下来的。"

"哦……哦，您刚才不允许谁到我这里来？一个小时前。"

"那是……是将军。我的确没让他进来，他也不该来这儿找您。公爵，我十分尊敬这个人，他是个……是个了不起的人物，您不信吗？那好吧，您以后就会明白的，反正……我尊敬的公爵，您最好还是不要在自己的房间里见他。"

"请问，这是什么原因？还有，列别杰夫，您现在为什么这样踮脚站着，而且每次到我身边总像是要趴在我耳边，要跟我讲什么秘密似的。"

"因为卑微，我实在卑微，我自己也感觉到了。"列别杰夫突然拍着自己的胸脯，声情并茂地说，"但是，您自己来看，将军是不是过于殷勤好客了？"

"过于殷勤好客？"

"是的，过于殷勤好客。首先，他已经打算住在我这儿了，这且随他，可是他太过热情，立马跟我攀起亲戚来。我们细数了祖上几辈，原来我们还有亲戚关系。说起来,您还是他的表外甥呢,这还是昨天他才跟我讲的。既然您是他的表外甥,这么说,我尊敬的公爵,我和您也是亲戚,这倒也没什么,不足挂齿,但现在他居然宣称,他这一生,从当准尉开始一直到去年6月11日,每天不少于两百人到他家里吃饭,最后竟吹牛说那些人根本不离席,吃了午饭吃晚饭,吃完饭接着喝茶,就这样每天持续十五个小时,三十年连续不间断,没有丝毫间歇,甚至几乎没有换桌布的时间。一个人起身走了,另一个又来坐下了,适逢皇家节假日时,能来三百人。而俄国立国的千禧纪念日那天,他统计了下,竟然来了七百人。这可真是了不得!这话透露出十分糟糕的情况;身边有这样好客的人简直太可怕了,所以我才想:在您和我来看,这样的人是不是过于殷勤好客了。"

"可您与他的关系不是很不错的吗?"

"就像兄弟一样,但我没有当真。即使我们是姻兄弟,于我而言又能怎样呢?无非让我觉得更加荣幸?通过接待两百人在他家吃饭,以及俄国千禧纪念日的事儿,我觉得他非常出色。我说的是真心话,公爵,您刚才提及了秘密,就是您说我每次过来就像想告诉您什么秘密似的。倒真的是有秘密:刚才,那位女士表示,非常想秘密地见您一面。"

"为什么要秘密会面?根本不需要。我自己可以去她那儿,今天就可以去。"

"绝对不行,绝对不行,"列别杰夫急忙摆手拒绝,"她担心的并不是您所顾忌的事。顺便说一下:那个恶棍每天都来打探您的身体状况,您知道吗?"

"您好像常常称他是恶棍,对此我有些疑惑。"

"您不用疑惑什么,没什么可疑惑的",列别杰夫赶紧岔开了话题,"我只想说明,那位女士怕的不是他,而是另一个人,完全是另一个人。"

"到底怎么回事,快说啊!"公爵望着装模作样而又故弄玄虚的列别杰夫,不耐烦地问道。

"其中自有秘密。"列别杰夫偷笑了一下。

"谁的秘密?"

"您的秘密,我尊敬的公爵,是您不允许我在您面前说的……"列别杰夫喃喃低语,他把公爵的好奇心吊到了令人折磨、焦躁难耐的地步,并享受着以此带来的满足感,最后突然说了句,"她怕阿格拉娅·伊万诺夫娜。"

公爵皱了下眉头,沉默了好一会儿。

"说句实话,列别杰夫,我准备不再住在您的别墅里了,"他突然说道,"加夫里拉·阿尔达利翁诺维奇和普季岑夫妇在哪儿?也在您这儿?您也把他们招呼到您这儿了吧?"

"他们马上就到,马上就到。而且将军也紧随其后。我把所有门都打开,把我的女儿们也都喊来,马上喊来,马上都喊到这里来。"列别杰夫一边惊慌地低语着,一边不停地挥着双手,从一扇门奔向另一扇门。

就在此时,科利亚从外面走了进来,他来到露台上,一进门就声明:有客人在后面,是叶莉扎维塔·普罗科菲耶夫娜和她的三个女儿。

"那让不让普季岑夫妇和加夫里拉·阿尔达利翁诺维奇进来呢?让不让将军进来呢?"听到这个消息,列别杰夫震惊得几乎跳了起来。

"为什么不呢?让所有愿意进来的人都进来!跟您说,列别杰夫,您从一开始就没有弄明白我的态度,您总是不断地犯错。我完全不需要藏起来躲避谁。"公爵笑着说。

看着公爵笑，列别杰夫认为自己也有义务跟着笑。尽管他十分激动，但也能看得出他非常满意。

科利亚的通报准确无误，他比叶潘钦将军夫人母女们早几步赶到这里，为的就是给公爵报信，客人们一下子从两个方向同时过来，叶潘钦一家从露台上过来，普季岑夫妇、加尼亚以及伊沃尔金将军从各自的房间过来。

叶潘钦将军一家刚从科利亚那儿得知公爵的发病以及他住在帕夫洛夫斯克的事，而在这之前将军夫人还一直困惑不解。大前天，将军就将公爵的名帖给了家人，这张名帖激起了叶莉扎维塔·普罗科菲耶夫娜的自信，她认为公爵本人一定会在递过这张名帖后到帕夫洛夫斯克拜访她们的。而小姐们再三劝说，一个半年没来过信的人，怕是现在也并不急于来相见，大概除了见她们，他在圣彼得堡也非常忙碌——这谁知道呢？可将军夫人对此番劝说十分生气，并且打赌认为公爵最晚第二天也一定会来，虽然"这已经相当晚了"。第二天她等了一上午，等他来吃午餐，又等到晚餐时间。等到天色已经完全黑下来的时候，叶莉扎维塔·普罗科菲耶夫娜恼火了，逢人就乱发脾气，跟所有人都大吵了一架，当然，在吵架的缘由上她绝不会提及公爵。她整整三天只字未提公爵。阿格拉娅在用餐时无意提及，妈妈生气是因为公爵没来，将军立即说明："在这件事情上他可没有错。"——叶莉扎维塔·普罗科菲耶夫娜便猛然起身，愤怒地从桌旁走了。终于，傍晚时分科利亚带着知道的全部消息来了，还详细描述了公爵的全部遭遇。结果叶莉扎维塔·普罗科菲耶夫娜高兴极了，还狠狠地数落了科利亚一通："你平时整天在这儿转悠，赶都赶不走，可这一回，即使你不来了，也告知一声啊。"科利亚听到"赶也赶不走"这句话时，本打算因此而生气发难，但他还是将这事先搁置一旁，要不是这句话太让人难堪,他也许就不计较了,因为他对叶莉扎维塔·普罗科菲耶夫娜在得知公爵发病后所表现出来的焦躁不安,还是很欣喜的。将军夫人一直坚持必须马上派信使去圣彼得堡,请某个有名的大夫乘第一班火车赶来。但被女儿们劝阻了,不过,当母亲准备马上出发去探望病人时,她们也不甘落后。

"他都生命垂危了,"叶莉扎维塔·普罗科菲耶夫娜心急如焚地说着,"可你们还在这儿讲究什么礼仪!他难道不是我们家的朋友?"

"不知深浅,不可贸然涉水。"阿格拉娅指出。

"那你就别去了,这样甚至更好,不然,叶甫盖尼·帕夫洛维奇来了,都没人接待他。"

听到这话,阿格拉娅当然要立即跟着大家一起去了,其实,她心里早打算要去。坐在阿杰莱达旁边的肖公爵,应她的请求当即同意陪同一起前往。他刚开始结识叶潘钦将军一家时,就曾听他们说起梅什金公爵,他那时就对其非常感兴趣。其实他认识公爵,是不久前在某处认识的,他们还一同在某城住过两周左右的样子。这大约是三个月前的事了。肖公爵甚至讲了许多关于公爵的事情,总体而言对他颇有好感,所以现在自然十分愿意去探望这位老朋友。伊凡·费道罗维奇将军这天不在别墅。叶甫盖尼·帕夫洛维奇也还没有来。

从叶潘钦家的别墅到列别杰夫的别墅相距不过三百步,叶莉扎维塔·普罗科菲耶夫娜来到公爵这里,第一件不高兴的事便是见到一大群访客围绕着他,更不用说,这群人中还有两三个是她十分厌恶的人;第二,让她吃惊的是,向她们迎面走来的是一个外表看起来相当健康的年轻人,而且衣着考究,满脸笑容,并非她想象中那个躺在床上奄奄一息、气若游丝的病人,她甚至惊吓到呆住了,对此科利亚十分得意。显而易见,在将军夫人尚在别墅还未动身之时,他本可以解释清楚并没有命在旦夕、行将咽气这样的情况,但科利亚没有做解释,因为他预感到,将军夫人在看到自己的老朋友公爵健康无恙时,一定会大发雷霆,这是十分滑稽可笑的。科利亚甚至故意把自己的猜想说了出来,为的是惹叶莉扎维塔·普罗科菲耶夫娜发火;尽管他与将军夫人经常挖苦斗气,闹得厉害,但两人依旧友谊长存。

"等一等,亲爱的,不要笑得太早了,小心乐极生悲哦!"叶莉扎维塔·普罗科菲耶夫娜边回答,边坐到公爵为她摆好的扶手椅上。

列别杰夫、普季岑和伊沃尔金将军忙跑过去为小姐们搬椅子。将军为阿格拉娅搬了椅子,列别杰夫给肖公爵搬了椅子,同时弯腰致意以表示尊敬,瓦尔瓦拉则用平常一样高兴的低声跟小姐们打了招呼。

"公爵,因为害怕,我夸大了自己的想象,我本以为会看见你躺在床上。不瞒你说,看到你满面红光的样子,我反而气得要命,但我跟你发誓,这只是因为没来得及思考前的惯性反应。但凡我经过思考,做事和说话都会理智聪明许多,我想你也是如此。说实话,假如我有个亲儿子,看到他恢复健康,都不见得比看到你恢复健康更高兴。如果你不相信,那么该感到于心有愧的就是你,而不是我。这个坏心肠的小子和我开这样的玩笑,还有比这个更过分的呢。似乎是你在包庇他,那么我提前向你声明,总有一天,我会让你看到我与他绝交,请相信我所说的。"

"我又有什么地方做错了?"科利亚叫嚷起来,"公爵几乎完全恢复了,这话无论我说多少回您都不信,因为您总想象着他生命垂危的样子,那样要比现在这个情景精彩得多。"

"打算在这里住多久?"叶莉扎维塔·普罗科菲耶夫娜转向公爵问道。

"一个夏天,或许更长些。"

"你还是一个人吗？没有结婚？"

"没，没有结婚。"对她这句幼稚又尖刻的话，公爵一笑了之。

"没什么好笑的，这很正常。我想说说别墅的事，为什么不搬到我们家去住？我们那里有一排客房都是空的，不过，随你吧。你现在是租住在他这里吗？这个人吗？"她朝列别杰夫侧了下头，又低声追问道，"他干吗老是装腔作势的？"

这时，薇拉和平常一样抱着孩子从房间里走了出来，来到了露台。列别杰夫在椅子旁点头哈腰地招呼着，几乎不知道要干什么，但又极其不愿意离开，于是他突然转向薇拉，朝她摆了摆手，把她从露台上赶走，甚至不顾场合，粗暴地跺脚。

"他精神有问题吗？"将军夫人突然补充说。

"不，他是……"

"可能是喝多了？你的周围这帮人可真是不怎么样，"她用目光扫了下其余的客人后，断言道，"不过，这个小姑娘很是可爱！她是谁？"

"这是薇拉·鲁基扬诺夫娜，是列别杰夫的女儿。"

"啊……非常可爱。我想认识她。"

当列别杰夫听到叶莉扎维塔·普罗科菲耶夫娜的夸赞时，就已经拖着女儿走过来作介绍了。

"孤儿，她们都是孤儿！"他走到跟前，凄惨地说，"她抱着的这个孩子也是孤儿，是她的妹妹，叫柳芭奇卡，完全是合法婚姻生育的，我的妻子、她的母亲叶列娜六个月前死于分娩，这是上帝的旨意……所以……虽然她是姐姐，但是得担起母亲的重任照料妹妹了，尽管她只不过是姐姐……不过是……不过是……"

"而你这位父亲，不过是个傻瓜，请原谅。够了，我想你自己也是明白的。"叶莉扎维塔·普罗科菲耶夫娜突然非常愤怒地说道。

"的确如此。"列别杰夫态度恭敬,深深地鞠了个躬。

"听着,列别杰夫先生,有人说您能阐释《启示录》[①],这是真的吗?"阿格拉娅问。

"确实如此……迄今已有十四年。"

"我听别人说过您。好像报纸上还刊登过关于您的报道,是吗?"

"不,那上面讲的是另一个人,那个人已经死了,在他之后就只剩我了。"列别杰夫有些得意忘形地说。

"那看在邻居的分上,劳烦您改天有空的时候,也给我讲讲,我一点都看不懂《启示录》。"

"我不得不提醒您,阿格拉娅·伊万诺夫娜,这一切都是他在招摇撞骗,请您相信我。"伊沃尔金突然插话说,他一直等待机会,为如何插嘴加入话题绞尽脑汁;他在阿格拉娅·伊万诺夫娜的身边坐了下来。"当然,在别墅里避暑也可以适当变通,"他继续说,"可以有特别的乐趣,接受这么一位不同凡响的因特鲁斯[②]来阐释一下《启示录》,这也未尝不是一种娱乐消遣,甚至还是别开生面的娱乐方式,但是我……您好像在很惊讶地看着我?我很荣幸向您作个自我介绍——伊沃尔金将军。您小时候,我还曾经抱过您呢,阿格拉娅·伊万诺夫娜。"

"见到您很高兴。我认识瓦尔瓦拉·阿尔达利翁诺夫娜和妮娜·亚历山德罗夫娜。"阿格拉娅低声回应着,并竭力控制自己不要大笑出声。

叶莉扎维塔·普罗科菲耶夫娜突然发火了。早已积压在她胸口的怒火喷泻而出。她无法忍受这个伊沃尔金将军,她以前就认识他,当

---

① 基督教《圣经·新约全书》。
② 此处原为法语,意为"冒名者"。

然这也是很久前的事了。

"简直是胡说八道,老先生,这是您的老毛病了,您抱过她这事纯属无稽之谈!"她对他怒吼道。

"您忘了,妈妈,他真的抱过我,在特维尔,"阿格拉娅突然承认道,"那时,我们住在特维尔。我记得我当时六岁,他给我做了弓箭,还教我射箭,我射死了一只鸽子。您记得吗,我是和您一起射死那只鸽子的?"

"我还记得,当时他给我带了硬纸板做的头盔和木剑!"阿杰莱达喊了出来。

"这件事我也有印象,"亚历山德拉插了句证明道,"你们那时还为了一只受伤的鸽子争执了起来,结果分别被罚到墙角站立,阿杰莱达站着的时候还戴着头盔,拿着木剑呢。"

将军对阿格拉娅说,他曾经抱过她,不过是为了做个话引子,也仅仅因为他跟所有有必要结识的年轻人搭讪基本都是这样开头的。可这一次,他说的恰恰是实话,仿佛故意似的,而他自己偏偏忘了这一件事。此刻,当阿格拉娅突然间证实和他一起射死过鸽子时,他的记忆大门顷刻间打开,记起了这件事的全部和一些细枝末节。上了年纪的人回忆起某件遥远往事时,常常都是这样。很难说这段记忆对这位可怜的、常常带着几分醉意的将军造成了多么强烈的影响,但他确实突然间备受感动。

"记得,我都记得!"他喊了起来说,"我当时还是上尉。您只有那么一点大,非常讨人喜欢。妮娜·亚历山德罗夫娜……加尼亚……那时我常常去你们家……伊凡·费道罗维奇……"

"瞧您,您现在都沦落成什么样子了!"将军夫人接过话茬说,"既然您这么感动,那就是说,您还没把您的高尚的品德给喝没了嘛!可您害得妻子痛苦不堪。本该给孩子们作榜样，您却去蹲了监狱。老先生，请您快点离开这儿吧，随便去哪，赶紧站在门后的角落大哭一场吧，回忆下过去的干净纯真，或许侥幸还能得到上帝的宽恕，去吧，去吧，我可是很认真地跟您说的。改过自新最好的方法就是带着忏悔的心去回忆往昔。"

但是，这样的正经话无须跟他重申。就像所有经常醉醺醺的人一样，伊沃尔金将军十分容易多愁善感，但又像所有不可救药的酒鬼那样，承受不住对过往幸福的追忆。他站起身，温顺地朝门边走去，温顺到叶莉扎维塔·普罗科菲耶夫娜马上又开始可怜他了。

"阿尔达利翁·亚历山德罗维奇，老先生！"将军夫人在他背后喊了他一声，"等一下，大家都是有罪的凡人，等您什么时候觉得受到的良心谴责少一些了，再来找我吧，我们一起坐一坐，聊聊过往。说不定，我的罪过要比您深重五十倍呢；至于现在，还是请您走吧，没您什么事儿了……"她突然害怕他再折返回来。

"您最好暂时别去追他，"公爵阻止了本打算去追自己父亲的科利亚说，"不然，过一会儿他感到烦恼起来，就功亏一篑了。"

"说得没错，暂时别理他，半小时后再去。"叶莉扎维塔·普罗科菲耶夫娜赞同地附和道。

"一生中说一次真话的代价得多大，他竟然都感动得哭了。"列别杰夫斗胆插了一句。

"如果我听到的话都是真的，那么先生，你也是个好样的。"叶莉扎维塔·普罗科菲耶夫娜立马反驳了他。

聚集在公爵这里的客人之间的相互关系渐渐明确了。公爵自然能够并已完全领会到将军夫人母女们对他的关心，他真挚地向她们解释，在她们来拜访前，他就打算不管自己是否身体抱恙，不管时间是否已经很晚,今天一定要去她们那儿拜访。叶莉扎维塔·普罗科菲耶夫娜看了看公爵身边的客人们,告诉他,现在就可以去。普季岑为人礼貌,善于察言观色,他很快起身告退,躲到列别杰夫的厢房里了,并且想把列别杰夫一起带走。列别杰夫允诺立刻过去;此时,瓦尔瓦拉跟小姐们正交谈甚欢,因此留了下来。她和加尼亚对自己父亲的离开感到高兴;接着加尼亚也跟在普季岑的后面离开了。他在露台上逗留的那一会儿,虽然叶潘钦将军夫人母女在场,但他表现得谦恭又不失尊严,叶莉扎维塔·普罗科菲耶夫娜曾从头到脚打量了他两遍,他丝毫没有因为她那咄咄逼人的目光而表现得无所适从。的确,之前了解他的人都会觉得,他变了很多。阿格拉娅对他的改变表示满意。

"是加夫里拉·阿尔达利翁诺维奇走了吗?"她突然问道。这是她惯用且偏爱的方式,用自己的问题大声提问,硬生生地打断别人的对话,同时又不明确是在向谁发问。

"是他。"公爵回答说。

"我差点没认出他来,他变化很大……变得好太多了。"

"我很为他高兴。"公爵说。

"他大病了一场。"瓦尔瓦拉带着极为同情的口吻补充道。

"他哪里变好了?"叶莉扎维塔·普罗科菲耶夫娜十分惊讶且表示困惑,于是愤愤地问,"你哪儿来的依据?我看没有一点变好。你觉得他哪里变好了?"

"再没有比'可怜的骑士'更好的了!"一直站在叶莉扎维塔·普罗科菲耶夫娜椅子旁的科利亚大声喊道。

"我也是这么想的。"肖公爵说完便笑了起来。

"我完全赞同。"阿杰莱达郑重其事地说。

"什么是'可怜的骑士'?"将军夫人问道。她不解且气恼地把所有说话的人打量个遍,当她看见阿格拉娅气得涨红了脸时,她更生气地加了一句,"简直是胡说八道!什么'可怜的骑士'?"

"您宠爱的这个小男孩已经不是第一次曲解别人的话了!"阿格拉娅傲慢而又愤怒地说道。

阿格拉娅每次发火的时候(她经常发火),尽管表现得声色俱厉、铁面无情,但每次都透着些孩子气,一副不耐烦的小学生模样,而且不善于掩饰。因此大家瞧见她,几乎忍不住笑出来,这点又让她非常恼火,因为她不明白大家都在笑什么,"他们怎么可以笑,怎么敢笑呢"。现在,她的姐姐们在笑,肖公爵在笑,列夫·尼古拉耶维奇公爵也浅浅一笑,而且不知为何涨红了脸,科利亚得意扬扬地放声大笑。阿格拉娅这回异常恼火,但这反倒使她格外俏丽动人。她的窘态与她的美十分相称,但她马上为自己的这种窘态暗自恼火。

"他歪曲您的话还少吗?"她又补充了一句。

"我是根据您自己所说的话说的呀!"科利亚提高了嗓门,"一个月前,您翻看《拉曼恰的骑士堂·吉诃德》时也是这样说的,说再也没有比'可怜的骑士'更好的了。我不知道您当时指的是谁,是堂·吉诃德,还是叶甫盖尼·帕夫洛维奇?或者还是其他什么人,反正说的是某个人,当时我们还聊了很久……"

"亲爱的,我看你是猜测得过头了。"叶莉扎维塔·普罗科菲耶夫娜愤愤地阻止他说下去。

"难道就我一个人是这么想的吗?"科利亚不甘缄口,"当时大家都这么说,现在不也是吗?就连肖公爵、阿杰莱达·伊万诺夫娜,所有人都表态支持'可怜的骑士',这么说'可怜的骑士'是存在的,一定是有的。依我看,要不是阿杰莱达·伊万诺夫娜,我们大家早已知道,谁是'可怜的骑士'了。"

"我哪里做错了吗?"阿杰莱达笑着说。

"您不愿意画肖像,这就是您的错!当时阿格拉娅·伊万诺夫娜请您画一幅'可怜的骑士'的肖像画,甚至还阐述了她对画所构思的情节素材,您记得吗?您不愿意……"

"可是,这让我怎么画呢?画谁呢?仅凭描述来看,这位'可怜的骑士'应该是在任何人面前从来都没有摘下他的钢铁面罩。那么,我要画出一张什么样的脸呢?画什么,钢铁面罩吗?不知其名的蒙面人?"

"我一点也不明白,什么钢铁面罩!"将军夫人很生气,其实她心里打一开始就清楚"可怜的骑士"指的是谁(或许,这早已成了不言而喻的称谓)。但是尤为让她恼火的是,列夫·尼古拉耶维奇公爵也十分不好意思,甚至窘迫得像个十岁的小孩一般。"这种愚蠢的戏码到底结束了没有?到底要不要跟我解释清楚这个'可怜的骑士'是什么意思?莫非是个惊天大秘密,绝不能让别人知道还是怎么的?"

但大家只是一个劲儿地笑。

"这其实很简单,不过是一首奇怪的俄国诗歌,"肖公爵终于开始说话,他显然是想尽快解围,换个话题,"是关于'可怜的骑士'的,没头没尾的一个片段。约莫一个月前,一次餐后,大家在一起说笑,按照惯例为阿杰莱达·伊万诺夫娜的画寻找素材,您知道的,为阿杰莱达·伊万诺夫娜的画寻找素材早已经成为全家的共同任务了。于是就谈到了'可怜的骑士',但是谁最先提及的,我也记不清了……"

"是阿格拉娅·伊万诺夫娜!"科利亚大声叫喊着。

"也许是这样的,我不记得了,"肖公爵继续说道,"有的人嘲笑这个素材,有的人则高呼,没有什么比这更有意思的了,但是要画'可怜的骑士',无论如何也得画脸,于是便在所有熟人里面逐个挑选脸,结果没有一张合适的,于是事情就到此为止了。事情大概就是这样。我不明白,尼古拉·阿尔达利翁诺维奇为什么会突然提起这件事并加以发散呢?当时就是随口一说,觉得可笑,可放到现在就没有什么意思了。"

"肯定是又有了某种愚蠢的新花招,尖酸刻薄又爱捉弄人。"叶莉扎维塔·普罗科菲耶夫娜毫不客气地说。

"只有深深的敬意,没有什么愚蠢的新花样。"阿格拉娅出乎意料地用严肃而又庄重的语气说。她已经恢复了常态,消除了刚才的窘态。不仅如此,瞧瞧她,从她的某些表现上能看出,她现在非常乐意把这个玩笑继续开下去。她想法的转变,是在公爵的尴尬显露得越来越明显的时候发生的。

"一会儿像疯子一样放声狂笑,一会又突然表达深深的敬意!真是疯了!为什么要表示敬意?马上跟我解释清楚,为什么你会平白无故地产生深深的敬意?"

"之所以产生深深的敬意,"阿格拉娅依旧态度严肃、有板有眼地回复母亲,对于她来说这几乎是充满恶意的问题,"首先是因为这首诗描写了一个有理想的人;其次,这个人在找到了理想后将其视为自己的信仰,并且为了这个信仰不顾一切地奉献一生。这在我们这个时代并不常见。这首诗里并没有说'可怜的骑士'的理想是什么,但不难看出,这是一个光明的形象,'纯洁唯美的形象',而这位对自己的信仰狂热的骑士并不系围巾,而是在脖子上戴着一串念珠。是的,诗里还有一句令人费解、言犹未尽的铭文,就是他写在自己盾牌上的三个字母:А.М.Б.……"

"是А.М.Д.。"科利亚纠正道。

"可我说是А.М.Б.,我偏要这么说。"阿格拉娅恼火地打断他,"无论如何，有一点是很明了：不论她爱的人是什么人，也不管她做了什么事，这个可怜的骑士都不在乎。他既然选择了她，就相信她是'圣洁美丽'的，而之后他就永远地拜倒在她的石榴裙下了。纵使他的心上人后来变成小偷，可怜的骑士也仍然深深信任她，为了她的'圣洁美丽'披荆斩棘、捍卫到底——此事此情长歌当哭、感人至极。诗人似乎想用一个纯洁、高尚的骑士作为典型，展现中世纪骑士这种强大的、柏拉图式的爱情理念。显而易见，这一切仅仅是理想。'可怜的骑士'身上的这种情感已经超凡脱俗了，达到了那种苦修禁欲的程度。不得不承认，能有这样的情感实在伟大，也给人留下了相当深刻的印象，从另一方面来说，精神可嘉。至于堂·吉诃德，就不用说了。'可怜的骑士'其实也是一个堂·吉诃德，不过是庄重的而非滑稽的。开始我不明白才会笑，而现在我喜欢这位'可怜的骑士'，当然最重要的是，我钦佩他这种伟大的情感。"

阿格拉娅说完了。单单看她，甚至很难断定，她是认真的，还是在开玩笑。

"呃，他真是个傻瓜，他的这种情感也是愚蠢至极的！"将军夫人断言道，"还有你，我的小祖宗，信口胡说，念念有词，搞得跟上课似的；我看，你说的这些话甚不得体。无论如何都不准你这样说。什么样的诗，你朗诵下，你肯定记得的！我立刻就想知道这首诗。我这辈子对诗歌没有什么好感，总觉得这东西会惹麻烦。看在上帝的面子上，公爵，请你暂且忍耐，看来我和你得一起忍忍了。"她对列夫·尼古拉耶维奇公爵说道。当然，她十分恼怒。

列夫·尼古拉耶维奇公爵本想说什么，但是尴尬得说不出话。只有阿格拉娅一人还在滔滔不绝地"讲课"，没有一点拘束和难为情，甚至乐在其中。她立刻站了起来，依旧一本正经，她似乎早有准备，一旦等着别人邀请,她就会走到露台中央,站到坐在圈椅里的公爵面前。所有人都诧异地望着她,几乎是所有的人——肖公爵、姐姐们、母亲——都似乎带着不快地看着这出将要上演的闹剧,认为她做得有点过了。但看得出,阿格拉娅正是喜欢她诗歌朗诵开场前的这种做作之姿。叶莉扎维塔·普罗科菲耶夫娜差点没把她赶回原位,但就在阿格拉娅刚要开始朗诵那首出了名的诗歌时,露台上来了两位新到的客人,他们大声地交谈着。来的正是伊凡·费道罗维奇·叶潘钦将军,还有一位紧随其后的年轻人。他们的到场引起了一阵小小的骚动。

第七章

陪同将军来的是个约莫二十八岁的年轻人，个头高挑，身材匀称，他的脸看起来漂亮且聪慧，黑亮的大眼睛熠熠发光，透着俏皮和嘲弄的感觉。阿格拉娅甚至瞧都没瞧他一眼，继续朗诵着诗歌，继续故意做作地望着公爵，也只面对着他一个人。公爵开始明白，她这样做是别有用心。但至少新到的客人多少让他缓解了些许尴尬。看见他们后，公爵便起身礼貌地对远处的将军点了下头，做了个不要打断朗诵的手势，而他自己则借机躲到圈椅后面，用左臂撑在椅背上继续倾听着朗诵，这样他会比较舒服，不像坐在圈椅里那般"可笑"了。叶莉扎维塔·普罗科菲耶夫娜则用命令的手势冲着进来的人挥了两下手，让他们停在那里，不要再往前。公爵则对陪同将军而来的年轻人产生了浓厚的兴趣，他确定这个人就是叶甫盖尼·帕夫洛维奇·拉多姆斯基，因为已经听过很多关于此人的传言，也不止一次想到过他。只是他身上的那件便服让他感到很困惑，因为他听说，叶甫盖尼·帕夫洛维奇是名军人。在诗朗诵期间，这位年轻人唇边始终挂着一抹带着嘲笑意味的笑容，似乎他已经听说过有关"可怜的骑士"的事了。

"或许，这就是他自己想出来的。"公爵暗自思忖。

阿格拉娅却是另一种情况。她刚开始朗诵时的那种做作且过分严肃的模样，已被自己这种认真和热忱的态度掩饰，她全神贯注于诗歌本身的精神内涵，从解读作品本身出发，以最淳朴的音调来朗诵每一个词、每一句诗,因此当朗诵结束时,她不仅吸引了所有人的注意,而且好像通过展现诗歌蕴含的高尚情感,证明了她如此正经、庄重地走到露台中央时,那竭力表现出的做作之姿,多少是合乎情理的。现在可以理解成,这种庄重的姿态只不过是为了表达出她对诗歌里那种高尚精神投以无限、甚至有些纯真的敬意,她的眼睛闪闪发亮,兴奋和愉悦轻轻掠过她的脸颊,面部肌肉几乎不为人注意地微微颤动了两下。她朗诵着:

世间有位可怜的骑士,
寡言少语,单纯朴实,
外表忧郁,面色如纸,
骁勇善战,性情耿直。

一个不可言喻的幻象,
萦绕眼前,念念不忘,
化为难以磨灭的印象,
刻骨铭心烙印他心房。

从此他的心火在灼烧,
麾横眉冷眼其他奴娇,
守心缄口,天荒地老,
至死也不想与之说道。

将颈间的围巾收藏,
换成念珠挂在脖上,

钢制面罩把脸遮挡，
无人再睹他的面庞。

他心怀纯洁的爱情，
他忠于甜美的理想，
他泼洒自己的鲜血，
在盾牌写下Н.Ф.Б.①。

就在这巴勒斯坦的荒漠上，
骑士们迎着悬崖陡壁而上，
伊人的芳名播洒如百花齐放，
骑士们飞奔战场将敌人扫荡。

天国的光明，圣洁的玫瑰！②
他的吼声，洪亮如雷，
气壮山河，千里敌溃，
穆斯林们，失魂如儡。

侥幸得生，重返故土，
离群独宿，简出深居，
郁郁寡欢，沉默少语，
如痴如狂，命归黄土。

---

① Н.Ф.Б.是娜斯塔西娅·费利帕夫娜·巴拉什科娃的俄语全程首字母缩写。
② 原文是拉丁文，意为"天国的光明，圣洁的玫瑰"。

后来每当公爵回忆起这一场景，总会陷入长时间的困惑之中，因为有一个问题长期折磨得他痛苦不堪：如何能将如此真挚、美好的情感和这种浅显易懂又尖刻的嘲讽结合在一起呢？这其中饱含嘲讽，公爵对此深信不疑，他能清楚地感受到，也明白其中的原因：阿格拉娅在朗诵的时候将А.М.Д.三个字母换成了Н.Ф.Б.。公爵既不会弄错，也不会听错，他对这一点不曾怀疑（后来也证实了这一点）。当然，阿格拉娅是开玩笑的，而且玩笑开得过于轻率、尖刻，但显然是有她的用意的。有关"可怜的骑士"的事情被大家拿出来说笑一个月有余了，然而，不管公爵后来如何回忆，得出的结论都是，阿格拉娅说出这三个字母时，不仅不带一丝开玩笑或是讥笑的情感，甚至也没有加重语气来特意强调这三个字母隐含的意思。恰恰相反的是，她始终是那般严肃认真、天真无邪地朗诵，以至于让人认为叙述诗里本就是这三个字母，书上就是这么印的。一种厚重的不快感触及了公爵的痛处，叶莉扎维塔·普罗科菲耶夫娜自然不知道阿格拉娅偷换了字母，也没发现其中暗含的意思。而伊凡·费道罗维奇将军只知道他们在朗诵诗歌。其余的听众中有很多人都明白，他们虽然惊讶于阿格拉娅的大胆举动及用意，但都缄默不语，尽量不露声色。只是叶甫盖尼·帕夫洛维奇（公爵甚至为此打赌）不仅听明白了，而且竭力露出一副他明白的样子：他那浅浅的笑容中带着的嘲讽的意味太明显了。

"实在太美妙了！"将军夫人沉醉其中，朗诵一结束，她就兴奋地大为赞叹，"这是谁的诗？"

"普希金的，妈妈，别给我们丢脸了，真尴尬！"阿杰莱达高喊道。

"跟你们在一起，什么愚蠢的事情没做过！"叶莉扎维塔·普罗科菲耶夫娜气愤地怼了回去，"真丢人！那回去以后，就把普希金的这首诗拿给我看！"

"我们家里好像压根就没有普希金的诗集。"

"家里有两本破旧不堪的,"亚历山德拉补充道,"不记得从什么时候起就放在那了。"

"马上派人去城里买,叫费多尔或者阿列克谢坐第一班火车去——最好是让阿列克谢去。阿格拉娅,到这儿来!让我亲下你,你朗诵得十分精彩,但是,"她声音轻得就像是在贴耳说着悄悄话,"如果你是真心诚意地在朗诵这首诗的话,那么我为你感到惋惜;如果你朗诵诗歌只是为了嘲笑他,那么我不赞同你这样做,因此不管怎样,最好还是彻底别朗诵了。懂了吗?走吧,小姐,我之后再跟你谈谈,我们在这里也坐得够久了。"

与此同时,公爵正与伊凡·费道罗维奇将军在寒暄问候,将军为他介绍了叶甫盖尼·帕夫洛维奇·拉多姆斯基。

"我在路上碰到他就把他抓来了,他刚下火车,得知我要来这儿,而且我们一家人都在这儿……"

"我得知您也在这里,"叶甫盖尼·帕夫洛维奇打断将军的话说,"因为我早就想找机会结识您,并且希望和您做朋友,因此不想失去这个机会。听说您身体欠佳?我也是刚刚才知道……"

"已经完全好了,很高兴能认识您,久仰大名,我还跟肖公爵谈起过您。"列夫·尼古拉耶维奇一边说着,一边向他伸出了手。

两人寒暄了一番,握了握手,相互对看着。霎时间,谈话内容流于俗套。公爵发现(他现在能既快又准地察觉一切,甚至还可能觉察到根本没有的东西),叶甫盖尼·帕夫洛维奇身上的便服让大家感到极为惊讶,以至于大家一时间忘记了他给大家留下的其他印象。可以这样理解,更换便服暗含着什么意义。阿杰莱达和亚历山德拉不解地向叶甫盖尼·帕夫洛维奇询问着什么。他的亲戚肖公爵甚至颇为不安,将军也略显激动。只有阿格拉娅一个人惊奇且平静地打量了一会儿叶甫盖尼·帕夫洛维奇，似乎是在比较，军装和便服究竟哪个更适合他，但没过多久，她就把脸扭开，不瞧一眼。叶莉扎维塔·普罗科菲耶夫娜尽管有些局促，但她也不想再问什么了。公爵感觉，叶甫盖尼·帕夫洛维奇似乎不受将军夫人的待见。

"他出乎我的意料，简直让我大吃一惊！"伊凡·费道罗维奇在回答在座的提问时反复重申，"我刚才在圣彼得堡遇见他的时候，我简直不敢相信。为何突然有如此转变？真是令人费解。他可是第一个高喊不要砸坏椅子的人①。"

从下面的谈话中可以得知，原来叶甫盖尼·帕夫洛维奇在很久以前就已经宣布要退役；但每次他说得都跟开玩笑似的，所以让人无法相信。而且就算在讲一些严肃的事情时，也总是摆出一副玩世不恭的样子，让人分不清真假，特别是他本就不想让人看透的话。

"我退役只是暂时的，就几个月，最多退役一年。"拉多姆斯基笑着说。

"完全没有必要，至少以我对您的了解来看。"将军激动地说。

"不是要去各地的庄园转转吗？还是您给的建议呢。而且，我还想去国外……"

虽说很快就转变了话题，但是有一种微妙的、强烈的不安情绪在这几人之间蔓延开来，而在公爵这一旁观者看来，这里面必有什么蹊跷。

"这就是说，'可怜的骑士'又重登舞台了？"叶甫盖尼·帕夫洛维奇走到阿格拉娅跟前问道。

---

① 果戈理《钦差大臣》里的话，这里表示"过分，做事过头"的意思。

让公爵惊讶的是，阿格拉娅用疑惑的表情看着他，似乎想让他明白，他们之间是不可能谈什么'可怜的骑士'之类的话题的，她甚至不明白他问话的意思。

"太迟了，太迟了，现在派人到城里去买普希金的书已经太迟了！"科利亚竭力在与叶莉扎维塔·普罗科菲耶夫娜争辩着，"我对您说了数千遍了：太迟了。"

"是的，现在派人去城里的确太迟了，"叶甫盖尼·帕夫洛维奇赶紧把话从阿格拉娅那儿移开，凑到这边来说道，"我想，圣彼得堡的店铺已经打烊了，这会儿都八点多了。"他掏出怀表验证道。

"既然过了这么久都没想起来，我看也不差这一天两天的，明天去也是可以的。"阿杰莱达补充了一句。

"再说，上流社会的人，对文学太过热衷也有失体统，"科利亚补充道，"您问问叶甫盖尼·帕夫洛维奇，中意红轮子黄敞篷的马车可比这个体面得多。"

"您这又是套用书上的。"阿杰莱达问道。

"书以外的话，他都不会说了，"叶甫盖尼·帕夫洛维奇接过话茬说，"他大段大段地挪用批判性的文章。我早已有幸了解了尼古拉·阿尔达利翁诺维奇的说话方式，但这次他说的话不是照抄书上的。很明显，尼古拉·阿尔达利翁诺维奇指的是我那辆红轮子黄敞篷的马车。只不过我已经换掉了它，您说得晚了一些。"

公爵留意着拉多姆斯基的话……他觉得，叶甫盖尼·帕夫洛维奇举止得体，谦逊有礼，让人感到轻松愉悦，公爵尤其喜欢他用这种友好平和的态度去回应招惹他的科利亚。

"这是什么？"叶莉扎维塔·普罗科菲耶夫娜向薇拉问道，列别杰夫的女儿薇拉就站在她面前，怀里抱着几本书，都是大尺寸的书，封皮精美,几乎是全新的。

"普希金的书,"薇拉回复说,"我家里的《普希金诗集》。爸爸叫我拿给您的。"

"怎么能这样?这可怎么可以?"叶莉扎维塔·普罗科菲耶夫娜极为惊讶地说。

"不是送礼,不是送礼!我可不敢这样!"列别杰夫突然从女儿身后出现,说道,"照原价给您。这是我家的藏书,安年科夫主编版,现在已经找不到这个版本了——我按原价割爱给您。我是怀着敬畏之心献出这套书的,愿意卖给您,以此满足夫人阁下对文学如此崇高且迫切的热爱之情。"

"啊,你要卖给我?那就谢谢了。不过,别担心,不会让你吃亏的。不过请别这样装腔作势,先生。听说你读过很多书,什么时候咱们聊聊。你是打算自己把书送到我那里去,是吗?"

"恭敬不如从命!我一定心怀诚意,毕恭毕敬地给您送过去。"列别杰夫从女儿那里夺过书,极为满足却仍然故作扭捏地说。

"喂,你可千万别把书弄丢了!给我送去吧,不需要恭敬地送,但有一个条件,"她一边凝神地打量着他,一边说,"我只允许你送到门口,我今天可不打算接待你。不过,你要是派你的女儿薇拉去送的话,哪怕现在去都成,我很喜欢她。"

"您怎么不告诉他关于那些人的事呢?"薇拉焦急地问着父亲,"要是一直这样,他们可是会自己闯进来的,他们已经在那边吵闹起来了。列夫·尼古拉耶维奇,"她向已经拿起自己礼帽的公爵说道,"外面有四个人早就嚷嚷着要见您,现在在我们这儿骂着呢,可爸爸就是不让他们来见您。"

"是什么样的人?"公爵问。

"说是有事找您,只不过看他们这种人,即使现在不放他们进来,他们也会在路上拦住您的。列夫·尼古拉耶维奇,最好还是现在就放他们进来,以免后续麻烦。现在加夫里拉·阿尔达利翁诺维奇和普季岑正在那儿劝他们,但是他们不听。"

"是帕夫利谢夫的儿子!是帕夫利谢夫的儿子!不用搭理!不用搭理!"列别杰夫连连摆手说道,"他们的话不容入耳。我最尊敬的公爵大人,您为他们费神有失体统。确实如此。他们是不配……"

"帕夫利谢夫的儿子!我的上帝!"公爵格外困窘地大叫起来,"我知道……但我……我已经把这件事委托加夫里拉·阿尔达利翁诺维奇去办了啊。加夫里拉·阿尔达利翁诺维奇刚对我说……"

说话间,加夫里拉·阿尔达利翁诺维奇已经从房间走到露台上来了,普季岑紧随其后。在紧挨着的那个房间里可以听到喧闹声,以及伊沃尔金将军的大嗓门,他似乎是想盖过这些喧闹声。科利亚立马奔向喧嚣处。

"真是太有意思了!"叶甫盖尼·帕夫洛维奇大声说道。

"这么说,他知道这件事!"公爵暗自思忖。

"哪个帕夫利谢夫的儿子?这……哪来的帕夫利谢夫的儿子?"伊凡·费道罗维奇将军不解地问道。他好奇地扫了一遍所有人的脸,惊讶地发现,只有他一人对此毫不知情。

事实上,在场的所有人都异常紧张地等待着。而让公爵深感惊诧的是,这件纯属他个人隐私的事,竟然能吸引在场所有人的密切关注。

"如果您当下能亲自了结此事,那就再好不过了,"阿格拉娅一脸严肃地走到公爵跟前说道,"请允许我们做您的见证人。如果有人玷污您的声誉,公爵,您应该义正词严地维护自己,我将因此为您感到高兴。"

"我也希望这出丑恶的寻衅滋事能早点了结，"将军夫人大声告诉公爵，"好好教训教训他们，公爵，你可别手下留情！这件事已经吵得我耳里嗡嗡作响，为此我气得血气上涌。我要看看是什么样的乌合之众。去把他们叫进来，我们坐下谈谈。阿格拉娅的建议很好。您听说过这件事吗，肖公爵？"她转头问肖公爵。

"自然听说过，在贵府有所耳闻。但我很想看看这些年轻人。"肖公爵回答。

"这就是那些虚无主义者吗？"

"不是，他们可称不上是虚无主义者，"不安到打哆嗦的列别杰夫走上前说，"这是另一派人，这派人很特别。我的外甥说，他们可比虚无主义者还离经叛道。将军夫人，您别认为您在场就能让他们有所收敛，他们一定会出乎您的意料。他们不会收敛的，虚无主义者有时还是很通情达理的，甚至可以说是知书达理；可这些人乖张得很，因为他们首先是讲利益的。可以说这是虚无主义的某种产物，但并非直接生成的，而是传闻间接导致的，他们也不会在报纸杂志上发表什么文章来声明自己的观点，而是直接行动，譬如：他们不会谈什么普希金毫无意义，也不会议论俄国分裂的必要性之类。不，他们现在已经理所当然地认为，只要能达成目标，无论怎样的障碍都不能阻挡他们，哪怕行事中必须牺牲八条人命也全不在乎。所以，公爵，我劝您还是别……"

但公爵已经过去给造访者开门了。

"您这是在造谣中伤，列别杰夫，"他微笑着说，"您的外甥刺伤了您的心，叶莉扎维塔·普罗科菲耶夫娜，您别信他的。请您相信，戈尔斯基和达尼洛夫①之辈只不过是个例外,而这些人仅仅是……误会了……只是我本不想在这里当着众人的面处理此事。对不起,叶莉扎维塔·普罗科菲耶夫娜,他们进来了,我让您见见他们,然后我就把他们带走。请吧,先生们。"

其实,另外一个痛苦的想法让他更感不安。他隐约感觉到,此事会不会是谁暗中唆使的,不早不晚,就在此时,就是要有这么多人在场,或许,只是为了让他丢丑,不让他好过?可转念一想,他又为自己有这种"骇人听闻且恶意的疑心"而可悲。如果被人知道他有这种想法,他宁可去死。而就在他的这帮新访客进来的一瞬间,他不由得发自内心地把自己当作周围这群人中道德最卑劣的那个。

共有五人进来,其中四位是新到的访客,而第五位就是紧随他们其后的伊沃尔金将军,他激动得满脸通红,还处在激辩的状态。"这位一定是在帮我说话!"公爵想到这里露出一丝笑容。科利亚跟着这些人一起溜了回来,他正跟其中一个叫伊波利特的访客激烈地争辩着,而伊波利特边听边冷笑着。

公爵请客人们入座。来的这几位都很年轻,有的甚至未成年,因此,眼前的情况以及由此产生的礼节,都令人十分奇怪。比如说,伊凡·费道罗维奇·叶潘钦对这件"新闻"毫不知情且摸不着头脑,望着这帮乳臭未干的小子,他本来愤怒得想以某种方式发作,但是他的夫人对公爵个人利益纠纷表现得格外上心,他便克制了怒火。不过,他隐忍不发,既是出于好奇,也是出于好心,甚至准备相助,必要之时他的威望还是有震慑力的;但看到伊沃尔金将军一进来打老远就朝着公爵鞠躬,他又很是气愤;他眉头紧蹙,打定主意要保持沉默。

---

① 戈尔斯基和达尼洛夫是19世纪60年代两起杀人案的凶手。

这四位到访者中,其中一人约莫三十岁,他就是罗戈任那伙人中的那位退役中尉,一次施舍他人十五卢布的拳击手先生。可以猜到,作为其他几个人的知心好友,他是陪他们并给他们壮胆来的,并在必需之时给予他们支持。他们中那个被称作"帕夫利谢夫的儿子"的人居于首位,并发挥关键作用,尽管他自称是安季普·布尔多夫斯基。这个年轻人一身寒碜,邋里邋遢,礼服的两个袖子油光可鉴,邋遢到西装背心的扣子扣到领下,而里面的衬衣却不知所踪,黑色的绸带领巾脏到几乎拧成了一股绳子,一双脏兮兮的手,一张长满粉刺的脸,顶着一头淡黄色的头发,目光透着一种无辜、无礼又无赖(如果可以这么形容的话)的感觉。他个子不算矮,消瘦,二十二岁左右。他的脸上既无任何讽刺之意,也无半点反省,相反他流露出了一副理所当然拥有某种权力的样子,同时还露出一副可怜巴巴的奇怪表情,好像自己受尽委屈似的。他说话很激动,着急而且结巴,嗫嚅不清,甚至像是外国人在说话,尽管他是个地地道道的俄国人。

他的陪同者是大家已经认识的列别杰夫的外甥,其次是伊波利特。伊波利特十分年轻,不过十七岁,也可能是十八岁,他面相聪慧,脸上却时常挂着恼怒,因为疾病的缘故,他骨瘦如柴,皮肤蜡黄,眼睛倒是闪闪发亮,颧骨上两团红晕红得像是在燃烧一般。他不住地咳嗽,他说的每一个字、每一句话,甚至每一次喘气都伴着嘶哑声。显然肺痨已经很严重了。似乎他的生命最多只剩两三周了。由于体力不支,他最先坐了下来。其余人进来时都先略带寒暄了几句,感觉有些难为情,但还是尽力以一副持重的模样示人,生怕有失颜面,其实这与他们在外的名声恰恰相反;他们一贯反对社会的繁文缛节,认为这都是世俗偏见,除了他们自身利益之外,几乎否定了世上的一切。

"安季普·布尔多夫斯基。"这个被称为"帕夫利谢夫的儿子"着急到结结巴巴地报着自己的名字。

"弗拉基米尔·多克托连科。"列别杰夫的外甥用清晰的发音做了自我介绍，口气甚至像是在炫耀。

"凯勒尔！"退役中尉简单地报了姓名。

"伊波利特·捷连季耶夫。"最后一个人用出乎意料的尖锐的嗓音说道。

最后，四人都在公爵对面的一排椅子上坐了下来。自我介绍之后，他们的脸色随即又变得阴郁起来，为了缓和紧张，他们将自己的帽子从一只手倒到另一只手上，四人做好了发言的准备，但又都一起保持着沉默，摆出挑衅的姿态，似乎在等着什么，那副模样明显是说："不，兄弟，你别想搞什么把戏，没有机会！"可以感觉到，只要有人起头冒一句话，他们四个都会不甘人后，立马当仁不让地同时说起来。

第八章

"先生们，我没想到你们会来，"公爵开始发言，"我在今天之前都卧病在床，而您的事，"他转头对着安季普·布尔多夫斯基继续说，"一个月前，我就委托加夫里拉·阿尔达利翁诺维奇·伊沃尔金去办了，并且当时我通知过您。当然，我也愿意当面跟您解释，只是，此刻，如果您同意的话……我建议您随我到另一个屋子去，如果不会聊很久的话……现在，我的朋友们都在这儿，请您相信……"

"朋友们……来多来少都无所谓，但是，请让我们说一句，"列别杰夫的外甥突然以一种满满都是训诫的口吻打断了公爵的话，尽管他还没有拉高声调，"您本该对我们尊重些，而不是让我们在您仆人的屋子里等了两个小时……"

"不过，当然……而我……这是摆公爵的架子！而这位……您，应该就是将军了！我可不是您的仆人！而我，我……"安季普·布尔多夫斯基突然异常激动地嘟囔起来，他似乎委屈得声音战栗，双唇颤抖，口中飞沫不断，整个人感觉要炸裂开来，但是又急得不行，以至于后面说的话语无伦次、让人不明所以。

"这就是在摆公爵的架子！"伊波利特附和道，尖锐的声音在颤抖。

"如果我摊上这种事的话，"拳击手叨叨着，"也就是说，如果你们用这样的态度来对待一个品格高尚的人，那就是直接冲我来的，我要是布尔多夫斯基……我就……"

"先生们，不到一分钟前我才得知你们在这里，这是实话。"公爵再次说明道。

"公爵，我们不怕您的朋友，不管他们是什么人，因为我们是在维护自己的权益。"列别杰夫的外甥再次声明。

"但是，我想请问您，您有什么权利把布尔多夫斯基的事交给您的朋友来评判呢？"伊波利特那尖锐的嗓子再次开口，显然他恼火了起来，"而且我们也不愿意让您的朋友来评判。您朋友们会评判出什么结果，我们可是再清楚不过了！"

"但是，布尔多夫斯基先生，如果您最终不愿意在这里谈的话，"公爵终于插进话来，对于这样的开场，他始料未及，"那么，我跟您说，我们可以现在就去另一个房间里谈谈这件事，至于说你们几位，我重申一遍，我也只是一分钟前才知道……"

"但是您没有权利，没有权利，没有权利……叫您的朋友……就是这回事……"布尔多夫斯基突然又结结巴巴说起话来，他环顾四周，眼神古怪而又胆怯，而他越是激动就越是怀疑、越是害怕。"您没有权利！"说完这句话后，他突然顿住，戛然而止，用一双布满血丝、向外凸出的近视眼，满是疑惑地死盯着公爵，身体朝着公爵倾斜着。公爵这一次吃惊到哑口无言，同样瞪着眼睛注视着他，沉默不语。

"列夫·尼古拉耶维奇！"叶莉扎维塔·普罗科菲耶夫娜突然喊他，"你现在读一下这个，立刻读，这事跟你息息相关。"

她连忙递给他一份幽默周报，用手指了下文章。在那几位客人进来之时，列别杰夫就从一旁悄悄地靠近叶莉扎维塔·普罗科菲耶夫娜，这位他竭力讨好的对象，一言不发地从自己的口袋里掏出这份报纸，指着用笔画出的一篇报道，径直呈到她眼前。叶莉扎维塔·普罗科菲耶夫娜看完这篇文章后，大为震惊，甚至万分激动。

"可是，还是不念出来为妥，"公爵窘迫地低声说道，"等回来我……我一个人的时候再读……"

"那还是你来读，现在就读，出声读出来！读！"叶莉扎维塔·普罗科菲耶夫娜一把从公爵手里夺回报纸，急切地对着科利亚说，"读给所有人听，让在场的每个人都听到。"

叶莉扎维塔·普罗科菲耶夫娜是个性子急躁、容易冲动的女士，通常不会深思熟虑，是那种不顾天气好坏会突然决定起锚出海的人。伊凡·费道罗维奇不安地动了动身子。当所有人刚开始愣住并惊讶地等着下文的时候，科利亚打开了报纸，顺着列别杰夫上前指给他的地方，大声朗读起来：

无产者及贵族后裔。
日常发生的一件敲诈事件！
进步！改革！公正！

在我们所谓的神圣的俄国国内，在我们这个改革和共进的时代，在这个民族及每年几亿卢布逆差输出的时代，在这个大肆发展工业、却致使劳动力瘫痪的时代……总之，在这个特征多到数不胜数的时代，怪事连连，所以，各位，还是言归正传。这件奇闻逸事发生在我国某没落地主贵族（真可悲！①）的一位后裔身上，他是这样的后裔：他的祖辈将产业在轮盘赌博上输得精光，他的父辈不得不去部队服役担任士官、中尉，之后因一时大意挪用公款而在押送候审中枉死，

---

① 原文为拉丁语，意为"深度"，此处译为"真可悲！"

而他们的孩子就像本文描述的主人公一样，长大成了白痴，甚至是陷入刑事案件中，不过，陪审员们总会为之辩解开罪，让他吸取教训，改过自新；或者，最后做出一些震惊公众的事情来收场，为我们这个本就耻辱不堪的时代新添一笔耻辱。我们的这位后裔半年前还像外国人那样绑着鞋罩，穿着没有皮草更没里衬的外套，冻得瑟瑟发抖，寒冬从瑞士回到俄国，他在瑞士治的是白痴病（原来如此！①）。不得不说，他甚是走运。且不提他在瑞士治疗的那种有意思的病（请你们想想，白痴病能治好吗？），他的这段经历倒是印证了俄国的一句谚语："吉人自有福星照，外财不宿贱民屋！"各位想一想，他的父亲去世时，他尚为襁褓之婴，听说他的父亲赌牌把全连的军饷输光了，抑或是他滥用私刑体罚下属（各位都记得旧时代的样子吧！），被查处候审了，却在受审期间莫名死去。而一位富甲一方的俄国地主大发慈悲收养了我们这位后裔。这位俄国地主——我们暂且称他为帕某——在那个黄金时代，他坐拥"四千魂灵"②（魂灵啊！诸位，你们明白这意味着什么？我不明白，需要查下释义辞典，真是："往事历历在目，却难以置信。"③），他显然属于俄国好吃懒做、游手好闲的一类人，在国外逍遥度日，夏日在温泉胜地避暑调理，冬日在巴黎的百花宫纸醉金迷，可以肯定地说，压榨农奴收得的全部赋税，不少于三分之一都填进了百花宫的老板囊中（真是个走运的人啊！）。无论怎样，衣食无忧的帕某，按照

---

① 原文为拉丁语，译为"原来如此！"。
② 这指代"农奴"，引自果戈理的小说《死魂灵》，即为"死农奴"的意思。
③ 出自俄国诗人格利鲍耶陀夫的诗句《聪明误》。

公爵规格来抚养这个孤苦无依的小少爷，为他聘用了家庭教师（毫无疑问，自然包括最好、最漂亮的女教师），这些教师都是他从巴黎带来的。可不承想这位末代贵族后裔是个白痴。然而这些从百花宫来的家庭女教师的教学仍旧不见效，他直到二十岁都还没学会任何语言，连俄语也不例外。不过，后面这点也情有可原。后来，这位俄国农奴主帕某突发奇想，认为这个白痴在瑞士可以变聪明——不过，这种奇想也合乎道理，因为懒惰的资本家认为，用钱甚至可以在市场上买到智力，尤其是在瑞士。结果在瑞士一位知名教授那里治疗了五年，烧了成千上万的钱，也没把白痴变聪明，但稍微像个人了——尽管不尽如人意，但好歹也算有所进步。然而，帕某猝然去世了，没留下任何遗嘱，可想而知，财产等方面的事务一团乱麻，一大堆贪婪凶狠的遗产继承者蜂拥而至，他们完全顾不上这个正在瑞士接受白痴病治疗的末代贵族后裔。此后裔虽然是白痴，据说他却一直隐瞒自己恩人已故的消息长达两年，占尽便宜，蹭吃蹭喝，免费治疗。这个教授也是个老狐狸，最终被这个二十五岁身无分文、胃口惊人（这是主要原因）且游手好闲的病人吓坏了，于是便给他穿上自己的旧鞋罩、套上自己的破旧军大衣，把他送上三等车厢[1]，从瑞士打发回俄国[2]。似乎，我们的主人公要开始走背运了。可事实并非如此：命运之神将整个州的饥肠辘辘之人饿死，却独独将礼物全部馈赠给这位贵族后裔，就像克雷洛夫寓言里

---

[1] 代指火车车厢。
[2] 原文为德语，译为"回俄国"。

的乌云一样，飞过干涸的田地，偏要在大海上空降下大雨。几乎就在他从瑞士回到圣彼得堡的那一刻，他母亲（不消说，也是商贾出身）的一个亲戚死在了莫斯科——一个没有后嗣的孤寡老头，他是个商人，也是个异教徒，一脸大胡子，他留下了一笔上百万的遗产，全是不容争议的真真切切的现金！（读者，要是给我们大家该有多好啊！）全都留给了我们这位贵族后裔，这位一直在瑞士治疗白痴病的公爵少爷！于是，画风一下子变了！我们这位不久前还穿着鞋罩、追求过人尽皆知美艳交际花的公爵身边，突然涌现并聚集了一大群亲朋好友，甚至还有一群冒认的亲戚，重点说明下，名门千金都争先恐后地要嫁给这位公爵。是啊，还有谁比他更好呢：贵族、百万富翁、白痴——集这些特质于一身的称心夫君，真的是打着灯笼都找不到，就算定制都做不出来……

"这……真是岂有此理！"伊凡·费道罗维奇极度愤慨地怒斥道。

"快停下来，科利亚！"公爵用恳求的语气大声说道。

周围众人激愤。

"念！无论如何给我念下去！"叶莉扎维塔·普罗科菲耶夫娜口气坚决地说道。看得出，她竭力在克制自己，"公爵！如果你不让他念下去，我一定会和你吵起来。"

没有办法，气到脸涨得通红的科利亚用激动的声音继续往下念：

就在当我们的暴发户过着神仙般的生活时，发生了一件完全不相干的事。在一个美妙的早上，他那里来了一位访客，访客神态从容而严肃，言谈彬彬有礼而得体，着装简单却体面，思想现代甚至超前，他用三言两语表明目的：他是一名有名的律师，受一位年轻人的委托办理一件事，此行代表委托人而来。而这位年轻人，恰好就是已故的帕某之子，虽然这个年轻人用的是其他姓氏。原来风流的帕在年轻时，曾诱骗并夺走了一个女仆的贞操，这个姑娘虽然贫穷但受过欧式教育（显然，是迫于他农奴主的身份）。当帕某发现自己酿成了不可挽回却又日益严重的后果（姑娘怀孕了）时，就赶紧将她嫁给了一个做过手艺买卖，甚至是有公职的人，而此人早就爱上了这个姑娘。起初帕某曾救济这对新婚夫妇，但不久后，这位有节操的丈夫便拒绝了帕某的救济。一段时间后，帕某渐渐地忘了这位姑娘和他俩的儿子。后来的事，大家就都知道了，帕某受到命运的安排而离世。而帕某的儿子是在这位姑娘结婚后出生，冠着别人的姓氏长大的，他那人品忠厚的继父，完全将他视为己出来抚养，而后继父也离世了。于是，帕某之子没有了一切依仗，除了他那在远方州省被病魔缠身、久卧病榻的母亲；而他自己在首都给一个商人的孩子授课，用自己劳动所获取的钱财，供自己去中学读书，后来为了深造，又去听了对自己有益的专业讲座。但是每天一节课的家教费，又能有多少呢？再加上他还有一个卧病在床的母亲，虽然后来身在远方的母亲也死去了，但这又能给他减轻多少负担呢？当下的问题是：我们的贵族后裔应该如何处理此事呢？读者们，你们可能会认为，他会对自己这样说："我一生享尽帕家的恩惠，他费心栽培教育我，为我请家庭女教师，耗费千金送我去瑞士治疗白痴病，现今我继承了百万家产，而帕家的儿子却两袖清风地在教书，他没有责任替他那为人轻浮、把他遗忘的父亲承担所有罪过。说句公道话，所有花在我身上的钱，原本应该是花在他身上的。那些耗在我身上的巨额钱财，实际上并不是我的。不过是命运之神被蒙上了双眼错爱于我，那些钱原本是属于帕家儿子的，理应用在他身上，而非我身上。这都是轻浮且健忘的帕氏行事荒诞酿下的后果。如果我是一个真正的品德高尚、有公理心的人，那么我就应该把所得财产的一半分给他；但首先我是个精明的人，我十分清楚这件事是法律管不着的，所以我不会把我百万家产分他一半。但是，倘若我现在不把帕某花在我身上治疗白痴病的数万钱财还给他的儿子，那么在这方面，我简直就太卑鄙无耻了（贵族后裔忘了，这样做也并不精明）。做人要有良心，做事要讲公道！如果帕某当年没有收养我，而是关心他的儿子胜过关心我，那我现在又是怎样的呢？"

但事情并非如此，各位！我们的贵族后裔可不会这样想。年轻人的代理律师接手此事、为其奔走，其实并非他所愿，纯粹是出于友情，被迫这么做的。但无论代理律师怎么对贵族后裔动之以情，晓之以理，这位瑞士来的获利者都无动于衷！你们猜下面会发生什么？这还不算什么呢，而真正不可原谅、用任何稀奇古怪的病症都无法为其开脱的一点在这里：这位刚脱去教授所赠鞋罩的百万富翁竟不明白，这个品格高尚、一心埋头教书的年轻人并不是为了得到他的施舍和资助，而是要得到自己那尽管不被法律认可却是应得的权利，甚至这都不是他自己要求的，而是他的朋友为他着想提出来的。我们的贵族后裔仗着家财万贯来糟践人、侮辱人，他可耻地掏出一张面值五十卢布的纸币施舍给这个品格高尚的年轻人。各位,是不是难以置信?你们听到肯定满腔义愤,觉得受到了侮辱,发出愤慨的咆哮。可他就这么做了!当然,给出去的钱被立刻退还给他,可以说是朝他脸上扔回去的。还有什么方法能解决此事?这事法律管不了,只能诉诸舆论了!我们把这件奇闻逸事公之于众,且保证此事真实可信。听说,我们的一位知名幽默家还根据此事顺嘴作了一首让人拍案叫绝的讽喻诗,此诗对当代世人的道德品格描绘得可谓鞭辟入里,不仅在州省妙笔生花,就是到了首都都能称得上是数一数二的佳作:

施奈德①的军大衣,
廖瓦②五年身不离,
无所事事太疯癫,
碌碌无为光阴溢。
脚穿鞋罩归故里,
百万遗产腰上系,
上帝只通俄文祈,
欺辱学生道德殂。

科利亚念完,便立即将报纸给了公爵,一言不发地撇下公爵,用双手捂住脸,躲进角落里。他感到羞愧难当,他那孩童般的、还未习

---

① 瑞士教授的名字。
② 贵族后裔的小名。

惯这世间腌臜的敏感之心愤怒至极。他觉得刚刚发生了一场恶劣至极的灾难，顷刻间毁掉了所有的事物；而他自己将文章念出来，可以说就成了造成这种结果的罪魁祸首。

似乎大家都有同感。

小姐们感到非常尴尬甚至羞愧。叶莉扎维塔·普罗科菲耶夫娜强忍着自己的怒火，或许也在痛苦地后悔自己参与了此事，她现在沉默不语。公爵此时的反应和那种特别敏感、极度害羞的人身上的反应一样：他为别人的行为感到万分羞耻，对自己的客人们则万分羞愧，以至于好一阵子他甚至一眼都不敢朝他们看去。普季岑、瓦尔瓦拉、加尼亚，甚至是列别杰夫——每个人看起来都很尴尬。最奇怪的是，伊波利特和"帕夫利谢夫的儿子"似乎也十分吃惊，而列别杰夫的外甥也面露不快。只有拳击手平静地坐在那里，摆弄着自己的小胡子，一副傲慢的样子，他低垂着眼帘，但并非因为尴尬，相反，是因为高尚的谦虚以及过度的扬扬得意。从所有迹象来看，他非常喜爱这篇文章。

"鬼知道这是篇什么东西，"伊凡·费道罗维奇嘟囔着，"就像五十个奴才凑到一起杜撰出来的。"

"请问，仁慈的大人，您怎么可以用随意的揣测去侮辱别人呢？"伊波利特浑身颤抖地问道。

"对于一个品格高尚的人，这样来……这样来……这样来揣测，将军，您必须承认，此文章若真是出自一位高尚之人之手，那您这样就是对他的侮辱。"拳击手叽里呱啦地说了一通。不知为何，他一使劲弹起了身，同时他还捏着自己的小胡子，肩膀和身体同时哆嗦了下。

"第一，我不是你们'仁慈的大人'；第二，我并不打算向你们做任何解释。"伊凡·费道罗维奇大发雷霆，强硬地回答。随后一言不发地从座位上站起来，朝露台的出口走去，站在最高的一层台阶上，背朝着众人，对到现在还不想起身回家的叶莉扎维塔·普罗科菲耶夫娜十分恼火。

"各位，各位，请允许我最后说几句，各位，"心烦意乱的公爵激动地说道，"请各位帮帮忙，让咱们用便于双方理解的方式来交流。对于这篇文章，我什么都不想说，随它去吧，只不过，先生们，文章里写的事情并非事实。我之所以这样说，想必你们自己也清楚这，这简直是太可耻了。假如这是你们中的某位写的话，那我十分震惊。"

"我是到这一刻，才知道这篇文章的存在，"伊波利特特别申明，"我不赞同这篇文章的观点。"

"我虽然知道这边文章的存在，但……我也不主张刊登出来，毕竟为时尚早。"列别杰夫的外甥补充道。

"我知道这件事，但是我有权利……我……""帕夫利谢夫的儿子"迟钝地说道。

"什么？是您编撰了这些？"公爵好奇地看着布尔多夫斯基并问道，"这不可能！"

"不过，我们不承认您对此类问题有权发问。"列别杰夫的外甥插话道。

"我只是觉得惊讶，布尔多夫斯基先生竟然能……但……我想说的是，既然您已经把这件事公之于众，那么刚才那会儿，当着我朋友们的面提起此事时，您又为何如此恼怒呢？"

"好哇！"叶莉扎维塔·普罗科菲耶夫娜愤怒地冒出一句。

"对了，公爵，您怎么都忘了，"心急如焚的列别杰夫，突然忍不住从椅子间钻出来说道，"您忘了，就是因为您的坚持以及过分善良，才会接见他们，听他们抱怨，他们压根没有任何权利提出这样的要求，何况您已经把这件事委托给了加夫里拉·阿尔达利翁诺维奇处理了，他们会如此过分正是您过分善良所致。而现在,尊敬的公爵大人,您正坐在您这些禁得起考验的朋友们中间,您不能为了这几个人而牺牲您真正的朋友;可以这么说,您完全可以将这几个人扫地出门,而我,作为您的房东很乐意……"

"非常有道理!"伊沃尔金将军突然从房间的角落里出声增援。

"算了,列别杰夫,算了,算了……"

公爵刚开始说话,就被一声愤怒的喊声打断。

"不,抱歉,公爵,请原谅,现在这件事不能就这么算了!"列别杰夫的外甥叫嚷声几乎压过了在场所有人的声音,"现在就应该把此事说清理顺,显然此事被曲解了。有人从法律这一要素开刀,就是拿着法律作为借口逼我们从台阶上退下去!公爵,难道您认为我们真的傻到不知道自己在此事上不享有法律保护?如果按照法律来讲,我们连拿您一个子儿的权利都没有。可是我们明白,即使我们在这事情上享受不了法律的保障,但我们至少还有人权、符合人情和道德的权利,这是属于社会公知和道德范围内的权利。虽然我们这种权利没有被纳入这世上任何一部腐败的人类法典里,但是一个正直诚实的人,也就是理智健全之人,即使没有这些法典的约束,也应该行事诚实而高尚。正因为如此,我们今天才到这儿来,我们不怕谁将我们扔出去,尽管你们声称要将我们赶出去,因为我们不是摇尾乞怜,而是抗议要求,尽管我们这么晚造访不合时宜(其实我们来得并不晚,是您迫使我们在仆人房间等到现在)。我再说一遍,我们来此,什么都不惧怕,因为我们认为您是一位认知健全的人,也是一位正直有良知的人。的确,我们进来之时,并不像对您阿谀讨好、溜须拍马之人那般谦卑,而是昂起头、直起腰;我们绝不摇尾乞怜,我们是带着自由与自尊之心提出要求(您听着,不是摇尾乞怜,而是正当要求,请您牢记这一点)。我们满怀自尊、严肃地直面问您:您认为自己在这件事上是对还是错?您是否承认自己受过帕夫利谢夫的恩惠,甚至可以说是救命之恩呢?如果您承认(这是显而易见的),那么在您得到几百万遗产后,您是否打算凭着良心去公平处理,给帕夫利谢夫贫穷的儿子一些补偿,尽管他不姓帕夫利谢夫?是还是不是?如果是的话,换言之,如果您身上还有你们称之为诚实和正直的品质的话,而我们更确切地将其称之为健全的思想,那么请您满足我们的要求,让事情有个圆满的结局。我们不会苦苦哀求,亦不会表示感谢,不要期待会从我们这得到这些,因为您做这些不是为了我们,而是出自公正。如果您不想满足我们,也就是回答'不',那么我们立马走人,事情也到此为止。我们会在您所有见证人的面前,对您说,您是个是非不分、智力低下的人;从此以后,您不能也无权自诩是一个有良知有道德之人。倘若您通过金钱买到它,那么你把它想得也太过廉价了。我该说的都说完了。我把问题摊在了台面上。只要您敢,现在就请将我们赶出去。您可以这样做,您也办得到。但是您要记住,我们是在提要求,而不是乞讨。是要求,而不是乞讨……"

列别杰夫的外甥万分激动,话说到这儿,他停住了。

"是要求,要求,要求,而不是乞讨……"布尔多夫斯基含混不清地说着,满脸通红,像煮熟的龙虾。

列别杰夫的外甥讲完这段话后,在座的人都活动起来,周围甚至响起了一片嘈杂声,尽管看得出,在场所有人都回避参与此事,唯独之前心急如焚的列别杰夫除外。令人奇怪的是,站在公爵旁边的列别杰夫,在听完自己外甥说完的这段话后,明显表现出一种为家族成员骄傲的欣喜,至少是用一种扬扬得意的神态打量着周围的人。

"依我看,"公爵用相当平静的语气开始说话,"依我看,您,多克托连科先生,刚才所说的这番话中,有一半说得很有道理,甚至一大半是正确的,如果不是您的这段话里忽略了什么,我甚至会完全同意。您究竟忽略了什么呢,我无法在此种情景之下确切地向您表述,但是您的话的确是少些东西,不能说完全正确。好了,我们言归正传。先生们,请说说,你们为什么要刊登这篇文章?这里所有的内容都在恶意中伤;因此,先生们,我觉得你们的做法实在卑劣。"

"什么?!"

"大人!"

"这……这……这……"四位新访客人异口同声地发出了激动的哄闹声。

"关于这篇文章,"伊波利特尖声细语地接过话来,"关于这篇文章,我已经跟您说过了,我和其他几人都不认同!这篇文章是他写的。"他指了指坐在旁边的拳击手,"我承认,他写得很不得体,也不合乎逻辑,也就他这种退役军人能写出这种文章。他很蠢,外加游手好闲,我承认,我每天都当他面这么说他,但他仍然有一半符合道理。将真相公开示众是每个人的合法权利,这也是布尔多夫斯基的权利。对于文中那些荒谬的话,让作者他自己负责吧。关于刚才我发表的抗议您的朋友在场的言论,我认为有必要当着各位的面来解释一下,我抗议完全是为了声明我们的权利,但实际上我们是希望有见证人在场的,刚才在还没走到这里的时候,我们四人就对此达成了一致。不论见证人是谁,即使是您的朋友,他们也无法不承认布尔多夫斯基的权利(因为他的权利是明摆着的,如同数学公式一般清楚),其实没有比您的朋友在场见证更好的了,这样,真理就更显而易见了。"

"这倒是真的,我们都同意这样做。"列别杰夫的外甥附和道。

"既然你们都这样想,那刚才为何一开口就又吵又闹?"公爵惊讶地问道。

"关于这篇文章,公爵,"拳击手插话说道,他一直努力要插话进来,而且样子趾高气扬(恐怕是因为有女士在场,给了他强烈的鼓舞),"关于文章,我承认,我的确是作者,虽然我生病的朋友①刚才对此进行了严厉的批评,但鉴于他身体虚弱我总会习惯性地原谅他。这篇文章是我写的,并且将它作为一篇新闻发表在一位知心朋友办的杂志上。不过,那首诗不是我写的,而是出自一个知名幽默家之手。我给布尔多夫斯基念过一次,还没有全部念完,他就立刻同意刊登;不过,就算没有得到他的同意,我也会刊登的,这点大家可以确定。把真相公之于众,是高尚的、对大众有益的权利。我希望,公爵您本人也有进步的思想,不会否认这种权利……"

"我不否认什么,但您应该承认,您的文章……"

"过于尖锐,您是想说这个,对吧?但这对社会是有益的,这一点您必须同意的,怎么能够放过这样一件令人发指的事情呢?这样做是对有些人不利,但是首先要考虑的应该是社会利益。至于某些不够准确的地方,那只是夸张手法而已,想必您会同意的,毕竟出发点意义重大,重要的是能举出强烈反响的教育典型,然后才是分析个别细节。至于文体,这么说吧,这篇文章汇集幽默文体的特点,况且大家都是这么写的,这点您得同意!哈哈!"

"但这是条错误的道路!先生们,请你们相信,"公爵大声说道,"你们带着这种意图刊登文章是从我不会同意满足布尔多夫斯基先生的要求出发的,并借此恐吓报复我。但是你们又怎么知道我会不同意呢?或许,我已下了决心要满足布尔多夫斯基先生呢?现在,我当着

---

① 这里指伊波利特。

众人的面，直截了当地回复你们，我会满足……"

"瞧瞧！这才是聪慧高尚之人说的聪明高尚之话！"拳击手高呼道。

"天哪！"叶莉扎维塔·普罗科菲耶夫娜惊呼道。

"简直无法忍受！"将军低语道。

"请让我说，先生们，请让我说明事情的原委，"公爵一再恳求，"五个星期前，布尔多夫斯基先生，您的代理律师切巴罗夫来找我。凯勒尔先生，您在您的文章里对他赞不绝口，"公爵突然笑起来对拳击手说，"但他给我留下的印象糟糕透了。仅仅跟他接触了一次，我就明白了，事情所有的关键点都在这位切巴罗夫的身上。坦白地说，恰恰是利用您的愚蠢，布尔多夫斯基先生，他教唆您开始这一切行为。"

"您没有这个权利如此发言……我……不是愚蠢……这……"布尔多夫斯基激动到说话越发结巴。

"您没有任何权利做这种假设。"列别杰夫的外甥用教训似的语气插话进来。

"这太让人气愤了！"伊波利特用尖锐的声音喊道，"这种假设无凭无据，完全歪曲事实，实在太让人气愤了！"

"请原谅我，各位，请原谅我，"公爵急忙认错，"抱歉，只是因为我认为我们彼此开诚相见、坦白来说会更好，但你们也可以按自己的方式进行。我对切巴罗夫说，我不在圣彼得堡，因此会全权委托我的一位朋友来处理此事，而您，布尔多夫斯基先生，我会通知您的。请恕我直言，各位，我觉得这件事彻头彻尾是个骗局，正是因为切巴罗夫参与其中……哦，各位，请勿见怪！看在上帝的分儿上，请勿见怪！"当公爵再次看到布尔多夫斯基气恼得要跳脚以及他的朋友们激动得纷纷抗议时，惊惶得提高声音喊道，"我想告诉你们的是，我认为此事是个骗局，这并不是说你们在行骗！要知道，我当时不认识你们任何人，我也不知道你们的姓氏；我仅凭切巴罗夫一人作此判断；老实说这都成了家常便饭，因为……自从我继承遗产后，受到了形形色色的欺骗！"

"公爵，您简直太天真了。"列别杰夫的外甥嘲讽道。

"既是公爵，又是百万富翁！或许您是有善良与纯朴之心，但您终究无法摆脱人类的共性。"伊波利特大声说道。

"或许吧，非常有可能，各位先生，"公爵急忙说道，"虽然我不明白，你们所说的人类的共性指的是什么，但是我还是要继续说下去，请先别急着愤懑；我发誓，我没有丝毫想侮辱你们的意思。先生们，事实上，这样很难继续对话：因为只要说出任何真心话，你们立马就会觉得受到了欺侮！但是，首先'帕夫利谢夫的儿子'的存在让我感到十分惊讶，而且从切巴罗夫跟我反馈的情况来看，这位'帕夫利谢夫的儿子'的境况很糟。帕夫利谢夫是我的恩人，我父亲的朋友。哎，凯勒尔先生，您在您的文章里提到我父亲时，为什么要歪曲事实呢？什么盗窃军队口粮、欺辱下属的事情都是捏造出来的——我坚信这点。您怎么能下笔写出这样的诬蔑之词？而您写的关于帕夫利谢夫的事情，也完全让人无法容忍。您如此肆意妄为，将这样的正直高尚之士称为轻浮的好色之徒，语气还如此之肯定，仿佛您说得跟真的似的，可事实却是，他是世上最正派的人，他甚至还是位出类拔萃的学者，他与许多受人尊敬的科学家都有书信往来，并且大力资助科学事业。至于他的善良心肠和好善乐施，哦，当然有一点您写得很对，我当时几乎就是白痴，什么也不明白（尽管我当时还是说俄语，也听得明白），但要知道，一切迄今为止我还记得住的事情，我都认为其对我并非没有意义……"

"您说的这些也太过感性了？"伊波利特尖锐的声音再次响起，

"我们不是孩子,您还是直接切入正题吧,现在已经九点多了,提醒下您。"

"好啊,好啊,先生们,"公爵立即赞同道,"起初,我有过质疑,认为也许是自己错了,帕夫利谢夫先生可能的确有个儿子。但让我惊愕不已的是,这个儿子竟然能这么草率地——我想表达的是,竟然能这么随意就公开自己出生的秘密,最重要的是,还侮辱了自己的母亲。因为当时切巴罗夫就声称公开此事,来要挟我……"

"实在荒谬!"列别杰夫的外甥叫喊了起来。

"您无权……无权!"布尔多夫斯基大声嚷道。

"儿子不该为父亲贪淫好色的行为负责,但母亲是无辜的。"伊波利特激愤到尖声高呼。

"我认为更应该予以宽恕……"公爵略有胆怯地说。

"公爵,您不仅天真,甚至您天真过了头。"列别杰夫的外甥凶狠地笑着。

"您有什么权利!"伊波利特用极不自然的尖声叫了起来。

"的确没有,的确没有!"公爵赶忙打断他的话,"这点您说得对,我承认,我感情用事,但我是不由自主地如此。而且我当时就对自己说,我个人的情感不能影响对此事的判断,但基于我对帕夫利谢夫的回报之情,我承认有义务满足布尔多夫斯基先生的要求,那么,不论我对布尔多夫斯基先生尊重与否,我都应该满足他的要求。各位,我之所以刚才提及这点,只是因为我觉得儿子这样公开披露自己母亲的秘密,实在不符合常理……总而言之,我根据这点确信,切巴罗夫一定是个骗子,他用欺骗的手段教唆布尔多夫斯基先生对我进行欺诈。"

"这简直是无法容忍!"周围传出客人们的愤慨声,甚至有人直接从椅子上跳了起来。

"各位，因此，我才认为不幸的布尔多夫斯基先生是一个头脑单纯、手无缚鸡之力的人，轻易地受到骗子唆使，因此我更有义务像帮助帕夫利谢夫的儿子那样帮助他，一来是对切巴罗夫的回击；二来想凭我的真诚与友谊来引导他向善；三来，我决定给他一万卢布，按照我的估算，这大概是帕夫利谢夫先生花在我身上的全部金额……"

"啥？才一万？"伊波利特嚷了起来。

"公爵，您真是太不擅长算数了，或者说，您相当擅长，只是伪装成愚蠢之人！"列别杰夫的外甥跟着嚷嚷。

"我不同意一万！"布尔多夫斯基说。

"安季普！同意吧！"拳击手从伊波利特的椅背后面，探出身子向布尔多夫斯基用快且清晰的声音低声提示道，"先答应，之后再说！"

"听着，梅什金先生，"伊波利特尖声细语地说道，"您得明白，我们不是傻瓜，不是卑下的傻瓜，但您在场的这些朋友们大概都是这么看我们的，还有这些女士，她们投向我们以愤慨的表情和嘲讽的笑容，特别是这位高雅的上流人士，"他指了下叶甫盖尼·帕夫洛维奇，"当然，我没有荣幸结识他，但多少对他也有耳闻……"

"抱歉，抱歉，各位，你们又没理解我的意思！"公爵激动地对他们说，"首先，凯勒尔先生，您在文章里极不准确地报道了我的财产状况，而我得到的遗产压根就没有几百万，我得到的约莫只有您预估的八分之一或者十分之一；其次，在瑞士时，花在我身上的钱也根本没有几万，帕夫利谢夫每年给施奈德六百卢布，而且也仅仅给了前三年。帕夫利谢夫也没有去巴黎找过什么家庭女教师，这是捏造的。照我估计，他总共在我身上花的钱远远不到一万卢布，但我决定掏出一万，作为偿还，你们要知道，无论如何，我都不会给布尔多夫斯基先生更多的钱了，即使我无比敬爱帕夫利谢夫，但我也无法凭借情面礼仪给他再多了,因为我是偿还欠他的,而不是施舍。先生们,我难以理解你们怎么连这点道理都不明白!但是,我想今后我会用我的友谊来弥补这一切,我要以行动来关心不幸的布尔多夫斯基先生,他显然是被骗了,不然,他自己是不可能同意这种卑劣的行径的,譬如今天凯勒尔先生在文章里把他母亲的隐私大肆张扬……各位,你们怎么还是发火了?可见,我们终究还是无法理解对方!这在我的意料之中!我现在亲眼确信了,我的推测是对的。"公爵心急如焚地想让他们信服,想平息他们的怒火,却没发现反添新柴。

"什么?您确信什么?"他们近乎凶残地围攻公爵。

"请允许我说话。第一,我亲自将布尔多夫斯基先生看得清清楚楚,我现在也看明白了,他是怎样的人……这是一个可怜的人,而大家都在欺骗他!他这样软弱无力……因此我很怜悯他;第二,我把这件事委托给加夫里拉·阿尔达利翁诺维奇后,已经很久没收到他的消息,因为我一直在路上奔波,回到圣彼得堡后又病了三天。突然就在刚才,约一个小时以前,我们第一次见面之时,他告诉我说他已经弄清了切巴罗夫的意图,而且有证据表明,切巴罗夫正是我猜测的那种人。各位,我知道,许多人认为我是白痴,因此切巴罗夫依据我在外的名声认为我很容易上当,判定我会轻易给钱,甚至还算计到我对帕夫利谢夫的感情上。但最主要的是——请你们听完,各位,请听完——最主要的是,现在突然发现,布尔多夫斯基先生根本就不是帕夫利谢夫的儿子!刚才加夫里拉·阿尔达利翁诺维奇告诉了我这件事情,并且说他已经找到确凿的证据。现在,你们对这件事怎么看呢?经过这一系列荒唐闹剧后,简直让人无法相信!但是证据确凿!我尚且不信,我告诉你们,连我本人都难以相信,我到现在还很疑惑,因为加夫里拉·阿尔达利翁诺维奇还没来得及告诉我具体细节,但是切巴罗夫的确是个骗子——这一点现在已经毋庸置疑了！他蒙骗了不幸的布尔多夫斯基先生，也包括你们，你们怀着高尚的动机来帮助自己的朋友（因为他显然需要帮助，对于这点我完全理解），他耍了你们每一个人，把你们都卷进了这欺诈的恶行里——应该知晓这本质上就是欺诈，完完全全的骗局！"

"怎么会是欺诈！……怎么会不是帕夫利谢夫的儿子？……这怎么可能……"

一片惊呼声响起。布尔多夫斯基这帮人顿时陷入了难以形容的惊慌中。

"当然是欺诈！要知道，既然现在已经证实布尔多夫斯基先生不是帕夫利谢夫的儿子，那么在这种情况下，布尔多夫斯基先生的要求就成了欺诈（当然，看来他不知实情）。但是，问题就在于他受到了蒙蔽，因此我才坚持为他辩解，我才会说，就他的单纯而言，值得同情，并且应该给予帮助，不然，他会被扣上一顶欺诈的帽子。不过我深信他什么都不知道！在去瑞士之前，我自己也曾是这样的状态，也是这样含混不清地说着一些不连贯的词语，要表达却表达不出来……我理解这点，感同身受，因为我本人曾经也是如此，请允许我这样说！尽管现在已经没有什么'帕夫利谢夫的儿子'了，尽管这一切只是无中生有，但我仍然不改自己的决定，准备拿出一万卢布作为对帕夫利谢夫的纪念。在发生布尔多夫斯基先生的这件事之前，我本来打算拿出一万卢布用于建一所学校，来纪念帕夫利谢夫先生，但现在已经无所谓了，建校也罢，给布尔多夫斯基先生也罢，没什么区别。布尔多夫斯基先生即使不是'帕夫利谢夫的儿子'，也和'帕夫利谢夫的儿子'差不多了，因为他本人被居心不良之人蒙骗，甚至坚信自己是帕夫利谢夫的儿子！各位，关于此事的调查结果，请各位仔细听加夫里拉·阿尔达利翁诺维奇的表述，然后我们了结此事，都请坐，别生气，别激动！加夫里拉·阿尔达利翁诺维奇现在就会将这一切为我们解释清楚，我承认，我也十分想了解事情的细节。他说，他甚至去过普斯科夫您母亲那儿，布尔多夫斯基先生，她根本不像文章里写的那样病到快不行了，那是别人捏造的……请坐下，诸位，请坐！"

公爵坐了下来，并且再次规劝从座位上跳起来的布尔多夫斯基先生那伙儿人重新坐下来。刚才十到二十分钟的讲话，他说得火急火燎，声音很大，语速很快，只顾自己努力说完而没有控制情绪，声音大到盖过了其他人，事后他肯定又会痛悔刚才冲口而出的某些词语和假设。要不是他们把他逼迫到愤怒、几近难以自制的地步，他是不会允许自己这么赤裸裸、匆忙而又直截了当地表达出自己内心的猜测的。但是，他刚坐到位子上，反悔就如针一般刺痛了他的心扉。且不说他得罪了布尔多夫斯基先生，因为他开诚布公地猜测他患有自己当年曾在瑞士治过的那种病，除此之外，将本应办学的一万卢布给了他，依他看来，行事方式粗鲁且不严谨，就像是施舍，而且还是当着众人的面说出来的。"应该再等等，可以在第二天单独跟他说的，"公爵马上埋怨自责起来，"现在看来，大概已难以更改了！是啊，我就是个白痴，真正的白痴！"惭愧和懊悔袭来，他在心里这样责骂自己。

与此同时，一直保持缄默站在一旁的加夫里拉·阿尔达利翁诺维奇，在公爵邀请下，走上前去，站在他身旁，从容而清晰地报告着公爵委托他办的事。一切窃语声戛然而止。在场的人都格外好奇地听着，尤其是布尔多夫斯基那伙人。

第九章

"您当然不会否认,"加夫里拉·阿尔达利翁诺维奇一开场就直接对布尔多夫斯基说,后者正在注意听他说话,惊讶地瞪着他,一副窘迫惶恐的表情,"您不会否认,当然也不想否认,您是您母亲和十等文官布尔多夫斯基先生——也就是您的父亲——结婚后的第三个年头出生的。验证您的出生时间很容易,因此凯勒尔先生的文章歪曲了这一事实,简直是对您和您母亲莫大的侮辱,这只能被理解成凯勒尔先生在肆意臆造,他以为这样写无疑能让您的权利变得无可非议,更利于助您获益。凯勒尔先生,他事先给您念过文章,尽管没有全部念完……毋庸置疑,他并没有给您念到这些……"

"的确没有念到这些,"拳击手赶紧插话道,"但是所有的事实都是一位知情人士告诉我的,我就……"

"对不起,凯勒尔先生,"加夫里拉·阿尔达利翁诺维奇中止了他的话,"请让我说完。我得提醒您,之后还会提及您这篇文章,届时您再解释也不晚。现在最好还是让我按顺序说下去。在一次十分偶然的情况下,在我妹妹瓦尔瓦拉·阿尔达利翁诺夫娜·普季岑娜的帮助下,我从她的好朋友——女地主维拉·可列克谢耶夫娜·祖布科娃那儿得到了一封出自已故的尼古拉·安德列耶维奇·帕夫利谢夫的信,这是二十四年前他在国外写给她的。与维拉·阿列克谢耶夫娜认识后,承蒙她的指点,我找到了退役的上校季莫菲·费奥多罗维奇·维亚佐夫金,他是帕夫利谢夫先生的远亲,也是他的挚友。从他那儿我又得到尼古拉·安德列耶维奇的两封信,是他从国外寄来的,根据这三封信中所著的日期和事实,可以确切地证明(毫无反驳及质疑的可能性),在据您出生还有一年半的时候,尼古拉·安德列耶维奇·帕夫利谢夫先生去了国外,甚至在那里待了三年。您的母亲,您也知道的,也从未离开过俄国……此刻我不想读这封信。现在天色已晚,我只想将真相公布出来。但是,布尔多夫斯基先生,如果您方便的话,可以跟我约个时间,明天早上去我那里面谈,您可以带上您的证人(人数随意)以及鉴定笔迹的专家,我敢肯定,您会相信我所说的都是不容辩驳的真相。倘若果真如此,那么这件事就自然而然地解决了。"

众人又是一阵骚动,显得十分激动。布尔多夫斯基本人突然从椅子上起身。

"如果是这样,那么就是我被骗了,被骗了,但不是被切巴罗夫所骗,而是很久很久以前就被骗了!我不用鉴定专家,我相信您,不用约见了,我放弃……一万卢布我也不要了……告辞……"

他拿起帽子,挪开椅子,准备离开。

"如果可以的话,布尔多夫斯基先生,"加夫里拉·阿尔达利翁诺维奇用平和温婉的声音对他说道,"再待五分钟也无妨。因为处理这件事的过程中还发现了几件非常重要的事情,与您息息相关,起码对于您而言,您会颇有兴趣的。我认为,您不应该拒绝了解事情的真相,或许事情完全弄清楚后,您本人会感到高兴些……"

布尔多夫斯基一言不发地坐下,稍稍低下了头,似乎是在深深地沉思着什么。列别杰夫的外甥本打算站起来跟布尔多夫斯基一起离开的,现在也跟着他坐了下来,他并没有害怕和惊慌失措,但他显得十分困窘。伊波利特则皱着眉头,忧心忡忡,好像十分惊讶。不过此时他咳得很厉害，甚至咳出了血，把手帕都弄脏了。拳击手惊慌了起来。

"哎，安季普！"他悲苦地喊着，"我那时……也就是大前天就跟你说过，你可能真的不是帕夫利谢夫的儿子。"

周围响起了一阵没压制住的笑声，其中两三个人笑得格外大声。

"凯勒尔先生，您刚提到的一点极为重要，"加夫里拉·阿尔达利翁诺维奇猛然插话道，"至少，我依据最准确的资料确定，对自己出生时间布尔多夫斯基先生绝对熟谙于心，但他完全不知道帕夫利谢夫先生大半辈子都在国外居住，在俄国逗留的时间很短。而且当时，他去国外并不是什么非同寻常的事情，因此二十多年后，就连跟帕夫利谢夫很熟的人也不记得这一点，更别提那时尚未出生的布尔多夫斯基先生了。当然，现在想要调查到那些资料并不是不可能，但是我得承认，这些资料我是偶然间查到的，本来很可能查不到。因此，布尔多夫斯基先生，甚至切巴罗夫，他们想得到这些资料实在是不可能。但是要知道，他们可能压根就想不到……"

"请问，伊沃尔金先生，"突然伊波利特怒气冲冲地打断他的话，"您干吗扯这些废话——请原谅我的直言不讳——说这些还有什么意义？既然现在事情已经搞清楚了，我们也愿意相信这一事实，干吗还要把这件让人羞辱、让人痛苦的事情拖拖拉拉、没完没了地讲下去？或许，您想夸耀您的调查成果，想在我们和公爵面前显露出您是多么出色的调查员、民间暗探？或者说，因为布尔多夫斯基在不知情的情况下被卷进来，您打算原谅他，为其开罪？但是您也太狂妄自大了，先生！我要告诉您，布尔多夫斯基不需要您的辩解和宽宥！他现在已经够难受的了，处境艰难，您应该能想到，明白这一点……"

"够了，捷连季耶夫先生，够了，"加夫里拉·阿尔达利翁诺维奇成功打断他的话，"您冷静下，先别发火。似乎您身体状况欠佳？我本人十分同情您。如果您愿意的话,我立刻闭嘴,但是我不得不简明扼要地告诉你们一些情况,我敢肯定,了解事情的全部并非多余,"当他发现众人略有骚动似乎不耐烦了,便补充道,"我只想凭证据让所有与此事相关的人都知道,布尔多夫斯基先生,您的母亲之所以受到帕夫利谢夫关心和照拂,是因为她是尼古拉·安德列耶维奇·帕夫利谢夫在青年时代爱上的那个女仆的亲妹妹,他当时爱得非常深,如果不是她突然红颜早逝,他一定会娶她。这种确凿可信的家庭事件鲜为人知,甚至完全被人遗忘,但我有证据证明。下面我来解释下,您母亲还是个十岁的孩子时,就由帕夫利谢夫先生作为亲属代为抚养,他甚至为她准备了颇为可观的嫁妆以待出嫁时用,但是这全部的关怀照拂在帕夫利谢夫那群人多口杂的亲戚嘴里变成了骇人听闻的谣言。其中有人甚至认为,他要娶他抚养长大的女孩,但是事情的结果是,她遵循自己的意愿(我有确凿的证据能证明这点),在二十岁时嫁给了测地公务员布尔多夫斯基先生。我搜集到一些确切的消息可以佐证,布尔多夫斯基先生,您父亲完全不是个做事的人,他从您母亲那儿得到一万五千卢布的陪嫁之后,便丢下公务员工作而去从商,没想到被骗,赔光本金后,终日酗酒消愁,结果病倒了,最终在他跟您母亲结婚的第八年离开了人世。后来,据您母亲所说,您父亲走后她一贫如洗,如果没有帕夫利谢夫先生每年六百卢布的慷慨资助,她肯定走上了绝路。另外,有无数证据表明,他非常宠爱孩提时的您。而根据这些证据,以及您母亲的证实得出,他宠爱您,主要是因为您儿时那副可怜不幸的样子——口齿不清、如同残疾儿童。我根据准确的证据得出,帕夫利谢夫先生这一辈子对生来就遭受压迫以及先天有缺陷的人,尤其是儿童,一直都有一颗柔软慈善的心——我确信,这个事实对于我的调查起到了关键作用。最后,凭借所调查的证据,我可以夸下海口,帕夫利谢夫对您的这种异常的关爱(他设法让您上了中学,在特殊的监护下学习)渐渐地让帕夫利谢夫的亲戚们产生了一种想法,认为您是他的儿子,而您的父亲只是个被他们欺骗了的丈夫。但最重要的是,这个想法在帕夫利谢夫生前的最后几年里得以深化,并在众人意识中扎根,那时大家都在为遗嘱惊愕不已,事情的真相却被大家遗忘,甚至查无可循。毫无疑问,布尔多夫斯基先生,这种想法也传到了您这里,并且完全影响到了您。我有幸结识了您的母亲,她虽然知道这些流言蜚语,但至今还不知道(我向她隐瞒了),您,她的儿子,居然也相信这些谣言。布尔多夫斯基先生,我在普斯科夫时见到了您那令人尊敬的母亲,她常年抱病,在帕夫利谢夫死后陷入困境。她流着感激的泪水告诉我,她现在就是因为您、并靠您的资助才活在世上;她对您的未来寄予厚望,满腔热情地坚信您将来会取得成就……"

"简直叫人难以忍受!"列别杰夫的外甥突然大声喊道,不耐烦地打断,"干吗要说这种煽情的长篇大论?"

"让人恶心,不成体统!"伊波利特猛烈地动了下,表示厌恶。

布尔多夫斯基却沉默无语,甚至动也没动一下。

"干什么?这又是为哪般啊?"加夫里拉·阿尔达利翁诺维奇有意惊讶地说,他准备尖刻地抛出自己的结案呈词,"第一,布尔多夫斯基先生现在或许已经完全相信,帕夫利谢夫先生是出于慷慨大度才宠爱他的,并非出于对儿子的爱。布尔多夫斯基先生必须得明白这一点,毕竟刚才读了那篇文章后,他曾坚定地赞同凯勒尔先生的观点。我之所以这样说,是因为我认为您是个品德高尚之人,布尔多夫斯基先生。第二,其实在这件事中不存在丝毫欺诈,切巴罗夫也没有如此。这一点对我来说很重要,因为公爵刚才一时情急提及此事,说我也觉得这件不幸的事情是欺诈。然而相反,无论从哪个方面来看此事都让人相信,即使切巴罗夫确确实实是个大骗子,但在这件事中他顶多算个推波助澜、浑水摸鱼的投机者。他想以律师的名义趁机发笔财,他的算盘打得十分精明、老练,而且万无一失。他看准了公爵会心软给钱,算准了他对已故的帕夫利谢夫心怀感恩,最重要的是他了解公爵在名誉和良心上抱有骑士精神。至于布尔多夫斯基先生,可以说,由于他对自己身份的成见,才会完全被切巴罗夫及他周围一伙人影响,以至于他在接触此事时,几乎完全不受利益驱使,而是出于追求真理以及为人文进步做贡献。而现在,在得知事实真相后,虽然表象种种,但布尔多夫斯基先生确实是清白的,这点大家也都清楚了。而公爵也会比之前更加情愿、更加乐意地友好资助他,以及创办刚才所提到的纪念帕夫利谢夫的学校。"

"请停下来,加夫里拉·阿尔达利翁诺维奇,请停下别说了!"公爵惊恐万分地叫他打住,但为时已晚。

"我说了,我已经说了三遍了,"布尔多夫斯基怒吼着,"我不要钱,我不会接受……为什么……我不需要……我要离开了……"

说完这句话,他几乎要从露台上逃走,但列别杰夫的外甥抓住了他的手臂,对他小声嘀咕了些什么。他又很快转了回来,从口袋里掏出一封没有加封印的大信封,将它扔在公爵旁边的小桌子上。

"钱给您!您没有权利……没权利……钱……"

"这是二百五十卢布,是您通过切巴罗夫、以施舍的形式寄给他钱。"多克托连科解释道。

"文章里写的是五十卢布!"科利亚特意提高声音点明。

"都是我的错!"公爵走近布尔多夫斯基说,"布尔多夫斯基,我很对不起您,但我绝不是在施舍您,请相信我。现在是我不对……刚才那会儿也是。"公爵看上去很激动,显得既疲惫又虚弱,话说得断断续续的,"我说了被欺诈的事……但这不是说您,我错了。我说,您……跟我一样——都有病。但是实际上您跟我不一样,您……能给人授课,能赡养母亲。我刚才说您有损您母亲声誉,但是您是爱她的,这是她亲口说的……我开始不知道……之前加夫里拉·阿尔达利翁诺维奇没有跟我说全……这都是我的错。我还自作主张地要给您一万卢布,对不起,我本不应该以这样的方式资助,而现在……不行了,因为您现在瞧不起我……"

"这里简直就是疯人院!"叶莉扎维塔·普罗科菲耶夫娜大叫起来。

"可不是成了疯人院嘛!"阿格拉娅忍不住尖锐地指出,但她的话被大家的喧闹声淹没了,在场的人都高谈阔论起来,有的在争辩,有的在大笑。伊凡·费道罗维奇·叶潘钦已经按捺不住心中的怒火了,他带着一副自己的威严受到了侮辱的表情,等着叶莉扎维塔·普罗科菲耶夫娜。

末了,列别杰夫的外甥插话进来:"是的,公爵,应该为您说句公道话,您确实很善于利用您的……好吧,体面地说,您善于利用您的疾病;您用如此狡猾的方式,让品格高尚的人无论如何都不能接受您提供的友谊及钱财。您这样做要么是太天真了,要么就是太狡猾……您其实心里十分清楚。"

"对不起,各位,"加夫里拉·阿尔达利翁诺维奇把装着钱的信封打开,并高呼道,"这里根本没有二百五十卢布,一共只有一百卢布。公爵,为了避免造成什么误会,我希望您解释一下。"

"算了,算了。"公爵朝加夫里拉·阿尔达利翁诺维奇挥了下手。

"不,不能'算了',"列别杰夫的外甥立即确说道,"公爵,您这一声'算了'是对我们的侮辱。我们不会躲躲闪闪的,我们就开诚布公地说：是的，这里只有一百卢布，而不是所说的二百五十卢布，但是，这难道不一样吗⋯⋯"

"不，不一样。"加夫里拉·阿尔达利翁诺维奇故意摆出一副天真而又不解的样子插话道。

"请别打断我，律师先生，我们并不是像您想的那般愚蠢，"列别杰夫的外甥又气又恼地大声说道，"当然，一百卢布不等于二百五十卢布，二者是不一样的，但关键在于原则，在于动机。缺的那一百五十卢布并不重要，重要的是，布尔多夫斯基没有接受您的施舍，公爵大人，他当面把您施舍的钱扔还给您，从这点来说，一百卢布和二百五十卢布是一样的。布尔多夫斯基没有接受那一万卢布，你们都看见了；他若是个厚颜无耻之人，那么他就不会还这一百卢布！另外的一百五十卢布是他付给切巴罗夫造访公爵的路费。你们可以嘲笑我们的愚笨，嘲笑我们成事不足，反正你们处心积虑地让我们出丑；但是绝不允许你们说我们不诚实。尊敬的大人，这一百五十卢布，我们大家一定会还给公爵的，哪怕我们一个卢布一个卢布地还，并且我们会连本带利地还。布尔多夫斯基很穷，没有百万家产，切巴罗夫在出差回来，给了我们一张账单，我们原本以为会胜利⋯⋯谁处在他的处境上，会不这样干呢？"

"这说的什么话？"肖公爵惊讶到脱口而出。

"我在这里真要发疯了！"叶莉扎维塔·普罗科菲耶夫娜喊了出来。

"这让我想起了不久前一位律师的精彩辩词。"站在一旁一直观察着的叶甫盖尼·帕夫洛维奇笑着说，"他的当事人在抢劫中杀死了六个人，他替其辩护并将他贫穷这点作为理由，最后得出了类似的结论，他很自然地说道，'贫穷驱使我的当事人蓄意杀死了六口人，可是处在他的境地，谁不会冒出这种念头呢？'大概是这样说的，总之特有意思。"

"够了！"几乎被气到颤抖的叶莉扎维塔·普罗科菲耶夫娜突然大声表示，"该结束这场胡搅蛮缠的闹剧了！"

她激愤到令人畏惧，昂着头，气势汹汹，以一副高傲、急躁、怒火冲天的姿态示人，并目光炯炯地扫视着在场所有人，此刻她怕是不分什么敌友了。这是克制了许久的愤怒猛然爆发了，此刻，她渴望立即战斗，随便找个人发泄下才是首要任务。而了解叶莉扎维塔·普罗科菲耶夫娜的人立马觉察到，她发生了某种异常的变化。伊凡·费道罗维奇于第二天对肖公爵解释："她有时是会出现这种情况，但是像昨天那种程度是不常见的，最多三年发一次，不会再多了！不会再多了！"他还特意补充了一句。

"够了，伊凡·费道罗维奇！别拦我！"叶莉扎维塔·普罗科菲耶夫娜大声呵斥，"您干吗现在才把手臂伸到我面前？您刚才怎么不带我走？您是我丈夫，一家之主，如果我不听您的，您应该揪住我这个傻女人的耳朵，将我拖走。哪怕是为了女儿们也该管管我啊！现在没有您，我们也可以找到回去的路，这种耻辱够我消化一年了……我还想感谢公爵呢！公爵，谢谢你的款待！而我却坐在这里，听这些年轻人说话……这实在太无耻了，实在是太无耻了！这简直不成体统，丑陋至极，我连做噩梦都没见过这种乱七八糟的事情！难道现在的社会里有很多他们这样的人？别说话！阿格拉娅！别说话，亚历山德拉！不关你们的事！别在我身旁转悠，叶甫盖尼·帕夫洛维奇，您让我厌恶……至于你，亲爱的，"她突然转向公爵，对他说道，"你居然向他们乞求原谅，说什么，'对不起，我本不应该以这样的方式资助'……还有你笑什么，口出狂言之徒？"她忽然把怒火转向列别杰夫的外甥，

"说什么,我们拒绝资助,'我们是在提要求,而不是乞讨!'惺惺作态,难道真不知道他这个白痴明天就会到你们那儿给你们提供友情和金钱吗?我说得不对吗,公爵?你去还是不去?"

"我会去的。"公爵语气温柔地回复。

"听到了吧!估计你也算计到了这点,"她又转头对多克托连科说道,"反正现在钱就跟在你口袋里躺着一样,所以你就肆意诓骗我们吧……不,小伙子,你去找别的傻瓜吧,我可把你们都看透了……看透了你们的伎俩了!"

"叶莉扎维塔·普里科菲耶夫娜!"公爵急到直呼。

"我们走吧,叶莉扎维塔·普罗科菲耶夫娜,早就该走了,我们把公爵也带走。"肖公爵尽量心平气和且带着微笑地说道。

小姐们站在一旁,好像都被吓坏了,将军也大吃一惊,所有人都是一副震惊的表情。站在远处的几个人暗暗冷笑着,低声偷偷交流着;列别杰夫的脸上则表现出极为欣喜、得意的神情。

"夫人,不成体统、乱七八糟的事情,现在随处可见。"列别杰夫的外甥没头没脑地冒出一句。

"但不是你们这样的!绝不是刚刚你们这样行事的,先生们,没有这样的!"叶莉扎维塔·普罗科菲耶夫娜歇斯底里一般地怼回去,"你们别拦着我,好吗?"她对冲上前来劝说她的人大声喊道,"不,叶甫盖尼·帕夫洛维奇,就连您刚才也声称,辩护律师在法庭上辩解,说因为贫穷而杀死六口人再正常不过了——那这样世界末日就真的到了。我还没听说过这样的无稽之谈。现在我全都明白了!瞧这个话都说不利索的人,"她指着正一脸困惑望着她的布尔多夫斯基,"难道他不会杀人?我敢打赌,他会杀人的!他不拿你那一万卢布,也许是出于良心的思忖,但是夜里他会来杀了你,再从小匣子里偷走钱,这也是出于良心的思忖!这对他来说不算可耻,而是'高尚而愤怒的宣泄',是一种'抗议',或者……鬼知道是什么……呸!一切都颠倒了。一个从小生活在家里的姑娘,突然在大街上跳上一驾马车喊道:'妈妈,前几天我已经嫁给了某个卡尔雷奇或者伊万内奇,再见了!'①依你们看,这种行为也是对的了?是正常的,是值得尊敬的?女性问题?再瞧瞧这个男孩,"她指着科利亚,"不久前他企图争辩,说这就是'女性问题'。即使母亲是个傻瓜,可你仍然要像人一样待她吧……你们刚才进来的时候凭什么嚣张跋扈?好像在说:'别挡道,我们来了。赶快把所有的权利都交给我们,在我们面前你不可以说半个不字。你必须对我们表示前所未有的尊敬,而你在我们眼里连最下等的仆人都不如!'满口要求探求真理、维护权利,可在文章里却道德沦丧地肆意诬蔑他人。口口声声说'我们是在提要求,而不是乞讨,我们绝对不会感谢,因为您不过是怕受到良心的谴责才这么做的!'真是荒唐!既然从你这儿得不到任何感谢,那么公爵也可以回答你,他对帕夫利谢夫也没有感激之情,因为帕夫利谢夫做善事也只是怕受到良心的谴责而已。但你利用的恰恰就是他对帕夫利谢夫的感激之情!他既没有向你借过钱,也不欠你任何债务,你不是在利用他的这份感激之情,还能是什么?你怎么自己打自己的脸呢?简直是一群疯子!他们认为社会野蛮、不仁道,是因为这个社会侮辱了一个上当受骗的姑娘,那么,既然你认定社会不仁道,就是认定这个社会在折磨这个姑娘,使她痛苦。既然痛苦,那你们怎么又在报纸上披露她的事、公之于这个社会,并要求她不要因此痛苦呢?一群疯子!虚荣的疯子!不相信上帝!不相信耶稣!要知道,虚荣及骄傲已经把你们腐蚀了,最终的结果就是

---

① 车尔尼雪夫斯基的长篇小说《怎么办》中薇拉向母亲辞别的情节。

你们互相侵蚀对方，我现在就可以预言你们的未来。这难道不是乌烟瘴气，不是不成体统吗？然而，在发生了这一切后，这个受了屈辱的人竟还去请求他们的原谅！像你这样的人有多少啊？你们笑什么，嫌我跟你们在一起让你们丢脸了？反正我已经脸上无光了，无可挽回了！你别笑，你这肮脏的东西！"她突然把锋芒指向伊波利特，"自己都快断气了，还要腐蚀别人。你腐蚀了这个小男孩，"她又指了下科利亚，"他成天说胡话夸赞你，你自己不信上帝，还向他传播无神论，简直可以揍你一顿，公爵大人，去他们的吧！如此说来，列夫·尼古拉耶维奇，你明天还要去他们那里吗？要不要去？"她再次冲公爵问道，几乎快喘不过气来。

"要去的。"

"你去的话，我就再也不想认识你了！"她本来已经快速转身准备离开了，但是突然又折回来，"你要去这个无神论者那里？"她指着伊波利特问道，"你对着我笑什么？"她不知怎的发出不自然的叫声，猛地朝伊波利特扑了过去，应该是受不了他那恶毒的冷笑。

"叶莉扎维塔·普罗科菲耶夫娜！叶莉扎维塔·普罗科菲耶夫娜！叶莉扎维塔·普罗科菲耶夫娜！"四周顿时响起一片惊呼声。

"妈妈，多丢人啊！"阿格拉娅大声叫道。

"别担心，阿格拉娅·伊万诺夫娜，"伊波利特平静地回答道，叶莉扎维塔·普罗科菲耶夫娜跳到他身边，一把抓住了他的一只胳膊，不知为何紧紧抓住不放；她站在他面前，用狂怒的目光紧盯着他，"别担心，您的妈妈明白，不应该对一个将死之人动手……我想解释下自己为什么会笑……如果您允许的话，我很乐意……"

这时他突然猛烈地咳嗽起来，持续整整一分钟都没有停。

"人都要死了，还在这大放厥词！"叶莉扎维塔·普罗科菲耶夫娜感慨完便放开了他的胳膊,带着惊诧、恐惧的目光,看着他拭去唇边的鲜血,"你还想说什么啊!你直接躺下……"

"会躺下的,"伊波利特声音嘶哑,几近私语般轻声回答,"我一回家就马上躺下……我知道,再过两个星期,我就要死了……上星期博特金①亲自跟我说的……所以,如果允许的话,我想对你们说两句作为临终道别。"

"你疯了吗?胡说八道的!赶紧去治病,现在还说什么话!去吧,去吧,去躺着吧!"叶莉扎维塔·普罗科菲耶夫娜惶恐地喊着。

"我回去一躺下,就再也起不来了,直至死亡,"伊波利特凄惨地笑着,"昨天我就已经打算这样躺下,等待着死亡,可又决定推迟到后天,趁两条腿还能撑得住……为的是今天跟他们一起来到这里……只是太累了……"

"坐下吧,坐下吧,为什么要站着!给你椅子。"叶莉扎维塔·普罗科菲耶夫娜急忙跑过去,亲自为他搬了把椅子。

"谢谢您,"伊波利特继续轻声说道,"请您坐在对面,我们说说话……我们一定得说说,叶莉扎维塔·普罗科菲耶夫娜,我坚持如此……"他冲着她浅笑了下,"愿您悉听,今天是我最后一次到户外和人们待在一起,再过两个星期,我大概就要被埋在土里了。也就是说,这次就好像是在跟大家、跟大自然永别。虽然我并不多愁善感,可是,坦白说,我很高兴这一切能发生在帕夫洛夫斯克,毕竟可以在这里看到枝叶葱郁的树木。"

"现在不适合说话,"叶莉扎维塔·普罗科菲耶夫娜越听越害怕,"你在发烧。你刚在还扯着嗓子尖声高喊,现在却连换气都困难,气喘

---

① 俄国有名的内科医生。

吁吁的!"

"我马上就可以换过气来。您为什么要拒绝我最后的心愿呢……您知道吗,叶莉扎维塔·普罗科菲耶夫娜女士,我早就梦想见您一面了。我从科利亚那儿听到了不少关于您的事,他是唯一一个没有丢下我的人……我听闻您是位特立独行、不同流俗的人,性格古怪,我现在亲眼见到了……您知道吗,我甚至有点喜欢您。"

"上帝啊,我刚才还差点打了他。"

"是阿格拉娅·伊万诺夫娜阻止了您,我说得对吗?这是您的女儿阿格拉娅·伊万诺夫娜,对吧?她如此美丽,我只看了她一眼,就能猜到是她,虽然过去从未见过她。让我死前再看一眼这位美丽的姑娘也是极好的,"伊波利特有些不好意思,挤出了一个像做鬼脸一样的微笑,"公爵也在这里,还有您丈夫,大家都在。为什么您要拒绝我最后的心愿呢?"

"把椅子给我拿过来!"叶莉扎维塔·普罗科菲耶夫娜喊着,自己却抓了把椅子放在伊波利特对面,然后坐下,"科利亚,"她吩咐道,"你马上送他回家,明天我一定亲自……"

"如果您允许的话,我想请公爵给我一杯茶……我感到非常疲惫。叶莉扎维塔·普罗科菲耶夫娜,您好像打算把公爵带到您那里去喝茶,请您留下来跟我们一起聊一会儿,公爵一定会上茶招待大家的。请原谅我这样擅自做主……但是我了解您,您很善良,公爵也是……我们大家都善良到可笑的地步……"

公爵听完立马去做了,列别杰夫飞奔出房间里,也招呼开来,薇拉跟在他后面也去搭把手。

"的确是,"将军夫人果断地说,"你说吧,只能轻声说,不要激动,真是个可怜的孩子……公爵!你并不配留我在这里喝茶,不过既然已经如此,那么我还是留在这里吧,但我不打算向任何人道歉!那是完全不可能的!不过,公爵,如果刚才我责骂你了,请你原谅——随你的便。在场的所有人,我都不强留,"她突然非常愤怒地冲着自己的丈夫和女儿们说道,仿佛他们在什么事情上得罪了她,"我一个人也能回家……"

但她的话还没说完,大家都走上前去热情地围住了她。随即,公爵恳请大家留下来喝茶,并为自己没顾及这点而一再抱歉。连将军都变得十分客气了,说了些客套话,体谅地问叶莉扎维塔·普罗科菲耶夫娜,她在露台上会不会太凉了。他甚至还想问伊波利特上大学多久了。但是他没有问出口。叶甫盖尼·帕夫洛维奇和肖公爵也突然变得和善可亲,沟通融洽;阿杰莱达和亚历山德拉的脸上除了一丝残留的惊讶之外,其余都是欢悦之色。总之,大家在看到叶莉扎维塔·普罗科菲耶夫娜的怒火平息了,都愉悦了起来,但阿格拉娅依然板着脸,独自默默地坐在远处。其他人都留了下来,谁也没打算离开,连伊沃尔金将军也是,不过列别杰夫经过他身边时不知道跟他嘀咕了些什么,估计是些让人不大愉快的事,所以将军很快便悄无声息地退回到角落里去了。公爵走到布尔多夫斯基及其一伙人面前,逐一请茶。他们一副强颜欢笑的样子,低声说要等伊波利特,而后立即躲到了露台最远处的一角,在那里坐成了一排。列别杰夫大概早就备好了茶水,因为他一出去马上就将茶水拿了回来。这时,十一点的钟声敲响了。

第十章

伊波利特在薇拉·列别杰娃递给他的茶杯里润了下嘴巴,之后便将茶杯放在小桌子上,突然有些不好意思起来,羞愧地环视着四周。

"您看这些茶杯,叶莉扎维塔·普罗科菲耶夫娜,"他有些奇怪,话说得很急,"这些瓷杯,似乎是精致的上等瓷器,一直锁在列别杰夫家餐具柜的玻璃门里,从未拿出来用过……这是他妻子的陪嫁,按照惯例应该存放起来……这是他家的规矩……现在他把它们拿出来给我们用,足以表示对您的尊敬之意,可见他有多高兴……"

他还想补充些什么,但是一时之间不知道说什么。

"他终于不好意思了,我就料到会这样!"叶甫盖尼·帕夫洛维奇突然在公爵耳边低语道,"这多么危险啊!这是一个非常明显的征兆,表明他为了发泄愤怒会做出一些古怪的行为,估计叶莉扎维塔·普罗科菲耶夫娜一会儿就待不住了。"

公爵疑惑地瞥了他一眼。

"您不害怕他会做出些古怪的行为吗?"叶甫盖尼·帕夫洛维奇补充道,"要知道我也不怕,甚至还想瞧瞧。坦白说,我希望我们可爱的叶莉扎维塔·普罗科菲耶夫娜可以受到些惩罚,就在今天,立刻受罚,不然我不离开。您好像发烧了?"

"以后再说,先别打断。是的,我的身体不舒服。"公爵心不在焉地回答着,甚至还有些不耐烦。他听到了自己的名字,伊波利特正在谈论他。

"您不相信？"伊波利特歇斯底里地笑着，"我知道您不相信，可公爵一开始就相信了，一点也没感到奇怪。"

"你听见了吗，公爵？"叶莉扎维塔·普罗科菲耶夫娜转头问他，"听见了吗？"

周围的人都在笑。列别杰夫忙乱地凑上前，围着叶莉扎维塔·普罗科菲耶夫娜转悠。

"他说，这个装模作样的人，就是你的房东……帮那个先生改过文章，就是刚才念的那篇关于你的文章。"

公爵惊讶地看了一眼列别杰夫。

"你干吗不说话？"叶莉扎维塔·普罗科菲耶夫娜甚至跺了跺脚。

"没什么说的，"公爵继续打量着列别杰夫，回答道，"我现在才知道，他替他们改过文章。"

"是真的吗？"叶莉扎维塔·普罗科菲耶夫娜飞快地转头去问列别杰夫。

"这的确是事实，将军夫人。"列别杰夫将一只手放在胸口，坚定不移地回答道。

"他居然还在炫耀呢！"她差点没从椅子上跳起来。

"是我卑鄙，我卑鄙！"列别杰夫嘟嘟囔囔地说着，并开始捶打自己的胸膛，将头垂得越来越低。

"你卑不卑鄙关我什么事！他认为说了'我卑鄙'，就能被宽恕吗？公爵，我再忠告你一次，跟这样的人来往，你不觉得羞耻吗？我永远也不会宽恕你的！"

"公爵会原谅我的！"列别杰夫早有准备，胸有成竹地说道。

"完全是出于义气，"凯勒尔突然蹦起来，冲着叶莉扎维塔·普罗科菲耶夫娜大声地说道,"只是出于义气而已,夫人,为了不损害朋友的名誉,我刚才隐瞒了是谁修改的文章,尽管正是他提出要把我们赶出去,您刚才也听到了。为了还原事情的真相,我承认,我确实找过他,付给了他六卢布,但绝不是让他帮忙润色,而是特意向这个知情人打听事实真相,因为大部分情况我都不知道。关于鞋罩,关于瑞士教授的胃口,以及用五十卢布代替二百五十卢布,总之,这些细枝末节,都是他提供的,因此付了他六卢布,但不是润色文字。"

"我需要申明的是,"在周围漾开的笑声中,列别杰夫用一种故意迎合的声音迫不及待地打断并解释道,"我只是修改了文章的前半段,改到中间时我们意见不合,因某个问题争吵了起来,所以我并没有改后半段,因此那些语法文理不通的地方(那里的确有些文理不通的地方)和我没半点关系……"

"他居然急于撇清这一点!"叶莉扎维塔·普罗科菲耶夫娜叫了起来。

"请问,"叶甫盖尼·帕夫洛维奇问凯勒尔,"你们是什么时候改的文章?"

"昨天上午,"凯勒尔回答,"我们碰面,双方都诚恳地保证互不泄密。"

"当时他肯定在你面前卑躬屈膝,让你相信他不会出卖你!呸,真是一群小人!我不要你的《普希金诗集》了,你女儿也不用到我那里去了!"

叶莉扎维塔·普罗科菲耶夫娜本想起身离开,但突然又满腔怒气地冲正在笑的伊波利特说道:"年轻人,你将我留下来,是想让我在这里被人笑话,是吗?"

"日月可鉴,我真心没这样想过,"伊波利特勉强一笑,说,"您古怪的脾气真是让我惊讶,叶莉扎维塔·普罗科菲耶夫娜,我承认,我是故意将话题引到列别杰夫身上的,我知道,如何才能刺激到您,并且仅仅只能刺激到您一人,因为公爵一定会原谅他的,而且大概已经原谅他了……甚至很可能已经在脑子里搜刮到了原谅他的理由,是这样没错吧,公爵?"

伊波利特的喘息声,随着激动的情绪越发大声。

"哦?"叶莉扎维塔·普罗科菲耶夫娜惊讶于他的语气,气愤地问。

"我听过许多关于您的事,都是类似的……我很高兴……学会了尊敬您。"伊波利特继续说道。

他嘴上说的是一个意思,但这些话却让人觉得有另一种意思。他说这话时语气中带着一丝嘲讽和不合时宜的兴奋。他神经过敏地四处打量,语无伦次,颠三倒四。再加上他那副病恹恹的模样,怪异而狂热的灼灼目光,令别人不得不将自己的注意力放在他的身上。

"我承认我不通人情世故,不过您让我分外惊讶,您不仅自己留在我们这帮人里,而且还让这几位……小姐们留下来听这种丑闻,这种情况想必她们在小说里看到过。不过,或许是我错了……但无论如何,除了您,还有谁会接受……一个孩子的请求(是啊,我承认自己是个孩子)而留下来……与他聊一晚,对这一切都表示同情……而第二天就会又感到懊悔和羞耻……(不过,我承认,我想表达的不是这些),我对您所做的一切都十分赞赏,并深表敬意,虽然从您丈夫的脸色就能看出,他对这一切有多么不高兴……嘿嘿!"他嘿嘿地笑了起来,完全不知道自己在说什么,然后突然一阵剧烈的咳嗽,有足足两分钟都没法继续说下去。

"咳嗽得喘不上气!"叶莉扎维塔·普罗科菲耶夫娜一边用严肃而

诧异的目光打量着他，一边用冷漠而尖锐的语气对他说道，"算了，年轻人，你说得够多了，可以走了。"

"先生，请允许我，向您指出……"伊凡·费道罗维奇已忍无可忍，突然怒气冲冲地说道，"我妻子，现在是在我们共同的好友以及邻居列夫·尼古拉耶维奇这里，年轻人，不管怎样，都用不着您对叶莉扎维塔·普罗科菲耶夫娜的行为品头论足，同样，您也没有资格在我面前大声议论我的脸色。您毫无权利。我妻子留在这里，"他继续说，越来越愤怒，"是因为惊讶，是众人都理解的好奇心，想看看这些怪异的年轻人。我能留下来，就像有时候在街上看到什么吸引注意力的东西一样，停下来看看，比如……比如……比如……"

"比如看见稀罕的玩意。"叶甫盖尼·帕夫洛维奇在一旁提示道。

"对，对，说得对！"一时想不出拿什么做比喻而卡住说不下去的将军十分高兴，"就像比如看见了稀罕玩意。但无论如何，让我最惊讶，甚至心痛的是——如果我的表述没错的话——年轻人，您竟然不理解，叶莉扎维塔·普罗科菲耶夫娜愿意留下来陪您，是因为您有病，而且生命垂危。可以说，她是因为同情您，因为您说的那些可怜的话，先生，无论在什么情况下，无论什么样的诬蔑之词，都不会玷污她的声誉、品格以及身份……叶莉扎维塔·普罗科菲耶夫娜！"气到满脸通红的将军最后说道，"如果你想走的话，我们就跟善良的公爵道个别吧……"

"谢谢您的教诲，将军。"伊波利特出人意料地打断他的话，一脸严肃，若有所思地看着他。

"我们走吧，妈妈，还不赶紧走！"阿格拉娅从椅子上站起来，气愤且不耐烦地说道。

"如果您允许的话，请再等两分钟，亲爱的伊凡·费道罗维奇，"

叶莉扎维塔·普罗科菲耶夫娜转过头严肃地对自己的丈夫说,"我觉得他是发烧,才胡言乱语的,我从他的眼神里能判断出来,不能就这样扔下他不管。列夫·尼古拉耶维奇!今天能不能不把他送去圣彼得堡了,让他住在你这里可以吗?亲爱的肖公爵,您不觉得闷吗?"不知怎么的,她突然问肖公爵,"到这里来,亚历山德拉,把头发整理一下,我的孩子。"

她为亚历山德拉整理了一下完全不必整理的头发,吻了下她——叫她过来就是为了此事。

"我认为您的觉悟有待提升……"伊波利特恍然从沉思中抽出神来。又说起来,"对!我要说什么来着,"他似乎突然想起了什么,高兴地说道,"布尔多夫斯基一心想维护自己的母亲,是不是?但结果事与愿违,反而让母亲蒙了羞。公爵想帮助布尔多夫斯基,用一颗纯洁的心向他友好地提出资助,他大概是你们中唯一一个没有厌弃布尔多夫斯基的人,可是他俩如同敌人般势不两立……哈哈哈!你们全都厌恶布尔多夫斯基,因为在你们看来他对待自己母亲的方式既不体面也不高雅,是吗?是这样吗?你们这些人不过是喜欢形式上的优雅、体面,是不是(我早就料想你们只关注这一点)?好吧,那么我要让你们知道,或许,你们中间没有一个人能像布尔多夫斯基那样爱自己的母亲!公爵,我知道,您通过加尼亚暗中给布尔多夫斯基的母亲寄钱,但我敢打赌,"他歇斯底里地狂笑起来,"我敢打赌,布尔多夫斯基必定指责您所采取的形式不得体,十分不尊敬他的母亲,肯定如此,哈哈哈!"

这时他又喘不上气来,开始咳嗽起来。

"怎么,说完了吗?现在全都说出来了?好了,那去睡觉吧,好吗,你还在发烧,"叶莉扎维塔·普罗科菲耶夫娜着急忙慌地在打断他的话，担心地望着伊波利特，"啊，天哪！他还要说！"

"您似乎是在笑吧？您为什么总是嘲笑我？我发现您一直都在嘲笑我。"伊波利特突然不安且恼怒地对叶甫盖尼·帕夫洛维奇说，而他的确是在笑他。

"我只是想问您，伊波利特……先生……对不起，我忘了您的姓氏。"

"捷连季耶夫先生。"公爵说。

"是的，是捷连季耶夫，谢谢您，公爵，您刚才说过了，可我记不清了……我想问您，捷连季耶夫先生，我听说，您觉得您只需要隔着窗户跟人们讲上一刻钟的话，他们马上就会同意您的一切观点，跟随您，这是真的吗？"

"极有可能是我说的……"伊波利特似乎想起了什么，回答说。

"肯定说过。"他突然又补充了一句，精神振奋起来，坚定地瞥了一眼叶甫盖尼·帕夫洛维奇，"那又如何？"

"没什么，我只是想了解一下。"

叶甫盖尼·帕夫洛维奇没有再说话，但伊波利特还是焦急地看着他，等他继续说。

"怎么，说完了吗？"叶莉扎维塔·普罗科菲耶夫娜问叶甫盖尼·帕夫洛维奇，"快点结束吧，先生，他该去睡觉了。你是不是不会结束话题？"她异常恼火。

"说实话，我想再补充几句，"叶甫盖尼·帕夫洛维奇微笑着继续说道，"我从您的同伴那儿听到的这些情况，捷连季耶夫先生，还有刚才您凭借您这毋庸置疑的才华来阐明的一切，我认为都是强权理论，权力高于一切，胜于一切，甚至可能在还没研究清楚何为权力之前就强取权力。或许我说得不对。"

"您说得当然不对,我甚至不明白您说的是什么……然后呢?"

露台的角落里传来了一阵嘀咕声。列别杰夫的外甥嘟嘟囔囔地说着什么。

"接下来没什么了,"叶甫盖尼·帕夫洛维奇接着说道,"我只想指出,您这样看问题简直就是强权论做派,也就是任由个人的欲望、举着个人的拳头、肆无忌惮地夺取权力。当然,世上很多事情都是以强权结束的。普鲁东①主张的就是暴力夺取权力。美国南北战争中许多先进思想的自由主义者声称自己拥护种植园主,他们认为黑人永远是黑人,是比白种人低等的种族,因此白人应该强权……"

"那又如何?"

"也就是说,您并不否认强权?"

"然后呢?"

"您还真是爱刨根问底。我只想指出,强权跟老虎、鳄鱼的权力,跟达尼洛夫和戈尔斯基②几乎没有什么区别。"

"我不知道,然后呢?"

伊波利特几乎没怎么听叶甫盖尼·帕夫洛维奇说话。虽然他不时地对他说着"怎么了""然后呢",这基本上他是在交谈中养成的老习惯,而并非出于关注和好奇。

"我没什么要说的了……说完了。"

"不过,我并不生您的气,"伊波利特非常出人意料地说了句,并且下意识地伸过手,面带笑容。叶甫盖尼·帕夫洛维奇起初有些惊讶,但马上认真地碰了碰伸过来的手,就像接受对方的宽恕一样。

---

① 法国政论家,经济学家,小资产阶级社会主义者,无政府主义奠基人之一。
② 达尼洛夫和戈尔斯基是19世纪6年代两起杀人案的凶手。

"我不得不顺便表达我的谢意,"他语气恭敬地说,但话里真假参半,"感谢您允许我说话,因为据我多次观察,我们自由主义者从来不允许别人有自己独特的见解,只要一听到有反对意见,立马就会用刻薄的话语回击,甚至采取更恶劣的方式……"

"您说得完全正确,"伊凡·费道罗维奇说道。他将双手背在身后,一副兴味索然的样子,他退到露台的出口那儿,气恼地打了个哈欠。

"好了,够了,先生,"叶莉扎维塔·普罗科菲耶夫娜突然对叶甫盖尼·帕夫洛维奇说道,"我已经不耐烦了……"

"该走了,"伊波利特突然站了起来,一副忧心忡忡的模样,脸上甚至还带着几分恐惧,他不知所措地望着周围的人,"是我耽误了你们的时间,我想把所有的话都对你们说清楚……我想,这是最后一次了……所有的这些……都是幻想……"

看得出,他的神经间歇性地亢奋,有时仿佛是从梦呓中突然清醒一般,非常清晰地记起了什么,所以说的话前言不搭后语,或许,这是他自己久卧病床、孤枕难眠、度过漫漫长夜时就已反复琢磨和熟稔于心的台词。

"那么,再见了!"他突然尖刻地说,"你们以为,我对你们说一声'再见'很好过吗?哈哈!"他有点懊恼,讪讪一笑,因为这句话让自己陷入了尴尬的境地。他似乎对自己无法表达清楚而恼怒,气愤地大声说道,"将军大人!我诚心地邀请您参加我的葬礼,如果您愿意赏脸的话,还有……也请诸位随将军一同前来……"

他又笑了起来,但这已经成了狂笑。叶莉扎维塔·普罗科菲耶夫娜赶忙跑到他面前,抓住他的手。伊波利特专注地看着她,依旧那样笑着,但是笑声没有持续下去,笑容仿佛在他的脸上凝固了。

"您知不知道,我到这里来只是为了看看这些树?就是这些……"

他指着花园里的树,"这难道不可笑吗,啊?可是这一点也不可笑,您说是吧?"他严肃地问叶莉扎维塔·普罗科菲耶夫娜,随后又陷入了沉思。良久,他抬起头,用好奇的目光开始在人群中逡巡。他在找叶甫盖尼·帕夫洛维奇,而叶甫盖尼·帕夫洛维奇正站在右边不远的地方,就在原来的位置上,但他忘了,因此在人群中寻找着。"啊,您还在这儿!"他终于找到了他,"您刚才一直笑我隔着窗户跟人讲了一刻钟的话……您要知道,我并不是十八岁;我在这个枕头上枕了十八年,朝窗外望了十八年,想了十八年……把所有人都想了个遍……您要知道,死人是没有年龄的。我是上周夜里醒来时才想到这一点的……您知道自己最怕什么吗?您最怕我们的真诚,尽管您鄙视我们!我也是那天夜里枕在枕头上想到这点的……叶莉扎维塔·普罗科菲耶夫娜,您认为我刚才是想嘲笑您吗?不,我并没嘲笑您,只是想夸赞您……科利亚说,公爵、您还是个孩子……挺好的……对了,我到底……还想说什么……"他用双手捂住脸,忖思起来。

"想起来了!您刚才告别的时候,我突然想到,以后再也见不到这些人了,永远见不到了,树也见不到了。剩下的只有一排红色的砖墙,梅耶尔的红砖墙……正对着我的窗户……那么,就把一切都告诉他们……试着说出来;那边有一个美人……你可是个将死之人,就说自己是个将死之人,说'将死之人什么都可以说'……玛里娅·阿列克谢耶夫娜①公爵夫人是不会责骂的,哈哈!你们怎么不笑呢?"他怀疑地环顾了一周,"您知道吗,我枕在枕头上时,脑海里会冒出很多念头……您要知道,我深信大自然非常会捉弄人……您刚才说,我是

---

① 格利鲍耶陀夫的戏剧《聪明误》里有一句台词:"玛里娅·阿列克谢耶夫娜会怎么说。"后来这句话常用来代替"人家会怎么说呢"。

个无神论者,可您知道吗,大自然……你们为何又笑了?你们太残忍了!"他环视着大家,突然愤怒地说,"我没有教坏科利亚。"之后,他完全换了一种语调,语气严肃而肯定,仿佛突然记起了什么事情一样。

"这里没有一个人笑话你,一个都没有,你不要胡思乱想!"叶莉扎维塔·普罗科菲耶夫娜备受折磨,"明天会有新的大夫来给你瞧病,原来那个瞧得不对。坐下吧,你都站不稳了!你又说胡话了……哎,现在该拿你怎么办啊?"她眼睛里闪着泪光,连忙张罗着让他在扶手椅里坐好。

伊波利特惊讶得愣在原地,他抬起手,怯生生地伸手碰了下那滴眼泪,孩子般地笑了起来。

"我……对您……"他高兴地说了起来,"您不知道,我……对您……他每次跟我谈起您时总是眉飞色舞的,就是他,科利亚……我喜欢他那种眉飞色舞的样子。我可没有教坏他!我只是不舍得他……我舍不得所有的人,想和大家做朋友——不过,没有这样的人,一个都没有……我想干出些成就,我有这个权利……啊,我想做的事情太多了!我现在什么都不想要,什么也不想做,我发誓什么也不想做,让其他人自己去寻求真理吧,别带上我!造物弄人啊!为什么呢?"他突然激动起来,"为什么它创造出了最优秀的物种后又作弄他们呢?它创造了地球上公认的完美物种,将之公之于众,又让这个完美物种说出刀刀见血的话,如果血喷涌而出,那么人们将会必死无疑!啊,幸好我要死了!不然,我说不定也会说出一些可怕的谎言来,大自然是会这样作弄人的!我没有教坏任何人……我想为了人类的福祉而活,为发现以及传播真理而活……我看向窗外梅耶尔房子的墙,想着只要给我一刻钟,我就讲给所有人听,让所有人都相信,所有的人……可一生中我就遇上这么一次……遇上了你们!可结果怎么样呢?不怎样!你们鄙视我!可见,我是个傻瓜,我毫无用处,所以,我可以去死了,而且不会给任何人留下任何回忆!悄无声息,毫无踪迹,没有做出任何成就,也不曾传播过任何信仰……请你们别嘲笑一个愚蠢的人!请你们忘掉吧!忘掉一切……请忘掉,别这样残忍!您知道吗,就算没染上这个肺病,我也会自杀的……"

他似乎还有很多话想说,但没说完就瘫倒在了扶椅里,用双手捂着脸,像个孩子一样哭了起来。

"哎,现在拿他怎么办才好呢?"叶莉扎维塔·普罗科菲耶夫娜大声说道,她走到他面前,捧起他的头,把他紧紧地搂在自己胸前。他哭得厉害,抽泣了起来。"哎呀!好了,不要哭了,好啦,你是个善良的孩子,上帝会原谅你的;好啦,坚强些……不然,事后你就会因为哭泣而感到害臊的……"

"我家里,"伊波利特猛地抬起头说,"我家里有一个弟弟和几个妹妹,他们都很小,是无辜的……她会教坏他们的!您是个虔诚的信徒,您……本身也是个孩子,救救他们吧!把他们从那个女人手里救出来……她……真是可耻……啊,求您帮帮他们吧,帮帮吧,上帝会回馈给您以福报的,看在上帝的分儿上,看在耶稣的分儿上……"

"伊凡·费道罗维奇,您倒是说话啊,现在该怎么办!"叶莉扎维塔·普罗科菲耶夫娜愤愤地求助,"帮帮忙,别再沉默了!如果您不作出决定,那我就告诉您,我今天要留在这里过夜了,我受够了您的专制强权!"

叶莉扎维塔·普罗科菲耶夫娜激动且愤怒地问道,焦急地等着回应。在类似场合中,在场的大多数人(甚至有许多人)都会以沉默和消极观望的心态作为回应,他们一点也不想掺和此事,通常事情过了很久后才会表达自己的观点,在场的这些人里不乏这样的人,哪怕在这里坐到第二天清晨,也不愿意多说一句话,比如瓦尔瓦拉·阿尔达利翁诺夫娜,她整晚都坐得远远的,一言不发,一直专注地听着大家说话,也许她这样做有自己的理由。

"至于我的意见,亲爱的,"将军开口说,"现在这里需要一名护士,总比我们在这里干着急要好,怕是还需要一位可靠的、头脑清醒的人夜里照顾他。不论怎样,都应该问下公爵,然后……让病人马上休息。明天再来慰问他。"

"现在十二点了,我们要走了。他是跟我们一起走,还是留在您这里?"多克托连科生气地转头问公爵。

"如果你们愿意的话,都可以留下来,"公爵说,"这里有地方。"

"将军大人,"凯勒尔先生突然兴高采烈地跳到将军跟前说,"如果需要人夜里照顾他,我准备为朋友牺牲……这是个多善良的好人呀!我早就觉得他很伟大,将军大人!当然,我才薄智浅,但要是他批评起来,那可真是句句诛心,将军大人……"

将军失望地转过了身子。

"如果他留下来的话,我当然会很高兴,对他来说,现在回去是件困难的事。"公爵回应着叶莉扎维塔·普罗科菲耶夫娜怒气冲冲的问题。

"你是睡着了还是怎么了?如果你不愿意,公爵,我就把他带到我家去!天哪!你几乎都站不住了!你是身体不舒服还是怎么了?"

之前,叶莉扎维塔·普罗科菲耶夫娜看见公爵并不是躺在病榻上一副奄奄一息的模样,所以对他的身体健康状况过分乐观了。其实,不久前的病痛和伴随病痛而来的沉痛回忆、这一整晚忙碌造成的疲劳、"帕夫利谢夫的儿子"事件,以及现在为伊波利特的操劳——这一切都把公爵患病下那颗敏感的心逼得近乎癫狂。除此之外,现在,他的眼神里还有另一种担忧,甚至是害怕;他惶惶不安地看着伊波利特,似乎预见到他还会弄出一些花样来。

伊波利特突然站了起来,脸色苍白,脸上的五官扭曲得让人害怕,露出了一副极度夸张的惭愧神情,这从他那对众人敌视且恐惧的目光,以及他那抽搐、扭曲的嘴角上浮现出的讥笑就能看出。他立刻垂下眼睛,一边讥笑着,一边趔趔趄趄地走向站在露台出口处的布尔多夫斯基和多克托连科,准备随他们一起离开。

"哎,我就害怕会这样!"公爵大声喊着,"这大概是无法避免的!"

伊波利特快速转头望向公爵说道,他那狂怒而仇恨的脸上每一处线条似乎都在颤动着、抗议着。

"啊,原来您害怕这样!您认为,'这大概是无法避免的'?那么我告诉您,如果问我最恨这里哪个人的话,"他用嘶哑、尖锐的声音怒吼着,口溅飞沫,"我恨你们所有人,所有人!但是我尤其恨您,您这个口是心非、阳奉阴违的伪善小人,白痴、百万富翁、施舍者,在这世上最可恨的人就是您!我早就看穿了您,我刚听说您时,就用心中所有怨恨来恨您了……现在这一切全都是您造成的,是您逼我陷入这种窘境的!您把一个垂死之人羞得无地自容,是您,您逼我表现出了这样的卑鄙和懦弱!如果我能活下来,我会杀了您!我不需要您做什么善事,也不领任何人的恩情,听到了吧,我什么都不要!我刚刚是在胡言乱语,但我也不允许你们得意扬扬!……我永远诅咒你们——每一个人!"

话说到这里,他完全喘不过气来了。

"他为自己流泪而懊恼了!"列别杰夫向叶莉扎维塔·普罗科菲耶夫娜低声说道,"'这大概是无法避免的!'公爵说得没错!他看穿了……"

可是叶莉扎维塔·普罗科菲耶夫娜都没正眼看他。她高傲地站着，好奇且轻蔑地打量着"这帮小人"。伊波利特刚说完，将军就耸了下肩；叶莉扎维塔·普罗科菲耶夫娜愤怒地从头到脚打量了一遍将军，似乎在质疑他这动作是什么意思，随后她又转向公爵。

"谢谢你，公爵，真是谢谢你——我们家的怪朋友——给了我们这样一个愉快的夜晚。想必现在你心里也挺高兴，因为你把我们也扯进了你的这场闹剧中……够了，我亲爱的宗族亲戚，谢谢，至少你让我们终于看清了你！"

她开始愤愤地整理起自己的披肩，等待着"那帮人"动身离开。这时，一辆马车驶近了"那帮人"，那是一刻钟前多克托连科让列别杰夫还在上中学的儿子安排的。将军马上跟在自己妻子后面补了一句："的确，公爵，我完全没有想到……在这以后，在所有这一切之后，在种种友好的交往之后……最后，叶莉扎维塔·普罗科菲耶夫娜会……"

"怎么会这样，怎么可以这样！"阿杰莱达快速走到公爵面前，朝他伸出了手，感慨道。

公爵一脸迷茫地朝她笑了一下。突然，一阵热烈而迅速的低语冲进了他的耳朵。

"如果您不马上甩掉这些卑鄙可耻的人，那么我这一辈子，一辈子都会恨您！"阿格拉娅小声地说道。她十分激动，以至于公爵还没来得及看她一眼，她就已经转身走了。其实，公爵现在已经众叛亲离，没有什么人可以抛弃了——那时马车夫已经将病重的伊波利特扶上马车，驾着马车扬长而去。

"伊凡·费道罗维奇，您这还要在这里待多久？您在想什么？我还要忍受这些可恶的小子多久？"

"是啊，亲爱的……当然，我早就想……还有……公爵……他……"伊凡·费道罗维奇还是向公爵伸出了手，但还没来得及握一下，就赶紧小跑着跟在一肚子怒气、噔噔噔地从露台走下去的叶莉扎维塔·普罗科菲耶夫娜的后面走了。阿杰莱达和她的未婚夫、亚历山德拉都诚挚而亲切地与公爵告别。叶甫盖尼·帕夫洛维奇也与之道别，不过，仅有他一人表情愉悦。

"果然如我所料！只不过遗憾的是，连累您这个可怜人受苦了。"他喜滋滋地笑着并小声说道。

阿格拉娅没有说话，离开了。

但是，这天晚上的闹剧至此还没结束；叶莉扎维塔·普罗科菲耶夫娜不得不再次遭遇一次非常意外的邂逅。

在她还没有来得及从台阶走到环绕公园的大路上时，一辆套着两匹白马的豪华四轮敞篷马车突然从公爵住的别墅旁边疾驰而过。马车上坐着两位打扮华丽的女士。但是马车在不到十步距离的地方骤然停了下来；其中一位女士突然回过头，仿佛发现了她要找的某个熟人。

"叶甫盖尼·帕夫洛维奇！是你吗？"清亮、悦耳的嗓音突然响起，这声音让公爵，也许还包括其他什么人打了个哆嗦。"哦，我真高兴，终于找到你了！我派人专程去城里给你送信，派了两个人去！他们找了你一整天！"

叶甫盖尼·帕夫洛维奇站在台阶上仿佛被雷劈中一样呆在那里。叶莉扎维塔·普罗科菲耶夫娜也站在原地不动，但不像叶甫盖尼·帕夫洛维奇那样瞠目结舌。她用高傲、冷漠，充满蔑视的目光，打量着这个大胆的女人，就像五分钟前看"那帮小人"一样，然后立即又把目光转移到叶甫盖尼·帕夫洛维奇身上。

"我有一个消息要告诉你！"那清亮的声音继续说，"库普费尔手中的借据你不要担心了。罗戈任已经用三万卢布买了下来,是我劝他买的,这样你起码能安静三个月了。至于比斯库普那群坏蛋,想必也是可以谈妥的,毕竟是熟人嘛!好了,就是这么回事,祝一切顺利。你可以尽情高兴了!明天见!"

马车重新起动,很快不见了踪影。

"这个疯女人!"叶甫盖尼·帕夫洛维奇终于喊了出来。他气得一张脸涨得通红,满是疑惑地打量着周围的人,"我一点都不明白她在说什么!什么借据?她到底是谁?"

叶莉扎维塔·普罗科菲耶夫娜又看了他几秒钟,然后果断地加快步子朝自己的别墅走去,其余人尾随着她一起走了。一分钟后,叶甫盖尼·帕夫洛维奇紧张不安地回到露台上,来到了公爵身边。

"公爵,说真的,您知不知道,这是什么意思?"

"我什么都不知道。"公爵回答,他的内心也十分紧张,痛苦不堪。

"您不知道?"

"是的。"

"我也不知道,"叶甫盖尼·帕夫洛维奇忽然笑了起来,"苍天可鉴,我跟这些借据没有半毛钱关系,请相信我说的话!……您怎么了,您快晕倒了?"

"哦,不,不,您放心,不会的……"

第十一章

直到事后第三天,叶潘钦将军一家的心情才完全平复下来。虽然公爵在很多方面一直都在自我反省,并真诚地等待着惩罚,但起初,他内心还是坚信叶莉扎维塔·普罗科菲耶夫娜不可能真的生他的气,多半只是生她自己的气。可没想到第三天,这种没有任何和好迹象的状态让公爵感到有些不知所措,甚至是郁郁寡欢。当然,导致这种情况的还有其他因素,但这些因素中有一个最为主要。这三天里,这一因素在公爵的胡思乱想中日益发酵,并愈演愈烈(不久前公爵还在责怪自己看问题总是持有两个极端的态度,既责备自己轻信他人到"令人可笑和讨厌"的性格,同时又责怪自己"阴险、卑劣"的多疑)。总之,就在第三天要结束之时,他突然对那天坐在马车里跟叶甫盖尼·帕夫洛维奇说话的奇怪女士的突然出现,感到恐惧和疑惑。抛开事情的其他诸多方面,这个谜一样的事情,对于公爵来说是一个可悲的问题:这一新出现的"荒唐之举"是否也是过错在他,或者仅仅是错在……但是他没有说出错在谁。至于Н.Ф.Б.三个字母在他看来,纯粹是毫无恶意的淘气行为,甚至是幼稚的行为,所以,对此较真与否都是令人羞愧的,在某个方面甚至可以说是可耻的。

不过,在那个荒唐的"夜晚"——公爵心甘情愿背上"罪魁祸首"的骂名后的第一天上午,公爵就在自己的住处愉快地接待了肖公爵和阿杰莱达,他们是散步顺道过来的,他们此次造访的目的主要是来关心一下公爵的健康状况。阿杰莱达刚才在公园里发现了一棵奇美的古树，枝繁叶茂，虬枝苍劲，虽然树干上有一个窟窿和一条裂缝，但枝干上发出了很多油绿青葱的嫩芽。她一定要画这棵树，一定要画！他们到访后的半个小时里，她几乎一直都在说这件事。肖公爵仍如往常一般和蔼可亲，他向梅什金公爵提及往事，回忆他们初识的场景，而对于前一天的事只字未提。最后还是阿杰莱达没忍住，苦笑着承认，他们来这里其他人是不知道的。

但她言尽于此，虽然从"其他人是不知道的"这句话里已经可以看出，她的父母，当然主要是叶莉扎维塔·普罗科菲耶夫娜眼下对公爵一肚子怨气。但是，无论是叶莉扎维塔·普罗科菲耶夫娜、阿格拉娅，还是伊凡·费道罗维奇的情况，阿杰莱达和肖公爵此次来访都只字未提。他们告辞后继续去散步，临走时也没有邀请公爵同行，更别说是邀请他去家里做客了。关于这点阿杰莱达甚至不小心说漏了一句很能反映出问题的话：在讲到她的一幅水彩画时，她表示很想给公爵看看。"怎么才能尽快让您看到呢？对了！如果科利亚来的话，我让他给您送过来，或者明天我和肖公爵散步时，我亲自给您带来。"她终于解决了自己的困惑，并为自己能如此机灵又合时宜地解决这个难题而乐不思蜀。

临走时，肖公爵像是突然想起了什么说道："对了，您知不知道，亲爱的列夫·尼古拉耶维奇，昨天在马车里喊叶甫盖尼·帕夫洛维奇的那个女人是谁？"

"是娜斯塔西娅·费利帕夫娜，"公爵回答道，"难道您还不知道是她？至于跟她在一起的是谁，我就不知道了。"

"我知道，我听说过她！"肖公爵接过话说，"但是她喊的那句话是什么意思？我承认，对于我来说，这真是个谜……我和其他人都是一头雾水。"

肖公爵说话时表情显得极为惊讶。

"她得知了叶甫盖尼·帕夫洛维奇借据的事,"梅什金公爵语气平缓地回答着,"这些借据是从某个放高利贷的人那儿转到了罗戈任手中,正是因为她的说情,罗戈任才会等叶甫盖尼·帕夫洛维奇一段时间。"

"我听到这句话了,听到了,亲爱的公爵,要知道这是不可能的!叶甫盖尼·帕夫洛维奇是不可能立下什么借据的!他家财万贯……确实,他过去是因为做了一些荒唐事而使自己陷入困境,我甚至还助他摆脱困境……但是以他的资金实力,根本没必要向放高利贷的人立字据借款,并终日为此提心吊胆——这不可能。而且他也不可能和娜斯塔西娅·费利帕夫娜关系这般要好,甚至好到不注意礼节。关键的谜点就在这里。他还发誓一点也不明白她在说什么,我完全相信他。但问题在于,亲爱的公爵,我想问您,您是否知道些什么?哪怕是有什么传言意外传到您这儿的?"

"没有,我什么也不知道,请您相信,我完全没有参与此事。"

"啊,公爵,您居然会这样说!我简直不认识现在的您了。难道我会认为您参与了这样的事吗?……算了,看来您今天心情不太好。"

他拥抱并亲吻了梅什金公爵。

"'这样的事'是什么样事?我看不出什么'这样的事'来。"

"毫无疑问,这个女人想以某种方式和在某方面给叶甫盖尼·帕夫洛维奇制造麻烦,别有心机地当着其他人都在场的时候,强加给他本来没有、也不可能有的事情。"肖公爵语句不流畅地回答道。

列夫·尼古拉耶维奇顿时为难了,他用疑问的目光凝视着肖公爵,后者却没有说话。

"也许不只是借据呢？会不会并不像她昨天说的那样？"肖公爵终于不耐烦地嘀咕起来，"我跟您说，您自己做判断，也许在叶甫盖尼·帕夫洛维奇和……她，以及罗戈任之间，有什么共同联系？我再跟您说一遍，他家产丰厚，这点我完全知道，他还等着从伯父那儿得到另一笔遗产呢。不过关于娜斯塔西娅·费利帕夫娜……"

肖公爵突然又闭口不语了，显然是因为他不想向公爵继续谈及娜斯塔西娅·费利帕夫娜。

"这么说来，至少他是认识她的咯？"列夫·尼古拉耶维奇沉默了几秒突然问道。

"似乎是这样，他为人有些轻浮！不过，即使如此，也是很久之前的事了，两三年前，他跟托茨基也是认识的。但现在完全不可能有这种事，他们绝对不可能关系如此密切！您知道的，她一直不在这里，哪里都见不到她的踪影。如今许多人还不知道她又出现了。我发现她的那辆马车，也就是大约三天前的事。"

"那是多么华丽的马车啊！"阿杰莱达说。

"是的，那辆马车的确很华丽。"

他们两个走了，可以说，他们是怀着对列夫·尼古拉耶维奇公爵友好的态度和如同手足的情谊离开的。

而这次拜访对我们的主人公来说，有着相当重大的意义。其实，从前一天夜里起（也许还要更早），他自己就有颇多疑问，但是在他们来访以前他完全对此毫无头绪。现在，他明白了：肖公爵显然是错误地理解了此事，但是已经徘徊在真相的边缘了，他毕竟察觉这里有阴谋。（"其实，也许他心里跟明镜似的，"梅什金公爵思忖着，"只是不想说出来，因此故意作出了错误的解释。"）最明显的是，刚才他们来看他（而且来的正是肖公爵），是希望他作出某些解释的；如果真是这样，那么他们就真的认为他参与了她的阴谋。另外，如果这一切真的非常重要，那么，她应该是抱有可怕的目的的。究竟是什么样目的呢？真可怕！"怎么样才能阻止她呢？一旦她认定了目标，想要阻止她几乎是不可能的！"公爵凭经验就已经知道这一点了。"真是疯了，疯了！"

但是，这个上午汇集了太多他百思不得其解的问题，而且所有问题同时纷至沓来，甚至都要立即解决，因此公爵非常焦虑。薇拉·列别杰娃抱着柳芭奇卡来到了他这里，跟他聊了好半天，才稍微缓解了下他的烦恼。她的妹妹，那个嘴巴总是张得老大的妹妹塔尼娅，也来了；列别杰夫正在上中学的儿子，也跟了过来，他要公爵相信，他父亲解释过，《启示录》里讲到的那个落到地面水源上的"茵陈星"①，就是分布在欧洲的铁路网。公爵不相信列别杰夫这样解释过，打算找个恰当的机会问问他本人。公爵从薇拉·列别杰娃那里得知，凯勒尔昨天就已经在他们家住下了，所有迹象表明，短期内他不会离开他们家，因为他找到了伙伴——跟伊沃尔金将军交上了朋友；不过，他说，他留在他们家是为了弥补自己知识方面的缺失，总的来说，公爵也渐渐开始喜欢列别杰夫的孩子们了。科利亚今天一整天不见踪影，一大早，他就去了圣彼得堡（列别杰夫也是天刚亮就去办自己的事了）。公爵心急如焚地等着加夫里拉·阿尔达利翁诺维奇登门，他今天不可能不来找公爵。

他在下午六点多吃完晚餐后来了。公爵一看到他就在想，这位先生至少应该是已经了解了事情的原委。再说他有妹妹瓦尔瓦拉·阿尔

---

① 《新约·启示录》第八章第十、十一句：第三位天使吹号，就有烧着的大星好像火把从天上落下来，落在江河的三分之一和众水的泉源上。这星名叫"茵陈"。众水的三分之一变为茵陈，因水变苦，就死了许多人。描述天降灾祸。

达利翁诺夫娜及其丈夫这样的助手，怎么会不知道呢？但是公爵跟加尼亚的关系总归有些特殊。比如，公爵委托他办布尔多夫斯基的这件事，是真心恳请他帮忙办理的；但是，尽管公爵对他十分信任，往昔旧事也已达成和解，但他们之间仍然有着一些彼此不愿提及的敏感点。公爵有时候觉得，加尼亚也许期望他可以坦诚和友好相待，比如现在，他刚走进来，公爵立刻就察觉到，加尼亚自信地认为，此刻正是解决他们之间敏感点的时候（其实，加夫里拉·阿尔达利翁诺维奇很忙，他的妹妹正在列别杰夫那里等着他，他们急着要去办什么事情）。

但是，如果加尼亚真的期待公爵用一连串迫不及待的询问、抒发情感的吐露以及敞开心扉的告白等着他，那么他可就要失望了。在他造访的这二十分钟里，公爵整个人迷糊沉闷，心不在焉。原本期待他提出许多问题——恰当说是加尼亚等待着他提一个关键问题，结果他并没有提出。于是，加尼亚决定在谈话时多加保留。他不停地讲了整整二十分钟，一边笑，一边嘻嘻哈哈地聊着一些轻松愉快的闲话，却闭口不谈主要的事情。

加尼亚提出，娜斯塔西娅·费利帕夫娜到帕夫洛夫斯克一共才四天，就已经引起了大家的注意。她住在水手街一幢寒酸的房子里，那里是达里娅·阿列克谢耶夫娜的家，不过她的精美马车在帕夫洛夫斯克可以算得上首屈一指。她身边已经聚集了一大群年龄不一的追求者，他们有时骑着马，跟在她的马车后面伴送。娜斯塔西娅·费利帕夫娜在交友问题上仍像以前那样挑剔，到她这里来拜访的人都是经过筛选的。尽管这样，在她身边还是形成了一支庞大的队伍，每到必要之时，总会有人为她奋不顾身。有一位来这别墅消暑的客人，已是订了婚之人，却为了娜斯塔西娅·费利帕夫娜跟自己的未婚妻发生争执；一位上了年纪的将军为了她，甚至诅咒自己的儿子。她时常把一个可爱的少女带在身边兜风，那少女刚满十六岁，是达里娅·阿列克谢耶夫娜的远亲，她的歌唱得非常动听，所以，每到夜晚她们的小屋格外引人注意。不过，娜斯塔西娅·费利帕夫娜举止得体、洁身自好，虽然穿着不华丽，但十分优雅有风度，因此，所有的太太们都"羡慕她的风度、美貌和马车"。

"昨天那件奇怪的事，"加尼亚压低了声音说，"肯定是别有用心，当然不应该计较。要是挑她的毛病，那就得故意找她的碴儿，或者造谣诽谤，不过，这些事早晚都会发生的。"加尼亚特意停了下来，他本来期待着公爵一定会问，为什么他把昨天的那件事称为是别有用心的，又为什么说这些事早晚都会发生？但是公爵没有问。

关于叶甫盖尼·帕夫洛维奇的情况也是加尼亚自己说出来的，公爵没有特意询问，这是很奇怪的，因为加尼亚在谈话中毫无理由地突然插进这个话题显得格外突兀。按加夫里拉·阿尔达利翁诺维奇的所说，叶甫盖尼·帕夫洛维奇和娜斯塔西娅根本不熟，直到目前都对她知之甚少，他和她是四天前在散步时经他人介绍才认识的，恐怕叶甫盖尼·帕夫洛维奇一次都未曾跟其他人一起去过她的住所。关于借据的事，倒是有可能的（对于这点，加尼亚甚为肯定），叶甫盖尼·帕夫洛维奇虽然家财丰厚，但是"庄园方面的某些事务也的确被经营得一塌糊涂"。在这个颇吊人胃口的话题上，加尼亚却忽然不说了。关于娜斯塔西娅·费利帕夫娜昨夜的举动，除了上述提及的，他没有再多说一句话。后来，瓦尔瓦拉·阿尔达利翁诺夫娜来找加尼亚，她也是突然造访的，她只小驻了一会儿，说叶甫盖尼·帕夫洛维奇今天或是明天要去圣彼得堡，而她的丈夫（伊凡·彼得罗维奇·普季岑）也在圣彼得堡，也好像是在帮叶甫盖尼·帕夫洛维奇处理一些事情，那边确实出了什么事。离开时，她又补充道，叶莉扎维塔·普罗科菲耶夫娜今天心情糟透了,但奇怪的是阿格拉娅跟全家人都吵架了,不仅跟自己的父母,还跟两个姐姐也吵了,"这委实不是好迹象",最后这点她似乎是有意提起(这对于公爵来说十分重要)。然后,兄妹俩便走了。有关"帕夫利谢夫的儿子"的事,加尼亚什么也没有说,也许是故作谦逊,也许是"顾忌公爵的面子",当然,公爵还是再次感谢他尽全力办了此事。

终于只剩下自己一个人了,公爵非常高兴。他走下露台,穿过小路,走进花园。他想好好考虑一下下一步该如何做,但是这"下一步"恰恰禁不起反复思量,只能一鼓作气地干脆执行。他突然非常想抛下这里的一切,回到自己来的地方,去一个遥远而又僻静的地方,立即动身,甚至不和任何人告别。他有预感,如果自己在这里再待上几天,就一定会不可避免地被牵扯到这个圈子里,并且今后就再也跳不出这个圈子了。但他考虑了不到十分钟便立刻作出决定,逃走是"不可能的",他认为这是懦弱的,对于摆在他面前的这些难题,他甚至没有权利不去解决或者不竭尽全力去解决。他带着这样的想法回到家,散步的时间都不到一刻钟。此刻的他非常难过。

列别杰夫此时还没回家,因此凯勒尔傍晚才得以闯进公爵的房间。他没有喝醉,而是来向公爵倾诉衷肠的。他一见面就坦白了自己前来的目的,他要向公爵说说自己的一生,也正是为此他才留在帕夫洛夫斯克的。要轰他走确实没有一点可能,他怎么都不会走的。凯勒尔本来准备讲很久,但是由于讲得毫无逻辑,以至于几乎刚起个头就突然煞尾,并且他自称失去了"最起码的一点道德心"(纯粹是因为他不信仰全能的上帝),甚至偷过东西——"您能想象到这种事吗?"

"听着,凯勒尔,如果我是您,如果不是迫不得已,就不会说这些,"公爵开始说道,"不过,也许您这是故意往自己身上泼脏水?"

"我只跟您，只对您一人说了这些，只是为了帮助自己进步！我不会告诉他人，直至把秘密带进棺材！但是，公爵，您要是知道，在我们这个年代挣钱有多难就好了，当然您哪里会知道！请问您，如今，到哪里能弄到钱？无论哪里，答复都是千篇一律的：'拿黄金和钻石来作抵押，我们就给你钱。'而那些抵押物恰恰是我没有的，您能想象到这点吗？最后我生气了，站在那儿不走了，问道，'用绿宝石作抵押，给不给？'他们给我的回复是，'用绿宝石也可以。'我说，'这好极了。'说完，我就戴上帽子走了，心想，'你们这帮无赖，见鬼去吧！'这事是真的！"

"这么说来，您有绿宝石？"

"我哪里来的绿宝石啊！公爵，您对生活的看法还是那么光明积极、天真纯洁，甚至还带着田园情调！"

最后，公爵与其说是抱歉，倒不如说是愧疚。他甚至想过："难道没有哪个正直的好人能来把这个人带向正途吗？"鉴于某些原因，他觉得自己完全影响不了，这并不是过分地看轻自己，而是因为自己对事情有不同的看法。渐渐地，他们相谈甚欢，甚至到了难舍难分的地步。凯勒尔非常爽快地承认了自己的一些劣行，简直令人难以想象，这些事情他怎么好意思说出口。每当开始讲一个故事前，他总是严肃地向你表达他是多么后悔，内心"满是泪水"，可是真正讲起来时，似乎又因为这些劣行而沾沾自喜，有时讲得非常可笑，令他和公爵像疯了似的哈哈大笑起来。

"重要的是，您像孩子一样什么都相信，并且有着不同寻常的诚实，"公爵最后说，"您可知道，仅凭这点就能弥补您身上其他方面的不足。"

"行侠仗义，像骑士一样高尚。"凯勒尔十分动容道，"但是，公爵,您要知道,一切都是幻想,不过是想象中的海市蜃楼,实际上永远做不到!到底是为什么?我理解不了。"

"别气馁。现在,可以说,您把您所有的事情都向我坦白了;我觉得,对于您所讲的,现在已经没有什么能够再补充的了,是这样,对吗?"

"没有什么?"凯勒尔有些惋惜地感慨道,"哦,公爵,大体上可以说,您对人心的理解还是瑞士人的思维方式。"

"难道还有什么可以补充?"公爵有些惊讶且难为情地说,"那么您期待从我这里得到什么呢?凯勒尔,直说吧,您为何来我这儿忏悔?"

"期待从您这里得到什么?首先,仅仅是看着您这副天真的傻样,就让我觉得有趣,跟您坐一起聊聊天,也让人心情愉悦;至少我知道,我面前的人是极其宅心仁厚的,至于第二点……第二……"

他词穷了,没有说下去。

"或许,您是想找我借钱?"公爵认真而又率真,甚至还有点羞怯地问道。

凯勒尔有些震惊。他先是惊讶地看着公爵,接着,一个拳头重重地捶在了桌子上。

"嘿,您这句话可真是让人摸不着头脑了!得了吧,公爵,像您这样天真纯朴、宅心仁厚的人,就是在黄金时代也见不到,同时,您又有这般强大的心理观察能力,像利箭一般一下子就把人刺穿了。但是,请您原谅,公爵,这需要解释,因为我……我快要被弄糊涂了!没错,归根结底,我的目的就是借钱,但是您问我是否想找您借钱时,似乎并不认为这是有悖常理的,而认为这似乎是合情合理的。"

"是的……对您来说这是合情合理的。"

"您不生气吗?"

"不……这有什么好生气的呢。"

"听着，公爵，我昨晚就留在这里了，首先，是出于对法国大主教布尔达鲁①（我们在列别杰夫那儿一瓶接一瓶地喝，一直喝到了凌晨三点钟）的敬意；其次，这点最主要（我可以画十字起誓，我的话没有半句虚假！），我之所以留下来，是想抱着最真诚的心向您做全方位的忏悔，以此来鞭策自己成长；快四点的时候，我带着这样的想法、泪流满面地入睡了。不知道您现在还相不相信一个君子的话，在我即将沉入梦乡的那一刻，我泪流满面，甚至泪水溢满了心头（因为最后我真的号啕大哭了，我记得这一点！），我冒出了一个可恶至极的想法：'要不，在作过忏悔以后，问他借点钱呢？'所以，我准备好了一整套忏悔，犹如一道'泪汁泡肉'，就是为了让泪水把肉泡软了，等您动情之后给我一百五十卢布。难道您不觉得这样很卑鄙吗？"

"不过，大概事情并非如此，不过是两件事刚好碰在一起而已。两个想法同时产生。我就经常会出现这种情况，不过，我觉得这不是很好，凯勒尔，您要知道，我总是在这点上严厉地责备自己。您现在跟我讲的就像是我自己的事，有时候，我甚至认为所有人皆是如此，"公爵很严肃、真诚甚至包含着关切地继续说道，"于是我便顺其自然，因为两种念头斗争起来十分难以抉择，我深有感触。只有上帝知道这两种念头是怎么在头脑里扎根的、怎么生长的。您直接称其为卑鄙。现在我又开始恐惧这种念头了。无论怎样，我不具备判定您是非的资格。但是，依我看，始终不能如此直接地称之为卑鄙，您怎么看？您想通过眼泪来赚取钱财，这种手段很高明，但您发过誓，说您的忏悔另有

---

① 布尔达鲁和波尔多（法国城市，以葡萄酒闻名）两词发音相近。此处被凯勒尔开玩笑地用来借代葡萄酒。

目的,还是高尚的目的,并不仅仅是以获取钱财为目的;至于钱,您要用来吃喝享乐的,是不是?但是,在这样的忏悔之后,这就是意志薄弱的自我放纵。不过,又怎么可能一下子改掉酗酒的习惯呢?这显然是不可能的。那怎么办呢?最好还是您用自己的良心去思量吧,您觉着呢?"

公爵十分好奇地看着凯勒尔。关于两种想法同时存在的问题显然早已占据了他的思想。

"嘿,听了您的这番话后,我真不明白,为什么人家要叫您白痴?"凯勒尔惊讶地说。

公爵的脸微微地泛了红。

"'布尔达鲁大主教'不会宽恕人,但您宽恕人,并合情合理地评价了我!为了惩戒自己且表明自己受到了感化,我不想向您借一百五十卢布了,只要借给我二十五卢布就够了!这是我两个星期内最少的开销了。我在两个星期之内绝对不会再来向您借钱的,我原想让阿加什卡高兴高兴,但是她不配。啊,亲爱的公爵,愿上帝保佑您!"

最后,列别杰夫进来了,他刚刚从圣彼得堡回来,看见凯勒尔手里拿着的二十五卢布,皱了皱眉头,而拿到钱的凯勒尔立刻溜之大吉了。于是,列别杰夫马上开始说起他的坏话来。

"您说得不正确,他确实真心诚意地忏悔过。"公爵指出。

"这算哪门子忏悔啊!就跟我昨天说'我卑鄙,我卑鄙'一样的,不过是说说而已!"

"这么说,您只是说说而已,我还以为……"

"好吧,我现在就对您,就对您一个人说真话,因为您能洞察每个人的心灵。空话和行动、谎言和真实——这一切在我身上都能看见,并且也都完全是真诚的,说真话并且付诸行动对我来说就是诚挚的忏悔,随您信不信,我可以发誓;而怎样说空话和谎言(且这种想法总是会存在)诱人入彀,怎么通过悔恨的泪水来骗取利益,是非常可恶的!我向上帝发誓,真的是这样!我不会对别人这样说,因为会遭到他们的嘲笑和谩骂;但是,公爵,您不会,您能设身处地去做评判。"

"啊,您说的这番话和刚才他对我说的几乎一模一样,"公爵失声大叫,"你们两个好像都是在自我吹捧!您真让我感到惊讶,不过,他显得比您真挚一些,而您完全将此变成了一种营生。行了,您就别皱眉了,列别杰夫,也不用手捂着胸口。您不是要对我说什么吗?您可不会无故来的……"

列别杰夫开始忸怩起来。

"我等了您整整一天,就想问您一个问题,请您如实回答我,哪怕您这一生就说这么一次真话:与昨晚马车相关的事,您是否或多或少有参与?"

列别杰夫又开始惺惺作态了,他眯着眼睛笑着,不停地搓着双手,最后甚至连打几个喷嚏,但依旧没有把话说出来。

"我看得出,您是参与了。"

"但我是间接参与的,只是间接的!我说的绝对是实话!我参与的部分不过是及时让那位女士知道,我家聚集了这么一群人以及有哪些人在场。"

"我知道,您让您的儿子到那里去过了,他刚才跟我说了,但这里究竟有什么阴谋啊!"公爵烦躁地叫道。

"这可不是我的阴谋,不是我的,"列别杰夫连忙摆手,好撇清自己,"是别人的,别人的,而且与其说是阴谋,不如说是突发奇想。"

"究竟是怎么一回事?看在耶稣的面子上,请您和我说清楚吧!难道您不明白，这事情关系到我吗？这简直是在往叶甫盖尼·帕夫洛维奇身上泼脏水。"

"公爵，尊敬的公爵！"列别杰夫又摆出一副忸怩作态的样子。"是您不让我讲出全部实情的，我不是一开始就要跟您讲实情吗？不止一次，但您不让我讲下去……"

公爵沉默着，想了一会儿。

"好吧，您说说实情吧。"他经过了一番激烈的思想斗争，纠结地说道。

"阿格拉娅·伊万诺夫娜……"列别杰夫立刻开始说。

"闭嘴，闭嘴！"公爵发了疯似的喊了起来，也许是因为气愤，也许是因为感到羞愧，他的脸涨得通红，"这不可能，完全是胡说八道！这一切都是您或者跟您一样的疯子杜撰出来的。永远不要再说这样的话了！"

晚上十点多的时候，科利亚带回来了很多消息，主要是两个方面的消息，是关于圣彼得堡和帕夫洛夫斯克的。他先大概说了下圣彼得堡方面的消息（大部分是关于伊波利特和昨日发生的事情的），详细的之后再补充，接着，他很快地讲起了有关帕夫洛夫斯克的消息。三小时前他从圣彼得堡回来，没有到公爵这里而是直接去了叶潘钦将军家。"那里的情况简直糟透了！"显而易见，马车事件正处在风口浪尖上，但可以肯定这里面有什么名堂，有什么他和公爵都不知道的内情，"我当然不是侦查的，也不想向任何人打听；不过他们很友好地接待了我，好得让我有些意外，但他们完全没有提到公爵您。"最主要、最让人觉得意味深长的是，今天阿格拉娅为了加尼亚跟家里人吵架了，事情的具体情况尚不清楚，只知道是为了加尼亚（您想一下这件事），而且吵得很厉害，看来是有什么十分重要的大事。将军到家很晚，一副郁郁寡欢的样子,叶甫盖尼·帕夫洛维奇是跟他一起来的,并且受到了热情接待,叶甫盖尼·帕夫洛维奇神采奕奕的,表现得格外有风度。冠绝今日所有消息的是,叶莉扎维塔·普罗科菲耶夫娜不动声色地把坐在小姐们中间聊天的瓦尔瓦拉·阿尔达利翁诺夫娜叫到自己跟前,她用最客气的方式告诉她永远不要来叶潘钦家里——"这是瓦尔瓦拉本人说的。"但是,瓦尔瓦拉从叶莉扎维塔·普罗科菲耶夫娜那儿出来,跟小姐们告别的时候,她们都不知道,母亲永远都不允许她再踏进她们的家门,这是她与她们的最后一次告别。

"但是瓦尔瓦拉·阿尔达利翁诺夫娜七点钟的时候还在我这里呢。"公爵甚为惊讶。

"是七点多或近八点钟的时候赶她走的。我很同情瓦尔瓦拉,也可怜加尼亚……毫无疑问,他们总是在背后捣鼓些什么,不捣鼓出什么事情他们就不能过活了。而我并不知道,他们在谋划什么,也不想知道。但是请您相信,我亲爱的、仁慈的公爵,加尼亚还是有良知的,这个人虽然在很多方面腐化了,但是在他身上许多方面,还是能挖掘出优良品质的,我无法原谅自己的是,我过去并不理解他……我不知道,在发生瓦尔瓦拉这件事后,我现在是否还应该继续去那里。虽然从一开始,我就让自己处于个体完全独立的状态中,但仍然需要好好想一想。"

"您不用过分可怜您的哥哥,"公爵指出,"既然事情已经到了这个地步,那么加夫里拉·阿尔达利翁诺维奇在叶莉扎维塔·普罗科菲耶夫娜眼里就是个危险人物,可以说,他的某些希望正在实现中。"

"什么,什么希望?"科利亚惊讶地叫道,"难不成您认为,阿格拉娅……这不可能。"

公爵沉默了。

"您是个可怕的怀疑论者,公爵,"过了两分钟,科利亚补充道,"我发现,从某个时候起您就变得十分容易生疑,您变得对什么都不相信,对一切事物都妄加揣测……在这种情况下,我用'怀疑论者'这个词形容您准确吗?"

"我想是准确的,虽然我自己也不能肯定。"

"但是我不会用'怀疑论者'这个词,我找到了新的词来形容,"科利亚忽然叫了起来,"您不是怀疑论者,而是个嫉妒者!您因某位高傲的小姐而大大嫉妒加尼亚!"

说完这些,科利亚大笑着跳了起来,就像从来都没有笑过这么开心一样。看到公爵满脸涨红时,他笑得更厉害了;他对自己看出公爵为阿格拉娅满腹醋意而非常得意,但当他发现公爵真的有些悲伤时,便立刻停止了。接着,他们认真地谈了一个小时,也许是一个半小时。

第二天,公爵因为一件要紧的事要办,在圣彼得堡待了一上午。回到帕夫洛夫斯克时已经是下午四点多了。他在火车站遇到了伊凡·费道罗维奇。伊凡·费道罗维奇连忙拉住他,仿佛在害怕一样,慌里慌张地朝四周环视了一下,然后将公爵拖进头等厢入座,和他结伴乘车。他急切地想跟公爵谈什么重要的事。

"亲爱的公爵,请您先别生我的气,如果我做的有什么不妥的地方,请您别计较。本来昨天我就要到您那儿拜访的,但不知道叶莉扎维塔·普罗科菲耶夫娜对此持什么样的态度……我家里……简直成了地狱,就像住进了情绪莫测的斯芬克斯[①],而我心里不安,摸不着头脑。至于您,在我看来,您没什么过错,至少比我们大家的过错要小,虽然诸多事情都是因您而起。您也看到了,公爵,行慈善是快乐的,但

---

① 在希腊神话中,斯芬克斯是狮身人面、长有双翼的女妖。

是也并不尽如人意。也许，您已经尝到了苦果。我当然是赞许您的善举的，同样也尊重叶莉扎维塔·普罗科菲耶夫娜，但是……"

将军说了很多类似的话，但他的话语无伦次，让人惊讶，看得出，发生了一件令他极为不解的事，才使得他如此震惊，甚至惶恐。

"在我看来，这件事跟您一点关系都没有，"他终于说得明白了些，"但是，出于友谊，我请求您，近期千万别来拜访我们，直到气氛好转。说到叶甫盖尼·帕夫洛维奇，"他激动地提高了嗓门，"这一切都是莫须有的诽谤，恶意中伤！这是造谣，这里有阴谋，有人想在我们不知情下，破坏一切。您瞧，公爵，我悄悄告诉您：我和叶甫盖尼·帕夫洛维奇之间可什么都没说过，您明白吗？我们不受任何约束，但那句话迟早会说的，或许不久后就会说出来！所以有人要来搞破坏！可是出于什么目的，我实在弄不明白！那个女人行事古怪，总是出人意料，我挺害怕她，夜里几乎无法入睡。那辆豪华的马车，那匹雪白的马，可真气派，的确像法文'chic'①一词一样气派！这是谁送给她的？真是造孽，前天我竟以为是叶甫盖尼·帕夫洛维奇。但事后再看，这是绝对不可能的，既然不可能，那么她又是为了什么要这样做呢？这简直是个谜！为了把叶甫盖尼·帕夫洛维奇留在自己的身边？但是我对您重申一次，我甚至可以对您发誓，他压根不认识她，这些借据完全是捏造的！她居然如此厚颜无耻地隔着马路冲着他呼喊！这完完全全是个阴谋！事情很明了，必须予以澄清并轻蔑唾弃，而对叶甫盖尼·帕夫洛维奇应该加倍尊重。我对叶莉扎维塔·普罗科菲耶夫娜就是这么解释的。现在我要对您说一个不可外扬的秘密：我坚信，她这是对我的个人的报复，是为了之前的事，您还记得吗？尽管我没

---

① 法语，优雅的，精致的。

有什么地方对不起她。一回想起这件事我就脸红。现在她又出现了，而我过去以为，她早就失踪了。请告诉我，罗戈任在哪里？我本以为她早就是罗戈任夫人了。"

总而言之，将军心神不宁、度日如年。他一路上都在喋喋不休，几乎整整一个小时的路程，他都在自说自话，自问自答，还不时握握公爵的手，至少要让公爵相信一点，就是他对公爵绝不存疑。这对公爵来说非常重要。结束时他讲到叶甫盖尼·帕夫洛维奇的伯父——圣彼得堡某机要部门的长官："地位显赫，七十岁的年纪，爱享受，好吃成性，总的来说是个平易近人的老人家……哈哈！我知道了，他听说过娜斯塔西娅·费利帕夫娜，甚至还想得到她。我刚才顺便去拜访他时，被告知身体不好，不能见客。但是他相当富有，并且很有地位……但愿上帝保佑他延年益寿，不过他身后的所有财产，叶甫盖尼·帕夫洛维奇终究会得到的……是的，是的……可是我依旧有些害怕！我不明白自己在怕什么，就是害怕……感觉天空中仿佛有什么东西在飞来飞去，倒霉的事情就如同蝙蝠一般盘旋在头顶，我真怕，怕……"

到了第三天，正如前文所提，叶潘钦将军一家终于与列夫·尼古拉耶维奇公爵重归于好。

第十二章

下午七点钟,公爵正打算去花园时,叶莉扎维塔·普罗科菲耶夫娜突然来到露台上找他。

"首先,"她一见面就说,"你可别以为,我来找你是来请你原谅的,那是完全不可能的!你错的地方多着呢。"

公爵没有出声。

"你认不认错?"

"我和您一样。其实,不论是我还是您,我们都没有故意犯过错。前天我还觉得自己有错,但现在我觉得并不是这么回事。"

"原来你是这样想的!好吧,那么,请坐下来听我说,因为我不想站着说话。"

于是,他们都坐了下来。

"其次,别提一句与那帮可恶的小子们相关的话,我坐下来跟你聊十分钟,来找你主要是想问一件事(天知道你又在想些什么,我没说错吧?),但如果你提到他们,哪怕是一个字,我就会马上离开,并且与你彻底决裂。"

"好。"公爵回答道。

"请问,两个月或两个半月前,复活节前后,你是不是给阿格拉娅写过一封信?"

"写——过。"

"为什么写信？信里写了什么？把信拿给我看看！"

叶莉扎维塔·普罗科菲耶夫娜目光燃烧如炬，她着急到近乎打战。

"我这里没有信，"公爵很是惊讶，尴尬到不行，"如果信还留存着，那么应该是在阿格拉娅·伊万诺夫娜那里。"

"别遮遮掩掩，你在信里写了些什么？"

"我没有遮遮掩掩，也什么都不怕。为什么我不能写信……我觉得没有什么原因不许我……"

"住口！你以后再说这个。你信里到底写了些什么？你为什么要脸红？"

公爵想了一下。

"我不明白您的意思，叶莉扎维塔·普罗科菲耶夫娜。我只知道，因为这封信您很不高兴。我本来是可以拒绝回答这样的问题的，您得同意这点，但是为了跟您表示，我并不因为写过这封信而惧怕，也不后悔写了这封信，我脸红也不是因为这封信，"此时，公爵脸变得更红了，"我这就给您讲讲这封信的内容，我好像还能背得出来。"

说完，公爵开始背了起来，几乎一字不漏。

"简直是胡说八道！在你看来，这些胡言乱语意味着什么？"叶莉扎维塔·普罗科菲耶夫娜十分专注地听完他背的内容后，猝不及防地指出。

"我自己也说不清楚，不过我知道，我的感情是很真诚的。在那里我曾有过充满生机以及无限希望的时刻。"

"什么希望？"

"很难解释，但绝对不是您心里所想的那种希望……呃，总而言之，是一种对未来寄予的欢乐的希望，觉得自己在那里也许不是异乡客，不是外国人。我忽然很喜欢祖国的一切。于是，在一个阳光灿烂的早晨,我拿起笔给她写了这封信;至于为什么写给她,我也说不清。就是有时候我很想身边能有个朋友。我想有一个朋友……"公爵停顿了一下然后补充道。

"你是萌发了爱意吗?"

"不,不。我……我就像是在给妹妹写信,并且落款也是以兄长的名义。"

"哦,你是故意这样做的,我明白了。"

"叶莉扎维塔·普罗科菲耶夫娜,回答您的这些问题,让我感到十分不快。"

"我知道你不快,但是你愉快与否跟我没有任何关系。听着,老实回答我的话,就像面对上帝那样:你有没有对我撒谎?"

"我没有撒谎。"

"你说没有萌发爱意,这是真的吗?"

"几乎,完全是真的。"

"瞧你,'几乎'!是通过那个小子转交的?"

"是我请求尼古拉·阿尔达利翁诺维奇……"

"那个小子!那个小子!"叶莉扎维塔·普罗科菲耶夫娜激动地打断公爵,"我根本不知道,哪个是尼古拉·阿尔达利翁诺维奇,就知道那个小子!"

"是尼古拉·阿尔达利翁诺维奇……"

"跟你说,就是那个小子!"

"不,不是那小子,而是尼古拉·阿尔达利翁诺维奇。"公爵终于口气强硬地回答道,不过声音还是压得很低。

"呵,好吧,亲爱的,不错!这点我记住了。"

她用了一分钟的时间,按捺住了自己激动的情绪,才把一口气缓上来。

"那么'可怜的骑士'又是怎么回事?"

"我压根不知道。这与我无关,只是个玩笑罢了。"

"那就好!不过,她是不是对你有意思?她可是称你为'畸形儿和白痴'呢。"

"您原本可以不用跟我转达这句话的。"公爵带着责备的口气抗议道,声音低到几乎听不见。

"别生气。这丫头任性执拗,疯疯癫癫,而且被宠坏了,她要是爱上谁,肯定会骂出声来,甚至还会当面嘲讽的;我年轻时也是如此。但是请别先得意,亲爱的,她不是你的;我不想相信这事,她永远也不会嫁给你!我告诉你,是为了让你未雨绸缪。听着,你发誓,你没有跟那个女人结过婚。"

"叶莉扎维塔·普罗科菲耶夫娜,您说的这是什么啊?"公爵惊讶到几乎跳了起来。

"可你们不是差点结婚了吗?"

"是的,差点就结婚了。"公爵喃喃低语后,垂下了头。

"如此看来,那么你是爱上她了?如今也是为了她而来的?是为了那个女人吗?"

"我不是来结婚的。"公爵回答道。

"在这个世上,你有奉若神明的事物吗?"

"有的。"

"那你发誓,你不是来跟那个女人结婚的。"

"随您,要我发什么誓都行!"

"我相信你,现在请吻我一下。我终于可以松口气了。但是你必须知道:阿格拉娅不爱你,你做好心理准备吧,只要我还活着,她就绝对不会嫁给你！听见了吗？"

"听见了。"

公爵脸涨得通红，甚至无法直视叶莉扎维塔·普罗科菲耶夫娜。

"你必须记住。我曾像期待上帝一样期盼着你的到来（但你根本不值得！），每天夜里，我的泪水都浸湿了枕头——但这不是为了你，亲爱的，你不用多想，我有其他的痛苦，而且岁岁年年皆是如此。但之所以迫不及待地期盼着你的到来，是因为我仍然相信，是上帝派你来做我的朋友、做我的亲兄弟的。除了别洛孔斯卡娅那个老太婆，我身边没有任何知己，何况她也远走他乡了，再加上她已经一把年纪了，蠢得像头羊。现在请你明确地回答我：你知道不知道，前天她为什么要在马车上呼喊？"

"老实说，我没有参与此事，对此并不知情！"

"好了，我相信你。现在我对此怀有其他的看法，昨天上午我还认为全是叶甫盖尼·帕夫洛维奇的过错。前天整整一天，以及昨天上午都是这么想的。现在我当然不能不认可他们的看法。很明显，他们把他当傻瓜一样戏弄了，这里肯定有某种原因，某种目的（这一点就很可疑！甚至不成体统！）。总之，阿格拉娅绝不会嫁给他，这一点我要和你说清楚！就算他是个好人，但这件事毫无回旋的余地。我过去动摇过，但现在打定主意了，'除非等我死去、归土之后，否则休想让我把女儿嫁给他'，这就是今天上午我清清楚楚地对伊凡·费道罗维奇说的话。你看，我多信任你，你看出来了吧？"

"我看出来了，我明白。"

叶莉扎维塔·普罗科菲耶夫娜目光如刀般锐利地注视着公爵；或许，她很想知道，关于叶甫盖尼·帕夫洛维奇的消息是否对他产生了某种影响。

"加夫里拉·伊沃尔金的情况你一点也不知道吗?"

"您指的是?我知道挺多的。"

"你知不知道,他与阿格拉娅有联系?"

"这件事我压根不知道,"公爵惊得愣了一下,甚至打了个哆嗦,"怎么,您是说,加夫里拉·阿尔达利翁诺维奇与阿格拉娅有联系?这不可能!"

"那是不久前的事。他妹妹整个冬天都像老鼠打洞似的为他钻洞、打探道路。"

"我不相信,"经过一阵深思熟虑与激动不安后,公爵坚定地重申道,"如果有这种事,我一定会知道的。"

"难道他会跑过来趴在你胸口前哭着向你承认吗?你呀,真是个傻瓜,太傻了!大家都在骗你,把你看作……看作……你居然还相信他?太让人害臊了!难道你没看出来,他处处都在骗你吗?"

"我明白他有的时候在骗我,"公爵不乐意地轻轻说道,"他也知道我明白这一点……"他补充了一句,但没有把话说完。

"你知道还信他?还有你这样傻到冒泡的人?不过,你会有这种想法也没什么好惊讶的。哎!世界上怎么会有你这样的人啊!那你知不知道,这个加尼亚,或是这个瓦尔瓦拉,他们帮她跟娜斯塔西娅·费利帕夫娜牵线联系?"

"帮谁?"公爵激动地问。

"阿格拉娅。"

"我不相信!这是不可能的!这又是出于什么目的?"

他从椅子上跳了起来。

"虽然有证据,但我不相信。她一向任性,爱幻想,又疯疯癫癫的!是个脾气非常不好的可恶丫头,可恶,可恶!纵使重复一千遍我也要说，她就是个可恶的丫头！她们现在全都是这个样子，连亚历山德拉这只'灶台猫'也不例外，不过阿格拉娅现在简直就是匹桀骜不驯的马驹，最要命！但，我还是不信她会干这种事！也许，是因为我不愿意相信。"她仿佛自言自语地补了一句，"你为什么不来我家？"接着，她又突然转头问公爵，"整整三天了，为什么不来？"她再一次不耐烦地朝他喊道。

公爵正要解释其中缘由，她又打断了他。

"大家都把你当成傻瓜，欺骗你！你昨天去城里了；我敢打赌，你必定是请求那个无赖接受那一万卢布的！"

"根本没有，我也没有这么想过。我甚至都没有看到他，另外，他并不是无赖。我收到了他的一封信。"

"你把信拿出来给我看看。"

公爵从公文包里掏出一封便笺，递给叶莉扎维塔·普罗科菲耶夫娜。便笺里写道：

先生：

在人们的眼里，我完全没有权利谈自尊。在世人眼里，我太卑微了，甚至可以说没有自尊。但这是世人的看法，并非您的看法。先生，我深信，您比别人好。我不认同多克托连科的观点，在这一点上我与他有分歧。我永远不会拿您一分钱，您周济了我的母亲，我应该感谢您，虽然我认为这样做是软弱无能的。无论怎样，我对您是另眼相看的，并且认为有必要把这点告诉您。我相信，我们今后不会有任何瓜葛。

安季普·布尔多夫斯基

又及：欠您的二百卢布近期会如数奉还。

"一通胡扯!"叶莉扎维塔·普罗科菲耶夫娜把那封信扔给公爵,当下做出评论,"完全不值得读,你笑什么?"

"您应该承认,您读完这封信是心生愉悦的。"

"什么?这种虚荣心十足的胡扯会让我心生愉悦?难道您不知道,他们都是狂妄自大且爱面子的疯子吗?"

"是的,但他认了错,也与多克托连科一拍两散了;我甚至觉得,他越爱面子,他的这种自尊心越可贵。您真像一个小孩子,叶莉扎维塔·普罗科菲耶夫娜。"

"你是想挨我一巴掌吗?"

"不,我不敢想。我这样说,是因为您看到信的内容而高兴,但您又隐瞒了这种心情。您为何不好意思表达您的真实情感呢?要知道您在所有方面都这样。"

"从今往后不准你踏进我的家门,"叶莉扎维塔·普罗科菲耶夫娜被气得脸煞白,从座位上跳了起来,"从现在起,永远不准你去我那里,我再也不想见到你!"

"可是没过三天,您自己又会叫我去您家……哎,您怎么不难为情呢?其实是您最美好的情感,您为何羞于表达呢?要知道,您这明显是自我折磨。"

"我宁愿死也不会再请你来,我要忘了你的名字!我已经忘了!"

她离开公爵,跑了出去。

"不用您禁止,我已经被禁止去您那里了!"公爵在她背后喊道。

"什么?谁禁止的?"

她仿佛被针刺了一下,立刻转过身来。公爵踌躇未决,欲言又止。他已经发觉自己无意间说漏了嘴,而且捅娄子了。

"谁禁止你的?"叶莉扎维塔·普罗科菲耶夫娜愤怒地吼道。

"阿格拉娅·伊万诺夫娜禁止……"

"什么时候的事,你倒是说啊!"

"上午她捎了个信,说永远不许我到你们那儿去。"

叶莉扎维塔·普罗科菲耶夫娜呆呆地站在那里,但她可没被唬住而停止思考。

"捎的是什么?派谁来的?是通过那个小子吗?是捎的口信?"她突然又大声嚷了起来。

"是一张便条。"公爵说。

"在哪儿?拿来!马上!"

公爵想了一下,但还是从背心口袋里掏出了一张揉得皱皱巴巴的纸片,上面写着:

列夫·尼古拉耶维奇公爵:

在发生了这些事情之后,如果您还打算来别墅拜访我们,会让我吃惊的。您会意识到,我并不欢迎您的到来。

阿格拉娅·叶潘钦娜

叶莉扎维塔·普罗科菲耶夫娜思考了大概一分钟,忽然向公爵跑了过来,她抓住他的手,拽着他走。

"走!现在就走!我们就去,马上就去!"她格外激动和焦急地喊着。

"您这样会让我陷于……"

"让你陷于什么?你真是个傻子!简直就不像个男人!现在,我倒是要亲眼看清楚……"

"您至少让我拿顶帽子……"

"快点拿，我们马上就走！给你这顶让人讨厌的帽子，你连挑一顶款式大方的帽子都不会！她这是……这是她在刚发生的那件事后……一时气急写的，"叶莉扎维塔·普罗科菲耶夫娜喃喃低语道，她抓着公爵的手，一刻也没有松开，"那会儿我袒护你，我说，你不来我们家，真是个傻子……不然，她也不会写这张糊涂的字条！这张不体面的字条！对这样一个有教养的、冰雪聪明的名门淑媛来说，简直有失体面！"她继续说着，"嗯，当然，她也因为你没来而愤愤不快，只不过她没有考虑到，给白痴写信不能这样直白地写，因为他只会按照字面的意思来理解，果不其然。你为什么偷听？"她恍然间发现自己说漏了嘴，便大声喝道，"她需要你这样的会逗人开心的人，而且她好久没有见到你了。她这是想让你来我们家！我很高兴，高兴她现在会挖苦你了！就应该这样对待你。她是善于挖苦人的，啊，她可真是太高明了……"

第 三 卷

第一章

时常有人抱怨，说我们俄国没有实干之人；比方说，参与政治的人很多，将军也很多，各种各样的监管人员满地都是，偏偏实干之才少之又少。至少大家都如此抱怨。据说，在一些铁路线上连个正规的工作人员都没有；据说，某家轮船公司想要成立一个勉强可以将就的管理班子，都无法做到。你听说过吗，在一条新开辟的铁路线上，火车不知道是在桥上相撞了还是翻了车；你听说过吗，报上刊登了一列火车差点被冰封在茫茫雪地里，火车连一个小时都没开到，却在雪地里停了五天。还听闻，九千普特①的商品堆放在一个地方两三个月，没等发运就腐烂了；据说（不过，这让人难以置信），某个商人的雇员缠着管理人员，也就是站长，要求发运货物，可站长不仅没有发货，甚至打了他一耳光，之后还用"一时气急"来为其此种管理方式解围。似乎为国家服务的政府部门多到无法想象；大家都供过职，大家都在供职，大家都有意愿供职——可是，人们不禁疑惑，有这么多公职履历的人才，轮船公司怎么就组建不了一套像样的管理班子呢？

对此，有时得到的答案非常简单，甚至简单到叫人难以置信。的确，据说，我国国民大都曾供职或者正在供职，这套规则是按照日耳曼的模式从祖辈传下来的，已经延续两百年了，但是担任公职的人往

---

① 俄制重量单位，1普特约合16.38千克。

往都不是实干之人,相沿成俗,发展到如今的地步。愈演愈烈的是,不久前,脱离现实、缺乏实践几乎被认为是公职人员里最高尚的美德和最被推崇的优点。不过,我们不必再涉及公职人员的问题,其实我们想讲的是实干之人。毫无疑问,胆小怕事和完全缺乏主见,常被认为是实干之人最主要和最突出的特征,甚至直至今日还这么认为。但是,如果认为这种意见是指责,又何必责备自己呢?缺少独立创新的能力,自古以来,不论在全世界哪个地方,都被看作一个能干、勤劳、实干之人所具备的第一品质和最被推崇的优点。至少有百分之九十九的人(这还是保守估计)抱有这种传统想法,只有百分之一的人不论是过去还是现在都持有另一种想法。

发明家和天才在自己生涯开始时(也有自始至终的),在社会上几乎总被看作傻瓜,这可谓是世人皆知、因循守旧的成见了。譬如,过去几十年,大家都把钱拿到银行,几十亿卢布按千分之四的利息存进去,倘若银行没有了,那大家自然就会发挥自己的主动性,此时这亿万资金中的大部分必然会在狂热的股票交易中亏损,或者落到骗子的手里——这甚至可以称得上体面、不逾规越矩的做法。正是如此,谨小慎微以及墨守稳进,至今在我国都被公认为一个能干的正派人不可或缺的品质,那么突然发生大变化就会被视为干了不正派,甚至不太体面的勾当。比如,一个溺爱自己孩子的母亲,如果她的儿子或者女儿将来要稍稍做出一点越矩动作,她会被吓坏,甚至被吓出病来:"不,宝贝,你最好还是幸福安逸地过日子,千万别与众不同。"每个母亲在自己的孩子还是摇篮里的婴儿时,都是这么想的。而自古以来,我们的保姆在摇孩子入睡时,都是振振有词地轻声哼唱道:"日后披金戴银,腾达做将军!"显而易见,连我们的保姆也认为将军官衔在俄国是至高无上的,也是普罗大众公认的、安康美满的民族理想。事实上，只要考试及格，任职三十五年后，谁当不上将军、谁不能在银行里存上一笔钱呢？因此，一个俄国人几乎不需要怎么努力，最后都能得到能干和实干家的美誉。实质上，我国当不上将军的只有那种另类的、别出一格的人，也就是不安于现状的人。也许，这里有什么误解；但是，总体来说，这大抵是正确的，我们的社会在定义实干家的论据上准备得非常充分。

然而，以上赘述过多；其实笔者只是想就我们熟悉的叶潘钦将军一家做出说明。这一家子，或者说至少是这个家庭中最有头脑的几位成员，经常会因他们共有的家庭品质与我们刚才所议论的美德直接对立而感到痛苦。他们对事实并不完全理解（因为真相很难弄清），他们却不断怀疑，他们家的一切似乎与其他人家并不一样。其他人家安顺和谐，而他们家里总是磕磕绊绊、龃龉不断；其他人家都遵循生活轨迹前行，而他们家的人时常跳出轨道；其他人家时刻规矩得体、谨小慎微，而他们家的人绝不雷同。的确，叶莉扎维塔·普罗科菲耶夫娜常常大惊小怪甚至过分紧张，但毕竟这世俗下的规矩谨慎并非其渴望的。其实，大概也只有叶莉扎维塔·普罗科菲耶夫娜一个人在担忧：虽然小姐们颇具洞察力，对世事持嘲讽态度，但她们都还很年轻；将军虽然也比较聪明（不过，并不是一点都不迟钝），但在难办的事情上也只会说："嗯。"最后一切还是得叶莉扎维塔·普罗科菲耶夫娜出面。因此，她也就肩负起了责任。并不是这个家庭有了什么不得了的自主能动性，或者为了追求独特跃出正常轨道，那是完全不可能的。哦，不！从真正意义上说，并没有这种事，也就是说不存在有意追求特别的目标，而是无意导致，最终结果仍然如此。叶潘钦将军一家虽然受人敬重，但总不像一般受人敬重的家庭那般。最近叶莉扎维塔·普罗科菲耶夫娜开始将所有一切过错都归咎于自己以及自己那"倒霉的"性格——这无疑更加深了她的痛苦。她时常痛骂自己是个"愚蠢的、有失体统的怪女人",并且疑神疑鬼,自寻烦恼,经常心绪杂乱,对于一点点小问题都变得束手无策,而且总是爱夸大不幸。

在本书的开端,我们就已经提到,叶潘钦将军一家的威望名副其实。甚至是伊凡·费道罗维奇本人,尽管出身不清,但不容置疑的是,他一直受人敬重。他之所以被如此敬重,首先,因为他是个富有且"地位显赫"之人;其次,因为他为人正派,虽然才智不高,头脑反应有些慢,这点虽说不是所有事业家必须具备的品质,但至少也是所有认真赚钱之人应有的特点;最后,将军举止得体,作风正派,为人谦逊,善于沉默的同时也不会让别人欺负,不光因为他的将军身份,也因为他正直、高尚。更重要的是,他有着强有力的靠山。至于叶莉扎维塔·普罗科菲耶夫娜,前面已经说过了,她的出身很好,虽说当今社会已经不大看重出身门第了,但除了有必要的关系。而她毕竟是有关系的,有那么一群尊敬她、喜欢她的拥趸者,大家跟着他们自然而然地觉得,就应该尊敬她、爱戴她。毫无疑问,她不应该有什么家庭烦恼,其中原因还是因为她把这些微不足道的小事夸大到可笑的程度。但是,如果谁的鼻子上或者额头上长了个疣子,那么您总会觉得,所有人活在世上唯一的事,就是看您脸上的这颗疣子,嘲笑您、辱骂您,即使是您发现了美洲新大陆也于事无补。同样没有疑问的是,在叶莉扎维塔·普罗科菲耶夫娜的社交圈里,她的确被看作"怪女人",但大家还是无可争辩地尊敬她;可最终叶莉扎维塔·普罗科菲耶夫娜并不相信人家敬重她,这就是她痛苦的症结。看着自己的女儿们,她因怀疑不由得苦恼,她怀疑自己因为某方面原因会阻碍她们的前程,她怀疑自己的性格可笑、有失体面、令人厌恶——可以想到,她总是不停地指责自己的女儿们以及伊凡·费道罗维奇,整天跟他们发火,而与此同时,她又爱他们爱到忘我,爱到几乎到狂热的地步。

最让她感到苦恼的是,她怀疑自己的女儿们正在变成像她一样的"怪女人",认为上流社会不会有、也不应该有像她们这样的小姐。"她们这样只会成为虚无主义者!"她时常暗自思忖。这一年里,特别是最近这段时间,这个让人忧心忡忡的念头在她脑袋里越发强烈。"首先,她们为什么都不出嫁?"她总是问自己。"为的是让我这个母亲饱受煎熬——她们甚至把这看作自己生活的目的,当然是这样,因为这一切是新思潮,这一切都是天杀的妇女问题!半年前阿格拉娅不还曾贸然提出来要剪短她那美丽的秀发吗?(天哪,我在她这个年纪根本就没有这么好的头发!)她不是已经把剪刀拿在手里了吗?不是我跪下来求她才没剪的吗?……就算这是一出为了折磨自己母亲的恶作剧,因为这丫头心狠、任性、娇纵惯了,但最主要的还是因为她心狠,心狠,心狠!可是,那个胖乎乎的亚历山德拉难道不也是跟在她后面,要剪自己那一头蓬松的头发吗?她可就不是闹情绪、耍性子了,而是真正的愚蠢,因为阿格拉娅让她相信,没有头发的话,她的睡眠会改善,头也不会痛了。已经五年了,曾有过多少小伙子可以让她们来挑,不知道多少,不知道多少!其中不乏品行很好的,甚至是非常出众的!可她们都不嫁,还在等什么,到底在等什么?她们就是想让自己的母亲生气,没有别的原因!没有别的原因,绝没有!"

终于,她这颗被黑夜包围的老母亲的心,迎来了一缕曙光;至少有一个女儿,至少给阿杰莱达安排好了亲事。"哪怕是卸掉肩上的一个重担也好啊!"有机会说的时候,叶莉扎维塔·普罗科菲耶夫娜就会如此吐露自己的心声(其实她暗自思忖时,表达的要含蓄温柔得多)。整件事情进展得不错,很体面;连上流人士谈及此事,也人人称赞。肖这个人有名有望,身为公爵,家产颇丰,人品端正,加上合她的心意,难道还有比这更好的吗？但是相比另两个女儿，她本来就对阿杰莱达不太担心，虽然她那种艺术家的秉性，有时也让叶莉扎维塔·普罗科菲耶夫娜困惑不安。"然而她天性开朗，同时又有理智，这丫头总不至于走背运。"她终于感到些许安慰。让她最为担心的还是阿格拉娅。至于大女儿亚历山德拉，叶莉扎维塔·普罗科菲耶夫娜也不知道该怎么办。要不要为她担心？她有时觉得："这丫头彻底完了，二十五岁了，看来，要做个老姑娘了。浪费了这么漂亮的一副皮囊……"叶莉扎维塔·普罗科菲耶夫娜甚至夜里常常为她流泪，但亚历山德拉·伊万诺夫娜在那些夜里却睡得非常踏实。"她是个什么样的人啊，是虚无主义者还是就是个傻瓜？"她其实并不傻，叶莉扎维塔·普罗科菲耶夫娜对此一点都不怀疑，她很尊重亚历山德拉·伊万诺夫娜的建议，也喜欢找她商量事情。至于说她像只"灶台猫"，也是毫无疑问的。"她淡定到任谁也推不动！不过，'灶台猫'也有不淡定的时候，哎，我可完全被她们弄糊涂了！"叶莉扎维塔·普罗科菲耶夫娜对亚历山德拉·伊万诺夫娜有一种无法解释的同情和好感，这种好感甚至多于被她视为偶像的阿格拉娅。但是，脾气火爆（这正是她表现母亲的关切和喜爱的方式）、无端生事，诸如"灶台猫"这样的称呼也只是让亚历山德拉觉得好笑。一点点小事都会让叶莉扎维塔·普罗科菲耶夫娜气到发疯、大发雷霆。比如说，亚历山德拉·伊万诺夫娜非常喜欢睡懒觉，通常会做许多梦；但是她的梦通常十分梦幻且幼稚——这要是个七岁的小孩也就罢了，可就是这种幼稚的梦境不知为何让她母亲十分生气。有一次亚历山德拉·伊万诺夫娜梦到了九只母鸡，竟因此引发了她和母亲之间的一次争吵。这是为什么呢？很难解释。另外一次，就只有一次，她梦见了什么相对独特的梦境——她梦到一位僧侣，一个人待在漆黑的房间里，而她一直惧怕走进那个房间。这个梦马上就被两个听后哈哈大笑的妹妹转告给了叶莉扎维塔·普罗科菲耶夫娜，不想她听了后又恼火了，呵斥她们三人都是傻瓜。"哼！瞧她像个傻瓜似的那么安稳，完全就是只'灶台猫'，推都推不动，可偏偏她一脸沉闷，有时候看起来忧郁得很！她在想什么，忧伤个啥？"有时候她向伊凡·费道罗维奇提出这个问题，通常用歇斯底里的命令口气，威胁一般地盼着对方立即答复。伊凡·费道罗维奇则是"嗯""嗯"的，蹙着眉，耸了耸肩，最终摊开双手，回复道："应该给她找个丈夫。"

"上帝保佑，可别找个像您这样的，伊凡·费道罗维奇，"叶莉扎维塔·普罗科菲耶夫娜终于像个炸弹一样爆发了，"可别找一个跟您见解和判断相似的，别找个像您这样的野蛮莽夫，伊凡·费道罗维奇……"

伊凡·费道罗维奇马上溜之大吉，而叶莉扎维塔·普罗科菲耶夫娜在发过脾气后也自然平静了下来。当然，在当天晚上她一定会不同往常地殷勤而温柔，关心又恭敬地对待"自己的野蛮莽夫"伊凡·费道罗维奇，对待他那善良、可爱的伊凡·费道罗维奇，因为她一生都挚爱着甚至疯狂迷恋着伊凡·费道罗维奇，而伊凡·费道罗维奇也清楚这点，为此也万分尊敬叶莉扎维塔·普罗科菲耶夫娜。

而阿格拉娅，是她经常苦恼的心结所在。

"完全像我，她在所有方面简直就是我的翻版，"叶莉扎维塔·普罗科菲耶夫娜暗自腹诽，"任性、可恶的小鬼，虚无主义者，怪女人，疯丫头，心狠手辣，心狠手辣！哎，天哪，她得多么不幸啊！"

但是，正如我们前文所述，升起的太阳一度把一切消融、照亮。差不多有一个月，叶莉扎维塔·普罗科菲耶夫娜完全摆脱了一切，得以休养生息。因为阿杰莱达日益逼近的婚礼，上流社会也开始提到阿格拉娅，而且阿格拉娅无论走到哪里，举止总是那么优美端庄，那么聪慧却又不可征服,虽然有些高傲,但这与她的性格十分匹配。整整一个月里,她对母亲都十分亲热殷切!(然而,对这个叶甫盖尼·帕夫洛维奇还得仔细观察,擦亮眼睛,看清摸透,而且阿格拉娅好像并没有把他看得比别人更好。)至少,她突然出挑得楚楚动人——她多么俊俏啊!天哪,她太美丽了,而且日益优秀!可偏偏就在……

偏偏就在此时冒出了个可恶的死公爵、傻到透顶的白痴,于是一切又被搅乱了,家里闹得天翻地覆!

可是,究竟发生了什么事呢?

在别人看来一定不是什么事。但叶莉扎维塔·普罗科菲耶夫娜与别人不同的是,纵使一堆再平常不过的事情混在一起,也能在她那双永远多疑的眼睛里,洞察到一些导致她自己吓出病来的危险。她难以克服这种毫无根据的恐惧。可现在,从这些荒谬可笑、无中生有的担忧中,果真显现出某种似乎要紧的征兆、某种似乎真的是让人忧虑和生疑的迹象,她又会怎样思虑呢?

"怎么有人敢……敢给我写这封该死的匿名信,说阿格拉娅和那个贱人有关联呢?"叶莉扎维塔·普罗科菲耶夫娜一路边想边拖着公爵跟自己走,到家后安排让公爵坐在家庭聚会常坐的圆桌旁后还在想,"竟然有人敢这样?如果我哪怕相信了一点点,或者把这封信给阿格拉娅看,我是会羞愧至极的!竟敢如此羞辱我们叶潘钦家!这一切,一切都是因为伊凡·费道罗维奇,一切都是因为您,伊凡·费道罗维奇!啊,我们为什么不去叶拉金,我可是说过要到叶拉金消夏的!这大概率是瓦尔瓦拉写的信,我就知道,或者,也可能……总之这一切都是伊凡·费道罗维奇的错!这是那个贱人拿他取乐,让他记住旧情,拿他当个傻瓜,就像过去一样,当他是傻瓜戏弄他、牵着他的鼻子走,那时他还给她送过珍珠首饰……最后还牵连上我们,您瞧瞧,自己的女儿们都被扯进去了,伊凡·费道罗维奇,她们还是小姑娘、千金小姐、待嫁闺秀,当时她们都在场,就在这儿,全都听见了,因为那帮小子的事,把她们都牵连了,她们都在场,全听见了,这下您高兴了吧!我不会原谅,不会原谅公爵这小子的,永远不会!为什么阿格拉娅这三天天天在家歇斯底里?为什么几乎跟姐姐们都吵翻了?甚至跟亚历山德拉都吵架了,过去她是那么尊敬她,总像是亲吻母亲那样亲吻她的手。为什么这三天她总是让大家莫名其妙、不知所措?加夫里拉·伊沃尔金又是哪里冒出来的?为什么这两天她开始夸赞加夫里拉·伊沃尔金,并且还哭了?为什么这封匿名信提到了这个该死的'可怜骑士',而阿格拉娅没给两个姐姐看公爵的信?为什么……为什么,为什么我刚才像只发了疯的猫一样,跑到他家,亲自把他带到这里来?天哪,我现在是在干什么啊,我真是疯掉了!跟一个年轻人说自己女儿的秘密,而且这秘密与他息息相关!上帝啊,还好,他是个白痴……还是这个家的朋友!只是,难道阿格拉娅真的爱上了这个傻子?天哪,我又在胡说八道些什么啊!呸!我们全都是稀奇古怪的人……都能被摆上陈列柜了,首先就应该把我展示出去,一张门票收十戈比。关于这点,我不会原谅您的,伊凡·费道罗维奇,永远不会!为什么阿格拉娅现在不为难他了?她曾发誓要让他难堪的,可现在却没有!瞧,您瞧瞧,她大睁着眼睛看着他,一言不发,站在那儿也不离开,她本来不是不许他来吗……他就坐在那儿,脸色苍白。那个该死的叶甫盖尼·帕夫洛维奇实在令人生厌,话又多,全场就看他一个人喋喋不休!滔滔不绝的,别人插不进去一句话。只要话锋一转聊到其他事……我马上就会知道事情原委。"

公爵确实脸色苍白,他坐在圆桌旁,似乎既害怕又高兴,偶尔处于莫名其妙的短暂狂喜之中。他十分害怕朝角落那个方向看,因为那里有一对熟悉的黑眼睛正注视着他;与此同时,他又幸福得紧张到难以呼吸,因为在收到她的拒信后,他又能坐在这里,坐在这些人中间,再次听到那个熟悉的声音。"天哪,她接下来要发言了!"公爵尚未说一句,只是紧张地听着叶甫盖尼·帕夫洛维奇口若悬河、滔滔不绝——他难得有今晚这种生龙活虎、昂扬亢奋的精神气。公爵认真地听他说话,但听了好久都没听明白。今天除了还没从圣彼得堡回来的伊凡·费道罗维奇,大家都到了。肖公爵也在。他们刚才好像打算先去听个音乐,过一会儿再回来用茶。现在谈话的内容,似乎是在梅什金公爵到来之前就已经开始的。少顷,不知从哪儿冒出来的科利亚很快地溜到了露台上。"看来,这里仍像以前一样接纳他。"公爵在心里想着。

叶潘钦家的别墅十分豪华,是按瑞士村舍的精品建筑构建的,四周种着花草树木,拾掇得十分清雅别致;一个不太大却精致优美的花园环绕着别墅。跟公爵一样,大家都坐在露台上,只不过这里的露台比较宽敞,装点得比较讲究。

已经展开的话题,似乎大家都不怎么感兴趣。可以料到,目前的话题是由一场偏执的争论而引出的,当然,大家都想换个话题,但是叶甫盖尼·帕夫洛维奇似乎十分坚持己见,丝毫不顾他人感受;公爵的到来,似乎愈加激发了他发表的兴致,叶莉扎维塔·普罗科菲耶夫娜阴沉着脸,尽管她并不是完全能听懂他的发言。阿格拉娅则坐在边上,几乎是在角落里,没有离开,始终在听,也始终保持着沉默。

"不,"叶甫盖尼·帕夫洛维奇激动地反对道,"我一点也不反对自由主义。自由主义并不是罪过;相反是一个整体里面必不可少的部分,假使缺失了,那么整个社会也会瓦解、毁灭;自由主义跟最本分的保守主义一样都有存在的权利。但是我要攻击的是俄国的自由主义,我重申下,我之所以反对它,其实是因为国内现有的自由派并非俄国的自由派,而是非俄国的自由派。给我一个真正的俄国自由派,我马上会当着你们的面亲吻他(支持他)。"

"那也得他愿意被你亲吻。"亚历山德拉·伊万诺夫娜激动万分地说。她的脸颊甚至比平常要红。

"还真是奇怪,"叶莉扎维塔·普罗科菲耶夫娜暗自揶揄道,"她天天吃吃睡睡,如同坐定了的大象推都推不动,居然一年中会突然这般亢奋一下,而说出来的话,让人瞠目结舌。"

公爵有一瞬间觉得亚历山德拉·伊万诺夫娜似乎不大喜欢叶甫盖尼·帕夫洛维奇这种玩世不恭的说话语气,以及他涉及的严肃话题,他有时十分慷慨激昂,有时又似乎是在开玩笑。

"刚才,公爵,您来之前,我就断言,"叶甫盖尼·帕夫洛维奇继续道,"到目前为止,我们自由派的人仅仅来自两个阶层:旧时地主(被废除了农奴制的)和教会学校的学生。由于这两个阶层最后都成为实力强大的社会阶层,成为完全有别于民族的特殊群体,而且代代相传,愈演愈烈,所以,无论他们过去还是现在所做的一切完全都跟民族性无关……"

"什么?这么说,所做的一切都不是俄国的?"肖公爵表示异议。

"非民族性的;虽然是俄国的,但不具备民族性;我们的自由派不是俄国的,保守派也不是俄国的,全都不是……请相信,国家完全不会承认地主和教会学生所做的一切的,无论是现在还是将来……"

"真是谬论!如果不是玩笑话,您有什么证据证明这些荒诞的言论呢?我不容许有这种关于地主的荒诞奇说。您自己也是俄国地主。"肖公爵反对态度强硬。

"不过我说的并不是您所理解的那种俄国地主。这是一个值得尊敬的阶层，单凭我也属于这个阶层就可以看出来了；尤其是现在，当这个阶层已经不复存在的时候……"

"难道文学上也没有什么是民族性的？"亚历山德拉·伊万诺夫娜打断他问道。

"我对文学不在行，但是，据我看，我国的文学，除了罗蒙诺索夫、普希金和果戈理之外，其他都不是俄国的。"

"您列举的这些已经不少了，他们之中一个是农民，另外两个是地主。"阿杰莱达笑了起来。

"的确如此，但您别高兴得太早了。因为截至目前，所有的作家中只有这三位，表达出了某些真正属于自己的、没有从别人那儿借鉴的东西来，就凭这一点，这三位才成为民族性的作家。无论俄国哪个人自己说出的、写出来的以及做出的都是自己的，非借鉴别人、完全属于自己的东西，他也定然借此成为民族的了，即使他俄语不太好。这是我的信条。我们起初说的跟文学没有关系，谈的是社会主义者，话题被他们扯远了。好，我就这么认为，我们没有一个是俄国社会主义者；从前未有过，现在也不曾有。因为所有我们这些社会主义者都是来自地主或教会学生。所有这些臭名远扬、大放厥词的社会主义者，不论是这里的还是国外的，无非都是农奴制时代的地主所转变成自由派的。你们笑什么？可以把他们的著作、学说、回忆录都给我，虽然我不是文学批判家，但我也能写出一篇令人信服的文学批判来，文章里我将如实证明给你们看，他们的大著作、小册子、回忆录的每一页都表明着，这些都是旧时代地主写出来的：他们的仇恨、愤怒、幽默都是地主式（甚至是法穆索夫式[①]）的，他们的欢笑、泪水虽然也许都

[①] 格利鲍耶陀夫的戏剧《聪明误》中的农奴主。

是真实自然的,但也确实是地主式的!地主或教会学生的泪水……你们又笑了,您也在笑,公爵,难道您也意见相左?"

确实,大家都笑了,公爵也忍俊不禁。

"我还不能明确地表示是否赞同,"公爵说道,突然收起笑容,像是被抓包的调皮学生一般打了个哆嗦,"但请您相信,我非常高兴地在听您的卓见……"

说这话时,他似乎有些喘不上气来,额头上甚至冒出了冷汗。这是自他坐下后的第一句话。他本想打量一圈周围的人,但是没敢。叶甫盖尼·帕夫洛维奇发现了他这个举动,笑了起来。

"各位,我和你们讲一个事实,"他依旧用着原来的口气继续说道,依旧异常殷切、声音激动,又似乎是在自嘲,"我是第一个观察,也可以说是发现这个事实的人,我甚至可以很荣幸地说仅有我一人发现了,至少以前从未有人说过或者写过这一事实。这一事实反映了我所说的俄国自由主义的全部实质。第一,什么是自由主义?一般而言,自由主义不就是对现行秩序的抨击吗(这样说是否有理,另当别论)?不是这样吗?好,那么我说的事实是,俄国自由主义不是抨击事物现行秩序,而是抨击我们事物的本质,也就是抨击事物的本身,而并非只抨击秩序,不是抨击制度,而是抨击俄国本身。我说的自由派甚至发展到否定俄国,也就是痛恨自己的母亲,击打自己的母亲。俄国每一件不幸的、倒霉的事都会让他们欣喜若狂,引起他们的嘲笑。他们仇视民间习俗,仇视历史,仇视一切。如果竭力为他们辩解的话,那么也只能说他们无知到不清楚自己在做什么,他们把对祖国的仇视、敌意当作最美好的自由主义(哦,天哪,你们常常会遇到我国的一些乐于接受他人恭维的自由派,可他们在本质上也许是最荒谬、最执拗、最危险的保守派,并且他们自己并不知道这点)。不久前,我国的一些自由派甚至还把这种憎恨看作对祖国的热爱,并自我炫耀地说,他们比任何人都理解怎样才是热爱祖国;但现在他们更加明目张胆,甚至对'爱祖国'这样的话都羞于启齿了,就连'爱祖国'这样的理念,都会被当作毫无意义的、有害的物质被摒弃和废止了。这个事实是无可置疑的,我坚信这点……迟早要将事实完完全全、原原本本、毫不粉饰地讲出来;但与此同时,这个事实是无论什么时候,在什么地方,从古至今,无论在哪个民族中,都不会有也不会发生,因而我认为这个事实是偶然的,可能不会长久。不论在哪里,都不会有憎恨自己国家的自由派。那么我们这里的一切又该如何解释?正如之前所说,现在国内的自由派,暂时还不是俄国的自由派,照我看,再没有比这更好的解释了。"

"我当你所说的一切都是在开玩笑,叶甫盖尼·帕夫洛维奇。"肖公爵严肃地表示。

"我没见过所有的自由派,所以不好随意评论,"亚历山德拉·伊万诺夫娜说道,"但是听完您所说的思想,我是带着一腔怒气的:您夸大事实,将个别案例当作整体情况一概而论,因此,这可以说是诬蔑。"

"个别案例?啊!真说得出口。"叶甫盖尼·帕夫洛维奇接过话,"公爵,您怎么看,这是个别现象吗?"

"我也得表明,我很少遇见过自由派,也很少和他们打交道,"公爵说,"但我觉得,您说得大概有几分道理,您所说的自由派确实有一部分倾向于憎恨俄国,而不只是憎恨其制度。但很明然,这仅仅是一部分而已……当然无论如何,若说所有的人都这样是不可能的。"

他吞吞吐吐起来,话没说完。尽管有些激动,但他对这个话题还是颇感兴趣的。公爵这人有一个特点:总是十分天真单纯地倾听所有他感兴趣的话题，在有人向他发问时，他也会认真予以回答，这种天真与单纯都反映在他的脸上和身体的姿势上。无论是对嘲笑还是幽默他都不加怀疑。虽然叶甫盖尼·帕夫洛维奇一直都对他有一种嘲讽的态度，但听到他这么回答，不免有些认真地看了看他，似乎压根没有想到会得到他这样的回答。

"是这样的……不过，您说的话有些奇怪。"他说，"公爵，您是认真在回答我的问题吗？"

"难道您的问题只是随便问问的吗？"公爵惊讶地反问。

大家都笑了起来。

"请相信他吧，"阿杰莱达说，"叶甫盖尼·帕夫洛维奇总是喜欢捉弄人！您要知道他偶尔还是会正经谈事的。"

"让我看，这场话题让人不太愉快，根本不必开这个头，"亚历山德拉不客气地说，"我们原本是打算散步的……"

"那就走吧，夜色真的很美！"叶甫盖尼·帕夫洛维奇大声喊道，"但为了向你们证明，当然主要是向公爵证明我这次说的话可是认真的（公爵，您让我对您很感兴趣，我发誓，我在别人印象里未必一定是个无聊的家伙，虽然我这人确实是挺无聊的），还有……如果允许的话，各位，我还要再问公爵最后一个问题，这完全是出于我自己的好奇心，问完就结束了。这是我两个小时前突然想到的（您瞧，公爵，有时我也思考些严肃的事情）；我已经有了自己的见解，但是我想知道，公爵您对于刚才我们所谈到的'个别案例'是怎么看的。这个词在我们这里有特别的含义，经常会听到。不久前，大家都在谈论、报纸刊登的那件一个年轻人杀了六个人的可怕命案，以及辩护律师怪诞的辩护词。那名律师说罪犯在贫困的境况下会顺其自然地想到杀死这六个人。尽管这不是原话，但意思也差不多如此。在我看来，辩护律师在发表这一奇怪的观点时，完全可以确定他就是我们所处时代所能说出的最自由、最人道的和最进步的话。那么，您怎么看待这种歪曲事实、颠倒是非、偷换概念的事呢？用这种曲解事实、荒诞奇异的视角看问题——是个别案例还是普遍现象？"

他的话引得大家不禁捧腹。

"这是个别案例，当然是个别案例。"亚历山德拉和阿杰莱达笑着回答道。

"请允许我再提醒你一次，叶甫盖尼·帕夫洛维奇，"肖公爵补充道，"你的玩笑太老土了。"

"您怎么看呢，公爵？"叶甫盖尼·帕夫洛维奇观察到列夫·尼古拉耶维奇公爵正好奇且认真地看着自己，于是没有等肖公爵说完话就问道，"您觉得，这是个别案例还是普遍现象？坦白说，我是因为您才想出这个问题的。"

"不，这不是个别情况。"梅什金公爵声音很轻，但态度十分坚定。

"得了吧，列夫·尼古拉耶维奇，"肖公爵有些恼了，"难道您没看出，他是等着您呢；他是在没事寻开心，特意给您下了这个套。"

"可我觉得，叶甫盖尼·帕夫洛维奇的问题是认真的。"公爵脸红了起来，双目低垂。

"亲爱的公爵，"肖公爵继续说道，"您回想一下，三个月前有一次我和您谈过什么；我们恰好就谈到了这点，实施我们新法系统没多久，就已经能列举出太多超群轶类、才华横溢的辩护律师！陪审员们也做出太多令人拍案叫绝的裁决！您当时还非常高兴，看着您高兴的劲儿我也高兴……我们都说我们为此自豪……而这种拙劣的辩护词、奇怪的论据，自然是个别的，概率不过千万分之一。"

梅什金公爵回想了一下，声音轻轻的，甚至有些羞怯，但还是异常肯定地回答道:"我只是想说,歪曲事实、颠倒是非、偷换概念的情况已经见惯不怪了(引用叶甫盖尼·帕夫洛维奇的话),遗憾的是,比起个别案例来,这可是十分普遍的。甚至可以说,如果这样的歪曲事实不是普遍情况的话,那么,就不会有这种难以想象的罪行发生,就像那些……"

"难以想象的罪行?但是我肯定地跟您说,类似的罪行,或许更可怕的罪行,过去有过,现在、未来也一直会有,不仅我国有,到处都有,我认为,在未来的一段时间内,还会反复发生。不同之处不过在于过去我国较少公之于众,而现在舆论公开化了,甚至还能写文章评论此事,因此这让人觉得,好像这些犯罪者是近些年才出现的。这不过是您的错觉,您天真的错觉,公爵,请您相信这点。"肖公爵略有调侃地笑了下。

"我知道,过去就有很多类似的犯罪行为,论起骇人听闻来甚至不亚于此;不久前我去过监狱,认识了几个罪犯及被告。甚至还有比这个年轻人更可怕的杀人犯,杀了十个人却没有一丁点儿悔过之意。但我注意到,哪怕是罪大恶极、不知悔改的罪犯也知道自己是个罪犯,也就是说,他心里非常清楚自己干了坏事,尽管他不曾后悔。他们中大都如此;但叶甫盖尼·帕夫洛维奇提到的那些人,并不认为自己是罪犯,还认为自己有权如此,甚至认为……自己做得很好,大概就是这样。照我看,最大的区别、最可怕之处就是这点。请您注意,这些人都是青年,可以说,他们正处在没有自我保护能力的阶段,最容易受到歪理邪说的诱惑。"

肖公爵已经打住不笑了,转而一脸困惑地听梅什金公爵往下说。亚历山德拉·伊万诺夫娜一直迫不及待地想说些什么,可是这会儿却沉默了,似乎有什么特别的想法阻止了她,叶甫盖尼·帕夫洛维奇则十分震惊地望着公爵,这次他已经不再嘲笑了。

"我的少爷,您干吗表现得如此惊讶?"叶莉扎维塔·普罗科菲耶夫娜突然插了一句,"您是觉得他比您蠢,不能像您那样思考问题吗?"

"不,我没有这种意思,"叶甫盖尼·帕夫洛维奇解释道,"只不过,公爵,您怎么(请恕我的问题冒昧),既然您看问题如此清晰,那么您怎么(再次恕我冒昧)在那件怪事上……就是前几天——是姓布尔多夫斯基的那个人吧——那件同样颠倒是非、扭曲道德观念的事,您怎么就没有发现呢?完全是一样的情况!我当时还觉得,您似乎看不出来。"

"我来给您解释下,少爷,"叶莉扎维塔·普罗科菲耶夫娜按捺不住地要发言,"我们大家都注意到了,我们现在还坐在他面前吹嘘着自己,而他今天收到了那帮人里面一个的来信,就是那个满脸粉刺的核心人物,你记得吗,亚历山德拉?那个人在信中对他致歉,别管他用的什么道歉方式。那个人说,他已经和那时怂恿他的那个人分道扬镳了,你记得吗,亚历山德拉?还说他现在信任公爵。尽管我们都有本事在他面前把头颅昂得老高,高他一等,可我们都还没收到过这种信。"

"伊波利特刚才也搬到我们别墅里了!"科利亚喊道。

"什么?他已经来了?"公爵大为吃惊。

"您前脚刚跟叶莉扎维塔·普罗科菲耶夫娜走,他就到了。是我把他接来的!"

"哼,我敢打赌,"叶莉扎维塔·普罗科菲耶夫娜顿时怒火中烧,似乎完全忘记了她刚刚才夸奖过公爵,"我敢打赌,他昨天一定去那小子住的阁楼跪着求他原谅了,求这个脾气暴坏的小子赏脸搬到这里住。你昨天去了吧?刚才你自己不也承认了吗?是不是这样?你是不是跪下了?"

"根本不是这样,"科利亚提高嗓音为其辩护,"完全相反,昨天是伊波利特紧紧地抓住了公爵的手,亲吻了两下,我亲眼所见,整个谈话以误会消除而告终。除此之外,公爵不过说了句,住到别墅来对他的病情会好些,伊波利特马上就同意了,说一旦身体好些就搬过来。"

"您何必呢,科利亚……"公爵抓起帽子站起身,喃喃地说道,"您干吗要解释,我……"

"你这是打算去哪里?"叶莉扎维塔·普罗科菲耶夫娜叫住他。

"您别担心,公爵,"激动到全身发热的科利亚继续说,"您别去打扰他了,他因为路上奔波劳累,这会儿已经睡了。他很高兴。公爵,依我看,你们现在最好别见面,即使明天见也无妨,不然他又会感到难为情的。上午他说,这是这半年以来感觉状态最好的时候,觉得比过去有力气了,甚至咳嗽的频率都减少了许多。"

公爵留意到阿格拉娅突然从自己的座位上离开了,走到桌旁。他不敢看她,但是他全身每一个细胞都能感觉到,这一刻她正在盯着他,也许还是怒视,她那双黑眼睛里一定满是愤怒。于是,他的脸涨得通红。

"不过我认为,尼古拉·阿尔达利翁诺维奇,如果您说的这个人,就是几天前那个患着肺病、哭着邀请大家参加他的葬礼的男孩,那您把他接到这来就非常不应该,"叶甫盖尼·帕夫洛维奇说,"那时他曾绘声绘色地描述着邻居家的那面漂亮的墙,而现在他必定会因为思念那堵墙而忧愁的,请您相信这点。"

"这话说得很对,他会跟你吵起来,甚至打起来,然后再一走了之!"叶莉扎维塔·普罗科菲耶夫娜把装着针线的小篓子挪到身前,似乎已经忘记大家准备去散步的事了。

"我记得,他说到那堵墙的时候颇有骄矜之色,"叶甫盖尼·帕夫洛维奇接着说,"没有那堵墙,他就不能伴着漂亮的话死去,而他渴望伴着漂亮的话死去。"

"那要怎么办呢?"公爵低声说,"如果您不宽恕他,他也会在没有您的宽恕中死去……现在他搬过来就是为了看看这里的树而已。"

"哦,就我而言,我已经宽恕他的一切了;您可以向他转达这点。"

"这点不能这么理解,"公爵似乎不大乐意地轻声回答,他仍旧不敢抬起双眼,只是盯着地上的某处说道,"应该是您去征得他的宽恕。"

"我有什么需要他宽恕的?我做了什么对不起他的事?"

"如果您不明白,那就……不过您肯定明白,他当时是想……祝福大家,并得到大家的祝福,就是这么回事……"

"亲爱的公爵,"肖公爵与在场的几个人对视了下,似乎有些惶惶不安地插话说道,"死后入天堂是很难做到的,而您依旧期盼着人间也有天堂。他入天堂是很困难的,公爵,那比您那美好的心灵所期盼的要难得多。最好别再说这个了,不然又会让我们大家感到不舒服的,到那时……"

"我们去听音乐吧。"叶莉扎维塔·普罗科菲耶夫娜硬生生地打断,并生气地从座位上站起来。

于是,大家都跟着她起身离开了。

第二章

公爵忽然走到叶甫盖尼·帕夫洛维奇面前。

"叶甫盖尼·帕夫洛维奇,"公爵抓着他的胳膊,异常热情地说道,"您要相信,不论怎样,我认为您是非常高尚、非常好的人,您大可以相信这一点……"

叶甫盖尼·帕夫洛维奇惊讶得向后退了一步。有一瞬间,他尽力压制着自己差点爆发出来的笑意,但当他靠近观察后,注意到此时的公爵表情异常,至少有些奇怪的迹象。

"我敢打赌,"他大声说道,"公爵,您想说的不是这些话吧,或者这压根不是想对我说的……但您这是怎么了?您感觉不舒服吗?"

"可能是吧,非常有可能,您真是观察入微,可能我并不想找您!"

说完这些,他不知怎地,奇怪地笑了,甚至表情有些可笑,但是突然间,他似乎又变得兴奋起来,大声嚷道:"别和我提我三天前的事!我这三天里一直感到很羞愧……我知道是我的错……"

"可是……可是您究竟做了什么难以忍受的事呢?"

"我可以看出,叶甫盖尼·帕夫洛维奇,您或许是众人中最为我感到羞愧的,您的脸红了,这是心地善良的印证。请别担心,我会马上离开。"

"他这是怎么了?他这样是不是要发病?"叶莉扎维塔·普罗科菲

耶夫娜恐慌地问科利亚。

"请您别在意,叶莉扎维塔·普罗科菲耶夫娜,我没有发病,我马上就走。我知道,我……天生身体虚弱,我病了二十四年,从出生一直到二十四岁。作为一个病人,现在请听我说几句。我马上就走,马上,请放心。我不是脸红——因为这而脸红不奇怪吗?但是在社交场合,我简直是多余的……我不是出于自卑才这么说……我这三天一直在思考这个问题,而且我决定有合适的时机就该真诚坦率地告诉你们。有一些思想,那些高尚的思想我是不该贸然谈论的,因为我一定会让大家觉得可笑,肖公爵刚刚正是提醒了我这点……我没有体面的仪态,也没有分寸;我言语颠倒,不仅无法清晰表达自己的想法,反而糟践了自己的想法。因此,我没有权利……而且我又敏感多疑,我……我确信这一家人不会亏待我,他们给予我的爱,超过了我所应得的,但是我知道(这点我十分肯定),抱病二十多年,我的身上一定留下了什么后遗症,所以有时候……我……无法不令众人笑我……是这样吧?"

他环顾四周,仿佛在等待其他人的回应和决定。在场的人都站在那里,被这种意想不到的、病态的或者说是看起来毫无根据的行为弄得十分困惑。但是,这次发作却意外地引出了一段奇怪的插曲。

"您干吗要在这里说这些话?"阿格拉娅突然大声嚷道,"您为什么对他们说这些?为什么对他们,对他们!"

她看起来极度愤慨,眼睛里冒着火。公爵呆愣地站在她面前哑口无言,脸色顿时煞白。

"这里没有人配听你的这些话!"阿格拉娅突然爆发了,"这里所有人,没有一个比得上您一根小拇指!您比所有人都真诚,比所有人都高尚,比所有人都忠厚,比所有人都善良,比所有人都聪明!这里有些人甚至连弯腰给您捡掉在地上的手帕都不配……您为什么要妄自菲薄，贬低自己？为什么一直要作践自己，为什么您这么没有自尊心？"

"上帝，这谁能想到啊？"叶莉扎维塔·普罗科菲耶夫娜双手一拍，惊呼道。

"可怜的骑士！乌拉！"科利亚高兴地大喊。

"闭嘴！……有人胆敢在您的家里冒犯我！"阿格拉娅突然冲叶莉扎维塔·普罗科菲耶夫娜吼了起来，她此时此刻正处于歇斯底里的状态，已经无视所有的规矩，"为什么所有人都折磨我！整整三天，公爵，他们全都为了您缠着我，为什么会这样？我说什么都不会嫁给您！明白了吗，绝对不嫁，永远不嫁！难道有人愿意嫁给像您这样的荒唐之人？您也不照照镜子看看自己，您这样子配得上谁！……为什么，为什么他们有意戏弄我，说我想嫁给您？您大概是知道的吧！您也是他们的同谋吧！"

"无论什么时候都没有人戏弄你！"阿杰莱达惊诧地喃喃道。

"没有人这么想过，没有人这样说过！"亚历山德拉·伊万诺夫娜喊道。

"谁戏弄她了？什么时候戏弄她了？谁会对她说这种事？她这是在说胡话吧？"叶莉扎维塔·普罗科菲耶夫娜气得浑身发抖，向所有人质问。

"你们所有人都说了，每一个人！整整三天！我永远、永远都不会嫁给他！"

这般大喊大叫之后，阿格拉娅痛苦地流下了泪水，用手帕遮住脸，跌坐在椅子上。

"但是他还没有向你……"

"我还没向您求婚，阿格拉娅·伊万诺夫娜。"公爵突然说道。

"什——么？"叶莉扎维塔·普罗科菲耶夫娜拉长了声调诘问，语气中满含震惊和愤怒，"你在说什——么？"她简直无法相信自己的耳朵。

"我的意思是……我的意思是，"公爵颤抖着说，"我只是想跟阿格拉娅·伊万诺夫娜解释一下……希望可以有幸向她解释，我从来没有任何企图……也不可能有幸向她求婚……哪怕任何时候。这事不能归咎于我，上帝明鉴，不是我的错，阿格拉娅·伊万诺夫娜！我从未想过，从来没有过这种想法，永远也不会有，未来您会看到的，请您信我！一定是有人居心叵测在你面前诋毁我！您可以放心！"

他一边这样说着，一边走近阿格拉娅。她将遮住脸的手绢拿开，迅速瞥了他一眼，看到他吓到魂不附体的糗样，明白了他刚才说的话，突然对着他大笑起来——如此开怀的大笑，拿别人的滑稽取乐的狂笑，导致阿杰莱达第一个没忍住，尤其是当她也看了眼公爵那副窘态后，马上扑向她的妹妹，拥抱她，和她一样，像个小学生一样笑得无法控制、无比欢乐。

看着她俩这样，公爵顿时也微笑了起来，并带着一副高兴且幸福的表情重复道："啊，感谢上帝，感谢上帝。"

这时，亚历山德拉也忍不住了，发自内心地放声大笑起来。三姐妹的这阵笑声似乎无休无止了。

"哼，真是一群疯丫头。"叶莉扎维塔·普罗科菲耶夫娜喃喃自语，"一会儿把人吓到，一会儿又……"

现在肖公爵也跟着笑了起来，连叶甫盖尼·帕夫洛维奇也笑了，科利亚更是笑个不停。公爵看着大家也跟着大笑起来。

"我们去散散步，去散散步吧！"阿杰莱达叫道。"大家一起去，还有公爵自然也得和我们一起。不许您离开，您真是个可爱的人！他是多么可爱的人啊！阿格拉娅！您说是不是，妈妈？而且，我还要，一定要吻他、拥抱他一下，为了……为了刚才他对阿格拉娅坦白的话。妈妈，亲爱的妈妈，您能允许我吻他吗？阿格拉娅，请允许我亲吻您的公爵！"这个俏皮的二小姐嚷嚷着，然后真的蹦蹦跳跳地来到公爵面前，吻了下他的额头。而公爵抓住她的双手，紧紧握着，几乎把阿杰莱达吓得大叫起来，他欣喜若狂地看着她，突然迅速握起她的手拉向唇边，吻了三下。

"那我们走吧，"阿格拉娅招呼道，"公爵，需要您陪我。妈妈，让一个拒绝了我的人陪我，可以吗？您不会永远拒绝我吧，公爵？不，姿势不是这样的，仲出胳膊给女士，但不是您这样的。您不知道怎么搀扶女士吗？像这样，来吧，我们走到他们前面去。您愿意我们两人单独地走在大家前面吗？"

她滔滔不绝地讲个不停，还不时地发出阵阵笑声。

"感谢上帝！谢天谢地！"叶莉扎维塔·普罗科菲耶夫娜不停重复道，她自己都不知道为什么会感到如此高兴。

"真是些奇奇怪怪的人！"肖公爵心中暗想，自从与他们相识以来，这也许是第一百次这么想了，但是……他挺喜欢这些奇怪的人。至于梅什金公爵，也许他并不赏识。当大家外出散步时，肖公爵有些郁郁寡欢，似乎心事重重。

叶甫盖尼·帕夫洛维奇似乎心情好到了极点，去车站的一路上不断跟亚历山德拉和阿杰莱达开着玩笑，对于他的笑话，她们回应他的笑声特别迅速，以至于他隐隐约约怀疑，或许她们根本没在听他说的内容。想到这里，他突然毫无缘由地爆发出很大的笑声（这是他的性格使然）。姐妹俩这会儿像过节一般高兴，她们不时地瞟着走在前面的公爵和阿格拉娅，很显然，小妹妹给她们出了一道烧脑的大谜题。肖公爵一直在努力尝试和叶莉扎维塔·普罗科菲耶夫娜攀谈一些不相干的事,也许是为了分散她的注意力,可这却让她烦躁得不行。她的思绪似乎十分混乱,要么答非所问,要么有时干脆不回答。但是那天晚上,阿格拉娅·伊万诺夫娜的谜题可没结束。最后一个谜正落在公爵手里。在走到距离别墅百步之遥的地方,阿格拉娅用低如耳语的声音迅速地对她始终保持沉默的男伴说:"您看右边!"

公爵看了看。

"仔细看看。您看见公园里的那条长椅没?就在那儿,有三棵大树的地方……绿色的长椅。"

公爵回答看见了。

"您喜欢这儿吗?有时候我很早就过来,约莫七点钟,大家还在睡觉的时候,我自己一个人就已经坐在那儿了。"

公爵低声说这儿环境非常优美。

"现在请您离开我吧,我不想再和您挽着手走了。或者这样更好,我们依旧挽着手走,但不要跟我说一句话。我想独自思考……"

显然,这条警告完全多余,即使没有命令,公爵肯定也是一路不发一言。当他听到关于长椅的那些话时,他的心脏开始怦怦直跳。过了一会儿他才重整思绪,惭愧地驱散了头脑中那些荒唐念头。

众所周知,反正大家都这么认为,比起每逢星期天和节假日从城里涌来的"形形色色"的人,平日里聚集到帕夫洛夫斯克车站来的人要更为"高雅讲究"。人们的装束虽不像过节那样盛装打扮,但衣着大方雅致。聚集在这儿听音乐是消夏的一项传统。这里的管弦乐队也许是国内最好的花园乐队之一,而且曲目总有新花样。尽管这里基本上可以说是像家庭一般甚为亲密的氛围,但人们都举止得体,谈吐礼貌。这些熟人们,基本都是到乡间别墅来消夏的,聚在这里能看望彼此。

很多人以此为快，并且就是为这个目的而来的，不过也有些人是专门为了听音乐来的。吵闹之类不体面的事极其罕见，不过这在平日也并非不会发生。当然，没有这种事是不可能的。

这晚天气甚佳，来听音乐的人非常多。离乐队比较近的座位都被占满了。我们的这一帮人在稍微靠边一点的椅子上坐下，离车站最左边的门不远。人群和音乐声使叶莉扎维塔·普罗科菲耶夫娜多少打起了些精神，也让姑娘们乐呵起来，她们和自己的熟人们交换着眼神或是远远地互相点头致意，她们打量着人们的装束，注意到一些新奇古怪的，就评头论足并嘲弄一番来取乐。叶甫盖尼·帕夫洛维奇也不时地欠身致意。阿格拉娅仍然和公爵在一起，他俩引起了周围人的注意。不一会儿，几位熟识的青年来到将军夫人和小姐们面前，其中两三个人留下来和她们攀谈，这些人都是叶甫盖尼·帕夫洛维奇的朋友。这些人中有一位非常英俊的年轻军官，性格开朗而健谈；他迫不及待地和阿格拉娅展开话题，使出浑身解数去吸引她的注意力。阿格拉娅对他很客气，笑得也很随和。叶甫盖尼·帕夫洛维奇请求公爵，允许介绍这位朋友给他认识；公爵还没明白怎么回事，彼此就已经躬身施礼并握了握手，算作认识了。叶甫盖尼·帕夫洛维奇的朋友提了一个问题，但是公爵似乎没有回答他，而是自言自语嘟囔着些什么，样子很是奇怪，以至于那位军官很特别地看了他一眼，然后又看了下叶甫盖尼·帕夫洛维奇，立马就明白了为什么叶甫盖尼·帕夫洛维奇要介绍他们认识，他淡淡一笑，便又转向了阿格拉娅。此时，只有叶甫盖尼·帕夫洛维奇注意到阿格拉娅让人意外地脸红了。

公爵甚至没有注意到有人在和阿格拉娅攀谈献殷勤，有那么片刻甚至完全忘了自己正坐在她的旁边。有时他想离开到别处去，完全从这里消失，甚至去一些黑暗、荒凉的地方，因为这样才能让他安静独处、思考问题,他不想让别人知道他在哪里。或者,回到自己住处的露台上也好,但是不希望有人在那里,连列别杰夫和他的孩子都不行,他想一头栽到沙发上,把脸埋进枕头里,就这样躺个一天一夜,然后又一天。有那么些许瞬间,他的脑海里会浮现出群山,还有山中那个熟悉的小据点。他总是喜欢回忆这个小据点,那是他在国外生活的那些年喜欢并时常去的地方,从那里俯瞰村庄,远眺那如同白色丝带的山间瀑布、白色的浮云、废弃的古老城堡。啊,他多么想此刻就回到那里,去专心思考一件事!他一生就只想这件事,花上一千年也不为过!让这里的人们忘记有关他的一切吧。哦,如果大家根本不认识他,如果这满眼所见都只是一场虚梦,那必然是更好了。再说梦也罢,现实也罢,不都一样吗?有时他会突然开始端详阿格拉娅,五分钟之内都不会把目光从她的脸上移开。但是他的目光过于奇怪,他看着阿格拉娅如同在望着一件一英里外的物体,又或像是在望着她的画像,而非她本人。

"为什么这样看着我,公爵?"她中断了同周围人的愉快谈笑,突然间问道,"我害怕您。我总是觉得,您想伸手用手指触碰我的脸。对吧,叶甫盖尼·帕夫洛维奇,他看上去是像这样吧?"

公爵听到这些话,似乎对有人和他说话而感到惊讶,等他反应过来,却还是不太清楚是怎么回事,也就没有回答什么。但当他看到阿格拉娅和周围人都在笑,便也突然开口跟着笑了起来。周围的人笑得更厉害了;那个年轻的军官应该是个爱嬉闹取乐的,此时更是捧腹大笑。

阿格拉娅忽然愤愤低语道:"白痴!"

"天哪,她竟然如此对待这样一个人……难道她是彻底疯了吗?"叶莉扎维塔·普罗科菲耶夫娜的声音从牙缝里挤出来。

"这是个玩笑。就和那个'可怜的骑士'的笑话一样。"亚历山德拉在她耳边低声肯定道,"没别的什么,不过是她又在拿他取乐了。只是这次玩笑开得过火了,必须到此为止,妈妈!之前她就像个小丑一样演戏,只顾自己胡闹,吓唬我们来寻开心……"

"幸亏她碰上的是这么个白痴。"叶莉扎维塔·普罗科菲耶夫娜和她低语道。女儿的话还是让她轻松了一些。

然而,当公爵听到有人称他为白痴时,身体颤了一下,但并不是因为他被称为白痴。他压根就不在意"白痴"这两个字眼。但是在距离他座位不远的人群中的某个地方——他也无法确定具体的位置——在那里有一副面孔一闪而过,那是一张苍白的脸,有着乌黑卷曲的头发,还有让人感到非常熟悉的冷漠的笑容和目光,而这副面孔一闪而过、消失无踪了。这很可能仅仅是他的幻象;整个幻象只给他留下了冷漠的笑容和那双眼睛,还有那个闪过的人影戴着的一条浮夸的翠绿色领带。这位先生消失在人群中了,还是溜去了车站?公爵也无法确定。

但是片刻之后,他突然开始焦虑,并迅速地四下张望,这第一个幻象也许是第二个幻象的预示和先兆。确实是这样。难道他忘记了跟他们一起来到车站是很可能和冤家相遇的吗?没错,在往车站走时,他似乎完全没有意识到是要到哪儿去——他当时就是这样的精神状态。假如他当时有留意或者细心一点的话,他也许会注意到,一刻钟之前阿格拉娅似乎也有些不安,不时地四处乱瞟,好像在周围寻找些什么。而此时,当他的不安表现得越发明显时,阿格拉娅的激动和不安也越发加剧;每每他回头张望,她也几乎立刻跟着回头。他们的焦虑不安很快便有了答案。

在靠近公爵和叶潘钦家座位一边的车站左侧门,突然走出了一群人,不下十个。为首的是三个女人,其中两个女人美貌脱俗,所以,她们后面跟着这么多仰慕者也就毫不奇怪了。但是，无论是那些仰慕者还是这几个女人，他们都有些特别，和其他来听音乐的人完全不同。几乎所有人都注意到了他们，但大多数人都装作若无其事没有看见的样子，可能只有一些年轻人冲着他们笑，彼此私下里小声议论着。注意不到他们是根本不可能的，这些人大声地说笑，引人注目。可以猜到，他们中有几个人大概是喝多了，虽然看上去衣着颇为时髦精致。但是他们之中也有几个样子非常古怪的人，穿着奇装异服，脸红得出奇。他们中还有几个是军人，不全是年轻人，有些穿着宽松舒适、制作精致的衣服，佩戴着玺戒和领扣，戴着乌黑锃亮的假发套，蓄着络腮胡子，一脸鄙视的神情，却是一副高贵气派。不过，社交圈中对待这类人就像对瘟疫一样避之不及。在我们的郊外社交休闲区中当然也有高雅得体、名声很好的地方，但是再小心谨慎的人也无法做到时刻提醒自己不被邻居家房顶的砖砸到。而此刻，这块砖头正要落在那些来听音乐的高雅人士头上。

从车站到乐队所在的平台需要走下三级台阶。那群人就在台阶这里停了下来，迟疑不定。但其中一名女士领头跨步前行，只有她的两个侍从敢跟着下去，一个是样子普通的中年男子，外表各方面都还算得体，但给人感觉他是一个老单身汉，也就是说这种人永远不会认识谁，并且谁也不认识他；另一个紧跟在那位女士后面的人，衣衫不整、神色可疑。再没有其他人紧随这位古怪女士的步伐了。但是，她走下台阶时甚至都没回头看过一眼，貌似有没有人跟着对她来说根本无所谓。她依旧大声谈笑。她的穿着极为华贵雅致，但也有几分过分华丽了。她径直穿过乐队走到平台的另一边，靠近路旁有一驾马车停在那里，似乎在等待什么人。

公爵已经三个多月没见到她了。从他来到圣彼得堡开始，他就一直在打算什么时候去拜访她,但似乎是一种神秘的预感让他犹豫不决。至少他无论怎样也无法预见碰面会给她留下怎样的印象,而他有时还是会满腹恐惧地妄自想象。有一点他是非常确定的——见面将会痛苦。这六个月以来,他多次回忆初见这个女人面容时的感受,尽管当时只是见到她的照片,但即使是照片上的肖像,每每回忆起来,也给人留下饱含心酸的印象。在外省的那一个月里,他几乎每天都见到她,那段时间给他带来了可怕的影响,公爵甚至想要将它从脑海中驱赶出去。对他来说,这个女人的脸上总是流露出一种痛彻心扉的神色。公爵在和罗戈任谈起时,曾把自己这种感受描述为一种无限的怜悯,也确实是这样,她的这张脸,自打从照片上看到的那一刻起,就唤起了公爵心中那令人痛苦的怜悯。这种怜悯的感觉,以及由此而生的痛苦从未游离出他的心,现在依旧没有。哦,不,而是它变得更强烈了。但是,他觉得对罗戈任说的话总不够真切,直到她意外出现的这瞬间,也许是凭着这瞬间的直觉,他才恍然发现,他和罗戈任说的话中到底缺少了什么。缺少的是关于恐惧感受的表达——是的,就是恐惧!而此刻,他完完全全感受到了这一点,他确信,凭自己特殊的理由充分肯定,这个女人疯了。假如爱一个女人胜于世上的一切,或在想象中憧憬这种爱情的滋味时,却突然看见她戴着镣铐囚禁在监牢,承受狱吏的棍棒——想必此时,你感受到的印象和公爵此刻几乎没有差异。

"您怎么了?"阿格拉娅很快在耳边问他,边打量着他边天真地拽着他的胳膊。

公爵转过头来看她,看着她那闪闪发亮的黑眼睛。他试图朝她微笑,但倏忽间又好像忘记她似的,重新转过目光向右看去,又开始注视着那突如其来的幻影。

娜斯塔西娅·费利帕夫娜此时正从小姐们的座位旁走过。叶甫盖尼·帕夫洛维奇继续同亚历山德拉·伊万诺夫娜讲着什么，应该是件非常滑稽和有意思的事儿，他语速很快，说得起劲。公爵记得阿格拉娅忽然低语道："她很是……"

话没有说完也不能确定是什么意思，她立刻停住不说了，也没有补充什么，但这就足够了。娜斯塔西娅·费利帕夫娜独自经过，好像没有注意任何人，这时却突然把头转向他们，貌似刚刚才认出叶甫盖尼·帕夫洛维奇。

"哈！原来他在这儿啊！"她突然停下惊叫着，"出动所有的差使都找不到他，而他却坐在这个你永远想不到的地方……我以为你在那里呢……在你伯父家！"

叶甫盖尼·帕夫洛维奇顿时满脸通红，怒气冲冲地看着娜斯塔西娅·费利帕夫娜，不过很快又扭过脸去。

"什么？！难道你不知道？上帝啊，他还真不知道！他开枪自杀了！你伯父今天早上开枪自杀了！两点钟的时候，别人才告诉我的，现在半座城都知道了，据说三十五万的市政公款不翼而飞了，也有人说是五十万。我本来还指望他留给你一份丰厚的遗产的，可却不知道他把一切都败光了。他真是个堕落至极的老头子……好吧，再见，祝你好运！所以你真的不去吗？难怪你及时告退了，真是个聪明的小伙！不对，说错了，你知道，你早就知道了，也许昨天就知道了……"

如此无理取闹的纠缠、故意饰演出来与实际相悖的亲密，这其中一定暗含着什么目的——这毫无疑问。起初，叶甫盖尼·帕夫洛维奇只想回避她，尽力不去理睬这个冒犯者；但是，娜斯塔西娅·费利帕夫娜此时的话像晴天霹雳一般击中了他，听到伯父的死讯，他脸色刹那惨白如纸，转过身面向这个带来噩耗的女人。这时，叶莉扎维塔·普罗科菲耶夫娜迅速从座位起身，其他人也跟着起身，甚至几乎飞一般地向外离去。只有列夫·尼古拉耶维奇在原地呆立了片刻,似乎不知怎么样才好,叶甫盖尼·帕夫洛维奇也一直站在那里,没有回过神来。但是,还没等叶潘钦妻女走到二十步,一场可怕的闹剧便爆发了。

叶甫盖尼·帕夫洛维奇的好朋友,就是那位找阿格拉娅攀谈的军官,此刻愤怒到了极点。

"你需要的只是一根鞭子,此外绝无他法能管得住这个臭婆娘了!"他几乎是放声吼道。(可见,他过去就是叶甫盖尼·帕夫洛维奇的知交。)

娜斯塔西娅·费利帕夫娜立刻把脸转向他。她眼冒火光,冲到这个离她两三步远,且完全不认识的年轻男人面前,一把夺过他握在手里的细马鞭,用力向着这个冒犯者的脸上抽去。这一切都在刹那间发生……那个军官恼羞到无所顾忌地向她扑去。而娜斯塔西娅·费利帕夫娜的随从们此刻已不在身旁——那个体面的中年绅士早已躲得不知踪影,而那个醉醺醺的绅士则站在一边纵情大笑。当然,警察一会儿就会赶到,但是如果没有外援,在这几分钟里,娜斯塔西娅·费利帕夫娜的境况会非常不利。离她很近的公爵此刻及时从背后抓住了那个军官的胳膊。军官为了挣脱,用力地推搡他的胸口。公爵被推得一个踉跄,倒退三步跌倒在椅子上。此时已经有两名护卫赶到娜斯塔西娅·费利帕夫娜身边。军官面前站着一个拳击手,正是读者们所熟悉的那篇文章的作者,曾是罗戈任那伙人中的一名活跃分子。

"凯勒尔!退伍中尉,"他神气十足地自我介绍。"如果你想徒手较量的话,大尉,让我来代替那位弱女子,我随时奉陪,我学过全套的英式拳击。无须推搡,大尉,我同情您受到了侮辱,但是我绝不允许有人在大庭广众之下对女人动拳头。如果您想做一个明智的绅士,那么您自然会懂得另一种行事方式,大尉……"

但大尉恢复理智时,已经没有再听他说的话了。这时,罗戈任从人群中出现,快速地拽着娜斯塔西娅·费利帕夫娜的胳膊,带她离开了。至于罗戈任,他看起来严重受惊,脸色苍白,战战兢兢。在带娜斯塔西娅·费利帕夫娜离开的时候,他还不忘冲着军官恶狠狠地嘲笑,以一副得意的叫卖小贩模样说道:"呸!看这熊样!满脸都是血!呸!"

军官清醒过来并完全猜到了是在和谁打交道,便礼貌地(尽管用手帕捂着脸)向已经从椅子上站起来的公爵说:"梅什金公爵,我有幸认识的这位是谁?"

"她疯了!精神有问题!请相信我说的!"公爵声音颤抖地回答,不知为什么双手颤抖地伸向他。

"我当然不能自夸是消息灵通,但是我的确需要知道尊姓大名。"

他点了下头就走开了。在最后几位当事人离开的五秒后,警察赶到了。不过,这场闹剧最多也就持续了两分钟。一部分听众起身离开了,另一些只是换了换座位,也有一些人非常乐于围观这样的闹剧,还有一些人兴致盎然地热议起来。总之,事情很平常地结束了。乐队重新开始了演奏。公爵跟在叶潘钦家的人后面走了。假如他被推倒在椅子上的时候能向左边看一下的话,就会看到阿格拉娅正站在离他二十步远的地方看着这场闹剧,她没有理睬已经走远的母亲和姐姐的呼唤。后来还是肖公爵跑过来最终说服了她赶紧离开。叶莉扎维塔·普罗科菲耶夫娜记得,阿格拉娅回到她们那里时激动得几乎听不见她们的呼喊。但两分钟后,当他们刚刚进入公园时,阿格拉娅就用她那一贯冷淡而任性的口气说道:"我倒是想看看,这闹剧如何收场。"

第三章

在车站发生的事情几乎震惊了母女。惊愕不安、激动不已的叶莉扎维塔·普罗科菲耶夫娜带着女儿们几乎是一路跑回家的。以她的观点和认知,在这场突发事件中发生了太多的事情,也暴露出了太多的情况,以至于尽管她脑海中满是种种混乱和不安,但某种果决的想法已经开始发芽。并且其他人也都明白,发生的事情非常特殊,一个不同寻常的秘密被揭露出来了,这或许是件好事情。尽管肖公爵曾做过保证和解释,但如今,叶甫盖尼·帕夫洛维奇真实的一面被公之于众,居心被曝光,嘴脸被揭穿,"他和那个女人的关系也被真正披露了出来"。叶莉扎维塔·普罗科菲耶夫娜和她的两个年长的女儿都是这么想的。而此结论带来的后果是:事情更加扑朔迷离了。虽然小姐们对她们的母亲所表现出的过分惊恐和堂而皇之的逃跑行为暗自愤懑,但是在情绪动荡之初她们也不敢问她问题,以免打扰她。此外,出于某种说不出来的感觉,两位姐姐觉得她们的小妹妹阿格拉娅·伊万诺夫娜在这件事情上应该要比她们和母亲知道得都多。肖公爵神情消沉,眉头紧蹙,陷入了沉思。叶莉扎维塔·普罗科菲耶夫娜一路上都没有和他说一句话,不过他好像也没有注意到这一点。阿杰莱达试图问他刚才说到的伯父是什么人,圣彼得堡究竟发生了什么。但是他表情尴尬,只是敷衍地回答,含糊地说一些调查之类的事,说那当然是无稽之谈。"这是毫无疑问的!"阿杰莱达说完便不再问他什么了。阿格拉娅倒是看起来格外平静，路上只提及一点：她们跑得太快了。有一次，她回头看见了正在追赶她们的梅什金公爵，看见他费力追赶的样子，她嘲弄般地笑了笑，然后就不再回头看他了。

最后，几乎就在别墅前，她们遇见了刚从圣彼得堡回来的伊凡·费道罗维奇，他此时正迎着她们走来。他开口就是打听叶甫盖尼·帕夫洛维奇。但是他的夫人气汹汹地从他的身边走过，不仅没回答甚至看都没看他一眼。从女儿们和肖公爵的眼神里，他马上就料到家中将会有一场风暴来袭。但即便无此状况，他脸上依旧是愁云惨雾，异常焦虑。他立刻拉住肖公爵的胳膊，在家门口拦下了他，两个人窃窃私语，交谈了几句。之后，两人走上露台，朝叶莉扎维塔·普罗科菲耶夫娜走去，看他们那满脸忧愁的样子可以想到彼此都交换了什么特别不寻常的消息。渐渐地，大家都聚集在了叶莉扎维塔·普罗科菲耶夫娜楼上的二楼客厅，露台上只剩下了梅什金公爵一个人。他坐在角落里好像在等着什么，尽管他自己也不知道为什么待在这里，看到将军一家如此慌乱，他居然都没想过要离开，似乎他已经忘却了整个宇宙，不管坐哪里，他都能连续坐上两年。不安的谈话声时不时地传入他的耳朵。他自己也不清楚在那里坐了多久。天色渐晚，已经黑透了。阿格拉娅突然出现在露台，她看上去不慌不忙的，虽然面色有些苍白。看到坐在角落椅子上的公爵，阿格拉娅有些困惑地笑了，显然没有料到会在这里遇见他。

"您在这里做什么？"她向他走过来。

公爵被她这么一问，十分尴尬，喃喃低语了些什么，并从椅子上跳了起来。但阿格拉娅马上就在他身旁坐下，他便重新坐了下来。阿格拉娅突然很认真地打量起他来，然后漫无目的地转头看向窗外，之后又转过头来望着他。

"也许她是想笑，"公爵心里想着，"不对，她要是想笑会笑出来的。"

"也许，您想喝点茶，我吩咐他们。"一番沉默后阿格拉娅说道。

"不……不用，我不知道……"

"好吧，怎么连这也能不知道！啊，对了，您听好：如果有人要和您决斗，您会怎么做？刚才我就想问您这个。"

"但是……谁会呢？……没有人会向我提出决斗的。"

"那假如有人提出呢？您会很害怕吗？"

"我想，我会……很害怕。"

"真的吗？这么说您是个胆小鬼？"

"不……不，也许不是。胆小鬼是那种因为害怕并逃跑的人，但是如果一个人害怕但并没有逃跑，那他就不是胆小鬼。"公爵思索少顷后笑着说。

"那么您不会逃走喽？"

"我也许不会。"听到阿格拉娅的这些问题，他终于笑了起来。

"我虽然是个女子，但我是不会为任何事情逃跑的。"她像受到了侮辱一样，情绪激动地说，"不管怎样，您是在打趣笑话我，用您惯用的装傻方式，让自己显得更有趣。那请告诉我，他们一般是在相距十二步的位置开枪，还是十步？这是不是意味着一定会打死或打伤人？"

"决斗中应该很少打中人。"

"怎么会很少？普希金就被打死了。"

"那也许是偶然的。"

"根本就不是偶然的。他们就是为了杀死对方才决斗的，所以他才被杀死了。"

"子弹打中的部位太低了，丹特士一定是瞄准了更高些的部位，是胸部或头部。没有人能瞄准哪就打准哪，所以子弹极大可能是偶然击中普希金的，偏偏碰巧了。这是内行人告诉我的。"

"但有一次，一个和我聊天的士兵这样告诉我，按照射击规范，当他们行列散开时，他们被命令必须要瞄准半身中部——他们说的就是'半身中部'。由此说来，不是瞄准胸部和头部，而是特意命令瞄准半身高度。后来我又问过一个军官，他说确实是这样。"

"这是对的，因为他们是从很远的距离射击。"

"您会射击吗？"

"我从来没有射击过。"

"那您至少会装填手枪子弹吧？"

"我不会。就是说，我知道怎么做，但我自己从来没有装过。"

"好吧，那就是说您不会，因为这是需要实践的！您听好了并且记好了：首先，去买上好的手枪火药，不能是潮湿的（他们说一定不能是潮湿的，必须要非常干燥），要细的那种，但是不是大炮用的那种。他们说可以自己铸造子弹。那您有手枪吗？"

"没有，而且我也不需要。"公爵突然笑了起来。

"啊，您太糊涂了！您一定要买一把好手枪，法国的或者英国的，他们说这两国产的最好。然后取一些火药，大约顶针大小的一两撮，把它灌进去。最好是多放一些火药。用毛毡把它塞紧（据说因为某些原因一定要用毛毡塞），您可以从一些地方搞到毛毡，从床垫或门上包着的地方。塞完毛毡后填进子弹——听到了吗？先放火药，然后再装子弹，不然枪打不响的。有什么好笑呢？我要您每天都练习几遍，学习怎样射中目标。您愿意按我说的做吗？"

公爵依然在笑，阿格拉娅气得直跺脚。她说这番话的样子，认真到让公爵有些惊讶。他已经觉得，应该去打听些什么，询问些什么——至少是比往手枪里填装子弹更严肃认真的一些事情。但是他的脑子变得一片空白，除了知道她坐在他面前，他在注视她，至于她此刻在说什么，对他来说几乎没有任何意义。

最后伊凡·费道罗维奇也从楼上来到了露台上，他愁眉苦脸、心事重重，但表情果决地正往某处走去。

"啊，列夫·尼古拉耶维奇，是你……你现在去哪？"尽管列夫·尼古拉耶维奇并没有打算离开，他还是问道，"来吧，我有事儿告诉你。"

"再见。"阿格拉娅说着便将手递向公爵。

此时露台已非常昏暗了，公爵无法清晰地看到她的脸。过了一会儿，当他和将军正要离开别墅的时候，他突然脸红得厉害并攥紧了右手。

原来伊凡·费道罗维奇和他同路。尽管天色已晚，伊凡·费道罗维奇还是急着要去找什么人谈些事情。现在他忽然开口同公爵说话，语速很快，语气焦急而且很是语无伦次，常常提到叶莉扎维塔·普罗科菲耶夫娜。如果当时公爵留心的话，他或许能猜到伊凡·费道罗维奇是想从他那里打探出什么，或者不如说，是想开门见山地问他些什么，但始终未能触及关键点。令公爵感到惭愧的是，他从一开始就走神，以至于根本没听进去任何话，当将军在他面前站住急切地让他回答时，他不得不承认自己什么都没听明白。

将军耸了耸肩。

"不管从哪方面看，你们都成了某种怪人，"他又开始说道，"我告诉你，我完全无法理解叶莉扎维塔·普罗科菲耶夫娜的想法和焦虑。她歇斯底里，还哭着说我们丑出大了，而且蒙受了耻辱。谁？出了什么丑？又是为了谁？什么时候，为什么呢？我承认我有责任（这一点我不会推脱），有很大的责任，但是，这个……性格张狂、行为乖张的女人再这样胡搅蛮缠，迟早会被警察约束管教的，我今天晚上就要去见某些人，去打个招呼。所有的事情本都可以悄无声息、平和安静，甚至和和气气地安排妥当，不会引发并避免任何矛盾冲突。我也认为未来充满了未知，而且很多事情有待弄清，这里面有不少阴谋诡计，但是，这边如果对里面的事一无所知，那边也就什么都解释不了了。如果我没有听过，你没有听过，他没有听过，那么，我问你，最后有谁听过呢？依你看，这件事的缘由如何解释呢？那就只有一种解释，这多半是海市蜃楼，无中生有，比如就像月光……或者其他的幻影。"

"她肯定是疯了。"公爵忽然痛苦地回忆起刚才发生的全部，喃喃低语道。

"没错，你说她的话，我多少表示赞同。我有时候也是这么想的，然后我就能安心入睡了。但是，我现在觉得其他人的想法要更正确一些，我不相信她是精神有问题。她是个行事张狂的女人，但她很有心机，绝不是疯了。今天她捉弄卡比东·阿列克谢伊奇的那场闹剧就很好地证明了这一点。她这么做，内中肯定有诈，至少也是阴险狡猾、带有个人目的的。"

"您说什么卡比东·阿列克谢伊奇？"

"哎，我的天哪，列夫·尼古拉耶维奇，你怎么什么都没听进去。我从一开始说的就是卡比东·阿列克谢伊奇，这已经让我震惊到手脚都在颤抖了。为了这事，我今天就是为了这个去城里耽搁这么久的。卡比东·阿列克谢伊奇·拉多姆斯基，就是叶甫盖尼·帕夫洛维奇的伯父……"

"哦！"公爵如梦初醒。

"今早上七点钟的时候,他开枪自杀了,这是位受人尊敬的老人,享年七十岁,是个享乐主义者。跟她说的一模一样——挪用了公家的钱,一笔相当可观的金额!"

"她又是从哪儿……"

"知道的?哈——哈!要知道,她一出现,就围了上来一个'参谋部'。你知道现在都是哪些人去拜访她,去寻求与她结识的'荣幸'?今天,她自然能从拜访的人那儿很容易地打听到什么消息,因为现在整个圣彼得堡的人都知道了,以及这里,半个帕夫洛夫斯克,甚至是整个帕夫洛夫斯克的人都知道了。但是,从别人口中得知她对于叶甫盖尼·帕夫洛维奇脱下军装穿便装——也就是关于他提前退役的事——发表意见说他退伍得非常及时!可谓是一语道破!不,这可不是疯癫的表现。我当然并不相信叶甫盖尼·帕夫洛维奇能事先知道悲剧的发生,也就是说,能准确知道某日的七点钟,等等。但是他的确预感到了这一切。而我,我们所有人以及肖公爵都还巴望着他伯父给他留下遗产呢!太可怕了!太可怕!不过,你要知道,我丝毫也不责怪叶甫盖尼·帕夫洛维奇,我着急跟你解释这点,但仍旧觉得可疑。肖公爵也十分震惊。这一切不知怎地突然爆发,实在令人奇怪。"

"但是叶甫盖尼·帕夫洛维奇的行为有什么让人怀疑的吗?"

"一点也没有!他的举止优雅大方。我什么也没暗示。至于他自己的财产嘛,我认为,他肯定会保存周全的。叶莉扎维塔·普罗科菲耶夫娜显然不想听到这些……但最倒霉的是,所有这些家庭的不幸,或者最好说是所有的这些口角,简直不知道该怎么说才好……说真心话,你是我家的朋友,列夫·尼古拉耶维奇,你能想象得到吗,我刚得知一个消息,尽管可能不太准确,叶甫盖尼·帕夫洛维奇似乎在一个多月前,就已经向阿格拉娅表白了,但似乎遭到了她的果断拒绝。"

"不可能！"公爵激动地喊了出来。

"难道你知道些什么吗？我最亲爱的朋友，"将军哆嗦了一下，有些惊讶地站在原地一动不动，"或许，我跟你说这些并不体面，但是你要知道，这是因为你……你……可以说，因为你是这样一个人。或许，你知道什么特殊的情况？"

"我什么都不知道……对于叶甫盖尼·帕夫洛维奇。"公爵喃喃低语道。

"我也不知道！我的小老弟，她们简直要把我……埋进土里安葬了，她们就不想考虑下，这对于一个人来说有多艰难，也不想想我如何忍受得了。刚刚又是一场那样的闹剧，太可怕了！我对你就像对亲生儿子那样跟你说这些。最骇人的是，阿格拉娅的确在嘲弄她母亲。关于她似乎在一个月前就拒绝叶甫盖尼·帕夫洛维奇求婚的事，还有过相当正式的解释，她的两个姐姐跟我说虽然都是猜测而已，但她们的推测很准。但要知道的是，阿格拉娅是个特别任性的姑娘，脑袋里全是些稀奇古怪的主意，我真是说不出来！但品德高尚、心地善良以及头脑灵光等优秀品质——她大概都具备，不过她就是爱发脾气，爱作弄人——总而言之，她这鬼性格让人捉摸不透，想象力还出奇地丰富。刚才她还当面嘲弄她的母亲，嘲弄她的姐姐们，还嘲弄肖公爵，对我就更没什么好说的了，她很难会有不捉弄我的时候。但我就是爱她，甚至就爱她作弄我——因此她也特别爱我，似乎要比所有人都爱我。我敢打赌，她也在嘲弄你什么了，在某些点上。刚才楼上鸡飞狗跳之后，我留意到你们在露台说话，她则跟个没事人一样，和你坐在那儿。"

公爵涨得脸通红，攥紧右手，不发一言。

"亲爱的，我善良的列夫·尼古拉耶维奇！"将军突然激动地说，

"我……甚至连叶莉扎维塔·普罗科菲耶夫娜(不过,她又开始骂你了,然后我也被你连累,只是我不明白为什么),我们仍然爱你,真挚地爱你,尊敬你,甚至不去在乎别的,也就是说,不论表面会如何。但是,你也知道的,我亲爱的,你自己也知道的,突然听到这个冷血的鬼丫头说出那番话来,会有多么莫名其妙,多让人心烦气躁(说她冷血是因为她在她母亲面前,总是摆出一副对所有人的问题不屑一顾的态度,特别是对我的问题,见鬼,因为我是一家之主,得摆出威严来——好吧,你说是我犯傻了吗?),这个冷血的鬼丫头突然冷笑着说,是那个'疯女人'——她是这么说的,让我奇怪的是,她和你说的话都一样,她还问:'难道你们至今还猜不到吗?那个疯女人一定要让我嫁给列夫·尼古拉耶维奇公爵,为此她特意施计把叶甫盖尼·帕夫洛维奇从咱家撵走……'她就只说了这些,之后没再做任何解释,便自顾自地哈哈大笑起来,弄得我们目瞪口呆,她却砰的一声带上门,走了。后来她们把去公园之前你和她之间发生的那件事情告诉了我……我……我……想告诉你,亲爱的公爵,你是个谦和大度、头脑理智的人,我发现你身上的这个特质,但……请你别生气,真的,她只是跟你开玩笑,像个孩子似的开玩笑,所以你别生她的气,而事情肯定如此。请你别多想——她不过就是拿你、拿我们大家取乐而已,完全出于无聊。好了,再见吧!你知道我们对你的感情吗?我们对你的感情真挚,难道不是吗?而且不会改变,永远不变,丝毫不变……可是……我现在要往这边走了,再见!我很少像现在这样心烦心乱,这话怎么说的来着,心烦意乱吗?可现在就是这样……哎,住进这别墅真是找罪受!"

就剩下公爵一人在十字路口站着,他朝周围打量了一下,然后很快地穿过街道,走到一个正亮着灯的别墅的窗户前,展开跟伊凡·费道罗维奇谈话时,那个一直被右手紧紧攥着的小纸条,借着微弱的光线阅读。

  明天早上七点钟,我会在公园的绿色长椅那儿等您。我决定告诉您一件极为重要的事情,它与您息息相关。
  我希望您不要把这张字条给其他人看,虽然对于这样的叮嘱让我有些难为情,但是经过我再三考虑,认为对您来说,这很有必要,所以就写上了这句——因为我为您那可笑的性格而感到羞愧脸红。
  又及:就是那个我刚才指给您看过的那张绿色长椅,您应当羞愧!我不得不写明这点。

纸条上的字写得很匆忙,而且叠得也很随意,应该就是在阿格拉娅走到露台之前写的。公爵怀着难以形容的不安、近似畏惧的心情,再次将纸条紧紧地攥在手里,犹如一个受惊的小偷,他急忙从窗户的灯光下弹开,但是就这么一个动作,致使他突然跟肩后走来的一位先生撞在了一起。

"我一直尾随在您身后,公爵。"这位先生开口说道。

"是您吗,凯勒尔?"公爵惊呼道。

"我在找您,公爵。我刚一直在叶潘钦家别墅旁等您,显而易见,我是无法进去的。然后您和将军走在一起的时候,我就跟在你们的后面,公爵,我愿意为您效劳,您只管吩咐我,哪怕为您牺牲,如果您有需要的话,我甚至可以为您去死。"

"可是……这是要干什么?"

"就是,大概接下来您会遭到挑衅。据我了解这个莫洛夫佐夫中尉①，当然我跟他没有私交……他受到屈辱是不会忍受的。我和我的弟兄们，也就是罗戈任这帮人，一直被他当作垃圾，或许正因如此，他只能对付您一个人。公爵您就不得不应付他决斗了。我听说，他在四处打听您，他的朋友大概明天就会去找您麻烦，也许他现在就在等着您了。如果您赏脸找我做您的帮手的话，那么我愿意投身您的队伍里做个小兵，我也心甘情愿。我就是为此来找您的，公爵。"

"原来您说的也是决斗啊！"公爵突然哈哈大笑起来，让凯勒尔十分惊讶。

公爵大笑不止。凯勒尔本来急得如坐针毡，直到提议给公爵当决斗帮手的那一刻，才感到如释重负，而看到公爵笑得如此没心没肺的时候，他又觉得十分委屈。

"公爵，别忘了，刚才在那儿，您抓住了他的胳膊，一个自视甚高的人很难在大庭广众之下忍受这点。"

"那时他也在我的胸部推了一下。"公爵笑着说，"我和他没有什么好决斗的！我会请他原谅我的，就这样完事。如果要决斗，那就来吧！让他开枪好了，我甚至还希望这样。哈哈！我现在就会把弹药装好！凯勒尔，您会给手枪上弹药吗？应该先去买火药，手枪用的那种，不能受潮，也不是大炮用的那种粗质的；然后先放火药，从门上或某个地方扯一块毡塞进去，接着放子弹，不能在装火药前就放子弹，否则枪就打不响了。听着，凯勒尔，否则枪会打不响的。哈哈！难道这不是个极有用的吗，我的朋友凯勒尔？啊，凯勒尔，我现在想要拥抱您，亲吻您。哈哈哈！您刚才怎么会突然出现在他面前的？无论怎样，您快点来我这儿喝香槟。我们一起喝个一醉方休！您知道吗，我有

---

① 原著中，此人在本卷第二章初次出现为大尉，这里变为中尉。

十二瓶香槟酒放在列别杰夫的酒窖里,是大前天列别杰夫'以优惠价格'卖给我的,就是我搬到他那儿住的第二天,于是我就全买了!我要召集所有的朋友!怎样,今夜您还睡觉吗?"

"今夜如同往夜,公爵。"

"那祝您晚安!哈哈!"

公爵穿过马路,消失在公园里,丢下了陷入沉思、有些无措的凯勒尔。他还从未见过公爵有过这样奇怪的心情,甚至直到现在都无法想象得到。

"或许是一时兴起吧,毕竟他是个神经质的人,而这一切都会影响他,但是,他自然也不畏惧。这种人通常都不知道害怕,真是如此!"他暗自思忖。"哎!香槟!还真是个有意思的讯号。十二瓶,整一打;真不错,备得很足。我敢打赌,肯定是列别杰夫从哪个人那儿做了抵押才得到的这些香槟。嗯……不过这个公爵还是挺可爱的;说真的,我喜欢这样的人,不过,不能浪费时间了……如果开香槟的话,现在就正是时候……"

至于说公爵一时兴起,显然是说得着了。

他在黑黢黢的公园里徘徊了很久,最后才发现自己是沿着一条林荫道来回走。他的意识里总有一段印象是他沿着这条林荫大道,从长椅走到一棵又高又明显的老树那儿,拢共约百步的地方,他已经来回走了三四十趟。而他在公园这儿最少整整一个小时里,到底想了些什么,他竟然怎么努力去想也都回想不起来了,不过,他还捕捉到自己的一个想法,并为此笑得前仰后合的,尽管没什么好笑的,但他总是想笑。他觉得,关于决斗,可能不只是凯勒尔这么想,因此,给手枪装弹药的事或许也并非偶然……"哎呀,"他突然想到一件事,忽然停了下来,"刚才当我坐在角落的时候,她走到露台上来,非常吃惊,并且——还那样笑着……她问我喝不喝茶；要知道，那时，纸条就已经攥在她手里了，那么，她肯定知道我坐在露台上，那她为什么还要表现得惊讶呢？哈哈哈！"

他从口袋里掏出纸条，亲吻了一下，但立马又停住，沉思起来。

"这太奇怪！这太奇怪了！"片刻后，他甚至有点忧郁地说。他在感到强烈喜悦的时候，总是会变得忧郁，他自己也不知道原因。他静下心来，看了看四周，惊讶于自己竟然走到了这里。他感到非常累了，于是走到长椅前，坐了下来。周围异常安静。车站那边的音乐会也已经结束。公园里几乎没有什么人了，当然，现在至少也十一点半了。夜晚十分静谧、温暖、敞亮——圣彼得堡六月初的夜晚就是如此，但此时，他所在的浓密的绿茵公园里，林荫大道上几乎已经完全黑了。

如果此刻有人对他说，他恋爱了，而且爱得浓烈，那么他一定会惊讶地驳斥这种说法，甚至会感到气愤。如果有人再补充说，阿格拉娅的纸条是给恋人指明约会地点的情书，那么他会为那个人羞得满脸通红，或许还会提出决斗。这一切完全是发自内心的，他从未怀疑过，也丝毫没有过"朦朦胧胧"的想法——这个姑娘可能爱他，或者甚至是他自己有可能爱上了她。如果说其他人可能爱他，爱"像他这种人"——他认为是岂有此理的怪事。他隐约觉得，如果真有什么的话，那她肯定是在捉弄他。但他不知怎么，对于这种捉弄似乎无动于衷，认为不过稀疏平常之事，而他所担心和忧虑的完全是另一件事。他完全相信，刚才将军谈及阿格拉娅戏弄大家，尤其是戏弄公爵那番激动的话。与此同时，公爵没有感到丝毫的侮辱，在他看来，事情本就如此。对于他来说，主要的是，明早他又能见到她了，一大早与她并排坐在绿色的长椅上，望着她，听她讲述如何给手枪上弹药。而他别无所求了。她到底打算跟他说什么？有什么重要的事情是与他息息相关的？——这两个问题在他的脑海里闪现了一两次了。此外，阿格拉娅确实要对他说"重要的事"，这点他丝毫不怀疑，而他现在压根不去想这件"重要的事"，甚至没有丝毫去想的欲望。

林荫大道的沙地上传来一阵细碎的脚步声，公爵闻声抬起了头。黑暗中很难辨认来人的脸，只见这个人走近长椅，然后坐在他身边。公爵很快地挪向他，几乎是紧挨，才分辨出来，那是一张属于罗戈任的苍白的脸。

"我就知道你肯定会在这里某个地方晃荡，果然没用多久就找到了。"罗戈任从牙缝里挤出了一句不大清楚的话。

这是他们继旅馆走廊相遇后的初次会面。罗戈任很突然地出现，让公爵大吃一惊，致使他有一段时间无法集中思考，心中的痛苦又随之复苏了。罗戈任似乎也知道他给别人造成了这种影响，虽然一开始，他说话并不自然却还故作轻松，但公爵很快发现他没有任何装腔作势的味道，甚至没有任何窘迫。即使谈话或是姿势有些困窘，也都是表面的，这个人的内心是无法改变的。

"你怎么……知道能在这儿找到我？"公爵为了打破沉默而问道。

"听凯勒尔说的（我到你那儿去过），然后我就想你'肯定是去公园了'，果真如此。"

"什么果真如此？"公爵惊慌地揪住罗戈任突然冒出的这一句话。

罗戈任冷笑了一下，但没有给出任何解释。

"我收到你的信了，列夫·尼古拉耶维奇，你所做的一切都是徒劳……何必呢？……我是刚从她那儿过来找你的，她吩咐我一定要叫你过去，她有非常重要的事着急跟你说。她请求你今天就去。"

"我明天去。我现在要回家了，你……要去我那儿吗？"

"我干吗要去？话我都跟你说完了。再见。"

"难道不顺便去一下吗？"公爵轻声问道。

"你真奇怪，列夫·尼古拉耶维奇，真是值得让人细细琢磨啊。"罗戈任刻薄地冷笑了下。

"为什么？究竟为何你现在对我会有这么大的敌意？"公爵又伤心又激动地说，"你现在自己也知道，你想的那些事，都是不对的。不过，我倒是认为，你到现在对我还是有敌意，这是为什么呢？因为你曾谋害我，因此你的仇恨还未化解。我要告诉你的是，我只记得那个那天跟我交换十字架的帕尔芬·罗戈任，我在昨天给你写的信里说，让你忘了那天的噩梦，再也不要跟我提起那天的事了，那你干吗还要回避我？干吗还当着我的面，把手藏起来？我都跟你说了，对于当时发生的一切，我都只是把它当作一场噩梦，对于你那天的所有想法，我现在了解得很清楚了，就像了解自己一样清楚。你想象的那些是不存在的，也不可能存在。那么如此一来，我们之间还有什么仇恨呢？"

"你能有什么仇恨！"罗戈任因为公爵这番出其不意的热情回答再次笑了起来。他现在站在公爵的面前，却不敢直面公爵，并刻意保持两步远，还把手藏了起来。

"从现在起，我再也不会来找你了，列夫·尼古拉耶维奇。"他用缓慢且说教式的语气补充总结道。

"难道你已经恨我恨到这个地步了？"

"我不喜欢你，列夫·尼古拉耶维奇，那为何要去找你呢？哎，公爵，你就跟个小孩子一样，想要玩具的时候——就非得摆到面前来，却不明事理。你现在说的确实和你在信里写的一样，难不成我还不信你了？你说的每句话，我都相信，而且我也知道，你从来都不曾骗过我，今后也不会骗我，可我就是不喜欢你。你在信里说，你已经忘了一切了，只记得那个跟你交换十字架的罗戈任，而不记得那个朝你举起刀子、企图谋害你的罗戈任。可你怎么会知道我的想法呢？"罗戈任再次冷笑了一下，"而我，或许从那时起，就从未后悔，而你已经向我递来了兄弟般和解的橄榄枝。或许，我在那个晚上心里想的完全是别的事情，而对于这件事……"

"从脑海里抹去吧！"公爵接茬说道，"那能有什么！我敢打赌，你当时一定直接上了火车，前往帕夫洛夫斯克这儿的音乐会，就像今天这样在人群中巡睃着她、窥视着她。你还有什么让人吃惊的事？当时，若不是你正陷入某件事情的沉思中，或许，你也不会向我举起刀子。其实从中午我看着你的时候就有这种预感了，你知道，当时的你是什么神情吗？或许我们刚交换完十字架，我的脑袋里就闪过这个想法。当时你为什么要带我去见你的老母亲？是想以此来扼制你举起刀子的邪念吗？你认为不应该这样想，不过你和我产生了一样的感觉罢了……我们想到一块去了。假如那天你没在我面前抬起你的手（是上帝阻止了后面），那现在我在你面前成了什么呢？要知道，在这件事情上，我一直怀疑是你干的，我们一样有罪，又不谋而合！（别皱眉！哎，你笑什么？）你说'从未后悔！'如果你想后悔，怕是你也不会忏悔，因为你也说了就是不喜欢我。即使我在你面前像个无辜的天使，只要你觉得她爱的是我而非你，你也仍旧无法不憎恨我。可见，这就是嫉妒心。不过我这个星期想了很多，帕尔芬，我跟你说，现在她或许爱你要胜过爱其他所有人，甚至是折磨你越多，就越爱你。她不会告诉你这点，但是你要擅长观察。不然，她为什么最终还是选择嫁给你呢？未来某个时候，她会亲自告诉你这点。甚至其他一些女人也愿意这样被人所爱，而她正是这种性格！你知道吗，女人擅长用狠心和嘲笑来折磨男人，并且从来都不会觉得自己的良心受到了谴责，因为每次她看着你的时候，都会暗自这样想：'我现在要把他折磨得求生不得求死不能，以后再用爱情来弥补他……'"

罗戈任一边听着公爵的论述，一边哈哈大笑起来。

"怎么，公爵，难道你什么时候碰到过这样的女人？我听到了某些关于你的事，是真的吧？"

"什么，你听到了些什么？"公爵突然打了个冷战，非常困窘地站在那儿。

罗戈任继续笑着。他有些好奇但还很是满意地听完公爵的话，公爵热情又喜悦地宽慰他，让他感到惊诧和振奋。

"不只是听说，现在我还亲眼见到了呢，真的，"他补充道，"瞧瞧，你过去什么时候会像你现在这样说话的？简直难以想象，这些话居然出自你之口。我今天要不是听到别人说你这些事儿，我是不会来这儿、不会半夜到公园这儿的。"

"我完全不明白你在说什么，帕尔芬·谢苗内奇。"

"她倒是早就跟我说了你的情况，而就在刚才，我自己也亲眼看到了，音乐会上，你是怎么和她坐在一起的。她对我起誓，对天起誓，昨天、今天都发誓了，说你爱上了阿格拉娅·叶潘钦娜，而且魂不守舍的。公爵，这对我倒是无所谓，不关我的事——如果你已经不再爱她，但她还没有放弃爱你。你可能不知道，她一定要让你和那位小姐结婚，她都立誓明志了，嘿嘿！她对我说：'如果不这样的话，我就不嫁给你，他们去教堂举行婚礼之日，就是我嫁给你之时。'这其中到底是怎么回事，我就搞不清楚了，也永远理解不了。要么她爱你爱到无可救药，要么……假如她爱你，又怎么会让你和别人结婚呢？她说：'我想看到他幸福。'这也就意味着，她依旧爱你。"

"我跟你说过了，也写过信了，她……精神不正常。"公爵痛苦地听完罗戈任的话，说道。

"恐怕只有上帝知道！或许，是你弄错了……顺便跟你说，我今天把她从音乐会带回来后，她给我指定了结婚日期，她说，再过三个星期，也许，还会更早一些，她说，我们一定会举行婚礼。她发了誓，并且摘下了圣像，吻了吻。因此，公爵，现在事情就看你的了！嘿嘿！"

"全都是疯人疯语！你又说到我身上来了，你说的这件事永远不可能！明天我就去你们那儿……"

"她怎么会是疯子呢？"罗戈任指出，"为什么其他人都觉得她正常，唯独你一个人认为她是个疯子呢？那她又怎么会给那边写信呢？如果她疯了，信的字里行间都能觉察到的。"

"什么信？"公爵吃惊且恐惧地问道。

"她写给那位小姐的，而那位还看了信呢。难道你不知道？算了，你会知道的。她应该会亲自给你看的。"

"不能信这些！"公爵大声嚷了起来。

"哎，列夫·尼古拉耶维奇，你要走的路还很长，依我看啊，你在这条路上不过迈了几步，才刚刚开始。不会等太久的，你会有一帮私人侦探的，日夜坚守着，随时让你了解那儿的一举一动，只要……"

"别说了，永远别提这事儿了！"公爵急得喊他停止，"听着，帕尔芬，在你来之前我在这儿独自踱步，然后突然笑了起来，至于为什么笑什么我忘了，我现在想起来的唯一原因是明天刚好就是我的生日。现在差不多午夜十二点了，走，咱俩一起去迎接我的生日！我那儿有酒，我们干几杯，你就祝福我……我现在自己也不知道许愿想得到什么，但是你得祝福我，而我也祝你幸福美满，顺遂如意。否则你就把十字架还我！那事发生后的第二天，你不是也没把十字架还给我吗？不是还在你身上挂着吗？现在还在你身上吗，有没有？"

"在我身上。"罗戈任说。

"好，那我们就走吧。没有你，我也无法迎接我崭新的生活，因为我的新生活刚刚开始！帕尔芬，难道你不知道我的新生活是从今天开始吗？"

"我现在看到了，知道你的新生活开始了，我就这样去跟她报告。你的变化非常大，列夫·尼古拉耶维奇！"

第四章

当公爵与罗戈任走近列别杰夫的别墅时,他非常惊讶地发现,他的露台上灯火通明,人声嘈杂,聚集了很多人。大伙儿都很高兴,欢声笑语,高谈阔论,好不热闹,与此同时,还伴随着类似争执的喊叫声,无须思考便能料到这是正在兴头上。等上到露台后,他也确实看见大家都在开怀畅饮,喝着香槟,似乎已经喝了蛮久了,因为许多人都精神亢奋、情绪高涨。在场的来客们都是公爵的熟人,但奇怪的是,他们好像是收到了邀请,一股脑儿地都聚集在这儿了,其实公爵没有邀请过任何人,而对于自己生日这件事,他也是刚才无意间想起的。

"你忘记你跟谁宣称的要开香槟了吗?所以他们就都跑来了,"罗戈任一边小声嘀咕,一边跟在公爵后面走上露台,"我们都知道,习以为常了,只要对他们放个信号,他们就……"当他回忆起自己不久前的往事时,几乎是恶狠狠地补了一句。

大家看到公爵,立刻欢呼迎接,纷纷问候,包围着他。有些人吵吵闹闹的,有些人则安安静静的,但当听说是公爵生日时,大家都匆忙走上前来,依次表达祝福。在场的某些人颇让公爵惊讶,比如布尔多夫斯基,但是最让人惊讶的是,这伙人里居然还冒出了叶甫盖尼·帕夫洛维奇,看见他在时,公爵几乎不敢相信,甚至是吓了一跳。

这时,满脸通红、兴高采烈的列别杰夫跑上前解释,他这会已经醉得很厉害了,从他絮絮叨叨、毫无逻辑的话中可以得知,大家完全是自发性地聚集在这儿的，甚至纯属巧合。约莫黄昏的时候，伊波利特最先过来了，他觉得自己的身体比过去舒服了很多，想在露台上等公爵回来，便在沙发上坐了下来，而后列别杰夫过来陪他，接着是他一家，也就是他的女儿们，以及伊沃尔金将军。布尔多夫斯基则是陪着伊波利特一起来的，加尼亚和普季岑是路过顺便上来坐一会儿，好像没来多久（他们出现之时与车站上发生那件事的时间正好吻合）。后来凯勒尔来了，通报大家说今天是公爵的生日，并要求开香槟庆贺。叶甫盖尼·帕夫洛维奇则是半个小时前才到的。科利亚也竭力主张喝香槟，安排庆生。列别杰夫十分乐意地送上了酒。

"但是这是我自己的酒，我自己的！"他大着舌头、不清楚地对公爵说着，"我自己出钱为您庆生添彩，一会儿还会有酒菜点心，我女儿正忙活着准备呢。但是，公爵，如果您知道他们正在议论什么时髦话题就好了。您记得哈姆雷特的话不？'生存还是死亡。'这就是当今的时髦话题！有问有答……连捷连季耶夫先生都显得十分兴奋……不想睡觉！不过他就喝了一口香槟酒，不会伤身体的……请您过来下，公爵，您来主持吧！大家都等着您呢，大家都等着听您的精彩发言……"

公爵注意到薇拉·列别杰娃投来亲切温柔的目光，她也匆忙从人堆里挤到他身边。他撇开所有人，第一个向她伸过手去，她高兴得脸颊通红，祝福他"从今天起终生幸福"。说完后，她立马飞奔进厨房，她得在厨房做菜，但在公爵回来之前，只要一得空，便从厨房跑到露台上，用心倾听着这些醉醺醺的客人们热烈争论——这些话题对她来说非常新奇和抽象。她的妹妹则大张着嘴，在隔壁房间里一只大箱子上睡着了，而列别杰夫的儿子则站在科利亚和伊波利特的身边，从他那神采奕奕的脸上就能看出，他兴致勃勃并感到满足，即使持续站上十个小时也心甘情愿。

公爵在收到了薇拉的祝贺后，便立即走上前跟伊波利特握手。

"我等您回来等了很久！看到您内心喜悦地回来，我十分高兴。"伊波利特说。

"您怎么知道我是'内心喜悦'的呢？"

"从您脸上看出来的。您先去跟其他先生们打招呼吧，然后快点坐到我们这儿来，我可是等您等了好久！"他又补充道，很明显地强调他在等公爵。而对于公爵问他这么晚还坐在这里身体是否适应之类的，他回答说，他自己也觉得奇怪，三天前还以为很快就死了，而今天晚上感到身体前所未有的舒适。

布尔多夫斯基猛然起身，叽叽咕咕地说，他"不过是陪伊波利特过来"，他表现得十分高兴，还说他在信中"写了些胡话"，而现在"只觉得很高兴……"他话并没说完，就紧紧握了下公爵的手，然后又坐回椅子上。

跟所有的人打过招呼后，公爵才走到叶甫盖尼·帕夫洛维奇面前。后者立即挽住了他的胳膊。

"我有两句话要对您说，"他轻声说道，"有个非常重要的情况，我们借一步说话。"

"我也有两句话，"另一个声音出现在公爵的另一只耳朵边，而且公爵的另一只胳膊被人从另一边挽住。公爵惊讶地发现这是一个蓬头垢面、衣冠不整的人，他满脸绯红、挤眉弄眼，还嬉皮笑脸的，随即公爵便认出这个人是费尔迪先科——天知道他是从哪儿冒出来的。

"您还记得费尔迪先科吗？"他问。

"您从哪里冒出来的？"公爵不禁喊了出来。

"他是来表达悔意的！"凯勒尔跑到公爵跟前大声说道，"他刚才躲着，不想出来见您。他躲在那边角落里已经忏悔过了，公爵，他觉得对不住您。"

"忏悔什么?哪对不住了?"

"是我遇见他的,公爵,我刚才遇见他就把他带来了。这是我不可多得的一位好朋友,他已经表达了他的悔意。"

"欢迎各位前来,我很高兴,费尔迪先科过去吧,坐到大家中间,我马上就回来。"公爵终于脱开身,匆忙走到叶甫盖尼·帕夫洛维奇这边。

"您这里非常有意思,"叶甫盖尼·帕夫洛维奇指出,"等您的这半小时,我倒是很愉快的。是这么一回事,最亲爱的列夫·尼古拉耶维奇,我跟库尔梅舍夫都谈妥了,特地来告知您大可放心。没什么可担心的,他会非常非常理智地对待此事,更何况,依我看来,这主要是他的错。"

"哪个库尔梅舍夫?"

"就是刚才您抓住他胳膊的那个……他那会怒火上头的,现在已经打算明天派人向您来要个解释了。"

"够了,真是荒唐!"

"当然荒唐,而且大概也会荒唐地结束,但是我们这些人……"

"也许,您来访还有其他什么事吧,叶甫盖尼·帕夫洛维奇?"

"哦,当然还有别的事情,"他笑着说,"亲爱的公爵,明天天一亮我就要为那件令人悲哀的事(喏,就是伯父的事)去趟圣彼得堡。无法想象,这一切弄得满城皆知,可是除了我不知道,大家都知道。这让我十分震惊,因此我都不着急去那儿(叶潘钦家)了,明天我也不能去了,因为要去圣彼得堡,您明白了吗?或许,我要在那儿待上三天,总之,我背到家了。虽不是多不得了的大事,但我认为,有些事我必须坦诚地跟您解释清楚,我不想错失这个机会,想在出发前跟您谈谈,如果您同意的话,我现在就坐这儿等一会,等大伙儿走了;再说我也没别的地方可去,我现在激动得根本睡不着。尽管这样纠缠您不太像话,很不礼貌,但我还是要直白地对您说,我来是想求您出于友谊帮助我,我亲爱的公爵。您是个超凡脱俗的人,从不说假话的,或许根本也不会说假话,而我有一件事需要一位朋友,一位忠告者帮我出出主意,因为我现在是个非常不幸的人……"

他又笑了起来。

"糟糕的一点在于,"公爵想了想说,"您想等到他们散去后再说,可天知道他们要狂欢到什么时候。我们最好还是现在就去公园,当然,得请他们在这儿等一会,我得打个招呼去……"

"千万不要这样,我有自己的理由,免得人家怀疑我们是特意规避去谈话,这里有些人对我们的关系非常感兴趣——您知道这点吗,公爵?如果他们看到我们本身关系很好,并非有急事才找您,就会好很多,明白了吗?再过两小时他们肯定会散开,我只占用您二十分钟,最多半小时……"

"请吧。即使不做解释,看您来了我也乐意至极,而就您说的友好关系的话,我更是表示感谢。请原谅我今天有点心不在焉,您知道吗,此刻我无论如何都无法集中注意力。"

"我看得出来,看得出来。"叶甫盖尼·帕夫洛维奇微微笑着低声嘟囔着。

今天晚上他很爱笑。

"您看出什么来了?"公爵微微一惊。

"亲爱的公爵,您难道没有怀疑什么?"叶甫盖尼·帕夫洛维奇没有直接回答公爵的问题,只是似笑非笑着说,"难道您不曾怀疑,我到您这儿只不过是蒙骗您,顺便想从您这儿打探些消息吗?"

"您是来打探消息的,这点毫无疑问,"公爵终于笑了起来说,"甚至也怀疑过,或许,您还打定主意来欺骗一下我。但是又能如何呢?我并不怕您打听,更何况现在的我对一切似乎都感到无所谓了,您相信吗?还有……还有……还因为,我从一开始就认定,您是个超群轶类之人,因而我们或许最终还真的能成为朋友。我很喜欢您,叶甫盖尼·帕夫洛维奇,依我看来,您……是个非常正派的人!"

"好吧,与您打交道起码非常愉快,无论打什么样的交道。"叶甫盖尼·帕夫洛维奇最后说了一句,"干杯吧,为您的健康干杯,我为能参加这场聚会而感到十分满足。啊!"他突然停住,说道,"这位伊波利特先生是不是搬到您这儿来住了?"

"是的。"

"我想,他不会立马就要死了吧?"

"怎么会这样说呢?"

"没什么,随便一问,我在这里跟他待了半小时……"

在公爵与叶甫盖尼·帕夫洛维奇在一旁谈话时,伊波利特一直在等着公爵,不时朝他们扫上一眼。当他们走近桌子时,他显得格外振奋,甚至有些狂躁,心神不宁,异常激动,额头上都渗出了汗水。从他那双闪闪发亮的眼睛里,除了投射出常常摇摆的不安外,还有一种捉摸不定的急躁,他的目光漫无目的地从一样东西挪到另一样东西上,从一张脸挪到另一张脸上。虽然在此之前,他也曾积极地参与到大家的热烈讨论之中,但他的兴奋不过是狂躁的冲动反应,而对于讨论的话题,他并非关注,他的论据基本都是没有逻辑、不连贯的,还带着嘲弄的语气,且随意得离谱。前一分钟他还慷慨激昂地说着话,可还没等说完,他就弃之脑后了。公爵异常惊讶而又满怀惋惜地了解到,今晚伊波利特在无人阻拦之下已经喝了满满两大杯香槟,现在放在他面前的已经是第三杯了。但这是公爵后来才知道的,此时他并未对此过多注意。

"我特别要跟您说,因为今天正好是您的生日,我才高兴得不得了!"伊波利特大声说道。

"为什么呢?"

"后面您会明白的,快坐下。首先,因为今天这群人……这群人全聚集于此。我就猜测今天会有人来,这是我人生中第一次猜对了!但遗憾的是,我并没提前得知您的生日,不然我一定会带礼物来的……哈哈!对了,或许我真的带礼物来了!离天亮还有多久?"

"离天亮还有不到两个小时。"普季岑看了一下表说道。

"何必要等黎明呢?现在外面亮得都可以看书了。"有人提议。

"因为我想看到太阳露出地平线。可以为太阳的健康喝一杯吗,公爵,您觉得如何?"

伊波利特毫不客气地向大家问道,口气生硬,如同发号施令一般,但是,他却对此毫无察觉。

"好吧,喝吧,只不过您最好安静休息,伊波利特,好吗?"

"您老是叫我睡觉,公爵,您简直就是我的保姆!等太阳一出来,就在天空轰隆作响。谁的诗里是这么写的,'日出轰鸣'[①]?虽然没什么意义,但是意境很好!'日出轰鸣'时,我们就睡觉。列别杰夫!太阳不是生命的源泉吗?《启示录》中'生命泉'[②]是什么意思?您听说过'茵陈星'吗,公爵?"

"我听说过,列别杰夫认为这颗'茵陈星'是分布在欧洲的铁

[①] 引自《浮士德·天上序曲》。
[②] 《新约·启示录》第二十一章第六句:"他又对我说:'我是阿拉法,我是俄梅戛;我是初,我是终。我要将生命泉的水白白赐给那口渴的人喝。'"

路网。"

"不，对不起，不是这样的！"列别杰夫跳出来喊道，他双手摆动，似乎是想阻止大家正要爆发出的笑声，"对不起！跟这几位先生……所有先生说下，"他突然转向公爵说道，"要知道，在某些方面，真是这么回事……"他不讲礼貌地敲了两下桌子，可大家却笑得更厉害了。

列别杰夫虽然像平日一样，处于"夜间"迷糊的状态，但是这一次他被前面进行了许久的"学术性"争论刺激得兴致盎然，在这种情况下，他对与自己争辩的对手，表现出不同以往、赤裸裸的蔑视和不尊重。

"这可不行啊！半小时前我们就约法在先，有人说话的时候，不能打断、不能失笑，要让人充分自由地发表意见，然后即使是无神论者也可以进行反驳。我们推选将军到主席位上坐镇，这样才行！不然像什么样子？别人在发表高见、阐述深刻的思想时，怎么能上来就这么随便地打断人家的话……"

"您说吧，说吧，不会有人打断您的！"周围响起了好几个劝说的声音。

"您说吧，可别说过了头。"

"'茵陈星'是怎么回事？"有人探问道。

"我一点也不了解。"伊沃尔金将军回答说，一本正经地坐在不久前被推选当上的主席之位上。

"我非常喜爱这些争论以及抬杠，公爵，我说的当然是学术上的。"这时凯勒尔低语道。他神采飞扬、蠢蠢欲动，虽然坐在椅子上，但明显坐不住了。"是学术上的，也是政治上的，"他突然又出人意料地转向那个几乎就坐在他身旁的叶甫盖尼·帕夫洛维奇说道，"您可能不知道，我特别喜欢看报纸上有关英国议会的报道，不过我感兴趣的不是他们在那里谈论的事情（我可不是政客），而是对他们彼此间怎么阐明己意感兴趣，这么说吧，就是他们政客的说话特点，譬如'坐在对面的高贵公爵''和我想法相同的高贵伯爵''我那位高贵的政敌提出的方案简直震惊全欧洲'，也就是说，所有这些用语、自由民主国度的这一全套议会制度，我们梦寐以求！我十分欣赏这些，公爵。我的内心深处住着一个艺术家，我向您发誓，叶甫盖尼·帕夫洛维奇。"

"说了这一通能干吗？"加尼亚在另一边的角落里焦躁地说，"依您看来，不过就是铁路该被诅咒，它们会给人类带来毁灭，它们是落到地面的瘟疫，污染了'生命泉'？"加夫里拉·阿尔达利翁诺维奇今天晚上情绪格外激昂，公爵觉得他的心情很愉快，几乎是得意扬扬。当然，他是在跟列别杰夫开玩笑，不过是刺激他一下，但没想到很快，自己反倒激动起来了。

"不是铁路，不是！"列别杰夫反驳道。他一方面气得失去了自制力，与此同时又感到满足、愉悦。"其实光是铁路还污染不了生命的源泉，而这一切受到了上天的诅咒，最近几个世纪的思潮方向，总的来说，从科学与实践方面来说，也许确实应该受到诅咒。"

"是肯定会受到诅咒还是只是有可能？在这种情况下，这点可是很重要的。"叶甫盖尼·帕夫洛维奇询问道。

"该被诅咒，该被诅咒，肯定该被诅咒。"列别杰夫语气坚定地重复着。

"别忙着回答，列别杰夫，每到早上，您就会随和很多。"普季岑微笑着指出。

"可每到晚上我却坦率得多！晚上比较坦诚、比较直率！"列别杰夫满脸通红，转头激动地对他说道，"也更加单纯、坚定，诚实又受人敬重，尽管这样，我会受到你们的攻击，但我不在乎。我现在要向你们这群无神论者发起挑战：你们这些从事科学、办工业、开公司、拿着国家工资的，以及其他等等的人们，用什么来拯救世界？怎么才能为世界寻到一条正常发展的道路？靠什么？靠信贷吗？信贷是什么？信贷会把你们带向何处？"

"您可真是涉猎颇广！"叶甫盖尼·帕夫洛维奇说。

"我认为，会对这样的问题不感兴趣的，肯定就是上流社会游手好闲之人。至少这信贷会带来社会的合作以及利益的稳定。"普季岑指出。

"仅此而已！仅此而已！除了满足个人私欲以及物质需求外，不承受任何道德约束？大众的和平，大众的幸福，这都需要！斗胆请问，是该这样理解您的意思吗，尊敬的先生？"

"可是衣食住行是普遍需求，没有普遍的合作和共赢的利益，就无法满足您的这种需求——说到底，这样一种理由充分的科学的信念，似乎就是一种牢不可破的公理，足以成为人类未来世界的支撑点及'生命泉'。"加尼亚激动得不行，已经认真到发自内心地在辩论。

"必须要衣食住行，这仅仅就是人类自我生存的本能……"

"仅仅有自我生存的本能，还不够吗？要知道，自我生存的本能是人类生活的正常规律……"

"这是谁对您说的？"突然叶甫盖尼·帕夫洛维奇大声说道，"您提及规律，这倒也不错，正常运转的规律其实与毁灭消亡的规律是一样的，这才是真正的自我消亡的规则。难道整个人类的正常规律就只剩下自我生存的本能了吗？"

"哎！"伊波利特喊了一声，他很快地转向叶甫盖尼·帕夫洛维奇，异常好奇地打量着他。但在看到他笑以后，他自己也笑了起来。他推了一下站在旁边的科利亚，又一次询问他几点钟了，甚至伸手将科利亚的银表拽到自己眼前,贪婪地瞅了一下指针。然后,他就像忘记一切似的,躺在沙发上,将双手枕于后脑勺,开始朝天花板望去,过了半分钟他又重新坐到桌子旁,挺直腰杆,倾听着已经激动兴奋到极点的列别杰夫高谈阔论。

"真是一种狡猾又饱含讽刺的思想,太狡诈了!"列别杰夫急切地揪住叶甫盖尼·帕夫洛维奇的论点说道,"说出这种思想的目的,就是要煽动对方进行较量,但这思想偏偏正中要害!因为您的身份是上流社会一个爱嘲讽的骑兵军官(尽管才能出众),可连您自己也浑然不知,您的思想根深蒂固到何种地步!是的。自我毁灭规律和自我生存规律两股力量在人类身上分庭抗礼!魔鬼同样一直控制人类活到我们也不知道的时间极限。您在笑?您不相信魔鬼?不信魔鬼是法国的思想,这种思想很轻佻。您知道谁是魔鬼吗?您知道魔鬼的名字吗?您连魔鬼的名字都不知道,却嘲笑他的外在模样,跟伏尔泰一样,嘲笑他的爪蹄、尾巴和犄角,这些都是你们自己想象出来的。其实,魔鬼是伟大而威严的神灵,而不是您为他臆想的那样,又长蹄子又生犄角的。但现在的问题不在魔鬼身上!……"

"那您为什么知道,现在的问题不在魔鬼身上呢?"突然伊波利特喊了一声,并像毛病发作般狂笑起来。

"真是种高明而饱含深意的思想!"列别杰夫称赞道,"但问题又不在这里,我们的问题在于'生命泉'是否已经枯竭,由于大力发展……"

"铁路?"科利亚大声插了一句。

"不是铁路交通,年轻又急躁的小伙子,而是整个时代的趋势,而铁路,这么说吧,可以作为这种趋势凝结出的一种艺术表现形式。轰隆轰隆,咔嚓咔嚓,来来回回的,据说是为了人类的幸福在奔跑!一位退隐的思想家满含怨气地说'人类变得过分喧闹，过分追逐名利，缺少精神的安宁'。另一位云游四方的思想家以胜利者的口吻回复他说，'随它去吧，能给饥饿的人送去粮食的隆隆车轮声，也许要比精神安宁来得更好'，之后，他便心满意足地离开了。我，卑下的列别杰夫，我就是不相信给全人类运送粮食的'车轮声'！它会因为道德基础不稳，冷漠地把大部分人类排除在享用运来的粮食之外！这种情况曾发生过……"

"您说的是火车会非常冷漠地把人类排除在外吗？"有人揪着这点问道。

"这种情况已经发生过了，"列别杰夫没有理睬那个问题，而是重复道，"已经有过一个马尔萨斯①，人类的朋友。但是这个道德基础薄弱的人类朋友，却是个吃人的恶霸，更别提他的虚荣心了，若是谁伤了这些人类朋友中哪一个的虚荣心，他便马上使出卑劣的报复手段，到处放火焚烧世界——不过，公平地说，如果是我们，包括我这个最卑下的人，也会这样的，因为我可能会是第一个去抱柴火的人，然后自己再逃之夭夭。但是，问题又不在于此！"

"那到底是在哪儿？"

"真讨厌。"

"问题在于，过去许多世纪前的一桩逸闻，因为我必须讲过去许多世纪前的旧闻。在我们这个时代，在我们祖国——我希望，各位，你们跟我一样都是为祖国效忠的，因为我自己甚至已经做好准备，为国家抛头颅洒热血……"

---

① 托马斯·罗伯特·马尔萨斯（1766—1834），英国教士、人口学家、政治经济学家。其学术观点指出，人口按几何级数增长而生活资源只能按算术级数增长，所以不可避免地要导致饥馑、战争和疾病，呼吁采取果断措施，遏制人口出生率。

"继续说！继续说！"

"在我国，就像在欧洲一样，遍布各地的可怕饥荒降临在人间，据现有数据以及尽我所能回忆起来的情况看，现在每一次饥荒的间隔时间，不超过四分之一世纪，换句话说，就是不超过二十五年至少闹一次饥荒。我不会去争论数字的准确性，但比较起来，还是相对少的。"

"跟什么比较？"

"跟12世纪以及与它相邻的前后几个世纪相比。因为当时，如作家们所写，以及他们所认为的那样，人间的饥荒基本每两年一次，或者至少三年一次，因此在这样的情况下，人甚至都吃起人来，虽然这是保密的。有这么一个不劳而获的人，临近老年之时，在没有受到任何逼供的情况下，自己招认，他在长期的饥饿下，一生中弄死并以极其秘密的方式，亲口吃掉了六十个僧人和几个俗婴（一共六个），不多，也就是说，与被他吃掉的僧人数目相比来说，是非常少的。对于成年的俗人，他倒从来也没想过要尝试下。"

"这不可能！"主席本人，也就是将军大人，甚至用生气的语气喊了一声，"各位，我常常跟他辩论、争论这类思想，但是他最常搬出的论点就是这些荒唐事，简直不堪入耳，没有一个是真的！"

"将军！想想卡尔斯之围①吧！各位，要知道，我讲的这些逸事可都是真的。我还要说的是，虽然几乎所有真相都有自己的规律，但几乎总是显得不可思议，十分离奇。甚至有时异常离奇的背后，往往都是真相。"

"可是难道真的可以吃掉六十个僧人吗？"周围的人笑着说。

"显然，他不是一下子吃掉他们的，也许是在十五年或者二十年间

---

① 见本书第一卷第九章。

吃掉的，那么这就完全可以理解，而且合乎逻辑……"

"觉得符合逻辑？"

"当然符合逻辑了！"列别杰夫带着一副固执的嘴脸驳斥道，"此外，天主教的僧人本身就亲和且好奇心重，把他们引诱到森林里或是某个偏僻的地方是十分容易的，引诱到那里后，就按上面所说的那样对付他们——但我确实不否认，吃掉的数量有些惊人，甚至难以想象。"

"也许，这是真的，各位。"公爵突然说话。

在此之前，他整晚都在默默听着争论，没有参与到话题里，并时常随着大家而发出笑声。看得出，在这个喧闹的场合，公爵感到十分高兴、快活，甚至看到他们喝了很多都心生喜悦。或许本来，整个晚上他一句话也不会说的，但不知怎的，突然想说话了。而就是因为他说得过于正经严肃，大家一下子都不禁好奇地看向他。

"各位，其实我想说的是，当时确实经常闹饥荒。尽管我不太了解这段历史，但多少还是听过这些的。但是，在过去，这种情况好像是必然会发生的。当我还在瑞士的山区时，那里有许多骑士时代的古堡废墟，让我惊讶不已。这些古堡都建在悬崖峭壁的山坡上，垂直高度至少有半俄里（也就是说，要走好几俄里的山路）。众所周知，整座城堡都是用石头堆砌而成的，工程之复杂、量之大让人震惊，简直就是不可能完成的事！当然，建造城堡的全是命苦的仆役、奴隶。此外，他们还得缴纳各种各样的税，供养僧人。在这种情况下又怎么可能耕地养活自己呢？当时他们人数很少，想必饿死的人居多吧，应该实在没什么东西可吃。我有时甚至想，当时这些人居然没有死光，甚至灭绝，他们又是怎么扛下来的、怎么熬过来的呢？说到人吃人的故事，或许真的有很多，在这一点上，列别杰夫无疑是对的，但是，有一点我不明白,为什么他偏偏要将僧人扯进来,他想借此说明什么吗?"

"一定是想说明,12世纪时只有僧人可以吃,因为只有僧人长得肥。"加夫里拉·阿尔达利翁诺维奇说。

"真是见解透彻,想法绝妙!"列别杰夫大声说道,"不然,他为何碰都没碰一个俗家人呢?不吃一个俗家人,却吃了六十个僧人,这是一种多么可怕的思想,是一种历史学的思想,也是一种统计学的思想,说到底,依据这一历史事实,有本事的人就能重塑历史,因为可以在精确的数字上得出,当时的僧人相比其他人要至少幸福、闲适六十倍。还有,或许,他们也比其他人的脂肪至少多个六十倍……"

"这话夸张了,夸张了,列别杰夫!"四周一片笑声。

"我同意这是个历史学的思想,但是您借此引出什么结论?"公爵继续问着。他问得十分认真,没有丝毫开玩笑或者嘲讽之意,可是大家都在笑话列别杰夫,因此在大伙儿营造的这种氛围中,公爵的语气不免显得有些滑稽,可能再过一会儿,大家便开始嘲笑他了,只是他没注意到这点。

"公爵,难道您没看出,这是个神经病吗?"叶甫盖尼·帕夫洛维奇俯身对公爵说,"刚才这里有人对我说,他想当律师、发表辩词演讲都想疯了,现在还满心期望通过考试呢。我估计下面会有场好戏,等着看吧。"

"我正欲引出一个伟大的结论,"列别杰夫这时大声吼叫着,"但是首先要分析一下罪犯心理以及法律背景。我们看到,罪犯,或者说,我的当事人,尽管压根找不到其他可以吃的东西,但其在咀嚼品味中,也多次表现出了忏悔之意,并准备放弃吃僧人。我们明显可以从以下事实中看到这一点:首先,前面提到,他毕竟吃过五六个婴儿,相比之下,这个数字的确是微不足道的,但是从另一方面来说,又意义重大。显而易见,他是怕受到良心的谴责(因为我的当事人是个有宗教信仰、有耻辱心之人,这点我可以证明),为了尽可能减少自己的罪孽,作为尝试,他曾六次放弃将僧人作为食物,而用俗婴取而代之。说是尝试,这点是毫无疑问,因为假如仅仅是为了换换口味,那么这个数字就显得微不足道了。为什么是六,而不是三十(我觉得怎么也得一半对一半)?但是,如果这个尝试,仅仅是因为害怕亵渎神明和东正教会的信仰,但在绝望中不得不尝试的话,那么六这个数字的意义就不言而喻了,六次尝试对于安抚良心受到的谴责完全足够了,因为尝试是不可能成功的。首先,我认为婴孩太小,个头不大点,因此在一段时间内所需的俗婴数量是僧人的三倍甚至五倍,因此虽说一方面减少了罪孽,但另一方面终究还是加重了罪孽……指的不是质量上的,而是数量上的。各位,我这样说,无疑是置身于12世纪一个罪犯的心理中。而至于我,一个19世纪的人,我可能持另一种看法,这一点我需要向你们说明,因此诸位也没必要对我龇牙咧嘴的,尤其是将军您,这样做完全有失体面。其次,依我看,婴孩没法提供太多营养,或许还太甜太腻,吃了不仅不能满足身体所需,反而只会留下良心谴责。现在咱们来说结局部分,这里包含着当时以及现代社会一个最大的问题的答案!罪犯最后会向教会自首,并将把自己交给政府裁决。有人会问,那个时代会有什么样的惩罚等着他呢?是放轮子下碾还是放火上烧呢?是谁撺掇他去自首的?为什么不金盆洗手,将六十这个数字的秘密带进棺材呢?为什么不把僧人这件事遗弃掉,去做一个苦行修士忏悔反省一生呢?或者,为何不进修道院去做僧人呢?答案就在这里!这么说吧,有一种比用火烧,甚至比二十年的习惯更强大的力量!有一种思想要比一切天灾人祸、颗粒无收、酷刑惩罚、瘟疫盛行、麻风病席卷以及地狱之苦更为厉害,如果没有这种纯洁的、指引心灵的、让生命的源泉重赋活力的思想,人类是无法承受这一切的。你们倒是给我说说,在我们现在这个混乱的铁路时代,什么东西的力量与之相仿……不,应该说在我们这个'轮船和铁路时代',但我说的是在我们这个'混乱的铁路时代',因为我喝醉了,但我说的也没错!你们倒给我说说是什么力量可以把当今人类的思想捆绑在一起,哪怕只有七百年前那时一半的力量。最后,请你们大胆说——在这颗'星'下面,在这张盖住人们的网下面,生命的源泉虽然还未衰竭、还未混浊。别拿你们的财富、罕见的饥荒和交通发展的迅速来吓唬我!财富越多,力量越小,把人类捆绑在一起的思想就没有了,一切都变得瘫软、变得腐烂了,所有人都腐烂了!我们各位,我们所有人都腐烂了……够了,不说了,现在问题的症结不在这,而是在:尊敬的公爵,我们是否该吩咐下,把给客人准备好的小食端上来呢?"

列别杰夫的话,几乎激怒了一大部分人(顺便提及,一瓶又一瓶的酒接连不断被打开),但让人没想到的是,他提及小食作为自己的宏篇大论的结尾,于是立即获得了所有反对者的宽容。他自己将这样的结尾称为"律师的机智转折"。客人们又都活跃了起来,欢乐的笑声重新响起,大家从桌旁站起来,舒展四肢,来回在露台上走动。只有凯勒尔仍旧对列别杰夫的话耿耿于怀,异常激动。

"他这是在攻击文明,宣扬12世纪的残暴行为,装腔作势,可不是什么天真纯洁之举。请问,他自己是靠什么赢得这幢房子的?"他挡在每一个人前面都这样大声诘问。

"我见过真正的《启示录》诠释者,"伊沃尔金将军在另一边的角落里对着其他一些听众说着,其中就有被他抓住了一颗纽扣的普季岑,"这个诠释者就是已故的格里戈里·谢苗诺维奇·布尔米斯特罗夫,这么说吧,他才是那个点燃人们心灵的人。他戴上眼镜,打开黑皮精装封面的大开本古书，银色的须髯拂过胸前，还有因捐款获得的两枚奖章。他诠释讲解时严肃而认真，将军们在他面前也不由自主地垂下头来，女士们经常被吓到晕倒，而这里这位——诠释者用小食来煞尾！太不像话了！"

听到将军说话的普季岑微微笑了下，似乎打算拿起帽子离开，但好像没有拿定主意或者总是忘记自己的打算。坐在沙发上的加尼亚早在众人还未起身前，就不再喝酒了，将酒杯从自己的身旁挪开，他的脸上蒙着一层阴霾。当大家都从桌旁起身时，他走向了罗戈任，坐在了他旁边。可以看出，他们的关系有多友好。罗戈任起初好几次也打算悄悄离开，现在则一动不动地垂头坐着，仿佛也忘记了想离开的事。整个晚上，他滴酒不沾，陷于深深的沉思，只是偶尔稍微抬头，打量一下众人。现在可以认为，他坐在这是在等着谁，一个对他来说是很重要的人，还没到离开的时候。

公爵总共喝了两三杯，不过只有几丝酒意。当他从桌旁起身，对上了叶甫盖尼·帕夫洛维奇的目光时，想起了两人之间需要一番解释后，便礼貌地笑了笑。叶甫盖尼·帕夫洛维奇对他点了下头，并突然指了指此刻正在凝神观察着的伊波利特。伊波利特在沙发上睡着了。

"公爵，您说，这个小子为什么跑到您这来纠缠您？"他突然问道，怀着异常明显的愤恨不满之情，"我敢打赌，他是居心叵测！"这话说得让公爵颇为吃惊。

"我觉得，"公爵说，"至少我觉得，您今天对他过于感兴趣了，叶甫盖尼·帕夫洛维奇，是这样吗？"

"您还可以这样说，鉴于目前我本人所处的境况，我自己该思考的问题很多，因此我只是感到奇怪，整个晚上我怎么就无法把目光从这张令人厌恶的脸上移开！"

"他的脸很俊俏……"

"瞧，瞧您！"叶甫盖尼·帕夫洛维奇拽了一下公爵的手，喊了一声，"瞧！"

公爵再一次惊讶地打量了下叶甫盖尼·帕夫洛维奇。

第五章

在列别杰夫这连篇累牍的演讲即将结束之时，睡在沙发上的伊波利特突然醒了，就好像有人推了一下他的腰部，他哆嗦了一下，竖起身，扫视了下四周，脸色一下子变得煞白。他甚至有点惊恐地环顾四周，当他想起一切，弄明白是怎么回事的时候，他的脸上几乎露出了恐惧的神色。

"怎么，他们都要走了？结束了？全都结束了？太阳出来了吗？"他抓住公爵的手，满脸惶惑问道，"现在几点了？天哪，现在几点了？我睡过头了吗？我睡了很久吗？"他带着几近绝望的神情问道，仿佛他睡过了头，就会耽搁什么决定他命运的大事一般。

"您睡了七八分钟。"叶甫盖尼·帕夫洛维奇回答说。

"啊……七八分钟而已！这么说，我……"伊波利特注视着他，思考了片刻说道。

他深深地吸了口气，仿佛要卸下自己身上异常沉重的担子。当他得知，一切尚未结束，天还未亮，客人只是站起身来拿小食，结束的只不过是列别杰夫的胡言乱语时，他面露微笑，脸颊上浮现出两团肺痨患者常有的、颜色鲜明的红晕。

"我睡了几分钟，您都统计了，叶甫盖尼·帕夫洛维奇，"他语气嘲讽地说道，"我发觉了，整个晚上您的目光都不曾离开我……啊！罗戈任！我刚才在梦里梦见了他，"他蹙了下眉头，用头指了下正坐于桌旁的罗戈任,低声对公爵说。"啊,对了,"他突然转换了话题,"我们的大演说家在哪儿?列别杰夫呢?这样看来,列别杰夫讲完了?他讲了什么内容?公爵,您有一次说'美,能拯救世界',是这样吗?各位,"他向大家大声喊道,"公爵相信,美能拯救世界!而我相信,他之所以有这样特别的想法,是因为他在恋爱。各位,公爵恋爱了,刚才,他一走进来的时候,我就确信了这点。公爵,别脸红了,我会同情您的。什么样的美能拯救世界?科利亚向我转述了这一点……您是个虔诚的教徒吗?科利亚说,您自称是教徒。"

公爵仔细打量他,但没有出声回答。

"您不回答?您大概认为,我很喜欢您吧?"伊波利特像是突然变了脸,急于补充道。

"不,我从未这样想过。我知道,您不喜欢我。"

"什么?甚至昨天那件事后,您也是这样想的?昨天我对您难道不真诚吗?"

"就说昨天吧,我就知道您不喜欢我。"

"这就是说,您以为,我是羡慕嫉妒您吗?可能您一直是这样想的,而且直到现在也是这么想,但是……但是我为什么要告诉您这点呢?我还想喝点香槟呢,凯勒尔,给我倒酒。"

"您不能再喝了,伊波利特,我不能给您……"

公爵从他身边挪开了酒杯。

"这倒是真的……"他若有所思地随即同意,"也许有人还会说……别人说什么与我何干!难道不是吗,不是吗?让他们日后去说吧,公爵,对吗?以后会怎样,跟我们大家有什么关系!……但是,我还没睡醒,我做了一个非常可怕的梦啊,现在才起来……但愿您不会做这样的梦,公爵,虽然我有可能的确不喜欢您。但其实,假使再不喜欢一个人,又何必一定希望他不好呢,对吗?为什么总是问我,总是问我这样那样的问题?请把您的手递给我,我要紧紧握住您的手,就像这样……您依旧把手递给我了?这么说,您预见到,我是真心诚意要握您的手?……看来我不能再喝了,那现在几点了?其实不用问,我也知道几点了。时间到了!正是此时。那是在干什么,那边角落里是在摆小食吗?这么说,这张桌子不用咯?好极了!各位,我……可现在所有的先生都没在听……我打算念一篇文章,公爵,小食当然更有意思,但是……"

话至此,他完全出人意料地从自己的衣服的胸前口袋里掏出一个公文袋大小的信封,封口还赫然盖着大大的红印章。他把信封置于面前的桌上。

此举动在没有思想准备的情况下突如其来,或者准确来说,在准备小食的这群酒醺之人中产生了强烈的影响。叶甫盖尼·帕夫洛维奇甚至从自己的座位上跳了起来,加尼亚迅速靠向桌子,罗戈任也是,不同的是,他一脸幽怨和烦躁,仿佛他明白这是怎么一回事。无独有偶,近旁的列别杰夫则睁着一双好奇的大眼走近去看那纸袋,尽力猜想事情的原委。

"您这是什么东西?"公爵不安地问道。

"太阳一过地平线,我就会躺下的,公爵,我说过的,我保证,您瞧着吧!"伊波利特大声说道,"但是……但是……难道您不允许我拆开这包东西吗?"他补充道,漫不经心地对大家说,还用一种挑衅的神情扫视着在场的人。公爵发现,他整个人都在打战。

"我们都不曾这样想,"公爵替大家回答,"再说,为什么您觉得,会有人有这样的想法呢?您怎么会突然冒出这样奇怪的想法,要念文章?伊波利特,您的这个大信封里是什么?"

"这里面是什么?他又做了什么出格的事吗?"周围的人纷纷问道。

大家都聚拢过来,有的人走过来时还吃着东西,红印章封口的大信封如同磁铁一般吸引着大家。

"这是我昨天写的,就在我向您保证要搬到您这儿住之后立即写的,公爵。我昨天写了一天一夜,今天早上才完成的,夜里,将近黎明时分,我还做了一个梦……"

"明天念不好吗?"公爵怯生生地打断说。

"明天就'不再有时日了'①!"伊波利特歇斯底里地笑着说,"不过不用担心,我想四十分钟就能念完,不会超过一个小时……您也看见了,大家如此有兴致,就聚过来了,大家都望着我这枚封印的红章呢,要不是因为我把文章封印在信封里,可能还没有这个效果!哈哈!这个就是秘密的象征!各位,我要不要拆呢?"他一边喊着,一边发出奇怪的笑声,双眼熠熠发亮。"秘密!秘密!记得吗,公爵,是谁说过'不再有时日了'的?是《启示录》中一位伟大且强大的天使说的。"

"最好别念!"叶甫盖尼·帕夫洛维奇突然大声说道,他紧张到让人出乎意料,这不免让人感到奇怪。

"请别念!"公爵把手按到信封上阻止道。

"这要念什么啊?现在最重要的是吃东西。"有人提议道。

"文章?要投稿到杂志的还是怎么的?"另一个人提问道。

"或许,很枯燥呢。"还有一位补充道。

"到底是怎么回事?"其余的人都疑惑询问。

不过,公爵那吓人的动作真的把伊波利特本人也吓住了。

"您这样说……是让我别念了?"他有点不安地对公爵低语道,发

---

① 引自《圣经·新约·启示录》第十章第六节。

青的嘴唇在边角扯出一个尴尬的微笑。"不念吗？"他一边喃喃低语，一边用目光扫视着在场的每一个人、每双眼睛、每张脸，又展示出过去那种好斗的神态盯着大家不放。"您……害怕了？"他转头问公爵。

"我怕什么？"公爵问道，脸色变得越来越难看。

"谁有硬币，二十戈比的？"伊波利特突然从椅子上跳起来，就像有人猛地把他拽起来似的，"随便什么面值的硬币都可以，有吗？"

"给你！"列别杰夫马上递了一枚给他。顿时一个念头在他脑袋里闪出——这个生病的伊波利特精神有问题。

"薇拉·鲁基扬诺夫娜！"伊波利特急切地邀请道，"来拿着，请将它抛到桌子上，看看哪个面朝上？如果正面朝上，就念吧！"

薇拉惊恐地看了一眼硬币，看了一眼伊波利特，最后又看了一眼父亲，她似乎为了证明自己没有看硬币，因此，不自然地把头向上昂起，然后将硬币朝桌子上一丢。落下的硬币恰好是正面朝上。

"念！"伊波利特轻声说道，似乎命运性的决定让他如同被重担压垮一般，即使现在宣判他死刑，他的脸色也不会比这更苍白了。"不过，"沉默了半分钟后，他突然打了个冷战，问，"这是怎么回事？难不成我刚刚抛了硬币？"他又用莽撞的目光打量着周围所有人，"想不到吧，这是一种很奇特的心理状态啊！"他转向公爵，惊讶的声音从内心发出来，"这是……多么不可思议的一种状态啊，公爵！"他反复说着，精神也似乎镇定了下来。"请您把这种状态记下来，公爵，请记住，您不是正在搜集有关死刑的材料吗……人家对我说的！哈哈！啊，天哪，这是多么荒唐、无趣的行为啊！"他坐在沙发上，用双肘支在桌子上，双手抱着自己的脑袋。"这实在太羞耻了！……可是羞耻现在又与我何干呢！"他随即把头抬起。"各位！各位，我现在就来拆封，"他突然下定决心声明，"我……不过，我是不会强迫你们听的……"

他激动到双手颤抖地打开了信封,从里面拿出几张信纸,上面写满了密密麻麻的字,他将信纸放到自己面前,铺展开来。

"这是什么?这是怎么回事,他要念什么?"一些人语气奇怪地嘀咕道,而另一些人不发一言。但大家还是都坐了下来,纳罕地观望着。或许,他们就是等着发生些什么异乎寻常之事。薇拉紧紧拽着父亲坐的椅子,吓得差点哭出来,科利亚几乎也是一样恐惧。已经就座的列别杰夫则突然拱起身子,端起烛台,将其靠近伊波利特,好让光线亮堂一些方便他阅读……

"各位,这……你们马上就会看到这是个什么东西,"伊波利特不知为何加了这句话,然后就开始念了起来:"《我的必不可少的声明》!标题为《纵使我死后洪水泛滥①》"……啊呸,真见鬼!"他就像被烫了一样大声叫了起来,"难道这个愚蠢的标题真是我写的……听着,各位!……你们要相信,所有这一切说到底也许是毫无意义的胡言乱语!但这只是我的一些想法……如果你们认为,这里面……有什么秘密或者……有禁忌的内容……总……"

"念吧,不用做发言铺垫。"加尼亚打断他说道。

"真够绕弯弯的!"有人插了一句。

"废话太多了。"一直沉默不语的罗戈任也插了一句。

伊波利特突然向他看去,当他们聚焦在一起的时候,罗戈任痛苦而恼怒地咧嘴一笑挤出一个鬼脸,然后慢悠悠地说了句奇怪的话:"小伙子,这种事不能这么干,不能这么干……"

谁也不知道,罗戈任想表达什么,但是他的这句话给大家带来了深刻而又奇怪的影响,每个人的脑海里都若隐若现地闪现出一个共同

---

① 原文法语,译为"纵使我死后洪水泛滥"。

的想法的碎片。这句话确实给伊波利特造成了可怕的影响：他颤抖得很厉害，以至于公爵想伸出手扶住他。要不是因为他的嗓子突然失音，他一定会大喊出声的。整整一分钟他说不出一句话来，喘息艰难，并一直望着罗戈任。最后，他边喘着粗气，边十分费劲地挤出一句来："那么是您……是您……您？"

"什么叫是我？我怎么了？"罗戈任困惑不解地回应。

但是伊波利特一下暴怒起来，近乎发疯（它突然控制了他的心态），尖锐而大声地怒喝："就是您！您上个星期曾到我那里去过，夜里一点多，就是上午我曾去找您的那天，您承认了吧，难道不是您吗？"

"上个星期，夜里？你怕是真的疯了吧，小伙子？"

"小伙子"沉默了片刻，食指按着额头，努力思考。但他那苍白的脸上仍然挂着恐惧导致扭曲的笑容，这笑容中突然闪出一丝狡猾又得意的神情。

"就是您！"他重复了一遍，声音低到只有耳朵靠近才能听到，但语气十分笃定，"您去过我那儿，在我窗口边的椅子上默默地坐了整整一个小时，不，甚至更长，在午夜十二点到凌晨一点之间，后来两点多的时候，您起身离开的……就是您，是您！为什么您要来吓唬我、折磨我——我不知道原因，但绝对是您！"

他的眼睛中突然涌出无尽的憎恨之意，尽管他并没停止因恐惧造成的战栗。

"各位，你们马上就会明白这一切，我……我……请你们听好。"

他重新急迫地抓起那几张信纸，竭力将散乱的纸张归整到一起，拿纸的手不停地颤抖着，他久久都不能弄平整。

他终于开始念了。起初的五分钟，奇文的作者喘着粗气，念得还有些不连贯，而后来，他的声音越发地沉稳起来，能完全表达文章的内容了，只是时而强烈的咳嗽声暂时打断朗读。文章念到一半时，他的声音严重沙哑，他越是往下念，就越是被亢奋的情绪牵引，将他引入高潮，而所引起的效果就像他给众人留下的这种病态感一样。这篇文章的全文如下：

我的必不可少的声明
纵使我死后洪水泛滥！

　　昨天上午公爵来我这儿看我，跟我说了一些问题，并劝我搬到他的别墅去住。我猜，对于这件事，他一定会坚持到底，我相信，他会坦诚地直接地对我说："住在别墅里，被人们和树木包围，身心轻松地死去。"他曾这么说过，但今天他没有这么说，而是说了句"会比较轻松地生活下去"，但是，就我目前这个状况，在哪住对我来说都是一样的，我问他为何一再、不停地提到"树木"，有什么寓意？我惊讶地从他的回答中得知，那天晚上我自己好像有说过，说来帕夫洛夫斯克，就是要最后再看看树木。当时我就对他说，住在树底也好，望着窗外的砖墙也罢，反正都是死去，为了仅剩的两个星期折腾不值得，他随即表示赞同。但他表示，郁郁葱葱的植物、干净的空气对我的病情的缓解大有裨益，而我情绪激动、夜梦频频的症状，住进来后都会得到改善。我笑着对他说，他这样说话简直像个唯物主义者。他微笑着回答我，他一直都是个唯物主义者。因为他从来都不说谎，所以这话是有一定道理的。他的微笑很打动人，我很仔细地观察了他。我不知道，我现在是喜欢还是不喜欢他，现在我不得空去考虑这点。应该要说的是,这五个月里我对他的憎恨,在最近一个月里完全平息了。我也不知道,我到帕夫洛夫斯克来,可能就是为了见他。但是……当时为什么我要从我的房子离开呢?注定要死的人是不应该离开自己的小屋的,假如我现在不下定决心,假如我作出相反的决定,一直坚持到死,那么,我无论如何都不会离开我的房子,也就不会接受他的建议,搬到帕夫洛夫斯克他这里来等待死亡了。

我一定要在明天之前赶完这篇声明。这么说来,我没有时间去检查修改了,明天为公爵以及那几个见证人念的时候再找错校对吧,毕竟这里没有一句谎言,句句属实,是临终前郑重说出的大实话。所以我很好奇,当我重念这篇声明时,它会对我产生什么样的影响呢?其实,我写这个"临终前郑重说出的大实话"是多余的,本来就不值得为这两个星期的时间撒谎——这也证实我写的都是真心话。(请注意!别忘记这样一种想法——现在有人怀疑我是否疯了,起码有些时候会这样认为。因为有人曾肯定地跟我说肺痨病人后期会有短暂的精神失常的症状。明天念这篇声明的时候,根据听众的反应我可以来验证这点,这个问题一定要确认下,不然接下来什么都没法进行。)

我认识到,刚才写的确实是一些愚笨无知的蠢话,但正如我刚才说过的,我没有时间重新校对修改。此外,我还对自己立誓,特意不去修改这份手稿的任何一个错字,哪怕我发现每隔四五行就会出现自相矛盾的语病。正好,我想在明天念它的时候验证下我的逻辑思路是否正确,我是否能发现自己的谬误,这样才能检验这六个月里,我在房间里辗转反侧想出的一切是否正确，还是不过一场梦呓而已。

如果两个月前，我像现在这样从自己的房间出走，告别梅那罗夫房子的砖墙，那么我相信，我肯定会分外忧伤。可现在我没什么感觉了，而明天我将彻底离开我的房间、告别这堵墙！我觉得，生命仅剩的这两个星期是没什么好惋惜的或产生什么其他情愫，这种信念已经彻底控制了我的本性，完全主宰了我的所有情感，但是，真的如此吗？我的本性真的彻底被征服了吗？如果现在来拷问逼问我，我一定会跳起来否认的，因为生命只剩两个星期可活了，已经不值得为之叫痛、受疼了。

但是，我的生命只剩两个星期了，不会再久了，是吗？当时在帕夫洛夫斯克，我说了谎，博特金大夫什么也没对我说，甚至从来未曾见过我，只是一个星期前，有人把一个叫基斯洛罗多夫的大学生带到我那儿去。他是个唯物主义者、无神论者和虚无主义者，这也正是我叫他到我那儿的原因。我需要有个人能坦诚地对我说掏心窝的话，而非委婉客套的话，他就这样做了，不仅同意跟我说实话，甚至还显得很乐意（依我看，这点多余了）。他直接告知我，我还能活约莫一个月的时间，如果条件好的话，也许还能多活些时日，但是，也可能时间不到一个月。照他所说，我可能会突然死去，这甚至也是未来常有的事，比如说，前天科洛姆纳的一位肺痨患者，一位情况跟我十分相似的年轻女士，她本打算去市场上买些食品回来，但突感不适，躺在沙发上，叹了口气就死了。基斯洛罗多夫告诉我这些的时候，甚至带着一丝炫耀的意味，炫耀自己对此事的习以为常且毫无禁忌的麻木，仿佛

495

这之于我是我的荣幸，因为这显示出，他把我看作跟他一样否定一切的高等生物，对他来说，死不是什么重要的事情。无论如何，事实就是，我还有一个月可活，不会再多了！我也完全相信他没有说错。

让我非常惊讶的是，刚才公爵怎么会猜到我常做噩梦，他确实说过，住在帕夫洛夫斯克的话，这种亢奋情绪和噩梦频频的症状会得到改善。为什么会提到噩梦呢？他要不是医生的话，也应该是个智慧非凡的先知（但他实际是个白痴，这点无须质疑）。就像故意似的，在他来之前，我恰好做了一个噩梦（这也不过是我现在所做的几百个梦中的一个）。我睡着了（我想，是在他到达前的一小时里），我梦见我在一个房间里（但不是我的房间）。这个房间要比我的房间大且高，光线明亮，家具也很好，有大衣柜、斗柜、沙发，而我的床又宽又大，上面铺着绿色缎面的缎被。但是我发现这个房间里还有一只可怕的动物，那是一只叫不上名的怪物，模样有点像蝎子，但又不是蝎子，丑恶无比，可能正是因为大自然里未曾有过这样的动物才显得更加可怕，它出现在我的房间里，似乎带着什么隐晦的秘密。我看得非常真切，它是一只褐色带硬壳的爬虫，约四寸长，头部有两指粗，从头到尾渐渐变细，到尾巴末端的跨度大约没超过头部的十分之一。在离头部一寸的地方，与躯干呈四十五度角的位置上，长出两只爪子，左右各一，各长两寸左右，因为从上面俯视的话，整只怪物就是三叉戟的形状。我没有仔细观察它的头部，隐约看见两根触须，不算太长，形状如两根硬针，也呈褐色。尾尖和每一只爪尖上都有这样的两根触须，共有八根这样的触须。

这个怪物在房间里跑得很快，它靠爪子和尾巴作支撑，跑起来的时候，身体和爪子像蛇一样扭动，尽管有硬壳，却跑得非常快，这样看上去很恶心。我非常恐惧，担心它蜇到我。有人跟我说，这个东西有毒，但最让我烦闷的是，是谁将它放进了我的房间，又想对我做些什么，是这里有什么秘密吗？它一会跑到五斗柜下，一会藏在大衣橱下面，一会又爬到角落里。我整个人盘坐在椅子上，把腿盘在身体下面。它快速从房间穿过，消失在我椅子附近，我十分恐惧地四处查看，但因为我是盘腿坐着的，便祈祷它不会爬到椅子上来，突然从我背后、从我的头旁边传来一个咯吱咯吱的声音，我扭头看见这个家伙正沿着墙壁在往上爬，已经爬到跟我头一样高的地方了，它那不停打转扭动的尾巴甚至已经碰到了我的头发。我腾地一下跳了起来，那个动物居然不见了，我不敢躺在床上，生怕它钻到我的枕头下面。这时我的母亲和她的熟人朋友进入我的房间，开始捉那个怪东西，但她们显然比我镇定得多，丝毫不害怕，但她们并不知道怎样抓。突然这个怪东西又爬出来了，这次倒是爬得慢而稳，仿佛有什么企图似的，它缓慢地扭动着身体，更加令人憎恶，并再次横穿过房间，朝门口爬去。这时我的母亲打开房门，喊了一声诺尔马，它是我家的狗，一条黑色长毛纽芬兰犬，不过五年前它已经死了。它奔入房间，在那怪物旁边一动不动。那怪物也停住了，但依然扭动着身躯，爪子和尾巴尖上仍在不停地摩擦地面，发出咯吱咯吱的声响。如果我没弄错的话，动物是不会预感或者感到神秘和恐惧的，但此刻我觉得，诺尔马有种不同寻常的恐惧，似乎在恐惧某种神秘的东西，它应该跟我一样预感到这个恶心东西的身上有某种不祥或是秘密的特质。诺尔马慢慢地从怪物面前后退，怪物则沉着镇定、小心翼翼地朝狗移动，而就在这时这个恶心的怪物似乎准备发起袭击，等待扑向诺尔马的时机。尽管诺尔马十分恐惧，甚至发抖，但它还是用凶狠的目光盯着怪物，然后慢慢龇出自己的牙齿，张开鲜红的嘴巴，摆好姿势，并已打定主意，一口咬住那个怪物。想必这怪物用力挣扎了几次，试图逃跑，因而诺尔马在它挣扎未脱时再次迅速将它逮住，张大嘴，将这东西送进口里，急忙要吃掉它。诺尔马牙齿碰到它的硬壳，发出了咯咯的碎裂声。怪物那露在外面的尾巴和爪子速度迅猛地摆动。突然，只听一声痛苦的狗吠声，这个可恶的东西趁机蜇到了诺尔马的舌头。诺尔马一边狂吠，一边痛得张大嘴巴，我看见，被咬碎了外壳的可恶东西依旧在它嘴里摆动，从它那一半已被咬碎的身体里释放出许多白色的稠浆，喷在了狗的舌头上，这白色的稠浆就像是被轧死的黑蟑螂身体里的那种汁液……然后我醒来了，此时公爵走进了房间。

"各位，"伊波利特突然停了下来，一脸羞愧地说，"我很抱歉没有通读校对，好像我的确写了很多多余的东西。关于这个梦……"

"的确是这样。"加尼亚插了一句。

"文章里关于个人的东西太多了，我承认，关于我自己的部分……"说这话时，伊波利特看起来十分疲惫虚弱，他用手帕擦拭着额头渗出的汗珠。

"是啊，您太注重您自己的那部分了。"列别杰夫低声嘀咕说。

"各位，我重申一遍，我不想强迫任何人，如果有谁不想听，可以走。"

"住在别人的家里……居然赶别人走。"罗戈任低声埋怨道。

"要是我们大家一下子都站起来离开这里,怎么样?"费尔迪先科突然提议道,不过在此之前他一句话都没说过。

伊波利特突然垂下眼睑,紧紧抓起手稿,同时又抬起头,他的眼睛熠熠发亮,脸上挂着两团红晕,眼睛直勾勾盯着费尔迪先科说:"您根本不喜欢我!"

响起了一片笑声,其实多数人并没笑。伊波利特一张脸顿时涨得通红。

"伊波利特,"公爵说,"请合上您的手稿,并交给我,现在去我的房间睡觉,睡醒了明天我们谈谈。但前提是,请别再打开这些手稿了,好吗?"

"这可能吗?"伊波利特吃惊地望着公爵说。"各位!"他喊了一声,狂躁而兴奋地说道,"刚刚被打断并不要紧,是我做得不对。我不会再中断我的朗读了。愿意听的就听……"

他迅速喝了一口茶杯里的水,再次把胳膊肘撑在桌子上,避开众人的目光,固执地继续念起来,当然他的羞耻感很快消失了……

有一个想法一直左右着我——并不值得再活几个星期。大约一个月前,当时我还剩四个星期可以活,但这个念头真正牢牢钳住我,还要从三天前开始算起,从帕夫洛夫斯克回来的那个晚上算起。这个念头完全直击我心灵的那刻发生在公爵的露台上,正是我突然打算完成人生最后一次尝试的那会儿,我想看看人们和树木(这话是我自己说的),我的情绪过于激动，维护我的新"邻人"①——布尔多夫斯基的权利，我甚至幻想着大家会突然张开双臂，把我拥入怀里，请求我的宽恕，而我也请求他们的宽恕。最后事与愿违，我演成了一个无能的傻瓜，就在那个时候，我心底冒出一个"信念"，而让我惊讶的是，在没有这个"信念"之前的六个月里，我是怎么熬过来的。我清楚地知道我患有肺痨病，而且无药可医。我没有欺骗自己，我清楚事实真相，可我越是对真相清楚，就越想拼命活下来，我紧紧抓住生命的尾巴，无论如何也要活下去。我承认，我当时也曾怨恨过上天，怨恨命运无情地将我像苍蝇一般拍死，虽然我不知道为何我就不能带着怨恨离开人世？为何我明知自己不会再有生活，还要开始生活？为什么我明知自己没可能再尝试什么，却还要尝试呢？其实我连一本书都看不完，因此索性不再看书了。看书还有什么用？就剩六个月了，学到知识又有什么用？这种念头迫使我一次又一次地扔下书本。

是的，这堵梅那罗夫的墙可以说明很多情况！我在上面留下了很多印记，在这堵脏脏的墙壁上没有哪一个斑点是我不熟悉的。这真是一堵受诅咒的墙！但对我来说，它可是要比帕夫洛夫斯克所有的树木都珍贵，也就是说，至少会觉得它比所有人都跟我亲近。但是，我现在对一切都不在乎了。

现在想想，我当时是多么有兴致地观察着他们的生活，这样的兴致是过去从未有过的。在我病得无法迈出房间的时候，我常常边焦急地等着科利亚的到来，边嘴里咒骂着。我

---

① 基督教观点认为，除了自己以外的世人都是"邻人"。

密切地关注着身边的点点滴滴,对各种各样的传言都怀着极大的热情,活脱脱一个爱八卦的人。譬如,我不明白,这些生命力如此旺盛的人,为何没有成为富翁(这点至今也不明白)。我认识一个穷人,后来有人告诉我,他活活饿死了,我到现在都还记得这事,我为此愤怒不已,假如这个穷人死而复生,我大抵也会处死他。有时候,一连好几个星期,我都感到病情舒缓很多,我便去街上逛逛,但是最后连街道都让我生气厌恶,于是我整天整宿地将自己关在家里,虽然我可以像普通人一样到处走走,但我无法容忍那些人行道上从我身边擦肩而过的人,他们走来走去、忙忙碌碌,还总是忧心忡忡,满脸愁容。他们为什么总是郁郁寡欢、心神不宁?为什么总是满脸凶狠,一副苦大仇深的模样(因为他们心肠歹毒、歹毒、歹毒!)?尽管他们有六十年的时间可活,可他们并不好好生活,他们过得不幸,可这能怪谁呢?为什么扎尔尼岑①明明有六十年可活,却偏偏要让自己饿死?每个人都指着自己的破烂衣衫,伸出自己满是老茧的手,满腹怒火地高喊道:"我们做牛做马不辞劳苦地终年做工,却还要像狗一样忍饥受难!而某些人不干活、不劳动,却富裕得流油!"(真是老生常谈!)其实他们身边有一个终日奔劳的可怜虫——伊万·福米奇·苏里科夫,他"出身贵族",就住在我们那幢房子里、我的楼上。他总是穿着一件肘部磨损破洞、纽扣脱落的外套,他为各种人跑腿当差,听从人家的差遣,日夜不辍。您要是想找他聊天,便会听到他说:"太苦了,实在

---

① 《罪与罚》里的人物。

太苦了！家里一贫如洗，妻子死了，因为没钱买药，冬天一个孩子'冻成了冰'，大女儿被人买去当……"他永远只会诉苦，只会痛哭！哼，无论何时，我对这些傻瓜都不会抱有丝毫的恻隐之心，一点都没有——我可以这般冷傲地说。为什么他不是罗特希尔德①？为什么他不像罗特希尔德那样家财万贯——有堆积如山的俄国金币和拿破仑金币、有像谢肉节②货摊上那样堆积如山的金币？可这能怪谁呢？既然他活着，一切就得靠他自己，这点都不懂，他能怪谁呢？

哼，现在我已经无所谓了，我可没有时间恼火，但当时，我重申一遍时，被气得在夜里咬自己的枕头，撕自己的被子。哼，我当时甚至想过，怀有这样的意愿，我希望有人突然能把我，这个十八岁的青年，几乎衣不遮体地赶到街上，留我伶仃一人，在这么大一个城市里，没有住所、工作、没有食物，无亲无故，饥肠辘辘的，甚至挨了一顿打（这样才更好），但是身体健康，这种情况下我要表现得……

表现什么呢？

哼，难道你们以为我不知道，我这篇声明已经自己放弃到什么地步了！哼，现在任谁都视我为一个脱离生活的可怜虫，忘了自己不再是十八岁，忘了这样生活六个月就会活到白头的想法了！任别人嘲笑吧，任他们说这一切都是童话故事！我真的是在给自己编童话故事——我那些个彻夜不眠的漫漫长夜，都是靠这些故事来填满我的孤独空寂，而我至今

---

① 富有的德裔犹太人家族，家族世代为大银行家、大金融家。
② 又称送冬节，源于东正教。在东正教的大斋期里（长达四十天），禁止教徒吃肉和娱乐。所以，斋期前一周，人们会尽情吃荤、狂欢。

全部都记得。

但是，难不成我现在又要开始讲故事了？现在我已经过了讲童话故事的年龄，再说，我又讲给谁听呢？要知道，我当时都是用这些故事来自我安慰的，那是我亲眼看见，连希腊语语法都禁止我学，不过读第一页的时候我就想道："没等我学完句法，我就死了。"于是便把书扔到桌子底下去了，它现在应该还在那儿，我不准玛特廖娜把它捡回来。

有耐心读完我的声明的人大概会认为我是个疯子吧，或者是个什么稚嫩的中学生，也最有可能认为我是被判了死刑之人，这样的人自然会觉得，除了他们之外，其他人都是在作践生命、浪费生命，活得过于懒惰、过于麻木，因此，其他人都不配享有生命！那又能怎么样呢？你们怎么想都行。我想声明，我的读者们全都弄错了，我的信念完全与我被判了死刑毫无关系。你们只要问问，在他们的观念上，幸福的定义是什么？哼，请你们相信我说的，哥伦布的幸福，并不是出现在他发现美洲大陆之时，而是在即将发现之时。请相信我，他幸福的最高点，应该就出现在发现新大陆的三天前，当时准备放弃的船员在绝望中几乎要把船开回欧洲去！这里的问题不在新大陆本身，其实即使它突然消失也没有关系。哥伦布在没看到它之前就去世了，实际上连他自己都不知道，他其实已经发现了新大陆。问题的本质在于生命本身，也只在于生命——在于探索生命，不断地去探索的过程，结果其实并不重要！不过，这还有什么好说的呢！我猜测，我现在说的这些和那些陈词滥调非常雷同，估计大家会将我视作展示自己作文的低年级小学生，或者有人会指出，我大概是想说出些什么高见解来，但心有余而力不足……无法阐述出来。但是，我要补充的是，人类的任何一种有意义的高见或者新颖的思想，无论出自天才还是普通人的头脑，总会有些部分是只能意会无法言传的，纵使写出长篇累牍、鸿篇巨著，花费三十五年详尽阐述，也不肯从您的脑袋里出来，而是永远待在那里，甚至随着您的离世而被埋葬。或许没有传给世人的那部分才是您的思想中最宝贵的部分。但如果，我现在也无法将这六个月里折磨我的思想完全传达出来，那么至少要让大家明白，我为了得出最后的"信念"，所付出的代价实在太大了，正是基于这点，我认为在我的声明中标注出来是非常有必要的，而目的，当然只有自己知道。

不过，我依旧会继续写下去。

第六章

我不想说谎：这六个月里，现实曾引诱我上了钩，有时将我迷惑到忘记了自己是个已经被判死刑之人，或者，准确地说，让我不光想着这点，甚至让我做一些事情。顺便说说我当时的情况。八个月之前，我病得很严重，我断绝了一切社交往来，包括和我过去的好友们。因为我一直孤僻疏离，所以朋友们也很容易忘记我。当然，即使没有此事，他们也会忘记我的。而我家里的情况，也就是我家的内部环境，其实是疏离孤立的。五个月前，我将自己锁在屋子里，与家人隔离开。他们也常常按我的话行事，没人进我房间一步，除了定点过来收拾打扫以及送餐。对我的命令，母亲诚惶诚恐，尽管我偶尔放她进来，她也不敢在我面前落泪。为了我，她经常打孩子们，为的是不让他们吵闹，担心骚扰到我，但我还是时常抱怨他们的嬉闹声，能想到，他们现在应该并不喜欢我！"忠厚的科利亚"，我是这么唤他的，他应该也被我折磨够了。最近一段时间，他也折磨我。一切都理所应当，人之所以被神创造出来，就是为了互相折磨的。但我发现，对我的火暴脾气，他一直忍受，似乎他早就发过誓要怜惜包容病人。于是，这点让我很生气；但他似乎想效仿公爵的"基督式的忍让",这点挺滑稽的。他是个年轻、热情的男孩,而且他谁都模仿,但我有时认为他是时候该理智生活了。我很喜欢他。我也折磨过苏里科夫,就是我家楼上那个从早到晚替人跑腿的邻居。我也时常向他证明,贫穷的问题出在他自己身上,致使他最后吓坏了,再也不来我这儿了。他是一个十分恭顺之人,恭顺到极点(注意:听说,恭顺是一种可怕的力量,这点可以向公爵咨询下,因为是他说的)。但是,当我三月份上楼去他那儿,看看他们是怎么把孩子"冻成了冰"时(这是他的原话),我无意识地对着他婴儿的尸体冷笑了一下,随即又开始跟苏里科夫说这是他"自己的过错"。而此时,这个瘦小的可怜虫突然双唇哆嗦,用一只手抓住我的肩膀,另一只手指向门,声音又轻又低、如同耳语般对我说:"您走吧!"我便走了出来,我很喜欢这样,喜欢他赶我出来的那一会儿。但是后来回想起来,他的话给我烙下了奇怪而深刻的印记,是我完全不想感受的、一种满含鄙视的、畸形的怜悯感。在这样一种被侮辱的时候(我已经感觉到,我侮辱了他,即使那并非我本意),他这个人竟然都没有发怒!当时他的双唇并不是因为愤怒而颤抖,我敢发誓,他抓住我的手,并说出那句漂亮的回复——"您走吧",绝不可能是因为生气。能看出来他溢出的自尊心,但和他完全不匹配(不骗你,表现得极其滑稽),完全没有一丝怒火。或许,他是从那时起开始鄙视我的。之后我在楼下碰见了他两三次,他会突然在我面前行脱帽礼,以前他从来都不这么做的,但是现在已不再是从前那般停下来,而是尴尬地跑开了。即使是鄙视我,他也是用他特殊的方式——"恭顺的鄙视"。或许他摘下帽子只是向女债主的儿子表达敬意,无关乎害怕,因为他经常欠我母亲的钱,怎么都还不完。我觉得这是我能猜到的最可能的理由。我本想跟他解释一下,而且我敢肯定,过个十分钟他就找我道歉,但我认真地想了下,觉得最好还是别去招惹他了。

就在这个时候,也就是苏里科夫那个孩子"冻死"的时候,是三月中旬,忽然不知为何,我的病情有所好转,而这种状况大概持续了两周,于是我开始在傍晚时分到外面散散步。我喜欢三月份的傍晚,那时白天的气温升高后又降低了,有时都烧起了煤气,有时候我散步走得很远。有一次,在六铺街上,黑暗中一个"绅士"模样的人快步超过了我,我没看清他的样貌,他拿着一个纸包,穿着一件短小难看的大衣——单薄得跟这个季节都不相称。当他超过我,走到离我约十步远的街灯下,我看见从他口袋里掉出来个东西,我急忙捡了起来,我捡得很及时,因为这时已经有个穿长大褂的男人匆忙跑上前来,但看见我拿在手里后,便没有言语,只是快速瞥了一眼我手里的东西,就从身旁溜走了。我捡的这个东西是个塞得鼓鼓的摩洛哥羊皮革钱包。但不知为何,我瞥了一眼就能确定,这里面什么都有,独独没有钱。丢东西的那人已经超过我四十步开外了,并且很快消失在人群中。我跑上前去想喊住他,但除了"喂!喂!"再无其他呼语,所以他都没转身。突然他向左一闪,从大门进入一栋楼内。等我跑进门内后,人已经不见了。这栋楼很大,是一座宏伟庞大的建筑,是风险投机者建造出来专门为出租给小户人家的,这种大楼里一般有上百户低等住宅。进了大门后,我好像看到院子右边后面的角落里有一个人在走着,不过因为是在黑暗里，所以无法辨认清楚。我跑到院子角落才看见通往楼梯的入口，楼梯很窄，格外脏乱，没有一丝光亮，但是可以听到，高处有人顺着楼梯向上跑，于是我也开始上楼，估算着在人家给他开门时能赶上他，我就这样做，楼梯每段都很短，但具体不清楚有多少级，因此我累得气喘吁吁的。五楼有门开了又关的声音，我就猜测还有三段楼梯就到了。等我跑上五楼，在楼梯平台处调整了下呼吸，按下了门铃，过了好几分钟后，才终于有人给我开门。开门的是一个正在小厨房里煮茶的女人，她不发一言地听完我的问题，当然她什么也没听懂，只是为我打开了一扇通往隔壁房间的门。这个房间很小，门楣很矮，房间里勉强摆着几件简陋的家具，在挂着帘幔的一张又宽又大的床上，躺着一个名叫"捷连季伊奇"的男人（女人这么叫他），他看起来是喝醉了。桌上铁制小灯台上的蜡烛快要燃烧殆尽。一个半俄升的瓶子立在那里，里面的酒几乎已经倒空。捷连季伊奇躺在床上对我嘀嘀咕咕地说了几句，然后朝隔壁的一扇门挥了挥手，而那个女人已经走开了，因此别无他法，我只能自己去开那扇门。我照做后，走进了另一个房间。

这个房间比刚才那个更加狭窄拥挤，我甚至都没法转身，角落里的一张窄小的单人床占据了不少空间，剩下的家具就是仅有的三把堆满了各种破衣服的椅子、漆布面的沙发和它前面的一张再普通不过的木质厨用桌子，而桌子和床之间几乎没有空隙能让人通过。和刚才那间房里一样，桌子上的铁制小灯台有一根脂油蜡烛正燃着，床上有个小小的婴儿在啼哭，从哭声判断，估摸婴儿刚出生三个星期。一个脸色苍白、病恹恹的女人正在给婴儿换尿布,她看起来很年轻,穿着随意且不整,也许是产后刚下地,孩子哭个不停,嗷嗷待哺。沙发上还睡着另一个小孩,是个三岁的小女娃,好像盖着一件燕尾服。桌子旁站着一位穿着破旧礼服的先生(他已经脱掉了大衣,将其放在了床上),正在打开蓝色纸包,纸包里露出了两俄磅小麦面包,和两根小香肠。此外,桌子上还有一壶茶和一小块黑面包,床底露出一只未上锁的箱子以及两个装衣服的包裹。

总而言之,房间里杂乱无章。我虽然一眼便知,这一对夫妇是正派人,但是被贫穷折磨得颜面尽失,而这种杂乱无章的状态也压倒了他们想反抗命运的一切想法,甚至痛苦到需要在这种日益杂乱的状态中寻找某种类似痛苦报复后得到的快感。

我走进房间时,在我面前打开食物纸包的这位先生正在跟自己的妻子交谈着什么,他语速很快、情绪激烈,虽然那个女人还没来得及给孩子换好尿布,但已经迫不及待地哭了出来,想必是丈夫告诉了妻子一个什么坏消息。这位先生看样子约莫二十八岁,他的脸消瘦,长着一圈连腮的黑胡子,下巴刮得格外干净,感觉这张脸挺体面的,甚至是招人喜欢。但他面露忧郁,眼神阴沉,透着一种易怒的病态气质。打我走进来后,就引发了一阵怪异的风波。

有些人能从自己易怒易委屈的性格中获得一种满足感,尤其是自己的窝火积累到一定极限时就会这样(这种事一般发生得很迅猛),而在这一刻,受委屈对于他们来说甚至要比不受委屈更加受用。而之后,这些易怒之人总是会感到十分悔恨，痛苦异常，当然，如果他们大脑还清晰的话，就能发现他们发的火远甚原本的十倍。这位先生诧异地看了我一会，他的妻子则显得十分惶恐，仿佛有人闯进他们房间是件十分可怕的怪事。突然这位先生满腔怒火向我袭来。可我还没来得及说话，特别是他看到我穿得还很体面，估计认为自己蒙受了莫大的耻辱，因为我竟然如此明目张胆地闯入他的小窝，并看到了他引以为耻的这个杂乱无章的环境。当然，他也很高兴能有这样的机会，至少有这样一个人可以用来发泄自己的不满和愤怒。甚至某个时刻，我以为他会来上前打我。他面色苍白，就像癔病发作的人一般，不过他的妻子吓坏了。

"谁给你的胆子就这么闯进来？滚出去！"他大声呵斥，气得浑身战栗，几乎说不出话来。但他突然看见了我手中拿着他的钱包。

"这好像是您遗落的。"我尽可能心平气和地说道（不过，也理应如此）。

他十分震惊地站在我面前，一度怎么都想不明白，为何钱包会在我的手里，然后，他迅速摸了下自己的侧口袋，吓得张大了嘴巴，用手拍了下脑门。

"天哪！您在什么地方找到的？如何找到的？"

我用最简单明了的话语，尽量平下心来，说明了前因后果，怎么捡起钱包，怎么追着他喊他，最后，又是怎样凭推算估测地跟在他后面，几乎是摸索着上了楼梯。

"哦，天哪！"他朝着妻子发出一声惊叹，"这里有我们的全部证件，我最后剩下的一些器械，而这是所有的……哦，亲爱的先生，您知道吗，您为我做了什么？否则我就完蛋了！"

与此同时我抓住了门把手，不打算回答这些问题，只想赶紧离开，但是由于我过于激动，导致一阵强烈的咳嗽，甚至咳到都站不稳了。我看见这位先生慌里慌张，试图找一把空椅子让我坐下，最后他将破衣服从一把椅子上抓了起来丢在地上，急忙搬来给我，小心翼翼地安顿我坐下，但我仍然咳嗽不止，咳了有三分钟。等我回过神来后，他已经坐在我旁边的椅子上了（大概，他也是把上面的破衣服扔到地上了），专注地凝视着我。

"您，好像……生病了吧？"他用平时医生问诊时的口吻说，"我自己……是从医的（他没称自己是医生）。"说完这句话，不知为何他向我指了一下房间，似乎是在为自己所处的境况表达抗议，"我看得出来，您……"

"我患有肺痨。"我简单利落地回答道，并随即站起身。

他猛然站了起来。

"或许，您夸大了……采取些治疗手段的话……"

他慌张到不知所措，左手拿起大皮夹，仿佛还未恢复常态。

"哦，您别担心，"我抓住门把手，打断道，"帕医生（我这时将帕医生搬了出来当挡箭牌）上星期给我检查过，我的病情已经确诊了。对不起……"

我本想开门赶紧离开，不再去理会这位对我心怀感激却万分羞愧而且捉襟见肘的医生，可是偏偏又咳了起来。此时，这位医生坚持让我坐下来休息一会儿。他向妻子示意了下，于是他的妻子便站在原地，对我说了几句感谢和欢迎的话语。

与此同时能看出她有些不好意思，甚至在她那蜡黄干瘪的脸上浮现了两片红晕。我留了下来，但是表现出每分每秒都担心让他们感到拘束的样子（这是应该的）。出于悔恨，这位医生显得难堪不安起来，这我看得出来。

"假如我……"他开始说着，但不时中断，转换着话题，"我非常感激您，又觉得非常对不起您……我……您也看见了……"他又指了指房间，"目前我就是这种情况……"

"哦，"我说，"不用看，您大概是丢了差事，想来这里申诉，重新谋个职位吧。"

"您是怎么……看出来的？"他惊讶地问。

"一眼就能看得出来，"我不由自主地用嘲笑的语气回答道，"有很多人满怀希望从外省来到这里，四处奔走，基本都是这样生活的。"

他突然颤抖着双唇，开始阐述他的故事，而且话中满是抱怨。不可否认，我被他的故事吸引了，我在他那儿坐了将近一个钟头。他给我讲了他自己的经历，尽管全是些寻常的事儿。他是外省的医生，有公职，但那儿有人背地里撺掇一出阴谋诡计，而且把他的妻子也牵扯了进来。这伤及了他的自尊，导致他一时冲动。省里长官人选的变动对他的劲敌非常有利，这致使他被挖了墙脚，背地里被人诬告，甚至丢了职位，他用仅剩的最后一点钱来圣彼得堡申诉。当然圣彼得堡的相关单位拖了很久才接待他，但听了他的申诉后，直接拒绝了，后来又承诺受理，接着又是严词拒绝，之后又让他把情况写成说明，接着又拒绝接受他的呈文，要他递交申诉单——总之，他奔走了四个多月，所有钱都花光了，妻子的最后几件衣服也当了,可恰恰这时,他们的孩子又降生了,还有……还有……"今天我被告知申诉单,最终还是被拒绝了,而现在我几乎连一点面包也没有了,一无所有,妻子刚生过孩子,我,我……"

他从椅子上起身转过去。他的妻子在角落里哭泣,婴儿又哭闹开来。我掏出笔记本,记下一些情况,当我写完站起身的时候,他站在我面前,既害怕又好奇地望着我。

"我记下了您的名字。"我对他说,"嗯,还有其他相关的情况,如任职地点、你们省长的名字、日期、月份,等等。我的一个小学同学,姓巴赫穆托夫,他的伯父彼得·马特维那维奇·巴赫穆托夫,是四等文官,现在在负责……"

"彼得·马特维那维奇·巴赫穆托夫!"这位医生几乎战栗起来,惊呼道,"要知道他可是主要审理人呢!"

事实上,这位医生的遭遇,以及我无意间所给的帮助,都是巧合,一波三折和最后的解决,就像故意安排好了一样,如同小说写的那样。我对这对可怜的夫妻说,他们尽量不要对我抱有任何希望,我自己不过是个困苦的中学生(我故意夸大了自己的卑微,其实我早就中学毕业了,不是中学生了),他们没必要知道我的名字,但是我马上就会去瓦西里耶夫斯基岛找我的同学巴赫穆托夫,因为我很清楚地知道,他那位四等文官的伯父是单身,尚无孩子,并对他这个侄子甚是喜爱,言听计从,宝贝一样供着,将他视为自己家族的最后一根独苗,因此"或许我的同学能为您以及为我做点什么,当然,我的意思是他靠着他伯父……"

"只要能允许我向大人表明情况!只要大人垂怜,让我能口头说明情况!"他大声叫喊着,激动到如同癫痫般颤抖,眼睛熠熠发亮。

他的确说了"垂怜"。我重申,事情失败的可能性很大,到头来一切可能都是空话,另外我还补充说,如果明天上午我没过来,那就说明事情没戏了,他们也不用等了。之后,他们鞠了好几个躬送我出去,情绪激动到举动有些反常。我永远不会忘记他们脸上的表情,我雇了辆马车,即刻前往瓦西里耶夫斯基岛。

我跟这个巴赫穆托夫在中学时敌对了好几年。他在同学里面可以称得上贵族,至少我是这么叫他的。他穿衣考究,乘坐自己的马车来学校,但他一点也不炫耀,和大家处得也不错,每天都快乐活泼,时而有些淘气,虽然智力上算不上优秀,但在班级里总能位列第一,而我在哪方面都没拿过第一。除我之外的所有同学都喜欢他。这几年里,他曾有几次试图接近我,但我每次都沉着脸,气呼呼地不理他。我已经有一年没见他了,他现在在上大学。八点多钟我进去见他(他家规矩很多:仆人帮我通报了),起初他见到我一脸惊讶,甚至都没表现出欢迎的样子,但随后立马变开心了,望着我并突然大笑起来。

"捷连季耶夫,您怎么想起到我这儿来的?"他大声说道,仍旧是往常那种亲切随意的语气,偶尔会无所顾忌,但从来不会伤人自尊,我就喜欢他这点,但是恨的也正是这点。

"不过,你这是怎么了,"他既惊讶又害怕地说,"怎么病成这个样子了!"

我再一次猛烈地咳嗽起来,然后跌坐在椅子上,勉强喘着粗气。

"别担心,我不过是得了肺痨,"我回答,"我找您是有个请求。"

他惊讶地坐了下来,我立马给他讲述了那位医生的全部遭遇,并表明,他本人的话在他伯父那儿十分有分量,或许他能做点什么。

"我帮忙,一定帮忙,明天我就去找我伯父。我甚至很乐意效劳,而且您把这一切讲得这么好……但是,捷连季耶夫,您这事怎么想起来找我了?"

"这件事成功与否很大程度上取决于您的伯父,再说,巴赫穆托夫,我们过去总是互相敌视。而您行事高尚,因此我想,您是不会跟敌人计较的。"我饱含讽刺之意补了一句。

"就像拿破仑向英国求助一样!"他哈哈大笑,"我会帮忙,会帮忙的!如果可以的话,或许我现在就过去!"他见我严肃正经地起身,急忙补充道。

的确,这件事办得出奇地好。一个半月后,我们的这位医生重新获得了一个职位,在另一个省,也领到了路费,竟然还有资助,我怀疑经常去他们那儿的巴赫穆托夫(当时我故意不去他们那儿,对跑来拜访我的医生态度也很冷淡)甚至劝说他们接受他的资助。在六个星期里我见了巴赫穆托夫共两次,第三次见面是在给医生送行的时候。这次饯行,巴赫穆托夫安排在自己家里,以香槟晚宴的形式进行。医生的妻子也出席了,不过,她很快就回去照顾孩子了。这是五月初的一个傍晚,天气晴朗,太阳像一个巨大的火球渐渐落入海湾。巴赫穆托夫送我回家;我们沿着尼古拉耶夫斯基桥漫步,两人都有几分醉意。巴赫穆托夫因这件事的圆满解决吐露自己内心的喜悦,他甚至为此感激我,他解释说,在做了这件好事后,他现在感到非常愉快,他把这一切的功劳都归于我,他说现在很多人都宣称做个别几件好事没有什么价值,这种想法是毫无道理的。对于这点我也想谈谈。

"谁要是否定个体的'善举',"我开口说,"谁就是在否定人的本性,亵渎人的人格。但是,从组织社会慈善事业以及个人的自由问题来看,这又是两个截然不同、但不相互排斥的问题。个体的善举将永远会发生,因为这是个人的需求——一个人直接影响另一个人的现实需要。莫斯科有位老人,是位'将军',四等文官,有日耳曼人的姓氏,他整个一生都去监牢为犯人治疗。每一批流放到西伯利亚的犯人都知道,一个'将军老头'会去麻雀山上看望他们。他是十分认真、虔诚地在做这件事。他在牢里的时候,总会访遍每一排围住他的犯人,而且在每个人面前停下来,详细询问每个人的疾病和困难,他几乎从不对人说教,把大家都称呼为'亲爱的'。他给他们钱,寄给他们一些必要的用品——譬如绑腿布、裹脚布、粗布,有时还带去一些劝人向善的书,分给每个识字的犯人,他完全相信,他们会在路上读这些书,识字的人也会读给不识字的人听。他很少去打听他们犯了什么罪,如果是犯人自己说出来的,他也就只是听着。他对所有犯人一视同仁,不会区别对待,如同兄弟一般跟他们说话,不过最终他们都将他视为父亲,如果他看见哪个被流放的女犯人带着孩子,他就走上前去,对孩子安抚一阵,再打几个响指把孩子们逗笑。他常年如此行善,后来整个俄国,乃至整个西伯利亚地区都知道他了，我的意思是所有的犯人都知道他。有一个曾在西伯利亚待过的人对我说，他亲身可证，连那些冥顽不灵、十恶不赦的罪犯也常常忆起'将军老头'，虽然事实上，将军去看这些犯人时，给的钱很少会超过二十戈比，他们也并非那么热忱激动地或者严肃正经地回忆他。有一个'罪孽深重'的人杀死过十二个人，害死过六个小孩，却仅仅是为了获得一种满足感（据说就是有这样的人）。突然某个时候，也许二十年里仅仅这么一次，他突然没来由地叹了口气，说道：'谁又能知道，将军这老头现在是否还活着？'说话的同时，他浅笑了下——仅此而已。那您又怎么会知道，他二十年都未曾忘记的这位'将军老头'给他心里留下了怎样不可磨灭的印记？巴赫穆托夫，您又怎么会知道，一个人接近另一人，对他的命运有着怎样的意义？……您可曾知道，人的一生中会有数以万计的岔道，哪怕最优秀、最洞若观火的棋手，也仅能预料后面的几步棋而已。有一位顶尖的法国棋手能够算出十步内的走位，就已经被写成神话。可我们的人生不知道走上多少步，预料不到的简直不可胜数。当您撒下种子、撒下您的'善举'之时，无论做的是什么形式的好事，您都奉献了自己的一部分，同时接受他人的一部分并转化到自身，你们彼此沟通、互相了解，只需再稍微关注一下，您就能汲取到知识，这是最意外的发现，也是您应得的补偿。您最终会将所做的这些视为一门科学，引起您一生的关注，丰盈一生。从另一方面来说，您所有的思想、所有播下的哪怕已经忘记的种子，都会发芽生长，从您那儿受到传承的人还将传播给他人。您又怎么会知道自己是如何参与并决定人类未来命运的？如果您的知识以及投入这项工作的热情能够提升，能使您撒下的种子更大更巨，那么对于世界而言将是一笔巨大的思想遗产，这样的话……"像这样的话，我当时说了很多。

"可无法想到的是，你却要失去生命！"巴赫穆托夫愤愤不平，就像在冲某人呵斥。

当时我们站在桥上，胳膊肘撑在栏杆上，眼睛望着桥下的涅瓦河。

"您能猜到吗，我冒出了什么想法？"我边说，边朝栏杆外俯身。

"难道你想跳河？"巴赫穆托夫十分惊恐地叫了出来。或许，他是从我的脸上读出了我的想法。

"不是的。我想的是，现在我只剩两三个月可以活了，或许是四个月，但是，比如说，假使在还剩两个月的时候，我又非常想做一件好事，可这事需要奔走，需要张罗劳累，就像我们这位医生这样的事情，而在这种情况下我时日不够，权衡下来，我只能放弃做这件事，另找一件小一点的、力所能及的好事去做（如果我迫切渴望去做的话）。您一定认为，这个想法很幼稚，可笑！"

可怜的巴赫穆托夫非常担心我，他将我送到家门口，而且一路都很识趣，一直保持着沉默，没有说一句安慰的话。跟我道别时，他热情地握着我的手，并请求我允许他来看望我。我告诉他，如果他作为"慰问者"到我这儿（纵使他来了不发一言，他也仍然是"慰问者"，我对他阐明了态度），那么他的每次来访都将加深我对死亡的企及。尽管他耸了耸肩，但还是同意了我的观点。我们非常礼貌地分别,这点是我没有想到的。

但是,就在这天晚上,就在这天夜里,我撒下"最终信念"的种子。我贪婪地抓住这个新冒出来的想法,贪婪地剖析它的细微之处以及各种形态(我整夜没睡),我越是深入探究这个想法,越是接受它,就越觉得害怕。最后,可怕的恐惧感附着在我身上,接下来的很多天都摆脱不掉。我时常在这种恐惧纠缠下,又被新的恐惧吓得四肢冰冷——我从这个情况中得出,我的"最终信念"在我脑海里烙下的印象太过深刻,但也一定会有完结的时候。可是要解决这件事,我还欠缺决心。三个星期后,一切都结束了,决心也有了,但随之出现了另一个相当奇怪的情况。

这里我要解释一下,我标注的所有这些天数、日期,对我来说,都是无所谓的,但是现在(或许仅在此刻),我希望那些要评价我行为的人能够清楚地看到,我的"最终信念"是从何而来,上面我也提及我缺少实现我"最终信念"的决心。我产生这一决心,好像并不是出于理性的逻辑分析,而是出自一种奇怪的推力,这种推力可能是在与事情本身发展没有丝毫关系的情况下而产生的。十天前罗戈任因为自己的事情来我这儿,这里就先不赘述。我之前从未见过罗戈任,但听说了不少关于他的事。我跟他说明了一切他想知道的情况。他便很快就走了,因为他只是来咨询一些事情的,所以我们之间的交往也就到此为止。但是他让我太感兴趣了,导致我一整天都被各种奇怪的念头所扰乱。因此我决定第二天去他家回访。很显然,罗戈任不高兴我去,甚至还"含蓄地"暗示我,已经没有继续交往的必要了,但我仍在他家度过了挺有意思的一个小时,大概他也会这样觉得。我们之间对比鲜明,这一点彼此感受明显,特别是我。我现在时日屈指可数,而他却满满当当、真真切切地活在当下,分秒不用顾忌"最后的"言论、剩余天数,甚至任何事情,除了个别会……会妨碍……妨碍他的那种事情,我的这般表述还请罗戈任先生见谅,请念在我是个欠缺文学素养的人,的确不会准确地表达自己的想法。尽管他很不友善,但是我还是觉得他是个有头脑、有智慧的人,通晓很多事情,当然不相干的事基本无法让他感兴趣。我没有跟他提到我的"最终信念",但不知为何,我觉得,他在听的时候就已经猜到这层意思了。他并没有表达什么,整个人都很沉默。分别前,我暗示他,尽管我们的人生差别很大,甚至截然相反,不过相反的两端也会碰到一起①(我给他用俄语解释了),因此,很可能他离我的"最终信念"并不如想象中那么遥远。他摆出一副阴郁和不满的鬼脸作为给我的答复,接着起身,递帽子给我,弄得像我要离开一样,很客气地送我离开,简直就是急忙把我从这阴郁满满的房子里送出去。他的住所令我惊讶,就像一片墓地,而他貌似还很中意,当然这完全说得通,他过着满满当当、真真切切的生活,生活过于充实,对环境自然别无他求。

去罗戈任家的造访让我一度疲惫至极。除此之外,那天从早到晚,我都不舒服。傍晚,我甚至虚脱了,于是上床躺下,隐约感到发烧烧得厉害,偶尔还说几句胡话。科利亚陪

---

① 原文为法语,译为"相反的两端也会碰到一起"。

我待到夜里十一点。但我记得他说的话以及我们所说的一切。偶尔，当我合上眼睛的时候，眼前总会浮现出伊万·福米奇似乎坐拥万贯家财的模样。他有了这些钱后开始因为把钱放在哪里伤透了脑筋，害怕钱被偷走而担惊受怕，最后他决定将钱财埋入地里。后来我建议他，与其把这么一堆金币埋在地下，不如拿出来给"冻成了冰"的孩子铸口小小的金棺材，当然，建议他先把孩子的尸体刨出来。苏里科夫似乎饱含感激的泪水接纳了我的这个充满嘲讽的建议，并且立即着手实施计划。我从他身边走开时好像啐了口唾沫。当我完全清醒过来时，科利亚断定我压根没睡着，这期间一直在跟他谈论苏里科夫。我时不时就会惆怅郁闷、心神不安，这让科利亚临别前都很担心。当我从床上起身，在他走后锁门时，我突然想起了白天在罗戈任家里看到的一幅画，那幅画挂在他住所最昏暗的一个房间的门上方。经过门前，他自己指给我看的，我在画前伫立凝望了足足有五分钟。虽然我在艺术领悟上没什么造诣，但看着它，我产生了一种说不上来的不安。

这幅画描绘的是刚从十字架上取下来的耶稣。我觉得，无论画的是钉在十字架上的耶稣还是从十字架上取下来的耶稣，人们总是能从耶稣的脸上看到画家们描绘出的一种不同寻常的美，哪怕耶稣承受了最可怕的折磨，画家们也尽力让他保持这种美。而罗戈任家的那幅画上则没有这种美。那幅描绘的是耶稣的尸体全貌，他在被钉死在十字架之前，就已经饱受了无穷的折磨、伤害和痛苦，在背上十字架以及摔倒在十字架下时，又经历了看守者的严刑拷打、群众的殴打，最后历经了被钉在十字架上的痛苦（我估摸至少有六个小时的时间)。确实,这才是刚从十字架上取下来的尸体的脸,也就是说还保留着很多生命体温暖的迹象,还没有变得僵硬,因此还可以从死者的脸上看到他的痛苦表情,仿佛到现在他仍能感受到这种痛苦(画家在这一点上捕捉得精准),而画家丝毫没有美化这张脸,只是描绘出了本貌,无论是谁,在经受了这样的严刑折磨之后,他的尸体也确实如此。据我所悉,在公元开始的最初的几个世纪,教会就曾确认,耶稣遭受的苦难并非象征性的,而是确确实实存在的,因此他在十字架上的肉身也是完全遵循了自然规律的。画上的这张脸上被打得满是血痕并肿了起来,青一块紫一块的,让人伤心泪目。耶稣睁着双眼,瞳孔歪斜着,眼白大露,像死鱼眼一样带着玻璃般反光。但让人奇怪的是,当我瞧着这具被折磨致死的尸体时,脑海里闪现出一个特别的、值得细细分析的问题:如果耶稣的所有门徒、日后成为重要信徒的人看见这样真实的尸体,以及跟在他们后面、站在十字架旁边的妇女,甚至所有信奉他、视他为神明的人们看见了这样的尸体,他们怎么能相信这个受难者会复活呢?这里不由得产生一个疑问,如果死亡是如此可怕的,自然法则又是如此强大,那么怎样才能战胜它呢?耶稣活着时曾战胜过大自然,让大自然臣服于他,他喊了一声:"少女,起来吧!"——她就站起来了[1]。他又一喊:"拉撒路,出来吧!"[2]——死者就出来了,可现在他连死亡也战胜不了,又怎么能支配它呢?看这幅画会产生

---

[1]《圣经·新约·路加福音》第八章第五十四节。
[2]《圣经·新约·约翰福音》第十一章第四十三、四十四节。

一种幻觉,仿佛大自然变成了一只庞大、无情又沉默的野兽,或者确切地说——虽然这样听起来很奇怪,但实际上更准确了——它幻化成一台巨大的新式机器,毫无感情、毫无思想,残暴地吞噬着无法估价的伟大生物,这种生物一只就抵得上整个自然界的所有法则,抵得上全世界的所有价值,或许创造世界的唯一目的不过就是为这个生物的降临做准备!这幅画要表达的大概就是这样一种概念——存在一种使一切都服从于黑暗、蛮荒和没有永恒意义的力量。那些本应该围绕在死者身边的人们,在画上一个都不见,可能是他们感受到在这个夜晚只有惶恐和悲痛,因为所有人的希望和信仰几乎破灭了。他们应该是在极大的恐惧笼罩下离开的,尽管每个人心中都怀揣着不平凡的思想,当然这种思想在心中已经根深蒂固,永远无法革除。如果这位先师能在死刑前看到自己的这般形象,那么他是否还能像现在这样走上十字架,这样死去呢?当你看这幅画时,这个问题会不由自主浮现在头脑中。

在科利亚离去后的半个小时里,我似乎断断续续地看到了这一切,或许这的确是在幻觉中,有时甚至模样皆具,十分真切。完全没有形象的东西是否能在幻觉中变成具象有形的呢?但是我有时仿佛又觉得自己看到某种奇怪且不可捉摸的形状里包含着一种无穷的力量,看到这个又聋又哑又无情的黑乎乎的东西。我记得,好像有人拿着蜡烛,牵着我的手,指引我去看一只令人厌恶至极的巨大毒蛛,并告诉我,这就是那个残酷无情却又无所不能的黑乎乎的东西,并且对我的愤怒嗤之以鼻。我房间里的圣像前总是整宿点着一盏小灯,灯光微弱，光线昏暗，但能看清一切，凑近灯光还能看书。我想，那时刚过午夜十二点，我还没完全睡着，只是睁着眼睛躺着。突然，我房间的门开了，罗戈任走了进来。

他走进来并关上门，看了我一眼，没说话，而是悄悄地走向角落里台灯下的那张椅子上坐下。我很惊讶，望向他，等着他开口说话。罗戈任将胳膊肘撑在小桌上，默默地看着我。就这样持续了两三分钟，我记得，他的沉默让我非常恼火，如同遭到了欺侮。为什么他不说话？他到访得如此之晚，不由得让我奇怪，但是我记得自己并没有太过惊讶，倒是恰恰相反：虽然我上午并没明确表达自己的想法，但我知道，他已然理解，而这个想法的性质决定，即使很晚也值得再谈一次。我想他就是因为这才来的。上午我们是带着敌意分别的，我甚至记得，他一副赤裸裸嘲讽的样子，还瞥了我两眼。我现在仍能从他的眼神中看到这种嘲讽，这让我非常恼火。这确实是罗戈任本人，并不是幻象或梦境，对于这一点起初我丝毫没有怀疑，甚至压根就没这么想过。

与此同时，他继续坐着，一脸冷笑地看着我。我愤愤地转了个身，将胳膊肘撑在枕头上，下定决心也保持沉默，哪怕我们就这样一直坐着不说话。不知为何我就想让他先开口说话。就这样过了二十分钟，我脑海里突然闪现出一个念头：这会不会不是真正的罗戈任，仅仅是幻想呢？

无论是生病的当下，还是以前，我都没见过鬼魂，但在我很小的时候，甚至现在，我的意思是不久前，我都觉得，看到鬼魂，只消一眼，我就会当场暴毙，尽管我不相信存在任何鬼魂。但是，当我想到这不是真正的罗戈任，而是鬼魂的时候，我记得我一点也没有受到惊吓。我不仅不害怕，甚至对此很生气。奇怪的事还有，这是鬼魂还是罗戈任，对我来说，不像本应该的那样让我关注和不安，我觉得，我当时的注意力在想别的事情上。显然让我更感兴趣的是，诸如，为什么罗戈任之前穿着睡衣和便鞋，现在却穿着燕尾服、白背心，还打着白领结？我的脑海中又闪现了这样的念头：假如这是个鬼魂，我又不怕它，那为什么不站起身，走过去，亲自证实一下呢？不过，或许还是因为我害怕，不敢这么做。但当我刚反应过来感到害怕时，我的全身骤然如同被冰水浇灌，我感到背后冰凉，双膝打战。就在此时，罗戈任好像看出我的恐惧了，他放下撑着的臂肘，挺直身板，嘴巴大张，应该是准备发笑，他还目不转睛地望着我。我瞬间被愤怒点燃，下定决心要朝他扑去，但因为我发过誓不会先开口，所以我还是待在了床上，更何况我并没把握确定这是不是罗戈任本人。

我不大记得，这种状态持续了多久，我也不能真切地记得，我是否有过片刻的昏迷？不过，罗戈任终于站起来了，像他进来时那样缓慢而专注地打量着我，但是表情不再有嘲笑的味道，而后他又几乎是踮着脚尖悄悄地走到门口，开了门，走出去后又虚掩上门。我没从床上起来，我不记得我这样睁眼躺着想问题想了多久，天知道我想了些什么，我也不记得又是怎么昏睡过去的。直到第二天早上九点多，有人敲我房间的门，我才醒过来。我和家人约定，如果早上九点后，我自己不开门，也不叫人给我送茶的话，那么玛特廖娜就应该来敲我的门。当我给她开门的时候，我顿时开悟，门锁了一夜,昨夜他是怎么进来的?待我完全清醒后便更加确定,罗戈任真人是进不来的——我家所有的门都在夜间上了锁。

我如此详细地描述这件怪异的事情,就是为了让自己下定"决心"。因此,促使我最后作出决定的不是理性逻辑,这不是逻辑推导出的信念,而是厌恶。倘若任这些奇奇怪怪、各种各样的侮辱继续加之我身,那我不得不结束我的生命。这个鬼魂简直伤了我的自尊。我不能屈服于毒蛛笼罩的黑暗力量。一直到黄昏褪去暮色降临,我终于彻底下定决心时,我变得轻松许多。这仅仅是经历的第一层境界,在经历第二层境界的时候我去了帕夫洛夫斯克,当然这已相当明了。

第七章

我有一支袖珍的口袋手枪,在孩提时代,我就开始玩这东西了,在那个可笑的年纪,孩子会突然开始喜欢关于决斗、强盗打劫的故事,并想象着有人向自己发起决斗,而自己会怎样沉着镇定地站在对方的枪口前。一个月以前,我仔细检查了这支手枪,以备妥当使用。在这个放袖珍手枪的盒子里我找到了两颗子弹,而角形支架的火药筒里够装三发子弹。这把手枪很老旧,射出去的子弹总是会偏离,总射程最远十五步,但如果紧贴着太阳穴开枪,当然还是能够叫脑袋搬家的。

我打算在帕夫洛夫斯克的日出时到公园里自杀,这样可以不惊动别墅里的任何人。我的这份声明足以向警方说明所有情况。涉猎心理学的人以及那些有需要的人,会从中得出他们想要的所有结论。但是,我不愿意将这份手稿在众人面前公开。我请求公爵将一份保留在他那,另一份交给阿格拉娅·伊万诺夫娜·叶潘钦娜。这是我的遗愿。我会把我的骨骼捐赠给医学院用于科研。

我不承认他人对我的评判,要知道我现在可不受法院的任何约束。不久前,我因为一个设想而大笑起来:如果我现在突发奇想,想杀谁就杀谁,哪怕一下子杀死十个人,或者做件被世人认为最可怕的事情,同时是在酷刑和肉体惩罚已经废除的情况下,法官拿我这个只有两三个星期可活的人会怎么办?我会在他们的医院里接受医生的悉心治疗,然后舒舒服服、暖暖和和地死去,可能这要比在自己家里还舒服暖和很多。我想不明白,跟我同样处境的人怎么就没这样想过,哪怕只是戏谑而已。或许也应该能想到,我们身边不乏寻开心的人,甚至很多。

但是,即使我不承认任何人对我的评判,我也知道,最终我还是会受到审判,那时的我已经成为一个又聋又哑的被告人了。我不想在辞世前一句陈词都没有,我的陈词是我自发的而非被逼的,也并非出于自我辩护——哦,不!我不需要谁的宽恕,也没有什么需要被宽恕——因为我本身的意愿就是如此。

首先,有一个奇怪的想法:谁会对我享有的两三个星期的生命权利提出异议?凭什么呢?有什么动机呢?这与法院何干?是谁要求我必须这样——要求我不仅接受审判,而且要恭顺地服从刑罚?难道真的有人需要这样?这是道德层面的要求吗?我还明白,如果我在身强体健、风华正茂的时候结束自己的生命,而我的生命"本来可能让我的邻居受益",那么按照迂腐陈旧的道德理念,我擅自结束自己生命会遭到谴责,或者被扣以什么其他的罪名。但在已经对我作出审判并公然宣布的现在,是什么样的道德置你自己的生命于外、在你临死前发出一声嘶哑的感叹呢?为什么要听过这声感叹才能把生命的最后一颗粒子交付,此时你还得倾耳去听公爵的劝慰，他凭借基督教的教义论证得出一个幸福的观点：事实上，您死去要比现在更好（像他这样的教徒都认同这种观点，这是他们常年擅长的话题）。他们提及那些滑稽的"帕夫洛夫斯克的树木"是想做什么？是想在我生命最后的时段，为我减轻些痛苦吗？他们想用生命和爱的幻影来挡住梅那罗夫那面墙以及真诚纯朴地在墙上所书写的一切，不让我看到？难道他们不明白，越是让我忘记，就越会让我惦念那最后的幻影，也就越会加剧我的悲哀？如果在这场不知何时休止的宴席中，我从一开始就被认定是多余的，那么你们的自然风光、你们的帕夫洛夫斯克公园、你们的日出日落、你们的蔚蓝的天空和你们那意气扬扬的面庞，对于我来说又有何用呢？这一切美景与我又有何干呢？而现在，我每分每秒都不得不知道这些，就连此时这只沐浴在炽热阳光下、在我身边嗡嗡不断的小苍蝇，也是这场宴席及合唱的一名参与者，也知道并热爱自己这尚有的一席之地，还因此感到幸福，只有我一个遭人摒弃，仅仅是因为我的懦弱畏缩，可我在此之前还不想弄明白这点！哦，我知道的，公爵和他们大家伙儿多想把我带入下个阶段：那时我会用一首密尔瓦的经典名诗来代替那些"阴险恶毒"的话语，为的是劝人从善、歌唱道德必胜：

哦，对我离世置若罔闻的朋友，
但愿他们看见您神圣的美！
愿他们在暮年寿终正寝，
但愿有人哀悼你们的死，

但愿朋友为他们合上双眼祈祷。①

但请相信我,天真纯朴的人们,相信我,就算是在这种品格高尚的哀诗中,用法语诗句向世界表达的这种经院式的祝福中,也暗藏着如此之多的苦痛。如此之多的矛盾冲突在韵律中碰撞并缓冲了彼此的哀怨,所以可能使诗人自身也陷入这种困境,把这种哀怨视为感动的泪水,甚至就这样死去,保佑他的灵魂安息!要知道,意识到自己的微乎其微和软弱无力而带来的耻辱是有限度的,如果超出这个限度,人就会陷入死局,反而会在自己的耻辱中发现巨大的趣味……当然咯,从此种意义上看,逆来顺受倒是一种巨大的力量,我承认这点,虽然这不是宗教层面上的那种逆来顺受的力量。

宗教!我承认它的生命恒久,可能过去我也一直承认。可能世间最高的统治者用他的意志去点燃意识,然后让意识在世间看了一圈后说:"我存在!"这时最高统治者突然判定意识必须消亡,因为那里为了某种需要就是如此安排的(甚至完全不解释原因)——既然必须如此,那我可以承受一切,但终究避不开一个一直都未解答的问题:与此同时为什么要让我逆来顺受?为什么这种力量不能直接吃掉我,而不去胁迫我赞美它?难道那里真有什么人因为我不想再残喘两个星期而动怒了?我可不相信这些,而更正确的假设,应该是这里不需要我这个渺小卑微的生命——这不过是一粒原子的生命去为维持世间的和谐贡献一份薄力,去促进正负的对等平

---

① 此文原为法语。此诗并非出自法国诗人密尔瓦,而是法国诗人吉尔伯特所作。

衡，等等。就像每天需要牺牲的万千物种的生命一样，没有它们的死亡就无法维持世界的平衡（然而应该指出的是，这压根就不是什么宽容大度的思想），但随它去吧！我表示认同，不然的话，要是没有彼此不断的啮噬，世界就无法维持平衡。我甚至承认，对于这种安排我一点也不理解，但是有一点我十分肯定：既然让我意识到"我的存在"，那么这个世界在构建上就是有错误的，否则它是运转不下去的——但这关我什么事？那这样，谁还会来指责我，凭什么指责我？随你们怎么想，反正这都是荒谬和不公的。

然而，即使我非常渴望，但也从来不敢想象未来的生命和天命并不存在。更准确地说，虽然这一切都是存在的，但我们丝毫无法理解未来的生命及其规律。但是，既然其中奥妙如此难以理解，如此不可理解，那么难道要我对这种无法理解的后果负责吗？确实，他们说（当然，包括公爵），要顺从这点，并且要不去质疑、毕恭毕敬地顺从，这样在另外一个世界我一定会得到补偿。我们因为无法知悉天命而苦恼，并常常把自己的理解去说成是天命，如此过分低估天命。但我要重复说的是，既然无法知悉天命，那么就很难让人对不理解的东西负责。既然如此，又怎么能指责我不理解天命的真正旨意和其法则呢？不，最好闭口不谈宗教。

再说这也已经谈够了。当我念到这的时候，太阳应该已经升起，"在天空中发出巨大的轰鸣声"，无限的强大力量倾注于世间。随它去吧！我想在凝望着生命和力量的源泉的过程中死去，我已不在乎这条命了！如果我有权选择不降生于世的话，我绝不会让自己活在这种造物弄人的环境下。然而选择去死的权利我还是有的,尽管我返还的不过是屈指可数的时日。这并不是多大的权利,所以也做不出什么反抗。

最后说明一点:我自行结束生命,绝不是因为这两三个星期已无法度过,假如我愿意,我有足够的力量度过,毕竟光是体会到我所遭受的委屈,就足以告慰了。但我可不是法国诗人,不需要这样的安慰。归根结底,这也是一种罪恶感:在这已被判定的三个星期里,自然法则限制我活动到了如此程度,或许自行了断是唯一一件我还能按照自己意愿有始有终的事情。也就是说,或许我真的想抓住这最后一次可以行动的机会?反抗的行为,有时并不容小觑……

声明终于收尾了,伊波利特终于停了下来……

在极端情况下,坦率可以达到毫无遮拦、肆意至极的程度,当一个神经病人受到刺激并失去自我控制的时候,他就全无顾忌了,甚至准备随时闹出些荒唐的事来,甚至打心里期望这样。他向人们发起进攻,与此同时他带着一个模糊却坚定的信念,打算一分钟后从钟楼上跳下去,以此彻底了结这种情况下可能造成的全部误会。通常体力的日渐衰弱是这种状态的前兆。一直支撑着伊波利特的这种异常的紧张,已经快到了极限。这个病重的十八岁青年已经被疾病消耗得灯枯油尽,虚弱至极,就像从树上颤颤巍巍掉下来的一片树叶,然而,他刚来得及扫视下自己的听众——这是最近一小时的第一次——就立刻从他的目光和微笑中流露出极为高傲、极为轻蔑、令人厌恶的侮辱性神情。他急于向众人发难,听众则十分恼怒。大家满腹懊恼地从桌旁起身,顿时嘈杂声一片。疲倦、香槟、紧张加剧了他们对此混乱、厌恶的印象——当然,如果能这样形容的话。

伊波利特猛然从椅子上跳了起来,犹如被人从座位上抓起来一样。

"太阳出来了!"当他看见闪耀着光芒的树梢时立刻呼喊起来,像看到奇迹一样地指给公爵看,"出来了!"

"您本以为不会出来,还是?"费尔迪先科说。

"又要烤一天了,"加尼亚手里拿着帽子,边伸懒腰边打哈欠,烦恼而又漫不经心地低语,"这样不下雨早一个月怎么得了!我们走不走啊,普季岑?"

伊波利特大概听到很吃惊,表情呆若木鸡,他突然脸色变得苍白可怕,全身颤抖起来。

"您故意拙劣地摆出这种冷漠样子来羞辱我,"他直勾勾盯着加尼亚,对他说,"您真是个恶棍!"

"鬼知道怎么回事,居然可以这么猖狂!"费尔迪先科喊了起来,"真是不可多得的神经病!"

"傻瓜而已!"加尼亚说。

伊波利特勉强克制住自己。

"我明白,各位,"他开口说道,瑟瑟发抖,断断续续地说着每句话,"无怪乎我会遭到你们的打击报复……我很后悔用这些胡言乱语(他指了下手稿)给你们添堵,然而我也后悔没折磨死你们……"他蠢蠢地笑了下,"折磨死您了吧,叶甫盖尼·帕夫洛维奇?"他突然问他,"折磨死您了吗?您说啊!"

"有些冗长,不过……"

"心里的话都说出来吧!别撒谎,哪怕一生中就这么一次!"伊波利特边战栗,边紧紧逼问。

"哦,对我来说都无所谓!对不起,请您让我安静些。"叶甫盖尼·帕夫洛维奇厌恶地转过身去。

"祝您晚安，公爵。"普季岑走近公爵向他告辞。

"他马上就要开枪自杀了，你们怎么了？你们看！"薇拉喊出了声，非常惊恐地冲向伊波利特，甚至抓住他的手，"他刚不是说了吗，太阳出来的时候就开枪自尽，你们怎么都没有反应？"

"他不会自杀的！"几个人异口同声地说道，一副幸灾乐祸的样子，这其中包括加尼亚。

"各位，请注意点！"科利亚也跑来，他抓住伊波利特的另一只手并喊道，"只消你们看看他！公爵！公爵，您怎么了？"

伊波利特身边围绕着薇拉、科利亚、凯勒尔和布尔多夫斯基，四个人全都抓着他。

"他有权利，有权利的……"布尔多夫斯基喃喃低语，其实他也被吓蒙了。

"公爵，请问您有什么吩咐？"列别杰夫走到公爵面前，一副醉醺醺、气鼓鼓的样子，他被气得面子挂不住了。

"什么吩咐？"

"不，请允许我作为此地的主人说两句，虽然我尊重您且并无怠慢之意，但是，即使您也是主人，我也不愿意在我的房子里发生……这样的事。"

"他不会自杀的，这小子简直是在胡闹！"伊沃尔金将军气愤而又神气活现地大声断言。

"将军说得没错！"费尔迪先科附和一句。

"我知道他不会开枪自杀，将军，我受人尊敬的将军，但毕竟……出于我是此地主人的缘故。"

"听着，捷连季耶夫先生，"普季岑在跟公爵握手告别后，突然又把手递给了伊波利特，"您好像在演讲稿里提到要把您的骨骼遗赠给医学院,是吗?您说的是您的骨骼,您自己的?也就是说要遗赠自己的骨头?"

"是的,我的骨头……"

"这就好。不然可能会弄错,据说,之前发生过这样的事情。"

"您为何要招惹他?"公爵突然喊了起来。

"把人家眼泪都惹出来了。"费尔迪先科补了一句。

然而,伊波利特并没有哭。他本想挪一下位置,但是围住他的四个人突然抓住了他的手。四周响起了笑声。

"他就是要别人抓住他的手,他读那稿子不过就这个目的,"罗戈任指出,"再见,公爵。哎,坐太久,骨头都疼了。"

"捷连季耶夫,如果您真的想开枪自杀,"叶甫盖尼·帕夫洛维奇笑着说,"如果我是您,在听了这么多讥讽我的话后,我就偏偏不自杀,气死他们。"

"他们非常乐意看到我自杀!"伊波利特抬起头冲他气呼呼地说。

他说话如同攻击一般。

"因为他们看不到自杀场面,所以恼怒。"

"这么说,您也认为他们是看不到咯?"

"我不是来煽风点火刺激您,相反,我认为,您自杀的可能性很大。关键是您别生气……"叶甫盖尼·帕夫洛维奇故作一副长者照拂幼者的样子,拉长了语调说道。

"至此我恍然发现,我念这篇发言稿给他们听,犯了一个可怕的错误!"伊波利特突然流露出非常信任的神情望着叶甫盖尼·帕夫洛维奇,似乎在请求好友出谋划策。

"处境甚是可笑,但……真的,我不知道该向您建议什么好。"叶甫盖尼·帕夫洛维奇微笑着回答。

伊波利特非常严肃地盯着他,目不转睛,一言不发。看情况就能猜测到他的精神状态又不好了。

"不,请允许我说几句,这只不过是一种作态,"列别杰夫说,"说什么'我要在公园里开枪自杀,以免惊动他人!'这不过是他自以为是,难道他下台阶往公园里走三步,就打扰不到别人了?"

"各位……"公爵本已开始说话,却再次被打断了。

"我,请让我说,我备受尊敬的公爵,"列别杰夫揪住话题不放,"您自己也看到,这并非玩笑话,现场至少一半客人这样想,并且深信不疑,现在,话都讲到这份上了,为了维护面子,他也一定会开枪自杀,所以我作为屋主兼当事人声明,请你们予以帮助!"

"应该做什么,列别杰夫?我来协助您。"

"是这样的:首先,让他马上交出在我们面前夸耀的那把手枪和所有的弹药。如果他愿意交出来,因鉴于他病况严重,我同意让他再在这里过一夜,当然,得在我的监护之下,但明天务必请他离开;如果他不肯交,那么公爵,对不起了!我会立马拧住他的胳膊,我拧一只,将军拧一只。与此同时,派人去警察局报告,交由警察局处理此事。费尔迪先科,我的老熟人,麻烦您去一趟吧。"

周围顿时一片喧哗。列别杰夫异常激动,已经乱了方寸。费尔迪先科已准备好去警察局,加尼亚疯狂地坚持说没人敢开枪自杀。叶甫盖尼·帕夫洛维奇则沉默不语。

"公爵,您从钟楼上失足掉下来过吗?"伊波利特突然对他低语道。

"没——有……"公爵单纯地回答。

"难道您认为,我没有预见到这一切针对我的憎恨吗?"伊波利特又低声说,他的眼睛一闪一闪地望着公爵,仿佛真在等他的回答。"够了!"他突然对在场的所有人喊道,"一切都是我的错……我比所有人的过错都大！列别杰夫，还您钥匙，"他掏出钱包，从里面取出一个钢圈，上面挂着三四把小钥匙，"就是这把，倒数第二把……科利亚会指给您看的……科利亚！科利亚，你人在哪？"他大声呼喊，但对面前的科利亚视而不见，"是的……他会指给您看的，昨天他和我放东西一起放到旅行包里的。科利亚，带他去吧，我的包在公爵书房的桌子下面……用这把钥匙，在我的手枪和火药筒……在那下面有 只小箱子。不久前他亲手放进去箱子里的，列别杰夫先生，他会给您指明的，不过有个条件，明天一早我回圣彼得堡时，您要把手枪还给我。您听到了吗？我现在把手枪给您，是因为公爵，而不是您。"

"这就对了！"列别杰夫抓走钥匙，一脸假笑地跑向隔壁房间。

而科利亚待着不动，本想说点什么，但被列别杰夫硬生生拽走了。

伊波利特望着这群嬉闹的客人。公爵发现，他的牙齿在磕碰打架，就像冻得打战一样。

"这群恶棍！"伊波利特气愤地对公爵低语道。他跟公爵说话，总是俯身贴耳。

"远离他们，您现在很虚弱……"

"马上，我马上……我马上就走……"

他突然抱住公爵。

"或许，您也以为我疯了？"他抬头看了一眼公爵，奇怪地笑了起来。

"没有，但是您……"

"我马上离开，马上，您别说话，什么都别说，您就站着……我想看一下您的眼睛……您就这样站着，让我看看。我要跟真正的人告别。"

伊波利特站在那儿，一动不动，望着公爵，一言不发，大概持续了十秒。他看上去脸色异常苍白,双鬓被汗水浸湿,他用一只手莫名其妙地抓着公爵,仿佛怕把他弄丢了。

"伊波利特,伊波利特,您怎么了?"公爵大声喊道。

"我马上……够了……我这就去躺下。我要为太阳的健康再喝一口……我要喝,我要喝,你别管我!"

他从桌子上飞快地抓起一只酒杯,猛然离开,瞬间便走到露台的台阶口。公爵本要跟在其后,但好像是故意似的,叶甫盖尼·帕夫洛维奇在这个当口向他伸过手来握手告辞。一秒后,露台上突然传来众人的惊叫声,紧接着,下一分钟场面极其慌乱。

事情是这样的:

伊波利特径直走到露台的台阶口就停了下来,他左手拿着酒杯,右手伸进大衣右侧的口袋。事后凯勒尔回忆道,以前伊波利特就一直喜欢把他的右手揣在右侧口袋里。在他跟公爵说话的时候,他的左手抓住自己的肩膀和衣领,而右手就一直揣在口袋里,凯勒尔表示自己当时就对他这只手产生了怀疑。但不管怎样,这种不安促使他也追向伊波利特。不过他并没赶上。他看见伊波利特的右手中有什么东西忽闪了一下,然后一秒之内,一只袖珍的口袋手枪就已经紧贴在他的太阳穴上。于是凯勒尔扑过去抓他的手,但与此同时,伊波利特扣动了扳机。扳机发出了钝涩刺耳的咔嚓声,不过并没响起枪声。当凯勒尔抱住伊波利特的时候,后者顺势倒在了他的怀里,似乎失去了知觉,他可能真的以为自己已被打死了。手枪已经落到凯勒尔手中。有人扶住伊波利特,给他搬来椅子,让他坐下,大家都围在他身边,叫喊着,询问着。大家都听到了扳机的咔嚓声,看见的却是个活人,甚至没有一丝擦伤。伊波利特就坐在那儿,不明就里,眼神空洞地环视着所有的人。列别杰夫和科利亚在这一刻也奔了过来。

"没打响？"众人七嘴八舌地问道。

"或许是，没装子弹？"有些人猜测道。

"装了！"凯勒尔检查完手枪后说，"但是……"

"难道卡壳了？"

"根本没有火帽。"凯勒尔告诉大家。

接下来的一幕让人哭笑不得、难以表述。起初众人的惊恐迅速被笑声取代。有些人在这件事中获取了幸灾乐祸的快感，进而肆意大笑起来。伊波利特则歇斯底里般地大哭起来，双手扭搓着，向众人苦苦诉求，他甚至扑向费尔迪先科，用双手抓住他，向他起誓，自己只是忘了，"真的是完全忘了放火帽，并非故意，这些火帽全都在这里，在背心口袋里，有十多个"，他展示给众人，他之所以没有提前安好火帽，是因为担心枪在口袋里意外走火，他以为需要的时候是来得及装上的，可是突然忘记了。他奔向公爵，奔向叶甫盖尼·帕夫洛维奇哭诉，恳求凯勒尔把枪还给他，他可以马上向大家证明"他的名誉"……他说自己"永远名誉扫地了！"……

最后，他真的失去知觉了。大家把他抬到公爵的书房里。列别杰夫这下已经完全酒醒，立马派人去请医生，自己则和女儿、儿子、布尔多夫斯基以及将军一起留在病人的床边。在把失去知觉的伊波利特抬到床上后，凯勒尔站在露台中央，一字一顿、情绪高昂地大声说道：

"各位，如果我们当中还有谁在我面前说怀疑这个不幸的年轻人是故意忘记安上火帽，或者说他只是演了一出闹剧之类的话，那我可就跟这个人过不去了。"

可是无人理会他。最后客人们接连匆匆离去。普季岑、加尼亚和罗戈任也一起走了。

公爵对于叶甫盖尼·帕夫洛维奇改变主意却不作解释就要离去的

行为，感到十分不解。

"您不是想等大家离开后单独跟我谈谈吗？"他问叶甫盖尼·帕夫洛维奇。

"确实如此，"叶甫盖尼·帕夫洛维奇回复道，随后突然坐到椅子上，并让公爵坐在自己身旁，"但我现在临时改变主意了。我跟您承认，我有些尴尬，您应该也一样。我现在脑子很乱，除此之外，我要向您解释的事，对我来说实在是太重要了，对您也是。公爵，要知道，我很想做一件完全光明磊落的事儿，哪怕一生中就做一次，而且完全不掺杂其他心思，但我认为此刻的条件尚还不足以让我光明磊落地行事，而您，或许，也是……那么……也一样……算了，我以后再解释吧。我现在得去圣彼得堡，如果我们能等上三天，或许对您我来说，事情都会变得清晰明朗些吧。"

说完，他便又从椅子上起身站起，这让人觉得很奇怪，那刚才又何须坐下呢？公爵也觉得，叶甫盖尼·帕夫洛维奇一脸闷闷不乐，有些愤然，甚至带着敌意，眼神也不似刚才那样了。

"冒昧问一句，您现在要去看病人吗？"

"是的……我有点担心。"公爵说。

"别担心，他肯定能活六个星期，在这里甚至会慢慢康复。不过您最好明天就请他离开。"

"说不定是我间接影响了他，这才会自杀？都是我什么都没说的……缘故，他可能觉得我在怀疑'他会自杀'。您怎么看呢，叶甫盖尼·帕夫洛维奇？"

"我一点儿也不认同您的想法。您过于善良，居然还在对此耿耿于怀。我倒是听说过此类事，但实际上从未见过有人会因为大家夸他，或是因为大家没夸他而赌气自杀的。最主要的是，我不相信这种赤裸裸的软弱！反正您明天最好把他赶走。"

"在您看来，他还会自杀吗？"

"不会，他现在不会自杀了。但请您小心我国本土的这些不大高明的拉塞内①！我再跟您说一遍，在这种没有才能和耐心、又贪得无厌又毫无价值的人眼里，犯罪是他们逃避现实的避风港。"

"难道这是个拉塞内？"

"本质一样，虽然戏唱得不一定相同，但您将会看到，如果他像他念的'声明'里说的那样，只是为了'开个玩笑'就想杀死十个人。现在这些话弄得我无法入睡。"

"也许，您顾虑太多了。"

"您真是让人感到惊讶，公爵，您不相信，他现在就能杀死十个人吗？"

"我不敢回复声明，这一切都非常奇怪，但是……"

"好吧，随便您，随便您！"叶甫盖尼·帕夫洛维奇最后十分恼怒地说，"更何况，您胆子太大了，只不过您小心自己沦为那十个人中的一员。"

"他不会杀死任何人，这最为可能。"公爵若有所思地看着叶甫盖尼·帕夫洛维奇说。

叶甫盖尼·帕夫洛维奇愤愤地笑了起来。

"再见，我得告辞了！还有您注意到没，他要把自己那'声明'的其中一本副本遗赠给阿格拉娅·伊万诺夫娜？"

"是的，我注意到了，并……正在思考这点。"

"这就好，谨防他成为杀死十个人的那种人。"叶甫盖尼·帕夫洛

---

① 19世纪30年代，巴黎刑事案件的核心人物，一名残酷极端的杀人犯。

维奇又笑了起来,然后就离开了。

一个小时后,三点多的时候,公爵去了趟公园。他本打算在家睡觉,但是睡不着,心脏又跳得厉害。不过好在家里一切都已经安排妥当,并尽可能安慰好所有人的情绪。病人已经睡着了,请来的医生称病人现在没什么危险了。列别杰夫、科利亚、布尔多夫斯基轮流睡在病人房间里以便值班,于是也已经没什么好担心的了。

然而,公爵却越发感到不安。他在公园里徘徊,心不在焉地看着自己周围的景象,当他走到车站前的一块平地时,看见一排空荡荡的长椅以及乐队放乐谱的架子,他吃惊地停了下来,并且不知为何这些让他觉得羞辱且不成体统。他转身沿着昨天与叶潘钦母女走去车站的那条路往回走,走到指定约会的那张绿色长椅那儿,坐了下来,突然大声笑了起来,但随即又为此感到异常愤慨。烦闷继续萦绕着他,他想立刻离开这儿,随便去哪里……可他并不知道去哪儿,他头上方的树枝上有一只小鸟在啁啾鸣啭,他便望向茂密的树叶去寻找它。突然小鸟腾空飞离树木,就是这一刹那,他不知为何想起来伊波利特描述的那只"沐浴在炽热阳光下"的"小苍蝇","这场宴席及合唱的一名参与者,也知道并热爱自己这尚有的一席之地",可唯独他"遭人摒弃"。这句话在念出来时就让他十分震惊,现在他又想起来了。一段早已忘却的记忆在他心中萌发,突然一下变得清晰起来。

那时他在瑞士,在进行治疗的第一年,可以说是头几个月里,他完全如同白痴,甚至都不会正常说话,有时也不明白,别人需要他做什么。有一次他走进山里,那天阳光明媚,他带着一种无论如何都表达不来的想法踟蹰了很久。在他面前的是金光四溢的天空,下面是一汪湖水,周围的景色明亮,视野开阔。他望了许久,心中甚是苦恼。现在他回想起来,当时他向这明亮、高远的天空伸出双手,不禁流泪。

让他痛苦的是，眼前的这一切都与他无缘。不散的宴席是什么样的？永久的庆典又是什么样的？很久以前，他从儿时起，就对宴席和庆典向往并着迷，但他无法参加和感受其中。每天早上都有这么明亮的太阳升起，每天早上都有横斜的彩虹挂在瀑布旁边；每天傍晚都有赤红的"火焰"燃遍远方那座最高的雪峰；这只"沐浴在炽热阳光下、在我身边嗡嗡不断的小苍蝇，也是这场宴席及合唱的一名参与者，也知道并热爱自己这尚有的一席之地，还因此感到幸福"。每一棵小草都在生长，并因此感到幸福！万物皆有自己的路，万物皆知自己的路，它们唱着歌儿来，又唱着歌儿去。只有他什么也不知道，什么也不明白，不懂人类，也听不懂声音，一切都与他无缘，他是个遭人摒弃的角色。哦，当然，当时他还不会用这些词语来表达，更不会表达自己内心的疑问，他只能悄无声息地暗自痛苦，但是他现在觉得，他那时说过的所有的话，包括有关"苍蝇"的话，伊波利特都是从他这里、从他当时说的话和泪水里借鉴的。他深信这一点，不知为何这个想法让他的心脏直跳……

他迷迷糊糊地在长椅上小憩了一会，但即使是在梦里，他也依旧心悸不安。就在入睡前，他想到伊波利特会打死十人，对于这一荒谬的设想，他付之一笑。他的周围是一片美好、清净的沉寂，尽管树叶的飒飒作响，也因此显得更加幽静。他做了很多梦，每个梦都让人忐忑不安，以至于让他不时地战栗。后来，有个女人走到他面前，他认得她，而且熟悉到痛苦的地步。他总是能叫出她的名字，认出她来——但很奇怪的是，她现在的脸似乎完全不是他所熟悉的那张脸，因此他痛苦地不想承认这就是他认识的那个女人。这张脸上满是后悔和恐惧，以至于让人觉得，她是个可怕的罪犯，而且刚刚犯下了滔天罪行。在她苍白的脸颊上闪烁着泪水，她向公爵招手，与此同时，又伸出一个手指贴在唇上,似乎是在警诫他要安静跟在她身后走。他的心陡然下沉,无论如何她都不会承认她是罪犯,但他感觉到马上会发生一件可怕的、影响他的一生的事情。她似乎要带他看什么东西,就在公园的不远处。他站起身准备跟她走,突然从他的身旁传来某个人清脆又甜美的笑声,某人的手突然放在他手里,他抓住这只手,紧紧握住后,就醒来了。此时阿格拉娅正站在他面前,大声笑着。

第八章

阿格拉娅觉得既好笑,又很可气。

"睡着了!您睡着了啊!"她用轻蔑又惊讶的语气大声说道。

"是您!"公爵喃喃低语道,他还没完全清醒过来,有些惊讶地辨认出她的模样,"啊,对,因为在此有约……我在这儿睡着了。"

"我看见了。"

"除您之外,没人再来喊醒我吗?除了您,这里没有其他人来过吗?我觉得,还有……另一个女人来过……"

"还有另一个女人来过这……"

这会他终于完全清醒了。

"只是个梦,"他心神不定地说道,"我很奇怪这种时刻做了这样一个梦……请坐。"

他握着她的手,让她在长椅上坐下,而自己则坐在她的旁边,陷入了沉思。阿格拉娅不急着说话,只是专注地打量着公爵。公爵也注视着她,但时而如同没看见她在自己的面前似的。她开始脸红了起来。

"啊,对了!"公爵战栗了一下说,"伊波利特开枪自杀了!"

"什么时候?在您那里吗?"她问道,但没有表现出过分的惊讶,"昨天晚上,他不是还好好的吗?发生了这种事,您怎么还能在这里睡觉?"她情绪突然激动起来,大声嚷道。

"他并没有死,枪没有打响。"

在阿格拉娅的强烈要求下，公爵只能立即且详尽地给她叙述了昨晚事件的全过程。她不时地催促公爵快些讲下去，可又不断地提问题，屡次打断他的叙述，而她提的问题几乎都是无关紧要的。顺便说下，她兴致极高地听完公爵转述的叶甫盖尼·帕夫洛维奇的话，其中的好几点甚至让公爵重复了几次。

"好了，够了，得快点，"她听完一切后说，"我们在这儿只有一个小时，只能说到八点，因为八点时我必须得出现在家里，免得让他们知道我来了这里，而且我是有事才来的，我有很多事要告诉您。但是您现在把我想说的完全搅乱了。关于伊波利特的事，我觉得他的手枪本就不会打响，这才相对符合他这个人的性格。您却深信他肯定会自杀而根本没在骗人，对吗？"

"不可能骗人。"

"这也有可能。他在他的'声明'里说让您把'声明'的副本带给我，是吗？那您为什么没有带来？"

"他不是没死嘛。我以后会问他要。"

"您必须带给我，而不是以后再问他要。想必他会为此愉悦的，因为他或许就是带着这样的目的才朝自己开枪的，他想要我在这件事情发生之后读他的声明。请您别因为我说的这些话笑话我，列夫·尼古拉耶维奇，因为很可能这就是事实。"

"我不会笑话的，因为我本人也觉得，在某种程度上很可能是这样的。"

"您也觉得？难道您真这么想？"阿格拉娅突然惊诧不已。

她着急地追问，语速也很急，但有时似乎说的没有重点，常常没能把话说完，她还时不时地抛出一些警示的话，总之她显得异常焦虑和不安，尽管她表现得很大胆，还带着某种挑衅的味道，但或许她是有点心虚的。她身着便服裙,不过倒也称她。她坐在长椅边上,时常打战,满脸绯红。公爵也认为伊波利特开枪自杀是为了能让她读到他的声明,这点让她很是惊讶。

"当然,"公爵解释说,"除了您之外,他想让我们大家都夸赞他……"

"如何夸赞?"

"也就是说,这……怎么对您说呢?很难描述。他不过是想让大家都围着他,对他说,大家都很爱他、很尊敬他,大家都竭力劝他要活下去,很可能他指望您这么做,而且您对他尤为重要,因为在这种时刻他都提到了您……尽管他可能自己也不知道您对他来说意味着什么。"

"这点我可完全不明白,指望我,却不知道为何指望我。不过,似乎我能明白一些了。您知道吗,当我是个十三岁的小姑娘的时候,我曾有过三十次服毒自杀的念头,并打算将这一切写信告诉父母,也曾想象过我躺在棺材里的模样,大家会为我哀声哭泣,并会责怪他们对我太过无情……您怎么又笑了?"她蹙了下眉,很快补充道,"当您一个人独处幻想的时候,您是怎么幻想自己的?您有可能把自己想象成陆军元帅,还击败过拿破仑吗?"

"嗯,说实话,我的确有这么想过,特别是要入睡的时候,"公爵笑着说,"只不过我击败的不是拿破仑,而都是些奥地利士兵。"

"我压根没跟您开玩笑,列夫·尼古拉耶维奇。我会去看伊波利特的,请您先跟他打个招呼。我认为您这样很不好,因为您如此评价伊波利特,这样剖析一个人的心灵,很是粗鲁无礼。您没有一点温柔体谅,虽然处处说实话,但并不公正。"

公爵陷入思考。

"我觉得，您这么对我很不公平，"他说，"因为我并不觉得他这样想有什么不好的，大家这样想的可能性很大，更何况，或许他根本就没这么想，只是有所期许……他期许最后一次跟人们在一起，赢得大家的尊重和喜爱。这本是很好的愿望，只不过不知为何结果恰恰相反，可能因为他的疾病，以及其他什么原因！还有，有些人干什么都顺利圆满，而有一些人干什么都一塌糊涂……"

"您大概是把自己也对号入座了吧？"阿格拉娅点明。

"是的，就是在说我自己。"公爵回答道，丝毫不在意话里带着幸灾乐祸的味道。

"只不过，我要是您的话，是无论如何也睡不着的。可以看出，您倒是在哪儿都能立马睡着。您这样很不好。"

"是的，但要知道，我整宿都没睡，之后又走来走去的，一直走到举行音乐会的……"

"什么音乐会？"

"就是昨天演出的地方，之后来到这坐了一会儿，坐下想事情，想着想着就睡着了。"

"啊，原来是这样。这倒是合情理……那您为什么要去音乐会那儿呢？"

"我不知道怎么就……"

"好，好，那以后再说，您总是打断我，而且您去开音乐会那儿，跟我又有什么关系？还有您梦见了哪个女人？"

"这……是……您没有见过的……"

"我明白了，相当明白了。您对她很……是关于什么的梦？梦里她是什么样子？其实，我一点也不想知道。"她突然懊恼地终止了这个话题，并说，"别打断我……"

她沉默了一会儿,似乎是在鼓励自己,努力赶走烦恼。

"我叫您来的目的是想严肃地建议您做我的朋友。您为什么总是这样盯着我?"她几近愤怒地补充道。

此刻,公爵确实分外专注地看着她,并察觉她的脸又开始涨得通红,越是在这种情况,她的脸越是红,她也越是为此生自己的气——这点通过她那发亮的眼睛就能看出来。通常一分钟后,她就已经开始迁怒于跟她对话的人,不管对方是否有错,她会跟其争吵。她知道自己的脾气古怪并且好面子,所以通常很少与人交谈,比她的两个姐姐要寡言少语,有时甚至显得过于沉默。特别是在这种微妙却又不得不开口说话的场合,她说话时总会摆出一种不同往常的傲慢和高冷,仿佛带着某种挑衅的意味。她总能预先感受到自己什么时候开始脸红,或者快要脸红。

"或许,您不想接受这个建议?"她傲慢地看着公爵。

"哦,不,我当然想,只是觉得这完全没有必要……也就是说,我压根没想过这件事还需要建议。"公爵极其困窘地说。

"那么您原本如何想的?我为什么把您叫来这儿?您脑袋里又在想什么?不过,或许您跟我家人一样,把我看作一个小傻瓜。"

"我不知道谁会视您为傻瓜,我……并不这么认为。"

"您不这么认为?您很聪明。回答得甚是聪明。"

"依我看,您有时,甚至可能还要更聪明,"公爵继续说道,"您刚才突然说了句很有见解的话。说出了我对伊波利特的欠虑的一点,您说:'虽然处处说实话,但并不公正。'我记住了这一点并要好好思考一下。"

阿格拉娅高兴得顿时眉开眼笑。所有这些变化在她身上都以显而易见且非常快的速度表现出来。公爵也很高兴,甚至看着她高兴也高兴得笑了起来。

"听着,"她又开口说道,"我等了您很久,为的就是跟您讲这一切,自从您给我写了那封信,我就开始等待着,甚至比这还要早……您昨天已经听我说一部分了:我认为您是最正直诚实的人。如果有人议论您,议论您的智商……也就是您有时候脑子有毛病,显然这非常不公正,我就这么认定了,并会跟他们争辩,因为即使您真的脑子有病(当然,请您见谅,勿生气,我只是从科学的角度说的),您的头脑在大部分时候也要比他们、比所有人都聪慧,您这样的头脑是他们梦寐以求的。因为您的头脑有两部分:一部分是主要的,另一部分是非主要的。我这样阐述,对吗?难道不是吗?"

"或许就是这样。"公爵用几乎快听不见的声音说道,他的心现在颤动得特别厉害。

"我就知道,您一点就通,"她一本正经地继续说道,"肖公爵和叶甫盖尼·帕夫洛维奇就一点也不理解这两部分头脑的说法,就连亚历山德拉也是,不过,您肯定猜不到,妈妈倒是对此明白了。"

"您很像叶莉扎维塔·普罗科菲耶夫娜。"

"这怎么会呢?难道真的是这样吗?"阿格拉娅惊讶地说道。

"真的是这样。"

"我很感谢您,"她想了想说道,"说我像妈妈,我很高兴。看来,您非常尊敬她?"她补了一句,并没意识到这话问得有多幼稚。

"非常非常尊敬她,我很高兴,您直接就明白了我的意思。"

"我也高兴,因为我发现,别人常常……笑话她。但是重要的是,请您听我说:我想了很久,最后还是选择了您。我不想让家人笑话我,我也不希望别人认为我是个傻乎乎的小姑娘,也不愿意人家作弄我……我一下子便明白了一切,坚决地拒绝了叶甫盖尼·帕夫洛维奇,因为我不想让家人不断操心着把我嫁出去!我想……我想……嗯,我想从家里逃走,而我之所以选择您,是希望您能帮助我。"

"从家里逃走?"公爵惊讶得大叫起来。

"是的,是的,是的,从家里逃走!"她突然喊了起来,燃起一团异常的怒火,"我不想,我不想一直在家里被弄得难为情。无论是在我家人面前,还是在肖公爵面前,抑或者是在叶甫盖尼·帕夫洛维奇面前,无论在谁面前,我都不愿意难为情到脸红,因此我才选择了您。我想跟您说说发生的这一切,甚至跟您谈谈最重要的事情,并想随时跟您谈。就您而言,您不应该隐瞒我什么。我想有一个能跟他什么都聊的人,就像跟自己聊天一样。最近,他们突然开始说我在天天盼着您,而且还爱您。在您没来这儿之前就这么说了,而我并没有给家人看您的信,可现在所有人都这么说。我要摆出勇者的姿态,什么都不要怕。我不愿意去参加那些舞会,我只想做有益的事情。我早就想离家出走了。我被关在他们那儿二十年了,像放在了瓶子里,而且他们总是想把我嫁出去。当我十四岁的时候,我就想逃走,尽管当时还是个笨蛋。可现在我已经盘算好了,等您来并向您打听国外的各种情况。我都没有见过一座哥特式①教堂,我想去罗马,参观所有学科的博物馆,我想到巴黎读书,最近这一年我为自学考试做了很多准备,看了很多书,我甚至读了一些禁书。亚历山德拉和阿杰莱达可以看所有的书,她们读书自由,但是,不是所有的书都让我读,而且还监督我。我不想跟姐姐们争吵,但我早就跟父母声明,我要彻底改变我的社会地位。我决心从事教育事业,这点我还得依赖您,因为您说过,您爱孩子们,我们可以一起从事教育事业,即使不是现在,也可以在未来,

---

① 一种建筑风格,多用于欧洲。

您觉得怎么样？我们一起做一些对人们有益的事，我不想做将军的女儿……您说，您是个很有学问的人，对吗？"

"哦，并不完全如此。"

"真遗憾，我还以为……我怎么会这样想呢？反正您未来得指导我，因为我选中了您。"

"这很荒唐，阿格拉娅·伊万诺夫娜。"

"我想，我想从家里逃走，我要逃走！"她大声叫喊，她的眼睛再次闪着亮光，"如果您不愿意，那么我就嫁给加夫里拉·阿尔达利翁诺维奇。我不希望家人整天将我看作一个低级趣味的女人，或者总是责备我，用天知道的罪名来指责我。"

"您头脑不糊涂了吗？"公爵差点从椅子上跳起来，"指责您什么？谁会指责您？"

"家里所有的人，母亲、姐姐们、父亲、肖公爵，甚至还有您那个可恶的科利亚！即使他们不是直接指责我，那也是这么想的。我当着大家的面说了这点，包括对父母，妈妈因为这生了一天的病。第二天，亚历山德拉和爸爸对我说，我自己都不明白我胡说八道的那些话是什么意思。我立刻直接驳斥道：'我什么都懂，所有的话都懂，我已经不是小孩了，两年前我就特意读了保罗·德·科克①的两本小说，为的就是了解这一切'。妈妈听了，当场差点没昏过去。"

公爵突然脑海里闪过一个奇怪的念头。他凝视着阿格拉娅，微微一笑。

他甚至不敢相信，在他面前坐着的就是那位傲岸骄横的将军小姐，她曾经多么傲慢、自大地给他念加夫里拉·阿尔达利翁诺维奇写给她

---

① 即夏尔－保罗·德·科克（1794—1871），法国通俗小说家。

的信。他无法理解,这么一个目中无人、冷酷无情的美人,内心里居然住着一个小孩子,或许是一个到现在都还不太理解所有话意思的小孩子。

"您过去一直生活在家里吗,阿格拉娅·伊万诺夫娜?"他问她,"我的意思是,您是不是从未去过哪个学校上学,也没有在贵族女子中学念过书?"

"从未去过,一直待在家里,就像把我塞在瓶子里一样,然后直接从瓶子里抽出来、让我嫁人。您为什么又笑了?我发觉您貌似也在嘲笑我,站在他们那边了,"她补充这句话时面露愠色,准备大发雷霆,"请别惹怒我,我本来就不知道我究竟是怎么了……我敢说,您满怀信心地来这里,是认为我爱上了您并叫您来约会的。"她气愤地判断道。

"昨天我确实担心会是这样,"心直口快的公爵不小心说漏了嘴,因为他过于窘迫,"但今天我确信,您……"

"什么!"阿格拉娅大声喊了出来,下唇突然颤抖起来,"您生怕……您竟然认为我……天哪!您大概是怀疑,我把您叫到这里来,是为了引诱您上钩,然后让别人在这里撞见我们,最后强迫您跟我结婚……"

"阿格拉娅·伊万诺夫娜!您怎么如此不知羞?您纯洁的心灵中,怎么会产生这么肮脏的念头?我敢打赌,您自己也不相信您都说了些什么……而且您也不清楚您说的这些是什么意思!"

阿格拉娅呆坐着,固执地低着头,仿佛自己也被刚才所说的话吓坏了。

"我根本不觉得羞,"她低声说,"凭什么您认定我的心灵就是纯洁的?那您当时怎么敢给我寄情书?"

"情书？我的信是情书？这封信写得毕恭毕敬，这封信是我生活最艰难时刻的真情流露！当我想起您，就像见到光明一般……我……"

"算了，好吧，"她突然打断他，但语气已不似刚才那般，而是充满了懊悔，也几乎被吓坏了。她甚至转过去低下头，似乎竭力防止看到他，但她想触碰下他的肩膀，只为更显诚恳地请求他不要生气，"好吧，"她一脸羞愧地补充说，"我觉得，我刚才的措辞非常愚蠢。我这不过是……为了试试您。您就当作我从未说过这些话，如果有得罪之处，请您原谅。请别这样直勾勾地看着我，请转过脸去。您说，这种想法很肮脏，我是故意这么说的，就是为了刺激您。有时候我也很害怕自己想说的这些话，可是会不小心说出来。您刚才说，您是在您人生中最艰难的时刻写的那封信……我知道，那是怎样的时候。"她轻轻地说道，又低头看向地。

"啊，如果您都知道那就好了！"

"我都知道！"一阵激动涌上她的心头，她大声嚷道，"您那时跟那个与您一起私奔的下流女人，在一个屋子里住了整整一个月……"

她说这话的时候的脸不是红的了，转而变得苍白。她猛然从椅子上站起来，似乎已经忘乎所以，但又立马醒悟过来，复而坐下。她的下唇接着颤抖了好一会儿。沉默了大约一分钟。公爵被这突如其来的举动弄得万分震惊，甚至不知道应该怪她哪里。

"我根本不爱您。"她突然异常坚决地说道。

公爵没有回答，他们继续沉默了约一分钟。

"我爱加夫里拉·阿尔达利翁诺维奇……"她语速很快，但声音小得勉强可闻，与此同时脑袋垂得更低了。

"这不是真话。"公爵也耳语般回答道。

"这么说，我在撒谎咯？这是真话，我答应他了，就在前天，在这张长椅上。"

公爵大吃一惊,有一瞬间陷入沉思。

"这不是真话,"他再次坚定地说道,"这都是您编出来的。"

"真是客气呢!您要知道,他已经改过自新了,他爱我超过爱自己的生命。他当着我的面烫了自己的手,只是为了让我明白,他爱我超过爱自己的生命。"

"烫了自己的手?"

"是的,他的手。您信或者不信,我无所谓。"

公爵再次沉默。阿格拉娅的话里没有丝毫的玩笑意味,她真的生气了。

"那么,既然是在这里发生的,他到这里,难不成还随身带着蜡烛?不然我难以想象……"。

"是的……他带了蜡烛。这有什么好奇怪的?"

"是整支蜡烛,还是烛台上剩下的?"

"嗯……是的……不……是半支蜡烛……蜡烛头……整支蜡烛,反正都一样,您别再纠结这个了!如果您还想知道,他还带了火柴。他点燃了蜡烛,把手指放在蜡烛上烧了整整半个小时,难道这不可能吗?"

"我昨天才见过他,他的手指还好好的。"

阿格拉娅突然笑得跳了起来,完全一副小孩子做派。

"您知道我刚刚为什么要撒谎吗?"她突然转向公爵,双唇抽动欲笑,用孩子般的耍赖语气说道,"因为当你撒谎的时候,要是巧妙地插进某些不同寻常且怪异离奇的事情的话,就是,就是那种给人印象深刻或者根本就没有的事,那么这个谎话就变得可信多了。我发现了这点。只不过我做得太不高明,因为我不擅长……"

突然她的脸沉了下去,似乎幡然醒悟。

"如果那一次,"她用认真又忧郁的眼神看着公爵说道,"如果那次我向您念了那个'可怜骑士'的诗,那么至少是想以此……因一件事赞美您,但与此同时也想痛斥您的某些行为,并让您清楚您的行为我都知道……"

"您对我很不公平……对刚才那个您用了可怕字眼提及的可怜女人很不公平,阿格拉娅。"

"因为我都知道,全都知道,所以才用了那样的字眼!我知道,半年前,您是怎么当着大家的面向她求婚的。别打断我,您看,我说话不需要评论。然后她跟罗戈任跑了,接着您和她住在农村或城市某个地方,接着她离开您住进了别人家。"阿格拉娅的脸涨得通红,"后来她又回到罗戈任那儿,他爱她爱得……发疯。后来,您也是聪明又理智,在她刚一回到圣彼得堡,就紧跟其后追到这里。昨晚您还挺身保护她,现在又在梦里见到她……您瞧,我全都知道,您不是为了她,为了她才到这来的吗?"

"是的,是为了她,"公爵轻声回答,同时忧伤而又若有所思地低下头,他没有想到阿格拉娅正用灼热的目光盯着他,"的确是为了她,只是为了知道……我不相信她跟罗戈任在一起会幸福。虽然……总之,我不知道,我在这里能为她做些什么,帮上什么忙,但无论如何,我来了。"

他战栗了一下,瞥了一眼阿格拉娅。她则一脸愤恨地听他说。

"可见您来了,却不知道来干什么,这就说明,您深爱着她。"她终于开口说道。

"不,"公爵回答说,"不,我不爱她。哎,如果您要是知道,我与她一起度过的时光有多么糟糕就好了!"

在说这些话的时候,他浑身打了个冷战。

"您把一切都说出来吧。"阿格拉娅说。

"这里没有什么您不能听的东西。为什么我要对您说这件事,仅仅是想对您说这件事——我也不知道原因,或许,是因为我确实非常喜欢您。这个不幸的女人深信,她是这个世界上最堕落、最淫贱的女人。哦,请别诋毁她,请不要朝她掷石头。她一直用这个污点、这个本不应该承受的耻辱折磨自己!哦,她分分钟都在疯狂地呼喊,说她不承认自己有罪,她只是别人的牺牲品,是淫棍和恶徒的牺牲品。但是无论她对您说什么,首先应知道,她连自己都不相信,她自己的良知却让她相信她……有罪。当我试图帮她赶走这些阴霾时,她竟然会那样痛苦,以致给我的心灵造成了不可磨灭的创伤,只有那段可怕的记忆消失我才能平复伤口。我的心仿佛被刺穿了一道永远无法愈合的口子。您知道,她为什么从我身边逃走吗?只是为了向我证明,她是个低贱的女人。但最可怕的是,她自己也许并不知道她只是想向我证明这一点,她逃走是因为她一心想要做一件可耻的事,好可以立马对自己说:'瞧你,又搞出了新的丑事,你就是个低贱的货色!'哦,您可能并不理解这点,阿格拉娅!您知道吗,在她这种不断认为自己是个羞耻角色的潜意识里,或许藏着某种可怕而又反常的癖好,就像在对某人进行报复一样。有时我开导她,似乎让她看到自己的身边也有光明,但没多久她就开始愤怒起来,甚至痛苦地指责我,说我站在道德的制高点,凌驾于她之上(我压根就没这种想法),最后,对于我的求婚,她直接给出答复,她不需要任何人施舍的同情和帮助,更不需要任何人将她抬高到与自己同等的位置。您昨天也看到她了,难道您会觉得她跟那伙人在一起会感到幸福?这就是她该有的归宿?您不知道,她这人有多么聪慧,她明白的事情太多了!她有时甚至让我大吃一惊！"

"您在那儿也跟她讲这样的……大道理？"

"哦，不，"公爵没察觉她问话的语气，仍然若有所思地继续说道，"我几乎一直沉默。我常常想说些什么，然而，事实上我又不知道该说什么，您知道的，在一些场合下，我最好还是保持缄默。哦，我是爱过她，哦，曾经非常爱她……但是后来……后来……后来她猜到了一切。"

"猜到什么了？"

"猜到我仅仅是可怜她，但我……现在已经不爱她了。"

"您又如何知道？她或许真的爱上了那个……地主，带她走的那个？"

"不，我都知道，她只是嘲弄他罢了。"

"那她从来没有嘲弄过您吗？"

"没有。她出于憎恨，曾嘲笑过我，哦，当时她很愤怒，狠狠地责骂了我，她自己也痛苦到不行！但……后来……哦，别提了，别跟我提这点了！"

他用双手捂住自己的脸。

"可是您知道吗，她现在几乎天天都在给我写信？"阿格拉娅说。

"这么说，这是真的！"公爵惊惶不安地叫了出来，"我有所耳闻，但始终不敢相信。"

"您从哪儿听说的？"阿格拉娅惊讶地抖了一下。

"罗戈任昨天跟我说的，只不过没说清楚。"

"昨天？昨天上午？在昨天什么时候？是在大家听音乐前还是听音乐后？"

"听音乐后，晚上十一点多。"

"啊，算了吧，罗戈任……您知道，她在信里给我写了什么吗？"

"对此我一点也不感到惊讶，她就是个疯女人。"

"就是这些信，"阿格拉娅从口袋里掏出了带着信封的三封信，把它们放到公爵面前，"瞧瞧，整整一个星期，她都在恳求、劝说、引诱我，让我嫁给您。她……是的，虽然是个疯子，但是很聪明，您说得对，她比我聪明得多……她在信中对我说，她迷恋上了我，每天都在寻找见我的机会，哪怕是能从远处看一下也好。她还在信里写道，说您爱我，她知道这一点，并且早就发现了，信里还提及您曾跟她谈起过我。她希望看到我幸福，并深信，只有我嫁给您才能幸福……她写得如此不成体统……荒诞……我没给任何人看过这些信，我在等您，您知道，这其中的意味吗？难道您一点也猜不到吗？"

"这是神经失常，发疯的证明。"公爵双唇抖动地说道。

"您没哭吧？"

"没，阿格拉娅，没有，我没有哭。"公爵看了她一眼。

"我应该如何处理？您能给我想个办法吗？我总不能总是收到这些信吧！"

"哦，别理她，我求您了！"公爵喊了起来，"对于这种被迷雾蒙蔽双眼的人，您又能做什么呢？我务必尽一切努力，让她不再给您写信。"

"如果真是这样，那您可真是个没心没肺的人！"阿格拉娅激动得提高了嗓门，"难道您没看出来，她爱上的不是我，而是您？她爱的只有您！您能察觉到她的一切想法，难道唯独这点没有觉察出来？您知道这些信意味的是什么吗？是嫉妒，而且远甚过嫉妒！她……您以为，她真的会像这些信里所写的——嫁给罗戈任？一旦我们举行婚礼，第二天她就会自杀！"

公爵狠狠地哆嗦了下,他的心猛然一沉。转而他十分惊讶地注视着阿格拉娅——对此他甚是奇怪,不得不去承认眼前的这个小孩早已经是个名副其实的女人。

"上帝可鉴,阿格拉娅,为了让她恢复理智、获得幸福,我愿意为此奉献我的生命,但是……我已经无法爱她了,她也知道这点!"

"那就牺牲下自己,这也符合您的作风!您本身就是个大善人嘛。您也别再叫我阿格拉娅了……您刚就这么一直称呼我阿格拉娅……您应该且有义务让她重生,您有必要再带她离开,让她内心平静,得到抚慰。再说您内心是爱她的!"

"我没法再这样牺牲自己了,虽然我曾经也这样想过,而且……或许到现在还在想这个问题。但我可以肯定,她再跟我在一起,非死了不可,因此我必须离开她。今天七点的时候,我本来是要去见她的,我现在大概不会去了。她的自尊心永远也不会原谅我的爱——那样我们俩都会走向毁灭!这是不正常,但在这件事上,所有的一切都不正常。您说,她爱我,但这是爱吗?在我已经忍受了一切之后,难道还会有这样的爱情吗?不,这是其他的感情,并非爱情!"

"您的脸色太苍白了!"阿格拉娅突然惊呼道。

"没关系,因为睡得比较少,有些虚弱,我……我们当时确实有谈过您,阿格拉娅……"

"这么说是真的了?您真的跟她谈到我,可……那时您总共才去过我家一次,怎么会爱上我呢?"

"我也不知道怎么会这样。我当时非常迷惑混乱,我幻想着……或许在幻觉中看到新的曙光。我不知道第一次把您比作这个对象时我是怎么想的。我当时给您写信说我不知道,这是真话。这一切仅仅是幻想,是那段日子的可怕经历导致的……后来我开始用功学习,我本想三年都不回圣彼得堡的……"

"这么说，您是为她回来的？"

阿格拉娅的声音有些颤抖。

"是的，为她。"

双方再次陷入沉闷的缄默中。两分钟后，阿格拉娅站起身来。

"既然您这样说，"她开口说道，起初她的语气很不坚定，"既然您相信，这个……您的女人是个疯子，那么她那些疯言疯语、奇思怪想跟我也没什么关系……列夫·尼古拉耶维奇，请您把这三封信拿走，代我扔还给她！如果她，"突然阿格拉娅提高嗓门喊了起来，"如果她再敢寄一行字给我，那么请您转告她，我就要告诉我的父亲，将她送去感经院①……"

公爵跳了起来，惊恐地看着勃然大怒的阿格拉娅，仿佛在他们面前突然落下了一层雾……

"您怎么会这样想……这不是您的真心话！"他喃喃低语道。

"这就是真心话！是真的！"阿格拉娅几乎失去理智地吼道。

"真心话是什么？什么真的？"在他们身旁突然响起一道惊恐的声音。

叶莉扎维塔·普罗科菲耶夫娜突然出现在他们面前。

"真心话就是我要嫁给加夫里拉·阿尔达利翁诺维奇！真话就是我爱加夫里拉·阿尔达利翁诺维奇，并且明天就要跟他从家里逃走！"阿格拉娅冲她吼道，"您听见了吗？您的好奇心得到满足了吧？您对此满意了吧？"说完她便径直跑回家了。

"不，我的公爵，请您现在别走，"叶莉扎维塔·普罗科菲耶夫娜

---

① 18世纪至19世纪俄国强制精神病人安定下来的地方。

留住公爵，说，"劳驾，请您到我那儿去给我解释解释……这到底造的什么孽啊，我本来就已经一夜未眠……"

于是公爵随她而去。

第九章

叶莉扎维塔·普罗科菲耶夫娜一进家门，便在第一个房间停了下来，她再也走不动了，于是筋疲力尽地坐在沙发床上，甚至都忘记请公爵坐下。这是一间相当大的会客厅，中间放着一张圆桌，墙上有暖炉，靠窗户的架子上放着很多花草，后墙有一扇玻璃门直通花园。阿杰莱达和亚历山德拉随即走了出来，疑惑不解地看着公爵和母亲。

在别墅的时候，小姐们通常都是九点左右起床，只有阿格拉娅在最近两三天里起得稍早一些，会去花园里散步，但也不会在七点，而是在八点，或者再晚一些。因为各种焦虑、猜疑与不安，叶莉扎维塔·普罗科菲耶夫娜彻夜难眠，八点左右就起床了，特意想在花园里偶遇阿格拉娅，因为认为她一定起床了，可不论是在花园还是卧室都不见她的身影。最终惊慌失措的她，叫醒了另外两个女儿。从女仆那得知，阿格拉娅·伊万诺夫娜，没到七点就去了公园，两个姐姐认定这个异想天开的妹妹又萌生了什么新的奇怪念头，笑了一下，然后跟妈妈说，去寻妹妹的话，肯定会惹她生气，她现在肯定拿着书坐在绿色长椅上，就是三天前，她特意说起的差点没因它跟肖公爵吵起来的那张长椅——只不过肖公爵认为这张长椅的位置没什么特别之处。在撞见了约会，把公爵约到家里来谈话后又听见了女儿们这些奇怪的话，叶莉扎维塔·普罗科菲耶夫娜显得有些胆怯，为自己生出事来感到胆怯，胆怯的原因有很多：为什么阿格拉娅就不能在公园里单独与公爵见面聊天呢？甚至，假设他们是事先约好的，那又怎么样呢？

"亲爱的公爵，您不会以为，"她终于开口说道，"我把您带到这儿来，是为了要审问您吧……亲爱的，在发生了昨晚那件事后，在很长一段时间里，我其实不愿意见到您……"

她说着说着稍微有点卡壳。

"但您仍然很想知道我和阿格拉娅·伊万诺夫娜今天怎么会见面的？"公爵十分平静地帮她把未说完的话补充完整。

"嗯，是，我是想知道！"叶莉扎维塔·普罗科菲耶夫娜立马怒气上涌，"我不怕说真话。我不怕冒犯任何人，但也不想冒犯任何人……"

"哪有的事，想知道也是情理之中，不存在什么冒犯，您毕竟是她的母亲。是我今天早晨七点在绿色长椅那儿见的阿格拉娅·伊万诺夫娜，因为她昨天约的我。昨晚她写了张字条给我，说有要事要当面跟我谈。我们便见了面，谈了有一个小时，谈的都是有关阿格拉娅·伊万诺夫娜个人的事，这就是全部情况。"

"当然，就是这样，我的公爵，我毫不怀疑就是如此。"叶莉扎维塔·普罗科菲耶夫娜摆出一副威仪的样子说。

"真是棒极了，公爵！"阿格拉娅突然走进房间说，"我由衷地感谢您，认为我不会畏缩到撒谎的地步。妈妈，够了吧，还是说，您想接着问下去？"

"你知道的，至今没什么事会让我在你面前感到脸红……虽然或许，你可能很高兴如此。"叶莉扎维塔·普罗科菲耶夫娜用一副教训人的口气说道，"再见，公爵，请原谅我打扰到了您。我希望，您相信我对您的尊敬依然如故。"

公爵朝两边鞠躬行礼后，沉默地走了出去。亚历山德拉和阿杰莱达相视一笑，窃窃私语议论着什么。叶莉扎维塔·普罗科菲耶夫娜严厉地瞥了她们一眼。

"我们只是觉得好笑，妈妈，"阿杰莱达笑着说道，"公爵行礼的姿势十分潇洒，但有时候他却显得十分笨拙，而现在突然又像……像叶甫盖尼·帕夫洛维奇了。"

"教养、仪态和尊严都源于自己的心灵，并不是舞蹈老师教出来的。"叶莉扎维塔·普罗科菲耶夫娜说了这句总结性的话，便上楼回自己的房间去了，看都没看阿格拉娅一眼。

公爵回到自己的住处时，已经大约九点了，在露台上遇见了薇拉·鲁基扬诺夫娜和女仆，她们在一起打扫和收拾昨晚狂欢后变得脏乱的露台。

"感谢上帝，我们总算在您回来之前收拾好了！"薇拉高兴地说。

"早上好，不过我有点头晕，没有睡好，我想睡一会儿。"

"像昨天一样，睡在露台上？好的。我去对大家说一声，让他们别来吵醒您。不知道爸爸这会儿去哪里了。"

女仆走了出去，薇拉本来想跟着一起出去，但又折了回来，一脸担忧地走到公爵跟前。

"公爵，请可怜下那个……不幸的人吧，今天别赶他走。"

"我无论如何都不会赶他走的，看他自己怎么想。"

"他现在什么都做不了了，所以……请别对他太严厉。"

"哦，不会的，怎么会呢？"

"还有……请您别嘲笑他，这是最主要的。"

"哦，绝对不会的！"

"我太蠢了，竟然对您这样的人说这种话，"薇拉的脸红了，"虽然您很疲劳，"她扭着准备离开的上身，笑着说，"但是您的眼睛总是如此可爱……满是幸福。"

"幸福的眼睛？"公爵神采奕奕地问着，并高兴得大笑起来。

但是像男孩一般纯朴、不拘小节的薇拉，突然不知怎的变得不好意思起来，脸颊也变得更红了，边笑边匆忙地走出房间。

"如此……可爱的女孩……"公爵想到了什么，便立即忽略了她。他顺路走到露台的一个角落，那里摆着一张躺椅沙发，躺椅前放着一张茶几，他坐了下来，双手捂着脸坐了大约十分钟，突然他匆忙不安地把手伸进侧口袋里，掏出三封信来。

然而，此时门又被推开了，科利亚走了进来。公爵急忙把信重新放回口袋，似乎因为自己可以暂时远离那些信而高兴。

"嚯，事情简直奇异！"科利亚一边在躺椅上坐下，一边说着，直截了当地切入话题，就同他这个年龄段的少年一样，"您现在是如何看待伊波利特的，不会看不起他了吧？"

"为什么呢……不过，科利亚，我累了……而且重头再聊一遍这一切，只会让人痛苦了……不过，现在他怎么样了？"

"还在睡呢，还能睡两小时。我知道，您没在家里睡觉而是在公园里散心……当然了，焦虑……这还用说！"

"您怎么知道我在公园里散心，没在家里睡觉？"

"薇拉刚才说的。她劝我别进来。我没忍住，我待一会儿就走。这两个小时，我一直在床边值班，现在我让科斯佳·列别杰夫接我的班。布尔多夫斯基已经走了。所以，公爵，您就快睡吧，晚……不对，现在应该说日安！只不过，坦白说，我十分震惊！"

"当然……这一切……"

"不，公爵，不是，让我感到震惊的是那份'声明'。当他讲到幽魂以及未来生命那里，蕴含着一个了——不起——的思想！"

公爵亲切地注视着科利亚，他前来的目的应该就是尽快聊聊这个了不起的思想。

"但是，重要的是，重要的是不在于这个思想，而在于整个构架！如果伏尔泰、卢梭、普鲁东写这个东西，我读完后会感慨颇多，但不至于会惊讶到这个程度，但是，一个知道自己确实只能活十分钟的人说出这番话来，真是了不起！这体现出了个人尊严的高度独立，这意味着，敢于直面惨淡的人生……不，这是伟大的精神力量！而这之后，断定他是故意不放火帽，实在太卑鄙，太没道理了！不过您得知道，他昨天确实欺骗了大家，使了诈：我压根没跟他一起把东西放进过旅行包里，也从未见过手枪，所有东西都是他自己一个人收拾的，当时我糊涂了。薇拉说，您把他留在这住宿，我发誓，他不会有危险的，更何况我们大家都寸步不离地守着他。"

"昨晚你们谁在那里？"

"我、科斯佳·列别杰夫、布尔多夫斯基，凯勒尔稍稍待了一会儿，后来就到列别杰夫那儿睡觉去了，因为我们那儿已没地方可躺了。费尔迪先科也睡在列别杰夫那儿，没到七点钟他就走了。将军一直在列别杰夫那儿，现在也走了……列别杰夫可能马上就会到您这儿来，也不知道有什么事，他在找您，问您两次了。如果您现在睡下的话，还要不要放他进来？我也准备去睡觉了。哎，对了，我想跟您说件事——将军刚才吓了我一跳。不到七点的时候，布尔多夫斯基叫醒我去值班，就是刚过六点的时候。我出去了一会儿，突然遇见了将军，他醉得都不认识我了，像个木桩子一样杵在我面前，刚一睡醒就扑过来问我：'病人情况怎么样了？我是来打探病人情况的……'我向他如实地汇报了下情况。'这很好，'他说，'我起床过来，主要是为了提醒你。我有理由认为，在费尔迪先科跟前，不能什么话都说，应该有所注意。'您明白吗,公爵?"

"难道真有这样的事?不过……对我们来说无所谓了。"

"是的,毫无疑问,对我们来说无所谓,我们又不是共济会会员!但我感到很奇怪,将军竟然为了提醒我,特意天还没亮时来叫醒我。"

"您刚说费尔迪先科走了,是吗?"

"七点钟走的,他走前顺便到我这儿来了一趟,当时我在值班!他说,他要去维尔金那儿睡个够。维尔金是个十足的酒鬼。好了,公爵,那我走了。瞧,鲁基扬·季莫菲耶维奇又来了……公爵想睡觉,鲁基扬·季莫菲耶维奇,您请回吧!"

"就耽误一分钟,我尊敬的公爵,有件我认为十分重要的事想跟您说。"进来的列别杰夫拖长并压低了声音说着,并且一本正经地鞠了个躬。

他刚回来,甚至都没来得及回自己的房间,因此,他手里还拿着帽子,脸上露出担忧的神色,带着一丝与众不同的强调自尊的意味。公爵请他坐下。

"您找过我两次?您,或许,还一直在为昨晚的事感到不安……"

"公爵,您是指昨晚那个男孩的事?哦,并不是,我昨晚思绪很乱……但我今天已经不打算和您的观点相悖,无论什么事情。"

"相悖……您刚是怎么说的?"

"我说的意思就是'相悖',这是个法语词,跟其他一些外来词一样,已经融入我们俄语里了,其实我不太主张用这个词。"

"列别杰夫,您今天为何这般严肃、循规蹈矩的,说起话来如此斟字酌句。"公爵微微一笑说道。

"尼古拉·阿尔达利翁诺维奇,"列别杰夫几乎用一种充满激情的声音对科利亚说,"我有一件事要告诉公爵,关于某个人……"

"哦，对，当然，当然，跟我没关系。再见，公爵！"科利亚立马离开了。

"我很欣赏这个孩子的明理识趣，"列别杰夫望着他的背影说，"这小家伙挺机灵的，虽然有时爱多管闲事。我敬爱的公爵，我遭遇了一件非常不幸的事，不知是昨晚还是今天早上……我记不清确切的时间。"

"什么样的事情？"

"在我的侧口袋里丢了四百卢布，我敬爱的公爵；就在大家为您献上生日祝福的时候。"列别杰夫苦笑着补了一句。

"您丢了四百卢布？为您感到可惜。"

"特别是对一个靠自己的劳动正直生活的穷人来说更为可惜。"

"当然，当然，这是怎么回事？"

"都是喝酒惹的祸。我来找您，把您视作神明，我敬爱的公爵，四百卢布是我昨天下午五点的时候，从一个债主那儿借来的，拿到钱后，我就坐着火车回到这里。装钱的钱包就放在口袋里。我脱下文官制服换上了常礼服①，也就顺便把钱包放进常礼服里，我想到把钱放在身上最安全，并打算晚上按照要求把钱还人家……就等着代理人来。"

"顺便问一句，鲁基扬·季莫菲耶维奇，您在报上登广告说，您收金银物品然后典当借款给别人，是真的吗？"

"这通过中间代理人，不用我自己的名字，也不用我的地址。我的家产如此微薄，再加上家里又添了孩子，收一点正当的利息，您听到也会同意的……"

"哦，是的，是这样的，我不过只是想了解下，对不起，我打断

---

① 旧时欧洲的一种有细腰身、长下摆的男式上衣。

了您。"

"代理人没来，那个不幸的人却被送来了，午餐后我就一直处于很兴奋的状态，这些客人来了，他们喝了点……茶，我高兴且得意，但没想到祸事将近。当时已经很晚了，凯勒尔过来宣布给您庆生，并吩咐拿香槟来，我亲爱的、备受尊敬的公爵，我是有心的（您大概已经察觉了，因为我受之无愧），我是有心的，说不上关心备至，但也是心怀感恩的，并以此为荣。为了让这次的聚会更加隆重，我个人也等着当面祝福您，我突然想到去换件衣服，于是我脱下家常便服又穿上了回家后脱下的那件衣服。我真就这么做了，公爵，您大概也注意到了，我一整晚都穿着我的文官制服。我换下了衣服，却忘记了口袋里的钱包。哦……上帝想要惩罚人的时候，总是会使其失去理智，此话属实。直到今天，七点半醒来的时候，我如同疯子一般从床上跳起来，第一件事就是去掏家常便服的口袋，结果——口袋是空的！钱不翼而飞了。"

"哎，真让人难过。"

"确实让人难过，您这个形容词说得太恰当了。"列别杰夫狡黠地补充道。

"不过，怎么会……"公爵若有所思，又有些不安地说，"这个事情很严重。"

"确实很严重，您又找到了一个新词，公爵，为了表示……"

"啊，够了，鲁基扬·季莫菲耶维奇，这还用得着找新词吗？重点不在形容词上……您觉得，会不会是您喝醉的时候钱包掉出来了？"

"很有可能。就像您实际说的那样，喝醉的时候，什么都有可能，我敬爱的公爵！但是我想请您帮我分析下，如果换衣服的时候被抖落出来的，那么应该掉在地板上了。但现在会在哪儿呢？"

"您会不会把它塞到某个桌子的抽屉里了吧?"

"全都找遍了,所有地方都找过了,更何况,我根本就没开过任何抽屉、没藏过任何东西,这点我还是记得很清楚的。"

"翻过柜子吗?"

"最先找的就是柜子,今天甚至都找了好几遍了……再说我怎么可能会把钱包塞到柜子里去呢,我尊敬的公爵?"

"老实说,列别杰夫,这的确让我有些不安。这么说,是有人从地板上拾起来,拿走了?"

"或者是从口袋里偷走的,二者必有一个。"

"这让我十分不安,因为这个人到底是谁……就是问题的所在!"

"毫无疑问,问题关键就在这儿,您用词之准确、表达之恰当、分析之精确,简直让人折服,公爵阁下。"

"啊,鲁基扬·季莫菲耶维奇,别嘲讽我了,当前……"

"嘲讽?"列别杰夫双手一拍,大声嚷了起来。

"算了,算了,算了,好吧,我可不是生气,当前要解决的完全是另一回事了……我担心的是到访的人。您怀疑的是谁?"

"这个问题……太难也太复杂了!我排除了女仆,她一直待在自己的厨房里;以及我亲生的孩子们……"

"那是肯定的。"

"应该是客人中的某一个了。"

"但有这种可能吗?"

"这是完全不可能的,最不可能的,却又理应如此。不过,我同意这样的假设,甚至可以确定的是,假如是偷窃行为,那肯定不会在晚上大家都聚在一起的时候,应该会是在夜里或者是天快亮的时候,肯定是在这里过夜的人干的。"

"啊,我的天哪!"

"当然,布尔多夫斯基和尼古拉·阿尔达利翁诺维奇也被我排除在外了,因为他们没有进过我的房间。"

"这还用说,即使他们进去了也不会这么做的!谁在您那过的夜?"

"包括我在内,总共有四人,分别住在两个相邻的房间里:我和将军一间,凯勒尔和费尔迪先科先生一间。看来,是我们四人中的一个!"

"三个人中的一个,但是会是谁呢?"

"我把自己算在内是为了公正公平,但是,公爵,您也认同我不可能自己偷自己,虽然世上这种事也常有……"

"啊,列别杰夫,您是有多无聊啊!"公爵不耐烦地大声说道,"说正经的,您干吗总是打岔打个不停!……"

"剩下的这三个人,首先是凯勒尔先生。这个人很善变,总是喝得醉醺醺的,在某些方面——也就是说在钱的方面——是自由主义论者,而在其他方面,与其说是自由主义,倒不如说是古代骑士式的习性。他起初在病人房间里住,大半夜才钻进我们房间,借口说什么睡地板太硬了。"

"您怀疑是他?"

"我怀疑过。当我早上七八点时,疯子般地跳起来、拍脑袋的时候,马上就叫醒了还在熟睡的将军。有一点引起我们怀疑的是,费尔迪先科很奇怪地消失了。我俩立即决定对凯勒尔搜身,他睡得像……像……差不多就像个死猪一样。我们里里外外搜了个遍:口袋里一个子都没有,甚至全身上下所有口袋都有窟窿;方格子的蓝色手帕脏得不成样子;还有一封某个女仆给写的信,信中问他要钱并威胁他,还有就是您知道的那篇讽刺小品文的碎片。将军认为他是无辜的。为了彻底弄清楚,我们叫醒了他,好不容易才把他叫醒,他朦朦胧胧地弄懂了事情原委,便张大嘴巴,一副醉醺醺的模样,一脸怪异、无辜,甚至是愚蠢的表情——看来不是他!"

"哦,我太高兴了!"公爵高兴地舒了口气,"我刚还有点担心他呢!"

"担心?看来,您已经有怀疑的理由了?"列别杰夫眯着眼说。

"哦,不,我并非这个意思,"顿时公爵话噎住了,"我简直太愚蠢了,说什么'担心'。列别杰夫,拜托,请别将这句话传给别人……"

"公爵,公爵!您的话现在在我的心里……藏在我内心深处,如同藏进了坟墓!……"列别杰夫一边将礼帽贴在胸前,一边扬扬得意地说道。

"好,好!……这么说来,费尔迪先科喽?也就是,我想说您在怀疑费尔迪先科?"

"那还能是谁呢?"列别杰夫专注地看着公爵,轻声说道。

"是的,不用说了……还能有谁……啊,不,我又说错了,我想说,是有什么证据吗?"

"有的。第一,他是在早上七点,甚至没到七点就消失了。"

"这事我知道,科利亚跟我说过,费尔迪先科先去了他那儿一趟,说要去……我忘了,去谁那,去一个好朋友家睡个够。"

"去维尔金那。这么说,尼古拉·阿尔达利翁诺维奇已经跟您说过了?"

"他一点也没提失窃的事。"

"他还不知道,因为我暂时保密。这么说,他是去了维尔金家,事情似乎让人很费解,一个醉汉去了另一个醉汉那儿,尽管天刚蒙蒙亮，甚至没有理由。但是在这点上透露了行踪：他走了，却留下了地址……现在，公爵，请注意一点，他为什么要留下地址？……为什么他拐个弯，特意去尼古拉·阿尔达利翁诺维奇那儿，告诉他，自己要去维尔金家睡个够。谁会对他离开，甚至是要去维尔金那儿的事感兴趣？他为什么要告诉别人？不，这里可见高明，小偷的高明！这意思就是：瞧，我故意不隐瞒我的行踪，那我怎么可能会是小偷呢？难道小偷会告诉大家，他要去哪儿吗？这是一种想排除自己嫌疑的小伎俩，也就是说，想擦去自己在沙子上的足迹……您明白我的意思吗，我尊敬的公爵？"

"明白，非常明白，但是这作为证据明显不够。"

"第二个证据——他的行踪是假的，他给的地址也是不准确的。那之后的一个小时，也就是在八点钟的时候，我已经去敲维尔金家的门了，他住在第五号街，我和他认识。可在那儿，我连费尔迪先科的影了都没看见。我非常费劲地从一个失聪的女仆那儿盘问出，一个小时前的确有人拽门铃，甚至非常用力，门铃都给拽断了。但是女仆没开门，她不想叫醒维尔金先生，或许是她自己不愿意起来。这事常有。"

"这就是您所有的证据吗？这可不够。"

"公爵，那您说该怀疑谁呢，您倒给分辨分辨？"列别杰夫细声细气地说，他的苦笑中透着一丝的狡猾。

"那您再好好看看房间和抽屉！"公爵沉思了一会儿郁闷地说道。

"仔仔细细看过了！"列别杰夫更加动容地叹了口气。

"哎……为什么，您为何要换掉那件便服呢？"公爵郁闷地敲了下桌子，感叹道。

"这是一出古老喜剧中说过的话。但是，心地善良的公爵，您对我的不幸，太上心了！我不配您这般待我。也就是说，我受之不起，但同时您也在为罪犯……为卑微渺小的费尔迪先科先生感到痛苦，是吗？"

"是的，是的，你们确实都让我担心，"公爵漫不经心并带着不满的情绪打断了他的话，"那么，既然您深信是费尔迪先科干的，您打算怎么处理呢？……"

"公爵，我敬爱的公爵，除了他还会是谁呢？"列别杰夫用愈加甜腻的语调更做作地说道，"要知道，除他之外，别无他人了，这么说吧，除了费尔迪先科先生，完全不可能怀疑其他的人，要知道，这里还有一条不利于费尔迪先科的罪证，这已经是第三条了！我不得不说，除了他还会是谁呢？总不能让我怀疑布尔多夫斯基先生吧？嘻……嘻嘻！"

"又扯远了！"

"那么，总不会能是将军吧？嘻……嘻嘻！"

"简直胡说八道！"公爵坐在位子上近乎生气地说，还不耐烦地把身体扭向另外一面。

"可不就是胡说八道嘛，嘻嘻！这个人，就是将军——都把我自己逗笑了，刚才我跟他趁热打铁追到维尔金家……应该跟您说，当我发现失窃了后，立刻叫醒了他，将军本人比我还要震惊，甚至脸色都变了，一阵红、一阵白的，最后突然表现出一副义愤填膺的样子，简直让我始料未及。他真是个正人君子！虽然他经常吹牛，这是他的癖好，但他是个有高尚情操的人，同时他又直来直去，率真的性格让人十分信任。我已经跟您说了，我敬爱的公爵，我对他不仅很有好感，而且非常喜欢他。他突然停在大街中央，解开便服的扣子，露出胸膛，说：'搜下我，你搜过了凯勒尔，为什么不搜我呢？为了公平起见！'他的手和腿都在颤抖，甚至脸也煞白，一副令人生畏的样子。我笑起来说：'听着，将军，如果有人这样对我说你，我会立即亲手摘取我的项上人头，并放在一个大盘子里，把它端给所有怀疑你的人，然后对他们说，"瞧，看见这颗脑袋了吧，我可以用自己的脑袋为他担保，不仅是脑袋，甚至整个人跳火坑里都可以！"瞧，我准备如何为你担保！'他听完当即扑过来拥抱我，还是在大街中央，他的眼泪夺眶而出，浑身颤抖，紧紧地将我搂在胸前，弄得我差点咳嗽起来。他说：'患难见真情，你是我困境中唯一的朋友！'他真是个感性的人！然后，顺其自然，他在路上给我讲了个境遇类似的逸事，说他年轻的时候，有一次被怀疑偷了五十万卢布，但是，第二天，他扑进烈火燃烧的房子里，将怀疑他偷窃的伯爵以及当时还是少女的妮娜·亚历山德罗夫娜从火中救了出来。伯爵紧紧拥抱了他，这样才有了他和妮娜·亚历山德罗夫娜的婚姻，而且次日，在火灾的废墟中，他们找到了那个装着丢失钱款的盒子。这是一个带着暗锁的英国制造的铁盒，但不知为何掉到了地板下面，因此谁也没察觉，直到这场火灾后才被找到。整个故事完全是编的。但是当他说到妮娜·亚历山德罗夫娜的时候，甚至啜泣起来。妮娜·亚历山德罗夫娜是个贤惠高尚的女人，尽管她还在生我的气。"

"你们不认识？"

"基本不认识，但我真心诚意想认识她，哪怕真是为了在她面前辩解。妮娜·亚历山德罗夫娜抱怨过我，似乎是认为，我在用酒精腐蚀她的丈夫。但我不仅没有腐蚀他，反而还在劝阻他，或许我还在帮他摆脱极有害的一伙人。再说他是我的朋友，我向您承认，现在我已经不会再扔下他了，也就是说，他去哪儿，我去哪儿，只有无微不至的照顾才能开导他。甚至他现在都不私会自己大尉的遗孀了，尽管暗地里他还是十分想见她,有时甚至因为她唉声叹气,特别是每天晨起穿靴子那会儿,也不知道为什么是在这个时候。他身上没有钱,可怜就可怜在这里,没有钱的话,休想去她那儿。他没问您借过钱吗,我敬爱的公爵?"

"没有,没借过。"

"应该是他不好意思。他本来想开口的,甚至向我承认过,他有想来麻烦您,但是不好意思,因为不久前您才借钱给他,加之,他预料您不会再给他了。他把我当朋友才告诉我这些的。"

"那您有给过他钱吗?"

"公爵!我敬爱的公爵!且别说是钱,为了这个人,这么说吧,甚至生命……不,不过我不想夸海口,不能提生命,但是可以这样说,为了这个人我真心愿意害一次热病,随便哪个脓疮或者甚至是咳嗽一阵儿,上帝可以作证,如果有必要的话;因为我认为他是个人格伟大但现在落魄失败的人!所以别说是钱!"

"这么说,您给他钱了?"

"没有,我没给钱,他自己知道我是不会给他的,然而,帮他节制和改正是唯一有效的方法。现在他缠着我要跟我一起去圣彼得堡,我去圣彼得堡只是为了趁热打铁追踪费尔迪先科先生,因为我肯定他已经在那了,我的将军也急得热血沸腾,但我怀疑,他一到圣彼得堡就会从我身边偷偷溜走,去找大尉遗孀。我承认,我甚至会故意放他走,因为我们已经说好了,一到圣彼得堡就立马兵分两路,以便更容易抓住费尔迪先科先生。我就这样,先把他放了,然后突然像雪崩一般突如其来地折到大尉遗孀家里找他——其实,就是想让他感到羞愧,作为一个有家室的人,哪怕是一个通常意义上的人,这是最起码的道德。"

"只不过别闹得人尽皆知,列别杰夫,上帝保佑,别闹得人尽皆知。"公爵十分不安地低声说道。

"哦,不会的,其实就是为了让他羞愧一下,同时看看他会出现一副怎样的面孔,因为很多结论可以根据人的面貌得出,我尊敬的公爵,尤其是他这样的人!啊,公爵!尽管我自己遭遇了如此不小的不幸,但到现在我还是想着怎么帮他、怎么帮他纠正道德上的失足。我敬爱的公爵,我有个特殊的请求,坦白说,我正是为了这点才来找您的。您跟他们家已经很熟了,甚至还在他们家住过,要是心地善良、品德高尚的您,在这件事上,能协助我一起的话,当然这只是为了将军以及他的幸福……"

列别杰夫甚至将双手交叉,仿佛祈祷一般。

"什么事情?需要如何协助?请相信,我非常愿意能充分领会您的意思,列别杰夫。"

"我到您这来,就是带着这种信心。这事必须得到妮娜·亚历山德罗夫娜的协助,这么说吧,将军得在自己家庭的监督下,才能约束他的行为。很不幸的是,我跟他的家人都不熟……更何况还有个尼古拉·阿尔达利翁诺维奇,他十分崇拜您,可以说,一片赤子之心,他大概能帮上忙……"

"不,上帝保佑,别把妮娜·亚历山德罗夫娜牵扯进来……还有科利亚……不过或许,我还没理解您的用意,列别杰夫。"

"这根本没什么好解释的!"列别杰夫甚至直接从椅子上跳了起来,"只有关怀和温情,才是治疗我们这个病人的良药。公爵,您允许我把他视作病人吧?"

"这甚至彰显出了您的细致与智慧。"

"请让我给您用一个例子来解释,为了让您更清楚。您也清楚地看到了：他现在迷恋那个大尉的遗孀，但是没有钱就不能去她那儿，如果我今天在她那儿抓他个现行，也是为了他着想；但是，这里不光有大尉遗孀的问题，假如他做了一些真正有罪的事，或者是某种非常可耻的行为（虽然他根本不会这样做），那么届时，用高尚的、温柔的情感也准能感化他，因为他是个非常重感情的人！请相信，不超过五天，他自己就会讲出来，并且痛哭流涕地承认一切。如果做得巧妙高明的话，再通过家人和您对他的监视，监视他的一举一动，那效果甚好……哦，心地善良的公爵！"列别杰夫灵感爆发，甚至十分激动地跳起来说，"要知道我并不保证，他可能……但这么说吧，我愿意随时为他流血，哪怕流光我的血，我想您也会同意我的观点，他毫无节制地酗酒，私会大尉遗孀——所有这一切导致的后果无法想象。"

"如果是这种目的，我当然愿意协助您，"公爵站起来说，"只不过我得跟您承认，列别杰夫，我现在相当心神不定，您说，您不是一直……总之，您自己说的，您怀疑费尔迪先科先生。"

"那还能有谁呢？还会有谁，我尊敬的公爵？"列别杰夫又双手交叉，矫揉造作地笑了起来。

公爵蹙着眉，从座位上站了起来。

"您瞧，鲁基扬·季莫菲耶维奇，如果这事儿搞错了，后果是很严重的。这个费尔迪先科……我倒是不想说他的坏话……但是这个费尔迪先科……也就是说，谁知道呢，或许真就是他！……我想说，或许，相较于其他人来说……他更有可能做这种事。"

列别杰夫留心看着，竖起耳朵听着。

"就是这样，"公爵说话吞吞吐吐，眉头蹙得越来越紧，在房间里来回踱步，竭力不看列别杰夫一眼，"有人跟我……跟我提到费尔迪先科先生，除了其他的以外，还说当他的面应该克制住，别说多余的话……什么也别说,您明白吗?我的意思是,或许,跟其他人比起来,他更有可能……总之,不要搞误会了,这点才是最重要的,明白吗?"

"谁跟您提起的费尔迪先科先生?"列别杰夫跳起来问道。

"是有人偷偷告诉我的,不过我并不相信,但我现在不得不告诉您这点,为此我心中并不愉悦,请您相信,我自己确实不相信这点……这点荒谬离谱……呸,我做了多么愚蠢的事呀!"

"请听我说,公爵,"列别杰夫甚至浑身颤抖起来,"这一点很重要,现在来说太重要了,也就是说,先不说费尔迪先科先生,就只说,这个消息是怎么传到您这儿的,"说这话的时候,列别杰夫跟在公爵后面跑来跑去,用尽全力要与公爵同步,"请听我说,公爵,我现在也跟您说个事——刚才,我和将军去维尔金家的时候,在他对我讲了火灾的事以后,他一边愤愤地走着,一边突然开始对我说了同样有关费尔迪先科先生的话,当然,意思雷同,但他说的话,既无条理,又无逻辑,因此我不由得问了他一些问题,通过结果我得知,这一情况纯属即兴的发挥……但其实也可以说是出于他的一片好心。他之所以说谎,唯一的原因就是无法克制自己的情感:现在您看到了,如果他撒了谎——当然这点我深信不疑,那么您又是怎么知道这类似的话的呢?您要明白,公爵,这不过是他信口雌黄,那么究竟是谁告诉您的呢?这点很重要……可以这么说……"

"这是刚才科利亚告诉我的,不久前他父亲跟他这么说的,大概在六点或是六点多的时候,当他从房间出来时,在前厅遇到了他的父亲。"公爵尽量描述着每个细节。

"瞧,这就叫蛛丝马迹,"列别杰夫搓着双手,不出声地笑着说,"我也是这么想的!也就是说,将军阁下故意在六点钟,从熟睡中突然醒来，去叫醒自己心爱的儿子，只为了告诉他，与费尔迪先科先生相处是非常危险的！由此可见，费尔迪先科先生哪是什么危险人物！而将军那作为父亲的不安又表明了什么，嘿嘿……"

"听着，列别杰夫，"公爵彻底慌了起来，"听着，要偷偷行动！别弄得众人皆知！我求您了，列别杰夫，我恳求您……在这种情况下我发誓，我会协助您，但是请不要让其他人知道，别让其他人知道！"

"请您相信我，我最善良、最真诚、最高尚的公爵，"列别杰夫情绪激动地大声说道，"请您相信我，我会将这一切埋在我这忠贞不贰的心里，我绝对偷偷行动，我们一起！我们一起悄无声息地行动！我甚至不惜流光我所有的鲜血……我尊敬的公爵阁下，尽管我的灵魂和精神都很卑贱，但是您可以去问任何一个卑微的下等人，甚至是混混无赖，问他更愿意和谁打交道，是跟他一样的下流人，还是像您这样高尚的正人君子？他的回答一定是您这种高尚的君子——这就是仁德的力量！再见，我令人敬爱的公爵！偷偷行动……偷偷地……我们一起。"

第十章

公爵恍然大悟，知道了自己每次触碰这三封信脊背都会发凉的原因，也知道了自己要将信拖延到晚上再看的原因。早上他还犹豫，不知道先拆三封信中的哪一封，便在沙发上打个盹睡着了，做起了噩梦，他又梦见那个"有罪的女人"朝他走来。她那双泪光闪闪、长睫毛扑簌的眼睛注视着他，又叫他跟她走，他又像之前那样惊醒，痛苦地回忆着她的面庞。他本想马上去找她，但他不能去，最后，可以说公爵没有他法了，他打开信来。

这些信也像梦一样。人有时会做一些奇怪的、不可能且没有逻辑的梦，醒来时，您会清晰地记起这些梦，并对梦里的荒诞万分惊讶。您首先要记住，您在做梦时，您的理智依旧存在于您的脑海中，当您被凶手们包围的时候，您一直十分机警，富有逻辑，他们表面对您十分友好，其实，他们十分狡猾，在隐瞒自己的意图，他们甚至已经准备好武器，只是在等某个信号。您回忆起您是如何狡猾地欺骗他们，躲过他们，后来您也猜到，他们识破了您的计谋，只是在您面前装作不知道您躲在哪里，但是您再一次欺骗了他们，所有这一切您都能清楚地回忆起来。但是为什么在那个时候，您的理智会容忍这一切显而易见的、荒谬到不可能发生的事情，让它填满了您的梦？在您眼中，您面前凶手中的一人，变成了一个女人，又从女人变成了一个狡猾又卑劣的小矮子，您却立马把这一切当作事实，且几乎毫不怀疑地容忍了，而与此同时，从另一方面来说，您的理智却处在极为紧张的状态下，显示出非凡的力量、狡猾、机灵、逻辑——这也就是为什么，当您从梦中清醒过来，完全进入现实后，您每次都会感觉到，有时带着一股非凡力量的印象，把某个您未能解开的谜题连同梦境一同留下了。这就是为什么您在嘲笑所做的梦过分荒诞的同时，又感觉到，在这荒诞之中包含着某种思想，而这个思想又是现实存在的，是属于您现实生活的，是过去一直存在、现在也仍旧存在于您心间的。您的梦似乎应验了您所一直期待发生的，用类似预言的方式，这给您留下的印象或许令人高兴或许令人痛苦，但非常强烈，而它到底包含了什么寓意——梦是无论如何也不会告诉您的，没法让您理解，也无法记住。

这几封信给人的感觉差不多都是这样。但是在还没打开这些信的时候，公爵就觉得，这些信的存在，本身就如同一场噩梦。晚上他一人徘徊的时候（有时连他自己都不知道曾去过哪里）他扪心自问：她怎会给阿格拉娅写这样的信？她怎么能在信里写这些事？她的脑子怎么会有如此失去理智的念头？但是这种梦境已经成为现实，但最让他惊讶的是，在他看这些信的时候，他自己几乎相信梦境是有可能、是能被证实的。当然，这场梦，是场噩梦，不过是妄念而已，但这里也包含着某种真实得令人难受和痛苦的道理，这一道理又证明这场梦就是噩梦，为虚幻盲目辩护。一连几个小时他仿佛呓语一般，一刻不停地念着，回忆着信中的片段，不时停留在那些字句上，琢磨良久。有时他甚至想对自己说，他早就感觉甚至预料到了这一切，他仿佛觉得他在很早以前就读过这些信，而从那时起，他就一直为此忧虑、担心，为此备受折磨——所有这一切早就包含在了他读过的这几封信里了。

第一封信的首段如下：

当您打开这封信的时候，首先请您看一下署名。署名会告诉您一切，清楚说明一切，因此我毫无必要在您面前自证清白，也没有必要跟您解释清楚。假如我能跟您分庭抗礼的话，您或许才会因为这种无礼而生气，但您是何等人，我又能算上什么人呢？我们是如此相悖的两类人，在您面前，我压根算不上什么，所以我无论如何也不会冒犯到您的。

下面，她在另一个地方是这样写的：

请别把我的话当成是一个精神病患者病态般的亢奋，但在我眼里，您是完美的！我见过您，每天都见得到您。我并非对您胡乱评价，但我也不是凭理性得出"您是完美的"这个结论；我只是单纯地相信而已。但是在您面前，我的确有罪：我爱您。完美是不能被亵渎的，只能远观，不是吗？然而我爱上了您。虽然爱情面前人人平等，但是，请别担心，我不会将您和我自己等量齐观，即使是在思想最隐秘的一角都不允许。我给您写"别担心"，难道您担心吗？……如果可以的话，我愿意亲吻您的足迹。哦，我无法与您相提并论……您看下署名吧，请您尽快看下署名！

她在另一封信里又这般写道：

然而，我不得不表明，我有意促进您与他在一起，但一次都还没问过您，您是否爱他？可他只看了您一眼，便爱上了您。他回忆起您时，光明满满，这是他的原话，我是从他那儿亲耳听到的。但即使没有这句话,我也明白,您就是他的光明。我在他身边生活了整整一个月,现在才明白,您也爱他,您和他对我来说,都是一样的。

她还在信中写道:

这是怎么回事,昨天我经过您身边时,您似乎脸红了?这不可能,一定是我的错觉。即使把您带到最腌臜的藏污纳垢之地,给您看罅隙中的罪恶,您都不应该脸红;您无论如何也不会因为受到羞辱而感到气愤的。您可以憎恨所有龌龊以及卑贱之人,但不是为了您自己,而是为了别人,为那些受到他们侮辱的人。而您,是谁都不能侮辱的。您知道吗,我觉得,您应该爱上我。您对我来说,就如他一样,是光明的天使,天使是不会有憎恨的,也不可能不爱的。我常常问自己:是否可以爱所有人,是否可以爱自己所有的亲人?答案当然是不可以的,这甚至是不正常的。在抽象的爱中,人其实就是爱自己。但这对于我们来说,是不可能的,而对于您来说则是另一回事。当然您不能与任何人相比较,您高于所有屈辱、高于任何私怨,您怎么可能不爱任何人呢?只有您的爱是无私的,只有您不是为了自己而是为了您所爱的人去爱。哦,当我知道,您从我这儿感受到了愤怒和羞辱,我有多么痛苦!这只会有损于您:您竟降低自身与我进行比较……

昨天见到您以后,我一回家脑海里就勾勒出了一幅画。基督教徒都是按照福音书上的故事画画,如果要我画,就会是另一副样子：我只画他一个人，毕竟也有门徒离去、留他一个人的时候。我只给他留一个小孩，在他身边玩耍，或许，孩子正在用自己的语言给耶稣讲着什么，耶稣听他说，并陷入了沉思。他的一只手，不由自主地、忘神地停在孩子那浅色头发的脑袋上。他望着远方，地平线的位置，如整个世界一般的宏伟思想在他目光中静止，他的面容忧伤。孩子不再说话，胳膊肘撑在他的膝盖上，一只小手托着脸颊，昂着头，就像孩子思考的模样那般专注地看着他。夕阳即将落下……这就是我的画！您是天真单纯的，您的完美就完全体现在这单纯上。哦，请记住这点！关于我对您炽热的情感，您不用担忧。您现在已经是我的了，我将穷尽一生伴随您左右……我很快就要死了。

最后，她在最后一封信中这样写道：

看在上帝的分儿上，请别对我抱有想法，也别觉得，我这样写信给您，是在侮辱自己或者认为我是属于以自我贬低为乐的人（哪怕甚至是出于自尊心）。不，我有自己的乐趣，但我很难跟您解释清楚这点。我甚至很难给自己讲清楚这点，尽管我常常因此饱受折磨。但我知道就算是自尊心爆发也不能贬低自己。而来自纯洁心灵的贬低，我也做不到。因此，我根本就不是在贬低自己。

为什么我希望你们在一起：是为了你们，或是为了我自己？很显然，这是为了我自己，这就是我对所有困惑的解答，我很早前就这样对自己说……听说，您的姐姐阿杰莱达当时看到我的照片曾议论过，说这样的美貌可以倾倒世界。但我不要倾倒世界，您听见我说这话，可能会觉得很可笑，因为您看见我时，我穿着镶着花边的裙子、戴着钻石首饰，和一群酒鬼恶棍们混在一起，请您别相信这些看到的，因为我几乎已经不存在于世了，我自己知道这点，上帝知道什么活在我的躯体里。我每天在两只可怕的眼睛监视下读这些，这双眼睛时常盯着我，甚至不在我面前也是一样。现在这两只眼睛沉默了（尽管它们始终沉默），但我知道它们的秘密。他的房子阴森而沉闷，那里也藏着秘密。我相信，在他的抽屉里藏着一把用丝绸包裹的剃须刀，就跟莫斯科的那个杀人犯一样，那个人也和他的母亲住在一幢房子里，也用丝绸包着剃须刀，以便随时割人的喉咙。我在他家的时候，一直觉得在什么地方，譬如脚垫下藏着个死人，可能还是他父亲藏的，盖着一块漆布，就像莫斯科的那具尸体一样，周围摆满装有防腐剂的玻璃瓶，我甚至可以把那个角落指给您看。他总是一言不发，但我知道，他爱我爱得已经恨不起来了。你们的婚礼将和我的婚礼一起举行，我和他是这么商量的。我对他不保留秘密。不然我会因为害怕杀死他的……但是他会先杀死我……他刚刚笑起来，说我不过是在呓语，他知道我在给您写信。

这封信里还有很多类似梦话的内容。其中第二封里面，用小小的字写满了整整两大张信纸。

最终，公爵从幽静昏暗的公园里走了出来，如昨天那般，他在那踌躇良久。他觉得今晚的夜色比往日的清澈明亮得多。"难道时间还早?"他思忖着(他出门又忘记了带表)。他仿佛听见远处某个地方传来的音乐声,"大概是在车站那儿,"他又想了想,"当然,他们今天不会去那儿。"刚想到这,他就发现自己已经站在他们家的别墅前,他预料到,他最后一定还是会来这里的,怀揣着跳得厉害的心脏,他登上露台。露台上空空如也,无人前来迎接。他稍等了一会儿,便推门进入大厅。"他们家从来不关这扇门的。"他脑海中闪过这个想法,但是大厅里也空无一人,里面几乎一片漆黑。他很困惑地站在屋子中央。突然门开了,亚历山德拉·伊万诺夫娜手持蜡烛走了进来。她很惊讶地看见公爵站在那里,似乎询问般地停在他面前。很明显,她不过是想穿过这间屋子,从一扇门到另一扇门而已,完全没料到会碰见什么人。

"您怎么会在这?"她终于开口道。

"我……顺路进来……"

"妈妈不太舒服,阿格拉娅也是。阿杰莱达已经躺下睡了,我也要去睡了。今天整晚,我们都待在家里,爸爸和肖公爵在圣彼得堡。"

"我来……我来你们这儿看看……现在……"

"您知道现在几点了吗?"

"不知道……"

"十二点半了。我们一般一点钟睡觉。"

"啊,我还以为……九点半。"

"没关系的!"她笑了起来,"为什么您刚才不来?或许有人还在等您呢。"

"我……原以为……"他低语着,离开了。

"回见!明天我肯定把这个当笑话讲给大家。"

公爵沿着绕过公园的路往自己的别墅走去。他的心怦怦直跳,思绪乱成了一团，仿佛周围皆是幻境。突然，就像他刚才两次梦里梦到同一个幻影后被惊醒那样，那个幻影再次出现在他面前。那个女人从公园里走出来，站在他面前，就像在这儿等着他一样。他哆嗦了一下，停了下来，她抓起他的手，紧紧握着，说："不，这可不是幻影。"

她终于和他面对面而站，这是他们分离后的第一次。她在对他说着什么，但他只是沉默地注视着她，他的心被痛苦填满。哎，同她的这次会面，是他自此以后永远也无法忘记的，只要忆起当时的场景，他也总是怀着同样的痛苦。就在大街上，她发疯似的跪在他的面前，吓得他后退了一步，她抓起他的手，努力亲吻，就像公爵刚才的梦境里那般，她长长的睫毛上挂着泪水，此刻泪光闪闪。

"请起来，请起来！"他一边扶她起来，一边惊恐地喃喃低语，"快起来！"

"你幸福吗？幸福吗？"她连连问道，"你只要回答我一句，你现在到底幸福不幸福？今天，现在？你和她见面了吗？她说了什么？"

她没有听公爵的，没有起来，她问得很匆忙，说得也很急，犹如有人在后面追赶她一样。

"我会按照你吩咐的那样，明天就走。我不会再……现在是我最后一次见你了，最后一次！现在绝对是最后一次了！"

"你冷静点，起身吧！"他绝望地说道。

她贪婪地盯着他，仍然紧紧抓住他的手不放。

"永别了！"她最后说了一句，便很快地起身离开了，几乎是跑着离开的。公爵看见，罗戈任突然出现在她身旁，挽着她的胳膊带走她了。

"等等，公爵，"罗戈任大声喊道，"五分钟后，我会回来一下。"

五分钟后他真的回来了，公爵立在原地等着他。

"我把她安顿在马车上,"他说,"马车从十点起就一直在角落里候着,她知道你整晚都会待在那位小姐的身边。刚才,你在信上给我写的那些话,我已经准确无误地传达了。她再也不会给那位写信了,她承诺,会按照您的意愿,明天就离开这儿。她想最后再见你一面,但你拒绝了,于是我们便在这个地方等你回来,就在那儿,那个长椅上。"

"是她带你一起来的?"

"是又怎么样?"罗戈任咧开嘴笑着说,"我看见的是我原本就知道的。你看过那些信了吧?"

"难不成你真的看过这些信?"公爵问道,这个想法令他甚是吃惊。

"这还用说嘛。她所有的信都会给我看过。你记得剃须刀那段吗?嘻嘻!"

"她真是个疯子!"公爵双手拧着嚷了起来。

"谁知道呢,也许并不是。"罗戈任似乎自言自语地轻声说道。

公爵没有回答。

"好了,那就再会吧,"罗戈任说,"明天我也会走,有什么对不住的地方,请多原谅!啊,老兄,"他很快又转身补充一句,"你为什么不回答她?'你到底幸福不幸福?'"

"不,不,不!"公爵极为悲愤地喊道。

"我想你不会说'是的',对吗?"罗戈任邪恶地笑着,头也不回地离开了。

第 四 卷

第一章

自我们的故事主角在绿色长椅见面后过了一个星期,在一个阳光明媚的早上,约莫十点半,出去拜访某位熟人的瓦尔瓦拉·阿尔达利翁诺夫娜·普季岑娜回到家中,整个人一副若有所思、神态忧伤的模样。

有这么一类人,很难一下子或者概括性地说出他们有什么特点,有什么非常人的特征来,这些人通常被称为"普通人""绝大多数的人",他们也的确在任何社会中都占了很大一部分的比例。作家们通常会努力在自己的中长篇小说里塑造一些社会的典型人物,并以生动形象的文学手法来表现他们的性格,而实际上,这种典型人物在真实的社会中是罕见的,但作者塑造出来的文学人物几乎比现实中的本体还要现实许多。波德科列辛①作为这种被塑造的典型文学人物,或许表现出来的性格过于夸张,但绝非凭空捏造。有多少聪明人在从果戈理的作品中了解波德科列辛这个人物后,立马就能在自己身边发现成十上百的熟识之人与波德科列辛有着相似的特征。他们在读果戈理的这部作品之前其实就知道,他们的这些熟识之人就是作品里所描述的波德科列辛,只不过尚不知道该如何称呼他们而已。在现实生活中,婚礼前夕跳窗而逃的新郎极为罕见,因为先不说别的,就说跳窗这一行为,

---

① 俄国作家果戈理的喜剧《结婚》中的人物。

就很不方便。但有多少新郎,甚至是聪明又受人尊敬的那种,在婚礼前夕都在自己的内心深处承认自己就是波德科列辛。并非所有新郎都会高呼:"这就是你想要的,乔治·当丹!①"可谁知道呢,也许就在婚礼后的第二天,也许在蜜月后,全世界有多少新郎数百万次,甚至数十亿次地在内心重复呐喊着这句话。

因此,我们不再过多赘述,只想说的是,现实生活中的典型人物好像是被掺了水,而这些与乔治·当丹和波德科列辛相似的人确确实实是真实存在的,他们每天都在我们眼前奔走穿梭,但其出现的程度似乎被稀释了很多。最后,出于事情的完整性,我们需要再说明一下,莫里哀塑造的这种乔治·当丹式人物,在现实生活中也是可以碰到的,尽管概率很小。好了,我们这就结束我们的推论,这已经让我们的小说变得像批判式杂志了。

话虽如此,但摆在我们面前的还有一个问题:作家们应该如何塑造这些司空见惯的"普通人"呢?如何将他们呈现在读者面前,并引起读者的兴趣呢?在小说中完全没办法避开他们,因为普通人与绝大多数的日常行为息息相关,如果避开他们,就会破坏了逻辑的合理性。倘若只用典型人物去填满小说情节,或者为了吸引读者的阅读兴趣,塑造一些莫须有而又古怪的人物出来,也十分不合理,大概也不会让读者感兴趣。因此我们认为,作家应该努力找到一些有趣的、有教育意义的点,即使是普通人身上的也可以。例如,普通人身上那种始终如一的平凡实质,或者较好的一点——尽管普通人穷尽努力想摆脱平凡、打破常规,却最终不改当初、难逃平庸。所以说,这种人物便在

---

① 法国莫里哀的喜剧《乔治·当丹》中的话。乔治·当丹,一个富农,为了提升自己的社会地位,娶了一位贵族人家的小姐,三次捉奸,却因自身的地位不得不三次低头。

自己的平凡属性的基础上兼顾了某些特别的典型性，他们想要打破自我，想要成为特例与标新立异之人，却又没有任何办法。

我们这部小说里的某些人就属于这类"普通人"或称为"凡人"，至今为止我很少跟读者详尽介绍过他们（我承认这点）。但其实故事里的瓦尔瓦拉·阿尔达利翁诺夫娜·普季岑娜，她的丈夫普季岑先生、她的哥哥加夫里拉·阿尔达利翁诺维奇都是这样的人。

事实上，的确没有什么比这点更让人恼火的了：富足的生活，高贵的姓氏，不俗的外表，体面的学历，人不愚蠢，内心也不乏善良，但他们没什么才华、没什么能力，没什么古怪之处，也没有别于人云亦云的思想。他们虽然有钱，但没有罗特希尔德那样多；他们的家世清白，但从来没有什么值得称赞的行为；他们的外象不差，但也没有什么特色；他们的学识良好，但也不知道可以运用到哪里；他们的慧根尚有，但并非见解独立；他们的内心善良，但并非大善之人；诸如此类。这类人世间太多了，甚至可能要比想象中的还多。正如所有人一样，这种人也被分为两大类：一类天资愚钝，另一类天资聪慧。相比之下，前者要幸福得多。对于有局限性的"普通人"来说，他们很轻易也总是乐此不疲地认为自己是一个不同寻常的人。当下，有些小姐剪短自己的头发，戴上蓝色眼镜，自称虚无主义者，以至于立刻就坚信，一旦戴上眼镜，自己便立马有了"信仰"。有的人只感受到了人类共有的一丁点儿善念，便立即坚信无人能及他所感，他在全人类的发展中是个聪慧的先驱者。有的人只是接受了某些只言片语，或者没头没尾地读了几页书，便立即确信这是自己大脑萌生出的思想观点。这种情况下所产生的天真式的无知和对自我才能毫不怀疑的自信（可以这样称呼的话）甚至达到了让人吃惊的地步，所有这些让人感到不可思议，却又时常遇到。这种天真式的无知和对自我才能毫不怀疑的自信，都在果戈理所塑造的典型人物皮罗戈夫[①]中尉的身上一一体现,皮罗戈夫甚至从不怀疑自己是个天才,甚至认为自己是个凌驾众天才之上的鬼才,对此,他从未有所质疑,甚至从未问过自己这种问题,不过,就他而言,也不存在什么疑问。最终,作家为了使那些道德因此遭受摧残的读者满意,不得不安排一场鞭笞,而这位主人公在遭受酷刑后,不过是抖抖灰尘,吃个千层饼来补充下体能,作家不过是让人吃惊地摊开双手,之后丢下一众读者不管了。我一直意难平,不满果戈理给这位伟大的皮罗戈夫安排了个如此之低的军职,因为皮罗戈夫自负到了难以想象的地步,逐年升迁的军职、越来越粗的肩章禾穗,让他很容易把自己想象成一位非凡的统帅,甚至这都不是想象,而是他深信自己就是统帅——都已经是将军了,怎么能不是统帅呢?在这种自以为是的统帅中,又有多少是上了战场就吃败仗的呢?而在我们的文学家、科学家、演讲家中又有过多少皮罗戈夫呢?我说的是"有过",其实,一直存在……

我们故事里的人物加夫里拉·阿尔达利翁诺维奇·伊沃尔金则属于另一类人,他属于天资聪慧的那类人。尽管他全身上下都散发着急于脱颖而出的欲望,但是这种人,正如我们之前已经指出的那样,要比那些天资愚钝的人更为不幸。这主要是因为,聪明的"普通人"假使偶尔(或许是一生)把自己想象成出类拔萃的天才,但始终会在心里留有一条怀疑自我的蠕虫,它会将聪明人完全带入否定自我的绝望深渊,就算聪明人屈服于命运,可这蚀骨的虚荣也会完全毒害他。不过我们说的是极端个例,绝大多数这种聪明人的下场并不会多么悲惨,最多在他们晚年时,肝脏或多或少会出现一些毛病而已。但是为了满足脱

[①] 果戈理的小说《涅瓦大街》里的人物。

颖而出的欲望，这些人在学会恭顺认命之前，从青年时代到安于天命之年，仍然会折腾很长一段时间。有时可能还会遇到一些奇怪的事情：脱颖而出的欲望能驱使某些诚信之人干出卑劣之事。还有种情况，这些不幸之人中不乏真诚，甚至善良之人，作为家中的顶梁柱，用自己辛苦劳作所得养活全家以及他人，可结果呢？一辈子不得安宁！他厚道地履行自己做人的准则，但丝毫没让自己得到安宁和安慰，恰恰相反，得到的却是心劳意攘。他想："瞧，为此，我一生碌碌无为；为此，我被束缚住手脚；为此，阻碍了我大展宏图的雄心壮志！若非如此，我一定能干出一番事业，不是发明了火药，就是发现了美洲大陆，也许还有什么，也未曾可知！"这类人最大的特点就是，他们的确一生都无法得知自己本应该做出什么样的事业，发明创造了什么：发明火药还是发现美洲大陆？但是，说实在话，他们所遭受的痛苦和对事业的焦灼欲火已经可以与哥伦布或伽利略相媲美了。

加夫里拉·阿尔达利翁诺维奇正是这种人，但他也不过处于人生的初始阶段。他还将经历很长一段时间的折磨。在不断且逐渐地意识到自己的无才的同时，又会不自觉地想证明自己并非平庸之人，这两种思想间的冲突，几乎从青年时代开始就强烈地冲撞他的心灵。他是一个有着嫉妒心和野心的年轻人，敏感的神经似乎与生俱来。他将自己迸发出的欲望，化为凌云壮志。在强烈的欲望驱使下，他偶尔也曾准备做一些冲动之举，但真到冲动的节骨眼时，我们的主人公又总是过于理智地化解了。这让他很是痛苦。为能得到某些想要的东西，他可能决定采取一些极端卑劣的手段行事。然而，像是故意似的，在关键时刻，他又表现出与极端卑劣手段不符的正直（不过对于小小的卑劣手段，他是永远也不会拒绝的）。对于自己家庭的贫穷与没落，他一直持有憎恨和厌恶的态度，甚至对待母亲也是态度轻蔑，哪怕他清楚地明白，母亲的声望和品格是他事业强有力的支柱。替叶潘钦将军做事之后，他立马对自己说："既已卑劣，那就卑劣到底，只要能出人头地就行。"可他却从未卑劣到底。因此他又想到，为什么自己一定要行卑劣之事呢？他那时很怕阿格拉娅，但他并没有放弃和她交往，而是勉强维持，尽管他从不相信她会倾心于他。后来，在与娜斯塔西娅·费利帕大娜的纠缠中，他忽然意识到，钱才是一切的最终目的。"卑劣就卑劣吧"，那时他带着自矜和些许害怕的心态，每天都反复跟自己说这句话；"既已卑劣，那就卑劣到底，"他常常鼓舞自己，"在这种时候懦夫才会胆怯，而我们不会退缩！"他被阿格拉娅踢出局后，又被局势所迫，竟然完全丢了魂，当真把那个疯女人在那时扔给他的钱交给了公爵，当然，给那个疯女人送钱的人也是个疯子。然而，这之后他其实为此万分后悔，尽管他到处吹嘘自己这一行为。公爵还在圣彼得堡的时候，他的的确确为此痛哭三天，但在这三天里，他也因为公爵对他怜悯的态度而开始憎恨公爵，的确，并非所有人都能如他当时那般下决心归还金额如此之大的钱财。他自己也诚实地承认，不断被压制的虚荣心完完全全导致了他的惨剧，当然，自我承认也让他备受折磨。直至过了很久，他才看清楚，并且确信他跟阿格拉娅这样天真古怪的姑娘的事，本是可以朝相反的方向发展的。可如今他十分悔恨，他丢掉了自己的公职，沉浸在苦闷和懊丧之中。他寄居在普季岑家，和父母一样依靠妹夫普季岑供养，但与此同时他公然地蔑视普季岑，尽管对普季岑的意见也听从，并且也总是明智地征询妹夫的意见。例如，加夫里拉·阿尔达利翁诺维奇对普季岑不曾奢求成为罗特希尔德式的人物、也不曾以此为人生目标很是生气。"既然放高利贷，那就应该做到极致，去压榨人们，把他们的钱压榨出来，成为个狠角色，做犹太人的王！"普季岑是谦顺温和之人，每当听到这种话，也只是笑而不语。但有一次，他觉得有必要跟加尼亚严肃认真地解释下，他带着些许敬意向加尼亚自证，他从未做过任何卑劣之事，因此加尼亚不应称他为犹太人。用于放贷的本金供应紧张，与自己并无关系。他做事正派、合规，不过是"这些"事情的代理人，且由于他认真的行事风格，把甚好的声誉留在一些上流人士中，他的事业也进而拓展开来。"我不会成为罗特希尔德，也没有必要成为他，"他微笑着说，"我会在利捷伊纳亚街上有一套属于自己的房子，或许是两套，然后就到此为止。""可谁知道呢，也可能是三套！"他心里这么想着，但从未说出口过，他隐藏着自己的梦想。而命运也总是偏爱这种人，它赏赐给普季岑可不是三套房，而是四套房，正因他从小就知道自己绝不会成为罗特希尔德。但是，命运怎么也不可能给他第五套房子的，普季岑的事业也将止步于此。

而加夫里拉·阿尔达利翁诺维奇的妹妹则完全属于另一种人。她也一样怀着强烈的欲望，但是比起冲动来说，她更为固执。倘若事情发展到最终环节，她仍然十分理智，当然，即使不到最后时刻，她也会一直保持理智。的确，她也是一个期望脱颖于大众的普通人，但是她能很快地认识到，自己身上并没有丝毫特别之处，也并未因此而忧伤——可谁知道呢，也许这只是出于特殊的骄傲。她嫁给普季岑先生，极为果断地迈出了现实人生目标的第一步。但出嫁之时，她可没对自己说过"卑劣就卑劣好了，只要能出人头地就行"这样的话。如果加夫里拉·阿尔达利翁诺维奇在碰到这种情况时，绝对会说这句话（他这个哥哥在赞同妹妹的决定时，差点就当着她的面把这话说出来）。与此相反，瓦尔瓦拉·阿尔达利翁诺夫娜是在充分确信她未来的丈夫是一位谦逊有礼、有教养之人，且无论何时也不会做出非常卑鄙之事后，才嫁给他的。对于那些鸡毛蒜皮的失德小事，瓦尔瓦拉·阿尔达利翁诺夫娜从不曾过问,哪个人没有个小毛病呢?人无完人嘛!况且她知道,她的出嫁可以给自己的父母和兄弟提供一个容身之所。当看到哥哥遭遇不幸时,她打心里想帮他,不论之前在家有过什么样的误解。有时普季岑会催促加尼亚——当然,这是发自善意的催促——催促他尽快求职。"瞧,你这是瞧不上将军,瞧不上将军的军衔,"他偶尔也会开玩笑地对他说,"那你瞧着吧,所有'这些人'终将成为将军的。你活到那时,就会看到的。""可他们凭什么觉得我会瞧不上将军,瞧不上将军的军衔呢?"加尼亚不屑地暗自腹诽。

出于帮助哥哥的目的,瓦尔瓦拉·阿尔达利翁诺夫娜决意拓展自己的社交圈:她凭借孩提时代的共同回忆,成功打入叶潘钦家内部。小时候,她和哥哥曾与叶潘钦家的小姐们一起玩耍过。这里需要指出的是,如果瓦尔瓦拉·阿尔达利翁诺夫娜是带着某种不切实际的幻想去拜访叶潘钦家的小姐们的话,那么她或许很快会否定自己的身份、把自己列入那种人的队伍。但她追寻的并不是那种幻想,她精打细算了一番,从这家人的性格入手。她乐此不疲地研究过阿格拉娅的性格。她给自己布置的任务就是让哥哥与阿格拉娅重归于好。或许,她确实已经成功了一部分;或许,她在有些方面计算失误,譬如,过多地将希望寄托在哥哥身上,期望他能付出他永远也不会给的东西。无论如何,她在叶潘钦家行事巧妙:一连好几周都不曾提起哥哥,她总是表现得真挚而诚恳,言行不卑不亢。她也不怕扪心自问,认为完全没有什么需要自责的。也正是这点给予她继续下去的力量。不过,她发现自己有一点不好,大概就是有不满情绪,自尊心强,甚至有着无法压制的虚荣心,尤其是每次从叶潘钦家离开的时候,这点格外明显。

现在,她就刚好从叶潘钦家回来,正如我们之前所说的那样,她陷入了深深的忧思之中。这种忧思中透露着某种苦涩的嘲讽。普季岑在帕夫洛夫斯克的别墅虽然一般，但十分宽敞。这幢房子坐落的街道扬尘很大，房子很快就会彻底归他所有，因此他也开始准备转售他人。瓦尔瓦拉·阿尔达利翁诺夫娜上楼时，听见楼上传来响亮的吵架声，她很快地分辨出哥哥和爸爸的声音。她一进大厅，便看见被气得脸色苍白的加尼亚，揪扯着自己的头发，不停地在房间里来回踱步。她蹙了蹙眉，一脸疲惫，帽子也顾不上摘就瘫坐在了沙发上。她很清楚，如果她再不开口询问哥哥为何来回踱步，哥哥肯定立马会生气的，于是瓦尔瓦拉赶紧张嘴问道：“还是跟以前一样？”

"什么跟以前一样？"加尼亚叫喊着，"是和以前一样！不，鬼知道现在发生了什么，才不和以前一样！老头子近乎疯了……妈妈在那儿号啕大哭。我的天啊，瓦尔瓦拉，随你便，我要把他从这个家轰出去，或者……或者他不走，我走！"他补了一句，大概是想起，不能从别人家里赶人。

"你要有宽容之心。"瓦尔瓦拉低声说。

"宽容什么？对谁宽容？"加尼亚怒气冲冲地说，"宽容他的无耻行径？不，其他随你便，可这次不行！不行，不行，不行！而且，你瞧他那个样子，明明自己有错，还神气得不行。'我可不走大门，给我把围墙拆了！'……你怎么无精打采的？脸色怎么这么难看？"

"脸色就这样呗。"瓦尔瓦拉不满地回答道。

加尼亚更认真地观察她。

"你去那边了？"他突然问。

"嗯。"

"等一下，他们又吵起来了！真够丢人的，还在这种时候！"

"什么时候？没什么特别的啊。"

加尼亚更加仔细地注视着妹妹。

"你知道什么了？"他问。

"至少没什么意外的事。我打听到，消息是真的。我丈夫比咱俩预估得要更准确，他早就预言过，结果果真如此。他现在在哪儿呢？"

"不在家里。那，是什么结果？"

"公爵已经正式成为阿格拉娅的未婚夫了，尘埃落定。是她的两个姐姐告诉我的。阿格拉娅也是同意的，她们也不再隐瞒了（要知道，在这之前，那边的气氛总是神神秘秘的）。他们延迟了阿杰莱达的婚礼，让两对新人一同举办婚礼，同一天，这是多么浪漫啊！就像一首诗。你还是去作一首结婚的诗送给他们吧，总比你这在屋子里来回转悠强。今晚别洛孔斯卡娅要去他们家，她来得正巧，正好还有其他客人。他们要正式介绍公爵给她认识，虽然他俩已经认识了，他们似乎要当众宣布婚事。他们唯一担心的是，公爵当着客人的面走进客厅时，可别碰翻或者打碎什么东西，或者他自己别扑通一声跌倒就行，这种事情可是在他身上经常发生的。"

加尼亚听得很认真，但让妹妹惊讶的是，这本应该让他大吃一惊的消息，似乎没对他产生什么影响。

"这有什么，这不是显然易见的嘛，"他想了想说，"终于，结束了！"他带着一丝怪异的苦笑说道，他一边狡黠地观察着妹妹的脸色，一边继续在房间里踱步，但明显已经平静很多。

"还好，你还能像哲学家一样接受现实，说真的，我挺高兴的。"瓦尔瓦拉说。

"现在，可算是解脱了，至少对你来说如此。"

"我是真心帮你，也尽力了，既没有夸夸其谈，也没有惹你生厌，甚至我也不曾问过你，你想从阿格拉娅那里得到什么样的幸福。"

"莫非我……在阿格拉娅那里祈求过幸福？"

"得了吧,别打岔,还把问题引到哲学上了!当然如此。事情到此为止,我们也没啥要做的了,不过我们当傻瓜也当够了。我得向你承认,对于这件事,我从没认真上心过,只是抱着'说不定万一成了'的心态做的,才寄希望于她那可笑的性格,也只是为了让你感到愉悦,虽然九成的概率会失败。但我直到现在都不知道你最终想怎样。"

"从现在开始,你准备和你丈夫一起赶我去求职,给我灌输什么锲而不舍指日成功、千里之行始于足下等之类的大道理了吧?我都会背了。"加尼亚哈哈大笑起来。

"他总有些新的想法!"瓦尔瓦拉想。

"那边的情况如何,她父母乐意吗?"加尼亚突然问道。

"好像不大乐意,其实你也能想到,伊凡·费道罗维奇倒是同意的,但她的母亲却忧心忡忡的,众所周知,过去她可没把他当成女婿来看。"

"我倒不是问这个,他们很难想象他会是阿格拉娅的未婚夫,觉得很不可思议也是正常。我想问的是现在的情况,那边现在怎么样,她已经正式同意了?"

"她到现在也没说过一个'不'字,全部的情况就是这样,但也没法从她那得到什么其他的表示,你也知道,她性格害羞腼腆,甚至不可思议:小时候她就常常因为害羞钻进柜子里,在里面一蹲就是两三个小时,只是不想出来见客人,现在个子虽然长了那么老高,可性格还是那样。你知道吗,不知为何,我总觉得,那边会有什么大事发生,甚至还与她相关。我听说,她从早到晚都没完没了地嘲讽公爵,只是为了掩盖自己的感情,但或许她每天都会借机跟他说些悄悄话,因为公爵的气色仿佛在天堂得到沐浴那般容光焕发……据说,他的行为滑稽得不得了。这也是从她们那里打听到的,但我总觉得,她那两个姐姐在当面讥讽我。"

终于，加尼亚的眉头紧蹙，或许，瓦尔瓦拉只是想故意深入这个话题，以便能观察到他真实的想法。但就在此时，楼上又传来了叫喊声。

"我必须把他撵出去！"加尼亚大声吼道，似是很高兴能借机发泄心中的不快。

"那他又会跟昨天一样，到处给我们丢人。"

"怎么回事——什么叫跟昨天一样？昨天怎么了？难道……"加尼亚突然惊慌起来。

"啊，我的天哪，难道你还不知道吗？"瓦尔瓦拉忽然明白。

"怎么……这么说，难不成他昨天真的去那里了？"加尼亚惊讶地大叫，气得满脸通红，"我的天啊，你不是刚从那边回来的吗？你听到了什么？老头子去过那里？去了吗？"

加尼亚立刻冲向门口，瓦尔瓦拉追上去，双手抓住他。

"你要干吗？你去哪儿？"她说，"你现在赶他走，他只会做出更糟糕的事来，会把所有的人找个遍的……"

"他在那边干了什么？说了什么？"

"她们也讲得不清不楚的，只是说把大家吓了一跳，他找过伊凡·费道罗维奇，可他不在家，他便尝试着去见叶莉扎维塔·普罗科菲耶夫娜。起初请她给自己谋个职务，之后就开始抱怨起我们，抱怨了我、我丈夫，尤其还说了你……反正抱怨了一堆。"

"你没搞清楚他到底说了些什么吗？"加尼亚发疯似的颤抖着。

"哪里弄得清！他自己都未必明白自己说的什么，有可能她们并没告诉我全部的情况。"

加尼亚捂着脑袋，跑到窗户那里，瓦尔瓦拉则在另一扇窗户边坐下。

"可笑的阿格拉娅,"她突然说道,"她叫住我说:'请代为向您的父母转达我个人的敬意,近日,我一定找机会拜访您的父亲。'她说得很认真。这非常奇怪……"

"不是嘲笑?讽刺?"

"正因为不是,才觉得奇怪啊。"

"你说,她知不知道老头子的事?"

"我深信,她们家的人还不知道,但是,你提醒了我一点:阿格拉娅有可能知道,不过就她一人知道,因为当她那么认真地让我代为转达对父亲的问候时,她的两个姐姐十分惊讶,说有什么理由她要向他致敬呢?如果她知道的话,那就是公爵告诉她的。"

"要知道是谁告诉她的,一点也不费劲!家里居然有贼!这还不够。贼,就在我们家,咱们的'一家之主'!"

"得了吧,胡说八道!"瓦尔瓦拉终于生气了,她喊道,"那只是喝多了而已,没有别的。究竟是谁捏造的这种话?列别杰夫,公爵……他们自己倒是正派,聪明机灵。在这点上,我压根就不信。"

"老头子就是个小偷,还是个酒鬼,"加尼亚继续暴躁地抱怨道,"我一贫如洗,妹夫是个放高利贷的——这可真遭阿格拉娅嫉妒啊!有啥好说的,太棒了!"

"这个放高利贷的妹夫可是在……"

"在供养我,是吗?请别客气,直接说出来。"

"你又发什么鬼脾气?"瓦尔瓦拉突然发觉自己言重了,"你跟个学生一样,可真不懂事。你真以为,这些就能破坏你在阿格拉娅心中的形象了?你又不是不知道她的性格,她是那种能丢下名流之家的金龟婿,能心甘情愿地跟着某个穷学生上街挨饿的人,这才是她真实的想法！你永远也不懂，如果你能不卑不亢地跟她聊起我们家里的困窘情况，那么你在她的眼里就会变得有趣起来！公爵钓上她的办法就是，第一，他压根不钓她这条鱼；第二，在大家面前装白痴。她已经为了公爵，把家里闹得鸡飞狗跳了——这偏偏就迎合了她当下的爱情观。哎，您怎么什么都不明白呢！"

"算了吧，我们谁不明白，还得走着瞧呢，"加尼亚似乎话里夹话地低声说道，"只不过我仍然不希望她知道老头子的事。我以为公爵会保守秘密，不会乱说的，我以为他也会制止列别杰夫到处乱说。毕竟当时我缠着他告诉我的时候，他并不想告诉我……"

"你应该也看到了，就算他不说，其他的人也知道了。现在还有什么意义呢？还奢望什么？如果尚存一丝希望的话，那么只会让你在她的眼中多添一副受难的模样而已。"

"算了吧，尽管阿格拉娅天性浪漫，但这种丑事也会让她胆怯的。万事皆有底限，世人皆有底限，所有人都是这样的。"

"阿格拉娅会胆怯？"瓦尔瓦拉轻蔑地看了一眼她哥哥，怒气冲冲地说，"卑贱的仅仅是你的灵魂！你们这种人都是没出息的，纵使她的性格可笑又古怪，可比起我们所有人，她的灵魂高尚千倍都不止。"

"不说了，不说了，别生气了。"加尼亚低声说道，从语气可以得知他已经得到安慰。

"我只是可怜母亲，"瓦尔瓦拉继续说道，"我担心父亲的事情传到她耳朵里。哎，好担心啊！"

"我猜她已经有所耳闻了。"加尼亚指出。

瓦尔瓦拉本来已经起身，准备上楼到妮娜·亚历山德罗夫娜那儿去，但突然停了下来，认真地看了一眼兄长。

"谁会跟她说呢？"

"应该是伊波利特。我想,他一搬来我们这里,就把给母亲打小报告作为了首要乐事。"

"请告诉我,他又是怎么知道的呢?公爵和列别杰夫肯定不会跟任何人说的,甚至连科利亚都不知道。"

"伊波利特?他自己打听到的呗。你根本无法相信,这家伙狡猾和搬弄是非的功力,他的鼻子还格外灵敏,能嗅出一切丑闻、一切私密的事情。哼,随你信不信,但我相信,他已经把阿格拉娅握在手心里了,即使还没完全把控住,也总会把控住的。罗戈任跟他也有联系,可这点公爵怎么就没注意到呢!而且他现在特别想暗算我!他视我为死敌,这点我早就知道了,他究竟要干什么,已经是一个将死之人了,我是真的不明白啊!我打算继续哄骗他;你看着吧,不是他暗算我,而是我算计他。"

"既然你这么恨他,为什么又要邀请他过来住呢?他值得你费心思算计吗?"

"是你提议他搬过来的。"

"我本以为他会对我们有用,但你知道吗,他现在爱上了阿格拉娅,还给她写信。她们仔细地向我打探过……说不定他还给叶莉扎维塔·普罗科菲耶夫娜写信了。"

"从这个层面来说,他并不危险!"加尼亚笑得很邪恶,"不过,的确有什么地方不对劲。说他爱上了阿格拉娅,这也是可能的,毕竟他是个臭小子!但是……他是不可能给老太婆写匿名信的。虽然他是一个凶狠、微不足道却又自满的平庸之人!……我敢肯定,从一开始,他就在阿格拉娅面前将我们形容成阴谋家。我得承认,我最初还像个傻瓜似的对他表露了我的心声,我还以为,关于想报复公爵的心理,大家的目标应该是一致的,但没想到他是这么一个狡猾的东西!哎,我现在已经完全看透他了。关于这桩偷窃事件,是他从自己母亲那儿,也就是大尉遗孀那儿听来的。老头就是为了大尉遗孀才干这件事的。伊波利特突然莫名其妙地跟我说了一句,将军许诺给他母亲四百卢布——就是如此没头没尾地,也没什么礼貌地告诉我。我一下子就都明白了,他一副得意的样子,看着我的眼睛。他应该也跟他妈妈说了这件事,不过是为了撕碎她的心,并以此满足私欲。你倒是说说,他怎么还不死?他本是再过三个星期就会死的人,反倒来了这里还被养胖了!现在他也不咳嗽了,这是昨晚他亲口对我说的,他已经两天没咯血了。"

"那就赶他走。"

"我倒不是恨他,只是鄙视他,"加尼亚傲娇地说道,"好吧,就是,就是我恨他,就当是吧!"他突然暴怒,并相当愤恨地喊了起来,"我要去当面跟他说,哪怕他现在正躺在病床上即将死去,我也要说!要是你读过他的声明——我的天哪——你就会知道他是多么厚颜无耻了!他就是那个皮罗戈夫中尉,就是悲剧故事里的那个诺兹德廖夫①,但最主要的是,他还是臭小子!我当时就想狠狠揍他一顿,让他吃惊一下。他就是因为当时阴谋没得逞,所以现在才这样报复所有人……怎么回事?楼上怎么又闹起来了!这究竟是怎么回事?我忍不了了。普季岑!"他冲着刚进房间的普季岑喊道,"这是要干什么,事情还要闹到什么地步?这……这……"

吵闹声却越来越近,突然门被打开了,只见伊沃尔金那个老头气得面色发青、瑟瑟发抖,疯子一般地斥责起普季岑。妮娜·亚历山德罗夫娜、科利亚则紧随其后,最后进来的是伊波利特。

---

① 果戈理的小说《死魂灵》中的一个年轻地主。

第二章

　　伊波利特搬进普季岑家已经五天了。这一切发生得非常自然,他没和公爵多说一句话,也没有发生争执,不仅如此,表面看来,他们分别时甚至如同朋友一般。加夫里拉·阿尔达利翁诺维奇那天晚上还十分仇视伊波利特,不想事发后的第三天,却亲自跑来看他,大概是由突然产生的某种念头驱使而来的吧。不知为何,罗戈任也常来看望病人。最初公爵认为,伊波利特从他那儿搬走,或许对这个"可怜的男孩"来说是更好的选择。但在搬走时,伊波利特却说,他要搬到那个"善良好心,能给他一个小角落"的普季岑那儿住,仿佛故意似的,只字未提加尼亚,尽管正是加尼亚坚持要接他到家里去的。加尼亚当时已经注意到这点,心胸狭窄的他将此记在了心里。

　　他对妹妹说,病人大体康复的确不假,跟以前相比,伊波利特看上去好了很多,只消看他一眼就能感觉到。他不慌不忙地跟在大家后面,走进房间,脸上带着嘲讽及不怀好意的笑容。妮娜·亚历山德罗夫娜进来时显得惊慌失措(这半年,她的变化很大,人消瘦了很多,把女儿嫁到这儿并一起搬来住以后,她也几乎不再干预孩子们的事了)。科利亚则显得忧心忡忡,甚至有些茫然,用他自己的话来说,很难理解"将军的发疯",当然,这也是因为他并不知道家里这场闹剧是什么根由所致。但他知道父亲这次闹得很凶,时时刻刻在闹,一下子完全变了一个人似的。让他不安的是,老头子这三天竟然都没喝过酒。

他知道,父亲跟列别杰夫和公爵吵了一架,甚至还跟他们闹掰了。科利亚拿着刚用自己的钱买来的半俄升伏特加酒回到家。

"讲真的,妈妈,"科利亚还在楼上的时候,就在劝妮娜·亚历山德罗夫娜,"说实在的,最好还是让他喝点吧。已经三天了,他一口没喝,他因此才苦闷烦躁的。真的,还是让他喝点吧,他因债务入狱的时候我还经常给他送酒呢……"

将军把门打开,站在门槛处,像是被气得,全身发抖。

"先生!"他用响亮的声音对普季岑说,"如果您真的决定为了一个无神论的毛头小子辜负您的父亲,或至少可以说我是您妻子的父亲,这个为国尽忠的人,那么从此刻起,我再不会踏进您家的大门。请您作出选择,先生,请立马给出答案吧:要么选我,要么选这个……螺丝钉!对,就是螺丝钉!虽然我随口一说,但显然他就是颗螺丝钉!因为他像颗螺丝钉钻进我心里,没有丝毫尊重我的意思……就像颗螺丝钉!"

"不应该是螺旋拔塞器吗?"伊波利特插嘴道。

"不,不是螺旋拔塞器,因为站在你面前的这位将军,也就是我,不是个瓶子,我是个有勋章、有功勋的人……而你啥都没有。要么选我,要么选他!抉择吧,先生,马上决定,立刻、马上!"他又发疯似的冲着普季岑喊道,这时科利亚给他搬了把椅子来,他几乎瘫软地跌入椅子。

"说实在的,您最好……去睡一觉。"被弄得脑仁疼的普季岑喃喃低语道。

"他还敢威胁别人!"加尼亚低声对妹妹说。

"睡什么觉?"将军叫喊着,"我又不是喝醉了,先生,您这是在侮辱我。我看出来了,"于是他又站了起来,继续说道,"我看出来了,这里的所有人都排斥我,这里的一切都跟我过不去,好!我走……但您要知道,先生,要知道……"

大家没再让他继续说下去,而是再次让他坐好,劝他冷静些。加尼亚生气地走到角落。妮娜·亚历山德罗夫娜则颤抖地哭泣着。

"我对他做什么了吗?他在这抱怨什么?"伊波利特龇牙咧嘴地喊道。

"难道您没做什么吗?"突然妮娜·亚历山德罗夫娜开腔说道,"您折磨一个老人,您自己应该感到格外羞耻……毫无人性……更何况还是您这种地位的人。"

"首先,我是什么地位的人?夫人!我尊敬您,尊敬您一人,但是……"

"这就是颗螺丝钉!"将军喊道,"他正朝我的灵魂打钻,朝我的心打钻!还想让我信什么无神论!你知道嘛,毛头小子,你还没出生的时候,我就已经满载荣誉了,而你只是条好嫉妒的蛆虫而已,并且被咳嗽崩成了两半……因为邪恶、没信仰,你就快要死了……加夫里拉为什么要让你搬到这儿来?大家都在跟我作对,无论是外人还是亲儿子!"

"够了,还演起悲剧了!"加尼亚呵斥道,"别到处给我们丢脸了,差不多行了啊!"

"什么,我还给你丢脸了?你这个臭小子!丢你的脸?我只会给你脸上添金,才不会损害你的名誉!"

将军气得一下子跳了起来,他忍无可忍了;与此同时,加夫里拉·阿尔达利翁诺维奇看起来也要爆发了。

"你有什么脸跟我提荣誉!"他气愤地反驳。

"你说什么?"将军吼了起来,脸色苍白地朝加尼亚跨了一步。

"我说什么,我只要一说出来,就……"加尼亚大吼起来,然后突然欲言又止。两个人就这么面对面地站着,都已失去了理智,尤其是加尼亚。

"加尼亚,你要干什么?"妮娜·亚历山德罗夫娜一边扑过来制止儿子,一边大喊道。

"都在无理取闹!"瓦尔瓦拉气愤地打断,"够了,妈妈。"她抓住自己的母亲。

"要不是因为妈妈,我决不轻饶你。"加尼亚愤懑地说。

"你倒是说呀!"将军完全失控地吼着,"你倒是说呀,你可别怕来自父亲的诅咒……你说呀!"

"哼,我才不会怕您诅咒我呢!您这八天以来简直像个疯子,这是谁的错?今天已经是第八天了,您瞧,我可是天天数着呢……您可得留心,别把我惹毛了,否则我都给你抖出来……昨天您为什么要去叶潘钦府上?还自称头发灰白的老人家,您可真是咱家的当家主人啊!好样的!"

"闭嘴吧,加尼卡!"科利亚喊了起来,"快闭嘴,你这个笨蛋!"

"我怎么了,我是哪里招惹他了吗?"伊波利特继续揪住之前的话题,似乎仍然是用那种嘲讽的语气,"他为什么把我比作螺丝钉,你们都听到了吧?是他自己来找我的,刚还跟我提起那个叶罗彼戈夫大尉。我根本不愿意与您同住,将军,以前我就一直在回避您,这点您也知道吧。叶罗彼戈夫大尉跟我又有什么关系?我又不是因为叶罗彼戈夫大尉才搬过来的。我只是跟他发表了下我的意见,我说,这位叶罗彼戈夫大尉可能根本就不存在。他就把这儿闹了个底朝天。"

"还用问吗,当然压根就不存在!"加尼亚断言道。

这可让将军震惊到呆愣在那儿,茫然地环顾四周。儿子过分坦率的话让他很是震惊。一瞬间他竟说不出话来。最后还是伊波利特打破沉默,他一边大笑,一边就加尼亚的话回应道:"瞧见了吧,您听见了吧,您自己的儿子也这么说,压根就没有叶罗彼戈夫大尉这个人。"此时,这个茫然失措的老头才支支吾吾地回复道:"是卡皮东·叶罗彼戈夫,而不是卡皮丹……是卡皮东……他是个退役的中校,叫叶罗彼戈夫……卡皮东。"

"也压根没有卡皮东这个人!"加尼亚彻底怒了。

"为……为什么没有?"将军喃喃低语,面红耳赤。

"够了,到此为止!"普季岑和瓦尔瓦拉出声制止。

"闭嘴吧,加尼亚!"科利亚又喊了一声。

但这些袒护他的声音似乎又让将军回过神来。

"怎么没有?为什么没有?"他咄咄逼人地质问着儿子。

"就是没有,没有就是没有,而且压根不可能有!这就是给您的答复。我跟您说,别再烦我,够了。"

"这就是我的儿子啊……这就是我亲生儿子,我把他……哦,天哪!他竟然说叶罗彼戈夫根本不存在,压根没有叶罗什卡·卡皮托什卡这号人!"

"瞧瞧,一会儿一个叶罗什卡,一会儿一个卡皮托什卡的!"伊波利特插嘴说道。

"是卡皮托什卡,先生,是卡皮托什卡,不是叶罗什卡!卡皮丹·阿列克谢那维奇,哦不,是卡皮东来着……退役的……中校……娶了玛里娅为妻……玛里娅·波得罗夫娜·苏……苏……苏图戈娃……在他还是士官的时候,就跟我是朋友、是战友了。我为他流过血……我为他挡过子弹……他被打死了。没有卡皮托什卡·叶罗彼戈夫这个人了!不存在了!"

将军激动地大喊着,但可想而知,他所喊的跟要说的事完全是两回事。的确,要是平常,就算有比"压根没有卡皮东·叶罗彼戈夫这号人"更令人生气的事,他也会忍住不说。平常他无非是乱嚷一通,闹上一闹,发顿脾气,最后还是会乖乖上楼回自己房间睡觉;可现在,由于人心难测,造成了相反的结果,仅是怀疑叶罗彼戈夫是否存在这种事就让这个老头气到了无法容忍的地步。他越想越气,满脸通红,然后举起双手,大喊道:"够了!我要诅咒你们……我要马上离开这个房子!尼古拉,把我的行李拿来,我……现在就离开!"

他怒气冲冲地出门了。妮娜·亚历山德罗夫娜、科利亚和普季岑则紧随其后。

"瞧你这又惹出了什么事!"瓦尔瓦拉对哥哥说,"他大概又要去那里了。太丢人了,实在太丢人了!"

"可他本来就不能偷东西!"加尼亚气得喘着粗气,显然他已经被气到喘不上气来。突然,他与伊波利特的目光相遇,加尼亚差点又被气得发抖,"至于您,先生,"他大吼道,"您要记住,您可是在别人的家里……受到别人款待,就不要去招惹那个明显已经发疯的老头子……"

伊波利特似乎也抖了抖,但瞬间又抑制住自己。

"我并不能完全同意您说你父亲疯了的观点,"他平静地说着,"我认为,恰恰相反,最近他的神智相当清楚,说真的,您不信吗?他变得谨小慎微,事事打探,而且细细斟酌每句话……他跟我说起这个卡皮托什卡是有目的的,您想想,他是想引我向……"

"哎,他想把您引向哪儿跟我有什么关系?请你别再耍心眼了,别跟我拐弯抹角的,先生!"加尼亚大吼道,"您不是不知道老头变成这样的真正原因(您在我这儿当了五天的间谍,想必您自己心里清楚),

那您就完全不应该招惹他……招惹这个不幸的人,也不应该夸大事实使我的母亲备受折磨,毕竟这一切都是胡说八道的,不过是酒后的胡言乱语,无凭无据的,我都没把它当回事……您却跑来当间谍,以此伤害别人,因为您是……您……"

"螺丝钉。"伊波利特苦笑着说。

"因为您就是个孬种,您用没装子弹的手枪上演一出自杀戏,把大家折腾了半个小时,只是想吓唬吓唬大家,您这个没有观众、让人瞧不起的自杀者,还气急败坏……恶语相对。我热情地接待您,您倒是发福了,也不咳嗽了,可您就是这样报答我的……"

"请允许我说两句,我是住在瓦尔瓦拉·阿尔达利翁诺夫娜这儿,并不是您那儿,您并没有招待我,我甚至要说,您自己也承蒙普季岑先生的招待。四天前,我请求母亲在帕夫洛夫斯克为我找一处住所,并邀请她搬来同住,因为我确实感到在这儿待得身体好了很多,虽然我压根没长胖,依旧在咳嗽。昨晚,母亲跟我说,住所已经找好,所以我今天急忙过来跟您、您母亲和妹妹表达感谢之意后,我就会搬到自己的住所去,这在昨晚就已经决定好了。不好意思,我总是打断您,您似乎有话没说完。"

"哦,要是这样……"加尼亚抖了抖。

"要是这样的话,请允许我坐下,"伊波利特一边坐在将军刚坐过的椅子上,一边平静地说,"我毕竟是个病人,好了,我现在仔细聆听,再说这也是我们的最后一次谈话,或许会是最后一面。"

加尼亚突然觉得有些内疚。

"请您相信,我哪里会卑鄙到跟您计较,"他说,"如果您……"

"您就算傲慢也没用,"伊波利特再次打断道,"我从搬来的第一天就对自己说,等我跟你们告别的时候,一定会给自己一个机会一吐为快，把心里所有的话都坦白地、畅快地说出来。现在，时候到了，当然我会在您说完之后再说。"

"我请您离开这个房子。"

"您最好还是说出来，不然您迟早后悔。"

"好吧，伊波利特，简直太丢人了，求您，求您别说了！"瓦尔瓦拉说。

"好吧，看在女士的面子上，"伊波利特站起来笑道，"瓦尔瓦拉·阿尔达利翁诺夫娜，看在您的面子上，我把我要说的话精简一些，但仅仅是精简一些，因为我和您哥哥之间的某些事情不能不说，倘若不说清楚的话，我肯定是不会离开的。"

"您就是一个喜好搬弄是非的人，"加尼亚喊道，"因此，不造谣滋事您是不会离开的。"

"瞧您，"伊波利特冷冷地说道，"您已经忍不住要说了，说真的，您不说的话，可别后悔。我再给您一次机会，等您说完我再说。"

加夫里拉·阿尔达利翁诺维奇并不说话，只是用轻蔑的眼神打量着他。

"您还是不想说，打算死扛到底——那随您的便。我这边尽量长话短说。今天已经多次听到我受到款待的说法和相关指责，这很不公正啊。首先，是您邀请我来您这儿的，是您想拉拢我的。您寻思我想报复公爵，同时您还听到阿格拉娅·伊万诺夫娜对我有怜悯之情，以及她还读了我的'声明'。不知是什么让您觉得我会站在您的角度出发，契合您的利益，您甚至还期望能从我身上得到您想要的帮助。我不再一一赘述了！您不需要承认或证明什么，一切皆由您自己的良心评断，现在我们彼此已经了解得够透彻的了，已经够了。"

"天哪，可您为何要拿这种芝麻绿豆的小事来做文章！"瓦尔瓦拉惊讶地说。

"我刚才跟你说了,这就是个'搬弄是非的臭小子'。"加尼亚插话说道。

"瓦尔瓦拉·阿尔达利翁诺夫娜,请您允许我说完。当然,我对公爵,既不爱也不尊敬,但是对这个格外善良的人,尽管他也……挺可笑的,我没有什么理由去恨他。而您的哥哥怂恿我与公爵作对时,我并没有表露心声,我就是打算在事情结束的时候狠狠地嘲笑他一番。我知道,您哥哥总会对我道出缘由的,而且算计也终将落空。果不其然……我现在准备原谅他,只是出于我尊敬您,瓦尔瓦拉·阿尔达利翁诺夫娜。但是,我要跟您说清楚,我不是那么容易上钩的,我也要跟您讲清楚,为什么我会如此愚弄您的哥哥。坦白地说,我是出于憎恶。在我临死之际(我终究快死了,尽管如你们所说,我虽然发福了些),如果我能作弄下这种人,哪怕只是其中的一个代表也好,那样的话,我觉得我就能安详地去天堂了,因为这种人折磨了我一辈子,也让我痛恨了一辈子,恰恰您这个令您尊敬的哥哥就是这种人中的典型。加夫里拉·阿尔达利翁诺维奇,我恨您只有一个原因——或许您会惊讶——那就是因为您是那种无耻、自负、卑鄙又下流的平庸之人的典型和极致,您总是傲慢、自信,自以为沉稳得如同奥林匹亚山上的神祇,您其实是平庸之人中的庸者!无论您的脑袋里还是灵魂深处,都没有一点点自己独立的思想。可这样的您,却心存尽的嫉妒,您坚信,自己才是那个最伟大的天才,虽然偶尔心情跌入低谷时,您会对此产生怀疑,也因此,您的嫉妒心开始作祟。哦,您的前程之路有了污点,但等您彻底沦为蠢材之时,它们才会消失,当然这一天也不远了,虽然在您面前还有一条漫长而复杂的道路要走,这不会是什么愉快的旅途,但我为此感到高兴。首先,我在此预言,您永远也得不到那位小姐……"

"天哪，忍无可忍！"瓦尔瓦拉大喊起来，"令人厌恶的家伙，您说完了吗？"

加尼亚脸色煞白，一言不发地颤抖着。伊波利特停了下来，带着一种满足感专注地看了他一会儿，转而将目光移到瓦尔瓦拉身上，然后冷笑下，鞠了个躬，走了出去，再也没说一句话。

加夫里拉·阿尔达利翁诺维奇总有理由抱怨自己的命运坎坷，当他迈着大步从自己的妹妹身边走过时，后者压根不想跟他说话，甚至连看都不想看他一眼。最后，他走到窗前背对着她时，瓦尔瓦拉想到了一条民间谚语："世事难料。"与此同时，楼上又传来了吵闹声。

"你干什么去？"当加尼亚听见瓦尔瓦拉从座位上起身的声音，突然转过身来问，"等等，先看看这个。"

他走近她，将一张折成便条纸大小的纸条扔在她面前的椅子上。

"天哪！"瓦尔瓦拉拍手惊呼。

字条上只有几行字：

> 加夫里拉·阿尔达利翁诺维奇！我坚信，您对我有着不错的好感，我有件重要的事情想要征求您的意见。我希望明早七点整能在绿色长椅那儿见到您，就是离我们别墅不远的地方。一定要让瓦尔瓦拉·阿尔达利翁诺夫娜陪您来，她对这个地方很熟悉。
>
> 阿·叶

"她真行，她的心思可真让人猜不透！"瓦尔瓦拉·阿尔达利翁诺夫娜惊讶地摊开双手说道。

此刻，无论加尼亚多想端着架子，他都无法抑制住脸上流露出的得意神色，更何况还是在伊波利特说完那句瞧不起人的预言之后。自满的微笑赫然出现在他的脸上，而瓦尔瓦拉也因此高兴得容光焕发。

"还有，这偏偏就是她家正式宣布订婚的日子！她的心思可太难以让人猜透了！"

"你觉得她明天打算跟我谈什么？"加尼亚问道。

"这个不重要，重要的是，这是这六个月以来，她第一次表示要见你。你得听我说，加尼亚，无论在那儿发生了什么，无论事情如何发展，你都要记住，这个约会十分重要！非常重要！别又故作姿态、摆臭架子，别又张扬错过了，但你也别胆怯，总之，切记！我为什么这半年来总是往她们那儿跑，她能不知道吗？你想想：她今天一句话都没跟我说，表面完全不露声色。我可是偷偷去她们那儿的，老太婆都不知道我去了，否则，应该会把我赶出来的。我这可是为你去冒险的，无论如何要打听一下……"

这时楼上又传来了吵闹喊叫的声音。有几个人正在往楼下走。

"现在无论如何也不能把这个事情捅出去！"瓦尔瓦拉惊慌失措地说，"不能让一丁点的家丑外扬出去！去吧，去求他原谅！"

但是作为一家之主的将军已经站在街上了。科利亚提着行李跟在其后。而妮娜·亚历山德罗夫娜此时正站在台阶上哭，她本想跑去追他，但被普季岑阻止了。

"您这样，只会火上浇油。"普季岑对她说，"他没处可去的，半小时后，他们就会把他送回来，我已经跟科利亚说过了，就让他任性一会儿。"

"您瞎闹什么，要去哪儿？"加尼亚从窗口朝外喊道，"您哪儿还有地方可去！"

"回来吧,爸爸!"瓦尔瓦拉大喊道,"这让邻居们都听见了。"

将军停下来,转身伸出一只手,大声喊道:"我诅咒这里!"

"他非得装模作样地演戏!"加尼亚砰的一声关上窗户,嘟囔了一句。

邻居们的确听到了。瓦尔瓦拉急忙从房间里跑出去。

瓦尔瓦拉出去后,加尼亚拿起桌上的纸条,亲了下,然后嘴里发出了一声响舌音,并跳起做了个双脚相拍的动作。

第三章

将军的闹剧,如果换在其他任何时候,总会无疾而终。以前,他也曾有抽风般的胡闹,虽然次数很少,因为总体而言,将军还是一个温顺善良的人。他大概也已经向自己近几年来染上的不良习惯做过数百次抵抗了。他经常会因为突然想到自己是"一家之主",而找妻子和解,并态度真诚地哭泣悔改。他十分尊敬妮娜·亚历山德罗夫娜,甚至到了崇拜的地步,因为她不知道默默原谅他多少次了,甚至在他被人嘲弄、尊严有损的时候,依旧爱他。但是将军对不良习惯的抵抗总是持续不了多久,而且,将军也是个"躁动"之人,当然他的风格独具一格。通常他对在家反省的生活感到百无聊赖而且无法忍受时,便会起来造反,间歇性地陷入狂躁之中,其实,与此同时他也会责备自己,但总是无法控制自己——和家人吵架,夸夸其谈,爱说大话,要求别人对自己要保持过度的、无法想象的恭敬,最后会离家出走,有时甚至会消失很长一段时间。这两年来,他只是象征性地听听家里的事务,了解概况,但不会去参与什么,在家庭责任感上,他已经毫无兴趣甚至麻木了。

但是这一次,"将军的闹剧"表现出了不同寻常之处,似乎大家都知道是什么事,却又都很害怕说出来。将军"正式"回到家里,也就是回到妮娜·亚历山德罗夫娜这儿,不过是三天前的事,但并不像过去那样带着温顺和悔意回家,而是恰恰相反,这次他带着不同以往的怒意。他的话很多，样子诚惶诚恐的，见到所有人说话都带着火药味，仿佛责备人一般，但说的都是些乱七八糟、出人意料之事，搞不清究竟是什么让他的内心如此不安。他偶尔会心情愉悦，但通常都是一副若有所思的样子，不过他也不知道自己究竟在想什么，他会突然开始讲点什么——讲到叶潘钦家、公爵、列别杰夫——然后又突然停下来，沉默不语，即使追问后续，他也只是傻笑不答，事实上，他自己都没意识到，别人问他问题时他一直傻笑。而他前一晚唉声叹气，将整夜给他热敷的妮娜·亚历山德罗夫娜折磨得够呛，临近天亮的时候，他又突然睡着了，睡了四个小时后，醒来却疑心病发作，大闹一场——最后则以跟伊波利特的口角和说完"诅咒这里"后出走而告终。大家也发现了，在这三天里他的自尊心格外地强，强到异常敏感的地步。科利亚劝说着母亲，坚持认为，导致这一切发生的原因是父亲发作的酒瘾，也可能是因为想列别杰夫，因为最近这段时间，他与列别杰夫的关系异常密切，但是三天前他突然与列别杰夫吵架了，并且异常愤怒地绝交了，甚至还跟公爵吵架了。科利亚请求公爵给他解释，可后来，他怀疑公爵似乎有什么事情不想告诉他。如果真像加尼亚笃定的那样，伊波利特和妮娜·亚历山德罗夫娜之间进行了某种不同以往的谈话，那么，令人奇怪的是，被加尼亚称为"搬弄是非的臭小子"的这位先生，为何没有用同样的方式对待科利亚，以此嘲讽和借机取乐。所以，伊波利特可能并不像加尼亚对瓦尔瓦拉说的那般恶毒，而是一种邪恶，再说，他告诉妮娜·亚历山德罗夫娜他自己观察得出的某种结论，并非单纯为了撕碎她的心。我们需要切记，人类行为的原因往往比我们事后分析所得的要复杂多样，并且通常很难能描述清楚，因此，有时候说故事的人最好还是简单直接地阐述事情。下面我们也这样去解释将军身上所发生的灾难，因为无论我们怎么爱惜笔墨，都没法绕开本故事的次要人物，没法不去投入更多的精力和篇幅给他。

这个事件的先后顺序是这样的——

列别杰夫去圣彼得堡找费尔迪先科后，当天就和将军一起返回，但他并没有告诉公爵一些特殊的情况。如果当时公爵不是因为其他一些对他来说很重要的事情分散了注意力的话，那他一定很快就能发现，自他们回来后的两天里，列别杰夫不知为何不但没有向他反馈相关情况，反而对他避而不见。不过最终，公爵还是注意到了这个情况，但让他奇怪的是，这两天里，只要偶尔遇到列别杰夫，他都是兴高采烈地和将军待在一起。两人好到无时无刻不在一起的地步。公爵有时会听到楼上传来高谈阔论的声音，其中还不时夹杂着愉快的笑声以及喋喋不休的争论声。记得有一次深夜里突然传来一阵出人意料的歌声，一会儿军歌嘹亮，一会儿歌颂酒神，公爵很容易便能分辨出这沙哑的男低音来自将军。不过，歌还没唱完就突然中止，接着又恢复喧闹，持续了大概一个小时。种种迹象表明这不过是酒后的胡言乱语。可以想象，楼上的两个朋友先是畅饮拥抱，随后哭了起来，之后又突然激烈地争吵起来，但随即又沉寂下来。在这段日子里，科利亚惶惶不安、情绪焦躁。而公爵基本不在家待，有时回来还很晚，每每听人提及，科利亚找了他一整天，打听他的去向。可真当两人见面时，科利亚却没说什么特别要说的，只是"极度不满"将军和列别杰夫两人的行为，抱怨他们"天天一起厮混，在离家不远的小酒馆里酗酒闹事，当街拥抱，互相挑事谩骂，却又腻在一起"。可当公爵告诉他，他们以前每天也几乎天天如此的时候，科利亚简直不知该怎么解释，包括他内心究竟为何不安。

在歌唱酒神之后的第二天上午，将近十一点，公爵正要出门之时，将军突然站在他面前，不知因为何事而显得局促不安，似乎可以说是受到了很大的刺激。

"我尊敬的列夫·尼古拉耶维奇,我想找机会见您已经很久,很久很久了,"他紧紧地握住公爵的手,紧到让公爵感到疼的地步,并喃喃低语,"非常非常久了。"

公爵请他坐了下来。

"不,不坐了,更何况我正耽误您出门呢,我……下次吧,不过,我似乎可以借此机会,祝贺您……达成……心愿。"

"什么心愿?"

正如其他处于相同境况的人一样,公爵有些尴尬。他原以为,此种情况下,无论谁都应该看不出、猜不到,甚至不理解。

"别担心,请别担心!我不会碰触到您那纤柔的情感的。我自己也有过同样的体会,我是有分寸感的,用谚语来说……好像是这么说的……旁人的……鼻子……不要伸到人家不让伸的地方。每天早上我都会有同样的感觉。我来是为了另一件事,一件很重要的事。公爵。"

公爵再次请他坐下,自己也同样坐了下来。

"那我就坐一小会儿……我是来请您给出个主意的。我现在日子过得漫无目的,但我尊重自己、尊重……俄国人所轻视的……务实精神……我希望能让自己、让我的妻子以及我的孩子能过上有地位的生活……也就是说,公爵,我是来请教您的。"

公爵啧啧称赞了他的这种想法。

"算了,不扯这些了,"将军快速转移了话题,"我真正想谈的并不是这个,而是另外一件重要的事情。正因为您,列夫·尼古拉耶维奇,是一个待人真诚且品德高尚的人,我对此深信不疑,正因如此,我决定向您表明心迹,当然还因为……因为……我的话没有吓到您吧,公爵?"

公爵的心里虽然没因为他的话起了波澜,但也不自觉地特别留意并好奇地看着这位客人。老头的脸色有些苍白,嘴唇时而微微颤抖,双手无处安放。他不过坐了几分钟而已,却不知为何已从椅子上起身两次,随即又猛地坐下,可见他一点也不注意自己的言行举止。桌子上放着一沓书,他一边拿起一本书,一边继续说着,朝随意翻开的书页瞥了一眼后又立马合上书,放回桌上,随即又抓起另一本,这本书他不再翻开了,而是在剩下的时间里,一直把书拿在右手里不停挥动着。

"好了!"他突然大喊道,"看得出,我已经严重打扰到您了。"

"丝毫没有,请别这么想,请您说吧,我正在用心聆听,并想早点明白……"

"公爵!我希望自己能有个令人尊敬的地位……我希望我自己以及……我的权利得到尊重。"

"如果一个人能有这样的愿望,那么仅凭这点就已经完全值得尊敬了。"

公爵坚信这种陈词滥调的话会让人非常受用。他似乎本能地猜到,类似刚才所说的这种空泛但听起来悦耳的句子,能瞬间征服像将军这种处于当前状态下的人,使其内心平静下来。无论如何,应该让这样的客人先放下心理包袱,这也是这句话的意义所在。

这句话的确说到了将军的心坎里,让他倍感欣慰,也让他感动起来,以至于他的语气瞬间变了,大篇幅地开始热情解释起来。但无论公爵多么努力地集中注意力、无论他多么用心地去听,他也听不懂将军究竟要表达什么。将军说了大概十分钟,说得热血沸腾,语速又快,仿佛生怕来不及说完这些堵在他胸口的千头万绪,末了,他的眼里还闪烁起晶莹的泪光,但说的都是些没头没尾的话,让人意外又思维跳跃——这些就这样不断而迅速地涌来。

"好了！您能理解我，我就放心了。"他突然煞尾，并起身说道，"您的心灵不可能听不懂痛苦之人的心声。公爵，您品德高尚，堪称完美！其他人在您面前算得了什么呢？但您毕竟年轻，我祝福您。最后，我还想请您抽空能再约我进行一次重要的谈话。这是我重要的诉求。我寻求的仅仅是友谊和心灵上的契合而已，公爵，而我始终无法拒绝来自我内心的要求。"

"那为什么现在不可以谈呢？我已经做好倾听的准备了……"

"不，公爵，不！"将军着急地打断他说，"不能是现在！现在不是谈这个的时候！不然就是白谈。这件事情太重要了，太重要了！谈话之时就是彻底决定我的命运之时。这注定是属于我的时间，我不想在这神圣的时间里进来一个无耻之徒打断我们，而经常会出现这种没分寸的无耻之徒，"他突然俯身贴向公爵，用一种怪异又神秘还夹杂着惊恐的声音低语道，"这种无耻之徒甚至比不上……您脚上的一个鞋跟，我亲爱的公爵！哦，我不是说我脚上的！请一定注意，我可没有说我的脚，由于我过于自重，不至于直白地说出这点，但或许只有您一人能明白，在这种情况下，我绝不提自己的鞋跟，恰恰有可能彰显我与众不同的自尊。除了您，别人谁都无法明白的。而'他'什么都不明白，简直没有比'他'更蠢的人了，公爵；压根一点也不明白！因为只有真正拥有一颗心的人才能明白！"

说到最后，公爵都害怕了，于是和将军约定第二天的同一时间见。将军离开的时候情绪很亢奋，精神得到了很大的抚慰，应该平复了许多。傍晚六点多的时候，公爵派人去请列别杰夫到自己这儿来。

列别杰夫很快就到了，他一进来就说"倍感荣幸"，而事实上，这三天来，他就像躲起来一般，显然是为了避免遇到公爵，现在又仿佛跟没事人一样。他坐在椅子的边缘，又是谄媚，又是堆笑，乱转的小眼珠子里透着嘲笑和打探的目光，奇怪的表情不断，他搓着手，摆出一副故作天真的准备姿态，期待听到某种盼望已久却能被众人猜到的重磅消息。这一切都让公爵感到厌恶，他渐渐地明白，众人突然期盼的到底是什么了，他们其实在观察他，似乎想祝贺他什么，有的话在暗示，有的笑在示意，有的在挤眉弄眼。凯勒尔估计来过三次了，每次都是待一小会儿，显然他也是跑来道喜的——他每次都是兴致很高地开始，但说了一堆含混不清的话，然后没头没尾地结束，很快离开了（他最近在某个地方喝得酩酊大醉，还跑到某桌球房大显身手）。甚至连郁郁寡欢的科利亚，也两次跑来，跟公爵含混不清地说了些话。

公爵有些气愤，便直接问列别杰夫，问他如何看待将军当下的状态，是什么让将军如此忐忑？他给列别杰夫简洁地描述了上午的场景。

"每个人都有属于自己的忐忑，公爵……特别是在我们这个奇怪不安稳的世道，就是这样。"列别杰夫冷淡地答复道，接着就委屈得不吭声了，满脸期望落空的表情。

"这是哪门子的哲学！"公爵淡淡地笑着说。

"哲学是有必要的，尤其在我们这个时代，哲学可以指导实际行动，但它往往会被轻视，这就是症结所在。对我来说，我备受尊敬的公爵，虽然我很荣幸在您所知的某件事情上得到了您对我的信任，但也仅此而已，再无其他……这点我理解，我不会抱怨的。"

"列别杰夫，您似乎在生什么气？"

"不，一点都没有，我最受尊敬、光彩照人的公爵，一点都没有！"列别杰夫一只手放在心口，同时慷慨激昂地说，"恰巧相反，我顿悟得出，不管是论社会地位，还是论智商、财富、我过去的行为，更别说论学识——统统不配让我得到您的青睐以及我期望得到的信任，如果我能为您效劳，也不过是作您的仆人和杂役，而非其他……

我没有资格生气,只是有些伤感。"

"鲁基扬·季莫菲耶维奇,您为什么会这样?"

"不过如此!眼下也是如此,当前的境况也是如此!每次遇见您,在我追随您的心灵与思想的同时,我常对自己说:我是不配做您的朋友、得到您的友情的,但作为房东,在未到预定的日期之前,或许我可以得到您的指示,或者在面临预知的变化时,能得到您的提醒。"

列别杰夫说这番话的时候,不住地用他那双尖锐的小眼睛紧盯着正错愕地望着他的公爵,而他整个人仍然处于好奇心所驱使的期待中。

"我根本一点也听不懂您在说什么,"公爵几乎愤愤地大声说,"您……心里的弯弯绕也太多了吧!"他突然无奈地大笑起来。

列别杰夫也跟着大笑起来,他那眉开眼笑的模样显然表露出,目前的态势不仅没与他的期望相悖,恰恰是朝着他的预想发展。

"鲁基扬·季莫菲耶维奇,您知道,我要对您说什么吗?不过请您别生气,我不只是惊讶于您的幼稚,因为不止您一人这样!您如此天真地想从我这里得到什么呢?这甚至让我在您面前感到窘迫和内疚,可我并不知道拿什么来满足您。但我向您发誓,真的什么都没有,您相信我说的吧?"

公爵再次笑了。

列别杰夫则变得正经起来。确实,他有时候过于幼稚,好奇心重到让人讨厌,但同时,他又非常狡黠,老奸巨猾,甚至在某些情况下,阳奉阴违,心怀不轨,实在阴险。公爵由于不断地疏离他,差点给自己树了个敌人。但是公爵的疏离并非出于蔑视,而是他把注意放在某些微小的细节上。几天前,公爵还把自己的某些观念视为过错,而鲁基扬·季莫菲耶维奇则把此理解为公爵对他的讨厌和不信任,因此常常受伤地走开,同时开始十分嫉妒科利亚和凯勒尔两人与公爵的关系,他的嫉妒甚至波及自己的女儿薇拉·鲁基扬诺夫娜。而此时,他本可以告诉公爵一个非常感兴趣的消息,却故作消沉,选择缄口不言。

"对了,有什么事我能为您效劳吗,我敬爱的公爵?毕竟是您把我……招唤我来的。"沉默了片刻后,他终于开口说道。

"哦对,是这样的,其实我想了解下将军的事,"同样沉思了片刻的公爵突然精神一振,然后问道,"还有……关于您告诉我的失窃案……"

"关于什么的事情?"

"瞧您,现在像是听不懂我说话似的!啊,天哪,鲁基扬·季莫菲耶维奇,您怎么总是装疯卖傻!我说的是钱,钱,您那时候丢的四百卢布,放在钱包里的钱,早上您动身去圣彼得堡的时候,曾来我这儿跟我提起的,您听明白了吗?"

"啊,您是问那四百卢布啊!"列别杰夫拉长声调说,似乎才明白过来,"感谢您,公爵,谢谢您的关心,这让我倍感荣幸,但是……我找到了钱,找到好多天了。"

"找到了?啊,感谢上帝!"

"这声感慨让我看到您非常善良的心灵,因为您知道这四百卢布对于一个辛苦劳作养活一大家子孤儿寡女的人来说,绝非无关紧要……"

"我要表达的并非此意!当然,您能找到,我很是为您高兴,"公爵急忙改口说,"可是……您到底是怎么找到的呢?"

"很简单,就是在那把我曾放过常礼服的椅子底下发现的,显然是从口袋里意外滑落,掉在地上的。"

"怎么会掉到椅子底下呢?不可能啊,您不是对我说,所有角落都找过吗,那这么重要的地方,怎么会被遗漏呢?"

"问题的关键就是我确实找过了!我记得相当清楚,太清楚了,我找过的!我四肢趴在地上找过,我把椅子挪开后,用双手还摸过那里,因为我还信不过自己的眼睛:我看见那里什么都没有,空无一物,光溜溜的,喏,就像我的手掌一样。但我仍然用双手摸索个遍。当你特别想去找一件东西时,尽管那里看上去什么也没有,但你还是会在那里找个十来次才罢休。每当这种时候,结局总是让人心灰意冷。"

"是的,就算如此,但怎么会发生这种事呢?……我始终不明白,"迷茫的公爵喃喃低语道,"您是说,本来那地方先是什么也没有,而且您还亲自在那地方找过,可后来又突然在那里出现了?"

"确实是突然又出现在那儿了。"

公爵奇怪地看了眼列别杰夫。

"那将军呢?"公爵突然问道。

"您说什么将军?"列别杰夫又表现出疑惑的样子。

"哎,我的天啊!我是想问,您在椅子下找到钱包后,将军说什么了吗?起初不是你俩一起找的吗?"

"起初是我俩一起找的,但这次,我承认,我没作声,我认为还是不要告诉他我已经找到钱包了。"

"为……为什么这样呢?里面的钱都在吗?"

"我打开钱包,里面的钱都在,一个子儿都没少。"

"那您至少也要来跟我说一声嘛。"公爵有些神情恍惚地说。

"我是怕打扰您,公爵,想到您自己的事情可能正处在关键时期,已经够让您费神的了,另外,我故意假装自己没找到,我打开钱包看过,但又合上了它,然后把它放在椅子底下。"

"这是为何?"

"没什么,只是出于更深层次的好奇。"列别杰夫突然搓着手,笑嘻嘻地说。

"钱包现在还一直在椅子下面,已经三天了?"

"哦,不,只放了一天。您看,从某方面来说,我想让将军也找一找。因为我最终都找到了,为什么将军就找不到呢?可以说,就在眼皮下面,椅子下有这么明显的东西。我有好几次都激动地抬起这把椅子,将我摆的钱包完全暴露出来,但是将军就是丝毫看不到,就这样又过了一晚。看得出,他心不在焉的,让人非常费解:他先是一直说话,讲着什么故事,时而哈哈大笑着,时而突然朝我大发雷霆,我都不知道究竟为什么。最后,我们走出房间时,我故意没锁门,他却因此在那踌躇半天,似乎想说什么,大概是因为装着这么多钱的钱包放在那儿,他很是担心,可随即他又突然发起火来,什么也没说,我们在大街上没走两步,他就扔下我,自己朝另一个方向走了。直到夜里我才在酒馆里遇到他。"

"可,您最终还是从椅子下拿走了钱包是吗?"

"没有,就在那天夜里,椅子底下的钱包又不见了。"

"那么它现在在哪里?"

"就在这里,"列别杰夫一边挺直腰板从椅子上站起来,一边天真地看着公爵突然笑着说道,"突然到这儿了,在我的常礼服下摆处。瞧,请您前来看看,摸摸。"

确实,在常礼服左边的下摆处,恰恰就在衣服前襟的位置,非常明显,凸起的形状就像个口袋,摸一下立马就能猜到,这里有个皮质钱包,它是从兜底破了的口袋里漏进去的。

"我掏出来看过,一分不少。我又放了进去,从昨天上午开始起,就一直让它留在下摆隔层里随身带着,走起路来它甚至会拍到腿上。"

"难道您从没发现衣服有个破洞?"

"我的确没发现,嘿嘿!不过,您想想,我敬爱的公爵——虽然此事并不值得您如此关注——我的口袋一直是完好的，可突然一夜之间，多了这么个窟窿！我便认真检查了下，这似乎是有人用削铅笔的刀故意划破的，简直不可思议！"

"那……将军呢？"

"他生了一整天的气了，昨天、今天都是如此，心情相当糟糕，一会儿欣喜若狂，见人阿谀奉承；一会儿又多愁善感，唏嘘流泪；一会儿会勃然大怒，令我惧怕，真的，公爵，我毕竟没当过兵。昨天我们坐在酒馆里，我的衣服下摆似乎意外地鼓了起来，像突起的小山一样，他就歪斜着眼看，生着闷气。除了醉得厉害或深受感动的时候，他现在已经很久都没正眼看我了，但是昨天他两次这样瞥我，吓得我背后直冒冷汗。不过，我计划明天正式把钱包找出来，但明天之前我还要再跟他玩玩。"

"您为什么这样折磨他呢？"公爵大喊道。

"我没有折磨他，公爵，这可不是折磨，"列别杰夫热切地说着，"我是由衷地爱他……尊敬他，而现在，不管您信不信，对我来说他比以前更可贵了，口碑也变得更好了！"

列别杰夫说这一切的时候，态度居然是那么的认真诚恳，这让公爵更加生气。

"既然您爱他，那还这样折磨他？算了吧，他把您丢失的东西，放在您最显眼的地方——椅子底下、常礼服夹层里，他就是在用这种方式直接跟您表达，他不想跟您玩心眼，就是单纯简单地想求得您的原谅。您听明白了吧，他在求您原谅！他应该是寄希望于你们深厚的友情，相信您对他的情谊。而您却让这么一个……诚实之人饱受这样的辱弄！"

"诚实之人，公爵，诚实之人！"列别杰夫接过话说，双眼炯炯发亮,"也只有您,品格高尚的公爵阁下,才能说出这种公道的话来!也正是因为这点,我愿意为您效劳,甚至是崇拜您到了无以复加的地步,虽然我这个人因为各种不良的习性早已烂透了!就这样决定了!我现在立马就把钱包找出来,不等明天了。瞧,我当着您的面把钱包掏出来了,瞧,就是它,就是它,钱都在这儿,喏,我高尚的公爵,请您帮我先拿着,帮我保管到明天,明天或后天我会来取。不过,公爵,您知道吗,如果我告诉您,这曾经丢失的钱,在第一天晚上曾被藏在我家花园里的一块石头下面,您会怎么想?"

"注意,别当着他的面说钱包找到了。让他无意间发现,衣服下摆里已经什么都没有了,这样他就明白了。"

"非要这样吗?我直接告诉他,我找到了,岂不是更好?还要装作一直到现在都没猜到的样子?"

"不,"公爵若有所思地说,"别这样,现在直接告诉他已经晚了,这样做很危险,真的,最好别直接告诉他!您对他态度和蔼可亲些,但是……也别太过了……还有……还有……您是知道的。"

"我知道,公爵,知道,但知道归知道,我担心我做不到,因为只有像您这样心灵高尚的人才能做到。更何况,我本身就是个易怒且爱钻牛角尖的人,毕竟近些日子他对我盛气凌人,可有时候他抽咽啜泣,还拥抱我,有时候又突然开始鄙视嘲弄我。呵,我可要故意把衣服下摆凸显出来,呵呵!再见了,公爵,显然我打扰到了您那微妙的情感……"

"但是,请看在上帝分儿上,务必保守秘密!"

"我会悄悄行动,悄无声息地行动!"

然而,虽然此事了结了,但是公爵依旧忧心忡忡,与之前相比好像不减分毫反而更甚了。他迫不及待地等待与将军明天的约见。

第四章

　　本来约定的时间是正午之前，公爵却意外迟到了。他到家里的时候，发现将军已经在他的房间里等他了。他一眼就注意到将军的表情很不满意，或许是因为等得太久了。公爵在表达了迟到的歉意后，匆匆坐下，但他心里竟然有些奇怪地胆怯起来，好像他这个客人如同陶器一般，随时都有被打碎的风险。以前与他交往的时候，公爵从来没有这种胆怯的心理。很快，公爵就发现今天的将军与昨天比起来，完全像换了一个人。昨天颠三倒四和漫不经心的状态不复存在，取而代之的是分外冷静，由此可以推断出，此人已经完全做好准备了。不过，他的沉着冷静也只是外表看上去的而已，并非真正的冷静。但是不论怎样，这位客人表现得落落大方且有着恰到好处的自尊，在谈话最开始时，他对公爵的态度似乎还有一些宽容和迁就——正是遭受到不公待遇和委屈的人们常常表现出的落落大方和不在乎的姿态。他的话礼貌又节制，但其实流露出一种悲痛责备的意味。

　　"这是前几天从您这借的一本书，"他带着深意，抬手指了指他拿来放在桌上的一本书，"谢谢。"

　　"啊，对了，您读过那篇文章吧？将军？您喜欢吗？非常有意思吧？"公爵为能很快找到不相关的话题而感到高兴。

　　"有意思，但也颇为粗糙、荒诞。或许通篇都是假话。"

　　将军说话过于自信，甚至还略微拉长了每个字。

"哎，这是一个质朴的故事，说的是一位老兵亲眼看见了法国士兵占领莫斯科的全过程①，有些细节写得妙极了。目击者所有的记录都是珍贵的，甚至不用在意目击者是什么人。我说的对吗？"

"假如我是杂志社编辑，绝不会刊登这样的文章，关于一个普通目击者的记载，人们宁肯相信一个满口不实却会逗乐的人，也不愿相信一个功勋显著、有价值的人。我知道一些关于1812年②的回忆录……公爵，我决定了，我要从这里离开……离开列别杰夫先生的别墅。"

将军意有所指地看了看公爵。

"您在帕夫洛夫斯克也有自己的住所，在……您女儿家……"不知道说什么的公爵，还是把这句话说出来了。紧接着，他想起来，将军来这儿是因为有一件关乎命运、非常重要的事要寻求他的意见。

"住我妻子那儿，换言之，也就是我自己家，小女家。"

"请您原谅，我……"

"亲爱的公爵，我之所以要离开列别杰夫家，因为我跟这家伙已经断绝关系了，我是昨晚上跟他绝交的，我真后悔没早点跟他绝交。我需要尊重，我甚至把自己的心都掏出来献给某些人，只是希望从他们那儿得到尊重，公爵，我常常把自己的心献给别人，但几乎总是受到欺骗。这些人不配得到我的馈赠。"

"他的确有很多让人捉摸不透的地方，"公爵很稳重地指出，"还有一些特别的品质……然而，在这些特质中，可以发现一颗狡猾的心，以及可笑的大脑。"

---

① 公爵所说的那篇文章，指的是当时刊登在《俄国档案》杂志上的一篇名为《莫斯科新修女院在一八一二年》的文章，内容是一位目击者追叙1812年拿破仑攻占莫斯科时的情景。

② 指1812年俄国抗击拿破仑入侵的保卫战。

公爵的措辞优雅礼貌，语气很恭敬，这让将军很满意，虽然他仍会偶尔抬起头流露出不信任的表情，但是公爵的态度是如此自然、诚恳，让人不可怀疑。

"说到他身上那些优点，"将军接过话说，"还是我第一个指出的，那时，我简直把他当作莫逆之交。我自己有家，其实不需要住在他家、接受他的招待。我不会为我的缺点辩解，我毫无节制，总是跟他喝酒，因为这点我真想懊悔痛哭。但你不会不知道，我跟他交往，不是只为了在一起喝酒（公爵，请您原谅一个人愤怒时的粗鲁和坦率），绝不只是为了喝酒。让我着迷的，正如您所说，就是某些特别的品质。然而，一切都该有个限度，人的品质也是如此。如果他突然当着你的面硬生生地宣称，1812年，他在孩提时代时，就失去了自己的左腿，并且把这条腿埋在了莫斯科的瓦岗科夫公墓，这就超出界限了，就显得很不尊重，实在太过放肆无礼……"

"或许，他就是开个玩笑，逗乐而已。"

"我明白，无害的谎言只是为了取乐，虽然拙劣，但也不会伤及一个人的心。说实在话，有人说谎仅仅为了友谊，为了博君一笑，但是倘若表现出不尊敬，那么这样的不尊敬只为了让你明白，他们已经把这段关系当作牵绊、当作累赘了，那么一个得体、有分寸的人，就只能转头，一刀两断，同时告知这个冒犯者好自为之。"

将军说话的时候，面部通红。

"列别杰夫，在1812年的时候，也不可能在莫斯科，他那时年纪还很小，这简直太荒唐了。"

"这是其中一点，但是，就算我们姑且认为，他那时已经出生了，但又怎么能信口开河呢，说一名法国步兵为了取乐，将大炮对准他，并打断了他一条腿，说什么他把那条腿捡起来带回家，之后埋在瓦岗科夫公墓,还说什么他在坟墓上立了块带题词的碑,一面写着'十品文官列别杰夫之腿埋于此',另一面写着'安息吧,亲爱的遗骸,直到快乐之晨^①',他还说,每年都要去祭拜这条腿(这甚至是亵渎神明),为此年年都去莫斯科。为了证实自己所说的,他还约我跟他一起去莫斯科,要把坟墓亲自指给我看,甚至还让我去克里姆林宫参观那尊被缴获的法国大炮,并说从宫门数起的第十一尊就是,那是一尊旧式的法国鹰炮。"

"关于这点,他的两条腿,不是样子好好的在他身上嘛!"公爵笑着说道,"我敢肯定,他这是跟您开的玩笑,丝毫没有恶意,您别生气啊。"

"关于他外观看来仍健在的两条腿,请允许我谈谈自己的理解——非要这样说也算不上荒谬至极,但他还说,他有一条腿是切尔诺斯维托夫^②给他装的假腿……"

"啊,是啊,听说,安上切尔诺斯维托夫的假腿,跳舞都没问题。"

"对于这事我非常清楚,切尔诺斯维托夫发明假腿之后,第一件事就是跑来找我,展示给我看。但是切尔诺斯维托夫发明假腿的时间要晚得多……他还让我相信,甚至就连他的亡妻,在婚后很长的时间里,都一直不知道自己丈夫的腿是木头做的假肢。当我指出他所有胡说八道的地方,他对我说:'既然您在1812年能当拿破仑的宫廷侍卫官,那就应该允许我把我的一条腿埋葬在瓦岗科夫公墓里。'"

"难道您……"公爵刚想开口,又马上有些为难。

将军摆出一副高傲的姿态,看了下公爵,似乎夹着讥讽。

---

① 出自俄国诗人卡拉姆辛的《墓志铭集》。按照陀思妥耶夫斯基兄弟的意思,这条铭文是于1837年刻在他俩母亲的墓碑上的。
② 与陀思妥耶夫斯基同时代的俄国人,写过关于制造和安装假腿的书。

"请您说下去呀,公爵,"他语气温柔,特别拉长声调慢慢地说,"请说下去啊。我并不在意,请您都说出来。您承认吧,您现在脑子里有个可笑的念头——您面前这个受尽侮辱且落魄的人,居然还是……伟大事件的见证人。那他怎么还不向您……胡扯些什么?"

"没有,列别杰夫什么都没跟我说——当然,您指的是列别杰夫的话……"

"哼,和我预料的恰恰相反。尤其是昨天我们之间的对话,就是关于这篇……'史料'级别的奇怪文章。我指出了它的荒谬之处,因为我本人就是这件事的见证者……公爵,您笑了,您是在观察我的脸?"

"没,我没有……"

"我看起来挺年轻的,"将军拉长字音慢吞吞地说,"但是我实际年龄要比外表看上去稍老些。1812年的时候,我大概十岁,具体多大,我自己也记不清了。履历表上的年龄少写了几岁。我还有个毛病,总是爱把自己的年龄往小了写。"

"我信的,将军,对于您1812年在莫斯科,我一点也不觉得奇怪,而且……您肯定能追忆……过去所发生的一切。我国有一位自传作家,他的书也是用1812年的事情作为开篇引子的,当时他还是个襁褓中待哺的婴儿,法国士兵还用面包喂过他。①"

"您瞧,"将军俯就肯定道,"虽然我的经历的确不同寻常,但也并无奇异之处。要知道,往往很多事实表面看起来似乎并不可能。法皇的侍童!尽管听上去很奇怪,但是一个十岁孩子的奇特经历,或许正是因为他的年纪小;如果是十五岁的孩子,肯定就不会有这种殊荣,一定是这样的。如果那年我十五岁,在拿破仑攻打莫斯科的那天,我

---

① 指的是赫尔岑的回忆录《往事随想》第一卷第一章。

肯定不会从旧巴斯曼街的木屋里跑出去,不会离开母亲的,而我的母亲因为没来得及逃离莫斯科,害怕得瑟瑟发抖。如果当时我十五岁,我肯定会害怕,但十岁的我初生牛犊不怕虎——在拿破仑下马的时候,我从人群里蹿到皇宫的台阶前。"

"的确如此,您说得对,正是因为十岁,所以毫无畏惧……"公爵附和道,但是他感到有些不好意思,生怕自己会立刻脸红起来。

"的确如此,一切发生得如此简单、顺其自然,毕竟事实就是如此,如果让一个小说家来描述此事,他肯定会胡编一通,让人难以信服。"

"哦,就是这样!"公爵喊道,"这种想法也让我感到很惊讶,就是前阵子。我知道一件因偷窃一块表而杀人的真事①,这事都登在报纸上了。如果这是有人凭空杜撰出来的,那么民间的生活专家以及评论家肯定会大喝一声'不可能的'。但是通过报纸看到这种实事,你就会觉得,正可以从这样的实事中,知晓我们俄国的现状,并吸取教训。将军,您竟能把颇具意义的这一点指出来!"公爵热切地总结道,借此来摆脱满面通红的窘境,这让他感到很高兴。

"可不就是如此吗?可不就是如此吗?"将军高兴地叫道,两眼灼灼发光,"一个小孩,一个不晓其中危险的孩子,穿过人群,就是想看看宏伟的场面、华丽的军队制服、众多地位显赫的随从,以及名声大噪的伟人。因为当时接连好几年,人人都在念叨他的名字,世界都知道他的名字,甚至可以说,我还在吃奶的时候就听说他的名字了。拿破仑在离我两步远的地方走过,无意间触及了我的目光,我当时穿着一套小少爷的西装,打扮得很漂亮。人群中就我一个人这样,您应该

---

① 故事详见本书第二卷第四章。

不难想象……"

"的确如此，这一定让他大为吃惊，并且向他证明了，并不是所有人都会吓得跑开，还是有一些贵族带着孩子留下的。"

"对，就是这个意思，就是这个意思！他本想笼络俄国的王公贵族！当他用猎鹰般锐利的目光注视我时，我的眼睛应该是，眨了下，作为对他的回应。'多么机灵的孩子！谁是你的父亲？①'我激动得差点喘不过气来，立即回答道：'我的父亲是战死在自己祖国沙场上的将军。''俄国贵族的儿子，况且他的父亲还是一位英勇的贵族。我喜欢贵族。你喜欢我吗，孩子？②'对于这快人快语的问题，我也以相同方式作出了答复：'哪怕是祖国的公敌，俄国人的心亦能识别出伟人来！'这里必须说实话，我也记不太清楚，我原话是不是这么说的……毕竟我当时是个孩子，不过原话的意思一定不会错！拿破仑大吃一惊，他想了想，便对自己的随从说：'我欣赏这个孩子的气节！但是如果所有俄国人都是这样想的话，那也……'他的话并没说完，便进皇宫了。我立刻混在他的随从队伍里，跟在他后面跑。他的随从们自动为我让开一条道路，似乎视我为宠臣。但是这一幕不过是一闪而过……我只记得，当法皇走进第一间大厅时，突然停在了叶卡捷琳娜女皇的画像前，久久看着陷入沉思，最后感叹：'真是一位伟大的女性！'说罢便走了过去。两天后，我已经成为皇宫众所周知的人物，整个克里姆林官的人都称呼我为'俄国小贵族③'。我只有晚上睡觉的时候才能回家。

---

① 原文为法语，译为"多么机灵的孩子！谁是你的父亲？"
② 原文为法语，译为"俄国贵族的儿子，况且他的父亲还是一位英勇的贵族。我喜欢贵族。你喜欢我吗，孩子？"
③ 原文为法语，译为"俄国小贵族"。

家人差点急疯了。又过了两天,拿破仑的侍童德巴章库尔男爵①,因无法忍受远征之苦,年少夭折了。拿破仑便想起了我,派人把我叫去,没有说明事情缘由就让我试穿那个已故的十二岁男孩的衣服。我穿上制服后,便被带去见法皇,他朝我点了点头,便当即就有人向我宣布,我已蒙皇恩,荣升法皇的侍童。我很高兴,长久以来,我也的确很对法皇陛下怀有强烈的好感……此外,您也能理解,一套华丽的制服,对一个孩子来说,是一件多么了不起的事……我穿着深绿色的燕尾服,拖着两条又长又窄的燕尾,金色的纽扣,金线镶边的红袖口,同样金线绣边、高高竖起且敞开的衣领,以及精美绣花的燕尾后襟,紧紧绷在身上的白色驼鹿皮裤,白色绸缎的西装坎肩、白色长袜以及带扣环的皮鞋……法皇骑马游行,如果让我随驾侍奉的话,我还会穿上长筒马靴。虽然当时局势不明朗,他们也已经感到灾难将至,但他们仍然尽可能地保持宫廷礼仪,甚至不好的预感越是强烈,越是要一丝不苟。"

"是的,那是自然……"公爵有些颓然地喃喃低语着,"您的经历如果能记下来,一定……非常有意思。"

当然,将军现在所说的,就是他昨天给列别杰夫讲过的内容,复述起来很是顺畅,但此时,他又用带着怀疑的眼神瞥了瞥公爵。

"我的经历,"他用更加自豪的神态说道,"您说把我的经历写下来?我毫无此意,公爵!如果您感兴趣的话,其实我的回忆录已经写好了,但是……它们就放在我的书桌里。当我离开人世时,再让它问世吧,毫无疑问,它将会被译成多种语言,倒不是因为它的文学价值

---

① 即德·章库尔男爵(1767—1830),法国将军,曾跟随拿破仑一世数次远征,1812年时,他已四十五岁。伊沃尔金将军对他的描述与历史并不相符。

高,不是,而是因为我是历史重大事件的目击者,尽管当时我只是个孩子,也正因为我是个孩子,我才能进入'伟人'那极端机要的寝宫!每天晚上,我都能听到这位'跌入不幸深渊的巨人'的喟然长叹,他在一个小孩面前,是不会羞于哀叹和哭泣的,尽管当时的我,已经懂得他悲伤是因为——亚历山大沙皇①的沉默。"

"是的,他曾写过几封信……提议谈和……"公爵小心翼翼地附和着。

"我并不知道他在信里到底写了什么提议,但是他每天都在写,每时每刻都在写,一封接着一封地写!他异常不安。有一天夜里,当他单独一个人的时候,我含着泪跑到他身边向他大声地说(哦,我是钟爱他的!):'请您,请您求得亚历山大沙皇的原谅吧!'其实,我应该这样表达:'请您和亚历山大沙皇谈和吧。'但是作为孩子的我,只会天真无邪地将自己的想法说出来。'哦,我的孩子!'他回应道,并在房间里来回踱步,'哦,我的孩子!'他当时似乎没有发觉我不过十岁,甚至很喜欢跟我聊天,'哦,我的孩子,我准备亲吻亚历山大沙皇的脚,但是对普鲁士国王和奥地利皇帝,哦,我永远恨着他俩,永远……说到底……你对政治一无所知!'他似乎突然想起正在和谁说话,然后噤声不语了,但是他的眼睛里还冒着火光。呃,如果我把这些事都记录下来——毕竟我是这些重大历史事件的目击者——并且现在就将其公之于众的话,那么所有这些评论家会如何发言?包括那些虚荣又善妒的文人,甚至那些党派以及……不,我恕难从命!"

"关于党派的事,当然,您说得很对,我同意您的想法,"公爵稍微沉默了片刻,言语和气地说,"不久前,我也读到过一本沙拉斯写的

---

① 即亚历山大一世,1812年抗击拿破仑入侵的俄国沙皇。

关于滑铁卢战役的书①。这本书颇具重要意义,专家们也对其肯定,认为这本书写得非常专业。但书的每一页都彰显出以贬低拿破仑为乐的心理,如果能在拿破仑的其他战役中,对拿破仑的任何才能表现出异议的话,那么沙拉斯似乎会非常高兴。在这一部严肃的著作中,这样做很不好,因为这就是政党标同伐异的本质。那时,您在……法皇的身边,政务一定很忙吧?"

将军骄傲得不行。公爵的评价既认真又朴素,终于驱散了他最后一点不信任感。

"沙拉斯!哦,我当时也十分气愤!我还给他写了信,但是……我到现在记不得写了什么……您刚才问我,政务是否繁忙?哦,不忙!虽然他们当时都叫我侍童,但我并没当真过。与此同时,拿破仑很快就对拉拢俄国人失去信心,他之所以把我放在身边本来也是出于政治的考虑,要不就是……要不就是他喜欢上我了,这点我敢肯定,不然他肯定早就忘了我。而我对他的喜欢的确出于真心,我的职务没什么的:无非就是,时不时到宫里冒个头……有时陪法皇骑马散步。我的骑马技术很好。他常常在午饭前出宫,陪同的随从通常有达武②、我和马穆鲁克兵鲁斯坦③……"

"是康斯坦。"不知怎么的,公爵突然说出了这个名字。

"不……不,康斯坦④那时候不在,那时候他去送信……送信给

---

① 即沙拉斯·约翰·巴季斯特·阿道夫(1810—1865),法国政治家、军事历史学家,以反拿破仑著称,曾著有《一八一五年滑铁卢战役史》。
② 即路易·尼古拉·达武(1770—1823),拿破仑一世的元帅及军事大臣。
③ 马穆鲁克兵原为中世纪中东突厥军事集团,这里指贵族军事集团,即拿破仑的宠臣和贴身警卫。
④ 即路易·康斯坦特·怀瑞,是拿破仑的贴身男近侍。

约瑟芬皇后①,但是,法皇身边还有两名传令官随侍,以及几名波兰枪骑兵……当时的随从就是这些,当然,除此之外,拿破仑还经常把一些元帅、将军带在身边,因为要随时同他们一起查勘地形和部署军队、商议军事……据我现在所记,常常侍奉在法皇身边的是那个达武,他身材魁梧,头脑冷静,戴着眼镜,目光独特。法皇经常跟他一起商议军事,并非常重视他的观点。我记得,他们商议了好几天,达武早上来,晚上也来,两人甚至经常起争执,最后,拿破仑好像逐渐同意了。他俩在书房里,几乎当我不存在。突然,拿破仑的目光不经意地落在我身上,一个奇怪的想法从他的眼睛里闪过。'孩子!'他猝不及防地开口对我说道,'如果我加入东正教,解放你们的奴隶,俄国人会臣服于我吗?你会怎么想?''永远不会!'我愤怒地喊道。拿破仑大为吃惊。'这个孩子的眼睛里闪着爱国的忠心,'他说,'我看到了所有俄国人的意见,够了,达武!一切想法都是天方夜谭!谈谈您的另一个方案吧。'"

"是的,其实第一个方案也是一个伟大的设想!"公爵说道,看得出他很感兴趣,"您认为这个方案是达武提出来的吗?"

"起码也是他们俩一起商量得出的。当然,主要是拿破仑的想法,这是一个眼光犀利的想法;当然,另一个方案也是见解独到的……这个方案就是最著名的'雄狮的谋略②',拿破仑这样称呼达武的方案。这个方案的主要观点是,部队所有人都据守在克里姆林宫里,安营扎寨,挖沟筑壕,架炮设防,尽可能地多杀马,腌马肉,尽可能多弄些粮食熬过冬天,撑到春天,等到开春再突出重围,击退俄兵。这个方

---

① 即约瑟芬·博阿尔内(1763—1814),拿破仑的第一个妻子,1809年与拿破仑离异。
② 原文为法语,意思为"雄狮的谋略"。

案受到了拿破仑的赞赏。我们每天骑马出去巡视克里姆林宫的宫墙,他不断提出军事意见,特别是对拆掉和建造的地方——哪里该建眼镜堡,哪里该建三角堡,哪里该放置一排地堡,这才叫眼光独到,决策神速!终于,一切都准备就绪了,达武追问他最后的决定。他俩又待在一起,当然还有我这个第三者。拿破仑双臂交叉,在房间里来回踱步。我目不转睛地看着他的脸,心脏扑通扑通地跳。'我得走了!'达武说。'去哪里?'拿破仑问他。'去腌马肉。'达武回答。拿破仑打了个冷战,决定命运的时刻到了。'孩子!'他突然对我说,'你对我们的方案,有什么看法?'显然,他这种问法就像是一个智慧非凡的人在决定命运的最后一刻,常用用抛掷硬币的占卜法预测未来一样。我并没有回答拿破仑,而是仿若精神振奋一般对达武说:'将军,您还是赶紧逃跑吧!'方案就此破产。达武耸了耸肩,临走的时候悄悄说道:'哎!他居然变得迷信了!①'第二天就弃城而去了。"

"这一切太有趣了!"公爵声音很轻声地说,"如果这一切真的如此……不,我想说的是……"他又急忙改口。

"哦,公爵!"将军喊了下,他沉醉在自己编造的故事里,或许已经沉醉到即使听到这样一句冒失的话,也自动屏蔽,"您说,这就是所发生的一切!但并不止于此,请您相信,绝不仅仅这些!这一切不过是政治上的冰山一角,不过我可以再对您说一遍,我是唯一见过这位伟人夜里流泪和哀叹的人,除了我,谁也不曾见过!这位伟人,最后也不再哭泣,不再流泪了,不过他偶尔还是会呻吟,但是,他的脸上似乎堆积了越来越多的阴霾,似乎他已经被永恒之神的黑色翅膀遮盖住了。有时候,漫漫长夜只有我俩沉默地度过数个小时,他的贴身侍

---

① 原文为法语,意思为"哎!他变得迷信了!"

卫鲁斯坦,常常在隔壁的房间睡得踏实。'但是他忠于我,忠于我们国家',拿破仑是这么评价他的。有一次,我心里实在很痛苦,法皇发现泪水在我眼眶里打转,他深受感动地看了看我说:'你对我难以割舍!'他激动地继续说,'孩子,除了你以外,或许另一个孩子也将对我难以割舍,那就是我的儿子,罗马王①,而其他所有人,他们都恨我,我的那些兄弟甚至会在不幸中率先出卖我!'我号啕大哭,扑到他怀里,他也忍不住哭了起来,我们相互拥抱着,我们的泪水融合在一起。'您快去写信,快给约瑟芬皇后写信!'我哭哭啼啼地对他说。拿破仑顿时打了个寒战,想了想,对我说道:'你提醒了我,还有第三颗心,爱着我,谢谢你,我的朋友!'于是他坐下来,给约瑟芬写了一封信,第二天就派康斯坦送去了。"

"您做得太好了,"公爵说,"在他被消极思想所充斥的时候,是您唤醒了他美好的感情。"

"就是这样,公爵,您解释得太到位了,太符合您的好心肠了!"将军欣喜若狂地呐喊起来,说也奇怪,他的眼睛里还真闪着泪花,"是的,公爵,是的,这真是伟大又悲怆的一幕!您知道吗,我差点没跟他一起去巴黎,如果真去了,我肯定会跟他一起被'囚禁在酷热如火的岛屿上②'。但是,哎!命运将我们分开!我们分道扬镳了。他被流放到那座酷热的岛上,在他伤心欲绝的时候,或许会想起那个曾经在莫斯科拥抱过他、宽恕过他的可怜小男孩的泪水,后来,我被送进了军官学校,在那里接受了严格的训练,受到了同学们的无礼对待……

---

① 原文为法语,译为"罗马王"。拿破仑曾授予自己的儿子约瑟夫·弗朗苏阿·沙尔"罗马王"的尊号。
② 即拿破仑的流放地——圣赫勒拿岛,该岛位于南纬16°的热带地区,赫勒拿,源自古希腊语,即火炬的意思。

哎！一切都已化为乌有！'我不想让你从你母亲身边离开，所以我就不带你走了！'他撤退的那天对我说，'但是我很愿意为你做点什么。'他即将上马的时候对我说。'那请您在我妹妹的纪念册上写点什么，作为留念吧。'我怯怯地说道，因为他当时非常沮丧，满脸阴霾。他折了回来，要了支笔，拿起纪念册问：'你妹妹几岁了？'我回答'三岁了'。'还完全是个小女娃呢①。'接着他便在纪念册上写了一行字：'永远不要说谎！你最真诚的朋友，拿破仑。②'在这样的时候，他还写出了这样的建议，公爵，您也会承认，这多么难能可贵啊！"

"是的，意义非凡。"

"这张纸，放在镶着金边的相框里，盖着玻璃，一直挂在我妹妹家的客厅墙上，挂在最显眼的位置上，直到她去世——她是分娩时死的。现在这个东西在哪儿，我不知道……但是……哎，我的上帝！已经两点啦！我耽误您太多时间了，公爵！这可是不能宥恕的。"

将军从椅子上站起身来。

"哦，恰恰相反！"公爵有些吞吞吐吐地说，"您哪里是占用了我的时间……这很是有趣；我由衷感谢您！"

"公爵！"将军说道，再次紧紧握住他的手，甚至握到公爵感到生疼，双眼炯炯地看着他，似乎突然有所顿悟——因为一个突如其来的想法令他惊呆了，"公爵！您简直太善良了，善良到过于单纯了，甚至让我觉得怜惜了。我单是看着您，都会深受感动，愿上帝保佑您！让您的生活……在爱情中开花结果。而我这辈子算是完了！哦，对不起，请您原谅！"

---

① 原文为法语，译为"还完全是个小女娃呢"。
② 原文为法语，译为"永远不要说谎！你最真诚的朋友，拿破仑"。

将军用手捂着脸快速离开。公爵毫不怀疑将军的激动是发自内心的，同时他也明白，老头离开时依旧沉醉在自己的成就中，但是他仍然依稀察觉到，将军是那种信口开河的吹嘘之人，而且这种人虽然在吹牛中得到了极大的快感，甚至达到了一种自我陶醉的程度，但是当他们的自我陶醉到达顶峰时，又会暗自质疑，质疑别人不相信且不可能相信他们说的话。在当前情况下，老将军可能已经醒悟过来，接着十分羞愧，怀疑公爵这般只是出于过分的同情，进而让他倍感羞辱。"我的这些话让他更加没有遮拦、天马行空，我这样是不是做错了？"公爵暗自担忧，可是突然又没忍住，哈哈大笑起来，笑了十来分钟。他本想责备自己不应该笑，但又立刻明白，也没什么好责备自己的，因为他确实十分可怜将军。

公爵的担忧果然应验了。傍晚的时候，他收到一张奇怪的便笺，很短，内容却很决绝。将军通知他，说就此与他绝交，又说自己很尊重并感谢他，但即使是他也不能接受"有损一个不幸之人尊严的同情"。当公爵听说，老将军跑去妮娜·亚历山德罗夫娜那儿，稍稍放心了些。这我们在前面章节也已提及，将军在叶莉扎维塔·普罗科菲耶夫娜那儿也闯了不少祸。这里我们就不再赘述了，但是需要指出的是，这次见面的结果是将军把叶莉扎维塔·普罗科菲耶夫娜吓了一跳，而他对加尼亚的暗中诋毁，更使得她勃然大怒。将军则满身羞辱地被赶了出去。正是因为这个原因，将军才度过了那样的一宿和次日的上午，并以近乎发疯的状态跑到大街上丢人。

科利亚一直不知道其中的缘由，甚至希望能严厉些制止住他。

"将军，您说，咱俩现在去哪儿？"他说，"您也不愿意去公爵那儿，又跟列别杰夫绝交了，您又没有钱，我更是分文没有。喏，现在咱俩就当街坐豆子上①吧。"

"和豆子坐在一起,要比坐在豆子上强,"将军喃喃低语道,"曾经用过这句双关语惹得……军官们哈哈大笑……四十四……一八……四四年,对……我记不得了……哦,别提醒我,别提醒我!'我的青春在哪儿,我的朝气在哪儿!'科利亚,是谁这么喊的来着?"

"爸爸,这是果戈理在《死魂灵》里的话。"科利亚答道,怯生生地瞟了一眼父亲。

"死魂灵!哦,对,死人!等我死后,你埋我的时候,要在墓碑上写这样一句:'死魂灵长眠于此!耻辱与我如影随形!'这话是谁说的,科利亚?"

"不知道,爸爸。"

"叶罗彼戈夫不存在!叶罗什卡·叶罗彼戈夫不存在!"他站在大街上,发疯似的喊叫着,"这是我儿子说的,我亲生儿子说的!"

"叶罗彼戈夫,是跟我待在一起十一个月的兄弟,我曾为他决斗……我们的中尉韦戈列茨基公爵,一次喝醉的时候问他:'格里沙,你在哪里得到圣安娜勋章的,你说啊。''在我的祖国得到的!'我喊道:'回答得好,格里沙!'于是乎,就决斗了,然后他就和玛里娅·彼得罗夫娜·苏……苏图戈娃结婚了,然后战死沙场……一颗子弹打在我胸前的十字架上,反弹了回去,径直打中了他的脑门。'我永远都忘不了!'他大喊一声,便倒在原地。我……我十分真挚清白地在军队服役,科利亚,我光明磊落地服役,但是耻辱——'耻辱与我如影随形!'你和妮娜将来一定要来祭拜我……'可怜的妮娜!'我过去总是这么叫她的,科利亚,很久以前,起初的时候,她还这样爱

---

① 俄语谚语,意为"一无所有,走投无路"。

我……妮娜,妮娜!我干了什么啊!让你能这么爱我,你这颗逆来顺受的心灵!你妈妈有着天使般的心灵,科利亚,你听到了吗,天使般的心灵!"

"这些我知道,爸爸。爸爸,亲爱的,咱们回家找妈妈吧!刚才她还在追我们。哎呀,您怎么还在这儿站着?您怎么不明白啊……哎呀,您怎么哭了呀?"

科利亚自己也哭了,不断亲吻着父亲的手。

"你亲我的手,亲我!

"是的,亲您,您。那有什么好惊讶的?哎呀,您干吗站在大街中间号啕大哭呢,您还是个将军,是个军人呢,我们回家吧!"

"上帝保佑你,我的好孩子,因为你善待一个无耻的人,是的!善待一个无耻的老头,自己的父亲……你这么恭敬有礼……但愿你将来也有一个跟你一样的儿子……罗马王……哦,我诅咒,诅咒这个家!"

"到底发生了什么事!"科利亚突然开始激动起来,"究竟发生了什么事?为什么您现在就不想回家呢?您疯了吗?"

"我给你解释,我给你解释……我都给你解释,你不要吼,别人都听见了……罗马王……哦,我太烦闷,太抑郁了!'奶妈,你的坟墓在哪儿①!'这是谁说的,科利亚?"

"不知道,我不知道这是谁说的!咱们回家吧,现在,马上!如果需要的话,我把加尼亚揍一顿……您这是又去哪儿?"

但是将军已拉着他手,坐在最近处房屋的一级台阶上。

"您去哪儿?这可是别人家的台阶啊!"

---

① 源自奥加廖夫的一部未完成的长诗《幽默》。

将军在台阶上坐了下来,抓着科利亚的手,往自己身边拽。

"弯下腰,弯下腰来!"他喃喃低语道,"我全都告诉你……耻辱啊……耳朵凑过来,把耳朵凑过来,我悄悄跟你说……"

"您到底是怎么了!"科利亚异常害怕,但是还是凑上了耳朵。

"罗马王……"将军悄悄说道,他的双唇微动,似乎在颤抖。

"什么?……您怎么总是说罗马王?为什么啊?"

"我……我……"将军又开始双唇微动,越来越紧地抓住"自己孩子"的肩膀,"我……想要……我对你说……所有的,玛里娅,玛里娅……彼得罗夫娜·苏……苏……苏……"

科利亚把身子挣脱出来,反过来抓住将军的肩膀,吓破胆似的看着他。老头面色绯红,嘴唇发青,抽筋式的抖动让面部也跟着抖动起来。突然,他身子倾斜,开始慢慢倒在科利亚的臂弯里。

"中风了!"科利亚终于猜到是怎么回事了,开始满大街地呼救。

第五章

老实说，瓦尔瓦拉·阿尔达利翁诺夫娜在与哥哥的谈话中，有些夸大了公爵向阿格拉娅·叶潘钦娜求婚消息的准确性。或许，作为一个观察力强的女人，她预见了未来将会发生的事情，或许，幻想终将烟消云散（其实她自己也不相信这种幻想）。她，作为一个普通人，无法拒绝这种夸大不幸所带来的满足感，忍不住往自己哥哥的伤疤上撒盐、心口上泼毒汁，虽然她真心同情他、爱他。但是，她想尽办法也没法从她的朋友们——叶潘钦家的小姐们那儿获得可靠的信息，有的不过是一些暗示，欲言又止的话语，沉默以及猜测。或许，阿格拉娅的姐姐们只是打算泄露点什么，以便她们能从瓦尔瓦拉·阿尔达利翁诺夫娜那里套取些她哥哥的情况，也可能是她们始终不想放弃女人的乐趣，稍稍捉弄下童年好友，毕竟这么长时间了，她们不可能一点儿也看不出来她的意图，哪怕只有蛛丝马迹。

从另一方面来说，公爵一直说服列别杰夫相信，没什么可告诉他的，也的确没发生过什么特别的事，虽然这些都是事实，但也许是他错了。事实上，所有人身上都发生了某些特别的变化：什么都没发生，但是似乎一时间又发生了很多事。最后，瓦尔瓦拉·阿尔达利翁诺夫娜凭借着女人的第六感猜到了后面这点。

结果就是，叶潘钦一家突然认定了一个想法，认为阿格拉娅身上发生了某种重大的、正在决定她命运的事情——这很难讲清楚。但是，这个想法一下子闪现在所有人的脑子里，所有人当下立马声称，他们早就看出来了，并清楚地预见到了这一切，所有这一切还是从"可怜的骑士"那次开始清晰起来的，甚至更早，只是那时，他们还不愿意相信会有如此荒唐的事罢了。阿格拉娅的两个姐姐是这么说的，当然，叶莉扎维塔·普罗科菲耶夫娜则比所有人更早地预料到了。她早就知道了一切，早就种下了这个"心病"，但无论是早知道，还是晚知道，现在一想到公爵，她就觉得十分不畅快，尤其是因为这件事把她的设想都搞乱了。现在这里有一个必须要解决却又解决不了的问题，可怜的叶莉扎维塔·普罗科菲耶夫娜无论怎么努力，都无法完全解开心中的疑问：公爵成为她的女婿是好还是不好？所有的这一切是福是祸？如果不好（这是肯定的），那么究竟哪儿不好？可如果好（这也有可能），那么好在哪里？一家之主，伊凡·费道罗维奇本人，在听到这个消息后显然先是惊讶，但是然后一下子就承认了："上帝啊，老实说，我意识里好像有过类似的想法，不，应该说是曾有过这样的幻觉！"在夫人严厉的目光的注视下，他立马又沉默不语了，但是这只是上午不说了而已，晚上与夫人独处又不得不说话的时候，他似乎又是鼓足勇气说了些让人意外的观点："那事实究竟是怎样的呢？……"（沉默。）"当然，如果是真的，这一切就很奇怪了，我承认，但是……"（又是沉默。）"另外，如果就这么直白地看问题的话，那么，说真的，公爵是个非常不错的小伙子，而且……而且……咳，说到底，他还与咱们家族的姓氏相同，关系颇深，这么说吧，在上流社会眼中，这件事会被看作带有振兴落寞家族意味的事件，也就是说，因为……当然，上流社会就是上流社会，但是公爵毕竟没有财产，尽管只有一些。他有……还有……还有……"（继续沉默，在没有回应后果断终止谈话）叶莉扎维塔·普罗科菲耶夫娜听完丈夫的话后，爆发了。

在她看来，所发生的一切是"不可原谅的，甚至是在胡闹，又蠢又荒唐"。"首先，这个小公爵是个有病的白痴，其次还是个傻瓜，既不了解上流社会，又没有什么地位，你把他介绍给谁，安置到哪儿？就算是个不受待见的民主派，可连个官职都没有，还有……还有……别洛孔斯卡娅会怎么说？我们为阿格拉娅选定的丈夫就是这样的一个人？"最后这点显然是关键。一颗做母亲的心因为这些想法而滴血、颤抖、哭泣，尽管内心仍有一个微妙的声音在责问她："公爵到底哪里不符合您的需要？"哎，正是因为这些发自内心的反对声，让叶莉扎维塔·普罗科菲耶夫娜感到非常烦恼。

阿格拉娅的姐姐们却不知怎地，非常赞同公爵当她们的妹夫，甚至觉得这个主意不错，总而言之，她们甚至一下子都站在了公爵那边。但她俩决定保持沉默。因为在这个家里，在某件家庭事件上有争议的话，叶莉扎维塔·普罗科菲耶夫娜就越是固执，越是坚持持反对意见，而这对大家来说反而是种迹象，表明她自己已经默许了。但是亚历山德拉·伊万诺夫娜是无法完全保持沉默的。妈妈很早就承认，亚历山德拉是自己的参谋，现在又一次次地叫她过去，让她提建议，最主要的还是让她回忆，回忆"这一切是怎么发生的，为什么当时大家都没注意到这点？为什么当时没人问那个可恶的'可怜的骑士'代表什么？为什么她叶莉扎维塔·普罗科菲耶夫娜一个人要为所有人操心，要察觉、预测一切，而所有人都可以很轻松地——对天数乌鸦？"等等，等等，亚历山德拉·伊万诺夫娜刚开始十分小心谨慎，只是赞同爸爸的想法，认为在上流社会眼里，选择梅什金公爵作为叶潘钦家的一个女婿或许是让人满意的。渐渐地，她越说越激动，甚至还补充道，公爵根本不是"傻瓜"，而且从来也不是傻瓜，至于社会地位，只有上帝才知道，几年后，俄国正派人的地位将由什么而定：是过去必不可少的仕途功绩,还是别的什么。对于这些话,妈妈立即一字一顿地反驳,她说,亚历山德拉是个"自由派,这一切归咎于她们该死的女性问题"。后来,半小时后,她便进城了,去了那个可以通往石岛的城市,为的是去见别洛孔斯卡娅,仿佛就跟故意似的,那段时间的别洛孔斯卡娅正好在圣彼得堡,不过很快就会走了。别洛孔斯卡娅曾是阿格拉娅的教母。

别洛孔斯卡娅"老太婆"听完叶莉扎维塔·普罗科菲耶夫娜一番激昂且陷入绝望的坦言后,丝毫不为这位母亲那忧愁的泪水所动容,甚至还嘲讽地看着她。这是一个可怕的老太婆。对于好朋友,甚至是最好的朋友,她也没法平等相待,她完全将叶莉扎维塔·普罗科菲耶夫娜视为受自己庇护之人,就像三十五年前一样,因此绝不容忍她的固执与倔强。她指出,他们所有的这些人都不过是根据自己的行事风格,性急地向前冲,小题大做。无论她仔细听了多少遍叙述,也不相信公爵和阿格拉娅间已经发生了什么事。她建议最好再等一等,看看事情还会如何发展,依她看来,"公爵是个正派人,不过有病在身,又有些奇怪,而且没什么社会地位;但糟糕的是,他公开豢养情妇"。叶莉扎维塔·普罗科菲耶夫娜清楚地知道,别洛孔斯卡娅这是因为她的女儿没与她介绍牵线的叶甫盖尼·帕夫洛维奇在一起而有些生气。她回到帕夫洛夫斯克自己家里的时候,比出门前还要恼怒,立刻把所有人骂了一顿,主要是因为他们"都疯了",除了他们,谁家做出这样的事。"你们急什么?能出什么事了?无论我怎么观察,也得不出一个的确有事发生过的结论!再等等看,看事情有什么进展!别去管伊凡·费道罗维奇产生的什么幻觉,这难道不是小题大做吗?"等等,再等等。

因此,结论就是需要冷静下来,冷眼旁观,等着。但是,哎,平静的状态还没维持过十分钟，第一个打击将军夫人的消息就来了，是在她去石岛的这段时间里发生的（她前脚去石岛，公爵后脚就来了，不过不是九点多来的，而是十二点多来的）。两位小姐十分详细地回答了妈妈迫切的盘问。首先，她不在的时候，"好像没有发生什么特别的事"。公爵来了，阿格拉娅一直没有出来接待他，估摸半小时后才出来，她一出来就立马提议跟公爵下棋，公爵不会下棋，因此阿格拉娅很容易地赢了他，她很开心，并且一直取笑公爵棋技太差，疯狂地嘲笑他，因此让人看着都觉得公爵很可怜。后来她提议打扑克，打"杜拉克①"。但是这次的结果恰恰相反，公爵在打"杜拉克"时展现出了高超的水平，简直就像……像大师级别，他打得很专业，很有技巧，而阿格拉娅则不是使诈，就是换牌，甚至当着他的面偷牌，但每次他还是赢了她。连着五局，阿格拉娅都成了"杜拉克"。阿格拉娅气得不得了，甚至完全放肆起来，冲着公爵说了好多讽刺挖苦和粗鲁无礼的话，这让公爵收敛了笑容，直到她最后那句——只要他坐在这儿，她就不会踏进这个房间一步，在发生了那一切后，半夜十二点多造访一个姑娘家，简直是不知羞耻，这让公爵的脸色煞白。后来阿格拉娅砰的一声关上门就走了。尽管她们所有人安慰了公爵一阵，但公爵走时的神情还是像从葬礼上离开的一样。公爵走后十五分钟，阿格拉娅突然急匆匆地从楼上跑到下面的露台上，甚至连眼泪都没擦干，她的眼睛显然是哭过的，她跑下来是因为科利亚带着一只刺猬来了。她们大家开始看刺猬。科利亚则解答她们提出的问题，说刺猬不是他的，他现在是跟他的同学——中学生科斯佳·列别杰夫一起来的，科斯佳就在大街上等着，不好意思进来，因为他带着一把斧头；而刺猬和斧头

---

① 扑克的一种玩法，输的人被称为"傻瓜"。

是他们跟路上遇见的庄稼汉买的，他们买刺猬花了五十戈比，而斧头则是他俩一起劝服他一起卖掉的。顺便说一句，这是把好斧头。这时阿格拉娅突然开始缠着科利亚，要他把刺猬转卖给她，她竟然区别以往、肆无忌惮地称呼科利亚为"亲爱的"。缠了好久科利亚都没同意，最后还是科利亚坚持不住了，于是叫来了科斯佳·列别杰夫，后者进来时的确拿着把斧头，显得非常难为情。但事情忽然明朗了：原来这个刺猬根本不是他们的，而是属于彼得罗夫家老三的（另一个男孩），他给了他俩钱，让他们从第四个男孩那儿给他买一本斯洛塞尔的《历史》，第四个男孩急需钱用，因此愿意便宜出售。他们是去买斯洛塞尔的《历史》的，但在路上忍不住买了刺猬。因而，刺猬和斧头是属于那个彼得罗夫家的孩子的，他俩现在就是要拿着这两个东西作为斯洛塞尔的《历史》的替代品还给他。但是阿格拉娅就这样纠缠不休，最终他们决定把刺猬卖给她。阿格拉娅刚得到刺猬，便立马在科利亚的帮助下，把它放到一只篮子里，盖上一块餐布，然后让科利亚帮她把这只刺猬带给公爵，以她名义请求公爵收下这"最诚挚的敬意"。科利亚高兴地同意了，并承诺一定送到，但又立马缠住她问："这个礼物意味着什么？"阿格拉娅则回答他这不关他的事。科利亚说，里面肯定含着讽刺之意。阿格拉娅就生气了，毫不客气地回嘴，说他不过是个什么都不懂的小屁孩而已。科利亚立即反驳道，要不是因为他尊重她是女性，再加上自己的信仰的话，他肯定会反击她的。不过最终科利亚还是很高兴地提着刺猬走了，科斯佳·列别杰夫则跟在他后面跑。当阿格拉娅看见科利亚手里的篮子左右晃得厉害时，便忍不住从露台冲下面他的背影喊道："科利亚，请别掉出来了，亲爱的！"就好像刚才从未跟他拌嘴一般。科利亚停了下来，也像从未吵过架一样，胸有成竹地喊道："不会的，不会掉出来的，阿格拉娅·伊万诺夫娜，请尽管放心！"

说完又低头跑了起来。然后阿格拉娅便哈哈大笑起来，颇为满意地跑进自己的房间里，之后一整天都很开心。

这样的消息完全让叶莉扎纳塔·普罗科菲耶夫娜震惊了。看上去，似乎没什么好奇怪的，不过，看得出，这消息给她传递了一种信号，再次激起她的焦虑和不安，最重要的是，刺猬到底意味着什么呢？这里有什么约好的暗号吗？刺猬代表着什么呢？这是什么信号？电报密码吗？而就在盘问的时候，正好可怜的伊凡·费道罗维奇在场，他一句话就打破了这种猜想。在他看来，这里根本没有什么电报密码，而刺猬"仅仅是刺猬而已，除此之外，或许还代表着友情、不计前嫌以及和解，总之一句话，就是小孩子家的嬉闹而已，但无论如何都是天真无邪，可以被原谅的"。

这里不得不说，他的猜测完全正确。公爵自打在阿格拉娅那里受到讥讽，继而被赶出门后，回到家中已经忧郁沮丧半小时了，突然科利亚带着刺猬来了，顿时就雨过天晴了。公爵仿佛死里逃生一般，仔细向科利亚询问着细节，斟酌着他复述的每一句话，反复问了十遍，像个孩子般，一边笑着，一边不时地将手伸向两个少年去握。两个少年也笑着，开朗地望着公爵。看来，阿格拉娅已经原谅他了，公爵今晚又可以去找她了，而这对他来说，不仅很重要，而且甚至可以说大于一切。

"我们多孩子气啊，科利亚！还有……还有……我们是孩子，这多好啊。"他终于沉醉地发出了欢喜的感叹。

"再简单不过了，她爱上您了，公爵，没别的！"科利亚用类似权威的语调断言道。

公爵的脸一下子烧了起来，但这次他什么话也没说，而科利亚则是一边哈哈大笑，一边拍手鼓掌，过了一会，公爵也跟着大笑起来，然后他便开始每隔五分钟看一次表,时间是过了很久,但距离晚上还有很长时间。

叶莉扎维塔·普罗科菲耶夫娜这会儿则完全被情绪占了上风,她终于克制不住了,歇斯底里地发作起来。她不顾丈夫和女儿们的全然反对,立刻派人叫来阿格拉娅,要向她提最后一个问题,并要求从她那儿得到明确答复。"只为彻底了解此事,永不再提,一了百了!""否则,"她说道,"我活不到晚上!"直到现在,大家才明白,事情已经到了多么糟糕的地步。阿格拉娅则佯装惊讶,表示愤怒,甚至哈哈大笑嘲讽公爵,讽刺所有盘问自己的人,除此以外,再也没说什么。叶莉扎维塔·普罗科菲耶夫娜则躺在床上,直到公爵来喝茶的时候才出来。她耐心地等着公爵,当他到的时候,她差点没发疯。

公爵怯生生地进来,几乎是摸索着进来的,奇怪地笑着,观察着大家的眼睛,似在询问,因为阿格拉娅不在房间里,他便立即害怕起来,这天晚上没有一个外人,都是家庭成员。肖公爵因为叶甫盖尼·帕夫洛维奇伯父的事还在圣彼得堡逗留。"要是他在这,肯定会说些什么的。"叶莉扎维塔·普罗科菲耶夫娜为他不在而感到惋惜。伊凡·费道罗维奇坐着,一副异常焦虑的神态。小姐们则很严肃,似乎故意沉默不语。叶莉扎维塔·普罗科菲耶夫娜也不知从何说起。最后,她突然生气地把铁路抛出来,骂了一通,并以一副果决挑衅的姿态看着公爵。

哎!阿格拉娅还没有来,公爵开始沮丧起来。他刚小声且语无伦次地发表完修铁路有诸多益处的观点后,阿杰莱达便突然笑了起来,公爵又再次沉默不语了。就在此时,阿格拉娅斯文端庄地走了进来,非常有礼貌地向公爵鞠躬行礼,然后在圆桌旁最明显的位置上庄重地坐下,她疑惑地看了看公爵。大家明白了,解除一切困惑的时刻到了。

"您收到我的刺猬了吗？"她强硬且生气地问道。

"收到了。"公爵红着脸，开始心平气和地说。

"那请您马上解释下，您对此是怎么想的？这对妈妈的情绪，全家的稳定安宁非常有必要。"

"听我说，阿格拉娅……"将军突然担心起来。

"这，这太过分了！"叶莉扎维塔·普罗科菲耶夫娜不知怎地，突然害怕了起来。

"这没什么过分的，妈妈，"阿格拉娅立马严厉地回答，"我今天派人给公爵送了一只刺猬，只是想知道他的想法。公爵，您怎么说？"

"也就是说，您想问我的想法，阿格拉娅·伊万诺夫娜？"

"关于刺猬的想法。"

"就是说……我想，阿格拉娅·伊万诺夫娜，您是想知道我如何接受……刺猬的……或者最好说是，我是如何看待……送来的这个……刺猬，就是说……这种情况下，我认为……总之……"

他紧张得难以呼吸，一时语塞。

"喏，您也没说出来什么。"阿格拉娅等了约五分钟后小结道，"好吧，我同意把刺猬的事先放放，但我很高兴，终于能解决心中积攒已久的困惑。最后，请允许我向您问一个私人问题：您要不要向我求婚？"

"啊，天哪！"叶莉扎维塔·普罗科菲耶夫娜喊出声来。

公爵顿时颤抖了一下，伊凡·费道罗维奇惊得呆住了，两个姐姐则蹙起了眉头。

"别撒谎，公爵，请说真话。因为您的缘故，他们不断用一些奇怪的问题纠缠着我。这些问题是否有依据？您说啊！"

"我没向您求过婚，阿格拉娅·伊万诺夫娜，"公爵突然精神一振，然后说,"但是……您知道的,我是多么地爱您,信任您……甚至现在……"

"我问您的是:您是否要牵起我的手,向我求婚?"

"是的,向您求婚。"公爵回答道,他的心快提到了嗓子眼。

紧接着,大家反应强烈。

"我亲爱的朋友,这一切不是那么回事,"伊凡·费道罗维奇激动地说,"这……这几乎不可能,如果是这样,格拉莎①……请原谅,公爵,请原谅,我亲爱的!……叶莉扎维塔·普罗科菲耶夫娜!"他转头向夫人求救,"需要……您管一下……"

"我不管,我可不管!"叶莉扎维塔·普罗科菲耶夫娜挥舞着双手。

"妈妈,请允我问两句,要知道这件事,跟我也有关系:这是决定我命运的关键时刻。"阿格拉娅就是这么表达的,"我自己想知道,除此之外,我很高兴能当着大家的面……请允许我问您,公爵,如果您'有此意',那么您究竟用什么来给我幸福呢?"

"我不知道,真的,阿格拉娅·伊万诺夫娜,我不知道怎么回答您,这……这怎么回答好呢?再者……有这个必要吗?"

"您,似乎很不好意思,都喘不过气来了,您稍微休息下啊,平复下心情,喝点水吧,不过马上会来人给您沏茶的。"

"我爱您,阿格拉娅·伊万诺夫娜,非常爱您,我只爱您一人……请您别开玩笑,我非常爱您。"

"但是,但此事非同一般,我们不是小孩子,而是要认真对待……现在劳烦您解释一下,您的财产情况怎么样?"

---

① 阿格拉娅的昵称。

"去去去，阿格拉娅！你说什么呢！不是这样的，不是这样……"伊凡·费道罗维奇害怕地喃喃低语。

"胡闹！"叶莉扎维塔·普罗科菲耶夫娜低语制止道。

"她疯了！"亚历山德拉也同样低语道。

"财产……也就是说，钱吗？"公爵吃惊地问道。

"是的。"

"我有……我现在有十三万五千卢布。"公爵面色通红，喃喃问道。

"就只有这些吗？"阿格拉娅惊讶地大声嚷道，但丝毫也不脸红，"不过，没关系，如果节俭些的话……您打算工作吗？"

"我想考试通过后去当家庭教师……"

"很好，当然，这会对我们的收入有所帮助的。那您打算成为一名士官生吗？"

"士官生？我从来没想过这个，但是……"

但这时两个姐姐已经忍不住地笑了出来。阿杰莱达早就已经发觉，阿格拉娅脸部线条抽动的变化，意味着她很快便会抑制不住而发出笑声，她不过是暂时竭力克制着自己。阿格拉娅本来还严厉地瞥了一眼两个大笑起来的姐姐，但自己还没忍到一秒钟，就发出了极为疯狂、几乎是歇斯底里般的笑声。最后，她跳起身，从房间跑了出去。

"我就知道，就是为了好玩，开玩笑而已！"阿杰莱达大声说道，"一开始就是如此，从送刺猬起就是。"

"不，我可不允许她这样，我不允许！"叶莉扎维塔·普罗科菲耶夫娜勃然大怒，追着阿格拉娅跑了出去。两位姐姐也立刻紧随其后。房间里就剩下了公爵和这家的一家之长。

"这个，这个……你能描述下具体情况吗，列夫·尼古拉耶维奇?"将军顿时僵硬地喊道,看得出,他自己也没想清楚,他想问什么,"不,认真说,请认真说。"

"我看得出来,阿格拉娅·伊万诺夫娜只是在取笑我。"公爵忧伤地回答说。

"等等,老弟,你等等……起码……你得给我解释一下,列夫·尼古拉耶维奇,哪怕说说:这一切是怎么发生的,这一切意味着什么,整件事?你应该明白,老弟,我是她父亲,我这个做父亲的,却一点儿也不明白,所以需要你给我解释一下。"

"我爱阿格拉娅·伊万诺夫娜,她知道这一点,而且……似乎很早就知道了。"

将军耸了耸肩。

"奇怪,奇怪……你很爱她吗?"

"很爱。"

"对我来说,这一切太奇怪了,太奇怪了。着实出人意料……你看,我亲爱的,我倒不是说你的财力情况(尽管曾期待你会有更多的财富),但是,对我来说,我女儿的幸福……你是否有能力,这么说吧,你是否有能力给她……幸福?还有……还有……现在是什么情况?她真的只是开玩笑?也就是说,不是你在开玩笑,而是她?"

从门后传来了亚历山德拉·伊万诺夫娜的呼喊声,她们在喊爸爸。

"等等,老弟,等等!容我想想,我马上回来……"他匆忙说完,便几乎是惊慌失措地应着亚历山德拉的喊声而去。

他看见夫人和小女儿拥抱在一起,一个在另一个的怀里哭泣着。这是幸福的泪水,是感动,是和解。阿格拉娅亲吻着自己母亲的双手、脸颊、嘴唇,两人激动得互相依偎在一起。

"瞧,来看看她吧,伊凡·费道罗维奇,这就是她现在真实的模样!"叶莉扎维塔·普罗科菲耶夫娜说。

阿格拉娅带着一脸幸福且流着泪的小脸,从妈妈的怀里探头看向爸爸,大声地笑着,扑向他,结结实实地拥抱他,亲吻了好几次。然后又扑向妈妈,把脸完全埋进妈妈的胸前,不让任何人看见,随即又哭了起来。叶莉扎维塔·普罗科菲耶夫娜用自己衣服的一角遮住她。

"喏,你让我们怎么做啊,怎么做,你这个狠心的丫头,掀起了风波之后,就这样!"叶莉扎维塔·普罗科菲耶夫娜说道,但这次是高兴地说,似乎她突然间呼吸也变轻松了。

"狠心!是的,我是个狠心的丫头!"阿格拉娅突然接话道,"我是个坏东西!被宠坏了!这您得跟爸爸说。哎,他就在这儿站着。爸爸,您在这吗?您听见了吗?"她含泪笑着说。

"亲爱的宝贝,你是我的小笨蛋!"因幸福而显得神采奕奕的将军边亲吻着她的手(阿格拉娅也没抽回手)边问道,"这么说来,你是爱这个……年轻人咯?"

"不——不——不!我无法忍受……您的那个年轻人,我无法忍受!"阿格拉娅突然火冒三丈,抬起了头,"如果您,爸爸,再敢……我认真地跟您说,请您听好了,认真地跟您说!"

她也的的确确是在认真说,整张脸都涨得通红,眼睛熠熠发亮。爸爸则被吓坏了,但是叶莉扎维塔·普罗科菲耶夫娜在阿格拉娅后面给他使了个眼色,他也就明了,不再多问。

"既然如此,我的小天使,那么随你高兴,你自己做主,他还在那儿等着呢,要不要给他一个婉转的暗示,让他走呢?"

这会轮到将军给叶莉扎维塔·普罗科菲耶夫娜使了个眼色。

"不,不,这就多余了,尤其是'婉转的暗示'。麻烦您先亲自过去,我随后就出来,请您马上去。我会向……这个年轻人请求原谅,

663

因为我让他受委屈了。"

"而且受了很大委屈。"伊凡·费道罗维奇肯定地说道。

"好吧,这样……那你们最好都留在这儿,我先一个人去,然后你们在我后面,过一会儿再出来,这样更好些。"

她已经走到门口,但突然又折了回来。

"我肯定会笑场的!我会笑场的!"她忧愁地说着。

但转瞬间,她又转身朝着公爵跑去。

"嘿,这什么情况?你怎么看?"伊凡·费道罗维奇焦急地问道。

"我都不想说出来,"叶莉扎维塔·普罗科菲耶夫娜也焦急地回答,"依我看,这不显而易见嘛。"

"我也看得清清楚楚。犹如白天一样清楚。她喜欢他。"

"不仅喜欢他,还爱上他了!"亚历山德拉·伊万诺夫娜附和着,"只不过竟然会爱上这样的人,出乎意料吧?"

"上帝保佑她吧,既然这就是她的命!"叶莉扎维塔·普罗科菲耶夫娜虔诚地在胸前画着十字。

"这就是命,"将军说,"逃无可逃,避无可避!"

于是所有人都回到了客厅,而那儿又有一个意外在等着他们。

阿格拉娅走近公爵的时候,不仅没有像之前那样哈哈大笑,反而有些怯生生地对他说:"请您原谅一个愚蠢的、粗鲁的、娇生惯养的姑娘,"她牵起了他的手,"请您相信,我们所有人都无比尊重您。如果我再敢嘲笑您那美好……善良纯朴的心灵的话,那么请像宽恕淘气的小孩子一样,原谅我好吗?请原谅我我行我素地做出了这样荒唐的事,当然,它一点儿也不会产生任何影响……"

阿格拉娅说最后几句话的时候加重了语气,似乎在强调。

父亲、母亲和姐姐们刚一走进客厅的时候,正好看到、听到这一切，让所有人都震惊的不只是"不会产生任何影响"这句话，还有阿格拉娅说到这句话时那种认真的表情，他们都疑惑地交换了下眼神，但是公爵好像还没明白这句话的意思，只是自顾自地沉浸在极度的幸福之中。

"您为什么这样说，"他喃喃地问，"您为什么要请求……原谅……呢？"

他甚至想说，他不值得让她这样请求他的原谅。谁知道呢，或许，他察觉到了"荒唐的事，不会产生任何影响"这句话的含义，但是作为一个奇怪的人，也许没准还会因为这句话而感到高兴呢。毫无疑问，他光是想到又可以不受阻碍地来找阿格拉娅，允许他跟她说话，跟她坐在一起，跟她一起散步，就觉得，这些对他来说已经无比开心满足了，不过，谁知道呢，或许仅凭这一点就能让他满足一辈子！叶莉扎维塔·普罗科菲耶夫娜暗暗担心的似乎就是这种满足。她已经猜到了他的所想，她暗自担心了很多事情，但是又不会表达出来。

很难想象这天晚上公爵激动兴奋到了何种地步。他如此开心，以至于看着他的人都会觉得快乐——阿格拉娅的姐姐们后来是这么形容的。他一直在说话，这是自半年前首次结识叶潘钦一家那个上午以来，从未有过的事，尤其是从圣彼得堡回来后。大家发现，他明显特意沉默了许多，不久前他当着大家的面对肖公爵说，他需要克制下自己并且保持沉默，因为他没有权利在阐述观点的同时，又贬低它。这一个晚上，他说了很多话，似乎都是他一个人在发言。他说了不少故事，条理清晰，高兴且详细地回答了所有问题。但是，他的言语中没有流露出任何类似表达爱意的话语。所说的这些都十分严肃，甚至可以说有深刻的智慧蕴含在里面。公爵阐述了自己的几个观点，以及自己暗中的观察，如果不是这一切被"阐述得头头是道"（所有听众后来都承认这点），甚至会觉得很可笑。尽管将军喜欢严肃的话题，但是不管是他也好，还是叶莉扎维塔·普罗科菲耶夫娜也好，都暗自因为话题过于高深而感到沉闷。不过，好在公爵最后讲了几件搞笑的趣事，讲完后，他自己率先笑了起来，这让其他人觉得公爵本身的笑声要比他讲的那几件趣闻好笑多了。至于阿格拉娅，她整晚几乎没说什么话，但是，她始终专注地听着列夫·尼古拉耶维奇说话，甚至与其说是在听他说话，不如说是在注视着他。

"她这样目不转睛地看着他，斟酌他的每字每句，不漏掉每一个字！"后来叶莉扎维塔·普罗科菲耶夫娜对自己的丈夫说，"可要是对她指出，她爱他，她指不定会闹出什么荒唐事来！"

"能怎么办，这就是命！"将军一边耸耸肩膀，一边说着他不断重复说的这句话。这里我们不得不提一下，叶潘钦将军作为一个务实的人，眼下的处境，以及还有很多地方，都是他不满意的，然而不满意的主要原因就是目前事态不明朗，但是在事态明朗前，他也决定保持沉默并观察……叶莉扎维塔·普罗科菲耶夫娜的脸色行事。

全家高涨的情绪并没有持续多久。第二天阿格拉娅又跟公爵吵架了，接下来好几天都处在这样来回不断的争吵中。常常一连几个小时她都在不断地取笑公爵，开他玩笑。不过他们也确实偶尔会在她家小花园里坐一两个小时，但是大家注意到，这种时候，公爵几乎总是给阿格拉娅读报纸，或者其他什么书。

"您知道吗，"有一次阿格拉娅打断了他念报，对他说，"我发现，您受过的教育少得可怜。如果问您，这是谁，哪个年代，哪个条约，您什么都不知道，您真可怜。"

"我对您说过了，我文化程度不高。"公爵回答说。

"那您身上还有什么呢？这之后，让我怎么尊敬您呢？您接着念吧，算了，不用了，别念了。"

那天晚上她又做出了一些让大家很难猜明白的举动。肖公爵回来了，阿格拉娅对他很亲昵，问了很多关于叶甫盖尼·帕夫洛维奇的情况（此时列夫·尼古拉耶维奇公爵还没来）。突然肖公爵不知怎地暗示起"家里近期会有喜事出现"，还提到了叶莉扎维塔·普罗科菲耶夫娜透露出来的几句话，说什么可能又不得不推迟阿杰莱达的婚礼了，以便两个婚礼能一起举行。简直难以想象，阿格拉娅对"所有这些愚蠢的提议"有多么恼火，甚至她还脱口而出这样的话，"她还不打算代替任何人的情妇"。

此话一出震惊四座，尤其是她的父母。叶莉扎维塔·普罗科菲耶夫娜与丈夫秘密商量后，坚持要丈夫去跟公爵彻底聊清楚有关娜斯塔西娅·费利帕夫娜的事。

伊凡·费道罗维奇发誓说，所有这一切只是"冲动下的行为"而已，都是因为阿格拉娅的害羞所致。若不是肖公爵提到婚礼的事，那么阿格拉娅也不会说出此种冲动的话，因为阿格拉娅自己也知道，而且非常清楚地知道，这一切纯属一些居心不良的人的恶意中伤，实情就是，娜斯塔西娅·费利帕夫娜是要嫁给罗戈任的，公爵跟此事毫无关系，不但没有关系，甚至从未有过关系。

对于这些事，公爵仍然坦荡而且不多加理会。哦，当然，他有时发现在阿格拉娅的眼睛里出现某种阴郁以及急不可耐的东西，但他更相信，她眼里的那些阴郁总会自己消失的。他一旦深信不疑，就什么也无法使他动摇。或许，他已经过于平静了，至少有一次偶尔在公园里遇到的伊波利特是这样觉得的。

"怎么样，我当时就给您说，您在恋爱，没说错吧？"他自己走到公爵面前，挡住他的去路说道。公爵则伸过手去，祝贺他的"气色看起来不错"。肺结核患者本来也会看上去很精神，这是肺结核患者的固有特征。

他走到公爵跟前本来是为了就公爵的幸福模样说一些相关的挖苦的话，但立马便跑题，开始谈起自己。他开始抱怨，抱怨了很久，言语间毫无逻辑关系。

"您敢相信吗，"最后他说道，"他们家的所有人有多么爱生气，而且小气、自私、好强、平庸；您敢相信吗，他们让我过去住是有条件的，为的是要我尽快死去，但我非但没死，反而还恢复了一些，于是他们都气得火冒三丈，近乎疯了。简直堪比喜剧！我敢打赌，您根本不相信我的话！"

公爵不想反驳他。

"我有时甚至想再搬回到您那儿住，"伊波利特随意说了一句，"不过，您该不会真以为他们接受一个人去他家住的条件就是让他立即、尽可能快地去死吧？"

"我想，他们邀您过去住，是有其他的目的。"

"嚯！您倒真不像别人说您的那样白痴！现在还不是时候，不然我定要跟您揭发加尼亚的真实嘴脸和他的如意算盘。他们在挖您的墙脚，公爵……甚至让人可怜的是，您还如此平静幸福的模样。不过，哎，您这个人也是不可能有其他样子的！"

"原来您可怜的是这点啊！"公爵笑了起来，"怎么，您认为，如果我不平静的话，反而会更幸福些？"

"宁可知情地不幸，也好过像傻子一样幸福地生活。您，似乎完全无法相信，有人在跟您竞争，而且就是……那方面的？"

"您说竞争未免言过其实，伊波利特，我很遗憾，我没法答复您。至于说加夫里拉·阿尔达利翁诺维奇，如果您多了解他些的话，那么您可能就会赞同我,他在失去一切以后,他的内心能很平静吗?我觉得,从这点出发评价他比较好。他还来得及知返,日子还长,生活还很精彩……不过……不过……"公爵突然不知道怎么表达才好,"至于挖墙脚……我完全不懂,您指的是什么,我们最好还是先别说这个,伊波利特。"

"那就暂时不说这事了,再说了,您这个人也没法做到不去高尚待人。对了,公爵,您必须亲自去了解下,省得您又不相信,哈哈!现在您肯定非常鄙视我,您是怎么想的呢?"

"为什么鄙视?难道就因为您比我们多受了些痛苦,而且现在仍在受苦之中吗?"

"不是,是因为对自己受的苦难感到不值得。"

"谁更能受苦,谁就值得更多的苦难。阿格拉娅在读了您的'声明'后,曾想见见您,但是……"

"一直拖着……她不能,我理解,我理解……"伊波利特打断了他的话,似乎竭力想避开这个话题,"顺便一提,听说,您亲自给她朗读了这篇胡言乱语的东西。真是的,这都是我在神志不清的时候写出来的……我就不明白了,孩子般的虚荣心和报复心要用到什么时候,我不说残酷(这对我是侮辱),竟然用这个声明来责备我,把它当作武器来反驳我!别担心,我不是说您……"

"但是,我可惜的是,您不要这个本子了,伊波利特,这本手稿写得很真诚,而且您知道吗,甚至里面最可笑的地方,出现过很多次的地方(伊波利特紧紧地蹙起眉头),都被苦难填补了,因为承认它们就是一种痛苦……或许还需要很大的勇气。一定有高尚的动机,推动您的思想,无论声明表面上给人的感觉是怎样的。我现在越来越清楚地意识到这点,我跟您发誓。这不是批判您,我现在说,是为了表达我的遗憾，遗憾当时在场的我保持了沉默……"

伊波利特火冒三丈。他有过一个念头，认为公爵是在装模作样，试图想揭穿他，但仔细观察了公爵的表情后，他不得不相信他的诚意。因而，伊波利特脸上的表情也明朗起来。

"反正就要死了！"他说，差点加了句"像我这样的人"。"您想想，您的加尼亚是怎么折磨我的，他表面佯装驳斥我，其实暗地里心里却巴不得在场听我的声明的人中，有三四个比我早死。怎么样？他觉得这就是一种对我的安慰，哈哈！先别说还没人死，就是即便有人相继死光，对我来说又算是什么安慰呢，您也同意这点吧？他这是以己度人，不过，他要走的路还远着呢，他现在只好骂人了，说什么在这种沉默的情况下，作为一个规规矩矩、品德端正的人才会死去。说我所做的一切，只不过是一种利己主义！我利己？不，他才是利己主义者！他们才是精致的利己主义者，或者说，他们是多么的庸俗，却不自知！……公爵，您读过18世纪一个叫斯捷潘·格列鲍夫①的人之死的故事吗？我昨天偶然读到的……"

"哪个斯捷潘·格列鲍夫？"

"就是彼得大帝时代被拴在桩子上的那个人。"

"啊，我的天哪，我知道！他在桩上待了十五个小时，还是在严寒里，穿着皮大衣，死得很惨。当然，我读过他的故事……怎么了？"

"上帝把这样的死法赐给了人们，却不赐给我们！您，或许在想，我没法做到像格列鲍夫那样死去吧？"

"哦，完全没这么想，"公爵有些窘迫，"我只是想说，您……也就是说，您不像格列鲍夫，但是……说您……您更像当时的……"

---

① 彼得一世第一个妻子的情夫。

"我猜是奥斯特曼①,而不是格列鲍夫,您是想说这个吧?"

"哪个奥斯特曼?"

"奥斯特曼,外交官奥斯特曼,彼得大帝时代的奥斯特曼。"伊波利特喃喃低语道,突然他把自己也弄糊涂了,之后便陷入困惑中。

"哦,不……不……不!我想说的不是这个,"公爵在沉默片刻后,突然拉长语调说道,"我觉得您,永远不会成为奥斯特曼……"

伊波利特蹙起了眉头。

"不过,您知道,我为什么这么肯定吗?"公爵突然接过话茬说道,看样子是想更改下说法,"因为那时候的人(我跟您发誓,这点让我很惊讶)似乎完全不像我们现在这个年代的人,不像我们这种时代的人种,而像是另一种时代的……那个时代的人们似乎只有一种想法,而现在的人们更神经质一些,头脑更发达些,思想也更细腻一些,不知怎的,一下子会迸发出两三种想法……现代人的思维会更广一些——我发誓,这就阻碍了他们成为过去那个时代那样简单的人种……我……我刚刚只是单纯想表达这个意思,而不是……"

"我明白,您是因为率真才反驳我的,现在也是因为率真又来拼命安慰我的,哈哈!您还真是个孩子,公爵。但我发现,您总把我看作……一个陶瓷杯……没关系,没关系,我不会生气的。无论怎样,我们谈话的这个可笑的结果还不错,您有时候真像个孩子,公爵。不过,您要知道,我,或许,我希望成为一个比奥斯特曼更好的人,奥斯特曼可不值得让我死而复生……不过,我知道,我应当早点死,否则我自己……别管我了。再见!算了,好吧,那么,您得亲口告诉

---

① 有着日耳曼血统的俄国外交家,原为荷兰海军中将的秘书,后被彼得一世聘任到俄国。

我,您觉得我怎么死比较好呢?……也就是说,怎么死才能……高尚些?来吧,说嘛!"

"从我们旁边坦然路过,微笑着原谅我们的幸福!"公爵轻轻地说。

"哈哈!我就猜到会是这样的话!一定会得到类似的答案!但是您……但是您竟然……算了,算了!您真是个能言善辩的人啊!再见,再见!"

第六章

叶潘钦家将在别墅举行晚会以及邀请别洛孔斯卡娅光临的消息，瓦尔瓦拉·阿尔达利翁诺夫娜已经事无巨细地告诉了哥哥；就是今晚，会邀请所有客人聚在一起，但是对于这个消息，她又表现得颇为急躁。的确，聚会之事过于仓促，甚至还带着一丝紧张不安的气氛，这也正是因为这个家庭"一切都格外与众不同"。而这一切主要是如下原因造成的：其一，"不想再猜疑"的叶莉扎维塔·普罗科菲耶夫娜迫切地想要跟所有人解释这一切；其二，夫妻俩的两颗心都在为爱女的幸福激动地颤抖着；其三，则是别洛孔斯卡娅很快就要离开这个城市了，鉴于她在上流社会中举足轻重的地位，夫妻俩期望公爵能得到她的青睐与庇护，这个"上流社会圈"能够碍于这个无所不能的"老太婆"的情面，接纳并承认阿格拉娅的这个未婚夫。因此，从这个层面上来看，这件事也没什么奇怪的了。截至目前，最让夫妻俩纠结的地方在于，夫妻俩没法自己作出判断："到底应不应该为此担忧？或者压根就不用担心什么？"碍于阿格拉娅，这件事发展到现在，一直都没有最终的定论，因此这种时候，位高权重之士的友好意见就显得格外重要了。反正无论如何，迟早都会把公爵引入这个对他来说完全陌生的圈内。简而言之，他们打算借助这个聚会，让公爵跟这群达官贵族认识一下。不过今晚的聚会很简单，邀请前来的人都是他们家的好友，人并不多，除了别洛孔斯卡娅以外，他们还邀请了一位夫人，那是一个位高权重的贵族之妻。而被邀请的人里面，似乎也只有叶甫盖尼·帕夫洛维奇一个年轻人，他是陪同别洛孔斯卡娅一起出席晚宴的。

别洛孔斯卡娅要来叶潘钦将军家的事，公爵是在宴会前三天得知的；而要举办宴会的事情，他则是在宴会前一晚才知道的。不过，他倒是觉察到了这家人忙碌的身影、若有若无的暗示，以及人们在与他谈话时所流露出来的担忧，这些多少能让他明白，他们是害怕他在宴会上给那些达官显贵留下不好的印象。但似乎叶潘钦家的所有人对他只有一个认知：他是白痴。他绝对不会想到他们会这么担心他，因此，每次看到大家如此看他时，他都会感到内心十分痛苦。不过，好在他也没怎么将此事放在心上，他真正担心的完全是另一件事：阿格拉娅变得越发任性，越发忧郁。这让他很难过。而当他知道叶甫盖尼·帕夫洛维奇也会来的时候，明显变得很高兴，直说"早就想认识他了"。可也不知道为什么，听到这句话大家都很不高兴，阿格拉娅则更是烦闷地走出房间，晚上十一点多，公爵准备离开的时候，她才抓住时机，趁着送他出去的空当，对他说："我希望您明天白天先不要来这边，等晚上宴会那些……客人们都来了以后，您再来，您知道明天家里要来客人吧？"

她带着些许烦躁还有严肃的口吻说道。这是她第一次提到"宴会"，对于她来说，只要一想到有客人要来，她就感到异常烦躁，大家也都发现了这点。要不是因为她害羞、骄傲，她绝对会跟她父母为此大吵一架的。这让公爵瞬间明白了，她也在担心他（但她只是不愿意承认而已），这让他突然紧张起来。

"是的，我知道的，我也被邀请了。"他回答说。

这话一出，她很难再顺着说下去。

"我能跟您聊个严肃的话题吗？哪怕一生就这一次？"她突然生起

气来,但连她自己都不知道为何会生气,只是觉得胸腔的怒火无法被压制住。

"可以的,我洗耳恭听,这是我的荣幸。"公爵轻声说。

阿格拉娅沉默了一分钟后,再次开口说道,但语气中明显带着烦躁:"在某些事情上,我实在是不想跟他们争论,因为无论你怎么争辩,他们就是不明白。我讨厌妈妈的这些规矩,更别把希望寄托在爸爸身上了,他什么都不管。妈妈,绝对是个品格高尚的善良女人,谁要是大胆建议她做什么下流出格的事情,嗬!那可有他受的。可不知道为何,她却总是对这个……可恶的女人低眉顺眼的!我不仅仅是说别洛孔斯卡娅。别洛孔斯卡娅是个性格不好、脾气还很坏的老太婆,可她很聪明,善于掌控他人的心理,因此所有人都给她面子——就这点来看,她还是有点本事的。嘻!真可恶!不过说起来也挺可笑的,我们这群人充其量算是个中等阶层,始终不过就是普通人而已,干吗非要费尽心思往上流社会的圈子里钻呢?姐姐们也是如此,这都是因为那个肖公爵,他把大家弄晕了。不过,叶甫盖尼·帕夫洛维奇要来,您在那高兴什么劲儿?"

"阿格拉娅,您听我说,"公爵说,"我猜想,您是在为我担心,担心我明天会在那个上流社会圈子里……出洋相?"

"什么?为您担心?"也许是被猜中心事,阿格拉娅突然又发起火来,脸颊也因生气而涨得通红,"我才不会管您……会不会名誉扫地呢,我干吗要担心您?'出洋相'是什么意思?您怎么会说出这种词的?这可不是个好词,简直是庸俗的词汇。"

"这是……学生们经常会说的。"

"可不是嘛,学生们经常说的!非常不好!您明天是不是就打算说些这种类型的词汇?那您今晚在家里再多找点这类的词汇,明天肯定能达到理想的效果！不过，很遗憾，您明天似乎会规规矩矩地参加宴会呢，您从哪里学到这些词的？明天大家特意盯着您看的时候，您会得体地拿起茶杯喝茶吗？"

"我想我会的。"

"那可惜了，不然还能让我乐一乐。不过您还可以打碎客厅里的那个中国花瓶！它非常值钱，是别人送给妈妈的，请您务必把它打碎，这样一来，妈妈肯定会被气疯，然后当着大家的面哭起来的。因为她十分珍爱那个花瓶，您到时就随便做几个动作，就像您平常常做的那样，碰下那个花瓶，肯定能把它打碎。当然，您得特意坐得离那个花瓶近的位置。"

"恰恰相反，我会尽可能坐到离那个花瓶远一点的位置上。谢谢您的提醒。"

"这就是说，您早就想到可能会做一些大幅度的动作咯。那我打赌，您肯定会聊一些特别的'话题'——一些严肃的、学术类的、高尚道德的话题，是吗？那将会是多么……有面子啊！"

"我想那肯定很愚蠢……如果在不合时宜的场景下。"

"您听着，我就只说这一次，"阿格拉娅有些烦躁地说道，"如果您到时真的谈什么死刑啊，俄国的经济情况啊，或者什么'用美来拯救世界'之类的话题，那么……我，肯定会高兴地乐上一阵子的，但是……我丑话说在前面：如果您真这么做了，以后就别再出现在我面前！您听好了，我是认真的！这次我可是认真跟您说的！"

她确实很认真地在警告公爵，公爵也从她的言语和目光中捕捉到了一些不同以往、不曾在她身上出现过的东西。他知道，这不是玩笑。

"但是，听您这样说，我肯定会'乱说话'，甚至……可能会……打碎那个花瓶。我刚才原本没什么感觉的，可现在好了，紧张死了。

我肯定会出洋相的。"

"那您就坐在那里别说话。就坐着,不说话。"

"行不通的,我肯定会因为紧张而乱说话的,肯定也会因为紧张打碎花瓶的。我甚至很有可能会在平地上突然摔一跤,或是做出什么相似的事情来,因为以前就有过类似情况,今晚我肯定紧张到做噩梦的,您为什么要跟我说这个啊!"

阿格拉娅没好气地看了他一眼。

"您知道,这样的话,我明天最好干脆不来了!我就打个报告说我病了,这不就解决了!"他最终说出了这种解决方案。

阿格拉娅被气得跺脚,脸都气白了。

"我的老天哪!这是什么事啊!人家特意冲着他来的……他倒不来了!哎呀!我真是有幸能跟您这种头脑不清的人交往啊!"

"好,好,好,我来,我来!"公爵打断她的话说,"我向您保证,我会整晚坐在那儿一句话也不说的,我一定会这么做的。"

"很好。您刚说,'打个报告',您这又是从哪里学的词?您干吗总喜欢用这些词跟我说话?您是故意气我吗?"

"对不起,这也是学生们经常说的词,我以后再不说这些词了。我明白,您……只是在为我担心……(但请您别生气!),我很开心您能担心我,您不知道,我现在有多紧张,听到您的话后,我又是多么的高兴。但我要向您保证,所有的担心、紧张、害怕,所有这一切都不值一提。阿格拉娅!我很乐意留下来参加宴会。我非常喜欢您,您是个善良的孩子!啊,您会是一位多么好的人啊,阿格拉娅!"

阿格拉娅当然会生气,而且原本已经生气了,但是忽然又因为公爵所说的这番话,让她的心被一种连自己都很意外的暖流包裹住。

"您会不会因为我刚才说的那些无礼的浑话而责备我……哪怕是

以后……某个时候？"她突然问道。

"您怎么突然问这个呢？怎么您的脸这么红？怎么又是这种忧郁的眼神呢？您有时候看起来实在是太忧郁了，阿格拉娅，您以前从不这样的，我知道，这是因为……"

"别说了，别说了！"

"不，最好还是让我说出来。我早就想说了，虽然我已经说过，但……说得还不够，因为您还是不相信我。我们中间还存在一个人……"

"别说了，别说了，别说了，别说了！"阿格拉娅再次打断他的话，紧紧地握住他的手，有些惊慌地看着他。就在这时，刚好听到有人喊她，她便扔下他，愉快地跑开了。

公爵整晚都在发烧，奇怪的是，他已经连烧几晚了。就在这半昏半醒之际，他的脑海中蹦出来的念头是：如果明天当场发病可怎么办？以前不是也发生过类似的事情吗？一想到这，他便越发感到浑身冰凉，他做了一晚上的噩梦：梦见自己正在那个陌生的上流社交圈里，在一群奇奇怪怪的人中间穿梭。关键是，他还真的"乱说话"了，他明明很清醒地知道什么话不该说，可他不知怎么地就是管不住自己，一直在说。他好像正努力说服他们什么。叶甫盖尼·帕夫洛维奇和伊波利特也在应邀的客人里面，他俩显得格外友好。

公爵醒来的时候已经早上八点多了，他的脑袋疼痛难忍，满脑子一些奇怪而凌乱的影像。不知为何，此时的他非常想见一见罗戈任，有很多话想对他说——但具体要说些什么，他自己也不知道，后来，他决定去找伊波利特。他心里有点发慌，以至于这天早上发生的一切，包括列别杰夫的到访，都无法阻挡他要去找伊波利特的决心。

列别杰夫来得很早，九点刚过就来了，而且是带着酒气，醉醺醺地进来的。虽然最近公爵压根没有留意到他,但仍然还是注意到了一个情况:自从伊沃尔金将军从他们这里搬走后,这三天列别杰夫的状态都很糟糕。不知为何,他突然变得邋里邋遢,领带总是歪歪斜斜,常礼服的衣领也被撕破了。他甚至还在自己的屋子里大喊大叫,隔着院子都能听到他的喊叫声。薇拉还曾跑到公爵这儿哭诉抱怨。现在也不知道怎么了,他突然来找公爵说了些奇怪的话,一边捶自己的胸口,一边认错忏悔……

"因为我的小人行径,我遭到……遭到报应……我挨了一记耳光!"他悲愤哀怨地说。

"耳光!谁打你了!……这一大早的。"

"一大早?"列别杰夫冷笑着说,"这跟是不是一大早没什么关系……这甚至不是身体上的报复……而是精神上的……精神上的一耳光,不是身体上的!"

他没有寒暄一句就当即坐下,接着便开始叙述事情的经过。他的叙述断断续续,毫无逻辑可言。公爵蹙了蹙眉,想起身离开,但随即因为列别杰夫的一句话,惊讶地愣在原地……列别杰夫先生所讲的事不禁让人好奇。

他以一封信为谈话的开头,随即提到了阿格拉娅·伊万诺夫娜的名字,然后列别杰夫又话锋一转,开始抱怨公爵,可以理解为公爵让他受了委屈。他说,起初因为认识"某个人"(即娜斯塔西娅·费利帕夫娜),他有幸得到公爵的赏识,但随后公爵就完全跟他断了关系,还把他从身边赶走,让他感到颜面尽失,甚至到了让他感到愤慨的地步。最后一次,他竟然简单粗暴地拒绝回答他关于"近期家中是否有大事发生"这种善意的问题。醉醺醺的列别杰夫流着眼泪继续说道:"这就让我再也无法忍受了,特别是我还知道很多事情……很多,从罗戈任那儿得知的,从娜斯塔西娅·费利帕夫娜那儿得知的,从娜斯塔西娅·费利帕夫娜的女性朋友那儿打听的,从瓦尔瓦拉·阿尔达利翁诺夫娜……那儿……还有从……甚至从阿格拉娅·伊万诺夫娜本人那儿得知的事情,您知道吗,通过薇拉,就是我心爱的女儿薇拉,唯一亲生的……是的……不过她也不是唯一亲生的女儿,因为我有三个女儿呢。还有谁会写信告诉叶莉扎维塔·普罗科菲耶夫娜,甚至还用这么隐晦的方式,嘻——嘻——嘻!是谁写信告诉她,各个人物间的关系的,还有是谁告诉她……娜斯塔西娅·费利帕夫娜本人行踪的,嘻嘻!就问您,是谁,谁是那个匿名人?"

"难道就是您?"公爵惊讶地大声说道。

"没错,"醉汉骄傲地回答道,"就在今天八点半,也就是半个小时前……哦不,四十五分钟之前,我通知那位高权重且人品高尚的母亲,我有一件事情要告诉她……一件非常重要的事。我在后门台阶上,让女佣转交一张字条给她。她收下了。"

"那您刚刚见过叶莉扎维塔·普罗科菲耶夫娜了?"公爵问道,简直无法相信自己的耳朵。

"见了,还挨了一巴掌……精神上的一巴掌。她把信给我退了回来,甚至可以说是给我扔了回来,都没启封过……然后我就被人赶了出去……不过只是精神上的,不是身体上的……不过也差不多是身体上的,差一点点就是了!"

"没有启封就扔回给您的是什么信?"

"难道……嘻——嘻——嘻!对了,我还没告诉您呢!我以为我已经跟您说过了……我收到了一封代转信……"

"谁写的信?信是要转交给谁的?"

虽然,列别杰夫给出的"解释"让人听得云里雾里的,很难弄懂。

但公爵大致已经猜到了些许,信是今天早上那位小姐通过女佣转给薇拉·列别杰娃的,是想让薇拉帮忙按信封上的地址转寄……"如同过去一样,是那位小姐写给某个人的……(我用'那位小姐'来称呼其中的一位,而用'某个人'来称呼另一位,只是为了区分而已。因为毕竟一位是天真无邪、身份高贵的将军千金,另一位则是交际圈的茶花女,差距还是很大的)。总结一下就是,这封信是由名字首字母为A的那位小姐写的。"

"这怎么可能?这封信是写给娜斯塔西娅·费利帕夫娜的?简直荒谬至极!"公爵嚷道。

"以前的确给她写过,但这次不是写给她的,而是写给罗戈任的,不过都一样,只是这次是写给罗戈任的……以前还给捷连季耶夫先生写过信,不过只是代转而已。但同样是那个名字首字母为A的那位小姐写的。"列别杰夫狡黠地眨了眨眼,鬼笑了一下说道。

因为列别杰夫老是跑题,从一件事跳到另一件事,然后又忘记自己最初要说什么,因此公爵干脆耐心地任由他说下去。不过还有一点他没弄明白:信是通过他转交的,还是通过薇拉?如果按他所说交给罗戈任和交给娜斯塔西娅·费利帕夫娜是一样的,那就意味着,信多半不是通过他直接转交的。现在还不知道这封信是怎么落到他手里的,还没弄清楚情况,最可能的猜想就是,他不知道用了什么方法,从薇拉那偷走信……悄悄地偷走,然后带着某种目的去找叶莉扎维塔·普罗科菲耶夫娜。如果是这样的话,公爵就想通了。

"您简直是疯了!"公爵突然惊恐地喊道。

"不全是您想的那样,我敬爱的公爵,"列别杰夫毫无恶意地回答说,"老实说,我本来是想交给您的,交到您手上,直接为您效劳……但是思虑再三后,觉得还是为那边效劳比较好,于是就把一切都告诉了那位德高权重、品格高尚的母亲……因为在这之前,我曾以匿名信的形式通知过她一回。当时我也像现在这样,在小纸条上写了'请您在八点二十分的时候接见我',落款也是'您的秘密通信员'!当时立马就被批准了,甚至还显得有些着急,她让我从后门进去……见她。"

"然后呢?……"

"然后里面发生的事情,您现在已经知道了,差点没打我一耳光,差点,就差一点点,几乎可以认为已经挨到了。她把信给我扔了回来。我看得出来,她的确动了想把信留下来的念头。我感觉到了,但是她还是改变了主意,把信给我扔了回来,说'既然是人家委托您这种人代为转交的,那您就把信转交了吧'——她甚至还生起气来。既然她当着我的面毫不避讳地这样说,那就意味着她生气了。真是个暴脾气的人!"

"那现在信在哪儿?"

"一直在我这,喏。"

他把阿格拉娅给加夫里拉·阿尔达利翁诺维奇的信递给了公爵,这正是当天上午——两个小时以后——加夫里拉得意扬扬地给妹妹展示的那封信。

"这封信不能放您这儿。"

"给您,给您!就是带给您的,"列别杰夫殷切地接话道,"在那瞬间的背叛后,我现在从头到脚又是您的仆人了!请您斥责我的灵魂,然后宽恕我吧,就像托马斯·莫尔①……在英国和大不列颠说过的那样,就像'罗马教王'说的那样,我有罪,我有罪……不对,应该是

---

① 英国政治家,欧洲早期空想社会主义学说的创始人,著有《乌托邦》。1535年因反对亨利八世兼任教会首脑而被处死。

罗马教皇,而我把他说成了'罗马教王'。"

"应该立马把这封信送过去,"公爵操持起来,"我来转交。"

"最好……最好是不是应该……我最有教养的公爵,最好是不是应该……这样!"

列别杰夫做了个奇怪的谄媚状的鬼脸,然后突然在原地乱动起来,就像突然被针扎了似的,他一边狡黠地眨着眼,一边用手做着动作表示着什么。

"干什么?"公爵威严地问。

"最好是不是先拆开看看?"他小声诱惑地说着,一副为公爵着想的贴心模样。

公爵顿时气得跳脚,列别杰夫赶紧逃走了,但刚逃到门口又停了下来,想等等看是否会获得原谅。

"哎,列别杰夫!您怎么能,怎么能堕落到如此无耻的地步呢?"公爵痛心疾首地大声说道。

列别杰夫的脸部表情由阴转晴。

"我太无耻了,无耻了!"他马上走近公爵,一边捶着胸口,一边流着眼泪。

"这可是卑鄙龌龊的行为!"

"确实是卑鄙龌龊的行为!您说得很对!"

"您怎么总喜欢……如此奇怪地行事?您……这简直就是间谍!您为什么要写匿名信……去惊扰这么善良高尚的女性?再说了,怎么阿格拉娅·伊万诺夫娜就没有想给谁写信就给谁写信的权利吗?您今天是去告发她的吗?您期望得到什么回报吗?是什么驱使您去告发她的?"

"只是出于善意以及……一颗效忠于高尚之人的热忱之心,仅此而已！"列别杰夫低声轻呼道，"现在我这整个人都是您的了，又完全是您的仆人了！到死都是您的！"

"您去见叶莉扎维塔·普罗科菲耶夫娜的时候，也像现在这副模样？"公爵表情厌恶地问道。

"不……要更整洁些……也更得体些，我也是因为受到羞辱后才弄成……现在这样的。"

"那好吧，请让我一个人待一会儿。"

不过，这个请求必须得在客人完全离开前多重复几次。就拿列别杰夫来说，他这回已经完全把门打开了，可又重新折了回来，走到房间中央位置的时候，他又开始打着手势，暗示公爵拆信，他已经不敢再用言语表达自己的建议了。暗示后，他才带着一脸谄媚的笑容走了出去。

公爵听到这一切后，异常不安。所有这些事都透露出了一个非同一般的重要事实：阿格拉娅不知什么原因，正处于焦躁不安、犹豫乃至痛苦的状态中（公爵暗自猜想可能是出于嫉妒）。当然，多半是因为心怀不轨之人恶意的挑唆，但让人奇怪的是，她竟然如此相信他们。当然，不可否认，她那个毫无社会经验、冲动易怒却又傲娇的脑瓜里正在酝酿着某些特殊的计划，或许这计划伤害极大……非一般的计划可以比拟。公爵感到非常害怕，有点惊慌失措。但他隐约感觉，他一定得提前采取些什么预防措施。他又瞥了一眼未启封的信件上的地址。哦，对于寄件方，他没有什么可怀疑担心的，他相信阿格拉娅。可收件方，他并不相信加夫里拉·阿尔达利翁诺维奇，但无论如何，他还是决定亲手把这封信转交给他本人。于是，他便出了家门，但在路上他又改主意了。仿佛是老天故意安排好似的，他在快到普季岑家门口的地方，恰好遇到了科利亚，于是公爵便托他把信转交给他哥哥，让他就说直接从阿格拉娅·伊万诺夫娜那儿拿的。科利亚也没多问,便给他哥哥送了过去,因此加尼亚压根不知道,这封信中间经过了多少人的手。回家以后,公爵立马将薇拉·鲁基扬诺夫娜请到自己的屋里,告诉了她本就应该让她知道的事情原委,并且安慰了下她,因为她在为没找到那封信急哭了。当她得知信是被父亲拿走后,甚为惊恐(公爵也是后来才从她那儿知道,她不止一次偷偷帮罗戈任和阿格拉娅·伊万诺夫娜传递信件,她也不曾想过,这可能会对公爵带来什么危害……)

公爵的心情由此差到了极点。两小时后,科利亚派人过来通知他,自己的父亲病倒了。起初他怎么都想不明白怎么会发生这种事情。但也正是这件事,才使他的心情恢复到常态,因为这件事转移了他的注意力。他差不多在妮娜·亚历山德罗夫娜那里待了一晚上(病人自然应该在她这里)。他几乎什么忙也没帮上,但是有这么一种人,遭遇不幸的人只要看见他们待在自己身边,就会感到很欣慰。科利亚受到了不小的惊吓,时不时歇斯底里地哭着,但他一直也没闲着:跑去请医生,总共请来了三位医生,然后又跑到药房去了,还去了趟理发店①。总算是让将军起死回生,但他还是没苏醒,医生表示"病人还在危险期"。于是瓦尔瓦拉和妮娜·亚历山德罗夫娜守在病人身边,片刻不离。加尼亚则感到羞愧与震惊,但就是不愿上楼去看看,甚至有些害怕看到病人,他揪着自己的手,不可置信地跟公爵说:"这也太巧了,就像是安排好似的发生了这种不幸,还偏偏是在这种时候!"公爵觉得,他知道加尼亚所指的"这种时候"是什么时候。公爵今天一天都没在这里看见过伊波利特。傍晚时分,列别杰夫又跑来看病人,他自上

---

① 以前的理发店还能帮助病人进行放血治疗。

午那通"解释"之后,就一直睡到现在,才清醒过来。而现在清醒的他则在病人面前真情流露——尽情流淌着自己真诚的泪水,仿佛是在为自己的亲兄弟哭泣。他一边哭,一边自责,但也没有解释其中的原因,除此之外他还一直纠缠着妮娜·亚历山德罗夫娜,不停地让她相信,"他就是将军倒下的原因,就是因为他……那颗单纯的好奇心……"还说"死者(不知为何,他要坚持这么称呼还活着的将军)曾是个天才般的人物!"他格外郑重地坚信将军就是个天才,仿佛这能给他此刻带来什么不小的好处似的。当妮娜·亚历山德罗夫娜看到他那真挚的泪水时,终于不忍苛责,甚至还很温和地对他说:"好了,愿上帝保佑您,好了,不哭了,上帝会原谅您的!"列别杰夫被这些话和说话的语气所震惊,以至于他整个晚上都不想从妮娜·亚历山德罗夫娜的身边离开(所以一直到将军死去,他几乎每天从早到晚都在他们家里)。同天,叶莉扎维塔·普罗科菲耶夫娜夫妇二人派人到妮娜·亚历山德罗夫娜这儿来打听病人的身体状况。晚上九点多,公爵一出现在已是高朋满座的叶潘钦家时,叶莉扎维塔·普罗科菲耶夫娜便立马开始关心地询问他有关病人的情况,同时也很庄重得体地回答了别洛孔斯卡娅的一系列问题:"病人是谁?妮娜·亚历山德罗夫娜又是谁?"而公爵对自己的表现也很满意,当他向叶莉扎维塔·普罗科菲耶夫娜说明情况的时候,谈吐优雅,就连阿格拉娅的两位姐姐事后也评价道:"当时的他,谦和有礼,没有多余的话和动作,很得体。进门时风度翩翩,衣着光鲜。"他不仅没像前天晚上所担心的那样"在平地上突然摔倒",反而还给大家留下了不俗的好印象。

公爵坐下后便仔细打量着四周,他立刻发现,聚在这儿的所有宾客,并非昨天阿格拉娅吓唬他时所说的那样,也并非他夜里梦见的那样可怕。这是他一生中第一次见到被称为可怕的"上流社会"的冰山一角。出于某些特别的打算、想法和爱好，他早就渴望融入这个颇具诱惑力的社交圈里，因此第一印象对他来说很重要。而他对"上流社会"的第一印象，甚至觉得是有些迷人的。不知怎地，他突然觉得，所有这些人仿佛生来就应该待在一起似的，就好像叶潘钦家今晚并没有举办什么"晚宴"，也没有邀请什么贵宾，都是这些"自己人"而已，而他自己也早已融入他们当中，成为他们忠诚的朋友、志同道合的伙伴，仿佛只是小别过后，又重新回到了他们当中。他们举止优雅，为人质朴，性格爽朗，几乎散发着迷人的魅力。但他怎么也不会想到，所有这一切纯朴、高尚以及高度的个人魅力，可能只是艺术家的一幅巧妙的装饰作品而已，在场的大部分客人不过是些金玉其外败絮其中的内心空乏之人，不过，处在扬扬自得中的他们不会知道，他们身上的许多优点只是装饰作品，当然这也不是他们的过错，因为这是他们在不经自主的情况下继承下来的遗产。公爵甚至沉浸在美妙的第一印象之中，并不去怀疑这点。例如，他看到一位老人，地位显赫，从年龄来看可以当他的爷爷，但这位老人可以为了他这么一个年轻又没什么生活阅历的小辈，中断自己的谈话，转而来倾听他的讲话。不单单是听他说，显然还很重视他的意见，对他这么亲切，这么真诚，而他们素昧平生，只是初次见面而已。或许，正是这份温和有礼对内心热情却又非常敏感的公爵的心理产生了很大的影响。或许，他以前就对这种美好的印象有着偏执的好感，甚至是过分的偏爱。

不过，虽然所有人看起来无疑是叶潘钦一家的"亲朋好友"，彼此之间也是好友，哪怕刚才把公爵介绍给他们认识的时候，公爵也是这么觉得的；但无论是对叶潘钦一家来说，还是对这些人来说，实际上他们彼此并不是朋友，这里有很多人打死都不会承认叶潘钦与自己是同等地位，哪怕一点点都不行。他们中的某些关系甚至是完全敌对的。

别洛孔斯卡娅老太婆就一辈子"瞧不起"那个"地位显赫的老头"的妻子,但后者对叶莉扎维塔·普罗科菲耶夫娜并无任何好感。后者的丈夫,也就是"地位显赫的老头",不知为何从叶潘钦夫妇年轻时候起,就是庇护他们之人,在这里可以说是最为显赫的人物了。在伊凡·费道罗维奇的眼里,如果哪怕有一分钟没将他奉为奥林匹亚山上的宙斯,而是与自己画上等号的话,伊凡·费道罗维奇甚至会发自内心地蔑视自己。这中间有很多人彼此间已经很多年未见过面,如果彼此间没有厌恶的话,那么就应该只剩下冷漠,但是他们表现出来的神情仿佛是昨天刚见过的那般要好和亲密。不过参加聚会的客人并不多,除了别洛孔斯卡娅和"地位显赫的老头"及其夫人是重量级人物外,这里首先还要提到的是一位外表威武的武将,同时也是个带有日耳曼血统的男爵或是伯爵——他是个寡言少语之人,在政府事务上颇具声望,甚至还以博学多闻而闻名。他属于庄严权威的行政长官这一类,"除了俄国的国情",他们无所不知,而且他每五年就要说一句"颇具深刻思想"的格言,不过这格言最终一定会成为谚语,甚至连社会最上层的人也会知道。这类高官通常是在相当长(时间甚至长得离谱)的任期后,在显赫的官衔中、尊贵的地位上以及丰厚的财产里死去,虽然没有丰功伟绩,甚至他们还对业绩有些敌意。这位将军就是伊凡·费道罗维奇的顶头上司。出于强烈浓厚的感恩之心,甚至出于特殊的虚荣之心,伊凡·费道罗维奇把他看作自己的恩人,但是这位顶头上司绝不会承认自己是伊凡·费道罗维奇的恩人,他对伊凡·费道罗维奇的态度很平淡,即使他心安理得地享用着下属提供的各种服务,但是如果出于某种考虑的需要,他也会毫不犹豫地马上任用别的官吏来替代伊凡·费道罗维奇。这里还有一位上了年纪的贵族,似乎是叶莉扎维塔·普罗科菲耶夫娜的亲戚,虽然这么说毫无证据。此人地位显赫,家境富裕，出身名门望族，身体健康，能说会道，甚至还有爱发牢骚的名声（不过发的都是在允许范围内的牢骚），易暴躁（但在他身上这一点是让人可以包容的），颇具英国贵族的派头和英国式的趣味（比如，在半熟带血的烤牛肉、马具、仆人等上面）。他是"地位显赫的老头"的好友，经常给他逗乐解闷。此外，叶莉扎维塔·普罗科菲耶夫娜不知为何总揣着一个奇怪的念头，认为这位上了年纪的先生（这人多少有点轻浮，而且喜欢女性）说不定什么时候突然会想到向亚历山德拉求婚，让她受宠若惊。在这些最上层的、地位显赫的贵宾后面跟着的，是一些比较年轻的客人，其中不乏一些品德高雅、出类拔萃之人，除了肖公爵和叶甫盖尼·帕夫洛维奇外，还有一位以迷人的魅力闻名的尼①公爵就属于这类人，他曾勾引和征服过不知多少欧洲女人的心，现今他已经四十五岁了，但外表依然英俊动人，善于交谈。他的财产丰厚，不过也已经败了不少，他大多数时间居住在国外。最后还有一些人，似乎形成了第三种特别的阶层，他们本不属于社交"禁圈"的人，但不知为何在叶潘钦家可以看到这些"禁圈"外的人。出于某种策略的考虑（这也被他们视为规则），叶潘钦家在邀请平日难得想见的贵宾到家聚会的时候，喜欢把社会高层、低层以及经过精心筛选的"中层人士"代表混在一起。叶潘钦家因此颇受赞扬，评论他们是有自知之明、有策略之人。叶潘钦夫妇则因这种评价感到自豪。今晚中层人士代表之一，便是一位上校工程师。他是一个严肃的人，是肖公爵非常要好的朋友，正是他将此人引荐给叶潘钦家的，不过此人在社交圈里总是少言寡语，还经常喜欢在右手粗大的食指上戴一枚十分显眼的大戒指，想必这是受赏所得。这里甚至还有一位诗人，他有着日耳

---

① 名字首字母为N，故称他为"尼公爵"。

曼血统，但他是俄国诗人。此人行为举止彬彬有礼，因此可以毫无顾忌地将他引入上流社交圈。他有一副幸运的外表，虽然不知道为何有点让人厌恶，三十八岁左右，衣着得体，出身于一个高资产阶级且受人敬仰的德国家庭。他善于利用各种机会，求得地位显赫之人的保护及垂青，当他翻译某位有名的德国诗人的巨作之时，善于用诗词作为自己译本的开头题词，善于吹嘘自己与另一位著名的已故俄国诗人间的友谊（有很多作家都非常喜欢在期刊上吹嘘自己与某位伟大已故作家的友谊）。他也是不久前，在"地位显赫的老头"之妻的极力推荐下，才被引荐给叶潘钦家的。而这位夫人就是公认的文学家和学者的庇护人，她的确通过某位位高权重且颇具影响力的达官贵人给一两位作家弄到了资金补贴。这种影响力，她还是有的。这位夫人四十五岁左右（因此，对于她丈夫这样年迈的年纪来说，她还是个相当年轻的妻子），曾经也是个美人，跟很多同龄人一样，有着相同的嗜好，穿着过于花哨。她的才智有限，文学素养令人生疑，但是庇护文学家的爱好就跟她喜欢穿得花哨是一样的，都是一种嗜好。作家们甚至在很多作品和译本上题明是献给她的，还有两三位作家在征得她同意后，发表了他们写给她的关于一些异常重要问题的信函……

　　公爵将这些人物，视为最纯的没有掺假的真金。不过，也是碰巧了，这些人今晚的心情都很不错，气氛悠然自得。他们所有人都知道，他们的应邀到访给叶潘钦家带来了很大的荣耀。然而，哎，公爵对此中的奥秘却未有领会。很多事情都是他不曾想到的，例如，叶潘钦家在决定女儿命运的这一重要时刻，不敢不让公认是自家保护人的"地位显赫的老头"看一看列夫·尼古拉耶维奇公爵。尽管这个老头即便在叶潘钦家遭遇了什么最可怕的不测时表现得十分平淡，可是，这么说吧，假如叶潘钦夫妇不跟他商量，未经他的许可就把自己的女儿许配了人，他是一定会生气的。尼公爵这位可爱的、公认机智且坦诚的人，非常确信自己是今夜照亮叶潘钦家众多宾客的一轮太阳。他认为所有人都比自己低一等，也正是出于这个高贵而简单的思想，使得他对叶潘钦一家表现出令人惊讶且十分讨喜的友善。他深知，今晚应该立刻说些什么，让众人为之倾倒，他甚至带着一些兴奋为此做着准备。列夫·尼古拉耶维奇公爵，在听了尼公爵的发言之后，觉得他从未听过如此有亮点的幽默，这样令人惊奇的愉悦以及几乎令人感动的天真感都出自尼公爵之口，简直是让人动容。不过，这个故事并不新鲜，在场的很多客人已经听腻了，甚至都能背出来，只不过在不知内情的叶潘钦家才会被当成新闻，才会被当作一个杰出之人突然谈起的真挚回忆！那个有着日耳曼血统的诗人，虽然举止上格外殷勤、谦逊，但他也认为自己的光临令叶潘钦家蓬荜生辉。然而，公爵并没有发现这一切的另一面，没有注意到其中隐藏的内情。阿格拉娅也没有预见到这一不幸。这天晚上她美貌动人。三位小姐打扮得都很漂亮，虽然不是很华丽，但她们梳着精心打扮的特别发型。阿格拉娅与叶甫盖尼·帕夫洛维奇坐在一起，十分友好地跟他谈笑风生。叶甫盖尼·帕夫洛维奇的举止比平常要庄重一些，大概是出于对"地位显赫的老头"的尊敬。不过，上流社交圈早已知道他，他已经是圈内名人了，尽管他还是个年轻人。今晚，他来叶潘钦家参加晚会戴的帽子上配有黑纱，别洛孔斯卡娅为此还特意称赞了他——别人家的侄子大概不会在这种场合下为自己的伯父佩戴黑纱的。叶莉扎维塔·普罗科菲耶夫娜对此也表示满意，但总的来说，她显得过于担忧。公爵发现阿格拉娅曾有两次与自己对视了一会儿，似乎对他表示满意。渐渐地，他觉得自己简直太幸福了。之前那会儿"荒诞不经"（在与列别杰夫谈话之后）的念头和担心，他现在突然回想起来，觉得不现实、不可能，甚至可以视作一场可笑滑稽的梦!(虽然是下意识的,但是他那一会儿以及这一整天里,都在努力使自己不去在意这个梦!)他很少说话,只在回答别人问题的时候开口,最后则彻底一言不发,坐在那儿一直听人家讲话,但显然沉浸在满足之中。渐渐地,在他身上积攒了类似灵感的某种激情,准备一有机会就爆发……他开口说话纯属偶然,也只是因为要回答别人的问题,而且似乎完全没有其他特别的目的。

第七章

当公爵怀着愉悦而满足的心情望着正快乐地与尼公爵和叶甫盖尼·帕夫洛维奇交谈的阿格拉娅时,那个上年纪的一副英式派头的老爷子在另一个角落里正精神振奋地给"地位显赫的老头"讲着什么事情,当他突然提到了尼古拉·安德列耶维奇·帕夫利谢夫的名字时,公爵很快朝他们那个方向转去,并开始倾听他们讲话。

他们正在讲的是现今的社会秩序,以及某省市地主庄园的混乱情况。想必在英式派头的老头的叙述中也包含着某些有趣的内容,因为"地位显赫的老头"最终,开始对他那种暴躁激昂的样子发笑起来。他带着发牢骚的语气叙述着,发元音时用温和的重音,还不满地拉长了字句。为什么他会被迫(正是被目前的世道所迫)卖掉自己在某省的一处上好庄园呢,甚至会在并不急需钱的情况下折半价卖了出去,却不得不保留一个亏损严重、濒临破产的庄园,不但如此,还要为它倒贴钱打官司。"为了避免触及帕夫利谢夫的庄园而打官司,我干脆逃跑了。我要是还有一两处这样的产权,那我马上就要破产了。不过,我在那儿还有三千公顷上好的土地是可以继承的!"

"你得知道……伊万·彼得罗维奇是已故尼古拉·安德列耶维奇·帕夫利谢夫的亲戚……你好像还特意找过他的亲戚是吗?"伊凡·费道罗维奇在留意到公爵对他们谈话的内容格外关注后,便突然走到他身边,轻声对他说。而在此之前,伊凡·费道罗维奇将军则一直在陪自己的上司说话,但他早已注意到列夫·尼古拉耶维奇少有的孤静,开始为他担心。他想让公爵介入话题,重新侃侃而谈起来,以便能再次将他介绍给"高官贵族"们。

"列夫·尼古拉耶维奇是在亲生父母去世后,由尼古拉·安德列耶维奇·帕夫利谢夫抚养成人的。"他转过头回复道,目光则刚好与伊万·彼得罗维奇的目光交汇。

"非常高兴能认识您,"那人说道,"我甚至清晰地记得,刚才伊凡·费道罗维奇介绍您给我们认识的时候,我立马就认出了您,甚至是通过容貌就认出了您,说真的,您的样貌基本没变,虽然我见您的时候,您不过还是个十岁或十一岁的孩子。但您的五官,很容易让人记得……"

"您见过我小时候?"公爵十分惊讶地问。

"哦,那已经是很久前的事了,"伊万·彼得罗维奇继续说着,"当时您住在我兹拉托维尔霍沃的表姐妹那。以前我经常去那儿,您不记得我了吗?很可能的确不记得了……那时候您……还刚好患着什么病,因此,那次我还觉得您很奇怪……"

"的确什么都记不起来了!"公爵急切地承认道。

伊万·彼得罗维奇极为平静地又再次作了简短的解释,而公爵却感到激动和惊讶。原来,住在兹拉托维尔霍沃庄园里的两位女地主,上了年纪的老妇人,竟然是已故帕夫利谢夫的亲戚,公爵就是被托付给她们养育的,没想到,她们刚好又是伊万·彼得罗维奇的表姐妹。伊万·彼得罗维奇也和其他人一样,似乎也完全搞不懂为何帕夫利谢夫会如此关心自己领养的这个小公爵。"当时我还忘了问问这件事,"但他其实有着超强的记忆力,因为他甚至能回忆起当时表姐玛尔法·尼基季什娜对这个小公爵的教育有多严厉,"我记得有次我甚至为了教育的方式和理念跟她吵了一架,因为她总是爱体罚,体罚一个患病的孩子……您也同意这点吧……而我的表妹纳塔莉娅·尼基季什娜则恰恰相反,她对这个可怜的小孩十分温柔……她俩后来住在另一个省了(只是我不知道,她们现在是否还健在),"他继续说着,"在那儿,她们有一个十分不错的小庄园,是帕夫利谢夫给她们的。我听说玛尔法·尼基季什娜似乎想进修道院奉职,不过我也不确定,或许我听到的是表妹纳塔莉娅·尼基季什娜的想法……对了,不久前,我听说的是医生的太太想去修道院奉职……"

听完了这一切,公爵因激动和感动而泪光闪烁。他异常激动地表达着,永远无法原谅自己,就在自己去某省的六个月里,他竟然没有找机会去探访那两位养育过自己的人。"我真的每天都想去的,可总是因为各种事情无法脱身……但我现在保证……我一定会去……哪怕是在这么远的一个省……那这么说,您是了解纳塔莉娅·尼基季什娜的了?她的心灵是多么的美好,多么的圣洁啊!玛尔法·尼基季什娜也是如此……请原谅,您好像错怪玛尔法·尼基季什娜了!她虽然很严厉,但是……您要知道,对着当时那个还是白痴的我(呵呵!)……她肯定也会失去耐心的。您肯定不会相信,我当时真的完全是个白痴(哈哈!),不过……不过您当时是见过我的,不过……请问,我怎么可能会忘记您?这么说,您……啊,我的天啊,难道您真的是尼古拉·安德列耶维奇·帕夫利谢夫的亲戚吗?"

"是的,请——您——相——信——我。"伊万·彼得罗维奇一边打量着公爵,一边微笑着说道。

"哦,我可不是因为……怀疑……才这么问的……再说,难不成还会怀疑这种事情吗?(呵呵!)……哪怕有一点点的怀疑……哪怕一点点的怀疑都不行!(呵呵!)我想表达的是,已经过世的尼古拉·安德列耶维奇·帕夫利谢夫是极好的人,一个慷慨且豁达的人,真的,请您相信我!"

公爵并不是因为喘不上气而显得语无伦次,而是"被幸福喂饱了甚至噎住了",这是第二天早上阿杰莱达在跟自己未婚夫肖公爵谈话时这么形容他的。

"啊,我的天哪!"伊万·彼得罗维奇大笑着问道,"那我为什么就不能是这位慷慨且豁达之人的亲戚呢?"

"啊,我的天哪!"公爵喊了起来,他又急又窘,越发激动起来。"我……我又说了傻话,但……这是肯定会发生的,因为我……我……我,不过我的确不应该说这些话!我现在对此怀着极大的兴趣……怀着这样浓厚的兴趣……请您告诉我,我该怎么说!而且跟这么一位慷慨的人相比,——因为,上帝作证,他的确是位慷慨豁达之人,不是吗?您说不是吗?"

公爵甚至浑身颤抖起来,为什么他突然会变得如此不安呢?为什么会有一种异常感动导致的激动劲儿涌上来?这种热烈的激动劲儿完全是毫无理由、毫无征兆的,似乎与所谈的内容没有一丝关联——对此很难给出答案。他现在就是这么一种心情,怀着对某人某事最热切的感激之情——这感激之情可能还包括对伊万·彼得罗维奇的,甚至包括对所有在场宾客的。他现在感到"被幸福包围了"。伊万·彼得罗维奇终于开始仔细地观察起他,甚至要比以前还要仔细。而那位"地位显赫的老头"也正专注地观察着他。别洛孔斯卡娅则紧抿双唇,用一种愤怒的目光瞪着公爵。尼公爵、叶甫盖尼·帕夫洛维奇、肖公爵,以及小姐们全都暂停了谈话,留意他的发言。阿格拉娅似乎惊恐得不行,叶莉扎维塔·普罗科菲耶夫娜看上去则是一副吓蒙了的模样。不过,这对母女真是奇怪:起初是她们决定让公爵整晚坐着不说话的,可真当她们看见公爵孤零零一人坐在角落时,又立马不放心起来。亚历山德拉则打算到他的身边去,她谨慎小心地穿过整个房间,加入在别洛孔斯卡娅身旁的尼公爵一伙人中。公爵突然开口说话,这让她们更加紧张不安。

"您说得对,他是非常好的人,"伊万·彼得罗维奇收起笑容,转而深情而严肃地说,"是的,是的……这是位极好的人!值得尊敬的好人!"停了片刻后,他补充道,"甚至可以说,他无愧于所受到的尊敬!"当他第三次停顿之后,他更加深情、严肃地说道,"我……我甚至很高兴看到您对他……"

"是不是这个帕夫利谢夫曾有过一段……奇怪的往事……他跟一个天主教神父……跟一个天主教神父……我忘记,他是跟哪个天主教神父,只不过当时大家都议论纷纷。""地位显赫的老头"似乎一边回忆一边说着。

"跟古罗神父,一位耶稣会会士!"伊万·彼得罗维奇提醒道,"是啊,这就是我们最值得尊敬的极好之人!因为他毕竟是名门望族,有丰厚的财产,任职高级宫廷侍从,如果……能继续任职的话……可没想到,他却突然辞去职位,丢开一切,信天主教,成为一名耶稣会会士,而且他对教会的痴迷和疯狂弄得人尽皆知。说真的,幸亏他死了……是啊,当时大家全在议论……"

公爵彻底失控了。

"帕夫利谢夫……帕夫利谢夫改信天主教了?这绝不可能!"他惊恐地喊了出来。

"嘿,'绝不可能'!"伊万·彼得罗维奇正色低语道,"这话就说得过满了,您说对吧,我亲爱的公爵……不过,您如此敬重死者……的确,他是位善良之人,我认为,古罗这个狡诈的骗子能得逞也正是因为这点。但是您怎么不来问我,问问我,后来为了这件事我遭受了多少麻烦和波折……全是因为和这个古罗打交道!您想想,"他突然转头对"地位显赫的老头"说,"他们竟然提出来要分遗产,导致我们当时迫不得已采取了些强硬的手段……好让他们明白……不过那些人都是些老手!而且是本事很大、令人吃惊的老手!但是,好在上帝保佑,这事幸亏发生在莫斯科,我立马去找了伯爵,好在终于让他们……幡然醒悟过来……"

"您知道吗,您的这些话让我有多么伤心,多么震惊!"公爵再次大喊起来。

"我很抱歉,公爵,但这些其实都是些不足为奇的小事,而且最终会被人们遗忘,不再被提起,我坚信会这样的。就在去年夏天,"他又转头对"地位显赫的老头"说,"听闻,卡伯爵的夫人在国外的时候也曾去过某天主教的修道院,我们中的一些人一旦受到这些……狡诈之人的……蛊惑……尤其是人在国外,肯定是扛不住的。"

"我想,这大概是因为我们……感到厌倦疲惫的缘故,""地位显赫的老头"摆出一副权威人士的架子,并用懒洋洋的口吻说道,"哼,他们的那套传教模式啊……非常考究,带着一些自己的特色……还善于蛊惑人心。1832年,我还在维也纳的时候,也遇到有人企图蛊惑我,不过,请你们相信,我并未受到蛊惑,反而从他们那儿逃跑了,哈——哈!"

"可我听说,老爷子,您当时可是跟大美人列维茨卡娅伯爵夫人一起从维也纳逃到巴黎的,确实是连职位也抛下了,但不是为了逃避耶稣会。"别洛孔斯卡娅突然插嘴说。

"哎,就是逃避耶稣会,就是逃避耶稣会。""地位显赫的老头"因为这段愉快的往事放声大笑起来,接着说,"您似乎是位虔诚的教徒,现在很少有这样的年轻人了,"他转头对列夫·尼古拉耶维奇公爵和蔼地说道,而公爵此时正大张着嘴,惊讶地听着。显然"地位显赫的老头"想多了解些公爵,因为某些缘由,他对公爵很感兴趣。

"帕夫利谢夫是位头脑清晰、思想观念明确的人,他肯定是位基督徒,而且还是位虔诚的基督徒,"公爵突然说道,"他怎么会追从非正统教会的……信仰呢?信天主教——就是信非正统的信仰!"他又补充了一句。他的眼睛熠熠闪光,看着前方,似乎是在扫视着在场的每个人。

"咳,这说的就有些过了。""地位显赫的老头"轻声低语道,同时用惊讶的眼神看了一眼伊凡·费道罗维奇。

"信天主教怎么就是非正统教会的信仰呢?"坐在椅子上的伊万·彼得罗维奇转过身问道,"那它是什么样的信仰?"

"首先它是非正统教会的信仰!"公爵激动得有些失礼地说道,"这只是其一;其二,罗马的天主教甚至要比无神论还要可恶,这就是我的观点!对,这就是我的观点!无神论仅仅是宣扬上帝不存在而已,而天主教则是宣扬被它歪曲后的基督,它败坏、诬蔑基督的声誉,简直就是基督教的相悖面!我发誓,请你们相信我!这是我早就有的观点,我也一直为此而感到苦恼……罗马天主教认为,没有国家政权,教会就站不稳,还时常高呼:'我们不能!①'在我看来,罗马天主教甚至都不算是一种信仰,它完全就是西罗马帝国的延续,无论从信仰还是到内在,都是为统治服务的。教皇占领了土地,登上王位拿起剑,自此后,所有的一切都是按照这样发展下去的。只是除了剑以外,还多了谎言、阴谋、欺瞒、疯狂、迷信、残暴。他们用最神圣、朴实、

---

① 原文为拉丁语,译为"我们不能!"

纯洁又炙热的感情愚弄着人们,换取大把的钱财,换取污浊的凡间的权力,难道这还不是基督教的敌人吗?在这种环境下,怎么可能不衍生出无神论来?无神论就是源自罗马天主教的!无神论就是起源于他们:在这点上,他们能相信自己吗?无神论在对他们的厌恶中得到巩固,它是谎言和精神贫乏之下的衍生物!这就是无神论的由来!而我国只有很少一部分人不信宗教,之前叶甫盖尼·帕夫洛维奇说得非常好,他们是无根的阶层,而在欧洲,那边已经有大批的民众开始不信仰宗教了,起初只是由于愚昧和谎言,而现在则是出于癫狂,出于对教会以及基督教的憎恨!"

公爵停下来喘了口气。他的语速很快,脸色十分苍白,喘着粗气。在场的众人彼此交换了下眼色,最后还是"地位显赫的老头"用大笑的声音打破了沉静。尼公爵掏出自己带手柄的眼镜,目不转睛地细细打量着公爵。那位有着日耳曼血统的诗人从角落走出来,走到桌前,露出邪魅的笑容。

"您有些过于……夸大了,"伊万·彼得罗维奇带着一丝无趣,甚至似乎是困窘,拉长语调说道,"在欧洲那边的教会里还是有一些值得我们尊重且品德高尚的代表的。"

"我指的从来不是教会里的某位代表,我指的是罗马天主教的本质,我指的是罗马。教会怎么会彻底消亡呢?不,我要表达的并不是这个意思。"

"我同意,但所有的这一切都是世人皆知的,甚至——已经跑题了……这已经属于神学的范围了……"

"哦,不不!这不仅仅是神学,请您相信,这不仅仅是神学!它与我们的关系,比您想象中的还要密切。我们还没看到,这绝非仅仅是神学方面的问题,而是我们所有的问题所在!要知道,社会主义也是天主教和天主教本质的产物!它与其'兄弟'——无神论一样,都源于绝望,在道德层面上,它与天主教背道而驰,它既要取代宗教失去的道德约束,又要满足于人类精神上的渴求,那种类似涸辙之鱼的渴求,它不是用基督思想而是用武力去拯救人们。这也是一种通过武力才能获得的自由,又是一种血与剑的联合!'不许信奉上帝,不许拥有私有财产,也不许存有个人独特性,博爱或者死亡①,两百万人的脑袋!'从他们的所作所为,你们就能彻底弄懂他们——这个我已经说过了!因此别以为这一切不会对我们造成伤害,也并非可怕之事;我们必须作出反击,而且反击一定要快,要快!必须要用我们的基督之光来反击西方罗马!我们真正的基督,他们之前并不知晓!我们现在就应该与他们正面对抗,而不是盲目地受了耶稣会教士的蛊惑,我们应该把俄国的文明传递给他们。愿我们的基督徒们不要像刚才某人说的那样,认为他们的传教模式很考究……"

"可这……怎么说呢,怎么说呢,"伊万·彼得罗维奇惊慌地插话道,他环顾了下四周,甚至感到有些害怕起来,"您所说的这些想法理应受到称赞的,它们充斥着爱国主义色彩,但这一切还是过于浮夸……甚至……最好还是不要说这个了……"

"不,并不是夸大其词,而应该说是恰如其分,我可能不善于表达,但是……"

"可这——怎——么——说——呢!"

公爵就此停住了。他坐在椅子上,挺直身板,眼神如炬,一动不动地注视着伊万·彼得罗维奇。

"我觉得,肯定是您恩人的事让您有些过分激动了,""地位显赫的

---

① 原文为法语,译为"博爱或者死亡",是法国大革命时期流行的暗语。

老头"和蔼而不失稳重地说道,"您现在很激动……或许,是过于孤僻的生活造成的。假如您多和人们沟通来往,我觉得人们也是十分乐于接待您这样优秀的年轻人的。当然,等您冷静下来的时候,您会发现,所有的事情都变得简单了许多。更何况,之所以会发生……这样罕见的事情,依我看,一部分是由于我们丰衣足食,另一部分则是出于……无聊。"

"是的,是的,正是如此,"公爵大喊道,"绝妙的观点!正是'由于无聊',由于我们的无聊,不是因为丰衣足食,恰恰相反,是由于渴望而不知满足……不是由于丰衣足食,这点您说错了!不单单是出于渴望,甚至应该是出于热症,出于发热时的饥渴!而且……而且您别以为这无所谓,一笑而过,请原谅我,我只是善于防患于未然!我们的基督徒只有到了岸上之后,才会相信脚下踩着的是土地,于是他们高兴地以为自己马上就要走到终点,这是为什么呢?你们对帕夫利谢夫的事感到诧异,就把一切过错归咎于他的癫狂或是善良,但不是这样的!在这种情况下,我们俄国人的热情,不单单让我们,乃至让整个欧洲都感到诧异。如果我们这儿有人改信天主教,那么他一定会成为耶稣会的信徒,而且一定是悄悄成为信徒的。如果我们这儿有人成为无神论者,那么他一定会开始使用暴力,也就是用手上的剑,来铲除信徒对上帝的侍奉及信仰!那这是为什么呢?为什么他刹那间会变得如此暴力呢?难道你们真的不知道吗?这是因为他找到了那个曾被忽视的国家,因此他会非常高兴,他上了岸,踏上了脚下的土地,于是便会急于扑上去亲吻它!俄国的无神论者和俄国的耶稣会信徒的产生并不仅仅是由于可恶的虚荣心,还是由于精神上的痛苦,对精神的渴求——因为他们向往着崇高事业、坚硬的彼岸,怀念着他们以前并不相信的祖国,因为他们以前从未了解过它!俄国人成为无神论者简直太容易了,要比全世界其他国家的人还要容易!而我们的人不只是成为一个无神论者,并且还一定会信奉无神论,他们把它作为一个新的信仰,甚至丝毫不在意他们所信奉的只是虚无。我们的人就是饥渴到了这样的地步!'无视脚下土地的人是没有上帝的!'这个观点不是我说的,而是我在旅途中碰到的一个旧派教徒商人说的。然而,他的原话并非如此,他的原话是'谁抛弃了自己的国家,谁也就放弃了自己心中的上帝'。想想还真是如此,我们这里一些非常有文化的人,居然都加入了鞭身派①……不过,在这种环境下,鞭身派与虚无主义、耶稣会信徒、无神论有什么差别吗?或许,甚至比它们更为深刻。可见人们心中的苦闷已经达到了什么地步!……请为那些渴求或者因为渴求而疯狂的哥伦布伙伴们看看'新大陆'吧,请为我们俄国人去找寻俄国的'新大陆'吧,让我们为他们去寻找那些不为人知的、深藏于地下的金矿和财宝吧!请向他们展示,将来或许只有俄国的思想、俄国的上帝和基督才能让人类灵魂复活、让文明复兴起来,你们看到的将是一个多么强大而真实、明智而温和的巨人,而这个巨人将在世人惊讶和恐惧的目光下成长,因为他们期待我们的未来只有剑,只有暴力,因为他们用自己狭隘的心去揣测我们,认为我们的文明不可能脱离残暴和野蛮。迄今为止都是如此,而且变本加厉!甚至……"

然而,就在这时突然发生了一件事,意外地打断了演讲者的话。

慷慨激昂的长篇大论、亢奋的奇怪思想,杂乱无序地堆积在一起,这一切仿佛都预示着这个兴致大发、滔滔不绝的年轻人正处于某

---

① 17世纪下半叶在俄国出现,从俄国正教会分离出来的属灵基督派的一支,该派主张极端的禁欲主义和神秘主义,以尊崇"圣灵"的名义不承认正统派、正统教会和神父的作用;同时,主张用辫形带或树皮鞭打自己,使基督现形于身,进入所谓的"圣灵"。

种危险的精神状态之中。在场所有了解公爵的人都为他捏了把汗（有的甚至感到羞愧），为他异乎寻常的举动感到惊讶，这不符合他平常的言行举止，平时的他十分拘谨，甚至非常羞怯，在很多场合下，他都会表现出有礼貌的距离感，以及带着对上层交际礼仪本能的敏感。因此，人们根本无法理解他为什么今天变成这样——有关帕夫利谢夫的传闻并不是真正的原因。角落里的女宾客们看着他，犹如在看一个疯子，而别洛孔斯卡娅后来也承认"再过一分钟，她就要逃走了"。"地位显赫的老头"由起初的惊讶演变成了不知所措。叶潘钦将军的上司则坐在自己的椅子上十分不满且态度严肃地看着他。上校工程师也坐在那儿一动不动。有日耳曼血统的诗人则脸色显得十分苍白，但仍然坚持着带着假笑看着他人，观察着周围人的反应。不过，这所有的一切，包括这整件糗事，或许再过一分钟，就会以最平和且自然的方式结束。伊凡·费道罗维奇虽然对此感到异常吃惊，但还是比其他人先清醒过来，他已经好几次试图阻止公爵继续说下去，可惜没有成功，现在的他正抱着坚定果决的态度走向公爵，准备制止他。如果需要的话，下一分钟，他可能就会客气友好地将公爵带走，借口说他有病在身，或许，事情的结局就是如此，伊凡·费道罗维奇暗地里也是这样想的……但没想到，事情朝着另一个方向发展了。

起初，刚走进客厅的时候，公爵就尽可能地远离阿格拉娅吓唬他时说的那只中国花瓶。阿格拉娅昨天说的那番话，在他心里种下了一个难以磨灭的念头，这种吓人且不可思议的预感涌上心来：无论怎样避开那只花瓶，不论怎样避开不幸，明天他一定还是会打碎它的。结果，事情果真如此。但由于晚宴进行过程中，其他某些强烈而深刻的感觉冲上他的心头，他忘记了自己昨天的预感，当他听到有人在谈论帕夫利谢夫的事，并且伊凡·费道罗维奇把他带过去，介绍给伊万·彼得罗维奇的时候,他便挪到了离桌子很近的位置,恰好就坐在那只漂亮花瓶旁边的扶手椅上,摆在台座上的花瓶,差不多就在他胳膊肘旁边靠后的位置。

当他在讲到最后一句话的时候,突然从扶手椅上站起身来,没在意地挥了一下手,肩膀不知为何跟着手臂动了一下,于是……周围顿时响起惊呼声!花瓶先是晃动起来,似乎还没决定是否要朝着某个老头的头上倒去,但突然方向一变,它朝着有日耳曼血统的诗人那边倒去,诗人吓得赶紧弹开身体,"轰"的一声,花瓶掉在地上。这声巨响引发了众人的惊叫声,珍贵的花瓶变成了散落在地毯上的碎片——哦,而我们的公爵此时内心发生了什么呢,很难说,也没必要细细描绘!但不得不提的是,正是这一声巨响,让他震惊,让他从模糊不清的感觉中一下子清醒了过来,这一瞬间让他觉得不可思议的不是出丑的羞愧,也不是害怕,而是预感竟然成真!究竟是什么东西占据了他的思想,这连他自己都无法解释清楚。他的心扉、他的肺腑都感受到了震颤,他几乎是带着异样的恐惧愣在那儿;还有一瞬间,豁然光明,欢快的放松感冲他迎面扑来,他开始喘不上气来,但也不过一瞬间就好了。感谢上帝,并不是他担心的那件事!他喘了一口气,开始环顾四周。

他似乎久久无法理解自己周围出现的这一片慌乱景象,换句话说,他什么都明白,也全都看见了,可他却像个局外人一般站在那儿,什么都不参与,像童话故事里的隐形人一样潜在房间里,观察着那些跟他无关却让他很感兴趣的人们。他看见有人收拾着地上的碎片,听到了语速很快的交谈声,看见了脸色苍白、用奇怪目光看着他的阿格拉娅。但让人疑惑的是,她的眼睛里完全没有憎恨,也没有丝毫的愤怒,她只是用惊恐而饱含同情的目光看着他,而她看别人时则炯炯有神……他的心突然感到一阵甜蜜的隐痛。最后他惊讶地看到,大家又都重新坐了下来,而且继续说笑,似乎什么事也没发生过!又过了一分钟,似乎笑声越来越大了:大家都望着他笑,望着他那呆若木鸡的模样发乐,而大家的笑声都是善意的,开心的。笑得最欢的便是叶莉扎维塔·普罗科菲耶夫娜了,她笑着对他说了一些饱含善意的话。突然他感到伊凡·费道罗维奇拍了拍他的肩膀,伊万·彼得罗维奇也在笑,对他更为和善。不过,让他更有好感的则是那个"地位显赫的老头",他抬起了公爵的手,轻轻地握着,然后用另一只手轻轻地拍了拍他的手背,就像在哄一个受到惊吓的小孩,劝他镇静些,别害怕。这一切让公爵甚为欢喜,最后他还让公爵挨着自己坐下。公爵满心愉悦地看着他的脸,却不知为何一句话也说不出来,只是喘着粗气,他太喜欢这个老头了。

"怎么?"他终于轻轻问了句,"你们真的就这样原谅我了?您也是吗……叶莉扎维塔·普罗科菲耶夫娜?"

笑声这下变得更大了,公爵的眼泪夺眶而出——他简直无法相信,他太感动了。

"那个花瓶的确很漂亮。我记得它摆在那儿大约十五年了,是的……十五年了……"伊万·彼得罗维奇说。

"嗨,这算什么啊!人还有归天的时候呢,那不过是个黏土制的瓦罐而已!"叶莉扎维塔·普罗科菲耶夫娜大声地说着,"难不成就把你吓成这样了,列夫·尼古拉耶维奇?"接着她还真有点担心地追问道,"好了,亲爱的,别害怕了,反倒是你把我给吓着了。"

"您能原谅刚才发生的一切,除花瓶以外的一切吗?"

公爵突然打算从座位上站起来,但"地位显赫的老头"又很快地拉住他的手,显然不想让他离开。

"这事很有趣,但又很严重!①"他隔着桌子跟伊万·彼得罗维奇耳语,但实际发出的声音很大,估计公爵也能听到。

"这么说我没有得罪你们吗?你们不会相信,一想到这儿,我是有多么幸福,不过事情本该如此!难道我胆敢得罪在座的某位吗?但假如我这样想的话,势必就再次得罪你们了。"

"别担心,我的朋友,您想严重了。您完全不用感激什么,这是种很美好的情感,只是过于夸大了。"

"我也不是感激你们,只是……只是我非常喜欢你们,看着你们,我就感到非常幸福,或许,我又说了傻话,但是我想说,我想解释一下……哪怕只是出于尊重自己。"

他的举止惊慌失措,甚至还很冲动,或许,他说出来的话并非是他想说的。他似乎在用目光询问着:他是否可以说?最后他的目光落到了别洛孔斯卡娅身上。

"没关系,小兄弟,你接着说,接着说,只不过别着急,"她指出,"你刚开始那会儿有点着急,所以才会这样,你想说什么就直接说,这些先生什么大风大浪没见过,不会对你感到惊讶的,你还没到令人费解到只有上帝才懂你的地步,不过是打碎了一只花瓶,让大家受了个惊而已。"

公爵微笑着听她把话说完。

"难道您,"他突然转头对"地位显赫的老头"说道,"难道您就是三个月前救了大学生彼德库莫夫和公务员施瓦勃林,并使他们免于遭受流放的那位先生?"

"地位显赫的老头"脸色微微泛红,他喃喃低语让公爵冷静点。

---

① 原文为法语,译为"这事很有趣,但是又很严重"。

"我还听说过您的事情，"公爵突然把头转向伊万·彼得罗维奇，"在某个省市，那些已经获得了自由的农民给您招来了不少麻烦事，但他们遭遇火灾之后，您还是免费赠送给他们木材盖房子？"

"咳，这可夸大了，"伊万·彼得罗维奇喃喃低语，虽然他嘴上这么说，但还是扬扬自得地摆出一副派头来。不过，他这次说"夸大了"倒是实话，因为传到公爵耳朵里的的确是不真实的传言。

"而您，公爵夫人，"他突然带着明媚的笑容转头对别洛孔斯卡娅说道，"半年前，因为叶莉扎维塔·普罗科菲耶夫娜给您写信，托您照顾我后，您在莫斯科就把我当成亲儿子一般对待，给了我建议，这让我没齿难忘。您还记得吗？"

"你为什么总是胡言乱语的？"别洛孔斯卡娅烦躁地说，"你是个善良的人，但行事可笑，他们给你两个铜板，你就感激得不行，就像他们救了你的命似的。你以为这是在夸赞别人，实则只会让人厌恶。"

她本来已经彻底生气了，但又突然大笑了起来，而这次是善意的笑声。叶莉扎维塔·普罗科菲耶夫娜也豁然开朗起来，伊凡·费道罗维奇也跟着破愁为笑。

"我说，列夫·尼古拉耶维奇这个人……这个人……总而言之，只要他不喘粗气，就像公爵夫人说的那样……"沉醉在喜悦之中的将军不断嘟嘟囔囔地重复着别洛孔斯卡娅说的话。

只有阿格拉娅一人显得十分忧伤，但她面色绯红，或许是愤怒造成的。

"他还真的挺可爱的。""地位显赫的老头"又对伊万·彼得罗维奇低语道。

"我走进来的时候心中带着痛苦，"公爵继续说道，说得越来越慌乱，语速也越来越快，表情也变得越来越奇怪，"我……我害怕你们，也害怕自己。最害怕的还是我自己。在回圣彼得堡的时候，我就对自己发誓，一定要见见我们这里的上流人士、古老贵族的代表，我自己也属于这类家族，按嫡系族谱，我也属于家族的翘楚。而我现在不就真的和像我家族类似出身的公爵们坐在一起了吗？我想多了解你们，这是有必要的，非常有必要的！……我总是听到一些关于你们的坏话，甚至比听到的好话多，说你们趣味低俗，眼光狭隘，说你们思想落后，文化水平低，还有很多愚蠢的小习惯和小癖好——哦，要知道，坊间和报刊上批判你们、嘲讽你们的话可多了！我本来今天是带着好奇心，怀着忐忑的心情过来的，我一定要亲眼看看，亲自确认下：我们俄国现今的上流社会是否确实如此，是否已没什么好骄傲自豪的了，是否已走到生命的尽头了，只能等其灭亡，但出于嫉妒好强的心理，仍在跟未来的……人类做着微不足道的抗争，阻碍他们的发展，却没发现自己也在慢慢地随之消亡？我以前压根不相信这些，因为我国从来没有过什么最上层的阶级，除了御前近臣，穿宫廷制服的……或者碰巧遇到过，只是现在已经完全消亡了，是不是这样，难道不是这样吗？"

"不，当然完全不是这样。"伊万·彼得罗维奇尖刻地大笑说。

"瞧，又絮聒起来了！"别洛孔斯卡娅忍不住说道。

"让他说吧①，他整个身体都抖了起来。""地位显赫的老头"再次小声提醒。

公爵这下完全失控了。

"而实际是怎么样的呢？我看到的都是些优雅、纯朴、聪明的人；我看到的是长者对像我这样的晚辈的亲切关爱，他们能耐心地倾

---

① 原文为法语，译为"让他说吧"。

听我说话；我看到的是能够理解、宽恕别人的善良的俄国人，几乎跟我在外国遇到过的那些人一样，而且有过之而无不及。你们可以想象下，这时的我是有多高兴，多震惊啊！哦，请让我全说出来吧！我听说过很多传言，且自己也曾相信上流社会的一切都是徒有虚表，都是衰败的泡影，而最重要的核心已经被消磨殆尽。但是我现在亲眼看到的并非如此，我们这里根本不像外界所说的那般。可能存在那么个地方，但肯定不是我们这里。难道说，现在的你们都是耶稣会的信徒和骗子吗？我听到尼公爵刚才所说的那些难道不是纯朴善良、热情洋溢的幽默吗？这不是真实的善良是什么？难道这样的话会出自才思枯竭的……死人之口吗？难道死人能像你们这般对待我吗？难道这些不是……证明未来还有希望的凭据吗？难道这样的人会不明事理、会思想落后吗？"

"我再次请求您冷静些，亲爱的，我们下次再聊这些吧，我很乐意……""地位显赫的老头"冷笑着说。

伊万·彼得罗维奇则轻咳了一声，扭动了一下坐在扶手椅里的身体。

伊凡·费道罗维奇也动了动身子，将军的上司和"地位显赫的老头"的夫人交谈起来，他也不再关注公爵了，但偶尔还是会留意听他们的话，并不时地看他一眼。

"不，您知道的，最好还是让我把话说完！"公爵带着新一波的疯狂与冲动继续说道。不知为何他对"地位显赫的老头"有着天然的信赖感，甚至已经到了推心置腹的地步。"阿格拉娅·伊万诺夫娜昨天告诉我，让我今天别说话，甚至还给我列举了不适宜晚宴上谈论的话题，她知道我一谈起这些话题就会变得十分可笑！我今年快二十七岁了，可我自己知道，自己仍旧像个孩子一样。我没有表达自己思想的权利,我早就已经说过这点了,我只在莫斯科的时候跟罗戈任坦诚地聊过……我和他一起读普希金的作品,而且全都读完了;他以前什么都不知道,甚至连普希金的名字都没听过……而我也总担心,自己愚蠢可笑的外表会贬低了普希金作品的思想主旨。我不会故作姿态。我的手势动作常常适得其反,让人感到可笑,让普希金的思想被贬低了。我还缺乏分寸感,这是关键的地方,甚至是最重要的一点……我知道,我最好就是坐着不说话,当我坚持不说话的时候,甚至似乎会看起来睿智很多,不过我也的确在思考。而现在最好还是让我说完,我之所以坚持要说完,是因为您如此和蔼亲切地看着我,您有一张慈善的面孔!昨天我还向阿格拉娅·伊万诺夫娜保证,今晚上我一定保持沉默。"

"难道真是这样?""地位显赫的老头"微微一笑。

"有时候我又觉得,我这样想是不对的,真诚要比装模作势有价值得多,对吗?我说的对吗?"

"有时候的确如此。"

"我想把所有一切都解释清楚,所有,所有!就是这样!您可能会认为我是空想家?空想思想家?哦,不是的,上帝知道,真的,我脑子里的都是些简单的思想……难道您不信?您是在嘲笑我吗?您不知道,我有的时候也很卑鄙,因为我经常丢失信心。刚才我进来的时候就在想:那么,我该如何跟他们交谈呢?应该说什么来开头,让他们起码能听明白些?我也曾非常担心,但最主要是担心你们!十分担心!但又觉得,我应该担心吗?这种担心难道不卑鄙吗?担心思想落后且不善良的人一起对付一个思想进步的人?让我高兴的是,现场根本没有这种人,我现在对此深信不疑!而那种人认为我们很可笑,但这没什么不好意思的,对吗?要知道我们确实可笑,我们率真,有些坏习惯，我们空闲无聊，不善于发现和理解问题。我们确实都是这样的人，在场的所有人，包括您、我、他们，全都如此，不是吗？您不会因为我当面说您可笑而觉得受到侮辱了吧？既然如此，那么您就不正是这种正直的典范吗？您知道吗，在我看来，有时候成为一个可笑的人也挺不错的，甚至非常好呢，因为这样可以相互宽恕，相互包容谅解：因为人不可能一开始就十全十美的，不可能一下子理解全部的！要想变得完美，就必须先产生很多的不理解！因为要是理解得太快，那么大概会有很多理解得不透彻的地方。我对你们诉说这些，是因为你们或多或少已经了解很多了。我现在已经完全不担心你们了，你们不会因为我这样生活阅历尚浅的晚辈对你们说这些话而生气吧……您是在笑吗，伊万·彼得罗维奇？您认为，我在担心这些人，您认为，我是他们的辩护律师、民主的拥护者、平等的宣传者吗？"他疯狂地笑了起来（他还不时地发出急促而兴奋的笑声），"我在担心您，担心你们所有人，也担心我们所有人。我本身就是古老家族的公爵，现在又跟公爵们坐在一起。我是为了拯救我们大家才说的这番话，为了让我们这个阶层不要变得一无所知，不要什么都不懂却斥责一切，不要输掉一切后白白牺牲、走向消亡。我们要成为思想先进的阶层，阶层中的领头人。而如若想当这个领头人，就必须先俯首成仆。"

他又想挣扎着从座位站起来，但"地位显赫的老头"还是一直拽着他，而且越发不安地看着他。

"听着！我知道光说不做是不好的，最好直接能以身作则，我已经开始了……开始做一个仆人……难道这就成了一个不幸的人吗？哦，如果我能从中收获幸福，那么现在的痛苦和苦难又算得了什么呢？您知道吗，我不明白的是，怎么能够只是路过树木，却不因看见它而感到幸福呢？怎么能够只跟对方说话，而不因爱他而感到幸福呢？抱歉，我不太善于表达……美好的事物有很多,甚至最没有辨认能力的人也能发现它们的美好!只需看看孩子们,看看天上的云彩,看看地上美好生长的青草,看看那些注视着你们而且爱着你们的眼睛……"

他从椅子上站了起来。"地位显赫的老头"眼神惊恐地看着他。叶莉扎维塔·普罗科菲耶夫娜比别人先反应过来,两手一拍,喊了起来:"啊,我的天哪!"阿格拉娅则飞快地跑到他面前,赶忙用手扶住他,接着被"惊天地、泣鬼神"的大叫声吓得花容失色。病人倒在了地毯上。有人急忙在他的脑袋下放上一个靠垫枕头。

这是谁也没有想到的事。一刻钟后,尼公爵、叶甫盖尼·帕夫洛维奇以及"地位显赫的老头"试图再次将晚会的气氛活络起来,但没过多久,宾客们都告别离场了。他们走前说了很多同情的话,也给了一些建议和意见。伊万·彼得罗维奇只是说了句:"这个年轻人是个斯拉夫主义者,或者有类似观点的人,不过他没什么恶意。""地位显赫的老头"则对此什么也没表示。不过,显然在这之后的两三天里,大家都对此感到有些生气,伊万·彼得罗维奇甚至产生了些怨言。将军的上司则一度对伊凡·费道罗维奇有些冷淡。而将军家的庇护人——"地位显赫的老头"则慢悠悠地劝诫了这个一家之主,同时还委婉地表达了对阿格拉娅命运的担忧。他的确是位十分和善的人,不过他在晚会上对公爵颇感好奇的其中一个原因却是公爵与娜斯塔西娅·费利帕夫娜的过往。关于这段故事,他倒是从某人那里听到了一些,非常感兴趣,便想着在晚会上问问清楚。

别洛孔斯卡娅在离开晚宴的时候对叶莉扎维塔·普罗科菲耶夫娜说:"让我怎么说好呢,他是好也不好的人,但如果你想知道我的意见的话,我更偏向于不好。你也看到了他是个什么,他可是个病人!"

叶莉扎维塔·普罗科菲耶夫娜内心已经作出了最终的决定,公爵

"不可能"成为他的女婿,在夜里她也向自己发誓,只要她活在世上一天,公爵就绝不能够成为阿格拉娅的丈夫。早上起床的时候她还是这么想的,但是晌午十二点用餐的时候,她又陷入了内心奇怪的纠结当中。

在回答姐姐们提出的一个格外谨慎的问题时,阿格拉娅突然冷淡而又傲慢地说道:"我从没给过他任何承诺,我也从未想过要将他看作我的未婚夫。他和所有其他人一样,对我来说如同路人一般。"

叶莉扎维塔·普罗科菲耶夫娜顿时火冒三丈。

"我是真没想到你会说这样的话,"她伤心地说,"我知道,他不可能是你的未婚夫,感谢上帝,这点上你跟我的想法是一致的。但我没想到,这样的话竟能出自你的口中!我原本以为你会说些别的。例如,'我会把昨天晚宴来的所有人都赶走,就只留下他。他在我眼里就是这样的人!……'"

她突然停住不语了,应该是被自己刚才的话吓到了。但如果她能知道,此刻她对自己的女儿的态度有多么不公平就好了。阿格拉娅其实已经在头脑里做好了一切打算。她也在等待了结所有事情的那一刻,所有的言语暗示,所有不经意间的触动,都会撕破她的心,让她痛苦不堪。

第八章

对于公爵来说，从早起开始，整个人就被不好的预感所笼罩；这些预感大都来自他的病，但他深陷忧伤中难以自拔，这对他来说比病痛更加痛苦。确实，目前呈现在他面前的就是沉重且让人难以接受的事实，只不过他的忧伤已经淹没了他其他的一切思绪。他知道，他无法让自己的情绪平静下来，慢慢地，他开始期望，今天会发生一些什么特别的、发挥着重要意义的事情。昨天的病状只是轻微发作而已，因此现在除了精神不振、四肢疼痛和头脑沉重之外，再没有什么其他的不适感了。现在，他虽然内心痛苦，但头脑清晰。他起得相当晚，并且一醒来就能真切地回忆起昨日的晚会，尽管不是很清晰，但他仍然能回忆起发病后的半小时里他是如何被送回家的。他得知，叶潘钦家已经派人来打探他的身体状况，十一点半的时候又派了另一个人上门询问，这让他颇感慰藉。薇拉·列别杰娃也是第一批来看望他和服侍他的人。刚一见面，她便突然哭了起来，但公爵安抚她的时候——她又笑了。不知怎的，这个姑娘对他的同情突然让他惊讶并感动，他抓过她的手，亲吻了一下。薇拉顿时涨红了脸。

"啊，您这是干吗，这是干吗呀！"她连连惊呼，并急忙抽开自己的手。

不久，她就带着困窘快速离开了房间，不过离开前，她告诉他，她的父亲今早天刚刚亮时便跑到那个被她父亲称为"死者"的将军家里,去打听病人晚上是否已经死了,因为听说那人似乎很快就要不行了。列别杰夫在十一点多的时候回来探望公爵,但也只是待一小会儿,了解下公爵身体状况,然后便是去他的"小酒柜"里摸点喝了。他除了一直唉声叹气之外,别无他事,于是公爵便催促着他离开。但他仍旧尝试打听昨晚公爵发病的事情,尽管看得出,他知道得已经很详细了。他前脚刚走,科利亚后脚便进来了,也是待了一小会儿,他的确很忙,而且一直处于强烈的恐慌和忧郁当中。他一见面就直白而强硬地要求公爵把隐瞒他的事情都解释清楚,还说他差不多已经知道昨晚事情的全部经过了。他的确受到了强烈的震撼。

公爵尽所能地叙述了整件事情的来龙去脉,真实地复述了事情的原貌,结果这个可怜的小男孩感到十分震惊,一句话都说不出来,只是默默地哭泣。公爵觉得,这个画面会被深深地留在这个少年的记忆里,成为影响人生的转折点。于是他急忙向这个少年表达了自己的观点,他补充道,他认为,老人的死或许是因为内心对于过去自己犯的错而产生的内疚和恐惧的心理造成的,也并非所有人都能有这种道德感。听完公爵的这番话后,科利亚的眼里又恢复了往日的光芒。

"没用的加尼亚,以及瓦尔瓦拉和普季岑!我是不会跟他们吵架的,但是从今以后,我跟他们分道扬镳!啊,公爵,从昨天起,我有了很多新的感悟,这是给我的教训!我觉得从现在开始母亲由我赡养了,虽然她现在在瓦尔瓦拉那儿过得不错,但毕竟这也不是长久之计……"

当他想起家里还有人等他的时候,便一跃而起,匆匆问了公爵的身体状况,听完答案后,又急匆匆地说道:"没有其他情况了吗?我听说昨天……(不过我也没权利知道),但是如若您何时何地需要一个忠心的奴仆的话,那您可以随时找我。我们似乎都挺不幸,您说是吗?

但是……好了,我不问了,不问了……"

他离开了,可公爵还深陷在愁思里:所有的人都预言会发生不幸的事,所有的人都已经作出了结论,所有的人都在观望他,似乎都知道一些他所不知道的事。列别杰夫来他这打听,科利亚来这暗示,薇拉来这哭泣。最终,他懊恼地挥了下手,似要驱赶这些念头,心里念着:"这该死的疑心病!"下午一点多,当他看到叶潘钦一家来看望他,尽管只"小待一会儿"的时候,他的脸色又明亮起来了。这些人也的确只是来待了一小会儿。叶莉扎维塔·普罗科菲耶夫娜今天用完午餐后,起身提议去散步,而且大家都要一起去。提议是用命令式的口吻下达的,语气冷淡,生硬刻板,没说任何缘由。所有人,也就是母亲(叶莉扎维塔·普罗科菲耶夫娜)、三位小姐、肖公爵。叶莉扎维塔·普罗科菲耶夫娜直接朝着每天所走路径的反方向走去。大家都明白是怎么回事,但都不敢说话,害怕惹怒她,她却像是要躲避大家的责难和反对似的,头也不回地一直走在大家前面。直到阿杰莱达指出:"妈妈,散步不用走这么快,叫人都赶不上了。"

"你们听好了,"叶莉扎维塔·普罗科菲耶夫娜突然转身说道,"我们现在就要路过他住的地方了。无论阿格拉娅是怎么想的,也不论以后会怎样,至少他对我们来说并不是陌生人,况且现在他又不幸地发着病,因此,我要去探望下他,愿意跟我走的就一起去,不愿意的,就当路过好了,绝不拦着。"

不用说,大家当然都一起去了。一见面,公爵就顺理成章地为打碎花瓶以及……出丑的事再次道歉。

"算了,这不重要,"叶莉扎维塔·普罗科菲耶夫娜回答说,"花瓶倒是无所谓,可惜的是你。你现在也承认自己出丑了,这么看来,睡了一觉清醒了。不过这也没关系,因为现在所有人都明白,对你不能苛求什么。好了,我们要走了,如果你体力恢复一些的话,可以先去散会儿步,然后回来再睡一会儿,这是我给你的建议。如果你突然想过来的话,你还像以前那样过来。请你永远相信,无论发生什么事情,不论未来出什么状况,你仍旧是我们家的朋友,至少我能保证,你起码是我的朋友……"

在场的其他人都对此提议作出回应,都表示自己的情感同将军夫人的一致。他们还说了一些亲切而鼓舞人心的话,但是就连叶莉扎维塔·普罗科菲耶夫娜本人可能都没意识到这些纯朴、鼓舞人心的亲切话语下,隐藏着多少严厉冷酷的现实。在"还像以前那样"以及"起码是我的朋友"这两句话中,流露出了某种暗示。公爵回想起阿格拉娅现在对他的态度,她确实是在进来问候以及告别准备离开的时候,都对他露出了让他诧异的甜美笑容,但她不曾开口说过一句话,甚至是在家人们对他纷纷表示自己的友情不变的时候,只是专注地看了他两次。她的面容比平常要苍白许多,就好像她夜里没睡好觉一样。公爵决定当天晚上务必"像以前那样"去他们家,他甚至急切到烦躁地看了下表。叶潘钦一家离开了大约三分钟后,薇拉走进了公爵的卧室。

"列夫·尼古拉耶维奇,阿格拉娅·伊万诺夫娜刚才让我偷偷转达您。"公爵不禁打了个冷战。

"是张便条?"

"不是,只是口头转达而已,就这都差点没来得及。她让您今天一定不要出门,哪怕是一分钟都不要出去,直到晚上七点,还是九点来着,我当时也没太听清楚。"

"可是……为什么要这么做呢?这又是什么意思呢?"

"这我就不知道了,她只是吩咐我一定要转达到。"

"她真说了'一定'?"

"没,她并没直接说,只是趁着转身的那么一点空当跟我说了这一句,幸亏我当时匆忙地跑到她面前。但是从她脸上看得出命令的神情,她让我一定要转达到。她这样看着我,吓得我心跳都快停了……"

公爵随后又问了几个问题,虽然无从得知更详细的情况,但不知为何,他惶恐不安起来。就剩他一人独处的时候,他躺在沙发上,再次沉思起来。

"或许,有谁会去他们家,然后待到九点,所以她只是又在担心我,别去客人面前再闹出什么糗事来。"他最终想明白了,于是便又开始时不时不耐烦地看表,期待着傍晚的来临。然而,事情的谜底要比晚上来得更早些,谜底的面纱则是由这位新访客揭开的。而随着谜底的揭露,又出现了折磨人的新谜题:在叶潘钦家的人走了大约半个小时后,伊波利特来了,他一副疲惫的样子,进来的时候一言不发,一下子瘫软地跌坐在扶手椅里,然后瞬间陷入一阵难以忍受的咳嗽之中,一直到咳出了血。他的眼睛熠熠发亮,双颊泛着红晕。公爵轻声对他说了些什么,但他并没有回答,只是挥着手,让公爵暂时别打扰他。最后他终于慢慢地平复了下来。

"我要走了。"他终于用嘶哑的嗓音勉强说了一句。

"如果您愿意的话,我可以送您回家。"公爵准备从座位上站起身来,但突然又停了下来,想起了不久前的"禁足令"。

伊波利特这时突然笑了。

"我指的不是要从您这儿离开,"咳嗽使他嗓子很痒、不停地喘着粗气,随后他又继续说道,"而是觉得有必要亲自来您这一趟……否则就永远无法再来打扰您了。我要去那里了,这一次好像是真的了。彻底结束了!我来并不是为博得您的同情,请您相信……我今晚十点钟就已经躺下了,直到那时,我本来已经不打算再起来了,但随后又改变了主意,再次起来就是为了来您这儿……在我看来,这件事非常有必要。"

"看您的样子真叫人心生怜悯,你应该派人叫我去看看您的,干吗要费劲自己过来。"

"好了,够了。您已经对此表示过同情了,就社交礼仪而言,已经足够了……对了,忘记问您了,您现在身体状况怎么样了?"

"我很健康。就是昨天,情况……不太……"

"我已经听说了,听说了。那只漂亮的中国花瓶遭了殃。真可惜,我当时不在现场!我今天过来是有事要跟您说。首先,我今天有幸看到加夫里拉·阿尔达利翁诺维奇和阿格拉娅·伊万诺夫娜在约会,就在绿色长椅那边。'我没想到,一个人可以蠢到那种地步。'加夫里拉·阿尔达利翁诺维奇离开以后,我对阿格拉娅·伊万诺夫娜说了这句话……不过似乎您一点也不觉得惊讶,公爵,"他不可置信地看着公爵那平静的脸,补充道,"听说,对什么都不感到惊讶,是大智慧的体现……不过,我觉得,这同样也是愚蠢的体现……当然,我不是在暗讽您,请您原谅……很抱歉,我今天的用词有些不恰当。"

"我也是昨天才知道加夫里拉·阿尔达利翁诺维奇……"公爵顿住了,显然已经不好意思说下去了,但即便不说,伊波利特也已经对他的淡定感到懊恼和失望了。

"您竟然已经知道了!这可真是个大新闻了!不过,看来,您大概也不会继续讲下去了……那您今天看到他们约会了吗?"

"您在那儿的时候不是已经看见了,我不在场啊。"

"那可不一定,说不定您当时正躲在某个灌木丛后面呢。不过,无论怎样我还是为您高兴,不然我会因加夫里拉·阿尔达利翁诺维奇已经得到她的青睐而懊恼!"

"好了,我请求您,伊波利特,别再说这件事了,也别再说这样的话了。"

"那是因为您已经全都知道了。"

"那您可错了,我可是什么都不知道,而且阿格拉娅·伊万诺夫娜也认为我对此一无所知,我甚至都没听说过这次约会的事……您说他俩约会了?好了,就这样吧,我们不谈这个话题了……"

"这是什么情况,您一会说知道,一会又说不知道的。您说:'就这样吧,不谈这个话题?'别,可别,您别这么轻易就信我了!尤其是在您什么都不知道的情况下,您之所以信我,就是因为您什么都不知道。您知不知道他们兄妹俩打的什么如意算盘?这个,或许,您都没怀疑过?……好,好,那我不说这个了……"当他看到公爵不耐烦地比着手势的时候,便说,"但我是为了自己的事来的,我想解释清楚……这件事。真见鬼,我可不能什么都不解释就死了,我现在要解释的很多,您愿意听完吗?"

"请说吧,我洗耳恭听。"

"可是,我现在又改变主意了:我想先从加尼亚讲起。您想象得到,我今天也是被约到绿色长椅那儿的吗?不过,我也不想撒谎,是我再三请求得来的,是我坚持一定要去那里约会,并承诺要揭露一个秘密。不知道我是不是到得太早了(事实确实是我到得过早了),可我刚坐到阿格拉娅·伊万诺夫娜的身旁,就看见加夫里拉·阿尔达利翁诺维奇和瓦尔瓦拉·阿尔达利翁诺夫娜走了过来,他俩挽着胳膊,如同出来散步一般。他俩看见我时,似乎也非常诧异,他们压根没想到,我会在这儿,因此显得有些不安。信不信随您,这时阿格拉娅·伊万诺夫娜的脸一下子涨得通红,甚至有些惊慌失措,也不知道是因为我在场所以显得尴尬,还是单纯因为看见了加夫里拉·阿尔达利翁诺维奇，毕竟他的确长得很英俊，但接下来，所有的事情都在下一秒钟解决了，十分可笑的是她微微欠了下身回应加夫里拉·阿尔达利翁诺维奇的鞠躬，以及瓦尔瓦拉·阿尔达利翁诺夫娜谄媚的笑容，然后她突然很决然地说道：'我只是来表达对你们的敬意，因为你们对我友好而真挚的感情，让我很感动也觉得很荣幸，请相信，我需要这种感情……'话说到这儿，她便走开了，于是那两个人也走了——我不知道，他俩是听明白了呢，还是暗自窃喜呢？加尼亚肯定是没明白，他分辨不出好赖话的，他的脸红得像煮熟的虾（他脸上的表情有时真是让人惊诧）。但瓦尔瓦拉·阿尔达利翁诺夫娜好像是听明白了，便立马离开了，再说阿格拉娅·伊万诺夫娜能说出这话也已经可以了，于是，她便拉着自己的哥哥离开了。她的确要比他哥哥聪明很多，我敢肯定，她哥哥到现在还在暗自窃喜呢。随后，我跟阿格拉娅·伊万诺夫娜聊了聊，但聊的都是与娜斯塔西娅·费利帕夫娜见面的事。"

"与娜斯塔西娅·费利帕夫娜见面？"公爵忍不住叫了出来。

"哈哈！看得出，您终于不淡定了，也开始诧异了？我很开心能看到您回归常人的心态。就为了这个原因，我也得让您开心开心——我今天被她打了一耳光，这就是我为那位高尚的年轻小姐效劳的下场！"

"精神上的耳光？"公爵不由得问了一句。

"是的，不是肉体上被打，我觉得，应该不论是谁，可能都对我这副模样的人下不去手，即使是女人现在也不会打人，可能甚至连加尼亚也是如此！虽然昨天我一度认为他会向我扑来……我敢打赌，我知道您现在想的是什么，您肯定在想'如果不能动手打他，那就趁他睡着的时候，用枕头或者湿抹布活活把他闷死不就好了……'您满脸写的都是这个想法，就是现在。"

"我从未如此想过！"公爵嫌弃地说。

"我不知道为什么,夜里睡着那会儿,我做了个噩梦,梦见一个人……正用湿抹布把我闷死……好了,我这就告诉您梦见的是谁,您能想到吗?是罗戈任!您以为呢?您觉得用湿抹布可以闷死人吗?"

"我也不知道。"

"我听说是可以的。好了,我们不谈这个话题了。嘿,可她凭什么觉得我是个好事之人呢?她今天凭什么骂我是好事之人?请注意,这还是在她听完我说的最后一句话后,又重复问了很多问题后才说的……这就是女人!我可是为了她,才跟罗戈任联络的(不过他倒也是个挺有意思的人),我也是为了她的利益,才安排她与娜斯塔西娅·费利帕夫娜见面的,莫不是因为我暗讽她吃到了娜斯塔西娅·费利帕夫娜的'剩饭',让她感到难过,伤了她的自尊心?其实我一直跟她说这个道理,也是为了她好,我承认,我之前是给她写了两封含带类似话语的信,今天不过是第三次,是在见面的时候……刚才我是这么跟她说的,我的确是从有损她尊严的角度对她说起的……再说'吃剩饭'这个词又不是我造的,是别人想出来的,至少在加尼亚家,人人都这么说,现在她自己也同意这点。哼,那凭什么说我是好事之人?我看出来了,看出来了,您现在边打量着我,边嘲笑着我,我敢打赌,您正在用两句愚蠢的诗句形容我:'或许,在我悲惨的陨落之际,爱情将为我绽放出离别的微笑。[①]'哈——哈——哈!……"他突然发出一阵歇斯底里的笑声,然后剧烈地咳嗽起来,"请注意,"他用夹着咳嗽的嘶哑嗓音说道,"加尼亚是个什么东西,说别人'吃剩饭',现在他自己倒是挺享用!"

公爵沉默良久,事情让他过于震惊了。

[①] 普希金的诗《悲歌》中的两句。

"您刚才说的是她要和娜斯塔西娅·费利帕夫娜见面?"他终于再次开口问道。

"哎呀,难不成您还不知道啊,今天阿格拉娅·伊万诺夫娜确实要和娜斯塔西娅·费利帕夫娜见面。就因为这事,娜斯塔西娅·费利帕夫娜已经特意从圣彼得堡赶来了,是阿格拉娅·伊万诺夫娜通过罗戈任邀请她的,当然我在中间也帮了忙。她现在就跟罗戈任一起住在离您这儿不远的地方,就在她以前住的那幢房子里,就是达里娅·阿列克谢耶夫娜的别墅……她那个身份不明的女性朋友家里。阿格拉娅·伊万诺夫娜今天就会去那栋别墅,跟娜斯塔西娅·费利帕夫娜来一场友好的谈话,解决她们之间的各种问题。她们这是要清算个人恩怨呢。您真的对此毫不知情吗?真的吗?"

"这绝不可能!"

"如果您觉得这不可能的话,那就算了,当我没说,可是,您又怎么会知道这件事不可能呢?更何况,在这儿即便是飞过一只苍蝇,都能弄得人尽皆知——在这种小地方就是如此!但无论如何我已经事先告知您了,您或许会感谢我的,好了,再见了——或许只能在另一个世界见了。我还是想对您说,虽然我曾对您做过见不得人的事,因为……我干吗不抓住自己身边的机会呢?您再好好想想,我这么做难道是为了从您那得到什么好处吗?您想想,当初我是要把'我的声明'献给她的(您不记得这事了吗?)。她又是怎么对我的呢!呵呵!我从未对她做过什么卑劣之事啊,我没有一点对不起她的地方,可她羞辱了我,让我难堪……不过,我现在可没有任何对不起您的地方,尽管我刚才跟您说了'剩饭'的事,现在又给您说了他们见面的准确时间、地点,跟您揭露了这整场游戏的谜底……当然这并非出自高尚,而是源于烦恼。好了,我要走了,对我这样一个生命已快到终点的肺病患者,说这些话实在是太费力气了。您自己看吧,建议您尽快采取措施吧,要尽快。如果您还算是个男人的话。今晚的会面,是已经确定的了。"

说完伊波利特就向门口走去,但当听到公爵喊他的时候,他又在门口停下了脚步。

"那么,依您所言,阿格拉娅·伊万诺夫娜今天一定会去见娜斯塔西娅·费利帕夫娜的了?"公爵焦急地问道。他的脸颊上此时已经泛起了红晕,甚至蔓延到额头。

"我也不能确定,但觉得一定会如此,"伊波利特回头看着公爵说,"也没什么别的可能,总不能让娜斯塔西娅·费利帕夫娜去她家吧?也不可能去加尼亚那里啊,他家现在可躺着个半死之人呢。对了,将军他怎么样了?"

"就凭您说的这一点就不可能啊!"公爵接着说,"即便阿格拉娅·伊万诺夫娜想去,她也不可能出得来啊!您……又不是不知道,她家的规矩多,她不可能一个人去见娜斯塔西娅·费利帕夫娜的。这简直是在胡说八道!"

"您要知道,在一般情况下,是没有人会跳窗户的,但如果发生了火灾,即便是社会最上层的绅士和小姐也是会跳窗的。所以如果这场见面很有必要的话,而我们的这位小姐又没有其他办法的时候,她一定会想尽办法去见娜斯塔西娅·费利帕夫娜的。难道她家还不准这几位小姐出门了吗?"

"不,我指的不是这个……"

"指的不是这个啊,那更好了,这样她只要下个台阶,就可以直接出门了,而在那儿待着哪怕不回家也可以。有这种情况,有时候甚至可以把船烧掉,甚至可以不用回家,生活不是只来源于一顿早饭、一顿午饭、一个肖公爵。我感觉,您似乎把阿格拉娅·伊万诺夫娜当作温室里的小姐或者寄宿学校的女学生了,我也跟她说过这个观点,她似乎同意我说的。那您就等到七八点的时候吧……我要是您的话,我就派人去那儿守着,就让他在她下台阶的那一瞬间抓住她。哪怕派科利亚去也行啊,我保证,他会很乐意给您当这个间谍,请您相信,为您当这个间谍是值得的……毕竟这一切都关乎……哈哈!"

伊波利特走了。公爵并没有因此派谁去做间谍,假使他自己有能力去做这件事,他也不会去的。他现在差不多明白了,为什么阿格拉娅命他待在家里:或许,她是想背着他去。的确,她可能正是不想让他去那儿,才叮嘱他在家待着……可能情况就是如此。他现在头好晕,整个房间都在他的眼前旋转。他躺在沙发上,再次闭上了眼睛。

反正事情已经如此了,已经到了关键性的一刻。不过,公爵并没有把阿格拉娅看作是温室里的小姐或者寄宿学校的女学生。他现在突然发觉,他一直担心的就是这种事,但是她到底为什么要见娜斯塔西娅·费利帕夫娜呢?公爵不断地打着冷战,他又发烧了。

不,他从没觉得她是个孩子!这段时间以来,她的一些观点、一些言论,都让他错愕不已。有时候他甚至觉得,她似乎对自己过于隐忍、过于克制。他回想后觉得,这正是让他感到害怕的地方。的确,这些日子他努力不去想这些,尽量驱赶这些让人心情沉重的想法,但是隐藏在她美好心灵下的那个东西到底是什么呢?这个问题已经折磨他很久了,尽管他相信她的心灵。而所有这一切都会在今天得到答案,整场游戏的谜底也会被揭开。真是个可怕的想法!又是这个女人!为什么他总感觉到,这个女人总是会出现在最后的关键时刻,将他那犹如朽线一般的命运扯得支离破碎?他发誓他总有这种感觉,尽管他现在正处于半昏迷的状态。因为他害怕她,所以他最近总是努力想忘记她。可这到底是为什么呢——他到底是爱这个女人，还是恨这个女人？关于这个问题，他今天不止一次扪心自问，在这点上他的心是单纯的，他知道他自己到底爱谁……与其说他是怕两人见面，不如说他是怕这次见面会产生一些古怪的、不为可知的后果——其实，最主要的是他怕见到娜斯塔西娅·费利帕夫娜本人。在他病好的几天后，他回忆起，在发烧的那几个小时里，他的眼前总是闪现出她幽怨的眼睛、骇人的目光，他的耳畔总是传来她的声音——说了一些奇怪的话，尽管他在发烧，尽管在经历了痛苦、烦躁的数个小时后，他脑海里的记忆几乎所剩无几，但他还是依稀记得薇拉曾来过房间给他送晚餐，他记得自己吃了晚餐，不过不记得晚餐后是否睡过觉。他只知道，这天晚上直到七点十五分，他才彻底清醒过来。当阿格拉娅进来并朝他所在方向的露台上走来时，他一下子从沙发上跳了起来，匆忙走上前迎接她。阿格拉娅是一个人过来的，穿着很随意，似乎是匆忙间随便抓了一件肥大而轻薄的大衣。她的脸色依旧是之前那样苍白，眼中带着冷漠的光芒，他还从未见过她这种表情。她仔细端详了下他。

"您似乎已经完全做好准备了，"她指出，似乎非常淡定，"衣服穿好了，帽子也拿在手里了，看来已经有人提前告诉了您一切，并且我还知道是谁——伊波利特，对吗？"

"是的，他告诉我的……"公爵虚弱地喃喃低语道。

"那我们走吧。您知道的，您必须陪我一起去，我要去那儿一趟，您目前的身体能撑得住吗？"

"可以的，可……难道一定要这样吗？"

他瞬间戛然而止，而且再也说不出什么话来。这是他唯一的一次机会，可以尝试拦下已经失去理智的阿格拉娅，可他却什么也说不出来，只是像个俘虏一般紧跟在她的身后朝外面走去。不论现在他的脑袋里有多乱，他都明白，即便没有他的陪同，她也一定会去的。因此，他别无选择，只能跟着她走。他看得出，她的决心是他无法阻止的。他们就这样一言不发地走着，一路上没有说过一句话。但他觉察到，她似乎对这条路很熟，他建议她绕远道走行人较少的小巷，但她似乎很认真地听完后，只冷淡地说了句："从哪儿走都一样！"

当他们快到达里娅·阿列克谢耶夫娜的别墅前的时候（那是一幢老旧的别墅），一位身材很好的太太带着一位年轻的小姐从别墅门前的楼梯上走了下来，随即坐入等在别墅门前的华丽马车上，她们笑着聊天，甚至压根没朝公爵和阿格拉娅看一眼，就像是没看到他们一般。马车刚驶离别墅，别墅的门就立刻被再次打开，而开门的人正是罗戈任，他将公爵和阿格拉娅迎进去后，随手关上了身后的门。

"现在整幢房子，除了我们四人再无他人。"他开口说道，并用奇怪的眼神看了一眼公爵。

娜斯塔西娅·费利帕夫娜坐在进门的第一个房间里等着他们，她的衣着也很朴素，一袭黑衣，她站起身迎接他们，但并未露出迎客该有的笑容，甚至连手都没递给公爵。

她带着不安的神色，焦躁而专注地看着阿格拉娅，她们彼此坐得有些远，阿格拉娅坐在角落里的一个沙发上，而娜斯塔西娅·费利帕夫娜则坐在窗户旁边。公爵和罗戈任都站着，当然他俩也没有被邀请坐下。公爵满脸疑问，并有些苦恼地望了眼罗戈任，罗戈任只是保持着笑容，如之前那般。房间里，四个人就这样沉默了一阵子。

终于，娜斯塔西娅·费利帕夫娜的脸上闪过一丝不祥之感，她目光如炬，坚定且近乎怨恨地看着阿格拉娅，一直看着。阿格拉娅则显得有些窘迫，但并没有害怕，进门之时，她已经粗略地打量了一下自己的情敌，然后便一直眼帘低垂地坐在角落，似是在思考一般。她曾不以为意地环视了一两次所处的房间,然后明显流露出嫌恶的表情,似乎担心自己被这里污染一般。她下意识地整理了一下自己的衣服,甚至还特意换了个位置,挪到了沙发的角落里坐下。或许她自己也不一定能意识到自己的这一系列举动,但就是她这些不经意的举动刺激到了娜斯塔西娅·费利帕夫娜,加深了她们之间的仇怨。最终,阿格拉娅也坚定地直视着娜斯塔西娅·费利帕夫娜怨恨的眼睛,她顿时明白了对方眼中愤恨的原因。果然还是女人了解女人。阿格拉娅打了个激灵。

"您肯定知道,我为什么邀请您过来。"阿格拉娅终于开口说道,不过声音很小,甚至就如此短的一句话还停顿了两次。

"不,我什么都不知道。"娜斯塔西娅·费利帕夫娜冷漠地回答道。

阿格拉娅涨红了脸。或许,她突然发现,此刻跟这个女人同处一个房间、同坐一起并等待着她的答复,是一件多么荒诞且不可思议的事。因此,当听到娜斯塔西娅·费利帕夫娜开口所说的第一句话时,她感到全身颤抖了一下。当然,这一切被娜斯塔西娅·费利帕夫娜看得清清楚楚。

"我知道,您其实全都明白……只是故意佯装不明所以。"阿格拉娅阴沉而忧郁地看着地面,小声地说着。

"我为什么要这样呢?"娜斯塔西娅·费利帕夫娜微微一笑。

"您想利用现在的局势……我现在可是在您的地盘。"阿格拉娅冒着傻气、有些笨拙地回复。

"今天的局面也是您造成的,而非我!"娜斯塔西娅·费利帕夫娜突然火冒三丈,"而且不是我请您来的,是您邀请我来的,到目前为止我还不知道是什么原因。"

阿格拉娅突然傲娇地抬起头。

"请您闭上您那咄咄逼人的尊口，我可不是来跟您用这种武器较量的……"

"哦？这么说，您果真是来跟我较量的？可您瞧瞧，我原本以为您会……比现在更聪明些……"

两人面面相觑，而且丝毫不掩饰各自心中的愤恨。谁能想到，其中一位还曾给另一位写过那样的信。可这才刚见面，没说上一句话就闹翻了。这究竟是怎么了？此刻房间里的四个人似乎都没有觉得有何不妥。公爵简直无法相信，这种在梦里都梦不到的事情就在他的眼前发生了，而此时此刻的他，就这么真真切切地站在这里听着、看着。似乎他老早就预感到，不可能成真的梦境会一下子成为活生生的现实。而此时，阿格拉娅对娜斯塔西娅·费利帕夫娜的蔑视态度已经容忍到极限了，甚至下一秒就打算说出反击的话了。据第二天罗戈任所说，"或许这才是娜斯塔西娅·费利帕夫娜来此的目的"。一个本就失去理智、内心极其痛苦的女人，无论之前做过什么难以置信的举动，无论之前有过什么样的打算，她也无法忍受住对方此刻如此恶意而纯粹的蔑视。公爵坚信，娜斯塔西娅·费利帕夫娜自己绝口不会提起写信的事情，公爵从她那炯炯发光的眼睛中就可以猜到。毕竟这些信对她来说，付出的代价很大，只要现在阿格拉娅不主动提起那些信，他甚至愿意用自己的半条命作为交换。

这时阿格拉娅一下子克制住了自己的情绪，平静了下来。

"您理解错了，"她说，"我并不是来跟您……较量的，虽然我不喜欢您，但我……我来您这儿……只是想跟您说一些真心话，我邀请您来的时候，已经想好了要跟您说什么，所以即便您完全无法理解我，我也不会改变自己的主意。不过，如果您无法理解我，那只会给您带来伤害，而不是给我。我只是想针对您信中的内容，当面给一个答复而已,因为我觉得简单直接点更好。请您听完我对您来信的答复。自从我认识公爵那天起,又得知您宴会当晚发生的一切后,我就非常同情他。而我之所以对他有如此的感情,是因为我觉得他是一个纯朴善良之人,他单纯地认为自己跟……这种性格的……的女人在一起,会给彼此带来幸福。结果不幸被我言中,您并不爱他,您在百般折磨他以后,抛弃了他。您之所以不爱他,可能是因为您太过孤傲……哦不,不是孤傲,抱歉我说错了,应该说,是虚荣,这样说可能也不准确,或许是您的自尊心……您卑微过头的自尊心使您变得如此,而这点我恰好可以从您给我的信中得知。您这种性格的人是不可能真正爱上他这样一个如此单纯善良的人的,甚至您可能有时还会目中无人地嘲笑他。可能您爱的只有您脑子里那个被侮辱、被玷污的羞耻感吧,一旦这种羞耻感少了几分,或者压根没有了,那您就会变得比现在更加的不幸……"阿格拉娅畅快地说出了这些她早就深思熟虑、反复斟酌,且呼之欲出的话来,只是她做梦都没想到,两人的会面竟会是这样的。此时,她正用愤恨的目光注视着娜斯塔西娅·费利帕夫娜,注视着她那因愤怒而变形的脸。"您还记得吗?"她接着往下说,"他当时给我写过一封信,后来他跟我说,您知道并且看过这封信,这是真的吗?看了这封信,我全明白了,我理解得没错,也就在不久之前,他亲口证实了这点。这就证明了我刚对您所说的一切,分毫不差。那封信之后,我一直在等您,我知道,您一定会回来的,因为像您这种性格的人,根本不可能离开圣彼得堡生活,因为外省让您无法适应,因为您过于年轻、漂亮……当然,这话并不是我说的。"当她说完这句话,脸顿时红了起来,直至把话说完,她的脸上都一直挂着红晕,"当我再次见到公爵时,我替他难过和叫屈。请您不要笑,如果您笑了,那么您根本不配明白这些……"

"您瞧见了,我没有笑。"娜斯塔西娅·费利帕夫娜忧伤而严肃地说。

"不过,无所谓了,如果您想笑就笑吧。当我亲自问他的时候,他跟我说,他早就已经不爱您了,甚至每当想起您,他就会觉得十分痛苦,但是他又很同情您,当他想起您的脸时,他的心就如'刺骨般疼痛'。我还想跟您说,我一生还从未遇到过像他这样高尚、纯朴、善良又愿意无限制相信别人的人。从他的言语中,我大概能猜到,任何人都能欺骗他,而他事后总是会原谅那些欺骗了他的人,也正因为这点,我爱上了他……"

阿格拉娅突然语塞,她似乎显得很惊讶,甚至连自己都不敢相信自己竟然会说出这番话来,但随即她的目光中流露出无比的骄傲,似乎是释然了,就算被那个女人嘲笑,她也无所谓了。

"我已经跟您说得很明白了,那么您现在总该明白,我是想从您这儿听到什么了吧?"

"或许明白了,但还是请您自己讲出来吧。"娜斯塔西娅·费利帕夫娜轻声地回答道。

阿格拉娅的脸上露出生气的表情。

"我想让您告诉我,"她强硬而尖厉地说道,"您有什么权利干涉他对我的感情?您有什么权利给我写信?您有什么权利,在抛弃他、不知羞耻地从他身边逃走之后,还无时无刻地向他、向我表明,您爱他……"

"我从未对您或是他表示过'我爱他',"娜斯塔西娅·费利帕夫娜艰难地开口说道,"不过……另一点您倒是说得很对,我的确是从他身边逃走的……"她的声音轻到几乎听不见了。

"什么叫'从未对我或是他表示过'?"阿格拉娅喊了起来,"那您写给我的那封信又是什么？是谁请求您来给我们牵线做媒，然后劝我嫁给他的？难道这还不是表明心迹吗？为什么总是缠着我们不放呢？起初我还以为，您是想通过夹在我们中间，来引起我对他的反感与不满，进而让我抛弃他。之后我才大致明白过来，您不过想用您的那些个矫揉造作的手段彰显出您的高尚品德……得了吧，您既然如此爱自己的虚荣心，还能爱他吗？您与其给我写那些愚蠢到让人发笑的信，为什么不干脆离开这里呢？您为什么不马上嫁给这个爱您、视您为至宝，也跟您求过婚的绅士呢？这再明显不过了，您只要嫁给罗戈任，不但以后不会受什么委屈，甚至还能满足您对荣耀的需求！叶甫盖尼·帕夫洛维奇曾这样说您，'读了太多书……受过太多与您地位不相符的教育'，您不过是个沉湎于书本、娇生惯养的女人，而且是极为虚荣的女性，这就是您全部的……"

"难道您就不是个娇生惯养的小姐吗？"

事情仓促发展到现在这个赤裸裸的地步，实在让人难以想象。虽然娜斯塔西娅·费利帕夫娜对回到帕夫洛夫斯克也做了某些最坏的情况的预想，但也没料到会是今天这个局面。现在的阿格拉娅因为冲动，完全沉浸在报复后的兴奋感里，如同从山上往下冲一般，有着一种无法制止的快感。娜斯塔西娅·费利帕夫娜甚为惊讶地看着阿格拉娅，简直不敢相信，自己在刚开始的片刻甚至不知所措。她难道真的像叶甫盖尼·帕夫洛维奇所说的那样，是个沉湎于书本的女人，还是像公爵所认为的那样，不过是个疯女人而已？她自认为，虽然自己有时会为了达到目的，做出一些放荡不羁、肆意妄为的行为，但不论怎么样，她实际上要比别人嘴里说的知廉耻得多，也温和得多。的确，她身上是带着浓重的书卷气，也爱做梦，性格孤僻，有些超出常理的地方，但她的性格也是坚强而沉稳的……而这点其实公爵也明白，因此他的脸上不免露出了伤痛的神色。阿格拉娅在注意到了这点后,居然记恨到颤抖起来。

"您怎么敢对我说这样的话?"她带着一种难以言表的高傲姿态回应着娜斯塔西娅·费利帕夫娜。

"估计您听错了,"娜斯塔西娜·费利帕夫娜惊讶地说,"我说了怎样的话?"

"如果您是一个正经的女人,那为什么当时不干脆摆脱引诱、欺辱您的那个托茨基呢?不要装模作样地表演……"阿格拉娅突然没来由地问道。

"您对我的处境一无所知,竟敢这样指责我?"娜斯塔西娅·费利帕夫娜气得浑身颤抖,脸色苍白得吓人。

"我只知道,您当时不去劳作,而是跟着这个富少罗戈任跑了,把自己装扮成一个天堂来的纯洁天使。对于托茨基曾经为了逃避这个被天堂逐出的天使而想自杀的事,我可一点都不好奇!"

"够了!"娜斯塔西娅·费利帕夫娜憎恶的眼神中带着一丝痛苦,"您对我的了解就像……达里娅·阿列克谢耶夫娜的那个女仆一样,不久前这个女仆跟自己的未婚夫还去过民事法庭打过官司,哦不,她可比您要了解我……"

"正经人家的姑娘,大都是靠自己劳作谋生。您又凭什么如此轻蔑她?"

"我并非看不起劳作,而是看不起您,看不起您用这种口气说劳作。"

"想做正经姑娘,那就去洗衣房当个洗衣妇吧。"

这时两人都站了起来,脸色发白地对视着。

"阿格拉娅,别说了!这么说对她很不公平。"公爵惊慌失措地喊了起来。

罗戈任则收敛了笑容,但还是咬着下唇,双手抱于胸前听她们说话。

"哟,你们都瞧瞧她,"娜斯塔西娅·费利帕夫娜被气到发抖,"快看看这位小姐啊!以前我还把她当成纯洁无辜的小天使!您这次来我家,没有带您的家庭女教师吗,阿格拉娅·伊万诺夫娜?您想让我……想让我直白地、赤裸裸地公布您来找我的原因吗?我告诉您,您来找我,是因为您害怕了。"

"我害怕您?"阿格拉娅露出不可思议的怒火,惊讶于对方敢这么放肆地跟自己说话。

"当然是因为您怕我咯!能让您下决心来找我的原因,就是您害怕我。一个人是不敢轻视他所害怕的人的。不过我真是没想到,此前我是如此尊敬您!您想知道,您为什么害怕我吗?我告诉您,您只是想证实,你我之间,他更爱谁,这件事让您嫉妒到不行……"

"他跟我已经说过了,他恨您……"阿格拉娅声音很小,吞吞吐吐地说道。

"或许如此吧,或许,我的确配不上他,可……可我认为,您说谎了,就是这样。他不可能会恨我,也绝对不会这么说!好了……为了顾全您的面子,考虑到目前的局面……我打算宽恕您。终究是我之前把您想象得太好了,之前想象中的您,比现在这样可要明智许多、漂亮许多,真的!……好了,带上您的心肝宝贝儿……喏,就是这个人,丢魂似的盯着您的这个人。喏,拿走吧,不过唯一的条件就是,赶紧走!立马从我眼前消失,立马!……"

娜斯塔西娅·费利帕夫娜跌坐在扶手椅上,泪如泉涌。可就在这时,她的眼睛突然闪烁,一个新的念头出现。她坚定而倔强地注视着阿格拉娅，同时站起身来。

"您想看看吗？只要现在给他下个……命令，您听见了吗？只要给他下个命令，他立马就会舍弃您，回到我身边，一直跟我在一起，与我完婚，而您则是，一个人跑回家。您想看看吗？想看看吗？"她如同疯子一般叫喊着，或许连她自己都不相信自己会说出这样的话来。

有些被吓到的阿格拉娅本来已经朝着门外奔去，可当听到这番话后，她的脚不自觉地停住了，如同被钉子钉在那一般，默默地听着。

"您想让我把罗戈任赶走吗？您以为我是为了让您满意，才跟罗戈任结婚的？我现在就能当着你的面，喊一声'滚吧，罗戈任！'，然后转头对公爵说，'还记得你之前对我做出的承诺吗？'我的天哪！我为什么要在他们这些人面前糟践自己？公爵，您不是让我相信您，您会跟我走，无论发生什么，都不会抛弃我吗？不是您说，您爱我，会原谅我的一切，并且，尊……尊重我，是的，您说过这些话的！而我只是为了不拖累您，才从您身边逃走的，但我现在改变想法了！她凭什么像对待一个荡妇那般对待我！我是不是荡妇，您可以问罗戈任，他会告诉您一切的！她刚刚羞辱了我，还是当您面羞辱的，难道您还能全然不顾我的感受，依然牵着她的手离开吗？如果真是如此的话，您就该受到诅咒，因为从前的我只信你一人。滚吧，罗戈任，这不再需要你了！"她已经毫无理智可言，艰难地从胸腔发出这一声，她那变形的脸庞、干枯的双唇，无一不在表明，此刻的她连自己都不相信自己能夸下这般海口，但同时她又希望能用这些假话来骗骗自己，哪怕一秒钟也好。她是如此的激动，似乎下一秒就要死去，至少公爵是这么认为的，"瞧他，他就在这！"最终，她指着公爵对阿格拉娅喊道，"如果他现在走到我面前告诉我，不要我，而是选择你的话，那么你就把他带走吧，我把他让给你，我不再需要他了！……"

无论是她，还是阿格拉娅都停了下来，两人都发疯似的盯着公爵，似乎都在等公爵作出选择。但是他或许，甚至可以说，他根本无法理解这种挑衅的含义。他眼前看到的，只是一张绝望而疯狂的脸，就像他那次同阿格拉娅说的那样，他再也无法忍受这张"刺痛着他心灵"的脸。于是他指着娜斯塔西娅·费利帕夫娜，用恳求且带着责备的意味对阿格拉娅说："别这样！要知道……她可是个不幸之人！"

　　然而，他刚说出这句话，就被阿格拉娅那可怕的眼神盯得说不出话来。她的眼神中夹杂着无限的痛苦与憎恨，以至于公爵顿悟地拍了下手，朝着她奔去，但为时已晚！她无法容忍他片刻的动摇，哪怕只是一瞬间。她用双手捂着脸，惊呼道："啊，我的天哪！"她立刻冲出房间，罗戈任则追着她跑了出去，为她拔掉了大门的保险栓。公爵此时也想跟着跑出去，但刚跑到门口，就一把被紧紧地抱住。娜斯塔西娅·费利帕夫娜的脸因绝望而变形，她凝视着他，她轻轻动了动铁青的双唇问道："你打算去追她？去追她？……"

　　她浑身无力地倒在他的怀里。他抱起她，将她送回房间，安置在扶手椅上坐好，自己则笨拙地站在她旁边守着。茶几上放着一杯水，而返回的罗戈任一把抓起它，朝她脸上泼去。她睁开了眼睛，恍惚了一小会儿，然后突然环顾了下四周，打了个寒战，喊了一声，便朝公爵扑去。

　　"是我的了！是我的了！"她大声呼喊着，"傲慢的小姐终于走了？哈——哈——哈！"她发狂似的笑着，"哈——哈——哈！我竟然想把他让给那个小姐？这是为什么？为什么？我简直是疯了！疯了！……滚吧，罗戈任！哈哈！"

　　罗戈任凝神看了他们一眼，一言不发，拿起礼帽出去了。过了大约十分钟，公爵走到娜斯塔西娅·费利帕夫娜的身边坐下，目不转睛地看着她，像爱抚小孩似的用双手抚摸着她的头和脸。他跟着她笑，跟着她哭，他什么也没说，只是专心地倾听着她短促、兴奋且断断续续的低语声。他未必能听懂什么，但是静静地微笑着，只要稍微感觉到她又开始忧愁或是哭泣、责备或是抱怨，他就会立马抚摸她的头，用手温柔地摩挲着她的脸颊，像对待小孩一样安慰她、开导她。

第九章

就在前一章的故事发生的两个星期后,我们故事里的每个人物都发生了很大的变化,因此为了后续的故事能够顺利地进行下去,这里不得不特意做些解释。但我们觉得,应该简明扼要地阐述下事实,尽可能不做赘述,原因很简单:因为很多情况,连我们自己都很难解释清楚。现在说的这番话,应该会让读者感到很奇怪,甚至无法理解:怎么可能叙述连你自己都不明白或者没有个人见解的事情呢?为了不让自己处于更加尴尬的处境中,我们最好还是举例说明,或许善良的读者能够明白我们的难处,再说这个例子也并非跑题,反而是我们主线故事的番外及延续。

两个星期后,也就是七月初的时候,我们的故事,特别是最近发生的这个事件的结局正朝着一个奇怪却有趣且不可思议的方向发展,与此同时,这件事变成了逸闻,渐渐传遍了大街小巷,包括列别杰夫、普季岑、达里娅·阿列克谢耶夫娜家和叶潘钦家邻近的所有街道,也就是说,整个帕夫洛夫斯克及其周边地区人尽皆知。本地的居民、乘凉避暑的租客、来听音乐的人,没有不谈论此事的,甚至还演绎出了多个故事版本。传言有一位公爵在一位德高望重之人的府上出了丑,于是出于自尊他拒绝了已经是自己未婚妻的这家的千金小姐,转而迷恋上一个堕落的交际花,断绝了跟过去的一切,不顾众人的愤怒指责、不顾周遭的告诫,甚至不顾一切地要与这个已非清白的女人完婚,而且要堂堂正正地在帕夫洛夫斯克举办婚礼。后来，这件事又被夸张地加入了些丑化的元素，牵扯出很多位高权重之人，使得这件事变得危言耸听，更加荒诞、神秘。但从另一个角度来看，呈现在众人面前的事实又让人无法反驳，且一目了然，因此人们有好奇心、流言四起也是在所难免的。而其中最巧妙精致、最有模有样的流言，则来于几位严谨的流言专家之口，他们皆属于有逻辑之人，在每个社交圈里，总是急切地先于众人阐述事情原委，并将其视为自己的使命，自然也是他们的乐趣。依他们所说，这位年轻的公爵，是有着高贵的姓氏与贵族血统，算是个大富翁，但是个白痴，还是个民主派，醉心于屠格涅夫先生所批判的现代虚无主义①，俄语说得不太好，之前爱上了叶潘钦将军的女儿，而将军家也接受了他这位女婿。近期报纸上曾刊登过一则关于法国教会学生的新闻，这个学生别有用心地为宗教献身，要成为神父，他完成了所有洗礼仪式、各种祭拜、宣誓等流程，就是为了在第二天，公开向主教声明，他不信上帝，认为教会这种欺骗大众、骗取百姓钱财供养的行为是可耻的，因此他要辞去前一天接受的圣职，并且要把自己的公开声明以书信的方式刊登在自由主义的报刊上。而公爵也像这个法国无神论者一样，玩了同类型的把戏。他们说，似乎他是故意等未婚妻的父母召集众人举办一场隆重晚宴，把他引荐给到场的达官贵族的时候，再当众高声公布自己的思想立场，咒骂受人敬仰的达官显贵，带有侮辱性地公开拒绝自己的未婚妻，并且在反抗驱赶他的仆人时，打碎了一只漂亮的中国花瓶。他们还把这作为当代思想潮流的典型案例，并对此作了补充：这个愣头愣脑的年轻人虽然的确爱自己的未婚妻，也就是将军的女儿，但还是拒绝了她，原因只有

---

① 屠格涅夫在其小说《父与子》中批判过。

一个——反对所谓的虚无主义以及为未来制造一些话题,而他当着整个上流社会的面,与一个被抛弃的堕落女人结婚,不过是想以此向公众证明,他的观念里没有女人的堕落与高尚之分,只有思想自由的女人,他不赞同现有社会以及传统区分女人的理念,他只对"妇女问题"认同。甚至可以说,在他眼里或许堕落的女性品德更为高尚。这个说法貌似广受外来和客们的认可,特别是每天出现的新闻也证实了这点。不过,的确还有一些细节不明。例如,听闻可怜的千金小姐由于太爱自己的未婚夫(其中一些人称他为"勾引者"),被抛弃的第二天还跑去找他,而他那时正坐在自己情人的身边。而另一种说法恰恰相反,千金小姐是被他故意引诱到他情人那里的,完全是出于虚无主义思想,也就是为了羞辱、捉弄那个姑娘。不论出于什么原因,人们对这件事的关注及兴趣与日俱增,况且毫无疑问的是,传言中那场披着丑闻的婚礼也的确即将举行。

所以,如果让我们解释的话——我们只能说,这当然不是一个带着虚无主义色彩的事件,而是与下面的问题有关:即将举办的婚礼能满足公爵多大的诉求?而公爵真实的诉求又是什么呢?究竟怎样才能弄清我们的主人公到底是怎么想的呢?诸如此类的问题,我们承认,都很难回答。但我们知道一点,婚礼拟定举行已是既定的事实,公爵委托列别杰夫和凯勒尔全权处理婚礼上的所有细节,列别杰夫还为此介绍一个熟人去办理此项事宜,从教会仪式到日常琐事一概包括,并吩咐他们不要舍不得花钱,婚礼是娜斯塔西娅·费利帕夫娜迫切坚持办的,凯勒尔被指定作公爵的伴郎,这是他自己主动请缨的,而娜斯塔西娅·费利帕夫娜这边则指定了布尔多夫斯基,当然后者很乐意受此殊荣,大喜的日子被定在七月初。然而,除了这些事实外,我们还知道一些其他的情况,而这些情况把我们弄糊涂了,因为后面这些与前面所说的恰恰相矛盾。例如，公爵把婚礼相关事宜委托给列别杰夫及其他人员之后，很快便忘记自己有司仪、有伴郎、有婚礼这事。我们对此表示怀疑，如果说公爵着急把一切事宜交由别人处理就是为了不让自己再去想这件事，甚至是为了让自己尽快遗忘这件事，那么他当下到底在想什么？那他想记住的又是什么？他到底想要什么？毋庸置疑，这件事并没有人强迫他（没有来自娜斯塔西娅·费利帕夫娜方面的压力）。虽然的确是娜斯塔西娅·费利帕夫娜希望尽快举行婚礼的，而且举办婚礼的事是她想出来的，而非公爵，但不承想公爵很爽快地应允了，可他表现得十分不上心，就如同他人向他求了件再平常不过的事情。除此之外，摆在我们面前奇怪的事情还有很多，但都无法解释清楚。而且鄙人认为，无论我们举多少例子，都只会把事情搞得更让人糊涂。但即便如此，我们还是要举一个例子来说明。

我们都知道，公爵这两个星期早晚都待在娜斯塔西娅·费利帕夫娜身边，陪她一起散步、听音乐，每天还与她一起驾马车外出兜风，只要一个小时没看到她，他就开始担心（种种迹象表明，他是真心爱她的），不论她对他说什么，他都一直面带浅浅的微笑，安静地听她说，自己则几乎一言不发。但与此同时我们得知，这些天里他有好几次，甚至许多次，都跑去叶潘钦家，而且从不会瞒着娜斯塔西娅·费利帕夫娜去，为此她几近崩溃。我们也得知，叶潘钦家在帕夫洛夫斯克避暑期间，再没有接待他，而他想见阿格拉娅·伊万诺夫娜的请求也总是被拒绝，每每被拒绝后他都一声不响地走了，然而第二天又去叶潘钦家找她，似乎完全忘了昨天被拒绝的事，当然，最终结果还是被拒绝。我们还得知，阿格拉娅·伊万诺夫娜从娜斯塔西娅·费利帕夫娜那儿跑出来一个小时后，或许还不到一个小时，公爵已经去叶潘钦家等她了，当然，他坚信能在那里找到阿格拉娅，而他的出现则引起了叶潘钦家的困惑和惊恐,因为阿格拉娅并没回家,他们还是从公爵那儿听说她和他一起去了娜斯塔西娅·费利帕夫娜那儿。听说,当时叶莉扎维塔·普罗科菲耶夫娜及她另两个女儿,包括肖公爵,对公爵的态度都很冷漠,甚至可以说十分不友好——他们言辞激烈地拒绝与他来往,要与他断交,尤其是在瓦尔瓦拉·阿尔达利翁诺夫娜的突然来访后。她告知叶莉扎维塔·普罗科菲耶夫娜,阿格拉娅·伊万诺夫娜已经在她家待了快一个小时了,而且状态很差,看情况并不想回家。这个新消息让叶莉扎维塔·普罗科菲耶夫娜非常震惊。事实也确实如此:阿格拉娅从娜斯塔西娅·费利帕夫娜那儿出来以后,确实觉得与其这时候回家面对家人,不如去死,所以才去了妮娜·亚历山德罗夫娜那里。瓦尔瓦拉·阿尔达利翁诺夫娜则以为,这件事有必要立马通知叶莉扎维塔·普罗科菲耶夫娜。于是,将军夫人带着另外两个女儿即刻赶往妮娜·亚历山德罗夫娜家,紧随其后的是刚刚到家的一家之主伊凡·费道罗维奇。而公爵此时则不顾他们的驱赶以及严厉呵斥,紧跟在他们后面,然而,瓦尔瓦拉·阿尔达利翁诺夫娜则吩咐仆人不准将他放进去见阿格拉娅。阿格拉娅一看到为她伤心流泪却丝毫没有责怪她的母亲和姐姐们时,便立刻扑到她们的怀里,随即跟着她们一起回家了。还有传言说(尽管传言并不靠得住),加夫里拉·阿尔达利翁诺维奇不太走运,虽然他抓住瓦尔瓦拉·阿尔达利翁诺夫娜去找叶莉扎维塔·普罗科菲耶夫娜的空当,单独去见了阿格拉娅,想要对她表明自己的爱意;但满脸泪水的阿格拉娅却突然放声大笑,向他提出了一个奇怪的问题:他现在敢不敢在蜡烛上烧自己的手指,以此来证明自己对她的爱情?据说,加夫里拉·阿尔达利翁诺维奇听到后,惊讶得愣住了,脸上的表情极其困惑,而这引起了阿格拉娅更为疯狂的笑声。随后,她跑上楼去了妮娜·亚历山德罗夫娜的房间,也就是她的家人找到她的地方。这段小故事是第二天伊波利特托人转告公爵的，已经无法起床的伊波利特特意托人去公爵那儿，告诉他这个消息。而这个传言是如何被伊波利特得知的，我们就不清楚了，但公爵听到用蜡烛烧手指这句话的时候，突然大笑起来（这让伊波利特听到时觉得很诧异），随后他又突然战栗起来，泪如泉涌……总而言之，他这段日子过得浑浑噩噩，惶恐困惑，而且痛苦万分。伊波利特直接断定他已精神失常，只是一直无法完全确认这点。

我们摆出这些事实，却又不解释，绝对不是在读者面前包庇我们的主人公。更何况，我们非常能理解他的这种行为导致周围的朋友对他产生的怨恨。甚至就连薇拉·列别杰娃都生了他很长一段时间的气，科利亚也是，凯勒尔的怒火也一度烧到被选为他的伴郎前，更别说列别杰夫了，他甚至开始背地里耍手段来反对公爵，当然这是出于发自内心的愤怒。但这些我们都以后再说。总之，我们十分赞同叶甫盖尼·帕夫洛维奇说的那些强而有力且见解深刻的心理分析。那是娜斯塔西娅·费利帕夫娜家事件发生后的第六天还是第七天，他直截了当、毫不避讳地在一次与公爵的友好谈话中说的。顺便一说，不仅是叶潘钦一家，甚至是那些直接或间接认识的人都认为有必要与公爵断绝来往。譬如，当肖公爵遇到公爵时，会立马转过身去，压根不会跟他点头问好。但叶甫盖尼·帕夫洛维奇并不怕自己的声誉会因拜访公爵而受到损害，尽管他现在每天都去叶潘钦家，并受到了对方热情的招待。他是在叶潘钦全家离开帕夫洛夫斯克的第二天去公爵那儿的，他在去之前就已经知悉外面的流言蜚语了，甚至或许他自己也曾促成了流言的传播。对于他的到来，公爵十分欢喜，立马就聊起了叶潘钦家的情况，这样朴实而坦诚的开头，让叶甫盖尼·帕夫洛维奇十分放松，因此他也直截了当地进入主题。

公爵并不知道叶潘钦家已经离开,听到后大吃一惊,脸色顿时苍白,但他随即摇了摇头,有些不好意思地承认道,"理应如此",随即开口询问,"他们去哪儿了?"

与此同时,叶甫盖尼·帕夫洛维奇留心观察着公爵,无论是公爵急切而单纯的提问,局促不安又激动的情绪,还是他令人惊讶的直白——所有这一切都让他震惊。不过,他还是亲切地将了解到的所有细节都告诉了他,有很多情况公爵并不知道,因此叶甫盖尼·帕夫洛维奇就成了叶潘钦家消息传递的第一人。从他口中公爵得知,阿格拉娅的确病了,差不多三个昼夜没有睡着,一直在发烧,而现在她好多了,已经没有生命危险了,但她仍然有些神经质,时常歇斯底里地发作……"幸好家里一片宁静!不仅是当着阿格拉娅的面绝口不提之前的事,甚至背后也从不议论。她的父母商量好了,待秋天阿杰莱达完婚后,全家就出国旅行,阿格拉娅也默默地接受了旅行的初步提议。"至于叶甫盖尼·帕夫洛维奇,他也可能会去国外。甚至连肖公爵也同意与阿杰莱达一起去国外待上两个月,如果事务不繁忙的话。将军本人则会留下来。现在大家都搬到他家名下的科尔米诺庄园了,离圣彼得堡二十俄里的样子,那里有一幢宽敞的农奴主住的房子。别洛孔斯卡娅也还没动身去莫斯科,似乎是有意留下来的。叶莉扎维塔·普罗科菲耶夫娜坚持在发生这一切之后,绝不再留在帕夫洛夫斯克,叶甫盖尼·帕夫洛维奇则每天汇报她一些帕夫洛夫斯克的传言。因此,他们认为这一家人不可能搬到叶拉金的别墅住。

"是啊,的确如此,"叶甫盖尼·帕夫洛维奇补充说,"您自己也想想,这让人受得了吗……尤其是知道您家里时时刻刻都在筹备婚礼,而且您不顾被人三番两次的拒绝,仍然每天去他们家求见……"

"是的,是的,是的,您说得完全在理,可我就是想见阿格拉娅·伊万诺夫娜……"公爵再次摇了摇头。

"啊,我亲爱的公爵,"叶甫盖尼·帕夫洛维奇突然热切又不忧愁地问道,"您当时怎么能让……这一切发生呢?当然,当然,这一切对您来说,确实很出乎意料……我理解您,当时一定不知所措,您也无法留住失去理智的姑娘,这不是您有能力掌控的事!但是,您应该明白,这位姑娘对您的爱……强烈到什么程度。她不愿与另一个女人分享,您……您却舍弃并打碎了这样一件珍宝!"

"是的,是的,您说得对,是我的错,"公爵再次用异常痛苦的语调说,"您要知道,只有她一个人,只有阿格拉娅一个人如此看待娜斯塔西娅·费利帕夫娜……其他没有人这样。"

"这才是最让人气愤的,这有什么大不了的!"叶甫盖尼·帕夫洛维奇激动地提高了声调,"请您原谅,公爵,但是……我……我反复想过这件事,公爵,我思考了很多遍,我知道以前发生的一切,我了解半年前发生的一切,所有这一切都没什么大不了的!这一切不过是一时的头脑发热,是胡思乱想,是泡沫幻影,是过眼云烟,只是个没有感情经验的姑娘,由于一时醋意上头而做出的举动,没有什么大不了的!"

叶甫盖尼·帕夫洛维奇已经完全不顾礼仪,放任自己发泄愤怒之情。他头脑理智、逻辑清晰,甚至——这里再重复一次——通过心理分析为公爵重现了当时他与娜斯塔西娅·费利帕夫娜关系的图景。叶甫盖尼·帕夫洛维奇一直口才颇好,现在则更是达到了能言善辩的地步。"从此刻开始,"他以宣布的口吻说道,"您是以虚情假意开始的,凡以虚情假意开始,必将以虚情假意结束,这是自然规则。有人称您为白痴——反正有人这样——我对此并不苟同,甚至感到气愤,相对这个称呼来说,您过于聪明,但是您又那么奇怪,跟大家不一样,您自己也承认。我认为,整件事情发生的根本原因在于:首先,可以说是您天性如此（公爵，请注意'天性'这个词）；其次是您过于单纯朴实了，然后就是毫无分寸感（您自己也已经好几次意识到这点了）；最后就是堆积在您大脑里的各种观念，您真是非同寻常的诚实憨厚，至今还将它们当作是本就应该存在的、真正的真理！您自己也承认，公爵，您与娜斯塔西娅·费利帕夫娜的关系从一开始就被笼罩在某种民主自由的理念下（我这样表达是为了简化问题），被所谓'妇女问题'所框住（为了更简单地表达）。我可是对罗戈任上门送钱，并大闹娜斯塔西娅·费利帕夫娜家的丑剧非常清楚。如果您想知道的话，我可以给您娓娓道来，把您的表现像照镜子一样刻画出来给您看，对于事情的发展过程以及为何会演变成这样，我了如指掌！您，一位青年，渴望从瑞士回到祖国，就像向往乐土一般想要回到俄国，您读了很多关于俄国的书，这些书或许是精彩又优质的书，但对于您来说是有害的。您渴望回国后，血气方刚地大干一番！没想到，就在那天，有人跟您讲述了一个被侮辱的女人的悲惨故事，而对您讲这个故事，就好比在对着一个骑士、一个没有生活阅历的童贞男孩来讲——尤其还是讲一个女人的故事！就在同一天，您居然看见了这个女人，被她的惊人容貌所迷倒（当然我也承认她是美女）。再加上您的神经敏感、您的癫痫病，以及圣彼得堡这对神经有害的乍暖还寒的天气，还有您处在一个对您来说陌生且虚幻的城市，一整天去了很多场合，有过很多次会见，也意外地结识了很多人，接触到了意想不到的现实，见到了叶潘钦家的三位美貌的千金小姐，其中就包括阿格拉娅。舟车劳顿、头晕目眩的你，在娜斯塔西娅·费利帕夫娜家的客厅以及在当时颇有格调的氛围烘托下，还有……在那样的环境下，您还能期待自己会怎样呢？您说呢？"

"对，对，您说的对，"公爵一边脸红了起来，一边摇着头，"是的，事情基本就是这样的,您知道的,我回来的前一天的确几乎整宿没睡,坐在火车上也整夜未眠,身体疲惫、心情沮丧……"

"是啊,当然如此,不然我说这些的用意是什么呢?"叶甫盖尼·帕夫洛维奇越来越激动地说道,"显而易见,可以这样说,您当时沉醉于此,并急于找到个机会当众展露您豁达的思想,您,一个贵族出身、正直纯良的人,不会认为她这么一个并非出自本意而被上流社会的淫棍欺辱的女人是可耻之人。哦,天哪,这是可以理解的!但是事情的关键并不在此,亲爱的公爵,问题在于您对她的感情是否真挚,是出自真情实感,还是只是一时的头脑发热?一个女人——一个同样的女人——虽然在神圣的教堂里得到了宽恕,但并没有对她说,她是对的,她做得好,她应该得到一切人的尊重与声望。此事发生后的三个月里,难道您就没有恢复正常思维、冷静下来扪心自问,这件事的根本在哪里吗?好,就算她现在没错——我不承认这点,因为不想承认——难道她经历的所有的不幸,就能让她变得如此不堪、如此傲慢无礼、如此不知廉耻,变成如此贪婪的利己主义者吗?公爵,请您原谅,我有些过于激动了,但是……"

"是的,这一切都有可能,可能,您是对的……"公爵再次喃喃低语起来,"她确实脾气很大,您说得对,但是她也……"

"值得同情?您想说这个,对吗,我善良的公爵?但是难道为了同情她,尽量满足她的要求,就可以侮辱另一个品德高尚、心思纯洁的姑娘吗?就可以在那双傲慢无礼、充满怨恨的眼睛前贬低她吗?那这种同情以后将发展成什么样?这简直夸张到了不堪设想的程度!难道您爱着她的同时,还能在她的情敌面前贬低她,更为了她的情敌而抛弃她?而这一切居然都发生在您真诚地向她求婚以后……您要知道您向她求婚了,还是当着她的父母和姐姐们的面求婚的!发生这一切之后，我就想问您，公爵，您还觉得自己是个光明磊落的正直之人吗？还有……您还让她相信您爱她，这难道不是在欺骗一个天使般纯洁的姑娘吗？"

"是，是，您说得对，啊，我觉得都是我的错！"陷入万分痛苦的公爵喃喃低语着。

"难道这就完了？"叶甫盖尼·帕夫洛维奇愤怒地喊了起来，"难道就说一句'啊，都是我的错'就完了？您是有错，可还是固执己见！您那个时候的良心呢，您那'基督徒'的圣心呢？您要知道，您看向她的那一刻，她脸上的痛苦一丁点儿都不会比您那位拆散他人幸福的女人少！您那时怎么就能丢下她不管呢？您怎么能呢？"

"可……我并没有丢下她不管……"让人哀怜的公爵呜咽道。

"您哪里没有丢下她不管？"

"我，我的上帝啊，我真的没有丢下她不管。我到现在都没明白，事情怎么就会发展到今天这个地步……我……我当时已经去追阿格拉娅·伊万诺夫娜了，而娜斯塔西娅·费利帕夫娜那时昏倒了，后来，所有人又一直不让我见阿格拉娅·伊万诺夫娜，直至现在。"

"这无所谓了！就算是那个女人昏倒了，您也应该去追阿格拉娅！"

"是的……是的……我应该……但是她可能会死的！她会自杀的，您还不了解她……反正以后我会把所有事情都告诉阿格拉娅·伊万诺夫娜的，还有……您瞧，叶甫盖尼·帕夫洛维奇，我看得出来，有些事情您也不是全知道。请您告诉我，为什么他们不让我见阿格拉娅·伊万诺夫娜？我本可以当面给她解释清楚。要知道，她们当时说的话都并非出自本意，因此才造成了现在的结果……我跟您解释不清楚，但是我，可以，解释给阿格拉娅听……哎，天哪，我的上帝！您说，她跑出去那时的脸色……哦，天哪，我都记得！……我们走吧，我们走吧！"他匆忙从座位上跳起来说，然后突然拽住叶甫盖尼·帕夫洛维奇的袖子准备向外走。

"您要去哪儿？"

"我们去找阿格拉娅·伊万诺夫娜，现在就走！"

"可她已经不在帕夫洛夫斯克了，我说过了，再说您现在去找她干吗？"

"她会明白的，她会明白的！"公爵双手合十祈祷着，"她会明白的，一切不是她想的那样，完全是两码事！"

"怎么是两码事？您不是正打算和另一位结婚吗？您还真是固执……那您到底结不结婚了？"

"嗯，是的……得结婚，是的，我得结婚！"

"那怎么还说是两码事？"

"哦，不，是两码事，是两码事！这与我结婚没有关系！"

"怎么就没关系了？这可不是什么小事！您跟心爱的女人结婚，是为了让她幸福，而阿格拉娅也知道这一点，怎么能说没有关系呢？"

"为了幸福？哦，不不！只是结个婚而已，她要求这样，再说我结了婚又如何？我……这与结婚没有关系！如果不结婚，她一定会自杀的。我现在看明白了，她和罗戈任结婚才是疯狂的举动！我现在明白了很多以前不懂的事情，您不知道，当她和阿格拉娅彼此相视而站的时候，我简直无法忍受娜斯塔西娅·费利帕夫娜的表情……您不知道，叶甫盖尼·帕夫洛维奇，"他神秘地压低了自己的声音，"我从来没跟任何人说过这点，甚至都没跟阿格拉娅说过，但是我真的不能看到娜斯塔西娅·费利帕夫娜的那张脸……您刚才提到那夜在娜斯塔西娅·费利帕夫娜家举行的晚会时，说得很对，但您还是漏了一点，因为您不知道，我当时看着她的脸！那天上午，在叶潘钦将军家的时候，我就在照片上看到了她的脸，无法直视她的那双眼睛……譬如，薇拉·列别杰夫的眼睛则完全不同；我……我害怕看到她的脸！"他非常恐惧地说道。

"害怕？"

"是的，她简直是个疯子。"他脸色苍白地低声说道。

"您确定是这样？"叶甫盖尼·帕夫洛维奇异常好奇地问。

"是的，之前或许不确定，可现在已经很肯定了，这些天，我看得清清楚楚的！"

"那您这是在干吗？"叶甫盖尼·帕夫洛维奇惊呼道，"也就是说，您是出于害怕她才结婚的？简直难以理喻……您甚至都不爱她就要跟她结婚？"

"哦，不，我是真心爱她的！可她是个……孩子，现在她完全就是个孩子，完全是个孩子！哦，您什么都不明白！"

"可同时，您又让阿格拉娅·伊万诺夫娜相信您对她的爱情！"

"哦，是的，是这样的！"

"这怎么可能呢？这么说，您同时爱着两个人？"

"哦，是的，是的！"

"得了吧，公爵，您在胡说什么呢，您能不能清醒点！"

"假如没有阿格拉娅，我会……我一定要见到她！我……我很快就会在梦里死去，我可能今夜就会在梦里死去。哦，如果阿格拉娅知道这一切就好了……一定要让她知道这一切。因为她必须了解这一切，这是当务之急！为什么我们永远不能了解另一个人的全部，特别是在这十分有必要的时候、在这个人犯错的时候！……不过，我不知道我现在在说什么，我脑子里很乱，您带来的消息让我很吃惊……难道她现在还是那天跑出去时的表情吗？哦，真是的，都是我的错！

绝大部分都是我的错！可我还不知道自己错哪儿了，总之都是我的错……这里有些情况我无法跟您说清楚，但……阿格拉娅·伊万诺夫娜会明白的！哦，我一直相信，她会明白我的。"

"不，公爵，她不可能明白的！阿格拉娅·伊万诺夫娜是像一个女人那样爱您，像个普通凡人那样爱您，而不是像……神灵般那样抽象的博爱。您知道吗，我可怜的公爵，我可以很肯定地说，您并不爱她俩中的任何一个，您从来不曾真正爱过谁！"

"我不知道……或许真是这样，真是这样。很多方面您都说对了，叶甫盖尼·帕夫洛维奇。您很有智慧，叶甫盖尼·帕夫洛维奇。啊，我的头又开始痛了，我们快去找她吧，看在上帝的分儿上，看在上帝的分儿上！"

"我不是跟您说过了嘛，她已经不住在帕夫洛夫斯克了，她现在在科尔米诺。"

"我们马上去科尔米诺，这就去！"

"这，不——可——能！"叶甫盖尼·帕夫洛维奇站起身来，一字一顿地说道。

"那听着，我写封信，请您带封信给她！"

"不，公爵，不！您还是别将这件事委托给我，我做不到！"

他们就此别过。叶甫盖尼·帕夫洛维奇离开的时候非常困惑，他甚至冒出一个念头：他觉得公爵的精神有些不正常。而那张他又爱又怕的脸，到底意味着什么呢？或许，他真的会因为失去阿格拉娅而死，但阿格拉娅或许永远也不会知道他有多么爱她！哈——哈！怎么可能同时爱两个人呢？而且是用两种不同的方式去爱？这倒挺新奇的……可怜的白痴啊！以后他会怎么样呢？

第十章

然而，直至结婚前夕，公爵既没有清醒地死去，也没有像对叶甫盖尼·帕夫洛维奇说的那样"在梦里死去"。或许，他真的没睡好，总是做噩梦，但到了白天跟人们交流的时候，他又显得亲切友好，表情愉悦，除了偶尔会思虑重重，但也只是在他独处的时候才这样。婚礼准备得很仓促，日子定在叶甫盖尼·帕夫洛维奇到访后的两周。如此匆忙地举办婚礼，甚至就连公爵最好的朋友（前提是他有这种朋友的话）也一定会对这个他们试图"拯救"的、不幸的白痴感到无望。有传言说，叶甫盖尼·帕夫洛维奇拜访公爵是伊凡·费道罗维奇将军和他夫人叶莉扎维塔·普罗科菲耶夫娜在背后出的主意。但这可能只是出于他们的好心，尝试去拯救这个白痴脱离不幸，而这种尝试也仅限于此，不过徒劳而已，因为无论是从他们的境遇来看，还是从他们此刻的心情来说（这是人之常情），都不可能作出更进一步的尝试。我们此前也提过，就连公爵周围相对亲近的朋友也都在反对他。而薇拉·列别杰娃最多不过独自流泪，并且常常待在自己的房间里，不去看公爵，与以前相比，她去看公爵的次数少了很多。科利亚这段时间则是为父亲的丧事忙碌——老头子死于第二次中风，发生在第一次中风的八天后。公爵对痛苦的这家人极为同情，起初几天，他一直待在妮娜·亚历山德罗夫娜那儿，常常一陪就是几个小时，他参加了教堂的仪式和葬礼。很多人都发现，公爵进出教堂的时候，总有人在他背后指指点点、窃窃私语,他走到大街上、花园里皆是如此:但凡他路过之处、坐车经过之时,都会听到这些说三道四的声音,听到他自己的名字,甚至还有娜斯塔西娅·费利帕夫娜的名字。此外,人们还在葬礼上找寻她的身影,但她并未在葬礼上出席。大尉的遗孀也没有,还是列别杰夫及时阻止了她前往的打算。安魂弥撒仪式给公爵留下了极其深刻的痛苦。还在教堂里的时候,他低声回答了列别杰夫的某个问题,并小声告诉列别杰夫这是他第一次参加东正教的安魂弥撒,他仅仅记得童年时,在乡村教堂里参加过另一种安魂弥撒。

"是啊,要知道,躺在棺材里的那个人还是不久前我们邀请坐上主席位的那个人,记得这事吗?"列别杰夫轻声问着四处张望的公爵说道,"您是在找谁吗?"

"没找谁,我只是觉得……"

"觉得是罗戈任?"

"难道他在这里?"

"是的,他在教堂里。"

"难怪我总觉得看见了他的那双眼睛,"公爵惶恐地低语,"这是怎么回事……他为什么会来?是被邀请来的吗?"

"我想,压根没人邀请他。要知道,他与死者完全不认识。这是公众场所嘛,因此形形色色的人都有。您为什么如此惊讶?我最近经常遇见他,就是最近的这周里,我已经遇到过四次了,就在这儿,就在帕夫洛夫斯克这里。"

"从那次后……我就再也没有见过他了。"公爵喃喃低语着。

同样,娜斯塔西娅·费利帕夫娜也没有告诉过他,那次事情后有遇到过罗戈任,因此公爵得出了一个结论:不知道为什么,罗戈任似乎有意不露面。一整天公爵都陷入思考中,而娜斯塔西娅·费利帕夫娜从早到晚都显得很愉快。

科利亚在父亲去世前就与公爵和解了,他提议邀请凯勒尔和布尔多夫斯基当傧相(因为筹备时间紧迫)。他说,保证凯勒尔那天会举止得体、彬彬有礼,或许还"发挥得很好",至于布尔多夫斯基更没什么好说的,他本身就是一个斯文谦虚的人。妮娜·亚历山德罗夫娜和列别杰夫提醒公爵,既然已经决定好举办婚礼,那就别在帕夫洛夫斯克举办,特别是别在旅游避暑的旺季举办,没必要如此张扬。在圣彼得堡办,或者在家里办不是更好吗?公爵对于这些担忧的原因都十分清楚,但他的回答简单明了:这是娜斯塔西娅·费利帕夫娜的心愿。

第二天,被通知委以伴郎重任的凯勒尔出现在公爵那儿,他在进去之前,站在门口,一看见公爵,便举起右手,伸出食指做出发誓状的手势喊道:"我不喝酒!"

随即他走到公爵跟前,紧紧握住他的双手,热情地摇了摇表示:起初听到公爵要结婚的消息时,他是反对的,还在台球室声明了这点,倒不是什么其他原因,而是因为他以公爵朋友的身份早已替公爵认定,站在公爵身旁的妻子至少应有像德罗安郡主①那样的出身。但是现在,他意识到,公爵的思想要比他们所有人的"总和"至少高尚十二倍!因为他要的不是体面和荣耀,不是财富,更不是名望,而是一个真理!位高权重的贵族们的喜好和取舍众人皆知,而公爵则不想当这种人,他太高尚了,即便是谁都无法抹杀他作为品格高贵之人的既定事实!

"然而,下流无耻以及形形色色的庸俗之人则毫无这样的觉悟。他们在大街小巷、城里家里,在聚会上、音乐会上、别墅里、酒馆里、

---

① 即玛丽·德罗安蒙巴宗郡主,德舍弗勒兹公爵夫人,法国贵族,路易十三时期的法国女政客,参与1626年的法国贵族叛乱,因刺杀红衣主教黎塞留败露而流亡国外。

台球室就只会闲聊，八卦着当下即将举办的婚礼，我听说，他们甚至还想在窗外起哄，也就是在新婚初夜！公爵，如果您需要一位佩戴手枪的忠诚之人，那么我已经准备好了，要打出它的一半子弹，来保证您第二天早上从新婚的床上安然起来。"他还担心从教堂出来的时候，会像洪水一样涌上来一批渴望围观新人的人，因此他建议在院子里备好消防水龙带，但是列别杰夫则反对他说："用消防水龙带，会把房子给冲垮的。"

"这个列别杰夫在对您使坏心眼，公爵，真的，上帝作证！他们想把您置于官方的监管下，您能想到吗，连同您的自由和钱财，而这两样恰好是足以能将我们每个人与四脚动物区别开的东西！我听到了，真的听到了！千真万确！"

公爵回忆起，他似乎也听到过这类话，但很显然，他并没有在意。就算是现在，他也只是一笑而过。这段时间，列别杰夫的确为此忙碌，这个人的主意似乎总是在灵光乍现下产生的，由于他逐渐热情反而导致事情变得很复杂，甚至偏离原本轨道而向周围发散开来。这也正是他一生中很少取得什么成功的原因。后来，差不多就是在举行婚礼的当天，他去找公爵忏悔（他有一个一直没变的习惯，总是会向被他算计、被他使过阴谋诡计的人忏悔，尤其是诡计没有得逞的时候），他对公爵说，他生来就是个塔列兰①，但不知为何就只成了列别杰夫，接着他向公爵坦白了所有算计，以此吸引公爵的兴趣。按他所说，他是从寻找地位高的贵人开始，以便在需要的时候可以仰仗他们，有后台可以依靠，于是他去找了伊凡·费道罗维奇将军。伊凡·费道罗维奇将

---

① 即夏尔-莫里斯·塔列兰别里哥尔公爵（1754—1838），法国近代著名的资产阶级外交家，在拿破仑帝国和波旁王朝复辟时期任外交部长、外交大臣，曾官至总理大臣。此处用以比喻惯于玩弄手腕、狡诈多变的人。

军感到十分困惑，他很希望"年轻人"（这里指公爵）一切都好，但是他表明"即使有意挽救，他采取行动也无济于事"。叶莉扎维塔·普罗科菲耶夫娜则既不想听他说话，又不想看见他。而叶甫盖尼·帕夫洛维奇和肖公爵只是一直摆手。但列别杰夫并没有气馁，他求助于一位精明干练的律师，这是一位德高望重的老人，也是他的故交，甚至可以算得上是他的恩人。据老律师说，此事或许办得到，只要能出具一份有权威的报告，证明公爵是智力失常、精神错乱就行，当然，与此同时还得有权威人士出面监护。听了之后，列别杰夫并没有灰心丧气，当天就带了位医生来见公爵。这位医生也是位受人尊重的老人，是来别墅避暑的，脖子上挂有一枚安娜勋章①。而列别杰夫带他来的目的就是认认门，介绍他和公爵认识，然后暂时非正式地、以友人的角色给公爵的身体健康下个结论。

公爵记起这位医生的来访了。他记得，那日的前一晚列别杰夫就软磨硬泡，说他身体不好，当公爵果断拒绝就医后，列别杰夫依旧带着医生突然上门，借口说是刚从伊波利特·捷连季耶夫先生那儿来的，他的情况很不乐观，关于这个病人的病情，医生需要跟公爵谈一谈。公爵当时还称赞了列别杰夫，并十分热情地接待了医生，他们立马就热情地聊起了伊波利特的病情。在医生请求公爵详细地描述一下病人自杀的情景后，公爵对此事的叙述和解释完全吸引了医生所有的注意力。他们之后聊到圣彼得堡的天气、公爵本人的病情，还聊到了瑞士、施奈德医生的治疗方案以及一些故事。医生对公爵所描述的这些产生了浓厚的兴趣，以至于在公爵这儿待了两个小时都浑然不觉，同时他还抽了公爵不少的上好雪茄，而当列别杰夫让薇拉送来可口的果酒时，

---

① 沙俄时代奖励给文官的一种勋章，是以俄国女沙皇安娜·伊万诺夫娜命名的。

这个有家室的医生却对薇拉说起了一堆不合身份的恭维话,惹得薇拉非常生气。总之,医生与公爵分手之时已经成了朋友,医生从公爵家一出来就立刻告诉列别杰夫:"如果所有这样的人都要置于监护之下,那么谁能来当这个监护人呢?"而对于列别杰夫痛苦万分所描述的迫在眉睫之事,医生只是狡黠地摇了摇头,最后指出,"先不说他跟什么人都可以结婚这点,至少听说,这个迷人的女人有着美艳绝伦的外表,光凭这一点就足以让有钱、有地位的人趋之若鹜,而她还拥有从托茨基和罗戈任那儿获得的大笔财富,什么珠宝、家具、衣物,因此公爵的选择,非但没有表现出世人所认知的'飞蛾扑火'般的愚蠢,反而验证了他的机敏老成以及善于算计。因此我得出一个相反的,但对于公爵来说是不错的结论……"这个想法让列别杰夫大为震惊,似乎茅塞顿开,于是他就此作罢,并补充道:"现在,除了满腔忠诚和决意为您抛洒热血以外,您从我身上再也看不到其他多余的东西了。我就是怀着这样的心情来的。"

伊波利特这些日子也让公爵操心不少,他频频差人来叫公爵。他们住在一幢小房子里,离公爵这儿不远,那几个小孩子,也就是伊波利特的弟弟和妹妹们,很喜欢这幢别墅,至少他们可以躲开生病的哥哥,去院子里玩。可怜的大尉遗孀在伊波利特的使唤下,完全成为他的奴隶。公爵整日在他们之间拉架、劝架,病人则直接称他是自己的"仆人",而与此同时,他又因为公爵这个调解员的身份,针对性地蔑视他。伊波利特对科利亚的意见很大,因为科利亚基本不去他那儿——科利亚先是留在奄奄一息的父亲身边,后是陪着变成寡妇的母亲。最后,伊波利特又把公爵与娜斯塔西娅·费利帕夫娜的婚事作为笑料,让公爵倍感羞辱,最终公爵也不再来看他了。两天后,大尉遗孀一大早便跟跟跄跄地到访,哭着请求公爵去他们家,不然家里那个霸王非把她吃了不可。她还补充道，家里那个霸王有个重大的秘密要透露给公爵。于是公爵去了。

伊波利特希望能和公爵和解，说着说着居然哭了起来，哭完之后，却更加怨恨公爵了，不过不敢说出口。他的身体状况很差，所有体征都表明他将不久于人世了。他并没有什么秘密要告诉公爵，只是因为激动一直喘不上气来（有可能是装的），不过他强烈央求公爵一定"要小心罗戈任""这人不达目的誓不罢休，公爵，他跟我们不是同类人，这个人只要想干什么，就会义无反顾地去干……"等等。公爵开始询问一些细节，他想获得一些确凿的证据，但除了伊波利特的个人主观感受和印象外，并没有任何实质性的证据。伊波利特在把公爵吓得够呛后，满足地结束了这个话题。刚开始，公爵不情愿回答他的某些特别的问题，对于他给出的建议，诸如"哪怕逃到国外，也是能结婚的，俄国的神父遍地都是"，他只是回以微笑。一直到伊波利特说出了这个想法："我只是很担心阿格拉娅·伊万诺夫娜；罗戈任知道，您非常爱她，他或许会以爱换爱，您从他那儿抢走了娜斯塔西娅·费利帕夫娜，那他就杀死阿格拉娅·伊万诺夫娜，虽然她现在跟您已经没什么关系了，但您不还是会因为她受伤而感到难过吗？"伊波利特的目的达到了，公爵走的时候心绪恍惚，甚至有些精神失常。

公爵听到关于罗戈任的这番预警言论，已是婚礼的前夕。这天晚上，公爵和娜斯塔西娅·费利帕夫娜见面了，但是娜斯塔西娅·费利帕夫娜仍然让他无法放心，甚至恰恰相反，近期越发加重了他的恐慌。以前，也就是几天前，每每他们见面，她总是竭尽全力逗他开心，她害怕他忧郁的样子，甚至试着唱歌给他听，还常常给他讲所有她记得起来的可笑趣事。公爵也总表现出觉得很好笑的样子，当然，有时也确实是因为她语言里展现出的智慧和幽默的情感而发自内心地笑了出来。看到公爵笑、看到公爵对所说的趣事留下了深刻的印象的时候，她自己也很高兴，也开始感到骄傲。但是现在，她的忧郁及苦恼随着时间的推进越发浓郁了起来。好在公爵已经非常了解她了，不然她现在所表现出的一切只会让他觉得莫名其妙、难以理喻，但他真心相信，她是可以恢复的。他曾真挚地对叶甫盖尼·帕夫洛维奇说，他发自内心地爱她，他对她的爱中似乎包含着对生病小孩的同情和怜爱，而他自然是无法放任这样生病的小孩不管的。公爵没有向任何人解释过自己对她的感情，甚至也不喜欢谈论这个话题，即使这个话题无法回避。他和娜斯塔西娅·费利帕夫娜坐在一起的时候，从来不会谈论感情，就好像两人许过诺言一样。他们平常聊的话题都是轻松愉快的，任何人都能随时加入。达里娅·阿列克谢耶夫娜后来说道，这段时间她看着他们，只觉得内心愉悦，周遭的事都会抛诸脑后。

但是相较于其他很多方面的烦恼，公爵更为在意的是娜斯塔西娅·费利帕夫娜的精神及心理情况，现在的她已经完全不像三个月之前他所认识的那个女人了。他现在已经不考虑这些了，比如，为什么那个时候的她流着泪、咒骂谴责并且逃避与他结婚，而现在她坚持要尽早完成婚礼呢？"看起来，她似乎已经不像从前那样担心，与她结婚会给我造成不幸。"公爵如是想道。可在她身上如此之快地重现自信，在公爵看来，是十分不正常的。而且仅凭着对阿格拉娅的憎恨是不可能产生这种自信的，毕竟娜斯塔西娅·费利帕夫娜的情感更为深沉。莫非是因为恐惧罗戈任，恐惧自己与罗戈任的命运纠缠在一起？总而言之，所有这些疑问的出现肯定是各种原因交织导致的。但是公爵最为清楚的一点，也正是他早就怀疑的一点——她那不幸和痛苦的心灵已无法承受住了。如果这样说的话，那么公爵的某些困惑在某种程度上就得到了解释，但他的内心还是无法平静。有时他竭力不去多想，可能结婚对他来说，似乎的确只是个无足轻重的仪式，就连他对自己的命运也是如此。而其他人对此事表示的反对，类似叶甫盖尼·帕夫洛维奇与他的谈话，他什么都不予回答，他自认为没有能力去应对这些，因此干脆回避这一类的谈话。

不过，他发现，娜斯塔西娅·费利帕夫娜非常清楚阿格拉娅在他心中的地位，她只是不说罢了。不过，起初他打算去叶潘钦家的时候，正好被她碰上了，他看到了她的"脸色"。当叶潘钦一家搬走时，她简直是喜形于色。无论他多么眼拙、脑笨，总还是能猜到：娜斯塔西娅·费利帕夫娜下决心大闹一场，就是为了逼阿格拉娅离开帕夫洛夫斯克。有关婚礼的议论弄得满城风雨，不用说，这少不了娜斯塔西娅·费利帕夫娜暗中使力，目的是为了刺激情敌。由于很少会遇到叶潘钦一家，所以娜斯塔西娅·费利帕夫娜有一次特意让公爵坐在她的马车上，并吩咐车夫刻意从叶潘钦家别墅的窗前驶过，这对于公爵来说简直是突如其来的惊吓。当然，他也总是等到事情无法挽回之时，才恍然大悟，而马车早已驶过叶潘钦家的窗前。对于这件事，他并没说什么，但接连生了两天的病，因此娜斯塔西娅·费利帕夫娜再也不敢这样试探了。婚礼前的最后几天，她越发地忧心忡忡，以前的她无论郁闷多久，总能恢复到以往的快乐，但这次不知怎么，沉闷得很，不像之前那样热闹和欢快了。这就引起了公爵的注意，让他纳闷的是，她再也没有跟他提过罗戈任。只有那么一次，大约是婚礼举办前的第五天，达里娅·阿列克谢耶夫娜突然派人来让公爵马上过去，因为娜斯塔西娅·费利帕夫娜的情况很不好。他到了后看到她的状态完全像精神失常一样：大喊大叫，浑身哆嗦，叫嚷着罗戈任现在就藏在花园里，就在这里，她刚才已经看见他了，他今晚就会杀了她……要杀了她！整整一天情绪都无法平复。也就是在那天晚上，公爵去伊波利特那里待了一会儿，听刚从城里办事回来的大尉遗孀说，今天罗戈任去她在圣彼得堡的家里打探了下帕夫洛夫斯克的情况。公爵随即向大尉遗孀询问罗戈任的到访时间，大尉夫人说的时间恰好与娜斯塔西娅·费利帕夫娜今天说在花园里看见罗戈任的时间段重合。事情只能解释为是她的恐慌情绪导致看见的幻影。娜斯塔西娅·费利帕夫娜也在亲自去大尉遗孀那儿反复详细地确认后才安下心来。

婚礼前夕，只有娜斯塔西娅·费利帕夫娜一人处于精神振奋的状态中：圣彼得堡女时装设计师送来了第二天婚礼要穿的服饰，有礼服、婚纱、头饰，等等。公爵没有想到，她会因为这些服饰如此激动，于是他便对所有服饰都赞美了一遍，当然，他的赞美让她倍感幸福。但是她一不小心说漏了，她说，她已经听说，城里一片叫骂声，有些纨绔子弟策划起哄闹事，有人为此编了曲，还有人为此编了一首应景的诗歌，而这一切竟然获得了各界人士的赞同。可她现在就是要在他们的面前昂头挺胸，用这别具风采、豪奢的服饰压倒众人。"如果他们敢叫唤的话，就让他们叫吧，起哄去吧！"说到这点时，她的双眼熠熠发亮。她心里隐藏了一个心愿，只是没有说出口：她希望，阿格拉娅本人或者她派来的什么人不声不响地混在教堂的人群中，看着这一切，她甚至暗自为此做准备。晚上十一点左右，她和公爵分手的时候，满脑子想的都是这些，但半夜的钟声还没敲响，达里娅·阿列克谢耶夫娜就派人来找公爵，让他赶紧过去，因为娜斯塔西娅·费利帕夫娜的情绪很差。

公爵匆忙赶到时，发现他的未婚妻把自己反锁在卧室里，正悲痛欲绝地哭着，歇斯底里地闹着，她就这样一直待了很久，什么话都听不进去。后来她终于开了门，但只让公爵一个人进去，他刚一进门，她便锁上门直接跪在他面前（起码达里娅·阿列克谢耶夫娜后来是这样描述的,这是在门被关上的那一刹那,她所看到的情景)。

"我在做什么?我在做什么啊!我都对你做了什么啊?"她大喊着,浑身抽搐地抱住了公爵的双腿。

公爵就这样陪着她在卧室里坐了整整一个小时,他们究竟谈了什么,我们无从得知。据达里娅·阿列克谢耶夫娜后来说,大约一个小时后,他们平静而温馨地分开了,公爵也回到了自己的房间。后来夜里,公爵又派人来打探消息,但是娜斯塔西娅·费利帕夫娜已经入睡。在第二天早上,她还没醒之前,公爵就又两次派人到达里娅·阿列克谢耶夫娜那里,第三次派去的人回话说:"娜斯塔西娅·费利帕夫娜现在正被一群从圣彼得堡来的设计师和理发师围着,完全不复昨日的样子,她现在很忙,这个大美人正忙着服饰搭配,而此时他们正在紧急商议,婚礼时究竟戴哪件珠宝首饰比较好,戴在哪儿比较好?"公爵听完回话后,这才彻底放心。

要知道,最后有关这场婚礼的趣事是知情的熟人所描述的,而且以下内容,大体真实可信。

婚礼定在晚上八点钟,娜斯塔西娅·费利帕夫娜在七点钟的时候就已经准备妥当。而六点开始,参加婚礼或是看热闹的人群陆陆续续向列别杰夫的别墅聚拢,达里娅·阿列克谢耶夫娜的别墅也是如此场景。七点钟起,教堂外围也逐渐聚集了一堆看热闹的人。薇拉·列别杰娃和科利亚都替公爵捏把汗,当然屋里还有很多杂事需要他们处理,他们在公爵的房间里接待和宴请宾客。不过,婚礼后估计也没有什么宾朋需要招待,婚礼上除了一些必不可少的人之外,列别杰夫还邀请了普季岑夫妇、加尼亚、荣获安娜勋章的那个医生以及达里娅·阿列克谢耶夫娜。公爵奇怪地询问列别杰夫,他为什么会想到邀请这位"几乎不太熟"的医生,后者则扬扬得意地回答,"他是个获得安娜勋章的受人敬仰之人,来帮我们充个门面",听完公爵大笑起来。凯勒尔和布尔多夫斯基则身着燕尾服,戴着手套,看起来十分得体,只是凯勒尔还是让公爵以及信任他的人感到些许困窘,因为他总是倾斜着上身,时刻表现出一副准备打架的姿势,并充满敌意地看着家门口这些凑热闹的人。终于到了七点半,公爵坐上了马车驶向教堂,顺便一提,是他故意不想漏掉任何一个接亲的传统及习俗,一切都要做得冠冕堂皇且礼数极全。到达教堂后,公爵在凯勒尔的带领和保护下(只见凯勒尔对着好事的人们露出凶恶威严的目光),穿过不停窃窃私语、连连感叹的人群,躲进了教堂。然后凯勒尔则再次出发去接新娘,到达达里娅·阿列克谢耶夫娜别墅时,他发现别墅台阶旁的好事之人不仅比公爵家门口的多出两三倍,而且放肆程度也是那儿的两三倍。就在他登上台阶之时,他听到了起哄和喝倒彩的声音,让人难以容忍,就在他打算转身冲着那些好事之人来篇回怼的演讲时,被布尔多夫斯基和从台阶上跑下来的达里娅·阿列克谢耶夫娜及时制止了。他们挟带着他,强行将他带进房间。凯勒尔被刺激得怒火中烧。此时,娜斯塔西娅·费利帕夫娜站起身来,再次找了面镜子照了下,微微苦笑了一下(据后来凯勒尔描述说,当时她的脸色"如同死人一般惨白"),然后十分虔诚地向圣像行了礼,便出门下台阶。迎接她的是喧嚣的起哄声,的确,起初的瞬间还可以听到欢笑声和鼓掌声,以及吹口哨的声音,但没过多久,出现了另一种声音:

"真是个美人!"人群中有人大声感叹道。

"她不是第一个,也不是最后一个!"

"漂亮的婚纱花冠一戴,就把什么都遮挡了,你们这群笨蛋!"

"不,这等绝美之人,去哪里能找得到!乌拉!"离得近一些的人嚷着。

"公爵夫人！如果能得到这么美的公爵夫人，我宁愿出卖我的灵魂！"某个小公务员叫嚷起来，"我愿意用自己的命来换取跟她一夜的欢爱！……"

娜斯塔西娅·费利帕夫娜走出来的时候，的确面如白色的丝帕，但她那双黑色的大眼睛如火般地扫视着在场的人群，以至于他们无法承受，将怒斥声转化成了疯狂的欢呼声。马车的门已经被打开了，马车旁伸来了凯勒尔的手，而她突然惊叫一声，从台阶径直跑入人群中，在场所有接送她的人都惊呆了，人群自动分成两拨，空出中间的路给她。就在离台阶五六步远的地方，罗戈任赫然站在那里，娜斯塔西娅·费利帕夫娜在人群中已经捕捉到了他的目光。她发疯似的跑到他跟前，抓着他的双手说道："救我，带我走！随便去哪儿都行，立马带我走！"

罗戈任架起她，差不多是抱着她，送上马车。紧接着，他从钱包里拿出一百卢布的纸币，递给了马车夫。

"去火车站，要是你能赶上火车的话，我再加一百卢布！"

他自己也跟娜斯塔西娅·费利帕夫娜跳上了马车，关上门。马车夫则毫不迟疑地扬起马鞭，快速地驶离现场。事后凯勒尔表示事情发生得太突然了，"要是再给我一秒钟，我绝对能想到办法，阻止他们离开！"他在叙述此件奇事的时候，顺便还做了解释，本来他和布尔多夫斯基逮到了另一辆恰巧停在那的马车，但是追赶到中途时，他又改了主意，认为："无论怎么说还是晚了一步！强抢不回来的！"

"再说公爵也不想那么做！"同感震惊的布尔多夫斯基也肯定地说道。

罗戈任和娜斯塔西娅·费利帕夫娜则及时赶到火车站。罗戈任几乎是一下马车，就上了火车，上火车前的片刻，他还拦住了一个身着深色得体旧式斗篷、头上扎着一条丝巾的过路的姑娘。

"我想用五十卢布来买您的斗篷,行吗?"他突然把钱递到姑娘面前。姑娘还处于震惊的状态中,刚打算问清事情原委,他就已经将五十卢布塞进了她的手里,并快速拽走了她的斗篷、摘下她的头巾,转而披到娜斯塔西娅·费利帕夫娜的肩膀和头上。毕竟她那身奢华的服饰实在过于招摇,上火车后必然会引起他人的注意,小姑娘也是直到后来才明白,为何他会出高价从她这买一件不值钱的旧斗篷。

这件事以极快的速度传到教堂。当凯勒尔走到公爵面前时,很多他压根都不认识的人都凑上前去询问事情原委,教堂顿时一片喧嚣,有的人连连摇头,有的人频频嘲笑,可谁都没离开教堂,都等着看新郎如何应对。公爵虽然脸色十分苍白,但还是十分平静地接受了这一切,他说:"我曾经害怕担心过,但始终没想过会是这个结果……"他沉默片刻后,又说道,"不过……从她的状态来看……这也是情理之中的事情。"后来,凯勒尔则将公爵的这种反应称为"举世无双的哲学"。公爵从教堂出来时看上去很平静,甚至精神振作,至少很多人是这么觉得的,之后也是这么说的。似乎他很想赶回家,尽快让自己一个人静一静,但是老天偏偏不给他这种机会。被邀请的客人中,有几个跟着他进了房间,包括普季岑、加夫里拉·阿尔达利翁诺维奇,以及一直跟他们在一起的、也觉得在此时不应该一走了之的那位医生。除此之外,整栋房子被包围得水泄不通。公爵还从露台上听到凯勒尔和列别杰夫在跟几个根本不认识的、看起来像小官吏的人吵了起来,他们似乎想进露台。公爵走到争吵的人群跟前,了解了事情原委后,有礼貌地推开了凯勒尔和列别杰夫,客气地转向其中一位似乎领头站在台阶上、头发斑白的先生,邀请他赏光进来。这弄得那位先生自己反倒不好意思起来,不过他还是进来了,紧接着第二个、第三个也进来了。人群中共有七八个人走了进来，他们竭力表现得不那么拘谨。自他们进去之后，再没有其他人想进来了，而且他们进去没多久后，人群中就有人谴责他们这种好事的作风。公爵请这些进来的人坐下后，便与他们交谈起来，并奉茶招待——这一切都做得十分礼貌、谦逊，以至于进来的人大为吃惊。当然，他们在经过了几次活跃谈话气氛的尝试后，便赶紧引到该说的话题上。他们问了一些十分不友好的问题，表达了些不怀好意的见解。公爵却简单亲切地回答了大家的问题，同时又不失尊严地表示相信自己的客人都是守规矩的正派人士。因此，这些不识相的问题也渐渐作罢，之后的话题也慢慢变得严肃起来。一位先生说着说着，突然很生气地发誓，无论在什么情况下，他都不会把自己的庄园卖掉，恰恰相反，他要等到而且一定会等到出头之日，他认为"家业远比金钱重要得多"，"亲爱的公爵阁下，这就是我的经济观，请您了解"。因为他是直接对着公爵说的，因此公爵热情地称赞了他，尽管列别杰夫轻声告诉公爵，这位先生一贫如洗，既没有一座庄园，也没有一块土地。大约一小时后，茶喝完了，客人们终于觉得没理由继续待下去了。医生和头发斑白的老先生热情地与公爵道了别，所有的人也都热情、客套地道别离去。他们对公爵表达了自己的祝愿，类似"没什么值得痛苦的，或许以后反而会更好"之类的话。的确也有些年轻的客人想要香槟来喝，但是被年长的客人制止了。待所有人离开后，凯勒尔俯身对列别杰夫说："咱俩本来肯定会和那些人吵得不可开交，甚至打起来，被拉去警局，他倒好，你瞧瞧，还交起了新朋友，而且交的还都是这样的人哟，我可是知道他们的！"而列别杰夫则是一副相当"够了"的表情，叹了口气说："他对聪慧的人隐藏真情，而对幼稚天真的人袒露心扉。很早前我就说过这点，但是现在我得再补充一点，上帝倒是真的保佑了这个心思单纯的孩子，把他从深渊里救了出来,这是上帝和众圣人救了他啊!"

最后,快十点半的时候,公爵终于可以一个人清静会儿了。他的头很痛。科利亚是最后一个离开的,他走前帮公爵脱下了结婚礼服、换上了居家便服,两人热情地道了别。科利亚没有过多评论今天发生的事情,但是答应次日会早点过来,后来据他所说,在最后一次告别时,公爵并未有任何异常,看来,公爵是对他隐瞒了自己的打算。很快,这栋别墅里几乎没人了:布尔多夫斯基去看伊波利特了,凯勒尔和列别杰夫也不知道去了哪儿,只有薇拉·列别杰娃在房间里待了一些时间,动作很快地将布置好的婚房恢复如初。离开时,她去看了一眼公爵。只见他坐在桌子后面,双肘撑在桌上,双手捧着脑袋。她轻手轻脚地走到他面前,拍了下他的肩膀。公爵面带困惑,看了她一眼,好像此刻在回忆着什么,但是等他想起来并弄清楚之后,却突然反常地激动起来。不过,他还是急促地向薇拉提了一个特别的请求:请求她明天早上七点的时候敲他的房门,以便他能赶上第一班火车。薇拉答应了,随即公爵又让她答应不要跟任何人提起此事。在她答应之后,当她已经完全打开房门准备离开的时候,公爵再次叫住了她,他拿起了她的手,亲吻了下手背,然后又亲吻了她的额头,并用"有别于往常的样子"对她说道:"再见!"至少后来薇拉是这样描述的。她离开后放心不下,非常担心公爵。第二天早上,薇拉按约定在七点钟的时候去叫他,她微微打起了精神,去敲了他的门,并告诉他,开往圣彼得堡的火车将在一刻钟后发出,而她觉得,他在为她开门的时候至少是精神抖擞的,甚至脸上还挂着微笑。他几乎一整夜都没有脱衣服,但应该是睡了的。依他所言,他今天就能回来。看得出,此刻他要去圣彼得堡的消息,唯一想告诉的、也该告诉的,只有她一个人。

第十一章

一个小时后，他到达了圣彼得堡，大约九点的时候，他按响了罗戈任家的门铃。他走的正门，但是按了许久也不见有人给他开门。最终还是罗戈任娜老太太房间的门打开了，随之出现的是一位仪态端庄的老女佣。

"帕尔芬·谢苗内奇现在不在家，"她站在门后问道，"您找谁吗？"

"帕尔芬·谢苗内奇。"

"他不在家。"

女佣用一种诧异而好奇的目光看着公爵，上上下下打量了一番。

"那请您至少告诉我，他昨晚是否在家里过的夜？还有……昨天他是一个人回来的吗？"

女佣只是看着他，没有吭声。

"昨晚……娜斯塔西娅·费利帕夫娜有没有跟他一起回来……住在这里？"

"请允许我问下，您怎么称呼？"

"列夫·尼古拉耶维奇·梅什金公爵，我跟他们很熟。"

"他现在不在家。"

女佣目光低垂。

"那娜斯塔西娅·费利帕夫娜呢？"

"这个我不清楚。"

"请等等，等等！那他什么时候才会回来？"

"这个我也不清楚。"

紧接着，门被关上了。

公爵打算一个小时后再来，他随即朝院子里扫了一眼，看到了看院人，便问他："帕尔芬·谢苗内奇现在在家吗？"

"在家。"

"那怎么刚才有人告诉我他不在家呢？"

"他屋里的人告诉您的吗？"

"那倒不是，是他母亲的女佣告诉我的，当时我正在按着帕尔芬·谢苗内奇房间的门铃，许久没人来开门。"

"那或许是不在吧，"看院人说，"他是不会把他的行踪告诉任何人的。有时候甚至把房间的钥匙都一并带走，因此房门时常会接连锁上三天。"

"您可以确定他昨晚在家吗？"

"确定在家。他昨天是从后门进来的，要不然我就看不到了。"

"那昨晚娜斯塔西娅·费利帕夫娜是和他一起回来的吗？"

"那我就不知道了。她不经常来，不过她要是来了，我应该也会知道的。"

公爵出来后，沿着人行道徘徊着并陷入了思考。罗戈任那几个房间的窗户都是紧锁的，他母亲住的那一半房间的窗户却全都开着。今天的天气不错，但有些闷热。公爵径直穿过马路，走到对面的人行道上，然后又驻足，朝罗戈任的房子那边看了看：罗戈任房间的窗户不仅紧锁着，就连白色的窗帘也都被放了下来。

在原地站了大约一分钟后，他突然很奇怪地感觉到有面窗帘的下帷幔被微微掀开了一角，罗戈任的脸一闪而过，刹那间消失不见。他站在那儿又等了一会儿,本来想着现在再去按一遍门铃,不过转念就放弃了,他决定一个小时后再去,他在心里喃喃自语:"谁知道呢,或许刚才不过是个幻觉……"

最重要的是,他现在着急赶去伊斯梅洛夫团,去娜斯塔西娅·费利帕夫娜前不久住过的房子那儿。他记得,三个星期前,应他的请求从帕夫洛夫斯克搬走后,她便住到了伊斯梅洛夫团的一位相熟的女友那里,她是教师的遗孀,一位儿女双全又受人尊敬的女士,她差不多只靠出租带有考究家具的优质房子为生。很有可能,娜斯塔西娅·费利帕夫娜重新搬回帕夫洛夫斯克时,保留了那套房子,昨晚她极有可能是在那里过的夜,当然,肯定是罗戈任昨晚送她过去的。于是公爵迅速雇了辆马车,一路上,公爵都在思索着应该先从那个房子找起,因为她不可能在大晚上直接去罗戈任家里过夜。同时,他回想起看院人的话,娜斯塔西娅·费利帕夫娜不经常去罗戈任家。既然本来就不经常去他家,现在又怎么会去罗戈任家过夜呢?想到这点,公爵又稍显欣慰些,他凭借着这一想法给自己打气。终于,他拖着疲惫的身心来到了伊斯梅洛夫团。

令他十分意外的是,教师遗孀这两天都没听过有关娜斯塔西娅·费利帕夫娜的事,不但如此,她家里的一众小孩——全是小女孩,最小的七岁,最大的十五岁,几乎每个年龄的孩子都有一个——都跟在自己母亲的后面跑了出来,她们蜂拥而至,将他紧紧围住,像是看怪物似的张大嘴巴盯着他看。跟在她们后面的是一位身材干瘪、脸色蜡黄、扎着黑色头巾的婶婶,而最后出来的是位戴着眼镜的老奶奶。教师遗孀热情地请公爵进屋坐坐,他顺从地进去了。他立马明白她们非常清楚他是谁,也清楚昨天是他们结婚的日子,她们非常想知道婚礼上的细节,也想搞明白当前发生的怪事,就是为何他会来找她们打听娜斯塔西娅·费利帕夫娜,她现在不是应该和他一起住在帕夫洛夫斯克吗?为了满足她们的好奇心,公爵简单地叙述了下婚礼上发生的事情,但随着她们的惊呼和叹气声,公爵又不得不把剩余的都交代了,当然也只是挑些紧要的说。最后,与这两位聪慧且激动的女士商量后决定,首先一定要让罗戈任开口,从他那里了解到一切可靠确切的信息。如果他真的不在家(这点一定能打探清楚)或者他不想说的话,那就得去谢苗诺夫团,找一位德裔女子,她可是娜斯塔西娅·费利帕夫娜的老熟人了,她现在和母亲住在一起;或许娜斯塔西娅·费利帕夫娜只是因为情绪不安而躲在她们那里过夜了。公爵起身告别的时候非常沮丧失落。后来据她们形容,当时他的脸色"白到吓人",而他的双腿几乎使不上力气。最后,在一片嘈杂声中,他听明白了,她们正商量着和他一起去找,她们想要他在这里的居住地址,但他还没来得及找地方住,于是她们建议他先在旅馆驻足。公爵思索了片刻,便把自己之前住过的旅馆的地址给了她们,就是大约五个星期前,他在那发过病的旅馆。接着他再次去罗戈任家。而这一回不但罗戈任的房门没开,就连老太太住的房门也没开。于是,公爵四处寻找看院人,好不容易在院子里找到他,他却因为忙于什么事,对公爵并不理睬,而且无论怎么问,给出的答复总是那句:"帕尔芬·谢苗内奇一大早就出门了,他去了帕夫洛夫斯克了,今天不回家了。"

"那我等等,或许晚上就回来了。"

"或许他一个星期都回不来,谁知道呢。"

"也就是说他从昨晚到今天早上,都是在家的吧?"

"只是过夜而已⋯⋯"

所有这一切都让人生疑,感觉背地里发生过什么事情。看院人很可能在这段时间里接到了什么新指示,毕竟之前他的话还很多,现在却避而不答。可公爵还是决定过两个小时再来，如果有必要的话，他会蹲守在门口。而现在唯一的希望就是那个德裔女子了，于是他马上赶往谢苗诺夫团。

可是德裔女子压根不清楚他的来意。公爵从她言语中透露出的信息猜到，两星期前德裔女子和娜斯塔西娅·费利帕夫吵了一架，因此这段日子，她并不知道任何有关娜斯塔西娅·费利帕夫娜的事情，而且她巴不得让大家都知道她根本没什么兴趣听这些事，并表示"哪怕她嫁给了全世界的公爵"都没兴趣理会。于是，公爵匆忙离开了。他突然想到，也许她像之前那样去了莫斯科，而罗戈任显然是追着她去了，或者是他俩一起去的。"哪怕有一点线索也好啊！"不过他突然想起来，他应该先到旅馆落脚，便匆忙前往利捷伊纳亚街。旅馆服务员立即给他安排好房间，随后又问他是否想吃点东西，他心不在焉地回了句"要"，等反应过来后，又觉得十分懊悔，因为吃东西耽误了他半个小时，可吃完后他才反应过来，他完全可以先放在一旁不去吃。在这昏暗沉闷的走廊里，他的心里不知为何笼罩着一种奇怪的、似有似无又抓不住的感觉，而这种纠缠着他的感觉究竟是什么，他却始终想不明白。最后他精神恍惚地从旅馆里走出来，脑袋很晕。"到底应该去哪儿找她呢？"他想了想，又重新出发去罗戈任家。

罗戈任还是没有回来，仍然没人开门。他又去按了他母亲——罗戈任娜老太太的门铃。门被打开了，依旧回应说，帕尔芬·谢苗内奇不在，不在家已经三天有余了。那人再次用和第一次登门时一样的那种怪异目光好奇地打量着公爵，公爵越发困窘。这次他压根没找到看管院子的人。他便又像之前那样，走到对面的人行道上，远远地看着罗戈任家的窗户，在炎热难忍的酷暑下踯躅了约半个小时，或许时间更长。这次依旧什么动静也没有，窗户还是关着的，白色的窗帘纹丝不动。最终，他认定刚才一定是他自己的幻觉，因为种种迹象表明：窗户暗沉无光，许久未擦，即使有人想通过窗户向外张望，也很难看到什么。这个想法让他感到很高兴，于是他便又去了住在伊斯梅洛夫团的教师遗孀家。

她们已经在那儿等他了。教师遗孀已经去了三四个地方，甚至也去过罗戈任家，没有一点消息。公爵沉默地听完，便径直走进房间，坐在沙发上，看着大家，似乎不明白她们在说什么。更奇怪的是，他一阵子思维极为敏锐，一阵子又漫不经心到让人难以置信的地步。后来这家人评论道，这一天，这个人的行为十分怪异，着实让人吃惊，因此，"或许在那个时候就已经能看到定局了"。最后，他站起身来，询问是否可以带着他随便看看娜斯塔西娅·费利帕夫娜住过的房间。

这是两间宽敞明亮的房间，里面的家具装饰十分考究，应该价值不菲。据这些女士们后来回忆，公爵打量遍了房里的每一个物件，在桌上看见了从图书馆借阅的法国长篇小说《包法利夫人》[①]——书是摊开的，他注意到，打开的那一页被折了一个角，他询问是否能把书带走，而在没听完这书是从图书馆借阅的时候，就立即将其放进了自己的口袋。他坐在开着的窗户旁，看见一张写满了玩牌记分的牌桌，随即问，是谁在玩牌？她们告诉他："娜斯塔西娅·费利帕夫娜每天晚上都会和罗戈任打杜拉克、朴列费兰斯、梅利尼克、惠斯特、自选王牌等各种牌戏，牌戏是最近才开始玩的，也就是从帕夫洛夫斯克搬到圣彼得堡以后才开始的，因为娜斯塔西娅·费利帕夫娜总是抱怨罗戈任整夜只是坐着，一言不发，非常无聊。她还时常哭泣，于是，突然有一晚，罗戈任从口袋里拿出一副纸牌，娜斯塔西娅·费利帕夫娜立刻

---

① 法国作家福楼拜的著名长篇小说。

喜笑颜开，他们便开始玩起牌来。"

公爵问道："他们玩的那副牌现在在哪儿？"

"牌不在这儿，被罗戈任装在口袋里带走了，他每天都会带一副新的纸牌，每次玩完，他就随身带走。"

这些女士建议公爵再去趟罗戈任家，门铃按得再重一些，但别现在去，而是晚上去，因为到时候他"可能就在了"。同时教师遗孀自告奋勇，打算在天黑以前去一趟帕夫洛夫斯克，找达里娅·阿列克谢耶夫娜了解一下她是否知道什么消息。她们请求公爵晚上十点多的时候，无论如何也要再来她们这里一趟，以便商量第二天的行动计划。尽管她们不断给公爵安慰打气，但公爵的内心还是被满满的绝望所笼罩，他带着难以言表的痛苦回到住的旅馆。夏季的圣彼得堡四处扬灰，闷热干燥，他觉得似乎有一把钳子把他夹得喘不过气来。他走在满是冷漠之人或是醉酒汉的人群中，被来回挤压，而他只是漫无目的地看着别人的脸，继续走自己的路，似乎走得比必要的路线要长。当他返回旅店房间的时候，天快黑了。他决定稍微休息一会儿，然后就按照她们建议的那样，再去趟罗戈任的家。公爵坐在沙发上，两只胳膊撑着桌子，陷入了沉思。

上帝知道他想了些什么，又想了多久。很多事情都让他担心，他极为痛苦地感受到了前所未有的害怕。他想到薇拉·列别杰娃，后来又冒出了一个想法，列别杰夫有可能知道这件事情的来龙去脉，即便他现在不知道，他也能比自己容易且快速地了解到事情的进展。紧接着他又想到伊波利特，回忆起罗戈任常去看伊波利特的事。之后他又想到罗戈任本人：先是前不久在安魂弥撒上的事，接着是在公园里，然后就是——旅馆的走廊里，他就躲在角落里，手中握着刀等他。现在，他回想起他的眼睛，那双在黑暗中窥探一切的眼睛，他不由得打了一个冷战：刚才那个不断纠缠、竭力成形的念头，突然在脑海里一闪而过。

这个念头大体是这样的：假设罗戈任仍然在圣彼得堡，既然他要隐藏一段时间，那么无论出于善意还是恶意，他肯定会像过去那般，最后还是会来找公爵的。如果罗戈任有什么原因必须要来找他的话，那么除了来这里、来这个昏暗的走廊，再无其他地方可去。他也没有公爵的地址，因此很可能会想到，公爵会住在之前住过的旅馆里，至少他会尝试到这里来寻他……如果真有必要的话。可谁知道呢，或许他真的很有必要来寻他？

他就是这么想的，而且越发觉得完全有这样的可能。如果他深入分析自己的想法，譬如，为什么罗戈任必须要来找他？为什么他们最终一定要见面？可他不论怎么想，也想不明白，但这个念头重重地压在他的心里。"如果他过得好，他就不会来，"公爵思忖着，"如果他不好，他很快就会来，但想必他不会好的……"

那么如果公爵确信这个念头的话，他就应该待在自己的房间里，等罗戈任自己过来找他，但他似乎又无法接受自己这种新奇的念头，便一下起身，抓起帽子往外跑。走廊里几乎一片漆黑。"如果现在他突然从角落里跳出来，或是在楼梯口拦住我，该怎么办？"须臾间，当他走近那个熟悉的地方的时候，脑海中闪过这个念头。然而，并没有人出来。他下楼出了大门，走到人行道上，一大群人伴随着夕阳的余晖拥上街道（暑季的圣彼得堡常常会出现此景）。他朝着豌豆街的方向走去。就在离他住的旅馆约五十步远的第一个十字路口处，人群中突然有个人碰了下他的胳膊肘，贴在他耳边低语道："列夫·尼古拉耶维奇，兄弟，跟我走吧，必须走。"

说话之人就是罗戈任。

让人讶异的是:公爵突然很高兴地跟他开口,嘟嘟囔囔地闲扯着,一句未完又来一句——他刚才还以为会在旅馆的走廊里见到他。

"我的确去过那儿,"罗戈任出人意料地回答,"我们走吧。"

对他的回答,公爵大为惊讶,但是,至少过了两分钟,他才体会到罗戈任所说的话的真正意思。公爵被吓坏了,开始仔细打量起罗戈任来。后者已经向前走了半步远的距离,目不斜视地直视着前方,看都不看任何一个迎面相遇的人,但也小心翼翼地给路上的行人让着路。

"既然你去了旅馆,为什么不来房间找我?"公爵突然问道。

罗戈任停下来,看了他一眼,想了想,似乎完全没听懂他的问话一般说:"这样,列夫·尼古拉耶维奇,你从这儿径直往前走,一直走到我家,知道吗?我要沿着另一边走。你要注意,我们要保持平行……"

说完,他便穿过街道,走到对面的人行道上去,又看了眼公爵是否正在走,当他看到公爵站在那儿,睁大眼睛惊讶地望着他的时候,便冲着他朝豌豆街的方向挥了挥手,随即自己就开始走了,还不时地转身看看公爵是否跟得上自己的速度。当他看到公爵理解了他的意思,没有从那边走到他这边的时候,他明显宽心许多。而公爵想的是,罗戈任走到另一边的人行道上,是因为需要沿路观察什么人,只不过为什么不解释一声要留意谁呢?他们就这样走了五百步左右,公爵突然不知为何打了个寒战。虽然跟刚才相比,罗戈任看他的次数少了,但还是不停地回头看他。公爵没忍住,朝他招了招手。罗戈任立马穿过街道朝他走来。

"难不成娜斯塔西娅·费利帕夫娜在你那儿?"

"是的,在我那里。"

"上午是你从窗帘后面看我的?"

"是我……"

"你怎么会……"

但是公爵不知道怎么问下去和怎么结束这个问题,再加上,他心跳得厉害,说话都十分困难。罗戈任也不说话,就像之前那样看着他,若有所思。

"好了,我要走了。"他突然说道,然后准备再次穿过街道到另一边去,"你走你的,我们分开走吧……这样对彼此都好……各走一边…… 你以后会明白的。"

终于,他们沿着不同的人行道拐入了豌豆街,快到罗戈任家的时候,公爵的双腿又开始不听使唤了,难以行走。现在大约是晚上十点钟。那一半属于老太太屋子的窗户还是像之前那样全都开着,而罗戈任那边的窗户则都关着,那些垂下来的白色窗帘在昏暗的夜色中显得格外扎眼。公爵从对面的人行道慢慢向罗戈任的房子靠近,罗戈任则从自己这边径直上了屋子的台阶,并在台阶上冲他挥了下手。于是,公爵也穿过街道朝他走去,上了台阶。

"看院人现在还不知道我回家了。我之前跟他说我要去帕夫洛夫斯克,跟母亲那边也是这么说的,"他带着狡黠而有些得意的笑容低声说道,"我们进去吧,没人会听到。"

钥匙已经在他手里了。上楼梯的时候,他特意转身提醒公爵,让他轻点走路。他蹑手蹑脚地打开了自己的房间,让公爵先进去,自己则十分小心地跟在他后面进去,随后关上门后把钥匙放进自己的口袋。

"我们去里面。"他小声地说道。

罗戈任在利捷伊纳亚街的人行道那会儿时,也是这样温声细语地说话的。可尽管他表面上显得十分镇定,但内心早已波澜起伏、慌乱不安。当他们走进书房旁边的大厅时,他走到窗户跟前,神神秘秘地招呼公爵到自己身边去。他说:"你白天按我家门铃的时候,我就站在这里,我立马猜到是你,我踮着脚尖靠近门边,听到了你和帕夫季耶夫娜对话,其实,今天早上天刚亮的时候,我就已经吩咐过她,不论是你还是你派来的人,或者是其他来找我的人,按我门铃的时候,都不要告诉他们我在家,特别是你亲自上门询问我去处的时候,就更不能告诉你了,我还特意把你的姓名告诉了她。之后,你出了大门,我就突然想到,你会不会站在对面的街道上,朝这边观察,然后一直守在那里?于是,我走到这扇窗户跟前,掀开窗帘的一角朝外一看,结果就看见你站在那里,正朝我这边看……大概就是这么个情况。"

"娜斯塔西娅·费利帕夫娜……在哪里?"公爵喘着粗气问道。

"她……就在这里。"罗戈任慢悠悠地说,似乎特意停顿了下才作答。

"在哪里?"

罗戈任抬起眼睛,认真地凝望着公爵。

"我们进去吧……"

罗戈任一直这么轻声细语地说话,就像之前那样不慌不忙,而且似乎沉思着什么,甚至就连刚才提及窗帘之事的时候,也似乎在讲与之不相关的事一般,尽管他讲的时候语气激动。

他们走进书房,这个书房自上次公爵到访之后,就发生了一些改动:整个房间的窗帘被换成了绿色花绸缎的款式,而这抹绿花绸缎则贯穿了整个书房。两端的窗帘分别遮挡住了一个出入口,恰好把书房和罗戈任放床的那个凹型卧室隔开了。重重的窗帘帷幔垂地,因此出入口也被挡住了。房间十分昏暗,因为圣彼得堡的白夜①已经日渐变暗,要不是外面挂着的那轮满月,在罗戈任放下所有窗帘的这种昏暗房间里,压根什么也看不清。的确,现在虽然依稀能辨认出人的脸,但十分模糊。罗戈任脸色苍白地凝视着公爵,眼睛很亮,但眼神却十分呆滞。

"你好歹也点支蜡烛啊?"公爵说。

"不,不需要。"罗戈任抓着公爵的胳膊,一边回答着公爵的问题,一边把他按在一把椅子上就座,自己则搬了把椅子,放在公爵对面,而且是几乎贴着公爵膝盖的位置坐了下来。他们之间稍微靠后的位置放着一张小圆桌。

"坐一会儿吧,咱们姑且先坐一会儿!"他说道,语气就像是在劝说对方。他们就这样彼此沉默了一会儿。"我就猜到,你肯定会住在同一家旅馆。"他突然说起话来,如同人们在讨论正题前总是会从那些无直接关联的边缘细节开始一样,"我一走进那个旅馆的走廊,心里想的就是'或许,他现在就在里面等着我呢,正像我也在等他'。你已经去过教师遗孀家了?"

"我去过了。"由于心跳得很厉害,公爵紧张到几乎说不出话来。

"我猜到了,所以我想,你们还有说话……后来我又想着:带他回家过夜吧,这样今天晚上就可以这样待在一起了……"

"罗戈任!娜斯塔西娅·费利帕夫娜现在究竟在哪儿?"公爵突然双唇颤抖着问道,他站起身来,浑身哆嗦。于是罗戈任也跟着站起身来。

---

① 即白夜现象,多发生在极圈外的高纬度地区,因太阳落到地平线下存在一个较小的角度,以及大气的散射作用,整个夜晚天空不会完全黑透。

"她在那儿。"他朝窗帘那边扬了下头,小声说道。

"她是睡着了吗?"公爵小声问。

罗戈任又如刚才那般认真地凝神望着他。

"我们过去吧!……只不过你……算了,走吧!"

他掀起了挡住入口的窗帘,然后顿住,迟疑了一下,转头对公爵说:"进来吧!"并冲着身后的公爵点头示意。于是公爵便紧随其后走了进来。

"这里面太暗了。"公爵说。

"能看得见!"罗戈任喃喃低语道。

"我只能模糊地看见……一张床。"

"再走近点。"罗戈任轻声提醒着公爵。

于是公爵便朝床的位置,向前挪动了一步,又一步,然后停了下来。他站在那儿,朝床的方向仔细地看了一两分钟。两人就这样沉默地站在床旁,都没有说话,公爵的心脏禁不住地狂跳,在这死气沉沉的卧室里,似乎都能听见他的心跳。公爵很快适应了房间里的黑暗,这时他已经可以看清整张床了,床上的人一动不动地睡着,听不见任何的动静,也听不见一丝喘气声。这个睡着的人被蒙头盖上了一个白色的床单,但人的四肢轮廓还是可见,从凹凸起伏的床单依稀可见,这个人躺得直挺挺的。而周围一片凌乱,衣服配饰四处丢在床边、床脚下、床边软椅,包括地板上。奢华的纯白色丝绸礼服裙、鲜花、绸带散落在床上,摘下来的珠宝首饰在床边的脚几上熠熠发光,蕾丝缎带在脚边缠成一团,白色床单下露出一只赤足的脚尖,就像是大理石雕刻而成的一般,纹丝不动到让人生惧。公爵环视着四周,觉得他看到得越多,房间里的气氛越让人感到沉闷死寂。突然一只苍蝇打破了沉默,它嗡嗡嗡地从床上方飞过,而飞到床头边时突然没了声音。公爵不自觉地颤抖了下。

"我们出去吧。"罗戈任戳了下公爵的胳膊。

他们从卧室走了出来,重新坐在了刚才坐过的椅子上,依旧面对面坐着。公爵整个身体抖得更厉害了,他那充满疑惑的目光却一直盯着罗戈任。

"我发觉,列夫·尼古拉耶维奇,你一直在发抖,"罗戈任终于张口说道,"你上次在莫斯科情绪失常的时候,也是如此,你记得吗?或者你在发病前期就是如此。不过我实在想不出来,应该拿你怎么办……"

公爵努力集中注意力地听着,希望能了解眼前发生的事情,同时一直用质疑的眼光盯着罗戈任。

"这是你干的?"他顺势冲着窗帘那边扬了下头,开口问道。

"嗯……是……我……"罗戈任支支吾吾地说,并随即垂下了头。

就这样,他们大约沉默了五分钟。

"因为,"罗戈任突然又接着说,就好像刚才的对话没有中断一样,"因为要是你犯起病,现在叫喊起来,那么大街上和整个院子的人都会听到,顺势猜出这个房间里晚上有人,然后他们就会跑来按门铃,继而就会有人进入房间……因为大家都以为我并不在家。我之所以没点蜡烛,就是为了防止街上或院子里的人知道我在家。因为我不在家的时候总是把钥匙带走,所以我不回来的话,三四天都不会有人进来收拾打扫这个房间,这是我定下的规矩。因此,不能让他们知道我们今晚在这里过夜……"

"等一下,"公爵说,"可是我之前有问过看院人和女佣老妇人,娜斯塔西娅·费利帕夫娜是否在这儿过夜的啊?他们现在也应该已经知道了吧。"

"我知道你问了他们。所以我刚跟帕夫季耶夫娜说,昨天娜斯塔西娅·费利帕夫娜只是顺道过来坐了一会儿,差不多十分钟,然后就去帕夫洛夫斯克了,所以他们不知道她在这里过夜……没人知道。昨天我们完全是偷偷摸摸进来的,就像今天咱俩进来时一样。一路上我还担心她会不愿意这么偷偷摸摸地进来,谁知完全多虑了!她说话声音很小,走路也是踮着脚尖轻轻地走,她还撩起裙子的下摆,拿在手里,防止发出声音,我俩上楼的时候,她特意用手指警告我别出声。她一直害怕见到你。她在火车上表现得像个疯子,其实也是因为害怕见到你。正是因此,她自愿跟我回家过夜,我起初也是想把她送到教师遗孀家的,但是她表示不行!'因为去那里的话,他天一亮保准能找到我,你把我藏好,明天天一亮我们就去莫斯科。'后来不知为什么,她又改变了主意,说想去奥廖尔的什么地方。所以直至躺下睡着前,她还一直在说要去奥廖尔……"

"停一下,我想知道你现在打算怎么办,帕尔芬,你究竟怎么想?"

"我就是担心你,你今天一直打哆嗦。我们今晚就一起在这里过夜。不过,这个房间,除了那张床之外,没有其他的床了。所以我是这么想的,从沙发上拆两个长靠垫下来,就放在这儿,窗帘旁边,并排放上,你一个,我一个,这样睡在一起。因为如果有人进来搜寻的话,立马就能看到她,把她运走。届时问我的话,我就坦白是我干的,他们也会马上把我带走。所以,现在咱们就不挪她了,就让她这么躺着吧,躺在我们身边,我和你的身边……"

"好的,好的!"公爵啧啧赞同道。

"那就是,我不去自首,也不把她挪走。"

"嗯!"公爵决然地说,"是的,绝对不!"

"我就是这么想的,老兄,我们绝不交出去。我们就偷偷在这里过一晚。我今天上午,只从家里出去了一个小时,其他的时间都和她待在一起,晚上我才去旅馆找的你。我还担心这么热的天,房间会有味道,你有闻到什么味道吗?"

"或许现在闻到了,但也已经分辨不出来了。不过到明天早上,肯定会有味道的。"

"我给她盖了层漆布,这是上好的美国造的漆布,漆布上又盖了层床单,还在旁边放了四瓶开着的日丹诺夫消毒剂,现在还放在那里呢。"

"就像在……莫斯科的那个案件一样?"

"就是因为怕有味儿,老兄。她现在躺着就像睡着一样……明早天一亮,你再看看吧。你怎么了,站不起来了吗?"当看见公爵哆嗦得无法站起身来的时候,罗戈任既担心又诧异地问道。

"嗯,双腿使不上劲,"公爵喃喃低语道,"这完全是因为害怕,我自己知道的……缓一会儿就好,就能站起身了……"

"等等,我先把长靠垫摆好,能让你先躺下……然后我也跟你一起躺下来……之后我们就这么静静地听着……因为,老兄,我还不清楚……老兄,我到现在还不是很清楚,所以我想先跟你打个招呼,让你早点了解这一切……"

罗戈任一边含含糊糊地嘟囔着,一边铺长靠垫,似乎,也许他今早就已经提前想好要怎么摆放了。昨夜,他是独自一人躺在沙发上的,但那个沙发完全没法并排躺两个人,而他又想让两人并排睡在一起,于是他费劲地将两块大小不一的沙发长靠垫搬到窗帘后的入口处铺好。睡榻总算勉强铺好了,然后他走到公爵面前,温柔而高兴地搀起他的胳膊,打算扶他过去。这时公爵已经可以自己行走了,也就是说,他那个害怕的劲头过去了,但他依旧不停地哆嗦着。

"老兄,因为天气热的缘故,"罗戈任把公爵搀扶到垫子前,让他躺到左边较好的垫子上,自己则和衣躺在右边的垫子上,双手枕在后脑,然后接着说道,"你也知道,天气太热,就怕有味儿……我怕开窗户外面能闻到,母亲房里倒是有几盆花,而且开着,散发出阵阵芬芳,我早就想搬过来了,但担心帕夫季耶夫娜会猜到,因为她是个好奇心很重的人。"

"她是挺好奇的。"公爵附和道。

"要不买几束鲜花围在她旁边?可是老兄,我觉得,让她躺在花丛中会显得很悲伤!"

"听我说……"公爵现在的思绪混乱,正欲张口问些什么,但转瞬又忘了,"听我说,我想知道,你用的什么凶器?是刀吗?就是那把?"

"是的,就是那把。"

"等一下!帕尔芬,我还想问你……我有很多问题想问你,发生的一切……你最好能先告诉我,从头开始,你当时是不是想在我们婚礼时,也就是仪式举办前,在教堂门前用刀杀死她?是不是?"

"其实我也不清楚是不是这样……"罗戈任生硬地回复,看上去很奇怪,好像十分不解。

"你去帕夫洛夫斯克的时候从未携带过刀是吗?"

"从未。我能给你解释得清楚的就只有这把刀,列夫·尼古拉耶维奇,"说完后,他先是沉默了一会,随即又说道,"我今早才把它从那个上锁的抽屉里拿出来,因此所有的事情都是在今天凌晨三点多发生的。在这之前,这把刀一直在我的书里夹着……另外……最让我感到奇怪的是,刀尖好像插进去了一俄寸半……或者两俄寸……就在左胸口……但衬衣上只留下了半汤匙的血,没再流出更多的血了……"

"这是,这是,这是,"公爵突然十分激动地坐起身体,"这是,我以前在书上读到过……这是内出血……甚至还有一滴血都没流出的案例。如果正好刺到心脏……"

"先别说话,你听见了没?"罗戈任突然迅速地打断公爵的话,十分惊恐地坐了起来,"你听见什么了吗?"

"没有!"公爵一边惊魂未定地看着罗戈任,一边迅速地回应着他。

"有人在那儿走动!你听见了吗?在大厅里……"

两人静静地听了一阵。

"这会听见了。"公爵肯定地低语道。

"是有人在走吗?"

"是。"

"要不要把咱们房间的门锁上?"

"锁上吧……"

锁上门后,两人又重新躺了下来。沉默了很长一段时间。

"啊,对了!"公爵突然用之前那种激动而急切的语调说道,他似乎想到了什么,又怕再次会忘记一般,激动地直接从靠垫上跳了起来,"对了……我想要……你那副牌!那副纸牌……我听说,你还跟她玩牌了?"

"嗯,是的。"罗戈任沉默片刻后回答。

"那,那副牌……现在在哪儿?"

"在这儿……"沉默了一会后罗戈任回答道,"就是这个……"

他从口袋里掏出一副用纸包裹的、拆散玩过的纸牌,递到公爵的面前。公爵从他的手里接过纸牌,似乎有些困惑,心里突然产生了一股生疏的忧伤和悲凉之感。他突然发现,此刻的一切,乃至此前他所说的一切、所做的一切,都不是他应该说、应该做的。他现在高兴地拿着这副纸牌,但也已经帮不上他任何忙了。他站起身来,举起双手一拍一合。可罗戈任还是一动未动地在原来的位置上躺着,似乎压根没听到,也压根没看到公爵刚才的动作,他的眼睛睁得很大,在这黑暗的房间里显得异常光亮,但眼神是呆滞涣散的。公爵坐在了椅子上,惊恐地看着他。差不多就这样过了半个小时,罗戈任突然怪异且粗鲁地大喊起来,还发出了极大的笑声,好像已经忘记了自己应该小声说话。

"那个军官,那个军官……你还记得吗,就是那个在音乐会上被她打了一巴掌的军官,你记得吗?哈——哈——哈!还有那个士官……士官……那个也冲到她面前的士官……"

公爵顿时从椅子上一跃而起,再次陷入恐惧之中。当罗戈任终于安静的时候(他突然安静了),公爵轻手轻脚地俯下身子靠近他,坐在他的身边端详着他,此时他的心跳得无比剧烈,呼吸有些困难。罗戈任没有回过头来看他,似乎把他给忘了;而公爵就这么望着他,守着他。随着时间的流逝,天就要亮了。这段时间,罗戈任时而自言自语,声音响亮、犀利,但不连贯;时而放声狂笑,大吼大叫。每当这时,公爵都会伸出自己颤抖的手,轻轻抚摸他的脑袋和头发,反复摩挲他的脸颊……除此之外,其他什么也做不了!他自身又哆嗦起来,双腿再次不听使唤了,一种不同于之前的无限的哀痛折磨着他的灵魂。这时,天已经完全亮了,他终于瘫坐在靠垫上,似乎完全虚脱,万念俱灰,他将自己的脸贴在罗戈任那苍白麻木的脸上,他的眼泪也顺着脸颊掉落在罗戈任的脸上,但是,或许这时的他已经失去了知觉,并不知道自己流泪……

过了数个小时,门被打开,人们闯进来时,看见的是已经完全失去意识、正发着烧的凶手,以及坐在他身旁靠垫上一动不动的公爵。

每当身旁那个病人大喊大叫、胡言乱语的时候,公爵总是急忙用自己颤抖的手去抚摸病人的头发和脸颊,仿佛爱抚一般哄他。但是无论别人问他什么,他都已经完全听不懂了,也完全不认识这些进来的围在他身边的人。如果现在施奈德从瑞士回来,看到自己过去的学生兼病人这般,那么他一定会想起公爵第一年在瑞士治疗时常常出现的病状,然后肯定会像当时那样摆摆手,说一句:"白痴!"

尾 声

教师遗孀快速抵达帕夫洛夫斯克，径直去了从昨天开始就忧心忡忡的达里娅·阿列克谢耶夫娜那儿，并给她讲述了所有知道的事情，这可把她彻底吓着了。两位女士决定立马联系公爵的房东兼她们的朋友列别杰夫，此时他正焦虑不安。当薇拉·列别杰娃告诉他自己所了解的一切后，列别杰夫建议，他们三人一起去趟圣彼得堡，尽早阻止那件"极有可能发生"的事。于是第二天上午十一点左右，就出现了那一幕——罗戈任的住宅在警方、列别杰夫、女士们以及住在侧屋的罗戈任兄长谢苗·谢苗内奇·罗戈任都在场的情况下，被打开了。看院人的证词成了案件顺利突破的关键点，据他说，他昨晚看到帕尔芬·谢苗内奇带某位客人从外面台阶进入房内，行动似乎鬼鬼祟祟。听完这番证词，众人不再犹豫，直接破门而入。

罗戈任患了脑炎，等他两个月康复后，便接受了传讯与审判。他对自己所做的一切供认不讳，口供完整且没有矛盾。因此公爵很快被撤销了责任追究。整个审讯过程，罗戈任一直保持缄默。他并没有反驳自己那位狡黠又善辩的律师的辩护词，就这样，他的律师用准确且逻辑性强的辩词，将一切罪行都归咎于他的脑炎，而被告由于长期抑郁，很早前就已经患病。但罗戈任没有对自己的病情提供有利的补充证明来佐证这个辩词，他依旧像以前一样，清晰地陈述事件发生的全部过程和细枝末节。考虑到其情节可以从轻处理，罗戈任被宽大处理，被判流放西伯利亚服苦役十五年。他认真地听完了对他的审判,一言不发地沉默着。他的巨额财产,除了先前吃喝玩乐耗费掉的一小部分外,剩余的都转到他的兄长谢苗·谢苗内奇的名下,这让后者满足喜悦。罗戈任娜老太太依旧还活着,只是每当回忆起自己最心爱的儿子帕尔芬时,记忆就会模糊起来。感谢上帝救了她,让她的身心意识不到在这个阴沉悲凉的家中上演过如此的惨剧。

而故事里的其他人物:列别杰夫、凯勒尔、加尼亚、普季岑等人,他们的生活一如往常,没有什么太大的变化,关于他们,我们几乎没有什么要阐述的。伊波利特在极度激动和不安中去世了,这比他原先预料的期限要早,他是在娜斯塔西娅·费利帕夫娜惨死的两个星期后去世的。科利亚则对发生的一切感到异常诧异,与自己的母亲更加亲近。而妮娜·亚历山德罗夫娜则对他思考了太多与自己年龄不符的东西而担心不已,或许,他能成为一个能力很强的人。顺便插一句,正是由于他的努力,公爵后来才得到了很好的安排,在他近期结识的朋友中,他一眼就看出了叶甫盖尼·帕夫洛维奇·拉多姆斯基良好的人品。公爵出事后,科利亚最先去找了他,将所发生的一切都告诉了他,并跟他阐述了公爵当前的情况。他果真没错看,叶甫盖尼·帕夫洛维奇热心地对不幸的"白痴"施以援手,在他的努力及照应下,公爵重新回到了瑞士施奈德的治疗中心。叶甫盖尼·帕夫洛维奇自己也去了国外,他可能会长久地在欧洲生活,因为他对外称自己为"俄国的多余之人"。他隔几个月就去探望一下在施奈德那里治疗的这位朋友,但换来的只是施奈德越发紧锁的眉头和越发无奈的摇头。据他暗示所知,公爵的大脑机能已经全面受损,虽然他没直接说治不好,但也已经作了最坏的打算。叶甫盖尼·帕夫洛维奇对此事其实非常上心,而他是个有心人,通过一件事就可以证明:他经常会收到科利亚的来信，只要他有空就会一一作出回复。除此之外，他还有一个奇怪的性格特征也就此展现了出来，因为这是种极好的性格特征，所以我们着急将其展现出来：每次从施奈德那回来以后，他除了给科利亚回信外，还会给在圣彼得堡的另一个人写信，带着怜悯之情详细地给她叙述公爵当前的病况。当然每次除了表述自己对她的尊敬与忠诚之外，有时还会在信中（并且越来越频繁）出现一些坦诚的个人意见、观点及情感——总而言之，他开始表露出一些类似友好和亲近的情感。而这个与叶甫盖尼·帕夫洛维奇书信往来（虽然次数不多）并获得了他关心与尊重的人，就是薇拉·列别杰娃。无论怎样，我们也没法准确地知道他们之间这种关系是什么时候开始的，当然此事的起因，自然是发生在公爵身上的那件事，那时薇拉·列别杰娃为此伤心哀痛，还生病了。但是他们是如何熟络并建立起友谊的，我们并不知情，而我们之所以提及他们之间的书信，最主要的原因是其中的一些书信讲述了叶潘钦一家的消息，尤其是阿格拉娅·伊万诺夫娜·叶潘钦娜的消息。叶甫盖尼·帕夫洛维奇在其中一封寄往巴黎的信中，断断续续地提到过她，说她恋上了一位流亡国外的波兰裔伯爵，经过了短期的交往之后，突然违背了父母的意愿嫁给了他，尽管最后她的父母还是同意了这桩婚事，因为倘若不同意的话，很可能会沦为他人的笑柄。后来，差不多沉寂了半年后，叶甫盖尼·帕夫洛维奇给薇拉写了一封冗长的信，他在信里详细地告诉薇拉，说最近一次去瑞士的施奈德教授那儿探访公爵的时候，遇到了叶潘钦一家（当然，伊凡·费道罗维奇没来，他因处理事务留在了圣彼得堡）和肖公爵。这次的见面显得有些奇怪，但他们见到叶甫盖尼·帕夫洛维奇都很高兴。阿杰莱达和亚历山德拉不知为何竟然感谢他"如天使般照料着不幸的公爵"。而叶莉扎维塔·普罗科菲耶夫娜一看见公爵的那种病态，竟发自肺腑地哭了起来。看样子,她已经宽恕了公爵所做的一切。肖公爵适时说了些美好而通透的见解。叶甫盖尼·帕夫洛维奇觉得,虽然此时的他和阿杰莱达还没有完全地心意相通,但在不久的将来,热情的阿杰莱达肯定会发自内心地完全爱上且倾倒在肖公爵的智慧与阅历之下。再加上这家人近来遭受的教训——主要是指阿格拉娅与波兰裔伯爵的事——都对她产生了很大的影响。虽然家里同意了阿格拉娅嫁给波兰裔伯爵,但心里还是对此惶惶不安,可让人没想到的是,心里的不安在半年前变成了事实,接连发生了很多始料不及的意外。原来这个伯爵并不是真正的伯爵,其侨民身份倒是不假,但其流亡海外是因为有一段不清不楚、难以启齿的经历。阿格拉娅迷恋其所塑造出来的那种为国为民忧心忡忡的高尚情操,在还没嫁给他之前,她就已经是国外某个波兰复兴委员会的成员了,除此之外,她还进了天主教堂向神父忏悔,而这个神父的见解让她佩服得五体投地。波兰裔伯爵曾向叶莉扎维塔·普罗科菲耶夫娜和肖公爵提供过自己的巨额财产证明,但其实并不存在。不仅如此,婚后的半年里,在伯爵和他的朋友——那个神父——洗脑式的教唆下,阿格拉娅跟娘家人闹翻了,因此他们已经很久没有见过她了……一言蔽之,能聊的事情太多了,但叶莉扎维塔·普罗科菲耶夫娜和她的女儿们,甚至肖公爵,都已经被这些"恐怖事件"轰炸得如同惊弓之鸟,以至于他们在与叶甫盖尼·帕夫洛维奇的谈话中会特意回避这些话题,虽然他们明白,但也不说,其实叶甫盖尼·帕夫洛维奇对此知道得非常清楚。经历了这么多不幸的事情后,叶莉扎维塔·普罗科菲耶夫娜想回俄国。按照叶甫盖尼·帕夫洛维奇所说,她在他面前激愤而刻薄地将国外的一切批评了一遍。"这里压根没有一个地方可以烤出像样的面包,冬天里,人们只能像地窖里的老鼠一样受冻挨饿。"她说,"至少在这里,我还能按照俄国的方式,在这个可怜人的面前,大哭一场,"她情绪激动，指着这个现在已经完全不认识她的公爵说道，"好了，昏头的事已经做得够多了，是时候回归理性了，所有这一切，整个国外，整个欧洲——统统都是幻影，而我们这些在国外的人也统统都是幻影……记住我的话吧，以后您总会明白的！"她恼怒地结束了这场对话，便跟叶甫盖尼·帕夫洛维奇分别了。

1869年1月17日
（全书完）